人间喜剧

La Comédie humaine

欧也妮·葛朗台

（法）巴尔扎克 著
傅雷 译

团结出版社

图书在版编目(CIP)数据

人间喜剧 / (法) 巴尔扎克著 ; 傅雷译. -- 北京 : 团结出版社, 2021.11

ISBN 978-7-5126-9114-8

Ⅰ. ①人… Ⅱ. ①巴… ②傅… Ⅲ. ①小说集—法国—近代 Ⅳ. ①I565.44

中国版本图书馆CIP数据核字(2021)第171591号

出版: 团结出版社

(北京市东城区东皇城根南街84号 邮编: 100006)

电话: (010) 65228880 65244790 (传真)

网址: www.tjpress.com

Email: zb65244790@vip.163.com

经销: 全国新华书店

印刷: 天宇万达印刷有限公司

开本: 145×210 1/32

印张: 114.75

字数: 3242千字

版次: 2021年11月 第1版

印次: 2021年11月 第1次印刷

书号: 978-7-5126-9114-8

定价: 458.00元 (全10册)

出版说明

奥诺雷·德·巴尔扎克（Honoré de Balzac，1799—1850），法国小说家，被誉为“现代法国小说之父”，生于法国中部图都尔市的一个中产者家庭。

1829年，三十岁的巴尔扎克第一次正式发表作品。他经过十余年的探索、学习之后，在法国小说界开辟出了一个崭新的世界，建立了一个一直影响到现在的现实主义传统。从发表第一部作品开始，巴尔扎克便以惊人的毅力创作出了91部小说，塑造了两千四百多个栩栩如生的人物形象，这些作品合称为《人间喜剧》。巴尔扎克通过这些作品和人物形象，为读者展示了法国社会的整个面貌。因此，《人间喜剧》被后世誉为“资本主义社会的百科全书”。

作为他的朋友，法国19世纪前期著名的浪漫主义文学家维克多·雨果曾这样评价他：“在最伟大的人物中间，巴尔扎克是名列前茅者；在最优秀的人物中间，巴尔扎克是佼佼者之一。他才华卓越，至善至美，但他的成就不是眼下说得尽的。他的所有作品仅仅形成了一部书，一部有生命的、光亮的、深刻的书。”

傅雷(1908—1966),字怒安,号怒庵,他是中国著名的翻译家、作家、教育家、美术评论家。傅雷先生早年留学于法国巴黎大学,翻译了大量的法文作品,包括巴尔扎克、罗曼·罗兰、伏尔泰等许多名家著作。20世纪60年代初,他因在翻译巴尔扎克作品方面的卓越贡献,被法国巴尔扎克研究会吸收为会员。

傅雷先生曾说:“《人间喜剧》共包括九十四个长篇,已译十五种,虽不能囊括作者全部精华,但比较适合吾国读者的巴尔扎克最优秀作品,可谓遗漏无多。法国一般文艺爱好者所熟悉之巴尔扎克小说,甚少超出此项范围。”这十五种译作中,《猫儿打球号》已经佚失,现存十四种。此次,我们整理出版的这套《人间喜剧》,正是对傅雷先生现存十四种译作的整理。它们分别是:《欧也妮·葛朗台》《亚尔培·萨伐龙》《高老头》《奥诺丽纳》《比哀兰德》《夏倍上校》《禁治产》《邦斯舅舅》《赛查·皮罗多盛衰记》《于絮尔·弥罗埃》《都尔的本堂神父》《贝姨》《搅水女人》《幻灭》。

此次出版,我们在尊重傅雷先生译作的前提下,按照现代汉语规范,仅对一些地名、人名、标点符号等作了修订。由于水平所限,整理过程中难免有错漏之处,恳请读者批评指正!

目　录

欧也妮·葛朗台

一、资产者的面目

某些外省城市里面，有些屋子看上去像最阴沉的修道院，最荒凉的旷野，最凄凉的废墟，令人悒郁不欢。修道院的静寂，旷野的单调，和废墟的衰败零落，也许这类屋子都有一点。里面的生活起居是那么幽静，要不是街上一有陌生的脚声，窗口会突然探出一个脸孔像僧侣般的人，一动不动，黯淡而冰冷的目光把生客瞪上一眼的话，外乡客人可能把那些屋子当作没有人住的空屋。

索漠城里有一所住宅，外表就有这些凄凉的成分。一条起伏不平的街，直达城市高处的古堡，那所屋子便在街的尽头。现在已经不大有人来往的那条街，夏天热，冬天冷，有些地方暗得很，可是颇有些特点：小石子铺成的路面，传出清脆的回声，永远清洁，干燥；街面窄而多曲折；两旁的屋子非常幽静，坐落在城脚下，属于老城的部分。

上了三百年的屋子，虽是木造的，还很坚固，各种不同的格式别有风光，使索漠城的这一个区域特别引起考古家与艺术家的注意。你走过这些屋子，不能不欣赏那些粗大的梁木，两头雕出古怪的形象，盖在大多数的底层上面，成为一条黝黑的浮雕。

有些地方，屋子的横木盖着石板，在不大结实的墙上勾勒出蓝色的图案，木料支架的屋顶，年深月久，往下弯了；日晒雨淋，椽子已经腐烂，翘曲。有些地方，露出破旧黝黑的窗槛，细巧的雕刻已经看不大清，穷苦的女工放上一盆石竹或蔷薇，窗槛似乎就承受不住那棕色的瓦盆。再往前走，有的门上钉着粗大的钉子，我们的祖先异想天开的，刻上些奇形怪状的文字，意义是永远没法知道的了：或者是一个新教徒在此表明自己的信仰，或者是一个旧教徒为反对新教而诅咒亨利四世。也有一般布尔乔亚刻些徽号，表示他们是旧乡绅，掌握过当地的行政，这一切中间就有整部法兰西历史的影子。一边是墙壁粉得很粗糙的，摇摇欲坠的屋子，还是工匠卖弄手艺的遗物；贴邻便是一座乡绅的住宅，半圆形门框上的贵族徽号，受过了一七八九年以来历次革命的摧残，还看得出遗迹。

这条街上，做买卖的底层既不是小铺子，也不是大商店，喜欢中世纪文物的人，在此可以遇到一派朴素简陋的气象，完全像我们上代里的习艺工场①。宽大低矮的店堂，没有铺面，没有摆在廊下的货摊，没有橱窗，可是很深，黑洞洞的，里里外外没有一点儿装潢。满板的大门分做上下两截，简陋的钉了铁皮；上半截往里打开，下半截装有带弹簧的门铃，老是有人开进开出。门旁半人高的墙上，一排厚实的护窗板，白天卸落，夜晚装上，外加铁闩好落锁。这间地窖式的潮湿的屋子，就靠大门的上半截，或者窗洞与屋顶之间的空间，透进一些空气与阳光。半人高的墙壁下面，是陈列商品的地位。招徕顾客的玩意，这儿是绝对没有的。

①当初教会设立来救济贫苦妇女的。（本书注释均为译者注）

货色的种类要看铺子的性质：或者摆着两三桶盐和鳖鱼，或者是几捆帆布与绳索，楼板的椽木上挂着黄铜索，靠墙放一排桶箍，再不然架上放些布匹。

你进门吧，一个年轻漂亮的姑娘，干干净净的，戴着白围巾，手臂通红，立刻放下编织物，叫唤她的父亲或母亲来招呼你，也许是两个铜子也许是两万法郎的买卖，对你或者冷淡，或者殷勤，或者傲慢，那得看店主的性格了。

你可看到一个做酒桶木材的商人，两只大拇指绕来绕去的，坐在门口跟邻居谈天。表面上他只有些起码的酒瓶架或两三捆薄板；但是安育地区所有的箍桶匠，都是向他码头上存货充足的工场购料的。他知道如果葡萄的收成好，他能卖掉多少桶板，估计的准确最多是一两块板上下。一天的好太阳教他发财，一场雨水教他亏本：酒桶的市价，一个上午可以从十一法郎跌到六法郎。

这个地方像都兰区域一样，市面是由天气做主的。种葡萄的，有田产的，木材商，箍桶匠，旅店主人，船夫，都眼巴巴的盼望太阳；晚上睡觉，就怕明朝起来听说隔夜结了冰；他们怕风，怕雨，怕旱，一会儿要雨水，一会儿要天时转暖，一会儿又要满天上云。在天公与尘世的利益之间，争执是没得完的。晴雨表能够轮流的教人愁，教人笑，教人高兴。

这条街从前是索漠城的大街，从这一头到那一头，“黄金一般的好天气”这句话，对每份人家都代表一个收入的数目。而且个个人会对邻居说：“是啊，天上落金子下来了。”因为他们知道一道阳光和一场时雨带来多少利益。在天气美好的节季，到了星期六中午，就没法买到一个铜子的东西。做生意的人也有一个葡萄园，一方小园地，全要下乡去忙他两天。买进，卖出，赚头，一切都是预先计算好的，生意人尽可以花大半日的工夫打哈哈，说长道短，刺探旁人的私事。某家的主妇买了一只竹鸡，邻居就要问她的丈夫是否煮得恰到好处。一个年轻的姑娘从窗口探出头来，绝没有办法不让所有的闲人瞧见。因此大家的良心是露天的，那些无从窥测的，又暗又静的屋子，并藏不了什么秘密。

一般人差不多老在露天过活：每对夫妇坐在大门口，在那里吃中饭，吃晚饭，吵架拌嘴。街上的行人，没有一个不经过他们的研究。所以从前一个外乡人到内地，免不了到处给人家取笑。许多有趣的故事便是这样来的，安越人的爱寻开心也是这样出名的，因为编这一类的市井笑料是他们的拿手。

早先本地的乡绅全住在这条街上，街的高头都是古城里的老宅子，世道人心都还朴实的时代——这种古风现在是一天天的消灭了——的遗物。我们这个故事中的那所凄凉的屋子，就是其中之一。

古色古香的街上，连偶然遇到的小事都足以唤起你的回忆，全部的气息使你不由自主的沉入遐想。拐弯抹角的走过去，你可以看到一处黑魆魆的凹进去的地方，葛朗台府上的大门便藏在这凹坑中间。

在内地把一个人的家称作府上是有分量的；不知道葛朗台先生的身世，就没法掂出这称呼的分量。

葛朗台先生在索漠城的名望，自有它的前因后果，那是从没在内地耽留过的人不能完全了解的。葛朗台先生，有些人还称他做葛朗台老头，可是这样称呼他的老人越来越少了，他在一七八九年上是一个很富裕的箍桶匠，识得字，能写能算。共和政府在索漠地区标卖教会产业的时候，他正好四十岁，才娶了一个有钱的木板商的女儿。他拿自己的现款和女人的陪嫁，凑成两千金路易，跑到区公所。标卖监督官是一个强凶霸道的共和党人，葛朗台把丈人给的四百路易往他那里一送，就三钱不值两钱的，即使不能算正当，至少是合法的买到了区里最好的葡萄园，一座老修道院，和几块分种田。

索漠的市民很少革命气息，在他们眼里，葛朗台老头是一个激烈的家伙，前进分子，共和党人，关切新潮流的人物；其实箍桶匠只关切葡萄园。上面派他当索漠区的行政委员，于是地方上的政治与商业都受到他温和的影响。

在政治方面，他包庇从前的贵族，想尽方法使流亡乡绅的产业不致被公家标卖；商业方面，他向革命军队承包了一二千桶白酒，代价是把某个女修道院上好的草原，本来留作最后一批标卖的产业，弄到了手。

拿破仑当执政的时代，好家伙葛朗台做了区长，把地方上的公事应付得很好，可是他葡萄的收获更好；拿破仑称帝的时候，他变了光杆儿的葛朗台先生。拿破仑不喜欢共和党人，另外派了一个乡绅兼大地主，一个后来晋封为男爵的人来代替葛朗台，因为他有红帽子嫌疑。葛朗台丢掉区长的荣衔，毫不惋惜。在他任内，为了本城的利益，已经造好几条出色的公路直达他的产业。他的房产与地产登记的时候，占了不少便宜，只征很轻的税。自从他各处的庄园登记之后，靠他不断的经营，他的葡萄园变成地方上的顶儿尖儿，这个专门的形容词是说这种园里的葡萄能够酿成极品的好酒。总而言之，他简直有资格得荣誉团的勋章。

免职的事发生在一八〇六年。那时葛朗台五十七岁，他的女人三十六，他们的独养女儿才十岁。

大概是老天看见他丢了官，想安慰安慰他吧，这一年上葛朗台接连得了三笔遗产，先是他丈母特·拉·古地尼埃太太的，接着是太太的外公特·拉·裴德里埃先生的，最后是葛朗台自己的外婆，香蒂埃太太的：这些遗产数目之大，没有一个人知道。三个老人爱钱如命，一生一世都在积聚金钱，以便私下里摩挲把玩。特·拉·裴德里埃老先生把放债叫作挥霍，觉得对黄金看上几眼比放高利贷还实惠。所以他们积蓄的多少，索漠人只能以看得见的收入估计。

于是葛朗台先生得了新的贵族头衔，那是尽管我们爱讲平等也消灭不了的，他成为一州里“纳税最多”的人物。他的葡萄园有一百阿尔邦[1]，收成好的年份可以出产七八百桶酒，他还有十三处分种田，一座老修道院，修院的窗子，门洞，彩色玻璃，一齐给他从外面堵死了，既可不付捐税，又可保存那些东西。此外还有一百二十七阿尔邦的草原，上面的三千株白杨是一七九三年种下的。他住的屋子也是自己的产业。

这是他看得见的家私。至于他现金的数目，只有两个人知道一个大概。一个是公证人克罗旭，替葛朗台放债的，另外一个是台·格拉桑，索漠城中最有钱的银行家，葛朗台认为合适的时候跟他暗中合作一下，分些好处。在内地要得人信任，要挣家业，行事非机密不可；老克罗旭与台·格拉桑虽然机密透顶，仍免不了当众对葛朗台毕恭毕敬，使旁观的人看出前任区长的资力何等雄厚。

---

①每个阿尔邦约等于三十至五十一亩，视地域而定。每亩等于一百平方公尺。

索漠城里个个人相信葛朗台家里有一个私库，一个堆满金路易的密窟，说他半夜里瞧着累累的黄金，快乐得无可形容。一般吝啬鬼认为这是千真万确的事，因为看见那好家伙连眼睛都是黄澄澄的，染上了金子的光彩。一个靠资金赚惯大利钱的人，像色鬼，赌徒，或帮闲的清客一样，眼风自有那种说不出的神气，一派躲躲闪闪的，馋痨的神秘模样，决计瞒不过他的同道。凡是对什么东西着了迷的人，这些暗号无异帮口里的切口。

葛朗台先生从来不欠人家什么；又是老箍桶匠，又是种葡萄的老手，什么时候需要为自己的收成准备一千只桶，什么时候只要五百只桶，他预算得像天文学家一样准确；投机事业从没失败过一次，酒桶的市价比酒还贵的时候，他老是有酒桶出卖，他能够把酒藏起来，等每桶涨到两百法郎才抛出去，一般小地主却早已在一百法郎的时候脱手了。这样一个人物当然博得大家的敬重。那有名的一八一一年的收成，他乖乖的囤在家里，一点一滴的慢慢卖出去，挣了二十四万多法郎。讲起理财的本领，葛朗台先生是只老虎，是条巨蟒：他会躺在那里，蹲在那里，把俘虏打量个半天再扑上去，张开血盆大口的钱袋，倒进大堆的金银，然后安安宁宁的去睡觉，好像一条蛇吃饱了东西，不动声色，冷静非凡，什么事情都按部就班的。

他走过的时候，没有一个人看见了不觉得又钦佩，又敬重，又害怕。索漠城中，不是个个人都给他钢铁般的利爪干净利落的抓过一下的吗？某人为了买田，从克罗旭那里弄到一笔借款，利率要一分一，某人拿期票向台·格拉桑贴现，给先扣了一大笔利息。市场上，或是夜晚的闲谈中间，不提到葛朗台先生大名的日子很少。有些人认为，这个种葡萄老头的财富简直是地方上的一宝，值得夸耀。不少做买卖的，开旅店的，得意扬扬的对外客说：

“嘿，先生，上百万的咱们有两三家，可是葛朗台先生哪，连他自己也不知道究竟有多少家私！”

一八一六年的时候，索漠城里顶会计算的人，估计那好家伙的地产大概值到四百万；但在一七九三年到一八一七年中间，平均每年的收入该有十万法郎，由此推算，他所有的现金大约和不动产的价值差不多。因此，打完了一场牌，或是谈了一会葡萄的情形，提到葛朗台的时候，一般自作聪明的人就说：“葛朗台老头吗？……总该有五六百万吧。”要是克罗旭或台·格拉桑听到了，就会说：

“你好厉害，我倒从来不知道他的总数呢！”

遇到什么巴黎客人提到洛岂尔特或拉斐德那般大银行家，索漠人就要问，他们是不是跟葛朗台先生一样有钱。如果巴黎人付之一笑，回答说是的，他们便把脑袋一侧，互相瞪着眼，满脸不相信的神气。

偌大一笔财产把这个富翁的行为都镀了金。假使他的生活起居本来有什么可笑，给人家当话柄的地方，那些话柄也早已消灭得无形无踪了。葛朗台的一举一动都像是钦定的，到处行得通；他的说话，衣着，姿势，瞪眼睛，都是地方上的金科玉律；大家把他仔细研究，像自然科学家要把动物的本能研究出它的作用似的，终于发现他最琐屑的动作，也有深邃而不可言传的智慧。譬如，人家说：

“今年冬天一定很冷，葛朗台老头已经戴起皮手套了：咱们该收割葡萄了吧。”

或者说：

"葛朗台老头买了许多桶板，今年的酒一定不少的。"

葛朗台先生从来不买肉，不买面包。每个星期，那些佃户给他送来一份足够的食物：阉鸡，母鸡，鸡子，牛油，麦子，都是抵租的。他有一所磨坊租给人家，磨坊司务除了缴付租金以外，还得亲自来拿麦子去磨，再把面粉跟麸皮送回来。他的独一无二的老妈子，叫作长脚拿侬的，虽然上了年纪，还是每星期六替他做面包。房客之中有种菜的，葛朗台便派他们供应菜蔬。至于水果，收获之多，可以大部分出售。烧火炉用的木材，是把田地四周的篱垣，或烂了一半的老树砍下来，由佃户锯成一段一段的，用小车装进城，他们还有心巴结，替他送进柴房，讨得几声谢。他的开支，据人家知道的，只有教堂里座椅的租费，圣餐费，太太和女儿的衣着，家里的灯烛，拿侬的工钱，锅子的镀锡，国家的赋税，庄园的修理和种植的费用。他新近买了六百阿尔邦的一座树林，托一个近邻照顾，答应给一些津贴。自从他置了这个产业之后，他才吃野味。

这家伙动作非常简单，说话不多，发表意见总是用柔和的声音，简短的句子，搬弄一些老生常谈。从他出头露面的大革命时代起，逢到要长篇大论说一番，或者跟人家讨论什么，他便马上结结巴巴的，弄得对方头昏脑涨。这种口齿不清，理路不明，前言不对后语，以及废话连篇把他的思想弄糊涂了的情形，人家当作是他缺少教育，其实完全是假装的；等会故事中有些情节，就足以解释明白。而且逢到要应付，要解决什么生活上或买卖上的难题，他就搬出四句口诀，像代数公式一样准确，叫作："我不知道，我不能够，我不愿意，慢慢瞧吧。"

他从来不说一声是或不是，也从来不把黑笔落在白纸上。

人家跟他说话，他冷冷地听着，右手托着下巴颏儿，肘子靠在左手背上；无论什么事，他一朝拿定了主意，就永远不变。一点点儿小生意，他也得盘算半天。经过一番勾心斗角的谈话之后，对方自以为心中的秘密保守得密不透风，其实早已吐出了真话。他却回答道：

"我没有跟太太商量过，什么都不能决定。"

给他压得像奴隶般的太太，却是他生意上最方便的遮身牌。他从来不到别人家里去，不吃人家，也不请人家；他没有一点儿声响，似乎什么都要节省，连动作在内。因为没有一刻不尊重旁人的主权，他绝对不动人家的东西。

可是，尽管他声音柔和，态度持重，仍不免露出箍桶匠的谈吐与习惯，尤其在家里，不像在旁的地方那么顾忌。

至于体格，他身高五尺，臃肿，横阔，腿肚子的圆周有一尺，多节的膝盖骨，宽大的肩膀；脸是圆的，乌油油的，有痘瘢；下巴笔直，嘴唇没有一点儿曲线，牙齿雪白；冷静地眼睛好像要吃人，是一般所谓的蛇眼；脑门上布满皱裥，一块块隆起的肉颇有些奥妙；青年人不知轻重，背后开葛朗台先生玩笑，把他黄黄而灰白的头发叫作金子里掺白银。鼻尖肥大，顶着一颗布满血筋的肉瘤，一般人不无理由地说，这颗瘤里全是刁钻促狭的玩意儿。这副脸相显出他那种阴险的狡猾，显出他有计划的诚实，显出他的自私自利，所有的感情都集中在吝啬的乐趣，和他唯一真正关切的独养女儿欧也妮身上。而且姿势，举动，走路的功架，他身上的一切都表示他只相信自己，这是生意上左右逢源养成的习惯。所以表面上虽然性情和易，很好对付，骨子里他却硬似铁石。

他老是同样的装束，从一七九一年以来始终是那身打扮。笨重的鞋子，鞋带也是皮做的；四季都穿一双呢袜，一条栗色的粗呢短裤，用银箍在膝盖下面扣紧，上身穿一件方襟的闪光丝绒背心，颜色一会儿黄一会儿古铜色，外面罩一件衣裾宽大的栗色外套，戴一条黑领带，一顶阔边帽子。他的手套跟警察的一样结实，要用到一年零八个月，为保持清洁起见，他有一个一定的手势，把手套放在帽子边缘上一定的地位。

关于这个人物，索漠人所知道的不过这一些。

城里的居民有资格在他家出入的只有六个。前三个中顶重要的是克罗旭先生的侄子。这个年轻人，自从当了索漠初级裁判所所长之后，在本姓克罗旭之上又加了一个篷风的姓氏，并且极力想叫篷风出名。他的签名已经变作克·特·篷风了。倘使有什么冒失的律师仍旧称他"克罗旭先生"，包管在出庭的时候要后悔他的糊涂。凡是称"所长先生"的，就可博得法官的庇护。对于称他"特·篷风先生"的马屁鬼，他更不惜满面春风的报以微笑。所长先生三十三岁，有一处名叫篷风的田庄，每年有七千法郎进款；他还在那里等两个叔父的遗产，一个是克罗旭公证人，一个是克罗旭神甫，属于都尔城圣·马丁大寺的教士会的；据说这两人都相当有钱。三位克罗旭，房族既多，城里的亲戚也有一二十家，俨然结成一个党，好像从前佛罗棱斯的那些梅迭西斯一样；而且正如梅迭西斯有巴齐一族跟他们对垒似的，克罗旭也有他们的敌党。

台·格拉桑太太有一个二十三岁的儿子，她很热心的来陪葛朗台太太打牌，希望她亲爱的阿道夫能够和欧也妮小姐结婚。银行家台·格拉桑先生拿出全副精神从旁协助，对吝啬的老头儿不断的暗中帮忙，逢到攸关大局的紧要关头，从来不落人后。这三位台·格拉桑也有他们的帮手，房族和忠实的盟友。

在克罗旭方面，神甫是智囊，加上那个当公证人的兄弟做后援，他竭力跟银行家太太竞争，想把葛朗台的大笔遗产留给自己的侄儿。克罗旭和台·格拉桑两家暗中为争夺欧也妮的斗法，成为索漠城中大家小户热心关切的题目。葛朗台小姐将来嫁给谁呢？所长先生呢，还是阿道夫·台·格拉桑？

对于这个问题，有的人的答案是两个都不会到手。据他们说，老箍桶匠野心勃勃，想找一个贵族院议员做女婿，凭他岁收三十万法郎的陪嫁，谁还计较葛朗台过去、现在、将来的那些酒桶？另外一批人却回答说，台·格拉桑是世家，极有钱，阿道夫又是一个俊俏后生，这样一门亲事，一定能教出身低微索漠城里都眼见拿过斧头凿子，而且还当过革命党的人心满意足，除非他夹袋里有什么教皇的侄子之流。可是老于世故的人提醒你说，克罗旭·特·篷风先生随时可以在葛朗台家进出，而他的敌手只能在星期日受招待。有的认为，台·格拉桑太太跟葛朗台家的女太太们，比克罗旭一家接近得多，久而久之，一定能说动她们，达到她的目的。有的却认为克罗旭神甫的花言巧语是天下第一，拿女人跟出家人对抗，正好势均力敌。所以索漠城中有一个才子说：

"他们正是旗鼓相当，各有一手。"

据地方上熟知内幕的老辈看法，像葛朗台那么精明的人家，绝不肯把家私落在外人手里。索漠的葛朗台还有一个兄弟在巴黎，非常有钱的酒商；欧也妮小姐将来是嫁给巴黎葛朗台的儿子的。对这种意见，克罗旭和台·格拉桑两家的羽党都表示异议，说：

"一则两兄弟三十年来没有见过两次面；二则巴黎的葛朗台

先生对儿子的期望大得很。他自己是巴黎某区的区长，兼国会议员，禁卫军旅长，商事裁判所推事，自称为跟拿破仑提拔的某公爵有姻亲，早已不承认索漠的葛朗台是本家。”

周围七八十里，甚至在安越到勃洛阿的驿车里，都在谈这个有钱的独养女儿，七嘴八舌，议论纷纷，当然是应有之事。

一八一八年初，有一桩事情使克罗旭党彰明较著的占了台·格拉桑党上风。法劳丰田产素来以美丽的别庄，园亭，小溪，池塘，森林出名，值到三百万法郎。年青的法劳丰侯爵急需现款，不得不把这所产业出卖。克罗旭公证人，克罗旭所长，克罗旭神甫，再加上他们的羽党，居然把侯爵分段出售的意思打消了。公证人告诉他，分成小块的标卖，势必要跟投标落选的人打不知多少场官司，才能拿到田价；还不如整块儿让给葛朗台先生，既买得起，又能付现钱。公证人这番话把卖主说服了，做成一桩特别便宜的好买卖。侯爵的那块良田美产，就这样给张罗着送到了葛朗台嘴里。他出乎索漠人意料之外，竟打了些折扣当场把田价付清。这件新闻一直传播到南德与奥莱昂。

葛朗台先生搭着人家回乡的小车，到别庄上视察。以主人的身份对产业瞥了一眼，回到城里，觉得这一次投资足足有五厘利，他又马上得了一个好主意，预备把全部的田产并在法劳丰一起。随后，他要把差不多出空了的金库重新填满，决意把他的树木，森林，一齐砍下，再把草原上的白杨也出卖。

葛朗台先生的府上这个称呼，现在你们该明白它的分量了吧。那是一所灰暗，阴森，静寂的屋子，坐落在城区上部，靠着坍毁的城脚。

门框的穹窿与两根支柱，像正屋一样用的混凝土，洛阿河岸特产的一种白石，质地松软，用不到两百年以上的。寒暑的酷烈，把柱头，门洞，门顶，都磨出无数古怪的洞眼，像法国建筑的那种虫蛀样儿，也有几分像监狱的大门。门顶上面，有一长条硬石刻成的浮雕，代表四季的形象已经剥蚀，变黑。浮雕的础石突出在外面，横七竖八的长着野草，黄色的苦菊，五爪龙，旋覆花，车前草，一株小小的樱桃树已经长得很高了。

褐色的大门是独幅的橡木做的，没有油水，到处开裂，看上去很单薄，其实很坚固，因为有一排对花的钉子支持。一边的门上有扇小门，中间开一个小方洞，装了铁栅，排得很密的铁梗锈得发红，铁栅上挂着一个环，上面吊一个敲门用的铁锤，正好敲在一颗奇形怪状的大钉子上。铁锤是长方形的，像古时的钟锤，又像一个肥大的惊叹号；一个玩古董的人仔细打量之下，可以发现锤子当初是一个小丑的形状，但是年深月久，已经磨平了。

那个小铁栅，当初在宗教战争的时代，原是预备给屋内的人探望来客的。现在喜欢东张西望的人，可以从铁栅中间望到黑魆魆的半绿不绿的环洞，环洞底上有几级七零八落的磴级，通上花园：厚实而潮湿的围墙，到处渗出水迹，生满垂头丧气的杂树，倒也另有一番景致。这片墙原是城墙的一部，邻近人家都利用它布置花园。

楼下最重要的房间是那间“堂屋”，从大门内的环洞进出的。在安育，都兰，裴里各地的小城中间，一间堂屋的重要，外方人是不大懂得的。它同时是穿堂，客厅，书房，上房，饭厅；它是日常生活的中心，全家公用的起居室。本区的理发匠，替葛朗台先生一年理两次发是在这里，佃户，教士，县长，磨坊伙计上门的时候，也是在这间屋里。室内有两扇临街的窗，铺着地板；古式嵌线的灰色护壁板从上铺到下，顶上的梁木都露在外面，也漆成灰色；梁木中间的楼板涂着白粉，已经发黄了。

壁炉架上面挂着一面耀出青光的镜子，两旁的边划成斜面，显出玻璃的厚度，一丝丝的闪光照在哥特式的镂花钢框上。壁炉架是粗糙的白石面子，摆着一座黄铜的老钟，壳子上有螺钿嵌成的图案。左右放两盏黄铜的两用烛台，座子是铜镶边的蓝色大理石，矗立着好几支玫瑰花瓣形的灯芯盘；把这些盘子拿掉，座子又可成为一个单独的烛台，在平常日子应用。

古式的座椅，花绸面子上织着拉·封丹的寓言，但不是博学之士，休想认出它们的内容：颜色褪尽，到处是补丁，人物已经看不清楚。四边壁角里放着三角形的酒橱，顶上有几格放零星小件的搁板，全是油腻。两扇窗子中间的板壁下面，有一张嵌木细工的旧牌桌，桌面上画着棋盘。牌桌后面的壁上挂一只椭圆形的晴雨表，黑框子四周有金漆的丝带形花边，苍蝇肆无忌惮的钉在上面张牙舞爪，恐怕不会有多少金漆留下的了。

壁炉架对面的壁上，挂两幅水粉画的肖像，据说一个是葛朗台太太的外公，特·拉·裴德里埃老人，穿着王家禁卫军连长的制服；一个是已故香蒂埃太太，挽着一个古式的髻。窗帘用的是都尔红绸，两旁用系有大坠子的丝带吊起。这种奢华的装饰，跟葛朗台一家的习惯很不调和，原来是买进这所屋子的时候就有的，连镜框，座钟，花绸面的家具，红木酒橱等等都是。

靠门的窗洞下面，一张草坐垫的椅子放在一个木座上，使葛朗台太太坐了可以望见街上的行人。另外一张褪色樱桃木的女红台，把窗洞的空间填满了，近旁还有欧也妮的小靠椅。

十五年以来，从四月到十一月，母女俩就在这个位置上安安静静的消磨日子，手里永远拿着活计。十一月初一，她们可以搬到壁炉旁边过冬了。只有到那一天，葛朗台才答应在堂屋里生火，到三月三十一日就得熄掉，不管春寒也不管早秋的凉意。四月和十月里最冷的日子，长脚拿侬想法从厨房里腾出些柴炭，安排一只脚炉，给太太和小姐挡挡早晚的寒气。

全家的内衣被服都归母女俩负责，她们专心一意，像女工一样整天劳作，甚至欧也妮想替母亲绣一方挑花领，也只能腾出睡眠的时间来做，还得想出借口来骗取父亲的蜡烛。多年来女儿与拿侬用的蜡烛，吝啬鬼总是亲自分发的，正如每天早上分发面包和食物一样。

也许只有长脚拿侬受得了她主人的那种专制。索漠城里都羡慕葛朗台夫妇有这样一个老妈子。大家叫她长脚拿侬，因为她身高五尺八寸。她在葛朗台家已经做了三十五年。虽然一年的工薪只有六十法郎，大家已经认为她是城里最有钱的女仆了。一年六十法郎，积了三十五年，最近居然有四千法郎存在公证人克罗旭那儿做终身年金。这笔长期不断的积蓄，似乎是一个了不得的数目。每个女佣看见这个上了六十岁的老妈子有了老年的口粮，都十分眼热，却没有想到这份口粮是辛辛苦苦做牛马换来的。

二十二岁的时候，这可怜的姑娘到处没有人要，她的脸丑得叫人害怕；其实这么说是过分的，把她的脸放在一个掷弹兵的脖子上，还可受到人家称赞哩；可是据说什么东西都要相称。她先是替农家放牛，农家遭了火灾，她就凭着天不怕地不怕的勇气，进城来找事。

那时葛朗台正想自立门户，预备娶亲。他瞥见了这到处碰壁的女孩子。以箍桶匠的眼光判断一个人的体力是准没有错的：她体格像大力士，站在那儿仿佛一株六十年的橡树，根牢固实，粗大的腰围，四方的背脊，一双手像个赶车的，诚实不欺的德行，正如她的贞操一般纯洁无瑕；在这样一个女人身上可以榨取多少利益，他算得清清楚楚。雄赳赳的脸上生满了疣，紫膛膛的皮色，青筋隆起的胳膊，褴褛的衣衫，拿侬这些外表并没吓退箍桶匠，虽然他那时还在能够动心的年纪。他给这个可怜的姑娘衣着，鞋袜，膳宿，出了工钱雇用她，也不过分的虐待，糟蹋。

长脚拿侬受到这样的待遇暗中快活得哭了，就一片忠心的服侍箍桶匠。而箍桶匠当她家奴一般利用。拿侬包办一切：煮饭，蒸洗东西，拿衣服到洛阿河边去洗，担在肩上回来；天一亮就起身，深夜才睡觉；收成时节，所有短工的饭食都归她料理，还不让人家捡取掉在地下的葡萄；她像一条忠心的狗一样保护主人的财产。总之，她对他信服得五体投地，无论他什么想入非非的念头，她都不哼一声的服从。一八一一年那有名的一年[①]收获季节特别辛苦，这时拿侬已经服务了二十年，葛朗台才发狠赏了她一只旧表，那是她到手的唯一礼物。固然他一向把穿旧的鞋子给她（她正好穿得上），但是每隔三个月得来的鞋子，已经那么破烂，不能叫作礼物了。可怜的姑娘因为一无所有，变得吝啬不堪，终于使葛朗台像喜欢一条狗一样的喜欢她，而拿侬也甘心情愿让人家把链条套上脖子，链条上的刺，她已经不觉得痛了。

要是葛朗台把面包割得过分小气了一点，她绝不抱怨；这份人家饮食严格，从来没有人闹病，拿侬也乐于接受这卫生的好处。而且她跟主人家已经打成一片：葛朗台笑，她也笑，葛朗台发

①该年制成的酒为法国史上有名的佳酿；是年有彗星出现；经济恐慌；工商业破产者累累。所谓有名的一年是总括上列各项事故而言。

愁，挨冷，取暖，工作，她也跟着发愁，挨冷，取暖，工作。这样不分彼此的平等，还不算甜蜜的安慰吗？她在树底下吃些杏子，桃子，枣子，主人从来不埋怨。

有些年份的果子把树枝都压弯了，佃户们拿去喂猪，于是葛朗台对拿侬说："吃呀，拿侬，尽吃。"

这个穷苦的乡下女人，从小只受到虐待，人家为了善心才把她收留下来；对于她，葛朗台老头那种教人猜不透意思的笑，真像一道阳光似的。

而且拿侬单纯的心，简单的头脑，只容得下一种感情，一个念头。三十五年如一日，她老是看到自己站在葛朗台先生的工场前面，赤着脚，穿着破烂衣衫，听见箍桶匠对她说："你要什么呀，好孩子？"她心中的感激永远是那么新鲜。

有时候，葛朗台想到这个可怜虫从没听见一句奉承的话，完全不懂女人所能获得的那些温情；将来站在上帝前面受审，她比圣母玛利亚还要贞洁。葛朗台想到这些，不禁动了怜悯，望着她说：

"可怜的拿侬！"

老佣人听了，总是用一道难以形容的目光瞧他一下。时常挂在嘴边的这句感叹，久已成为他们之间不断的友谊的链锁，而每说一遍，链锁总多加上一环。出诸葛朗台的心坎，而使老姑娘感激的这种怜悯，不知怎么总有一点儿可怕的气息。这种吝啬鬼的残酷的怜悯，在老箍桶匠是因为想起在佣人身上刮到了多少好处而得意，在拿侬却是全部的快乐。"可怜的拿侬！"这样的话谁不会说？但是说话的音调，语气之间莫测高深的惋惜，可以使上帝认出谁才是真正的慈悲。

索漠有许多家庭待佣人好得多，佣人却仍然对主人不满意。于是又有这样的话流传了：

“葛朗台他们对长脚拿侬怎么的，她会这样的忠心？简直肯替他们拼命！”

厨房临着院子，窗上装有铁栅，老是干净，整齐，冷冰冰的，真是守财奴的灶屋，没有一点儿糟蹋的东西。拿侬晚上洗过碗盏，收起剩菜，熄了灶火，便到跟厨房隔着一条过道的堂屋里绩麻，跟主人们在一块。这样，一个黄昏全家只消点一支蜡烛了。老妈子睡的是过道底上的一个小房间，只消有一个墙洞漏进一些日光；躺在这样一个窝里，她结实的身体居然毫无亏损，她可以听见日夜都静悄悄地屋子里的任何响动。像一条看家狗似的，她竖着耳朵睡觉，一边休息一边守夜。

屋子其余的部分，等故事发展下去的时候再来描写；但全家精华所在的堂屋的景象，已可令人想见楼上的寒碜了。

一八一九年，秋季的天气特别好；到十一月中旬某一天傍晚时分，长脚拿侬才第一次生火。那一天是克罗旭与台·格拉桑两家记得清清楚楚的节日。双方六位人马，预备全副武装，到堂屋里交一交手，比一比谁表示得更亲热。

早上，索漠的人看见葛朗台太太和葛朗台小姐，后边跟着拿侬，到教堂去望弥撒，于是大家记起了这一天是欧也妮小姐的生日。克罗旭公证人，克罗旭神甫，克·特·篷风先生，算准了葛朗台家该吃完晚饭的时候，急急忙忙赶来，要抢在台·格拉桑一家之前，向葛朗台小姐拜寿。三个人都捧着从小花坛中摘来的大束的花。所长那束，花梗上很巧妙的裹着金色繐子的白缎带。

每逢欧也妮的生日和本名节日[1]，照例葛朗台清早就直闯到女儿床边，郑重其事的把他为父的礼物亲手交代，十三年来的老规矩，都是一枚稀罕的金洋。

葛朗台太太总给女儿一件衣衫，或是冬天穿的，或是夏天穿的，看什么节而定。这两件衣衫，加上父亲在元旦跟他自己的节日所赏赐的金洋，她每年小小的收入大概有五六百法郎，葛朗台很高兴的看她慢慢地积起来。这不过是把自己的钱换一只口袋罢了，而且可以从小培养女儿的吝啬。他不时盘问一下她财产的数目——其中一部分是从葛朗台太太的外婆那里来的，盘问的时候总说：

“这是你陪嫁的压箱钱呀。”

所谓压箱钱是一种古老的风俗，法国中部有些地方至今还很郑重的保存在那里。裴里，安育那一带，一个姑娘出嫁的时候，不是娘家便是婆家，总得给她一笔金洋或银洋，或是十二枚，或是一百四十四枚，或是一千二百枚，看家境而定。最穷的牧羊女出嫁，压箱钱也非有不可，就是拿大铜钱充数也是好的。伊苏屯地方，至今还谈论曾经有一个有钱的独养女儿，压箱钱是一百四十四枚葡萄牙金洋。凯瑟琳·特·梅迭西斯嫁给亨利二世，她的叔叔教皇克雷门七世送给她一套古代的金勋章，价值连城。

吃晚饭的时候，父亲看见女儿穿了新衣衫格外漂亮，便喜欢得什么似的，嚷道：

“既然是欧也妮的生日，咱们生起火来，取个吉利吧！”

---

①西俗教徒皆以圣者之名命名。凡自己取名的圣者的纪念日，称为本名节日。

长脚拿侬撤下饭桌上吃剩的鹅，箍桶匠家里的珍品，一边说：

“小姐今年一定要大喜了。”

“索漠城里没有合式的人家喔。”葛朗台太太接口道，她一眼望着丈夫的那种胆怯的神气，以她的年龄而论，活现出可怜的女人是一向对丈夫服从惯的。

葛朗台端相着女儿，快活的叫道：

“今天她刚好二十三了，这孩子。是咱们操心的时候了。”

欧也妮和她的母亲心照不宣的彼此瞧了一眼。

葛朗台太太是一个干枯的瘦女人，皮色黄黄的像木瓜，举动迟缓，笨拙，就像那些生来受折磨的女人。大骨骼，大鼻子，大额角，大眼睛，一眼望去，好像既无味道又无汁水的干瘪果子。黝黑的牙齿已经不多几颗，嘴巴全是皱裥，长长的下巴颏儿往上钩起，像只木底靴。可是她为人极好，真有裴德里埃家风。克罗旭神甫常常有心借机会告诉她，说她当初并不怎样难看，她居然会相信。性情柔和得像天使，忍耐工夫不下于给孩子们捉弄的虫蚁，少有的虔诚，平静的心境绝对不会骚乱，一片好心，个个人可怜她，敬重她。

丈夫给她的零用，每次从不超过六法郎。虽然相貌奇丑，她的陪嫁与承继的遗产，给葛朗台先生带来三十多万法郎。然而她始终诚惶诚恐，仿佛依人篱下似的；天性的柔和，使她摆脱不了这种奴性，她既没要求过一个钱，也没对克罗旭公证人教她签字的文件表示过异议。支配这个女人的，只有闷在肚里的那股愚不可及的傲气，以及葛朗台非但不了解还要加以伤害的慷慨的心胸。

葛朗台太太永远穿一件淡绿绸衫，照例得穿上一年；戴一条棉料的白围巾，头上一顶草帽，差不多永远系一条黑纱围身。难得出门，鞋子很省。总之，她自己从来不想要一点儿什么。

有时，葛朗台想起自从上次给了她六法郎以后已经有好久，觉得过意不去，便在出售当年收成的契约上添注一笔，要买主掏出些中金给他太太。向葛朗台买酒的荷兰商人或比国商人，总得破费上百法郎，这就是葛朗台太太一年之中最可观的进款。

可是，她一朝拿到了上百法郎，丈夫往往对她说，仿佛他们用的钱一向是公账似的："借几个子儿给我，好不好？"可怜的女人，老是听到忏悔师说男人是她的夫君是她的主人，所以觉得能够帮他忙是最快活不过的，一个冬天也就还了他好些中金。

葛朗台掏出了做零用、买针线、付女儿衣着的六法郎月费，把钱袋扣上之后，总不忘了向他女人问一声：

"喂，妈妈，你想要一点儿什么吗？"

"噢，那个，慢慢再说罢。"葛朗台太太回答，她觉得做母亲的应该保持她的尊严。

这种伟大真是白费！葛朗台自以为对太太慷慨得很呢。像拿侬，葛朗台太太，欧也妮小姐这等人物，倘使给哲学家碰到了，不是很有理由觉得上帝的本性是喜欢跟人开玩笑吗？

在初次提到欧也妮婚事的那餐晚饭之后，拿侬到楼上葛朗台先生房里拿一瓶果子酒，下来的时候几乎摔了一跤。

"蠢东西，"葛朗台先生叫道，"你也会栽筋斗吗，你？"

"哎哟，先生，那是你的楼梯不行呀。"

"不错，"葛朗台太太接口，"你早该修理了，昨天晚上，欧也妮也险些儿扭坏了脚。"

葛朗台看见拿侬脸色发白，便说：

"好，既然是欧也妮的生日，你又几乎摔跤，就请你喝一杯果子酒压压惊吧。"

"真是，这杯酒是我把命拼来的喔。换了别人，瓶子早已摔掉了；我哪怕碰断肘子，也要把酒瓶擎得老高，不让它砸破呢。"

"可怜的拿侬！"葛朗台一边说一边替她斟酒。

"跌痛没有？"欧也妮很关切的望着她问。

"没有，我挺一挺腰就站住了。"

"得啦，既然是欧也妮的生日，"葛朗台说，"我就去替你们修理踏级吧。你们这般人，就不会拣结实的地方落脚。"

葛朗台拿了烛台，走到烤面包的房里去拿木板，钉子和工具，让太太，女儿，佣人坐在暗里，除了壁炉的活泼的火焰之外，没有一点儿光亮。拿侬听见他在楼梯上敲击的声音，便问：

"要不要帮忙？"

"不用，不用！我会对付。"老箍桶匠回答。

葛朗台一边修理虫蛀的楼梯，一边想起少年时代的事情，直着喉咙打呼哨。这时候，三位克罗旭来敲门了。

"是你吗，克罗旭先生？"拿侬凑在铁栅上张了一张。

"是的。"所长回答。

拿侬打开大门，壁炉的火光照在环洞里，三位克罗旭才看清了堂屋的门口。拿侬闻到花香，便说：

"啊！你们是来拜寿的。"

"对不起，诸位，"葛朗台听出了客人的声音，嚷道，"我马上就来！不瞒你们说，楼梯的踏级坏了，我自己在修呢。"

"不招呼，不招呼！葛朗台先生。区区煤炭匠，在家也好当市长。”所长引经据典的说完，独自笑开了，却没有人懂得他把成语改头换面，影射葛朗台当过区长。

葛朗台母女俩站了起来。所长趁堂屋里没有灯光，便对欧也妮说道：

“小姐，今天是你的生日，我祝贺你年年快乐，岁岁康强！”

说着他献上一大束索漠城里少有的鲜花；然后抓着独养女儿的肘子，把她脖子两边亲了一下，那副得意的神气把欧也妮羞得什么似的。所长，像一只生锈的大铁钉，自以为这样就是追求女人。

“所长先生，不用拘束啊，”葛朗台走进来说，“过节的日子，照例得痛快一下。”

克罗旭神甫也捧着他的一束花，接口说：

“跟令爱在一块儿，舍侄觉得天天都是过节呢。”

说完话，神甫吻了吻欧也妮的手。公证人克罗旭却老实不客气亲了她的腮帮，说：

“哎，哎，岁月催人，又是一年了。”

葛朗台有了一句笑话，轻易不肯放弃，只要自己觉得好玩，会三番四复的说个不休；他把烛台往座钟前面一放，说道：

“既然是欧也妮的生日，咱们就大放光明吧！”

他很小心的摘下灯台上的管子，每根按上了灯芯盘，从拿侬手里接过一根纸卷的新蜡烛，放入洞眼，插妥了，点上了，然后走去坐在太太旁边，把客人，女儿，和两支蜡烛，轮流打量过来。克罗旭神甫矮小肥胖，浑身是肉，茶红的假头发，像是压扁了的，脸孔像个爱开玩笑的老太婆，套一双银搭扣的结实的鞋子，他把脚一伸，问道：

“台·格拉桑他们没有来吗？”

“还没有。”葛朗台回答。

“他们会来吗？”老公证人扭动着那张脚炉盖似的脸，问。

“我想会来的。”葛朗台太太回答。

“府上的葡萄收割完了吗？”特·篷风所长打听葛朗台。

“统统完了！”葛朗台老头说着，站起身来在堂屋里踱步，他把胸脯一挺的那股劲儿，跟“统统完了”四个字一样骄傲。

长脚拿侬不敢闯入过节的场面，便在厨房内点起蜡烛，坐在灶旁预备绩麻。葛朗台从过道的门里瞥见了，踱过去嚷道：

“拿侬，你能不能灭了灶火，熄了蜡烛，上我们这儿来？嘿！这里地方大得很，怕挤不下吗？”

“可是先生，你们那里有贵客哪。”

“怕什么？他们不跟你一样是上帝造的吗？”

葛朗台说完又走过来问所长：

“府上的收成脱手没有？”

“没有。老实说，我不想卖。现在的酒固然好，过两年更好。你知道，地主都发誓要坚持公议的价格。那些比国人这次休想占便宜了。他们这回不买，下回还是要来的。”

“不错，可是咱们要齐心啊。”葛朗台的语调，教所长打了一个寒噤。

“他会不会跟他们暗中谈判呢？”克罗旭心里想。

这时大门上锤子响了一下，报告台·格拉桑一家来了。葛朗台太太和克罗旭神甫才开始的话题，只得搁过一边。

台·格拉桑太太是那种矮小活泼的女人，身材肥胖，皮肤白里泛红，过着修道院式的内地生活，律身谨严，所以在四十岁上还显得年轻。这等女子仿佛过时的最后几朵蔷薇，叫人看了舒服，但它们的花瓣有种说不出的冰冷的感觉，香气也淡薄得很了。她穿着相当讲究，行头都从巴黎带来，索漠的时装就把她做标准，而且家里经常举行晚会。

她的丈夫在拿破仑的禁卫军中当过连长，在奥斯丹列兹一役受了重伤，退伍了，对葛朗台虽然尊敬，但是爽直非凡，不失军人本色。

“你好，葛朗台。”他说着向葡萄园主伸出手来，一副俨然的气派是他一向用来压倒克罗旭的，向葛朗台太太行过礼，他又对欧也妮说：“小姐，你老是这样美，这样贤惠，简直想不出祝贺你的话。”

然后他从跟班手里接过一口匣子递过去，里面装着一株好望角的铁树，这种花还是最近带到欧洲而极少见的。

台·格拉桑太太非常亲热的拥抱了欧也妮，握着她的手说：

“我的一点小意思，教阿道夫代献吧。”

一个头发金黄，个子高大的青年，苍白，娇弱，举动相当文雅，外表很羞怯，可是最近到巴黎念法律，膳宿之外，居然花掉上万法郎。这时他走到欧也妮前面，亲了亲她的腮帮，献上一个针线匣子，所有的零件都是镀金的；匣面上哥特式的花体字，把欧也妮姓名的缩写刻得不坏，好似做工很精巧，其实全部是骗人的起码货。

欧也妮揭开匣子，感到一种出乎意料的快乐，那是使所有的少女脸红，寒战，高兴得发抖的快乐。她望着父亲，似乎问他可不可以接受。葛朗台说一声：“收下罢，孩子！”那强劲有力的音调竟可以使一个角儿成名呢。

这样贵重的礼物，独养女儿还是第一遭看见，她的快活与兴奋的目光，使劲盯住了阿道夫·台·格拉桑，把三位克罗旭看呆了。台·格拉桑先生掏出鼻烟壶，让了一下主人，自己闻了一下，把蓝外套钮孔上“荣誉团”丝带上的烟末，抖干净了，旋过头去望着几位克罗旭，神气之间仿佛说：“嘿，瞧我这一手！”

台·格拉桑太太就像一个喜欢讥笑人家的女子，装作特意寻找克罗旭他们的礼物，把蓝瓶里的鲜花瞅了一眼。在这番微妙的比赛中，大家围坐在壁炉前面；克罗旭神甫却丢下众人，径自和葛朗台踱到堂屋那一头，离台·格拉桑最远的窗洞旁边，咬着守财奴的耳朵说：

“这些人简直把钱往窗外扔。”

“没有关系，反正是扔在我的地窖里。”葛朗台回答。

“你给女儿打把金剪刀也打得起呢。”神甫又道。

“金剪刀有什么稀罕，我给她的东西名贵得多哩。”

克罗旭所长那猪肝色的脸本来就不体面，加上乱蓬蓬的头发，愈显得难看了。神甫望着他，心里想：

“这位老侄真是一个傻瓜，一点讨人喜欢的小玩意儿都想不出来！”

这时台·格拉桑太太嚷道：

“咱们陪你玩一会儿牌吧，葛朗台太太。”

“这么多人，好来两局呢……”

“既然是欧也妮的生日，你们不妨来个摸彩的玩意，让两个孩子也参加。”老箍桶匠一边说一边指着欧也妮和阿道夫，他自己是对什么游戏都从不参加的。

“来，拿侬，摆桌子。”

“我们来帮忙，拿侬。”台·格拉桑太太很高兴的说，她因为得了欧也妮的欢心，快活得不得了。那位独养女儿对她说：

“我一辈子都没有这么快乐过，我从没见过这样漂亮的东西。”

台·格拉桑太太便咬着她的耳朵：

“那是阿道夫从巴黎捎来的，他亲自挑的呢。”

“好，好，你去灌迷汤罢，刁钻促狭的鬼女人！”所长心里想，“一朝你家有什么官司落在我手中，不管是你的还是你丈夫的，哼，看你有好结果吧。”

公证人坐在一旁，神色泰然的望着神甫，想道：

“台·格拉桑他们是白费心的。我的家私，我兄弟的，侄子的，合在一起有一百十万。台·格拉桑最多也不过抵得一半，何况他们还有一个女儿要嫁！好吧，他们爱送礼就送吧！终有一天，独养女儿跟他们的礼物，会一股脑儿落在咱们手里的。”

八点半，两张牌桌端整好了。俊俏的台·格拉桑太太居然能够把儿子安排在欧也妮旁边。各人拿着一块有数目字与格子的纸板，抓着蓝玻璃的码子，开始玩了。这聚精会神的一幕，虽然表面上平淡无奇，所有的角儿装作听着老公证人的笑话——他摸一颗码子，念一个数目，总要开一次玩笑——其实都念念不忘的想着葛朗台的几百万家私。

老箍桶匠踌躇满志的把台·格拉桑太太时髦的打扮，粉红的帽饰，银行家威武的脸相，还有阿道夫，所长，神甫，公证人的脑袋，一个个的打量过来，暗自想道：

“他们都看中我的钱，为了我女儿到这儿来受罪。哼！我的女儿，休想；我就利用这般人替我钓鱼！”

灰色的老客厅里，黑魆魆的只点两支蜡烛，居然也有家庭的欢乐；拿侬的纺车声，替众人的笑声当着伴奏，可是只有欧也妮和她母亲的笑才是真心的；小人的心胸都在关切重大的利益；这位姑娘受到奉承，包围，以为他们的友谊都是真情实意，仿佛一只小鸟全不知道给人家标着高价作为赌注。这种种使那天晚上的情景显得又可笑又可叹。这原是古往今来到处在搬演的活剧，这儿不过表现得最简单罢了。利用两家的假殷勤而占足便宜的葛朗台，是这一幕的主角，有了他，这一幕才有意义。单凭这个人的脸，不是就象征了法力无边的财神，现代人的上帝吗？

人生的温情在此只居于次要地位；它只能激动拿侬，欧也妮和她母亲三颗纯洁的心。而且她们能有这么一点天真，还是因为她们蒙在鼓里，一无所知！葛朗台的财富，母女俩全不知道；她们对人生的看法，只凭一些渺茫的观念，对金钱既不看重也不看轻，她们一向就用不到它。她们的情感虽然无形中受了伤害，依旧很强烈，而且是她们生命的真谛，使她们在这一群唯利是图的人中间别具一格。人类的处境就是这一点可怕！没有一宗幸福不是靠糊涂得来的。

葛朗台太太中了十六个铜子的彩，在这儿是破天荒第一遭的大彩；长脚拿侬看见太太有这许多钱上袋，快活得笑了。正在这时候，大门上砰的一声，锤子敲得那么响，把太太们吓得从椅子上直跳起来。

“这种敲门的气派绝不是本地人。”公证人说。

“哪有这样敲法的！”拿侬说，“难道想砸破大门吗？”

“哪个混账东西！”葛朗台咕噜着。

拿侬在两支蜡烛中拿了一支去开门，葛朗台跟着她。

“葛朗台！葛朗台！”他太太莫名其妙的害怕起来，望堂屋门口追上去叫。

牌桌上的人都面面相觑。

“咱们一块儿去怎么样？”台·格拉桑说，“这种敲门有点儿来意不善。”

台·格拉桑才看见一个青年人的模样，后面跟着驿站上的脚夫，扛了两口大箱子，拖了几个铺盖卷，葛朗台便突然转过身来对太太说：

“玩你们的，太太，让我来招呼客人。”

说着他把客厅的门使劲一拉。那些骚动的客人都归了原位，却并没玩下去。台·格拉桑太太问她的丈夫：

“是不是索漠城里的人？”

“不，外地来的。”

“一定是巴黎来的了。”

公证人掏出一只两指厚的老表，形式像荷兰战舰，瞧了瞧说：

“不错，正九点。该死，驿车倒从来不脱班。”

“客人还年轻吗？”克罗旭神甫问。

“年轻，”台·格拉桑答道，“带来的行李至少有三百斤。”

“拿侬还不进来。”欧也妮说。

“大概是府上的亲戚吧。”所长插了句嘴。

“咱们下注吧，”葛朗台太太轻声轻气的叫道，“听葛朗台的声音，他很不高兴；也许他不愿意我们谈论他的事。”

“小姐，”阿道夫对坐在隔壁的欧也妮说，“一定是你的堂兄弟葛朗台，一个挺漂亮的青年，我在纽沁根先生家的跳舞会上见过的。”

阿道夫停住不说了，他给母亲踩了一脚；她高声叫他拿出两个铜子来押，又咬着他的耳朵：

“别多嘴，你这个傻瓜！”

这时大家听见拿侬和脚夫走上楼梯的声音；葛朗台带着客人进了堂屋。几分钟以来，个个人都给不速之客提足了精神，好奇得不得了，所以他的到场，他的出现，在这些人中间，犹如蜂房里掉进了一只蜗牛，或是乡下黝黑的鸡场里闯进了一只孔雀。

“到壁炉这边来坐吧。”葛朗台招呼他。

年轻的陌生人就坐之前，对众人客客气气鞠了一躬。男客都起身还礼，太太们都深深的福了一福。

“你冷了吧，先生？”葛朗台太太说，“你大概从……”

葛朗台捧着一封信在念，马上停下来截住了太太的话：

“嘿！娘儿腔！不用烦，让他歇歇再说。”

“可是父亲，也许客人需要什么呢。”欧也妮说。

“他会开口的。”老头儿厉声回答。

这种情形只有那位生客觉得奇怪。其余的人都看惯了这个家伙的霸道。客人听了这两句问答，不禁站起身子，背对着壁炉，提起一只脚烘烤靴底，一面对欧也妮说：

“大姊，谢谢你，我在都尔吃过晚饭了。”他又望着葛朗台说：“什么都不用费心，我也一点儿不觉得累。”

“你先生是从京里来的吧？”台·格拉桑太太问。

查理（这是巴黎葛朗台的儿子的名字）听见有人插嘴，便拈起用金链挂在项下的小小的手眼镜，凑在右眼上瞧了瞧桌上的东西和周围的人物，非常放肆的把眼镜向台·格拉桑太太一照，他把一切都看清楚了，才回答说：

“是的，太太。”——他又回头对葛朗台太太说：“哦，你们在摸彩，伯母。请呀，请呀，玩下去吧，多有趣的玩意儿，怎么好歇手呢！……”

“我早知道他就是那个堂兄弟。”台·格拉桑太太对他做着媚眼，心里想。

“四十七，”老神甫嚷道，“嗳，台·格拉桑太太，放呀，这不是你的号数吗？”

台·格拉桑先生抓起一个码子替太太放上了纸板。她却觉得预兆不好，一会儿望望巴黎来的堂兄弟，一会儿望望欧也妮，想不起摸彩的事了。年轻的独养女儿不时对堂兄弟瞟上几眼，银行家太太不难看出她越来越惊讶，越来越好奇的情绪。

二、巴黎的堂兄弟

查理·葛朗台，二十二岁的俊俏后生，跟那些老实的外省人正好成为古怪的对照；人家看了他贵族式的举动态度已经心中有气，而且还在加以研究，以便大大地讪笑他一番。这缘故需要说明一下。

在二十二岁上，青年人还很接近童年，免不了孩子气。一百个中间，说不定九十九个都会像查理·葛朗台一样的行事。那天晚上的前几日，父亲吩咐他到索漠的伯父那里住几个月。也许巴黎的葛朗台念头转到欧也妮。初次跑到内地的查理，便想拿出一个时髦青年的骠劲，在县城里摆阔，在地方上开风气，带一些巴黎社会的新玩意来。总之，一句话说尽，他要在索漠比在巴黎花更多的时间刷指甲，对衣着特别出神入化，下一番苦功，不比有些时候一个风流年少的人倒故意的不修边幅，要显得潇洒。

因此，查理带了巴黎最漂亮的猎装，最漂亮的猎枪，最漂亮的刀子，最漂亮的刀鞘。他也带了全套最新奇的背心：灰的，白的，黑的，金壳虫色的，闪金光的，嵌水钻的，五色条纹的，双叠襟的，高领口的，直领口的，翻领的，纽扣一直扣到脖子的，金纽扣的。还有当时风行的各式硬领与领带，名裁缝蒲伊松做的两套服装，最讲究的内衣。母亲给的一套华丽的纯金梳妆用具也随身带了。凡是花花公子的玩意儿，都已带全；一只玲珑可爱的小文具盒也没有忘记。这是一个最可爱的——至少在他心目中——他叫作阿纳德的阔太太送的礼物。她此刻正在苏格兰陪着丈夫游历，烦闷不堪，可是为了某些谣言不得不暂时牺牲一下幸福。他也带了非常华丽的信笺，预备每半个月和她通一次信。巴黎浮华生活的行头，简直应有尽有，从决斗开场时用的马鞭起，直到决斗结束时用的镂工细巧的手枪为止，一个游手好闲的青年出门打天下的随身家伙，都包括尽了。父亲吩咐他一个人上路，切勿浪费，所以他包了驿车的前厢，很高兴那辆特地定造、预备六月里坐到巴登温泉与贵族太太阿纳德相会的，轻巧可爱的轿车，不致在这次旅行中糟蹋。

查理预备在伯父家里碰到上百客人，一心想到他森林中去围猎，过一下宫堡生活。他想不到伯父就在索漠；他在这儿问起葛朗台，只是为了打听去法劳丰的路；等到知道伯父在城里，便以为他住的必是高堂大厦。索漠也罢，法劳丰也罢，初次在伯父家露面非体体面面不行，所以他的旅行装束是最漂亮的，最大方的，用当时形容一个人一件东西美到极点的口语说，是最可爱的。利用在都尔打尖的时间，他叫了一个理发匠把美丽的栗色头发重新烫过。衬衫也换过一件，戴一条黑缎子领带，配上圆领，使那张满面春风的小白脸愈加显得可爱了。一袭小腰身的旅行外套，纽扣只扣了一半，露出一件高领羊毛背心，里面还有第二件白背心。他的表随便纳在一只袋里，短短的金链系在钮孔上。灰色裤子，纽扣都在两旁，加上黑丝线绣成的图案，式样更美观了。他极有风趣的挥动手杖，雕刻精工的黄金柄，并没夺去灰色手套的光泽。最后，他的便帽也是很大方的。

只有巴黎人，一个第一流的巴黎人，才能这样打扮而不至于俗气，才有本领使那些无聊的装饰显得调和。给这些行头做支援的，还有一股骠劲，表示他有的是漂亮的手枪，百发百中的功夫，和那位贵族太太阿纳德。

因此，要了解索漠人与年轻的巴黎人彼此的惊讶，要在堂屋与构成这幅家庭小景的灰暗的阴影中，把来客风流典雅的光彩看个真切的话，就得把几位克罗旭的模样悬想一番。三个人都吸鼻烟，既淌鼻水，又把黄里带红、衣领打皱、褶裥发黄的衬衫胸饰沾满了小黑点：他们久已不在乎这些。软绵绵的领带，一扣上去就缩成一根绳子。衬衫内衣之多，一年只要洗两次，在衣柜底上成年累月的放旧了，颜色也灰了。邋遢与衰老在他们身上合而为一。跟破烂衣服一样的衰败，跟裤子一样的打皱，他们的面貌显得憔悴、硬化，嘴脸都扭做一团。

其余的人也是衣冠不整，七零八落，没有一点儿新鲜气象，跟克罗旭他们的落拓半斤八两。外省的装束大概都是如此，大家不知不觉的只关心一副手套的价钱，而不想打扮给人家看了。只有讨厌时装这一点，台·格拉桑与克罗旭两派的意见是一致的。巴黎客人一拿起手眼镜，打量堂屋里古怪的陈设，楼板的梁木，护壁板的色调，护壁板上数量多得可以标点《日用百科全书》与《政府公报》的苍蝇屎的时候，那些玩摸彩戏的人便立刻扬起鼻子打量他，好奇的神情似乎在看一头长颈鹿。台·格拉桑父子虽然见识过时髦人物，也跟在座的人一样的惊讶，或许是众人的情绪有股说不出的力量把他们感染了，或许他们表示赞成，所以含讥带讽的对大家挤眉弄眼，仿佛说：“你们瞧，巴黎人就是这副腔派。”

并且他们尽可从从容容的端相查理，不用怕得罪主人。葛朗台全副精神在对付手里的一封长信，为了看信，他把牌桌上唯一的蜡烛拿开了，既不顾到客人，也不顾到他们的兴致。欧也妮从来没见过这样美满的装束与人品，以为堂兄弟是什么天上掉下来的妙人儿。光亮而卷曲有致的头发散出一阵阵的香气，她尽量的闻着，嗅着，觉得飘飘然。漂亮精美的手套，她恨不得把那光滑的皮去摸一下。她羡慕查理的小手，皮色，面貌的娇嫩与清秀。这可以说是把风流公子给她的印象作了一个概括的叙述。可是一个没有见过世面的姑娘，只知道缝袜子，替父亲补衣裳，在满壁油腻的屋子里讨生活的——冷清的街上一小时难得看到一个行人——这样一个女子一见这位堂兄弟，自然要神魂颠倒，好像一个青年在英国圣诞画册上看到了那些奇妙的女人，镂刻的精巧，大有吹一口气就会把天仙似的美女从纸上吹走了似的。

查理掏出一条手帕，是在苏格兰游历的阔太太绣的，美丽的绣作正是热恋中怀着满腔爱情做成的；欧也妮望着堂兄弟，看他是否当真拿来用。查理的举动，态度，拿手眼镜的姿势，故意的放肆，还有对富家闺女刚才多么喜欢的那个针线匣，他认为毫无价值或俗不可耐而一脸瞧不起的神气，总之，查理的一切，凡是克罗旭与台·格拉桑他们看了刺眼的，欧也妮都觉得赏心悦目，使她当晚在床上老想着那个了不起的堂兄弟，睡不着觉。

摸彩摸得很慢，不久也就歇了。因为长脚拿侬进来高声地说：

“太太，得找被单替客人铺床啦。”

葛朗台太太跟着拿侬走了。台·格拉桑太太便轻轻地说：

“我们把钱收起来，歇了吧。”

各人从缺角的旧碟子内把两个铜子的赌注收起，一齐走到壁炉前面，谈一会儿天。

“你们完了吗？”葛朗台说着，照样念他的信。

“完了，完了。”台·格拉桑太太答着话，挨着查理坐下。欧也妮像一般初次动心的少女一样，忽然想起一个念头，离开堂屋，给母亲和拿侬帮忙去了。要是一个手腕高明的忏悔师盘问她，她一定会承认那时既没想到母亲，也没想到拿侬，而是非常急切的要看看堂兄弟的卧房，替他张罗一下，放点儿东西进去，唯恐人家有什么遗漏，样样要想个周到，使他的卧房尽可能显得漂亮，干净。欧也妮已经认为只有她才懂得堂兄弟的口味与心思。

母亲与拿侬以为一切安排定当，预备下楼了，她却正好赶上，指点给她们看，什么都不行。她提醒拿侬捡一些炭火，弄个脚炉烘被单；她亲手把旧桌子铺上一方小台布，吩咐拿侬这块台布每天早上都得更换。她说服母亲，壁炉内非好好的生一个火不可，又逼着拿侬瞒了父亲搬一大堆木柴放在走廊里。台·拉·裴德里埃老先生的遗产里面，有一个古漆盘子放在堂屋的三角橱上，还有一只六角水晶杯，一只镀金褪尽的小羹匙，一个刻着爱神的古瓶，欧也妮一齐搬了来，得意扬扬的摆在壁炉架上。她这一会儿的念头，比她出世以来所有的念头还要多。

“妈妈，”她说，“蜡油的气味，弟弟一定受不了。去买一支白烛怎么样？……”说着她像小鸟一般轻盈的跑去，从钱袋里掏出她的月费，一块五法郎的银币，说：

“喂，拿侬，快点儿去。”

她又拿了一个糖壶，赛佛窑烧的旧瓷器，是葛朗台从法劳丰别庄拿来的。葛朗台太太一看到就严重的警告说：

“哎，父亲看了还了得！……再说哪儿来的糖呢？你疯了吗？”

“妈妈，跟白烛一样好叫拿侬去买啊。”

“可是你父亲要怎么说呢？”

“他的侄儿连一杯糖水都没得喝，成什么话？而且他不会留意的。”

“嘿，什么都逃不过他的眼睛。”葛朗台太太侧了侧脑袋。

拿侬犹疑不决，她知道主人的脾气。

“去呀，拿侬，既然今天是我的生日！”

拿侬听见小主人第一次说笑话，不禁哈哈大笑，照她的吩咐去办了。

正当欧也妮跟母亲想法把葛朗台派给侄儿住的卧房装饰得漂亮一些的时候，查理却成为台·格拉桑太太大献殷勤，百般挑引的目标。

“你真有勇气呀，先生，”她对他说，“居然肯丢下巴黎冬天的娱乐，住到索漠来。不过，要是你不觉得我们太可怕的话，你慢慢会看到，这里一样可以玩儿的。”

接着她做了一个十足内地式的媚眼。内地女子的眼风，因为平常矜持到极点，谨慎到极点，反而有一种馋涎欲滴的神气，那是把一切欢娱当作窃盗或罪过的教士特有的眼风。

查理在堂屋里迷惘到万分，意想之中伯父的别庄与豪华的生活，跟眼前种种差得太远了，所以他把台·格拉桑太太仔细瞧过之后，觉得她淡淡的还有一点儿巴黎妇女的影子。她上面那段话，对他好似一种邀请，他便客客气气的接受了，很自然的和她攀谈起来。台·格拉桑太太把嗓子逐渐放低，跟她说的体己话的内容配合。她和查理都觉得需要密谈一下。所以时而调情说笑，时而一本正经的闲扯了一会之后，那位手段巧妙的内地女子，趁其余的人谈论当时全索漠最关心的酒市行情而不注意她的时候，说道：

“先生，要是你肯赏光到舍间来，外子一定跟我一样的高兴。索漠城中，只有在舍间才能同时碰到商界巨头跟阀阅世家。在这两个社会里，我们都有份；他们也只愿意在我们家里见面，因为玩的痛快。我敢骄傲的说一句，旧家跟商界都很敬重我的丈夫。我们一定得给你解解闷。要是你老待在葛朗台先生家里，哎，天哪！不知你要烦成什么样呢！你的老伯是一个守财奴，一心只想他的葡萄秧；你的伯母是一个理路不清的老虔婆；你的堂姊，不痴不癫，没有教育，没有陪嫁，俗不可耐，整天只晓得缝抹布。”

“她很不错呢，这位太太。”查理这样想着，就跟台·格拉桑太太的装腔作势呼应起来。

“我看，太太，你大有把这位先生包办的意思。”又胖又高的银行家笑着插嘴。

听到这一句，公证人与所长都说了些俏皮话；可是神甫很狡猾的望着他们，吸了一撮鼻烟，拿烟壶向大家让了一阵，把众人的思想归纳起来说：

“除了太太，还有谁能给这位先生在索漠当向导呢？”

“啊，啊！神甫，你这句话是什么意思？”台·格拉桑先生问。

“我这句话，先生，对你，对尊夫人，对索漠城，对这位贵客，都表示最大的好意。”奸猾的老头儿说到末了，转身望着查理。

克罗旭神甫装作全没注意查理和台·格拉桑太太的谈话，其实早已猜透了。

“先生，”阿道夫终于装作随便的样子，对查理说，“不知道你还记得我吗，在纽沁根男爵府上，跳四组舞的时候我曾经跟你照过一面①，并且……”

“啊，不错，先生，不错。”查理回答，他很诧异的发觉个个人都在巴结他。

“这一位是你的世兄吗？”他问台·格拉桑太太。

神甫狡猾的瞅了她一眼。

“是的，先生。”她说。

“那么你很年轻就上巴黎去了？”查理又转身问阿道夫。

“当然喽，先生，”神甫插嘴道，“他们断了奶，咱们就打发他们进京看花花世界了。”

台·格拉桑太太极有深意的把神甫瞪了一眼，表示质问。他却紧跟着说：

“只有在内地，才能看到像太太这样三十多岁的女子，儿子都快要法科毕业了，还是这么娇嫩。”他又转身对着台·格拉桑太太：“当年跳舞会里，男男女女站在椅子上争着看你跳舞的光景，还清清楚楚在我眼前呢。你红极一时的盛况仿佛是昨天的事。”

“噢！这个老混蛋！”台·格拉桑太太心里想，“难道他猜到了我的心事吗？”

“看来我在索漠可以大大的走红呢。”查理一边想一边解开

①四组舞的格式，两对舞伴在某种姿势中必须互相照面。

上衣的纽扣，把一只手按在背心上，眼睛望着空中，仿英国雕刻家凯脱莱塑的拜伦的姿势。

葛朗台老头的不理会众人，或者不如说他聚精会神看信的神气，逃不过公证人和所长的眼睛。葛朗台的脸这时给烛光照得格外分明，他们想从他微妙的表情中间揣摩书信的内容。老头儿的神色，很不容易保持平日的镇静。并且像下面这样一封悲惨的信，他念的时候会装作怎样的表情，谁都可以想象得到：

大哥，我们分别快二十三年了。最后一次会面是我结婚的时候，那次我们是高高兴兴分手的。当然，我想不到有这么一天，要你独立支撑家庭。你当时为了家业兴隆多么快活。可是这封信到你手里的时候，我已经不在世界上了。以我的地位，我不愿在破产的羞辱之后觍颜偷生。我在深渊边上挣扎到最后一刻，希望能突破难关。可是非倒不可。我的经纪人以及公证人洛庚，他们的破产，把我最后一些资本也弄光了。我欠了近四百万的债，资产只有一百万。囤积的酒，此刻正碰到市价惨跌，因为你们今年丰收，酒质又好。三天之后，全巴黎的人都要说："葛朗台原来是个骗子！"我一生清白，想不到死后要受人唾骂。我既玷污了儿子的姓氏，又侵占了他母亲的一份财产。他还一点儿不知道呢，我疼爱的这个可怜的孩子！我和他分手的时候，彼此依依不舍。幸而他不知道这次的诀别是我最后一次发泄热情。将来他会不会咒我呢？大哥，大哥，儿女的诅咒是最可怕的！儿女得罪了我们，可以求告，讨饶；我们得罪了儿女，却永远挽回不了。葛朗台，你是我的兄长，应当保护我：不要让查理在我的坟墓上说一句狠毒的话！大哥，即使我用血泪写这封信，也不至于这样痛苦；因为我可以痛哭，可以流血，可以死，可以没有知觉；但我现在只觉得痛苦，而且眼看着死，一滴眼泪都没有。你如今是查理的父亲了，他没有外婆家的亲戚，你知道为什么。唉，为什么我当时不听从社会的成见呢？为什么我向爱情低头呢？为什么我娶了一个贵人的私生女儿？查理无家可归了。可怜的孩子！孩子！你得知道，葛朗台，我并不为了自己求你；并且你的家产也许还押不到三百万；我求你是为我的儿子呀！告诉你，大哥，我想到你的时候是合着双手哀求的。葛朗台，我临死之前把查理付托给你了。现在我望着手枪不觉得痛苦了，因为想到有你担起为父的责任。查理对我很孝顺，我对他那么慈爱，从来不违拗他，他不会恨我的。并且你慢慢可以看到：他性情和顺像他母亲，绝不会有什么事教你难堪。可怜的孩子！他是享福惯的。你我小时候吃着不全的苦处，他完全不知道……而他现在倾家荡产，只有一个人了！一定的，所有的朋友都要回避他，而他的羞辱是我造成的。啊！我恨不得把他一手带上天国，放在他母亲身边，唉，我简直疯了！我还得讲我的苦难，查理的苦难。我打发他到你那儿，让你把我的死讯和他将来的命运婉转的告诉他。希望你做他的父亲，慈爱的父亲。切勿一下子逼他戒绝悠闲的生活，那他会送命的。我愿意跪下来，求他抛弃母亲的遗产，而不要站在我的债权人的地位。可是不必，他有傲气，一定知道他不该站在我的债主一起。你得教他趁早抛弃我的遗产[1]。我替他造成的艰苦的处境，你得仔细解释给他听；如果他对我的孝心不变，那么替我告诉他，前途并不绝望。咱们俩当初都是靠工作翻身的，将来他也可以靠了工作把我败掉的家业挣回来。如果他肯听我为父的话——为了他，我简直想从坟

①法律规定，抛弃遗产即不负前人债务的责任。

墓里爬起来——他应该出国，到印度去[1]！大哥，查理是一个勇敢正直的青年，你给他一批出口货让他经营，他死也不会赖掉你给他的第一笔资本的；你一定得供给他，葛朗台！否则你将来要受良心责备的。啊！要是你对我的孩子不肯帮忙，不加怜爱，我要永久求上帝惩罚你的无情无义。我很想抢救出一部分财产，因为我有权在他母亲的财产里面留一笔给他，可是月底的开支把我全部资源分配完了。不知道孩子将来的命运，我是死不瞑目的；我真想握着你温暖的手，听到你神圣的诺言；但是来不及了。在查理赶路的时间，我要把资产负债表造起。我要以业务的规矩诚实，证明我这次失败既没有过失也没有私弊。这不是为了查理吗！——别了，大哥。我付托给你的监护权，我相信你一定会慷慨的接受，愿上帝为此赐福给你。在彼世界上，永久有一个声音在为你祈祷。那儿我们早晚都要去的，而我已经在那里了。

维克多－安越－琪奥默·葛朗台

“嗯，你们在谈天吗？”葛朗台把信照原来的折痕折好，放在背心袋里。

他因为心绪不宁，作着种种盘算，便故意装出谦卑而胆怯的神气望着侄儿说：

“烤了火，暖和了吗？”

“舒服得很，伯父。”

“哎，娘儿们到哪里去了？”

他已经忘了侄儿是要住在他家里的。

①本书所称印度系泛指东印度（即荷属南洋群岛）与西印度（即美洲）。

这时欧也妮和葛朗台太太正好回到堂屋。

“楼上什么都端整好了吧？”老头儿的心又定了下来。

“端整好了，父亲。”

“好吧，查理，你觉得累，就教拿侬带你上去。我的妈，那可不是漂亮哥儿住的房间喔！原谅我们种葡萄的穷人，都给捐税刮光了。”

“我们不打搅了，葛朗台，”银行家插嘴道，“你跟令侄一定有话谈。我们走了，明儿见。”

一听这几句话，大家站起身来告别，各人照着各人的派头行礼。老公证人到门口找出灯笼点了，提议先送台·格拉桑一家回去。台·格拉桑太太没料到中途出了事，散得这么早，家里的当差还没有来接。

“太太，肯不肯赏脸，让我搀着你走？”克罗旭神甫对台·格拉桑太太说。

“谢谢你，神甫，有孩子招呼我呢。”她冷冷的回答。

“太太们跟我一块儿走是没有嫌疑的。”神甫说。

“喂，就让克罗旭先生搀着你吧。”她的丈夫接口说。

神甫搀着美丽的太太，故意轻快的走在众人前面。

“这青年很不错啊，太太，”他紧紧抓着她的胳膊说，“葡萄割完，篮子没用了！事情吹啦。你休想葛朗台小姐了，欧也妮是给那个巴黎人的啰。除非这个堂兄弟爱上什么巴黎女子，令郎阿道夫遇到了一个最……的敌手……”

“别这么说，神甫。回头他就会发觉欧也妮是一个傻姑娘，一点儿娇嫩都谈不上。你把她打量过没有？今晚上她脸孔黄得像木瓜。”

"这一点也许你已经提醒堂兄弟了?"

"老实不客气……"

"太太,你以后永远坐在欧也妮旁边,那么不用对那个青年人多说他堂姊的坏话,他自己会比较,而且对……"

"他已经答应后天上我们家吃晚饭。"

"啊!要是你愿意的话,太太……"神甫说。

"愿意什么,神甫?是不是想教坏我?天哪,我一生清白,活到了三十九岁,总不成再来糟蹋自己的声名,那怕是为了得蒙古大皇帝的天下!你我在这个年纪上都知道说话应该有个分寸。以你教士的身份,你的念头真是太不像话了。呸!倒像《福勃拉》[①]书中的……"

"那么你念过《福勃拉》了?"

"不,神甫,我是说《男子可畏》那部小说。"

"啊!这部书正经多了,"神甫笑道,"你把我当作像现在的青年一样坏!我不过想劝你……"

"你敢说你不是想替我出坏主意吗?事情还不明白?这青年人固然不错,我承认,要是他追求我,他当然不会想到他的堂姊了。在巴黎,我知道,有一般好妈妈为了儿女的幸福跟财产,不惜来这么一手;可是咱们是在内地呀,神甫。"

"对,太太。"

"并且,"她又说,"哪怕是一万万的家私,我也不愿意用这种代价去换,阿道夫也不愿意。"

"太太,我没有说什么一万万。诱惑来的时候,恐怕你我

---

①《福勃拉》为描写十八世纪轻狂淫逸风气的小说。

都抵抗不了。不过我认为一个清白的女子，只要用意不差，无伤大雅的调调情也未始不可，交际场中，这也是女人的一种责任……”

“真的吗？”

“太太，我们不是都应当讨人喜欢吗？……对不起，我要擤一下鼻子。真的，太太，”他接下去说，“他拿手眼镜照你，比他照我的时候，神气似乎要来得亲热一些；自然，我原谅他爱美甚于敬老……”

“显而易见，”所长在后面用他粗嘎而宏大的声音说，“巴黎的葛朗台打发儿子到索漠来，完全是为了亲事……”

“那么堂兄弟就不至于来得这么突兀了。”公证人回答。

“那倒不一定，”台·格拉桑先生表示意见，“那家伙一向喜欢藏头露尾的。”

“喂，台·格拉桑，”他太太插嘴道，“我已经请他来吃晚饭了，那小伙子。你再去邀上拉索尼埃夫妇，杜·奥多阿一家，还有那美丽的杜·奥多阿小姐；噢，但愿她那一天穿得像个样子！她母亲真会忌妒，老把她装扮得那么丑！”她又停下脚步对三位克罗旭说：“希望你们也赏光。”

“你们到了，太太。”公证人说。

三位克罗旭别了三位台·格拉桑回家，一路上拿出内地人长于分析的本领，把当晚那件大事从各方面推敲了一番。为了这件事，克罗旭和台·格拉桑两家的关系有了变化。支配这些大策略家行事的世故，使双方懂得暂时有联合对付共同敌人的必要。他们不是应该协力同心阻止欧也妮爱上堂兄弟，阻止查理想到堂姊吗？他们要用花言巧语去阴损人家，表面上恭维，骨子里诋毁，时时刻刻说些似乎天真而别有用心的话：那巴黎人是否能够抵抗这些手段，不上他们的当呢？

赶到堂屋里只剩下四个家属的时候，葛朗台对侄儿说道：

“该睡觉了。夜深了，你到这儿来的事不能再谈了；明天再挑个合适的时间吧。我们八点吃早饭；中午随便吃一点水果跟面包，喝一杯白酒；五点吃晚饭，像巴黎人一样。这是我们的规矩。你想到城里城外去玩儿吧，尽管自便。原谅我很忙，没有工夫老是陪你。说不定你会到处听见人家说我有钱：这里是葛朗台先生的，那里又是葛朗台先生的。我让他们说，这些废话不会破坏我的信用。可是我实在没有钱，到了这个年纪，还像做伙计的一样，全部家当只有一双手和一只蹩脚刨子。你不久或者自己会明白，要流着汗去挣一个钱是多么辛苦。喂，拿侬，把蜡烛拿来。”

“侄儿，我想你屋子里用的东西大概都齐了，”葛朗台太太说，“缺少什么，尽管吩咐拿侬。”

“不会吧，伯母，我什么都带齐的！希望你跟大姊都睡得好。”

查理从拿侬手里接过一支点着的白烛，安育城里的货色，铺子里放久了，颜色发黄，初看跟蜡烛差不多；葛朗台根本想不到家里有白烛，也就不曾发觉这件奢侈品。

“我来带路。”他说。

照例应当从大门里边的环洞中出去，葛朗台却郑重其事的，走堂屋与厨房之间的过道上楼。过道与楼梯中间隔着一扇门，嵌着椭圆形的大玻璃，挡一下楼梯洞里的冷气。但是到了冬天，虽然堂屋的门，上下四周都钉着绒布条子，照样有尖利的冷风钻进来，使里面不容易保持相当的温度。

拿侬把大门上锁，关起堂屋，到马房里放出那条声音老是发嗄，仿佛害什么喉头炎似的狼狗。这畜生凶猛无比，只认得拿侬一人。他们都是乡下出身，所以彼此了解。查理看到楼梯间墙壁发黄，到处是烟熏的痕迹，扶手全给虫蛀了的楼梯，在伯父沉重的脚下颤抖，他的美梦更加吹得无影无踪了；他疑心走进了一座鸡棚，不由得转身望望他的伯母与堂姊；她们却是走惯这座楼梯的，根本没有猜到他为什么惊讶，还以为他表示亲热，便对他很愉快的一笑，越发把他气坏了。

"父亲送我到这儿来见什么鬼呀！"他心里想。

到了楼上，他看见三扇土红色的门，没有门框子，嵌在剥落的墙壁里，钉着两头作火舌形的铁条，就像长长的锁眼两端的花纹。正对楼梯的那扇门，一望而知是堵死了的。这间屋正好在厨房上面，只能从葛朗台的卧房进去，是他办事的密室，独一无二的窗洞临着院子，装着粗大的铁栅。

这间房，不用说别人，连葛朗台太太都不准进去，他要独自守在里面，好似炼丹师守护丹炉一般。这儿，他准是很巧妙的安排下什么密窟，藏着田契屋契之类，挂着秤金路易的天平，更深夜静的躲在这里写凭据，收条，作种种计算；所以一般生意人永远看到葛朗台样样都有准备，以为他有什么鬼使神差供他驱遣似的。当拿侬打鼾的声音震动楼板，狼狗在院中巡逻，打呵欠，欧也妮母女俩沉沉酣睡的时候，老箍桶匠一定在这儿眯着眼睛看黄金，摩挲把玩，装入桶内，加上箍套。密室的墙壁既厚实，护窗也严密。钥匙只有他一个人有。据说他还在这儿研究图样，上面连果树都注明的，他核算他的出产，数字的准确至多是一根葡萄秧一捆柴上下。

这扇堵死的门对面是欧也妮的房门。楼梯道的尽头是老夫妇俩的卧室，占据了整个前楼的地位。葛朗台太太和女儿的屋子是相连的，中间隔一扇玻璃门。葛朗台和太太的两间卧室，有板壁分隔，密室与他的卧室之间是厚实的墙。

葛朗台老头把侄儿安置在三楼上，那间高爽的顶楼正好在他的卧室上面，如果侄儿高兴起来在房内走动，他可以听得清清楚楚。

欧也妮和母亲走到楼梯道中间，互相拥抱道别；她又对查理说了几句告别的话，嘴上很冷淡，在姑娘的心里一定是很热的；然后她们各自进房。

"这是你的卧房了，侄儿，"葛朗台一边开门一边说，"要出去，先叫拿侬。没有她，对不起！咱们的狗会一声不响把你吃掉。好好睡罢。再见。嗨！嗨！娘儿们给你生了火啦。"

这时长脚拿侬提着脚炉进来了。

"哦，又是一个！"葛朗台说，"你把我侄儿当作临产的女人吗？把脚炉拿下去，拿侬！"

"先生，被单还潮呢，再说，侄少爷真是娇嫩得像女人一样。"

"也罢，既然你存心讨好他，"葛朗台把她肩膀一推，"可是留神，别失火。"

吝啬鬼一路下楼，不知嘟囔些什么。

查理站在行李堆中愣住了。这间顶楼上的卧房，那种黄地小花球的糊壁纸，像小酒店里用的；粉石的壁炉架，线条像沟槽一般，望上一眼就教你发冷；黄椅子的草坐垫涂过油，似乎不止有四只角；床几的大肚子打开着，容得下一个轻骑兵；稀薄的脚毯上边是一张有顶的床，满是蛀洞的帐幔摇摇欲坠。查理一件件的看过了，又一本正经地望着长脚拿侬，说道：

“嗨！嗨！好嫂子，这当真是葛朗台先生的府上吗，当过索漠区长，巴黎葛朗台先生的哥哥吗？”

“对呀，先生，一个多可爱，多和气，多好的老爷哪。要不要帮你打开箱子？”

“好啊，怎么不要呢，我的兵大爷！你没有在御林军中当过水手吗？”

“噢！噢！噢！”拿侬叫道，“什么？御林军的水手？淡的还是咸的？走水路的吗？”

“来，把钥匙拿去，在这口提箱里替我把睡衣找出来。”

一件金线绣花古式图案的绿绸睡衣，把拿侬看呆了。

“你穿了这个睡觉吗？”

“是呀。”

“哎哟！圣母玛利亚！披在祭坛上做桌围才合适呢。我的好少爷，把它捐给教堂吧，包你上天堂，要不然你的灵魂就没有救啦。噢！你穿了多好看。我要叫小姐来瞧一瞧。”

“喂，拿侬，别嚷，好不好？让我睡觉，我明儿再来整东西；你看中我的睡衣，就让你拿去救你的灵魂吧。我是诚心的基督徒，临走一定留下来，你爱怎办就怎办吧。”

拿侬呆呆的站在那里，端相着查理，不敢相信他的话。

“把这件漂亮衣衫给我？”她一边走一边说，“他已经在说梦话了，这位少爷。明儿见。”

“明儿见，拿侬。”——查理入睡之前又想：“我到这儿来干什么呢？父亲不是一个呆子，教我来必有目的。好吧，正经事，明儿想，不知哪个希腊的笨伯说的。”

欧也妮祈祷的时候忽然停下来想道：“圣母玛利亚，多漂亮呀，这位堂兄弟！”这天晚上她的祷告就没有做完。

葛朗台太太临睡的时候一点念头都没有。从板壁正中的小门中间，她听见老头儿在房内踱来踱去。像所有胆小的女人一样，她早已识得老爷的脾气。海鸥预知雷雨，她也能从微妙莫测的征兆上面，预感到葛朗台心中的风暴，于是就像她自己所说的，她装着假死。

葛朗台望着那扇里边有铁板的密室的门，想：

“亏我兄弟想得出，把儿子送给我！嘿，这笔遗产才有趣哩！我可是没有一百法郎给他。而且一百法郎对这个花花公子中什么用？他拿手眼镜照我晴雨表的气概，就像要放一把火把它烧掉似的。”

葛朗台想着那份痛苦的遗嘱可能发生的后果，心绪也许比兄弟写的时候还要乱。

“我真的会到手这件金线衣衫吗？……”拿侬自言自语地说。她睡熟的时候，已经穿上了祭坛的桌围，破天荒第一遭梦见许多鲜花，地毯，绫罗绸缎，正如欧也妮破天荒第一遭梦见爱情。

三、外省的爱情

少女们纯洁而单调的生活中，必有一个美妙的时间，阳光会流入她们的心坎，花会对她们说话，心的跳动会把热烈的生机传给头脑，把意念融为一种渺茫的欲望，真是哀而不怨、乐而忘返的境界！儿童睁眼看到世界就笑，少女在大自然中发现感情就笑，像她儿时一样的笑。要是光明算得人生第一个恋爱对象，那么恋爱不就是心的光明吗？欧也妮终于到了把世界上的东西看明白的时候了。

跟所有外省姑娘一样，她起身很早，祷告完毕，开始梳妆，从今以后梳妆是一件有意义的事情了。她先把栗色的头发梳光，很仔细地把粗大的辫子盘上头顶，不让零星短发从辫子里散出来，发髻的式样改成对称，越发烘托出她一脸的天真与娇羞；头饰的简朴与面部线条的单纯配得很调和。拿清水洗了好几次手，那是平日早已浸得通红，皮肤也变得粗糙了的，她望着一双滚圆的胳膊，私忖堂兄弟怎么能把手养得又软又白，指甲修得那么好看。她换上新袜，套上最体面的鞋子，一口气束好了胸，一个眼子都没有跳过。总之，她有生以来第一次希望自己显得漂亮，第一次懂得有一件裁剪合身、使她惹人注目的新衣衫的乐趣。

穿扮完了，她听见教堂的钟声，很奇怪的只数到七下，因为想要有充分的时间梳妆，不觉的起得太早了。她既不懂一卷头发可以做上十来次，来研究它的效果，就只能老老实实抱着手臂，坐在窗下望着院子、小园，和城墙上居高临下的平台；一派凄凉的景色，也望不到远处，但也不无那种神秘的美，为冷静的地方或荒凉的野外所特有的。

厨房旁边有口井，围着井栏，辘轳吊在一个弯弯的铁杆上。绕着铁杆有一株葡萄藤，那时枝条已经枯萎，变红；蜿蜒曲折的蔓藤从这儿爬上墙，沿着屋子，一直伸展到柴房顶上。堆在那里的木柴，跟藏书家的图书一样整齐。院子里因为长着青苔、野草，无人走动，日子久了，石板都是黑黝黝的。厚实的墙上披着绿荫，波浪似的挂着长长的褐色枝条。院子底上，通到花园门有八级向上的石磴，东倒西歪，给高大的植物掩没了，好似十字军时代一个寡妇埋葬她骑士的古墓。剥落的石基上面，竖着一排腐烂的木栅，一半已经毁了，却还布满各种藤萝，乱七八糟的扭作一团。栅门两旁，伸出两株瘦小的苹果树桠枝。园中有三条平行的小径，铺有细砂；小径之间是花坛，四周种了黄杨，借此堵住花坛的泥土；园子底上是一片菩提树荫，靠在平台脚下。一头是些杨梅树，另一头是一株高大无比的胡桃树，树枝一直伸到箍桶匠的密室外面。那日正是晴朗的天气，碰上洛阿河畔秋天常有的好太阳，使铺在幽美的景物、墙垣、院子和花园里树木上的初霜，开始融化。

欧也妮对那些素来觉得平淡无奇的景色，忽而体会到一种新鲜的情趣。千思百念，渺渺茫茫的在心头涌起，外界的阳光一点点的照开去，胸中的思绪也越来越多。她终于感到一阵模糊的、说不出的愉快把精神包围了，犹如外界的物体给云雾包围了一样。她的思绪，跟这奇特的风景连细枝小节都配合上了，心中的和谐与自然界的融成一片。

一堵墙上挂着浓密的凤尾草，草叶的颜色像鸽子的颈项一般时刻变化。阳光照到这堵墙上的时候，仿佛天国的光明照出了欧也妮将来的希望。从此她就爱这堵墙，爱看墙上的枯草，褪色的花，蓝的灯笼花，因为其中有她甜蜜的回忆，跟童年往事一样。有回声的院子里，每逢她心中暗暗发问的时候，枝条上每张落叶的声响就是回答。她可能整天待在这儿，不觉得时光飞逝。

然后她又心中乱糟糟的骚动起来，不时站起身子，走过去照镜子，好比一个有良心的作家打量自己的作品，想吹毛求疵的挑剔一番。

“我的相貌配不上他！”

这是欧也妮的念头，又谦卑又痛苦的念头。可怜的姑娘太瞧不起自己了。可是谦虚，或者不如说惧怕，的确是爱情的主要德性之一。像欧也妮那样的小布尔乔亚，都是身体结实，美得有点儿俗气的；可是她虽然跟弥罗岛上的爱神①相仿，却有一股隽永的基督徒气息，把她的外貌变得高雅、净化，有点儿灵秀之气，为古代雕刻家没有见识过的。她的脑袋很大，前额带点儿男相，可是很清秀，像斐狄阿斯②的丘比特雕像；贞洁的生活使她灰色的眼睛光芒四射。圆脸上娇嫩红润的线条，生过天花之后变得粗糙

①弥罗岛的爱神为希腊许多爱神雕像之一，特点在于体格健美，表情宁谧。

②纪元前五世纪希腊大雕刻家。

了，幸而没有留下痘瘢，只去掉了皮肤上绒样的那一层，但依旧那么柔软细腻，会给妈妈的亲吻留下一道红印。她的鼻子大了一点，可是配上朱红的嘴巴倒很合适；满是纹缕的嘴唇，显出无限的深情与善意。脖子是滚圆的。遮得密不透风的饱满的胸部，惹起人家的注意与幻想。当然她因为装束的关系，缺少一点儿妩媚；但在鉴赏家心目中，那个不甚灵活的姿态也别有风韵。所以，高大壮健的欧也妮并没有一般人喜欢的那种漂亮，但她的美是一望而知的，只有艺术家才会倾倒的。有的画家希望在尘世找到圣洁如玛利亚那样的典型：眼神要像拉斐尔所揣摩到的那么不亢不卑；而理想中的线条，又往往是天生的，只有基督徒贞洁的生活才能培养、保持。醉心于这种模型的画家，会发现欧也妮脸上就有种天生的高贵，连她自己都不曾觉察的：安静的额角下面，藏着整个的爱情世界；眼睛的模样，眼皮的动作，有股说不出的神明的气息。她的线条，面部的轮廓，从没有为了快乐的表情而有所改变，而显得疲倦，仿佛平静的湖边，水天相接之处那些柔和的线条。恬静、红润的脸色，光彩像一朵盛开的花，使你心神安定，感觉到它那股精神的魅力，不由不凝眸注视。

欧也妮还在人生的边上给儿童的幻象点缀得花团锦簇，还在天真烂漫的，采朵雏菊占卜爱情的阶段。她并不知道什么叫作爱情，只照着镜子想："我太丑了，他看不上我的！"

随后她打开正对楼梯的房门，探着脖子听屋子里的声音。她听见拿侬早上例有的咳嗽，走来走去，打扫堂屋，生火，缚住狼狗，在牛房里对牲口说话。她想：

"他还没有起来呢。"

她立刻下楼，跑到正在挤牛奶的拿侬前面。

“拿侬，好拿侬，做些乳酪给堂兄弟喝咖啡吧。”

“嗳，小姐，那是要隔天做起来的，”拿侬大笑着说，“今天我没法做乳酪了。哎，你的堂兄弟生得标致，标致，真标致。你没瞧见他穿了那件金线纺绸睡衣的模样呢。嗯，我瞧见了。他细洁的衬衫跟本堂神甫披的白祭衣一样。”

“拿侬，那么咱们弄些千层饼吧。”

“烤炉用的木柴谁给呢？还有面包，还有牛油？”拿侬说。她以葛朗台先生的总管资格，有时在欧也妮母女的心目中特别显得有权有势。“总不成为了款待你的堂兄弟，偷老爷的东西。你可以问他要牛奶，面粉，木柴，他是你的爸爸，会给你的。哦，他下楼招呼食粮来啦……”

欧也妮听见楼梯在父亲脚下震动，吓得往花园里溜了。一个人快乐到极点的时候，往往——也许不无理由——以为自己的心思全摆在脸上，给人家一眼就会看透；这种过分的羞怯与心虚，对欧也妮已经发生作用。可怜的姑娘终于发觉了自己的屋子冷冰冰的一无所有，怎么也配不上堂兄弟的风雅，觉得很气恼。她很热烈的感到非给他做一点儿什么不可；做什么呢？不知道。天真，老实，她听凭纯朴的天性自由发挥，并没对自己的印象和情感有所顾虑。一看见堂兄弟，女性的倾向就在她心中觉醒了，而且来势特别猛烈，因为到了二十三岁，她的智力与欲望都已经达到高峰。她第一次见了父亲害怕，悟出自己的命运原来操在他的手里，认为有些心事瞒着他是一桩罪过。她脚步匆忙的在那儿走，很奇怪的觉得空气比平时新鲜，阳光比平时更有生气，给她精神上添了些暖意，给了她新生命。

她正在想用什么计策弄到千层饼。长脚拿侬和葛朗台却斗起嘴来。他们之间的吵架是像冬天的燕子一样少有的。老头儿拿了钥匙预备分配当天的食物，问拿侬：

“昨天的面包还有得剩吗？”

“连小屑子儿都没有了，先生。”

葛朗台从那只安育地方做面包用的平底篮里，拿出一个糊满干面的大圆面包，正要动手去切，拿侬说：“咱们今儿是五个人吃饭呢，先生。”

“不错，”葛朗台回答，“可是这个面包有六磅重，还有得剩呢。这些巴黎人简直不吃面包，你等会瞧吧。”

“他们只吃馅子吗？”拿侬问。

在安育一带，俗语所说的馅子，是指涂在面包上的东西，包括最普通的牛油到最贵族化的桃子酱。凡是小时候舐光了馅子把面包剩下来的人，准懂得上面那句话的意思。

“不，”葛朗台回答，“他们既不吃馅子，也不吃面包，就像快要出嫁的姑娘一样。”

他吩咐了几样顶便宜的菜，关起杂货柜正要走向水果房，拿侬把他拦住了说：

“先生，给我一些面粉跟牛油，替孩子们做一个千层饼吧。”

“为了我的侄儿，你想毁掉我的家吗？”

“为你的侄儿，我并不比为你的狗多费什么心，也不见得比你自己多费心……你瞧，你只给我六块糖！我要八块呢。”

“哎唷！拿侬，我从来没看见你这个样子，这算什么意思？你是东家吗？糖，就只有六块。”

“那么侄少爷的咖啡里放什么？”

“两块喽，我可以不用的。”

“在你这个年纪不用糖？我掏出钱来给你买吧。”

“不相干的事不用你管。”

那时糖虽然便宜，老箍桶匠始终觉得这是最珍贵的舶来品，要六法郎一磅。帝政时代大家不得不节省用糖，在他却成了牢不可破的习惯。

所有的女人，哪怕是最蠢的，都会用手段来达到她们的目的：拿侬丢开了糖的问题，来争取千层饼了。

“小姐，”她隔着窗子叫道，“你不是要吃千层饼吗？”

“不要，不要。”欧也妮回答。

“好吧，拿侬，”葛朗台听见了女儿的声音，“拿去吧。”

他打开面粉柜舀了一点给她，又在早先切好的牛油上面补了几两。

“还要烤炉用的木柴呢。”拿侬毫不放松。

“你要多少就拿多少吧，”他无可奈何的回答，“可是你得给我们做一个果子饼，晚饭也在烤炉上煮，不用生两个炉子了。”

“嘿！那还用说！”

葛朗台用着差不多像慈父一般的神气，对忠实的管家望了一眼。

“小姐，”厨娘嚷道，“咱们有千层饼吃了。”

葛朗台捧了许多水果回来，先把一盆的量放在厨房桌上。

“你瞧，先生，”拿侬对他说，“侄少爷的靴子多好看，什么皮呀！多好闻哪！拿什么东西上油呢？要不要用你鸡蛋清调的鞋油？”

“拿侬，我怕蛋清要弄坏这种皮的。你跟他说不会擦摩洛哥皮就是了……不错，这是摩洛哥皮；他自己会到城里买鞋油给你的；听说那种鞋油里面还掺白糖，叫它发亮呢。”

“这么说来，还可以吃的了？”拿侬把靴子凑近鼻尖，“呦！呦！跟太太的科隆水一样香！好玩！”

“好玩！靴子比穿的人还值钱，你觉得好玩？”

他把果子房锁上，又回到厨房。

“先生，”拿侬问，“你不想一礼拜来一两次砂锅，款待款待你的……”

“行。”

“那么我得去买肉了。”

“不用；你慢慢给我们炖个野味汤，佃户不会让你闲着的。不过我得关照高诺阿莱打几只乌鸦，这个东西煮汤再好没有了。”

“可是真的，先生，乌鸦是吃死人的？”

“你这个傻瓜，拿侬！它们还不是跟大家一样有什么吃什么。难道我们就不吃死人了吗？什么叫作遗产呢？”

葛朗台老头没有什么吩咐了，掏出表来，看到早饭之前还有半点钟工夫，便拿起帽子拥抱了一下女儿，对她说：

“你高兴上洛阿河边遛遛吗，到我的草原上去？我在那边有点儿事。”

欧也妮跑去戴上系有粉红缎带的草帽，然后父女俩走下七转八弯的街道，直到广场。

“一大早往哪儿去呀？”公证人克罗旭遇见了葛朗台问。

“有点儿事。”老头儿回答，心里也明白为什么他的朋友清早就出门。

当葛朗台老头有点儿事的时候，公证人凭以往的经验，知道准可跟他弄到些好处，因此就陪了他一块儿走。

“你来，克罗旭，”葛朗台说，“你是我的朋友，我要给你证明，在上好的土地上种白杨是多么傻……”

“这么说来，洛阿河边那块草原给你挣的六万法郎，就不算一回事吗？”克罗旭眨巴着眼睛问，“你还不够运气？……树木砍下的时候，正碰上南德城里白木奇缺，卖到三十法郎一株。”

欧也妮听着，可不知她已经临到一生最重大的关头，至高至上的父母之命，马上要由公证人从老人嘴里逼出来了。

葛朗台到了洛阿河畔美丽的草原上，三十名工人正在收拾从前种白杨的地方，把它填土，挑平。

“克罗旭先生，你来看一株白杨要占多少地。”他提高嗓子唤一个工人：“约翰，拿尺来把四……四……四边量……量……一下！”

工人量完了说：“每边八尺。”

“那就是糟蹋了三十二尺地，”葛朗台对克罗旭说，“这一排上从前我有三百株白杨，是不是？对了……三百……乘三……三十二……尺……就……就……就是五……五……五百棵干草；加上两旁的，一千五；中间的几排又是一千五。就……就算一千堆干草吧。”

“像这类干草，”克罗旭帮着计算道，“一千堆值到六百法郎。”

“算……算……算它一千两百法郎，因为割过以后再长出来的，还好卖到三四百法郎。那么，你算算一年一千……千……

两百法郎，四十年……下……下……下来该有多多多多少，加上你……你知道的利……利……利上滚利。”

“一起总该有六万法郎吧。”公证人说。

“得啦！只……只有六万法郎是不是？”老头儿往下说，这一回可不再结结巴巴了。“不过，两千株四十年的白杨还卖不到五万法郎，这不就是损失？给我算出来喽，”葛朗台说到这里，大有自命不凡之概。“约翰，你把窟窿都填平，只留下河边的那一排，把我买来的白杨种下去。种在河边，它们就靠公家长大了。”他对克罗旭补上这句，鼻子上的肉瘤微微扯动一下，仿佛是挖苦得最凶的冷笑。

“自然喽，白杨只好种在荒地上。”克罗旭这么说，心里给葛朗台的算盘吓住了。

“可不是，先生！”老箍桶匠带着讥讽的口吻。

欧也妮只顾望着洛阿河边奇妙的风景，没有留神父亲的计算，可是不久克罗旭对她父亲说的话，引起了她的注意：

“哎，你从巴黎招了一个女婿来啦，全索漠都在谈论你的侄儿。快要叫我立婚书了吧，葛老头？”

“你……你……你清……清……清早出来，就……就……就是要告诉我这个吗？”葛朗台说这句话的时候，扯动着肉瘤，“那么，老……老兄，我不瞒你，你……你要知……知道的，我可以告诉你。我宁可把……把……女……女……女儿丢在洛阿河里，也……也不愿把……把她给……给她的堂……堂……堂兄弟；你不……不……不妨说给人人……人……人家听。啊，不必；让他……他们去胡……胡……胡扯吧。”

这段话使欧也妮一阵眼花。遥远的希望刚刚在她心里萌芽，就开花，长成，结成一个花球，现在她眼看剪成一片片的，扔在地下。从隔夜起，促成两心相契的一切幸福的联系，已经使她舍不得查理；从今以后，却要由苦难来加强他们的结合了。苦难的崇高与伟大，要由她来担受，幸运的光华与她无缘，这不就是女子的庄严的命运吗？父爱怎么会在她父亲心中熄灭的呢？查理犯了什么滔天大罪呢？不可思议的问题！她初生的爱情已经够神秘了，如今又包上了一团神秘。她两腿哆嗦着回家，走到那条黝黑的老街，刚才是那么喜气洋洋的，此刻却一片荒凉，她感到了时光流转与人事牢牢留在那里的凄凉情调。爱情的教训，她一桩都逃不了。

到了离家只有几步路的地方，她抢着上前敲门，在门口等父亲。葛朗台瞥见公证人拿着原封未动的报纸，便问：

"公债行情怎么样？"

"你不肯听我的话，葛朗台，"克罗旭回答说，"赶紧买吧，两年之内还有二成可赚，并且利率很高，八万法郎有五千息金。行市是八十法郎五十生丁。"

"慢慢再说吧。"葛朗台摸着下巴。

公证人展开报纸，忽然叫道："我的天！"

"什么事？"葛朗台这么问的时候，克罗旭已经把报纸送在他面前，说："你念吧。"

巴黎商界巨子葛朗台氏，昨日照例前往交易所，不料返寓后突以手枪击中脑部，自杀殒命。死前曾致书众议院议长及商事裁判所所长，辞去本兼各职。闻葛氏破产，系受经纪人苏希及公证人洛庚之累。以葛氏地位及平素信用而论，原不难于巴黎商界中获得支援，徐图挽救；讵一时情急，遽尔出此下策，殊堪惋惜……

“我早知道了。”老头儿对公证人说。

克罗旭听了这话抽了一口冷气。虽然当公证人的都有镇静的工夫，但想到巴黎的葛朗台也许央求过索漠的葛朗台而被拒绝的时候，他不由得背脊发冷。

“那么他的儿子呢？昨天晚上还多么高兴……”

“他还不知道。”葛朗台依旧很镇定。

“再见，葛朗台先生。”克罗旭全明白了，立刻去告诉特·篷风所长叫他放心。

回到家里，葛朗台看到早饭预备好了。葛朗台太太已经坐在那张有木座的椅子上，编织冬天用的毛线套袖。欧也妮跑过去拥抱母亲，热烈的情绪，正如我们憋着一肚子说不出的苦恼的时候一样。

“你们先吃吧，”拿侬从楼梯上连奔带爬的下来说，“他睡得像个小娃娃。闭着眼睛，真好看！我进去叫他，嗨，他一声也不回。”

“让他睡吧，”葛朗台说，“他今天起得再晚，也赶得上听他的坏消息。”

“什么事呀？”欧也妮问，一边把两小块不知有几公分重的糖放入咖啡。那是老头儿闲着没事的时候切好在那里的。葛朗台太太不敢动问，只望着丈夫。

“他父亲一枪把自己打死了。”

“叔叔吗？……”欧也妮问。

“可怜这孩子哪。”葛朗台太太嚷道。

“对啦，可怜，”葛朗台接着说，“他一个钱都没有了。”

“可是他睡的模样，好像整个天下都是他的呢。”拿侬声调很温柔的说。

欧也妮吃不下东西。她的心给揪紧了，就像初次对爱人的苦难表示同情，而全身都为之波动的那种揪心。她哭了。

“你又不认识叔叔，哭什么？”她父亲一边说，一边饿虎般的瞪了她一眼，他瞪着成堆的金子时想必也是这种眼睛。

“可是，先生，”拿侬插嘴道，“这可怜的小伙子，谁见了不替他难受呢？他睡得像木头一样，还不知道飞来横祸呢。”

“拿侬，我不跟你说话，别多嘴。”

欧也妮这时才懂得一个动了爱情的女子永远得隐瞒自己的感情。她不做声了。

“希望你，太太，”老头儿又说，“我出去的时候对他一字都不用提。我要去把草原上靠大路一边的土沟安排一下。我中饭时候回来跟侄儿谈。至于你，小姐，要是你为了这个花花公子而哭，这样也够了。他马上要到印度去，休想再看见他。”

父亲从帽子边上拿起手套，像平时一样不动声色的戴上，交叉着手指把手套扣紧，出门了。

欧也妮等到屋子里只剩她和母亲两个的时候，嚷道：

“啊！妈妈，我要死了。我从来没有这么难受过。”

葛朗台太太看见女儿脸色发白，便打开窗子教她深呼吸。

“好一点了。”欧也妮过了一会说。

葛朗台太太看到素来很冷静很安定的欧也妮，一下子居然神经刺激到这个田地，她凭着一般母亲对孩子的直觉，马上猜透了女儿的心。事实上，欧也妮母女俩的生命，比两个肉体连在一块的匈牙利孪生姊妹[1]还要密切，她们永远一块儿坐在这个窗洞底下，一块儿上教堂，睡在一座屋子里，呼吸着同样的空气。

"可怜的孩子！"葛朗台太太把女儿的头搂在怀里。

欧也妮听了这话，仰起头来望了望母亲，揣摩她心里是什么意思，末了她说：

"干吗要送他上印度去？他遭了难，不是正应该留在这儿吗？他不是我们的骨肉吗？"

"是的，孩子，应该这样。可是父亲有父亲的理由，应当尊重。"

母女俩一声不响的坐着，重新拿起活计，一个坐在有木座子的椅上，一个坐在小靠椅里。欧也妮为了感激母亲深切的谅解，吻着她的手说：

"你多好，亲爱的妈妈！"

这两句话使母亲那张因终身苦恼而格外憔悴的老脸，有了一点儿光彩。

"你觉得他长得体面吗？"欧也妮问。

葛朗台太太只微微笑了一下；过了一会她轻轻地说：

"你已经爱上他了是不是？那可不好。"

"不好？为什么不好？"欧也妮说，"你喜欢他，拿侬喜欢他，干吗我不能喜欢他？喂，妈妈，咱们摆起桌子来预备他吃早饭吧。"

她丢下活计，母亲也跟着丢下，嘴里却说：

"你疯了！"

---

①匈牙利孪生姊妹生于1701年，在欧洲各地展览，后送入修院，到二十一岁上死去。

但她自己也跟着发疯，仿佛证明女儿并没有错。

欧也妮叫唤拿侬。

“又是什么事呀，小姐？”

“拿侬，乳酪到中午可以弄好了吧？”

“啊！中午吗？行，行。”老妈子回答。

“还有，他的咖啡要特别浓，我听见台·格拉桑说，巴黎人都喝挺浓的咖啡。你得多放一些。”

“哪儿来这么些咖啡？”

“去买呀。”

“给先生碰到了怎么办？”

“不会，他在草原上呢。”

“那么让我快点儿去吧。不过番查老板给我白烛的时候，已经问咱们家里是不是三王来朝了。这样的花钱，满城都要知道喽。”

“你父亲知道了，”葛朗台太太说，“说不定要打我们呢。”

“打就打吧，咱们跪在地下挨打就是。”

葛朗台太太一言不答，只抬起眼睛望了望天。拿侬戴上头巾，出去了。欧也妮铺上白桌布，又到顶楼上把她好玩地吊在绳上的葡萄摘下几串。她在走廊里蹑手蹑脚的，唯恐惊醒了堂兄弟，又禁不住把耳朵贴在房门上，听一听他平匀的呼吸，心里想：

“真叫作无事家中卧，祸从天上来。”

她从葡萄藤上摘下几张最绿的叶子，像侍候筵席的老手一般，把葡萄装得那么惹看，然后得意洋洋的端到饭桌上。在厨房里，她把父亲数好的梨全部掳掠了来，在绿叶上堆成一座金字塔。她走来走去，蹦蹦跳跳，恨不得把父亲的家倾箱倒箧的搜刮干净；可是所有的钥匙都在他身上。拿侬揣着两个鲜蛋回来了。欧也妮一看见蛋，简直想跳上拿侬的脖子。

“我看见朗特的佃户篮里有鸡子，就问他要，这好小子，为了讨好我就给我了。”

欧也妮把活计放下了一二十次，去看煮咖啡，听堂兄弟的起床和响动；这样花了两小时的心血，她居然端整好一顿午餐，很简单，也不多花钱，可是家里的老规矩已经破坏完了。照例午餐是站着吃的，各人不过吃一些面包，一个果子，或是一些牛油，外加一杯酒。现在壁炉旁边摆着桌子，堂兄弟的刀叉前面放了一张靠椅，桌上摆了两盆水果，一个蛋盅，一瓶白酒，面包，衬碟内高高的堆满了糖：欧也妮望着这些，想到万一父亲这时候回家瞪着她的那副眼光，不由得四肢哆嗦。因此她一刻不停的望着钟，计算堂兄弟是否能够在父亲回来之前用完早餐。

“放心，欧也妮，要是你爸爸回来，一切归我担当。”葛朗台太太说。

欧也妮忍不住掉下一滴眼泪，叫道：

“哦！好妈妈，怎么报答你呢？”

查理哼呀唱呀，在房内不知绕了多少转，终于下楼了。还好，时间不过十一点。这巴黎人！他穿扮的花俏，仿佛在苏格兰的那位贵妇人爵府上作客。他进门时那副笑盈盈的怪和气的神情，配上青春年少多么合式，教欧也妮看了又快活又难受。意想中伯父的行宫别墅，早已成为空中楼阁，他却嘻嘻哈哈的满不在乎，很高兴的招呼他的伯母：

“伯母，你昨夜睡得好吗？还有你呢，大姊？”

"很好，侄少爷，你自己呢？"葛朗台太太回答。

"我么？睡得好极了。"

"你一定饿了，弟弟，"欧也妮说，"来用早点吧。"

"中午以前我从来不吃东西，那时我才起身呢。不过路上的饭食太坏了，不妨随便一点，而且……"

说着他掏出勃莱甘造的一只最细巧的平底表。

"咦，只有十一点，我起早了。"

"早了？……"葛朗台太太问。

"是呀，可是我要整东西。也罢，有东西吃也不坏，随便什么都行，家禽啰，鹧鸪啰。"

"啊，圣母玛利亚！"拿侬听了不禁叫起来。

"鹧鸪。"欧也妮心里想，她恨不得把全部私蓄去买一只鹧鸪。

"这儿坐吧。"伯母招呼他。

花花公子懒洋洋的倒在靠椅中，好似一个漂亮女子摆着姿势坐在一张半榻上。欧也妮和母亲端了两张椅子在壁炉前面，坐在他旁边。

"你们终年住在这儿吗？"查理问。他发觉堂屋在白天比在灯光底下更丑了。

"是的，"欧也妮望着他回答，"除非收割葡萄的时候，我们去帮一下拿侬，住在诺阿伊哀修道院里。"

"你们从来不出去遛遛吗？"

"有时候，星期日做完了晚祷，天晴的话，"葛朗台太太回答，"我们到桥边去，或者在割草的季节去看割草。"

"这儿有戏院没有？"

“看戏！”葛朗台太太嚷道，“看戏子！哎哟，侄少爷，难道你不知道这是该死的罪孽吗？”

“喂，好少爷，”拿侬捧着鸡子进来说，“请你尝尝带壳子鸡。”

“哦！新鲜的鸡子？”查理叫道，他正像那些惯于奢华的人一样，已经把他的鹧鸪忘掉了，“好极了！可有些牛油吗，好嫂子？”

“啊！牛油！那么你们不想吃千层饼了？”老妈子说。

“把牛油拿来，拿侬！”欧也妮叫道。

少女留神瞧着堂兄弟把面包切成小块，觉得津津有味，正如巴黎最多情的女工，看一出好人得胜的戏一样。查理受过极有风度的母亲教养，又给一个时髦女子琢磨过了，的确有些爱娇而文雅的小动作，颇像一个风骚的情妇。少女的同情与温柔，真有磁石般的力量。查理一看见堂姊与伯母对他的体贴，觉得那股潮水般向他冲来的感情，简直没法抗拒。他对欧也妮又慈祥又怜爱的瞧了一眼，充满了笑意。把欧也妮端相之下，他觉得纯洁的脸上线条和谐到极点，态度天真，清朗有神的眼睛闪出年青的爱情，只有愿望而没有肉欲的成分。

“老实说，亲爱的大姊，要是你盛装坐在巴黎歌剧院的花楼里，我敢保证伯母的话没有错，你要叫男人动心，叫女人妒忌，他们全得犯罪呢。”

这番恭维虽然使欧也妮莫名其妙，却把她的心抓住了，快乐得直跳。

“噢！弟弟，你取笑我这个可怜的乡下姑娘。”

“要是你识得我的脾气，大姊，你就知道我是最恨取笑的人：取笑会使一个人的心干枯，伤害所有的情感。”

说罢他有模有样的吞下一小块涂着牛油的面包。

“对了，大概我没有取笑人家的聪明，所以吃亏不少。在巴黎，‘他心地好呀’这样的话，可以把一个人羞得无处容身。因为这句话的意思是‘其蠢似牛’。但是我，因为有钱，谁都知道我拿起随便什么手枪，三十步外第一下就能打中靶子，而且还是在野地里，所以没有人敢开我的玩笑。”

“侄儿，这些话证明你的心好。”

“你的戒指漂亮极了，”欧也妮说，“给我瞧瞧不妨事吗？”

查理伸手脱下戒指，欧也妮的指尖，和堂兄弟粉红的指甲轻轻碰了一下，马上脸红了。

“妈妈，你看，多好的手工。”

“噢！多少金子啊？”拿侬端了咖啡进来，说。

“这是什么？”查理笑着问，他指着一个又高又瘦的土黄色的陶壶，上过釉彩，里边搪瓷的，四周堆着一圈灰土；里面的咖啡冲到面上又往底下翻滚。

“煮滚的咖啡呀。”拿侬回答。

“啊！亲爱的伯母，既然我在这儿住，至少得留下些好事做纪念。你们太落伍了！我来教你们怎样用夏伯太咖啡壶来煮成好咖啡。”

接着他解释用夏伯太咖啡壶的一套方法。

“哎唷，这样麻烦，”拿侬说，“要花上一辈子的工夫。我才不高兴这样煮咖啡呢。不是吗，我煮了咖啡，谁给咱们的母牛割草呢？”

“我来割。”欧也妮接口。

“孩子！”葛朗台太太望着女儿。

这句话，把马上要临到这可怜的青年头上的祸事，提醒了大家，三个妇女一齐闭口，不胜怜悯的望着他，使他大吃一惊。

“什么事，大姊？”

欧也妮正要回答，被母亲喝住了：“嘘！孩子，你知道父亲会对先生说的……”

“叫我查理罢。”年青的葛朗台说。

“啊！你名叫查理？多美丽的名字！”欧也妮叫道。

凡是预感到的祸事，差不多全会来的。拿侬，葛朗台太太和欧也妮，想到老箍桶匠回家就会发抖的，偏偏听到那么熟悉的门锤声响了一下。

“爸爸来了！”欧也妮叫道。

她在桌布上留下了几块糖，把糖碟子收了。拿侬把盛鸡蛋的盘子端走。葛朗台太太笔直地站着，像一头受惊的小鹿。这一场突如其来的惊慌，弄得查理莫名其妙。他问：

“嗨，嗨，你们怎么啦？”

“爸爸来了呀。”欧也妮回答。

“那又怎么样？……”

葛朗台进来，尖利的眼睛望了望桌子，望了望查理，什么都明白了。

“啊！啊！你们替侄儿摆酒，好吧，很好，好极了！”他一点都不口吃地说，“猫儿上了屋，耗子就在地板上跳舞啦。”

“摆酒？……”查理暗中奇怪。他想象不到这份人家的伙食和生活习惯。

“把我的酒拿来，拿侬。”老头儿吩咐。

欧也妮端了一杯给他。他从荷包里掏出一把面子很阔的牛角刀，割了一块面包，拿了一些牛油，很仔细的涂上了，就地站着吃起来。这时查理正把糖放入咖啡。葛朗台一眼瞥见那么些糖，便打量着他的女人，她脸色发白的走了过来。他附在可怜的老婆耳边问。

“哪儿来的这么些糖？”

“拿侬上番查铺子买的，家里没有了。”

这默默无声的一幕使三位女人怎样的紧张，简直难以想象。拿侬从厨房里跑出来，向堂屋内张望，看看事情怎么样。查理尝了尝咖啡，觉得太苦，想再加些糖，已经给葛朗台收起了。

“侄儿，你找什么？”老头儿问。

“找糖。”

“冲些牛奶，咖啡就不苦了。”葛朗台回答。

欧也妮把父亲藏起的糖碟子重新拿来放上桌子，声色不动地打量着父亲。真的，一个巴黎女子帮助情人逃走，用娇弱的胳膊拉住从窗口挂到地下的丝绳那种勇气，也不见得胜过把糖重新放上桌子时欧也妮的勇气。可是巴黎女子是有酬报的，美丽的手臂上每根受伤的血管，都会由情人用眼泪与亲吻来滋润，用快乐来治疗；欧也妮被父亲霹雳般的目光瞪着，惊慌到心都碎了，而这种秘密的痛苦，查理是永远不会得知的。

“你不吃东西吗，太太？”葛朗台问他的女人。

可怜的奴隶走过来恭恭敬敬切了块面包，捡了一只梨。欧也妮大着胆子请父亲吃葡萄：

“爸爸，尝尝我的干葡萄吧！——弟弟，也吃一点好不好？这些美丽的葡萄，我特地为你摘来的。”

“哦！再不阻止的话，她们为了你要把索漠城抢光呢，侄儿。你吃完了，咱们到花园里去；我有事跟你谈，那可是不甜的喽。”

欧也妮和母亲对查理瞅了一眼，那种表情，查理马上懂得了。

“你是什么意思呢，伯父？自从我可怜的母亲去世以后……（说到母亲二字他的声音软了下来），不会再有什么祸事的了……”

“侄儿，谁知道上帝想用什么灾难来磨炼我们呢？”他的伯母说。

“咄，咄，咄，咄！”葛朗台叫道，“又来胡说八道了——侄儿，我看到你这双漂亮雪白的手真难受。”他指着手臂尽处那双羊肩般的手。

“明明是生来捞钱的手！你的教养，却把我们做公事包放票据用的皮穿在你脚上。不行哪！不行哪！”

“伯父，你究竟什么意思？我可以赌咒，简直一个字都不懂。”

“来吧。”葛朗台回答。

吝啬鬼把刀子折起，喝干了杯中剩下的白酒，开门出去。

“弟弟，拿出勇气来呀！”

少女的声调教查理浑身冰冻，他跟着好厉害的伯父出去，焦急得要命。拿侬和欧也妮母女，抑捺不住好奇心，一齐跑到厨房，偷偷瞧着两位演员，那幕戏就要在潮湿的小花园中演出了。伯父跟侄儿先是不声不响地走着。

说出查理父亲的死讯，葛朗台并没觉得为难，但知道查理一个钱都没有了，倒有些同情，私下想怎样措辞才能把悲惨的事实弄得和缓一些。“你父亲死了”这样的话，没有什么大不了，为父的总死在孩子前面。可是“你一点家产都没有了”这句话，却包括了世界上所有的苦难。老头儿在园子中间格格作响的砂径上已经走到了第三转。在一生的重要关头，凡是悲欢离合之事发生的场所，总跟我们的心牢牢粘在一块。所以查理特别注意到小园中的黄杨，枯萎的落叶，剥落的围墙，奇形怪状的果树，以及一切别有风光的细节；这些都将成为他不可磨灭的回忆，和这个重大的时间永久分不开。因为激烈的情绪有一种特别的记忆力。

葛朗台深深呼了一口气：

“天气真热，真好。”

“是的，伯父，可是为什么？……”

“是这样的，孩子，”伯父接着说，“我有坏消息告诉你。你父亲危险得很……”

“那么我还在这儿干吗？”查理叫道，“拿侬，上驿站去要马！我总该在这里弄到一辆车吧。”他转身向伯父补上一句。可是伯父站着不动。

“车呀马呀都不中用了。”葛朗台瞅着查理回答，查理一声不出，眼睛发呆了。“是的，可怜的孩子，你猜着了。他已经死了。这还不算，还有更严重的事呢，他是用手枪自杀的……”

“我的父亲？……”

“是的。可是这还不算。报纸上还有名有份的批评他呢。噢，你念吧。”

葛朗台拿出向克罗旭借来的报纸，把那段骇人的新闻送在查理眼前。可怜的青年这时还是一个孩子，还在极容易流露感情的年纪，他眼泪涌了出来。

“啊，好啦，”葛朗台私下想，“他的眼睛吓了我一跳。现在他哭了，不要紧了。”

“这还不算一回事呢，可怜的侄儿，”葛朗台高声往下说，也不知道查理有没有在听他，“这还不算一回事呢，你慢慢会忘掉的，可是……”

“不会！永远不会！爸爸呀！爸爸呀！”

“他把你的家败光了，你一个钱也没有了。”

“那有什么相干？我的爸爸呢？……爸爸！”

围墙中间只听见号哭与抽噎的声音凄凄惨惨响成一片，而且还有回声。三个女人都感动得哭了：眼泪跟笑声一样会传染的。查理不再听他的伯父说话了，他冲进院子，摸到楼梯，跑到房内横倒在床上，把被窝蒙着脸，预备躲开了亲人痛哭一场。

“让第一阵暴雨过了再说，”葛朗台走进堂屋道。这时欧也妮和母亲急匆匆的回到原位，抹了抹眼泪，颤巍巍的手指重新做起活计来。“可是这孩子没有出息，把死人看得比钱还重。”

欧也妮听见父亲对最圣洁的感情说出这种话，不禁打了个寒噤。从此她就开始批判父亲了。查理的抽噎虽然沉了下去，在这所到处有回声的屋子里仍旧听得清清楚楚；仿佛来自地下的沉痛的呼号，慢慢地微弱，到傍晚才完全止住。

“可怜的孩子！”葛朗台太太说。

这句慨叹可出了事。葛朗台老头瞅着他的女人，瞅着欧也妮和糖碟子，记起了请倒霉侄儿吃的那顿丰盛的早餐，便站在堂屋中央，照例很镇静地说：

“啊！葛朗台太太，希望你以后不要再乱花钱。我的钱不是给你买糖喂那个小混蛋的。”

“不关母亲的事，”欧也妮说，“是我……”

“你成年了就想跟我闹别扭是不是？”葛朗台截住了女儿的话，“欧也妮，你该想一想……”

“父亲，你弟弟的儿子在你家里总不成连……”

“咄，咄，咄，咄！”老箍桶匠这四个字全是用的半音阶，“又是我弟弟的儿子呀，又是我的侄儿呀。哼，查理跟咱们什么相干？他连一个子儿，半个子儿都没有；他父亲破产了。等这花花公子称心如意的哭够了，就叫他滚蛋；我才不让他把我的家搅得天翻地覆呢。”

“父亲，什么叫作破产？”

“破产，”父亲回答说，“是最丢人的事，比所有丢人的事还要丢人。”

“那一定是罪孽深重啰，”葛朗台太太说，“我们的弟弟要入地狱了吧。”

“得了吧，你又来婆婆妈妈的，”他耸耸肩膀，“欧也妮，破产就是窃盗，可是有法律保护的窃盗。人家凭了琪奥默·葛朗台的信用跟清白的名声，把口粮交给他，他却统统吞没了，只给人家留下一双眼睛落眼泪。破产的人比路劫的强盗还要不得：强盗攻击你，你可以防卫，他也拼着脑袋；至于破产的人……总而言之，查理是丢尽了脸。”

这些话一直响到可怜的姑娘心里，全部说话的分量压在她心头。她天真老实的程度，不下于森林中的鲜花娇嫩的程度，既不知道社会上的教条，也不懂似是而非的论调，更不知道那些骗人的推理；所以她完全相信父亲的解释，不知他是有心把破产说得那么卑鄙，不告诉她有计划的破产跟迫不得已的破产是不同的。

“那么父亲，那桩倒霉事儿你没有法子阻拦吗？”

“兄弟并没有跟我商量；而且他亏空四百万呢。”

“什么叫作一百万，父亲？”她那种天真，好像一个要什么就有什么的孩子。

“一百万吗？”葛朗台说，“那就是一百万个二十铜子的钱，五个二十铜子的钱才能凑成五法郎。”

“天哪！天哪！叔叔怎么能有四百万呢？法国可有人有这么几百万几百万的吗？”

葛朗台老头摸摸下巴，微微笑着，肉瘤似乎胀大了些。

“那么堂兄弟怎么办呢？”

“到印度去，照他父亲的意思，他应该想法在那儿发财。”

“他有没有钱上那儿去呢？”

“我给他路费……送他到……是的，送他到南德。”欧也妮跳上去勾住了父亲的脖子。

“啊！父亲，你真好，你！”

她拥抱他的那股劲儿，差一点叫葛朗台惭愧，他的良心有些不好过了。

“赚到一百万要很多时候吧？”她问。

“噢，”箍桶匠说，“你知道什么叫作一块拿破仑[1]吧；一百万就得五万拿破仑。”

“妈妈，咱们得替他念‘九天经’吧？”

---

①拿破仑为一种金洋，值二十或四十法郎。

“我已经想到了。”母亲回答。

“又来了！老是花钱，”父亲嚷道，“啊！你们以为家里几千几百的花不完吗？”

这时顶楼上传来一声格外凄惨的悲啼，把欧也妮和她的母亲吓呆了。

“拿侬，上去瞧瞧，别让他自杀了，”葛朗台这句话把母女俩听得脸色发白，他却转身吩咐她们：“啊！你们，别胡闹。我要走了，跟咱们的荷兰客人打交道去，他们今天动身。过后我得去看克罗旭，谈谈这些事。”

他走了。葛朗台带上大门，欧也妮和母亲呼吸都自由了。

那天以前，女儿在父亲前面从来不觉得拘束；但几小时以来，她的感情跟思想时时刻刻都在变化。

“妈妈，一桶酒能卖多少法郎？”

“你父亲的价钱是一百到一百五十，听说有时卖到两百。”

“那么他有一千四百桶收成的时候……”

“老实说，孩子，我不知道那可以卖到多少；你父亲从来不跟我谈他的生意。”

“这么说来，爸爸应该有钱哪。”

“也许是吧。不过克罗旭先生跟我说，他两年以前买了弗法劳丰。大概他现在手头不宽。”

欧也妮对父亲的财产再也弄不清了，她的计算便至此为止。

“他连看也没看我，那小少爷！”拿侬下楼说，“他躺在床上像条小牛，哭得像玛特兰纳，真想不到！这可怜的好少爷干吗这样伤心呀？”

“我们赶快去安慰安慰他吧，妈妈；等敲门，我们就下楼。”

葛朗台太太抵抗不了女儿那么悦耳的声音。欧也妮变得伟大了，已经是成熟的女人了。

两个人心里忐忑的上楼，走向查理的卧房。房门打开在那里。查理什么都没有看见，什么都没有听见。他浸在泪水中间，不成音节的在那里哼哼唧唧。

“他对他父亲多好！”欧也妮轻轻地说。

这句话的音调，明明显出她不知不觉已经动了情，存着希望。葛朗台太太慈祥地望了女儿一眼，附在她耳边悄悄地说：

“小心，你要爱上他了。”

“爱他！”欧也妮答道，“你没有听见父亲说的话呢！”

查理翻了一个身，看见了伯母跟堂姊。

“父亲死了，我可怜的父亲！要是他把心中的苦难告诉我，我跟他两个可以想法子挽回啊。我的上帝！我的好爸爸！我以为不久就会看到他的，临走对他就没有什么亲热的表示……”

他一阵呜咽，说不下去了。

“我们为他祷告就是了，”葛朗台太太说，“你得听从主的意思。”

“弟弟，勇敢些！父亲死了是挽回不来的；现在应该挽回你的名誉……”

女人的本能和乖巧，对什么事都很机灵，在安慰人家的时候也是如此；欧也妮想教堂兄弟关切他自己，好减轻一些痛苦。

“我的名誉？”他猛地把头发一甩，抱着胳膊在床上坐起。

“啊！不错。伯父说我父亲是破产了。”

他凄厉地大叫一声，把手蒙住了脸。

“你走开，大姊，你走开！我的上帝，我的上帝！饶恕我的父亲吧；他已经太痛苦了。”

年青人的真实的、没有计算、没有作用的痛苦的表现，真是又惨又动人。查理挥手教她们走开的时候，欧也妮和母亲两颗单纯的心，都懂得这是一种不能让旁人参与的痛苦。她们下楼，默默地回到窗下的座位上，不声不响的工作了一小时。凭着少女们一眼之间什么都看清了的眼睛，欧也妮早已瞥见堂兄弟美丽的梳妆用具，金镶的剪刀和剃刀之类。在痛苦的气氛中看到这种奢华气派，使她对比之下更关切查理。母女俩一向过的平静与孤独的生活，从来没有一桩这样严重的事，一个这样惊心动魄的场面刺激过她们的幻想。

“妈妈，”欧也妮说，“咱们应该替叔叔戴孝吧。”

“你父亲会决定的。”葛朗台太太回答。

她们又不做声了。欧也妮一针一针缝着，有规律的动作很可使一个旁观的人觉察她内容丰富的冥想。这可爱的姑娘第一个愿望，是想跟堂兄弟一起守丧。

四点光景，门上来势汹汹的敲了一声，把葛朗台太太骇得心儿直跳，对女儿说：

“你父亲什么事呀？”

葛朗台高高兴兴地进来，脱下手套，两手拚命地搓，几乎把皮肤都擦破，幸而他的表皮像俄国皮那样上过硝似的，只差没有加过香料。——他踱来踱去，一刻不停地看钟。临了他心头的秘密泄露了，一点也不口吃地说：

“告诉你，太太，他们都中了我的计。咱们的酒卖掉了！荷兰人跟比国人今儿动身，我在广场上闲荡，在他们的旅馆前面，装作无聊的神气。你认识的那家伙就来找我。所有出产好葡萄的人都压着货不肯卖，我自然不去阻拦他们。咱们的比国人可是慌了。我看得清清楚楚。结果是两百法郎一桶成交，一半付现。收到的货款全是黄金。合同已经签下，这六个路易是给你的佣金[1]。再过三个月，酒价一定要跌。”

他说最后一句的时候语气很镇静，可是话中带刺。索漠人这时挤在广场上，葛朗台的酒脱手的消息已经把他们吓坏了，要是再听到上面的话，他们一定会气得发抖。人心的慌乱可能使酒价跌去一半。

“今年你不是有一千桶酒吗，父亲？”欧也妮问。

“是啊，小乖乖。”这个称呼是老箍桶匠快乐到了极点的表示。

“可以卖到二十万法郎喽？”

“是的，葛朗台小姐。”

“这样，父亲，你很容易帮查理的忙了。”

当初巴比伦王拜太查，看到神秘的手在墙上预告他的死亡时，他的愤怒与惊愕也不能跟这时葛朗台的怒火相比。他早已把侄儿忘得一干二净，却发觉侄儿始终盘踞在女儿心里，在女儿的计算之中。

“啊，好！这个花花公子一进了我的家，什么都颠倒了。你们摆阔，买糖果，花天酒地的请客。我可不答应。到了这个年纪，我总该知道怎么做人了吧！并且也轮不到女儿，轮不到谁来教训我。应该怎样对付我的侄儿，我就怎样对付。不用你们管。至于

①一路易约值二十法郎。

你，欧也妮，”他转过身子对她说，“再不许提到他，要不，我把你跟拿侬一起送到诺阿伊哀修院去，看我做得到做不到；你再哼一声，明天就打发你走。他在哪儿，这孩子？下过楼没有？”

“没有，朋友。”葛朗台太太回答。

“他在干什么？”

“哭他的父亲哪。”欧也妮回答。

葛朗台瞪着女儿，想不出话来。他好歹也是父亲哪。在堂屋里转了两下，他急急忙忙上楼，躲进密室去考虑买公债的计划。连根砍掉的两千阿尔邦的林木，卖到六十万法郎；加上白杨，上年和当年的收入，以及最近成交的二十万法郎买卖，总数大概有九十万。公债行情是七十法郎，短时期内好赚二分利，他很想试一试。他拿起记载兄弟死讯的那张报纸，写下数目计算起来，虽然听到侄儿的呻吟，也没有听进耳朵。

拿侬跑来敲敲墙壁请主人下楼，晚饭已经预备好了。走到穹窿下面楼梯的最后一级，葛朗台心里想：

“既然有八厘利，我一定做这笔生意。两年以后可以有一百五十万金洋从巴黎提回来。哎，侄儿在哪里？”

“他说不要吃饭，”拿侬说，“真是不顾身体。”

“省省我的粮食也好。”主人回答。

“是啵。”她说。

“嘿！他不会永远哭下去的。肚子饿了，树林里的狼也躲不住呢。”

晚饭时候，大家好古怪的不出一声。等到桌布拿掉了，葛朗台太太才说：

“好朋友，咱们该替兄弟戴孝吧。”

“真是，太太，你只晓得想出花钱的玩意儿。戴孝在乎心，不在乎衣服。”

“可是兄弟的孝不能不戴，教会吩咐我们……”

“就在你六个路易里支出，买你们的孝服罢。我只要一块黑纱就行。”

欧也妮抬起眼睛向上望了望，一言不发。她慷慨的天性素来潜伏着，受着压制，第一遭觉醒了，又时时刻刻受到伤害。

这一晚，表面上跟他们单调生活中无数的夜晚一样，但确是最难受的一晚。欧也妮头也不抬的做她的活计，也不动用隔夜给查理看得一文不值的针线匣。葛朗台太太编织她的套袖。葛朗台坐在一边把大拇指绕动了四小时，想着明天会教索漠全城吃惊的计算，出神了。

那晚谁也没有上门。满城都在谈论葛朗台的那一下辣手，他兄弟的破产，和侄子的到来。为了需要对共同的利益唠叨一番，索漠城内所有中上阶级的葡萄园主，都挤在台·格拉桑府上，对前任区长破口大骂。

拿侬照例绩麻，堂屋的灰色的楼板下面，除了纺车声，便没有别的声响。

“嗳，嗳，咱们都爱惜舌头，舍不得用哪。”她说着，露出一排又白又大的牙齿，像光杏仁。

“是呀，什么都得爱惜。”葛朗台如梦方醒似的回答。

他远远看到三年以后的八百万家私，他在一片黄金的海上载沉载浮。

“咱们睡觉吧。我代表大家去向侄儿说一声晚安，顺便瞧瞧他要不要吃点东西。”

葛朗台太太站在二层楼的楼梯台上，想听听老头儿跟查理说些什么。欧也妮比母亲大胆，更走上两级。

“喂，侄儿，你心里难受是不是？好吧，你哭吧，这是常情。父亲总是父亲。可是我们遇到苦难就得耐心忍受。你在这里哭，我却在替你打算。你瞧，做伯父的对你多好。来，拿出勇气来。要不要喝一小杯酒呢？”

索漠的酒是不值钱的：请人喝酒就像印度人请喝茶。

“哎，”葛朗台接着说，“你没有点火。要不得，要不得！做什么事都得看个清楚啊。”

说着他走到壁炉架前面。

“呦！这不是白烛么？哪儿来的白烛？娘儿们为了替这个孩子煮鸡蛋，把我的楼板都会拆掉呢！”

一听到这几句，母女俩赶紧回房，钻在床上，像受惊的耗子逃回老窠一样快。

“葛朗台太太，你有金山银山不是？”丈夫走进妻子的卧房问。

“朋友，我在祷告，等一会好不好？”可怜的母亲声音异样地回答。

“见他的鬼，你的好天爷！”葛朗台咕噜着说。

凡是守财奴都只知道眼前，不相信来世。葛朗台这句话，把现在这个时代赤裸裸的暴露了出来。金钱控制法律，控制政治，控制风俗，到了前所未有的程度。学校，书籍，人物，主义，一切都在破坏对来世的信仰，破坏这一千八百年以来的社会基础。如今坟墓只是一个无人惧怕的阶段。死后的未来，给提到现在来了。不管什么义与不义，只要能够达到尘世的天堂，享尽繁华之福，化心肝为铁石，胼手胝足的去争取暂时的财富，像从前的殉道者为了未来的幸福而受尽苦难一样。这是今日最普遍的，到处都揭橥着的思想，甚至法律上也这样写着。法律不是问立法者“你想些什么？”而是问“你出多少代价？”等到这种主义从布尔乔亚传布到平民大众的时候，真不知我们的国家要变成什么模样。

“太太，你完了没有？”老箍桶匠问。

“朋友，我还在为你祈祷呢。”

“好吧！再见。明儿早上再谈。”

可怜的女人睡下时，仿佛小学生没有念熟功课，深怕醒来看到老师生气的面孔。正当她怀着鬼胎钻入被窝，蒙住耳朵时，欧也妮穿着衬衣，光着脚，跑到床前，吻着她的前额说：

“噢！好妈妈，明天我跟他说，一切都是我做的。”

“不行，他会送你到诺阿伊哀。还是让我来对付，他不会把我吃掉的。”

“你听见没有，妈妈？”

“什么？”

“他老是在哭哪。”

“去睡觉吧，孩子。你光着脚要受凉了，地砖潮得很呢。”

这一天重大的日子就这样过去了。有钱而可怜的独养女儿，一辈子都忘不了这一日；从今以后，她的睡眠再没有从前那么酣畅那么深沉了。

人生有些行为，虽然千真万确，但从事情本身看，往往像是不可能的。大概我们对于一些自发的决心，从没加以心理的剖析，对于促成那些行为的神秘的原因，没有加以说明。欧也妮深刻的热情，也许要在她最微妙的组织中去分析；因为她的热情，如一般爱挖苦的人所说的，变成了一种病，使她终身受到影响。许多人宁可否认事情的结局，不愿估计一下把许多精神现象暗中联系起来的关系，枢纽和连锁的力量。在懂得观察人性的人，看了欧也妮的过去，就知道她会天真到毫无顾忌，会突如其来的流露感情。她过去的生活越平静，女子的怜悯，这最有机智的情感，在她心中发展得越猛烈。所以被白天的事情扰乱之下，她夜里惊醒了好几次，探听堂兄弟的声息，以为又听到了从隔天起一直在她心中响着的哀叹：忽而她看见他悲伤得闭住了气，忽而梦见他差不多要饿死了。黎明时分，她确实听到一声可怕的呼喊，便立刻穿衣，在晨光中蹑手蹑脚的赶到堂兄弟房里。房门打开着，白烛一直烧到烛盘底上。查理疲倦之极，在靠椅中和衣睡着，脑袋倒在床上。他像一般空肚子的人一样做着梦。欧也妮此时尽可哭个痛快，尽可仔细鉴赏这张年青秀美的脸，脸上刻画着痛苦的痕迹，眼睛哭肿了，虽然睡着，似乎还在流泪。查理睡梦中受到精神的感应，觉得欧也妮来了，便睁开眼睛，看见她满脸同情的站在面前。

"噢，大姊，对不起。"他显然不知道什么时间，也不知道身在何处。

"弟弟，这里还有几颗真诚的心听到你的声音，我们以为你需要什么呢。你该好好的睡，这样坐着太累了。"

"是的。"

"那么再见吧。"

她赶紧溜走，觉得跑到这儿来又高兴又害臊。只有天真才会做出这种冒失的事。要是心里明白的话，连德行也会像罪恶一般作种种计较的。欧也妮在堂兄弟面前并没发抖，一回到自己屋里却两腿站不直了。浑浑噩噩的生活突然告终，她左思右想的考虑起来，把自己大大的埋怨了一番。“他对我要怎么想呢？以为我爱上了他吧。”其实这正是她最希望的。坦白的爱情自有它的预感，知道爱能生爱。幽居独处的姑娘，居然偷偷跑进一个青年的屋子，真是何等的大事！在爱情中间，有些思想有些行为，对某些心灵不就等于神圣的婚约吗？

一小时以后，她走进母亲房内，像平时一样服侍她起床。然后她们俩坐在窗下老位置上等候葛朗台，焦急的情绪正如一个人害怕责骂与惩戒的时候，心发冷发热，或者揪紧或者膨胀，看各人的气质而定。这种情绪也很自然，连家畜也感觉到：它们自己不小心而受了伤可以不哼一声，犯了过失挨了打，一点儿痛苦就会使它们号叫。老头儿下楼了，心不在焉地跟太太说话，拥抱了一下欧也妮，坐上饭桌，仿佛已经忘记了隔夜恐吓的话。

“侄儿怎么啦？这孩子倒不打搅人。”

“先生，他睡着呢。”拿侬回答。

“再好没有，他用不到白烛了。”葛朗台用讥讽的口气说。

这种反常的宽大，带些讽刺的高兴，使葛朗台太太不胜惊奇，留神瞧着她的丈夫。老头儿……（这儿似乎应当提醒读者，在都兰，安育，博爱都，布勒塔尼这些区域，老头儿这个名称——我们已经好几次用来称呼葛朗台了——用于最淳厚的人，同时也用于最残忍的人，只要他们到了相当的年龄。所以这个称呼对个人的慈悲仁厚毫无关系。）老头儿拿起帽子，手套，说：

“我要到广场上去溜达一下，好碰到咱们的几位克罗旭。”

“欧也妮，你父亲心中一定有事。”母亲对女儿说。

的确，不大需要睡眠的葛朗台，夜里大半时间都在作种种初步的盘算。这些盘算，使他的见解，观察，计划，特别来得准确，而且百发百中，做一样成功一样，叫索漠人惊叹不已。人类所有的力量，只是耐心加上时间的混合。所谓强者是既有意志，又能等待时机。守财奴的生活，便是不断地运用这种力量为自我效劳。他只依赖两种情感：自尊心与利益。但利益既是自尊心的实际表现，并且是真正优越的凭据，所以自尊心与利益是一物的两面，都从自私自利来的。因此，凡是守财奴都特别耐人寻味，只要有高明的手段把他烘托出来。这种人物涉及所有的情感，可以说集情感之大成，而我们个个人都跟他们一脉相通。哪里有什么全无欲望的人？而没有金钱，哪个欲望能够满足？

葛朗台的确心中有事，照他妻子的说法。像所有的守财奴一样，他非跟人家勾心斗角，把他们的钱合法的赚过来不可，这在他是一种无时或已的需要。搜刮旁人，岂非施展自己的威力，使自己老是可以有名有分的瞧不起那些过于懦弱的，给人吃掉的人吗？躺在上帝面前的那平安恬静的羔羊，真是尘世的牺牲者最动人的写照，象征了牺牲者在彼世界的生活，证明懦弱与受苦受到何等的光荣。可是这些微言奥旨有谁懂得？守财奴只知道把这头羔羊养得肥肥的，把它关起来，宰它，烤它，吃掉它，轻蔑它。金钱与鄙薄，才是守财奴的养料。

夜里，老头儿的念头换了一个方向；这是他表现宽大的缘故。他想好了一套阴谋诡计，预备开巴黎人的玩笑，折磨他们，捉弄他们，把他们捻一阵捏一阵，叫他们奔来，奔去，流汗，希望，急得脸色发白；是啊，他这个老箍桶匠，在灰色的堂屋底里，在索漠家中虫蛀的楼梯上走的时候，就能这样的玩弄巴黎人。他一心想着侄儿的事，他要挽回亡弟的名誉，可无须他或他的侄儿花一个钱。他的现金马上要存放出去，三年为期，现在他只消管理田地了；所以非得找些材料让他施展一下狡狯的本领不可，而兄弟的破产就是现成的题目。手里没有旁的东西可以挤压，他就想把巴黎人捏成齑粉，让查理得些实惠，自己又一文不花的做了个有义气的哥哥。他的计划中根本没有什么家庭的名誉，他的好意有如赌徒的心情，喜欢看一场自己没有下注的赌博赌得精彩。克罗旭是他必不可少的帮手，他却不愿意去找他们，而要他们来找他。他决心把刚才想好的计划当晚就开始搬演，以便下一天早上，不用花一个小钱，教全城的人喝他的彩。

四、吝啬鬼许的愿·情人起的誓

父亲不在家，欧也妮就不胜欣喜的可以公然关切她心爱的堂兄弟，可以放心大胆把胸中蕴蓄着的怜悯，对他尽量发泄了。怜悯是女子胜过男子的德性之一，是她愿意让人家感觉到的唯一的情感，是她肯让男人挑逗起来而不怨怪的唯一的情感。欧也妮跑去听堂兄弟的呼吸，听了三四次，要知道他睡着还是醒了；之后，他起床了，于是咖啡、乳酪、鸡子、水果、盘子、杯子，一切有关早餐的东西，都成为她费心照顾的对象。她轻快的爬上破旧的楼梯，听堂兄弟的响动。他是不是在穿衣呀？他还在哭吗？她一直跑到房门外面。

"喂，弟弟！"

"嗳，大姊！"

"你喜欢在哪儿用早餐，堂屋里还是你房里？"

"随便。"

"你好吗？"

"大姊，说来惭愧，我肚子饿了。"

这段隔着房门的谈话，在欧也妮简直是小说之中大段的穿插。

“那么我们把早餐端到你房里来吧，免得父亲不高兴。”

她身轻如燕地跑下厨房。

“拿侬，去替他收拾卧房。”

这座上上下下不知跑了多少次的楼梯，一点儿声音就会格格作响的，在欧也妮眼中忽然变得不破旧了；她觉得楼梯明晃晃的，会说话，像她自己一样年轻，像她的爱情一样年轻，同时又为她的爱情服务。还有她母亲，慈祥而宽容的母亲，也乐意受她爱情的幻想驱遣。查理的卧房收拾好了，她们俩一齐进去，替不幸的孩子做伴：基督教的慈悲，不是教人安慰受难者吗？两个女子在宗教中寻出许多似是而非的怪论，为她们有乖体统的行为做借口。

因此查理·葛朗台受到最亲切、最温柔的款待。他为了痛苦而破碎的心，清清楚楚的感到这种体贴入微的友谊，这种美妙的同情的甜蜜；那是母女俩被压迫的心灵，在痛苦的领域——它们的日常天地——内能有一刻儿自由就会流露的。既然是至亲骨肉，欧也妮就不妨把堂兄弟的内衣，和随身带来的梳妆用具整理一下，顺便把手头捡到的小玩意儿，镂金镂银的东西，称心如意的逐件玩赏，并且以察看做工为名，拿在手里不放。查理看到伯母与堂姊对他古道热肠的关切，不由得大为感动；他对巴黎社会有相当的认识，知道以他现在的处境，照例只能受人冷淡。他发觉欧也妮那种特殊的美，光艳照人；隔夜他认为可笑的生活习惯，从此他赞美它的纯朴了。所以当欧也妮从拿侬手中接过一只珐琅的碗，满满盛着咖啡和乳酪，很亲热的端给堂兄弟，不胜怜爱的望了他一眼时，查理便含着泪拿起她的手亲吻。

“哎哟，你又怎么啦？”她问。

“哦！我感激得流泪了。”

欧也妮突然转身跑向壁炉架拿烛台。

“拿侬，”她说，“来，把烛台拿走。”

她回头再瞧堂兄弟的时候，脸上还有一片红晕，但眼神已经镇定，不致把衷心洋溢的快乐泄露了；可是两人的目光都表现同样的情绪，正如他们的心灵交融在同一的思想中：未来是属于他们的了。

这番柔情，查理特别觉得甘美，因为他遭了大难，早已不敢存什么希望。大门上锤子响了一下，立刻把两个女子召归原位。幸而她们下楼相当快，在葛朗台进来的时候，手里已经拿上活计；如果他在楼下环洞那边碰到她们是准会疑心的。老头儿急急忙忙吃完午餐之后，来了法劳丰田上看庄子的，早先说好的津贴至今没拿到。他带来一只野兔，几只鹧鸪，都是大花园里打到的，还有磨坊司务欠下的鳗鱼与两条梭鱼。

“嗳！嗳！来得正好，这高诺阿莱。这东西好吃吗，你说？”

“好吃得很呢，好心的先生；打下来有两天了。”

“喂，拿侬，快来！”好家伙说，“把这些东西拿去，做晚饭菜；我要请两位克罗旭吃饭呢。”

拿侬瞪着眼发呆，对大家望着。

“可是，”她说，“叫我哪儿来的肥肉跟香料呢？”

“太太，”葛朗台说，“给拿侬六法郎。等会我要到地窖里去找好酒，别忘了提醒我一声。”

看庄子的久已预备好一套话，想解决工资问题：

“这么说来，葛朗台先生……”

“咄，咄，咄，咄！”葛朗台答道，“我知道你的意思，你是一个好小子。今天我忙得很，咱们明儿谈吧。太太，先给他五法郎。”

他说完赶紧跑了。可怜的女人觉得花上十一法郎求一个清静，高兴得很。她知道葛朗台把给她的钱一个一个逼回去之后，准有半个月不寻事。

“嗳，高诺阿莱，”她把十法郎塞在他手里说，“回头我们再重重谢你吧。”

高诺阿莱没有话说，走了。拿侬戴上黑头巾，抓起篮子说：

“太太，我只要三法郎就够了，多下的你留着吧。行了，我照样会对付的。”

“拿侬，饭菜弄好一些呀，堂兄弟下来吃饭的呢。”欧也妮吩咐。

“真是，家里有了大事了，”葛朗台太太说，“我结婚到现在，这是你父亲第三次请客。”

四点左右，欧也妮和母亲摆好了六个人的刀叉，屋主把内地人那么珍视的旧藏佳酿，提了几瓶出来，查理也进了堂屋。他脸色苍白，举动，态度，目光，说话的音调，在悲苦中别有一番妩媚。他并没假装悲伤，他的难受是真实的，痛苦罩在他脸上的阴影，有一副为女子特别喜爱的神情。欧也妮因之愈加爱他了。或许苦难替欧也妮把他拉近了些。查理不再是那个高不可攀的、有钱的美少年，而是一个遭难的穷亲戚了。苦难生平等。救苦救难是女子与天使相同的地方。查理和欧也妮彼此用眼睛说话，靠眼睛了解；那个落难公子，可怜的孤儿，躲在一边不出一声，沉着，高傲；但堂姊温柔慈爱的目光不时落在他身上，逼他抛开愁苦的念头，跟她一起神游于未来与希望之中，那是她最乐意的事。

葛朗台请克罗旭吃饭的消息，这时轰动了全城；他前一天出售当年的收成，对全体种葡萄的背信的罪行，倒没有把人心刺激得这么厉害。苏格拉底的弟子阿契皮阿特，为了惊世骇俗，曾经把自己的狗割掉尾巴；如果这老奸巨猾的葡萄园主以同样的心思请客，或许他也可成为一个大人物；可是他老是玩弄城里的人，没有遇到过一个对手，所以从不把索漠人放在心上。台·格拉桑他们，知道了查理的父亲暴卒与可能破产的新闻，决意当天晚上就到他们的主顾家吊唁一番，慰问一番，同时探听一下他们为什么事，在这种情形之下请几位克罗旭吃饭。

五点整，特·篷风所长跟他的老叔克罗旭公证人，浑身上下穿得齐齐整整的来了。大家立刻入席，开始大嚼。葛朗台严肃，查理静默，欧也妮一声不出，葛朗台太太不比平时多开口，真是一顿款待吊客的丧家饭。

大家离席的时候，查理对伯父伯母说：

“对不起，我先告退了，有些极不愉快的长信要写。”

“请罢请罢，侄儿。”

他一走，葛朗台认为查理一心一意的去写信，什么都听不见的了，便狡狯的望着妻子说：

“太太，我们要谈的话，对你们简直是天书，此刻七点半，还是钻进你们的被窝去吧。明儿见，欧也妮。”

他拥抱了女儿，两位女子离开了堂屋。葛朗台与人交接的结果，早已磨炼得诡计多端，使一般被他咬得太凶的人常常暗里叫他老狗。那天晚上，他比平生任何时候都运用更多的机巧。倘使索漠前任区长的野心放得远大一些，再加机缘凑巧，爬上高位，奉派到国际会议中去，把他保护私人利益的长才在那里表现一番的话，毫无疑问他会替法国立下大功。但也说不定一离开索漠，老头儿只是一个毫无出息的可怜虫。有些人的头脑，或许像有些动物一般，从本土移到了另一个地方，离开了当地的水土，就没法繁殖。

“所……所长……先……先……先生，你你你……说……说说说过破破破产……”

他假装了多少年而大家久已当真的口吃，和他在雨天常常抱怨的耳聋，在这个场合使两位克罗旭难受死了，他们一边听一边不知不觉的扯动嘴脸，仿佛要把他故意卷在舌尖上的字眼代为补足。在此我们应当追叙一下葛朗台的口吃与耳聋的故事。

在安育地区，对当地的土话懂得那么透彻，讲得那么清楚的，谁都比不上这狡狯的葡萄园主。但他虽是精明透顶，从前却上过一个犹太人的当。在谈判的时候，那犹太人老把两手捧着耳朵，假装听不清，同时结结巴巴的口吃得厉害，永远说不出适当的字眼，以致葛朗台竟吃了善心的亏，自动替狡猾的犹太人寻找他心中的思想与字眼，结果把犹太人的理由代说了，他说的话倒像是该死的犹太人应该说的，他终于变了犹太人而不是葛朗台了。那场古怪的辩论所做成的交易，是老箍桶匠平生唯一吃亏的买卖。但他虽然经济上受了损失，精神上却得了一次很好的教训，从此得益不浅。葛朗台临了还祝福那个犹太人，因为他学会了一套本领，在生意上教敌人不耐烦，逼对方老是替我这方面打主意，而忘掉他自身的观点。那天晚上所要解决的问题，的确最需要耳聋与口吃，最需要莫名其妙的兜圈子，把自己的思想深藏起来：第一他不愿对自己的计划负责；第二他不愿授人话柄，要人家猜不透他的真主意。

“特·篷……篷……篷风先生。”

葛朗台称克罗旭公证人的侄子为篷风先生，三年以来这是第二次。所长听了很可能当作那奸刁的老头儿已经选定他做女婿。

“你你你……真的说……说破破破产，在……在某某……某些情形中可……可可以……由……由……”

“可以由商事裁判所出面阻止。这是常有的事。”特·篷风先生这么说，自以为把葛朗台老头的思想抓住了，或者猜到了，预备诚诚恳恳替他解释一番，便又道：“你听我说。”

“我听……听……听着。”老头儿不胜惶恐地回答，狡猾的神气，像一个小学生面上装作静听老师的话，暗地里却在讪笑。

“一个受人尊敬而重要的人物，譬如像你已故的令弟……”

“舍弟……是的。”

“有周转不灵的危险……”

“那……那那叫……叫作……周周周转不灵吗？”

“是的……以致免不了破产的时候，有管辖权的（请你注意）商事裁判所，可以凭它的判决，委任几个当事人所属的商会中人做清理委员。清理并非破产，懂不懂？一个破产的人名誉扫地，但宣告清理的人是清白的。”

“那相相差……太大了，要是……那……那并并并不……花……花……花更……更……更多的钱。”葛朗台说。

“可是即使没有商事裁判所帮忙，仍旧可以宣告清理的，因为，”所长吸了一撮鼻烟，接着说，“你知道宣告破产要经过怎样的手续吗？”

“是呀，我从来没有想……想……想过。”葛朗台回答。

“第一，”法官往下说，“当事人或者他的合法登记的代理人，要亲自造好一份资产负债表，送往法院书记室。第二，由债权人出面申请。可是如果当事人不提出资产负债表，或者债权人不声请法院把当事人宣告破产，那么怎么办呢？”

“对……对对对啦，怎……怎……怎么办呢？”

“那么死者亲族，代表人，承继人，或者当事人自己，如果他没有死，或者他的朋友，如果他避不见面，可以办清理。也许你想把令弟的债务宣告清理吧？”所长问。

“啊！葛朗台！”公证人嚷道，“那可好极了。我们偏僻的内地还知道名誉的可贵。要是你保得身家清白，因为这的确与你的身家有关，那你真是大丈夫了……”

“伟大极了！”所长插嘴道。

“当……当然，”老头儿答道，“我兄兄兄弟姓……姓……姓葛朗台，跟……跟我我……我……我一样，还……还……还还用说吗？我……我……我……我没有说不。清清……清……清……清理，在在……无……无论何……何种情……情形之下，从从……各各……各……方面看看看，对我侄……侄……侄儿是很……很……很有有有利的，侄……侄侄儿又又又是我……我喜……喜欢的。可是先……先要弄清楚。我不认……认……认得那些巴黎的坏蛋。我……我是在索……索漠，对不对？我的葡萄葡萄秧，沟沟渠，总总……总之，我有我的事事事情。我从没出过约……约……约期票。什么叫作约期票？我收收收……收到过很……很多，从来没有……出……出给人家。我只……只……只知道约期票可……可可可以兑现，可……可可以贴贴贴现。听……听说约……约……约期票可可以赎赎赎回……”

“是的，”所长说，“约期票可以打一个折扣从市场上收回来。你懂吗？”

葛朗台两手捧着耳朵，所长把话再说了一遍。

“那么，”老头儿答道，“这些事情也……也有好有坏啰？我……我……我老了，这这这些都……都弄弄……弄不清。我得留……留在这儿看……看……看守谷子。谷子快……快收了，咱们靠……靠……靠谷子开……开开销。最要紧的是，看……看好收成，在法劳丰我我……我有重……重要的收入。我不能放……放……放弃了家去去对对……对付那些鬼……鬼……鬼……鬼事，我又搅搅不清。你你说……要避免破产，要办办……办清……清……清理，我得去巴黎。一个人又不不……不是一只鸟，怎怎……怎么能同时在……在……在两个地方……”

“我明白你的意思，”公证人嚷道，“可是老朋友，你有的是朋友，有的是肯替你尽心出力的朋友。”

“得啦，”老头儿心里想，“那么你自己提议呀！”

“倘使派一个人到巴黎去，找到令弟琪奥默最大的债主，对他说……”

“且慢，”老头儿插嘴道，“对他说……说什么？是……是不是这……这样：‘索漠的葛朗台长……索漠……的葛朗台短，他爱他的兄弟，爱他的侄……侄……侄子。葛朗台是一个好哥……哥哥，有一番很好的意思。他的收……收……收成卖了好价。你们不要宣告破……破……破……破产，你们集集集合起来，委……委……委托几个清……清……清理人。那那时葛朗台再……再……再瞧着办。与其让法院里的人沾……沾……沾手，不如清理来……来……来得上算……’嗯，是不是这么说？”

“对！”所长回答。

“因为，你瞧，篷……篷……篷……篷风先生，我们要三……三思而行。做……做不到总……总是做……做不到。凡是花……花……花钱的事，先得把收支搞清楚，才才才不至于倾……倾……倾家荡产。嗯，对不对？”

“当然喽，”所长说，“我吗，我认为花几个月的时间，出一笔钱，以协议的方式付款，可以把债券全部赎回。啊，啊！你手里拿块肥肉，那些狗还不跟你跑吗？只要不宣告破产，把债权证件抓在你手里，你就是白璧无瑕。”

“白……白……白璧？”葛朗台又把两手捧着耳朵，“我不懂什么白……白……白璧。”

“哎，”所长嚷道，“你听我说呀。”

“我……我我听着。”

“债券是一种商品，也有市价涨落。这是根据英国法学家虞莱弥·朋撒姆关于高利贷的理论推演出来的。他曾经证明，大家谴责高利贷的成见是荒谬的。”

“嗯！”好家伙哼了一声。

“据朋撒姆的看法，既然原则上金钱是一种商品，代表金钱的东西也是一种商品，既然是商品，就免不了市价涨落；那么契据这种商品，有某人某人签字的文件，也像旁的货物一样，市场上会忽而多忽而少，它们的价值也就忽而高忽而低，法院可以要人家……（哦，我多糊涂，对不起……）我认为你可以把令弟的债券打个二五扣赎回来。”

“他叫……叫……叫作虞……虞……虞莱弥·朋……”

“朋撒姆，是个英国人。”

“这个虞莱弥，使我们在生意上再用不到怨气冲天。”公证人笑着说。

“这些英国人有……有……有时真讲情……情理，”葛朗台说，“那么，照朋……朋……朋撒姆的看法，要是我兄弟的债券值……值……值多少……实际是并不值！我我……我……我说得对不对？我觉得明白得很……债主可能……不，不可能……我懂……懂懂得。”

“让我解释给你听吧，”所长说，“在法律上要是你拿到葛朗台号子所有欠人的债券，令弟和他的继承人就算跟大家两讫了，行了。”

“行了。”老头儿也跟着说了一遍。

“以公道而论，要是令弟的债券，在市场上谈判好，（谈判，你明白这两个字的意思吗？）谈判好打多少折扣；要是你朋友中有人在场收买了下来，既然债权人自愿出售而并没受暴力胁迫，那么令弟的遗产就光明正大的没有什么负债了。”

“不错……生……生……生意是生意，这是老话，”箍桶匠说，“可是，你明……明……明……明白，这很……很……很难。我……我……我没有钱钱钱，也……也……也没有空，没有空也没……”

“是的，你不能分身。那么我代你上巴黎。（旅费归你，那是小意思。）我去找那些债权人，跟他们谈，把债券收回，把付款的期限展缓，只要在清算的总数上多付一笔钱，一切都好商量的。”

“咱咱咱们再谈，我不……不……不……能，我不愿随……随……随便答应，在在在……没……没有……做……做不到，总是做……做不到。你你你明白?”

“那不错。”

“你跟……跟……跟我讲……讲……讲的这一套,把我……我……我头都胀……胀……胀昏了。我活到现在,第……第……第一次要想……想到这这……”

“对,你不是法学家。”

“不过是一个可……可……可怜的种葡萄的,你……你……你刚才说的,我一点儿不知道,我……我……我得研……研……研究一一一下。”

“那么……”所长似乎想把他们的谈话归纳出一个结论来。公证人带着埋怨的口吻插嘴道:

“老侄!……”

“哦,叔叔?”

“你应当让葛朗台先生说明他的意思。委托这样一件事不是小事。咱们的朋友应当把范围说清……”

大门上一声锤子,报告台·格拉桑一家来了,他们的进场和寒暄,打断了克罗旭的话。这一打岔,公证人觉得很高兴,葛朗台已经在冷眼觑他,肉瘤颤巍巍的表示心中的激动。可是第一,小心谨慎的公证人认为一个初级裁判所所长根本不宜于上巴黎去钓债权人上钩,牵入与法律抵触而不清不白的阴谋中去;其次,葛朗台老头肯不肯出钱还一点没有表示,侄儿就冒冒失失的参与,也使公证人莫名其妙的觉得害怕。所以他趁台·格拉桑他们进来的当儿,抓着所长的胳膊,把他拉到一个窗洞下面:

“老侄,你的意思表示得够了;献殷勤也应当适可而止。你想他的女儿想昏了。不要见鬼,没头没脑的乱冲乱撞。现在让我来把舵，你只要从旁边助我一臂就行。难道你值得以堂堂法官之尊，去参与这样一件……”

他没有说完，听见台·格拉桑向老箍桶匠伸着手说：

“葛朗台，我们知道府上遭了不幸，琪奥默·葛朗台的号子出了事，令弟去世了，我们特地来表示哀悼。”

公证人插嘴道：

“最不幸的是二爷的死。要是他想到向兄长求救，就不至于自杀了。咱们的老朋友爱名誉，连指甲缝里都爱到家，他想出面清理巴黎葛朗台的债务呢。舍侄为免得葛朗台在这桩涉及司法的交涉中找麻烦，提议立刻代他去巴黎跟债权人磋商，使他们相当的满足。”

这段话，加上葡萄园主摸着下巴的态度，教三位台·格拉桑诧异到万分，他们一路来的时候还在称心如意的骂葛朗台守财奴，差不多认为兄弟就是给他害死的。这时银行家却望着他的太太嚷道：

“啊！我早知道的！喂，太太，我路上跟你怎么说的？葛朗台连头发根里都是爱惜名誉的，绝不肯让他们的姓氏有一点儿沾污。有钱而没有名誉是一种病。咱们内地还有人爱名誉呢！葛朗台，你这个态度好极了，好极了。我是一个老军人，装不了假，只晓得把心里的话直说。这真是，我的天！伟大极了。”说着银行家热烈的握着他的手。

“可可可是伟……伟……伟大要花大……大……大钱呀。”老头儿回答。

“但是，亲爱的葛朗台，”台·格拉桑接着说，“请所长先生不要生气，这纯粹是件生意上的事，要一个生意上的老手去交涉的。什么回复权，预支，利息的计算，全得内行。我有些事上巴黎去，可以附带代你……”

“咱们俩慢慢地来考虑，怎怎……怎么样想出一个可……可……可能的办法，使我不……不……不至于贸贸然答……答……答应我……我……我不愿愿愿意做的事，”葛朗台结结巴巴的回答，“因为，你瞧，所长先生当然要我负担旅费的。”说这最后几句时他不口吃了。台·格拉桑太太便说：

“嗳！到巴黎去是一种享受，我愿意自己花旅费去呢。”

她对丈夫丢了一个眼风，似乎鼓励他不惜代价把这件差事从敌人手里抢过来；她又带着嘲弄的神气望望两位脸色沮丧的克罗旭。

于是葛朗台抓住了银行家的衣钮，拉他到一边对他说：

“在你跟所长中间，我自然更信托你。而且，”他的肉瘤牵动了几下，“其中还有文章呢。我想买公债，大概有好几万法郎的数目，可是只预备出八十法郎的价钱。据说月底行市会跌。你是内行，是不是？”

“嘿！岂敢！这样说来，我得替你收进几万法郎的公债啰？”

“嘘！开场小做做。我玩这个，谁都不让知道。你可以买月底的期货；可是不能教克罗旭他们得知，他们会不高兴。既然你上巴黎去，请你替我可怜的侄儿探探风色。”

“就这样吧，”台·格拉桑提高了嗓子，“明天我搭驿车动身，几点钟再来请示细节呢？”

“明天五点吧，吃晚饭以前。”葡萄园主搓着手。

两家客人又一起坐了一会。台·格拉桑趁谈话停顿的当儿拍拍葛朗台的肩膀说：

“有这样的同胞兄弟，叫人看了也痛快……”

“是呀是呀，”葛朗台回答说，“表面上看不出，我可是极重骨……骨肉之情。我对兄弟很好，可以向大家证明，要是花……花……花钱不……不多……”银行家不等他说完，很识趣的插嘴道：

“咱们告辞了，葛朗台。我要提早动身的话，还得把事情料理料理。”

“好，好，为了刚才和你谈的那件事，我……我要进……进……进我的‘评评……评……评议室’去，像克罗旭所长说的。”

“该死！一下子我又不是特·篷风先生了。”法官郁郁不乐的想，脸上的表情好像在庭上给辩护律师弄得不耐烦似的。

两家敌对的人物一齐走了。早上葛朗台出卖当地葡萄园主的行为，都给忘掉了，彼此只想刺探对方：对于好家伙在这件新发生的事情上存什么心，是怎么一个看法；可是谁也不肯表示。

“你跟我们上特·奥松华太太家去吗？”台·格拉桑问公证人。

“咱们过一会去，”所长回答，“要是家叔允许的话，我答应特·格里鲍果小姐到她那边转一转的，我们要先上那儿。”

“那么再见啰，诸位。”台·格拉桑太太说。

他们别过了两位克罗旭，才走了几步，阿道夫便对他的父亲说：

“他们这一下可冒火呢，嗯？”

“别胡说，孩子，”他母亲回答道，“他们还听得见。而且你的话不登大雅，完全是法科学生的味儿。”

法官眼看台·格拉桑一家走远之后，嚷道：

“喂，叔叔！开场我是特·篷风所长，结果仍旧是光杆儿的克罗旭。”

“我知道你会生气；不过风向的确对台·格拉桑有利。你聪明人怎么糊涂起来了！葛朗台老头‘咱们再谈’那一套，由他们去相信吧。孩子，你放心，欧也妮还不一样是你的？”

不多一会，葛朗台慷慨的决心同时在三份人家传布开去，城里的人只谈着这桩手足情深的义举。葛朗台破坏了葡萄园主的誓约而出卖存酒的事，大家都加以原谅，一致佩服他的诚实，赞美他的义气，那是出于众人意料之外的。法国人的性格，就是喜欢捧一时的红角儿，为新鲜事儿上劲。那些群众竟是健忘得厉害。

葛朗台一关上大门，就叫唤拿侬：

“你别把狗放出来，等会儿睡觉，咱们还得一起干事呢。十一点钟的时候，高诺阿莱会赶着法劳丰的破车到这儿来。你留心听着，别让他敲门，叫他轻轻地进来。警察局不许人家黑夜里高声大气的闹。再说，乡邻也用不到知道我出门。”

说完之后，葛朗台走进他的工作室，拿侬听着他走动，找东西，来来去去，可是小心得很。显而易见他不愿惊醒太太和女儿，尤其不愿惹起侄儿的注意。他瞧见侄儿屋内还有灯光，已经在私下咒骂了。

半夜里，一心想着堂兄弟的欧也妮，似乎听见一个快要死去的人在那里呻吟，而这个快要死去的人，对她便是查理：他和她分手的时候脸色不是那么难看，那么垂头丧气吗？也许他自杀呢！她突然之间披了一件有风兜的大氅想走出去。先是她房门的隙缝中透进一道强烈的光，把她吓了一跳，以为是失了火；后来她放心了，因为听见拿侬沉重的脚步与说话的声音，还夹着好几匹马嘶叫的声音。她极其小心的把门打开一点，免得发出声响，但开到正好瞧见甬道里的情形。她心里想："难道父亲把堂兄弟架走不成？"

冷不防她的眼睛跟父亲的眼睛碰上了，虽然不是瞧着她，而且也毫不疑心她在门后偷看，欧也妮却骇坏了。老头儿和拿侬两个，右肩上架着一支又粗又短的棍子，棍子上系了一条绳索，扣着一只木桶，正是葛朗台闲着没事的辰光在面包房里做着玩的那种。

"圣母玛利亚！好重噢！先生。"拿侬轻声的说。

"可惜只是一些大铜钱！"老头儿回答，"当心碰到烛台。"

楼梯扶手的两根柱子中间，只照着一支蜡烛。

"高诺阿莱，"葛朗台对那个虚有其名的看庄子的说，"你带了手枪没有？"

"没有，先生。嘿！你那些大钱怕什么？……"

"噢！不怕。"葛朗台回答。

"再说，我们走得很快，"看庄子的又道，"你的佃户替你预备了最好的马。"

"行，行。你没有跟他们说我上哪儿去吗？"

"我压根儿不知道。"

"好吧。车子结实吗？"

"结实？嘿，好装三千斤。你那些破酒桶有多重？"

"噢，那我知道！"拿侬说，"总该有一千八百斤。"

"别多嘴，拿侬！跟太太说我下乡去了，回来吃夜饭。高诺阿莱，快一点儿，九点以前要赶到安越。”

车子走了。拿侬锁上大门，放了狗，肩头酸痛的睡下，街坊上没有一个人知道葛朗台出门，更没有人知道他出门的目的。老头儿真是机密透顶。在这座堆满黄金的屋子里，谁也没有见过一个大钱。早晨他在码头上听见人家闲话，说南德城里接了大批装配船只的生意，金价涨了一倍，投机商都到安越来收买黄金，他听了便向佃户借了几匹马，预备把家里的藏金装到安越去抛售，拿回一笔库券，作为买公债的款子，而且趁金价暴涨的机会又好赚一笔外快。

“父亲走了。”欧也妮心里想，她在楼梯高头把一切都听清楚了。

屋子里又变得寂静无声，逐渐远去的车轮声，在万家酣睡的索漠城中已经听不见了。这时欧也妮在没有用耳朵谛听之前，先在心中听到一声呻吟从查理房中传来，一直透过她卧房的板壁。三楼门缝里漏出一道像刀口一般细的光，横照在破楼梯的栏杆上。她爬上两级，心里想：

“他不好过哩。”

第二次呻吟使她爬到了楼梯高头，把虚掩着的房门推开了。查理睡着，脑袋倒在旧靠椅外面；笔已经掉下，手几乎碰到了地。他在这种姿势中呼吸困难的模样，教欧也妮突然害怕起来，赶紧走进卧房。

“他一定累死了。”她看到十几通封好的信，心里想。她看见信封上写着——法莱－勃莱曼车行——蒲伊松成衣铺，等等。

“他一定在料理事情，好早点儿出国。”

她又看到两封打开的信，开头写着“我亲爱的阿纳德……”

几个字，使她不由得一阵眼花，心儿直跳，双脚钉在地下不能动了。

“他亲爱的阿纳德！他有爱人了，有人爱他了！没有希望喽！……他对她说些什么呢？”

这些念头在她脑子里心坎里闪过，到处都看到这几个像火焰一般的字，连地砖上都有。

“没有希望了！我不能看这封信。应当走开……可是看了又怎么呢？”

她望着查理，轻轻地把他脑袋安放在椅背上，他像孩子一般听人摆布，仿佛睡熟的时候也认得自己的母亲，让她照料，受她亲吻。欧也妮也像做母亲的一样，把他垂下的手拿起，轻轻地吻了吻他的头发。“亲爱的阿纳德！”仿佛有一个鬼在她耳畔叫着这几个字。她想：

“我知道也许是不应该的，可是那封信，我还是要看。”

欧也妮转过头去，良心在责备她。善恶第一次在她心中照了面。至此为止，她从没做过使自己脸红的事。现在可是热情与好奇心把她战胜了。每读一句，她的心就膨胀一点，看信时身心兴奋的情绪，把她初恋的快感刺激得愈加尖锐了：

亲爱的阿纳德，什么都不能使我们分离，除了我这次遭到的大难，那是尽管谨慎小心也是预料不到的。我的父亲自杀了，我和他的财产全部丢了。由于我所受的教育，在这个年纪上我还是一个孩子，可是已经成了孤儿。虽然如此，我得像成人一样从深渊中爬起来。刚才我花了半夜工夫作了一番盘算。要是我愿意清清白白的离开法国——我一定得办到这一点——我还没有一百法郎的钱好拿了上印度或美洲去碰运气。是的，可怜的阿娜，我要到气候最恶劣的地方去找发财的机会。据说在那些地方，发财又快又稳。留在巴黎吗，根本不可能。一个倾家荡产的人，一个破产的人的儿子，天哪，亏空了两百万！……一个这样的人所能受到的羞辱，冷淡，鄙薄，我的心和我的脸都受不了的。不到一星期，我就会在决斗中送命。所以我绝不回巴黎。你的爱，一个男人从没受到过的最温柔最忠诚的爱，也不能动摇我不去巴黎的决心。可怜啊！我最亲爱的，我没有旅费上你那儿，来给你一个，受你一个最后的亲吻，一个使我有勇气奔赴前程的亲吻……

——可怜的查理，幸亏我看了这封信！我有金子，可以给他啊，欧也妮想。

她抹了抹眼泪又念下去：

我从没想到过贫穷的苦难。要是我有了必不可少的一百路易旅费，就没有一个铜子买那些起码货去做生意。不要说一百路易，连一个路易也没有。要等我把巴黎的私债清偿之后，才能知道我还剩多少钱。倘使一文不剩，我也就心平气和的上南德，到船上当水手，一到那里，我学那些苦干的人的榜样，年轻时身无分文的上印度，变了巨富回来。从今儿早上起，我把前途冷静地想过了。那对我比对旁人更加可怕，因为我受过母亲的娇养，受过最慈祥的父亲的疼爱，刚踏进社会又遇到了阿娜的爱！我一向只看见人生的鲜花，而这种福气是不会长久的。可是亲爱的阿纳德，我还有足够的勇气，虽然我一向是个无愁无虑的青年，受惯一个巴黎最迷人的女子的爱抚，享尽家庭之乐，有一个百依百顺的父亲……哦！阿纳德，我的父亲，他死了啊……

是的，我把我的处境想过了，也把你的想过了。二十四小时以来，我老了许多。亲爱的阿娜，即使为了把我留在巴黎，留在你身旁，而你牺牲一切豪华的享受，牺牲你的衣着，牺牲你在歌剧院的包厢，咱们也没法张罗一笔最低的费用，来维持我挥霍惯的生活。而且我不能接受你那么多的牺牲。因此咱们俩今天只能诀别了。

——他离开她了，圣母玛利亚！哦，好运气！

欧也妮快乐得跳起来。查理身子动了一下，把她骇得浑身发冷；幸而他并没有醒。她又往下念：

我什么时候回来？不知道。印度的气候很容易使一个欧洲人衰老，尤其是一个辛苦的欧洲人。就说是十年吧。十年以后，你的女儿十八岁，已经是你的伴侣，会刺探你的秘密了。对你，社会已经够残酷，而你的女儿也许对你更残酷。社会的批判，少女的忘恩负义，那些榜样我们已看得不少，应当知所警惕。希望你像我一样，心坎里牢牢记着这四年幸福的回忆，别负了你可怜的朋友，如果可能的话。可是我不敢坚决要求，因为亲爱的阿纳德，我必须适应我的处境，用平凡的眼光看人生，一切都得打最实际的算盘。所以我要想到结婚，在我以后的生涯中那是一项应有的节目。而且我可以告诉你，在这里，在我索漠的伯父家里，我遇到一个堂姊，她的举动，面貌，头脑，心地，都会使你喜欢的，并且我觉得她……

欧也妮看到信在这里中断，便想："他一定是疲倦极了，才没有写完。"

她替他找辩护的理由！当然，这封信的冷淡无情，教这个无邪的姑娘怎么猜得透？在虔诚的气氛中长大的少女，天真，纯洁，一朝踏入了迷人的爱情世界，便觉得一切都是爱情了。她们徜徉于天国的光明中，而这光明是她们的心灵放射的，光辉所布，又照耀到她们的爱人。她们把胸中如火如荼的热情点染爱人，把自己崇高的思想当作他们的。女人的错误，差不多老是因为相信善，或是相信真。"我亲爱的阿纳德，我最亲爱的"这些字眼，传到欧也妮心中竟是爱情的最美的语言，把她听得飘飘然，好像童年听到大风琴上再三奏着"来啊，咱们来崇拜上帝"这几个庄严的音符，觉得万分悦耳一样。并且查理眼中还噙着泪水，更显出他的心地高尚，而心地高尚是最容易使少女着迷的。

她又怎么知道查理这样的爱父亲，这样真诚的哭他，并非出于什么了不得的至情至性，而是因为做父亲的实在太好的缘故。在巴黎，一般做儿女的，对父母多少全有些可怕的打算，或者看到了巴黎生活的繁华，有些欲望有些计划老是因父母在堂而无法实现，觉得苦闷。琪奥默·葛朗台夫妇却对儿子永远百依百顺，让他穷奢极侈的享尽富贵，所以查理才不至于对父母想到那些可怕的念头。父亲不惜为了儿子挥金如土，终于在儿子心中培养起一点纯粹的孝心。然而查理究竟是一个巴黎青年，当地的风气与阿纳德的陶养，把他训练得对什么都得计算一下；表面上年轻，他实际已经是一个深于世故的老人。他受到巴黎社会的可怕的教育，眼见一个夜晚在思想上说话上所犯的罪，可能比重罪法庭所惩罚的还要多；信口雌黄，把最伟大的思想诋毁无余，而美其名曰妙语高论；风气所播，竟以目光准确为强者之道；所谓目光准确，乃是全无信念，既不信情感，也不信人物，也不信事实，而从事于假造事实。在这个社会里，要目光准确就得每天早上把朋友的钱袋掂过斤两，对任何事情都得像政客一般不动感情；眼前对什么都不能钦佩赞美，既不可赞美艺术品，也不可赞美高尚的行为；对什么事都应当把个人的利益看作高于一切。那位贵族太太，美丽的阿纳德，在疯疯癫癫调情卖俏之后，教查理一本正经的思索了：她把香喷喷的手摩着他的头发，跟他讨论他的前程；一边替他重做发卷，一边教他为人生打算。她把他变成女性化而又实际化。那是从两方面使他腐化，可是使他腐化的手段，做得高雅巧妙，不同凡俗。

“查理，你真傻，”她对他说，“教你懂得人生，真不容易。你对台·吕博先生的态度很不好。我知道他是一个不大高尚的人；可是等他失势之后你再称心如意的鄙薄他呀。你知道刚榜太太的教训吗？——孩子们，只要一个人在台上，就得尽量崇拜他；一朝下了台，赶快帮着把他拖上垃圾堆。有权有势的时候，他等于上帝；给人家挤倒了，还不如石像被塞在阴沟里的马拉[①]，因为马拉已经死了，而他还活着。人生是一连串纵横捭阖的把戏，要研究，要时时刻刻的注意，一个人才能维持他优越的地位。”

以查理那样的一个时髦人物，父母太溺爱他，社会太奉承他，根本谈不到有何伟大的情感。母亲种在他心里的一点点真金似的品性，散到巴黎这架螺旋机中去了；这点品性，他平时就应用得很浅薄，而且多所摩擦之后，迟早要磨蚀完的。但那时查理

---

①马拉为法国大革命的领袖之一，死后他的石像曾被群众塞在蒙玛德的阴沟里。

只有二十一岁。在这个年纪上，生命的朝气似乎跟心灵的坦白还分不开。声音，目光，面貌，都显得与情感调和。所以当一个人眼神清澈如水，额上还没有一道皱痕的时候，纵使最无情的法官，最不轻信人的讼师，最难相与的债主，也不敢贸然断定他的心已老于世故，工于计算。巴黎哲学的教训，查理从没机会实地应用过，至此为止，他的美是美在没有经验。可是不知不觉之间，他血里已经种下了自私自利的疫苗。巴黎人的那套政治经济，已经潜伏在他心头，只要他从悠闲的旁观者一变而为现实生活中的演员，这些潜在的根苗便会立刻开花。

几乎所有的少女都会相信外貌的暗示，以为人家的心地和外表一样的美；但即使欧也妮像某些内地姑娘一样的谨慎小心，一样的目光深远，在堂兄弟的举动，言语，行为，与心中憧憬还内外一致的时候，欧也妮也不见得会防他。一个偶然的机会，对欧也妮是致命伤，使她在堂兄弟年青的心中，看到他最后一次的流露真情，听到他良心的最后几声叹息。

她把这封她认为充满爱情的信放下，心满意足地端相着睡熟的堂兄弟：她觉得这张脸上还有人生的新鲜的幻象；她先暗暗发誓要始终不渝地爱他。末了她的眼睛又转到另一封信上，再也不觉得这种冒昧的举动有什么了不得了。并且她看这封信，主要还是想对堂兄弟高尚的人格多找些新证据；而这高尚的人格，原是她像所有的女子一样推己及人假借给爱人的：

亲爱的阿风斯，你读到这封信的时候，我已经没有朋友了；可是我尽管怀疑那般满口友谊的俗人，却没有怀疑你的友谊。所以我托你料理事情，相信你会把我所有的东西卖得好价。我的情形，想你已经知道。我一无所有了，想到印度去。刚才我写信给所有我有些欠账的人，凭我记忆所及，附上清单一纸，我的藏书，家具，车辆，马匹等等，大概足以抵偿我的私债。凡是没有什么价值的玩意儿，可以作为我做买卖的底子的，都请留下。亲爱的阿风斯，为出售那些东西，我稍缓当有正式的委托书寄上，以免有人异议。请你把我全部的枪械寄给我。至于勃列东，你可以留下自用。这匹骏马是没有人肯出足价钱的，我宁愿送给你，好像一个临死的人把常戴的戒指送给他的遗嘱执行人一样。法莱·勃莱曼车行给我造了一辆极舒服的旅行车，还没有交货，你想法教他们留下车子，不再要我补偿损失。倘使不肯，另谋解决也可以，总以不损害我目前处境中的名誉为原则。我欠那个岛国人六路易赌债，不要忘记还给他……

"好弟弟。"欧也妮暗暗叫着，丢下了信，拿了蜡烛踅着小步溜回卧房。

到了房里，她快活得什么似的打开旧橡木柜的抽斗——文艺复兴时最美的家具之一，上面还模模糊糊看得出弗朗索瓦一世的王徽。她从抽斗内拿出一只金线坠子金银线绣花的红丝绒钱袋，外祖母遗产里的东西。然后她很骄傲的掂了掂钱袋的分量，把她已经忘了数目的小小的积蓄检点一番。

她先理出簇新的二十枚葡萄牙金洋，一七二五年约翰五世铸造，兑换率是每枚值葡币五元，或者据她父亲说，等于一百六十八法郎六十四生丁，但一般公认的市价可以值到一百八十法郎，因为这些金洋是罕有之物，铸造极精，黄澄澄的光彩像太阳一般。

其次，是热那亚币一百元一枚的金洋五枚，也是稀见的古钱，每枚值八十七法郎，古钱收藏家可以出到一百法郎。那是从外曾祖特·拉·裴德里埃那儿来的。

其次，是三枚西班牙金洋，一七二九年菲利普五世铸造。香蒂埃太太给她的时候老是说："这小玩意儿，这小人头，值到九十八法郎！好娃娃，你得好好保存，将来是你私库里的宝物。"

其次，是她父亲最看重的一百荷兰杜加，一七五六年铸造，每枚约值十三法郎。成色是二十三开又零，差不多是十足的纯金。

其次，是一批罕见的古物……一般守财奴最珍视的金徽章，三枚刻着天平的卢比，五枚刻着圣母的卢比[1]，都是二十四开的纯金，蒙古大帝的货币，本身的价值是每枚三十七法郎四十生丁，玩赏黄金的收藏家至少可以出到五十法郎。

其次，是前天才拿到，她随便丢在袋里的四十法郎一枚的拿破仑。

这批宝物中间，有的是全新的、从未用过的金洋，真正的艺术品，葛朗台不时要问到，要拿出来瞧瞧，以便向女儿指出它们本身的美点，例如边缘的做工如何细巧，底子如何光亮，字体如何丰满，笔画的轮廓都没有磨蚀分毫，等等。但欧也妮那天夜里既没想到金洋的珍贵，也没想到父亲的癖性，更没想到把父亲这样珍爱的宝物脱手是如何危险；不，她只想到堂兄弟，计算之下，——算法上自然不免有些小错——她终于发觉她的财产大概值到五千八百法郎，照一般的市价可以卖到六千法郎。

---

①按此处所称卢比，系指印度东部之货币。

看到自己这么富有，她不禁高兴得拍起手来，有如一个孩子快活到了极点，必须用肉体的动作来发泄一下。这样，父女俩都盘过了自己的家私：他是为了拿黄金去卖；欧也妮是为了把黄金丢入爱情的大海。

她把金币重新装入钱袋，毫不迟疑的提了上楼。堂兄弟瞒着不给人知道的窘况，使她忘了黑夜，忘了体统，而且她的良心，她的牺牲精神，她的快乐，一切都在壮她的胆。

正当她一手蜡烛一手钱袋，踏进门口的时候，查理醒了，一看他的堂姊，便愣住了。欧也妮进房把烛火放在桌上，声音发抖地说：

"弟弟，我做了一桩非常对不起你的事；但要是你肯宽恕的话，上帝也会原谅我的罪过。"

"什么事呀？"查理擦着眼睛问。

"我把这两封信都念过了。"

查理脸红了。

"怎么会念的，"她往下说，"我为什么上楼的，老实说，我现在都想不起了。可是我念了这两封信觉得也不必太后悔，因为我识得了你的灵魂，你的心，还有……"

"还有什么？"查理问。

"还有你的计划，你需要一笔款子……"

"亲爱的大姊……"

"嘘，嘘，弟弟，别高声，别惊动了人。"她一边打开钱袋一边说，"这是一个可怜的姑娘的积蓄，她根本没有用处。查理，你收下罢。今天早上，我还不知道什么叫作金钱，是你教我弄明白了，钱不过是一种工具。堂兄弟就跟兄弟差不多，你总可以借用姊姊的钱吧？”

一半还是少女一半已经成人的欧也妮，不曾防到他会拒绝，可是堂兄弟一声不出。

“嗳，你不肯收吗？”欧也妮问。静寂中可以听到她的心跳。

堂兄弟的迟疑不决使她着了慌；但他身无分文的窘况，在她脑海里愈加显得清楚了，她便双膝跪下，说道：

“你不收，我就不起来！弟弟，求你开一声口，回答我呀！让我知道你肯不肯赏脸，肯不肯大度包容，是不是……”

一听到这高尚的心灵发出这绝望的呼声，查理不由得落下泪来，掉在欧也妮手上，他正握着她的手不许她下跪。欧也妮受到这几颗热泪，立刻跳过去抓起钱袋，把钱倒在桌上。

“那么你收下了，嗯？”她快活得哭着说，“不用怕，弟弟，你将来会发财的，这些金子对你有利市的；将来你可以还我；而且我们可以合伙；什么条件都行。可是你不用把这笔礼看得那么重啊。”

这时查理才能够把心中的情感表白出来：“是的，欧也妮，我再不接受，未免太小心眼了。可是不能没有条件，你信托我，我也得信托你。”

“什么意思？”她害怕的问。

“听我说，好姊姊，我这里有……”

他没有说完，指着衣柜上装在皮套里的一口方匣子。

“你瞧，这里有一样东西，我看得和性命一样宝贵。这匣子是母亲给我的。从今天早上起我就想到，要是她能从坟墓里走出来，她一定会亲自把这匣上的黄金卖掉，你看她当初为了爱我，花了多少金子；但要我自己来卖，真是太亵渎了。”

欧也妮听到最后一句，不禁颤巍巍的握着堂兄弟的手。

他们静默了一会，彼此用水汪汪的眼睛望着，然后他又说：

“不，我既不愿把它毁掉，又不愿带着去冒路上的危险。亲爱的欧也妮，我把它交托给你。朋友之间，从没有交托一件比这个更神圣的东西。你瞧过便知道。”

他过去拿起匣子，卸下皮套，揭开盖子，伤心的给欧也妮看。手工的精巧，使黄金的价值超过了本身重量的价值，把欧也妮看得出神了。

“这还不算稀罕，”他说着揿了一下暗钮，又露出一个夹底，“瞧，我的无价之宝在这里呢。”

他掏出两张肖像，都是特·弥尔贝夫人[1]的杰作，四周镶满了珠子。

“哦！多漂亮的人！这位太太不就是你写信去……”

“不，”他微微一笑，“是我的母亲，那是父亲，就是你的叔父叔母。欧也妮，我真要跪着求你替我保存这件宝物。要是我跟你小小的家私一齐断送了，这些金子可以补偿你的损失；两张肖像我只肯交给你，你才有资格保留；可是你宁可把它们毁掉，绝不能落在第二个人手中……”

欧也妮一声不出。

“那么你答应了，是不是？”他妩媚地补上一句。

听了堂兄弟这些话，她对他望了一眼，那是钟情的女子第一次瞧爱人的眼风，又爱娇又深沉；查理拿她的手吻了一下。

---

①特·弥尔贝夫人为当时有名的小型肖像画家。

“纯洁的天使！咱们之间，钱永远是无所谓的，是不是？只有感情才有价值，从今以后应当是感情高于一切。”

“你很像你的母亲。她的声音是不是像你的一样温柔？”

“哦！温柔多哩……”

“对你是当然喽，”她垂下眼皮说，“喂，查理，睡觉罢，我要你睡，你累了。明儿见。”

他拿着蜡烛送她，她轻轻地把手从堂兄弟手里挣脱。两人一齐走到门口，他说：

“啊！为什么我的家败光了呢？”

“不用急，我父亲有钱呢，我相信。”她回答说。

查理在房内走前了一步，背靠着墙壁：

“可怜的孩子，他有钱就不会让我的父亲死了，也不会让你日子过得这么苦，总之他不是这么生活的。”

“可是他有法劳丰呢。”

“法劳丰能值多少？”

“我不知道，可是他还有诺阿伊哀。”

“一些起码租田！”

“还有葡萄园跟草原……”

“那更谈不上了，”查理满脸瞧不起的神气，“只要你父亲一年有两万四千法郎收入，你还会住这间又冷又寒酸的卧房吗？”他一边说一边提起左脚向前走了一步。“我的宝贝就得藏在这里面吗？”他指着一口旧箱子问，借此掩饰一下他的思想。

“去睡罢。”她不许他走进凌乱的卧房。

查理退了出去，彼此微微一笑，表示告别。

两人做着同样的梦睡去，从此查理在守丧的心中点缀了几朵蔷薇。

下一天早上，葛朗台太太看见女儿在午饭之前陪着查理散步。他还是愁容满面，正如一个不幸的人堕入了忧患的深渊，估量到苦海的深度，感觉到将来的重担以后的表情。

欧也妮看见母亲脸上不安的神色，便说：

“父亲要到吃晚饭的时候才回来呢。”

欧也妮的神色，举动，显得特别温柔的声音，都表示她与堂兄弟精神上有了默契。也许爱情的力量双方都没有深切的感到，可是他们的精神已经热烈地融成一片。查理坐在堂屋里暗自忧伤，谁也不去惊动他。三个女子都有些事情忙着。葛朗台忘了把事情交代好，家中来了不少人。瓦匠，铅管匠，泥水匠，土方工人，木匠，种园子的，管庄稼的，有的来谈判修理费，有的来付田租，有的来收账。葛朗台太太与欧也妮不得不来来往往，跟唠叨不已的工人与乡下人答话。拿侬把人家送来抵租的东西搬进厨房。她老是要等主人发令，才能知道哪些该留在家里，哪些该送到菜场上去卖。葛朗台老头的习惯，和内地大多数的乡绅一样，喝的老是坏酒，吃的老是烂果子。

傍晚五点光景，葛朗台从安越回来了，他把金子换了一万四千法郎，荷包里藏着王家库券，在没有拿去购买公债以前还有利息可拿。他把高诺阿莱留在安越，照顾那几匹累得要死的马，等它们将养好了再慢慢赶回。

“太太，我从安越回来呢，”他说，“我肚子饿了。”

“从昨天到现在没有吃过东西吗？”拿侬在厨房里嚷着问。

“没有。”老头儿回答。

拿侬端上菜汤。全家正在用饭，台·格拉桑来听取他主顾的指示了。葛朗台老头简直没有看到他的侄儿。

“你先吃饭罢，葛朗台，”银行家说，“咱们等会再谈。你知道安越的金价吗？有人特地从南德赶去收买。我想送一点儿去抛售。”

“不必了，”好家伙回答说，“已经到了很多。咱们是好朋友，不能让你白跑一趟。”

“可是金价到了十三法郎五十生丁呢。”

“应当说到过这个价钱。”

“你鬼使神差的又从哪儿来呀？”

“昨天夜里我到了安越。”葛朗台低声回答。

银行家惊讶得打了一个寒噤。随后两人咬着耳朵交谈，谈话中，台·格拉桑与葛朗台对查理望了好几次。大概是老箍桶匠说出要银行家买进十万法郎公债的时候吧，台·格拉桑又做了一个惊讶的动作。他对查理说：

“葛朗台先生，我要上巴黎去；要是你有什么事教我办……”

“没有什么事，先生，谢谢你。”查理回答。

“能不能再谢得客气一点，侄儿？他是去料理琪奥默·葛朗台号子的事情的。”

“难道还有什么希望吗？”查理问。

“哎，”老箍桶匠骄傲的神气装得逼真，“你不是我的侄儿吗？你的名誉便是我们的。你不是姓葛朗台吗？”

查理站起来，抓着葛朗台老头拥抱了，然后脸色发白的走了出去。欧也妮望着父亲，钦佩到了万分。

“行了。再会吧，好朋友；一切拜托，把那般人灌饱迷汤再说。”

两位军师握了握手；老箍桶匠把银行家一直送到大门；然后关了门回来，埋在安乐椅里对拿侬说：

“把果子酒拿来！”

但他过于兴奋了，没法坐下，起身瞧了瞧特·拉·裴德里埃先生的肖像，踏着拿侬所谓的舞步，嘴里唱起歌来：

法兰西的御林军中哎

我有过一个好爸爸……

拿侬，葛朗台太太，欧也妮，不声不响的彼此瞪了一眼。老头儿快乐到极点的时候，她们总有些害怕。

晚会不久就告结束。先是葛朗台老头要早睡；而他一睡觉，家里便应当全体睡觉：正好像奥古斯特一喝酒，波兰全国都该醉倒[1]。其次，拿侬，查理，欧也妮，疲倦也不下于主人。至于葛朗台太太，一向是依照丈夫的意志睡觉，吃喝，走路的。可是在饭后等待消化的两小时中间，从来没有那么高兴的老箍桶匠，发表了他的不少怪论，我们只要举出一二句，就可见出他的思想。他喝完了果子酒，望着杯子说：

“嘴唇刚刚碰到，杯子就干了！做人也是这样。不能要了现在，又要过去。钱不能又花出去又留在你袋里。要不然人生真是太美了。”

他说说笑笑，和气得很。拿侬搬纺车来的时候，他说：

①系指十七至十八世纪时的奥古斯特二世，上述二句系形容奥古斯特好宴饮的俗谚。

“你也累了，不用绩麻了。”

“啊，好！……不过我要厌烦呢。”女用人回答。

“可怜的拿侬！要不要来一杯果子酒？”

“啊！果子酒，我不反对；太太比药剂师做得还要好。他们卖的哪里是酒，竟是药。”

“他们糖放的太多，一点酒味儿都没有了。”老头儿说。

下一天早上八点钟，全家聚在一块用早餐的时候，第一次有了真正融融泄泄的气象。苦难已经使葛朗台太太，欧也妮，和查理精神上有了联系，连拿侬也不知不觉地同情他们。四个人变了一家。至于葛朗台老头，吝啬的欲望满足了，眼见花花公子不久就要动身，除了到南德的旅费以外不用他多花一个钱，所以虽然家里住着这个客，他也不放在心上了。他听任两个孩子——对欧也妮与查理他是这样称呼的——在葛朗台太太监督之下自由行动；关于礼教的事，他是完全信任太太的。草原与路旁的土沟要整理，洛阿河畔要种白杨，法劳丰和庄园有冬天的工作，使他没有工夫再管旁的事。从此，欧也妮进入了爱情里的春天。自从她半夜里把财宝送给了堂兄弟之后，她的心也跟着财宝一起去了。两人怀着同样的秘密，彼此瞧望的时候都表示出心心相印的了解，把他们的情感加深了，更亲密，更相契，使他们差不多生活在另一个世界上。亲族之间不作兴有温柔的口吻与含情的目光么？因此欧也妮竭力使堂兄弟领略爱情初期的、儿童般的欢喜，来忘掉他的痛苦。

爱情的开始与生命的开始，颇有些动人的相似之处。我们不是用甜蜜的歌声与和善的目光催眠孩子吗？我们不是对他讲奇妙的故事，点缀他的前程吗？希望不是对他老展开着光明的翅翼吗?他不是忽而乐极而涕,忽而痛极而号吗?他不是为了一些无聊的小事争吵吗,或是为了造活动宫殿的石子,或是为了摘下来就忘掉的鲜花?他不是拼命要抓住时间,急于长大吗?恋爱是我们第二次的脱胎换骨。在欧也妮与查理之间,童年与爱情简直是一桩事情:初恋的狂热,附带着一切应有的疯癫,使原来被哀伤包裹的心格外觉得苏慰。

这爱情的诞生是在丧服之下挣扎出来的,所以跟这所破旧的屋子,与朴素的内地气息更显得调和。在静寂的院子里,靠井边与堂姊交谈几句;坐在园中长满青苔的凳上,一本正经的谈着废话,直到日落时分;或者在围墙下宁静的气氛中,好似在教堂的拱廊下面,一同默想:查理这才懂得了爱情的圣洁。因为他的贵族太太,他亲爱的阿纳德,只给他领略到爱情中暴风雨般的骚动。这时他离开了爱娇的,虚荣的,热闹的,巴黎式的情欲,来体味真正而纯粹的爱。他喜欢这屋子,也不觉得这屋里的生活习惯如何可笑了。

他清早就下楼,趁葛朗台没有来分配粮食之前,跟欧也妮谈一会;一听到老头儿的脚声在楼梯上响,他马上溜进花园。这种清晨的约会,连母亲也不知道而拿侬装作看不见的约会,使他们有一点小小的犯罪感觉,为最纯洁的爱情添上几分偷尝禁果似的快感。等到用过早餐,葛朗台出门视察田地与种植的时光,查理便跟母女俩在一起,帮她们绕线团,看她们做活,听她们闲话,体味那从来未有的快乐。这种近乎修院生活的朴素,使他看了大为感动,从而认识这两颗不知世界为何物的灵魂之美。他本以为法国不可能再有这种风气,要就在德国,而且只是荒唐无稽的存在于奥古斯特·拉风丹的小说之中[1]。可是不久他发觉欧也妮竟是理想中的歌德的玛葛丽德，而且还没有玛葛丽德的缺点。

一天又一天，他的眼神，说话，把可怜的姑娘迷住了，一任爱情的热浪摆布；她抓着她的幸福，犹如游泳的人抓着一根杨柳枝条想上岸休息。日子飞一般的过去，其间最愉快的时光，不是已经为了即将临到的离别而显得凄凉黯淡吗？每过一天，总有一些事提醒他们。台·格拉桑走了三天之后，葛朗台带了查理上初级裁判所，庄严得了不得，那是内地人在这种场合惯有的态度；他教查理签了一份抛弃继承权的声明书。可怕的声明！简直是离宗叛教似的文件。他又到克罗旭公证人那儿，缮就两份委托书，一份给台·格拉桑，一份给代他出售家具的朋友。随后他得填写申请书领取出国的护照。末了当查理定做的简单的孝服从巴黎送来之后，他在索漠城里叫了一个裁缝来，把多余的衣衫卖掉。这件事教葛朗台老头大为高兴。他看见侄儿穿着粗呢的黑衣服时，便说：

"这样才像一个想出门发财的人哩。好，很好！"

"放心，伯父，"查理回答，"我知道在我现在的地位怎样做人。"

老头儿看见查理手中捧着金子，不由得眼睛一亮，问道：

"做什么？"

"伯父，我把纽扣，戒指，所有值几个钱的小东西集了起来；可是我在索漠一个人都不认识，想请你……"

"教我买下来吗？"葛朗台打断了他的话。

---

①奥古斯特·拉风丹为十八至十九世纪时的德国小说家。

“不是的，伯父，想请你介绍一个规规矩矩的人……”

“给我吧，侄儿；我到上面去替你估一估，告诉你一个准确的价值，差不了一生丁。”他把一条长的金链瞧了瞧说：“这是首饰金，十八开到十六开。”

老头儿伸出大手把大堆金子拿走了。

“大姊，”查理说，“这两颗钮子送给你，系上一根丝带，正好套在手腕里。现在正时行这种手镯。”

“我不客气，收下了，弟弟。”她说着对他会心的望了一眼。

“伯母，这是先母的针箍，我一向当作宝贝般放在旅行梳妆匣里的。”

查理说着，把一个玲珑可爱的金顶针送给葛朗台太太，那是她想了十年而没有到手的东西。老母亲眼中含着泪，回答说：

“真不知道怎样谢你才好呢，侄儿。我做早课夜课的时候，要极诚心的祷告出门人的平安。我不在之后，欧也妮会把它保存好的。”

“侄儿，一共值九百八十九法郎七十五生丁，”葛朗台推门进来说，“免得你麻烦去卖给人家，我来给你现款吧……里佛作十足算。”

在洛阿河一带，里佛作十足算的意思，是指六法郎一枚的银币，不扣成色，算足六法郎。

“我不敢开口要你买，”查理回答，“可是在你的城里变卖首饰，真有点不好意思。拿破仑说过，脏衣服得躲在家里洗。所以我得谢谢你的好意。”

葛朗台搔搔耳朵，一会儿大家都没有话说。

“亲爱的伯父，”查理不安的望着他，似乎怕他多疑，“大姊跟伯母，都赏脸收了我一点小意思做纪念；你能不能也收下这副袖钮，我已经用不着了，可是能教你想起一个可怜的孩子在外面没有忘掉他的骨肉。从今以后他的亲人只剩你们了。”

“我的孩子，我的孩子，你怎么能把东西送光呢？……你拿了什么，太太？”他馋的转过身来问。“啊！一个金顶针。——你呢，小乖乖？噢，钻石搭扣。——好吧，孩子，你的袖钮我拿了，”他握着查理的手，“可是答应我……替你付……你的……是呀……上印度去的旅费。是的，你的路费由我来。尤其是，孩子，替你估首饰的时候，我只算了金子，也许手工还值点儿钱。所以，就这样办吧。我给你一千五百法郎……里佛作十足算，那是问克罗旭借的，家里一个铜子都没有了，除非班罗德把欠租送来。对啦，对啦，我这就找他去。”

他拿了帽子，戴上手套，走了。

“你就走了吗？”欧也妮说着，对他又悲哀又钦佩的望了一眼。

“该走了。”他低下头回答。

几天以来，查理的态度，举动，言语，显出他悲痛到了极点，可是鉴于责任的重大，已经在忧患中磨炼出簇新的勇气。他不再长吁短叹，他变为大人了。所以看到他穿着粗呢的黑衣服下楼，跟苍白的脸色与忧郁不欢的神态非常调和的时候，欧也妮把堂兄弟的性格看得更清楚了。这一天，母女俩开始戴孝，和查理一同到本区教堂去参加为琪奥默·葛朗台举行的追思弥撒。

午饭时分，查理收到几封巴黎的来信，一齐看完了。

“喂，弟弟，事情办得满意吗？”欧也妮低声问。

“女儿，不作兴问这些话，”葛朗台批评道，“嘿！我从来不说自己的事，干吗你要管堂兄弟的闲事？别打搅他。”

“噢！我没有什么秘密哪。”查理说。

“咄，咄，咄，咄！侄儿，以后你会知道，做买卖就得嘴紧。”

等到两个情人走在花园里的时候，查理挽着欧也妮坐在胡桃树下的破凳上对她说：

“我没有把阿风斯看错，他态度好极了，把我的事办得很谨慎很忠心。我巴黎的私债全还清了，所有的家具都卖了好价钱；他又告诉我，他请教了一个走远洋的船主，把剩下的三千法郎买了一批欧洲的小玩意，可以在印度大大赚一笔钱的货。他把我的行李都发送到南德，那边有一条船开往爪哇。不出五天，欧也妮，我们得分别了，也许是永别，至少也很长久。我的货，跟两个朋友寄给我的一万法郎，不过是小小的开头。没有好几年我休想回来。亲爱的大姊，别把你的一生跟我的放在一起，我可能死在外边，也许你有机会遇到有钱的亲事……”

“你爱我吗？……”她问。

“噢！我多爱你。”音调的深沉显得感情也是一样的深。

“我等你，查理。哟，天哪！父亲在楼窗口。”她把逼近来想拥抱她的堂兄弟推开。

她逃到门洞下面，查理一路跟着；她躲到楼梯脚下，打开了过道里的门；后来不知怎的，欧也妮到了靠近拿侬的小房间，走道里最黑的地方；一路跟着来的查理，抓住她的手放在他心口，挽了她的腰把她轻轻贴在自己身上。欧也妮不再撑拒了，她受了，也给了一个最纯洁、最温馨、最倾心相与的亲吻。

“亲爱的欧也妮，”查理说，“堂兄弟胜过兄弟，他可以娶你。”

“好吧，一言为定！”拿侬打开她黑房间的门嚷道。

两个情人吃了一惊，溜进堂屋，欧也妮拿起她的活计，查理拿起葛朗台太太的祷告书念着《圣母经》。

“呦！”拿侬说，“咱们都在祷告哪。”

查理一宣布行期，葛朗台便大忙特忙起来，表示对侄儿的关切；凡是不用花钱的地方他都很阔气。他去找一个装箱的木匠，回来却说箱子要价太高，便自告奋勇，定要利用家中的旧板由他自己来做；他清早起身，把薄板锯呀，刨呀，钉呀，钉成几口很好的箱子，把查理的东西全部装了进去；他又负责装上船，保了险，从水道运出，以便准时送到南德。

自从过道里一吻之后，欧也妮愈觉得日子飞也似的快得可怕。有时她竟想跟堂兄弟一起走。凡是领略过最难分割的热情的人，领略过因年龄，时间，不治的疾病，或什么宿命的打击，以致热情存在的时期一天短似一天的人，便不难懂得欧也妮的苦恼。她常常在花园里一边走一边哭，如今这园子，院子，屋子，城，对她都太窄了；她已经在茫无边际的大海上飞翔。

终于到了动身的前夜。早上，趁葛朗台与拿侬都不在家，藏有两张肖像的宝匣，给庄严地放进了柜子上唯一有锁钥而放着空钱袋的抽斗。存放的时候免不了几番亲吻几番流泪。欧也妮把钥匙藏在胸口的时光，竟没有勇气阻止查理亲吻她的胸脯。

“它永久在这里，朋友。”

“那么我的心也永久在这里。”

“啊！查理，这不行。”她略带几分埋怨的口气。

“我们不是已经结婚了吗？”他回答，“你已经答应了我，现在要由我来许愿了。”

“永久是你的!”这句话双方都说了两遍。

世界上再没比这个誓约更纯洁的了:欧也妮的天真烂漫,一刹那间把查理的爱情也变得神圣了。

下一天早上,早餐是不愉快的。拿侬虽然受了查理的金绣睡衣与挂在胸间的十字架,还没有被感情蒙蔽,这时却也禁不住含了眼泪。

“可怜的好少爷,要去漂洋过海……但愿上帝保佑他!”

十点半,全家出门送查理搭去南德的驿车。拿侬放了狗,关了街门,定要替查理拎随身的小包。老街上所有做买卖的,都站在门口看他们一行走过,到了广场,还有公证人候在那里。

“欧也妮,等会别哭。”母亲嘱咐她。

葛朗台在客店门口拥抱查理,吻着他的两颊:“侄儿,你光身去,发了财回来,你父亲的名誉绝不会有一点儿损害。我葛朗台敢替你保险;因为那时候,都靠你……”

“啊!伯父!这样我动身也不觉得太难受了。这不是你送我的最好的礼物吗!”

查理把老箍桶匠的话打断了,根本没有懂他的意思,却在伯父面疱累累的脸上流满了感激的眼泪,欧也妮使劲握着堂兄弟与父亲的手。只有公证人在那里微笑,暗暗佩服葛朗台的机巧,因为只有他懂得老头儿的心思①。

四个索漠人,周围还有几个旁人,站在驿车前面一直等到它出发;然后当车子在桥上看不见了,只远远听到声音的时候,老箍

①葛朗台那句没有说完的话应当是:都靠你发了财回来偿还父亲的债。

桶匠说了声：

“一路顺风！”

幸而只有克罗旭公证人听到这句话。欧也妮和母亲已经走到码头上还能望见驿车的地方，扬着她们的白手帕，查理也在车中扬巾回答。赶到欧也妮望不见查理的手帕时，她说：

“母亲，要有上帝的法力多好啊！”

为的不要岔断以后葛朗台家中的事，且把老头儿托台·格拉桑在巴黎办的事情提前叙述一下。银行家出发了一个月之后，葛朗台在国库的总账上登记了正好以八十法郎买进的十万公债。这多疑的家伙用什么方法把买公债的款子拨到巴黎，直到他死后人家编造他的财产目录时都无法知道。克罗旭公证人认为是拿侬不自觉的做了运送款子的工具。因为那个时节，女仆有五天不在家，说是到法劳丰收拾东西去，仿佛老头儿真会有什么东西丢在那里不收起来似的。关于琪奥默·葛朗台号子的事，竟不出老箍桶匠的预料。

大家知道，法兰西银行对巴黎与各省的巨富都有极准确的调查。索漠的台·格拉桑与斐列克斯·葛朗台都榜上有名，而且像一般拥有大地产而绝对没有抵押出去的金融家一样，信用极好。所以索漠的银行家到巴黎来清算葛朗台债务的传说，立刻使债权人放弃了签署拒绝证书的念头[1]，从而使已故的葛朗台少受了一次羞辱。财产当着债权人的面启封，本家的公证人照例进行财产登记。不久，台·格拉桑把债权人召集了，他们一致推举索漠的

①拒绝证书系债主证明债务人到期不清偿债务的文件。

银行家，和一家大商号的主人，同时也是主要债权人之一的法郎梭阿·凯勒为清算人，把挽救债权与挽回葛朗台的信誉两件事，一齐委托了他们。索漠的葛朗台的信用，加上台·格拉桑银号代他做的宣传，使债权人都存了希望，因而增加了谈判的便利；不肯就范的债主居然一个都没有。谁也不曾把债权放在自己的盈亏总账上计算过，只想着：

"索漠的葛朗台会偿还的！"

六个月过去了，那些巴黎人把转付出去的葛朗台债券清偿了，收回来藏在皮包里。这是老箍桶匠所要达到的第一个目标。

第一次集会以后九个月，两位清算人发了百分之四十七给每个债权人。这笔款子是把已故的葛朗台的证券，动产，不动产，以及一切零星杂物变卖得来的，变卖的手续做得极精密。

那次的清算办得公正规矩，毫无弊窦。债权人一致承认葛朗台两兄弟的信誉的确无可批评。等到这种赞美的话在外边传播了一番以后，债权人要求还余下的部分了。那时他们写了一封全体签名的信给葛朗台。

"嗯，哼！这个吗？"老箍桶匠把信往火里一扔，"朋友们，耐一耐性子吧。"

葛朗台的答复，是要求把所有的债权文件存放在一个公证人那里，另外附一张已付款项的收据，以便核对账目，把遗产的总账轧清。这个条件立刻引起了无数的争执。

债主通常总是脾气古怪的家伙：今天预备成立协议了，明天又嚷着烧呀杀呀，把一切都推翻；过了一晌，又忽然的软下了。今天，他的太太兴致好，小儿子牙齿长得顺利，家里什么都如意，他便一个铜子都不肯吃亏；明儿，逢着下雨，不能出门，心里憋闷得慌，只消一件事情能够结束，便任何条件都肯答应；后天，他要担保品了；月底，他要你全部履行义务，非把你逼死不可了，这刽子手！大人开小孩子玩笑，说要捉小鸟，只消把一颗盐放在它尾巴上。世界上要有这种呆鸟的话，就是债主了。或者是他们把自己的债权看作那样的呆鸟，结果是永远扑一个空。

葛朗台留神观看债主的风色，而他兄弟的那批债主的确不出他的所料。有的生气了，把存放证件一节干脆拒绝了。

“好吧，好得很。”葛朗台念着台·格拉桑的来信，搓着手说。

另外一批债权人答应提交证件，可是要求把他们的权利确切证明一下，声明任何权利不能放弃，甚至要保留宣告破产的权。再通信，再磋商，结果索漠的葛朗台把对方提出保留的条件全部接受了。获得了这点让步之后，温和派的债主把激烈派的劝解了。大家咕噜了一阵，证件终于交了出来。

“这好家伙，”有人对台·格拉桑说，“简直跟你和我们开玩笑。”

琪奥默·葛朗台死了两年差一个月的时候，许多商人给巴黎市场的动荡搅昏了，把葛朗台到期应付的款项也忘了，或者即使想到，也不过是“大概百分之四十七就是我们所能到手的全部了”一类的想法。

老箍桶匠素来相信时间的力量，他说时间是一个好小鬼。第三年年终，台·格拉桑写信给葛朗台，说债权人已经答应，在结欠的二百四十万法郎中再收一成，就可把债券交还。

葛朗台复信说，闹了亏空把他兄弟害死的那个公证人与经纪人，倒逍遥的活着！他们不应当负担一部分吗？现在要对他们起诉，逼他们拿出钱来，减轻一点我们这方面的亏累。

第四年终了，欠款的数目讲定了十二万法郎。然后清算人与债权人，清算人与葛朗台，往返磋商，拖了六个月之久。总而言之，赶到葛朗台被逼到非付不可的时节，在那年的第九个月，他又回信给两位清算人，说他侄子在印度发了财，向他表示要把亡父的债务全部归清；他不能擅自料结这笔债，要等侄子回音。

第五年过了一半，债权人还是给“全部归清”几个字搪塞着，老奸巨猾的箍桶匠暗地里笑着，把“全部归清”的话不时说一遍。每逢嘴里提到“这些巴黎人！……”时，他总得附带一副阴险的笑容，赌一句咒。可是那些债主最后的命运，却是商场大事纪上从来未有的纪录。后来，当这个故事的发展使他们重新出场的时候，他们所处的地位，还是当初给葛朗台冻结在那里的地位。

公债涨到一百十五法郎，葛朗台老头抛了出去，在巴黎提回二百四十万法郎左右的黄金，和公债上的复利六十万法郎，一齐倒进了密室内的木桶。台·格拉桑一直留在巴黎；原因是：第一他当了国会议员；第二他虽然当了家长，却给索漠的生活磨得厌烦死了，爱上了公主剧院最漂亮的一个女演员弗洛琳；他当年军队生活的习气又在银行家身上复活了。不用说，他的行为给索漠人一致认为伤风败俗。他太太还算运气，跟他分了家，居然有魄力管理索漠的银号，用她的名字继续营业，把台·格拉桑因荒唐而败掉的家私设法弥补。几位克罗旭推波助澜，把这个活寡妇的尴尬地位弄得更糟，以致她的女儿嫁得很不得意，娶欧也妮·葛朗台做媳妇的念头也放弃了，阿道夫跟台·格拉桑一起在巴黎，据说变得很下流。克罗旭他们终于得胜了。

“你丈夫真糊涂，”葛朗台凭了抵押品借一笔钱给台·格拉桑太太时说，“我代你抱怨，你倒是一个贤惠的太太。”

“啊！先生，”可怜的妇人回答说，“他从你府上动身到巴黎去的那一天，谁想得到他就此走上了坏路呢？”

“太太，皇天在上，我直到最后还拦着不让他去呢。当时所长先生极想亲自出马的。我们现在才明白为什么他争着要去。”

这样，葛朗台便用不着再欠台·格拉桑什么情分了。

五、家庭的苦难

不论处境如何，女人的痛苦总比男人多，而且程度也更深。男人有他的精力需要发挥：他活动，奔走，忙乱，打主意，眼睛看着将来，觉得安慰。例如查理。但女人是静止的，面对着悲伤无法分心，悲伤替她开了一个窟窿，让她往下钻，一直钻到底，测量窟窿的深度，把她的愿望与眼泪来填。例如欧也妮。她开始认识了自己的命运。感受、爱、受苦、牺牲，永远是女人生命中应有的文章。欧也妮变得整个儿是女人了，却并无女人应有的安慰。她的幸福，正如博须埃刻画入微的说法，仿佛在墙上找出来的钉子，随你积得怎么多，捧在手里也永远遮不了掌心的。悲苦绝不姗姗来迟的叫人久等，而她的一份就在眼前了。查理动身的下一天，葛朗台的屋子在大家眼里又恢复了本来面目，只有欧也妮觉得突然之间空虚得厉害。瞒着父亲，她要把查理的卧房保存他离开时的模样。葛朗台太太与拿侬，很乐意助成她这个维持现状的愿望。

"谁保得定他不早些回来呢？"她说。

"啊！希望他再来噢，"拿侬回答，"我服侍他惯了！多和气，多好的少爷，脸庞儿又俏，头发鬈鬈的像一个姑娘。”

欧也妮望着拿侬。

“哎哟，圣母玛利亚！小姐，你这副眼睛要入地狱的！别这样瞧人呀。”

从这天起，葛朗台小姐的美丽又是一番面目。对爱情的深思，慢慢地浸透了她的心，再加上有了爱人以后的那种庄严，使她眉宇之间多添了画家用光轮来表现的那种光辉。堂兄弟未来之前，欧也妮可以跟未受圣胎的童贞女相比；堂兄弟走了之后，她有些像做了圣母的童贞女：她已经感受了爱情。某些西班牙画家把这两个不同的玛利亚表现得那么出神入化，成为基督教艺术中最多而最有光辉的造像。查理走后，她发誓天天要去望弥撒；第一次从教堂回来，她在书店里买了一幅环球全图钉在镜子旁边，为的能一路跟堂兄弟上印度，早晚置身于他的船上，看到他，对他提出无数的问话，对他说：

“你好吗？不难受吗？你教我认识了北极星的美丽和用处，现在你看到了那颗星，想我不想？”

早上，她坐在胡桃树下虫蛀而生满青苔的凳上出神，他们在那里说过多少甜言蜜语，多少疯疯癫癫的废话，也一起做过将来成家以后的美梦。她望着围墙上空的一角青天，想着将来；然后又望望古老的墙壁，与查理卧房的屋顶。总之，这是孤独的爱情，持久的，真正的爱情，渗透所有的思想，变成了生命的本体，或者像我们父辈所说的，变成了生命的素材。

晚上，那些自称为葛朗台老头的朋友来打牌的时候，她装作很高兴，把真情藏起；但整个上午她跟母亲与拿侬谈论查理。拿侬懂得她可以对小主人表同情，而并不有亏她对老主人的职守，她对欧也妮说：

“要是有个男人真心对我，我会……会跟他入地狱。我会……呕……我会为了他送命；可是……没有呀。人生一世是怎么回事，我到死也不会知道的了。唉，小姐，你知道吗，高诺阿莱那老头，人倒是挺好的，老盯着我打转，自然是为了我的积蓄喽，正好比那些为了来嗅嗅先生的金子，有心巴结你的人。我看得很清，别看我像猪一样胖，我可不傻呢。可是小姐，虽然他那个不是爱情，我也觉得高兴。”

两个月这样过去了。从前那么单调的日常生活，因大家关切欧也妮的秘密而有了生气，三位妇人也因之更加亲密。在她们心目中，查理依旧在堂屋灰暗的楼板下面走来走去。早晨，夜晚，欧也妮都得把那口梳妆匣打开一次，把叔母的肖像端详一番。某星期日早上，她正一心对着肖像揣摩查理的面貌时，被母亲撞见了。于是葛朗台太太知道了侄儿与欧也妮交换宝物的可怕的消息。

“你统统给了他！”母亲惊骇之下说，“到元旦那天，父亲问你要金洋看的时候，你怎么说？”

欧也妮眼睛发直，一个上半天，母女俩吓得半死，糊里糊涂把正场的弥撒都错过了，只能参加读唱弥撒。

三天之内，一八一九年就要告终。三天之内就要发生大事，要演出没有毒药、没有尖刀、没有流血的平凡的悲剧，但对于剧中人的后果，只有比弥赛纳王族里所有的惨剧还要残酷。

“那怎么办？”葛朗台太太把编织物放在膝上，对女儿说。

可怜的母亲，两个月以来受了那么多的搅扰，甚至过冬必不可少的毛线套袖都还没织好。这件家常小事，表面上无关重要，对她却发生了不幸的后果。因为没有套袖，后来在丈夫大发雷霆骇得她一身冷汗时，她中了恶寒。

“我想，可怜的孩子，要是你早告诉我，还来得及写信到巴黎给台·格拉桑先生。他有办法收一批差不多的金洋寄给我们；虽然你父亲看得极熟，也许……”

“可是哪儿来这一大笔钱呢？”

“有我的财产做抵押呀。再说台·格拉桑先生可能为我们……”

“太晚啦，”欧也妮声音嘶哑，嗓子异样的打断了母亲的话，“明天早上，我们就得到他卧房里去跟他拜年了。”

“可是孩子，为什么我不去看看克罗旭他们呢？”

“不行不行，那简直是自投罗网，把我们卖给了他们了。而且我已经拿定主意。我没有做错事，一点儿不后悔。上帝会保佑我的。听凭天意吧。唉！母亲，要是你读到他那些信，你也要心心念念的想他呢。”

下一天早上，一八二〇年一月一日，母女俩恐怖之下，想出了最天然的托辞，不像往年一样郑重其事的到他卧房里拜年。一八一九年至一八二〇年的冬天，在当时是一个最冷的冬天。屋顶上都堆满了雪。

葛朗台太太一听到丈夫在房里有响动，便说：

“葛朗台，叫拿侬在我屋里生个火吧；冷气真厉害，我在被窝里冻僵了。到了这个年纪，不得不保重一点。”她停了一会又说：“再说，让欧也妮到我房里来穿衣吧。这种天气，孩子在她屋里梳洗会闹病的。等会我们到暖暖和和的堂屋里跟你拜年吧。”

“咄，咄，咄，咄！官话连篇！太太，这算是新年发利市吗？

你从来没有这么唠叨过。你总不见得吃了酒浸面包吧[1]？”

说罢大家都不出一声。

“好吧，”老头儿大概听了妻子的话软心了，“就照你的意思办吧，太太。你太好了，我不能让你在这个年纪上有什么三长两短，虽然拉·裴德里埃家里的人多半是铁打的。”他停了一会又嚷：“嗯！你说是不是？不过咱们得了他们的遗产，我原谅他们。”

说完他咳了几声。

“今天早上你开心得很，老爷。”葛朗台太太的口气很严肃。

“我不是永远开心的吗，我……

开心，开心，真开心，你这箍桶匠，
不修补你的脸盆又怎么样！”

他一边哼一边穿得齐齐整整的进了妻子的卧房。

“真，好家伙，冷得要命。早上咱们有好菜吃呢，太太。台·格拉桑从巴黎带了夹香菇的鹅肝来！我得上驿站去拿。”说着他又咬着她的耳朵：

“他还给欧也妮带来一块值两块的拿破仑。我的金子光了，太太。我本来还有几块古钱，为了做买卖只好花了。这话我只能告诉你一个人。”

然后他吻了吻妻子的前额，表示庆祝新年。

---

①系莫里哀喜剧中语，说鹦鹉吃了酒浸的面包，才会说话。

“欧也妮，”母亲叫道，“不知你父亲做了什么好梦，脾气好得很——得啦，咱们还有希望。”

“先生今天怎么啦？”拿侬到太太屋里生火时说，“他一看见我就说：大胖子，你好，你新年快乐。去给太太生火呀，她好冷呢——他说着伸出手来给我一块六法郎的钱，精光滴滑，簇崭全新，把我看呆了。太太，你瞧。哦！他多好。他真大方。有的人越老心越硬；他却温和得像你的果子酒一样，越陈越好了。真是一个十足地道的好人……”

老头儿这一天的快乐，是因为投机完全成功的缘故。台·格拉桑把箍桶匠在十五万法郎荷兰证券上所欠的利息，以及买进十万公债时代垫的尾数除去之后，把一季的利息三万法郎托驿车带给了他，同时又报告他公债上涨的消息。行市已到八十九法郎，那些最有名的资本家，还出九十二法郎的价钱买进正月底的期货。葛朗台两个月中间的投资赚了百分之十二，他业已收支两讫，今后每半年可以坐收五万法郎，既不用付捐税，也没有什么修理费。内地人素来不相信公债的投资，他却终于弄明白了，预算不出五年，不用费多少心，他的本利可以滚到六百万，再加上田产的价值，他的财产势必达到惊人的数字。给拿侬的六法郎，也许是她不自觉的帮了他一次大忙而得到的酬劳。

“噢！噢！葛朗台老头上哪儿去呀，一清早就像救火似的这么奔？”

街上做买卖的一边开铺门一边想。后来，他们看见他从码头上回来，后面跟着驿站上的一个脚夫，独轮车上的袋都是满满的。有的人便说：“水总是往河里流的，老头儿去拿钱哪。”

“巴黎，法劳丰，荷兰，流到他家里来的水可多哩。”另外一个说。

“临了，索漠城都要给他买下来喽。”第三个又道。

“他不怕冷，”一个女人对她的丈夫说，“老忙着他的事。”

“嗨！嗨！葛朗台先生，”跟他最近的邻居，一个布商招呼他，“你觉得累赘的话，我来给你扔了罢。”

“哦！不过是些大钱罢了。”葡萄园主回答。

“是银子呢。”脚夫低声补上一句。

“哼，要我照应吗，闭上你的嘴。”老头儿一边开门一边对脚夫咕噜。

“啊！老狐狸，我拿他当作聋子，”脚夫心里想，“谁知冷天他倒听得清。”

“给你二十个子儿酒钱，得啦！去你的！”葛朗台对他说，“你的独轮车，等会叫拿侬来还你——娘儿们是不是在望弥撒，拿侬？”

“是的，先生。”

“好，快，快一点儿！”他嚷着把那些袋交给她。

一眨眼，钱都装进了他的密室，他关上了门，躲在里面。

“早餐预备好了，你来敲我的墙壁。先把独轮车送回驿站。”

到了十点钟，大家才吃早点。

“在堂屋里父亲不会要看你金洋的，”葛朗台太太望弥撒回来对女儿说，“再说，你可以装作怕冷。挨过了今天，到你过生日的时候，我们好想法把你的金子凑起来了……”

葛朗台一边下楼一边想着把巴黎送来的钱马上变成黄金，又想着公债上的投机居然这样成功。他决意把所有的收入都投资进去，直到行市涨到一百法郎为止。他这样一算，欧也妮便倒了楣。他进了堂屋，两位妇女立刻给他拜年，女儿跳上去搂着他的脖子撒娇，太太却是又庄严又稳重。

“啊！啊！我的孩子，”他吻着女儿的前额，“我为你辛苦呀，你不看见吗？……我要你享福。享福就得有钱。没有钱，什么都完啦。瞧，这儿是一个簇新的拿破仑，特地为你从巴黎弄来的，天！家里一点儿金屑子都没有了，只有你有。小乖乖，把你的金子拿来让我瞧瞧。”

“哦！好冷呀；先吃早点吧。”欧也妮回答。

“行，那么吃过早点再拿，是不是？那好帮助我们消化——台·格拉桑那胖子居然送了这东西来。喂，大家吃呀，又不花我的钱。他不错，这台·格拉桑，我很满意。好家伙给查理帮忙，而且尽义务。他把我可怜的兄弟的事办得很好——嗯哼！嗯哼！”他含着一嘴食物嘟囔，停了一下又道：“唔！好吃！太太，你吃呀！至少好教你饱两天。”

“我不饿，你知道，我一向病病歪歪的。”

“哎！哎！你把肚子塞饱也不打紧，你是拉·裴德里埃出身，结实得很。你真像一根小黄草，可是我就喜欢黄颜色。”

一个囚徒在含垢忍辱，当众就戮之前，也没有葛朗台太太母女俩在等待早点以后的大祸时那么害怕。葛朗台老头越讲得高兴，越吃得起劲，母女俩的心抽得越紧。但是做女儿的这时还有一点依傍：在爱情中汲取勇气。她心里想：

“为了他，为了他，千刀万剐我也受。”

这么想着，她望着母亲，眼中射出勇敢的火花。

十一点，早餐完了，葛朗台唤拿侬：

“统统拿走，把桌子留下。这样，我们看起你的宝贝来更舒服些，”他望着欧也妮说，“孩子！真的，你十十足足有了五千九百五十九法郎的财产，加上今天早上的四十法郎，一共是六千法郎差一个。好吧，我补你一法郎凑足整数，因为小乖乖，你知道……哎哎，拿侬，你干吗听我们说话？去吧，去做你的事。”

拿侬走了。

“听我说，欧也妮，你得把金子给我。你不会拒绝爸爸吧，嗯，我的小乖乖？”

母女俩都不出一声。

“我吗，我没有金子了。从前有的，现在没有了。我把六千法郎现款跟你换，你照我的办法把这笔款子放出去。别想什么压箱钱了。我把你出嫁的时候，——也很快了——我会替你找一个夫婿，给你一笔本省从来没有听见过的，最体面的压箱钱。小乖乖，你听我说，现在有一个好机会：你可以把六千法郎买公债，半年就有近两百法郎利息，没有捐税，没有修理费，不怕冰雹，不怕冻，不怕涨潮，一切跟年成捣乱的玩意儿全没有。也许你不乐意把金子放手，小乖乖？拿来吧，还是拿给我吧。以后我再替你收金洋，什么荷兰的，葡萄牙的，蒙古卢比，热那亚金洋，再加你每年生日我给你的，要不了三年，你那份美丽的小家私就恢复了一半。你怎么说，小乖乖？抬起头来呀。去吧，我的儿，去拿来。我这样的把钱怎么生怎么死的秘密告诉了你，你该吻一吻我的眼睛谢我喽。真的，钱像人一样是活的，会动的，它会来，会去，会流汗，会生产。”

欧也妮站起身子向门口走了几步，忽然转过身来，定睛望着父亲，说：

“我的金子没有了。”

“你的金子没有了！”葛朗台嚷着，两腿一挺，直站起来，仿佛一匹马听见身旁有大炮在轰。

“没有了。”

“不会的，欧也妮。”

“真是没有了。”

“爷爷的锹子！”

每逢箍桶匠赌到这个咒，连楼板都会发抖的。

“哎唷，好天好上帝！太太脸都白了。”拿侬嚷道。

“葛朗台，你这样冒火，把我吓死了。”可怜的妇人说。

“咄，咄，咄，咄！你们！你们家里的人是死不了的！欧也妮，你的金洋怎么啦？”他扑上去大吼。

“父亲，”女儿在葛朗台太太身旁跪了下来，“妈妈难受成这样……你瞧……别把她逼死啊。”

葛朗台看见太太平时那么黄黄的脸完全发白了，也害怕起来。

“拿侬，扶我上去睡，”她声音微弱的说，“我要死了。”

拿侬和欧也妮赶紧过去搀扶，她走一步软一步，两个人费了好大气力才把她扶进卧房。葛朗台独自留在下面。可是过了一会，他走上七八级楼梯，直着嗓子喊：

“欧也妮，母亲睡了就下来。”

“是，父亲。”她把母亲安慰了一番，赶紧下楼。

“欧也妮，”父亲说，“告诉我你的金子哪儿去了？”

“父亲，要是你给我的东西不能完全由我做主，那么你拿回去吧。”欧也妮冷冷的回答，一边在壁炉架上抓起拿破仑还他。

葛朗台气冲冲的一手抢过来，塞在荷包里。

“哼，你想我还会给你什么东西吗！连这个也不给！”说着他把大拇指扳着门牙，得——的一声。“你瞧不起父亲？居然不相信他？你不知什么叫作父亲？要不是父亲高于一切，也就不成其为父亲了。你的金子哪儿去了？”

“父亲，你尽管生气，我还是爱你，敬重你；可是原谅我大胆提一句，我已经二十二岁了。你常常告诉我，说我已经成年，为的是要我知道。所以我把我的钱照我自己的意思安排了，而且请你放心，我的钱放得很妥当……”

“放在哪里？”

“秘密不可泄露，”她说，“你不是有你的秘密吗？”

“我不是家长吗？我不能有我的事吗？”

“这却是我的事。”

“那一定是坏事，所以你不能对父亲说，小姐！”

“的确是好事，就是不能对父亲说。”

“至少得告诉我，什么时候把金子拿出去的？”

欧也妮摇摇头。

“你生日那天还在呢，是不是？”

欧也妮被爱情训练出来的狡猾，不下于父亲被吝啬训练出来的狡猾，她仍旧摇摇头。

“从来没见过这样的死心眼儿，这样的偷盗，”葛朗台声音越来越大，震动屋子，“怎么！这里，在我自己家里，居然有人拿掉你的金子，家里就是这么一点儿的金子！而我还没法知道是谁拿的！金子是宝贵的东西呀。不错，最老实的姑娘也免不了有过失，甚至于把什么都给了人，上至世家旧族，下至小户人家，都有的是；可是把金子送人！因为你一定是给了什么人的，是不是？”

欧也妮声色不动。

“这样的姑娘倒从来没有见到过！我是不是你的父亲？要是存放出去，你一定有收据……”

“我有支配这笔钱的权利没有？有没有？是不是我的钱？”

“哎，你还是一个孩子呢！”

“成年了。”

给女儿驳倒了，葛朗台脸色发白，跺脚，发誓；终于又想出了话：

“你这个该死的婆娘，你这条毒蛇！唉！坏东西，你知道我疼你，你就胡来。你勒死你的父亲！哼！你会把咱们的家产一齐送给那个穿摩洛哥皮鞋的光棍。爷爷的锹子！我不能取消你的承继权，天哪！可是我要咒你，咒你的堂兄弟，咒你的儿女！他们都不会对你有什么好结果的，听见没有？要是你给了查理……喔，不可能的。怎么！这油头粉脸的坏蛋，胆敢偷我的……”

他望着女儿，她冷冷地一声不出。

“她动也不动！眉头也不皱一皱！比我葛朗台还要葛朗台。至少你不会把金子白送人吧，嗯，你说？”

欧也妮望着父亲，含讥带讽的眼神把他气坏了。

“欧也妮，你是在我家里，在你父亲家里。要留在这儿，就得服从父亲的命令。神甫他们也命令你服从我。”

欧也妮低下头去。他接着又说：

“你就拣我最心疼的事伤我的心，你不屈服，我就不要看见你。到房里去。我不许你出来，你就不能出来。只有冷水跟面包，我叫拿侬端给你。听见没有？去！”

欧也妮哭作一团，急忙溜到母亲旁边。

葛朗台在园中雪地里忘了冷，绕了好一会圈子，之后，忽然疑心女儿在他妻子房里，想到去当场捉住她违抗命令的错儿，不由得高兴起来，他便像猫儿一般轻捷地爬上楼梯，闯进太太的卧房，看见欧也妮的脸埋在母亲怀里，母亲摸着她的头发，说：

“别伤心，可怜的孩子，你父亲的气慢慢会消下去的。”

“她没有父亲了！”老箍桶匠吼道，“这样不听话的女儿是我跟你生的吗，太太？好教育，还是信教的呢！怎么，你不在自己房里？赶快，去坐牢，坐牢，小姐。”

“你硬要把我们娘儿俩拆开吗，老爷？”葛朗台太太发着烧，脸色通红。

“你要留她，你就把她带走，你们俩替我一齐离开这儿……天打的！金子呢？金子怎么啦？”

欧也妮站起身子，高傲地把父亲望了一眼，走进自己的卧房。她一进去，老头儿把门锁上了。

“拿侬，把堂屋里的火熄掉。”他嚷道。

然后他坐在太太屋里壁炉旁边的一张安乐椅上：

“她一定给了那个迷人的臭小子查理，他只想我的钱。”

葛朗台太太为了女儿所冒的危险，为了她对女儿的感情，居然鼓足勇气，装聋作哑地冷静得很。

“这些我都不知道。”她一边回答，一边朝床里翻身，躲开丈夫闪闪发光的眼风。“你生这么大的气，我真难受；我预感我只能伸直着腿出去的了。现在你可以饶我一下吧，我从来没有给你受过气，至少我自己这样想。女儿是爱你的，我相信她跟初生的孩子一样没有罪过。别难为她。收回成命吧。天冷得厉害，说不定你会教她闹场大病的。”

“我不愿意看见她，也不再跟她说话。她得关在屋里，只有冷水面包，直到她使父亲满意为止。见鬼！做家长的不该知道家里的黄金到了哪儿去吗？她的卢比恐怕全法国都找不出来，还有热那亚金洋，荷兰杜加……”

“老爷！我们只生欧也妮一个，即使她把金子扔在水里……”

“扔在水里！扔在水里！”好家伙嚷道，“你疯了，太太。我说得到，做得到，你还不知道吗？你要求家里太平，就该叫女儿招供，逼她老实说出来；女人对女人，比我们男人容易说得通。不管她做了什么事，我绝不会把她吃掉。她是不是怕我？即使她把堂兄弟从头到脚装了金，唉，他早已漂洋出海，我们也追不上了……”

“那么，老爷……”

由于当时的神经过敏，或者是女儿的苦难使她格外慈爱，也格外聪明起来，葛朗台太太犀利的目光发觉丈夫的肉瘤有些可怕的动作，她便马上改变主意，顺着原来的口吻，说：

“那么，老爷，你对女儿没有办法，我倒有办法了吗？她一句话也没有对我说，她像你。”

“嗯哼！今天你多会说话！啪，啪，啪，啪！你欺侮我。说不定你跟她通气的。”

他定睛瞪着妻子。

“真的，你要我命，就这样说下去吧。我已经告诉你，先生，即使把我的命送掉，我还是要告诉你：你这样对女儿是不应该的，她比你讲理。这笔钱是她的，她不会糟掉，我们做的好事，只有上帝知道。老爷，我求你，饶了欧也妮罢！……你饶了她，我受的打击也可以减轻一些，也许你救了我的命，我的女儿呀，先生！还我女儿啊！”

“我走啦，”他说，“家里耽不下去了，娘儿俩的念头，说话，都好像……勃罗……啵！你好狠心，送了我这笔年礼，欧也妮！”他提高了嗓子，“好，好，哭罢！这种行为，你将来要后悔的，听见没有？一个月吃两次好天爷的圣餐有什么用？既然会把你父亲的钱偷偷送给一个游手好闲的光棍！他把你什么都吃完之后，还会吃掉你的心呢！你瞧着吧，你的查理是什么东西，穿着摩洛哥皮靴目空一切！他没有心肝，没有灵魂，敢把一个姑娘的宝贝，不经她父母允许，带着就跑。”

街门关上了，欧也妮便走出卧房，挨在母亲身边，对她说：

“你为了你女儿真有勇气。”

“孩子，瞧见没有，一个人做了违禁的事落到什么田地！……你逼我撒了一次谎。”

“噢！我求上帝只罚我一个人就是了。”

“真的吗，”拿侬慌张的跑来问，“小姐从此只有冷水面包好吃？”

“那有什么大不了，拿侬？”欧也妮冷静地回答。

“啊！东家的女儿只吃干面包，我还咽得下什么糖酱……噢，不，不！”

“这些话都不用提，拿侬。”欧也妮说。

“我就不开口好啦，可是你等着瞧罢！”

二十四年以来第一次，葛朗台独自用晚餐。

“哎哟，你变了单身汉了，先生，”拿侬说，“家里有了两个妇女还做单身汉，真不是味儿哪。”

“我不跟你说话。闭上你的嘴，要不我就赶你走。你蒸锅里煮的什么，在灶上扑扑扑的？”

“熬油哪……”

“晚上有客，你得生火。”

八点钟，几位克罗旭，台·格拉桑太太和她儿子一齐来了，他们很奇怪没有见到葛朗台太太与欧也妮。

“内人有点儿不舒服；欧也妮陪着她。”老头儿若无其事的回答。

闲扯了一小时，上楼去问候葛朗台太太的台·格拉桑太太下来了，大家争着问：

“葛朗台太太怎么样？”

“不行，简直不行，”她说，“她的情形真教人担心。在她的年纪，要特别小心才好呢，葛老头。”

“慢慢瞧罢。”老头儿心不在焉的回答。

大家告辞了。几位克罗旭走到了街上，台·格拉桑太太便告诉他们：

“葛朗台家出了什么事啦。母亲病得很厉害，她自己还不知道。女儿红着眼睛，仿佛哭过很久，难道他们硬要把她攀亲吗？”

老头儿睡下了，拿侬穿着软鞋无声无息的走进欧也妮卧房，给她一个用蒸锅做的大肉饼。

“喂，小姐，”好心的佣人说，“高诺阿莱给了我一只野兔。你胃口小，这个饼好吃八天；冻紧了，不会坏的。至少你不用吃淡面包了。那多伤身体。”

“可怜的拿侬！”欧也妮握着她的手。

“我做得很好，煮得很嫩，他一点儿不知道。肥肉，香料，都在我的六法郎里面买。这几个钱总是由我做主的了。”

然后她以为听到了葛朗台的声音，马上溜了。

几个月工夫，老头儿拣着白天不同的时间，经常来看太太，绝口不提女儿，也不去看她，也没有间接关涉到她的话。葛朗台太太老睡在房里，病情一天一天的严重，可是什么都不能使老箍桶匠的心软一软。他顽强，严酷，冰冷，像一座石头。他按照平时的习惯上街，回家，可是不再口吃，说话也少了，在买卖上比从前更苛刻，弄错数目的事也常有。

“葛朗台家里出了事啦。”克罗旭党与台·格拉桑党都这么说。

“葛朗台家究竟闹些什么啊？”索漠人在随便哪家的晚会上遇到，总这样的彼此问一声。

欧也妮上教堂，总由拿侬陪着。从教堂出来，倘使台·格拉桑太太跟她说话，她的回答总是躲躲闪闪的，教人不得要领。虽然如此，两个月之后，欧也妮被幽禁的秘密终于瞒不过三位克罗旭与台·格拉桑太太。她的老不见客，到了某个时候，也没有理由好推托了。后来，不知是谁透露了出去，全城都知道从元旦起，葛朗台小姐被父亲软禁在房里，只有清水面包，没有取暖的火，倒是拿侬替小姐弄些好菜半夜里送进去；大家也知道女儿只能候父亲上街的时间去探望母亲，服侍母亲。

于是葛朗台的行为动了公愤。全城仿佛当他是化外之人，又记起了他的出卖地主和许多刻薄的行为，大有一致唾弃之概。他走在街上，个个人在背后交头接耳。

当女儿由拿侬陪了去望弥撒或做晚祷，在弯弯曲曲的街上走着的时候，所有的人全扑上窗口，好奇的打量那有钱的独养女儿的脸色与态度，发觉她除了满面愁容之外，另有一副天使般温柔的表情。她的幽禁与失宠，对她全不相干。她不是老看着世界地图，花园，围墙，小凳吗？爱情的亲吻留在嘴唇上的甜味，她不是老在回味吗？城里关于她的议论，她好久都不知道，跟她的父亲一样。虔诚的信念，无愧于上帝的纯洁，她的良心与爱情，使她耐心忍受父亲的愤怒与谴责。

但是一宗深刻的痛苦压倒了一切其余的痛苦。——她的母亲一天不如一天了。多么慈祥温柔的人，灵魂发出垂死的光辉，反而显出了她的美。欧也妮常常责备自己无形中促成了母亲的病，慢慢在折磨她的残酷的病。这种悔恨，虽经过了母亲的譬解，使她跟自己的爱情越发分不开。每天早上，父亲一出门，她便来到母亲床前，拿侬把早点端给她。但是可怜的欧也妮，为了母亲的痛苦而痛苦，暗中示意拿侬看看母亲的脸色，然后她哭了，不敢提到堂兄弟。倒是母亲先开口：

“他在哪儿呀？怎么没有信来？”

母女俩都不知道路程的远近。

“我们心里想他就是了，”欧也妮回答，“别提他。你在受难，你比一切都要紧。”

所谓一切，便是指他。

“哎，告诉你们，”葛朗台太太常常说，“我对生命没有一点儿留恋。上帝保佑我，使我看到苦难完了的日子只觉得高兴。”

这女人的说话老是虔诚圣洁，显出基督徒的本色。在那年最初几个月之内，当丈夫到她房里踱来踱去用午餐的时候，她翻来覆去的对他说着一篇同样的话，虽然说得极其温柔，却也极其坚决，因为知道自己不久人世，所以反而有了平时没有的勇气。他极平淡的问了她一句身体怎样，她总是回答说：

“谢谢你关心我的病；我是不久的了，要是你肯把我的苦恼减轻一些，把我的悲痛去掉一些，请你饶了女儿吧；希望你以身作则，表示你是基督徒，是贤夫，是慈父。”

一听到这些话，葛朗台便坐在床边，仿佛一个人看见阵雨将临而安安静静躲在门洞里避雨的神气。他静静的听着，一言不答。要是太太用最动人最温柔最虔诚的话恳求他，他便说：

“你今天脸色不大好啊，可怜的太太。”

他脑门硬绷绷的，咬紧了嘴唇，表示他已经把女儿忘得干干净净。甚至他那一成不变的，支吾其词的答话使妻子惨白的脸上流满了泪，他也不动心。

“但愿上帝原谅你，老爷，”她说，“像我原谅你一样。有朝一日，你也得求上帝开恩的。”

自从妻子病后，他不敢再叫出那骇人的咄、咄、咄、咄的声音。这个温柔的天使，面貌的丑恶一天天的消失，脸上映照着精神的美，可是葛朗台专制的淫威并没因之软化。

她只剩下一颗赤裸裸的灵魂了。由于祷告的力量，脸上最粗俗的线条都似乎净化，变得细腻，有了光彩。有些圣洁的脸庞，灵魂的活动会改变生得最丑的相貌，思想的崇高纯洁，会印上特别生动的气息：这种脱胎换骨的现象大概谁都见识过。在这位女子身上，痛苦把肉体煎熬完了以后换了一副相貌的景象，对心如铁石的老箍桶匠也有了作用，虽是极微弱的作用。他说话不再盛气凌人，却老是不出一声，用静默来保全他做家长的面子。

他的忠心的拿侬一到菜市上，立刻就有对她主人开玩笑或者谴责的话传到她耳里。虽然公众的舆论一致讨伐葛朗台，女仆为了替家里争面子，还在替他辩护。

“嗨，”她回答那些说葛朗台坏话的人，“咱们老起来，不是心肠都要硬一点吗？为什么他就不可以？你们别胡说八道。小姐日子过得挺舒服，像王后一样呢。她不见客，那是她自己喜欢。再说，我东家自有道理。”

葛朗台太太给苦恼折磨得比疾病还难受，尽管祷告也没法把父女俩劝和，终于在暮春时节的某天晚上，她把心中的隐痛告诉了两位克罗旭。

“罚一个二十三岁的女儿吃冷水面包！……”特·篷风所长嚷道，“而且毫无理由；这是妨害自由，侵害身体，虐待家属，她可以控告，第一点……”

“哎，哎，老侄，”公证人插嘴道，“说那些法庭上的调调儿干吗？——太太，你放心，我明天就来想法，把软禁的事结束。”

听见人家讲起她的事，欧也妮走出卧房，很高傲地说：

“诸位先生，请你们不要管这件事。我父亲是一家之主。只要我住在他家里，我就得服从他。他的行为用不到大家赞成或反对，他只向上帝负责。我要求你们的友谊是绝口不提这件事。责备我的父亲，等于侮辱我们。诸位，你们对我的关切，我很感激；可是我更感激，要是你们肯阻止城里那些难听的闲话，那是我偶然知道的。”

“她说得有理。”葛朗台太太补上一句。

欧也妮因幽居、悲伤与相思而增添的美，把老公证人看呆了，不觉肃然起敬地答道：

“小姐，阻止流言最好的办法，便是恢复你的自由。”

“好吧，孩子，这件事交给克罗旭先生去办罢，既然他有把握。他识得你父亲的脾气，知道怎么对付他。我没有几天好活了，要是你愿意我最后的日子过得快活一些，无论如何你得跟父亲讲和。”

下一天，照葛朗台把欧也妮软禁以后的习惯，他到小园里来绕几个圈子。他散步的时间总是欧也妮梳头的时间。老头儿一走到大胡桃树旁边，便躲在树干背后，把女儿的长头发打量一会，这时他的心大概就在固执的性子与想去亲吻女儿的欲望中间摇摆不定。他往往坐在查理与欧也妮海誓山盟的那条破凳上，而欧也妮也在偷偷的，或者在镜子里看父亲。要是他起身继续散步，她便凑趣的坐在窗前瞧着围墙，墙上挂着最美丽的花，裂缝中间透出仙女萝，昼颜花，和一株肥肥的、又黄又白的景天草，在索漠和都尔各地的葡萄藤中最常见的植物。

克罗旭公证人很早就来了，发现老头儿在晴好的六月天坐在小凳上，背靠了墙望着女儿。

“有什么事好替你效劳呢，公证人？”他招呼客人。

“我来跟你谈正经。”

“啊！啊！有什么金洋换给我吗？”

“不，不，不关钱的事，是令爱欧也妮的问题。为了你和她，大家都在议论纷纷。”

“他们管得着？区区煤炭匠，也是个家长。”

“对啊，煤炭匠在家里什么都能做，他可以自杀，或者更进一步，把钱往窗外扔。”

“你这是什么意思？”

“嗳！你太太的病不轻呀，朋友。你该请裴日冷先生来瞧一瞧，她有性命之忧哪。不好好的把她医治，她死后我相信你不会安心的。”

“咄，咄，咄，咄！你知道我女人闹什么病呀。那些医生一朝踏进了你大门，一天会来五六次。”

“得啦，葛朗台，随你。咱们是老朋友；你的事，索漠城里没有一个人比我更关切，所以我应当告诉你。好吧，反正没多大关系，你又不是一个孩子，自然知道怎样做人，不用提啦。而且我也不是为这件事来的。还有些别的事情恐怕对你严重多哩。到底你也不想把太太害死吧，她对你太有用了。要是葛朗台太太不在了，你在女儿面前处的什么地位，你想想吧。你应当向欧也妮报账，因为你们夫妇的财产没有分过。你的女儿有权利要求分家，教你把法劳丰卖掉。总而言之，她承继她的母亲，你不能承继你的太太。”

这些话对好家伙宛如晴天霹雳，他在法律上就不像生意上那么内行。

他从没想到共有财产的拍卖。

“所以我劝你对女儿宽和一点。”克罗旭末了又说。

“可是你知道她做的什么事吗，克罗旭？”

“什么事？”公证人很高兴听听葛朗台的心腹话，好知道这次吵架的原因。

“她把她的金子送了人。”

“那不是她的东西吗？”公证人问。

“哎，他们说的都是一样的话！”老头儿做了一个悲壮的姿势，让手臂掉了下去。

“难道为了芝麻大的事，”公证人接着说，“你就不想在太太死后，要求女儿放弃权利吗？”

“嘿！你把六千法郎的金洋叫作芝麻大的事？”

“嗳！老朋友，把太太的遗产编造清册，分起家来，要是欧也妮这样主张的话，你得破费多少，你知道没有？”

“怎么呢？”

“二十万，三十万，四十万法郎都说不定！为了要知道实际的财产价值，不是要把共有财产拍卖，变现款吗？倘使你能取得她同意……”

“爷爷的锹子！”老箍桶匠脸孔发白的坐了下来，“慢慢再说罢，克罗旭。”

沉默了一会，或者是痛苦地挣扎了一会，老头儿瞪着公证人说：

“人生残酷，太痛苦了。”他又换了庄严的口吻：“克罗旭，你不会骗我吧，你得发誓刚才你说的那一套都是根据法律的。把民法给我看，我要看民法！”

“朋友，我自己的本行还不清楚吗？”

“那么是真的了？我就得给女儿抢光，欺骗，杀死，吞掉的了。”

“她承继她的母亲啊。”

“那么养儿女有什么用？啊！我的太太，我是爱她的。幸亏她硬朗得很：她是拉·裴德里埃家里的种。”

“她活不了一个月了。”

老箍桶匠敲着自己的脑袋，走过去，走回来，射出一道可怕的目光盯着克罗旭，问道：

“怎么办？”

“欧也妮可以把母亲的遗产无条件的抛弃。你总不愿意剥夺她的承继权吧，你？既然要她作这种让步，就不能亏待她。朋友，我告诉你这些，都是对我自己不利的。我靠的是什么，嗯？……不是清算，登记，拍卖，分家等等吗？”

“慢慢瞧吧，慢慢瞧吧。不谈这些了，克罗旭。你把我的肠子都搅乱了。你收到什么金子没有？”

“没有，可是有十来块古钱，可以让给你。好朋友，跟欧也妮讲和了吧。你瞧，全索漠都对你丢石子呢。”

“那些混蛋！”

“得啦，公债涨到九十九法郎哪。人生一世总该满意一次吧。”

“九十九，克罗旭？”

“是啊。”

“嗨！嗨！九十九！”老头儿说着把老公证人一直送到街门。然后，刚才听到的一篇话使他心中七上八下的，在家里待不住了，上楼对妻子说：

“喂，妈妈，你可以跟你女儿混一天了，我上法劳丰去。你们俩都乖乖的啊。今天是咱们的结婚纪念日，好太太：这儿是十块钱给你在圣体节做路祭用。你不是想了好久吗？得啦，你玩儿吧！你们就乐一下，痛快一下吧，你得保重身体。噢，我多开心噢！”

他把十块六法郎的银币丢在女人床上，捧着她的头吻她的前额。

“好太太，你好一些了，是不是？”

“你心中连女儿都容不下，怎么能在家里接待大慈大悲的上帝呢？”她激动地说。

“咄，咄，咄，咄！”他的声音变得柔和婉转了，“慢慢瞧罢。”

“谢天谢地！欧也妮，快来拥抱你父亲，”她快活得脸孔通红的叫着，“他饶了你啦！”

可是老头儿已经不见了。他连奔带跑的赶到庄园上，急于要把他搅乱了的思想整理一下。那时葛朗台刚刚跨到第七十六个年头。两年以来，他更加吝啬了，正如一个人一切年深月久的痴情与癖好一样。根据观察的结果，凡是吝啬鬼，野心家，所有执着一念的人，他们的感情总特别灌注在象征他们痴情的某一件东西上面。看到金子，占有金子，便是葛朗台的执着狂。他专制的程度也随着吝啬而俱增；妻子死后要把财产放手一部分，哪怕是极小极小的一部分，只要他管不着，他就觉得逆情背理。怎么！要对女儿报告财产的数目，把动产不动产一股脑儿登记起来拍卖？

“那简直是抹自己的脖子。”他在庄园里检视着葡萄藤，高声对自己说。

终于他主意拿定了，晚饭时分回到索漠，决意向欧也妮屈服，巴结她，诱哄她，以便到死都能保持家长的威风，抓着几百万家财的大权，直到咽最后一口气为止。老头儿无意中身边带着百宝钥匙，便自己开了大门，轻手蹑脚的上楼到妻子房里，那时欧也妮正捧了那口精美的梳妆箱放在母亲床上。趁葛朗台不在家，母女俩很高兴的在查理母亲的肖像上咂摸一下查理的面貌。

“这明明是他的额角，他的嘴！”老头儿开门进去，欧也妮正这么说着。

一看见丈夫瞪着金子的眼光，葛朗台太太便叫起来：

“上帝呀，救救我们！”

老头儿身子一纵，扑上梳妆匣，好似一头老虎扑上一个睡着的婴儿。

“什么东西？”他拿着宝匣往窗前走去，“噢，是真金！金子！”他连声叫嚷，“这么多的金子！有两斤重。啊！啊！查理把这个跟你换了美丽的金洋，是不是？为什么不早告诉我？这交易划得来，小乖乖！你真是我的女儿，我明白了。”

欧也妮四肢发抖。老头儿接着说：

“不是吗，这是查理的东西？”

“是的，父亲，不是我的。这匣子是神圣不可侵犯的，是寄存的东西。”

“咄，咄，咄，咄！他拿了你的家私，正应该补偿你。”

“父亲……”

好家伙想掏出刀子撬一块金板下来，先把匣子往椅上一放。欧也妮扑过去想抢回；可是箍桶匠的眼睛老盯着女儿跟梳妆匣，他手臂一摆，使劲一推，她便倒在母亲床上。

“老爷！老爷！”母亲嚷着，在床上直坐起来。

葛朗台拔出刀子预备撬了。欧也妮立刻跪下，爬到父亲身旁，高举着两手，嚷道：

“父亲，父亲，看在圣母面上，看在十字架上的基督面上，看在所有的圣灵面上，看在你灵魂得救面上，看在我的性命面上，你不要动它！这口梳妆匣不是你的，也不是我的，是一个受难的亲属的，他托我保管，我得原封不动的还他。”

“为什么拿来看呢，要是寄存的话？看比动手更要不得。”

“父亲，不能动呀，你教我见不得人啦！父亲，听见没有？”

“老爷，求你！”母亲跟着说。

“父亲！”欧也妮大叫一声，吓得拿侬也赶到了楼上。

欧也妮在手边抓到了一把刀子，当作武器。

“怎么样？”葛朗台冷笑着，静静的说。

“老爷，老爷，你要我命了！”母亲嚷着。

“父亲，你的刀把金子碰掉一点，我就把这刀结果我的性命。你已经把母亲害到只剩一口气，你还要杀死你的女儿。好吧，大家拼掉算了！”

葛朗台把刀子对着梳妆匣，望着女儿，迟疑不决。

“你敢吗，欧也妮？”他说。

“她会的，老爷。”母亲说。

“她说得到做得到，”拿侬嚷道，“先生，你一生一世总得讲一次理吧。”

箍桶匠看看金子，看看女儿，愣了一会。葛朗台太太晕过去了。

“哎，先生，你瞧，太太死过去了！”拿侬嚷道。

“哦，孩子，咱们别为了一口箱子生气啦。拿去吧！”箍桶匠马上把梳妆匣扔在了床上，“——拿侬，你去请裴日冷先生——得啦，太太，”他吻着妻子的手，“没有事啦，咱们讲和啦——不是吗，小乖乖？不吃干面包了，爱吃什么就吃什么吧……啊！她眼睛睁开了——嗳嗳，妈妈，小妈妈，好妈妈，得啦！哎，你瞧我拥抱欧也妮了。她爱她的堂兄弟，她要嫁给他就嫁给他吧，让她把小箱子藏起来吧。可是你得长命百岁的活下去啊，可怜的太太。

暖暖，你身子动一下给我看哪！告诉你，圣体节你可以拿出最体面的祭桌，索漠从来没有过的祭桌。”

“天哪，你怎么可以这样对你的妻子跟孩子！”葛朗台太太的声音很微弱。

“下次绝不了，绝不了！”箍桶匠叫着，“你瞧就是，可怜的太太。”

他到密室去拿了一把路易来摔在床上。

“喂，欧也妮，喂，太太，这是给你们的，”他一边说一边把钱拈着玩，“暖暖，太太，你开开心；快快好起来吧，你要什么有什么，欧也妮也是的。瞧，这一百金路易是给她的。你不会把这些再送人了吧，欧也妮，是不是？”

葛朗台太太和女儿面面相觑，莫名其妙。

“父亲，把钱收起来吧；我们只需要你的感情。”

“对啦，这才对啦，”他把金路易装进口袋，“咱们和和气气过日子吧。大家下楼，到堂屋去吃晚饭，天天晚上来两个铜子的摸彩。你们痛快玩吧！嗯，太太，好不好？”

“唉！怎么不好，既然这样你觉得快活，”奄奄一息的病人回答，“可是我起不来啊。”

“可怜的妈妈，”箍桶匠说，“你不知道我多爱你——还有你，我的女儿！”

他搂着她，把她拥抱。

“噢！吵过了架再搂着女儿多开心，小乖乖！……嗨，你瞧，小妈妈，现在咱们两个变了一个了。”他又指着梳妆匣对欧也妮说：“把这个藏起来吧。去吧，不用怕。我再也不提了，永远不提了。”

不久，索漠最有名的医生，裴日冷先生来了。诊察完毕，他老实告诉葛朗台，说他太太病得厉害，只有给她精神上绝对安静，悉心调养，服侍周到，可能拖到秋末。

“要不要花很多的钱？要不要吃药呢？”

“不用多少药，调养要紧。”医生不由的微微一笑。

“嗳，裴日冷先生，你是有地位的人。我完全相信你，你认为什么时候应该来看她，尽管来。求你救救我的女人；我多爱她，虽然表面上看不出，因为我家里什么都藏在骨子里的，那些事把我心都搅乱了。我有我的伤心事。兄弟一死，伤心事就进了我的门，我为他在巴黎花钱……花了数不清的钱！而且还没得完。再会吧，先生。要是我女人还有救，请你救救她，即使要我一百两百法郎也行。”

虽然葛朗台热烈盼望太太病好，因为她一死就得办遗产登记，而这就要了他的命；虽然他对母女俩百依百顺，一心讨好的态度使她们吃惊；虽然欧也妮竭尽孝心的侍奉；葛朗台太太还是很快的往死路上走。像所有在这个年纪上得了重病的女人一样，她一天憔悴一天。她像秋天的树叶一般脆弱。天国的光辉照着她，仿佛太阳照着树叶发出金光。有她那样的一生，才有她那样的死，恬退隐忍，完全是一个基督徒的死，死得崇高，伟大。

到了一八二二年十月，她的贤德，她的天使般的耐心和对女儿的怜爱，表现得格外显著；她没有一句怨言的死了，像洁白的羔羊一般上了天。在这个世界上她只舍不得一个人，她凄凉的一生的温柔的伴侣——她最后的几眼似乎暗示女儿将来的苦命。想到把这头和她自己一样洁白的羔羊，孤零零的留在自私自利的世界上任人宰割，她就发抖。

“孩子,”她断气以前对她说,“幸福只有在天上,你将来会知道。”

下一天早上,欧也妮更有一些新的理由,觉得和她出生的、受过多少痛苦的、母亲刚在里面咽气的这所屋子分不开。她望着堂屋里的窗棂与草垫的椅子不能不落泪。她以为错看了老父的心,因为他对她多么温柔多么体贴:他来搀了她去用午饭,几小时的望着她,眼睛的神气差不多是慈祥了;他瞅着女儿,仿佛她是金铸的一般。

老箍桶匠变得厉害,常在女儿前面哆嗦,眼见他这种老态的拿侬与克罗旭他们,认为是他年纪太大的缘故,甚至担心他有些器官已经衰退。可是到了全家戴孝那天,吃过了晚饭,当唯一知道这老人秘密的公证人在座的时候,老头儿古怪的行为就有了答案。

饭桌收拾完了,门都关严了,他对欧也妮说:

“好孩子,现在你承继了你母亲啦,咱们中间可有些小小的事得办一办——对不对,克罗旭?”

“对。”

“难道非赶在今天办不行吗,父亲?”

“是呀,是呀,小乖乖。我不能让事情搁在那儿牵肠挂肚。你总不至于要我受罪吧。”

“噢!父亲……”

“好吧,那么今天晚上一切都得办了。”

“你要我干什么呢?”

“乖乖,这可不关我的事——克罗旭,你告诉她吧。”

“小姐,令尊既不愿意把产业分开,也不愿意出卖,更不愿因为变卖财产，有了现款而付大笔的捐税，所以你跟令尊共有的财产，你得放弃登记……"

"克罗旭，你这些话保险没有错吗，可以对一个孩子说吗？"

"让我说呀，葛朗台。"

"好，好，朋友。你跟我的女儿都不会抢我的家私——对不对，小乖乖？"

"可是，克罗旭先生，究竟要我干什么呢？"欧也妮不耐烦的问。

"哦，你得在这张文书上签个字，表示你抛弃对令堂的承继权，把你跟令尊共有的财产，全部交给令尊管理，收入归他，光给你保留虚有权……"

"你对我说的，我一点儿不明白，"欧也妮回答，"把文书给我，告诉我签字应该签在哪儿。"

葛朗台老头的眼睛从文书转到女儿，从女儿转到文书，紧张的脑门上尽是汗，一刻不停的抹着。

"小乖乖，这张文书送去备案的时候要花很多钱，要是对你可怜的母亲，你肯无条件抛弃承继权，把你的前途完全交托给我的话，我觉得更满意。我按月付你一百法郎的大利钱。这样，你爱做多少台弥撒给谁都可以了！……嗯！按月一百法郎，一块钱作六法郎，行吗？"

"你爱怎办就怎办吧，父亲。"

"小姐，"公证人说，"以我的责任，应当告诉你，这样你自己是一无所有了……"

"嗨！上帝，"她回答，"那有什么关系！"

“别多嘴，克罗旭。一言为定，”葛朗台抓起女儿的手放在自己手中一拍，“欧也妮，你绝不翻悔，你是有信用的姑娘，是不是？”

“噢！父亲……”他热烈地拥抱她，把她紧紧的搂得几乎喘不过气来。

“得啦，孩子，你给了我生路，我有了命啦；不过这是你把欠我的还了我：咱们两讫了。这才叫作公平交易。人生就是一件交易。我祝福你！你是一个贤德的姑娘，孝顺爸爸的姑娘。你现在爱做什么都可以。”

“明儿见，克罗旭，”他望着骇呆了的公证人说，“请你招呼法院书记官预备一份抛弃文书，麻烦你给照顾一下。”

下一天中午时分，声明书签了字，欧也妮自动的抛弃了财产。

可是到第一年年终，老箍桶匠庄严地许给女儿的一百法郎月费，连一个子儿都没有给。欧也妮说笑之间提到的时候，他不由的脸上一红，奔进密室，把他从侄儿那里三钱不值两文买来的金饰，捧了三分之一下来。

“嗳，孩子，”他的语调很有点挖苦意味，“要不要把这些抵充你的一千二百法郎？”

“噢，父亲，真的吗，你把这些给我？”

“明年我再给你这么些。”他说着把金饰倒在她围裙兜里。

“这样，不用多少时候，他的首饰都到你手里了。”他搓着手，因为能够利用女儿的感情占了便宜，觉得很高兴。

话虽如此，老头儿尽管还硬朗，也觉得需要让女儿学一学管家的诀窍了。连着两年，他教欧也妮当他的面吩咐饭菜，收人家的欠账。他慢慢地，把庄园田地的名称内容，陆续告诉了她。第三年上，他的吝啬作风把女儿训练成熟，变成了习惯，于是他放心大胆的，把伙食房的钥匙交给她，让她正式当家。

五年这样的过去了，在欧也妮父女单调的生活中无事可述，老是些同样的事情，做得像一座老钟那样准确。葛朗台小姐的愁闷忧苦已经是公开的秘密；但是尽管大家感觉到她忧苦的原因，她从没说过一句话，给索漠人对她感情的猜想有所证实。她唯一来往的人，只有几位克罗旭与他们无意中带来走熟的一些朋友。他们把她教会了打韦斯脱牌，每天晚上都来玩一局。

一八二七那一年，她的父亲感到衰老的压迫，不得不让女儿参与田产的秘密，遇到什么难题，就教她跟克罗旭公证人商量——他的忠实，老头儿是深信不疑的。然后，到这一年年终，在八十二岁上，好家伙患了风瘫，很快的加重。裴日冷先生断定他的病是不治的了。

想到自己不久就要一个人在世界上了，欧也妮便跟父亲格外接近，把这感情的最后一环握得更紧。像一切动了爱情的女子一样，在她心目中，爱情便是整个的世界，可是查理不在眼前。她对老父的照顾服侍，可以说是鞠躬尽瘁。他开始显得老态龙钟，可是守财奴的脾气依旧由本能支持在那里。所以这个人从生到死没有一点儿改变。

从清早起，他教人家把他的转椅，在卧室的壁炉与密室的门中间推来推去，密室里头不用说是堆满了金子的。他一动不动的待在那儿，极不放心的把看他的人，和装了铁皮的门，轮流瞧着。听到一点儿响动，他就要人家报告原委；而且使公证人大为吃惊的是，他连狗在院子里打呵欠都听得见。他好像迷迷糊糊的神志不清，可是一到人家该送田租来，跟管庄园的算账，或者出立收据的日子与时间，他会立刻清醒。于是他推动转椅，直到密室门口。他教女儿把门打开，监督她亲自把一袋袋的钱秘密的堆好，把门关严。然后他又一声不出的回到原来的位置，只要女儿把那个宝贵的钥匙交还了他，藏在背心袋里，不时用手摸一下。他的老朋友公证人，觉得倘使查理·葛朗台不回来，这个有钱的独养女儿稳是嫁给他当所长的侄儿的了，所以他招呼得加倍殷勤，天天来听葛朗台差遣，奉命到法劳丰，到各处的田地，草原，葡萄园去，代葛朗台卖掉收成，把暗中积在密室里的成袋的钱，兑成金子。

末了，终于到了弥留时期，那几日老头儿结实的身子进入了毁灭的阶段。他要坐在火炉旁边，密室之前。他把身上的被一齐拉紧，裹紧，嘴里对拿侬说着：

“裹紧，裹紧，别让人家偷了我的东西。”

他所有的生命力都退守在眼睛里了，他能够睁开眼的时候，立刻转到满屋财宝的密室门上：

“在那里吗？在那里吗？”问话的声音显出他惊慌得厉害。

“在那里呢，父亲。”

“你看住金子！……拿来放在我面前！”

欧也妮把金路易铺在桌上，他几小时的用眼睛盯着，好像一个才知道观看的孩子呆望着同一件东西；也像孩子一般，他露出一点儿很吃力的笑意。有时他说一句：

“这样好教我心里暖和！”脸上的表情仿佛进了极乐世界。

本区的教士来给他做临终法事的时候，十字架，烛台，和银镶的圣水壶一出现，似乎已经死去几小时的眼睛立刻复活了，目不转睛的瞧着那些法器，他的肉瘤也最后的动了一动。神甫把镀金的十字架送到他唇边，给他亲吻基督的圣像，他却作了一个骇人的姿势想把十字架抓在手里，这一下最后的努力送了他的命。他唤着欧也妮，欧也妮跪在前面，流着泪吻着他已经冰冷的手，可是他看不见。

“父亲，祝福我啊。”

“把一切照顾得好好的！到那边来向我交账！”这最后一句证明基督教应该是守财奴的宗教。

于是欧也妮在这座屋子里完全孤独了；只有拿侬，主人对她递一个眼神就会懂得，只有拿侬为爱她而爱她，只有跟拿侬才能谈谈心中的悲苦。对于欧也妮，拿侬简直是一个保护人，她不再是一个女仆，而是卑恭的朋友。

父亲死后，欧也妮从克罗旭公证人那里知道，她在索漠地界的田产每年有三十万法郎收入；有六十法郎买进的三厘公债六百万，现在已经涨到每股七十七法郎；还有价值二百万的金子，十万现款，其他零星的收入还不计在内。她财产的总值大概有一千七百万。

“可是堂兄弟在哪里啊？”她咕哝着。克罗旭公证人把遗产清册交给欧也妮的那天，她和拿侬两个在壁炉架两旁各据一方的坐着，在这间空荡荡的堂屋内，一切都是回忆，从母亲坐惯的草垫椅子起，到堂兄弟喝过的玻璃杯为止。

“拿侬，我们孤独了！”

“是的，小姐；嗳，要是我知道他在哪里，我会走得去把他找来，这俏冤家。”

“汪洋大海隔着我们呢。”

正当可怜的承继人，在这所包括了她整个天地的又冷又暗的屋里，跟老女仆两个相对饮泣的时候，从南德到奥莱昂，大家议论纷纷，只谈着葛朗台小姐的一千七百万家私。她的第一批行事中间，一桩便是给了拿侬一千二百法郎终身年金。拿侬原来有六百法郎，加上这一笔，立刻变成一门有陪嫁的好亲事。不到一个月，她从闺女一变而为人家的媳妇，嫁给替葛朗台小姐看守田地产业的安东纳·高诺阿莱了。高诺阿莱太太比当时旁的妇女占很大的便宜。五十九岁的年纪看上去不超过四十。粗糙的线条不怕时间的侵蚀。一向过着修院式的生活，她的鲜红的皮色，铁一般硬棒的身体，根本不知衰老为何物。也许她从没有结婚那天好看过。生得丑倒是沾了光，她高大，肥胖，结实；毫不见老的脸上，有一股幸福的神气，教有些人羡慕高诺阿莱的福分。

“她气色很好。”那个开布店的说。

“她还能够生孩子呢，”盐商说，“说句你不爱听的话，她好像在盐卤里腌过，不会坏的。”

“她很有钱，高诺阿莱这小子眼力倒不错。”另外一个街坊说。

人缘很好的拿侬从老屋里出来，走下弯弯曲曲的街，上教堂去的时候，一路受到人家祝贺。

欧也妮送的贺礼是三打餐具。高诺阿莱想不到主人这样慷慨，一提到小姐便流眼泪：他甚至肯为她丢掉脑袋。成为欧也妮的心腹之后，高诺阿莱太太在嫁了丈夫的快乐以外，又添了一桩快乐：因为终于轮到她来把伙食房打开，关上，早晨去分配粮食，好似她去世的老主人一样。其次，归她调度的还有两名仆役，一个是厨娘，一个是收拾屋子、修补衣裳被服、缝制小姐衣衫的女仆。高诺阿莱兼做看守与总管。不消说，拿侬挑选来的厨娘与女仆都是上选之才。这样，葛朗台小姐有了四个忠心的仆役。老头儿生前管理田产的办法早已成为老例章程，现在再由高诺阿莱夫妇谨谨慎慎的继续下去，那些庄稼人简直不觉得老主人已经去世。

六、如此人生

到了三十岁，欧也妮还没有尝到一点儿人生乐趣。黯澹凄凉的童年，是在一个有了好心而无人识得、老受欺侮而永远痛苦的母亲身旁度过的。这位离开世界只觉得快乐的母亲，曾经为了女儿还得活下去而发愁，使欧也妮心中老觉得有些对不起她，永远的悼念她。欧也妮第一次也是仅有的一次爱情，成为她痛苦的根源。情人只看见了几天，她就在匆忙中接受了而回敬了的亲吻中间，把心给了他；然后他走了，整个世界把她和他隔开了。这场被父亲诅咒的爱情，差不多送了母亲的命，她得到的只有苦恼与一些渺茫的希望。所以至此为止，她为了追求幸福而消耗了自己的精力，却没有地方好去补充她的精力。精神生活与肉体生活一样，有呼也有吸：灵魂要吸收另一颗灵魂的感情来充实自己，然后以更丰富的感情送回给人家。人与人之间要没有这点美妙的关系，心就没有了生机：它缺少空气，它会受难、枯萎。

欧也妮开始痛苦了。对她，财富既不是一种势力，也不是一种安慰；她只能靠了爱情，靠了宗教，靠了对前途的信心而生活。爱情给她解释了永恒。她的心与福音书，告诉她将来还有两个世界好等。她日夜沉浸在两种无穷的思想中，而这两种思想，在她也许只是一种。她把整个的生命收敛起来，只知道爱，也自以为被人爱。七年以来，她的热情席卷一切。她的宝物并非收益日增的千万家私，而是查理的那口匣子，而是挂在床头的两张肖像，而是向父亲赎回来，放在棉花上，藏在旧木柜抽斗中的金饰，还有母亲用过的叔母的针箍。单单为了要把这满是回忆的金顶针套在手指上，她每天都得诚诚心心的戴了它做一点儿绣作——正如潘奈洛泼等待丈夫回家的活计。

看光景葛朗台小姐绝不会在守丧期间结婚。大家知道她的虔诚是出于真心。所以克罗旭一家在老神甫高明的指挥之下，光是用殷勤恳切的照顾来包围有钱的姑娘。

她堂屋里每天晚上都是高朋满座，都是当地最热烈、最忠心的克罗旭党，竭力用各种不同的语调颂赞主妇。她有随从御医，有大司祭，有内廷供奉，有侍候梳洗的贵嫔，有首相，特别是枢密大臣，那个无所不言的枢密大臣。如果她想有一个替她牵裳曳袂的侍从，人家也会替她找来的。她简直是一个王后，人家对她的谄媚，比对所有的王后更巧妙。谄媚从来不会出自伟大的心灵，而是小人的伎俩，他们卑躬屈膝，把自己尽量的缩小，以便钻进他们趋附的人物的生活核心。而且谄媚背后有利害关系。所以那些每天晚上挤在这儿的人，把葛朗台小姐唤做特·法劳丰小姐，居然把她捧上了。这些众口一辞的恭维，欧也妮是闻所未闻的，最初不免脸红；但不论奉承的话如何过火，她的耳朵不知不觉也把称赞她如何美丽的话听惯了，倘使此刻还有什么新来的客人觉得她丑陋，她绝不能再像八年前那样满不在乎。而且临了，她在膜拜情人的时候暗中说的那套甜言蜜语，她自己也爱听了。因此她慢慢地听任人家夜夜来上朝似的，把她捧得像王后一般。

特·篷风所长是这个小圈子里的男主角，他的才气、人品、学问、和蔼，老是有人在那儿吹捧。有的说七年来他的财产增加了不少：篷风那块产业至少有一万法郎收入，而且和克罗旭家所有的田产一样，周围便是葛朗台小姐广大的产业。

“你知道吗，小姐，”另外一个熟客说，“克罗旭他们有四万法郎收入！”

“还有他们的积蓄呢，”克罗旭党里的一个老姑娘，特·格里鲍果小姐接着说，“最近巴黎来了一位先生，愿意把他的事务所以二十万法郎的代价盘给克罗旭。这位巴黎人要是谋到了乡镇推事的位置，就得把事务所出盘。”

“他想填补特·篷风先生当所长呢，所以先来布置一番，”特·奥松华太太插嘴说，“因为所长先生不久要升高等法院推事，再升庭长；他办法多得很，保险成功。”

“是啊，”另外一个接住了话头，“他真是一个人才，小姐，你看是不是？”

所长先生竭力把自己收拾得和他想扮演的角色配合。虽然年纪已有四十，虽然那张硬绷绷的暗黄脸，像所有司法界人士的脸一样干瘪，他还装作年青人模样，拿着藤杖满嘴胡扯，在特·法劳丰小姐府上从来不吸鼻烟，老戴着白领带，领下的大折裥颈围，使他的神气很像与一般蠢头蠢脑的家伙是同门弟兄。他对美丽的姑娘说话的态度很亲密，把她叫作“我们亲爱的欧也妮”。

总之，除了客人的数目，除了摸彩变了韦斯脱，再除去了葛朗台夫妇两个，堂屋里晚会的场面和过去并没有什么两样。那群猎犬永远在追逐欧也妮和她的千百万家私，但是猎狗的数量增多了，叫也叫得更巧妙，而且是同心协力的包围它们的俘虏。要是查理忽然从印度跑回来，他可以发现同样的人物与同样的利害冲突。欧也妮依旧招待得很客气的台·格拉桑太太，始终跟克罗旭他们捣乱。可是跟从前一样，控制这个场面的还是欧也妮；也跟从前一样，查理在这儿还是高于一切。但情形究竟有了些进步。从前所长送给欧也妮过生日的鲜花，现在变成经常的了。每天晚上，他给这位有钱的小姐送来一大束富丽堂皇的花，高诺阿莱太太有心当着众人把它插入花瓶，可是客人一转背，马上给暗暗扔在院子角落里。

初春的时候，台·格拉桑太太又来破坏克罗旭党的幸福了，她向欧也妮提起特·法劳丰侯爵，说要是欧也妮肯嫁给他，在订立婚书的时候，把他以前的产业带回过去的话，他立刻可以重振家业。台·格拉桑太太把贵族的门第，侯爵夫人的头衔叫得震天价响，把欧也妮轻蔑的微笑当作同意的暗示，到处扬言，克罗旭所长先生的婚事不见得像他所想的那么成熟。

“虽然特·法劳丰先生已经五十岁，”她说，“看起来也不比克罗旭先生老；不错，他是鳏夫，他有孩子；可是他是侯爵，将来又是贵族院议员，嘿！在这个年月，你找得出这样的亲事来吗？我确确实实知道，葛朗台老头当初把所有的田产并入法劳丰，就是存心要跟法劳丰家接种。他常常对我说的。他狡猾得很呀，这老头儿。”

“怎么，拿侬，”欧也妮有一晚临睡时说，“他一去七年，连一封信都没有！……”

正当这些事情在索漠搬演的时候，查理在印度发了财。先是他那批起码货卖了好价，很快弄到了六千美金[①]。他一过赤道线，便丢掉了许多成见：发觉在热带地方的致富捷径，像在欧洲一样，是贩卖人口。于是他到非洲海岸去做黑人买卖，同时在他为了求利而去的各口岸间，拣最挣钱的货色贩运。他把全副精神放在生意上，忙得没有一点儿空闲，唯一的念头是发了大财回到巴黎去耀武扬威，爬到比从前一个筋斗栽下来的地位更阔的地位。

在人堆中混久了，地方跑多了，看到许多相反的风俗，他的思想变了，对一切都取怀疑态度。他眼见在一个地方成为罪恶的，在另一个地方竟是美德，于是他对是非曲直再没有一定的观念。一天到晚为利益打算的结果，心变冷了，收缩了，干枯了。葛朗台家的血统没有失传，查理变得狠心刻薄，贪婪到了极点。他贩卖中国人，黑人，燕窝，儿童，艺术家，大规模放高利贷。偷税走私的习惯，使他愈加藐视人权。他到南美洲圣·多玛岛上贱价收买海盗的赃物，运到缺货的地方去卖。

初次出国的航程中，他心头还有欧也妮高尚纯洁的面貌，好似西班牙水手把圣母像挂在船上一样；生意上初期的成功，他还归功于这个温柔的姑娘的祝福与祈祷；可是后来，黑种女人，白种女人，黑白混血种女人，爪哇女人，埃及舞女……跟各种颜色的女子花天酒地，到处荒唐胡闹过后，把他关于堂姊，索漠，旧屋，凳子，甬道里的亲吻等等的回忆，抹得一干二净。他只记得墙垣破旧的小花园，因为那儿是他冒险生涯的起点；可是他否认他的家属：伯父是头老狗，骗了他的金饰；欧也妮在他的心中

①当时美金一元值五法郎四十生丁。

与脑海中都毫无地位，她只是生意上供给他六千法郎的一个债主。这种行径与这种念头，便是查理·葛朗台杳无音信的原因。在印度，圣·多玛，非洲海岸，里斯本，美国，这位投机家为免得牵连本姓起见，取了一个假姓名，叫作卡尔·赛弗。这样，他可以毫无危险的到处胆大妄为了；不择手段，急于捞钱的作风，似乎巴不得把不名誉的勾当早日结束，在后半世做个安分良民。这种办法使他很快的发了大财。一八二七年上，他搭了一家保王党贸易公司的一条华丽帆船，玛丽-加洛琳号，回到波尔多。他有三大桶箍扎严密的金屑子，值到一百九十万法郎，打算到巴黎换成金币，再赚七八厘利息。同船有一位慈祥的老人，查理十世陛下的内廷行走，特·奥勃里翁先生，当初糊里糊涂的娶了一位交际花。他的产业在墨西哥海湾中的众岛上，这次是为了弥补太太的挥霍，到那边去变卖家产的。特·奥勃里翁夫妇是旧世家特·奥勃里翁·特·皮克出身，特·皮克的最后一位将军在一七八九年以前就死了。现在的特·奥勃里翁，一年只有两万法郎左右的进款，还有一个奇丑而没有陪嫁的女儿，因为母亲自己的财产仅仅够住在巴黎的开销。可是交际场中认为，就凭一般时髦太太那样天大的本领，也不容易嫁掉这个女儿。特·奥勃里翁太太自己也看了女儿心焦，巴不得马上送她出去，不问对象，即使是想做贵族想迷了心的男人也行。

特·奥勃里翁小姐与她同音异义的昆虫一样，长得像一只蜻蜓[①]；又瘦又细，嘴巴老是瞧不起人的模样，上面挂着一个太长的鼻子，平常是黄黄的颜色，一吃饭却完全变红，这种植物性的

①小姐一字在法文中亦作蜻蜓解。

变色现象，在一张又苍白又无聊的脸上格外难看。总而言之，她的模样，正好教一个年纪三十八而还有风韵还有野心的母亲欢喜。可是为补救那些缺陷起见，特·奥勃里翁侯爵夫人把女儿教得态度非常文雅，经常的卫生把鼻子维持着相当合理的皮色，教她学会打扮得大方，传授她许多漂亮的举动，会做出那些多愁多病的眼神，教男人看了动心，以为终于遇到了找遍天涯无觅处的安琪儿；她也教女儿如何运用双足，赶上鼻子肆无忌惮发红的辰光，就该应时的伸出脚来，让人家鉴赏它们的纤小玲珑；总之，她把女儿琢磨得着实不错了。靠了宽大的袖子，骗人的胸褡，收拾得齐齐整整而衣袂往四下里鼓起来的长袍，束得极紧的撑裙，她居然制成了一些女性的特征，其巧妙的程度实在应当送进博物馆，给所有的母亲做参考。查理很巴结特·奥勃里翁太太，而她也正想交结他。有好些人竟说在船上的时期，美丽的特·奥勃里翁太太把凡是可以钓上这有钱女婿的手段，件件都做到家了。一八二七年六月，在波尔多下了船，特·奥勃里翁先生，太太，小姐，和查理，寄宿在同一个旅馆，又一同上巴黎。特·奥勃里翁的府邸早已抵押出去，要查理给赎回来。丈母已经讲起把楼下一层让给女婿女儿住是多么快活的话。不像特·奥勃里翁先生那样对门第有成见，她已经答应查理·葛朗台，向查理十世请一道上谕，钦准他葛朗台改姓特·奥勃里翁，使用特·奥勃里翁家的爵徽；并且只要查理送一个岁收三万六千法郎的采邑给特·奥勃里翁，他将来便可承袭特·皮克大将军与特·奥勃里翁侯爵的双重头衔。两家的财产合起来，加上国家的乾俸，一切安排得好好的话，除了特·奥勃里翁的府邸之外，大概可以有十几万法郎收入。

她对查理说：“一个人有了十万法郎收入，有了姓氏，有了门第，出入宫廷——我会给你弄一个内廷行走的差事——那不是要当什么就当什么了吗？这样，你可以当参事院请愿委员，当州长，当大使馆秘书，当大使，由你挑就是。查理十世很喜欢特·奥勃里翁，他们从小就相熟。”

这女人挑逗查理的野心，弄得他飘飘然；她手段巧妙的，当作体己话似的，告诉他将来有如何如何的希望，使查理在船上一路想出了神。他以为父亲的事情有伯父料清了，觉得自己可以平步青云，一脚闯入个个人都想挤进去的圣·日耳曼区，在玛蒂尔特小姐的蓝鼻子提携之下，他可以摇身一变而为特·奥勃里翁伯爵，好似特李一家当初一变而为勃莱才一样。他出国的时候，王政复辟还是摇摇欲坠的局面，现在却是繁荣昌盛，把他看得眼花了，贵族思想的光辉把他怔住了，所以他在船上开始的醉意，一直维持到巴黎。到了巴黎，他决心不顾一切，要把自私的丈母娘暗示给他的高官厚爵弄到手。在这个光明的远景中，堂姊自然不过是一个小点子了。

他重新见到了阿纳德。以交际花的算盘，阿纳德极力怂恿她的旧情人攀这门亲，并且答应全力支援他一切野心的活动。阿纳德很高兴查理娶一位又丑又可厌的小姐，因为他在印度逗留过后，出落得更讨人喜欢了：皮肤变成暗黄，举动变成坚决，放肆，好似那些惯于决断、控制、成功的人一样。查理眼看自己可以成个角色，在巴黎更觉得如鱼得水了。

台·格拉桑知道他已经回国，不久就要结婚，并且有了钱，便来看他，告诉他再付三十万法郎便可把他父亲的债务偿清。

他见到查理的时候，正碰上一个珠宝商在那里拿了图样，向查理请示特·奥勃里翁小姐首饰的款式。查理从印度带回的钻石确是富丽堂皇，可是钻石的镶工，新夫妇所用的银器，金银首饰与小玩意儿，还得花二十万法郎以上。查理见了台·格拉桑已经认不得了，态度的傲慢，活现出他是一个时髦青年，曾经在印度跟人家决斗，打死过四个对手的人物。台·格拉桑已经来过三次。查理冷冷地听着，然后，并没把事情完全弄清楚，就回答说：

“我父亲的事不是我的事。谢谢你这样费心，先生，可惜我不能领情。我流了汗挣来不到两百万的钱，不是预备送给我父亲的债主的。”

“要是几天之内人家把令尊宣告了破产呢？”

“先生，几天之内我叫作特·奥勃里翁伯爵了。还跟我有什么相干？而且你比我更清楚，一个有十万法郎收入的人，他的父亲绝不会有过破产的事。”他说着，客客气气把台·格拉桑推到门口。

这一年的八月初，欧也妮坐在堂兄弟对她海誓山盟的那条小木凳上，天晴的日子她就在这儿用早点的。这时候，在一个最凉爽最愉快的早晨，可怜的姑娘正在记忆中把她爱情史上的大事小事，以及接着发生的祸事，一件件的想过来。阳光照在那堵美丽的墙上——到处开裂的墙快要坍毁了，高诺阿莱老是跟他女人说早晚要压坏人的，可是古怪的欧也妮始终不许人去碰它一碰。这时邮差来敲门，授了一封信给高诺阿莱太太，她一边嚷一边走进园子：“小姐，有信哪！”

她授给了主人，问：“是不是你天天等着的信呀？”

这句话传到欧也妮心中的声响，其强烈不下于在园子和院子的墙壁中间实际的回声。

“巴黎!……是他的!他回来了。”

欧也妮脸色发白,拿着信愣了一会。她抖得太厉害了,简直不能拆信。

长脚拿侬站在那儿,两手叉着腰,快乐在她暗黄脸的沟槽中像一道烟似的溜走了。

“念呀,小姐……”

“啊!拿侬,他从索漠动身的,为什么回巴黎呢?”

“念呀,你念了就知道啦。”

欧也妮哆嗦着拆开信来。里面掉出一张汇票,是向台·格拉桑太太与高莱合伙的索漠银号兑款的,拿侬给捡了起来。

亲爱的堂姊……

——不叫我欧也妮了,她想着,心揪紧了。

您……

——用这种客套的称呼了!

她交叉了手臂,不敢再往下念,大颗的眼泪冒了上来。

“难道他死了吗?”拿侬问。

“那他不会写信了!”欧也妮回答。

于是她把信念下去:

亲爱的堂姊,您知道了我的事业成功,我相信您一定很高兴。您给了我吉利,我居然挣了钱回来。我也听从了伯父的劝告。他和伯母去世的消息，刚由台·格拉桑先生告诉我。父母的死亡是必然之事，我们应当接替他们。希望您现在已经节哀顺变。我觉得什么都抵抗不住时间。是的，亲爱的堂姊，我的幻想，不幸都已过去。有什么办法！走了许多地方，我把人生想过了。动身时是一个孩子，回来变了大人。现在我想到许多以前不曾想过的事。堂姊，您是自由了，我也还是自由的。表面上似乎毫无阻碍，我们尽可实现当初小小的计划；可是我太坦白了，不能把我的处境瞒您。我没有忘记我不能自由行动；在长途的航程中我老是想起那条小凳……

欧也妮仿佛身底下碰到了火炭，猛得站了起来，走去坐在院子里一级石磴上。

……那条小凳，我们坐着发誓永远相爱的小凳；也想起过道，灰色的堂屋，阁楼上我的卧房，也想起那天夜里，您的好意给了我很大的帮助。是的，这些回忆支持了我的勇气，我常常想，您一定在我们约定的时间想念我，正如我想念您一样。您有没有在九点钟看云呢？看的，是不是？所以我不愿欺骗我认为神圣的友谊，不，我绝对不应该欺骗您。此刻有一门亲事，完全符合我对于结婚的观念。在婚姻中谈爱情是做梦。现在，经验告诉我，结婚这件事应当服从一切社会的规律，适应风俗习惯的要求。而你我之间第一先有了年龄的差别，将来对于您也许比对我更有影响。更不用提您的生活方式，您的教育，您的习惯，都与巴黎生活格格不入，决计不能配合我以后的方针。我的计划是维持一个场面阔绰的家，招待许多客人，而我记得您是喜欢安静恬淡的生活的。不，我要更坦白些，请您把我的处境仲裁一下罢；您也应当知道我的情形，您有裁判的权利。如今我有八万法郎的收入。这笔财产使我能够跟特·奥勃里翁家攀亲，他们的独养女儿十九岁，可以给我带来一个姓氏，一个头衔，一个内廷行走的差使，以及声名显赫的地位。老实告诉您，亲爱的堂姊，我对特·奥勃里翁小姐没有一点儿爱情；但是和她联姻之后，我替孩子预留了一个地位，将来的便宜简直无法估计：因为尊重王室的思想慢慢地又在抬头了。几年之后，我的儿子承袭了特·奥勃里翁侯爵，有了四万法郎的采邑，他便爱做什么官都可以了。我们应当对儿女负责。您瞧，堂姊，我多么善意的把我的心，把我的希望，把我的财产，告诉给您听。可能在您那方面，经过了七年的离别，您已经忘记了我们幼稚的行为；可是我，我既没有忘记您的宽容，也没忘记我的诺言；我什么话都记得，即使在最不经意的时候说的话，换了一个不像我这样认真的，不像我这样保持童心而诚实的青年，是早已想不起的了。我告诉您，我只想为了地位财产而结婚，告诉您我还记得我们童年的爱情，这不就是把我交给了您，由您做主吗？这也就是告诉您，如果要我放弃尘世的野心，我也甘心情愿享受朴素纯洁的幸福，那种动人的情景，您也早已给我领略过了……

您忠实的堂弟　查理

在签名的时候，查理哼着一阕歌剧的调子：“铛搭搭——铛搭低——叮搭搭——咚！——咚搭低——叮搭搭……”

“天哪！这就叫作略施小技。”他对自己说。

然后他找出汇票，添注了一笔：

附上汇票一纸，请向台·格拉桑银号照兑，票面八千法郎，可用黄金支付。这是包括您慷慨惠借的六千法郎的本利。另有几件东西预备送给您，表示我永远的感激；可是那口箱子还在波尔多，没有运到，且待以后送上。我的梳妆匣，请交驿车带回，地址是伊勒冷-裴尔敦街，特·奥勃里翁府邸。

“交驿车带回！”欧也妮自言自语的说。“我为了它拼命的东西，交驿车带回！”

伤心残酷的劫数！船沉掉了，希望的大海上，连一根绳索一块薄板都没有留下。

受到遗弃之后，有些女子会去把爱人从情敌手中抢回，把情敌杀死，逃到天涯海角，或是上断头台，或是进坟墓。这当然很美；犯罪的动机是一片悲壮的热情，令人觉得法无可恕，情实可悯。另外一些女子却低下头去，不声不响的受苦，她们奄奄一息地隐忍、啜泣、宽恕、祈祷、相思，直到咽气为止。这是爱，是真爱，是天使的爱，以痛苦生以痛苦死的高傲的爱。这便是欧也妮读了这封残酷的信以后的心情。她举眼望着天，想起了母亲的遗言。像有些临终的人一样，母亲是一眼之间把前途看清看透了的。然后欧也妮记起了这先知般的一生和去世的情形，一转瞬间悟到了自己的命运。她只有振翼高飞，努力往天上扑去，在祈祷中等待她的解脱。

“母亲说得不错，”她哭着对自己说，“只有受苦与死亡。”

她脚步极慢的从花园走向堂屋。跟平时的习惯相反，她不走甬道；但灰灰的堂屋里依旧有她堂兄弟的纪念物：壁炉架上老摆着那只小碟子，她每天吃早点都拿来用的，还有那赛佛旧瓷的糖壶。这一天对她真是庄严重大的日子，发生了多少大事。拿侬来通报本区的教士到了。他和克罗旭家是亲戚，也是关心特·篷风所长利益的人。几天以前老克罗旭神甫把他说服了，教他在纯粹宗教的立场上，跟葛朗台小姐谈一谈她必须结婚的义务。欧也妮一看见他，以为他来收一千法郎津贴穷人的月费，便叫拿侬去拿钱；可是教士笑道：

“小姐，今天我来跟你谈一个可怜的姑娘的事，整个索漠都在关心她，因为她自己不知爱惜，她的生活方式不够称为一个基督徒。”

“我的上帝！这时我简直不能想到旁人，我自顾还不暇呢。我痛苦极了，除了教会，没有地方好逃，只有它宽大的心胸才容得了我们所有的苦恼，只有它丰富的感情，我们才能取之不尽。”

“嗳，小姐，我们照顾了这位姑娘，同时就照顾了你。听我说！如果你要永生，你只有两条路好走：或者是出家，或者是服从在家的规律；或者听从你俗世的命运，或者听从你天国的命运。”

“啊！好极了，正在我需要指引的时候，你来指引我。对了，一定是上帝派你来的，神甫。我要向世界告别，不声不响的隐在一边为上帝生活。”

“取这种极端的行动，孩子，是需要长时期的考虑的。结婚是生，修道是死。”

“好呀，神甫，死，马上就死！”她兴奋的口气叫人害怕。

“死？可是，你对社会负有重大的义务呢，小姐。你不是穷人的母亲，冬天给他们衣服柴火，夏天给他们工作吗？你巨大的家私是一种债务，要偿还的，这是你已经用圣洁的心地接受了的。往修道院一躲是太自私了;终身做老姑娘又不应该。先是你怎么能独自管理偌大的家业?也许你会把它丢了。一桩又一桩的官司会弄得你焦头烂额,无法解决。听你牧师[1]的话吧:你需要一个丈夫,你应当把上帝赐给你的加以保存。这些话,是我把你当作亲爱的信徒而说的。你那么真诚的爱上帝,绝不能不在俗世上求永生;你是世界上最美的装饰之一,给了人家多少圣洁的榜样。"

这时仆人通报台·格拉桑太太来到。她是气愤之极,存了报复的心思来的。

"小姐……啊!神甫在这里……我不说了,我是来商量俗事的,看来你们在谈重要的事情。"

"太太,"神甫说,"我让你。"

"噢!神甫,"欧也妮说,"过一会再来吧,今天我正需要你的支持。"

"不错,可怜的孩子。"台·格拉桑太太插嘴。

"什么意思?"葛朗台小姐和神甫一齐问。

"难道你堂兄弟回来了,要娶特·奥勃里翁小姐,我还不知道吗?……一个女人不会这么糊涂的。"

欧也妮脸上一红,不出一声;但她决意从此要像父亲一般装作若无其事。

"嗳,太太,"她带着嘲弄的意味,"我倒真是糊涂呢,不懂你的意思。你说吧,不用回避神甫,你知道他是我的牧师。"

"好吧,小姐,这是台·格拉桑给我的信,你念吧。"

---

①此处所谓牧师,系指负责指导灵修的神甫,非新教教士之牧师。

欧也妮接过信来念道：

贤妻如面：查理·葛朗台从印度回来，到巴黎已有一月……

—— 一个月！欧也妮心里想，把手垂了下来。停了一会又往下念：

……我白跑了两次，方始见到这位未来的特·奥勃里翁伯爵。虽然整个巴黎都在谈论他的婚事，教会也公布了婚事征询……

——那么他写信给我的时候已经……欧也妮没有往下再想，也没有像巴黎女子般叫一声“这无赖！”可是虽然面上毫无表现，她心中的轻蔑并没减少一点。

……这头亲事还渺茫得很呢：特·奥勃里翁侯爵绝不肯把女儿嫁给一个破产的人的儿子。我特意去告诉查理，我和他的伯父如何费心料理他父亲的事，用了如何巧妙的手段才把债权人按捺到今天。这傲慢的小子胆敢回我——为了他的利益和名誉，日夜不息帮忙了五年的我，说“他父亲的事不是他的事！”为这件案子，一个诉讼代理人真可以问他要三万到四万法郎的酬金，合到债务的百分之一。可是，且慢，他的的确确还欠债权人一百二十万法郎，我非把他的父亲宣告破产不可。当初我接手这件事，完全凭了葛朗台那老鳄鱼一句话，并且我早已代表他的家属对债权人承诺下来。尽管特·奥勃里翁伯爵不在乎他的名誉，我却很看重我自己的名誉。所以我要把我的地位向债权人说明。可是我素来敬重欧也妮小姐——你记得，当初我们境况较好的时候，曾经对她有过提亲的意思——所以在我采取行动之前，你必须去跟她谈一谈……

念到这里，欧也妮立刻停下，冷冷的把信还给了台·格拉桑太太，说：

"谢谢你；慢慢再说吧……"

"哎哟，此刻你的声音和你从前老太爷的一模一样。"

"太太，你有八千法郎金子要付给我们哪。"拿侬对她说。

"不错；劳驾你跟我去一趟罢，高诺阿莱太太。"

欧也妮心里已经拿定主意，所以态度很大方很镇静的说：

"请问神甫，结婚以后保持童身，算不算罪过？"

"这是一个宗教里的道德问题，我不能回答。要是你想知道那有名的桑切斯[1]在《神学要略》的《婚姻篇》内怎样说，明天我可以告诉你。"

神甫走了。葛朗台小姐上楼到父亲的密室内呆了一天，吃饭的时候，拿侬再三催促也不肯下来。直到晚上客人照例登门的时候，她才出现。葛朗台家从没有这一晚那样的宾客满堂。查理的回来，和其蠢无比的忘恩负义的消息，早已传遍全城。但来客尽管聚精会神的观察，也无法满足他们的好奇心。早有准备的欧也妮，镇静的脸上一点都不露出在胸中激荡的惨痛的情绪。人家用哀怨的眼神和感伤的言语对她表示关切，她居然能报以笑容。她终于以谦恭有礼的态度，掩饰了她的苦难。

九点左右，牌局完了，打牌的人离开桌子，一边算账一边讨

①十六世纪西班牙神学家。

论最后几局韦斯脱，走来加入谈天的圈子。正当大家伙儿起身预备告辞的时候，忽然展开了富有戏剧性的一幕，震动了索漠，震动了一州，震动了周围四个州府。

“所长，你慢一步走。”欧也妮看见特·篷风先生拿起手杖的时候，这么说。

听到这句话，个个人都为之一怔。所长脸色发白，不由得坐了下来。

“千万家私是所长的了。”特·格里鲍果小姐说。

“还不明白吗，”特·奥松华太太接着嚷道，“特·篷风所长娶定了葛朗台小姐。”

“这才是最妙的一局哩。”老神甫说。

“和了满贯哪。”公证人说。

每个人都有他的妙语，双关语，把欧也妮看作高踞在千万家私之上，好似高踞在宝座上一样。酝酿了八年的大事到了结束的阶段。当着整个索漠城的面，叫所长留下，不就等于宣布她决定嫁给他了吗？礼节体统在小城市中是极严格的，像这一类出乎常轨的举动，当然成为最庄严的诺言了。

客人散尽之后，欧也妮声音激动地说道：

“所长，我知道你喜欢我的是什么。你得起誓，在我活着的时候，让我自由，永远不向我提起婚姻给你的权利，那么我可以答应嫁给你。噢！我的话还没有完呢，”她看见所长跪了下去，便赶紧补充，“我不会对你不忠实，先生。我心里有一股熄灭不了的感情。我能够给丈夫的只有友谊：我既不愿使他难受，也不愿违背我心里的信念。可是你得帮我一次大忙，才能得到我的婚约和产业。”

“赴汤蹈火都可以。”所长回答。

“这儿是一百五十万法郎，”她从怀中掏出一张法兰西银行一百五十股的股票，“请你上巴黎，不是明天，不是今夜，而是当场立刻。你到台·格拉桑先生那里，去找出我叔父的全部债权人名单，把他们召集起来，把叔父所欠的本金，以及到付款日为止的全部息金，照五厘计算，一律付清，要他们立一张总收据，经公证人签字证明，一切照应有的手续办理。你是法官，这件事我只信托你一个人。你是一个正直的，有义气的男子：我将来就凭你一句话，靠你夫家的姓，挨过人生的危难。我们将来相忍相让。认识了这么多年，我们差不多是一家人了，想你一定不会使我痛苦的。”

所长扑倒在有钱的承继人脚下，又快活又凄怆的浑身哆嗦。

“我一定做你的奴隶！”他说。

“你拿到了收据，先生，”她冷冷的望了他一眼，“你把它和所有的借券一齐送给我的堂兄弟，另外把这封信交给他。等你回来，我履行我的诺言。”

所长很明白他的得到葛朗台小姐，完全是由于爱情的怨望；所以他急急要把她的事赶快办了，免得两个情人有讲和的机会。

特·篷风先生走了，欧也妮倒在沙发里哭作一团。一切都完了。所长雇了驿车，次日晚上到了巴黎。第二日清晨他去见台·格拉桑。法官邀请债权人到存放债券的公证人事务所会齐，他们居然一个也没有缺席。虽然全是债主，可是说句公道话，这一次他们都准时而到。然后特·篷风所长以葛朗台小姐的名义，把本利一并付给了他们。照付利息这一点，在巴黎商界中轰动一时。

所长拿到了收据，又依照欧也妮的吩咐，送了五万法郎给台·格拉桑作报酬，然后上特·奥勃里翁爵府。他进门的时候，查理正碰了丈人的钉子回到自己屋里。老爵爷告诉他，一定要等琪奥默·葛朗台的债务清偿之后，才能把女儿嫁给他。

所长先把下面一封信交给查理：

堂弟大鉴：叔父所欠的债务，业已全部清偿，特由特·篷风所长送上收据一纸。另附收据一纸，证明我上述代垫的款项已由吾弟归还。外面有破产的传说，我想一个破产的人的儿子未必能娶特·奥勃里翁小姐。您批评我的头脑与态度的话，确有见地：我的确毫无上流社会的气息，那些计算与风气习惯，我都不知；您所期待的乐趣，我无法贡献。您为了服从社会的惯例，牺牲了我们的初恋，但愿您在社会的惯例之下快乐。我只能把您父亲的名誉献给您，来成全您的幸福。别了！

愚姊永远是您忠实的朋友。

欧也妮

这位野心家拿到正式的文件，不由自主的叫了一声，使所长看了微笑。

“咱们现在不妨交换喜讯啦。”他对查理说。

“啊！你要娶欧也妮？好吧，我很高兴，她是一个好人。”他忽然心中一亮，接着说，“哎，那么她很有钱喽？”

“四天以前，”所长带着挖苦的口吻回答，“她有将近一千九百万；可是今天她只有一千七了。”

查理望着所长，发呆了。

"一千七百……万……"

"对，一千七百万，先生。结婚之后，我和葛朗台小姐总共有七十五万法郎收入。"

"亲爱的姊丈，"查理的态度又镇静了些，"咱们好彼此提携提携啦。"

"行！"所长回答，"这里还有一口小箱子，非当面交给你不可。"他把梳妆匣放在了桌上。

"喂，好朋友，"特·奥勃里翁侯爵夫人进来的当儿，根本没有注意到克罗旭，"刚才特·奥勃里翁先生说的话，你一点不用放在心上，他是给特·旭礼欧公爵夫人迷昏了。我再告诉你一遍，你的婚事决无问题……"

"决无问题，"查理应声回答，"我父亲欠的三百万，昨天都还清了。"

"付了现款吗？"

"不折不扣，连本带利：我还得替先父办复权手续呢。"

"你太傻了！"他的丈母叫道，"这位是谁？"她看到了克罗旭，咬着女婿的耳朵问。

"我的经纪人。"他低声回答。

侯爵夫人对特·篷风先生傲慢地点了点头，走了出去。

"咱们已经在彼此提携啦，"所长拿起帽子说，"再见吧，内弟。"

"他竟开我的玩笑，这索漠的臭八哥。恨不得一剑戳破他的肚子才好。"

所长走了。三天以后，特·篷风先生回到了索漠，公布了他与欧也妮的婚事。过了六个月，他升了安越法院的推事。

离开索漠之前，欧也妮把多少年来心爱的金饰熔掉了，加上堂兄弟偿还的八千法郎，铸了一口黄金的圣体匣，献给本区的教堂，在那里，她为他曾经向上帝祷告过多少年！

平时她在安越与索漠两地来来往往。她的丈夫在某次政治运动上出了力，升了高等法院庭长，过了几年又升了院长。他很焦心地等着大选，好进国会。他的念头已经转到贵族院了，那时……

“那时，王上跟他是不是称兄道弟了？”拿侬，长脚拿侬，高诺阿莱太太，索漠的布尔乔亚，听见女主人提到将来显赫的声势时，不禁说出这么一句。

七、结局

虽然如此，特·篷风院长（他终于把产业的名字代替了老家克罗旭的姓）野心勃勃的梦想，一桩也没有实现。发表为索漠议员八天以后，他就死了。

洞烛幽微而罚不及无辜的上帝，一定是谴责他的心计与玩弄法律的手段。他由克罗旭做参谋，在结婚契约上订明“倘将来并无子女，则夫妇双方之财产，包括动产不动产，绝无例外与保留，一律全部互相遗赠；且夫妇任何一方身故之后，得不再依照例行手续举办遗产登记，但自以不损害继承人权利为原则，须知上述夫妇互相遗赠财产之举确为……”这一项条款，便是院长始终尊重特·篷风太太的意志与独居的理由。妇女们提起院长，总认为他是一个最体贴的人，而对他表示同情；她们往往谴责欧也妮的隐痛与痴情，而且在谴责一个女人的时候，她们照例是很刻毒的。

“特·篷风太太一定是病得很厉害，否则绝不会让丈夫独居的。可怜的太太！她就会好吗？究竟是什么病呀，胃炎吗？癌症吗？为什么不去看医生呢？这些时候她脸色都黄了；她应该上巴黎去请教那些名医。她怎么不想生一个孩子呢？据说她非常爱丈夫，那么以他的地位，怎么不给他留一个后代承继遗产呢？真是可怕。倘使单单为了任性，那简直是罪过……可怜的院长！”

欧也妮因为幽居独处、长期默想的结果，变得感觉灵敏，对周围的事故看得很清，加上不幸的遭遇与最后的教训，她对什么都猜得透。她知道院长希望她早死，好独占这笔巨大的家私——因为上帝忽发奇想，把两位老叔——公证人和教士——都召归了天国，使他的财产愈加庞大了。欧也妮只觉得院长可怜；不料全知全能的上帝，代她把丈夫居心叵测的计划完全推翻了：他尊重欧也妮无望的痴情，表示满不在乎，其实他觉得不与妻子同居倒是最可靠的保障；要是生了一个孩子，院长的自私的希望，野心勃勃的快意，不是都归泡影了吗？

如今上帝把大堆的黄金丢给被黄金束缚的女子，而她根本不把黄金放在心上，只在想往天国，过着虔诚慈爱的生活，只有一些圣洁的思想，不断地暗中援助受难的人。

特·篷风太太三十三岁上做了寡妇，富有八十万法郎的收入，依旧很美，可是像个将近四十的女人的美。白白的脸，安闲，镇静。声音柔和而沉着，举止单纯。她有痛苦的崇高伟大，有灵魂并没被尘世玷污过的人的圣洁，但也有老处女的僵硬的神气，和内地闭塞生活养成的器局狭小的习惯。虽然富有八十万法郎的岁收，她依旧过着当年欧也妮·葛朗台的生活，非到了父亲从前允许堂屋里生火的日子，她的卧房绝不生火，熄火的日子也依照她年轻时代的老规矩。她的衣着永远跟当年的母亲一样。索漠的屋子，没有阳光，没有暖气，老是阴森森的，凄凉的屋子，便是她一生的小影。她把所有的收入谨谨慎慎的积聚起来，要不是她慷慨解囊的拨充善举，也许还显得吝啬呢。可是她办了不少公益与虔诚的事业，一所养老院，几处教会小学，一所庋藏丰富的图书馆，等于每年向人家责备她吝啬的话提出反证。索漠的几座教堂，靠她的捐助，多添了一些装修。特·篷风太太，有些人刻薄地叫作小姐，很受一般人敬重。由此可见，这颗只知有温情而不知有其他的高尚的心，还是逃不了人间利益的算盘。金钱不免把它冷冰冰的光彩，沾染了这个超脱一切的生命，使这个感情丰富的女子也不敢相信感情了。

“只有你爱我。”她对拿侬说。

这女子的手抚慰了多少家庭的隐痛。她挟着一连串善行义举向天国前进。心灵的伟大，抵销了她教育的鄙陋和早年的习惯。这便是欧也妮的故事，她在世等于出家，天生的贤妻良母，却既无丈夫，又无儿女，又无家庭。

几天以来，大家又提到她再嫁的问题。索漠人在注意她跟特·法劳丰侯爵的事，因为这一家正开始包围这个有钱的寡妇，像当年克罗旭他们一样。

据说拿侬与高诺阿莱两人都站在侯爵方面；这真是荒唐的谣言。长脚拿侬和高诺阿莱的聪明，都还不够懂得世道人心的败坏。

巴黎　一八三三年九月原作

牯岭　一九四八年八月译竣

亚尔培·萨伐龙

在王政时代，特·华德维男爵夫人的府第，是勃尚松总主教来往而颇有感情的几处沙龙之一。这位太太，简括一句，算得勃尚松妇女界顶有势力的人物。

特·华德维先生是大名鼎鼎的华德维的侄孙。那位过去的华德维又是杀人犯和叛教徒中最幸福、最显赫的一个，古古怪怪的轶事，讲起来未免太偏于掌故了。叔祖是捣乱得厉害，侄孙却安静到极点。在贡台这一郡里过着蛀虫在板壁里那样的生活之后，他娶了望族特·吕泼家的独养女儿。特·吕泼小姐把年收二万法郎的田产，和华德维岁入一万法郎的不动产联合了起来。瑞士贵族的盾徽（华德维祖籍是瑞士），给嵌入特·吕泼家老盾徽的中心。这件从一八〇二年就决定的婚事，直到一八一五年第二王政时代以后才履行[①]。特·华德维夫人生下一个女儿三年之后，母家的祖父母辈全都下世，遗产清算完了。华德维家便把老屋出卖，搬进州公署街特·吕泼家美丽的府第，大花园一直伸展到石梯街那边。华夫人在家时是虔诚的姑娘，婚后更其来得虔诚了。她是居士会里女后之一，这个社团给勃尚松的高等社会蒙上一副阴沉的面貌，一派假贞节的态度，跟这个城的性格正好调和。

特·华德维男爵先生是一个枯索的男人，没精打采的，迟钝的，好像疲乏已极，可不知给什么弄乏了的，因为他有的是颟顸愚昧的福气；但因他的太太是一个头发金褐色的女子，性格的冷

①史家称法国大革命后拿翁失败波旁王族复政时期为王政时代：1814至1815年6月为第一王政时代；1815年七月至1830年为第二王政时代。

酷变成了话柄(“像华德维太太一样的尖刻”这句话,至今还有人说),所以司法界里几个爱打趣的便说,男爵是给这块岩石弄乏了的。吕泼这个字,在拉丁文里的语源,确是岩石的意思。一般观察社会深刻的人,定会注意到洛萨莉是华德维和特·吕泼两家联姻后唯一的结晶品。

特·华德维先生的生活,消磨在一所富丽的车床工场里,整天的车磨着。补充这生活的,是他欢喜集藏的脾气。一般研究疯狂的哲学家医生,认为这种收藏癖集中在零星小件上时,即是精神失常的初步。华德维男爵搜罗贝壳,昆虫,和勃尚松地区的地质断片。有些好持异议的人,尤其是妇女,提到特·华德维先生时总说:“他真高尚呀!”从初婚起他就看到不能制胜妻子,便专心于机械的工作和讲究的饮食了。

特·吕泼的府第不乏相当的豪华,堪和路易十六的壮丽匹配,显出一八一五年上两大世家混合起来的贵族气息。府内闪耀着一种古老的奢华,够得上古董的资格。雕成树叶形的水晶挂灯,中国绸缎,大马士革的绫罗,地毯,金漆的家具,一切都跟古老的号衣古老的仆役调和。虽然用的餐具是家传的黝黑的银器,餐桌正中放着大玻璃盆,四面围着萨克司出品的瓷器,肴馔却精美非常。华德维先生为了消遣和调剂生活起见,躬自做厨房与酒窖的提调,他挑选的酒,在一州里颇负盛名。特·华德维夫人的财产是很重要的,因为她丈夫的一份,只是露克赛的田地,岁入一万法郎左右,从没增加过一笔遗产。无须特别提的,是特·华德维夫人和总主教间亲密的交情,使她府上常有教区里三四位优秀的有风趣的神甫出入,都不讨厌吃喝。

一八三四年九月初,在不知为了什么大庆而举行的一次盛宴中，正当太太们团团围在客厅炉架前面，先生们一组组的站在窗框前面时，仆役忽然通报特·葛朗赛神甫来到，他一出现，全场便起了一阵欢呼。

“唔，喂！那件官司呢？”有人对他嚷着。

“赢了！”这位副主教回答，“我们本已绝望的法院判决，您知道为什么……”

这句话是指一八三〇年以后的法院组织，正统派几已全部辞职。

“判决书宣告我们全盘胜诉，把初审的判决变更了。”

“大家以为你们是输定了呢。”

“没有我，的确输定了。我把我们的律师打发到了巴黎去，正当要上庭交手的时候，我找到一个新律师，靠了他才打赢了，一个了不起的人物……”

“在勃尚松吗？”特·华德维先生天真地发问。

“在勃尚松。”特·葛朗赛神甫回答。

“啊！不错，是萨伐龙。”坐在男爵夫人近旁的一位俊俏的青年，名叫特·苏拉的说。

“他花了五六夜工夫，吞下那些文件那些案卷；跟我商议了七八次，每次都是好几小时，”特·葛朗赛神甫——他从二十天以来还是初次在特·吕泼府上露面呢——接下去说，“终于，萨伐龙先生把我们的敌人从巴黎请来的名律师完全打败了。这个青年人真是奇妙，据推事们说。这样，僧侣会获得了双重的胜利。第一它在法律上得胜了，第二它战胜了市政府的辩护人，就是在政治上战胜了自由主义。我们的律师说：‘我们的敌人不该以为毁坏总主教区的利益会到处受人欢迎……’庭长不得不迫令听众默静。所有的勃尚松人都拍手叫好。于是旧修道院的房产，仍归勃尚松大寺的僧侣会管理。萨伐龙先生并且在离开法院时邀请他的巴黎同僚吃饭。那位同僚接受之下，对他说：'谁得胜，谁荣耀呀！'还毫无怨恨地祝贺他的胜利。"

"您从哪儿觅来这个律师呢？"特·华德维夫人问，"我从没听人提过这名字。"

"可是您从这里就可望见他的窗子，"副主教回答，"萨伐龙先生住在石梯街，他的花园跟府上只隔一堵墙。"

"他不是贡台郡人。"特·华德维先生说。

"他什么地方的色彩都没有，简直不知是哪儿人。"特·夏洪戈夫人说。"那么他是什么呢？"特·华德维夫人说着，一边搀着特·苏拉先生的胳膊向餐室走去。"假如他是外乡人，什么机缘会使他定居在勃尚松？在一个律师，这真是挺古怪的念头。"

"挺古怪的念头！"年轻的阿曼台·特·苏拉应声说。

如今少不得要叙述一番这位特·苏拉的身世，才能令人明白这件故事。

历来法国和英国交换着一些虚浮的风气，因为连铁面无情的海关也阻拦不住，所以愈加持续不断。我们在巴黎称为英国式的时髦，在伦敦称为法国式，反过来也是如此。两个民族的敌忾，在两点上是消灭了，一是言语问题，二是服装问题。《神佑吾王》那支英国国歌，原是吕利①替哀斯旦或阿太莉的合唱部分谱的音乐。英国女子穿到巴黎来的裙撑②，是一个法国女子在伦敦

①系法国十七世纪音乐家。

②系十八世纪欧洲妇女用鲸鱼骨做的圆形架子，束在腰部，再穿裙子，使裙的外形特别饱绽圆满。

发明的，就是那有名的朴茨茅斯公爵夫人，发明的经过大家知道；起先，人们把这裙撑当作笑柄，甚至第一个英国女子初次在蒂勒黎御园前面出现时，几乎被群众挤死；可是裙撑终究被接受了。这个风气控制了欧洲妇女有半世纪。一八一五年法国和列国讲和时，大家把英国的低腰身衣服嘲笑了一年，全巴黎的人都去瞧卜蒂哀与勃吕奈演出的《可笑的英国妇人》；但一八一六和一七年，法国女子的腰身，从一八一四年的紧扣乳房起，逐渐下降，直到显出腰部轮廓为止。近十年，英国又送了我们两件语言学上的小礼物。来源不甚清白的“纨绔子弟”这名词[1]，原已化出三个后身：怪物，妙人，漂亮哥儿；它们却被英文里的“花花公子”（dandy）和“狮子”（Lion）先后代替了去。狮子可并不连带产生“母狮”之名。母狮是从阿弗莱·特·缪塞有名的诗句里来的：“您曾否在巴塞龙那瞧见……那是我的情妇我的母狮。”在这两个名词和这两种主要观念之间，曾经有过一番融合，或者有过一番混淆，要是您爱这么说。胡闹也好，杰作也好，巴黎都尽多尽少吞得了；只消一桩胡闹的事叫巴黎人开怀之后，要外省人不来染指是不容易的。所以当“狮子”披着长发，挂着胡须，穿着背心，不用手帮忙而单靠面颊与眼眶的拘挛夹着眼镜，在巴黎大摇大摆时，某些省城里就可看到一些二等狮子，凭着连靴套长脚裤的风流典雅，对同乡们的不修边幅表示抗议。因此，一八三四年时，在阿曼台-西尔伐-雅各·特·苏拉身上，勃尚松瞻仰到了狮子。苏拉这姓氏，在西班牙占领时代[2]写作苏勒贡耶士；勃尚松城

①petits-maitres一词，原指一度与波旁家争王位的公蒂亲王的党徒。

②贡台地区在十七世纪前为西班牙领土，勃尚松为贡台的首府。贡台之成为法属领土，仅从路易十四朝中叶始。

内西班牙家庭出身的人，阿曼台·特·苏拉要算独一无二了。当初西班牙分发许多人到贡台来经营，却很少西班牙人住下。苏拉祖上的定居，是为了和红衣主教葛朗凡有联络之故。年轻的特·苏拉先生老讲着要离开勃尚松，凄凉的，佞神的，文学气息极薄的城，刀兵必经和长期驻兵的城；但它的风俗，动态，面目，都值得加以描绘。这个见解，便使这个前程渺茫的男子，在新街跟州公署街相接的地方，三间家具寥寥的屋内住下。

年轻的特·苏拉少不得有一头小老虎，这小老虎是他一个佃户的儿子，小厮十四岁身材臃肿的，名叫罢皮拉。狮子把小老虎打扮得很讲究：铁灰色的短布大褂，束着漆皮腰带，深蓝色瓦楞布短裤，红背心，上下半截颜色各别的漆皮长筒靴，黑带镶边的圆帽，有特·苏拉徽记的黄钮扣。阿曼台给他白纱手套，供给洗衣费，伙食自理，三十六法郎一月的工资，这就教勃尚松的女工们大吃一惊：一年四百二十法郎给一个十五岁的小厮，外快在外！所谓外快是旧衣服的出卖，肥料的出卖，苏拉把所蓄的两匹马中的一匹跟人交换时的酒资。用鄙吝的经济手段喂养的两匹马，统扯每年耗费八百法郎。从巴黎定购的化装品，领带，身上佩戴的小古董，成罐的鞋油，衣着，总计年需一千二百法郎。倘把小厮（或小老虎），马匹，超等衣着，和每年六百法郎的房金加起来，可以得到三千法郎的总数。可是年轻的特·苏拉先生的父亲，只传下四千法郎一年的进款，靠几块贫瘠的分种田，还需花本钱去经营，经营的结果对收益又毫无把握。狮子的生活费，零用钱和赌本，统共派到近三法郎一天。所以他常常在旁人家里用晚餐，午餐则吃得特别俭省。逢着迫不得已要自己破钞用晚饭时，他就派小老虎到一家饭铺去叫两盘菜，从不花到二十五铜子以上。在大众眼里，年轻的特·苏拉先生是一个挥霍无度，穷奢极侈的阔少；哪知这可怜虫要把年头跟年尾拉拢起来所运用的机智和本领，直可替一个高明的管家妇博得荣名。涂在靴或鞋上的六法郎的油，偷偷地洗了又洗以便戴三倍长久的五十铜子的黄手套，一条好戴三个月的十法郎的领带，四件二十五法郎的背心，连靴套的长脚裤；所有这些衣饰在一个首府会令人怎样起敬这个诀窍，是无人懂得的，尤其在勃尚松！既然在巴黎我们看到一般傻瓜花了三百法郎弄来的空架子，连烫发和一件荷兰细布的衬衫在内，进到一些妇女家里，就能压倒最优秀的男子而博得她们的青眼，怎么又能教外省人不迷了心窍？

要是您觉得这个穷光蛋的成为狮子未免太便宜，那么得知道阿曼台·特·苏拉去过三次瑞士，而且坐着车，每天赶很少的路，巴黎去过二次，又从巴黎去过英国一次。他被认为见闻广博的游历家，能说："在我所到过的英国……"富孀们对他说："您这到过英国的人……"最远他到过龙巴地，环绕过意大利的几口湖。他阅读新出的书。还有当他在家洗手套的时候，小老虎罢皮拉总回报客人说："先生在工作。"因此人家说："这是一个思想很激进的人。"想借此减低阿曼台·特·苏拉的身份。阿曼台有本事用勃尚松派的俨然的样子，讲些流行的滥调俗套，使他有资格列为缙绅阶级中最博学的人物之一。他身上佩戴着流行的小古董，头脑里装着报纸检查过的思想。

一八三四年，阿曼台是一个二十五岁的小伙子，中等身材，褐色头发，胸膛突得很厉害，肩头也照样的显著，大腿带些圆形，脚已经发胖，手又白又肥，从两鬓到下颌，留着一圈络腮胡子，短髭够得上跟军营里爷们的媲美，一张红红的大胖脸，塌鼻子，褐色的眼睛没有表情；并且毫无西班牙人的模样。他大踏步向着肥胖的路上走，那是对他的抱负大不利的。他指甲干净，胡子修齐，衣饰最细小的部分都整饬如英国派。所以人家把阿曼台·特·苏拉看作勃尚松第一美男子。每天按时到府的一个理发匠（每年花费六十法郎的另一豪举！），预言他将是批评时装和风雅问题的权威。阿曼台起身很迟，梳洗完毕之后，约莫中午时分骑马出门，到他的一处分种田上打枪。对这件事情，他和晚年的拜伦一样重视。随后在三点左右回家，一路在马上给女工们和路人们瞻仰。他所谓的"工作"—— 只要做到四点，之后，他开始更衣，去赴人家的晚宴，把黄昏消磨在勃尚松贵族家里打韦斯脱[1]，到十一点回家睡觉。再没一种生活更合时，更本分，更无疵点的了，因为星期日和节日的教堂仪式，他都准到。

要您懂得这种生活是如何阔绰，必得把勃尚松说明几句。没有一个城市比它对进步更深闭固拒的了。勃尚松的官吏，公务员，军人，凡是巴黎派来当一个什么差使的，一股脑儿被包括在"客帮"这个颇有意义的名词之内。客帮是个中立圈，好似教堂一般，是城里的贵族社会和中等社会相遇的唯一场合。在这个圈子内，为了一言半语，一瞥一视，一举一动，就能在中产妇女和贵族妇女之间，发动这一家对那一家的仇恨，保持到老死，把分隔两个社会的不可超越的鸿沟愈加扩大了。除了格莱蒙－圣－约翰，蒲弗勒蒙，特·赛，葛拉蒙几姓，以及住在贡台区田庄上的几个大族以外，勃尚松最早的贵族，也不过追溯到两个世纪以前，被路易十四征服的时代。这个社会本质上是司法界构成的，那种

①系十九世纪最流行的牌戏。

傲慢，那种顽固，那种严峻，那种实际，以及那种不能和维也纳宫廷[①]相比的高傲，因为勃尚松人在这一点上会模仿维也纳无耻的交际社会。什么雨果，诺第哀，傅立叶[②]，替本地增光的人物，都谈不到，人家不理会这些。贵族之间的婚姻，当孩子们在摇篮里的时候已经定局，最重大和最细小的事都在那时确定了。从没一个外乡人，一个不速之客溜进这些家庭；那些校官或有爵位的军官在此驻防时，哪怕是法国最高的门第出身，也得费尽心机才能教当地的贵族予以接待；为此所用的外交手段，恐怕泰勒朗亲王[③]也会很欣幸的领教，以便拿到国际会议上去应用。一八三四年，在勃尚松穿连靴套长裤的只有阿曼台一个。这已可说明年轻的特·苏拉先生的阔绰。再则，一件小故事可以使您彻底了解勃尚松。

我们这件故事开始的前些时候，州公署觉得需要为它的机关报从巴黎去请一位编辑，来抵制《大新闻报》在勃尚松发刊的《小新闻报》，和当年共和政府策动的《爱国报》。巴黎派来一个青年，完全不熟悉贡台的，一开场便串起《夏里伐里》派[④]的角色来。中间派的首领，一个市政厅里的人物，把这个记者叫了来，对他说：“告诉您，先生，我们是一本正经的，不止是正经，而且是惹人厌的，我们绝对不愿人家使我们开心，我们笑过之后就要懊恼得发怒。把文章写得像《两世界杂志》里最笨重的长篇大论

①维也纳宫廷乃欧洲最古老的贵族，勃尚松的后起贵族竭力加以模仿。

②以上诸人皆生于勃尚松。

③系拿破仑时代的外交大臣，后又与波旁家族沆瀣一气。

④系1832年巴黎发刊的著名讽刺报。

一样的难消化，您还不过和勃尚松人的腔派仅仅合拍。”

编辑依了他的话，讲着最难懂的玄妙的土话，果然大受欢迎。

年轻的特·苏拉先生所以不曾丧失勃尚松上流社会对他的敬意，还是靠他们纯粹的虚荣心；贵族们很乐意装作适合潮流，能对那些到贡台来游历的巴黎贵族，提供一个和他们仿佛的青年。所有特·苏拉私下做的工作，骗人的玩意，表面的奢豪，骨子里的安分，都有着一个目的；否则这勃尚松的狮子早不在地方上了。阿曼台心想娶一个有钱的妻子，能有一天证明他的田庄并没抵押，证明他有着积蓄。他想教全城关心他，成为当地最美最风雅的男子，以便先获得洛萨莉·特·华德维小姐的注意，然后获得她的婚约！

一八三〇年，年轻的特·苏拉先生开始他花花公子的生涯时，洛萨莉才十四岁。一八三四年，特·华德维小姐的年龄，正到了少女们很易被阿曼台勾引大众注目的怪腔派吸动的时候。很多狮子是打了算盘，预备投机而做起狮子来的。华德维府上，十二年来每年有五万法郎的进款，支出却从不超过二万四，虽然他们每星期一，五两次的招待勃尚松高等社会，星期一是晚餐局，星期五是夜会。这样，十二年来怎会没有每年二万六千的储蓄，用着这些旧家所特有的神不知鬼不觉的手段存放在一边！外面很普遍的相信，特·华德维夫人因为田产已经很多，所以她的积蓄在一八三〇年上以三厘利存放着。由此，洛萨莉的奁资，总该在每年四万法郎上下的收益。五年以来，狮子像田鼠一般的苦干着，为的要把自己的地位维持在严厉的男爵夫人的敬意的顶尖上，一边还得装出讨好特·华德维小姐自尊心的姿态。阿曼台在勃尚松的地位赖以维持的那些巧妙，男爵夫人胸中雪亮，并且因此很看重他。她三十岁时，特·苏拉就依在她的翼下：他胆敢赞美她，奉她为偶像，甚至能对她—— 世界上只有他能—— 讲述几乎所有的虔诚妇女都爱听的粗野笑话，她们靠着崇高的德行，尽可凝视深渊而不致失足，观看魔阱而不会陷落。您懂得为何这狮子连最平常的把戏都不玩么？他把自己的生活摊得明明白白，好像露天一样，谁都看得清楚，为的要在男爵夫人身畔扮作自甘牺牲的情人，好让她把不许肉体消受的罪恶，在精神上痛快一下。一个男人而能有特权把唐突的说话灌在一个虔婆耳里，便是她心目中可爱的人物。倘若这模范狮子对人心认识更深的话，他大可毫无危险的在勃尚松女工中间干几件风流事，她们看他像王一样呢：用这种办法来对付严厉而假贞节的男爵夫人，他的事情只会更加顺利。在洛萨莉前面，这位律身谨严的家伙，显出是花大钱的阔客：宣扬着豪华生活，让她窥见一位时髦太太在巴黎当漂亮角色的远景，那儿他是将来要以国会议员的资格前去的。这些高明的手段获得完满的成功。一八三四年时，组成勃尚松高等社会的四十个旧家的母亲，提起年轻的特·苏拉先生，一律认为是勃尚松最可爱的青年；在特·吕泼府上，谁也不敢跟这红人争座，全勃尚松都把他看作洛萨莉·特·华德维未来的丈夫。关于这个题目，男爵夫人甚至已和阿曼台谈过几句，男爵的装聋作哑，更替这谈判加了一重保障。

因为有一天会成巨富而身价大增的特·华德维小姐，自幼在母亲很少出门（因为她那样的爱总主教）的特·吕泼府邸里教养长大，受着清一色的宗教教育束缚，受着母亲严格的道德管教，和专制的压迫。洛萨莉实在一无所知。研究过哥德利著的地理，圣经，古代史，法国史，加减乘除，一切都经过一个老耶稣会徒的严密检查，这好算知道什么事情吗？绘画，音乐，跳舞是禁止的，仿佛那些是不能美化人生而要败坏人生的。凡是各种针线和零星女红，男爵夫人都教给女儿：缝衣啦，刺绣啦，编织啦。十七岁的洛萨莉，只念过《传教徒通讯录》和一些关于贵族徽章学的书。报纸从没污过她的眼目。每天早上她给母亲带到大教堂去做弥撒，回来吃中饭，在花园里散步一会之后，做着女红，坐在男爵夫人旁边招待来客，直到晚餐时分。然后，除了星期一五之外，她陪着特·华德维夫人消磨黄昏，从不能超过母亲规定的发言量。十八岁时，特·华德维小姐是一个娇弱的少女，纤瘦的，平板的，黄头发，白皮肤，毫无表情。淡蓝的眼睛，在眼皮翻动时倒还美丽，眼皮往下一垂，有一团阴影罩在面颊上。轮廓整齐的额角，被几点红瘢损害了光彩。她的脸庞真像杜莱和班吕琪以前诸画家[①]笔下的圣女：同样肥肥的脸盘，虽然单薄些，同样由耽想造成的带忧郁性的细腻，同样严肃的天真。她身上的一切，连姿势在内，都令人想起那些处女，只在细心的识者眼里，才在神秘光彩之下显出美。她有好看的但是红色的手，有女庄主般最美的脚，平常她穿着纯棉料的长袍；但在星期日和节日，母亲准她穿绸。她在勃尚松裁制的服装，把她装扮得几乎丑了；可是她的母亲倒想从巴黎的时装上获取妩媚，华丽，和风雅，靠着年轻的特·苏拉先生帮忙，她的装饰最细微的部分，都取法于巴黎。洛萨莉从没穿过丝袜或长筒靴，只穿纱袜和皮鞋。大宴会的日子，她穿着一件轻纱袍，垂着头发，脚上套了一双古铜色皮鞋。在洛萨莉的这种

①系指文艺复兴早期的画家。

教育和谦卑的态度之下，藏着一副铁一般的性格。生理学家与深刻的人性观察家，会叫您大为错愕的告诉您，脾气，性格，性灵，天才，在家庭里会经过长时期的间隔而重现，跟所谓遗传病一般无二。因此才气和痛风症一样，有时会一跳两代。这种现象，我们可在乔治·桑身上找到一个著名的例子：撒克斯元帅的精力，气魄，观念，都在乔治·桑身上重现；因为她的父亲是撒克斯元帅的私生子[1]。鼎鼎大名的华德维的果断，传奇式的豪胆，重又降临在侄曾孙女身上，再加特·吕泼族的固执与自恃血统高贵的傲气，愈加强化了她的个性。但这些优点，或这些缺点，倘您喜欢这么说，埋在这颗外表柔弱的少女灵魂里，其隐藏之幽深，不下于火山未成形前丘陵之下的熔岩。特·华德维夫人或许已窥到这双重的血统遗产，所以把洛萨莉管得那么严，甚至有一天总主教埋怨她待女儿太苛时，她回答说："让我管教罢，大人，我是识得她的！躲在她皮肉底下的撒旦不止一个呢！"

男爵夫人对女儿的特别注意，尤其因为她认为这是她做母亲的荣誉攸关。再说她也无事可做。格罗底特·特·吕泼那时三十五岁，差不多是寡妇，因为丈夫车磨着各种木料的蛋盅，拼命要用硬木制造六根轴梗的轮盘，替他的宾客做烟罐；所以他的太太只能和阿曼台·特·苏拉毫无邪念的调调情。当这个青年人在她府上的时候，她忽而把女儿打发开，忽而把她叫回来，想从这颗年轻的心中发现一些嫉妒的动作，以便有驯服它们的机会。她模仿警察对付共和党人的办法；但她白费心力，洛萨莉绝不露出任何骚动。于是严峻的虔婆埋怨女儿没有心肠。洛萨莉对母亲

[1] 撒克斯元帅为波兰王的私生子，十八世纪时以武功仕法国，封授元帅。

的认识，足以知道如果她觉得年轻的特·苏拉先生“不错”的话，定会招惹一顿臭骂。所以对于母亲的一切挑逗，她只回答几句所谓耶稣会徒派[1]的句子，其实这俗称是不妥的，因为耶稣会徒是强者，而这些吞吞吐吐的省略句子只是弱者藏身的铁丝架。于是母亲认为女儿装腔作势。倘使不幸而华德维和特·吕泼的真性格闪露一下时，母亲便提出儿女对父母应有的尊敬，迫令洛萨莉柔顺地服从。这种争斗是在日常生活最幽密的核心发生的，表面上绝对不露声色。副主教，这位亲爱的特·葛朗赛神甫，故总主教的朋友，无论以本区主教的资格而论是如何精明，却总猜不透这种争斗曾否煽动母女间的仇恨，是否母亲先存下妒意，是否阿曼台在母亲身上追求女儿的行为已经逾限。站在世交的地位上，他既不盘问母亲，也不盘问女儿。洛萨莉，为了年轻的特·苏拉先生，精神上太吃亏了，便如俗语所说的不耐烦他，当他对她说话，想逗引出她一些心腹时，她总很冷淡。这种憎厌之心唯有母亲的眼睛看得见，永远被抓为训话的题目。

“洛萨莉，我不懂你为什么对阿曼台这么冷淡；是不是因为他是我们一家的朋友，我们，你的父亲和我都喜欢他的缘故……”

“唉！妈妈，”有一天那可怜的孩子回答道，“要是我待他好了，岂不罪过更大？”

“什么话？”特·华德维夫人嚷道。“你这是什么意思？你的母亲是不讲理的，也许，照你想来，母亲在无论哪一点上都不讲理？但愿从今以后，别再有同样的话从你嘴里出来，对你的母

①耶稣会徒派这个形容词系指虚伪与狡黠的意思。

亲……”

这场拌嘴持续了三点三刻，而洛萨莉又把这一点提出了。母亲气得面孔发白，打发洛萨莉进了卧室。洛萨莉在那儿寻思这场争吵的意义，什么都寻思不出，她本是无辜的呀！因此，当勃尚松全城以为年轻的特·苏拉先生已十分迫近他追逐的目标，而他也为此解掉了领带，耗费了多少罐的鞋油，用掉了多少黑油使须髭发亮，穿旧了多少漂亮背心，用去了多少马蹄铁和绑腰（因为他穿着件皮马夹，狮子们的绑腰），其实阿曼台与对象之间的距离，比任何初入门的生客还要远，虽然他有尊严高尚的特·葛朗赛神甫撑腰。并且在我们这件故事开始的时候，洛萨莉全没有知道年轻的阿曼台·特·苏勒耶士是为她预备的。—— 现在我们再来叙述那天晚餐桌上的情形。

“夫人，”特·苏拉先生对男爵夫人说，一边等太热的汤冷却，一边想把他的叙述弄得曲折些，“有一天，驿车把一个巴黎人送进这里的国家旅馆，他看了几处房子，拣定石梯街上迦拉小姐那所屋子的二层楼。随后这外乡人径奔市政府，把实际住址和行使公权的住址备了案。接着他提出合格的证件在法院律师表上注了册，到他的新同僚那里，法院的僚属那里，推事那里，一切司法界人士那里，投了名片，上面印着：亚尔培·萨伐龙。”

“萨伐龙这个姓是出名的，”深通贵族徽章学的洛萨莉说，“萨伐龙·特·萨伐吕司这一族是比利时最老最贵最富的世家之一”。

“他是法国人而且是南方人，”阿曼台·特·苏拉接着说，“如果他要袭用萨伐龙·特·萨伐吕司的盾徽，他必得在上面加一条横线。在比利时勃拉防州现在只有一位萨伐吕司小姐，一个遗产甚富的待字的闺女。”

“横线其实是私生子的标识，”特·华德维小姐又接上来说，“但一个特·萨伐吕司伯爵的私生子依旧是贵族。”

“够了，洛萨莉！”男爵夫人说。

“您要她懂得盾徽学，”男爵插嘴道，“她的确很懂呀！”

“讲下去罢，阿曼台。”

“您懂得在一个样样分门别类，确切肯定，整理就绪，编号入册，像勃尚松这样的城里，亚尔培·萨伐龙毫无困难地被我们的那些律师接受了。各人只说：哦，一个全不知道勃尚松的可怜虫。哪个糊涂蛋劝他上这儿来的？他想来干什么？不亲自去拜会法官而光是投一张名片，真是大错特错！所以过了三天，再也不提萨伐龙。他雇用了故迦拉先生的贴身男仆，略知烹调的奚洛末做当差。谁也没见过或会过亚尔培·萨伐龙，所以更容易把他忘掉。”

“难道他不去做弥撒吗？”特·夏洪戈夫人问。

“他星期日上圣·彼得堂，但他去的是第一场，早上八点。他天天夜里一二点钟起来，工作到八点，用早餐，再工作，在花园里绕个五六十圈；然后进去用晚餐，在六点与七点之间睡觉。”

“您怎么知道这些的？”特·夏洪戈夫人问特·苏拉先生。

“第一，夫人，我住在石梯街转角上的新街，远远里望得见这位神秘角色所住的屋子；再则，在我的小老虎和奚洛末之间，天然有他们的交际。”

“这么说，您还跟罢皮拉谈天？”

“不然教我散步的时候怎办？”

“唔，那么，您请律师怎么又会请一个外乡人？”男爵夫人这么一句又把发言权递还给副主教。

“首席庭长曾经捉弄这位律师，指定他在重罪法庭替一个近乎白痴的乡下人当义务辩护，这乡下人被控伪造罪。萨伐龙先生却使这可怜虫得到开释，证实他无罪，说他上了真正罪犯的当。不但他的论见获得胜利，并且逼得人家把两个证人扣押，坐实之后都判了罪；他的辩词打动了法院当局和陪审官。隔了一天，陪审官中有一个商人把一件颇为棘手的案子委托萨伐龙先生，又胜诉了。在我们当时的形势之下，裴里哀先生既无法到勃尚松来[①]，特·迦尔色诺先生便劝我请这位萨伐龙律师，预言我们一定胜利。等我一看见他，一听他谈话，我便信任他，而果然我没有看错。”

“难道他有什么了不得的地方？”特·夏洪戈夫人问。

“是的。”副主教回答。

“那么，请您解释给我们听听。”特·华德维夫人说。

“我第一次见他，”特·葛朗赛神甫说道，“他在过道隔壁的房内（从前迦拉老头的会客室）招待我，那间房给他全部漆成旧橡木色，装满了法律书，摆在漆着同样颜色的书架上。除了油漆和藏书以外，再没旁的华贵装饰，因为家具只有一张雕花旧木书桌，六张花绸面椅子，绿镶边的浅褐色窗帘，地板上铺着一张绿地毡。这间书屋靠着过道里的火炉取暖。我在等待的时候，完全没把我的律师想象作年轻的样子。这个特殊的背景同他的面貌调和得很，因为萨伐龙先生穿着西班牙毛织的黑晨衣，束着一根红腰带，穿着红软鞋，红法兰绒背心，红便帽。”

---

①裴氏父子均为法国史上有名的律师。

“魔鬼的号衣呀！”特·华德维夫人嚷道。

“是呀，”神甫说道，“但是一张气宇轩昂的脸：乌黑的头发已经有几根白丝，像我们画上圣·彼得与圣·保禄的头发，虬结的，亮晶晶的，其硬如毛，雪白的圆脖颈好似女人的一般，庄严的额上分布着气概不凡的纹缕，就像伟大的计划，伟大的思想，深沉的内省在巨人额上刻画下来的；橄榄色的皮肤隐约有些红瘢，方鼻子，火热的眼睛，深陷的面颊，刻画出充满痛苦的两条长长的皱痕，常带笑容的嘴，纤削的下颔太短了些；太阳穴里有着褶裥，凹陷的眼睛，在眉毛浓密的眼眶下转动，像两颗火球；但虽然布满这些热情的标识，他依旧保持着一副非常隐忍的，镇静的神态；动人心坎的柔和的声音，出我意料地会在法庭上那样的运用自如，显出真正演说家的嗓子，时或音清而语黠，时或微言而多讽，忽而引吭如雷鸣，忽而跌宕作冷嘲，犀利无匹。萨伐龙先生是中等身材，不肥不瘦。一双手像大主教的[①]。我第二次上他家，他把我让进藏书室隔壁的卧房；一口窳劣的衣橱，一张窳劣的地毯，一张中学生用的卧床，窗上挂着洋布窗帘，当我看着这些陈设而错愕时，他对我微微一笑。他刚从另一间小书斋里出来，当我的面旋上了门锁，那是谁也不能进去的，据奚洛末说，他也只能在门上叩几下。第三次，他在书房里用着极菲薄的午餐；但这次因为他隔夜整晚的查阅我们的案卷，我又带了代诉人同去，需要在他家耽留很久，而代诉人奚拉台先生又欢喜絮聒，我便有了仔细打量这个外乡人的机会。当然这不是一个平常的人。这副威严而又温和，沉着而又烦躁，饱满而又虚弱的面具之下，藏着

---

①此系指多肉浑圆之手。

不少秘密。我发觉他微微有些伛背，好似一个肩负重任的人。”

“为什么这个能言善辩的人离开巴黎呢？他抱着什么计划到勃尚松来？外乡人在此很少成功的希望，难道没人告诉他吗？人家会利用他，但勃尚松人绝不让人利用他们。既然来了，他又为什么毫无活动，直等到庭长心血来潮才露头角？”那个俏丽的特·夏洪戈夫人这样问。

“当我把这副壮美的相貌仔细研究过后，”特·葛朗赛神甫接着说，一边狡黠地望着发问的对手，仿佛他还有什么话藏在肚里不说，“尤其当我今天听见他和那巴黎的大将舌战过后，我想这个三十五岁上下的人，将来定有一番惊天动地的表现……”

“您的官司赢了，您给了他报酬，我们还提他做甚？”特·华德维夫人这样说，因为她发觉自从副主教讲着这件事情以来，她的女儿几乎目不转睛地盯住他的嘴唇。

于是谈锋换了方向，再也不提亚尔培·萨伐龙。

教区里最能干的副主教所描绘的这幅肖像，因为其中藏着一部真正的小说，所以对洛萨莉越显得有小说般的魔力。她破题儿第一遭遇到这种异事，这种奇迹，为一切青年幻想所企望的，为在洛萨莉的年纪上那么活跃的好奇心所纵身捕捉的。这个阴沉的，痛苦的，雄辩的，勤奋的亚尔培，给特·华德维小姐拿来跟那位肥头胖耳的，雄赳赳的，甜言蜜语，胆敢对着世代簪缨的特·吕泼大谈风雅的特·苏拉相比之下，真是如何理想的人物！阿曼台只给她挨骂受气，并且她也把他觑破了，不像亚尔培·萨伐龙浑身是谜，好让她细细的猜。

“亚尔培·萨伐龙·特·萨伐吕司。”她在肚里暗暗念着。

然后是要看见他，瞧见他！……这是一个素无欲望的少女的欲望，她在心中，想象中，脑海中，把特·葛朗赛神甫所说的一句一句重新温过，因为每个字都发生了效果。

“美丽的额角！”她想道，眼望着饭桌上每个男人的额角，“我连一个美丽的额角都瞧不见……特·苏拉先生的那个是太饱满了；特·葛朗赛神甫的那个美固然美，但他年已七十，头发全秃，不知他的额角到哪儿为止。”

“你想什么呀，洛萨莉？你简直不吃东西……”

“我肚子不饿，妈妈。”她说，“手像大主教的一般……”她又往下想，“我记不起我们那风神俊美的总主教了，虽然他替我行过坚信礼。”

她在幻想的迷宫中来回蹀躞的时候，终于记起她偶尔半夜醒来，从床上瞥见两座贴邻花园的丛树中间，闪耀着一扇明亮的窗子：“原来就是他的灯光，”她私忖道，“我可以看见他！我一定要看见他。”

“特·葛朗赛先生，僧侣会的讼案算是完全结束了么？”洛萨莉在大家静默的一刹那劈面问着副主教。

特·华德维夫人很快地和副主教交换了一个眼色。

“这对你有什么相干呢，亲爱的孩子？”她对洛萨莉说，那种假作温柔的语调使她的女儿从此留了心。

“人家还可上诉到最高法院；但我们的敌人得三思而行。”神甫回答。

“我真不会相信洛萨莉会把一桩官司想了一顿饭的辰光。”特·华德维夫人又补上一句。

“我自己也想不到，”洛萨莉说，说时那副迷惘的神态令人发笑，“可是特·葛朗赛先生那样的聚精会神，弄得我也关切起来。真是无心的呀！”

大家离开餐桌，宾主一齐回到客厅。洛萨莉整个黄昏静听着，要晓得人家还提不提亚尔培·萨伐龙；但除了每个来客对神甫祝贺他诉讼胜利，而并无颂扬律师的话以外，再也不涉及本问题。特·华德维小姐不耐烦地等着夜阑人静。她立意要在二点到三点之间起来，瞭望亚尔培书斋的窗子。到了那时，对那几乎光秃的树隙间透过来的烛光凝睇之下，她差不多有种快感。凭了少女所特有的好眼光，再加好奇心为之扩展得更远的视线，她看见亚尔培在写作；她自以为辨出家具的颜色，好像是红的。壁炉的烟突在屋顶上吐着一缕浓密的黑烟。

“当大家酣睡的时分，他守护着……好似上帝！”她心里想。

女子教育包括着那么严重的问题，因为一个民族的前途靠在做母亲的身上，而这是法国的大学院久已不理会的。这儿便有一个问题：我们应该启发少女呢，还是压抑她们的思想？不消说宗教制度是压迫的：如果您启发她们，就会在未成熟的年龄上造出妖魔；如果您禁止她们思想，又会遇到出人意外的爆发，如莫里哀描写得那么真切的阿匿斯[①]，把这股平日压迫着的思想，那么新鲜，那么犀利，像野人一般迅速而往前直冲的思想，交给一件意外的事故摆布，就如谨慎的勃尚松僧侣会中最谨慎的教士之一，以不谨慎的叙述促成了特·华德维小姐致命的危机。

次日早晨，特·华德维小姐一边穿衣，一边不由得望着亚尔培·萨伐龙在特·吕泼家园贴邻的花园中散步。

①系莫里哀名剧《女子学校》中主角，是一个天真无知的女子，常在人前说出极唐突的话。

“倘使他住在旁的地方，”她私忖道，“我又将怎办？现在我能看见他。他在想什么呢？”

在洛萨莉一向见到的勃尚松人的面貌中，唯有这个奇人的脸相压倒一切而巍然独显；她远远地看见过后，一转念便想透入他的内心，刺探如许神秘的底蕴，一听这雄辩的声音，领受一下这对美目的瞥视。这些她心里都想要，可是如何得到呢？

整天她呆呆地全神贯注的做着绣作。就像阿匿斯一流的姑娘，装得一无所思的样子，其实对什么都想到家，使她的阴谋诡计，算无遗策。洛萨莉这次深思熟虑的结果，是决意要忏悔。次日早晨，弥撒完毕以后，她在圣母寺跟奚罗神甫谈了几句，把他灌了迷汤，忏悔给定在星期日早上七时半，在八点那场弥撒之前。她撒了一打左右的谎，以便能有这么一次，在律师去做弥撒的时间等在教堂里。末了她又对父亲大发孝心起来，到工场里去看他，问他无数关于车床技术的问题，最后劝他车大东西，车柱子。一朝怂恿父亲开始了螺旋柱子，做了车工上最难的技术之一以后，她又劝他利用花园正中的一大堆石头，拿来造一座假山洞，洞顶盖一所瞭望塔式的小神堂，那么可以用到他的螺旋柱子，在客人面前炫耀了。

正当这个素被冷淡的可怜人为了这个计划而高兴时，洛萨莉拥抱着他说：“最要紧别跟母亲说是谁给您出的这个主意；她会骂我的。”

“放心就是。”特·华德维先生回答，他在可怕的特·吕泼小姐淫威之下，和女儿一样的喘不过气来。

由此，洛萨莉有把握看到很快就可造起的一所有趣的瞭望台，可以望到律师的书斋。世界上有些男人，尽管少女们为之使尽那样杰出的外交手腕，往往会像亚尔培·萨伐龙一样全不得知。

焦灼地期待着的星期日终于到了，洛萨莉细磨细琢的化装，把伺候特·华德维母女的女仆玛丽爱德看得笑起来。

“小姐这样仔细的梳妆，我还是第一次看见呢！”玛丽爱德说。

“你教我想起，”洛萨莉一边说，一边对玛丽爱德瞥了一眼，害得她面孔通红，“你有些日子也比平常装扮得厉害。”

离开石级，穿过庭院，跨出门槛，走在街上，洛萨莉的心，跳得像我们预感有大事临头的时候一样。至此为止，她不知走在街上是什么回事：她原以为母亲会从她脸上窥破她的计划，不许她去忏悔；她觉得脚里有一股新的血在流，急急的提起来，仿佛踏在火上一般！自然啰，她同忏悔师约的是八点一刻，对母亲说是八点，为的好在亚尔培身旁等待一刻钟。她在弥撒开始之前到了教堂，做了一番简短的祷告之后，走去瞧瞧奚罗神甫已否坐在忏悔亭里，借此在教堂里绕一个圈子。然后她拣了一个可以望见亚尔培进来的地方等着。

在好奇心替特·华德维小姐安排下的那种心境中，真要一个奇丑的男人才会显得不美。可是原已出众的亚尔培·萨伐龙，加上他的仪态，他的行动，他的姿势，连他的衣装在内，一切都有那种唯“神秘”一词可以形容的气氛，当然使洛萨莉的印象更加深刻了。他一进来，本是黝暗的教堂，洛萨莉觉得忽然明朗了。她迷着他迟缓的近乎庄严的步履，为肩荷整个世界的人所惯有的，他的举动，他的深沉的目光，都表现出他头脑里有一股扫荡一切的或控制一切的思想。洛萨莉至此才明白副主教一席话的边际。是呀，这对闪出一丝丝金色的半褐半黄的眼睛，的确遮掩着一股热情，闪闪烁烁地透露出来。洛萨莉，不顾玛丽爱德的注意，不辞唐突的兀自迎着律师走去，好和他四目相对一下；而这蓄意探索的目光，竟把她的血给换了，因为她的血沸腾激越，仿佛体热增加了一倍。亚尔培一坐下来，特·华德维小姐便也拣了一个座位，好让她在奚罗神甫未到以前完完全全望着他。当玛丽爱德说“奚罗神甫来了”时，洛萨莉觉得只过了几分钟。及至她从忏悔亭里出来，弥撒业已终场，亚尔培已经走了。

“副主教说得不错，”她想，“他痛苦着！为何这匹大鹰，他的眼睛就像鹰，降落在勃尚松？噢！我要全部知道，可是怎办？”

在这簇新的欲火鼓动之下，洛萨莉一针不错地做着挑绣，心里做着种种盘算，面上装着天真的傻样，蒙蔽她的母亲。从星期日那天特·华德维小姐受到了一眼之后，或者如果您喜欢借用拿破仑的名句来形容一下爱情的话，从她受到了“火的洗礼”之后，她非常兴奋的推动着瞭望台计划。一等到有两根柱子车好之后，她便对母亲说：

“妈妈，父亲脑筋里有一个古怪的念头，想用园子中间的那堆石头搭一座瞭望台，他正在车磨这石台用的柱子；您赞成这个计划么？我觉得……”

“你父亲所做的事情，我一概赞成，”特·华德维夫人冷冷地答道，“服从丈夫是女子的义务，纵使她在思想上不同意……在特·华德维先生觉得好玩的时候，干吗我要反对一件本身无所谓的事情？”

“但是从台上我们可以望到特·苏拉先生的屋子，而我们站在台上时，特·苏拉先生也可望见我们。恐怕人家会说……”

“洛萨莉，你有意来指导你的父母不是？你自以为对于人生对于体统，比父母懂得更多不是？”

“我不说了，妈妈。而且父亲说可以把假山洞当作小房间，很凉快的，可以在里面喝咖啡。”

“你父亲这个主意挺好呢。”特·华德维夫人回答，说着想去瞧瞧那些柱子。

她对男爵的计划表示赞同，在花园底上指定一块基地，不会被特·苏拉望见，却清清楚楚可以望到亚尔培·萨伐龙的屋内。一个承揽商给叫了来，承造一个山洞，通到洞顶的是一条三尺宽[①]的小径，石隙里种些雁来红，菖蒲，常春藤，白英，金银花，野葡萄藤。男爵夫人主张在洞内四面用粗木做护壁，当时正流行粗木做的花盆托，洞底上挂一面大镜子，放一张有床罩子的罗汉榻，一张留着树皮的镶嵌木桌。特·苏拉先生提议地下铺沥青。洛萨莉想出在顶上挂一盏粗木座子的挂灯。

“华德维家在园子里弄着有趣的玩意儿呢。”勃尚松城里有人说。

“他们有的是钱，尽可为一些想入非非的念头花上一千大洋。”

“一千大洋？”特·夏洪戈夫人问。

“是呀，一千大洋，”年轻的特·苏拉先生回答，“他们从巴黎请了一个人来装饰内部，一切都是乡下式，但弄出来是怪好看的。特·华德维先生亲自做挂灯，正在雕花呢……”

“有人说倍尔盖给叫去挖地窖。”一个神甫插嘴道。

“不是，”年轻的特·苏拉先生接着说，“他在替山洞安排三

①此系法国旧尺，约合三公寸三分。

合土的地基，防止潮湿。”

“他们家一点子大的事您都知道。”特·夏洪戈夫人酸溜溜地说，一面望着她大女儿中的一个，从去年起已经到了出嫁的年龄。

特·华德维小姐想着她的瞭望台的威风，颇为得意，觉得自己确比周围的谁都高明。谁也猜不到这件工程是单单为了一个被认为迟钝愚的小丫头，想从更近的地方瞧一下萨伐龙律师的书斋之故。

亚尔培·萨伐龙为僧侣会讼案所做的显赫的辩诉，因为惹动了律师们的妒忌，所以特别被人忘得快。而且萨伐龙厮守着他的隐居，哪儿都不露面。一个外乡人在勃尚松本来就容易被人遗忘；再加没有吹捧的帮闲，不见宾客，他愈益增加了令人遗忘的机会。虽然如此，他在商事裁判所辩护了三次，三件棘手的案子，结果都闹到法院。因此他得到了四个主顾，四个城里的商业巨头，承认他有识见，有外省人所谓的“好眼力”，把案子委托了他。华德维家的瞭望台揭幕那天，萨伐龙也树起他的纪念碑来。靠他和勃尚松富商巨贾的暗中联络，他创办了一份半月刊，叫作《东方杂志》，由每股五百法郎的四十股凑成，资本交给他第一批的六位主顾，教他们明白勃尚松是米罗士[①]与里昂[②]中间的联络站，是莱茵河与龙罗河中间的重镇，所以勃尚松的气运大有促进的必要。

倘使要跟东北隅的斯特拉斯堡竞争，勃尚松除了在商业上应居要镇以外，岂不也应该在文化上做个中心？而与东方各州利

①法国东北隅的首府。

②法国中部偏东的首府。

益有关的重大问题，只能在一份杂志上讨论。把斯特拉斯堡和第戎的文学势力抓过来，替法兰西东部做一番启明工作，防止巴黎集权化，那该是何等的光荣！亚尔培想出来的这些理由，从十几个巨商嘴里传出去，当作他们自己的主意。

萨伐龙律师并不抬出自己的名字，把财政交给他第一个主顾蒲希先生管理，他是由于太太的路线和宗教书籍的最大出版家之一有关系的；萨伐龙却保留着编辑权，和创办人应享的一部分利益。商会向各地去鼓吹：陶尔，第戎，萨冷，纽夏丹，汝拉，蒲葛，南都阿，龙·勒·梭尼哀，要求他们精神上的援助，要求皮越，勃莱斯德，贡台三州全部好学之士加入合作。凭着商业关系和同行情谊，凭着定价的低廉（每季定价只有八法郎），获得了一百五十份定户。为避免因投稿不用而伤害本地人的自尊心起见，律师把文学栏的编辑职务交给蒲希先生的长子阿弗莱，一个非常热衷，全不知文学事业的陷阱和苦闷的二十岁的青年。亚尔培暗中操着实权，把阿弗莱·蒲希造成了自己的信徒。在勃尚松，这位法庭之王只和阿弗莱一人有亲密的来往。每早阿弗莱到花园里来和亚尔培商量每期的内容。不消说，创刊号里有一篇阿弗莱的《感想录》，为亚尔培所认可的。谈话中间，亚尔培对阿弗莱暗示一些伟大的思想，文章的题目，给这青年去利用。因此，大商人的儿子自以为利用着这个大人物！在他眼里，亚尔培是一个天才，一个深刻的政治家。对刊物的成功大为高兴的商人们，只消缴纳股本的十分之三。再添二百份定户，杂志的股东就有五厘的红利可分，编辑费是不支的。而且这编辑费也非金钱所能支付。

到第三期上，杂志已办到和法国所有的日报交换，那本是亚尔培在家阅览的。这第三期内登着一篇中篇小说，署名A·S·；大家猜是名律师的手笔。虽然勃尚松的高等社会认为这刊物有自由主义气息而很少注意，但仲冬时节，终于有人在特·夏洪戈夫人家里谈起贡台初次出现的那个中篇来了。

“爸爸，”洛萨莉说，“勃尚松有一份杂志了：你应该去定一份放在你那里，因为妈妈是不让我阅读的：但你可以借给我。”

为了急于服从他亲爱的洛萨莉，服从五个月以来对他表示温情的女儿起见，特·华德维先生亲自去定了一份全年的《东方杂志》，把先出的四期借给了女儿。夜里，洛萨莉一口气把那中篇，把那生平第一次读到的小说吞了下去；她觉得只活了两个月，从前的日子都是白过的！所以这件作品对她发生的作用，不能以普通的内容去判断。一个巴黎人把新兴文学的手法与光彩带到外省来的这篇作品，姑不必批评它真正的优劣，但在一个初次在文学作品中发挥处女的聪明和纯洁的心的少女眼中，总不能不算是一篇杰作。并且洛萨莉根据她听到的意见，直觉地构成一种观念，更特别抬高了这小说的价值。她希望从中觅得多少亚尔培的情操，或者他的一部分生活史。从最初几页起，这个意念便在她胸中证实了；读完之后，她更确信自己没有猜错。据夏洪戈沙龙里的批评家们说，亚尔培大概是模仿几个现代作家，因为不能创造，便讲述自身的悲欢离合，或生涯中一些神秘的事故。下面便是他心腹的剖白。

爱情造成的野心家

一八二三年，以游历瑞士为旅行主旨的两个青年，在七月里一个晴朗的早上，从吕赛纳出发，乘着一条三个划手的小艇，往弗吕仑前进，决意在四郡湖畔所有的名迹胜境都耽留一下[1]。吕赛纳到弗吕仑途中的环湖风景，千变万化，凡是最苛求的幻想所期望于高山的，大河的，湖泊的，巉岩的，幽溪的，绿草的，丛树的，急流的，无不具备。有的是萧条的荒野，有的是柔媚的山岬，有的是娇艳清新的溪谷，密林矗立在峻峭的花岗岩上如帽顶的羽饰，幽静凉爽的港湾张开着臂抱，盆地上的宝藏被幻梦的远景点缀得更美了。

在可爱的越梭镇前面经过时，两个朋友之中的一个尽望着一座木屋；木屋似乎刚造不久，四周围着栅栏，坐落在一个土岬上，快与湖水相接。小艇在屋前驶过的辰光，最高层的房间底上探出一张妇人的脸，想瞧一瞧湖上扁舟的景致。凝视木屋的青年，正和陌生女子无意的目光相遇。

“在这儿耽下来罢，”他对他的朋友说，“我们原把吕赛纳作为游历瑞士的大本营，但若我改变主意，让我留在这儿看守衣物，你不会觉得不行吧，雷沃博？你爱怎么办都可以，为我，我的游程已经完毕。——船家，把船靠岸，让我们在村上吃中饭。——我会到吕赛纳把我们的行李全部搬来，在你离开这儿以前，你可以知道我的住处，回来好找到我。”

“这里也好，吕赛纳也好，”雷沃博说，“没有什么分别，无须我来阻止你这下子的使性。”

这两个青年是一对名副其实的朋友。他们俩同年同学，一同在法科毕业之后，一同在暑假里来一个照例的瑞士旅行。由于父亲的意志，雷沃博已经预定回去进巴黎某公证人的事务所。他的

①吕赛纳在四郡湖之北端，弗吕仑在四郡湖之南端。

方正，他的柔和，冷静的感官和聪明，保证了他驯良的天性。雷沃博眼见自己将来是巴黎的公证人，他的生涯摆在面前，好似一条穿越法国平原的大路，整个的前程后果，他都抱着隐忍的情怀接受下来。

他的伙伴洛道夫，和他的性格正是一个对照，这相反的两极使他们的联系愈加密切。洛道夫是一个贵族的私生子；贵族的早逝，来不及采取必要的措置，保障他所爱的女子和洛道夫的生活。洛道夫的母亲受了这一下命运的播弄，不得不走英勇牺牲的一路。她把孩子的父亲慷慨赠与的东西全部出售，集了一笔十多万法郎的款子，作为自己的终身年金，以很高的利率存放着，每年约有一万五千法郎的进款，决心全部充作儿子的教育费，使他具备最能挣钱的本领，并且靠着历年撙节，预备好一笔资金，等他成年时应用。这是冒险的办法，完全依靠她的寿命的[①]办法；但非这样大胆，这位仁慈的母亲就没法过活，没法充分的教育这孩子——她唯一的希望，唯一的前途，唯一的快乐之源。母亲是一个魅人的巴黎女子，父亲是比利时勃拉防州一个优秀的世家子弟，父母相爱的热情简直不分轩轾；洛道夫便是这热情的结晶，赋有极度敏锐的感觉。从童年起他就处处显出强烈的热诚。在他身上，欲望竟是一股支配全生命的力和动机，是幻想的刺激素，是行动的意义。智慧通灵的母亲一发觉这种气质大为惶急，做着种种努力，但洛道夫对于欲望的执着，依旧如诗人之于幻想，学者之于计算，画家之于描绘，乐师之于作曲。他一方面温柔如母亲，一方面又挟着犷野的气势，固执的思想，追求他欲

①终身年金除存款人在世时可按年支取定额本利外，一俟存款人身故，全部本金皆告没收，故云依靠寿命。

望的目标，恨不得把时间吞噬。幻想他的计划成就时，他永远把实现计划的步骤一笔勾销。母亲说：“将来我的儿子生了孩子，他是要他们一下子就长大的。”因为指导得当，这股美妙的热情使洛道夫学业优异，成为英国人所谓的完美的绅士。母亲对他很得意，却依旧替他担忧着什么重大的祸事，倘使这颗那么温柔那么善感，那么暴烈而又那么慈悲的心，一朝被爱情抓住的话。所以这位谨慎的太太，竭力鼓励雷沃博与洛道夫的友谊，她看到这位冷静而忠诚的公证人，万一她不幸而撇下洛道夫时，有资格做他的监护人，做他的知己，多少可以代替她的职司。洛道夫的母亲四十三岁，却风韵依然，使雷沃博为之倾倒。在这种情形之下，两个青年更形亲密了。

所以深知洛道夫的雷沃博，看见他为了楼上的一瞥而勾留在村上，放弃原来逛圣·高太的计划时，毫不惊奇。白鹅饭店替他们端整午餐时，两个青年在村里溜达了一趟，在那美丽的新屋附近，跟村民随意谈天的当儿，洛道夫发现一个小布尔乔亚的家庭，依照瑞士很流行的习惯，愿意招留他食宿。人家给他一个可以饱览湖景的房间，四郡湖上招引游客的秀丽的港湾历历在目。这座屋子和陌生女郎露面的那所，只隔一条十字岔道和一个小码头。

洛道夫只要花一百法郎一月，便什么生活的琐事都不用管了。但屋主史多弗夫妇一想到为他应付的开支时，便要求预付三个月。你一接触瑞士人，就看到一副高利贷的面孔。中饭之后，洛道夫拿着本来预备带往圣·高太去的简单衣物，立刻在房里安顿下来，眼看雷沃博本着严守纪律的精神重新出发，去为自己为洛道夫完毕游程。洛道夫坐在一块突出湖岸的岩石上，等到雷沃博的小艇完全消失时，便偷眼打量着新屋，希望瞥见那陌生女子。可是直到他回寓，屋子里始终没有动静。在晚餐桌上，他向史多弗夫妇询问邻舍街坊的琐事。史先生从前是纽夏丹城中的制桶匠；这些房东是无须你多请，就会把他们的唠叨倾箱倒箧背给你听的，所以洛道夫所要知道的有关陌生女郎的消息，完全打听明白了。

陌生女郎叫作法尼·勒佛雷斯。勒佛雷斯是英国历史悠久的一个大族；但理查逊用来创造了一个声名狼藉的人物，把所有同姓的人全连累了[1]。勒佛雷斯小姐为了父亲的健康住到湖上来，医生说吕赛纳郡的空气于他有益。这两个英国人来的时候没有仆从，只带一个十四岁的女孩子，对法尼小姐很忠心，一个会侍候的怪聪明的哑巴。他们在上年冬季之前，寄居在裴格曼先生家。裴先生从前在意大利大湖中美丽岛和母亲岛上，替鲍洛梅奥伯爵当园丁头。裴氏夫妇每年有三千法郎的进款，把楼上的房间租给勒佛雷斯家，年租两百法郎，租期三年。勒佛雷斯老人年纪九十开外，衰老得厉害，境况的艰难使他不能有什么消费，很少出门；人家说他的女儿翻译英国书和自己著书来养活他的。因此，乘船，骑马，雇向导去游历四周名胜的事，勒佛雷斯父女一样都不敢尝试。窘迫到这步田地，大大地引起了瑞士人的同情，尤其因为他们失掉了一个赚钱的机会。房东的厨娘以每月一百法郎的代价包下三位英国人的伙食。但越梭镇上都相信这个退职的园丁头，尽管想冒充布尔乔亚，还是借了厨娘的名从中渔利。裴格曼夫妇在宅子四周辟有美丽的花园，起了一所华丽的花房。鲜

①英国小说家理查逊名著《克拉丽莎》中有姓勒佛雷斯的人物，以放浪淫逸著称。

花啊，鲜果啊，奇异的植物啊，使那位年轻的小姐经过越梭镇时拣中了这所屋子。人家猜法尼小姐十九岁，是老人最小的女儿，大概给他宠惯的。不到两个月以前，她从吕赛纳弄来一架出租钢琴，因为她似乎爱音乐爱得发疯。

“她爱花爱音乐，”洛道夫私忖着，“还没出嫁？多运气哇！”

第二天，洛道夫托人去要求参观在本地小有声名的花园和花房。园主并不马上答应，真是古怪！倒要讨洛道夫的护照看。他立刻送了去，到下一天才由厨娘送回，说主人们请他赏光参观。洛道夫上裴格曼家时，那种浑身打战的情绪，唯有感情强烈，会把有些人要使用一世的热情在一刹那间耗费精光的人才领会得。他认为老园丁夫妇是他的珍宝的守护者，特意在穿扮上讨好他们。他一边赏玩花坛，一边不时觑一眼屋子，可是非常谨慎：园丁老夫妇显然对他存着戒心。但不久他的注意力集中在那个哑巴的英国女孩身上了：虽然年轻，她的机灵却使他疑心是一个非洲女子，至少是西西里岛民。小姑娘皮色金黄，像一支哈瓦那雪茄，火辣辣的眼睛，亚美尼人的眼皮，长长的睫毛全然不是英国人的，头发比墨还要黑，而在此近乎橄榄色的皮肤下面，有着刚强的脾气，和狂热兴奋的成分。她用刺探的目光瞅着洛道夫，全不知道害羞，紧盯着他每个小动作。

“这摩尔小姑娘是哪一家的？”他问可敬的裴格曼夫人。

“英国人家的。”裴格曼先生回答。

“她总不是生在英国的！”

“也许他们从印度带回来的。”裴格曼夫人说。

“人家说年轻的勒佛雷斯小姐欢喜音乐，在医生逼我住在湖上疗养的时期，要是她应许我和她一起玩音乐，我才高兴呢……”

“他们没有外客，也不招待外客。”老园丁说。洛道夫咬咬嘴唇；出门之前，人家没请他进屋里去坐，也不曾给领到屋面和土岬之间的那部分园子中去。在那一边，屋子二层楼上有一条宽大的木回廊，上面有很深的屋檐遮着，好似瑞士木屋的式子，四周都有这样的屋檐。洛道夫把这幽雅的建筑夸奖了一番，只是枉然。当他辞别裴氏夫妇之后，不觉得呆住了，好似一切心思巧妙，想象丰富的人，满以为可操胜券而终于失败的情形一样。

傍晚他坐了小艇游湖，沿着土岬，一直到勃罗奈，到歇费兹，回来已是黑夜降临时分。远远里他瞥见窗子打开着，灯火大明，听到钢琴声和嗓音曼妙的歌声。于是他停下来，听着唱得出神入化的意大利曲调，悠然神往。歌声住后，洛道夫上岸把船和两个船夫打发了。他不怕弄湿脚，去坐在给湖水侵蚀的花岗石礁上，背后是有刺的皂角树排成浓密的篱垣，篱内是裴格曼家的一条走道，道旁种着还没长成的菩提树。一小时以后，他听见有人在头上一边走一边讲，但传到耳边来的是意大利语，两个女子，两个少女的口音。他趁谈话的人走在园中小径的一端时，无声无息的爬到另外一端。经过半小时的努力，他居然达到小径的尽头，拣了一个他可瞧见她们而她们迎面来时瞧不见他的地位。他发觉两个女子中的一个便是那哑巴，不禁大为诧怪，她和勒佛雷斯小姐讲着意大利语。那时正是晚上十一点。湖面上与屋子周围静悄悄的没有一点声息，两个女子自以为万分安全：越梭全镇只有她们俩的眼睛还未阖上。洛道夫认为小姑娘的哑巴是不得已的伪装。听她们讲意大利语的腔调，洛道夫猜她们便是意大利人，所谓英国人是假的。

“这是些亡命的意大利人喔，”他心里想，“一定害怕奥国的或撒地尼亚的警察。那少女要到黑夜里才能太太平平的出来散步和谈话[1]。”

立刻他沿着篱垣躺下，蛇行着想从两株皂角树的根隙间找一条路。趁那冒充的法尼小姐和假装的哑巴走在小径另一头时，他顾不得弄坏衣服或刺伤背脊，穿过了篱垣；月色甚明，他正躲在阴暗里，当她们走近到只离他一二十步而无法看见他时，他蓦地站了起来。

“不用怕，”他用法语对意大利女子说，“我不是间谍。你们是逃亡者，我猜着了。我是法国人，被您瞧了一眼而在越梭耽下来的。”

说至此，洛道夫腋下给一件钢铁的东西击中了，痛得马上倒在地下。

“把他缚了石头往湖里丢。”那可怕的哑巴说。

“哟！奚娜。”意大利姑娘叫了起来。

“还好没打中要害，”洛道夫说着，从伤口拔出一支中在下肋骨上的短剑，“再高一些，就直进我心窝去了。怪我不好，法朗采斯加，”他记起奚娜说过好几遍的这个名字，“我不怨她，别责备她：能够同您交谈这种福气，的确值得受此一击！不过，请您引路，我得回史多弗家去。你们放心，我绝不声张。”

法朗采斯加惊疑定后，帮助洛道夫站起身子，对饱含着泪水的奚娜说了几句。两个女子硬要洛道夫坐在一张凳上，卸下外

①1820至1821年间，意大利北部撒地尼亚邦发生革命，要求宪政，解除奥国束缚，终为撒王查利及奥国武力镇压。

衣，背心，领带。奚娜揭开他的衬衣，把创口深深地吮吸了一会。法朗采斯加跑去拿了一大方英国绷带来蒙住了伤口。

"您这样可以回家了。"她说。

她们俩每人扶着他一条胳膊，把洛道夫搀送到一扇小门口，钥匙就在法朗采斯加胸衣袋里。

"奚娜懂得法语吗？"洛道夫问法朗采斯加。

"不懂的。可是您别慌。"法朗采斯加说，稍稍带着不耐烦的口气。

"让我看您一看，"洛道夫感动地回答，"也许我要长久不能再来……"

他靠在小门的一根柱头上，端相着美丽的意大利姑娘，她也让他看了一会，在此最幽美的静寂里，在此瑞士诸湖中最美的湖上所遭逢的最美的良夜。法朗采斯加确是古典的意大利女子，就像你所幻想的，虚拟的，或者说是你所梦见的那种意大利女子。第一吸引洛道夫的是典雅妩媚而婀娜多致的身段，纤弱的外表掩藏不了结实的躯干。红里泛白的面色，表示她受着突然的刺激，但那双潮润的，绒样的乌黑眼睛，依旧流露出一股肉感。一双手，希腊雕塑家雕在光滑的石像上的一双最美的手，扶着洛道夫的胳膊；雪白的肤色映在黑衣服上格外分明。冒昧的法国人只窥见一张微嫌太长的椭圆脸形，忧郁的嘴巴半开着，在两片宽阔鲜红的唇间露出一排光彩照人的牙齿。线条的美，保障了法朗采斯加这种光辉的持久性；但最使洛道夫动情的，乃是那种可爱的潇洒，乃是这姑娘整个儿沉浸于同情心时的意大利风的爽直。

法朗采斯加嘱咐了奚娜一句，奚娜便扶着洛道夫送到史多弗家门口，拉了门铃，一溜烟的逃了，赛似一只燕子。

“这些爱国党人下起手来可真辣！”洛道夫躺在床上觉得痛楚时这么想。“往湖里丢！奚娜要在我脖子里缚了石头沉在湖里呢！”

天亮之后，他派人到吕赛纳请最好的外科医生；医生来了，他要他严守秘密，说是名誉攸关。雷沃博游览回来那天，正逢他的朋友开始起床。洛道夫对他编了一个故事，托他到吕赛纳去取行李信件。不料雷沃博带来了最凶恶最残酷的消息：洛道夫的母亲死了。当两个朋友从熊城到吕赛纳，再从吕赛纳向弗吕仑出发那天，雷沃博的父亲所写的这封报丧信就到在那里。虽然雷沃博有着预防，洛道夫仍旧受不住刺激，死去活来大发了一场。未来的公证人一等朋友脱离险境，便揣着全权委托书动身回法国。这样，洛道夫可以留在越梭，世界上唯一可抚慰他的痛苦的地方。这法国青年的处境，绝望，以及使他的丧母特别难受的情况，传遍了越梭镇，引起关切和同情。假装的哑巴每天早上来看一次法国人，把他的病况报告她的女主人。

洛道夫能够出门时，就去裴格曼家谢法尼·勒佛雷斯及其父亲的关切。自从搬进裴家以来，意大利老人还是第一遭放一个陌生人进门；洛道夫凭着新丧和教人放心的法国人资格[1]，受到极诚恳的招待。在这初次的夜会上，法朗采斯加在灯光之下显得那么娇艳，在这颗颓丧的心中无异射入了一道光明。她的笑容在他的哀伤上缀上一朵希望的蔷薇。她唱歌，却不唱快乐的曲调，而专挑一批适配洛道夫心境的庄严高远的音乐。他领会到这种体贴的用心。八点左右，老人让两个青年单独相对，没有一些疑虑

①意国内战时，法国是赞助革命党的。

的神色，径自回房去了。法朗采斯加唱歌唱乏了时，把洛道夫领到外边回廊上，对着壮丽的湖山，教他坐在一张粗木凳上，靠近着她。

“亲爱的法朗采斯加，我可以冒昧问您的年纪么？”洛道夫说。

“足十九岁。”她答道。

“假如世界上能有什么东西可以减轻我痛苦的话，”他接着说，“那将是希望从您父亲那边得到您。不管你们的经济状况怎样，我觉得像您这样慈悲，您比王者的女儿还更富有。我颤抖着吐露出您在我心中所引起的情操：那是深邃的，永久的。”

“嘘！”法朗采斯加把右手的一只手指放在唇边说，“别再往下说了：我已经不自由，我已出嫁了三年……”

他们之间深深地静默了一会。当意大利姑娘觉得洛道夫的姿势可怕时，发现他已晕过去了。

“可怜的！”她心里想，“我还当他是冷淡呢。”

她去找了盐来放在洛道夫的鼻孔前，把他救醒了。

“嫁了！……”洛道夫眼望着法朗采斯加说，眼泪直流。

“孩子，”她说，“还有希望。丈夫年纪……”

“莫非八十岁了？……”洛道夫问。

“不，”她微笑着回答，“六十五。他装作老态龙钟来瞒过警察的。”

“亲爱的，”洛道夫说，“再来几下这一类的刺激，我就要死了……非认识我二十年，绝不能知道我这颗心有何等威力，不能知道这颗心追扑幸福的热诚是何等性质。”他又指着栏外的茉莉树说，“这株树向阳光舒展时，并不比我一个月来对您的恋慕，会施展出更蓬勃的活力。我用专一的爱情爱着您。这专一的爱情将是我生命的内在的原则，我也许要为之而送命！”

“噢！法国人啊，法国人啊！”她微噘着嘴装作不相信的神气叫着。

“不是要从时间手里等着您，得到您么？”他严肃地接着说，“可是您记住：如果您刚才的话是真诚的，那么我将忠实地等您，不让任何旁的感情进入我的心。”

她狡狯地望着他。

“什么都不让它进我的心，”他说，“连逢场作戏都不许。我得挣我的家业，应该为您富丽堂皇的端整一份，您天生是一位公主……”

听到此，法朗采斯加不禁微微一笑，在她脸上添了一重最迷人的表情，仿佛伟大的达·芬奇在《蒙娜丽莎》上描绘得那么奇妙的神气。这笑容使洛道夫停了一会。

“……是的，”他继续说着，“您现在为了逃亡，不得不过窘迫的生活。啊！倘使您愿我比旁人更幸福，使我的爱情超凡入圣的话，请您当我作朋友看待。我不是也该成为您的朋友么？我可怜的母亲留下六万法郎积蓄，您分一半去可好？”

法朗采斯加定睛望着他，目光直透入洛道夫的心底。

“我们什么都不需要，我的工作足够我们享受。”她用着严肃的声气回答。

“可是法朗采斯加工作，我受得了么？”他嚷道，“一朝等您回到本国，收回您丢下的财产时……”说至此，法朗采斯加又望着洛道夫。“您可把借我的钱还我。”他这么说着，又体贴地望了她一眼。

“不谈这个罢，”她说这话时的手势，目光，姿态，都显得高贵无比，“去挣一份显赫的家业，在您国内成为一个出类拔萃的人物，这是我的愿望。声名是一座活动的桥梁，可以令人飞渡深渊。鼓起您的雄心来，那是应该的。我相信您有卓越雄伟的能力；但您施展的时候，与其为了我，毋宁为了大众的幸福：您只会在我眼里显得更伟大。”

在这次持续两小时的谈话里，洛道夫发觉法朗采斯加对自由思想抱着一腔热忱，还有那促成拿波里，比特蒙，西班牙三重革命的对自由的崇拜。临走他由伪装哑巴的奚娜送到门口。十一点钟时，这村中已没有人闲荡，无须提防了；洛道夫把奚娜拉在一边，轻轻地用他勉强的意大利语问道：“孩子，你的两个主人究竟是谁？告诉我，我给你这块崭新的金洋。”

“先生，”孩子拿着钱答道，“男主人是米兰有名的书店主人郎波里尼，革命党领袖之一，奥地利一心要关在史比特堡的煽动家[①]。”

“一个书店主人的妻子？……唔，那倒更好，”他想，“我们是同等地位。”——“她又是什么出身呢？”洛道夫重新问奚娜，“她态度简直像王后一般。”

“意大利女子都是这样的，”奚娜高傲地回答，“她父亲姓高龙那。”

法朗采斯加低微的身世加大了洛道夫的胆子，他在小艇上张了天篷，在船尾放着靠枕。布置就绪，这位恋人便去邀法朗采斯加游湖。她接受了，无疑是为了在村人面前扮演帝国少女的角

①史比特堡为奥国境内一古堡名，以幽禁名人著称于世。

色；但她带着奚娜同走。法朗采斯加·高龙那最细小的动作，都透露出极优秀的教育和最高贵的身份。一看她坐在船端上的姿势，洛道夫觉得和她是多少隔离了；面对着贵族的真正高傲的表情，他预先盘算好和她亲昵的心思消散了。法朗采斯加目光一变，俨然是个公主模样，像中世纪的公主们一样有她的特权。她似乎已猜到这武士的心思，胆敢自命为她的保护人。在法朗采斯加接待洛道夫的客厅的家具上面，在她的装束上面，在那天端来侍候他的零星器具上面，洛道夫已经认出阀阅世家与富有资产的标识。如今这些印象统统给回想起来，而当他被法朗采斯加的尊严压倒之后，他不禁沉吟着思索起来。奚娜这尚未成年的心腹，偷偷地斜睇着洛道夫，好像也在暗中讪笑他。意大利姑娘的身世显见与态度不符，这在洛道夫胸中又是一个新的谜，他怀疑其中还有像奚娜伪装哑巴一样的别的玄虚。

“您想往哪儿去呢？郎波里尼夫人。”他问。

“往吕赛纳。”法朗采斯加回答。

“好！”洛道夫私忖道，“她听我喊出她的姓氏并不诧怪，一定她早已料到我会打听奚娜，这刁滑的妮子！”

“您对我有什么不满呀？”他一边说一边终于坐到她身旁，做一个手势求她伸出手来，她却把手缩了回去。“您冷冰冰的，一本正经的，用我们的口语说是：别扭的。”

“不错，”她微笑着答道，“是我不对。这不应该，这是布尔乔亚气，你们在法文里说起来是：没有艺术家风度。的确，宁可痛痛快快的说个明白，却不要对一个朋友抱着仇视或冷淡的心思，何况您已对我证明您的友谊。也许我对您已经过了限度。您一定把我看作一个很普通的女子，”洛道夫再三做手势表示否认，她虽然看见，却毫不理会的接下去说，“是的，我发觉到这一点，便自然而然回复了我的本来面目。唔，好罢，我将用几句最真心的话来结束一切。记住，洛道夫：凡是一种感情跟我对真爱情的观念和预见抵触的时候，我觉得有力量把这感情抑捺下去。像我们在意大利那样的爱，我也能够；但我知道我的责任：没有一种陶醉能使我忘掉。我自己不曾同意而就嫁了这可怜的老人之后，很可利用他慷慨地容许我的自由；但三年的婚姻等于接受了配偶的法律。所以最强烈的热情也不能引起我恢复自由的欲望，即使无意之间也不曾有过这种欲望。爱弥里奥识得我的性格，他知道，除了我的心是属于我自己而能委许于人之外，我不会给人家握我的手，因此我刚才拒绝您。我要被人家爱，教人家等，忠实地热烈地高尚地等，我只能报以无限的温情，温情的表现又不出我方寸之间，那里才是自由的园地。一朝把这些明白了解之后，……噢！”她用着一种少女的姿态往下说，“我又可变成轻狂，爱说爱笑，疯疯癫癫，像一个不懂亲昵的危险的痴丫头。”

这场那么清楚，那么爽直的表白，所用的那种声气，那种语调，加以那种目光，使所说的内容显得句句是真心实话。

“一位高龙那公主也不能说得更好了。”洛道夫微笑着说。

“这是不是，”她高傲地答道，“对我出身卑微的一种责备？在你的爱情上面，是不是需要一个盾徽？米兰最有光彩的姓，史福查，加诺伐，维斯公底，德利维齐奥，于齐尼，写在店铺上面的有多少！有些姓亚尔钦多的还开着药铺；但是相信我，虽然我的身份不过是一个女店主，我却有着公爵夫人的情操。”

“责备？不，夫人，我是想恭维您的……”

“用一个比较来恭维么？……”她狡猾地问。

“啊！告诉您，”他答道，“为免得担心我的说话把情操歪曲起见，我得告诉您：我的爱是绝对的，包含无限的服从和尊敬。”

她满意地点点头，说：“那么阁下是接受了条件？”

“是的，”他说，“我懂得在女子强壮旺盛的机体里面，爱的机能是不会消失的，而您为了谨慎，想把它束缚起来。啊！法朗采斯加，在我这年纪，和一个像您这样高超，这样庄严秀美的女子共同培植的温情，竟是满足了所有的欲望。照您愿望的那样来爱您，不就使一个青年免于卑下的情欲吗？不就使他把精力运用于他日后以之自傲的，只留下美丽的回忆的热情吗？……您真不知您在比拉德与里琦山脉上，在此壮丽的盆地内，添加了何等的色彩，何等的诗意……”

“我很愿意知道呀，”她天真地说，但一个意大利女子的天真中间仍有多少狡黠的意味。

“哎，这个时间将照耀我一生，好比王后额上的一颗钻石。”

法朗采斯加把手放在洛道夫手上，代替了回答。

“噢！亲爱的，永久亲爱的，告诉我，您从没有爱过，是不是？”

“是的！”

“而您允许我高尚地爱您，一切都等上天安排？”

她温柔地点头。两颗巨大的泪珠在洛道夫的脸颊上淌着。

“喂，怎么啦？”她这样说的时候，不再像王后般的尊严了。

“我已没有母亲可以告诉她我是怎样的幸福，她离开了尘世，不曾看到能减轻她临终苦难的……”

“什么呢？”她问。

“不曾看到她的温情由另一股同等的温情替代了。”

“可怜的孩子。”法朗采斯加感动着说。过了一会她又道：“相信我，一个女子知道她的爱人除了她，世界上便一无所有，看见他孤独的，无家可归的，心里只有对她的爱，总之一个女子知道自己把爱人整个的占有了时，那对她是何等甜蜜，是加强她的忠诚的极大的因素！”

两个情人这样地彼此倾吐以后，心中感到一种甘美的恬静，一种庄严的宁谧。确切的信念是人类情操所要求的基础，因为宗教情操就从不缺少这信念；人永远相信会获得神的酬报。唯有与神明之爱相似的时候，爱情才觉得稳固。所以必得把这两种爱情充分体验过来，才能了解这一刻的沉醉，人生独一无二的一刻，一去不返，如青春期的情绪一样。信任一个女子，把她当作个人的宗教，当作生命的意义，当作最微渺的思想的动力！……这不就是一种再生么？……这时候，一个青年男子多少把他对母亲的爱掺入了爱情。洛道夫与法朗采斯加深深地静默了一会，彼此用友善的充满思想的目光对答着。周围的景色是自然界最美的景色之一，他们俩在其中彼此了解；外界的庄严璀璨，一方面因他们内心的庄严璀璨而获得印证，一方面也帮助他们把这唯一的一刻的最飘忽的印象，镌刻在心版上。法朗采斯加的行动全没轻狂的样子；一切都显得阔大，丰满，胸无城府。这种豪迈之气深深地打动了洛道夫，认为这是意大利女子跟法国女子不同之处。水面，陆地，天空，少女，一切都巍峨雄伟，无限温馨；在此大处浩瀚小处富丽的场面中，他们的爱情也兼有雄壮与温柔的情调；积雪的峰顶那么峭厉，蓝天衬托着山岗起伏的线条那么强劲，使洛道夫想起他的幸福就该是这种境界：积雪环绕之下的一片富饶的原野。

然而心头这股甜美的醉意，不免受着骚乱。一条小船从吕赛纳那边驶来；已经凝眸远瞩了一会的奚娜，没有忘记她扮哑巴的身份，做了一个快乐的姿势。小船渐渐驶近，等到法朗采斯加终究分辨出面貌的时候，她对一个青年喊道："蒂多！"她站起身子，不顾掉下水的危险，挥着手帕叫着："蒂多！"蒂多命令他的船夫划近，两条船拢在一条线上了。法朗采斯加和那男子用土话讲得那么起劲，使一个像洛道夫般只懂些书本上的意大利文而从未去过意大利的人完全没法了解，也没法猜测谈话的内容。蒂多的美貌，法朗采斯加对他的亲昵，奚娜的快活的神气，都教洛道夫闷闷不乐。而且没有一个爱人被对方为了无论何种原因而暂时丢在一旁时，会不觉得难过。蒂多使劲把一口小皮袋丢给奚娜，看模样是装满了金子，接着又有一包信件掷给法朗采斯加，她一边挥手和蒂多告别，一边就读起信来。

"赶快回越梭，"她吩咐船家，"我不愿让可怜的爱弥里奥多挨十分钟的苦难。"

"发生了什么事呀？"洛道夫等她读完最后一信时问道。

"自由啦！"她回答，兴高采烈得像艺术家。

"还有钱！"终于可以开口的奚娜像应声虫般答应着。

"是的，"法朗采斯加接着说，"苦难受完了！我工作到现在已经十一个多月，开始厌倦了。我绝不是一个干文学的女人。"

"那个蒂多又是谁？"洛道夫问。

"可怜的高龙那铺子里的财政部长，换句话说，是高龙那的儿子。可怜的家伙！他没法从圣·高太来，也没法走蒙·赛尼或桑·伯龙：他是从海路，走马赛，穿过法国来的。也罢，三星期内我们可以在日内瓦舒舒服服的过活了。喂，洛道夫，”她看见这巴黎人露出悲伤的神气说道，“日内瓦湖难道比不上四郡湖？……”

“让我对这座幽美的裴格曼庄子表示一番遗憾罢。”洛道夫指着土岬说。

“可怜的，来跟我们一起用晚餐，好增加您些回忆，”她说，“今天是大庆，我们没有危险了。母亲告诉我，一年以内，我们或许会获得大赦。噢！亲爱的祖国！……”

这句话把奚娜听得哭了，说道：“再过一冬，我要死在这里了！”

“可怜的西西里小羊！”法朗采斯加一边说，一边抚摩奚娜的头，那种姿势和感情使洛道夫也愿给她这么抚摩一下，虽然其中并无爱的成分。

船一傍岸，洛道夫跳上沙滩，伸手挽着法朗采斯加，一直送她到裴格曼家门口，然后回去更衣，以便赶快再去。

书店主人和妻子坐在回廊上，洛道夫一眼瞥见九十老翁的面容因喜讯所致的变动，不禁做了个惊奇的姿势。他看到一个六十左右的人，保养得很好，冷冰冰的意大利人，身子笔直像个I，虽然稀少却还乌黑的头发，露出一个白的脑袋，犀利的眼睛，牙齿雪白完整，一张恺撒型的脸，一张外交家式的嘴巴上堆着一副近乎嘲弄的笑容，差不多是虚伪的，就像一般有教养的人用来遮盖真情实意的笑容。

“这是我丈夫的本来面目。”法朗采斯加郑重地说。

“简直是初会面的新交了。”洛道夫错愕地回答。

“一些不错，”书店主人说，“我一向在串演喜剧，而且很会化装。啊！在帝政时代，我在巴黎玩过这一套，跟蒲里安纳，缪拉夫人，阿勃朗丹士夫人，还有别的……年轻时所费心学习的事情，即使是无聊的，对我们都有用处。如果我的太太不曾受过男子的教育——那在意大利是反常的，——那么我非得去当樵夫就不能在这儿过活了。可怜的法朗采斯加！谁能说她有一天会不养活我？”

洛道夫听着这可敬的书店主人，那么自在，那么和善，那么健旺，相信其中还有什么别的玄虚，便像一个受骗的人那样一声不响地寻思着。

“怎么啦，先生？”法朗采斯加天真地问他，“我们的幸福教您不快活么？”

“您的丈夫是老少年。”他附在她耳边说。

她听了大笑起来，笑得那么坦白，那么撩人，弄得洛道夫更加愣住了。

“他只有六十五岁呀，”她说，“但我敢断言，这究竟还是……令人宽慰的事情。”

“在您提出的条件之下显得多么圣洁的爱情，我不愿您拿来开玩笑。”

“嘘！”她跺着脚道，一边望望她的丈夫是否听着，“永勿扰乱这亲爱的人的安静，像孩子一样纯洁的，我爱把他怎样就怎样的人。他是，”她又接着说，“在我的保护之下。您真不知为了我是自由党人之故，他以何等尊贵的精神把他的生命财产来冒险！因为他是不赞成我的政见的。这算不算爱，法国先生？但他们家里是这样的。爱弥里奥的兄弟，被他的爱人为了一个可爱的青年而欺骗时，他把剑插在自己的心窝里；十分钟前他对贴身的男仆说：—— 我很可能杀死我的情敌；但这太使我的‘女神’伤心了。”

这种高贵与俏皮，伟大与稚气的融合一片，使法朗采斯加这时成为世界上最动人的造物。晚餐和餐后的时间都非常快乐，在两个被解放的亡命者，这当然是应有的欢喜，但在洛道夫是可悲的。

“她会不会变成轻佻？”他在回到史多弗家的路上想。“她分担我丧母的哀痛，而我却不附和她的欢乐！”

于是他责备自己，替这个童心未褪的少妇做辩护。

“她没有一些虚假，全凭她的印象支配……”他心里想，“我难道要她变成一个巴黎女子不成？”

次日和以后的几天，总之在二十天内，洛道夫整日消磨在裴格曼家，无意之间观察着法朗采斯加。在某些心灵，赞赏之下绝不会没有明察。年轻的法国人在法朗采斯加身上看出轻率大意的少女成分，看出尚未驯服的妇人的真性格，有时和她的爱情挣扎着，有时又满怀乐意的在爱情中浮沉。老人完全像父亲对女儿一般的对她，法朗采斯加也对他表示十分真切的感激，显出她天生的高尚。这个局面和这个女子，为洛道夫是一个猜不透的谜，但要推究明白的心思使他越来越离不开他们。

这些前后的日子充满着幽密的欢欣，掺杂着哀愁，反抗，拌嘴，比洛道夫与法朗采斯加融洽无间的时候更可爱。总而言之，这种无思无虑的温情，对一些极其无谓的事情嫉妒（已经！）的温情，完全显露她的天真，越来越使洛道夫着迷了。

一天晚上，法朗采斯加表示希望早日离开越梭，因为她所需要的东西这里大都没有。

“您爱奢侈！”他对她说。

“我！”她说，“我爱奢侈，正像我爱艺术，爱拉斐尔的一幅画，爱一匹美马，爱一天晴好的日子，或拿波里的海湾。爱弥里奥，”她叫道，“我们在这儿过着艰难的生活，我有没有抱怨过？”

“那时您已不是原来的您了。”老书店主严肃地回答。

“话说回来，布尔乔亚羡慕豪华，不是挺自然的么？”她说着对洛道夫和她的丈夫狡黠地瞟了一眼。“我的脚，”她伸出一双玲珑的小脚说，“是不是为劳苦生的？我的手……”她伸出一只手给洛道夫，“这双手配不配做活？您走开，”她对丈夫说，“我有话跟他讲。”

老人非常乐意的走开了：他对妻子很放心。

“我不愿您陪我们到日内瓦去，”她对洛道夫说，“日内瓦是一个多是非的地方。虽然社会上的闲言闲语绝对惹不到我的头上，我却不愿给人家飞短流长，并非为我，而是为他。他究竟是我的唯一的保护人，我要使他能以我为荣，这是我的志气。我们走后，您在这儿再留几天。到日内瓦来的时候，先来见我的丈夫，让他把您介绍给我。在大众眼前，且藏起我们永矢勿渝的深刻的爱。我爱您，您已经知道；但我用来证明我的爱的方式，是您永远不会在我的行为中间，发觉什么能引起您嫉妒的成分。”

她把他拉到回廊一角，捧着他的头，在他额上吻了一下，一溜烟跑掉了，让他待在那里。

下一天，洛道夫得知裴格曼家的房客拂晓已经动身。

从此他觉得越梭再也住不下去，便绕着最远的路向凡佛进发，一路上是不必要的匆忙。意大利女郎等着他的湖在吸引他，十月底他到了日内瓦。为免得城里的不方便起见，他在城墙外活水镇上租了一间屋。安顿停当之下，他第一件事是打听房东，一个从前的珠宝商，问他最近有没有一批意大利的亡命者，一批米兰人到日内瓦来。

“没有，据我所知，”他的房东回答道，“罗马的高龙那亲王和公主租着耶勒诺先生的别庄，湖边最美的庄子之一，订了三年租期。它坐落在狄沃大底别墅和拉芬·特·第安先生的庄子之间。拉芬·特·第安先生的庄子是租给鲍赛昂子爵夫人的。高龙那亲王是为了女儿和女婿来的，女婿是刚道斐尼亲王，拿波里人，或者如果您喜欢说，是西西里人，从前缪拉王的党徒，最近一次革命的牺牲者。新近到日内瓦的就是这几个，却都不是米兰人。凭着高龙那家在教皇那边所得的庇护与有力的斡旋，才得到国外列强和拿波里王的许可，让刚道斐尼亲王与公主住在这里。日内瓦绝不干使神圣同盟[①]不欢的事情。瑞士的独立就靠这个同盟保障的。我们的任务不在于批评外国朝廷。这儿有的是外国人：俄国人呀，英国人呀。”

“还有日内瓦人。”

“是呀，先生。我们的湖多美！拜伦勋爵在此住了近七年，在狄沃大底别墅，现在大家去走一走，好似去逛高贝和法尔奈[②]一

①即1815年奥相梅特涅克所发起的俄、奥、普三国同盟，用以压迫各小国的自由运动的。

②后者为伏尔泰晚年所居，前者为斯太埃夫人流寓之处，皆在日内瓦湖畔。

样。”

“您能不能知道，一星期前是否来了米兰一个书店主人和他的妻子，姓朗波里尼，革命首领之一？”

“我到外宾俱乐部去时可以知道。”这位退休的珠宝商说。

洛道夫第一次散步的目标，自然是狄沃大底别墅，拜伦爵士的寓所，因为大诗人最近去世之故而招引了很多游客的：天才一死，即便成圣。从活水镇起的沿湖的路是很窄的，像瑞士所有的路一样；但在某些区处，就着山地形势的分配，留有相当空间，刚好给两辆车子迎面驶过。他离开耶勒诺庄子只有几步路了，还不曾知道前面便是耶勒诺庄子；那时他听见背后有车子的声音，站的地方是两山之间的窄道，他便爬在一块岩石顶上让车。不用说，他望着车子驶近，一辆华丽的敞顶四轮车，套着两匹精壮的英国马。车子底上，装束如天神似的坐着法朗采斯加，旁边是一个僵硬若浮雕般的老妇；他一眼瞥见，不禁一阵眼花。一个浑身金线的小厮直立在车厢后面。法朗采斯加认出了洛道夫，看见他好似雕像站在底座上的神气，便微笑起来。洛道夫一面步上小坡，一面目送车子拐了弯，进入一所乡村别墅的门，他便也向着大门紧跟上去。

“谁住在这里呀？”他问园丁。

“高龙那亲王夫妇跟刚道斐尼亲王夫妇。”

“刚才回来的不就是她们么？”

“是的，先生。”

顿时洛道夫眼前去了一层幕，过去的情形全明白了。

“但愿这是她最后的一套玄虚。”这个情人错愕之下想。

他深怕成为女孩子家使性的玩具，因为他听见讲过意大利姑娘们的使性是怎么回事。但把一个生为公主的公主当作布尔乔亚看待，把中世纪最有名的旧家之一的女儿当作书店主妇看待，那在女子的心目中该是何等罪过！洛道夫为了自己的过失，更加想知道他是否被误解，是否要被摈。他掏出名片来求见亲王，立刻被引见了；那个伪充的朗波里尼老人迎着他走来，对他非常客气，表示拿波里人惯有的殷勤，陪他沿着阳台散步，从阳台上可以远瞰日内瓦，于拉，别庄林立的山岗，以及辽阔的湖岸。

“您瞧，我的妻子始终离不开湖，”他把各处的风景对客人指点过后说，“今天晚上我们有一个音乐会，”他向华丽的耶勒诺庄子走回头时又这样说，“希望您能来，让我们——公主和我——高兴。两个月共忧患的生活，和悠久的友谊没有分别。”

洛道夫虽然满腹的好奇心，却不敢求见公主，只一路想着夜会，慢慢走回活水镇。他的爱情，不论过去已如何广大，几小时内为了他的焦虑，为了等待什么变故发生，越发无限止地扩大了。如今他懂得有成名的必要，以便在社会上和他的偶像骈肩。在他眼中，因了她在越梭所表现的朴实与洒脱的行动，法朗采斯加愈显伟大。高龙那公主天生的傲态教洛道夫发抖，他要有法朗采斯加的父亲跟母亲和他为敌，至少自己是这么想。刚道斐尼公主的再三嘱咐他谨慎将事，至此才显出她是一往情深的证据。在不愿危害前途的条件之下，法朗采斯加不是明明说过爱洛道夫吗？

终于，九点敲了，洛道夫可以跨上车子，用着我们不难了解的情绪说：“到耶勒诺别庄，刚道斐尼亲王家！”终于，他踏入贵宾满堂的客厅，不得不站在门旁的一群人中间，因为那时场上正唱着洛西尼的一阕二部合唱。终于，他望见法朗采斯加了，却不曾被她瞧见。公主站在只离钢琴两步的地方。她的美妙的头发，那么浓那么长，用一个金箍拢着。烛光照耀之下的脸庞，映出意大利女子所特有的那种白色，只在灯光下面才充分发挥出它的效果。她穿着舞会服装，让人欣赏她的一对美艳的肩头，少女一般的腰肢，古典雕像上的胳膊。她的高雅庄严的美，这儿没有人可以匹配，虽然场中有着媚人的英国女子和俄国女子，有着日内瓦最美的妇人和旁的意大利闺阁，其中特别光彩照人的有那著名的华莱士公主，和这时正在演唱的女歌唱家丹底。洛道夫靠在门框上，瞅着公主，向她射着一道凝注的，固执的，撩人的目光，可以见出他全部的意志都集中在所谓“欲念”这个情操之上，有一股令人不得不注意的威力。法朗采斯加有没有受到这目光的火焰？有没有预备随时见到洛道夫呢？过了几分钟，她的视线溜到门这边来，仿佛受着这道爱的热流吸引，于是她的目光毫不迟疑地直注入洛道夫的目中去了。一阵轻微的颤抖，在这庄严娇艳的脸上和美妙的躯体上波动了一下：心灵的震撼起着反应了！法朗采斯加脸红了。在此疾如闪电的交流中，洛道夫仿佛过了整个的一生。他的幸福有什么可以相比？她爱着他啊！这位崇高的公主，在大庭广众之间，在幽美的耶勒诺别庄内，依旧信守着那个可怜的逃亡者所说的话，信守着那个寄居裴格曼家的任性女郎所发的诺言。此时此景的陶醉，使一个人甘愿做一世的奴隶！刚道斐尼公主趁着无人注意的时光，唇边浮着一副微妙的笑容，隽美而又俏皮，坦白而又得意，望着洛道夫，神气仿佛求他原谅她过去的隐瞒身份。一阕终了，洛道夫去找亲王，亲王殷勤地把他领到他妻子前面。洛道夫跟高龙那亲王夫妇与法朗采斯加，经过正式的介绍，寒暄了一番。之后，要轮到公主去加入著名的四部合唱了：Mimancalavoce（《我声呜咽》），唱的人除她之外，还有丹底，还有男中音名歌家日诺凡士，以及那流亡的意大利亲王，——他要不是一个亲王的话，凭他的嗓子也会成为一个艺术之王的。

“您在这儿坐罢，”法朗采斯加说着，把自己的椅子让给洛道夫，“哎哟！我想姓名弄错了：从刚才起，我是洛道斐尼公主了。”

说这句话时有一种风趣，一种魅力，一种天真，令人在这句隐藏信誓的笑话之下，回想起越梭的快乐日子。和她挨得这么近，绮罗的裙角和轻纱的飘带，几乎拂着他一边的面颊，听着疼爱的女子歌唱，洛道夫不禁有销魂荡魄之感。但当着这种情景，唱的又是《我声呜咽》的曲调，由意大利最美的歌喉表现，洛道夫的热泪盈眶自是不难想象的了。

在爱情里，像几乎所有的事情里一样，有些本身极其渺小的事实，是从前千百件零星小事的结果，它们的内容在继往开来的作用上变得广大无边。爱人的价值早已感觉到千百次；但一桩细事，譬如散步中间凭了一句话或出其不意的爱的表示，所致的心灵交融的接触，能把爱情激荡到最高峰。这种精神现象，可用人类原始时代就很熟悉的形象来说明：在一根长的索链中，有些必不可少的交接点，它们的结合力特别牢固。那晚洛道夫同法朗采斯加在众人面前的确认，正是联系过去与未来的那种交接点，把实际的关连种在心坎中更幽深的地方。鲍舒哀[①]是一个极懂爱情而又把爱情藏得极深的人，他提起人生中幸福的时光如何难得时，也曾说到这种承前启后的交接点。

①系法国十七世纪大文学家。

由自己来赞赏一个所爱的女子是一种快感，看到了她被大众赞赏又是一种快感：这两种快感洛道夫同时兼而有之。爱情是回忆的宝库，虽然洛道夫的那所已经琳琅满室，他又加入些珍贵的明珠：例如专诚为他的微笑，迅速的瞥视，以及法朗采斯加受他感应之后的歌声的抑扬，听众热烈的掌声甚至引起丹底的嫉妒。因此他整个欲望的威力，他心灵的这种特征，全都倾注在此美丽的罗马女子身上：他一切思想一切行为，都把她当作不变的原则和终极。洛道夫的爱，就像所有女子都梦想的那种爱，那样的强烈，那样的坚贞，那样的凝固，把法朗采斯加化为他的心的本体；他觉得她好似一道更纯洁的血融合在他的血里，好似一颗更完全的灵魂融化在他的灵魂里；在他生命的最微末的动作之下，她的作用好比地中海底金黄的沙隐在波涛之下。总之，洛道夫最微渺的憧憬也是一种活泼泼的希望。

几天之后，法朗采斯加也确认了这股广大无边的爱；但它那么自然，那么为两人同感，所以她并不惊奇：她正配受这种爱。

她和洛道夫在园子里平台上散步时，发觉他如多数的法国人一样，表白情愫时有些自鸣得意的动作，她便说：

“一个年轻美貌的女子，有相当的艺术天才可像丹底一般谋生，可以给虚荣心多少快感，您爱这样的一个女子有什么奇怪，有什么不可思议？那个伧夫不因之一变而为情种？这些对我们都不成问题。我们需要的是：坚贞地，固执地，远远地，长时期的相爱，除了知道彼此相爱的欢乐以外，没有旁的欢乐。”

“哎哟！”洛道夫说，“您看见我埋头于野心勃勃的工作时，您不会觉得我的忠实减少价值吧？您相信我会乐意看见您有一天把刚道斐尼公主这美丽的姓氏，换上一个无名小子的姓氏么？

我要成为本国最优秀的人物之一，富有，伟大，使您对我的姓氏像对您高龙那的姓氏感到同样的骄傲。”

“倘我看不见有这样的情操存在您心中，我才大大地生气哩，”她露着一个迷人的笑容回答，“可是别把野心的工作过分苦您自己。得保持您的青春……人家说政治能把一个男人突然之间变老。”

女人们最难得的，是绝不妨害温情的那种快活的兴致。深挚的情操和少年的癫狂混合之下，使法朗采斯加这时候妩媚之上再加妩媚。她的性格的关键是：善笑也善感，兴奋过后能回复巧妙的俏皮，而且出之以洒脱自在的态度，使她成为魅力无边的女子，声名远播于意大利境外。在女性的爱娇下面，她藏有渊博的学识，得力于她在高龙那古堡所过的近乎修院的，极度单调的生活。这位遗产巨大的姑娘，最初被派定进修院，因为她是高龙那亲王夫妇的第四女儿；但她的两个长兄和一个姊姊的去世，把她突然从隐遁生活中拉回到俗世，一变为罗马诸州内妆奁最富的闺女之一。她的姊姊原来许配给刚道斐尼亲王，西西里最大财主之一；姊姊死了，就把法朗采斯加嫁给他，免得两家的原定计划有所更动。高龙那和刚道斐尼两姓是世代姻亲。从九岁到十六岁，在一个家庭教士指导之下，法朗采斯加饱览家中的藏书，研究着科学，艺术，文学，让她热烈的幻想有所寄托。但学问养成了她对于独立和自由思想的爱好，使她和她的丈夫一同投身于革命。洛道夫还不知道法朗采斯加除了现代五种语言之外，也懂希腊文，拉丁文，希伯莱文。这个可爱的女子深悟一个博学女子的主要条件，是深藏。

洛道夫整个冬天耽留在日内瓦。一冬过得像一天。春天来了，虽然厮伴着一个秀慧博学，年少痴憨的姑娘，洛道夫仍不免感到残酷的痛苦，他勇敢地忍着，但有时不由得在态度之间，眉目之间，言语之间流露出来，也许是因为他觉得对方并没分担他的痛苦之故。有时他对法朗采斯加的镇静佩服之余，竟至着恼，她像那些英国女子一样，以不动声色为尊严，澹泊宁静的态度大有摈斥爱情之概；洛道夫宁愿她骚乱不宁，所以埋怨她麻木，因为他存着世俗的偏见，以为意大利女子应该是狂热善变的。有一天洛道夫在这个问题上和她打趣时，她认真起来，严肃地说道：

“我是罗马女子啊！”

这答句的语调颇有深奥的含义，令人觉得它是生辣的讽刺，教洛道夫听了心悸。五月才开放出它嫩绿的宝藏，太阳有时已发出仲夏的威力。两个情人倚靠在石栏杆上，临着船艇上落的石级，那部分的平台刚好是从地面到湖面最陡峭之处。贴邻的别庄内也有一座相类的埠头，像天鹅般闪出一条快艇，挂着有飘带的旗子，张着暗红的天幔，下面一个妩媚的妇人懒洋洋地坐在红垫褥上，头上缀着鲜花，当船夫的是一个水手装扮的男人，他在这个妇人的目光之下划得特别优美有致。

“他们多幸福！”洛道夫辛酸地说。“格兰·特·蒲尔高涅[1]，唯一能和法兰西王室竞争的名门望族中最后的一个女子……”

“噢！……她是私生子那支上传下来的，而且靠着……”

“她终究是鲍赛昂子爵夫人，并不……”

“并不踌躇！……对不对？那就老老实实地跟加斯东·特·奈伊先生隐遁了。”这位高龙那家的女儿说，“她是法国

①早期法国史上曾有好几位君王出身于蒲尔高涅族。

人，而我是意大利人呀，亲爱的先生！”

法朗采斯加离开了石栏，丢下洛道夫，一直走到平台的另一端，烟波浩渺，湖景辽阔的那一端；洛道夫望着她慢慢地走过去，疑心自己伤害了这颗那么天真又那么练达，那么高傲又那么谦卑的心灵。他觉得一阵寒冷，跟着法朗采斯加过去，也不理会她阻止他的手势，发觉她擦着眼泪，一个这样刚强的人的眼泪！

“法朗采斯加，”他握着她的手说，“你心里可曾有一点点的后悔？……”

她一言不答，挣出那只拿着绣花帕子的手，重新擦着眼睛。

“原谅我。”他又说。冲动之下，他用亲吻来替她擦掉眼泪。

法朗采斯加激动得很厉害，竟没发觉他这个热情的动作。洛道夫以为是默契，便大着胆子搂着法朗采斯加的腰肢，把她紧揿在怀里，攫取了一吻；但她挣脱了他的臂抱；那个壮美的姿势显出是她的贞节起了反抗；她站在两步以外，并不发怒但很坚决地望着他说：“您今晚动身，不到拿波里不再相见。”

这命令虽然严厉，仍旧虔诚地给执行了，因为那是法朗采斯加的意志。

回到巴黎。洛道夫发现家里已摆着刚道斐尼公主的肖像，是名画家希奈作的，像希奈所做的一切肖像一样的美。这位画家经过日内瓦往意大利。因为他曾坚拒给好几位太太的画像，洛道夫不信刚道斐尼亲王虽然那样热望要一幅妻子画像，能够说服这位名画家；但大概是法朗采斯加把他迷了，居然破例作了两幅，一幅是原本，精心杰构之作，就是送给洛道夫的；一幅是临本，留给爱弥里奥的。这些是她在一封美丽动人的信里告诉他的。当面为了顾虑体统的拘束，在信里不存在了，她的思想可在此得到些补偿。洛道夫复了信去。从此两人之间开始了更无穷尽的通讯，他们所能容许的仅有的快乐。

洛道夫存着他的爱情应有的那股雄心，立刻着手他的事业。他先是想要财富，把他所有的精力，连同所有的资本，一齐投到一桩企业中去冒险；但他不得不毫无世故地和奸险的骗局奋斗，终于战败了。三年的时间，努力和勇气，在一桩巨大的企业中消耗掉了。

洛道夫倒台的时候，正是维兰内阁倒台的时候。强项的爱人想向政治去要求实业所拒绝他的东西；但在投身于政治生涯的暴风雨之前，他带着浑身的创疤痛楚，先到拿波里去裹扎伤口，汲取勇气。那时节，当拿波里新王登极的时候，刚道斐尼亲王夫妇被召回国，没收的财产也发还了。在洛道夫的斗争中，这是甘美无比的休息，他充满着希望在刚道斐尼府邸逗留了三月。

洛道夫重新开始建造他的财富。他的才干已经显露，正当要实现野心的愿望，快要获得一个显要的职位来报偿他忠诚的服务时，一八三〇年七月的暴风雨爆发了，他的船又沉了。

她和上帝！这两个证人鉴临着一个优秀青年的最勇敢的努力，最大胆的尝试，但至今为止，照顾愚人们的上帝——幸运！——不曾来照顾他。而这再接再厉的运动家，靠了爱情的支持，受着永远友善的目光和永远忠诚的心烛照，再开始新的战斗！但愿普天下有情人都为他祈祷！

一口气吞完这篇故事时，特·华德维小姐双颊炽热，血管发烧，哭着，为了愤懑而哭着。受着当时流行的文学影响的这个中篇，是洛萨莉在这类作品中第一次读到的东西，其中描写的爱情，不说是出于大家的手笔，至少是一个似乎讲述亲身经历的人的文学；而故事的真实，即使写得不巧妙，也已能打动童贞未失的心。洛萨莉可怕的骚动，发热与眼泪，原因就在于此：她妒忌法朗采斯加·高龙那。她完全相信这诗意浓郁的小说底下所有的真诚：亚尔培在叙述他热烈的初恋时，大概是故意把姓名隐瞒起来的，也许连地方在内。洛萨莉被一股阴险的好奇心抓住了。哪个女人会不像她一样的要知道她情敌的真姓名呢？因为她已经在爱了！念着这些富有传染性的篇章时，一路在心中念着这个庄严的句子：我爱他！她爱着亚尔培，胸中感到一股辛辣的醋意，要把他夺过来，从那陌生的情敌手里把他劫下来。她想到自己不爱音乐，想到自己生得不美。

“他永远不会爱我的。”她私忖着。

这个念头使她愈要知道自己有没有猜错，是否亚尔培真的爱着一个意大利公主，是否她也爱他。在此生死关头的夜里，当年有名的华德维高人一等的果断的性格，在此女承继人身上全部施展了出来。她想出奇奇怪怪的计划；而且，凡是少女被毫无远见的母亲幽禁在孤独中间，忽然被一件重大的事故，为平时束缚她们的教育制度不曾料到也不曾阻止的事故刺激起来时，她们的想象都曾在一些想入非非的计划四周打转。她想从假山上用一座梯子爬到亚尔培的花园里，趁他睡熟的辰光，从窗里瞧一瞧他书斋的内部。她想写信给他，想破坏勃尚松社会的封锁线，把亚尔培引入特·吕泼家的沙龙。这件工作，连特·葛朗赛神甫也要叹为观止的奇迹，一念之间已经确定了。

“啊！”她想道，“父亲在露克赛田庄上有些争执呀，让我到那边去！倘没有讼案发生，我可以制造，那么他可以到我们的客厅里来了！”她一边嚷着一边从床上跳起，奔向窗子，去看那半夜里照着亚尔培的迷人的灯光。一点已经敲了，他还睡着。

“我可以看到他起来，说不定他会走到窗前来！”

这时候，特·华德维小姐看到一件事情使她有方法探到亚尔培的秘密。在幽微的月光中，她瞥见两只胳膊从假山顶上的亭子里伸出来，帮助亚尔培的男仆奚洛末爬过墙头，钻到亭子里去。洛萨莉立刻认出，奚洛末的那个共谋犯是玛丽爱德，她们的贴身女仆。

“玛丽爱德跟奚洛末！”她心里想，“玛丽爱德，一个那么丑的女人！他们俩都该害臊呀。”

玛丽爱德固然丑得可憎，而且年纪已经三十六，但她所得的遗产却有好几块田。她在特·华德维夫人家已服侍了十七年，很受主母看重，为了她的虔诚，她的忠实，她的服务的年代：不消说她把工资和外快撙节下来，存放出去。拿每年大约二百法郎来计算，连利息和遗产，大概一共值到一万五千法郎。在奚洛末眼里，一万五千法郎简直更改了视觉原理：他发现玛丽爱德有美丽的腰身，天花在那张枯索平板的脸上所留下的窟窿和疤瘢，他再也看不见了；歪斜的嘴巴，他觉得是笔直的；并且从萨伐龙律师雇用了他，使他跟特·吕泼公馆接近以来，他便正正经经进攻这个和主母一样古板一样假贞节的虔婆了，她跟所有丑陋的老姑娘一样，倒比最美的女子挑剔得更严。这小亭夜会的一幕，对于一般明察的人固然很易分析清楚，对洛萨莉却还不甚了了，倒反受到最危险的教训，给她一个坏榜样。一个母亲严格教育着她的女儿，用她的羽翼庇护了她十七年，却在一小时内被一个女仆把这件长久而艰苦的作业给毁了，有时不过由于一句话，往往不过由于一个动作！洛萨莉重新睡下，盘算着怎样充分利用这次的发现。下一天早上，玛丽爱德陪她上教堂做弥撒的时候（男爵夫人那天不舒服），洛萨莉抓着女仆的手臂，使她大吃一惊。

“玛丽爱德，”她说，“奚洛末得到他东家信任吗？”

“不知道，小姐。”

“别跟我假惺惺了，”洛萨莉冷冷地回答。“你昨天夜里让他在小亭下面拥抱。莫怪母亲想这样那样装饰亭子时，你极力的赞成！”

洛萨莉从玛丽爱德的手臂上感觉到她的颤抖。

“我对你并没什么恶意，”洛萨莉接着说，“放心好了，我不对母亲提一个字，你要看奚洛末多少次都可以。”

“可是，小姐，那完全是诚心诚意的。奚洛末除了娶我以外并无他念……”

“那么为什么你们要在夜里相会？”

玛丽爱德狼狈之下，一句都答不出。

“听我说，玛丽爱德，我也在爱，我！我暗中爱着，独个子爱着。归根结底，我是父母的独养女儿；所以你对于我的希望，比对世界上任何人的希望都要大……”

“当然，小姐，您可以相信我们生死如一。”玛丽爱德对着这个意想不到的转圜大为高兴的说。

“第一，要不声张大家都不许声张。我不愿嫁特·苏拉先生；但我要，绝对的要一样东西：你答应了我这个条件我才替你包庇。”

“什么东西呀？”玛丽爱德问。

“我要看萨伐龙律师教奚洛末送到邮局去的信。”

“做什么用呢？”玛丽爱德骇然的说。

“噢！不过读一遍罢了，过后你再替我投到邮局。这不过把信略为耽搁一下，如此而已。”

这时候，洛萨莉和玛丽爱德进了教堂，各人肚里转着念头，再没心绪念弥撒祭里的日祷文了。

“我的上帝！这些事情里有着多少的罪过呀？”玛丽爱德心里想。

洛萨莉的灵魂，头脑，心，都给那篇小说搅乱了，终于明白那故事是专诚为她的情敌写的。像一般孩子一样，老对一件事情思索的结果，她想到《东方杂志》一定由亚尔培寄给他的爱人的。

“噢！”她一边想一边跑着，像一个苦恼万分的人祈祷的姿态，“噢！怎样能摆布我的父亲去翻阅杂志社的定户簿呢？”

午饭以后，她跟父亲撒着娇在花园里绕了一圈，把他带到亭子下面。

“我的小爸爸，你相信我们这份杂志会流传到国外去吗？”

“它才不过开头呢……”

“可是我打赌它已经寄到外国。”

“不见得。”

“那么你去瞧就是，把外国定户的名字记下来。”

两小时以后，特·华德维先生告诉他的女儿说：“我没有猜错，还没外国定户。他们希望在纽夏丹，在伯尔尼，在日内瓦会有。固然他们现在有一份寄往意大利，但是赠阅的，寄给一位米兰的太太，住在大湖边上倍琪拉德的别庄上。”

“姓名呢？”洛萨莉兴奋地问。

“阿琪奥洛公爵夫人。”

“您认识她吗，爸爸？”

“自然我听见人家提过。她未出阁前是索但里尼公主，翡冷翠人，一个门第极高的女子，跟她的丈夫一样有钱，丈夫在龙巴地有着最美的产业。大湖边上他们的别庄是意大利名胜之一。”

过了两天，玛丽爱德把下面的一封信交给洛萨莉。

亚尔培·萨伐龙致雷沃博·阿纳耿

啊！是的，亲爱的朋友，你以为我在旅行，我却到了勃尚松。没有一些成功的端倪时，我什么都不愿对你说，现在却已露出曙光来了。是的，亲爱的朋友，我消耗了我最纯洁的血，费掉了多少精力，糟蹋了多少勇气，经营着多少事情而都流产之后，我想学你的样：拣一条平凡的路，康庄大路，最长的，最稳当的。在你那张公证人的椅子上，我几曾看见你翻过筋斗？但别以为我内心生活有任何变化；那秘密，世界上只你一人知道，并且还在她给我指定的限度以内。朋友，过去我不曾对你说明，但我在巴黎的确厌倦得要死。我全部的希望所寄托的第一桩事业，弄得毫无结果，由于两个合伙人的恶辣手段，通同着来欺骗我，使我两手空空，不能再做左右全局的活动。那次的结局，使我不得不放弃寻觅金钱的幸运；可是我已为之蹉跎了三年的生活，其中一年消耗在辩护上。也许我的结果还要糟，倘使我二十岁上不曾被迫去学习法律的话。我又想成为一个政治家，单单为了能有一天名登贵族院，获致亚尔培·萨伐龙·特·萨伐吕司伯爵的头衔，把一个在比利时业已消灭的美丽的姓氏在法国复活起来，这姓氏不但在比利时已传不下去，而且我既不是一个合法的儿子，也不曾获得法律的追认。

“啊！我早就相信他是贵族！”洛萨莉叫着，把信掉在地下。

你知道我曾怎样用功读书，干着默默无闻的，但是忠诚的，但是有益的新闻事业，替那个在一八二九年上还对我忠实的政治家当过出色的秘书。正当我的名字开始显耀，正当我要以参事院咨议的资格，借着这必不可少的阶梯进入政治机构的时候，七月革命把一切都化为乌有。我又犯了忠于战败方面的错误。我为他们奋斗。他们消灭了。我还在奋斗。啊！为什么我那时只有三十三岁，怎么我不曾要求你替我造成候选资格？我把我一切的热忱和危险都瞒着你。为什么？我有着坚决的信仰！那时我们俩的意见绝不会一致。十个月前你看见我那样高兴，那样快乐，写着我的政论文章时，我正在绝望啊：我眼见自己到了三十七岁，全部的财产只有二千法郎，没有一些声名，刚刚在一件高尚的事业中失败下来，不去迎合当时的热情而只适应未来的需要的一份日报。我简直不知走哪一条路。可是我明明白白感觉到我的力量！忧郁而受伤之下，我在这个从我手里溜走的巴黎城中，拣些冷僻的地方闲荡，想着我受了欺骗的雄心，可是并没放弃。噢！那时我有多少愤懑不平的信写给她；写给我的这个第二意识，这另外一个我！有时候我对自己说：“干吗要替自己的生活定下一个如是远大的计划？干吗我样样都要？干吗我不去做些近乎机械的事情来等候幸福？”

于是我目光转到一个可以糊口的位置。我正要去主持一份报纸，跟一个见识有限，野心勃勃而崇拜金钱的经理合作，忽然我害怕起来。

“她肯不肯要一个屈膝到这步田地的情人做她的丈夫？”我

问着自己。

这个念头使我回到了二十二岁！噢！雷沃博，这些彷徨困惑把一个人的心灵消磨得多厉害！鹰隼被囚，雄狮受缚，真是何等的痛苦！它们感到拿破仑所感到的一切痛苦，不是在圣·赫勒拿岛，而是在蒂勒黎河滨大道上，八月十日那天[①]，他眼见路易十六的懦弱不知自卫而愤懑，而反映出他拿破仑壮志未伸的苦恼，因为他是有镇压暴动的力量的，就像他以后在十月里在同一地方所表现的那样[②]。唉！拿破仑在那一天上所感受的痛苦，我已捱受了四年之久：这便是我过去的生活。我在蒲洛涅森林荒凉的走道上，做过多少次准备在国会讲坛上发表的演说！这些无裨实际的练习，至少训练了我的口才，养成了用言语表达思想的习惯。当我暗中受着这些磨难的时候，你却结了婚，付清了你受盘事务所的费用，在圣玛丽受了伤，得了十字勋章，当着你本区区公所的副区长。

听我说！我小时候捉弄金壳虫的辰光，这些可怜的虫有一个动作几乎使我浑身发烧。我看见它们再三努力想往上飞，虽然张开了翅翼，却始终飞不起来。我们那时说：它在计数！我看了心中难受，不知是为了同情心，还是为了这是我前程的一种幻影。噢！张开了羽翼而飞不起来！这便是我从那件美妙的事业失败以来的情形。使我憎厌的那件事业，现在却给四个家庭发了财。

七个月前，我决心在巴黎的法庭上露头角，因为眼见多少律师变了达官显宦，辩护士方面的人才一扫而空了。但我想起在报界里我有多少敌人，并且在此人才荟萃的巴黎舞台上，要得到无论什

①系1792年8月10日，路易十六被囚，翌年1月23日被国民会议判死刑。

②系1795年10月5日巴黎群众为反抗国民会议独裁而起暴动，直扑蒂勒黎御园，卒为少年军官拿破仑荡平。

么成功都不容易，我便下了一个狠心，拣了一条有把握而比较最迅速的路。在我们的谈话中，你明白解释给我听勃尚松的社会组织，一个外乡人想要在那里出头，要想引起一些极其微末的注意，要想结婚，要想进入那边的社会，要想得到无论哪方面的成功，都不可能。但我还是拣了这个地方来树立我的大旗，很有理由想到在此可以避免竞争，可以单枪匹马的弄到议员资格。贡台不愿见外乡人，那么外乡人也不愿见贡台人好了！他们拒绝他进入他们的客厅，那么他永远不去就是！无论哪儿他都不露面，甚至连街上也不出去！但这里有一个制造议员的阶级，就是商人阶级。我要把我本来熟悉的商业问题再加特别研究，我将替人家打赢官司，调解争执，成为勃尚松最有权威的律师。过些时候，我再创办一份杂志保卫本地的利益，所谓本地的利益我可制造出来，教它存在或教它复活。等到我一票一票地赢得了相当的票数时，我的名字就可从投票匦中一跃而出。人家尽可在长久的时期内瞧不起一个无名律师，但自然会有机会给他出人头地，一件义务辩护啦，旁的律师不愿接受的案子啦。只要我开口一次，我便有十拿九稳的把握。这样思索过后，亲爱的雷沃博，我便把藏书装了十一口箱子，买了些一朝可能用到的法学书，加上我全部的行李，连同家具，一并交给运输公司往勃尚松送。我拿了文凭，搜罗了一千法郎，便来跟你告别。驿车把我送到勃尚松，三天之内找到了一所小小的屋子，面临着花园，我华贵地布置了一间神秘的书斋，为我日夜不离的，其中闪耀着我的偶像的肖像——我把生命奉献给她的偶像，是她充实了我的生命，成为我努力的原则，我勇气的密钥，我才具的因素。随后，当我的家具和书籍运到时，我雇了一个伶俐的男仆，于是我在家守了五个月，像一匹鼳鼠过冬似的。其时我的名字早已登录在律师表上。终竟有一天，人家指定我在重罪法庭替一个可怜虫当义务律师，无疑是为了至少要听我开一次口！勃尚松最有势力的商人之一正在陪审官席内，他刚有一件棘手的案子。我替我的当事人花尽了心机，获得了最完满的成功。原来他是无辜的，我教庭上在证人栏中逮捕了真凶，经过的情形真像演戏一般。临了，庭上也和旁听的群众一样表示佩服。我还替预审推事遮了面子，说要发觉一桩组织那么严密的阴谋几乎是不可能的事。接着我就赚得了那个大商人的委托，替他打赢了官司。大寺的僧侣会又选中我担任一件跟市政府争了四年的讼案：我又得胜了。在三桩案子里我一跃而成为法朗希-贡台地域最大的律师。可是我把我的生活隐藏在最深沉的神秘中间，遮掩着我的抱负。我养成了使我无须接受人家邀请的习惯。人们只能在早上六点到八点之间来和我接洽，晚餐过后我就睡觉，再在夜里起来工作。把僧侣会初审业已败诉的案件来委托我的那位副主教，是一个颇有思想颇有势力的人，他自然言语之间表示谢意。我回答他说："先生，我可以替你们胜诉，但不愿收受公费，我要求的不止是公费……（神甫为之全身一震）得知道我出头跟市政府作对是大有损失的。我到这儿来，为的是要在离开的时候身为国会议员，所以我只愿接受商业案子，因为唯商人能制造议员，而假使我替教士们辩护的话，他们便要猜忌我，而你们在他们眼里确是教士啊。我肯接受你们的案件，因为我在一八二八年时当过某部长的私人秘书（神甫又做了一个惊讶的动作），以亚尔培·特·萨伐吕司的名字当过参事院咨议（又是一震）。我一向忠实于君主政体，但既然你们在勃尚松不是一个多数党，我不得不借助于中产阶级的票数。因此我向您要求的公费，是将来在适当的时机暗中替我张罗票数。我们彼此守着秘密，我将替本区里所有的教士当义务辩护。我过去的历史请您一字莫提，希望互相守信。”当案子结束，他来道谢时，给我一张五百法郎的钞票，附在我耳边说：“票数还是有效的。”在我们五次会谈中，我相信已赢得这位副主教做朋友。现在，手头堆满了案件，我只接商人们的诉讼，借口说商务诉讼是我的专长。这个手段替我抓住了生意人，使我能够寻觅有权势的人物。因此，一切都顺利。再过几个月，我将在勃尚松买一所屋子来完成我的候选资格。在这件买卖上面，我要你帮忙，借资本给我。如果我死了，如果我失败了，损失也不致巨大到在你我之间成为问题。房租可以抵补你资本的利息，并且我要等候一个好机会，使你在这笔押款上面没有损失。

啊！亲爱的雷沃博，拿一个赌棍来譬喻罢，当他袋里带着所剩的全部家业走进国际俱乐部，在最后的一夜去孤注一掷，去拼个倾家荡产或成家立业的时候，他也不会有我在此野心赌博的最后一局里所听到的无时或息的耳鸣，手掌里的冷汗，头脑的昏沉骚动，以及浑身内部的颤抖。唉！亲爱的唯一的朋友，我奋斗快满十年了。这场与人与事的斗争，逼我继续不断地倾注我的精力，使我欲望的机括日趋迟钝，把我的精神消耗殆尽。表面上是年富力强，内里我是觉得崩溃了。多过一天，我的内心便多摧残一天。每逢重整旗鼓，做着新的努力时，我总感到下次是没有力量再来的了。要说力量，我只有享受幸福的力量了；倘使它不把蔷薇的花冠加在我的头上，我之为我便要消灭，我将变成一件衰败零落的东西，在世界上更无希冀，我也再不愿成为任何东西。你是知道的，权威与荣名，我所寻访的这个巨大的精神财富不过是次要的：那为我只是获取幸福的手段，迫近我偶像的阶石而已。

像古代的竞走者一样，在断气的时光到达终点！眼看财富与死亡同时在门口双双出现！在爱情熄灭的时分得到他的爱人！挣得了过幸福生活的权利时，再没精力来享受！噢！注定着这种命运的人有多少啊！

当塔尔这个野心的神，一定有一个时候会停下来，交叉着手臂，不愿再演那永远上当的角色，不把地狱放在眼里。哎哟，我就会到这步田地的，万一有什么事情使我的计划失败，万一当我爬在外省的灰土里，为了选举票而像饿虎一般在商人四周选举人四周匍匐之后，万一把我可在大湖边上望着她所望的湖水，睡在她的目光之下，听她说话的时间，去消磨在辩护那些乏味的讼案之后，而我仍不能跃登宝座攫取一个光荣的姓氏，来承继阿琪奥洛这个姓氏的话，那么，我就会到那步田地！不但如此，雷沃博，有些日子我竟懒洋洋地觉得浑身软化；从我心灵深处升起一股憎恹欲死的情绪，尤其当我长久地出神之后，在想象中预先体味着幸福的爱情的时候！欲望的力量是不是在我们心中只有一定的容量，欲望过度的膨胀会不会使它根本消灭？总之，这时候我的生活是美妙的，受着信仰的光辉照耀，受着工作与爱情的光辉照耀。再会，朋友。我拥抱你的孩子们。替我向你贤惠的太太致意。

你们的亚尔培

洛萨莉把这封信看了两遍，其中大概的意义都镌刻在她心里了。她一下子窥到了亚尔培过去的生活，因为她机灵的聪明替她解释了许多细节，给她瞭望到浩瀚的边际。把这封自白的信跟杂志上的小说参证之下，她对亚尔培整个的为人都了解了。这颗优美的心灵，这股坚强的意志，本已气势不凡，她自然还要加以夸张；于是她对亚尔培的爱恋一变而为激烈的热情了，再加她青年的锐气，孤独的烦闷，潜伏的魄力，益发火上添油，助长了这热情的猛烈之势。在一个青年人，恋爱本已是自然律的一种作用；但当爱情的需要把一个非凡的人物做了对象时，其中势必还要添入在年轻的脑中洋溢泛滥的狂热。所以特·华德维小姐几天之内便到了爱情高潮中非常危险而近乎病态的阶段。男爵夫人倒对女儿很满意，因为她一心一意转着自己的念头，不再和母亲别扭，仿佛用心做着各种女红，实现了母亲的理想，成为一个柔顺听话的女儿。

律师每星期出庭二三次。虽然忙得不堪，他对法院，商业纠纷，杂志，都能应付裕如，而且他深深地躲在暗里，懂得他的成功越是黯晦越是遮藏，越是来得实在。但他对无论哪条成功的路径都不曾疏忽，研究着勃尚松的选举人名单，探寻他们的利益所在，打听他们的性格，他们来往的朋友，以及他们嫌恶的对象。一个红衣主教觊觎教皇的宝座时，也不会像他这般设想周密！

一天晚上，玛丽爱德来替洛萨莉更衣去赴一处夜会时，授给她一封信；女仆心里对着这种背信的行为怀着鬼胎，而特·华德维小姐一见信封上的地址，也立刻气吁吁的，脸色忽红忽白起来。

意大利　倍琪拉德
阿琪奥洛公爵夫人　　台收
（前索但里尼公主）

在她眼里的这个地址，无异在伯沙撒王眼中闪耀的弥尼，提客勒，毗勒斯[1]。她藏起信，下楼随母亲上特·夏洪戈夫人家。这晚上她心里又是悔恨又是焦虑。她对于刺探亚尔培给雷沃博信上的秘密，已经觉得羞愧。她好几次自问：倘若亚尔培知道了这桩罪行，因为非法律所能惩罚而格外卑鄙的罪行，这个高洁的男人还会不会爱她？她的良心坚决地回答说：不！她用苦行来补赎罪过：持着饿斋，跪在地下交叉着手臂，做着苦行，几小时的念着祷文。她也强迫玛丽爱德忏悔。热情中间添入了最真诚的禁欲苦修的成分，使热情变得格外危险。

"这封信我看不看呢？"她心里忖着，一边听着特·夏洪戈家姑娘们谈话。姑娘们一个十六岁，一个十七岁半。洛萨莉把这两个朋友看作小丫头，因为她们不曾暗地里爱什么人。她在是与否之间踌躇了一小时之后想道："要是我读这封信，当然也是最后一封了。既然我已费尽心机探听他写给朋友的说话，为何我不能知道他写给她的信呢？就算这是一桩丑恶的罪行，可也不是爱情的证据吗？噢！亚尔培，我岂不是你的妻子吗？"

洛萨莉一上床，便拆开信来，那是一天一天接着写的，以便公爵夫人对亚尔培的生活和情绪获有真切的形象。

二十五日

亲爱的灵魂，一切都顺利。在以往的收获中，我新近又加上一桩最可贵的：我对选举运动中最有势力的人物之一帮了一次忙。好像那些只能制造荣名而永远不能自己登龙的批评家一样，他制

①见《旧约·但以理书》第五章。

造议员而永不能自为议员。那个好家伙想用低价来表示他的感激，简直连钱袋都不打开，只和我说："您愿意进国会吗？我能使您当选。"我假意回答道："如果我决定干政治，那将是为了效忠于贵台，表示我对它的感激，报答它对我的赏识。""好罢，我们来替您决定就是，那时我们可在国会里有一分势力，因为您一定会大显身手。"

这样看来，亲爱的天使，不论你怎么说，我的恒心终必获得胜利之冠。最近的将来，我将站在法兰西的讲坛上对我的国民说话，对全欧洲说话。我的名字将由法兰西报界无数的喉舌传到你的耳边！

是的，像你所说，我来到勃尚松时已经老了，而勃尚松使我更老了；可是一朝入选之后，我能立刻恢复青春，好似西施德五世[1]一样。那时我将开始我真正的生活，进入我的世界。那时我们俩不是骈肩平等了么？萨伐龙·特·萨伐吕司伯爵，驻某某国大使，当然可以娶一个索但里尼公主，阿琪奥洛公爵的寡妇了！在继续不断的斗争中维护身心的人，能因胜利而恢复青春的。噢！我的生命！我多快活的从藏书室奔到书斋，在你的肖像前面，在写信之前把我这些成就先诉给你听！是的，我的票数，副主教的，将要受到我帮助的人的，还有上面所说的那个主顾的，业已使我有了当选的把握。

二十六日

自从那幸运的晚上，美丽的公爵夫人一瞥之下把流亡的法朗

①系1585至1590年间的教皇。登极前老态龙钟，行不离杖。六十四岁被选为教皇时，立即投杖而起，健步如飞云。

采斯加的诺言确认以来，已经到了第十二个年头了。啊！亲爱的，你三十二岁，我三十五岁；亲爱的公爵七十七岁，他比我们两人总加的年纪还大十岁，但仍是那样矍铄！请你替我祝贺他罢。我的耐性不减于我的爱情。并且我还需几年的光阴，才能把我的财产增高到堪和你的名字匹配。你瞧，我很快活，今天我简直笑了：这是希望的功用啊！我的忧郁或快乐，一切都是从你那边来的。登峰造极的希望，永远使我觉得第一次见到你，把你我的生命如土地之与阳光似的结合为一，还不过是昨日的事。这十一年真是何等的痛苦，今天又是十二月二十六了，我到你公斯当湖畔别庄上来的纪念日。十一年来我追求着幸福，受着你的照耀像一颗明星似的，可是你高高的挂在天空，不是凡人所能几及！

二十七日

不，亲爱的，不要到米兰去，留在倍琪拉德罢。米兰使我害怕。我也不喜欢可恶的米兰风气，天天晚上在斯加拉歌剧院跟一大伙人聊天，其中不免有人对你吐露一些温柔的字句。为我，孤独赛如那块琥珀，可使一条虫在它的核心保存它永远不变的美。一个女子的灵和肉，在孤独中间可以永久纯洁，不失她青春期的模样。

二十八日

你的塑像永远完不成的吗？我要你的大理石像，油画像，画在小古董上的工笔像，各色各种的肖像，来排遣我的不耐烦。我老等着倍琪拉德别庄南面的风景，回廊的风景：我所缺的就是这两幅。我今天特别忙，除了一个“无”字以外什么都无可奉告，但这“无”便是一切。上帝不是从无造出世界来的吗？这“无”是一句话，是上帝的一句话：我爱你！

三十日

啊！我收到你的日记了！谢谢你的准期！那么你真的高兴看到我们初会的细节用这种方式描写吗？……哟！我一边掩饰情节一边还大大的担心你生气咧。我们不曾有过短篇小说，而一份没有短篇小说的杂志，等于一个没有头发的美女。我天性不会无中生有，无可奈何，我便运用了我灵魂中唯一的诗篇，我回忆中唯一的奇遇，用可以公开讲述的语气来叙述，一边写一边不住的想着你，这是我一生唯一的文学作品，不能说出之于我的笔下，只能说出之于我的心坎。犷野的索玛诺被我变成了奚娜，你不觉得好笑吗？

你问我身体怎样？比巴黎时好多了。虽然工作繁重，究竟清静的环境对心灵大有影响。亲爱的天使，令人疲倦，令人衰老的，乃是虚荣未逞的悲伤，乃是巴黎生活的不断的刺激，乃是和野心的敌手勾心斗角的挣扎。宁谧却是镇静的油膏。你的信，把你日常生活中琐琐碎碎的事情告诉我的长信，它所给我的喜悦是你所想不到的。你们做女子的，万万不知道一个真正的爱人对那些无聊的事情感到何等兴趣。你的新衣的样品，我看了十二分的高兴！知道你的穿着，难道为我是一件无足轻重的事吗？要知道的事多着哩；你的庄严的额角是否光彩奕奕？我们的作家能否给你解闷？诗人加拿利的歌唱是否教你兴奋？我读着你所读的书。联想到你在湖上游览我也怦然心动。你的信多美，和你的灵魂一样隽永！噢！你这朵天国之花，我日夜膜拜的花！没有这些可爱的信，我还活得成吗？十一年来，你的信在我艰苦的途程中支持着我，赛似一道光明，一缕香气，一支有规律的歌，一种神明的粮食，安慰生活，魅惑生活的一切！万万少不得啊！要是你知道我未接你来信时的怆痛，要是你知道一天的迟到所给我的苦恼！她病了吗？还是他病了？我简直在天堂和地狱之间来回，我疯了！亲爱的女神！希望你在音乐上用功，锻炼你的歌喉。我很高兴彼此对工作和时间的分配一致，使你我虽然隔着阿尔卑斯山，仍过着同样的生活。想到这点，我便心神欢畅，有了勇气。我还没告诉你，当我第一次出庭辩护时，我想象你在旁听，忽然之间我就有了使诗人高出凡人的那股灵感。如果我进了国会，噢！你一定要到巴黎来听我的处女演说！

三十日晚

天哪！我多爱你！可怜，我寄托在我的爱情和希望上面的事情太多了。万一有什么不测把这条过于沉重的小舟倾覆了时，我的生命也要给它带走的了！和你离别已经三年，而一转到往倍琪拉德去的念头，我的心便跳得那么厉害，使我不得不停止再想……看见你，听你那儿童般的抚慰人的声音！用眼睛来拥抱你象牙般的肤色，在阳光中那么灿烂，令人猜出里面藏着你高贵的思想的肤色！赏玩着你抚弄键盘的手指，在一瞥之中接受到你整个的灵魂，在一声“天哪！”或一声“亚尔培多！”的语调中接受到你整颗的心，在你家满缀鲜花的橘树前面一同散步，在这清幽绝俗的景色中消磨几个月……这才是人生！噢！追求权势，名誉，财富，多无聊！一切都在倍琪拉德呀：这里才有诗意，这里才有光荣！我真该替你当总管，或者逞着爱情的意志，在你家里当骑士，可是我们热烈的情绪不容许我们接受。再会罢，我的天使，眼前的这种喜乐，仿佛是希望的火把投射下来的一道光明，一向我当它是磷火的；倘使我以后有表示忧伤的时光，那么，请你看在眼前的喜乐份上原谅我罢。

“他多爱她！”洛萨莉叫着，听让这封信从手里掉下，仿佛重的拿不住，“过了十一年，还写这样的信？”

“玛丽爱德，”洛萨莉吩咐女仆道，“明天早上你去把这封信丢在邮局里；告诉奚洛末，我所要知道的事已全盘知道，教他忠忠心心的服侍亚尔培先生。我们大家去忏悔这些罪过，可别说出那些信是谁的，寄给谁的。是我不好，是我一个人犯的罪。”

“小姐哭过了。”玛丽爱德说。

“是的，我却不愿给母亲发觉；替我去端些冰冷的冷水来。”

在热情奔放的暴风雨中，洛萨莉常常听从她的良心。两颗忠贞的心把她感动了，她做了祈祷，心想自己只有退让的份儿，只有尊重两个在德行上分不出高下的人的幸福，他们在命运之下低头，一切听凭上帝的意志，别说犯罪的行为，连恶意的愿望都没有。她受着青年人天然赋有的正直的感应，这样地决定过后，觉得自己高卓了些。下这决心的时候，也有少女的一种想法在鼓励她：她要为他牺牲！

“她不懂得爱，”洛萨莉想道，“啊！换了我，对一个这样地爱我的男人，我将牺牲一切。被爱！……什么时候轮到我呢？由谁来爱我呢？这个矮小的特·苏拉先生只爱我的财产；倘使我是一个穷人，他连睬都不会睬我。”

“洛萨莉，我的小乖乖，你在想什么呀？你绣到图样外面去了。”男爵夫人对她的女儿说，她正替父亲绣着软鞋。

一八三四到一八三五年间的冬天，洛萨莉心中老是思潮起伏，骚乱不宁；但到了春天四月里她刚满十八岁的时候，她有时私忖道：打败一个阿琪奥洛公爵夫人究竟颇有意思。在静默与孤独中间，对于这场斗争的默想，把她的热情和恶念重复燃烧了起来。左一个计划，右一个计划，她预先培养着她传奇式的胆气。虽然像她这种性格是例外，洛萨莉型的女子不幸还是太多，这件故事之中的教训正好给她们一个榜样。那个冬天，亚尔培·特·萨伐吕司不声不响的在勃尚松有了大大的进展。存着十拿九稳的心，他焦灼地等着解散国会。他在中间派里面，征服了勃尚松一个幕后操纵的人物，很有潜势力的一个有钱的承揽商。

古代的罗马人曾经到处费过很大的心机，花过数目很大的款子，使他们帝国境内所有的城市都有清冽甘美的水做饮料。在勃尚松，罗马人喝的是亚西爱山上的泉水，离城相当遥远。在杜勃河环绕之下，勃尚松坐落在一块马蹄铁地形的中心。所以在一座受着杜勃河灌溉的城里，要重建古罗马人的输水大桥来饮用当年罗马人饮用的水这回事，只有在这严肃气氛最标准的外省，才会鼓动人心。他们会一本正经的重视些无聊的事情，重建输水大桥之举便属于这一类。如果这荒唐的念头深深地种在勃尚松人的心坎里，那势必要筹措一大笔经费，让地方上有势力的人从中取利。亚尔培·萨伐龙·特·萨伐吕司一口咬定杜勃河的水只配在大桥下边流，可充饮料的只有亚西爱的泉水。一篇篇的文章在《东方杂志》上登出了，表示勃尚松商界的意见。不分什么贵族和中产阶级，中间派和正统派，政府党和反对党，大家一致要求喝罗马人喝过的水，要求有一座穿空而过的输水大桥来赏玩赏玩。亚西爱泉水问题变成了勃尚松的口号。好似凡尔赛的两条铁路问题，好像那些借名敛钱的事业，在勃尚松有些暗藏的利益把这个主意格外闹得有声有色。反对这计划的通达事理的人，其实也不过是少数，都被认为傻瓜。大家所关切的只是萨伐龙律师的两个计划。做了十八个月的地下工作之后，这位野心家在法国这最迟钝最排外的城里，居然掀风作浪，像俗语所说的执掌着晴天雨天，从没出门却有了实际势力。他定下一个古怪的方案，就是有势力而不出名。这年冬季，他替勃尚松的教士们打赢了七场官司。所以他有时已预先闻到议会里的气息。他一想到将来的胜利，心房便膨胀起来。这个宏愿使他鼓起了多少兴致，发明了多少手段，把他紧张得没头没脑的精神所剩的最后一些力量，整个地吞吸了去。人家赞美他轻财仗义，主顾们给他公费，他从不争多论少。但这轻财仗义实在是精神上的高利贷，他等着比世界上所有的黄金更贵重的报酬。他面子上说是为了帮忙一个境况窘迫的商人，在一八三四年十月，用雷沃博·阿纳耿的资金买了一所能完成他候选资格的屋子。这笔便宜的买卖，绝不显出是期待已久寻访已久的目的物。

“您真是一个了不起的人物。”特·葛朗赛神甫对萨伐吕司说，他自然冷眼觑着律师，而且猜中他的心思。这次副主教是带一个修士来请教律师的。“您是，”他对萨伐吕司说，“一个变相的教士。”这句话使萨伐吕司心里一震。

至于洛萨莉方面，凭着她娇弱的少女的刚愎自用，决意要把萨伐吕司引到家里来，介绍给特·吕泼沙龙里那批贵客。这时她的欲望还不过是看看和听听亚尔培。可以说她这样是让步了，然而让步往往只是暂时的休战。

露克赛田产是华德维祖传的产业，每年的收入净得一万法郎；要是在别人手里，进益实在不止这一些。男爵的马虎，仗着妻子四万法郎的岁入，随便把露克赛交给一个老当差莫第尼哀经管。可是每当男爵和男爵夫人想起过一下乡村生活时，总上幽美如画的露克赛来。古堡，花园，全部出之于那个赫赫有名的华德维的经营，他在精神矍铄的晚年，在这块美丽的地方花过不少心血。

在阿尔卑斯的支脉上，有两座光秃的小山头，名叫大露克赛和小露克赛；两山的水到维拉峰为止，从一条峡口里往下流去，跟杜勃河的水源汇合。在两山之间，横跨着峡口，老华德维筑了一条巨大的堰，堰上留着两个出口，排泄过量的水。堰的上流形成了一口幽美的湖；堰的下流形成了两条瀑布，在几十步外汇合起来灌在一条小河里。从前被露克赛急流冲刷的荒芜的盆地，如今就靠这条小河灌溉。老华德维把这口湖，这块盆地，两座山，一股脑儿用围墙围起来；开掘河道及支流所得的泥土，把那条堰筑有三阿邦①宽，堰上起了一座别庄。当特·华德维男爵在上流筑成那口小湖的时候，他是两座露克赛山的业主，但用作湖面的盆地并不属于他的，而是大众走惯的路，像一块马蹄铁般的地形，直到维拉峰山麓为止。可是大家对这凶横的老人害怕得厉害，在他活着的时候，坐落维拉峰山阴的李赛村上，没有人敢对

①系古代量度名，比例不详。

他哼个不字。男爵去世的当儿，他已在两座露克赛的斜坡和维拉峰山麓之间，迤逦筑了一堵坚固的墙，使得维拉山崖左右两边冲着峡口的盆地不致被山洪淹没。这样，他就占据了维拉峰。他的子孙也俨然以李赛村的保护人自居，直到今日。那个老凶手，老叛教徒，老教士华德维，把他晚年的生涯消磨在种树筑路上面，筑了一条出色的走道，从一座露克赛山的山腰起直达大路。附属于这个花园和庄子的，有些荒芜的田，有些两山之间的木屋，和从未砍伐过的树林。一片荒僻幽静的境界，听让大自然控制着，任凭野草野木随意滋长，却尽有些奇妙的胜境。如今你们可以想象出露克赛庄园的风光了。

至于洛萨莉怎样运用惊人的手腕，怎着发挥天赋的机智来暗中达到她的目的，可以无须细述，免得使这件故事累赘：只要知道她在一八三五年五月中间，听从了母亲的命令，坐着一辆轿车，驾着两匹租来的肥马，随着父亲往露克赛进发。

爱情使少女们了解一切。到露克赛以后第二天早上，洛萨莉一边起床，一边从窗里望见汪洋一片的水，水上浮着一缕烟雾似的水汽，飘入松柏的密林，沿着两旁的石壁，往山顶袅袅上升；她看了不禁惊叹一声，想道：

“他们是在湖畔相爱的啊！她此刻还是住在湖畔。爱情竟离不开湖。”

一口有溶雪灌注的湖是蛋白色的，透明的，仿佛一颗其大无比的钻石；但像露克赛湖那样坐落在满布松柏的两座花岗岩中间，笼罩着大草原般的静寂，那是谁见了都要像洛萨莉一样惊叫起来的。

“这是鼎鼎大名的华德维的赏赐。”她的父亲对她说。

“据我看，”女儿答道，“他是想教后人原谅他的过失。我们上船去溜一趟罢，到尽头为止，回头吃中饭可以胃口好一些。”

男爵招呼了两个会划船的园丁，带着总管莫第尼哀同去。湖面宽六阿邦，有些地方宽十阿邦到十二阿邦，长四百阿邦。不久洛萨莉一行便到了湖的尽头，维拉峰的山麓。

“我们到了，男爵，”莫第尼哀说着，指挥两个园丁把船系住，“您愿意去看看……”

“看什么？”洛萨莉问。

“噢！没有什么，”男爵回答道，“但你是一个谨慎的姑娘，我们有着共同的秘密，不妨告诉你使我操心的事：从一八三〇年以来，李赛乡为了维拉峰，跟我找麻烦，而我想不让你母亲得知，跟他们妥协，因为她固执成性，会像烈火似的烧起来，尤其当她一朝知道是李赛乡的乡长，那个共和党人，掀风作浪的策动这件争执来讨好乡民的话。”

洛萨莉竭力掩饰着心头的高兴，以便更能操纵她的父亲。

“什么争执啊？”她问。

“小姐，”莫第尼哀回答道，“李赛乡的人一向有权在他们那半边的山坡上放牧采柴。可是那一八三〇年份当选的乡长香多尼先生，却说整个维拉峰都是他一乡的公产，坚持一百几十年以前大家还打我们的田地上过……这样说来，我们变了不是在自己家里了，您明白。而且这个野人，甚至跟李赛乡上老一辈的人一样的说，湖面这块地是当初华德维神甫强占的。这简直是露克赛的末日了！”

“不幸，我的孩子，在自家人中间说，这都是实在的，”特·华德维先生天真地说，“这块地当初是强占得来，因为年代久远而含糊下来的。所以为一劳永逸起见，我想提议以友善的态度，在维拉峰这一边划定疆界，然后砌起一堵墙。”

“如果您对共和政府让步，它将来会把您吞掉。应该由您去威吓李赛呀。”

“昨天晚上我也这么对先生说，”莫第尼哀回答，“但为坚持这种主张起见，我提议请先生来瞧一瞧，在维拉峰这边或那边，无论山腰山脚，有没有什么围墙的痕迹。”

一百年以来，维拉峰业已成为李赛乡和露克赛的分界，双方尽量在山上垦荒，可是谁也不曾得到什么大好处，所以彼此从没走极端。争执中的目的物，一年倒有六个月盖着雪，自然而然使问题冷下来。只要一八三〇年的革命狂潮把平民的保护者煽动之下，才能旧案重提，给李赛乡乡长用来点缀一番他在此瑞士边境上的清静生涯，使他的治迹永垂不朽。香多尼，从他姓氏上就可看出，祖籍是纽夏丹[1]。

“亲爱的爸爸，”洛萨莉回到船上时说，“我赞成莫第尼哀。如果您要获得维拉峰做疆界，必须打起精神来周旋，设法弄到一个判决，教这香多尼奈何您不得。为什么您害怕呢？赶快去请那个出名的萨伐龙律师，别让香多尼先把他请了去。替僧侣会打败市政府的人，一定会给华德维打败李赛乡长！再说，露克赛有一天要成为我的产业的（当然越晚越好，我希望），唔，那么别留给我什么讼累。我喜欢这块地，我要常常来住，我要尽可能的加以扩充。在这些岸上，”她指着露克赛两山下的低地说，“我将筑起花坛，辟出几所赏心悦目的英国园亭来……我们上勃尚松去，把

①系瑞士州名。

特·葛朗赛神甫，萨伐龙先生，还有母亲，倘她愿意的话，把一应人众邀齐之后，再回到这里来。那时您才好打定主意；可是换了我，主意早已打定的了。您姓了华德维，您却害怕斗争！倘使您诉讼失败：您瞧，我绝没半个字埋怨您。”

“噢！你既然取这种态度，”男爵说，“那我也很乐意，我去拜会律师便是。”

“并且，打一场官司是挺好玩的呀。那会使生活更有意思，来来去去，到处奔走。您将投奔无数的门路去接近那批法官，对不对？……岂不是我们有过二十多天没看见特·葛朗赛神甫，讼案忙得他什么似的！”

“但那是为了整个僧侣会的生存啊，”特·华德维先生说，“再则，总主教的良心，自尊心，教士们赖以生存的一切都牵涉在内！萨伐龙还没知道他对僧侣会帮得是怎样的忙！他简直救了它。”

“听我说，”她附在他耳边说道，“倘若您请到了萨伐龙帮您，您就会赢，是不是？好罢，让我来替您出个主意：您唯有托特·葛朗赛神甫才请得到萨伐龙先生。如果您相信我，那么让我们俩一同跟神甫谈一谈，别教母亲参加，因为我知道一个方法，可以教他答应去把萨伐龙律师请来。”

“要不跟你母亲说明是不容易的！”

“回头特·葛朗赛神甫会替您代庖，可是您得决定在下届选举中投萨伐龙律师的票，您就可见到他了。”

“参加选举！宣誓！”特·华德维男爵嚷道。

“对啦！”她说。

“那你母亲又怎么说？”

“说不定她会吩咐您这么办呢。”洛萨莉回答，她从亚尔培给雷沃博的信里知道副主教早已有约在先。

四天之后，特·葛朗赛神甫老清早溜进亚尔培的寓所，他隔夜已把这次的访问咨会过。老教士这次是来替华德维家征服这位大律师的，这一个举动显出洛萨莉暗地里用了手腕和策略。

“我能给您帮什么忙呢，副主教？”萨伐吕司说。

神甫非常亲切地叙述了事由，亚尔培冷冷地听完了，答道：

“神甫，要我担任华德维家这件案子是不可能的，您可以明白为什么。我在此地的角色是要保守绝对的中立。我不愿沾染色彩，而且到选举前夜为止，我应当继续成为一个谜。为华德维家辩护，在巴黎毫无问题；但这里样样事情都被猜疑，在大众眼里我势必成为贵族阶级的御用人物。”

“啊，喂！”神甫说，“在选举的日子，当候选人们互相攻击的时候，您以为还能躲着不让人知道吗？那时大家都将知道您姓萨伐龙·特·萨伐吕司，当过参事院咨议，王政时代的人物！”

“到了选举的日子，”萨伐吕司说，“我什么都可以不顾虑了。我准备参加预选会的演讲……”

“如果特·华德维先生和他的党派拥护了您，您还可以十十足足多添一百票，而且比您所预算的那些票数更可靠。以利益为主的阵营老是会动摇，但以信念为主的是分化不了的。”

“唉！要命！”萨伐吕司说，“我很敬爱您，肯帮您很大的忙，我的神甫！也许有法子跟魔鬼妥协。不论特·华德维先生的讼案怎样，我们可以交给奚拉台，指点他去办，把诉讼程序拖延到选举之后。我只能过了选举出庭辩护。”

“那么答应我一桩，”神甫说，“您到特·吕泼府上去一次；

那边有一个十八岁的姑娘，将来有一天可有每年十万法郎的收入，您装作追求她的样子……”

“啊！那个我常常看见站在小亭上的女子……”

“正是，正是那位洛萨莉小姐，”特·葛朗赛神甫接着说，“您是有野心的；如果您博得她的欢心，您将成为一个野心家所期望的人：部长。在十万法郎的岁收之外，加上您惊人出众的才干，区区部长是不成问题的。”

“神甫，”亚尔培兴奋地说，“特·华德维小姐哪怕有三倍于此的财产，哪怕对我五体投地的崇拜，我也不可能娶她……”

“您已经结了婚？”特·葛朗赛神甫问。

“不在教堂，也不在市政府，”萨伐吕司回答，“但在精神上。”

“像您这样信誓旦旦的情形，精神上的结婚比什么都糟糕。凡是生米不曾煮成熟饭的事都可以不做的呀。明哲的人从不光着脚上路。切勿把您的财富把您的计划建筑在女人的意志之上。”

“我们不谈特·华德维小姐，”亚尔培严肃地说，“且把正事决定下来。为了您，为了我所敬爱的您，我答应给特·华德维先生辩护，但要过了选举以后。到那时为止，他的案子将由奚拉台依照着我的意见去办。我所能效劳的就是这样了。”

“但有些问题是要实地视察以后才能决定的。”副主教说。

“让奚拉台去就是，”萨伐吕司回答道，“在一个我认识非常清楚的城里，凡是性质足以损害我选举利益的行动，我都不愿意干。”

特·葛朗赛神甫离开萨伐吕司时，狡猞地望了他一眼，仿佛笑这个青年战士的毫不通融的政策，同时仍佩服他的坚决。

下一天，洛萨莉从父亲嘴里得知了亚尔培和特·葛朗赛神甫谈话的结果；她站在小亭上望着书斋里的亚尔培，想道：

“啊！我不惜把我父亲卷入诉讼！我花了那么大的气力想引你到我家来！啊！我不惜犯了该死的罪孽，而你竟不肯涉足特·吕泼的客厅，不让我听到你千变万化的声音？华德维和特·吕泼家求你帮忙，你胆敢提出条件！……唉！上帝知道，我本来只想得到一些小小的幸福来满足自己：看到你，听你讲话，和你一块儿上露克赛，使露克赛因你到过之后对我成为一块圣地。我原没有更大的愿望……但现在非做你的妻子不可了！好罢，你尽管望着她的画像，端相着她的客室，她的卧房，她的别庄四面的外景，她的花园里的景致。你还等着她的石像！好，让我把她本人替你变成了大理石罢，……并且这个女人也不爱你。艺术，科学，文学，歌唱，音乐，把她的感官和聪明已夺去一半。何况她已经老了，三十岁出头了，我的亚尔培一定不会幸福的！”

“你待在那儿干什么，洛萨莉？”母亲这样喊着，把女儿的思索打断了，“特·苏拉先生在客厅里，已留意到你的姿态，显见你在胡思乱想，那在你的年纪上是不应该的。”

“特·苏拉先生难道憎恨思想不成？”她问。

“那么你真是在思想了？”特·华德维夫人说。

“可不是么，妈妈。”

“啊！不，你并没思想。你望着律师的窗子，那种聚精会神的模样既不雅观，也不合礼，旁人见了已是难看，让特·苏拉先生发觉尤其不该。”

“哦！为什么？”洛萨莉说。

"喔，让你知道我们的用意也是时候了：阿曼台觉得你很好，而你做起特·苏拉伯爵夫人来也未必不快活。"

惨白像百合花，洛萨莉当下一句不答，情绪给刺激得那么厉害，竟把她呆住了。但面对着这个被她顷刻之间恨入骨的男人，不知她怎样会装出一副像舞女对观客所扮的笑容。终竟她笑开了，竭力掩藏着渐趋平复的愤怒，因为她决意要利用一下这个又胖又蠢的青年。

"阿曼台先生，"她趁着男爵夫人走在前面，故意把一对青年留在花园里时说，"您竟不知萨伐龙先生是一个正统派[1]。"

"正统派？"

"一八三〇之前，他是参事院咨议，和首相有密切关系，受着太子和王妃的信任。您一向不说他坏话，真是您的好处；但您还要更好，倘使您今年去加入投票，把可怜的特·夏洪戈先生代表勃尚松的资格取消，把萨伐龙捧上台。"

"您又为什么突然对这萨伐龙关切起来？"

"亚尔培·特·萨伐吕司先生，是特·萨伐吕司伯爵的私生子，（噢！您千万要守秘密。）如果他当选了议员，就答应接受我们露克赛的案子。露克赛，爸爸告诉我，将来是我的产业，我愿意上那边住，好幽美的所在！当年伟大的华德维创造的这份基业一朝毁掉的话，我真要绝望哩……"

"该死！"阿曼台从特·吕泼府第走出去时想道，"这丫头并不傻。"

特·夏洪戈先生是保王党，有名的"二百二十一个"里面的

①拿破仑一世放逐后，法国拥护波旁王室长房的一派称为正统派：忠于王政时代的路易十八与查理第十，反对1830年后的路易·菲利普王。

一分子。所以从七月革命以后，他就宣传效忠新王的主张，提倡仿照英国保守党与自由党对垒的办法来跟政府斗争。正统派并不接受这种主张，他们失败之后，不惜意见分歧，宁愿一无动静，听天由命。失去了自己本党的信任之后，特·夏洪戈先生在中间派眼中变成最适当的人选；他们宁可让他温和的主张得胜，不愿见一个共和党人把狂热者和爱国者的票数一齐抓去。特·夏洪戈先生在勃尚松是一个很受尊敬的人物，出身于一个老司法界的家庭；年收一万五千法郎的资产，谁见了都不会眼红，何况他还有一男三女。在这样的负担之下，一万五千法郎的岁收简直不算什么。可是一个父亲在这种情形中仍能廉洁自守，自然教选民们肃然起敬了。他们崇拜着议会道德的优美理想，其热烈的程度，不下于戏池里的观客叹赏台上所表现而自己很少实行的慈悲。特·夏洪戈夫人那时四十岁，被列为勃尚松美女之一。在国会开会期间，她省吃俭用的住在一所小田庄上，以便凑出那笔特·夏洪戈先生在巴黎使花的款子。到了冬天，她体体面面的每星期二招待一次宾客；但她很懂持家之道。年轻的特·夏洪戈二十二岁，跟另一个青年绅士，特·伏希尔先生来往得非常密切；这青年并不比阿曼台更有钱，和他是中学同学。他们一同到葛朗伐尔去散步，一同打猎；大家公认他们是形影不离的伙伴，邀请他们乡居时也把三个一齐请的。洛萨莉跟特·夏洪戈的两位女儿也是同样的密友，所以知道那三位青年彼此无话不谈。她心里想，倘若特·苏拉先生有什么冒失的举动，泄露什么话，那一定有他两个好友的份。而特·伏希尔先生，和阿曼台一样已给自己的婚事打好主意：他想娶特·夏洪戈家的长女维克多亚。她有一个老姑母，答应给她一块岁入七千法郎的田产，再加十万法郎的现款做陪嫁。维克多亚是这位姑母的教女，最受宠爱。所以年轻的夏洪戈和伏希尔，自然会向特·夏洪戈先生说出亚尔培的用心对他的不利。但洛萨莉还嫌这一着棋子不够，便用左手写一封匿名信给当地州长，下面用“路易·菲利普的一个朋友”做署名。信中揭穿亚尔培·特·萨伐吕司的秘密竞选计划，让州长感到一个保王党的演说家将来和裴里哀[1]勾结起来有何等危险，并且把律师两年来在勃尚松深谋远虑的布置和盘托出。州长是一个干练人物，天生是保王党的对头，一心忠于七月政府，一个教内政部长睡得着觉的人。他把匿名信读了，烧了，依着写信人的要求。

洛萨莉想教亚尔培选举失败，好留他在勃尚松多住五年。

那时候的选举实际是各党各派的斗争，为把握胜利起见，内阁在选择日期上用工夫。所以还要过三个月才实行选举。为一个等待选举等了一生的人，从召集选举社团的命令公布之日起，到实际施行之日为止，仿佛一切的日常生活都告中止。因此洛萨莉懂得在此三个月中间还有多少余裕可用来对付亚尔培。她向玛丽爱德许愿（这是她以后自己讲出来的），将来把她和奚洛未一起雇用，教她把亚尔培寄到意大利去和意大利寄来的信，统统截留下来交给她。这个惊人的女子一面安排着她的计划，一面装着世界上最无邪的神气，绣着父亲的软鞋。她懂得无邪与坦白的神气对她如何有利，所以装得愈加无邪愈加坦白。

“洛萨莉倒变得可爱起来了。”特·华德维男爵夫人说。

选举前两个月光景，老蒲希先生家召集了一个会，出席的有指望承包亚西爱水管大桥的承揽商，有受过萨伐吕司好处而准

①系当时名律师、小说家，正统派健将。

备提他做候选人的葛拉奈先生，有诉讼代理人奚拉台，有《东方杂志》的印刷人，有商事裁判所主席。总之，这个集会包括二十七位外省人所说的“大头儿”。每个“大头儿”平均代表六票；但一经追问，六票便升到十票，因为人总爱夸张自己的势力。这二十七人中，一个是捧州长的，一个骑墙派的家伙，希望从政府方面替自己或亲属谋些好处。在这第一次的集会里，大家决定推萨伐龙律师做候选人，情况之热烈，在勃尚松是谁都不敢希望的。亚尔培在家等着阿弗莱·蒲希来带他去，一边跟非常关切他的雄心的特·葛朗赛神甫谈着话。亚尔培确认这位教士有极高明的政治手腕，教士也被这青年的请求感动了，很乐意在此生死关头的斗争里做他的参谋和向导。僧侣会方面不喜欢特·夏洪戈先生；因为他妻子的妹婿，法院院长，曾经在第一审时判决僧侣会败诉。

“您被出卖了，亲爱的孩子。”那个狡猾而可敬的神甫用着老教士惯有的那种柔和镇静的声音说。

“出卖了！……”他喊道，神甫的说话仿佛一支利箭直刺入这个情人的心窝。

“是谁干的，我也不知道，”神甫接着道，“州长得悉了您的计划，窥破了您的玄虚。如今我毫无意见可贡献。这类事情需要加以研究。至于今晚上，在这个集会里，您得挺身而出，准备接受人家的攻击。把您过去的生活一齐揭穿，这样之后，您的暴露真相，在勃尚松人心中可以减少许多作用。”

“噢！我本来就防这一著，”萨伐吕司声音异样的说，“您当时不愿接受我的劝告，您曾有机会在特·吕泼府上露面，您不知那样可占得多少便宜……”

“什么便宜？”

“保王党员的一致，暂时的蠲除私见，暂时团结起来对付选举……总之是一百多票！再加上我们所谓的‘教会票数’，固然您还不能就当选，但您凭着再选的机会已经是大局的主人翁了。在这情形中，再斡旋一下，事情便成功了……”

阿弗莱·蒲希兴高采烈的跑来报告预选会的决议，一进门，发现副主教和律师都冷冷的，镇静的，态度肃然。

“再见，神甫，您的事情等选举过后再彻底谈罢。”

律师跟特·葛朗赛神甫握手时暗中示意，然后搀着阿弗莱的胳膊出发。神甫望着这个野心家的脸色，那种庄严肃穆的神态，有如听见战场上第一声炮响的将军。教士举眼望着天，一边出门一边想：“他当起教士来真是一个了不得的人物！”

雄辩不在法庭上。一个律师很少在庭上施展出真正的心力，要不然他几年之中就会筋疲力尽。雄辩如今也难得在教堂的讲坛上；但在国会某些集会中间倒还遇得到，譬如逢着一个野心家孤注一掷的时候，受尽了毒箭而突然奋起的时候。但当一般优秀之士，临着千钧一发的成败关头，不得不开口的当儿，那的的确确有雄辩出现。故而在这次集会里，当亚尔培·萨伐龙感到必须造成他的一班党羽的时候，便把他的才气精力全部施展了出来。他郑重地步入客厅，既不张皇，也不骄矜，既不懦弱，也不畏怯，发觉三十多人在场也只做若无其事。会场上嘈杂的声音和刚才的决议，已把一部分人催眠，像跟着铃声就跑的绵羊似的。在蒲希先生想先来几句介绍，要他演说之前，亚尔培做着一个手势要大家静下来，和蒲希握了握手，似乎通知他突然发生了意外一般。

“刚才我年轻的朋友阿弗莱·蒲希来告诉我的消息，使我感到非常荣幸。但在诸位把决议作为定案以前，”律师又接下去说，“我认为应当对大家说明你们所推的候选人是怎样的人，使你们还来得及更改主张，倘若我的自述使你们良心上有何不安的话。”

这一段开场白使全场顿时寂静无声。有几位觉得这是光明磊落的举动。

于是亚尔培说明他过去的生涯，报出他的真姓名，叙述他王政时代的事业，到勃尚松以来的改头换面的做人方法，以及对于将来的志愿，等等。这篇即席的演讲，据说，把在场的人听得凝神屏息。野心家从胸坎里灵魂里沸沸腾腾涌出来的这场滔滔雄辩，把这批利害关系那么分歧的人收服了。钦佩赞叹阻止了思索。大家只懂得一样事情，便是亚尔培心想灌入他们脑子里的事情。

为一个城市着想，挑出一个命中注定来控制全社会的人，岂不比一个光是投投票的机械家伙强得多？一个政治家带来的是一份权势，一个平庸而清廉的议员不过是一颗良心。普罗旺斯的光荣，就因它在一八三〇年上便识得了七月革命以来唯一的政治家米拉鲍，把他送到了巴黎。

被这场雄辩屈服之下，所有的听众都承认，这种才具在这个代表身上大可成为一种奇妙的政治工具。他们把亚尔培·萨伐龙看作萨伐吕司部长的前兆。而那个精明的候选人也猜透了听众的打算，告诉他们一朝登台之后，他将首先为他们服务。

据那个唯一能批评萨伐吕司，而从此成为勃尚松干才之一的人说，这一次的披沥信念，宣布志愿，过去生涯和他的性格的自述，简直是手腕，情操，热诚的杰作，意味深长，引人入胜。这阵旋风把选举人包围了。从没有人获得类似的成功。不幸言语是一件贴身的武器，只有面对面时的直接作用。言语不曾把思想打败的时候，思想会把言语消灭的。如果当场投票，当然亚尔培的名字会从票匭里一跃而出！当时当地，他是胜利者。但他还得这样地在两个月之间天天打胜仗。离场的时候，亚尔培心中忐忑地跳着。勃尚松人已经对他鼓掌叫好，他所获得的成就，是把他过去生涯所能引起的诽谤预先遏止。勃尚松的商界已举了萨伐龙·特·萨伐吕司律师做候选人。阿弗莱·蒲希的热烈，起先颇有影响，慢慢地却变得不讨巧了。

州长对着这个浩大的声势害怕起来，开始计算他政府党的票数，设法和特·夏洪戈先生秘密磋商了一次，以便为了共同的利益有所联络。蒲希小组会的票数一天天的减少下去，亚尔培也莫名其妙。选举前一个月，亚尔培发觉仅有六十票上下。什么都抵挡不住州长从容不迫的布置。三四个手段巧妙的人对萨伐吕司的主顾们说："当了议员，他还能替你们的案子辩护，胜诉么？他还能给你们做参谋么？替你们订契约么？当调解么？如果你们不把他送进国会，只给他五年后可以进去的希望，岂不是还可有五年的工夫利用他？"这种计算对萨伐吕司尤其不利，因为有些商人的妻子已经对她们的丈夫说过这一套。一个狡黠的政府党人，对那般和亚西爱泉水及大桥问题有利害关系的人解释，说他们所需的支持要靠州公署，而非靠一个野心家，这等说辞他们听了委实有些心旌摇摇。多过一天，亚尔培就多一场败仗，虽然他一仗又一仗的天天指挥着，调兵遣将去作战，到处奔走，发动着言语与辞藻的斗争。他不敢上副主教那儿去，副主教也不到他这儿来。亚尔培白天黑夜，浑身灼热，满脑子烧着火。终于，到了第一次肉搏的日子，到了举行所谓预选会的日期；那时可以检点一下票数，候选人们可以预测一下他们的命运，一般有眼光的凭这一天的结果能预知成败。这是竞选运动的一幕，没有群众参加的，可是惊心动魄的：那时的情绪即使没有像英国那样的肉体表现，其深刻的程度也正不相上下。解决这些事情的方式，英国人用的是拳打足踢，法国人用的是舌剑唇枪。我们的邻居来一场全武行，法国人却用深谋远虑的冷静计划，来决定他们的命运。这件政治行为的演出，恰恰跟两个民族的性格相反。激进党的候选人提出了；特·夏洪戈先生露面了；随后是亚尔培，被左派和夏洪戈小组会指为极端的右派，裴里哀的化身。政府也有它的候选者，一个被牺牲的人，专门用来搜集纯粹政府党的票数的。票数这样一分散之后，便不会有什么结果了。共和党候选人得二十票，政府党五十票，亚尔培七十票，特·夏洪戈六十七票。但那虚伪的州长教手下最忠实的三十票投在亚尔培的阵营里，去欺弄他的敌人。特·夏洪戈先生的票数，加上州公署方面实在的八十票，再由州长从左派方面拉过几票来，就可定夺选举的大局。当时缺席的有一百六十票，是特·葛朗赛神父的同正统派的。预选会之于选举，有如最后排演之于正式上演，是世界上最大的骗局。亚尔培·萨伐吕司回到家里，神色不变，可是心如死灰。他费了心思，天才，或者说靠了运气，在此最后的十五天内收服了两个最忠实的人，一个是奚拉台的岳父，一个是非常机巧的老商人，特·葛朗赛神甫介绍的。这两个好汉替他当着间谍，面子上在敌人的阵营里装作亚尔培的死冤家。预选会终了时，他们托蒲希通知萨伐吕司，说他的票数内有三十票是敌人骗他的。亚尔培从刚刚搏过他命运的会场上回家时所感的痛苦，连上刑场的罪犯的痛苦也相形见绌。绝望之中的情人，不愿由任何人陪他回来。在十一点和半夜之间，他独自在街上走着。

早上一点钟，三天不曾睡觉的亚尔培，坐在藏书室中伏尔泰式的靠椅内，脸色惨白像要咽气似的，垂着两手，颓然沮丧的姿态像圣女玛特兰纳般动人。泪珠在长睫毛下打滚，那是只湿眼睛而不淌在面颊上的泪珠；思念把它们喝下了，心灵的火把它们烧干了！独自一人的时候，他可以哭了。于是他瞥见小亭下有一个白色的形象，使他想起法朗采斯加。

“三个月我没接到她的信了！她怎么了？我两个月不给她信，但我预先通知她的。她病了么？噢！我的爱人！噢！我的生命！你会有知道我的痛苦的一天么？我的身体真是该死！是不是生了动脉瘤呀？”他这么想，因为他觉得心跳得那么厉害，以致脉搏的声响，在静寂中听来，好似细沙撒在一口大箱子上。

这时候，悄悄的三下弹指声在亚尔培的门上响起来，他立刻走去开门，一见副主教露着快乐和得意的神色，他几乎高兴得发狂。他抓住特·葛朗赛神甫，一声不响，把他搂在怀中，紧揿着，让脑袋倒在老人肩上。他又回复了儿童的脾气，哭得像当年知道法朗采斯加·索但里尼已结了婚的时候一样。他只对这位面露一线曙光的教士，暴露他的弱点。教士风采潇然，高旷无比，而且法眼慧心，亦复犀利无匹。

“原谅我，亲爱的神甫，但您正遇到成人的意志消灭而至性流露的时间，请您别把我看作一个庸俗的野心家。”

“是的，我知道，”神甫接着说，“您曾写过《爱情造成的野心家》！唉！我的孩子，我也是为了情场失意而在一七八六年二十二岁上当教士的。一七八八年我当了神甫，我已拒绝了三次主教职位，我愿老死在勃尚松。”

“您来瞧瞧她可好？”萨伐吕司嚷道，一边端着蜡烛把神甫领到华丽的小书斋内，把烛光照着阿琪奥洛公爵夫人的画像。

“这是一个天生统治别人的女子！”副主教说，他懂得亚尔培这样默默无言的推心置腹，是对他表示何等的感情。“但这额角颇有高傲之气，顽强执着，得罪了她是永远不肯饶赦的！这是天使长米歇尔，是管执行的天使，不屈不挠的天使……宁为玉碎，毋为瓦全这两句话，便是这等天使型性格的铭赞。在这张脸上，有一股说不出的神明般的肃杀之气！

“您猜对了，”萨伐吕司叫道，“可是，亲爱的神甫；她主宰我的灵魂已经十二年多，而我从没一个对不起她的念头……”

“啊！要是您对上帝也这样虔诚的话？……”神甫天真地说，“现在且来谈谈您的事情。我为您已工作了十天。倘使您是一个真正的政治家，您这次定会听从我的劝告。如果您在我跟您说的时候就到了特·吕泼府上去，就不致到今日这步田地；但您还可以去，明天晚上我来替您介绍。露克赛田庄受威胁了，两天以内就得开庭……而选举还要三天以后举行。我们设法使投票事务所第一天上组织不成；我们将有好几次投票，您可以靠再选而成功……”

“用什么方法？”

“露克赛案胜诉之下，您可得到正统派的八十票，加上我有把握的三十票，总数是一百十。您在蒲希小组会至少还可有二十票，那么您统共可有一百三十。”

“哦！喂，”亚尔培说，“还缺七十五票呀。……”

“不错，”教士说，“因为余下的票数都归了政府。但是，孩子，您可以有二百票，而州公署方面只有一百八十。”

“我可有二百票?……”亚尔培愕然站起,好比给一根弹簧抬起来似的。

“您还有特·夏洪戈先生的票数。”

“怎么会?”亚尔培说。

“您将娶西杜妮·特·夏洪戈小姐。”

“永远不!”

“您将娶西杜妮·特·夏洪戈小姐。”神甫冷冷地重复了一遍。

“可是您瞧?她是顽固执着的。”亚尔培指着法朗采斯加的肖像说。

“您将娶西杜妮·特·夏洪戈小姐。”神甫冷冷地说了第三遍。

这一次亚尔培明白了。在这桩对绝望的政治家终于露出一线希望的计划中,副主教不愿显出一些共谋的痕迹。再多说一句就会损害教士的尊严和诚实。

“明天您将在特·吕泼府上遇到特·夏洪戈夫人和她的第二位小姐,那时您将谢她对您的帮助,告诉她您的感激是无涯的,您将把身心一齐贡献给她,从此您的前途就是她家的前途,您是没有利害打算的,您有着坚强的自信,认为被任为国会议员就是一笔可观的陪嫁。您将跟特·夏洪戈夫人有一场争战,因为她一定要您答应一句。这一个晚上,我的孩子,便是您整个的前途。可是得知道,在这件事情里我是没有份的。我,我只负责正统派那条路线,我替您收服了特·华德维夫人,这就代表了勃尚松全部的贵族。阿曼台·特·苏拉和伏希尔都将投您的票,同时给您带来了年轻的一辈,特·华德维夫人给您张罗了年老的一辈。至于我那方面的票数是绝对不会动摇的。”

“那么又是谁游说了特·夏洪戈夫人呢？”萨伐吕司问。

“别盘问我这个，”神甫回答，“有三个女儿要出嫁的特·夏洪戈先生，没有方法增加他的财产。即算伏希尔娶了那个没有陪嫁的长女，为了有担负嫁费的老姑母之故；其余两个又怎么办？西杜妮十六岁，而您在您的野心里有着偌大一笔财富。某人对特·夏洪戈夫人说，与其打发她的丈夫到巴黎去虚耗金钱，毋宁把两个女儿嫁掉。这某人也者拉拢了特·夏洪戈夫人，特·夏洪戈夫人又拉拢了她的丈夫。”

“得了，亲爱的神甫，我懂得。一朝当了议员，我得替某人也者挣一笔家产，等到这笔家产可观的时候，我就可解除我的诺言。我不会忘掉您慈父般的恩惠，我的幸福都是您的赐予。天哪！我有什么功绩够得上这样真切的友谊呢？”

“您替僧侣会得了胜利呀，”副主教微笑着说，“现在大家得保守秘密，至死勿渝。我们得装作一无作为。万一人们知道我们预闻选举的话，那些格外凶狠的左派清教徒，会把我们一口生吞，我们中间意欲包办一切的自家人，会把我们骂得体无完肤。特·夏洪戈夫人全没想到这些事情的幕后有我在内。我只信任特·华德维夫人，我们可以相信她像相信我们自己一样。”

“将来我要把公爵夫人带来见您，请您祝福！”野心家叫道。

把老教士送走之后，亚尔培在权势的美梦中睡下了。

次日晚上九点，像大家可能想象到的，特·华德维男爵夫人的客厅里，挤满了临时召集的勃尚松贵族。大家谈着为了讨好特·吕泼家女儿之故，要破例参加选举的事情。他们知道，前任参事院咨议，最忠心于王室长房的一个部长的秘书，要被介绍到这里来。特·夏洪戈夫人带着盛装的女儿西杜妮到场，至于大女儿，因为未婚夫已经毫无问题，也就不在装扮上用工夫了。这些小枝节在内地是很触目的。特·葛朗赛神甫探着他那张美妙的机灵的脸，从这一组到那一组，听着人家说话，好似什么都没有他的份，可是说些一针见血的话把问题归纳起来，支配着宾客们的谈话。

"倘使王室长房重新登台的话，"他对一个七十岁的退休的政治家说道，"又将行些什么政策呢?""孤零零的时候，裴里哀简直一筹莫展；但若有了六十票撑腰，他将随时随地跟政府为难，不知要给他掀倒多少内阁呢?""斐兹·詹姆斯公爵要当多罗士的议员了!""那您将使特·华德维先生打赢官司!""倘使你们投萨伐吕司的票，共和党人大概也要学你们的样，而不去拥护中间派呢!"他说的尽是这一类的话。

九点已到，亚尔培还没来。特·华德维夫人认为这种迟到是傲慢无礼的表现。

"亲爱的男爵夫人，"特·夏洪戈夫人说，"我们最好别把一些小枝节搅在这么一件重大的事情里。也许靴子上了油不就干……也许什么案子的接洽，把特·萨伐吕司先生耽误了。"

洛萨莉斜着眼对特·夏洪戈夫人睃了一眼。

"她对特·萨伐吕司先生好得很呢。"洛萨莉低声对她母亲说。

"可是，"男爵夫人微笑着答道，"那是关系到西杜妮和特·萨伐吕司的婚约呀。"

洛萨莉突然向着面临花园的窗框走去。十点钟了，特·萨伐吕司先生还没出现，酝酿中的雷雨爆发了。有些客人玩起牌来，觉得这个局面简直受不了。一筹莫展的特·葛朗赛神甫走向洛萨莉躲着的那个窗框，大为错愕地听见她自言自语的说着："他大概死了吧！"副主教走到花园里，后面跟着特·华德维先生和洛萨莉，他们三个一同走上小亭。亚尔培家门窗都关得紧紧的，灯火全无。

"奚洛末！"洛萨莉看见那仆人在院子里时喊道。特·葛朗赛神甫对洛萨莉睨了一眼。"您的主人往哪儿去了？"那时仆人已走到墙根。

"走了，搭着邮车！小姐。"

"他完了，"特·葛朗赛神甫叫道，"再不然他是幸福了！"

洛萨莉得意扬扬的神气不曾遮盖得好，被只做若无其事的副主教瞧在眼里。

"洛萨莉在这件事情里能够干些什么勾当呢？"教士心里盘算着。

三人回到客厅，特·华德维先生报告了那古怪的，奇特的，令人出惊的消息，说亚尔培·萨伐龙·特·萨伐吕司搭着邮车动身了，原因不明，十一点半时，客厅里的人只剩十五位，其中有特·夏洪戈夫人，特·高特那神甫，也是一位副主教，四十左右年纪而极想升任主教的，还有两位特·夏洪戈小姐和伏希尔先生，特·葛朗赛神甫，洛萨莉，阿曼台·特·苏拉，和一个退职的法官，勃尚松高等社会里最有势力的人物之一，极希望亚尔培·萨伐吕司当选的。特·葛朗赛神甫坐在男爵夫人旁边，以便注视洛萨莉，往常她的脸色是惨白的，此刻却兴奋得通红。

"特·萨伐吕司先生可能遇到什么事啊？"特·夏洪戈夫人

说。

这时候，一个穿制服的仆人在银盘里托着一封信送给特·葛朗赛神甫。

“不客气，请看信罢。”男爵夫人说。

副主教读着信，瞥见洛萨莉顿时面白如纸。

“她认得他的笔迹。”他从眼镜上面睃了她一眼之后想。他折好了信，冷冷地纳入袋里，不做一声。三分钟内，洛萨莉望了他三次，他全明白了。“她爱着亚尔培·特·萨伐吕司！”副主教想道。他站起身来，洛萨莉浑身一震；他行过礼，往着门走了几步，在第二间客室里被洛萨莉追上了，说道：

“特·葛朗赛神甫，这是亚尔培的信！”

“怎么您对他的笔迹那么熟悉，能够远远地辨认？”

这位沉溺在烦躁和愤怒的大湖里的姑娘，被他揭破之后，竟说出一句教神甫惊叹的话来。

“因为我爱他！他怎么了？”她停了一会说。

“他放弃了选举。”神甫回答。

洛萨莉把一根手指放在嘴唇上。

“我打听这个秘密好似打听一句心腹话似的，”她退回客厅之前又说，“倘使他放弃了选举，也就没有跟西杜妮结婚的事了！”

次日早晨，洛萨莉去做弥撒时，从玛丽爱德嘴里，探悉了促使亚尔培在危急存亡之秋悄然引退的一部分动机。

“小姐，昨天上午国家旅馆到了一位从巴黎来的老先生，坐着自己的车，驾着四匹马，前面坐着一个车夫和一个男仆。据眼看车子动身的奚洛末说，那准是位亲王或英国的勋爵。”

“车上有没有瓜棱式结顶的冠冕徽章①？”洛萨莉问。

“那不知道，”玛丽爱德回答说。“两点钟光景，他上萨伐吕司寓所来，投了一张名片，先生一看名片，据奚洛末说，立刻面无人色；随后他就叫请。因为他亲自锁上了门，所以这位老先生和律师之间说些什么话，无人得知；但他们一起大概有一小时；以后，律师陪着老先生出来，招呼他随带的当差进去。奚洛末看见这仆人出来的时候，捧着一个四尺长的大包，看模样是一张大油画。老先生手里拿着一大包纸张。律师的脸色比死还要难看，他平时是那么高傲那么尊严的，那时的神气真教人看了可怜……但他对老人的尊敬，差不离对王上一样。奚洛末和亚尔培·萨伐龙先生把这个老人一直送上车，四匹马都已齐齐整整地套好在那里。车子在三点钟上出发了。先生立即上州公署，从州公署到昂蒂莱先生那里，买了一辆故圣·维哀太太的破旧的旅行车，到驿站去定了两匹马，说定六点钟准要。然后他回家收拾行李；当然也写了好几个条子；最后他跟奚拉台先生俩交代事务，奚拉台先生一直留到七点。奚洛末送了一个字条到蒲希先生家，本来约好上那边去用晚餐的。以后，在七点半，律师动身了，给了奚洛末三个月工资，教他另外找事。他把钥匙交给由他陪送回去的奚拉台先生，就在他家喝了口汤，因为奚拉台先生七点半还没吃夜饭。当萨伐龙先生上车时，简直像死人一般。奚洛末当然向主人行礼告别，听见他吩咐车夫说：‘上日内瓦。’”

“奚洛末有没有向国家旅馆打听陌生人的姓名？”

①瓜棱式结顶的冠冕是亲王阶级的盾徽

“因为老先生只是过路，所以人家没有请他留名。随带的仆役，大概是奉了命令，装作不懂法语。”

“那么特·葛朗赛神甫深晚收到的信呢？”洛萨莉又问。

“这一定是奚拉台先生转送的；奚洛末说这位可怜的奚拉台先生，一向非常敬爱萨伐龙律师，也跟他一样的失魂落魄。房东迦拉小姐说，神秘莫测地来的人，神秘莫测地去了。”

洛萨莉自从听了这段叙述以后，老带着凝神壹志，深思默想的神气，谁都看得清清楚楚。萨伐龙律师的失踪在勃尚松所引起的议论，不在话下。人家说州长客气到不能再客气地给他当场签了一张往外国去的护照，因为他这样可以打发掉唯一的敌人。次日，特·夏洪戈先生以一百四十票的多数当选了。

“约翰两手空空的来了，两手空空的去了。”一个投票人得悉了亚尔培·萨伐龙出走的消息以后说。

勃尚松历来对外方人的偏见，像两年前对付共和党报纸的，从此又加强了一层。然后，过了十天光景，亚尔培·特·萨伐吕司的问题消灭了。只有三个人，代诉人奚拉台，副主教，洛萨莉，对这次的失踪担着严重的心事。奚拉台知道白发的外乡人是索但里尼亲王，因为他曾看到名片，告诉了副主教；但洛萨莉比他们俩知道更多，大约三个月以前就已得悉阿琪奥洛公爵的死讯。

一八三六年四月，谁也没接到亚尔培·特·萨伐吕司的信息，或听到有人提起他。奚洛末快跟玛丽爱德结婚了；但男爵夫人暗暗教她的女仆等着洛萨莉的婚事，把两桩婚礼同时举行。

“替洛萨莉完婚也是时候了，”男爵夫人有一天对丈夫说，“她已经十九岁，而且几个月来，她性情大变，教人害怕……”

“我不知道她是怎么回事。”男爵说。

“做父亲的不了解女儿的心事，做母亲的却猜得到，”男爵夫人说，“应当把她出嫁才是。”

“我也乐意呀，”男爵说，“我这方面，我给她露克赛的产业，好在法院已给我们和李赛乡公所调解妥当，在离维拉峰山麓三百公尺的地方划了界。我们在那边掘一条沟来承接山上的水，引导入湖。乡公所没有上诉，判决已经确定了。”

“您还没得知，”男爵夫人说，“这判决花了我给香多尼的三万法郎呢。这个乡下人除了钱什么都不理，神气似乎相信他案子必胜，所以敲了我们一笔好价钱，卖给我们一个太平。倘或您给了露克赛，您便一无所有了。”

“我没有什么需要，”男爵说，“我也快完了……”

“可是您胃口好得像吃人的魔鬼。”

“就为此呀：我吃也是白吃，两条腿越来越没劲了……”

“那是车床工作累了您。”男爵夫人说。

“我不知道。”男爵回答。

“我们把洛萨莉配给特·苏拉先生；倘若您给她露克赛，至少得保留居住权；我么，我在总账上给他们二万四千法郎的岁收。孩子们住在这里，想来也不致怎样清苦了……”

“不，露克赛我是预备整个儿给他们的。洛萨莉欢喜露克赛。”

“您待您的女儿好不古怪——也不问问我爱不爱露克赛？”

洛萨莉立刻就被叫了来，得悉她将在五月初旬跟阿曼台·特·苏拉先生结婚。

“谢谢您，母亲，还有您，父亲，想到我的婚事，但我不愿结婚，我跟着你们很幸福……”

“废话！”男爵夫人说，“你不喜欢特·苏拉先生就是了。”

“如果你们要知道我的真意的话，那么，我永远不嫁特·苏拉先生……”

“噢！一个十九岁姑娘嘴里的永远！……”男爵夫人冷笑着回答。

“特·华德维小姐嘴里的永远，”洛萨莉加重着语调接着说，“我想，父亲不至于不得我的同意就把我出嫁吧？”

“噢！我么，我不会的。”可怜的男爵温柔地望着女儿说。

“好罢！”男爵夫人斩钉截铁地说，胸中捺着一腔被女儿突然顶撞的怒火，“好罢，特·华德维先生，您去负责您女儿的婚事罢！洛萨莉，你去想一想：倘你不照我的意思结婚，那莫怪我在你将来出嫁的时候分文不给。”

特·华德维夫人跟特·华德维先生的不和，从他袒护女儿开场，越来越严重，甚至洛萨莉和她的父亲在特·吕泼府第里存身不住，不得不上露克赛去度那美妙的季节。于是勃尚松城里得悉特·华德维小姐干脆拒绝了特·苏拉伯爵。奚洛末和玛丽爱德结了婚，搬到露克赛来，预备日后顶补莫第尼哀的缺。男爵照着女儿的意思把庄子修葺过，改造过。这番工程化了六万法郎上下。洛萨莉父女俩又在建造一所花房，这些消息传到男爵夫人耳里时，她方才发觉女儿身上有着刁钻促狭的根子。男爵买了好几块外姓的田，和一处价值三万法郎的产业。人家对特·华德维夫人说，远离了她之后，洛萨莉显出当家小姐的样子，研究怎样可以增加露克赛的收入，学做男孩子家的模样，常常骑马；父亲被她哄得挺快活，不再抱怨身体不济了，人也胖起来，常常陪女儿出去玩。将近男爵夫人的圣名节的时候(她名叫路易士),副主教到露克赛来了,无疑是受了特·华德维夫人跟特·苏拉先生的嘱托,来替母女讲和的。

“洛萨莉那个小姑娘倒有她的那般蛮劲儿。”勃尚松城里有人说。

男爵夫人慷慨地付了露克赛的九万法郎开销,又给她丈夫每月一千法郎做露克赛的生活费,她不愿自己有甚理短的地方。父女俩也只想在八月十五那天回城,一直住到月底。副主教用过了晚饭,把洛萨莉带过一边,好谈她的婚姻问题,教她明白不能再指望亚尔培,他已经一年没有音信,说到此就被洛萨莉一个手势打断了。这个怪僻的姑娘搀着特·葛朗赛先生的胳膊,领他去坐在一张凳上,头顶上是一大片踯躅的浓荫,树隙间可以望见湖面。

“听我说,亲爱的神甫,我爱您像爱我的父亲一样,因为您对我的亚尔培那么恳挚,我应当对您承认,我犯了想做他妻子的罪,而他也应该做我的丈夫……您瞧!”

她从袋里摸出一份报纸授给神甫,指着五月二十五日翡冷翠一栏里的一段消息:

前任大使晓里安公爵的长公子,兰多雷公爵,和前索但里尼公主,阿琪奥洛公爵夫人的婚礼,盛极一时。各方因庆贺新人而举行的节会,使翡冷翠顿形热闹。阿琪奥洛公爵夫人的产业是意大利最大的财富之一。因为已故的公爵把全部遗产都赠与了他的夫人。

“他所爱的人已经结婚,”她说,“我把他们分离了!”

“您？用什么方法？”神甫问。

洛萨莉正要回答，忽然一个身体掉下水去的声音，接着两个园丁大叫的声音，把她打断了；她站起来，一边跑一边嚷：“噢！爸爸……”她不见了男爵。

特·华德维先生以为在一小块花岗岩上瞥见一个介壳类化石的痕迹，一件可能驳斥某些地质学理论的事实，他踏在一堆石子上想去拿来，失掉了平衡，一翻身便滚到湖里去了；暗礁下面往往是湖水最深的所在。园丁们花了九牛二虎之力，在湖水打转的地方插下竿去想授给男爵抓住；临了，终究把他浑身淤泥的捞了起来，他已经在湖底陷得很深，再加拼命挣扎，愈加在泥中陷得深了。特·华德维先生晚饭吃得很饱，胃里已开始消化，可是中途停顿了。当他给脱下衣服，擦洗干净，放到床上时，情形显见很危险，两个当差立刻骑上马，一个上勃尚松，一个就最近的地方去请一个内科医生和一个外科医生。出事以后八小时，特·华德维夫人带着勃尚松最好的两个内外科医生赶到，发觉特·华德维先生已经无望，虽然李赛的医生做过很好的急救工作。恐怖在他脑里引起了渗血症，再加上中途停止的消化，把可怜的男爵断送了。

据特·华德维夫人说起来，男爵住在勃尚松是不会死的；她一边显然夸张着她的痛苦和惋惜，一边把这次的丧事归咎于女儿当初对她的别扭，所以把她看作仇敌。她称男爵为“她的亲爱的绵羊”！华德维家这个最后的子孙，给葬在露克赛湖中一个小岛屿上，男爵夫人替他用大理石立了一座哥特式的小纪念碑，和巴黎拉希公墓上的那些名人墓一样。

这件事情发生一个月以后，男爵夫人和女儿在特·吕泼府第里过着满怀恶意的静默生活。洛萨莉熬着极大的痛苦，面上一些不露：她责备自己送了父亲的命，疑心还有一桩祸事，在她心目中显得更大的，的的确确是她一手造成的；因为奚拉台和特·葛朗赛神甫都没接到一些有关亚尔培命运的消息。杳无音讯的静默使她毛骨悚然。在一次悔恨交迸，痛苦若狂的情形中，她觉得需要向副主教自首，揭穿她用着怎样的计谋，分离了法朗采斯加和亚尔培。那是简单不过的，但是骇人的计谋。她截留了亚尔培给公爵夫人的信，也截留了法朗采斯加给亚尔培的信。在那封信里，她通知爱人说丈夫病了，在服侍病人的期间，她不能再复他的信。因此当亚尔培忙着选举的时候，公爵夫人只给他两封信，一封告诉他阿琪奥洛公爵病势危急，一封报告她已身为寡妇，那是两封至诚而高洁的信，至今被洛萨莉保存着。洛萨莉费了几夜工夫，把亚尔培的笔迹模仿得一模一样。她截留了忠实的情人的真信，换上三封假信；她交给老教士看的假信的草稿，把作恶的天才表现的那么完满，以致他为之懔然。洛萨莉装着亚尔培的口吻，字里行间，把公爵夫人准备好接受他背约悔盟的假消息。对于报告阿琪奥洛公爵死耗的那封信，洛萨莉回复一封报告亚尔培和洛萨莉即将结婚的信。她计算好使两封信参商，而果然参商了。那些信件是她费尽阴险恶毒的心思写的，竟把副主教骇住了，不觉看了两遍。接到最后一封信时，法朗采斯加中了那个要在情敌心中斩灭爱根的女子之计，愤慨之下，答复了这么简单的一句：“您请便罢，永别了。”

“纯粹道德上的罪恶，非人间法网所及的罪恶，是最丑恶的，最卑鄙的，”特·葛朗赛神甫严厉地说，“上帝往往就在此世加以惩罚：就因为此，常有些令人不解的可怖的苦难。在一切埋藏在私生活中的秘密罪过中间，最不名誉的一桩是拆人的信，或是不合法地偷看。无论是谁，无论为了什么原因，一朝有了这种行为，他的清白便沾上永远不能磨灭的污点。一个青年侍卫，被人诬告之下，拿着一封内有处死他的命令的信，毫无邪念的上路，忽然受到上帝的保护，把他奇迹地救了性命，这件故事的悲壮动人，神灵不爽，您可曾感觉到？……我们说，奇迹地，您知道什么叫作奇迹？德行背后的那道灵光，和无邪的圣婴背后的灵光一样强烈。我和您说这些话，并没劝诫您的意思，”老教士用着非常悲哀的语调说，“可怜！我在这里不是一个听人忏悔的主教，您也不是跪在上帝面前，我只是一个受惊的朋友，担忧着您的刑罚。他怎么了，这可怜的亚尔培？他不曾自杀么？他镇静的外表下面藏着激烈非凡的性格。我懂得索但里尼老亲王，阿琪奥洛公爵夫人的父亲，是来讨回他女儿的信和肖像的。这便是落在亚尔培头上的晴天霹雳，他一定是去设法剖白的……但怎么十四个月之久，他没给一些信息？”

“噢！如果我嫁了他，他会那样的幸福……”

“幸福？……他不爱您。并且您也没有偌大的财产带给他。您的母亲恨透了您，您回答了她一句残忍刻毒的话，伤害了她而断送了您。”

“什么？”洛萨莉问。

“她昨大对您说，服从是补赎您罪愆的唯一的方法，她谈到阿曼台时又向您提及结婚的必要。‘要是您这样喜欢他，您自己去嫁给他罢，母亲！’您有没有当她的面说过这样的话？有没有说过？”

“说过。”洛萨莉回答。

“那么，好，我识得她的脾气，”特·葛朗赛神甫接下去道，“不出几个月，她将成为特·苏拉伯爵夫人！当然她还要生孩子，把四万法郎的岁收送给特·苏拉先生；此外，她将给他许多利益，尽量在她的不动产里减少您的一份。她活着的时候，您就得过贫穷的生活，而她只有三十八岁！您全部的产业不过是露克赛的田地，以及您父亲的遗产清算之后所能剩下的一些，就是这个，也还得您母亲对露克赛的权利肯全部放弃！在物质利益上，您已把自己的生活弄得很糟；在情操方面，我认为尤其七颠八倒，不成体统……您不向您的母亲……”

洛萨莉恶狠狠地把脑袋扭了一下。但副主教依旧接着道：

“您不向母亲，不向宗教去请示，听他们在您心灵初次有所动作的时候就来点醒您，劝告您，领导您，您只顾独断独行，完全不识得人生而只听从激烈的热情！”

这篇那么明哲的谈话使洛萨莉听了害怕起来。

“那我应该怎么办呢？”她停了一会说。

“要补赎您的罪过，先得知道您罪过的范围。”神甫回答，

“那么我将写信给唯一能知道亚尔培生死下落的人，雷沃博·阿纳耿先生，巴黎的公证人，亚尔培从小的朋友。”

“除非为了剖白真相，您以后再勿写信，”副主教回答。“把真信假信一齐交给我，把一切细节向我供认出来，好似对您的忏悔师一样，然后再问我补赎您罪愆的方法，完全信任我。那时我看情形……因为第一，您应该让这可怜的男人在他奉为神明的人面前，还他的清白。即使已经失掉幸福，亚尔培一定还坚执着要洗刷自己。”

洛萨莉答应特·葛朗赛神甫听从他的劝告去做，心里希望她

收拾残局的结果，说不定能把亚尔培拉回来。

洛萨莉吐露秘密以后不久，雷沃博·阿纳耿先生的帮办到勃尚松来，拿着亚尔培的全权委托书，先去见奚拉台先生，请他把萨伐龙先生买下的房子出售。奚拉台为了对亚尔培的友谊，接受了这件差使。那位帮办卖掉了家具，卖得的款子刚好偿清亚尔培欠奚拉台的债务；因为神秘地出走的时候，奚拉台给了他五千法郎，并答应代他收取人欠的账，当奚拉台问起他所关切的那位英勇的战士的下落时，帮办回答说只有他的东家知道，并说亚尔培·特·萨伐吕司先生最后的一信，使公证人大为伤心。

副主教得了这个消息，便写信给雷沃博。下面是那位正直的公证人的复信。

致勃尚松教区副主教特·葛朗赛神甫

可怜！先生，没有人再能教亚尔培回到红尘中来：他已舍弃浊世。现在他是格勒诺勃附近大修院中的修士。这座修院的大门是生死的分界，这一点我刚才知道，而您是应该比我知道更清楚的。预料到我会寻访得去，亚尔培把院长请出来，挡住了我们所有的努力。我对这颗高尚的心有充分的认识，可以知道他是牺牲者，做了卑鄙的，我们看不见的阴谋的牺牲者；可是一切业已完成。阿琪奥洛公爵夫人，现在是兰多雷公爵夫人了，我觉得她也过于残忍。亚尔培赶到倍琪拉德时，她已不在那里，但她留下话，教他相信她在伦敦。从伦敦，亚尔培又转到拿波里，从拿波里又转到罗马，在那边她已跟兰多雷公爵订了婚。亚尔培终于遇到她时，是在翡冷翠，正当她举行婚礼的辰光。我们可怜的朋友当场晕倒在教堂里，而且从没，虽然他曾不顾生命的危险，也从没获得和这个女人解释的机会，不知她是怎样的心肠。七个月中间，亚尔培仆仆旅途，追逐着那个残忍的造物,老跟他玩着捉迷藏戏：他不知到哪儿去抓她，也不知怎样去抓她。可怜的朋友路过巴黎时，我曾见到他；如果您那时也像我一样见到他的话，您定会觉得对他一字都不能提到公爵夫人，他会发疯。倘若他知道犯的是什么罪，他可能想出辩白的方法；但诬蔑他结了婚！那又怎办？亚尔培是死了，对于世界，他的确死了。他但愿休息，那么我们希望在他自己投入的深沉的静默与祈祷中间，获得他另一种方式的幸福。您既然认得他，您定会替他叹息，也会替他的朋友们叹息！专此奉复……

一接到这封信，苦心的副主教立即写信给大修院院长，下面是亚尔培的复信。

亚尔培修士致特·葛朗赛神甫

在院长神甫刚才转达给我的说话中，我认出，亲爱的副主教，认出您温柔的灵魂和不老的心。我心坎中对尘世的最后一个愿望，给您猜着了：教那摧残我那么厉害的女子明白我的情操！但院长让我自由利用您的提议，要知道我的意念是否坚决；当他看见我决意与世永诀的时候，他慈祥地对我说出了他的意见。倘我对回俗的诱惑表示让步的话，修士的资格就要被取消。那一定是靠了神明的恩宠；但内心的争斗，纵使为时不久，其剧烈和残酷并没因之而减少分毫。这不足以使您明白我绝不再回到人间了么？所以那犯了多少罪过的人要求我宽恕，我是完完全全，毫无遗憾地同意的。我将祈求上帝宽恕这位小姐，像我宽恕她一样，同时我也为兰多雷公爵夫人祈福。啊！死亡也罢，一个单相思的女子也罢，所谓命运的打击也罢，我们岂不该永远听命于上帝？苦难在某些灵魂中辟出一片无垠的荒漠，在荒漠里响亮着上帝的声音。此世生活和彼世生活的关系，我已认识太晚，因为我已心力交瘁。既不能为战斗的教会服务，我便把行将熄灭的生命的残灰余烬，献在殿堂脚下。这是我最后一次写信了。为了您，那么爱我而我也那么爱的您，我才破了进圣·勃吕诺修院时举世皆忘的戒律。您也将特别在我的祈祷之中。

修士　亚尔培

一八三六年十一月

“也许这样倒是最圆满的解决。”特·葛朗赛神甫心里想。

当他把这封信交给洛萨莉，她在宽恕她的段落上虔诚地亲吻时，他对她说：“那么！现在您对他已经绝望了，愿不愿跟您母亲讲和，嫁给特·苏拉伯爵？”

“那要亚尔培命令我才行。”她回答。

“您明明看见不可能再跟他商量了。院长不会答应的。”

“要是我去见他呢？”

“大修院是什么客都不见的。何况是女子，除了法国王后以外，谁都不能进去，”神甫说。“因此您再没理由不嫁特·苏拉先生。”

“我不愿造成母亲的苦难。”洛萨莉回答。

“你这个撒旦！”副主教嚷道。

这年冬季将尽的时候，善良的特·葛朗赛神甫死了。从此在特·华德维夫人和女儿之间，再没这个朋友替两个刚强如铁的人物折冲。副主教所预料的事情实现了。一八三七年八月，特·华德维夫人嫁了特·苏拉伯爵，在巴黎举行婚礼；上巴黎结婚是听着洛萨莉的怂恿，她这时待母亲很好了。特·华德维夫人当真相信女儿的好意；但洛萨莉的想到巴黎去，无非想找一个残酷的复仇机会来快意一下：她一心一念要磨折她的情敌来替亚尔培报复。

特·华德维小姐所受的监护给解除了，并且她不久就要满二十一岁。她的母亲为跟她清账起见，放弃了露克赛的权利；而女儿靠了父亲遗产的清算，也不再要母亲贴她生活费。洛萨莉且鼓励母亲去嫁特·苏拉伯爵，在财产上让他沾些利益。

“让我们各管各的自由罢。”她对母亲说。

特·苏拉伯爵夫人正在疑虑女儿的用意，对这番落落大方的处置更是奇怪起来；她在总账上划出六千法郎的岁收赠与洛萨莉，使自己良心上好交代。因为特·苏拉伯爵夫人有着四万八千法郎的田地进款，而且她也无法割让这笔利益来剥削洛萨莉的名份，所以特·华德维小姐还是一百八十万法郎的一头好亲事：露克赛略加整顿之下，除了居住的便利，租金，存款之外，可有每年二万法郎的收获。所以洛萨莉母女俩很快学会了巴黎的腔派和时髦，容容易易的跨进了上流社会。一百八十万法郎！这几个绣在洛萨莉胸衣上的大字，为特·苏拉伯爵夫人倒是一把金钥匙，比她装腔作势的以特·吕泼姓氏自豪，比她不得当的高傲，甚至比她转弯抹角攀认的亲戚都更有用。

一八三八年二月，被好几个青年人追得很热心的洛萨莉，把她来到巴黎的计划实现了。她一心要遇见兰多雷公爵夫人，瞧一瞧这个奇妙的女人，把她抛在天长地久的恨海里。所以洛萨莉想尽方法装扮，调情，以便和公爵夫人站在并肩的地位。初次的会面，是在一八四〇年起一年一度的捐募王室恩俸的舞会上。一个青年人受着洛萨莉的指使，过去对公爵夫人指着洛萨莉说："瞧这个了不起的女子，一个强项无匹的人物！她把一个前程远大的男人，亚尔培·特·萨伐吕司送进了大修院，断送了一生。那便是特·华德维小姐，勃尚松那个有名的独养女儿……"

公爵夫人面色惨白，洛萨莉奋激地和她交换了一眼，这种目光在女人之间是比男人们决斗的枪子更致命的。法朗采斯加·索但里尼，猜疑到亚尔培的无辜，马上退出了舞会。突然被丢下的青年，全没知道他怎样的伤害了美丽的公爵夫人。

如果您愿意多知道些关于亚尔培的事情，请您下星期二到歌剧院舞会中来，手执金盏花为号。

洛萨莉送去的这张匿名字条，把可怜的公爵夫人诱来了，洛萨莉交给她亚尔培全部的信，还有副主教写给雷沃博·阿纳耿的，雷沃博回复来的，以及她自己向特·葛朗赛神甫告白的信。

"我不愿一个人受苦，因为我们俩曾经一样的残酷！"她对她的情敌说。

洛萨莉把公爵夫人俊美的脸上骇愕的神色玩味过后，溜走了，从此不再在交际场中露面，随着母亲回到了勃尚松。

特·华德维小姐独自住在露克赛田庄上，骑马，打猎，每年拒绝两三头亲事，冬季上勃尚松去四五次，一心开垦着她的田地，被认为一个古怪得出奇的人物。她变成了东部名人之一。

特·苏拉夫人生了两个孩子，一男一女；她年轻了，但年轻的特·苏拉大大地变老了。

“我的财产使我花了很高的代价，”特·苏拉对年轻的夏洪戈说，“不幸得很，非跟虔婆结婚，就不能彻底认识虔婆！”

特·华德维小姐的所作所为，真配得上奇女子的称号。人们说：“她有她的疯癫！”她每年去瞻仰一次大修院的高墙。也许她想学曾叔祖的样，跳进修院围墙去找她的丈夫，好似当年的华德维跳出修院围墙来恢复他的自由。

一八四一年，她离开勃尚松，据人家说是为结婚去的；但至今无人知道这次旅行的真正原因；回来时的模样使她从此见不得人。由于特·葛朗赛神甫曾经暗示过的那种不测，她在洛阿河上坐着轮船，汽锅爆炸之下，特·华德维小姐大遭蹂躏，失去了右臂和左腿；脸上留着丑恶的疤痕，剥夺了她的美貌；她的身体给可怕地毁伤过后，很少日子没有痛楚。总之，她现在再也不出露克赛庄子的门，常年过着诵经礼拜的生活。

一八四二年五月　巴黎

一九四四年二月　译竣

人间喜剧

La Comédie humaine

贝姨

（法）巴尔扎克 著
傅雷 译

团结出版社

图书在版编目（CIP）数据

人间喜剧 / (法) 巴尔扎克著 ; 傅雷译. -- 北京 : 团结出版社, 2021.11

ISBN 978-7-5126-9114-8

Ⅰ. ①人… Ⅱ. ①巴… ②傅… Ⅲ. ①小说集–法国–近代 Ⅳ. ①I565.44

中国版本图书馆CIP数据核字(2021)第171591号

出版：团结出版社

（北京市东城区东皇城根南街84号 邮编：100006）

电话：（010）65228880　65244790 (传真)

网址：www.tjpress.com

Email：zb65244790@vip.163.com

经销：全国新华书店

印刷：天宇万达印刷有限公司

开本：145×210　1/32

印张：114.75

字数：3242千字

版次：2021年11月 第1版

印次：2021年11月 第1次印刷

书号：978-7-5126-9114-8

定价：458.00元（全10册）

出版说明

奥诺雷·德·巴尔扎克（Honoré de Balzac，1799—1850），法国小说家，被誉为“现代法国小说之父”，生于法国中部图都尔市的一个中产者家庭。

1829年，三十岁的巴尔扎克第一次正式发表作品。他经过十余年的探索、学习之后，在法国小说界开辟出了一个崭新的世界，建立了一个一直影响到现在的现实主义传统。从发表第一部作品开始，巴尔扎克便以惊人的毅力创作出了91部小说，塑造了两千四百多个栩栩如生的人物形象，这些作品合称为《人间喜剧》。巴尔扎克通过这些作品和人物形象，为读者展示了法国社会的整个面貌。因此，《人间喜剧》被后世誉为“资本主义社会的百科全书”。

作为他的朋友，法国19世纪前期著名的浪漫主义文学家维克多·雨果曾这样评价他：“在最伟大的人物中间，巴尔扎克是名列前茅者；在最优秀的人物中间，巴尔扎克是佼佼者之一。他才华卓越，至善至美，但他的成就不是眼下说得尽的。他的所有作品仅仅形成了一部书，一部有生命的、光亮的、深刻的书。”

傅雷（1908—1966），字怒安，号怒庵，他是中国著名的翻译家、作家、教育家、美术评论家。傅雷先生早年留学于法国巴黎大学，翻译了大量的法文作品，包括巴尔扎克、罗曼·罗兰、伏尔泰等许多名家著作。20世纪60年代初，他因在翻译巴尔扎克作品方面的卓越贡献，被法国巴尔扎克研究会吸收为会员。

傅雷先生曾说："《人间喜剧》共包括九十四个长篇，已译十五种，虽不能囊括作者全部精华，但比较适合吾国读者的巴尔扎克最优秀作品，可谓遗漏无多。法国一般文艺爱好者所熟悉之巴尔扎克小说，甚少超出此项范围。"这十五种译作中，《猫儿打球号》已经佚失，现存十四种。此次，我们整理出版的这套《人间喜剧》，正是对傅雷先生现存十四种译作的整理。它们分别是：《欧也妮·葛朗台》《亚尔培·萨伐龙》《高老头》《奥诺丽纳》《比哀兰德》《夏倍上校》《禁治产》《邦斯舅舅》《赛查·皮罗多盛衰记》《于絮尔·弥罗埃》《都尔的本堂神父》《贝姨》《搅水女人》《幻灭》。

此次出版，我们在尊重傅雷先生译作的前提下，按照现代汉语规范，仅对一些地名、人名、标点符号等作了修订。由于水平所限，整理过程中难免有错漏之处，恳请读者批评指正！

一

一八三八年七月中旬，一辆在巴黎街头新流行的叫作爵爷的马车，在大学街上走着，车上坐了一个中等身材的胖子，穿着国家禁卫军上尉的制服。

在那般以风雅为人诟病的巴黎人中间，居然有一些自以为穿上军服比便服不知要体面多少，并且认为女人们目光浅陋，只消羽毛高耸的军帽和全副武装，便会给她们一个好印象。

这位第二军团的上尉，眉宇之间流露出一派心满意足的神气，使他红堂堂的皮色和着实肥胖的脸庞显得更光彩。单凭这道靠买卖挣来的财富罩在退休的老板们额上的金光，我们便可猜到他是个巴黎的得意人物，至少也是本区的助理区长之类。所以，像普鲁士人那样鼓得老高的胸脯上，荣誉团的小红丝带是决计少不了的。趾高气扬的坐在车厢的一角，这个佩带勋饰的男子左顾右盼；巴黎的行人往往即在这种情形之下遇到一些满面春风的笑脸，其实那副笑脸是为他心中的美人儿的。

爵爷到了美猎街和蒲高涅街中间的一段，在一座大屋子门前停下；那是在附有花园的老屋子空地上新起的，老屋本身并没改动，在去掉了一半的院子底上保持原状。

只要看上尉下车时怎样接受马夫的侍候，便可知道他是五十开外的人了。有些显而易见的笨重的举动，像出生证一样藏不了秘密。上尉把黄手套重新戴上右手，也不向门房问询，径自往屋子底层的石级走去，神气仿佛是说："她是我的了！"巴黎看门人的眼力是很高明的，凡是佩带勋饰，穿着蓝衣服[①]，脚步沉重的人，他们绝不阻拦；并且他们认得出有钱的人。

底层全部是于洛·特尔维男爵一家住的。男爵在共和政府时代当过后勤司令兼军法官，在队伍里当过军需总监，现任陆军部某个极重要的署的署长，兼参议官，荣誉团二等爵，其他衔名，不胜备载。

于洛男爵改用他的出生地特尔维做姓氏，以便和他的哥哥分别清楚。哥哥是有名的于洛将军，前帝国禁卫军上校，一八〇九年战役之后受拿破仑册封为福士汉伯爵。这位长兄为照顾兄弟起见，以父亲那样周密的心思，老早把他安插在军事机关，后来由于弟兄两人的劳绩，男爵得到了拿破仑应有的赏识。从一八〇七年起，他已经是远征西班牙大军的军需总监。

按过门铃，民团上尉[②]化尽气力，想把他凸起的肚子牵动得前翻后卷的衣服恢复原状。一个穿号衣的当差一看见他，马上请进，这个威风十足的要人便跟着进去，仆人打开客厅的门通报道：

"克勒凡先生来了！"

---

①蓝色是军服上装的颜色。（本书注释均为译者注）

②当时的国家禁卫军全由中产阶级及工商界组成，故亦称民团。

一听到这个名副其实的姓氏[1]，一位高身量，黄头发，保养得很好的女子，吃了一惊似的站起，急急忙忙对在旁刺绣的女儿说：

“奥当斯，好孩子，跟你贝姨到花园里去吧。”

奥当斯·于洛小姐很文雅的对上尉行过礼，带着一个老处女从玻璃门里出去了。那干瘪的老姑娘虽然比男爵夫人小五岁，看上去却苍老得多。

“那是关系你的亲事呢。”贝姨附在甥女奥当斯耳边说。男爵夫人打发她们时对她随随便便的态度，她并没有生气。

这种不拘礼数的待遇，可以从她的衣着上得到解释。

老处女穿一件葡萄干颜色的毛料衣衫，裁剪和绲边都是王政时代款式，一条挑绣领围大概值得三法郎，一顶系着旧缎带结子的草帽，结子周围镶着草辫，像巴黎中央菜场上的女菜贩戴的。看到那双式样明明是起码皮匠做的金羊皮鞋，生客就不敢把贝姨当作主人的亲戚招呼，因为她完全像一个做散工的女裁缝。可是老姑娘出去之前，照样对克勒凡先生打一个亲热的招呼，克勒凡先生会心的点点头，说：

“你明天来的吧，斐希小姐？”

“没有外客吗？”贝姨问。

“除了你，就是我几个孩子。”

“那么，”她回答说，“我一定去。”

民团上尉对男爵夫人重新行了一个礼，说道：

“太太，我特来领教。”说话之间他向男爵夫人飞了一个眼

---

①Crevel与Creve二字读音相仿，前者是姓氏，后者是大胖子。

风，活像太丢狒[①]的内地戏子，在博济哀或哥当斯一类的城里，以为非这样的望一眼爱弥勒，就显不出他角色的意义。

“先生，请那边坐吧，谈正经事还是那儿比客厅好。”于洛太太一边说一边指着隔壁的一间房，从屋子的分配看来，那应当是打牌的房间。

和小房隔开一道薄薄的板壁，另有一间窗子临着花园的上房。于洛太太让克勒凡等着，因为她觉得上房的窗和门应当关严，免得有人偷听。她还郑重其事的关上大客厅的玻璃门，顺便对坐在花园底上旧亭子里的女儿和贝姨微微一笑。回来，她敞开打牌间的门，以便有人进来，就可听见大客厅的门声。这样来来往往的时候，没有什么旁观的人在场，所以男爵夫人的心事全都摆明在脸上；要是有人看到她，一定会因她的慌乱而吃惊的。但她从客厅的大门走向打牌间时，脸上立刻挂起一道莫测高深的幕，那是所有的女子，连最爽直的在内，都会运用自如的。

她这些准备工作看起来真是古怪得很。那时，上尉正在打量小客厅里的家具陈设。本是红色的绸窗帘，给太阳晒成了紫色，绉裥快要磨破，地毯的颜色已经褪尽，家具上的金漆已经剥落完了，布满污点的花绸面子露出大块的经纬。看到这些，暴发商人平板的脸上，天真地流露出先是鄙夷，再是自满，而后是希望的表情。他照着帝国式旧座钟上面的镜子，把自己上上下下的端详一番，忽然一阵了衣衫悉索的声音报告男爵夫人来了，于是他立刻摆好姿势。

男爵夫人拣了一张三十年前当然很漂亮的小双人沙发坐下，

①太丢狒为莫里哀喜剧中的主角，是一个骗子，想把奥龚的太太爱弥勒和她的女儿一齐骗上手。

让客人坐在一张靠手尽头雕着斯芬克斯的头、大片的漆已经剥落而露出白木的靠椅上。

“太太，你这样的防范周密，倒很像招待一个……”

“招待一个情人是不是？”她截住了他的话。

“这样说还差点儿劲，”他把右手放在心口，眨巴着眼睛，那神气在一个冷静的女子看来是永远要发笑的，“情人！情人！应当说魂灵出窍的情人……”

“听我说，克勒凡先生，”男爵夫人一股正经劲儿使他笑也笑不上来，“我知道你今年五十，比于洛小十岁；可是在我的年纪，一个女人再要胡闹，必须有些特殊的理由，不是为了美貌，便是为了年轻，为了名望，为了功绩，为了一点子冲昏我们的头脑，使我们忘掉一切，甚至忘掉我们年纪的烜赫的光华。你虽然有五万法郎的收入，你的年龄也把你的财富抵销了；女人认为必不可少的条件，你一样也没有……”

“有爱情还不成吗？”他站起身来向前走了一步，“而且那爱情……”

“不，先生，那是你死心眼儿！”男爵夫人打断了他的话，不让他老是无聊。

“对啊，就是爱情的死心眼儿呀，并且还不止这一点，还有权利……”

“权利？”于洛太太嚷道。她又是鄙薄，又是轻蔑，又是愤慨。“得了吧，这一套说下去是没得完的；我请你来，也不是旧话重提，要谈当初使你这位至亲不能上门的那回事……”

“我倒以为……”

“又来了！先生，我能这样轻松的，满不在乎的提到爱人、爱情，那些使女人最为难的题目，你难道还看不出我完全把得住自己吗？我甚至毫无顾忌，不怕跟你两人关在这间屋里。没有把握的女人会这样吗？你明明知道我为什么请你来！……”

“不知道，太太。”克勒凡扮起一副冰冷的脸，抿紧了嘴，重新摆好姿势。

“好吧，我的话不会多，省得彼此多受罪。”男爵夫人望着克勒凡说。

克勒凡带着讥讽意味行了个礼。这一下，内行人就可看出他从前当过跑街的气派。

“我们的儿子娶了你的女儿……”

“怎么，还要重新来过吗？”克勒凡说。

“那我怕这头亲事不会成功的了，”男爵夫人很快当的回答，“可是你也没有什么好抱怨。我的儿子不但是巴黎第一流的律师，并且已经当了一年议员，在国会里初期的表现相当精彩，不久就有当部长的希望。维多冷做过两次重要法案的报告员，要是他愿意，他早已做上高等法院的首席检察官。所以，倘使你的意思是说你揽上了一个没有财产的女婿……”

“哼，一个要我维持的女婿，”克勒凡回答，“我觉得这个比没有财产更糟，太太。我给女儿的五十万法郎陪嫁，二十万天知道花到哪儿去了……令郎拿去还债，把屋子装扮得金碧辉煌——一所五十万法郎的屋子，收入还不到一万五，因为他自己住了最好的一部分；他还欠二十六万法郎的屋价……收来的房租只够付屋价的利息。今年我给了女儿两万法郎，她才敷衍过去。我女婿当律师的收入一年有三万，哎，听说他为了国会倒不在乎业务了……”

“先生，这些仍不过是闲文，只能岔开我们的本题。总括一句，倘使我儿子当了部长，给你的荣誉团勋章晋一级，再给你弄一个巴黎市政府参议，那么，像你这样花粉商出身的人也没有什么好抱怨的了……”

“啊！太太，提到这个来了。对，我是做小买卖的，开铺子的，卖杏仁饼、葡萄牙香水跟头痛油的，我应当觉得很荣幸，把独养女儿攀上了于洛·特尔维男爵的公子，小女将来是男爵夫人呀。这是摄政王派、路易十五派、宫廷派！好极……我喜欢赛莱斯丁纳，就像人家喜欢一个独养女儿一样，因为我疼她，因为连兄弟姊妹都不想给她添一个，所以虽是在巴黎鳏居多么不方便，（而且在我年富力强的时候，太太！）我照样忍受；可是请你明白，尽管我溺爱女儿，我却不肯为了你的儿子动摇我的产业，在我做过买卖的人看来，他的用度有些不清不楚……”

“先生，在商务部里，眼前就有一位包比诺先生，从前在龙巴街上开药材铺的……”

“是我的老朋友啊，太太！……”退休的花粉商人说，“因为我，赛莱斯丁·克勒凡，本是赛查·皮洛多老头手下的大伙计，他的铺子是我盘下的；皮洛多是包比诺的丈人，包比诺当时在店里不过是个小伙计，而这些还是他跟我提的，因为他，说句公平话，对有身家的人，对一年有六万法郎进款的人并不骄傲。”

“那么先生，可见你称为摄政王派的观念已经过时了，现在大家看人只看他本身的价值；你把女儿嫁给我的儿子也是为此……”

“你才不知道那头亲事是怎么成功的呢！……”克勒凡大声说道，“啊！单身汉的生活真是该死！要不是我生活乱七八糟，今天赛莱斯丁纳早已当上包比诺子爵夫人了!”

“告诉你,既成事实不用提了,”男爵夫人斩钉截铁的说,“我要谈的是我气不过你那种古怪的行为。小女奥当斯的亲事是可以成功的,那完全操在你手里。我以为你宽宏大量;以为你对一个心中只有丈夫没有别人的女子,一定会主持公道;以为你能够体谅我不招待你,免得受你牵累;以为你能够顾到至亲的体面,而促成奥当斯和勒巴参议官的婚事……却不料你先生竟坏了我们的事……”

“太太,我不过是老实人说老实话。人家问我奥当斯小姐的二十万法郎陪嫁能不能兑现。我说:‘那我不敢担保。于洛家里把那笔陪嫁派给我的女婿负担,可是他自己就有债务,而且我认为,要是于洛·特尔维先生明天故世,他的寡妇就要饿肚子。’就是这样,好太太。”

于洛太太眼睛盯住了克勒凡,问道:

“先生,倘使我为了你而有亏妇道,你还会不会说这番话呢?……”

“那我没有权利说了,亲爱的阿特丽纳,”这个古怪的情人截住了男爵夫人的话,“因为在那个情形之下,你可以在我的荷包里找到那份陪嫁了。”

为表示说到做到,胖子克勒凡当堂跪下,捧着于洛太太的手亲吻;她气得说不上话,他却当作她迟疑不决。

“用这个代价来换我女儿的幸福?……噢!先生,你起来,要不然我就打铃了……”

老花粉商很费事的站起身子,那种尴尬局面使他大为气愤,立刻摆好了姿势。差不多所有的男人都会装出某种功架,以为能够显出自己的美点。克勒凡的功架，是把手臂摆成拿破仑式，侧着四分之三的脑袋，学着画家在肖像上替拿破仑安排的目光，望着天边。他装作不胜愤慨的样子，说：

“吓！死心塌地的信任，信任一个好色……”

“信任一个值得信任的丈夫。”于洛太太打断了克勒凡的话，不让他说出一个她不愿意听的字眼。

“呃，太太，你写信叫我来，你要知道我为什么那样做，而你拿出王后一般的神气，用那么瞧不起人、欺侮人的态度逼我。你不是当我奴才看吗？真的，你可以相信，我有权利来，来……追求你……因为……噢，不，我太爱你了，不能说……”

“说罢，先生，再过几天我就是四十八岁了，我也不是什么假贞节的傻女人，什么话都能听……”

“那么你能不能拿贞节做担保——唉，算我倒霉，你的确是贞节的女人——你能不能担保不提我的名字，不泄露是我告诉你的秘密？”

“假使这是揭穿秘密的条件，那么你等会告诉我的荒唐事儿，我发誓对谁都不说从哪儿听来的，对我丈夫也不说。”

“对啦，因为这件事就跟你夫妇俩有关……”

于洛太太立刻脸色发了白。

“啊！要是你还爱于洛，你要难受的！我还是不说的好。”

“说罢，先生，因为照你的说法，你应当表明一下为什么要对我讲那些疯话，为什么你死乞白赖，要折磨一个像我这等年纪的女人，我只要嫁了女儿，就可以安安心心的死了！”

“你瞧你已经在伤心了……”

“我？”

“是啊，我的高贵美丽的人哪！”克勒凡叫道，“你就是太苦了，我的乖……”

“先生，出去！要不然，放规矩些！”

“哎，太太，你可知道于洛大爷跟我是怎么认识的吗？……在咱们的情人家里哪，太太。”

“噢！先生……”

“在咱们的情人家里哪，太太。”克勒凡用舞台上说白似的音调重复了一遍，同时举起右手比了一个手势。

“那么以后呢，先生？”男爵夫人语气的镇静，把克勒凡愣住了。

心思卑鄙的好色之徒，是永远不会了解伟大的心灵的。

“那时我已经鳏居了五年，”克勒凡像讲故事一般的说，“我挺喜欢女儿，为了她的利益，我不愿意续娶，也不愿意在家里发生什么关系，虽然我当时有一个很漂亮的女账员；这样，我就弄了一处俗语所说的小公馆，养着一个十五岁的女工，简直是天仙似的美人儿，老实说，我爱她爱得魂都没有了。所以，太太，我把乡下的亲生姨母接出来，跟小媳妇儿一块住，监督她，使她在这个……这个不三不四的地位上尽可能的安分守己。小乖乖很有音乐天才，我替她请了教师，给她受教育。（总得有点事儿给她解解闷啊。）再说，我想同时做她的父亲、恩人、兼带……推开天窗说亮话，情人；做了件好事，得了个情妇，不是一举两得吗？我快活了五年。小乖乖的嗓子可以教一家戏院发财，除了说她是女人之中的杜泼莱士[1]，我没有法子形容。单为栽培她的歌唱，

①当时有名的男高音歌唱家。

我每年就花上两千法郎。她使我对音乐着了迷，为了她和我的女儿，我在意大利剧院长期有一个包厢，今天带赛莱斯丁纳去，明天带玉才华去……”

“怎么，就是那个有名的歌唱家？……”

“是啊，太太，”克勒凡很得意的回答，“这个有名的玉才华哪一样不是靠了我……话说回来，一八三四年，小乖乖二十岁，我以为她对我永远不会变心了，我把她也宠得厉害，想给她一点儿消遣，介绍她认识了一个漂亮的女戏子贞妮·凯婷，贞妮的命运跟她有好些地方相像。她一切都靠一个后台费尽心机培养成功的。这后台便是于洛男爵……”

“我知道，先生。”男爵夫人镇静的声音，一成不变。

“噢！……”克勒凡越来越诧异了，“好吧！可是你知道没有，你那个老妖精的丈夫照顾贞妮·凯婷的时候，她只有十三岁？”

“那么先生，以后呢？”

“贞妮·凯婷认得玉才华的时候，两人都是二十岁，男爵从一八二六年起，就像路易十五的对特·洛芒小姐，那时你比现在还要小十二岁……”

“先生，我放任于洛是有我的理由的。”

“太太，你这种谎话，没有问题可以把你所有的罪孽一笔勾销，使你升天堂，”克勒凡狡猾的神气，使男爵夫人红了脸。“我敬爱的伟大的太太，你这句话可以对旁人说，却不能对我克勒凡老头说。你得明白，我跟你那个坏蛋丈夫花天酒地，混得太久了，绝不会不知道你的好处！两杯酒下肚，他有时会一五一十说出你的优点，把自己骂一顿。呃！我对你知道得太清楚了：你是一个天使。把你跟一个二十岁的少女放在一起，一个好色的人也许还委决不下，我可绝不犹豫。”

“先生！……”

“好，我不说了……可是告诉你，圣洁的太太，做丈夫的一朝喝醉了，会把太太的事一股脑儿说给情妇们听，把她们笑痛肚子的。”

于洛太太美丽的睫毛中间，亮起又羞又愤的泪珠，克勒凡顿时把话咽了下去，连摆姿势都忘记了。

“言归正传，”他又说，“因为娘儿们的关系，我跟男爵交了朋友。像所有的好色鬼一样，男爵和气得很，人也痛快。噢！那时我多喜欢他，这小子！真的，他玩意儿多得很。过去的回忆不用提啦……总之，我们两个像弟兄一样……这坏蛋，一派十八世纪作风，拼命想教坏我，在男女关系上宣传那套各尽所能，各取所需的话，告诉我怎样叫作王爷气派、宫廷气派；可是我，凭我对那小姑娘的爱情，真想把她娶过来，要是不怕生孩子的话。以当时的交情，我们两老怎么不想结个儿女亲家呢？赛莱斯丁纳嫁了三个月之后，于洛（我简直不知道叫他什么好，这混蛋！他把你我两个都欺骗了，太太！……），噢，混蛋把我的玉才华偷上了。那时贞妮·凯婷在舞台上越来越红，那坏东西知道她的心已经给一个年轻的参议官和一个艺术家（狠不狠！）占去了，他便来抢我可怜的小情人，一个如花似玉的美人儿。噢！你一定在意大利剧院看见过，那是靠他的情面进去的。你的丈夫可不像我有分寸，不比我井井有条的像一页五线谱，（他为了贞妮·凯婷已经破费不少，每年花上近三万法郎。）可是告诉你，他又为了玉才华搅光了。玉才华，太太，是犹太人，姓弥拉（Mirah），是希兰（Hiram）一字的颠倒，人家为了辨认起见特意做的犹太标记，因为她是小时候被人丢在德国的。（我的调查，证明她是一个犹太银行家的私生女儿。）在我管教之下，她一向很规矩，不大花钱；可是一进戏院，再加贞妮·凯婷，匈兹太太、玛拉迦，加拉皮纳一伙人教会了她怎样应付老头儿，把她早期希伯来人喜欢金银珠宝的本性点醒了。成名以后的歌女，变成贪得无厌，只想搅钱，搅大钱。人家为她挥霍的，她绝不拿来挥霍。她拿于洛老太爷做试验品，软骗硬诈，把他刮得精光。且不说那般专捧玉才华的无名的群众；该死的于洛先得跟格雷家里的一个弟兄和哀斯葛里浓侯爵斗法，两人都是给玉才华迷住了的；尔后，来了一个大财主，自命为提倡艺术的公爵，把她抢了去。你们叫他什么的……矮冬瓜是不是，那个埃罗维公爵？这位阔佬存心要把玉才华独占，风月场中的人都在谈论这件事，就剩男爵一个人不知道；在私情方面，好像别的方面一样，他完全蒙在鼓里：情人，跟丈夫一样，总是最后一个知道的。现在，我所谓的权利，你懂了吧？好太太，你丈夫把我的幸福，自从我鳏居以后唯一的乐趣夺去了。是的，要不是我倒霉，遇到这个老桃花，到现在玉才华还是我的；因为，告诉你，我永远不会送她进戏院，她不会出名，她会安安分分的守着我。噢！要是你在八年之前看到她：瘦瘦的，神经质的，金黄的皮肤真像安达罗女子，乌油油的头发像缎子，眼睛在褐色的睫毛中间发出闪光，举止大方，好比一个公爵夫人，又朴素，又庄重，像野鹿一般惹人怜爱。由于于洛大爷一人之过，这些风韵，这种纯洁，一切变了陷人坑，变了销金窟。这小女人像俗语所说的，变成了淫恶之母。现在她油嘴滑舌，从前她什么都不懂，连油嘴滑舌这句话都不知道的。”

说到这里，老花粉商抹了抹眼泪。痛苦的真实性感动了于洛太太，把她恍恍惚惚的心收了回来。

“你想，太太，一个人到了五十三岁，还能找到一个同样的活宝吗？在这个年龄，爱情的代价要三万法郎一年，这个数目是从你丈夫那里知道的；而且我也太喜欢赛莱斯丁纳了，不能让她的财产受到损害。在你第一次招待我们的晚会上一看见你，我就不明白于洛这小子为什么要养一个贞妮·凯婷……你气概像王后……太太，你还不到三十岁，看上去年轻得很，而且真美。老实说，那天我真动了心，私下盘算着：‘要是我没有玉才华，那么于洛老头既然把他的女人丢在一边，她对于我倒像手套一样合适。’啊！对不起，又是一句生意人的口头禅。我常常要露出花粉商的马脚，吓得我不敢再想当议员。—— 对两个像我们这样的老伙计，朋友的情妇是神圣不可侵犯的；因此，一朝男爵把我那么卑鄙的欺骗了，我就发誓要把他的妻子弄上手。这才公道。男爵没有话说的，咱们俩应当扯直。不料我刚开口说出我心里的话，你就把我当癞狗一样赶了出去；可是你那一下更加强了我的爱情，加强了我的死心眼儿，如果你喜欢这么说；而且你迟早是我的。”

“怎么会？”

“我不知道，可是一定的。告诉你，太太，心中只有一个念头的，蠢头蠢脑的花粉商，（已经告老的，别忘了！）比一个念头成千累万的，聪明伶俐的人，要强得多。我为你疯了，而且你是我报仇的工具！这等于把我的热情增加了一倍。我这是开诚布公对你说的，拿定了主意说的。正如你对我说：‘我绝不会是你的。’我对你的说话也是一样的冷静。总之，像俗语所说的，我把牌摊明在桌上打。是的，到了某一个时期，你一定是我的……噢！哪怕你五十岁吧，你还是要做我的情妇，没有问题，因为我，我料到你丈夫有一天……”

于洛太太对这个老谋深算的市侩，害怕得直瞪着眼，克勒凡以为她发疯了，不敢再往下说。

“这是你自己招来的，你瞧不起我，挑拨我，教我不得不说！”他觉得刚才几句狠毒的话，需要表白一下。

“噢！我的女儿，我的女儿！”男爵夫人嚷着，声音像一个快要死去的人。

“啊！我简直弄不明白了，”克勒凡接着说，“玉才华给骗走的那一天，我好比一头老虎给人抢去了小虎儿……对啦，就跟你现在一样。哼，你的女儿便是我征服你的手段。不错，我破坏了你女儿的婚姻！……没有我帮忙，她休想嫁人！尽管奥当斯小姐生得多美，总得有一份陪嫁……”

“唉！可怜，正是哪。”男爵夫人抹了抹眼睛。

“你问男爵要一万法郎试试看。”克勒凡说着又摆好了姿势。

他歇了一会，像戏子把道白特意表明段落似的。然后他尖着喉咙：

“即使他有，也是要给替补玉才华的女人的。走上了这条路，还会悬崖勒马吗？先是他太喜欢女人了！（咱们的王上说得好：一切都有个中庸之道。）再加虚荣心作怪！他是一个美男子呀！他为了自己快活，会教你们睡草垫的。而且，你们已经走上救济院的路了。你瞧，自从我不上门之后，你们就没有能换这客厅的家具。所有椅套的镶边上，都摆明着穷酸两字。上等人家的穷是最可怕的，你这种遮掩不了的窘相，哪个女婿见了不吓跑？我开过铺子，我是内行。巴黎的生意人只要眼睛一瞥，就能看出是真有钱还是假有钱……你是没有钱了。”他把声音放低了说，“处处看得出，从你们当差的衣服上也看得出。还有一件瞒着你的秘密，要不要我告诉你？……”

“先生，够了！够了！”于洛太太哭得快把手帕都浸湿了。

“哎，哪，我的女婿把钱给他老子呢，开头我说你儿子的用度，就是指这一点。可是我绝不让我女儿吃亏……你放心。”

“噢！女儿嫁了人，我就可以死了！……”可怜的女人叫着，没有了主意。

“要嫁女儿，有的是办法呀！”老花粉商说。

于洛太太抱着满腔希望，瞅着克勒凡，按说这一眨眼之间转悲为喜的表情，大可引起这个男人的怜悯，而放弃他可笑的计划的。

“你还可以漂亮十年，”克勒凡说着，重新摆好了姿势，“只要你对我好，奥当斯小姐的亲事就成功了。我已经说过，于洛给了我权利，可以老实不客气的提出我的条件，他不能生气的。三年以来，我在调度我的资金；因为我的荒唐是有限制的。除了原来的家产之外，我多了三十万法郎，这笔钱就是你的……”

“出去，先生，出去，永远不许再在我面前出现。要不是你对奥当斯的亲事行为卑鄙……是的，卑鄙……”她看见克勒凡做了一个姿势，便重复一遍，“你怎么能对一个可怜的女孩子，一个美丽的无辜的女孩子，下这种毒手？……要不是我想知道你这种行为的动机，要不是我受伤的母性逼得我非知道你的理由不可，你今天绝不能再跟我说话，绝不能再上我的门。一个女人三十二年的名誉，三十二年的清白，绝不为你屈服，为你克勒凡先生……”

“克勒凡，退休的花粉商、赛查·皮罗多的后任、圣·奥诺雷大街上玫瑰女王的老板、前任助理区长、现任禁卫军上尉，特授荣誉团五等勋章，跟我的老东家一模一样。”克勒凡嘻嘻哈哈的说。

“先生，于洛规矩了二十年之后，可能对他的妻子厌倦，那只是我的事儿，跟旁人不相干；可是你瞧，他还把他的不忠实瞒得紧紧的，因为我不知道在玉才华小姐的心里，是他接替了你的位置……”

“噢！”克勒凡叫道，“用多少黄金买的，太太！……两年之中，这个歌女花了他不止十万。哼！哼！你的苦难还没有完呢……”

“这些话都不用提了，克勒凡先生。我要在拥抱孩子们的时候，永远没有一点儿惭愧，我要受全家的敬重、爱戴，我要把我的灵魂一尘不染的还给上帝：这些我绝不为你牺牲的。”

“阿门！”克勒凡脸上恶狠狠的，又羞又恼，正如一般害单相思的人又碰了一个钉子一样，“你还没有咂摸到最后一步的苦处呢，羞愧……耻辱……我本想点醒你，想救你跟你的女儿！……好啵，越老越昏的浪子这个新名词，你将来要一个字一个字的咂摸出它的滋味。你的眼泪跟你的傲气使我很感动，因为看一个心爱的人淌眼泪是最难受的！……”克勒凡说到这里，坐了下来，“我所能答应你的，亲爱的阿特丽纳，是绝不做一件难为你或是难为你丈夫的事；可是别打发人家来向我探听府上的虚实。如此而已。”

“那可怎么办呢？”于洛太太嚷道。

至此为止，男爵夫人很勇敢的熬住了三重刑罚，因为她在女性、母性、妻子三方面都受到耻辱。只要亲家傲慢无礼的威逼她，她为了抵抗市侩的凶横，倒还能鼓足勇气；可是失意的情人，屈辱的漂亮上尉，在无可奈何中忽然软化，却把她紧张到快要破裂的神经松弛了下来；她拧着自己的手，哭作一团，昏昏沉沉的，连克勒凡跪着吻她的手都不曾抗拒。

“天哪！怎么办呢？”她抹了抹眼泪，“做母亲的能够硬着心肠眼看女儿憔悴吗？她将来怎办呢：这样的一表人才，天赋那么厚，在她母亲旁边过着那么贞洁的生活！有些日子，她一个人在花园里散步，就无缘无故的悲伤，我还发现她眼睛水汪汪的……”

“她二十一岁啦。”克勒凡说。

“要不要送她进修道院呢？遇到这等危机，宗教也往往压制不了天性，受过最虔诚的教养的姑娘，也会失掉理性的！——哎，先生，你起来呀，你还不明白，我们之间一切都完了吗？我对你厌恶到了极点，做母亲的最后的希望都给你毁掉了！……”

“要是我把你的希望救回来呢？……”他说。

于洛太太瞅着克勒凡，那副精神错乱的表情，使他的心软了一软；可是想到那句*我对你厌恶到极点*的话，他又把心中的怜悯压了下去。正人君子往往过于耿直，不知道利用性情气质，微言奥旨，去拐弯抹角的应付一个为难的局面。

“这个年月，像奥当斯小姐那样漂亮的姑娘，没有陪嫁就没有人要，”克勒凡板着脸说，“她那种美女，做丈夫的见了要害怕的；好比一匹名贵的马，需要太多的钱照料，绝不会有多少买主。你能挽着这等女人在街上走吗？大家都要瞅着你，跟在你后面，打你太太的主意。这种招摇，凡是不想跟情敌决斗的男人都要觉得头痛，因为结果，情敌绝不止一个两个，照你的处境，要嫁掉女儿只有三条路：由我帮忙，你却不愿意！这是一条；找一个六十岁的老头，很有钱，没有孩子而想要孩子的；这种人固然不容易找，可是还能碰上；养着玉才华和贞妮·凯婷的老头儿有的是，干吗就找不到一个用明媒正娶的方法，做这种傻事的人？……要是我没有赛莱斯丁纳和两个外孙，我就会娶奥当斯；这是第二条！最后一条路是最方便的……”

于洛夫人抬起头来，不胜焦急的瞅着老花粉商。

“巴黎是一切有魄力的人集中的地方，他们像野生的植物，在法国土地上自生自发的长起来的；其中有的是无家无室的人才，有的是无所不为的勇气，发财的勇气……噢，那些人哪……（在下当年就是其中一个，我还认得不少呢！……二十年之前，杜·蒂哀有些什么？包比诺有些什么？……两个人都在皮罗多老头铺子里鬼混，除了向上爬的欲望以外，什么资金都没有！可是我认为，志气跟大资本一样值钱！……资本是吃得完的，志气是吃不完的！……我自己又有些什么？还不是一心向上，还不是一股勇气罢了！杜·蒂哀，今天跟哪个大人物都比得上。小家伙包比诺，龙巴街上最殷实的药材商，当了议员，如今又当了部长……）噢！巴黎只有那般做买卖的、写文章的、画画的冒险家，才会娶一个不名一文的漂亮女子，因为他们具备各种各样的勇气。包比诺先生娶皮罗多小姐的时候，根本没有想要一个钱的陪嫁。这些人都是疯子！他们相信爱情，就像他们相信自己的运气，相信自己的能力一样！……你不妨去找一个有魄力的人，他要是爱上了你女儿，会不顾眼前而娶她的。你得承认，我这种敌人是够慷慨的了，因为我给你出的主意对我是不利的。”

“啊！克勒凡先生，如果你想做我的朋友，就应该放弃你荒谬的念头！……”

“荒谬？太太，不要自暴自弃，你看看你自己吧……我爱你，你早晚会依我的！我要有朝一日能够对于洛说：‘你抢了我的玉才华，我占了你的老婆！……’这是以牙还牙的老法律！我一定要实现我的计划，除非你变得奇丑。而且我一定成功，你听我的理由，”他重新摆正姿势，瞅着于洛太太，停了一会，又说，“你既找不到一个老头儿，也找不到一个痴情的青年人。你疼你的女儿，绝不肯把她送给一个老色鬼摆布；同时你，于洛男爵夫人，帝国禁卫军榴霰兵团司令的弟媳妇，绝没有勇气招一个苦干的光棍做女婿，他眼前的地位就教你受不了，因为他也许只是一个普通工人—— 现在某个百万富翁，十年之前就不过是一个机器匠—— 也许只是一个监工、一个什么厂里的工头之类。等到后来，眼见你女儿很可能因冲动而失节的时候，你就会对自己说：‘那还不如让我来失节；如果克勒凡老头肯替我守秘密，我就好赚到女儿的陪嫁，二十万法郎，代价是十年的关系，跟这个从前的花粉商，克勒凡老头！……’我惹你心烦，我说的是极不道德的话，是不是？可是如果你疼女儿的热情揪着你的心，你自会跟一般爱儿女的母亲一样，想出理由来依我……总而言之，奥当斯的利益，早晚会逼你的良心投降的……”

“奥当斯还有个舅公呢。”

“谁？斐希老头吗？……他自顾还不周呢，而且又是受男爵的累，凡是他搜括得到的地方都给他搜括到了。”

“还有于洛伯爵……”

“噢！太太，你的丈夫已经把老将军的积蓄挤干了，装修他歌女的公馆去了……噢，难道你不给我一点儿希望就让我走吗？”

“再见，先生。你为我这种年纪的女人害的相思病，是容易治好的，你会弃邪归正。上帝保佑苦难的人……”

男爵夫人站起身子，教上尉非告辞不可，她把他逼进了大客厅。

“这种破落地方是美丽的于洛太太住的吗？”

说罢他指着一盏旧灯，一座镀金褪尽的吊烛台，经纬毕露的地毯，以及一切破烂东西，使这间白地描金的大客厅，成为帝政时代大场面的残骸的。

“先生，这些都照出贞节的光辉。我不想要什么富丽堂皇的家具，而把承你夸奖的我的美貌，变了陷人坑，变了销金窟！”

克勒凡咬咬嘴唇，听出那两句是他刚才骂玉才华贪心的话。

“苦苦守节，为着谁哟？”他说。

这时男爵夫人已经把老花粉商打发到客厅门口。

“为一个好色之徒！……”他补上一句，装出一副百万家私的正人君子的嘴脸。

“要是你的话不错，先生，那么我的守节也就不无可取了。这不是说完了吗？”

她像打发一个讨厌人似的，对上尉行了礼，急急忙忙回身进去，不曾看到他最后一次的摆姿势，也没有留神到他告别时带着威吓意味的态度。她跑去打开窗门，走路的神气高傲而庄严，仿佛罗马斗兽场中的殉道者。可是她筋疲力尽，在全部都是蓝颜色的上房中，往便榻上颓然坐下，好似一个快要病倒的人。她直瞪着眼，瞅着女儿和贝姨在那里唧唧哝哝的破亭子。

从结婚的最初几天一直到这个时候，男爵夫人爱她的丈夫，像约瑟芬爱拿破仑一样，是那种钦佩的、母性的、一味护短的爱。她虽不知道克勒凡刚才说的细节，却很知道二十年来男爵几次三番的对她不忠实；她故意闭上眼睛装不看见，只是默默的流泪，嘴里从来不溜出一言半语的埋怨。这种天使般的温柔，博得了丈夫的敬重，把她当作神明一般的礼赞。一个妻子对丈夫的温情，把他捧得高高在上的敬意，在家庭中是有传染性的。奥当斯一向把父亲当作一个模范丈夫。至于小于洛，从小只知道佩服男爵，——谁都当他是辅翼拿破仑的一个元勋。他知道靠了父亲的姓氏、地位和庇护，他才有今日。而且童年的印象往往有久远的影响，他还见了父亲害怕呢。因此，即使他猜疑到克勒凡所说的那些荒唐，他不但因为敬畏之故而不敢加以非难，并且为了自己在这种问题上对一般男人的看法，还会加以原谅。

现在我们应当解释为什么这个又美丽又伟大的女子，对丈夫忠贞不贰到这个地步。下面便是她一生简短的历史。

在洛兰州边境的极端，靠着伏越山脚的一个村子里，有三个姓斐希的弟兄，都是农夫，在共和政府征兵的时候加入了莱茵部队。

一七九九年，三兄弟中的老二，安特莱，于洛太太的父亲，因为妻子死了，把女儿交给长兄比哀·斐希照顾。比哀在一七九九年受了伤不得不退伍之后，靠了后勤司令于洛·特尔维男爵撑腰，在军事运输方面经营一小部分事业。于洛有事上斯特拉斯堡，碰巧见到了斐希一家。那时阿特丽纳的父亲和他的兄弟，都在亚尔萨斯州干供应粮秣的事。

十六岁的阿特丽纳，很可以跟大名鼎鼎的杜·巴里夫人[①]相比，同样是洛兰州出身。她是那种十全十美，震动心弦的美人，是塔里安夫人一流，造物主特别加工的出品；她有最宝贵的天赋：体面、高雅、妩媚、细腻、与众不同的皮肤、调匀得特别美好的皮色。这一类的美女彼此都很相像。皮昂加·加班拉（她的肖像是勃龙齐诺的杰作之一），逖阿纳·特·博济哀（约翰·哥雄把她作为维纳斯的素材），奥令比亚夫人（她的画像藏在多里亚美术馆），还有尼侬、杜·巴里夫人、塔里安夫人、乔治小姐、累加米哀夫人，所有这些女子，尽管上了年纪，尽管经过情海风波，尽管穷奢极欲，可是永远光艳照人；她们的身段、骨骼、美的品质，都有极显明的相似之处，仿佛一代又一代的人海中真有一股美女的潮流，在同一阵浪花中产生出这些维纳斯[②]。

这般仙女群中最美的一个，阿特丽纳·斐希，像天生的后妃一般，具备最完美的优点，蜿蜒曲折的线条，肌理之间连细血管都看得清，上帝传给夏娃的那种金黄头发，王后般的身段、雍容华贵的气派、轮廓庄严的侧影、素淡的乡村情调，会教路上所有的男子凝眸注视，像鉴赏家遇到一幅拉斐尔那样悠然神往。后勤司令一见阿特丽纳·斐希小姐，便在法定期限满期之后立刻把她娶了过去[③]，使那几位崇拜上司的斐希弟兄大为惊讶。

比哀·斐希，一七九二年入伍的军人，维森堡一役中受了重伤，对拿破仑和有关革命大军的一切，一向是崇拜得五体投地

①路易十五的情妇。

②神话载，维纳斯是从海浪的水沫中出生的。

③法国民法规定，婚姻须先经区公所公开布告，满十日后方可举行婚礼。此言满期之后……谓其迫不及待。

的。安特莱和约罕，提起于洛司令都敬重非凡，并且他们的地位是全靠这位拿破仑的亲信得来的；因为于洛·特尔维觉得他们聪明诚实，把他们从运输队中提拔起来，当紧急工程的主管。在一八〇四年的战役中，三弟兄立了功，战后，于洛替他们弄上这个供应粮秣的差事，当时并没想到自己后来会奉派到斯特拉斯堡准备一八〇六年的战争。

这门亲事，对年轻的乡下姑娘简直是白日飞升。美丽的阿特丽纳，从本村的泥淖中，平步青云，一脚踏进了帝室宫廷的天堂。那时后勤司令是一军中最能干、最诚实、最活跃的一个，封了男爵，被拿破仑皇帝召入中枢服务，编入帝国禁卫军。美丽的乡下姑娘爱丈夫爱得发疯一般，竟然为了他而鼓足勇气把自己教育起来。并且于洛就好似阿特丽纳在男人身上的翻版。他是属于优秀的美男子群的。高大，结实，金黄头发，蓝眼睛里那股热情、那种变化、那些微妙的表现，自有不可抵抗的魅力。身腰秀美，在陶尔赛、福尔彭、乌佛拉尔一流人中独具一格，总之他是帝政时代美男子队伍中的人物。情场得意的男子，对于女人又抱着十八世纪末期的观念，他为了夫妇之爱，居然有好几年把风流艳事搁过一边。

因此，在阿特丽纳心目中，一开场男爵便似神明一般，不会有错失的。她的一切都得之于丈夫：先是财富，她有了府第，有了车马，有了当时一切奢华的享用；然后是幸福，人人知道丈夫爱她；然后是头衔，她是男爵夫人；然后是声名，在巴黎大家称她为美丽的于洛太太；最后她还很荣幸的谢绝了皇帝的青睐，他赐了她无数的钻石，常常在人前提起："美丽的于洛太太，还是那么老实吗？"言下大有谁要在他失败的事情上成功，他会加以报复的意思。

所以，于洛太太除了爱情以外对丈夫的迷信，用不到什么聪明的人，就能在她纯洁、天真、优美的心灵中，找出它的动机。她先是深信丈夫永远不会对不起她，而后她对她的创造者存心要做一个谦恭、忠诚、盲目的仆人。她生来就极明事理，像平民那样的明白事理，使她的教育更扎实。在交际场中她不大开口，不说任何人坏话，不露锋芒；她听着人家，对每件事情加以思索，把最规矩最有身份的女人做榜样。

一八一五年，于洛和他的至交维森堡亲王采取一致行动，帮着组织那支临时凑合的军队，就是滑铁卢一仗把拿破仑的事业结束了的那支军队。一八一六年，男爵变成了法尔脱部长[①]的眼中钉，直到一八二三年才重新起用，进了军需机构，因为对西班牙的战争需要他。一八三〇年，路易·菲利普起复拿破仑旧部时，于洛又在内阁中出现。他是拥护波旁王室的小房[②]的，对路易·菲利普的登台特别出过力，所以从一八三〇年起，他成为陆军部中一个必不可少的署长。同时他已经得了元帅衔，除了任命他做部长或贵族院议员之外，王上也没有别的方法可以宠遇他了。

在一八一八到一八二三年这段赋闲的时期中，于洛男爵在脂粉队里大肆活动。于洛太太知道，她的埃克多最早的不忠实要追溯到帝政结束的时代。由此可见男爵夫人的宠擅专房，一共是十二年工夫。之后，她照样受到往日的温情：凡是妻子自甘隐忍，只做一个温柔贤淑的伴侣时，丈夫当然会对她保持一种年深月久的感情。她明知只要一句埋怨的话，无论哪个情敌都打发得

①当时的陆军部长。

②即路易·菲利普的一支。

了，可是她闭上眼睛，闭着嘴，蒙着耳朵，不愿知道丈夫在外边的行为。总之，她对她的埃克多有如一个母亲对待一个娇养的孩子。在上面那段对话的前三年，奥当斯瞥见她的父亲在多艺剧院正厅的包厢里陪着贞妮·凯婷，不由得叫道：

“呦！爸爸！”

“你看错了，孩子，他今晚在元帅家里呢。”男爵夫人回答。

其实她明明看到贞妮·凯婷，虽然发现她很美，男爵夫人并没感到醋意，只暗忖道：“埃克多这坏东西一定很快活哩。”可是她仍免不了心中难受，常常暗里气愤得要死；但一见埃克多的面，她又看到十二年纯粹的幸福，连一点点埋怨他的勇气都没有了。她很希望男爵对她推心置腹，但为了尊敬他，从来不让他觉察她知道他的荒唐。这种过分的体贴，只有受了打击不还手的、平民出身的女子才会有，她们的血里还保留一点儿初期殉道者的血统。世家出身的女人，因为和丈夫平等，存着睚眦必报的心，觉得需要把他们折磨一下，把她们的宽容像记录台球的输赢一般，用几句辛辣的话记下来，以便显出自己的优越，或是保留日后回敬的权利。

钦佩男爵夫人到极点的是她的大伯于洛将军，前帝国禁卫军榴霰兵司令，德高望重，眼见要晋升元帅的。一七九九到一八〇〇年之间，这位老人曾经在布勒塔尼各州作过战，一八三〇到一八三四年之间又当了一任同一地区的军司令长官，然后回到巴黎住下，靠近着兄弟，那是他一向像父亲对儿子一般关切的。老军人对弟媳妇极有好感，称赞她是女性中最圣洁最高尚的一个；他没有结婚，因为想找一个阿特丽纳第二，而在他南征北讨跑过的地方从来没有能遇上。拿破仑提到他时曾经说："于洛这个好汉是最固执的共和党，可是他永远不会反叛我的。"为了不辜负这个一生清白、无可指责的老共和党的期许，阿特丽纳即使遇到比刚才更残酷的痛苦也肯忍受。然而这个七十二岁的老人，百战之余已经心力交瘁，滑铁卢一役又受了第二十七次的伤，为阿特丽纳只是一个崇拜者而非保护人。可怜的伯爵，除了别的残废之外，只有靠了听筒才能听见人家说话。

只要于洛·特尔维不失其为美男子，他的私情还不致影响他的财产。但到了五十岁，就得在外表和风度上做工夫了。在这个年纪，老年人的爱情已经成为恶癖。其中还有荒谬的虚荣心作祟。所以从那时起，阿特丽纳发现丈夫对他自身的修饰出乎意外的苛求，他染着头发与鬓角，束着腰带，穿着胸褡。他不顾一切的要保持他的美。从前他嘲笑人家的修饰，现在他自己就把这一套讲究得无微不至。最后，阿特丽纳又发现男爵的情妇们挥金如土的用度，原来都是刮的她的钱。八年之间，很大的一笔家私给花得干干净净，以致两年前儿子成家的时候，男爵不得不告诉太太，他们的全部财产只有他的薪水了。阿特丽纳说了句：

"这样下去，我们如何得了？"

"你放心，"男爵回答，"我把办公费留给你们，至于奥当斯的陪嫁和我们将来的生活费，让我干些买卖来张罗。"

丈夫的权势、声价、才能、勇气，都是她深信不疑的，所以她一时的忧虑也就过去了。

二

男爵夫人在克勒凡走后的感想和落眼泪，现在我们都不难了解了。可怜的太太，两年以来知道自己已经堕入深渊，但以为只有她一个人受罪。她不知道儿子的婚事是怎么成功的，不知道埃克多搅上了贪财的玉才华；而且她一向希望世界上没有一个人知道她的痛苦。可是，既然克勒凡这样毫无顾忌的谈论男爵的荒唐，眼见要没有人尊重埃克多了。老花粉商羞恼之下所说的野话，使她想象到儿子的婚姻是在怎样无耻的默契中撮合的。不知在哪一次的酒色场中，两个老人醉醺醺的，亲昵狎弄之余，提出了这头亲事，等于由两个堕落的姑娘做了媒婆。

“他居然把奥当斯忘掉了！”她心里想，“他还是天天见到她的呢；难道他想在那些娼妇家里替她找一个丈夫吗？”

这时她丢开了妻子的身份，只有母性在考量一切，因为她看见奥当斯和贝姨在那里笑，那种年轻人的无愁无虑的痴笑，而她知道，这种神经质的笑，跟她独自在园中散步，含着眼泪出神，同样不是好兆头。

奥当斯像母亲，但头发是金黄的，天生的卷曲，异乎寻常的浓密。皮色有螺钿的光彩。显而易见，她是清白的婚姻、高尚纯洁的爱情的结晶品。面貌之间热烈的表情、快乐的气息、青年人的兴致、生命的朝气、健康的丰满，从她身上放射出来，像电光似的锋芒四射。奥当斯是引人注目的人物。那双无邪的、水汪汪的蓝眼睛，停留在一个走路人身上时，会使他不由自主的一震。头发金黄的女子，乳白的皮肤往往免不了被褐色的斑点打点折扣，可是她白净得连一颗雀斑都没有。高个子，丰满而不肥，灵活的身段，和母亲的一样仪态万方。从前的作家滥用仙女二字，她真可当之无愧。街上见到她的人，谁都要叫一声："呦！美丽的姑娘！"她却是天真烂漫的，回家对母亲说：

"那些人怎么啦，妈妈？你和我在一块的时候，他们叫着：美丽的姑娘！你不是比我更好看吗？……"

的确，男爵夫人虽然过了四十七岁，喜欢夕阳晚照的鉴赏家，还是觉得她比女儿更可爱，因为像妇女们所说的，她的风韵还一点儿没有减色：这是少有的现象，尤其在巴黎，十七世纪时，尼侬曾因此大动公愤，因为她到了高年还是容色不衰，使一般丑女人即使年轻也无人问津。

男爵夫人从女儿身上又想到丈夫，眼见他一天一天的，慢慢的堕落，也许要给人家从部里撵走。想到她的偶像快要倒下，隐隐约约的意味到克勒凡预言的苦难，可怜的女人越想越受不住，竟像入定一般失去了知觉。

贝姨一边和奥当斯谈话，一边不时张望，要知道什么时候能够回进客厅。可是男爵夫人打开窗门的时节，她的甥女儿偏偏问长问短，纠缠不清，使她根本不曾注意。

李斯贝德·斐希，比于洛太太小五岁，却是斐希弟兄中老大的女儿；她绝对不像堂姊那样生得美，所以对阿特丽纳一向是出奇出怪的妒忌。而妒忌便是这个怪人的基本性格——怪这个字是英国人用来形容不是疯人院中的，而是大户人家的疯狂的。十足的伏越乡下姑娘，瘦削的身材，乌油油的黑头发，大簇的浓眉毛虬结在一块，粗大的长胳膊，又肥又厚的脚，长长的猴子脸上有几颗肉包：这便是老处女的简笔像。

弟兄不分居的家庭，把丑姑娘做了漂亮姑娘的牺牲品，苦涩的果子做了美艳的鲜花的祭礼。李斯贝德在田里做活，堂姊姊却在家娇生惯养；因此她有一天趁着没有人在场，想摘下阿特丽纳的鼻子，那颗为老年纪的女人赞美的真正希腊式的鼻子。虽然为此挨了打，她照样撕破得宠姊姊的衣衫，弄坏她的领围。

自从堂姊攀了那门意想不到的亲事之后，李斯贝德认了命，好似拿破仑的兄弟姊妹，在王座与权威之前低下了头一样。心地极好极温柔的阿特丽纳，在巴黎记起了李斯贝德，一八〇九年上把她叫出来，预备替她找个丈夫，免得在乡下受苦。可是这个黑眼睛、黑眉毛、一字不识的姑娘，不能像阿特丽纳的心意，一下子就攀了亲，男爵只能先给她弄个生计，送她到供奉内廷的刺绣工场，有名的邦斯兄弟那里去学手艺。

大家简称为贝德的这位小姨子，做了金银铺绣的女工之后，拿出山民的狠劲来学习，居然识了字，会写会算；因为她的姊夫，男爵，告诉她，要自己开一个绣作铺，非先学会这三样不可，她立志要挣一份家业，两年之内换了一个人。到一八一一年，乡下姑娘已经是一个相当可爱、相当伶俐、相当聪明的女工头。

这一行叫作金银铺绣的职业，专做肩章、胸练、刀剑柄上的坠子，以及花哨的军服与文官制服上五光十色的零件。拿破仑以他喜欢穿扮的意大利人脾气，要大小官员的服装都铺满金绣银绣；帝国的版图既有一百三十三州之广，成衣匠自然都变了殷实的富户，而这个供应成衣匠或直接供应达官巨宦的工艺，也成为一桩稳赚钱的买卖。

等到贝姨成为邦斯工场中最熟练的女工、当了制造部门的主管、可能成家立业的时候，帝国开始崩溃了。波旁王室的号召和平，使贝德大为惊慌，她怕这行买卖要受到打击，因为市场的范围已经从一百三十三州减缩到八十六州，还要大量的裁军。同时她也害怕工商业的变化，不愿接受男爵的帮助；他简直以为她疯了。男爵希望她跟盘下邦斯工场的列凡先生合伙，她却跟列凡吵了架，仍旧退回去做一个普通工人：于是人家更以为她疯了。

那时，斐希一家又回头去过他们艰难的日子了，跟于洛男爵没有提拔他们的时候一样。

拿破仑第一次的逊位把他们的事业断送了之后，斐希三弟兄在一八一五年上无可奈何的当了义勇军。老大，贝德的父亲，战死了。阿特丽纳的父亲，被军事法庭判了死刑，逃到德国，一八二〇年上死在德兰佛。最小的一个，约罕，到巴黎来求一家之中的王后，据说她吃饭的刀叉都是金银打的，在应酬场中头上颈上老戴满了小核桃大的、皇帝御赐的金刚钻。约罕·斐希那时四十三岁，向于洛男爵要了一万法郎，靠前任军需总监在陆军部里的老朋友的力量，在凡尔赛镇上做些小小的粮秣买卖。

家庭的不幸、男爵的失势，教贝德屈服了；在营营扰扰，争名夺利，使巴黎成为又是地狱又是天堂的大动乱中，她承认自己的渺小。体验到堂姊的种种优越之后，她终于放弃了竞争与媲美的念头；可是妒火依然深深的埋在心底，像瘟疫的菌，要是把堵塞的棉花卷儿拿掉，它还会卷土重来，毁灭整个城市的。她常常想：

“阿特丽纳和我是一个血统，咱们的父亲是亲兄弟；她住着高堂大厦，而我住着阁楼。”

可是每年逢到本名节和元旦，贝德总收到男爵夫妇俩的礼物；男爵待她极好，供给她过冬用的木柴；于洛老将军每星期请她吃一次饭，堂姊家里永远有她的一份刀叉。大家固然取笑她，却从来不引以为羞。再说，人家也帮她在巴黎有了一个立足之地，可以自由自在的过活。

的确，这个姑娘怕一切拘束。要是堂姊请她住到她们家里去，贝德觉得依人篱下就等于戴了枷锁；好几次男爵把她结婚的难题解决了；她先是动了心，然后又担心人家嫌她没有教育、没有知识、没有财产，而担了心，把人家回绝了；最后，倘使男爵夫人提议她住到叔父那边去管理家务，免得花大钱雇一个大权独揽的女管家，她又回答说，她才不乐意这种方式的嫁人呢。

贝姨在思想上所表现的那种古怪，在一般晚熟的性格，和思想多而说话少的野蛮人身上都有的。由于工场中的谈话，与男女工人接触的关系，她的乡下人的聪明又染上一点儿巴黎人的尖刻。这姑娘，性格非常像高斯人[①]，强悍的本能，照理是喜欢软弱的男人的；但因为在京城里住久了，京城的气息把她表面上改变了。顽强的个性给巴黎文化磨钝了些。凭着她的聪明狡猾——那在真正独身的人是很深刻的——再加她思想的尖刻，在任何别的环境中她准是一个可怕的人物。狠一狠心，她能够离间一个最

①高斯（通常译为科西嘉）为拿破仑出生地，以民风强悍著称。

和睦的家庭。

早期，当她不露一点口风而抱着希望的时候，她曾经穿胸褡，注意时装，在某一时居然收拾得相当光鲜，男爵认为她可以嫁人了。贝德那时颇像法国旧小说里的火辣辣的黑姑娘。锐利的眼神、橄榄色的皮肤、芦苇似的身段，大可教什么退职的少校之流动心；但她笑着对人说，她只预备给自己鉴赏。并且，物质方面不用操心之后，她也觉得生活很美满：从日出到日落做完了一天的工，她总在别人家里吃晚饭；这样，她只消管中饭和房租的开支了；人家供给她衣着，也给她不伤体面的食物，例如糖、酒、咖啡等等。

一半靠于洛夫妇和斐希叔叔支持的生活，过了二十七年之后，到一八三七年，贝姨已经死心塌地不想再有什么成就，也不计较人家对待她的随便；她自动的不参加宴会，宁愿在亲密的场合露面，还可以有她的地位，而不致伤害她的自尊心。在于洛将军家里、克勒凡家里、男爵夫人家里、小于洛家里，在她吵过架而又和好而又很捧她的列凡家里，到处她都像自己人一样。到处她懂得讨下人们的好，不时赏他们一些酒钱，进客厅之前老跟他们谈一会儿天。这种亲热，老老实实把自己看作和他们一般高低的亲热，博得了下层阶级的好感，这是吃闲饭的清客必不可少的条件。背后大家都说她是好人。再说，她的殷勤，自发的、无限的殷勤，同她假装的好脾气一样，也是她的地位逼成的。看到处处要依赖人家，她终于了解了人生；因为要讨个个人的好，她跟年轻人一块儿嘻嘻哈哈，在他们心目中，她是那种最受欢迎的甜言蜜语的跟班人物，她猜到而且赞成他们的欲望，做他们的代言人；他们把她当作最好的心腹，因为她没有权利埋怨他们。她的极端稳重，使她同时得到成年人的信任，因为她像尼侬一样有男人的长处。一般而论，一个人的心腹话，总是下达而非上闻的。干什么秘密的事，总是跟上司商量的时候少，跟下属商量的时候多，他们帮我们设计划策，参与我们的会议；但以黎希留[1]那样的奸雄，尚且不明白这一点，初次出席御前会议就自命为已经登峰造极。人家以为这个可怜的姑娘处处要仰人鼻息，非闭上嘴巴不可。她也自命为全家的忏悔箱。只有男爵夫人一个人，还记得小时候吃过大力气的堂妹妹的苦，至今防她一著。再说，为了顾全颜面，她夫妇之间的悲苦，也只肯对上帝倾诉。

在此也许得说明一下，男爵夫人的屋子，在贝姨眼中还是金碧辉煌，她不像暴发的花粉商会注意到破烂的沙发、污黑的花绸和伤痕累累的丝织品上所表现的穷相。我们看待有些家具，像看待我们自己一样。一个人天天打量自己的结果，会像男爵那样自以为没有改变也没有老，可是旁人发觉我们的头发已经像鼬鼠的毛，脑门上刻着人字形的皱纹，肚子上鼓起累累的南瓜。因此，贝德觉得这所屋子始终反映着帝政时代的光华，始终那么耀眼。

年复一年，贝姨养成了老处女的怪脾气。譬如说，她不再拿时装做标准，反而教时装来迁就她的习惯，迎合她永远落后的怪癖。男爵夫人给她一顶漂亮的新帽子，或是什么裁剪入时的衣衫，贝姨马上在家里独出心裁的改过一道，带点儿帝政时代的形式，又带点儿洛兰古装的样子，把好好的东西糟蹋了。三十法郎的帽子变得不三不四，体面的衣衫弄成破破烂烂。在这一点上，贝姨像骡子一样固执；她只求自己称心，还以为装束得挺可爱呢；

①黎希留为路易十三的宰相，为法国史上有名的权臣、能臣。

殊不知她那番把服装与人品同化的工夫，表现她从头到脚都是老处女固然很调和，却把她装扮得奇形怪状，人家纵有十二分的心意，也不敢让她在喜庆日子露面了。

男爵给她提过四次亲（一次是他署里的职员，一次是个少校，一次是个粮食商，一次是个退休的上尉），都给她拒绝了，另外她又拒绝了一个后来发了财的铺绣商。这种固执、任性、不受拘束的脾气，莫名其妙的野性，使男爵替她起了一个外号，叫作“山羊”。但这个外号只能说明她表面上的古怪，说明我们个个人都会在人前表现的，那种变化无常的脾气。仔细观察之下，这个姑娘，的确有乡下人性格中凶狠残忍的方面，她始终是想摘掉堂姊鼻子的女孩子，要不是有了理性，说不定她在妒性发作的时候会把堂姊杀死的。知道了法律、认识了社会，她才不至于露出乡下人的本性，像野蛮人那样迫不及待的，把情感立刻变为行动。本色的人跟文明人不同的，也许全在这一点。野蛮人只有情感，文明人除了情感还有思想。所以野蛮人的脑子里可以说没有多少印象存在，他把自己整个儿交给一时的情感支配；至于文明人，却用思想把情感潜移默化。文明人关心的有无数的对象，有无数的情感；而野蛮人一次只能容纳一种情感。就因为此，儿童能够暂时的压倒父母，取得优胜，但儿童的欲望一经满足，优胜的条件也就消灭；可是这个条件，在近乎原始的人是继续存在的。贝姨这个野性未驯的、带点儿阴险的洛兰姑娘，就属于这一类的性格；在平民之中这种性格是出乎我们意外的普遍，大革命时代许多群众的行为，也可以用这个性格解释。

在本书开场的时代，要是贝姨肯穿著入时，像巴黎女子一样，时兴什么就穿什么，那么她场面上还算拿得出，但她始终直僵僵的像一根木棍。而在巴黎，没有风韵的女人就不算女人。黑头发，冷冷的美丽的眼睛，脸上硬邦邦的线条，干枯的皮色，颇有乔多画像的风味：这些特点，一个真正的巴黎女子一定会加以利用而独标一格的，但在贝德身上，尤其是她莫名其妙的装束，把她弄成怪模怪样，好似萨瓦州的孩子们牵在街上走的、猴子扮的女人。于洛家的亲戚，都知道她喜欢待在家里，只在小圈子里活动，所以她的古怪已经谁也不以为怪，一到街上，更是无人理会了，因为熙熙攘攘的巴黎，只有漂亮女人才会受人注意。

那天奥当斯在花园里的傻笑，是因为战胜了贝姨的固执，把追问了三年的心事逼了出来。一个老姑娘尽管讳莫如深，还是不能咬紧牙关，一贯到底，为什么？为了虚荣心！三年以来，奥当斯对某些事情特别感到兴趣，老是向姨母提出些天真的问话；她要知道姨母为什么不嫁人。五次提亲都被拒绝的事，奥当斯都知道的，她便编了一个小小的罗曼史，认定贝姨心上有人，并且拿这一点来开玩笑。她提到自己跟贝姨的时候，总喜欢说："呃！我们这辈小姑娘！"好几次贝姨说笑话似的回答："谁跟你说我没有爱人哪？"于是，真的也罢，假的也罢，贝姨的爱人成了大家取笑的材料。无伤大雅的斗嘴，已经有两年的历史。贝姨上次到这儿来，奥当斯第一句就问：

"你的爱人好吗？"

"好呐，"她回答，"就是有点儿不舒服，可怜的孩子。"

"啊！他身体很娇？"男爵夫人笑着问。

"对啦……他是黄头发的……我这么一个黑炭，自然要挑一个白白嫩嫩的，像月亮般的皮色喽。"

"他是什么人呢？干什么的？"奥当斯问，"是一个亲王吗？”

“我是做针线的王后，他是做活儿的亲王。街上有住宅，手里有公债的富翁，会爱我这样一个可怜的姑娘吗？还是有什么公爵、侯爵，或是你神话里美丽的王子会要我？”

“噢！我倒想见见他！……”奥当斯笑着说。

“你想瞧瞧肯爱上老山羊的男人是什么模样吗？”贝姨反问。

“大概是个老公务员，胡须像公山羊似的怪物吧？”奥当斯望着她的母亲说。

“哎哎，这可是猜错了，小姐。”

“那么你真的有爱人了？”奥当斯以为逼出了贝姨的秘密，表示很得意。

“真？跟你的没有爱人一样的真！”贝姨有点儿赌气的说。

“好吧，贝德，你既然有爱人，干吗不跟他结婚？……”男爵夫人说着又对女儿做了一个暗号，“讲了他三年啦，你早应该看清楚的了，要是他不变心，你就不应当把这种局面老拖下去让他受罪。而且这也是一个责任问题；倘使他还年轻，你也该趁早有个老来的依靠。”

贝姨瞪着眼瞅着男爵夫人，看见她在笑，便回答说：

“嫁给他等于嫁给饥饿；他是工人，我是工人，生下孩子来还不是一样的工人……不行，不行，我们精神上相爱，便宜多呢！”

“你干吗把他藏起来呢？”奥当斯又问。

“他穿着短打哪。”老姑娘笑着回答。

“你爱他不爱呢？”男爵夫人问。

“那还用说！这小天使，我就爱他的人，我心上有了他四年喽。”

“好吧，要是你就爱他的人，”男爵夫人态度很严肃，“要是真有这个人，你就是大大的对他不起。你不知道什么叫作爱。”

“这玩意儿，咱们生下来都懂的！”贝姨说。

“不，有些女人尽管爱，可是自私得厉害，你就是这样！……”

贝姨把头低了下去，要是这时有人看到她的眼睛，一定会害怕的；但她望着手里的线团。

“你应该把你的爱人介绍我们认识，埃克多可以替他找个事，找个发财的机会。”

“不行。”贝姨说。

“为什么？”

“他是波兰人，一个亡命的……”

“一个叛党是不是？”奥当斯叫了起来，“噢！你好福气！……他可曾有过冒险的事呀？……”

“他为波兰打过仗。他在中学里教书，学生闹起革命来了；因为是公斯当丁大公荐的人，所以他没有赦免的希望……”

“教书？……教什么的？”

“教美术！……”

“是革命失败以后逃到巴黎的吗？”

“一八三三年，他穿过整个德国走来的……”

“可怜的小伙子！几岁啦？……”

“革命的时候刚好二十四，现在二十九……”

“比你小十五岁咧。”男爵夫人插了一句嘴。

“他靠什么过活的？”奥当斯问。

"靠他的本领……"

"啊！他教学生吗？……"

"他配？……"贝姨说，"他自己还在受管教，而且是严格的管教！……"

"他的名字呢？好听不好听？"

"文赛斯拉！"

"你们这般老姑娘，想象力真是了不起！"男爵夫人叫道，"听你说得这样有根有据，人家真会相信你呢，李斯贝德。"

"妈妈，这个波兰人一定是吃惯俄罗斯棍子的[①]，所以贝姨要给他尝尝家乡风味。"

三个人都笑开了，奥当斯把"噢！玛蒂尔特……"改成"噢！文赛斯拉，我崇拜的神喔！……[②]"唱起来，大家也就把斗嘴的事暂停片刻。

奥当斯走开了一会，回来的时候，贝姨望着她说道：

"哼！你们这般小姑娘，以为人家只会爱你们的。"

等到只剩下她们两个人了，奥当斯又说：

"嗨，只要你证明文赛斯拉不是Conte（童话），我就把那条黄开司棉披肩给你。"

"他的确是Comte（伯爵）！"

"所有的波兰人全是Comte（伯爵）[③]！"

---

①棍子是帝俄时代特殊的刑具。

②歌剧《威廉·泰尔》有一段著名的唱词："噢！玛蒂尔特，我崇拜的神喔！……"

③Conte与Comte二字完全同音。当时以反抗帝俄而亡命在巴黎的波兰人，大都自称为贵族：故言波兰人全是伯爵，含有讥讽之意。

“他不是波兰人，他是列……华……列多……”

“列多阿尼人是不是？”

“不……”

“列伏尼人是不是？”

“对啦！”

“他姓什么？”

“哎哎，我要知道你能不能保守秘密。”

“噢！贝姨，我一定闭上嘴巴……”

“能守口如瓶吗？”

“能！”

“能把你的灵魂得救做担保吗？”

“能！”

“不，我要你拿现世的幸福担保。”

“好吧。”

“那么告诉你，他叫作文赛斯拉·史丹卜克！”

“查理十二从前有一个将军是这个姓。”

“就是他的叔祖噢！他的父亲，在瑞典王死后搬到了列伏尼；可是他在一八一二年战役中丢了家业，死了，只留下一个可怜的八岁的儿子。公斯当丁大公看在史丹卜克这个姓面上，照顾了他，送他进学校……”

“说过的话我绝不赖，”奥当斯接口道，“现在只要你给我一个证据，证明确有此人，我就把披肩给你！啊！这个颜色对皮肤深色的人再合适没有了。”

“你替我保守秘密吗？”

“我把我的秘密跟你交换好了。”

“好，我下次来的时候把证据带来。”

“可是要拿出你的爱人来才算证据啊。”奥当斯说。

贝德从到巴黎起，最眼热开司棉，一想会到手那条一八〇八年时男爵送给太太，而后根据某些家庭的习惯，在一八三〇年上从母亲传给了女儿的黄开司棉披肩，她简直有点飘飘然。十年以来，披肩已经用得很旧；但是这件藏在檀香匣里的珍贵衣饰，像男爵夫人的家具一样，在老姑娘看来永远是簇新的。所以她异想天开，带来一件预备送男爵夫人过生日的礼物，想借此证明她神秘的爱人并不是虚构的。

那礼物是一颗银印，印钮是三个埋在树叶中的背对背的人物，顶着一个球。三个人物代表信仰、希望、慈悲。他们脚底下是扭作一团的几只野兽，中间盘绕着一条有象征意味的蛇。要是在一八四六年，经过了雕塑家特·福伏小姐、花葛耐、耶南斯德、福劳蒙·茂列斯等的努力，和李哀那一流的木雕大家的成就之后，这件作品就不稀罕了；但在当时，一个对珠宝古玩极有见识的女孩子，把这颗银印拿在手里把玩之下，的确要欣赏不置的。贝姨一边拿给她一边说：“嗯，你觉得这玩意儿怎么样？”

以人物的素描、衣褶、动作而论，是拉斐尔派；手工却令人想起陶拿丹罗、勃罗奈斯基、琪伯尔蒂、却列尼、约翰·特·鲍洛涅等等的佛罗伦萨派的铜雕。象征情欲的野兽，奇谲诡异，不下于法国文艺复兴期表现妖魔鬼怪的作品。围绕人像的棕榈、凤尾草、灯芯草、芦苇；其效果、格调、布局，都使行家叫绝。一条飘带把三个人像的头联系在一起，在头与头的三处空隙之间，刻着一个W、一头羚羊和一个制字。

“谁雕的？”奥当斯问。

“我的爱人喽，”贝姨回答，“他花了十个月工夫，所以我得在铺绣工作上多挣一点儿钱……他告诉我，史丹卜克在德文中的意义是*岩石的野兽或羚羊*。他预备在作品上就用这个方式签名……啊！你的披肩是我的了……”

“为什么？”

“这样一件贵重的东西，我有力量买吗？定做吗？不可能的。所以那是送给我的。而除了爱人，谁又会送这样一个礼？”

奥当斯故意不动声色（要是贝德发觉这一点，她会大吃一惊的），不敢露出十分赞美的意思，虽然她像天生爱美的人一样，看到一件完美的、意想不到的杰作，自然而然的为之一震。她只说了一句：

“的确不错。”

“是不错；可是我更喜欢橘黄色的开司棉。告诉你，孩子，我的爱人专门做这一类东西。他从到了巴黎之后，做过三四件这种小玩意，四年的学习和苦功，才有这点儿成绩。他拜的师傅有溶铜匠、模塑匠、首饰匠等等，不知花了多少钱。他告诉我，现在，几个月之内，他可以出名，可以挣钱了……”

“那么你是看到他的了？”

“怎么！你还当是假的？别看我嘻嘻哈哈，我是告诉了你真话。”

“他爱你吗？”奥当斯迫不及待的问。

“还用说吗？”贝姨变得一本正经的，“你知道，孩子，他只见过一些没有血色、没有神气的北方女人；一个深色的、苗条的像我这样年轻的姑娘，会教他心里暖和。可是别多嘴！你答应我的。”

“可是临了这一个还不是跟以前的五个一样？”奥当斯瞧着银印，嘲笑她。

“六个呢，小姐。在洛兰我还丢掉一个，就是到了今天，他还是连月亮都会替我摘下来的。”

“现在这个更妙啦，他给你带来了太阳。”奥当斯回答。

“那又不能换什么钱。要有大块儿田地，才能沾到太阳的光。”

这种针锋相对的胡说八道，加上应有的疯疯癫癫的举动，合成一片痴笑的声音，使男爵夫人把女儿的前途，跟她眼前这种少年人的欢笑比照之下，格外觉得悲伤。

奥当斯给这件宝物引起了深思，又问：

“把六个月工夫做成的古董送你，他一定有什么大恩要报答你啰？”

“啊！你一下子要知道得太多了……可是告诉你……我要你参加一个秘密计划。”

“有没有你的爱人参加？”

“啊！你一心想看到他！要知道像你贝姨这样一个老姑娘，能够把一个爱人保留到五年的，才把他藏得紧呢……所以，别跟我腻。我啊，你瞧，我没有猫，没有鸟，没有狗，也没有鹦鹉；我这样一头老山羊总该有样东西让我喜欢喜欢，逗着玩儿。所以哪，我弄了一个波兰人。”

“他有须吗？”

“有这么长。”贝德把绕满金线的梭子比了一比。她到外边来吃饭总带着活儿，在开饭之前做一会。她又说：“要是你问个不休，我什么都不说了。你只有二十二岁，可比我还噜苏，我可是四十二啦，也可以说四十三啦。”

“我听着就是，我做哑巴好了。”

“我的爱人做了一座铜雕的人物，有十寸高，表现萨姆松斗狮。他把雕像埋在土里，让它发绿，看上去跟萨姆松一样的古[1]。现在摆在一家古董铺里，你知道，那些铺子都在阅兵场上，靠近我住的地方。你父亲不是认得农商部长包比诺和拉斯蒂涅伯爵吗？要是他提起这件作品，当作是街上偶尔看见的一件精美的古物——听说那些大人物不理会我们的金绣，却关心这一套玩意儿——要是他们买下了，或者光是去把那块破铜烂铁瞧一眼，我的爱人就可以发财了。可怜的家伙，他说人家会把这个玩意儿当作古物，出高价买去。买主要是一个部长的话，他就跑去证明他是作者，那就有人捧他了！噢！他自以为马到成功，快要发迹啦；这小子骄傲得很，跟两位新封的伯爵一样的骄傲。”

“这是学的米开朗琪罗，”奥当斯说，“他有了爱人，倒没有给爱情冲昏头脑，——那件作品要卖多少呢？”

“一千五百法郎！……再少，古董商不肯卖，他要拿佣金呢。”

“爸爸现在是王上的特派委员，在国会里天天见到两位部长，他会把你的事办妥的，你交给我得啦。您要发大财了，史丹卜克伯爵夫人！”

“不成，我那个家伙太懒，他几星期的把红土搅来搅去，一点儿工作都做不出来。呃！他老是上卢浮宫、国家图书馆鬼混，拿些版画瞧着、描着。他就是这么游手好闲。”

---

①萨姆松是希伯来族的法官，以大力著称，相传他的体力都靠他的头发。

姨母跟甥女俩继续在那里有说有笑。奥当斯的笑完全是强笑；因为她心中已经有了少女们都感受到的那种爱，没有对象的爱，空空洞洞的爱，只要遇上一个萍水相逢的人，模糊的意念方始成为具体，仿佛霜花遇到窗外摇曳的枯枝就黏着了。她像母亲一样相信贝姨是独身到老的了，所以十个月以来，她把贝姨那个神话似的爱人构成了一个真实的人物；而八天以来这个幽灵又变成了文赛斯拉·史丹卜克伯爵，梦想成了事实，缥缈的云雾变为一个三十岁的青年。她手中那颗银印，闪耀着天才的光芒，像预告耶稣降生似的，真有符咒一般的力量。奥当斯快活极了，竟不敢相信这篇童话是事实；她的血在奔腾，她像疯子一般狂笑，想岔开姨母对她的注意。

“客厅的门好像开了，”贝姨说，“咱们去瞧瞧克勒凡先生走没有走……”

“这两天妈妈很不高兴，那头亲事大概是完了……”

“能挽回的；我可以告诉你，对方是大理院法官。你喜欢不喜欢当院长太太？好吧，倘使这件事要靠克勒凡先生，他会跟我提的，明天我可以知道有没有希望！……”

“姨妈，把银印留在我这儿吧，我不给人家看就是了……妈妈的生日还有个把月，我慢慢再还给你……”

“不，你不能拿去……还要配一口匣子呢。”

“可是我要给爸爸瞧一下，他才好有根有据的和部长们提，做官的不能随便乱说。”

“那么只要你不给母亲看见就行了；她知道我有了爱人，会开我玩笑的……”

“你放心……”

两人走到上房门口，正赶上男爵夫人晕过去，可是奥当斯的一声叫喊，就把她唤醒了。贝德跑去找盐，回来看见母女俩互相抱着，母亲还在安慰女儿，说：

“没有什么，不过是动了肝阳。——噢，你爸爸回来了，”她听出男爵打铃的方式，“别告诉他我晕过去……”

阿特丽纳起身去迎接丈夫，预备在晚饭之前带他到花园里去，跟他谈一谈没有成功的亲事，问问他将来的计划，让她参加一些意见。

于洛男爵的装束气度，纯粹是国会派、拿破仑派；帝政时代的旧人是可以一望而知的：军人的架式，金钮扣一直扣到颈项的蓝色上装，黑纱领带，威严的步伐，——那是在紧张的局面中需要发号施令的习惯养成的。男爵的确没有一点儿老态：目力还很好，看书不用眼镜；漂亮的长脸盘，四周是漆黑的鬓角，气色极旺，面上一丝一丝的红筋说明他是多血质的人；在腰带笼络之下的肚子，仍不失其庄严威武。贵族的威仪和一团和气的外表，包藏着一个跟克勒凡俩寻欢作乐的风流人物。他这一类的男子，一看见漂亮女人就眉飞色舞，对所有的美女，哪怕在街上偶然碰到而永远不会再见的，都要笑盈盈的做一个媚眼。

阿特丽纳看见他皱着眉头，便问：“你发言了吗，朋友？”

“没有；可是听人家说了两小时废话，没有能表决，真是烦死了……他们一味斗嘴，说话像马队冲锋，却永远打不退敌人！我跟元帅分手的时候说：大家把说话代替行动，对我们这般说做就做的人真不是味儿。……得了吧，待在部长席上受罪受够了，回家来要散散心喽……啊，你好，山羊！……你好，小山羊！”

说罢他搂着女儿的脖子，亲吻，戏弄，抱她坐在膝上，把她脑袋靠着他肩头，让她金黄的头发拂着他的脸。

“他已经累死了，烦死了，我还要去磨他，不，等一会吧，”于洛太太这么想过以后，提高了嗓子问，“你今晚在家吗？”

“不，孩子们。吃过饭我就走。今天要不是山羊，孩子们，和大哥在这儿吃饭，我根本不回来的。”

男爵夫人抓起报纸，瞧了瞧戏目，放下了。她看见歌剧院贴着《劳白脱这魔鬼》。六个月以来，意大利歌剧院已经让玉才华转到法兰西歌剧院去了，今晚她是去的阿丽斯。这些动作，男爵都看在眼里，他目不转睛的瞅着妻子。阿特丽纳把眼睛低下，走到花园里去了，他也跟了出去。

“怎么啦，阿特丽纳？”他搂着她的腰，把她拉到身边紧紧抱着，“你不知道我爱你甚于……”

“甚于贞妮·凯婷，甚于玉才华是不是？”她大着胆子打断了他的话。

“谁告诉你的？”男爵把妻子撒开手，退后了两步。

“有人写来一封匿名信，给我烧掉了，信里说，奥当斯的亲事没有成功，是为了我们穷。亲爱的埃克多，你的妻子永远不会对你哼一声；她早知道你跟贞妮·凯婷的关系，她抱怨过没有？可是奥当斯的母亲，不能不对你说老实话……”

于洛一声不出。他的太太觉得这一会儿的沉默非常可怕，她只听见自己的心跳。然后他放下交叉的手臂，把妻子紧紧搂在怀里，吻着她的额角，热情激动的说：

“阿特丽纳，你是一个天使，我是一个脓包……”

“不！不！”男爵夫人把手掩着他的嘴，不许他骂自己。

“是的，现在我没有一个钱可以给奥当斯，我苦闷极了；可是，既然你对我说穿了心事，我也好把憋在肚里的苦处对你发泄一下……你的斐希叔叔也是给我拖累的，他代我签了两万五千法郎的借据！而这些都是为了一个欺骗我的女人，背后拿我打哈哈，把我叫作老雄猫的！……吓！真可怕，满足嗜好比养活一家老小还要花钱！……而且压制也压制不了……我现在尽可以答应你，从此不再去找那个该死的犹太女人，可是只要来一个字条，我就会去，仿佛奉着皇帝的圣旨上火线一样。”

“别难受啦，埃克多，”可怜的太太绝望之下，看见丈夫眼中含着泪，便忘记了女儿的事，“我还有钻石，第一先要救出我的叔叔来！”

“你的钻石眼前只值到二万法郎，不够派作斐希老头的用场；还是留给奥当斯吧。明天我去见元帅。”

“可怜的朋友！”男爵夫人抓着她埃克多的手亲吻。

这就算是责备了。阿特丽纳贡献出她的钻石，做父亲的拿来给了奥当斯，她认为这个举动伟大极了，便没有了勇气。

“他是一家之主，家里的东西，他可以全部拿走，可是他竟不肯收我的钻石，真是一个上帝！”

这是她的想法。她的一味温柔，当然比旁的女子的妒恨更有收获。

伦理学者不能不承认，凡是很有教养而行为不检的人，总比正人君子可爱得多；因为自己有罪过要补赎，他们就先求人家的宽容，对裁判他们的人的缺点，表示毫不介意，使个个人觉得他们是一等好人。正人君子虽然也有和蔼可亲的，但他们总以为德行本身已经够美了，无须再费心讨好人家。而且，撇开伪君子不谈，真正的有道之士，对自己的地位几乎都有点儿介介于怀，以为在人生的舞台上受了委屈，像自命怀才不遇的人那样，免不了满嘴牢骚。所以，因败坏家业而暗自惭愧的男爵，对妻子、对儿女、对贝姨，把他的才华，把他迷人的温功，一齐施展出来。儿子和喂着一个小于洛的赛莱斯丁纳来了以后，他对媳妇大献殷勤，恭维得不得了，那是赛莱斯丁纳在旁的地方得不到的待遇，因为在暴发户的女儿中间，再没有像她那么俗气、那么庸碌的了。祖父把小娃娃抱过来亲吻，觉得他妙极了、美极了；他学着奶妈的口吻，逗着孩子咿咿哑哑，预言这小胖子将来比他还要伟大，顺手又把儿子于洛恭维几句，然后把娃娃递给胖奶妈。赛莱斯丁纳对男爵夫人递了个眼色，表示说："瞧这老人家多好呀！"不消说得，她会在自己父亲面前替公公辩护的。

表现了一番好公公好祖父之后，男爵把儿子带到花园里，对于当天在议院里发生的微妙局面应当如何应付，发表了一套入情入理的见解。他教年轻的律师佩服他眼光深刻，同时他友好的口吻，尤其是那副尊重儿子，仿佛从此把他平等看待的态度，使儿子大为感动。

小于洛这个青年，的确是一八三〇年革命的产物：满脑子的政治，一肚子的野心，表面却假装沉着；他眼热已经成就的功名，说话只有断断续续的一言半语；深刻犀利的字句，法国谈吐中的精华，他是没有的；可是他很有气派，把高傲当作尊严。这等人物简直是装着一个古代法国人的活动灵柩，那法国人有时会骚动起来，对假装的尊严反抗一下；但为了野心，他临了还是甘心情愿的闷在那里。像真正的灵柩一样，他穿的永远是黑衣服。

"啊！大哥来了！"男爵赶到客厅门口去迎接伯爵。自从蒙高南元帅故世之后，他可能补上那个元帅缺。于洛把他拥抱过了，又亲热又尊敬的搀着他走进来。

这位因耳聋而无须出席的贵族院议员，一个饱经风霜、气概不凡的脑袋，花白的头发还相当浓厚，看得出帽子压过的痕迹。矮小，臃肿，干瘪，却是老当益壮，精神饱满得很；充沛的元气无处发泄，他把看书与散步来消磨光阴。他的白白的脸、他的态度举动以及他通情达理的议论，到处都显出他朴实的生活。战争与战役，他从来不提；他知道自己真正的伟大，无须再炫耀伟大。在交际场中，他只留神观察女太太们的心思。

"你们都很高兴啊，"他看到男爵把小小的家庭集会搅得很热闹，同时也发觉弟媳妇脸上忧郁的影子，便补上一句，"可是奥当斯还没有结婚呢。"

"不会太晚的。"贝姨对着他的耳朵大声的叫。

"你自己呢，你这不肯开花的坏谷子！"他笑着回答。

这位福士汉战役中的英雄很喜欢贝姨，因为两个人颇有相像的地方。平民出身，没有受过教育，他全靠英勇立下军功。他的通情达理就等于人家的才气。一辈子的清廉正直，他欢欢喜喜的在这个家庭中消磨他的余年，这是他全部感情集中的地方，兄弟那些尚未揭穿的荒唐事儿，他是万万想不到的。他只知道家庭之间没有半点儿争执，兄弟姊妹都不分轩轾的相亲相爱，赛莱斯丁纳一进门就被当作自己人看待：对于这幅融融泄泄的景象，谁也不及他那样感到欣慰。这位矮小的好伯爵还常常问，为什么克勒凡没有来。赛莱斯丁纳提高着嗓子告诉他："父亲下乡去了！"这一次，人家对他说老花粉商旅行去了。

这种真正的天伦之乐，使于洛太太想起："这才是最实在的幸福，谁也夺不了的！"

老将军看见兄弟对弟媳妇那么殷勤，便大大的取笑他，把男爵窘得只能转移目标去奉承媳妇。在全家聚餐的时候，男爵总特别敷衍媳妇，希望由她去劝克勒凡老头回心转意，不再记他的恨。看到家庭的这一幕，谁也不会相信父亲濒于破产，母亲陷于绝望，儿子正在担忧父亲的前途，女儿又在打算夺取姨母的情人。

三

到了七点，看见大哥、儿子、太太、女儿坐下来玩韦斯脱，男爵便动身到歌剧院给情妇捧场去了，顺手把贝姨送回家。她住在杜扬南街，借口地区荒僻，老是吃过饭就走的。凡是巴黎人，都会觉得老姑娘谨慎得有道理。

卢浮王宫的老殿旁边有这些破屋存在，只能说是法国人故意倒行逆施，要让欧洲人轻视他们的聪明而不再提防他们。这一下，也许是无意之间表现了高瞻远瞩的政治思想。我们把这一角的巴黎描写一番，绝不能算是闲文，因为日后是无法想象的了。我们的侄儿辈，看到卢浮宫全部完成之后[1]绝不会相信在巴黎的心脏，面对着王宫，三个朝代在最近三十六年中招待过法国和欧罗巴名流的王宫前面，这等丑恶的景象居然存在了三十六年。

从通向阅兵桥的小道起，直到博物院街为止，来到巴黎的人，哪怕是只耽留几天的，都会注意到十几座门面破烂、年久失修的屋子。当初拿破仑决定完成卢浮宫的时节，整个老区域都给

①卢浮宫始建于十三世纪初叶，迩后代有增建，直至拿破仑三世治下，于1868年方始全部告成。

拆掉，那些屋子是拆剩下来的残余。荒凉黝黯的老屋子中间，只有一条杜扬南街和一条杜扬南巷，住户大概只是些幽灵，因为从来看不见什么人。街面比博物院街低了许多，正好跟冷衣街一样平。四周围街面的高度，已经把屋子埋在地下，而在这一方面给北风吹黑的，卢浮宫高大的长廊，更投下永久的阴影，罩住了屋子。阴暗、静寂、冰冷的空气，低凹如土窑似的地面，把那些旧屋变成了地下坟场，变成了活人的墓穴。坐在车上经过这死气沉沉的地区，对那条狭窄的杜扬南街望一眼，你会觉得心都凉了半截，会奇怪谁敢住在这等地方，到晚上那条小街变了杀人越货的场所，巴黎的罪恶一披上黑夜的外衣而大肆活动的时候，该有什么事情发生。这个本身已经可怕的问题，还有更骇人的方面：因为把这些徒有其名的屋子环绕如带的，是黎希留街那边的死水洼，是蒂勒黎花园那边汪洋一片的乱石堆，是长廊那边的小园子和阴惨惨的木屋，是老殿那边一望无际的铺路用的石块和拆下来的瓦砾。亨利三世和他那些丢了鞋子的宠臣，玛葛丽德的那些丢了脑袋的情人①，大可在月光之下到这儿来跳舞；俯瞰着这片荒地的，还有一座教堂的圆顶，仿佛唯有在法国声势最盛的基督旧教才能巍然独存。借着墙上的窟洞、破烂的窗洞，卢浮宫四十年来叫着："替我把脸上的疮疤挖掉呀！"大概人家觉得这个杀人越货的场所自有它的用处，在巴黎的心脏需要有一个象征，说明这座上国首都的特点，是在于豪华与苦难的相反相成。为了这个缘故，那些废墟瓦砾、博物院街上那些丑恶的木屋、小贩摆摊的场所，或许比三个朝代的寿命更长久、更繁荣！

①亨利三世是被刺死的，玛葛丽德为亨利三世之妹，以情人众多闻于世。

这些早晚总得拆毁的屋子，租金很便宜，所以从一八二三年起贝姨就住在这儿，虽然周围的环境使她必须在天光未黑之前赶回家。并且这一点也跟她日出而作，日入而息的乡下习惯很合适，农家便是这样的在灯火与炉子上面省掉一大笔开支的。冈巴赛莱[1]那座有名的宅子拆毁之后，有些屋子的视线扩大了，贝德便是住的这样一所屋子。

正当于洛男爵把小姨送到门口，说着“再会，小姨！”的时候，一个少妇从马车与墙壁之间穿过，也预备进屋子。她矮小，苗条，漂亮，穿扮很讲究，身上发出一阵阵的幽香。她为了瞧瞧邻居的姊夫，顺便和男爵打了一个照面。可是那个风流人物，像巴黎人一朝碰上了想望已久而从未遇见的标准美人一样，立刻为之精神一振。他上车之前，故意慢条斯理的戴着手套，好借此偷偷的用眼睛盯着她。她的衣角，并非由于蹩脚的粗呢衬裙，而是由于另外的一点儿什么，摆动得怪有意思。

“这可爱的小女人倒大可以抬举一下，她不会白受我的。”他心里想。

陌生女子走到楼梯头，靠近临街的公寓门口，并没完全转过身来，只用眼梢向大门瞟了一眼，看见男爵站在那里出神，一副馋痨与好奇的神气。对于所有的巴黎女子，这有如无意之中遇到了一朵鲜花，她们都要不胜欣喜的拿来闻一下的。有些安分守己的漂亮妇人，在街头散步而没有碰上这一类的鲜花，回到家里就会无精打采。

年轻妇人急匆匆的走上楼梯。不一会，三楼公寓的窗子打开

①革命后执政之一。

了，她和一个男人同时探出身来。秃顶的脑袋和并不怎么生气的眼神，表明那男人是她的丈夫。

“这些娘儿们多精灵！”男爵暗忖道，“她这是告诉我住址。可是太露骨了一点，尤其在这个区域。倒是不可不防。”

男爵踏上爵爷的时候抬了抬头，夫妇俩马上缩进身子，仿佛男爵的脸是什么鬼怪似的。

“他们像是认得我，怪不得有这种举动了。”男爵想。

果然，车子往上走到博物院街，他又探出头去瞧瞧那个陌生女子，发觉她又回到了窗口。一经撞见，她又羞得赶紧倒退。男爵想：“我可以从山羊那里把她打听出来。”

参议官的出现，对这对夫妇是一个大大的刺激。丈夫从窗口回进去时说：

“唔，那是于洛男爵，我们的署长哟！”

“这么说来，玛奈弗，那个住在院子底里四层楼上，跟一个年轻人同居的老姑娘，便是他的小姨了？真怪，咱们直到今天才知道，还是碰的巧！”

“斐希小姐跟一个年轻人同居！……”公务员重复了一遍，“那是看门的造谣言。咱们不能随便乱说一个参议官的小姨，部里的大权都操在他手里呢。喂，来吃饭罢。我等了你四个钟点了！”

非常漂亮的玛奈弗太太，是蒙高南伯爵的私生女儿。他是拿破仑手下的一个名将，在故世之前六个月晋升为法兰西元帅的。她拿了两万法郎，嫁给一个陆军部里的小职员。在有名的将军庇护之下，吃公事饭的小家伙，居然意想不到的升做了一级办事员；但正要升做副科长的时候，元帅死了，把玛奈弗夫妇俩的希望连根斩断。玛奈弗大爷本来没有什么财产，华莱丽·福丁小姐的陪嫁也花光了，一部分是还了公务员的债，一部分做了单身汉成家的开办费。因为手头不宽，尤其因为漂亮太太定要像在娘家一样的享用，他们只能在房租上划算。杜扬南街的地位，跟陆军部和巴黎闹市都离得不远，所以玛奈弗先生和太太都看中了，在这所斐希小姐的屋子里已经住了四年光景。

约翰·保罗·史丹尼斯拉·玛奈弗那一类公务员，只有吃喝玩乐的精力，在别的事情上差不多是一个白痴。又矮又瘦的男人，头发胡子都是细长的，憔悴苍白的脸，皱纹不算太多，可是疲倦得厉害，眼皮红红的，架着眼镜，走路的样子鬼鬼祟祟，姿态举动更鬼鬼祟祟，总而言之，他的模样，只要想象一下为了风化案件上法庭的角色就行。

这对夫妇的公寓，是多数巴黎人家的典型，室内是一派冒充奢华的排场。客厅里：家具上包的是棉料的假丝绒；石膏的小人像充作佛罗伦萨的铜雕；粗制滥造的吊烛台，烛盘是假水晶的；地毯里夹着大量的棉纱，连肉眼都能看见，说明它为什么价钱便宜；呢料的窗帘，没有三年的光鲜好维持；样样东西都显得寒酸，好似站在教堂门口的衣衫褴褛的穷人。

独一无二的女仆招呼不过来的饭厅，令人作呕的景象有如内地旅馆的餐室：到处乌七八糟，堆满了油腻。

先生的卧房颇像大学生的屋子，一星期只打扫一次；一张单人床，一些单身汉的家具，同他的人一样黯淡、破落。室内到处杂乱无章，旧袜子挂在马鬃坐垫的椅背上，灰尘把椅子上的花纹重新描过了一道：这间不可向迩的卧房，说明主人对家庭生活满不在乎，而是在赌场、咖啡店或是什么旁的地方过日子的。

每间屋的窗帘都是给烟和灰熏黑了的，无人照顾的孩子随处扔着玩具：在几间邋遢得丢人的正屋中间，唯一的例外是太太的卧房。临街的一边和院子底上紧靠邻屋的一进之间，只有一边有屋子连着；这个厢房的地位，便是华莱丽的卧房和盥洗室。壁上很体面的糊着波斯绸、紫檀家具、羊毛地毯，那气派表明住的人是个漂亮女人，竟可以说是人家的外室。铺着丝绒罩的壁炉架上，摆着一架时式座钟。一个陈设得还算体面的古董架，几只中国瓷器的花盆，种着些名贵的花草。床铺、梳妆台、嵌有镜子的衣柜、一些应有的小玩意儿，统统是时新的款式。

虽然以富丽与风雅而论，这是第三等的排场，而且已经是三年以前的，但一个花花公子也挑剔不出什么来，除非说它奢华得有点俗气。所谓艺术，一桌一椅之间所能流露的雅人深致，这儿是完全没有的。研究社会的专家，很可能从无聊的摆设上面意味到情人的流品，因为那些珍玩只能是情人送的，而在一个少妇的闺房内，永不露面的情人永远有他的影子。

丈夫、妻子、孩子，三个人用的晚饭，这顿迟开了四小时的晚饭，很可说明这个家庭的窘况。饭食是测量巴黎人家的财富最可靠的气温表。缺口的盘子碟子，锌制的刀叉既不铿锵又不光亮；一盘豆汁香菜汤，一盘番芋煨小牛肉，好些半红不红的汤水算是肉汁，一盘青豆，一些起码樱桃：这样的饭菜配得上这个漂亮女人吗？男爵看到了是会伤心的。在街口酒店里零沽的酒，污浊的颜色连灰暗不明的玻璃壶也遮掩不了。饭巾已经用过一星期。一切都显出屈辱、贫穷，夫妻俩对家庭的不关心。即是最普通的旁观者，一眼之间也会猜到他们业已到了一个悲惨的境地，生活的压迫使他们非玩一套骗局不可了。

华莱丽对丈夫一开口，我们就可明白晚饭迟开的原因；而且这顿饭居然能开出，还是靠了厨娘别有用心的好意。

“萨玛农不肯收你的借据，除非你出五分利，把你的薪水做抵押。”

署长的穷还瞒着人，除了公费之外，有两万四千法郎的官俸撑门面；小公务员的穷却真是到了山穷水尽的田地。

“你把我的署长勾上了。”丈夫望着妻子说。

“我想是吧。”她并没觉得那句戏院后台的俗语有什么难堪。

“咱们怎么办？”玛奈弗说，“明儿房东就要来封门。你父亲遗嘱都不留一张，竟自顾自的死了！真是！这些帝政时代的家伙，个个自以为长生不死，像他们的皇帝一样。”

“可怜的父亲只生我一个，”她说，“他多喜欢我！一定是伯爵夫人把遗嘱烧了的。他怎么会忘掉我呢，平时对我们一出手就是三千四千的！”

“咱们房租已经欠了四期，一千五百法郎！咱们的家具抵得了抵不了呢？莎士比亚说得好，这才是问题！”

“噢，再见，亲爱的，”华莱丽只吃了几口小牛肉，其中的原汁已经由厨娘孝敬给一个刚从阿越回来的大兵享受去了，“重病要用重药医！”

“华莱丽！你上哪儿？”玛奈弗拦着大门的去路。

“看房东去，”她说着，理了理帽子底下的头发卷，“你呢，你该想法联络一下那个老姑娘，倘使她真是署长的小姨的话。”

同一所屋子的房客不知道彼此的身份，在巴黎是常事，也最能够说明巴黎生活的忙乱。一个公务员每天清早就上班，回家吃过夜饭就上街，妻子又是一个爱繁华的女人，这样一对夫妻自然不会知道一个住在后进四层楼上的老姑娘，尤其那老姑娘有斐希小姐那样的习惯。

整幢屋子内，李斯贝德是第一个起身；她下楼拿她的牛奶、面包、炭，不跟任何人搭讪；太阳落下，她就跟着睡觉；她没有信札，没有客人，从来不到邻居那里串门。她过的是那种无名的、昆虫一般的生活；在有些屋子内，过了四年才发现四层楼上的一位老先生是认识伏尔泰，特·洛齐哀、包雄、马赛尔、莫莱、莎菲·阿诺、法兰克林、罗伯斯庇尔的。玛奈弗夫妇能够知道一点贝德的事，是因为区域荒僻，也因为跟看门的有来往，那是他们为了境况关系不得不巴结的。至于老姑娘，以她的高傲、缄默、矜持，使看门的对她敬而远之，冷淡得很，表示那种下人们的反感。并且当门房的，认为租金二百五十法郎的房客，并不比他们地位高。贝德告诉甥女的心腹话既有事实根据，无怪看门的女人跟玛奈弗夫妇说体己话时，要把斐希小姐毁谤一阵，以为这样便是造她的谣言了。

老姑娘从看门的奥里维太太手里接过烛台，走前一步，瞧瞧她上层的阁楼有没有灯光。在七月里这个时间，院子底上已经昏黑，老姑娘再不能不点灯睡觉了。

“噢，你放心，史丹卜克先生没有出去，他在家呢。”奥里维太太话中带刺的说。

老姑娘一声不响。在这一点上她还是乡下人脾气，凡是与她不相干的人的舆论，她一概不理；而且，正如乡下人眼里只看见村子，她所关心的只有几个贴身的人的意见。因此，她照样一股劲儿上楼，不是到自己屋里，而是走上阁楼。饭后上甜点心的时候，她藏起几个水果和一些糖食在手提包里，此刻要拿去给他，跟一个老处女带些好东西给她的狗吃一样。

房里点着一盏小灯，前面放着一个满贮清水的玻璃球，扩大灯光。奥当斯梦里的英雄，一个皮肤苍白、头发淡黄的青年，靠着一张工作台坐着。台上放满雕塑的工具、红土、扦子、座子、熔在模子内的黄铜等等。他穿着工衣，拿了一组泥塑的小人像在那里出神，好似一个寻章摘句的诗人。

"喂，文赛斯拉，我替你捎些儿东西来啦。"她说着把手帕放在工作台的一角，然后小心的从手提包中掏出糖食水果。

"你太好了，小姐。"可怜的亡命者声音很凄凉的回答。

"这是吃了清凉的，可怜的孩子。你这样的工作要动肝火啦。你不是干粗活儿的人……"

文赛斯拉不胜惊奇的瞧着老姑娘。

"你吃呀，"她又急躁的说，"别老瞪着我，把我当作你喜欢的雕像似的。"

听到这几句埋怨，青年人才认出他监护人的面目；他挨骂成了习惯，偶然的温柔反而使他受宠若惊。史丹卜克虽是二十九岁，却像有些淡黄头发的人一样，看上去只有二十三。这种青春气象——流亡生活的辛苦已经减少了它的鲜嫩——跟那张干枯板滞的脸放在一起，仿佛上帝错给了他们的性别。他站起来，去坐在一张黄丝绒面子的、路易十五式的旧沙发上，预备休息一下。老姑娘捡起一颗大枣子，温温柔柔的递给她的朋友。

"谢谢。"他接了果子。

"你累吗？"她说着又递给他一个。

"不是工作的累，而是生活的累！"

“哎哎，又在胡思乱想啦！”她带着气恼的口吻说，“你不是有一个善神守护着你吗？”她又拿些糖食给他，很高兴的看他一样一样的吃。“你瞧，我在姊姊家吃饭，又想到了你……”

“我知道，”他用着又温柔又可怜的目光望着她，“没有你，我早已不在世界上了；可是小姐，艺术家得有点儿消遣……”

“噢！又来了！……”她打断了他的话，把拳头往腰间一插，眼睛里冒着火，“你想在巴黎胡闹，糟蹋身体，学那些工人的样去死在救济院里！不成，不成，你先得挣一份家私，孩子，等你有了存款，才能作乐，才有钱请医生，有钱去玩儿，你这个好色鬼！”

这一串连珠炮似的训话，电火一般的目光，吓得文赛斯拉把头低了下去。哪怕嘴巴最刻毒的人，看到这一幕的开场，也会觉得奥里维夫妇说的斐希小姐的坏话全无根据。两人的语气、举动、目光，一切都证明他们秘密生活的纯洁。老处女表现的是粗暴而真实的母性。青年人像一个恭顺的儿子接受母亲的专制。这个古怪的结合，是由于一个坚强的意志控制了一个懦弱的性格，一种得过且过的脾气。斯拉夫民族这一点特性，使他们在战场上勇敢无比，而日常行事是意想不到的有头无尾，没有精神：其原因只能由生理学家去研究，因为生理学家之于政治，正如昆虫学家之于农业。

“要是我还没有挣到钱就死了呢？”文赛斯拉悲哀的问。

“死？……”老姑娘叫起来，“噢！我绝不让你死。我有两个人的精力，必要的时候我可以把我的血分点儿给你。”

听到这两句火暴而天真的话，史丹卜克眼皮有点儿湿了。

“别伤心喽，我的小文赛斯拉，”贝德也感动了，“我的甥女奥当斯觉得你的银印还不差。得了罢，你的铜像包在我身上卖掉，那你欠我的债可以还清，你爱怎么就好怎么了，你好自由了！行啦，你可以笑啦！……”

“我欠你的债是永远还不清的，小姐。”可怜的家伙回答。

“为什么？……”伏越的乡下姑娘又站在列伏尼人的地位跟自己对抗了。

“因为你不但管我吃、管我住，在患难中照顾我；而且你还给了我勇气！今日的我是你一手造成的，你常常对我很严，使我难受……”

“我？……你还想诗呀，艺术呀的胡扯，指手划脚的空谈什么美妙的理想，像你们北方人那样疯疯癫癫吗？美，才抵不过实际呢。实际，便是我！你脑子里有思想是不是？好吧！可是我，我也有思想……要是搅不出一点结果，想什么也是白的。有思想的，不见得比没有的强，倘使没有思想的人能够活动……与其胡思乱想，还是工作要紧。我走了以后，你做了些什么？……”

“你的漂亮甥女说些什么？”

“谁告诉你她漂亮？”李斯贝德气冲冲的质问，把野兽一般的妒意一齐吼了出来。

“你自己呀。”

“那是为要瞧瞧你那副嘴脸！你想追女人吗？噢！把你的欲望化到铜里去罢；好朋友，你要谈情说爱，还得好好的待些时候，尤其对我的甥女儿。这不是你吃得到的天鹅肉；她呀，她要配一个有六万法郎进款的男人……而且已经有在那里了……呦，床还没有铺呢！”她对隔壁的屋子望了一眼说：“噢！可怜的孩子！我把你忘了……”

精壮结实的姑娘立刻脱下手套、大衣、帽子，像老妈子一般很快当的，把艺术家那张单人床铺好。这种急躁、粗暴，与好心的混合，正可说明李斯贝德对这个男人的控制力，她早已把他当作自己的一样东西。人生不就是一会儿好一会儿坏的，把我们拴着吗？如果列伏尼人遇到的，不是李斯贝德而是玛奈弗太太，那么，她的殷勤献媚很可能带他走上肮脏的不名誉的路，把他断送掉。他绝不会工作，艺术家的才具绝不会发展。所以他尽管抱怨老姑娘利欲熏心，他的理性告诉他宁可接受这只铁腕，而不要学他的某些同胞，过着懒惰而危险的生活。

下面是两人结合的经过。那是女性的刚毅果敢，与男性懦弱无能的结合；这种性格的颠倒，据说在波兰是常有的。

在一八三三年上，斐希小姐逢到工作忙的时节，常常做夜工。有一次在清早一点钟左右，忽然闻到一阵强烈的碳酸气，同时听见一个人快要死去的呻吟。碳气和痰壅的声音，是从她两间屋子上面的阁楼来的。她猜想一定是那个青年人，住在空了三年的阁楼上的新房客，闹自杀。她很快的上楼，拿出洛兰人的蛮力顶开房门，发觉那房客在帆布床上打滚抽搐。她把煤气炉拈熄，窗子打开，大量的空气一吹进来，亡命者便得救了。然后，李斯贝德把他当病人一样安排着睡了，等他睡熟之后，她看到两间屋里除了一张破桌子，一张帆布床和两只椅子之外，简直没有东西，她马上明白了自杀的原因。

桌上放着一张字条，她拿来念道：

我是文赛斯拉·史丹卜克伯爵，列伏尼省泼勒列人。我的死与任何人无涉。科修斯科[1]说过:“波兰人是完了!”这便是我自杀的理由。

身为查理十二麾下一个勇将的侄孙,我不愿意行乞。衰弱的身体使我不能投军。我从德累斯顿到巴黎仅有的一百泰莱[2],昨天用完了。抽屉内留下的二十五法郎是付这里的房租的。

父母亲属都已故世,我的死用不到通知任何人。希望我的同胞不要责备法国政府。我并没声明我是亡命者,我从没要求过什么,也没有遇到别的流亡的人。巴黎谁也不知道有我这个人。

我到死都守着基督徒的信仰。但愿上帝赦免史丹卜克家最后一个子孙!

文赛斯拉

临死的人还付清房租这种诚实,把贝德深深的感动了;她打开抽斗,果然有二十五法郎在内。

“可怜的青年!”她叫道,“世界上竟没有一个人关心他!”

她下去拿了活计,到阁楼上来守护这个列伏尼的贵族。等到他醒来发觉有一个女人坐在他床边,惊讶是可想而知的;他还以为是做梦呢。老姑娘做着制服上的胸练,欣赏他的睡态,决心要照顾这可怜的孩子。然后,年轻的伯爵完全清醒了,她鼓励他,盘问他,想知道怎么样能够使他谋生。文赛斯拉讲完了一生的历史,说他过去的职位是靠他艺术方面的天赋;他一向爱好雕

①十八十九世纪时波兰爱国志士。

②德国旧货币名。

塑，但是学雕塑需要很长的时间，他没有钱支持；此刻他身体又吃不消做劳力的工作或是大件的雕塑。李斯贝德听了这些话莫名其妙，只回答说，在巴黎机会多得很，一个有志向的人应该在这儿活下去。从来没有勇敢的人在巴黎饿死的，只要有耐性。她又说：

“我不过是一个可怜的姑娘，一个乡下女人，居然也能够自给自足。你听我说，我有点儿积蓄，要是你肯认真工作，你的生活费，我可以一个月一个月的借给你；可是一定得十分严格的生活，绝不能荒唐胡搅！在巴黎，一天只有二十五铜子也能吃顿饭，早上一顿我可以跟自己的一起做。另外我替你置办家具，你要学什么，我替你付学费。我为你花的钱，你给我一张正式的借据，等你挣了钱再还我。可是你不工作的话，我就不负责任，不管你了。”

“啊！”可怜的家伙叫道，他还没有忘掉死亡的痛苦，“怪不得各国亡命的人都想跑到法国来，像炼狱里的灵魂都想走入天堂一样。到处都有热心人帮助你，连这种阁楼上都有！这样的民族真是了不起！亲爱的恩人，你是我的重生父母，我应当做你的奴隶！跟我交个朋友吧。”他说着做出一副惹人怜爱的姿态，那是波兰人常有而被误认为奴颜婢膝的表情的。

“噢！不行，我太嫉妒，你要受罪的；可是我愿意做你的同伴。”

“噢！你不知道我在举目无亲的巴黎挣扎的时候，真想求一个人收留我，哪怕他是专制的暴君也好！我恨不得回去，让沙皇送我上西伯利亚！……现在你来做我的保护人吧……我一定好好的工作，虽然我本来不是坏人，我可以变得更好。”

“你能不能完全听我的话，教你干什么就干什么？”她问。

“行！……”

“那么我把你当作我的孩子，”她很高兴的说，“啊，我有了一个从棺材里爬出来的孩子了。好，咱们就开始。我要下楼去弄吃的，你穿起衣服来，听我拿扫帚柄敲你的楼板，你就下来跟我一块吃早饭。”

下一天，贝德送活计出去，向那些工场主人把雕塑这一行打听了一番。问来问去，她居然发现了佛洛朗和夏诺的工场，是专门熔铸、镂刻、制造考究的铜器和上等银器餐具的铺子。她带了史丹卜克去要求当雕塑的学徒。这提议当然有点儿古怪，因为铺子里只替巴黎最出名的艺术家代做浇铜工作，并没有人在那里雕塑。可是老姑娘的固执，终于把史丹卜克安插了进去，画点儿装饰图样。史丹卜克很快学会了这一部分的塑造，又独创一些新花式。他的确有天才。学完镂刻之后五个月，他结识了有名的史底曼，佛洛朗铺子的主任雕刻师。过了二十个月，文赛斯拉的本领超过了老师。但二年半中间，老姑娘一个钱一个钱聚了十六年的积蓄，全部花光了。一共是二千五百法郎的现洋！这笔本来预备做终身年金的款子，现在变了波兰人的一张借据。这时候李斯贝德只能像年轻时代一样的工作，来应付列伏尼人的开支。她一发觉手里拿的只是一张白纸而不是金洋，便急得没了主意，去找列凡先生商量了。十五年来，他已经和这位手下第一名能干女工交了朋友，做了她的参谋。听到这桩离奇的故事，列凡先生和列凡太太把贝德埋怨一顿，当她疯了，又大骂一阵亡命之徒，因为他们复国运动的阴谋，破坏了商业的繁荣，破坏了不惜任何代价都得维持的和平。然后夫妇俩怂恿老姑娘，去想法取得生意上所谓的保障。列凡先生说：

“这家伙所能给你的保障，只有他身体的自由。”

阿希尔·列凡是商务法庭的裁判，所以他又说：

“对于一个外国人，这不是开玩笑的事。一个法国人坐了五年牢，债没有还，照样会放出来，那时只有他的良心能够逼他料理债务，而他的良心是永远坦然的。可是一个欠债的外国人，进了监狱就休想出来。把你的借票给我，把它过户给我的司账员，教他向法院备案，把你们两人一齐告上，然后经过两造申辩之下，可以取得一个倘不偿付即可拘禁的判决；这些手续办妥之后，他对你要另签一份协议书。这样，你的利息可以一直算下去，而你也有了武器，随时随地可以对付那个波兰人了！”

老姑娘就让人家把手续办妥，告诉她的被保护人不要惊慌，那仅仅为了借一笔钱，不得不向一个放高利贷的债主提供的保证。这种托辞也是商务裁判给想好的。天真的艺术家，一味信任他的恩人，把官契①拿来点了烟斗。他是抽烟的，像有什么悲伤或过剩的精力需要镇静的人一样。有一天，列凡先生拿一宗案卷给斐希小姐看了，说：

“现在文赛斯拉·史丹卜克给绑起来了，二十四小时之内，你可以送他进格里希监狱关到老死。”

诚实可敬的商务裁判，这一天因为做了一件坏善事而觉得很满意。在巴黎，行善真是方式繁多，上面那个古怪的名词的确代表某一种变格的善事。列伏尼人一朝给商业手续束缚停当之后，只有还清债务的一法了，因为那位有名的商人是把文赛斯拉当作

①法国政府的印花纸，专供订立正式契据之用。

骗子的。热心、正直、诗意，他认为在买卖上全是祸水。列凡觉得斐希小姐是上了波兰人的当，所以为了她的利益，特意去拜访史丹卜克最近才脱离的厂商。史底曼——他是靠了巴黎金银细工业中一般出色的艺术家的协助，把法国艺术推进到可以跟佛罗伦萨派和文艺复兴媲美的——恰巧在夏诺的办公室里，碰上列凡来打听一个波兰亡命叫作史丹卜克的底细。

“你把史丹卜克叫作什么？”史底曼冷冷的反问，“或许是我从前的一个学生，年轻的列伏尼人吧？告诉你，先生，他是一个大艺术家。人家说我自以为狠得像魔鬼，那可怜的家伙却不知道他可以做一个上帝呢……”

“啊！”列凡先满意的哼了一声。然后他说：“我是赛纳州的商务裁判，虽然你对我说话不大客气……”

“噢！对不起，推事先生！……”史底曼举手行了一个礼。

“可是你的话使我很高兴，”推事往下说，“那么这年轻人将来是能够挣钱的了？……”

“当然，”夏诺老人回答，“可是要工作才行；要不离开这里，他早已挣了不少啦。没有法儿，艺术家都怕拘束。”

“因为他们感觉到自己的价值和尊严，”史底曼回答，“我不怪文赛斯拉独自去求名，想成为一个大人物，这是他的权利！可是他走了，我是大受损失的！”

“哎，哎，”列凡叫道，“这就是年轻人的野心，一出校门便自命不凡……干吗不先得了利，再求名呢？”

“捞钱是要弄坏手的！”史底曼说，“我们认为，有了名才有利。”

“有什么办法！”夏诺对列凡说，“又不能束缚他们……”

“他们会咬断缰绳的！”史底曼又顶了一句。

“所有这般先生，”夏诺望着史底曼说，“才气高，嗜好也不少。他们乱花乱用，结交女人，把钱往窗外扔，再没工夫做他们的工作，再不把接下的订货放在心上。我们只能去找一批工匠，本领不如他们，可是一天比一天有钱。于是他们抱怨时世艰难，却不知要是他们肯卖力，黄金早已堆得像山一般高了……”

“哎，你教我想起，”史底曼说，“那个大革命以前的出版商吕米浓老头，他说：要是我能够使孟德斯鸠、伏尔泰、卢梭，老是穷得要命，把他们关在我的阁楼上，把他们的裤子锁在衣柜里，那时候，他们可以写出多少好书，让我大大的发笔财哩！——噢，要是美丽的作品能够像钉子一般制造出来，那么找掮客不就得了吗？废话少说，给我一千法郎！”

列凡老头回家的路上替斐希小姐很高兴，她是每星期一到他家吃饭的，那天正好能碰到她。

“要是你能教他好好的工作，”他说，“那你不但聪明，还可以交好运，你的钱，连本带利都能收回。这个波兰人是有本领的，会挣钱的；可是你得把他的裤子鞋子一齐藏起，不让他踏进大茅屋和洛兰德圣母院那些区域[1]，把他的缰绳抓紧，放松不得。要不这样防着，你的雕塑家就会闲逛，你可不知道什么叫作艺术家的闲逛！简直该死，告诉你！我刚才亲眼看见，一千法郎一张钞票，一天就花完了。”

这段插曲，对于文赛斯拉和贝德两人之间的生活大有影响。当她想起老本靠不住了，而且常常以为丢定了的时候，异乡人吃了

①二处在巴黎均系娼妓集中地。

她的饭，同时就得饱受一顿埋怨。好妈妈变作了后娘，老是呵斥这可怜的孩子，嘀嘀咕咕，一下子骂他工作不够劲，一下子怪他挑了一门没出息的行业。她不信，一些红土的模型，小小的人像儿，装饰的花样，雏形，能值什么钱。过了一会，她又不满意自己的严厉，用温存与体贴来挽回一下。可怜的青年，在这个泼妇手里受她乡下女人的压迫，只有长吁短叹的份儿；然后，得到一点眉开眼笑的款待和母性的殷勤，他又立刻心花怒放的得意起来。可是那种母性的殷勤，只是嘘寒问暖，纯粹属于物质方面的。他仿佛做妻子的，在暂时和好的阶段中受到一点儿温存，就忘记了一星期的怨气。就是这样，李斯贝德把这颗心彻底的收服了。喜欢支配人的性情，在老姑娘心中本来只是一只芽，如今很快的长发了。她的骄傲、她的喜欢活动，都得到了满足：可不是吗？她有了一个属于她的人，好由她埋怨、指挥、奉承，连他的快乐都由她管制，而且不用怕旁人竞争！她性格之中好的坏的同时发挥了出来。虽然她有时磨难可怜的艺术家，但另一方面，她有体贴入微的表现，像田里的野花一样可爱；她要他生活上一无欠缺才觉得快活，她肯为他拼命：这是文赛斯拉绝对相信的。正如一切高尚的心灵，可怜的青年永远只记得恩惠，而记不得这姑娘的坏处与缺点，何况她早已把过去的生涯告诉他，作为她性情粗暴的辩护。有一天，为了文赛斯拉丢下工作闲荡，老姑娘气极了，跟他大吵一场。

“你是属于我的！”她对他说，“你要是一个规矩人，就应当早早还我的钱，越早越好……”

这一下可惹动了文赛斯拉的贵族脾气，他脸色发了白。

“天哪！”她又说，“咱们眼见要没得吃了，只靠我这可怜的女人，一天挣三十个铜子。”

两个穷人你一句我一句，争得彼此都动了火，可怜的艺术家，破题儿第一遭怪他的恩人不该把他救活，教他做苦工，他说死了至少是休息，苦工可是比死还难受。他说要逃走了。

“逃走！……”老姑娘叫道，“啊！列凡先生料得一点不错！”

于是她一点不含糊的解释给波兰人听，她能够在二十四小时之内，送他到监狱里去过一辈子。这简直是当头一棒。史丹卜克沉着脸不作声了。下一天晚上，李斯贝德听见准备自杀的响动，便带着文件和一张正式收据上楼，眼睛湿漉漉的对他说：

“喂，孩子，请你原谅！别伤心啦，咱们分手吧，我把你磨得太苦了；但望你偶尔想到我这个可怜的女人，使你有了谋生的本领。没有法儿的！你惹我发脾气；我会死的，可是没有我，你怎么办？所以我急切的巴望你做出一些能卖钱的东西。得了罢，我不要你还我钱了！……我就怕你的懒，你却叫作幻想，我怕你的想心思，眼睛瞪着天，不知糟掉了多少时间；我只盼望你养成工作的习惯。”

她这时的声调、眼神、态度、眼泪，把心胸高尚的艺术家感动了；他抓着恩人搂在怀里，吻着她的前额。

“把这些纸张收起来罢，”他带着高兴的神气回答，“干吗你要送我进格里希？我不是为了感激你而关在这儿吗？”

他们共同生活中的这段波澜，发生在六个月以前，结果是文赛斯拉做成了三件作品：一件是存在奥当斯那里的银印，一件是放在古玩铺里的铜雕，还有一件是此刻刚好完工的精美的座钟——他正在旋紧模型上最后几只螺丝帽。

座钟上十二个时辰，很巧妙的由十二个不同的美女作代表，她们手挽手在跳舞，跳得那么狂、那么快，以至爬在一堆花朵与叶子上面的三个爱神，只能抓住那个代表十二点的美女，她的宽大的外氅撕破了，给一个最大胆的爱神抓在手里。下面是一个点缀得极美的圆座，雕些神怪的野兽。其中有一只在张着嘴巴打哈欠，每到一个钟点，这大嘴巴中显出一幕景象，象征那个钟点上的日常生活。

李斯贝德为什么对列伏尼人那样的割舍不得，现在我们不难了解了：她要他快乐，却眼见他在阁楼上脸黄肌瘦的衰败下去。造成这可怕局面的原因是不难想象的。洛兰女人对这北方孩子的管束，像母亲一般温柔，妻子一般嫉妒，泼妇一般暴戾；她想出办法使他绝对不能到外边去荒唐胡闹：永远不让他身上有一个钱。她要把她的牺牲品兼伴侣，一个人独占，要他过着不得不规矩的生活，她不明白这种荒谬的欲望多么残忍，因为她自己就是过惯禁欲生活的。她对于史丹卜克的爱，一方面使她觉得不能嫁给他，一方面又不肯把他让给别的女人；她不能甘心情愿的只做他的母亲，而想到做他母亲以外的旁的角色时，她又觉得自己疯了。这些矛盾、这种残酷的嫉妒、这种独占一个男人的快乐，大大的搅乱了这个姑娘的心。为他风魔了四年，她痴心妄想要把这矛盾的、没有出路的生活永远继续下去，可是以她这样的死抓不放，她所称为孩子的前途一定要断送了的。本能与理性的交战，促成了她的蛮横专制。她把自己的既不年轻，又不富有，又不美丽，在这个年轻人身上出气；然后，每次出完了气，她又觉得自己的不应该，便卑躬屈膝，温柔得不得了。她先要大肆斧钺，显出了她的威力之后，再想到献给偶像的祭礼。这恰好和《暴风雨》的情节相反，恶神卡里彭做了善神阿丽哀与泼洛斯班洛公爵的主宰。至于那思想高远、耽于冥想、贪闲好逸的不幸的青年，却像植物园兽槛里的一头狮子，无精打采的眼神，表示在他的保护人扫荡之下，他的灵魂只剩下一片荒凉。李斯贝德逼他做的苦工，并不能解决他感情上的饥渴。他的烦闷成了肉体的疾病，他苦恼得要死，却不能要求，也无法张罗一些零钱，去满足他往往必须满足的欲望。有些精力充沛的日子，苦闷的情绪使他格外气愤，他眼睁睁的瞪着贝德，仿佛一个口渴的行人，走在不毛之地的海岸上，瞪着海中的咸水。在巴黎的幽禁和贫穷结成的苦果，对于贝德却是其味无穷的享受。所以她战战兢兢的预料到，只消一点儿热情就能把她的奴隶抢走。她的专制与责备，使这个诗人只能成为一个制作小品的大雕塑家，但她有时还后悔当初不该培养了他自立的能力。

绝望的母亲，玛奈弗夫妇，可怜的亡命者，三方面都是过的悲惨生活，悲惨的方式那么不同而又那么实在。下一天，这三方面的生活都大起变化，为了奥当斯天真的热情，也因为男爵对玉才华的倒霉的痴情，出乎意料的告了一个段落。

四

快到歌剧院时，参议官呆了一呆，他看到班勒蒂哀街上的大厦阴森森的，没有警察，没有灯火，没有执事人员，没有阻止群众的木栅。他瞧瞧戏目，只见上面贴着一张白纸，写着几个大字：

因病停演

他立刻奔向玉才华的寓所，她像歌剧院所有的艺员，住在附近的旭夏街上的。

“先生，您找谁？”门房这一问，弄得他莫名其妙。

“怎么，你不认得我了？”男爵心里一慌。

“不是这个意思，先生，因为我奉命把您挡驾，所以才问您上哪儿。”

男爵打了一个寒噤。

“出了什么事呀？”他问。

“要是你爵爷走进弥拉小姐的公寓，您可以碰到勃里斯多小姐、皮克西渥先生、雷翁·特·洛拉先生、罗斯多先生、特·佛尼赛先生、史底曼先生和一些香喷喷的女太太们，在那里喝进屋酒……”

“那么她在哪儿？……”

“弥拉小姐吗？……我不知道可不可以对您说……”

男爵把两枚五法郎的钱塞在门房手里。

“噢，她此刻在主教街，据说是埃罗维公爵送给她的屋子。”看门的放低了声音回答。

问明了屋子的号数，男爵雇了一辆马车赶去，看到一所双重大门的时式漂亮屋子，单是门首那盏煤气灯，已经显出奢华的气派来了。

男爵穿着他的蓝呢上装，白领带，白背心，浅黄裤子，漆皮靴子，在这座全新的乐园的门房眼中，很像一个迟到的客人。他的威武的气概、走路的功架，浑身上下都证明他是一个来宾。

门房一打铃，列柱成行的廊下出现一名跟屋子一样新的当差，把男爵让了进去。他拿出帝政时代人物的姿态和口吻，吩咐道：

“把这张片子送给玉才华小姐……”

这位专门侍候女人的家伙，心不在焉的打量着那间屋子，发觉原来是一间外客厅，摆满了奇花异卉，家具陈设要值到两万法郎。当差的来请先生进里客厅，说等席面散了，大家喝咖啡的时候，主人就会出来。

帝政时代的奢华，当然亦是场面伟大，虽说为时不久，也非有大量的财富不办；男爵虽是经历过当年的盛况，对着眼前这间屋子也不免眼花缭乱的呆住了。三扇窗子外面，是一座神仙洞府似的花园，那种一个月内赶造起来的园子：泥土是搬来的，花木是移植来的，草皮仿佛是化学方法变出来的。他不但欣赏精雅的摆设，镀金的器具，最值钱的篷巴杜式的雕塑，以及暴发户们不惜重金争购的、精美绝伦的绫罗绸缎；他更欣赏唯有天潢贵胄才有本领挑选、罗致、收买的东西：两张葛滦士，两张华多，两张梵·代克的头像，两张拉斯达尔的风景，两张杜·迦斯泼，一张伦勃朗，一张霍尔朋，一张牟利罗，一张铁相，两张泰尼埃，两张美兹，一张梵·华萨姆，一张阿伯拉罕·弥浓，一共是二十万法郎的名画。美妙的框子差不多值到画一样的价钱。

“啊！现在你明白了吗，糊涂虫？”玉才华说。

从一扇没有声响的门里，她提着足尖在波斯地毯上走过来，把她的崇拜者吓了一跳，原来他迷迷糊糊的愣在那里，耳朵里轰轰的响，除了丧钟以外听不见别的声音。

把这个大官叫作糊涂虫，足见那些女人的胆大妄为，连最伟大的人物都敢糟蹋；男爵听了，顿时两脚钉在了地上。玉才华穿着黄白两种色调的衣衫，为这个盛大的宴会装扮得那么得体，在珠光宝气的环境中，她的光辉也一点没有减色，倒像是一件稀世奇珍的宝物似的。

“多美噢，是不是？”她接着说，“公爵出钱不管事，跟人家合伙做生意，公司的股票涨了，他抛了出去，把赚来的钱都花在这里。我的小公爵真行！噢，只有从前的王公大臣才会点铁成金！饭前，公证人把屋契教我签字，连付款收据都附了来。今天的来宾都是些大佬：哀斯葛里浓、拉斯蒂涅、玛克辛、勒农古、梵奈伊、拉金斯基、洛却斐特、拉·巴番里纳；银行界来的有纽沁根、杜·蒂埃；还有安多尼阿、玛拉迦、加拉皮纳、匈兹。他们都在可怜你呢。对啦，朋友，我也请你，只是有一个条件，你先得一口气喝足他们的量，或是两瓶匈牙利，或是两瓶香槟，或是两瓶加泼。告诉你，我们都灌饱了，歌剧院非停演不可，我的经理咕啊咕啊的乱叫，像一只喇叭。”

“噢！玉才华！……”男爵叫道。

“还要跟我评理吗？多无聊！”她微笑着截住了他的话。“这座屋子连家具值到六十万，你说你值不值？你拿得出利息三万法郎的存折，像公爵那样裹在一个杂货铺的三角包裹里递给我吗？……你看他的礼送得多妙！”

“堕落到这个田地！”男爵这时的气愤，恨不得拿太太的金刚钻来跟埃罗维公爵斗一斗，即使只能打倒他一天一晚也是好的。

“堕落是我的本行！”她回答，“啊！你看你这种态度！干吗不揽些出钱不管事的买卖？天！我的可怜的老雄猫，你该谢谢我呢：我离开你正是时候了，要不然你我非得吃掉你女人的生活费、你女儿的陪嫁，以及……啊！你哭啦。帝国完蛋啦！……我来向帝国致敬吧。”

她摆出一个悲壮的姿势，说道：

“人家叫你于洛！我可不认得你喽！……”

说完她进去了。

半开的门里，像闪电一般漏出一片强烈的光，夹着一阵越来越凶的闹酒的声音和一股山珍海味的味道。

女歌唱家回头从半开的门里张了一眼，看见于洛一动不动的站在那儿，好比一座铜像，于是她又走出来说：

“先生，我把旭夏街上的破烂东西让给皮克西渥的小姑娘勃里斯多了；要是你想去收回你的睡帽、你的鞋拔、你的腰带和你染鬓角的油蜡，我是关照他们还给你的。”

这几句缺德话使男爵马上走了出去，好似罗得当年走出峨摩拉城，却并没像他的妻子那样“回头一看”[①]。

于洛怒不可遏，自言自语的一路走回家；家里的人还在那里静静的玩着两个铜子输赢的韦斯脱，和他出门的时候一样。一看见丈夫，可怜的阿特丽纳以为闯了祸，出了什么丢人的事；她把牌递给奥当斯，带了埃克多走进小客厅，五小时以前，克勒凡就在这儿预言贫穷是如何如何难堪的。

“你怎么啦？”她害怕的问。

“噢！请你原谅；让我把那些岂有此理的事告诉你听。”

他的怒火一口气发泄了十分钟。

“可是，朋友，”可怜的妻子忍着痛苦回答，“那样的女人本来就不懂得爱情，那种配得上你的纯洁、忠实的爱情！以你这般明白的人，怎么会想跟百万家财去拼呢？”

“亲爱的阿特丽纳！”男爵抓着妻子，把她紧紧的抱在怀里。

受伤的自尊心，给男爵夫人涂了一层止痛的油膏。

“当然，埃罗维公爵要没有财产，在她面前，他怎么能跟我比！”男爵说。

“朋友，”阿特丽纳拿出最后的勇气，“要是你一定少不了情妇，为什么不学克勒凡的样，找些便宜的、容易满足的女人？那不是我们大家都得益吗？需要，我是懂得的，可不了解虚

---

①《旧约·创世记》第十九章二十三：“当时耶和华将硫磺与火，……降与所多玛和峨摩拉……罗得的妻子在后边回头一看，就变成了一根盐柱。”

荣心……”

“噢！你太好了！我是一个老糊涂，不配有你这样的太太。”

“我不过对我的拿破仑做一个约瑟芬罢了。”她悲哀的回答。

“约瑟芬不如你。来，我要跟大哥和孩子们玩韦斯脱去。我应该负起家长的责任，把奥当斯出嫁，结束我的荒唐生活……”

这种洒脱的态度大大的感动了阿特丽纳，甚至于说：

“那女人丢掉我的埃克多，真是没有眼睛，不管她新找的是谁。啊！

我哟，哪怕把世界上所有的黄金来换，我也不肯把你放手的。一朝得到了你的爱，怎么还舍得离开你呢！……”

男爵不胜感激的望着妻子，算是报答她盲目的信仰。于是她更加相信，温柔与服从是女人最有力的武器。可是她错了。把高尚的情操推之极端，其结果与邪恶的结果一样。拿破仑做成皇帝，因为他在离开路易十六丢掉脑袋与王国两步路的地方，开枪射击群众，而路易十六的丢掉脑袋与王国，是因为舍不得让一个名叫梭斯的人流血……

奥当斯把银印放在枕头底下，连睡觉的时候都不肯离开。下一天，她清早起来穿扮齐整，教人通知父亲一起身就到花园里去。

九点半左右，父亲依着女儿的要求，搀了她手臂，沿着河滨，穿过王家大桥，走到阅兵场。刚进铁栅要穿过那大广场，奥当斯说：

“爸爸，咱们应该装作溜达的样子。”

“在这个地方溜达吗?……”父亲带着笑话她的口吻。

“咱们可以装作到博物馆去;告诉你,那边有几家卖小古董、卖图画的铺子……”她指着一些木屋说,那是靠着杜扬南街转角几所屋子的墙根盖的。

“你姨母住在这里呢……”

“我知道,别让她瞧见我们……”

“哎,你想干什么?”男爵走到离玛奈弗太太的窗子只有三十步左右的地方,忽然把她想起了。

奥当斯把父亲领到一家铺子的橱窗前面,正对南德府,坐落在沿着卢浮宫长廊一带的屋子的转角上。她走进店堂;父亲却站在外边,专心望着那小娘儿的窗子。昨天晚上,她已经在老少年心中留下印象,仿佛预先抚慰他将要受到的创伤似的,此刻他要把太太的主意来实地试验了。

“还是回头去找小家碧玉吧,”他想起玛奈弗太太生得那么十全十美,那么可爱,“有了这个女人,我可以马上忘掉贪得无厌的玉才华。”

以下是铺子内外同时发生的事实。

打量着意中人的窗子,男爵瞥见那个丈夫自己在刷外氅,同时伸头探颈的,似乎在广场上等着什么人。男爵怕他看见了将来会把他认出来,便转身背对杜扬南街,但仍旧把身子斜着一点,好随时张望。不料这一转身,竟劈面遇见了玛奈弗太太——她从河滨大道沿着屋子走过来预备回家,华莱丽看到男爵那副诧异的目光,也不免吃了一惊,羞怯的瞟了他一眼。

“好一个美人儿!简直教人魂灵出窍!”男爵嚷道。

“喂!先生,”她转过身来,仿佛决心要干一桩大事情似的,

“你可不是于洛男爵吗？”

男爵点了点头，越来越诧异了。

“好吧，既然我们有缘碰上两次，我又很荣幸的引起了你的好奇心或是注意，那么请你不必魂灵出窍，还是高抬贵手，主持公道罢……我丈夫的命运就操在你老人家手里。”

“怎么的？”男爵很殷勤的问。

“他是你署里的一个职员，在陆军部，属于勒勃仑先生一司，高盖先生一科。”她笑着回答。

“我很乐意，太太，……请教贵姓哪？”

“玛奈弗。”

“我的小玛奈弗太太，为了讨你喜欢，即使不公道的事我也愿意帮忙……我有一个姨妹住在你屋子里，这两天我会去看她，有什么要求，可以到她那儿告诉我。”

“请原谅我的冒昧，男爵；可是我不得不大胆的说这种话，我是没有依靠的。”

“啊！啊！”

“噢！先生，你误会了。”

她低下眼睛，男爵简直以为不见了太阳。

“我到了绝望的地步，但我是一个规矩女人，”她接着说，“六个月以前，我失去了唯一的保护人，蒙高南元帅。”

“啊！你是他的女儿吗？”

“是的，先生，可是他从来没有认我。”

“大概是为要留一份家产给你吧。”

“不，什么都没有，先生，因为找不到遗嘱。”

“噢！可怜的孩子，元帅是中风死的……好啦，别失望，太太。一个帝政时代的名将的女儿，我们应当帮助。”

玛奈弗太太很有风度的行了礼，暗暗得意自己的收获，正如男爵得意他的收获一样。

“她这么早从哪儿来呢？”他一边想一边分析她衣衫的摆动，在这上面，她的卖俏似乎过火了一点，“她神色疲倦，绝不是从澡堂子回来，何况她丈夫等着她。真怪，倒是大有研究的余地。”

玛奈弗太太进了屋子，男爵便想知道女儿在铺子里干些什么。他一边往里走一边还望着玛奈弗的窗子，几乎跟一个青年人撞个满怀。他脑门苍白，灰色的眼睛挺有精神，穿着黑外氅、粗布裤子，罩有鞋套的黄皮鞋，没头没脑的从铺子里奔出来；男爵眼看他奔向玛奈弗的屋子，走了进去。

奥当斯一进铺子，立刻认出那座出色的雕像，很显著的摆在桌子上，从门洞子望过去恰好居于正中的地位。即使没有以前那些事情，单凭这件大作奔放热烈的气息，也能吸引少女的注意。在意大利，奥当斯本人就能给人家塑成一座奔放热烈的雕像。

那种有目共睹、雅俗共赏的光彩，其程度并非在所有的天才作品中都相等的。拉斐尔的某几幅图画，例如《耶稣的显容》、福里诺教堂中的《圣母》、梵蒂冈宫中的几间壁画，并不教人一见之下就钦佩赞赏，像西阿拉宫中的《提琴师》，毕蒂美术馆中的几幅《陶尼肖像》与《埃西基埃的幻象》，菩该塞美术馆中的《耶稣手持十字架》，以及米兰勃莱拉博物馆中的《童贞女婚礼》。《先知约翰像》和罗马学会中的《圣路加为圣母画像》，就没有《雷翁十世像》与德累斯顿的《童贞女》那样的魔力。但它们的价值是相等的。不但如此，梵蒂冈宫中的壁画，《耶稣显容》，那些单色画，和三张画架上的作品，确是尽善尽美的最高成就。但这些杰作，必须由最有修养的鉴赏家聚精会神，加以深刻的研究，才能领会到它们所有的妙处；至于《提琴师》《童贞女婚礼》《埃西基埃的幻象》，都自然而然从你的眼睛透入你的内心，占据一个位置；你不费一点气力，就欣然接受了它们。这不是艺术的极峰，而是神来之笔。这一点，可以证明古往今来的艺术品中，有一部分正如家庭中某些天赋独厚，天生美好，从来不使母亲生气，无往不利，无事不成功的孩子；换言之，有些天才的花，正好像爱情的花。

这一点儿奔放热烈——这是一个无法迻译的意大利字——确乎是初期作品的特点，是青年人慷慨激昂、才气横溢的表现；而这种慷慨激昂的气势，以后只有在兴往神来之际才能再现；但那时候的奔放热烈，不再是艺术家心中飞涌出来的了，不再像火山喷射烈焰一般的灌注在作品中的了，而是艺术家靠了某些特殊情形恢复过来的，为了爱情、为了竞争、为了怨恨，更多的是为要支持以往的声誉而挤逼出来的。

文赛斯拉这座铜像，对于他以后的作品，就像《童贞女婚礼》之于拉斐尔全部的制作。一个天才初显身手的时候，有的是风流潇洒，有的是童年的朝气与丰满：在笑容可掬的酒窝又白又红的皮肤下面，潜藏着生命的力量。这幅《童贞女婚礼》，欧也纳亲王是花了四十万法郎买下的，在一个没有拉斐尔作品的国家可以值到一百万。可是人家绝不会花这个数目去买最美的壁画，虽然壁画的艺术价值更高。

奥当斯想到她少女的私蓄有限，不得不把赞美的情绪抑制着一点，她装作漫不经意的问：

“怎么卖呢?”

“一千五百法郎。”古董商说着,对一个坐在屋角里圆凳上的青年,递了个眼色。

一看到于洛男爵的活宝,那青年不由得呆住了。这可提醒了奥当斯,觉得他便是作者,因为他痛苦苍白的脸上泛起一些红晕,听到有人问价,灰色眼睛就闪出一点儿光亮。瘦削的脸,她看作一个惯于禁欲生活的僧侣的脸;她喜爱那张粉红的有样的嘴巴、那个细巧的小下巴颏儿、斯拉夫族的柔软如丝的栗色头发。

“要是一千二,”她说,“我就教你送到我家里去了。”

“这是古物呀,小姐。”所有的古董商都以为这句话把一切小古董的妙处说尽了。

“对不起,先生,这是今年的作品,”她不慌不忙的回答,“我正要托你请作者到我们家去,要是你同意这个价钱;我们可以介绍他相当重要的定件。”

“作者拿了一千二,我拿什么?我是做买卖的啊。”店主老老实实说。

“啊!不错。”她带点儿轻视的意思。

“噢,小姐,你拿去罢!老板这方面由我安排就是了。”列伏尼人嚷着,已经控制不了自己。

奥当斯的美貌和对艺术的爱好,打动了他的心,他往下说:

“我就是作者,十天工夫,我一天到这儿来三次,看看有没有识货的人还价。你是第一个赏识的人,你拿去吧!”

“先生,那么过一小时你和掌柜的一起来……这是我父亲的名片。”奥当斯回答。

然后,趁掌柜的到里边拿破布包裹铜像的时候,她轻轻补上几句，使艺术家大为诧异，以为是在做梦：

“为你前途着想，文赛斯拉先生，这张名片不能给斐希小姐看见，也不能告诉她谁是买主，因为她是我的姨母。”

艺术家听了“我的姨母”这句话，竟有些头晕眼花：从天而降的掉下一个夏娃，他就以为看见了天堂。过去他梦想李斯贝德的漂亮甥女，正如奥当斯梦想姨母的爱人。刚才她进门的时候，他就想：“啊！她要是这样的人物才妙呢！”这样我们就不难了解两个爱人的目光了，那简直是火焰一般，因为纯洁的爱人是一点不会装假的。

“哎，你在这儿干什么？”父亲问他的女儿。

“我花掉了一千二百法郎的积蓄。呃，咱们走罢。”她挽着父亲的手臂。

“一千二百法郎！”

“还是一千三呢！……短少的数目要你给的。”

“这铺子能有什么东西，要你花那么多钱？”

“啊！就是这个问题！”快乐的姑娘回答，“要是我找到了一个丈夫，这个价钱不能说贵吧。”

“一个丈夫？在这个铺子里？”

“告诉我，爸爸，你会不会反对我嫁给一个大艺术家？”

“不会的，孩子。今天一个大艺术家是一个无冕之王：又有名又有利，那是社会上两件最大的法宝……除了德行之外。”他装着道学家的口气补上一句。

“是的，不错。你觉得雕塑怎么样？”

“那是挺要不得的一门，”于洛摇摇头，“才气要很高，还要有大佬做后台，因为雕塑唯一的主顾是政府。那是一种没有市场的艺术，现在没有大场面，没有了不得的产业，没有继承的王府，没有长孙田。我们只能容纳小幅的画、小件的雕像；艺术大有成为渺小的危险。”

“要是一个大艺术家找到了他的市场呢？”奥当斯问。

“那么问题解决了。”

“还有后台？”

“更好啦！”

“再加是贵族？”

“嗯！”

“是伯爵呢？”

“而他会雕塑？”

“他没有财产。”

“而他想靠奥当斯·于洛小姐的财产是不是？”男爵挖苦的说，他瞪着女儿，想从她眼睛里探出一个究竟来。

“这个大艺术家，又是伯爵，又会雕塑，刚才生平第一次的看见了你的女儿，而且只有五分钟。”奥当斯很镇静的回答，“昨天，我的好爸爸，你正在国会里的时候，妈妈晕过去了，她说是肝气，其实是为了我的亲事没有成功，因为她告诉我，你们为了摆脱我起见……”

“她太爱你了，不会说这种话的……”

“这种不够圆滑的话，”奥当斯笑着把话接过来，“不，她没有用这个字眼；可是我，我知道一个待字闺中的女儿没有能嫁掉，对于有责任心的父母是一个沉重的十字架。所以妈妈想，如果找到一个有魄力有才具，只消三万法郎陪嫁就足够的男人，咱们就都称心如意了！总而言之，她觉得应当做一番准备工夫，教我能接受比较平凡的命运，不要一味追求太美妙的梦……这就是说，那头亲事是完了，并且没有陪嫁。”

“你母亲真是了不起。”父亲回答。他觉得非常惭愧，虽然一方面听了女儿这番心腹话也很高兴。

“昨天她告诉我，你答应她卖掉钻石，做我的陪嫁；可是我希望她留着，由我自己来找一个丈夫。现在我认为已经找到这样的人，合乎妈妈条件的女婿……”

“在这儿吗？……在阅兵场上！……一个早上就找到了？”

“噢！爸爸，说来话长呢。”她狡狯的回答。

“好啦，孩子，原原本本说给你爸爸听罢。”他故意娇声娇气的装作镇静。

当父亲答应严守秘密之后，奥当斯把她和贝姨的谈话讲了一个大概。然后，回到家里，她把那颗银印拿给父亲看，证明她料事的聪明。父亲对于姑娘们在本能冲动之下所表现的聪明机巧，不由得暗暗佩服，因为他承认，那单相思一夜之间给天真的姑娘出的主意，的确简单得很。

“我刚才买的那件精品，你就可看到，快要送来了。而且亲爱的文赛斯拉要陪着古董商一块儿来……能够塑出这样东西的作者一定会挣大钱的，可是你得凭你的面子，替他招徕一座雕像，然后送他进学士院……”

“你瞧你急成这个样子！由你的意思，你在法定限期内就会结婚，就是说在十一天之内……”

“要等十一天吗？”她笑着回答，“可是我五分钟之内就爱上了他，好像你当年一看见妈妈就爱上了一样！而且他也爱我，仿佛我们已经认识了两年。”她看见父亲做着一个手势，又说：“是的，他一双眼睛简直是十大扎情书。再说，一经证明他确有天才之后，你和妈妈还会不要他吗？雕塑是最高的艺术啊！”她又是拍手又是跳。“噢，让我统统告诉了你罢……”

“难道还有旁的事吗？……”父亲笑着问。

多嘴而绝对的天真，教男爵完全放了心。

“还有一句最要紧的话呢。我没有认识他就爱上了他，可是从我一个钟点以前见到他之后，我简直疯了。”

“太疯了一点。”男爵说，他很高兴看到这种天真的热情。

“我告诉了你心里的话，你可不能责备我。你瞧，能够对爸爸嚷着‘我有了爱人了，我快活了！’岂不痛快！你看吧，我的文赛斯拉是怎么样的。噢！一张不胜哀怨的脸！一对灰眼睛，全是天才的光辉！……又是一表人才！你认为怎么样？列伏尼是不是一个美丽的地方？……哼，让贝姨嫁给这个青年人！她可以做他母亲呢！……这不是害死人？……我才妒忌她帮了他的忙呢！我想她对我的婚姻一定不会高兴的。”

“好孩子，咱们什么都不能瞒你的母亲。”

“那么要把银印拿给她瞧了，而我是答应不欺骗贝姨的，她怕母亲笑她。”

“你为了图章那么守信用，却不怕挖掉贝姨的情人！”

“我为了图章发过誓，却没有为图章的作者答应过一句话。”

这一节简单纯朴，大有古风的爱情，跟这个家庭的内幕非常配合；所以男爵把女儿对他的信任夸奖了一番，嘱咐她从此以后应当把事情交给懂得世故的父母去办。

“要知道，孩子，你姨母的那个爱人是不是伯爵，有没有合格的证件，他的品行有什么保证等等，都不是你能够决定的。至于你姨母，二十年以前已经回绝了五头亲事，现在不至于再从中作梗，那由我去对付就是了。”

“听我说，爸爸，要是你愿意我结婚，你得等到签婚约的时候，才可以向姨母提……这个问题我盘问了她有半年！……嗯，她真有点儿不可解的地方……”

“什么？……”父亲觉得很奇怪。

“关于她的爱人，只要我把话说得过分一些，哪怕是笑着说的，她的眼睛就不善。你去打听你的；我这方面让我自己来把舵。一切不瞒你，总可以放心了吧。”

“基督说：‘让小孩子到我这里来！’你便是回来的孩子中的一个。”男爵带着点取笑的口吻。

吃过午饭，外面通报说古董商和艺术家送东西来了。女儿突然之间的脸红，使男爵夫人先是不安，继而留神；而奥当斯的羞怯、眼中的热，马上给母亲窥破了秘密，那是她年轻的心中按捺不住的。

史丹卜克浑身穿着黑衣服，在男爵眼中的确是一个很体面的青年。

“你能够雕一座大型的人像吗？”他拿着新买的作品问。

深信不疑的欣赏了一会，他把铜像递给不大懂得雕塑的太太。

“不是吗，妈妈，多美啊！”奥当斯咬着母亲的耳朵说。

“男爵，人像并没像处理这座时钟那样难，你瞧，掌柜的把这件作品也给带来了。”艺术家回答。

古董商忙着把爱神想抓住十二时辰的那个泥塑，安放在饭厅里的碗柜上。

“把这座钟留在这儿吧，”美丽的作品把男爵看呆了，“我要拿给内务部长和商业部长瞧瞧去。”

“这年轻人是谁啊，你感到那么大的兴味？”男爵夫人问女儿。

古董商发觉少女和艺术家眼神之间有着默契，便装出内行的、莫测高深的神气说：

“一个艺术家要是有相当的资本利用这副模型，可以赚到十万法郎。八千法郎一座，只要卖掉二十座就行啦。每座本钱不过三千；把它们编上号码，再把模型毁掉，一定能找到二十个收藏家，肯买这件总数有限的作品。”

“十万法郎！”史丹卜克嚷着，把古董商，奥当斯，男爵，男爵夫人，一个一个的瞧过来。

“对呀，十万法郎！”古董商说，“我要有钱，我就花两万法郎把它买下来；模型毁掉之后，那就成了独一无二的财产……一个大佬会花三万四万的，把这件作品买去装饰他的客厅。艺术品中从没有过一座雅俗共赏的时钟，而这件作品，先生，的确解决了这个难题……”

“这是给你的，先生。”奥当斯给了古董商六块金洋[1]，把他打发了。可是艺术家送他到门口嘱咐道：

“对谁都别说你到这儿来过。有人问你铜像送到哪儿，就说送给埃罗维公爵，那位有名的收藏家，住在华兰纳街的。”

---

①每块值二十法郎。

古董商点了点头。男爵看见艺术家回进屋子，便问：“你贵姓哪？”

“史丹卜克伯爵。”

“有证明文件没有？”

“有的，男爵，是俄文和德文的，可是没有经过官方签证……”

“你能不能塑一座九尺高的人像？”

“能，先生。”

“那么我要去跟几位先生商量，要是他们满意你的作品，我可以让你承揽蒙高南元帅的像，预备送入拉希公墓，立在他墓上的。陆军部和前帝国禁卫军军官，捐了很大一笔款子，所以我们有挑选艺术家的权。”

“噢！先生，那是我的运气喽！……”史丹卜克对着接二连三的喜事愣住了。

“你放心，”男爵和颜悦色的回答，“我要把这座铜雕跟这个模型拿给两位部长去瞧，要是他们赏识的话，你就走运了……”

奥当斯抓起父亲的手臂，拼命的拧着。

“把你的文件拿来；你的希望，对谁都别提，连对我们的贝德老姨也不能说。”

“怎么！李斯贝德？”于洛太太终于明白了事情的结局，却猜不透所用的方法。

“我可以替夫人塑一座胸像，证明我的能力……”文赛斯拉补上一句。他欣赏于洛太太的美，正在把母女两个比较。

“哎，先生，可能你的前程很远大呢，”男爵被史丹卜克文质彬彬的仪表迷住了，“不久你就会知道，在巴黎，一个人单靠他的才具是不会长久的，只有持久的工作才会成功。”

奥当斯红着脸，把一口装着六十块金洋的精美的阿尔基利钱袋递给文赛斯拉。艺术家始终脱不了他的贵族气，看到奥当斯脸红，也不禁流露出羞怯的神色。

“这是不是你的作品第一次卖钱？”男爵夫人问。

“是的，太太，这是我艺术工作的第一次酬报，却不是第一次出卖劳力，因为我做过工人……”

“那么，希望我女儿的钱给你发个利市！”于洛太太回答。

男爵看见文赛斯拉老提着钱袋不收起来，便说：

“你放心收起来罢。这笔钱将来会由一个大佬还给我们的，说不定什么亲王之流，为了要谋这件美丽的作品，肯出几倍的价钱向我们收买的。”

“噢！爸爸，不行，我不肯出让的，哪怕是王太子要，我也不肯呢！”

“我可以替小姐另外雕一座更美的……”

“那不是这一座啦。”她说完又觉得说得太多了，羞得躲到花园里去了。

“那么我回家去把泥塑与阴模一齐毁掉罢！”史丹卜克说。

“好吧，你把文件拿来，不久我就有回音给你，要是一切都跟我预料的一样。”

听到这一句，艺术家不得不告辞了。对于洛太太和奥当斯行过礼——她特意从花园中进来受他这个礼——他到蒂勒黎花园中去溜了一会，暂时不能，也不敢回到阁楼上去受暴君的盘问，把他的秘密逼出来。

奥当斯的爱人，想象中一下子有了多少题材，又是群像又是人像；他觉得精神百倍，直有亲自斫凿大理石的力气，像那个也是身体娇弱的加诺伐一样①。奥当斯把他改变了，他马上有了灵感。

“哎！哎！”男爵夫人对她的女儿说，“这是什么意思呢？”

“亲爱的妈妈，你刚看到咱们贝姨的爱人啦，现在是我的啰，我希望。可是你得闭上眼睛，装作不知道。天！我本想瞒着你的，现在都给你说了罢……”

“好啦，再见，孩子们，”男爵拥抱了女儿跟妻子，“或许我要去看看山羊，从她那儿我可以知道很多事情，关于那个青年。”

“爸爸，留神哪！”奥当斯又嘱咐了一遍。

奥当斯讲完了她诗一般的故事，最后一节便是当天早上的情形，男爵夫人叫道：

“噢！孩子！亲爱的孩子，世界上最狡猾的还是天真！”

真正的热情自有它的本能。让一个好吃的人在一盘果子中挑，他不大会错的，甚至用不到看，就能抓到最好的。同样，让一般有教养的女孩子，绝对自由的去挑选她们的丈夫，要是所挑中的男人她们的确能得到，她们也难得会挑错。天性是百发百中，万无一失的。这一种的天性叫作一见生情。而爱情方面的第一眼，就等于千里眼。

男爵夫人的快乐，虽然为了母亲的尊严而多少藏起一点，也不下于女儿；因为克勒凡所说的奥当斯三种嫁人方式，她认为最好的一种似乎可以成功了。她觉得这桩奇遇就是她热烈的祈祷感

①意大利名雕塑家（1757—1822）。

动了上帝所致。

斐希小姐的奴隶，终于不得不回家了，他居然想出主意，把艺术家的快乐遮盖他爱人的快乐，表示他的得意是为了作品的初次成功。

“行啦！我那组像卖给埃罗维公爵了，他还要给我别的工作呢。”他把值一千二百法郎的金洋扔在了老姑娘的桌上。当然，他藏起了奥当斯的钱袋，揣在怀里。

“嗳，总算运气，”李斯贝德回答，“我已经累死了。你瞧，孩子，你这一行，钱来得多不容易，这是你第一次挣来的钱，可是辛苦了快五年了！这笔数目，仅仅足够还我自从积蓄换成你的借票以后，新借给你的钱。”她数过了钱又说，“可是你放心，这一笔我要完全花在你身上。现在咱们可以消消停停的过一年。一年之内，你可以还清债务，还可以有多余，倘使你老是这个劲儿干下去。”

文赛斯拉看见他的狡计成功了，便对老姑娘编了一套关于埃罗维公爵的故事。贝德回答说：

“我要教你照着时行的款式穿黑衣服，内衣也得添新的，到你保护人那儿总得穿得像个样。再说，你也该找个屋子，比这个怕人的阁楼更大更合适的地方，好好的布置起来……”她把文赛斯拉打量了一番，又道：“瞧你多高兴！你简直换了一个人。”

“他们说我的铜像是一件杰作呢。”

“那么，再好没有啦！再做几件呀。”这个枯索而实际的姑娘，全不懂什么成功的喜悦，什么艺术的美。“已经卖掉的不用想了；应当再做点新的去卖。为这件该死的《萨姆松》，你花了两百法郎，人工和时间还没算上。你的时钟要浇铜的话，还得两千法郎。嗳，倘使你相信我，就该把那两个小孩替小姑娘戴菊花冠的东西完工，巴黎人一定喜欢的……我吗，我要到葛拉夫裁缝铺去，再上克勒凡先生家……你上楼吧，我要穿衣服了。”

下一天，男爵对玛奈弗太太简直害了相思病，便找了贝姨去。她开出门来看见是他，不由得吃了一惊，因为他从来没有登门拜访过。她心里想：“是不是奥当斯打我爱人的主意呀？……”隔天晚上，她在克勒凡家知道大理院法官的那头亲事完了。

“怎么，姊夫，你来这儿？这是你生平第一遭来看我，绝不是为了我的漂亮眼睛来巴结我罢？”

“漂亮眼睛！不错，”男爵回答，“我从来没有见过你那样的漂亮眼睛！……”

“你干什么来着？在这种丑地方招待你，我多难为情。”

贝德住的两间屋的第一间，为她又是客厅，又是饭厅，又是厨房，又是工场。家具就像一些小康的工人家里的：几张草垫的胡桃木椅子，一张小小的胡桃木饭桌，一张工作台，几幅彩色版画，装在颜色变黑了的木框内，窗上挂着纱窗帘，一口胡桃木大柜子，地砖擦得雪亮，干净得发光。一切都纤尘不染，可是到处冷冰冰的情调，活像一幅忒倍赫的画，画上所有的，这里都有，连那灰灰的色调都不缺，那就是从蓝色变为苎麻色的糊壁纸。至于卧房，从来没有人进去过。

男爵眼睛一扫便什么都看清了，每件东西都留着庸俗的标记，从翻砂炉子起到家用的器皿，他感到一阵恶心，想道：“所谓德行，就是这副面目！”

“我干什么来着？”他提高了嗓子回答，“你那么精灵，瞒不过你的，老实跟你说了吧，”他一边坐下，撩开一点叠裥的纱窗帘，从院子里望过去，“你这屋子里有一个挺美的美人儿……”

“玛奈弗太太！噢！我猜着了！”她一下子全明白了，“那么玉才华呢？”

“可怜！小姨，再没有玉才华喽……我给她撵走了，像一个当差似的。”

“那么你想？……”贝姨道貌岸然的瞪着男爵。一个假贞节的女人，老是迫不及待的要摆出她的道学面孔。

“玛奈弗太太是一个挺规矩的女人，一个公务员的太太，你跟她来往绝不致有失身份，所以我希望你和她亲近亲近。噢！你放心，她对署长先生的小姨一定是十二分恭敬的。”

这时他们听到楼梯上一阵衣衫悉索的声音，同时还有极其细巧的皮靴的声音。到楼梯头，声音没有了。然后，门上敲了两下，玛奈弗太太出现了。

“小姐，对不起，冒昧得很；我昨天来拜访你，你没有在家。我们是邻居，倘使我知道你是男爵的令亲，我早就要来恳求你在他面前吹嘘吹嘘了。我看见署长先生来，就大胆的跟着来了；因为我丈夫说，男爵，明天部里就要把人事单子送给部长去批准了。”

她似乎有点儿激动，有点儿哆嗦，其实是因为她上楼时跑了几步的缘故。

“你别尽求情啦，美丽的太太，”男爵回答，“倒是我要请你赏脸，让我见见你呢。”

“那么，要是小姐愿意的话，就请到舍间去坐坐吧！”玛奈弗太太说。

“姊夫你先走，我等会儿去。”贝姨很世故的说。

那女人早已拿准，署长先生一定领会到她的意思，会来拜访的，所以她不但把自己装扮得跟这一类的会面非常合适，而且还装扮了她的屋子。从清早起，家里就供着赊买得来的鲜花。玛奈弗帮着他的女人收拾家具，又是刷，又是洗，把最小的东西都擦得雪亮。华莱丽要把自己放在一个新鲜的环境中，好讨署长的喜欢，而讨喜欢的程度要使她能够故意刁难，运用那些现代技巧，当他小孩子一般高高的拿着糖逗他。她已经看透了于洛。一个巴黎女人只要穷极无聊到二十四小时，连内阁都会推倒的。

这位帝政时代的人物，在帝政时代的风气中混惯了，全不知现代风月场中的新玩意和新规矩。从一八三〇年以后，实行了一套不同的谈话，可怜的弱女子自称为给爱人的情欲做了牺牲品，做了裹扎伤口的慈善会女修士，甚至是忠心耿耿的天使。这一部新的恋爱经[①]，大量引用福音书的辞藻来修炼魔道。情欲是殉道的事业。彼此向往于理想，向往永恒，目的是要使自己受了爱情的洗练而益臻完善。所有这些美妙的说辞，其实只是一种借口，使你实际上欲情更炽，堕落得更彻底。这种虚伪是我们这个时代的特色，把谈情说爱的事完全污辱了。嘴里自命为一对天使，行事却尽量要做成一对魔鬼。在大家忙着拿破仑战役的时节，爱情是没有时间做这种分析的，一八〇九年时，它只求成功，跟帝国跑得一样快。在王政时代，美男子于洛回到脂粉队里，先把几个好像殒星一般从政治舞台上倒下来的老相好安慰了一些时候，而后，到了老年，他又做了贞妮·凯婷与玉才华之流的俘虏。

玛奈弗太太的战略是根据署长的前例，她的丈夫早已在部

---

①古罗马诗人奥维特（Ovide）著有《爱经》一书，有名于世。故此处言新的恋爱经。

里打听清楚，报告给她。既然时下这套谈情的戏法对男爵是新鲜的玩意儿，华莱丽便决定了她的方针，而她这天上午的试验，果然是如愿以偿。凭着那些感伤的、传奇式的、才子佳人派的手段，华莱丽没有给男爵什么希望，就空口白舌的替丈夫谋到了副科长职位，和荣誉团的十字勋章。

这些小小的战争场面，少不了仙岩饭店几顿饭、几场戏，以及头巾、披肩、衣衫、首饰等等的礼物。既然杜扬南街的公寓讨人厌，男爵便暗中在华诺街一幢漂亮的时式住宅内，布置一个富丽堂皇的新的住家。

玛奈弗先生得到十五天假期，一个月内开始，理由是到本乡去料理一些私事，另外又到手一笔津贴。他决意上瑞士去做一个小小的旅行，研究一番那边的女性。

五

男爵固然关切他的小娇娘，也没有忘记他的晚辈。商务部长包比诺伯爵是个风雅人物：他花两千法郎定了一座《萨姆松》。条件是要毁掉模型，就是说，除了于洛小姐的那座之外，只剩下他一座《萨姆松》，时钟的模型送给一个亲王看了，大受赏识，愿意出三万法郎定下，但是不许再铸第二座。问了几个艺术家——史底曼也在内——都说能做这两件作品的作者，当然也能塑一个人像。于是蒙高南元帅造像基金会主席、陆军部长维森堡元帅，立即召集会议，决定把造像工程交给史丹卜克伯爵承接。对于这个连同行都在捧场的艺术家，次长拉斯蒂涅伯爵也希望有一件作品，结果把两个孩子替一个小姑娘加冠的那座美妙的像买了去，还答应在大石街上国营的大理石仓库内，拨一间工场给他。

这一下他可成了名，而在巴黎的成名是轰动一时的，如醉如狂的，要强毅笃厚之士才担当得起；不少才华早显的人都是给盛名压倒的。报章杂志都在议论文赛斯拉·史丹卜克伯爵，他本人和斐希小姐却一点儿不会得知。每天，贝德一出去吃饭，文赛斯拉就上男爵夫人那里待一二小时，除掉贝德到于洛家吃饭的日子。

这样一直过了好几天。

男爵对史丹卜克伯爵的身份与人品得到了证实；男爵夫人，对他的性情与生活习惯都觉得满意；奥当斯，为了自己的爱情获得认可，为了未婚夫的声誉鹊起而得意非凡：他们不再迟疑，已经在讨论这头亲事了。至于艺术家，当然幸福到了极点；却不料华莱丽一不小心，差一点把大局破坏了。事情是这样的：

李斯贝德，因为男爵希望她多跟玛奈弗太太来往，好在这个小公馆里有一只眼睛，已经在华莱丽家吃过饭；华莱丽方面，也希望在于洛家中有一只耳朵，所以对老姑娘十分巴结。她甚至预先邀定斐希小姐，等她搬新屋子的时候去喝进屋酒。老姑娘很高兴多一处吃饭的地方，又给玛奈弗太太的甜言蜜语骗上了，居然对她有了感情。一切与她有关系的人，没有一个待她这么周到的。玛奈弗太太之于贝德，以小心翼翼的敷衍而论，正如贝德之于男爵夫人、列凡先生、克勒凡先生，以及一切招待她吃饭的人。玛奈弗夫妇特意让贝姨看到他们生活的艰苦，以便赚取她的同情，还照例把苦难渲染一番：什么疾病呀，受朋友欺骗呀，千辛万苦，做了极大的牺牲，使华莱丽的母亲福丁太太到死都过着舒服生活呀。诸如此类的诉苦，不胜枚举。

"那些可怜虫！"贝德在姊夫于洛面前说，"你关切他们真是应该，他们值得帮助，因为他们又是好心，又肯吃苦。靠副科长三千法郎薪水过日子，是不大够的；蒙高南元帅死了以后，他们欠着债呢！你看政府多狠心，教一个有妻有子的公务员，在巴黎尽二千四百法郎过活！"

一个年轻女子，对她表示很亲热，把样样事情告诉她，请教她，恭维她，似乎愿意受她的指挥，当然很快就成了怪僻的贝姨最亲信的人，比她所有的亲戚更密切。

至于男爵，他佩服玛奈弗太太的体统、教育，以及贞妮·凯婷与玉才华都没有的姿态举动，一个月之内他神魂颠倒，触发了老年人的痴情，那种表面上很有理性而实际是荒谬绝伦的感情。的确，在这个女人身上，他看不到讽刺，看不到酗酒，看不到疯狂的浪费，看不到腐败，既没有对于社会成规的轻蔑，也没有女戏子与歌女们的放荡不羁，使他一再倒霉的那种性格。同时，娼妇们像久旱的沙土一般填不满的欲壑，他也逃过了。

玛奈弗太太变成了他的知己与心腹，哪怕他送一点极小的东西，她也要推三阻四，才肯收下。

“凡是职位、津贴，从政府得来的一切，都行；可是千万别污辱一个你说你爱的女人，”华莱丽说，“要不然，我就不信你的话……”她像圣女丹兰士眯着眼睛望天一样，瞟了他一眼，然后补上一句：“而我是愿意相信你的。”

每送一件礼物，都像攻下一座堡垒或收买一个人良心那么费事。可怜的男爵用尽计谋，才能献上一件无聊的，但是价钱极贵的小玩意。他暗中庆幸终于遇到了一个贤德的女人，实现了他的理想。在这个原始的（那是他的形容词）居家生活中，男爵像在自己家里一样是一个上帝。玛奈弗先生万万想不到他部里的天神，居然有意为他的女人挥金如土，便甘心情愿的替尊严的长官当奴才了。

玛奈弗太太，二十三岁，十足地道的，不敢为非作歹的小家碧玉，藏在杜扬南街的一朵花，当然不会有娼妓们伤风败俗的行为，那是男爵现在恨透了的。另一方面，他还没有见识过良家妇女扭捏作态的风趣，而胆怯的华莱丽就给他尝到这种若即若离、欲迎故拒的滋味。

两人既是这样的关系，无怪华莱丽会从他嘴里得知史丹卜克与奥当斯的婚事消息。在一个未做入幕之宾的情人，与一个不肯轻易做人情妇的女人之间，不免有些口舌与勾心斗角的争执，泄露出一个人的真情，正如练习击剑的时候，不开锋的刀剑，也像决斗时的真刀真枪一样紧张。所以深于世故的男人，要学名将特·多兰纳的样。华莱丽明明爱上了男爵，却几次三番的说：

“一个女人肯为一个不能独占的男人失身，我简直想不通。”男爵的回答，是暗示女儿出嫁之后，他就可以自由行动。他屡次赌咒，说他和太太断绝关系，已经有二十五年。

“哼，大家都说她美得很呢！”华莱丽顶他，“我要有证据才会相信。”

“行，我会给你证据的。”男爵一听见华莱丽露了口风，快活得不得了。

“什么证据？要你永远不离开我才算数呐。”

说到这里，埃克多·于洛不得不把在华诺街布置住宅的计划揭穿，以便向华莱丽证明，他预备把属于正式太太的那一半时间交给她，因为文明人的生活据说是白天黑夜各半分配的。他说女儿嫁后，他就能不露痕迹的和太太分居，让她一个人待在家里，男爵夫人可以在女儿和儿子媳妇那里消磨时间，他相信太太一定会听从他的。

“那时候，我的小宝贝，我真正的生活、真正的家庭，是在华诺街了。”

“我的天！你把我支配得这么如意！……”玛奈弗太太说，“那么我的丈夫呢？……”

“那个臭东西吗？”

“跟你比起来，当然是啰！”她笑着回答。

玛奈弗太太听到年轻的史丹卜克伯爵的故事以后，一心一意想见见他，也许只是想趁他们还同住一所屋子的时候，向他讨些小摆设。这一点好奇心使男爵大不高兴，华莱丽只得发誓永远不对文赛斯拉望一眼。因为她放弃了这个念头，男爵送她一套质地细致的赛佛古窑茶具，作为补偿；可是她的欲望照样在心里保留着，好似记在账上一样。因此，有一天，她请她的贝姨到房里喝茶，把话题扯到贝姨的爱人身上，想探探能否不惹是非而见他一面。

“我的乖乖，”她说，因为她们互相称为乖乖，“你为什么还不让我见见你的爱人呢？……你知道他很快的出了名吗？”

“他出名？”

“大家都在谈论他呢！……”

“噢！”李斯贝德哼了一声。

“他要雕我父亲的像，我倒很可以帮他的忙，使他作品成功。一八〇九年，在华葛拉姆战役以前，桑恩替少年英俊的蒙高南将军画过一张极精的小型画像，这件作品给了我母亲，我可以供给他做参考。这是蒙高南太太拿不出来的……”

桑恩和奥古斯丁是帝政时代两个小型画的宗师。

“我的乖乖，你说他要雕一个人像？……”李斯贝德问。

“九尺高的人像，陆军部定的。啊！你怎么啦？倒是我告诉你这些消息？政府还要在大石街上，给史丹卜克伯爵一个工场、一所屋子。你的波兰人说不定要当大理石仓库的主任，两千法郎薪水，还是个外快……”

“这些我都不知道，你怎么知道的？”李斯贝德终于从迷惘中清醒过来。

“告诉我，亲爱的贝姨，”玛奈弗太太扮着一副媚态，“你能不能做一个患难之交？愿不愿意咱们俩像姊妹一样？愿不愿意发誓，咱们俩有事谁都不瞒谁？你替我做间谍，我替你做间谍？……愿不愿发誓，在我丈夫前面，在男爵前面，永远不出卖我，永远不说出是我告诉你……”

玛奈弗太太突然停止了这个斗牛士的玩意儿，贝德使她害怕起来。洛兰女人的表情变得狰狞可怖。又黑又尖的眼睛，虎视眈眈的瞪着人。脸孔好似我们想象中的女巫，她咬紧牙齿不让它们打战，可怕的抽搐使她四肢哆嗦。她把铁钩一般的手，探到帽子里抓着头发，扶住她沉重的脑袋；她浑身在发烧了！脸上的皱裥好像火山爆发以后的裂缝，一场大火在其中冒烟：简直是一个惊心动魄的场面。

“哎！你干吗不作声啦？”她声音异样的说，“我怎样对他，就怎样对你。噢！我连自己的血都肯给他！……”

“那么你爱他喽？……”

“当作儿子一样的爱！……”

“啊，”玛奈弗太太松了一口气，“既然是这种方式的爱，那么你要喜出望外了；你不是要他幸福吗？”

李斯贝德像疯子一般很快的点了点头。

“一个月之内他要跟你的甥女结婚了。”

“奥当斯？”她敲着脑袋站起身来。

“啊！啊！你还是爱他的？”

“我的乖乖，咱们这交情是生死不变的了，”贝德说，“你有什么心上的人，我就认为神圣不可侵犯。你的坏处，我也当作德行。因为我用得着你的坏处！”

“那么你是跟他同居的了？”华莱丽嚷道。

“不，我只想做他的母亲……”

“那我莫名其妙了。照你的说法，人家就没有玩弄你欺骗你；看他攀了一门好亲事，成了名，你正应当快活！而且大势已去，你算啦罢。咱们的艺术家，每天只等你出门吃饭，就上于洛太太家……”

“阿特丽纳！”李斯贝德对自己说，“噢，阿特丽纳，我要报仇的，我要教你比我更难看！……”

“你瞧你脸孔白得像死人一样！”华莱丽叫道，“真有点儿什么事吗？……噢！我蠢极了！她们母女俩一定料到你要阻挠这件亲事，才瞒着你的；可是你既没有跟这个青年同居，你这些表现，我觉得比我丈夫的心还要糊涂……”

“噢！你，你不知道这套鬼戏是什么回事！他们下了毒手，要我的命了！伤心的事，我还受得不够吗？你不知道，从我有知觉的时候起，我就做了阿特丽纳的牺牲品！打的是我，疼的是她！我穿得像要饭的，她穿得像王后。我种地洗菜，她呀，十个手指只调理她的衣衫！她嫁了男爵，到巴黎来在皇帝的宫中出风头，我到一八〇九年为止都待在村子里，等一头门当户对的亲事，等了四年，他们把我接出来，可是教我去当女工，提的亲都是些公务员、上尉，跟门房差不多的男人！……二十四年工夫，我就吃他们的残羹剩饭！……现在你瞧，像《旧约》里说的，穷人的幸福只有一条羊，富人有着一群羊，把穷人的羊抢走了，连问也不问他一声。阿特丽纳抢掉了我的幸福！……阿特丽纳！阿特丽纳！我要看到你有一天陷在泥坑里，比我陷得更深！……奥当斯，我喜欢的奥当斯，竟把我欺骗了……还有男爵……噢，真是不可能的。你来，再说一遍，究竟哪些话是真的？”

“你静一下好不好，我的乖乖……”

“华莱丽，我的小天使，我会静下来的，只要你拿证据给我！……”这个怪癖的姑娘坐了下来。

“《萨姆松》那座雕像就在你甥女那儿，你瞧这杂志上印的图；她是拿她的积蓄买的，捧他出头的就是男爵，他替未来的女婿把什么都弄到手了。”

李斯贝德瞧了瞧石印的图，又看到下面的一行字：于洛·特尔维小姐藏，她嚷道：

“凉水！……凉水！我的头像火烧一样，我要疯了！”

玛奈弗太太拿了水来；老姑娘脱下便帽，松开黑头发，把脑袋浸在水里，她的新朋友替她捧着脸盆；她把额角浸了好几次，才止住头部的充血。尔后，她完全恢复了控制力。

“别说出去，”她擦着脸对玛奈弗太太说，“这些事，一句都不能提……你瞧，我好了，什么都忘了，我想着旁的事了。”

玛奈弗太太瞧着贝德，心里想：“明儿她会进疯人院，一定的。”

“怎么办呢？”李斯贝德又说，“你瞧，我的乖乖，只能一声不出，低着头，往坟墓里走，好像水只能往下流。有什么办法？我恨不得把这批人，阿特丽、她的女儿、男爵，一股脑儿砸死！可是一个穷亲戚对有钱的人能做些什么？……这是拿土罐子砸铁罐子的老故事。”

“是呀，你说得不错，”华莱丽回答，“咱们只能尽量在干草堆上扒，扒得越多越好。这就是巴黎的生活。”

“嗳，完啦，丢了这个孩子，我很快会死的；我本想永远做他的母亲，跟他过一辈子的……”

她眼里含着一包水，不作声了。华莱丽看到这个恶煞似的、火辣辣的姑娘还能有这样的深情，不由得打了一个寒噤。

“患难之中碰到你，总算得到一点安慰……”她抓着华莱丽的手说，“咱们彼此相爱，怎么再会分手呢？我永远不会跟你竞争，永远不会有人爱上我的！……那些肯要我的，无非贪图我姊夫帮忙……要讲魄力，我连天堂都能爬上去，可是消耗到哪儿去了？挣一口面包，挣一口水，到手一些破衣服和一个阁楼！呃！对啦，我的乖乖，这是殉道的苦行！我就这样的干瘪了。”

她突然停住，一道阴森森的目光瞪着玛奈弗太太的蓝眼睛，像尖刀似的直刺到这个漂亮女人心里。接着她又埋怨自己：

“唉，提它干吗？我从来没有说过这么多话……”她停了一会，用一句儿童的口头禅说：“骗人的还是骗了自己！你说得好：还是把牙齿磨快了，尽量在干草堆上扒罢。”

“是啊，你这才对啦，我的乖乖。”玛奈弗太太被她的大发神经骇坏了，竟忘了这句名言原是自己说的，“人生几何，还是尽量的享受，利用人家来快活快活吧……我年纪轻轻，已经在这么想了！小时候我娇生惯养，父亲为了政治野心另外结了婚，差不多把我忘了，早先他却是把我心肝肉儿的，当作王后一般供养的！可怜的母亲，郁郁闷闷的气死了，因为她教我做了多少好梦以后，眼看我嫁了一个三十九岁的，一千二百法郎的小公务员，又老又没心肝的浪子，作恶多端的坏蛋，像人家看你一样，把我当作一个升官发财的工具！可是临了，我发觉这个下流男人还是最好的丈夫。他更喜欢街上的丑婆娘，我落得一个清净。虽然他的薪水都归他一个人花，可从来不问我的收入从哪儿来……”

说到此也轮到她突然停下，不作声了，她发觉心腹话说溜了嘴，又留意到李斯贝德聚精会神的听着，便觉得在吐露最后的秘密之前，还应当向对方多要一点儿保证。于是她说：

“你瞧，我的乖乖，我相信你到什么田地！……”

李斯贝德马上做了一个记号，教她放了一百二十个心。一个人用眼睛用脑袋的动作起的誓，往往比在法庭上起的誓更庄严。

“表面上我样样都很正派，”玛奈弗太太把手放在李斯贝德手上，仿佛这样更可以放心一点，“我是正式结婚的女人，绝对自由，要是玛奈弗早晨上班之前，心血来潮的想来跟我打一声招呼，一看到我房门关着，他就悄悄的走开。他对孩子的感情，还不如我喜欢在蒂勒黎花园两座河神像下面玩要的，那些大理石雕的孩子。晚上我不回家吃饭吧，他就舒舒服服的跟老妈子一块吃，因为老妈子是专门服侍老爷的。吃过晚饭他出门，到半夜或是一点钟才回来。可怜我一年以来，没有老妈子好使唤了，换句话说，我已经做了一年活寡妇……我只有过一次爱情，一次幸福……是一个走了一年的有钱的巴西人，要说我失节，就不过是这一遭！他回去变卖产业，预备换成现款住到巴黎来。他的华莱丽将来变成怎么样呢？哼，还不是一个垃圾堆？可是那只能怪他，不能怪我，为什么他老不回来呢？难道他沉在海洋里了吗，像我的贞操一样？”

“再见，我的乖乖。”李斯贝德突如其来的说，“咱们这是永远不分手的了。我喜欢你，敬重你，我是你的人了！我姊夫磨着我，要我搬到华诺街你的新屋子去，我不愿意，因为我猜到他这种慷慨的用意……”

“嗳，你可以监视我啦，我明白得很。”

“他的慷慨就是这个意思，”李斯贝德回答，“在巴黎，做好事多半是投机放账，正如忘恩负义多半是报仇出气！……对付一个穷亲戚，他们的行事就像拿着一块咸肉对付耗子。我会答应男爵的要求，这里的屋子我厌恶透了。哼！咱们俩又不是傻子，不会拣应该说的说，把不利于咱们的瞒起来吗？……所以，说话绝不能大意，咱们的交情要……”

“要不怕考验！……”玛奈弗太太快活得叫起来，她很高兴有了一个防身的武器，有了一个心腹，有了一个老实可靠的姑妈之流的人。“告诉你，男爵在华诺街大兴土木呢……”

“自然啰，他已经花到三万法郎！我不懂他哪儿来的钱，那个唱歌的玉才华早已把他挤干了。噢！你运气不错。只要他的心给你这双又白又滑的小手抓住了，他连替你做贼都肯的。”

“我的乖乖，你新屋子里需要什么，尽管在我这个屋里拿……”玛奈弗太太说；这般娘儿们的乐观，其实只是不会打算的糊涂。“这个柜子，这口有镜子的大橱、地毯、床帷……”

李斯贝德快活得睁大了眼睛，简直不敢相信会到手这样的礼物。她嚷道：

“你一下子给我的，比我有钱的亲戚三十年间给我的还要多！……他们从来不问我有没有家具！几星期以前，男爵第一次上门，一看我屋里的寒酸相，就扮了一个有钱人的鬼脸……好吧，谢谢你，我的乖乖，我绝不白受你，你等着瞧吧，看我怎样报答你！”

华莱丽把她的贝姨送到楼梯口，两人拥抱了一下。

“呸！一股寒酸气！”漂亮女子回进屋子的时候想，“我绝不常常拥抱她，我的贝姨！可是得留神！要好好的敷衍她，可以利用她发财的。”

以纯粹巴黎女人的脾气，玛奈弗太太最讨厌辛苦；她像猫一般懒，到万不得已才肯奔跑。在她心目中，人生应当整个儿是享受，而享受又要不费一点儿事。她喜欢鲜花，只要有人送上门。她绝不能想象去看戏而没有独用的包厢，而不是坐了车去。这些荡妇的嗜好，得之于她的母亲——在蒙高南将军逗留巴黎的时期，她是极其得宠的人，二十年间，多少人拜倒在她脚下；她挥霍成性，在穷奢极侈的生活中把什么都花光了，吃完了，从拿破仑下台之后，当年那种奢华生活的节目就没有人知道。可是帝政时代的大人物，狂欢的场面并不下于前朝的王公大臣。到王政复辟的时代，一般贵族都记得吃过亏，和财产被没收的事，所以除了一二例外，他们都变得省俭、安分、思前顾后，总而言之，庸庸碌碌，谈不到伟大的气派了。之后，一八三〇年的革命又把一七九三年开始的改革加以完成。从此法国只有显赫的姓氏，没有显赫的世家了，除非再有政治上的变动，而眼前还看不到这种迹象。一切都带着这种时代色彩。最聪明的人，财产是存的终身年金。家族观念是破坏完了。

华莱丽勾上（照玛奈弗的说法）于洛男爵的那一天，贫穷的鞭挞已经使她皮开肉绽，决意把自己的姿色作为猎取财富的工具了。所以这几天，她觉得应该学母亲的样，身边要一个忠心的朋友，可以把不能让贴身女仆知道的事告诉她听，教她代我们活动、奔走、思索，为我们做一个死而无怨、不嫌苦乐不均的奴隶。

男爵要她跟贝姨结交的用意，她和贝姨看得一样明白。凭着巴黎女人可怕的聪明，她几小时的躺在便榻上，把人家的内心、情感、计谋，用她洞烛幽微的探照灯搜索过了，然后想出把奸细收买过来，变作自己的同党。奥当斯和艺术家的婚姻，也许是她有心泄露的；她识得火暴的老姑娘的真性格，知道她抱着一腔热情无处发泄，便想笼络她，教她跟自己亲近。刚才那番对白，颇像游客往深山幽谷内丢下的一颗石子，测量它的深浅的。等到在这个表面上那么怯弱、那么谦卑、那么驯良的姑娘身上，同时发现了一个伊阿谷和一个理查三世的性格[①]，玛奈弗太太也不由得害怕起来。贝德当场恢复了本来面目。高斯人和野蛮人的性格，挣脱了脆弱的束缚，重新摆出它那副顽强高傲的姿态，好似果树上的丫枝，给儿童攀了下来又弹了上去。

凡是童贞的人，他的思想的迅速、周密、丰富，永远是社会观察家钦佩赞叹的对象。

童贞，正如一切违反人性的现象，有它特殊的生机，有它兼收并蓄的伟大。在童贞的人，生命力因为不曾消耗，特别坚韧而持久。原封未动的各种机能，使他的头脑格外充实。这种人用到自己的肉体或灵魂的时候，不论是借助于行动还是借助于思想，肌肉就等于钢铁，机智就等于良知良能。他们有恶魔般的力量，或是神通广大的意志。

在这一点上，单以象征而论，童贞女玛丽亚的伟大，即超过一切印度、埃及和希腊的范型。童贞，伟大事物之母，在纯洁美

①伊阿谷为莎翁名剧《奥赛罗》中人物，挑拨奥赛罗妒杀妻子。理查三世为1452至1485年间英王，杀兄子自立，以恐怖统治著称于史。此处乃指莎翁名剧，以查理三世为阴险残暴的典型人物。

丽的手中握着他世界的钥匙。这个庄严伟大、可敬可畏的非常人物，的确值得旧教教会的那些礼赞。

因此，一刹那间，贝德变成了野蛮的印第安人。而印第安人的陷阱是你逃不了的，他们的作假是你猜不透的，他们的器官特别灵敏，所以决断特别迅速。她浑身都是深仇宿恨，像意大利、西班牙、近东各民族的仇恨，绝对不能化解的。这一类的深仇与宿恨，加上极端的友谊与爱情，只有在阳光普照的地方才能遇到。但李斯贝德主要是洛兰女人，以欺骗为能事的。

她并不乐意做下面这一部分戏；只因为全无知识，她才做了一番古里古怪的尝试。她想象之中的监禁，和小孩子想象的没有分别，以为监禁就是禁止接见。殊不知禁止接见是监禁的最严厉的处分，而这个处分的特权是属于刑事庭的。

从玛奈弗太太屋里出来，李斯贝德赶去见列凡先生，在办公室内把他找到了。

“哎，列凡先生，”她说话之前插上了办公室的门销，“你料得不错，那些波兰人哪！……真是坏蛋……真是无法无天的家伙。”

“他们想放火把欧罗巴烧起来，”和平使者列凡先生抢着说，“想破坏商业，教做买卖的一齐破产，为的什么？为一个全是池沼的丑地方，到处是讨厌的犹太人，还有哥萨克人、乡下人，跟凶恶的野兽一类，不应该算作人的。这些波兰人看错了现在的时代了。哼，我们已经不是野蛮人了！亲爱的小姐，战争完啦，跟着那般国王一起完啦。在我们这时代得势的是商业，是实业，是中产阶级的智慧，荷兰不就是这样兴起来的吗？”他越说越兴奋了，“是的，咱们现在已经到了一个时代，各个民族应当合法的发挥他们的自由，用立宪制度的和平手段去争取一切；这就是波兰人不了解的，可是我希望……”说到这里，他看到女工的表情根本不懂这套政治理论，便换过话题：“啊，好小姐，你说的是？……”

“我把文件带来了，要是我不愿意丢掉我的三千二百一十法郎，就得把这个恶棍送到牢里去。”

“啊！我早告诉你了！”那位圣·但尼区域的闻人嚷道。

列凡的铺子，向邦斯兄弟盘过来之后，始终开在恶言街上的旧朗日府。这所屋子，是那个有名的世家在所有的勋贵都住在卢浮宫四周的时代起的。

“所以我一路来一路在祝福你呀！……”李斯贝德回答。

“要是不给他一点风声，明儿早上四点就可以关进去，”商务裁判翻了翻历本，查了一下日出的时间，“可是要等到后天的了，因为要关他进去，先要把催告的公事送达给他，这样……”

“真是糊涂法律，这样不是让债务人逃跑吗？”

“这是他应有的权利，”商务裁判笑着回答，“所以，我告诉你……”

“噢，公事由我送，”贝德截住了裁判的话，“对他说我要用一笔钱，债主要办这个手续。我知道波兰人的脾气，他会把公事原封不动的点烟斗的！”

“啊！妙极了！妙极了！斐希小姐！那么你放心，事情一下子就好办妥。可是别忙！把一个人关进监牢还不行，咱们用到法律是享受一种奢侈，目的是收回咱们的钱。你的钱归谁还呢？”

“谁给他钱，就是谁还。”

“啊！不错，我忘了，陆军部托他替我们的一个老主顾雕像。吓！本店替蒙高南将军办过多少军服，给他立刻拿到战场上去熏黑！真是个好人！付账从来不脱期的！”

一个法兰西元帅，尽管救过皇帝救过国家，在一个生意人嘴里，付账不脱期才是了不得的夸奖。

“那么好吧，星期六见，列凡先生，那时你请我舒舒服服吃一顿。喂，告诉你，我要从杜扬南街搬到华诺街去了。”

“好极了，你知道我虽然讨厌一切保王党的东西，可是看到你住的那些丑地方，心里真不舒服，真是的！它们污辱了卢浮宫，污辱了阅兵场。我喜欢路易·菲利普，我崇拜他，他的王朝就靠我们这个阶级做基础，而他便是这个阶级的真正的、庄严的代表，我永远不会忘了，是他恢复了国家禁卫队，照顾了我们多少铺绣生意……”

“听你这么说，我奇怪你为什么还不当议员。”李斯贝德说。

“因为人家怕我拥护路易·菲利普。我的政敌便是今上的政敌。噢！他真是一个高尚的人物，他的家庭又是多美满的家庭；而且，”他继续发挥他的高论，“他是我们的理想；那种生活习惯，那种俭省，一切的一切！可是完成卢浮宫的建筑，是咱们捧他上台的条件之一；国会已经通过了款子，却没有规定限期——不错，那也是事实——所以把咱们巴黎的心脏弄成这副丢人的样子……因为我在政治上是正中派，我才希望巴黎的正中换一个局面。你住的区域教人害怕，早晚你要教人家暗杀了的……哎，你的克勒凡先生当了团长啦，但望他又阔又大的肩章来照顾咱们才好。”

“今天我到他家里吃饭去，我替你把这件买卖拉过来就是了。”

李斯贝德以为把列伏尼人和社会隔绝之后，她便可独占。艺术家不再工作，就会被人遗忘，像埋入了坟墓一样，而只有她一个人能够进坟墓去看他。她快活了两天，因为她希望这一下对男爵夫人和她的女儿就是一个致命的打击。

克勒凡先生住在苏赛伊街，她的路由却是穿过阅兵桥，沿河滨走伏尔泰大道、陶尔赛大道、美猎街、大学街，再回头穿过协和大桥，走玛里尼大街。这个极不逻辑的路由是根据情欲的逻辑决定的，而情欲是永远跟人的腿捣乱的。贝姨在河滨大道上一路走的极慢，眼睛望着对河。她的计算一点不错。她出门的时候，文赛斯拉应当在穿衣，她预算她一走，他会立刻抄近路上男爵夫人家。果然，正当她沿着伏尔泰大道的石栏，眼睛死盯着塞纳河，身在右岸，心在左岸的辰光，她看见艺术家从蒂勒黎花园的铁门中出现，往王家大桥走去。一到桥边，她跟上了她的薄情郎，可绝不会被发觉，因为情人赴约是难得回一回头的；她一直跟到于洛家门口，看他进去的神气完全是一个熟客。

这个最后的证据，更证实玛奈弗太太的报告，把李斯贝德气疯了。她走到新任团长府上的时候，一腔怒火简直可以使她动手杀人。她看见克勒凡老头在客厅里等他的孩子们，于洛儿子和于洛媳妇。

可是赛莱斯丁·克勒凡，赛查·皮洛多的承继人，是巴黎暴发户中最天真最实在的代表，咱们不能随随便便的闯入他的府上。克勒凡一个人就是另外一个天地；而且他在这幕家庭活剧中担任一个重要角色，所以应该比列凡多费我们一些笔墨。

在童年或是初见世面的时期，我们往往不知不觉的，自己造好一个模型。一个银行的跑街，走进东家的客厅，就梦想要有一间同样的客厅。如果二十年后他发了财，他在家所撑的考究场面，绝不是时行的款式，而是他当年眼热的，过时的那一套。因妒羡往事而造成的种种笑料，我们无法完全知道，也不知道为了这一类暗中的竞争，在模仿偶像、费尽气力做前人影子的时候，闹过多少荒唐的事。克勒凡当助理区长，因为从前东家做过助理区长；他当民团团长，因为他看中赛查·皮洛多的肩章。在东家最走运的时代，建筑师葛兰杜奇妙的设计是他惊异赞叹的对象，所以他自己需要装修住宅的时候，就照他自己的说法，当场立刻，打开了钱袋去找葛兰杜，而那时的葛兰杜早已无人请教。这批过时的红艺术家靠落伍的信徒支持，不知还有多少时候好混。

葛兰杜的客厅装饰，是千篇一律的白漆描金，大红绸糊壁，他替克勒凡设计的当然不能例外。紫檀木家具的雕工，全是大路货的，没有一点儿细巧的感觉；所以从工业展览会的时代起[①]，巴黎的出品就比不上内地。烛台、椅子的靠手、火炉前面的铁栏、吊烛台、座钟，全是路易十五时代的岩洞式。呆呆板板放在屋子正中的圆桌，嵌着各式各种的意大利白石，这类罗马制造的矿物标本，像裁缝的样子板一样，教克勒凡所请的中产阶级的客人来一次赞一次。护壁板上挂有四幅画像，是克勒凡的、故世的克勒凡太太的、女儿和女婿的，都是在中产阶级里走红的画家，比哀·葛拉苏的手笔；他把克勒凡不伦不类的画成拜伦姿势。一千法郎一个的画框，和这些咖啡馆式的，真正艺术家见了摇头的富

①大概是指1797年第一届工业展览会。

丽排场，刚刚合适。

有钱的人从来不肯错过一个表现俗气的机会。如果我们的退休商人，能像意大利人那样天生的知道什么叫作伟大，巴黎今天连十座威尼斯都能造起。就在现代，一个米兰商人还会在遗产中捐五十万法郎给米兰大寺，替穹窿顶上巨型的圣母像装金。加诺伐在遗嘱上写明，要他的兄弟造一座价值四百万的教堂，而兄弟自己又捐上一笔。一个巴黎的布尔乔亚，（而他们都像列凡一样极爱他们巴黎的心脏的）会不会想到在圣母院塔上添补钟楼？可是没人承继而归给政府的遗产有多少，你们算一算吧。十五年来，克勒凡之流为了纸糊的板壁、金漆的石膏、冒充的雕刻等等所花的代价，可以把美化巴黎的工事全部完成。

客厅尽头是一间华丽的小书房，桌子柜子都是仿的蒲勒的紫檀雕工。全部波斯绸糊壁的卧房，也通连客厅。饭厅内摆着耀眼的胡桃木家具，壁上华丽的镜框内，嵌着瑞士风景画。克勒凡老头一直梦想要游历瑞士，未去之前，他先要在画上享受一番。

由此可见，克勒凡，前任助理区长，受过勋，民团上尉，把他倒霉东家[1]的大场面，如法炮制的再来一遍，连家具都一模一样。王政时代，一个倒了下去，一个无声无臭的家伙爬了起来，并非由于命运的摆弄，而是由于时势的必然。在革命中，好像在海洋上的大风暴中一样，凡是实质的都沉到了底下，凡是轻飘的都给浪潮卷到了面上。赛查·皮洛多，保王党，得势而被人艳羡的人物，做了中产阶级的枪靶，而胜利的中产阶级便在克勒凡身上扬眉吐气。

①即赛查·皮洛多，为巴尔扎克另一小说中的主角。

这所租金三千法郎的公寓，堆满了凡是金钱所能买到的、恶俗的漂亮东西，坐落在一所旧宅子的二层楼上，在院子与花园之间。屋内一切都保存得像昆虫学家搜集的标本，因为克勒凡是不大住在这里的。

这个华丽的宅子，仅仅是野心的中产者的法定住址。他雇了一个厨娘、一个当差。逢到请客——或是为了联络政治上的朋友，或是为了向某些人摆阔，或是为了招待家族——他便向希凡酒楼叫菜，并且添两名临时工人。克勒凡真正的生活场所，是哀络绮思·勃里斯多小姐的家。她以前住在洛兰德圣母院街，后来搬到旭夏街，那是上文提过的。每天早上，退休商人（所有在家纳福的中产者都喜欢自称为退休商人）在苏赛伊街办两小时公事，余下的时间都去陪他的情妇，使她暗中叫苦。克勒凡跟哀络绮思小姐有固定契约，她每个月要供应他五百法郎的享受，不得延期。至于克勒凡吃的饭和一应额外开支，都由他另外给钱。这种有奖契约——因为他送礼送得不少——对于名歌女玉才华的前任情人，不失为一个经济办法。有些鳏居的商人老在牵挂女儿的财产，克勒凡跟他们提到续娶问题，总说自备牲口远不如包月租现成的上算。可是旭夏街的门房告诉男爵的话，证明克勒凡对于租来的马，并不计较马夫或跟班之流占用。

由此可见克勒凡的不续弦，嘴里说是为了女儿，实际是为了寻欢作乐的方便。他不三不四的行为，有一套仁义道德的理由做辩护。何况老花粉商在这种生活中（迫不得已的、放浪形骸的，摄政王派、篷巴杜派的生活），还能够显显他阔绰的场面。克勒凡自命为眼界广阔，头脑开通的人，自认为慷慨豪爽，不花大钱的阔佬——扮这些角色所花的全部代价，每个月不过一千二到一千五。这并非他玩什么虚伪的手段，而仅仅是中产阶级的虚荣心作怪；虚伪也罢，虚荣也罢，结果总是一样。在交易所里，大家认为克勒凡了不起，尤其是一个会享福的快活人。在这一点上，克勒凡自认为大大的超过了皮洛多老头。

“哼，”克勒凡一看见贝姨就生气，“是你替于洛小姐做的媒吗？那个青年伯爵，你是为了她培养起来的吗？……”

“怎么，这件事好像教你生气似的？”李斯贝德尖利的眼睛直瞪着克勒凡，“你有什么好处要我的姨甥嫁不掉？据说她跟勒巴先生儿子的亲事是你给破坏了的？……”

“你是一个老成的好姑娘，对你不妨明说。你想，于洛大爷把我的玉才华抢了去，这种罪过我肯饶他吗？尤其是把一个规规矩矩的女人，我老来要正式娶她的女人，变作一个小淫妇儿，一个小丑，一个唱戏的！……哼，饶他！万万不能！……”

“他可是一个好人哪，于洛先生。”贝德说。

“好，好得不能再好了！”克勒凡回答，“我不想难为他；可是我要回敬他，一定的。这个主意我绝不动摇！……”

“敢情是为了这个，你不上于洛太太家去的？”

“也许……”

“哎！那么你是在追求我的堂姊喽？”李斯贝德笑着说，“我本来有点疑心呢。”

“她把我看得比狗都不如，当我坏蛋，甚至当我大逆不道！”他把拳头敲敲自己的脑门，“可是我一定成功。”

“可怜他丢了一个情妇，再要陪上一位太太，真是吃不消的！……”

“玉才华吗？”克勒凡叫起来，“玉才华不要他了？把他撵走了？赶跑了？……好啊，玉才华！玉才华，你替我报了仇！我要送你一对珠耳环，我的旧情人！……这些我全不知道。美丽的阿特丽纳约我到她家里去了一次，下一天我见到你，随后我上高倍伊勒巴家住了几天，今儿刚回来。哀络绮思闹脾气，硬逼我下乡，我知道她不要我参加旭夏街的进宅酒，她要招待那般艺术家、戏子、文人……我上了当！可是我原谅她，因为哀络绮思真有意思，像那个唱滑稽戏有名的台耶才。这孩子刁钻古怪，好玩极了！你看，这是我昨天晚上收到的字条：

我的好人哪，旭夏街上的营帐搭好了，我招了一般朋友把新屋子的潮气吸干了。一切都好。你随时可以来。夏甲等着她的亚伯拉罕。

“哀络绮思会告诉我许多新闻，她一肚子都是那些浪子的故事。”

“我姊夫倒了霉，可并不在乎呢。”贝姨回答说。

“真的？”克勒凡像钟摆似的踱步突然停了下来。

“于洛先生上了年纪啦。”李斯贝德狡猾的提了他一句。

“我知道；可是咱们俩有一点相像的地方：于洛没有私情就过不了日子。”他又自言自语的说，“他可能回头去爱他的妻子，那对他倒是新鲜味儿，可是我的仇报不成了……你笑呢，斐希小姐……啊！你有些事情瞒着我！……”

“我在笑你的念头，”李斯贝德回答，“是的，我的堂姊还很漂亮，还能教男人动心；我要是男人，我就会爱她。”

“江山易改，本性难移！你拿我开心，哼！男爵一定找到了新的门道。”

李斯贝德点了点头。

“啊！他交了什么运，要不了一天工夫就找到了玉才华的替身！”克勒凡接着说，“可是我不奇怪，有一天咱们一块吃宵夜，他告诉我，他年轻时候，为不至于落空，经常有三个情妇，一个是他正预备丢掉的，一个是当令的，一个是为了将来而正在追求的。他准有什么风骚的女工预先养好在那里，在他的鱼塘里，在他的御花园里！他完全是路易十五派头，这家伙！噢！天生他美男子多运气！可是他也老了，已经有了老态……他大概是搅上了什么做工的小姑娘。”

“噢！不是的。”

“呃！怎么样我都不能让他成功！我没有办法把玉才华抢回来，这一类的女子永远不肯吃回头草，迁就她第一个爱人的。可是贝姨，我肯花到五万法郎，抢掉这个美男子的情妇，我要向他证明，一个肚子好当团长、脑袋好当巴黎区长的老头儿，绝不让人家白白拐走他女人……”

“我的地位只许我听，不许我说，”贝德回答，“你跟我谈话尽可以放心，我绝不泄露一个字。干吗你要我改变这种作风呢？那就没有一个人相信我了。”

“我知道，你是一个顶好的老姑娘……可是告诉你，事情也有例外的。譬如说，他们从来没有给你什么存折……”

“我有我的傲气，不愿意白受人家的钱。”

“嗳，要是你帮我出气，我就替你存一万法郎的终身年金。好姨子，玉才华的替身是谁，只要你说给我听了，你的房租、你的早点、你多喜欢的咖啡，统统就有了着落，你可以享受地道的莫加咖啡……嗯？嗯？真正的莫加多香噢！”

“虽说你一万法郎的终身年金每年有五百法郎利息，我觉得还是人家对我的信任要紧；因为你瞧，克勒凡先生，男爵对我挺好，要代我付房租咧……”

“哼，能有多久噢！你等着瞧吧。男爵哪儿来的钱？”

“那我不知道。可是他花了三万多装修新屋，给那位好出身的小太太……”

“好出身！怎么，还是一个上流社会的女人？坏蛋，他倒得意啦！怎么就轮到他一个人？”

“一个有夫之妇，极上等的。”贝姨又说。

“真的？”克勒凡一方面动了欲火，一方面听到上等女人这几个奇妙的字，睁大了眼睛，放出光来。

“真的；又会音乐，又是多才多艺，二十三岁，脸蛋儿又俏又天真，皮肤白得耀眼，一副牙齿像小狗的，一对眼睛像明星，一个美丽无比的额角……一双小巧玲珑的脚，我从来没有见过，不比她束腰的那片鲸鱼骨大。”

“耳朵呢？”克勒凡听到人家描写色情的部分，马上兴奋得了不得。

“上谱的。”她回答。

“是不是小手？……”

“告诉你，一句话说尽，这是女人之中的珍珠宝贝，而且那么端庄，那么贞节，那么温存！……一个美丽的灵魂，一个天使，雍容华贵，无美不备，因为她的父亲是一个法兰西元帅……”

“法兰西元帅！”克勒凡提高了嗓子直跳起来，“天哪！该死！混账！……啊！下流坯！——对不起，贝姨，我气坏了！……我愿意出十万法郎，我相信……”

“是啊，我告诉你那是一个规矩的、正派的女人。所以男爵着实花了一笔钱。”

“他一个钱都没有啦——我告诉你。”

“可是他把她丈夫捧上去啦……”

“捧到哪儿？”克勒凡苦笑着问。

“已经提升了副科长，还要得十字勋章，做丈夫的还会不巴结吗？”

“哼，政府应当留点儿神，不能滥发勋章，污辱我们已经受过勋的人，”克勒凡忽然动了义愤，“可是他怎么能够左右逢源，这个讨厌的老男爵？我觉得我也不见得比他差呀，”他照着镜子，摆好了姿势，“哀络绮思常常说我了不起，而且在女人们绝不撒谎的时候说的。”

“噢！”贝德回答说，“女人是喜欢胖子的，他们多半心地好。在你跟男爵之间，我，我是挑你的。于洛先生很风雅，生得漂亮，有气派；可是你呀，你生得结实，而且，噢……你似乎比他更坏！”

“真是奇怪，所有的女人，连那些虔婆都是喜欢坏男人的！”克勒凡嚷着，得意忘形的走过来搂着贝姨的腰。

“问题不在这里，”贝德接着说，“要明白一个女人到手了那么些好处，绝不肯为了区区小惠就欺骗她的保护人的；代价恐怕不是十几万法郎的事，因为这位小太太的丈夫两年之内会升做科长……可怜的小天使是为了穷才跳火坑的……”

克勒凡在客厅里踱来踱去，暴躁得不得了。他不作声，可是他的欲火受了李斯贝德的挑拨，简直坐立不安。这样的过了一会，他说：

"那么他对这个女人是割舍不得的了？"

"你自己去想罢！"李斯贝德回答，"据我看，他还没有搅上手！"她把大拇指扳着大白门牙，嘚的一声，响了一下，"可是已经送了一万法郎的礼。"

"噢！要是我能够赶在他前面，倒是一出好戏！"

"天哪！我真不应该对你多嘴的。"李斯贝德装作后悔的神气。

"不，我要教你那些亲属丢脸。明儿我替你存一笔终身年金，五厘利，你一年好有六百法郎进款，可是我意中人的姓名，住址，一切，你都得告诉我。我从来不曾有过一个上等女人，我平生大志就是想见识见识。穆罕默德天堂上的美女，比起我想象之中的上等女人，简直谈不上。总之，这是我的理想，我的痴情，痴情到觉得于洛太太永远不会老，"他这么说着，不知他这一套居然和十八世纪的风流思想暗合，"喂，李斯贝德，我决定牺牲十万二十万的……啊！孩子们来了，他们正从院子里走进来。你告诉我的，我只作不知道，我可以对你赌咒，因为我不愿意男爵疑心你……这个女人，他一定喜欢得要命啰，我那老伙计！"

"吓！他魂都没有了！"贝德说，"他没有办法搅四万法郎嫁女儿，为了这次私情却容容易易的张罗了来。"

"你觉得那女人喜欢他吗？"

"他这种年纪！……"老姑娘回答。

"噢！我真糊涂！我自己就答应哀络绮思养着一个艺术家，像亨利四世允许他的情妇迦勃里哀跟贝尔格拉特私通。唉！一个人就怕老！老！——你好，赛莱斯丁纳，你好，我的贝贝；小娃娃呢?——啊! 在这里! 真是,他慢慢的在像我了。——好哇,于洛,你好哇? 咱们家里又要多一头亲事啦。”

赛莱斯丁纳和丈夫一齐望着李斯贝德对克勒凡递了个眼色,然后假惺惺的回答:

“谁的?”

克勒凡装作会心的神气,表示他虽然多了一句嘴,他会挽救的。他说:“奥当斯的喽,可是还没有定局。我才从勒巴家回来。有人替包比诺小姐提亲,说给咱们那个大理院法官,他很想到内地去当院长呢……噢,咱们吃饭罢。”

六

七点，李斯贝德已经搭了街车回家，她急于要去看那个骗了她二十来天的文赛斯拉。她带给他一小篮水果，是克勒凡亲自装满的，他现在对他的贝姨格外亲热了。她奔上阁楼的速度，几乎喘不过气来。艺术家正在把一口匣子上的花纹收拾完工，预备送给他亲爱的奥当斯。匣盖四周刻着绣球花①，中间有几个爱神在游戏。可怜这爱人，为了张罗一笔钱做这口孔雀石的匣子，不得不替佛洛朗–夏诺工厂做了一对火把座子，明明是两件精品，可是把所有权放弃了。

"这几天你工作太多了，好朋友。"李斯贝德一边说一边抹着他脑门上的汗，吻了他一下，"八月里忙成这个样子，我怕是危险的。真的，你要把身体搅坏了……喂，这是克勒凡先生家里的桃子、枣子……你不用这样辛苦，我已经借到两千法郎，要是你能够卖掉那座钟，没有意外，我们一定能还这笔债……可是我有点儿疑心那债主，他送了这张官契来。"

---

①奥当斯的名字与绣球花仅差一二字母

她把催告清偿与执行拘禁的公事，放在蒙高南元帅像的草样下面。文赛斯拉放下绣球花的泥塑吃水果，她把花枝拿在手里，问："这好看的东西你替谁做的？"

"替一个首饰商。"

"哪个首饰商？"

"我不知道，是史底曼教我捏的，他等着要。"

"这是绣球花呀。"她声音异样的说，"怎么你从来没有替我做点儿什么？难道要弄一只戒指呀，小匣子呀，无论什么纪念品，竟是那么不容易吗？"她说的时候，恶狠狠的瞪着艺术家，他幸而低着眼睛没有看见，"你还说爱我呢！"

"你不相信吗，小姐？……"

"哼！听你小姐两字叫得多热烈！……你瞧，自从看见你快要死过去的那一天起，我心上除你之外就没有第二个人……我把你救活之后，你说你是我的了，我从没跟你提这句话，可是我自己许下了愿，没有忘记！我心里想：'既然这孩子自愿交托给我，我要使他快活，使他有钱！'我可是做到了，替你找到了财路！"

"怎么的？"可怜的艺术家这几天得意忘形，又是太天真了，想不到人家给他上当。

"是这样的。"李斯贝德往下说。她看着文赛斯拉，越看越欢喜；他眼中表现的是儿子对母亲的爱，同时也流露出他对奥当斯的爱；这一点使老姑娘误会了。她生平第一次，发现一个男人眼中射出热情的火焰，以为是她引起的。

"克勒凡先生答应投资十万法郎，让我们开一个铺子，要是，他说，你肯娶我的话。胖老头儿竟有些古怪念头……你意思怎么样？"她问。

艺术家脸孔发白像死人一样，对恩人眨了眨黯淡无光的眼睛，把他所有的思想都表现了出来。他张着嘴愣在那里。

“再明白也没有，你这个表情是说我生得奇丑！”她苦笑着说。

“小姐，我的恩人对我是永远不会丑的；我对你的确极有感情，可是我还不到三十岁，而……”

“而我已经四十三！哼，我的堂姊于洛太太已经四十八，还能教人颠倒；可是她呀，她是美人！”

“小姐，相差十五岁，怎么过夫妻生活？为我们自己着想，就应该仔细考虑。我的感激绝不下于你的恩惠。再说，你的钱不久也可以还你了。”

“我的钱！噢！你把我当作没有心肝的，放印子钱的债主。”

“对不起！可是你再三跟我提到钱的事……总之你是我的重生父母，请你不要毁了我。”

“你想离开我，我明白了。”她侧了侧脑袋，“你这个纸糊一样的人，哪儿来的勇气，胆敢忘恩负义？你居然不信任我，不信任你的本命星君？……我常常为了你工作到深更半夜！把一辈子的积蓄交给了你！四年工夫，我分给你面包，一个可怜的女工的面包，我什么都借给你，连我的勇气都给了你！”

“小姐，得了吧，得了吧！”他跪下来握着她的手，“不用多说了！三天以后，我会告诉你，把一切告诉你。”他吻着她的手，“让我，让我快活罢，我有了爱人了。”

“那么，好，你去快活吧，我的孩子。”她说着站了起来。

然后她吻他的额角，吻他的头发，那股疯狂的劲儿，像一个判了死刑的囚犯体味他最后半天的生命。

“啊！你是世界上最好的人，跟我爱人一样的了不起。”可怜的艺术家说。

“因为我还是爱你，所以为你的将来担心。”她沉着脸说，“犹大是自己吊死的！……负心人没有一个好收场！你一离开我，就做不出一件好东西！好吧，咱们不用谈婚姻，我知道，我是一个老姑娘，我不愿意把你青春的花，把你所说的诗意，扼杀在我葡萄藤似的臂膀里；可是，不谈婚姻，难道咱们就不能住在一块吗？听我说，我有做买卖的头脑，我可以工作十年，替你挣一份家业，因为我，我的名字就叫作省俭；不比一个年轻女人专会花钱，把你挣来的统统用光，你只能辛辛苦苦为她的快乐而工作。幸福只能给人回忆。我一想到你，就几小时的发愣……嗳，文赛斯拉，跟我住在一块吧……你瞧，我样样明白：你可以养情妇，养些漂亮女人，像那个想见见你的小玛奈弗一样的，我不能给你的幸福，她会给你。以后，等我替你积了一年三万法郎进款的时候，你再结婚。”

“你是一个天使，小姐，我一辈子忘不了今天这个时间。”文赛斯拉抹着眼泪说。

“你这样我才称心呢，孩子。”她望着他，快乐得飘飘然。

人的虚荣心都是极强的，李斯贝德以为自己得胜了。她做了那么大的让步，把玛奈弗太太都献了出来！她一辈子没有这么激动过，破题儿第一遭觉得欢乐浸透了她的心。要是同样的境界能够再来一次，她把灵魂卖给魔鬼都是愿意的。

“我已经订婚了，”他回答说，“我爱的那个女人是无论什么女人都比不上的。可是我对你永远像对我故世的母亲一样，现在如此，将来也如此。”

这句话仿佛一场暴风雪落在火山口上。李斯贝德坐了下来，沉着脸端详这个青年，这副美丽的相貌，这个艺术家的额角，这些好看的头发；凡是能在她心中，把抑捺着的女性本能挑拨起来的特征，她都一样样的看过，然后，冒上来又隐了下去的泪水，把她的眼睛沾湿了一下。她好似中世纪墓上那些瘦小细长的雕像。

“我不来咒你，”她忽然站起身子，“你只是一个孩子。但愿上帝保佑你！”

她下楼，把自己关在了屋里。

“她爱我呢，”文赛斯拉心里想，“可怜的女人！她话中透露出多少热情！她疯了。”

这个生性枯索而实际的女人，做了最后一次挣扎想保存这个美与诗的象征，挣扎的剧烈，只有淹在水里的人拼命想游到沙滩那种泼辣的毅力，可以相比。

又隔了一天，清早四点半，史丹卜克伯爵睡得正好，听见有人敲他阁楼的门；他一开门，进来两个衣冠不整的人，又跟进第三个，是可怜的执达吏打扮，他说：

“你是文赛斯拉先生，史丹卜克伯爵吗？”

“是的，先生。”

“我是葛拉赛，商务警察……”

“什么事呢？”

“我们是来抓你的，先生，你得跟我们上格里希监狱……把衣服穿起来吧……我们很客气，连警察都不带，楼下有马车等着。”

“我们顾你的面子……想必你是大方的。”两个助理员中的一个说。

史丹卜克穿好衣服，走下楼梯，两个助理员一边一个抓着他的手臂；一上车，马夫立刻扬起鞭子，仿佛早已知道往哪儿去。半小时内，可怜的外国人给送进了监狱。他愣住了，连一句抗议都没有。十点，他被带到文书处，看见李斯贝德哭哭啼啼的，给他一点零钱，在牢里可以吃得好一点，租一个大一点的房间做工作。她说：

“孩子，你被抓的事对谁都不能提，不能写信告诉一个人，那你的前程完了，这桩丢脸的事一定得瞒着，我很快会把你救出来，我去张罗钱……你放心好了。你把工作用具开一个单子，我给你送来。你一定很快会释放的，要不我真急死了。”

“噢！你不止救了我性命！要是人家当我坏人，那我比死还糟糕呢。”

李斯贝德走出监狱，满心欢喜。她希望艺术家关了起来，跟奥当斯的婚姻就此完了；她预备对人说史丹卜克早已结过婚，靠他太太的奔走，得到恩赦，回俄国去了。根据这个计划，她下午三点上男爵夫人家，虽然那天不是她去吃晚饭的日子。她的姨甥在文赛斯拉应该来到的时间要怎样的坐立不安，她要去亲眼目击，享受享受。

“你来吃饭吗，贝德？”男爵夫人若无其事的问。

“是呀。”

“好！”奥当斯接着说，“我去吩咐他们准时开饭，你是不喜欢等的。”

奥当斯对母亲递了一个眼色教她放心，她预备去吩咐当差，等史丹卜克上门把他挡驾；可是当差出去了，只得嘱咐女仆，由她拿了活计坐在穿堂里。

“你怎么不提我的情人啦?”贝姨等奥当斯回进屋子，问。

“啊，我忘了。他怎么的，居然出了名!”她又咬着姨母的耳朵，“你应该快活啦，个个人都在谈论文赛斯拉·史丹卜克。”

“谈得太多了，他不定心啦，”她提高了嗓子回答，“我有力量管束他不让他在巴黎吃喝玩乐。可是艺术家有了这样的名气，听说沙皇尼古拉把他赦免了……”

“哦!”男爵夫人哼了一声。

“你怎么知道的?”奥当斯觉得胸口揪紧。

“跟他关系最密切的人，他的太太，昨天有信来。他想动身了；哼!他真傻，离开法国到俄国去……”

奥当斯瞪着母亲，脑袋往一边倒下；男爵夫人赶紧上前扶住，她晕了过去，脸色和她颈围的花边一样白。

“李斯贝德!你害死了我女儿!……你真是我们的祸水。”

“咦!这跟我有什么相干，阿特丽纳?”贝德站起来摆出恶狠狠的姿势，男爵夫人慌乱之下，没有注意到。

“是我错了!”阿特丽纳扶着奥当斯回答。

“你打铃呀!”这时客厅的门开了，她们俩同时转过头去，意想不到的看见了文赛斯拉。他来的时候，女仆不在，是厨娘开的门。

“奥当斯!”艺术家嚷着，立刻奔到三个女人前面。

他当着母亲的面，吻着未婚妻的额角，那种至诚的态度使男爵夫人一点儿不生气。这是比任何英国盐都灵验的急救药。奥当斯睁开眼睛，看见文赛斯拉，脸上就有了血色。一会儿她完全恢复了。

"啊，你们瞒着我！"贝德对文赛斯拉笑着说，表示她看到母女俩的表情才明白过来。她搀着奥当斯往园子里去，问道："你怎么把我的爱人偷过来的？"

奥当斯把她的恋爱史一五一十讲给姨母听。她说父亲与母亲相信贝姨一辈子不会嫁人了，才允许史丹卜克来往。可是奥当斯天真到极点，把购买《萨姆松》像和认识作者的经过，都归之于偶巧，推说当初他只是要知道第一个买主的姓名才找上门的。不久，史丹卜克也走到花园里，为他很快获得释放的事对老姑娘谢了又谢。李斯贝德含糊其辞的回答，说债主并没肯定的答复，她预算要明天才能把他保出来；后来大概债主对于这种荒谬的行为自己觉得不好意思了，才提早解决了问题。此外，老姑娘表示很高兴，对文赛斯拉的幸福祝贺了一番。她当着奥当斯和她母亲的面，对史丹卜克说：

"坏东西！干吗不早说你爱上了奥当斯，省得我落眼泪？我以为你要丢下你的老朋友，丢下你的保护人，实际却是要做我的姨甥婿了；从此你同我固然疏远，可是并不影响我对你的感情……"

说罢她亲了亲文赛斯拉的额角。奥当斯扑在姨母怀里，快活得哭了。

"我的幸福是你给的，"她说，"我一辈子都忘不了……"

男爵夫人看到事情解决得这样圆满，高兴极了。她拥抱李斯贝德，说："贝姨，男爵和我一定要报答你这番恩德；你来，咱们到花园里去商量事情。"她一边说着一边把贝姨搀着走了。

因此李斯贝德面子上到处做了好人；克勒凡、于洛、阿特丽纳、奥当斯，个个都喜欢她。

“我们希望你不要再做工了。”男爵夫人说，“假定你除了星期日，每天挣两法郎，一年应该是六百法郎。我问你，你的积蓄有多少？”

“四千五百法郎。”

“可怜的妹子！”男爵夫人眼睛望着天，想到这笔钱是代表她三十年的辛勤熬苦，不禁动了怜悯的心。可是李斯贝德误会了，以为是她得意的姊姊笑她。所以正当阿特丽纳对幼年时代的魔王全无戒心的时候，她反而在宿恨上面加上一股怨毒。

“四千五，我们再添一万零五百，”阿特丽纳接着说，“产权归奥当斯，利息归你；那你可以有六百法郎进款了……”

李斯贝德表示喜出望外，拿手帕擦着眼泪回进客厅。奥当斯又告诉她，全家疼爱的文赛斯拉受到如何如何的提拔。

男爵回来，看见家里的人都到齐了；男爵夫人公然把史丹卜克伯爵称为姑爷，把婚期定在半个月之内，只等男爵核准。他一进客厅，立刻给太太和女儿包围，一个咬着他的耳朵，一个把他拥抱着。

“太太，你这样的拘束我，未免太过分了。”男爵板着脸说，“这桩婚事还没定局呢。”他对史丹卜克瞪了一眼，他马上脸色发白。

可怜的艺术家心里想：“不好了，我被捕的事给他知道了。”

“跟我来，孩子们，”父亲搀着女儿和她的未婚夫走进花园，到亭子里坐在一条生满青苔的凳上。男爵开口说：

“伯爵，你爱我的女儿，是不是跟我爱她的母亲一样？”

“有过之无不及，先生。”

“她母亲是一个乡下人的女儿，没有一个钱的。”

“我只要奥当斯小姐的人，根本不要什么嫁妆……”

“我相信你的话，”男爵微笑着说，“奥当斯的父亲是于洛·特尔维男爵，参议官，陆军部署长，特授二等荣誉勋章，他的哥哥是于洛伯爵，丰功伟业，眼见要晋级为法兰西元帅的。而且……她还有一笔陪嫁！……”

“不错，”一往情深的艺术家说，“在旁人眼中，我是存有野心的；可是哪怕亲爱的奥当斯是一个工人的女儿，我也会娶她……”

“我要知道的就是这个。”男爵接着说，“奥当斯，你走开，让我跟伯爵谈话。你看见了，他是真心爱你的。”

“噢，爸爸，我知道你刚才是开玩笑。”

等到只剩下他和艺术家两个人的时候，男爵开始说话了，声调既优美，姿态又动人。他说：

“亲爱的史丹卜克，我儿子结婚的时候，我给他二十万法郎，实际上可怜的孩子连两个小钱都没拿到。我女儿的陪嫁也是二十万法郎，你得承认如数收讫……”

“是的，男爵……”

“别忙。你先听我的。我们不能要求一个女婿为我们牺牲，像要求儿子一样。我的儿子知道我能够怎样帮助他，怎样照顾他的前程：他不久可以当部长。他的二十万法郎是容易找的。你可就不同啦！你可以拿到六万法郎的五厘公债，是你妻子的名义。这笔财产还得除掉一笔给李斯贝德的小数目，可是她活不长久的，她有肺病。这句话对谁都不能说；让可怜的姑娘安安宁宁的死吧。我女儿另外有两万法郎嫁妆；其中有她母亲六千法郎的钻石……”

“先生，你对我太好了！……”史丹卜克听得出神了。

“至于那余下的十二万法郎……”

“别说了，先生，”艺术家说，“我只要我亲爱的奥当斯……”

“听我说好不好，你这个急躁的孩子？至于那十二万法郎，我没有；可是你一定会到手的……”

“先生！……”

“你可以得之于政府，我向你担保，替你招揽定件。你瞧，不久你可以在大理石仓库有一个工场。你再拿几件美丽的作品去参加展览会，我设法送你进学士院。上边对我们弟兄俩好得很，我希望能替你招揽几件凡尔赛宫的雕塑，挣它三万法郎。你还可以接到巴黎市政府的、贵族院的、这儿那儿的定件，你会忙不过来，要雇用助手呢。这样，我把你补足了。你看这种方式的陪嫁对你合适不合适，你考虑考虑自己的力量吧……”

“我觉得即使没有这些，我也能赤手空拳替太太挣一份家业！”高尚的艺术家回答。

“这我才喜欢啦，”男爵高声说，“年富力强的青年应当有这样的自信！为了一个女人，我连整个军队都会打败的！”他抓起青年雕塑家的手拍了一下，“好吧，我答应你了。下星期日签婚约，再下一个星期六上教堂，那一天是我太太的生日！”

“行啦！你未婚夫跟你父亲在拥抱了。”男爵夫人对脸孔贴在玻璃窗上的女儿说。

文赛斯拉晚上回去，方始明白他开释的经过。门房递给他一包东西，里面是债务文件，判决书上批明了收讫字样，另外附有一封信：

亲爱的文赛斯拉，我今天早上十点钟来看你，预备把你介绍给一位太子，他想见见你。一到那里，知道债主把你请到一个小岛上去了，岛上的首府叫作格里希宫堡。我立刻去找雷翁·特·洛拉，告诉他，你在乡下不能离开，为了短少四千法郎，而倘使你不能在太子那边露面，你的前程便危险了。幸亏勃里杜也在，这位天才尝过贫穷的味道，而且知道你的历史的。他们俩凑满了数，我便去找那个谋害天才的凶手代你付了债。因为我十二点钟非上蒂勒黎宫不可，不能亲自来看你恢复自由了。我知道你是君子，在那两位朋友前面我代你作了保，你明儿应当去看看他们。

雷翁和勃里杜不想要你的钱，只各人求你一座雕像，我觉得他们的主意不错。我是很想做你的敌手而实际只是你的同伴——

史底曼

附笔：我对太子说，你明天才能从外埠回来，他说："那么，就明天！"

文赛斯拉·史丹卜克伯爵，在恩宠女神安排下的美梦中一觉睡到天亮。对于天才，这个瘸腿的女神，比正直之神与运命之神走得更慢，因为丘比特不许她把布条蒙着眼睛[①]。一般走江湖的摆的摊子，华丽的衣衫和大吹大擂的号筒，都很容易骗她上当，

①幸运女神是眼睛蒙着布条的。

使她分心去瞧他们的陈列品，把应当用来到冷角落里去寻访真才实学之士的时间，无形中浪费掉了。

在此，我们应当说明，于洛男爵用什么方法，筹措奥当斯的陪嫁，和装修玛奈弗太太新屋那笔庞大的开支。他的财政概念，证明那些浪子与情痴有的是神通，能够在惊风险浪中安渡难关。由此可见嗜好能给人不可思议的力量，使一般野心家、登徒子，以及一切入了魔道的人，不时有一下精彩表现。

隔天早上，约罕·斐希老人替侄女婿借的三万法郎到了期，如果男爵不还这笔款子，约罕就得宣告破产。这个仁厚长者的七十老翁，头发已经雪白，是波那帕脱的信徒，认为拿破仑是太阳，于洛是太阳的光辉。他花八百法郎租了一间小小的铺面，经营粮秣生意，因为他对于洛的信心那么坚定，所以那天早上，在穿堂里和法兰西银行的当差来回踱步的时候，他一点不着急。他说：

“玛葛丽德去拿钱了，就在附近。”

穿着银绣镶边灰制服的当差，素来知道亚尔萨斯老人诚实可靠，预备把三万法郎的借据先丢下来，但老人硬留着他，说八点不曾到，时间还早呢。一会儿听到街上有马车停下，老人立刻迎了出来，深信不疑的向男爵伸过手去。男爵把三万法郎钞票交给了他。

“你把车子停到前面去，等会我告诉你理由。”斐希老人说。他回来把钱点交给银行代表，说道：“嗨，钱在这儿啦。”然后他亲自把来人送出大门。

等银行的人走远了，斐希才招呼车子回来，把尊贵的侄婿、拿破仑的左右手，领到屋里说：

“你要法兰西银行知道是你把三万法郎还给我的……吗？像你这样地位的人在借据上背书，已经太张扬了……”

“咱们到你小园子里去，斐希老头。”那位大官儿说。他坐在葡萄棚下打量老人，好似壮丁贩子打量一个代役的人：“你还结实呢。”

“不错，还值得存终身年金。”矮小、干瘪、清瘦、神经质而目光炯炯的老人，很高兴的回答。

“你怕热天不怕？……”

“我喜欢热天。”

“非洲对你怎么样？”

“好地方！……很多法国人跟拿破仑去过。”

“为挽救咱们的前途，你得上阿尔基利去……”

“我这里的买卖呢？……”

“陆军部有一个退休的职员，要找个生计，他会把你的铺子盘下来的。”

“到阿尔基利去干什么？”

“供应陆军部的粮食、刍秣。我已经签好你的委任状。当地的粮价比我们限你的价要低百分之七十。”

“谁供应我呢？”

“征略军，土著税，回教教王，来源有的是。阿尔基利，虽然我们占领了八年，还是一个陌生地方。那里有大宗的谷子和干草。这些粮食属于阿拉伯人的时候，我们想出种种借口去拿过来；然后，到了我们手里，阿拉伯人又想尽方法夺回去。大家为了粮食打得很凶；可是谁也不知道双方抢劫的数目有多少。大平原上，人家没有时间像中央菜场那样，用斛子去量麦子，或是像地狱街上那样称干草。阿拉伯的酋长，跟我们的殖民地骑兵一样，喜欢的是钱，他们把粮草用极低的价钱出卖。可是军部有它固定的需要；它签的合同，价钱都贵得惊人，因为计算到搜集的困难和运输的危险。这是阿尔基利供应粮草的情形。新设的机关照例是一团糟，那边的粮食问题更是一篇糊涂账。没有十来年工夫，我们这批做官的休想弄出一个头绪来，可是商人的眼睛是精明的。所以我送你去发一笔财，仿佛拿破仑把一个清寒的元帅派出去当国王，让他包庇走私一样。亲爱的斐希，我的家业完了。这一年之内我需要十万法郎……”

“在阿拉伯人身上刮这笔钱，我觉得不能算做坏事。”亚尔萨斯老人泰然的回答。

“帝政时代就是这样的……”

“受盘你铺子的人，等会就来看你，付你一万法郎，这不是尽够你上非洲了吗？”

老人点了点头。男爵又说：

“至于那边的资本，你不用操心，这个铺子余下的钱归我收，我要用。”

“你拿罢，你要我的老骨头也可以。”

“噢！不用害怕，”男爵以为叔岳窥破了他的什么秘密，其实老人并没有这种深刻的眼光，“至于土著税的事，绝不会玷污你的清白，一切都靠地方当局；而那里的当局是我放出去的人，我有把握的。这个，斐希老叔，是永远不能泄露的秘密；我相信你，我一切都对你直言不讳，一点儿不绕圈子。”

“好，我去。”老人说。

“要待多久呢？……”

“两年！那时你可以有十万法郎，舒舒服服在伏越山中过日子了。”

“你要怎办就怎办，我的名誉就是你的。”小老头泰然的说。

“我就是喜欢你这等人。可是别忙，等你外侄孙女出嫁了再动身吧。她要做伯爵夫人了。”

什么土著税、征略军，以及退休职员受盘斐希铺子的钱，都是缓不济急，不能立刻充作奥当斯六万法郎嫁费（其中包括五千法郎的嫁妆），和为玛奈弗太太花的已付未付的四万法郎用途。还有他刚才送来的三万法郎，又是哪儿来的呢？是这样的。几天以前，于洛向两家保险公司合保了三年寿险，总数是十五万法郎。付清了保险费，拿了保险单，于洛和贵族院议员纽沁根男爵从贵族院开过会出来，同车去吃饭，他开口道：

“男爵，我要向你借七万法郎。你找一个出面的人，我把三年俸给中可以抵押的部分移转在他名下，一年两万五，总数是七万五。也许你要对我说：你死了怎办呢？”

纽沁根点了点头，表示确有这个意思。于洛便从袋里掏出一张纸：

“这是一张十五万法郎的保险单，我可以把其中的八万转移给你。”

“你丢了差事怎么办呢？……”百万富翁的男爵笑着说。

那一个非百万富翁的男爵立刻上了心事。

“放心吧，我这么提一句，无非表示我借这笔款子给你还是有交情的。大概你真是手头紧得很，银行里有你的背书呢。”

“我要嫁女儿，”于洛说，“我又没有财产，像所有老做官的一样。在这个无情无义的时代，对一些忠心耿耿的人，五百位议员永远不会像拿破仑那样慷慨的。”

“得了吧，你过去养着玉才华，毛病是出在这里！老实说，埃罗维公爵替你拿掉了荷包里的蛀虫，倒是真帮了你忙。我尝过这种滋味，所以同情你。”他这么说，自以为引了两句法国诗。“我做朋友的劝你，还是早早收场，免得丢了差事……”

这笔不清不白的交易，由一个放印子钱的伏维奈做中间人；他是专门代替大银行出面的做手，好似替鲛鱼做跟班的小鱼。这吸血鬼的徒弟极想巴结于洛这个大人物，便答应替他另外借三万法郎，三个月为期，可以转期四次，并且不把男爵的借据在外面流通。

盘下斐希铺子的人花到四万法郎代价，但是男爵答应他在巴黎附近的州里，给他一个承包军粮的差事。

当年拿破仑手下最能干的一个事务官，至此为止是一个最清白的人，为了情欲却搅成这篇糊涂账：剥削下属去还高利贷，再借高利贷去满足他的情欲，嫁他的女儿。这种挥霍的本领，这些殚精竭虑的努力，为的是向玛奈弗太太摆阔，对这个世俗的达南埃女神做一个丘比特。男爵为了自投罗网所表现的聪明、活动与胆气，连一个规规矩矩想成家立业的人也要自愧勿如。他办公之外，要去催地毯商，监督工人，察看华诺街小公馆的装修，连细枝小节也得亲自过目。整个身心交给了玛奈弗太太之后，他照样出席国会，仿佛一个人有了几个化身，使家里与外边的人都没有觉察他专心致志的经营。

阿特丽纳看见叔父度过了难关，婚约上有了一笔陪嫁，只觉得奇怪：虽然女儿在这样体面的情形之下完了婚，她暗中却是很不放心。男爵把玛奈弗太太迁入华诺街新居的日子，和奥当斯结婚的日子排在一天。到了婚期前夜，埃克多说出下面一段冠冕堂皇的话，打破了太太的闷葫芦：

“阿特丽纳，我们的女儿成了亲，关于这个问题的苦闷是没有啦。现在应该是收缩场面的时候了；因为再过三年，挨满了法定的年限，我就好退休，今后变成不必要的开支，咱们何必再继续？这里房租要六千法郎，下人有四个之多，咱们一年要花到三万。要是你愿意我料清债务——因为我把三年的薪俸抵押了，才筹到款子嫁奥当斯，还掉你叔父到期的借款……”

“啊！朋友，你做得对。”她亲着他的手插了一句。听了这番话，她的心事没有了。

“我想要求你做些小小的牺牲，”他挣脱了手，在妻子额上吻了一吻，“人家在伯吕梅街替我找到一所很漂亮很体面的公寓，在二层楼上，护壁板好得很，租金只消一千五。那儿你只需要雇一个女仆，至于我，有一个小当差就行了。”

“好的，朋友。”

“我们简简单单过日子，照样顾到场面，你一年至多花到六千法郎，我个人的用度归我自己设法……”

宽宏大量的妻子快活得跳起来，搂着丈夫的脖子叫道：

“我真高兴能够为你牺牲，多一个机会表示我对你的爱情！你也真有办法！”

“我们每星期招待一次家属，你知道我是难得在家吃饭的……你可以无伤大体的到维多冷家吃两顿，到奥当斯家吃两顿；我相信能够把克勒凡跟我们的关系恢复，每星期还可以上他那儿吃一顿；上面这五顿加上自己的一顿，便解决了一星期的伙食，何况多少还有点外边的应酬。”

“我一定替你省钱。”阿特丽纳说。

“啊！你真是女人之中的瑰宝。”

“伟大的埃克多！我到死都祝福你，因为你把奥当斯嫁得这么圆满……”

这样，美丽的于洛太太的家便开始降级，同时也开始了她弃妇的生涯，一如她丈夫对玛奈弗太太提供的庄严的诺言。

矮脖子克勒凡老头，不用说在签订婚约的日子必须要请来的，他做得仿佛从没有过本书开场时的那回事，对于洛男爵也没有什么过不去。赛莱斯丁·克勒凡显得一团和气，老花粉商的气息固然还是很重，但民团团长的身份增加了他不少威严。他说要在结婚舞会上跳舞。

“美丽的夫人，”他殷勤的对于洛太太说，“我们这辈人是什么都会忘记的；请你不要再把我挡驾，也请你不时赏光跟孩子们一块儿来。放心，我再也不说心里的话。我真糊涂，因为见不到你，我损失更大了。”

“先生，一个正经女人对你刚才暗示的那种话是不会听进去的。只要你不失信，我当然很高兴使两家言归于好，至亲断绝往来本来是很难堪的……”

“喂，你这个胖子多会生气噢，”男爵把克勒凡硬拉到花园内说，“你到处回避我，连在我家里都是这样。难道两个风流教主为了一个女人吵架吗？嗯，真是，未免太小家子气了。”

“先生，我不是像你一般的美男子，凭我这点子微薄的本钱，你容容易易叫我受的损失，我却不能那么容易的得到补偿……”

“你挖苦人！”男爵回答。

“吃了败仗总该有这点儿权利吧？”

以这样的语气开场，谈到结果，双方讲和了；可是克勒凡始终没有放弃报复的念头。玛奈弗太太一定要参加于洛小姐的婚礼。要把未来的情妇包括在来宾之内，男爵不得不把署里的同事，连副科长在内都一齐邀请。这样，一个大场面的跳舞会是不能省的了。以精明的主妇身份，男爵夫人觉得举行晚会还比请喜酒便宜，而且可以多请客人。因此奥当斯的婚礼大吹大擂的很热闹。

法兰西元帅维森堡亲王和纽沁根男爵，做了新娘方面的证婚人；拉斯蒂涅与包比诺两位伯爵做了新郎方面的证婚人。此外，自从史丹卜克成名以来，流亡在巴黎的波兰名流都想交攀他，所以艺术家觉得也应当请他们。参事院与陆军部是男爵面上的客人；军界方面预备为福士汉伯爵捧场，决定推他们之中几个德高望重的领袖做代表。非请不可的客人一共有两百位。在这种情形之下，小玛奈弗太太渴想到这个盛会里露露头角，炫耀一番，也是应有之事了。

一个月以来，男爵夫人把钻石之中最精彩的一部分留做了妆奁，余下的都变了钱，作为女儿创设新家庭的开办费。一共卖了一万五千法郎，五千已经花在奥当斯的被服细软上面。为新夫妇置办家具陈设，以现代奢华的条件来说，区区一万法郎本算不得什么。可是小于洛夫妇、克勒凡老头、福士汉伯爵，都送了很重的礼，因为这年老的伯父早已留起一笔款子替侄女办银器。靠了这些帮忙，即使一个爱挑剔的巴黎女子，对新屋的陈设也无话可说了。青年夫妇的新居，租在圣·陶米尼葛街，靠近安伐里特广场。

里面一切都跟他们的那么纯洁、那么坦白、那么真诚的爱情，非常调和。

吉日终于到了，那一天，对父亲如同对奥当斯与文赛斯拉一样是吉日：玛奈弗太太决定在她失身的下一天，也就是于洛小姐结婚的次日，在新居请进宅酒。

一生之间，谁没有经历过一次结婚舞会？每个人都能从贺客的神气与穿扮上面，把他们回想起来，觉得好笑。要是有什么社会现象能证明环境的影响的，结婚舞会就是一个显著的例子。某些人穿上逢年过节才穿的新衣，竟会影响到另一些平日穿惯漂亮衣衫的人，使他们也像把参加婚礼当作生平大典的人一样。你同时可以回想到：那些庄重的人物：把一切都看得无足轻重而照常穿着黑衣服的老年人；那般老夫老妻，脸上的表情，显出青年人才开始的人生，在他们已是饱经忧患的了；吃喝玩乐的欢娱，在这儿像香槟酒的泡沫；还有不胜艳羡的少女，一心一意夸耀行头的妇人，穷亲戚们狭窄的衣衫，刚好和浓装艳服的人相映成趣；还有只想半夜餐的老饕，和只想打牌的赌客。一切都在这里，穷的、富的、眼热人的、被人眼热的、看破一切的、抱着幻想的，所有的人都像花坛里的青枝绿叶，烘托着一朵珍贵的名花：新娘。结婚舞会是整个社会的缩影。

正在最热闹的时候，克勒凡抓起男爵的手臂，咬着他的耳朵，仿佛极随便的说：

"喂！那个穿粉红衣衫，眼睛老盯着你的小娘儿多漂亮！……"

"谁？"

"玛奈弗太太，她的丈夫不是你提拔做副科长的吗？"

“你怎么知道的？”

“噢，于洛，我可以原谅你过去的事，要是你肯带我到她家里去，我吗，我也带你上哀络绮思家。个个人都在打听这个美人儿是谁。你敢说，你署里没有人知道她丈夫是怎么升级的吗？……噢！你这坏蛋运气不错！她绝不止值个把科长的缺……我很乐意去候候她……行吗，你够朋友吗？……”

“行，我答应你，绝不小气。一个月之内，我请你跟这个小天使吃饭……告诉你，老伙计，跟她在一块儿，真像登天一样。我劝你学学我的样，趁早丢开那些鬼婆娘吧……”

贝姨搬到华诺街，住着三楼一个很体面的小公寓。她十点钟就离开舞会，回家去瞧瞧那两张存单，每张六百法郎利息，一张的所有权是史丹卜克伯爵夫人的，另外一张是小于洛太太的。为了这个缘故，克勒凡才能对于洛提到玛奈弗太太，知道大家不知道的秘密；因为玛奈弗先生旅行去了，知道这桩秘密的只有贝德、男爵和华莱丽三个人。

男爵不知谨慎，送了玛奈弗太太一套太贵族化、与副科长太太的身份太不相称的行头；在场的妇女都嫉妒华莱丽的美貌和衣着。他们躲在扇子后面交头接耳，因为署里都知道玛奈弗夫妇的穷；正当男爵看上太太的时候，丈夫还求过同事们帮忙。而且埃克多的得意，全部摆在脸上，因为华莱丽不但风头十足，并且庄重、大方，在全场艳羡的目光之下，不怕人家评头品足，没有半点女人们踏进社会的羞缩之态。

等到把太太、女儿、女婿送上了车，男爵就抽空溜走，把做主人的责任丢给了儿子和媳妇。他踏上玛奈弗太太的车陪她回家；但是她不声不响想着心事，简直是愁眉不展。

“我的幸福使你不快活吗，华莱丽？”他在车厢底上搂着她问。

“怎么，朋友，一个可怜的女子，即使因为遇人不淑而可以自由行动，在初次失身的时候也免不了百感交集，难道这是不应该的吗？……你当作我没有灵魂，没有信仰，没有宗教的吗？今天晚上你得意忘形，把我招摇得不成体统。真的，一个中学生也不至于像你这样轻浮，惹得那些太太们挤眉弄眼，冷一句热一句的刻薄我！哪有女人不爱惜名誉的？你这是害了我。啊，我是你的人了，除了对你忠实以外，再没有别的方法补赎我的罪过……你这个魔鬼！”她笑着给他拥抱了一下，“你知道你自己做的事。高盖太太，我们科长的女人，特意来坐在我旁边欣赏我的花边，说：这是英国货呀。你买来贵不贵？——我回答说：我不知道，那是母亲传下来的，我没有那么多钱买这种花边！”

这样，玛奈弗太太把帝政时代的老风流迷昏了，竟以为她是第一次失身；他为了她如醉如痴，把所有的责任全忘了。她说她出嫁了三天，卑鄙的玛奈弗为了些无耻的理由，就把她丢在一边。从此她安分守己的过着独身生活，倒也很快活，因为她觉得婚姻是件可怕的事。她眼前的不快乐就是为此。

“要是爱情也像婚姻一样的话！……”她哭着说。

这些卖弄风情的谎话，所有处在华莱丽地位上的女子都会搬弄的，男爵听了却以为窥到了七重天上的玫瑰。所以正当浓情蜜意的艺术家与奥当斯，不耐烦的等待男爵夫人对女儿来一次最后的祝福，来一个最后的亲吻的时候，华莱丽却在那儿扭捏作态。

男爵快活到了极点，因为华莱丽的表现是最无邪的少女，又是最淫荡的娼妇。早上七点，他回家去替补小于洛夫妇的苦工。跳舞的男男女女，尽跳着那些没有完的四组舞，他们差不多全是生客，逢着婚礼就赖着不走的；赌客死占着牌桌不肯离开，克勒凡老头赢了六千法郎。

报纸上的本埠新闻版，登着这么一条小消息：

> 史丹卜克伯爵与奥当斯·于洛小姐，昨晨在圣·多玛教堂举行婚礼。新娘是参议官兼陆军部署长于洛·特尔维男爵爱女、名将福士汉伯爵的侄女。贺客极众，艺术界名流到有雷翁·特·洛拉、约瑟·勃里杜、史底曼，皮克西渥等。陆军部及参事院均有高级首长代表，国会两院人士亦到有不少；此外尚有波兰侨民领袖巴士伯爵、拉勒斯基等。文赛斯拉·史丹卜克伯爵为瑞典王麾下名将史丹卜克之侄孙，一度参与波兰革命，来法流亡，以艺术天才见称于世，近已获得半国籍许可，享有法国公民权云云。

由此可见于洛男爵虽是窘得不堪，面子上不可少的还是一样不少，连报纸上的宣传也照样有。嫁女儿的排场在各方面都跟娶媳妇的排场相仿。这场喜事，把关于署长经济情形的闲话冲淡了不少；同时，女儿的陪嫁又说明了他不得不借债的理由。

这件故事的引子，可以说是到此为止。对于以后的发展，以上的叙述好比文章中的前提，古典悲剧中的序幕。

七

在巴黎，一个女人决心拿姿色做职业做生意，并不见得就能发财。多少聪明伶俐、才貌双全的角色，都以纸醉金迷的生活开场，以穷途潦倒下场。因为一方面保持良家妇女的假面具，一方面存心榨取而献身于无耻的荡妇生涯，并不能就达到目的。走邪路也不是容易成功的。在这一点上，娼妓与天才相仿：必须因缘时会，才能使财富与才具并驾齐驱。大革命而没有那些出其不意的过程，拿破仑也做不了皇帝，只能做一个法倍尔第二[①]。卖笑的美人而没有主顾、没有声名、没有背上堕落的十字架使人倾家荡产，那也等于天才埋没在阁楼上，等于科累佐的名画扔在下房里。所以，巴黎的荡妇，第一要找到一个富翁，对她风魔到肯出足她的价钱。她尤其要保持与众不同的高雅，那是她的商标；还得有落落大方的举止，满足男人的虚荣心；要有莎菲·阿诺[②]一般的才智，刺激麻木不仁的富翁；最后她要做得只对一个人钟情，使其余的好色鬼都看了眼红而对她更风魔。

①十七世纪名将。

②法国十八世纪有名的女歌唱家（1744—1802）。

那些条件，这等女人叫作机会，在巴黎并不容易实现，虽然百万富翁、有闲阶级、厌倦一切的和异想天开的人在巴黎有的是。上帝总算在这方面保护了公务员家庭与小布尔乔亚，因为他们的环境使那些条件更难实现。可是玛奈弗太太一流的人在巴黎还是不在少数，可以使华莱丽在这部风化史中成为一个典型。这般女人中间，有些是受真正的热情驱使，同时也迫于清寒，例如高维尔太太，和左翼最出名的演说家，银行家格雷，相处了那么些年；有些是受虚荣心煽动，例如特·拉·蒲特莱太太，虽然跟罗斯多私奔，大体上仍是守本分的；有些是因为要穿得好；有些是因为太微薄的薪水养不活家；政府的，或者说是国会的，吝啬，造成了多少苦难，败坏了多少人心。现在大家非常同情工人阶级的命运，认为他们被厂商剥削；可是政府比最贪心的实业家还要苛刻百倍，薪给的微薄简直到了荒谬的程度。你拼命工作，工厂至少按照你的工作给钱；但是对多少无名的忠诚的员工，政府给些什么？

一个有夫之妇荡检逾闲，固然是不可原恕的罪过，但也有程度之别。某些女人非但没有丧尽廉耻，还要遮掩过失，表面上做得循规蹈矩，像上文提到的两位太太；另外一批却在不贞之外再加上投机取巧的卑鄙心理。玛奈弗太太便是这一类居心叵测的娼妓，一开场就是不怕堕落的后果而堕落的，她们存心一面作乐一面弄钱，任何手段在所不惜，而且往往像玛奈弗太太一样有丈夫替她们招蜂引蝶，狼狈为奸。这些巾帼奸雄是最危险的女人，在所有巴黎女子的败类中间最是要不得。一个真正的娼妓，像玉才华、匈兹、玛拉迦、贞妮·凯婷之流，彰明昭著的地位就是一个警告，像公娼馆前面的红灯和赌场里的高脚灯一样刺眼。一个男人明知走到这里是走上了毁灭的路。但是装腔作势的正经，冒充的贤德，良家妇女假仁假义的做作（她给你看到一切只是日常琐碎的开支，面子上还不许你花天酒地的为她挥霍），却教你无声无臭的毁灭，妙的是你一方面会自己譬解，一方面还不明白毁灭的原因。教人倾家荡产的倒是这种猥琐的家用账，而非大吃大喝的寻欢作乐。一个家长毫无威风的把财产断送了，等到穷途落魄的时候，连享尽繁华那种聊以自慰的念头都没有份。

这段议论，可以一针见血，揭穿许多家庭的内幕。玛奈弗太太这等人，在社会各阶层，甚至宫廷中都有；因为华莱丽是一个现实的人物，她的细枝小节都是从真实的人物身上采取得来的。不幸这幅肖像对谁的痼癖都医治不了：那些笑容可掬，幻想出神，满脸天真而一心想着金钱的天使，照样有人爱的。

奥当斯嫁了大约三年以后，到一八四一年上，于洛·特尔维男爵被认为收了心，像路易十五的外科医生所说的，老马归槽了；其实他为玛奈弗太太花的钱，比为玉才华花的多出两倍。华莱丽尽管永远穿得很整齐，却保持副科长太太应有的朴素；她的奢华是在家常便服上。这样，她把巴黎女子衣着方面的虚荣，为了亲爱的埃克多牺牲了。然而她上戏院的时候，永远戴着漂亮的帽子，穿着最漂亮的时装；男爵陪她坐着马车，定的是最好的包厢。

华诺街上的公寓，占着一幢新式屋子的整个二层楼，坐落在院子与花园之间。屋内一切都很朴素。讲究的是四壁糊的波斯绸与方便实用的漂亮家具。例外的是卧房，陈设的奢华就是贞妮·凯婷与匈兹一派。挑花的窗帘、开司棉的帷幕、金银铺绣的绸门帘；壁炉架上的时钟和烛台是史底曼设计的，古董架上摆满了珍奇古玩。于洛不愿华莱丽的香巢比玉才华的珠光宝气的艳窟逊色。客厅与饭厅两间主要的屋子，一间糊的大马色红绸，一间是雕花的橡木护壁。但是为了样样东西都求调和起见，男爵过了六个月又在浮表的奢华之外加上一些实质的奢华，添置许多贵重的用具，例如银器一项就值到二万四千多法郎。

玛奈弗太太的家，两年之中出了名，公认为打牌玩儿挺舒服的地方。华莱丽本人也很快的被称为可爱而风雅的女子。至于她骤然之间的境况宽裕，大家说是因为她的生身父蒙高南元帅，以信托方式留给她一笔巨大的遗产。华莱丽为未来着想，又在世俗的虚伪之上加上宗教的虚伪。她每星期日上教堂，参加一切宗教仪式：替穷人募化，为慈善机关服务，分发圣餐面包，向街坊施舍，全部是埃克多出的钱。因此她的起居行动，样样很端方得体。许多人以参议官的年龄为证，认定她与男爵的关系是纯洁的，说他是喜欢玛奈弗太太机灵的头脑，风雅的举止谈吐，差不多和路易十八喜欢文辞优美的情书一样。

男爵和外客在半夜十二点同时告退，过了一刻钟再回来。这桩秘密的秘密是这样的：

华诺街屋子的看门人是奥里维夫妇。屋主人本来在物色门房，男爵和屋主又是朋友，奥里维夫妇便从杜扬南街进账很少而住所破烂的地方，搬入华诺街这个收入优厚而极有气派的屋子。奥里维太太从前是查理十世家中管被褥内衣的，正统派失势之后，她丢了差事。她一共有三个孩子：最大的儿子，奥里维夫妇最疼爱的，已经在公证人那里当小书记。正当这个宝贝儿子要轮到六个月兵役，把美丽的前程耽误的时候，玛奈弗太太设法把他免除了，理由是体格有缺陷；这种缺陷，兵役审查会在部里的巨头咬着耳朵嘱托之下，是很容易找出来的。因此，查理十世的老马弁奥里维和他的妻子，为了于洛男爵和玛奈弗太太，连把耶稣重新钉上十字架都是肯的。

外边的人，既不知道巴西人蒙丹士·特·蒙德耶诺的事，当然无话可说。何况大家在那儿吃喝玩乐，焉有不袒护女主人之理？玛奈弗太太在种种娱乐嘉宾的手段之外，还有一件法宝，就是她的潜势力。例如格劳特·维浓，当了亲王维森堡元帅的秘书，希望以请愿委员的身份进参事院的，便是这个沙龙的常客，因为这儿有几位挺和气挺喜欢赌钱的国会议员来往。玛奈弗太太的集团是很谨慎很慢的凑起来的，分子都是意见相同，生活习惯相仿，以互相标榜与颂扬女主人为得计的人物。在巴黎，狼狈为奸的党羽才是真正的神圣同盟。利害关系的结合早晚要分裂，生活糜烂的人永远契合无间。

玛奈弗太太迁居华诺街的第三个月，开始招待克勒凡。不久他当上本区区长，勋位也晋升一级。事先克勒凡曾大为犹豫：他一向穿着民团制服在蒂勒黎宫中大摇大摆，自以为和拿破仑一样的威武，要当区长就得脱下这身制服；但他的野心在玛奈弗太太鼓动之下，战胜了他的虚荣心。区长先生认为他与哀络绮思小姐的关系，已经跟他的官瘾太不相称。在登上区公所的宝座之前，他钟情的目标是瞒得很紧的。但是我们可以料想得到，克勒凡早已付过代价，对于玉才华被夺的仇恨有了恣意报复的权利：他在华莱丽·福丁名下（注明与玛奈弗先生是财产独立的）存了一笔款子，利息有六千法郎。华莱丽大概从母亲身上秉受了专做人家外室的天才，一眼就看透这个粗俗的崇拜者的性格。她知道克勒凡告诉过李斯贝德："我从来不曾有过一个上等女人！"她就是利用这句话，做成那笔五厘起息，年利六千法郎的交易。从那时起，她从来不肯在皮洛多的老跑街心目中减低她的声望。

当年克勒凡的娶亲是娶的财礼，太太是勃里地方一个开磨坊的女儿，她的遗产在克勒凡家产中占到四分之三。因为零售商的发财，靠买卖得来的，往往远不如靠商店与乡村经济的结合。巴黎四周大多数的庄稼人、磨坊司务、养牛的、种田的，都希望女儿攀一个柜台上的得意人物；零售商、首饰商、银钱兑换商，对他们是比公证人或诉讼代理人更理想的女婿，他们深怕公证人之流一朝得意之下，会瞧不起他们。克勒凡太太又丑又蠢又粗俗，不早不晚死得非常合时，她除了生过一个女儿以外，没有什么别的乐趣给丈夫。而好色的克勒凡，在经商的初期，由于事忙，也由于经济的限制，只有望梅止渴的一法。他和巴黎上等女人（用他的口头禅说）的接触，只限于铺子里的招呼迎送，私下欣赏一番她们的风度，穿扮的艺术，以及那些说不出的、一般人称为由于种气关系的气派。爬到能够与沙龙里的仙女们来往，是他青年时代就发下的宏愿，一直压制在心里的。所以得到玛奈弗太太的青睐，不但能鼓动他的幻想，并且还是攸关骄傲，攸关虚荣心与自尊心的一件大事。事情得手，野心更大了。他先是踌躇满志的得意了一番，然后心花怒放，快活得无以复加。玛奈弗太太给他见识到的那套本领，克勒凡连做梦也想不到的；因为玉才华与哀络绮思都没有爱过他，而玛奈弗太太觉得这个男人是她永远的财神，需要好好的哄他一哄。出钱买来的爱情，虚情假意比真实的爱情更动人。真实的爱情，常有麻雀一般嘁嘁喳喳的吵架，难免惹动真火，有伤和气；开开玩笑的吵架，却教人心眼儿痒痒的非常舒服。会面的稀少，使克勒凡的欲火永远维持热情的高潮。华莱丽老给他碰正经钉子，假装受良心责备，说她父亲在天之灵不知要把她如何看待。他必须去克服她那种冰冷的态度；一下子，狡猾的小娘儿似乎对这个伧夫的痴情让步了，他自以为得胜了；一下子她又似乎悔恨交集，道貌岸然，扮起一副大家闺秀的面孔，拿出威严来把克勒凡压倒；因为克勒凡一开场就认定她是正经女人。最后，华莱丽还有一套独得之秘的温柔工夫，使克勒凡和男爵一样少她不得。当着众人的面，她又天真又纯洁，又庄重又慧黠，又有风情又有异国情调；但没有人的时候，她的作风比娼妓还要大胆，精灵古怪，花样百出。这种人前背后的对比，最合克勒凡一等人的口味。他很得意，以为她是为娱乐他一个人而表现的，他一面欣赏戏子，一面看着这套妙不可言的假戏，笑开了。

华莱丽把男爵也收拾得服服帖帖，用花言巧语的奉承，逼他露出衰老的本相；她的手段正好说明这等女人的居心险毒。得天独厚的体格，有如久攻不下的城堡，终有一天要暴露它的真情实况的。眼见帝政时代的美男子快要显原形了，她觉得还应当叫他早一点出丑。在奸夫淫妇秘密结合了六个月之后，她对他说：

“老军人，你何必费事？难道你还有野心，想对我不忠实吗？你不修饰，我倒觉得反而好看。那些假装的风情，替我免了罢。你以为我爱你，是为了你靴子多抹了两个铜子的油蜡，为了你的橡皮束腰，为了你的背心，为了你的假头发吗？老实说，你越老，我越放心，我的于洛越没有被人抢去的危险！”

既然深信玛奈弗太太的爱情与至诚的友谊——他不是打算跟她同居到老的吗——他便听从这番体贴的忠告，不再染他的鬓角他的头发。有一天早上，魁伟的美男子埃克多，居然满头白发的出现了。玛奈弗太太告诉她亲爱的埃克多，说他头发根里白白的一条线，她已经见过不知多少次。那天她一见面便说：

“白头发配上你的脸真合适，相貌温和得多；你好看极了，可爱极了。”

这样一开端，男爵把皮背心、束腰和一切扎束身体的家伙，全部摆脱了。肚子掉了下来，身体的臃肿显了出来。挺拔的橡树一变而为碉堡，动作的笨重简直可怕，男爵像路易十二一样骤然之间老了许多[①]。依然漆黑的眉毛，还有一点儿美男子的影子，好似诸侯旧府的墙上留下一些雕塑的残余，暗示当年宫堡的气概。这种不调和的现象，使还很精神还很年轻的眼睛，配着紫膛膛的脸色格外突兀，因为在多年红润的脸上，粗硬的皱裥明明是情欲与自然苦斗的结果。于是于洛的身体变为一座壮美的残骸，生命的元气仿佛蔓藤野草似的表现在耳朵上、鼻子上、手指上，给人的印象有如罗马帝国的断垣残壁上面长着的青苔。

既然民团团长存心报复，想大张晓喻的教男爵败在他手里，华莱丽又怎么能周旋于克勒凡与于洛之间，使他们相安无事呢？这一点当由后文解答，眼前只要知道李斯贝德与华莱丽两人，安排好一套阴谋诡计，促成这个结果。玛奈弗，看见妻子在众星捧月，唯我独尊的环境中出落得更加娇艳了，便在众人面前装作死灰复燃，对妻子爱得发疯一般。这种妒忌虽然使玛奈弗大爷成为煞风景的人物，华莱丽爱情的布施，却因此大大的提高了身价。玛奈弗对署长是放心的，他已经衰退到昏聩老朽的程度。唯一使他看了有气的人，正是克勒凡。

大都市特有的糜烂生活，是罗马诗人描写过，而我们为了廉耻观念没有名字好称呼的；玛奈弗就被这种生活淘虚了身体，其

①相传路易十二于五十二岁时娶英国年轻貌美的玛丽为后，三个月后即病故。

丑恶有如蜡制的解剖标本。但是这个痨病鬼穿起上等衣料，两腿套在漂亮裤子里像竹竿般晃来晃去，干瘪的胸膛披上雪白而薰香的内衣，腐烂的人肉臭用麝香遮盖了。华莱丽要他跟财产、勋章、职位相称，教他按照宫廷习惯穿红鞋跟的靴子。这个行将就木的浪子的丑态，使克勒凡非常害怕，副科长一瞪白眼，他就受不了。想到玛奈弗，区长就做恶梦。不料坏蛋一发觉妻子与李斯贝德给了他这点威势，越发耀武扬威。身心糜烂的家伙，最后一条财路是客厅里的纸牌，他便尽量榨取克勒凡，而克勒凡以为既然偷了他老婆，对此有身份的公务员，理当情让三分。

眼见那骷髅似的下流东西，把不知底细的克勒凡吓得矮了半截，又眼见华莱丽那么瞧不起克勒凡，拿他当小丑一样开心：男爵自然认为他没有情敌的资格而经常请他吃饭了。

华莱丽，身旁有了两位情人保镖，加上一个嫉妒的丈夫站岗，引得她小圈子里的人个个眼红，个个馋涎欲滴。一般娼妓求之不得的最困难的成功，靠了丑史，靠了大胆，靠了在外招摇才能达到的成功，华莱丽在三年之中实现了，而且面上还很光鲜。她的美貌，当年埋没在杜扬南街矿山里的珍宝，好比一颗车工精美的钻石，给夏诺见了会镶成名贵的戒指的，市价业已超过它的价值；她在制造受难者了！……格劳特·维浓为她害着相思病。

我们和那些人物阔别了三年之后，这段补叙是少不得的，它也是华莱丽的一篇清账。下面是她的同党李斯贝德的清账。

贝姨在玛奈弗家中是一个兼做伴娘与管家妇的亲戚；但她绝不像因境况关系而接受这种尴尬地位的人，会在主仆之间两面受委屈。李斯贝德与华莱丽的友谊是那么热烈，在女人之间那么少见，惹得刁钻促狭的巴黎人立刻加以毁谤。洛兰女子的阳性而枯索的性格，与华莱丽那种异国情调的柔媚性格，正好成为对比，而就是这个对比引起人家的坏话。玛奈弗太太无微不至的照顾她的朋友，无形之中增加了谣言的分量，其实她是有心替贝德安排亲事，而这头亲事，我们以后会看到，是让李斯贝德雪耻报仇，出尽恶气的。贝德简直经过一场大革命；华莱丽要装扮她，果然极有成绩。这个怪僻的姑娘，也戴上胸褡，显出细腰身了，光滑的头发也洒上生发水了，裁缝送来的衣衫不再改削就穿了，脚上套着讲究的小靴，灰色丝袜，——一切都由供应商记入华莱丽的账上，由当事人照付。贝德经过这番改装，始终戴着黄开司棉披肩，一别三年的人简直会认不得她。这另外一颗黑钻石，钻石之中最少见的，经过巧妙的车工与合适的镶嵌之后，教某些野心的公务员见了十二分赏识。初次遇到贝德的，都会不由自主的被她那股生辣的气息吸引。聪明的华莱丽为烘托这种气息，尽量利用贝德僵硬的身段，在装束上加意渲染，把她装成血腥的女修士[①]一流：额上缠着头巾，陪衬那张橄榄色的干枯的脸，黑眼睛正好配上黑头发。贝德，仿佛从画框中走出来的，加拿赫与梵·伊克画的童贞女，或是拜占庭艺术中的童贞女，跟她们一样的木强，板滞；而那些神秘的人物，原是和埃及女神与埃及雕塑家所做的神像同一类型的。她是一座能够行动的花岗岩石。有了老年的保障，贝德就有了兴致；她上哪家吃饭去，兴致也就跟着一起去。上面说过，她小公寓的房租是由男爵付的，所有的家具是她的朋友华莱丽把从前卧房与小客厅里的旧货送给她的。

---

①英国小说中的人物。

“我开场是一个吃不饱的村姑，想不到现在变了时髦女人。”她说。

她继续替列凡先生做些最精细的绣作，说是为了不要浪费光阴。其实她的日常生活忙得很；只是乡下人的脾气，始终不肯扔掉吃饭家伙，在这一点上，他们像犹太人。

每日早上，天刚亮，贝姨便带了厨娘上中央菜场。在贝德的计划中，使于洛男爵倾家荡产的家用账，应当替她亲爱的华莱丽捞进一笔，而事实上也的确捞进一笔。

一般煽动的作家在下层阶级中散布的主义，实在是贻害社会的主义；从一八三八年起，没有一个家庭主妇不曾受到这种主义的恶果。家家户户，用人的漏卮是今日一切财政漏卮中最严重的。除了极少的例外——那些例外真有资格受蒙底翁道德奖金——厨子和厨娘都是内贼，拿工钱的、不要脸的贼，政府还殷勤备至的做他们的窝藏，鼓励他们偷盗，而篮头秤底这句老笑话，差不多认为厨娘的揩油是应当的。从前女仆舞弊两法郎去买政府奖券，现在要刮五十法郎存入储蓄银行了。可笑那般麻木不仁的清教徒，到法国来试验一下博爱主义，就以为把大众都感化成君子了！在主人的饭桌与菜市之间，设有秘密的关卡，巴黎市政府征收进口税，还远不如仆役们无货不税那么精密。除了一切食物要抽百分之五十的重税以外，他们还要零售商逢时过节送一份厚礼。连最上级的商人都得向这个秘密的权威低头：车商、首饰商、裁缝，没有一行不是忍气吞声的照给。你想监督他们吧，那些下人便毫不客气的把你顶回去，再不然假装不小心，给你闯些不大不小的祸，让你破财；从前是主人盘问他们的来历，现在是他们打听主人的底细了。这种风气的祸害，业已达于极点，法院虽用重典也是枉然；但只消定一条法律，限令仆役都要有一份工人身份证，包你灵效如神，积弊可以立刻肃清。仆役上工要提出身份证，主人辞工要批明辞歇的理由，这样以后，败坏的风俗才能遏止。一心关切国家大事的人，全不知巴黎的下层阶级堕落到什么田地：它的腐化，只有它满肚子的嫉妒可以相比。二十岁的工人，娶一个四五十岁、靠偷盗起家的厨娘的，不知有多少，这是统计上找不到的。这种婚姻的后果，从犯罪、种族退化、不合理的配偶生活三点来说，可以令人不寒而栗。至于仆役的偷盗所造成的经济损失，在政治观点上又是为害无穷。生活负担加了一倍，多数家庭都不能再有额外开支。而额外开支一方面在各国商业中占到半数，一方面也代表生活的精华。对许多人，书籍与鲜花之重要根本不下于面包。

李斯贝德是深知巴黎人家这个可怕的创口的，那一次在紧张的情形之下，她和华莱丽发誓结为姊妹，答应尽力帮她忙的时候，意思就是要替华莱丽当家。她在伏越山中找来一个外家方面的亲戚，当过南希主教的厨娘，极虔诚极方正的老姑娘。因为怕她在巴黎毫无经验，尤其怕她听人家的坏主意，好多经不起诱惑的老实人不是这样学坏的吗？李斯贝德特地陪了玛丢里上中央菜场，教她怎样买东西。知道各种货色的实价使菜贩不敢欺负，不吃时鲜的菜而等平价的时候再买（例如鱼类），熟悉食物的行市，能够预料涨风而逢低买进：这种管家头脑，在巴黎对家庭经济是最重要的。玛丢里工资既高，外赏又多，自然爱护东家，愿意买得便宜了。近来她买菜的本领已经追上李斯贝德，李斯贝德也觉得她相当老练、相当可靠，除掉华莱丽请客的日子，不必再亲自出马。但请客是常有的事。男爵变得循规蹈矩，而对玛奈弗太太在短时期内越来越热，越来越贪恋，觉得越少离开她越好。先在这儿一星期吃四顿饭，以后他天天在这儿吃饭了。女儿出嫁半年以后，他按月给玛奈弗太太两千法郎作为他的伙食费。玛奈弗太太把她亲爱的男爵想招待的客人请来。而且晚饭老是预备好六客，男爵随时可以带三个不速之客回来。李斯贝德凭她的经济手腕，居然尽一千法郎把饭菜弄得非常丰腆，按月省下一千法郎交给玛奈弗太太。华莱丽的衣着费，是由克勒凡与男爵大量供给的，两位女朋友这方面又省下一千法郎一月。因此，那么纯洁那么天真的女人，有了大约十五万法郎的积蓄。她拿利息和每月的私房凑成资本，交给克勒凡运用，大大的赚了几笔，因为克勒凡很乐意让他的小公爵夫人分润一下他交易所里的好运。他把投机市场的切口和门道指点给华莱丽；像所有的巴黎女子一样，她很快的青出于蓝，超过了师父。李斯贝德，房租衣着都不用操心，拿了一千二百法郎利息一文不花，也有了五六千法郎的小资本，由克勒凡代为生利。

虽然如此，男爵与克勒凡两人的爱情，对华莱丽究竟是一副重担。人生之中有些事情，其作用有如钟声之于蜜蜂，能够把分巢的蜂集中起来；这件故事重新开场的下一天，华莱丽就是被这种事情惹得心烦意乱，跑上楼去找李斯贝德叹苦经，把话题当作吊在舌尖上的烟卷似的唠叨不休，这是女人们发牢骚的故技。

“李斯贝德，告诉你，今天早上陪两小时克勒凡，真是受罪！恨不得教你去代一下！”

“不行哪，”李斯贝德笑道，“我是要童贞到老的了。”

“给这两个老头儿玩！有时候我真觉得丢人！唉！要是可怜的母亲看到我的话！”

“你把我当作克勒凡了。”

“告诉我，亲爱的贝德，你不会瞧不起我吧？……”

“噢！要是我长得好看，我也会……也会风流的。何况你！”

“可是你可以随心所欲，拣你喜欢的人。”玛奈弗太太叹了一口气。

“吓！玛奈弗能算人吗？他就是个尸首，早该埋掉的了；男爵好比你的丈夫，克勒凡是你的情人；我觉得你跟别的女人一个样儿，没有什么不正当。”

“不是的，我难受的不是这个，你不愿意理会我的意思……”

“噢！我明白！”贝德叫道，“你的心事就是我要报仇的事。你急什么！……我在用工夫哪。”

“我为文赛斯拉把身子都磨瘦了，连面都见不到！”华莱丽伸着手臂说，“于洛请他吃饭也不来！这狠心汉竟不知人家在疼他爱他！他的女人是什么东西？一堆漂亮的肉罢了！不错，她长得好看，可是我，我觉得我比她妖！”

“放心，孩子，他会来的，”李斯贝德的口气仿佛奶妈哄着一个急躁的孩子，“我一定要他来！……”

“什么时候呢？”

“也许这个星期之内。”

“噢！你多好！”

由此可见这两个女人合而为一了；华莱丽的快活、生气，所有的行为，哪怕是胡闹吧，都由两个人考虑成熟而后决定的。

李斯贝德一方面给这种荡妇生涯惹动了心火，大小事情替华莱丽出主意，一方面根据无情的逻辑，进行她的报仇大计。并且她也真喜欢华莱丽，把她当作女儿，当作朋友，当作情人，觉得她像生长海外的女人那样服从，像淫娃荡妇那样柔顺；她每天早上跟她拉拉扯扯，比跟文赛斯拉的聊天不知有趣多少，她们可以为了自己的刁钻促狭而乐一下子，把男人的糊涂取笑一番，或者把彼此的财产，算一算越来越多的利息。在李斯贝德的计划和新交的友谊中间，比从前对文赛斯拉的痴情，不知多出几许丰富的材料，好让她大肆活动。仇恨满足的快意是心灵最痛快最酣畅的享受。我们的心有如一座情感的矿山，爱是黄金，恨是铁。最后，华莱丽全盛时期的美艳，又是她十二分崇拜的，就像一个人崇拜自己所没有的东西一样；而这个美又比文赛斯拉的容易捉摸，不像他的那么冷。

快满三足年的时候，李斯贝德开始看到她暗中化尽心血所做的破坏工作有了进展。李斯贝德管思想，玛奈弗太太管执行。玛奈弗太太是一把刀，李斯贝德是操刀的手，而这双手越来越急的打击那个她越来越厌恶的家庭了，因为一个人的恨也像一个人的爱一样，会一天一天增加的。爱与恨是两种自生自发的情感；但两者之间，恨的寿命更长久。爱有限度，因为人的精力有限度，它的神通有赖于生命，有赖于挥霍；恨近乎死亡，近乎吝啬，它是一种活跃的、抽象的东西，超乎生命万物之外的。李斯贝德一找到自己的天地，所有的聪明才智都发挥了出来，像耶稣会教士一样神通广大。她脱胎换骨，完全变了一个人：容光焕发，梦想一跃而为于洛元帅夫人。

上面两位朋友把心事赤裸裸的和盘托出的一幕，正发生在贝德从中央菜场回来之后，那天她是去采办材料做一席好菜的。玛奈弗垂涎高盖先生的位置，特地请他跟端庄的高盖太太吃饭，而华莱丽希望当晚就由于洛把科长辞职的问题解决。贝德正在穿扮，预备上男爵夫人家吃饭去。

“等你回来替我们沏茶。”华莱丽说。

“大概可以吧……”

“怎么大概？你打算睡在阿特丽纳一块，喝她的眼泪水吗？”

“要是真的，我绝不反对，”李斯贝德笑道，“她遭了报应，我交了好运，我记得小时候的情形。大家得换换班。她要掉入泥坑，我要做福士汉伯爵夫人！”

于是李斯贝德出发上吕梅街去了；近来她上那儿，就像人家上戏院，专为找些刺激去的。

于洛替太太找的寓所，包括一个宽大的穿堂，一间客厅和一间附带盥洗室的卧房。饭厅是跟客厅平行而相连的。四层楼上另有两间仆室一间厨房。这个住所对一个参议官兼陆军部署长还算不失体面。屋子、院子、楼梯，都很有气派。男爵夫人只能用她豪华的陈迹来装饰客厅、卧房和饭厅，便从大学街上的旧家具里挑出最好的一部分搬来。可怜的夫人也喜欢这些旧东西，它们见过她当年的幸福，有如千言万语，能给她安慰似的。她能在回忆中看到鲜花，正如她能在地毯上看出别人不易辨认的玫瑰花纹。

宽大的穿堂，摆着十二张椅子、一只风雨表、一只大火炉，挂着红边白布的长窗帘，很像衙门里那种简陋的穿堂；你一进去就会觉得难受，就会感受到这位夫人凄凉寂寞的生活。痛苦跟欢乐一样，会创造一种气氛的。走进人家的屋子，你第一眼就可以知道它的基调是什么，是爱情还是绝望。其大无比的卧房，美丽的花胡桃木家具还是约各·台玛透设计的，全是帝政时代的雕工装饰，桌椅上的紫铜镶嵌，比路易十六式的黄铜装饰还要冷气逼人。男爵夫人坐在一张罗马式椅子里，前面摆着一张工作台，台脚是雕的斯芬克斯；她脸上血色已经褪尽，却假装快活，保持她皇后一般威严的风度，好似她保存那件家常穿的蓝丝绒衣服一样。看到她这副情景，你是会发抖的。她全靠高傲的灵魂支持她的身体，维持她的美貌。男爵夫人在这座冷宫里待了一年，就对于她苦难的深广完全体味到了。

“埃克多把我丢在这儿，我的生活比一个乡下女人还好得多哩，”她对自己说，“他要我这样，好吧，就照他的意旨办吧！我是于洛男爵夫人，法兰西元帅的弟媳妇。我从来没有一丝一毫的过失，两个孩子都已成家，凭着白璧无瑕的妻子身份，回想着我过去的幸福，我大可以等死了。”

工作台高头的墙上挂着于洛的肖像，穿着帝国禁卫军后勤司令的制服，是一八一〇年代勒番佛的手笔。桌上放着一部《耶稣·基督的仿效》，阿特丽纳的经常读物，逢到来客才扔下的。这个无可非议的玛特兰纳也在她的沙漠中静听圣灵的声音。

“玛丽哀德，太太好吗？”李斯贝德问开门的厨娘。

“噢！小姐，面子上还好：可是对你说不要紧，这样下去，她是不要老命了，”玛丽哀德咬着贝德的耳朵，“真的，你该劝劝她生活过得好一点。昨天太太吩咐早上只给她两个铜子的牛奶、一个铜子的小面包；晚上或是曹白鱼，或是一块冷的小牛肉，她教我煮上一斤预备吃一个礼拜，当然是在她一个人吃饭的时候端出去……她一天伙食只肯花六个铜子。这怎么行！要是我把这一套告诉了元帅，他准会跟男爵吵架，不给他遗产的；你可是又好心又能干，你能够想办法……”

“干吗不告诉男爵呢？”

“啊！好小姐，他有二十天二十五天不来了，你没有来的那个时期，他一直没有来过！再说，太太拿开差威吓我，不准我向先生要钱。但是说到痛苦吧……吓，可怜的太太真是一肚子的委屈！先生把她忘了这么久还是第一遭……每次打铃，她总奔到窗口张望……可是最近四五天，她坐在椅子里不动了。她在看书！每回上伯爵夫人家，她总吩咐我：玛丽哀德，要是先生来，告诉他我就在屋子里；你教门房跑一趟，我一定重重赏他酒钱！”

“可怜的姊姊！”贝德说，“听你这么说，我心都碎了。我天天跟姊夫提到她。可是白费！他说：不错，贝德，我是一个混蛋；太太是天使，我是魔鬼！我明天准去……结果他还是待在玛奈弗太太家里；这女人把他败光了，他可把她当作心肝宝贝，简直离不开她。我只能尽我的力量！要没有我在那儿带着玛丢里帮忙，男爵的钱还要多花一倍；那时他既然什么都完了，也许早已把自己一枪打死。可是，玛丽哀德，男爵死了，阿特丽纳还能活吗？至少我想法在那里弥缝，不让堂姊夫吃掉太多的钱……”

“可怜的太太也是这么说；她知道欠你不少情分；她说她从前把你看错了……”

“啊！”李斯贝德叫了一声，“她没有说别的吗？”

“没有，小姐。要是你想使她快活，你得跟她多提提先生；她还羡慕你天天看到他呢。”

“里面没有人吗？”

“对不起，元帅在里面。噢！他天天来的，她告诉他早上才看到先生，因为他晚上回来很迟。”

“今天有什么好菜？”贝德问。

玛丽哀德半吞半吐不敢回答，洛兰姑娘望着她的那副眼神，她有些受不住。这时客厅的门开了，于洛元帅从里边直冲出来，对贝德望也不望的点了点头，百忙中把手里的纸张丢落在地下。贝德知道对聋子叫嚷是没用的，便捡起纸片奔到楼梯头；但她假做没有能追上元帅，回来把纸上写的铅笔字赶紧看了一遍：

大哥，埃克多给了我一季的家用，可是奥当斯有急用，我全部借给了她还不够解决困难。你能不能借我几百法郎？我不愿意再向埃克多开口；给他埋怨一句我就受不了。

“啊！”贝德心里想，“折辱到这步田地，她一定是山穷水尽了！”

李斯贝德走进去，看见阿特丽纳在哭，便马上过去搂住她的脖子，说：“阿特丽纳，亲爱的孩子，我都知道了！元帅出门的时候，慌慌张张像一条猎狗，把这张纸丢落了……荒唐的埃克多一直没有给你钱吗？……”

“他准期给的，可是奥当斯有一笔急用……”

“而你今天连我们的晚饭都开不出来。”贝德截住了堂姊的话，“怪不得我跟玛丽哀德提到晚饭，她那么吞吞吐吐。阿特丽纳，别装傻了！好吧，我把积蓄给你。”

“谢谢你，好贝德。”阿特丽纳抹着眼泪回答，“这一回的周转不灵是短时间的。将来我已经想好办法。从今以后，我只消花二千四百法郎一年，连房租在内，这笔钱我一定有着落。贝德，你不能对埃克多露一句口风。他好哇？”

“噢！好得很！他像小雀子一样的开心，只想着他的妖精华莱丽。”

于洛太太望着窗外一株大雪松，李斯贝德一点儿猜不出她的眼神表示什么意思。

“你跟他提过没有，今天是大家在这儿吃饭的日子？”

“怎么不提？可是玛奈弗太太今儿大请客，想解决高盖先生的辞职问题！她的事当然顶要紧喽！阿特丽纳，你听我说：你把我不受拘束的脾气当作凶恶。你丈夫一定要把你败光的。我本以为住在那边对你们大家都有好处，不料那女人坏到极点，会教他做些事，丢尽你们的脸呢。”

阿特丽纳身子一震，仿佛给人当胸扎了一刀。

“嗳，阿特丽纳，那是一定的。我非提醒你不可。所以咱们得想到将来！元帅老了，可是日子还长着哩，他有一笔很大的薪水，他的寡妇可以在他身后拿到一年六千法郎的恩俸，有了这笔款子，我负责养活你们一家！他信你的话，你得劝他老人家跟我结婚。我不是要当什么元帅夫人，那套空话，像玛奈弗太太的良心一样，我绝不信；可是那么一来，你们都有饭吃啦。我看，奥当斯的面包也有问题，既然你还把自己的面包给她。”

说到这里，元帅进来了；老军人走得那么急，用围巾抹着脑门上的汗。

“我交给玛丽哀德两千法郎。”他凑着弟媳妇的耳朵说。

阿特丽纳从脸上红起一直红到头发根。两颗眼泪沿着长睫毛转动，她一声不出的紧紧压了压老人的手，他像得意的情人一样快活，继续说：

“阿特丽纳，我本想送你一样礼物；这笔钱不用还我了，你自己去挑一样喜欢的东西吧。”

他快活得忘其所以，过来抓着李斯贝德向他伸出的手亲了一下。

“你的事有希望。”阿特丽纳对李斯贝德说，尽她的可能笑了笑。

这时小于洛夫妇来了。

“弟弟来吃饭吗？”元帅的口气不大婉转。

阿特丽纳抓起铅笔在一小方纸上写道：

我等他呢。他早上答应回来吃饭的；如果不来，准是部长把他留住了，他忙得很。

写罢，她把纸递过去。她为元帅想出这种笔谈的方式，工作台上老是预备好铅笔和纸条。

“我知道，”元帅回答，“他为了阿尔基利忙得不开交。”

奥当斯和文赛斯拉也来了。看到全家人都在身边，男爵夫人不由得对元帅望了一眼，那意义只有贝德一个人懂得。

这个有了幸福的，有妻子爱、有社会捧的艺术家，出落得更俊美了。他的脸差不多圆了，美妙的身段烘托出真正贵族血统的特点。早熟的荣名、要人的身份，世俗对艺术家浮而不实的恭维，例如见面问好或是今天天气哈哈哈一类的俗套，促成了他的优越感，等到一朝才尽，这优越感就变为妄自尊大。荣誉团的十字勋章，更加强了他大人物的自信。

结婚三年，奥当斯对丈夫，有如一条狗对它的主人：他一举一动，她都用眼睛打问号；他到哪儿，她目光便转到哪儿，好似守财奴盯着他的金银财宝；她用钦佩与牺牲使他感动。她显然有母亲的天性，受母亲的点化。依然娇艳的容颜，给心中的隐忧蒙上了一重阴影，带点儿幽怨的诗意。

李斯贝德看到甥女进门，就感觉到她抑压已久的诉苦之声，快要不再顾虑而爆发了。在他们蜜月的初期，李斯贝德已经断定青年夫妇过于微薄的收入，绝对不能配合他们的热情。

奥当斯拥抱母亲的时候，彼此咬着耳朵，心贴着心，交换了几句；看她们摇头耸脑的神气，贝德猜到了她们的秘密。她想：

“好，阿特丽纳也得像我一样谋生了。我要知道她做些什么……那些美丽的手，要像我的一样尝尝苦工的滋味了。”

六点钟，大家走进饭厅。埃克多的刀叉也摆在那里。

“别拿走，先生有时很晚也会来的。”男爵夫人吩咐玛丽哀德。

“噢！父亲会来的，”小于洛对母亲说，“在议会里临走的时候，他答应我的。”

李斯贝德好比蹲在网中央的蜘蛛，在留神每个人的脸色。她是眼看奥当斯与维多冷下地的，他们的脸对她像镜子一样，可以一直看到他们年轻的心里去。维多冷偷觑母亲的神色，显见有点儿事要爆发而维多冷不敢说出来。年轻的名律师担着很大的心事。他端详母亲时那种痛苦，显出他敬爱母亲的深情。奥当斯，一心一意只想着自己的苦闷；半个月以来，李斯贝德知道她为了手头窘迫而发急，那是一生清白、凡事如意、有苦不能明说的少妇们初次受到经济压迫的焦急。所以贝德根本不相信母亲给过女儿什么钱。穷得无可奈何的人往往编造谎话去借钱，想不到素来方正的阿特丽纳也出此下策了。老元帅的耳聋已经使饭桌上冷清清的，加上奥当斯与维多冷心不在焉，男爵夫人一肚子不快活，愈加使这顿饭索然无味了。只有三个人在那里提着兴致：贝德、赛莱斯丁纳、文赛斯拉。奥当斯的爱情，激发了波兰人兴奋的性格，那种爱说爱笑爱热闹的脾气，使人家把他们叫作北方的法国人。他的精神、脸色，都说明他极有自信，而可怜的奥当斯，始终依照母亲的嘱咐，把日常生活的烦恼全数瞒着他。离开饭桌的时候，贝德对她的姨甥说：

“你应该很高兴了，妈妈给了你钱，让你渡过难关。”

“妈妈！”奥当斯觉得莫名其妙，“噢！可怜的妈妈，我倒想替她弄点钱呢！你不知道，贝姨，说来可怕，我疑心她在暗中做活呢。”

大家穿过黑沉沉的大客厅，向阿特丽纳的卧房走去，客厅没有点火，就只玛丽哀德端着饭桌上的灯在前面带路。维多冷碰了一下贝德和奥当斯的手臂；两人便让文赛斯拉、赛莱斯丁纳、元帅和男爵夫人走进卧室，他们却在窗洞前面停下，围作一堆。

“什么事，维多冷？”贝德开口说，“我相信一定是你父亲出了乱子。”

“唉！正是！一个放印子钱的，叫作伏维奈，拿了父亲六万法郎的借据要告他，我在议院里想跟父亲谈谈这件糟糕的事，他理都不理，简直躲着我。要不要通知母亲呢？”

“万万不能，”贝德说，“她已经伤心透了，这一下可要她的命了，你得体贴她一点儿。你们还不知道她落到什么地步呢；没有你们的伯父，今天就吃不成这顿饭。”

“啊！我的天！维多冷，我们简直是禽兽了，”奥当斯对她的哥哥说，“贝姨告诉我们的，其实我们早该猜想到。我的夜饭要呕出来了。”

奥当斯话没有说完，就拿手帕堵住嘴巴，唯恐哭出声来。

“我要那个伏维奈明天来看我，”维多冷往下说，“可是他未必肯接受我房产的抵押。这般家伙要的是现款，好再去盘剥别人。”

“把咱们的终身年金卖掉吧。”贝德对奥当斯说。

“一万五六千法郎有什么用！”维多冷回答，“这笔债有六万呢！”

“亲爱的姨母！”奥当斯拥抱着贝德，表示真心的感激。

“不必，贝姨，你那份小家产还是留起来吧。”维多冷也握了握贝姨的手，“我明儿可以知道那家伙究竟是什么意思。要是我太太同意，我能够把告发的事拦下来，拖一拖。看到父亲的声望受到损害，真是！……真是太可怕了。陆军部长又要怎么说？父亲的薪水，三年以前就押出去了，要今年十二月才满期；眼前没法拿去做担保。伏维奈已经把借票展期十一次；父亲付过多少利息，你们算算吧！这个窟窿非堵住不可。”

“要是玛奈弗太太能够离开他……”奥当斯恨恨的说。

“啊！还是不离开的好！”维多冷说，“父亲或许会去找别的女人；在这儿，至少最大的费用已经开发了。”

从前孩子们对父亲何等敬重，母亲又从旁把他们的敬意维持了多少年，如今却变成这种态度！他们已经把父亲看透了。

“没有我，你父亲还要糟呢。”贝德说。

“咱们进去吧，”奥当斯说，“妈妈细心得很，她会疑心的，咱们就得照贝姨说的，一切瞒着她……得装出快快活活的样子！”

“维多冷，你不知道你父亲这个喜欢女人的脾气，会把你们害到什么地步。”贝德说，“为你们将来的保障，还是让我跟元帅早点儿结婚吧。我等会就走，这件事你们今晚就该跟他提。”

维多冷走进卧室去了。

“喂，我的孩子。”李斯贝德轻轻的问她的姨甥女，“你呢，你的事又怎么啦？”

“明儿到我们家来吃饭吧，我们再谈。”奥当斯回答，“我不知道怎么办好；生活的艰苦，你是有经验的，你可以替我出点儿主意。”

正当全家聚在一块向元帅劝亲，而李斯贝德回到华诺街去的时候，华诺街公寓里出了一件大事，对玛奈弗太太一流的女人正好刺激她们作恶的力量，把魔法邪道如数施展出来。可是我们得承认：在巴黎，生活的忙乱使恶人也无暇单凭本能去作恶，他们只是靠了邪恶的帮助，抵抗外来的攻击。

八

玛奈弗太太客厅里，坐满了她的忠实信徒，刚刚安排好韦斯脱牌局，当差的，那个男爵荐来的退伍军人，进来通报道：

“蒙丹士·特·蒙德耶诺男爵来了。”

华莱丽暗中大吃一惊，赶快冲到门口叫着：

“啊！表哥！……”

走到巴西人前面，她轻轻的嘱咐他：

“你只当是我的亲戚，要不然咱们就散伙了！”然后她挽着他走到壁炉架前面，提高了嗓子：“啊！亨利，你还在吗？人家说你淹死了。我哭了你三年啦……”

“你好哇，朋友。”玛奈弗向巴西人伸着手说。巴西人的功架不愧为一个真正的百万富翁。

亨利·蒙丹士·特·蒙德耶诺男爵，从热带气候秉受得来的体格和皮色，就跟舞台上的奥赛罗一样，阴沉的气息非常可怕，但这纯粹是相貌作用；骨子里他极和善极温柔，生就那种给弱女子敲诈的性格。他脸上的骄横，精壮结实所表现的体力，所有的气势都是只向男人发挥而长女人威风的，她们就是最喜欢这一套，所以搀着情妇上街的男人，都要装得雄赳赳气昂昂的得意非凡。他的服装完全勾勒出他的身腰：蓝色上装，系着实心的金钮子，底下是黑裤子，细致的皮靴擦得雪亮，照着时行的款式戴着手套；这位男爵身上的巴西气息只有一颗价值十万法郎的大钻石，在富丽堂皇的蓝绸领带上像明星一般发光；白背心敞开一点，露出非常细洁的衬衫。鹰爪似的额角宛如半人半羊神的脑门，正是爱情极其固执的标识；黑玉般的头发，乱糟糟的赛似未经开发的森林；一对闪闪发光的明净的眼睛，犷野凶猛，似乎他母亲怀孕的时期，受过什么豹子的惊吓。

这个葡萄牙民族留在巴西的优秀样品，背靠着壁炉架的那种姿态表示他是老巴黎；一手拿着帽子，一手放在壁炉架的丝绒毯上，他弯着身子跟玛奈弗太太轻轻谈话，全不把那些讨厌的布尔乔亚放在心上，只觉得他们挤在客厅里大煞风景。

巴西人的登场，那副姿态那副神气，使克勒凡和男爵又诧异又着急。两人都有同样的表情、同样的预感。这对痴情汉的反应，因为同时表演的缘故，格外滑稽，可以教看得出内幕的聪明人发笑。克勒凡虽然当了巴黎区长，始终脱不了布尔乔亚和生意人气味，他的表情不幸比他的同事更持久了一点，无意之中泄露天机，给男爵看了去。这一下，对于存心要跟华莱丽算账的老情人，又是兜心一箭，多了一重打击。

“今晚上非见个分晓不可……”克勒凡理着牌也在那么想。

“你有的是红心！……”玛奈弗对他嚷道，“怎么放弃了[1]？”

“啊！对不起。”克勒凡说着想重新抓起他丢下的牌。可是他心里仍在想：“这个男爵明明是多余的。华莱丽跟我的那个男爵勾搭，那是替我报仇出气；而且我有方法挤掉他；可是这个老表哪！……明明是多出了一个男爵，我不愿意人家拿我打哈哈，我要知道他究竟是什么样的亲戚！”

那天晚上，靠了唯有漂亮女人才有的好运气，华莱丽装扮得鲜艳无比。雪白的胸脯在镂花的轻绡下面发光，轻绡的色调黄里带红，衬托出美丽的肩膀上玉色缎子般的皮肤；那些巴黎女人不知用什么方法，长了肥美的肉还能保持窈窕。黑丝绒的长袍仿佛随时要从肩头卸落下来，她头上戴着花边，又堆满了鲜花。两条丰腴而玲珑的手臂，伸在花边鼓得老高的袖子外面。她好似那些美果，供在一张漂亮盘子里那么妖娆，教个个人馋涎欲滴。

“华莱丽，”巴西人咬着少妇的耳朵说，“你瞧，我一片诚心找你来了；我的叔叔死了，我比动身的时候家产又多了两倍。我要住在巴黎，老死在巴黎，陪着你，为着你。”

“轻一点，亨利！我求你！”

“吓！你要我把这些人从窗里摔出去吗？我今晚非同你谈一谈不可，尤其是我花了两天工夫才把你找到。我留在这儿了，是不是？”

华莱丽对她的假表哥笑了笑，说：

“你得记住，你是我姨母的儿子，她是在俞诺将军征伐葡萄牙的时候嫁给你父亲的。”

---

①红心是指纸牌的花色。韦斯脱牌戏即现代桥牌戏的前身。

“我，蒙丹士·特·蒙德耶诺，曾祖是征略巴西的英雄，你要我扯谎？”

“轻一点，要不然咱们就散伙啦……”

“为什么？”

“玛奈弗疯疯癫癫的跟我死腻，你知道快死的人都要抓住最后的一个欲望……”

“这个下流东西？……我给他钱就是……”巴西人是知道玛奈弗底细的。

“你瞧你这么霸道！”

“啊！啊！你这些场面哪儿来的？……”巴西人终于发觉了客厅里豪华的气派。

她笑了出来：“亨利，你说话多难听！”

她给两道妒火中烧的目光盯得不好意思了，只得对两颗受难的灵魂望了望。牌桌上克勒凡是和玛奈弗一伙，对方是男爵和高盖。双方没有什么输赢，因为克勒凡与男爵都心不在焉，接一连二的打错牌。两个老人的痴情，在华莱丽调度之下隐藏了三年，这一下可完全暴露了；而她跟第一次使她心跳的、初恋的情人久别重逢，也隐藏不了眼中那点子快乐的光彩。这些幸运的男子，只消他们占有过的女人在世一天，就一天不肯放弃他们的权利。

一个是依仗财力，一个是凭借所有权，一个是靠年富力强，财产与优先权：处在这三道激烈的热情中间，玛奈弗太太指挥若定，好似拿破仑围攻芒都时的精神，除了要应付两支军队以外，照样想把城池围得水泄不通。满脸嫉妒的于洛，杀气腾腾，不下于蒙高南元帅当年指挥骑兵冲入俄军方阵时的气概。以美男子的资格，参议官从来不知道什么叫作嫉妒，正如缪拉将军从来不知道害怕。他自以为是风月场中的常胜将军。在玉才华那里，他是生平第一遭失败，但觉得那是由于女人的贪财；提到埃罗维公爵，他只承认输在百万家财手里，而非输在那个矮冬瓜手里。可是这次，他为了嫉妒顿时头晕脑涨，冲动到极点。他把身子从牌桌转向壁炉架的动作，像米拉鲍一样激烈，而当他放下纸牌，用挑战的眼光瞪着巴西人与华莱丽的时候，在场的人都存着又好奇又害怕的心，仿佛随时要演出动武的场面。冒充的老表望着参议官，好似打量一个大肚子的中国花瓶。这个局面拖下去是一定要闹事的。玛奈弗怕于洛男爵，正不下于克勒凡怕玛奈弗，因为他绝不肯以副科长的职位结束他的一生。为日无多的人总自以为前程远大，好像苦役犯总以为能够自由。这家伙不顾一切的要当科长。克勒凡和参议官那番没有声音的表演，也真有理由使他害怕，他便站起身来，咬着妻子的耳朵说了一句；于是出乎大家意料，华莱丽带了巴西人和丈夫进了卧室。

“玛奈弗太太对你提起过这个老表没有？”克勒凡问于洛。

“从来没有！”男爵答着话站了起来。他又补充上：“不玩了，我输两个路易，拿去吧，在这儿！”

他把两块金洋往桌上一扔，走去坐在便榻上，那神气明明是教大家走路。高盖夫妇俩唧哝了两句，离开了客厅，格劳特·维浓无可奈何也跟着他们走了。这两批一走，那些不识时务的客人也觉得无法再留。结果只剩下男爵和克勒凡，一声不出的僵在那里。后来，于洛竟忘记了克勒凡，蹑手蹑脚想去靠在房门上偷听，却又后退不迭的缩了回来，因为玛奈弗打开房门，脸上装作若无其事的样子，看见只剩了两个人表示很奇怪。

“怎么，不喝茶了吗？”他说。

“华莱丽哪儿去了？”男爵气咻咻的问。

“我的女人吗？她上楼到令姨那儿去了。”玛奈弗回答。

“干吗把我们丢在这儿，去找那个蠢姑娘？”

“令姨从男爵夫人家回来，有点儿不消化，玛丢里来要了茶，华莱丽上去瞧瞧是怎么回事。”

“老表呢？……”

“走了！”

“真的？……”男爵问。

“是我把他送上车的！”玛奈弗扮了一个丑恶的笑脸。

街上传来马车驶过的声音。男爵根本把玛奈弗看作零，便上楼找李斯贝德去了。一个人在妒性大发之下，往往有些触机的念头。玛奈弗的无耻，男爵知道太清楚了，他疑心夫妇俩通同着闹鬼。

玛奈弗发觉只有克勒凡一个人了，便问：“那几位先生太太都怎么了？”

“太阳下山，鸡鸭进窝，”克勒凡回答，“玛奈弗太太不见了，她的跟班也就散了。来，咱们玩一会比盖[①]。”克勒凡想赖着不走。

他啊，他也相信巴西人还在屋里。玛奈弗跟他玩起牌来。区长的精明不下于男爵；他可以跟丈夫赌钱，在这儿无穷无尽的待下去；至于丈夫，自从赌场禁闭以后，只能靠交际场中的小赌局过过瘾。

①法国的一种纸牌戏。

男爵急急忙忙奔上贝姨的公寓；可是门关着，隔门问询的手续，使那些警觉而狡猾的女人尽有时间安排一个喝着茶闹病的场面。贝德病得很凶，把华莱丽吓坏了，唯恐有什么不测似的，所以男爵气冲冲的进来，华莱丽简直没有在意。遇到大吵大闹的时候，疾病是女人最常用的屏风。于洛偷偷的到处张望，贝姨卧室里并没一处可以藏起巴西人的地方。

“你的不消化，贝德，替我太太那顿夜饭增光不少。”他打量着老姑娘说。她明明是好好的，却装作一边喝茶一边胃脏抽搐，不住的作恶打嗝。

“幸而咱们的贝德住在我一起！没有我，可怜她命都没有啦……”玛奈弗太太说。

“你以为我装病是不是？……简直是侮辱……”贝德对男爵说。

“为什么？”男爵问，“敢情你知道我为什么上楼的？”他在眼梢里偷觑盥洗室的门，门上的钥匙给拿掉了。

“你在讲外国话吗？……”玛奈弗太太伤心的表情，仿佛她的温情与忠实都受了诬蔑似的。

“可是，亲爱的姊夫，的确是你把我害到这个地步的。”贝德一口咬定。

这句话转移了男爵的目标，他莫名其妙的瞪着老姑娘。

“你知道我对你怎么样，”贝德接着说，“我人住在这儿，就是真凭实据。我拼着一生最后的精力照顾华莱丽的利益，也就是你的利益。她这个家，照这个场面，比旁人家要省十倍的钱。没有我，哼！姊夫，你两千法郎决计不够，非得花上三千四千的。”

男爵表示不耐烦：“这些我全知道，你在种种方面照顾我们，”他说着，走到玛奈弗太太前面捧着她的脖子，“不是吗，我的小娃娃？……”

“真的，”华莱丽嚷道，“我以为你疯了！……”

“好吧，你没有怀疑我的忠心，”李斯贝德又说，“可是我也爱我的姊姊阿特丽纳，我今天看见她在哭。她有一个月不看见你了！这太不像话了。你让可怜的阿特丽纳没有钱。你的女儿差一点晕过去，因为知道靠了你哥哥我们才有夜饭吃！今天你家里开不出伙食！阿特丽纳决意牺牲，预备自谋生路。她对我说：我可以跟你一样做工！这句话揪紧了我的心，想到一八一一年的她和一八四一年的她，三十年工夫！这样我的夜饭就不下去了……我熬着痛苦想挺过去；可是一到这儿，我真要死了……”

“你瞧，华莱丽，”男爵说，“为了爱你，我搅到什么地步！……在家里作了这样大的孽！……”

“噢！所以我不愿意嫁人呀！”贝德幸灾乐祸的嚷着，“你是一个挺好的男人，阿特丽纳是一个天使，哪知赤胆忠心得到这种报应。”

“一个老天使！”玛奈弗太太轻轻补上一句，她又温柔又挖苦的望着埃克多。他却在那儿把她仔细端详，好像预审官打量一个被告似的。

“可怜的太太！九个多月我没有给她钱了；为了你，华莱丽，我却照样张罗得来，而且付了什么代价！永远不会再有人这样爱你的，而你回过头来教我伤心！”

“伤心？那么你把幸福叫作什么？”

男爵不理会华莱丽的回答，继续说：“你从来没有提到那个所谓的老表，我不知道你们是什么关系。可是他一进门，我的心就像给人扎了一刀。尽管我盲目，我究竟不是瞎子。在你的眼里，他的眼里，我看得明明白白。那个猴子的眼皮中间闪出一点子光，射在你身上，而你的眼神……噢！你从来没有那样的瞧过我，从来没有！这桩秘密，华莱丽，早晚会揭穿的……为了你，我才第一遭懂得嫉妒的滋味，所以你不用奇怪我对你说的话……可是还有一桩秘密在云端里探出头来，我觉得简直是下流……”

“你说罢！你说罢！”华莱丽嚷着。

“就是克勒凡，这堆臭肉，这个混蛋，也爱着你，而你接受他爱情的程度，使这个傻瓜居然当众显出他的痴情……”

“一共是三个了！还有旁的吗？”玛奈弗太太问。

“也许还有！”男爵回答。

“假使克勒凡爱我，那是一个男人应有的权利；即使我接受他的爱情，也是一个荡妇、一个女人分内的事，你就有许多地方不能满足她……所以，要你就连我的缺点一起爱，要就一刀两断。倘使你还我自由，你跟克勒凡都不许再来；我就挑上我的表哥，既然你认为我们有过姻缘。好罢，再见，于洛男爵。”

她站了起来，可是参议官抓住她的手臂逼她坐下。老人不能丢了华莱丽去再找一个；她对他比吃饭睡觉都更重要，他宁可糊里糊涂把疑问搁在那里，不愿看到有一点点证据，坐实华莱丽的不忠实。

“华莱丽，你不看见我为什么难受吗？我只要求你洗刷一下……只要你说出充分的理由……”

“好，那么你到楼下去等我，你总不见得想待在这儿，看我们服侍你小姨子的那些手续吧？”

于洛慢吞吞的往外走去。

“老风流，你也不问问你孩子们的消息！”贝德嚷道，“你对阿特丽纳打算怎么办？我吗，我明天先把我的积蓄送过去。”

“至少，一个人对太太的上白面包总不能不给。”玛奈弗太太微笑着说。

李斯贝德那种口吻，对他像玉才华的一样不客气，男爵却毫不在意的溜走了，反而觉得躲过了难堪的问话很高兴。

外门一上锁，巴西人出了盥洗室，他含着一包眼泪，一副可怜相。显而易见他什么话都听见了。

“我知道你不会再爱我了，亨利！”玛奈弗太太把手帕蒙着脸，哭了。

这是真正的爱情的呼声。女人绝望之下的哭哭啼啼总是那么有效，能够教男人回心转意、宽恕了事的，只要她年轻、貌美，袒胸露臂，穿着一举手就可显出夏娃本相的夜礼服。

“要是你爱我，干吗不为我丢开一切呢？”巴西人问。

这美洲人像所有生长在大自然中的人一样，只知道单纯的逻辑，他搂着华莱丽的腰马上把客厅里的话接下去。

“你问我干吗？……”她抬起头来，脉脉含情的眼神把亨利吸住了，“嗳，我的小乖乖，我是有夫之妇；我们是在巴黎，不是在美洲的荒地上，草原上。我的亨利，我的第一个爱人，独一无二的爱人，你听我啊。这个丈夫，陆军部的副科长，他要当科长，要得荣誉团四等勋章，我能阻止他这点儿野心吗？你知道他当时不干涉咱们是为的什么，（快有四年了，记不记得，你这坏东西？……）现在为了同样的理由，玛奈弗硬要我接受于洛。这讨厌的臭官僚，呼气像海豹，鼻孔里长着须，年纪已经六十三，为了要年轻，三年中间反而老了十岁，这丑家伙，我只能等到玛奈弗升了科长，得了四级勋章之后才好把他一脚踢开……”

“当了科长，你丈夫的薪水加多少呢？”

“三千法郎。”

“我给他三千法郎终身年金，让咱们离开巴黎到……”

“到哪儿？”华莱丽有模有样的噘着嘴，那是女人对她们有把握的男人发威的表示。

“只有在巴黎，咱们才能快快活活的过日子。我把咱们的爱情看得太重了，绝不能让它在沙漠中冷掉；听我说，亨利，我在这个世界上只爱你一个人，这一点你不妨在你的老虎脑壳上记下来。”

女人把男人变作了绵羊，却永远使他们自以为狠似狮子，硬似钢铁。

“现在你得听我说！玛奈弗活不了五年，他连骨髓都烂到了家：一年十二个月，倒有七个月吃药，又是药茶，又是法兰绒内衣，总而言之，医生说刀子已经架在脖子上，随时可以回老家；对一个健康的人最轻浅的病，对他都是致命的，血已经坏了，命根已经动摇。五年工夫我没有让他拥抱过一回，他是瘟疫！早晚我要做寡妇，这日子是不远的了。一个有六万法郎进款，我要他东他不敢说西的男人，早已向我求过婚；可是告诉你，哪怕你像于洛一样穷，像玛奈弗一样害着大麻风，哪怕你打我虐待我，我还是嫁给你，我只爱你一个，我要姓你的姓。无论你要什么爱情的担保，我都可以给你。”

“那么今晚……”

“嗳，你这个巴西孩子，为了我从原始森林里跑出来的豹子，”她抓起他的手亲着、摩着，“能不能对你将来的老婆尊重一点？……你说，我将来是不是你的老婆，亨利？”

“是的。”巴西人给那番疯疯癫癫的情话征服了。他跪了下来。

“好，亨利，”华莱丽抓着他的一双手，睁着眼睛死盯着他，“你能不能在这儿起誓，当着我最好的、唯一的朋友，我的姊姊李斯贝德的面，发誓在我守寡的期限满了以后正式娶我？”

“我向你赌咒。”

“这不算数。你得拿你母亲的骨殖，拿她的灵魂救赌咒，你得以圣母玛丽亚的名字，以你自己的灵魂赌咒！”

华莱丽知道巴西人起了这个誓一定会信守的，哪怕她将来怎样的堕落，怎样的下流。巴西人果然赌了这个庄严的咒，鼻子几乎碰到华莱丽雪白的胸脯，眼睛似乎受了催眠一般；他醉了，一个人花了四个月漂洋过海才看到他的情人，自然要醉了。

“好了，现在你给我安静一点。你得在玛奈弗太太身上，尊重一个将来的蒙德耶诺男爵夫人。别为我花一个钱，我不许你。你待在这儿，躺在外间那张小榻上，等到你可以离开的时候，我会亲自来通知你……明天早上，咱们一块儿吃早饭，到一点钟光景你走，好像是中午来看我的。不用怕，门房是我的人，好比我爹妈一样……我此刻下楼去招呼客人喝茶。”

她对李斯贝德递了个眼色，要她送到楼梯口。在那里，华莱丽咬着老姑娘的耳朵：

“这黑炭来得太早了一点！没有替你报奥当斯的仇，我绝不甘心！……”

“你放心，亲爱的小妖精，”老姑娘吻着她的额角，“爱情和报仇是成双作对的，绝不会不成功。奥当斯教我明天去，她手头紧得不得了。为了到手一千法郎，文赛斯拉会拥抱你一千次。”

于洛和华莱丽分手之后，一口气跑进门房，在奥里维太太前面突然出现。

“奥里维太太？……”

听到这威严的口吻，又看到男爵命令式的手势，奥里维太太走出门房，跟男爵走到院子里。

“你知道，将来能帮助你儿子弄到一个事务所的只有我；靠了我，他才当上三等书记，把法律也念完了。”

“是的，男爵；我们的感激，男爵可以相信的。没有一天我不祈祷上帝为男爵降福。”

“闲话少说，老妈子，要真凭实据。”

“有什么事要我办呢？”奥里维太太问。

“有个男人今晚坐了车来的，你认得不认得？”

奥里维太太当然认得那是蒙丹士；她怎么会忘了呢？在杜扬南街，每次他清早离开屋子，早得有点不像话的时候，总塞给她五法郎。倘使男爵问到奥里维先生，也许原原本本都可以问出来。可是奥里维睡觉了。在下等阶级中，女人不但比男人高明，而且差不多永远支配男人。奥里维太太久已决定，遇到两位恩人冲突的时候她应当怎么办，她认定玛奈弗太太的势力更大。

“认得？……不，我从来没有见过这个人！……”

“怎么！玛奈弗太太的表兄从来没有来看过她，在杜扬南街？”

“啊！她的表兄！……”奥里维太太嚷道，“说不定他来过，可是我刚才没有认出来。下一次，先生，我一定留神……”

“他等会要下来的。”男爵打断了奥里维太太的话。

“他早走啦。”奥里维太太这时全明白了，“车子不在这儿啦……”

“你看见他走吗？”

“怎么不看见？他对他的跟班说：上大使馆！”

这个语气，这番保证，使男爵不胜欣慰的叹了一口气，他抓着奥里维太太的手握了一握。

“谢谢你，奥里维太太；可是还有……还有克勒凡先生。”

“克勒凡先生？您这是什么意思？我不明白。”

“你听我说！他爱着玛奈弗太太……”

“不会的，男爵！不会的！”她合着一双手。

“他爱着玛奈弗太太！”男爵一口咬定，“我不知道他们怎么办的；可是我要知道。要是你查出他们私情的线索，包你儿子当公证人。”

“男爵，别这样多心，”奥里维太太说，“太太是爱您的，而且只爱您一个；她的佣人知道得清清楚楚，我们都说您是世界上最有福的人，因为，不用说啦，您知道太太好到怎么样……啊！真是太好了！……她每天十点钟起床；她吃早饭，过后她花一个钟点梳妆，这样就到了下午两点；那时她上蒂勒黎花园散步，那是无人不知，无人不晓的，到四点她回家等您来……噢！这些都安排得像时钟一样。她什么事都不瞒她的贴身老妈子，她的贴身老妈子兰纳又什么事都不瞒我。是的，兰纳不会瞒我的，因为她对我儿子很好……所以您瞧，要是太太跟克勒凡先生有什么不清不楚，我们一定会知道的。”

男爵满面红光的回到玛奈弗太太那儿，以为这个下贱的娼妇，跟海中的美人鱼一样狡诈、一样美丽、一样有风情的尤物，只爱他一个人。

克勒凡与玛奈弗正开始第二局比盖。克勒凡当然是输的，像一切心不在焉的赌客一样。玛奈弗知道区长心不在焉的原因，老实不客气趁火打劫：他先偷看要抓的牌然后换牌；先偷看对家手里的牌然后出张。每把输赢是一法郎，男爵回进去时他已经刮了区长三十法郎。

“嗯，只有你们两个吗？那些人呢？”男爵很奇怪没有一个旁人在场。

“你的好脾气把大家都吓跑了。”克勒凡回答说。

“不是的，那是为了我女人的表哥，”玛奈弗插嘴道，“他们以为华莱丽和亨利分别了三年，应当多谈谈，所以很识趣的溜了……要是我在，我会把他们留下的；可是也不行，李斯贝德每次都是十点半来招呼喝茶的，她一闹病，什么都弄糟啦……”

“李斯贝德真的不舒服吗？”克勒凡气冲冲的问。

“人家这么说就是。”玛奈弗不关痛痒的态度，表示他根本不把女人当作人。

区长望了望钟，算出男爵在贝德那儿耽搁了三刻钟。看到于洛的得意，克勒凡觉得埃克多、华莱丽和李斯贝德都有嫌疑。

“我刚看过她，可怜的姑娘病得很凶。”男爵说。

“好朋友，你这红光满面的气色，倒像是幸灾乐祸似的。据说你的女儿是承继她的是不是？你简直换了一个人。你走的时候脸色像奥赛罗，回来像圣·普栾[1]……我倒很想瞧瞧玛奈弗太太的脸……”

①圣·普栾为卢梭小说《新哀络绮思》中的男主角，为于丽的情人。

“你这些话是什么意思？”玛奈弗理好了牌往克勒凡前面一放。

这个四十七岁就形销骨立的家伙，死气沉沉的眼睛居然发出光来，冷冰冰软绵绵的腮帮透出一些黯淡的颜色，没有牙齿的嘴巴张开一半，灰黑的舌头上堆着一泡白沫，像铅粉又像干酪。脓包这一发火，把区长吓坏了；他已经是命若游丝，决斗的时候大不了一拼完事，不像克勒凡冒着整个身家财产的危险。

“我说，”克勒凡回答，“我想瞧瞧玛奈弗太太的脸，而且我并没说错，你瞧你现在的脸多难看。真的，你丑死了，亲爱的玛奈弗……”

“你可知道你不客气吗？”

“四十五分钟赢了我三十法郎的人，我才不会觉得他好看呢。”

“啊！要是你十七年前看到我……”

“那时你是小白脸吗？”克勒凡问。

“就为这个我倒了霉；要是长得跟你一样，我也当上议员当上区长了。”

“对，”克勒凡笑道，“你跟妖精打架打得太多了。人家拜财神去求金银，你却是拜了媒婆讨药吃！”

克勒凡说罢哈哈大笑。玛奈弗失了面子会生气，对这一类粗俗恶劣的玩笑却不以为忤；那是他和克勒凡针锋相对说惯的。

“不错，我吃了女人的大亏；但是老实说，今朝有酒今朝醉，管它寿长寿短，那是我的口诀。”

“我可是喜欢福寿双全的。”克勒凡回答。

玛奈弗太太进来，看见丈夫跟克勒凡打着牌，连男爵一共只有三个人；她一眼之间就摸到区长的心事，立刻定下了步骤。

“玛奈弗，我的乖乖！”她过来靠着丈夫的肩膀，把美丽的手指撩拨他灰得邋里邋遢的头发，撩来撩去也盖不了他的脑袋。“夜深了，你该睡了。你知道明天要吃泻药，医生吩咐的，七点钟兰纳就得端药茶给你……你想活下去，就得放下你的比盖……”

“咱们算五分吧？”玛奈弗问克勒凡。

“行，我已经有两分了。”

“这一场还有多少时候？”华莱丽问。

“十分钟。”

“十一点啦。真是，克勒凡先生，你好像要把我丈夫害死似的。至少快一点吧。”

这句双关话教克勒凡、于洛，连玛奈弗自己都笑起来。

“你出去，亲爱的，”华莱丽咬着埃克多的耳朵，“到华诺街上去溜一会，等克勒凡出了门你再回来。”

“我还是从正门里出去，打盥洗室走到你房里；你教兰纳替我开门。”

“兰纳在楼上招呼贝德。”

“那么我上贝德那儿等好不好？”

这两个办法对华莱丽都有危险。她算好要跟克勒凡有一番口舌，不愿意于洛待在房里把话听去，……贝德那儿又有巴西人等着。

“哎哟，你们这些男人，心血来潮的时候，走不进屋子，就恨不得把屋子都烧掉。贝德那个样子怎么能招留你呢？……你怕在街上伤风，是不是？……去吧，要不就不用来啦！……”

“各位再见。”男爵提高嗓子招呼了一声。

老人的自尊心禁不起一激，他决定拿出老当益壮的气概到街上去等。因此他就出去了。

玛奈弗预备去睡觉了，装作亲热的样子抓着老婆的手，华莱丽跟他握手时做了一个暗号，意思是说："替我把克勒凡打发走！"

"克勒凡，再见。别跟华莱丽坐得太久啊。我是很嫉妒的……我妒性发得晚，可是来势不小……我等会再来看你有没有走。"

"咱们有点生意要谈，我不会待久的。"克勒凡回答。

"说话轻一点！你要什么？"

华莱丽两句话是两种口气，她又高傲又鄙薄的瞪着克勒凡。

克勒凡，替华莱丽卖过多少力，想拿来丑表功的，吃不住她盛气凌人的眼睛一瞪，马上又变得卑躬屈膝。

"那个巴西人……"

克勒凡给华莱丽满面瞧不起的，目不转睛的瞪着，吓得说不下去了。

"怎么呢？"她说。

"那个老表……"

"不是老表。在众人前面，在玛奈弗前面，他才是老表。即使他是我的情人，也轮不到你开腔。一个市侩买一个女人来报仇，在我看，还比不上一个出钱买笑的男人。你根本不是爱我，只认我是于洛的情妇。你买我，就像买一支手枪打你的敌人一样。我需要钱，我就卖了！"

"你没有履行交易的条件。"克勒凡恢复了生意人面目。

“啊！你要向于洛揭穿你抢了他的情妇，表示你报了玉才华的仇？……这就是你卑鄙的证据。你嘴里说爱我，当我公爵夫人，实际你是要丢我的脸！哼，朋友，你想得不错，我这个女人比不上玉才华。她不怕出丑，而我，我只能作假，只配抓到广场上去揍一顿。唉！玉才华有她的本领跟财产做保障。至于我，唯一的武器只有规矩本分四个字：至今我还是一个有头有脸、恪守妇道的女人；给你一张扬，我怎么办？我有钱的话，倒也罢了！可是眼前我至多只有一万五千进款，对不对？”

“比这个多得多呢，两个月到现在，我把你的积蓄在奥莱昂铁路股票上赚了一倍。”

“嗯，在巴黎，要人家敬重，起码得有五万法郎进账。我下了台，你是无须赔偿损失的。我要什么？要给玛奈弗升做科长；他可以有六千法郎薪水；已经服务了二十七年，再过三年，要是他死了，我可以拿到一千五百法郎的恩俸。你得了我多少好处，多少温柔，你竟等不及！……还亏你管这个叫作爱情！”

“即使我开场的时候别有用心，”克勒凡回答，“后来我的确死心塌地做了你的小猫小狗。哪怕你拿脚踩我的心，把我压扁了，吓坏了，我还是爱你的，我从来没有这样的爱过别人。华莱丽，我爱你像爱赛莱斯丁纳一样！为了你，我可以不顾一切……嗳！咱们太子街的约会不妨从一星期两次增加到三次。”

“哎唷！你返老还童了，好家伙……”

“让我把于洛赶走，羞辱一顿，替你打发掉，”克勒凡不理会她的刻薄话，自顾自说下去，“别再让巴西人进门，你整个儿交给我，包你不会后悔。我可以马上给你利息八千法郎的终身年金，五年之后，你对我不变心的话，再把产权过户给你……”

“老是生意经！赠送一道，布尔乔亚竟永远学不会！你想一辈子拿了存折，把爱情一节一节的收买过来，像驿站上换马似的！……啊！掌柜的，卖头发油的！你样样东西都要贴上标签！埃克多告诉我，埃罗维公爵把利息三万法郎的存单送给玉才华的时候，是放在杂货商的三角包里的！哼，我胜过玉才华十倍！啊！爱情啊！”她拈着头发卷儿照镜子，“亨利是爱我的，只要我眼珠一转，他会捻死你像捻死一只苍蝇似的！于洛也爱我的，他让老婆睡草垫！得了吧，你去做你的好爸爸吧。哦！你除了原有的家私，还有三十万法郎做寻欢作乐的资本，简直是一笔私蓄，而你还在一心一意加增这个数目……”

“为了你啊，华莱丽！我现在就送一半给你！”他说着跪了下来。

“吓，你还在这里！”鬼怪似的玛奈弗穿着睡衣出现了。

“你这是干什么呀？”

“他侮辱了我向我讨饶。他看到无计可施，想拿钱来收买我……”

克勒凡恨不得像戏台上一样，有扇门让他一钻钻到台下去。

“起来吧，亲爱的克勒凡，”玛奈弗笑着说，“你这样成何体统！看华莱丽的神气，我知道是没有危险的。”

“你去放心睡觉吧。”玛奈弗太太说。

克勒凡心里想：“她真机灵，真了不起！她救了我！”

玛奈弗回进卧房，区长便抓起华莱丽的手亲吻，掉了几滴眼泪在她手上，说道：“全部给你吧！”

“哎，这才叫作爱情，”她咬着他的耳朵，“那么以德报德，我也拿爱情回敬你。于洛在下面街上。可怜的老头儿，等我在窗口摆上一支蜡烛就进来。我现在允许你去告诉他，你是我唯一的爱人；他一定不信，那时你带他上太子街，拿证据给他看，奚落他一场；我允许你这么做，我命令你这么做。老东西好不讨厌，惹我心烦。你把他留在太子街过夜，细磨细琢的收拾他，报你玉才华的仇。于洛也许会气死；可是咱们救了他的妻子儿女，免得他们家破人亡。于洛太太在做工过日子呢！……”

“噢！可怜的太太！太惨了！”克勒凡露出了一点慈悲的本性。

“要是你爱我，赛莱斯丁，”她把嘴唇碰了一下克勒凡的耳朵，轻轻的说，“你得留住他，要不我就糟了。玛奈弗起了疑心，埃克多身边有大门钥匙，打算回来的！”

克勒凡把玛奈弗太太搂在怀里，快活之极的出去了：华莱丽依依不舍的送他到楼梯口；然后，好似受着磁石的吸引，一直陪他到二楼，又一直送到楼梯下面。

“我的华莱丽！你上去，不能落在看门的眼里！……你去呀，我的性命财产都是你的了……我的公爵夫人，你上去呀！”

大门关上，华莱丽轻轻的叫奥里维太太。

“怎么，太太，你在这里！”奥里维太太不由得愣住了。

“把大门上下的销子都插上，今晚别再开门。”

“是，太太。”

插上销子，奥里维太太把男爵想收买她的事对华莱丽讲了一遍。

“你对付得好，我的奥里维；咱们明儿再谈。”

华莱丽像箭头似的奔上四楼，在李斯贝德门上轻轻敲了三下，然后回到屋里吩咐兰纳；对一个刚从巴西来的蒙丹士，一个女人绝不肯错过机会的。

“噢！噢！只有大家闺秀才会这样的爱！”克勒凡对自己说，“她走下楼梯，楼梯就给她的眼睛照得发亮，她身不由主的跟着我呢！玉才华从来没有这一手！……玉才华，真是狗皮膏药！”他又露出跑街的口吻。“我说什么？啊，狗皮膏药……天哪！有朝一日我在王宫里也会说溜了嘴呢……真的，华莱丽要不把我教育起来，我简直上不了台……还念念不忘想充大佬！……啊！了不起的女人！她冷冷的把我眼睛一瞪，我就七荤八素，像害了肚子疼……呵，何等的风度，何等的机灵！玉才华从来没有使我这样的动过感情。还有多少难画难描的妙处！……啊！是了，那边不是我的老伙计吗？”

他在巴比伦街的暗陬瞥见高个子的于洛，微微伛着背，沿着一所正在盖造的屋子溜过去；克勒凡径自奔上前去。

“你早，男爵，已经过了半夜了，朋友！你在这儿干什么呀？……淋着毛毛雨散步，在咱们这年纪可是不行的。我好心劝你一句：大家回府算了吧；老实告诉你，窗口的蜡烛火不会出现的了……”

听到最后一句，男爵才觉得自己有了六十三岁，也发觉大氅已经淋湿。

“谁告诉你的？”

“华莱丽啊，不是她还有谁？咱们的华莱丽现在只跟我一个人了。咱们这是一比一和局，男爵；你要举行决赛的话，我一定奉陪。你不能生气，你知道我有言在先，要报复的，你花三个月抢掉我的玉才华，我夺你的华莱丽是花了……呃，这些甭提啦。现在我要独享权利了。可是咱们照样是好朋友。”

“克勒凡，别开玩笑，”男爵气得声音都喊不出，“这个事儿是性命进出的。”

“咦！你这么来的！……男爵，你难道不记得，奥当斯出嫁的时候你对我说的话吗？——难道两个老少年为了一个女人吵架吗？那多俗气，多小家子气！——咱们是，不消说，摄政王派、蓝衣派、篷巴杜派、十八世纪派、岩洞派、黎希留元帅派，可以说是《男子可畏》派！……”

克勒凡尽可把这一套文学名词搬弄下去，男爵听着他，像一个刚开始听不见声音的聋子。在煤气灯下看见敌人的脸发了白，胜利者才闭上嘴。在奥里维太太那番声明之后，在华莱丽瞟着他的最后一眼之后，这一下对男爵真是晴天霹雳。

“我的天！巴黎有的是女人！……”他终于叫了起来。

“当初你把玉才华抢去以后，我对你就是这么说的。”克勒凡回答。

“哎，克勒凡，这是不可能的……你拿出凭据来……我有大门的钥匙能随时进去，你有吗？”

男爵走到屋子前面，把钥匙插进锁孔；可是纹风不动，他推了一阵也是无用。

“别深更半夜的惊动四邻了，”克勒凡很安静的说，“呵，男爵，我的钥匙比你的好得多呢。”

“拿证据来！拿证据来！”男爵痛苦得快要发疯了。

“跟我来，我给你证据。”克勒凡回答。

于是依照华莱丽的吩咐，他带了男爵穿过希勒冷-贝丁街，向河滨大道走去。倒霉的参议官走在路上，仿佛一个明天就得宣告破产的商人。华莱丽的心术坏到这个地步，他怎么也想不出理由；他以为落了人家什么圈套。走过王家桥，他看到自己的生活那么空虚，那么不堪收拾，债台高筑，搅得一团糟，他几乎动了恶念，想把克勒凡推在河里，然后也跟着跳下。

到了当时街面还没有放宽的太子街，克勒凡在一扇便门前面停下。门内是一条走廊，地下铺着黑白两色的石板，旁边有一列柱子，走廊尽头是楼梯间和门房，像巴黎许多屋子一样靠里面的小天井取光。这天井跟邻居的屋子是公用的，可是半边大半边小，分配很不平均。正屋是克勒凡的产业，后面有几间厚玻璃盖顶的偏屋，因为紧靠邻屋，不能起得太高。突出的楼梯间与门房，把几间偏屋完全遮掉，在外面一点儿看不见。

偏屋一向租给临街两个铺面之中的一个，派作堆栈、工场和厨房之用。克勒凡把这三间屋子收回，教葛兰杜改成一个经济的小公馆。进口有两处，一处是街面上那个卖旧家具的铺子，那是房租低廉而论月的，预备房客不知趣的时候好随时撵走；一处是长廊墙上有扇非常隐蔽，差不多看不出的门。小公寓包括饭厅、客厅和卧室，都从上面取光，一部分造在克勒凡的地上，一部分造在邻居的地上。除了卖旧家具的商人以外，房客都不知道有这个小天堂存在。给克勒凡收买好的看门女人，是一个出色的厨娘。夜里无论什么时候，区长先生可以在这所经济的小公馆里出入，不用怕人家刺探。白天，一个女人穿得像上街买东西的模样，拿了钥匙，可以毫无危险的走进克勒凡那儿；她看看旧货，还还价，在铺子里进去出来，万一给人家碰上了也不会引起疑心。

等到克勒凡点上小客厅的烛台，男爵对着那个精雅华丽的场面愣住了。老花粉商把屋子的装修全权交托给葛兰杜，老建筑师拿出全副本领，设计成篷巴杜式，一共花了六万法郎。

“我要把这个地方收拾得使一个公爵夫人都要惊……”克勒凡对葛兰杜说。

他要有一所巴黎最美的乐园供养他的夏娃，他的大家闺秀，他的华莱丽，他的公爵夫人。

“一共有两张床。”克勒凡指着一张便榻对于洛说。便榻下面，像柜子的大抽斗似的可以拉出一张床。“这里一张，卧室里还有一张。所以咱们俩好在这儿过夜。”

“证据呢？”男爵问。

克勒凡端起烛台把朋友带进卧房。在双人沙发上，于洛瞥见华莱丽的一件漂亮睡衣，在华诺街穿过的。区长在一口嵌木细工的小柜子上拨了一下暗锁，掏了一会，找出一封信交给男爵：“你念吧。”

男爵接过一张铅笔的便条，写的是：“我白等了你一场，你这个老糊涂！像我这样的女人绝不等一个老花粉商的。又没有预备下饭菜，又没有纸烟。我要你赔偿损失。”

“不是她的笔迹吗？”

“我的天！”于洛垂头丧气坐了下来，“她所有动用的东西都在这儿，噢，她的睡帽、她的软底鞋。哟！哟！告诉我，从什么时候起的？……”

克勒凡会心的点点头，在嵌木细工的小书桌内翻出一堆文件。

“你瞧，朋友！我是一八三八年十二月付的包工账。前两个月，这座美丽的小公馆已经落成启用。”参议官把头低了下去。

“你们怎么的？她一天所花的时间，每个钟点我都知道的。”

“那么蒂勒黎花园的散步呢?……”克勒凡搓着手,得意的很。

“怎么?……”于洛张着嘴合不拢来。

“你所谓的情妇上蒂勒黎花园,从一点散步到四点是不是?可是眼睛一霎,她在这儿啦。你该记得莫里哀的戏吧?告诉你,男爵,你的绿头巾①一点儿也不虚假。”

于洛无可再疑了,他沉着脸一声不出。凡是聪明强毅的男人,遭了祸事都会自己譬解的。精神上,男爵好似一个黑夜里在森林中找路的人。不声不响的发愁,消沉的气色的变化,一切都教克勒凡担上心事,他并不要他的合伙老板送命。

“我对你说过了,朋友,咱们这是一比一,来决赛吧。你要不要决赛,嗯?谁有本领谁赢!”

“为什么,”于洛自言自语的说,“为什么十个漂亮女人至少七个是坏的?”

男爵心绪太乱,无法解答这个问题。美,是人类最大的力量。而一切力量,要没有平衡的势力,没有阻碍而自由发挥的话,都会走上漫无限制与疯狂的路。所谓专制,便是滥用权力。女人的专制则是她想入非非的欲望。

“你没有什么好抱怨,老伙计,你有着最漂亮最贤德的妻子。”

“这是我的报应,”于洛对自己说,“我不知道赏识太太的好处,使她受苦,而她是一个天使!噢!可怜的阿特丽纳,人家代你报了仇!她一声不出,孤零零的在那里熬着痛苦,她才值得我

①莫里哀有一出趣剧,叫作《幻想的绿头巾》。

敬重，值得我爱，我应该……唉，她还是那么美、那么纯洁，又跟少女一样了……噢，几曾看见过一个女人比华莱丽更贱、更卑鄙、更下流的？”

“她是一个女棍，一个淫妇，应该抓到夏德莱广场上去抽一顿。可是好朋友，倘使我们真是蓝衣派、黎希留元帅派、篷巴杜派、杜·巴里派、十足地道的十八世纪派，那么我们的世界上是根本不该有警察的。”

“怎么样才能博得人家的爱呢？……”于洛自言自语的发问，根本不听克勒凡的话。

“唉，朋友！要人家爱就是我们的糊涂，”克勒凡说，“她对我们不过是敷衍敷衍，因为玛奈弗太太比玉才华还要坏一百倍……”

“而且更贪！她教我花了十九万两千法郎！”

“多少生丁呢？”克勒凡摆出银行家的架子，觉得这数目还渺乎其小。

“你明明不是爱她。”男爵伤心的说。

“我吗，我受用得够了，她刮了我三十多万呢！……”

“这些都花到哪儿去了？”男爵把手捧着脑袋。

“要是我们齐了心，学那些青年人的办法，合伙凑点钱养一个便宜的婊子，决计花不了多少……”

“这倒是一个主意！”男爵回答，“唉，她老欺骗我们。胖老头，你觉得那巴西人是怎么回事？……”

“啊！老油子，你说得不错，咱们都受了骗，像……像公司里的股东一样！……所有这些女人都是不出面的老板！”

“那么窗口的蜡烛等等是她跟你说的了？”

“我的好家伙，”克勒凡摆好了姿势，“咱们都做了冤大头！华莱丽是一个……她要我留你在这里……我明白得很……她留着她的巴西人……啊！我不要她了，你抓住她手，她就用脚来耍你！吓！真是下流坯！不要脸！”

“她比娼妓还不如。”男爵说，“玉才华、贞妮·凯婷，还有权利欺骗我们！她们原是拿卖笑当职业的！”

“可是她呀，她装作圣女，装作贞节！喂，于洛，你还是回到太太跟前去，你的事搅得很糟，外面说你有些借票落在一个放印子钱的伏维奈手里，他是专门向婊子们放债的。至于我，良家妇女的味道也尝够了。在咱们这年纪，还要这些妖精干什么？老实说，要她们不欺骗我们是绝对办不到的。男爵，你已经有了白头发，装了假牙齿。我吗，我的神气像小丑。还是去搅我的钱吧，钱绝不欺人。每半年开一次的国库，固然对大家都一视同仁，但它至少给你利息，而这个女人却吃你的利息……跟你，我的老伙计，我可以平分秋色，满不在乎；可是一个巴西人，说不定带些要不得的殖民地货色来呢……”

“女人真是一个不可解的谜！”男爵说。

“我能够解答：咱们老了，巴西人又年轻又漂亮……”

“是的，不错，我承认我们老了。可是，朋友，这些妖艳的娘儿们脱衣服的时候，眼睛骨碌碌的打转，一边卷头发一边从手指缝里对你乖乖的笑一笑，她们挤眉弄眼，花言巧语，看我们忙着正经，便说我们爱她爱得不够，想尽方法教我们分心。这种美人儿，试问怎么丢得下？”

“是啊，这是人生唯一的乐趣……”克勒凡嚷道，“啊！一张小娃娃似的脸对你笑着，对你说：我的亲亲，你知道不知道你多可爱！我的确跟旁的女人不同，不像她们专爱小白脸，爱那些抽烟的，像下人一样俗气的人！他们依仗年轻，总是又狂又骄傲！……一下子来了，道了一声好又不见了。……我吗，你以为我轻佻，我可不要那些小娃娃，宁可挑五十上下的男人，他们有长性，他们忠心，知道一个女人是不容易找到的，他们会赏识我们的好处……所以我爱你啊，你这个坏东西！——她们说着还加上一大套千娇百媚的做功……吓！就像市政会议的节目一样虚假……"

"假话往往比真话好听，"男爵看着克勒凡学做华莱丽的神气，回想到她几幕迷人的表演，"编造谎话，在戏装上缝些发亮的铜片，总是下过一番工夫的……"

"而咱们就是勾上了这些女骗子！"克勒凡恶狠狠的说。

"华莱丽是一个仙女，"男爵嚷道，"她使我们返老还童……"

"啊！是的，她是一条你抓握不住的鳗鱼，但是一条最好看的鳗鱼，又白又甜，像糖一样！而且精灵古怪，花样百出！啊！"

"是呀，是呀，她真是机灵！"男爵再也想不起他的太太了。

两位同事睡觉的时候，成了世界上最好的朋友，互相把华莱丽的妙处一件一件的想起来，想起她声音的抑扬顿挫，她的撒娇，她的手势，她的怪腔怪调，她的捉摸不定的念头和捉摸不定的感情。因为这个爱情的艺术家颇有些兴往神来的表演，仿佛一个歌唱家一天会唱得比另一天更好。两人温着迷人的春梦，在地狱的火光照耀之下睡熟了。

下一天早上九点，于洛说要上部里办公，克勒凡有事要下乡。他们一同出门，克勒凡向男爵伸着手说：

"你不会跟我过不去吧？咱们俩谁都不再想玛奈弗太

太了。”

“噢！完啦完啦！”于洛表示不胜厌恶。

十点半，克勒凡三脚两步爬上玛奈弗太太家的楼梯。他发现那混账女人，那迷人的妖精，穿着妖冶的便装，跟亨利·蒙丹士·特·蒙德耶诺男爵和李斯贝德，一同吃着精美的早餐。克勒凡虽然看到巴西人觉得不大好受，却照样请玛奈弗太太给他两分钟时间，让他面奏机密。华莱丽带了克勒凡走进客厅。

“华莱丽，我的天使，”痴情的克勒凡说，“玛奈弗是活不久的；要是你对我忠实，等他一死，咱们就结婚。你考虑考虑吧。我替你把于洛打发掉了……你估计一下，巴西人是不是抵得了一个巴黎的区长，他为了你预备爬上最高的位置，眼前已经有八万以上的进款了。”

“让我考虑一下吧。我两点钟到太子街再谈，可是你得乖乖的！并且，别忘了昨天答应我的款子。”

她回到饭厅，背后跟着克勒凡，他很高兴想出了独占华莱丽的办法；可是在他们短短的谈话期间，于洛男爵也为了同样的计划来到了。参议官像克勒凡一样要求面谈片刻。玛奈弗太太站起身子回进客厅，对巴西人笑了一笑，意思是说：“他们都疯了，难道他们都看不见你吗？”

“华莱丽，”参议官开口道，“我的孩子，这老表是美洲的老表……”

“噢！不用提了！”她截住了男爵的话，“玛奈弗从来不是，将来也不是，也不可能再是，我的丈夫了。我第一个爱的、唯一的男人，出其不意的回来了……这不是我的错！可是你把亨利跟你自己仔细瞧一瞧吧。然后你再问问自己，一个女人，尤其她真有爱情的时候，她该怎么挑。朋友，我不是人家的外室。从今天起，我不愿意再像苏查纳一样服侍两个老头儿了。要是你舍不得我，你跟克勒凡可以做我们的朋友。可是一切都完了，我已经二十六，从此我要做一个圣女，做一个端庄贤德的女人……像你太太那样。”

“原来如此！嘿！你这样对我，我这次来倒像教皇似的，预备宽宏大量，样样都原谅你呢！……那么好，你的丈夫永远不会当科长，也不会得四等勋章……”

“咱们等着瞧吧！”玛奈弗太太用一副异样的神情望着于洛。

“咱们先别生气，”于洛绝望之下又说，“我今晚再来，咱们好商量的。”

“只能在李斯贝德那里……”

“就李斯贝德那里！……”痴情的老人回答。

于洛和克勒凡一同下楼，闷声不响直到街上。到了阶沿，彼此望了望，苦笑一下。

“咱们是两个老疯子！……”克勒凡说。

“我把他们撵走了，”玛奈弗太太重新坐上饭桌对贝德说，又对亨利·蒙丹士笑着，“除了我的豹子以外，我从来没有爱过别人，也永远不会爱别人。李斯贝德，我的孩子，你不知道吗？……我为了穷而堕落的事，亨利都原谅了。”

“那是我的错，”巴西人说，“我早该汇十万法郎给你的。”

“好孩子！”华莱丽嚷道，“我那时该做工的，可是我的手天生的不配做活……你问问李斯贝德吧。”

巴西人出门的时候是世界上最快乐的男人。

中午，华莱丽和李斯贝德在富丽堂皇的卧室里谈话，那个阴险的巴黎女人，正在把她的装扮加一番最后的润色。房门闩上，门帘拉严，华莱丽把晚上、夜里、早上的经过，从头至尾说了一遍。说完了，她问贝德：

“你听了满意吗，我的宝贝？将来我怎么办，做克勒凡太太，还是蒙丹士太太？你看怎么样？”

“克勒凡以他那样的荒唐，绝不能活过十年，蒙丹士可年轻。克勒凡大概能给你三万法郎进款。让蒙丹士等罢，他做了你的心肝宝贝，也该知足了。这样，到三十三岁光景，我的孩子，你保养得漂漂亮亮的，再嫁给你的巴西人，凭了六万法郎的进款，你一定能当个数一数二的角色，何况还有一个元帅夫人替你撑腰……”

“不错，可是蒙丹士是巴西人，永远干不出大事来的。”

“我们这时代是铁路的时代，”李斯贝德回答，“外国人在这儿早晚都得抖起来的。”

“等玛奈弗死了，我们再看着办吧。他的病也拖不久的了。”

“他的老毛病正是他的报应，……呃，我要上奥当斯家去了。”

“好，你去吧，”华莱丽回答说，“替我把艺术家找来！三年工夫进不了一尺一寸，咱们两人也够丢脸的了！文赛斯拉和亨利，我的痴情就只有两个对象。一个是为了好玩，一个是为了爱情。”

“今天你多美！”贝德过来搂着华莱丽的腰，亲了亲她的额角。

“你所有的快乐、财产、装扮，……我看了都觉得高兴。自从咱们结了姊妹那一天起，我才有了真正的生活……”

“等一下，你这个雌老虎！”华莱丽笑着说，“你的披肩歪着呢……教了你三年，还不会用披肩，亏你还想当于洛元帅夫人！……”

九

穿着薄呢小靴、灰色丝袜、上等料子的绸衣衫，头上盘着发辫，戴一顶黄缎夹里的丝绒帽，李斯贝德穿过安伐里特大街往圣·陶米尼葛街走去，一路盘算奥当斯的刚强能否因气馁而屈服，也考虑文赛斯拉的爱情，能否因斯拉夫人的杨花水性到了无所不为的阶段而动摇。

奥当斯和文赛斯拉住着一个楼下的公寓，在圣·陶米尼葛街尽头，快到安伐里特广场的地方。这屋子从前是度蜜月最合适的场所，现在却半新半旧，家具陈设都到了秋季。新婚夫妇是最会糟蹋东西的，他们无意之中糟蹋周围的一切，像糟塌他们的爱情一样。一味的自得自满，他们想不到将来，那是只要担上了儿女的责任才操心的。

李斯贝德到的时候，奥当斯刚刚给小文赛斯拉穿好衣服，带到花园里。

“你好，贝姨。”奥当斯自己来开门。厨娘买东西去了，收拾屋子兼管孩子的女仆正在洗衣服。

“你好，亲爱的孩子，”李斯贝德拥抱了奥当斯，“文赛斯拉是不是在工场里？”她又咬着耳朵问。

“不，他跟史底曼和夏诺在客厅里谈话。”

“咱们别跟他们在一块儿行吗？”

“来，到我房里去。”

卧房墙上白地红花绿叶的波斯绸，给太阳久晒之下，和地毯一样褪色了。窗帘好久没有洗过。满屋子的雪茄烟味。文赛斯拉既是天生的贵族，又成了艺术界的巨头，把烟灰到处乱弹，沙发的靠手上、最美丽的家具上，触目皆是，显得他是家庭中的宠儿，可以为所欲为，也表示他有钱，无须爱惜东西。

“好，谈谈你的事情吧，”贝德看见漂亮的甥女倒在椅子里不出一声，“怎么啦，孩子？你脸上没有血色。”

“外面新登了两篇文章，把文赛斯拉攻击得体无完肤；我看了就藏了起来，免得他灰心。人家说蒙高南元帅的大理石像糟透了，他们恶毒得很，故意赞美浮雕部分，恭维文赛斯拉的装饰天才，借此加强他们的意见，说正宗的艺术是与他无缘的。史底曼禁不住我苦苦央求，说了老实话，他承认他的意思跟一般艺术家、批评家和公众的舆论完全一致。中饭以前他在花园里对我说：要是文赛斯拉在明年的展览会中拿不出一件精品，他就得放弃大型的雕塑，只做一些小品、小人像、首饰、珍玩和高等金银细工！——这个判决使我难受极了，因为文赛斯拉永远不肯接受这个意见的，他有多多少少美妙的理想……”

“可是我们不能拿理想去开发伙食账呀，”李斯贝德插言道，“我从前跟他说得舌敝唇焦……付账是要钱的。而钱是要靠做成的东西换来的，做成的东西又要讨人喜欢才有人买。要谋生，雕刻家的工作台上摆什么群像人像，还不如有一个火把座子，壁炉前面的挡灰架子等等的模型；因为这些东西是人人需要的，不比人物的像要等上几个月才能碰到一个收藏家，换到钱……”

“你说得不错，亲爱的贝姨！你跟他说吧；我，我没有勇气……况且像他对史底曼说的，倘使他再去干装饰艺术、做小品雕塑，就得放弃学士院，放弃大创作，而凡尔赛、巴黎市、陆军部，给我们保留的三十万法郎工程，也就不用提啦。你瞧，那些想把工程抢过去的人，教人写出两篇该死的文章，使我们受到这样的损失。”

“可怜的孩子，这可不是你的理想啊！”贝德亲着奥当斯的额角，“你要他做一个在艺术界称霸的贵族，做一个雕塑界的领袖……是的，说来多好听……可是要做这样的梦，非得一年有五万法郎的进款，而你们现在只有两千五，在我活着的时候；将来我死了，你们也只有三千。”

奥当斯涌上几滴眼泪，贝德瞧着恨不得上去舐干，好像猫舐牛奶一样。

下面是他们初婚时期的简史，一般艺术家读了也许不无裨益。

劳心的工作，在智慧的领域内追奔逐鹿，是人类最大努力之一。在艺术中值得称扬的——艺术二字应当包括一切思想的创造在内——尤其是勇气，俗人想象不到的勇气，而我这番说明也许还是第一次。受着贫穷的压迫，受着贝德的钳制，好似一匹马戴上了眼罩，不能再东张西望，给这个狠心的姑娘，贫穷的代表，平凡的命运，鞭策之下，文赛斯拉虽是天生的诗人与梦想者，也居然从观念过渡到实践，不知不觉的跨过了艺术领域中的鸿沟。空中楼阁的设想一些美妙的作品，是挺有趣的消遣，好比吞云吐雾，抽着奇妙的雪茄，也好比荡妇过着随心所欲的生活。幻想中的作品，有着儿童一般的妩媚，有着欣欣向荣的喜悦，芬芳娇艳不下于鲜花，浆汁的饱满不下于未曾到口的美果。这便是所谓玄想和玄想的乐趣。凡是能用言语把胸中的计划形容出来的，已经算了不起的人。这种能力，一切艺术家与作家都有。可是生产、分娩、抚育，完全是另一件事。那是每天晚上喂饱了奶给孩子睡觉，每天早上以无穷的母爱去拥抱他，不怕肮脏的舐他弄他，永远把撕破的衣衫换上最漂亮的。换句话说，艺术家不能因创作生活的磨难而灰心，还得把这些磨难制成生动的杰作，是雕塑吧，要能和所有的眼睛说话；是文学吧，跟所有的智慧交谈；是绘画吧，唤起所有的回忆；是音乐吧，打动所有的心。要达到这些目标，便全靠制作和制作的苦功。手要时时刻刻的运用，要时时刻刻听头脑指挥。然而，正如爱情的有间歇性，头脑也不能随时随地都有创造的准备。

这种创作的习惯，可以叫作不知厌倦的母爱（拉斐尔最懂得这个伟大的天性），也可以叫作脑力方面的母性，是极难养成而极易丧失的。灵感，是天才的女神。她并不步履蹒跚的走过，而是在空中像乌鸦那么警觉的飞过的，她没有什么飘带给诗人抓握，她的头发是一团烈火，她溜的快，像那些白里带红的鹤，教猎人见了无可奈何。所以工作是一场累人的战斗，使精壮结实的体格一则以喜一则以惧，往往为之筋疲力尽。现代一个大诗人提到这种可怕的劳作时，说："我拿到工作就绝望，离开工作又难受。"世俗的人听着吧！如果艺术家不是没头没脑的埋在他的作品里，像罗马传说中的哥多斯冲入火山的裂口，像兵士不假思索他冲入堡垒；如果艺术家在火山口内不像地层崩陷而被埋的矿工一般工作；如果他面对了困难呆着出神，而不是一个一个的去克服，像那些童话中的情人，为了要得到他们的公主，把层出不穷的妖法魔道如数破尽；那么，作品就无法完成，只能搁在工场里腐烂，生产不可能了，艺术家唯有眼看自己的天才夭折。洛西尼，这个与拉斐尔可称为兄弟行的天才，以他穷困的早年和他富裕的成年相比，就是一个显著的例子。伟大的诗人所以和伟大的军人得到同样的酬报、同样的荣誉、同样的桂冠，就为这个理由。

天性耽于幻想的文赛斯拉，在李斯贝德专横的控制之下，为了生产、学习、工作，消耗过多少精力，一朝享受到爱情与幸福，便立刻有了反响。他的本性又抬头了。斯拉夫民族的懒惰、闲散、优柔寡断，从前给老师的戒尺赶得无处存身的，此刻又舒舒泰泰的占据他的精神了。最初几个月，艺术家爱着妻子。奥当斯与文赛斯拉，逞着名正言顺的、幸福的、过度的爱情，疯疯癫癫的恣意享受。那时奥当斯第一个教文赛斯拉丢开工作，雕塑是她的情敌，她还为了战胜情敌而得意呢。可是艺术家一受女人的爱抚，他的才气就烟消云散，毅力会崩溃，强悍的意志会动摇。六七个月过去了，艺术家的手没有再拿凿子的习惯。等到生活的压迫使他非工作不可，等到纪念像委员会主席维森堡亲王，要看他的雕像了，文赛斯拉便搬出那句懒人的老话：“我要开始了！”于是他胡扯一阵，天花乱坠的形容他的艺术计划，把奥当斯听得出神，更加爱她的诗人了。她心目中已经看到一座庄严伟大的蒙高南元帅像。当然蒙高南是刚强英武的理想化，骑兵的典型，像缪拉一样勇敢。吓！一看到这座雕像，等于看到了拿破仑全部的武功！而且是何等了不起的手法！稿图是容易设计的，铅笔是很听话的。

至于真正的人像，他先造出了一个可爱的小文赛斯拉。

赶到要上大石街工场去捏黏土，做一个雏形试一试的时候，打岔的事可就多啦：一下子为了亲王的时钟，非到发劳朗–夏诺工场去一趟不可，作品正在那里镂刻呢；一下子又是满天上云，光线不合；今儿有事出门，明儿家庭聚餐，且不提那些或是精神不得劲或是身体不得劲的日子，以及和娇妻说笑玩儿的日子。只要元帅维森堡亲王生了气，说事情要重新考虑了，才把他的模型逼了出来。又经过委员会几次三番的埋怨和措辞严厉的催促，才看到了石膏像。每做一天工作，史丹卜克回来总是非常疲倦，怨这种泥水匠的苦工，怨身体的不行。结婚第一年，家里还过得相当舒服。史丹卜克伯爵夫人对丈夫如醉如痴，在爱情满足而得意忘形之下，诅咒陆军部长；她亲自去见他，告诉他伟大的作品不能像大炮一般制造，政府应该像路易十四、法郎梭阿一世、雷翁十世那样听天才支配。可怜的奥当斯以为她臂抱中的男人是一个斐狄阿斯，对文赛斯拉像母亲一样护短，把爱情变作了盲目的崇拜。

“你不用忙，”她对丈夫说，“我们的将来全靠这座像，你从从容容的，做出一件杰作来吧。”

她也上工场。痴情的史丹卜克便丢下工作，七小时中花了五小时对妻子描写他的雕像。这样，他一共花了十八个月方始完成这件他自以为的杰作。

浇好石膏以后，奥当斯眼见丈夫花了那么些精力，健康受了影响，把身体、手臂、手都折磨够了，当然觉得作品美极了。父亲根本不懂雕刻，男爵夫人也一样的外行，都大声叫好，说是杰作；陆军部长被他们请了来，受了他们的催眠，对于那座配着适当的光线，衬着绿布幔的石膏像，也表示满意。不幸在一八四一年的展览会中，这件作品在那般气不过文赛斯拉爬得太快的人嘴里，引起了一片嬉笑怒骂的批评。史底曼想从旁指点，文赛斯拉却认为嫉妒。奥当斯觉得报纸上的指摘全是醋意作怪。史底曼这个热心朋友，拉人写了几篇文章，驳斥那些批评，说从石膏翻成大理石的时候，雕塑家往往大加改削，所以将来还得拿出大理石像来展览。格劳特·维浓说："在石膏翻成大理石的过程中，往往精华变成糟粕，腐朽化为神奇。石膏像是手稿，大理石像是印好的书。"

两年半中间，史丹卜克造了一座人像和一个孩子。孩子是美妙绝伦，人像是不堪入目。

亲王的时钟与蒙高南像，还掉了青年夫妇的债。那时史丹卜克对于应酬、看戏、意大利剧院等等，都上了瘾。他关于艺术的讨论出神入化，在上流社会心目中，他是一个高谈阔论，以批评与说明见长的大艺术家。巴黎自有一般靠清谈过日子的天才，以博得交际场中的荣誉为满足。史丹卜克一味模仿这些迷人的太监，对工作一天天的厌恶。想开始一件作品的时候，他先看到所有的困难，教自己心灰意懒。灵感，那点子创造狂，一看到这个萎靡不振的情人便溜之大吉。

雕塑和戏剧一样，是一切艺术中最难而又最容易的。只消把一个模特儿依样葫芦的捏下来，便可成为一件作品；但是要给它一颗灵魂，把一个男人或女人造成一个典型，那简直和普罗米修斯盗取天上的灵火一样困难。雕塑史上这一类的成功，是和大诗人同样寥寥可数的。米开朗琪罗、弥盖·高仑、约翰·古雄、斐狄阿斯、帕拉西丹尔、波里克兰德、比越、加诺伐、亚尔倍·丢勒、和弥尔敦、维奚尔、但丁、莎士比亚、太斯、荷马、莫里哀等等都是兄弟行。雕塑的规模之大，只要一座雕像就能造成一个人的不朽，仿佛费加罗、勒佛莱斯、玛侬·雷斯谷，一个人物就足以使博马舍、理查逊和泼莱伏神甫名垂千古。浅薄的人（艺术家总是太重视他们的意见）说雕塑是只靠裸体存在的，从古希腊灭亡以后它就消灭了，现代的服装使雕塑根本不可能。殊不知古代雕塑家的杰作中间，有的是全部穿衣的人像，如《波里尼》《于里》等，而这一类的作品，我们发现的还不及原来的十分之一。其次，真爱艺术的人不妨到佛罗伦萨去看看米开朗琪罗的《思想家》，到玛杨斯的大寺中去看看亚尔倍·丢勒的《童贞女》—— 在紫檀木上，在三重衣衫之下，雕出一个生动的女人，微波荡漾的头发，那种柔软的感觉绝非人间的梳妆所能比拟。外行人看过之后，都会承认天才能够在衣服上、铠甲上、长袍上，留下一缕思想，给它们一个血肉之体，正如一个人在衣饰上能表现他的性格和生活习惯。关于这一点，在绘画上独一无二的成就只有拉斐尔。而雕塑所要实现的就是拉斐尔这种成就。要解决这个难题，只能靠有恒的、孜孜矻矻的工作；因为物质的困难要绝对克服，手要不辞劳苦，磨炼得随心所欲，而后雕塑家方能和他所要表达的对象，那个不可捉摸的精神境界，肉搏。在小提琴上吐露心曲的帕格尼尼，倘使三天不练习，他的乐器便会像他所说的，丧失他的音域：这是说明在琴、弦、弓，与他之间，有着极密切的关系；这一点关系破灭了，他就会突然之间变成一个普通的提琴家。持续不断的工作是人生的铁律，也就是艺术的铁律；因为艺术是最精醇的创造。所以伟大的艺术家与诗人，既不等订货，也不等买主；他们今天、明天，永远在制作，从而养成劳苦的习惯，无时无刻不认识困难；凭了这点认识，他们才和才气，才和他们的创造力打成一片。加诺伐是在工场中起居生活的，像伏尔泰在书斋中一样。荷马与斐狄阿斯，想来也是如此。

伟大的人物都走过了荒沙大漠，才登上光荣的高峰；文赛斯拉·史丹卜克被李斯贝德幽禁在阁楼上的时节，已经踏上那一段艰苦的路。可是幸福，借了奥当斯的面目，教诗人恢复了懒惰，恢复了一切艺术家的常态：因为他们的懒惰是胡思乱想，照样忙得很。那有如土耳其总督在后宫中的享受：他们溺于幻想，醉心于智慧的游戏。像史丹卜克一流的大艺术家。受着梦想的侵蚀，可以名副其实的称为梦想家。这批自我麻醉的瘾君子个个以穷途潦倒收场；但在冷酷的环境鞭策之下，个个可以成为大人物。而且这些半吊子的艺术家非常可爱，博得人人喜欢，个个恭维，比着有个性、有蛮劲，反抗社会成法的真正的艺术家，反而显得高明。因为大人物是属于他们的作品的。他们对一切的漠不关心、对工作的热诚，使愚夫愚妇把他们当作自私；因为大家要他们和花花公子穿起同样的衣服，过着随波逐流而美其名曰循礼守法的生活。大家要深山中的狮子像侯爵夫人的哈巴狗一样的梳理齐整，洒上香水。这些很少对手而难得遇到对手的人，势必离群索居，与世隔绝，在大多数人眼里变得不可解了，而所谓大多数原是些傻瓜、愚夫愚妇、妒贤害能的人，与浅薄无聊的人。经过了这番分析，处在例外的大人物身旁，一个女人应该负起怎样的任务，你们可以明白了吧。她应当像五年中间的李斯贝德，再加上爱，又谦卑，又体贴，永远在那里侍候着，微笑着的爱。

奥当斯鉴于母亲的痛苦，受着贫穷的压迫，终于后悔无及的，发觉了她过度的爱情无意中所犯的错误。但她不愧为她母亲的女儿，一想到要文赛斯拉受罪，她就心疼；她太爱他了，不能做她亲爱的诗人的刽子手，可是眼见悲惨的日子快要临到，临到她，她的孩子和她的丈夫头上。

贝德看见姨甥的漂亮眼睛含着泪，便说："啊！啊！你不能绝望。你哭出一杯子眼泪也换不到一碗汤！缺多少呢？"

"五六千法郎。"

"我至多只有三千。此刻文赛斯拉在干什么？"

"有人出六千法郎，教他和史底曼合作，替埃罗维公爵做一套点心盘子。欠雷翁·特·洛拉和勃里杜两位的四千法郎，夏诺答应代付，那是一笔信用借款。"

"怎么？你们拿了蒙高南元帅纪念像和浮雕的钱，还没有还这笔债？"

"唉，这三年中间我们每年花到一万二，收入只有两千四。元帅的纪念像，除掉一应开支，净到手一万六。老实说，要是文赛斯拉不工作，我们的前途简直不堪设想。啊！要是我能够学会雕塑，我才会拼命去抓黏土呢。"奥当斯说着，伸出一双美丽的手臂。

由此可见少女并没在少妇身上变质。奥当斯眼睛发着光，依旧是那副刚强骠悍的性格；她的精力只能用来抱孩子，她觉得委屈。

"啊！亲爱的小乖乖，一个懂事的姑娘要嫁一个艺术家，必须等他发了财而不是在他要去发财的时候。"

这时她们听到史底曼和文赛斯拉的脚声和谈话，他们送走了夏诺，又回进屋子。史底曼，这个在新闻记者、有名的女演员和时髦的交际花中间走红的艺术家，是一个漂亮青年，因为华莱丽有心罗致，已经由格劳特·维浓引见过。史底曼刚和大名鼎鼎的匈兹太太分手，几个月以前她嫁了人，到内地去了。华莱丽和李斯贝德，从格劳特·维浓嘴里听到这个消息，认为这个文赛斯拉的朋友大有拉拢的必要。可是史底曼为了避嫌疑，难得上史丹卜克家，而他和格劳特·维浓那次上华诺街，贝德又不在场，所以这一天贝德还是与他初次见面。她把这个知名的艺术家打量之下，发觉他望着奥当斯的那种眼神，很可能派他去安慰奥当斯，要是文赛斯拉欺骗太太的话。的确，在史底曼心中，倘使文赛斯拉不是他的老朋友，这位年轻的伯爵夫人倒是一个挺可爱的情妇；但是朋友的义气把这个欲望压下去了，使他不敢多到这儿走动。贝德注意到他那种拘谨的态度，正是男人见了一个不好意思调戏的女人的表示。

"这个青年人长得挺不错哪。"贝德咬着奥当斯的耳朵。

"真的？我从来没有注意到……"

"史底曼，我的好朋友，"文赛斯拉咬着他的耳朵说，"咱们之间不用客套，我有事跟这个老姑娘商量。"

史底曼向两位太太告辞之后，走了。

"事情谈妥了，"文赛斯拉送客回来说，"可是这活儿要花六个月工夫，咱们先得有六个月的粮食。"

"我有钻石呢。"年轻的伯爵夫人像一切疼爱丈夫的女子一样，拿出那种了不得的热诚。

文赛斯拉眼中亮出一滴眼泪。他坐下抱着妻子，回答说：

"噢！我会工作的。让我做些大路货应市，做一件订婚的礼物，或是做几座人物的铜雕……"

"亲爱的孩子们，"李斯贝德说，"你们将来是承继我的，我一定留一笔大大的财产给你们，要是你们肯促成我跟元帅的亲事——而且事情倘使成功得早，你们跟阿特丽纳都可以寄饭在我家里。啊！咱们可以快快活活的一块过日子。至于眼前，听我一句老经验的话：千万不能上当铺，那是借债的末路。我亲眼看见穷人到了展期的时候付不出利息，把东西全部送了人。我可以替你们借到五厘起息的钱，只要写张借票就行。”

“真的？那我们得救了！”奥当斯说。

“那么，我的孩子，你让文赛斯拉去见一见债主，她是看我面子才借的。我说的是玛奈弗太太，只要恭维她几句，她就挺高兴帮你们忙，因为她像暴发户一样好虚荣。亲爱的奥当斯，到那边去一下吧。”

奥当斯望着文赛斯拉，神气就像待决的囚徒踏上断头台。

“格劳特·维浓介绍史底曼去过。据说是一个挺有意思的地方。”

奥当斯把头低了下去。她心中的感觉只有一个字可以说明，那不是一桩痛苦，而是一种病。

“哎，亲爱的奥当斯，你得学一学人情世故！”贝德懂得奥当斯的态度是什么意思，“要不然你得跟你母亲一样，待在冷宫里，像加里泼梭在于里斯动身以后那样的哭哭啼啼，而且到了那个年纪，还没有丹兰玛葛来安慰你呢！……”她学着玛奈弗太太那套缺德话，“你得把世界上的人当作家用的器具，有用就拿过来，没用就扔掉它。孩子们，把玛奈弗太太先利用一下，过后再离开她得了。文赛斯拉多爱你，难道你还怕他有野心，对一个大你四五岁，像一束苜蓿一样干枯，而且……”

“我宁可当掉我的钻石。噢！文赛斯拉！你不能去……那里是地狱！”

“奥当斯说得不错！”文赛斯拉一边说一边拥抱他的妻子。

“谢谢你，朋友。”年轻的妻子快活到了极点，“贝姨，你瞧，我丈夫是一个天使！他不赌钱，我们到处都是一块儿去，要是他能尽心工作，那我真是太幸福了。干吗要到父亲的情妇家里去，她榨光了父亲的钱，害得我们英勇的母亲好苦！”

“孩子，害你父亲的不是她，先是那个歌女，后来是你的婚事！天哪，玛奈弗太太对他很有好处呢，哼！……可是我不应该说这些话的……”

“你替谁都要辩护，亲爱的贝姨……”

孩子在花园里哭喊，把奥当斯叫了去。屋内只留下贝德和文赛斯拉。

“你太太是一个天使，文赛斯拉！你得好好的爱她，永远不能让她伤心。”

“是的，我多爱她，所以把我们的境况都瞒着她，可是李斯贝德，对你不妨直说，即使把太太的钻石送进了当铺，还是无济于事。”

“那么向玛奈弗太太去借啊……劝劝奥当斯让你去，或者，老实说，别给她知道，你自顾自去！”

“我就是这么想，”文赛斯拉说，“我刚才说不去，是免得奥当斯难受。”

“你听着，文赛斯拉，我太喜欢你们两个了，不能不把危险预先告诉你。要是上那儿去，你得十二分留神，因为那个女人是一个妖精；个个人一看见她就爱上她；她那样的坏，那样会迷人！……她有艺术品那样的魔力。你借了她的钱，可不能把你的灵魂做抵押。要是我的甥女儿受了欺骗，我要一辈子的过意不去……呃，她来了！咱们别提了，你的事由我去安排就是。”

“你得谢谢贝德，”文赛斯拉对妻子说，“她答应把积蓄借给我们，救我们的急。”他对贝德递了一个眼色，贝德懂了。

“那么我希望你开始工作，我的宝贝，嗯？”奥当斯说。

“噢！明天就动手！”

“就是明天这两个字害了我们。”奥当斯笑道。

“啊！亲爱的，你自己说吧，是不是每天都有打岔，都有阻碍，都有事儿？”

“是的，你说得不错。”

“我这儿有的是念头！……”史丹卜克敲了敲脑袋，“噢！我要教所有的敌人出惊。我要做一套餐具，十六世纪的德国式的，幻想派的！我要捏出许多草虫，安放许多孩子，穿插许多新奇的、名副其实的喷火兽，实现我们的梦境！……啊，这些我都拿稳了！做出来一定是又精工，又轻巧，又复杂。夏诺临走听得出神了……我就需要人家鼓励，最近那篇关于蒙高南纪念像的文章，使我灰心到了极点。”

那天，在奥当斯走开一会只剩李斯贝德与文赛斯拉两人的时候，艺术家和老姑娘商量好，准备下一天就去拜访玛奈弗太太，要就是太太答应他去，要就瞒着她去。

华莱丽，当夜得知了这个胜利的消息，逼着男爵把史底曼、格劳特·维浓和史丹卜克请来吃饭。她现在可以随心所欲的支配他，就像那些女人支配老年的男人，有办法教他们跑遍全城，把谁都央求得来满足她们的利益或虚荣。

下一天，华莱丽全副武装，那种打扮是巴黎女人挖空心思来卖弄她们的姿色的。她把自己细细端详，好似一个男人去决斗之前，把虚虚实实的剑法温习一遍。没有一丝皱痕，没有一条褶裥。华莱丽把皮肤收拾得像凝脂白玉，那么柔软，那么细腻。再加上几颗惹眼的痣。大家以为十八世纪的美人痣业已失传或者过时，其实并不。现在的女人比从前的更精明，会运用大胆的战略勾引人家的手眼镜。某人第一个发明缎子结，中间扣一颗钻石，整晚的引人注目；某人又开始复古，戴上发网，或在头发中间插上一支匕首形的别针，教人联想到她的束袜带；某人用黑丝绒做袖口；某人又在头巾上缀坠子。等到这一类的勾心斗角、卖弄风骚或表示爱情的战术，演变为中下阶级的时候，心思巧妙的创造者又在发明别的玩意了。华莱丽存着必胜的心，那晚点了三颗痣。她用药水把淡黄头发染成灰黄。史丹卜克太太的头发是赭黄的，华莱丽要显得处处地方与她不同。经过了这番改造，她浑身有点儿特别刺激的、异样的情调，使她的信徒们暗暗惊奇，蒙丹士甚至问她："你今晚怎么的？……"此外她戴了一条相当宽阔的黑丝绒项链，衬托她白的胸脯。第三颗痣，像我们祖母时代的款式，贴在眼睛下面[①]。在当胸口最可爱的部位，系一朵最美丽的蔷薇，教所有三十以下的男人不敢正视。

"这不是可以上谱可以入画了吗？"她一边说一边对镜子做各种姿态，活像一个舞女练习屈膝的动作。

李斯贝德亲自上中央菜场；那顿夜饭，应当像玛丢里在主教款待邻区教长时做得一样精美。

---

①法国妇女的痣是用薄绸剪成各种花式，贴在脸上的。

史底曼、格劳特·维浓、史丹卜克伯爵，差不多在六点光景同时到了。换了一个普通的或是老实的女人，听见渴望已久的人来到是一定会马上出见的；可是从五点起已经在卧室里等待的华莱丽，有心把三位客人丢在那儿，明知他们不是在谈论她就是在心里想她。客厅的布置是由她亲自指挥的，精巧的小玩意安排得非常著目，那些除了巴黎别处制造不出的东西，暗示女主人的风度，好似代她通名报姓一般。用珐琅质和珠子镶嵌的小古董；盆子里盛着各式可爱的戒指；赛佛窑或萨克斯窑的名瓷，是由法劳朗与夏诺精心装配的：还有小人像、画册、零零星星的古玩，都是痴心的男人在定情之初，或是重修旧好的时节，重价定做得来的。华莱丽为了诸事顺利，快乐得有些飘飘然。她答应克勒凡在玛奈弗死后嫁给他；而痴心的克勒凡已经在她名下存了一笔利息有一万法郎的款子，那是他当初想献给男爵夫人的资金，三年中在铁路股票上所获的盈利。因此华莱丽有了三万二千法郎的收入。克勒凡又新许了一个愿，比奉送他的盈利更重要的愿。在两点到四点，给他的公爵夫人（他给特·玛奈弗太太起了这个外号，来补足他的幻象）迷得魂灵出窍的高潮中——因为华莱丽在太子街的表现打破了她的纪录——他认为需要把她的海誓山盟多多栽培，便许下心愿，说要在巴培德街买一所精致的小住宅，是一个冒失的包工造好了，亏了本预备出卖的。华莱丽已经看到自己住着这所前有庭院后有花园的公馆，外加自备马车！

“我问你，哪一种安分守己的生活，能够在这么短短的时间轻而易举的得到这些？”她装束快完时对李斯贝德说。

贝德那天在华莱丽家吃饭，为的是把一个人不能自己说的话代说出来。玛奈弗太太满面春风，不卑不亢的走进客厅，后面跟着贝德，浑身穿着黄黑两色的衣服，用画室里的成语来说，替她做着衬底。

“你好，格劳特。”她对那个曾经名动一时的批评家伸过手去。

格劳特·维浓，像多少旁的男子一样，变成了一个政客，这个新名词是用来指初登宦途的野心家的。一八四〇年代的政客，差不多等于十八世纪的神甫，少了他便不成其为沙龙。

“亲爱的，这一位是我的姨甥婿史丹卜克伯爵。”李斯贝德把华莱丽只装不曾瞧见的文赛斯拉介绍了。

“我一见便认得是伯爵。”华莱丽风致嫣然的对艺术家点了点头，“在杜扬南街我时常看见你，我也很荣幸的参观了你的婚礼。”她又对贝德说：“亲爱的，只要见过一次你从前的孩子，就不容易忘掉的。”接着她招呼了雕塑家：“史底曼先生真是太好了，我这么匆促的邀请，居然肯赏光；可是紧要关头是谈不到礼数的！我知道你是他们两位的朋友。跟生客同桌是顶扫兴的事。我特意约你来陪他们；可是下次你得专程来陪陪我，是不是？……你答应我啊……”

她和史底曼踱了一会，仿佛只关心他一个人。陆续来的客人有克勒凡、于洛男爵和一个叫作鲍维沙的议员。这位内地的克勒凡，给人家找来充数的那种家伙，在国会里是跟在参议官纪罗与维多冷·于洛后面投票的。他们两人想在庞大的保守党内组织一个进步分子的小组。纪罗早在玛奈弗太太家走动，她竟想把维多冷·于洛也找得来。可是至此为止，清教徒式的律师总是推三阻四拒绝父亲和岳父的邀请。他觉得在一个使母亲落泪的女人家里露面是一桩罪恶。维多冷·于洛跟政治上的清教徒不同，正如一个虔诚女子同满嘴上帝的人不同。鲍维沙，从前阿尔西地方的帽子商，想学会一套巴黎作风，在议会里从不缺席，仿佛会场中的石柱一样。他在可爱的奇妙的玛奈弗太太门下受训：受了克勒凡的催眠，听着华莱丽的指导把他当作榜样，当作老师，样样请教他，请他介绍裁缝，模仿他，学他的姿势。总而言之，克勒凡是他的大人物。华莱丽，在这些人物和三个艺术家环绕之下，再由李斯贝德陪衬之下，在文赛斯拉眼中特别显得了不起，因为一往情深的格劳特·维浓还在他面前替玛奈弗太太打边鼓。

“她兼有特·孟德农夫人和尼侬的长处！”那位当过批评家的说，“讨她喜欢不过是一个黄昏的事，只消你有才气；可是得到她的爱，那不但使你扬眉吐气，而且做人也有了意义。”

华莱丽表面上对老邻居的冷淡，大大的挑拨了他的虚荣心。但她不是有心如此，因为她并不识得波兰人的性格。这个斯拉夫人的脾气，有一方面很像儿童；凡是出身野蛮，自己并未真正文明而突然厕身于文明人之列的种族，都是如此。这个民族像洪水泛滥似的占据了地球上一片广大的土地。它居住的荒凉地带是那么辽阔，使它自由自在，不像在欧罗巴那样肩摩踵接；可是没有思想的摩擦，没有利害的冲突，也就没有文明的可能。乌克兰、俄罗斯、多瑙河平原，凡是斯拉夫族所在的区域，是欧亚两洲之间、文明与野蛮之间的接壤地带。所以，波兰人虽是斯拉夫族内最有出息的一支，仍脱不了年轻民族的幼稚与反复无常的性格。它有勇气、有才情、有魄力；可是染上了轻浮之后，它的勇气、才情、魄力，就变得既无条理，又无头脑。波兰人的动摇不定，可以比之于吹在它那片池沼纵横的大平原上的风；虽然有扫雪机一般的威力，能够把房屋村舍席卷而去，但像大风雪一样，一遇到池塘就在水中溶化了。人总免不了感染环境的影响。和土耳其人不断战争的结果，波兰人爱上了东方的豪华富丽，他们往往为了华美的装饰而牺牲必需品，浓装艳服，穿扮得像女人；其实气候的酷烈使他们的体格不下于阿拉伯人。在苦难中才显得伟大的波兰人，能咬紧牙关听打，教打的人筋疲力尽，他们十九世纪的历史，等于初期基督徒历史的重演。倘使波兰人那么爽直那么坦白的性格，能有十分之一英国人的狡狯，今日双首鹰徽①统治的地方，都可以移归白鹰徽②管辖。只要些少的权术，波兰就不会把奥国从土耳其人手中救过来，让它日后侵略自己；也不会向重利盘剥、把它搜刮一空的普鲁士借债；同时也不致在第一次被瓜分的时候，因内讧而自行分裂。大概波兰诞生受洗之时，一般善神对此可爱的民族赐了许多优点，可是冷落了那有名的恶煞加拉鲍斯，而一定是加拉鲍斯对波兰下了毒咒，说："好吧，我的姊妹们给你的赠品，你留下吧；可是你永远不会知道自己要些什么！"即使波兰在反抗俄罗斯的英勇斗争中得胜了，它现在也会自相残杀，像他们从前在议会中争夺王位一样。这个民族的美德，仅仅是不怕流血的勇气。一定得找出路易十一那样的人③，接受他，让他来一下专制的统治，它才有救星。波兰在政治上的表现，就是多数波兰人在日常生活中的表现，尤其在大难临头的时候。所以，文赛斯拉·史丹卜克，三年以来爱着妻子，也知道妻子把自己当作上帝一样，一看到玛奈弗太太对他似理非理，就不由得大不服气，

①帝俄的国徽。

②波兰的国徽。

③路易十一为十五世纪法国国王，以英明权诈著称。一生事业在于削弱贵族，扩张王权。

认为非使她青睐相加不可了。比较之下，他觉得华莱丽胜过自己的太太。奥当斯是一堆美丽的肉。像华莱丽对贝德所说的，玛奈弗太太却是肉体中有精神，有淫荡的刺激。奥当斯的忠诚，在丈夫看来是对他应当有的感情；他很快就忘了死心塌地的爱情是无价之宝，正如借债的过了相当时间会把借来的钱当作自己的。忠贞的节操变作日常的面包，而私情有如珍馐美果一般诱人。一个目中无人的女子，尤其是一个危险的女子，能够刺激好奇心，仿佛香料能够提出食物的鲜味。而且，华莱丽表演得那么精彩的骠劲，对享了三年现成福的文赛斯拉还是一桩新鲜玩意。总之，奥当斯是太太，华莱丽是情妇。许多男人都想兼有这个同一作品的两个不同的版本；其实一个男人不懂得把妻子化作情妇，便是他庸驽谫陋的证据。在这方面见异思迁是无能的标记。恒久才是爱情的灵魂，才是元气充沛的象征，有了这种气魄才能成为诗人。一个人应当把妻子化作所有的女人，正如十七世纪晦涩的诗人把一个人物作为几个人物的象征。

李斯贝德看见姨甥婿着了迷，便问他："喂，你觉得华莱丽怎么样？"

"妙不可言！"

"只怪你不听我的话。啊！我的小文赛斯拉，要是你当初不跟我分手，你早已做了这个美人鱼的情夫，等她丈夫死了，你可以娶她，四万法郎的进款现现成成是你的了！"

"真的？……"

"当然真的。"李斯贝德回答，"可是小心！我早警告过你了，千万别自投罗网！哦，开饭了，你搀着我进去吧。"

再没有比这番话更摇惑人心的了。因为波兰人的脾气，是只要一看到悬崖绝壁，就会跳下去的。这个民族真有骑兵的天才，不论是怎样的险阻，它都相信能够冲锋陷阵，得胜而归。贝德仿佛在马腹上踢了一脚，挑起他的虚荣心，饭厅的场面又加强了一脚的作用：在闪闪发光的银器照耀之下，史丹卜克见识到巴黎奢华的极致。

“唉，我应该娶一个赛里曼纳[1]的。”他心里想。

吃饭的时候，男爵一团和气，因为看到女婿在场而很高兴，但更高兴的是，以为一答应玛奈弗替补高盖的位置，就能使华莱丽回心转意，对他忠实。史底曼用他那一套巴黎人的诙谐和艺术家的谈锋，跟殷勤的男爵周旋。史丹卜克当然不甘落后，他卖弄才情，谈笑风生，尽量的炫耀，觉得很满意；玛奈弗太太好几次对他微笑，表示领会他的妙处。精美的菜、大量的酒，终于把文赛斯拉在此欢乐的陷入坑中完全淹没了。饭后他带着酒意往便榻上一躺，身心双方的快感使他融化了，而那么轻盈，那么芬芳，千娇百媚可以教天使堕落的玛奈弗太太，居然过来坐在他身旁，越发使他喜出望外。她弯着身子和他低低的谈话，几乎碰到他的耳朵。

“今晚我们不能谈正事，除非你留在最后。在你、我李斯贝德之间，我们尽可由你的便，把事情办妥……”

“啊！太太，你是一个天使！”文赛斯拉用同样的口吻回答。

“我真是糊涂透顶，没有听李斯贝德的话……”

“什么话呢？”

---

①赛里曼纳为莫里哀的剧中人物，为风骚、美丽、机智、狡狯的典型。

“在杜扬南街的时候，她说你爱着我！……”

玛奈弗太太把文赛斯拉瞟了一眼，不胜羞怯的突然站了起来。一个年轻美貌的女人，绝不肯让一个男人对她存着唾手可得的心。把恋慕之情硬压在心头而假作端庄的举动，比最疯狂的情话更来得意义深长。

所以，文赛斯拉在情欲大受挑拨之下，对华莱丽越发殷勤了。出名的女人便是众人企慕的女人。就因为此，女戏子有那么大的魔力。玛奈弗太太知道有人在打量她，便做得像一个受人喝彩的女演员一样：她仪态万方，博得人人叫好，个个称羡。

“怪不得我老丈那样的风魔。”文赛斯拉对贝德说。

“你这句话，文赛斯拉，教我一辈子都要后悔，不该帮你借这一万法郎。难道你也要像他们一样为她发疯吗？”她指着那般客人说，“你得想想，你要做你老丈的情敌了。再想想你要教奥当斯多么伤心。”

“不错，奥当斯是一个天使，我是一个魔鬼！”

“家庭里有了一个已经够了。”李斯贝德回答。

“艺术家是不应该结婚的。”史丹卜克嚷道。

“这就是我在杜扬南街说的。你应该把你的铜像，你的杰作，当作孩子的。”

“你们在谈些什么呀？”华莱丽走过来和贝德站在一块，“替我招呼茶吧，贝姨。”

由于波兰人夜郎自大的脾气，史丹卜克想做得跟这位沙龙中的仙女非常亲热。他先目中无人的把史底曼、格劳特·维浓、克勒凡瞪了一眼，然后抓着华莱丽的手，硬要她在便榻上和他一同坐下。

“伯爵，你真是王爷气派！”她半推半就的说。

于是她坐在他身旁，特意给他看到那朵胸前的蔷薇。

“唉！我要是王爷，就不会以借债的身份到这儿来了。”

“可怜的孩子！我记得你在杜扬南街做夜工的情形。你真有点儿傻。你的结婚，未免饥不择食。你一点不认识巴黎！瞧你现在落到什么地步！你不听贝德的忠告，也不接受一个巴黎女子的爱，她才是老巴黎呀。”

“不用提了，我蠢极了。”

“你要一万法郎不成问题，亲爱的文赛斯拉；可是有一个条件。”她抚弄着她美丽的头发卷。

“什么条件？”

“就是我不收利息……”

“太太！……”

“噢！不用急，你可以送我一座人物的铜雕。你已经开始采用萨姆松的故事，干吗不把它完成呢？……你可以表现达丽拉割掉犹太大力士头发的一幕！……既然你有志做一个大艺术家——你听我的话，一定成功——你一定懂得这个题目。那是要表现女人的威力。在这个场合，萨姆松是不足道的。他不过是无知无觉的蛮力罢了，热情才能毁灭一切。大力士赫格利斯不是坐在翁法丽膝下纺过纱吗？现在这个副本——你们是不是这样说的，嗯？……”她问格劳特·维浓与史底曼，他们是听到谈论雕塑而走过来的，“你想，现在这个副本要比希腊神话美多少！……这段神话究竟是希腊从犹太王国传来的呢，还是犹太从希腊传来的？”

“啊，太太，你提出了一个严重的问题！那是要知道《圣经》

的各个部分是什么时代写成的。伟大的、不朽的斯宾挪莎，有人无聊的说他是无神论者，实际他却用数学证明了上帝的存在，他呀，他说《创世记》和涉及政治史的部分是属于摩西时代的，他拿出哲学的证据指出后人添加的段落。因此他在犹太教堂门口给人刺了三刀。”

“想不到我这样博学，提出了一个这么艰深的问题！”华莱丽因为和文赛斯拉的密谈受了打扰，大为扫兴。

“女人靠了本能是无所不知的。”格劳特·维浓回答。

“那么你答应我了？”她像痴心的少女一样小心翼翼的拿着史丹卜克的手。

“这是你的造化，朋友，”史底曼嚷道，“太太会向你要作品……”

“什么作品呢？”格劳特·维浓问。

“一座小小的铜雕，”史丹卜克回答，“达丽拉割掉萨姆松的头发。”

“那可不容易对付，因为那张床……”格劳特·维浓发表他的意见。

“相反，那真是太容易了。”华莱丽笑道。

“啊！希望你把雕像做起来吧！……”史底曼说。

“太太本人就是值得雕塑的！”格劳特·维浓俏皮的瞟了华莱丽一眼。

“你瞧，我理想中的布局是这样的，”华莱丽接着说，“萨姆松醒来的时候，头发全没有了，好似许多戴假头发的花花公子一样。他坐在床边，所以他的下身只要大略表明一下就行，堆上一些衣服、衣褶等等。他那时仿佛玛里于斯站在迦太基废墟上，交叉着手臂，低着头，一句话说尽，就是拿破仑在圣·埃兰纳岛！达丽拉跪着，有点像加诺伐雕的玛特兰纳。女人一朝毁了她的男人，一定是十分疼他的。照我的意思，那犹太女子对一个威武有力的萨姆松是害怕的，但他变了一个小娃娃，她就爱他了。所以，达丽拉忏悔她的过失。想把头发还给情人。她不敢看他，但她居然笑盈盈的望着他了，因为她知道萨姆松的软弱就是已经宽恕的表示。这一组像，再加上凶猛的于第斯，女人的性格就完全解释清楚了。德行砍掉脑袋，邪恶只割掉头发。诸位，小心你们的假头发啊！①”

她丢下两位艺术家走了，让他们和批评家异口同声的赞美。

“不能再妙了！”史底曼嚷道。

“噢！”格劳特·维浓说，“我从没见过这样聪明这样迷人的女子。才貌双全，多难得！多难得！”

“你跟女作家加米叶·莫班是知交，尚且下这种断语，我们还有什么可说的？”史底曼说。

克勒凡从头至尾在那里听着，特意离开牌桌走过来：

“亲爱的伯爵，要是你把华莱丽塑成达丽拉，我出三千法郎买你一座。哎，哎，三千法郎，我吃的！”

“我吃的！这句话是什么意思？”鲍维沙问格劳特·维浓。

“要太太肯做模特儿才行……”史丹卜克对克勒凡指着华莱丽，“你先去问问她。”

这时华莱丽亲自端了一杯茶递给史丹卜克。那不止表示尊重，而是偏宠。女人请喝茶的方式，包括许多不同的语言，在她

---

①《圣经》载，犹太女英雄于第斯为救祖国而诱杀敌将福洛番纳，故言德行砍人脑袋。

们是最拿手的。所以，这个礼数表面上虽是极简单，但她们行此礼数的动作、姿势、眼神、口吻、声调，大有研究的余地。从“你喝茶吗？你要不要喝茶？来一杯茶吧？”这一类冷淡的口气和对于掌管茶壶的人的吩咐，一直到像后宫的妃子一般从桌上捧了一杯茶，走向她心目中的苏丹，以诚惶诚恐的态度，用娇滴滴的声音、脉脉含情的目光献上去：这其间，一个生理学家可以观察到全部女性的情感，从厌恶或冷淡起，直到倾吐疯狂的热情为止。女人可以随心所欲的从中表现她的情感：或是轻蔑到近乎侮辱，或是俯首帖耳类乎东方女奴。华莱丽不止是一个女人，而且是一条化身为女人的蛇，她亲手捧了茶走到史丹卜克面前，就等于完成了她的妖法。艺术家站起身来，手指和华莱丽的轻轻一碰，凑着她的耳朵说：

“你要我喝多少杯茶我都喝，因为要看你这个端茶的姿势！……”

史丹卜克这种露骨的表示，她早已等得不耐烦了，可是临了她又装作若无其事。

“你说什么模特儿呀？”她问。

“克勒凡老头出三千法郎，向我订一座铜雕。”

“他？花三千法郎买一座铜雕？”

“是的，要是你肯做达丽拉的模特儿。”

“我想他根本没有懂，”她说，“我做了达丽拉的模特儿，他拿全部家产来还不卖给他呢，因为达丽拉是要袒胸露臂的……”

跟克勒凡的摆姿势一样，所有的女子都有一个得意的姿态，一个令人倾倒的、研究到家的姿态。在交际场中，有的永远望着她们内衣的花边，把外衣的肩头扯动一下；有的望着墙壁高处的嵌线，卖弄她们眼珠的光彩。玛奈弗太太，不像旁人一样做面部表情。她一个翻身走向茶桌，到李斯贝德那边去。这个舞女摆动衣裾的动作，当年征服了于洛，此刻诱惑了史丹卜克。

“你的仇报成了，”华莱丽咬着贝德的耳朵说，“奥当斯要哭得死去活来，一辈子的后悔不该抢掉你的文赛斯拉。”

“我没有当上元帅夫人，就算不得报仇；可是现在他们都盼望这件事成功了……今天早上我去过维多冷家。我忘了告诉你了。小于洛夫妇向伏维奈赎回男爵的借票，把屋子做抵押，借了七万二千法郎，五厘起息，三年为期。房租的收入没有了；小于洛夫妇要苦三年。维多冷垂头丧气，把他老子看透了。克勒凡对这件孝顺的行为一定要生气，跟女儿女婿就此翻脸也说不定。”

“男爵现在大概没有办法弄钱了吧？”她一边向于洛装着笑脸，一边凑着贝德的耳朵说。

“我看他是搅光了，但他到九月里又可以支薪了。”

“他还有寿险保单，展期过了！嗯，玛奈弗升科长的事非赶紧不可，今晚我要狠狠的逼他一逼。”

“姨甥，”贝德过去对文赛斯拉说，“你该走了，我求你。你太不像话，这样的望着华莱丽简直要害她了，她的丈夫嫉妒得厉害。千万不能学你岳父的样，回去罢，奥当斯一定在等你……”

“玛奈弗太太要我留在最后，咱们三个好商量事情。”

“不行，款子我给你送过来吧，她丈夫老瞪着你，还是早走为妙。明儿早上十一点，你把借票送来；那时玛奈弗这小子上了办公室，华莱丽不用操心了……你要她做雕像的模特儿是不是？……你先到我家里来……”贝德发觉史丹卜克的眼睛正在向华莱丽打招呼："啊！我知道你心心念念的想搅女人。华莱丽固然漂亮得很，可是你不能叫奥当斯伤心啊！"

结过婚的男人一有野心，哪怕只是逢场作戏，越听到人家提起他太太，便越是跃跃欲试。

十

文赛斯拉到一点才回家。奥当斯从九点半起就开始等。九点半至十点，她留神马车的声音，心里想文赛斯拉到夏诺-法劳朗家吃饭从来不会这么晚回来的。她在儿子的摇篮旁边缝缀东西，现在她自己缝缝补补，免得教人做一天散工了。十点至十点半，她起了疑心："他真的在夏诺-法劳朗家吃饭吗？他今儿戴上最漂亮的领带、最体面的别针。他花了那么多时间穿扮，好似一个女人要装得比天生的还要俏……噢！我疯了，他爱我的。……他不是来了吗！"

可是她听到的那辆车没有停下又去远了。从十一点到半夜，奥当斯害怕到万分，因为他们的区域很冷落。她想：

"要是他走回来，说不定会发生什么意外！……撞在阶沿上，或者掉在窟窿里，都可以送命。艺术家都是粗心大意的！……也可能给路劫的强盗拦住！……他第一次让我一个人在家待了六个半钟头……呃，我急什么？他明明只爱我一个人。"

在所谓精神领域中，真正的爱情能产生不断的奇迹；就凭这一点，在夫妻相爱的家庭中，男人就应当对妻子忠实。一个女子对于心爱的丈夫，仿佛梦游病者受到了催眠的人摆布，不复感受周围的环境，而意识到在梦游病中所窥到的现象。热情可以使女人神经过敏到出神的境界，她的预感等于先知眼中的幻影。她知道自己受骗了，可是她不相信自己，怀疑自己。她否认她先知预见的力量。这种爱情的极致是应当崇拜的。心胸高尚的人，倘能赏识这种神妙的现象，就不会对妻子不忠实。秀美通灵的女子，灵魂的表现到了这种境地，教人怎么能不崇拜呢！……清早一点，奥当斯忧急的程度，使她一认出文赛斯拉打铃的方式，马上冲到门口，把他搂在怀里，像慈母一般抱着他，半晌才开出口来：

“啊！你终究回来了！……朋友，以后你上哪儿我都跟你一块去；我再也受不了这种等待的痛苦……我看到你撞在阶沿上，砸破了脑袋！又看到你给强盗杀死！……真的，再来一次，我一定会发疯的……没有我跟着，你玩得很高兴吗？坏东西！”

“有什么办法，我的好乖乖！皮克西渥是笑话百出；雷翁·特·洛拉还是那样滔滔不竭；还有格劳特·维浓，蒙高南元帅的纪念像，只有他写了一篇捧场文章。还有……”

“没有女客吗？”奥当斯紧跟着问。

“就是老成的法劳朗太太……”

“你说在仙岩饭店，结果却在他们家里？”

“是的，在他们家里，我早先弄错了……”

“你回来没有坐车？”

“没有。”

“那么你是从小塔街走回家的？”

“史底曼跟皮克西渥陪我一路走一路谈，从大街走到玛特兰纳教堂。”

“大街、协和广场、蒲高涅街，一路上都很干吗，嗯？你脚上一点没有泥浆。”奥当斯打量着丈夫的漆皮鞋。

外面下过雨，但从华诺街到圣·陶米尼葛街，文赛斯拉是不会弄脏鞋子的。

“你瞧，这儿是五千法郎，夏诺很慷慨的借给我的。”文赛斯拉急于要岔开近乎审问一般的问话。

他早已把十张一千法郎的钞票分作两包，一包给太太，一包自己留下，因为他还有奥当斯不知道的五千债务。他欠着助手和工匠的钱。

“现在你不用急了，亲爱的，”他拥抱了妻子，“明儿我就开始工作！噢，明儿我八点半出门上工场。为了起早，我想马上去睡觉，你答应我吧，好贝贝？”

奥当斯心里的疑团消灭了。她万万想不到事情的真相。玛奈弗太太！她根本没有这念头。她替文赛斯拉担心的是那些交际花。皮克西渥，雷翁·特·洛拉，是两个出名胡闹的艺术家，听见他们的名字她就担忧。

下一天早上，看见文赛斯拉九点钟出了门，她完全放心了。她一边替孩子穿衣服一边想：

“他上工啦。嗯，不错，他挺有劲呢！好吧，我们即使没有米开朗琪罗那样的荣誉，至少也够得上却里尼！”

给一厢情愿的希望催眠之下，奥当斯以为前途乐观得很；她对着二十个月的儿子咿咿哑哑的逗他发笑。十一点光景，没有看见文赛斯拉出门的厨娘，把史底曼让了进来。

“对不起，太太，怎么，文赛斯拉已经出去了？”

“他到工场去了。”

"我特意来跟他商量我们的工作呢。"

"让我派人去找他。"奥当斯请史底曼坐下。

她很高兴有此机会,好留住史底曼打听一下昨天晚上的详细情形。史底曼谢了她的好意。她打铃要厨娘到工场去请先生回来。

"你们昨天玩得很痛快吧?文赛斯拉过了一点钟才回家。"

"痛快?……也说不上。"艺术家回答,他昨晚本想把玛奈弗太太勾上的,"一个人要有了目标才会在交际场中玩得高兴。那玛奈弗太太极有风趣,可是轻狂的厉害……"

"文赛斯拉怎么碰到她的?……"可怜的奥当斯强作镇静,"他一点没有提起。"

"我只告诉你一点,我觉得她极有危险性。"

奥当斯脸色发了白,像一个产妇。

"那么,昨天……你们是在玛奈弗太太家……不是在夏诺家……而他……"

史底曼不知道自己闯的什么祸,只知道的确闯了祸。伯爵夫人话没有说完,就晕了过去。艺术家打铃把贴身女仆叫来。正当路易士设法把太太抱到卧房去的时候,她浑身抽搐,大发肝阳,情形非常严重。史底曼无意中揭穿了丈夫的谎,还不信自己的话竟有这等力量;他以为伯爵夫人身体本来不行,所以稍不如意就会引起危险。不幸,厨娘回来大声报告,说先生不在工场。伯爵夫人在发病的当口听见了,又开始抽搐。

"去把老太太请来!越快越好!"路易士吩咐厨娘。

"要是我知道文赛斯拉在哪儿,我可以去通知他。"史底曼无可奈何的说。

"在那个女人家里呀!……"可怜的奥当斯叫道,"他今天的穿扮就不像到工场去。"

热情往往使人有那种千里眼似的本领。史底曼觉得她的想法不错,便奔到玛奈弗太太家。那时华莱丽正在扮演达丽拉。他很机警,绝不说要见玛奈弗太太;他急急的走过门房,奔上三楼,心里想:"如果说要见玛奈弗太太,一定回说不在家。如果冒冒失失说找史丹卜克,准会碰钉子,还是开门见山为妙!"门铃一响,兰纳来了。

"请你通知史丹卜克伯爵要他回去,他太太快死下来了!"

兰纳跟史底曼一样机灵,假痴假呆的望着他。

"先生,我不明白你说的……"

"我告诉你,我的朋友史丹卜克在这里,他的太太晕过去了。为了这种事,你去惊动女主人是不会错的。"

史底曼说完就走,心里想:"哼!他的确在这里!"

史底曼在华诺街上等了一会,看见文赛斯拉出门了,便催他快走,把圣·陶米尼葛街的悲剧说了一遍,埋怨史丹卜克不曾通知他瞒着隔夜的饭局。

"糟啦糟啦,"文赛斯拉回答,"我不怪你。我完全忘了今天跟你有约会,又忘了告诉你,应该说昨天是在法劳朗家吃饭。有什么办法!华莱丽把我迷昏了;唉,亲爱的,为她牺牲荣誉、为她受罪,都是值得的……啊!她……天哪!现在我可是为难啦!你替我出出主意吧,应当怎么说?怎么辩白?"

"替你出主意?我一点主意都没有,"史底曼回答,"你太太不是爱你的吗?那么她什么话都会相信。告诉她,说我上你家的时候,你到了我家去。这样,今天早上你的模特儿事件总可以敷衍过去了。再见吧。”

在希勒冷-贝丁街转角，李斯贝德得到兰纳的通知，赶上了史丹卜克。她担心波兰人的天真，怕他和盘托出，牵连自己，便叮嘱了几句，使他快活得跟她当街拥抱。她准是教了艺术家什么妙计，让他渡过这个闺房之中的难关。

奥当斯一看见急急忙忙赶到的母亲，立刻号啕大哭。郁积一经发泄，肝气就减轻了许多。她说：

“亲爱的妈妈，我受了骗！文赛斯拉，向我发誓不到玛奈弗太太家去的，昨天竟在那儿吃饭，直到清早一点一刻才回来！……你知道，隔夜我们并没有吵嘴，而是大家讲明了。我对他说了那么动人的话，告诉他：我是嫉妒的，不忠实的事会把我气死；我生性多疑；他得尊重我这些弱点，因为那都是为了爱他的缘故；我有母亲的血，可也有父亲的血；一知道受了欺骗，我会发疯，我会报复，把他、我、孩子，一齐玷辱；而且我也会杀了他然后自杀的！这样说过之后他还是去，此刻又在她那儿！……这个女人要把我们个个人都害死！昨天，哥哥嫂子抵押了产业，才收回七万二千的借票，为那个婊子欠的债……真的，妈妈，人家要告爸爸，把他关起来了。那该死的女人刮了父亲的钱，教你流了多少泪，还不够吗？干吗还要抢我的文赛斯拉？……我要去把她一刀扎死！”

奥当斯气坏了，不知不觉把应当瞒着母亲的秘密泄露了出来。于洛太太听了伤心之极，可是以她那样伟大的母亲，照样忍着自己的痛苦，把女儿的头捧在怀里，不住的亲吻。

“孩子，等文赛斯拉回来，就什么都明白了。事情不至于像你所想的那么严重！我，亲爱的奥当斯，我也受过骗。你觉得我美丽、安分，可是你爸爸已经把我丢了二十三年，为了那些贞妮·凯婷、玉才华、玛奈弗！……你知道吗？……”

“你！妈妈，你！……你忍受了二十……”

她想到自己的念头，不说下去了。

“孩子，学学我的榜样吧。温柔、驯良，可以使你良心平安。一个男人临死会对他自己说：我太太从来没有给我一点儿痛苦！……上帝听到这些最后的叹息，会替我们记下来的。要是我大哭大闹像你一样，结果怎么样？……你父亲会恼羞成怒，也许会离开我，不会怕我伤心而有所顾忌，我们今天所受的苦难，可能提早十年；给人家看到夫妇分居，不成为一个家，那是多难堪多丢人的事。你哥哥跟你，都不能成家立业……我牺牲了自己，那么勇敢的牺牲了，要没有你父亲最后这一桩，人家还以为我很幸福呢。我故意的，勇敢的扯谎，至此为止保全了你的父亲；他还受人尊重；可是我看得清清楚楚，这一回老年人的痴情的确太过分了。他的风魔，恐怕早晚要把我的屏风推倒，显露我们的真相……我把这个屏风撑持了二十三年，躲在后面吞声饮泣，没有母亲，没有知己，除了宗教以外没有别的帮助，而我给家庭撑了二十三年的面子……”

奥当斯瞪着眼听着母亲。平静的语调、含垢忍辱的精神，把少妇初次受伤的刺激解淡了，她眼泪像泉水一般涌上来。震于母亲的伟大，她肃然起敬的跪下，抓着母亲的衣裾亲吻，好似虔诚的旧教徒吻着殉道者圣洁的遗物。

“起来吧，奥当斯；有你女儿这样的表示，多少伤心的回忆都消灭了！只有你的痛苦压着我的心，来，靠在我怀里吧。可怜的女儿，你的快乐是我唯一的快乐；为了你的绝望，我把永远埋在心头的秘密泄露了。是的，我预备把痛苦带入坟墓，像多穿一袭尸衣似的。为了平你的气，我开了口……求上帝原谅我吧！噢！我什么都可以牺牲，只求你的一生不要像我的一样！……我相信，男人、社会、变化莫测的人事、世界、上帝，都要我们拿最残酷的痛苦，作为爱情的代价。我用二十三年的绝望和连续不断的悲伤，偿还我十年幸福的债……”

“你还有十年，亲爱的妈妈，我只有三年！”多情而自私的女儿回答。

“孩子，你并没有损失什么，等文赛斯拉来吧。”

“妈妈，他扯了谎！他骗了我……他告诉我决计不去的，可是他去了。他还是在他儿子的摇篮前面说的！……”

“男人为了作乐，什么卑鄙、懦怯、罪恶的事都做得出；好像是他们生性如此。我们女人天然倾向于牺牲。我以为我的苦难完了，却又来了；因为我料不到要在女儿身上受到双重的痛苦。你应当拿出勇气来，一声不出！奥当斯，你得向我发誓，有苦只告诉我一个人，绝对不在第三者前面流露……噢！你得学学你母亲的傲气。”

这时奥当斯听见丈夫的脚声，她发抖了。

“我上史底曼家去，他却到这儿来了。”文赛斯拉进门就说。

“真的？……”可怜的奥当斯恶狠狠的挖苦他，正如一个受了伤害的女人把说话当作刀子一般的用。

“是啊，我们刚在路上碰到。”文赛斯拉装出一副惊讶的样子。

“那么昨天呢？……”

“唉，我的乖乖，那我骗了你，听凭你母亲来裁判吧……”

这一下的坦白把奥当斯的心放松了。一切真正高尚的女子，都喜欢真话而不喜欢谎话，不愿意她们的偶像失掉尊严，而是以受偶像控制为荣的。

俄国人对于他们的沙皇，也有这种心情。

“听我说，亲爱的母亲……”文赛斯拉接着说，“我多么爱我温柔贤惠的奥当斯，不得不把我们的艰难瞒她一部分。有什么办法！她还在喂奶，悲伤对她是很不好的。妇女在这个时期所遭遇的危险，你是知道的。她的美貌、娇嫩、健康，都受到威胁。瞒着她能算错吗？她以为我们只欠五千法郎，可是我还另外欠五千……前天，我们简直到了绝望的地步……世界上没有一个人肯借钱给艺术家的。他们既不放心我们的幻想，也不放心我们的才具。我到处碰壁。李斯贝德答应把积蓄借给我们。”

“可怜的姑娘！”奥当斯嚷道。

“可怜的姑娘！”男爵夫人也嚷着。

“可是李斯贝德的两千法郎有什么用？……在她是倾其所有，在我们是无济于事。于是贝姨讲起了玛奈弗太太，那是你知道的，奥当斯，说她为了爱面子，为了受到男爵多少好处，不愿意收利钱……奥当斯想把钻石送进当铺，可以押几千法郎，可是我们缺一万呢。这一万法郎，不用利息，一年为期，又在那里呀！……我心里想：别让奥当斯知道，去拿了来吧。那女人教岳父请我昨天去吃饭，她表示李斯贝德已经提过，钱不成问题。还是让奥当斯为了没有钱而苦闷呢，还是去吃这顿饭呢？我毫不迟疑的决定了。事情就是这样。怎么，二十四岁的奥当斯——娇嫩、纯洁、贤惠，我一向当作我的幸福、我的光荣的，从结婚以来我没有离开过的——竟以为我，什么？会丢下她去爱一个猪肝色的、干瘪的、滥污的女人？”他用上画室里这个不堪入耳的俗语，迎合妇女的心理，故意把那女的骂得狗血喷头，表示真的瞧不起她。

“啊！要是你父亲会对我说这种话！……”男爵夫人嚷道。

奥当斯不胜怜爱的扑上去，勾住丈夫的脖子。

“对啦，要是你父亲说了这种话，我就是这样对他。”接着男爵夫人又换了严重的口气，“文赛斯拉，刚才奥当斯几乎死过去。你看她多么爱你。可怜她整个儿交给你了！”说着她深深的叹了口气，心里想：“她的幸福与苦难，都操在他手里。”那是所有的母亲在女儿出嫁时都想到的。她又高声说：“我觉得我的苦已经受够，应当看到孩子们快乐的了。”

“放心，亲爱的妈妈。”文赛斯拉看见一场大祸结束得如此容易，高兴到极点，“两个月之内，我一定把这笔钱还给那该死的女人。有什么办法！”他用一种波兰人的可爱的风度，又说了一遍这句纯粹波兰人的口头禅，“有时候一个人不得不向魔鬼借钱。归根结底，这还是自己家里的钱。人家客客气气请了我，要是板起面孔不理，我还能借到这笔代价多高的钱吗？”

“哟！妈妈，爸爸害得我们好苦呀！”奥当斯叫道。

男爵夫人把手指往嘴唇上一放，奥当斯立刻后悔自己的失言：母亲以咬紧牙关不发一言的态度包庇着父亲，倒是由女儿来第一个加以责备。

“再见，孩子们。雨过天晴了，你们不能再生气喽。”送走了男爵夫人，文赛斯拉夫妇俩回到卧房。

“把昨天晚上的情形讲给我听吧！”奥当斯说。

她一边听一边觑着文赛斯拉的脸，女人在这种情形之下自然还有许多脱口而出的问句。奥当斯听完了他的话，不禁上了心事，她意味到风月场中自有魔鬼般的诱惑，使艺术家流连忘返。

“文赛斯拉，你老实说！……除了史底曼、格劳特·维浓、佛尼赛，还有谁？……总之你很得意，嗯？……”

“我？……我只想着我们的一万法郎，暗暗的说：那奥当斯不用急啦！”

这番盘问使他累得不得了，他趁着奥当斯一时高兴，问道：

“那么你，小乖乖，万一你的艺术家对不起你了，你怎么办？……”

“我吗，”她装作坚决的神气，“我就找史底曼，当然不是为了爱他！”

“奥当斯！”史丹卜克冷不防的站起来，像做戏似的：“你没有找上他，我早把他杀死了。”

奥当斯扑向丈夫，紧紧抱着他，跟他亲热了一阵：

“啊！你是爱我的，文赛斯拉！行啦，我放心了！可是别再提玛奈弗。从此你不能再踏进那个陷人坑……”

“我发誓，亲爱的奥当斯，我只要到还钱的时候再去……”

她噘着嘴板着脸，但这不过是借此撒娇而已。文赛斯拉经过这样一早晨，乏味已极，便不管太太噘嘴，怀中揣着铅笔稿，径自上工场做《萨姆松与达丽拉》的泥塑去了。艺术家正在一股劲儿捏好黏土的时候，奥当斯唯恐弄假成真，惹恼文赛斯拉，也赶到了工场。一看见太太，他赶紧抓起湿布把雏形遮了，搂着奥当斯：

“啊！咱们没有生气吗？小乖乖？”

奥当斯看到湿布盖着的泥塑，没有作声；可是离开工场之前，她回来抓起湿布把雏形瞧了一眼，问：

“这是什么？”

“一组人物，偶然想起的。”

“干吗藏起来不给我看呢？”

“预备完工之后再给你看。”

“那女的倒好看得很！”奥当斯说。

无数的疑虑又在她心头涌起，好似印度地方一夜之间就长起了高大茂密的植物。

大约过了三星期，玛奈弗太太对奥当斯大生其气。这一类的女人也有她们的自尊心，她们要人家亲吻魔鬼的足趾，最恨正人君子不怕她们的魔力，或胆敢跟她们斗法。文赛斯拉绝足不上华诺街，甚至在华莱丽做过模特儿以后，也不照例去踵门道谢。李斯贝德每次上史丹卜克家都找不到人。先生和太太整天在工场里。贝德直接上大石街，赶到小鸟们的窠里，看见文赛斯拉精神抖擞的在工作；她从厨娘嘴里知道太太从来不离开先生。文赛斯拉给专制的爱情拴住了。这么一来，华莱丽单为自己着想，也跟贝德一样把奥当斯恨如切齿。女人对于你争我夺的情人是绝不肯放松的，正如男人对于好几个公子哥儿都在追求的女人绝不死心一样。所以，凡是涉及玛奈弗太太的议论，同样可以应用到为多数女人垂青的男子，他们实际就等于一种男妓。华莱丽的任性变成了疯狂，她尤其要她的那组人像，想有朝一日亲自到工场去看文赛斯拉，却不料出了一件大事，一件对这等女人可以称为战果那样的事情。华莱丽的宣布这个私人消息，是在跟贝德和玛奈弗一起用早餐的时候。

“喂，玛奈弗，你可想到你再要做一次爸爸了吗？”

“真的？你有了身孕？……噢！那我得拥抱你一下……”

他站起身来，绕过桌子，他女人探出头去把额角给他的方式，使他的亲吻刚好滑在她头发上。

“这一下，我的科长、我的四等勋章，都跑不掉啦！啊！我的乖乖，我可不愿意让史丹尼斯拉吃亏！可怜的孩子！……”

“可怜的孩子？……”贝德叫道，“你七个月不看见他了；我到寄宿舍去看他，人家还把我当作他的母亲呢；这家里只有我一个人在招呼他！……”

“这孩子每季要花我们三百法郎！……”华莱丽说，“可是玛奈弗，这一个是你亲生的！他的膳宿费应当在你薪水里出支……至于将来的一个，不但没有开支，还会把我们救出苦难呢！……”

“华莱丽，”玛奈弗学着克勒凡的姿势，“我希望男爵负责照顾他的儿子，别再加重一个小公务员的负担；这次我要跟他认真了。所以你也得保保险，太太！想法子要他写一封信，提到他晚年得子的喜事，因为他对我升科长的事太不痛快了……”

说完，玛奈弗到部里去了。靠了署长的交情，他挨到十一点光景才去应卯；并且因为他是出名的饭桶，又不喜欢工作，他在部里也很少办公事。

他走了，李斯贝德和华莱丽彼此望了一会，好似两个卜卦的人推详卦义。然后两人哈哈大笑。

“嗳，华莱丽，可是真的？还是做戏？”

“有肉体为证！”华莱丽回答，“奥当斯惹我冒火了！昨天夜里，我打定了主意，要把这个孩子当作炸弹一样扔到文赛斯拉家里去。”

华莱丽回到卧房，后面跟着李斯贝德。她拿出一封写好的信交给她看：

文赛斯拉，我的朋友，我还是相信你的爱情，虽然你快有二十天不来看我。这表示你瞧不起我吗？达丽拉觉得不是的。大概还是由于你女人的专制吧？你不是说你已经不爱她了吗？文赛斯拉，以你这样的大艺术家，绝不能这样受人控制的。夫妇生活是断送光荣的坟墓……瞧瞧你自己，还像不像杜扬南街的文赛斯拉？你把我父亲的纪念像做坏了；可是你情人的本领远过于艺术家的本领，你对付蒙高南的女儿倒是成功的：亲爱的文赛斯拉，你做了父亲了！倘使在我这种情形之下你不来看我，你在朋友前面一定要被认为薄幸；可是我太爱你了，永远没有诅咒你的勇气。我还能说永远是你的华莱丽吗？

“你看怎么样？我想把这封信，等只有咱们亲爱的奥当斯一个人在工场里的时候送去，”华莱丽问李斯贝德，“昨天晚上我听史底曼说，文赛斯拉今天十一点要到夏诺那儿去跟史底曼商量事情；那么这个臭婆娘是一个人在那里了。”

“你来了这样一手之后，”李斯贝德回答说，“为了体统，我不能再公然做你朋友了，我得跟你分手，不该再跟你见面，甚至也不该跟你说话。”

“不错；可是……”

“噢！你放心；等我当了元帅夫人，咱们照样可以来往了；现在他们都希望这件事成功；就剩男爵一个人没有知道，你得劝劝他。”

“说不定我不久要跟男爵闹僵啦。”

“只有奥里维太太能使这封信确确实实送到奥当斯手里，”李斯贝德说，“到工场之前，要她先上陶米尼葛街。”

“噢！咱们的小娇娘一定在家的，”玛奈弗太太打铃，教兰纳去找奥里维太太。

这封致命的信送出了十分钟，于洛男爵来了。玛奈弗太太像猫一般扑上去，勾住了老人的颈项。

“埃克多，你做了父亲了！”她咬着他的耳朵，“你瞧，吵了架，讲了和，反而……”

男爵将信将疑的愣了一下，华莱丽马上把脸一沉，急得男爵什么似的。他只要再三盘问，才把千真万确的证据一件一件的逼出来。等到老人为了虚荣而相信之后，她提到玛奈弗的威吓了：

“真的，我的老军人，你的代表，或者说咱们的经理，你再不发表他的科长跟四等勋章，可不行啦；你教他受了损失；他喜欢他的史丹尼斯拉，那小畜生是他生的，我顶讨厌了。除非你愿意给史丹尼斯拉利息一千二百法郎的存款——当然是产权归他，利息归我啰。”

“我要给存款，也宁可给我的儿子，不给那个小畜生！”男爵说。

这句不小心的话——*我的儿子*这几个字好像一条泛滥的河，越涨越大——到一小时谈话的末了，变成了正式的诺言，男爵答应拿出一千二百法郎存息的款子给未来的孩子。随后，在华莱丽嘴巴里、表情上，那句诺言好像小娃娃手里的一个鼗鼓，给她颠来倒去的搬弄了二十天。

正当于洛男爵，快活得像刚结婚一年巴望有个儿子的丈夫似的，走出华诺街，奥里维太太把那封非面交伯爵不可的信叫奥当斯拦了去。少妇花了二十法郎代价才截下这封信。自杀的人的鸦片、手枪、煤，总是自己出钱买的。奥当斯把信念了又念；她只看见白纸上涂着一行一行的黑字；除了这张纸以外，世界只有漆黑的一片。大火把她的幸福之宫烧毁了，明晃晃的照着纸，四下里是沉沉的黑夜。正在玩的小文赛斯拉的哭喊，好像来自一个幽深的山谷，而她自己在一个高峰上。仅仅二十四岁，以她全盛时期的姿色与纯洁忠贞的爱情，居然受了侮辱，那不止是中了利刃，简直要了她的命。第一次的打击纯粹是神经性的，肉体受不住妒性的挤逼而抽搐；但是千真万确的事实是打击心灵的，肉体已经给消灭了。奥当斯在这种煎熬之下过了十分钟。母亲的影子在脑海中掠过，突然使她心情为之一变：她沉住了气，恢复了理性。她打铃把厨娘叫来：

"你跟路易士两个，赶快把我所有的东西，跟孩子用的一齐包扎起来。限你们一小时。预备好了，去雇一辆车，再来通知我。不用多嘴！我离开这儿，把路易士带走。你跟先生留在这儿，好好伺候他……"

她回到房里写了一封信：

伯爵，附上的信足以说明我离家的理由。你看到这几行的时候，我已经不在你家里了，我带着孩子去依靠母亲。

不要以为我还有考虑的余地。倘使你认为这是青年人的冲动、鲁莽、爱情受了伤害的反应，那你完全错了。

半个月来，我对人生、爱情、我们的结合、我们相互的义务，都深深的思索过了。母亲的牺牲，我全部知道了，她对我说出了她的痛苦！二十三年以来，她没有一天不过着坚忍卓绝的生活；可是我自己觉得没有力量学她的样，并非因为我爱你不及母亲的爱父亲，而是为了性格关系。我们的家会变成地狱，我会失掉理性，甚至会玷辱你，玷辱我自己，玷辱我们的孩子。我不愿意做一个玛奈弗太太；在她那种生涯中，以我的个性恐怕会一发不可收拾的。不幸我是一个于洛，不是一个斐希。

只身独处，不看见你的荒唐之后，我可以把得住自己，尤其是照顾着孩子，在勇敢伟大的母亲旁边。她的一生，对我骚扰不宁的心绪会发生影响的。在她身旁，我可以做一个良母，好好抚育我的孩子，依旧活下去。在你家里，妻子的意识可能压倒母性，无穷尽的争吵会弄坏我的性情。

我宁可立刻死掉，不愿意做二十五年的病人，像母亲一样。你在三年专一的不断的爱情之后，能够为了你岳父的情妇而欺骗我，将来你还有什么女人不爱？啊！先生。这种沉湎女色，挥霍无度，玷辱家长的身份，丧失儿女的尊敬，结果是耻辱与绝望的生活，你竟开始得比我父亲更早。

我绝不是绝无挽回的。固执到底的情感，是生活在上帝耳目之下的脆弱的生命不应该有的。如果你能以孜孜不倦的工作获得荣名与财富，如果你能放弃娼妇，不走下流混浊的路，你仍可以找到一个无负于你的妻子。

我相信你有旧家的骨气，不致要求法律解决。所以，伯爵，请你尊重我的意志，让我住在母亲身边；你千万别上门来。那个无耻的女人借给你的钱，我全部留给了你。再见！

奥当斯·于洛

这封信在极困难的情形之下写成，奥当斯止不住流泪，止不住热情被腰斩的呼号。凡是遗嘱式的书信里极意铺张的爱情，奥当斯想用平淡朴素的口吻表白出来，所以她几次三番的搁笔。心在叫喊、在怨叹、在哭泣；可是理性控制了她的思想。

路易士来通知一切都已准备停当，少妇便慢慢的往小花园、卧房、客厅，到处走了一遭，瞧了最后一眼。然后她叮咛备至的嘱咐厨娘，务必好好照顾先生，如果诚实不欺，日后必有重赏。然后她上车回娘家，心碎肠断，哭得使女仆都为之难受，她把小文赛斯拉如醉如狂的亲吻，显出她始终爱着孩子的父亲。

从李斯贝德嘴里，男爵夫人已经知道女婿的过失大半是岳父造成的，所以看见女儿归来并不惊异。她赞成这种办法，答应把她留下。阿特丽纳，眼见温柔与牺牲从来没有能阻拦埃克多——她对他的敬意业已开始淡薄——觉得女儿换一条路走也有理由。二十天内，可怜的母亲接连受了两次重创，其痛苦远过于她历年所受的磨难。男爵已经使维多冷夫妇应付为难；他又，据李斯贝德的说法，促成了文赛斯拉的荒唐，教坏了女婿。这位家长的尊严，多少年来靠了太太的溺爱才勉强维持的，如今却是扫地了。小于洛夫妇并不痛惜金钱，而是对男爵存了戒心，有了顾虑。这种显而易见的情绪，使阿特丽纳非常难受，预感到家庭的分裂。靠了元帅的资助，她把女儿安顿在饭厅里，把穿堂改作了饭厅，像许多人家一样。

文赛斯拉回到家里，读完了两封信，颇有悲喜交集之感。被太太寸步不离的厮守之下，他对于这种贝德作风的新监禁，早已存下反抗的心。在爱情中沉溺了三年，最近半个月他也在思索，觉得家庭的重负有些受不了。刚才史底曼向他道喜，说华莱丽为他害了相思病；史底曼的居心是不问可知的，他觉得应当把奥当斯丈夫的虚荣心捧它一捧，才有机会去安慰他遗弃的太太。文赛斯拉为了能够回到玛奈弗太太跟前而满心欢喜；但也回想到纯洁美满的幸福，回想到奥当斯的尽善尽美，她的贤惠、她的天真无邪的爱情，的确很舍不得。他想奔到岳母家中去央告讨饶，但跟于洛和克勒凡一样，结果是去见了玛奈弗太太，把妻子的信带给她看，证明她闯了祸，预备拿这件不幸的事去要挟情妇，勒索欢情。在华莱丽家，他碰到了克勒凡。得意非凡的区长在客厅里踱来踱去，一派思潮起伏，心神不定的样子。他摆好姿势，话到了嘴边又咽了下去。他红光满面，走到窗洞前面把手指弹着玻璃。他大为感动的，不胜怜爱的瞧着华莱丽。幸而李斯贝德走进来给了克勒凡一个机会。他附在她耳边说：

"贝姨，你知道没有？我做了父亲啦！我觉得对赛莱斯丁纳不像从前那么喜欢了。噢！心爱的女人给你生一个孩子，那真是！灵肉一致的结晶品呀！噢！你可以告诉华莱丽，我要为了这个孩子大大的干一番，我要他有钱！她说根据许多预兆是一个男孩子！要是真的，我要他姓克勒凡，我要跟公证人去商量。"

"我知道她多爱你，"贝德说，"可是为了你们的将来，你得稳重一点，别老是摇头摆尾的。"趁李斯贝德和克勒凡在一旁唧唧哝哝，华莱丽乘机向文赛斯拉要回了她的信，咬着他的耳朵，几句话就使他转悲为喜："你自由啦，朋友。哼，大艺术家可以结婚吗？有自由有幻想，才有你！好啦，我多爱你，亲爱的诗人，包你不会想太太。可是倘使你像许多人一样要保全面子，我可以负责教奥当斯回来，在短时期内……"

"噢！要是办得到的话！……"

“那我是有把握的。”华莱丽摆出一副俨然的神气，“你可怜的岳父，从哪方面看都是完了；为了自尊心，他希望面子上还有人爱他，还有一个情妇，对这一点他虚荣透顶，因此我完全可以支配他的。男爵夫人还很爱她的老头儿埃克多，（我感觉上仿佛老是在讲《伊利亚特》[①]的故事），所以两老可以劝奥当斯回心转意。可是，倘使你不想在家里再有什么风波，切勿再隔上二十天不来看你的情妇……那我要急死的。孩子，一个世家子弟把一个女人害到这个地步，总该对她表示敬意，尤其在她煞费周章要保全名誉的当口……好，在这儿吃饭吧，小天使……你要知道，唯其因为你犯了这桩太惹眼的过失，我应当特别对你冷淡。”

当差的通报蒙丹士男爵来了；华莱丽跑过去迎接，咬了一会耳朵，把嘱咐文赛斯拉特别持重的话也嘱咐了他一遍；因为巴西人那天装出一副外交家的态度，来配合那个使他快乐之极的消息，他吗，他相信孩子绝对是他的！……

当情夫的男人都有特殊的虚荣心，华莱丽针对这种虚荣心所定的战略，使四个男人在她的饭桌上个个欢天喜地，兴高采烈，自认为最得宠的男人。玛奈弗在李斯贝德前面，把他自己也包括在内，开玩笑说：五个干爷都自以为孩子的亲爷。

只有于洛男爵一人，到场的时候脸上有着心事。原因是这样的：离开办公室之前，他去看人事处长，和他同事三十年的一位将军。高盖已经答应辞职，他便提到提升玛奈弗为科长的事。他说：

“亲爱的朋友，在我们没有商妥，得到你同意之前，我不愿

①《荷马史诗·伊利亚特》中有一人物名埃克多。

意向元帅讨这个情。”

“亲爱的朋友，”人事处长回答说，“我大胆提醒你一句，为你自己着想，你不应当坚持这个任命。我的意见早已对你说过。部里对你跟玛奈弗太太的事已经太关切了，这一下更要闹得满城风雨。至于你我之间，我不愿意揭你的疮痛，也不愿意有什么事不帮你忙，我可以行动为证。要是你坚持，非教高盖让位不可——而这个，对部里的确是一个损失，他是一八〇九年进部的——我可以请半个月假，下乡一趟，让你在元帅面前便于行事，他对你真像对儿子一样。那么我可以不算赞成也不算反对，同时我也不致于做了一件有亏职守的事。”

“谢谢你，你的话我去考虑一下。”

“我所以敢说这番话，亲爱的朋友，是因为这件事对你个人的利害关系大，对我的职权或自尊心的关系小。第一，元帅是主人。第二，朋友，外边批评我们的事多得很，也不在乎多一桩少一桩！我们不是没受过攻击。王政时代，发表过多少官员都是拿钱不做事的！……而且咱们是这么多年的弟兄……”

“是的，”男爵回答，“就是不愿意伤了咱们宝贵的老交情，我才……”

“好吧，”人事处长看到于洛为难的脸色，“我出门旅行一趟就是了……可是小心！你有的是敌人，就是说有人眼红你这个肥缺，而你只有一座靠山。啊！要是你像我一样当着议员，就不必顾虑了，所以你得留神……”

这番极见交情的话，给参议官一个极深刻的印象。

“喂，劳伊哀，究竟有什么事？别跟我藏头露尾了！”

那个他叫作劳伊哀的，望着于洛，抓起他的手握着说：

“以咱们这样的老朋友，我不能不劝你一句。你想保持地位，就得自己留好后步。换了我，我非但不要求元帅让玛奈弗接替高盖，反而要仰仗他的大力，设法保住参议官的职位，那是可以太平无事的当下去的。至于署长那块肥肉，宁可扔给逐鹿的人让他们去抢。”

“怎么！元帅会忘了……”

“朋友，元帅在内阁会议中费了那么大的力支持你，没有人再想把你免职了；可是这句话已经提过！……所以你不能授人把柄……我不愿意再多说。现在你还来得及提条件，譬如当参议官兼贵族院议员之类。要是等久了，或是给人拿住了什么，那我就不敢担保了……究竟要不要我去旅行呢？”

“不忙，让我先去见元帅，再托我哥哥到老总前面探一探口风。”

因此男爵上玛奈弗太太家时的心绪是可想而知的；他几乎忘了老年得子的事，劳伊哀刚才拿出朋友的真情点醒了他。可是华莱丽的影响，使男爵吃饭吃到一半也附了大家的兴，而且因为要忘记他的心事，起哄得格外厉害。可怜虫想不到那天晚上已经夹在他的幸福和人事处长所说的危险中间无处可逃，就是说在玛奈弗太太与他的地位之间，他必须有所选择。

十一点光景，客厅里高朋满座，正是晚会顶热闹的时节，华莱丽带了埃克多坐在便榻的一角咬着他的耳朵：

“我的好人，你女儿因为文赛斯拉到这里来了大生其气，丢下他不管了。奥当斯脾气这么坏！你不妨向文赛斯拉把那个糊涂姑娘写给他的信要来看看。他们夫妇的分居，人家一定要说是为了我，你想这对我多么不利，良家妇女攻击人的时候就是用的这种手段。我除了把一个家弄得宾至如归以外，又没有别的错；她却装作吃了大亏，把罪名加在我头上；真是岂有此理！要是你爱我，你得把小夫妻劝和，替我洗刷清楚。我又不稀罕招待你女婿，是你把他带来的，替我带回去吧！要是你在家里还有一点儿威严，你很可以教你太太去转圜。你替我告诉她，告诉你那个老伴：如果人家冤枉我拆散夫妻，离间家庭，说我养了丈人又养了女婿，那么老实不客气，我有我的作风，要名副其实的把她们干一下！贝德不是在说要离开我了吧？……她觉得家庭比我更要紧，那我不怪她。她跟我说，除非小夫妻和好，她不能再在这儿待下去。咱们可有趣啦，开销要加上三倍！……”

男爵听见女儿出了事，便说：“噢！这个吗，我会去安排的。”

“好，那么再谈第二件……高盖的位置呢？”

“这个，”男爵眼睛低了下去，“就不说办不到，也是很难很难！……”

“办不到？”玛奈弗太太咬着男爵的耳朵，“亲爱的埃克多，你还不知道玛奈弗铤而走险，会做出什么事来呢。我现在完全落在他手里；利之所在，他是像多数男人一样不顾廉耻的；就因为他卑鄙、无能，所以仇恨的心特别狠。你如今把我弄成这个局面，我只好由他处分。我不得不跟他敷衍几天，可能他从此守在我屋里不走呢。”

于洛听到这里不禁大跳一下。

“他只有当了科长才肯把我放松。这是他卑鄙，可也是势所必然。”

“华莱丽，你爱我吗？”

“在我眼前这种情形之下你还提出这种问句，简直是下等人的侮辱……”

“嗳，要是我尝试一下，光是尝试一下，去向元帅要求玛奈弗的位置，我马上就得下台，玛奈弗马上就得开差。”

“我以为你跟亲王是知交呢！”

“当然，他对我不能再好了，可是孩子，元帅上面还有别人……譬如说，还有内阁会议……多等一些时候，多绕几个圈子，我们才好达到目的。要成功，必须等人家有求于我；那时我可以说：好，礼尚往来，公平交易……”

“可怜的埃克多，要是我把这些话告诉玛奈弗，他一定会跟我们捣乱的。要你就自己去对他说，教他等吧，我不管。噢！我知道要倒霉了，他有方法治我的，他要守在我屋里……喂，别忘了孩子那笔存款。”

于洛觉得自己的快乐受了威胁，便把玛奈弗邀到一边；一想到这痨病鬼会待在他漂亮女人的屋里，他害怕得不得了，以至他素来对待玛奈弗的气焰，也破题儿第一遭收了起来。

“玛奈弗，我的好朋友，今天我们谈到了你的问题！你一下子当不成科长……要等些时候。”

“我要当科长的，男爵。”玛奈弗斩钉截铁的回答。

“可是，朋友……”

“我要当科长的，男爵。”玛奈弗冷冷的重复一遍，望望男爵又望望华莱丽。

“你使我女人不得不来迁就我，我就把她留下了；因为，我的好朋友，她可爱得很呢，”他刻薄万分的补上一句，“我是这儿的主人，不像你在部里做不了主。”

男爵那时心里的痛苦，好似最剧烈的牙齿痛，几乎眼泪都掉下来。在扮演这短短一幕的时间，华莱丽咬着亨利·特·蒙丹士的耳朵，告诉他玛奈弗的意思，以便把蒙丹士暂时摆脱几天。

四个信徒中间，唯有克勒凡不受影响，他有他那所小房子，所以他摆出一副得意忘形、肆无忌惮的神气，全不理会华莱丽挤眉努目的警告。他五官七窍，没有一处不表示他为父之乐。华莱丽过去凑着耳朵埋怨了他一句，他却抓着她的手回答说：

“明天，我的公爵夫人，你的公馆好到手啦！……因为明儿是正式标卖的日子。”

“那么家具呢？”她笑着问。

“我有一千股凡尔赛铁路股票，一百二十五法郎买进的；我得到内幕消息，两条路线要合并，股票好涨到三百法郎。你的屋子将来要装修得像王宫一样！……可是你得专心向我一个人，是不是？……”

“是的，胖子区长，”她笑着说，“可是你放稳重一点！你得尊重将来的克勒凡太太。”

“亲爱的姊夫，”贝德过来对男爵说，“明天一早我就上阿特丽纳家；你明白，我再留在这儿不像话了。我替你哥哥管家去吧。”

“我今晚回家。”

“那么我明儿来吃中饭。”李斯贝德笑着回答。

她知道明天家里那一幕不能少了她这个角色。她清早就上维多冷家报告奥当斯与文赛斯拉的分居。

男爵十点半左右回去，碰上玛丽哀德与路易士忙了一天正在关大门，所以不用打铃就进去了。为了不得不规规矩矩回家，他满肚子不高兴的，径自走向太太的卧房。从半开的门内，他瞥见她跪在十字架下一心一意在祷告。她那个极有表情的姿态，大可作为画家或雕刻家杰作的模特儿，使他们成名。阿特丽纳激昂慷慨的，高声念着：

“我的上帝，求你大慈大悲，指点他回头吧！……”

原来男爵夫人在那里为她的埃克多祈祷。此情比景，跟他刚才离开的景象多么不同；她的祷告又显然是为了当天的事；男爵感动之下，叹了一口气。阿特丽纳满面泪痕的回过头来，真以为祷告有了灵验，纵起身子，欣喜若狂的抱住了她的埃克多。以妻子而论，阿特丽纳早已兴趣全无，苦恼把她的回忆都赶跑了。她心中只剩下母性、家庭的名誉，一个基督徒的妻子对一个误入歧途的丈夫的最纯洁的感情，那是女人万念俱灰之后始终不会消灭的。这些情绪我们都不难猜想得到。

“埃克多！你还会回来吗？上帝能不能哀怜我们这一家？”

“亲爱的阿特丽纳！”男爵把太太扶在他身旁一张椅子里坐下，“我从没见过像你这样圣洁的女子，我久已配不上你了。”

“不用你费什么事，朋友，”她拿起于洛的手；她拼命发抖，好似害了什么神经性的痉挛，“你一举手之间一切都可以恢复旧规……”

她不敢往下再说，觉得每句话都像责备，而她不愿意这次会面给她的快乐有一点儿残缺。

“我是为了奥当斯回来的，”男爵接着说，“这孩子轻举妄动，对我们的影响可能比我为华莱丽的痴情更糟。咱们明儿再谈。玛丽哀德说奥当斯已经睡觉，不用惊动她了。”

“对。”于洛太太说着，只觉得一阵心酸。她猜到男爵回来不是为了看看家里的人，而是另有作用。“明儿再让她歇一天吧，可怜的孩子教人看了也不忍，整整哭了一天。”

下一天早上九点半，男爵教人通知了女儿，在空荡荡的大客厅里等着。他踱来踱去的盘算用什么理由才能克服这个最难克服的固执；受了侵犯绝不甘休的少妇，心念之坚正如一个清白无辜的青年，既不懂得情欲与势利的玩意儿，也不懂得社会上委曲求全的苦衷。

“我来了，爸爸！”不胜痛苦、脸色惨白的奥当斯，声音还在发抖。

于洛坐在椅子上，搂着女儿的腰，硬要她坐在他的膝盖上，吻着她的额角：

“嗳，孩子，夫妻之间一吵嘴，咱们就发脾气了吗？……一个有教养的姑娘绝不如此。我的奥当斯不应该事先不请示父母，自顾自采取决绝的行动，像离开家庭、抛弃丈夫一类的事。要是你来看了贤惠的母亲，你绝不致使我这样伤心！……你不知道社会的可怕。人家可以说是你丈夫把你送回娘家的。像你这样在母亲膝下长大的孩子，比旁的孩子长成得更慢，因为你不了解人生！像你对文赛斯拉那种天真活泼的热情，什么都不加考虑，单凭一时的冲动。心里一有气，头脑就昏了。一个人为报仇，能够忘记了法庭，把巴黎放火烧起来。我做父亲的活了这么一把年纪，等到我说你有失体统，你可以相信我的话是不错的；而我还没跟你提到我的辛酸、我的痛苦呢，因为你把罪名加在一个女人头上，可是你既不知道那女人的心，更不知道她的敌意可能狠毒到什么地步……唉，你啊，那么坦白、天真、纯洁，你什么都没有想到；你可能受到污辱，受到毁谤。并且，我的小天使，你把玩笑当了真；我，我敢向你担保，你的丈夫根本没有什么错。玛奈弗太太……”

至此为止，男爵像外交家一样把责备说得非常婉转。他安排好一个巧妙的引子，然后提到那个名字；可是奥当斯一听到名字，就像给人触到了伤口似的浑身一震。

“你听我说，我是有经验的，我一切都看在眼里。”男爵不许女儿开口，继续说他的，“那位太太对你丈夫很冷淡。你是上了当，不信，我可以拿证据给你看。昨天，哪，文赛斯拉在那儿吃饭……”

“在那儿吃饭？……”奥当斯站了起来，不胜厌恶的望着父亲，“昨天！看过了我的信还？……噢！天哪！……干吗我要结婚，不进修道院？可恨我有了孩子，我的生命已经不属于我了！”说到这里，她号啕大哭了。

这些眼泪落在于洛太太的心上，她从房里出来把女儿抱在怀里，哀痛之下，便胡乱的说了一大堆慰问的话。

“呦，哭起来了！……”男爵心里想，“本来什么都顺顺当当的！现在，女人一哭不就完了吗？”

“孩子，”男爵夫人说，“听你爸爸说呀！他是爱我们的，得啦……”

“呃，奥当斯，我的好孩子，别哭了，你要哭得难看了。哎，哎，拿出一点理性来。乖乖的回家去，我保证文赛斯拉永远不再上那儿走动。如果对心爱的丈夫，原谅他最轻微的过失，也算得是牺牲的话，我就要你牺牲一下。我要你看在我的白头发面上，看在你所孝敬的母亲面上……你总不愿意我到了老年再过辛酸的日子吧？……”

奥当斯像疯子一般，奋不顾身的扑倒在父亲脚下，把没有拴好的头发都抖散了，绝望的伸着手求告：

“父亲，你要我的命了！要我命也可以，至少得让它清清白白的，我一定很高兴的献给你。可是别教我羞辱了自己，犯了罪再死！我不像母亲！我不能把侮辱吞下去！要是我回家，妒性发作起来，我会把文赛斯拉杀死，或者做出更要不得的事。请你不要把我力量做不到的事逼我。不要在我活着的时候哭我！因为至少我要发疯……我觉得马上要发疯了！昨天！昨天！看了我的信他还上那女人家里吃饭！……别的男人是不是这样的？……我愿意把性命献给你，可不要教我含羞蒙垢而死！……说他的过失轻微？……跟这个女人有了孩子还是过失轻微？”

“孩子？……”于洛倒退了两步，“呃！这明明是开玩笑！”

这时维多冷和贝姨一齐来到，看到这副景象都愣住了。女儿伏在父亲脚下。男爵夫人一声不出，母女的天性与夫妻的感情使她左右为难，吓得只会落眼泪。

“李斯贝德，”男爵抓了老姑娘的手，指着奥当斯，“你正好来帮我忙。可怜的奥当斯气糊涂了，以为玛奈弗太太爱上了文赛斯拉，其实华莱丽只想要一座雕像。”

“《达丽拉》！”奥当斯叫道，“我们结婚到现在，他一口气赶成的作品就只有这个。他老人家不能为了我，为了他的孩子工作，却一股热忱的替这个贱人工作……噢！父亲，把我杀了吧，你每句话都是一把刀。”

李斯贝德向维多冷和男爵夫人摇摇头，意思之中是指男爵不可救药。

“听我说，姊夫，你要我住在玛奈弗太太楼上替她当家的时候，我根本不知道她的为人；可是三年之中我知道了很多事情。这女人真是一个婊子！她的卑鄙无耻，只有她那个丑恶下贱的丈夫比得上。你蒙在鼓里，给这些人当冤大头，你才不知道他们要把你害到什么田地呢！我不能不对你说个明白，因为你已经陷入泥坑……”

听到李斯贝德这么说，男爵夫人和女儿望着她的眼风，活像那些虔婆感谢圣母救命时的眼风。

“她，这个该死的女人，想拆散你女婿的家庭；有什么好处？我不知道，我没有那种聪明去了解这些那么恶毒、那么下流的阴谋诡计。玛奈弗太太并不爱你的女婿，但是要他屈膝，出她的恶气。我刚才狠狠的骂了她一顿，一点不曾冤枉她。她是一个毫无廉耻的娼妓，我已经告诉她，我要离开她的屋子，要顾全我的名誉……第一我是这个家庭里的人。我知道甥女离开文赛斯拉的消息，我就来了！你把华莱丽当作圣女，她可的确是这件悲剧的罪魁祸首；我还能在这种女人家里待下去吗？亲爱的奥当斯，”她一边说一边故意碰了碰男爵的手臂，“也许上了当，因为这一类的女人，单为要一样小古董就不惜牺牲别人整个的家庭的。我不信文赛斯拉真有什么罪过，但是他生性懦弱，我不敢担保他将来不给她灌上迷汤。我已经下了决心。你要送在这女人手里的，她会教你睡草垫。我不愿意由我来帮你倾家荡产，我在那儿住了三年就是想挽救这一点。姊夫，你受了骗。只消你敢坚决声明，绝对不管那下流的玛奈弗升级的事，你等着瞧罢，包你出事！他们为此预备好一套把戏要你出丑呢。”

李斯贝德把姨甥扶起，热烈的拥抱她，咬着她的耳朵说：

“亲爱的奥当斯，拿定主意！”

男爵夫人拥抱她的贝德妹妹，因为代她出了气而表示很感激。当着父亲，全家都不出声；以他的聪明，他自然懂得这个静默的意义。他脑门上、脸上，布满了狂怒的气息：根根血管都暴起，眼睛发了红，脸色青一块白一块。阿特丽纳赶紧扑在他脚下，抓了他的手：

“朋友，朋友，别生气啊！”

“你们都不把我当人了！”男爵流露出一句良心的呼声。

我们自己做的错事总是肚里有数。我们几乎老是以为受害的人对我们一定恨如切齿；而尽管我们多方作假，一受到突如其来的责罚，我们的嘴巴或是脸色自然会招供，好似从前的罪犯在刽子手面前招供一样。

“我们的孩子，”他继续招供，“结果变成了我们的仇敌。”

“父亲。”维多冷叫着。

“你打断了你父亲的话！……”男爵瞪着儿子大吼一声。

“父亲，听我说，”维多冷声音很坚决很清楚，正是清教徒议员的声音，“我知道应该怎么尊重您，永远不会对您失掉敬意。我永远是您最卑恭最服从的儿子。”

凡是到国会旁听过的人都知道：用这种叠床架屋的话缓和对方的怒气，以拖延时间，是议会战术的惯技。维多冷接着说：

“我们绝不是您的敌人；我跟岳父克勒凡闹翻，因为向伏维奈赎回了六万法郎借票，而这笔钱，不消说是在玛奈弗太太手里。噢！父亲，我绝不埋怨您，”他看见男爵做了一个手势，便补上一句，“我只附和贝姨的意见，并且请您注意，虽然我对您的忠诚是盲目的、无限的，不幸我们的财源却是有限的。”

“又是钱！”痴情的老人给这番理由驳倒了，往一张椅子上倒了下去。“而这还是我的儿子！……你的钱，会还你的，先生！”说着他站了起来。

他往客厅的门走去。

“埃克多！”

这声叫喊使男爵回过头来，突然老泪纵横的面对着妻子，她绝望之下用力抱住了他，说：

“你别这样的走呀……别生着气离开我们。我一句都没有说你啊，我！……”

一听到这悲壮的呼声，孩子们一齐跪倒在父亲脚下。

“我们都爱你的。”奥当斯说。

李斯贝德，一动不动好似石像一般望着这些人物，傲然微笑。这时候于洛元帅进了穿堂，已经听到他说话的声音了。全家的人都知道非瞒住他不可；当时的景象便立刻换了一幕。两个孩子赶紧站起，而个个人都在设法遮掩他们的情绪。

玛丽哀德在门口和一个兵吵了起来，他叫叫嚷嚷的吵急了，厨娘只得走进客厅说：

“先生，有一个从阿尔基利回来的军需兵，一定要跟您说话。”

“让他等着。”

“先生，”玛丽哀德凑着主人的耳朵，“他要我轻轻的告诉您，说是为了您叔叔的事。”

男爵打了一个寒噤，以为两个月来私下问叔岳要的钱，预备还债的钱，送到了。他丢下家人奔向穿堂，看见来人是一张亚尔萨斯人的脸。

“是于洛男爵吗？”

“是啊……”

“是男爵自己吗？”

“是啊。”

军需兵一边说一边从军帽夹层里掏出一封信，男爵急急的拆开，念道：

侄婿青览：我非但没法送上十万法郎，连我的地位都无法维持，如果你不采取断然行动救我的话。有一位检察官跟我们找麻烦，满嘴仁义道德，对我们的机关胡说八道。没有办法教这个臭官儿住嘴。要是陆军部让那些法官支配，我就完啦。送信的人是可靠的，你得设法给他升级，他替我们出过力。别让我落在乌鸦嘴里[①]！

这封信对男爵不啻晴天霹雳。他看出那是文武衙门开始明争暗斗（阿尔基利至今还是这种情形），必须立刻想出办法应付当前的乱子。他要军需兵明天再来，说了些给他晋级之类的好话，把他打发走了，他回进客厅。

“大哥，你好，我马上要走了！”他对元帅说，——“再见，孩子们；再见，阿特丽纳。”——“贝德，你怎么办呢？”

“我吗，我去替元帅管家。这个也罢，那个也罢，我总得一辈子替你们当差。”

“我没有跟你商量好之前，你先不要离开华莱丽。”于洛咬

①乌鸦是骂法官，因法官穿黑衣。

着贝姨的耳朵吩咐。——“再见，奥当斯，你这个不听话的小鬼，放明白一点；我有了紧急公事，你的问题以后再谈。你想一想吧，我的小猫咪。”他说着把她拥抱了一下。

他离家时显而易见那么慌张，使太太和孩子们都非常着急。

“贝德，”男爵夫人说，“我们要知道埃克多有些什么事，我从来没有看见他慌成这个样子；你在那个女人家再待两三天吧；他对她是无话不谈的，我们可以打听出他为什么突然变色。你放心，你跟元帅的亲事我们会安排的，那是非办不可的了。”

“我永远不会忘了你今天这股勇气。”奥当斯拥抱着贝德说。

“你替可怜的母亲出了一口气。”维多冷说。

元帅看见大家对贝德这般亲热，只觉得莫名其妙，贝德却把这一幕向华莱丽报告去了。

这一段描写，使一般清白纯洁的人，看到玛奈弗太太一流的女子对于家庭的种种祸害，看到她们用什么方法去侵害表面上渺不相关的、可怜的贤德的女人。如果把这些纠纷移到上层社会，把君王的情妇所能促成的乱源想象一下，那么，一个律身谨严、持家有法的贤君所能加惠于人民的，也就不难了解了。

十一

巴黎每个部会是不准妇女入内的小城；但其中有的是谰言妄语，明枪暗箭，仿佛照样挤满了女人。经过了三年，玛奈弗先生的地位是揭穿了，亮出来了，司里科里都在问："高盖的缺，玛奈弗补得上补不上呢？"正如从前国会里纷纷议论："王太子的优俸法案通得过通不过呢？"

大家留意人事处的动静，把于洛男爵署里的一切都细细推敲。精明的参议官，把玛奈弗升级以后的抢手早已拉拢好，那是一个极会办事的人，男爵告诉他，只要他肯代做玛奈弗的工作，将来一定可以补缺，玛奈弗是行将就木的人了。所以那个公务员也在暗中帮玛奈弗活动。

于洛穿过等满了人的会客室，瞥见玛奈弗愣着那张苍白的脸坐在一角。他第一个就把玛奈弗叫了进去。

"你有什么要求，朋友？"男爵藏起了心中的不安。

"署长，各科的同事都在笑我，因为人事处长今天请了病假，出门一个月。等一个月，这意思还不明白吗？你使我的敌人把我打哈哈，铜鼓给人家敲一边已经够了；两边敲的话，署长，是会敲破的。”

“亲爱的玛奈弗，一个人要万分耐心才能达到目的。你即使能够升科长，也要等两个月以后。我自己要巩固地位的时候，怎么能要求一桩教大众起哄的事？”

“你下了台，我永远升不成科长了，”玛奈弗冷冷的说，“你得把我发表，反正是这么回事。”

“照你说，我得为了你牺牲？”

“要不然，我对你太失望了。”

“你太玛奈弗脾气了，玛奈弗先生！……”男爵站起来，指着门叫他出去。

“我给您请安，男爵。”玛奈弗恭恭敬敬回答。

“混账透了！”男爵对自己说，“竟像限时限刻的逼债，拿封门来威吓。”

两小时以后，男爵刚好对格劳特·维浓嘱托完毕，请他上司法部，探听一下管辖约罕·斐希的司法当局的情形，兰纳却推开署长室的门，送进一封信，说立等回音。

“派兰纳到这儿来！”男爵心里想，“华莱丽简直疯了，她要牵累我们大家，连该死的玛奈弗的升级都要弄糟了！”

他送走了部长的私人秘书，拆开信来：

啊！朋友，你不知道我刚才受到怎样的欺侮！固然你给了我三年幸福，这一下我可付足了代价！他从办公室回来暴跳如雷，简直教人发抖。平时他已经丑恶万分，今天更是像魔鬼一样。他咬牙切齿恐吓我说，如果我再让你来，他就永远盯着我。可怜的朋友，从此我不能再招待你了。你看我的眼泪呀，信纸都湿透了！你还看得清我的字吗，亲爱的埃克多？啊，我有了你的心，身上又有了你一块肉，却不能再看见你，要跟你断绝，那不要了我的命吗？你得想到咱们的小埃克多！别丢掉我啊，可是你，千万不能为了玛奈弗玷污你的声名，不能对他的威胁让步！啊，我现在对你的爱情是我从来未有的！你为你的华莱丽所做的牺牲，我都回想起来，她不会，永远不会忘恩负义的，你是，永远是，我唯一的丈夫。我曾经要求你为几个月后出世的小埃克多，存一笔利息一千二百法郎的款子，现在这件事不用提啦……我不愿意你再花一个钱。再说，我的财产也永远是你的。

啊！如果你爱我像我爱你一样，埃克多，你就得告老，我们把彼此的家庭、烦恼、藏着多少仇恨的家属，统统丢开，和李斯贝德一同住到一个美丽的地方去，例如布勒塔尼，要是你喜欢。在那边，我们闭门谢客，与世隔绝，可以快快活活的过日子。你的养老金，加上我名下所有的一些，足够应付的了。你近来变得嫉妒了，好吧，那时你的华莱丽只陪埃克多一个人了，你不用再像上回那样怄气了。我永远只有一个孩子，而这个孩子是我们的，我向你保证，亲爱的老军人。真的，你万万想不到我气成什么样子，因为你想不到他怎样对我，对你的华莱丽说了多少下流话，我不能玷污笔墨告诉你；身为蒙高南的女儿，这种话我一辈子都不应该听到一句。噢！他大发兽性，把我当作了你，百般作践，我恨不得有你在场好治他一治。我父亲在的话，一定会把这个混蛋一刀两段；而我，我只能像一个女人所能做到的：拼命的爱你。所以，我的爱人，在我现在这种悲痛的情形之下，我无论如何丢不下你。是的！我要偷偷的看你，天天看你！我们女人是这样的，你恨他，我也跟着恨他了。我求你，要是你爱我，千万不要升他做科长。让他到死只做一个副科长！……此刻我心绪已乱，他的咒骂还在我耳边。贝德本想离开我的，看我可怜，答应再留几天。

我的心肝，我不知道怎么办。我只想一走了事。我素来喜欢乡下，或是布勒塔尼，或是西南几省，随你挑，只要我能够自由自在的爱你。可怜的宝贝，我也替你叫苦！因为你只能回到你的老伴身边，去看她的哭哭啼啼；想来那魔鬼也对你说过，他要日夜守着我；他还提起警察局呢！你千万不要来！我知道，他要拿我当敲诈的工具时，什么事都做得出的。所以我想把你对我慷慨的赠予一齐还给你。啊！我的埃克多，我可能卖弄风骚，使你觉得轻佻，可是你还没有认识你的华莱丽；她喜欢磨你，但是她爱你，在多少人中只爱着你。你来看你的小姨是没有人能阻止的，让我跟她商量我们相会的办法。我的好宝贝，求你写一个字条来安慰安慰我，既然你自己不能来……（噢！要是我能把你留在咱们的便榻上，要我牺牲一只手都是愿意的。）有你一封信等于有了一道护身符；请你写几个字给我，表现一下你高尚的心胸，我过后把信还给你，因为我们必须谨慎小心，他到处乱翻，我没处隐藏你的信。总之，你得安慰你的华莱丽，你的妻，你的孩子的母亲。唉，天天看到你的人，竟不得不跟你写信！所以我对贝德说：过去我真不知道自己的幸福。好宝贝，我多爱你，希望你多多爱我。

你的　华莱丽

“哎哟，多少眼泪！……”男爵看完了信对自己说，“她的签名都看不清了。”——“她怎么啦？”他问兰纳。

“太太在床上抽搐，大发肝阳，简直缩作了一团，那是写完信才发作的。噢！她哭呀哭呀……先生叫骂的声音在楼梯上都听得见。”

男爵慌慌忙忙，拿起公事信笺写了下面一封信：

> 你放心吧，我的天使，他到死只能当一个副科长！你的主意妙极，咱们可以离开巴黎，带着咱们的小埃克多快快活活的过日子。我准定告老，可以在什么路局内找一个好差事。啊！可爱的朋友，你的信使我返老还童！噢！我要从头做起，你等着瞧吧，我要给咱们的孩子挣一份家业。你的信比《新哀络绮思》还要热烈百倍，我读了之后竟发生了奇迹：我本以为对你的爱情已经达到最高峰，现在才觉得我更爱你了。今晚上你可以在贝德那边看到你的永远的埃克多。

兰纳把回信带走了，这是男爵写给他可爱的朋友的第一封信！这样紧张的情绪，跟正在远处里酝酿的风波恰好成为一个对比。但那时男爵满以为叔岳约罕·斐希所受的威胁业已解除，只牵挂自己的亏空问题了。

拿破仑党人的特性之一是信仰武力，认为武官总在文官之上。阿尔基利既是陆军部的势力范围，于洛当然更不把检察官放在心上。一个人总改不了过去的习气。当年帝国治下各大城市的首长、州长、那些内地的小皇帝，对过境的禁卫军都是远道迎送，趋奉唯恐不及的；试问一个禁卫军的长官，怎么能忘了这些亲身经历的威风？

四点半，男爵径自奔到玛奈弗太太家；上楼的时候像青年人一样心儿乱跳，老问着自己："我看得到她吗？看不到她吗？"早上自己家中的一幕，太太跪在他脚下的情景，他哪里还想得起？华莱丽的信，藏在一只薄薄的皮夹中间揣在怀里，从此不离身的了，那封信岂非证明他比一个风流后生更受人疼爱吗？打过了铃，倒霉的男爵听见玛奈弗的拖鞋声和痨病鬼一连串的咳嗽声。玛奈弗一开门，摆好姿势，指着楼梯，跟早上男爵指着办公室的门一模一样。他说：

"你太于洛脾气了，于洛先生！……"

男爵还想往里走，玛奈弗却从袋里掏出一支手枪，把子弹上了膛。

"参议官先生，一个人像我这样下贱的时候，你认为我下贱是不是？—— 出卖名誉的价钱不能全部收足，他是不怕进监牢做苦役的。你愿意打架，好吧，咱们来拼一拼，随时随地都可以。不准再来，不准你进这扇门：我已经把你我的情形报告了警察局。"

然后他趁着男爵发愣的当口把他推了出来，关上了门。

"该死的奴才！"于洛一边想一边上楼去找李斯贝德。"噢！现在我明白那封信了。我一定要带着华莱丽离开巴黎。她可以陪我到老，给我送终。"

贝德不在屋里。奥里维太太告诉于洛，说她上男爵夫人家找他去了。

"可怜的姑娘！想不到她会像今天早上那样聪明。"男爵心里想着，从华诺街走向伯吕梅街。

走到华诺街和巴比伦街转角，他回头望了望丈夫仗着法律的宝剑把他赶出来的伊甸园。华莱丽在窗口目送于洛；他一抬头，她便扬起手帕；该死的玛奈弗却打落了她的便帽，一把硬拖了进去。参议官眼里不禁亮起一颗泪珠。

“近七十的人了，受人家这样的爱！还眼看她被虐待！”他对自己说。

李斯贝德是到家里来报告好消息的。阿特丽纳和奥当斯已经知道，男爵不愿在部里当众丢人，拒绝发表玛奈弗的科长，这样一来，那个变了于洛死冤家的丈夫一定要把他撵出门外的了。不胜快慰的阿特丽纳，吩咐夜饭要弄到使她的埃克多觉得比华莱丽家更好；忠心的李斯贝德就在帮玛丽哀德解决这个难题。贝姨此刻是全家崇拜的偶像：母女俩都吻着她的手，衷心喜悦的告诉她，元帅已经答应请她做管家了。

“亲爱的，从管家到太太，还不容易吗？”阿特丽纳说。

“维多冷跟他提起婚事的时候，他没有说不。”奥当斯补上一句。

男爵在家给招呼得那么殷勤，那么恳切，表示家里的人对他多亲热，他只得把满腹辛酸闷在肚里。元帅也来吃饭。饭后，于洛并不走。维多冷夫妇也来了。大家凑了一桌韦斯脱。

“埃克多，你好久没有跟我们这样玩儿了！……”元帅一本正经的说。

在溺爱兄弟的老军人口中，这句暗示埋怨的话给大家一个深刻的印象。这弦外之音把心头巨大的伤口揭开了，把每个人的隐痛点穿了，使彼此都有同感。到八点，男爵要送贝德回去，答应送去就来。

“嗳，贝德，他竟然虐待她！”他到了街上说，“我现在更爱她了！”

“啊！我从来想不到华莱丽会这样爱你的！她轻佻、风骚，喜欢教人家追求、对她玩一套谈情说爱的喜剧，像她所说的；但她真心对待的只有你一个。”

“她有什么话要你告诉我呢？”

“啊，你听着。你知道她对克勒凡是相好过的；那不能怪她，唯有这样她才有老年的保障；但她心里厌恶他，并且差不多已经完了。可是她还留着小房子的钥匙。”

“吓，太子街！”欢喜欲狂的于洛叫起来，“单凭这一点我就情愿她养着克勒凡……我去过那儿，我知道……”

“钥匙在这儿，你明天就去配一个，配两个也可以，只要你来得及。”

“以后呢？……”于洛大有馋涎欲滴之概。

“明儿我再到你家吃饭，你把华莱丽的钥匙还我，克勒凡老头随时会向她要回的；后天你们可以相会啦；以后的事你们面谈就是了。你们可以放心，那边有两个出口。要是克勒凡，他是像他自己所说的，摄政王派，要是碰巧他从走廊进来，你们可以从铺子里出去；反过来也是一样。你瞧，老混蛋，这都是靠我的力量。你怎么报答我？……”

“由你说就是！”

“好，那么你不要反对我跟你哥哥的亲事！”

“什么！你！于洛元帅夫人！你！福士汉伯爵夫人！”男爵大为诧异的喊。

“阿特丽纳不是男爵夫人么？……”贝德用着尖酸的、恶狠狠的声音回答，“听我说，老桃花，你明明知道你的事情搅到什么田地了！你家里的人可能没有饭吃，掉在泥坑里呢……”

“我就怕这个！”于洛不由得毛骨悚然。

“要是你哥哥死了，谁养你的太太跟女儿？法兰西元帅的寡妇至少有六千法郎恩俸是不是？所以，我的结婚，只为了保险你的妻子女儿不至于饿肚子，你这个老糊涂！”

“我没有想到这么远！那么我去劝哥哥吧，因为我们都相信你的……你去告诉我的天使，说我把性命献给她了！……”

男爵看贝德走进了华诺街，便回家打他的韦斯脱，当晚宿在家里。男爵夫人快慰之极，丈夫好像恢复了家庭生活，半个月光景，他每天早上九点上衙门，下午六点回来吃饭，黄昏也在家里跟大家一起。他带着阿特丽纳和奥当斯看了两回戏。母女俩做了三台感恩弥撒，求告上帝既然把她们的丈夫与父亲送回了，但望把他永远留在家里。

一天晚上，维多冷看见父亲去睡觉了，对母亲说：

“嗳，咱们多快活，爸爸回来啦；所以我跟我的女人绝不爱惜我们的钱，只要这局面能维持下去……”

“你父亲快上七十了。我看出他还在想玛奈弗太太，可是不久会忘掉的；对女人的疯狂不像赌博、投机，或者吝啬，它是有期限的。”

美丽的阿特丽纳——因为她虽然上了五十岁，经过了多少伤心事，还是很美——在这一点上可想错了。好色的人，天赋异禀，使他们爱的机能远过于爱情的界限，差不多永远是年轻的。在那个安分老实的时期内，男爵上太子街去了三次，他的表现绝对没有七十岁。情欲复炽，返老还童，他不惜把荣誉、家庭，一切，毫无遗憾的奉献给华莱丽。可是华莱丽完全变了一个人，从来不提到钱，不提给他们孩子的存款；相反，她愿意拿黄金给他，她爱于洛，好像一个三十六岁的妇人爱一个又穷又风流又多情的法科学生。而可怜的阿特丽纳还以为重新征服了她的埃克多！第三次幽会的终了，又定了第四次约会，有如从前意大利喜剧院完场的时候报告下一天的节目。时间约在早上九点。到了那快活的一天，（痴情的老人就为了这种快乐的希望才勉强忍受家庭生活的）清晨八点左右，兰纳上门求见男爵。于洛怕出了什么乱子，赶紧出去找站在门外不肯进来的兰纳。那忠心的女仆递给他一封信：

我的老军人，此刻不要上太子街，我们的魔鬼病了，要我服侍他。你改在今夜九点去吧。克勒凡在高倍依勒巴家，绝不会带什么女人上小公馆的。我安排好今天夜里抽身出来，可以在玛奈弗醒来之前赶回。如何，即盼见复。也许你老婆不像从前那样听你自由了。据说她还挺美，说不定你会欺骗我的，你这个老风流！信阅后即毁，我什么都不放心呢。

埃克多写了一封短短的回信：

我的爱人，我早已和你说过，二十五年以来我的太太从来不妨害我寻欢作乐的。为了你，我一百个阿特丽纳都肯牺牲！今晚九点准到克勒凡庙堂去恭候我的女神。但愿副科长快快死掉！免得我们长此分离；千万珍重。

你的　埃克多

晚上，男爵对太太说要陪同部长到圣·格罗去办公，清早四五点才能回来。于是他上太子街去了。那正是六月将尽的时节。

很少人一生中真正经验过引颈就戮的感觉，那些在断头台上遇赦回来的囚徒，当然可以计算在内，但有些做梦的人，的确在梦中活龙活现的体味过这种临死的惨痛，他们什么都感觉到，连刀子架在脖子上的感觉都有，直到天亮惊醒，才算把他们释放……可是，清早五点，男爵在克勒凡那张华丽的床上所经历的感觉，比缚上刑台，面对一万个人、两万道目光的感觉，更要可怕得多。华莱丽睡的姿态极美。唯有真美的女人才会在睡熟的时候不失她的美，华莱丽就够得上这个资格。这是艺术跑进了自然界，简直是一幅活的图画。男爵在平卧的姿态中，目光离地约有三尺，他仿佛一个人忽然惊醒过来想到什么念头似的，眼光漫无目的地在那儿乱转，无意之间停在房门上，那是由出名的艺术家杨画满了花卉的。男爵并没像临刑的罪犯一般看到两万道目光，而只看到一道比广场上的两万道更尖利的目光。这种温柔乡中的恐怖感觉，当然比死囚的感觉更难得，要是临到那般急性子的英国人，准会闹一场大病的。男爵平躺着，的的确确出了一身冷汗。他想不相信，但那只杀气腾腾的眼睛开始说话了！门背后有唧唧哝哝的声音。男爵觉得庙堂里有了人是没有问题的了，心里想：

“也许只是克勒凡跟我开玩笑！”

房门打开了。尊严的法律，在布告上仅次于王徽的[1]，化身为

---

[1] 当时法国政府布告及法律文件，均以“兹以法律与国王陛下之名……”开始。但在文字上端另有王徽图案，故言“尊严的法律，在布告上仅次于王徽的……”。

一个矮小的警察局长，跟着是一个瘦长的治安法官，带路的是玛奈弗大爷。警察局长，下面是一双翻鞋面扣着套结的鞋子，上面是一个头发稀少的黄脑壳，活现出一个嘻嘻哈哈，爱说爱笑，对巴黎生活了如指掌的老狐狸。他的眼睛，透过眼镜，露出一副俏皮狡猾的表情。治安法官是诉讼代理人出身，风月场中的老手，对被告非常眼热。

“男爵，请你原谅我们公事公办！”警察局长说，“我们受理了原告的申请才来的。打开屋子的时候有治安法官在场做证。我知道你的身份，也知道女的是谁。”

华莱丽睁开惊异的眼睛，像女戏子在舞台上表演发疯似的大叫一声，在床上扭作一团，仿佛中世纪魔鬼上身的人穿了硫磺衣受火刑的样子。

她跳起来，在三位看客前面像一道白光似的闪过，蹲在小柜子后面，手捧着脸。

“完了！死了！……”她叫着。

“先生，”玛奈弗对于洛说，“要是玛奈弗太太发了疯，你就不止是一个淫棍，而且是一个杀人犯……”

一个人在一张既不属于自己也不是租赁得来的床上，跟一个同样不属于自己的女人在一起，给人当场拿住，他怎么办呢？是这样的：

“法官，局长，”男爵很威严的说，“请你们顾全这可怜的女人，她可能精神错乱……你们等会再做笔录。大门想必关上，她跟我都跑不了的，在我们这种情形之下……”

两位公务员接受了参议官的命令。于洛抓着玛奈弗的手臂，拉他到身旁轻轻的说：

“你来跟我说话，混蛋！……杀人犯不是我，是你！你要当科长，得四等勋章吗？”

“这是主要条件，署长。”玛奈弗点点头。

“都给你就是，先去安慰一下你的老婆，把这些人打发走。”

“不行哪。”玛奈弗很机灵的回答，“这几位先生还要做备案笔录，没有这个可以拿去告发的证件，我怎么办？大官儿专门骗人，你偷了我老婆，却没有把我升科长。男爵，我限你两天之内办妥。还有信……”

“信！……”男爵打断了玛奈弗的话叫起来。

“是啊，那些信，证明我女人肚里的孩子是你的……你明白没有？有了这个杂种，我的儿子将来分家不是吃亏了吗？你得拿出一笔存款赔偿这个损失。我不会多要，那是儿子的事，与我不相干，我又不稀罕当什么父亲！我！两千法郎利息的存单就行了。明天早上我要补上高盖的缺，国庆日受封的名单上要有我的名字……要不我就把今天的笔录送检察署。我总算宽宏大量了吧，你说？”

“天哪！好漂亮的女人！”治安法官对警察局长说，“她要发了疯，可是社会的大损失呢！”

“她一点不疯。”警察局长故意郑重其事的回答。

干警察的对一切都是怀疑的。

“于洛男爵落了人家的圈套。”局长有心提高了声音，让华莱丽听见。

华莱丽把局长瞪了一眼，要是她眼中的火气能够飞射过去，可能一瞪之下就把他瞪死。局长却微微笑着，因为华莱丽也中了他的计。玛奈弗和男爵把全部条件谈妥了，教他女人到房里穿好衣服。男爵披着件睡衣走到外间来，对两位公务员说：

“保守秘密的话跟两位可以不用多说了吧？”

两人弯了弯腰。局长在门上轻轻敲了两下，书记便进来坐在小柜子前面，把局长低声念出的笔录写下来。华莱丽还在那里哭得很伤心，她穿扮完了，男爵进房去穿衣。这其间，笔录也写完了。玛奈弗预备带着女人走了，可是于洛认为这是最后一面，便做了一个手势，要求跟她说几句话。

“先生，我为你太太花的代价，你该允许我跟她告别了吧……自然是当着你们众人的面。”

华莱丽走过来，于洛咬着她的耳朵说：

“现在只有逃的一法；可是怎么联络呢？咱们已经被人出卖了……”

“还是托兰纳！可是好朋友，这样闹过以后，咱们不能再见面了。我丢尽了脸。人家还要对你说我的坏话，你会相信的……”

男爵做了一个否认的姿势。

“你会相信的；我倒要谢谢老天，因为那样你不至于想我想得太苦了。”

玛奈弗过来把他女人带走，凑在男爵耳边说：“他没有当副科长当到死！”

然后他又恶狠狠的说：“够了，太太；我尽管对你软心肠，却不能在众人前面做傻瓜。”

华莱丽离开克勒凡公馆的时候，对男爵临去秋波做了一个媚眼，他以为她还在爱他呢。法官殷勤的搀着玛奈弗太太的手臂，送她上车。男爵还得留下签字，张着嘴愣在那里。这时只剩警察局长一个人了。参议官签了字，局长从眼镜上面抬起眼睛，俏皮的望着他。

“男爵，你对这位小太太喜欢得不得了，嗯？”

“算我晦气，你瞧……”

“要是她不爱你呢？欺骗了你呢？……”

“我知道的，先生，就在这儿……我们当面说明了，克勒凡跟我……”

“啊！你知道这儿是区长的小公馆？”

“知道。”

局长把帽子掀了一掀，向老人告辞。

“你真是多情，我不说了。对根深蒂固的嗜好，我绝不多嘴，正如医生碰上根深蒂固的病绝不下手……我看见过银行家纽沁根先生也染上这一类的嗜好……”

“他是我的朋友，”男爵回答，“我跟那个美人儿哀斯丹常常一块儿吃饭的，她的确值得他花两百万。”

“不止！这位老银行家的嗜好还送了四条命呢！噢！这一类的风魔真像霍乱一样。”

“你这是什么意思呢？”参议官对于这个弦外之音的劝告有点儿不痛快。

“干吗我要扫你的兴？在你的年纪还能有幻想是不容易的。”

“让我醒醒吧！”参议官叫着。

“过后人家又会骂医生的。”局长笑道。

“求你，局长，你说呀……”

“那么告诉你，这女人是跟丈夫串通的……”

“噢！……”

“先生，十桩案子总有两桩是这个情形。嘿！我们一看就知道。”

“说他们串通有什么证据？”

“先是那丈夫，”精明的局长跟揭惯创口的外科医生一样镇静，“那张坏蛋的扁面孔就摆明着一副敲诈的嘴脸。其次，你不是有一封那女人写给你提到孩子的信，你看得很重的吗？”

“是啊，我看得很重，老带在身上的。”男爵一边回答，一边往袋里掏那口永不离身的小皮夹。

“不用掏了，”局长的口气仿佛在庭上控诉一般，“你的信在这儿。我要知道的事，现在全知道了。玛奈弗太太一定晓得皮夹里藏的东西。”

“只有她一个人知道。”

“果然不出我所料……这就是那小女人串通的证据。”

“怎么呢？”男爵还不肯相信。

“我们来的时候，男爵，混账的玛奈弗先进来，在那个家具上拿到这封信，”局长指着小柜子说，“一定是他女人预先放好的。放的地方明明是夫妻俩事先约定的，只要她能在你睡熟的当口偷到那封信；因为那女人的信，加上你给她的信，在提起公诉的时候是最重要的证件。”

局长拿出那天兰纳送到部里的信，给男爵看。

“这是案卷的一部分，请你还我，先生。”局长说。

“那么先生，”于洛的脸完全变了样，“这简直是有计划的卖淫。我现在确实知道她有三个姘夫了！”

“看上去就是这种货！嗨，她们不是都站在街上的。等到她们有了自备车马，在沙龙里或是自己家里干这一行的时候，就不是论法郎论生丁的了。你刚才提到的哀斯丹小姐，服毒自杀了的，吞掉几百万呢！……你要是相信我，男爵，你一定会勒马收缰。这最后一局教你破费得够了。那混蛋丈夫有法律撑腰……没有我，那小女人还会把你钓回去呢。”

“谢谢你，先生。”男爵说着，还在勉强保持他的尊严。

“先生，戏文完啦，咱们要关门了。请你把钥匙还给区长吧。”

于洛回到家中，失魂落魄，差不多要倒下来，一些可怕的念头把他搅昏了。他唤醒了他的高尚、圣洁、纯粹的妻子，把三年的历史统统倒在她心里，号啕大哭，像一个给人家夺去了玩具的孩子。这个老少年的忏悔，这篇辛酸而丑恶的史诗，阿特丽纳听了又是感动，又是欢喜，她感谢上天给他这下子最后的打击，以为从此丈夫可以在家里收心了。

“李斯贝德看得不错，她早已对我们说过了。”于洛太太声音很温和，没有加上不必要的埋怨。

“是的！唉！那天我就该听她的话，不该再逼可怜的奥当斯回家去顾全那个……噢！亲爱的阿特丽纳，咱们得把文赛斯拉救出来，他已经跌入泥坑，越陷越深啦！”

“可怜的朋友，小家碧玉对你也不比女戏子合适。”阿特丽纳笑了笑说。

男爵夫人看到她的埃克多改变的样子吓坏了。当他受难、伤心、被痛苦压倒的时候，她只有仁爱、慈悲，恨不得把自己的血都拿出来，使埃克多快活。

“跟我们在一块儿吧，亲爱的埃克多。你告诉我，那些女人用什么方法把你笼络到这样的？我可以努力的学……干吗你不训练我来迎合你的心意呢？难道我不够聪明吗？人家觉得我还相当的美，还有被追求的资格。”

许多已婚的女子，贤妻良母的女子，在此都可能发问：为什么那些男人，对玛奈弗太太一流的女人会那样慷慨、那样勇敢、那样哀怜，却不愿把自己的妻子，尤其像于洛太太这样的妻子，当作他们痴情的对象？这是人性的最大的神秘。爱情是理性的放纵，是伟大心灵的享受，阳性的、严肃的享受；肉欲是街头巷尾出卖的、庸俗猥琐的享受：两者是同一事实的两面。能同时满足两种天性的两种口味的女子，和一个民族的大军人、大作家、大艺术家、大发明家，同样难得。优秀人士如于洛，伧夫俗物如克勒凡，对于理想与淫乐，同样感到需要；他们都在访求这个神秘的两性混合物，访求这个稀世之珍；而它往往是一部上下两册合成的作品。这种追求是社会造成的一种堕落。当然，我们应当认为婚姻是一桩艰苦的事业，它就是人生，包括人生的劳作与牺牲，但这些牺牲是要双方分担的。荒淫无度的人，那些觅宝的探险家，虽不像社会上别的作奸犯科的人受到重罚，他们的罪过却是相等的。这番议论并非说教的闲文，而是为许多无人了解的灾祸做注解。再说，本书的故事，它自身就有多方面的教训。

男爵马上赶到亲王维森堡元帅家，他最后一条出路就是元帅这个靠山了。

三十五年来受着这位老英雄的知遇，他可以随时晋见，亲王起床的时节，他就能直入寝室。

“哎！你好，亲爱的埃克多，”那位宅心仁厚的名将招呼他，“你怎么啦？担着心事的样子。国会不是休会了吗？啊！又打过了一仗！我现在提到这个，好像从前提到咱们的会战一样。对啦，报纸也把国会的开会叫作大开论战的。”

“不错，元帅，我们碰到很多麻烦，这是时代的苦闷。有什么办法！世界就是这个样。每个时代有它的难处。一八四一年最大的不幸，是王上跟部长都不能放手做事像当年皇帝一样。”

元帅对于洛扫了一眼，鹰隼一般的目光所表现的那种傲气、那种清楚的头脑、那种深刻犀利，显得他虽然上了年纪，伟大的心灵依旧保持着它的坚毅与刚强。

“你有什么事求我吗？”他带着轻松的神气。

“我逼不得已，要求您特别开恩。把我的一位副科长升做科长，还要给他一个四等勋章……”

“他叫什么？”元帅闪电似的目光把男爵瞪了一眼。

“玛奈弗！”

“他有位漂亮太太可不是？你女儿结婚的时候我看见过……要是劳伊哀……可是劳伊哀不在……埃克多，我的孩子，这是为了你寻欢作乐。怎么！你还乐此不疲！啊！你真是替帝国禁卫军挣面子！这就叫作当过军需，存货充足！……不谈这件事好不好，我的孩子，这种风流事不便当公事办。”

“唉，元帅。这是一桩倒霉事儿，闹成风化案子了，您总不愿意我给抓进警察局吧？”

“哟！该死！”元帅叫了一声，皱起眉头，“你说罢。”

“我好比一个狐狸跌入了陷阱……您一向对我多么好，求您救我一救，别让我丢这个脸。”

于洛便把他的倒霉事儿尽可能用最风趣的、满不在乎的态度说了一遍。末了他说：

“亲王，您愿意让您的好朋友，我的哥哥，气死吗？您能眼见手下一个署长，一个参议官，受这个耻辱吗？玛奈弗是一个下流东西，咱们两三年内就要他退休。”

“两三年，你说得那么轻松！好朋友！……”元帅回答。

“可是，亲王，帝国禁卫军是不朽的啊。”

“第一批晋级的元帅眼前只剩我一个了。埃克多，听我说。你不知道我对你多关切：你等着瞧罢！等到我离开陆军部的时候，咱们一同离开。唉，你不是议员，朋友！许多人都在谋你的位置；没有我，你早已下台了。是的，我费了多少口舌才把你保住……好吧，我答应你两桩要求；在你这个年纪、这个地位，再去坐在被告席上，我是受不了的。可是你太不爱惜名誉了。倘使这次的任命教人家起哄，我们一定是众矢之的。我，我才不理呢；可是你呀，你脚底下又多了一根刺。议院下次开会的时候，你可站不住了。五六个有势力的人都在钻谋你的缺份，你能够保住，全靠我推论的巧妙。我说，你一朝退休，出了缺，一个人固然是乐意了，却得罪了其余五个；还不如让你摇摇晃晃的再拖两三年，我们倒在议会里可以挣到六票之多。大家在内阁会议上听得笑了，认为老禁卫军的老头儿——像人家所说的——应付议会的战术也相当高明了……这些我都明明白白告诉了你。并且你头发也花了……居然还能闹出这种乱子来，真是了不起！高打少尉养情妇的时代，在我是已经恍如隔世了①！”

元帅说罢，打铃叫人。

“那个笔录非毁掉不可！”他又补上一句。

①维森堡亲王未受封时，原姓高打，行伍出身时的官阶是少尉，故自称高打少尉。

“爵爷，您对我像对儿子一样！我本来不敢向您开口。”

元帅一看见他的副官弥多弗莱进来，便说：“我总希望劳伊哀在这里，我要找他回来。—— 啊，弥多弗莱，没有你的事了。——至于你，老伙计，去教人把委任状办起来，我签字就是了。可是这该死的坏蛋，作恶的果实休想保持长久。我要教人监视他，稍有差池，马上把他当众开刀。现在你没事了，亲爱的埃克多，你自己检点检点吧。别惹你的朋友生厌。委任状上午就送回给你。四等勋章我提名就是……你今年几岁啦？”

“七十岁差三个月。”

“好家伙！”元帅笑着说，“凭你这种精神倒应该晋级呢；可是，天哪！咱们不是路易十五的朝代。”

这些都由于义气的作用。拿破仑手下几位硕果仅存的宿将之间，就有这等同胞的义气，他们仿佛老是在战地上扎营野宿，需要彼此相助，对付所有的人，抵抗所有的人。

“再讨一次这样的情，我就完啦。”于洛穿过院子的时候想。

这位倒霉官儿，又去看特·纽沁根男爵。他本来只欠一笔极小的小数目了，这次又向他借了四万法郎，拿两年薪水作抵；但纽沁根要求，倘使于洛中途退休，就得把养老金来抵充，直到本利清偿为止。这笔新的交易，像上次一样由伏维奈出面。他又另外向伏维奈签了一万二千法郎的借票。下一天那份该死的笔录，丈夫的状子、信件，全部给销毁了。在大家筹备国庆的忙乱期间，玛奈弗大爷敲诈得来的升级，居然无人注意，报纸上也只字未提。

十二

李斯贝德，表面上跟玛奈弗太太闹翻了，搬到于洛元帅家。在上面那些事情以后十天，老姑娘跟老将军的婚约由教堂公布了。为了说服老人，阿特丽纳把埃克多不堪收拾的经济情形告诉了他，还求他绝对不要跟男爵提，因为，她说，男爵近来愁眉苦脸，心绪恶劣，丧气到了极点……

“唉，他也到了年纪了！”她又补上一句。

因此李斯贝德是胜利了！她马上要达到她野心的目的，完成她的计划，出尽她的怨气。一想到多少年来瞧她不起的家庭，要由她来高高在上的加以控制，她快乐极了。她决定要做她的保护人的保护人，养活这些倾家荡产的亲族，成为他们的救命星君。她照着镜子对自己行礼，叫自己伯爵夫人或元帅夫人！阿特丽纳和奥当斯要在艰难困苦中度她们的余年，至于她贝姨，将要出入宫廷，在社会上领袖群伦。

不料出了一件惊人的大事，把蹲在社会的峰尖上洋洋自得的老处女，一个筋斗摔了下来。

就在颁布第一道婚约公告的当天，男爵得到了非洲的信息。

又是一个亚尔萨斯人上门，问明确是于洛男爵本人之后，交出一封信，留下住址走了。男爵只念了开头几行，就好似给雷劈了一样：

侄婿青及：照我的计算，你收到此信应当在八月七日前后。假定我们所要求的援助要你花三天工夫，再加路上的半个月，我们就要到九月初一了。

如果事情能在这个限期内办妥，你忠心的约罕·斐希的名誉、生命，还可以得救。

这个要求，是你派来做我帮手的职员提出的。大势所趋，我不是上重罪法庭，就是受军法审判。你知道约罕·斐希是永远不上任何法庭的，他会向上帝的法庭自首。

我觉得你那个职员是个坏蛋，可能拖累你；但他像骗子一样聪明。他说你应当说服人家，派一个视察、一个特别委员，到这儿来调查弊端，追究罪犯，加以惩处。但我们和法院之间，有谁先来缓冲一下呢？

如果你的委员能够带着你的全权命令尽九月初一赶到，如果你能够汇二十万法郎来补足我们的存底，我们现在说是存在远地方的，那么在会计方面，我们可以被认为毫无弊病。

你可以把阿尔基利任何一家银号的汇票写我的抬头，托来人带回。他是可靠的，是我的一个亲戚，绝不会想知道他带的是什么东西。我已经安排好他的回程。倘使你毫无办法，那么为了一个替我们的阿特丽纳造福的人，我是死而无怨的。

爱情的悲苦与欢乐，结束他风流生活的横祸，使于洛男爵忘记了可怜的约罕·斐希，虽然眼前这个紧急的危险，早已在第一封信中报告得明明白白。男爵心乱如麻的离开餐室，让自己在客厅里一张长沙发上倒了下来。倒下去的势头太猛烈了，他昏昏沉沉的愣在了那里。他直着眼瞪着地毯上的玫瑰花纹，根本忘了手里还有约罕·斐希那封致命的信。阿特丽纳在卧室内听见丈夫像一块石头一般倒在沙发上，声音那么怪，以为他中风了。她害怕得不能动弹，不能呼吸，只能从门里望到外间的镜子中，看见埃克多软瘫在那里。她轻手蹑脚的走过来，埃克多也没有听见，她走近去，瞥见了信，拿来念了，立刻四肢发抖。她的神经在这样的剧烈震动之下，从此没有能完全恢复。几天之后，她老是浑身哆嗦，因为第一阵的刺激过后，她需要从本原中迸出力量来有所行动，以致引起了神经的反应。

“埃克多！到我屋子里去，”她说话的声音只像呼一口气，“别给女儿看到你这副样子！来吧，朋友，来吧。”

“哪儿来二十万法郎呢？我可以要求派格劳特·维浓去当查办委员。他是很机灵、很聪明的人……那不过是一两天工夫就好办了的手续……可是二十万法郎，我儿子又拿不出，他的屋子已经做了三十万押款。大哥至多只能有三万法郎积蓄。纽沁根只会对我说风凉话！……伏维奈吗？……上次为那无耻的玛奈弗的孩子凑数目，他借给我一万法郎已经不大乐意。完了完了，我只能跑去跪在元帅前面和盘托出，让他说我下流，挨一顿臭骂，这样也许下台的时候还不至于当众出丑。”

“可是埃克多，这不光是破产，并且是身败名裂！我可怜的叔叔会自杀的。你要杀，也只能杀我们，可不能做凶手害死别人呀！拿出勇气来，还是有办法的。”

“一点没有！”男爵说，“政府里没有一个人能筹出二十万法郎，哪怕为了挽救一个内阁！……噢，拿破仑！还会有第二个拿破仑吗？”

“叔叔呀！可怜的人哪！埃克多，咱们不能让他身败名裂的自杀啊！”

“路是还有一条，”他说，“可是渺茫得很……是的，克勒凡跟他女儿翻了脸……唉！他的确有钱，只有他能……”

男爵夫人忽然灵机一动，说道：“喂，埃克多，还是送掉你的妻子吧，却不能送掉咱们的叔叔、你的哥哥跟全家的名誉！对啦，我可以把你们统统救出……噢，我的天！该死的念头！我怎么会想到的？”

她合着手，跪在地下做了一个祷告。她站起来一看见丈夫脸上喜出望外的表情，不禁又动了那个邪念。于是阿特丽纳垂头丧气，像呆子一样。

“好，朋友，你去吧，赶到部里去，”她从迷惘中惊醒过来叫着，“想法子派一个委员，非派不可。把元帅哄骗一下！等你五点钟回来，我也许会……是的！我一定替你把二十万法郎端整好。你的家庭，你做人的名誉，做参议官、做行政官的名誉，你的清白，你的儿子，一切都可以得救了；可是你的阿特丽纳是完了，你永远见不到她的了。埃克多，朋友，”她跪了下来，抓着他的手亲吻，“祝福我呀，跟我说声再会呀！”

这番话说得那么沉痛，于洛把她扶起来拥抱着，问道：

“我不明白你什么意思！”

“你明白了，我就要羞死了，再不然这最后的牺牲，我要没有勇气去做了。”

“太太，开饭了。”玛丽哀德来通知。

奥当斯过来向父母问好。老夫妻俩还得装作若无其事的去吃饭。

“你们先去，我就来！”男爵夫人说。

她坐下写了一个字条：

亲爱的克勒凡先生，我有事恳求你，希望你马上劳驾一次。你素来热心，想必不致令人久待。

阿特丽纳·于洛

女儿家的老妈子路易士正在伺候开饭，男爵夫人吩咐她：“路易士，把这封信交给看门的，要他照信上的住址立刻送去，讨一个回条来。”

男爵正在看报，把一张共和党的报纸授给太太，指着一段消息说：

“不知道还赶得及吗？”

那是一段措辞激烈的简讯，为报纸专门用来调剂一下它们的政治滥调的。

本报阿尔基利访员消息：奥朗省的军粮供应，弊端百出，已由司法当局着手侦查。渎职情事业已查明属实，犯罪人员亦已侦悉。倘不严厉惩治，则中饱舞弊，克扣军粮所致士兵之损害，将尤甚于阿拉伯人之枪弹与气候之酷烈。该案发展，待有详细消息，再当披露。阿尔基利之行政机构，如一八三〇年宪章所规定，即欠周密，舆论界曾一再指摘。今兹事端，足证各报过去言论并非过虑云云。

“我要穿衣服上部里去了，”男爵离开饭桌时说，“时间太宝贵了。每分钟都有一个人的性命出入。”

“噢，妈妈，我没有希望了！”奥当斯喊。

没有办法再止住眼泪，她把一份美术杂志递给母亲。于洛太太看见一幅铜版的图，印着史丹卜克伯爵雕的《达丽拉》，下面注着玛奈弗太太藏。文章的作者只署一个维字，但最初几行就显出了格劳特·维浓的文才与有心讨好的意味。

男爵夫人说了声：“可怜的女儿！……”

母亲这种近乎冷淡的口吻，使奥当斯大吃一惊，她望了一眼，发觉母亲脸上的表情比她自己的还要痛苦百倍，便过去抱了母亲问：

“妈妈，你怎么啦？什么事呀？难道咱们还会比现在更苦吗？”

“孩子，我觉得跟我今天的痛苦相比，过去一切可怕的苦难都不算一回事。什么时候我可以不再受苦了呢？”

“到了天国的时候，妈妈！”奥当斯回答。

“来，好孩子，你来帮我穿衣……噢，不，……我不愿意这一回的梳妆要你来帮忙。你叫路易士来吧。”

阿特丽纳回到房里，照着镜子。她又辛酸又好奇的把自己打量一番，暗暗问自己：“我还好看吗？……还有人为我动心吗？……有没有皱裥呀？……”

她撩开美丽的淡黄头发，露出太阳穴……皮肤还像少女一般娇嫩。阿特丽纳再进一步露出肩膀来瞧了瞧，满意之下，她做了一个骄傲的姿势。凡是美丽的肩膀，它的美是女人身上最后消失的美，尤其在一个生活纯洁的女子。阿特丽纳仔细挑出她最好的衣着行头；可是一个虔诚贞节的女人，尽管加上许多卖弄风情的花样，穿扮起来还是那股幽娴贞静的气息。灰色的新丝袜与后跟镂空的缎鞋有什么相干，既然她不知道应用的艺术，不懂得在紧要关头把一只美丽的脚往衣裾外面探出几分，而衣裾又在空中高举着一点引人遐想！她穿上她最漂亮的印花纱衣衫、短袖敞领；但她看到自己过于袒露又害怕起来，把美丽的手臂裹上一重浅色的轻纱，胸部肩部又加上一条绣花的披肩。她觉得英国式的长发纷披太露骨，便戴一顶漂亮的便帽冲淡一下；可是戴帽子也罢，不戴帽子也罢，她会不会把金黄的头发卷儿轻弄慢捻，借此展览她的纤纤玉手教人欣赏呢？……犯罪的意识，明知故犯跳入火坑的准备工作，使这位圣洁的女子浑身发烧，暂时恢复了一下青春的光彩。这就等于她的胭脂花粉。她眼睛发亮，皮肤发光。她非但没有做到迷人的风度，反而有股妖气使她自己看了作恶。她曾经教李斯贝德叙述文赛斯拉背弃妻子的经过；当她知道玛奈弗太太一个黄昏，一刹那之间就把艺术家钓上的时候，不禁大为讶异的问：

“这些女人有什么诀窍呢？”

对这个问题，贞节的女子真是好奇到了极点，她们又要保守自己的清白，又想具备淫荡的魔力。

“她们就是会迷人，那是她们的职业，”贝姨回答，“你不知道，那天晚上的华莱丽，简直可以教一个天使为了她入地狱。”

“告诉我她们用的什么方法。”

“那个玩意儿没有理论，只有实际的经验。”李斯贝德俏皮的说。

男爵夫人想起这段对话，很想请教一下贝姨，可是来不及了。可怜的阿特丽纳，既不会点一颗别出心裁的美人痣，或是当胸系一朵蔷薇，也想不出什么装扮的技巧，能够教男人死灰复燃；结果只是穿扮得很讲究而已。淫娃荡妇，也不是你想做就做得到的！莫里哀在《爱情的怨恨》中，借那个有见识的仆人葛罗·勒南的嘴，俏皮的说过一句话："女人是男人的杂烩汤。"这个譬喻表示爱情中也有烹调一样的技术。贞节的妇女像《荷马史诗》中的一席盛宴，等于把肉放在炽旺的炭火上生烤。荡妇却是名厨加兰默的出品，葱姜酱醋，五味俱全[①]。男爵夫人不能也不会学玛奈弗太太的样，把雪白的胸脯衬着花边，像佳肴美馔一般捧出去。她不懂某些姿态的诀窍，不懂某些眼神的效果。总之，她没有她的撒手锏。贤德的太太尽管装扮来，装扮去，始终拿不出什么去吸引登徒子那双精明的眼睛。

要在人前庄重而在丈夫前面妖冶，只有天才才办得到，而这等女子是不多的。这是夫妇之间长期恩爱的秘诀；在一些缺乏那种双重奇才的女子，只觉得长期恩爱是一个不可解的谜。假定玛奈弗太太是端庄贤德的话，她便是特·贝加尔侯爵夫人[②]！……这批伟大的名媛淑女，德貌双全的狄阿纳·特·博济哀一流，的确是寥寥可数的。

这部惊心动魄的巴黎风化史开场的一幕，现在又得重演一

---

①加兰默为十九世纪法国名庖，曾为泰勒朗、沙皇、奥皇等等的掌膳，著有食谱多种传世。

②十六世纪有名的意大利贵妇，一名维多利亚·高龙巴，为米开朗琪罗知交。

遍，所不同的是，当年民团上尉预言的苦难，把角色颠倒了。于洛太太等待克勒凡时的心情，便是三年前他坐在车中向路人微笑时的心情。更可怪的是，男爵夫人就在预备委身失节的时候，也没有改变她忠于自己、忠于爱情的主意；而她的委身失节又是最鄙俗的一种，远不如热情冲动的失节，在某些批评者心目中还可以得到原谅。

她听见外边铃响，心里想："怎么样才能做一个玛奈弗太太呢？"

她忍住了眼泪，虚火上升，脸色通红；这个可怜的高尚的女人，发愿要彻头彻尾做一个荡妇！

克勒凡走上宽大的楼梯。想道："这位好太太有什么鬼事求我呢？呃！大概要提到我跟赛莱斯丁纳和维多冷的争执吧，可是我绝不让步！……"

他跟在路易士后面走进客厅，看到四壁萧然的景象，不禁对自己说：

"可怜的女人！……好像一幅名画给一个不懂画的人扔在了阁楼上。"克勒凡看见商务部长包比诺伯爵常常买画买雕像，也想自命风雅，做一个有名的收藏家；其实那般结交艺术家的巴黎豪客，对艺术的爱好只限于拿二十个铜子去换二十法郎的作品。阿特丽纳对克勒凡妩媚的笑了笑，指着面前的一张椅子请他坐下。

"美丽的太太，我来领教啦。"克勒凡说。

成了政客的区长改穿黑衣服了。在这套衣服上面，他的脸好似一轮满月高高的挂在深色的云幕之上。他的衬衫，明星似的扣着三颗珠子，值到五百法郎一颗，教人瞻仰他胸部的魁伟，他常常说："我将来一定是个讲坛上的健将！"那双又大又粗的手从早起就戴着黄手套。纤尘不染的漆皮靴，说明他是坐单匹马的棕色小车来的。三年以来，野心改变了克勒凡的姿势。像大画家一样，他的作风到了第二期。逢到大场面，去拜访维森堡亲王，上州公署，或是看包比诺伯爵等等，他便依照华莱丽的传授，一只手随随便便的拿着帽子，一只手很俊俏的插在背心的挂肩里面，一方面跟人家颠头耸脑，挤眉弄眼，做出许多表情。这一套新姿势是俏皮的华莱丽教他的，她借口要使区长返老还童，给他多添了一副可笑的功架。

"我请你来，亲爱的克勒凡先生，"男爵夫人声音慌慌张张的说，"是为了一件极其重大的事……"

"我猜到了，太太，"克勒凡做出一副老奸巨猾的神气，"可是你的要求是办不到的……噢！我不是一个野蛮的父亲，不是一个像拿破仑说的，从头到脚都死心眼儿的吝啬鬼。美丽的太太，听我说。要是孩子们为了自己破产，我会帮他们忙；可是替你的丈夫做担保，太太！……那不是去填一个无底洞吗？把屋子做了三十万押款，为了一个不可救药的父亲！糊涂的孩子，他们搅光了！又不曾大吃大喝的玩过！他们现在的生活，只靠维多冷在法院里挣的那一点了。你令郎就会说废话！……哼！他想当部长呢，这位小博士，咱们全家的希望！好一条救生船把自己都拖下了水。要是他为了应酬议员而欠债，为了争取票数、扩张势力而闹亏空，那我会对他说：'朋友，钱在这里，你尽管拿！'可是替他老子付荒唐账！——那些荒唐我不是早对你预言过了吗？……啊！他老子使他再也爬不上去……将来倒是我要当部长呢……"

"唉！亲爱的克勒凡，问题不是为了咱们一片孝心的孩子……唯其你对维多冷和赛莱斯丁纳横了心，我更要疼他们，把你盛怒之下给他们的悲伤解淡一些。你的惩罚孩子是因为他们做了一件好事！”

“是的，做了一桩不应该做的好事，就等于做了半桩恶事！”克勒凡很得意他的辞令。

“亲爱的克勒凡，所谓做好事，并不是在钱多得满起来的荷包里掏点出来送人！而是为了慷慨而省吃俭用，为了做善事而吃苦，而预备人家忘恩负义！不花代价的施舍，上帝是不承认的……”

“太太，圣徒尽可以进救济院，他们知道那是天堂的大门。我，我是一个凡夫俗子，我怕上帝，我更怕贫穷的地狱。没有钱，在眼前这个社会组织里是最要不得的苦难。我是这个时代的人，我崇拜金钱！……”

“从世俗的眼光看，你是对的。”阿特丽纳回答。

她真是离题十万八千里，而她一想到叔父，就觉得自己像圣·洛朗躺在火刑台上，因为叔父拔枪自杀的情景已经在她眼前了。她低下眼睛，然后又抬起来把克勒凡望了一眼，像天使一般温柔，却不是华莱丽那种富于诱惑性的淫荡。早三年的话，这一个动人的眼风是会教克勒凡魂灵出窍的。她说：

“我觉得你从前还要豪爽得多……你提到三十万法郎的时候，口气像王爷一样……”

克勒凡瞅着于洛太太，觉得她有如一朵花事阑珊的百合，不免隐隐约约起了一点疑心；但他对这位圣洁的女人的敬意，使他马上把那点疑心压了下去，不敢想到什么风流的念头。

“太太，我并没有改变；可是一个做过花粉生意的，当起王爷来也是有条有理，非常经济的，不但事实如此，而且应当如此；他对付一切都保持这种井井有条的观念。我们可以为了寻欢作乐立一个户头，放一笔账，把某些盈利拨过去；但是动血本！……那简直是发疯了。孩子们应得的财产，他们母亲的一份和我的一份，绝对少不了；可是他们总不至于要我闷死，要我做修士，做木乃伊吧！……我是喜欢及时行乐的！要享福到老的！凡是法律、感情、家庭要我尽的义务，我都尽过了；正如到期的票据我无不交割清楚。孩子们处理家务能像我一样，我也就满足了；至于眼前，只消我的胡闹，那我并不否认，只消我的胡闹对谁都不损害，除了那般户头之外……（对不对！你是不懂这个交易所的俗语的），孩子们就没有一句话好责备我，而且在我死后照样有笔可观的遗产到手。他们关于自己的老子，能这样说吗？他一下子伤了两个，把他的儿子和我的女儿一齐害上了……”

男爵夫人越说，离题越远了：

“你对我的丈夫非常过不去，可是你会跟他做好朋友的，倘使他的太太意志薄弱的话……”

她对克勒凡飞了一个火辣辣的眼风。她像丢蒲阿再三再四用脚踢着摄政王一般[1]，做得太露骨了，使风流的花粉商又动了好色的念头，心里想：

“她是不是想对于洛报复呢？……是不是觉得我当了区长比民团上尉高明呢？……女人真古怪！”

---

①丢蒲阿为法国十七至十八世纪大政治家，为路易十五未成年时的摄政王的老师兼心腹，辅佐摄政王当国。相传某次摄政王微服出外，与丢蒲阿偕行，伪装丢之仆人。在外时丢即以仆役对待，屡加足踢，致摄政王后悔不该伪装仆役。摄政王以好色著名，本书中所谓摄政王派即指此。

于是他摆出他第二种姿势，色迷迷的瞅着男爵夫人。她接着说：

“似乎你气不过他，因为你追求一个贞节的女人碰了钉子，而那女人是你喜欢到……甚至……甚至想收买的。”她低声补上一句。

“而且是一个了不起的女人，”克勒凡意义深长的对男爵夫人笑了一笑，她低下眼睛，睫毛都湿了，“因为，这三年中间你受罪不是受够了吗，嗯，我的美人儿？”

“我的痛苦别提了，亲爱的克勒凡；那不是血肉做的人所能受的。噢！要是你还爱我，你可以把我从今天的泥洼中救出来！是的，我是在地狱里！谋杀帝王的凶手给人车裂那种毒刑，跟我受的刑罚相比，还是微乎其微；因为他们只有肉体被分裂，而我，我的心都给撕破了！……”

克勒凡的手从背心的挂肩里拿出来，把帽子放在工作台上，不再摆姿势了；他在那里微笑！他笑得那么傻头傻脑的，男爵夫人误认为是他发了善心的表示。

“你眼前这个女人并不是绝望，而是她清白的名誉做着最后的挣扎，而是不惜任何牺牲要避免惨案，我的朋友……”

为了怕奥当斯闯进来，她去把门销插上了；同时就凭了那股冲动，她跪在克勒凡脚下抓着他的手亲吻，说道：

“救救我吧！”

在她的想象中，这商人还有几分义气，所以她忽然存了一个希望，想求到二十万法郎而仍保全自己的清白。

“你从前想收买贞节的，现在请你收买一颗灵魂吧！……”她疯子似的望了他一眼，“你可以相信我做人的诚实，我的坚贞不拔的操守你是知道的。做我的朋友吧！救救我们一家，免得它破产、羞辱、绝望，别让它陷在泥坑里，陷在血溅的泥里！……噢！别问我理由！……”她做了一个手势不让克勒凡开口，“尤其不要对我说：我老早对你预言过了！那是幸灾乐祸的朋友说的。好吧！……请你答应我，你不是爱过她吗？她卑躬屈膝的倒在你脚下，可以说是做了最大的牺牲；希望你什么条件都不要提，她一定会感恩图报的！……我不是要你给，只是问你借，你不是叫过我阿特丽纳的吗？……”

说到这里，眼泪像潮水一般，阿特丽纳把克勒凡的手套都哭湿了。“我需要二十万法郎！……”这几个字，在哭声中简直听不大清，好比在阿尔卑斯融雪奔泻的瀑布中，不论冲下怎么大的石头都不会有多大声音。

有节操的便是这样的不通世故！妖姬荡妇绝不开口要求，但看玛奈弗太太便可知道，她什么东西都是人家甘心情愿的献上来的。那种女人，只要等人家少不了她们的时候才会要长要短，或者油水快榨干的时候才拼命榨取，像开掘石坑到石膏粉将尽的阶段方始不顾一切的挖掘。一听到二十万法郎这几个字，克勒凡完全明白了。他轻薄的把男爵夫人扶起，极不礼貌的说了句：“喂，老妈妈，静静吧。”可是阿特丽纳昏昏沉沉的没有听见。形势一变，克勒凡，用他自己的说法，控制了大局。他原来因为美丽的太太哭倒在自己脚下而大为感动，但一听到那个惊人的数字，他的感动就马上消灭了。并且，不论一个女子如何圣洁，如何像天使，大把大把的眼泪一淌，她的美丽也就化为乌有了。玛奈弗太太一类的女人，有时候会假哭，让一滴眼泪沿着腮帮淌下来；可是哭作一团，把眼睛鼻子都搅得通红……那种错误她们是永远不会犯的。

“哎哟，我的孩子，静静吧，静静吧，真要命！”克勒凡握着美丽的于洛太太的手，轻轻拍着，“干吗你要借二十万法郎呢？想做什么呢？为了谁呢？”

“别盘问我，只请你给我！……你可以救出三条性命跟你孩子们的名誉。”

“呃，老妈妈，你以为巴黎能有一个人，单凭一个差不多神经错乱的女人一句话，就会当场立刻，在一口抽斗里或随便哪里抓起二十万法郎来吗？而二十万法郎又早已乖乖的恭候在那儿，但等你伸手去拿是不是？啊，我的美人儿，你对人生对银钱交易的认识原来是这样的！……你那些人已经无药可救，还是给他们受临终圣体吧；因为在巴黎，除了法兰西银行殿下，除了大名鼎鼎的纽沁根，或者风魔金钱像我们风魔女人一样的守财奴，此外就没有一个人能造出这样的奇迹！哪怕是王上的私人金库，也要请你明日再跑一趟。大家都在把自己的钱周转运用，尽量的多捞几文。亲爱的天使，你真是一厢情愿了；你以为路易·菲利普能控制这些事情吗？不，他在这方面也不是一厢情愿的呢。他跟我们一样的知道：在大宪章之上还有那圣洁的、人人敬重的、结实的、可爱的、妩媚的、美丽的、高贵的、年轻的、全新的、五法郎一枚的洋钱！钱是要利息的，它整天都在忙着收利息。伟大的拉西纳说过：‘你这个犹太人的上帝，是你战胜了犹太人！’还有那金犊的譬喻[1]！……摩西时代大家在沙漠中也在做投机的！我们现在又回到了《圣经》的时代！金犊是历史上第一次发的公债。我的

①《圣经·旧约·出埃及记》中的故事。

阿特丽纳，你老躲在伯吕梅街，一点儿不知道世面！埃及人欠了希伯来人那么大数目的钱；你以为他们是追求上帝的子民吗？不，他们是追求资金[1]。”

他望着男爵夫人的神气仿佛说：“你瞧我多有才气！”停了一会他又说：

“你不知道上上下下的人都怎样爱他们的钱喔！你听我说，记住这个道理。你要二十万法郎是不是？……除了把已经存放的款子重新调度以外，谁也拿不出这个数目。你算一算吧！……要张罗二十万法郎活剥鲜跳的现款，必须变卖三厘起息、年利七千法郎那样的存款。而且还得等两天才拿到钱。这是最快当的办法了。要一个人肯放手一笔财产，因为许多人全部家产不过是二十万法郎，你还得告诉他这笔款子付到哪儿去，做什么用……”

“为了，亲爱的克勒凡，为了两个老人的性命呀，一个要自杀，一个要为之气死！还有是为了我，我要发疯啦！现在我不是已经有点疯了吗？”

“不见得疯到哪里！”他说着抓着于洛太太的膝盖，“克勒凡老头是有他的价钱的，既然承你赏脸想到他，我的天使。”

“看样子先得让人家抓着膝盖！”圣洁高尚的太太把手遮着脸想。——“可是从前你预备送我一笔财产的啊！”她红着脸说。

“啊，我的老妈妈，那是三年以前啦！……噢！你今天真是美极了！……”他抓起男爵夫人的手把它按在胸口，“好孩子，你记

①《创世记》第四十七章有约瑟以金银牲畜向法老易粮的故事。

性不坏，该死！……唉，你瞧你当时那样的假正经不是错了吗！你大义凛然的拒绝了三十万法郎，此刻这三十万在别人腰包里啦。我曾经爱你，现在还是爱你；可是三年前我对你说你逃不了我的时候，我存的什么心？我是要报于洛这坏蛋的仇。可是你丈夫又养了一个如花似玉的情妇，一颗明珠，一个千伶百俐的小娇娘，只有二十三岁，因为她今年二十六。我觉得把他那个迷人的婆娘勾上手更有意思、更彻底、更路易十五派、更风流；何况这小娇娘干脆没有爱过于洛，三年以来，她倒是对鄙人风魔了……”

说到这里，男爵夫人已经挣脱了手，克勒凡又摆起他的姿势。他把大拇指插在背心的挂肩内，张开两手像两个翅膀一样拍着胸脯，自以为风流潇洒、可爱得很。他仿佛说：“你瞧瞧这个你当年赶出去的人！”

“所以，亲爱的孩子，我已经报了仇，你的丈夫也知道了！我老实不客气给他证明他落了圈套，就是我们所说的一报还一报……玛奈弗太太做了我的情妇，而且玛奈弗大爷死了以后，她还要嫁给我做太太……”

于洛太太直着眼睛，迷迷糊糊的瞪着克勒凡，说：“埃克多知道这个吗？”

“知道了又回去了！”克勒凡回答，“我忍着，因为华莱丽要做科长太太，但她向我起誓，要把事情安排得叫男爵吃足苦头，不敢再上门。我的小公爵夫人（真的，她是天生的公爵夫人！）居然说到做到。她把你的埃克多交还了你，太太，交还了你一个从此安分老实的埃克多，你听她说得多么风趣！……噢！这个教训对他是好的，而且也不算轻了。从此他不会再养什么舞女或是良家妇女；这一下可把他彻底治好啦，因为他已经搅得精光啦。要是你当初依了克勒凡，不羞辱他，不把他撵出大门，那你现在可以有四十万法郎啦，因为我出那口气的确花了这个数目。可是我希望我的钱仍旧能捞回来，只要玛奈弗一死……我在未婚妻身上投了资。有了这个算盘我才挥霍的。不花大钱而当阔佬，居然给我做到了。”

“你替女儿找了这样一个后母吗？”于洛太太叫道。

“哎，太太，你没有认识华莱丽，”克勒凡摆出他第一期的姿势，“她既是世家出身，又规矩老实，又极受敬重。譬如说，昨天本区教堂的助理神甫就在她家吃饭。我们捐了一口体面的圣体匣，因为她是非常诚心的。噢！她又能干，又有风趣，又有学问，又是妙不可言，真是全才。至于我，亲爱的阿特丽纳，我样样得力于这个迷人的女子，她使我头脑清醒，把我的谈吐训练得，你看，炉火纯青，她纠正了我的诙谐，充实了我的辞藻跟思想。最后她又提高了我的志气。我将来要当议员，绝不闹笑话，因为事无大小，我都要请教我的女军师。那些大政治家，例如现在有名的部长奴玛等等，都有他们的女先知做参谋的。华莱丽招待有一二十个议员，势力已经不小啦；不久她住进一所美丽的宅子，有了自备车马之后，准是巴黎城中一个不出面的大老板。这样一个女人的确是了不起的头儿脑儿！啊！我常常在感谢你当初的严厉……”

“这么说来，真要怀疑上帝的报应了，”阿特丽纳气愤之下眼泪都干了，“噢，不会的，神明的裁判早晚要临到这个人头上的！……”

“美丽的太太，你就不认识社会，”大政客克勒凡心里很生气，“社会是捧红人的！你说，会不会有人把你伟大的贞操搜罗得去，照你开的二十万法郎的价钱？”

这句话教于洛太太打了一个寒噤，她的神经抽搐又发了。她知道这个老花粉商正在恶毒的报复她，正如报复于洛一样；她厌恶到差点儿作呕，心给揪紧了，喉咙塞住了，没有能开口。

“钱！……永远是钱！……”她终于说。

一听这一句，克勒凡回想到这位太太的屈辱：“我看到你在我脚下痛哭，真是非常感动！……唉，也许说出来你不信，我的皮包要在这儿，那就是你的。真的，你非要这个数目吗？……”

这句话仿佛二十万法郎已经有了着落；阿特丽纳立刻忘了这个不花大钱的阔佬刚才怎样的侮辱她，更想不到克勒凡刁钻促狭的故意拿好话逗她，以便探明阿特丽纳的底细，去跟华莱丽两个打哈哈。

“啊！我不惜任何牺牲！”苦命的太太叫道，“先生，我肯出卖……必要的话我肯做一个华莱丽。”

“那是不容易的，华莱丽是其中的顶儿尖儿。我的老妈妈，二十五年的贞节，正像没有好好治过的病，永远教人望而生畏。而你的贞节在这儿搁得发霉了，亲爱的孩子。可是你瞧着吧，我爱你爱到什么地步。我来想法给你弄到二十万法郎。”

阿特丽纳抓了克勒凡的手放在胸口，一句话都说不上来，快活的眼泪沾湿了她的眼皮。

“噢！别忙，还有疙瘩呢。我是好脾气，好说话，没有成见的，让我老老实实把事情解释给你听。你要想学华莱丽，好吧。可是赤手空拳是不行的，总得找一个户头，一个老板，一个于洛。我认得一个退休的大杂货商兼鞋帽商，是个老粗，是个俗物，毫无头脑，我正在教育他，不知什么时候才教出山呢。他是议员，呆头呆脑，虚荣得很；一向在内地给一个泼辣的老婆管得紧紧的，对巴黎的繁华跟享受，他简直一窍不通；可是鲍维沙（他叫鲍维沙）是百万富翁，他会像我三年前一样，亲爱的孩子，拿出三十万法郎来求一个上等女人的爱……是的，”他这时误会了阿特丽纳的手势，“他看着我眼红得很，你知道！看着我跟玛奈弗太太的艳福心中直痒痒的，这家伙肯卖掉一所产业来买一个……”

“别说了，先生，”于洛太太满脸羞惭的说，她再也掩饰不了心中的厌恶，“我受的惩罚已经超过了我的罪孽。为了大难当前，我拼命压着良心，可是听到你这种侮辱，我的良心警告我，这一类的牺牲是决计不可能的。我已经没有什么傲气，不会再像从前那样气愤，受到你这样的伤害，也不会再对你说一声‘出去！’我已经没有权利这样说。我自己送到你面前，像娼妓一样……”她看见克勒凡做了一个否认的姿势，接着又说：“是的，我为了居心不良，把一生的清白都玷污了；而且……我是不可原谅的，我明明知道！……我应该受你那些侮辱。好，听凭上帝的意志吧！如果他要召回两个应当进天堂的人，就让他们去死吧，我为他们哭，为他们祈祷就是了！如果上帝要我们全家屈辱，我们就在他威严的宝剑之下屈服吧，既然我们是基督徒！今天这一时的耻辱，我要悔恨到老死，可是我知道怎样补赎。先生，现在跟你说话的已经不是于洛太太，而是一个可怜的、卑微的罪女，一个基督徒，她的心中只有忏悔，从此只知道祈祷，只知道慈悲。由于我这次罪孽的深重，我只能做女人之中的最后一名，忏悔院中的第一名。你使我恢复了理性，重新听到了上帝的声音，我真要谢谢你！……”

她浑身哆嗦，从此这种颤抖变了经常的现象。她的柔和温厚的声音，跟那个为了挽救家庭而自甘污辱的女子的狂呓，真有天壤之别。她两腮发白，虚火退尽，眼睛也是干的。

“并且我做戏也做得太坏了，是不是？”她望着克勒凡又说，柔和的目光，仿佛早期的殉道者望着罗马总督的神气[①]，“女人真正的爱情，忠心的、神圣的爱情给人的欢乐，跟人肉市场上买来的欢乐截然不同！……唉，我说这些话干什么？”她一方面反躬自省，一方面向完人的路上更进一步，“人家听了像讽刺，其实我并没讽刺的意思！请你原谅吧。并且，先生，也许我只是想挖苦自己……”

德行的庄严，那种天国的光明，把这个女子一时的邪气给廓清了，照耀出她本身的美，在克勒凡心目中愈加显得伟大了。这时阿特丽纳的色相庄严，有如早期威尼斯派画家笔下的、背负十字架上的宗教人物；如受伤的白鸽一般托庇于宗教之下，她完全表现了她苦难的伟大和旧教的伟大。克勒凡目瞪口呆，愣住了那里。

“太太，我毫无条件，你说怎办就怎办吧！”他忽然一股热诚的冲动起来，“咱们来想一想看……怎么呢？……好，办不到我也要办。我把存款去向银行抵押……不出两小时，包你拿到钱……”

“我的天，竟有这样的奇迹吗？”可怜的阿特丽纳跪在了地下。

她做了一个祷告，恳切的声调深深的感动了克勒凡，甚至眼泪都冒了上来。她祈祷完毕，站起来说：

“先生，做我的朋友吧！……你的灵魂比你的行为说话都高

①此系指罗马帝国时代的地方总督，四世纪前罗马帝国迫害基督徒甚烈，殉道信徒极众。

超。你的灵魂得之于上帝，你的念头是从社会从情欲来的！噢！我真喜欢你！”她这种纯正的热烈的表情，跟刚才恶俗笨拙的调情相映之下，真是一个古怪的对比。

“你别这样发抖啊。”克勒凡说。

“我发抖了吗？”男爵夫人根本不觉得自己又发了病。

“是啊，你瞧。”克勒凡抓起阿特丽纳的手臂，教她看那个神经性的抽搐。他恭恭敬敬的说：“得啦，太太，你静下来，我上银行去……”

“快点儿回来呀！你知道，”她吐露了秘密，“那是要救我可怜的斐希叔叔，使他不至于自杀；他给我丈夫拖累了。你瞧，现在我完全相信你，什么话都告诉你了！啊！要是赶不及的话，我知道元帅的性情不能有一点儿差池，他几天之内也会死的。”

“我就走，”克勒凡吻着男爵夫人的手说，“倒霉的于洛又做了些什么呀？”

“盗用了公款！”

“哎哟，我的天！……我去了，太太，我懂得你了，我佩服你。”

克勒凡屈着一条腿，吻了吻于洛太太的衣角，说了声“马上就来”便一晃眼不见了。

不幸，从伯吕梅街回去拿证件的路上，克勒凡要经过华诺街，而一过华诺街他就忍不住要去看看他的小公爵夫人。那时他还神色仓皇，走进华莱丽的卧室，看见人家在替她梳头。她在镜子里把克勒凡打量了一下，像她那种女人，用不着知道是怎么回事，只消男人不是为了她们着急，就觉得心中有气。

“你怎么啦，我的乖乖？”她问，“这副神气可以来见你的公爵夫人吗？先生，你把我当什么公爵夫人！还不过是你的小玩意儿？哼，你这个老妖精！”

克勒凡苦笑了一下，指了指兰纳。

“兰纳，小丫头，今天就这样，我自己来收拾吧。给我那件中国料子的衣衫，因为今天，我的先生真是古怪得像中国人……”

兰纳，满脸的大麻子像脚炉盖，仿佛特意生来陪华莱丽的，她跟女主人俩笑了笑，拿了件便服过来。华莱丽脱下梳妆衣，露出衬衫，穿上便服，好像钻在草堆里的一条青蛇。

“太太算是不见客吗？”

“少废话！”华莱丽回答，“啊，你说，胖子，凡尔赛股票跌了是不是？”

“不是的。”

“咱们的屋子有人抬价是不是？”

“不是的。”

“你不相信你是小克勒凡的爸爸了吗？”

“胡说八道！”这个自命为得宠的男人回答。

“那我简直弄不明白！”玛奈弗太太说，“要像开香槟酒一样教你开口，我才不干哩……去你的吧，你讨厌……”

“噢，没有什么，”克勒凡说，“就是两小时内要张罗二十万法郎……”

“那你总有办法的！嗳，从于洛那儿搅来的五万，我还没有动呢，另外我可以向亨利要五万！”

“亨利！老是亨利！……”克勒凡嚷着。

“你这个胖子，小坏蛋，你想我肯把亨利打发吗？我问你，法兰西肯不肯解除它海军的武装？……吓！亨利是挂在钉上的一把不出鞘的刀。有了他，我可以知道你是不是爱我……而你今天早上就不爱我。”

“我不爱你？华莱丽！我爱你像爱一百万法郎一样！”

“不够！……”她说着，跳上克勒凡的膝盖，两条臂膀绕着他的脖子像吊在钩子上一样，“我要你爱我像爱一千万，比爱世界上所有的黄金还要爱。亨利要不了五分钟，就把心里的话告诉我的！嗳，亲爱的胖子，你什么事呀？来，把你的心事倒出来看看……痛痛快快，一五一十的告诉你的小心肝！”

她用头发挨着克勒凡的脸，拧着他的鼻子玩儿。

“哪有生了这样的鼻子而把秘密瞒着他的华华—莱莱—丽丽的！”

华华，鼻子给拧到右边；莱莱，鼻子给拧到左边；丽丽，鼻子又回复了原状。

“告诉你，我刚才见了……”

克勒凡说了一半，瞪着玛奈弗太太。

“华莱丽，我的宝贝，你得赌咒，凭你的名誉，凭我们的名誉赌咒，绝对不把我的话泄露一句……”

“行，区长！我在这儿举手啦，你瞧！……再加一条腿！”

她的模样、她的精灵古怪、细麻布中依稀可辨的肉体，把克勒凡迷得正像拉勃莱所说的，从头到脚魂灵儿都出了窍。

“我看到了大贤大德的绝望！……”

“什么！绝望也有大贤大德的？”她侧了侧脑袋，学着拿破仑抱着手臂的姿势。

“我说的是可怜的于洛太太：她要用二十万法郎！要不然，元帅和斐希老头都要自杀了；因为这些事情你多少担点儿干系，我的公爵夫人，我想补救一下。噢！她真是一个圣母，我知道她的为人，一个钱都不会少我的。”

一听到于洛两字和二十万法郎的话，华莱丽长长的眼皮中间立刻射出一道光，好似烟雾之中炮口的火光。

“她怎么会教你发善心的，那个老太婆？她拿出什么来给你看了？……她的……宗教？……”

“我的心肝，别缺德，她真是一个圣洁的、高尚的、虔诚的女人，值得敬重的！……”

“我就不值得敬重了吗？我？”华莱丽恶狠狠的瞪着克勒凡。

“我没有这么说。”

克勒凡这才明白，称赞贤德是怎样的伤害了玛奈弗太太。

“我吗，我也是虔诚的，”华莱丽说着去坐在一张椅子里，“可是我不把我的宗教当饭吃，我上教堂也是背了人去的。”

她一声不出，再也不理睬克勒凡。克勒凡急坏了，去站在华莱丽的椅子前面，发觉他糊里糊涂说的话，惹得她千思百想的出了神。

“华莱丽，我的小天使！……”寂静无声。她偷偷的擦掉了一颗若有若无的眼泪。

“你说话呀，我的心肝……”

“先生！”

“你想什么呢，我的爱人？”

“啊！克勒凡先生，我想到我的初领圣体！那时我多美！多纯粹！多圣洁！……白璧无瑕！……啊！要是有人对我母亲说：‘你的女儿将来是一个婊子，要欺骗她丈夫，有朝一日警察局长会在一所小公馆里捉她的奸，她要卖给克勒凡去欺骗于洛，两个该死的老头儿……’呸！……嘿！多爱我的妈妈，等不到听完就要气死……”

“你静静吧！”

“你不知道，要怎样的爱情才能使一个犯了奸情的女人，把她良心的责备压下去。可惜兰纳走开了；她可以告诉你，今儿早上我还在流着泪祈祷上帝。你瞧，克勒凡先生，我从来不拿宗教开玩笑。你有没有听见我对宗教说过一句坏话？……”

克勒凡摇摇头。

“我根本不许人家提到它……我拿什么都打哈哈：哪怕是王上、政治、金融……凡是大家认为神圣的，我都百无禁忌，什么法官、婚姻、爱情、小姑娘、老头儿！……可是教会、上帝，噢，那我可绝口不提啦！我明明知道自己做错了事，把我的前程为你牺牲了……而你还不知道我爱你的程度！”

克勒凡把两手合在一起。

“啊！不深深的参透我的心思，不测量一下我信念的深广，你绝不能知道我为你牺牲了什么！……我觉得生来就有玛特兰纳的本质[①]。所以你瞧，我对教士多么敬重！你算算我捐给教会的有多少！我从小受着母亲的基督教教育，我是懂得上帝的！对我们这批堕落的人，他的话才最是惊心动魄。”

华莱丽抹了抹腮帮上的两颗眼泪；她慷慨激昂的站起来，把克勒凡吓坏了。

“你静静吧，我的心肝！……你使我害怕！”

①玛特兰纳为古代娼妓，受耶稣感化，弃邪归正，以忏悔终身。今基督旧教尊为圣女。

玛奈弗太太跪在了地下。

“我的上帝！我并不坏！”她合着手说，“求你收回这只迷途的羔羊，把它鞭挞也好，痛打也好，把她从使她堕落、使她犯奸的人手中夺回来，她一定很高兴的靠在你的肩头上！她将要满心欢喜的回进她的羊圈！”

她站起身子瞪着克勒凡，克勒凡看到她惨白的眼睛就怕死了。

“并且，克勒凡，你知道不知道？我有时真怕……上帝在这个世界上，跟在他世界上一样会执行他的裁判的。我怎么能希望他对我慈悲呢？他对罪人的惩罚有各式各种，可能变成各式各种的苦难。凡是糊涂虫弄不明白的灾殃，实际都是补赎罪孽。母亲临死跟我讲起她的老境，就是这么说的。要是你一朝丢掉了我……”她突然使出蛮劲紧紧抱住了克勒凡，“啊！那我只有死了！”

玛奈弗太太把克勒凡松了手，又在她安乐椅前面跪下，合着两手（多美的姿势！），用热诚无比的声调做了一个祷告：

“圣女华莱丽，我的本名女神，你为什么不多多降临到我床头来呢？我不是拜在你门下吗？噢！求你今晚再来，像今天早上一样感应我一些善念，使我离开邪路；我要像玛特兰纳一样，摆脱骗人的欢乐，摆脱世界上虚幻的荣华，甚至摆脱我那么心爱的男人！”

“我的心肝！”克勒凡说。

“什么心肝宝贝，从此完了，先生！”

她像一个贞女节妇似的傲然回过头来，泪汪汪的，摆出一副庄严、冷淡、无情的面孔。

“少碰我，”她推开了克勒凡，“我的责任是什么？……对我的丈夫忠实。他快死了，而我在干什么？我就在他坟墓旁欺骗他！他还把你的儿子当作他的呢……我要去对他和盘托出，先求了他的宽恕，再求上帝的宽恕。咱们分手吧！……再见，克勒凡先生！……”她站在那儿向克勒凡伸出一只冷冷的手，“再见，朋友，咱们只能到一个更好的世界上去相会……你曾经从我身上得到一点儿快乐，罪孽深重的快乐；现在我要……是的，我要你尊重我了……”

克勒凡一把鼻涕一把眼泪的哭作一团。

“你这只胖猪！”她叫道，接着一阵鬼嚎似的狂笑，“那些老虔婆就是用这种方法拐骗你二十万法郎的。你还满嘴的黎希留元帅、勒佛莱斯，居然落了这种印版式的圈套！像史丹卜克所说的。我，我要是愿意，就会诈掉你二十万，你这个胖子，这个傻瓜！……你的钱留着罢！要是你嫌太多，这太多的一份是我的！这正经女人因为年纪到了五十七，才做得那么诚心；要是你给她两个小钱，就从此甭来见我，你去收留她做情妇吧；哼，包你下一天给她瘦骨嶙峋的手抱得你浑身发疼，她的眼泪、她的破破烂烂的睡帽，够你受用的了；她还要哭哭啼啼，把她的春情变作一阵大雨呢！……”

“的确，”克勒凡说，“二十万法郎是一个数目……”

“她们好大的胃口，这些老虔婆……吓！你这个近视眼！她们传道的价钱，比我们出卖世界上最珍贵最实惠的东西——快乐——还要贵！……她们还会编一套故事！噢，这些人我领教过，在母亲那儿见识过的！她们以为什么手段都使得，只要是为了教会，为了……我问你，你觉得丢人不丢人，我的小乖乖？你一向那么舍不得给钱的……我统共也没有拿到你二十万！”

“啊！怎么没有！”克勒凡回答，“光是那所屋子就值这个数目……”

“那么你现在手头有四十万喽？”她若有所思的说。

“没有。”

“那么先生，你想把我二十万法郎的屋价去借给那个丑婆娘吗？你胆敢得罪你家的心肝肉儿！”

“你听我说呀。”

“要是你把这笔钱交给一个笨蛋，去搅些新鲜玩意儿的慈善事业，那还表示你有出息，”她越说越有劲了，“我第一个会赞成；因为你头脑太简单，写不出大本的政治理论来成名；你也没有那种文笔能够写些老生常谈的小册子。像你这等人，只能提倡提倡社会的、道德的、国家的，或是一般性的事业，来扬扬名。人家已经占了先，轮不到你做善举了，而那些善举又是做错了地方……救济少年罪犯等等，早已听腻了，救济的结果，他们的命运不是比可怜的老实人好多了吗？我觉得你，凭那二十万法郎，应当想出一桩难一点的，真正有益的事情去干。那么大家提到你还会当你大善士，当你蒙底翁[1]，我脸上也觉得光辉！可是把二十万法郎丢在圣水缸里，借给一个老虔婆，一个为了某种理由被丈夫遗弃的女人，——要知道，遗弃总是有理由的，你瞧，人家会遗弃我吗？——那种傻事，在我们这个时代，只有一个老花粉商的脑袋才想得出！老脱不了掌柜气！做了这种事，包你两天以后不敢照镜子！好，去吧，替我把这笔钱去存入公债基金库，不

①法国十七十八世纪时大慈善家、经济学家。

拿收据就甭来见我。去吧，赶快，趁早！”

她抓着克勒凡的肩头把他推出卧房，眼见他脸上又恢复了吝啬鬼的神色。大门关上之后，她对自己说：

“啊！这一下李斯贝德的怨气可出尽啦！……可惜她住在老元帅家里，要不咱们真要笑死了！吓！老太婆想抢我嘴里的面包！……让我来收拾她！”

十三

于洛元帅，以他的最高军阶，不得不有一所与身份相当的屋子。蒙巴拿斯街一共有两三座王府，他就在那条街上住着一所巍峨宏大的府第。虽然租的是全幢，却只用了底下一层；李斯贝德来管家的时候，就想立刻把二楼转租出去，认为这一部分的收入抵得了全部房租，伯爵差不多可以白住，但是老军人不答应。几个月以来，元帅老是在暗中发愁。他看出弟媳妇的窘况，虽不知道原因，已经感觉到她在受罪。一向无愁无虑很快活的老人，不大出声了，他特意把二层楼留着，有朝一日他的家可能成为男爵夫人母女俩的栖身之所。大家知道福士汉伯爵家道平常，陆军部长维森堡亲王，便硬要他的老伙计收受一笔搬家津贴。于洛把这笔钱置办了底层的家具，样样弄得体体面面的，因为他不愿意，照他的说法，把元帅的棍子[1]放在脚底下。帝政时代，屋主人是个参议员，楼下几间客厅装修得非常富丽，白漆描金，到处雕花，至今还保存得很好。元帅又放进一些古色古香，同样格局的家具。

①法国军制，将校佩刀，唯元帅持棍。

车房里停着一辆车，漆有两棍交叉的徽号；逢到大场面，或是上陆军部，或是进王宫，有什么典礼或是庆祝，他便向外边租用牲口。三十年来的佣人是一个六十岁的老兵，厨娘是老兵的姊妹。因此他能够省下万把法郎，加在他预备给奥当斯的一份小家私上面。老人天天从蒙巴拿斯街穿过环城大道，步行到伯吕梅街；残废军人见了他每次都对他立正敬礼，而元帅总是微微一笑的招呼他们。

“你对他立正的那个人是谁呀？”有一天一个工人问一个残废的上尉。

“让我来告诉你吧，小伙子。”军官回答。

小伙子摆好了姿势，预备耐着性子听一个多嘴的人唠叨。

“一八〇九年，”残废军官说，“皇帝带着大军冲向维也纳，咱们的任务是保卫两翼。到一座桥口，山岩上高高低低有三座堡垒，都是防守这座桥的炮兵阵地。我们的司令官是玛赛拿元帅。你刚才看见的那位，当时是禁卫军榴霰兵团的旅长，我就在他部下……咱们的队伍在桥这一边，堡垒在河的对岸。我们这方面冲锋冲了三次，退了三次。于是元帅说：‘去找于洛来，只有他跟他的弟兄们吃得下这一仗。’咱们便开上去。从桥上退下来的将军，在炮火下面拦住了于洛告诉他怎么对付，说话的时候挡住了去路。旅长满不在乎的回答说：‘我不要听意见，只要你腾出路来让我走。’说罢他带着部队首先上了桥。于是砰隆隆！三十尊大炮对我们轰过来了……”

“哎唷！我的小乖乖！”工人叫道，“那一下子挂彩的该不少啦！”

“要是你像我一样，亲耳听见他若无其事的说那句话，你也会佩服得五体投地！那座桥并没阿高尔桥那样出名，可是更伟大。我们跟着于洛一直冲到炮兵阵地。吓！一路死了多少，那些好汉！”军官一边说一边脱了脱帽子。“我们这一下把德国兵唬住了。你看到的那位老人，皇帝把他封了伯爵；给咱们老总的荣誉，就等于给了我们全体的荣誉；他们把他晋级为元帅也是大大应该的。”

“元帅万岁！”工人叫了声。

“噢！你再嚷也是白费！元帅的耳朵给大炮轰聋了。”

这段故事可以表示荣军们怎样的敬重于洛元帅，同时他始终不变的共和党人的主张，使他在本区里也大得人心。

以这样安详、这样纯洁、这样高尚的心灵而哀伤忧苦，真教人看了难受。男爵夫人只能用尽女人的技巧对大伯扯谎，把所有可怕的事实瞒着他。大祸临头的那一天早上，跟一般老年人一样起身很早的元帅，以答应结婚为条件，从李斯贝德嘴里盘问出了兄弟的真情。老姑娘从进门起就在等这个机会，所以未婚夫向她探听秘密在她是极高兴的；因为经过了这一下，她的婚事愈加稳固了。

“你兄弟是不可救药的！”贝德对准元帅比较清楚的一只耳朵叫。

洛兰姑娘靠她响亮清楚的声音，能够跟老人谈话。她不怕喊破嗓子，要她的未婚夫知道，跟她在一块他永远不是聋子。

“他有了一个阿特丽纳还养过三个情妇，”老人叹道，“可怜的阿特丽纳！……”

“要是你肯听我，”李斯贝德叫道，“你可以利用维森堡亲王的交情，替我姊姊谋一个体面的差事；这样她可以得到帮助，因为男爵把三年的薪俸都抵押了。”

“好，”老人回答，“我到部里去探探他对我兄弟的意见，求他切实帮帮我弟媳妇的忙，给她找一个不失身份的事！……”

“巴黎几位做慈善事业的女太太跟总主教合作，组织了一个慈善会；她们要聘请几位高薪水的视察员，调查真正清寒的人。那样的职位跟阿特丽纳很相宜，她一定中意的。”

“你去教人套车，我去穿衣服。必要的话我到奈伊去见王上！”

“呦！他多喜欢她！”贝德心里想，“我碰来碰去，老是碰上她。”

李斯贝德已经在这儿当权，可是不在元帅面前。三个佣人都非常怕她；她为自己特意添了一个贴身女仆，使出老姑娘的脾气，事无大小都要人报告，都要亲自过目，处处要使她亲爱的元帅舒服。跟未婚夫一样的共和党，她的平民气息特别讨他喜欢；她奉承的手段也极高明；半个月以来，元帅的生活舒服得多；好像孩子受到了母亲的照顾，他发现李斯贝德的确实现了他一部分梦想。

“亲爱的元帅，”她送他到阶沿上，“把车窗拉上来，别两面通风，听我的话好不好？……”

元帅，这个从来没有受过体贴的单身汉，虽然心绪恶劣，临走也不免对贝德挂着点笑容。

就在这个时候，于洛男爵奉到部长的召唤，离开了公事房，向元帅维森堡亲王的办公室走去。虽然部长召见手下一个署长是常事，于洛却是情虚得厉害，觉得副官弥多弗莱脸上有些说不出的阴沉沉冷冰冰的气息。

“弥多弗莱，亲王怎么样？”他带上办公室的门，追上前面的副官。

“他恐怕在生你的气，男爵；他的声音、眼睛、脸色，好像就要大发雷霆似的……”

于洛脸色发白，一声不出的走过穿堂、会客室，心跳得很快，一直走到办公室门外。元帅那时七十岁，头发全白了，跟上了这个年纪的老人一样，脸上的皮肤变了树皮一般的颜色，最有威严的是那个宽广的天庭，在你的想象中仿佛一片战场。白雪满顶的脑盖下面，亮着一对蓝眼睛，因为眉毛部分的拱形骨特别往外突，眼光显得很阴沉，平时总带点儿凄凉的情调，表示一肚子的苦闷与牢骚。他当年是和斐拿陶德①并肩的元勋，也有过裂地封疆的希望。他动了感情，一双眼睛就变成两道可怕的闪电，而老是有点儿闷的嗓子也变得尖厉刺耳。发怒的时候，亲王立刻恢复他军人的面目，说话也回复了高打少尉的口气；那时他是绝对不留情面的。于洛·特尔维瞥见这头老狮子，乱发蓬松像马鬣一般，双眉紧蹙，背靠着壁炉架，眼睛好似在出神。

“亲王，我来请示！”于洛装作若无其事的，说话极有功情。

元帅一声不出，目不转睛的瞪着他的署长，看他从门口走到面前。这道深沉的目光有如上帝的神目，于洛受不住了，无地自容的把眼睛低了下去，心里想：“他全知道了。”

“你不觉得有什么亏心事吗？”元帅的声音严肃，沉着。

“有的，亲王。也许我瞒着您在阿尔基利搜索粮食是错的。

①斐拿陶德初为拿破仑手下名将，后为瑞典国王，称查理十五。

在我这个年纪，加上我的嗜好，当了四十五年差事，还是两手空空。法国四百位议员的宗旨，您是知道的。那般先生对所有的缺份都眼红，把部长的薪俸尽量压低，这不是说完了吗？……对一个老公务员，他们肯给一笔钱吗？……你对那些刻薄的人能有什么希望？他们只给多隆港口的工人三十铜子一天，实际是少了四十铜子就养不活家！他们想不到在巴黎拿六百、一千、一千二的公务员，受的何等苛刻的待遇；可是薪水一到四千法郎，他们就打你主意了！……他们连一八三〇年充公的王室财产，也不肯还给王室；也不肯拨一份产业给一个穷亲王，而那份产业当初还是路易十六自己出钱买下的！……您要是没有家私，人家就让您跟我大哥一样光靠薪俸过日子，再也想不起您曾经救过拿破仑大军，在波兰那片池沼纵横的平原上，和我一起。”

“你盗用了公款，该送到重罪法庭去，像那个国库的出纳员一样！而先生你把事情说得这么轻描淡写！”

“大人，那是大不相同的！我有没有做监守自盗的事？……”

“一个人闹出这种丑事，在你的地位上这样的措置乖张，简直是担了双重的罪名。你丢了我们上级衙门的脸，一向是全欧洲最清白的！……而这些，先生，是为了二十万法郎，为了一个女流氓！……”说到这里元帅声色俱厉，“区区一个小兵，偷卖了部队的公物尚且被处死刑，而你是一个参议官！第二骠骑旅的波冷上校告诉我，在萨凡纳，他手下一个弟兄爱上一个亚尔萨斯姑娘，小妖精作死作活的要一条披肩；那个兵吃了二十年粮，马上要升做少尉，旅部里人人瞧得起的，为了这条披肩居然盗卖了本营的公物。结果怎么样，你知道吗，特尔维男爵？他捣烂了窗上的玻璃吞下肚子，在医院里捱了十一个钟点才死……你，你去想法子中风死吧，那我们还可以救出你的名誉……”

男爵恶狠狠的望着元帅；元帅一看见这副贪生怕死的表情，立刻脸上红了几块，眼睛冒起火来。

“您就不救我了吗？……”男爵嘟囔着说。

这时于洛元帅听说只有他兄弟和部长在内，便径自闯了进来，像所有的聋子一样直撞到亲王前面。

“噢！”波兰战役的老英雄嚷着，“老哥，我知道你为什么来的！……可是白费……”

“白费！……”于洛元帅跟着说了一遍，他只听见这两个字。

“是的，你来替你兄弟说情；你可知道他干了什么事吗？”

“我的兄弟？……”聋子问。

“对啦，他是一个混……不配做你的兄弟！……”

亲王的怒火使他射出两道闪电似的，令人心惊胆战的目光，像拿破仑的一样。

“你胡说，高打，”于洛元帅脸色发了白，“咱们丢开身份！来吧，我领教就是。”

亲王走到老伙计前面直瞪着他，抓了他的手凑在他耳边说：

“你是不是男子汉大丈夫？”

“你等着瞧吧……”

“好，那么你硬正点！你要遭到空前大祸了！”

亲王回身从桌上拿起一宗案卷塞在于洛元帅手里，喊：

“你念吧！”

福士汉伯爵在卷宗内先读到下面一封信：

呈　内阁总理大人阁下　　　　　　密件

阿尔基利　　　　　　　　　　年　月　日

亲王阁下：现在我们手头有一件非常棘手的案子，您可以从附上的文件中阅悉详情。

本案的节略如下：于洛·特尔维男爵派了他的一个叔岳到奥朗省来操纵谷子粮秣，又派了一个仓库主任做副手。仓库主任供出了一些事实，引起了人家注意，结果是逃跑了。检察官以为本案只牵涉到两个下属，办得很认真；但是署长的叔岳约罕·斐希，知道要解上刑庭的时候，在狱中用一只钉子自杀了。

如果这位忠厚老实的人——他大概是受了他副手和侄婿的骗——不写信给于洛男爵，案子可以就此结束。但这封信落到了检察署手里；检察官大为惊异，特地来看我。把一个劳苦功高的参议官兼陆军部署长，加以逮捕而提起公诉，实在太难看了；在勃莱齐那一役之后，他在行政方面的整理工作，我们大家都沾光的。因为这个缘故，我才请求法院把全部案卷移交了过来。

现在的问题是：要不要让事情发展下去？还是，既然主犯已经死了，除掉把在逃的仓库主任缺席判决之外，把这件事压下去？

检察官同意我把卷宗送达尊处。特尔维男爵住在巴黎，案子的审理也应当由巴黎法院主持。我们想出了这个含糊的办法，暂时摆脱了难题。

可是我们希望元帅赶快有所决定。这桩舞弊案已经闹得沸沸扬扬；现在只有检察官、初审官、检察长和我知道幕后的主使犯；倘使这个消息泄露出去，我们更要受累无穷了。

念到这儿，那份公事从于洛元帅手里掉了下来；他望了望兄弟，觉得无须再翻其他的卷宗；但他找出了约罕·斐希的信，瞥了一眼便递给男爵。

发自奥朗监狱。

侄婿青及：你读到这封信的时候，我已经不在世界上了。

你放心，人家决计找不到对你不利的证据。我一死，加上你那个坏蛋夏尔登在逃，案子便可了结。想到我们的阿特丽纳承你抬举得那么幸福，我死也死得很高兴的。你无须再拨二十万法郎来了。再见。这封信当由一位在狱的犯人交给你，我相信他是可靠的。

约罕·斐希

“我请您原谅。”于洛元帅极有骨气的向亲王道歉。

“得啦，跟我还用这个称呼吗，于洛！”部长握着他老朋友的手说。——“可怜的骠骑兵只害死他一个人。”他用霹雳似的眼光把男爵瞪了一眼。

“你拿了多少？”福士汉伯爵问他的兄弟。

“二十万。”

“好朋友，”伯爵对部长说，“四十八小时内我把二十万法郎送过来。我绝不能让人家说姓于洛的盗用公家一个钱……”

“你胡闹！”元帅回答，“我知道二十万法郎在哪里，我会去要回来的。—— 至于你，赶快提辞呈，声请退休吧！”他把双页的公文纸扔到坐在桌子旁边两腿发抖的参议官那里，“这个案子要丢我们大家的脸，所以我得到了内阁会议的同意，由我全权处理。既然你毫无骨气，不要我尊敬而还想活下去，过那种没有人格的生活，那么你的养老金给你就是。可是别再出来现眼。”

元帅打了铃。

“公务员玛奈弗在吗？”

“在，大人。”副官回答。

“找他来。”

“你，”部长一见玛奈弗便嚷道，“跟你的女人，你们存心把特尔维男爵搅得精光。”

“报告大人，请您原谅，我们很穷，我只靠我的差事过日子，我有两个孩子，其中一个还没有生，那是男爵的。”

“好一副坏蛋的嘴脸！”亲王指着玛奈弗对于洛元帅说。——“少说你那套不要脸的废话；把二十万法郎拿回来，要不你就上阿尔基利去。”

“可是部长，您不知道我的女人，她把什么都吃光了。男爵天天请六位客人吃饭……我家里一年要五万法郎开销。”

“你走吧，”部长厉声吆喝，好似在战事紧张的当口喝令冲锋，“两小时之内就发表你调职……去罢。”

“那我宁可辞职的，”玛奈弗放肆的回答，“要我受了过去那一套，再把我打下去，我是不甘心的，我！”

说罢他出去了。

“不要脸的下流东西！”亲王骂了一句。

这期间，于洛元帅始终一动不动站在那儿，脸色白得像死人，偷偷的打量着他的兄弟。这时他过去握了握亲王的手，又重复了一遍：

“四十八小时之内，物质上的损失可以补救过来；可是荣誉！啊！再见，元帅！这真是要了我的命……”他又咬着亲王的耳朵，“唉，我活不成了。”

“该死，你干吗今天早上跑来？”亲王觉得很难受。

“我是为他的太太来的，”伯爵指着埃克多说，“她没有饭吃了……尤其是现在。”

“他有养老金呀！”

“早已押给人了！”

“真是魔鬼上了身！”亲王耸了耸肩膀，“那些女人究竟灌了你什么迷汤，你会这样糊涂的？”他问于洛·特尔维，“你明知法国衙门的规矩多么严，每样东西都要登记、备案，为了几生丁的收支都要消耗几令的纸张，你还抱怨，像放回一个小兵，买一个马刷子那样芝麻大的事，也得上百个签字；你怎么能，怎么敢，希望把舞弊的事长久蒙下去？还有报纸！还有嫉妒你的人！还有心里想舞弊的人！难道那些女人把你的人情世故统统拿走了吗？把核桃壳蒙了你眼睛吗？再不然难道你天生跟我们不同？你一发觉自己没有了人味儿，老是色迷迷的时候，你就该脱离衙门！要是你犯罪之外再加上糊涂，你将来要落到什么田地……我简直不愿意说……”

“你答应我照顾她吗，嗯，高打？”福士汉伯爵问。他什么话都没听见，心里只想着弟媳妇。

“放心好了！”

“那么谢谢你，再见了！”——“来吧，先生。”他对兄弟说。

亲王表面上眼神很镇静的望着两兄弟，举动态度、体格性格那么不同的两兄弟：一个勇敢，一个懦怯；一个好色，一个严肃；一个清白，一个贪污；他望着他们，心里想：

“这个脓包是不会死的！而我可怜的，那么清正的于洛，他却是非死不可的了！”

他在自己的椅上坐下，重新拿起非洲的公事来看，那个动作表现出做领袖的冷静，同时也表现出疆场上磨炼出来的，深刻的怜悯！事实上再没有比军人更富于人情味的，尽管表面上那么粗鲁，尽管作战的习惯养成了战场上必不可少的、绝对的冷酷。

下一天，各报在不同的标题之下发表了几则不同的消息：

> 于洛·特尔维男爵业已声请退休。这位要员的辞职，闻与阿尔基利办事处的账目不清有关。该案爆发，乃系两个办事员一死一逃所致。男爵获悉误信部属，以致发生渎职情事之后，大受刺激，在部长室内当场入于瘫痪状态。
>
> 于洛·特尔维先生为于洛元帅胞弟，前后服务已达四十五年。他不但是行政方面的干才，私人行事亦足称述，此次虽经挽留，终不允打消辞意，甚为各方惋惜。他在帝国禁卫军华沙军需总监任内，以及一八一五年为拿破仑临时征召的大军担任组织事宜，均迭著劳迹，至今为人称道。
>
> 在朝的帝国遗老从此又弱一个。于洛男爵自一八三〇年起即为参事院及陆军部的能员，素为上峰倚畀云云。
>
> 阿尔基利讯——一度由若干报纸过事渲染的粮秣案，兹因主犯死亡，已告结束。约罕·斐希在狱自杀，同谋一人逃匿无踪，闻将加以缺席判决。

斐希向为承包军粮的供应商，诚实可靠，信用素著，此次误受在逃的仓库主任夏尔登蒙蔽，致愤而自杀云。

在巴黎琐闻栏内，又有下面一段消息：

陆军部长为杜绝流弊起见，决定在阿尔基利设一军粮办事处，主任人选已调派科长玛奈弗充任。

于洛男爵退休之后，署长一缺，逐鹿者大有人在。据闻内定由拉斯蒂涅伯爵的内兄，议员玛蒂阿·特·洛希－于共伯爵继任。参事院请愿委员玛索先生将调任参议官，玛索遗缺则由格劳特·维浓升充。

在所有的谣言之中，对于反对派报纸最危险的却是官方散布的谣言。不论记者如何狡狯，遇到他们的老同事，像格劳特·维浓那样，从报界转入政界而爬到上层的人略施小技的时候，他们往往会无意之间上当的。报纸只能用报馆记者去把它攻倒。所以我们不妨套用伏尔泰的句法[1]，说：

巴黎琐事并不是浅薄的人所想象的那回事。

于洛跟着元帅回去，恭恭敬敬让长兄在车上占着后座，自己坐在前面。弟兄俩一句话也不说。埃克多垂头丧气。元帅聚精

①伏尔泰的悲剧《奥第伯》中有言："教士们并不是浅薄的人所想象的那回事。"

会神，仿佛在那里鼓起所有的力量，预备挑那千斤重担。回到府第，他不出一声，只用威严的手势把兄弟带进书房。伯爵曾经从拿破仑手里得到一对凡尔赛制造的精美的手枪，刻着拿破仑皇帝赐予于洛将军几个字；他从书桌中拿出匣子，抽出手枪，指着对兄弟说：

“这才是你的救星！”

在半掩的门中间张望的李斯贝德，赶紧奔出去跳上马车，吩咐立刻赶到伯吕梅街。她把元帅威吓兄弟的事告诉了男爵夫人，二十分钟内就把她带了来。

伯爵对兄弟看也不看，径自打铃把那个当差的、跟了他三十年的老兵叫了来。

“鲍比哀，你去把我的公证人、史丹卜克伯爵、我的侄女奥当斯、国库的经纪人，一齐邀得来。现在十点半，我要这些人在中午赶到。你坐车去……加点儿劲呀！”他从前那句不离嘴的共和党人的老话又说了出来。他又那么怕人的把脸一沉；一七九九年在布勒塔尼剿灭保王党的时候，他就是用这副神气使弟兄们打起精神，不敢怠慢的。

“是，元帅。”鲍比哀举手行了一个军礼。

始终不理会兄弟，老人回到书房，从书桌中捡出一个钥匙，打开一只孔雀石面子的纯钢小保险箱，俄皇亚历山大送的礼物。拿破仑皇帝曾经派他把德勒斯登战役上虏获的战利品送还给俄皇，希望把王达姆将军交换回来。沙皇送了于洛将军这件贵重的礼物，说他希望有一天能够对法国皇帝来一次同样的回礼；可是王达姆并没有放回。小箱全部镶着金片，盖上还有金镶的帝俄徽号。元帅把里面的钞票金洋点了点数目，一共有十五万两千法郎！

他不由得做了个满意的姿势。这时候，于洛太太进来了，她的神情连审判政治犯的法官见了都要软心。她扑在埃克多身上，疯子似的望望手枪匣子，又望望元帅。

“你对兄弟有什么过不去呀？他得罪了你什么呀？”她喊得那么响，元帅居然听见了。

“他丢了我们大家的脸！”共和政府时代的老军人回答。这一开口又惹动了他胸中的气愤。“他盗用公款！他使我没有脸再姓我的姓，教我不想再活，他要了我的命……我还能有这么一点气力，只是为要偿还公家的钱！……在共和政府的元老前面，在我最敬重的维森堡亲王前面，我还替他辩白，哪知道证据确凿，教我当场出丑！……这还不算一回事吗！……这是他对国家的罪状！”

他抹掉了一滴眼泪，又说：

“再说他对家庭吧！我为你们积下的粮食，一个老军人三十年省吃俭用存起来的积蓄，给他抢了去！瞧，这就是我预备给你们的！”他指了指桌上的钞票，“他害死了他的叔岳斐希，心高气傲的好汉可不像他，丢不起他亚尔萨斯乡下人的脸。还有，大慈大悲的上帝，允许他在所有的女人中挑上一个天使！他有那么大的福气娶到阿特丽纳做太太！可是他欺骗她，使她一次又一次的伤心，把她扔在一边，去找些婊子、淫妇、杨花水性的贱女人，养着凯婷、玉才华、玛奈弗！……而我一向把他当作自己的孩子看待，看了觉得骄傲的！……去吧，你这个脓包，要是你不怕活现世，不觉得你下流生活的可耻，你替我走吧！我那么疼爱的兄弟，我没有勇气咒他；我对他像你一样的溺爱，阿特丽纳；可是他永远不能再在我面前出现。我不准他送我的丧，不准他跟在我的棺材后面。他犯了这些罪恶，即使不知道忏悔，至少也得有点儿廉耻！……”

说了这一篇庄严的话，元帅脸色惨白，筋疲力尽，坐在了便榻上。也许是生平第一次，他滚出两颗眼泪沿着腮帮淌下。

“可怜的斐希叔叔呀！”李斯贝德叫了一声，把手帕蒙着眼睛。

“大哥！”阿特丽纳跪在了元帅前面，“你看我面上活下去吧！帮我教埃克多重新做人，给他一条自新的路！……”

“他？他活下去还要作恶呢！一个人能糟蹋阿特丽纳这样的女子，把真正共和党人的爱国，爱家庭，爱穷人，我拼命灌输给他的情感，丢得干干净净的，简直是妖魔，是禽兽！……要是你还爱他，赶快把他带走；我恨不得把他一枪打死！打死了他，才救了你们大家，也救了他自己。”

老元帅说到这儿，气势汹汹的站了起来，吓得阿特丽纳赶紧喊了声：

“来吧，埃克多！”

她抓着丈夫，扯着他走出屋子。男爵完全瘫倒了，她只得雇一辆车把他带回伯吕梅街，一到家，他就上了床。这个差不多全部解体的人，一口气睡了好几天，饭也不吃，话也不说。阿特丽纳哭哭啼啼的逼着他喝了些汤水，坐在床头看护；她从前那些满肚子的感慨统统没有了，只剩下一片哀怜的心。

十二点半，李斯贝德把公证人和史丹卜克伯爵带进元帅的书房。她看到他神情大变，早已害怕得寸步不离了。

“伯爵，”元帅说，“请你签一张许可状，让你太太出让她那份只有产权的存单。——斐希小姐，也要请你放弃收利息的权利。”

“是，元帅。”贝德毫不迟疑的回答。

“好，亲爱的。”老人说，“我希望能多活几天报答你。我相信你；你是一个真正的共和党，一个清白的老百姓。”

他拿起老姑娘的手吻了一吻。

“汉纳耿先生，”他对公证人说，“请你立一份委托书，准两点钟送来，得赶上今天的交易所。存单在我的侄女伯爵夫人手上；她回头就来，跟斐希小姐一同签委托书。伯爵此刻陪你回去先签。”

艺术家看见贝德对他递了一个眼色，便恭恭敬敬的行了礼，走了。

下一天早上十点，福士汉伯爵又去见维森堡亲王，立刻被请了进去。

“喂，亲爱的于洛，”高打元帅把报纸递给他的老朋友，“你瞧，咱们总算保住了面子……你念吧。”

于洛把报纸放在部长的办公桌上，捧了二十万法郎交给他：

“这是我兄弟拿的国家的钱。”

“胡闹！”部长大声说。他拿起元帅递给他的听筒，对准了他的耳朵：“我们没有办法收的，收了就是承认你兄弟舞弊，而我们正在用尽方法把这件事压下去……”

“随你怎么办吧；我总不愿意于洛家的财产，有一个小钱是从偷盗国家来的。”

“那么我去请示王上。咱们甭提了。”部长知道这个老人的固执是没法挽回的。

“再见，高打，”老人握着维森堡亲王的手，“我觉得心里冻了冰似的……”然后，他走了一步，回过头来，看见亲王万分伤感的神气，便张开手臂去抓他，亲王也趁势拥抱了元帅。

“我向你告别，就像向整个大军告别似的……”于洛说。

“再见，我的好朋友！”部长说。

“是的，再见，因为我要去的地方，便是咱们哭过的弟兄们所去的地方……”

这时格劳特·维浓进来了。拿破仑部下两个硕果仅存的宿将，正在彼此行礼，庄严肃穆，没有一点儿动过感情的痕迹。

未来的请愿委员开口说：“亲王，报纸的记载，您该满意了吧？我用了一点儿手段，反对党的报纸还以为披露了我们的秘密呢……”

“可惜一切都白费了，”部长眼看着元帅穿过客厅出去，“刚才的诀别使我非常难受。于洛元帅活不到三天的了，昨天我已经看出。这个人，那么方正，那么勇敢，连战场上的子弹都忌他三分不敢碰他的……想不到在这儿，就在这个椅子上，一张纸就送了他的命，而且是从我手里！……请你打铃，吩咐套车。我要上奈伊去。”他一边说一边把二十万法郎塞在他部长的公事包里。

虽然李斯贝德防范周密，三天之后，于洛元帅还是死了。一个党派里能有这等人，便是党派的荣誉。在共和党人眼中，元帅是象征爱国的理想人物，所以他们都来送丧，后面跟着无数的人。军队、政府机关、宫廷、民众，都来向这一位德高望重、清廉正直的荣誉军人致敬。要民众来送丧，不是随便什么人所能希望得到的。这一次的丧礼，还有那种细腻的、得体的、至诚的表示，显出法兰西贵族的品德与伟大。元帅的灵柩后面，有蒙朵冷老侯爵在送殡。他的哥哥是一七九九年旭昂叛乱中败在于洛手下的敌人，侯爵中了共和军的枪弹，临死把兄弟的产业交托给政府军方面的于洛。那时这位兄弟逃亡在国外，于洛接受了侯爵的嘱托，居然把他的财产救了出来。所以九年前打败杜·倍里公爵夫人的军人，身后还受到旧时勋贵的敬礼[①]。

元帅的去世，跟颁布最后一道婚约公告的日子只差三天，对于李斯贝德仿佛霹雳一声，上了仓的庄稼，连屋子一齐给天火烧了。洛兰姑娘做事就是太顺利了一点。元帅的死，原是由于她跟玛奈弗太太两人对这个家庭接一连二的打击。正在大功告成而老姑娘的怨气快要消尽的时候，忽然全部希望都成泡影，越发增加了她的仇恨。她跑到玛奈弗太太家，气愤交加的痛哭了一场：她现在是无家可归了，因为元帅租的屋子是订的终身契约。克勒凡为了安慰华莱丽的好朋友，教她把积蓄拿出来，自己又慷慨的加了一倍，用五厘利存放出去，产权归赛莱斯丁纳，利息归贝德。这样一来，她还有两千法郎的终身年金。此外，元帅遗下一封信，要弟媳妇、侄女跟侄儿三个人共同负责，拨一千两百法郎的终身年金给他的未婚妻李斯贝德·斐希小姐。

阿特丽纳看见男爵半死半活的样子，把元帅的死讯瞒了他几天；但是李斯贝德来的时候穿着孝，出殡以后十一天，他终于知道了凶讯。受到这个剧烈的刺激，病人反而提起了精神；他下了床，看见全家穿着黑衣服会齐在客厅里；他一露面，大家就不出声了。半个月工夫，于洛瘦得像一个鬼，跟他的本来面目相比，他只是一个影子了。

---

①波旁王室长房的杜·倍里夫人曾于1832年兴兵叛变，意欲推翻路易·菲利普。旭昂叛乱则系大革命时保王党反抗共和政府。于洛元帅在两次战役中均在政府军队中作战。

“总得想个办法才好。”他往一张椅子上坐下，有气无力的说。他看见所有的家族都在场，只差克勒凡和史丹卜克。

“这儿我们是住不下去的，房租太贵了。”男爵进来的时候奥当斯正在发表意见。

“至于住的问题，”维多冷打破了难堪的沉默，“我可以接母亲……”

男爵本在那里视而不见的瞅着地毯上的花纹，一听到这句好像把他撇开的话，他抬起头来，对儿子那么可怜的望了一眼。父亲的权利永远是神圣的，哪怕是一个堕落的，身败名裂的父亲，所以维多冷马上把话咽了下去。

“接你母亲……”男爵接口说，“你对，我的孩子！”

“住到我们楼上，就在我们自用的那幢屋子里。”赛莱斯丁纳补足了丈夫的话。

“孩子，我妨害你们？……”男爵的语气柔和，就像一个知道自己没有希望的人，“至于将来，噢！放心吧，不会再有什么事教你们怨父亲的了，你们再见到他的时候，也用不着为他脸红的了。”

他过去抱了奥当斯亲她的额角。他对儿子张开臂抱，维多冷猜到了父亲的用意，悲痛万分的扑在他怀里。男爵又向李斯贝德做了个手势，她走过来，他也吻了她的额角。然后他回到卧房，阿特丽纳忧急到极点，马上跟了进去。

“阿特丽纳，大哥的话是不错的，”他握着她的手，“我没有资格再过家庭生活。孩子们对我已经仁至义尽，我除了暗中祝福他们，不敢再有别的表示。你可以对他们说：我只能拥抱他们；一个堕落的人，一个做了杀人犯的父亲，不但不能庇护家庭，为儿女争光，反而做了罪魁祸首，这样一个人的祝福是不吉利的；可是我远远里要每天祝福他们。至于你，以你的大贤大德，只有全能的上帝能够补偿你！……我求你原谅。”他跪了下来，握着她的手洒满了眼泪。

“埃克多！埃克多！你的过失虽然重大，上帝的慈悲是无限的；留在我身边吧，你还可以补赎一切……朋友，你应当存着基督徒的心振作起来……我是你的妻，不是你的裁判。我是属于你的，你要把我怎么办就怎么办吧，不论你到哪儿，带我一块去吧；我觉得还有力量安慰你，还能用我的爱情、照顾、尊敬，来帮你活下去！……我们的孩子都已经成家，用不着我了。让我来给你娱乐，给你消遣。让我参加你流亡生活的辛苦，把你的苦难解淡一些。我总还有点儿用处，至少可以省掉你雇一个老妈子的钱……”

“你原谅我吗，我最亲爱的阿特丽纳？”

“原谅的，朋友；你起来啊！”

“得到了你的原谅，我能够活下去了。”他一边站起一边说，“我走进房来，为的不要给孩子们看到做父亲的卑屈。唉！天天看到一个父亲，像我这样罪孽深重的人摆在眼前，真有点儿可怕，那无非是尊长的威严扫地，家也不成其为家。所以我不能再住在你们一起，免得你们看到一个失尽尊严的父亲而难受。阿特丽纳，你别反对我逃亡。那等于你亲手装了子弹，让我把自己打死……你也别跟我一块儿走，把我最后一点勇气拿掉；你不在身边，我还能靠着忏悔的力量支持下去。”

埃克多的坚决，使手瘫脚软的阿特丽纳再也无话可说。这位太太，在多少风波中表现得那么伟大的，原是靠了和丈夫形神契合才有的勇气；因为在她心目中，他是属于她的，她负有崇高的使命要安慰他，引他回复家庭生活，回复正常的心境。现在她看到丈夫不能再给她勇气，便不由的说：

“埃克多，难道你让我全无希望，日夜焦急的死吗？……”

“我会回来的，我的天使，你大概是特意为了我从天上降下来的；我会回来的，那时我不成为富翁，至少也要相当宽裕。告诉你，阿特丽纳，我不能留在这儿有很多理由。第一，我六千法郎一年的养老金，抵押了四年，眼前我一个钱都没有。这还不算！几天之内，为了伏维奈的到期借票，我得给人抓去扣押……所以在儿子没有把那些借据收回以前（那我会把细节告诉他的），我非躲起来不可。我一朝失踪之后，债务的谈判容易得多。等到养老金的押款还清，伏维奈的债务了结，我会回来的……有你在一块儿，容易泄露我的形迹。你放心，阿特丽纳，你别哭……只消一个月……”

“你到哪儿去呢？干什么呢？怎么办呢？谁服侍你呢？你现在不是年轻的人了。让我和你一块儿躲起来，上外国去吧。”

“好吧，咱们再商量。”他回答。

男爵打铃教玛丽哀德收拾他的东西，快快的偷偷的装箱。然后他比平时格外热烈的拥抱了太太，叫她离开一会，他要把交代维多冷的事写下来；他答应到晚上才走，并且带她一同走。可是男爵夫人一进客厅，机灵的老人立刻从盥洗室溜入穿堂，出去了，临走交给玛丽哀德一张字条，写着“衣箱即送高贝伊车站，留交埃克多先生收”。等到玛丽哀德把字条交给男爵夫人，说先生走了的时候，男爵早已坐着一辆马车在巴黎街上飞奔了。阿特丽纳扑到房里，比往日抖得更厉害了；孩子们惊骇之下，听见一声尖叫，也跟了进来。大家抱起昏厥的男爵夫人放在床上。她大发肝阳，死去活来的病了一个月。

“他在哪儿呢？”她从头至尾只有这句话。

维多冷的寻访，毫无结果。事情是这样的。男爵坐车先到王宫广场。到了那边，他把浑身解数都拿出来，执行他伤心痛苦、瘫倒在床上时所想好的计划。他穿过广场，在于葛街租了一辆华丽的马车。车夫照他的吩咐，把车赶到主教街往玉才华的公馆直冲进去。门丁听见马夫叫喊，又看见是辆极漂亮的车，便开了大门。当差的去报告玉才华，说有一位行动不便的老人不能下车，请她下楼一趟。为了好奇心，她居然来了。

“玉才华，是我啊！……”

有名的歌唱家，只能从口音上认出她的于洛。

“怎么，是你！可怜的朋友？……真的，你竟像给德国犹太人浸过药水，兑换商不肯收的旧洋钱。”

“唉！不错，”于洛回答，“我死里逃生，刚病了一场！你可老是这样美，你！你肯不肯发发善心呢？”

“要看什么事，一切都是相对的。”

“你说，你能不能让我在阁楼上佣人房里住几天？我没有钱，没有希望，没有饭吃，没有恩俸，没有女人，没有孩子，没有栖身，没有荣誉，没有勇气，没有朋友，而更糟糕的，还受着债主的威逼……”

“可怜的老兄！多少个没有啊！是不是也没有裤子？”

“你笑我，我完了！我可是打定主意来投奔你的，好像当年顾维尔投奔尼侬一样。”

“人家说你是给一个大家闺秀搅到这样的，嗯？那些妖精敲诈的本领比我们高明多了！……瞧你这把骨头，就像是给乌鸦吃剩下来的……你身体简直透明了！”

“事情急得很呢，玉才华！”

“进来吧，老兄！我一个人在家，底下人又不认得你。把车子打发掉吧，车钱付了没有？”

“付了。”男爵由玉才华扶着下了车。

“要是你愿意，可以冒充我父亲。”歌女动了哀怜的心。

她把于洛带到他上次来过的华丽的客厅里坐下。

“可是真的，老兄，你害死了哥哥，害死了叔岳，弄得倾家荡产，把儿子的产业抵押了几次，跟你公主两个吃掉了非洲政府的公款？”

男爵愁眉苦脸的点了点头。

“要得，我赞成你！”玉才华嚷着，兴奋得站了起来，“一把野火烧得精光！有气派！有种！干得彻底！不错，你是浪子，可是有血性。哼，我宁可像你这样为女人发疯的败家精，可不喜欢那些冷血的、没有心肝的银行家，人家把他们当作君子，实际却拿着铁路玩把戏，教上千的人破产，吓，铁路！为他们是黄金，为上当的傻子是废铁！你只害你自己人破产，你只处分你自己！并且你还有可以原谅的理由，生理的和精神的……”

她摆了一个悲壮的姿势，念道：

那是爱神抓住了她的俘虏做她的牺牲。

“喂，你瞧！”她把身子转了几个圈儿，补上一句。

淫欲的代表赦免了于洛的罪孽，她在穷奢极侈的豪华中对他微笑。罪恶的伟大场面摆在眼前，仿佛教陪审官见了觉得情有可原似的。

“你那个大家闺秀，总该是好看的吧，至少？”玉才华看了于洛的痛苦很难受，想先来一点儿布施，给他排遣一下。

“呃，差不多跟你一样！”男爵很巧妙的回答。

“并且……据说也精灵古怪，嗯？她跟你玩些什么？是不是比我更滑稽？”

“甭提啦。”于洛说。

“据说我的克勒凡跟那个小伙子史丹卜克，都给她勾上了，还有一个挺神气的巴西人？”

“可能的……”

“她住的屋子跟我这儿一样漂亮，听说是克勒凡给的。这个女流氓，倒是我的牢头禁卒，我这儿开了刀的人，都归她去收拾！老兄，你知道我干吗这样好奇的要打听她，因为我远远里见过她，在蒲洛涅森林坐着马车，……加拉皮纳告诉我，她的确是一个本领高强的扒儿手！她想吃掉克勒凡，可是只能啃他几口。克勒凡是一个啬刻鬼！嘴里老是答应得好听，实际他有他的主意。他虚荣、风魔，可是他的钱是铁面无情的。这些后辈，一个月只肯为你花一千到三千法郎，碰到大数目的开支就不来了，好似驴子走到河边就不肯再走一样。他不像你，老兄，你是一个血性的男人，你为了女人连出卖国家都肯！所以你瞧，我预备尽我力量帮你忙！你是我的父亲，是你把我捧出来的！那真是了不起。你要什么？要不要十万法郎？让我拼了命卖了身来替你张罗。至于你吃口饭，给你一个窠，那不算一回事。这里天天有你一份刀叉，三层楼上给你一个好房间，每月再给三百法郎零用。”

男爵对这番盛意非常感激，可是还表示最后一点骨气，他说：

“不，孩子，我不是来教人家养我的。”

“在你这个年纪有人养，才是面子哪！”她说。

“孩子，我的希望是这样：你的埃罗维公爵在诺曼底有很大的田产，我想改名换姓叫作都尔，去替他当总管。我能干、老实，因为挪用公款的人不会偷盗私人的……”

“哎！哎！一不做，二不休，那是难保的！”

“总之我只想隐姓埋名的躲过三年……”

“这个容易得很；今天晚上，吃过饭，只要我开声口就行啦。要是我愿意，跟公爵结婚也不成问题；可是我已经有了他的财产，还想多要一点儿别的！……我要他敬重。这位爵爷的确是旧家气派。他高贵、大方，好比路易十四和拿破仑叠起来那么伟大，虽然他是个矮子。而且我对他就像匈兹对洛却斐特：最近我给他出了主意，赚了两百万。可是听我说，你这个怪物……我知道你的脾气，你喜欢女人，你会去盯那些小姑娘；诺曼底有的是美女，你一定会教那些小伙子或是她们的老子，砸破你的脑袋，结果公爵还是要打发你走路。你望着我的这种神气，难道我没有看出你像番纳龙所说的人老心不老吗？这个总管的差事不是你做的。老兄，一个人要丢开巴黎，丢开我们这批人，不是容易做到的！你会在埃罗维镇上无聊死的！”

“那么怎办呢？我在这儿只想待几天，好打定主意。”

“你愿不愿意照我的意思办？告诉你，老风流！……你少不了女人。有了女人，什么苦都忘掉了。你听我说，在哥蒂尔区下面一段的圣·摩街上，我认得一个穷人家里有个活宝：一个小姑娘，生得比我十六岁的时候还要俏！……啊！你眼睛已经红啦！她呀，替绸缎铺子一天做十六个钟点绣作，拿十六个铜子工钱，合到一个铜子一小时，可怜吗？……吃的只有番薯，像爱尔兰人一样，可是用耗子油煎的；一星期只吃五天面包；喝的水是乌克运河的，塞纳河的水太贵了；她又嫁不了人。因为拿不出六七千法郎的陪嫁。为了挣这六七千法郎，教她做什么下贱的事都肯。你觉得你的家属，你的老婆讨厌是不是？……再说，过去把你当神道一般，现在不把你放在眼里，也不是味儿。身败名裂。一个子儿都没有的父亲，只能包扎起来，放进玻璃柜做标本……”

男爵听到这些缺德话也不由得笑了一笑。

“明天，小皮茹要替我送一件绣花衣衫来，好看得不得了，绣了半年，谁也没有这样的好东西！皮茹对我很好，因为我常常给她些糖果、旧衣衫。并且我把买柴、买肉、买面包的配给证送给她家里，只要我开声口，她们替我跑断腿都愿意。我想法做点儿好事。我知道我从前饿肚子的苦！皮茹把她心里的话都说给我听了。那小姑娘倒是滑稽剧场跑龙套的料子。她一心想穿我那样漂亮的衣服，特别是坐马车。我可以对她说：孩子，你要不要一个……”

“你今年几岁啦？”她停下来问，“七十二吗？……”

“还提什么年纪！”

“我可以对她说：你要不要一个七十二岁的男人？干干净净的，又不抽烟，又没有一点儿毛病，跟年轻人差不了多少的？你跟他同居，他会对你挺好的，给你七千法郎开铺子，给你屋里办起全套的桃木家具；要是你乖，他还不时带你去看戏。按月给你一百法郎，外加五十法郎家用！——我把皮茹看得很清楚，就是十四岁时候的我！一听到混账的克勒凡跟我提出那些精刮的条件，我快活得直跳。老兄，这样你可以躲上三年。那不是很安分、很规矩的生活吗？你可以安安稳稳的混三四年，也不会再多。”

于洛不加考虑，决意谢绝，但是对这位豪爽的，另有一套做好事作风的歌女，不能不表示领情，便故意做得在邪正之间委决不下。

“啊！你冷冰冰的像十二月里的街面！”她觉得很奇怪，“怎么，这不是救了一份人家吗？他们的爷爷还在东奔西跑，母亲做活做得筋疲力尽，姊妹俩（一个生得奇丑）把眼睛都弄坏了，统共只挣得三十六个铜子。你在自己家里作了孽，这儿不是可以将功赎罪吗？同时又好开开心，像婊子进了玛皮伊舞厅一样。”

于洛想拦住她不说下去，便装作计算金钱。

“你不用急，有的是办法，有的是钱。我的公爵可以借给你一万法郎：七千给皮茹出面开一个绣作铺，三千给你办家具，每三个月，你还能在这儿支六百五十法郎，只消立张借据。等到你的养老金可以动用的时候，你把这一万七还给公爵。眼前你尽可以逍遥自在，躲在窟窿里，包你警察找不到！你穿起海狸毛粗呢大衣，就像街坊上一个手头宽裕的小地主。你想改名都尔就都尔吧。我把你介绍给皮茹的时候，说你是我的一个叔叔，在德国破了产的，人家一定捧得你像神道一样。你瞧，老头儿！……或许你就此乐而忘返也难说！要是你无聊，只消留起一套体面衣衫，尽可上这儿来吃顿饭，消磨一个黄昏。”

“我可是想一本正经重新做人呢！……你替我筹两万法郎吧，让我到美洲去打天下，像我的朋友台葛尔蒙给纽沁根逼得破产之后一样。”

“你！”玉才华叫道，“你谈什么品行道德！那是做买卖的、当大兵的、法兰西公民的玩意儿，他们除了品行道德就没有别的本钱！你呀，你生来不是一个傻瓜，男人之中的你，正如女人之中的我，是一个天才的败家精！”

“睡过觉，心计巧；咱们明儿再谈吧。”

“你等会跟公爵一起吃饭。埃罗维会客客气气招待你，仿佛你救了国家似的！明儿再打主意。好啦，老兄，快活一下吧！人生是一件衣衫：脏了就刷刷，破了就补补，可是你好歹得穿上衣服！”

这套寻欢作乐的哲学和兴致，把于洛的悲伤打发光了。

下一天中午，吃过一餐精美的中饭，于洛看见进来了一个活宝。世界上只有巴黎，由于奢华与贫穷，淫荡与清白，压制的欲望与层出不穷的诱惑，不断交流的结果，才能产生这种杰作，使巴黎有资格继承尼尼佛、巴比伦和帝国时代的罗马。奥令泼·皮茹，十六岁的小姑娘，一张出神入化的脸，就像拉斐尔画圣母的模特儿。一双天真烂漫的眼睛，为了工作过度带点儿忧郁，黑眼珠颇有出神的情调，长长的睫毛，在灯光下面熬夜的结果，眼眶里没有了水分，那是因辛苦而暗淡无光的眼睛；可是皮色像磁器，几乎有点儿病态；嘴巴像一颗半开的石榴；此外是起伏不已的胸脯，丰满的肉体，纤巧的手，珐琅似的牙齿，浓密的黑头发。她穿的是七十五生丁一尺的印花布衣衫，挑花领，没有鞋钉的皮鞋，二十九个铜子一双的手套。女孩子根本不知道自己多美，她只为了到她的阔太太家里来，装扮得特别漂亮。男爵又给色情的利爪抓住了，觉得一眼之间，魂灵就出了窍。美色当前，他忘记了一切。他仿佛猎户碰上了飞禽走兽：一看见红雀，哪有不瞄准之理！

“并且，”玉才华咬着他的耳朵，“保证是原货，是规矩的，又是穷得没有饭吃！这叫作巴黎！我就是过来人！”

“那就行啦。”老人站起来搓着手回答。

奥令泼·皮茹走后，玉才华含讥带讽的望着男爵。

“要是你不想找麻烦，老头儿，就得跟检察官上公堂一样的严。要把小姑娘管紧，像巴多罗[1]一样又要妒忌又要多疑，提防奥古斯德、希波里德、纳斯多、维克多，一切的多！天哪，一朝穿得好吃得好之后，她抬一抬头，你就完啦……让我替你把家布置起来。公爵很帮你忙。他借给你，就是说给你一万法郎，另外存八千在他公证人那里，每三个月付你六百法郎，因为我怕你乱花……你说我对你好不好？”

“不能再好了！”

在他离家十天之后，正当全家的人落着眼泪，围在快要死下来的阿特丽纳床边，听她有气无力的说着“他怎么啦？”的时候，埃克多，改名换姓，在圣·摩街上跟奥令泼两人管着一家绣作铺，店号就叫作都尔-皮茹。

①博马舍喜剧《塞维尔的理发师》中的人物。

十四

维多冷·于洛，在家庭迭次遭受的打击上受到最后一番磨炼，那种磨炼往往使一个人不是进步便是消沉。他可是进步了。在人生的大风浪中，我们常常学船长的样，在狂风暴雨之下把笨重的货物扔掉，以减轻船的重量。律师心中的骄傲、脸上的得意、演说家的骠劲、政治的野心，统统没有了。他变得跟母亲一样。他决意容忍赛莱斯丁纳，虽然她不合理想。他把人生看透了，觉得世界上凡事只能求个差不多。既然父亲的行为使他深恶痛绝，他更立志要尽他的责任。在母亲床头，在她脱离险境那一天，他那些决心愈加坚定了。接着母亲的病愈，又来了另外一个喜讯。格劳特·维浓，天天奉维森堡亲王之命来探问病情，要这位重新当选的议员跟他一同去见部长。他说：

“部长要跟你商量府上的家事。”

维多冷·于洛和部长已经认识多年；所以元帅对他特别亲热，而且是暗示有好消息的神气。

“朋友，”老军人说，“我在这个办公室里对令先伯于洛元帅起过誓，要照料令堂。听说这位圣母快要恢复健康；现在是裹扎你们伤口的时候了。我这儿有二十万法郎要交给你。”

律师做了一个手势，显得他是跟伯父一样的品格。

“你放心，”亲王笑着说，“这不过是代管性质。我的日子是有限的了，不能老在这儿；你把这笔钱拿去，在你家庭里替我当代表。你可以用这笔款子付清屋子的押款。二十万法郎的所有权是令堂跟令妹的。倘使我交给男爵夫人，我怕她一味顾念丈夫，把钱随便花掉；而给这笔钱的人的意思，是要保障于洛太太跟她的女儿史丹卜克伯爵夫人的衣食的。你老成持重，不愧为贤母的令子，不愧为我好友于洛元帅的侄儿；告诉你，亲爱的朋友，我部里跟别的地方都很看重你。希望你做你家属的监护人，接受你伯父的跟我的遗产。”

“大人，”于洛握着部长的手说，“像您这样，您一定知道口头的道谢是没有意思的，感激要用事实来证明。”

“行，你就用事实来证明吧！”

“要我怎么办呢？”

“你得接受我的提议，”部长说，“我们想请你当陆军部的法律顾问；为了巴黎的城防，主管工事的部门现在诉讼事件特别多；同时也想请你当警察总监部兼王室公费的顾问。这三个职位合起来有一万八千法郎薪水，可是并不限制你执行业务。在议会里尽管照你的政见和良心投票……你尽可自由行动！呃，要没有一个反对党，我们事情反而不好办呢！还有，令先伯故世以前写给我一个字条，对安插你母亲的办法有详细指示，元帅对她是非常敬爱的！……包比诺、特·拉斯蒂涅、特·拿华兰、台斯巴、特·葛朗里欧、特·加里里阿诺、特·勒依古、特·拉巴蒂这些太太，为令堂设了一个慈善机关视察员的职位。她们都是各个慈善会的会长，照顾不了她们的公事，需要一位清正的太太切实帮忙，去访问受难的人，调查所做的善事是否不受蒙蔽，所帮的忙是否不曾落空，同时去寻访那些穷苦而羞于央告的人。令堂的任务是一个天使的任务，她只消跟神甫，跟慈善会的太太们来往；一年六千法郎薪水，另支车马费。你瞧，世兄，清廉正直、大义凛然的人，在坟墓里还能庇护他的家族。在一个组织完善的社会中，像你伯父那样的大名，是，而且应当是，抵御患难的保障。所以你应当追踪令先伯的后尘，贯彻下去，因为你已经走上了他的路，我知道。”

“在先伯的朋友身上，看到这样无微不至的用心，我一点儿不奇怪，”维多冷说，“我一定努力，不负您的期望。”

“快快去安慰你的家族吧！啊！告诉我，”亲王跟维多冷握手的时候又说，“你父亲可是真的失踪了？”

“唉，是的。”

“这样倒更好。可怜的家伙主意不错，他始终是个聪明人。”

“他要躲债呢。”

“啊！你可以领到三个职位的六个月薪水。这笔预支款项，能帮助你料一料高利贷的债务。我有机会要碰到纽沁根，也许你们跟我部里都不用花一个钱，就能赎出你父亲的养老金。纽沁根进了贵族院，并没改变银行家的脾气，他是贪得无厌的；可是他好像有些事要央求我……”

这样以后，维多冷回到伯吕梅街才能实现了他的计划，把母亲和妹子接到了自己家里。

那位年轻的名律师全部的财产，是巴黎一处最好的房产，在大街上坐落在和平大街和大路易街之间，是一八三四年预备结婚的时候买进的。原主在大街与横街上盖了两所大屋子，两所中间，在小花园与院子之间，另外有幢精致的住宅，还是当年巍峨宏丽的凡奈伊府第的遗迹。小于洛，对克勒凡小姐的陪嫁有了把握之后，出到一百万价钱把这批漂亮的产业标买下来，当时先付五十万。他自己用了住宅的底层，满想靠着两所大屋子的租金，按期把屋价付清；可是巴黎房地产的投资虽然靠得住，收益却是又慢又拿不准，还得由那些无法预料的旁的情形来决定。常在外边溜达的巴黎人一定注意到，大路易街与和平街之间的那一段大街，市面兴得很晚；街道的清除、市容的整饬，好不容易才完成，直到一八四〇年，做买卖的方才到这一段来布置漂亮的橱窗，摆出钱兑店的黄金、五光十色的时装和穷奢极侈的商品。虽说克勒凡给了女儿二十万（那时他觉得这门亲是高攀的，而且男爵还没有抢掉他的玉才华）；虽然维多冷七年之中又付了二十万；可是因为儿子孝顺父亲的关系，屋子的债务还有五十万。幸亏房租的不断上涨、地段的优越，使两所大屋子终于显出了它们的价值。房产的投资，过了八年才有出息；在这期间，律师很吃力的付着利息，又付了极小一部分的房价。到这时候，做买卖的自愿出高价来租底层的铺面了，只消能订十八年的租约。楼上住家用的屋子，租金也涨了价；因为商业中心的移动，使交易所与玛特兰教堂这一段，从此成为巴黎的政治与金融界的中枢。部长给他的钱，加上房客预付的租金和小租，把维多冷的债务减到了二十万。两幢屋子全部出租以后，每年有十万进款。再过两年，小于洛就可以重振家业了。而这两年之间，由于元帅给他的新差事，他的收入增加了一倍。这简直是天赐的粮食。维多冷把住宅的二层楼全部派给母亲，三层楼给妹子，李斯贝德在三楼也分了两间。这三份人家合成的家庭，在贝姨经管之下，居然能过得去，也没有折辱了名律师的身份。法院里的红人素来是不长久的；以小于洛的出言谨慎、操守方正，各级法院的推事都很相信他；他对案子肯用心研究，不说一句不能证明的话，不滥接案件，替同业很争了一点面子。

男爵夫人对伯吕梅街的屋子已经嫌恶到万分，因此也愿意人家接她到大路易街。由于儿子的费心出力，阿特丽纳的住处布置得很好；家常琐碎都无须她操心；因为李斯贝德把管家的差事招揽了去，要显显她在玛奈弗太太家表现过的经济手腕。她觉得唯有如此，才能把闷在肚里的怨气压在这份人家头上；自从她所有的希望幻灭之后，她对这些了不起的好人越发火上添油，加深了仇恨。她每个月去看一次华莱丽：一方面奥当斯要她探听文赛斯拉的消息，一方面赛莱斯丁纳也希望她去察看动静，因为她父亲，公然承认和一个把她婆婆与小姑害得家破人亡的女人发生关系，使她大为担心。不消说得，李斯贝德利用她们姑嫂俩的好奇心，尽量往华莱丽家走动。

一年零八个月过去了。这期间，男爵夫人的身子逐渐硬朗，可是神经性的颤抖并没停止。她把自己的职务搅熟了，那些高尚的事使她的痛苦得以排遣，优美的心灵有了寄托。同时，她觉得为了公事在巴黎到处奔走，也是一个寻访丈夫的机会。那时，伏维奈的借据都已收回，于洛男爵的养老金差不多可以解冻了。元帅交托代管的二十万法郎，一年有一万法郎利息，维多冷拿来抵充了母亲与妹子的用度。阿特丽纳的六千法郎薪水，加上男爵六千法郎的养老金，不久就可有一万二千法郎的收入，归入母女两人名下。倘没有下列的几点，可怜的太太差不多是幸福了：第一她老是因为男爵漂流在外而牵肠挂肚，在家境好转的情形之下，只希望他回来享福；第二是眼看女儿被遗弃在这儿；最后是李斯贝德无心的给她受些残酷的打击，把恶魔般的性格发挥得淋漓尽致。

李斯贝德那股历久不衰的潜伏的仇恨，永远有玛奈弗太太在那里推波助澜，仇恨的后果，大可用一八四三年三月初发生的一幕来说明。玛奈弗太太家前后出了两件大事。先是她生了一个短命的孩子，白白到手了两千法郎利息的存款。其次，关于玛奈弗大爷，十一个月之前李斯贝德从玛奈弗公馆带回这样的消息：

"今天早上，万恶的华莱丽请了皮安训医生，要知道昨晚说她丈夫业已无救的那些医生，是否诊断不错。这位医生说，今天夜里这个丑恶的男人就要魂归地狱。克勒凡老头跟玛奈弗太太一同把医生送出大门。哎，亲爱的赛莱斯丁纳，你父亲为这件好消息，送了五块金洋的诊费。回到客厅，克勒凡像一个戏台上跳舞的，把身子腾空，纵了好几下；他抱着那个女的叫道：你到底要做克勒凡太太了！……后来女的回去看那个正在痰厥的丈夫，令尊大人就对我说：娶了华莱丽，我要当贵族院议员！我要买进一块久已看中的地，在泼莱尔地方，特·赛里齐太太想出卖呢。我可以叫作克勒凡·特·泼莱尔，当赛纳-奥阿士的州参议员兼国会议员。我要生一个儿子！你瞧着吧，我要的事没有一件不成功的！—— 我说：那么你的女儿呢？—— 他回答：噢！女儿不过是女儿，而且她太于洛脾气了，华莱丽就恨死这批人……我女婿从来不肯到这儿来：干吗他要教训人，一派的正经面孔，装作清教徒、慈善家？我对女儿已经有了交代，她母亲的钱都给了她，另外还有二十万法郎！所以我尽可以自由行动。等我结婚的时候，我再决定对女婿女儿的态度，他们怎么来，我就怎么去。要是他们对后母好，我再瞧着办！我是男子汉大丈夫，恩怨分明的！——他就是这一套胡说八道，姿势像王杜末华表上的拿破仑雕像！”

《拿破仑法典》规定的寡妇再醮必须孀居十个月的期限，已经过了几天。泼莱尔田产已经买进。维多冷和赛莱斯丁纳，清早就打发李斯贝德上玛奈弗太太家，打听这位风流寡妇跟新任州参议员的巴黎区长结婚的消息。

赛莱斯丁纳和奥当斯同住之后，愈加亲密了，差不多老在一块儿过活。男爵夫人认真负责的性情，把职务特别看重，她整个的献身于慈善事业，几乎天天在十一点与五点之间跑在外边。姑嫂两人，为了共同看护孩子照顾孩子的关系，在家常在一起做活。久而久之，她们俩往往把心中的念头脱口而出，像两姊妹一样，所不同的是一个天生的快活，一个天生的忧郁。美丽，活，聪明，年富力强，爱说爱笑，不幸的小姑表面上绝对不像有何心事；幽怨，温柔，静穆，跟理性一样平稳，老是反躬自省，若有所思，嫂子反而像抱着隐痛似的。也许就是这种性格的对比促成了她们热烈的友谊。两位女子都在吸收对方的长处。她们的住宅，当初承造的人是预备自用的，特意留下一百方尺左右的小花园。姑嫂俩坐在园中小亭子里，欣赏着刚抽嫩芽的紫丁香。那点儿春意只有巴黎人才懂得充分领略，他们埋在人海与石壁之间，一年倒有六个月忘记了青翠的草木。

嫂子抱怨丈夫在议会里辜负了这么美好的天气，奥当斯便回答说：

“赛莱斯丁纳，我觉得你有福不会享。维多冷好得像天使，你有时还要跟他挑眼。”

“亲爱的，男人就喜欢人家挑眼！跟他闹点儿小别扭是表示亲热。要是你可怜的妈妈不是真的难说话，而老是装作难说话，你们绝不至于苦到这个田地。”

“李斯贝德还不回来！我真要唱《玛勃洛》了[①]！”奥当斯说，“我恨不得马上知道文赛斯拉的消息！……他靠什么过日子的？一事不干有两年了。”

“维多冷告诉我，前天看见他跟那该死的女人在一块，他猜想她故意要他游手好闲……啊！妹子，要是你愿意，你还可以教丈夫回心转意的。”

奥当斯摇摇头。

“相信我的话，你的处境不久就要受不了的，”赛莱斯丁纳接着说，“开头是气恼、绝望、愤慨给了你力量。后来咱们家里遭了大祸，两件丧事，男爵的破产、出事，使你的头脑和心都忙不过来；可是现在过着太平日子，你就不容易忍受生活的空虚；既然要恪守妇道，你只能跟文赛斯拉和好。维多冷是多么爱你的，他也这么想。咱们的情感毕竟拗不过天性！”

“这样没有志气的男人！”高傲的奥当斯嚷道，“他爱这个女的，因为她养他……难道她也替他还债，嗯？……我的天！我朝朝晚晚想着这个男人的处境！他是这个孩子的父亲，居然丧尽廉耻……”

“你看看妈妈的榜样吧，我的乖乖……”

赛莱斯丁纳那种女子，听到了足以说服布勒塔尼乡下人那样

①《玛勃洛》为通俗儿童歌曲，它的复唱句是：“玛勃洛打仗去了，不知什么时候回来。”最后一节的最后一句是：“他不回来呀！”

充分的理由，还是搬出她说过上百次的简单的推理。她脸蛋儿生得呆板、平常、冷冷的，一绺绺浅栗色的头发直僵僵的挂着，她的皮色，她的浑身上下都表示她是一个理性的女子，没有风韵，可是也没有懦弱的成分。她又说：

"妈妈很想跟丢人的丈夫守在一块，安慰他，把他藏在怀里不让旁人看见。她早已在楼上把房间布置好了，仿佛随时可以找着他，把他安顿下来。"

"噢！母亲是了不起的！"奥当斯回答，"二十六年工夫，她没有一天、没有一刻不伟大；可是我没有这种性格……有什么办法！有时我简直跟自己生气。唉，赛莱斯丁纳，你不知道跟一个下流无耻的人妥协是怎么回事！……"

"还有我父亲呢！……"赛莱斯丁纳静静的接下去，"毫无问题他走上了你父亲的老路！不错，他比男爵小十岁，做过买卖；可是怎么了局呢？玛奈弗太太把我父亲收拾得服服帖帖，像条狗一样。他的财产、他的念头，都在她掌握之中，而他怎么样都不醒悟。我就怕听见婚约公告颁布的消息！你哥哥正在想办法，他认为他的责任应当替社会出气、替家庭报仇，跟这个女的算账。唉，亲爱的奥当斯，像维多冷那样的正人君子，像我们这样的心地，对于社会、对于世道人心的险恶，懂得太晚了！好妹子，这是一桩秘密，我告诉你是因为对你有关；可绝不能露一点儿口风，无论对李斯贝德、对母亲、对任何人，因为……"

"贝德来了！"奥当斯说，"喂，姨母，巴贝街上的地狱怎么啦？"

"消息不好，孩子们。——奥当斯，你丈夫对那个女人越来越迷了，她呀，老实说，对他真是疯了。——赛莱斯丁纳，你父亲简直是一个昏君。这且不提，我每隔半个月都要看到一次的；总算我运气，从来不知道男人是什么东西……吓，真是野兽！……五天之后，维多冷跟你，亲爱的孩子，你们就得不到父亲的家私了！”

“婚约公告已经颁布了吗？……”赛莱斯丁纳问。

“是呀。我刚才还替你们争呢。这老妖精不是跟另外一个走着一条路吗？我告诉他，要是他肯帮你们渡过难关，赎出屋子，你们一定很感激，会招待你们的后母的。”

奥当斯做了一个大吃一惊的姿势。

“这些维多冷会考虑的……”赛莱斯丁纳冷冷的回答。

“你知道区长先生怎么回答我？他说：我要让他们吃点苦。要收服牲口，只有教它们饿肚子，不给它们睡觉，不给它们吃糖！——哼！于洛男爵还坏不到这个田地！……所以，可怜的孩子们，遗产两字休想了。这么大的家私！你父亲花了三百万买下泼莱尔那块地，还剩下三万利息的存款！噢！他是什么都不瞒我的！他还说要买巴克街上的拿华兰公馆。玛奈弗太太本人有四万法郎存息。啊！咱们的好天使来了，你妈妈回来了！……”她听见了车子的声音。

不多一会，男爵夫人果然走下阶沿，向她们走过来。五十五岁，受了多少罪，像发冷发热一样老是打战，阿特丽纳脸色苍白，有了皱裥，可是还保持苗条的身段、秀美的线条和天生高贵的气息。看见她的人都说：“她当时一定很美的！”她老是在悲伤，因为不知道丈夫的遭遇，因为有了这片巴黎的水草，安闲幽静的环境，光景快要好转的家庭，而不能使他同享清福。她的风度庄严伟大，像残余的古迹一般。每逢微弱的希望幻灭之下，或是寻访不遇之后，她总是愁眉不展，教儿女们看了难受。这天早上，男爵夫人是抱着希望出去的，所以大家更焦急的盼望她回来。于洛一手提拔的一个老部下，现在当着军需官的，说曾经在滑稽剧院看见他和一个姿色绝艳的女人在一起。这天，阿特丽纳便去拜访凡尼哀男爵。他承认的确见过他的老上司，在戏院里对那个女人的态度，似乎他们已经有了同居关系。但是他告诉男爵夫人，说她丈夫为了躲避他，没有等戏完场就走了；最后又补一句：

“他仿佛过着家庭生活，看他的衣着，他手头并不宽裕。”

“怎么呢？”三位女子一看见男爵夫人都问。

“于洛的确在巴黎，”阿特丽纳回答，“知道他靠近着我们，我已经有一点安慰了。”

等到阿特丽纳把她和凡尼哀男爵的谈话叙述完毕，贝德就说：

“他老脾气没有改！大概又搅上了什么女工。可是哪儿来的钱呢？我敢打赌，他一定在向从前的情妇要钱，向贞妮·凯婷或是玉才华……”

男爵夫人一刻不停的神经抽搐，这时抽得更凶了；她抹了抹眼泪，不胜痛苦的望着天。

“我不信一个勋二等的人会无耻到这个地步。”她说。

“为了作乐，他什么事都做得出！”贝德回答，“偷过了政府的钱，他会偷私人的，甚至于谋财害命都难说……”

“噢！贝德，”男爵夫人叫道，“别说这种话好不好？”

这时路易士走到她们身边，于洛的两个孙子和小文赛垫拉也一齐跑了来，瞧瞧祖母袋里可有糖果。

“什么事，路易士？”

“有一个男人要看斐希小姐。”

“怎么样的男人？”李斯贝德问。

“小姐，他穿得破破烂烂，身上粘着马鬃，好像是做被褥的，鼻子通红，全是酒味儿……这种人一个星期也做不了半星期工的。”

这番不大体面的描写，使贝德急急忙忙跑到大路易街那边的院子里，看见一个人抽着烟斗，厚厚的烟膏显见他是一个老枪。

“夏尔登老头，干吗你上这儿来？”她说，“约好每个月第一个星期六，你到巴贝街玛奈弗公馆门口等的；我在那里等了你五小时，你没有去！……”

“我去了，好小姐！可是飞心街上博士咖啡馆有一局弹子比赛。各有各的嗜好呀。我的嗜好是打弹子。要不我吃饭还不是银刀银叉的！嗳，你明白这个就得啦！”他一边说一边在裤子腰袋里找一张纸，“打了弹子就得喝几杯……世界上的好东西总带些零零碎碎的玩意儿，教你破财。你的命令我是知道的，可是老头儿实在过不去啦，我只能闯到禁区来了……要是咱们的马鬃货真价实，我也不用来找你啦；可是马鬃里面还羼旁的东西！老天爷并不像大家说的那么公道，他有他的偏心，也难怪，那是他的权利。这儿是令亲的笔迹，吓，他真是被褥的好朋友，喜欢睡觉……这是他大人的公文哪。”

夏尔登老头用右手大拇指在空中绕来绕去，乱划一阵。

李斯贝德根本不听他的话，看了看纸上写的两行字：“亲爱的小姨，救救我！请你立刻给我三百法郎。——埃克多。”

“他要这么多钱干吗？”

“房东呀！”夏尔登老头回答，他老在那儿用手划圈子。

“再有我儿子从阿尔基利回来了，经过西班牙、巴伊翁纳……他这一回竟是破例，什么都没拿；因为他是一个老犯呢，我的儿子。有什么办法！他要吃饭呀，可是咱们借给他的钱，他会还的。他想找个出钱不管事的老板让他开铺子；他有的是办法，将来一定会抖起来的……”

“一定会坐牢！”李斯贝德回答，“他是害死我叔叔的凶手！我不会忘了他的。”

“他！他连杀只鸡都不敢的，好小姐！”

“得了，三百法郎拿去吧，”李斯贝德从荷包里掏出十五块金洋，“给我走，永远不准再上这儿来！”

她把奥朗省仓库主任的父亲一直送到大门口，然后指着喝醉的老人交代门房：

“这个人要是再来，你别让他进门，告诉他我不在这儿。他要问到小于洛先生或是男爵夫人是不是住这里，你回答说根本不认识这些人……”

“是，小姐。”

“要是你不留神出了事，小心你的饭碗！”老姑娘咬着门房的耳朵。这时律师刚从外面回来，她招呼他说：

“喂，姨甥，有件倒霉事儿等着你啊。”

“什么事？”

“几天之内，玛奈弗太太要做你太太的后母了。”

“咱们等着瞧吧！”维多冷回答。

六个月以来，李斯贝德按月给于洛男爵一份小小的津贴，她的保护人现在受她保护了。她知道他住的地方，把阿特丽纳的流泪当作享受，一看到她快活，存着希望，她就像刚才那样插一句：

“等着吧，报上的法院消息早晚要有姊夫的名字！”这等地方，像从前一样她报复得太狠了，使维多冷有了提防。他决意要把李斯贝德不断的冷箭，和闹得他家破人亡的那个女妖彻底解决。知道玛奈弗太太行事的维森堡亲王，对律师私下的布置表示全力支持；以内阁总理的身份，他当然是不著痕迹的，答应教警察当局暗中点醒克勒凡，不让那恶魔似的娼妓再把一笔巨大的家财吞下去；为了于洛元帅的死和参议官的身败名裂，亲王是绝不肯饶赦那个女人的。

李斯贝德说的“他在向从前的情妇要钱”那句话，使男爵夫人想了整整一夜。本来光是猜疑男爵有那种卑鄙的行为，她就认为是侮辱；结果却像没有希望的病人相信走方郎中，像陷入了十八层地狱的人，也好似淹在水里的人抓着浮木当作铁锚一样，她竟相信了贝德的话，决意向那些万恶的女人去求救了。下一天早上，也不跟孩子们商量，也不对谁露一句口风，她径自跑到歌剧院首席歌女玉才华·弥拉小姐家，把她像磷火那样亮着的一点儿希望，不问是虚是实，去求一个水落石出。正午时分，有名的歌唱家看见老妈子递进一张于洛男爵夫人的名片，说客人在门口等着，问小姐能不能见她。

“屋子收拾好了没有？”

“收拾好了，小姐。”

“花换过没有？”

“换过了，小姐。”

“吩咐约翰去瞧一眼，屋子里不能有一点儿马虎，瞧过了再把客人请进去。你们对她都得特别恭敬。你回来再替我穿衣，我要打扮得了不得的好看！”

说罢她去照了照大镜子。

“让我穿扮起来！”她对自己说。

“魔道总得全副武装，才好跟正道斗法！可怜的女人！她来找我干什么呢？……倒有点儿慌，要我去见：

无边的苦海伟大的牺牲者……[1]”

她唱完了这句有名的歌，老妈子进来了。

“小姐，那位太太在发抖……”

“拿橘花汁给她，还有甘蔗酒、热汤……”

“都送去了，她都不要，说是老毛病，神经受了伤……”

“你们请她坐在哪儿？”

“大客厅里。”

“快一点，孩子！来，拿出我最好看的软鞋、皮茹绣的衣衫，还有全套的花边。替我好好梳一个头，要女人都看了出奇……这位太太的角色正好跟我的相反！去告诉这位太太……（她的确是一位尊贵的太太，呃，还不止是尊贵，而且你永远学不到的：她的祷告可以叫炼狱里的灵魂升天堂！）告诉她说我在床上正在起来，昨晚登了台……”

男爵夫人被请进玉才华的大客厅，虽然等了好大半天，根本不觉得自己在等。这间客厅，从玉才华搬进来之后已经全部换新过，四壁糊着红色与金色的绸。从前王爷们铺张在小公馆里的奢华，从多少残余的遗迹上看，那些屋子的被称为销金窟的确是

①陶尼采蒂歌剧《吕西·特·拉曼莫莱》中的歌词。

名不虚传的。眼前这四间屋子，除了王爷式的排场再加上近代设备，越发布置得尽善尽美了；室内温和的空气，是由看不见进出口的暖气炉管制的。男爵夫人头晕眼花，不胜惊异的把艺术品一样一样看过来。她这才明白，在欢乐与浮华的烘炉中，巨大的家业是如何熔化的。她二十六年来的生活环境，所有的豪华仅仅是帝政时代的一点儿陈迹，她看惯花色暗淡的地毯，金色褪尽的铜雕，跟她的心一样残破的丝织品，如今看到了骄奢淫逸的效果，才体会到骄奢淫逸的魔力。一个人不能不爱那些美妙的东西、珍奇的创作，都是无名的大艺术家共同的结晶，那些出品不但使巴黎成为今日的巴黎，而且风行全欧洲。在此，令人惊异的是一切都是独一无二的精品。模型给毁掉了，大大小小的雕像、陈设，都成了天下无双的孤本。这是现代奢华的极致。两千个殷实的暴发户，只知道把充斥市肆的珍宝拿回家去摆阔；殊不知收藏的要没有这一类俗滥的东西，才是真正的豪华，才表明你是现代的王侯，在巴黎天空当令的明星。看到大木花坛里尽是外国的奇葩异卉，花坛本身又镶满蒲勒作风的古铜雕刻，男爵夫人想到屋子里所能包藏的财富，简直骇呆了。这个感触，自然而然反映到销金窟所供养的人物身上。勃里杜画的玉才华·弥拉的肖像，就挂在隔壁的小客厅里；阿特丽纳却在想象中认为她一定像有名的玛丽勃朗，是个天才的歌唱家，一个真正的交际花。想到这儿，她有点后悔，觉得不应该来的。但是她的动机是一股那么强烈那么自然的情感，那么不假思索的热诚，使她又鼓足了勇气，预备应付这次会面。同时她也想满足她心痒难熬的好奇心，研究一下这等女人的魔力，能从吝啬的巴黎地层中榨出这么些黄金的魔力。男爵夫人把自己打量了一番，看看在这个富丽堂皇的场面中是否不至于显得寒碜。她的丝绒衣衫穿得很齐整，配着细致的挑花领；同样颜色的丝绒帽子对她也很合适。看到自己的尊严还不下于王后，在憔悴衰老中依然是王后，她觉得苦难的伟大也敌得过才具的伟大。听见开门关门的声音之后，她终于见到了玉才华。歌唱家很像意大利画家阿洛利笔下的于第斯，挂在毕蒂宫大客厅门边，见过的人都忘不了的：同样豪迈的姿态，同样庄严的脸相，鬈曲的黑头发没有一点儿装饰品，身上穿着一袭黄地百花绣衣，跟阿洛利画上那个不朽的女英雄所穿的金银铺绣的服装，完全一样。

“男爵夫人，你赏光到这儿来，真使我惭愧到了万分。”歌唱家决意要好好扮一下贵妇人的角色。

她亲自推过一张全部花绸面的沙发让给客人，自己只拣一张折椅坐下，她看出这位太太当年的美貌，那种一刻不停的发抖、一动感情就变成抽搐的情形，引起了她的同情。于洛和克勒凡，从前对她形容过这位圣徒的生活，现在她一眼之间就体会到了；于是她不但放弃了抗争的念头，并且对她心领神会到的这种伟大，肃然起敬。淫娃荡妇所取笑的，正是这个大艺术家景仰的。

“小姐，我是给绝望逼得来的，我顾不得体统……”

玉才华的表情使男爵夫人觉得说错了话，把她寄托全部希望的人得罪了，便望着她不敢再说。这副央求的目光，把玉才华眼中的火焰熄了下去，慢慢的露出了笑容。两人多少难堪的隐情，就这样心照不宣的表白过了。

“于洛先生离开家庭已经有两年，虽然我知道他在巴黎，却不知他住在哪儿，”男爵夫人声音颤动的说，“我做了一个梦，使我想到一个也许是荒唐的念头，以为你会关心于洛，要是你能使我重新跟他见面，噢！小姐，我在世一天，一定为你祈祷一天……”

歌唱家不曾回答，两颗眼泪先在眼眶里打转。

“太太，”她的语气卑恭到极点，“我没有认识你的时候就做了对不起你的事；可是现在，从你身上，我不胜幸运的见到了贤德在世界上最伟大的代表，才明白我的罪孽是多么深重，我真心的忏悔；请你相信，我要尽我的力量补赎我的罪过！……”

她拿了男爵夫人的手，不让她撑拒，就恭恭敬敬的亲了一下，甚至把腿也弯了一弯。然后像扮演玛蒂尔特[①]进场时的神气，她气概非凡的站起来，打了铃。

“你，”她吩咐当差的，“赶快骑了马，到圣·摩街去把小皮茹找来。替她雇一辆车，多给点儿钱给马夫，要他赶一赶。一分钟都不许耽误，要不，小心你的饭碗。”

说罢她回来对男爵夫人说：

“太太，请你原谅。我一找到埃罗维公爵做后台，马上把男爵打发掉，因为他为我快要倾家荡产了。除此以外，我还有什么办法？干戏剧的初出茅庐，都得有后台。我们的薪水还不够我们一半的开支，所以得找些临时丈夫……我并不稀罕于洛先生，是他使我离开一个有钱人、一个虚荣的冤大头的。要不然，克勒凡老头会正式娶我的。”

“他跟我说过的。”男爵夫人插了一句嘴。

“啊，你瞧，太太！要是克勒凡的事成了，我正式嫁了人，现在也是一个规规矩矩的女人了！”

---

①玛蒂尔特为洛西尼歌剧《威廉·泰尔》中的女主角。

“小姐，你有你的苦衷，上帝会原谅的。我非但没有责备你的意思，这番倒是来向你求情的。”

“太太，我供给男爵的生活费，快有三年了……”

“你！……”男爵夫人嚷着，眼泪都涌了上来，“啊！我怎么报答你呢？我只能够祈祷……”

“对了，是我……还有埃罗维公爵，他是一个热心人、真正的贵族……”

然后玉才华把都尔老头如何安家如何结婚的事说了一遍。

“这样说来，小姐，靠了你的帮助，我丈夫并没有吃苦喽？”

“我们一切都替他安排好的，太太。”

“现在他在哪儿呢？”

“六个月以前，公爵告诉我，男爵把公证人那边的八千法郎支完了；公证人只知道他叫都尔，那笔款子是每隔三个月分批给的。从此我跟公爵都没有听到男爵的消息。我们这般人又忙又乱，没有工夫去打听都尔老头。碰巧六个月以来，皮茹，那个替我绣花的女工，他的……怎么说呢？”

“他的情妇。”男爵夫人接口道。

“他的情妇，”玉才华跟着说，“没有上这儿来。奥令泼·皮茹很可能已经离了婚。我们这一区，离婚的事是常有的。”

玉才华起身把花坛中名贵的鲜花摘了几朵，扎成一个美妙的花球献给男爵夫人。真的，男爵夫人简直不觉得在那里等待。好像一般的人把天才当作三头六臂的怪物，吃喝、走路、说话都跟旁人不同似的，阿特丽纳也预备看到一个迷人的玉才华，歌唱家的玉才华，又机灵又多情的荡妇；却不料见到的竟是一个安详稳重的女子，高雅、大方、朴素，因为像她那种女演员知道自己在晚上才是王后；不但如此，她还在目光、举动、态度之间，对贤德的女子，对赞美诗中所谓的痛苦的圣母，表示充分的敬意，用鲜花来放在她的伤口上，有如意大利的风俗把花供奉圣母像一样。

过了半个钟点，当差的回来报告："太太，皮茹的妈妈已经在路上了；可是奥令泼那小姑娘没有在。您的绣花工人高升了，结了婚……"

"跟人同居了吗？……"玉才华问。

"不，太太，正式结婚了。她做了一个大铺子的老板娘，丈夫开着很大的时装店，做到上百万生意，在意大利大街上；她把原来的绣作铺丢给了姊姊跟母亲。此刻她是葛勒努维太太了。那个大商人……"

"又是一个克勒凡！"

"是的，太太。他在婚书上给了皮茹小姐三万法郎利息的存款。听说她姊姊也要嫁一个有钱的肉铺老板。"

"你的事恐怕糟了，"歌唱家对男爵夫人说，"男爵已经不在我原先安插他的地方。"

十分钟后，当差的通报说皮茹太太来了。玉才华为谨慎起见，请男爵夫人坐到小客厅去，把门拉上了，说：

"她见了你要胆小的。一猜到你跟这件事有关，她就不肯说老实话，还是让我来盘问她。你躲在这儿，句句话都听得见。这套戏，人生中跟舞台上都是常演的。"

"喂，皮茹妈妈，你们可是得意啦？……你女儿运道倒不差！"

皮茹妈妈穿着杂色方格花呢衣衫，好似星期日打扮的门房。

“唉！得意！……女儿给我一百法郎一月，她自己可是车子进车子出的，饭桌上都是银器，有了一百万家私！……照理奥令泼不该再要我辛苦了。活了这把年纪还得做活！……这算是对我好吗？”

“你把她生得这么漂亮，她不应该不孝顺你，”玉才华接着说，“可是她干吗不来看我呢？是我提拔她过的好日子，把她配给我的叔叔的……”

“是啊，太太，那个都尔老头！……可是他年纪真大，身子也不行啦……”

“你们怎么打发他的呢？他还在你们家吗？……皮茹不应该离开他的，现在他发了大财，有几百万呢……”

“哎唷，我的老天爷！她对他不老实的时候，我们就是这么说的。可怜的老头儿，人真和气。啊，她把他搅得七荤八素！奥令泼后来变坏了，太太！”

“怎么的呢？”

“太太，你别生气。她认得一个在戏院里当啦啦队的，圣·玛梭城根一个老被褥匠的侄孙。那个光棍，像所有的小白脸，说穿了便是婊子掮客！他是修院街上的红人，在那里推销新出笼的货色，照他说来是给新出道的女戏子找门路。他一天到晚的闲逛，天生的喜欢打弹子、喝老酒。‘这不是一桩行业呐！’我对奥令泼说。”

“唉！竟是一桩行业。”玉才华说。

“奥令泼给这小子迷昏了头，他呀，太太，来往的全是不三不四的人，有一回在咖啡店里跟做贼的给一块儿抓去了，可是啦啦队的头目勃罗拉把他保了出来。那小子戴着金耳环，一事不做的鬼混，就吃那些为小白脸发疯的女人！都尔先生给我们小丫头的钱，全给他吃光了。铺子给搅得一塌糊涂。绣花挣来的钱，都在弹子台上送掉。唉，太太，那小子有个漂亮妹妹，跟他差不多的行业，没有出息的，在大学区里鬼混。”

“大茅屋舞场的一个私娼啰。”玉才华插了一句。

“对啦，太太。所以伊达摩，那小子姓夏尔登，绰号叫伊达摩，认为你叔叔的钱还不止表面上那一些；把他妹子埃洛蒂（他给她起了一个戏子的名字），不让我女儿有一点疑心，送到我们工场里做工；哎唷！老天爷！她跑来搅得七颠八倒，把所有的女孩子全教坏了，一个个变了老油子……她千方百计勾上了都尔老头，把他拐到不知哪儿去了。这一下，我们可受累啦。老头儿丢下一大批债，至今我们还没有能还清，可是这个归我女儿去对付了……等到伊达摩替妹子把老头儿拐走之后，他就丢掉了我女儿，去姘一个走绳索戏院里挂头牌的小姑娘……这样以后我女儿就攀了亲，让我慢慢说给你听吧……”

“你可知道被褥匠住在哪儿？”玉才华问。

“夏尔登老头吗？他这种人哪有住的地方？从早上六点钟起就喝醉了，一个月只做一条被褥，成天躲在下等咖啡店里打野鸡……”

“怎么，打野鸡？……他倒是了不得的老公鸡！”

“你不懂，太太；那是打弹子赌钱的玩意儿；他一天赢上三四场，赢了钱就去喝老酒……”

“嘿！喝野鸡的奶！”玉才华接口说，“可是伊达摩是在大街上当差的，可以叫我的朋友勃罗拉找他。”

“那我不知道，太太。这些事已经有六个月了。伊达摩这种料应该送公堂、送墨仑[①]，以后哪……哼！……”

“以后哪，送荒岛[②]！”

“啊！太太什么话都懂，”皮茹妈妈笑道，“要是我女儿不认得这家伙，她……她……可是老实说，她运道不错；葛勒努维先生真喜欢她，居然把她娶了去……”

“这头亲事怎么成功的？”

“倒是奥令泼一气气出来的，太太。自从那个挂头牌的女戏子把她的小白脸拐走以后，她跑去揍了她一顿，呵！左右开弓给了她多少嘴巴！……她又丢了多么疼她的都尔老头，简直不想再跟男人打交道了。那时葛勒努维先生照顾我们一笔大生意，每季定绣两百条缎子披肩；他想安慰她；可是不管他是真是假，我女儿说除非上教堂上区公所，旁的话都不用提。她老是这么说：‘我要规规矩矩做人，要不我就完啦！’她竟拿定主意。葛勒努维居然答应娶她，只要她跟我们断绝往来，我们也答应了……”

“当然是得了一笔钱啰？……”聪明的玉才华说。

“是的，太太，一万法郎，另外给我父亲一笔存款，他已经不能做活了。”

“我当初托你女儿好好的服侍都尔老头，她却把他丢在泥洼里！真是不应该。从此我再也不关切人了！你瞧，做好事落得这样一个收场！……哼，真的，发善心也得先打过算盘。至少，出了乱子，奥令泼也该来告诉我一声！要是从今天起，你半个月内能找到都尔老头，我给你一千法郎赏金……”

①该地有古修院改成的监狱，在巴黎近郊。

②荒岛是进苦役监的俗谚。

“那可不容易，我的好太太。不过一千法郎有多少个五法郎的大钱噢，我要想法来得你这笔赏金……”

“好吧，再见，皮茹太太。”

走进小客厅，歌唱家发觉于洛太太完全晕过去了；但她虽然失去知觉，神经性的抽搐还在那里使她发抖，跟一条蛇斩了几段还在牵动一样。什么盐呀，冷水呀，所有的方法都用到了，男爵夫人才恢复了生命，或者不如说恢复了痛苦的知觉。

男爵夫人醒来认出了歌唱家，看到没有旁人在场，便说：“啊！小姐，他堕落到什么地步啊！……”

“耐着点吧，太太，”玉才华端了一个垫褥坐在男爵夫人脚下，吻着她的手，“我们会找到他的；要是他掉入了泥洼，给他洗个澡就行了。相信我，一个有教育的人，只是衣衫的问题……让我来补赎我的罪过吧。既然你跑到这儿来，足见不论你丈夫行为怎么样，你还是爱他的……唉！可怜的人！他真喜欢女人……老实说，你要能有那么一点点儿我们的花腔，他或者不至于搅了一个又一个；因为那样你可以对丈夫成为一个包罗万象的女人，那就是我们的本领。政府很应该替良家妇女办一个训练班，可是所有的政府都忸忸怩怩的怕事得很！……领导政府的男人是受我们领导的！我真替老百姓叫屈！……哦，现在得帮你忙，不是打哈哈的时候……太太，放心吧，你回去，别操心啦。我一定把你的埃克多给找回来，跟他三十年前一个样儿。”

“噢！小姐，我们去找那位葛勒努维太太吧！”男爵夫人说，“她应该知道一些消息；也许今天就可以找到于洛先生，立刻使他脱离苦难、羞辱……”

“太太，承你瞧得起我来看我，我是永远感激的，所以我不愿让一个当歌女的玉才华，埃罗维公爵的情妇，跟一个最美的、最圣洁的、大贤大德的人物站在一起。我太尊敬你了，绝不肯在众人面前和你并肩出现。这不是虚情假意的恭顺，而是我真正的敬意。太太，见到了你，我后悔不曾走你的路，虽然那是遍地荆棘的路！可是有什么办法！我是献身于艺术的，正如你的献身于德行……”

“可怜的孩子！”男爵夫人虽在痛苦之中也给她引起了同情心，“我要为你祈祷。社会需要娱乐，你是社会的牺牲品。到老年的时候，你应当忏悔……你可以得到赦免，要是上帝肯听一个……”

“一个殉道者的祈祷，太太。”玉才华恭恭敬敬吻着男爵夫人的衣角。阿特丽纳抓住歌唱家的手，拉她过去亲了亲她的额角。歌唱家快活得红着脸，一直把男爵夫人送上车子。

“这位太太一定是个做善事的，”当差的对老妈子说，“她对谁都没有这样的礼数，连对她的好朋友贞妮·凯婷太太也没有。”

“太太，你等几天吧，”玉才华说，“你一定会找到他，要不然我也不认我祖宗的上帝了；你知道，一个犹太女子说这种话，就是保证你一定成功。”

正当男爵夫人走进玉才华家的时候，维多冷在办公室里接见一位年纪约有七十五岁的老婆子。她求见名律师的时节，竟提到公安处长那个骇人的名字。当差的通报：

“圣·哀斯丹佛太太！”

“这是我的一个绰号。”她一边坐下一边说。

维多冷一看见这个奇丑的老妇，不由得凉了半截。虽然穿著华丽，她那张又扁又白，青筋暴突，全是丑恶的皱纹的脸，杀气腾腾，着实教人害怕。大革命的巨头玛拉，倘使是女人而活到这个年纪，就该像圣·哀斯丹佛一样，成为恐怖的化身[①]。阴险的老婆子，发亮的小眼睛有股老虎般的杀性。臃肿的鼻子，椭圆形的大鼻孔，像两个窟窿在那里喷出地狱的火焰，又好似鹰鸷一类的鸟喙。凶相毕露的低额角，便是阴谋诡计的中心。脸上所有凹陷的部分，东一处西一处的长着长汗毛，显出那种蛮干到底的性格。凡是见到这女人的，都会觉得画家对于魔鬼曼非斯托番的脸，还没有画到家。

“亲爱的先生，”她说话之间带着倚老卖老的口吻，“我已经多年不管闲事了。这次来帮你忙是看在我的侄子面上，我对他比对儿子还要喜欢……可是，警察总监听到内阁总理咬着耳朵嘱咐了两句之后，为你的问题跟夏波索先生商量过，认为这一类的事，警察局绝对不能出面。他们把事情交给我侄儿，让他全权办理；可是我侄儿在这方面只能做个参谋，不能给自己惹是招非……”

“那么你就是×××的姑母了？”

“你猜着了。这也是我得意的事，因为他是我的徒弟，拜了门就满师的徒弟……我们把你的案子推敲过了，掂过分量了……要是你的烦恼能统统摆脱，你愿不愿意花三万法郎？我替你把事做得干干净净！你可以事后付款……”

“那些角色你都知道了吗？”

“不，亲爱的先生，我就是等你的情报。人家只告诉我们：

①此处恐怖二字系指大革命的恐怖时期。

‘有个老糊涂落在一个寡妇手里。那个二十五岁的寡妇，拐骗的手段很高，已经从两个家长身上刮了四万法郎利息的存款。现在她要嫁给一个六十一岁的老头儿，好吞下一笔八万利息的家财。她要把一份规规矩矩的人家败光，把这笔大家私送给什么姘夫的孩子，因为她嫁过去之后，很快会把老头儿干掉的……’就是这样的案子。”

“一点不错！”维多冷说，“我的岳父克勒凡先生……”

“从前做花粉生意的，现在当了区长。我就住在他区里，出面叫努里松太太。”

“对方是玛奈弗太太。”

“我不知道这个人；可是三天之内，她有几件衬衫我都背得出。”

“你能不能阻止这头亲事？”律师问。

“到什么阶段了？”

“到了第二次婚约公告。”

“那得把女的绑走。咱们今天是星期日，只剩三天了，他们下星期三就要结婚，来不及了！可是我们好把她干掉呀……”

听到若无其事说出的这句话，维多冷这个规矩人直跳起来。

“谋杀！……”他说，“可是你们怎么下手呢？”

“嘿，先生，我们替天行道已经有四十年了，”她回答的神气高傲得不得了，“我们在巴黎爱怎办就怎办。哼，多少人家，而且是圣·日耳曼区的[1]，都对我说出了他们的秘密！多少婚姻由我撮

①当时巴黎贵族的住宅区域。

合，由我拆散，我撕掉了多少遗嘱，救过多少人的名誉！”她又指了指脑袋：“这里面装着无数的秘密，替我挣了一份三万六千法郎存息的家业；你呀，你也要变作我的一头羔羊。要是肯说出办法来，我还成其为我吗？我就是干！大律师，告诉你，将来的事全是偶巧，用不到你良心上有一点儿疙瘩。你好似医好了梦游病；个把月之后，大家以为一切都是天意。”

维多冷出了一身冷汗。即使看到一个刽子手，也没有像这个大言不惭、功架十足的苦役监坯子那样教他毛骨悚然。她穿着酒糟色的衣衫，他几乎以为是件血衣。

“太太，倘使事情成功要送掉人家的性命，或是牵涉到刑事罪名，我就不敢接受你老经验的帮助。”

“亲爱的先生，你真是一个大孩子！你又要保持自己的清白，又要希望把敌人打倒。”

维多冷摇摇头。

“是的，你要这个玛奈弗太太吐出她嘴里的肥肉！老虎衔着牛肉，要它放下，我问你怎么办？你打算摩着它的肩背叫：猫咪啊！猫咪啊！是不是？……你这是不通的。你教人家厮杀，却不许有死伤！好吧，既然你非要良心平安，我就送你一个良心平安吧。凡是规矩人，总免不了假仁假义的脾气！你等着吧，三个月之内，有个穷苦的教士，来向你募四万法郎的捐，重修近东沙漠中一座残废的修道院。要是你认为结果满意，你就把四万法郎交给他。反正你得了遗产还得送一笔大大的捐税给国库！跟你到手的数目相比，那笔钱也算不得什么。”

她站起来，露出一双胖肉拥在缎子鞋外面的大脚，堆着笑容，行着礼告辞了。

“魔鬼还有一个姊妹呢。”维多冷一边站起一边想。

他送走了这个丑恶可怕的陌生女人，仿佛从间谍窝里找出来的，也仿佛是神话剧中仙女的棍子一挥，从舞台底下钻出来的妖魔。维多冷在法院里办完公，跑去见警察总署一个最重要的司长夏波索先生，打听陌生女人的来历。一看到夏波索办公室里没有旁人，维多冷·于洛就谢谢他的帮忙：

“你派来看我的老婆子，在罪恶的观点上，真可以代表巴黎。”

夏波索脱下眼镜往文件上一放，好不诧异的望着律师：

“我派人去看你，绝不会事先不通知你，不给他一个介绍的字条。”

“那么也许是总监……”

“我想不是的，”夏波索说，“最近一次维森堡亲王在内政部长家吃饭，跟总监提到你的情形，一个很糟糕的局面，问他能不能友谊帮忙。看到亲王对这件家务纠纷那么痛心，总监也很关切，跟我商量过这个问题。我们这衙门一向受人攻击，可是一向是对社会有功的；自从现任总监接手之后，他一开场便决心不顾问人家的家事。原则上、道德上，他是对的；事实上他可是错了。在我服务的四十五年中，一七九九到一八一五年之间，警务机关的确为多少家庭出过力。从一八二〇年以后，报纸跟立宪政府把我们的基本条件完全改变了。所以，我的意思是不再预闻这一类的事，承总监瞧得起我，居然接受了这个意见。公安处长当我的面受到命令，不能采取行动；要是他派人去看你，我要责备他的。这种情形，他可能受到撤职处分。大家随随便便的说一句：‘教警察去办呀！’警察！警察！可是大律师，我告诉你，元帅、部长，都不知道警察是怎么回事。知道的只有警察自己。那些王上，拿破仑、路易十八，只知道他们的事；我们的事只有傅希、勒阿诺、特·萨底纳，跟几个有头脑的总监才明白……现在，一切都变了。我们给降低了，解除了武装！多少私人的苦难在抬头，在我是只消一点儿独断的权力就可消弭了的！……就是那些限制我们权力的人，有朝一日像你一样，遇到某些伤天害理的事，应当像扫垃圾似的扫掉的时候，恐怕也要想起我们了。在政治上，为了公众的安全，警察要负责防范一切；可是家庭，那是神圣的。有什么谋害王上的计划，我得不顾一切去破案、去预防！我要使一座屋子的墙壁变成透明的；可是插足到家庭中去，干预私人的利益，那万万不能，至少在我任内，因为我怕……"

"怕什么？"

"怕新闻界！告诉你这位中间偏左的议员先生。"

"那我怎么办呢？"小于洛停了一会又说。

"哎！你们说是家务！好啦，话不是说完了吗？你们爱怎办就怎办；要我帮忙，要警察替私人的情欲跟利益做工具，那怎么行？……你知道，我们前任的公安处长，就是为了这个，受到无可避免的迫害，虽然法官们认为这种迫害不合法。从前，皮皮·吕班把警察替私人当差。对社会，这是非常危险的！凭他的神通，那家伙可能作威作福，执掌生杀大权……"

"可是在我的地位？……"于洛说。

"噢！你靠出主意吃饭的人跟我要主意！得啦，大律师，你简直开我玩笑啦。"

于洛向司长告辞，并没看到对方起身送他的时候，极微妙的耸了耸肩膀。

“这样的人还想当政治家！”夏波索想着，重新拿起他的公事。

维多冷回到家里，满肚子的惶惑，对谁都不能说。吃晚饭时，男爵夫人高高兴兴向儿女们报告，说一个月之内他们的父亲可以回来享福，安安静静在家庭中消度余年了。

“啊！只要能看到男爵回家，我拿出三千法郎的利息都愿意的！”李斯贝德叫道。

“可是，阿特丽纳，千万别把这样的喜事拿得太稳，告诉你！”

“贝姨说得不错，”赛莱斯丁纳说，“亲爱的妈妈，先看事情怎么发展。”

男爵夫人抱着一腔热忱，一肚子希望，说出访问玉才华的经过，觉得那些可怜的女人尽管享福，实际上是不幸的；她又提到被褥匠夏尔登老头，奥朗省仓库主任的父亲，表示她的希望并不虚空。

下一天早上七点，李斯贝德雇了一辆街车到奈尔河滨道，在波阿西街转角教车子停下，吩咐马夫说：

“你到贝拿登街七号去一趟，那是一幢只有甬道没有门房的屋子。你走上五层楼，靠左手的门上有个牌子写着：夏尔登小姐，专修花边开司棉。你打铃，说要找骑士。人家回答你：他出去了。你就说：我知道，请你们去找他来，他的女佣人在河滨道上街车里等他……”

二十分钟后，一个好像有八十岁的老头儿，头发全白，鼻子冻得通红，苍白的脸上皱裥多得像个老婆子，穿着粗布软鞋、秃毛的阿巴迦呢大氅，伛着背，不戴勋饰，毛线衫的袖口伸在外边，衬衫的颜色黄得不清不白，拖着沉重的步子，鬼鬼祟祟望了望街车，认出了李斯贝德，走到车门旁边。

“啊！亲爱的姊夫，你瞧你落到什么地步！”

“埃洛蒂把我什么都搜括光了！”于洛男爵说，“夏尔登这家人全是该死的坏蛋……”

“你愿不愿意回家？”

“噢！不，不；我想上美洲去……”

“阿特丽纳已经找到你的线索……”

“啊！要是有人替我还债的话，”男爵的神气很不放心，“萨玛农要告我呢。”

“我们还没料清你的宿债，你儿子还欠着十万法郎……”

“可怜的孩子！”

“你的养老金还要七八个月才好赎出……你要愿意等，我这儿有两千法郎！”

男爵伸出手来，迫不及待的样子简直可怕。

“给我吧，李斯贝德！上帝保佑你！给我吧，我有个地方好躲！”

“可是你得告诉我呀，老昏君！”

“行。我可以等这八个月。我发现了一个小天使，性情很好，非常天真，年纪很小，还没有学坏。”

“别忘了法庭哪。”李斯贝德只希望有一天能看到于洛上公堂。

“告诉你，那是在夏洛纳街！那个区域是出什么乱子都不稀奇的。放心，人家永远找不到我的。贝德，我改名叫作多兰克老头，冒充雕花匠出身；小姑娘喜欢我，我也再不让人家摆布了。”

“哼！摆布得够了！”李斯贝德瞧了瞧他的大氅，“要不要我带你去，姊夫？”

男爵上了车，就此不告而别的把埃洛蒂丢在那里，好像一部看过的旧小说似的。

半小时工夫，于洛对李斯贝德只讲着阿太拉·于第西那小姑娘，因为他已经染上那种断送老年人的恶癖。到了圣·安东阿纳城关，夏洛纳街上一所形迹可疑的屋子前面，他拿着两千法郎下了车。

“再见，姊夫；现在你叫作多兰克老头了，是不是？有事只能派人来，每次都要在不同的地方托人。”

“行。噢！我多快活！”男爵一想到未来的新鲜的艳福，脸上就有了光彩。

“这儿，人家可找不到他了。”李斯贝德心里想。到了菩玛希街，她教车子停下，换乘了公共马车回到大路易街。

十五

下一天，克勒凡来看女儿女婿；上门的时候全家刚吃过中饭，都在客厅里。赛莱斯丁纳上前搂着父亲的脖子，仿佛他隔天还来过似的，虽则两年以来他是第一次出现。

“你好哇，父亲。”维多冷向他伸着手。

“大家都好哇，孩子们！”自命不凡的克勒凡说。——“男爵夫人，我跟你请安。呦，天哪！这些娃娃长得多快，简直要赶走我们了！好像说：爷爷，我要出头哪！”——“伯爵夫人，你老是这么美！”他望着奥当斯补上一句，“哎！还有咱们的好姑娘贝姨……可是你们都很好啊……”他这样一个个的招呼过来，大声笑着，把大胖脸上红膛膛的肥肉很费事的扯动了一阵。

然后他满脸鄙薄的神气瞧了瞧女儿的客厅：

“亲爱的赛莱斯丁纳，我要把苏赛伊街的家具统统给你，放在这儿不是挺好吗？你的客厅要换新了……啊！这个小文赛斯拉！这些娃娃乖不乖呀？哎，要有品行噢！”

“是的，为那些没有品行的人。”李斯贝德说。

“这种讽刺，亲爱的贝德，现在刺不到我了。告诉你们，我多少年不上不下的局面就要结束；以家长的地位，我就在这儿简简单单报告你们，我要续弦了。”

“行，你续弦就是了，”维多冷说，“当初我跟赛莱斯丁纳订婚的时候你说的话，我可以让你收回……”

“什么话？”

“你说过不再结婚。你得承认，当时我并没要求你许这个愿，而是出于你自动，我还提醒你不应该束缚你自己。”

“不错，我想起了，亲爱的朋友，”克勒凡很不好意思的回答，“呃！……孩子们，要是你们肯好好对待克勒凡太太，你们是不吃亏的。维多冷，你的体贴使我很感动……一个人对我慷慨绝不会白慷慨……好吧，对你们的后母客客气气，一齐来参加我的婚礼吧！”

“父亲，你不告诉我们谁是你的未婚妻吗？”赛莱斯丁纳说。

“这是戏文里的秘密。得了吧，别装疯作傻了！贝德一定告诉了你们……”

“亲爱的克勒凡先生，”贝德插嘴道，“有些名字在这儿是不能提的……”

“好吧，那么我来说，是玛奈弗太太！”

“克勒凡先生，”律师板起脸回答，“我们夫妇绝不出席你的婚礼，并非为了利害关系，我刚才已经很真诚的声明过了。真的，你要觉得这门亲事圆满，我也很高兴；可是我的动机是为了顾到荣誉顾到廉耻，那是你应该了解而我不能表白的，因为我不能再碰一个还没有收口的伤疤……”

男爵夫人对奥当斯递了一个眼色。她便抱起孩子说：

“来，文赛斯拉，洗澡去！——再见，克勒凡先生。”

男爵夫人不声不响的向克勒凡告辞。孩子听到这个临时安排的洗澡大吃一惊的神气，使克勒凡不由得笑了一笑。

律师等到只剩下贝德、岳父和妻子三个人的时候，高声说道：

“你要娶的那个女人，劫掠了我父亲的财物，有计划的把他搅到那个田地。她害了岳父又偷了女婿，使我妹妹伤心得要死……你想教我出席表示我们赞成你的荒唐吗？亲爱的克勒凡先生，我真心替你惋惜！你没有家庭观念，不懂得至亲骨肉之间的休戚相关。情欲是无理可喻的，不幸我知道得太清楚了！痴情的人又是聋子又是瞎子。赛莱斯丁纳为了尽她的儿女之道，绝不肯对你有一言半语的责备。”

“哼，那才妙呢！”克勒凡想拦住女婿的埋怨。

“赛莱斯丁纳对你要有一言半语，也不会做我的妻子了，”律师接着说，“可是我，趁你还没有财产！而是你本人……为表明我的心迹，我可以补充一句，免得你签订婚约再有什么顾虑，我的经济情形绝对用不着再想旁的念头……”

“还不是靠了我！”克勒凡脸孔涨得通红。

“靠了赛莱斯丁纳的家私，”律师回答，“你给女儿的陪嫁，实际还不到她母亲留下来的一半，要是你后悔，我们可以全部奉还……”

“你知道不知道，先生，”克勒凡摆好了姿势，“一朝姓了我的姓，玛奈弗太太的行为，对外只是以克勒凡太太的身份负责了？”

“在爱情方面，对于荡检逾闲的私情，你这种态度也许是贵族气派，也许是宽宏大量；可是世界上没有一个姓氏、一条法律、一个头衔，能够把卑鄙无耻，榨取我父亲三十万法郎的偷盗行为一笔勾销！亲爱的岳父，我老实告诉你，你的未婚妻配不上你，她欺骗你，爱我的妹夫史丹卜克像发疯一样，代他还债……”

“那是我还的！”

“好，那么我替史丹卜克伯爵很高兴，他将来会还你的；可是她的确爱他，非常爱他，常常在爱他……”

“爱他！……”克勒凡的脸完全变了样，“哼，毁谤一个女人是卑鄙的、下流的、小人的行为！……先生，一个人说这种话是要能证明的……”

“我可以拿证据给你看。”

“我等着！”

“亲爱的克勒凡先生，我什么时候，哪一天，几点钟，能够揭穿你未婚妻丢人的行为，我后天可以告诉你。”

“好极了，那我才高兴呢，”克勒凡一下子又镇静起来，“再见，孩子们。——再见，李斯贝德……”

“你跟他去啊，贝德。”赛莱斯丁纳咬着贝姨的耳朵。

“怎么，你就这样走了吗？……”李斯贝德在后面叫着克勒凡。

“啊！他狠起来了，我的女婿，他老练了。法院、议会，那些政界司法界的门道把他教出山了。哼！他知道我下星期三结婚，今天是星期日，他老先生还说三天之内可以把我老婆出丑的日子告诉我……亏他想得出……我要回去签婚约，你跟我来吧，李斯贝德，来！……他们不会知道的！我本想留四万法郎利息的存款给赛莱斯丁纳，可是于洛刚才那种行径教我永远死了心。”

“等我十分钟，克勒凡老头，你先到大门口车上等着，我进去推托一下再出来。”

“行，就这样吧……”

“喂，”贝德到客厅里对大家说，“我跟克勒凡一块儿去；今天晚上签婚约，我可以把条款告诉你们。我去看那个女的，大概这是最后一次了。你们的父亲气得很，要剥夺你们的继承权咧……”

“为了要面子，他不会的，”律师回答，“我知道他想保留泼莱尔那块地，要另外留起。即使他再有孩子，赛莱斯丁纳也得分到一半遗产，法律规定，他不能把全部家产送人……可是这些问题和我不相干，我只想着我们的名誉……去吧，贝姨，”他握了握她的手，“听清楚他们的婚约。”

二十分钟后，贝德和克勒凡走进巴贝街上的公馆。玛奈弗太太正在温柔乡中等候消息，克勒凡去办交涉原是她的主意。日子一久，华莱丽对文赛斯拉爱得要死要活；那是女人一辈子总有一遭的痴情。不成器的艺术家，在玛奈弗太太手里变了一个十全十美的情人，使她的少不了文赛斯拉，正如过去于洛的少不了她。她把头靠在史丹卜克肩上，一只手抓着软底鞋，一只手给情人拿着。从克勒凡出门起，两个人有一搭没一搭的胡扯，像现代的长篇作品一样，都是“不许转载”的。这种艳体诗的杰作，自然而然引起艺术家的遗憾，他不胜懊丧的说：

“啊！我结了婚真是倒霉，要是听了李斯贝德的话等着，我今天可以娶你了。”

“只有波兰人才希望把一个忠心的情妇变作太太！”华莱丽叫道，“把爱情去换责任！把快乐去换烦恼！”

“我觉得你真是使性得厉害！我不是听见你跟李斯贝德提

到蒙丹士男爵，那个巴西人吗？”

“你肯替我把他打发掉吗？”

“要你不跟他见面，大概只此一法了。”那个过去的雕塑家回答。

“告诉你，我的心肝，我过去敷衍他是想嫁给他的，你瞧我把什么话都对你说了！”她看见文赛斯拉做了一个手势，便接着说：“噢！那时我还没有认识你呢。我对他许的愿，他老是拿来跟我为难，逼得我这一次差不多像秘密结婚一样；因为他一知道我要嫁给克勒凡，他这种人是会……会把我杀死的！”

“噢！怕这个做什么！……”史丹卜克做了一个满不在乎的姿势，表示一个有波兰人爱着的女子，根本不会有这种危险的。

的确，在武侠方面，一般的波兰人绝不是说大话，他们当真是勇敢的。

“可是克勒凡这混蛋偏偏要铺张，为了结婚想拿出他又要省钱又要摆阔的老脾气，使我左右为难，不知道怎么办！”

自从于洛男爵给撵走之后，亨利·蒙丹士男爵就承继了他的特权，可以在夜里自由出入；但是尽管她手段巧妙，还没有找到一个借口能跟巴西人吵架，而让他自以为理屈。这一点苦闷，她就不能对心爱的史丹卜克说。她很识得男爵那种半野蛮的性格，极像李斯贝德，所以想到这巴西种的奥赛罗，她就要发抖。听见车子的声音，史丹卜克把手从她腰里抽回，离开了华莱丽专心读报去了。华莱丽却是聚精会神的绣着未婚夫的拖鞋。

李斯贝德走到门口，指着他们咬着克勒凡的耳朵说：“这不是造她谣言是什么？你瞧她的头发，可有一点儿走样？照维多冷那种口气，你简直可以捉到一对野鸳鸯。”

“亲爱的李斯贝德，”克勒凡摆好了姿势，“你瞧，把一个荡妇变作一个烈女，只消引起她的热情就行！……”

“我不是老跟你说吗，女人就喜欢你这样的风流胖子？”

“要不然她也太没有情义了，我在这儿花了多少钱，只有葛兰杜跟我两个人知道！”

说罢他指了指楼梯。葛兰杜原想在屋子的装修上（克勒凡还以为是自己的创作呢），跟走红的建筑师格兰莱蒂见个高下，他是替埃罗维公爵设计玉才华公馆的。可是克勒凡对艺术一窍不通，像所有的布尔乔亚一样先把费用限制了。一切都得照工程细账去做，葛兰杜就无法实现他建筑师的理想。玉才华公馆跟巴贝街公馆的不同，就在于一个是每样东西都有个性，一个是俗不可耐。凡是你在玉才华家欣赏的，在任何旁的地方都找不到；而在克勒凡家辉煌耀眼的，随处都可以买得来。这两种奢华之间有着百万金钱的鸿沟。一面独一无二的镜子值到六千法郎，由厂商制造而大量生产的只值五百。一座真正蒲勒手造的大吊灯，在拍卖场中值到三千；用模型翻出来的同样的东西，一千或一千二就可买到：在考古学上，前者有如拉斐尔的真迹，后者只是临本。一幅拉斐尔的临本，你又能估它多少价钱？所以，克勒凡公馆是市侩摆阔的标本，而玉才华公馆是艺术家住宅最美的典型。

“我们打过了架。”克勒凡走向他的未婚妻说。

玛奈弗太太打了铃。

“去请贝蒂哀先生，”她吩咐当差，“请不到就不准你回来。”然后她搂着克勒凡：“我的小老头，要是你成功了，咱们的吉日就得延期，耽搁我的幸福，还得大大的铺张一番；既然全家反对这头亲事，那么朋友，为了体统关系，一切应当从简，尤其新娘是一个寡妇。”

“我可是相反，我要摆一摆路易十四那样的大场面。”最近克勒凡觉得十八世纪太渺小了，“我定了新车，有老爷的、有太太的，都是漂亮的轿车，一辆是大型的四轮马车，一辆是华丽的敞篷轻便马车，座位之妙，就像于洛太太一样抖啊抖的。”

“啊！我要？……怎么，你现在不做我的绵羊了？不行，不行。我的小鹿儿，你得照我的意思办。今天晚上咱们签婚约，不用请外客；然后，星期三，咱们正式结婚，真像人家私下结婚一样，用我可怜的母亲的说法。咱们穿得简简单单的，到教堂望一场弥撒。咱们的证人是史底曼、史丹卜克、维浓和玛索，全是风雅人物，好像是偶然闯到区公所的，为了我们临时去参加一次弥撒。你请区公所的同事做主婚，例外的定在早上九点。弥撒定在十点，十一点半我们可以回家吃饭了。我已经答应客人，不到夜晚绝不散席……我们请的有皮克西渥，你的老伙计皮罗德里·杜·蒂哀、罗斯多、佛尼赛、雷翁·特·洛拉、凡尔努，都是顶儿尖儿的风雅人物，根本不知道我们结婚；咱们把他们弄得莫名其妙，大家喝醉一次，教李斯贝德也参加：我要她学一学结婚的玩意儿，让皮克西渥向她求婚，使她……使她去掉一点儿傻气。”

两小时工夫，听玛奈弗太太尽在那儿疯疯癫癫的胡诌，克勒凡不觉说出几句极其中肯的话：

“这样一个嘻嘻哈哈的女人怎么会下流？疯头疯脑，是的！可是心术不正……嘿，得了罢！”

华莱丽在双人沙发上教克勒凡靠在她身边，问：

“你孩子们说我些什么呢？总是些丑话喽！”

“他们说你的喜欢文赛斯拉有点儿不清不白，噢，你这样一个贤德的人！”

“我自然喜欢他啰，我的小文赛斯拉。”华莱丽叫着艺术家，捧着他的头吻了吻他的额角，“可怜的孩子，无依无靠，没有财产！还要给红萝卜色的长颈鹿瞧不起！你瞧，克勒凡，文赛斯拉是我的诗人，我公开的喜欢他，把他当作我的孩子一样！那些正经女人到处只看见坏事。哼！难道她们不能安安分分守着一个男人，不去伤害别人吗？啊，我像一个百依百顺的孩子，再也不稀罕什么糖果了。那些可怜的女人，真是白活！……又是谁这样糟蹋我的呢？”

“维多冷。”克勒凡说。

“你干吗不把他顶回去，用他妈妈的二十万法郎叫这个臭律师闭嘴？……”

“啊！男爵夫人早溜了。”李斯贝德说。

“叫他们小心点，李斯贝德！”玛奈弗太太把眉毛一竖，“要，他们就在家里招待我，而且要好好的招待，他们也得上我这儿来，全得来！要，我就（替我告诉他们）教他们都见不得人，比男爵还不如……我终究要放赖了！真的，一个人不坏就沾不到便宜。”

三点钟，加陶的后任贝蒂哀公证人，和克勒凡商量了一会（因为某些条款是要看小于洛夫妇的态度而定的），把婚约宣读了。克勒凡给新娘的财产计有：（一）利息四万法郎的款子，特别注明是哪几种证券；（二）住宅和住宅内的全部家具；（三）三百万法郎现金。此外，凡是法律许可的部分，他都送了未婚妻；日后遗产无须另造清册；遇有死亡而没有儿女时，双方把全部的动产不动产互相遗赠。这张婚约订立以后，克勒凡的资本只剩了两百万。如果新娘将来再生孩子，那么因为二百万资本中还有一部分送给华莱丽，所以赛莱斯丁纳的名下被克扣到五十万了。在克勒凡订立婚约以后所剩的家私中，五十万约略等于九分之一。

李斯贝德回到大路易街吃晚饭，满脸绝望的神气。她把婚约加以说明，加以注解，不料赛莱斯丁纳跟维多冷一样，全不把这个坏消息放在心上。于是她说：

“孩子们，你们得罪了父亲！玛奈弗太太赌咒要你们招待克勒凡太太，你们也得上她家里去。”

“休想！”于洛回答。

“休想！”赛莱斯丁纳说。

“休想！”奥当斯也跟着说。

看到于洛一家这个强硬的态度，李斯贝德马上想教他们屈服。她说：

“她好像拿住你们什么把柄呢！……不知道是怎么回事，慢慢我可以打听出来……她只是含含糊糊的提到二十万法郎，跟阿特丽纳有关的。”

男爵夫人就在她坐着的便榻上慢慢的倒了下去，剧烈抽搐起来。

“去罢，孩子们！”男爵夫人叫道，“你们招待那个女人吧！克勒凡是一个小人！真该受极刑……你们服从那女人吧……啊！真是一个魔鬼！她什么都知道！”

号啕大哭的说完了这几句，于洛太太勉强挣扎着上楼，由女儿和赛莱斯丁纳一边一个扶着。只剩下贝德和维多冷两人的时候，她叫道：

“这是什么意思？”

律师站在那儿发愣，根本不听见贝德的话。

“维多冷，你怎么啦？”

“我怕极了！”律师脸上顿时有了杀气，“谁要碰我母亲，我绝不甘休，那我不顾一切了！我恨不得把这个女人碎尸万段，像打死一条毒蛇一样……吓！她胆敢威胁我母亲的性命跟名誉！……”

“别说给人家听，亲爱的维多冷，她还说要教你们大家都见不得人，比男爵还不如……她埋怨克勒凡没有把使你母亲那么惊慌的秘密，堵住你的嘴。”

男爵夫人情形很严重，请了医生。医生处方用了大量的鸦片。阿特丽纳吃过药，沉沉睡熟了；可是全家人还是非常担心。下一天，律师老早就上法院，特意经过警察厅，托公安处长伏脱冷通知圣·哀斯丹佛太太上他家里去。鼎鼎大名的处长回答：

“先生，上面有命令不许我们顾问你的事，可是圣·哀斯丹佛太太是做生意的，她可以帮你忙。”

回到家里，可怜的律师知道母亲有神经错乱的危险。皮安训医生，拉拉比医生，安迦教授，会诊之下，决定试一试最后的治疗方法，把集中头部的血舒散开去。皮安训正在告诉维多冷，为什么别的医生认为不治之症，他还希望能把这个凶险的高潮压下去。忽然当差的来通报，说当事人圣·哀斯丹佛太太来了，维多冷不等皮安训一句话说完，就丢下他像疯子似的奔下楼去。

“怎么，在这个家庭里，难道疯狂会传染的吗？”皮安训转身对拉拉比说。

医生都走了，留下一个实习医生看护于洛太太。

“一辈子的清白！……”自从发病以后，病人只有这句话。

李斯贝德再也不离开阿特丽纳，老在床头陪着；两位年轻太太觉得贝姨真是了不起。

律师把怕人的老婆子带进办公室，仔细关了门，问：

“圣·哀斯丹佛太太，咱们到了什么程度啦？”

“嗯，好朋友，你考虑过了吗？”她冷冷的、俏皮的望着维多冷。

“动手了没有？”

“你愿不愿意花五万法郎？”

“行，事情非办不可了。你知道吗？那个女的一句话，就教我母亲的性命跟理性都发生了危险！你干吧！”

“已经在干了！”

“那么？……”维多冷浑身的肌肉都抽紧起来。

“那么你不限制费用吗？”

“相反。”

“因为已经花了两万三。”

小于洛瞪着圣·哀斯丹佛太太，像呆子一样。

“哎哟！你这样一个法院里的明星，难道是傻子不成？我们用这笔数目买到一个贴身老妈子的良心跟一张拉斐尔，不算贵啊……”

于洛睁大着眼睛愣住了。

“哎，告诉你，”圣·哀斯丹佛太太又说，“咱们收买了兰纳·多撒小姐，玛奈弗太太的心腹……”

“我明白了。”

“你要舍不得花小钱，老实告诉我！”

“得了吧，我相信你，一切照付！我母亲说这些人应该受极刑……”

“可惜分尸那一套现在不时行啦。”老婆子回答。

“你保险成功吗？”

“让我去干就是。你的报仇大计已经下了锅啦。”

她望了望钟，刚好是六点。

“你的报仇大计正在穿衣服，仙岩饭店的炉子已经生火，套车的马在喘气，我的铁烧热啦。啊！你的玛奈弗太太，我什么都知道了。总之，什么都有了准备。老鼠药已经放好，明儿我可以告诉你耗子有没有上钩。我相信是会的！再见，我的孩子。”

“再见，太太。”

“你懂英文吗？”

“懂的。”

“你看过《麦克白》上演吗，英文的？”

“见过。”

“那么孩子，你要做王啦！就是说你那份家私拿稳了！”这个狰狞可怖的妖婆，好似莎士比亚早已预料到的，而她也好似熟悉莎士比亚的[①]。

她让于洛目瞪口呆的站在办公室门口。

“请你别忘记，紧急审理是定在明天。”她假装当事人的口气，很婉转的说。

看见外面来了两个人，她便装作一个班贝希伯爵夫人[②]。

于洛对这个冒充的当事人行着礼，心里想：“嚇，还有这一手！”

---

①“你要做王啦”一句，即《麦克白》剧中女妖婆的预言。

②班贝希伯爵夫人系拉西纳剧中人物，以健讼著名。

蒙丹士·特·蒙德耶诺男爵是一个公子哥儿，但是一个莫测高深的公子哥儿。巴黎的时髦人物，跑马场中的赌客和交际花，都称赞这位外国贵族的难以形容的背心，鞋油擦得无可批评的靴子，无可比拟的手杖，人人称羡的马匹，以及由名副其实的奴隶，吃足鞭子的黑人赶着的车辆。他的财富是人人知道的，在有名的银行家杜·蒂哀那儿，他有七十万法郎存款；但人家老是看见他单身出入。倘使去看第一场的新戏，他坐的是正厅散座。他不来往任何沙龙，从来不跟一个交际花一块儿出现！他的名字，和巴黎上流社会中那些美女，一个都联不起来。他的消遣是在跑马总会打韦斯脱。人家因之毁谤他的私生活，甚至更奇怪的，毁谤他的身体，把他叫作龚巴蒲斯……有一天，皮克西渥、雷翁·特·洛拉、罗斯多、弗洛丽纳、哀络绮思·勃里斯多小姐、拿打，在大名鼎鼎的加拉皮纳家，跟许多男女豪客一同吃宵夜的时候，大家想出了这个滑稽之极的绰号，说明蒙丹士那种特殊的生活。玛索以参议官资格、格劳特·维浓以前任希腊文教授资格，对一般无知识的交际花，解释这个名字的来历是根据洛朗的《古代史》中一个故事，据说龚巴蒲斯是一个替阿叙利王看守妻子的角色①。这一个使加拉皮纳的座客笑了大半天的诨号，引起许多粗俗的笑话，不便在此细述，免得法兰西学士院借此不给本书蒙底翁奖金，我们只消知道，这个绰号从此就跟长头发的漂亮男爵分不开。玉才华背后叫他巴西怪物，就像人家把什么五颜六色的硬壳虫叫作怪东西一样。

加拉皮纳，真姓名叫作赛拉斐纳·西奈，是交际花中最享盛

①根据传说，龚巴蒲斯为纪元前三世纪时阿叙利王的宠臣，于陪伴王后时自宫，以示忠诚。

名的一个，靠了美貌和利嘴，在同行中夺去了丢盖小姐（她更知名的名字是玛拉迦）的宝座。她和银行家杜·蒂哀的关系，就有如玉才华·弥拉和埃罗维公爵。

圣·哀斯丹佛太太向维多冷保证成功的那天早上七点钟，加拉皮纳对杜·蒂哀说：

“你今晚请我上仙岩饭店成吗？去把龚巴蒲斯请来；我们要知道他究竟有没有情妇……我跟人打赌说是有的……我要赢这个东道……”

“他老住在亲王饭店，我去转一转就得了。”杜·蒂哀回答，“好，大家玩一下罢。你把咱们的人马统统请来，什么皮克西渥、洛拉等等，把全班清客都邀来！”

七点半，全欧罗巴都去吃过饭的馆子、一间最华丽的客厅内，饭桌上光彩夺目，摆着全套银器，那是为虚荣心拿大批钞票会账的特等酒席定制的。流水般的灯光，把镂刻的边缘照耀得如同瀑布。侍者要不是年纪太轻，内地人简直会当作是外交官；那副俨然的神气表示他们是挣大钱的。

先到的五位客人等着其余的九位。第一是皮克西渥，一切风雅集团的提调，到一八四三年还没有过时，他的看家本领是永远有新鲜的笑话，这在巴黎是和德行同样难得的。其次是当代最大的风景画家与海洋画家雷翁·特·洛拉，他的出人头地是作品从来不低于他初出道时的水准。一般交际花平时就少不了这两位滑稽宗匠。没有一次宵夜，没有一个饭局，没有一个集会没有他们的。加拉皮纳既是主人公开的情妇，当然在最先到之列，水银泻地的灯光照着她一对巴黎无敌的臂膀，一个像车匠车出来的脖子，（没有一丝皱纹！）极精神的脸，深蓝浅蓝拼起来的挑绣缎子衫，英国花边的数量足够一个村子一个月的粮食。当晚不登台的贞妮·凯婷，穿扮得像神仙一般，她的肖像已经大众皆知，无庸赘述。为这些妇女，宴会永远是行头的比赛，好像龙骧大赛马，个个都想替背后的百万富翁得奖，她们仿佛向竞争的对手说：“你瞧我值这个价钱呢！”

第三个女人，没有问题是一个初出道的嫩角色，眼看两位有钱而老资格的前辈身上那样的奢华，差不多自惭形秽了。极简单的穿着一件蓝色金银镶边的白开司棉衣衫，满头插着鲜花，理发匠笨拙的手段，无意之间倒使她的金黄头发另有一番天真的风度。盛装之下有点儿发僵，她正如俗语所说的，免不了初次登台的那种羞人答答。刚从华洛涅乡下来，她的新鲜娇嫩在巴黎是无人竞争的，她的天真纯朴连垂死的人见了都会动心；她的美，和诺曼底供应巴黎戏院的多少美女不相上下。齐齐整整的脸上，线条的纯粹，就像天使的一样合于理想。乳白的皮肤反映着滟潋的灯光，好比一面镜子。腮帮上细腻的色调，仿佛是画笔调出来的。她名字叫作西大丽斯。我们在下文可以看到，对于努里松太太和玛奈弗太太下的那局棋，她是必不可少的一个卒子。

这个十六岁的尤物是加拉皮纳带来的，她替贞妮·凯婷介绍了，凯婷说：

“啊，我的乖乖，你的手臂不像你的名字呀。”

的确，西大丽斯令人赞美的一双手臂是肌理紧密，斑痕很多而血色鲜明的。

“她值多少？”贞妮·凯婷轻轻的问加拉皮纳。

“一笔遗产。”

“你想把她怎么办？”

“噢！要她做龚巴蒲斯太太！”

“你做这个媒一定有好处喽？”

“你猜吧！”

“一套银器？”

“我已经有三套了！”

“钻石？”

“我还要出卖呢……”

“难道给你一只绿毛猴子吗？”

“不，是一幅拉斐尔！”

“亏你想得出！”

“玉才华老是拿她的画吹牛，把我耳朵都聒聋了，”加拉皮纳回答，“我要揽些好东西胜过她……”

杜·蒂哀把饭局的主角巴西人带来了。接着来的是埃罗维公爵和玉才华。歌唱家穿着一件简单的丝绒衣衫；可是脖子里亮着一条十二万法郎的珍珠项链，在白茶花似的皮肤上你简直辨不出珠子。漆黑的发髻中间戴着一朵红茶花（另外一种的美人痣！）非常惹眼；每条臂膀上戴了十一只珠镯。她过去跟贞妮·凯婷握手，凯婷说：“把手镯借给我！”玉才华便脱下来放在一个盘子里递给她的朋友。

“哎哟，了不起！”加拉皮纳说，“真要做了公爵夫人才行！从没见过这样的珠子！”她转身对着矮小的埃罗维公爵：“为了装扮这个丫头，你大概把海洋都捞空了吧，公爵？”

凯婷只拿了两只手镯，把余下的二十只套上歌唱家美丽的手臂，亲了一下。

余下的客人是：文坛的清客罗斯多、拉·巴番里纳和玛拉迦、玛索、伏维奈，最重要的一家报馆主人丹沃陶·迦耶。王爷气派的埃罗维公爵，当然对谁都彬彬有礼，但对特·拉·巴番里纳另有一种招呼，虽没有特别尊敬或亲密的意味，却仿佛告诉大家：咱们才是一家人，才配称兄道弟！这种成为贵族标识的招呼，是特意行出来气气资产阶级的风雅人士的。

加拉皮纳请龚巴蒲斯坐在她左手，埃罗维公爵坐在她右手。西大丽斯坐在巴西人旁边，她的另一边是皮克西渥。紧靠公爵的是玛拉迦。

七点，开始吃生蚝。八点，在两道菜之间，大家尝了一点冰镇杂合酒。这一类筵席的菜单是大众皆知的。九点，十四位客人喝了四十二瓶各式各样的酒，照例的东拉西扯，胡说八道。四月里最没味儿的饭后点心已经端上。这种令人头晕的气氛，只能使诺曼底姑娘一个人有点儿醉意，在那里哼一支圣诞歌的调子。除了这个可怜的女孩子，没有一个人神志不清；酒客和交际花是巴黎饭局中的精华。大家嘻嘻哈哈，虽然眼睛发亮，照样很精神，可是谈话的方向转到了讥讽、轶事和秘史方面。至此为止，话题回来回去总离不了跑马、交易所、批评公子哥儿和喧传一时的丑事等等，慢慢的却染上亲密的意味，快要分化为个别的谈心了。

这时加拉皮纳向雷翁·特·洛拉、皮克西渥、拉·巴番里纳、杜·蒂哀飞了几个眼风，大家便提到了爱情。

“正经医生从来不谈医学，真正的贵族从来不提家世，有才气的人从来不谈自己的作品，”玉才华说，“咱们干吗要谈自己的本行？……为了这个饭局，我特意教歌剧院停演，难道在这儿还得工作不成？所以诸位，别装腔了吧。”

“人家跟你谈的是真正的爱情，我的乖乖！”玛拉迦说，“是一个人不怕倾家荡产、把父母妻子一齐卖掉、不怕进格里希监狱的那种爱情……”

“那么你说吧！我从来没有听到过！”歌唱家回答。

“从来没有听到过”一句是学的巴黎小孩子的口吻，在那般交际花嘴里，加上挤眉弄眼的表情，变了一句意义无穷的话。

“难道我不爱你吗，玉才华？”公爵轻轻的说。

“你也许是真的爱我，”玉才华笑着咬着公爵的耳朵，“可是我，我的爱你并不像他们说的，好像没有了爱人，世界就变了漆黑。我觉得你合意，有用，可并非少不了你。明儿你要走了，马上有三个公爵来替补你一个……”

“难道巴黎会有什么爱情的？”雷翁·特·洛拉说，“大家挣钱还来不及，怎有工夫谈真正的爱情？爱情是要把你整个儿化掉的，像糖碰到了水一样。要谈爱，非得一百二十分的有钱，因为爱情会使一个男人没有男人味，差不多跟我们这位巴西男爵一样。我早已说过，天下的极端总是殊途同归，碰在一起的！动了真情的人好比一个太监，因为在他眼里，世界上是没有女人的了！他神秘得很，仿佛真正的基督徒在荒野中修行！你们瞧瞧这位了不起的巴西人吧！……”

全桌的人都开始打量亨利·蒙丹士，他变了视线的中心，不由得害臊起来。

“他像牛吃草似的啃了几个钟点，也像牛一样的不知道旁边有一个巴黎最……我不说最美，但是最新鲜的姑娘。”

“这儿什么都是新鲜的，本饭店的鱼就是出名的新鲜。”加拉皮纳凑上一句。

蒙丹士男爵殷勤的望着风景画家回答：

“说得好！我为你干一杯！”

他向雷翁·特·洛拉点点头，举起满满的一杯包多酒，很豪爽的喝完了。

“那么你是有爱人的了？”加拉皮纳问，她认为他的干杯就是承认的意思。

巴西男爵教人斟满了酒，对加拉皮纳行了礼，照样干了一杯。

“祝尊夫人健康！”加拉皮纳的口吻那么滑稽，引得画家、杜·蒂哀、皮克西渥都哈哈大笑。

巴西人不动声色，像一座铜像。加拉皮纳看到这种镇静，不由得心中着恼。她明知蒙丹士爱着玛奈弗太太，可是料不到这个人会这样的死心塌地，这样的咬紧牙关不露一点口风。从情人的态度上，往往可以判断他所爱的女人，正如从情妇的举动上可以判断她的男人。巴西人俨然以为爱着华莱丽同时也受到华莱丽的爱，他的笑容在老于世故的人看来简直是在讽刺人家。他的神气也真值得欣赏：脸上没有一点儿酒意，暗黄眼睛射出那种特有的光彩，丝毫不露出他的心事。加拉皮纳不禁暗暗的想道：

“好厉害的女人！竟然把这颗心封得这么严！”

“他是一块顽石！”皮克西渥低低的说，自以为这不过是对巴西人放一炮，没有想到加拉皮纳非把这座堡垒攻下来不可。

加拉皮纳的右边谈着这些表面上极无聊的话，她的左边，埃罗维公爵、罗斯多、玉才华、贞妮·凯婷和玛索，继续在讨论爱情问题。他们研究那些稀有的现象究竟是怎样产生的，由于风魔，由于固执，还是由于爱情？玉才华听腻了这套理论，想把谈话改变一个方向。

“你们说的，连你们自己都莫名其妙！你们之中有哪一位，爱一个女人，并且是一个不值得爱的女人，爱到把自己的家产、女儿的家产都搅得精光，出卖前程，断送过去的光荣，冒着苦役监的危险去偷盗政府，害死一个叔叔、一个哥哥，听人家蒙着眼睛摆布，做梦也没想到人家要开他最后一次玩笑，故意使他看不见那个他掉下去的窟窿！哼，你们之中哪一个是这样的人？杜·蒂哀的心是一口保险箱，雷翁·特·洛拉的是才气，皮克西渥只知道爱他自己，玛索胸中只有部长两字；罗斯多只有五脏六腑，他这个会让蒲特莱太太离开的人；公爵太有钱，没法拿倾家荡产来证明他的爱情；伏维奈根本谈不上，我不把放债的当作人。所以，你们从来没有爱过，我也没有，贞妮、加拉皮纳，都谈不上……至于我刚才说的那种角儿，我只见过一次。那是，"她对贞妮·凯婷说，"那是咱们可怜的于洛男爵，我现在正当作走失的狗一样在招寻，因为我要找到他。"

加拉皮纳神色异样的望着玉才华，想道："咦！难道努里松太太有两张拉斐尔吗？怎么玉才华也在做我的戏？"

"可怜的家伙！"伏维奈说，"他的确伟大，的确了不起。那种气派！那种风度！简直是法郎梭阿一世的局面。头脑多灵活，搅钱的时候多巧妙、多有天才！只要是有钱的地方，他就会去找，就会去挖，哪怕是砌在巴黎四郊的城墙里，我想他现在就躲在那些地方……"

"而这些，"皮克西渥接口说，"是为了那个玛奈弗太太！一个不要脸的骚货！"

"她要嫁给我的朋友克勒凡了！"杜·蒂哀插了一句。

"她还爱我的朋友史丹卜克爱得发疯呢！"雷翁·特·洛拉说。

这三句话，仿佛把蒙丹士当胸打了三枪。他脸色发白，气得好容易才抬起身子：

"你们都是些混蛋！你们不应该把一个良家妇女，跟你们那些堕落的女人混在一起，尤其不应该把她当作你们嚼蛆的材料。"

蒙丹士的话，给全场一致的叫好声和鼓掌声打断了。由皮克西渥、雷翁·特·洛拉、伏维奈、杜·蒂哀、玛索为首，大家哄成一片。

"皇帝万岁！"皮克西渥嚷着。

"替他加冕呀！"伏维奈叫道。

"替忠实的丈夫做一声猪叫！替巴西叫好呀！"罗斯多喊。

"啊！黄脸男爵，你爱咱们的华莱丽？"雷翁·特·洛拉说，"你真有胃口！"

"他说话是不大客气，可是有气魄！……"玛索插了一句。

"可是我的好主顾呀，你是人家介绍给我的，我是你的银行家，你的天真要教我受累了。"杜·蒂哀说。

"啊！告诉我，你是一个正经人……"巴西人问杜·蒂哀。

"好吧，我们都是不正经的，承蒙指教，不胜感激。"皮克西渥说着，行了一个礼。

"你得告诉我一些老实话……"蒙丹士根本不理会皮克西渥。

"这个吗，"杜·蒂哀回答，"我可以告诉你，克勒凡请我去吃他的喜酒。"

"啊！龚巴蒲斯替玛奈弗太太辩护！"玉才华一本正经的站起来说。

她装作悲壮的神气走到蒙丹士身旁，在他头上亲热的拍了一下，把他望了一会，做出滑稽的、钦佩的表情，侧了侧脑袋：

“不顾一切的爱情，于洛是第一个例子，这儿是第二个；可是他不算数，他是从热带来的！”

玉才华轻轻拍着他脑袋的时候，蒙丹士在椅子上坐了下去，眼睛瞪着杜·蒂哀：

“要是你们开我玩笑，想逼我说出秘密……”说着他仿佛射出一条火带，眼睛里亮出巴西的太阳，罩住了所有的客人，“那么求你老实告诉我一声，”他的口吻几乎像小孩子般的哀求，“可是千万不能糟蹋一个我心爱的女人……”

“嗨！”加拉皮纳咬着他的耳朵，“要是你给华莱丽欺骗了、出卖了、玩弄了，要是我在一小时以内，在我家里给你证据看，那你怎么办？”

“那我不能在这儿对你说，当着这些伊阿谷①……”巴西人回答。

加拉皮纳把伊阿谷听作丑八怪。

“那么你别说话！”她笑着说，“别给那些巴黎才子当笑话，你到我家里去，咱们再谈……”

蒙丹士垂头丧气，结结巴巴的说：

“要证据的！……唉，你想……”

“证据只会太多，我还担心你发疯呢，光是疑心，你就气成这个样儿……”

“这家伙的死心眼儿比故世的荷兰王还厉害！——喂，罗斯多、皮克西渥、玛索，喂，你们后天不是都给玛奈弗太太请去

---

①伊阿谷是唆使奥赛罗妒杀妻子的角色，见前注。

吃喜酒吗?”雷翁·特·洛拉问大家。

“对啊,”杜·蒂哀回答,“男爵,我可以告诉你,要是你有意思娶玛奈弗太太的话,你就跟一条议案一样给克勒凡一票否决了。我的老伙计克勒凡,存款利息有八万,你大概没有这个数目,要不然我相信你是会成功的。”

蒙丹士听着,又像出神又像微笑,大家觉得他的神气很可怕。这时领班的侍者过来附在加拉皮纳耳边说,有一位亲戚在客厅里要看她。交际花起身出去,碰到努里松太太,戴着黑纱面网。

“嗨,孩子,要不要我上你家里去?他上钩了吗?”

“行啦,老妈妈,火药装足了,我只怕它爆炸呢。”加拉皮纳回答。

一小时以后,蒙丹士、西大丽斯和加拉皮纳,从仙岩饭店回来,到了圣·乔治街走进加拉皮纳的小客厅。努里松太太在壁炉前面一张沙发里坐着。

“咦!我姑姑在这里!”加拉皮纳说。

“是啊,孩子,我亲自来领我的利息。虽说你心地好,你会忘了的。明天我要付几笔账。做花粉买卖的手头总是很紧。你带的什么客人呀?……这位先生好像很不高兴似的……”

这时可怕的努里松太太可以说是尽了她化身的能事,装得像一个普通的老婆子;她站起来拥抱加拉皮纳。操这种职业的交际花,由她捧出山的有上百个,加拉皮纳不过是其中之一。

“这是一位绝不误听人言的奥赛罗,让我来介绍:蒙丹士·特·蒙德耶诺男爵……”

“哦！久仰久仰，我常常听人家谈到你先生；大家叫你龚巴蒲斯，因为你只爱一个女人；可是在巴黎，只爱一个女人就等于没有女人。啊！你的爱人说不定就是玛奈弗太太，克勒凡的小娘子吧？……哎，亲爱的先生，你的失败倒是运气……这婆娘真不是东西。我知道她的玩意儿！……”

“哎哎！”加拉皮纳说，努里松太太拥抱她的时候早已把一封信塞在她手里。

“你不知道巴西人的脾气。他们喜欢叫心跟头脑打架！……一朝嫉妒之后他们是越来越嫉妒的。先生嘴里说要赶尽杀绝，实际绝不会下手，因为他真是爱极了。现在我把男爵带到这儿，是要给他看证据，从那个小史丹卜克那里弄来的。”

蒙丹士迷迷糊糊的听着，好像这些话都跟他不相干。加拉皮纳脱下了短大衣，拿起一封铜刻的信念道：

> 我的小猫，他今晚在包比诺家吃饭，约好十一点左右到歌剧院接我。我五点半动身，希望在咱们的乐园里见到你。你给我上金屋饭店叫两客菜。你得穿上礼服，回头可以送我上歌剧院。咱们有四个钟点好玩儿。这张字条你得交还给我，并非你的华莱丽不相信你，我连性命、财产、荣誉都肯给你，可是造化弄人，不可不防。

“男爵，这是今儿早上送给史丹卜克的情书；你看地名吧！真迹刚才给毁掉了。”

蒙丹士把纸翻来覆去看了一会，认出了笔迹，忽然转到一个极中肯的念头，证明他对华莱丽的确痴心到了极点。他望着加拉皮纳说：

“啊啊！你们撕破我的心有什么好处呢？要拿到这封信，马上用铜刻摹下来，再把原本交还去，你们一定花了很高的代价。”

加拉皮纳看见努里松太太对她做一个暗号，便说：“大傻瓜！你不看见这个可怜的西大丽斯吗？……这个十六岁的孩子，三个月来爱得你把吃喝都忘了，你连正眼都不瞧她一眼，她不是伤心透了吗？”

西大丽斯把手帕掩着眼睛装假哭。

加拉皮纳接着又说：“别看她软绵绵的好说话，眼见心爱的男人受了一个小淫妇儿的骗，她真是气疯了，她恨不得把华莱丽杀死呢……”

“咄咄咄，这是我的事！”巴西人说。

“怎么！你！……杀人？”努里松太太说，“这儿可不兴这一套了。”

“噢！我，我又不是这儿的人！我是王家武官团里的，你们的法律管不着我，要是你们给我看到证据……”

“呵！这字条不是证据吗？”

“不，我不相信写的字，我要亲眼目睹……”

“噢！亲眼目睹！”加拉皮纳对冒充姑妈的暗号完全明白，“这不难，可是有一个条件……”

“什么条件？”

“你先看看西大丽斯。”

努里松太太一个暗号递过去，西大丽斯便脉脉含情的望着巴西人。

“你喜欢不喜欢她？你能不能负责她的终身？”加拉皮纳

问，“一个这样漂亮的姑娘，要有一所住宅，要有自备车马才配得上！总不能狠着心肠叫她走路吧。并且她还欠着债……你欠多少呀，孩子？”加拉皮纳把西大丽斯的胳膊拧了一把。

“她值得多少就是多少，只要有主顾。”努里松太太说。

“听我说！”蒙丹士终于发现了这个女人之中的精品，“你让我看到华莱丽吗？”

“嗨，看到她，还看到史丹卜克！”努里松太太回答。老婆子把男爵打量了已有十分钟，认为这个工具已经合乎她的理想，起了杀心，尤其是已经相当糊涂，不会再提防人家了，她便插身进来，接着说：

“亲爱的巴西佬，西大丽斯是我侄女，我不能不顾问一下。揭穿秘密不过是十分钟的事；因为是我的一个朋友，把幽会的房间租给史丹卜克，此刻正在陪华莱丽喝咖啡的，好古怪的咖啡！可是她管这个叫作咖啡。所以，巴西佬，咱们先得把条件谈妥。我喜欢巴西，那是一个热地方。你打算把我的侄女怎么办？”

“你这只老鸵鸟！”蒙丹士忽然发觉了努里松太太帽子上的羽毛，“你打断了我的话。要是给我看到……华莱丽跟那个艺术家在一起……”

“就像你希望跟她在一起的那个样子。”加拉皮纳说。

“那么我把这个诺曼底姑娘带到……”

“哪儿去？……”加拉皮纳问。

“巴西喽！我娶她做老婆。我叔父留给我一块十里见方的地，不许出卖的，所以至今还在我手里；我有一百个黑人，男的，女的，小的，全是黑人，都是叔叔买来的……”

“原来是一个黑奴贩子的侄儿！”加拉皮纳噘起嘴巴，“那得考虑一下。——西大丽斯，我的孩子，你是不是亲黑派？”

“哎哎！加拉皮纳，别开玩笑啦，”努里松太太说，“我跟先生谈正经呢。”

“要是我再搅一个法国女人，我要她整个儿归我的了。我预先通知你，小姐，我是一个王，可不是立宪制度的王，而是一个沙皇，所有的下人都是买来的，谁也不能走出我的王国。周围一百里内没有人烟，靠里边是野蛮人住的，到海边还隔着像法国一样大的沙漠……”

“那我宁可在这儿住一个阁楼的！”加拉皮纳说。

“我就是这么想，才卖掉了所有的田地跟巴西京城中的产业，到这儿来找玛奈弗太太的。”

“这样的旅行绝不是闹着玩的，”努里松太太说，“不说钱吧，就凭你这么一个人就该有人爱，尤其生得这么漂亮……噢！他漂亮喔！”她对加拉皮纳说。

“非常漂亮，比龙于莫的马夫还要漂亮[①]。”交际花回答。

西大丽斯抓起巴西人的手，他却是一本正经的挣脱了。

“我这次来是预备把玛奈弗太太带回去的！”巴西人继续申说他的理由，“你们不知道我干吗花了三年工夫才回到巴黎来吗？”

“谁知道你这个野蛮人的玩意儿！”加拉皮纳说。

“因为她老是说愿意跟我两个在荒野里过日子！……”

“你信她这种话，那你不是野蛮人，而是文明人中间的傻瓜了。”加拉皮纳说着哈哈大笑。

---

①阿丹作的喜剧《龙于莫的马夫》，有一段唱词是：“噢！他多漂亮，龙于莫的马夫！”

巴西人全不理会交际花的讽刺，接着说："她对我一遍又一遍的尽说，所以我在那块大产业上盖了一个美丽的庄园。然后我回法国来接华莱丽，而我第一晚跟她久别重逢的时候……"

"久别重逢说得好文雅，"加拉皮纳说，"这句话我倒要记下来。"

"她要我等那个混账的玛奈弗死了再说，我答应了，也原谅她接受了于洛的殷勤。我不知道是不是魔鬼穿上了女人的裙子，可是那女人从那时起对我百依百顺，从来没有使我起过一分钟的疑心！……"

"哎唷！她真是了不起！"加拉皮纳对努里松太太说。

努里松太太点了点头。

"我相信她的程度，"蒙丹士说着流下泪来，"跟我爱她的程度一样。我刚才差一点把饭桌上的人统统打嘴巴……"

"我看到的！"加拉皮纳说。

"要是她骗了我，要是她嫁了人，要是她这时候在史丹卜克的怀抱里，那么这女人真该千刀万剐，我要杀死她，像掐死一个苍蝇一样……"

"可是有宪兵呢，我的孩子！"努里松太太的笑容，简直教人起鸡皮疙瘩。

"还有警察，还有法官，还有刑事法庭……"加拉皮纳接口说。

"你只会吹大炮！亲爱的。"努里松太太想知道巴西人泄愤的方法。

"我要把她杀死的！"巴西人冷冷的重复一遍，"吓！你们叫我野蛮人……难道我会学你们那些傻子的样，到药材铺去买毒药吗? ……跟你们一路回来的时候，我想过了，倘使你们说华莱丽的话是真的，我该用什么方法报仇。我的黑人之中，有一个随身带着动物性的毒药，比植物性的毒药强得多，能够教人害一种极可怕的病，只有在巴西可以治。我打算给西大丽斯吃下去，由她传给我；然后，等到克勒凡夫妇的血完全中了毒，无药可救了，我已经带你的表妹过了阿索群岛，我再把她治好，跟她结婚。我们野蛮人自有我们野蛮人的办法！”他瞅着诺曼底姑娘问：“西大丽斯是我少不了的帮手。她欠多少债? ……”

“十万法郎！”西大丽斯回答。

“她话虽不多，说倒说得很好。”加拉皮纳轻轻的对努里松太太说。

“我气疯了！”巴西人倒在椅子里，嗓子都嗄了，“我气死了！可是我要亲眼看到，这简直是不可能的！铜刻的一张字条！……谁敢说不是假造的? ……哼，于洛男爵爱华莱丽！……”他忽然想起玉才华的议论，“既然她还活着，足见他并不爱她！……我吗，她要不是整个儿属于我，我绝不让她活着给别人受用！……”

蒙丹士的神气很可怕，但他的声音更可怕！他狂嗥怒吼，浑身扭曲；他碰到什么就砸破什么，胡桃木在他手里像玻璃一样。

“哎哟！你瞧他打烂多少东西！”加拉皮纳望着努里松太太说。——“喂，我的乖乖，”她拍了拍巴西人，“狂怒的洛朗做在诗里是很好，在人家屋里却是既不成体统又不经济。”

“我的孩子，”努里松太太走到绝望的巴西人前面站定了，“我跟你是同志。一个人爱到某个地步是至死方休的，生命应当替爱情做担保。一个人临走还不破坏一切? 还不同归于尽? 我敬重你，佩服你，赞成你，尤其是你的办法使我变了亲黑派。可是你是爱她的呢！会不会软心呀？……”

“我！……要是她真的不要脸，我……”

“得了吧，归根结底，你说话太多，”努里松太太又回复了她的本来面目，“一个存心报仇，自命为有办法的野蛮人，做事绝不像你这样。要看到你的小娘儿在她的乐园里，你就得带西大丽斯一起去，假装走错房间；可是不能闹乱子！你要报仇，就得装作没有出息，让你的情妇摆布……明白没有？”努里松太太看见巴西人对这套巧妙的手段大为惊讶。

“走吧，鸵鸟，”他回答，“咱们走！……我明白了。”

“再见，我的乖乖。”努里松太太招呼加拉皮纳。

她递了一个眼色，叫西大丽斯陪了蒙丹士下楼，自己留在后面。

“现在呀，我的贝贝，我只怕一件事，就是怕他把她当场勒死！那我不是糟了吗？咱们一定得斯斯文文的来。噢！我相信你的拉斐尔是赢定了，有人说那不是拉斐尔，是弥涅。不管它，反正更好看；人家说拉斐尔的画都是黑黑的，这一幅却是漂漂亮亮，跟一张奚罗杜一样。”

“我只要胜过玉才华就行！管它，弥涅也罢，拉斐尔也罢……噢！那小贼婆今天晚上的珠子呀……教人进地狱也甘心！”

西大丽斯、蒙丹士、努里松太太，踏上一辆停在加拉皮纳门外的街车。努里松太太轻轻的嘱咐车夫，目的地是意大利大街上的某幢屋子，却不要马上赶到，因为从圣·乔治街出发只有七八分钟的远近；可是努里松太太指定走贝勒蒂哀街，而且要慢慢的过，好仔细瞧瞧街上停的车马。

“巴西佬！你瞧着，有没有你小天使的车马仸仆。”

街车经过的时候，男爵指了指华莱丽的车。努里松太太便说：

“她吩咐下人十点钟来，她另外坐了街车到那所屋里去会史丹卜克，在那边吃饭；半个钟点以内她要上歌剧院。这些都安排得很好！所以你给她骗了这么久。”

巴西人不答话。他变作老虎似的，不动声色，又回复了刚才饭桌上那副令人惊叹的神气。他的镇静，正如一个破产的人交出清册以后的神气。

在出事的屋子门口，停着一辆双马车；车行的店号叫作总公司，人家也就跟着把这种车叫作总公司。

“你先在车上等，”努里松太太对蒙丹士说，“这儿不像咖啡馆可以随便进去，我会派人来请你的。”

玛奈弗太太和文赛斯拉的乐园，不像克勒凡的小公馆，那是克勒凡认为没有用处，已经让给玛克辛·特·脱拉伊伯爵的。这座乐园是许多人的乐园，在意大利大街一所屋子的五层楼上，靠楼梯口，统共只有一个房间。屋子每层的楼梯口都有一个房间，原来是给每个公寓做厨房的。但是整幢房屋变作价钱极贵的、幽会的旅馆以后，二房东，真正的努里松太太，在圣·玛克新街开着香粉铺的，极有眼光，识得这些厨房的价值，把它们改装成饭厅。每间都有厚实的墙壁，临街取光，楼梯台上两道其厚无比的房门，使它跟屋子其余的部分完全隔绝。在里面一边吃饭一边谈着重要秘密，绝没有被人听见的危险。为了安全起见，临街的窗子外边有百叶窗，里边有护窗板。由于这些特点，每间每月的租金要三百法郎。这幢包括许多乐园、许多秘密的屋子，由第一个努里松太太花两万四千法郎租下，不论市面好坏，每年可以净赚两万，而且总管（第二个努里松太太）的薪水已经除掉，因为她自己是不经管的。

租给史丹卜克伯爵的乐园，壁上糊着波斯绸，软软的地毯，使你脚下再也感觉不到油蜡上得红红的、又冷又硬的、丑恶的地砖。两张漂亮椅子，床嵌在凹进去的地位，给桌子遮掉了一半。精美的晚餐吃过了，桌上放着残肴剩菜，在酒神与爱神耕耘过的场地上，高高耸起两个长塞子的酒瓶和一个香槟酒瓶，香槟在杯子里早已没有了泡沫。烤火椅子的旁边，摆着一张花绸面的齐整的沙发，大概是华莱丽置办的，一口红木五斗柜，上面的镜子是蓬巴杜式的镶工。除了天花板上半明半暗的灯光以外，还有饭桌上和壁炉架上的蜡烛添了一点儿亮光。

这幅简单的素描，显出一八四〇年代巴黎的寒碜，连私情的场面都是这样寒碜；想到三千年前神话中火神捉维纳斯奸情的局面，真有无从说起之感。

西大丽斯跟男爵上楼的时节，华莱丽正站在柴火融融的壁炉前面，教文赛斯拉替她扣束胸带子。在这等情景中，一个清秀典雅，像华莱丽那样不肥不瘦的妇人，越发显得天仙一般的美。粉红的皮肤，色泽的滋润，即使最迟钝的眼睛也要为之精神一振。在极少掩蔽之下，衬裙的褶裥和束胸，把身体的线条勾勒得那么清楚，格外教人割舍不得，尤其在非分手不可的时节。镜子里那张得意的笑脸，扭来扭去表示不耐烦的脚，整着没有完全理好的头发的手，感激不尽的眼睛，还有那股满足的热情，像落日一般使脸上所有的表情都是火辣辣的，总之，她这时浑身上下都是令人回味无穷的宝藏！……谁要是回想起自己早年的荒唐，一定会辨认出这些甜蜜的细节，而对于洛和克勒凡一等人的风魔，即使不能宽恕，至少也能了解。女人在这种时候的魔力，自己是深知的，所以她们幽会之后总是精神焕发，好像返老还童一样。

"哎哟！两年工夫还不会替一个女人束带子！你真是太波兰脾气了！已经十点了，文赛斯拉！"华莱丽笑着说。

这时候，一个缺德的老妈子，很巧妙的用一把刀挑落了房门上的铁钩——亚当与夏娃唯一的保障。她很快的推开房门（因为伊甸园的房客照例是迫不及待的），把一幅展览会里常见的、模仿迦伐尼的风情画揭露了。

"太太，请进去吧！"老妈子说。

西大丽斯带着蒙丹士男爵走了进来。

"哎唷，有人哪！……对不起，太太。"诺曼底姑娘吃了一惊的说。

"怎么！是华莱丽！"蒙丹士嚷着，猛的把门关上了。

玛奈弗太太，过于剧烈的情绪一时也无从遮盖，不觉往壁炉旁边的烤火椅上坐了下去。两颗眼泪在眼眶里转了一转就不见了。她望着蒙丹士，发现了诺曼底姑娘，忽然哈哈大笑。恼羞成怒之下，她衣衫不整的狼狈反而给遮过去了。她走到巴西人面前，高傲的目光亮晶晶的如同一对武器。

"哼，"她摆好姿势，指着西大丽斯，"你的忠实敢情是这么回事！你对我起的誓，赌的咒，连一个从来不相信爱情的人也会相信！我为你做了多少牺牲，甚至于犯罪！……不错，先生，比起这样年轻、这样美丽的姑娘，我一文不值了！你要说的话我都知道。"她指了指文赛斯拉。他那衣帽不齐的情景没有办法再否认。"那是我的事。你这样下流的出卖我，暗中刺探我，这儿的楼梯每一级都是你出钱买来的，老板娘、老妈子，说不定连兰纳也在内……噢！你做得好事！——要是我对一个这样卑鄙的男人还有一点儿感情，我自有理由告诉他，使他加倍的爱我！……可是，先生，我让你去疑心，让你将来后悔不及……文赛斯拉，我的衣衫！”

她接过衣衫穿好，照了照镜子，若无其事的装扮完毕，对巴西人望都不望，像没有他在场一样。

“文赛斯拉，完了没有？你先走。”

她在眼角，镜子里，偷觑着蒙丹士，认为他苍白的脸色，又是那些强项的男人敌不住女人诱惑的表现。她过来抓着他的手，站的跟他相当靠近，让他闻到那股情人们为之陶醉的、可怕的香味；然后，觉得他的心在乱跳，她便含嗔带怨的瞅着他说：

“你尽管去告诉克勒凡，他永远不会相信的，我还是可以嫁给他；后天他便是我的丈夫了……并且我要使他非常的快乐……再见吧！把我忘了算啦……”

“啊！华莱丽，”蒙丹士把她搂在怀里，“不行！……跟我上巴西去！”

华莱丽望着男爵，觉得他又变了她的奴隶。

“噢！要是你始终爱我，亨利，再等两年，我可以嫁给你；可是你现在这张脸，我觉得阴险得狠……”

“我可以发誓，是人家把我灌醉了，一些坏朋友硬把这个女人塞给我，一切都是出于偶然！”蒙丹士说。

“那么我还可以原谅你了？”她微笑着说。

“你非嫁他不可吗？”男爵焦急到了极点。

“八万法郎的进款！你瞧！”她那兴奋的神气竟有点儿可笑，

“而且克勒凡那样的爱我，他会爱死的！”

“啊！我明白了。”

“那么咱们过几天再谈。”说罢她得意扬扬的下楼了。

男爵在那里站了一会，想道：“好，那我不顾一切了。怎么！……这个女人竟想用她的爱情来收拾那个混蛋，像她当初算计玛奈弗一样！……这明明是上帝教我来为人除害了！”

两天以后，华莱丽脱胎换骨，改姓了一个巴黎区长的光荣的姓；她改姓以后一小时，在杜·蒂哀饭桌上把玛奈弗太太骂得狗血喷头的那批客人，就在她家里入席了。口头出卖朋友的轻薄行为，在巴黎生活中是挺平常的。克勒凡做了十足地道的丈夫，为表示他的得意，把巴西男爵邀请了；所以华莱丽很高兴的看到教堂里有蒙丹士在场。他来吃喜酒，也没有一个人觉得奇怪。这些风雅人士，对情人的没有志气，寻欢作乐的交易，久已司空见惯。史丹卜克对他素来当作天使的人开始有点儿瞧不起了，他那天悒郁不欢的表现，大家认为非常得体。波兰人仿佛借此表示，他跟华莱丽从此完了。李斯贝德来拥抱她亲爱的克勒凡太太，抱歉的说不能吃喜酒，因为阿特丽纳病得厉害。

“你放心，”她和华莱丽分手时说，“他们会请你去，也会上你这儿来。一听见二十万法郎几个字，男爵夫人差不多死过去了。噢！这个把柄你把他们拿住了；你慢慢得告诉我是怎么回事，嗯？……”

结婚以后一个月，华莱丽和史丹卜克吵架已经吵到第十次；他要她解释亨利·蒙丹士的纠葛，提出那天乐园出事的时候她说的话，不但口头羞辱她，并且严密监视她，使她夹在文赛斯拉的嫉妒与克勒凡的殷勤之间，连一分钟都不得自由。一向替她出得好主意的李斯贝德既不在身边，她再也按捺不住心头的气愤，甚至提出文赛斯拉借钱的事，狠狠的骂了他一顿。史丹卜克一气之下，居然不上克勒凡公馆了。这样，华莱丽终算达到了目的，因为她要文赛斯拉离开一晌，好恢复她的自由。克勒凡就要下乡去跟包比诺商量她上门拜客的手续，她预备趁那个机会跟男爵约会，和他待上一整天，把以前说过要使巴西人加倍爱她的理由告诉他。兰纳因为人家给了她很大的报酬，觉得自己的罪过一定不小，当然她真正关心的是主人而不是陌生人；那天早上她想点醒太太，可是人家恐吓过她，要是泄露风声，就得送她进疯人院，所以她心中很怕，只说：

"太太现在很幸福了！干吗还要敷衍那个巴西人？……我就是不放心他！"

"兰纳，你说得不错；我就想把他打发掉。"

"啊！太太，那好极了。我真怕他，这个黑炭！我觉得他什么事都做得出的……"

"你这个傻瓜！他跟我在一块儿，倒应当替他提心吊胆呢。"

这时李斯贝德进来了。

"亲爱的小山羊，好久不见啦！"华莱丽说，"我真痛苦……克勒凡跟我烦得要死，文赛斯拉又不来了，咱们吵了架。"

"我知道，我就为他来的。下午五点钟光景，维多冷碰见他正要走进华洛阿街一家二十五铜子的饭馆，看他饿着肚子可怜，就把他带回了大路易街……奥当斯一看文赛斯拉又瘦又病、衣冠不整，便马上跟他讲和了……你瞧你不是把我出卖了！"

"太太，亨利先生来了！"当差的进来附在华莱丽耳边说。

"李斯贝德，我不能陪你了；这些明儿再跟你解释！……"

可是我们下文可以看到，不久华莱丽对谁都不能再解释什么了。

十六

到五月底，维多冷陆续付给纽沁根男爵的钱已经把旧债料清，于洛男爵的养老金可以动用了。可是每季的养老金，照例要凭了生存证明书支付的；既然无人知道男爵的住址，抵押在伏维奈名下的到期俸金，只能全部冻结在国库里。伏维奈债款收清的声明书已经签出，从此就得找到领俸的本人，去领出那几笔过期的款子。男爵夫人，由于皮安训医生的悉心诊治，业已恢复健康。玉才华来了一封信，通篇没有一个别字，显见是由埃罗维公爵改过的；这封信更加促成了阿特丽纳的康复。下面便是歌女在四十天积极寻访以后，报告男爵夫人的：

男爵夫人：两个月前，于洛男爵在贝拿登街和埃洛蒂·夏尔登同居，埃洛蒂就是把他从皮茹手里抢过去的女人。但他又不别而行，丢下全部的东西，不知往哪儿去了。我并没灰心，有人说曾经在蒲尔同大街看见他，现在我就在托这个人寻访。

可怜的犹太女子对基督徒许的愿，一定会履行的。但望天使为魔鬼祈祷！在天上，有时就会有这样的事。

抱着最大的敬意，我永远是你卑微的仆人。

玉才华·弥拉

于洛·特尔维律师，不再听到可怕的努里松太太的消息，眼看岳父结了婚，新娶的丈母娘没有什么为难他的举动，妹婿给他拉回来了，母亲的身体一天天的好起来，他就一味忙着政治跟司法方面的事；一小时要当一天用的巴黎生活的忙乱，像急流似的把他带走了。他在众议院负责的某项报告，使他在会期终了要做一晚通宵的工作。九点左右给回到书房，一边等当差的把保险灯送来，一边想起了父亲。他埋怨自己不该把寻访的责任丢给歌唱家，决定下一天就去拜访夏波索先生；不料在黄昏的微光中，他看见窗外有一个庄严的老人，黄黄的脑袋，四周全是白发。

“亲爱的先生，可不可以让我进来，我是一个可怜的修士，从沙漠中来的，想替一所修道院募点儿捐。”

一看见这副相貌，又一听见声音，律师忽然想起丑恶的努里松的预言，打了一个寒噤。

“你把这个老人带进来。”他吩咐当差。

“先生，他要把书房都搅臭了的，那件暗黄袍子，从叙利亚到这里就没有换过，里面也没有衬衫……”

“你带他进来就是了。”律师又说了一遍。

老人进来了。维多冷将信将疑的打量这个自称为苦修士的人，看他竟是标准的拿波里僧侣，衣衫褴褛，跟拿波里乞丐的差不多，鞋子只是几块破烂的皮，有如这个修士本身就是一个破烂的肉体。这明明是一个货真价实的苦行僧，律师虽然还在犹疑，心中已经在埋怨自己，不该把努里松太太妖言惑众的话当真的。

“你要我给多少呢？”

“就不过是你认为应当给的。”

维多冷在一堆现洋中捡出一枚五法郎的递给他。

“拿五万法郎来算，这未免太少了吧。”沙漠中的乞丐说。

这句话使维多冷不能再怀疑了。

“上天许的愿是不是履行了呢？”律师皱了皱眉头。

“怀疑就是侮辱，我的孩子！倘使你要等办过丧事再付当然也可以；我过八天再来。”

“丧事？”律师嚷着站了起来。

“是的，事情早已发动，”老人一边退出一边说，“巴黎死个把人快得很。”

于洛低着头正想回答，矫健的老人已经不见了。

“我简直不懂他的意思，”小于洛对自己说，“八天以后，要是还没寻到父亲，我倒要问问他。这种角色，努里松太太（是的，她是叫这个名字）哪儿找来的呢？”

下一天，皮安训医生允许男爵夫人下楼到花园里来。李斯贝德为了一些轻微的支气管病已经有一个月不出房门，那天也让皮安训给瞧了一下。博学的医生在没有发现确切的症像以前，不愿把他关于李斯贝德的意见一齐说出来。他陪男爵夫人到园子里，要研究一下室内待了两个月之后，室外的空气对他所关切的神经抽搐有什么影响。他很有野心要治好这个病。看到那位有名的大医师特地为他们抽出一些时间，男爵夫人和孩子们为了礼貌关系，自然得陪他谈一会儿天。

“你生活很忙，又是忙得那么不愉快，”男爵夫人说，“整天看到精神的或是肉体的痛苦，那种味儿我是知道的。”

“太太，你为了慈善事业所见到的那些景象，我当然知道；可是到后来你会跟我们一样习惯的。这是社会的定律。倘使职业精神不把一个人的心冷下去，就没有法儿当忏悔师、法官、诉讼代理人。不经过这一番变化，我们还能活吗？军人打仗的时候看到的，不是比我们看到的更惨吗？可是所有上过火线的军人都是好心肠。我们治疗成功还觉得快慰；就像你，太太，从饥饿、堕落、贫穷中救出一个家庭，使他们能够工作，恢复社会生活，你也觉得快慰。可是法官、警察、诉讼代理人，一辈子都在利害关系最龌龊的计谋中掏摸，试问他们能有什么安慰可说？利害关系是一个社会的妖魔，只知道有失败的懊恼而不知道忏悔的。社会上一半的人，他们的生活就是观察另外一半人。我有一个当诉讼代理人的老朋友，现在已经退休了，他告诉我，十五年来，公证人、诉讼代理人，对于当事人，跟当事人的对造防得一样厉害。你家世兄是律师，难道他没有被当事人拖累的经验吗？”

“噢！那是常有的。”维多冷叹道。

“病根在哪里呢？”男爵夫人问。

“在于缺乏宗教，”医生回答，“也在于金融势力的扩张，说穿了便是自私自利的结晶化。从前，金钱并不包括一切；大家还承认有高于金钱的东西。例如贵族、才具、贡献于国家的劳迹；但是今天，法律把金钱定为衡量一切的尺度，把它作为政治能力的基础！有些法官就没有被选的资格，卢梭生在今日也不会有被选资格！遗产一分再分之下，逼得每个人满了二十岁就得为自己打算。而在必须挣钱与卑鄙无耻的手段之间，再没有什么障碍了。因为法国已经没有宗教情绪，虽然还有人在热心复兴旧教。凡是像我一样看到社会内幕的人，都有这样的意见。”

“你没有什么娱乐吗？”奥当斯问。

“真正的医生，热情的对象是科学。这一点情感，和有益社会的信念，便是他精神上的依傍。譬如说，眼前我就有一桩科学上的乐事，浅薄的人却认为我是没有心肝。明天我要向医学会报告一个新发现，是我看到的一个不治之症，而且是致命的，在这个温带区域我们毫无办法，因为在印度还能医治；……这是中古时代流行的病。一个医生碰到这样一个症例，真是一场壮烈的战斗。十天工夫，我时时刻刻想着我两个病人，他们是夫妇！啊，跟你们不是亲戚吗？因为，太太，”他对赛莱斯丁纳说，“你不是克勒凡先生的女儿吗？”

“什么！你的病人就是我的父亲？……他是不是住在巴贝街的？”

“是的。”皮安训回答。

“那个病是致命的吗？”维多冷惊骇之下又追问了一遍。

“我要看父亲去！”赛莱斯丁纳站了起来。

“我绝对禁止你去，太太。”皮安训很冷静的回答，“这个病是要传染的。”

“先生，你不是一样的去吗，”年轻的太太反问他，“难道女儿的责任不比医生的更重吗？”

“太太，做医生的知道怎样预防；现在你为了孝心，就这样的不假思索，足见你绝不能像我一样的谨慎。”

赛莱斯丁纳回到屋子里去穿衣，预备出门了。

“先生，”维多冷问皮安训，“你还有希望把克勒凡先生夫妇救过来吗？”

“我希望能够，可是没有把握。这件事我简直想不通……这个病是黑人同美洲民族的病，他们的皮肤组织跟白种人不同。可是在黑种、棕种、混血种，跟克勒凡夫妇之间，我找不出一点儿关系。对我们医生，这个病固然是极好的标本，为旁人却是极可怕的。可怜的女人据说长得很好看，她为了美貌所犯的罪，现在可受了报应；她变成一堆丑恶不堪的东西，没有人样了！……头发牙齿都掉了，像麻风病人一样，连她自己都害怕；手简直不能看，又是肿又是长了许多惨绿的小脓疱；她搔来搔去，把指甲都掉在创口上；总之，四肢的尽头都在烂，都是脓血。”

“这种腐烂的原因在哪儿呢？”律师问。

“噢！原因是她的血坏了，而且坏得非常的快。我想从清血下手，已经托人在化验了。等会我回去可以看到我的朋友、有名的化学家杜华教授的化验结果，根据这个，再试一试没有办法中的办法，我们有时就是这样跟死亡搏斗的。”

“这是上帝的意志！”男爵夫人声音极其感动的说，“虽然这女的给了我那么些痛苦，使我希望她受到天报应，我还是祝祷，噢！我的上帝！祝祷你做医生的能够成功。”

小于洛一阵头晕，对母亲、妹子、医生，一个个望过来，唯恐人家猜到他的心思，他觉得自己做了凶手。奥当斯却认为上帝非常公正。赛莱斯丁纳走出来要丈夫陪她一块儿去。

“你们要去的话，必须离床一尺，所谓预防就是这一点。你们俩都不能拥抱病人！所以，于洛先生，你应当陪太太去，防她不听我的话。”

家里只剩下阿特丽纳和奥当斯了，她们都去给李斯贝德做伴。奥当斯对华莱丽的深仇宿恨再也按捺不住，她叫道：

“贝姨！我跟妈妈都报了仇了！……那万恶的女人要大大的

受苦咧，她已经在烂啦！”

“奥当斯，”男爵夫人说，“你这不是基督徒的行为。应当祈祷上帝，使这个可怜的女人忏悔。”

“你们说什么？”李斯贝德从椅子上直立起来，“是说华莱丽吗？”

“是的，”阿特丽纳回答，“她没有希望了，那个致命的病可怕得不得了，光是听人家形容就会让你发抖。”

贝德把牙齿咬得格格的响，出了一身冷汗，拼命发抖，足见她对华莱丽的友谊是何等深厚。

“我要去！”她说。

“医生不准你出门呀！”

“管它，我要去的！……可怜的克勒凡不得了啦，他多爱他的女人……”

“他也要死了，”奥当斯说，“啊！我们所有的敌人都落在了魔鬼手里……”

“落在上帝手里！我的女儿……”

李斯贝德穿起衣服，戴上那条历史悠久的黄开司棉披肩、黑丝绒帽，穿上小皮靴；她偏不听阿特丽纳和奥当斯的劝阻，出门的时候好似有一阵暴力推着她一样。在巴贝街比于洛夫妇后到几分钟，李斯贝德看见七个医生在客厅里，都是皮安训请来观察这个独一无二的奇症的，皮安训自己也在场跟他们一块儿讨论；不时有一个医生，或是到华莱丽房里，或是到克勒凡房里看一眼，再回去把观察的结果作为他的论据。

这些科学巨头的意见分做两派。只有一个医生认为是中毒，是报复性质的谋害，他根本否认是中世纪病的再现。其余三位，认为是淋巴与液体的败坏。第二派，便是皮安训一派，认为是由于血的败坏，而败血又是由于原因不明的病源。皮安训把杜华教授的化验结果带来了。治疗的方法，虽是无办法中的办法，而且是试验性质，还得看这个医学问题如何解答而定。

李斯贝德走到垂死的华莱丽床前三步的地方，就吓呆了。床头坐着一个圣·托玛会的教士，另有一个慈善会的女修士在看护病人。腐烂的身体，五官之中只剩了视觉的器官；可是宗教要在这堆烂东西上救出一颗灵魂。唯一肯当看护的女修士，站在相当距离之外。由此可见，那神圣的团体加特力教会，凭着它始终不渝的牺牲精神，在灵肉双方帮助这个罪大恶极而又臭秽不堪的病人，对她表示无限的仁爱与怜悯。

那些佣人害了怕，都不肯再进先生跟太太的卧房；他们只想着自己，觉得主人的受罪是活该。臭气的强烈，即使窗户大开，用了极浓的香料，还是没有一个人能够在华莱丽屋里久待。只有宗教在守护她。以华莱丽那样聪明的人，怎么会不明白两个教会的代表在此能有什么好处？所以她听从了教士的劝告。恶疾一步步的毁坏了她的容貌，邪恶的灵魂也跟着一步步的忏悔。对于疾病，娇弱的华莱丽远不如克勒凡反抗得厉害。而且她是第一个得病的，所以也应该是第一个死。

李斯贝德和她朋友的生气全无的眼睛，彼此望了一下，说：“要是我自己不害病，我就来服侍你了。我不出房门已经有半个月二十天了，从医生嘴里一知道你的情形，我立刻赶了来。”

“可怜的李斯贝德，你还爱我，那是一望而知的。告诉你，我只有一两天了，这一两天不能说活，不过是让我想想罢了。你瞧，我已经没有身体，只是一堆垃圾……他们不许我照镜子。一切都是我自作自受。啊！为了求上帝宽恕，我希望能补赎所有的罪孽。”

“噢！”李斯贝德说，“你这种话表示你已经死了！”

“嗳，你别阻止她忏悔，让她保持基督徒的念头。”教士说。

李斯贝德害怕之极，对自己说：“完了！完了！她的眼睛、她的嘴，我都认不出了！脸上没有一点儿原来的样子！神志也不清了！噢！真可怕！……”

“你不知道，”华莱丽接着说，“什么叫作死，什么叫作不得不想到死后的日子，想到棺材里的遭遇：身上是虫蛆，可是灵魂呢？……啊！李斯贝德，我觉得的确还有另外一个生命！……对于死后的害怕，使我眼前皮肉的痛苦反而感觉不到了！……从前为了嘲笑一个圣洁的女人，我跟克勒凡打哈哈，说：上帝的惩罚可能变成各式各种的苦难……唉，我竟是说中了！……不要把神圣的东西开玩笑，李斯贝德！要是你爱我，你应当学我的样，应当忏悔！”

“哼，我！”洛兰女子说，“我看见世界上到处都是报复，虫蚁受到攻击，也拼了命来报复！这些先生，”她指了指教士，“告诉我们说上帝也要报复，而且他的报复是永无穷尽的！……”

教士对李斯贝德慈祥的望了一眼，说：

“太太，你是无神论者。”

“唉，你看看我落到什么田地啊！”华莱丽说。

“你这身恶疮从哪儿来的？”

老姑娘始终像乡下人一样不肯相信。

“噢！我收到亨利一张字条，就知道这条命完了……他杀了我。正当我想规规矩矩做人的时候死，而且死得这么丑恶！……李斯贝德，把你报复的念头统统丢开吧！好好的对待他们，我已经在遗嘱上把法律允许我支配的钱，全部送给了他们！你去吧，孩子，虽然到了今天，只有你一个人没有把我当恶煞似的躲开，我求你快快走吧，让我一个人在这儿……我再不把自己交给上帝就赶不及了！……”

“她已经语无伦次了。”李斯贝德站在房门口想。

女人之间的友谊像她们这样，可以说是最强烈的感情了，但是还没有教会那种百折不回的恒心。李斯贝德受不住瘟疫般的恶臭，离开了房间。她看见一般医生还在讨论，但皮安训的意见已得到多数赞成，所商讨的仅是试验性质的治疗方法。一个意见相反的医生说：

“将来倒是极好的解剖资料，并且有两个对象可以做比较。”

李斯贝德陪着皮安训进来，他走到病人床前，好像并没发觉有什么秽浊的气味。

“太太，我们要试用一种强烈的药品，可以把你救过来……”

“要是救了过来，我还能跟从前一样好看吗？”

“也许！”医生回答。

“你的也许我是知道的！”华莱丽说，“我要像那些火烧过的人一样！还是让我皈依宗教吧！我现在只能讨好上帝。我要跟他讲和，算是我最后一回的卖弄风情！是的，我要把好天爷勾上手！”

“啊！这是我可怜的华莱丽最后一句话，这才是她的本相！”李斯贝德哭着说。

洛兰女子觉得应该到克勒凡房里走一下，看见维多冷夫妇坐在离开病床三尺的地位。

“李斯贝德，”病人说，“人家不肯告诉我女人的病情；你刚才看了她，怎么样啦？”

“好些了，她自己说是得救了！”李斯贝德用了这个双关语来安慰克勒凡①。

“啊！好，我怕这个病是我带给她的……做过花粉跑街的总免不了出乱子。我已经把自己埋怨了一顿。要是她死了，我怎么办呢？老实说，孩子们，我真是疼她。”

克勒凡在床上坐起，想摆好他的姿势。

“噢！爸爸，”赛莱斯丁纳说，“你病好了，我一定接待后母，我答应你！”

“好孩子，来让我拥抱一下！”

维多冷拉住了太太不给她上前。

“你不知道，先生，”律师很温和的说，“你的病会传染的……”

“啊，不错。医生们高兴得不得了，说在我身上又找到了中世纪的什么瘟疫，大家以为久已绝迹的病，他们在大学里说得天花乱坠……呵！真怪！”

“爸爸，”赛莱斯丁纳说，“拿出点勇气来，这个病你一定顶得住的。”

“孩子们，放心，死亡要打击一个巴黎的区长，一定得三思

①得救亦是永生的意思，此处暗指死亡。

而后行！”他那种镇静简有点儿可笑，“再说，要是我区里的人民倒霉，非丧失他们两次票选出来的人物不可……（嗨，看我说话多流利！）那我也知道怎么卷铺盖。当过跑街的，出门是常事。啊！孩子们，我才不贪生怕死呢。”

“爸爸，你答应我，让教会的人待在你床边。”

“那不行！我是大革命培养出来的，虽没有霍尔巴哈[①]的头脑，那种精神我是有的。现在，哼！我更摄政王派，丢蒲阿神甫派，黎希留元帅派！我女人昏了头，刚才派一个教士到这儿来，想说服我这个崇拜小调大王裴朗越的人，跟小娇娘攀朋友的人，伏尔泰跟卢梭的徒弟！……医生想探探我有没有给病魔压倒，问我：‘你见过神甫了吗？’我可是照伟大的孟德斯鸠办法。我瞪着医生，瞧，就像这个样子，”他斜着四分之三的身子，威严的伸着手，跟他画像上的姿势一模一样，我回答他说：

……那小子曾经来到，
拿出了他的命令，可是什么也没得到。

“孟德斯鸠这里说的命令，是一个很妙的双关语，表示他临死还是才华盖世，因为人家派去见他的是一个耶稣会教士[②]！……我喜欢这一段，固然不是他活的一段而是他死的一段。啊！一段这两个字又是双关语！孟德斯鸠的一段！妙[③]！”

小于洛凄然望着他的岳父，暗暗的想：无聊与虚荣难道跟心

①十八世纪的唯物论哲学家与无神论者。
②命令与教会的宗派同为一字。
③文字的一段与生死的一段为双关语。

灵的伟大有同样的力量吗？精神的动力似乎完全不问结果的。一个元凶巨恶所表现的精神和香赛纳兹[1]视死如归的精神，是不是同一种力量呢？

到星期末了，克勒凡太太受尽了残酷的痛苦，给埋掉了；克勒凡只隔了两天也跟着他妻子去了。于是婚约成了废纸，后死的克勒凡承继了华莱丽。

就在葬礼举行过后的下一天，律师又看到了老修士，接见的时候他一句话都不说。修士不声不响伸出手来，维多冷·于洛不声不响给了他八十张一千法郎的钞票，就是从克勒凡书桌里拿的。小于洛太太承继了泼莱尔的田地和三万法郎利息的存款。克勒凡太太遗赠三十万法郎给于洛男爵。那个生满瘰疬的史丹尼斯拉，成年的时候可以拿到二万四千存息和克勒凡公馆。

旧教的慈善家，苦心孤诣在巴黎设了许多救济机构，其中一个是特·拉·香德里太太主办的，目的是要把一些两厢情愿结合的男女正式结婚，替他们代办宗教手续与法律手续。国会不肯放松婚姻登记的收入，当权的中产阶级也不肯放松公证人的收入，他们只做不知道平民中间有四分之三的人拿不出十五法郎的婚约费用。在这一点上，公证人公会远不如诉讼代理人公会。巴黎的诉讼代理人，虽然受到很多毁谤，还肯替清寒的当事人免费办案子；公证人却至今不愿为穷人免费订立婚约。至于国库，那只要跟上上下下的政府机关去抗争，才有希望使它通融办理。婚姻登记是绝对不理会实际情形的。同时教会也要征收一笔婚姻税。极端商业化的法国教会，在上帝的庙堂里还拿凳子椅子卖

①十八世纪末叶保王党，以写作讽刺歌曲著名，1794年上断头台。

钱，做一笔无耻的生意，使外国人看了气愤，虽然它绝不至于忘掉耶稣把做买卖的赶出庙堂时的震怒。教会不肯放弃这项收入，是因为这笔款子（名义上说是收回成本）现在的确成为它一部分资源；所以那些教堂的错处实际还是政府的错处。上面那些情形凑合起来，再赶上这个只关切黑人、关切儿童罪犯而无暇顾及遭难的老实人的时代，使许多安分守己的配偶只能姘居了事，因为拿不出三十法郎，那是区公所、教堂、公证人、登记处，替一对巴黎人办结婚手续的最低费用。特·拉·香德里太太的机构，就是要寻访这一类穷苦的配偶，帮助他们取得宗教的、合法的地位；第一个步骤是先救济穷人，那就更容易访查他们有没有不合法的生活情形了。

于洛男爵夫人完全复原之后，继续执行她的职务。特·拉·香德里太太来请她在原职之外再兼一个差事，就是要把穷人的私婚变成合法的婚姻。

男爵夫人一开场就想到几个线索，有一家是住在从前称为小波兰的那个贫民窟里的。那区域包括岩石街、苗圃街、弥洛曼尼街，仿佛是圣·蒙梭城关伸展出去的。该区的情形只消一句话就可说明：有些屋子的房东简直不敢向住户讨房租，也没有一个执达吏敢去撵走欠租的房客；因为住的都是些工人、苦力、惹是生非的打手之类。那时房地产的投机，着眼到巴黎这一角来了，想在阿姆斯特丹街和罗尔城关街中间的荒地上盖造新屋，从而改变本区的面目和居民的成分。营造工匠的斧头凿子，在巴黎宣导文明的作用，你真是想象不到。一朝盖起有门房的漂亮屋子，四周铺上人行道，底层造了铺面，房租一经提高，那些无业游民、没有家具的家庭、坏房客，自然都不会来了。各区里无赖的居民，以及除非法院派遣、警察从不插足的藏垢纳污之所，就是这样给廓清的。

一八四四年六月，拉鲍特广场一带，外观还是一个教人不大放心的地方。戎装耀目的步兵，偶尔从苗圃街往上踱到那些阴森可怖的街上，会意想不到的看见贵族阶级给一个下等女人推来撞去。住这些区域的都是些赤贫的、无智无识的细民，所以巴黎最后一批代笔的人还有不少在那儿混饭吃。只要你看到溅满污泥的底层或是底层的阁楼，玻璃窗上贴着张白纸，标着代写书信几个大大的斜体字，你就可大胆断定那是一个文盲的区域，也就是苦难与罪恶的渊薮。愚昧是罪恶之母。一个人犯罪第一是因为没有推理的能力。

那个把男爵夫人当作神明一般的区域，在她卧病的时期，新来一个代笔的人住在暗无天日的太阳弄，这种名实相反的现象，巴黎人是司空见惯的。那代笔的名叫维台尔，人家疑心他是德国籍，和一个小姑娘同居在一块儿。他妒性极重，除了圣·拉查街一个老实的火炉匠家里，绝对不准她在外边走动。像所有的同行一样，圣·拉查街的火炉匠也是意大利人，在巴黎已经住了多年了。正当他们要宣告破产而不堪设想的时候，男爵夫人代表特·拉·香德里太太把他们救了出来。一般的意大利火炉匠都是能苦干的，所以几个月工夫，他们居然从贫穷爬到了小康；从前咒骂上帝的，现在却信了教。男爵夫人首先访问的对象，就有这一家在内。他们住在圣·拉查街靠近岩石街的一段；她看到他们屋里的景象觉得非常高兴。工场与货房现在都堆满了货，工人与学徒在那里忙作一团，都是奥索拉盆地出身的意大利人。工场与货房上面是他们小小的住家，克勤克俭的结果，屋里也显出富足的气象。他们把男爵夫人招待得如同圣母显灵一般。问长问短的消磨了一刻钟，铺子的情形可是要等男人回来报告的；在等待期间，阿特丽纳便开始她天使般的间谍工作，打听火炉匠家里可认得什么遭难的人需要帮助。

“啊！好太太，”意大利女人说，“你是连罚入地狱的灵魂都能救出来的，近边就有一个小姑娘需要你去超度。”

“你跟她很熟吗？”

“她祖父是我丈夫的老东家，一七八九年大革命的时候就到法国来的，叫作于第西。在拿破仑朝代，于第西老头是巴黎一个最大的锅炉匠，一八一九年死后留了一笔很大的家私给儿子。可是于第西的儿子，跟些不三不四的女人把产业统统吃光了，结果又娶了一个最坏的，生下这个女孩子，今年刚刚过十五岁。”

“她现在怎么样呢？”男爵夫人听到于第西的性格很像她丈夫，不由得心中一动。

“是这样的，太太。小姑娘叫作阿太拉，离开了爹娘到这儿来跟一个德国老头住在一起；他起码有八十岁，叫作维台尔，专门替不识字的人代笔的。据说这老色鬼是花了一千五百法郎把女孩子从她娘手里买来的，也听说他另外还能拿到几千法郎一年的进款。当然老头儿是活不了几年的了，要是肯正式娶这孩子，她天性是很好的，将来就不至于走邪路，也不至于穷到去为非作歹。”

“谢谢你告诉了我一件应该做的好事，”阿特丽纳说，“可是得小心应付，那老头儿是怎么样的人呢？”

“噢！太太，他是一个好人，小姑娘跟了他很快活。他把事情看得很清楚，因为我相信，他搬出于第西的区域，是为了不让孩子给娘抓在手里。她把女儿看作一件活宝，因为她长得漂亮，说不定打算要她做一个交际花呢！阿太拉想起了我们，劝她的先生搬到我们这边来住；老头儿看出我们是好人，答应她到这儿来玩。可是太太，劝他们结婚吧，这样你老人家真是做了一件好事……结了婚，女孩子可以自由，不再受她娘的束缚；她老在等机会想靠女儿吃饭，送她去做戏子，或是干什么下贱的行为，在这方面出头。”

“干吗那个老人家不娶她呢？”

“他用不着呀；虽然维台尔那家伙不是真的坏良心，我相信他很精明，只想把女孩子占着，可是结婚，天哪！这可怜的老头，就怕像所有的老头一样，碰到那种倒霉事儿……”

“你能不能把女孩子找来？我先在这儿见见她，看有什么办法……”

火炉匠女人对她的大女儿做了一个手势，她马上走了。十分钟后她回来挽着一个十五岁半的姑娘，纯粹是意大利型的美女。

于第西小姐全部是父系的血统：皮色在白天是黄黄的，灯光下白得像百合花；大眼睛的模样，光彩，够得上称为东方式；弯弯的浓睫毛，好像极细的黑羽毛；紫檀木色的头发；还有龙巴地女子天生的庄严，使外国人星期日在米兰城中散步的时候，觉得连看门的女孩子都俨然像王后似的。阿太拉早就听人提过这位贵族太太，一听到火炉匠女儿的通知，便急急忙忙穿上一件漂亮的绸衣衫，套上皮靴，披了一件大方的短外氅。缀着樱桃红缎带的帽子，把她脸蛋儿陪衬得越发动人。小姑娘摆着天真的、好奇的姿态，从眼角里打量男爵夫人，看她一刻不停的打战觉得好奇怪。一看到这个绝色的美女堕落在风尘之中，男爵夫人深深叹了口气，决定要救她出来，使她弃邪归正。

“孩子，你叫什么名字？”

“我叫阿太拉，太太。”

“你认得字吗？”

“不，太太，可是没有关系，先生是识字的……”

“你父母带你上过教堂吗？有没有经过初领圣体？知道不知道你的《教理问答》？”

“太太，你说的这些，爸爸要我做，可是妈妈不愿意……”

“你母亲！……”男爵夫人嚷道，“难道她很凶吗，你母亲？”

“她老是揍我的！不知道为什么，爸跟妈老是为了我吵架……”

“人家从来没有跟你提到上帝吗？”

女孩子睁大了眼睛。

“啊！妈妈常跟爸爸说：上帝的圣名！上帝打死你！……”她憨态可掬的说。

“你从来没有看见过教堂吗？没有想过要进去吗？”

“教堂？……啊，圣母院、先贤祠，爸爸带我进城的时候，我远远看见过；不过这是难得的。城关就没有这些教堂。”

“你以前住哪一个城关？”

“就是城关啊……”

“哪一个呢？”

“就是夏洛纳街，太太……”

圣·安东阿纳城关的人，一向把那个有名的区域只叫作城关的。他们认为这才是老牌的、真正的城关，厂商嘴里说的城关，也就是指的圣·安东阿纳城关。

“没有人告诉过你什么叫作好，什么叫作坏吗？”

“妈妈有时揍我，要是我不照她的意思做……”

“离开父母，跟一个老人住在一块儿，是件不好的事，你知道吗？”说。阿太拉·于第西很高傲的望着男爵夫人，不回答她。

“竟是一个没有开化的野孩子！”阿特丽纳心里想。

“噢！太太，城关里像她这样的多得很呢！”火炉匠女人说。

“她什么都不知道，连善恶都不知，我的天！——干吗你不回答我呢？”男爵夫人伸手想把阿太拉拉过来。

阿太拉别扭着退了一步。

“你是一个老疯子！”她说，“我爹妈饿了一个星期！妈要我干些事，大概是很坏的，因为爸爸为此揍了她一顿，叫她女贼！那时，维台尔先生把爹妈的债统统还清了，又给了他们钱……噢！满满的一口袋呢！……后来他把我带走了，可怜的爸爸哭了……可是我们一定得分手！……嗯，这就算做了坏事吗？”

“你很喜欢这个维台尔先生吗？”

“喜欢？……当然啰，太太！他天天晚上给我讲好听的故事！……给我好看的衣衫、衬衣、披肩。我穿扮得像公主一样，也不穿木屐了！再说，两个月工夫我没有饿过肚子。我不再吃番薯了！他给我糖果，杏仁糖！噢？杏仁心子的巧克力多好吃！……为了一袋巧克力，他要我干什么我都愿意！再说，我的维台尔老头真和气，把我招呼得真好，真亲热，我这才知道我妈是应该怎样对我的……他想雇一个老妈子照呼我，不要我下厨房弄脏了手。一个月到现在，他挣了不少钱呢。每天晚上他给我三法郎，我放在扑满里。只是一样，他不愿意我出去，除非上这儿来……他真是一个可爱的男人！所以他要我怎么我就怎么……他把我叫作他的小猫咪……我妈只叫我小畜生……小……小贼！毒虫！这一类的名字。”

“那么孩子，干吗你不把维台尔老头做了丈夫呢？”

“他是我的丈夫呀，太太！”小姑娘很骄傲的望着男爵夫人，脸也不红，眼睛、额角，都是一派天真的表情，“他告诉我说，我是他的小媳妇儿；可是做男人的老婆真别扭！……哼，要没有杏仁巧克力的话！……”

“我的天！”男爵夫人轻轻的自言自语，“哪个野蛮的男人，胆敢糟蹋一个这么无邪、这么圣洁的孩子？领她到正路上去，就等于补赎我们自己的罪过。”她又记起了她和克勒凡的一幕，暗暗的想：“我是明知故犯，她可是一无所知！”

“你认得萨玛农先生吗？……”阿太拉做着撒娇的样子问。

“不，我的孩子；为什么问我这个呢？”

“真的不认识吗？”天真的孩子说。

“你不用怕太太，阿太拉……”火炉匠女人插嘴说，“她是一个天使！”

“因为我的老头儿怕这个萨玛农找到他，他躲着……我很希望他能自由……”

“为什么呢？”

“哎，那样他可以带我上鲍皮诺，或者滑稽剧院去看戏了！”

“多有意思的孩子！”男爵夫人拥抱着小姑娘。

“你有钱吗？”阿太拉拈弄着男爵夫人袖口的花边问。

“可以说有，也可以说没有，”男爵夫人回答，“对像你这样的好姑娘，我是有钱的，只要你肯跟神甫把基督徒的责任弄清楚，只要你走正路。”

“什么路呀？我可以走着去的。”

“道德的路！”

阿太拉带着俏皮的讪笑的神气望着男爵夫人。男爵夫人指着火炉匠女人说：

“你瞧这位太太，自从她信了教之后多快活。你那种结婚就跟野兽交配差不多！”

“我？只要你能给我维台尔老头给我的东西，我就愿意不结婚。结婚真讨厌！你知道是怎么回事吗？”

“像你这样的跟了一个男人，为了贞节就该对他忠实。”

“直到他老死为止吗？……”阿太拉很聪明的问，“那我用不着等多久。你不知道维台尔老头怎样的咳嗽，喘气！……啵！啵！”她学着老人的样。

“为了贞节跟道德，你的婚姻应该经过教会跟区公所的核准。教会代表上帝，区公所代表法律。你看这位太太，她是正正当当结婚的……”

“那是不是更好玩呢？”孩子问。

“你可以更快乐。因为那样，谁都不能责备你的结婚不对了。你可以讨上帝喜欢！你问问这位太太，她是不是没有宗教的仪式结婚的。”

阿太拉望着火炉匠的女人，问：

“她比我多些什么？我比她长得更好看呀。”

“不错，可是我是一个规矩的女人，”意大利女子分辩道，“你，人家可以给你一个难听的名字……”

“要是你把天上的跟世界上的法律踩在脚底下，怎么能希望上帝保佑呢？”男爵夫人说，“你知道吗，上帝替那些遵照教会戒律的人，留着一个天堂呢！”

“天堂里有些什么？有没有戏看？”

“噢！你想得到的快乐，天堂里都有。那边都是天使，长着雪白的翅膀。我们可以看到荣耀的上帝，分享他的威力，我们可以时时刻刻的快乐，永久的快乐！……”

阿太拉听着男爵夫人好像听着音乐；阿特丽纳觉得她莫名其妙，便想换一个方法着手，去找老人说话。

“你回去吧，孩子；我去跟维台尔先生谈谈。他是法国人吗？”

“他是亚尔萨斯人，太太。他将来会有钱的呢，嗨！你要是愿意代他还清萨玛农的债，他一定会还你的！因为他说，再过几个月，他有六千法郎进款了，那时我们可以到乡下去，很远的地方，在伏越山里……”

伏越山里这句话，使男爵夫人顿时出神了。她又看到了她的村子！

直到火炉匠来招呼，才把她痛苦的默想惊醒。他拿出证据来表明他事业的发达。

“再过一年，太太，我可以还清你的钱了，那是好天爷的钱，是穷人苦人的钱！将来我发了财，你尽管向我募捐得了，你给我们的帮助，我可以借你的手去回敬别人。”

“现在我不问你要钱，只要求你合作做一件好事。我刚才看到于第西小姑娘，她跟一个老人同居，我要使他们的婚姻在宗教上法律上都变成正当的。”

“啊！维台尔老头吗，他是一个好人，又规矩又会出主意。可怜的老头儿，来了两个月在街坊上已经交了不少朋友。是他替我把账目弄清的。我相信他是上校出身，替拿破仑出过力……噢！他真崇拜拿破仑！他受过勋，可是身上从来不戴。他巴望能挣一份家业，因为这可怜的好人欠了债！……我甚至相信他是躲着，衙门里的人在追究他。”

“你告诉他，只要他正式娶了这个女孩子，我可以替他还债……”

“噢，那容易得很！太太，咱们一块儿去吧，只有两步路，就在太阳弄。”

男爵夫人跟着火炉匠出门，上太阳弄去了。

“太太，这儿走。”火炉匠指着苗圃街说。

太阳弄一边通到苗圃街头上，一边通岩石街。这条弄是新辟的，铺面租金相当便宜；走到半弄，男爵夫人看见玻璃窗上挂着绿纱，高度正好使行人望不到屋内，窗上有代写书信几个字，门上又有两行：

事务所

代办诉愿文件，整理账目等项。机密可靠，交件迅速。

屋内颇像公共街车的交换站，让换车的客人等待的地方。后面一座楼梯，大概是通到底层阁楼上的住家的，附属于铺面的阁楼，靠前面的游廊取光。黝黑的白木书桌，上面放着些护书，旁边摆了一张旧货摊上买来的破椅子。一顶便帽，一个铜丝很油腻的绿绸眼罩，表明不是为了掩藏形迹，便是为了老年人目力衰退的缘故。

“他在楼上，我去叫他下来。”火炉匠说。

男爵夫人放下面网，坐下了。沉重的脚步震动着楼梯，阿特丽纳一看是她丈夫于洛男爵，不由得尖叫了一声。他穿着灰毛线上装、灰呢长裤，脚上套着软底鞋。

“太太，什么事呀？”于洛殷勤的问。

阿特丽纳站起来，抓着他，感动得连声音都发抖了：

“啊，到底给我找着了！……”

“阿特丽纳！……”男爵叫着，愣住了。他关上了门，高声叫火炉匠：“约瑟！你打后边走吧。”

“朋友，”她说，她快乐得把什么都忘了，“你可以回家了，我们有钱啦！你儿子一年有十六万法郎进款，养老金已经赎回，只消拿出你的生存证明书就能领到过期的一万五千法郎！华莱丽死了，送给你三十万。得了吧，没有人再提到你了。你尽可在外边露面，光是你儿子手中就有你一笔财产。来罢，咱们这样才是全福啦。我找了你三年，一心一意想着随时能碰到你，家里的房间都早已给你预备好了。呃！走吧，离开这儿，快快丢掉你这个不三不四的身份！”

“我很愿意呀，”男爵懵懵懂懂的说，“可是我能把小姑娘带着吗？”

“埃克多，把她放手了罢！你的阿特丽纳从来没有要你做过一点儿牺牲，依了我这一遭吧！我答应你给她一笔陪嫁，好好嫁个人，把她教育起来。她既然使你快乐，我一定也使她快乐，不让她再走邪路，也不让她掉入泥坑！”

“要我结婚的原来是你？……”男爵笑着说，“你等一下，我上去穿衣服，我还有一箱体面的衣衫呢……”

只剩下阿特丽纳一个人的时候，她把这间简陋不堪的铺面又看了一会，流着泪想：

“他住在这种地方！我们可是过得舒舒服服的！……可怜哪！受罚也受够了，以他那种风雅的人！”

火炉匠来向他的恩人告辞，她顺手叫他去雇一辆车。他回来的时候，男爵夫人要他把阿太拉招呼到他家里去住，并且马上带走。她说：

“你告诉她，要是她肯听玛特兰纳的本堂神甫指导，初领圣体的那天，我给她三万法郎陪嫁，替她找一个又规矩又年轻的丈夫！”

“嗳，太太，我的大儿子啊！他二十六岁，对这个孩子喜欢得不得了！”

这时男爵下来了，眼睛有点儿湿。他咬着太太的耳朵说：

“你教我离开的一个，倒是差不多跟你一样爱我的！这孩子哭得什么似的，我总不能把她这样的丢下罢……”

“放心，埃克多！她现在去住在一个规规矩矩的人家，我会负责管教她的。”

“啊！那我可以跟你走了。”男爵说着，带了太太往出租马车走去。

埃克多恢复了特尔维男爵的身份，穿着蓝呢大氅、蓝呢长裤、白背心、黑领带、手套。男爵夫人在车厢中刚刚坐定，阿太拉便像小青蛇似的一钻钻了进来。

“喂！太太，让我跟你们一块儿去。我一定很乖、很听话，你要我做什么都可以；可是别把我跟维台尔老头分开，他是我的恩人，给了我多么好的东西。你们走了，我要挨打的！……”

“嗨，嗨，阿太拉，”男爵说，“这位太太是我的妻子，我跟你一定得分手了……”

“她！老得这个样啦！”天真的孩子回答，“像树叶一样索索抖的！噢！这副神气！”

她刻薄的学着男爵夫人的发抖。火炉匠追着于第西，到了车门口。

“带她走！”男爵夫人说。

火炉匠抱了阿太拉，把她硬拖到家里去。

“谢谢你这次的牺牲，朋友！”男爵夫人抓了男爵的手紧紧握着，快活得像发疯一样，“你变得多厉害！你受了多少罪！这一下你的儿子女儿，都要大吃一惊咧！”

阿特丽纳像久别重逢的情人一样，恨不得把千言万语一口气说完。十分钟后，男爵夫妇到了大路易街，阿特丽纳又收到下面一封信：

男爵夫人，特尔维男爵在夏洛纳街住过一个月，假姓多兰克，那是埃克多几个字母的颠倒。现在他住在太阳弄，改姓维台尔，自称亚尔萨斯人，以代写书信为业，跟一个叫作阿太拉·于第西的小姑娘住在一起。太太，请你小心行事，因为有人竭力在搜寻男爵，不知为什么。

女戏子对你的诺言总算实现了，她永远是，男爵夫人，你的卑恭的女仆。

J.M.

男爵的归来使大家欢天喜地，他看了这种情形也就甘心情愿的恢复了家庭生活。他把阿太拉忘了，因为，热情过度的结果，他的感情已经像儿童的一样变化不定。大家认为美中不足的是男爵的改变。离开儿女出走的时候还很精神，回来却仿佛一个上了百岁的老人，伛背，龙钟，脸庞都改了样。赛莱斯丁纳临时弄了一席好菜，使老人回想起歌女府上的晚餐；眼看家里这等富裕的光景，他简直给搅糊涂了。

"你们在款待一个浪子回头的父亲哪！"他咬着阿特丽纳的耳朵说。

"嘘！……过去的事都忘了。"她回答。

男爵没有看到老姑娘，便问：

"李斯贝德呢？"

"可怜！她躺在床上呢，"奥当斯回答说，"她是起不来的了，不久她就要离开我们，教我们伤心呐。她预备饭后跟你见面。"

下一天早上刚出太阳，门房来通知小于洛，说市政府的警卫队包围了他全部的产业。法院的人要找于洛男爵。跟着门房进来的商务警察，把判决书交给律师，问他愿不愿意替他父亲付债。一个放印子钱的萨玛农，有男爵一万法郎的借票，大约当初不过是两三千法郎的债。小于洛要求商务警察撤退人马，他把债照数付清了。

"是不是只有这一笔喔？"他担着心事想。

照耀家庭的幸福，李斯贝德看了已经大为懊恼，这一次大团圆，她自然更受不了；因此病势急转直下，一星期后皮安训医生就说她没有希望。打了多少胜仗的长期战争，终于一败涂地。肺病到了可怕的弥留时期，她还是咬紧牙关，一点儿不泄露她的恨意。并且她最痛快的是看到阿特丽纳、奥当斯、于洛、维多冷、史丹卜克、赛莱斯丁纳和他们的几个孩子，都在床前流着眼泪，痛惜这个庇护家庭的好天使。三年来所没有的好吃好喝，把于洛男爵养得精力也恢复了，人也差不多回复到原来的样子。丈夫一复原，阿特丽纳欢喜得连神经性的发抖都减轻了许多。男爵从儿子女儿嘴里知道了太太的痛苦，便对她格外敬重。李斯贝德看到这种情形，在临死前一夜不由得想道：

“看她结果还是幸福的！”

这个感触加速了贝姨的死；出殡的时候，全家都流着泪送她的丧。

男爵夫妇自认为到了完全退休的年龄，便搬上三楼，把二楼那些漂亮房间让给史丹卜克伯爵夫妇。靠了儿子的力量，男爵在一八四五年初在铁路局找到一个差事，年俸六千法郎，加上六千法郎养老金以及克勒凡太太赠予的财产，他一年的总收入有了两万四。奥当斯在三年分居的期间，跟丈夫把财产分开了，所以维多冷很放心的把二十万法郎的代管遗产，拨在妹子名下，又给了她一年一万二千法郎的津贴。文赛斯拉，做了一个有钱太太的丈夫，不再欺骗她了；可是他游手好闲，连极小的作品也没有心思去做。变了一个空头艺术家之后，他在交际场中倒非常走红，好多鉴赏家都向他来请教，临了他成为一个批评家；凡是开场把人家虚哄了一阵的低能儿，都是这种归宿。因此，这几对同住的夫妇，各有各的财产。男爵夫人吃了多少苦终于醒悟了，把银钱出入交给儿子代管，使男爵只有薪水能动用，她希望这些微薄的资源使他不至于再蹈覆辙。可是男爵似乎把女色丢开了，那是母子俩都意想不到的好兆。他的安分老实，被认为年龄关系，结果使全家的人完全放了心；所以看到他的和气，看到他不减当年的风度，人家只觉得心里痛快。对太太、对儿女，他都体贴周到，陪他们去看戏，一同到他现在重新来往的人家；在儿子的客厅里，他又是谈笑风生，周旋得极好。总之，这个浪子回头的父亲，使家属满意到了极点。他变了一个可爱的老人，衰朽无用，可是非常风雅，过去的荒唐只给他留下一些社交场中的美德。自然而然，大家觉得他绝对保险了。男爵夫人与女儿，把好爸爸捧到了云端里，把两个伯叔的死给忘得干干净净！没有遗忘，人生是过不下去的！

维多冷太太跟李斯贝德学得非常能干，为了管理这个大家庭，不得不雇用一个厨子，连带也得雇一个做下手的姑娘。下手姑娘现在都野心很大，专门想偷些厨子的诀窍，等学会了调制浆汁，就出去当厨娘。所以那些佣人总是常常更调的。一八四五年十二月初，赛莱斯丁纳雇的下手是一个诺曼底的大胖姑娘，矮身量，手臂又粗又红，挺平常的脸，像应时的戏文一样其蠢无比，连下诺曼底州姑娘常戴的那个布帽，也始终不肯脱下来。这丫头像奶妈一样胖，胸部的衣衫仿佛要崩开来；绯红的脸，轮廓的线条那么硬，像是石头上刻出来的。她名叫阿加德，初进门的时候当然谁也没有加以注意；外省送到巴黎来的这等结实的女孩子，天天都有。厨子也不大看得上阿加德，她说话实在太粗俗了，因为她侍候过搬伕，新近又在城关的小旅馆里做过工；她非但不曾征服厨子而讨教到一点烹调的艺术，倒反招了他的厌。厨子追求的是路易士，史丹卜克伯爵夫人的贴身女仆。所以诺曼底姑娘常在怨命；厨子快要做好一盘菜，或是完成浆汁的时候，老是把她借端支开，打发到厨房外面去。

“真的，我运气不好，要换东家了。”她说。

她辞了两次，可是始终没有走。

有一夜，阿特丽纳被一种奇怪的声响惊醒过来，发觉旁边床上的埃克多不在了。为老年人方便起见，他们睡的是双床。她等了一个钟点不见男爵回来，不禁害怕了，以为出了事，或是中风等等，她便走上仆役们睡的顶楼，看见阿加德的半开的房门里不但露出强烈的光，还有两个人说话的声音，便走了过去。一听是男爵的口音，她吓得立刻站住。原来男爵迷上了阿加德，禁不住那个鬼婆娘故意的撑拒，竟说出几句该死的话：

"太太活不了多少时候了，只要你愿意，你可以做男爵夫人。"

阿特丽纳大叫一声，扔下烛台逃走了。

三天以后，男爵夫人终于到了弥留状态，临终圣体隔天已经受过了。全家的人都流着泪围着她。断气之前，她紧紧握着丈夫的手，附在他耳边说：

"朋友，我现在只有一条命可以给你了：一眨眼之间，你就可以自由，可以再找一个男爵夫人了。"

于是大家看到死人眼中淌出一些眼泪，那是极少有的事。淫恶的残酷，把天使的耐心打败了；在进入永恒的前一刹那，她说出了平生仅有的一句责备。

下葬三天之后，于洛男爵离开了巴黎。过了十一个月，维多冷间接知道，他的父亲于一八四六年二月一日，在伊西尼地方，和阿加德·比葛达小姐结了婚。

报告这个消息的是前任商务部长的第二个儿子，包比诺律师。于洛律师回答他说："祖宗可以反对儿女的婚姻，儿女只能眼看着返老还童的祖宗荒唐。"

一八四八年九月　巴黎

一九五一年五月　译

人间喜剧

La Comédie humaine

邦斯舅舅

（法）巴尔扎克 著
傅雷 译

團結出版社

图书在版编目（CIP）数据

人间喜剧 / (法) 巴尔扎克著 ; 傅雷译. -- 北京 : 团结出版社, 2021.11

ISBN 978-7-5126-9114-8

Ⅰ. ①人… Ⅱ. ①巴… ②傅… Ⅲ. ①小说集—法国—近代 Ⅳ. ①I565.44

中国版本图书馆CIP数据核字(2021)第171591号

出版：团结出版社

（北京市东城区东皇城根南街84号 邮编：100006）

电话：（010）65228880　65244790（传真）

网址：www.tjpress.com

Email：zb65244790@vip.163.com

经销：全国新华书店

印刷：天宇万达印刷有限公司

开本：145×210　1/32

印张：114.75

字数：3242千字

版次：2021年11月 第1版

印次：2021年11月 第1次印刷

书号：978-7-5126-9114-8

定价：458.00元（全10册）

出版说明

奥诺雷·德·巴尔扎克（Honoré de Balzac, 1799—1850），法国小说家，被誉为“现代法国小说之父”，生于法国中部图都尔市的一个中产者家庭。

1829年，三十岁的巴尔扎克第一次正式发表作品。他经过十余年的探索、学习之后，在法国小说界开辟出了一个崭新的世界，建立了一个一直影响到现在的现实主义传统。从发表第一部作品开始，巴尔扎克便以惊人的毅力创作出了91部小说，塑造了两千四百多个栩栩如生的人物形象，这些作品合称为《人间喜剧》。巴尔扎克通过这些作品和人物形象，为读者展示了法国社会的整个面貌。因此，《人间喜剧》被后世誉为“资本主义社会的百科全书”。

作为他的朋友，法国19世纪前期著名的浪漫主义文学家维克多·雨果曾这样评价他：“在最伟大的人物中间，巴尔扎克是名列前茅者；在最优秀的人物中间，巴尔扎克是佼佼者之一。他才华卓越，至善至美，但他的成就不是眼下说得尽的。他的所有作品仅仅形成了一部书，一部有生命的、光亮的、深刻的书。”

傅雷(1908—1966),字怒安,号怒庵,他是中国著名的翻译家、作家、教育家、美术评论家。傅雷先生早年留学于法国巴黎大学,翻译了大量的法文作品,包括巴尔扎克、罗曼·罗兰、伏尔泰等许多名家著作。20世纪60年代初,他因在翻译巴尔扎克作品方面的卓越贡献,被法国巴尔扎克研究会吸收为会员。

傅雷先生曾说:“《人间喜剧》共包括九十四个长篇,已译十五种,虽不能囊括作者全部精华,但比较适合吾国读者的巴尔扎克最优秀作品,可谓遗漏无多。法国一般文艺爱好者所熟悉之巴尔扎克小说,甚少超出此项范围。”这十五种译作中,《猫儿打球号》已经佚失,现存十四种。此次,我们整理出版的这套《人间喜剧》,正是对傅雷先生现存十四种译作的整理。它们分别是:《欧也妮·葛朗台》《亚尔培·萨伐龙》《高老头》《奥诺丽纳》《比哀兰德》《夏倍上校》《禁治产》《邦斯舅舅》《赛查·皮罗多盛衰记》《于絮尔·弥罗埃》《都尔的本堂神父》《贝姨》《搅水女人》《幻灭》。

此次出版,我们在尊重傅雷先生译作的前提下,按照现代汉语规范,仅对一些地名、人名、标点符号等作了修订。由于水平所限,整理过程中难免有错漏之处,恳请读者批评指正!

目　录

一、一个帝政时代的老古董

一八四四年十月，有一天下午三点光景，一个六十来岁而看上去要老得多的男人，在意大利大街上走过。他探着鼻子，假作正经的抿着嘴，好像一个商人刚做了件好买卖，或是一个单身汉沾沾自喜的从内客室走出来。在巴黎，这是一个人把心中的得意流露得最充分的表示。那些每天呆在街上，坐在椅子里以打量过路人为消遣的家伙[1]，远远的一瞧见这老人，都透出一点儿巴黎人特有的笑容，这笑容包含许多意思，或是讪笑，或是讽刺，或是同情。可是巴黎人对形形色色的场面也看腻了，一定要遇到头等怪物，脸上才会有点儿表情。

那老头儿在考古学上的价值，以及大家眼中那一点笑意，像回声般一路传过去的笑意，只要一句话就能说明。有人问过以说俏皮话出名的戏子伊阿桑德，他那些博得哄堂大笑的帽子在哪儿定做的。他回答说："我没有定做啊，只是保存在那儿。"对啦！巴黎上百万的居民其实都可以说是戏子，其中有好多人无意

①指坐咖啡馆的巴黎人。咖啡座每伸展至人行道，故言待在街上。（本书注释均为译者注）

中全做了伊阿桑德，在身上保留着某一时代的一切可笑之处，俨然是整个时代的化身，使你在大街上溜达的时候，便是想着给朋友欺骗那一类的伤心事，也不由得要扑哧一声的笑出来。

那过路人的服装，连某些小地方都十足保存着一八〇六年的款式，所以它让你想起帝政时代而并不觉得有漫画气息。就凭这点儿细腻，有眼光的人才知道这一类令人怀古的景象更有价值。可是要体会那些小枝节，你的分析能力必须像逛马路的老资格一样，如今人家老远看了就笑，可见那走路人必有些怪模怪样。像俗语所说的扑上你的眼睛，那也正是演员们苦心研究，希望一露脸就得个满堂彩的。原来这又干又瘦的老人，在缀着白铜纽扣的，半绿不绿的大褂外面，套着一件没有下摆的栗色短褂，叫作斯宾塞的！……一八四四年上还看到一个穿斯宾塞的男人，岂不像拿破仑复活了一样吗？

顾名思义，斯宾塞的确是那位想卖弄细腰身的英国勋爵的创作。远在一八〇二年亚眠安和会之前，这英国人就把大氅的问题给解决了：既能遮盖胸部，又不至于像笨重而恶俗的卡列克那样埋没一个人的身腰，这种衣服如今只有车行里的老马夫还拿来披在肩上[①]。但因细腰身的人为数不多，所以斯宾塞虽是英国款式，在法国走红的时间也并不久。那些四五十岁的人，看到有人穿着斯宾塞，自然而然会在脑筋里给他补充上一条丝带扎脚的绿短裤，一双翻统长靴，跟他们年轻的时候一模一样！老太太们见了，也得回想起当年红极一时的盛况。可是一般年轻的人就要觉

①叫作斯宾塞的短褂，有如现代的夏季礼服，原系英国的约翰·查理·斯宾塞勋爵创行。叫作卡列克的外氅，相传为英人约翰·卡列克所创；上半身披肩部分，长至手腕，共有两三叠之多，故极厚重。

得奇怪：为什么这个老阿契皮阿特要割掉他外套的尾巴呢①？总之，那个人浑身上下都跟斯宾塞配得那么相称，你会毫不犹豫的叫他做帝政时代的人物，正如我们叫什么帝政时代的家具一样。但只有熟悉那个光华灿烂的时代的，至少亲眼见过的人，才会觉得那走路人是帝政时代的象征；因为要辨别服装，必须有相当真切的记忆力。帝政时代跟我们已经离得那么远，要想象它那种法国希腊式②的实际场面，绝不是每个人所能办到的。

他帽子戴得很高，差不多把整个的脑门露在外面，这种昂昂然的气概，便是当年的文官和平民特意装出来对抗军人的气焰的。并且那还是一顶十四法郎的怕人的丝帽子，帽沿的反面给又高又大的耳朵印上两个半白不白的，刷也刷不掉的印子。帽坯上照例胶得很马虎的丝片子，好几处都乱糟糟的黏在一块儿，尽管天天早上给修整一次，还像害了大麻风似的。

仿佛要掉下来的帽子底下，露出一张脸，滑稽可笑的模样，唯有中国人才会想出来，去烧成那些丑八怪的瓷器。阔大的麻子脸像个脚炉盖，凹下去的肉窟窿成为许多阴影：高的高，低的低，像罗马人的面具，把解剖学上的规则全打破了。一眼望去，竟找不着脸架子。应当长骨头的地方，却来上一堆果子冻似的肉；该有窝儿的部分，又偏偏鼓起软绵绵的肉疙瘩。这张怪脸给压成了南瓜的形状，配上一对灰眼睛—— 眉毛的地位只有两道红

①希腊政治家阿契皮阿特，为苏格拉底弟子，以生活奢豪闻于世，众人盛称其所畜之名犬，阿氏即将犬尾割去，俾众人不复提及。

②拿破仑称帝时，提倡希腊罗马的文物与风格，当时的美术，家具，服装，均带希腊风味，美术史上称为法国希腊式（GallO-Grecque）。

线——更显得凄凉；整个的脸被一个堂·吉诃德式的鼻子[1]镇住了，像平原上的一座飞来峰。这鼻子，想必西万提斯也曾注意到，表示一个人天生的热爱一切伟大的事，而结果是着了迷。那副丑相，尽管很滑稽，可绝对不会教人发笑。可怜虫苍白的眼中有一股极凄凉的情调，会教开玩笑的人把到了嘴边的刻薄话重新咽下去。你会觉得造物是不许这老头儿表示什么温情的，要是犯了禁，就得教女人发笑或是难受。看到这种不幸，连法国人也不作声了，他们觉得人生最大的苦难就是不能博得女人的欢心！

①堂·吉诃德身体又高又瘦。根据一般情形，脸相大多与全身调和，故堂·吉诃德的鼻子一定也是很长的。

二、一套少见的服装

这个在造物面前极不得宠的人，穿得跟清寒的上等人一样，那是有钱人常常模仿的装束。帝国禁卫军式的长统鞋罩，把鞋子盖住了，使他可以把一双袜子多穿几天。黑呢裤发出好些半红不红的闪光；裁剪的款式，跟褶痕上面又像发白又像发亮的条纹，都证明裤子已经穿了三年。衣衫的宽大并掩饰不了瘦削的体格。他的瘦是天生的，并非学毕太哥尔的样而素食的缘故；因为老头儿的嘴巴生得很肉感，嘴唇很厚，笑起来一口牙齿跟鲨鱼的不相上下。大翻领的背心也是黑呢料子的，里头衬一件白背心，还露出第三件红毛线背心的边，教你想起从前迦拉穿到五件背心的故事①。白纱的领结，扣得那么有模有样，正是一八〇九年的漂亮哥儿为了勾引美人儿而苦心推敲的；可是那硕大无朋的领结，拥在下巴前面，似乎把他的脸埋在一个窟窿里。一条编成发辫式的丝表链，穿过背心，拴在衬衫上，仿佛真会有人偷他的表似的！半绿不绿的大褂非常干净，比裤子的年代还要多上三年；丝绒领跟新

①迦拉（1762—1823），为当时有名的歌唱家，极讲究穿着。

换过的白铜纽扣，显得穿的人平时的小心简直是无微不至。

把帽子戴在脑后的习惯，三套头的背心，埋没下巴颏儿的大领带，长统鞋罩，绿色大褂的白铜纽扣，都是帝政时代款式的遗迹；跟这些相配的，还有当年信不信由你的哥儿们[①]那股卖俏的劲儿，衣褶之间那种说不出的细巧，浑身上下那种整齐而呆板的气息，令人想起达维特的画派和约各设计的瘦长家具。只要瞧上一眼，你就会觉得他要不是一个有教养而给什么嗜好断送了的人，便是一个进款不多的家伙，一切开支都是被有限的收入固定了的，万一打破一块玻璃，撕破件衣服，或是碰上募捐等等的要命事儿，就得把他整个月内小小的娱乐取消。你要在场的话，一定觉得奇怪，这张奇丑的脸怎么会浮起一点笑意，它平时的表情不是应当又冷又凄凉，像所有为了挣口苦饭而奋斗的人一样吗？可是这古怪的老人，像母亲保护孩子那么小心的，右手拿着件分明很贵重的东西，藏在双重上衣的左襟底下，生怕不巧给人碰坏了：你看到这个，尤其看到他急急忙忙，活像那些有闲的人偶尔替人跑腿的神气，你可能以为他找到了侯爵夫人的小狗什么的，带着帝政时代的人物所有的那种殷勤，得意扬扬的给送回去；他那位上了六十岁的美人儿，还少不了他每天的问候呢。世界上唯有在巴黎才能看到这等景致，大街上就在连续不断的演这种义务戏，让法国人饱了眼福，给艺术家添了资料。

---

①执政时期（1795—1800）的漂亮人物，当时称为Incroyables，谓其奇装异服，竞骛新奇，令人不可思议。

三、一个得罗马奖的人的下场[①]

一看那人瘦骨嶙峋的轮廓，虽然很大胆的穿着过时的斯宾塞，你也不敢把他当作什么艺术家；因为巴黎的艺术家差不多跟巴黎的小孩子一样，在俗人的想象中照例是嘻嘻哈哈，大有“噱头”的家伙，我这么说是因为“噱”这个古字现在又时行了。可是这走路人的确得过头奖，在法国恢复罗马学院之后，第一支受学士院褒奖的诗歌体乐曲，便是他作的，一句话说完，他就是西尔伐·邦斯先生！他写了不少有名的感伤歌曲，给我们的母亲辈浅吟低唱过，也作过一八一五与一八一六年间上演的两三出歌剧，跟一些未曾刊行的乐曲。临了，这老实人只能替大街上一所戏院当乐队指挥；又凭着他那张脸，在几处女子私塾内当教员。薪水和学费便是他全部的收入。唉！到了这个年纪还得为了几文学费

①1666年起，法国政府设有罗马法国学院，简称为罗马学院，由王上指派艺术家前往留学。凡得头奖的（即所谓罗马奖）青年画家，雕塑家，建筑家等，均由国家资送罗马学院研究。1793年革命政府曾一度加以停办，1795年执政府又下令重开。但音乐专业学生能够参与罗马奖会考，自1803年始。

而到处奔跑！这种很少传奇意味的生活，原来还藏着多少的神秘哟！

因此，这个穿斯宾塞的老古董不单是帝政时代的象征，三套头的背心上还大书特书的标着一个教训。他告诉你“会考”那个可怕的制度害了多少人，他自己便是一个榜样。那制度在法国行了一百年没有效果，可是至今还在继续。这种挤逼一个人聪明才智的玩意儿，原是篷巴杜夫人的弟弟，一七四六年左右的美术署署长波阿松·特·玛里尼想出来的。一百年来得奖的人里头出了几个天才，你们屈指数一数吧！第一，伟人的产生是可遇而不可求的，在行政或学制方面费多大的劲，也代替不了那些奇迹。在一切生殖的神秘中，这是连野心勃勃，以分析逞能的近代科学也没法分析的。其次，孵化小鸡的暖灶据说当初是埃及人发明的；倘若有了这发明而不马上拿食料去喂那些孵出来的小鸡，你对埃及人又将做何感想？法国政府可就是这么办：它想把“会考”当作暖房一般去培养艺术家；赶到这机械的方法把画家，雕塑家，镂版家，音乐家制造出来以后，它就不再关心，好比公子哥儿一到晚上就不在乎他拴在钮孔上的鲜花一样。而真有才气的人倒是葛滦士，华多，法利西安·达维特，巴涅齐，奚里谷，特刚，奥贝，达维特·特·安越，欧也纳·特拉克洛阿，曼索尼哀等等[1]，他们并不把什么头奖放在心上，只照着那个无形的太阳（它的名字叫作天生的倾向）的光，在大地上欣欣向荣的生长。

政府把西尔伐·邦斯送往罗马，想教他成为一个大音乐家，他却在那儿养成了爱古物爱美术品的癖。凡是手和头脑产生的

---

①凡不加注而书中情节并不暗晦的人名，地名等专门名词，概不加注，免读者有读百科小辞典之感。

杰作，近来的俗语统称为古董的，他都非常内行。所以这音乐家一八一〇年回到巴黎的时候，变成了个贪得无厌的收藏家，带回许多油画，小人像，画框，象牙的和木头的雕刻，五彩的珐琅，瓷器等等；买价跟运费，使他在留学期间把父亲大部分的遗产花光了。在罗马照规矩待了三年，他又漫游意大利，把母亲的遗产也照式照样的花完了。他要很悠闲的到佛尼市，米兰，佛罗伦萨，鲍洛涅，拿波里各处去观光，以艺术家那种无愁无虑的心情，像梦想者与哲学家一般在每个城里逗留一番，——至于将来的生计，他觉得只要靠自己的本领就行了，正如娼妓们拿姿色看作吃饭的本钱。那次奇妙的游历使邦斯快活之极；一个心灵伟大，感觉锐敏，因为生得奇丑而不能像一八〇九年的那句老话所说的，博得美人青睐的人，他所能得到的幸福，在那次旅行中可以说达到了最高峰。他觉得人生实际的东西都比不上他理想的典型；内心的声音跟现实的声音不调和，可是他对这一点早已满不在乎。在他心中保存得很纯粹很强烈的审美感，使他作了些巧妙，细腻，妩媚的歌曲，在一八一〇至一八一四年间很有点名气。在法国，凡是靠潮流靠巴黎一时的狂热捧起来的那种声名，就会造成邦斯一流的人。要说对伟大的成就如此严厉，而对渺小的东西如此宽容的，世界上没有一国可与法国相比。德国音乐的巨潮和洛西尼的洋洋大作不久就把邦斯淹没了；一八二四年时，凭他最后几支歌曲，还有人知道他是个有趣的音乐家，可是你想，到一八三一年他还剩点儿什么！再到一八四四年，在他默默无闻的生涯中仅有的一幕戏开场的时候，西尔伐·邦斯的价值只像洪水以前的一个小音符了；虽然他还替自己服务的戏院和几家邻近的戏院，以很少的报酬为戏剧配音，音乐商已经完全不知道有他这个人了。

可是这好好先生倒很赏识近代的名家，倘使有些优秀作品给美满的演奏出来，他会下泪；但他的崇拜，并不像霍夫曼小说中的克雷斯勒那样的如醉若狂；他表面上绝不流露，只在心中自得其乐，像那些抽鸦片吸麻醉品的人。唯一能使凡夫俗子与大诗人并肩的那种敬仰与了解，在巴黎极难遇到，一切思潮在那儿仅仅像旅客一般的稍作勾留，所以邦斯是值得我们钦佩的了。他不曾走红仿佛有点说不过去，可是他很天真的承认，在和声方面他差着点儿，没有把对位学研究到家；倘若再下一番新工夫，他可能在现代作曲家中占一席地，当然不是成为洛西尼，而是哀洛一流①；但规模越来越大的配器法使他觉得无从下手。并且，收藏家的喜悦，也把他的不能享有盛名大大的补偿了，倘若要他在收藏的古董与洛西尼的荣名之间挑一项的话，你爱信不信，他竟会挑上他心爱的珍品的。那收藏名贵版画的，博学的希那华说过，他拿一张拉斯达尔，荷培玛，霍尔朋，牟利罗，葛滦士，赛白斯蒂安·但尔·毕翁菩，乔尔乔纳，拉斐尔，丢勒，欣赏的时候，非要那张画是只花五十法郎买来的，才更觉得津津有味。邦斯也是这个主张，他绝不买一百法郎以上的东西；而要他肯花五十法郎，那东西非值三千不可；他认为世上值到三百法郎的神品久已绝迹。机会是极难得的，但他具备三大成功的条件，那就是：像鹿一般会跑的腿，逛马路的闲工夫，和犹太人那样的耐性。

这套办法，在罗马，在巴黎，行了四十年，大有成绩。回国以后每年花上两千法郎的结果，邦斯谁也不让看见的，藏着各种各样的精品，目录的编号到了惊人的一千九百零七号。一八一一至

①洛西尼的作品，当时在巴黎红极一时。哀洛（1791—1833）则系法国二三流音乐家。

一八一六年间，他在巴黎城中到处奔跑的时候，如今值一千二的东西，他花十法郎就弄到了。其中有的是画，在巴黎市场上每年流通的四万五千幅中挑出来的；有的是赛佛窑软坯的瓷器，从奥凡涅人手中买来的；这些人是囤货商的爪牙，把篷巴杜式的法国美术品用小车从各地载到巴黎来。总之，他搜集十七十八世纪的遗物，发掘一般有才气有性灵的法国艺术家，例如不出名的大师勒包脱勒，拉华莱-波尚之类；他们创造了路易十五式，路易十六式的风格，给现代艺术家整天待在博物院图版室中改头换面，自命为新创的式样做蓝本。邦斯还有好多藏品是跟人交换来的，这是收藏家无可形容的喜悦！买古董的快乐只能放在第二位；交换古董，在手里进进出出，才是第一乐事。邦斯是最早收鼻烟壶跟小型画像的人[①]。但他在玩古董的人中并不知名，因为他不上拍卖行，也不在有名的铺子里露脸，这样他也就不知道他的宝物的时值估价了。

收藏家中的巨擘杜索末拉，曾经想接近这位音乐家，但杜氏没有能进入邦斯美术馆就故世了；而邦斯美术馆，是唯一能和有名的索华育的收藏媲美的[②]。他们俩颇有相像的地方：两人都是音乐家，都没有什么财产，用同样的方法收藏，爱好艺术，痛恨有名的富翁与商人们抬价。对一切手工艺，一切神妙的制作，索华育是邦斯的对头，敌手，竞争者。跟他一样，邦斯的心永远不知餍

---

①小型画像（miniature）是表盖，胸章，妇女饰物上的极小的画。题材不限于人像，亦有风景花鸟等等。

②杜索末拉（1794—1842）的收藏，即今日格吕尼博物馆的藏品。索华育（1781—1860）的收藏，生前即捐与卢浮博物馆。两人均系法国史上有名的大收藏家兼鉴赏家。

足，对美术品的爱好正如情人爱一个美丽的情妇；守斋街上的拍卖行内，作品在估价员的锤子声中卖来卖去，他觉得简直是罪大恶极，侮辱古董的行为。他的美术馆是给自己时时刻刻享受的。生来崇拜大作品的心灵，真有大情人那样奇妙的天赋；他们今天的快乐不会比昨日的减少一点，从来不会厌倦，而可喜的是杰作也永远不会老。所以那天他像父亲抱着孩子般拿着的东西，一定是偶然碰上的什么宝物，那种欢天喜地拿着就走的心情，你们鉴赏家自然能领会到！

看了这段小传的第一道轮廓，大家一定会叫起来：“哦！别瞧他生得丑，倒是世界上最幸福的人呢！”不错，一个人染上了一种嗜好，什么烦恼，什么无名的愁闷，都再也伤害不到他的心。你们之中凡是没法再喝到欢乐的美酒的人，不妨想法去揽上一个收藏的瘾，不管收什么（连招贴都有人在收集呢！）；那时你即使没有整个儿的幸福，至少能得些零星的喜悦。所谓好癖，就是快感的升华。话虽如此，你们可不必艳羡邦斯；要是你们存下这种心，那就跟其他类似的情操一样，必然是由于误会的缘故了。

这个人，感觉那么灵敏，一颗心老在欣赏人类美妙的制作，欣赏人与造化争奇的奋斗，他可是犯了七大罪恶中上帝惩罚最轻的一桩，换句话说，邦斯是好吃的[①]。既没有多少钱，再加上玩古董的瘾，饮食就不能不清苦，使他那张挑精拣肥的嘴巴受不了。先是单身汉天天在外边吃人家的，把饮食问题给解决了。帝政时代，仰慕名流的风气远过于现在，大概因为那时名流不多，又没有什么政治野心。一个人不用费多大气力，就能成为诗人，作家，

①基督旧教有七大罪恶为一切罪恶之母之说，即骄傲、嫉妒、吝啬、淫乱、愤怒、懒惰、贪馋。

或音乐家。邦斯当时被认为可能和尼古罗，巴哀，裴尔登[①]等等抗衡的，所以收到的请帖之多，甚至要在日记簿上登记下来，像律师登记案子一样。他以艺术家的身份出去周旋，拿自己作的歌谱送给饭局的主人们，在他们家弹弹钢琴，把他服务的法杜戏院的包厢票请客，替人家凑几个音乐会，有时还在亲戚家的临时舞会中拉提琴。

①尼古罗、巴哀、裴尔登，都是十八世纪末至十九世纪初期的二三流音乐家，与邦斯同时。

四、好事有时候是白做的

那时法兰西最健美的男儿，正在跟联盟国最健美的男儿一刀一枪的厮杀[①]；因此，按照埃里安德的理论，邦斯的丑陋被称为别具一格[②]。他替什么美丽的太太办了一点事，人家会叫他一声“可爱的人”，但他的安慰也不过是这句空话而已。

在这一段约莫有六年（一八一〇至一八一六）的时期内，邦斯搅上了好吃好喝的坏习惯，眼看请他吃饭的主人们那么豪爽，端出时鲜的菜，开出顶好的酒；点心，咖啡，饭后酒，无一不讲究。帝政时代就有这种好客的风气；正当多少的国王王后云集巴黎的时候，大家都模仿他们光华显赫的气派。当时的人喜欢学帝王的样，正如现在的人喜欢学国会的样，成立好多有会长，副会长，秘书等等的团体，例如苎麻研究会，葡萄改良会，蚕种研究会，农业会，工业会，形形色色，不一而足；有人还在寻访社会的

①那时指1810年至1816年间，正是拿破仑战争达于高潮的时期。

②埃里安德为莫里哀名剧《厌世者》中的人物。该剧第二幕第四场，有埃里安德的长篇台词，大意谓爱情与人之美丑无关。即情人眼里出西施之意。

烂疮，把良医国手组成团体呢！

再说邦斯吧。受过这种训练的胃，必然影响到一个人的气节；对烹调的了解越深刻，志气也就越消沉。肉欲盘踞着你整个的心，在那里发号施令，意志和荣誉都给打得粉碎；它要你不惜牺牲使它满足。口腹之欲的专横，从来没有被描写过，因为每个人都得生存，所以连文学批评都把它放过了。但为了吃喝而断送掉的人，你真想象不到有多少。在巴黎，以倾家荡产而论，饮食等于在跟娼妓竞争；并且在另一方面看，一个人的吃是收入，嫖是支出。赶到邦斯因艺术家身份的低落，从无席不与的上宾降而为吃白食的清客的时候，他已经没法离开精美的筵席，跑进四十铜子一餐的饭店去尝斯巴达式的[①]牛奶蛋花羹。可怜他一想到要独立就得做那么大的牺牲，他就发抖，他觉得什么下贱的事都能做，只要能继续好吃好喝，按时按节尝到当令的珍馐美果，吃着精致的名菜大快朵颐！他仿佛觅食的鸟，含了满嘴的食物高飞远走，只要嘁嘁喳喳唱上一支歌就算道谢。并且那么好的酒饭都吃在人家头上，吃完了扯个鬼脸就跑：邦斯也觉得相当得意。跟所有的单身汉一样，他怕待在家里，喜欢老混在别人府上；凡是应酬场中的门面话，没有真情的假殷勤，他都习惯了，他也学会了把客套随口敷衍；至于看人，他只看个表面，从来不想去摸清底细。

这个勉强过得去的阶段又拖了十年，可是怎样的十年呵！简直是风风雨雨的秋天。邦斯尽量巴结那些走熟了的家庭，以便保住饭桌上的地位。终于他走上了末路，替人当差，跑腿，几次三

---

①古代斯巴达的国民以生活严肃，饮食清苦闻于世。

番的代替佣人和门房的职司。多少买卖都由这一个家庭派他到另一家庭中去探听消息，做个并无恶意的间谍；可是他跑了那么多回腿，当了那么些有失身份的差使，人家并不感激他。

“邦斯是个单身汉，”人家说，“他无聊得很，能够替我们跑跑才高兴呢……要不然他怎么办？”

不久他开始散布出老年人的那点儿凉意，像北风一般把人家的感情都吹凉了，尤其他是个又穷又丑的老人，那不是老上加老吗？这是人生到了冬季，鼻子通红，腮帮灰白，手脚麻木的冬季！

一八三六至一八四三之间，邦斯难得有人请吃饭了。每个家庭都不想再找他，他要上门，就耐着性子耽待他，像忍受捐税一样。大家觉得没有欠他一点儿情，甚至也不把他真正出过力的事放在心上。老人在那里混了一世的几个家庭，都不是尊重艺术的，它们只崇拜成功，只重视一八三〇年以后得来的果实：财富或地位。既然邦斯在思想上举动上都不够气魄，没有那种教布尔乔亚敬畏的聪明或才气，结果他当然变得一文不值，只是还不至于完全被人唾弃罢了。但他跟一切懦弱的人一样，受了社会的白眼不敢说出来。慢慢的他学会了把情感压在胸中，把自己的心当作一个避难所。好多浅薄的人，管这个现象叫作自私自利。孤独的人与自私的人的确很相像，使一般说长道短之辈毁谤好人的话，显得凿凿有据，尤其在巴黎，没有人肯用心观察，一切都快得像潮水，昙花一现像内阁！

所以，人家在背后责备邦斯自私，而邦斯也就给这个罪名压倒了，因为你一朝加了人家罪名，结果终会把他坐实的。诬蔑给一般懦弱的人多大的打击，可有人想到过？谁又会描写他们的痛苦？这个一天天恶化的局面，说明了可怜的音乐家脸上的悲苦；他的生活是以可耻的牺牲换来的。可是为了嗜好而做的丢人的事，反而加强你对嗜好的联系；越需要你卑躬屈膝的嗜好，你越觉得宝贵；你会把所有的牺牲看作消极的储蓄，仿佛有无穷的财富在内。譬如说，给有钱的混蛋极不客气的瞪上一眼之后，邦斯津津有味的呷着包多酒，嚼着焗鹌鹑，像出了一口怨气似的，心里想："总算还划得来！"

在伦理学家心目中，他这种生活是情有可原的。人必须在某方面有点满足才能活。一个毫无嗜好，完全合乎中庸之道的人，简直是妖魔，是没有翅膀的半吊子天使。基督旧教的神话里，天使没有别的，只有头脑。但在我们的浊世上，所谓完人便是那迂腐的葛兰狄逊[1]，连街头的神女对他也不成其为女性的。而邦斯，除了漫游意大利的时期，大概靠气候帮忙而有过一两次平凡的艳遇以外，从来没看见女人对他笑过。好多人都遭到这一类的厄运。邦斯是天生的丑八怪，当初他父母是晚年得子，诞生既过了时令，他自有那些过了时令的瘢痕，例如死尸一般的皮色，很像在科学家保存怪胎的酒精瓶里培养出来的。这位艺术家，生成一颗温柔的心，有幻想，有感觉，却为了一副尊容不得不过那种生活，绝无希望得到女人的爱。可见他的独身并非由于自己喜欢，而是迫不得已。赶到饕餮来勾引他，他就奋不顾身的扑上去，像当年奋不顾身的崇拜艺术品和音乐一样；好吃的罪过，不是连有道

①英国理查逊小说《葛兰狄逊》中的主人翁，查理·葛兰狄逊爵士，为一典型的正人君子。

行的僧侣都难免吗[1]？为他，珍馐美食与古董代替了女人；因为音乐是他的本行，而世界上哪有人喜欢他挣饭吃的本行的？职业有如婚姻，久而久之，大家只觉得它有弊无利。

勃里拉-萨伐冷，在《食欲心理学》一书中有心替老饕张目，但对于人在饮食方面真正的快乐，似乎还说得不够。消化食物，需要不少精力，那是一场内部的战斗，对那些供养口腹的人，其快感竟不下于爱情。一个人只觉得生命力在那儿尽量发挥，头脑不再活动而让位给横膈膜那边的第二头脑，同时所有的机能都麻痹，使你入于完全陶醉的境界。便是巨蟒吧，它吞了一头公牛，就会瘫倒在那里听人宰割。一过四十岁，谁还敢吃饱了饭马上工作？……因此，所有的大人物对饮食都是有节制的。大病初愈的人，精美的食物给限制得很严，他们往往觉得吃到一只鸡翅膀就能迷迷糊糊的愣个大半天。安分老实的邦斯，一切乐趣都集中在胃的活动上，所以他老像病后的人，希望凡是珍馐美食所能给他的快感都能享受到，而至此为止他的确每天享受到。可是世界上就没有一个人有断瘾的勇气。好多自杀的人临死都改变了主意，因为丢不下每天晚上去玩“接龙”的咖啡馆。

①基督旧教修院中的僧侣及一般传教士，中世纪起即以讲究饮食闻于世。

五、一对榛子钳[1]

一八三五年，邦斯的不获美人青睐，意外的得到补偿，他像俗语所说的有了一根老年的拐杖。这个一生下来就老的人，居然从友谊中获得人生的依傍；社会既不容许他结婚，他便跟一个男人结合——也是个老头儿，也是个音乐家。倘使拉·封丹不曾写下那篇奇妙的寓言，我这本小传大可题作两位朋友[2]。但亵渎名著的行为，不是一切真正的作家都应当避免的吗？咱们的寓言家既然把心中的秘密和梦境写成了一篇杰作，那题目就应该永远归他。因为这首诗简直是一所神圣的产业，一所庙堂，前面像榜额似的标着两位朋友几个大字，将来每一代的人，全世界的人，都得恭恭敬敬进去瞻礼一番，只要有印刷术存在。

①榛子钳形容往上抄起的下巴，或是有这种下巴的脸。

②拉·封丹《寓言》第八卷第十一篇，描写两位生死之交的朋友。一天晚上，甲友忽然起床往访乙友，乙友闻讯，即全身武装，一手握剑，一手持钱袋，说道："朋友，你半夜光临，必有大事。倘使你赌输了钱，这儿有钱；倘使你有仇，我马上替你去报仇；倘使你寂寞不寐，这儿有美丽的女奴奉献。"甲友回答说："这些都不是的。我梦中看见你愁容惨惨，怕你遭了祸事，方才半夜奔来……"

邦斯的朋友是钢琴教授。两人的生活，人品，都非常调和，使邦斯大有相见恨晚之慨，因为他们直到一八三四年，方才在某个私塾的给奖典礼上认识。在违背了上帝的意旨，发源于伊甸园的茫茫人海中[①]，两颗这样心心相印的灵魂恐怕是从来未有的。没有多少时候，两位音乐家变得你少不了我，我少不了你。彼此的信任，使他们在八天之内就跟亲兄弟一般。许模克简直不相信世界上会有一个邦斯，邦斯也不信世界上会有一个许模克。这几句已经把两个好人形容得够了。可是大众的头脑不一定喜欢简单的综合手法。为一般不肯轻易相信的人，必须再轻描淡写的说明一番。

这钢琴家，像所有的钢琴家一样是个德国人，像伟大的李斯特，伟大的门德尔松般的德国人，像史丹贝脱般的德国人，像莫扎特与杜撒克般的德国人，像多尔赫般的德国人，像太尔堡，特莱旭克，希勒，曼尔，克兰茂，齐茂曼，卡克勃兰纳，埃士，胡兹，卡尔，伏尔夫，比克齐斯，克拉拉·维克般的德国人[②]，尤其是像所有的德国人。虽是大作曲家，许模克只能做一个演奏家，因为他天生的缺少胆气，而天才要在音乐上有所表现，就靠有胆气。好多德国人的天真并不能维持到老；倘使在相当的年龄上还有天真，那是像我们从河中引水灌田一般，特意从青春的泉源上汲取得来，使他们能够在科学，艺术或金钱方面有所成就的；因为

①基督教传说，亚当与夏娃在伊甸园中私食禁果，方有人世之苦，而生男育女之事亦系上帝所罚；故作者言人海是违背了上帝的意旨，发源于伊甸园的。

②除莫扎特，门德尔松，李斯特为世界知名的大师外，其余皆三四流的钢琴家或作曲家。

天真可以祛除人家的疑心。为了这个目的，法国有些刁滑的家伙，用巴黎小商人的鄙俗来代替德国人的天真。可是许模克无意之中把童年的天真全部保存着，正如邦斯保存着帝政时代的遗迹。这高尚而地道的德国人，是演员而兼观众；他玩音乐玩给自己听。他住在巴黎好比一只夜莺住在森林里，孤独无偶的唱了二十年，直到遇见邦斯，才有了个跟自己的化身一样的伴侣。（参看《夏娃的女儿》）[①]

邦斯和许模克两人的性格与感情，都有德国人那种婆婆妈妈的孩子气：例如爱花成癖，爱一切天然景致，在园子里砌些玻璃瓶底，把眼前大块文章的风景，缩成了小规模来欣赏[②]；又如

①《夏娃的女儿》为巴尔扎克另一小说的题目。巴氏人物常在许多作品中先后出现，作者又以社会史家自命，故每喜加入“参考某书”一类的注脚，仿佛他的小说就是一部富于考证意味的历史。在《夏娃的女儿》里面，描写许模克的部分大致如下：“这音乐家是一生下来就老的，永远好像五十岁，也永远好像八十岁。脸庞凹陷，打皱，皮肤是褐色的，老带些儿童的天真意味。无邪的眼睛是蓝的，嘴上堆起春天般喜悦的笑意。灰色头发，像基督的一样乱蓬蓬的，使他心不在焉的神气有点儿庄严，不免令人误会他的性格。其实他就在闹笑话的时候也是庄严的。衣服穿的非常随便，因为他的眼睛老望着天，想不到物质。世界上有批健忘的人，把时间与心灵都给了人，永远把手套阳伞丢在旁人家里；许模克便是这等人物。……至于他住的屋子，杂乱到难以置信，可是他习惯成自然，还不承认是乱七八糟。德国式的大烟斗，抽得把天花板跟墙壁都熏黄了。钢琴木料很好，但奇脏无比，琴键七零八落，像老马的牙齿。桌上，椅上，地下，到处是烟灰，果子壳，果子皮，破碟子以及无法形容的破烂东西……”因本书对许模克是体格，相貌，生活，均以“参阅……”一语了之，故译者详注于此。

②玻璃瓶底系做围砌花坛之用，此习惯亦不限于德国。又瓶底玻璃之凸出部分能反映风景。

探求真理的脾气，使一个日耳曼学者穿着长筒靴，走上几百里地去寻访一点事实，而那事实就在院子的素馨花下，蹲在井栏旁边瞅着他笑；再如他们对微不足道的小事都需要找出一个形而上的意义，从而产生了李赫特那种不可解的作品，霍夫曼那种荒诞不经的故事，和德国印行的那些救世济人的巨著，把芝麻绿豆的问题看作幽深玄妙，当作深渊一般的发掘，而掘到末了，一切都是德国人的捕风捉影。

两人都是旧教徒，他们一同去望弥撒，奉行宗教仪式，可是跟儿童一样，根本没有什么可以向忏悔师说的。他们深信音乐是天国的语言，思想与情感还不能代表音乐，正如语言的不能完全表达思想与情感。因此，他们之间拿音乐来代替谈话，一问一答，可以无穷尽的谈下去；而所谓谈话，无非像情人似的，加强自己胸中的信念。许模克的心不在焉，和邦斯的处处留神，正好是异曲同工。邦斯是收藏家，许模克是幻想家：一个忙着抢救物质的美，一个专心研究精神的美。邦斯瞅着一只小瓷杯想买，许模克却在一旁擤着鼻子，想着洛西尼，裴里尼，贝多芬，莫扎特的某一个主题，推敲这乐句的动机是什么一种情操，或者它的下文又该是什么一种情操。许模克的理财原则是漠不关心，邦斯是为了嗜好而挥霍，结果是殊途同归：每年十二月三十一日，两人的荷包里都一文不剩。

要没有这番友谊，邦斯也许早已悲伤得支持不住；但一朝有了一颗心可以倾诉自己的心，他日子又过得下去了。他第一次把痛苦倒在许模克心中的时候，淳朴的德国人便劝他，与其受那么大的委屈去吃人家的，不如和他一样在家里吃点面包跟乳酪。可怜邦斯不敢对许模克说出来：他的胃跟心是死冤家，凡是教心受不了的事，胃都满不在乎，它不惜任何代价要有一顿好饭尝尝，仿佛一个多情男子需要有个情妇给他……调戏调戏。日子一久，许模克终于了解了邦斯，因为他是十足地道的德国人，看事情不像法国人那样快；可是这样他反倒更喜爱邦斯了。要交情坚固，最好两个朋友中有一个自命为比另一个高明。许模克一发觉朋友的口腹之欲那么强，不由得在旁搓搓手，这种表情便是天使也不能加以责备。第二天，好心的德国人亲自去买了些精致的饭菜，把他们的中饭点缀一下，并且从那天起，他想法每天给朋友换口味；因为从他们同居之后，午饭总是一同在家里吃的。

巴黎人爱讥讽的脾气是对什么都不留情的，倘以为这一对朋友能够幸免，那真是不认识巴黎了。许模克与邦斯，把各人精神的财富与物质的艰苦合在一块儿之后，想出个经济办法，在玛莱区幽静的诺曼底街上一幢幽静的屋子内，合租了一所公寓，虽然房间的分配很不平均，房租是各半负担的。他们常常一同出去，肩并肩的老走着同样几条大街，逛马路的闲人便替他们起了一个诨名，叫作一对榛子钳。有了这个绰号，我不必再描写许模克的面貌了，他之于邦斯，正如梵蒂冈的尼沃贝像之于梅迭西斯的维纳斯像[①]。

一对榛子钳家中的杂务，都以看门的西卜太太为中心。在这一幕使两老的生涯急转直下的悲剧中，西卜太太担任极重要的角色，所以她的面貌且待她登场的时候再描写。

关于两人的心境，还有一点需要说明。但这正是最不容易教一八四七年上的百分之九十九的读者了解的，不了解的原因或许在

①此二像均为古希腊最美的雕刻，巴尔扎克以为双璧，故引作邦斯与许模克之譬喻。

于铁路的勃兴使金融有了空前的发展。路局不是发行股票，借大家的钱吗？好吧，礼尚往来，让我们向它借用一个形象来做譬喻。列车在铁路上驶过的时候，不是有无数绝细的灰土在轨道上飞扬吗？那些在旅客眼中看不见的沙粒，要是飞进了旅客的肾脏，他们就要有剧烈的痛楚，害那个叫作石淋的可怕的病，而且是致命的。我们的社会正以火车一样的速度在钢轨上飞奔，它对于那些看不见的细沙是毫不介意的，可是灰土随时随地都在飞进那两位朋友的身体，使他们仿佛心脏里面生了结石[①]。他们对旁人的痛苦已经非常敏感，往往为了爱莫能助而在暗中难受，对自己身受的刺激当然更敏感到近于病态的地步。尽管到了老年，尽管连续不断的看到巴黎的悲剧，两颗年轻，天真，纯洁的心，始终没有变硬。他们俩越活下去，内心的痛苦越尖锐。凡是有操守的人，冷静的思想家，生活谨严的真正的诗人，不幸都是如此。

两老同居以后，因为职业相仿，起居行动像巴黎出租马车的牲口一样，自有一种同甘共苦的友爱的气息。不分冬夏，两人都七时起身，吃过早点，分头到各个私塾去教课，必要时也互相替代。到了中午，逢到排戏的日子，邦斯便上戏院去，所有空闲的时间他都在街上溜达。然后，两人到晚上又在戏院里见面，那是邦斯把许模克荐进去的。下面我们就得把推荐的经过说一说。

①人的血液内有许多矿质，例如钙、有机酸、尿酸、胆脂素等，含量过多时，即于排泄器官（肝、胆囊、膀胱等）内结晶，此种结晶体在医学上称为“结石”。

六、一个到处看得见的被剥削者

邦斯认识许模克的时候，刚当上乐队指挥，那在一个无名的作曲家真是登峰造极的地位了！他并没钻谋，而是当时的部长包比诺送给他的人情。靠七月革命发迹的商界豪杰[1]，手头恰好有所戏院，又恰好碰上一个老朋友，一个会教暴发户脸红的朋友，便把戏院交给了他。包比诺伯爵，有一天在车中瞥见那个青年时代的老伙计，狼狈不堪的在街上走，鞋袜不全，穿着件说不出什么颜色的大褂，探着鼻子，仿佛想凭几个小本钱找些大生意做做。那朋友叫作高狄沙，跑街出身，当年对包比诺大字号的兴发很出过一番力。包比诺封了伯爵，进了贵族院，当了两任部长，可并没翻脸不认人。不但如此，他还想让跑街添点服装，捞点儿钱。平民宫廷的政治与虚荣[2]，倒不曾使老药材商的心变质。色迷迷的高狄沙，听到有所破产的戏院，便想拿过来；部长给了他

---

①1830年7月革命后，路易·菲利普上台，中产阶级得势，暴发商人因缘时会而转入政治舞台的，比比皆是。

②路易·菲利普即位之初，标榜平民作风，以争取中产阶级的拥护，故言平民宫廷。

戏院，又介绍给他几位老风流做股东，都是相当有钱，能够做女戏子们的后台的。邦斯既是部长府上的食客，部长就把他的名字交了下去。高狄沙公司开张之后，居然很发达，一八三四年上又有了个大计划，想在大街上搅些通俗歌剧。芭蕾舞跟神幻剧的音乐[1]，需要有个过得去而还能写点曲子的乐队指挥。高狄沙接手以前，经理部因为亏本，久已不雇用抄谱员。邦斯便介绍许模克去专管乐谱，虽是起码行业，可非有点音乐的真本领不行。许模克听了邦斯出的主意，跟喜歌剧院的乐谱主任联络之下，无须再照顾刻板工作。两个朋友合作的结果非常圆满。像所有的德国人一样，许模克的和声学工夫极深，总谱的配器工作由他一手包办了去，邦斯只管写调子。他们替两三出走红的戏所配的音乐，颇有些新鲜的段落，得到知音的听众赞赏，但他们以为这是时代的进步，从来不想追究作者姓甚名谁。因此，像戏池里的人看不见楼厅的观众一样，没有人看见邦斯和许模克有什么光荣。在巴黎，尤其从一八三〇年起，要不是千方百计，以九牛二虎之力，把大批竞争的同业排挤掉，谁也休想出头；而这是需要强壮的身体的；两位朋友既然心里长了那块结石，怎么还会有气力去为功名活动呢?

邦斯平时要八点左右才上戏院，那是正戏开场的时间，而正戏的前奏曲和伴奏，都非有严格的指挥不可。小戏院对这些事多半很马虎；邦斯因为从来不跟经理部计较什么，行动更可以随

---

①神幻剧（féerie）是音乐部分极为重要的一种戏剧，每以希腊神话或著名诗歌为题材。莎士比亚的《仲夏夜之梦》与《狂风暴雨》，莫扎特的《神笛》，韦白的《奥勃龙》，华葛耐的乐剧，以及近代梅特林克的《青鸟》等，均属此类。

便，并且必要时还能由许模克代庖。一来二去，许模克在乐队里的地位稳固了。高狄沙嘴里不说，心里很明白邦斯的副手是有本领的，有用处的。潮流所趋，人们不得不学大戏院的样，在乐队里添架钢琴放在指挥台旁边，由义务的助理指挥许模克义务弹奏。当大家把没有野心没有架子的老实的德国人认识清楚之后，所有的音乐师都拿他当自己人看待。经理部开发一份很少的薪水，把小戏院不备而有时非用不可的乐器，统统交给他担任，例如钢琴，七弦竖琴，英国号角，大提琴，竖琴，西班牙响板，串铃，竖笛等等。德国人不会运用“自由”的武器，可是天生的能演奏所有的乐器。

两个老艺术家在戏院里人缘极好；他们对什么事情都像哲学家一样取着洒脱的态度，闭着眼睛，不愿意看任何戏班子都免不了的弊病。譬如说，为了增加收入而把跳舞团跟剧团混在一起的时候，就有种种麻烦事儿，叫经理，编剧和乐师们头疼。可是谦和的邦斯，凭他洁身自好与尊重旁人的作风，博得了大众的敬意。再说，一清如水的生活，诚实不欺的性格，在无论哪个阶层里，即使心术最坏的人也会对之肃然起敬。在巴黎，真正的道德，跟一颗大钻石或珍奇的宝物一样受人欣赏。没有一个演员，一个编剧，一个舞女—— 不管她怎样的无赖—— 敢对邦斯和许模克捣鬼或搅什么缺德的玩意的。邦斯有时还在后台出现，许模克却只认识从戏院边门通往乐队的地下甬道。休息时间，德国老头偶尔对池子里瞧一眼，向一个吹笛子的，生在斯特拉斯堡而原籍德国开尔的乐师，打听那些月楼上的怪人物是什么来历。许模克天真的头脑，从笛师那儿受了一番社会教育之后，对于众口喧传的交际花，朝三暮四的姘居生活，红角儿的挥霍，女案目的舞弊，慢慢的也觉得真有可能了。无伤大雅的放荡，这老实人已经认为糜烂的大都会生活中最要不得的罪恶，他听了笑笑，仿佛是海外奇谈，无法相信的。精明的读者，当然懂得邦斯和许模克照时髦的说法是受人剥削的；不错，他们在金钱上是吃了亏，但在人家的尊敬和态度上占了便宜。

高狄沙公司靠了某一出芭蕾舞剧的走红而很快的赚了钱之后，经理们送了一组银铸的人像给邦斯，据说是却里尼的作品，价值的惊人竟成为后台的谈话资料。原来人家花了一千五百法郎！好好先生一定要把礼物退回。高狄沙费了多少口舌才硬要他收下了。

“唉！咱们要找到像他这样的演员才好呢！”高狄沙对股东们说。

两位朋友的共同生活，表面上那么恬静，唯一的扰乱是邦斯不惜任何牺牲的那个癖；他无论如何非在别人家里吃晚饭不可。每逢他穿衣服而许模克恰好在家的时候，德国人总得对这个要命的习惯慨叹一番。

“要是他吃得胖些倒还罢了！”他常常这么说。

而许模克一心希望能有个办法，治好朋友那个可耻的恶习；因为真正的朋友在精神方面的感应，和狗的嗅觉一样灵敏；他们能体会到朋友的悲伤，猜到悲伤的原因，老在心里牵挂着。

许模克虽然丑得可怕，还有股恬静出世的气息给冲淡一下；可是邦斯以纯粹法国人的性格，浪漫谛克的气质，眉宇之间就没有那种风采。你们想罢，他右手小指上还戴着一只钻戒，那在帝政时代还过得去，到了今日岂不显得可笑？德国人看到朋友满面愁容的表情，知道他吃白食的角色越来越当不下去了。一八四四年十月，邦斯能够去吃饭的人家已经很有限。可怜的乐队指挥只能在亲戚中间走动，并且，我们在下文可以看到，他把亲戚两字的意义也应用得太广了。

从前在蒲陶南街上做绸缎生意的富商加缪索，前妻是娶的邦斯的嫡堂姊妹，一个有钱的独养女儿。她的父亲和邦斯的父亲便是供应内廷的刺绣商，有名的邦斯兄弟。音乐家邦斯的父母都是那铺子的合伙老板。一七八九年大革命之前创设的刺绣工场，到一八一五年上，由加缪索太太的父亲盘给了列凡先生。退休将近十年的加缪索，一八四四年时当了国会议员，厂商公会的委员。因为加缪索一族的人对邦斯很好，邦斯便自认为跟加缪索后妻所生的孩子也是甥舅，其实他们之间一点亲戚关系都谈不上。

加缪索的填房是加陶家的小姐，邦斯既是加缪索的舅子，连带就跟加陶家认了亲戚。加陶也是一个布尔乔亚大族，近亲远戚之多，使他们的势力不下于加缪索族。加缪索后妻的兄弟加陶公证人，太太是娶希弗维尔家的，大名鼎鼎的希弗维尔是化学业的巨头，和安赛默·包比诺有姻亲。大家知道①，包比诺在药材批发业中称霸的时期很久，又给七月革命捧上了台，成为拥护路易·菲利普的中心人物。邦斯附着加缪索与加陶的骥尾，闯入了希弗维尔家；又从希弗维尔家一路溜进了包比诺家：说起来，他到处是舅子的舅子。

我们知道了老音乐家的这些亲戚关系，便可懂得他怎么在一八四四年上还会有人很亲昵的招待他：第一位是包比诺伯

①包比诺的身世，在《赛查·皮罗多盛衰记》《大名鼎鼎的高狄沙》两部小说中曾有详细叙述，故作者在此有“大家知道”之句。又包比诺在《贝姨》中亦有提及。

爵，贵族院议员，前任农商部部长；第二位是加陶，退休的公证人，现任巴黎某区的区长兼国会议员；第三位是老加缪索，国会议员，厂商公会的委员，未来的贵族院议员；第四位是加缪索·特·玛维尔，老加缪索前妻所生的儿子，也就是邦斯唯一的，真正的嫡堂外甥。

小加缪索为了跟父亲和后母所生的兄弟们有所区别，在姓氏后面加上一处田产的名字—— 玛维尔。一八四四年时，他是巴黎高等法院的一个庭长。

加陶公证人的女儿，嫁给受盘加陶事务所的后任贝蒂哀。邦斯自命为加陶事务所的一分子，理当一并移交，去做贝蒂哀家的座上客。在那边吃饭的权利，照邦斯说来是有老公证人为证的。

这个布尔乔亚的天地，便是邦斯所谓的亲属，也就是他千辛万苦保留着一份刀叉的人家。

那些人家中间，加缪索庭长照理应当是待他最好的，而他也特别巴结这一家。不幸，庭长夫人—— 她的父亲蒂里翁是路易十八与查理十世的传达官—— 对丈夫的舅舅从来没有表示过殷勤。邦斯白白的费了不少时间去奉承她，义务教加缪索小姐弹琴，可是他没法把那个头发半红不红的姑娘造成一个音乐家。本书开场的时候，他正捧着一件宝物要到外甥家里去。玛维尔府上庄严的绿幔子，淡褐色的糊壁花绸，椅子上的丝绒面，古板的家具，屋子里一派森严的法官气息，老是使邦斯心虚胆怯，仿佛走进了蒂勒黎宫。奇怪的是他在城墙街包比诺公馆，因为屋里摆满了艺术品，倒觉得很自在；原来前任部长自从进了政界以后，忽然风雅成癖，也许他在政治上搅的丑事太多了，需要收集一些美妙的艺术品调剂一下。

七、收藏家的得意

玛维尔庭长住在汉诺威街，屋子是十年前庭长太太在父母去世之后买下来的。蒂里翁老夫妇大约有十五万法郎的积蓄留给女儿。屋子在街上坐南朝北；外表有点儿阴气；但靠院子的一边是朝南的，院子尽头有所相当美丽的花园。法官住着整个的二层楼，从前是路易十五时代一个极有势力的银行家住过的。三楼租给一位有钱的老太太。整幢屋子又幽静又体面，刚好配合法官的身份。玛维尔乡下那块良田，当初还剩下一部分没有受主，庭长把二十年的积蓄，凑上母亲的遗产，去买了一个年收一万二的农场，一所别墅，那种壮丽的古迹如今在诺曼底还能看到。别墅四周还有个一百亩的大花园。这规模今日之下已经近乎王侯气派了。庭长为了别墅和花园每年得花上三千法郎，把庄园的净收入减到九千。九千之外，再加他的薪俸，一年的进款统共是二万左右，表面上应当是足够的了，尤其他的嫡母只生他一个，父亲方面的遗产将来还有半数可得。但巴黎的开销和因地位关系不得不撑的场面，使玛维尔夫妇差不多把每年的进款花得一文不剩。到一八三四年为止，他们一向是手头很紧的。

这笔账可以说明二十三岁的玛维尔小姐为什么还没有嫁掉。虽然有十万法郎陪嫁，虽然将来还有遗产可得的话常常很巧妙的在嘴上搬弄，依旧没用。邦斯舅舅五年来老听着庭长太太絮絮叨叨的抱怨，她眼看所有的后备员都结了婚，新任的推事已经有了孩子；可是她把玛维尔小姐未来的家私，在毫不动心的，年轻的包比诺子爵前面尽量炫耀，也始终没有结果。这子爵便是药材业大王的长子；据龙巴街上一般眼红的人说，当年闹七月革命简直是为的包比诺，至少也得说他对革命的果实和路易·菲利普平分秋色。

走到旭阿梭街，快要拐进汉诺威街的时候，邦斯就莫名其妙的张皇起来。那种感觉使一个问心无愧的人所受的罪，像最坏的坏蛋看到了宪兵一样。而邦斯的忐忑不安，只是为了不知道庭长太太这一回怎样招待他。老在破坏他心房组织的那颗沙子，并没有给磨钝，棱角倒反越来越尖锐；庭长府上的仆役还要时时刻刻去撩拨那些刺。加缪索他们对邦斯的轻视，邦斯在亲属中间地位的低落，对仆役也有了影响：他们虽不至于对他不敬，却把他看成穷光蛋一流。

他的死冤家是玛维尔太太和玛维尔小姐的贴身女仆，一个干枯瘦削的老姑娘，叫作玛特兰纳·维凡。玛特兰纳虽是酒糟皮色，也许正为了这个酒糟皮色和蛇一般细长的身材，立志要做邦斯太太。她拿两万法郎的积蓄在老鳏夫面前招摇，可是邦斯对这张酒糟脸表示无福消受。一厢情愿的女仆，存心想做主人的舅母而没有做成，从此跟可怜的音乐家结了仇，想尽方法欺侮他。听到老人走上楼梯，玛特兰纳会老实不客气的叫出来，故意要他听见："哦！吃白食的又来了！"逢着男当差不在，由她侍候开饭的话，她就在老人的杯中只斟一点儿酒，冲上很多的水[1]，使他不容易把满满的杯子端向嘴边而不泼出来。她假装忘了给老人上菜，让庭长太太提醒她（而那种口气简直教邦斯脸红），再不然就泼些汤汁在他衣服上，总之是下人们阴损一个上级的可怜虫的那套玩意儿，他们知道那样做是绝不会挨骂的。

---

①法国人饭桌上喝的红酒白酒，临时常冲凉水，多少任意。但好食善饮的人，绝不喜欢加水，更不喜欢加大量的水。

八、倒霉的舅舅不受欢迎

又是贴身女仆又是管家，玛特兰纳·维凡从加缪索夫妇结婚的时候就跟了他们。主人初期在内地过的苦日子，她是亲眼目睹的：加缪索先生那时在阿朗松地方法院当推事。一八二二年，加缪索在芒德法院的庭长任上调进京里当预审推事，她又帮着他们在巴黎撑持门户。她和这个家庭的关系既这样密切，自然免不了满肚皮的牢骚。想做庭长先生的舅母，岂非跟骄傲而野心勃勃的庭长太太开玩笑吗？这欲望明明是憋在肚子里的怨气逼出来的；她心中的许多小石子，有朝一日简直能变作一场大风雹。

"哦，太太，"玛特兰纳进去报告，"你们的邦斯先生又来了，还是穿的那件斯宾塞！我真想问问他，用什么方法保存了二十五年的！"

加缪索太太听见在她卧房与大客厅之间的小客厅中有个男人的脚步声，便望着女儿耸耸肩。

"玛特兰纳，你老是通报得这么巧妙，教我措手不及。"

"太太，约翰出去了，只有我在家。邦斯先生打铃，是我去开的门；像他这样的熟客，总不成拦着他不让进来：此刻他正在脱他的斯宾塞呢。”

“我的小猫咪，”庭长太太对女儿说，“这一下可完啦，我们只能在家吃饭了。”然后，看见她心爱的小猫咪哭丧着脸，便补充一句：“你说，要不要把他一劳永逸的打发掉？”

“哦！可怜的人，那他不是少了一处吃饭的地方吗？”加缪索小姐回答。

小客厅里响起几声假咳嗽，表示：“我听见你们说话呢。”

“好，让他进来吧。”加缪索太太扯了扯肩膀，吩咐玛特兰纳。

“舅公，想不到你来得这么早，”赛西尔·加缪索小姐装着撒娇的神气，“妈妈刚要去穿衣服呢。”

舅公眼梢里看到庭长太太肩头的动作，不由得一阵心酸，把客套话都忘了，只意义深长的回答一句：

“你老是这么可爱，小外甥！”

然后转身对她母亲弯了弯腰，又道：

“亲爱的外甥，你不会怪我早来了一步吧，你上次要的东西，我特意给捎来了……”

可怜的邦斯每次叫出外甥二字，庭长夫妇和庭长小姐就要觉得头疼。这时他从上衣袋里掏出一只雕刻极工的，小长方的檀香匣子。

“哦！我早就忘了！”庭长太太冷冷的回答。

这句话的确太狠了！那岂非把这位亲戚的情意看作一文不值吗？固然他没有什么错，但谁教他是个穷亲戚呢？

“可是，”她又道，“你太好了，舅舅。这小玩意儿是不是要我花很多钱呢？”

这一问使舅舅心里打了个寒噤，他本想拿这件古玩来缴销他吃了多少年的饭的。

“我想你可以赏个脸，让我送给你吧。”他的声音有点儿发抖了。

“那怎么行！咱们之间不用客气，都是自己人，谁也不会笑话谁。你又不是那么有钱好随便乱花的。费了时间各处去找，不是已经很够了吗？……”

“亲爱的外甥，这把扇子倘使要你出足价钱，你也不想要的了，”可怜虫有点儿生气的回答，“这是一件华多的精品，两边都是他画的；可是，外甥，你放心，以艺术价值来说，我给的钱连百分之一还不到。”

对一个有钱的人说“你穷！”等于对葛勒拿特的总主教说他的布道毫无价值[①]。凭着丈夫的地位，玛维尔的田庄，出入宫廷舞会的资格，庭长夫人素来自命不凡，听到这样的话，尤其是出自穷音乐家之口，还是一个受她恩惠的人，当然是大不高兴了。她马上顶了一句：

“那么，卖这些玩意儿给你的人都是二百五了？”

“巴黎是没有二百五的生意人的。”邦斯冷冷的回答。

“那一定是靠你的聪明喽。”赛西尔想借此转圜。

“告诉你，小外甥，我的聪明就是在于认得朗克莱，巴丹，华多，葛滦士；可是主要我是想讨你亲爱的妈妈喜欢。”

---

①勒沙日小说《奚尔·勃拉》第七卷第三、四章，述葛勒拿特的总主教嘱托奚尔·勃拉，倘发现他的布道不甚精彩，即当直言无讳，以为箴规。后总主教不幸中风，病愈后的布道理路不清，奚尔·勃拉即遵嘱进言，不料竟大拂主教之意。

玛维尔太太又虚荣又无知，不愿意显出她从清客手中收受一点儿礼物，而她的无知又刚好帮了她的忙，因为她连华多的姓名都是初次听到。另一方面，邦斯二十年来第一次有勇气跟外甥媳妇顶嘴，可见收藏家的自尊心强到什么程度，原来那是和作家不相上下的。邦斯也对自己的胆气吃了一惊，便赶紧和颜悦色，拿着那把珍奇的扇子，把扇骨的美妙指给赛西尔看。可是要了解好好先生心惊胆战的原因，必须把庭长太太略为描写一番。

玛维尔太太本是矮身量，淡黄头发，从前又胖又滋润，到四十六岁已经干瘪了，人也更矮了。突出的脑门，凹进去的嘴巴，年轻的时候还有鲜嫩的皮色给点缀一下，现在可使她天生傲慢的神色更像老是生气的模样。在家里霸道惯了，面貌之间有股肃杀之气。年纪大了，淡黄头发变成生辣的栗色。目光炯炯而火气十足的眼睛，显出司法界人士的威严和勉强抑捺着的妒意。的确，在邦斯去吃饭的那批暴发户中间，庭长太太算是穷酸的了。她就不能原谅有钱的药材商，从商务裁判所所长一跃而为议员，部长，伯爵，并且进了贵族院。她也不能原谅她的公公，在包比诺进贵族院的时候，竞选到本区的议员，把大儿子的机会给抢掉了。丈夫在巴黎当了十八年差事，她还没有能看到他升做最高法院的法官，其实这也是他庸碌无能所致。一八四四年，司法部长还在后悔，不该在一八三四年上把加缪索发表为高等法院的庭长；人家派他在控诉部工作：因为早先当过预审推事，他总算能起草判决书什么的，办点儿事。

九、信手拈来的宝物

遭到这些不如意的事，对丈夫的才具又认识得相当清楚，庭长太太的苦闷不知不觉的把精力消磨完了，使她肝火旺得不得了。泼辣的性子，一天天的变本加厉。她年纪没有老，人已经老悖，有心做得冷酷无情，像刷子一般浑身是刺，教人为了害怕不得不对她予取予求。凶悍狠毒，朋友极少，她可是声势浩大，因为有一批跟她性格相仿，彼此回护的老虔婆替她助威。可怜的邦斯见了这个巾帼魔王，素来像小学生见了一个动不动就用戒尺的老师。所以那天庭长太太很奇怪舅舅怎么敢一下子这样大胆，因为她完全不知道礼物的价值。

“这个你在哪儿找来的？”赛西尔仔细瞧着那古董问。

“在拉北街上的一个古董铺里。你知道，特滦镇附近有所奥南别墅，从前曼那别墅没有盖起的时候，篷巴杜夫人在那儿住过。最近别墅给拆掉了；其中有最精美的木器，连木雕大家李哀那都保留着两个椭圆框子做模型，认为天下无双的精品……别墅里头好东西多得很。这把扇子，便是我那个古董商在一口嵌木细工的柜子里找到的。我要是收藏木器，一定会买那个柜子；可是甭提啦……一件列斯奈制造的家具，要值三四千法郎！十六、十七、十八世纪，德、法两国嵌木细工的专家做的木器，简直跟图画没有分别：这一点巴黎已经有人知道了。收藏家的长处就在于开风气。你们等着瞧罢，我收藏了二十年的法朗肯塔尔瓷器，再过五年，巴黎的价钱一定要比赛佛软坯高过两倍。”

“什么叫作法朗肯塔尔？”赛西尔问。

“那是巴拉提那选侯的官窑；它比我们的赛佛窑更早，就像有名的海得尔堡园亭比凡尔赛园亭更古老，因为更古老，所以被我国的丢兰纳将军给毁了[①]。赛佛窑好些地方都模仿法朗肯塔尔……说句公道话，德国人在萨克斯和巴拉提那两郡，在我们之前早已做出了不起的东西。”

母女俩互相瞪着眼，仿佛邦斯在跟她们讲外国话。巴黎人的无知与偏狭，简直难以想象；他们什么事情都得有人教了才知道，而且还得在他们想学的时候。

“你怎么辨得出法朗肯塔尔的瓷器呢？”

“凭它的标记呀！”邦斯精神抖擞的回答，“那些宝贝都有标记的。法朗肯塔尔的出品有一个C字和T字（巴拉提那选侯Charles-Théodore的缩写），交叉在一起，上面还有选侯的冠冕为记。萨克斯老窑有两把剑，还有一个描金的数目字。文赛纳窑的图案是个号角。维也纳窑有个圆体的V字，中腰加一画。柏林窑加两画。玛扬斯窑有个车轮。赛佛窑有两个L，王后定烧的那一批有个A字，代表Antoinette，上面还画一个王冠。十八世纪各国

①海得尔堡为日耳曼名城，宫堡园亭之美，见称于史。1673年被法将丢兰纳摧毁一部，迩后屡遭兵燹，终于1764年被雷击焚毁。凡尔赛宫在1673年时方在兴建，至1682年方始竣工。

的君王，都在制造瓷器上面竞争，把人家的好手拉过来。华多替德累斯顿官窑画的餐具，现在价值连城。可是真要你内行，因为德累斯顿近来出一批抄袭老花样的东西。嘿，当年的出品可是真美，现在再也做不出了……”

“真的？”

“当然真的！现在造不出某些嵌木细工，某些瓷器，正像画不出拉斐尔，铁相，累姆勃朗特，梵·伊克，克拉拿赫！……便是那么聪明那么灵巧的中国人，如今晚儿也在仿制康熙窑乾隆窑……一对大尺寸的真正康熙、乾隆的花瓶，值到六千，七千，一万法郎，现代仿古的只值两百！”

“你这是说笑话吧？”

“外甥，这些价钱你听了出惊，可不算稀奇呢。全套十二客的赛佛软坯餐具，还不过是陶器，出厂的价钱就得十万法郎。这样一套东西，一七五〇年已经在赛佛卖到十五万。我连发票都看见过。”

“那么这把扇子呢？”赛西尔问，她觉得那古董太旧了。

“你听我说，承你好妈妈瞧得起我，问我要把扇子以后，我就各处去找，跑遍了巴黎所有的铺子，没有能找到好的。为庭长夫人，非弄一件精品不可，我很想替她找玛丽·安多纳德的扇子，那是所有出名的扇子中最美的一把。可是昨天，一看到这件妙物，我简直愣住了，那一定是路易十五定做的。天知道我找扇子怎么会找到拉北街，找到一个卖铜铁器，卖描金家具的奥凡涅人那里去的！我相信艺术品是有灵性的，它们认得识货的鉴赏家，会远远的招呼他们，对他们叫着：喂！喂！来呀！……”

庭长太太望着女儿耸耸肩，邦斯却并没发觉这一刹那间的动作。

“这些精打细算的旧货鬼，我全认识。那古董商在没有把收进的货转卖给大商人之前，总愿意让我先瞧一眼的，我便问他：‘喂，莫尼斯特洛，近来收了些什么呀？有没有门楣什么的？’经我这一问，他就告诉我，李哀那怎样的在特滦圣堂替公家雕刻些很了不起的东西，怎样的在奥南别墅拍卖的时候，趁巴黎商人只注意瓷器和镶嵌木器的当口，救出了一部分木雕。——‘我没有弄到什么，可是靠这件东西，大概收回我的旅费是不成问题的了。’他说着给我看那口柜子，真是好东西！蒲舍画的稿本，给嵌木细工表现得神极了！……教人看了差点儿要跪在它前面！他又说：‘哎，先生，你瞧这个抽斗，因为没有钥匙，被我撬开了找出这把扇子来！你说，我可以卖给谁呢？……’他拿给我这口檀香木雕的小匣子。‘瞧，这是那种跟后期哥特式相仿的篷巴杜式。’我回答说：‘哦！匣子倒不坏，我可以要！至于扇子，莫尼斯特洛，我没有什么邦斯太太好送这种老古董；并且现在有的是新出品，非常漂亮，画得挺好，价钱还很便宜。你知道吗，巴黎有两千个画家呢！’说完了，我漫不经心的打开扇子，一点不露出惊叹的表情，只冷冷的瞧了瞧两边的扇面，画得多么轻灵，多么精细！呵，我拿着篷巴杜夫人的扇子呢！华多为此一定花过不少心血。我问他：‘柜子要卖多少呢？’——‘哦！一千法郎，已经有人出过这价钱了！’—— 我对扇子随便给了个价钱，大概等于他的旅费。我们彼此瞪了瞪眼，我看出他是给我拿住了。我赶紧把扇子放进匣子，不让奥凡涅人再去细瞧；我只装作对匣子看得出神，老实说，那也是件古董呢。我对莫尼斯特洛说：‘我买扇子，其实是看中匣子。至于那口柜子，绝不止值千把法郎，你瞧瞧那些黄铜镶嵌的镂工吧，够得上做模型……人家拿去大可以利用一下，外边绝对没有相同的式样，当初是专为篷巴杜夫人一个人设计的……'那个家伙一心想着柜子，忘了扇子，我又给他指点出列斯奈木器的妙处，他就让我三钱不值两文的把扇子买了来。得啦，就是这么回事。可是要做成这样的买卖，非老经验不可！那是你瞪我一眼，我瞪你一眼，和打仗一样，而犹太人，奥凡涅人的眼睛又是多厉害的哟！”

他提到略施小技把没有知识的古董商骗过了的时候，那种眉飞色舞的表情，老艺术家的兴致，大可给荷兰画家做个模特儿，可是在庭长太太母女前面，一切都白费了，她们冷冷的，鄙夷不屑的彼此眨巴着眼睛，仿佛说：

“瞧这个怪物！……”

“你觉得这些事情好玩吗？”庭长夫人问他。

邦斯一听这句话心就凉了，恨不得抓着庭长夫人揍一顿。他回答说：

“哎，好外甥，觅宝就像打猎一样！你追上去吧，劈面又来了敌人要保护那些珍禽异兽！这一下大家都得勾心斗角了！一件精品加上一个诺曼底人，或是犹太人，或是奥凡涅人，不就像童话里的公主由一些妖魔给看守着吗？”

“你又怎么知道那是华——华什么？”

“华多！我的外甥！他是十八世纪法国最伟大的画家之一。瞧，这不是华多的真迹是什么？”他指着扇面上那幅田园风光的画：缙绅淑女扮着男女牧人在那儿绕着圈子跳舞。“多活泼！多热烈！何等的色彩！何等的工夫！像大书家的签名似的一笔到底！没有一点斧凿的痕迹！再看反面：画的是客厅里的跳舞会。一边是冬景一边是夏景，妙不妙？零星的装饰又多么讲究！保存得多好！瞧，扇骨的梢钉是金的，两头各有一颗小红宝石，我把积垢都给刮净了。”

“既然如此，舅舅，这么贵重的一份礼，我就不敢收。你还是留着去大大的赚笔钱吧。”庭长夫人嘴里这么说，心里只想把精美的扇子拿下来。

“宠姬荡妇之物，早该入于大贤大德之手了，”好好先生这时非常镇静，“只要一百年之久，才能实现这个奇迹。我敢担保，现在宫廷里绝没有一个公主，能有什么东西比得上这件精品的。可叹古往今来，大家只为篷巴杜夫人一流的女人卖力，而忘了足为懿范的母后！”

“那么我收下了，”庭长太太笑着说，“赛西尔，我的小天使，你去瞧瞧玛特兰纳，叫她把饭菜弄得好一点，别亏待了舅舅……”

庭长夫人想借此还掉一些情分。可是非常不雅的当着客人吩咐添菜，好比在正账之外另给几文小账，教邦斯面红耳赤像小姑娘被人拿住了错处一样。这颗石子未免太大了一点，在他心里翻上翻下的滚了好一会。红头发的赛西尔，那种俨然的态度，一方面学着父亲法官式的威严，一方面也有母亲的肃杀之气，这时她走出客厅，让可怜的邦斯自个儿去对付可怕的庭长太太。

十、一个待嫁的女儿

“我的小丽丽真可爱。”庭长太太说。她老是喜欢用从前的乳名称呼赛西尔。

“可爱极了！”老音乐家把大拇指绕来绕去的回答。

“我简直弄不明白这个时代了，”庭长太太接着说，“父亲当着巴黎高等法院的庭长，荣誉团勋三等，祖父又是百万富翁的国会议员，未来的贵族院议员，绸缎批发业中最有钱的大商人，凭了这些都还不中用！”

庭长对新朝代的竭忠尽智最近换到了三等勋章，有些忌妒的人说他是巴结包比诺得来的。上文已经提过，这位部长虽然很谦虚，还是接受了伯爵的封号，据他对好多朋友的说法是“为了儿子”。

“今日之下大家只晓得要钱，”邦斯回答道，“只敬重有钱的人，而且……”

“要是老天把可怜的小查理给我留下来的话，那又怎么得了呢？……”庭长太太叫起来。

“噢！有了两个孩子，你们就难过日子喽！”舅舅接住了她的话，“平分家产的结果就是这么回事[1]；可是甥少奶，你放心，赛西尔早晚会攀亲的。我哪儿也没见过这么完美的姑娘。”

邦斯在他去吃饭的那些人家就得卑躬屈膝到这个田地：他做他们的应声虫，把人家的话加上些无聊而单调的按语，像古希腊剧中的合唱队。艺术家的特色，在他早年妙语横生的辞令中表现得淋漓尽致的，他再也不敢显露出来；长年韬晦的结果，差不多把那点特色给磨蚀完了，即使偶然流露，也得像刚才那样马上给压下去。

“可是我自己出嫁的时候，只有两万法郎陪嫁……”

“那是一八一九年吧，外甥？”邦斯抢着说，“还亏你精明能干，又有路易十八的提拔！”

“说是这样说，我女儿人又聪明，心地又好，十全十美跟天使一样，有了十万法郎陪嫁，将来还有一大笔遗产，还是没人请教……”

玛维尔太太谈谈女儿，谈谈自己，直谈了二十分钟；做母亲的手上有了待嫁的女儿，就有这些特别的唠叨。老音乐家在独一无二的外甥家吃了二十年饭，还没听见人家问过他一声事情混得怎么样，生活怎么样，身体怎么样。并且邦斯好比一个阴沟，到处有人把家长里短的话往他那儿倒；大家对他很放心，知道他不敢不嘴严，因为他要随便溜出一言半语，马上就得尝到多少人家的闭门羹。他除了只听不说之外，还得永远附和别人，什么话都听了笑笑，既不敢替谁分辩，也不敢顺着人怪怨谁：在他看来，谁都没错儿。所以人家不拿他当人看，只当作一个酒囊饭袋！庭长夫

①法国旧制规定，长子于分配遗产时可独得大部分，大革命后方改为弟兄姊妹，不论长幼，一律平分。

人翻来覆去的拉扯了一大套之后，对舅舅表示，当然说话之间也很留神，只要有人给女儿提亲，她差不多想闭着眼睛答应了。甚至一个能有两万法郎进款的男人，哪怕年纪上了四十八，她也觉得是门好亲事了。

“赛西尔今年已经二十三，万一耽搁到二十五六，就极不容易嫁掉了。那时大家都要问，为什么一个姑娘在家里待了这么久。便是眼前吧，亲戚中间七嘴八舌，对这个问题已经议论太多了。我们推托的话早已说尽：什么她还年轻呀，舍不得离开父母呀，在家里挺快活呀，她条件很苛，要挑门第呀等等。老是这一套不给人笑话吗？何况赛西尔也等得不耐烦了，她很痛苦，可怜的小乖乖……”

“为什么痛苦？”邦斯愣头磕脑的问。

“哎，”做母亲的口气很像一个专门替小姐做伴的老婆子，“眼看所有的女朋友一个一个都结了婚，她心里不觉得委屈吗？”

“外甥，从我上次在府上吃过饭以后，有了些什么事，会教你觉得连四十八岁的男人也行呢？”可怜的音乐家怯生生的问。

“事情是这样的：我们早先约好，要到一个法官家里去商量亲事；他有个儿子三十岁，家产很可观，玛维尔预备替他出笔钱运动一个审计官，他原在那儿当着候补。不料人家来通知我们，说那个青年人迷上了玛皮伊舞场的红角儿，带着她跑到意大利去了……这明明是推托，骨子里是拒绝。对方母亲已经死了，眼前就有三万一年的进款，将来还有父亲的财产可得，还嫌我们穷呢。刚才我们正为了这件事不痛快，所以你得原谅我们的心绪恶劣。”

邦斯在他见了害怕的主人家里，奉承话老是赶晚一步；那时他正搜索枯肠，想拣些好听的说，玛特兰纳却送进一个字条来，等庭长夫人回话。字条是这样写的：

“好妈妈，你不妨把这封信当作爸爸从法院里写来的，叫你带了我上他朋友家吃饭，说我的婚事又有重开谈判的希望，那么舅舅一定会走了，而我们就能照原定计划，上包比诺家吃饭去了。”

“先生这封信是教谁送来的？”庭长太太急不及待的问。

“法院里的听差。”死板板的玛特兰纳老着脸回答。

这句话等于告诉太太：那计策是她跟不耐烦的赛西尔一块儿想出来的。

“好吧，你回报他，说我跟小姐五点半准到。”

十一、食客所受的百般羞辱，这不过是一例

玛特兰纳一出去，庭长太太假装很和善的瞧着邦斯舅舅，那眼神对一个感觉灵敏的人，好比挑精拣肥的舌头碰到了加有酸醋的牛奶。

“亲爱的舅舅，晚饭已经预备了，你自个儿吃罢，我们失陪了；我丈夫送信回来，说又要跟法官商量亲事，教我们上那儿去吃饭……咱们之间一点不用客气，你在这儿尽管自便。我什么都不瞒你的，你瞧我多老实……想必你不会要我们的小天使错过机会吧？”

“我吗？噢，外甥，我真想替她找个丈夫呢；可是在我的环境里……”

“那自然谈不上，”庭长太太很不客气的抢着说，“得啦，那么你不走了？我去穿衣服的时候，赛西尔会来陪你的。”

“噢！外甥，我可以上别的地方吃饭的。”

因为穷而受到庭长太太那种待遇，他固然伤透了心，可是想到要自个儿去应付仆人，他更害怕。

“为什么？……饭菜已经预备好了，还不是得给佣人们吃了

吗！”

听到这句难堪的话，邦斯仿佛触电似的马上站起身子，冷冷的对外甥媳妇行了礼，去穿上他的斯宾塞。赛西尔的卧房是跟小客厅通连的，房门半开着，邦斯从前面的镜子里瞧见她在那儿笑弯了腰，对母亲颠头耸脑的做鬼脸；这一下老艺术家才明白她们是通同闹鬼。他忍着眼泪，慢腾腾的走下楼梯：他眼看自己给这一家撵走了，可不知道为的什么。

“我太老了，”他心里想，“穷跟老是人家最讨厌的。从今以后要不是邀请，我哪儿也不去了。”

多么悲壮的话！……

厨房在屋子的底层，正对门房。像业主自用的那些屋子一样，大门老是关上，厨房门老是开着的。邦斯听见厨娘和当差的在那儿哈哈大笑：玛特兰纳没想到老头儿这么快就跑了，正在把耍弄邦斯的事讲给他们听。当差的很赞成对这个熟客开一下玩笑，说他过年只给一枚三法郎的小洋钱！厨娘说：

“对，可是他真要呕了气，从此不来了，咱们总是少了三法郎的年赏……”

“哦！他怎么会知道？”当差的回答。

“怕什么！反正早晚是这么回事，”玛特兰纳接着说，“他上哪儿吃饭都招人厌，要不到处给人撵走才怪！”

这时音乐家招呼看门女人：“对不起，开门哪！”一听这声痛苦的叫喊，厨房里的人顿时没有了声音。

“他在那里听着呢。”当差的说。

“再好没有，让他听吧，这个老啬鬼是玩儿完啦。”玛特兰纳回答。

可怜虫把厨房里的话都听了去，连最后那句也没漏掉。他打大街上往回走，神气像个老婆子刚同一个要谋害她的人拼命打过了一架。他一边走一边自言自语，脚步很快，有点哆嗦：受伤的自尊心推着他向前，有如狂风之扫落叶。五点左右他发觉自己到了修院大街，简直不明白是怎么来的；奇怪的是他一点也不觉得饿。

邦斯在这时候回去真是一件出人意料的大事；可是要了解这一点，就得把上文保留的关于西卜太太的情形，在这儿说一说。

十二、男女门房的标本

巴黎颇有些诺曼底街那样的街道，教你一进去就像到了内地：在那儿野草会开花，有个过路人就会引起注意，四邻八舍都彼此认识。房屋全要追溯到亨利第四的朝代，当时特意开辟这个区域，要把每条街题上一个州省的名字，中心造一个规模宏丽的广场题献给国家[①]。以后的欧罗巴区等等，便是这个计划的重演。世界上的一切，连人的思想计划在内，都得到处重演。两位音乐家在一所前有院子后有花园的老屋子内，住着三楼全部；临街的一幢，却是在上一世纪玛莱区最走红的时代盖的[②]。前后两幢都是一个八十老人叫作比勒洛的产业，代管的是他用了二十六年的门房，西卜先生和西卜太太。但因进项不多，使一个在玛莱区当看门的人没法生活，所以西卜除了在房租上拿百分之五的回扣，在每车木柴上抽一定数量的燃料之外，还靠他的手艺挣点儿

①玛莱区中的广场，原名王家广场，（今名伏越广场），故作者言“题献给国家”。

②玛莱区即今巴黎第三第四区的一部分，兴建于十七世纪初亨利四世与路易十三两朝，至十八世纪为止，素为巴黎勋贵旧家的住宅区。

钱：跟好多门房一样，他是个成衣匠。一来二去，西卜在街坊上有了信用，不再替成衣铺老板做活，而专门给周围三条街上的人缝补，翻新；这些活儿，他在本区里是没人竞争的。门房很宽敞，空气很好，附带还有间卧房，因此西卜夫妇被认为一区的同业中最幸福的一对。

西卜生得单薄，矮小，整天坐着不动的生活，把他的皮肤差不多变成了橄榄色。伏在跟临街那个装有铁栅的窗洞一般高低的工作台上，平均挣二法郎一天。虽然到了五十八岁，他还在做活；可是五十八岁正是看门人的黄金时代，他们待在门房里正是得其所哉，仿佛牡蛎守着它的壳一样；而且到了这个年纪，他们在一区里是妇孺皆知的人物了。

西卜太太从前是个牡蛎美人①，凡是牡蛎美人不用追求而自然能遇到的风流艳事，她都经历过来；然后到二十八岁，因为爱上西卜，向蓝钟饭店辞了工。小家碧玉的姿色是保持不久的，尤其是排列成行，坐在菜馆门口做活的女人。炉灶的热气射在她们脸上，使线条变硬；和跑堂的一块儿喝的剩酒，渗进她们的皮肤；因此牡蛎美人的花容玉貌是衰老得最快的。西卜太太还算运气，正式的婚姻和门房的生活，刚好在紧要关头把她的美貌保住了。凭着那种男性美，她很可以做卢本斯的模特儿②，诺曼底街上忌妒她的同业却胡说乱道，叫她大阿福。皮肤闪闪发光，跟整堆的伊西尼牛油一样教人开胃。虽是胖子，她楼上楼下做起活来，

①巴黎的大酒店雇有专剖牡蛎的女工。牡蛎美人有如我们所谓的豆腐西施。

②法兰德大画家卢本斯（1577—1640）所作裸体女子，素以丰硕壮健著称。

那股快当劲儿却是谁也不能比。她已经到了那一流的女人需要剃胡子的年纪。这不是说她四十八了吗？看门女人的胡子，对业主是整齐与安全的保障。倘若特拉克洛阿瞧见西卜太太大模大样的扶着她的长扫帚，准会把她画做一个罗马时代的女战神的。

古怪的是，西卜夫妇（照法院公诉书的口吻，应当说男人西卜，妻某氏）的地位，竟会有一天影响到两位朋友的生活！所以写历史的人不得不把门房的内情叙述得详细一点，以求忠实。临街的屋子一共有三个公寓，院子和花园之间的老屋也有三个公寓，全部房租共计八千法郎左右。此外有个卖旧铜铁器的商人叫作雷蒙诺克的，占着一个靠街的铺面。这雷蒙诺克近几月来改做了古董生意，很知道邦斯藏品的价值，看见音乐家进进出出，总得在铺子里向他打个招呼。所以西卜夫妇除了住房跟柴火不花钱之外，房租上的回扣大概有四百法郎；西卜做活的收入每年统扯有七八百；加上年赏什么的，进款的总数约有一千六，都不折不扣的给夫妻俩吃掉了。他们日子过得比一般的平民都好，西卜女人老说："人生一世，只此一遭！"由此可见她这个大革命时期出生的人，干脆不知道什么叫作《教理问答》。

眼睛橘黄色而目光傲慢的看门女人，凭着蓝钟饭店的经历，懂得点儿烹调，使她丈夫受到所有的同业羡慕。因此，到了中年而快要踏进老年的时候，西卜夫妇连一百法郎的积蓄都没有。穿得好，吃得好，他们还靠着二十六年的清白在街坊上受人尊重。他们固然家无恒产，可也没有（用他们说法）拿过人家唔个小钱；因为西卜太太讲话特别多用N音，她对丈夫说："你唔是个唔宝贝！"这种怪腔怪调，是跟她的不理会宗教一样的无理可说。两口儿对于这种毫无亏心事的生活，六七条街上的人的敬重，业主让他们管理屋子的大权，非常得意；可是有了这些而不能同时也有储蓄，不免使他们暗中发急。西卜常常抱怨手脚酸痛，而西卜太太也嘀嘀咕咕的，说她可怜的西卜到这个年纪还得做活。早晚会有那么一天，一个看门的过了三十年这种生活之后，要怨政府不公平，没有给他荣誉团勋章！只要有人在闲话中间提到某个老妈子只干了靠十年，东家便在遗嘱上给了她三四百法郎终身年金，马上会一传十，十传百，到处在门房里引起许多唠叨，证明巴黎那些干下等行业的存着多少忌妒的心：

“唉！咱们哪，就轮不到在遗嘱上有个名字！咱们没有这福气！可是哼，那些仆人能跟我们比吗？我们是人家的心腹，经手房租，替他们看着这个，守着那个；可是人家只拿我们当狗看待，不多不少，就跟狗一样，你瞧！”

“一切都是运道！”西卜从外边拿着件衣服回来，说。

西卜太太双手插在粗大的腰里和邻居聊天的时候，直着嗓子叫道：

“要是我把西卜丢在门房里，自个儿去当厨娘，现在也能有三万法郎存起来了。我不会做人，只晓得守着舒服的屋子，暖暖和和的，既不省穿又不省吃的。”

十三、大为惊奇

一八三六年，两个朋友一搬进老屋子的三楼，西卜家的生活就大起变化。事情是这样的。许模克，和邦斯一样，住到哪儿都是教门房——不管是男的还是女的——招呼家里的杂务。来到诺曼底街，两位音乐家就决定请西卜太太打杂，每月给她二十五法郎，两人各出十二法郎五十生丁。刚满一年，老资格的看门女人在两个男人家里就能支配一切，等于她支配包比诺伯爵夫人的舅公比勒洛的屋子。她把他们的事当作自己的事，口口声声总是“我的两位先生”。并且，她看到一对榛子钳像绵羊一般的柔和，生活挺马虎，绝对不猜疑人，简直是孩子，她便凭着那种下等阶级妇女的心肠保护他们，疼他们，伺候他们，忠心耿耿，甚至有时会埋怨他们几句，不让他们在日常生活上吃亏——许多巴黎家庭便是这样的增加开支的。两个单身汉花了二十五法郎，无意中竟得了个母亲。发觉西卜太太那些好处之后，他们很天真的向她道谢，说些好话，逢时过节送些小礼，使彼此的关系愈加密切了。西卜太太认为受人赏识比得人钱财更快乐；知遇之感能增加工钱的价值也是人之常情。西卜替两位先生当差的时候，不论是补衣服，是跑腿，或是别的什么，都只收半费。

从第二年起，三楼房客和门房的交情又深了一层。许模克跟西卜太太做成一桩交易，使他疏懒的脾气和百事不想管的愿望，完全得到满足。以每天一法郎半，每月四十五法郎的代价，西卜太太包下了许模克的中饭跟晚饭。邦斯觉得朋友的中饭怪不错，便出十八法郎也包了一顿。这种供应伙食的办法，在门房的收入项下每月增加了九十法郎左右，把两个房客变成了不可侵犯的人物，简直是天神，天使，上帝。咱们的王上据说是很精明的，但宫中对他的侍候能不能像人家对两个榛子钳那么周到，倒很难说了。他们喝的牛奶是直接从桶子里倒出来的原货；报纸是白看二楼或四楼的，那些房客起得晚，必要时可以推说报纸还没送到。

他们的屋子，衣服，楼梯间，一切都由西卜太太收拾得像法兰德人家一样干净[①]。许模克从来没想到能这样的快乐；西卜太太把他的生活安排得十分简便；花上六法郎，洗衣服和缝补也归西卜太太包办了。伙食账跟洗衣费之外，另外买十五法郎的烟丝；每月这三项开销共计六十六法郎，一年七百九十二法郎。再加二百二十法郎的房租和捐税，一共是一千零十二法郎。西卜负责许模克的衣着，约需一百五十法郎。这位潇然意远的哲人，一年花上一千二百法郎便对付过去了。在玛莱区诺曼底街，靠西卜太太帮忙，一个人有一千二年金就能快快活活的过日子：那些一心想住到巴黎来的欧洲人听了，不是要喜出望外吗？

那天，看到邦斯在傍晚五点左右回家，西卜太太简直发呆了。不但这是从来未有的事，而且她的先生连看都没有看见她，

①法兰德（Flandre）为今比国西北部滨海地区之古称，法兰德人为近代欧洲史上最爱清洁之民族。

更不必说招呼她了。

“喂！西卜，”她对丈夫说，“我看邦斯先生不是发了财，便是发了疯！”

“大概是吧。”西卜回答的时候把一只衣袖掉了下来，照裁缝的俗语说，他正在给那只袖子加衬头。

十四、两只鸽子的寓言成了事实[①]

邦斯木偶似的回家，西卜太太刚巧端整好许模克的晚饭。饭菜是整个院子都闻到味儿的一盘所谓红焖牛肉。向一家熟货店买来的零头零尾的白煮牛肉，跟切成小薄片的洋葱放在牛油里尽煎，煎到肉和洋葱把油都吸干了，使看门女人的大菜看上去像炸鱼。西卜太太预备给丈夫和许模克平分的这个菜，加上一瓶啤酒，一块乳酪，就能教德国老音乐家心满意足。你们可以相信，便是全盛时期的所罗门王也没有比许模克吃得更好。今天是把白煮牛肉加上洋葱煨一煨，明天是把残余的子鸡红烧一下，后天是什么冷牛肉和鱼，浇上西卜女人自己发明的一种沙司，连做母亲的

①拉·封丹《寓言》第九卷第二篇，题名《两只鸽子》，描写一对友情深厚的鸽子，一只喜欢家居，一只喜欢旅行。旅行鸽不顾居家鸽苦劝，仍欲出外游历。途中先遇到大风雨，狼狈不堪；继而堕入鸟网，险被擒获；又遭鹰隼追迫，几乎丧命；终被儿童弹丸击中，折足丧翼，幸得回巢，与旧侣团聚，共庆更生。

也会糊里糊涂给孩子吃的沙司[1]；过一天又是什么野味，都得看大街上的菜馆卖给小熟货店的是哪一类东西，有多少数量。这便是许模克的日常菜单；他对于好西卜太太端上来的东西从来没有一句话，总是满意的。而好西卜太太把这个菜单逐渐克减，结果只要一法郎就能对付。

“可怜的好人有什么事，我马上就能知道，”西卜太太对丈夫说，“瞧，许模克先生的夜饭预备好啦。”

西卜太太在陶器菜盘上盖了一只粗瓷碟子，虽然上了年纪，还能在许模克给邦斯开门的时候赶到。

“你怎么啦，好朋友？”德国人看见邦斯面无人色，不由得吓了一跳。

“等会告诉你；现在我来跟你一块儿吃夜饭……”

“怎么！和我一块儿吃？”许模克高兴得叫起来，但又想起了朋友讲究吃喝的脾气，“那怎么行呢？”

这时，德国老头发觉西卜太太以管家的资格有名有分的在那儿听着。凭着一个真正的朋友所能有的灵感，他直奔女门房，把她拉到楼梯间：

“西卜太太，邦斯这好人是喜欢吃的；你上蓝钟饭店去叫点儿讲究的菜：什么鳀鱼呀，面条呀！总之要像罗古罗斯吃的一样[2]！”

“什么罗古罗斯？”西卜太太问。

---

①沙司为西菜中浇在鱼或肉类上面的酱汁，大概可分黑白两种，以牛肉汤或鸡汤为底，调以面粉，另加作料，做法各有巧妙不同。欧洲人对沙司之重视不下于正菜本身。

②罗古罗斯为公元前二世纪时罗马帝国的名将，以饮食奢豪有名于世。

“得啦，你去要一个清烧小牛肉，一条新鲜的鱼，一瓶波尔多，不管什么，只要挑最好的菜就行了：譬如糯米肉饼，熏腊肉等等！你先把账给付了，一句话都别说，明儿我还你钱就是了。”

许模克搓着手，喜孜孜的回进屋子；可是听到朋友一刹那间遇到的伤心事，他脸上慢慢的又恢复了发呆的表情。他尽量安慰邦斯，搬出他那一套对社会的看法：巴黎的生活有如一场无休无歇的暴风雨，男男女女仿佛都给疯狂的华尔兹舞卷了去；我们不应该有求于人，他们都只看表面，“不看内心的”，他说。他又提到讲了上百次的老故事，说有三个女学生，是他生平最喜欢而为之不惜任何牺牲的；她们也对他挺好，还每年各出三百法郎，凑成九百法郎的津贴送他；可是她们哪，这些年来一次也没来看过他，都身不由主的给巴黎生活的狂潮冲走了，甚至最近三年他上门去也没能见到她们。（事实上许模克拜访那般阔太太，都是上午十点钟去的！）至于津贴，那是由公证人分季支给他的。

“可是她们心真好。对于我，她们简直就是保护音乐的女神。包当杜哀太太，王特奈斯太太，杜·蒂哀太太，个个都是怪可爱的。我看见她们的时候总是在天野大道，她们可看不见我……她们对我多好，我尽可上她们家吃饭，她们一定很欢迎；我也可以上她们的别墅去住，可是我宁愿和我的邦斯在一起，因为我随时可以看到他，天天看到他。”

邦斯抓起许模克的手紧紧握着，等于把心里的话都表白了。两人相对无语，过了好几分钟，像一对久别重逢的情人似的。

“还是每天在家吃饭吧，”许模克这么说着，暗中反而在感谢庭长太太的狠心，“哎！咱们一块儿去玩古董，那么魔鬼也不会上咱们家来捣乱了。”

要懂得“咱们一块儿玩古董”这句悲壮的话，先得知道许模克对古董一窍不通。他为了爱友心切，才不至于在让给邦斯做美术馆用的客厅和书房里打烂东西。许模克全神贯注在音乐里头，一心一意在那儿替自己作曲，他瞧着朋友的小玩意儿，好似一条鱼被请到卢森堡公园去看莳花展览。他对那些神妙的作品很尊敬，因为邦斯捧着他的宝物掸灰的时候很尊敬。朋友在那里低回赞叹，他就在旁凑上一句：“是呀，多好看！”好似母亲看到一个还不会说话的孩子对她做手势，就拿些没有意义的话做回答。自从两位朋友同住之后，许模克眼看邦斯把时钟换了七次，总是越换越好。换到最后，是蒲勒雕的最精美的一座，紫檀木上镶着黄铜，有好几个雕刻做装饰，属于蒲勒第一期的作风①。蒲勒的作风有两期，正如拉斐尔的有三期。第一期，他把黄铜与紫檀融和得恰到好处；第二期，他违反自己的主张，改镶螺钿；为了要打倒发明贝壳嵌花的同业，他在这方面有惊人的表现。邦斯尽管引经据典的解释给许模克听，他始终看不出精美的蒲勒座钟和其他的多少钟有什么分别。但既然那些古董与邦斯的快乐攸关，他就格外的爱护，连邦斯自己也不及他那样无微不至。所以听到许模克“咱们一块儿玩古董”的话，难怪邦斯的气都平下去了，因为德国人那句话的意思是：“倘使你在家吃饭，我可以拿出钱来陪你玩古董。”

“请两位先生用饭吧。”西卜太太装着俨然的神气进来说。

我们不难想象：邦斯瞧着尝着这一顿靠许模克的友情张罗得来的晚饭，是怎样的惊喜交集。这一类的感觉一生中是难得

①蒲勒（1642—1732），为法国有名的紫檀木雕刻家，在装饰美术上极有贡献。

有的，彼此老说着“你就是我，我就是你”那样的深情就没有这感觉，因为时时刻刻的关切使受到的人变得麻木了；只要莫逆之交的真情洋溢，与世态炎凉的残酷有了比较，一个人才会恍然大悟。两颗伟大的心灵，一朝由感情或友情结合之后，全靠外界的刺激把他们的交谊不断的加强。因此邦斯抹掉了两滴眼泪，而许模克也不能不抹着他湿透的眼睛。他们一句话不说，可是更相爱了，他们只点首示意，而安神止痛的表情，使邦斯忘了庭长太太丢在他心中的小石子。许模克拼命搓着手，几乎把表皮都擦破，因为他心血来潮，忽然有了个主意。德国人平时对诸侯们服从惯了，头脑久已迟钝，这一回许模克念头转得这么快，可以说是了不得的奇事。

“我的好邦斯？”许模克开始说。

“我猜着了，你要我每天跟你一块儿吃晚饭……”

“我恨不得有钱，让你天天过这样的生活……”好心的德国人不胜怅惘的回答。

西卜太太，因为不时从邦斯手中得到些戏票，素来把他和包饭客人许模克同等看待的，这时提出了下面那样的计划：

“嗨，嗨，不供给酒，只要三法郎，我就能每天做一顿夜饭，包你们把盘子舔得精光，像洗过了似的。”

“对，”许模克接口道，“西卜太太给我做的菜，我吃得比那些吃王家焖肉的人还要好……”

循礼守法的德国人，为了急于要把邦斯留在家里，居然学着小报上的轻薄，对王上吃的定价菜也毁谤起来了。

“真的吗？”邦斯说，“那么我明天试一试！”

一听见朋友许了这个愿，许模克便从桌子这一头扑到那一头，把台布，盘子，水瓶一齐拖着走，他拼命搂着邦斯的劲儿，好像一条火舌窜向另一条火舌。

“哎啊，我多快活！”他叫着。

西卜太太也受了感动，很得意的说：“好哇，先生天天在这儿吃饭了！”

她的美梦实现了，可是她并没知道促成美梦的内幕。她奔下楼去，走进门房，好似玉才华在《威廉·泰尔》中出场时的神气[1]；她把盘子碟子往旁边一扔，叫道：

“西卜，赶快上土耳其咖啡馆要两小杯咖啡，关照炉子上说是我要的！”

然后她坐下来，双手按着肥大的膝盖，从窗里望着对面的墙，自言自语的说：

“今晚上我得找风丹太太去起个课！……”

风丹太太是替玛莱区所有的厨娘，女仆，男当差，看门的……起课卜卦的。

①玉才华系巴尔扎克另一小说《贝姨》中的角色，为有名的女歌唱家。《威廉·泰尔》为洛西尼的歌剧。

十五、一心想在遗嘱上有个名字

“这两位先生搬来之后，咱们在储蓄银行已经有了二千法郎。不过八年工夫，总算是运气喽！包了邦斯先生的饭，是不是不要赚他的钱，把他留在家里呢？风丹太太一定会告诉我的。”西卜太太这样想着。

看到邦斯和许模克都没有承继人，西卜太太三年来认为两位先生将来的遗嘱上必定有她的名字。她存了这种非分之想，做事格外巴结。一向是个老实人，她的贪心直到她长了胡子才抬头的。依着女门房的心思，两位先生最好完全由她操纵；可是邦斯天天在外边吃晚饭，并没有完全落在她手里。西卜太太原有一些勾引挑逗的念头在脑海中蠢蠢欲动，看着老收藏家的游牧生活只觉得无计可施；但从那餐值得纪念的夜饭之后，她的念头就一变而为惊人的大计划。过了一刻钟，西卜太太又在饭厅里出现了，手里托着两杯芳洌的咖啡和两小杯樱桃酒。

“好一个西卜太太！”许模克叫起来，“她把我的心思猜着了。”

吃白食的朋友又絮絮叨叨的怨叹了一阵，许模克又想出话来哄了他一阵，家居的鸽子要安慰出门的鸽子是不愁没有话说的[1]。然后两人一同出门了。在邦斯受了加缪索家主仆那场气之后，许模克觉得非陪着朋友不可。他懂得邦斯的脾气，知道他坐在乐队里那张指挥椅上，又会给一些忧郁的思潮抓住，把倦鸟归巢的效果给破坏了的。半夜里许模克搀着邦斯的胳膊回家，像一个人对待心爱的情妇似的，一路上告诉邦斯哪儿是阶沿，哪儿是缺口，哪儿是阴沟；他恨不得街面是棉花做的，但愿天色清明，有群天使唱歌给邦斯听。这颗心中他从来抓握不到的最后一角，现在也给他征服了！

三个月光景，邦斯每天和许模克一起吃晚饭。第一，他先得把玩古董的钱克减八十法郎一月，因为在四十五法郎的饭钱之外，还得花三十五法郎买酒。第二，不论许模克多么体贴，不论他搬出多少德国式的笑话，老艺术家依然想着他早先吃饭的人家那些好菜，好咖啡，饭后酒，饭桌上的废话，虚伪的礼貌，同席的客人，东家长西家短的胡扯。一个人到了日薄西山的时候，要打破三十六年的习惯是办不到的。一百三十六法郎一桶的酒，斟在一个老饕的杯子里是淡薄得很的；所以邦斯每次举起杯子，总得想到别人家中的美酒而千舍不得，万舍不得。三个月末了，邦斯那颗敏感的心几乎为之破裂的痛苦，已经淡忘了，他只想着应酬场中的快意事儿，正如为女人着迷的老头儿痛惜一个几次三番不忠实的情妇。老音乐家虽然把刻骨铭心的苦闷尽量遮掩着，可是显而易见害着一种说不出的，从精神方面来的病。

要说明这个因破坏习惯而得来的相思病，只消把数不清的小

①鸽子的譬喻即引用拉·封丹的寓言，参看前注。

事举一个例子就行，因为那些小事像铁甲衫上的钢丝一般紧裹着一个人的心。邦斯从前最大的快感，也就是吃白食的最高的享受，有一项是新鲜的刺激。女主人们为了要把饭局点缀得像酒席一样，往往很得意的添一盘精美的菜，教人吃的格外津津有味。邦斯就在念念不忘这种胃的享受。西卜太太有心卖弄，把饭菜预先报给他听，使邦斯的生活完全没有了周期的刺激。他的夜饭谈不上新鲜的感觉，再没有我们祖母时代所谓盖着碟子端出来的菜！这就不是许模克所能了解的了。而邦斯为了面子攸关，也不敢说出他的苦处。可是世界上要有什么比怀才不遇更可悲的事，那就是无人了解的肚子了。一般人夸张失恋的悲剧，其实心灵的需要爱情并非真正的需要：因为没有人爱我们，我们可以爱上帝，他是不吝施舍的。至于口腹的苦闷，那又有什么痛苦可以相比？人不是第一要生活吗？邦斯不胜遗憾的想念某些鸡蛋乳脂，那简直是美丽的诗歌！某些白沙司，简直是杰作！某些鲜菌烧野味，简直是心肝宝贝！而更了不起的是唯独在巴黎才吃得到的有名的莱茵鲤鱼，加的又是多精致的作料！有些日子，邦斯想到包比诺伯爵府上的厨娘，不由得叫一声："噢！莎菲！"过路人听了以为这好人在想他的情妇，哪知他想的东西比情妇还名贵得多，原来是一盘肥美的鲤鱼！沙司缸里盛着鲜明的沙司，舔在舌头上浓酽酽的，真有资格得蒙底翁奖金！过去那些名菜的回忆，使乐队指挥消瘦了很多，他害上了口腹的相思病。

十六、德国人中的一个典型

第四个月初，一八四五年正月将尽的时候，戏院里的同事注意到邦斯的健康了。其中有个吹笛子的青年，像差不多所有的德国人一样名叫威廉，幸而他姓希华勃，才不至于和所有的威廉相混，但仍没法和所有的希华勃分清。他觉得必须把邦斯的情形点醒许模克。那天正上演新戏，用得着许模克所担任的乐器。邦斯愁眉苦脸跨上指挥台的时候，威廉·希华勃便指着他说：

“老人家精神不行呢，怕有什么病吧，你瞧，他目光惨淡，挥起棍子来也不大得劲。”

“人到了六十岁总是这样的。”许模克回答。

他为了每天和朋友一同吃饭的乐趣，简直会把朋友都牺牲掉；这情形很像华德·斯各脱所写的那个母亲，为了把儿子多留二十四小时，结果送了他的命[1]。

“戏院里大家都在为他操心，正像头牌舞女哀络绮思·勃里

---

①华德·斯各脱短篇小说集*The Chronicles of Canongate*中第一篇，述一青年应征入伍，母亲爱子心切，不忍遽离，服以安眠药；致应召失时，被逻卒目为逃兵加以逮捕；逮捕时受母亲怂恿，又将逻卒一人当场格杀；两罪俱发，卒被枪毙。

斯多小姐说的，他连擤鼻子的声音都没有了。”希华勃又说。

往常老音乐家捧着手帕擤起他窟窿很大的长鼻子来，声音像吹喇叭，为此常常受到庭长夫人的埋怨。

“只要能让他有点儿消遣，要我怎样牺牲都愿意；他心里闷得慌。”许模克回答。

“真的，我老是觉得邦斯先生了不起，咱们这批穷小子高攀不上，所以我不敢请他吃喜酒。我要结婚了……”

“怎么样的结婚？”许模克问。

“噢！当然是规规矩矩的。”威廉听到许模克问得这么古怪，以为是句俏皮话，其实这个纯粹的基督徒是根本不会挖苦人的。

听见台上的铃响了，邦斯把乐队里的人马瞧了一眼，叫道：

“喂，大家坐下吧！”

乐队奏着《魔鬼的未婚妻》的序曲；那是一出非常叫座的神幻剧，直演了二百场。第一次休息时间，乐队里人都走尽了，只剩下威廉和许模克，场子里的温度在列氏寒暑表上升到三十六度。

“来，把你的故事讲给我听。”许模克对威廉说。

“那个月楼上的年轻人，你瞧见没有？……你认得是谁吗？”

“不认得……”

“那是因为他戴了黄手套，发了财的缘故；他就是我的朋友弗列兹·勃罗纳，那个美恩河上的法兰克福人……”

“是以前到乐队里来，坐在你旁边看戏的那个吗？”

“就是他。可不是变了一个人，教你不相信吗？”

这故事的主角是代表某一种典型的德国人。他的相貌，一方面有歌德的曼非斯托番那种尖刻辛辣的气息①，一方面像奥古斯

---

①曼非斯托番为魔鬼的名字，初见于十六世纪的通俗书籍，后歌德用为《浮士德》中魔鬼的名字，遂更知名。

德·拉风登小说中的人物，爱说爱笑，脾气挺好；他又刁猾又天真；有生意人的贪狠，也有跑马总会会员的洒脱；而最主要的还有使少年维特想自杀的那种苦闷，但他的苦闷不是为了什么夏洛蒂[①]，而是为了德国的诸侯。他的脸十足地道是个德国典型：又狡狯，又朴实，又愚蠢，又勇敢，他所有的那点知识只能增加烦恼，所有的经验给他闹一下孩子气就完了；他滥喝啤酒，滥抽烟；再加美丽而无神的蓝眼睛闪出一点可怕的光芒，使身上那些对比格外显著。

弗列兹·勃罗纳穿扮得像银行家一样讲究，在戏院里耸着一个秃顶的脑袋，皮色像铁相画上的，早年的放浪生活与以后的落难生活，还给他在脑壳两旁留下少许金黄头发蜷作一堆，使他恢复家业的那天还有资格去照顾理发匠。他的脸从前长得又俊又嫩，像画家笔下的耶稣基督，如今颜色变得很难看，长了红红的髭和茶褐色的胡子，愈加阴沉了。跟忧患挣扎的结果，眼睛也蓝得不明净了。落魄巴黎的时期所受的种种委屈，使他的眼皮瘪了下去，眼睛的轮廓也改了样；可是当初母亲还认为这对眼睛就是自己的小影而看得出神呢。这个少年老成，未老先衰的小伙子，原是个后母一手造成的。

以下我们要讲一个浪子的故事，在虽是中立而不失为开明的、美恩河上的法兰克福城里，那简直是破天荒的怪事[②]。

---

①夏洛蒂为歌德《少年维特之烦恼》中的女主角。

②路易·菲利普治下，自1836年起，国会中的政府党称为拥护王朝的左派，而反对党则分为中间偏右与中间偏左两派。巴尔扎克常在讥讽此等“中间”派。美恩河上的法兰克福，为日耳曼帝国会议最后集会处，又为独立自由的城市，故作者以此隐射中间派。

十七、生在法兰克福的浪子会一变而为百万富翁的银行家[①]

弗列兹的父亲叫作奚台翁·勃罗纳，是法兰克福许多有名的旅馆主人之一；他们都跟银行家上下其手，在法律许可的范围内盘剥旅客的。除此以外，他是个挺规矩的加尔文教徒，娶了一位改宗的犹太姑娘，带过来的陪嫁便是他起家的资本。犹太女人故世的时候，弗列兹只有十二岁，由父亲和舅舅共同监护。舅舅是莱比锡的一个皮货商，维拉士公司的主人；他的性情可不像皮货那么柔和，他要老勃罗纳把小弗列兹的遗产存入阿尔-萨却尔特银行，不得动用。给舅子这个犹太办法一气之下，老头儿续弦了，说没有主妇的监督与帮忙，他对付不了旅馆。他娶了另一个旅馆主人的女儿，没结婚的时候认为她简直十全十美，可是他对于给父母宠惯的独养女儿完全没有经验。第二位勃罗纳太太的行为脾气，就跟那些泼悍而轻狂的德国少女一模一样。她把自己的

①法兰克福（德国有两个城叫作法兰克福，美恩河上的法兰克福比较知名，以下即简称法兰克福）的金融事业，在日耳曼占有重要地位，当地银行常与东部柏林的银行互争雄长，故作者在此又作隐喻。

钱尽量挥霍，又为了跟故世的勃罗纳太太斗气，使丈夫在家里成为法兰克福从来未有的最痛苦的人，据说一般百万富翁知道了竟想要市政当局订一条法律，勒令所有的妻子只许爱丈夫一人。那女的喜欢所有的酸酒（德国人一律叫作莱茵佳酿），喜欢巴黎的商品，喜欢骑马，喜欢装扮；总之只要是花钱的，她都爱，就是不爱女人。她和小弗列兹结了仇；这个加尔文教与犹太教的结晶品，要不是生在法兰克福而有莱比锡的维拉士公司做监护，简直会给她气得发疯。可是维拉士舅舅一心忙着他的皮货，除了照顾存在银行里的遗产以外，让孩子由后母摆布。

雌老虎般的后母，因为费了火车机头那么大的劲也生不出一个孩子来，所以特别恨第一位美丽的勃罗纳太太生的小天使。该死的女人存着恶毒的心，鼓励年轻的弗列兹在二十一岁上就一反德国人的习惯，挥金如土。她希望英国的名马，莱茵的酸酒，歌德的玛葛丽德[1]，把犹太女人的儿子和他的家私一齐毁掉；因为维拉士舅舅在外甥成年的时候给了他一笔很大的遗产。名胜区域的赌场，包括威廉·希华勃在内的酒肉朋友，固然把维拉士舅舅给的钱花光了；可是上帝还有心要这青年浪子给法兰克福的小兄弟们一个教训：所有的家庭都拿他做坏榜样，吓得孩子们只能乖乖的守着装满马克的铁账柜。弗列兹·勃罗纳并没夭折，还有福气把后母送进公墓，那是德国人因为酷爱园艺，借了尊重死者的名目而收拾得特别美丽的。所以第二位勃罗纳太太是死在丈夫之前，而老勃罗纳只得损失了她在银箱里搜刮得去的钱，白吃了好些苦，把大力士一般的体格，在六十岁上就磨得像吃了鲍几亚

①玛葛丽德为歌德《浮士德》中人物，受浮士德诱惑而失身。

的毒药一样[1]。为后妻受了十年罪而还得不到一点儿遗产，这旅馆主人便成了一座海得尔堡的废墟；幸而还有旅客的账单不断给他修补一下，正如海得尔堡废墟也老是有人修葺，使大批参观古迹的游客不至于扫兴。法兰克福人提到他，仿佛提到什么破产的新闻；大家在背后指手画脚的说：

"你瞧，娶个没有遗产的泼妇，再加一个用法国办法教养大的儿子，结果就是这样！"

在意大利和德国，法国人是一切灾祸的根源，一切枪弹的靶子；可是像诗人勒法郎·特·蓬比涅昂说的：无名小子尽管出口伤人，上帝的神光早晚能照出事情的真相。

荷兰大旅馆的主人不但在账单上泄愤，使旅客受到影响，还认为儿子是他间接的祸水。所以当小勃罗纳把产业败光之后，老勃罗纳就什么都不管了：面包，清水，盐，火，屋子，烟草，概不供给；在一个开旅馆的德国老子，这的确是恩断义绝的表示。而地方当局，既不考虑做父亲的错误在先，只觉得他是法兰克福最不幸的人，便有心帮助他一下，无端端的跟弗列兹寻事，把他赶出自由市。法兰克福虽是日耳曼帝国会议集会的地方，司法也不比别处更公平合理。世界上难得有什么法官会追溯罪恶与灾祸的根源，去弄清楚第一次把水泼出来的时候是谁挑的水桶。既然勃罗纳把儿子忘了，儿子的朋友们当然群起效尤。

那晚戏院里的新闻记者，漂亮朋友，巴黎妇女，都在奇怪哪儿来的这个神色悲壮的德国人，混在巴黎的时髦场中，孤零零的

---

①红衣主教赛查·鲍几亚（1475—1507），为教皇亚历山大第六之子，奸诈险毒，残暴凶横，常以毒药谋害同僚及政敌，为欧洲近代史上有名的阴谋家。

坐在月楼上看第一次上演的新戏。唉！倘若上面的故事能在这戏院演出的话，它比当晚演的《魔鬼的未婚妻》不知要有趣多少倍，虽然女人受魔鬼诱惑的故事有史以来已经连续演到几十万次[①]。

弗列兹步行到斯特拉斯堡，在那儿的遭遇可比《圣经》上的那个浪子幸运多了。这一点证明亚尔萨斯是了不起的，他有多少慷慨豪侠的心，让那些德国人看看，法兰西民族的秀气与日耳曼民族的笃实，合在一起是多么完美[②]。威廉·希华勃才得了父母十万法郎遗产。他对弗列兹张开臂抱，掏出心来，接他在家里住，拿钱给他花。弗列兹浑身灰土，潦倒不堪，差不多像害了麻风病，一朝在莱茵彼岸，从一个真心朋友手中拿到一枚二十法郎的钱的那种心境，只要咏为诗歌才能描写，而且只有古希腊的大诗人邦达才有那种笔力，能使普天下的人闻风兴起，重振那行将澌灭的友情。弗列兹与威廉两人的名字，和达蒙与比底阿斯，加斯多与包吕克斯，奥莱斯德与比拉特，杜勃滦伊与梅耶[③]，许模克与邦斯，或是你给拉·封丹寓言中那样的朋友起的任何名字（以

①此二语系指《魔鬼的未婚妻》的故事在人间是最常见的，等于是最走红的戏。同时亦隐射夏娃受蛇诱惑的故事，故言“有史以来”。

②斯特拉斯堡为亚尔萨斯州的首府，亚尔萨斯为德法两国民族交流的地方，民族性兼有两者之长。

③加斯多与包吕克斯（孪生兄弟），奥莱斯德与比拉特，在希腊神话中均为以友爱著名之人物。达蒙与比底阿斯为纪元前四世纪西拉古斯人，深信毕太哥尔“朋友不分财”的名言，甚至生死相共。比底阿斯以罪被判死刑，刑前归家料理私事，以友人达蒙作为人质，直至行刑前最后一刻比底阿斯方始赶回，以此感动国王而获赦。杜勃滦伊与梅耶为法国二名医，以交谊深厚，同死于传染病。

拉·封丹的天才，也只写了两个抽象的典型而没有给他们一个血肉之体）[①]，都可以并列而无愧，因为像威廉当初帮着弗列兹把家产荡尽一样，此刻弗列兹也帮着威廉抽着各种各式的烟草，把遗产吃光。

奇怪的是，两个朋友的家私是在斯特拉斯堡的酒店里，跟跑龙套的女戏子和声名狼藉的亚尔萨斯姑娘糊里糊涂送掉的。两人每天早上都说：

“咱们怎样也该歇手了吧，拿着剩下的一点钱，该打个主意，干点儿正经才好！”

“噢，今儿再玩一天吧，”弗列兹说，“明天……噢！明天一定……”

在败家子的生活中，今天总是一个头等吹大炮的角色，明天总是一个头等胆怯鬼，听了昨天的大话害怕的；今天好比古时戏剧中的牛大王，明天赛似现代哑剧中的小丑。用到最后一张一千法郎的钞票时，两个朋友搭上王家驿车到了巴黎，投奔一个在奚台翁·勃罗纳手下当过领班侍者，此刻在玛伊街开莱茵旅馆的葛拉夫。他们当下就住在旅馆的阁楼上。葛拉夫把弗列兹荐入格雷兄弟银行当职员，拿六百法郎一年薪水；又把威廉荐到他的兄弟，有名的葛拉夫裁缝那里去当会计。葛拉夫替一对浪子谋这两个小差事，表示他并没忘了自己是荷兰大旅馆出身。有钱朋友招留落难朋友，一个开旅馆的德国人救济两个囊无分文的同乡，这两件事也许教有些人疑心这段历史是虚构的；尤其因为近来的小说一意模仿事实，所以事实倒反更像小说了。

---

①拉·封丹的寓言，只说在摩诺摩太巴地方有两个朋友，并没提到姓名，故言抽象。

弗列兹当着六百法郎的职员，威廉当着六百法郎的会计，发觉在一个像巴黎那么需要花钱的城里过日子是不容易的。所以他们来到巴黎的第二年，在一八三七年上，威廉靠着会吹笛子，进了邦斯的乐队，多挣几个钱开开荤。至于弗列兹，只能凭外婆家维拉士传给他的做买卖的本领去捞些油水。可是虽然拼命的干，法兰克福人直到一八四三年才挣上二千法郎一年，而这还全靠他有弄钱的本领。贫穷这位圣明的后母，把两个青年管教好了，那是他们的母亲没有能做到的；她教他们懂得节省，懂得人生，懂得世故；她以苦其心志劳其筋骨的方式给大人物（他们的童年都是艰难困苦的）受的那一套严厉的教育，也给他们受过了。可惜弗列兹与威廉都是庸庸碌碌的人，不肯全部接受贫穷的教训，只想躲避她的打击，挣脱她的拥抱，吃不消她瘦骨嶙峋的胳膊；他们不能像天才一样逆来顺受，从困苦中去打天下。可是他们总算明白了金钱的可贵，打定主意，倘使再有财神上门，一定要割掉他翅膀不让他飞走了。

十八、发财的经过

威廉用德文把这个故事详详细细讲给钢琴家听了，接着又说：

“嗳，许模克老头，再来两句，事情就全明白了。勃罗纳的父亲死了。勃罗纳和我们的房东葛拉夫，都不知道老头儿是巴登铁道的一个创办人，赚了很多钱，留下四百万！今晚我在这儿是最后一次吹笛子了。要不是因为这是第一场的新戏，我早跑啦，可是我不愿意我那部分音乐给弄糟了。”

“这才对啦，小伙子，”许模克说，“可是你娶的是哪一位呢？”

“就是咱们的房东、莱茵旅馆主人葛拉夫先生的女儿。我爱哀弥丽小姐已经爱了七年，她念的爱情小说太多了，竟然把所有的亲事都回掉，一片痴心等着我。这小姐是黎希留街上葛拉夫裁缝唯一的承继人，将来家私很大。弗列兹把咱们一同在斯特拉斯堡吃掉的钱还了我五倍，五十万法郎！……他组织一个银行，投资一百万；我加进五十万，葛拉夫裁缝也来五十万；我的岳父答应我把二十五万陪嫁也放进去，他自己再加二十五万股子。

这样，勃罗纳-希华勃公司就有二百五十万资本。最近弗列兹买进一百五十万法兰西银行股票，作为我们银行往来的保证金。他的家产不止这些，还有他父亲在法兰克福的老店，估计值到一百万，已经租给葛拉夫的一个堂兄弟去经营了。”

“你瞧着你朋友的神气不大高兴，是不是忌妒他呢？”许模克问，他把威廉的话听得很仔细。

“我是为了弗列兹的幸福着急，”威廉说，“瞧他那个表情，可是个知足的人吗？想到巴黎我就替他害怕，只希望他学我的样。他老毛病可能再犯的。咱们两人中间，他意志并不比我强。这副打扮，这个手眼镜，都教我担心。他眼睛只看着池子里那些骚女人。唉！你不知道要弗列兹结婚才不容易呢！他最讨厌法国人所谓的追求；我们只能硬逼他成家，像英国人硬逼一个人进天堂一样[①]。”

在新戏完场例有的喧闹声中，笛师当面邀请乐队指挥去吃喜酒。邦斯挺高兴的接受了。许模克发现朋友脸上三个月来第一次有了点笑容，便一声不出的陪着他回诺曼底街。这一刹那的喜悦使德国人明白邦斯的心病到了什么程度。一个真正高尚的，胸襟如此洒脱，心灵如此伟大的人，竟会有这样的弱点！……那真使清心寡欲的许模克大为惊异而又大为伤心了，因为他觉得为了使邦斯快乐，再不能天天和他一块儿吃饭。而这样的牺牲，他不知道自己能否忍受；想到这里他急坏了。

①恐系隐指英国的清教徒时时刻刻以来世得救的话逼人为善。

十九、从扇子说起

邦斯一怒之下躲在诺曼底街一声不出的傲气，当然引起庭长夫人的注意，可是她既然摆脱了吃白食的清客，也就不再为他操什么心。她和她可爱的女儿，都以为舅舅懂得了小丽丽开的玩笑。然而庭长先生的观感并不如此。矮胖的加缪索·特·玛维尔，自从在法院中地位升高之后，变得更庄严了：他欣赏西塞罗，认为喜歌剧院比意大利剧院更高雅，喜欢把这个演员跟那个演员作比较，亦步亦趋的跟着群众；他能背出官方报纸上所有的评论，仿佛是他写的；在会议席上，他把先发言的法官的见解申说一番，就算是发表意见。除了这些主要性格之外，庭长的地位使他对什么都认真，尤其重视亲戚关系。像多数被女人控制的丈夫一样，庭长在小事情上故意独往独来，而太太也表示尊重。对于邦斯的杳无影踪，庭长夫人随便找些理由把庭长搪塞了个把月；可是久而久之，他觉得来往了四十年的老音乐家，正当送了一把篷巴杜夫人的扇子那样贵重的礼物之后，反而不再上门，未免太古怪了。包比诺伯爵认为精品的那把扇子，在蒂勒黎宫中传观之下博得许多恭维，使庭长夫人听了得意之极；人家把十根象牙骨的美，细细指给她看，雕工的精巧真是从来未有的。在包比诺伯爵府上，一位俄国太太（俄国人到哪儿都以为是在俄国）愿意出六千法郎把扇子买过来；她觉得宝物落在这样的手里太可惜了，因为那的确要公爵夫人才配得上。听到有人出价之后，赛西尔第二天就对父亲说道：

“我们不能不承认，可怜的舅公对这些小玩意儿倒真内行……”

“什么！小玩意儿？”庭长叫起来，“政府预备花三十万法郎，收买故杜索末拉参议官的收藏，另外还要跟巴黎市政府合凑一百万把格吕尼古堡买下来重修，存放这些小玩意呢！……告诉你，好孩子，这些小玩意儿往往是古代文明唯一的遗迹。一个伊特卢利亚的古瓶或是一串项链，要值到四五万法郎一件；这些小玩意儿教我们见识到脱洛阿战争时代的艺术多么完美，又告诉我们伊特卢利亚人原来是脱洛阿人逃难到意大利半岛去的！”

矮胖庭长的说笑便是这一类，他只会用毫无风趣的挖苦对付太太和女儿。

“赛西尔，你听着，”他又接着说，“要懂这些小玩意儿，需要好多种学问，那些学问的总名叫作考古学。考古学包括建筑，雕塑，绘画，金银细工，陶器，紫檀木雕——这是近代的新兴艺术——花边，地毯，总而言之，包括人类创造的一切工艺品。”

“那么邦斯舅舅是个学者了？”赛西尔问。

“哎！他怎么不来啦？”庭长问这句话的神气，仿佛一个人忘了好久的念头忽然集中，像猎人说的，瞄准了一点放出来，把自己吓了一跳。

“大概他为了一点小事生气了，”庭长太太回答，“他送这把扇子的时候，也许我没有表示充分的赏识。你知道，我是外行……”

“你！”庭长叫道，“你，赛尔凡教授的高足，会不知道华多？”

“我知道达维特，奚拉，葛罗，还有奚罗台，葛冷，特·福彭，丢尔班·特·克里赛……”

“你应当……”

“我应当什么，先生？”庭长太太瞪着丈夫的神气活像古代的示巴女王。

“应当知道华多是谁，我的好太太，他现在很时髦呢。”庭长的低声下气，显出他什么都是依仗太太得来的。

庭长夫妇谈这些话的时候，就在上演《魔鬼的未婚妻》，乐队里的人注意到邦斯脸色不好的那一晚的前几天。一向招待邦斯吃饭，拿他当信差用惯的人，那时都在打听邦斯的消息；并且在老人来往的小圈子内大家有点儿奇怪了，因为好几个人看见他明明在戏院里服务。邦斯在日常散步中虽是尽量避免从前的熟人，但有一天在新辟的博马舍大街上一个古董铺里，冷不防跟前任部长包比诺伯爵照了面。那位古董商便是邦斯以前跟庭长太太提过的莫尼斯特洛；像他那批有名的有魄力的商人，都很狡猾的把古董天天抬价，推说货色越来越少，几乎找不到了。

包比诺一看见老人就说：

“亲爱的邦斯，怎么看不见你啦？我们都在想你，内人还在问，你这样躲着我们是什么意思。”

“伯爵，”老人回答，“在一个亲戚家里，他们教我懂得像我这样年纪的人在社会上是多余的。一向他们就没有怎么敬重我，可是至少还没有侮辱我。我从来不有求于人，”他说到这里又流露出艺术家的傲气，“凡是瞧得起我招待我的人，我常常帮点儿小忙表示回敬；可是我发现我看错了，为了上亲戚朋友家吃饭，我就得含垢忍辱，笑骂由人！……好吧，吃白食这一行我现在不干了。在我家里，我每天都有无论哪一家的饭桌上都不会给我的享受——一个真正的朋友！”

老艺术家的手势，音调，使这篇话更显得沉痛。包比诺听了不禁大为感动，把邦斯拉在一旁，说道：

“哎啊！老朋友，你怎么啦？能不能把你的伤心事告诉我呢？我敢说，在我家里总不至于有人对你失礼吧……”

“你是唯一的例外。况且你是一个王爷，一个政治家，有多少事要操心，即使有什么不周到，也应当原谅的。”

包比诺在应付人事与调度买卖上面学会了一套很高明的手腕；邦斯禁不起他三言两语，就说出了在玛维尔家的倒霉事儿。包比诺为他大抱不平，回家马上告诉了太太；她是一个热心而正派的女人，一见庭长太太就把她埋怨了一顿。同时，前任部长也跟庭长提了几句，使加缪索不得不追究这件事。虽然他在家里做不了什么主，但他这一次的责备于法于理都太有根据了，妻子和女儿都没法狡辩，只得屈居下风，把错处全推在仆役头上。那些佣人给叫来骂了一顿。听到他们把事情从头至尾都招认之后，庭长才觉得邦斯舅舅的闭门不出真是最聪明的办法。跟大权操在主妇手中的那些主人一样，庭长把丈夫的威严，法官的威严，一齐拿出来，说所有的仆役都得开差，连老佣人应得的酬劳也要一律取消，倘若从今以后，他们对待邦斯舅舅和别的客人不像对他自己一样！玛特兰纳听了这句话，不由得微微一笑。

“你们只有一条生路，”庭长又说，“就是去向舅老爷赔罪，消他的气。告诉他，你们能不能留在这儿全在他手里，他要不原谅你们，我就把你们统统开差。”

二十、好日子回来了

第二天，庭长很早就出门，以便上法院之前去看他的舅舅。在西卜太太通报之下，玛维尔庭长的出现简直是件大事。邦斯还是破天荒第一次受到这样的荣誉，觉得这一定是重修旧好的预兆。庭长寒暄了几句，就说：

"亲爱的舅舅，我终于知道了你杜门不出的原因。你的行为使我对你更敬重了。关于那桩事，我只告诉你一句话：下人全给打发了。内人和小女都急得没了主意；她们想见见你，跟你解释一番。舅舅，在这件事情里头，我这个老法官是无辜的；小姑娘为了想上包比诺家吃饭，一时糊涂，没了规矩，可是请你别为此而责罚我，尤其现在我来向你求情，承认所有的错都在我们这方面……咱们三十六年的老交情，即使受了伤害，总还能使你给个面子吧。得啦！今晚请到我们家吃饭去，表示大家讲和。"

邦斯不知所云的回答了一大堆。结果说他乐队里一位同事辞了职要去办银行，今晚请他去参加订婚礼。

"那么明天吧。"

"外甥，明天我得上包比诺家吃饭，伯爵夫人写了封信来，真是客气得……”

“那么后天……”

“后天，我那位乐师的合伙人，一个姓勃罗纳的德国人，请新夫妇吃饭……”

“哦，你人缘多好，这么些人都争着请你，”庭长说，“好吧，那么下星期日，八天之内，像我们法院里说的。”

“哎，那天我们要到乐师的丈人葛拉夫家里吃饭……”

“那么就下星期六吧！这期间，请你抽空去安慰安慰我那小姑娘，她已经痛哭流涕的忏悔过了。上帝也只要求人忏悔，你对可怜的赛西尔总不至于比上帝更严吧？……”

邦斯被人抓到了弱点，不由得说了一番谦逊不遑的话，把庭长一直送到楼梯头。一小时以后，庭长家的那些仆役来了，拿出下人们卑鄙无耻，欺善怕恶的嘴脸，居然哭了！玛特兰纳特意把邦斯先生拉在一边，跪倒在他脚下，哭哭啼啼的说：

“先生，一切都是我做的，先生知道我是爱您的。那桩该死的事，只怪我恼羞成怒，迷了心窍。现在我们连年金都要丢了！……先生，我固然疯了，可不愿意连累同伴……现在我知道没有高攀先生的福分。我想明白了，当初不该有那么大的野心，可是先生，我是永远爱您的。十年工夫，我只想使您幸福，到这儿来服侍您。那才是好福气呢！……噢，要是先生能知道我的心！……我做的一切缺德的事，先生早该发觉……倘使我明儿死了，您知道人家会找到什么？……一张遗嘱！我在遗嘱上把一切都送给先生……真的，遗嘱就藏在我箱子里，压在首饰底下！”

玛特兰纳这番话打动了老鳏夫的心，使他觉得非常舒服；有人为你颠倒，哪怕是你不喜欢的人，你的自尊心总很得意。老人宽宏大量的原谅了玛特兰纳，又原谅了其余的人，说他会向庭长夫人说情，把他们全部留下的。邦斯看到不失身份而能重享昔日之乐，真有说不出的欢喜。这一回是人家来求他的，他的尊严只会增加；但他把这些得意事儿说给许模克听的时候，看到朋友悒郁不欢，嘴上不说而明明在怀疑的神气，他觉得很难受。可是好心的德国人，发觉邦斯脸色突然之间转好了，终于也很快慰，而情愿牺牲他四个月来独占朋友的那种幸福。心病比身病有个大占便宜的地方：只要不能满足的欲望得到了满足，它就会霍然而愈。邦斯在那天早上完全变了一个人。愁眉苦脸，病病歪歪的老人，立刻变得心满意足，神魂安定，跟以前拿着篷巴杜夫人的扇子，去送给庭长太太时一样。可是许模克对这个现象只觉得莫名其妙，不由得左思右想的出神了；真正清心寡欲的人，是永远不能了解法国人逢迎吹拍的习气的。邦斯彻头彻尾是个帝政时代的法国人，一方面讲究上一世纪的风流蕴藉，一方面极崇拜女性像"动身上叙利亚……"那个流行歌曲所称道的那种风气。于是许模克把悲哀埋在心里，用他德国人的哲学遮盖起来；可是八天之内他脸色发黄了，西卜太太用了些小手段把本区的医生请了来。医生怕许模克是害的黄疸病，但他不说黄疸而说了一个医学上的专门名词，把西卜太太吓坏了。

两个朋友一同在外边吃饭也许还是破题儿第一遭，但许模克觉得仿佛回到德国去玩了一次。莱茵旅馆的主人，约翰·葛拉夫，他的女儿哀弥丽，裁缝伏弗更·葛拉夫和他的太太，弗列兹·勃罗纳和威廉·希华勃，全是德国人。请的来宾只有邦斯和公证人两位是法国人。葛拉夫裁缝，在小新田街与维勒杜街之间的黎希留街上有所华丽的大宅子，他们的侄女就在这儿长大的；

因为做父亲的怕旅馆里来往的人太杂，不愿意让女儿接触。裁缝夫妇对侄女视同己出，决意把屋子的底层让给小夫妻俩；而勃罗纳-希华勃银行将来也设在这里。以上的计划才不过决定了一个月光景，因为这些喜事的主角勃罗纳，执管遗产也得等待相当时间。裁缝给新夫妇置办家具，把住房粉刷一新。老屋子坐落在花园与院子之间，侧面有一进屋子预备做银行的办公室，从那儿可以通到临街一幢出租的漂亮屋子。

二十一、一个妻子要多少开支

从诺曼底街到黎希留街的路上，邦斯向心不在焉的许模克打听出浪子的故事，知道旅馆主人那块肥肉竟给死神送到了浪子嘴里。邦斯才跟他的至亲言归于好，立刻想替弗列兹·勃罗纳跟赛西尔·特·玛维尔做媒。碰巧葛拉夫家的公证人又是加陶以前的书记，后来盘下他的事务所又做了他的女婿，邦斯过去常在他家吃饭的。

“哦，原来是你，贝蒂哀先生。”老音乐家向他旧日的居停主人伸出手去。

“哎，你怎么不赏光上我们家吃饭啦？”公证人问，“内人正在挂念你呢。《魔鬼的未婚妻》初次上演那一晚，我们在戏院里看见你，所以我们非但挂念，并且奇怪了。”

“老年人是很会多心的，”邦斯回答，“我们错就错在落后一个世纪；可是有什么法儿？……代表一个世纪已经够受了，再要跟上那个看到我们老死的时代是办不到的了。”

“对！”公证人很俏皮的抢着说，“咱们不能一箭双雕赶上两个世纪。”

“哎喂！”老人把年轻的公证人拉在一旁问，“你干么不替我的外甥孙女赛西尔做媒呢？”

“你问我干么？……这年月连门房都在讲究奢侈了；巴黎高等法院庭长的小姐，只有十万法郎陪嫁，你想年轻人敢请教吗？在玛维尔小姐那个社会里，一年只花丈夫三千法郎的妻子还没听见过。十万法郎的利息，给太太做开销还并不怎么足够。一个单身汉，有着一万五到二万的进款，住着一个精致的小公寓，用不着铺张，只消雇一个男当差，全部收入都可以拿去寻欢作乐，除了要裁缝把他装扮得体体面面之外，不需要别的场面。有远见的母亲们都对他另眼相看，他在巴黎交际场中是一等红人。反之，娶了太太就得撑一个家，她要一辆自己独用的车，上戏院就得要个包厢，不比单身汉只消正厅的散座就行了；总而言之，从前年轻人自个儿享受的钱，现在都得拿给太太去花。假定一对夫妻有三万进款，在眼前这个社会上，有钱的单身汉马上会变做穷小子，连上香蒂伊去玩一次也得计算车钱了。再加上孩子……那就窘相毕露了。玛维尔先生跟玛维尔太太不过五十开外，他们的遗产还要等十五年二十年；没有一个男人愿意把遗产放在皮包里搁上这么些年的；这样计算之下，那些在玛皮伊舞场，跟妓女跳着包尔加舞的胡天胡帝的小伙子，心里就长了疙瘩，所有未婚的青年都会研究一下这个问题的两面，也用不着我们提醒他们。并且，咱们之间说句老实话，玛维尔小姐长得并不教人动心，也就不会教人糊涂，候选人见了她只打着不结婚的主意。倘若一个头脑清楚，有二万法郎收入的年轻人，想攀一门能满足他野心的亲事，那么玛维尔小姐还不够资格……”

“为什么？”邦斯很诧异的问。

“嗳！……如今晚儿的男人，哪怕像你我一样的丑吧，亲爱的邦斯，都痴心妄想的要六万法郎陪嫁，高门大族的小姐，长得非常漂亮，人要非常风雅，非常有教养，总之要没有一点疤瘢的完璧。”

“那么我的小外甥是不容易嫁掉的了？”

“只要她父亲舍不得把玛维尔的田产给她做陪嫁，赛西尔就无人问津；要是她父母肯那么办，她早已做了包比诺子爵夫人……噢，勃罗纳先生来啦，我们要宣读勃罗纳公司的合同和希华勃的婚约了。”

邦斯被介绍过了，彼此客气了一番，家长们请他在婚书上也署个名，作个证人。他听人家把合同的条款都念完了，然后到五点光景，大家走进餐厅。酒席的丰腆，就像大腹贾们搁下买卖预备享受一下的那种盛宴，同时证明莱茵旅馆的主人葛拉夫，跟巴黎第一流的伙食商多么够交情。邦斯和许模克从来没有见识过这样讲究的吃喝。有的是教你神魂颠倒的名菜！……面条的细净是破天荒的，香鲇鱼给炸得没有话说，真正的莱芒湖鱼，配上真正的日内瓦沙司，葡萄干布丁上的乳脂之美，连传说发明布丁的那个伦敦名医都要为之叫绝。酒席到晚上十点才散。喝的莱茵酒和法国酒的数量，使公子哥儿都要出惊，因为德国人能够声色不动的灌下多少酒精，简直没有人说得出。你必须在德国吃过饭，眼看多少酒瓶连续不断的给端上来，像地中海浴场上的潮水，前波逐着后波，又眼看多少酒瓶给撤下去，仿佛德国人吸收的能力就跟沙滩和海绵一样；而他们又吸收得多么文雅，没有法国人的喧闹：谈话照常很幽静，像放印子钱的人的闲谈，脱尽火气；脸上的红晕，有如高乃吕斯或舒奈壁画上的未婚夫妻的，若有若无；

而往事的回忆，也像烟斗里飘起来的烟，来得慢腾腾的。

十点半，邦斯和许模克坐在花园里一条凳上，把希华勃夹在中间，也不知是谁把谈话引到了诉说彼此的性情，见解，和不幸的遭遇上去。在一大堆炒什锦似的心腹话中间，威廉讲起他想要弗列兹结婚的愿望，乘着酒意把话说得慷慨激昂。

“为你的朋友，我有个计划在这里，你看怎样？”邦斯凑着威廉的耳朵说，“有个可爱的，懂事的姑娘，二十四岁，门第很高，父亲是司法界的一个大官儿，十万法郎陪嫁，将来还有一百万法郎家产的希望。”

“你等着！”希华勃回答，“我马上跟弗列兹说去。”

于是两位音乐家看着勃罗纳和他的朋友在花园里绕圈子，在他的面前走过好几回，一忽儿这个听着那个说，一忽儿那个听着这个讲。邦斯脑袋重甸甸的，虽没有完全喝醉，可是觉得身子越沉重，思想越轻灵；透过酒精遮在他面前的云雾，他打量着弗列兹·勃罗纳，想在他脸上找出一点想过家庭生活的愿望。不久希华勃把他的朋友兼合伙人给邦斯介绍了。弗列兹对老人的关切再三道谢。然后彼此谈起话来，许模克与邦斯一对单身汉，尽量歌颂结婚的好处，毫无俏皮意味的提到那句双关语，说“结婚是人生的终极”。等到在未来的洞房里饮冰，喝茶，呷着杂合酒，吃着甜点心的时候，那些差不多全醉了的富商听到银行的大股东也要结婚的话，顿时叫叫嚷嚷，热闹到了极点。

清早两点，许模克和邦斯打大街上走回家，一路大发议论，觉得尘世的一切都配得像音乐一样和谐，他们拿这个当作题目，说得连自己都忘其所以了。

二十二、邦斯送了庭长太太一件比篷巴杜夫人的扇子更名贵的艺术品

第二天，邦斯上他外甥媳妇庭长太太家里去了，他因为能够以德报怨而满心欢喜。可怜这心胸高尚的好人！……没有问题，他是到了超凡入圣的境界。现在大家对一般尽本分的，照着福音书行事的人，尚且在分发蒙底翁道德奖金，那么上面那句关于邦斯的话一定不会有人反对的了。

“嘿！他们要欠吃白食的一个大大的情分呢！”他在旭阿梭街上拐弯的时候这么想着。

一个不像邦斯那么得意忘形的人，一个懂世故的，知道提防的人，回到这份人家去一定会留神庭长太太和她女儿的态度的；但可怜的音乐家是个孩子，是个天真的艺术家，他只相信道德的善，犹如他只相信艺术的美；赛西尔和庭长太太的殷勤使他快活之极。这老实人，十二年来尽看着杂剧，喜剧，悲剧在眼前搬演，竟看不透人生舞台上牛鬼蛇神的嘴脸，其实他是早该看饱了的。庭长夫人的心跟身子一样的干枯，可是非常热中，拼命要显出贤德，装作虔诚，因为在家里支配惯了，格外老气横秋。凡是在巴

黎社会上混惯而懂得这一类女子的人，自会想象得到，自从庭长夫人向丈夫认错以后，她心中对舅舅抱着多深的仇恨。母女俩面上是笑脸相迎，内里都打着此仇必报的主意，不过暂时把敌忾之心压在那里罢了。阿曼丽·加缪索生平第一次向丈夫低头，而丈夫是她一向当作孩子看待的；可是现在她还得对那个使她吃败仗的人表示亲热！……这个情形，只有红衣主教之间或教会宗派的领袖之间，那种年深月久，口是心非的亲善可以相比。

三点钟，庭长从法院里回来，邦斯还没把故事讲完。他说出认识弗列兹·勃罗纳的那番奇妙的经过，从昨天吃到今天清早的酒席，以及一切有关勃罗纳的细节。赛西尔直截了当的提到正文，打听勃罗纳衣着的款式如何，身腰如何，举动如何，头发什么颜色，眼睛什么颜色；等到她揣摩出弗列兹是个漂亮人物之后，便称赞他的豪爽了。

“对一个患难朋友一出手就是五十万！噢，妈妈，我的车子跟意大利剧院的包厢都不成问题啦……”

母亲为她所抱的野心，她自己唯恐成为泡影的希望，一下子都要实现了：赛西尔想到这里，人也差不多变得好看了。

至于庭长夫人，她只说一句话：

“亲爱的小妞子，你十五天之内就可以结婚了。”

所有的母亲都把二十三岁的女儿叫作小妞子的。

“可是，”庭长说，“要打听对方的底细总还得有些时间；我绝不肯把女儿随便给一个陌生人……”

“你要打听，只消问贝蒂哀，他们的合同和婚书都是他经手的，”老艺术家回答，“至于那小伙子，我的甥少奶，你该记得你和我说过的话！他已经过了四十岁，头发只剩一半了。他想成了家有个避风的港口，我自然不去劝阻他；这也是人的天性……”

“那就更需要打听勃罗纳先生的情形了，”庭长抢着说，“我不愿意给女儿招个病病歪歪的女婿。”

“甥少奶，要是你愿意，五天之内就可以看到那个男的，你自己去判断吧；照你的意思，似乎只要见一次面就行了……”

赛西尔和母亲做了一个极高兴的姿势。邦斯舅舅接着又道：

“弗列兹是个很高明的鉴赏家，他想仔细瞧瞧我的小收藏。你们从来没见过我的画我的古董；就来看看吧，”他对两位女主人说，“你们装作是我的朋友许模克陪来的，尽可不露痕迹的跟对方认识。弗列兹绝对不会知道你们是谁。”

“妙极了！”庭长叫着。

从前被人瞧不起的食客现在受到怎样的敬重，是不难想象的了。那天可怜的人才真是庭长夫人的舅舅。快活的母亲，心中的仇恨给欢乐的巨潮淹没了，竟装出那种眼神，堆起那种笑容，想出那种说话，教老实人喜欢得魂都没有了；他觉得自己不但做了桩好事，而且还有个美丽的远景。将来在勃罗纳家，希华勃家，葛拉夫家，不是都有像订婚那天一样的酒席等着他吗？他眼见酒醉饭饱的日子到了：一连串盖着碟子端出来的菜，意想不到的异味，妙不可言的陈年佳酿！

邦斯走了以后，庭长对太太说：“倘若邦斯舅舅做媒做成了，就得送他一笔年金，相当于他乐队指挥的薪水。”

“那当然啰。”庭长太太回答。

他们决定，要是赛西尔看得中那个男的，就由她去教老音乐家收下这笔不登大雅的津贴。

为了对弗列兹·勃罗纳的家私找些真凭实据，庭长下一天就去看贝蒂哀。贝蒂哀预先得到庭长夫人的通知，把他的新主顾，笛师出身的银行家希华勃约了来。希华勃一听朋友可能攀上这样一门亲，不由得惊喜交集（大家知道德国人是多么看重头衔的，在德国，一位太太不是元帅夫人，便是参议夫人，或是律师夫人），他对谈判处处迁就，仿佛一个收藏家自以为教古董商上了当，占了便宜似的。

“第一，”赛西尔的父亲对希华勃说，“因为我想在婚书上把玛维尔的产业给女儿，我要采取奁赠制度。勃罗纳先生得拿出一百万来扩充玛维尔庄田，凑成一份奁赠产业，使我女儿和她的孩子们将来不至于受到银行的风波。”

贝蒂哀摸着下巴颏儿想道：“庭长先生倒真有一招！”

希华勃问明了什么叫作奁赠制度[①]，立刻代朋友一口承应。这项条件正好符合朋友的愿望，因为弗列兹曾经表示，希望成家的时候能有个办法，使他不致重蹈覆辙。

“眼前就有一百二十万法郎的农场跟草原预备出让。”庭长又说。

“法兰西银行的一百万股票，做我们往来的保证金是尽够的了，”希华勃回答，“弗列兹也不愿意在生意上的投资超过二百万；庭长的条件，他一定会接受的。”

听到庭长回家报告这些消息，两位妇女简直乐死了。在捕婿的网里，从来没有这样的一条大鱼肯这样听人摆布的。

“你将来可以叫作勃罗纳·特·玛维尔太太，”父亲对女儿

---

①奁赠制度乃由夫妻双方各拨一部分动产或不动产，在婚约上订明为奁赠产业，由丈夫执管，收益归夫妇共有；但不能出卖，公家亦不得没收。即丈夫破产，此项产业仍可保留，不受牵累。

说，“我要替你丈夫正式申请用这个姓；以后他还能获得法国籍。要是我当了贵族院议员，他可以承继我！”

庭长夫人花了五天工夫装扮女儿。相亲那天，她亲自替赛西尔穿衣，在化装上细磨细琢所费的心血，不下于英国舰队的司令官的装配那艘游艇，让英国女王坐了上德国去访问。

另一方面，邦斯和许模克，把邦斯的美术馆，屋子，家具，掸尘抹灰的那股劲儿，好比水手擦洗海军司令的战舰。雕花的木器连一星灰都没有。所有的铜器都闪闪发光。粉笔画外面的玻璃，教人把拉都，葛滦士，李奥太（他是那张不能经久的名画[①]，《巧克力女郎》的作者）的作品看得格外分明。佛罗伦萨铜雕上神妙的珐琅，毫光四射，变化无穷。彩色玻璃上细腻的颜色，绚烂夺目。在两个诗人一般的音乐家布置之下，那些杰作都放出异彩，发出声音，直扣你的心，使这个展览会同时也成为一个音乐会。

①粉笔画的颜色极易脱落，故不能经久。

二十三、一个德国念头

两位妇女相当聪明，懂得避免进场时的发窘，便抢着先到，以便巩固自己的阵地。邦斯把他的朋友许模克介绍了，被她们看作是个呆子。一心想着四百万富翁的新郎，两个无知的女人听着邦斯关于艺术的解释简直不大在意。她们很冷淡的，瞧着三个精美的框子里铺在红丝绒上的贝蒂多彩色珐琅。梵·华萨姆，达维特，和埃姆的花卉，亚伯拉罕·弥浓的草虫，梵·伊克，丢勒，真正的克拉拿赫，乔尔乔纳，赛白斯蒂安·但尔·毕翁菩，巴古逊，霍培玛，奚里谷，所有的名画都引不起她们的好奇心，因为她们等着照明这些实物的太阳。可是看到某些伊特卢利亚的首饰，一望而知是贵重的鼻烟壶，两位妇女也觉得惊奇。她们正为了敷衍主人而拿着佛罗伦萨铜雕出神的时候，西卜太太通报勃罗纳先生来了！她们并不转过身子，却利用一面镶着大块紫檀木雕花框的佛尼市镜子，来打量这个天下无双的候选人。

弗列兹得到威廉的通知，把仅有的一些头发集中在一处，穿一条颜色很深而调子很柔和的裤子，一件大方而新式的绸背心，一件有空眼子的荷兰细布衬衫，系一条白地蓝条的领带。表链和手杖柄是法劳朗-夏诺的出品。上衣是葛拉夫老头挑最好的料子亲手裁剪的。那双瑞典皮的手套就显出他是个吃光母亲遗产的哥儿。要是两位娘儿们没有听到诺曼底街上的车声，单看他光可鉴人的靴子，也能想象出银行家的低矮的双马篷车。

既然二十岁的浪子就有银行家的种气，到四十岁上当然成为察言观色的老手了，而且勃罗纳特别精明，因为他还懂得一个德国人可以凭他的天真取胜。那天早上，正如一个人到了或是娶妻生子，或是花天酒地继续独身下去的关头，他眉宇之间颇有怅然神往的意味。在一个法国化的德国人身上，这种表情使赛西尔觉得他真是小说中人物。她把维拉士的后人认作少年维特。再说，哪个姑娘不把她的结婚史编成一部小小的传奇呢？勃罗纳对四十年的耐性所搜集的那些精品看得非常有劲，邦斯因为第一次有人赏识他收藏的真价值，也十分高兴，而赛西尔更觉得自己是世界上最幸福的女人。她心里想：

"哦，他是一个诗人！他把这些玩意儿看作值几百万。诗人是不会计算的，能让太太支配家产的；那种人很容易对付，只消让他玩玩无聊的小东西就什么都不问了。"

老人卧房的两扇窗上，每块玻璃都是瑞士古代的彩色玻璃，最起码的一块也值到一千法郎，而他一共有十六块，全是现代收藏家不惜到处寻访的精品。一八一五年，这些花玻璃每方只卖六法郎到十法郎。藏的六十幅又无一不精，无一不真，没有经后人补过一笔，它们的价钱只有在拍卖行紧张的情绪中才见分晓。给每幅画做陪衬的框子又是些无价之宝，式样应有尽有：有佛尼市造的，大块的雕花像现代英国餐具上的装饰；有罗马造的，那是以艺术家的卖弄技巧出名的；有西班牙造的，把枯干老藤雕得多么大胆；有法兰德的，有德国的，刻满了天真的人物；有嵌锡，嵌铜，嵌螺钿，嵌象牙的贝壳框子；有紫檀的，黄杨的，黄铜的框子；有路易十三式的，路易十四式的，路易十五式的，路易十六式的，总之，最美丽的款式都给包括尽了，可以说是独一无二的收藏。邦斯比德累斯顿与维也纳的美术馆馆员更运气，他藏有大名鼎鼎，号称木雕上的米开朗琪罗的，勃罗多洛纳手造的一个框子。

不消说，玛维尔小姐见到每样新古董都要求说明。她请勃罗纳介绍她认识那些奇珍异宝。听到弗列兹说出一幅画，一座雕像，一个铜器的美跟价值，她显得那么快活，惊讶赞美之声那么天真，使德国人有了生气，脸也变得年轻了。结果双方都越出了预定的范围，以初次会面而论是表示得过火了一些，因为他们始终自认为偶然相遇的。

他们在一起一共有三小时。下楼的时候，勃罗纳搀着赛西尔的胳膊。赛西尔很聪明的放慢了脚步，老在那儿谈着美术，觉得那男的把邦斯舅舅的古董赞不绝口有些奇怪。

“我们刚才看的那些东西，你认为值很多钱吗？”

“哎，小姐，倘若邦斯先生肯出让他的收藏，我立刻可以出八十万法郎，而这还是桩好买卖。标卖的时候，单是六十幅画就不止值这些。”

“既然你这么说，我当然相信，”她回答，“那一定假不了，因为你全副精神都在那些东西上面。”

“噢！小姐……”勃罗纳叫道，“给你这么一说，我没有话回答了，我只能请求令堂大人允许我到府上去拜访她，让我能不胜荣幸的再看到你。”

庭长夫人紧跟在女儿后面，心里想："瞧我的小妞子多机灵！"然后她高声说：

"欢迎之至，先生。希望你和我们的邦斯舅舅一同来吃饭；庭长能够见见你才高兴呢……——多谢，舅舅！"

她把邦斯的胳膊紧抓了一把，那意义比"咱们这是生死不变的了！"那样神圣的话还有过无不及。她一边说着"多谢，舅舅"，一边对他做了个媚眼。

等到把小姐送上车，出租马车拐进了夏洛街之后，勃罗纳跟邦斯谈着古董，邦斯跟勃罗纳谈着亲事。

"你说，没有问题吧？……"邦斯问。

"哦！小姑娘无聊得很，母亲的神气有点儿僵……咱们再谈吧。"

"将来的家私可不小，"邦斯特别点醒他，"有一百万以上呢……"

"星期一见！"百万富翁打断了他的话，"倘若你愿意出让你的画，我可以出五六十万法郎……"

"噢！"老人叫起来，他想不到自己会有这么大的家私，"我唯一的快乐就靠这些画……要卖也只能在我身后交货。"

"好，慢慢再说吧……"

"这一下倒发动了两件事啦。"收藏家心中只想着婚事。

勃罗纳向邦斯行了礼，坐上华丽的马车走了。邦斯目送小篷车渐渐远去，没有注意到在门口抽着烟斗的雷蒙诺克。

二十四、空中楼阁

当天晚上，玛维尔庭长夫人跟公公去商量，碰巧包比诺全家人马也在那儿。做母亲的没有能招到一个亲戚的儿子做女婿，自然想等机会出口气；玛维尔太太便透露一些口风，表示赛西尔攀了一门了不起的好亲事。“赛西尔攀给了谁呢？”大家异口同声的问。于是，庭长太太自以为守着秘密，说了好多半吞半吐的话，也说了好多咬耳朵的心腹话，再加贝蒂哀太太从旁证实，使那件事第二天在邦斯吃饭的小圈子里归纳成这样的几句：

“赛西尔·特·玛维尔攀了一个年轻的德国人，存心济世的银行家，嗅！他有四百万呢；简直是小说中人物，真正的少年维特，极有风度，心地极好，早年也荒唐过来，这一下可发疯似的爱上了赛西尔；真是一见生情，连邦斯画上所有的圣母都比不过赛西尔一个，你说这爱情还不可靠吗？”诸如此类。

再过一天，有几位客人上门来向庭长太太道喜，目的只为探探是否真有那颗金牙齿[1]，庭长夫人那套措辞巧妙，大同小异的对答，可以给所有的母亲做参考，好似从前大家参考《尺牍大全》一样。

“一桩婚事，”她对希弗维尔太太说，“要等新人从区公所跟教堂里回来才算确定，而我们这时还不过在相亲的阶段；所以我希望你看在我们的老交情面上，别在外边张扬……”

“你好福气，庭长太太，这年月结亲也真不容易。”

“可不是！这一回是碰巧；不过婚姻多半是这样成功的。”

“哎，赛西尔真的要大喜了吗？”加陶太太问。

“是的，”庭长夫人懂得对方用“真的”二字挖苦她，“我们一向太苛求，耽搁了赛西尔的亲事。现在可是一切条件都齐备了：财产，性情，品格，而且长得一表人才。我亲爱的小姑娘也的确配得上这些。勃罗纳先生非常可爱，非常漂亮；他喜欢排场，见过世面，可是爱赛西尔爱得发疯似的，真诚得不得了；所以，虽然他有三四百万，赛西尔也牺牲了清高的念头接受了……我们并没这么大的野心，可是……有钱总不至于是坏事。”

庭长夫人对勒巴太太说的又是一套：

“噢！我们决意应允他，倒并非为他的财产，而是为他对赛西尔的感情。勃罗纳先生急得很，希望满了法定期限就结

①十六世纪末，德国竞传某七岁儿童于换齿时长出金臼齿一枚，四方好事者争往瞻仰奇迹。学者霍斯脱亲往检验确实，为文证明，引起学术界争辩。迨后一金银工匠前往检视，发现所谓金臼齿者乃以金叶子贴在齿上伪装而成。

婚[1]。”

“听说他是一个外国人？……”

“是的，太太；可是老实说，我觉得很高兴。我将来不是招了个女婿，而是得了个儿子。勃罗纳先生真是太懂事了。你简直想不到他对奁赠制度会那么高兴的接受……这是对家属最可靠的保障……他要买一百二十万法郎的农场和草原，并入玛维尔田庄。”

第二天，她又把同样的题目做了几篇不同的文章。据说勃罗纳先生是个王爷，行事全是王爷气派，从来不斤斤较量；要是玛维尔先生替他弄到了完全国籍[2]，（以庭长的勋劳，司法部也应当为他破一次小小的例）女婿将来可以承继岳父做贵族院议员。没有人知道勃罗纳先生的家私有多大，他养着全巴黎最好的马，有全巴黎装备最好的车……诸如此类。

加缪索一家兴高采烈的宣传，正好说明这件事在他们是喜出望外的。

在邦斯舅舅家相过亲以后，玛维尔先生受着太太怂恿，立刻邀请司法部长，高等法院的首席庭长，检察署长，在理想的女婿晋谒那天到家里来吃饭。虽然约的日子很局促，三位大人物居然答应了；他们懂得家长希望他们扮的角色，也就不吝臂助。对那

①法国民法规定，婚姻须先经区公所公告，满十日后方可举行婚礼。此之谓法定期限。

②外国人归化法国的待遇有两种：一种叫作半国籍，享有一切公民权，但无立法议会的被选举权；一种叫作完全国籍，即享有此种被选举权。此项条例至1889年修改为：凡获得法国国籍的外侨，满十年后即享有立法议会的被选举权。

些想钓个有钱女婿的母亲，法国人都很乐意帮忙的。包比诺伯爵夫妇虽然觉得这种请客有些俗气，也答应来凑满那一天的贵宾名单。客人一共有十一位。其中当然少不了赛西尔的祖父，老加缪索和他的太太。请这顿饭的目的，是预备以那些客人的地位声望，使勃罗纳先生当天就开口求亲。至于勃罗纳，像上文所说的，早已给描写成一个德国的大资本家，鉴赏力极高（有他对小妞子的爱情为证），将来在银行界准是纽沁根，格雷，杜·蒂哀等等的劲敌。

庭长夫人装着挺随便的神气，把当天的客人告诉她心目中的女婿。

“今天是我们每星期照例的便饭，只有熟客，并无外人。先是庭长的父亲，想你已经知道，他不久就要晋升为贵族院议员了；其次是包比诺伯爵和伯爵夫人，虽说他们的儿子因为财产不够，配不上赛西尔，我们照旧是好朋友；还有是我们的司法部长，我们的首席庭长，我们的检察署长，都是些熟朋友……我们开饭要晚一些，因为议院总得六点钟散会。”

勃罗纳意味深长的瞅着邦斯，邦斯搓着手，仿佛说：“是呀，都是我们的朋友，我的朋友！……”

机灵的庭长夫人有话要跟舅舅谈，让赛西尔跟她的维特单独在一块儿。赛西尔拉拉扯扯说了好多话，故意教弗列兹瞧见她藏在一边的一本德文字典，一本德文文法，一本歌德的集子。

“哦！你在学德文？”勃罗纳说着，不由得脸上一红。

世界上只有法国女人才会想出这种迷人的圈套。

“噢！这怎么行！怎么可以翻我的东西呢，先生？”她又补上两句，“我想读原文的歌德，已经念了两年德文了。”

“大概文法很难懂吧，书还只裁开了十页[①]……”勃罗纳很天真的说。

赛西尔羞得马上转过身去，不让他看见脸上的红晕。德国人是经不起这种诱惑的，他挽着赛西尔的手把她拉回来，瞧得她好难为情的，他的眼神，和奥古斯德·拉风登小说中那些未婚夫妻的一样。

“你可爱极了！”他说。

赛西尔做了个热烈的手势，表示说：“可是你呢！谁见了你不喜欢呢？”

庭长夫人和邦斯回进客厅，女儿凑在她耳边说：

“事情很顺当，妈妈！”

在这种晚会中，一个家庭的景象是不容易描写的。看到母亲为女儿俘获了一个有钱的夫婿，每个人都觉得高兴。大家对新人和家长说些双关的或针对双方的吉利话；在听的人方面，勃罗纳只是装聋作傻，赛西尔是心领神会，庭长是但愿多听几句，邦斯全身的血都在耳朵里嗡嗡作响，仿佛看到他戏院里台上全部的脚灯都亮了起来，因为赛西尔很巧妙的，悄悄的告诉他，说父亲有意送他一千二百法郎年金；老人当下便坚决的谢绝了，说他自己有的是财产，勃罗纳最近不是提醒了他吗？

部长，首席庭长，检察署长，包比诺夫妇，那些忙人都走了，只剩下老加缪索，退休的公证人加陶，和在场照呼他的贝蒂哀。邦斯这好好先生以为都是自己人了，便非常不雅的向庭长夫妇道谢赛西尔刚才的提议。好心肠的人都是这样的，什么都凭感情冲

①法国平装书都是毛边而不裁开的。

动。勃罗纳觉得这笔年金等于给邦斯的佣金，不由得犯了犹太人的疑心病，立刻变得心不在焉，表示他不光是在冷冷的打算盘。

“我的收藏或是它的售价，不管我跟我的朋友勃罗纳做成交易也罢，我保留下去也罢，将来终是归你们家里的。”邦斯这样告诉他的亲戚。他们听到他有着这么大的财富都很出惊。

勃罗纳冷眼旁观，注意到那些俗物对邦斯从穷光蛋一变而为有产人士以后的好感，同时也发觉赛西尔是给父母宠惯的全家的偶像，便有心教这些布尔乔亚诧异一下，惊叹几声。他说：

“关于邦斯先生的收藏，我对小姐说的数目只是我出的价；以独一无二的艺术品而论，没有人敢预言这个收藏在标卖的时候能值多少。单是六十幅画就可能卖到一百万，其中有好几张都值到五万一幅。”

“做你的承继人倒真有福气喽。”加陶对邦斯说。

“嗳，我的承继人不就是我的小外甥赛西尔吗？”老人绝对不肯放松他的亲戚关系。

这句话使在场的人都对老音乐家表示不胜钦佩。

“那她将来好发笔大财啦。”加陶一边笑着说一边告辞了。

那时屋子里只有老加缪索，庭长，庭长夫人，赛西尔，勃罗纳，贝蒂哀，和邦斯，大家以为男的就要正式开口了。果然，等到只剩下这些人的时候，勃罗纳问了一句话，父母一听就觉得是好预兆。

“我想小姐是独养女儿吧……”勃罗纳问庭长太太。

“一点不错。”她很骄傲的回答。

“所以你跟谁都不会有纠葛的。”好人邦斯凑上一句，让勃罗纳能放心大胆的提亲。

勃罗纳却上了心事，没有下文了，屋子里顿时冷冰冰的有些异样的感觉。庭长夫人那句话仿佛是承认女儿害了瘟疫。庭长觉得女儿这时不应该在场，便对她递了个眼色。她出去了。勃罗纳还是不作声。大家你望着我，我望着你，成了僵局。幸亏老加缪索经验丰富，把德国人带往庭长太太屋里，只说要拿邦斯找来的扇子给他瞧瞧。他猜到一定是临时有了问题，便向儿子媳妇做个暗号，教他们留在客厅里。

“你瞧瞧这件好东西！”老绸缎商拿出扇子来。

“值五千法郎。”勃罗纳仔细看过了回答。

“先生，你不是来向我孙女求婚的吗？”

“是的，先生。你可以相信，我觉得这样一门亲事对我是莫大的荣幸。我从来没见过比赛西尔小姐更美，更可爱，对我更合适的姑娘；可是……”

“噢！用不着可是，要就把可是的意义马上说给我听……”

“先生，”勃罗纳郑重其事的回答，“我很高兴我们彼此还没有什么约束，因为大家把独养女儿的资格看作了不得的优点，我可完全看不出好处，反而觉得是个极大的障碍……”

“怎么，先生，”老人大为诧异，“你会把天大的利益看作缺点的？你这个观念未免太古怪了，我倒要请教一下你的理由呢。”

“先生，”德国人的态度非常冷静，“我今晚到府上来，是预备向庭长先生求亲的。我有心替赛西尔小姐安排一个美丽的前程，把我的财产献给她。可是一个独养女儿是被父母优容惯的，从来没人违拗她的意志。我见过好些人家都供奉这一类的女神，这儿也不能例外：令孙女不但是府上的偶像，而且庭长夫人还加上些……你也知道，不必我多说了。先生，我眼见先父的家庭生活为了这个缘故变成了地狱。我所有的灾难都是我后母一手造成的，她便是人家百般疼爱的独养女儿，没有出嫁的时候千娇百媚，结了婚简直是化身的魔鬼。我不说赛西尔小姐不是一个例外；可是我年纪不轻，已经到四十岁，因年龄差别而发生的龃龉，使我没有把握教一个年轻的女人快活，因为庭长对她百依百顺惯了，她的话平日在家里像圣旨一样。我有什么权利要求赛西尔小姐改变她的思想跟习惯呢？过去她使些小性子，父亲母亲都乐于迁就的，将来和一个四十岁的中年人相处，她可是自私自利的呢；她要固执一下，低头服输的准是那个中年人。所以我采取老老实实的办法，把来意打消了。再说，我只到这儿来拜访一次，倘使必要的话，我愿意牺牲我自己[①]……”

“先生，倘若你的理由是这样，”未来的贵族院议员说，“那么虽然有些古怪，倒也言之成理……”

“先生，千万别怀疑我的诚意，”勃罗纳立刻接过他的话，“要是在一个兄弟姊妹很多的家庭里有个可怜的姑娘，尽管毫无财产，只消教养很好——那种人家在法国很多——只消我认为她品性优良，我就会娶她。”

说到这里，彼此不作声了，弗列兹·勃罗纳趁此丢下老祖父，出来向庭长夫妇客客气气行了礼，走了。赛西尔面无人色的回进客厅，把少年维特匆匆告辞的意义揭晓了；她躲在母亲的更衣室里把话全听了去。

①当时中产阶级遇有未婚夫毁约情事，在未婚妻及其家庭方面为极不名誉之事。勃罗纳此言，犹：“倘使你们已经把婚事张扬（即原文‘倘使必要的话’的意思），则我愿意牺牲自己，你们可推说是女方看不中男的而毁约。”

“他回绝了!……”她咬着母亲的耳朵说。

“为什么?”庭长夫人问她的公公,他神气非常不自然。

“推说独养女儿都是宠惯的孩子,”老人回答,“嗯,这句话倒也不能完全派他错。”他因为二十年来给媳妇磨得厌烦死了,乐得借此顶她一下。

“我女儿会气死的!你要她的命了!……”庭长夫人扶着女儿对邦斯叫着。赛西尔听了就顺水推舟倒在母亲怀里。

庭长夫妇俩把女儿扶在一张椅子上,她终于完全晕了过去。祖父便打铃叫人。

二十五、邦斯给结石压倒了

“我看出来了，这是你的阴谋诡计！”狂怒的母亲指着可怜的邦斯说。

邦斯浑身一震，好似听到了最后审判的号角。庭长太太两只眼睛像两道火，接着说：

“先生，人家随便跟你开个玩笑，你就用恶毒的侮辱来报复。谁相信那个德国人不是昏了头？他要不是你的帮凶，就是发了疯。你想教我们丢脸，要教我们坍台，那么好吧，邦斯先生，从今以后别再上这儿来教我们生气！”

邦斯变成了一座石像，眼睛盯着地毯上的玫瑰花纹，绕着大拇指。

“怎么，你还不走，忘恩负义的恶棍！……”庭长太太转过身来嚷着，又指着邦斯对下人们说：“要是他敢再来，别让他进门。——约翰，你去请医生。——玛特兰纳，把鹿角精[1]找来！”

以庭长太太的想法，勃罗纳所说的理由只是借端推托，骨子

①鹿角精为从鹿角中提炼出来的液体，属于亚摩尼亚类，有提神醒脑之功。

里必定别有隐情；唯其如此，这亲事更没法挽回。女人在重大关头，主意总来得特别快，玛维尔太太马上觉得唯有说邦斯存心报复，才能补救这次的失败。这种思想，在邦斯看来固然是恶毒万分，为挽回家庭的面子却是再好没有。她根据自己对邦斯的宿恨，把普通女人的疑心肯定为事实。一般的说，女人总另有一套信仰，另有一种规律，凡是能满足她们的利益和情感的，都被认为千真万确之事。庭长夫人还更进一步，整个晚上把自己的信念灌输给丈夫，把他说服，下一天，法官也真的相信舅舅是罪大恶极了。读者一定觉得庭长夫人的行为令人发指，但在同样的情形之下，每个母亲都会学加缪索太太的样，宁可牺牲外人的名誉来保全自己的女儿的。手段尽可不同，目的始终不变。

老人很快的奔下楼梯；但一出门就脚步很慢的从大街上走到戏院，木偶似的进去，木偶似的跨上指挥台，木偶似的指挥乐队。休息时间，许模克看见邦斯对他的招呼都似理非理，不禁暗暗发急，以为邦斯疯了。对于天性像儿童一般的邦斯，刚才那一幕简直是滔天大祸……一片好心而招来那么深刻的仇恨，这不是世界翻了身吗？在庭长夫人的眼睛，举动，声调之间，他终于发现了一股势不两立的敌意。

到明天，加缪索太太下了一个大决心，这是事势所迫，而庭长也同意的。他们决定把玛维尔庄田，汉诺威街的住宅，连同十万法郎，一齐给赛西尔做陪嫁。庭长太太懂得，对这样一个挫折，只能拿一门现成的亲事来弥补。她早上便去拜访包比诺太太，把邦斯的毒计和可怕的报复讲了一遍。人家听到亲事的破裂是为了独养女儿的缘故，也觉得庭长太太的解释是可信的了。接着她把包比诺·特·玛维尔那样显赫的姓氏，数目惊人的陪嫁，说得非常动听。玛维尔庄田现有的收入是二厘利，不动产本身值到九十万；汉诺威街的住宅估计值二十五万。只要是懂事的家庭，绝不会拒绝这样一门亲事的。所以包比诺夫妇就接受下来；然后，为了新亲家里的面子，他们答应对隔天的倒霉事儿帮着向外边解释。

在赛西尔的祖父老加缪索家里，还是原班人马，还是几天以前把勃罗纳捧上天的那位庭长夫人，虽然没有人敢向她开口，她可是勇气十足的出来解释道：

“真的，这年月一牵涉到亲事，简直防不胜防，尤其是跟外国人打交道。”

“为什么呢，太太？”

“你碰到了什么事啊？”希弗维尔太太问。

“你们不知道我们跟那个勃罗纳的事吗？他好大胆子，居然想向赛西尔求亲！……哪知他父亲在德国是个开小酒店的，舅舅是卖兔子皮的。”

“怎么会呢？像你这样精明的人！……”一位太太凑上来说。

“那些冒险家真狡猾！……可是我们从贝蒂哀那里全打听出来了。那德国人的好朋友是个吹笛子的穷光蛋！来往的有成衣匠，有在玛伊街开小客栈的……他自己吃喝嫖赌，无所不为，已经把他娘的遗产败光了，再有天大的家私也不够他花……”

“你家小姐嫁了他可真要吃苦呢！……”贝蒂哀太太说。

“他又怎么被介绍到府上来的呢？”勒巴太太问。

“那是邦斯要找我们出气；他介绍那家伙来想丢我们的脸……勃罗纳，德文的意思是一口井，人家说得他像王爷一样，可是身体坏得可怜，头也秃了，牙齿也坏了；我看见他一次就起了疑心。”

“你说起的那笔好大的家私又是怎么回事呢？”一位年轻的太太怯生生的问。

“也并没像人家说的那么了不起。那些成衣匠，那个开旅馆的，倾其所有想办个银行……如今晚儿新开一个银行算得什么！不过预备倾家荡产罢了。做太太的今儿睡觉的时候有一百万，明儿醒过来只剩她自己的一份私房了。听他一开口，看他第一面，就不是个有身份的，我们对他就拿定了主意。他戴的手套，穿的背心，处处显出他是个工人，在德国开小酒店人家的儿子，谈不到什么高尚的心胸，他滥喝啤酒，滥抽烟……哎啊，太太！烟斗一天要抽二十五筒！跟了这样的男人，我可怜的丽丽还有日子过吗？……我现在想想还寒心呢。总算是上帝救了我们！再说，赛西尔也不喜欢他……你怎么想得到，一个亲戚，一个自己人，在我们家吃了二十年饭。每星期两次，得了我们多少好处，竟然捣这个鬼！邦斯也真会做戏，还当着司法部长，检察署长，首席庭长，承认赛西尔是他的承继人！……那勃罗纳和他串通了，这个说那个有几百万，那个说这个有几百万！……真的，我敢说，你们几位要是碰上了这种艺术家的诡计，一定也会上当的！”

几星期之内，包比诺与加缪索两家，和他们的羽党联合之下，毫不费劲的打了个大胜仗，因为谁也不替可怜的邦斯辩护，大家拿他看作吃白食的，又奸刁，又啬刻，又是假装的老实人，又是埋伏在旁人家里的毒蛇，极凶恶极危险的小丑，应当把他忘掉才好。

二十六、最后的打击

伪装的维特拒婚以后一个月光景，可怜的邦斯发了场神经性的高热病第一次起床，由许模克搀着，在太阳底下沿着大街溜达。修院大街上的人看到这一个满面病容，另一个小心扶持，谁也没有心肠笑两个榛子钳了。走到鱼市大街，邦斯呼吸着闹市的空气，脸上有了血色；肩摩踵接的地方，空气中的生命力特别强，所以罗马那个肮脏的犹太人区域连疟疾都是绝迹的。见到从前每天看惯的景象和巴黎街头的热闹，或许对病人也有影响。在多艺剧院对面，邦斯跟并肩走着的许模克分开了；他一路常常这样的走开去，瞧橱窗里新陈列的东西。这时他劈面遇见了包比诺，便恭恭敬敬的上前招呼，因为前任部长是邦斯最崇拜最敬重的一个人。

“嘿！先生，”包比诺声色俱厉的回答，“你有心糟蹋人家的名誉，丢人家的脸，想不到你还敢向那份人家的至亲来打招呼！那种报复的手段，只有你们艺术家才想得出……告诉你，先生，从今以后，我再也不认得你了。伯爵夫人对你在玛维尔家的行为，也跟大家一样的深恶痛绝。”

前任部长走了，把邦斯丢在那里，像给雷劈了一样。情欲，法律，政治，一切支配社会的力量，打击人的时候从来不顾到对方的情形的。那位政治家，为了家庭的利益恨不得把邦斯压成齑粉，根本没有发觉这个可怕的敌人身体那么衰弱。

“怎么啦，可怜的朋友？”许模克的脸跟邦斯的一样白。

好人靠着许模克的肩膀回答说：“我心上又给人扎了一刀。现在我相信，只有上帝才有资格做好事，谁要去越俎代庖，就得受残酷的惩罚。”

他竭尽全身之力，才迸出这几句艺术家辛辣的讽刺。可怜这好心的家伙，看到朋友脸上的恐怖还想安慰他呢。

“我也这样想。”许模克简简单单回答了一句。

邦斯简直想不过来。赛西尔的结婚，加缪索和包比诺两家都没有请帖给他。走到意大利大街，邦斯看见加陶迎面而来。虽然去年还每隔半个月在他府上吃一顿饭，邦斯鉴于包比诺的训话，不敢再迎上前去，只向他行了个礼；可是那位区长兼国会议员，非但不还礼，反而怒气冲冲的瞪了邦斯一眼。

邦斯早已把倒霉事儿详详细细告诉过许模克；这时他吩咐许模克：“你去问问他，为什么他们都跟我过不去。”

“先生，”许模克走过去很婉转的对加陶说，“我的朋友邦斯才害了场病，也许你认不得他了？”

“当然认得。”

“那么你有什么事怪怨他呢？”

“你交的朋友是个忘恩负义的坏蛋，他那种人还能活着，那就像俗语说的，败草是拔不尽的。怪不得大家见了艺术家都要提防，他们又刁又恶，像猴子一样。你的朋友想扫他家族的面子，破坏一个姑娘的名誉，来报复一个无伤大雅的玩笑，我不愿意再跟他有什么关系；我但愿当初没有认识他，当作世界上根本没有这个人。先生，这不但是我的心理，而且我的家族，他的家族，所有赏他脸给他吃过饭的人都这样想……"

"先生，你是一个明白人，可不可以让我把事情解释给你听……"

"你要有那个心肠，你去跟他做朋友吧，我管不着，"加陶回答，"可是别多说了，我告诉你，谁要替他开脱，替他辩护，我就认为跟他是一丘之貉。"

"连替他分辩一下都不行吗？"

"不行。他的行为是不齿于人的，所以是不容分辩的。"

把这两句自命为妙语的话说完了，塞纳州议员便扬长而去，不愿再听一个字。

许模克把那些恶毒的谩骂告诉了邦斯，邦斯苦笑道："已经有两个官儿跟我作对了。"

"大家都跟我们作对，"许模克很痛心的接着说，"回家吧，免得再碰到那些畜生。"

谦恭了一辈子的许模克，这种话还是破题儿第一遭出口。他素来超然物外，荣辱不系于心，自己要临到什么患难，可能很天真的一笑置之；但看到高风亮节，韬光养晦的邦斯，以那种豁达的胸襟，慈悲的心肠而受人凌辱，他就不由得义愤填胸，把邦斯的居停主人叫作畜生了！在这个天性温和的人，他那种激动已经是大发雷霆，不下于洛朗的狂怒[①]。许模克恐防再遇到熟人，便

①洛朗为法国史诗（题目即叫作《狂怒的洛朗》）中人物，生于第八世纪，为查理曼大帝的勇将。

搀着朋友往修院大街回头走；邦斯迷迷糊糊听凭他带路，似乎一个战士已经挣扎到筋疲力尽，也不在乎多挨几拳了。而可怜的音乐家，命中注定要受尽世界上的打击，落在他头上的冰雹包括了一切：有贵族院议员，有国会议员，有亲戚，有外人，有强者，有弱者，也有无辜的老实人。

在沿着鱼市大街回去的路上，对面来了加陶的女儿。这位年轻的妇女是经过患难而比较宽容的。她因为做了桩至今瞒着人的错事，不得不永远向丈夫低头。邦斯在招待他吃饭的那些人家，只有对贝蒂哀太太是称呼名字的，叫她“法丽西”，以为她有时还能了解他。那性情温和的太太当时一见到邦斯舅舅就有点儿发窘。虽然加陶是加缪索填房面上的亲戚，和邦斯毫无关系，但加陶家一向把他当作舅舅看待。法丽西·贝蒂哀没法躲开，只得在病人面前站住了：

“舅舅，我不相信你是坏人；可是人家说你的话，只要有四分之一是真的，那你的确虚伪透了……”她看见邦斯做了个手势，便抢着往下说，“噢！不用分辩！第一，我对谁都没有权利责备，批判，或是定什么罪名，因为我推己及人，知道理屈的人总有办法推诿；第二，你的申辩毫无用处。贝蒂哀先生——玛维尔小姐和包比诺子爵的婚约是他经手的——对你非常生气，要是知道我和你说过话，是我最后一个跟你攀谈，还会埋怨我呢。大家都对你很不好。”

“我亲眼看到了，太太！”可怜的音乐家声音异样的说着，恭恭敬敬向她行了个礼。

他费了好大的劲走回诺曼底街，靠在许模克肩上的重量，使德国人觉得他是硬撑在那里不让自己倒下来。跟这位太太的相遇，仿佛听到了睡在上帝脚下的羔羊的判决；而这是天上最后的判决，因为羔羊是可怜虫的天使，平民的象征。两个朋友一声不出的回到家里。人生有些情形，你只能觉得有个朋友在你身边；说出安慰的话只能刺痛创口，显出它的深度。在此你们可以看到，老钢琴家天生是个友谊的象征；无微不至的体贴，表示他像饱经忧患的人一样，知道怎样应付旁人的痛苦。

这次散步是邦斯老人最后的一次。他一场病没有完全好，又害了另一场病。本是多血质兼胆质的人，胆汁进到血里去了，他患着剧烈的肝脏炎。这是他一辈子仅有的两场病，所以他没有相熟的医生。忠心而懂事的西卜太太，开头是凭她的好意，甚至还带着点儿母性，把本区的医生给找了来。

二十七、从忧郁变为黄疸病

在巴黎，每个区域都有一个医生，他的姓名住址只有下等阶级，小布尔乔亚，和门房知道，所以大家管他叫作本区医生。这种医生既管接生，也管放血，在医学界的地位等于分类广告上招聘或应征的打杂的佣人。他人缘很好，因为对穷人不得不慈悲，靠老经验得来的本领也不能算坏。西卜太太陪着来的波冷医生，许模克一见面就认得了。他不大在意的听着老音乐家的诉苦，说身上痒得他整夜的搔，直搔到失去了知觉。眼睛的神气和四周那圈发黄的皮色，跟上述的症象恰好相符。

“这两天中间，你一定受了剧烈的刺激吧。”医生对病人说。

“唉！是啊。”

“你这是黄疸病，上回这先生也差点儿得这个病，”他指着许模克说，“可是没有关系。”波冷一边开处方一边补上一句。

医生嘴里说着安慰的话，对病人瞧着的眼光却是宣告死刑的判决，虽然他照例为了同情而隐藏着，真正关切病情的人还是能琢磨出来。西卜太太把那双间谍式的眼睛对医生瞅了一下，马上感觉到他敷衍的口气和虚假的表情，便跟着医生一起出去了。

“你认为这个病真的没有关系吗？”西卜太太在楼梯头上问医生。

“好太太，你那位先生是完了，倒并非为了胆汁进了血里去，而是为了他精神太不行。可是调养得好，还能把他救过来；应当教他出门，换个地方住……”

“哪儿来钱呢？……他的进款只有戏院里的薪水，他的朋友是靠几位好心的阔太太送的年金过日子的，也是个小数目，他说从前教过她们音乐。这是两个孩子，我招呼了九年啦。”

“我生平看得多了：好些病人都不是病死而是穷死的，那才是无可救药的致命伤。在多多少少的顶楼上，我非但不收诊费，还得在壁炉架上留下三五个法郎！……”

“哎唷，我的好先生！”西卜太太叫道，“街坊上有些守财奴，真是地狱里的魔鬼，倒有十万八万一年的进款；你要有了这么些钱，那真是上帝下凡了！”

波冷医生靠着区里诸位门房先生的好感，好容易有了相当的主顾给他混口苦饭吃；这时他举眼向天，对西卜太太扯了个答丢夫式的[①]鬼脸表示感谢。

“你说，波冷医生，要是好好的调养，咱们亲爱的病人还有救是不是？”

“对，只要精神上的痛苦别过分的伤害了他。”

“可怜的人！谁能给他受气呢？这样的好人，世界上除了他的朋友许模克，就找不出第二个！……我会打听出来究竟是怎

①莫里哀名剧《伪君子》中的主角答丢夫，是个天字第一号的大骗子。

么回事！哼，哪个把我的先生气成这样的，我一定去把他臭骂一顿……”

“你听着，好太太，”医生说着已经到了大门口，“你这位先生的病有个特点，为些无聊的小事就会时时刻刻的不耐烦，他不见得会请看护，那么是你照顾他的了，所以……”

“你们是说邦斯先生吗？”那个卖旧铜铁器的咬着烟斗问。

他说着从门槛上站起身子，加入看门女人和医生的谈话。

“是啊，雷蒙诺克老头！”西卜太太回答那奥凡涅人。

“哎，他可是比莫尼斯特洛，比那些玩古董的大老都有钱呢……这一门我是内行，他有的是宝物！”

“哟！我还当作你说笑话呢，那天我趁两位先生不在家带你去看古董的时候。”西卜太太对雷蒙诺克说。

在巴黎，阶沿上有耳朵，门上有嘴巴，窗上有眼睛；最危险的莫过于在大门口讲话。彼此临走说的最后几句，好比信上的附笔，所泄漏的秘密对听到的人跟说的人一样危险。只要举一个例子就可以使本书的情节更显得凿凿有据。

二十八、黄金梦

在帝政时代男人注意修饰头发的时候，有个最走红的理发匠，在一幢屋子里替一位漂亮太太梳完头走出来。那屋子里有钱的房客都是这理发匠的主顾，其中有位上了年纪的单身汉，雇的女管家恨死了主人的承继人。单身汉那时病得很重，才请了几位名医会诊，那时他们还没称为医学界之王。碰巧几位医生和理发匠同时出门。做戏似的会诊过后，拿到了事实，根据了医学，他们之间照例有番话说的。到了大门口快分手的时候，奥特里医生说："这家伙必死无疑。"台北兰医生[①]回答道："除非是奇迹，他活不到一个月了。"理发匠把这些话都听了去。跟所有的理发匠一样，他和下人们都是通声气的。一念之间起了贪心，他立刻回到楼上，答应给病人的女管家一笔很大的佣金，倘使她能说服主人把大部分的产业押作终身年金。病人五十六岁，实际还要老上一倍，因为过去太风流了。他产业中有所漂亮屋子坐落在黎希留

①奥特里、台北兰与皮安训（见《高老头》《贝姨》）都是巴尔扎克书中的医生，在许多小说中出现。加陶、贝蒂哀、汉纳耿等等的公证人，纽沁根、格雷、杜·蒂哀等等的银行家，均属此类。

街，值到二十五万。理发匠看中这幢屋子，居然以三万法郎的终身年金[①]买了下来。这件事发生在一八〇六年。退休的理发匠现在年纪已经七十多，到一八四六年还在付那笔年金。单身汉已经九十六岁，老糊涂跟女管家结了婚，可见一时还不会死。理发匠给了女仆三万法郎；前前后后屋子花了他一百万以上，而今天的市价不过是八九十万。

学这个理发匠的样，奥凡涅人把勃罗纳相亲那天和邦斯在大门口说的话听了去，便想偷偷的进邦斯美术馆去瞧一眼。雷蒙诺克和西卜夫妇混得很好，所以两位先生一出门，马上被带进屋子。他看着那些宝物呆住了，觉得这倒是个发横财的机会。五六天以来，他只想着这个念头。

"我不是说着玩的，"他对西卜太太和波冷医生说，"咱们不妨仔细谈一谈；倘若他先生肯接受五万法郎终身年金，我可以送你一篮家乡的好酒，只要你……"

"真的吗？五万法郎的终身年金！……"医生对雷蒙诺克说，"要是老头儿这么有钱，有我给他医，有西卜太太给他看护，那他的病一定能好的……害肝病的人往往身体很强……"

"我说五万吗？哎，有位先生，就在这儿，在你门房外边的走道里，对他出过七十万，还光是为他的画呢，嗨嗨！"

听了雷蒙诺克这句话，西卜太太神气好古怪的望着波冷医生，她橘黄色的眼里射出一道魔鬼的凶光。

---

①终身年金为长期存款之一种，存款人每年可支取定额利息，但故世后本金即被没收。产业买卖亦可以此种方式付款。此处言三万法郎的终身年金，即理发匠每年付三万法郎与卖主，待卖主故世，不问已付一年二年或十年二十年，屋价即作为全部清讫。

医生知道病人能够付诊费，不由得很高兴，嘴里却说着：“得了吧，别听那些废话。”

“噢，医生，既然先生躺在床上，只要西卜太太答应我把我的专家找来，保险要不了两个钟点，就能捧出七十万法郎……”

“得了吧，朋友，”医生说道，“喂，西卜太太，千万别跟病人闹别扭；你得非常忍耐，他对每样事都要生气，连你的好意也会教他不耐烦的；你得预备他怎么样都不如意……”

“那可不容易啰……”看门女人回答。

“你记着，”波冷拿出他医生的威严，“邦斯先生的命就操在招呼他的人手里；所以我每天要来，也许要来两次，早晨出诊先从这儿开始。”

医生从漠不关心——对穷苦病人的命运他一向是这样的——一变而为非常卖力非常殷勤，因为看那投机商人一本正经的态度，他觉得病人真的可能有笔财产。

“好，我一定把他服侍得像王上一样。”西卜太太装作很热心。

看门女人预备等医生拐进了夏洛街再跟雷蒙诺克谈话。卖旧货的背靠着铺子的门框，抽着最后几口烟。他那样站着并不是无心的，他等着看门女人。

铺面从前是开咖啡馆的，奥凡涅人租下来之后并没改装。像现代的铺子一样，橱窗高头有块横的招牌，上面还看得见诺曼底咖啡馆几个字。奥凡涅人大概没有花什么钱，教一个漆匠的学徒在诺曼底咖啡馆下面空白的地方，漆上一行黑字：雷蒙诺克，买卖旧铜铁器，兼收旧货。不用说，那些玻璃杯，高脚凳，桌子，搁板，诺曼底咖啡馆所有的生财都给卖掉了。雷蒙诺克花了六百法郎，租下这个店面，连带一个后间，一个厨房，和二层搁上一间卧房，以前是咖啡馆的领班睡的，因为咖啡馆主人住着另外一幢屋子。原有的体面装修，现在只剩下浅绿色的糊壁纸，橱窗外边的粗铁栏杆和插销了。

二十九、古董商的肖像

七月革命以后，雷蒙诺克在一八三一年到这儿来开始摆些破门铃，破盘子，废铜烂铁，旧天平，禁止使用的老秤。（政府定了法律推行新度量衡，它自己却把路易十六时代的一个铜子两个铜子的钱照旧流通。）这奥凡涅人是抵得上五个普通的奥凡涅人的，他第二步是收买厨房用具，旧框子，旧铜器，和残缺不全的瓷器。买进卖出的过了些时候，不知不觉他铺子里的货跟尼古莱的滑稽戏一般，越来越像样了①。他用那个稳赢的赌博方法，连本带利的押上去，使有眼光的过路人，从铺子陈列的商品上看得出他经营的成绩。画框和铜器，慢慢的代替了白铁器，高脚油灯，和破瓶破罐。接着又出现了瓷器。铺子变成卖旧画的，不久又变成了美术馆。忽然有一天，满是尘埃的玻璃窗擦得雪亮，屋子也给装修过，奥凡涅人竟脱下他的灯芯呢裤和短装，穿上大褂了！那模样好比一条龙保护着它的宝物。他周围摆着好东西，人也变得挺内行，把本钱加了十倍，把这一行的诀窍全学到了家，再不

①尼古莱为戏子出身，于1760年在修院大街开一杂耍剧院，营业蒸蒸日上，戏码亦力争上游；至1792年已成为大街上有名的戏院之一。

会上人家的当。这猛兽待在那儿，好似老鸨坐在一二十个年轻姑娘中间等主顾来挑。什么美，什么艺术的奇迹，他全不理会；他又狡猾又粗野，要赚多少钱都是早打算好的，遇到外行就狠狠的敲一笔。他学会了做戏，假装喜欢他的画，喜欢他嵌木细工的家具，他装穷，或是说收进的价钱多高，甚至拿出拍卖行的字条给你瞧。总之，他一忽儿这样，一忽儿那样，又装小丑又做傻子，简直无所不为。

从第三年起，雷蒙诺克颇有些可看的时钟，盔甲，古画。他要上街就教他的姊妹看着铺子，那是一个又胖又丑的女人，特意为了他从乡下步行来的。这个女的雷蒙诺克，目光迟钝像个白痴，穿扮得像日本瓷器上的神道，对兄弟告诉她的价钱连一个子儿都不肯让；并且她兼管家务，把不可能的事也变作可能，就是说他们俩差不多是靠塞纳河上的雾过日子的。姊弟两人只吃些面包，青鱼，还有从饭店扔在墙根的垃圾堆上捡来的蔬菜或老叶。连面包在内，两人花不了十二铜子一天，而女的雷蒙诺克还要靠缝衣或纺纱把这几个铜子挣回来。

初到巴黎的时候，雷蒙诺克只替人家跑腿，在一八二五至一八三一年之间，他给博马舍大街上的古玩商和拉北街上的铜匠铺做掮客。他这段开场的历史便是一般古董商的历史。犹太人，诺曼底人，奥凡涅人，萨瓦人这四个民族[1]，本能相同，弄钱的方法也相同。一个小钱都不花，一个小钱都要挣，利上滚利的积聚：这些是他们的基本原则，而这些原则的确是不错的。

那时雷蒙诺克和他从前的东家莫尼斯特洛又讲和了，跟一

①诺曼底人（法国北部）、奥凡涅人（法国中南部）、萨瓦人（法国东南部）在法国都成为特殊典型的民族，以刻苦耐劳，善于积聚见称。

些大商人做着买卖，专门到巴黎四乡去收货。诸位都知道，所谓巴黎的四乡是包括一百六十里周围的。干了十四年，他积下六万法郎财产，和一个存货充足的铺子。贪图房租便宜，他待在诺曼底街，不捞额外的油水，光是跟同行做交易，只赚一些薄利。他跟人谈生意都是用的奥凡涅土话。他有个梦想，希望有朝一日，到大街上去开铺子，成为一个有钱的古董商，直接和收藏家打交道。的确，他骨子里是个很厉害的商人。因为每样事都亲自动手，脸上厚厚的一层积垢全是铜屑铁屑和着汗堆起来的；劳作的习惯，使他跟一七九九年的老兵一样镇静，一样刻苦，所以他的表情更显得莫测高深。雷蒙诺克外表是个瘦小的男人；生得像猪眼似的小眼睛，配上冷冷的蓝颜色，表示他贪得无厌，奸刁阴狠，不下于犹太人，所不同的是，犹太人还要面上谦卑而暗中一肚子的瞧不起基督徒。

西卜夫妇对雷蒙诺克姊弟很帮忙。因为相信两个奥凡涅人真穷，所以西卜太太把许模克和西卜吃剩下来的东西卖给他们的时候，也就便宜得不像话。他们买一磅发硬的面包头和面包心子，只付两生丁半，一钵番薯只付一生丁半，诸如此类。狡猾的雷蒙诺克，从来不肯说他的买卖是为自己做的。他老说代莫尼斯特洛经手，受一般大商人的剥削，所以西卜夫妻真心的可怜他。十一年如一日，奥凡涅人还穿着他的灯芯呢上装，灯芯呢裤，和灯芯呢背心；而这三件衣服，奥凡涅最通行的服装，是由西卜不收工资，东拼西凑的维持在那里的。由此可见世界上的犹太人并不都在依色拉。

“雷蒙诺克，你别跟我开玩笑，”西卜女人说，“难道邦斯先生有了那么大的家私，还这样过日子吗？他家里连一百法郎都没有！……”

“玩古董的全是这样的。”雷蒙诺克很简洁的回答。

“那么，你真的相信他有七十万了？……”

“七十万，光是他的画……特别有一张，只要他肯，我就是拼了命也想出五万法郎买下来呢，你知道挂肖像的地方，有些铺着红丝绒的，嵌珐琅的小铜框子吗？嗳，那是贝蒂多珐琅，有位药材商出身的部长出到三千法郎一个……”

“他一共有三十个呢。”门房的女人睁大了眼睛说。

“那他有多少财产，你去算吧！”

西卜太太一阵眼花，把身子转了半个圈子。她马上想要在邦斯老人的遗嘱上有个名字，学那些管家女仆的样；她们不是为了得到主人的年金，在玛莱区教多少人眼红的吗？她脑子里有幅图画，看到自己住在巴黎近郊一个小镇上，在一所乡下屋子里大摇大摆，养些鸡鸭，弄个菜园，教人家服侍得舒舒服服的，跟她心疼的西卜一块儿养老；他像所有被人遗忘，无人了解的天使一般，也应该享享福了。

一见看门女人这个突如其来的天真的动作，雷蒙诺克就知道事情有了把握。收旧货的行业（就是从外行的物主手里去买便宜货），最难的是走进人家的屋子。你真不知道他们为了要穿房入户想出多少玩意儿，那种狡猾，奸诈，哄骗，跟莫里哀剧中的坏佣人不相上下，大有搬上舞台的资格。而那些活剧的动机，像这儿一样，永远是下人们的贪心。尤其在乡下或内地，仆人为了想捞进三十法郎的现款或东西，会让收旧货的做成净赚一二千法郎的交易。有些赛佛古窑的餐具，要是把收进的故事讲给你听，你会觉得尼美根，乌特累支，列斯维克[1]，维也纳，那些国际会议上发挥的权术和聪明才智，还不及收旧货的商人，他们的可笑要比外交家的来得朴实。收旧货的手段，和外交使节为破坏别国邦交而苦思得来的计策，以挖掘人性而论是同样的深刻。

“西卜女人给我说得心眼儿都痒了，”雷蒙诺克对他的姊妹说，她正在坐上她坐惯的那张草垫散率的破椅子，“现在我要去请教一个独一无二的内行，那个犹太，只收咱们分半利的好犹太！”

雷蒙诺克把西卜女人的心看透了。这种性格的妇女，一有欲望就得行动；她们只问目的，不择手段，能从一丝不苟的诚实一刹那间变成无恶不作。诚实，像我们所有的情操一样，应当分成消极的与积极的两类。消极的诚实便是西卜女人那一种，在没有发财的机会时，她是诚实的。积极的诚实是每天受着诱惑而毫不动心的，例如收账员的诚实。

---

①尼美根、乌特累支、列斯维克均为荷兰城市，十七八世纪时，欧洲各国数次重要条约均在各该地订立。

三十、西卜女人的第一次攻势

卖旧货的那番恶魔式的话，仿佛打开了水闸，把一大堆坏念头灌进了看门女人的头脑和心里。从门房到她两位先生的屋子，她不是奔了去，而是飞过去的；邦斯和许模克正在那儿长吁短叹，她便装得满脸同情的跨进门。许模克看见打杂的女人来了，赶紧递个眼色，教她别把医生的实话当着病人说，因为这朋友，这了不起的德国人，也看出了医生眼中的意思；她也递个眼色回答，表示很难过。

“喂，好先生，你觉得怎么样？”西卜女人问。

她站在床跟前，把拳头插在腰里，不胜怜爱的瞅着病人，可是她眼中射出多少金星！在旁观的人看来，那就和老虎眼睛一样可怕。

“不行哪，”可怜的邦斯回答，“我一点儿胃口都没有了。”——他又紧紧握着许模克的手嚷道：“噢！那些人！”许模克坐在床前抓着邦斯的手，大概邦斯正和他谈着致病的原因。——“亲爱的许模克，我早听了你的话就好啦！从我们同住之后，就该和你一起在这儿吃饭！别再跟那些人来往！他们像一车石头压一个鸡子似的把我压得粉碎，不知道为什么！……”

“得啦，得啦，好先生，别诉苦啦，”西卜女人说，“医生告诉了我真话……”

许模克扯了扯看门女人的衣角。

“哎！他说你这一关是挨得过的，可是非要招呼得好……放心，你身边有这样一个好朋友，再加上我，不是我夸口，准会把你招呼得像母亲招呼第一个孩子一样。从前西卜害过一场病，波冷医生说他完了，像俗语说的，已经把尸衣扔在他头上了，当作死人看待了，结果我还把他救了过来！……你现在虽是病势不轻，可是谢谢上帝！还没到西卜那个田地……单凭我一个人，就能教你挨过这一关！放心吧，可是你别这样的乱动呀。”

她把被窝拉上，盖住病人的手。

“你瞧吧，小乖乖，夜里我跟许模克先生陪你，坐在你床边……包你比王爷还要给侍候得周到……再说，你又不是没有钱，为了治病，尽可以要什么有什么……我才跟西卜讲妥了；哎啊，那可怜的人，没有了我就不知怎么办呢！……可是我把他开导明白了，你知道，我们俩都那么喜欢你，所以他答应我到这儿来陪夜……像他这样的男人，真是大大的牺牲哪！因为他对我的爱情还跟第一天一样。不知道他怎么的，大概在门房里咱们成天守在一起的缘故吧！……哎，你别把被窝推开呀！……”她奔到床头把被单拉到邦斯胸口。“你看波冷医生好得像上帝一样，你要不听他的吩咐，要不是乖乖的，那我就不管啦……你得听我的话……”

“是的，西卜太太，他一定听话，”许模克回答，“我知道，为了他的好朋友许模克，他要活下去的。”

“最要紧是不能烦躁，”西卜女人接着说，“便是你自己不闹脾气，这个病也要惹动你的肝火。好先生，我们害病都是上帝的意思，都是他惩罚我们的罪孽，你总该有些对不起人的事吧？……”

病人摇摇头。

“得了吧，你年轻的时候爱过女人，有过荒唐事儿，也许有些爱情的果子丢在外边，没有吃没有住的……哼，没良心的男人！爱的时候打得火热，过后就完啦，再也想不起啦，把小孩子奶妈的月费都忘了！……可怜的女人！……”

“唉，我哪，一辈子只有许模克和可怜的母亲爱我。”邦斯很伤心的回答。

“唉！你又不是圣人！你当初也年轻过，二十岁的时候一定是个漂亮哥儿……人又这样好，连我也会喜欢你呢……”

“我一向就像癞蛤蟆一样的丑！”邦斯给她缠得没了办法。

“你这是谦虚，谦虚就是你的好处。”

“不，不，好西卜太太，真的，我生来就丑的，从来没有人爱过我……”

“呵！你没有人爱？……到这个年纪，你想教我相信你当初是个贞节的小姑娘……这个话你去对别人说吧！一个音乐家！又是在戏院里混的！哪怕一个女人对我这么说，我也不信。”

“西卜太太，你要惹他生气了！”许模克叫着，他看见邦斯像条虫似的在床上扭来扭去。

“你，你也免开尊口！你们俩都是老风流……生得再丑也不相干，俗语说得好，没有一个丑男人娶不到媳妇的！连西卜也会教巴黎最漂亮的牡蛎美人爱上他，还用说你吗？你比他强多了……

你心地又好！……得啦，你是荒唐过的！上帝就是责罚你丢掉了你的孩子，像亚伯拉罕一样[①]！……”

病人疲乏已极，可是还挣扎着做了个否认的姿势。

“放心好啦，你尽管丢掉了你的孩子，还是能像玛土撒拉一样长寿的[②]。”

“别胡闹了！”邦斯叫起来，“我从来不知道什么叫作被人爱！从来没有什么孩子，世界上只有我一个人……”

“噢！真的吗？……因为你心肠这样好，那是女人最喜欢的，她们舍不得男人就为这个……所以我觉得你年轻的时候不会没有……”

“把她带出去！她把我烦死了！”邦斯凑着许模克的耳朵说。

“那么许模克先生，你是有孩子的了……你们这般单身的老头儿，都是一路的货……”

“我吗！……那……”许模克猛的站了起来。

“好吧，你，你也没有承继人是不是？你们两个在世界上就像那些自生自发的菌……”

“喂，你来！”许模克回答。

忠厚的德国人使劲拿西卜太太拦腰一把，不管她怎么叫喊，拖着她往客厅里走。

---

①《旧约》载，亚伯拉罕把埃及女人夏甲替他生的儿子逐出。

②玛土撒拉为亚当后裔的第七代，共活九百六十九岁。（见《旧约》）

三十一、贞节的表现

“你活了这把年纪，还想糟蹋一个可怜的女人吗？”西卜女人在许模克怀里挣扎着叫道。

“别嚷！”

“两个人中间还算你好呢，你竟这样！唉！你们这些老头儿从来没尝过女人的滋味，真不该对你们提到爱情什么的！”西卜女人看见许模克气得眼睛发亮，便又嚷着，“我挑起了你的心火啦，你这个禽兽！救命呀！救命呀！我给人抢走啦！”

“你这个傻瓜！告诉我，医生怎么说来着？……”德国人把她松了手。

“想不到你对我这样凶，”西卜女人哭着说，“我倒是水里火里为你们俩拼命呢！哎啊！人家说日久见人心……真是一点不错，西卜就不会这样虐待我……我还把你们当作孩子看待呢；因为我没有孩子，昨天，对啦，就不过是昨天，我对西卜说：朋友，上帝不给我们孩子，他可是肚里有数的，因为楼上两位就是我的孩子呀！——你瞧，我凭着基督的十字架起誓，凭我母亲的灵魂起誓，我的的确确对他这么说……”

“嗨！医生说些什么呀？”许模克问，他气得生平第一次跺脚了。

“你听着，”西卜太太把许模克拉到饭厅里，“他说，我们这个亲爱的小心肝小宝贝的病人，性命靠不住，要是不好好的看护；可是你瞧，我还是待在这里，尽管你那样凶，是的，你好凶喔，我一向把你当作那么和气呢。真！你这种脾气！……你这个年纪还想调戏女人吗，老混蛋？……”

“我？混蛋？……难道你不明白我只喜欢邦斯吗？”

“那才好啦，那么你不跟我胡闹了吧？”她对许模克微微笑着，“你还是老实一点的好，告诉你，谁要抹西卜的面子，西卜会打断他的腿的！”

“你好好的招呼邦斯吧，西卜太太。”许模克说着，想握她的手。

“怎么！又来啦？”

“你听我呀！我把所有的东西都送给你，只要能救他的命……”

“好吧，我要上药房买药去了……先生，你知道这个病要花多少钱喔！你怎么办呢？……”

“我可以拼命去做事！我要邦斯给伺候得像王爷一样……”

“你交给我得啦，许模克先生，甭操心啦。我跟西卜有两千法郎积蓄，你们拿去用就是了，嗨！我在这儿垫款已经垫了好久了……”

“好太太！”许模克抹了抹眼泪，“你心肠多好！”

“你的眼泪就是我的报酬！”西卜女人做戏似的说，“因为我是世界上最没有贪心的人，可是你不能湿着眼睛走进去，邦斯先生会疑心他病重的。”

许模克被这番体贴感动了，抓着西卜女人的手握了一握。

“别动手动脚啊！”过时的牡蛎美人对许模克做了一个媚眼。

忠厚的德国人回进屋子说：

“邦斯，西卜太太真是个天使，说话太多一点，可的确是个天使。”

“真的？……我从一个月到现在变得多心了，”病人侧了侧脑袋回答，“吃了那些亏，我对谁都不信了，除了上帝跟你！……”

“快点儿好吧，咱们三个人可以把日子过得挺舒服的！”许模克嚷着。看门女人上气不接下气的奔进门房，叫道：“西卜，喂！朋友，咱们的家私跑不掉了。我那两位先生没有承继人，也没有私生子，也没有……什么也没有，嗨嗨！……我要去教风丹太太起个课，瞧瞧咱们能有多少年金！……”

“我的女人呀，”矮小的裁缝回答说，“别光着脚等死人的鞋子穿。”

“哦！你来教训我吗，你？”她在西卜肩上亲热的拍了一下，“我肚里明白得很。波冷医生说的，邦斯先生是完了！咱们好发财啦！遗嘱上准有我的名字……包在我身上！你缝你的衣服，好好照顾着门房，嗳，你快不用干这个活啦！咱们到乡下去养老，譬如说巴底涅吧。弄所好屋子，有个小花园，你种种花玩儿，我吗，我要雇个老妈子！……”

“哎，喂！好嫂子，楼上怎么啦？”雷蒙诺克问，“那个收藏值多少，你知道了没有？”

“不，不，还早呢！好家伙，做事不能这么急。我呀，我先把更要紧的事儿打听出来了！……”

“更要紧的？”雷蒙诺克嚷着，“除了他的东西，还有什么更要紧的？……”

“得了吧，你这小子！让我来把舵。”门房女人老气横秋的回答。

“七十万抽三成，你就一辈子吃不尽了！……”

“别急，雷蒙诺克；赶到要知道老头儿藏的东西值多少钱的时候，咱们再谈……”

三十二、论占卜星相之学

她上药房去配了波冷医生的方子，决意等明天再去找风丹太太。因为那边常常挤满了人，西卜女人觉得清早去，赶在大众之前，女巫神志一定更清楚，说的话也更明白。

风丹太太是玛莱区的女巫，跟有名的勒诺芒小姐[①]竞争了四十年，结果比她还活得久。起课卜卦的女人和巴黎下等阶级的关系，愚夫愚妇要决定什么的时候受到她们多少影响，大家是想象不到的。厨娘，看门女人，人家的外室，男女工人，凡是在巴黎靠希望过日子的都要去请教那些女巫；她们生来有种不可思议的，没有人解释过的神通，能够预卜休咎。学者，律师，公证人，医生，法官，哲学家，都不会想到巫术信仰普遍的程度。平民自有一些历久不灭的本能，其中有一项大家妄称为迷信的本能，不但在平民的血里有，便是优秀人士的头脑里也有。在巴黎，找人起

①勒诺芒（1772—1843）幼时在本多派修院受教育，少年时即能知未来之事。初为女裁缝，后至巴黎以代人占卜为业，以灵验见称于时，朝野名流趋之若骛；甚至以预言奇中之故，被拿破仑下狱两次，1821年王政时代又入狱一次。

课卜卦的政治家就不在少数。在不信的人看来，占卜星相无非利用我们的好奇心，因为好奇心是特别强的天性。他们绝对否认，占卜范围内七八种主要方法所显示的图谶跟人的命运有什么关系。头脑坚强的人或唯物主义的哲学家，只信有形的具体的事实，从蒸馏瓶或是靠现代物理学化学的天平得来的结果；可是他们的排斥占卜，等于他们排斥多少自然现象一样劳而无功，占卜术照旧存在，照旧传布，只是没有了进步，因为两百年来，优秀人士都不去研究它了。

一个人把一副纸牌洗过，分过，再由卜卦的人根据某些神秘的规则分成几堆，就能从牌上知道这个人过去的事，只有他一人知道的秘密：单从表面看，你去相信这种事是荒谬的。可是蒸汽，火药，印刷，眼镜，铜版镂刻等等的发明，以及最近的银版摄影[①]，都被定过荒谬的罪名，而航空至今还被认为荒谬。要是有人告诉拿破仑，说一座建筑，一个人，一切物体，在空气中永远有个形象，可以捉摸到，感觉到；这个人一定给送进夏朗东疯人院，像从前黎希留把贡献汽船计划的沙洛蒙送入皮赛德疯人院一样[②]。可是这理论便是达盖尔的发明所证实的！某些目光犀利的人，觉得每个人的命运都给上帝印在他的相貌上；倘若把相貌当作全身的缩影，那么为什么手不能做相貌的缩影呢？手不是代表

①银版摄影（daguerréotypie）为现代摄影之前身，于1835至1839年间由法人达盖尔（Daguerre）发明。现时吾国内地风景区，有照相师以当场摄影，立等可取之照相招揽游客者，即属此类。

②沙洛蒙（Salomon de Caus Salomon de 1576—1626）生平事迹罕传，仅知其为旅行家，有论动力机器之文行世，于1615年在法兰克福出版。今人皆奉沙氏为发明蒸汽之远祖。被黎希留拘囚一节，史家认为并无根据。

人的全部活动，而人的活动不是全靠手表现的吗？这就是手相学的出发点。社会不是模仿上帝的吗？我们看到一个兵就预言他会打仗，看到一个律师预言他会说话，看到一个鞋匠说他会做鞋子靴子，看到一个农夫说他会锄田加肥料；那么一个有先知能力的人，看了人的手预言他的将来，还不是一样的平淡无奇？举例来说：天才是一望而知的，哪怕最无知识的人在巴黎街上散步，瞧见一个大艺术家也会猜到他是大艺术家。那好比一个太阳，到哪儿都放光。一个呆子给你的印象，恰好跟天才的相反，所以你也能立刻认出他是个呆子。一个平常人走过，差不多是无人发觉的。多半的社会观察家，尤其是研究巴黎社会的，碰到一个过路人就能说出他的职业。从前关于萨巴的故事，说撒旦召集夜会，叫人间的信徒去参加等等，十六世纪的画家常常作为题材，到今日已不成其为神秘了。源出印度而古时称为埃及人，现在称为波希米人的那个流浪民族[①]，其实只是给顾客吃了一种叫作赫希煦的麻醉品，令人精神恍惚，自以为去赴撒旦的夜会，又是骑了扫帚柄当马呀，又是从烟囱里飞出去呀，还有所谓亲眼目睹的幻象，什么老婆子变成少妇，什么跳着疯狂的舞，听着奇妙的音乐等等。以前指为魔鬼的信徒做的一切荒诞不经的怪事，实际全是吃了麻醉品的幻梦。

今日多少千真万确的事，都是从古代的占星学中发展出来的，所以将来必有一日，那些学问会像化学天文学一样成为学校的课程。巴黎最近设立斯拉夫文讲座，满洲文讲座，其实它们和

①按此处波希米人并非指波希米地区的人（今称捷克人），而是渊源甚古的一个流浪民族，在法国称为波希米，亦称罗曼尼希或尖迦纳；在英国称为奇泼赛，在意大利称为秦加里，在西班牙称为奚太诺。

北欧文学一样，只配受人家的教育，还没资格去教育别人，而那些讲师也只搬弄些关于莎士比亚或十六世纪的陈言滥调。可怪的是：人们一方面添加这些无用的科目，同时却并没在人类学项下，把古代大学教得最精彩的占星学加以恢复。在这一点上，那个如是伟大而又如是孩子气的德国，倒是法国的先进，因为他们已经在教那门学问了，它不是比实际上大同小异的各派哲学有用得多吗？

既然俗眼看不见的自然现象，一个大发明家能看出它有成为一种工业一门学问的可能，那么某些人能从胚胎阶段的“原因”中去看出将来的“后果”，也没有什么离情背理，值得大惊小怪的。那不过是大家公认的某种官能所起的作用，一种精神的梦游。许多推测未来的方法，都可用这个假定做根据；尽管你说这个假定是荒谬的，可是事实俱在。你可以注意到，预言家推测未来并不比断言过去更费事；而在不相信的人说来，过去与未来同样是不可知的。假使既成事实有遗迹可寻，那就不难想到未来之事必有根苗可见。只要一个算命的能把只有你一人知道的以往的事实，详细说给你听，他就能把现有的原因在将来发生的后果告诉你。精神的世界可以说是从自然界脱胎而来的，一切因果作用也是相同的，除了因环境各异而有所区别之外。物体在空气中的的确确投射一个影子，可以用银版摄影把它在半路上捕捉得来；同样，思想也是真实而活跃的东西，它在精神世界的空气中（我们只能如此说）也发生作用，也有它的影子，所以有寄异秉赋的人就能窥到这些形象，或者说窥到这些思想的迹象。

至于占卜所用的方法，只要那借来预卜吉凶休咎的物体，例如纸牌，是由问卜的人亲自调动过的，那便是奇妙的程序中最容易解释的部分了。在现实世界上，一切都是相连的。一切动作都有一个原因，一切原因都牵涉到全体；所以一个最细微的动作也代表着全体。近代最伟大的人物拉勃莱，差不多集毕太哥尔，希波克拉提，亚理斯多芬，但丁之大成，在三百年前说过："人是一个小天地。"三百年之后，瑞典的先知斯威顿堡又说地球是一个人。可见先知与怀疑派的远祖在人生最大的公式上是一致的。地球本身的活动是命定的，人生的一切也是命定的。所有的事故，哪怕是最琐细的，都隶属于整个的命运。所以，大事情，大计划，大思想，必然反映在最小的行动上面，而且反映得极其忠实；譬如说，一个阴谋叛乱的人，倘使把一副牌洗过，分过，就会在牌上留下他阴谋的秘密，逃不过占卜的人的眼睛，不管你把占卜的人叫作波希米人，或是算命的，或是走江湖的，或是别的什么。只要你承认有宿命，就是说承认一切原因的连锁，那么就有占卜星相之学存在，而成为像过去那样的一门大学问，因为其中包括着使居维哀成为伟大的演绎法；可是在占卜上，演绎法的运用是挺自然的，不像那位天才的生物学家需要埋首书斋，深夜苦思才能运用。

占卜星相流行了七世纪，它的影响不像现代这样限于平民阶级，而是普及于帝王，后妃，有钱的人，和聪明才智之士。古代最大的学问之一，动物磁气（现在叫作催眠学），便是从占卜星相的学问中蜕变出来的，正如化学的脱胎于炼丹术。新兴的头盖学，人相学，神经学，也渊源于占卜星相之学。首倡这些新学问的名人，和所有的发明家一样只犯了一桩错误，就是根据零星的事实造成一个严格的理论体系，其实我们还不能从那些零星的事实中分析出一个概括的原因。互相水火的加特力教会与近代哲学，居然也有一天会一致和司法当局表示同意，把降神术的神秘和相信降神术的人士说做荒谬绝伦而加以禁止，加以迫害，使占卜星相之学一百年间无人研究。可是无知的平民，不少的知识分子，尤其是妇女，对于能知过去未来的术士继续在那里捐输纳款，向他们买希望，买勇气，买只有宗教能够给他们的一切精神力量。可见占卜星相之术永远在冒着危险流行，从十八世纪百科全书派学者提倡宽容之后，今日巫祝已不受酷刑的威胁；只有在敛人财帛，构成诈欺罪的时候才被送上轻罪法庭。不幸，诈欺行为往往跟这个通灵妙术分不开。原因是这样的：

巫祝所有的那些奇能异禀，通常只发现在我们所谓愚夫愚妇的身上。愚夫愚妇倒是上帝的选民，获有惊世骇俗的真传秘箓。圣·彼得与埃弥德一流的人都是愚夫愚妇出身。只要精神保持完整，不在高谈阔论，勾心斗角，著书立说，研究学问，治国治民，发明创造，驰骋疆场等等上面消耗，它就能吐出非常强烈的潜伏的火焰，好像一块未经琢磨的钻石保存着所有的光彩。一有机会，这一点灵性就会突然爆发，有飞越空间的巨翼，有洞烛一切的慧眼：昨天还是一块煤，明天被一道无名的液体浸润过后，立刻成为毫光万道的钻石了。有知识的人把聪明在各方面用尽了，除了上帝偶然要显示奇迹之外，永远表现不出这种卓绝的能力。所以卖卜看相的男男女女，几乎老是浑浑噩噩的乞丐，村野粗鲁，在苦难的波涛中，在人生的沟壑中打滚的石子，除了肉体受苦之外别无消耗。总之，所谓先知，所谓预言家，就是农夫马丁，对路易十八说出一桩唯有王上自己知道的秘密而使他大吃一惊的[①]；也就是勒诺芒小姐，或是像风丹太太般当厨娘的，或是一个近于痴呆的黑姑娘，或是一个与牛羊为伴的牧人，或是一个印度的托钵僧，坐在庙门口苦修，炼到神完气足，能够像梦游病人那样神通广大。

古往今来，这一类的异人多半出在亚洲。平时他们与常人无异；因为他们也要尽其物理的化学的功能，可是像传电的良导体一般，有时只是冥顽不灵的物质，有时却成为输送神秘电流的河床。这些人一恢复正常状态，就想为非作歹，结果把他们带上轻罪法庭，甚至像有名的巴太查一样给送进苦役监。卜卦起课对平民有多大影响，还有一个证明，便是可怜的音乐家的生死，全看西卜太太教风丹太太占卜的结果而定。

虽然作者写的十九世纪法国社会史，篇幅浩繁，情节复杂，某些段落的重复无法避免，但风丹太太所住的魔窟，已经在《莫名其妙的喜剧家》[②]中描写过，在此可以无庸赘述。我们只要知道，西卜太太走进老修院街风丹太太家的神气，活像英国咖啡馆的熟客走进这饭店去吃饭。她是女巫多年的主顾，常常介绍一些好奇的少妇或多嘴的老婆子去的。

①农夫托玛·马丁，1816年时向人宣称，有一异人数次现形，嘱其向路易十八传达重要消息及若干忠告。经乡村教士，本区总主教，以及警察当局盘问，被送入更朗东疯人院。事为路易十八所闻，召入宫中，面陈若干事，使王大为感动，乃获释放。马丁死于1834年。

②巴尔扎克另一小说的题目。

三十三、大课[①]

替女巫当执事的老妈子，不先通报，就打开仙坛的门对主人说：

“西卜太太来了！……”她又回头招呼，“请进来吧，没有人呐。”

“哦，孩子，你这么早赶来有什么事啊？”老妖婆问。

七十八岁的风丹太太，活像地狱里执掌生死大权的巴克女神，够得上称为妖婆了。

“我心里七上八下的，想请你起个大课，看看我的财运。”西卜太太叫着。

于是她把情形讲了一遍，要求对她居心不良的希望给个预言。

“你不知道起大课是怎么回事吗？”风丹太太一本正经的问。

“不，我没有那么多钱来见识这个玩意儿！……一百法郎！

①通常游戏用的纸牌仅有五十二张，占卜用的纸牌是更古的一种，叫作TAROTS，共有七十八张。起大课乃用全副七十八张牌占卜。

唉！我哪儿来一百法郎呢？可是今儿我非来一下不可！”

“大课我也不大起的，”风丹太太说，“只替那般有钱的人有大事的时候才干一回，他们给我五百法郎呢，因为你知道，那是怪费力怪累的！仙人教我抽肠刮肚的受罪，像从前人说的参加了萨巴一样！”

“可是我告诉你，风丹太太，这一下是有关我前程的……”

“好吧，承你介绍了许多主顾；我就为你上仙一次吧。”风丹太太的干瘪脸上有些恐怖的表情，倒绝对不是假装的。

她从壁炉旁边一张又旧又脏的大靠椅上站起来，走向桌子。桌上铺着绿呢，经纬都可以数得清；左边睡着一只其大无比的蛤蟆，旁边摆一个打开着的笼，里头有只毛羽蓬松的黑母鸡。

“阿斯太洛！来，小东西，”她拿一支编织用的长针在蛤蟆背上轻轻敲了一下，它望着她；仿佛很懂事的样子。“还有你，克莱奥巴脱小姐！……留点儿神哪！”她把母鸡的嘴巴也用针尖敲了敲。

风丹太太凝神屏息，半晌不动，神气像死人，眼睛发了白，在那里骨碌碌的乱转；然后她把身子一挺，嗄着嗓子说了声：“我来了！”

她像木头人似的把粟子撒在母鸡前面，拿起牌来哆哆嗦嗦的洗过了，深深的叹了口气；叫西卜太太分做两堆。这个死神转世的老婆子，戴着条油腻的头巾，披着件怕人的短袄；瞧着母鸡啄食粟子，又唤她的蛤蟆在摊开的牌上爬：西卜太太看着这些，不由得身子凉了半截。只有坚定的信仰才能教人心惊胆战。发财还是不发财，这才是问题，像莎士比亚说的[①]。

妖婆打开一本符咒的书，嗄着嗓子念了一段，把剩下来的粟子和蛤蟆回去的路线打量了一番，瞪着白眼细细推详牌上的意义。这些动作一共花了七八分钟，然后她说：

“你会成功的，虽然这桩事并不像你所想的那么发展。你得大大的忙一阵，可是你的心血不会白费。你要做些很坏的事，像那些在病人身边谋遗产的人一样。这件坏事里头，你有好些贵人相助！……将来你受临终苦难的时候要后悔……因为你要给两个苦役监的逃犯谋财害命，一个是红头发的小个子，一个是秃顶的老人，他们相信你有钱，在你跟第二个丈夫住的那个小村子上……得啦，孩子，干不干随你吧。”

表面上冷冰冰的骷髅似的老婆子，内里却是精神奋发，深陷的眼睛有如两个火把。预言完了，那点精神也跟着消灭了。风丹太太好似一阵头晕，像患梦游病的给人惊醒了过来，很诧异的向四下里瞧了瞧，然后认出了西卜太太，看见她面无人色觉得很奇怪。

①巴尔扎克常喜套用《哈姆雷德》第三幕第一景中哈姆雷德的独白：To be or not to be,that is the question.（活还是不活，这才是问题。）

三十四、一个霍夫曼传奇中的人物

“怎么样，孩子？你满意吗？……”她的声音和预言的声音完全不同。

西卜太太眼睛直勾勾的瞪着妖婆，一句话都说不上来。

“哎！你不是要起大课吗？我是把你当熟人看待的。只收你一百法郎吧……”

“西卜会死？……”门房女人叫着。

“难道我告诉了你很可怕的事吗？……”风丹太太问话的口气非常天真。

“可不是！……”西卜女人从袋里掏出一百法郎放在桌子边上，“要给人谋杀！……”

“哦！只怪你自己要起大课！……可是放心，牌上说要给人谋杀的，不是每一个都应验的。”

“风丹太太，到底可能不可能？”

“哎啊！我的小乖乖，那我怎么知道呢？你要去敲未来的门，我就替你拉了铃，他就来了！”

“他，他是谁？”西卜太太问。

“仙人呀，不是仙人是谁？”妖婆表示不耐烦了。

“再会，风丹太太！我没见过起大课，你真把我吓坏了，你！……”

老妈子把看门女人送到楼梯口，说道：“太太一个月也不起两回大课的！过后她真累死了。她要吃好几块猪排，睡三个钟点……”

走在街上，西卜太太像一个人随便跟人家商量什么以后的心理，把预言中对自己有利的部分都信以为真，把所说的灾难都认为不可能。第二天，主意更坚决了，她想大举进攻，把邦斯美术馆的东西弄上一部分，发一笔财。她几天之内只盘算着怎样把各种方法配合起来，达到她的目的。上面说过，粗人从来不像上等人那样随时随地消耗智力，所以他们执着一念的时候，精神上仿佛添了武器，力量格外的强。这些现象，在西卜女人身上表现得特别显著。执着一念的囚犯能够造成越狱的奇迹，平常人执着一念能够产生感情上的奇迹，这个看门女人的贪心，也使她变得像纽沁根受困之下一样强悍，面上愚蠢而实际和拉·巴番里纳一样精明。

几天之后早上七点光景，雷蒙诺克正在开铺门，她就眉开眼笑的走过去问：

“堆在我先生家里的东西，怎么样才能知道一个确实的价钱呢？”

“那容易得很。倘使你跟我公平交易，我可以介绍你一个估价的人，挺老实的，他能知道那些画的价值，差不了一两个铜子……”

“谁？”

“一个叫作玛古斯的犹太人，他现在做买卖不过是玩玩罢了。”

埃里·玛古斯在《人间喜剧》中已是老角色，可以无须介绍[①]；只要知道他那时已不做古画古玩的买卖，而是以商人资格采取了收藏家邦斯的办法。以估价出名的人，例如已故的亨利，在世的比育，莫莱，丹莱，乔治洛恩，以及美术馆的专家等等，跟玛古斯一比简直都是小孩子。他对百年尘封的古画能辨别出是否杰作，他认得所有的画派和所有画家的笔迹。

这个从波尔多搬到巴黎来的犹太人，一八三五年起就不做买卖，但依旧穿得破破烂烂，因为这是多数犹太人的习惯，而犹太人是最守传统的民族。中世纪各国对犹太人的迫害，使他们为了避人注目故意穿得衣衫褴褛，老是哭丧着脸，装穷叹苦。习惯成自然，当年出于不得已的行为，慢慢的成为民族的本能和习惯了。玛古斯从前买卖钻石，古画，花边，珐琅，高等古玩，细巧的雕刻，古时的金银器物，靠这一行规模越来越大的生意，暗暗的挣了一份很大的财产。的确，巴黎是世界上古玩珍宝荟萃之地，近二十年古董商的人数加多了十倍。至于画，只有在罗马，伦敦，巴黎三大城市才有交易。

玛古斯住在通往王家广场的一条宽而短的弥尼末街，那儿他有所古老的宅子，在一八三一年上买进的，价钱简直便宜得不像话，屋子当初是有名的审计官摩朗古盖的，其中有路易十五时代装修得最华丽的几间房，大革命时因地位关系并没受到损坏。老犹太人违反民族的习惯而置产是有他的理由的。他晚年也跟

①埃里·玛古斯在《复仇》《婚约》《比哀·葛拉苏》等几部小说中都出现过。

我们老来一样染上一种近乎疯狂的嗜好。虽然和他故世的老朋友高勃萨克同样吝啬，他却不知不觉的对手里进出的宝物着了迷。但像他那种眼光越来越高，条件越来越苛的癖，只有国王才够得上资格有，还得是个有钱有鉴赏力的国王。据说普鲁士的第二个王①挑选掷弹兵，要身高六尺才合意，那时他会不惜重金罗致，放进他的掷弹兵博物馆；同样，那位退休的古董商看得中的画，既要没有一点毛病，又要没有经过后人修补，还得是那个画家最精的作品。所以逢到大拍卖，他从不缺席，他巡阅所有的市场，跑遍整个的欧洲。这颗唯利是图的心像冰山一般的冷，看见一件精品可马上会热起来，正如玩腻了女人的老色鬼，到处寻访绝色的美女，一朝碰见完美的姑娘就不由得神魂颠倒。他崇拜理想的美，对艺术品的风魔好比唐·逑安对女人，从欣赏中体味到比守财奴瞧着黄金更高级的乐趣。他置身于名画中左顾右盼，俨如苏丹进了后宫。

存放那些宝物的地方，不下于王爷的儿女们住的。玛古斯把整个二楼装修得美轮美奂的供养它们。窗上挂着佛尼市的金线铺绣做窗帘。地下铺着萨伏纳理最漂亮的地毯。一百幅左右的画上富丽堂皇的框子，全部由赛尔威很古雅的重新描过金。玛古斯认为他是巴黎唯一认真的描金匠，亲自教他用英国金描漆，因为英国金的质地比法国的好得多。描金业中的赛尔威，正如装订业中的多佛南，是个爱好自己作品的艺术家。屋内所有的窗都盯着铁皮的护窗板。玛古斯自己在三层顶楼上住着两间房，里面全是些破家具破衣服，一望而知是犹太人住的地方，因为他到老也没

①普鲁士的第二个王是腓特烈·威廉一世，为腓特烈一世之子，有名的腓特烈二世之父。

改变他的生活方式。

底层到处摆着犹太人还在买进卖出的画和从国外运来的箱子；另有一间极大的画室，现代修补古画最好的一个艺术家，应该由美术馆聘请的名手，莫莱，差不多给玛古斯长期包着在这儿工作。女儿诺爱弥的房间也在楼下。她是犹太人晚年生的，长的秀美就像亚洲种族的特征表现得特别纯粹，特别高雅的那种犹太女子。和她做伴的是两个顽固的犹太老妈子，还有一个叫作阿勃朗谷的波兰犹太做前哨。他不知怎么阴错阳差的，牵入了波兰的革命运动，玛古斯有心利用，把他救了出来派做门房。阿勃朗谷守着这所又静又阴气又荒凉的屋子，住着一间门房，带了三条凶猛无比的狗，一条是纽芬兰种，一条是比莱南种，一条是英国种的斗牛狗。

这样，犹太人可以放心大胆的出门旅行，可以高枕无忧的睡觉，既不用怕人家来夺他的第一件宝贝，女儿，也不必为他的画跟黄金操心。他这种安全是根据极深刻的世故得来的。第一，阿勃朗谷的工资每年加二百法郎，可是主人故世之后再没有什么遗赠的了；同时玛古斯又把他教会了在街坊上放印子钱。有人来的时候，阿勃朗谷要不先从装着粗铁杆的门洞里张一下，绝不开门。这个大力士般的门房爱戴玛古斯，仿佛山差·邦查的爱戴堂·吉诃德。其次，三条狗白天都给关着，没有一点东西吃；晚上阿勃朗谷把它们放出来，照老犹太人精明的办法，教一条狗守在花园里一根柱子下面，柱子高头放着一块肉；一条守在院子里，也有一根同样的柱子，第三条关在楼下大厅内，要知道狗本能就是守家的，如今又被饥饿给拴住了。哪怕见到最漂亮的母狗，它们也不肯离开高悬食物的柱子，更不会东嗅西嗅的随便乱跑了。一有陌生人，三条狗就以为是来抢它们的肉吃；而那块肉是要等天明之后，阿勃朗谷才拿给它们的。这个刁钻古怪的办法真有说不尽的妙处。那些狗都一声不叫，玛古斯恢复了它们的野性，变得像印第安人一样狡猾。有一天，几个贼觉得屋子里静悄悄的，便大着胆子，以为一定能偷到老犹太的钱。其中一个当先锋的，爬上花园的墙想跳下去；斗牛狗明明听到了，只是不理；等到那位先生的脚走近了，它就一口咬下，吃掉了。受伤的贼居然迸着勇气翻过墙头，仗着腿上的骨头走路，直到同伴身边才晕倒，由他们抬了走。《司法日报》把这条极有风趣的巴黎夜新闻给登出来，大家还认为是杜撰的笑话。

七十五岁的玛古斯可能活到一百岁。尽管有钱，他的生活和两个雷蒙诺克的差不多。连对女儿予取予求的费用在内，他每月的开支也只要三千法郎。

三十五、懂画的人并不都在美术院

老人的生活比谁都有规则。天一亮就起来，早餐只吃些大蒜跟面包。这一顿只要维持到吃晚饭的时候。晚饭是和大家一起吃的，食物的菲薄跟修道院的相仿。早上到中午那段时间，古怪的老头儿在他陈列名画的几间屋子内走来走去，把家具，图画，所有的东西，掸灰抹尘，永不厌倦的欣赏着；然后他下楼到女儿屋里，享受一下为父之乐；然后他上街，到巴黎各处去奔跑，看拍卖，看展览会等等。遇到一件精品符合他的条件时，这家伙的生活就有了生气：他有件事要勾心斗角了，有一场马伦哥的仗要打了[①]。他使尽诡计，非用极便宜的代价把新看中的妃子收入后宫不可。玛古斯有他的欧洲地图，名作散布的地方都在图上记载明白。他托各地的同道刺探消息，经手买进的时候送他们一笔佣金。花这样许多心血的确是有收获的。

拉斐尔迷拼命寻访的两张不知下落的拉斐尔，给玛古斯弄

①玛伦哥为意大利地名，1800年7月拿破仑在此大破奥军，为历史上有名的战役。

到了。乔尔乔纳替他为之丧命的情妇[1]所画的肖像，也在玛古斯手上；外边所谓的真迹其实都是临本。据玛古斯估计，他这一幅值到五十万法郎。他又有一张铁相为查理五世画的《基督葬礼》，大画家当时还附了一封信给大皇帝，而现在这封亲笔信就黏在画的下角。他也有铁相为腓列伯二世画许多肖像的第一幅稿图。其余的九十七幅，画品与声名也都不相上下。有了这些宝物，难怪玛古斯要笑我们的美术馆了。他们让阳光从窗里透进来，损坏最美的作品，全不知玻璃窗的作用等于凹凸的镜片。原来画廊是只能从顶上取光的。玛古斯美术馆的护窗，都由他亲自启闭，照顾的周到像对他女儿一样，那又是他的一宝！这嗜画成癖的老人，的确懂得画的奥妙。他认为名作有它特殊的生活，每天都不同，而它的美是依赖光线的；他提到这些好像从前荷兰人提到郁金香[2]；对每幅不同的画，他有一定的钟点去欣赏，因为在天气晴朗的日子里，某幅画只有某一个时间才放射异彩。

这矮小的老头儿，穿着件粗呢大褂，上了十年的丝背心，满是油腻的裤子，露着光秃的脑袋，凹下去的脸，微微抖动的胡子，翘起了白须，凶狠的尖下巴，没有牙齿的嘴，眼睛跟他的狗的一样亮，有骨无肉的手，华表式的鼻子，全是皱痕而冰冷的皮肤，对着天才的创作欣然微笑：那在不活动的图画中间不是一幅活的图画吗！有三百万家财烘托的一个犹太人，永远是人间最美的一

---

①意大利名画家乔尔乔纳（1471或1478至1511），是为情妇死的，一说是情妇中时疫暴卒，乔氏亲吻死者，致染疫而死；一说为情妇被乔氏至友比哀·路佐·特·法脱尔所诱，忧愤而死。

②郁金香原生于非洲北部，亚洲西部，欧洲南部，于十六世纪末盛行西欧，种植郁金香成为一时风气，尤以荷兰人最为喜爱。

景。就凭我们的名演员劳贝·曼达出神入化的演技[1]，也表现不出这种诗情画意。像玛古斯一类有所信仰的怪物，世界上以巴黎为最多。伦敦的怪物，对自己的癖好临了会像对自己的生命一样感到厌倦的；唯有巴黎的狂人精神上始终与他的怪癖融成一片。你可以在街上看到邦斯与埃里·玛古斯之流，穿得非常寒酸，像法兰西学士院的常任秘书一样心不在焉[2]，仿佛对什么都无所谓，对什么都没有感觉，既不注意妇女，也不注意橱窗，漫无目的地走着，口袋里空无所有，似乎脑子里也空无所有：你碰上这种人一定会奇怪他们是属于巴黎哪一个部落的。哎，这些家伙原来是百万富翁，是收藏家，是世界上最风魔的人，为了要弄到一只杯子，一幅画，一件稀有的东西，不惜踏上轻罪法庭，像从前玛古斯在德国一样。

这便是雷蒙诺克很神秘的带着西卜女人去求见的专家。雷蒙诺克每次在大街上遇到玛古斯，总得请教一番。老犹太也知道这个当伙计出身的人老实可靠，常常由阿勃朗谷出面借钱给他。弥尼末街和诺曼底街近得很，两个想发横财的同党十分钟就走到了。

“你可以见识到告老的古董商中最有钱的一个，巴黎最内行的鉴赏家……”雷蒙诺克对他的同伴说。

西卜太太一看矮小的老头儿穿着连西卜也不屑于修补的上装，先就呆住了；随后被他那双像猫一样冷静而狡猾的眼睛一扫，她更觉得毛骨悚然。他在楼下冷冰冰的大厅内，监督一个画

①劳贝·曼达为巴尔扎克杜撰的演员。

②此处系作者讽刺法兰西学士院。常任秘书之心不在焉，乃反映学士院内陈言俗套的议论令人生厌。

家修整古画。

“什么事啊，雷蒙诺克？”他问。

“有些画要请你估价；巴黎只有你能告诉我，像我这样卖铜器的穷小子，不像你那么家私成千成万的，为那些画可以出多少钱。”

“东西在哪儿？”

“这位便是货主屋子里的门房，替那个先生打杂的，我已经跟她讲妥了……”

“货主姓什么？”

“邦斯！”西卜女人抢着说。

“没听见过。”玛古斯假痴假呆的回答，一边轻轻的把修补古画的人踩了一脚。

画家莫莱是知道邦斯美术馆的价值的，便突然抬起头来。这种微妙的表情，只能用在雷蒙诺克与西卜女人前面。犹太人的眼睛好似称金子的人的天平，一瞥之下已经把看门女人掂过了斤量。这一男一女当然不知道邦斯与玛古斯常常斗法。事实上，两个其狠无比的收藏家彼此都很眼红。所以老犹太一听到邦斯二字就心中一动，他从来不敢希望能踏进一个守卫如是严密的宝库。巴黎唯有邦斯美术馆能和玛古斯美术馆竞争。犹太人采取邦斯的收藏办法，比邦斯晚二十年；但因他是个兼做买卖的人，所以跟杜索末拉一样是邦斯不招待的。而邦斯与玛古斯，双方都存着同样嫉妒的心。一般家中有画廊的人往往喜欢出名：他们两个却没有这种虚荣。玛古斯要能仔细瞧一瞧穷音乐家的精美的藏品，其愉快就好比一个好色的人有个朋友把美丽的情妇藏在一边不让看见，而有朝一日居然溜进了她的上房。雷蒙诺克对这个怪人的尊敬，把西卜女人唬住了。凡是真正的力量，即使是不可解的，都有一股声势；看门女人在老头儿面前不知不觉变得听话了，柔和了。她不敢再拿出对付一般房客和她两位先生的专横的口气，她接受了玛古斯的条件，答应当天就带他进邦斯美术馆。这一下可是把敌人引进腹地，一刀扎入了邦斯的心窝。十年来邦斯老把钥匙随身带着，告诉西卜女人谁也不让进去，她一向对古董的意见和许模克的相同，也就听从了他的吩咐。因为老实的德国人把宝物当作小玩意儿，看着朋友着迷觉得可叹；看门女人受他的影响，也瞧不起古董，所以邦斯的美术馆十年工夫没有被闲人闯入。

邦斯病倒以后，戏院和私塾方面都由许模克替代。可怜的德国人为了保住两人的位置而包办一切，只能在早上和吃晚饭的时候见到朋友。他痛苦之极，所有的精力都给双份的工作消耗完了。女学生和戏院的同事，从他那儿知道了邦斯的病，看见可怜虫愁眉不展，就常常问起邦斯的情形；而钢琴家悲伤的程度，使那些不关痛痒的人也拉长着脸表示同情，像巴黎人听到了最大的灾难一样。好心的德国人，生命的本源和邦斯的受到同样深刻的打击；他熬着自己的痛苦，还得为了朋友的病而痛苦。所以他每次上课倒有一半时间在谈论邦斯，他会挺天真的中途停下来想着朋友今天怎么样，连年轻的女学生也留神听着他解释邦斯的病情了。两课之间要有空闲，他就奔回诺曼底街陪邦斯一刻钟。两人的钱都花完了，半个月来西卜太太尽量加增病费的开支，再拿这种坏消息去恐吓许模克。他虽然又惊又急，却出乎意外的发觉自己竟有勇气把悲痛压下去。为了要家里不缺少钱，他生平第一次想到挣钱的念头。有个女学生给两位朋友的境况感动了，问许模克怎么能把邦斯一个人丢在家里的，他却像受骗的老实人一样，不胜欣慰的微笑着说："哎，小姐，我们有西卜太太呀！她又好又热心，把邦斯招呼得像王爷一样！"

可是，只要许模克一出门，西卜女人在家便是主人了。半个月不吃东西的邦斯，四肢无力的瘫在那儿，西卜女人为了铺床要他坐到沙发上去的时候，非得把他抱过去不可，他怎么还能监视这个所谓的好天使呢？不用说，西卜女人是趁许模克吃中饭时去见玛古斯的。

她回来，许模克正在跟他的朋友说再会。自从知道邦斯可能有笔大家私以后，西卜女人简直寸步不离，像孵小鸡似的老守着他。她坐在床前一张舒服的沙发里，开始东拉西扯，搬弄一套这等女人最拿手的废话，替邦斯解闷。假装温和驯良，体贴周到，老担着心事，她用种种权术把邦斯的心收拾得服服帖帖。

三十六、看门老婆子的唠叨与手段

西卜女人听了风丹太太的预言吓坏了，决意用软工夫，用不犯法的恶毒手段，在她先生的遗嘱上争个名字。十年工夫，她不知道邦斯美术馆的价值；现在她忽然把自己十年的忠诚，老实，没有一点私心，看作一笔资本，预备兑现了。想发财的欲望，在这女人心里好比在壳里伏了二十五年的一条蛇，那天被雷蒙诺克一句暗示金钱的话唤醒之下，她便把潜藏在心里的所有的邪念喂着它。至于她听了蛇的主意如何执行，看下文便知分晓。

“哎，喂，他有没有喝过很多水，咱们的宝贝病人？是不是好一些呢？”她问许模克。

“不行哪！我的好西卜太太！不行哪！”德国人抹着眼泪回答。

“哦！先生，你别这样慌，事情总得往好的方面想……哪怕西卜马上要死过去，我也不至于像你一样发愁。得了吧，咱们的宝贝病人身子很棒。再说，他一向规矩，你可不知道规矩的人年纪才活得大呢！对，他现在病势不轻，可是凭我这样的服侍，一定把他救过来。放心吧，你去干你的正经，我来陪他，拿大麦水给他喝。”

“要没有你，我才急死呢……”许模克捧着打杂女人的手握了一下，表示他的信任。

西卜女人抹着眼睛走进邦斯的屋子。

“怎么啦，西卜太太？”邦斯问。

“都是许模克先生使我心里乱糟糟的，他在那儿哭你，好像你已经死了！虽然你病在这里，还不至于要人家哭你哪；可是给他一急，我也忍不住了！天哪！我傻不傻，对你比对西卜还要关切！归根结底，你对我没有什么相干，除了大家同是亚当夏娃的子孙，咱们既不是亲又不是眷；可是，一提到你呀，真的，我心就慌了。我可以牺牲一只手，当然是左手啰，真的，就在你面前割下来，只要能看到你能吃能喝，进进出出，从做买卖的手里骗到些便宜货，跟往常一样……我要有个孩子的话，我相信就会像爱你一样的爱他，不是吗？——来吧，好乖乖，你喝，把这一杯都喝下去！你喝不喝，先生！波冷医生对我说的：倘若邦斯先生不愿意进拉希公墓，就得把奥凡涅人每天挑来卖的水，统统喝下去。——所以你得喝！喝呀！……”

“我不是喝着吗，好西卜太太！……我喝了多少，整个的胃都给水淹了……”

“对，这才对啦！”门房女人接过了空杯子，“这样你就有救了！波冷先生有过一个跟你一样的病人，没有人照顾，儿女都不理他，结果就为这个病死的，因为不喝水！……所以你瞧，你得喝水！……那个人才给埋了两个月……喂，你知道没有，要是你死了，许模克那好人就完啦……我不说假话，他真是个孩子。哦！这羔羊似的人多爱你哟！从来没有一个女人这样的爱一个男人的！……他为了你吃不下喝不下，半个月到现在瘦得跟你一样，只剩皮包骨头了……我还看了忌妒呢，因为我挺喜欢你，可是不到他那地步，我没有吃不下饭，相反呢！成天楼上楼下的爬，我两条腿酸得不得了，夜里一上床就睡熟了，像块石头一样。不是吗，为了你，我顾不到可怜的西卜，只能托雷蒙诺克小姐给他弄饭，他对我叽叽咕咕，说每样东西都不行。我吗，我劝他，一个人应当为别人牺牲，说你的病不轻，不能把你丢在这儿……先是你不能雇一个老妈子服侍你！我招呼了你十年，替你管了十年家，怎受得了一个看护女人呢[①]？……她们都是贪嘴的家伙！一个人吃的要抵得十个人，又是酒，又是糖，又是脚炉，要这样那样的舒服……倘使病人不把她们写上遗嘱，她们还要偷东西……今天这儿来一个服侍病人的老妈子，明天就会少了一张画或是别的什么……”

“噢！西卜太太，”邦斯急得直嚷，“别离开我啊！……不准人家动我的东西！……”

“我在这儿呀！只要我吃得住，我不会走的……你放心！波冷先生说不定在打你的宝物的主意，他想教你雇个看护女人！……嘿！我老实不客气把他顶回去了，我说：先生只要我一个人服侍，他知道我的脾气，我也知道他的脾气。——这样他才不作声了。哼，服侍病人的老妈子全是贼！我恨透了那些女人！……你才不知道她们多坏呢……有个老先生——还是波冷先生跟我讲的——对啦，一个什么萨巴底哀太太，三十六岁，从前在王宫市场做拖鞋生意的——你不是知道王宫市场从前有些开铺子的

①此处所谓看护女人并非现代经过医学训练的护士，故不译为“看护”或“护士”，以免混淆。

门面，现在给拆掉了吗？……”

邦斯点点头。

“且说那女人早先运气不好，丈夫是个酒鬼，中风死了；可是说句公道话，她长得真漂亮，可惜长得漂亮也不中用，交了些律师朋友也是白费……这样她就落难啦，平时专门服侍产妇，住在巴贝杜贝街。后来，她去看护一个老头儿，说句不文雅的话，他害着尿道病，要人给他通，像凿井似的，还得许多别的照顾，她只能睡在那个先生卧房里，搭一张帆布床。嗳！这种事说出来简直没人相信！也许你会说：男人都是不规矩的！只知道一味的自私自利！——总之，她在房里老陪着他，逗他高兴，和他讲故事，有一搭没一搭的，就像咱们现在一样的瞎聊……她打听出来，原来老人有些侄子，都恶得很，给他受了很多气，说到末了，他的病就是给侄子气出来的。后来哪，我的先生，她救了老人的命，嫁了他，生了个怪可爱的孩子，教母便是夏洛街上开肉铺子的老婆，因为鲍特凡太太跟那女的是亲戚……你瞧她这一回运气可好！……我吗，我嫁了人，可没有孩子，老实说，那只怪西卜不好，他太爱我了，因为倘使我要……哦，这样也好。有了孩子，我跟西卜俩怎么办？我们没有一点儿产业，没有一个钱，白做了三十年老实人，我的好先生！我觉得安慰的，就是从来没有拿过人家一个子儿，从来没有害过谁……打个譬喻，我这么说是没有关系的，因为要不了六个星期，包你起床到大街上去溜达了，我不过打个譬喻说，假使你把我写上遗嘱，那么，告诉你，我要不找到你的承继人把钱还掉，我就睡不着觉……因为我最怕不是自己流着汗挣来的钱。尽管你说：哦，西卜太太，你不用过意不去；那是你拿力气换来的，你把两位先生招呼得跟自己的孩子一样，一年替他们省了一千法郎……—— 因为先生，你知道吗，换了别个做饭的老妈子，在我的地位早已存起万把法郎了！—— 所以那位好先生送你一笔小小的终身年金，也是应该的。—— 譬如人家对我这么说吧，可是不，我决不受，嗨！我是不贪心的！……我真不懂怎么有些女人待人好是为了有利可图……你想，先生，这还能算好事吗？……我不上教堂去，我没有那个工夫；可是我的良心告诉我什么叫作好什么叫作坏！……喂，你别这样乱动呀，我的宝贝！……别乱搔呀，我的天，你的脸多黄，黄得变成棕色了……一个人二十天工夫会像只柠檬，你说怪不怪！—— 清白老实是穷人的财产，一个人好歹总得有点东西！打个譬喻说，即使你快死了，我第一个会劝你把所有的东西都送给许模克先生。这是你的义务，你的家属只有他一个人！他可真爱你，这家伙，像一条狗爱它的主人一样。”

“唉！是的，”邦斯说，“我一辈子只有他爱我……”

三十七、一条美丽的手臂能有多少效果

“嗯！先生，”西卜太太说，“你这句话可不客气啦；那么我呢！难道我就不喜欢你啦？……”

“我没有这么说呀，我的好西卜太太……”

“得了吧！你把我当作一个老妈子，一个普通的厨娘，好像我是没心没肺的！哎唷！我的天！十一年工夫给两个老鳏夫做牛做马！一心一意为了他们的好，为了找块勃里乳饼，一跑就是几十家水果店，听人家冷言冷语；为了要买新鲜牛油，一直奔到中央菜场；大小事情没有一样不留神，十年工夫没有砸破一件东西，连一只碗角都不缺……简直像母亲待孩子一般！临了落得一声我的好西卜太太，明明是老先生心里不见你的情，可是你把他服侍得像王太子一样，哼，人家服侍罗马那位小国王还差远呢！……我敢打赌他得不到你那样的照顾！……要不他怎么会年纪轻轻的死呢？……你瞧，先生，这不是你不公平吗……你没有良心！说来说去，不过因为我是个可怜的看门女人。哦！天哪，敢情你，你也拿我们当作狗看待的？……”

“哦！我的好西卜太太……”

“对，你是有学问的，请你讲给我听，干么咱们当门房的要受到这种待遇，干么把我们当作没心没肺，瞧咱们不起，如今晚儿不是讲平等吗？……我，我难道比不上别的女人？我当初还是一个巴黎最漂亮的姑娘，出名的牡蛎美人，求情说爱的话一天要听到七八回呢！……哪怕到了今天，只要我愿意！呵，先生，你不是认得那个卖旧货的小家伙吗，住在大门旁边的？告诉你，倘使我做了寡妇，打个譬喻说，他会闭着眼睛娶我，他平常一双眼睛老盯着我，成天的对我说：噢！西卜太太，你这对胳膊多美！……我昨天晚上梦见你的胳膊变了面包，我变了牛油，躺在面包上！……来，先生，瞧瞧我的胳膊！……”

她卷起衣袖，露出一条世界上最美的胳膊；手越红越干，胳膊越显得又白又嫩；那是一条丰腴的，浑圆的，有小涡的手臂，从粗呢料子的衣袖中脱颖而出，好似锦囊中抽出一把宝剑，邦斯只觉得一阵眼花，不敢久视。

“吓！给这条手臂打开的心，跟我刀子劈开的牡蛎一样多！看见没有，这是西卜的。这亲爱的好人，只要我开声口，他为我从峭壁上跳下去都愿意；我真不该为了你冷淡了他，你先生只叫我声好西卜太太，我可不顾死活的，连办不到的事都想给你办……”

“你听我说啊，我总不成把你叫作我的妈妈，我的女人……”病人说。

“完啦完啦，我这一生这一世，再也不照应谁了……”

“你让我说好不好！”邦斯又道，“刚才我是在讲许模克。”

“许模克先生！对啦，他才是有良心的。他是喜欢我的，因为他穷！有了钱，心肠就硬了，你就是有了钱！好，你去找个看护老妈子吧，瞧她给你过的什么日子！要不把你折磨得像个金壳虫才怪！……医生吩咐要给你喝水，她偏给你吃东西！她要送你进坟墓，好抢你的家私！你不配西卜太太的招呼！……得啦，波冷先生来的时候，你叫他找个老妈子吧！”

“唉，要命！你听我的呀！”病人气得直叫，“我讲我的朋友许模克，又没扯到什么女人！……我很明白，真心爱我的只有你跟许模克！……”

“别这样生气好不好！”西卜女人嚷着，扑过去按着邦斯睡下。

“我怎么能不喜欢你呢？……”可怜的邦斯说。

“噢，你喜欢我，真的吗？……得啦，得啦，对不起，先生！”她一边说一边哭，抹着眼泪，“我知道，你喜欢我像喜欢一个老妈子是不是？……你扔给她六百法郎终身年金，好比拿块面包扔在狗窝里！……”

“噢！西卜太太，你拿我当作什么人？你不了解我！”

“啊！那么你不是这样对我的！”她说话之间看到邦斯瞧了她一眼，“你把好西卜太太当作母亲是不是？那对啦，我是你的母亲，你们两口儿都是我的孩子！哦！我要认得那些给你受气的人，我就得上重罪法庭了，甚至给抓进警察局也难说，因为我一定会挖掉他们的眼睛！……十恶不赦的东西，送到圣·约各门外去砍头还是便宜了他们呢！……你人这样好，心这样软，你生到世界上来就是为使一个女人快活的……是的，你一定会使她快活……我一看就知道，你生来是这样的人……我早先看到你对许模克先生那么好，心里就想：可怜邦斯先生白活了一辈子，天生他是个好丈夫……我知道，你是喜欢女人的！”

“唉！是的，”邦斯说，“我可从来不曾有过女人！……”

“真的吗！”西卜女人带着挑拨的神气走近邦斯，抓着他的手，“敢情你不知道什么叫作有个疯疯癫癫的情妇听你摆布吗？那怎么可能！我要是你，要不尝到人生一世最快活的事儿，绝不肯离开这个世界去进天堂……可怜的小贝贝！现在我要像从前的模样，不说假话，一定扔下西卜跟你！瞧你的鼻子长得多体面！怎么会这样体面的，嗯，我的小心肝？……你一定要说：看男人，不是每个女人都有眼睛的！……对，可叹她们都糊里糊涂的嫁错了人！我以为你情妇起码有一打，什么舞女呀，戏子呀，公爵夫人呀，因为你常常不在家！……看着你出门我老对西卜说：呦！邦斯先生又找野娘们玩儿去啦！一句不假，我是这样说的，我真以为有多少女人爱你呢！你是天生的教人爱的……告诉你，我的好先生，你第一次在家里吃晚饭的时候，我就看出来了。哎唷！你瞧着许模克先生的欢喜，你多感动呵！第二天他还哭着对我说：西卜太太，他在家里吃过晚饭了！我也跟着哭得昏天黑地。赶到你又上外边去闲逛，在别人家里吃饭，他就多难过呵：可怜的人！从来没见过像他那么样的伤心！你的确应当把家私送给他。不是吗，这个正直的好人，就是你的亲属！……你不能忘了他！要不上帝就不准你进天堂了，你得知道，没有义气的人，不送年金给朋友的人，都进不了天堂。”

三十八、初步的暗示

邦斯再三想回答，总是无法插嘴，西卜女人拉不断扯不断的话好比刮大风。蒸汽机还有方法教它停止，要拦住一个看门女人的舌头，恐怕发明家绞尽脑汁也想不出好办法。

“我知道你要说什么，”她抢着往下说，“好先生，一个人害了病，立张遗嘱并不会送命的；我要是你啊，我就要防个万一，我不愿意丢下那可怜的绵羊，真的，他是好天爷脚下的绵羊，一点儿事都不懂；我才不让他给吃公事饭的黑心人摆布，不让他落在那些坏蛋的家属手里呢！你说，二十天到现在，可有谁来看过你？……你还想把遗产送给他们！你可知道，有人说这里的东西值点儿钱吗？”

“我知道。”

“雷蒙诺克知道你是收藏家，他自己也在买进卖出，他说愿意给你三万法郎终身年金，只要你百年之后让他把画拿走……这倒是桩买卖！要是我，就答应下来了！可是他这么说，我以为他跟我开玩笑……你得把这些东西的价值告诉许模克先生，因为人家要哄他，就像哄孩子一般容易；你这些好东西能值多少，他一点儿念头都没有，连值钱两个字也没想到！他会三钱不值两文的给了人，倘使他不是为了爱你而一辈子留着，倘使他在你身后还能活着，因为你一死，他也会死的！可是放心，有我在这儿，我会保护他，抵抗所有的人！……我跟西卜两个。”

邦斯被她这一阵胡说八道感动了，觉得像所有平民阶级的人一样，她的感情的确很天真，便回答道：

“好西卜太太，要没有你跟许模克，我真不知道要落到什么田地呢！”

“哦！世界上只有我们两个是你的朋友！那是不错的！两颗好心就胜过所有的家属……哼，甭提什么家属啦！家属好比一个人的舌头，像那个有名的戏子说的，最好的是它，最坏的也是它……你的亲人，他们在哪儿？你有亲人吗？……我从来没见过……”

“就是他们把我气成这样的！……”邦斯不胜悲痛的嚷着。

“哦！你还有亲人……”西卜女人站起身子，仿佛她的沙发是一块突然烧红了的铁，“哎！好，他们真好，你的亲人！怎么！二十天了，对，到今儿早上已经二十天了，你病得死去活来，他们还没来问过一声！那可心肠太狠了！……我做了你，宁可把财产捐给育婴堂，绝不给他们一个子儿！”

“好西卜太太，我本想把所有的东西都给我的外甥孙女的，她的父亲是我的嫡堂外甥加缪索庭长，你知道，就是两个月以前，有天早上来看我的那个法官……”

“哦！那个矮胖子，打发当差们来代他的女人向你赔罪的！……他的老妈子还跟我打听你呢，那只老妖精，我恨不得把扫帚柄在她的丝绒短斗篷上扫它两下呢。哪有一个老妈子穿丝绒斗篷的！哦，真是世界翻身了！革命，革命，干么革命的？你们有办法，你们去吃两顿夜饭吧，有钱的混蛋！我说，法律是没用的，倘使路易·菲利普就让人家没大没小的不分上下，那还有什么王法？因为，我们真要是平等的话，不是吗，先生，一个老妈子就不该穿丝绒斗篷，因为我西卜太太，做了三十年老实人还穿不上……这算哪一门的玩意儿？你总得教人看出你的身份。老妈子就是老妈子，就像咱家我是个看门的！要不军人戴那些肩章干么？各人有各人的等级，怎么能胡来！这些七颠八倒的事，先生，要不要我告诉你最后一句话，那就是，法兰西是完了！……拿破仑在的时候，可不是这样的，你说是不是，先生？所以我对西卜说：你瞧，家里有了穿丝绒斗篷的老妈子，那家人准是没有心肝的……”

“对啦，就是没有心肝！”邦斯回答。

于是他把心里的委屈跟痛苦讲给西卜太太听，她把那些亲戚尽量的咒骂，对每一句伤心的叙述都不怕过火的表示同情。末了她哭了。

要想象老音乐家与西卜太太之间突如其来的亲密，先得了解老鳏夫的处境。他生平第一遭害着重病，躺在床上受罪，举目无亲，孤零零的消磨日子；而他的日子特别来得长，因为他得和肝脏炎那种说不出的痛苦挣扎，那是连最美满的生活也要给破坏完的，何况他没有了事做，惦记着不花一钱就能看到的巴黎景象，更是意气消沉，像害了相思病。

这种孤独，这种暗淡的日子，这种生活的空虚，打击精神比打击肉体更厉害的痛苦，一切都逼得单身汉去依赖那个招呼他的人，好比淹在水里的人抓着一块木板；尤其他是生性懦弱，软心肠而又软耳朵的。所以邦斯对西卜女人的胡扯听得津津有味。在他心目中，全世界的人只有许模克，西卜太太，和波冷医生，而他的卧室便是他整个的天地。普通的病人，精神只集中于目光所及的小范围，自私的心理只关切身边琐事，所依赖的只有一间屋子里的人和物；现在邦斯又是个老鳏夫，没有亲人，没尝过爱情的滋味，他的心境更可想而知了。病了二十天，他有时竟后悔没有娶玛特兰纳·维凡！所以二十天之内，西卜太太就在病人心中成为了不起的人物，仿佛没有她就没有命了。至于许模克，在可怜的病人旁边不过等于另外一个邦斯。西卜女人的巧妙，是在于无意之间代邦斯说出了心里的话。

"哦！医生来啦。"

她听见门铃响，就一边说着一边丢下了邦斯，明知那是犹太人和雷蒙诺克上门了。

"你们两位轻声点儿！"她说，"别让他听见什么！一牵涉到他的宝贝，他火气就大啦。"

"只要绕一转就够了。"犹太人回答。他手里拿着一个放大镜和一个手眼镜。

三十九、狼狈为奸

邦斯美术馆存放大部分作品的屋子，是从前建筑师替法国旧贵族设计的那种老式客厅，有二十五尺宽，三十尺长，十三尺高。四面挂着邦斯藏的六十七幅画，墙上装有白漆描金的护壁板，白漆已经发黄，描金已经变红，和谐的色调倒也不妨害画的效果。柱头上放着十四座雕像，有的在屋角，有的在画中间，柱子一律是蒲勒出品。靠壁半人高的地位摆着紫檀木酒柜，每个都刻花，富丽堂皇，放的是各式古玩。客厅中间，一排雕花的食器柜上全是最珍贵的手工艺品：象牙，铜器，木雕，珐琅，金银器物，与瓷器等等。

犹太人踏进宝殿，立刻认出四幅最精彩的画直奔过去，那些作家是他的收藏中没有的。他的心情，仿佛博物学者发现了采集不到的标本，不惜从西方跑到东方，踏进热带，跋涉沙漠，横渡大草原，穿越原始森林去寻访的。四幅画中第一幅是赛白斯蒂安·但尔·毕翁苦的，第二幅是弗拉·巴多洛美奥的，第三幅是霍培玛的风景，第四幅是亚尔倍·丢勒的《女像》，简直是四宝！在绘画史上，赛白斯蒂安是集三大画派的精萃于一身的人。

他原来是佛尼市画家，到罗马去在米开朗琪罗的指导之下学拉斐尔的风格。米开朗琪罗有心训练自己的大弟子，用拉斐尔的方法去攻倒拉斐尔。因此，赛白斯蒂安虽是懒散的天才，但在为数有限而相传稿本出于米开朗琪罗手笔的画上，的确把佛尼市派的色彩，佛罗伦萨派的布局，与拉斐尔的风格融于一炉。这种兼有三家之长的艺术，其完美的程度可以从巴黎美术馆藏的《庞第奈里肖像》①上看到，它可以毫无愧色的比之于铁相的《拿着手套的人》，拉斐尔的那幅兼有科累佐之妙的《老人像》，雷沃那·特·文琪的《查理八世像》。这四幅都有一样的光彩与色泽，异曲同工，价值相等。人类的艺术可以说是至此而极。它还胜过自然，因为自然界的美不过是昙花一现。邦斯藏的赛白斯蒂安，是画在石版上的《玛德派教徒的祈祷》，其鲜艳，工整，沉着，还有过于《庞第奈里肖像》。巴多洛美奥的《圣家庭》，可能有好多鉴赏家认作拉斐尔。霍培玛的风景在标卖时可以值到六万法郎。丢勒的《女像》，很像有名的纽伦堡的《霍邱肖像》。霍邱和丢勒是朋友，那张肖像曾经由荷兰，普鲁士，巴维哀几邦的君主出到二十万法郎想收买，而且想收买了几次都没成功。邦斯这幅，画的或许便是霍邱的妻子或女儿。这假定很有可能，因为画上女人所摆的姿势，显然跟另一张是对称的；而爵徽的画法，地位，在两幅上也相同。最后，旁边写的四十一岁，也和另一幅上的年龄相配。不消说得，纽伦堡霍邱家的后人对那幅藏画素来视为至宝，最近才完成了一张铜刻的图。

埃里·玛古斯轮流瞧着四幅画，眼泪都冒上来了。

---

①此画像被认为赛白斯蒂安·但尔·毕翁菩的杰作，但现代学者已断定为同时代的勃龙齐诺的作品。

“这几张画，你要是能让我花四万法郎买到，我每张送你两千法郎酬劳……”他咬着西卜女人的耳朵说。西卜女人听到这一笔天外飞来的横财，不由得愣住了。

犹太人的欣赏到了如醉若狂的境界；神志乱了，平时的贪心也动摇了，他没头没脑的沉浸在里面了。

“那么我呢？……”雷蒙诺克问，他对画还是外行。

“这里的东西都没有什么高低，”犹太人很狡猾的附着奥凡涅人的耳朵说，“随便挑十张画，跟我一样的条件，你就发财啦！”

三个人你望着我，我望着你；贪欲获得了满足，每个人都咂摸着人生最大的快乐。不料病人一声叫喊，像钟声似的在空气中余音不绝……

“谁呀？……”邦斯嚷着。

“先生，你睡下去呀！”西卜女人奔过去硬要邦斯睡下。“嗯！你不想活吗？……来的不是波冷先生，是那个好人雷蒙诺克，他不放心你，特意来打听你的消息！……瞧大家对你多好，全屋子的人都在为你着急。你怕什么呢？”

“我听你们有好几个人呢。”病人说。

“好几个！喔！你在做梦吗？这样下去，你会发疯的，告诉你！……好，你瞧吧。”

西卜女人奔过去打开房门，递个眼色叫玛古斯退后去，叫雷蒙诺克上前来。

“嗳，亲爱的先生，”奥凡涅人顺着西卜女人的口气说，“我来问候你，这屋里的人为了你都觉得害怕……你知道，谁都不喜欢屋子里有死神进门的！……还有莫尼斯特洛老头，你不是跟他很熟吗？他要我对你说，倘使要用钱，他可以帮忙……”

“哼，他派你来瞧瞧我的古董！……”老收藏家起了疑心，说话很不客气。

害肝病的人几乎都有一种特殊的，说来就来的反感；他们的肝火会钉住某一件东西或某一个人。邦斯一心一意只想守护他的宝物，以为有人在觊觎它们；他平日常叫许模克去瞧瞧可有人溜进禁地。

“你的收藏相当精，可能引起收货的人注意，”雷蒙诺克很调皮地回答，“我对高等古玩是外行，但大家认为先生是大鉴赏家，所以我虽然不大懂，也愿意闭着眼睛向先生买点东西。……倘使你要用钱的话，因为这些要命的病是最花钱的……上回我姊妹闹肚子，十天工夫就花了三十铜子，其实不吃药也会好的……医生都是些坏蛋，专门趁火打劫……”

“再见，先生，谢谢你。”邦斯一边回答，一边很不放心的把眼睛盯着旧货鬼。

“我送他出去吧，”西卜女人轻轻的告诉病人，“免得他拿了什么东西。”

“对，对。”病人不胜感激的向西卜女人递了个眼色。

西卜女人带上房门，这个举动可又引起了邦斯的疑心。她走出去看见玛古斯一动不动的站在四幅画前面。只有能体会理想的美，对登峰造极的艺术有股说不出的感情，会几小时的站在那里鉴赏达·芬奇的《蒙娜丽莎》，科累佐的《安底奥泼》，安特莱·但尔·萨多的《圣家庭》与《铁相的情妇》，陶米尼耿的《花丛中的儿童》，拉斐尔的单色画和《老人像》的人，才能了解玛古斯那种出神的境界。

“你轻轻的走吧！”西卜女人吩咐他。

犹太人慢慢的，一步一步的倒退出去，眼睛老瞅着画，好比一个情人望着情妇向她告别。

四十、狡猾的攻击

西卜女人看到犹太人的出神，心里就有了主意；一到楼梯口，她拍了拍玛古斯全是骨头的胳膊。

“你每张画得给我四千法郎！不就拉倒……”

“我没有那么多钱呀！我想要那些画是为了爱好，为了爱艺术，我的漂亮太太！”

“好小子，你这样啬刻，还知道爱！今儿要不当着雷蒙诺克把一万六答应下来，明儿就要你两万了。”

“一万六就一万六。”犹太人被看门女人的贪心吓坏了。

“犹太人不是基督徒，他们能够凭什么赌咒？……”她问雷蒙诺克。

“放心，你相信他得了，他跟我一样靠得住。”收旧货的回答。

“那么你呢？我要让你买到了东西，你怎么酬劳我？……”

“赚的钱大家对分。”雷蒙诺克马上说。

“我宁可拿现钱，我不是做买卖的。”

“你真内行！”玛古斯笑道，“做起买卖来倒真够瞧的。”

“我劝她跟我合伙，把身体跟财产统统并过来，”奥凡涅人抓着西卜女人的胖手臂，用锤子一样的力气拍了几下，“除了她的漂亮，我又不要她别的资本。——你老跟着西卜傻不傻？像你这样的美人儿，可是一个门房能教你发财的？喔！一朝坐在大街上的铺子里，四面摆满了古董，跟那些收藏家聊聊天，花言巧语的哄哄他们，你该是何等人物！等你在这儿捞饱了，赶快丢开门房，瞧咱们俩过的什么日子吧！”

“捞饱了！”西卜女人嚷道，“这儿我连一根针都不肯拿的，听见没有，雷蒙诺克！街坊上谁不知道我是一个规规矩矩的女人，嘿！”

西卜女人眼里冒出火来。

“噢，你放心！”玛古斯说，“这奥凡涅人太爱你了，绝不是说你坏话。”

“你瞧她会给你招来多少买主！”奥凡涅人又补了一句。

“你们也得说句公道话，”西卜太太的态度缓和了些，“让我把这里的情形讲给你们听听……十年工夫我不顾死活的服侍这两个老鳏夫，除了空话，没有到手过一点东西……雷蒙诺克知道得清清楚楚，我给两个老头儿包饭，每天要贴掉二三十个铜子，把我所有的积蓄都花光了，真的，我可以凭我妈妈的在天之灵起誓！……我从小只知道有娘，不知道有爷的；可是像咱们头上的太阳一样千真万确，我要有半句谎话，我的咖啡就变成毒药！……现在一个不是快死了吗？并且还是有钱的一个……我把两个都当作亲生的孩子呢！……唉，你们可想得到，二十天工夫我老告诉他，他快死了，（因为波冷先生早说他完了！……）那吝啬鬼可没有半句口风把我写上遗嘱，就像是不认识我的一样！现在我真相信，咱们的名分一定要自己去拿；靠承继人吗？趁早别想！嘿！说句不好听的话：世界上的人都是混蛋！”

“不错，”玛古斯假惺惺的说，“倒还是我们这批人老实……”他眼望着雷蒙诺克补上一句。

“别跟我打岔，我又不拉上你……就像那戏子说的，一个人钉得紧，一定会成功！……我可以起誓，两位先生已经欠了我近三千法郎，我的一点儿积蓄都给买了药，付了他们家用什么的，要是他们不认这笔账的话，那……唉，我真傻，我这老实人还不敢跟他们提呢。亲爱的先生，你是做买卖的，你说我要不要去找个律师？……”

“律师！”雷蒙诺克嚷道，“你比所有的律师都强呢！……”

这时有件笨重的东西倒在饭厅里地砖上，声音一直传到空荡荡的楼梯间。

“哎啊！我的天！”西卜女人叫着，“什么事呀？好像是我的先生摔筋斗啦！……”

她把两个同党一推，他们马上身手矫捷的奔了下去。然后她回进屋子，赶到饭厅，看见邦斯只穿一件衬衣，躺在地下晕过去了。她像捡一片羽毛似的抄起老人身子，把他一直抱到床上。她拿烧焦的鸡毛给他嗅，用科隆水擦他的脑门，慢慢的把他救转了。赶到邦斯睁开眼睛活了过来，她就把拳头往腰里一插，说道：

“光着脚！只穿一件衬衫！这不是寻死吗？再说，你干么疑心我？……要是这样，那么再会吧，先生。我服侍了你十年，把自己的钱贴作你们的家用，把积蓄都搅光了，只为的不要让可怜的许模克先生操心，他在楼梯上哭得像个小娃娃……想不到如今我落得这种报酬！你偷偷的刺探我……所以上帝要罚你……好，跌得好！我还拼了命把你抱起来，顾不得下半世会不会犯个毛病……喔！天哪！我连大门都没关呢……”

“你跟谁讲话啊？”

“亏你问得出这种话！我是你的奴隶吗，嗯？你管得着我？告诉你，你要这样的跟我呕气，我什么都不管了！你去找个看护老妈子吧！”

邦斯听了这句话的惊吓，无意中使西卜太太看出了她那个杀手锏的力量。

“那是我的病！”他可怜巴巴的说。

“那还好！”西卜太太很不客气的回答。

说完她走了，让邦斯怪不好意思的，暗暗的埋怨自己，觉得他多嘴的看护一片忠心，真是了不起；至于跌在饭厅里地砖上使他的病加重的那些痛苦，他倒反忘了。

四十一、关系更密切了

西卜女人看见许模克正在上楼。

“你来，先生……我有坏消息告诉你！邦斯先生疯了！……你想得到吗，他光着身子从床上起来，跟着我……真的，他笔直的躺在那儿……你问他为什么，他就说不上来……他不行哪。我又没有做什么事引起他这种神经病，除非是提到了他从前的爱情，惹起了他的心火……男人的脾气真是看不透的！哼，都是些老色鬼……我不该在他面前露出胳膊，使他眼睛亮得像一对红宝石……”

许模克听着西卜太太，好像她讲的是希伯来文。

“我过分用了力，受了内伤，怕一辈子不会好了！……”西卜女人说着，装出一阵阵剧烈的痛苦。原来她不过有些筋骨酸痛，随便想到的；可是她灵机一动，觉得大可借题发挥，利用一下。“我真傻！看他躺在地下，我就一把抄起，直抱到床上，当时只像抱个孩子。可是现在我觉得脱力了！哎唷！好疼啊！……我要下楼了，你招呼病人吧。我要叫西卜去请波冷先生来给我瞧瞧！要是残废，我宁可死的……”

她抓着楼梯的栏杆，一步步的爬，嘴里不住的哼哼叫痛，吓得每层楼上的房客都跑到了楼梯台上。许模克流着眼泪扶着她，一路把看门女人奋不顾身的事迹讲给大家听。不久，上上下下，四邻八舍，都知道西卜太太如何英勇，如何为了抱一个榛子钳而得了内伤，据说还有性命之忧呢。许模克回到邦斯身边，把管家婆受伤的情形告诉了他，两人都瞪着眼睛问："没有她，咱们怎么办呢？……"许模克看见邦斯跌了一跤以后的神色，不敢再埋怨他。可是等到他弄明白了原委，就大声说道：

"该死的古董！我宁可把它们烧掉，总不能丢了我的朋友！西卜太太把积蓄都借给了我们，还疑心她？那太没有道理了；可是也难怪，这是你的病……"

"唉！这个病啊！我也觉得我自己变了。我可真不愿意教你难过，亲爱的许模克。"

"好吧，你要埋怨就埋怨我！别跟西卜太太找麻烦……"

西卜太太终生残废的危险性，不消几天就由波冷医生给消灭了。这场病能治好，被认为奇迹，波冷在玛莱区的声望顿时大为提高。他在邦斯家里说那是靠她的身体结实。从第七天起，她又在两位先生家当差了，他们俩为此都十分高兴。经过了这件事，看门女人对两个榛子钳生活上的影响与权力，平空加了一倍。那一星期内他们又欠了债，由她代还了。西卜女人借此机会，毫不费力的从许模克手里弄到一张两千法郎的借票，据说那是她替两位朋友垫的钱。

"哦！波冷医生的本领真了不得！"西卜女人对邦斯说，"放心，先生，他一定能把你治好，我的命就是他给救过来的！可怜的西卜已经拿我当死人了！……波冷先生想必告诉过你，我躺在床上一心一意只记挂你，我说：上帝啊，把我带去吧，让亲爱的邦斯先生活着吧……”

“可怜的好西卜太太，你差点儿为了我残废！……”

“唉！没有波冷先生，我早已躺在棺材里了。像从前那戏子说的，我只好听天由命！什么事总要看得开。我不在这儿的时候，你怎么办的？”

“全靠许模克服侍我；可是我们的钱跟我们的学生都受了影响……我不知道他怎么对付的。”

“急什么，邦斯！”许模克回答，“有西卜老头做我们的银行老板呢……”

“这话甭提啦，亲爱的绵羊！”西卜女人叫道，“你们俩是我们的孩子。我们的积蓄存在你们那儿不是顶好吗？比法兰西银行还靠得住。只要我们有一块面包，你们就有半块……所以你那些话提也不值得提……”

“好西卜太太！”许模克这么说着，出去了。

邦斯一声不出。西卜女人看他心里烦恼，就说：

“你相信吗，小宝贝，我在床上死去活来的时候——因为我真的差点儿回老家！——我最不放心的就是丢下你们，让你们孤零零的，还有丢下两手空空的可怜的西卜！我们的积蓄一共也没多少，我不过随便跟你提一句，因为想到了我的死，想到了西卜。他真是个天使，把我服侍得像王后，为了我一把鼻涕一把眼泪的哭得昏天黑地。我是相信你们的，我对他说：得了吧，西卜，我的两位东家不会让你没有饭吃的……”

对于这个针对遗嘱的攻势，邦斯一声不出，看门女人静静的等他开口。

“我会把你交托给许模克的。”病人终于说了这一句。

“啊，你怎么办都好！反正我相信你，相信你的良心……这些话都甭提啦，你要教我不好意思了，好贝贝；你快点儿好吧，你比我们都活得长呢……”

西卜太太心里很嘀咕，决意要她东家说明预备给她什么遗产。第一步，她等晚上许模克在病人床前吃晚饭的时候，出门去看波冷医生了。

四十二、巴黎所有初出道的人的历史

波冷医生住在奥莱昂街。他占着底层的一个小公寓，包括一个穿堂，一个客厅，两间卧房。一边通穿堂一边通医生卧室的一间小屋子，改成了看诊室。另外附带一个厨房，一间仆人的卧室，一个小小的地窖。小公寓属于正屋侧面的陪房部分。整幢屋子很大，是帝政时代拆掉了一座老宅子盖起来的，花园还保留着，分配给底层的三个公寓。

医生住的公寓四十年没有刷新过。油漆，花纸，装修，全是帝政时代的。镜子，框子的边缘，花纸上的图案，天花板，垩漆，都积着一层四十年的油腻灰土。虽是在玛莱区的冷角里，这小公寓每年还得一千法郎租金。医生的母亲波冷太太，六十七岁，占着另外一间卧房。她替裤子裁缝做些零活，什么长统鞋套，皮短裤，背带，腰带，和一切有关裤子的零件；这行手艺现在已经衰落了。又要照顾家务，又要监督儿子的那个独一无二的仆人，她从来不出门，只在小花园中换换空气；那是要打客厅里一扇玻璃门中走出去的。她二十年前做了寡妇，把专做裤子的裁缝铺盘给了手下的大伙计；他老是交些零活给她做，使她能挣到三十铜子一天。她为独养儿子的教育牺牲一切，无论如何要他爬上高出父亲的地位。眼看他当了医生，相信他一定会发达，她继续为他牺牲，很高兴的照顾他，省吃俭用，只希望他日子过得舒服，爱他也爱得非常识趣，那可不是每个母亲都能办到的。波冷太太没有忘了自己是女工出身，不愿意教儿子受人嘲笑或轻视，因为这好太太讲话多用S音，正像西卜太太的多用N音。偶然有什么阔气的病人来就诊，或是中学的同学，或是医院的同事来看儿子，她就自动的躲到房里去。所以波冷医生从来不用为他敬爱的母亲脸红；她所缺少的教育，由她体贴入微的温情给补救了。铺子大约盘到两万法郎，寡妇在一八二〇年上买了公债；她的全部财产便是每年一千一百法郎的利息。因此有好多年，邻居们看到医生母子的衣服都晾在小花园里的绳子上；为要省钱，所有的衣服都由老太太和仆人在家里洗。这一点日常琐事对医生很不利；人家看他这么穷，就不大相信他的医道。一千一的利息付了房租。开头的几年，清苦的家庭都是由矮胖的老太太做活来维持的。披荆斩棘的干了十二年，医生才每年挣到三千，让老太太大约有五千法郎支配。熟悉巴黎的人都知道这是最低限度的生活。

病人候诊的客厅，家具十分简陋：一张挺普通的桃木长沙发，面子是黄花的粗丝绒的，四张安乐椅，六张单靠，一张圆桌，一张茶桌，都是裤子裁缝的遗物，当年还是他亲自选购的。照例盖着玻璃罩的座钟是七弦琴的形式；旁边放着两个埃及式的烛台。黄地红玫瑰花的布窗帘，居然维持了那么些年。姚伊工厂这种恶俗的棉织物，想不到一八〇九年奥倍刚夫初出品时还得到拿破仑的夸奖。看诊间的家具，格式也相仿，大半拿父亲卧房里的东西充数。一切显得呆板，寒伧，冰冷。如今广告的力量高于一切，协和广场的路灯杆都给镀着金漆，让穷人自以为是有钱的公民而觉得安慰；在这种时代，哪个病家会相信一个没有名没有家具的医生是有本领的？

穿堂兼做饭厅；老妈子没有厨房工作或不陪老太太的时候，就在这儿做活。你一进门，看到这间靠天井的屋子，窗上挂着半红半黄的纱窗帘，你就能猜到这个凄凉的，大半日没有人的公寓，情形是怎么悲惨。壁橱里准是些发霉的面团，缺角的盘子，旧瓶塞，整星期不换的饭巾，总之是巴黎的小户人家舍不得的丑东西，早该扔进垃圾篓的。所以，在这个大家把五法郎一块的钱老放在心上老挂在嘴边的时代，三十五岁的医生只能做个单身汉。他的母亲在社会上是拉不到一点关系的。十年之间，在他行医的那些家庭中，可以促成罗曼史的机会，他连一次也没碰上。他的病人，生活情形都和他的不相上下；他看到的不是小职员便是做小工业的。最有钱的主顾是肉店老板，面包店老板，和一区里比较大一些的零售商；这等人病好了，大多认为是天意，所以对这个拼着两腿走得来的医生，只要送两法郎的诊费就够了。医生的车马往往比他的学识更重要。

平凡而刻板的生活，久而久之对一个最冒险的人也免不了有影响。人总是适应自己的境遇的，早晚会忍受生活的平庸。因此，波冷医生干了十年还继续在做他的苦工，而开场特别觉得苦闷的那种失意也早已没有了。虽然如此，他还存着一个梦想，因为巴黎人全有个梦想。雷蒙诺克，西卜女人，都做着自己的梦很得意。波冷医生的希望是碰到一个有钱有势的病人，由他一手治好，然后靠这个病人的力量谋到一个差事，不是什么医院的主任，便是监狱医生，或是几个大戏院的，或是部里的医生。他能当上区公所的医官就是走的这个路子。西卜太太介绍他去看她的房东比勒洛，被他治好了。比勒洛是包比诺伯爵夫人的舅公，病愈之后去向医生道谢，看他清苦，便有心照应他，要求那个很敬重他的外甥孙婿，那时正在部长任上，给他弄到这个区公所的位置。这是五年以前的事，有了这笔微薄的薪水，波冷才放弃了铤而走险的出国计划。一个法国人，非到山穷水尽的田地是绝不肯离开本国的。波冷医生特意登门向包比诺伯爵道谢；可是这位要人的医生是大名鼎鼎的皮安训，当然波冷没有取而代之的希望。十六年来，包比诺是当轴最亲信的十几位红人之一，可怜的医生以为得到了这位部长的提拔，不料结果仍旧隐没在玛莱区，在穷人与小布尔乔亚中间混，只多了个每年一千二百法郎的差事，逢着区里有死亡报告的时候去检验一下。

波冷当年实习的成绩很好，开业之后非常谨慎，经验也不少了。并且在他手里死掉的病人，家属绝不会起哄；他尽有机会实地研究各种各样的病。这样的人会有多少牢骚当然是可想而知的了。天生的瘦长脸本来已经很忧郁，有时候表情简直可怕：好比黄羊皮纸上画着一双眼睛，像答丢夫一样火辣辣的，神气跟阿赛斯德的一样阴沉①。医道不下于有名的皮安训，自以为给一双铁手压得无声无臭的人，该有怎样的举动，姿势，目光，你们自己去想象吧。他最幸运的日子可以有十法郎收入，而皮安训每天的进款是五六百：波冷不由自主的要做这个比较。这不是把德谟克拉西所促成的妒恨心理暴露尽了吗？再说，这被压迫的野心家并没什么可以责备自己的地方。他为了想发财，曾经发明一种近乎莫利

①阿赛斯德为莫里哀名剧《厌世者》中的人物，以刚正不阿，性情暴烈著称。

松丸的通便丸，交给一个转业为药剂师的老同学去发行。不料药剂师爱上滑稽剧院的一个舞女，破产了；而药丸的执照用的是药剂师的名义，那个了不得的发明便给后任的药房老板发了财。老同学动身上墨西哥淘金，又带走波冷一千法郎积蓄。他跑去问舞女讨债，反被人家当作放印子钱的。自从比勒洛老人病好之后，波冷没有碰到一个有钱的病家。他只能像只吃不饱的猫，在玛莱区拼着两条腿奔东奔西，看上一二十个病人，拿两个铜子到两法郎的诊费[1]。要遇到一个肯出钱的病家，对他简直比登天还难。

没有案子的青年律师，没有病家的青年医生，是巴黎特有的两种最苦闷的人：心里有苦说不出，身上穿的黑衣服黑裤子，线缝都发了白，令人想起盖在顶楼上的锌片，缎子背心有了油光，帽子给保护得小心翼翼，手套是旧的，衬衫是粗布的，那是首悲惨的诗歌，阴森可怕，不下于监狱里的牢房。诗人，艺术家，演员，音乐家等等的穷，还穷得轻松，因为艺术家天生爱寻快乐，也有得过且过，满不在乎的脾气，就是使天才们慢慢的变成孤独的那种脾气。可是那两等穿黑衣服而坐不起车的人，因职业关系只看到人生的烂疮和丑恶的面目。他们初出道的艰苦时期，脸上老带着凶狠与愤愤不平的表情，郁结在胸中的怨恨与野心，仿佛一场大火潜伏在那里，眼睛就是一对火苗。两个老同学隔了二十年再见的时候，有钱的会躲开那个潦倒的，会不认得他，会看着命运在两人之间划成的鸿沟而大吃一惊。一个是时来运转，登上了云路；一个是在巴黎的泥淖中打滚，遍体鳞伤。见了波冷医生那件外套与背心而躲开的老朋友，不知有多少！

---

①一法郎等于二十铜子，或一百生丁。

现在我们就很容易明白，为什么在西卜女人假装重伤的那出戏里，波冷医生配搭得那么好。各种贪心，各种野心，都是体会得到的。他一方面看到门房女人的五脏六腑没有一点损伤，脉搏那么正常，动作那么灵活，一方面又听她高声叫痛，他就懂得她的装死作活是有作用的。把这假装的重症很快的治好，不是可以在本区里轰动一下吗？他便夸大其词的说西卜女人受的伤变了肠脱出，必须急救才有希望。他拿许多所谓秘方灵药给她，又替她做了一个不可思议的手术，结果非常圆满。他在台北兰医生的验方大全中找出一个古怪的病例，应用到西卜太太身上，还很谦虚的把这次的成绩归功于伟大的外科医生，说他自己不过是仿照名医的治疗罢了。巴黎一般初出道的人就是这样穷极无聊。只要能爬上台，什么都可以用作晋身之阶；不幸世界上没有一样东西用不坏的，便是梯子也不能例外，所以每行里的新进人物简直不知道哪种木料的踏级才靠得住了。你自以为成功的事，有时巴黎人竟给你一个不理不睬。他们因为捧场捧腻了，便像宠惯的孩子一般噘着嘴，不愿意再供奉什么偶像；或者说句真话，有时他们根本找不到有才气的人值得一捧。蕴藏天才的矿山，出品也有停顿的时候，那时巴黎人就表示冷淡了，他们不是永远乐意把庸才装了金来膜拜的。

四十三、只要耐心等待，自会水到渠成

西卜太太照例横冲直撞的闯进去，正碰到医生跟他的老母亲在饭桌上。他们吃着所有的生菜中最便宜的莴苣生菜。饭后点心只有一小尖角的勃里乳饼，旁边摆着一盆四叫化水果[①]，只看见葡萄梗，还有一盆起码货的苹果。

“母亲，你不用走，”医生按着波冷太太的手臂，“这位便是我跟你提过的西卜太太。”

“太太万福，先生万福，”西卜女人说着，往医生端给她的椅子上坐了下来，“喔！这位就是老太太？有这样一位能干的少爷，老人家真是好福气！因为，太太，他是我的救命恩人，是他把我从死路上拉回来的。”

波冷寡妇听见西卜太太这样恭维她的儿子，觉得她挺可爱。

“亲爱的波冷先生，我这番来是报告你，反正咱们说说不要紧，可怜的邦斯先生情形很不好；并且为了他，我有话跟你谈……”

①把葡萄、杏仁、无花果、榛子放在一处，叫作四叫化果子。

“我们到客厅去坐吧。”波冷指着仆人对西卜太太做了个手势。

一进客厅，西卜女人就长篇大论的讲她跟两个榛子钳的关系，又把借钱的故事添枝接叶的背了一遍，说她十年来对邦斯与许模克帮了不知多大的忙。听她的口气，要没有她那种慈母一般的照顾，两个老人早已活不成了。她自居为天使一流；扯了那么多的谎，浇上大把大把的眼泪，把波冷老太太也听得感动了。末了她说：

“你明白，亲爱的先生，第一我要知道邦斯先生打算把我怎么安排，要是他死下来的话；当然，我绝不希望有这一天，因为，太太，你知道，我的生活就是照顾这两个好人；可是，我要丢了一个，还可以照应另外一个。我是天生的热心人，只想做人家的母亲。要没有人让我关切，当作自己的孩子一样，我简直过不了日子……所以，倘使波冷先生肯替我在邦斯先生面前说句话，我真是感激不尽，一定会想法报答的。天哪！一千法郎的终身年金，可能算是多要吗，我问你？……这对许模克先生也有好处……咱们的病人对我说，他会把我嘱托给德国人，那是他心中的承继人……可是这先生连一句像样的法国话也说不上来，我能指望他什么？再说，朋友一死，心里一气，他可能回德国去的……”

“亲爱的西卜太太，”医生的态度变得很严肃，“这一类的事跟医生不相干。倘使有人知道我替病家的遗嘱出主意，我的开业执照就要被吊销。医生接受病人的遗产，是法律禁止的……”

“有这种混账法律吗？我要跟你分遗产，谁管得了？”西卜女人马上回答。

“不但如此，我还要进一步告诉你，我不能违背我做医生的良心，对邦斯先生提到他的死。先是他的病还没有危险到这个地步；其次，这种话在我嘴里说出来，他要大受刺激，加重病势，那时他真的有性命之忧了……”

“可是我老实不客气劝过他料理后事，他的病也不见得更坏……他已经听惯了！……你不用怕。”

“这些话一句都甭提了，好西卜太太！……那是公证人的事，跟医生毫无关系……”

“可是，亲爱的波冷先生，倘若邦斯先生自己问起你他的情形，要不要防个万一，那时你可愿意告诉他，把后事料理清楚也是恢复健康的好办法吗？……然后你再找机会替我说句话……”

“哦！要是他跟我提到立遗嘱的话，我绝不阻挡他。”

“好啦，这不就得了吗！”西卜太太嚷着，“我特意来谢谢你为我费的心，”她把一个封着三块金洋的小纸包塞在医生手里，“眼前我只有这点儿小意思。啊！……我要有了钱，一定忘不了你，亲爱的波冷先生，你这还不像好天爷到了世界上来吗！——太太，你家少爷真是个天使！”

西卜太太站起身来，波冷太太挺客气的跟她行了礼，然后医生把她送到门外。到了这里，这位下层阶级的麦克白夫人[1]，忽然胸中一亮，好像给魔鬼点醒了似的，觉得医生对她假装的病既然收了诊费，一定能做她的同党。

“亲爱的波冷先生，”她说，“我受伤的事，你已经帮了忙，怎么不愿意说几句话，救救我的穷呢？……”

---

①麦克白夫人为莎士比亚名剧《麦克白》中的主角，为野心女子的典型。

医生觉得自己落在了魔鬼手里，他的头发被它无情的利爪一把抓住了。为这么一点小事而坏了名声，他不由得怕起来，马上想到一个同样阴险的念头。

“西卜太太，”他把她拉回到看诊室里，“我欠你的情分，让我还了你吧，我在区公所的差事是靠你得来的……”

“咱们平分就是了。”她抢着说。

“分什么？”

“遗产呀！”

“你不了解我，”医生拿出道学家的神气，“这种话不能再提。我有个中学里的同学，非常聪明，我们特别知己，因为彼此的遭遇都差不多。我念医学的时候，他在念法律；我在医院里实习，他在诉讼代理人古丢尔那儿办公事。我是裤子裁缝的儿子，他是鞋匠的儿子；他没有得到人家的好感，也没有张罗到资本；因为归根结底，资本还是要靠好感来的。他只能在芒德城里盘下一个事务所……可是内地人太不了解巴黎人的聪明，跟我的朋友找了许许多多的麻烦……”

“那些坏蛋！”西卜女人插了一句。

“是的，因为他们勾结起来，一致和他过不去，竟找出一些好像是我朋友不对的事，逼他把事务所盘掉；检察官也出面干涉了，那官儿是地方上的人，当然偏袒同乡。我这可怜的朋友叫作弗莱齐埃，比我还穷，比我还穿得破烂，家里的排场跟我的一样，躲在我们这一区里只能在违警法庭和初级法庭辩护，因为他也是个律师。他住在珍珠街，就靠近这里。你到九号门牌，走上四楼，就可看到楼梯台上有块小红皮招牌，印着：弗莱齐埃事务所。他专门替本区的门房，工人，穷人，办理诉讼，收费很便宜，人也很老实。因为凭他的本领，只要坏一坏良心，他早已高车大马的抖起来了。今天晚上我去看他。你赶明儿一清早去。他认得商务警察路夏先生，初级法庭的执达吏泰勃罗先生，初级法庭庭长维丹先生，公证人德洛浓先生；在街坊上那些吃公事饭的里面，他已经是一个重要角儿了。倘使他做了你的代理人，倘使你能劝邦斯先生请他做顾问，那就像你一个人变了两个人。可是你不能像跟我一样，向他提出那些有伤尊严的话。他非常聪明，你们一定谈得投机的。至于怎么酬谢他，我可以做中间人……”

西卜太太很俏皮的望着医生，说：

“上回修院老街开针线铺的弗洛丽蒙太太，为了姘夫的遗产差点儿倒霉，后来一个吃法律饭的给她把事情挽回了，你的朋友是不是那个人？……”

“就是他。”

“哎，你说她可有良心？”西卜女人叫起来，“人家替她争到两千法郎年金，向她求婚，她倒不答应；听说结果只送了一打荷兰布衬衫，两打手帕，整套内衣，就算谢了他！”

“西卜太太，那些内衣值到一千法郎；那时弗莱齐埃在街坊上刚出头，也用得着衣衫。并且，一切代账她都照付，没有一句话……这件案子替弗莱齐埃招来了别的案子，现在他业务已经很忙，在我们眼里，大小主顾都是一样的……”

“唉，世界上吃苦的就是那些好人！”看门女人回答，“好吧，波冷先生，再见了，谢谢你。”

老鳏夫送命的惨剧，或者说可怕的喜剧，从此开场了。因缘凑合，他落在一般贪财的人手中，只能听他们摆布。还有最强烈的情欲在那里推波助澜：一个是嗜画如命的犹太人；一个是贪狠无比的弗莱齐埃，你要看到他躲在老巢里的模样准会发抖呢；一个是无恶不作，只要能揽上一笔资本连犯罪也不怕的奥凡涅人。以上所述可以说是这出喜剧的开场白；至于重要的角儿，至此为止都已经登场了。

四十四、一个吃法律饭的

社会上的风俗往往很古怪，某些字的降级就是一个例子；要解释这个问题简直得写上几本书。你跟一个诉讼代理人通信而称呼他法律家，对他的侮辱就像写信给一个经营殖民地货色的大商人而称他为杂货商。上流社会的人照理应当懂得这些世故，因为他们的全身本领便是懂世故，可是他们之中还有很多不知道文学家这称呼对一个作者是最刻薄的羞辱。要说明语言的生命与死亡，最好以先生二字为例。Monsieur与Monseigneur是完全同样的意思，从前都是对诸侯贵族的称呼；可是Monsieur的sieur慢慢地变作了sire，sire现在只限于称呼王上，保留着“大人”的意义；至于Monsieur却是人人可用，仅仅是“先生”了。还有，Messire一字不多不少就是Monsieur的同义字，可是偶然有人在讣文上用了这个字，共和党的报纸就要大声疾呼，仿佛人家有意推翻平等似的。

各级法院的法官，书记，执达吏，民间的法学专家，律师，诉讼代理人，法律顾问，辩护人，代办讼务的经纪人，都是包括在秉公执法或徇私枉法的这个阶级里的。其中最低的两级是经纪人和法律家。经纪人俗称为公差，因为他们除了包办讼务以外，还临时替执达吏做见证，帮助执行，可以说是民事方面的业余刽子手。法律家却是这一行特有的轻蔑的称呼：司法界中的法律家，等于文艺界中的文学家[1]。法国每个行业，由于同行嫉妒的关系，必有一些轻蔑的行话，刻薄的名称。但法律家，文学家，用作多数的时候就没有羞辱意味，说出来绝不会得罪人。从另一方面说，巴黎所有的职业，都有批末等角儿把他们的一行拉到跟街上的无业游民和平民一般高低。无论哪一区，总有几个法律家，经纪人，正如中央菜场必有些论星期放印子钱的；这些债主之于大银行，就好比弗莱齐埃之于诉讼代理人公会的会员。奇怪的是，平民阶级怕法律界的人，好像怕进时髦饭店一样；他们喝酒是上小酒店的，所以打官司也是找一般经纪人的。不管是什么阶级的人都只敢和同等地位的人打交道，这是不易之理。至于喜欢爬到上层去，站在高级的人面前不会自惭形秽，像博马舍敢把那个想折辱他的王爷的表摔在地下的[2]，只有少数优秀分子或是暴发

---

①法文中的法律家与文学家，习俗认为有轻视意味，犹如我们说“吃法律饭的”“弄笔头的”。

②博马舍是法国十八世纪有名的喜剧家，原系钟表匠出身。某次在大庭广众之间，某巨公意欲加以羞辱，便拿一名贵的表给他，说：“先生，你对钟表是内行，请你告诉我这只表行不行。”——博马舍把众人扫了一眼，回答说：“先生，我好久不干这一行了，手也笨拙得很了。”——“喔，先生，别拒绝我的请求啊。”——“好吧，可是我告诉你我是很笨拙的。”于是他接过表来，打开盖子，举得老高，装作仔细研究的模样，然后一松手让它从半空中直掉到地下。他深深的行了个礼，说道：“先生，我不是告诉你吗，我的手笨拙透了。”说完他就走了，让某巨公在哄堂大笑中急急忙忙在地下抢救残余。

户，尤其那般善于脱胎换骨的人往往有精彩表现。

第二天清早六点，西卜太太在珍珠街上打量她未来的法律顾问弗莱齐埃大爷住的屋子。那种地方从前是中下阶级住的。一进门便是一条过道，底层有个门房，有个紫檀木匠的铺子，里边的小院子给工场和堆的货占去一大半；此外是过衖和楼梯道：墙壁受着硝石和潮气的剥蚀，仿佛整个屋子害着大麻风。

西卜太太直奔门房，发现西卜的同行是个鞋匠，家里有一个女人，两个年龄很小的孩子，住的屋子只有六尺见方，窗子是靠天井的。西卜太太一经说明身份，通名报姓，提到了她诺曼底街的屋子以后，两位女人立刻谈得非常亲热。弗莱齐埃的看门女人正在替鞋匠和孩子们准备早点。两人闲扯了一刻钟，西卜女人便把话题拉到房客身上，提起那位吃法律饭的来了。

“我有点事找他商量，是他的朋友波冷医生给我介绍的。你认得波冷医生吗？”

“怎么不认识？”珍珠街上的看门女人回答，“我的小妞子害的喉头炎，便是他给治好的。”

“他也救过我的命，太太……这位弗莱齐埃先生是怎么样的人呢？”

“这个人哪，好太太，就是到月底人家不容易问他讨到信钱的①。”

聪明的西卜女人一听这句就明白了，她说：“不过穷人也可能是规规矩矩的。”

“对呀，”弗莱齐埃的看门女人回答，“咱们没有金没有银，

①现代邮政创始于1848年，本书写作于1846至1847年。当时递信制度谅与吾国旧时相仿，月底收信钱，当系平时记账，每月结算一次之意。

连铜子也没有，可是咱们就没拿过人家一个小钱。”

西卜女人听到了自己的那套话。

“那么他是可以信托的了，是不是？”

“喔！天！弗莱齐埃先生要真肯帮忙的话，我听弗洛丽蒙太太说过，他是了不起的。”

“她靠他发了财，干么不肯嫁给他呢？”西卜太太急不及待的问，“一个开小针线铺的女人，姘着一个老头儿，做律师太太还不算高升了吗？……”

“你问我干么？”看门女人把西卜女人拉到走道里，“太太，你不是要上去看他吗？……好吧，你进了他的办公室就明白了。”

四十五、不大体面的屋子

楼梯是靠几扇临着小天井的拉窗取光的，你一走上去，就能知道除了房东和弗莱齐埃之外，别的房客都是干手工业的。溅满污泥的踏级有每个行业的标记，例如碎铜片，碎纽扣，零头零尾的花边和草绠等等。高头几层的学徒，在墙上涂些猥亵的漫画。看门女人的最后一句话，自然引起了西卜太太的好奇心，她决意先去请教一下波冷医生的朋友，且看印象如何，再决定是否把事情交给他办。

"梭伐太太怎么能服侍他的，有时我真想不过来。"看门女人跟在后面，把刚才的话加上一个注解。她又说："我陪你上楼，因为要替房东送牛奶跟报纸去。"

到了二层阁上的第二层[1]，西卜太太在一扇怕人的门前站住了。不三不四的红漆，门钮四周二十公寸宽的地方，都堆了一层半黑不黑的油腻；在漂亮公寓里，建筑师往往在锁孔上下钉一面镜子，免得日子久了留下手上的污迹。大门上的小门，像酒店里冒充

①在底层与二楼之间，有一层较为低矮的非正式的二楼，叫作entresoe，姑译为二层阁。法国旧式房多有此种建筑。

陈年老酒的瓶子一样糊满了泥巴，钉着草头花形的铁条，扎实的铰链，粗大的钉子，可以名副其实的叫作监狱的门。这些装配，只有守财奴或是在小报上骂人而与大众为敌的记者才想得出。楼梯上臭气扑鼻，一部分是从排泄脏水的铅管散布出来的。蜡烛的烟在楼梯顶上画满了乱七八糟的图案。门铃绳子的拉手是个肮脏的橄榄球，微弱的声音表示门铃已经开裂。总之，每样东西都跟这个丑恶的画面调和。西卜女人先听见笨重的脚声，上气不接下气的呼吸，显见是个大胖女人；而后梭伐太太出现了。她像荷兰画家勃罗侯笔下的老妖婆，身高五尺六寸，脸盘像个当兵的，胡子比西卜女人的还要多，身子臃肿，胖得不正常了。她穿着件挺便宜的罗昂布衫，头上包着一块绸，还用主人家收到的印刷品做芯子，绕成头发卷儿，耳上戴着一副车轮大的金耳环，活像地狱里守门的母夜叉。她拿着一只东凹西凸的有柄的白铁锅子，淌出来的牛奶，使楼梯台上更多了一股味道，可是尽管酸溜溜的令人作呕，外边却也不大闻得到了。

“什么事啊，太太？”她一边问，一边恶狠狠的瞅着西卜女人，大概她觉得来客穿得太体面了。天生充血的眼睛，使她看起人来格外显得杀气腾腾。

“我来看弗莱齐埃先生，是他的朋友波冷医生介绍的。”

“请进来吧，太太。”梭伐女人忽然变得一团和气，证明她早知道要有这个清早上门的客人。

行了个像戏台上一样的礼，那个半男性的老妈子粗手粗脚的打开办公室的门，里边便是从前在芒德当过诉讼代理人的角色。这间临街的办公室，跟三等执达吏的办公室一模一样，文件柜的木料是黑不溜秋的，陈旧的案卷已经纸边出毛，吊下来的红穗子也显得可怜巴巴，文件夹看得出有耗子在上面打过滚，日积月累的尘埃把地板变作了灰色，天花板给烟熏黄了。壁炉架上的镜子模糊一片；烧火的翻砂架上，木柴寥寥可数；新货的嵌木座钟只值六十法郎，是向法院拍卖来的；两旁的烛台是锌制的，还冒充四不像的岩洞式，好几处的漆已经剥落，露出里面的金属。弗莱齐埃是一个矮小，干瘪，病态的男人，红红的脸上生满小肉刺，足见他血液不清，他还时时刻刻搔着右边的胳膊。假头发戴得偏向脑后，露出一个土黄色的脑壳，神气很可怕。他从一张铺着绿皮坐垫的穿藤椅上站起来，堆着笑脸，端过一张椅子，装着甜蜜的声音说道：

“是西卜太太吧，我想？……”

“是的，先生。”她平素大模大样的气概竟没有了。

很像门铃声的那种嗓音，和半绿不绿的眼睛里那道尖利的光，把西卜女人吓呆了。整个办公室都有弗莱齐埃的气息，仿佛里头的空气会传染似的。西卜太太这才明白干么弗洛丽蒙太太没有做弗莱齐埃太太。

“波冷跟我提过你了，好太太。”弗莱齐埃故意用着装腔作势的声音，可是照旧的尖锐，单薄，像乡下人做的酒。

说到这儿，他把对襟便服的下摆拉了一下，遮住裹在破裤子里的瘦膝盖。那件印花布袍子破了好几处，棉花老是不客气从里头钻出来，可是棉花的重量还老是把衣襟往两边敞开，露出一件颜色变黑了的法兰绒上衣。他有模有样的，把不听话的长袍紧了紧带子，显出他芦苇似的身腰，然后把两根像死冤家的弟兄般永远各自东西的木柴，拿火钳拨在一处；紧跟着他又心血来潮的想起了什么，站起身来叫了声：

“梭伐太太！”

“怎么呢？”

“谁来我都不见。”

“哎唷！还要你交代！”不男不女的老妈子口气很强硬。

“她是我的老奶妈。”弗莱齐埃不好意思的向西卜女人解释。

“她还有很多奶水呢。”当年中央菜场的红角儿回答。

弗莱齐埃笑了笑，闩上了门，免得女管家再来打断西卜女人的心腹话。他坐下来，一刻不停的拉着衣摆，说道：

“好罢，太太，把你的事讲给我听。你是我世界上独一无二的朋友介绍来的，你相信我得了……是的，你可以完全相信我！”

西卜太太直讲了半点钟，对方不插一句话：他那好奇的神气，活像一个年轻的兵听着老禁卫军里的老兵[1]说话。她的唠叨，在她对付邦斯的几幕里，我们已经领教过了。弗莱齐埃一声不出，态度恭顺，好像聚精会神的听着西卜女人瀑布似的拉扯，使存着疑心的看门女人，把多少丑恶的印象引起的戒惧也减少了几分。

---

①老禁卫军指拿破仑手下的禁卫军。

四十六、律师的谈话是有代价的

其实弗莱齐埃那双满着黑点子的绿眼睛，正在研究他未来的当事人。赶到西卜女人把话说完，等他发表意见的时候，他忽然来了一阵咳呛，直呛得死去活来；他赶紧抓起一只搪瓷碗，把半碗药茶统统灌了下去。看见门房女人对他不胜同情的样子，他便说：

“亲爱的西卜太太，没有波冷，我早已死了；可是他会把我治好的……”

他仿佛把当事人说的话全忘了。她看着这样一个病人，只想快快离开。弗莱齐埃却一本正经的接着说：

“太太，凡是遗产问题，在进行之前，先得知道两件事。第一，它的数目值不值得我们费心；第二，承继人是谁；因为遗产是战利品，承继人是敌人。”

西卜女人便提到雷蒙诺克与玛古斯，说那两位精明的同党把收藏的画估到六十万法郎。

“他们愿不愿意出这个价钱买呢？……”弗莱齐埃问，“因为，你知道，咱们吃公事饭的是不相信画的。一张画不是只值两法郎的一块画布，就是值到十万法郎的一幅名画！而十万法郎的名画都是大家知道的，而且这些东西，有多大名气的，也常闹笑话。一位出名的银行家，收藏的画经多少人看过，捧过，刻过铜版。据说买进来陆续花了几百万……赶到他死了，人不是总得死吗？他真正的画只卖了二十万！所以我得见一见你说的那两位先生……现在再谈承继人吧。”

弗莱齐埃说完又摆起姿势，预备听她的了。她一提到加缪索庭长的名字，他便侧了侧脑袋，扮了个鬼脸，使西卜女人大为注意；她想从他脑门上，从那张丑恶的脸上，琢磨出一点意思，可是看了半天，只看到一个生意上所谓的木头脑袋。

“不错的，先生，”西卜太太重复一遍，“邦斯先生是加缪索庭长的亲舅舅，这个话他一天要跟我提十几回。做绸缎生意的老加缪索先生……”

“最近进了贵族院……”

“他的第一位太太是邦斯家的小姐，跟邦斯先生是嫡堂兄妹。”

“那么邦斯先生是加缪索庭长的堂舅舅……”

“什么也不是了，他们已经翻了脸。”

加缪索·特·玛维尔来到巴黎之前，在芒德地方法院当过五年院长。不但那儿还有人记得他，他还有朋友。他的后任便是他从前来往最密的推事，至今还在芒德任上，所以对弗莱齐埃的根底是再清楚没有的。

等到西卜女人终于把话匣子关上之后，弗莱齐埃说道：

“太太，将来你的冤家，是个有力量把人送上断头台的家伙，你可知道？”

看门女人从椅子上直跳起来，活像那个叫作吓人的玩具[①]。

“你别慌，好太太。我不怪你不知道当巴黎法院控诉庭庭长的是什么角色；可是你应当知道，邦斯先生有个合法的承继人。玛维尔庭长是你病人的独一无二的承继人，不过是三等旁系亲族，所以照法律规定，邦斯先生可以自由处分他的财产。庭长先生的女儿，一个半月以前嫁给包比诺伯爵的大儿子，包比诺是贵族院议员，前任农商部长，目前政界上最有势力的一个。攀了这门亲，庭长先生的可怕，就不止因为他在重罪法庭上操着生杀之权了。”

西卜女人听到重罪法庭几个字又吓了一跳。

“是的，”弗莱齐埃接着说，“能把你送上重罪法庭的就是他。哎，太太，你可不知道什么叫作穿红袍的官儿呢！有个穿黑袍的跟你为难已经够受了[②]！你看我现在穷得一无所有，头也秃了，身子也弄坏了……唉，就因为我在内地无意中得罪了一个小小的检察官！他们逼我把事务所亏了本出盘，我能够丢了家私滚蛋，还觉得挺侥幸呢！要是跟他们硬一下，我连律师也当不成了。还有一点你不知道的，倘使只有一个加缪索庭长，倒还没有什么大不了；可是告诉你，他还有一位太太呢！……你要劈面见到她，包管你浑身哆嗦，连头发都会站起来，像踏上了断头台的梯子，一朝庭长太太跟谁结了仇，她会花上十年工夫布置一个圈套，教你送命！她调动她的丈夫像孩子玩陀螺一样。她曾经使一个挺可爱的男人在监狱里自杀；替一个被控假造文件罪的伯爵洗刷得干干

①所谓“吓人”的玩具是一只装有弹簧的匣子，打开盖子就突然跳出一个怪东西，普通叫它做魔鬼。

②检察署长穿红袍，普通检察官穿黑袍。

净净。查理十世的宫廷中一位最显赫的爵爷，差点儿给她弄得褫夺公权。还有，检察署长葛郎维尔就是被她拉下台的……”

“可是那个住在修院老街，在圣·法朗梭阿街拐角上的？”西卜女人问。

“就是他。人家说她想要丈夫当司法部长，我看也不见得不成功……要是她有心把咱们俩送上重罪法庭，送进苦役监的话，我哪怕像初生的小娃娃一样纯洁，也要马上弄张护照往美国溜了……因为司法界的情形，我知道太清楚了。亲爱的西卜太太，我告诉你，为了把他们的独养女儿攀给包比诺子爵—— 据说他是你房东比勒洛先生的承继人—— 庭长太太把自己的财产都弄光了，现在只靠庭长的薪俸过日子。在这种情形之下，太太，你想庭长夫人对邦斯先生的遗产会不在乎吗？……喔，我宁可让大炮来轰我，也不愿意跟这样一个女人结冤家……”

“可是他们闹翻了啊……”西卜女人说。

“那有什么相干？就因为闹翻了，她才更不肯放手！把一个讨厌的亲戚送命是一回事，承继他的遗产是另一回事，那倒是一种乐趣呢！”

“可是老头儿恨死了他的承继人；他时时刻刻对我说，我还记得那些姓名呢，什么加陶，贝蒂哀等等把他压扁了，像一车石子压一个鸡子似的。”

“你是不是也愿意给他们压扁呢？”

“天哪！天哪！”看门女人叫起来，“风丹太太说我要遇到阻碍，真是一点不错；可是她说我会成功的……”

“你听我说，亲爱的西卜太太……你要捞个三万两万是可能的；可是承继遗产哪，趁早别想……昨天晚上，我们把你跟你的事都讨论过了，我跟波冷两个……”

西卜太太又在椅子上直跳起来。

“哎，怎么啦？”

“既然你已经知道了我的事，干么还让我嘁嘁喳喳的说上大半天呢？”

“西卜太太，你的事我是弄明白了，可是关于西卜太太，我一点儿不知道啊！一个当事人有一个当事人的脾气……”

听了这句话，西卜太太对她未来的法律顾问极不放心的瞅了一眼，被弗莱齐埃注意到了。

四十七、弗莱齐埃的用意

“还有，”弗莱齐埃又道，“我们的朋友波冷，承你介绍给包比诺伯爵夫人的舅公比勒洛，这也是一个理由使我愿意替你尽心出力。波冷每半个月去看一次你的房东，（听见没有？）所有的细节都是从那边知道的。那位告老的商人，参加了他外甥曾孙女的婚礼，（因为他是个有遗产的舅太公，每年大概有一万五进款，二十五年的生活像个修道士，一年难得花上三千法郎……）他把庭长女儿出嫁的事全告诉了波冷。听说那次吵架就是因为你那个音乐家为了报仇，想教庭长家里丢人。我们不能只听一面之词……你的病人说他一点错儿都没有，可是人家都说他是坏人……”

“说他坏人我才不奇怪呢！”西卜女人叫道，“你可想得到，十年工夫我把自己的钱放了进去，他也知道我的积蓄都借给了他，可不肯把我写上遗嘱……真的，先生，他不肯，他一味的死心眼儿，的的确确是匹骡子……我和他说了十天，老家伙像块路旁的界石，一动也不动。他咬紧牙关不开口。望着我的神气真像……末了他只说一句话，就是把我交托给许模克先生。”

“那么他是想把许模克立为他的承继人喽？”

“他预备把什么都送给他……”

“亲爱的西卜太太，要我得到个结论，定一个计划，我先得认识许模克，亲眼看到那些成为遗产的东西，跟你说的犹太人当面谈一谈；那时，你再听我的调度……”

“慢慢再说罢，弗莱齐埃先生。”

“怎么慢慢再说！”弗莱齐埃对西卜女人毒蛇似的扫了一眼，说话也恢复了他原来的嗓子，“嗯！我是你的顾问不是你的顾问？咱们先说说明。”

西卜女人觉得自己的心事给他猜到了，不由得背脊发冷。眼看落在了老虎手里，她只得说：“我完全相信你。”

“我们做诉讼代理人的老吃当事人的亏。哎，仔细看看你的情形吧，真是太好了。倘使你每一步都听我的话去做，我保证你在这笔遗产里头捞到三万四万法郎……可是这个美丽的远景有正面也有反面。假定庭长太太知道了邦斯先生的遗产值一百万，知道了你想把它啃掉一角的话……”说到这儿他顿了一顿，“因为这一类的事总有人去报告她的！……”

这个插句使西卜女人打了个寒噤，她马上想到弗莱齐埃就是会出头告密的人。

“那么，亲爱的当事人，不消十分钟，人家就会教比勒洛把你看门的饭碗给砸了，限你两个钟点搬家……”

“那我才不怕呢！……”西卜女人像罗马战神般直站起来，“我就跟定了两位先生，做他们亲信的管家。”

“好，你这样是不是？人家就安排一个圈套，让你夫妇俩一觉醒来，身子都进了监牢，担了个天大的罪名……”

“我！……”西卜女人直嚷起来，“我从来没有拿过人家一个生丁！……我！……我！……”

她一口气讲了五分钟，弗莱齐埃却在那儿把这个自吹自捧的大艺术家细细推敲，神气又冷静又刻薄，眼睛像匕首似的盯着西卜女人。他在肚里暗笑，干瘪的假头发在那儿微微抖动。他的模样仿佛吟诗作文时代的罗伯斯庇尔①。

“怎么可能？为了什么？有什么理由？”她结束的时候这样问。

“你要知道你的脑袋怎么会搬家吗？……”

西卜女人脸色白得像死人一样的坐了下去，听到这句话，好似断头台上的铡刀已经搁在她的脖子上。她迷迷糊糊的瞪着弗莱齐埃。

“你仔细听我说。”弗莱齐埃看了当事人的惊吓非常满意，可是忍着不表示出来。

“那我宁可什么都不要了……”西卜女人喃喃的说着，预备站起来了。

“别走，因为你应当知道你的危险，我也应当点醒你，”弗莱齐埃俨然的说，“你得给比勒洛先生撵走，那是一定的，可不是？你做了两位先生的老妈子，好吧，很好！那表示你跟庭长太太开火了。你，你想不顾一切，好歹要弄到这笔遗产……”

西卜女人做了个手势，弗莱齐埃却回答说：

“我不责备你，那不是我的事儿。可是夺家私就等于打仗，你会拦不住自己！一个人有了个主意，头脑会发昏的，只知道狠命

①法国大革命主角罗伯斯庇尔未参加政治之前，在故乡阿拉斯颇有文名，常参加各州征文竞赛。

的干……”

西卜太太挺了挺腰板，又做了个否认的手势。

“得了罢，得了罢，老妈妈，”弗莱齐埃很不客气的用了这样的称呼，“你会下毒手的……”

“哦呀，你把我当作贼吗？”

“别嚷，老妈妈，你没有花多大本钱就拿到了许模克一张借票……哎！美丽的太太，你在这儿就像在忏悔室里一样……别欺骗你的忏悔师，尤其他能够看到你的心……”

西卜女人被这个家伙的明察秋毫骇坏了，同时也明白了为什么他从头至尾对她的话听得那么留神。

“可是，”弗莱齐埃接着说，“你得承认在这个抢遗产的竞赛里头，庭长太太绝不肯让你占先的……他们要看着你，暗中盯着你……你教邦斯先生把你名字写上遗嘱是不是？……好得很。可是有一天，警察上门了，搜到一杯药茶，发现有砒霜；你跟你的丈夫被逮走了，上了公堂，判了罪，认为你想毒死邦斯，得他的遗产……我曾经在凡尔赛替一个可怜的女人辩护，就像你那样顶着个莫须有的罪名，案情也跟我刚才说的一样，我那时只能做到救她的性命为止。可怜虫给判了二十年苦役，如今就在圣·拉查监狱执行。”

这时西卜女人恐怖到了极点。她面无人色，瞧着这个绿眼睛矮身量的干瘪男人，活像可怜的摩尔女子被判火刑的时候望着异教裁判官。

“好先生，你说只要把事情交给你，让你来照顾我的利益，我可以弄到一笔钱，什么都不用害怕，是不是？”

“我担保你弄到三万法郎。”弗莱齐埃表示十拿九稳。

“再说，你知道我多么敬重波冷医生，”她把声音装得很甜，“是他劝我来看你的，那好人并没教我到这儿来听到这种话，说我要给人家当作谋财害命的凶手送上断头台……”

说到这儿她哭起来了。她想着断头台就发抖，神经受了震动，恐怖揪住了她的心，顿时没了主意。弗莱齐埃对着自己的胜利大为得意。他看到当事人犹疑不决，以为这桩生意吹了，因此他要制服西卜女人，恐吓她，唬住她，把她收拾得服服帖帖，缚手缚脚的听他摆布。看门女人进到屋子里来，像一只苍蝇投入了蜘蛛网，只能黏在上面，听人捆缚，给这个吃法律饭的小家伙当作食料，实现他的野心。的确，弗莱齐埃把自己的舒服，幸福，地位，老年的口粮，都算在这件案子的账上。隔天晚上，他和波冷两人深思熟虑，把什么都掂过斤量，仔细的，像用了放大镜似的，检讨过。医生把许模克的为人描写给他的朋友弗莱齐埃听，两个精明强干的人一同把各种可能，各种方法，各种危险都琢磨过了。弗莱齐埃一时高兴起来，嚷道：“这一下咱们俩的运道可来了！”他说波冷可以在巴黎当个医院的主任医师，他自己要做本区的初级法庭庭长。

对这个能干的角色，鞋袜不全的法学博士，初级法庭庭长的职位仿佛不容易骑上去的神龙怪兽，心中念念不忘的对象，犹如当选为议员的律师想着司法部长的长袍，意大利的神甫想着教皇的冠冕。简直想得发疯了！初级法庭庭长维丹先生，是个六十九岁的老头儿，病歪歪的，已经说要告老了。弗莱齐埃平日就在维丹庭上辩护；他常常跟波冷提到想接替这位置，正如波冷向他说希望救了一个危险的女病人而娶她做太太。一切巴黎的职位有多少人追逐，是我们意想不到的。住在巴黎是普遍一致的愿望。只要卖烟草卖印花税票的零售店有一个空额[①]，上百的女人会奋臂而起，发动全体亲友为自己钻谋。巴黎二十四处捐税稽征所有一处可能出缺的话，众议院里就得给那些野心家搅得满城风雨！那些缺分都得开会来决定，发表的时候是一件国家大事。巴黎初级法庭庭长，年薪是六千法郎左右。可是初级法庭一个书记官的职位就值到十万法郎[②]。所以那是司法界中人人眼红的差事。弗莱齐埃，当了初级法庭庭长，结了一门有钱的亲，把朋友波冷医生安插到医院里当主任，也设法给他结婚；他们俩就预备这样有来有往的互相汲引。

①法国烟草是国家公卖的，故烟草零售店的执照有一定限额。

②法国法院的书记官与执达吏，须先经前任推荐，然后由政府任命。向例此项职位须以金钱向前任盘下，有如公证人与诉讼代理人等之事务所。

四十八、西卜女人中了自己的计

从前芒德的诉讼代理人睡了一夜，主意更坚决了，一个复杂的大计划已经有了眉目，这计划不知要用到多少阴谋，也不知会有多么丰富的收获。西卜女人是这出戏的主要关键。所以这个工具的倔强非制服不可；弗莱齐埃没有防到这一着，可是他尽量发挥他阴险的本性，居然把大胆的看门女人打倒在脚下。

“得了吧，亲爱的西卜太太，你不用怕。”他拿着她的手说。

他那只跟蛇皮一般冷的手，使看门女人有股可怕的感觉，生理上有了反应，精神上的激动倒反停止了。她觉得碰到这个戴着土红色的假头发，说话像房门咿咿哑哑怪叫的家伙，等于碰到了一个毒药瓶，比风丹太太的癞蛤蟆还要危险。弗莱齐埃看见西卜女人表示厌恶的姿势，便接着说：

“别以为我平空白地的恐吓你。使庭长太太凶恶出名的几桩案子，法院里无人不晓，你去打听就是了。差点倒霉的爵爷是哀斯巴侯爵。靠她的力量而没有进苦役监的是哀斯葛里浓侯爵。那个又漂亮又有钱的年轻人，正要跟法国门第最高的一位小姐攀亲的时候，吊死在监狱里的，是吕西安·特·鲁邦泼莱，那件案子当时曾经轰动巴黎。事情还是为的遗产，大名鼎鼎的哀斯丹小姐，死下来有几百万，人家控告吕西安说他把她毒死了，因为哀斯丹在遗嘱上指定他做承继人。可是那女人死的时候，风流公子根本不在巴黎，也不知道自己是承继人……这不是证明他毫无干系吗？……不料被加缪索审了一堂之后，吕西安在监狱里吊死了[①]。……法律跟医学一样有它的牺牲者。为法律死的是为社会牺牲；为医学死的是为科学牺牲。"说到这里，他很怕人的惨笑了一下，"再说我自己不是尝过了危险吗？……我这可怜的无名小子，已经给法律把家私弄光了。我的经验花了很高的代价，现在我就拿这个经验给你当差……"

"喔！谢谢你，不用费心了……"西卜女人说，"我什么都不要了！那我要变作忘恩负义的人……我原来只是要我应该有的一份！先生，我清白了三十年呢！邦斯先生说过，他会在遗嘱上把我托付给他的朋友许模克的；好吧，我将来就依靠那好心的德国人养老吧……"

弗莱齐埃的耍手段耍得过火了，西卜女人灰了心；他不得不把她所受的惊吓设法消除。

"别泄气，"他说，"你安心回家，咱们会把事情调动得挺好的。"

"那么，好先生，我该怎么办才能够得到年金而不……"

"不至于后悔是不是？"他赶紧接过西卜女人的话，"哎！就因为要做到这一点，世界上才有吃法律饭的人！在这种情形之下，一个人不守法律的范围，什么都不能拿……你不懂法律，我

①以上几件案子，均散见于巴尔扎克别的几部小说。

懂……有了我，你就每样事都合法了，尽可以太太平平的捞进一笔，不怕人家干涉；至于良心，那是你自己的事。”

“那么你说啊，应当怎办？”西卜女人听了这几句，觉得又好奇又安慰。

“现在我还不能告诉你，我没有考虑到用什么手段，只研究了事情的阻碍。第一，要逼他立遗嘱，你不能走错一步；可是最要紧的，先得打听出邦斯预备把遗产送给谁，因为倘使你是他的承继人的话……”

“不会的，不会的，他不喜欢我！啊！我要早知道他的小玩意儿值那么多钱，早知道他没有什么私生子，今天我也不会着急了……”

“管它，你干就是了！”弗莱齐埃接着说，“快死的病人念头没有准儿的；亲爱的西卜太太，要对他存着希望是常常会落空的。让他立了遗嘱，我们再看着办。可是最要紧的是先估一估遗产的价值。所以你得让我见见犹太人和那个雷蒙诺克，我们用得着这两个……你完全相信我罢，我替你尽心出力。对当事人我是赤胆忠心的朋友，只要他也拿我当朋友。我的脾气干脆得很，不是朋友便是敌人。”

“那么我完全拜托你了，至于公费，波冷先生……”

“这话甭提。你只要不让病人逃出波冷先生的手掌；这医生真是太老实太纯洁了，我从来没见过那样的人；你知道，在病人身边我们必须有个心腹……波冷的心比我好，我这个人变得凶起来了。”

“我也觉得你有点儿凶；可是我相信你……”

“你这是不错的……出点儿小事就得来找我，行啦……你是聪明人，将来一切都顺当的。”

“再见，亲爱的弗莱齐埃先生；希望你恢复健康……”

弗莱齐埃把当事人送到门口，然后，像她隔天晚上对付波冷医生一样，他也和她说出了最后一句话：

“要是你能劝邦斯先生请我做顾问，事情就更有希望了。”

“我一定去劝他。”

弗莱齐埃把西卜女人重新拉进办公室，说道：“告诉你，老妈妈，我跟德洛浓先生很熟，他是本区的公证人。要是邦斯自己没有公证人，你跟他提起这一个……最好劝他请德洛浓。”

“我懂了。”

看门女人走出去的时候，听见衣衫的悉索声，和特意想走得轻而提着足尖的沉重的脚声。在街上走了一程，她头脑方始清醒过来。虽然还受着这次谈话的影响，虽然还非常怕断头台，法律，法官等等，她的挺自然的反应，是决意跟她可怕的顾问不声不响的斗一斗。

“哼！干么我要招些股东老板呢？”她心里想，“我捞我的；以后哪，我帮了他们的忙，再拿他们一笔酬劳……”这个念头把可怜音乐家的命送得更快了。

四十九、西卜女人上戏院去

西卜太太跑进两位老人家里：

“喂，亲爱的许模克先生，咱们的宝贝病人怎么样啦？”

“不行哪，邦斯整夜都在说胡话。”

“说些什么呢？”

“都是瞎扯！他要我把他的财产统统拿下来，条件是一样东西也不替他卖掉……可怜的人！他哭得我难过死了！”

“慢慢会好的。现在已经九点，你的早饭给耽误了；可是别埋怨我……你知道，为了你们，我忙得很。家里一个子儿都没有了，我在张罗钱呢！……”

“怎么张罗？”德国人问。

“长生库啰！”

“什么？”

“当铺啰！”

“当铺？”

“喔！你这个好人！这样老实！你真是一个圣人，一个天使。怎么！你在巴黎住了二十九年，经过了七月革命，看见了多多少少的事，还不知道什么叫作当铺……拿你的衣服杂物去押钱的地方！……我把我们的银餐具，八套刻花的，都送了去。没关系！西卜可以用喷银的，反正一样体面，像那个戏子说的。你别跟咱们的宝贝病人提，他会发急的，脸更要黄了，没有这些他已经烦死了。咱们先把他救过来，旁的事以后再说。紧急的时候只能咬紧牙关，不是吗？……”

“好太太，你真了不起！”可怜的德国人抓着西卜女人的手按在自己胸口，神气很感动。他含着一包眼泪望着天。

“别这样，许模克老头，你真可笑。这不是过分了吗？我这个人是老老实实的，什么都摆在脸上。你瞧，我就是有这个，”她拍了拍心窝，“你们两个心地好，我可是跟你们一样……”

“唉，许模克老头吗？……”德国人接着说，“他伤透了心，哭出了血泪，上天堂去，这是许模克的命！邦斯死了，我也活不成的……”

“对啦！我知道，你是不要命了……听我说，小狗子……”

“小狗子？”

“那么小鬼……”

“小鬼？”

“那么小东西好不好？”

“你越说我越糊涂了……”

“好吧，你听着，你得让我来照顾你，听我的安排；要不然，你这样下去，我要背上两个病人了……我看哪，咱们这儿的工作得分配一下。你不能再东奔西跑的去教书，把你弄得筋疲力尽，回家来什么事都干不了；邦斯先生的病越来越重，晚上得守着他。我想今儿挨门挨户去通知你的学生，说你病了……那么你晚上陪着病人，早上五点到下午两点可以睡觉。最吃力的活儿归我来，就是说白天由我值班，我要管你的中饭，晚饭，服侍病人，抱他起来，替他换衣服，给他吃药……照我过去做的那些事，我顶多再撑十天。咱们不顾死活的已经熬了三十天。要是我病倒了，你们怎办？……还有你哪，也教人担心，这一夜没有睡，你自己去瞧瞧还像个样吗……”

她把许模克拉到镜子前面，许模克发觉自己的确改变了很多。

“所以，倘使你赞成我的办法，我马上去弄早饭给你吃。你陪着病人，陪到下午两点。你把主顾的名单抄下来，我很快就能办妥，那你可有半个月假期了。等我回来，你就能一觉睡到晚上。”

这个提议非常合理，许模克一口答应了。

“对邦斯先生一个字都不能提；因为，你知道，倘若我们告诉他，把他在戏院里和教书的事统统停起来，他要觉得没希望了。可怜的先生会想他的学生都要跑掉了……这不是胡闹吗？……波冷医生说的，咱们非得让他十二分安静，才能把他救过来。”

“啊！好，好！你去弄早饭，我在这儿抄地名。……你说得不错，我也会病倒的！”

一小时以后，西卜女人穿扮得非常齐整，坐着马车（雷蒙诺克见了大吃一惊），决意体体面面的，以亲信的管家身份，代表两个榛子钳到那些私塾和家庭中去。

她到一处都大同小异的拉扯一番，在此也不必细述；我们单说她好容易踏进高狄沙经理室的那一幕。巴黎的戏院经理，门禁比王上和部长的都更森严。理由很简单：王上他们只要防备人家的野心；戏院经理还得防备演员和作家们的自尊心。

西卜女人能冲破禁卫，是因为她能三言两语的马上跟门房亲热。像任何一业的同行一样，看门的彼此都一见便知的。每行有每行的暗号，正如每行有每行的咒骂和伤疤。

“啊！太太，原来你是戏院的门房，”西卜女人说，“我不过是诺曼底街一个可怜的看门女人。你们的乐队指挥邦斯先生就住在我屋子里。喔！你好福气，天天看到一般戏子，舞女，和作家！这才像那个有名的戏子说的，是我们一行中的大元帅呢。”

“他怎么啦，那位多好的邦斯先生？”对方问。

“不行哪；已经两个月没下床，将来只能直着两腿给抬出去的了，一定的。”

“那多可惜……”

“可不是！我今天代他来向你们的经理说说他的情形；劳驾想个法儿，让我见一见经理。”

戏院里的当差受了门房嘱托，进去通报道：

“有位太太是邦斯先生派来的。”

高狄沙为了排戏刚到戏院。碰巧那时没有人找他，作者和演员都到迟了；听到有他乐队指挥的消息，他很高兴，便做了个拿破仑式的手势。于是西卜女人进去了。

五十、生意兴隆的戏院

这个跑街出身的家伙当了时髦戏院的经理，把股东当作正室太太一样的欺骗。发了财，身体也跟着发福了。又胖又结实，山珍海味，日进斗金，把他调养得满脸红光。高狄沙一变而为暴发户了。

“咱们面团团的快像银行家蒲雄了。”他自嘲自讽的说。

“我看你倒像那个市侩丢加拉。”皮克西渥回答。在戏院的头牌舞女，鼎鼎大名的哀络绮思·勃里斯多那里，皮克西渥是常常替高狄沙做代表的。

高狄沙经营戏院，目的是专替自己拼命捞钱。他先想法把几出芭蕾舞剧，杂剧，算作自己出的主意，拿到一半的上演权；而后，等老是叫穷的作家要用钱的时候，把另外一半上演权也买过来。除此以外，再加上一些走红的戏，他每天都有好几块金洋上袋。他叫人出面拿黑票做生意；又公开的拿一部分戏票算作经理的津贴。这是高狄沙三项主要的收入。另外他私卖包厢，收受起码演员的贿赂；她们只要能扮些小角色，例如侍从或王后等等就满足了。所以他三分之一的股份，实际的收入还不止这个比例，而别的三分之二的股权只分到盈余的十分之一。可是这十分之一也还合到分半利息，高狄沙根据这分半红利，自画自赞的说自己如何调度有方，如何热心，如何诚实，而股东们又如何运气。包比诺伯爵用着关切的神气问玛蒂法，克勒凡，玛蒂法的女婿古罗将军，对高狄沙满意不满意。进了贵族院的古罗回答说：

“人家说他欺骗我们，可是他那么风趣，那么好脾气，我们也觉得满意了……”

“那倒像拉·封丹的小说了。[①]”前任部长笑着说。

戏院之外，高狄沙还做别的投资。他认为葛拉夫，希华勃和勃罗纳的公司挺不错，跟他们合伙办铁路。他不露出自己的精明，只一味装作随便，洒脱，爱女人，仿佛只想寻欢作乐，讲究穿扮，其实他每件事都想到，拿出他跑街时期的经验尽量应用。这玩世不恭的暴发户，住着一所场面阔绰，一切都由他的建筑师安排的屋子，常在那儿大开筵席，请名流吃宵夜。喜欢排场，喜欢讲究，他表面上做人很随和，说起话来，除了从前跑街的一套又加上后台的切口，使人家更不防他有什么城府。干戏剧的人讲话虽然毫无忌讳，却也另有风趣；高狄沙拿这些后台的风趣，和跑惯码头的人粗野的笑话混在一起，自命不凡。那时他正想把戏院让给人家，找点别的玩意儿换换口味。他希望当个铁道公司的经理，做个正经商人，娶一个巴黎最有钱的区长的女儿，弥娜小姐。他也希望靠着铁路局当选议员，再仗着包比诺的势力当参议官。

“这一位是谁呀？”高狄沙拿出经理气派瞧着西卜女人。

①鲍加岂沃《十日谈》中第七日第七篇，题作：《丈夫戴了绿头巾还觉得满意》；迩后拉·封丹根据此书用诗体写成短篇，题作：《戴了绿头巾，挨了打，觉得很满意》；并注明出处为鲍氏原作。

“先生，我是邦斯先生亲信的管家。”

“哦，他怎么啦，这个好人？”

“不行，很不行，先生。”

“要命！要命！我听了真不高兴……我要去看看他，像他这样的人是少有的。”

“嗳，是啊，先生，真是个天使……我奇怪他怎么会在戏院里做事的……”

“告诉你，太太，戏院是改好一个人品性的地方……可怜的邦斯！……真的，世界上就少不得这等人……简直是个模范，并且还有才气！你想他什么时候可以来上班呢？因为戏院跟驿车一样，不管有客没客，到了钟点就得开……一到下午六点，这儿还能不开场吗？……我们尽管同情人家，可没法变出好音乐来……你说，他究竟怎么啦？”

“唉，我的好先生，”西卜女人掏出手帕来掩着眼睛，“说来可怕，他是靠不住的了，虽然我们把他服侍得千周到万周到，我跟许模克先生两个……我还得告诉你，连许模克也暂时不能来了，他每天要守夜……我们不能不死马当作活马医，想尽方法救他……医生对他已经没希望了……”

“怎么会呢？”

“喔，又是伤心事，又是黄疸病，又是肝病，还加上好多亲戚之间的纠葛，复杂得很。”

“再加上一个医生，当然更糟了，”高狄沙说，“他应当找我们戏院里的特约医生，勒勃仑先生，又不用他花一个钱……”

“现在看邦斯先生的那个人，好得跟上帝一样；可是病这么复杂，医生本领再好也没用。”

“我正用得着这两个榛子钳，为我那出新排的神幻剧……”

“可不可以让我来代他们做呢？……”西卜女人的神气天真到极点。

高狄沙不禁哈哈大笑。

“先生，我是他们亲信的管家，替两位先生做好多事呢……”

这时门外忽然有个女人的声音：

“朋友，既然你在笑，我可以进来吧？”

说话的便是挂头牌的舞女，哀络绮思·勃里斯多，她披着一条鲜艳夺目，叫作阿基里安的披肩，闯进经理室，往独一无二的长沙发上坐了下来。

“你笑什么？……是不是这位太太逗你发笑的？她预备来扮什么角儿？……”她瞧着西卜女人，像演员打量另外一个将来要登台的演员。

哀络绮思是个极有文学气息的姑娘，在艺术界中颇有声名，跟一般大艺术家有来往，长得体面，细巧，妩媚，比普通的头牌舞女要聪明得多。她一边问一边拿着个香炉闻着。

“太太，所有的女人只要长得漂亮，就没有什么高低，虽然我不去闻什么瓶里的臭气，腮帮上不涂什么灰土……”

“凭你这副尊容，涂上去不是多余了吗，我的孩子！”哀络绮思对她的经理挤了挤眼睛。

“我是个规规矩矩的女人……”

“那算你倒霉。要有男人肯养你，也不是容易的事！我可是办到了，太太，而且觉得挺舒服呢！”

“怎么算我倒霉！”西卜女人说，“你尽管披着阿基里安装模作样，也是白的！你又听到过多少爱情话，太太？你能跟蓝钟饭店的牡蛎美人比吗？……”

舞女猛的站起来立正，举起右手行了个敬礼，像小兵对他的将军一样。

“什么！”高狄沙嚷道，“我听父亲说起的牡蛎美人，敢情就是你？”

“那么西班牙舞，卜尔加舞，太太是完全不懂的了？太太已经五十出头了！”

哀络绮思说着，摆了个舞台上的姿势，念出那句有名的诗①：

咱们做个朋友吧，西那！

“得了，哀络绮思，太太不是你的对手，别逗着她玩了。”

“太太就是新哀络绮思吗②？……”西卜女人假装很天真。

“有意思，这老婆子！”高狄沙叫着。

“这个双关语已经过时了，”舞女回答，“它已经长了胡子啦，老太太，你再想个旁的吧……要不然请你抽一支卷烟。”

“对不起，太太，我太伤心了，没有心绪再回答你；我有两位先生病得很重……为了给他们吃饱，免得他们发急，今天早上我连自己丈夫的衣服都拿去当了，你看这张当票……”

“啊唷！这么严重！是怎么回事呢？”漂亮的哀络绮思问。

“太太，”西卜女人接着说，“你闯进来的时候真像……”

“真像挂头牌的红角儿。我来替你提示，太太，你说下去

①按系高乃依名剧《西那》中的名句。

②《新哀络绮思》为卢梭有名的小说，此处以谐音为戏谑。

吧。”

“得了吧，我忙得很，别胡扯了，”高狄沙插嘴道，“哀络绮思，这位太太是咱们乐队指挥的管家，他快死了；她来告诉我，对他不能再存什么希望，这一下我可糟啦。”

“喔！可怜的人！咱们应当替他演一场义务戏。”

“那会教他闹亏空的！义务戏收支不相抵的时候，他还得欠慈善会五百法郎捐税。他们除了自己养的穷人，不承认巴黎还有别的人需要救济。好吧，太太，既然你这样热心，预备得蒙底翁道德奖……”

高狄沙说着，按了铃，马上来了个当差。

“去通知出纳课，支一千法郎给我。太太，你坐下吧。”

“喔，可怜的女人，她哭了……”舞女嚷道，“看她傻不傻！……得了吧，老妈妈，我们会去看他的，别难过了。——喂，你啊，”她把经理拉过一边，“你一方面要我当《阿里安纳》舞剧的主角，一方面想把我丢掉，想结婚，告诉你，我能跟你捣乱的！……”

“哀络绮思，我的心重得很，像条巡洋舰。”

“我会向人家借几个孩子来，说是你跟我生的！”

“咱们的关系我已经声明过了……”

“你客气一些好不好？把邦斯的位置给了迦朗育吧，那穷小子很有本领；你答应了，我就饶你。”

“那也得等邦斯死了以后……他说不定还能逃过这一关呢。”

“喔，先生，他逃不过的了……”西卜女人插嘴道，“从昨天晚上起，他已经神志不清，说胡话了。可怜他是不久的了。”

“反正你可以让迦朗育先代理一下！”哀络绮思说，“所有的报纸都肯替他捧场……”

这时出纳员走进来，拿着两张五百法郎的钞票。

“交给这位太太，”高狄沙吩咐，“再见吧，好太太；你去好好的侍候病人，告诉他，我会去看他的，明天或是后天，只要我有空……”

“他是完蛋了。”哀络绮思说。

“喔！先生，像你这样大慈大悲的心肠，只有戏院里有：但愿上帝保佑你！”

“这一笔怎么出账呢？”出纳员问。

“归入津贴项下。等会我签传票给你。”

西卜女人向舞女行着礼出去之前，听见高狄沙问他旧日的情妇：

“咱们的芭蕾舞剧《莫希耿》的音乐，迦朗育能不能在十二天之内赶起来？他要能替我解决这个困难，就让他接邦斯的位置！”

五十一、空中楼阁

看门女人做了那么多坏事，反而比做善事得到更大的酬报。她把两位朋友的收入完全割断，连他们的生计也给断绝了，要是邦斯病好的话。这个卑鄙的勾当使西卜女人几天之内就如愿以偿，把埃里·玛古斯觊觎的几张画卖了出去。为要抢到这第一批东西，她不得不把自己找来的奸刁的同党弗莱齐埃给蒙蔽起来，教玛古斯和雷蒙诺克严守秘密。

至于奥凡涅人，他渐渐的抱了无知识的人所有的那种欲望。他们从偏僻的内地跑到巴黎来：一方面，乡居的孤独生活使他们有了个念头永远放不开；另一方面，原始性格的愚昧和暴烈的欲望，又化为许多执着的念头。西卜太太那种阳性的美，那种轻快活泼，那种菜市上的风趣，成为旧货商垂涎的目标，使他很想从西卜手中把她偷上手。在巴黎下等社会中，这一类一妇二夫的情形是很普遍的。可是贪心好比一个套结，把人的心越套越紧，结果把理智闭塞了。雷蒙诺克估计他跟玛古斯两人付的佣金大概有四万法郎，胸中的邪念便一变而为犯罪的动机，竟想人财两得，把西卜女人正式娶过来了。抱着这种纯粹投机性质的爱情，他靠在门上，抽着烟斗，老半天的胡思乱想之下，只盼望裁缝早死。那么他的资本可以变成三倍，而西卜女人做起买卖来又何等能干，坐在大街上体面的铺子里又何等妖艳。这双重的贪欲使雷蒙诺克迷了心窍。他要在玛特兰纳大街租一个铺面，摆着从邦斯的收藏里拿来的最美的古董。夜里做着金色的梦，烟斗里的缕缕青烟都变作成千累万的洋钱：不料他一觉醒来，正当打开铺门，摆出商品的时候，就看到矮小的裁缝扫着院子和大门口；因为从邦斯病倒以后，西卜女人的职司都由丈夫在代理。那时奥凡涅人便觉得这个橄榄色的、黄铜色的、骨瘦如柴的、矮小的裁缝，是他的幸福的唯一的障碍，而盘算着怎么样解决他了。这股越来越热烈的痴情，西卜女人看了非常得意，因为到了她的年纪，所有的女人都明白自己是会老的了。

因此有一天早上，西卜女人起身之后，若有所思的打量着雷蒙诺克，看他在那里摆出他的小玩意儿；她很想探探他的爱情究竟到什么程度。

“哎，你的事情顺当吗？”奥凡涅人问她。

“倒是你教我不放心，”西卜女人回答，“你要害我了，你那种鬼鬼祟祟的眼睛，早晚要给邻居们发觉的。”她说完了便走出过道，溜到奥凡涅人铺子的尽里头。

“你哪儿来的这种古怪念头？”雷蒙诺克说。

“你来，我有话跟你讲。邦斯先生的承继人要忙起来了，会跟咱们捣乱的。天知道将来出些什么事，要是他们派些吃法律饭的来到处乱搅，像猎狗一样。要我教许模克卖几张画给你，先得看你对我真心不真心，能不能把事情保守秘密……喔，就是把你脑袋砍下来也不能哼一个字……既不说出画是哪儿来的，也不说是谁卖给你的。你知道，邦斯先生死了，埋了，人家来点他的画，六十七张只剩了五十三张的时候，那可跟谁都不相干……并且，邦斯先生在世的时候卖了画，谁也管不着。”

“好吧，”雷蒙诺克回答，“我不在乎；可是玛古斯先生是要正式的发票的。”

“急什么！你的发票也照样给你！……不是许模克先生给你凭据，难道是我给吗？……可是你得告诉犹太人，要他跟你一样的守秘密。”

“放心，咱们做哑巴就是了。干我们这一行的，嘴巴都紧得很。我吗，我认得字，可不能写，所以我要一个像你这样又有教育又能干的女人！……我一心只想挣一笔老年的口粮，生几个小雷蒙诺克……嗳，你把西卜丢了罢！”

“呦！你那个犹太人来啦，咱们好把事情谈妥了。”

“喂，我的好太太，事情怎么样啦？”玛古斯每三天都在清早来一次，打听什么时候能买他的画。

“没有人跟你提到邦斯先生和他的小玩意儿吗？”西卜女人问他。

“我收到一个律师的信；可是我觉得他是个坏蛋，是个起码掮客；我一向提防这种人，所以没理他。隔了三天他上门来留了一张片子；我吩咐门房，他要再来总回他一个不在家……”

“哎啊，你真是一个好犹太，”西卜女人当然不会知道玛古斯那种谨慎的作风，“就在这几天，我来想法教许模克卖七八张画给你们，至多十张。可是有两个条件。第一要绝对守秘密。先生，你得承认你是许模克找来的。你来买画是雷蒙诺克介绍的。不管怎么样，反正跟我不相干。你出四万六买四张画，是不是？……”

“行吧。”犹太人叹了口气。

“好。第二个条件是你得给我四万三，你只拿三千法郎给许模克；雷蒙诺克出二千法郎也买他四张，把多下来的钱给我……可是告诉你，玛古斯先生，将来我可以让你和雷蒙诺克做到一桩好买卖，只要你答应赚了钱咱们三个人均分。我带你去看那个律师，或者他会到这儿来的。你把邦斯先生家里所有的东西估一个价钱，估一个你愿意买进的价钱，让弗莱齐埃切实知道遗产的价值。可是我们的交易没做成以前，绝不能让他来，明白没有？……”

“明白了，”犹太人回答，“可是要仔细看过东西，估个价钱，是很费时间的呢。”

“你可以有半天工夫。你甭管，那是我的事……你们两位把事情商量一下；后天，咱们就来做交易。我要去找弗莱齐埃谈谈，因为这儿的事，波冷医生都会告诉他的，呵！要这个家伙不多嘴可不容易呢。”

在诺曼底街到珍珠街的半路上，西卜女人碰到弗莱齐埃上她那儿来了，他急于要知道详细的案由，照他的说法。

“呦，我正要去找你呀。”她说。

弗莱齐埃抱怨玛古斯没有接见他，看门女人说玛古斯刚旅行回来，这才把律师眼中那点儿猜疑的神气给消灭了。她说最迟到后天，一定让他在邦斯屋里跟犹太人见面，把收藏的东西定个价钱。

“你得跟我公平交易，”弗莱齐埃回答，“我大概要替邦斯先生的承继人做代表。在那个地位上，我更可以帮你忙了。”

这几句话说得那么强硬，把西卜女人吓了一跳。这饿鬼似的律师，大概也像她一样在那儿要手段；所以她决心要把卖画的事赶紧办了。西卜女人这个猜测一点没有错。律师和医生凑了一笔钱，给弗莱齐埃缝了套新衣服，使他能够穿得齐齐整整的去见加缪索庭长太太。两个榛子钳的命运就凭这次会面的结果来决定。要不是为了等新衣服，弗莱齐埃绝不会耽搁到现在。他预备看了西卜太太之后，去试他的上衣，背心，跟裤子。不料他一去就看到衣服都已缝好，便回家换上一副新的假头发，十点左右雇了一辆车上汉诺威街，希望能见到庭长太太的面。弗莱齐埃打着白领带，戴着黄手套，全新的假头发，洒着葡萄牙香水，很像水晶瓶子里的毒药：封皮，标签，缚的线，都很花哨，可是教人看了只觉得更害怕。他的坚决的神气，满是小肉刺的脸，生的皮肤病，他的绿眼睛和凶恶的气息，好比青天上的云一样明显。在办公室内面对西卜女人的时候，他是杀人犯用的一把普通的刀；在庭长太太门外，他变为少妇们放在小古董架上的一把精致的匕首了。

五十二、容光焕发的弗莱齐埃

汉诺威街那边经过了很大的变化。包比诺子爵夫妇，前任部长夫妇，都不愿意庭长先生和庭长太太把产业给女儿做了陪嫁之后，搬到外边去另租屋子。三层的老太太下乡养老，把屋子退租了；庭长他们便搬上三楼。加缪索太太还留着玛特兰纳·维凡，一个男当差和一个厨娘，可是境况又回复到早年一样的艰难，唯一的安慰是白住了四千法郎租金的屋子，另外还有一万法郎年俸。这种清苦对玛维尔太太已经不大合适，她是需要相当的家财和她的野心配合的。何况他们把全部产业给了女儿之后，庭长的被举选的资格也跟着丧失了。阿曼丽却照旧一心一意希望丈夫当议员，因为她绝不轻易放弃计划，始终想要庭长在玛维尔庄田所在的那个州县里当选。老加缪索新进了贵族院，新封了男爵；两个月以来媳妇磨着他，要他在遗产项下先拨出十万法郎。她预备拿去买一块地，就是给玛维尔庄田在四边围住了的一块，付了捐税每年有二千法郎收入。将来她和丈夫可以住在自己的产业上，靠近着孩子们。原有的庄田不但是扩充了，地形也可以变得更完整。庭长太太在公公面前尽量的说，为了把女儿嫁给包比诺子爵，她自己一个钱都不剩了；她问老人家是否愿意耽误他大儿子的前程，使他爬不上司法界的最高地位，那是一定要拥有国会的势力才有希望的；而她丈夫的确能当选议员，教部长们怕他。她说：

“那些人哪，只要被你拉紧领带，把舌头都吐了出来，才肯给你一点东西。他们都是无情无义的家伙！也不想想沾了加缪索多少光！哼，加缪索要不促成七月法案，路易·菲利普怎么上得了台[①]！……”

老人回答说，他对铁路的投资超过了他的实力；所以媳妇的话虽然有理，也得等股票上涨的时候才能拨款子。

庭长太太几天以前听到老人只许了一半的愿，觉得闷闷不乐。照这个情形，下届议会的改选恐怕赶不及了，因为被选的条件不单是要有相当的产业，而且置产的时期要满一年。

弗莱齐埃不费什么事就见到了玛特兰纳·维凡。这两个毒蛇般的性格一见就知道是自己人。

“小姐，”弗莱齐埃的声音很甜，“我想见见庭长夫人，有件跟她个人跟她财产有关的事，你可以告诉她是为了一笔遗产……我没有机会拜见过她，所以我的姓名对她是不生作用的……我平常不大走出办公室，可是我知道对一位庭长夫人应当怎样敬重，所以我亲自来了，尤其因为那件事一刻也耽搁不得。”

以这样的措辞做引子，再经老妈子进去添枝接叶的说了一

①1830年7月26日，查理十世听从极端派保王党的提议，颁布四项法案：取消言论自由，解散国会，修改选举法，九月中举行普选。自由党人为之大哗，当即鼓动中产阶级及工商人士起而反抗，酿成暴动，卒至查理逊位。此即法国史上所谓的七月革命。

遍，接见是当然没有问题的了。这一刻工夫，对弗莱齐埃所存的两种野心正是千钧一发的关头。所以，就凭内地小律师那股百折不回的勇气，死抓不放的性格，强烈的欲望，他当时也不免像决战开始时的将军，有点胜负成败在此一举的感觉。过去最强烈的发汗药，对他生满皮肤病而毛孔闭塞的身子也不生效力，可是踏进阿曼丽在那儿等他的小客厅的一刹那，他脑门上背脊上都微微的出了点汗。他心里想：

“即使发财的事不成功，至少我的命是保住了，因为波冷说过，只要我能出汗，就有恢复健康的希望。”

庭长太太穿着便服等在那里。

“太太……”弗莱齐埃叫了一声，停下来行了个礼，那种恭敬在司法界中是承认对方比自己高级的表示。

“坐下罢，先生。”庭长太太马上认出他是个吃法律饭的。

“庭长夫人，我所以敢为了一件跟庭长先生利益有关的事来求见，是因为我断定，玛维尔先生以他高级的地位，也许把事情听其自然，以致损失了七八十万法郎；可是我认为对于这一类的私事，太太们的见解比最精明的法官还要高明，或许会……”

“你提到一笔遗产……”庭长太太截住了他的话。

阿曼丽听到那个数目有点飘飘然，却不愿意露出她的惊讶和高兴；她只学着一般性急的读者的样，急于想知道小说的结局。

“是的，太太，是一笔你们失之交臂的遗产，可是我能够，我有方法替你们挽回过来……”

“你说罢，先生！”玛维尔太太口气冷冷的，用她藐视而尖利的目光打量着弗莱齐埃。

“太太，我久仰您的大才，我是从芒德来的。那边的勒勃夫院长，玛维尔先生的朋友，可以把我的底细告诉庭长……”

庭长太太突然把腰板一挺，意思那么明显，使弗莱齐埃不得不赶紧说明一下。

“以太太这样心明眼亮的人，马上就会知道为什么我先跟太太谈我自己。那是提到遗产最近便的路。”

对这句巧妙的话，庭长太太只做了个手势回答。弗莱齐埃知道他可以往下说了：

“太太，我在芒德当过诉讼代理人，我的事务所就是我整个的家私，因为我是勒佛罗先生的后任，您一定认识他吧？……”

庭长太太点了点头。

“我借了一笔资本，自己又凑上万把法郎，离开了台洛希，巴黎最能干的一个诉讼代理人，我在他那儿当过六年一等书记。不幸我得罪了芒德的检察官……”

“奥里维哀·维奈。”

“对啦，太太，那位检察署长的儿子。他追着一位太太……”

“他吗？”

“是的，他追求华蒂南太太……”

“哦！华蒂南太太……她长得很漂亮，并且很……在我那个时候……”

“她对我很不错，这就种下了祸根……”弗莱齐埃接着说，“我很活动，我想还清朋友的债，想结婚；我需要案子，到处招揽；没有多久，我一个人的业务比所有的同业都忙了。这样，芒德的诉讼代理人，公证人，甚至执达吏，都跟我过不去啦。他们预备跟我找麻烦。您知道，在我们这可怕的行业里，要跟人捣乱是挺容易的。有件案子我接受了两造的委托，给人发觉了。当然事情是做得轻率了些；但在某些情形之下，在巴黎是行得通的，诉讼代理人往往彼此交换条件。在芒德可不行。我对蒲伊翁南先生帮过这一类的小忙，他却受了同业的压迫，听了检察官的怂恿，把我出卖了……您瞧我什么都不瞒您。那可犯了众怒。我变了个坏蛋，人家把我说得比玛拉还要可怕。我不得不卖掉事务所，把一切都丢了。我到巴黎来想搅个小小的代办所，可是我的健康给毁了，二十四小时就没有两小时舒服的。如今我只有一个欲望，很可怜的欲望。您有朝一日可能变成司法部长的太太，或是首席庭长太太；我这个骨瘦如柴的穷人，却只巴望找个小差事混到老，默默无闻的抱住饭碗。我想当个初级法庭庭长。在您或在庭长先生，替我谋这种小差事真是太容易了，连现任的司法部长都忌惮你们，巴不得讨你们喜欢呢……”他看到庭长太太做了个手势预备开口了，便赶紧说：“不，太太，我的话还没有完。我有个做医生的朋友，正在看一个老年的病人，便是庭长先生应当承继的人。您瞧，我们可提到正文来了……我们少不了这位医生的合作，而他的情形就跟我现在一样：有了本领没有机会！……我从他那儿才知道你们的利益受了损害，因为就是眼前，我们在这儿说话的时候，可能什么都完了，可能就立了一张剥夺庭长承继权的遗嘱……那医生希望当一个医院的主任，或是王家中学的医师，反正是想谋一个巴黎的差事，和我的差不多的……请您原谅我大胆提出这两个问题，可是我们对这件事一点不能含糊。并且那医生是个很受敬重很有学问的人，令婿包比诺子爵的舅太公，比勒洛先生的病是他给治好的。倘使您宽宏大量，肯答应我初级法庭庭长和主任医生这两个位置，我可以负责把遗产差不多原封不动的给您送上来，我说差不多原封不动，因为其中要除去一小部分给遗产受赠人，给其他几个我们必须要他们帮忙的人。你的诺言，可以等我的诺言兑现之后再履行。”

五十三、买卖的条件

庭长太太抱着手臂听着，好像一个人不得不听一番说教似的；这时她放下手臂，瞅着弗莱齐埃，说道：

“先生，关于你自己的事，你说得一明一白了；可是我觉得你对正文还是一篇糊涂账……”

“太太，再加一两句，事情就揭穿了。庭长先生是邦斯先生独一无二的三等亲属承继人。邦斯先生病得很重，要立遗嘱了，也许已经立了。他把遗产送给一个叫作许模克的德国朋友。遗产值到七十万以上，三天之内，我可以知道准确的数目……”

庭长太太听了这个数字大吃一惊，不由得自言自语的说：

“要是真的话，我跟他翻脸简直是大错特错了，我不该责备他……”

“不，太太，要没有那一场，他会像小鸟一样的开心，比您，比庭长，比我，都活得久呢……上帝自有它的主意，咱们不必多推敲！”他因为说得太露骨了，特意来这么两句遮盖一下，“那是没有办法的！咱们吃法律饭的，看事情只看实际。太太，现在您可明白了，以庭长这样高的地位，他对这件事绝不会也绝不能有所行动。他跟舅舅变了死冤家，你们不见他的面了，把他从社会上撵出去了；你们这样做想必有充分的理由；可是事实是那家伙病了，把财产送给了他唯一的朋友。在这种情形之下立的一张合乎法定方式的遗嘱，一个巴黎高等法院的庭长能有什么话说呢？可是，太太，我们在私底下看，这究竟是极不愉快的事，明明有权承继七八十万的遗产……谁知道，也许上一百万呢，我们以法定的唯一的承继人资格，竟没有能把这笔遗产抓回来！……要抓回来，就得把自己牵入卑鄙龌龊的阴谋，又疙瘩，又无聊，要跟那些下等人打交道，跟仆役，下属，发生关系，紧紧的盯着他们：这样的事，巴黎没有一个诉讼代理人，没有一个公证人办得了。那需要一个没有案子的律师，像我这样的，一方面要真有能力，要赤胆忠心；一方面又潦倒不堪，跟那些人的地位不相上下……我在我一区里替中下阶级，工人，平民办事……唉，太太，我落到这个田地，就因为如今在巴黎署理的那位检察官对我起了恶感，不能原谅我本领高人一等……太太，我久仰您大名，知道有了您做靠山是多么稳固的，我觉得替您效劳，干了这件事，就有苦尽甘来的希望，而我的朋友波冷医生也能够扬眉吐气了……"

庭长太太有了心事。那一忽儿工夫，弗莱齐埃可真急坏了。芒德的检察官，一年以前被调到巴黎来署理；他的父亲维奈是中间党派的一个领袖，当了十六年检察署长，早已有资格当司法部长，他是阴险的庭长太太的对头……傲慢的检察署长公然表示瞧不起加缪索庭长。这些情形是弗莱齐埃不知道，也不应该知道的。

"除了在一件案子中接受两造的委托以外，你良心上没有别的疙瘩吗？"她把眼睛瞪着弗莱齐埃问。

“太太可以问勒勃夫先生，他对我是不错的。”

“你可有把握，勒勃夫先生替你在庭长跟包比诺伯爵面前说好话吗？”

“那我可以保证，尤其维奈先生已经离开芒德；因为，我可以私下说一句，勒勃夫先生很怕那个干巴巴的检察官。并且，庭长太太，要是您允许，我可以到芒德去见一见勒勃夫先生。那也不会耽误事情，因为遗产的准确数目要过两三天才能知道。为这桩事所用的手段，我不愿也不能告诉太太，可是我对自己的尽心尽力所期望的报酬，不就等于保证您成功吗？”

“行，那么你去想法请勒勃夫先生替你说句好话；要是遗产真像你说的那么可观，我还不大相信呢，那我答应你要求的两个位置，当然是以事情成功为条件啰……”

“我可以担保，太太。可是将来我需要的时候，请把您的公证人，诉讼代理人都邀来，以庭长的名义给我一份委托书，同时请您要那几位听我调度，不能自作主张的行动。”

“你负了责任，我当然给你全权，”庭长太太的口气很郑重，“可是邦斯先生真的病很重吗？”她又带着点笑容问。

“我相信，太太，他是医得好的，尤其他找的是个很认真的医生；我的朋友波冷并没起什么坏心，他是听了我的指挥，为您的利益去刺探情形的；他有能力把老音乐家救过来；可是病人身边有个看门女人，为了三万法郎会送他进坟墓，不是谋杀他，不是给他吃砒霜，她才不那么慈悲呢，她更辣手，用的是软功，成天不断的去刺激他。可怜的老头儿，换一个安静的环境，譬如在乡下吧，能有周到的服侍，朋友的安慰，一定会恢复；可是给一个泼辣的女人折磨——她年轻时候，是闻名巴黎的二三十个牡蛎美人之中的一个，又贪心，又多嘴，又蛮横—— 病人给她磨着，要他在遗嘱上送她大大的一笔钱，那不成问题肝脏会硬化的，也许现在已经生了结石，非开刀不可了，而那个手术病人是受不住的……医生哪，是个绝顶好人！……他可为难死了。照理他应当教病人把那婆娘打发掉……”

“那泼妇简直是野兽了！”庭长夫人装出温柔的声音叫。

弗莱齐埃听到这种跟自己相像的声音，不由得在肚里暗笑，他知道把天生刺耳的嗓音故意装作柔和是什么意思。他想起路易十一所说的故事。有位法官娶了一位太太，跟苏格拉底的太太一模一样[①]，法官却并没那个大人物的达观，便在燕麦中加了盐喂他的马匹，又不给它们喝水。有一天，太太坐了车沿着塞纳河到乡下去，那些马急于喝水，便连车带人一起拉到了河里。于是法官感谢上帝替他这样自自然然地摆脱了太太。这时，玛维尔太太也在感谢上帝在邦斯身边安插了一个女人，替她把邦斯不著痕迹地摆脱掉。她说：

“只要有一点儿不清白，哪怕一百万我也不拿的……你的朋友应当点醒邦斯先生，把看门女人打发走。”

“太太，第一，许模克和邦斯两位把这女人当作天使，不但不肯听我朋友的话，还会把他打发走呢。其次，这该死的牡蛎美人还是医生的恩人，他给比勒洛先生看病就是她介绍去的。他嘱咐她对病人要一百二十分的柔和，可是这个话反而给她指点了加重病势的方法。”

“你的朋友对我舅舅的病认为怎么样呢？”

---

①相传苏格拉底的妻子极凶悍泼辣，而苏格拉底认为可以训练他的涵养功夫。

弗莱齐埃的答话那么中肯，眼光那么尖锐，把那颗跟西卜女人一样贪婪的心看得那么清楚，使庭长太太为之一震。

“六个星期之内，继承可以开始了[①]。”

庭长太太把眼睛低了下去。

“可怜的人！”她想装出哀伤的神气，可是装不像。

“太太有什么话要我转达勒勃夫先生吗？我预备坐火车到芒德去。”

“好吧，你坐一会，我去写封信约他明天来吃饭；我们要他来商量，把你那件冤枉事给平反一下。”

庭长太太一走开，弗莱齐埃仿佛已经当上初级法庭庭长，人也不是本来面目了：他胖了起来，好不舒畅的呼吸着快乐的空气，吹到了万事如意的好风。意志那个神秘的宝库，给他添了一般强劲的新生的力量，他像雷蒙诺克一样，觉得为了成功竟有胆子去犯罪，只要不留痕迹。他一鼓作气来到庭长太太面前，把猜测肯定为事实，天花乱坠的说得凿凿有据，但求她委托自己去抢救那笔遗产而得到她的提拔。他和医生两人，过的是无边苦海的生活，心中存的亦是无穷无极的欲望。他预备把珍珠街上那个丑恶的住所一脚踢开。盘算之下，西卜女人的公费大概可有三千法郎，庭长那里五千法郎，这就足够去租一个像样的公寓。并且他欠波冷的情分也能还掉了。有些阴险的性格，虽然被苦难磨得非常凶狠，也会感到相反方面的情绪，跟恶念一样强烈：黎希留是个残酷的敌人，也是个热心的朋友。为了报答波冷的恩惠，弗莱齐埃便是砍下自己的脑袋都愿意。庭长太太拿着一封信回进来，

---

①继承开始为法律术语，各国法律均有类似“继承因被继承人死亡而开始”之定义。

对这个自以为幸福而有了存款的人，偷偷的瞧了一下，觉得不像她第一眼看到的那么丑了；并且他现在要做她的爪牙了，而我们看自己的工具和看邻人的工具，眼光总是不同的。

“弗莱齐埃先生，”她说，“我已经看出你是个聪明人，我也相信你是坦白的。”

弗莱齐埃做了个意义深长的姿势。

“那么，”她接着又说，“请你老老实实回答一个问题：你的行动会不会连累我，或是连累玛维尔先生？……”

“我绝不敢来见您的，太太，要是将来有一天，我会埋怨自己把泥巴丢在了你们身上，哪怕像针尖般小的污点，在你们身上也要像月亮般大。太太，您忘了我要做一个巴黎初级法庭的庭长，先得使你们满意。我一生受的第一个教训，已经使我吃不消了，还敢再碰那样的钉子吗？末了，还有一句话，我一切的行动，凡是关涉到你们的，一定先来请示……”

“那很好。这儿是给勒勃夫先生的信。现在我就等你报告遗产价值的消息。”

“关键就在这里。”弗莱齐埃很狡猾的说，他对庭长太太行着礼，尽他的脸所能表示的做得眉花眼笑。

“谢天谢地！”加缪索太太心里想，“喔！我可以有钱啦！加缪索可以当选议员啦。派这个弗莱齐埃到鲍贝克县里去活动，他准会替我们张罗到多数的选票。这工具再好没有了！”

“谢天谢地！”弗莱齐埃走下楼梯的时候想，“加缪索太太真是一个角色！我要有这一类的女人做太太才好呢！行了，干事要紧！”

于是他动身上芒德向一个不大认识的人讨情去了。他把这希望寄托在华蒂南太太身上。过去他的倒霉就是为了她；可是不幸的爱情，往往像可靠的债务人的一张到期不付的借票，会加你利钱的。

五十四、给老鳏夫的警告

三天以后，许模克正在睡觉，因为老音乐家和西卜太太已经把看护病人的重任分担了，她跟可怜的邦斯，像她所说的抢白了一场。肝脏炎有个可怕的症候，我们不妨在此说一说。凡是肝脏受了损害的病人，都容易急躁，发怒，而发怒会教人暂时松动一下，正如一个人发烧的时候精力会特别充沛。可是高潮一过，他马上衰弱到极点，像医生所谓的虚脱了，而身体所受的内伤也格外严重。所以害肝病的人，尤其因精神受了打击而得肝病的人，大发雷霆以后的虚弱特别危险，因为他的饮食已经受到严格的限制。这是扰乱人的液体机能的热度[①]，对血和头脑部不相干的。全身的刺激引起一种抑郁感，使病人对自己都要生气。在这等情形中，无论什么事都可以促成剧烈的冲动，甚至有性命之忧。下等阶级出身的西卜女人，既没有经验，也没有教育，尽管医生告诫，也绝不肯相信液体组织会把神经组织弄得七颠八倒。波冷的解释，在她心目中只是做医生的一厢情愿。她像所有平民阶

①十九世纪以前的西洋医学，重视人身的液体，即血液、淋巴汁、胆汁、脓汁及其他分泌物。

级的人一样，无论如何要拿东西给邦斯吃，要波冷斩钉截铁的告诉她："你给邦斯吃一口随便什么东西，就等于把他一枪打死。"才能拦住她不偷偷的给他一片火腿，一盘炒鸡子，或是一杯香草巧克力。在这一点上，一般平民真是固执到极点；他们生了病不愿意进医院，就因为相信医院里不给病人吃东西，把他们活活饿死。病人的妻子夹带食物所造成的死亡率，甚至使医生不得不下令，在探望病人的日子，家属的身体必须经过严格搜查。西卜女人为了要立刻捞一笔钱，想跟邦斯暂时翻脸，便把怎样上戏院去看经理，怎样和舞女哀络绮思斗嘴，统统告诉了邦斯。

"可是你到那儿去干么呀？"病人已经问到第三遍。只要西卜女人一打开话匣子，他就拦不住的了。

"那时候，赶到我训了她一顿，哀络绮思小姐知道了我是谁，她就扯了白旗，咱们也变作世界上最好的朋友。——现在你问我上那儿去干什么是不是？"她把邦斯的问话重复了一遍。

有些多嘴的人，可以称为多嘴的天才的，就会这样的把对方插进来的话，或是反对的意见，或是补充的言论，拉过来当作材料，仿佛怕他们自己的来源会枯竭似的。

"哎，我是去替你的高狄沙先生解决困难呀；他有出芭蕾舞剧要人写音乐；亲爱的，你又没法拿些纸来乱划一阵，交你的差……我就无意中听到，他们找了一个迦朗育先生，去给《莫希耿》写音乐……"

"迦朗育！"邦斯气得直嚷，"迦朗育一点儿才气都没有，他要当第一提琴手我还不要呢！他很聪明，写些关于音乐的文章倒很好；可是我就不相信他能写一个调子！……你哪儿来的鬼念头，会想起上戏院去的？"

“哎唷，瞧你这个死心眼儿，你这个魔鬼！……得了吧，小乖乖，咱们别说来就来生那么大的气好不好？……像你现在这样，你能写音乐吗？难道你没有照过镜子？要不要我给你一面镜子？你只剩皮包骨头了……力气就跟麻雀差不多……你还以为能够写音符？……连我的账你都写不起来呢……喔，对啦，我得上四楼去一趟，他们该我十七个法郎……十七法郎也是个数目呀；付了药剂师的账，咱们只剩二十法郎了……所以哪，我得告诉那个人，看上去倒是个好人，那个高狄沙……我喜欢这名字……他是嘻嘻哈哈的快活人，很配我的胃口……他呀，他可不会闹肝病的！……我把你的情形告诉了他……不是吗，你身体不行，他暂时叫人代替你的位置……”

“代替了！”邦斯大叫一声，在床上坐了起来。一般而论，生病的人，尤其被死神的魔掌拿住了的，拼命想抓住差事的劲儿，简直跟初出道的人谋事一样。所以听说位置有人代替，快死的人就觉得已经死了一半。他接着说：

“可是医生说我情形很好呢！他认为我不久生活就能照常了。你害了我，毁了我，要了我的命！……”

“啧！啧！啧！啧！”西卜女人叫起来，“你又来啦！好吧，我是你的刽子手，你在我背后老对许模克先生说这些好听的话，哼！我都听见的……你真是个没心没肺的恶人。”

“你可不知道，只要我的病多拖上半个月，我好起来的时候，人家就会说我老朽，老顽固，落伍了，说我是帝政时代的，十八世纪的古董！”病人这样嚷着，一心只想活下去，“那时，迦朗育在戏院里从顶楼到卖票房都交了朋友啦！他会降低一个调门，去迁就一个没有嗓子的女戏子，他会爬在地下舔高狄沙的靴子；他会拉拢他的三朋四友，在报纸上乱捧一阵；可是，你知道，西卜太太，平常报纸专门在光头上找头发的呢！……你见了什么鬼会跑得去的？……”

“怪啦！许模克先生为这件事跟我商量了八天呢。你要怎么办？你眼里只看见你自己，你自私自利，恨不得叫别人送了命来治好你的病！……可怜许模克先生，一个月到现在拖得筋疲力尽，走投无路，他哪儿都去不成了，又不能去上课，又不能到戏院里去上班，难道你不看见吗？他通宵陪着你，我白天陪着你。早先我以为你穷，所以由我陪夜，现在再要那么办，我白天就得睡觉，那么家里的事谁管？你的宝贝又归谁看着呢？……有什么法儿，病总是病呀！……不是吗？……”

“许模克绝不会打这个主意的……”

“那么是我凭空想出来的？你以为我们的身体是铁打的？要是许模克先生照旧一天教七八个学生，晚上六点半到十一点半在戏院里指挥乐队，不消十天他就没有命了……这好人，为了你便是挤出血来都愿意，你可要他死吗？我可以叫爷叫娘的起誓，像你这种病人真是从来没见过……你的理性到哪儿去啦？难道送进了当铺吗？这儿大家都在为你卖命，每件事都尽了力，你还不满意……你要逼我们气得发疯不是？……我吗，不说别的，我人快倒下来了！……”

西卜女人尽可以信口胡说，邦斯气得话都说不上来了，他在床上扭来扭去，结结巴巴的只能迸出几个声音，他要死过去了。到了这个阶段，照理急转直下，吵架一变而为亲热的表示。看护女人扑到病人身边，捧着他的脑袋，硬逼他睡下去，把被单盖在他身上。

“你怎么能这样呢！我的乖乖，怪来怪去只能怪你的病！波冷先生就是这么说的。得了吧，你静静吧。好孩子，乖一点呀。凡是接近你的人都把你当作宝贝似的，医生甚至一天来瞧你两回！倘使看到你烦躁成这样，他要怎么说呢？你教我沉不住气，唉，你真是不应该……一个人有西卜太太看护的时候，应当敬重她呀！……你却又叫又嚷！……你明明知道那是不可以的。说话会刺激你的……干么要生气呀？这都是你的错儿，老跟我闹别扭！喂，咱们讲个理吧！倘使许模克先生和我，我是把你当作心肝宝贝一般的，倘使我们认为做得不错……那么，告诉你，就是做得不错！”

“许模克不会不跟我商量，就叫你上戏院去的……”

“要不要叫醒他，要他来做见证呢？可怜的好人睡得像登了天似的。”

“不！不！倘使我的好朋友许模克决定这样办，那么也许我的病比我自己想象的要重得多，”邦斯说着，对他卧房里陈设的美术品好不凄惨的瞧了一眼，“得跟我心爱的画，跟我当作朋友一般的这些东西……跟我那个超凡入圣的许模克告别了！——喔！可是真的吗？”西卜女人这恶毒的戏子把手帕掩着眼睛。这个没有声音的答复顿时使病人黯然若失。地位与健康，失业与死亡，在这个最受不起打击的两点上受了打击，他完全消沉了，连发怒的气力也没有了。他奄奄一息的愣在那里，好似害肺病的人和临终苦难挣扎过了的情景。

西卜女人看见她的俘虏完全屈服了，便道：“我说，为了许模克先生的利益，你最好把德洛浓先生找来，他是本区的公证人，人挺好的。”

“你老是跟我提到这个德洛浓……”

“嘿！随你将来给我多少，请这个请那个，我才不在乎呢！”她侧了侧脑袋表示瞧不起金钱。于是两人都不作声了。

五十五、西卜女人叫屈

那时许模克已经睡了六个多钟点，给肚子饿闹醒了。他走进邦斯屋子，一言不发的对他看了一会，因为西卜女人把手指放在嘴唇上警告他：“嘘！”

然后她站起来走近德国人，附在他耳边说：

“谢天谢地！这一下他快睡着了，刚才他凶得像要吃人似的！……也难怪，他是跟他的病挣扎……”

“哪里！我倒是很有耐性呢，”病人凄恻的声音表示他已经萎靡到极点，“可是，亲爱的许模克，她到戏院去教人把我开差了。”

他歇了一下，没有力气说下去。西卜女人趁此机会对许模克做了个手势，意思是说他神志不清。她说：

“你别跟他分辩，他快死过去了……”

“她还说是你叫她去的……”邦斯瞧着老实的许模克补上一句。

“是的，”许模克拿出代人受过的勇气，“那没有法儿呀。你别多讲！……让我们把你救过来！……有了这些家私还要拼命做事，你傻不傻？……只要你快快好起来，咱们卖掉些小古董，安安静静的躲在一边过日子，带着这个好西卜太太……”

“她把你教坏了！”邦斯很痛苦的回答。

西卜女人特意站在床后，好偷偷的对许模克做手势。病人看不见她，以为她走了，接着又说：

“她要我的命！”

“怎么！我要你的命？……”她突然闪出身子，红着眼睛，把拳头插在腰里，“做牛做马，落得这个报答吗？……哎唷，我的天！”

她眼泪马上涌了出来，就手儿倒在一张沙发里；这悲剧式的动作对邦斯又是个加重病势的刺激。

“好吧，”她又站起身子瞪着两个朋友，眼睛里射出两颗子弹和一肚子的怨毒，“我在这儿不顾死活的干，还不见一点好，我受够了。你们去找一个看护女人吧！”

两个朋友听了，相顾失色。

“喔！你们俩尽管挤眉弄眼的做戏吧！我主意拿定了！我去请波冷医生找个看护女人来。咱们把账算一算。你们得还我在这儿垫的钱……我本意是永远不跟你们要的……哼，我还为你们又向比勒洛先生借了五百法郎呢……”

“那是他的病呀！”许模克扑过去抱着她的腰，“你耐着点吧！”

“你，你是一个天使，我会跪在地下亲你的脚印。可是邦斯先生从来没有喜欢过我，老是恨我的……并且还以为我要在他遗嘱上有个名字呢！……”

“嘘——！你要他的命了！”许模克叫着。

“再会，先生，”她走过来对邦斯像霹雳似的瞪了一眼，“你说我对你那么坏，我还是希望你好。赶到你对我和和气气，觉得我做的事并没有错的时候我再来！暂时我待在家里……你是我的孩子，哪有孩子反抗妈妈的？……——不，许模克先生，你再说也没用……你的饭我给你送来，我照常服侍你；可是你们得找个看护女人，托波冷医生找吧。”

说完她走了，气势汹汹的关上房门，把一些贵重而细巧的东西震得摇摇欲坠。瓷器的叮当声，在受难的病人听来，仿佛一个熬着车刑的人，听到了最后那个送他上天的声音。

一小时以后，西卜女人不走进邦斯的卧室，只隔着房门招呼许模克，说他的晚饭已经在饭厅里了。可怜的德国人脸色惨白，挂满了眼泪走出来。

“可怜的邦斯神志糊涂了，他竟把你当作一个坏人。那都是他的病哟。”许模克这么说着，想讨好西卜女人而同时不责备邦斯。

“喔！他的病，我真是受够了！告诉你，他又不是我的父亲，又不是我的丈夫，又不是我的弟兄，又不是我的孩子。他讨厌我，那么好，大家拉倒！你哪，你到天边，我也跟你到天边；可是一个人卖了命，拿出了真心，拿出了全部的积蓄，甚至连丈夫都来不及照顾，你知道，西卜病了，结果我还给人家当作坏人……那真是他妈的太那个了……”

“他妈的？”

“是的，他妈的！废话少说。咱们谈正经。你们该我三个月的钱，每月一百九十法郎，一共是五百七！我代付了两次房租，连捐税和小费，六百法郎，收条在这里；两项加起来，一千二不到，另外我借给你们两千，当然不算利息；总数是三千一百九十二法郎……除了这个，你至少还得预备两千法郎对付看护女人，医生，药，和看护女人的伙食。所以我又向比勒洛先生借了一千法郎在这里。”她把高狄沙给的一千法郎拿给许模克看。

许模克对她这笔账听得呆住了，因为他的不懂银钱出入，就好比猫的不懂音乐。

“西卜太太，邦斯是头脑不清楚！请你原谅他，照旧来服侍他，做我们的好天使吧……我给你磕个头求情吧。”

德国人说着跪在了地下，捧着这刽子手的手亲吻。

“听我说，小乖乖，”她把他扶了起来，亲了亲他的额角，“西卜病了，躺在床上，我才叫人去请了波冷医生。在这个情形之下，我的事一定要料理清楚。并且，西卜看我哭哭啼啼的回去，气恼得不得了，不准我再上这儿来了。他要收回他的钱，那也难怪，钱原来是他的。我们做女人的能有什么法儿？还了他三千二百法郎，说不定他的气会消下去。可怜的人！那是他全部的家私，二十六年的积蓄，流着汗挣来的。他明天一定要这笔钱，不能再拖了……唉，你不知道西卜的脾气；他一冒火，会杀人的呢。也许我能跟他商量，照旧来服侍你们。你放心，他爱怎么说就怎么说吧，我预备受他的气，因为我太喜欢你了，你是一个天使。”

“不，我不过是个可怜虫，只知道爱我的朋友，恨不得牺牲了性命去救他……”

“可是钱哪……许模克先生，哪怕一个子儿不给我，你也得张罗三千法郎，对付你们的用途！你知道我要是你，我怎么办？我绝不三心两意，立刻把没用的画儿卖掉七八张；再拿你屋子里因为没处放而靠壁堆着的，搬些出来补在客厅里。只要那儿数目不缺，管他这一张那一张！”

“干么要补上去呢？”

“哎，他坏得很哪！不错，那是他的病，平常他是像绵羊一般的！他可能起来，东找西寻；虽说他软弱得连房门都出不来，万一他闯进客厅，画的数目总是不错啦！……”

“对！”

“将来等他完全好了，咱们再把卖画的事告诉他。那时你都推在我头上得啦，说要还我的钱，没有法儿。我才不怕负责呢。”

“不是我的东西，我总不能支配的……”老实的德国人很简单的回答。

“那么我去告一状，让法院把你和邦斯先生都传过去。”

“那不是要他命吗？……”

“这两条路你自己挑吧！……我的天！我看你还是先把画卖了，以后再告诉他……那时你拿法院的传票给他看。”

“好，你去告我们吧……那我总算有个理由……将来可以把判决书给他做交代……”

当天晚上七点钟，西卜太太跟一个执达吏商量过了，把许模克叫了去。德国人见了泰勃罗，当场听说要他付款；他浑身哆嗦的答了话，执达吏吩咐他和邦斯都得上法院去听候裁判。那个衙门里的小官儿和备案的公事，把许模克骇坏了，再也不敢抵抗。

“卖画就卖画吧。”他含着一包眼泪说。

下一天早上六点，玛古斯和雷蒙诺克一齐来把各人的画卸了下来。二千五百法郎的两张正式收据是这样写的：

本人兹代表邦斯先生，将油画四幅出售与埃里·玛古斯先生，共得价二千五百法郎整，拨充邦斯先生个人用途。计开：女像一幅，疑系丢勒所作；又人像一幅，属于意大利画派；又荷兰风景画一幅，布勒开尔作；又《圣家庭》一幅，属于佛罗伦萨画派，作家不详。

给雷蒙诺克的收据，措辞相仿；他的四张画是葛淶士，格劳特·劳朗，卢本斯，和梵·伊克的作品，收据上都用法国画派法兰德画派含混过去了。

“这笔钱，使我相信了这些小玩意儿的确有点价值……”许模克拿到了五千法郎说。

“对啦，有点价值……”雷蒙诺克回答，“我很愿意出十万法郎统统买下来呢。”

邦斯有些次等的画堆在许模克屋里；奥凡涅人受了西卜女人之托，就在那一批中挑出几幅尺寸相同的放在老框子内，补足了八张空额。

五十六、弱肉强食

埃里·玛古斯拿到了四张杰作，以算账为名，把西卜女人邀到自己家里。他拼命哭穷，吹毛求疵的指出画上的缺点，说要重新修过，只能出三万法郎佣金。他把法兰西银行印着一千法郎的辉煌耀眼的钞票摆在西卜女人面前，她看得动了心，接受了。玛古斯勒令雷蒙诺克也给西卜女人同样的数目，因为雷蒙诺克是要拿四幅画做抵押，向他借这笔钱的。玛古斯觉得那四幅太美了，舍不得再放手，便在下一天送了六千法郎给旧货商作为他的赚头，教他开一张发票把画卖给了他。西卜太太有了六万八千法郎财产，又把严守秘密的话对两个同党说了一遍。她请教犹太人，怎么样才能存放这笔款子而不让人家发现。

“你不妨买奥莱昂铁路股票，目前市价比票面低三十法郎，三年之后包你对本对利；凭据只有几张纸，往皮包里一放就完了。”

“你在这儿等着，玛古斯先生，我得看邦斯先生亲属的代理人去，他要知道你对楼上那些东西肯出多少钱买……我去把他找来。”

“要是她做了寡妇，”雷蒙诺克对玛古斯说，“那倒对我正合适，你瞧她现在有钱啦……”

“倘使买了奥莱昂股票，两年工夫她的钱还能加一倍。我的一些小积蓄就投资在这上面，做我女儿陪嫁的……趁律师没有来，咱们到大街上去遛遛吧。”

“西卜已经病得很重，”雷蒙诺克又道，“要是上帝愿意把他召回，我就能有个出色的女人管铺子，我的买卖也做得开了……”

西卜女人走进法律顾问的办公室，娇声娇气的说：

“你好，亲爱的弗莱齐埃先生，怎么你的门房说你要搬家了？”

“对啊，西卜太太；我在波冷医生屋子的二层楼上租了个公寓，就在他的上面。房东把屋子装修过了，怪漂亮的，我正想借两三千法郎，体体面面的布置一下。现在我负责照顾你跟玛维尔庭长两方面的利益了，就像我以前跟你说的一样……我不再干这个法律经纪人的行业，我要加入律师公会，非住得像个样儿不可。一定要有一套过得去的家具，一套藏书，巴黎的律师公会才让你登记。我是法学博士，见习过几年，如今又有了大老做后台……啊，你说，咱们的事怎么啦？”

“我有笔积蓄存在银行里，”西卜女人对他说，“没有多少，不过三千法郎，二十五年苦吃苦熬省下来的，倘使你愿意接受，你就给我一张约期票，像雷蒙诺克说的，因为我自己什么都不懂，只知道人家教我怎办就怎办……”

“不，公会条例不准咱们律师出约期票的。这样吧，我给你一张收据，写明五厘起息；将来我要替你在邦斯的遗产上弄到一千两百终身年金的话，你就把收据还我。”

西卜女人发觉自己上了当，不做一声。弗莱齐埃便盯着说：

“不开口就是默认。明儿你给我送来。”

“喔！我很乐意先付公费，这样我的年金更靠得住了。”

弗莱齐埃点了点头，又说：“咱们的事怎么啦？昨天晚上我碰到波冷，似乎你对病人毫不留情哪。再像昨天那样来一次，他胆囊里准会生结石了……我看你还是缓和一点吧，好西卜太太，别教良心过不去。一个人不是长命百岁的。”

“得了吧，什么良心不良心的！……你还想拿断头台来吓我吗？邦斯先生简直是个老顽固！你可不知道他呢！是他惹我冒火的！世界上再没比他更恶的人了，活该受他亲戚的那一套……他又刁，又毒，又是死心眼儿！……我把答应你的话做到了，现在玛古斯先生在我们那儿等你。”

“好！……我跟你同时赶到就是了。你年金的多少全靠那个收藏的价值；要是有八十万，你一年就能有一千五……那是个很大的数目呢！”

“那么，我去吩咐他们估价的时候要绝对公平。”

一小时以后，邦斯正睡得很熟。他从许模克手里吃了一点医生开的安神药，可是被西卜女人私下把量加了一倍。弗莱齐埃，雷蒙诺克，玛古斯，这三个十恶不赦的家伙，把老音乐家收藏的一千七百件东西，一样一样的仔细看过来。许模克也睡在那里，所以那些乌鸦尽可以嗅着死尸，为所欲为了。

玛古斯屡次对着作品出神，看到什么杰作便指点雷蒙诺克，告诉他作品的价值，和他讨论；那时西卜女人就得警告他们：“别出声呀！”

四个人各有各的贪心，都希望物主早死，如今趁他睡着的时候先来掂一掂遗产的斤量：这样的一幕教人看了真是揪心。他们直花了三小时才把客厅里的东西看完。

“平均计算，”吝啬的老犹太说，“这儿每件东西值一千法郎。”

“那么总共有一百七十万了！”弗莱齐埃听着愣住了。

“对我是不值的，”玛古斯眼里发出一道冷光，“我不会出到八十万以上；因为你不知道那些东西要在铺子里搁多久……有些精品要过十年才卖得出，那时进价以复利计算已经加了一倍；可是我要买的话是付现款的。”

“卧室里还有彩色玻璃，珐琅，小型画，金银的鼻烟壶等等。”雷蒙诺克在旁提了一句。

“能去瞧瞧吗？”弗莱齐埃问。

“让我去看看他是不是睡得很熟。”西卜女人回答。

门房女人做了个手势，三只掠食的鸟便走了进去。

“那边是精品，”玛古斯指着客厅说，他的白须根根都在那里钻动，“这儿是贵重的宝物！而且是何等的宝物！帝王的宫中也没有比这儿更美的东西。”

雷蒙诺克瞧着那些鼻烟壶，眼睛亮得像两颗宝石。弗莱齐埃，沉着，冷静，像一条蛇在地上竖了起来，扯着他的扁脑袋，姿势活像画家笔下的曼非斯托番。这三个不同的吝啬鬼，对黄金的饥渴像魔鬼贪嗜天堂上的露水一样，不约而同对宝物的主人瞧了一眼，因为他在床上动了一动，仿佛一个人做恶梦时的动作。给三道魔鬼般的目光注视之下，病人突然睁开眼睛，大叫起来：

“有贼！有贼！……警察呀！有人谋杀我呀！”

显而易见，他虽然醒了，还是在做梦，因为他在床上坐起，眼睛越睁越大，白白的定在那里，一动也不能动。

玛古斯和雷蒙诺克抢着往门外跑，可是被一句话喝住了：

“玛古斯！……我给人出卖了！……”

病人是被保护爱物的本能惊醒的，这情绪至少和保卫生命的本能一样强。

“西卜太太，这一位是谁？”他一看到弗莱齐埃，不由得打了个寒噤。弗莱齐埃却呆呆的站在那儿。

“哎啊！你想我能把他赶出去吗？”她眨巴着眼睛说，同时对弗莱齐埃递了个暗号，“这先生才来，代表你的亲属来看你……”

弗莱齐埃竟没法不露出佩服西卜女人的表情。

“是的，先生，我代表玛维尔庭长太太，代表她的丈夫，她的女儿，来向你道歉。他们无意中知道你病了，很想亲自来招呼你……接你到玛维尔田庄上去养病；包比诺子爵夫人，你那么喜欢的赛西尔，预备做你的看护……她在她母亲面前替你分辩，现在庭长太太也觉得她自己错了……”

“哼！我的承继人派你来，”邦斯气得直嚷，“还给你找了一个巴黎最有眼光的鉴赏家，最精明的专家！……啊！你的故事倒编得不错！”他说到这里像疯子一般哈哈大笑。“你们来估我的画，估我的古董，估我的鼻烟壶，估我的小型画！……好，你们估价吧！你找的人不但每样都内行，而且还有钱买，他是上千万的富翁哪……我的遗产，我那些亲爱的家属用不着等久的了，”他含讥带讽的说，“他们把我勒死了！……——嘿，西卜太太，你自称为我的母亲，可趁我睡觉的时候，把一些做买卖的，跟我竞争的，和玛维尔家的人，带到这儿来！……你们都给我滚出去！……”

可怜虫又是愤怒又是害怕，冲动之下，竟撑起瘦骨嶙峋的身子站了起来。

“抓住我的胳膊，先生，”西卜女人扑上去扶着他，不让他倒下来，“你静静吧，那些人都走了。”

“我要瞧瞧我的客厅去！……”快死的病人说。

西卜女人做个手势叫三只乌鸦赶快飞走；然后她抓着邦斯，也不理会他的叫喊，像捡一根羽毛似的把他抱起来放倒在床上。看见可怜的收藏家完全瘫倒了，她便出去关上大门。邦斯的三个刽子手还在楼梯台上，西卜女人招呼他们等一会；同时她听见弗莱齐埃正在对玛古斯说：

“你们俩得共同署名写一封信，说愿意出九十万现款承买邦斯先生的收藏；将来我们一定让你们大大的赚一笔。”

然后他咬着西卜女人的耳朵说了一个字，只有一个字，而且是谁也听不见的；说完他和两个商人下楼到门房里去了。

五十七、许模克至诚格天

看门女人回进屋子，可怜的邦斯问：

“西卜太太，他们走了吗？”

“谁？……谁走了？……”她反问他。

“那些人呀……”

“那些人？……怎么，你看到了人？……刚才你热度多高，要不是我在这儿，你早已从窗里跳出去了，现在你又跟我说什么人……你头脑老是不清楚吗？……”

“怎么？刚才这儿不是有位先生，说是我亲属派来的吗？……”

“你还要跟我胡闹？……哼，你该教人送到哪儿去，你知道吗？送到夏朗东[①]！……你见神见鬼的看到人！……”

“怎么没有人，埃里·玛古斯！雷蒙诺克！……”

“啊！雷蒙诺克，你看到雷蒙诺克是可能的；他来告诉我可怜的西卜情形很不好，我只能丢下你不管了。你知道，第一得救我

①夏朗东为有名的疯人院所在地。

的西卜。只要我男人一闹病，我就谁都不理了。你静下来睡两个钟点吧，我已经打发人去请波冷医生，等会我跟他一起来……你喝点水，乖乖的睡吧。”

“真的没人到我屋子里来过吗，我刚才醒来的时候？……”

“没有！你也许在镜子里看到了雷蒙诺克。”

“你说得不错，西卜太太。”病人又变得绵羊一般了。

“啊，你这才懂事啦……回头见，小宝宝，乖一点儿，我马上来的。”

邦斯听见大门一关上，便集中最后一些精力爬起来，心里想着：

“他们欺骗我！偷我东西！许模克是个孩子，会让人家捆起来装在袋里的！……”

他觉得刚才那可怕的一幕明明是真的，绝不像幻觉；因为一心要求个水落石出，他居然挨到房门口，费了好大的劲把门打开，走进客厅。一看到心爱的画，雕像，佛罗伦萨的铜器，瓷器，他马上精神为之一振。食器柜和古董橱把客厅分成两半，拦作两条甬道；收藏家穿着睡衣，光着腿，脑袋在发烧，在甬道里绕了一转。他先把作品数了数，并没缺少。他正要退出来，忽然瞧见赛白斯蒂安·但尔·毕翁菩的《玛德教士祈祷》，给换了一张葛滦士的肖像。一有疑心，他头脑里立刻像雷雨将临的天上划了一道闪电。他把八幅名画的地位看了一遍，发觉全部调换了。可怜虫顿时眼前一黑，脚下一软，往地板上倒了下去。他这一晕简直人事不知，在地上躺了两小时；直到许模克睡醒了，从房里出来预备去看他朋友的时候方始发现。许模克好容易才把快死的病人抱起，放在床上给他睡好。可是他跟这个死尸般的朋友一说话，就发觉他目光冰冷，嘟嘟囔囔的不知回答些什么；这时德国人非但没有惊惶失措，倒反表现出英勇无比的友谊。给无可奈何的情形一逼，这孩子般的人居然有了灵感，像慈母或动了爱情的妇女一样。他把手巾烫热了（他也会找到手巾！）裹着邦斯的手，放在邦斯胸口，又把出着冷汗的脑门捧在自己手里。他拿出不下于古希腊哲人阿波里奴斯·特·蒂阿纳的意志，把朋友的生命救了回来。他吻着朋友的眼睛，仿佛意大利雕塑家在《圣母哭子》的浮雕上表现玛丽亚亲吻基督。超人的努力，像慈母与情人一般的奋斗，把一个人的生命灌输给另一个人结果，终于见了功效。半小时以后，邦斯的身体暖了，恢复了人样：眼睛有了神采，身上的暖气使身内的器官又活动起来。许模克拿着提神的药水和了酒，给邦斯喝了：生机传布到全身，早先像顽石一般毫无知觉的脑门上又发出点儿灵性。那时邦斯才明白，他能够苏生是靠了多么热烈的情意和多么了不起的友谊。他觉得脸上给德国人洒满了眼泪，便说了句：

"没有你，我早死了！"

许模克在那里又是笑又是哭。他为了希望朋友开口，焦急的痛苦已经近于绝望；他已经筋疲力尽，所以一听到邦斯的话，就像破皮球似的泄了气。这一回是轮到他支持不住了，他把身子往沙发上倒了下去，合着手做了个极诚心的祷告感谢上帝。在他心目中，邦斯的复活是一个奇迹！他并不以为自己心中的愿望有什么作用，却相信一切都由于上帝的神力。其实这种奇迹是医生们常常看到的很自然的结果。

倘使有两个病情相仿的人，一个得到温情的安慰，有关切他生死存亡的人照顾，一个是由职业的看护服侍：那么一定是后者不治而前者得救的。这是人与人之间不由自主的交感作用；医生不愿意承认这一点，以为病人得救是由于服侍周到，由于严格听从医生的嘱咐；可是做母亲的都知道，持久的愿望的确有起死回生之力。

“亲爱的许模克！……”

“别说话，我能听到你的心的……你歇歇吧，歇歇吧！”老音乐家微笑着说。

“可怜的朋友！高尚的心胸！你是上帝的孩子，永远生活在上帝身上的！只有你爱我！……”邦斯断断续续的说话，有一种从来未有的音调。

快要飞升的灵魂，整个儿都在这几句话里表现出来，许模克听了简直像体验到爱情似的，达于极乐的境界。

“你活呀！你活呀！我可以像狮子一样的勇猛，我一个人能养活两个人。”

“你听着，我的好朋友，我的忠实的，亲爱的朋友！你得让我说话，我快来不及了。我知道自己非死不可。受了这些接二连三的打击，怎么还能恢复？”

许模克哭得像孩子一样。

“你先听着，听完了再哭，”邦斯说，“别忘了你是基督徒，应当逆来顺受。我给人家偷盗了，而偷的人便是西卜女人……跟你分手之前，我得告诉你一些人情世故，你是完全不懂的……他们偷了我八张画，值到很大的一笔钱呢。”

“对不起，是我卖掉的……”

“你？……”

“是我……”可怜的德国人回答，“我们收到了法院的传票……”

“传票？……谁告了我们？……”

“你等一下！……”许模克说着，出去把执达吏交给他的公文拿了来。

邦斯仔仔细细的看过了，让公事在手里掉了下来，一声不出。他生平只知道观察人类的创作，从没注意到道德方面，这时才把西卜女人的诡计一桩桩的想起。于是他艺术家的谈吐，罗马学院时代的才气，又回复了一刹那。

“许模克，我的好人，现在你得像小兵一样的服从我。你听着！你下去到门房里对那万恶的女人说，我要再见见我外甥派来的那个人，要是他不来，我就有意思把收藏送给博物院，因为我要立遗嘱了。”

许模克照着他的吩咐去做了；可是他才开口，西卜女人就笑了一笑：

“许模克先生，咱们亲爱的病人才发了一场恶热，说看到屋子里有人。我可以拿我的一生清白赌咒，咱们病人的亲属压根儿没有派什么人来……”

许模克一五一十把话回报了邦斯。

“想不到她这么厉害，这么奸刁，这么阴险，”邦斯微笑着说，“她扯谎直扯到自己的门房里去了！你知道吗，她今儿早上把一个叫作埃里·玛古斯的犹太人，雷蒙诺克，还有一个人我不认识，可是比其他两个更丑，带到这儿来。她预备趁我睡觉的时间估我的遗产，碰巧我醒过来，撞见他们三个拿着我的鼻烟壶正在估价。那陌生人自称为加缪索他们派来的，我跟他讲了话，无耻的西卜女人硬说我是做梦，可是许模克，我并没做梦！我明明听到那个人的声音，他和我说过话……至于那两个做买卖的，吃了一惊，当场溜了……我以为西卜女人会露马脚的……想不到我没有成功。我要另外做个圈套，教那坏女人上当！……可怜的朋友，你把西卜女人当作天使，哪知她一个月来为了贪心老是在折磨我，希望我快死。我本不愿意相信一个服侍我们多年的女人能坏到这地步。这一念之差，我把自己断送了……告诉我，那八张画，人家给了你多少钱？……”

“五千法郎。”

“天哪！它们至少值到二十倍！这是我全部收藏的精华。我来不及告到法院去了；并且你上了那些坏蛋的当，也得给牵涉进去……那就要了你的命！你不知道什么叫作司法！那是世界上的阴沟，集卑鄙龌龊之大成……看到那么些丑恶，像你那样的心灵是受不了的……何况你现在还有相当的财产。那八张画当初是我出四千法郎买来的，已经藏了三十六年……再说，他们偷盗的手段也真高明。我已经在坟墓边上了，心上只牵挂你一个人……你这个最好的好人。我所有的东西都是你的，我可不愿意你给人家偷盗。所以你得提防所有的人，可是你就从来不知道提防。我知道你有上帝保护；可是万一上帝把你忘了一刹那，你就得像条商船似的给海盗抢得精光了。西卜女人是个妖魔，她害了我的命！你还把她当作天使！我要叫你看看她的本相。你现在去托她介绍个公证人替我立遗嘱……然后我想法教你把她当场活捉……”

许模克听着邦斯的话好像听着天书。天底下会有西卜女人那样恶毒的人，倘使邦斯看得不错的话，那岂不是没有上帝了吗？

“可怜的邦斯情形很坏，”德国人到门房里对西卜太太说，

"他想立遗嘱了；请你给找个公证人来……"

这话是当着好多人说的，因为西卜的病差不多没希望了，雷蒙诺克和他的姊妹，从隔壁过来的两个看门女人，房客们家里的三个老妈子，靠街的二层楼上的房客，都站在大门口。

"喔！你自己去找吧，"西卜女人含着一包眼泪叫道，"你们爱教哪个立遗嘱都可以……可怜的西卜快死了，我还离开他吗？……哪怕一百个邦斯我也不稀罕，我只要救我的西卜，唉，结婚三十年，他从来没有教我伤过一次心！……"

说完她走了进去，让许模克愣在那里。

"先生，"二楼的房客问，"邦斯先生的病真是很厉害吗？……"

这房客叫作姚里华，是法院登记处的职员。

"刚才差点儿死了！"许模克不胜痛苦的回答。

"靠近这儿，"姚里华接着说，"圣·路易街上有位德洛浓先生，他是本区的公证人。"

"要不要我替你去请呢？"雷蒙诺克问。

"好极了……"许模克回答，"我朋友病成这样，西卜太太又不能陪他，我就没法抽身啦……"

"西卜太太说他发疯了！……"姚里华又说。

"邦斯发疯？"许模克骇然叫起来，"呵，他头脑比什么时候都灵活呢……我就担心是回光返照。"

周围所有的人当然很好奇的听着这些话，而且印象很深。许模克是不认识弗莱齐埃的，也就没注意到那张撒旦式的脸和那双炯炯发光的眼睛。刚才那幕大胆的戏，也许超过了西卜女人的能力，实际上是弗莱齐埃在她耳边提了一句，在幕后主使的；可是她的表演的确非常精彩。当众宣告病人发疯，原是恶讼师为这篇文章预先安排好的伏笔。早上的事教弗莱齐埃有了准备；因为他要不在的话，老实的许模克下楼教西卜女人去请邦斯家属的代表的时候，她一时心慌意乱，也许会圆不过谎来。至于雷蒙诺克，他看见波冷医生来了，巴不得溜之大吉，原因是这样的——

五十八、不可恕的罪恶

十天以来，雷蒙诺克正在代行上帝的职司；这是法律所痛恨的，因为它认为赏罚大权应当由它包办才对。雷蒙诺克无论如何想摆脱他幸福的障碍。而他所谓的幸福是把妖娆的看门女人娶过来，使自己的资本增加三倍。他看见小裁缝喝着药茶，就有心把他无关紧要的病变为致命的绝症，而贩卖废铜烂铁的行业又给了他下手的方便。

一天早上，他靠着铺门抽着烟斗，正在想象玛特兰纳大街上的铺子，穿得漂漂亮亮的西卜太太坐镇在那儿……他忽然眼睛一转，看到一个氧化很厉害的圆铜片，大小像五法郎一枚的洋钱，便马上灵机一动，想很经济的用西卜的药茶把它洗干净。他在铜片上系了一根线，每天等西卜女人去服侍两位先生的时候，以探望他的裁缝朋友为名，过去坐上几分钟，把铜片浸入药茶，临走再提着线拿回去。俗称为铜绿的这些酸性的东西，使有益身体的药茶有了侵害身体的毒素，虽是分量极微，也产生了可惊的效果。从第三天起，可怜的西卜头发脱了，牙齿动摇了，身体上调节的机能都被这微乎其微的毒物破坏了。波冷医生看到药茶发生这种作用，不由得左思右想起来，因为他有相当学识，断定必有个破坏性的因素在那里作怪。他瞒着大家把药茶拿回去亲自化验，可是什么都没找到。因为那一天，雷蒙诺克看着自己的成绩也有点害怕了，没有把致命的铜片放进去。波冷医生对自己对科学的唯一的交代，只有认为在潮湿的门房里，整天伏在桌上，对着装有铁栅的窗子，长期枯坐的生活，可能使裁缝的血因为缺少运动而变质，何况还有阳沟的臭气永远把他薰着。诺曼底街是巴黎最老的街道之一，路面开裂，市政府还没装置公共的水龙头，家家户户的脏水都在乌黑的阳沟里慢腾腾的淌着，渗进街面：巴黎特有的那种泥浆便是这么来的。

西卜女人老是奔东奔西的活动着；工作勤奋的丈夫，却老对着窗洞像苦行僧一样的坐着。裁缝的膝盖，关节不灵活了，血都集中在上身；越来越瘦的腿扭曲了，差不多成为废物。所以大家久已认为西卜黄铜般的脸色是一种病态。而在医生眼中，老婆的强壮和丈夫的病病歪歪，更是势所必然的结果。

“我可怜的西卜害的是什么病呀？”看门女人问波冷医生。

“好西卜太大，他的病是当门房得来的……一般性的干枯憔悴，表示他害了不可救药的坏血症。”

波冷医生早先的疑心已经化解，因为他想到一个人犯罪必有目的，必有利害关系，而像西卜那样的人，谁又会害他的命呢？他的老婆吗？医生明明看到她替西卜的药茶加糖的时候，自己也喝上几口的。凡是逃过社会惩罚的许多命案，通常都因为像这一桩一样，表面上并没有暴行的证据，杀人不用刀枪，绳索，锤子那一类笨拙的方法，但尤其因为凶杀发生在下等阶级里面而并无显著的利害关系。罪案的暴露，往往是由于它的远因，或是仇恨，或是谋财，那是瞒不过周围的人的。但在小裁缝，雷蒙诺克，与西卜女人的情形中，除了医生，谁也没有心思去推究死因。黄脸的病歪歪的门房，一方面老婆对他很好，一方面既无财产，又无敌人，旧货商的动机与痴情，西卜女人的横财，都是藏在暗里的。医生把看门女人和她的心事看得雪亮，认为她能折磨邦斯，可并没犯罪的动机与胆量；何况医生每次来，看她拿药茶递给丈夫的时候，她总还先尝一下。这案子本来只有波冷一个人能揭破，可是他以为病势的恶化完全是出于偶然，是一种不可思议的例外，就因为有这种例外，医生这一行才不容易对付。不幸裁缝平素萎靡不振的生活早已把他身子磨坏，所以受到一点儿轻量的铜绿就把命送掉了。而街坊上的邻居和多嘴的妇女，对他暴病身亡的不以为奇，也等于替雷蒙诺克开脱。

“啊！”一个邻居说，“我早说过西卜身体不行了。”

另外一个接口道：“他工作太多，这家伙！他火气上了头。”

“他不肯听我的话，”第三个又说，“我劝他星期日出去遛遛，另外也该停一天工，一礼拜玩两天也不能算多。”

街谈巷议往往是警察分局长破案的线索，司法当局也利用这个平民阶级的皇帝做耳目；如今关于西卜的舆论把他暴卒的原因完全给解释清楚，毫无可疑之处了。可是波冷若有所思的神气，烦躁不安的眼睛，使雷蒙诺克慌得厉害；所以他一看见医生来到，就向许模克自告奋勇，请弗莱齐埃认识的那个德洛浓去了。

“赶到立遗嘱的时候，我再来，”弗莱齐埃附在西卜女人的耳边说，“虽然你心里很难过，还得看着你的谷子。”

恶讼师像影子一般轻飘飘的溜走了，半路上碰到他的医生朋友。

"喂，波冷，一切顺利，"他说，"咱们得救啦！……今晚上我把情形告诉你！你喜欢什么位置，早点儿打定主意吧，包在我身上！至于我哪，初级法庭庭长是稳的了！这一回我再向泰勃罗的女儿提亲，可不会被拒绝啦……我还要替你做媒，把那初级法庭庭长的孙女儿，维丹小姐介绍给你。"

波冷听着愣住了，弗莱齐埃把他丢在那里，像箭头似的直奔大街，对街车招了招手，十分钟之后就到了旭阿梭街的上段。那时大约四点钟，弗莱齐埃知道只有庭长夫人一个人在家，因为法官绝不会在五点以前离开衙门。

玛维尔太太这次对他的另眼相看，证明勒勃夫先生对华蒂南太太的诺言已经兑现，替弗莱齐埃说过好话。阿曼丽招呼他的态度可以说近乎亲热了，当年蒙邦西哀公爵夫人对约各·格莱芒想必也是如此[①]；因为这个小律师是她的一把刀。玛古斯和雷蒙诺克共同署名写了封信，声明愿意出九十万现款承买邦斯的收藏，弗莱齐埃拿出这封信以后，庭长太太瞧着他的眼光可完全反映出那个数字，好比一道贪欲的巨流直冲到小律师面前。

"庭长先生要我约你明天来吃饭，"她说，"没有什么外客，不过是我的诉讼代理人台洛希的后任，高特夏先生；我的公证人贝蒂哀先生；还有小女和小婿……吃过饭，你，我，公证人，诉讼代理人，我们可以照你上次要求的办法谈一谈，同时我们要全权委托你。那两位一定能听从你的主意，帮你把那件事儿办妥。至

①蒙邦西哀公爵夫人（1552—1596），为波旁王族出身，与当时在位的华洛阿－安古兰末王族的亨利三世不睦。约各·格莱芒教士（1567—1589），为刺杀亨利三世的凶手。

于庭长先生的委托书，你需要的时候我随时可以交给你……”

“病人死的那一天我就用得着……”

“我们先给你准备好就是了。”

“庭长太太，我所以要求有份委托书，要求府上的诉讼代理人别出面，倒不是为了我，而是为了你们……我要替人出力的话，我是把自己整个儿贡献出来的。所以，太太，我希望我的保护人（我不敢把你们看作当事人），对我一样的忠实，一样的信任。您可能以为我这样做是要抓住生意；不是的，太太，不是的；如果出了点小小的乱子……因为在遗产案子里，尤其目标有九十万法郎的数目，一个人往往要给拖到……那时您总不能让高特夏先生那样的人为难，他的清白是无可批评的；可是对一个无名小卒的经纪人，您尽可把全部责任推在他头上……”

庭长太太望着弗莱齐埃，不觉深表佩服。她说：

“你将来不是爬得极高，便是跌得极重。我要是你，我才不眼红什么初级法庭庭长，我要上芒德去当一任检察官，大大的干一番。”

“您等着瞧吧，太太！初级法庭的位置对维丹先生是匹驽马，为我却是匹战马。”

这样谈着，庭长太太对弗莱齐埃说出了更进一步的心腹。她说：

“你既然这样关切我们的利益，我不妨让你知道我们的难处和希望。以前小女跟一个现在开着银行的油滑小子提亲的时候，庭长就有心扩充玛维尔产业，把当时有人出卖的几块牧场买下来。后来我们为了嫁女儿，把那美丽的庄子放手了，那是你知道的；可是我只有这个女儿，我还希望把剩下的牧场买进，因为一部分已经给别人买去。业主是个英国人，在那儿住了二十年，预备回国了。他盖着一所精致的别墅，风景极好，一边是玛维尔花园，一边是草地，这草地从前也是英国人的。他为了要起造大花园，曾经花了很多钱，把小树林和园亭等等大加修葺。这乡下别墅跟它附属的建筑物，正好衬托出四周的形胜，和我女儿的花园又只有一墙之隔。屋子连同牧场的价钱大概是七十万法郎，因为每年的净收入是两万……但要是华特曼先生知道我们想买，马上会多要二三十万，因为照乡下出卖田产的惯例，建筑物不算钱的话，他是有损失的……”

“可是，太太，您那份遗产可以说十拿九稳了；我有个主意在这儿，我能代您出面，用最低价买进那块地。我跟卖主的手续不用经过官方，像地产商一样办法……我不妨就用那个身份去跟英国人接洽。这种事我很内行，在芒德专门干这一套；华蒂南事务所的资本，就是这样的增加了一倍，因为是我替他经手……”

“你跟华蒂南太太的关系敢情就是这么来的……那位公证人现在该很有钱啦？……”

“可是华蒂南太太也真会花……所以，太太，您放心，我一定替您把英国人收拾得服服帖帖……”

“你要办到这一点，那我真感激不尽了……再会，亲爱的弗莱齐埃先生，明儿见。”

弗莱齐埃临走对庭长太太行的礼不像上次那样卑恭了。

“明儿我要在玛维尔庭长家吃饭了！”弗莱齐埃心里想，“得了，这些人都给我抓住了。不过要完全控制大局，还得利用初级法庭的执达吏泰勃罗，去间接支配那德国人。泰勃罗从前不愿意把独养女儿给我，我当了庭长就不怕他不肯了。红头发，高身量，害着肺病的泰勃罗小姐，从母亲手里承继了一所王家广场上的屋子，那我不是有被选资格了吗？将来她父亲死后，总还能有六千法郎一年的收入。她长得并不漂亮，可是天哪！从一文不名一跳跳到一万八千的进款，可不能再管脚下的跳板好看不好看啦！”

从大街上回到诺曼底街，他一路做着这些黄金梦：想到从此不愁衣食的快乐，也想到替初级法庭庭长的女儿维丹小姐做媒，攀给他的朋友波冷。跟医生合作之下，他可以在一区里称霸，控制所有的选举，不论是市里的，军队里的，中央的[①]。他一边走一边让自己的野心像奔马般的飞腾，大街的路程也就显得特别短了。

---

①军队里的选举，系指国家禁卫军的选举军官。因路易·腓列伯治下的禁卫军为民团性质，由中产阶级与工商人士组成。

五十九、遗嘱人的妙计

许模克上楼回到朋友身边，告诉他西卜快死了，雷蒙诺克请德洛浓公证人去了。邦斯听着不由得一怔，以前西卜女人滔滔不竭的跟他胡扯的时候，常常提到这名字，说那公证人如何如何诚实，要介绍给他。病人从早上起已经满腹狐疑，这时更恍然大悟，使他那个捉弄西卜女人，教轻信的许模克把她完全揭穿的计划，给修正得更完满了。

“许模克，”他拿着他的手说，可怜的德国人被这么多的新闻这么多的事搅糊涂了，“屋子里要乱起来了；倘若西卜快死了，咱们就可以有一忽儿的自由，就是说可以暂时摆脱一下奸细，因为人家一定在那里刺探我们。你出去，雇一辆车上戏院，找哀络绮思小姐，告诉她我临死之前想见她一面，希望她十点半完场以后到这儿来。你再去找你的朋友希华勃和勃罗纳，约他们明儿早上九点来看我，要做得像走过这儿顺便来的……”

老艺术家自知不久人世之后所定的计划是这样的：他要使许模克有钱，指定他为全部遗产的继承人；而为预防人家跟德国人捣乱起见，他预备当着见证把遗嘱口述给公证人，令人不能说他精神错乱，而加缪索他们也找不到借口来攻击他对遗产的处分。听到德洛浓的名字，他认为其中必有阴谋：先是公证人可能把遗嘱订得不合法定方式，使它失效；其次，西卜女人一定有心出卖他，早就定下什么诡计。他就想将计就计，教德洛浓口授一份遗嘱，由他亲笔书写，封固，藏在柜子的抽斗内。然后他打算要许模克躲入床后的小房间，把西卜女人来偷遗嘱，拆开来念过了再封好等等的勾当，一一看在眼里。然后，明天早上九点，他另外请个公证人，立一份合格的无可批驳的遗嘱，把昨天那份撤销。一知道西卜女人在外边说他发疯，说他白日见鬼，他就觉得背后必有庭长太太的深仇宿恨在作怪，她既要报复，又要谋他的财产；因为两个月以来，可怜虫躺在床上失眠的时候，长时间孤独的时候，把一生的事都细细温过一遍了。

古往今来的雕塑家，往往在坟墓两旁设计两个手执火把的神像。这些火把，除了使黄泉路上有点儿亮光之外，同时照出亡人的过失与错误。在这一点上，雕塑的确刻画出极深刻的思想，说明了一个合乎人性的事实。临终的痛苦自有它的智慧。我们常常看到一般普通的年纪轻轻的姑娘，头脑会像上百岁的老人一样，她们能预言未来，批判家人，绝不给虚情假意蒙蔽。这是死亡带来的伟大。而值得注意的是，人的死有两种不同的方式。洞烛过去或预言未来那样的能力，只限于因躯壳受伤，因肉体生活遭到破坏而致命的人。凡是害坏疽病的，例如路易十四；或是害肺病的，或是发高热的，例如邦斯；或是患胃病的，例如莫索夫太太；或是生龙活虎般的人中了重伤，例如兵士：这种人就能洞察幽微，死得奇特，死得神妙；至于另外一些病人，可以说病在理智，病在头脑，病在替肉身与思想做媒介的神经组织的，他们的死是整个儿死的，精神与肉体同时毁灭的。前者是没有肉体的灵魂，像《圣经》中所说的精灵；后者只是死尸。邦斯这个童贞的男子，这个贪嘴的道学家，这个端方正直的完人，很晚才参透庭长夫人胸中那股怨毒之气。他直到快离开尘世的时候才了解尘世。所以从几小时以来，他高高兴兴的打定了主意，仿佛一个生性快活的艺术家，觉得一切都可以拿来做插科打诨，嬉笑怒骂的材料。他与人生最后的联系，爱美的热情，鉴赏家对艺术品的留恋，从那天早上起也斩断了。一发觉给西卜女人偷盗之后，邦斯对艺术的浮华与虚幻，对自己的收藏，对创造那些神奇的作品的作者，决意告别了；他一心只想到死，并且像我们的祖先一样，把死看作基督徒的一个快乐的归宿。唯有他对许模克的友爱，使他还想在身后保护他；所以他要找哀络绮思来帮助他对付那些坏蛋，他知道他们不但眼前在包围他，将来还不肯放过他的受赠人。

哀络绮思·勃里斯多，颇像贞妮·凯婷与玉才华一流[1]，身份虽然不上不下，人倒是挺真的：她一方面不择手段，玩弄一切出钱买笑的崇拜者；一方面却很够朋友，什么权势都不怕，因为她看穿了人的弱点，而在玛皮伊舞会与狂欢节中间，跟巴黎警察对垒的阵式，她也见得多了。邦斯对她的想法是这样的：

“她既然把我的位置给了迦朗育，她一定觉得更应该帮我的忙。”

门房里情形混乱，许模克出去竟没有人发觉；他极快的赶回来，唯恐邦斯一个人在家里耽得太久。

德洛浓和许模克同时来到。虽然西卜快死了，他的女人还是

①贞妮·凯婷与玉才华同为巴尔扎克小说中有名的女歌唱家兼演员，散见于《贝姨》及其他小说。

陪着公证人上楼，带进卧房；然后她自动退了出去，让许模克，德洛浓和邦斯三个人在屋里。但她把房门开着一点，手中拿了一面很巧妙的小镜子站在门口。这样，她不但能听见，还能看到屋内的情形，因为这一刻工夫是她的重要关头。

邦斯对德洛浓说："先生，我不幸神志很清楚，因为我觉得自己要死了；大概由于上帝的意志，死亡的痛苦我一桩都不能幸免！……这一位是许模克先生……"

公证人向许模克行了礼。邦斯又道：

"他是我世界上唯一的朋友，我要指定他为全部遗产的承继人；他是德国人，对我们的法律完全不懂的。请你告诉我，遗嘱应该用什么方式，我的朋友才能执管遗产而不致受人家反对。"

"先生，"公证人回答，"天下没有一件事不可以反对的，所谓法律就有这点儿麻烦。可是在遗嘱的范围内，也有批驳不倒的……"

"请问是哪样的遗嘱呢？"

"那是当着公证人和见证立的遗嘱。有了见证就能证明遗嘱人的神志完全清楚，而如果遗嘱人没有妻子儿女，没有父亲，没有弟兄……"

"这些我都没有，我全部感情都在我亲爱的朋友许模克身上……"

许模克听着哭了。

"根据法律，倘若你只有旁系远亲，你就可以自由处分你的动产与不动产。但遗嘱的行为不能与道德抵触。想必你也看到过，有些遗嘱受到攻击是因为遗嘱人措置乖张。但当着公证人立的遗嘱是推翻不了的。因为这样，人家不能说遗嘱是伪造的，遗嘱人的精神状态有公证人鉴定，而遗嘱人的签字也绝无争辩的余地……除此以外，凡是意义清楚，合乎法定方式的自书遗嘱，也同样不容易推翻。”

“那么我根据我的理由，决定请你口授遗嘱，由我亲笔写下来，交给我的朋友……你说这么办行不行？……”

“行！……你写吧，我来念……”

“许模克，把我那个蒲勒小墨水缸拿过来。”——“先生，请你念的时候声音放低一些，可能有人偷听。”

“把你的意思先告诉我吧。”公证人说。

十分钟之后，许模克点起一支蜡烛，公证人把遗嘱仔细看过，封固，由邦斯交给许模克，要他放在书桌的一只暗抽屉内；然后邦斯把书桌的钥匙系在手帕上，放在枕头底下。这些情形，西卜女人都看在眼里，而邦斯在大镜子内也把她看在眼里。遗嘱人为表示礼貌起见，指定公证人为遗嘱执行人，又遗赠他一幅名贵的画，那是公证人在法律范围内可以接受的。德洛浓出来在客厅内碰到了西卜女人。

“喂，先生，邦斯先生有没有想到我呀？”

“好太太，你总不至于要公证人泄露当事人的秘密吧？”德洛浓回答，“我只能告诉你，多少人的贪心和希望这一下都完事大吉。邦斯先生的遗嘱通情达理，极有爱国心，我非常赞成。”

这几句话把西卜女人的好奇心刺激到什么程度，简直难以想象。她下楼去替西卜守夜，打算等会教雷蒙诺克小姐来替代她，以便在清早两三点钟去偷看遗嘱。

六十、假遗嘱

哀络绮思·勃里斯多小姐晚上十点半来拜访，西卜女人并不觉得奇怪；但她很怕舞女提到高狄沙给的一千法郎，所以她对客人的礼貌与巴结，好似招待什么王后一般。哀络绮思一边上楼一边说：

“啊！亲爱的，你在这儿比进戏院好多啦，我劝你还是把这个差使干下去吧！”

哀络绮思是由她的知心朋友皮克西渥坐着车送来的，她浓装艳服，因为要赴歌剧院的红角儿玛丽哀德的晚会。二楼的房客，从前在圣·特尼街开绣作铺的夏波罗先生，带着太太和女儿，刚从滑稽剧院回来，在楼梯上遇到这样漂亮的装束这样漂亮的人物，都不由得吃了一惊。

“这位是谁呀，西卜太太？”夏波罗太太问。

“是个贱货！……你只要花四十铜子，就可以看到她每天晚上光着身子跳舞……”看门女人咬着房客的耳朵回答。

“维多莉，你让太太先走！”夏波罗太太吩咐女儿。

哀络绮思完全明白做母亲的这样大惊小怪的叫嚷是什么意

思，便回过头来说：

“太太，你家小姐难道比艾绒还容易着火，你怕她一碰到我就会烧起来吗？……”

哀络绮思笑盈盈的对夏波罗先生飞了一眼。

“嗯，不错，她下了台倒真漂亮！”夏波罗先生说着，站在了楼梯台上。

夏波罗太太把丈夫使劲拧了一把，使他痛得直叫，顺手把他拉进了屋子。

“哼！”哀络绮思说，“这里的三楼简直像五楼一样。”

“小姐可是爬高爬惯的呢。”西卜女人一边说一边替她开门。

哀络绮思走进卧房，看见可怜的音乐家躺着，瘦削的脸上血色全无。

“喂，朋友，还是不行吗？戏院里大家都在牵挂你；可是你知道，光有好心也没用，各人忙着各人的事，简直抽不出一个钟点去看朋友。高狄沙天天都说要上这儿来，可天天为了经理室的琐碎事儿分身不开。不过我们心里都对你很好……”

“西卜太太，”病人说，“你走开一下好不好，我们要跟小姐谈谈戏院的事，商量我的位置问题……回头许模克会送小姐出去的。”

许模克看见邦斯对他递了个眼色，便推着西卜女人出去，把门销插上了。

西卜女人一听见锁门声，就对自己说：“嘿！这混账的德国人，他也学坏了，他！……这些缺德事儿一定是邦斯教他的……好吧，你们瞧我的吧……”西卜女人自言自语的下楼，“管他！要是跳舞女人提到一千法郎什么的，我就说是戏子们开的玩笑。”

她去坐在西卜床头。西卜嘟囔着说胃里热得像一团火；因为他女人不在的时候，雷蒙诺克又给他喝过了药茶。

邦斯在许模克送出西卜女人的时间，对舞女说：“亲爱的孩子，我有件事只信托你一个人，就是请你介绍一位诚实可靠的公证人，要他准明天上午九点半到这儿来，给我立遗嘱。我要把全部财产送给我的朋友许模克。万一这可怜的德国人受到欺侮的话，我希望那公证人能做他的顾问，做他的保护人。因此我要找一个极有地位极有钱的公证人，不至于像一般吃法律饭的，为了某些顾虑而轻易屈服；我可怜的承继人将来是要倚靠他的。我就不相信加陶的后任贝蒂哀；你交游极广……”

“喔！有了有了！弗洛丽纳和勃吕哀伯爵夫人的公证人雷沃博·汉纳耿，不是行了吗？他是个道学家，从来不跟什么交际花来往！你找到他仿佛找到了一个父亲，你自己挣的钱，他也不许你乱花；我把他叫作吝啬鬼的祖宗，因为我所有的女朋友都给他教得省俭了。告诉你，第一，他除了事务所以外，一年有六万法郎进款。第二，他这个公证人完全是老派的公证人！他走路，睡觉，随时随地都忘不了公证人身份；大概他生的儿女也是些小公证人吧……他顽固，迂执，可是办起事来绝不对权势低头……他从来没养过女人，好做家长的标本！太太对他挺好，也不欺骗他，虽然是公证人太太……要讲到公证人，巴黎没有更好的了；就像古时的长老一样。他不像加陶对玛拉迦那么有趣；可也不会溜之大吉，像跟安多尼亚同居的那小子！我教他明儿早上八点钟来……你放心睡觉吧。希望你的病快点儿好，再替我们写些美丽的音乐；可是，人生的确没意思，经理们讨价还价，国王们横征暴敛，部长们操纵投机，有钱的一钱如命……干戏剧的连这个都没有啦！”她说着拍了拍心窝，“这年月真是活不下去……再见吧，朋友！”

“哀络绮思，我第一要求你严守秘密。”

“这不是舞台上的玩意儿，”她说，“我们做戏的，嘿，把这种事看得很重呢。”

“孩子，你现在的后台是谁呀？”

“你这一区的区长蒲杜伊哀，像故世的克勒凡一样的蠢家伙；你知道，高狄沙的股东克勒凡，几天之前死了，什么都没留给我，连一瓶头发油都没有①。所以我说咱们这时代真没出息。”

“他怎么死的？”

“死在他女人手里！……要是他不离开我，还不照常活着吗？再见，好朋友！我毫不忌讳的跟你提到死，因为我料你不消半个月，一定会在大街上溜达，捡些小古董小玩意儿；你没有什么病，我从来没见过你眼睛这么精神……”

舞女走了，知道她堂兄弟迦朗育的乐队指挥是稳的了……每层楼上都有人开出门来瞧这位头牌舞女。她的出现轰动了整个屋子。

舞女走到大门口招呼开门的时候，弗莱齐埃像条斗牛狗咬到了东西死不放松，正待在门房里守着西卜女人。他知道遗嘱已经立了，特意来探探看门女人的意思；因为德洛浓对他像对西卜女人一样，一点消息不肯透露。恶讼师不免把舞女瞧了一眼，决意要使他这最后关头的访问有点儿结果。

---

①哀络绮思从前是克勒凡的情妇，而克勒凡是做花粉生意出身，事见《贝姨》。

“亲爱的西卜太太，你事情紧急啦。”

“唉，是啊，可怜的西卜！……将来我发了财，他可享受不到了，想到这个，我……”

“可是先得知道邦斯先生有没有留给你什么，就是说遗嘱上有没有你的名字。我是代表血亲继承人，当然反对邦斯的处分；总而言之，你只能指望我的当事人给你一些好处……听说那遗嘱是自己写的，所以很容易推翻……你知道放在哪儿？”

“放在书桌的抽斗里，他把钥匙缚在手帕上，藏在枕头底下……我看得清清楚楚。”

“遗嘱有没有封起来？”

“哎啊！封起来的呀。”

“偷盗遗嘱把它灭迹，固然是很重的刑事，但私下看一看不过是很轻的罪名；老实说，那也没有什么大不了，反正没人看见你！老头儿睡觉是不是睡得很熟的？……”

“睡是睡得很熟的；可是早上你要把每样东西都看到，估个价钱的时候，他明明睡得像死人一样，谁想到他会醒的……可是我得去瞧瞧！天亮四点钟，我去跟许模克换班，你要愿意来，可以有十分钟的时间看到遗嘱……”

“行！就这么办。我四点钟来轻轻的敲门……”

“等会雷蒙诺克小姐代我陪西卜，我先通知她教她开门；你只要敲敲窗子，免得惊动旁人。”

“好吧；你先把火预备好，是不是？一支蜡烛就够了……”

半夜左右，可怜的德国人坐在沙发里，不胜悲痛的端相着邦斯。邦斯像垂危的人一样满脸皱痕，他经过了那天多少的刺激，疲倦不堪，仿佛快断气了。

“我想我这点精力只能撑到明天下午，”邦斯很洒脱的说，“明天晚上，我大概要入于弥留状态了。许模克，等公证人和你两个朋友来过以后，你去把圣·法朗梭阿教堂的杜泼朗蒂神甫请来。这位好人不知道我病了，我希望明天中午受临终圣体……”

他停了半晌又说：“上帝不愿意给我理想的生活。我要有个女人，有些孩子，有个家庭的话，我会多么爱他们！……我的野心不过是躲在一边，有几个亲人爱我！……每个人都觉得人生是场空梦，我看到有些人，凡是我希望不到的都齐备了，可也并不快乐……慈悲的上帝使我晚年有了意想不到的安慰，给我一个像你这样的朋友！……亲爱的许模克，我自问没有误解你，完全体会到你的优点，我把我的心，把我的友爱都给了你……你别哭，要不然我就不说了！可是和你谈谈我们的事，我心里多快乐……要是听了你的话，我就不会死了。我应当脱离社会，戒掉我的习惯，那就不至于受到奇耻大辱，把我的命送掉了，现在我只想料理你的事……”

“你不用费这个心！……”

“别跟我争，你听着我，好朋友……你天真，坦白，像从来没有离开过母亲的五六岁的孩子，这是了不起的；我看上帝会亲自照顾你这一类的人。可是世界上的人心术多坏，我应当教你提防他们。你的轻信是胸怀高洁的表现，唯有天才和像你那样的心灵才会有，可是你这些纯洁的信心马上要丧失了。你要看到西卜太太来偷我这份假遗嘱，你不知道她刚才始终在半开的门里偷看我们……我料定那坏女人要在天亮的时候下手，以为那时你是睡着的。你得仔细听我的话，我说什么你都得照办，一点不能含糊……听见没有？”病人又问了一句。

六十一、大失所望

被痛苦压倒的许模克，心跳得可怕，脑袋仰在椅背上，好似昏迷了。

“是的，我听见的！可是你的声音远得很……我好像跟你一块儿陷到坟墓里去了！……”德国人说着，难过到极点。

他过去捧着邦斯的手，很诚心的做了个祈祷。

“你念念有词的用德文说些什么呀？……”

祷告完了，他很简单的回答：“我求上帝把我们俩一块儿召回去！”

邦斯忍着胸口的疼痛，勉强探出身子，挨近许模克去亲他的额角，把自己的灵魂灌注给这个上帝脚下的羔羊，表示祝福。

“喂，听我呀，亲爱的许模克，快死的人的话，是非听从不可的……”

“我听着！”

“你知道，你的屋子跟我的屋子中间有个小房间，西边都有扇小门。”

“不错，可是里头全堆满了画。”

“你马上去轻轻的把门的地位腾出来！……”

“好吧……”

“你先把两边的过道出清再把你那儿的门虚掩着。等西卜女人来跟你换班的时候，（今天她可能提早一个钟点）你照常去睡觉，要做出很疲倦的神气。你得装作睡熟……只要她在椅子里坐下了，你就从门里走进我的小房间，把玻璃门上的窗纱撩开一点，留神看着这儿的动静……明白没有？”

“明白了。你的意思是那个坏女人要来烧掉遗嘱……”

“我不知道她要怎么办，反正以后你不会再拿她当作天使了。现在我要听听音乐，你来临时作些曲子让我享受一下……这样你心有所归，不至于太愁闷；而你的诗意也可以替我排遣这凄凉的一夜……”

许模克就开始弹琴了。悲痛的激动和反应所唤起的音乐灵感，不消几分钟，就像往常一样把德国人带到了另外一个世界。他找到些意境高远的主题，任意发挥，时而凄怆沉痛，委婉动人如肖邦，时而慷慨激昂，气势雄壮如列兹：这是最接近巴迦尼尼的两个音乐家。演技的完美到这一步，演奏家差不多与诗人并肩了；他与作曲家的关系，好比演员之于编剧：神妙的内容有了神妙的表现。那晚上，邦斯仿佛预先听到了天国的音乐，连音乐家的祖师圣女赛西尔也为之废然若失的神奇的音乐。许模克这一下是等于贝多芬而兼巴迦尼尼，是创造者同时是表演者。涓涓不尽的乐思，像夜莺的歌喉，崇高伟大像夜莺头上的青天，精深闳博像夜莺在那里千啼百啭的丛林：他从未有这样精彩的表现。邦斯听得悠然神往，有如鲍洛涅美术馆中那幅拉斐尔画上的情景。不料这团诗意给一阵粗暴的铃声打断了。二楼房客的老妈子，奉主人之命来请许模克停止吵闹。夏波罗先生，夏波罗太太，夏波罗小姐，都给吵醒了，没法再睡；他们认为戏院里的音乐白天尽有时间练习；而在玛莱区的屋子里也不该在夜里弹琴……那时已经三点了。到三点半，不出邦斯所料——他仿佛亲耳听见弗莱齐埃和西卜女人的约会的——看门女人出现了。病人对许模克会心的望了一眼，意思是说："你瞧，我不是猜着了吗？"然后他装作睡得很熟的模样。

一个人的老实最容易使人上当，儿童的卖弄狡狯就利用他的天真烂漫做手段，而且往往是成功的。西卜女人绝对相信许模克是老实人，所以看他悲喜交集的走过来对她说话，一点也不疑心他扯谎。

"哎啊！他这一夜情形坏透了！烦躁不堪，像着了魔似的。我只得给他弹弹琴使他安静；想不到二楼的房客跑来叫我停止！……真正岂有此理！那是为救我朋友性命呀。我弹了一夜琴，累死了，到今儿早上简直撑不住啦。"

"我可怜的西卜情形也不好，今儿要再像昨天一样，就没希望了！……有什么法儿！只能听上帝的意思！"

"你人多老实，心多好，要是西卜老头死了，咱们住在一块儿！"狡狯的许模克说。

朴实正直的人作假的时候，会像儿童一样可怕，做的陷阱跟野蛮人做的一样精密。

"得啦，小乖乖，去睡吧！"西卜女人说，"瞧你眼睛多累，像核桃一样了。能跟你这样的好人一块儿养老，那我丢了西卜，还算有点安慰。放心，我会把夏波罗太太去训一顿的！……嘿，卖针线出身的女人也配拿架子吗！……"

这样以后，许模克就躲进了他的小房间。

西卜女人把大门虚掩着，弗莱齐埃溜了进来，轻轻的把门关上了，那时许模克已经走进自己屋子。律师拿着一支点着的蜡烛，和一根极细的铜丝，预备拆遗嘱用的。病人有心让缚着钥匙的手帕露在长枕头外面，身子朝着墙，睡的姿势使西卜女人拿起手帕来格外方便。她拿了钥匙走向书桌，尽量轻手轻脚的开了锁，摸到抽斗的暗机关，抓着遗嘱到客厅去了。邦斯看见这情形骇坏了。许模克却从头到脚在那里哆嗦，仿佛他自己犯了什么罪。

“你回进屋子去，”弗莱齐埃从西卜女人手里接过遗嘱，吩咐她，“他要醒来，应当看见你坐在屋里才对。”

弗莱齐埃拆开封套的熟练，证明他已经不是初犯。他念着这古怪的文件，不由得大为惊异。

立自书遗嘱人邦斯，兹因自本年二月初患病以来，病势有增无减，自知不久人世，决将所有遗产亲自处分。余神志清楚，可以本遗嘱内容为证。又本遗嘱系会同公证人德洛浓先生拟定。

余素以历代名画聚散无常，卒至澌灭为恨。此等精品往往转辗贩卖，周游列国，从不能集中一地，以饱爱美人士眼福，尤为可慨。窃以为名家杰作均应归国家所有，俾能经常展览，公诸同好，一如上帝创造之光明永远为万民所共享。

余毕生搜集若干画幅，均系大家手迹，面目完整，绝未经过后人篡改或重修。此项图画为余一生幸福所在，极不愿其在余身后再经拍卖，流散四方，或为俄人所得，或入英人之手，使余过去搜集之功化为乌有。所有画框，均出名工巧匠之手，余亦不忍见其流离失所。

职是之故，余决将藏画全部遗赠国王，捐入卢浮博物馆。遗赠条件即受赠人必须对余友人威廉·许模克负担每年二千四百法郎之终身年金。

倘或国王以卢浮博物馆之代表人资格，不愿接受上述条件之遗赠，则该项图画当即遗赠余友人许模克。至图画以外之其他物件，本不在捐入公家之列，亦一并赠予许模克。但受赠人必须负责将谷雅所作《猴头》一画，致送与余外甥加缪索庭长；将弥浓所作花卉《郁金香》一幅，致送与公证人德洛浓先生。余并指定德洛浓先生为遗嘱执行人。又许模克当以二百法郎之年金，赠予为余服役十年之西卜太太。

余并委托友人许模克将卢本斯所作《放下十字架》一画，赠予本区教堂，以表余对杜泼朗蒂神甫之谢意。余临终深感杜神甫指导，俾余得以基督徒身份魂归天国。（下略）

一八四五年四月十五日邦斯（签名）

“这可完了蛋！”弗莱齐埃对自己说，“我所有的希望都完了蛋！啊！庭长夫人说老头儿如何如何奸刁，我这才相信了！……”

“怎么呢？”西卜女人走来问。

“你的先生真不是人！把全部东西送给了国家美术馆。咱们可不能跟政府打官司！……这遗嘱是推翻不了的。咱们真是遇到了贼，给偷盗了，抢光了，要了命了！……”

“他给我什么？”

“两百法郎终身年金……”

“哎啊！他手面这样阔！……这十恶不赦的坏蛋！……”

“你去看着他，”弗莱齐埃说，“我得把你那个坏蛋的遗嘱给封起来。”

六十二、初次失风

西卜太太一转背，弗莱齐埃赶紧拿张白纸装入封套，把遗嘱藏在自己袋里；然后他很巧妙的重新封固，等西卜太太再来的时候给她瞧，问她可看得出痕迹。西卜女人接过封套，摸了摸，觉得遗嘱还在里头，不禁深深的叹了口气。她本来希望弗莱齐埃把该死的文件烧掉的。

“唉，亲爱的弗莱齐埃先生，怎么办呢？”她问。

“哦！那是你的事！我不是承继人；我要对这些东西有权利的话，”他指着屋里的收藏，“我当然知道怎么办的……”

“我就是问你这个啊……”西卜女人愣头傻脑的说。

“壁炉里有的是火……”他说着站起身来预备走了。

“不错，这件事只有你我两个人知道是不是？……”

“谁能证明有过什么遗嘱的！”律师说。

“那么你预备怎么办？”

“我吗？……倘若邦斯先生死后没有遗嘱，我担保你到手十万法郎。”

“哼，对啦！”她说，“你们总是金山银山的答应人家；赶到东西一到手，要付钱了，你们就赖个精光，像……”

她差点儿说溜了嘴，把埃里·玛古斯的事对弗莱齐埃说出来……

“我得走了！”弗莱齐埃说，“为你着想，不应该让人家看见我在这儿；咱们在门房里见吧。”

西卜女人关上大门，拿着遗嘱回进来，打定主意要把它扔在火里了；可是她进了卧房走向壁炉的时候，忽然给两条胳膊抓住了！……她发觉邦斯与许模克一边一个站在她两旁。他们原来靠着房门，把身子贴在墙上等着她。

“啊！”西卜女人叫了一声。

她合着身子扑倒在地下，丑态百出的浑身抽搐，也没人知道她是真是假。这模样给邦斯的刺激，使他差不多要死过去了，吓得许模克丢下西卜女人，赶紧扶着邦斯上床。两位朋友浑身发抖，就像一些人好不容易的做了件大事而把气力用过了头，赶到邦斯睡下，许模克的精力恢复了一点的时候，他听见了哭声。原来西卜女人跪在地下，流着眼泪，伸着手，做出种种表情向两位朋友哀求。她看见两人注意她了，便说：

“哎唷！我的好邦斯先生！那完全是好奇心呀。女人就是这个毛病，你知道！可是我没法拆开来念，就给你拿回来了！……”

“你滚罢！”许模克猛的站起身子，义愤填胸，一下子变得威严起来，“你是畜生！想害我邦斯的命。他没有冤枉你！你不但是畜生，还该入地狱！”

西卜女人看见天真的德国人满脸厌恶的表情，马上像笞丢夫一般扬着脸站起身子走了，临走又瞪了许模克一眼，把他吓得心惊肉跳。出门之前，她顺手捡了一幅曼殊作的小画藏在衣兜里。

她听见玛古斯赞不绝口的说过那张画是“一宝”。她在门房里碰到了弗莱齐埃；他在那儿等着，只希望西卜女人把那个封套跟里面那张白纸都给烧了；一看见当事人神色慌张，他不由得吃了一惊。

“出了什么事啦？”

“亲爱的弗莱齐埃先生，你给我出的好主意！你说是指导我，结果教我把两位先生的年金和信任统统丢了……”

于是她又拿出她的看家本领，滔滔滚滚的话像开了水闸。

“废话少说，”弗莱齐埃冷冷的把她拦住了，“快点讲事实！事实！”

“好吧，你听我的事实……”

她就把经过情形一五一十说了一遍。

“我并没使你损失什么，”弗莱齐埃回答，“那两位先生早已在疑心你了，要不怎会做这个圈套呢？他们早等着你，私下在注意你！……哼，敢情你还有些事瞒着我！”律师补上这句的时候，虎视眈眈的把门房女人瞪了一眼。

“咱们一同干过了那样的事……你还说我瞒着你什么！……”她说着，打了个寒噤。

“哎，好太太，我又没做什么不正当的事！”弗莱齐埃这句话，明明表示他不承认去过邦斯的屋子。

西卜女人觉得头发根里有团火，浑身上下却是冻了冰。

“怎么？……”她完全呆住了。

“你这不是担了天大的罪名吗？……人家可以告你毁灭遗嘱。”弗莱齐埃冷冷的回答她。

西卜女人马上大惊失色。

“放心吧，我是你的顾问。我不过给你证明，要做到我以前跟你说过的话是多么容易，不论用什么方法。告诉我，你究竟干了些什么事，会教那天真的德国人瞒着你躲在屋子里的？……”

“我又没有做什么，除非是昨天我说了邦斯先生见神见鬼。从此他们俩对我的态度完全变了。所以还是你害了我，因为倘若邦斯先生不相信我，德国人我还是拿得住的，他已经说起要娶我，或是带我一起走，那不是一样吗？”

这理由相当充分，弗莱齐埃没法再逼她了。

“不用怕，我答应你的年金绝不赖。至此为止，这件事里头一切还只是个假定；从现在起，就跟现钞一样啦……你一千二的终身年金是少不了的……可是亲爱的西卜太太，你得完全听我的命令，而且要应付得好。”

“是的，弗莱齐埃先生，”看门女人低声下气的答应，表示她又给收服了。

“那么再会吧。”弗莱齐埃身上带着那份危险的遗嘱，离开了门房。

他很高兴的回家，因为那张遗嘱是个极厉害的武器。他心里想：

“现在我可有了保障，不怕庭长夫人翻悔了。她要不履行条件，就得丢掉她的遗产。”

六十三、荒唐的提议

天刚亮，雷蒙诺克开了铺门，由姊妹在那里看着，他照最近几天的习惯，过去看他的好朋友西卜了。西卜女人正打量着曼殊的画，心里奇怪怎么一块涂了颜色的小小的木板能值那么多钱。雷蒙诺克掩在西卜女人背后，从她肩膀上望过去，说道：

"哦呵！玛古斯因为没有能弄到这一张还在嘀咕；他说有了这件小玩意儿，就一辈子的心满意足啦。"

"他愿意出多少呢？"

"你要答应做了寡妇以后嫁给我，我担保替你向玛古斯弄到两万法郎；要不然你这张画卖起来永远不会超过一千。"

"为什么？"

"因为你得以物主的身份开一张发票，那就得给承继人告上啦。倘若你是我的老婆，由我出面卖给玛古斯，我们做买卖的只要在进货簿上有笔账就行了，我可以写作是许模克卖给我的。得了吧，还是把画儿放在我家里……你丈夫一死，你就麻烦啦；不比我铺子里有张画，谁也不会奇怪……你是知道我的。再说，你要不相信，我可以给你一张收据。"

贪心的看门女人觉得自己犯的案给人拿住了，只得接受他的提议，而从此就摆脱不了这旧货商的束缚。她把画往柜子里藏起，说道："你的话不错，你就写个字条来吧。"

"邻居啊，"旧货商把西卜女人拉到门口，低声的说，"咱们的朋友西卜明明是没救的了；波冷医生昨天晚上就说没有希望，挨不过今天的……这当然是你大大的不幸！不过，话得说回来，这儿也不是你住的地方，你应当坐在加波西大街上一家漂亮的古董铺里。告诉你，我十年工夫，挣了靠十万法郎，倘使有朝一日，你也有那么多钱，我担保替你好好的挣笔家私……只要你做我的老婆……将来你是老板娘啦……还有我的姊妹服侍你，替你打杂，而且……"

这一篇勾引的话给小裁缝一阵哼唧打断了，他已经到了临终的阶段。

"你走吧，"西卜女人说，"你真不是东西，我丈夫快死了，还跟我讲这种话……"

"啊！因为我爱你，把什么都忘了，一心只想得到你……"

"你要是爱我，这时候一句话都不应该说。"她回答。

于是雷蒙诺克踱回自己的铺子，知道跟西卜女人结婚是没有问题的了。

十点左右，大门四周乱成一片，因为西卜在受临终圣体了。西卜夫妇所有的朋友，诺曼底街和近段几条街上的看门的，挤满了门房，大门口的过道和街面。所以希华勃和勃罗纳，汉纳耿和他的一个同事先后来到的时候，谁也没注意，西卜女人更是看不见，隔壁屋子的看门女人，听见公证人问她邦斯住在哪一层，便指给他看了。勃罗纳从前来看过邦斯的收藏，这一回便不声不响，带着他的朋友往里直奔……邦斯把昨天的遗嘱正式撤销，另外立了一份，指定许模克为全部遗产的继承人。手续办完，邦斯谢过了希华勃与勃罗纳，又把许模克的利益郑重托付了汉纳耿，他就精神不济，衰弱到极点，因为半夜里对付西卜女人的那一场，刚才的吩咐后事等等，把他精力用尽了。许模克看到这种情形，不愿意再分身，就托希华勃去通知杜泼朗蒂神甫，因为邦斯已经要求受临终圣体了。

西卜女人坐在丈夫床边，不再顾问许模克的饭食，而且她也给两位朋友撵走了。至于许模克，为了清早的事，又眼看朋友泰然自若的忍着临终苦难，心中悲痛欲绝，根本不觉得饥饿。

可是到下午两点光景，看门女人因为看不见德国人，又好奇又放心不下自己的利益，便托雷蒙诺克的姊妹，去问许模克要点儿什么。那时杜泼朗蒂神甫听完了邦斯的忏悔，正在举行临终的抹油体。雷蒙诺克小姐再三再四的拉着门铃，把这个仪式给扰乱了。可是邦斯怕人来偷东西，早已教许模克发过誓，对谁都不开门。雷蒙诺克小姐拉了半天铃没有结果，便慌慌张张的奔下去，告诉西卜女人说许模克不肯开门。这一节给弗莱齐埃在旁听了去，他料到许模克不久就得为难：这德国人从来没看见死过人，而在巴黎有个死人在手里，没有人帮忙，没有人代办丧事，其窘是可想而知的。弗莱齐埃也知道，真正悲伤的亲属，临时会一点主意都没有的。他从吃过饭以后就待在门房里跟波冷医生商量个不停，这时他决定亲自来指挥许模克的行动了。

波冷医生和弗莱齐埃能做到这一步，原因是这样的：

圣·法朗梭阿教堂的执事，从前是做玻璃生意的，叫作刚蒂南，住在奥莱昂街，跟波冷医生的屋子只有一墙之隔。刚蒂南太太在教堂里专管出租椅子，平日由波冷医生义务治病，为了感激的缘故对他很亲热，常常把自己的苦处讲给他听。两个榛子钳，逢着星期日与节日，总到圣·法朗梭阿教堂去望弥撒，跟执事，门丁，分发圣水的人，都相当熟；这些人在巴黎被称为教会的小职员，往往从善男信女手里得到一些酒钱。所以刚蒂南太太和许模克也彼此很熟悉。弗莱齐埃能利用这太太做盲目的工具，是因为她有两块心病。刚蒂南的儿子，本有希望当教堂的门丁，可是他对戏剧着了迷，不愿意吃教会饭，进了奥令匹克马戏班当跑龙套，过着胡天胡帝的生活，伤透了母亲的心，又把她的钱袋常常刮得精光。至于刚蒂南本人，又懒又爱喝酒，他为了这两个缺点把本行的买卖丢了。当了教堂的执事，糊涂虫非但不知悔改，反而觉得这职司更可以满足他的嗜好：他游手好闲，跟喜事车上的马夫，殡仪馆的员役，和教士平日救济的穷光蛋混在一块儿喝酒，从中午起就满脸通红。

刚蒂南太太，据她自己说，当初还有一万二千法郎陪嫁，想不到老来没有好日子过。波冷医生听过上百遍的这些苦经，使他想起利用她把梭伐太太引进邦斯和许模克家里去当厨娘兼打杂。因为凭空把梭伐太太安插进去是绝对办不到的，两个榛子钳已经疑心到极点，刚才雷蒙诺克小姐没法进门，就足以使弗莱齐埃明白这一点。可是医生和律师都相信，只要是杜泼朗蒂神甫介绍去的人，两个老音乐家准会闭着眼睛接受的。根据他们的计划，刚蒂南太太应当带着梭伐太太一块儿去；而弗莱齐埃的老妈子一进了门，就等于弗莱齐埃亲自到场了。

六十四、梭伐女人再度出现

杜泼朗蒂神甫走到大门口，被西卜的一大群朋友挡着去路，他们都来向本区资格最老最受尊敬的门房表示关切。

波冷医生招呼了神甫，把他拉过一边，说道：

"我要去看看可怜的邦斯先生；他还能有一线希望，只要他愿意让人开刀拿出肝里的结石；现在用手摸也摸得出了，使肝脏发炎而致命的就是这个；也许现在动手还来得及。他是相信你的，你应当劝他做手术；倘若开刀的时候没有意外，我可以担保他的性命。"

"我把圣体匣送回了教堂马上就来；许模克先生的情形，也需要有点宗教的帮助。"神甫回答。

"我刚才知道他没人帮忙了，"波冷又道，"今儿早上，德国人跟西卜太太抢白了几句，他们是十年的老宾主，吵架想必是暂时的。可是在这个情形之下，他身边没有人怎么行呢？我们关切他也算做了件好事。"——医生说着，招呼教堂的执事："喂，刚蒂南，你去问问你女人，可愿意来看护邦斯先生，代西卜太太把许模克先生招呼几天？……就是他们不吵架，现在西卜太太也得找个替工了。"—— 他又回头对神甫说："刚蒂南太太人倒是挺老实的。"

"你挑的人不能再好了，"忠厚的教士回答，"我们董事会也相信她，教她在教堂里收椅子的租钱。"

过了一会，波冷医生在邦斯床前看他的临终苦难一步步的加紧。许模克劝他开刀，毫无结果。老音乐家对德国人的苦苦哀求只是摇头，有时还表示不耐烦。临了，他迸足气力对许模克好不凄惨的瞪了一眼，说道：

"别闹，让我安安静静的死罢！"

许模克难过得要死过去了，但他还拿着邦斯的手轻轻亲吻，用两手把它捧着，还想把自己的生命灌注给他。这时波冷听见打铃，便去开门把杜泼朗蒂神甫接了进来。波冷医生说：

"病人已经在做最后的挣扎，不过是几个钟点的事了。你今晚得派个教士来守灵。我们要赶紧教刚蒂南太太带一个打杂的老妈子来帮许模克的忙。他一点主意都没有，我还担心他会神经错乱呢；再说，屋子里还有值钱的东西，也得可靠的人看守。"

杜泼朗蒂神甫是个正人君子，不知道什么叫作怀疑，什么叫作恶意，听了波冷这番入情入理的话觉得很对；而且他素来相信本区医生的为人，便站在病人房门口叫许模克过来。许模克不敢马上离开邦斯，因为邦斯的手一边抽搐一边抓着他的手，好像已经掉入深渊而唯恐再往下滚。可是临死的人照例有种幻觉，使他们碰到一样抓住一样，像火烧的时候抢救贵重的东西；因此邦斯放掉了许模克，揪着被单拼命把身子裹紧，那股情急与割舍不得的模样非常可怕。

德国人终于走过来了，教士对他说："你朋友一死，你一个人怎么办？西卜太太又走了……”

“她是个畜生，害了邦斯的命！”

“可是你身边总得有个人，”波冷医生接口道，“今晚上就得要人守尸。”

“我来陪他，我替他祈祷！”天真的德国人回答。

“还得吃饭呢！……现在谁管你的伙食？”医生又道。

“我伤心得不想吃了！……”

“还得带着证人上区公所报告死亡，还得替死人脱掉衣服，把他缝在尸衣里，还得上丧礼代办所去定车马，还得弄饭给守尸的人，给守灵的教士吃：这些事你一个人办得了吗？……在文明世界的京城里，死个人总不能像死条狗似的！”

许模克骇得睁大了眼睛，好似变了呆子。

“邦斯不会死的！……我会把他救过来！……”

“那你也不能老不睡觉的守着他，谁跟你换班呢？邦斯要人招呼，要喝水，要吃药……”

“啊！不错！……”德国人说。

“所以，”杜泼朗蒂神甫接口道，“我想叫刚蒂南太太来帮你，她这个人是挺好挺老实的……”

朋友死后的种种俗事把许模克吓坏了，恨不得跟邦斯一同死。

“唉，真是个孩子！”波冷对神甫叹道。

“孩子！……”许模克莫名其妙的接了一句。

“得啦！”神甫说，“我去跟刚蒂南太太说一说，要她就来。”

“你别劳驾了，”医生回答，“她是我的邻居，我现在就回去。”

死神好比一个看不见的凶手，快死的人跟他在搏斗；在临终苦难的时间，一个人受到最后几下打击，还想还手，还想挣扎。邦斯便是到了这一步，他在呻吟中叫了几声，三个人立刻从房门口奔到床前。死神又最后打了一下，把人的生机，把灵和肉的联系都斩断了：邦斯忽然静下来，那是经过临终苦难以后应有的现象；他停止了挣扎，完全清醒了，脸上显出死后的那种恬静，差不多挂着点笑容，望着周围的人。

“唉！医生，我多痛苦；可是你说得不错，现在好一些了……——神甫，谢谢你；我刚才在想许模克到哪儿去了……”

“许模克从昨天晚上起没吃过东西，现在已经下午四点了！你身边一个帮忙的人都没有，我们又不敢把西卜太太叫回来……”

“她什么事都做得出的，”邦斯一听西卜女人的名字，就表示深恶痛绝，“不错，为许模克是要一个诚实可靠的人才行。”

“神甫跟我，”波冷说，“想到了你们两位……”

“哦！谢谢，我自己就没想到。”

“他想找刚蒂南太太来这儿帮忙……”

“哦！是那个管出租椅子的！”邦斯叫道，“不错，她是个好人。”

“她不喜欢西卜太太，”医生又补充着说，“她会把许模克先生招呼得挺好的……”

“神甫，教她夫妇俩一齐来吧，那我放心了，不会有人偷东西了……”

许模克抓着邦斯的手很高兴的捧着，以为朋友的病好起来了。

“咱们走罢，神甫，”医生说，“得马上去找刚蒂南太太；我看得出的，她来的时候邦斯先生大概已经完了。”

六十五、他这样的死了

杜泼朗蒂神甫在这儿劝邦斯雇刚蒂南太太做看护，弗莱齐埃却把她叫到自己家里，拿出他那套败坏人心的话和恶讼师的手段打动她，那是谁也不容易抵抗的。刚蒂南太太，大牙齿，白嘴唇，脸黄肌瘦，像多数下等阶级的妇女，给苦难磨得愣头磕脑的，看到一点儿小小的好处就认为天大的运气，听了弗莱齐埃的话就同意把梭伐太太带到邦斯家里打杂。弗莱齐埃对自己的老妈子早已吩咐停当。她答应用铜墙铁壁把两个音乐家包围起来，像蜘蛛看着黏在网上的苍蝇一样看着他们。梭伐太太的酬报是到手一个烟草零售店的牌照；这样，弗莱齐埃一方面把这个所谓的老奶妈打发走了，一方面有她在刚蒂南太太身边就等于有了个密探，有了个警察。两位朋友家里有一间下人的卧室和一间小小的厨房，梭伐女人在那儿可以搭张帆布床，替许模克做饭。波冷医生把两个妇女送上门的时候，邦斯刚好断气，而许模克还没有发觉。他拿着朋友正在逐渐冷去的手，向刚蒂南太太示意教她别开口。可是一见梭伐太太那副大兵式的模样，他不由得吓了一跳，那种反应在她这个十足男性的女人是看惯了的。

“这位太太是杜泼朗蒂神甫负责介绍的，”刚蒂南太太说，“她在一个主教那儿当过厨娘，人非常靠得住，到这儿来替你做饭。”

“哦！你说话不用低声啦！”那雄赳赳的患着气喘病的梭伐女人说，“可怜的先生已经死啦！……他才断气。”

许模克尖厉的叫了一声，觉得邦斯冰冷的手在那里发硬了，他定着眼睛瞪着邦斯，死人眼睛的模样使他差不多要发疯。梭伐太太大概对这种情形见得多了，她拿着面镜子走到床前，往死人嘴边一放，看到镜子上没有一点呼吸的水汽，便赶紧把许模克的手跟死人的手拉开。

“快放手呀，先生，你要拿不出了；你不知道骨头会硬起来吗？死人一下子就冷的。要不趁他还有点暖气的时候安顿好，等会就得扯断他的骨头了……”

想不到音乐家死后倒是由这个可怕的女人替他阖上眼睛。她拿出十年看护的老经验，把邦斯的衣服脱了，身子放平了，把他两手贴在身旁，拉起被单盖住他鼻子：她的动作完全跟铺子里的伙计打包一样。

“现在要条被单把他裹起来，被单在哪儿呢？……”她问许模克，许模克觉得她的行动可怕极了。

他先看到宗教对一个有资格永生天国的人那么尊敬，此刻看到朋友给人当作货物一般包扎，心中的哀痛简直要使他失掉理性。

“随你怎么办吧！……”许模克迷迷糊糊的回答。

这老实人还是生平第一遭看见一个人死，而这个人是邦斯，是他唯一的朋友，唯一了解他而爱他的人！……

“让我去问西卜太太。”梭伐女人说。

“还得一张帆布床给这位太太睡觉。”刚蒂南太太对许模克说。

许模克摇摇头，眼泪簌落落的哭了。刚蒂南太太只得丢下这个可怜虫。可是过了一小时她又来了：

“先生，可有钱给我们去买东西？”

许模克对刚蒂南太太望了一眼，那眼风教你即使对他有一肚子的怨恨也发作不起来；他指着死人那张惨白，干瘪，尖瘦的脸，仿佛这就答复了所有的问题。

“把所有东西都拿去吧，我要哭，我要祈祷！”他说着跪了下来。

梭伐太太向弗莱齐埃去报告邦斯的死讯，弗莱齐埃立刻雇辆车上庭长太太家，要他们明天给他委托书，指定他做承继人的代表。

一小时以后，刚蒂南太太又来对许模克说：“我去找过西卜太太了，她替你们管家，应当知道东西放在哪儿；可是西卜刚死，她对我好不客气……先生，你听我说呀！……”

许模克望着这女人，她可一点不觉得自己的残酷，因为平民对于精神上最剧烈的痛苦一向是逆来顺受的。

“先生，我们要被单做尸衣，要钱买帆布床给这位太太睡，买厨房用的东西，买盘子，碟子，杯子；等会有个教士来守夜，厨房里可一样东西都没有。”

“先生，”梭伐女人接口说，“我要柴，要煤，预备夜饭，家里又什么都看不见！这也难怪，原来都是西卜女人包办的……”

许模克蜷伏在床脚下，完全没有了知觉。刚蒂南太太指着他说：

“哎，好太太，你还不信呢，他就是这样的不理不答。”

“好吧，我来告诉你碰到这种情形该怎么办。”

梭伐女人把屋子四下里扫了一眼，好比做贼的想找出人家放钱的地方。她奔向邦斯的柜子，打开抽屉，看到一只钱袋，里边有许模克卖了画用剩下来的钱；她拿到许模克面前，他糊里糊涂的点了点头。梭伐女人就对刚蒂南太太说：

“喂，嫂子，钱有了！让我数一数，拿点儿去买应用的东西，买酒，买菜，买蜡烛，样样都要，他们什么都没有呢……你在柜子里找条被单，把尸体缝起来。人家告诉我这好好先生非常老实，想不到他老实得不像话。简直是个初生的娃娃，连吃东西还要人喂呢……”

两个女人忙着做事，许模克瞧着她们的眼风完全像个疯子。他悲痛之极，入于麻痹状态，跟木头人一样眼睛老盯着邦斯的脸，仿佛给它迷住了；而长眠之后的邦斯，遗容变得非常恬静。许模克只希望死，对什么都满不在乎。便是屋子着了火，他也不会动的了。

“总共是一千二百五十六法郎……”梭伐女人对他说。

许模克耸了耸肩膀。等到梭伐女人想把邦斯缝入尸衣，来量他的身长预备裁剪被单的时候，她和可怜的德国人扭作了一团。许模克好比一条狗守着主人的尸体，谁都不让走近。梭伐女人不耐烦了，抓着德国人，像大力士般把他按在沙发里。

“快点儿，嫂子，把死人缝起来。”她吩咐刚蒂南太太。

事情一完，梭伐女人把许模克拖到床前他的老位置上，说道：

“明白没有？死人总得打发掉啊！”

许模克哭了。两个女人丢下他，支配厨房去了。不消一刻，她们把生活的必需品一齐给捎了回来。

六十六、看护女人趁火打劫

开了三百六十法郎的第一笔账之后，梭伐女人开始预备一顿四个人吃的夜饭。多么丰盛的夜饭！正菜有肥鹅，有果酱炒蛋，还有生菜，还有最后那个什锦砂锅，作料之多，把肉汤变成了肉冻。晚上九点，本堂神甫派来守灵的教士到了，同来的还有刚蒂南，带着四支大蜡烛和教堂里的烛台。教士发觉许模克睡在死人床上，紧紧的抱着邦斯。只要人家拿出教会的威严，他才放开尸身，跪在地下祷告。他求上帝来一个奇迹，使他能够跟邦斯相会，葬在一个墓穴内。教士舒舒服服的埋在沙发里念他的祷文。这时刚蒂南太太又上修院大街替梭伐女人买了一张帆布床和全套被褥。她们想法把一千二百五十六法郎的钱袋尽量搜刮。十一点，刚蒂南太太来问许模克可要吃点东西。他做了个记号教人别打搅他。于是她转身招呼教士：

"巴德罗先生，夜饭预备好啦！"

许模克看见人都走了，便露出点笑容，好比一个疯子觉得可以为所欲为，实现像孕妇那样急切的愿望了。他又上床紧紧抱着邦斯。半夜，教士回进屋子；许模克受了埋怨，只得放开邦斯，重新做他的祷告。天一亮，教士走了，七点钟，波冷医生很亲热的来看许模克，想逼他吃东西；可是他拒绝了。医生说：

“现在要不吃，你回来就得肚子饿；因为你得带着证人上区公所报告死亡，领一张死亡证书……”

“要我去吗？”德国人骇然的问。

“不是你是谁？……这责任你逃不了的，因为看着邦斯死的只有你一个人……”

“我没有时间……”许模克向波冷带着哀求的口吻。

“你可以雇辆车，”假仁假义的医生挺和气的回答，“我已经代表公家验过死亡。你找个邻居陪你去吧。你不在的时候，这两位太太会替你看屋子的。”

法律要跟一个伤心的人找多少麻烦，真是想象不到的。那简直要教人恨文明而觉得野蛮人的风俗可爱了。到九点，梭伐太太扶着许模克下楼，他上了马车，不得不临时请雷蒙诺克陪他上区公所，去证明邦斯的死。法国人醉心平等，可是在巴黎，每样事情都显出不平等。哪怕死个人，也有这个永远消灭不了的分别。在有钱的人家，一个亲戚，一个朋友，或是经纪人，就能替悲伤的家属把这些不愉快的小事给担任了；但报告死亡等等的手续正如分派捐税一样，所有的重担都压在没人帮忙的平民与穷人身上。

雷蒙诺克听见可怜的受难者长叹了一声，便说：“啊！你可惜他真是应该的，他人多好，多正派，留下多美的收藏；可是先生，你是外国人，你可知道马上要惹是招非了吗？因为人家到处说着，你是邦斯先生的承继人。”

许模克根本没有听；他的悲伤差不多使他变了呆子，精神像肉体一样也会害“强直病”的。

“你最好还是请个顾问，找个经纪人做代表。”

“经纪人！”许模克莫名其妙的答应了一句。

“慢慢你会觉得，你不能不有个代表。我要是你，我就找个有经验的，在街坊上有名气的，可以信托的人……我平常办些小事都托执达吏泰勃罗……只要写份委托书交给他的书记，就什么都不用操心啦。”

这番暗示，原是弗莱齐埃出了主意，由西卜女人和雷蒙诺克讲妥的，从此就深深的印在许模克的脑子里。凡是因痛苦而精神停止活动的时候，一个人的记忆会接受一切无意中得来的印象。雷蒙诺克看见许模克听着他的话，眼神像白痴一般，也就不说下去了。他心里想：

“他要老是这样呆头呆脑，我可以花十万法郎把楼上那些东西统统买下来，只要是他承继……——先生，区公所到了。”

雷蒙诺克不得不搀许模克下车，扶着他走到民政科，许模克一闯闯到登记结婚的一堆里。像巴黎常有的那种巧事，登记员手头有五六份死亡证书要办，许模克只能等着，那时他的受罪仿佛上了十字架的基督。

“这位是许模克先生吗？”一个穿黑衣服的人过来招呼德国人，他听见有人叫他的名字，愣了一愣，呆子似的望着来人，像他刚才望着雷蒙诺克一样。

“你找他干么？”旧货商问陌生人，“别打搅他，你看不见他伤心得很吗？”

“我知道先生才死了个好朋友，”陌生人说，“他是承继人，一定想给朋友留点儿纪念吧。我看先生绝不爱惜小钱，会买一块永久的墓地的。邦斯先生多爱艺术！他墓上要没有三座美丽的全身神像，代表音乐，绘画，雕塑追悼他，不是太可惜了吗？……”

雷蒙诺克拿出奥凡涅人的功架，做了个手势想教那人走开；可是那人也回敬他一个生意人的手势，意思是说：“生意也得大家做！”旧货商马上明白了。

“鄙人是索南公司的伙计，”那跑街接着说；照华德·斯各脱的笔法，他可以被称为“墓园掮客”[①]。“敝公司的业务是专办墓地纪念像，倘若先生向敝公司订货，我们可以向市政府代买墓地，安葬这位朋友，他的故世的确是艺术界的损失……”

雷蒙诺克摇头摆脑表示赞成，又用肘子碰了一下许模克。跑街看见奥凡涅人好似在鼓励他，便往下说：

“每天都有人委托敝公司代办一切手续。办丧事的时候，承继人往往哀伤过度，照顾不到这些小事，我们可是代客服务惯的。先生，我们的纪念像按高度计算，材料有石灰石的，有大理石的……我们也承包全家合葬的坟墓工程，大小事务都可代办，取费公道。哀斯丹·高勃萨克小姐和吕西安·特·鲁邦泼莱的纪念雕刻，就是敝公司承办的，那是拉希公墓上最美的装饰。敝公司的工匠都是好手，你先生千万别上小公司的当……他们的货色都偷工减料。”他这么补上一句，因为又有个穿黑衣服的人走近来，预备替另一家大理石铺子招揽生意。

---

①按，华德·斯各脱有部小说叫作*Old Mortality*，是个专雕墓地纪念像的人的诨名。

六十七、只有死人不受骚扰

人家常常说死是一个人的旅行到了终点，这譬喻在巴黎是再贴切也没有了。一个死人，尤其是一个有身份的死人，到了冥土仿佛游客到了码头，给所有的旅馆招待员闹得头昏脑涨。除了几个哲学家之外，除了家道富裕，又有住宅又有生圹的某些家庭之外，没有人会想到死和死的社会影响。在无论什么情形之下，死总是来得太早；并且由于感情关系，承继人从来不想到亲属是可能死的。所以，多半死了父亲，母亲，妻子，儿女的人，会立刻给那些兜生意的跑街包围，利用他们的悲痛与慌乱做成一些交易。早年间，承办墓地纪念工程的商人，都把铺子开在有名的拉希公墓四周——他们集中的那条街可以叫作墓园街——以便在公墓左近或出口的地方包围丧家；可是同业竞争与投机心理，使他们不知不觉的扩充地盘，现在甚至进了城，散布到各区的区公所附近了。那般跑街往往还拿着坟墓的图样，闯进丧家的屋子。

“我正在跟先生谈生意呢。”索南公司的跑街对另一个走近来的跑街说。

“喂，邦斯的丧家！……证人在哪儿？……”办公室的当差嚷道。

“来吧，先生。”跑街招呼雷蒙诺克。

许模克在凳上好似一块石头种在那里，雷蒙诺克只能请跑街帮着拉他起来，挟着他站在栏杆前面；办死亡证的职员跟大众的痛苦就隔着这道栏杆。许模克的救命星君雷蒙诺克，靠了波冷医生帮忙，代他把邦斯的年岁籍贯报了出来。德国人除了邦斯是他的朋友之外一无所知。大家签过了字，雷蒙诺克，医生，跑街，把可怜的德国人挟上马车；那死不放松的伙计非要做成他的交易，也跟着挤上去。早等在大门口的梭伐女人，由雷蒙诺克和索南公司伙计帮着，把差不多晕倒了的许模克抱上楼。

“他要闹病了！……”跑街说。他还想把自以为开了场的买卖谈出个结果来。

“可不是！”梭伐女人回答，“他哭了一天一晚，一口东西都不肯吃。悲伤对身体是最坏的。”

跑街也跟着说：

“亲爱的主顾，喝一碗汤吧。你还得办多少事呢：你得上市政府去买块地，安放你那位爱艺术的朋友的纪念像，你不是想表示你的感激吗？”

“不吃东西真是太胡闹了！”刚蒂南太太说着，手里拿了一盘肉汤一块面包。

雷蒙诺克插嘴道：

“亲爱的先生，你这样累，就得找个代表，事情很多呢：你得去定送葬的仪仗，你朋友的丧事总不成给办得像穷人一样吧！”

“得了，得了，好先生！”梭伐女人看见许模克把脑袋倒在椅背上，乘机凑上来。

她拿一羹匙的汤送进许模克的嘴，像对付孩子一样硬逼他吃了些东西。

“现在，先生，你要是懂事的话，既然你想安安静静的躲在一边伤心，就得找个人来做你的代表……”

“既然先生有意替他朋友立一座美丽的纪念像，”跑街说，“不妨就托我代办一切，我可以……”

“什么？什么？”梭伐女人说，“先生向你定什么东西！你是谁？”

“我是索南公司的伙计，好太太，敝公司是承包墓地纪念像最大的号子……”他说着掏出一张名片递给魁伟的梭伐女人。

“好，好！……我们需要的时候会去找你们的；可是不能看他这副模样就欺侮他。你明明知道他现在头脑不清……”

索南公司的跑街把梭伐女人拉到楼梯台上，凑着她耳朵说：

“要是你能设法让我们做成一笔交易，我可以代表公司送你四十法郎……”

“行，那么把你地址留下来。”梭伐女人变得客气了。

许模克看见人全走开了，肚子里有了汤和面包，觉得精神恢复了些，马上回到邦斯屋里去祈祷。他正陷在痛苦的深渊中昏昏沉沉的时候，忽然一个穿黑衣服的年轻人把他惊醒了。他已经“先生！先生！”的叫到第十一次，又抓着他的衣袖拼命的摇，才使可怜的受难者听到了声音。

“又是什么事啦？……”

“先生，迦那医生有个了不得的发明，把埃及人保护尸身不烂的奇迹给恢复了；敝公司绝不否认迦那医生的伟大，可是我们的方法更进步，成绩更好。要是你想看到你的朋友，像他活着一样……”

“看到他？……他能跟我说话吗？”许模克嚷着。

“那不一定！……他就是不能说话；可是肉身是永远不坏的了。手术只要一忽儿工夫。把颈动脉切开，来一个注射就行啦；可是得赶紧了……再过十五分钟，就赶不及替你朋友办这种称心如意的事啦……”

“去你的罢！……邦斯是有灵魂的！……这颗灵魂是在天上。”

这位青年跑街所代表的公司是跟有名的迦那医生竞争的，他走到大门口，说了句：

“那家伙一点良心都没有，竟不肯替他的朋友做防腐手术！”

“人就是这样的，先生！他是承继人，得遗产的！目的达到了，哪还想到死人！”西卜女人这样说，因为她才替心爱的丈夫做过了防腐手术。

六十八、巴黎的丧事是这样办的

一小时以后，许模克看见梭伐女人走进屋子，后边跟了一个穿着黑衣服，像工人模样的年轻人，她说："先生，刚蒂南介绍教区里的棺材店老板来啦。"

棺材店老板行了礼，装着同情和安慰的神气，也有点人家少不了他和生意一定成功的派头；他挺内行的瞧着死人。

"先生要怎样的寿器呢？松板的？普通橡木的？还是铅皮里子橡木面的？最上等的当然是铅皮里子的橡木寿器。他是中等尺寸……"

老板说着，摸了摸脚，量了一下死人的身长，又补上一句：

"一米突七十！——大概先生还要向教堂里定一场法事吧？"

许模克望着那个人，眼睛像疯子要动武的神气。

"先生，你该找个人替你办这些琐琐碎碎的事。"梭伐女人说。

"是的……"可怜虫终于答应了一声。

"要不要我去把泰勃罗先生找来？你事情还多呢。你知道，泰勃罗先生是街坊上最可靠的人。”

“哦，泰勃罗先生！有人跟我提过的……”许模克给制服了。

“那么，先生，你可以清静啦，跟你的代表商量过后，你尽管在这儿伤心吧。”

下午两点，泰勃罗手下的书记，预备将来当执达吏的青年，叫作维勒摩的，文文雅雅的进来了。青春有这一点便宜，就是不会教人害怕。维勒摩坐在许模克旁边，等机会开口。这个小心翼翼的态度使许模克很感动。

“先生，”他开始说，“我是泰勃罗先生的书记，他派我来照顾先生的利益，代办令友的葬事……你是不是有这个意思？”

“你照顾我，可救不了我的命，我是活不久的了，可是你能不能让我清静呢？”

“喔！你不用再操一点心。”

“好！那么要我怎么办呢？”

“只要在这张纸上签个字，委托泰勃罗先生做你的代表，包括一切承继遗产的事。”

“行！把纸拿来。”德国人想马上签字了。

“别忙，我先得把委托书念给你听。”

“那么念吧！”

许模克一个字都没听进去就签了字。年轻人把出殡的仪仗，教堂的法事，墓地的购买等等，都问过了许模克；许模克表示要在邦斯的坟上留一个墓穴给自己用。维勒摩告诉他，以后再没有人来打搅他或向他要钱了。

“只要能清静，我把我所有的东西送人都愿意。”可怜的人说着，又去跪在朋友的尸身前面。

弗莱齐埃得胜了，承继人给梭伐女人和维勒摩包围之下，再不能有什么自由行动。

睡眠打不倒的痛苦是没有的，所以那天傍晚，梭伐女人发现许模克躺在邦斯床前的地板上睡着了。她把他抱起，放在床上，像母亲般安顿他睡好了，他就一觉睡到明天早上。赶到他醒来，就是说休息过后又恢复了痛苦的知觉的时候，邦斯的遗体已经给放在大门内的走道里，灵柩上的披挂等等全是三等丧仪的排场。许模克在家里再也找不到朋友，只觉得屋子格外的大，到处都是凄凉的回忆。梭伐女人像奶妈对付小娃娃似的调度德国人，逼他上教堂之前吃了饭。可怜虫一边勉强吃着东西，一边听梭伐女人絮絮叨叨，仿佛唱着奚莱弥的悼歌，说他连一套黑衣服都没有，许模克的衣着一向是西卜包办的，在邦斯病倒以前，已经和他的伙食一样被减缩到最低限度，统共只剩两条长裤和两件外套了！……

“难道你就像现在这样去送葬吗？这种荒唐事儿不给街坊上的人耻笑吗？……”

“那你又要我怎样去呢？”

“穿着孝服去呀！……”

“孝服！……”

“那是规矩呀……”

“规矩！……我才不理会这些无聊事呢！”许模克儿童般的心灵，受着痛苦的刺激，气极了。

“嘿！这样忘恩负义，简直不是人。”梭伐女人说着转过身去，因为屋子里忽然又来了一个人，许模克一见就抽了口冷气。

来人穿着漂亮的黑衣服，黑短裤，黑丝袜，白袖套，银链条上挂着一个徽章，整整齐齐的戴着白纱领带，白手套；这种俨然的人物，仿佛为了公众的丧事在同一模子里塑出来的，手里拿着他行业的标识，一根紫檀木短棍，左腋下挟着一个有三色徽记的三角帽。

“我是丧礼司仪员。”他用柔和的声音说。

因为每天指挥丧礼，出入的家庭都真真假假的表示同样的悲伤，这个人和他的同业一样，说话老是小声小气的非常柔和；他的职业使他稳重，有礼，端正，好比一座代表死亡的雕像。许模克听了他的自我介绍，不由得心惊肉跳，似乎来的是个刽子手。

“你先生跟故世的人是父子呢还是弟兄？……”这俨然的人物问。

“都是的，而且还不止……我是他的朋友！……”许模克淌着大把大把的眼泪说。

“你是承继人吗？”

“承继人？……我才不理会这些呢。”

许模克又恢复了痴呆的痛苦的神气。

“亲戚朋友在哪儿呢？”

“都在这里！”许模克指着图画和古董，“他们从来不教我的邦斯伤心的！……他喜欢的就是我跟这些东西！”

“先生，他疯了，听他干吗？”梭伐女人对司仪员说。

许模克坐下来，呆呆的抹着眼泪，还是那副白痴的模样。这时泰勃罗的书记维勒摩出现了，司仪员认出他是接洽葬礼的人，便招呼他：

“喂，先生，该出发啦……柩车已经到了；可是这种丧事我真难得看到。亲戚朋友都在哪儿呢？……”

“我们时间很局促，”维勒摩回答，“我的当事人又悲伤成这样，什么主意都没有；可是故世的先生也只有一个亲戚……”

司仪员很同情的瞅着许模克，因为他是鉴别痛苦的专家，真情假意是一望而知的。他走到许模克身边说：

“哎，亲爱的先生，拿点儿勇气出来！……你得想到替朋友增光泉壤。”

“我们忘了报丧，可是我派了一个专差去通知玛维尔庭长，就是我说的独一无二的亲戚……此外没有什么朋友……他虽是戏院的乐队指挥，恐怕那边也不会有人来……据我知道，这位先生是指定承继人。”

“那么应当由他主持丧礼啰。”司仪员说着，注意到许模克的穿扮，便问：

“你没有黑衣服吗？”

“我心里全黑了！……”可怜的德国人声音很沉痛，“我只觉得自己快死了……上帝会哀怜我，让我跟朋友在坟墓里相会的，那我才感激他呢！……”说完了他合着手。

“敝公司已经新添了不少设备，”司仪员对维勒摩说，“可是我向经理室提过几回了，还得办一批丧服租给承继人……这个业务现在越来越需要了……既然他先生是承继人，送丧的大氅就该由他披着，我带来的这一件可以把他从头到脚的裹起来，遮掉他里边的服装……请你站起来好不好？”他对许模克说。

许模克站起身子，可是晃晃悠悠的站不稳。

“你扶着他，你不是他的全权代表吗？”司仪员招呼书记。

维勒摩用胳膊挟着许模克把他撑着，司仪员抓起又大又难看的黑大氅披在他肩上，用黑丝带在他领下扣住了，那是承继人把灵柩从家里送往教堂的时候穿的。这样，许模克就给扮作了承继人。

六十九、老鳏夫的葬礼

“现在我们可碰到了一个难题，”司仪员说，“灵柩的披挂上有四根绋……哪儿来四个执绋的人呢？……”他掏出表来瞧了瞧，“十点半了，教堂里的人已经等着了。”

“啊！弗莱齐埃来了！”维勒摩冒冒失失的叫了起来。这句话等于承认他们是串通的，可是当场没有人把它记下来。

“这位是谁？”司仪员问。

“哦！是家属方面的。”

“什么家属？”

“被剥夺承继权的家属。他是加缪索庭长的代表。”

“好极了！”司仪员的神气似乎很满意，“我们至少有两个人执绋了，你跟他。”

他因为问题解决了一半觉得挺高兴，过去拿了两副漂亮的白鹿皮手套，客客气气的分送给弗莱齐埃与维勒摩：

“你们两位可愿意执绋吗？……”

弗莱齐埃穿得整整齐齐的，黑衣服，白领带，神气俨然，教人看了直打寒噤。他仿佛把对方罪行的证据都收齐了。

“当然愿意。”他回答。

“只要再来两位，执绋的人数就齐了。”司仪员说。

这时索南公司那个死不放松的跑街又来了，后面跟着一个人，记得邦斯而特意来尽他最后礼数的唯一的人。他是戏院的小职员，在乐队里分发乐谱的当差；邦斯因为知道他要养家活口，平时每个月都给他五法郎酒钱。

“哦！多比那！……”许模克认出了当差，叫起来，“你，你还想到邦斯！……”

“先生，我每天早上都来的，来打听邦斯先生的消息……”

“每天来的！好多比那！……”许模克握着戏院当差的手。

“可是人家大概拿我当作了家属，对我很不客气！我再三声明是戏院里的，要知道邦斯先生的病情，人家可说我扯谎。我想进来看看病人，他们不准我上楼。”

“混账的西卜！……”许模克把当差那只粗糙的手按在胸口。

“邦斯先生是天底下最好的好人，每个月给我五法郎……他知道我有三个孩子一个女人。现在我女人在教堂里等着。”

“以后我跟你有饭大家吃！”许模克因为旁边有个爱邦斯的人，十分高兴。

“你先生可愿意执绋吗？”司仪员过来问，“这样，问题就解决了。”

司仪员没有费什么事，就邀上了索南公司的跑街参加执绋，尤其给他看到了一副漂亮手套，那照例是送给他的。

“十点三刻啦！……非下楼不可了……教堂里的人等着呢。”司仪员说。

于是这六个人开始走下楼梯。两个妇女站在楼梯头，可恶的弗莱齐埃吩咐道：

“把屋子关严，守在里头；刚蒂南太太，倘使你想在清点遗产期间当个看屋子的，就得格外留神，嗨！嗨！四十铜子一天的工钱呢！……”

大门口停着两口柩，一口是西卜的，一口是邦斯的，因此同时有两个出殡的行列：这种巧合的事在巴黎也不足为奇。邦斯的柩罩披挂相当光鲜，可是没有一个人来对这位爱美的朋友表示敬意；倒是那看门的，有四邻八舍的门房来给他洒几滴圣水。西卜的哀荣和邦斯身后的寂寞，不但在大门口成为对照，而且在到教堂的路上也是如此。跟在邦斯柩车后面的只有许模克一个人，由司仪员搀着，因为这承继人几乎随时都要倒下来。从诺曼底街到圣·法朗梭阿教堂所在的奥莱昂街，路旁站满了看热闹的人，因为我们以前说过，这个区域里不论什么事都会轰动的。大家看到白色的柩车，柩罩上绣着一个大P字（邦斯姓氏的缩写），只有一个送殡的人；而另一辆普通的柩车，末等殡仪的车马后面，却跟着一大群吊客。幸而许模克给窗口的、路旁的、看热闹的闲人吓呆了，一句话也听不见，而且对那些拥挤的人，他的泪眼也看不大清。

“哦！是榛子钳！……”有人说，“你知道吗，就是那个音乐家！”

“那几个执绋的是谁？……”

“还不是些戏子！”

“呦！这是西卜老头的灵柩了！又少了一个认真的司务！他做活多卖力！”

“也从来不出来玩的，这家伙！”

“他一天也不歇工的。”

“而且对他女人多好！”

“呦！那可怜的寡妇来了！”

雷蒙诺克跟着他的牺牲者的柩车，听众人你一句我一句的追悼他的邻人。

七十、巴黎有多少人靠死人吃饭

两家的行列到了教堂，刚蒂南跟门丁商量好了，不让乞丐向许模克开口。维勒摩答应过不打搅德国人，所以他一边看着当事人，一边负责一切开销。西卜的简陋的柩车有七八十人陪送，直送到公墓。从教堂出来，邦斯的行列一共有四辆送殡的车；一辆是为教士他们的，其他三辆是为家属亲友预备的，但实际只需要一辆。做弥撒的时候，索南公司的跑街已经先走一步，去通知索南先生准备纪念雕刻的图样和估价单，等承继人从公墓出来拿给他看。所以弗莱齐埃，维勒摩，许模克和多比那都坐在一辆车里。多余的两辆空车并不回到丧礼代办所，照旧上拉希公墓。这种把空车赶一趟的情形是常有的。凡是故世的人没有名望，不会吸引时髦人士赶来凑热闹的时候，送殡的车辆往往会太多。死者要不是生前极得人心，亲戚朋友绝不肯把他送上公墓；因为巴黎人生活忙乱，都恨不得每天要有二十五小时。可是马夫要空赶一次，就没有酒钱可得；所以有人也罢，没人也罢，车子照旧上教堂，上公墓，回丧家，回到那儿，马夫就开口讨酒钱了。多少人靠死人吃饭，你简直想象不到。教堂的小职员，穷人，殡礼代办所的员役，马夫，盖坟的工人，都把柩车当作一个马槽，让自己像海绵似的吸饱。一出教堂，大批穷人上来包围许模克，马上给门丁喝阻了。但从教堂到公墓的路上，可怜的许模克很像一些囚犯给人家从法院押送到葛兰佛广场。他好比替自己送葬，只顾拿着多比那的手，因为只有他心里真正的哀悼邦斯。多比那觉得被邀执绋非常荣幸，又很高兴能坐到马车，拿到一副簇新的手套，认为给邦斯送丧的确是他生平的一件大事。许模克受着痛苦的煎熬，唯一的倚傍便是从多比那的手上感觉到一些同情，他在车中完全跟装上屠宰场的小牛一样。弗莱齐埃与维勒摩占着车厢的前座。凡是常有机会参加亲友葬礼的人，全知道大家上了送殡的车就作不了假。从教堂到巴黎东区的墓地，到这个最讲场面，最讲奢侈，壮丽的雕塑最多的公墓，路程往往很远。漠不关心的送客开始谈话，结果连最悲伤的人也伸着耳朵听着，不知不觉的精神松弛了。

“庭长先生已经出庭去了，”弗莱齐埃对维勒摩说，“我认为不必再到法院去惊动他，无论如何他赶不及来的了。虽说他是血亲承继人，但邦斯先生剥夺了他的承继权，把遗产给了许模克先生，所以我想有他的代表到场也够了……”

多比那听到这话，不觉留了点神。

“还有一个执绋的家伙是谁？”弗莱齐埃问维勒摩。

“是某一家大理石铺子的跑街，想承包墓地工程，提议雕三座大理石像，由代表音乐，绘画，雕塑的三个女神来哀悼亡人。”

“主意倒不错，”弗莱齐埃回答，“那好人也值得这样的表扬；可是这件工事总要花到七八千法郎吧。”

"哦! 是的! "

"要是许模克先生定了这件工程, 那可不能用遗产支付, 这样的开支会把整笔遗产消耗完的……"

"结果还得打一场官司, 不过你会赢的……"

"那么," 弗莱齐埃又道, "要归他负责了! 这桩事对那些包工的倒是个挺有意思的玩笑……" 弗莱齐埃凑着维勒摩的耳朵, "因为, 倘若遗嘱给撤销了, —— 那我可以保险的……或是根本没有遗嘱, 你想归谁付钱呢? "

维勒摩扮了个鬼脸, 笑了笑。他跟律师两人以后便交头接耳, 放低了声音谈话。虽然有车轮的声音和其他的打扰, 戏院的当差平时在后台见貌辨色惯了, 也能猜到这两个吃法律饭的正在设计划策, 想教可怜的德国人为难, 他还听见提到格里希[①]。于是这个喜剧界中正直而忠心的仆役, 决意保护邦斯的朋友了。

维勒摩早已托索南公司的伙计, 向市政府买妥了三公尺墓地, 声明将来要立一座伟大的纪念雕塑。到了公墓, 许模克由司仪员搀着, 从看热闹的人堆里穿过去, 走向邦斯的墓穴。教士在那儿做着最后的祷告, 四个人拿着邦斯柩上的绳索等着。许模克看到那个四方形的土坑, 顿时一阵心酸, 晕了过去。

①格里希为巴黎有名的监狱。

七十一、继承开始，先得封门

多比那，索南公司的跑街，和索南先生本人，大家七手八脚把德国人抬进大理石铺子；索南太太和合伙老板维德洛的太太都很热心，赶紧上来施救。多比那在铺子里等着，因为他看见弗莱齐埃正在和索南公司的伙计谈话，而他觉得弗莱齐埃满脸凶光，完全是上断头台的料子。

过了一小时，到下午两点半，可怜的德国人醒了。他以为过去两天全是梦，早晚能醒来看到邦斯好好的活在那里。人家在他脑门上放了多少湿手巾，给他嗅了多少盐和醋，终于使他睁开了眼睛。索南太太硬要许模克喝了一碗油水很足的肉汤，因为铺子里正炖着大砂锅。她说：

"伤心到这样的主顾，咱们难得看到的；可是每两年还能碰上一次……"

临了许模克说要回去了，于是索南先生对他说道：

"先生，你瞧这个图样，维德洛特意为你赶起来的，他画了一夜呢！……可是他的确有些灵感！完工之后一定很好看……"

"一定是拉希公墓最美的一座！……"矮小的索南太太插嘴

道，“朋友送了你全部家私，应当给他留个永久纪念！”

那张说是特意画起来的草图，当初是为有名的玛赛部长设计的；可是玛赛的寡妇把纪念工程交给了雕塑家史底曼；人家不要粗制滥造的作品，把索南的图样拒绝了。那三座人像原来代表七月革命中三天重大的日子，因为玛赛部长是那次政变的重要角色。以后，索南与维德洛把图样修改了一下，画成军队，财政与家庭三大光荣的象征，预备给查理·格雷做纪念像，结果人家又找了史底曼。十一年中间，为了迎合丧家的情形，那张图给换了不知多少题目；这一回，维德洛又复着原样，把三座像描作音乐，绘画与雕塑的女神。

“画图还不算什么，雕塑的工程才浩大呢，可是有三个月的时间也行了，”维德洛说，“先生，这儿是估价单和订货单……一共七千法郎，石工的费用在外。”

“倘若先生想做大理石的，价钱是一万二，”索南说，因为他的专业是大理石，“那么先生的大名可以跟你朋友并垂千古了……”

多比那咬着维德洛的耳朵说：“我才听到消息，遗嘱有人反对，遗产将来恐怕还得归血亲承继人；你们最好去看加缪索庭长：这可怜的好好先生会一个子儿都拿不到的……”

“你怎么老是找这种主顾来的！”维德洛太太开始埋怨跑街了。

送殡的马车早已回去，多比那只能陪着许模克走回诺曼底街。

“你别离开我呀！……”许模克说，因为多比那把他交还给梭伐女人，想走了。

“已经四点了，亲爱的许模克先生，我得回去吃饭……内人是戏院的案目，我这样老半天不回家，她要担心了。你知道，五点三刻戏院要开门的……”

“哦，我知道……可是你想，我现在孤零零的，一个朋友都没有了。你是不忘记邦斯的，你得指点指点我；我简直掉在黑夜里，邦斯还说我周围全是些坏蛋……”

“我早已看出了，刚才我已经把你救出了格里希！”

“格里希？……”许模克叫道，“我不懂……”

“哎哟，可怜的人！放心，我会来看你的，再会了。”

“再会，再会！希望你就来！……”许模克说着，已经累得半死了。

“再会，先生！”梭伐太太对多比那说话的神气很古怪。

“哦！怎么啦，老婆子？……”戏院当差冷冷的问，“你这副模样倒像舞台上的奸细。”

“你才是奸细！你到这儿来干什么？想来兴风作浪，骗先生的钱吗？……”

“什么！骗先生的钱？……”多比那功架十足的回答，“鄙人不过是个戏院的当差，可是我喜欢艺术家；告诉你，我从来不向人要求什么！我有没有向你要求什么？欠过你什么？老婆子，你说！……”

“哦！你是戏院的当差，你叫什么名字？……”梭伐女人问。

“我叫多比那！……怎么着，您哪！……”

“我就要知道你的尊姓大名。”

“怎么啦，好太太？……”刚蒂南太太冲过来问。

“嫂子，你在这儿预备晚饭，我得上先生家跑一趟……”

“他在楼下跟西卜太太说话呢——她死了丈夫把眼泪都哭干了。”刚蒂南太太回答。

梭伐太太三脚两步的滚下去，把楼梯都震动了。

“先生……”她把弗莱齐埃拉到一边。

多比那凭他在后台学的一点儿小聪明，居然使邦斯的朋友不致落入圈套；他想到这也算报答了一下恩人，不由得很高兴。他因此决心要保护这位乐队里的乐师，不让人家欺他忠厚。梭伐女人等多比那走过门房的时候，指着他对弗莱齐埃说：

“你瞧这个小混蛋！……他自命为规矩人，想来管许模克先生的事。”

“他是谁？……”弗莱齐埃问。

“哦！是个无名小子……”

“咱们办公事的眼里，没有无名小子的……”

“他是戏院里的当差，叫作多比那……”

“好，梭伐太太！你老是这样卖力，烟草牌照是稳的了。”

弗莱齐埃说完，又跟西卜太太继续谈话：

“所以，亲爱的当事人，我说，你没有跟我们公平交易；对一个不忠实的合伙人，我们是用不着负责的！”

“嗯，我欺骗了你什么？……”西卜女人把拳头往腰里一插，“凭你这副阴森森的眼睛，冷冰冰的神气，就想吓倒我吗？……你想找碴儿，对说过的话不认账，亏你还自称为规矩人！你知道你是什么东西吗？你是一个流氓！哼，哼，你尽管搔你的胳膊吧！……别拿这种话来唬我！……”

“老妈妈，甭废话，甭生气，你听我说！你是捞饱了……今儿早上，他们准备出殡的时候，我找到了这本目录，一共有正副两份，都是邦斯先生的亲笔，我无意中看到了这一条。”

他打开那本手写的目录，念道：

藏品第七号：精美画像一幅，底子是大理石的，赛白斯蒂安·但尔·毕翁菩一五四六年作。原作存丹尔尼大寺，给人家拿出来，现在卖给了我。还有姊妹作某主教像，被一个英国人买去。我这幅是画的一个玛德派教士的祈祷，原来挂在教堂里洛西家墓的高头。倘无年月为证，此画竟可说是拉斐尔手笔。卢浮博物馆所藏毕氏作品，《巴岂沃·庞第奈里肖像》，偏于干枯，远不及我这一幅。因为它用石板做底子，所以色泽鲜艳，历久不变。

“我一看第七号作品的地位，”弗莱齐埃接着说，“只有一幅夏尔登作的女像，下面也没有第七号的标签！……我在司仪员找人执绋的时候，把画数了一遍，发觉有八张画都给换上了普通的，没有号数的作品；那失踪的八张，邦斯先生在目录上注明全是最好的东西……此外还少了一幅木板底子的小画，作者叫作曼殊，也是被认为精品的……”

“我可是看守图画的人，我问你？”西卜女人说。

“你可是他亲信的老妈子，邦斯先生家里的事全是你管的，这明明是偷盗……”

“偷盗！告诉你吧，先生，那些画是邦斯先生为了要用钱，教许模克先生卖出去的。”

“卖给谁？”

“卖给埃里·玛古斯和雷蒙诺克……”

“卖了多少？……”

“我记不得了！……”

“亲爱的西卜太太，你是捞饱了！……我会看着你，你逃不了的……你要对我识相一点，我就不声张！总而言之，你该明白，既然揩了加缪索庭长的油，就不能再希望从他那儿得到什么。”

“亲爱的弗莱齐埃先生，我早知道我要落空的……”西卜女人听了“我不声张”这句话，态度缓和了些。

七十二、干预人家的官司是危险的

“嗯，”雷蒙诺克闯进来说，“你来跟西卜太太找碴儿；那可不成话！卖画是邦斯先生跟我跟玛古斯先生大家情愿的；你知道，他还为了画做乱梦呢，我们费了三天口舌才和他商量停当。我们拿到正式的发票，要是我们送西卜太太四十法郎，那也没有什么大不了，她到手的不过是我们到人家屋里买东西照例给的佣钱。啊！亲爱的先生，你要以为一个寡妇是好欺侮的，那可打错算盘了！……明白没有，你这位搬弄是非的人？这件事全在玛古斯先生手里，你要不跟太太客气一些，想赖掉你说过的话，我一定在拍卖的时候等着你，呵！我跟玛古斯两个把画商鼓动起来，斗你一斗，看你损失多少！……什么七十万八十万的，你甭想啦，连二十万还卖不到！”

“好，好，咱们瞧吧！”弗莱齐埃说，“咱们根本不卖，要卖也上伦敦去卖。”

“那还不是一样！随你巴黎伦敦，玛古斯先生的势力一样大。”

“再会，太太，我要去仔细查查你的事，”弗莱齐埃说，“除非你永远听我的指挥。”他又补上一句。

“小流氓！……”

“留点神哪，”弗莱齐埃回答，“我要当初级法庭庭长啦！”

他们这样互相恫吓着分手了，其实两人听了对方的话都有点害怕。

“谢谢你，雷蒙诺克，”西卜女人说，“一个可怜的寡妇有人保护真是太好了。”

晚上十点，高狄沙在经理室召见乐队的当差。自从他跟作家们打交道，手下有了一大批做戏的，跳舞的，跑龙套的，音乐师，和管布景的技工等等给他指挥以后，他学了一副拿破仑功架，喜欢把右手插在背心里头，抓着左边的背带，斜着四分之三的脑袋，眼睛望着空中。当下他站在壁炉前面，就摆着这个姿势。

“喂！多比那，你可是发了财啦？”

“没有，先生。”

“那么你是另有高就了？”

“不，先生。”当差的脸发了白。

“该死！我派你女人在新戏上演的时候当案目……我看在前任经理的面上留着她……我让你白天擦擦后台的灯，晚上招呼乐谱。除此以外，碰到戏里有什么地狱的场面，还教你扮个魔鬼头儿，挣二十铜子外快。这样的差事，戏院里的员工谁不眼红！朋友，人家都在忌妒你呢，因为你有你的冤家。”

“我有冤家？……”多比那说。

“你还有三个孩子，大的常在这儿扮戏里的小孩子，拿五十生丁……”

“先生……”

“你听我说好不好！……”高狄沙大喝一声，“凭你这样的情形，你还想离开戏院……”

“先生……”

“你想管闲事，卷进人家的遗产官司！……嗨，糊涂蛋，人家要干掉你就像打烂一个鸡子一样容易！我的后台是部长大人包比诺伯爵阁下，他呀，一等聪明，十分能干；也算王上有眼力，又把他请进内阁去了……这位政治家，这位大人物，我是说包比诺伯爵，他替儿子娶了玛维尔庭长的女儿，玛维尔庭长是司法界最了不起最受敬重的要人，高等法院的一盏明灯。你认得高等法院吗，嗯？告诉你，他是咱们乐队指挥邦斯先生的外甥，应当继承他的遗产。你今儿早上去送邦斯的葬，我不怪你对这好人尽你最后的礼数……可是倘使去管许模克先生的闲事，你就越出范围了；我对那老实人也很好，可是他不久就得跟邦斯的承继人闹纠纷……因为德国人跟我没有什么相干，而包比诺伯爵对我关系很大，所以我劝你让许模克自个儿去想办法。德国人另外有个上帝照顾，你想替天行道是要倒霉的！明白没有？还是安分守己，做你的戏院当差吧……这是最聪明的办法！”

“我明白了，经理先生。”多比那说着，心里很难过。这样，许模克就失掉了无意中碰上的保护人；他还以为明天能见到当差，那唯一哀悼邦斯的人呢。第二天一早醒来，德国人看到屋子空荡荡的，更感觉朋友的死对他损失重大。昨天和前天，因为忙着丧葬等等，周围乱轰轰的，他眼前还有些分心的事。可是一个朋友，一个父亲，一个儿子，一个心爱的妻子进了坟墓以后，屋子里那种阴惨的冷静简直可怕，好像要教你冻成冰似的。可怜虫觉得有股不由自主的力量把他推进邦斯的屋子，但他看了一眼就受不住，赶紧退出来坐在饭厅里。梭伐女人开出早饭来，许模克可一点吃不下。

七十三、三个穿黑衣服的人

忽然门铃一响，来势相当猛烈；刚蒂南太太和梭伐太太让三个穿黑衣服的人走了进来。为首的是初级法庭庭长维丹和他的书记官。第三个是弗莱齐埃，沉着脸，气色更难看了，因为他知道另有一份正式的遗嘱，把他那么大胆的偷来而当作法宝的一份给撤销了，不禁大失所望。

“先生，”庭长声音很柔和的对许模克说，“我们来封存财产……”

许模克好似听到了外国话，吓得呆呆的瞧着三个人。书记官接口道：

“我们是根据弗莱齐埃律师的声请而来的，他代表邦斯先生的外甥兼承继人，加缪索·特·玛维尔先生……”

“收藏就在这大客厅和故世的人的卧房里。”弗莱齐埃说。

“好，咱们就上那儿去。——对不起，先生，请吧，你尽管用饭。”初级法庭庭长说。

三个黑衣人物的光临把可怜的德国人吓得凉了半截。

“先生，”弗莱齐埃瞪着许模克，那副恶狠狠的眼神大有先声夺人的威势，好似蜘蛛能慑服苍蝇一样。“先生，你既有本领拿到一张公证遗嘱，就应当预备家属方面来反对。家属绝不会毫无抵抗，让外人抢掉家私的；咱们瞧吧，究竟是卑鄙龌龊的方面得胜，还是家属得胜！……我们以承继人的资格，有权要求封存遗产，我们一定办到这一点，而且要把手续做得非常周到。”

“上帝！上帝！我犯了什么天条呀？”淳朴的许模克叫道。

“屋子里大家都在谈论你呢，”梭伐女人说，“你睡着的时候，有个小伙子来找你，浑身穿着黑衣服，一个油头粉脸的家伙，说是汉纳耿先生的书记。他硬要见你，可是你睡着，昨天送丧等等又把你搅累了，所以我告诉他，你已经委托泰勃罗的书记做代表，有什么事可以找他。那小伙儿就说：啊！那好极了，我可以跟他去商量。我们要把遗嘱送法院。—— 我跟着托他赶快通知维勒摩先生来。哎，好先生，你放心，有人会来保护你的，他们绝不能拿你当绵羊似的随意摆布。维勒摩先生会替你尽心出力，把他们顶回去！我对那个不要脸的西卜女人已经发作了一场，一个看门的居然敢批评房客，一口咬定你抢了承继人的家私，软禁了邦斯先生，折磨他，又说他早已变了疯子。我老实不客气把她臭骂了一顿，我说：你是一个坏东西，你是一个贼！你偷了两位先生的东西，要不送你上公堂才怪！——她听了哑口无言。”

“先生，”书记官招呼许模克，“请你过来好不好，我们要在邦斯先生的屋子里贴封条了！”

“请吧请吧！”许模克回答，“我要清清静静的死大概总可以吧？”

“放心，你要死是不会有人干涉的，”书记官笑道，“我们在这儿的重要公事是封存遗产。可是我难得看见指定承继人会跟着遗嘱人进坟墓的……”

“我就要跟他进坟墓!”许模克再三受到打击,痛苦得受不住了。

“哦!维勒摩先生来啦!”梭伐女人叫道。

“维勒摩先生,你来代表我呀。”可怜的德国人对他说。

“我特意赶来通知你,遗嘱完全合格,法院一定会批准,让你执管遗产的。喔!你要得一笔好大的家私了。”

“我?得一笔好大的家私?”许模克觉得给人怀疑他贪财,急坏了。

“可是,”梭伐女人插嘴道,“那法官拿着蜡烛和布条子在那儿干什么呀?”

“哦!他在贴封条……——来,许模克先生,你应该到场。”

“不,你去吧……”

“干么要贴封条呢?先生不是在自己家里,一切东西都是他的吗?”梭伐女人像所有的妇女一样,是用一厢情愿的态度看法律的。

“先生不是在自己家里,太太,他是在邦斯先生家里;当然将来一切都是他的,可是遗产受赠人要等到法院核准之后才能执管遗产。倘若被剥夺承继权的承继人反对执管,那就得打官司了……因为遗产归谁还没决定,所有的东西都得封存起来,由承继人和遗产受赠人双方的公证人,在法定期限之内把遗产清册造好……”

许模克生平第一次听到这些话,完全给搅糊涂了,脑袋倒在他坐着的椅子上,重甸甸的再也抬不起来。维勒摩去跟法官书记官谈着话，拿出办公事的态度，非常冷静的参加他们封存的手续。遇到这种情形，只要没有承继人在场，大家把每样东西贴封条的时候，总免不了七嘴八舌说些打趣的话。四个吃法律饭的人，封了客厅的门，回到饭厅里。许模克心不在焉的看他们办理手续，把盖有法院官章的布条子贴在门中间，倘使是双扇门的话，而碰到单扇门或柜子等等，就贴在门缝上面。

“咱们上这间屋去吧。”弗莱齐埃指着许模克的卧房，那是有扇门跟饭厅通连的。

“这是先生的屋子呀！”梭伐女人叫着，跑过去站在门口，挡着那些办公事的人。

“我们在文件里头找到了租约，”可恶的弗莱齐埃说，“上面不是两个人的名字，而是邦斯先生一个人的。所以整个屋子都得归入遗产……”

他打开了许模克屋子的门，又道：

“并且，庭长，你瞧，里边还堆满了画呢。”

“啊，不错。”庭长这句话，当场使弗莱齐埃的主张得胜了。

七十四、弗莱齐埃的成绩

“啊，诸位，等一等，”维勒摩说，“你们想把指定承继人撵出去吗？至今为止他的身份还没有人争论。”

“怎么没有？”弗莱齐埃回答，“我们反对他执管遗产。”

“凭什么理由？”

“你慢慢会知道的，小子！”弗莱齐埃冷冷的说，“我们并不反对受赠人把他自己的东西从他屋里拿走；可是屋子一定得封起来。他先生爱上哪儿住都可以。”

“不，他绝不让出屋子！……”

“怎么呢？”

“我要法院来个紧急处分，当庭宣告我们是合租屋子的房客，你不能赶走我们……你们尽管把画拿出来，分清哪是邦斯先生的东西，哪是我当事人的，凡是他的就得放在他屋里……明白没有，小子？……”

“我走我走！”老音乐家说，他听着这番可厌的辩论，忽然提起了精神。

“对啦，还是这办法聪明！”弗莱齐埃说，“你可以省点儿钱；这件小事打起官司来你也赢不了的。租约是真凭实据……”

“租约租约！”维勒摩回答，“这是事实问题！……”

“哼，那像刑事案子一样不能靠人证的……你预备由法院派人调查，勘验……要求临时判决，来整套的诉讼程序吗？”

“不，不！”许模克吓得直嚷，“我搬家，我走……”

许模克过的是哲学家生活，那种朴素简陋差不多有点玩世不恭的意味。他只有两双鞋子，一双靴子，两套完全的衣服，一打衬衫，一打颈围，一打手帕，四件背心，另外还有邦斯送的一支精美的烟斗，和一只绣花烟袋。他气愤之下，跑进屋子，把自己所有的东西都捡出来放在椅子上。

“这些都是我的！……还有钢琴也是我的。”他说话时那种天真淳朴，就跟古希腊的高人隐士一样。

“太太……”弗莱齐埃吩咐梭伐女人，“你找个人帮忙，把钢琴推出去，放在楼梯台上。”

“你也欺人太甚了，”维勒摩抢着对弗莱齐埃说，“发号施令有庭长在这儿，这件事只有他才能做主。”

“里头很有些值钱的东西呢。”书记官指着卧房说了一句。

“并且他先生是自愿出去的。”庭长也表示了意见。

“从来没看到这样的当事人。”维勒摩愤愤不平的，回过来对许模克生气了，“你简直是个脓包！……”

“反正一个人死在哪儿都一样！”许模克一边出门一边说，“这些人都张牙舞爪像老虎似的……那些破东西我叫人来拿就是了。”他又补上一句。

“你上哪儿去呀，先生？”

“听上帝安排！”指定承继人做了个满不在乎的手势。

“你得把住址通知我。”维勒摩嘱咐他。

“你跟着他去呀。”弗莱齐埃凑着维勒摩的耳朵说。

他们指定刚蒂南太太看守屋子，在邦斯剩下的款项内先拨了五十法郎给她。

许模克一走，弗莱齐埃就对维丹说：“事情进行得不错。你要愿意告老，把位置让给我，不妨去见见玛维尔庭长太太，你一定跟她谈得拢的。”

许模克在院子里回头对窗子望了最后一眼，法官在楼上看了对弗莱齐埃说：

“你碰上了一个窝囊废！”

“不错，事情已经十拿九稳了！你不必三心二意，就把孙女儿嫁给波冷吧，他要当养老院的主任医师了。”

“慢慢再说吧！—— 再见，弗莱齐埃先生。”法官很亲热的和他告别。

“这家伙倒真有几招，”书记官说，“他会抖起来的，这小子！”

那时刚好十一点，德国老头心里想着邦斯，不知不觉走上了他平日和邦斯俩走惯的路；他时时刻刻看到朋友，觉得他还在自己身旁；临了他走到戏院前面，看见多比那在里头走出来。多比那一边想着经理的蛮横，一边擦着各处的灯，刚把工作做完。

“哦！办法有了！”许模克叫着把当差拦住了，“多比那，你可有地方住呀？……”

“有，先生。”

“有家吗？”

“有，先生。”

“你可愿意管我的膳宿？喔！我很能出点钱，我有九百法郎年金呢……并且我也活不久了……我绝不打搅你，吃东西挺随便！唯一的嗜好是抽烟斗……跟我一起哭邦斯的只有你，所以我喜欢你。”

“先生，我还有不乐意的吗？可是先告诉你，高狄沙先生把我排揎了一顿……”

“排揎？”

“就是说骂了我一顿，因为我关切你的事……所以咱们得留点儿神，倘使你上我家去的话！可是我看你住不了的。你才不知道像我这等穷小子的家是怎么回事呢！……”

“我宁可跟一些有良心的，不忘记邦斯的穷人在一块儿，可不愿意跟人面兽心的家伙住在王宫里！我才在邦斯家看到些野兽，他们把什么都想吞下去呢！……”

“来，先生，你自己去瞧吧……我们有个阁楼……去跟我女人商量一下再说……”

许模克绵羊似的跟着多比那，由他领到一个可称为巴黎之癌的贫民窟里。那地方叫作鲍打弄，是条很窄的巷子，两旁的屋子都是地产商为了投机，盖得挺马虎的。巷子的起点，是篷地街上给圣·玛丁戏院的大厦——又是巴黎的一个疣——遮得黑魆魆的一段；弄内的路面比篷地街低，从斜坡上往玛多冷街方面低落下去，可是半中间给一条小巷子截住了，使整个鲍打弄成为T字形。这两条交叉的小巷里头，一共有六七层高的三十来幢屋子。屋子里的院子，住房，全做了各种工场和堆栈。这简直是小型的圣·安东阿纳城关。其中有做木器的，做铜器的，缝戏装的，做玻璃器具的，给瓷器上颜色的，总而言之，凡是制造各式巴黎货的工业，无不应有尽有。巷子跟它的商业一样肮脏一样发达，老是挤满了来来往往的人，大大小小的货车，一切景象教人看了恶心。满坑满谷的居民，正好跟周围的环境调和。他们都是些耍手艺的工匠，把所有的聪明都用在手艺上的人。因为租金便宜，人丁之旺不下于巷内出产的商品。多比那住在鲍打弄左手第二幢屋子的七层楼上，从他的公寓里可以望到几个大花园，那是属于篷地街上硕果仅存的几座大宅子的。

多比那的住屋包括两个房间，一个厨房。第一间房是孩子们睡的，摆着两张白木小床和一只摇篮。第二间是多比那夫妇的卧室。厨房兼做了饭厅。从白木扶梯上去，顶上有个六尺高而盖着锌片的假阁楼，开着一扇老虎窗。这小间既美其名曰下房，多比那的屋子也就够得上称为完全的公寓，而要花到四百法郎租金了。一进门有个小穿堂，靠厨房的圆窗取光，统共只有三间屋子的房门的地位。屋内是砖地，墙上糊的是六个铜子一卷的花纸，壁炉架的漆是模仿木头的恶俗颜色。住的五个人中间，三个是孩子，所以壁上凡是孩子的胳膊够得着的地方，全给划满了很深的沟槽。

七十五、一个不大舒服的家

有钱的人万万想不到多比那家里的厨房用具多么简单，统共只有一座灶，一口小锅，一个烤肉架，一只煮菜锅，一只平底锅，和二三只白铁咖啡壶。白的和土黄的搪瓷碗盏，全套只值十二法郎。厨房桌子兼做饭桌，另有两张椅子两个圆凳。灶下有一个篓，堆着煤和木柴。壁角的木桶是洗衣服用的，而洗衣服多半还得等到夜里。孩子们的卧房内，拴着晾衣服的绳子，墙上花花绿绿黏着戏院的招贴，报上剪下来的画片，或是有插图的书籍的说明书。屋角堆着大儿子学校里的课本。晚上六点父母到戏院上班以后，就由这孩子管家。好些平民家庭中的孩子，一到六七岁就对小兄弟小姊妹代行母亲的职司。

这段简单的描写，足以表明多比那夫妇是那些俗语所谓穷而清白的人。多比那大约四十岁，老婆名叫洛洛德，也有三十岁了。她当过合唱队的领班，据说做过高狄沙前任经理的情妇，当年还是个美人儿，但前任经理的失败对她大有影响，使她不得不跟了多比那。她相信只要他们两人能挣到一百五十法郎一月，多比那一定会补办结婚手续；他多么疼他的孩子，绝不肯让他们永远做私生子的。多比那太太早上空闲的时候，在家里缝制戏装，晚上在戏院当案目。这两个勇敢的小职员，花了天大的气力才挣到九百法郎一年。

“还有一层。”多比那从四楼起就对许模克这么说着；许模克伤心透了，迷迷糊糊的已分不清是在上楼还是下楼。

多比那像所有的员工一样身上套着件白围身，一开大门，就听见他太太大声嚷着：

“喂，孩子们，别嚷！爸爸来啦！”

大概孩子们对爸爸是要怎么就怎么的，所以老大照旧学着在奥令匹克马戏班看来的玩意，骑在扫帚柄上冲锋，老二吹着白铁笛子，老三尽量学着老大的样。母亲正在缝一套戏装。

“别闹！”多比那大吼一声，“再闹我要揍了！”—— 他又轻轻的对许模克说：“一定要这样吓吓他们的。”—— 然后他招呼老婆：“小乖乖，这位便是许模克先生，邦斯先生的朋友；他没有地方住，想搬到我们这儿来；我告诉他我们家里谈不上体面，又是在七层楼上，只能给他一个小阁楼……他还是要来……”

多比那太太端过一张椅子让许模克坐下；孩子们看到陌生人都愣住了，彼此挤在一起，不声不响的把他仔细打量，一忽儿也打量完了。儿童和狗一样，对人不是靠判断而是用鼻子闻的。许模克望着这群美丽的孩子，看到一个五岁的小女孩，长着漂亮的金黄头发，便是刚才吹喇叭的。

“她倒很像一个德国娃娃！”许模克说着，对她招招手要她过来。

“先生住到这儿来是怪不舒服的，”多比那太太说，“倘使我不需要把孩子放在身边，我可以腾出我们自己的卧房。”

她打开房门让许模克进去。这间屋是全家的精华所在：桃花木的床上挂着白镶边的蓝布床帷，窗上也挂着同样的蓝布帘。柜子，书桌，椅子，虽然全是桃花木的，倒也收拾得很干净。壁炉架上摆着一口钟和一对烛台，显见还是从前破产的经理送的，他的一幅恶劣的画像就挂在柜子高头。孩子们因为不准踏进这间屋子，这时都在伸头探颈的张望。

“先生住在这儿才好呢。”多比那太太说。

“不，不，”许模克回答，“我活不久的了，只是找个地方等死。”

关上房门，大家走上阁楼。一到那儿，许模克就叫道：

“这才对啦！……我没有跟邦斯同住以前，就是住的这种地方。”

“那么，只要买张折床，两条褥子，一个长枕，一个方枕，两张椅子，一张桌子。这也没有什么大不了，连洗脸盆，水壶，床前的脚毯在内，一百五十法郎就能对付了……”

一切商量停当，只缺少一百五十法郎。许模克看到这些新朋友的艰难，当时离开戏院又只有几步路，自然想到向经理去要薪水了……他立刻上戏院，找到了高狄沙。经理拿出他对付演员们的态度，又客气又有点紧张的样子接见许模克；他听到许模克来讨一个月的薪水，不由得奇怪起来。可是一查账，果然没有错。

“嘿，朋友，你真了不起！”经理说，“德国人哪怕在悲伤的时候，也忘不了他们的账……我还以为你会谢谢我一千法郎的津贴，那等于你们一年的薪水，还该出张收据呢！”

“我们什么都没拿到，”德国人回答，“我今天来见你，是因为我给人家赶到了街上，身边一个子儿都没有……你把津贴交给谁的？”

“你们的看门女人！……”

“喔，西卜太太！”德国人叫起来，“她害了邦斯的性命，偷了他东西，把他出卖了……她还想烧掉他的遗嘱……简直是个流氓婆！是只野兽！”

“嗳，你是指定承继人，怎么会没有一个钱，没有地方住，流落在街上呢？这真叫作从何说起！”

“人家把我赶出了大门……我是外国人，一点不懂法律……”

“可怜的老头儿！”高狄沙心里想，他已经料到这场一面倒的官司是什么结果了。“你可知道你该怎么办吗？”他对许模克说。

“我有个代理人呢！”

“那么你趁早跟承继人和解，还可以从他们那儿得一笔钱和一笔终身年金，这样你就能太太平平的过日子啦……”

“我只要能太太平平的过日子！”许模克回答。

“好吧，让我来替你安排。”

原来弗莱齐埃上一天已经把计划跟高狄沙谈过了。

七十六、高狄沙的慷慨

高狄沙以为替庭长夫人解决了这件肮脏事，一定能讨包比诺子爵夫人母女俩的喜欢；他想立了这一功，将来至少也得当个参议官。

“我全权拜托你吧……”许模克说。

“行！第一我先给你三百法郎……”这位戏院里的拿破仑从皮包里掏出十五枚金路易递给许模克。

“这是预支你六个月的薪水；要是你离开戏院，就还我这笔钱。咱们来算一算你每年要多少开支，要怎么样才过得快活。来！来！譬如你过着阔老的生活，你得花多少钱？……”

“我每年只要一套冬季衣服，一套夏季衣服……”

“三百法郎！”高狄沙说。

“四双鞋……”

“六十法郎。”

“袜子……”

“就算一打吧！三十六法郎。”

“六件衬衫。”

“布料子的，二十四法郎；再加六件府绸的，四十八法郎；以上一共四百六十八法郎，加上领带手帕等等，就算五百吧，加一百法郎洗衣服……六百！还有伙食，你要多少？……一天三法郎行吗？”

“喔，太多了！……”

“可是你还得买帽子呢……那就是一千五，五百房租，两千。要不要我替你要求两千法郎的终身年金？到期照付，绝不拖欠。”

“还有我的烟草呢？”

“那么再加四百！哎，许模克老头，你管这个叫作烟草吗？……行，你要烟草就给你烟草。那就是两千四的年金。”

“我的账还没完呢，我还要一笔现款……”

“哦！还要佣金！对啦！这些德国人还说自己天真！瞧他这个老奸巨猾！……”高狄沙心里这么想着，问道：“你还要什么呢？先告诉你，这是最后一笔，不能再节外生枝了。”

“那是为了一笔神圣的债。”

高狄沙私下想：“债！……想不到他这么坏，比浪子还要不得！居然会造假账，拿出些借票来！得趁早拦住他。那弗莱齐埃是手面很小的！”——他接着说：“什么债呀，朋友？你说罢！……”

“跟我一起追悼邦斯的只有一个人……他有个可爱的小女孩子，头发真漂亮，我刚才看见她，就像看到了我亲爱的德国！……当初我就不应该离开德国，巴黎不是我们住的地方，大家拿我们打哈哈……”他微微摆了摆脑袋，仿佛把人情世故看透了似的。

“他疯了！”高狄沙对自己说。

可是经理对这个忠厚的人也动了恻隐之心，不禁冒起一颗眼泪。

“啊！经理先生，你明白了我的意思！那小姑娘的父亲就是多比那，在乐队里当差，管点灯什么的；邦斯在的时候很喜欢他，常常照顾他；只有他一个人陪着我把邦斯送上教堂，送上公墓……我要拿三千法郎送给他，另外拿三千法郎给他女儿……”

“可怜的好人！……”高狄沙暗暗的想。

多比那送邦斯的葬，在一般人看来完全是不足道的小事，许模克却看作像鲍舒哀说的一杯水一样[1]，比征略者打的胜仗还重要：这点高尚的心胸使那位贪婪成性的暴发户也大为感动。因为高狄沙虽然虚荣，虽然极想不择手段的往上爬，跟他的老朋友包比诺并驾齐驱，骨子里还是有良心的。

他觉得刚才把许模克看错了，便一口答应说：

“没有问题，你要的款子我都替你办到！亲爱的许模克，我还想再进一步的帮忙。多比那是个诚实可靠的人……”

“是的，我才看到他跟他清苦的家庭，他多喜欢那些孩子呵……”

“鲍特朗老头辞职了，我想叫多比那当出纳……”

“喔！上帝保佑你！”许模克嚷着。

“那么，我的好人，你今晚四点到公证人贝蒂哀家里去；我替你把一切都办妥，老年的生活你别愁了……你要的六千法郎也照给，在乐队里你帮着迦朗育，像跟邦斯一样，照旧支你的原薪……”

---

①鲍舒哀为法国十七世纪有名的说教家，曾言给穷人的一杯水，在最后审判时评量善恶功过的天平上极占重要。

“唉！我怎么还活得下去！……我对什么都没心思了……我觉得自己完了……”

“可怜的绵羊！”高狄沙一边跟告退的德国人行礼，一边想。“不过，话得说回来，人总是吃荤的。”歌曲大家裴朗越说得好：

可怜的绵羊，早晚得给人剪毛！

他哼着这两句，想排遣心里的感触。

“教他们预备车子。”他吩咐当差。

一忽儿他下楼，对马夫嚷道：“上汉诺威街！”

野心家的面目又整个儿恢复了，他眼里看到了参事院。

七十七、夺回遗产的办法

那时许模克买了花，买了点心，差不多很高兴的捧着去给多比那的孩子。

“我带点心来啦！……”他微笑着说。

这是他三个月来第一次的笑容，令人看了只觉得不寒而栗。

“可是有个条件。”他补上一句。

“先生，你太好了。”孩子们的母亲说。

“得让我抱一下这小女孩儿，还要她把花编在辫子里，像德国小姑娘一样！”

“奥尔迦，你得听先生的话，他要你怎办就怎办……”母亲沉着脸吩咐。

“别对我的德国娃娃这么凶啊！……”许模克嚷着。他在这个女孩子身上看到了他亲爱的祖国。

“你的东西我已经叫三个挑夫在那里搬来了！……”多比那从外边进来说。

“啊！朋友，”德国人招呼他，“这儿两百法郎是做开销的……你太太真好，将来你要跟她正式结婚的，是不是？我送你三千法郎……再送你女孩儿三千法郎做陪嫁，你给她存起来。你也不用再做当差，马上要升作戏院的出纳了……”

“我？接鲍特朗老头的差事？”

“是啊。”

“谁跟你说的？”

“高狄沙先生。”

“喔！那真要乐疯了！——哎！洛莎丽，戏院里的人不是要忌妒死了吗！——这简直不可能！”

“咱们的恩人怎么可以住在阁楼上？……”

“我活也活不了几天，有这么个地方住也很好了，”许模克说，“再见！我要上公墓去……看看他们把邦斯怎办了……还得给他墓上送些花去。”

加缪索庭长太太那时正焦急到极点。弗莱齐埃在她家里跟公证人贝蒂哀和诉讼代理人高特夏商量了一番。贝蒂哀和高特夏认为那份当着两位公证人和两个见证立的遗嘱，绝对推翻不了，因为汉纳耿起的稿子措辞非常明确。据正派的高特夏说，即使许模克被他现在的法律顾问蒙蔽一时，早晚也会给人点醒，因为想找机会出头而乐于帮忙的律师有的是。贝蒂哀和高特夏，不消说，早已把弗莱齐埃的底细打听清楚，所以等他在邦斯家办妥封存手续回来的时候，特意请庭长太太把他邀到庭长书房里去起草传票底稿；然后他们劝她提防弗莱齐埃。他们觉得加缪索先生以庭长的身份绝不宜牵入这种不清不白的事。两人把话说完就走了。

“哎，太太，那两位先生呢？”弗莱齐埃走出来问。

“走啦！……他们劝我放弃这件事！”玛维尔太太回答。

“放弃！”弗莱齐埃勉强抑捺着胸中的怒意说，“太太，您听着……”

于是他念出代执达吏起草的传票底稿：

兹据××××××状称……（套语从略）事缘汉纳耿与克洛泰二公证人，会同两外籍证人勃罗纳与希华勃，将故邦斯先生遗嘱送呈地方法院，请求执管遗产在案。查故邦斯先生将遗产赠予德国人许模克先生之行为，实属侵害具状人之权利；因具状人乃系故邦斯先生之法定的血亲继承人，而邦斯先生生前亦明白表示愿将遗产授予具状人之生女赛西尔小姐。关于此点，具状人可提出社会上素有声望之人士为证。讵许模克先生不惜以卑鄙伎俩，非法手段，乘病人神志昏迷之际赚取遗嘱；甚至于事先禁锢邦斯先生，使其不能接见家属，以遂其夺取遗产之阴谋；而一旦目的达到，于主办邦斯先生丧葬之时，许模克立即忘恩负义，行同禽兽，致引起邻里公愤。此外尚有其他罪行，具状人现方搜集证据，以备日后当庭陈述。基于上述理由，具状人特请求法院宣示撤销故邦斯先生遗嘱，并将其遗产判归血亲继承人依法执管。据此，本执达吏依法当面票传许模克于×月×日到庭，听候审理撤销故邦斯遗嘱一案。本执达吏并根据具状人请求，反对许模克取得受遗赠人之身份，并反对其执管遗产……（下略）①

①法国执达吏的职权，除执行法院判决，为强制执行及假扣押等以外，得签发诉讼案件及非诉讼案件的传票，并负责送达。又以许模克委托泰勃罗为代表而论，执达吏似亦能接受私人委托代办非诉讼案件，但此点在现代法国诉讼程序上无可查考。又执达吏另有事务所，雇有书记等等助理其事。

“庭长太太，我知道那个人的，他一收到这张请帖就会让步。他跟泰勃罗一商量，泰勃罗就会劝他接受我们的办法！您愿不愿意送他三千法郎的终身年金呢？”

“当然愿意，我恨不得现在就把第一期的款子给付了。”

“喔，三天之内一定办妥……他悲痛之下，拿到这张传票会大吃一惊的，因为这可怜虫的确在那里哀悼邦斯。他把朋友的死看作很大的损失。”

“传票送了出去还能收回吗？”庭长太太问。

“当然能收回，太太，案子随时可以撤销的。”

“那么，先生，行了！……你去办吧！……你替我张罗的那份家私值得我们这样干的！我已经把维丹先生退休的事给安排好了，只要你给他六万法郎；这笔钱将来在邦斯的遗产项下支付。所以你瞧……我们非成功不可！……”

“他已经答应辞职了吗？”

“答应了；维丹绝对听庭长的话……”

“好吧，太太，我早先预备给西卜太太，那个下流的看门女人，六万法郎，现在我替您省掉了。可是梭伐女人的烟草牌照一定得给的，还有我朋友波冷，希望能补上养老院主任医师的缺。”

“没有问题，都预备好了。”

“那么万事齐备了……为这件事大家都在替您出力，就是戏院的经理高狄沙也很帮忙。昨天我去看他，因为戏院里有个当差可能跟我们捣乱，高狄沙答应把他压下去。”

“哦！我知道。高狄沙完全是包比诺家的人！”

弗莱齐埃走了。可是他没有碰到高狄沙，那份催命符一般的传票马上给送了出去。

二十分钟以后，高狄沙来报告他和许模克的谈话，那时庭长太太心中的欢喜，是一切贪心的人都能了解，一切诚实的人都切齿痛恨的。她完全赞成高狄沙的办法，觉得他的话入情入理，而且自己的顾虑也给他一扫而空了，更对他感激不尽。

“庭长太太，”他说，“我来的时候就想到，那可怜虫有了钱还不知道怎办呢。他的忠厚淳朴，简直像古时的长老。那种天真，那种德国人脾气，竟可以把他放在玻璃罩底下，像蜡制的小耶稣般供起来！我看他拿了两千五年金已经为难死了，要不荒唐一下才怪呢……”

“戏院里的当差追悼我们的舅舅，他就送他一笔钱，足见他宅心仁厚。当初就怪那件小事，造成了我跟邦斯先生的误会；要是他再到我们家来的话，一切都会原谅他的。你真不知道我丈夫多么想念他。这一回没有得到他的死讯，庭长心里难过得不得了；他对亲属之间的礼数看得极重，要是知道了邦斯舅舅故世，一定要上教堂，要去送丧，连我也会去参加他的弥撒祭的……”

“那么，美丽的太太，”高狄沙说，“请你教人把和解据预备起来；准四点，我替你把德国人带来……太太，希望你在令爱包比诺子爵夫人面前为我吹嘘吹嘘；也希望她对她的公公，对我那位显赫的老朋友，对这个大政治家提一句，说我对他所有的亲属都愿意尽心出力，请他继续高抬贵手，提拔提拔我。他那个当法官的叔叔救过我的命，这几年他又让我发了财……太太，像你跟令爱这样有权有势的人，当然是众望所归，万人景仰，我很想沾点儿光。我的计划是想脱离戏院，做个有作为的人。”

“你现在不是很有作为了吗，先生？”

“你太好了！”高狄沙说着，吻着庭长太太那只干枯的手。

七十八、结局

当天四点钟，贝蒂哀公证人的事务所里，陆续来了和解书的起草人弗莱齐埃，许模克的代理人泰勃罗，还有许模克本人也由高狄沙陪着来了。弗莱齐埃在贝蒂哀的书桌上放着六千法郎和第一期的年金六百法郎钞票，有心让许模克看到。他果然看了那许多钱愣住了，对于人家宣读的和解书内容，连一个字都没听进去。可怜虫在墓上向邦斯默祷了一番，说不久就要去跟他相会。他在回家的路上给高狄沙拉到了这儿。经过多少打击之后，他神智早就不大清楚，这时更有点神魂恍惚；所以和解书上说许模克亲自到场，由代理人泰勃罗在旁协助，以及庭长为女儿提起诉讼等等的案由，许模克一概没有听见。那时德国人显而易见当了个倒霉角色，因为他签这份和解书，等于承认弗莱齐埃状子上的话是事实。但他看到有这么多钱可以拿去给多比那，让那个唯一敬爱邦斯的人有好日子过，简直高兴之极，再也不把什么和解据听在耳里。他们把文件念到一半，贝蒂哀手下的一个书记进来向主人报告说：

“先生，有个人要找许模克先生……”

公证人看见弗莱齐埃做了个手势，便特意耸了耸肩膀，说道：

“我们在签订文件的时候，千万别来打搅！你去问问那个人的姓名……是个普通人还是上等人？是不是什么债主？……”

书记回来报告说：“他一定要跟许模克先生说话。”

“他姓什么？”

“多比那。”

“我去，你尽管签字，”高狄沙对许模克说，“让我去问他有什么事。”

高狄沙明白了弗莱齐埃的意思，他们都咂摸到可能有点儿危险。

“你到这儿来干什么？”经理对当差说，“难道你不想当出纳吗？出纳员第一个条件是谨慎小心。”

“先生……”

“你走吧；再管闲事，你的差事就砸了。”

“先生，倘使每一口面包都要塞着我喉咙管，我是咽不下去的！——许模克先生！”他叫起来。

许模克签过了字，手里抓着钱，听见多比那的声音，跑来了。

“这是给你和德国娃娃的……”

“哎啊！亲爱的许模克先生，那些狐群狗党想破坏你名誉，你倒让他们发了财。我把这张传票给一个规矩人，一个认得弗莱齐埃的诉讼代理人看过了，他说你不应该怕打官司，他们作恶多端，应当受点儿惩罚，并且你一接受他们的诉讼，他们会退缩的……你把这个文件念一念吧。”

这位冒失的朋友把送到鲍打弄的传票递给许模克。许模克接过来念了，才知道受了诬蔑，可还不明白这些糟蹋他的话是怎么回事，只觉得挨了一个闷棍。他心口好似给一颗石子塞住了，当场晕倒在多比那怀里。他们正在公证人屋子的大门下，恰好有辆车在街上过，多比那就把可怜的德国人抱上了车。他已经发作脑溢血，眼睛看不清了，可还挣扎着把钱交给多比那。许模克并不就死，但从此没有清醒过来，不饮不食，只有些无意识的动作。十天之后，他死了，连哼也不哼一声，因为他早已不能开口。他病中由多比那太太服侍；死后由多比那张罗着，无声无臭的给埋了，就葬在邦斯旁边；送丧的人也只有多比那一个。

弗莱齐埃当上了初级法庭庭长，在加缪索府上走得很熟。庭长夫人非常赏识他，不赞成他娶泰勃洛那等人的女儿，答应给他介绍一门比这个胜过万倍的亲事。庭长太太觉得，不但买进玛维尔的草场跟庄子都是他出的力，连庭长在一八四六年国会改选时当选议员也是他的功劳。

本书的故事，不幸连许多细节都是事实；它与它的姊妹作[①]放在一起，更足证明人的性格在社会上有极大的作用。读者谅必都想知道本书主人翁的下落；而我说的主人翁，凡是收藏家，鉴赏家，古董商，全会猜到是指邦斯的收藏。那么只要把下面一段对话提一提就行了，因为就在不久以前，包比诺伯爵招待几个外国人在家里看画。

"伯爵，你收藏的全是宝物！"一个英国绅士说。

"喔！爵爷，"包比诺很谦虚的回答，"关于图画的收藏，不但在巴黎，就是在欧洲，也没有人敢和那不知名的犹太人，叫作

---

①指《贝姨》。《邦斯舅舅》与《贝姨》为巴尔扎克最后两部小说（本书发表在《贝姨》之后），统称为"穷亲戚"，故此处谓为姊妹作。

埃里·玛古斯的相比。他是个怪物，可以说是收藏图画的巨擘。他搜集的一百多幅画，简直教所有的收藏家望而却步，不敢再想收藏。法国政府真该花上七八百万，等这个守财奴故世之后把他的美术馆买下来……至于古董古玩，那么我的这一批还不算坏，值得人家一提的了……”

“可是像你这样的忙人，你当初的家业又是光明正大靠经商挣来的，怎么能……”

“对啦，”包比诺伯爵接口道，“靠卖药起家的，怎么会再去买进些起码东西……”

“不是这意思，”外国客人抢着说，“我奇怪你怎么能有时间去找！古玩古董不会自己来找你的……”

“我公公喜欢美术，原来就有些收藏，”包比诺子爵夫人插言道，“可是宝物之中最大的部分是我从家里带来的！”

“怎么，太太，是你带来的！……你这样年轻，已经有这种癖了？……”一位俄国亲王说。

俄国人最喜欢模仿别人，所以一切文明的病都会在他们国内蔓延。玩古董的习气在圣·彼得堡风靡一时，再加他们那种天真的勇猛，把货价抬得那么高，简直令人没法再买东西。那位亲王便是专程到巴黎来收古董的。

“王爷，”子爵夫人说，“这批宝物是一个非常喜欢我的舅公传给我的。他从一八〇五起，花了四十多年在各地收集这些精品，主要是在意大利……”

“他姓什么？”那位英国爵爷问。

“邦斯！”加缪索庭长回答。

“他是个挺可爱的人，”庭长太太装着很甜蜜的声音，“挺有风趣，挺古怪，同时心地又好得不得了。爵爷，你刚才赞美的那把扇子，原是篷巴杜夫人的遗物，邦斯先生送给我的时候还说过一句妙语，可是原谅我不告诉你了……”

她说完了望着女儿。

“子爵夫人，”俄国亲王说，“请你告诉我们吧。”

“哦，那句话跟扇子一样名贵！……”子爵夫人回答，她说话就喜欢用这种滥调，“他对家母说：宠姬荡妇之物，早该入于大贤大德之手。”

英国爵爷望着玛维尔太太，那种表示不信的神气，在一个毫无风韵的女人是看了最舒服的。庭长太太接着又说：

“他每星期要在我们家吃三四次饭，他真喜欢我们！我们也非常了解他；艺术家最得意的是有人赏识他们的才气。并且玛维尔先生是他独一无二的亲属。可是他得这笔遗产完全是出乎意外。包比诺伯爵不忍心让这批收藏给送出去拍卖，便全部买了下来；而我们也觉得这么办最合适。倘使把舅舅多么爱好的精品散失出去，我们心里也不好过。给这批东西估价的便是埃里·玛古斯……爵爷，我们这样才买下了令叔在玛维尔盖的那所别庄，以后还希望你赏光上那儿去玩。”

高狄沙把戏院盘给别人已有一年了，多比那还在那里当出纳。可是他变得沉默寡言，愤世嫉俗；人家觉得他像犯了什么罪；戏院里某些缺德的人，还说他的抑郁不欢是娶了洛洛德的缘故。诚实的多比那，只要听见弗莱齐埃的名字就会吓得直跳。也许有人奇怪，品格配得上邦斯的人只有一个，而这一个倒是戏院里的小职员。

雷蒙诺克太太鉴于风丹太太的预言，不愿意住到乡下去养老；她在玛特兰纳大街上一家漂亮铺子里又做了寡妇。雷蒙诺克因为婚约上订明夫妇一方死亡时，遗产即归对方承受，便有心在老婆身边摆着一小杯硫酸，希望她无意中会弄错；他老婆看见了，好意把杯子换了个地方，不料雷蒙诺克竟拿去一饮而尽。这恶棍的下场当然是自食其果，同时也证明上帝还是有赏罚的。一般人往往责备描写社会风俗的作家把这一点给忘了，其实是大家看那种千篇一律的，善有善报，恶有恶报的戏看得太多了。

书中倘有誊写错误，幸请读者原谅[1]。

一八四七年五月　巴黎

一九五二年二月　译

①巴尔扎克自知对文字风格不甚讲究，故将此种责任推与誊写人负责，以示俏皮。

人间喜剧

La Comédie humaine

赛查·皮罗多盛衰记

（法）巴尔扎克 著
傅雷 译

团结出版社

图书在版编目(CIP)数据

人间喜剧 / (法) 巴尔扎克著 ; 傅雷译. -- 北京 : 团结出版社, 2021.11

ISBN 978-7-5126-9114-8

Ⅰ. ①人… Ⅱ. ①巴… ②傅… Ⅲ. ①小说集—法国—近代 Ⅳ. ①I565.44

中国版本图书馆CIP数据核字(2021)第171591号

出版: 团结出版社

（北京市东城区东皇城根南街84号 邮编: 100006）

电话: (010) 65228880　65244790 (传真)

网址: www.tjpress.com

Email: zb65244790@vip.163.com

经销: 全国新华书店

印刷: 天宇万达印刷有限公司

开本: 145×210　1/32

印张: 114.75

字数: 3242千字

版次: 2021年11月 第1版

印次: 2021年11月 第1次印刷

书号: 978-7-5126-9114-8

定价: 458.00元（全10册）

出版说明

奥诺雷·德·巴尔扎克（Honoré de Balzac, 1799—1850），法国小说家，被誉为“现代法国小说之父”，生于法国中部图都尔市的一个中产者家庭。

1829年，三十岁的巴尔扎克第一次正式发表作品。他经过十余年的探索、学习之后，在法国小说界开辟出了一个崭新的世界，建立了一个一直影响到现在的现实主义传统。从发表第一部作品开始，巴尔扎克便以惊人的毅力创作出了91部小说，塑造了两千四百多个栩栩如生的人物形象，这些作品合称为《人间喜剧》。巴尔扎克通过这些作品和人物形象，为读者展示了法国社会的整个面貌。因此，《人间喜剧》被后世誉为“资本主义社会的百科全书”。

作为他的朋友，法国19世纪前期著名的浪漫主义文学家维克多·雨果曾这样评价他：“在最伟大的人物中间，巴尔扎克是名列前茅者；在最优秀的人物中间，巴尔扎克是佼佼者之一。他才华卓越，至善至美，但他的成就不是眼下说得尽的。他的所有作品仅仅形成了一部书，一部有生命的、光亮的、深刻的书。”

傅雷（1908—1966），字怒安，号怒庵，他是中国著名的翻译家、作家、教育家、美术评论家。傅雷先生早年留学于法国巴黎大学，翻译了大量的法文作品，包括巴尔扎克、罗曼·罗兰、伏尔泰等许多名家著作。20世纪60年代初，他因在翻译巴尔扎克作品方面的卓越贡献，被法国巴尔扎克研究会吸收为会员。

傅雷先生曾说："《人间喜剧》共包括九十四个长篇，已译十五种，虽不能囊括作者全部精华，但比较适合吾国读者的巴尔扎克最优秀作品，可谓遗漏无多。法国一般文艺爱好者所熟悉之巴尔扎克小说，甚少超出此项范围。"这十五种译作中，《猫儿打球号》已经佚失，现存十四种。此次，我们整理出版的这套《人间喜剧》，正是对傅雷先生现存十四种译作的整理。它们分别是：《欧也妮·葛朗台》《亚尔培·萨伐龙》《高老头》《奥诺丽纳》《比哀兰德》《夏倍上校》《禁治产》《邦斯舅舅》《赛查·皮罗多盛衰记》《于絮尔·弥罗埃》《都尔的本堂神父》《贝姨》《搅水女人》《幻灭》。

此次出版，我们在尊重傅雷先生译作的前提下，按照现代汉语规范，仅对一些地名、人名、标点符号等作了修订。由于水平所限，整理过程中难免有错漏之处，恳请读者批评指正！

目 录

第三部 赛查的胜利

第一部　赛查登峰造极

一、夫妇之间的一场争论

冬天夜里，圣·奥诺雷街上只有一会儿安静；从戏院或跳舞会出来的车马才闹过一阵，便是赶中央市场的菜贩的声音。那一会儿安静，在巴黎市喧嚣的大交响乐中好比一个休止符，出现在清早一点左右。就在这休止期间，在王杜姆广场附近开花粉铺的赛查·皮罗多的女人，做了一个噩梦惊醒过来。她梦里变作两个人，眼看自己穿得破破烂烂的，把干瘪打皱的手抓着铺子的门钮；一个她站在店门口，另外一个她坐在账台后面的椅子上；她向自己要饭，听见自己在账台上和店门口同时讲话。她醒过来想扑到丈夫身上去，不料摸到的地方是冷的，更吓得魂不附体：她脖子发僵，动不来了；喉壁粘在一块，喊不出声音来。安放床位的暖阁，两扇小门敞开着；她坐在床上动弹不得，眼睛直勾勾的睁得很大，头发好像给人揪着，耳朵里乱哄哄的响成一片，心又是抽搐又是乱跳，浑身发冷，同时又在出汗。

本来恐怖差不多是个病态的感觉，对身体的压力之猛，可以使器官的机能不是突然发挥到最高度，就是全部瓦解。生理学家对这个现象向来感到惊奇，他们的理论和推测都被推翻了，打乱了；其实事情很简单，只是一种精神上的触电，不过和电流的变化一样，出现的方式总是古古怪怪的难以捉摸。电流对我们的思想影响极大，将来科学家承认了这一点，我这番解释也就变得平淡无奇了。

当时皮罗多太太的难受等于受到剧烈的光的刺激，因为我们的意志不知被什么机构触动之下，会扩张开去或者集中起来，产生一些可怕的放射作用。所以这个平凡的女人会像鬼使神差一般，能够在实际上只是一刹那，而以她迅速的印象来说是极长的时间之内，比着她身心正常的一天之内生出更多的念头，唤起更多的回忆。只要听她几句荒唐矛盾，莫名其妙的话，就能知道她自言自语的时候心里多么难过。

“皮罗多没有理由不在我床上。他小牛肉吃得太多了，也许不舒服吧？不过他真要闹病，也该叫醒我呀。在这幢屋子里，在这张床上，我们两人睡了十九年，他从来没有不声不响的走开的，可怜的羔羊！只有上民团去值夜班的时候，他才睡在外边。今晚上他是不是和我一起睡的呢？怎么不是！天哪！我真糊涂！”

她向床上瞅了一眼，看见丈夫的睡帽圆滚滚的，明明是戴过的样子。

她往下又想：“那么他是死了！会不会自杀的呢？干吗自杀？这两年他做了副区长就六神无主。天地良心，叫他当官儿才可怜呢！他的买卖很不错，还送了我一条披肩。也许买卖不行吧？嘿！那也瞒不了我。不过男人的心事，谁摸得透呢？女人的心还不是一样？那也没有关系。今天咱们不是做了五千法郎生意么？再说，当副区长的总不能寻死，他是精通法律的啊。那么他哪儿去了呢？”

她既不能扭动脖子，也不能伸出手去拉绳子打铃，把一个厨娘，三个伙计和一个送货的叫起来。醒是醒了，噩梦还没有散。她忘了她女儿安安静静的睡在隔壁房里，房门就在自己的床脚边。终于她叫了一声："皮罗多！"没有回音。她自以为叫了，可是没有叫出声来。

"莫非他养着什么女人么？"她马上又想，"不会的，他没有这本领；而且他多么爱我。他不是告诉过罗甘太太，说从来没有对我不忠实，连念头都不曾有过么？这个人是最老实不过的。谁要配进天堂的话，准定是他。不知他在忏悔师面前有什么事好埋怨自己，还不是瞎说一阵！他虽是个保王党，也不知他为什么做保王党的——却从来不把宗教挂在嘴上[①]。可怜的好人儿早上八点偷偷摸摸去望弥撒，好像是去寻欢作乐，见不得人似的。他敬上帝就是为敬上帝。地狱跟他不生关系。怎么会养女人？他还寸步不离的盯着我，叫我腻烦呢。他爱我胜过他的眼睛，他为我连瞎掉眼睛都愿意。十九年工夫，他对我说话，嗓门儿从来不比别人高。他心里第一是我，其次才是女儿。啊，赛查丽纳不是睡在那边么？……赛查丽纳！赛查丽纳！皮罗多有什么念头，一向不瞒我。他到小水手[②]来看我的时候，说要日子长了才能认识他；这话一点不错。这一下他不在床上！……那可怪了。"

她好容易转过头去，偷偷瞧了瞧卧房。那些别有风光的夜景只有小品画家画得出，语言是无能为力的。各种东西的影子扭来扭去非常可怕；窗帘给风吹着鼓起来，变得奇形怪状；守夜灯隐隐约约的光照着红布幔子的褶裥；挂钩上射出火焰似的反光，钩

①保王党人热心宗教的居多。（本书注释均为译者注）
②小水手是一家铺子的名字，详见下文。

子的中心又红又亮，好比小偷的眼睛；一件袍子拖在地下，像一个人跪在那里；总之，在脑子只会感受痛苦夸大痛苦的当儿，一切可惊可怖的怪现象，无论什么话都没法描写。皮罗多太太似乎看到卧房的外间有一片强烈的光，便马上想到失火；回头看见一条红围巾，又当作一摊鲜血，念头转到强盗身上，觉得家具摆的样子是有人打过架了。她一想起银箱里的现款就心惊胆战，把她做噩梦的忽冷忽热的感觉赶走了。她光穿着衬衣，慌慌张张扑到房间当中预备去救丈夫，以为他在跟凶手搏斗。

她终于声音很凄惨的叫起来："皮罗多！皮罗多！"

她发觉丈夫就在隔壁屋里，拿着一支尺在空中量来量去。绿地棕色花的睡衣没有穿好，把两条腿冻得通红；赛查却一心想着自己的事，不觉得冷。他转过身来说道："嗯，什么事啊，公斯当斯？"那副心不在焉的傻相叫皮罗多太太看着笑了。

她说："哎，赛查，瞧你这副滑稽样儿！干吗不告诉我一声，把我丢在那里呢？我差点儿吓死了，不知道出了什么事。你冒着寒气在这儿干吗呢？你要重伤风了。听见没有，皮罗多？"

"听见了，我来啦。"花粉商一边回答一边回进卧房。

皮罗多太太拨开炉子里的灰，赶紧把柴火弄旺了，说道："来，来烤火吧。你打的什么鬼主意，告诉我听。我冻死了。怪我自己糊涂，只穿一件衬衫就起来了；可是我当真以为有人谋杀你呢。"

皮罗多把烛台放在壁炉架上，把睡衣裹裹紧，心不在焉的替太太找来一条法兰绒衬裙。

"喂，咪咪，穿上吧。"又自言自语的往下说，"宽二十二，深一十八，正好做一间漂亮的客厅。"

"哎！哎！皮罗多，你是疯了还是做梦？"

"才不呢，太太，我在计算。"

"你要胡闹也该等到天亮啊。"她说着把衬裙曳在衬衫下面，走过去打开女儿的卧房。

"赛查丽纳睡着呢，听不见的。来，皮罗多，告诉我是怎么回事。"

"咱们可以开个跳舞会。"

"开跳舞会！天晓得，你真是做梦了，朋友。"

"不是做梦，我的好宝贝。听我说，一个人有怎样的地位，就该做怎样的事。政府提拔了我，我是官方的人了。咱们应当体会政府的精神，把它的意思发挥出来，帮政府贯彻。要求占领军撤退的交涉[①]，黎希留公爵已经办成了。特·拉·皮耶第埃先生认为，代表巴黎市的大小官儿都应当在各人的范围之内庆祝领土解放。这是一种责任。咱们要表示真正的爱国精神，叫那些所谓进步党，该死的阴谋家，看了惭愧。你以为我不爱国么？我要给进步党人，给我的敌人们立个榜样，告诉他们爱王上就是爱国！"

"皮罗多，你说你有敌人吗？"

"当然啰，太太，咱们有敌人。咱们街坊上的朋友，一半就是敌人。他们说：'皮罗多运道好；皮罗多是个光棍出身，居然当了副区长，百事顺利。'好吧，这一回又要叫他们吓一跳了。别人不知道，我先告诉你：我得了荣誉团四等勋章，王上的命令昨天就下来了。"

---

①拿破仑战败下野之后，各国根据1815年的《巴黎和约》，在法国一部分领土上驻扎军队。路易十八的外交大臣黎希留与各国谈判，于1818年10月9日成立协议，各国占领军于当年11月30日前全部撤退。

皮罗多太太听了大为激动，说道：“噢！朋友，那么跳舞会是应当开的了。可是你得勋章是立了什么功呀？”

皮罗多不大好意思的回答：“昨天特·拉·皮耶第埃先生告诉我这个消息，我跟你一样想了想我有什么资格；回家的路上我可想出来了，觉得政府做事真有道理。首先，我是保王党，共和三年正月的圣·洛克事件[①]，我受过伤；在那个年月为了尽忠王室而拿起枪杆子来，也是不容易的吧？其次，据某些生意人的意见，我当商务裁判时期办的事，大家都满意。最后，我是副区长。王上这回派了四个受勋的名额给巴黎的市政官员。州长查了一下有资格受勋的副区长，把我列为第一名。再说，王上也该记得我的名字：因为拉贡老头的关系，王上所喜欢的那种扑粉向来由我们供应。故世的王后[②]——可怜在大革命中牺牲了，她用的香粉配方就是咱们独家有。区长还拼命替我撑腰呢。那有什么办法！反正我没有要求勋章，是王上自动赏的；要不接受，无论从哪方面看都是对他不敬。副区长又何尝是我自己要做的？所以，太太，既然遇着胜风（顺风）——像你家比勒罗叔叔高兴的时候说的——我决意把屋子重新安排一下，样样要配得上咱们的门第。倘使我能当个人物，老天爷要我做什么我就做什么，命里要当县长就当县长。你认为做了二十年零卖的花粉生意，就算尽到国民的责任，那你是大错特错了，太太。国家要咱们缴家具税，门窗税，咱们不是一律缴上去吗？如果要咱们贡献出聪明才智，咱们也该贡献出来。难道你愿意坐一辈子账台吗？天哪，你也坐够了。我要

①1795年10月（即共和三年正月）圣·洛克教堂事件，是保王党人最后一次的反革命暴动。

②这个王后就是指玛丽·安托瓦内特。

开的跳舞会也是庆祝咱们自己的喜事。从今以后，你不用再管零碎生意。我要烧掉玫瑰女王的招牌，把拉贡香粉老店，赛查·皮罗多新记字样取消，只漆上香粉铺几个描金大字。我要把账房间和收银柜搬到中层[1]，再替你布置一个漂亮的办公室。铺面后间，还有现在做餐室和厨房的屋子，将来改做货栈。就要租下隔壁的二层楼，在墙上开一扇门，把楼梯改个方向，使两边的楼面一样高低。这样，咱们就有一套宽大的房间，摆设得漂漂亮亮的。是的，我要把你的房间家具全部换新，替你安排一间小会客室，给赛查丽纳一间精致的卧房。将来你雇一个女店员，她跟领班伙计，还有你的贴身老妈子——是的，太太，你一定要有一个贴身老妈子！——都睡在三楼。四楼做厨房，做打杂的伙计和厨娘的卧室。五层楼作为贮藏室，存放咱们的瓷器，瓶罐和玻璃器具。女工都到阁楼上去做活。过路人再也看不见店堂里粘标签，做纸袋，拣瓶子，盖瓶塞等等了。那是圣·但尼街的派头，放在圣·奥诺雷街可不行，太俗气了！咱们的铺子要摆设得像客厅一样。你说，有头面的花粉商是不是只有咱们一家？做醋生意的，做芥末生意的，不是在民团里当团长，受到宫里的抬举么？咱们应当学他们的样，扩充营业，同时想法进上流社会。”

“皮罗多，你知道我听着你的话有什么感想？你是骑驴找驴，多此一举了。别忘了人家派你当区长的时候我劝过你：人生在世，第一要过太平日子！我说的：‘你要出名，好比拿我的胳膊去做风车的翅膀。荣华富贵要断送你的。’那时你不听我，现在可闯祸了。要在官场中做个角儿，先得有钱；咱们有没有呢？怎么！

①中层是在底层与二楼之间的一层，比较低矮。

花了六百法郎做来的招牌，你想烧掉？你的名气都是靠玫瑰女王挣来的，你倒不要了吗？别人有野心是别人的事。把手伸进火里去总得带些火星出来，是不是？今日之下，政治是烫手的。咱们除了工场，存货和做买卖的资本以外，不是有响当当的十万法郎存起来么？你想多弄些钱，尽可以用一七九三年的老办法：公债市价只有七十二法郎，还是买公债吧，一年有一万法郎利息好收，又不妨碍咱们的买卖。经过这番调度，你可以把女儿出嫁，把铺子出盘，咱们俩回本乡去。十五年工夫，你口口声声只想把希农附近的德莱索里买下来；那儿有池塘，有草原，有树林，有葡萄园，有分种田，是个挺好的小庄园，一年有三千法郎进款。咱们俩都喜欢那屋子；现在花六万法郎还能买进，而先生你倒想进官场了。别忘了咱们的身份，咱们是花粉商。十六年前，你还没发明女苏丹两用雪花膏和润肤水的时候，倘若有人告诉你，说你就要有本钱买进德莱索里了，你还不快活死么？你一心想要那块产业，老是挂在嘴上；如今能买了，你反而想把钱胡乱花掉。钱是咱们俩满头大汗挣来的，我说咱们俩，因为我一年四季坐在账台上，像一条可怜的狗守着它的窝一样。等女儿出嫁了，做了巴黎公证人的太太，我们一年在希农住八个月，把女儿的家作为在巴黎歇脚的地方，那比起把五个铜子变成两个半，把两个半变成一个都没有，不是强得多么？将来公债涨价了，给女儿每年八千法郎利息，咱们自己留着两千；出盘铺子的钱可以买进德莱索里。咱们把家具带着走，还值好大一笔钱呢。凭着这种气派住在你家乡，好朋友，咱们就跟王爷差不多；不比在巴黎当个角色起码要一百万家私。”

皮罗多说道：“哎，太太，你这些话，我早料想到了。你认为我糊涂透顶，我还不至于糊涂到不考虑周全。你听我说，亚历山大·克劳太将来要盘进罗甘的事务所，招他做女婿对咱们跟手套一样合适；可是十万法郎陪嫁，你想能满足他么？而且咱们要把全部现款都给女儿，才有这笔数目。当然我打算这么办的：我宁可老来吃干面包，一定要女儿像王后娘娘一样享福，就是像你说的，把她嫁给巴黎的公证人。可是要盘进罗甘的事务所，别说十万资金，便是年息八千法郎的本钱也不管用。人家以为我们的家私远不止这些；我们叫他小山德罗的克劳太心里也这样想。他老子是个有钱的庄稼人，就是一毛不拔；他要不卖掉十万法郎田产，山德罗休想当公证人。罗甘的事务所值到四五十万；克劳太不先付一半现款，交易怎么能成功？所以赛查丽纳的陪嫁要有二十万才行；而我告老的时候还得体体面面的保持布尔乔亚身份，需要一万五的进款。哼！事情一明一白全摊出来了，看你还有什么话说？”

“啊！你要有什么金山银山的话……”

“我就是有呀，我的宝贝，”他搂着老婆的腰轻轻拍着，高兴得眉飞色舞，“有笔买卖还没定局，我一向不愿意跟你谈，明儿大概能成交了。事情是这样的：罗甘劝我做一桩投机生意；因为十拿九稳，他跟拉贡，你的叔叔比勒罗，还有两个别的主顾，都加入了。我们想在玛特兰纳附近[①]买进一批地产。罗甘计算过了，拿三年以后上涨的行情来说，眼前的买价只有四分之一。三年以后，现有的租地契约都满了期，我们就能自由经营。一共是六个股东，各人认一个数目。我出三十万，因为我要占总数的八分

①玛特兰纳是巴黎有名的大教堂之一，附近一带现在是最热闹的市中心；十九世纪初期还没完全开发。

之三。以后无论哪个股东要调动银钱，只消把自己的股份托罗甘做押款。为了要亲自出马，看看鱼儿是怎么钓的，我跟比勒罗和拉贡老头合认一半股份，这一半统统归我出面；还有一半的买主归罗甘负责，他托一个叫查理·克拉巴龙的出面。罗甘将来和我一样，另外出凭据给他的合伙人。在我们没有能支配全部地产以前，只立一份预约买卖的文契，不经过公证。不过到底立哪一种合同，还得罗甘研究；是不是能暂时不备案，注册费叫将来分块买进的人负担，还没有把握。这些事也跟你解释不完。一朝付清了地价，咱们只要抱着胳膊坐等，三年以后就有一百万家私。那时赛查丽纳二十岁，咱们再盘掉铺子，就能靠天照应，乖乖儿往上爬了。”

皮罗多太太问道：“可是你的三十万法郎哪儿去张罗呢？”

“亲爱的小猫咪，你一点不懂生意经。存在罗甘那儿的十万法郎可以先付出去，再拿寺院区的工场和园子抵押四万，咱们手头还有两万有价证券；总数是一十六万。还缺十四万，我签一张票据给银行家克拉巴龙先生，托他贴现。这样，三十万法郎就凑齐啦。老话说的好：票据不到期，不欠一个钱。到期的时候，咱们拿生意上的赚头去付。万一付不出，拿我名下的地产作抵，向罗甘借，只要五厘起息。其实也用不到借：我发明了一种香精——用榛子做的生发油。李文斯东替我装了一座水压机，榛子的油经过高压，全部能挤出来。我算过，不出一年，至少能赚进十万。我正在盘算招贴怎么写，第一句就是打倒假头发！必定轰动一时。你啊，你就没发觉我夜里失眠！看到玛加撒油走红，我已经三个月睡不着觉了。我要打倒玛加撒！”

“原来这就是你瞒着我盘算了两个月的好主意。我刚才做了一个梦，梦见我在自己的店门口要饭。这是什么预兆啊！不久咱们的家产要弄得精光，只剩一双眼睛淌眼泪。只要我活着，绝不让你这样做，听见没有，赛查？那些事情里头必有些鬼把戏，你没看到；你太规矩太正派了，想不到别人会欺骗讹诈。干吗人家要送你一百万？你把现货都脱手了，做的生意超过了你的实力；要是你的油销不出，钱弄不到，地产变不了现款，你拿什么去付你的票据？拿你的榛子壳么？为了向上爬，你不愿意再在生意上出面，要卸下玫瑰女王的招牌，同时你倒想印招贴，印仿单，在墙角里，在木板上，在人家盖屋子的地方，让赛查·皮罗多的大名到处出现。”

“噢！你不懂我的意思。我要用安赛末·包比诺的名义设一家分店，在龙巴街一带找所屋子让小安赛末安顿下来。帮拉贡的内侄自立门户，也可以缴销我欠拉贡老夫妻的情分。包比诺将来会发财的。可怜的拉贡夫妇近来寒酸得很。”

“呦！那些人就是想你的钱。”

“那些是什么人呢，请问你？你的叔叔比勒罗把我们当作心肝宝贝一般，每星期天都跟我们一块儿吃饭，难道他想我们的钱么？难道是咱们的老东家，好好先生拉贡么？他清白了四十年，咱们经常跟他玩着波士顿[①]，他想骗我们的钱么？再不然是堂堂巴黎公证人，当了十五年公职，上了五十七岁的罗甘么？如果老实人还得分等级，那么巴黎的公证人就是天字第一号的老实人。何况到紧要关头，合伙老板还会帮我忙呢！好宝贝，请问你圈套在哪儿？唉，我非点醒你不可。真的，我心里不大舒服——你老是像

①波士顿，一种纸牌游戏。

猫一样多心。店里存了两个钱，就把顾客当作小偷一般的防——要你发财，只要人家跪下来向你苦苦央求！亏你还是巴黎人出身，竟然这样没有野心！你要不老是担惊受怕，我就十全十美，就是天底下最快活的男人了！依了你，什么女苏丹雪花膏，什么润肤水，我都不会制造。不错，咱们的铺子养活了咱们，可是咱们净赚的十六万法郎，是靠那两样发明和咱们的肥皂挣来的呀——没有我的天才（因为我做花粉生意的确有本领），咱们不过是小本经纪的零售商，不把吃奶的力气都使出来，顾了年头就顾不到年尾，更轮不到做什么商界名流，竞选商务裁判了；我既当不了裁判，也当不了副区长。在那个情形之下，你知道我是怎样的人？还不是个开小铺子的，跟当年的拉贡老头一样！我这么说不是刻薄他，我看重铺子，顶呱呱的人物都是开店出身—— 但是卖了四十年花粉，咱们也不过像老东家一样攒到三千法郎一年进款，照眼前的局势，物价涨起一倍，咱们只能勉强过个苦日子，跟他们没有分别。这对老夫妻叫我心里越来越难受了。我要弄清他们的底细，明儿问包比诺就知道—— 你看到运气来了就担心，怕今天有的明天保不住。听了你，我不会有声望，我得不到勋章，也没希望踏进政界。真的，你别摇头，咱们的生意成功了，我可以当巴黎的议员！我名叫赛查①不是白叫的，我做一样成功一样—— 外边人人说我能干，想不到在家里，我最要讨她喜欢的人，我做牛做马要她幸福的人，偏偏当我傻瓜！”

有心埋怨人家的人总是说几句，停一下，开起口来像连珠炮，静默的时候又那么含蓄。皮罗多虽然用了这个手法，但口气

①法文中的赛查就是拉丁文中的恺撒，古罗马有名的独裁者就叫作尤利乌斯·恺撒。

仍表现出对老婆一片深情，叫皮罗多太太听了心中感动。可是她跟一般的女人一样，还想利用对方的感情来取胜。

她说：“皮罗多，你要是爱我，就让我自得其乐的过日子吧。你我都没受过教育；咱们不会说话，不会像上流人物那样请安行礼，进官场怎么会得意呢？我吗，我只要能住在德莱索里就快活了，我向来喜欢牲口，小鸟；我养养鸡啊，管管庄稼啊，日子可以过得挺好。我劝你把铺子出盘，把赛查丽纳嫁掉，别想你那个生发油了。咱们每年到巴黎来过冬，住在女婿家里，多么逍遥自在！政界商界出什么事都跟咱们不相干。为什么要压倒别人呢？咱们眼前的产业还嫌不够么？做了百万富翁能多吃一顿夜饭么？是不是你还想另外弄个女人？看看咱们的叔叔比勒罗吧！他只有一份小小的家私，却是很知足，经常做点儿好事。他几曾想要什么漂亮家具？我料定你已经替我定了家具：我看见勃拉训来过，他绝不是来买花粉的。”

“是啊，我的美人儿，你的家具已经定下了。屋子明天就动工装修，一切归建筑师负责，他是特·拉·皮耶第埃先生介绍来的。”

皮罗多太太嚷道：“哎哟，我的上帝！可怜我们吧！”

“你这是不讲理了，我的宝贝。难道你在三十七岁上，一个这样娇嫩，这样漂亮的女人，就躲到希农乡下去不成？我吗，谢谢上帝，还只有三十九岁。运道来了，给了我一个美好的前程，我就闯进去。只要谨慎小心，我在巴黎的布尔乔亚中间可以开创一个光荣的门第；过去的例子多得很，我可以叫皮罗多成为一个世家大族，像格莱，像于勒·台玛雷，像罗甘，像谷香，像琪奥默，像勒巴，像纽沁根，像萨耶，像包比诺，像玛蒂法，他们都在本区出过名，或是正在出名。你放心，这桩买卖要不像金条一般靠得住……”

“靠得住！”

“当然靠得住。我已经盘算了两个月。我装作若无其事的向市政府，建筑师，承包商，把营造的事都打听过了。替我们改装屋子的青年建筑师葛兰杜，因为没有钱加入我们的投机生意，懊恼死了。”

“将来有营造生意好做，他自然撺掇你，好敲你一笔了。”

“像罗甘，比勒罗，克拉巴龙这些人可是哄骗得了的？这桩赚钱的生意和女苏丹雪花膏一样稳，告诉你！”

“可是朋友，罗甘盘进事务所的钱早已付清，家业也挣起来了，干吗还要做投机生意？有时我看见他走过，心事比当部长的还要重；他低着眼睛瞧人的样子，我就不喜欢：他怕人看出他心中有事。这五年来，他脸孔变得像个老色鬼。谁告诉你，他不会拿了你们的钱溜之大吉？这是常有的事。咱们知道他的底细么？尽管他和咱们交了十五年朋友，我可不愿意为他把手伸到火里去[1]。啊，我想起了，他害着鼻窦炎，不跟太太同居，一定私下养着女人，被她们蛀空了；要不然他没有理由垂头丧气。我早上梳妆，从百叶窗里望出去，看见他走回家，知道他从哪儿来！我看他是另外有个家，管着两处开销。这种生活可是公证人的生活？要是收进五万，花掉六万，二十年下来，他的家业不就完了？还不是光杆儿一个，像初出世的小约翰么？但是他阔绰惯了，便老实不客气抢劫朋友：精明的慈善家总是先照顾自己的。他跟咱们的老

①从古代风俗留下的民间传说：凡是好人好事，你可以把手放在火里打赌，绝不受伤。

伙计，那小流氓杜·蒂埃，很亲热，这就不是好兆。倘若他识不透杜·蒂埃，他是瞎子；倘若识透了，干吗要那样讨好他？你会说他的女人爱着杜·蒂埃吧？哼！一个男人在有关老婆的问题上不要面子，绝不会做出什么好事来。再说，那些地产的业主竟那么傻，肯把值到一百法郎的东西只卖一百铜子么？你碰到一个孩子不知道一个路易值多少，你不是会告诉他么？照我看来，你们那买卖，你听了别生气，竟是一种抢劫。”

“天哪！女人家有时候真古怪，念头会这样七颠八倒的！罗甘不参加吧，你会说：‘喂，喂，赛查，罗甘不搭股，那买卖靠不住。’罗甘加入了，应该有保障了，你又说……”

“加入的不是罗甘，是什么克拉巴龙。”

“当公证人的不能出面做投机生意啊。”

“那么他为什么要干一桩法律禁止的事呢？你向来尊重法律，你怎么说？”

“让我说下去好不好？罗甘加入了，你又说买卖靠不住。有这道理么？你又说：‘他这么做是违法的。’可是必要的话，他尽可以出头露面。你还说：‘他已经有钱了。’人家不是也可以这样说我么？倘若拉贡和比勒罗来问我：‘你已经像贩猪的一样赚饱了，干吗还做这笔生意？’咱们听了欢迎么？”

皮罗多太太说：“生意人的地位跟公证人不同。”

赛查接口道：“反正我良心很太平。卖主有不得不卖的理由；我们并没抢他们，好比你买进七十五法郎的公债，并没有抢劫抛出的人。今天我们照今天的市价买进地产；两年以后，行情不同了，跟公债一样。告诉你，公斯当斯－巴勃－约瑟芬·比勒罗[1]，无论什么事，只要有一点儿不清白，我赛查·皮罗多一辈子也不会做，不管是犯法的还是违背良心的，还是犯嫌疑的。真想不到，成家立业十八年了，还被老婆疑心做人不老实！”

“得啦，得啦，赛查！别生气。跟你相处了这么些年，还识不透你的心么？归根结底，你是当家的。这笔产业不是你挣来的么？既然是你的，你尽管花吧。哪怕弄到山穷水尽，我们母女俩绝没有半句怨言。可是你听我说：当初你发明女苏丹雪花膏和润肤水的时候，你冒的险不过五六千法郎。现在你把全部家私都押在一副牌上，赌的又不止你一个，你有合伙老板，说不定比你精明。你要开跳舞会就开吧，要装修屋子就装修吧，花上万把法郎虽然冤枉，还不至于伤元气。至于那笔玛特兰纳的生意，我坚决反对。你是花粉商，就做花粉商，别做地皮生意。我们女人天生有股灵性，不会错的！我的话说完了，随你怎么办吧。你当过商务裁判，懂得法律；你当家当得很好，我跟你走就是了。不过咱们的财产还没安排妥当，赛查丽纳还没有称心如意的嫁出去，我总觉得提心吊胆。但愿上帝保佑，我的梦不要是个预兆才好！”

公斯当斯表示就范了，皮罗多倒也不大好受；遇到这类情形，他就喜欢使一些无伤大雅的小手段。

他道：“公斯当斯，我话还没有说出去呢；不过说不说都是一样。”

“噢！赛查，话都说尽了，不用再提。总之，名誉比财产要紧。来，朋友，睡觉吧，咱们柴火也烧完了。你喜欢谈天，床上谈

①皮罗多太太娘家姓比勒罗，公斯当斯－巴勃－约瑟芬是她的全名。

舒服得多。噢！那个噩梦！我的天哪，看见自己变成那副形景，多可怕……我要跟赛查丽纳去好好的念一台九日经，保佑你的地产生意成功。”

皮罗多一本正经的说道：“有老天爷帮忙自然没有害处；可是太太，榛子油也是一股力量呢！我这个发明，像我从前发明女苏丹雪花膏一样是碰巧。上回是随便翻开一本书，这回是看到一幅版画，题目叫作《埃罗与莱安特》，画着一个女人在情人头上洒香油，你想多有趣！最可靠的投机生意是利用人的虚荣心，利用人的自尊心和爱打扮的心理。这些心理是永远不会消灭的。”

“唉！是啊，这一点我看得很清楚。”

“男人到相当年纪，头发没有了，会千方百计的想要。理发师告诉我，近来不但玛加撒油畅销，凡是可以染头发的，大家认为可以长头发的药品，销路都好。自从和平以后[1]，男人对女人热心多了，女人可是不喜欢秃顶的，嗨，嗨，咪咪！可见这一类商品的销路跟时局有关。保护头发的药品跟面包一样好卖，尤其我的香精将来可以请科学院批准，好心的伏葛冷先生一定还会帮我一次忙。明天我要把我的主意告诉他，向他请教；他喜欢的版画也要拿去送给他，我托人在德国找了两年才找到。和他合伙做化学药品的希佛勒维说，他正在研究头发。我的发明倘若跟他的发明合得拢，男男女女都要买我的香油。我再说一遍，我这个主意就是一笔财产。天哪，我简直睡不着觉了。总算运气，小包比诺长着一头世界上最好看的头发。咱们再雇一个头发拖到地下的女店员，只要不亵渎上帝不得罪人，就叫她说是多亏了我的生

①这里所说的和平，指1815年签订《巴黎和约》之后。

发油，因为那东西的确是油，一点不假。这么一来，凡是头发花白的家伙都要盯着我的油了，好比晦气星老盯着穷人一样。除此以外，亲爱的，还有跳舞会哩！我不是要吓唬人，只想见见那个小流氓杜·蒂埃，他有了几个钱耀武扬威，一到交易所可就躲着我啦。他知道有桩不光彩的事落在我手里。也许我当初对他太厚道了。太太，你说奇怪不奇怪，一个人做了好事老吃亏，当然我说的是这一世！我待他像待儿子一样，你才不知道我帮了他多大的忙呢。”

“提起他来，我身上就起鸡皮疙瘩。他要你当什么角色，你要知道了就不会把他偷三千法郎的事瞒起来了；我早猜到那桩事是怎么了结的。你如果送他上法庭，对大家倒是做了件功德。”

“他想叫我当什么角色呢？”

“别提了。今晚上你要肯听我的话，皮罗多，我就劝你不要再理睬杜·蒂埃。”

“他从前是我的伙计，他刚做生意的当口，我还替他作了两万法郎的保；现在不准他进门，人家不要奇怪么？算了吧，咱们总是为好，别的不用管了。再说，杜·蒂埃已经变好了也说不定。”

“那么咱们屋子里要弄得一塌糊涂了！”

“什么一塌糊涂？放心好了，样样会安排得有条有理，像五线谱一样。我才告诉你，楼梯要改向，我跟卖伞的加隆办过交涉，要租隔壁的屋子，难道你都忘了不成？我明儿要和他一同去找他的房东莫利奈，明儿我事情多得跟部长一样……”

公斯当斯道：“你那些主意把我搅得头昏脑涨，什么都弄不清了。再说，皮罗多，我快睡着了。”

丈夫答道："啊，你早。因为咪咪，现在已经是早上了。啊！她睡熟了，亲爱的孩子！嘿，你要不发一笔大财，我才不叫赛查呢。"

一会儿，公斯当斯和赛查都安安静静的打起鼾来。

我们只要把这出戏里两个主角的身世大致看一看，就知道这场不伤和气的争论给人的印象，和他们过去的历史完全一致。我们这幅速写除了描写一般零售商的生活，也要交代清楚做花粉生意的赛查·皮罗多，怎么会碰巧当上副区长，从前怎么会在民团中当队长，现在又怎么会得荣誉团勋章。摸透了他的性格，弄清了他发迹的原因，我们就懂得为什么生意上的风浪，精明强干的人能够战胜，临到无能的人头上就会变作不可挽回的灾难。世界上的事情永远不是绝对的，结果完全因人而异：苦难对于天才是一块垫脚石，对基督徒是一口受洗礼的池子，对能干的人是一笔财富，对弱者是一个万丈深渊。

二、赛查·皮罗多的出身

希农附近有个穷苦的农民叫作约各·皮罗多，在一位有钱的太太家里种葡萄，和她的丫头结了婚，生了三个儿子。老婆生下小儿子就死了，可怜的男人也没有再活多久。女主人对丫头感情不错，让约各的大儿子法朗梭阿和她自己的孩子一同上学，又送他进神学院。法朗梭阿·皮罗多做了神甫，在大革命中躲来躲去，和一般拒绝向政府宣誓的教士①一样到处流浪，被人当作野兽一般追捕，抓住的话至少是上断头台。我们这故事开场的时节，法朗梭阿是都尔大教堂的副司祭。他只离开过一次都尔，去看他的弟弟赛查。巴黎的喧闹拥挤把老实的教士吓昏了，躲在房里不敢出去。他把双轮马车叫作小街车，看到每样东西都大惊小怪。住了一星期，他回到都尔，打定主意从此不进京城。

种葡萄的第二个儿子约翰·皮罗多当了民兵，在大革命初期打了几仗，很快就升到上尉。德莱皮阿一役②，麦唐那招募敢死队攻打一座炮台，上尉带着部队冲上去，打死了。皮罗多一家的

①法国大革命后，政府曾于1790年下令，教士必须宣誓服从政府。

②1799年6月，法国麦唐那将军与俄、意联军战于德莱皮阿河畔。

命运就是这样到处受人压制，或者受时势播弄。

最小的孩子便是这出戏[1]的主角。赛查在十四岁上识得字，能写能算，带着一个金路易离开本乡，步行到巴黎去找出路。都尔的一家药店老板介绍他进拉贡的花粉铺，做个打杂的小厮。那时他的全部家当不过是一双底上有铁钉的皮鞋，一条扎脚裤，几双蓝袜子，一件花背心，一件乡下人穿的上衣，三件厚厚实实的粗布衬衫和他上路用的棍子。头发虽则剪得像唱诗班里的孩子，可是身体结实，到底是都兰地区的人。他有时像他同乡人一样懒散，但成家立业的愿望把这一点给补救了。他既不聪明，也没受过什么教育，却是天性正直，一丝不苟，像他的母亲。照都兰的俗语说，他母亲是个有钱难买好心肠的女人。赛查吃了东家的，每月拿六法郎工钱，睡在阁楼上，靠近厨娘的卧室搭一张破床。伙计们指点他打包，送货，扫街，扫栈房，一边教他干活，一边拿他打哈哈。按照小商店的习惯，师兄传授本领，说笑打趣也是一个重要项目。拉贡先生和拉贡太太跟他说起话来好像他是条狗。他在街上跑了一天，夜晚两只脚痛得要命，肩膀像断下来似的；可是没有一个人理会学徒的苦处。在所有的京城里，只顾自己不顾别人是天经地义；赛查尝到这种冷酷的滋味，觉得巴黎的生活苦极了。他晚上一边哭一边想着都兰。那边的乡下人做起活来才悠闲呢：泥水匠慢吞吞的砌着墙，很聪明的把劳动和懒散联在一起。但他还来不及想到逃跑就睡着了，因为第二天早上还得出差，他又生来像看家的狗一样尽职。他偶尔嘀咕几句，领班伙计就嘻嘻哈哈的笑道：

---

①巴尔扎克的全部小说总称为《人间喜剧》，他常常把每部小说看作《人间喜剧》中的一幕或一场一景。

“啊！小伙子，玫瑰女王店里不是样样都玫瑰色的，云雀不是现成炸好了从天上掉下来的；先得去追，去捉，末了还得有烹调的作料。”

胖子厨娘是比加地人；她把好菜都自己吃了，从来不和赛查说话，除非是向他抱怨拉贡夫妻管得紧，什么都不让走漏。第一个月月终，星期天轮着这姑娘看家，不免跟赛查谈起话来。于絮尔身上一经收拾干净，在打杂的小厮眼里就很动人了。这是他一生第一个暗礁，要不是后来事情起了变化，他说不定就会这样断送了的。跟所有无依无靠的人一样，他碰到第一个对他和颜悦色的女人就爱上了。厨娘做了赛查的保护人，和他有了私情，给伙计们毫不留情的作为嘲笑资料。过了两年，厨娘高高兴兴的丢开了赛查，另外挑上一个二十岁的同乡。他为了逃避兵役，躲在巴黎，家乡有几亩田，听凭于絮尔做主和她结了婚。

那两年，厨娘尽拣好东西给她的小赛查吃；教他从下面去看巴黎的生活，把一些秘密替他拆穿了；为了抓住赛查，她告诉他下流场所的可怕，使他听了毛骨悚然；那些地方的危险，她自己好像并不陌生。一七九二年赛查失恋的时候，两只脚已经在巴黎街上锻炼出来了，肩膀上箱子也扛惯了，他所谓巴黎人的噱头也听惯了。因此于絮尔把他扔下，他也不怎么伤心，觉得自己在感情方面的许多理想，于絮尔一桩都配不上。她又淫荡又暴躁，会撒娇会揩油，又自私又纵酒。她既伤害了皮罗多那颗纯洁的心，又没有什么美丽的远景好让他指望。天真的人总以为爱情的关系是最牢固的；可怜的孩子和一个并不投机的姑娘有了这种关系，有时感到很痛苦。等到他在感情方面恢复自由的当儿，他成熟了，年纪也到了十六岁。头脑经过于絮尔的栽培，经过伙计们说笑打诨的启发，他开始研究生意经了；别看他眼睛的神气老实，骨子里还是聪明的呢。他留心主顾，有空就打听关于商品的知识，把品种和来路记在心里。终于有一天，他对货色，价钱，暗码，比新来的同事熟悉得多；拉贡先生和拉贡太太也把他使唤惯了。

共和二年[①]全国征发壮丁，拉贡公民手下的人抽调一空，赛查·皮罗多升了二伙计，趁此机会拿到五十法郎一月的薪水，能够和拉贡夫妻同桌吃饭更是说不出的得意。玫瑰女王的二伙计本来积着六百法郎，如今又有了一间正式的卧房，把他添置的一些蹩脚衣服放进眼红了多年的柜子里。当时的风气，年轻人都喜欢做出粗野的举动，算作时髦；这个温和朴实的乡下佬，逢着十天一次的例假[②]，也照他们的款式打扮起来，模样儿也不输他们了。他和布尔乔亚的雇佣关系，在别的时代原是一道高墙，这一下可被他轻轻跳了过去。那年年底，因为他诚实可靠，当了出纳。威严的拉贡女公民[③]管着伙计的内衣被褥；老板和老板娘都当他自己人看待了。

一七九四年九月，赛查拿一百金路易的积蓄换了革命政府的六千法郎钞票，买进行市三十法郎的公债。交易所市面大跌的前一天，他付清了款子，欢天喜地的把债券收起来。从此他就关心行市，关心大局，暗地里牵肠挂肚；那个时期正是我们历史上的多事之秋，好消息坏消息都会使他心跳。玛丽·安多纳德王后用的香粉一向是拉贡供应的；两位暴君倒台了，拉贡对他们还是忠

①共和二年，即1793年。

②大革命时期，政府把星期的例假改为十天一次。

③大革命时期，男人统称为公民，女人统称为女公民，以代替先生，太太的称呼。

心耿耿，在大局紧张的日子把这份心意告诉了赛查。赛查一辈子就受着这些心腹话的影响。夜晚铺子关了门，盘好账，街上静悄悄的时候谈的话，把都兰人听得如醉若狂；再加上天生的倾向，他竟做了保王党。拉贡夫妇讲了许多故事，形容路易十六的德行，赞美王后的贤惠，越发挑起赛查的热情。国王和王后就在离铺子不远的地方砍头的，这个悲惨的下场叫软心的赛查大抱不平，恨死了那个残杀无辜的政权。从做生意的角度看，他觉得限制物价的法令[①]和不利于买卖的政潮把商业的生路断绝了。何况革命以后，大家把头发剪短，不再用扑粉；赛查是个地道的花粉商，也就对革命大起反感。既然只有专制政体能使国家太平，只有太平能使百姓活命和赚钱，他便死心塌地拥护王室。等到拉贡先生认为他思想成熟了，就升他做领班伙计，参与玫瑰女王的秘密。原来有些主顾是波旁王室最忠心最活跃的党羽，暗中把花粉铺作为巴黎与西方的通讯机关。赛查血气方刚，和乔治，拉·皮耶第埃，蒙朵朗，蒲璜，龙琪，芒达，裴尼埃，杜·甘尼克，冯丹纳[②]等等接触之下，受着他们的煽动，竟参加了共和三年正月十三的事变。那是保王党联合了恐怖党，想推翻那个快要结束的国民会议的阴谋。

赛查很荣幸，居然在圣·洛克教堂的石级上和拿破仑交锋，但一开场就受了伤。事变的结果，大家都知道。巴拉斯手下的副官从默默无闻中冒了出来[③]，皮罗多亏得默默无闻而逃了性命。

---

①1793年五月国民会议颁布法令，限制一部分主要粮食的最高价格。

②以上都是巴尔扎克笔下的保王党人物，散见于其他小说。

③圣·洛克事变时，拿破仑在巴拉斯部下率领军队保卫国民议会，镇压保王党的叛乱。

几个朋友把作过战的领班伙计送到玫瑰女王店里，拉贡太太替他包扎了，把他藏在阁楼上，幸而没有人追究。皮罗多打仗的勇气不过是一时冲动。他一面养伤，一面把政治与花粉生意这种荒唐的结合，认真思索了一番。虽然他仍是保王党，但打定主意只做一个吃花粉饭的保王党，全心全意管他的本行，再也不去冒险。

共和七年二月十八的政变①，使拉贡夫妻对波旁王室的命运绝望了，决意脱离花粉业，去过安分守己的布尔乔亚生活，从此不问政治。他们要想收回资本，必须物色一个野心不大而诚实有余，才具不足而明理懂事的人来接手。拉贡便劝领班伙计把他的店盘下来。皮罗多却是踌躇不决。他那时二十岁，每年有一千法郎的公债利息；他的志愿是但等拿破仑在蒂勒黎宫中的地位巩固，公债也跟着稳定，他每年能有一千五利息的时候，住到希农乡下去。他私下想："老老实实过着自给自足的日子不好么？干吗去担生意上的风险？"他从来没想到能攒起那么大一笔财产，那种发财的机会也只有一个人年轻的时代才敢尝试。当时他只想在都兰娶一个家业和他差不多的老婆，把德莱索里买下来自己经营。他从懂事的时候起就看中那块小小的产业，打算扩充到一年有三千法郎进款，在那儿快快活活，无声无臭的过日子。他正要回绝东家，不料爱情使他忽然改变主意，野心也大了十倍。

赛查被于絮尔丢开以后很本分，不敢在巴黎接近女色，一则怕危险，二则工作也忙。情欲没有养料，会变作饥渴一般的需要；所以中等阶级的人脑子里只想着结婚，除此之外，他们没有

①共和七年二月十八，即1799年11月9日，拿破仑推翻旧执政，自任首席执政，开始独裁。

办法弄到一个女人。赛查·皮罗多便是到了这一步。玫瑰女王店里的大小事务都集中在领班伙计身上，他没有时间去寻欢作乐。在这样的生活中间，情欲的需要就变得愈加迫切。荒唐惯的伙计看了不会动心的那种漂亮姑娘，给安分的赛查遇到了，印象就深刻了。六月里有一天，他从玛丽桥走往圣·路易岛，在安育河滨道上靠近桥堍的一家铺子门口，看见站着一个姑娘。她叫作公斯当斯·比勒罗，在小水手铺子里当领班小姐。小水手是巴黎最早的一家时装商店。这类铺子以后开了不少，多半挂着油漆招牌和飘飘荡荡的市招；橱窗里的围巾挂成秋千架一般，领带叠得像纸扎的宫堡；还有许多招徕顾客的花样，售价划一的商品[①]，又是布幡，又是招贴，花花绿绿，光彩夺目的玩意儿做得着实巧妙，把橱窗装饰得挺有诗意。小水手卖的所谓时新货，价钱非常便宜，所以虽则开在巴黎最冷落最不时髦的地段，倒也生意兴隆，红极一时。领班小姐长得漂亮的名声也传出去了，正如后来千柱咖啡馆的老板娘和别的一些女孩子一样，引得老头儿和小伙子们在帽子店，咖啡馆，小商店窗外伸头探脑，数目比巴黎街上的石板还要多。玫瑰女王的领班伙计住在圣·洛克教堂和苏第埃街之间，平日只关心花粉，不知道有这家叫作小水手的铺子。巴黎的零售商素来不通声气。赛查一见公斯当斯的姿色，兴奋得不得了，一鼓劲儿冲进店里买了六件衬衫，讨价还价磨了半天，把整匹的布抖开来看过，活脱是英国女人买东西的派头。赛查承蒙领班小姐赏脸，亲自出来招呼。她一看某些形景就知道（那是每个女人都看得出的），这位顾客上门主要不是为买东西，而是为了售货员。赛

①售价划一的推销方法，就是现代一元商店或一角商店的起源。

查把姓名住址告诉领班小姐，领班小姐只等他买好东西，并不在乎他的钦慕。可怜的伙计当初讨于絮尔喜欢，并没有费什么力，只是傻支支的像绵羊一般听人摆布；这番动了真情，他变得更傻了，一句话都说不上来。迷人的女店员笑了笑，马上对他很冷淡；可是他神魂颠倒，根本没发觉。

一连八天，赛查每天晚上去守在小水手门外，但求人家瞧他一眼，好比一条狗在厨房门口讨骨头吃。男女店员们的嘲笑，他满不在乎；遇到顾客和行人，他就恭恭敬敬闪在一边；那些人都很注意店里的动静。过了几天，他又走进他天使住的乐园，推说买手帕，其实是要告诉她一个简单明了的念头。

他一边付账一边说："小姐，你要用花粉，我可以供应。"

公斯当斯·比勒罗经常听见人家对她许愿，话说得天花乱坠，可是从来不提婚姻；因此她虽然心地的单纯跟脸蛋儿的白净不相上下，也只要赛查回来回去，奔走了六个月，证明他的爱情确是百折不回以后，才肯赏脸接受他的殷勤，但还不愿意表示态度。她这样谨慎是因为追求她的人太多了，做批发生意的酒商，有钱的咖啡馆老板，还有一些别的人，都对她很有意思。赛查发现公斯当斯有个监护人叫格劳特-约瑟·比勒罗，在弗拉伊河滨道上开着五金店，便走了他的门路。这种暗地刺探的勾当，说明他的确动了真情。

在巴黎，纯洁的爱情自有许多乐趣，一般做伙计的也另有一套花钱的方式，或者请吃时鲜的甜瓜，或者上佛奴阿饭店吃一顿讲究的饭，接着再上戏院，再不然星期天坐着马车到乡下去玩儿。这些情节在我们这个简短的叙述里只好略而不谈了。

赛查虽不是美男子，也没有什么叫人不喜欢的地方。在巴黎住了相当时候，老待在黑洞洞的铺子里，乡下人的通红的皮色已经褪下去了，头发又黑又浓，胸脯结实像诺曼底的马，四肢粗大，神气忠厚老实，都给人一个好印象。比勒罗管着侄女的终身大事，经过访查，同意了赛查的亲事。一八〇〇年五月，正当风光明媚的季节，公斯当斯-巴勃-约瑟芬·比勒罗小姐，在梭城[1]的一株菩提树下答应嫁给赛查，赛查快活得晕过去了。

比勒罗对侄女说："孩子，你这个丈夫着实不错。他心肠好，爱面子；脾气爽直，而且像小耶稣一样安分，的确是个天字第一号的好人。"

公斯当斯和所有的女店员一样，有时对自己的前途也做过想入非非的好梦，这一下干脆把这些念头丢开了，自愿安分守己，做个贤妻良母，按照中等阶级的一套原则做人。并且她的思想也最配当这个角色，许多巴黎姑娘所向往的那种虚荣危险的生活，对她并不合适。公斯当斯头脑狭窄，是个标准小布尔乔亚，喜欢一边做活一边闹些小脾气；心里要的，嘴里偏说不要，把她当真了又要生气。从厨房什物到银钱出入，从要紧事儿到内衣上小得看不见的破洞，她都放心不下，忙着照管。便是喜爱一个人的时候，嘴上也老在埋怨。她只能想些最简单的主意，挺无聊的念头；她什么都要争辩，什么都要害怕，什么都要计算，时时刻刻想着将来。她的呆板而天真的美，动人的表情，娇嫩的气息，使皮罗多把她的缺点都忘了。何况她也有许多好处，先是那种诚实不欺的本性，做事极有条理，既有拼命干活的劲儿，也有推销商品的天赋。那时公斯当斯十八岁，积着一万一千法郎。

①巴黎近郊的风景胜地。

赛查受着爱情鼓动，顿时雄心勃勃，盘进了玫瑰女王；在王杜姆广场附近租下一所漂亮屋子，把铺子搬过去。年纪不过二十一岁，娶了一个心爱的美人儿，做了老板，本钱已经付了四分之三，再想到从开场到现在所走过的路，他当然觉得前程远大。罗甘是拉贡家的公证人，也是皮罗多婚书的起草人，给新接手的花粉商出了个好主意，劝他不要因为有了老婆的陪嫁，就把盘进铺子的钱付清。

他说："老弟，留些本钱好好做几笔生意吧。"

皮罗多佩服这位公证人，经常向他请教，和他做了朋友。像拉贡和比勒罗一样，他最相信公证人这一行，也就对罗甘推心置腹，不容许自己有半点儿怀疑。赛查听了他的话，拿公斯当斯的一万一千法郎做起买卖来。那个时候，即使有人拿首席执政的家业来和他调换，不管拿破仑的家业如何煊赫，他也不会接受。皮罗多开场只雇一个厨娘，自己住在店面高头的中层楼上。家具商把简陋的房间装修得还算整齐，新婚夫妇就在那儿度他们永远没有完的蜜月。

赛查太太坐在账台上简直是个活宝。靠了美人儿的名气，铺子的营业蒸蒸日上：帝政时代的公子哥儿，谈话之间没有不提到漂亮的皮罗多太太的。舆论虽然责备赛查是保王党，却也承认他规矩老实；街坊上有些商人妒忌他福气好，却也认为他有资格消受。因为在圣·洛克的石级上中过一颗子弹，他得了勇敢的名气，人家还说他参加过秘密的政治活动。其实他血里既没有什么军人的胆气，脑子里也没有一星半点的政治观念。但就凭着这几点，本区的一般老实人推他当了民团队长；后来这个职位被拿破仑撤销了，据皮罗多说是拿破仑为了共和三年的事，怀恨在心。于是皮罗多又轻易得了一个被迫害的荣誉，引起在野党的注意，使他显得相当重要。

赛查夫妻俩的感情始终很融洽，只有一些生意上的烦恼使生活有些波动。现在我们来说一说他们婚后的遭遇。

第一年，赛查·皮罗多把花粉生意的门道关节告诉他女人听，他女人领会得特别快，一来就精通了，好像她生到世界上来是专为招揽顾客的。赛查预定要攒到十万法郎，作为一生幸福的保障；不料年终结账下来，除掉开支，要二十年工夫才能勉强攒到这个数目，把野心勃勃的花粉商吓了一跳。他决意快一点发财，第一个念头是除了零卖之外，自己也动手制造。他不管老婆反对，在寺院区租了一块空地，一间木屋，漆上“赛查·皮罗多作坊”几个大字；从葛拉斯地方挖来一个工人，专做肥皂，香精和科隆水，条件是赚的钱各半均分。这桩合伙买卖做了半年就结束了，亏空全落在赛查一个人头上。他可并不灰心，因为怕老婆埋怨，无论如何要得出一个结果来。事后他告诉老婆，那个时期他毫无希望，脑子里翻上翻下像油锅一般，要没有宗教观念，早已跳塞纳河了。

他做了几次试验都失败，非常苦闷。有一天回家吃饭，一路沿着环城大道闲逛。在巴黎逛马路的，除了闲汉，往往也有灰心绝望的人。地摊的箱子里摆着几本六个铜子一册的旧书；赛查忽然注意到一个满布尘土，颜色发黄的题目，叫作《阿台格，一名驻颜术》。这部冒充的阿拉伯著作其实是一部小说，作者是十八世纪的一个医生。赛查随手翻到的一页恰好提到香粉。他靠在路旁的树上翻下去，发现一条注解，说真皮和表皮性质不同，有些雪花膏和肥皂，效果往往跟目的相反。需要放松的皮肤用了有刺激性的雪花膏和肥皂，或者需要刺激的皮肤用了有放松作用的化妆品，效果都不会好。皮罗多觉得这些话给了他一个生财之道，就把书买下了。

可是他不敢相信自己的聪明，又去见有名的化学家伏葛冷，很天真的问他，对于性质不同的表皮，有什么方法配制一种两用的化妆品。真正的学者真正了不起的地方，是暗暗做了许多伟大的工作而生前并不因此出名；但他们对头脑简单的人差不多都和颜悦色，乐于相助。所以伏葛冷帮了花粉商的忙，给他一张方子去配一种能够使手皮白净的雪花膏，作为皮罗多自己的发明。皮罗多给这个化妆品起的名字叫作女苏丹两用雪花膏。为了生意经，他又用同一张方子做了一种药水，叫作润肤水。他仿效小水手的一套招徕顾客的办法；大批的招贴，传单，广告，被社会上不大公平的称为江湖派的那些手段，在花粉业中是他第一个采用。

花花绿绿的招贴把女苏丹雪花膏和润肤水送进市场，送进上流社会。广告一开头就标着学士院认可几个字。

这个口号第一次应用的结果，灵验无比。不仅在法国，连全欧洲的街头巷尾都被玫瑰女王的老板贴满了黄的、红的、蓝的招贴，写着：本号专制化妆用品发售，品种齐备，售价克己。东方这个名词在那个时代最流行，男的只想做苏丹，女的只想做女苏丹；苏丹两字的魔力不一定要聪明人才体会得到，用作化妆品的名字，便是普通人也想得出来。但群众只看成绩，认为皮罗多确是做生意的能手，尤其因为那份仿单是他自己起的稿子，字句的可笑也是走红的原因之一。在法国不管是人还是东西，有人挖苦就有人注意；失败的事根本没人理会。皮罗多的可笑不是有意做出来的，别人却以为他很聪明，懂得在恰当的时候装傻。

这仿单，我们好容易在龙巴街包比诺制药公司里找到一份，内容很有意思，用学术的眼光看，也是一种带有证明性质的文件。我们把仿单抄在下面。

女苏丹两用雪花膏与润肤水

赛查·皮罗多监制

最新发明 奇妙无比

法兰西学士院认可

欧洲各界仕女久已认为科隆水功效平常，必须另有高等香膏与高等香水，作为搽手搽脸之用。皮罗多先生向为花粉业之翘楚，驰誉京城，名闻国外，深知男女两性对皮肤之和顺柔软，光泽娇嫩，均极重视；因特日以继夜，研究真皮与表皮的性质，发明雪花膏与润肤水各一种。一经问世，即蒙巴黎高雅人士交口称誉，赞为妙品。良以此项发明对皮肤功效卓著，不若市上一般药品纯以谋利为目的，用后反使皮肤起皱，未老先衰。皮罗多先生之出品，按照不同体质分为两类：粉红色的宜于淋巴质人士的表皮；白色的宜于多血质人士的表皮。

此项雪花膏原系阿拉伯名医专为苏丹后宫配制，故今命名为女苏丹雪花膏。雪花膏及根据同一配方制成之香水，均经我国化学大家伏葛冷先生化验合格，呈请学士院认可。

雪花膏气味芬芳，功能消除最顽强之雀斑，遏止人人厌恶之手汗，即最难调养之皮膏亦能一变而为洁白纯净。

润肤水功能消除面刺，仕女用之，参加舞会即无临时受阻之虞；并能适应各人体质，使毛孔或开或闭，增加皮色之娇嫩。

本品能长保青春，妙用无穷，已为世人公认，故各界妇女感激之余，称之为美人良友。

科隆水纯为普通香水，毫无特殊作用。女苏丹两用雪花膏与润肤水则以验方配制，不特功效显著，且对皮肤机能有益无损。香味幽雅宜人，大有怡情养性，提神醒脑之功。配制简单，尤为特色。妇女用之，愈增妩媚；男性用之，尤觉风流潇洒。

日常使用润肤水可免除修面剃胡之刺痛，口唇不致龟裂而能常保红润；雀斑自然灭迹，皮色自然鲜艳。凡此种种，均表示人身液体[①]平衡，绝无偏头痛之患。妇女若以润肤水为经常化妆用品，可预防一切皮肤病，既不妨碍汗水蒸发，兼能养护皮肤，娇艳逾恒。

外埠顾客请函巴黎圣·奥诺雷街，王杜姆广场附近，赛查·皮罗多先生接洽，邮资免付。本号原为拉贡老店，故玛丽·安多纳德王后所用花粉皆由本号供应。

雪花膏每匣三法郎，润肤水每瓶六法郎。

包装雪花膏之纸上印有赛查·皮罗多先生亲笔签名，润肤水瓶上亦有暗印为记，敬请各界注意，以防假冒。

赛查不曾发觉，出品的畅销还是得力于公斯当斯。她劝丈夫把雪花膏和润肤水整箱运出，答应国内外的花粉商，凡是论箩[②]批发的都给三成回扣。这两样货色的确比同类的化妆品高明，一般外行又被他按照体质分类的说法迷惑了。法国的五百家花粉店贪图厚利，每家每年向皮罗多批进三百箩以上。按件计算固然

①欧洲旧派医学对人身之血、胆汁及各种分泌物，统称为液体。

②一箩是十二打。

利子很薄，销数一大，赚头就惊人了。赛查把寺院区的木屋和空地买了下来，盖了几间宽大的厂房；玫瑰女王的店面也装修得十分华丽。两夫妻过着小康的生活，太太也不像以前那么提心吊胆了。

一八一〇年，赛查太太料到房租快要涨价，撺掇丈夫在原来的店面和中层之外，把屋子的大部分房间都租下来，自己的卧室也搬上二楼。皮罗多装修房间为太太花了一大笔钱；公斯当斯因为家里有桩喜事，也就闭着眼睛，由他去了。原来花粉商当选了商务法庭的裁判。由于他规矩老实，一丝不苟，又靠着外边的人缘好，他得了这份荣誉，从此成为巴黎有身份的商人。为了充实知识，他清早五点起身，研究判例汇编和有关商业诉讼的书。他做人方正，热心，讲公道：这些都是处理商务纠纷最要紧的条件，所以他成了最受推重的裁判之一。不但优点，便是他的缺点也抬高了他的声望。赛查知道自己才力不够，很愿意接受同事的意见；同事看他聚精会神的听着，心里很受用。有的人因为他专门听人说话，认为他思想深刻，看他不声不响的表示同意，觉得特别高兴；有的喜欢他谦虚随和，尽量夸奖他。诉讼的当事人又赞他心地宽厚，处处息事宁人。交给他的案子，他往往凭着天生的理性，处理得像回教祭司一样公正。他当裁判的时期又学会了一套滥调，无非是老生常谈，计算筹划之类，用四平八稳的句子不慌不忙的说出来，浅薄的人只道他能言善辩。社会上总是俗人居多，老是忙忙碌碌，没有什么远大的眼光，因此大多数人很喜欢赛查。但他大半时间都花在商务法庭上，老婆认为代价太高，硬要他把这个荣誉放弃了。

一家子庸庸碌碌在人生中走了一程之后，靠着两夫妻感情融洽，到一八一三年上进入一个兴旺的时期，好像是不怕挫折，可以永远维持下去的了。来往的朋友包括老东家拉贡夫妇，叔叔比勒罗，公证人罗甘，拉贡太太的兄弟包比诺法官；普罗丹－希佛勒维公司的希佛勒维；龙巴街上的药材商，供应玫瑰女王货源的玛蒂法一家；他们的合伙老板，国库职员谷香和他的太太；琪奥默的后手，盘进猫咪拍球[1]的布商约翰·勒巴，圣·但尼街上的一位能人；这个虔诚的小集团的忏悔师兼灵修指导陆罗神甫；还有几个别的人。

虽然皮罗多拥护王室，舆论还是对他很好。大家当他非常有钱，其实除了做生意的资本，他只存起十万法郎。他买卖做得规矩，说一不二，从来不欠账，不拿票据出去贴现，但是肯帮人家忙，只要票据可靠，他无不通融。所以他在外面名气很大。他的确赚了很多钱，但在建筑和制造上头花掉不少。家里开销每年要近二万法郎。夫妻俩都宠爱他们的独养女儿赛查丽纳，她的教育费就需要很大一笔款子。他们只想把女儿留在身边；只要能讨女儿喜欢，从来不考虑到钱。可爱的赛查丽纳不是在琴上练一支斯丹贝德的朔拿大，就是唱一支罗曼斯；她文字写得很通顺，常常朗诵拉辛父子的作品，解释其中的妙处；也画些风景画和墨笔画。你想，这些情形叫一个可怜的乡下人出身的暴发户看着听着，该有多么得意！她是一朵还没离开枝条的花，那么美丽，纯洁；她是一个天使，父母抱着满腔热情看着她一天比一天长得妩媚；她是一个独养女儿，天真未凿，还不会轻视父亲，嘲笑他缺少教育；赛查能够把生命寄托在这样一个女儿身上，当然是乐不可支

①这是一家布号的名称，招牌上画着一只猫拿了拍子打球。巴尔扎克有一部小说即以此店号为题目。

了。

赛查来到巴黎的时候识得字，能写能算，但他的教育至此为止；平时辛苦忙碌，除了花粉生意，不可能学到别的知识，得到什么别的思想。经常接触的一些人都只懂本行，完全不关心科学文学；他自己也没有时间研究高深的东西，只能做一个办实际事务的人。他自然而然接受了巴黎布尔乔亚的一套语言，见解和错误。这般人凭着一些听来的话，佩服莫里哀，伏尔泰，卢梭，买着他们的著作从来没看过；一口咬定衣柜应当说作金柜，因为女人在柜子里藏着黄金，她们的衣衫从前也差不多全是闪光的，现在人说衣柜是念别了音。他们说，卜蒂埃，塔玛，玛斯小姐[①]的家私都上千万，饮食与众不同：塔玛吃生肉，玛斯小姐学一个埃及有名的女演员的样，把炸珍珠当饭菜。又说拿破仑的背心上有许多皮口袋，因为他要一大把一大把的抓烟草；凡尔赛的橘宫的大楼梯，拿破仑是骑着马奔上去的。作家和艺术家生活怪僻，结果都死在救济院里；而且他们不信上帝，万万招待不得。约瑟·勒巴还不胜惊骇的提到他的小姨子嫁给画家索默维欧的故事。他们也相信天文学家把蜘蛛当粮食。他们在语言，戏剧，政治，文学，科学方面的这些突出的见解，说明布尔乔亚的脑子是怎么一个天地。要是一个诗人走过龙巴街，香料的味道会使他想到亚洲；闻到香草，印度客店里的舞女好像就在眼前供他欣赏；看见金壳虫的光彩，他体会到婆罗门的诗歌，宗教和阶级制度；遇到生坯的象牙，他仿佛自己就骑着象，坐在纱笼里像拉荷尔王一样跟后妃谈情说爱。但零售商对自己经营的货物，根本不知道来路和产

---

①卜蒂埃（1775—1837）、塔玛（1763—1826）、玛斯小姐（1779—1847），都是法国的名演员。

地。皮罗多做着香粉生意，对化学生物学却一窍不通。他把伏葛冷看作大人物，认为他是个例外。有一个退休的杂货商跟人家谈论茶叶怎么运来的，装着很精明的神气说道："茶叶的来路只有两条，不是由骆驼大队装来，便是由勒·哈佛的海道运来。"皮罗多的知识就跟这个杂货商差不多。

据皮罗多说，沉香和鸦片只有龙巴街上买得到；所谓君士坦丁堡的玫瑰香水，其实和科隆水一样是巴黎做的。那些地名全是胡扯，为讨好法国人而编出来的，因为他们讨厌本国货。法国商人必须把出品说作英国货才有销路，正如英国的药行老板必须把东西说成法国出品。可是赛查究竟不完全是傻子或脓包：诚实和好心使他的一生行事都照着一道光彩，叫人敬重。一个人只要行为高尚，不管怎样无知也会得到原谅的。赛查因为百事顺利，面上表现得信心十足。信心是权势的标记，所以巴黎人认为信心就是权势。结婚的头三年里，赛查太太认清了赛查的性格，经常为之担心。夫妻两人，女的代表怀疑，恐惧，机警，深谋远虑，老站在批评反对的方面；男的代表大胆，行动，野心和意想不到的好运道。但这不过是表面，花粉商骨子里胆小得很，他老婆倒有耐性，有勇气。一个庸俗猥琐，没有教育，没有思想，没有知识，没有个性的人，照理绝不能在世界上最不容易站稳脚跟的地方成功；可是由于他品行端方，是非分明，像真正的基督徒一样的慈悲，始终爱着他唯一占有的女人，居然被认为很有本领，又是勇敢，又有决断。群众是只看见效果的。除掉比勒罗和法官包比诺以外，同赛查来往的都只看他的表面，没有能力加以判断——并且，彼此经常见面的二三十个朋友，都说着同样的废话，搬弄一套同样的滥调，个个自命为在本行中高人一等。太太们比打扮，比请客的饭菜，各人有一句瞧不起丈夫的话，此外就谈不到什么思想——只有皮罗多太太一个人识得大体，在众人面前敬重自己的丈夫。她认为赛查虽则骨子里无用，毕竟挣了一份家私，让她也沾着光，有了身份。但她有时暗中思忖，社会究竟是怎么回事，假定所谓高明的人都跟她丈夫差不多的话。在我们国内，做老婆的多半喜欢抱怨丈夫，灭丈夫威风；所以花粉商能始终受人尊敬，一部分还得归功于他的太太。

一八一四年，正是法兰西帝国受到致命伤的那一年年初，皮罗多家里出了两件事，在别的人家根本不足为奇，但对于像赛查夫妻那样心地单纯，感情上从来没受过大波动的人，却是印象很深。他们雇了一个二十二岁的青年做领班伙计，名叫斐迪南·杜·蒂埃。据说是个天才，因为人家不答应他分红，刚从一家花粉铺出来，千方百计想进玫瑰女王。玫瑰女王两个东家的性格，能力和家庭生活，他都知道。皮罗多雇了他，给他一千法郎一年薪水，存心将来把铺子盘给他。斐迪南对这个家庭的前途大有影响，必须把他介绍一下。

最初他有名无姓，只叫作斐迪南。在拿破仑要家家户户出壮丁的时代，没有姓倒是个很大的便宜。但他虽是一个薄情郎逢场作戏的产物，到底也有个出生之处。以下便是有关他身世的些少材料。安特里附近有个小地方叫作杜·蒂埃，一七九三年的一天夜里，一个可怜的姑娘在本堂神甫的园子里生下一个孩子，敲了敲护窗板，投河自尽了。好心的教士收下婴儿，当作亲生的一样抚养，给他取的名字就是当天日历上圣者的名字[1]。一八〇四

[1] 基督教国家的日历，每天都轮着纪念一个圣者。这里就是指圣·斐迪南的节日（5月30日）。

年，神甫死了，留下的遗产不够让孩子继续受他已经开始的教育。斐迪南便到巴黎来过着流浪生活，尽有机会不是上断头台，就是飞黄腾达；当律师，进军队，做生意，当用人，都有可能。他不得不像费加罗[①]那样鬼混，先是做跑码头的掮客，最后在巴黎当了花粉店的伙计。那时他已经在全国各地走过一遭，把社会研究过了，打定主意非出头不可。一八一三年，他认为自己的年龄和身份需要由公家证明一下，便申请安特里法院把他在教堂受洗的记录转到区政府，让他用杜·蒂埃做姓氏。法院按照处理孤儿的条例，在他出生的地方办过招认手续，批准了他的要求。

他无父无母，除了检察官没有别的监护人[②]，独自在世界上，对谁都不用负责。他把社会当作后娘看待，像土耳其人跟摩尔人一样势不两立；做事只管自己的利益，只要能发财，什么手段都行。这个诺曼地人有着可怕的才干，除了向上爬的欲望，还有大家责备（不管责备得对不对）他同乡人的那种狠毒。他当面奉承，暗里寻衅，是个最刁顽的讼棍。他大胆否认别人的权利，自己的权利可一丝一毫都不放弃。他用时间来磨敌人，顽强到底，死缠不休，叫敌人疲劳。他的主要本领就是老戏里的史嘉本[③]的那一套：花样百出，做了坏事，照样能逍遥法外，见了好东西就心痒难

①费加罗是法国喜剧家博马舍（十八世纪）创造的人物，后来成为聪明狡猾，机智风趣的仆役的通称。

②法律规定检察官是孤儿的监护人。

③史嘉本是从早期意大利喜剧传到法国喜剧里来的人物，莫里哀有一出喜剧专写史嘉本，是一个狡猾透顶的仆人。

熬的想抢过来。总之，丹拉伊神甫替政府说的那句话[1]，杜·蒂埃拿来应用在自己身上，预备将来有了钱再规规矩矩做人。他干起事来精神百倍，凭着打仗一般的蛮劲，不管好事坏事，都要人家帮忙，他的理论无非是个人的利益高于一切。他瞧不起人，认为谁都可以用钱收买。既然所有的手段都使得，他自然毫无顾虑。他相信有了金钱和地位，一切罪恶就能一笔勾销。这样一个人当然迟早会成功的。要他在苦役监和百万家财之间选择的话，他会存着仇恨与顽强的心情，很快的决定下来；但是像克伦威尔一样不动声色，认定诚实是他的死冤家，非打倒不可。他城府很深，面上却装作玩世不恭的轻佻样儿。地位不过是一个花粉店的伙计，野心却大得没有边际。他用仇恨的目光瞪着社会，心里想："我一定要征服你！"他发誓要四十岁才结婚，后来果然说到做到。

至于外表，斐迪南是个身腰俊美，个子瘦长的青年，没有一定的态度举动，能随机应变，适应各个阶层的社会。瘦小狡猾的脸，初看还讨人喜欢，接触多了，就会发觉他有些古怪的表情，说明他是个精神上有矛盾，良心不太平的人。诺曼地人那种软绵绵的皮肤，颜色赭红，非常刺目。眼珠上蒙着一层银色的翳，平时目光躲躲闪闪，欺侮人的时候却死盯着人，十分可怕。声音有气无力，好似话讲得太多了。薄薄的嘴唇还算细气，但尖鼻子和微微鼓起的脑门，明明显出他的血统不纯。头发的颜色像染黑的，证明他是各个不同社会的混血儿：聪明得之于一个生活放荡的贵

①路易十五的财政总监丹拉伊神甫（1715—1778），以横征暴敛被拿鲍纳大主教批评，说他等于在人家口袋里拿钱。丹拉伊回答："要不然叫我哪儿去拿呢？"

族，卑鄙得之于一个被诱失身的乡下姑娘，知识是受了一半的教育给他的，品行不端是流浪生活养成的。

杜·蒂埃穿得挺漂亮的出去，回店很晚，常常到银行家和公证人府上参加跳舞会；皮罗多知道了非常诧异。他不喜欢这种行径；依他的思想，做伙计的应当研究店里的账册，只关心本行的事。花粉商看不惯那些胡闹的举动，用婉转的口气数说杜·蒂埃不该穿那么讲究的内衣，不该在名片上印着F·杜·蒂埃①，那种款式，按照赛查的生意人观点，只有上流人物才配用。但斐迪南投身到这个奥贡家里来，是存心要做太丢狒的②。他追求赛查太太，想勾引她；他和东家娘一样把东家的为人看得很清楚，可是比她看的快得多。杜·蒂埃尽管十分谨慎，说话很留意，但他流露出来的人生观把小心翼翼的公斯当斯吓坏了；她的做人之道完全跟丈夫一样，认为损害人家一分一毫就是天大的罪过。虽则她应付得很巧妙，杜·蒂埃仍旧感觉到皮罗多太太瞧他不起。公斯当斯收到过杜·蒂埃几封情书，不久又发觉这伙计对她换了一副态度，装出俨然的样子，仿佛他们之间已经有了默契。于是公斯当斯没说明什么理由，只劝赛查把斐迪南歇掉。赛查也表示同意，辞退伙计的事算是定局了。在打发他的三天之前，一个星期六晚上，皮罗多清点月底的现金，发觉少了三千法郎。他大吃一惊，还不是为了损失，而是因为铺子里的三个伙计，一个厨娘，

①法国人姓氏前冠有“特”或“杜”，多半是贵族的标记，杜·蒂埃利用这一点来蒙混人家。

②莫里哀在喜剧《伪君子》中描写一卑鄙小人叫作太丢狒，赚得富翁奥贡的信任，想骗取他的女儿，又想勾引他的妻子。现在奥贡的名字已成为冤大头的别称。

一个杂差和几个长工都犯了嫌疑。叫他疑心哪一个好呢？皮罗多太太从来不离开账台。管出纳的包比诺是拉贡先生的内侄，只有十八岁，宿在店里，是最老实不过的青年。他账上的数目跟柜子里存的现金不符，可见是结过账以后出的事。皮罗多夫妻俩决定暂不声张，在店里私下留神。

第二天星期日，他们在家招待客人。这小圈子里的几份人家一向是轮流做东的。玩蒲育脱[①]的时候，公证人罗甘在桌面上丢出几块古老的金路易，正是赛查太太几天以前从一个新婚的妇女，特·埃斯巴太太手里收进的。

花粉商笑着说："哎哟，你这是偷了教堂里的募捐箱啦。"

罗甘说这几块钱是在一位银行家府上从杜·蒂埃那儿赢来的。杜·蒂埃若无其事的当场承认了。花粉商可是面孔涨得通红。客人散了，斐迪南正想去睡觉，皮罗多推说要谈生意，把他邀到店堂去，说道：

"杜·蒂埃，我柜子里少了三千法郎，又没有一个人可疑心。刚才那几块老洋钱对你太不利了，我不能不跟你说明。今晚咱们要找出了账上的错误才睡觉。因为一定是账目弄错了。说不定你在你薪水项下拿了钱。"

杜·蒂埃承认那些路易是他拿的。东家翻开账簿，杜·蒂埃名下并没记上借支的数目。

斐迪南道："我当时匆忙，忘了叫包比诺上账。"

"对。"皮罗多说着，看见杜·蒂埃冷冷的满不在乎，倒反怔住了。可是这诺曼底人存心到这铺子里来找生路，早已摸熟这些

①一种纸牌戏。

老实人的脾气。

两人花了大半夜工夫对账，忠厚的赛查明知这查对是多余的。趁查来查去的当口，他在抽斗侧面的板上暗中粘了三张一千法郎的钞票；然后装作疲倦之极，瞌睡了，打起鼾来。杜·蒂埃得意扬扬的把他叫醒，因为找出了错误，高兴得不得了。下一天，皮罗多当众把太太和小包比诺埋怨了一顿，对他们的粗心大意很生气。半个月以后，斐迪南·杜·蒂埃进了一家证券号子，说花粉生意对他不合适，他要研究金融了。从皮罗多店里出来，杜·蒂埃提到赛查太太的口气，仿佛东家是为了吃醋而歇掉他的。

过了几个月，杜·蒂埃来看他的老东家，说有笔生意可以让他发迹，还缺两万保证金，要求老东家作保。皮罗多看他这样无耻，大出意外；杜·蒂埃眉头一皱，问皮罗多是不是不相信他。玛蒂法和其他两个正在跟皮罗多谈生意的商人，都看出花粉商心里很气，但当着他们没有发作。他想也许杜·蒂埃已经变老实了，从前犯的事或者是被一个发急的情妇逼出来的，或者是赌输了钱想翻本；一个年纪轻轻而说不定正在忏悔的人，当众受到一个正派人责备，很可能走上犯罪和悲惨的路。皮罗多这好人儿便拿起笔来在杜·蒂埃的票据背后签了字，作了保，嘴里还说，对一个过去在店里出过力的青年，他很乐意帮这点儿小忙。皮罗多说着这些遮面子的假话，脸都红了。杜·蒂埃受不住皮罗多的目光，当下就怀恨在心，而且永远记着，像魔鬼对天使一样。在金融界做投机好比走绳索，杜·蒂埃可是把平衡棒拿得很稳，内里还空虚的时候，外表已经衣冠楚楚，俨然是个富家儿了。他一朝买进了自备小马车，就永远坐下去。上流社会的人都是一边作乐一边做买卖，把歌剧院当作交易所的分店，全是现代的杜·卡莱[①]派头。杜·蒂埃在这个社会里居然站住了脚。他在皮罗多家认识了罗甘太太，靠她帮忙，很快就钻进金融界大头的圈子。到那个时候，杜·蒂埃的富裕就不是徒有虚名的了。由于罗甘的介绍，他和纽沁根银号关系很好，又跟格莱弟兄和上层银行界搭上了。谁也不知道这年轻人手里调度的大量资金从哪儿来的，大家认为他的成功是靠他的聪明和诚实。

王政复辟使赛查变成一个人物。政局动荡，他当然把那两件生活中的小事给忘了。自从他受了伤，他对保王党的政治主张早就十分冷淡，只是为了面子关系还站在保王党一边，好像始终不曾动摇过；人家也还记得他共和三年效忠王室的事。正因为他自己一无所求，以上的两点使当局特别想抬举他。他连一个操练的口号都喊不上来，却被任为民团的大队长。一八一五年，始终跟皮罗多作对的拿破仑把他撤职了。“百日”[②]期间，皮罗多是本区进步党人的眼中钉。商人们在政治上分派别就是从一八一五年开始的，以前他们只一致要求时世太平，好做生意。第二次复辟，政府改组市级机构，州长有心叫皮罗多做区长。花粉商听着老婆劝告，只接受了副区长的职位，免得太显露。人家看他谦虚，对他愈加重视；区长法拉梅·特·拉·皮耶第埃也和他交了朋友。远在玫瑰女王给保王党人做通讯机关的时代，皮罗多就常常看见拉·皮耶第埃到店里来；所以塞纳州州长向皮罗多征询区长人选，皮罗

①十八世纪勒·萨日所作的喜剧。主角杜·卡莱是一个被情妇敲诈，拿钱倒贴别人的傻瓜。

②1815年3月20日拿破仑从厄尔巴岛逃回巴黎，到同年6月22日滑铁卢战败后第二次下野为止，在法国史上称为“百日”时期。

多便把他推荐了。从此以后，区长请客就没有忘记过皮罗多妇。赛查太太还时常陪着上流社会的漂亮太太在圣·洛克教堂替穷人募捐。轮到市政官员受勋的时节，拉·皮耶第埃热烈支持皮罗多，说他在圣·洛克受过伤，对波旁家忠心耿耿，在群众之间又有相当名气。政府原想大发勋章，摧毁拿破仑的事业，借此也可收买人心，为波旁家拉拢一批艺术家，科学家和各行各业的商人。于是皮罗多就被列入受勋的名单。这个荣誉和皮罗多在区里的声望正好相配；他本来百事顺利，这一下更长了他的志气。区长一告诉他受勋的消息，花粉商更觉得刚才说给太太听的那桩买卖非做不可，以便尽早脱离花粉业，踏进巴黎高等布尔乔亚的圈子。

那时赛查四十岁。因为在工场里干活，脸上早有了皱纹，稠密的长头发略微带着银色，被帽子压成亮晶晶的一圈。前面的头发把脑门画出五个尖角。额角开朗，足见他生活朴素。浓厚的眉毛并不可怕，因为他的蓝眼睛一清如水，目光跟他老实人的额角完全一致。塌鼻梁，大蒜鼻，神气好像巴黎那种大惊小怪的傻瓜。嘴唇很厚，肥大的下巴长得笔直。紫堂堂的四方脸，在整个相貌和皱纹的分布上，显出乡下人那种毫无掩饰的狡猾。四肢肥大，阔背，大脚，浑身都是力气，样样都说明他是个移植到巴黎来的乡下人。出身的标记即使不是全身都有，单看他毛茸茸的大手，皮肤打皱的手指，粗大的骨节，四方的阔指甲，也就够了。他嘴角上挂着一团和气的笑容，像招待顾客一样；但他的笑容也是志得意满，心情和顺的表现。他的猜疑从来不超出做生意的范围，一离开交易所，一合上账簿，他就把机诈的心思丢开了。他认为做买卖不能不提防，正像不能不开发票一样。他那张信心十足的滑稽面孔，又得意又和气，倒也颇有特色，不完全像巴黎布尔乔亚那么平凡。要没有这种天真的，自命不凡的表情，他会显得太威严的；正因为有了可笑的地方，他才能跟众人接近。平时说话总反剪着手，自以为说了句风流的或是精彩的话，会不知不觉的踮着脚尖，把身子往上挺两下，再重重的放下脚跟，仿佛专为加强语气。争论热烈的时候，他有时突然打个转身，往后走几步，好似要找些理由，再回过头来应付人家。他从来不打断别人的话；这个讲礼貌的作风常常使他吃亏；人家把话说完了，走了，他竟来不及开口。他做买卖是老经验，由此养成的某些习惯，有人认为是怪脾气。有什么不能兑现的票据，他都交给书办，从此不问，除非是去收回本利和赔偿的手续费；他让书办代他追讨，直到债务人破产为止。破产以后的程序，赛查从不参加，他不出席债权人会议，只保存着票据。这套办法和绝对瞧不起破产人的心理，都是向拉贡学来的。拉贡凭着做生意的经验，觉得打官司旷时废日，协议书上规定的清偿成数不但微乎其微，而且靠不住，犯不着浪费时间去来回奔走，听不老实的破产人花言巧语的搪塞。

拉贡说过："破产的倘是个规矩人，将来能够爬起来的话，一定会还你钱。倘若他一无办法，真正倒霉，难为他有什么用？倘是个坏蛋，那就永远不会有希望。你严厉出了名，大家知道你绝不通融，没法叫你让步，那么只要人家还得出，一定会还你的。"

赛查逢到约会必定准时，对方迟到十分钟，他就走，怎么也挽留不住；这个脾气逼得跟他打交道的人也不得不准时。

他的装束跟他的相貌和生活习惯很调和。他固执得很，非戴白领带不可。挂在脖子底下的四只角上有他妻子或女儿做的挑绣。斜纹布的方襟背心一直盖到他的大肚子上，因为他已经有些发胖了。蓝裤子，黑丝袜，鞋子上打的结常常松开。老是嫌太大的橄榄青常礼服，加上一顶阔边的帽子，使他模样很像一个朋友会[1]会员。为了星期日晚上的应酬，他换一条绸的扎脚裤，一双银搭扣的鞋子，还穿上那件永不离身的方襟背心，领口略微敞开，露出胸前的百裥颈围。栗色大氅的衣襟很大，下摆很长。到一八一九年为止，他都挂着两条平行的金表链，但第二条只有正式穿扮才挂出来。

这便是赛查·皮罗多。他是个好人，可是掌管命运的主宰不曾给他足够的聪明，他既不能从全局来看政治看人生，也不能超出中等阶级的水平，样样事情只会照老规矩办理；所有的见解都是听来的，不加思考的随便应用。他没有眼光，但是天性厚道；相当俗气，但是奉教虔诚；他的心是纯洁的。这颗心中只有一股专一的爱，成为他生命的光与力；他向上爬的欲望，学到的些少知识，都是为了他对妻子和女儿的感情。

至于三十七岁的赛查太太，跟弥罗岛上的维纳斯女神[2]太相像了，认识她的人，在特·李维埃侯爵把那座美丽的雕像运到巴黎的时候，都看作是赛查太太的肖像。可是不出几个月，她就饱经忧患，白得耀眼的皮色很快染上了一层黄黄的色调，美丽的绿眼睛四周，那蓝圈很凄惨的变成了黑的，肉也陷下去了，神气像个

①朋友会是基督新教中的一派，教士都戴阔边帽子。

②古希腊时代留下的维纳斯女神雕像，一共有许多座；后人都用发现的地名或贮藏的博物馆命名。1820年，法国驻君士坦丁堡大使特·李维埃侯爵，向弥罗岛上的乡下人购得维纳斯雕像一座，运回法国赠予国家。此雕像即名为“弥罗岛上的维纳斯”。

老年的圣母。因为她虽然潦倒憔悴，还保存着温柔和天真；眼神虽然凄凉，仍旧那么清朗，叫你不能不承认她始终是个端庄稳重的美人儿。在赛查不久要开的跳舞会里，美丽的赛查太太还得放出最后一道光芒，引人注意。

每个人一生都有一个顶点，在那个顶点上，所有的原因都起了作用，产生效果。这是生命的中午，活跃的精力达到了平衡的境界，发出灿烂的光芒。不仅有生命的东西如此，便是城市，民族，思想，制度，商业，事业，也无一不如此；像王朝和高贵的种族一样，都经过诞生，成长，衰亡的阶段。这个盛衰的规律怎么能施诸万物，不爽毫厘的呢？在疫疠盛行的时期，连死亡也有猖獗，缓和，复发和酣睡的阶段。我们的地球本身也许只是一支历时较久的火箭。历史把世界上万物盛衰的原因揭露之下，可能告诉人们什么时候应当急流勇退，停止活动；但是雄图大略的霸主也罢，演员也罢，女人也罢，作家也罢，都不听这个忠告。

赛查不知道他已经登峰造极，反而把终点看作一个新的起点。史不绝书的灭亡倾覆的事迹，多少帝王与财阀的家世提供了那么显著的例子，赛查可不知道原因所在；而那些帝王与民族也不曾想到把原因大书特书，昭示后世。结果与原因不能保持直接关系或者比例不完全相称的时候，就要开始崩溃：这个原则支配着民族，也支配着个人。我们为什么不立一些新的金字塔，随时把这个原则提醒大家呢？其实这一类的纪念碑触目皆是：例如种种的传说和建筑物告诉我们许多过去的事，证明顽强的命运变化莫测，一举手之间就能把我们的幻想抹得干干净净，也证明历史上最重大的事件归纳起来不过是一个观念罢了。特洛伊战争和拿破仑的事迹仅仅是几首诗。但愿我这个故事能够成为歌咏布尔乔亚兴亡递嬗的诗篇。虽然这些变化太猥琐了，没有一个诗人注意过；但变化的意义是伟大的，因为这里所牵涉的不止是一个单独的人，而是整个受苦的人群。

三、苦难的萌芽

赛查睡下去的时候，唯恐他女人第二天再来坚决反对，打算清早起床，把所有的事都解决掉。天才透亮，老婆还睡着，他就悄悄的起来，急忙穿好衣服下楼。打杂的正在卸下编着号码的护窗板。伙计们还没起床，皮罗多只得等着，站在店门口看打杂的拉盖做活，皮罗多对这些事也是内行呢。虽然冷一些，天气却好得很。

他看见安赛末·包比诺下楼，就说："包比诺，去戴上帽子，换了鞋；叫赛莱斯丁下来；我跟你上蒂勒黎公园去谈谈。"

包比诺正是跟杜·蒂埃完全相反的角色，赛查身边有这么一个人也算运气，仿佛冥冥之中真有天意似的。他对这个故事关系重大，应当在这儿把他描写一番。

拉贡太太是包比诺家的小姐。她有两个兄弟。小兄弟在塞纳州初审法院当候补推事。大的一个做羊毛生意，亏了本死了，留下一个独养儿子由拉贡夫妻和没有儿女的法官负责；孩子的母亲得了产后症早已不在。拉贡太太要给内侄安排职业，便送他进花粉店，希望将来能接替皮罗多。安赛末·包比诺身材矮小，又是拐脚。拜伦，沃尔特·司各特，泰勒朗，都有这残疾，所以同病的人不必因此丧气。红头发的人多半皮色鲜明，长满雀斑；包比诺就有这些特点。但是他清秀的额角，夹着灰色纹缕的玛瑙眼睛，好看的嘴巴，白皙的皮肤，童贞的青年人的妩媚，因为体格有缺陷而表示的畏缩羞怯，都惹人怜爱。人总是喜欢弱者的。所以大家关心他，叫他小包比诺。出身是个奉教虔诚的家庭，虽然重道德，并不冬烘；生活俭朴，做过不少好事。孩子经过那个当法官的叔叔教养，结合着许多优点，越发显出青年人的可爱：他又本分又亲切，又羞怯又热情，对人忠心，生性朴实，脾气像绵羊一般和顺，干起活来却劲头十足；总之，凡是早期基督徒的品德，他都具备。

威风凛凛的东家大清早约伙计上蒂勒黎散步，事情太奇怪了；包比诺以为皮罗多要跟他谈成家立业的事，便忽然想起赛查丽纳来。赛查丽纳是真正的玫瑰女王，店里的活招牌；包比诺比杜·蒂埃早两个月进店的那天，心里就爱上了她。他上楼的当儿胸口发胀，心跳得厉害，不得不在楼梯上歇了一下。一会儿，他下来了，后面跟着领班伙计赛莱斯丁。包比诺和东家两人一声不响的往蒂勒黎走去。当时他二十一岁，皮罗多就是在这个年纪上娶亲的。包比诺觉得他跟赛查丽纳的亲事也不应该有什么阻力，虽说花粉商的财产和他女儿的美貌，对于这个野心勃勃的愿望是极大的障碍。爱情的发展完全是靠希望推动的：一个人抱的希望越狂妄，越相信会成功，自己和情人距离越远，欲望越强烈。在一切平等，衣着不讲身份的时代，包比诺还会把花粉商的女儿看作高高在上，忘了自己是巴黎老布尔乔亚出身，可见他幸福得很，的确动了真情。事实上他尽管疑疑惑惑，暗地着急，心里毕竟很快活：他不是天天和赛查丽纳一桌吃饭么？照管铺子的那股热诚和劲头，使他忘了工作的艰苦；一切都是为了赛查丽纳，他自然不觉得疲倦了。在一个二十岁的青年身上，忠诚便是培养爱情的养料。

“他将来能够做大生意，会发迹的。”赛查对拉贡太太这么说着，称赞安赛末在作场里打包卖力，对本行的窍门领会得很快，在批发生意最赚钱的时节不怕辛苦，卷着袖子，露着胳膊，拐着腿，他一个人装的箱，敲的钉，就比别的伙计加起来还多。

公证人罗甘的首席帮办，亚历山大·克劳太想要娶赛查丽纳的意思，他自己承认，别人也知道；他父亲又是勃里地方有钱的庄稼人：这对孤儿包比诺的心愿都是很大的阻碍，但还不是最难克服的。包比诺暗中另外有些苦闷，使他和赛查丽纳距离更远。拉贡家的财产原是他的名分，此刻不但成了问题，还得他按月把微薄的薪水送去帮助他们。可是他仍旧相信自己能成功！他好几次发觉赛查丽纳望着他的眼神好像很高傲，但那双蓝眼睛明明含着期待的意味在鼓励他。所以那天走在路上，他受着希望鼓动，战战兢兢，一声不出，心里非常紧张。生命才抽芽的时候，青年人遇到类似的情形大概都这样。

好心的东家问他：“包比诺，你姑妈好吗？”

“好，先生。”

“我觉得她近来愁眉不展，可是有什么不如意的事么？告诉你，孩子，你用不着对我躲躲闪闪，我差不多是一家人，跟你姑丈认识二十五年了。当初我是穿着大钉鞋从村里出来进他铺子的。虽然我家乡的地名叫作宝库，我的全部家私只有特·于克赛侯爵夫人给的一块金路易。她是我的干妈[1]，现在过世了，跟咱们的老主顾特·勒农古公爵夫妇是亲戚。我每个星期天都为侯爵夫人和她的家属祈祷。她的侄女特·莫苏夫太太住在都兰，她的化妆品也是我供应的。她们常常介绍主顾来，比如特·王特奈斯先生一年就照顾我们一千二百法郎。我们感激人家不单是为了良心，同时也为了实际利益，不过我指望你好，完全是为了你，没有别的意思。”

“啊！先生，允许我大胆说一句，你的脑子真灵！”

“不，不，孩子，光是这一点还不够。我不说我的脑子不如别人，但是我还做人老实呢，作风正派呢！还有，除了太太之外从来没爱过别人。特·维兰尔先生昨天在议会里说的好：有了爱情就有前程。”

包比诺接口道：“爱情！噢！先生，难道……”

“咦，咦！在路易十五广场那一头走过来的不是罗甘老头吗？此刻才不过八点，好家伙在那儿干什么呀？”赛查自言自语的说着，把包比诺和榛子油都给忘了。

皮罗多想起了老婆的猜疑，便不进蒂勒黎公园，一径朝着公证人走过去。安赛末远远跟着东家，不懂他为什么忽然注意起一件无关重要的事情来；但东家说到钉鞋，说到金路易和爱情等等，大有鼓励的意思，安赛末觉得很高兴。

罗甘又高又胖，脸上长着肉刺，前面的黑头发秃得很厉害，当年也还算得上有风度的人。他有过魄力，有过朝气，从小职员一直爬到公证人。但到了这个时候，眼光尖利的人一看就知道他

①这里所谓的“干妈”是指幼年受洗时的教母。

色欲过度，面上的肌肉扭来扭去，疲倦不堪。一个人陷入了纵欲的泥坑，脸上不管这儿那儿要没有一点污迹是办不到的：罗甘的满面皱裥和火气就谈不上什么庄严。清心寡欲的人，肌肤之间自有一种明净的光彩，表现身心康健；罗甘却相反，他的身体和肉欲苦苦挣扎之下，只叫人看到一片浑浊的血色。他的鼻子往上翘得很难看，正如湿热专从鼻孔排泄，因而成了暗疾的人一样。从前法国有位贤德的王后，很天真的以为这是男性共同的不幸，因为她除了王上，从来没从近处看过别的男人。罗甘一生的苦恼主要是这个暗疾引起的，他想用大量的西班牙鼻烟来遮盖，结果反而更坏。

大家为了顾全面子，老是用不真实的色彩描写人物，不揭露盛衰荣辱的真正的原因，其实疾病往往就是原因之一。至此为止，写小说的人恐怕太不重视生理的缺陷，没有考察它对精神的损害和对生命机能的影响。罗甘夫妇之间的秘密，倒是被赛查太太猜着了。

罗甘太太是银行家希佛兰的可爱的独养女儿，新婚第一夜就对可怜的公证人起了难以克服的反感，马上想提出离婚。她有五十万陪嫁，将来还有遗产可得；罗甘好运气娶到这样一个有钱的太太，只求她不要离婚，情愿让她自由，一切后果他都忍受。于是罗甘太太在家里唯我独尊，对丈夫好比交际花对待一个痴情的老头儿。罗甘不久就觉得吃不消，跟多数的巴黎人一样在外边另外有了一个家。这笔额外的费用开头还有节制，数目不大。

先是罗甘没有花多少钱，找了一般容易满足的女工。但近三年来，他的情欲不但像五六十岁的男人那样到了没法控制的地步，而且那女的还是当时一个了不起的尤物。她在脂粉队里绰号叫荷兰美人，后来重堕风尘，因为被人谋杀而出了名。她原是罗甘的一个主顾从勃鲁日带到巴黎来的，那人为了政局关系要回国，在一八一五年上把她送给了罗甘。公证人为他的美人儿在天野大道买进一所小房子，布置得十分华丽；对她百依百顺，尽量满足她奢豪的欲望。她挥霍成性，把他的产业吃光了。

罗甘见了皮罗多马上遮盖掉的满面愁容，跟一些偷偷摸摸的事情有关，其中就有杜·蒂埃很快会挣起一份家私来的秘密。在皮罗多家星期日的集会上，杜·蒂埃一看出罗甘夫妇之间的关系，立刻把他进花粉店的计划改变了。他原来的目的还不在于勾引赛查太太，而尤其希望在勾引不到的时候，人家会向他提赛查丽纳的亲事作为补偿。杜·蒂埃只道赛查有钱，后来发觉他并不，所以放弃娶赛查丽纳的念头并不困难。他对公证人作了一番刺探工作，把他拍上了，见到了荷兰美人，研究她和罗甘的交情究竟如何。结果他知道只要罗甘克扣她奢侈的享受，她就恐吓罗甘要跟他脱离。荷兰美人本是那种荒唐透顶的女子，从来不问钱从哪儿来和怎么来的；哪怕是逆子杀了父亲弄来的钱，她也会拿去寻欢作乐。她今天不想到明天。她的所谓将来不过是下午之于上午；至于月底，虽有许多账要付，也觉得遥遥无期，仿佛永远不会来的。杜·蒂埃在社会上遇到这第一块跳板，高兴极了，先劝荷兰美人把爱罗甘的代价从每年五万减到三万。这种帮忙，痴情的老年人都不大会忘记的。

有一天，两人醉醺醺的吃过宵夜，罗甘把自己的经济危机告诉了杜·蒂埃。他的不动产给太太做了法定抵押品[①]，为着情妇，

①夫妇结婚时在婚书上订明以丈夫的不动产若干作为经管妻子财产的担保，称为“法定抵押品”。

只得挪用主顾的存款，数目已经超过事务所价值的一半。等到余下的本钱也吃完了，不幸的罗甘预备用手枪自杀，利用大家的哀怜减轻一些倒账引起的公愤。杜·蒂埃听着，看到有笔又快又稳的横财在他沉醉的脑子里闪出光来，便安慰了罗甘，并且为报答他的信任起见，劝罗甘把手枪朝天放。

他说："既然是冒险，你这等角色做事就不该像傻瓜一样，闭着眼睛瞎撞，应当大着胆子干。"

他劝罗甘马上拿出一大笔现款，交给他狠狠的去搏一下，或者做交易所，或者在当时许许多多的投机事业中挑一样。赚钱的话，两人合办一家银行，拿客户的存款去做生意，得了好处给罗甘拿去寻欢作乐。万一运道不好，罗甘也不必自寻短见，尽可躲到外国去，因为他的好朋友杜·蒂埃哪怕只剩一个铜子，还是对他忠心的。对一个淹在水里的人，这计划好比一根现成的救命索；罗甘可没看出花粉店伙计正在把救命索套他的脖子。

杜·蒂埃利用罗甘的秘密，把妻子，情妇，丈夫三个人一齐抓在手里。罗甘太太听到有想不到的危险，马上接受了杜·蒂埃的殷勤。杜·蒂埃觉得自己的前途有了把握，也就离开皮罗多的花粉铺。他又毫不费事的说服荷兰美人拿出一笔钱来碰碰运气，免得将来遭到不幸，再去当妓女。

罗甘太太把事情料理一下，赶紧凑起一笔小资本交给一个受她丈夫信托的男人；因为公证人已经先拿出十万法郎交给他的同党。杜·蒂埃在罗甘太太身边的地位，正好使美人儿对他的关心转变为感情，而杜·蒂埃也自有本领挑起她狂热的爱情。三位不出面的股东当然送他一份干股，但他还不满足，胆敢在交易所里假作亏本，串通了一个对手，事后把亏蚀的钱还给他；因为他替三个老板做投机，同时自己也做。等他挣到五万法郎，他就知道稳发大财了。他凭他特别锐利的眼光，把当时国内各个阶段的局势看得很准：对外作战期间，他看跌；波旁王室回来了，他看涨。路易十八复辟以后两个月，罗甘太太有了二十万法郎，杜·蒂埃有了三十万。公证人的收支也平衡了，觉得这青年简直是个天使。荷兰美人却是有多少花多少，原来她身上长着一个毒癌，名叫玛克辛·特·脱拉伊，当过拿破仑的侍从。杜·蒂埃和那婆娘订合同的时候，发现她真姓名叫作萨拉·高勃萨克，和他常常听到的一个放高利贷的，公子哥儿们的救命恩人同姓，觉得很奇怪。他就去找那个放债的老头儿，看看萨拉·高勃萨克对这个高勃萨克有多少影响。放高利贷的巨头对侄孙女毫无情分；但杜·蒂埃自称为萨拉的银钱经理，手头有资金要存放，居然使高勃萨克对他另眼相看。诺曼底人的性格和放印子钱的性格十分相投。高勃萨克当时正在物色一个能干的年轻人，代他到国外去监督一笔小生意。

有一位平政院[①]的评事，先没料到波旁王室复辟，临时想出一个讨好宫廷的主意，打算上德国去收买王室在流亡期间签的借票。他的目的完全在政治方面，愿意把盈利[②]让给替他垫款的人。高勃萨克只愿意在借据陆续收回的时候陆续放款；另外还得派一个精明的代表去审查债权。放高利贷的是对谁都不相信的，非要有担保不可。跟这种人打交道完全要看当时的形势：用不着你的时候，他们冷若冰霜；用得着的时候倒也眉开眼笑，阔

①平政院是专门受理各方对政府机关的诉讼的。

②第三者用低价收买别人的借票，再向原债务人追偿；虽追偿所得不可能与票面金额相等，但与收进价已有差额，故收买的人仍有盈利。

气得很。在圣·但尼和圣·马丁两条街上放债的韦勃勒斯脱和羊腿子，在卜阿索尼埃区放债的巴尔玛，差不多经常跟高勃萨克有来往；杜·蒂埃知道这些人在巴黎市场上潜势力很大。他为了想做高勃萨克的代表，愿意提供一笔保证金，但是要有利息，还得让他在那桩银钱生意上投资：这样一来，他以后就有靠山了。“百日”时期，他陪着格莱芒-夏邓·台·吕博克司上德国旅行了一趟，到二次复辟才回来；结果是为将来播的发财种子比他眼前发的财更多。巴黎最精明的投机家的秘诀，都被他摸熟了。他的使命原是去监督台·吕博克司，临了却和吕博克司交了朋友。这个高明的骗子把政治上的一些关节和实例赤裸裸的向杜·蒂埃揭穿了。杜·蒂埃生来聪明，听了一言半语就懂，旅行完毕，他的教育也受完全了。

回到巴黎，他发觉罗甘太太对他没有变心。可怜的公证人等着杜·蒂埃的心情和他太太同样急切。荷兰美人又把他蛀空了。杜·蒂埃盘问荷兰美人，没有一笔开支合得上她花费的数目，这才发觉萨拉·高勃萨克对玛克辛·特·脱拉伊的痴情，那是她一向紧瞒着的秘密。特·脱拉伊荒唐下流的生活一开场，就说明他是无论哪个政府都少不了的政治流氓。他嗜赌若命，永远需要钱。杜·蒂埃发觉了这一点，方始明白为什么高勃萨克对他的侄孙女这么冷淡。事情到了这一步，银行家杜·蒂埃，因为他已经成为银行家了，便极力劝罗甘预备后路，招揽一般有钱的主顾做一桩买卖，让他能大大的捞一笔，假使投机再失败而非破产不可的话。交易所行市的涨落当然只会对杜·蒂埃和罗甘太太有利；公证人经过这些交易所的风波，终于到了山穷水尽的田地。于是他的临终苦难被他的好朋友利用上了。玛特兰纳教堂近边的地产生意就是杜·蒂埃想出来的。不用说，皮罗多暂时存在罗甘那儿的十万法郎，早已到了杜·蒂埃手里；而杜·蒂埃为了断送花粉商，还指点罗甘说，欺骗亲近的朋友，可以少冒一些危险。

他道："朋友即使恼火，总还留个余地。"

今日之下，很少人知道玛特兰纳四周的地当初多么便宜；但买进的时候也要高于市价，才有业主肯脱手。杜·蒂埃只打算坐收渔利，不愿担远期投机的风险。换句话说，他的计划是先毁掉这笔生意，当作死尸一般接收过来，再把它弄活。高勃萨克，巴尔玛，韦勃勒斯脱和羊腿子那帮人，遇到这一类的事都会互相支援；但杜·蒂埃跟他们不够亲密，不便去央求他们；并且他也不愿意出面，只想在暗里指挥，免得吞进赃物的时候觉得难为情。因此他需要有个傀儡，生意场中所谓的稻草人。据他看，最好是叫那个在交易所里替他冒充对手的家伙做替死鬼；他便代行上帝的职权，凭空造出一个人来——那是一个掮客出身的穷光蛋，一无所有的汉子，唯一的本领是对什么问题都能空空洞洞地说一套废话；但是他懂得角色的性质，上台表演绝不会出乱子；他也极讲义气，就是说能够保守秘密，为了后台老板的利益，便是弄到身败名裂也愿意。杜·蒂埃把他装扮成一个创办和经营大企业的银行家，克拉巴龙银号的老板。倘若杜·蒂埃办的事业宣告破产，查理·克拉巴龙就得给犹太人和法利赛人摆布，克拉巴龙自己也知道。但他当初遇到老伙计杜·蒂埃的时候，身边只有四十个铜子，愁眉苦脸的在大街上闲荡；这样一个穷光蛋在每桩生意中到手一点小小的好处，就像得了金山银山一般。他对杜·蒂埃的友谊和忠心，加上盲目的感激，自己又生活腐化，需要用钱，使他唯命是听，什么事都愿意干。克拉巴龙出卖了自己的名誉，看到人家倒也郑重其事，不随便拿他的名誉去冒险，也就死心塌地的跟着老伙计，像狗对它的主人一样。的确，克拉巴龙是条奇丑无比的哈巴狗，但随时肯赴汤蹈火，替人拼命。在眼前这桩地产买卖里，他代表一半的买主，赛查·皮罗多代表另外一半。克拉巴龙收下皮罗多的票据，由杜·蒂埃托一个放高利贷的出面做贴现；唯有这样，等罗甘卷走皮罗多的资金以后，才能把皮罗多逼上破产的路。将来的破产管理人会按照杜·蒂埃的意思行事。杜·蒂埃既拿了花粉商的钱，又是花粉商的不出面的债主，可以叫人把皮罗多方面的共有地产拍卖，他只要出一半价钱就能买进，买价就用罗甘的资金和皮罗多偿还债权人的成数抵充。罗甘在这件事情中通同作弊，只道在花粉商和他合伙老板的贵重的遗物里头可以分到一大笔，没想到支配他的人会把肥肉一口独吞。罗甘既没法向任何法院告杜·蒂埃的状，只能躲在瑞士乡下，心满意足地啃着杜·蒂埃按月扔给他的骨头，搅一些廉价的女人。

这个恶毒的计划是客观形势促成的，不是什么虚构情节的悲剧作家编出来的。单是恨而没有报复的心，等于一颗谷子落在花岗石上。但杜·蒂埃要拿赛查出气是极自然的心理，否则代表黑暗的魔鬼也不会跟代表光明的天使斗争了。巴黎只有一个人知道杜·蒂埃偷过钱，杜·蒂埃要谋杀这个人固然有许多不便，却尽可把他推入泥坑，把他毁掉，使他不可能再出来作证。报复的种子在杜·蒂埃心中长着芽，长时期不得开花；因为在巴黎，便是心里有深仇宿恨的人也不能预订计划；日子过得太快，太忙，出乎意料的事也太多。但这些动荡不已的人事虽不允许你预谋，却很可以给潜伏在你心中的思想利用，只要你相当精明，能够抓住变化多端的机会。罗甘向杜·蒂埃吐露心腹的时候，杜·蒂埃还在当伙计，已经隐隐约约看到毁灭赛查的机会，而他果然看得不错。公证人因为快要跟他的心肝宝贝分手了，便捧着破杯子里剩下的迷魂汤，拼命想多喝几口，每天都上天野大道过夜，到第二天清早才回家。可见赛查太太不是瞎疑心。等到一个人像罗甘那样决心接受杜·蒂埃派给他的角色，他自然会有名角儿做戏的本领，眼睛像野猫一般的尖，像巫术师一般深沉，能催眠那个受他愚弄的人。皮罗多没看见公证人之前，公证人早看到了皮罗多，皮罗多朝他一望，他就远远的伸出手来。

他神态自若的说道："我才替一个大人物立了遗嘱，他活不了几天了。人家当我乡下医生看待，派车子把我接了去，却让我走回家。"

这几句话把花粉商脸上一层淡淡的疑云抹掉了。罗甘早就看出他的面色，所以绝不先开口谈地产生意；他要把皮罗多一举成擒的攻下来。

皮罗多道："立了遗嘱，又立婚书：这就叫作人生。说起婚书，咱们什么时候把玛特兰纳娶过来呢，嗯，嗯，罗甘老头？"他拍拍公证人的肚子补上这两句。

男人见了面，最规矩的布尔乔亚最喜欢说些风流话儿取乐。

公证人声色不动的回答："要不是今天，事情就吹啦。我们怕消息张扬出去；我两个最有钱的主顾紧盯着我，要求加入。所以事情马上要定局了。一过中午，我就立文书；你想加入的话，要赶在下午一点以前。再见了，昨天晚上山德罗替我拟了合同，我正要去过过目。"

"好吧，一言为定，我决定加入了，"皮罗多追上去抓着公证人的手拍了几下，“我给女儿作陪嫁的十万法郎，你先收下罢。”

“行。”罗甘一边走开一边回答。

皮罗多回头向小包比诺走去，只觉得肚子里一阵奇热，横膈膜乱抽，耳朵乱响。

伙计看见东家脸色发白，问道：“先生，你怎么啦？”

“啊！孩子，我刚才一句话做了一笔大生意。遇到这种情形，谁也免不了心中激动。再说，那跟你也有关系。所以我带你到这儿来痛快谈一谈，不让别人听见。你姑母手头很紧，她的钱是怎么亏掉的？你讲给我听。”

“先生，我姑丈和姑母的资金存在纽沁根那儿，硬被他结成了伏钦煤矿的股票，还没派过利息。在他们这个年纪，单靠希望过活是不容易的。”

“那么他们日子怎么过的？”

“承他们瞧得起，收了我的薪水。”

“好，好，安赛末，”花粉商说着，冒出一颗眼泪在眼眶里打滚，“你真不枉我一片诚心的关切。你在店里尽心出力，我就要重重的酬劳你了。”

花粉商说着这几句，不但包比诺觉得他伟大，他自己也觉得伟大；那种庸俗，天真，浮夸的口吻正是他自命为了不得的表现。

“怎么！难道你猜到我爱……”

“爱谁？”花粉商问。

“赛查丽纳小姐。”

皮罗多嚷道：“啊！小家伙，你好大胆子！这话千万别说出去。我不跟你计较，好在你从明儿起就不住在店里了。我不怪你。

嘿，嘿！换了我，也会爱她的。她长得多漂亮啊！”

“啊，先生！”伙计出了一身大汗，连衬衫都湿了。

“孩子，这不是一天两天的事。我让赛查丽纳自己做主；她妈妈还有她妈妈的打算。你该仔细想想，擦擦眼睛，收起心来，从此别提。你是初审法院推事包比诺先生的侄儿，拉贡家的内侄，有你这样的女婿，我不会觉得丢脸的。你爱怎么打天下都可以，谁也管不了；不过因为呀，然而呀，如果呀，条件多得很。咱们要谈生意，你怎么七颠八倒说这种鬼话呢？喂，在这张椅子上坐下来，丢开爱情，管你的本行。”他把眼睛瞪着伙计，问，“包比诺，你有种没有？可有胆子跟一个比你高强的对手较量，敢跟他拼一拼么？”

“我敢，先生。”

“敢打个长期的危险的仗么？”

“为了什么事呢？”

“为了要打倒玛加撒油！”皮罗多说着，站起身来，俨然是个普鲁塔克[①]笔下的英雄，“咱们不能糊里糊涂的骗自己，敌人好厉害呢，他站得很稳，声势浩大。玛加撒这块牌子做得劲头十足。他们心思也巧，小方瓶儿的式样别致得很。咱们的瓶子，我原先计划用三角形的；细细想来，还是用细长的小玻璃瓶，外面裹一层芦草，叫人看了莫名其妙。凡是古怪的东西，用户都喜欢。”

包比诺道：“这样做很花钱。咱们每一项成本都要精打细算，才能提高零售商的回佣。”

“对，孩子，这是真正的生意眼。你多费点儿心吧，玛加撒

①公元前一至二世纪时的希腊作家，所著《名人传记》为古代经典著作之一。

油会抵抗的！它外表很漂亮，名字又好听，自称为进口货。咱们的货色吃亏的是出在本国。你说，包比诺，你问问自己可有力量打倒玛加撒？第一，外洋的销路一定要胜过它。听说玛加撒的确是个印度地方；咱们把法国货卖给印度人，不是比把印度货销回到印度去更合理么？你非打倒这些蹩脚货不可！可是咱们要在国外竞争，也要在国内竞争！玛加撒油的广告做得挺好，不能小看它的势力，它已经时行了，大家都知道它了。"

包比诺眼睛火辣辣的说道："我一定把它打倒！"

皮罗多道："拿什么去打呢？年轻人就是这股热情。你先听完我的话啊。"

安赛末的姿势活像一个小兵向法兰西元帅行敬礼。

"包比诺，我发明了一种油，能够长头发，刺激头皮；用了它，男男女女的头发都能不褪颜色。这油跟我的雪花膏和润肤水一样能畅销。可是我想脱离商界，不愿意自己经营。我预备把高玛日纳油交给你去做。高玛日纳这个词儿是从拉丁文的高玛来的，太医阿里培先生告诉我，高玛的意思就是头发。拉辛有一出悲剧叫作《裴雷尼斯》，说一个国王爱上了别国的一个王后，她的头发出名的好看；那痴情的国王为了讨好王后，竟把自己的国度叫作高玛日纳国。你看，那些伟大的作家心思多巧，连最细微的地方都想到了。"

小包比诺一本正经的听着，这段古里古怪的插话明明是说给受过教育的人听的。

皮罗多又道："安赛末，我看中了你，要你到龙巴街上去开一家卖高等药材的号子。我做你不出面的合伙人，第一批资金归我来。做好了高玛日纳油，再来试验香草精，薄荷精。咱们做药材生意要在药材业里来一次革命：不卖原料，只卖浓缩的香精。孩子，你既然有雄心，你听了高兴不高兴？”

安赛末紧张得答不上话来，但是湿漉漉的眼睛代他回答了。他觉得东家这个提议像父亲对儿子一样体贴，仿佛是告诉他：“你想法先挣了钱，有了地位，再来打赛查丽纳的主意。”

他把皮罗多的激动当作惊奇，便回答说：“先生，我一定成功！”

花粉商叫道：“啊！我当年就是这样，就是说的这句话。你虽然得不到我女儿，家业是稳的了。嗯，孩子，你又想什么啦？”

“我希望得到了这个，也能得到那个。”

皮罗多被安赛末的语气感动了，说道：“你要希望，我当然阻止不了。”

“先生，我能不能今天就去想法找一个铺面，趁早开张呢？”

“好啊，孩子。明儿咱们俩要在工场里待上一天。上龙巴街之前，你先到李文斯东那儿，瞧瞧我的水压机明天能不能派用场。今天吃晚饭的时候，咱们去拜访那位好心的，有名的伏葛冷先生，向他讨教一下。这位学者最近在研究头发的组织，研究它的色素是什么东西，从哪儿来的，头发是什么东西构成的。关键就在这里，包比诺。我会把秘密告诉你，以后就得好好的利用了。你找李文斯东之前，先去看比埃里·裴那。伏葛冷先生那种清高脾气，使我一辈子心里苦闷：没有办法送他一点东西。幸亏我向希弗勒维打听出来，他在觅一幅特莱斯登的圣母像，是一个叫作缪勒的刻的版子。裴那写信到德国去托人找了两年，才找到一份印在中国纸上的初印本，值到一千五百法郎呢，孩子。你看看裴那有没有配好框子。等会我们的恩人送我们出来，可以在穿堂里看见这幅版画了。这样，伏葛冷先生就会永远记得我跟我的女人。我们为了感激他，十六年工夫天天在为他祈祷。我永远不会忘记他的。可是，包比诺，那些学者只知道做学问，把妻子，朋友，受过他们恩惠的人都忘了。我们不够聪明，但至少有一颗热乎乎的心。这也算我们做不了大人物的安慰。学士院里那般先生只有头脑，没有别的，等会你瞧吧。教堂里从来看不见他们。伏葛冷先生老是待在书房里或是实验室里：但愿他在化验的时候也想到上帝才好。行，就这样吧：我给你资本，给你秘方，股份咱们各人一半，用不着立合同。等事业成功了，咱们好好庆祝一番。孩子，你快去吧，我也要去干我的事。告诉你，包比诺，过二十天我要开个盛大的跳舞会，你去做一套新衣服，打扮得像个已经发迹的生意人一样来参加……”

最后这番好意使包比诺感动得不得了，捧着皮罗多的手亲了一下。老头儿的体己话叫动了爱情的人听着很得意；而动了爱情的人干起事来就会拼命。

皮罗多看着他从蒂勒黎花园中奔出去，说道：“可怜的孩子！要是赛查丽纳爱他的话！不过他是个瘸子，头发又黄得莫名其妙；女孩子们的脾气多古怪！我不相信赛查丽纳会……并且她妈要她嫁给公证人。亚历山大·克劳太会替她挣钱：有了钱，样样都受得了；要不然，无论怎样的快乐都经不起贫穷的磨折。还是让女儿自己做主的好，即使她胡闹，我也由她。”

四、铺张浪费

皮罗多的邻居是个南方人，叫作加隆，做着雨伞，阳伞和手杖的小买卖，生意很坏，皮罗多帮过他好几次忙。加隆巴不得减轻房租，只借店面，把二层楼的两间屋让给有钱的花粉商。

皮罗多走进卖伞的铺子，挺随便地说道："喂，邻居，我女人同意扩充住房了！要是你愿意，咱们十一点钟去看莫利奈。"

卖伞的接口道："亲爱的皮罗多先生，为了转让房子，我从来没向你开过口；可是你知道，生意人在每样东西上都得想法挣几个钱。"

花粉商答道："噢！噢！我没有成千上万的家私啊。我正等着建筑师，还不知道他认为这工程能做不能做呢。他告诉我：'没决定以前，先得弄清楚两边的楼面是不是一般高低。打通墙壁要莫利奈先生答应，这堵墙是不是两家合的也是问题。'我家里的楼梯要改换方向，楼梯台也得重新做过，两边的屋子才能一样平。开支多得很，我不愿意弄得倾家荡产啊。"

"噢！先生，"那南方人说，"等到你倾家荡产，太阳要从西边出了。"

皮罗多摸着下巴颏儿，踮着脚尖，把身子往上挺了两下。

加隆又道："而且我只求你收下这些票据，给我贴现……"

他递给皮罗多一叠票子，共计十六张，总数是五千法郎。

花粉商一边翻一边说："全是零碎票子，两个月的，三个月的……"

卖伞的赔着小心，说道："只算我六厘利吧。"

花粉商带着埋怨的口气回答："难道我放过高利贷不成？"

"唉，先生，我找过你的老伙计杜·蒂埃，他无论怎样不肯收；大概他是故意的，要看看我肯损失多少。"

花粉商道："这些出票人，我都不认识。"

"卖伞卖手杖的，姓名怪得很，都是跑乡村的小贩。"

"好吧，我不说照单全收，拣期头近一些的替你想办法吧。"

"你别叫我为了四个月期的一千法郎票子，再去找那般蚂蟥了①；一经他们的手，我的赚头都给拿走了。先生，你一齐收下吧。我没有地方好贴现，也没有地方透支；我们做零卖生意的苦就苦在这里。"

"行，我收下了，等会让赛莱斯丁和你办手续。十一点整，你等着我。——啊，这不是我的建筑师葛兰杜先生么？"花粉商看见头天晚上在特·拉·皮耶第埃先生家约好的青年来了，便拿出生意人的头等应酬工夫，招呼道，"先生，你不像一般有本领的人，倒是准时的。咱们的王上是个大政治家兼大才子，他说准时是帝王的礼貌，我说也是商人的财富。光阴，光阴就是黄金，尤

①一般人把放高利贷的叫作蚂蟥，也就是吸血鬼的意思。

其为你们艺术家。建筑是一切艺术的总汇，我相信这句话。”他指着自己家里的小门，补上一句：“咱们不用打店里走。”

四年以前，葛兰杜得了美术学校的建筑奖，靠官费在罗马留学了三年。青年艺术家在意大利想的是艺术，在巴黎想的是家业。一个建筑师要成名只有靠政府，只有政府拿得出几百万来盖大房子。从罗马回来的人不是自命为风丹纳就是自命为贝尔西埃[1]，所以有点儿野心的都要捧政府：留学时代的进步党一回国就变作保王党，一心想找有势力的人撑腰。得过奖的艺术家有了这种作风，就被老同学们说是投机分子。年青的葛兰杜当时有两种办法：或者替花粉商尽心出力，或者敲他一笔。但对皮罗多还是要敷衍才对，他是副区长，不久又要买进玛特兰纳近边的一半地产。那儿早晚要大兴土木，变成一个热闹的市区。葛兰杜为着将来的利益，只得牺牲眼前的好处。虽然艺术家都瞧不起布尔乔亚，老是拿他们作为说笑挖苦的资料，但皮罗多颠来倒去说出他的计划和主意的当口，葛兰杜却也耐性听着，点头耸脑的表示赞成。花粉商样样说清楚了，年轻的建筑师便替他把计划归纳起来。

他说：“你楼上有三扇窗临街，另外一扇是靠里边，从楼梯台取光的。如今要在这四个窗洞之外，加上隔壁屋子的两个窗洞；楼梯要改换方向，使靠街的楼面两边一样高低。”

“我的意思，你全明白了。”花粉商说着，想不到建筑师领会得这样快。

“根据你的计划，将来楼梯要从顶上取光，把看门的住的小

①两人都是法国十八至十九世纪有名的建筑师。

间安排在座子底下。”

“座子？……”

“是啊，安放楼梯的座子……”

“我懂了，先生。”

“至于你们的住房怎样分配，怎样装修，最好让我全权处理。我要使你们的屋子配得上……”

“配得上！先生，你这话说得对极了。”

“你要我多少天完工呢？”

“二十天。”

“你打算在人工方面花多少钱？”

“先要知道这样的改装要多少钱？”

葛兰杜回答说：“盖一所新房子，建筑师的预算顶多只有一个生丁出入；可是我不知道哄骗一个布尔乔亚……（噢，对不起！先生，我说溜了嘴）我得声明改装和修理是没法估价的。八天以后，我才能开出一个大概的账目。希望你信任我：我替你设计一座漂亮的楼梯，从顶上取光，临街布置一间雅致的穿堂，座子底下……”

“又是座子！”

“你别担心，我会腾出地位来做个小小的房间。至于你们的上房，我要花足心思来设计。先生，我是只看艺术不看钱。要出头，不是先要大家替我宣传么？我认为最好不跟那些包工的做手脚，工程要做到价廉物美。”

皮罗多带着老长辈的口气说道：“存着这样的心，小朋友，你一定成功。”

葛兰杜接着道：“因此，泥水匠、漆匠、铜匠、木工、木器工，都由你直接交涉。我只管核对账单。我只要两千法郎酬劳，你花这笔钱包你不吃亏。明儿中午，场子就得归我支配，还要请你告诉我工匠的名字。”

皮罗多说：“约估一下，总数要多少钱呢？”

葛兰杜说：“一万到一万二，家具不算；我想你也要全部换过吧。请你把家具商的地址给我，我好去跟他商量颜色，把整个屋子都配得高雅大方。”

“替我管家具的是圣·安东纳街上的勃拉训。”花粉商的口气像贵人一般。

建筑师掏出一本多半是漂亮妇女送的小册子，把地名记下了。

“好吧，我完全相信你，先生。可是我先要把隔壁两间屋子的租约过到我自己名下，打通墙壁也要人家答应。”

建筑师道：“晚上你叫人送个字条来。我夜里就要动手打图样。我们宁可替布尔乔亚当差，不喜欢白忙一阵，替自己工作。现在让我先量量屋子的高低，墙壁的厚薄，门窗的大小……”

皮罗多道：“咱们到期一定要完工，要不然就不做。”

建筑师道：“当然。工人可以开夜工，我们有办法叫油漆快干。可是你别上包工的当，价钱要事先问清楚，讲好的条件要写下来。”

“世界上只有在巴黎才能变出这样的戏法来，”皮罗多做了一个手势，气派活像《天方夜谭》中的人物，“先生，请你赏光来参加我的跳舞会。有才干的人不一定都瞧不起做买卖的，在我的跳舞会上你会碰到第一流的学者伏葛冷先生，他是学士院的会员！还有特·拉·皮耶第埃先生，特·冯丹纳伯爵，商务法庭庭长，商务裁判勒巴先生；还有一些司法界的人，比如高等法院的特·葛朗维伯爵，初审法院的包比诺先生，商务裁判加缪索先生，他的岳父加陶先生……说不定御前侍从长勒农古公爵也会来。我约了些朋友……为了庆祝领土解放……也为了庆祝我……得到荣誉团勋章……”

葛兰杜做了个古怪的手势。

“大概……我得到这个勋章和王上的……恩典，是因为我当过商务裁判；共和三年正月十三的事变，我曾经为波旁家在圣·洛克的石阶上打过仗，被拿破仑打伤。这些资历……”

公斯当斯在赛查丽纳房里换衣服，穿着晨装走出来。她才望了一眼，就把丈夫的谈锋打断了。赛查原来在找一句得体的话，想用谦虚的口吻把他的荣誉告诉人家。

“喂，咪咪，这一位是特·葛兰杜先生[①]，年纪轻轻，极有才干。他是特·拉·皮耶第埃先生介绍的建筑师，来主持咱们这儿的一点小工程的。”

花粉商说到小字，躲着太太把手指往嘴上一放，向建筑师递了个暗号，建筑师马上懂了。

“公斯当斯，这位先生要量量屋子的高低大小——你让他量吧。”皮罗多说完，往街上溜了。

公斯当斯问建筑师：“这工程是不是要花很多钱？”

“不，太太。约估一下，六千法郎……”

“约估一下！”皮罗多太太嚷道，“先生，没有讲妥条件，说

①皮罗多故意在葛兰杜的姓氏前面加一个“特”字，一方面向妻子卖弄建筑师出身高贵，一方面奉承建筑师，一方面也表示自己来往的都是有身份的上流人物。

好价钱，千万不要动工。我知道包工的花样，说六千就是两万，我们可没有力量浪费钱。我恳求你，先生，虽说我丈夫是一家之主，也得让他有时间多想想。”

“太太，副区长先生限我二十天完工，误了日子，钱就白花了。”

花粉美人说道：“唉！这里那里，都是花钱！”

“太太，一心想造大建筑的人来替人装修住家，你想他脸上光彩么？我承担这件小小的工程，无非看着拉·皮耶第埃先生的情分，要是太太怕我……”

他退了一步，好像预备走了。

“好吧，好吧，先生。”公斯当斯说着，回进自己卧房，把头倒在赛查丽纳肩上，“啊！孩子，你父亲要把家产败光了。他找来一个建筑师，上嘴唇留着一撇胡子，下巴上留着一撮须，说要造高楼大厦呢！他要把好好的屋子拆掉，替我们盖一所罗浮宫了。赛查胡闹起来，手脚真快。昨天夜里才告诉我计划，今天早上就动手了。”

“没关系，妈妈，让爸爸去吧，老天爷一向照应他的。”赛查丽纳把母亲拥抱了一下，弹起琴来，有心教建筑师看看花粉商的女儿对艺术也并不外行。

建筑师走进卧房，看到赛查丽纳的美貌大吃一惊，几乎愣住了。赛查丽纳穿着早晨的便服从小房间走出来，正像一个十八岁的女孩那样娇嫩，那样红润。她淡黄头发，蓝眼睛，细挑身材，有股巴黎难得看到的弹性，使她细腻的皮肉格外饱满；透明的肌肤底下，布满着蓝颜色的血管在那里微微颤动，深浅不一的色调正是画家最喜欢的层次。尽管巴黎的商店生活老是阴沉沉的，屋子里空气阻塞，很少阳光；赛查丽纳的起居习惯却使她康健活泼，倒像住在脱朗斯丹凡里区过露天生活的罗马人。浓厚的头发长得跟父亲一样，往上梳的款式把好看的脖子露在外面，闪闪发光的头发卷儿收拾得跟商店的女职员一样细致——她们为了要人注目，在装扮方面的认真完全是英国派。赛查丽纳的那种美不是英国贵妇人的美，也不是法国公爵夫人的美，而是像卢本斯[①]笔下的头发赭红，身体滚圆的法兰特斯美女。往上翘的鼻子像父亲，但长相更细巧，所以更秀气，近乎拉奚里埃[②]最拿手的标准法国鼻子。她的皮肤赛过细洁紧密的布，充满着处女的生命力。美丽的前额像母亲，但因为无忧无虑而更加开朗。水汪汪的蓝眼睛，活活表现出头发淡黄的快乐姑娘的温柔妩媚。一般画家为了追求诗意，往往把人物画得过于沉思默想；赛查丽纳因为心情快活，缺少这种诗意；但是从未离开母亲怀抱的女孩子，生理上也有些说不出的惆怅，使她显得超然脱俗。她外表很细气，身体却非常结实：一双脚证明她的父亲是乡下人出身，这是她血统方面的缺陷，手上的红斑也是纯粹布尔乔亚的标记。她这种人是早晚要发胖的。铺子里常有漂亮的青年妇女上门，赛查丽纳见得多了，也就懂得怎么穿扮，怎么说话，怎么动作，学会了一些左顾右盼的姿态，摆出一副良家妇女的功架，叫所有的年轻人和店里的伙计都为她着迷，觉得她人才出众。包比诺发誓非赛查丽纳不娶。她像一泓水似的可以让你一眼看到底，受一句埋怨就会变做泪人儿；包比诺只有在她面前才觉自己是个刚强的男性。这可

①鲁本斯（1577—1640），有名的佛兰德斯画家，画的女人都是体格丰满，特别健康的一型。

②拉奚里埃（1656—1746），有名的法国肖像画家。

爱的姑娘叫人一见生情，来不及考虑她是否相当聪明，能够使爱情持久。而且巴黎人的所谓聪明对布尔乔亚根本没用，他们只要女人贤惠，懂道理，就幸福了。赛查丽纳的品性和母亲一样，不过经过教育点缀，知识略微完备了一些。她喜欢音乐，能够用铅笔临摹拉斐尔的圣母坐像，看些高打太太，李高包尼太太，裴那登·圣-比哀，费纳龙，拉辛等等的作品。她只有在饭前几分钟方和母亲一同坐在柜台后面，或者很难得的替代她一下。暴发户都急于把儿女捧得高高在上，促成他们的忘恩负义；赛查丽纳的父母也把她当作神道一般，幸亏她天性笃厚，不曾滥用父母的宠爱。

葛兰杜拿着建筑师和包工用的界尺棍棒量屋子，皮罗多太太带着不安和恳求的神气盯着他，觉得那些棍棒界尺的古怪动作像巫术一般可怕，预兆很不好。她指给女儿看，心里恨不得叫墙壁低一些，房间小一些，可又不敢问建筑师做这些法术有什么用。

建筑师微笑着说："放心，太太，我不会拿走你东西的。"

赛查丽纳听着笑了。

公斯当斯没注意到建筑师的误会，只用着央求的口气说："先生，请你算省一些，我们一定重重酬谢……"

赛查去找隔壁屋子的业主莫利奈之前，先上罗甘那儿，把克劳太替他立的租屋文书拿来。走出事务所，皮罗多看见杜·蒂埃靠在罗甘办公室的窗口。以杜·蒂埃和公证人太太的关系来说，订地产合同的时候有他在场原来很平常，皮罗多对公证人也向来深信不疑，但这一回也不放心了。杜·蒂埃神气很兴奋，好像在讨论什么。

皮罗多由于生意上的谨慎，暗暗想道：“这笔交易，他是不是也有份呢？”

猜疑的念头在他脑子里像电光似的一闪。他马上回进屋子，看见了罗甘太太，便觉得杜·蒂埃在场并不怎么可疑了。

他又想：“说不定公斯当斯看得不错呢！——嘿！听信女人，岂不糊涂！等会跟叔叔去谈谈吧。从莫利奈住的巴太佛大院到蒲陶南街，只有几步路。”

换了一个多疑的观察家或是生平遇到过坏蛋的商人，就会逃过这一关。但皮罗多过去事情太顺利，脑子又不管用，不能像高明的人那样把事情推本穷源，追出原因来，所以他活该倒霉。

他回去看见卖伞的穿的整整齐齐，就预备一同去见他的业主；不料厨娘维奥尼跑来拉着皮罗多的手臂，说道：

“先生，太太不让你再出去……”

皮罗多嚷道：“嘿！女人家又来出主意了！”

“……她要你先回家喝咖啡。”

皮罗多道：“啊！不错。”便回头招呼加隆，“我脑子里事情太多了，竟忘了肚子。你先走一步吧，咱们在莫利奈家门口相会；或者你先上去跟他说明，节省一点儿时间也好。”

莫利奈先生是个靠少数利息过日子的怪物；这种人只有巴黎看得见，正如某种藓苔只长在冰岛上。我这比喻非常恰当，因为他是混合品种，属于半动物半植物一类；倘若再出一个迈尔西埃[1]，很可能当他隐花植物看。他们生长在一些古怪而不卫生的屋子里，从开花到枯萎都在墙头墙脚，或是墙里。头上戴着瓜棱

①迈尔西埃（1740—1814），法国作家，所著《巴黎景象》多系讽刺当时社会的小品文。

式的便帽，那株人形植物颇像一朵伞形花；下身套一条似绿非绿的裤子，脚上穿着翻鞋，好比长着球状的根须。一眼望去，你只觉得他相貌平凡，皮肤苍白，看不出有什么毒性。这古怪东西最喜欢买股票，什么事都相信报纸，他的意见只有一句话："你去看报吧！"他拥护秩序，精神上老是反抗政府，事实上永远服从。这等人聚在一起全是脓包，单独碰到却也十分凶横。一牵涉到利益，他就像书办一样冷酷；平时在家可是会用新鲜的野菜喂鸟，拿鱼骨喂猫，写写房票也会停下来对金丝雀吹口哨。他一方面和牢头禁卒一样多心，一方面乖乖的把钱捧出去做一桩蚀本生意，事后再用精打细算的啬刻办法来弥补损失。这个混合品种的害处，只有接触多了才显出来；一定要等他跟人打交道，有了利害关系，你才会发觉他满嘴牢骚，讨厌透顶。我们每个人，哪怕是做门房的，总有或多或少的威力加在或多或少的人身上，例如自己的老婆，孩子，房客，伙计，狗，马，猴子等等；一朝受了暗中羡慕的上层阶级的气，就不免回过来向另外一些人发泄。莫利奈和所有的巴黎人一样，觉得也需要有这么一份威力。无奈这讨厌的小老头儿既没有女人孩子，也没有侄儿侄女；对待打杂的老妈子也太凶了，没法把她当作出气筒；她除了认真干活之外，处处躲着他。他统治别人的欲望既不得满足，为了过瘾，只得把有关租赁契约和共有墙壁的法律拿来耐心研究。凡是涉及巴黎房地产的项目，例如接界的土地房屋，地役权，正税，附加税，清洁捐，圣体节的结彩，污水管，街灯，挑出在公共走道上空的建筑物，附近有什么妨碍卫生的工厂，等等，每一项判例的细枝小节，他都下过很深的工夫。他的体力，精力，聪明，都用来保卫他做业主的地位。开头这些事情不过作为消遣，后来竟成了怪僻。他喜欢保护同胞不受非法行为的侵害；可惜出头申诉的机会很少，一肚子偏激的情绪只能发泄在房客身上。房客是他的敌人，他的下属，他的子民，他的奴仆，必须对他恭而敬之，在楼梯上见了他不招呼就是下流坯。房票都由他亲手写好，在到期的那天中午送出。过期不付，限期付清的催告就来了。随后是封门啊，要求赔偿损失啊，一连串的法律手续都跟着来，正是“说时迟，那时快”，像刽子手形容他手里的家伙一样。莫利奈不答应分期付款，也不答应展期。一提到房租，他的心就是铁打的。

他对那些付得出房租的人说：“你缺少钱，我可以借给你；但是房租非付不可。迟付一天，我就吃亏利息，法律又不给我补偿的。”

房客都有些意想不到的怪脾气，新来的总要推翻老规矩，好比国家改朝换代一样。莫利奈把他们的怪脾气细细研究过了，定出一个宪章来。他不像国王，对这个宪章倒是严格遵守的。所以他从来不管修理。照他说来，没有一个烟囱漏烟，楼梯干净，天花板雪白，檐板没有毛病，地板很坚固，粉刷油漆都过得去，锁钥的年龄永远不超过三年，窗上玻璃一块不缺，毫无裂痕。只要到房客搬走的时候，他才会发现破碎的玻璃，带着铜匠或玻璃匠去，叫房客当场配好，他说：“这些工人都很好说话，为什么不叫他们配呢？”当然，房客有权利装修屋子；不过要是有个冒失鬼这么做了，小老头儿莫利奈就会日夜想办法把他撵走，把新装修的屋子收回去；他暗中看着，等着，使出一连串的坏主意。有关租约的法规一切奥妙他都知道。他又健讼又健笔，专门写些温和有礼的信给房客；他的文体跟他面上那副猥琐而殷勤的表情一样，骨子里却藏着一颗夏洛克[1]的心。他要房客预付六个月押租，将来在最后一期房租内扣除；另外还想出许多麻烦的条件。他要查看房客有没有数量足够的家具能保证房租。招新房客必先经过详细调查，因为他不接受某些行业，不管怎么小的锤子，他都害怕。合同的稿子，他要拿去推敲一个星期，最怕公证人笔下的那“等等”二字。丢开了业主的观念，约翰-巴蒂斯德·莫利奈倒也殷勤和气。打波士顿，同伴出错牌，他并不嗔怪；一般布尔乔亚听了好笑的事，他也笑；一般布尔乔亚说的话，他也说，也跟着大家谈论警察的舞弊，十七位左翼议员的英勇事迹，面包店加重秤码，胡作非为，等等。他一边读梅里埃神甫反宗教的著作《明辨》[2]，一边照旧望弥撒，因为在自然神教与基督教之间没法选择；可是他不缴领圣体的费用，理由是不愿意受势力越来越大的教会的影响。不怕麻烦的请愿专家为这个题目写过许多信给报馆，报馆既不登出，也不答复。总而言之，他是一个值得敬重的布尔乔亚，逢着圣诞节必定郑重其事的把木柴点起来；国王节玩面包的游戏和四月一日编谎话的玩意儿，他都参加；天晴一定出去散步，把条条大街都走遍；溜冰也要看；放烟火的日子，下午两点就到了路易十五广场的走道上，袋里带着面包去抢头排。

小老头儿住的巴太佛大院原是投机商人盖的，一朝完工了，谁也说不出为什么要造成那个怪样子。修道院款式的建筑用的是软砂石，四周是连拱式的走廊，院子底上有一个早已干了的喷

①夏洛克是莎士比亚的《威尼斯商人》里的主角，是个贪得无厌，重利盘剥的犹太人。

②梅里埃神甫（1677—1733），生前默默无闻，但在遗嘱内说他久已丧失信仰，故死后声名大噪。

水池，上面的狮子张着大嘴，不是喷出水来，倒像是向过路人讨水喝。当初修建这屋子，大概是要让圣·但尼区也有一所王宫[①]式的建筑。不卫生的院子四周都是高房子，只有白天才有人活动，有点生气。坐落的地位正是几条小巷子的交叉点，出去走到有名的耿刚波街[②]，一头就通菜市区，一头通圣·马丁区。小巷子都很潮湿，会叫匆忙的行人害关节炎；一到夜晚更是全巴黎最冷落的所在，好像是商业区的地下坟场。这儿有好几个作坊的垃圾堆，很多的什货商，可没有几个巴太佛人[③]。这座商业宫内部的住屋，窗子都不开在街上，除了公用的院子，望不到别的风景，所以房租非常便宜。莫利奈为了健康关系，住在七层楼的转角上。这里的空气要离开地面七十尺才新鲜。我们这位和善的业主在屋顶的水管旁边散步的时候，可以望见蒙玛脱区的大风车，欣赏一下那个奇妙的景致。虽则警察局禁止居民在现代的巴比伦[④]城里布置屋顶花园，他还是在屋顶上种了花。他一共有四间屋，上面一层还有他独用的一间卫生厕所，那是由他装置，钥匙归他的：这方面的手续他都齐备。走进他家，一副寒酸相立刻显出主人的啬刻：穿堂里摆着六张草垫椅子，一只珐琅质的火炉，壁上是深绿色的花纸，挂着四幅从拍卖行买来的版画。餐室有两口食器柜，

①“王宫”是指圣·奥诺雷街上面对罗浮宫的大建筑，原名主教官邸，因黎希留大主教献给国王，改称王宫，楼下设有市场，称为王宫市场，在巴尔扎克小说内时常提到。

②耿刚波街在十七、十八世纪时是巴黎的商业中心，洛氏（1671—1729）首创的第一家公司就设在这条街上。故作者说是“有名的耿刚波街”。

③巴太佛是古代日耳曼族的一支。建筑物的名称叫作巴太佛大院，但并没有什么巴太佛人。

④巴比伦是古代世界上最繁华的都城；现代的巴比伦是指巴黎。

两个笼子装满了鸟儿，一张铺着漆布的桌子，一只晴雨表，一扇通往屋顶花园的落地长窗，几张马鬃垫子的胡桃木椅。客厅挂旧绿绸小窗帘，放一套丝绒面子的白漆家具。老鳏夫的卧房，摆的是路易十五时代的家具，已经破旧不堪，穿白衣衫的妇女不敢坐上去，怕弄脏衣服。壁炉架上放着一只钟，钟面夹在两根柱子中间，顶上站着一个神话里的巴拉斯，手里拿着长枪。砖地上摆满碟子，都是给猫儿吃的剩菜，叫人生怕一脚踩在里头。红木五斗柜高头的壁上挂着一幅水粉画：莫利奈年轻时代的肖像。还有一些书，几张桌子，堆着难看的绿色文件夹；钉在壁上的古董架供着几只金丝雀的标本，是他以前养过的；最后还有一张床，那种冰冷的感觉，相形之下仿佛嘉曼丽德派女修士的苦行还不够苦。

赛查·皮罗多进门的时候，莫利奈穿着灰呢晨衣，正在壁炉架上用一只白铁小炉子煮牛奶，一面拿着在瓦罐里翻腾的开水一点一滴的倒进咖啡壶。卖伞的免得惊动房东，代他去开了门，让皮罗多进来。皮罗多看见莫利奈对他礼数周到，心里挺高兴。莫利奈素来敬重巴黎的区长和副区长，说是他的地方官。他见了皮罗多马上站起来，脱下帽子拿在手里，只要皮罗多大人站着，他绝不敢坐。

“不，先生……是，先生……啊！先生，倘若我早知道敝业要有一位巴黎的市政长官来借住，我一定亲自到府上来接洽，这是我应尽的义务，虽然我忝为阁下的房东，或者说将要成为……你先生的房东。”

皮罗多抬了抬手，要他戴上帽子。

“不，不，请您先坐下，把帽子戴上，免得伤风。我这屋子不大暖和，我收入有限，不能……”皮罗多掏摸租约的当儿打了一个嚏，莫利奈忙说：“啊，副区长，希望您万事如意[1]。”

皮罗多把文书递过去，说为了节省时间，他已经出钱托罗甘公证人把文件起草了。

莫利奈答道：“在巴黎的公证人里头，罗甘先生是出名的老前辈了，对他的学识我绝不怀疑；可是我有我的习惯，每件事都亲自动手，这点儿脾气也还可以原谅吧？我的公证人是……”

生意人办事都是爽爽快快，当场决定的，花粉商习惯了这一套，便说：“咱们的事简单得很哪。”

莫利奈道：“简单得很！租赁房屋的事从来不简单。啊！先生，您没有房产真是运气。您才不知道房客无情无义到什么田地，要多么小心提防才好呢！告诉您，先生，我有个房客……”

莫利奈讲了一刻钟，说有个画素描的姚特冷先生，在圣·奥诺雷街的屋子里逃过门房的监督，做出像玛拉那样的下流事儿，画些猥亵的画，警察竟不去干涉，原来他们是通气的。那个伤风败俗的艺术家把不三不四的妇女带进屋子，叫人楼梯都没法走！世界上也只有画漫画攻击政府的人才会这样捣乱。为什么他要捣乱呢？……因为要他每月十五付房租！他非但不付，还赖在空房子里不走。这样，莫利奈就和姚特冷上了法院。莫利奈还收到一些匿名信，准是姚特冷写的，恐吓说夜里要在巴太佛大院四周的小巷子里暗杀他。

他接着说：“我逼得没法，只能把我的苦处告诉警察局长，顺便对他说起这一部分的法律需要修正。局长准许我带自卫手枪。”

①法国人习惯，遇到有人打嚏，往往对他说一句吉利的话。

小老头儿站起来，找出他的手枪，叫道："您瞧，先生！"

"可是，先生，你用不着怕我有这样的事啊。"皮罗多微微笑着，对加隆瞟了一眼，表示很瞧不起这样的人。

莫利奈注意到这个眼风，气得不得了。副区长应当保护居民才对，怎么可以这样讪笑人呢？别人有这个态度倒还罢了，出之于皮罗多可就不能原谅。

他沉着脸说道："先生，您是大家敬重的商务裁判，又是副区长，又是体面的商人，当然不会失了身份去干这些卑鄙的事，因为那的确卑鄙！不过在咱们这个交涉里头，打通公共墙壁要您的房东葛朗维伯爵同意；合同上要注明满期的时候恢复原状。再说，现在的租金便宜得不像话，将来市面要涨的，王杜姆广场一带的房租都要抬高，此刻已经在抬高了！加斯蒂里翁街快要开辟，我……我订了合同要受束缚……"

皮罗多听着呆住了，说道："闲话少说，你究竟要什么？我懂得生意经，知道你的许多理由只要一个理由就能压倒，就是钱！说吧，你要什么条件？"

"只要公平就行，副区长先生。租期打算订几年呢？"

"七年。"

莫利奈叫道："七年里头，我的二层楼可以租到什么价钱啊！在那个区域，两间有家具的屋子，租金再高也有人要。说不定能租到两百法郎一月！现在订了合同，我就受了束缚！所以咱们的租金要一千五百法郎一年。您出了这个价钱，我同意在加隆先生的租金项下除去两间屋子，"他说到这里斜着眼瞧了瞧卖伞的，"我跟您订七年合同。打通墙壁的费用归您，条件是要葛朗维伯爵表示同意，放弃他的一切权利，他的书面声明得交给我。打通墙壁的全部后果由您承担。我这方面将来用不着您恢复原状，只要现在先付我五百法郎赔偿损失。谁死谁活，没人知道，我不愿意有朝一日为了重砌墙壁再去找这个那个。”

皮罗多道：“这些条件大致还公平。”

“还有，”莫利奈道，“现在就得付我七百五十法郎，将来在最后一期的租金内扣除；这笔钱只消在合同上注一笔，不另立收据。您可以付我小额的期票，期头长短随你的便；但票子上要批明是付房租的，那我才有保障。我办事干脆得很。合同上还得规定，由您出钱把通到我楼梯的大门用砖头堵死。放心，租约满期的时候，我不会为了恢复门洞再要求补偿损失，这笔费用已经算在五百法郎之内。先生，您瞧，我样样都公平交易。”

花粉商道：“我们做买卖的才不这样认真呢；要办这么些手续，生意就做不成了。”

“噢！做买卖当然不同，尤其是花粉生意，样样都像手套一样合适，”小老头儿尖刻的笑了笑，“但是先生，在巴黎租赁房屋，一点都马虎不得。我有个房客，在蒙多葛伊街……”

皮罗多道：“先生，耽误你的中饭，我心里要不安的。合同留在这里，你修改就是了。你的要求，我都同意。咱们明儿签字，有话今天讲明，建筑师明天就要支配场子。”

莫利奈把眼睛望着卖伞的，对皮罗多说：“先生，还有已经到期的租金，加隆先生不愿意付，咱们把它跟小额票据加在一起吧；租约从正月算起也正规一些。”

“行！”皮罗多说。

“看门的小费……”

皮罗多说：“哎哟！他不准我从大门出入，也不准用楼梯，怎么要我……”

小老头儿斩钉截铁的答道：“噢！您是房客啊，是房客就得付门窗税，房子上的各项开支都有你一份，一切讲明了就没事啦。先生，您越来越高发了，生意很好吧？”

皮罗多道：“很好。不过我扩充住房另外有原因。我打算请些朋友庆祝我们的领土解放，同时庆祝我获得荣誉团勋章……”

莫利奈道：“啊！啊！那是您应得的酬报！”

皮罗多道：“是啊。王上给我恩典，赏我勋章，也许是因为我当过商务裁判，共和三年正月十三还替波旁家打过仗，在圣·洛克的石级上被拿破仑打伤过。这些资历……”

莫利奈接口道：“这些资历跟咱们王军里的英雄好汉没有分别。打仗的人流过血，怪不得勋章的绶带是红的。”

听到这几句从《立宪报》上搬来的话，皮罗多不由得邀请莫利奈参加跳舞会。莫利奈一再道谢；刚才受的皮罗多的轻蔑，这一下也觉得可以原谅了。

老人把新房客直送到楼梯头，客气非凡。皮罗多和加隆走到院子中间，望着邻居含讥带讽的说道：“想不到天底下有这样没出息的人！”他本想骂一句脓包的，临时改了口。

加隆道：“啊！先生，不是每个人都有你这样的才干啊。”

在莫利奈面前，皮罗多觉得自己真是个了不起的人物。听着卖伞商人的回答，他很得意的笑了笑，然后大模大样的和加隆告别。

皮罗多心上想：“已经来到中央市场，顺手把榛子的事也办了吧。”

中央市场上的女摊贩叫皮罗多到龙巴街去，做糖果用的榛子那边销得最多。他找了一小时，才从朋友玛蒂法嘴里打听出，批发干果的只有一家铺子，是安日丽葛·玛杜开的，在贝冷－迦斯兰街。她卖的是真正普罗望斯大榛子和阿尔卑斯的白榛子。

在河滨道，圣·但尼街，铁器街，钱局街之间，有个四方形的区域，里头纵横交错，全是些小巷子，可以说是巴黎的脏腑。贝冷－迦斯兰街便是许多小巷中的一条，无数杂七杂八的商品都聚集在那儿，有腥臭难闻的，也有讨人喜欢的，有青鱼，有镂空纱，有丝织品，有蜂蜜，有牛油，有纱罗；还有很多连巴黎人都想象不到的小商业，好比大多数人不知道自己的脏腑里消化些什么。这些小本经纪的买卖都受一个葛勒南太街上的吸血鬼盘剥，他姓皮杜，外号叫作放款的羊腿子。在贝冷－迦斯兰街上，这儿是从前的马房改成的货栈，堆着一桶桶的油，停马车的屋子里放着成千上万双的纱袜；那儿又是什么批发粮食的字号，给人拿到中央市场去零卖的。玛杜太太原先是卖海鲜的小贩，十年以前和现在这铺子的老板有了关系，才改行做干果。那段姻缘曾经在菜市上成为多年说笑的资料。她当年是个雄赳赳的富有刺激性的美人儿，如今胖得不可收拾，谈不上什么姿色了。她住的那幢黄颜色的破屋子，每层都靠一些交叉的铁条支撑，她住在底下一层。故世的老板早就打倒了同业，把干果买卖变作独行生意；所以他的承继人虽然教育有些缺点，也能按着老规矩接办下去，在货栈里奔进奔出，忙个不停。货栈原是马房，车房和工场改的，里头的虫子都被她肃清了。

她店里没有柜台，没有账房，没有账簿，因为她不识字；她收到信就拍桌子，认为是欺侮她。总的说来，她心肠不坏；皮色紫堂堂的，头上戴一顶小帽，再裹一块包头布；大喇叭似的嗓子把送货的手车夫收拾得服服帖帖，跟他们吵起架来总是一瓶白葡萄酒收场。她和供应果子的庄稼人从来不发生麻烦，样样凭现钱说话，他们之间的交道也只能用这个方式；不冷不热的季节，玛杜妈妈还下乡去拜访他们呢。皮罗多在成袋的榛子，栗子，核桃中间把这个粗野的老板娘找到了。

皮罗多带着点轻浮的神气说道："你好，亲爱的太太。"

她道："你亲爱的！嘿！我的儿，你算是记得我啦，你跟我打过交道，觉得不错是不是？咱们一块儿服侍过王上没有？"

"我是做花粉生意的，又是巴黎第二区的副区长，凭我这个官员兼顾客的身份，你对我讲话应该换一种口气才对。"

那个雄赳赳的女人回答："我一不结婚，二不上区政府买东西，反正不打搅区长。要说我的主顾，他们才喜欢我呢。我对他们爱说什么就说什么。他们要不乐意，尽管请便，上别处去交易好了。"

皮罗多轻轻说了句："这就是独行生意弄出来的！"

"你说杜安孙吗？他是我的干儿子，说不定闯了祸；区长先生，你可是为他来的？"她说话的声音缓和了。

"不是的。早告诉你了，我是办货来的。"

"你叫什么名字，好小子？从来没看见你来过。"

"照你这种口气，你的榛子大概卖得很便宜了？"皮罗多说着，把姓名职业告诉了她。

"啊！原来你就是皮罗多，你的老婆好漂亮呢！榛子榛子，你要多少呢，我的心肝宝贝？"

"六千斤。"

“我统共只有六千斤，”老板娘的声音好似一支嘶嘎的笛子，“好先生，你又要替姑娘们证婚，又要替她们扑粉[①]，倒不是贪吃懒做的家伙。上帝保佑你，你真忙啊。了不起！了不起！你要做我的大主顾了，你的名字要刻在我最喜欢的女人心上了……”

“谁？”

“亲爱的玛杜太太呀。”

“榛子怎么卖？”

“你要全部买，老板，我特别优待，二十五法郎一百斤。”

皮罗多道：“二十五法郎一百斤，六千斤就是一千五！我每年说不定要十万斤呢。”

她把鲜红的胳膊伸进一只袋里，掏出一把大榛子来，说道：“你瞧，货色多好！都是赤了脚采的，只只实心，我的好先生！什货店里的什锦干果要卖二十四铜子一斤，每四斤羼一斤多榛子。难道你要我亏本么？你人倒不错，但是要我为你赔本，我还没喜欢你到这一步呢。你大批买，就算二十法郎一担吧。反正我不能让一个副区长空手回去，对新娘子们不吉利。你动手摸摸看，货色多好，多重！一斤还称不到五十个！只只饱满，没有蛀的！”

“好吧，二千法郎六千斤[②]，三个月期票，送到我寺院区工场里，明儿清早就要。”

“怎么，急得像新娘子一样么？行，区长先生，再见了，别生我的气。”她跟着皮罗多到院子里，又道，“你要是方便的话，最

①区政府的任务之一是替人民证婚；皮罗多是副区长，又是花粉商，所以玛杜太太跟他这样说笑话。

②巴尔扎克小说中的数字常有矛盾，二千法郎六千斤，比玛杜太太开的价反而高出许多，显然是错了。

好给我四十天的票子；我价钱卖得太便宜了，不能再在贴现上头吃亏。羊腿子的心肠才狠呢，他像蜘蛛吃苍蝇一般咬着我们的心。”

“那么给你五十天的票子吧。可是货色要一担一担的过秤，免得弄进许多空心的。要不然，我不买。”

玛杜太太道：“啊！老狐狸，倒是个内行，骗他不过的。准是龙巴街上的那些混蛋教给他的！那些老虎都串通了来吃我们这般可怜的绵羊。”

她这绵羊可是身高五尺，腰围三尺，好像一块界石披了一件条纹的布袍，没有束上腰带。

花粉商沿着圣·奥诺雷街走去，一路想着跟玛加撒油火并的事，出神了。他心里盘算用什么标签，什么样的瓶子，还计划瓶塞子上的零件，招贴的颜色。谁说生意经中没有诗意呢？便是牛顿为他著名的二项式定理所花的心思，也不见得比皮罗多为他的高玛日纳香精花得多。在他脑子里，头油忽然变作香精了；他不知道两个名词的区别，只是颠来倒去的乱用。各式各样的计划往他脑子里挤：他把这种忙忙碌碌的空想当作是才能出众的实际表现。聚精会神的转着念头，他直走过了蒲陶南街才想起他的叔岳，回过头来。

五、一个真正的哲人，一个伟大的化学家

格劳特-约瑟·比勒罗从前是做五金生意的，开的铺子叫作金铃。他的相貌天然有种风度；衣着和生活，头脑和心地，言语和思想，在他身上都很调和。比勒罗是皮罗多太太独一无二的亲属，他所有的感情都放在公斯当斯和赛查丽纳身上。在他经商的时期，他的老婆，儿子，还有过继厨娘的一个孩子，全死了。这些悲痛的丧事养成了他坚韧刻苦的基督徒精神。这个高尚的人生观使他日子过得很有生气，他的风烛残年也有一道又冷又暖的光彩，像冬天的太阳。瘦削干瘪的脸，土黄和暗棕色混合起来的皮肤，色调沉着，跟画家用来象征时间的人物非常相像，只是更亲切一些。做买卖的习惯把他那种庄严古板的气息减轻了些，不至于像画家，雕塑家，造钟的艺术家所表现的那么过分。他中等身材，不是胖而是有些臃肿，天生是个能劳动而长寿的人；肩膀的宽度说明他骨骼结实。人很镇静，没有表面上的激动，可也并非冷酷无情。从安详的态度和神气坚决的面相上看，比勒罗很少表情，他的感情是内在的，既不放在嘴上，也不加以夸张。带着一星星黑点子的绿眼珠特别清朗。脑门很低很窄，因为年纪大了，皮

肤已经发黄，刻着一道道笔直的皱纹；银灰色的短头发像毡一样。细气的嘴巴不是吝啬而是谨慎的标识。炯炯有神的目光说明他生活很有节制。诚实，负责，谦虚这些美德，像光轮一般罩着他，使他的脸更显得精神饱满。

六十年工夫，他都过着艰难俭省，刻苦耐劳的生活。他的经历和赛查相仿，只是没有赛查那样的运气。他做伙计一直做到三十岁：赛查把积蓄买进公债的时代，比勒罗的资金还冻结在生意上。他吃过限价政策的苦，锄头和铁器都被征用。他谨慎，保守，有预见，转起念头来像做算术一样精细，这些特点影响到他的经营方式。他的买卖多半是口头成交的，倒也不大发生纠葛。他和深思默想的人一样会冷眼旁观，尽量听人家说话，暗暗打量人家。因此邻居们贪便宜做的好买卖，他往往不愿意做；事后他们上了当，才佩服比勒罗有眼光，识得人的好坏。他宁可做些利子薄而稳当的买卖，不肯拿大本钱去冒险。他经营壁炉前面的铁板，烤肉用的夹子，粗糙的壁炉架，翻砂的和生铁的锅子，铁耙和乡下人的动用器具：全是没有出息的货色，要花很多力气整理，赚头还抵不上人工。东西笨重，搬动存放都不容易，好处却有限得很。他一生不知钉了多少箱子，打了多少包，卸了多少车货。这样挣来的一份家私可以说是最光明，最正当，最体面的了。他从来不勒索高价，也从来不钻谋生意。最后一个时期，他常常站在店门口，抽着烟斗，一面瞧着过路人，一面看伙计们做活。一八一四他退休的那一年，他手头有七万法郎公债，一年收五千几百法郎利息。他把铺子盘给一个伙计，但是那四万法郎要五年收清，而且是没有利钱的。三十年工夫，他每年做十万法郎交易，赚一个七厘钱，日常吃用去了一半。这就是他的总账。邻居们对这份薄产并不眼红，只称赞他做人通达，可并不懂得其中的道理。钱局街和圣·奥诺雷街的转角上，有一家大卫咖啡馆，几个老年的商人都像比勒罗一样晚上在那儿喝咖啡。过继厨娘儿子那件事，有时在咖啡馆里成为取笑的资料，但是取笑并不过火，因为大家敬重这个五金商，虽则他只求问心无愧，并不要人尊敬。那可怜的过继儿子死后，有两百多人送丧，一直送到公墓。比勒罗却表现得非常勇敢；他凭着刚强朴实的性格忍着痛苦，使邻里街坊更加同情这个好人。提到比勒罗的时候，大家嘴里的好人两字意思特别广泛，也特别高贵。

巴黎的布尔乔亚一朝闲下来就会闷得发慌，比勒罗清苦惯了，告老之后更不愿意懒洋洋的坐享清福。他依旧过着从前那样的生活，还用政治信仰来鼓起他晚年的兴致。他的政见，也不必替他隐瞒，是极端的左派。大革命曾经把一部分工人阶级和布尔乔亚结合在一起，比勒罗就属于这一部分的工人。他唯一的缺点是把布尔乔亚在政治上的收获看得过于认真：他坚持布尔乔亚的权利，坚持自由，坚持大革命的果实。进步党人说耶稣会教士潜势力很大，《立宪报》说王上的兄弟有某些思想；比勒罗也的确相信那些教士和那些思想威胁布尔乔亚的安乐生活和政治地位。但他和自己的生活与思想完全一致；他的政见没有胸襟狭窄的意味，他绝不辱骂敌人。他一方面怕出入宫廷的马屁鬼，一方面相信共和党人的品德，以为玛奴埃真是生活朴素，福阿将军真是大人物，拉斐德是政治上的先知，加西米·贝里埃没有野心，古里埃是个好好先生[1]。总而言之，他脑子里装满了高尚的幻想。

---

①玛奴埃、福阿将军等等都是王政复辟时代的左派政治家。

这个极有风度的老人喜欢和亲友们相处，跟拉贡家，侄女家，法官包比诺家，勒巴家，玛蒂法家来往。个人的开销一年只花到一千五。他把余下的收入做好事，送侄孙女礼物，每年四次在阿查街的洛朗饭店请朋友们吃饭，接下来还请他们看戏。像他这样的老鳏夫，太太们兴之所至，尽可敲他竹杠，叫他开一张现期支票，要他做东到郊外去玩儿，或是上歌剧院，上蒲雄游乐场。比勒罗能够请人玩儿觉得非常得意，看见人家快乐，他就快乐。铺子出盘了，他可不愿意离开住惯的区域，在蒲陶南街一所老屋子的五层楼上租了三间屋。

正如莫利奈的不三不四的家具反映出他的生活习惯，比勒罗家里的陈设也表现了他的简单朴素的生活。三间屋分作穿堂，客室和卧房，除了大小不同以外，都像修道士的寝室。穿堂铺着红的上蜡地砖，只有一扇窗，挂着红边的布窗帘，红羊皮面子的胡桃木椅钉着铜钉；壁上糊着橄榄青的花纸，挂着几幅版画，有美国人的宣誓，首席执政时代的波那帕脱和奥斯丹列兹战役。客厅大概是家具商设计的，铺着地毯，摆着玫瑰花图案的黄色桌椅；壁炉架上放一套本色的紫铜摆设；壁炉前面有一个漆屏风；靠壁的桌上，玻璃罩底下盖着一个花瓶；圆桌上铺着毡毯，摆着一套酒具。上了年纪的五金商很少在家招待客人，所以客厅里样样簇新，可见他是为了适应潮流而牺牲了一笔钱。卧房的简单跟教士和老军人住的差不多，这两等人最能够体会人生。床高头的壁上挂着一个带圣水缸的十字架。生活清苦的共和党人居然还有信仰，的确叫人感动。屋子每天由一个老婆子来收拾，但比勒罗尊重妇女，不让她擦皮鞋，另外包给一个专门擦鞋的工人。

他衣着简单，刻板得很。平时穿的是绿呢外套，绿呢长裤，花布背心，白领带，阔口皮鞋；过节换一件铜纽扣的大氅。他起身，吃中饭，上街，吃晚饭，出门，回家，都有一定的时间，再准确没有。有规律的生活原是健康与长寿的秘诀。他和赛查，拉贡夫妇，陆罗神甫，从来不谈政治；这帮人彼此太熟悉了，绝不为了要说服别人而争论。他像侄婿和拉贡夫妻一样，极信任罗甘。在他眼里，巴黎的公证人永远是个德高望重的人物，诚实不欺的模范。关于那笔地产生意，比勒罗曾经作过一番调查；所以赛查才敢大着胆子不相信老婆的预感。

花粉商走完七十八级楼梯，到了叔岳家的棕色小门前面，心里想老人家身体真结实，经常爬这些蹬级居然不哼一声。他看见外边的衣架上挂着外套和长裤；华伊昂太太正在把衣服又是刷又是搓。那位真正的哲人披着一件灰呢大褂，坐在火炉旁边吃中饭，一边念着《立宪报》或是商报上登载的国会辩论。

赛查道："叔叔，生意已经定局，就要立合同了。你要有些害怕或是懊悔的话，退出还来得及。"

"为什么要退出？买卖是好的，不过时间长一些；靠得住的生意全是这样。我的五万法郎端整好了，就在银行里；出盘铺子的最后五千法郎，昨天已经收齐。拉贡他们可是把全部家私都押上去了。"

"以后他们怎么过日子呢？"

"放心，他们不会饿死的。"

"我懂了，叔叔。"皮罗多非常感动，握着古板老头儿的手。

比勒罗突然问道："这笔交易怎么分配呢？"

"我认八分之三，你和拉贡两人合认八分之一。公证契约的问题没决定以前，你们的款子先收在我账上。"

“好吧。不过，侄儿，你真有那么多钱，能投资三十万么？我觉得你在本行之外太冒险了些；不影响买卖么？当然，这是你的事儿。你要有什么困难，我可以卖掉二千法郎整理公债，行市已经到八十法郎。那是我预备给你女儿的。你还是小心点儿好，侄儿。万一要我帮忙，就得动用你女儿的财产了。”

“叔叔，多么了不起的事，你说得这样轻描淡写！我真感动。”

“刚才我念了福阿将军的演说才感动呢！行，就这样，你去把事情定下来吧。地产是飞不走的，咱们将来好占到一半；就算等上六年，还是有好处，那边的工场也得付咱们租金，所以没有什么可损失的。只有一个危险，说起来也不可能，就是罗甘把咱们的资金拿走……”

“昨天夜里我女人就这么说过，她怕……”

比勒罗笑道：“怕罗甘拿走我们的资金？为什么拿走？”

“她说他太痴情了，凡是弄不到女人的男人都拼命想……”

比勒罗微微一笑表示不信，接着从一本小册子上撕下一页纸，写上数目，签了字。

“这十万法郎的支票是我和拉贡两人的股款。可怜拉贡他们，要把伏钦矿山的十五股股票卖给你那个混账伙计杜·蒂埃，才凑起这个数目。我看见好人落难，心里真难过。夫妻俩做人多正派，多高尚，完全是老一辈布尔乔亚的精华！拉贡太太的兄弟包比诺法官完全不知道他们的景况；他们瞒着他，省得多费周折谢绝他的帮助。这些人像我一样干活干了三十年……”

皮罗多叫道：“但愿上帝保佑，让我的高玛日纳油做成功！那我才格外高兴呢。再见了，叔叔！星期天你来跟拉贡，罗甘和克拉巴龙一同吃饭，咱们都要在合同上签字。明天是星期五，我不愿意……”

“你还迷信这些么？”

“叔叔，神的儿子被人处死的那一天，我永远不相信是什么吉利的日子。正月二十一，我们什么事都得暂停一下。”

比勒罗突然打断了他的话，说道：“星期日见。”

皮罗多走下楼梯，心里想：“要没有他那些政治主张，像叔叔这样的人世界上恐怕找不出第二个。其实政治跟他有什么相干？丢开那些念头不是很好么？他这样固执，可见天底下没有一个完人。”他回到家里，说道：“嘿！已经三点了。”

赛莱斯丁拿着伞店老板的一叠零碎票子，问：“先生，你收下这个吗？”

“是的，六厘起息，不取手续费——太太，替我准备衣服，我要去看伏葛冷先生了，你知道为什么事。别忘了白领带。”

皮罗多关照了伙计们几件事，没看到包比诺，心里想这个未来的合伙人一定在换衣服，便急忙回到房里。特莱斯登的圣母像果然照他的意思，配上了富丽堂皇的框子。

他对女儿说：“嗯，你看，好玩吗？”

“爸爸，应该说美得很，要不然人家会笑你的。”

“啊！女儿教训起爸爸来了！……依我的心思，我倒是喜欢埃罗与莱安特。圣母是宗教题材，最好挂在教堂里。可是埃罗与莱安特，啊！我一定去把它买来，装油的瓶子叫我想起了……”

“爸爸，我不懂你什么意思。”

赛查剃好胡子，嗓子很响亮的叫道：“维奥尼，去雇辆马车！”那时怯生生的包比诺也下来了，他为了赛查丽纳特意拖着脚走路。

可是多情的包比诺没有发觉，他的残废在情人眼中早已不存在了。这一类爱情的证据最是回味无穷，也只有生理上有缺陷的人才体会得到。

他说："先生，压榨机明儿可以用了。"

赛查看见安赛末红着脸，问道："什么事啊，包比诺？"

"先生，我太高兴了！我在五钻石街找到一个铺面，有后间，有厨房，有货栈，楼上还有卧室，一年只要一千二百法郎。"

皮罗多说："那就得想法订十八年租约。咱们先去看伏葛冷先生，路上再谈。"

赛查和包比诺上了马车。伙计们看着耀眼的服装和不平常的车子，好不诧异；玫瑰女王的主人在心里盘算的大事业，他们一点都不知道。

花粉商说道："榛子到底怎么样，这一下可以弄清楚了。"

"榛子？"包比诺问。

花粉商道："我已经把秘密告诉你了，包比诺。我说榛子，对啦，关键就在这上头。只有榛子油对头发有用，就是没有一家花粉铺想到过。我一看见埃罗与莱安特那幅版画，就心上想：古人为了头发用那么多油，必有道理；因为古人到底是古人！不管现在的人怎样自命不凡，我对古人的意见还是跟鲍阿罗[①]一样。我这么一想，马上想到榛子油。也亏得你那个在医学院念书的亲戚，小皮安训提醒我，说他的同学要胡子和鬓角长得快，都是用的榛子油。现在只消大名鼎鼎的伏葛冷先生给证实一下就行。由他指

①十七世纪末叶至十八世纪初叶，法国文坛上有厚古与厚今两派的论战。诗人兼批评家鲍阿罗是主张厚古派的健将。

点过了，我们就不会欺哄主顾。刚才我在中央市场向一个卖榛子的女人收了原料；如今为了从原料中提取精华，又要去见一位法兰西最了不起的学者。俗语说的好：极端也会碰在一起。孩子，你瞧，商业就是蔬果和科学的中间人。安日丽葛·玛杜管收割，伏葛冷先生管提炼，咱们管出卖油精。榛子卖五个铜子一斤，经过伏葛冷先生的手，价值就提高一百倍，而且说不定咱们还造福人类呢。大家既然为了虚荣，心里烦恼，发明一种灵验的化妆品当然是做了一件好事。”

包比诺听着赛查丽纳的父亲说话，非常钦佩；皮罗多看了，谈锋越来越健，凡是布尔乔亚所能想到的古怪词儿都用上了。

皮罗多一拐进伏葛冷住的那条街，就说：“安赛末，你态度要恭敬，咱们马上要踏进科学的圣殿了。你等会把圣母像放在饭厅里椅子上，地位要显著，可不能像是故意摆的。啊！但愿我说话不要结结巴巴的把意思搅糊涂了！”皮罗多很天真的嚷着，“包比诺，这个人物对我有种化学作用，听见他的声音，我的五脏六腑就会发热，甚至有点儿肚子痛。他是我的恩人；再过几分钟，安赛末，他也是你的恩人了。”

包比诺听了这些话觉得身上发冷，走路战战兢兢的，仿佛脚下踩着鸡蛋；他神色不安的瞧了瞧屋外的墙。伏葛冷先生在书房里，门上给皮罗多通报了。学士院会员知道花粉商当了副区长，非常走红，马上接见了。

学者说：“承你的情，得意了还想到我。不过化学家和花粉商本来也很接近。”

“哎哟！先生，您是天才，我是凡人，跟您比真是天差地远了。您说我得意，那是您赏赐的，不管在这个世界上还是那个世界上，我都永远忘不了。”

“噢！在那个世界上，咱们一律平等，不分什么国王和鞋匠了。”

“就是说做人正直的国王和鞋匠。”皮罗多补上一句。

小包比诺在化学家的书房里没看见什么神怪的东西，既没有大得吓人的机器，也没有会飞的金属，会动的物质，倒反呆住了。伏葛冷瞧着包比诺问皮罗多：“这位可是令郎？”

“不是的，先生。我很喜欢这个青年，特意带他来求您照应。您的好意不是跟您的天才一样没有穷尽吗？”皮罗多说着，装出一副机灵的神气，“十六年前我请教过您，今天又要来讨教一个重要的问题，那是我做花粉生意的完全不懂的。”

“什么事啊？”

“听说先生正在研究头发。您为了您的荣誉而想到这个题目，我是为了商业而想到的。”

“亲爱的皮罗多先生，你要问我什么呢？是不是分析头发的结果？”

他拿起一张字条儿，说道：“我正要向科学院宣读一篇关于这个问题的报告。头发的成分包含相当多的黏液，少量的白油，很多青黑色的油，还有铁质，还有几颗酸化物的分子，有锰，有磷酸石灰，有极少量的碳酸石灰，有二氧化硅和大量的硫黄。这些物质的比例不同，头发的颜色就跟着不同。红头发含的青黑色油就比别的头发多得多。”

赛查和包比诺都把眼睛睁得那么大，叫人看了好笑。

皮罗多叫道：“一共有九样东西。怎么！头发里头还有油跟金属？要不是你先生，我所敬重的人告诉我，我才不信呢。多奇怪！……伏葛冷先生，上帝真伟大！”

大化学家接着说：“头发从一个小囊里长出来，那个器官像一只两头开口的袋子：一头接神经和血管，另外一头长出头发。我有些同道，像勃兰维尔先生，认为头发是一部分已经死了的物质，从那个含有髓状物的囊里排泄出来的。”

包比诺叫道：“那不像人身上流出来的汗，挂成面条那样吗？”

花粉商轻轻踢了踢包比诺的脚跟。伏葛冷听着包比诺的譬喻微微一笑。

赛查把眼睛望着包比诺，对伏葛冷道：“这孩子倒还乖巧是不是？但是先生，既然头发长出来就是死的，自然不能叫它活过来，那我们就完啦。仿单上的一套全是胡说，您不知道一般人多古怪，就不能告诉他们……”

包比诺还想逗伏葛冷笑一下，接口道：“不能告诉他们，说他们头上有个垃圾堆……”

化学家顺口把笑话接下去，道：“……有些空中的坟墓。”

皮罗多叫道：“那么我买的榛子怎办呢？”他为了生意上的损失急起来了，“那么为什么人家要卖……”

伏葛冷微笑道：“你别慌。我知道你要找一个不让头发脱落或者发白的秘方。根据我的研究，我的意见是这样的……”

包比诺竖起耳朵，像一只受了惊吓的兔子。

“……头发这种物质，不管是死的还是活的，我认为它的褪色是由于色素的停止分泌；所以寒带地方，长毛的动物到冬天颜色会变淡或者发白。”

皮罗多叫道：“包比诺，听见没有？”

伏葛冷又道：“头发的变质，显然是由于周围的温度突然起了变化……”

皮罗多嚷道：“周围的，包比诺……记住这个词儿，记住！”

“对啦，”伏葛冷说，“不是由于冷热的交替，便是由于效果相同的内部现象。说不定偏头痛和一切头痛毛病把含有生殖力的液体给吸收了，消耗了，或者使液体流到别的地方去了。身体内部是医生的事。外部就得你们的化妆品来补救。”

皮罗多道：“啊！先生，您这么一说，我透过气来了。我打算卖榛子油，因为想到古人头发上是用油的。古人到底是古人，我赞成鲍阿罗的意见。要不然，为什么运动员身上要涂油呢？……”

伏葛冷不听皮罗多的话，往下说：“不一定榛子油，橄榄油也一样。无论哪种油都能保护球根，不让在它内部起作用的物质——我们在化学上说起来是在分解中的物质——受到损害。也许你想得对：丢比德朗告诉我，榛子油有刺激作用。将来我要研究各种油的分别，槲实油，菜油，橄榄油，核桃油等等。”

皮罗多很得意的说道：“那么我的想法是不错了，我竟会跟一个大人物的意见相同。这样看来，玛加撒油一定能打倒了！先生，玛加撒是价钱卖得很贵的一种生发油。”

伏葛冷说：“亲爱的皮罗多先生，玛加撒地方从来也没出口一两油到欧洲来，所谓的玛加撒油，对头发毫无作用。马来人出了金子一样的价钱去买它，因为它能保存头发，却不知鲸鱼的油功效跟玛加撒油一样。天下没有一种力量，不管是化学的还是上帝的力量……”

“噢！上帝的……那可不能这么说，伏葛冷先生。”

“可是，亲爱的先生，上帝的第一条规律就是跟他自己不发生矛盾：有了矛盾就不能产生力量……”

“啊！要是这么说……”

“所以天下没有一种力量能够叫秃顶长出头发来，也不能把红头发白头发染色而不出毛病。不过你宣传用油的好处是不错的，不是扯谎；我认为用了油可以保存头发。”

“您想王家科学院肯出面审定么？……”

伏葛冷道：“噢！这又不是什么新发明。而且那些江湖派滥用科学院的招牌，你就是抬出科学院来也没有什么好处。凭良心，我不能说榛子油是什么灵丹妙药。”

皮罗多问：“用什么方法提炼最好呢？用水煮还是用机器压？”

“放在两块滚热的板中间压，出油比较多；用冷的板压，质地比较好。”伏葛冷还好心告诉他，“油要搽在头皮上，擦头发是没用的。”

“包比诺，记住这一点，”皮罗多兴奋得脸上升火。他又对伏葛冷道：“先生，这年轻人一定会把今天看作他一生最幸运的日子。他没见到您，已经认得您，敬重您了。啊！我家里人常常提起您。老挂在心上的人，嘴上就会说出他的名字来。我跟老婆，女儿，天天在为您祈祷。对恩人就应该这样。”

“你把小事情看得太重了。”伏葛冷听着花粉商一大堆感谢的话，很不自在。

皮罗多叫道：“噢！噢！您一点儿礼物都不肯收我的，总不能拦着我们，不让我们敬您吧？您像太阳一般大放光明，受到恩惠的人竟没法回敬。”

化学家微笑着站起身来；花粉商和包比诺也跟着站起。

“安赛末，你把这间书房多瞧上几眼吧。先生，您允许吗？您时间宝贵，也许他不会再来了。”

伏葛冷问皮罗多：“你的买卖顺利吗？归根结底，咱们俩都是做买卖的……”

“还不错，先生，”皮罗多说着，往饭厅那边退出去，伏葛冷在后面相送。皮罗多接着说：“可是要把这个高玛日纳油精推销出去，需要很大的本钱……”

“高玛日纳油精这几个字有点刺耳，还不如叫皮罗多香油。要是不愿意用自己的姓名，另外起个名字也行……噢，这不是特莱斯登的圣母像吗？……皮罗多先生，你要叫咱们闹得不欢而散了。”

皮罗多抓着化学家的手，说道：“伏葛冷先生，这东西又不值什么，不过我存心要找到它，表示我一点儿意思。我托人把全个德国都寻遍了，才觅来一幅中国纸的初印本。我知道您想要，只是事情忙，没空去找，我替您做了一次掮客。我请您接受的不是一幅粗糙的版画，而是我的一番殷勤，一番心血，表示我的诚意。我巴不得您访求的东西要我到悬崖峭壁之下去取来，送到您面前。所以请您收下吧。我们太容易叫人忘记了。让我跟我的老婆，女儿，还有将来的女婿，永远留在先生心目中，但愿先生看到这幅圣母像的时候会记起来，还有些老实人在想着您呢。”

“那么我收下了。”

伏葛冷语气恳切，包比诺和皮罗多都感动得抹了抹眼睛。

“您能不能再赏个脸？”花粉商问。

“什么事啊？”

“我约几个朋友……”

他提起脚跟，但态度还是很谦虚。

“……庆祝我们的领土解放，同时庆祝我获得荣誉团勋章。”

伏葛冷诧异地叫了一声：“啊！”

“王上给我恩典，赏我勋章，或许是因为我当过商务裁判，并且共和三年正月十三那天，我在圣·洛克教堂的石级上替波旁家打过仗，被拿破仑打伤了……二十天以后的星期日，内人要开个跳舞会，请您光临。那天还要请先生赏脸来吃饭。那我就好比得了两次勋章。事先我会把请帖送过来的。”

伏葛冷道：“好吧。”

花粉商到了街上，叫道：“我快活得心要跳出来了。他居然答应到我家里来！他说的关于头发的话，我真怕记不住。包比诺，你都记得么？”

“记得，先生。再过二十年也忘不了。”

皮罗多说道：“这个大人物眼光多厉害！多深刻！他一点不含糊，一下子就猜到我们的心事，给了我们打倒玛加撒油的办法。啊！原来没有一样东西能够叫头发生长，玛加撒完全是扯谎！包比诺，咱们发财是稳的了。明儿早上七点就得上工场，等榛子送到，咱们就动手炼油。伏葛冷先生说什么油都一样，这话给外人听见，咱们不就完了么？要不加点儿榛子和香料，凭什么理由把四两油卖到三四个法郎呢？”

包比诺说：“先生，你要受勋了；这是很大的光荣，对于……”

“对于商界，是不是，孩子？”

皮罗多发财有了把握，不由得脸上很得意；伙计们也注意到了，互相递着眼色。他们看着老板和出纳穿扮齐整，坐着马车出去，已经想入非非的编了许多故事。赛查和安赛末两人心照不宣的眼风表示彼此都很满意，包比诺还满怀希望的对赛查丽纳瞅了两回，可见铺子里的确发生了大事情，伙计们猜得不错。在那种忙乱而闭塞的生活中间，只要一点儿小事就会引起大家兴趣，好比犯人特别留意监狱里的动静。赛查摆着一副俨然的神气，太太却带着将信将疑的表情，这就说明他们又要办什么新事业了。要不然，赛查太太一定会心满意足，因为当天的收入出乎意料的到了六千法郎，有些客户来付了几笔过期的账；而她平时看到门市生意好就高兴的。

饭间和厨房都在底层和二楼之间的中层，从前是赛查夫妻俩的卧房；他们在这儿度过蜜月，所以饭间的款式像一间小客厅。厨房靠一个小天井取光，和饭间隔着一条过道；通往底层后间的楼梯就在过道里。吃晚饭的时候，铺子叫心腹小厮拉盖看守；上了饭后点心，伙计们先下楼，让赛查和他老婆女儿在火炉旁边继续吃饭。这习惯还是拉贡夫妇传下来的，他们的老规矩素来严格，东家与伙计距离很大，像从前师父跟徒弟一样。伙计们走开了，赛查便坐到壁炉旁边的大靠椅上，由赛查丽纳或是公斯当斯替他料理咖啡。那时他就把白天的琐碎事儿告诉太太听，或者是城里的见闻，或者是寺院街工场里的情形和制造方面的困难。

那天伙计们一下楼，赛查就说："太太，今天是咱们一生中最重大的日子了！榛子买下了，水压机明儿开动了，地皮生意也成交了。哪，这张支票你收起来，"他把比勒罗的票子递给太太，"屋子决定改装，咱们住家要扩充了。啊！我在巴太佛大院遇到的一个人才怪呢。”

他讲了莫利奈的事。

他正在高谈阔论，说到兴头上，太太忽然插嘴道：“我看你已经背了二十万法郎的债！”

“是啊，太太，”花粉商故意装着情虚胆怯的样子，“怎么还得清呢，我的天哪？玛特兰纳的地产不能算在账上，虽则将来是巴黎最热闹的区域。”

“对，赛查，要等将来呢！”

他继续开玩笑，说道：“唉！我八分之三的股份要六年以后才值到一百万。眼前的二十万怎么付呢？”赛查做了一个惊慌的手势——“嗨，告诉你，就用这个来付！”他从袋里掏出一个向玛杜太太要来，当作宝贝一般藏着的榛子。

他用两个手指夹着榛子给赛查丽纳和公斯当斯看。公斯当斯一声不响，赛查丽纳却诧异得不得了，一边替父亲倒咖啡一边说：“啊！爸爸，你这是说笑话吧？”

花粉商和伙计们一样在饭桌上留意到包比诺投向赛查丽纳的眼风，起了疑心，想借此机会弄个明白，便道：

“哎，孩子，这榛子叫咱们家里起了大大的变化。从今晚起，屋子里要少一个人了。”

赛查丽纳望着父亲，神气仿佛说：“那跟我有什么相干？”

父亲又补上一句：“包比诺要走了。”

赛查看人固然没有什么眼光，他最后一句话也是为一面试探女儿，一面宣布包比诺公司成立而说的；但因为爱女儿，看到她面上和额上泛起红晕，连眼睛都红起来，终于低下头去，他也猜到女儿心中有些说不出的感情，以为赛查丽纳和包比诺私下讲过什么话了。其实并不。两个孩子跟所有胆怯的情人一样，一句话没说就心心相印了。

有些伦理学家认为，除了母爱之外，两性的爱是最不由自主，最没有利害观念，最没有心计的。这个见解真是荒谬绝伦。即使大部分人不知道爱情怎么发生，但是一切生理上精神上的好感，仍然从头脑，感情，或是本能的计算出发的。男女之爱主要是一种自私的感情，而自私就是斤斤较量的计算。一般人只注意结果，看到像赛查丽纳那样的漂亮姑娘，竟会爱上一个又是瘸腿又是红头发的穷小子，第一个印象可能觉得不大现实，或是太离奇了。然而这的确合乎布尔乔亚在感情方面打的算盘。明白了这一点，那些老是令人奇怪的婚姻，例如个子高大的美女嫁了一个矮小的丈夫，漂亮哥儿娶了一个矮小丑陋的老婆，等等，也可以得到解释了。凡是体格有缺陷的，不论是拐脚，是瘸腿，是各种各样的驼背，或者长得奇丑无比，或者满面酒瘢，或者长着白癜风，或者有罗甘那样的毛病，或者有了父母没法控制的任何一种残废，他只有两条路好走：不是叫人害怕，就是和善得不得了；他不能像大多数人那样在中间摇摆不定。走第一条路的有能人，有天才，有强者；因为只有无恶不作才能使人恐怖，只有天才才能使人尊敬，只有聪明绝顶才能使人惧怕。走第二条路的却叫人疼爱，特别能适应女性的专横，比长相完全的男人更懂得爱。

管教安赛末的都是些德行高尚的人，无论是当法官的包比诺叔叔还是拉贡他们——这夫妻俩在体面的布尔乔亚里头也算得上是模范。再加小包比诺天真朴实，信仰宗教，生理上那点儿小小的缺陷早已由完美的品性给补偿了。年轻人有了这些优点，格外显得可爱。公斯当斯和赛查时常当着女儿称赞安赛末。两个开店的虽则头脑狭窄，却是胸襟宽大，很懂得一个人的心地。他们的称赞引起女儿的共鸣；她尽管天真，在安赛末纯洁的眼睛里也看出有股强烈的热情。女人看见男人对自己钟情总是得意的，不管这男的年龄如何，地位如何，长相如何。何况小包比诺比一个漂亮哥儿更有理由爱一个女人。倘若是个美女，他到老都会发疯般的爱她，用热情来培养自己的野心，千辛万苦的为妻子谋幸福，奉她为一家之主，甘心情愿的听她支配。这就是赛查丽纳不由自主所想到的，也许想得没有这样露骨。她已经远远的看到爱情的果实，比来比去的思索过了：母亲的幸福摆在面前，自己的期望也不过如此；她的本能告诉她，安赛末就是第二个赛查，不过像她一样受了教育，多经过些琢磨而已。她的理想是包比诺将来能当上区长，她自己在本区的教堂里替穷人募捐，跟现在母亲在圣·洛克教堂里一样。临了，她竟不觉得包比诺的左腿和右腿有什么不同了，可能还会说："他瘸腿吗？"她喜欢那对一清如水的眼珠，往往有心瞅他一下，让他眼睛里冒出一道纯洁的火焰，然后神态抑郁的把眼睛低下去。罗甘的首席帮办，亚历山大·克劳太的谈吐庸俗，赛查丽纳先就受不了；他在公事场中混惯了，不免少年老成，有种半玩世半随和的神气，赛查丽纳觉得更可厌。相反，包比诺的沉默却表示他性情和顺；赛查丽纳最喜欢看他听着无聊的俗套露出一副凄凉的笑容；引起他微笑的那些废话，赛查丽纳也一向厌恶，所以他们俩是一同微笑，或者是一同感到难受的。安赛末虽则在这些地方高人一等，干起活来照样抢在前面，赛查丽纳就赏识他这股不怕辛苦的干劲。她知道尽管伙计们都说："赛查丽纳将来是嫁给罗甘的帮办的。"那又穷，又瘸腿，又是红头发的安赛末，却始终存着向她求婚的念头。本来吗，一个人抱的希望越大，越显出他的痴情。

赛查丽纳装着满不在乎的神气问父亲："他上哪儿去呢？"

皮罗多道："他要在五钻石街自立门户了！我相信，靠着上帝保佑……"

老婆和女儿都没有听懂他这句惊叹的话。

皮罗多碰到难题，往往像虫蚁遇到障碍物似的东撞一下，西撞一下。他把话扯开去了，打算以后再和老婆谈赛查丽纳的事。

他对公斯当斯说："你对罗甘的意见和担心，我告诉了你叔叔，他听着笑了。"

公斯当斯叫道："咱们俩说的话，你不应该告诉别人。可怜的罗甘也许是世界上最老实的男人，他已经五十八了，大概不会再想……"

她看见赛查丽纳留神听着，便突然停住，朝赛查眨了眨眼睛。

皮罗多道："那么我决定入股是不错的了。"

她答道："你本来是当家的嘛。"

她要是赞成丈夫的计划，说的总是这句话。赛查抓着他女人的手，亲了亲她的额角。

接着他下楼对伙计们嚷道："喂，十点钟收市。今天夜里大家出把力，把二层楼的家具搬上三楼。咱们要像俗话说的，把小瓶放在大瓶里，让建筑师明天舒舒泰泰的动手。"他没看见包比诺，便道："怎么！包比诺没请假就出去啦？啊，他不睡这儿了，我忘了。"又暗暗想道："他不是去把伏葛冷先生的话记下来，准是租店房去了。"

两个伙计和拉盖都站在赛莱斯丁后面，赛莱斯丁代表大家说道：“我们知道为什么要搬东西。我们要向先生道喜，你的荣誉也是我们的光彩……包比诺说先生……”

“哎，孩子们，有什么办法呢！他们给了我勋章。所以我想请一次客，不但为了领土解放，还为了庆祝我的受勋。王上给我恩典，赏我勋章，大概因为我当过商务裁判，共和三年正月十三还为了保卫王家打过仗，就像你们现在的年纪，在圣·洛克的石级上被那个自称皇帝的拿破仑打伤了！我伤在大腿上，还是拉贡太太给包扎的。所以你们应当有勇气，将来一定会得到酬报。不是吗？孩子们，吃苦不是白吃的。”

赛莱斯丁道：“以后不会再有巷战了。”

“可是不能不存着希望。”赛查又接下去对伙计们演说了一番，末了请大家一齐参加跳舞会。

拉盖，维奥尼和三个伙计一听有跳舞会，都上了劲，手脚轻健像卖技的一样。他们在楼梯上搬东西，上上下下，什么都没砸破，什么都没摔倒。清早两点，全部搬完了。赛查夫妻睡在三楼上。包比诺的房间给赛莱斯丁和二伙计住了。四层楼上暂时堆着家具。

六、两个明星

大量的神经液体所激起的强烈的热情[1]，能够在胸怀大志的野心家或情人心中燃起一团烈火。那么温和那么安详的包比诺，就在这股热情激励之下离开饭桌，下楼到铺子里，浑身骚动，像一匹正要出场比赛的骏马。

赛莱斯丁问他："你怎么啦？"

他凑着赛莱斯丁的耳朵说："朋友，没想到有这么一天！我要开店去了。还有，赛查先生得了勋章。"

赛莱斯丁嚷道："老板帮你忙，你真运气。"

包比诺没有回答，一溜烟走了，仿佛是一阵狂风，一阵胜利的好风把他卷走的。

一个伙计正在收拾成打的手套，对另外一个核对标签的同事说："哼！运气！包比诺瞧着赛查丽纳小姐的眼风，被老板发觉了；他多精明，借此机会把包比诺打发出去。他是拉贡家的内侄，

①相信磁性感应的人认为"神经液体"是肉体与灵魂之间的媒介，凡是暗示作用及全身强直等现象都是由神经液体促成的。巴尔扎克深信催眠术和灵学，故小说中常常引用磁性感应的学说。

真要求亲倒不好意思回绝。明明是调虎离山，赛莱斯丁还说老板热心呢！”

安赛末·包比诺走出圣·奥诺雷街，直奔二洋街去找一个青年人帮忙。他凭着做生意的直觉，认为要挣一份家业非利用那个人不可。

法官包比诺帮助过一个巴黎最能干的掮客；他靠着信口雌黄，无孔不入的手段，后来得了个外号，叫作*大名鼎鼎*。那时他还没有成为掮客大王，大家只知道他姓高狄沙，专门推销帽子和巴黎什货。年纪不过二十二岁，在生意上已经显出他催眠人的本领。他细挑身材，终日眉开眼笑，脸上表情十足，记性极好，眼光又厉害，一下子就能看出每个人的口味，确有资格成为后来的掮客大王，十足地道的法国人。前几天，高狄沙遇到包比诺，说马上就要出门。那天晚上包比诺匆匆赶到二洋街，希望他还在巴黎。一打听，他在驿站上的位置都定了，因为要和他亲爱的京城告别，正在杂剧院看一出新戏。包比诺决意等着他。高狄沙是推广新出品的能手，一些大公司已经在极力奉承他了；把榛子油交给他推销，就等于拿到了一张财神的期票。而且包比诺对高狄沙是完全抓得住的。要叫内地最顽固的零售商上钩，高狄沙固然是本领一等，但他自己也上过人家的当，参加了“百日”以后第一次颠覆王室的阴谋。他是最怕待着不动的人，偏偏背了大逆不道的罪名给关进监狱。负责侦查的包比诺法官认为他受到牵连仅仅是由于荒唐胡闹，把他开脱了。换了一个有心巴结政府的推事或是一个狂热的保王党，准会把倒霉的掮客送上断头台。他眼看预审推事救了他的命而他只能空空洞洞的感激一番，心里老大过意不去。既然不能向秉公处理的法官道谢，高狄沙便去见拉贡夫妇，说他为了报答包比诺一家，便是粉身碎骨也愿意。

安赛末等着他的时候，不免又去瞧了瞧五钻石街的店房，把屋主的地名打听好了，以便商量租约。他在中央市场近边那个黑洞洞的迷魂阵似的区域里闲荡，盘算怎样使事业快点儿成功，不料就在屠夫奥勃里街上碰到了一个独一无二的，预兆挺好的机会，打算第二天叫赛查大大的高兴一下。包比诺守在二洋街尽头通商旅馆门口，半夜左右，远远听见高狄沙在葛勒奈街那边唱着一出戏文的结尾，还拿手杖在石板路上打拍子。

安赛末冷不防从旅馆门洞里走出来，说道："先生，跟你谈两句话。"

"二十句也行。"掮客只道遇到歹人，把一头装铅的手杖举了起来。

安赛末忙道："我是包比诺。"

高狄沙认出是他，便说："什么事啊？要用钱吗？钱请假出门去了，不过总有办法。还是要决斗找我去帮忙？好，我从头到脚都交给你就是了。"

接着他唱道：

> 对啦，对啦，
> 这才是真正的法国兵！

包比诺道："来跟我谈十分钟，不要在你房里，免得给人听到；这时河滨道上没有人，咱们上那边去。事情非常重要。"

"这样紧急么？好，走吧！"

一会儿，高狄沙知道了包比诺的秘密，认为事情的确重要。

他套着拉丰[①]串演熙特的台词，连唱带做的念道：

花粉商，理发师，零售商，统统替我走出来！[②]

“—— 我要把法兰西和拿伐尔[③]所有的零售商头上都涂上油。噢！主意有了！我本来要出门，现在不走了。我要去代理巴黎的花粉生意。”

“为什么？”

“为打倒你的同行啊，你这傻瓜！我做了他们的推销员，就能偷天换日，拿你的头油去抢他们蹩脚化妆品的生意。我开口闭口只提你的油，只推销你的油。这就叫作掮客的手段！哈哈！我们是生意场中的外交家，好厉害呢！你的仿单交给我去办。我有个从小的朋友叫作安杜希·斐诺，老子在公鸡街上开帽子店，当初叫我推销帽子的就是他。安杜希聪明绝顶：他一个人的头脑抵得上所有戴他爸爸帽子的头脑。他弄文学，替戏剧报写小戏馆的剧评。他爹是个没有脑子的老混蛋，不喜欢聪明，不相信聪明；你告诉他头脑也能卖钱，也能发财，都是白搭。他脑子里只有酒精。老斐诺叫小斐诺饿肚子，逼他投降。可是小斐诺有本事，跟我是好朋友；我除了做买卖，向来不跟傻瓜来往。斐诺替那家叫作忠实的牧羊人的糖果店在匣子上题字，糖果店倒还肯出钱，不比那

①拉丰（1773—1846），法国有名的悲剧演员。

②高乃依的著名悲剧《熙特》里有一句台词：“拿伐人、摩尔人、加斯蒂里人，统统走出来！”

③拿伐尔是庇莱南山脉两旁的古国名，原属西班牙，十七世纪初被法国吞并。现在这个名称是指法国西南边界上的地区。

些报刊叫他做了苦工，只给他喝西北风。他那一行也忌妒得厉害，和巴黎的什货业一样。有个做戏的玛斯小姐是个了不起的美人儿，我着实喜欢，斐诺为她编了一出绝妙的独幕剧，为了要上演，只得拿到快乐剧院去。他写仿单是老手，懂得生意人的心思；又不拿架子，不会要咱们酬报的。一碗什合酒，几块蛋糕，请请他就行啦。真的，包比诺，不说笑话：我这回出门不收你佣金，不要你花一个钱，一应开支都出在你同行账上。我要耍他们一下。跟你讲明在先：这件事的成功失败跟我面子有关，只要你结婚请我做傧相，就是我的报酬了。我要去意大利，去德国，去英国，带着各种文字的广告到处张贴，村子也好，教堂的大门也好，内地无论什么要紧关口，只要我知道，都要贴上去。保险每个人头上都搽你的油，搽得亮晶晶的发光。喝！将来你结婚起来非同小可，一定是大场面！你要娶不到赛查丽纳，我就不叫作大名鼎鼎！这个绰号是斐诺老头送给我的，因为他的灰呢帽给我一推销就风行全国。现在推销你的头油还是我的老本行，弄来弄去离不开人的脑袋。大家知道，帽子和头油都是保护头发的。”

包比诺眼看事业有希望了，上姑母家睡觉去的时候，兴奋之极，一路上走过的街道都变做一条一条的油沟。他夜里睡不安稳，梦见自己的头发拼命的长，两个天使像在戏里一样打开一条横披，上面写着赛查丽安油。他醒来记起这个梦，决定就用这个名字；他把梦里的胡思乱想看作是天意。

榛子还没送来，赛查和包比诺早已在工场里等着。趁玛杜太太的送货工人没有到，包比诺得意扬扬的先把他跟高狄沙的联盟讲了一遍。

“大名鼎鼎的高狄沙肯帮忙，咱们的百万家财是稳的了！”

花粉商嚷着，向他的出纳员伸出手去，神气活像路易十四在特南一仗之后接待特·维拉元帅。

“还有好消息呢，”兴高采烈的伙计从袋里掏出一个小瓶来，形状像葫芦，四边是瓜棱式的，“这样的现成瓶子一共有一万个，四个铜子一个，六个月的期票。”

皮罗多打量着奇形怪状的小瓶，先叫了声：“安赛末！”然后声调很严肃地说道，“只不过是昨天，你在蒂勒黎花园说你一定成功；今天轮到我来对你说了：你一定成功！四个铜子一个！六个月的期票！式样这么别致！

这一下玛加撒可完蛋啦，给我们一棍子打死了！巴黎只有这么一批榛子，都给我收了来，你看我做得对不对？这些瓶子你哪儿找到的？”

“我一边等着高狄沙，一边在街上闲逛……”

皮罗多道：“跟我从前一样。”

“顺着屠夫奥勃里街往下走，有一家批发各式瓶罐和玻璃龛的铺子，栈房大得不得了；我一看到这种小瓶就眼睛一亮，好像忽然遇到了一道光，耳朵里听见一个声音说道：你要的东西就在这里！”

赛查轻轻的自言自语道：“天生是个做买卖的！我女儿准是他的了。”

“我走进铺子，看见那样的小瓶箱子里装着几千个。”

“你就问了？”

安赛末听了这一句好似受了委屈一般，说道：“我才不那么傻呢！”

“天生是个做买卖的！”皮罗多又说了一遍。

“我说要买个玻璃龛，安放蜡制的小耶稣。我一边还价，一边批评那些瓶子难看。老板被我逗了几句，就一五一十把实话告诉我听。原来新近破产的法伊和蒲旭两人想制造一种化妆品，要用奇形怪状的瓶子；老板不信任他们，要他们先付一半定洋。法伊和蒲旭只希望事业成功，照付了。瓶子没有做好，他们已经破产。破产管理人为了清理这笔债务，最近跟玻璃店老板讲好条件，破产人把付过的钱和做好的瓶子一齐放弃，作为赔偿。大家觉得这批东西式样可笑，反正卖不掉的。瓶子原价八个铜子，现在要能卖到四个铜子，老板就很高兴了。谁知道这批冷门货还得在栈房里搁多少时候！我说：‘你可愿意照四个铜子的价钱供应一万只吗？我能替你出清这批瓶子，我是皮罗多先生店里的伙计。’我跟他磨来磨去，一边逗，一边激，终究把他说服了。”

皮罗多说：“好啊，四个铜子！你知道没有？咱们的油每瓶可以定到三法郎，让零售商赚一法郎，咱们赚一法郎半。”

包比诺叫道：“啊！赛查丽安油！”

“什么赛查丽安油？噢，多情的家伙，你把父女两个都奉承到了。行，就叫作赛查丽安油吧！赛查征服过天下，他的头发一定漂亮。”

包比诺道：“赛查是秃顶呢。”

“因为他没有用上咱们的油呀，将来我们就这么说吧。赛查丽安油卖三法郎一瓶，比玛加撒油便宜一半。有高狄沙帮忙，不消一年就能赚到十万。咱们要叫每个爱体面的人一年买一打，赚他十八法郎！一万八千人就是十八万法郎[1]。咱们马上是百万富翁

①这笔账，巴尔扎克又算错了。

啦。”

榛子送来了，包比诺，赛查，拉盖和几个工人先剥了一堆，下午四点以前就榨出了几斤油。包比诺送去给伏葛冷，伏葛冷给他一张配方，在榛子油里羼进另外一种便宜的油，再加香料。包比诺马上办手续，向公家申请发明和精工监制的执照。捐税是忠心的高狄沙垫付的，因为包比诺存心争口气，他的半股开办费一定要自己筹划。

根基浅薄的人一朝事业兴旺就会冲昏头脑；得意忘形的后果是不难预料的。葛兰杜送来一张着色的草图，各个房间的内景，画上家具，美不可言。皮罗多看了中意得很，全部同意。泥水匠立刻挥动铁锹，把屋子和公斯当斯震动得直叫。管油漆的罗杜阿是个挺有钱的包工头儿，有心把工程做得讲究，说要在客厅墙上嵌金线。听到这句话，公斯当斯出来干涉了。

她说：“罗杜阿先生，你有三万法郎利息收入，住着自己的屋子，可以爱怎么装修就怎么装修；可是我们……”

“太太，做买卖的也得放点儿光彩，别让贵族压倒才好。再说，皮罗多先生进了官场，赫赫有名……”

公斯当斯当着手下的伙计和其余的五个人插嘴道：“对，可是他还在开店呢。我，他，他的朋友，他的敌人，都不会忘记这一点。”

皮罗多背剪着手，踮着脚尖，放下脚跟，身子一上一下动了好几回，说道：“我女人说得不错。我们虽然事业兴旺，还是应该俭朴一些。并且，只要一个人还在做买卖，用钱就得谨慎，不能过于奢华，法律也规定，生意人不应当铺张浪费。倘使扩充住宅，装修屋子而超过了限度，就是我轻举妄动，便是你罗杜阿也要批评我的。街坊上都瞪着眼看着我，一帆风顺总有人忌妒，总有人眼红！——啊，小朋友，你不久也体会得到，”皮罗多对葛兰杜补上一句，“人家要毁谤是没办法的，至少不能给他们抓住把柄，说我坏话。”

罗杜阿道：“毁谤也罢，坏话也罢，都扯不上你的；你的地位与众不同：做生意的经验这么丰富，什么都考虑周到。你好厉害啊！”

“不错，做买卖我还有点儿经验。你知道我们为什么要扩充住宅？我把工程脱期的罚款定得那么高，就是为了……”

“为了什么呀？”

“告诉你吧，我跟我太太请几位客人，为了庆祝领土解放，同时也为了庆祝我获得荣誉团勋章。”

罗杜阿道：“怎么！怎么！他们给了你勋章？”

“是啊，王上给我恩典，赏我勋章，也许是因为我当过商务裁判，并且共和三年正月十三我替王上打过仗，在圣·洛克的石级上被拿破仑打伤了。希望你带着太太小姐一齐来……”

属于进步党的罗杜阿道：“承你瞧得起，荣幸得很。可是皮罗多，你真有一手啊。你是要我不脱期，才请我参加跳舞会的。好吧，让我派一些最熟练的工人来，多生一点火，把油漆烘干。我们有快干的办法，反正不能让石灰里的潮气把屋子搅得烟雾腾腾的，叫人家来跳舞。要屋子没有气味，只消外面加一层油就行了。”

三天以后，街坊上做买卖的听到皮罗多要开跳舞会的消息，都轰动了。为了赶快把楼梯搬好，屋外架着支柱，街上停着大车，拆下的旧料从方形的木漏斗里直接倒下来：这些情形，大家都看到了。工人分作日夜两班，点着火把急急忙忙干活，闲人和看热闹的站在街上议论纷纷；他们根据这些排场，预言屋子的装修不知有多么奢华。

地产生意正式定局的那个星期日，下午四点左右，晚祷以后，拉贡夫妻和比勒罗叔叔来了。赛查说因为正在拆屋，只请了查理·克拉巴龙，克劳太和罗甘。公证人带来一份《辩论报》，上面有特·拉·皮耶第埃先生叫人登的一条新闻：

> **本报讯**　为了领土解放，全国上下均将热烈庆祝。在外国军队占领期间，首都的繁华因体统关系曾一度销歇，巴黎各区政府的官员觉得应当及时恢复。闻正副区长均将分别举行跳舞会，盛况空前，可以预卜。举国欢腾的热潮势必普遍展开。各界正在筹备的庆祝会中，尤以皮罗多先生的舞会引人注意。皮罗多先生最近获得荣誉团四等勋章；他素来效忠王室，曾于共和三年正月十三在圣·洛克事件中受伤；而后出任商务裁判，又深孚众望；此次得邀圣眷，实属受之无愧。

皮罗多叫道："噢！现在的人文章写得多好！"又对比勒罗说，"报纸上提到我们呢。"

比勒罗答道："那又怎么呢？"他最讨厌《辩论报》。

赛查太太不像丈夫那样神魂颠倒，只轻轻的对拉贡太太说："这条新闻一出来，我们的雪花膏和润肤水也许会多销一些。"

拉贡太太又高又瘦，满面都是皱纹，削鼻子，薄嘴唇，很像旧时宫廷中的侯爵夫人。眼睛四周，很大的一圈皮肤已经松了，跟那些饱经忧患的老太太一样。她尽管很有礼貌，那副威严庄重的气派叫人不能不肃然起敬。她身上还有些说不出的古怪样儿，很触目而不会叫你发笑，那只能用她的衣着和举动来解释。她戴着露出半截手指的手套，不管什么天气出门总拿着手杖式的阳伞，像玛丽·安多纳德王后在德利亚农宫中用的；穿的是淡棕色的，所谓“落叶”色的连衫裙，叠在腰里的褶裥，谁都学不来，那个窍门跟着上一代的老太太失传了。她披的黑头纱，周围镶着大方眼子的黑花边；古色古香的帽子，四面的镶边好像旧框子上的镂空花。她吸起鼻烟来最是干净利落；凡是有福气见过祖母和祖姑母的青年们，都还记得她们郑重其事的把金鼻烟壶放在身边的桌上，再把围巾上的烟屑子抖干净。拉贡太太吸鼻烟就是这副功架。

拉贡先生是矮个子，最多不过五尺高，脸像个榛子钳，只看见他一双眼睛，两个尖颧骨，一个鼻子和一个下巴。牙齿落尽，说起话来滔滔不绝，可是一半的字儿都给吃掉了。对人很殷勤，喜欢装腔作势，从前开店的时代有什么漂亮太太上门，他总是满面春风的迎上去，到现在脸上仍旧挂着这副笑容。扑粉在他头上画出一个雪白的月牙形，梳得很整齐，两边突出，像鱼翅，中间用缎带扎成一根短辫子。身上穿的是宝蓝色大氅，白背心，扎脚裤，丝袜，金搭扣的皮鞋，戴着黑丝手套。最特别的脾气是走在街上帽子不戴，老是拿在手里。他神气活像贵族院里的信差，或是御前的传达，像那些待在什么长官身边而多少沾着点光彩的小角儿。

他神气俨然的说道：“喂，皮罗多，当初你信了我们的话，现在后悔吗？亲爱的王上绝不会忘记我们，这一点我们从来没怀疑过。”

拉贡太太对皮罗多太太说：“好妹子，你心里一定很快活吧？”

“是的。”花粉美人回答。拉贡太太的手杖式的阳伞，蝴蝶式的帽子，窄袖子和大头巾，对公斯当斯始终有股吸引力。

拉贡太太尖着嗓子，摆出老长辈的神气说道：“赛查丽纳真讨人喜欢——过来，美丽的孩子。”

比勒罗叔叔问：“是不是办了公事再吃饭？”

罗甘说：“咱们等克拉巴龙先生。我走的时候，他正在换衣服。”

赛查说：“罗甘先生，你告诉他没有，我们是在见不得人的中层楼上吃饭？……”

“哼！十六年前他觉得这房间漂亮得很呢。”公斯当斯轻轻说了一句。

“……到处是灰土，工人。”

罗甘说：“噢，他随和得很，绝不挑剔。”

赛查又说：“我叫拉盖守在店里；咱们不走原来的门了，你看见没有？样样都拆掉了。”

比勒罗问拉贡太太：“干吗你不带侄儿来呢？”

赛查丽纳也跟着问：“他今天会来么？”

“不来了，我的宝贝，”拉贡太太回答，“安赛末这孩子忙得连命都不要了。那条臭气冲天的五钻石街没有阳光，没有空气，我想到就害怕。阳沟不是发蓝，就是发绿发黑。我担心他会掉下去。可是年轻人脑子里打定了主意就是这样！”她对赛查丽纳做了一个手势，表示她所谓脑子其实是指心。

赛查问道：“难道他已经签了租约么？”

拉贡道：“昨天就签了，还经过了公证。租期十八年，可是要预付六个月租金。”

花粉商道：“拉贡先生，我这么办，你满意么？我把新发明的秘方告诉了他……”

“赛查，我们太了解你了。”小老头儿拉着赛查的手，热乎乎的捏了一回。

罗甘对于克拉巴龙的出场不能不担忧，觉得他的举动谈吐会叫循规蹈矩的布尔乔亚吓一跳的，还是让众人心上有个准备的好。

他对拉贡，比勒罗和太太们说：“你们等会看吧，克拉巴龙是个怪物，表面上胡说八道，出言粗俗，实际非常有才干；他是靠着聪明从低微的地位上爬起来的。将来跟银行家来往多了，一定会学得文雅一些。说不定你们在大街上或者咖啡馆里，会看见他衣冠不整的在那里喝酒，打弹子，神气活像个大傻瓜……其实不是的；他在转念头，想翻些新鲜花样叫工商界轰动一下。”

皮罗多说：“我懂得。我最好的主意都是逛马路的时候想出来的，不是吗，亲爱的？”他问太太。

罗甘接着说：“克拉巴龙白天在外面安排，布置，找门道；晚上还抓紧时间做事。这般有本事的人过的生活都莫名其妙，怪得很。别看他自由散漫，他照样达到目的。我亲眼看着他叫咱们的卖主一个一个的让步。当初有的人不愿意，有的心里疑疑惑惑，克拉巴龙耍弄他们，天天去看他们，跟他们纠缠不清，终于把地产弄来了。”

克拉巴龙是这个故事中最离奇的角色，是出面支配赛查今后命运的人物。他人还没出场，先传来一阵酒鬼所特有的勃噜——勃噜的怪声音。花粉商听了，赶到黑洞洞的小楼梯上吩咐拉盖关店门，同时向克拉巴龙道歉，表示在饭间里接待他不恭得很。

克拉巴龙回答说："那有什么关系！这儿正好啃菜根……哦，我的意思是说，谈生意经。"

虽然罗甘用花言巧语解释过了，态度文雅的拉贡夫妇，冷眼旁观的比勒罗，还有赛查丽纳和她的母亲，对这个冒充的大银行家一开场都印象不大好。

他是掮客出身，年纪大概有二十八，头发脱得精光，戴着一副烫成螺旋形的假头发。这个款式照例要有少女般的娇嫩，凝脂般的皮肤，妩媚动人的女性的风度才配得上；克拉巴龙戴上这假头发，越发显出他的丑恶，那张长满小肉刺的土红脸一团虚火，活像赶班车的马夫。未老先衰的皱纹，一道道像绲边一般沟槽很深的肉裥，扯动起来好不难看，说明他生活糜烂，一口牙齿都坏了，粗糙的皮肤布满着小黑点，也是他荒唐胡闹的结果。克拉巴龙的神气颇像内地戏班里的跑龙套，什么角色都能演，脸上已经涂不上胭脂，疲乏的身体快支持不住了，厚嘴唇像涂了一层面粉；可是油嘴滑舌，即使喝醉了也口角俏皮。看起人来，眼睛非常放肆，举动更不知检点。他灌饱了杂合酒，脸上老是醉醺醺的，嘻嘻哈哈，没有一点做生意的正经样儿。他只要指手画脚的学了半天，才勉强学会一副冒充阔佬的功架。杜·蒂埃好比一个剧团经理不放心初次登台的主角，亲自监督克拉巴龙穿衣打扮，深怕他生活放荡，下流惯了，在装作银行家的时候忽然露出马脚来。

他吩咐道："你越少开口越好。银行家从来不多说话；他只管行动，思索，考虑，听着人家，掂斤估量。所以要装得像，就不能说话，顶多只说一些不关痛痒的话。你那快活的，疯疯癫癫的眼神得收起来，目光要严肃，呆一点倒不要紧。提到政治，你得站在政府一边，说些空话，好比：预算庞大呀；各党各派不可能妥协呀；进步党人是危险分子呀；无论什么摩擦，波旁王室都应当避免呀；进步党的主张只是利害相关的集团用的幌子呀；波旁家正在替我们安排一个繁荣的时代，尽管你不喜欢，也得支持现政府呀；法国已经有相当的政治经验呀；诸如此类。别看见桌子就懒洋洋的伏在上面，别忘了你得保持百万富翁的尊严。吸鼻烟不能像残废军人那样；回答人家的话，最好先把鼻烟壶拿在手里玩玩，瞧瞧自己的脚，望望天花板。总之要装作思想深刻。还有你那乱动东西的坏习惯，非改掉不可。在交际场中，银行家应当懒得动弹。不是吗？你通宵没有睡觉，被数字搅得头昏脑涨，办一桩事业不知要凑集多少条件！花多少工夫研究！你尤其要表示对生意怨声载道，说做买卖又吃力，又麻烦，又棘手。说话不要越出这范围，别提到什么专门的问题。吃饭之前，别哼你那些贝朗瑞的小调，酒不能喝太多。喝醉了，你的前途就完啦。反正罗甘会管着你的。你这回要去见一般道学先生，都是挺规矩的布尔乔亚，别把你那套下等酒店的论调吓了他们。”

这篇训话给查理·克拉巴龙精神上的影响，和他的新衣服对他身体的影响不相上下。他原是一个满不在乎的乐天派，跟谁都合得来；穿惯乱七八糟的舒服衣衫，身体裹在里头，和他的思想在谈吐中一样无拘无束。如今刚穿上裁缝误了时间送来的新衣服，身体直僵僵的像根柱子；他既担心自己的说话，又担心自己的动作：一只手向什么瓶子匣子冒冒失失的伸出去又缩回来，一句话说到一半忽然停住，使比勒罗只觉得他矛盾得可笑。他的通红的脸，乱蓬蓬的螺旋形的假头发，和他的衣着全不相称；他的思想也老是和他的说话打架。但是这些接二连三的矛盾，那般忠厚的布尔乔亚还当作是事情太忙，心不在焉的缘故。

罗甘说："他做的事业才多呢。"

拉贡太太对赛查丽纳说："事业并没给他多少教育。"

罗甘听了，急忙把手指放在嘴上，低下头去告诉拉贡太太："他又有钱又能干，做生意又非常规矩。"

比勒罗对拉贡道："看在他这些长处分上，有些地方自然不必计较了。"

罗甘道："咱们就在饭前把合同念了吧，好在没有外人。"

拉贡太太，赛查丽纳和公斯当斯一齐走开；比勒罗，拉贡，赛查，罗甘和克拉巴龙，听亚历山大·克劳太念合同。合同上写明赛查拿寺院街的工场和地基作抵押，出一张四万法郎的借据给罗甘的一个主顾。他把比勒罗的银行支票交给罗甘；另外拿出二万法郎证券和开着克拉巴龙抬头的十四万法郎期票，但克拉巴龙不出收据。

克拉巴龙说："我用不着出收据给你。你们的一份由你向罗甘先生负责，我们的一份归我们负责。卖主将来向罗甘先生收钱，我只凭你的十四万法郎票据替你凑足股款。"

比勒罗说："对。"

克拉巴龙说："那么请太太们回来吧，她们走开了，咱们冷得很。"他看了看罗甘的脸色，不知道这句笑话是不是说得过分了。

他叫了一声："太太们！……"又挺着身子望着皮罗多说，"噢！那位小姐想必是令爱吧？想不到你还有这一手。经过你提炼的玫瑰花都给她比下去了，也许就因为你提炼了玫瑰花……"

罗甘截断了他的话，说道："真的，我肚子饿了。"

皮罗多说："那就吃饭吧。"

克拉巴龙鼓起脖子说：“咱们这顿饭也是经过公证的了。”

比勒罗有心坐在克拉巴龙旁边，问道：“先生买卖做得很多吗？”

银行家回答：“太多了，全是整批整批的；可是买卖真难做，真棘手。比如运河吧，哎！那些运河啊！我们为了运河忙成怎样，你才想不到呢。那也是当然的。政府要开运河。你知道，各州各府都需要运河，那跟各行各业都有关系。柏斯格说过：‘江河是活动的路。’所以我们要开辟市场。市场要有地基，因为不知要挑多少土；挑土是穷人的事；因此要发公债，公债归根结底是还给穷人的！伏尔泰说过：‘河道，胡说八道，穷人的生财之道！’可是政府有工程师指导，不容易叫它上当，除非你和工程师串通；因为国会！……噢！先生，国会老跟我们为难，不肯考虑财政所牵涉到的政治问题。双方都不怀好意。你相信么？格莱弟兄，呃，我是说国会议员法朗梭阿·格莱，他为了公债问题，运河问题，攻击政府。我们在他家里等着，那好家伙回来看到我们的计划对他有利，还得和他刚才臭骂过的政府妥协。议员的利益和金融家的利益发生冲突，我们夹在中间两面受敌。现在你可明白生意多么难做了，每个人都要给他满足，职员，议员，清客。部长……”

“部长？”比勒罗决意要摸清这个合伙人的底细。

“是啊，先生，连部长在内。”

比勒罗道：“那么报上说的不错了。”

皮罗多道：“叔叔谈起政治来了；克拉巴龙先生对他倒很配胃口。”

克拉巴龙道：“报纸吗？它专门捣乱，混账透了。先生，报纸把我们的计划都搅乱了；有时候也帮我们的忙，可是常常叫我提心吊胆，睡不着觉；那我可不愿意呢。总而言之，又要看文件又要计算，我眼睛都花了。”

比勒罗希望知道些内幕，接着问：“部长们又怎么样呢？”

“部长们提出的条件完全按照政府的意思。哎，这是什么菜啊？龙肝凤脯么？”克拉巴龙把话扯开去了，“这种沙司[1]只有布尔乔亚家里吃得到，休想在兔崽子的小饭铺里……”

拉贡太太听到这一句，帽子上插的花像小羔羊似的直跳起来。克拉巴龙知道说了一句粗话，想补救一下。

他说：“在高级金融界里头，凡是时髦的夜酒店，像凡里和普罗望斯弟兄等等，都叫作兔崽子小饭铺。我是说，不管是那些酒店老板还是什么高明的厨子，都做不出滑腻的沙司；有的在清水里加些柠檬，有的是做化学实验。”

饭桌上从头至尾是比勒罗在那里进攻，想摸克拉巴龙的底，可是摸来摸去只摸个空。比勒罗认为这家伙不是好东西。

罗甘咬着克拉巴龙的耳朵说：“情形很好。”

“唉！我要能把这身衣服早点儿脱下来才好呢。”克拉巴龙闷得气都透不过来。

皮罗多说：“先生，我们不得不把饭厅作为客室，因为十八天以后我们要请客，庆祝领土解放……”

“好啊，先生；我也是拥护政府的人。梅特涅那家伙真狠，奥国王室的命运都操在他手里。他主张维持现状，我政治上的主张是跟他一路的。要并吞新的就得保持旧的，要保持旧的就得并吞新的：这是我的原则，荣幸得很，那也是梅特涅亲王的原

①沙司是用肉汤为底，和以牛奶面粉及香料做成的浇头。

则。”

赛查接着说：“……我请客也为了庆祝我得到荣誉团勋章。”

“是的，我知道。谁跟我说的？是格莱弟兄还是纽沁根？”

罗甘想不到他这样机灵，不由得做了个钦佩的手势。

“啊，不是的，我想起来了，是在议院里听到的。”

赛查道：“在议院里吗？可是特·拉·皮耶第埃先生告诉你的？”

“对啦，就是他。”

赛查对叔岳道：“你看他多可爱。”

比勒罗道：“他空话连篇，叫人越听越糊涂。”

皮罗多又道：“王上给我恩典，赏我勋章，也许……”

克拉巴龙抢着说：“也许因为你对花粉业有贡献。不管什么功劳，波旁家都会奖励。所以咱们应当拥护这些正统的帝王，他们宽宏大量，不久还要大兴市面呢……复辟政府知道一定要和拿破仑政权见个高低；现在的政府不用打仗也能扩充疆界，你等着瞧罢！……”

赛查太太说：“先生肯赏光来参加我们的跳舞会么？”

“噢！太太，为了来奉陪您，便是错过机会，少赚几百万我也愿意。”

赛查对叔岳说：“他的话真多。”

正当花粉业的巨头日薄西山，快要回光返照的时候，生意场中的地平线上隐隐约约升起一颗星来。就在同一个时间，小包比诺在五钻石街上开始为他的家业打基础。

五钻石街一头通龙巴街，一头通屠夫奥勃里街，对面便是巴黎老区里赫赫有名的耿刚波街，法国史上许多大事都是在那条街上发生的。五钻石街路面狭窄，货车很不容易通过。但虽然有这个缺点，近边全是药材行，所以地段还是有利，包比诺挑得不错。屋子坐落在龙巴街那头的第二家，里面黑得厉害，有时白天也得点灯。头天晚上，初出道的包比诺接管了这个黑洞洞的叫人恶心的地方。原来的房客是做糖浆和粗糖生意的；墙壁，院子，货栈，到处留着这个行业的痕迹。

店面是一间开阔高大的屋子，装着两扇深绿漆的大门，钉着长铁条，帽钉形式像香菌。窗上围的铁丝网，底下一截往外鼓起，像老式的面包房；地下铺着大块的白石板，多数已经破裂；颜色发黄的墙上一无所有，跟营房一样。往里是一间后店堂和一间厨房，都靠院子取光；拐角上的货栈原先一定是马房。楼梯在后店堂，上楼去有两间临街的屋子，包比诺打算做办公室和账房。他自己预备住在货栈楼上，一共有三个小房间，跟邻居合着一堵墙，窗子对着天井。从三间黑魆魆的破屋子里望出去，只看见一个不规则形的院子，四面围着高墙，房里的潮气即使在最干燥的日子也像新粉刷的。院子堆过糖浆和粗糖，石板缝里嵌着一层又黑又臭的油腻。三间房都没有糊纸，地下铺着方砖，只有一间有壁炉。

高狄沙找了一个裱糊匠在墙上刷了一层胶水。那天从早上起，除了工匠，包比诺和高狄沙都亲自动手，把那间难看的卧房糊上十五铜子一卷的花纸。家具只有一张中学生睡的红漆小木床，一只蹩脚床几，一口古式五斗柜，一张桌子，两张安乐椅，六张单靠椅，都是包比诺法官给的。高狄沙买来一面旧镜子，放在壁炉架高头。晚上八点左右，炉子里烧起一捆木柴，两位朋友坐下来预备吃白天剩下的饭菜。

高狄沙叫道："咱们要吃进屋酒，把冷羊肉拿开！"

"可是我……"包比诺只有一块二十法郎的银洋，预备给起草仿单的人做报酬的，他掏出来给高狄沙看了。

"我！……"高狄沙说着，把一块四十法郎的钱贴在自己的眼睛上晃了一晃。

大门上的环子响了一下，声音一直传到院子里，因为是星期天，做手艺的都离开作场出去了，院子里特别幽静，回声也特别响亮。

大名鼎鼎的高狄沙说道："啊，卜德里街的老伙计来了。我，我就是有办法！"

果然，一个伙计带着两个小厮，捧着三只食匣送来一桌菜，还有挑得很内行的六瓶酒。

包比诺道："咱们俩怎么吃得了这许多？"

高狄沙道："还有那个作家呢！斐诺见过花天酒地的大场面。等会他要来的，写的仿单包你别出心裁。你说我用的词儿妙不妙？仿单总不免枯燥无味，要种子开花，全靠用好酒来浇。"——他整了整衣服，对两个小厮说，"好吧，小鬼，我赏你们几两金子。"

他给了他们十个铜子，气概就像他所崇拜的拿破仑。

"谢谢先生。"两个小厮听他的说笑，比拿到酒钱还高兴。

高狄沙对留下来侍候的一个伙计说："告诉你，小子，楼下有个看门女人，住在一个破窑里，有时在那里烧烧饭消遣消遣，像当年诺雪加洗衣服[1]一样。你去向她求告一番，要她关心一下我们饭菜的冷热。对她说：约翰-法朗梭阿·高狄沙的儿子，贫民世家高狄沙的后代，斐列克司·高狄沙，多多拜上她，祝福她。去吧，小心侍候，每个菜都要弄得好好的；要不然，仔细你的屁股！”

大门上的环子又响了一下。

高狄沙道：“才子安杜希来啦。”

进来的是个胖胖的青年，不高不矮，大圆脸，从头到脚像个帽子司务的儿子；五官长得毫无棱角，外表稳重，看不出是个精明家伙。他本是穷得愁眉苦脸，一看见饭桌上摆得齐齐整整，酒瓶的封口与众不同，顿时笑逐颜开，快活得不得了。他听到高狄沙的叫喊，淡蓝眼睛亮了一亮，把大脑袋从右到左移动了一下，一张脸活像卡摩克人[2]。他招呼包比诺的态度很古怪，既不卑躬屈节，也不表示尊敬，仿佛很不自在而又放不下架子。那时他正认识到自己没有一星半点的文才，觉得与其写出作品来卖不到钱，不如做个文坛企业家，踏在文人雅士的肩膀上做生意。低声下气求人的手段已经用尽了，钻门道找出路的委屈也受够了，他打算改变作风，像实力雄厚的金融家一样，故意装得神态傲慢。但开场总得有一笔资本才行，恰好高狄沙跑来告诉他，只要把包比诺的头油捧上台，他的开办费就有了着落。

高狄沙说：“你代表他跟报馆打交道，可是不能骗他；要不然我会跟你拼命的。你赚他多少钱就得出多少力。”

包比诺神色不安的瞧着这位作家。真正的生意人看到作家，

---

①荷马史诗《奥狄赛》中的诺雪加是阿西诺王的女儿，她在海滨与女伴洗衣打球的时候，发现漂流在海边的于里斯。

②卡摩克人是蒙古族的一支，住在俄罗斯南部。

总带着又害怕又哀怜又好奇的心情。包比诺原来很有教养，但是他那些老长辈的习惯和思想把他影响了，再加在店里忙着大小事务，银钱出入，更容易感觉麻木；所以包比诺的头脑变了，完全受着本行的风俗习惯控制。这种情形，我们在老同学身上也能看到：离开中学或私塾的时候，许多人思想都差不多，隔了十年就大不相同。当下包比诺愣了一愣，斐诺却当作是佩服他。

高狄沙道："咱们先把仿单商量好了，才能丢开心事，痛痛快快喝酒。吃过饭，文章就念不清楚，舌头也要管消化的。"

包比诺道："先生，一张仿单往往等于一笔财产。"

斐诺道："对于我这样的光棍，财产不过是一张仿单。"

高狄沙道："啊！妙极了。斐诺这怪物。他一个人的才气抵得上四十个[①]。"

包比诺听了斐诺的话，吃了一惊，说道："别说四十，一百个也抵得上！"

性急的高狄沙拿起稿子，加强着语气高声念道："护首油。"

包比诺道："我想还是叫作赛查丽安油。"

高狄沙道："朋友，你不知道内地人的脾气。有种外科手术叫这个名字，内地人笨得很，会把你的油当作催生用的；要把他们从接生拉回到头发上来，不知要费多少口舌。"

作者说："我不是替我起的名字辩护，我只提醒你一下：护首油就是头上用的油，把你的意思都包括了。"

"念吧。"包比诺说着，心里急得很。

下面便是仿单原文，市场上到今天还在成千成万的分发。

---

①法兰西学士院的名额一共是四十人，所谓四十个就是指学士院会员。包比诺不懂这个意思，故有下文。科学院则是另一组织。

（这又是一种证明文件。）

荣获一八二七年博览会奖章

护首油

领有发明执照及精工监制执照

世界上既没有一种化学品能够把头发染色而不损害理智的中枢，也没有一种化妆品能够叫头发生长。科学界最近宣布，头发是一种死的物质，脱落或发白都无法阻止。要预防秃顶与发囊萎缩，只消维持头部所需要的温度，保护头发根下面的球茎不受外界气候的影响。护首油就是根据科学院所肯定的原理制成的，能产生上面所说的作用。这些作用为古希腊人，古罗马人和北方民族一致重视，因为头发对于他们特别宝贵。据专家考证，古代以头发长短为标志的贵族，也是用的这个方法。但制油的秘诀失传已久，最近方由护首油的发明人安赛末·包比诺重新发现。

护首油的目的是保护头发，而不是对包含球茎的表皮加以无效或有害的刺激。护首油香味幽雅，能防止头上脱皮；并且由于成分关系——主要是榛子油——能防止空气对头部的影响，保持内部的温暖，从而预防伤风，鼻腔感冒，以及一切头痛脑涨病症。因此之故，贮藏繁殖头发的液体的球茎，即不会受凉受热。各界男女所珍视的头发，用了护首油可长保光泽细软，与儿童的头发媲美。

每瓶的包装纸上均附有用法，敬请注意为幸。

护首油用法

每晨先用刷子梳子将头发梳洗干净，用木梳分开，再用细软小布饱蘸护首油涂于头发根上，全部头皮均须擦遍，但不宜太厚。至于将油涂在头发上不但是可笑的成见，且遍留油渍，殊为可厌。

护首油一律用小瓶装，瓶上有发明人签字为记，以防假冒。售价每瓶三法郎。发行所：巴黎龙巴区五钻石街包比诺商行。

外埠函洽，免收邮费。

附注：包比诺商行兼售药用油料，如橙花油，松香油，甜杏仁油，可可油，咖啡油，蓖麻油等，均有发售。

大名鼎鼎的高狄沙对斐诺说道："亲爱的朋友，写得好极了。嘿！让人家瞧瞧咱们是怎么谈科学的！不绕圈子，开门见山，马上谈出要点来。啊！我从心底里佩服你，这才是切实有用的文章。"

包比诺非常高兴，说道："仿单真妙！"

高狄沙说："开头第一句就把玛加撒骂倒了。"他威风凛凛的站起来，指手画脚，像在国会里演说似的一字一顿地念道：

"你——不能——叫——头发——生——长！

“你——不能——把——头发——染—色——而——不冒——危——险！

“哈哈！这样一来，咱们的货色要销不出才怪呢！现代的科学居然和古人的习惯完全一致。不管老少，咱们都谈得拢。碰到年纪老的人，你就说：‘喂！喂！先生，古人，希腊人，罗马人，都是有道理的，不像大家说的那么傻！’跟年轻人打交道吧，你就说：‘亲爱的小弟弟，科学日新月异，又有新发明啦，可见咱们在进步。蒸汽，电报这一类东西不知要发展到什么地步呢！这油便是根据伏葛冷先生的报告制造的！’咱们把伏葛冷先生向科学院宣读的报告印上一段，你们看怎么样？那才妙呢！好，斐诺，来吃饭。咱们来啃菜根！多喝几杯香槟，祝贺咱们的小朋友成功！”

作者很谦虚的说道：“我觉得时代变了，不能再用轻浮无聊的笔调来写仿单。咱们已经进入科学时代，要摆出学者面孔，权威口吻，才能叫大众信服。”

高狄沙道：“咱们一定要把头油捧上台，我脚底痒了，舌头也痒了。跟头发有关的商品，我都做了代理人。他们的佣金没有一家超过三成的，咱们给四成，包你六个月销十万瓶。我要把药房老板，杂货店老板，理发师，一齐拉过来。他们得了四成佣金，准会把每个主顾的头擦满油的。”

三个青年狼吞虎咽，喝了不知多少酒，想着护首油美丽的远景，快乐得飘飘然。

斐诺微笑着说：“这个油会叫人头晕的。”

凡是跟油，头发，脑袋这几个字谐音双关的玩意儿，都被高狄沙发挥尽了。三个朋友吃到饭后点心，正在互相干杯祝贺，哈哈大笑的当儿，大门上的门环又响了，他们居然也听见了。

包比诺道："这是我叔叔了。他可能来看我的。"

斐诺道："叔叔？没有酒杯怎么办呢？"

高狄沙告诉斐诺："包比诺的叔叔是个预审推事，救过我的命，不能跟他开玩笑。唉！要是你像我这样差点儿上断头台，去领教那咔嚓一声，马上跟头发脱离关系的滋味，"他用手比划着铡刀落下来的样子，"碰到一个清官把你救下来，让你还能留着脖子在这儿喝香槟，那你一定会记得他，哪怕醉得半死也记得。斐诺，你敢说你将来就用不着包比诺先生吗？所以要对他鞠几个躬，多下一些定钱。"

那位公正的预审推事果然向看门女人打听他侄子的住处。安赛末一听出他的声音，马上端了一个烛台去迎接。

法官说了声："诸位先生好。"

大名鼎鼎的高狄沙深深鞠了一躬。斐诺醉眼蒙眬的把法官打量了一下，认为他相当饭桶。

法官瞧着房间，一本正经地说道："嗯，简陋得很。可是孩子，想要出人头地，先得从小角儿做起。"

高狄沙对斐诺道："你听，多深刻！"

当记者的斐诺回答说："不过是报纸上的滥调。"

"啊！先生，是你，"法官认出了高狄沙，"你在这儿干什么呢？"

"先生，我想尽我一些小小的力量，帮助您亲爱的侄儿挣一份家业。我们才把仿单商量好，稿子是这位先生起草的。有关头发的文献，要算他的一篇写得最好了。"

法官望着斐诺。

高狄沙接下去说："这一位是安杜希·斐诺先生，杰出的青年文学家，常常有高深的政论和小戏院的剧评在官方报纸上发表。他本来是位政治家，现在快成为作家了。”

斐诺扯了高狄沙的衣摆。

法官听了，才明白饭桌上为什么杯盘狼藉，觉得在这个情形之下摆酒作乐也还情有可原。他说：“好吧，孩子们，”又回头吩咐包比诺，“你去换衣服，咱们一同上皮罗多先生家，我有事找他去。你跟他两人应当签一份合伙契约，我已经把稿子细细研究过了。既然你制油的作坊在寺院街，皮罗多就应当和你订一份工场的租赁合同，他也可以派代表参加你的工作。手续办齐了，将来不会有争论。安赛末，你这里墙壁潮湿得很，靠床应当挂些草席。”

高狄沙哈腰曲背地抢着说：“法官先生，对不起打断您的话，我们今天自己动手糊了纸……还……还没有干。”

法官说：“你们知道省钱，好得很。”

高狄沙凑着斐诺的耳朵说道：“我的朋友包比诺是个规矩人，他跟他叔叔走了。咱们找老相好去吧。”

斐诺把背心口袋翻给高狄沙看，被包比诺瞧见了，马上塞了二十法郎给仿单的作者。法官雇的车子停在街口上，便带着侄儿上皮罗多家。

他们俩到的时候，比勒罗，拉贡夫妇和罗甘，正在玩波斯顿。赛查丽纳在拉贡太太旁边绣头巾，安赛末一进来，她就显得很高兴。罗甘坐在拉贡太太对面，看见赛查丽纳的表情，立刻向帮办使了个眼色，叫他注意那姑娘的脸红得像石榴一般。

大家招呼过了，法官向皮罗多说明来意，皮罗多道：“哦，今天真是立文书的日子了。”

赛查，安赛末，法官包比诺，走上三楼，到花粉商的临时卧房去讨论法官起草的租约和合伙文书。皮罗多同意把工场的租期定为十八年，跟五钻石街店房的租期一样。这点儿小枝节好像无关重要，后来对皮罗多却大有用处。赛查和法官重新回到中层。看到屋子里到处乱七八糟，而且皮罗多向来奉教虔诚，星期天家里还有匠人做工，法官就很诧异，不免问起缘故；花粉商也巴不得他有此一问。

他说：“先生，虽然你不应酬不交际，我们庆祝领土解放，你也不反对吧？而且还有别的事呢。我们请客也为了庆祝我得到荣誉团勋章。”

法官不禁“啊！”的一声叫起来，他自己还没有受过勋呢。

“王上给我恩典，赏我勋章，也许是因为我当过裁判……呃，不过是商务裁判；并且替波旁家出过力……”

法官说：“是的。”

“……共和三年正月十三，我在圣·洛克的石级上被拿破仑打伤过。”

法官说：“我一定来。要是内人不闹病，我带她一起来。”

罗甘临走，在大门口对他的帮办说：“山德罗，你娶赛查丽纳的念头，我看还是趁早丢开了吧。再过六个星期，你会觉得我这个劝告是不错的。”

“为什么？”克劳太问。

“朋友，皮罗多的跳舞会要花到十万法郎；他又不听我的话，拿全部财产做了那笔地产生意。六个星期以后，这些人连饭都没得吃了。油漆包工罗杜阿的女儿有三十万陪嫁，你还是娶她吧。我告诉你这话是免得你吃亏。你倘使想接手我的事务所，先付我十万现款，明天就好成交。”

七、跳舞会

报纸已经向欧洲作了预告，提到花粉商筹备的跳舞会场面伟大；但是日夜不停的工程所引起的谣言一传到商界，大家对跳舞会又有另一种说法。有的说赛查租了三幢屋子；有的说客厅都描了金；又有人说酒席是定的稀奇古怪，新发明的菜；还有一说，做生意的一律不请，只请政府官员；有人狠狠的批评花粉商的野心，笑他自命不凡的政治资历，不承认他受过伤。在第二区里，为了要弄一张跳舞会的请帖而勾心斗角的事已经有好几起；皮罗多的朋友们固然不用操心，普通的熟人却钻谋得厉害。一个人只要有好处给人家，就有人来趋奉。不少人的请帖是费了好大周折才到手的。皮罗多夫妇看到不认识的朋友这么多，大吃一惊。那股争先恐后的劲儿吓得皮罗多太太心里发慌；好日子越近，她脸色越阴沉。她告诉赛查不知道怎么应付；这样大的局面有许许多多的零碎事儿，想起就害怕：什么银器呀，玻璃杯呀，冷饮呀，瓷器呀，餐具呀，哪儿去张罗呢？大小事情由谁照管呢？她要皮罗多当天站在上房门口，不曾邀请的人一概不让进来。她听说有的家庭跳舞会就有人冒充朋友混进去，发生意想不到的事，主人连他们的姓名都叫不出。十天之前，勃拉训，葛兰杜，罗杜阿和营造商夏法罗，宣布屋子准定在十二月十七那个星期天完工；赛查就跟妻子女儿吃过晚饭，在中层楼那个朴素的小客厅里开了一个滑稽的会，商量请帖的名单。那天早上，印刷所已经把帖子送到，粉红卡纸上印着漂亮的斜体字，内容无非照抄交际大全上的一套。

皮罗多说：“嗳！嗳！一个人都不能忘掉啊。”

公斯当斯说：“咱们忘了，人家可忘不了。但尔维太太从来不曾来看过我们，昨天傍晚可神气活现的来了。”

赛查丽纳说：“她漂亮得很，我喜欢她。”

公斯当斯说：“她做姑娘的时候还不如我呢；她是蒙玛脱街上的女裁缝，替你爸爸做过衬衫的。”

皮罗多说：“好吧，名单先从最阔气的人物开场。赛查丽纳，写下来：特·勒农古公爵和公爵夫人……”

公斯当斯叫道：“我的天哪！赛查，我们单单为了卖花粉而认识的客人，一个都不能请。特·勃拉蒙-旭弗里公主和你故世的干妈特·于克赛侯爵夫人，论起亲戚来比特·勒农古公爵还要近一些，难道你也请她不成？两位特·王特奈斯先生，特·玛赛先生，特·龙葛洛先生，特·哀格勒蒙先生，还有别的顾客，你都请吗？你好糊涂，你得意得昏了头了……”

“对！可是特·冯丹纳伯爵和他的家眷呢？嗯？圣·洛克事变以前，他常到玫瑰女王店里来的，假名叫作大个子雅各，和他一起的还有特·蒙多朗侯爵，假名叫作汉子，特·拉·皮耶第埃先生假名叫南德人。那时候他们总是亲亲热热的跟我拉手，对我说：‘亲爱的皮罗多，拿出勇气来！为了王家，跟我们一同牺牲吧！’我们都是参加那次阴谋的老伙计啊。”

公斯当斯说：“你要请冯丹纳伯爵就请吧。特·拉·皮耶第埃先生爷儿俩来了，也得有人陪陪他们。”

皮罗多说道：“赛查丽纳，写罢。——先是塞纳州州长；不管他来不来，总是市政府的领袖，既是大人，就得尊敬——再写上区长特·拉·皮耶第埃先生和他的少爷（名字后面要注明客人的数目。）——我的同事副区长葛拉南和他太太。那太太长得真难看，可是没办法，不能不请——民团团长，开首饰铺的居兰尔先生，居兰尔太太和两位小姐——以上是所谓官方。现在轮到大人物了——特·冯丹纳伯爵和伯爵夫人，他们的女儿爱弥丽·特·冯丹纳小姐。”

赛查太太道：“那姑娘骄横透了，不管什么天气都把我叫到她车门口去讲话。她要来的话，一定是来取笑我们的。”

赛查道：“那么她大概会来的了。”他只希望客人越多越好。“写下去，赛查丽纳——我们的房东特·葛朗维伯爵和伯爵夫人，据但尔维说，伯爵是高等法院里最了不起的角色——啊，我想起来了，特·拉·皮耶第埃先生明天请特·拉赛班特伯爵亲自出马，主持我的授勋典礼。应当送一份跳舞会外加吃饭的请帖，给这位荣誉团总裁——还有伏葛冷先生。赛查丽纳，后面写明跳舞会带吃饭。顺手把希佛勒维和泼洛丹士两家也写上吧，免得忘记——塞纳州初级法院推事包比诺先生和他的太太——拉贡家的朋友，御前传达官蒂里翁先生和他太太，还有他们的小姐。听说这位小姐要嫁给加缪索前妻生的一个儿子了。”

公斯当斯说：“赛查，别忘了包比诺先生的内侄，安赛末的表兄荷拉斯·皮安训。”

“对啦。哦，赛查丽纳已经在包比诺名下写上四个人了——

还有特·拉·皮耶第埃先生手下的科长拉蒲登先生和他太太——同一个科里的谷香先生，玛蒂法的不出面的合伙老板，还有他的太太和儿子；顺便也写上玛蒂法先生，太太，小姐。”

赛查丽纳道：“玛蒂法替他们的朋友高勒维夫妇，丢里埃夫妇说过情，还有沙伊阿他们。”

赛查道：“等会再说，先写上咱们的经纪人于勒·台玛雷先生和台玛雷太太。”

赛查丽纳道：“跳舞会里的美人儿，要数这位太太第一了；在所有的太太中，我最喜欢她。”

“还有但尔维和但尔维太太。”

公斯当斯说道：“接手比勒罗叔叔铺子的高葛冷先生和太太，也写上了吧。他们打算好来的，可怜的小奶奶叫我的裁缝做了一件挺漂亮的跳舞衣服，白缎子衬里薄纱面子的长袍，绣着生菜花，差点儿没像进宫朝见一样穿起铺金衣衫来。不请她是要恨死我们的。”

“写上去，赛查丽纳。咱们是生意人，应当尊重同行——还有罗甘先生和他的太太。”

“妈妈，你瞧着吧，罗甘太太的钻石项链和她所有的金刚钻都要戴出来了，还要穿上那件钉着玛里纳镂空花边的衣衫。”

赛查接着说：“勒巴先生和他太太——还有商务法庭庭长，庭长太太和两位小姐。刚才写官员的时候我把他们忘了——罗杜阿先生，太太，小姐——银行家克拉巴龙先生，杜·蒂埃先生，葛兰杜先生，莫利奈先生，比勒罗先生，比勒罗的房东，丝绸业的富商加缪索先生和他太太，还有他们的少爷，一个在多艺学校念书，一个已经做了律师，听说因为和蒂里翁家攀了亲，快要当法官了。”

“只能在内地吧？”赛查丽纳说。

“还有加缪索的老丈加陶先生和他的几位少爷。呦！还有勒巴的老丈，白鸽街的琪奥默先生和他的太太，两个老人不过来坐坐罢了——还有亚历山大·克劳太，赛莱斯丁……”

“爸爸，别忘了安杜希·斐诺先生和高狄沙先生，两个年轻人对安赛末先生都很有帮助。”

“高狄沙？他吃过官司。可是没关系；反正他为了我们的头油过几天就出门了……写上吧！你还提到安杜希·斐诺，他跟咱们有什么相干？”

“安赛末先生说他将来是个人物，才气跟伏尔泰差不多。”

“是个作家么？全是不信上帝的家伙。”

“请他吧，爸爸，能跳舞的男人本来就不多。再说，你那张头油的仿单写得多好，就是他的手笔。”

赛查说：“哦，他相信咱们的油么？写上去，好孩子。”

赛查丽纳说：“嘿！我保举的人也上了名单了。”

“再写上我的书办弥德拉先生；咱们的医生奥特里先生，这是为了礼貌，请请罢了，他不会来的。”

赛查丽纳说：“他要来打牌的。”

赛查太太说：“喂，赛查，我希望请吃饭要请陆罗神甫。”

赛查说：“我已经写信去了。”

赛查丽纳说：“噢！别忘了勒巴的小姨子，奥古斯丁纳·特·索默维欧太太。她真可怜！身体很坏，勒巴说她伤心死了。”

赛查叫道：“嫁给艺术家就是这么个下场。”又压低着声音对女儿说，“瞧，你妈睡着了。哈哈，赛查太太，明儿见。”接着又问赛查丽纳：“你妈的跳舞衣衫怎么啦？”

“放心，爸爸，一定赶得上。她还以为只有一件跟我一样的绉纱衫呢。裁缝说不用试样子了。”

赛查看见太太睁开眼来，便提高着嗓子问女儿：“一共多少人啦？”

赛查丽纳答道：“一百零九，连伙计们都算上。”

皮罗多太太说：“这么些人安置到哪儿去呢？”又天真的补充道，“再说，过了这个星期天，还有星期一呢。”

从一个阶层爬上另一阶层的人，没有一件事肯办得简简单单的。无论什么人，连皮罗多夫妇在内，天大理由也不准走上正在装修的二楼。赛查答应打杂的拉盖，送他一套新衣服开跳舞会那天穿，只要他严格看守，完全按命令办事。当年拿破仑为了娶奥国的玛丽·路易士，大修公比埃涅行宫的时候，就不愿意零零星星的进去参观；皮罗多也是这样，他要让自己出其不意的快乐一下。可见皮罗多和拿破仑这两个老冤家无意之中又碰上了，不是为了打仗，而是为了布尔乔亚的虚荣心。所以不能不由葛兰杜先生搀着赛查的手走进新屋，像向导带游客参观画廊一般。一家人还别出心裁，各自发明一套惊人之笔。赛查丽纳这个宝贝女儿，把她小小的家私一百路易，统统买了书送给父亲。有一天，葛兰杜告诉她，父亲房里要有两个书架，因为建筑师也有他的惊人之笔，把卧室同时设计成书房。赛查丽纳听了，就拿全部积蓄捧到书店的柜台上，送父亲一套藏书：什么博须埃、拉辛、伏尔泰、卢梭、孟德斯鸠、莫里哀、蒲风、费纳龙、特里勒、裴那登·特·圣-比哀、拉·风丹纳、高乃依、柏斯格、拉·哈泼，反正是到处看得见而她父亲永远不会去翻的普通书。跟着来的当然是一份数目惊人的装订账单。那个不守时间，可是赫赫有名的装订艺术家多佛南，答应十六日中午交货。赛查丽纳没有办法，告诉了叔公比勒罗，比勒罗替她付了账。赛查给太太预备的惊人之笔，是一件钉花边的樱桃红丝绒衣衫，就是他刚才跟同谋的女儿提到的。皮罗多太太给新任的荣誉团骑士预备的惊人之笔，是一副金搭扣，一支独粒钻镶的别针。最后，给一家三口共同预备的惊人之笔是整套新装修的屋子，尤其是十五天以后送上门的那些账单。

赛查郑重考虑了一下，哪些请帖该自己送，哪些在晚上派拉盖送。他雇了一辆马车，叫太太坐上去；她帽子上插着鸟毛，披一条想了十五年而新近才到手的开斯棉披肩，倒反乡气十足，变得难看了。夫妇俩穿扮齐整，一个上午拜访了二十二份人家。

大请客的场面需要在家里准备好各种点心糖果，这些麻烦事儿，赛查都替太太打发了。他很聪明，跟有名的希凡酒家办好交涉，租用他们的全套漂亮银器；这笔租金对于业主和田地收入一样可观。希凡承包酒菜，供给听差，还派一个体面的总管来带领，他们的举动行事保险没有问题。希凡要求把中层楼上的厨房和饭间交给他做大本营，准定下午六点开一桌二十客的酒席，半夜一点供应一顿精美的冷餐。皮罗多向福阿咖啡馆定了果汁冰淇淋，说好用镀金调羹，漂亮杯子，放在银盘里端出来。冷饮是向巴黎另外一家有名的铺子唐拉特定的。

喜事前两天，赛查看见他女人过于紧张，便道："你不用慌。中间一层交给希凡，唐拉特和福阿咖啡馆的人；维奥尼看守三楼。咱们把铺子关严，消消停停待在二楼就是了。"

十六日下午二点，特·拉·皮耶第埃先生来接赛查上荣誉团办公厅，跟其他十几位骑士[1]一同由特·拉赛班特伯爵授勋。区长上门的时候，花粉商正含着一包眼泪：公斯当斯才送了他两件意想不到的礼物：一副金搭扣和一支独粒钻的别针。

赛查丽纳，公斯当斯和伙计们集合在大门口，皮罗多一边上车一边说："有人这样爱我，心里真暖和。"

大家一齐望着赛查：他穿着黑丝袜，黑绸扎脚裤，全新的宝蓝大氅；大氅外面等会就要扣上一条鲜艳夺目的红丝带，照莫利奈说来是鲜血染红的[2]。

赛查回来吃晚饭，快活得脸都白了，挂着勋章对家里的镜子一面一面的照过来。他正在自我陶醉的兴头上，单是扣缎带绝不过瘾，他确是得意扬扬，没有什么不好意思的样子。

他告诉太太说："总裁人真和气，特·拉·皮耶第埃先生一开口，他就接受了我的邀请，答应和伏葛冷先生一同来。特·拉赛班特先生是个大人物，是的，和伏葛冷先生一样了不起，写过四十本书呢！而且这位作家是贵族院议员。别忘了称呼他大人或是伯爵。"

"嗳，先吃饭啊，"他女人催着他，又对女儿说，"你爸爸比小孩子还要不得。"

赛查丽纳对父亲说："你纽子洞上扣了红带子真好看，以后军警都要对你行礼了；明天咱们一块儿出去。"

"是啊，只要有岗位的地方，他们都要对我敬礼的。"

①骑士是获得荣誉团最低级勋章的人的称号。

②勋章上面有宽二三公分的一条红缎带，受勋的人平日只在上衣的纽子洞上扣一条红带作为标记。

说话之间，葛兰杜和勃拉训两人从楼上走下来。吃过晚饭，先生，太太和小姐可以去看看新屋子了。勃拉训的领班伙计快要钉完窗帘钩子，另外三个人正在点蜡烛。

勃拉训道："我们要一百二十支蜡烛。"

赛查太太道："一下子就是二百法郎出门了，照顾了脱吕同铺子。"她抱怨的话没说完，被赛查骑士瞪了一眼，拦住了。

勃拉训道："骑士先生，你这个庆祝会场面可了不起啊。"

皮罗多心上想："哼！已经来拍马屁了！陆罗神甫特别嘱咐我要谦虚，不要上这种人的当。对，我不能忘了自己的出身。"

这位圣·安东纳街上有钱的家具商，说话是有用意的，可惜皮罗多没听懂。勃拉训想要赛查请他和他的老婆，女儿，丈母，姑母，试了十几次没有成功，恨死了皮罗多，临走已经不叫他骑士先生了。

正戏之前的彩排开始了。赛查夫妇带着赛查丽纳走出铺子，从街上走进新屋。两扇大门重新做过了，气派不小，从上到下分作一块块大小相等的方格，每一格都嵌着一个上过漆的铁质图案。这种款式的门后来在巴黎极其普通，那时还很时新。穿堂底上是一座笔直的和合式楼梯，中间便是当初皮罗多老大不放心的那个楼梯座子，像笼子似的刚好安顿一个看门的老婆子。地下铺着黑白花纹的大理石，墙壁也漆成大理石颜色；顶上挂一盏四个烛台的古式吊灯。建筑师把华丽和素雅结合在一起。楼梯的踏级用的是磨光白石，铺了一条狭窄的红毯子，越发白得耀眼。第一个楼梯台通到中层楼。上房的门和临街的大门格式一样，不过是全部木料做的。

赛查丽纳赞道："多么雅致！又没有一点儿叫人注目的东

西。”

“对啦，小姐，所谓雅是全靠平台，座子，嵌线和各种装饰的比例恰当；我不用描金，只用素淡的颜色，没有强烈的调子。”

赛查丽纳说：“这是一门学问。”

于是大家先走进一间宽敞而大方的穿堂，铺着地板，装饰简单。朝里去是一间红白两色的客厅，临街一共有三扇窗，壁上的嵌线做得很漂亮，漆的颜色很文雅，没有什么闪光湛亮的东西。壁炉架两边砌着白石柱子，高头的几样摆设挑得很精，一点不俗气，跟其余的装饰很相称。总之，到处是一片和谐，叫布尔乔亚看了只会莫名其妙的赞叹；那境界只有艺术家能创造，他们对最细微的东西都有一套装饰计划。一盏吊灯点着二十四支蜡烛，把红绸窗帘照得辉煌夺目；富有诱惑性的地板叫赛查丽纳只想跳舞。从大客厅进去，走过一间绿白两色的小客室，才是赛查的书房。

两座书架之间很巧妙的嵌着一个暖阁，葛兰杜打开门说道：“我在这儿摆一张床，你或者太太不舒服的时候，可以各有各的卧房。”

赛查道：“架子上插满了精装的书……噢！太太！太太！”

“这不是我，是赛查丽纳送你的。”

赛查把女儿抱在怀里，对建筑师说：“对不起，我做父亲的动了感情了。”

葛兰杜答道：“别客气，先生，你是在自己家里啊。”

小书房以棕色为主，用绿作陪衬。每间房的色调都有连带关系，衔接得非常巧妙：在这一间做主体的颜色，在另一间里只作为点缀；反过来也一样。赛查房内的护壁板上，光彩熠熠的挂着一幅埃罗与莱安特的版画。

皮罗多很高兴的问女儿："这些都是你买的吗？"

赛查丽纳答道："这幅美丽的版画是安赛末先生送你的。"

原来安赛末也有他的惊人之笔。

"好孩子，他对我就像我对伏葛冷先生一样。"

接着是皮罗多太太的寝室。建筑师有心巴结这般好人，把这间房装修得特别华丽，讨他们喜欢。他事先答应要在这桩工程上费一番心血，他的确做到了。壁上是糊的白镶边白嵌线的蓝绸，家具是用的蓝绲边的白细呢面子。白石的壁炉架上，时钟的座子是一个维纳斯女神蹲在一块石头上。一条土耳其花式的漂亮羊毛地毯，把这间屋的色调和赛查丽纳卧房的色调连成一片。她那个玲珑小巧的房间糊着波斯绸，摆着一架钢琴，一口带镜子的漂亮衣柜，小床上挂着简单轻便的帐帷，另外还有些女孩子们喜欢的小家具。

饭厅在皮罗多书房和他太太卧房的背后，从楼梯那边进出，装修的格局是所谓路易十四式，摆一架蒲勒座钟，几口黄铜和螺细嵌花的酒柜，糊壁绸上钉着铜帽钉。

三个人心花怒放，快乐得无法形容。皮罗多太太回到寝室的时候，丈夫送的镶花边樱桃红丝绒衣衫，已经由维奥尼轻手轻脚的放好在床上；等她一发觉，大家更是说不尽的高兴。

公斯当斯对葛兰杜说："先生，你做了这个工程，名气可大了。明儿晚上我们有一百多客人，他们都要称赞你呢。"

赛查道："我一定替你扬名。来的都是商界中的头儿脑儿，你一夜工夫出的名胜过你盖一百幢屋子。"

公斯当斯激动之下，再也不想到费用，也不想批评丈夫了。那也是有缘故的。她一向认为安赛末聪明绝顶，能干非凡；当天早上他送埃罗与莱安特的版画来，告诉公斯当斯护首油必定成功，他正在拼命的干。这个情人还担保，皮罗多这回摆阔虽然要花很多钱，但他在头油上分到的赚头，不出半年就好抵销。公斯当斯提心吊胆了十九年，能够无忧无虑的快活一下，哪怕只有一天也是怪舒服的；因此她答应女儿再也不开口扫丈夫的兴，自己也决意痛痛快快的享受一番。

十一点左右，葛兰杜走了；公斯当斯抱着丈夫的脖子，高兴得直淌眼泪，说道：

“啊！赛查！你叫我快活死了，我简直要疯了。”

赛查微笑道：“要能长久才好，是不是？”

“一定长久的，现在我不怕了。”

赛查道：“好吧，这一下你算是赏识我了。”

他们俩一个是没爹没娘的女孩子，十八年前在圣·路易岛上小水手铺子里当领班小姐；一个是可怜的乡下人，手里拿着木棍，脚上穿着钉鞋，从都兰走到巴黎来的，如今一片好心，为了国庆居然办起大规模的喜事来；我想凡是胸襟宽大，肯承认自己缺点的人，必定认为他们是应当得意和高兴的。

赛查道：“天哪！现在要是有个客人上门，叫我出一百法郎也愿意。”

恰好维奥尼上来通报，说是陆罗神甫来了。

陆罗神甫当时是圣·舒比斯教堂的副堂长。精神的力量要算在这位圣洁的教士身上表现得最清楚了。接触过他的人对他都留着深刻的印象。一脸苦相，长得非常丑陋，叫你看了竟不相信他是个好人；但他道行高超，眉宇之间自有一副庄严的气概，预先照出天国的光彩。五官虽然难看，却有股天生的忠厚样儿把五官贯串在一起；不整齐的线条也被慈悲的火焰净化了，这种现象和使克拉巴龙暴露出兽性和下贱的现象正好相反。教士脸上的皱纹完全表现出希望，信仰，慈悲三大美德的妙用。他说话又慢又温和，深深的打入你的心里。他穿的是一般巴黎教士的服装，披一件栗色大氅。生性高洁，没有一点野心，将来天使们把他的灵魂交还给上帝的时候，还是和他生下来的时候一样纯洁。他经不住路易十六的女儿力劝，才接受了巴黎的一个教区，而且还是一个极清寒的教区。他瞧着皮罗多家豪华的场面，神气不大放心，对三个兴高采烈的商人笑了笑，摇了摇他花白的头，说道：

"孩子们，我的职务不是赶热闹，而是安慰受难的人。我特意来谢谢赛查先生，同时向你们道喜。等这个美丽的孩子出嫁的时候，我再来吃喜酒，别的宴会我不参加了。"

过了一刻钟，神甫走了。花粉商和他女人都没有敢请他参观新屋。严肃的客人来过一下，把赛查的一团高兴浇了几滴冷水。当夜各人睡在奢华的房里，平时想要的许多实用而美丽的小东西，这一下都到手了。赛查丽纳对着白石梳妆台的镜子，帮母亲卸装。赛查自己也置办了几样奢侈品，马上用起来。三个人想着第二天的快乐，睡熟了。

下一天，望过弥撒，做过晚祷，下午四点光景，把中层楼暂时交给了希凡铺子的人，赛查丽纳和母亲两个开始打扮。赛查太太穿上镶花边的短袖樱桃红丝绒衣衫，再合适没有了：美丽的胳膊还很娇嫩，胸脯雪白，肩膀和脖子的线条非常优美，经过贵重的料子和富丽的色彩一衬托，越发耀眼。女人觉得自己风头十足的时候，都不免沾沾自喜；这点心情使赛查太太的希腊式侧影更加妩媚动人，像宝石上的雕像那么细腻的美，也全部表现出来了。赛查丽纳穿一件白绉纱衫，头上戴一个白玫瑰的花环，腰里也系着一朵玫瑰，披肩一直遮到胸部，显得端庄稳重，包比诺看着简直被她迷住了。

公证人太太参观屋子的时候对丈夫说："这些家伙想压倒我们。"

她眼看自己比不上赛查太太漂亮，气恼得很。因为对手的高低，每个女人都心中有数。

罗甘轻轻的回答说："哼，日子不会长的。过些时候，你会在街上碰见这可怜的婆子搬着脚走路，家私都败光了，你还不是照样压倒她么？"

特·拉赛班特先生坐了车把学士院的同僚伏葛冷接着一起来。伏葛冷态度非常殷勤。花粉商太太光彩熠熠，两位学者对她赞不绝口，用的都是一套科学的字眼。

化学家说："太太，你保养得这样年轻貌美，科学家就研究不出这个秘诀。"

皮罗多说："学士先生，这儿差不多是您自己的家。"又回过头来向荣誉团总裁解释道："真的，伯爵，我的家业全靠伏葛冷先生帮忙——大人，请允许我介绍商务法庭庭长——这位是特·拉赛班特伯爵，贵族院议员，法兰西最了不起的人物。"他又告诉陪着庭长的约瑟·勒巴："他写过四十本书呢。"

客人准时到齐。生意人请客照例兴致十足，特别热闹，夹着许多粗俗的打趣，叫人笑个不停。精致的菜，名贵的酒，吃得人人赞赏。回到客厅喝咖啡的时候，正好九点半。几辆出租马车已经送了一批女客上门，等不及的想来跳舞。过了一小时，客厅里挤满了人，舞会的场面越来越大了。特·拉赛班特先生和伏葛冷先生起身告辞，急得皮罗多一直跟到楼梯头上还在苦苦挽留。包比诺法官和特·拉·皮耶第埃先生总算被他留了下来。特·冯丹纳小姐，拉蒲登太太和于勒太太，是贵族，官场和金融界三方面的代表，相貌既漂亮，态度衣着又高雅大方，在场子里自然与众不同。其余的女客可是都穿得笨重，呆板，乡气；一般布尔乔亚的庸俗，和那三位太太的轻盈妩媚对照之下，愈加赤裸裸的刺目了。

这时，圣·但尼街上的布尔乔亚正在耀武扬威，把滑稽可笑的怪样儿表现得淋漓尽致。平日他们就喜欢把孩子打扮成枪骑兵，民兵；买《法兰西武功年鉴》，买《士兵归田》的木刻，看了《穷人的葬礼》赞叹不止；去民团值班的日子特别高兴；近郊有所自己的屋子，星期天一定得上那边玩儿。他们想尽方法学时髦，希望在区公所里有个名衔。这些布尔乔亚对样样东西都眼红，可是本性善良，肯帮忙，人又忠实，心肠又软，动不动会哀怜人：他们为福阿将军的遗孤捐钱，也为希腊的复国运动捐钱，可不知道希腊人在海上打劫；美洲的难民区结束了好久，捐款还照旧送去。他们为了好心而吃亏，品质不如他们的上流社会还嘲笑他们的缺点；其实正因为他们不懂规矩体统，才保住了那分真实的感情。他们一生清白，教养出一批天真本色的女孩子，刻苦耐劳，还有许多别的优点，可惜一踏进上层阶级就保不住了；但是像克利沙勒[①]那样的老实人娶起老婆来，还是喜欢这些头脑简单的姑娘。参加皮罗多家跳舞会的就是这一类的布尔乔亚；在龙巴街开药材铺，跟玫瑰女王做了六十年交易的玛蒂法，便是他们出

①莫里哀的《女子教育》中的克利沙勒是一个平庸老实，带点乡气的男子典型。

色的代表。

玛蒂法太太有心做出庄严的样子，裹着头巾，穿一件笨重的钉金片的紫酱衣衫，配上她自命不凡的气概，罗马人派头的鼻子，发亮的暗红皮色，倒也十分调和。至于玛蒂法先生，尽管民团大操的时节好不威风，老远就看见他滚圆的肚子，亮晶晶的挂着表链和一大串小玩意儿，但在家的确受着账台上的凯塞琳二世支配。他矮胖身材，鼻梁上架着眼镜，高领头儿乎碰到后脑勺子，他的低嗓子和丰富的辞汇特别引人注意。

他从来不说高乃依，而说“崇高的高乃依”。提到拉辛总是“温厚的拉辛”。至于伏尔泰，噢！伏尔泰“写无论什么体裁都是第二流，机智多于天才，但终究是个天才”。卢梭么，“他多疑，骄傲，终于自己吊死了”。比隆[①]在布尔乔亚眼中是个大人物，玛蒂法讲些比隆的轶事，内容既无聊，口齿也笨拙。他有点儿色迷迷的，一心都在女演员身上；有人还说他学着加陶老头和有钱的加缪索的样，养着一个情妇呢。有时，玛蒂法太太看见他要讲什么故事了，赶紧直着嗓子对他嚷：“胖胖，讲话小心点儿！”她很亲密的把丈夫叫作胖胖。这位魁梧奇伟的药材王后使冯丹纳小姐连贵族的尊严都顾不得了，一听见她对玛蒂法说：“胖胖，吃冰别这样穷形极相，多难看！”就忍不住抿着嘴笑。

要说明上流社会和布尔乔亚的差别在哪儿，比着要布尔乔亚消灭这个差别更难。那些女的为了身上的穿戴拘束不堪，可又念念不忘自己穿着新衣服：那副天真的得意样儿说明她们平时太忙，难得有跳舞的机会。至于另外三个妇女，虽则代表三个阶层，

---

①法国十八世纪作家，遗有大宗诗歌及讽刺文字。

可是态度都随随便便，跟平常一样，不像是特意打扮起来的，既不因为穿戴华丽而自鸣得意，也不在乎人家的印象。她们穿好跳舞衣衫，照着镜子轻轻巧巧的收拾一两下就算停当。脸色不过分兴奋，跳舞的风度跟无名的天才在古雕塑上表现的一样潇洒，妩媚。其余的女人恰好相反，身上有着做活的标记，举动姿势都那么俗气，玩也玩得太高兴；眼睛东张西望，毫无顾忌，讲话直着嗓子，不知道跳舞会上的谈话应该低声细语，才有那种微妙的气氛。她们不会摆出一副俨然的正经面孔，在一言半语之间说些俏皮话，也不像有涵养的人那么气度安闲。所以拉蒲登太太，于勒太太和冯丹纳小姐，存心要来拿花粉商家的跳舞会取乐。在买卖人家的眷属中间，她们三个凭着懒洋洋的姿态，文雅的装束，脸上的表情，显得出人头地，好比歌剧院的主角在蠢俗的跑龙套中间一样凸出。大家瞪着眼打量她们，又诧异又忌妒。罗甘太太，公斯当斯和赛查丽纳，可以说是生意人和三个贵族太太之间的桥梁。舞会照例有个高潮，大片的灯光，音乐，快乐的心情，跳舞的兴致，使人飘飘然像喝醉了酒一般；大合奏越来越响亮，连人物的雅俗也分不清了。那天的舞会刚要热闹起来，冯丹纳小姐预备走了，她正在找父亲一同回家，皮罗多一家三口就急忙赶来，不肯让贵族全部撤退。

傲慢的姑娘对花粉商说：“府上有股特别优雅的香味，真是难得。”

皮罗多被众人捧糊涂了，没有听懂；他女人可是涨红了脸，不知道怎么回答。

加缪索说：“为了国庆办这样的喜事，也是你的光荣。”

特·拉·皮耶第埃先生说：“我很少看到这样有气派的跳舞

会。”他在应酬场中说句把假话本来不算稀奇。

但是皮罗多听了所有的好话都信以为真。

勒巴太太道：“场面真好看，乐队也妙极了！你可愿意为我们多开几次跳舞会么？”

台玛雷太太道：“屋子多美！可是你亲自设计的？”

皮罗多居然扯起谎来，暗示装修的款式都是他的主意。至于赛查丽纳，每次四组舞都有人邀请；她觉得安赛末·包比诺对她体贴极了。

离开饭桌的时候，安赛末凑着她耳朵说：“依我的心思，一定请你跳一次四组舞；可是我不能贪图一时快乐，伤害咱们俩的自尊心。”

但赛查丽纳偏要当夜的跳舞会由她跟包比诺两人开场；在她眼里，两腿笔直的男人走路谈不上风度。包比诺听着姑母撺掇，一边跳舞，一边竟大着胆子对这个迷人的姑娘谈起爱情来，不过和胆怯的情人一样，只敢用旁敲侧击的方式。

“我的家业全靠你哪，小姐。”

“怎么靠我呢？”

“只有一个希望能使我挣起家业来。”

“那就希望吧。”

包比诺说：“你这句话包含多少意思，你知道没有？”

赛查丽纳俏皮的笑着说：“我是叫你对家业存着希望呀。”

跳完四组舞，安赛末使劲抓着高狄沙的胳膊，说道：“高狄沙！高狄沙！你非成功不可，要不然我就活不了。事业成功才能把赛查丽纳娶过来，她和我说过了。你瞧她多好看！”

高狄沙道：“不错。她打扮得漂亮，并且还有陪嫁；咱们把她浸在油里就是了。”

罗杜阿小姐和克劳太十分投机，叫皮罗多太太瞧着很伤心，因为她一向要女儿嫁一个巴黎的公证人，而罗甘已经指定克劳太接他的后任。比勒罗叔叔和小老头儿莫利奈招呼了一下，坐在书架旁边的靠椅上，瞧着牌桌上的客人，听人家谈话；有时也站在客厅门口张望，看女士太太们头上插着鲜花，跳起舞来像许多花篮在那里抖动。他的态度完全是一个看破世情的哲人。

男客都俗不可耐，只有杜·蒂埃算有了上流社会气派，拉·皮耶第埃少爷是个初出道的公子哥儿，几个官方人物和于勒·台玛雷也还比较像样。余下的人面孔多少有点滑稽，成为这个跳舞会的特色。其中有一张脸尤其轮廓模糊，像一个共和政府时代的五法郎铜币，但身上的打扮使他显得很特别。读者想必知道，我说的就是那个巴太佛大院的地头蛇。他穿着在柜子里放得发黄的细布衬衫；还有心卖弄，胸前戴着祖传的镶花边百裥颈围，扣一支似蓝非蓝的宝石别针；下身穿一条黑绸扎脚裤，两条纱锭般的细腿好容易撑住了他的身体。赛查得意扬扬，带着他参观建筑师在二层楼上装修的四个房间。

莫利奈道：“哎！哎！先生，这是你的事儿。不过我的二层楼这样装修过了，将来好租到三千法郎出头呢。”

皮罗多说了句笑话扯开去了，可是也觉得小老头儿的口气把他刺了一针。

莫利奈放冷箭一般说的将来好租到……那句话，意思是：“这家伙是个败家精，我的二层楼很快就能收回。”

杜·蒂埃首先注意到这位房东在表链上挂着斤把重的小古董，绿颜色的大氅已经发白，衣领翘成一副怪样子，神气活像一条响尾蛇。再加他脸色发青，眼露凶光，给杜·蒂埃印象更深。银行家便过去招呼这个放债的小头目，打听他为什么这样得意。

莫利奈一只脚站在大客厅里，一只脚站在小客厅里，说道："先生，这边是葛朗维伯爵的产业，但一到那边，"他指着大客厅，"我就在自己屋里了，因为那幢屋子是我的。"

莫利奈最喜欢有人听他讲话，看见杜·蒂埃聚精会神听着，高兴极了，马上把自己的身份，习惯，姚特冷先生的蛮横，跟花粉商订的条件，讲了一遍；当然，要是他不通融，皮罗多的跳舞会是开不成的。

杜·蒂埃说："怎么，赛查先生已经把房租付给你了？这和他向来的习惯完全相反。"

"噢！那是我要求的。我待房客好得很哪！"

杜·蒂埃私下想："倘若皮罗多老头破产，叫这个小混蛋当破产管理人倒再好没有。那张出口伤人的利嘴很有用处。他准是和陶米蒂安一样，在家没事，拿掐死苍蝇做消遣的[1]。"

杜·蒂埃上了牌桌，克拉巴龙听着他的吩咐已经先入局了。杜·蒂埃觉得有了灯罩做掩护，那冒充的银行家就不会被人识破。他们俩的态度像素不相识的一样，你再疑心也看不出他们有什么勾结。高狄沙知道克拉巴龙的来历，只是不敢上前相认；那位有钱的掮客摆着暴发户面孔，好不威严的把高狄沙冷冷的瞪了一眼，分明是不愿意他过来招呼。

清早五点左右，跳舞会像一个明亮的花炮一般熄下来了。摆在圣·奥诺雷街上的一百多辆马车，只剩下四十辆光景。大家跳

①陶米蒂安是纪元一世纪时的罗马皇帝，相传他每天必有一小时以掐死苍蝇为乐。

着蒲朗日舞，过后又是高底翁舞，英国快步舞。杜·蒂埃，罗甘，加陶的儿子，葛朗维伯爵，于勒·台玛雷，一块儿玩蒲育德。杜·蒂埃赢了三千法郎。东方发白，烛光暗淡了，打牌的客人过来看最后一次的四组舞。布尔乔亚的寻欢作乐照例要闹哄一阵收场。大人物走了。余下的都跳舞跳得兴高采烈，屋子里暖烘烘的，不管多么和顺的饮料总有些酒精在内，使老太太们僵硬的筋骨也松动起来，加入四组舞放肆一下。男人们疯疯癫癫，烫的头发全走了样，掉下来挂在脸上，一副滑稽样儿叫人看了好笑。年轻的妇女做出轻狂的样子，头上的鲜花掉了不少。屋子里笑声不绝，仿佛专管诙谑的莫缪斯神到了世界上，给布尔乔亚来一套插科打诨的节目。人人想到第二天又得受工作束缚，便赶紧说笑打趣，玩个痛快。玛蒂法戴着女人帽子跳舞；赛莱斯丁一味的寻开心。四组舞跳个没结没完，有些女的换姿势的时候，拍手拍得特别过火。

皮罗多满心欢喜，说道："他们玩得多高兴啊！"

公斯当斯对她叔叔说："只要不打烂东西就好。"

杜·蒂埃向他老东家告别的时候说："跳舞会我见得多了，这样盛大的场面还是第一回碰到。"

皮罗多那时的心情只有诗人能了解。读者想必记得贝多芬在八阕[①]交响乐中写过一段幻想曲，气魄的雄伟像一首诗，放在C小调交响乐的结尾作为高潮。主题的内容非常丰富，大概就因为此，这阕交响乐驾于其他几阕之上。出神入化的作者用大段音乐

---

①大家知道贝多芬的交响乐一共有九阕，不是八阕。也许作者写作时，巴黎尚未演出第九交响乐。

作高潮的准备。哈巴纳克[1]完全了解作者的用意，他精神抖擞的舞动棍子，揭开一幅绚烂的画面，引进那个光芒四射的主题把全部音乐的威力发挥出来，叫诗人们听了不能不神摇魄荡。唯有这个时候，他们才体会到那个跳舞会对皮罗多精神上的作用，就等于贝多芬的音乐对诗人的作用。一个姿容绝世的仙女拿着棍子冲出来；众天使拉开紫红缎子的帷幕，连窸窸窣窣的声音都能听到。一重重黄金的门户全是钻石做的铰链，雕刻精工，有如翡冷翠教堂的铜门。五光十色的奇景目不暇接，巍峨壮丽的宫殿连绵不断，进进出出的人物都不是凡胎俗骨。象征财富的香烟袅袅不绝，幸福的神坛上灯烛辉煌，阵阵异香在空中荡漾。仙子们穿着蓝边的白袍，带着恬静的笑容在你面前翩然掠过，身段窈窕，美貌非人世所有。爱神在天上飞翔，拿着火把到处散着火花。音乐滔滔汩汩的流着，浸润你的心田，对每个人都不啻琼浆玉液；你觉得有人爱你，得到了渴望已久而说不出名字来的快乐。暗中的心愿一时都实现了，你深深的受了感动。乐队指挥带着你在天上遨游，正当你听着神奇的曲调恋恋不舍，心中喊着再来一次的时候，低音乐器却奏出一段音调深沉，神秘莫测的过门，突然之间把你送回到冷酷的世界上。

这便是那个美妙的最后乐章的最精彩的段落，那个精神境界就是赛查夫妇在跳舞会中经历到的。不过那阕商业交响乐的最后乐章不是贝多芬的作品，而是为他们伴奏的高利南用笛子吹出来的。

皮罗多一家三口疲倦极了，也快活极了，早上蒙眬入睡的时

---

①哈巴纳克是十九世纪初期的法国乐队指挥，首先向巴黎人介绍贝多芬的作品。

候，耳朵里还隐隐约约听见跳舞会的余音。赛查可没想到，这次喜事连同房屋的装修，新置的家具，当天的饮食，新做的衣衫和还给赛查丽纳买书的钱，一共要花到六万法郎。这就是王上给花粉商的纽子洞扣上一根害人的红丝带的代价。

赛查·皮罗多倘若倒霉的话，这笔大浪费尽可以把他送上轻罪法庭。生意人花的钱要是被认为挥霍过度，他的破产就是犯法的。因为糊涂或者不会经营而上轻罪法庭，可能比为了一桩大骗局而上重罪庭更可怕。在有些人眼里，与其做傻瓜，宁可做坏蛋。

第二部　赛查与苦难搏斗

八、几道闪电

跳舞会过后八天，十八年兴旺的家业，像一堆干草烧起来的火，烧到连最后一些火星也快熄掉了。赛查从铺子的玻璃窗里望着街上的行人，想着事业的范围，觉得担子很重。他向来日子过得简单，不是自己做货色来卖，便是批发来卖。如今做了地皮生意，在包比诺号子里搭了股，还有十六万法郎的票据抛在外面。要付这笔款子只有两个办法：或者是做老婆不喜欢的事，让票据在市场上流通；或者包比诺的生意做得意想不到的发达。许许多多念头把可怜的家伙吓坏了，只觉得头绪纷繁，无法掌握。再说，安赛末当家又当得怎么样呢？皮罗多看待他像作文老师看待一个学生，始终不相信他的能力，恨不得站在他背后。他在伏葛冷家曾经把包比诺踢过一脚，要他住嘴，可见那初出道的生意人叫花粉商着实担心。皮罗多绝对不让老婆女儿和伙计猜到他的忧虑，心境却好比塞纳河上一个普通的船夫忽然被海军部长派去指挥一艘军舰。他这个人本来不宜于思索，一有这些念头，脑子里更是布满了迷雾；他站在那儿想看看明白。不料街上出现了一张他最讨厌的脸，他的新房东小个子莫利奈的脸。我们大概都做过一些梦，事情多得可以代表整整一生，其中常常有一个专门作恶的怪物，像戏里的坏蛋一样。皮罗多觉得莫利奈就是命运派来当这一类的角色，跟他捣乱的。在喜气冲冲的跳舞会上，莫利奈就不怀好意的扮过鬼脸，对着豪华的场面恶狠狠的直瞪眼睛。这一回在皮罗多出神的当口突然露面，使他更多了一层反感，以前对这个小气鬼（这是皮罗多常用的词儿）的印象也回想起来了。

小老头儿的声音阴阳怪气的叫人难受，他说："先生，咱们事情办得太匆忙了，你忘了在合同后面批一句①。"

皮罗多接过合同预备补手续，不料又来了建筑师，跟花粉商打过招呼，装着莫测高深的样子在他身边转来转去。

终于他凑着皮罗多的耳朵说道："先生，你是知道的，开头吃一行饭多么不容易。你既然对我满意，请你帮帮忙，把酬劳给了我吧。"

皮罗多的现款和证券都掏空了，只能吩咐赛莱斯丁开一张三个月的二千法郎期票，预备一张收据给建筑师签字。

莫利奈话中带刺的说道："你把邻居的房租承担下来，我很高兴。今天早上看门的报告说加隆逃走了，治安法官已经来封了门。"

皮罗多心里想："哎唷，但愿我那五千法郎不要吃倒账才好！"

罗杜阿也送发票来，一跨进屋子就接口道："人家还说他买卖做得挺好呢。"

莫利奈道："做生意的要告老了才算保险。"他一边说一边

---

①我国的旧式契约在正文后面必加上一句"××契约是实"，外国契约亦有类似程式。

细磨细琢的把租约折起来。

建筑师打量着这个小老头儿，看得津津有味。艺术家只要遇到一张可笑的脸能证实他对布尔乔亚的想法，没有不高兴的。

他说：“一个人撑了伞，就以为下起雨来不用怕了。”

莫利奈瞧着建筑师的脸，特别端详他的鬓角和小胡子。两个人彼此瞧不起的程度正是不相上下。他故意留着不走，要在出门的时候把建筑师刺一下。莫利奈跟猫儿混惯了，举动和眼神都很像猫。

那时，拉贡和比勒罗来了。

拉贡咬着赛查的耳朵说：“我们把地产的事和包比诺法官说了，他认为做这种投机生意一定要拿到卖主的收据，把手续办完全，咱们才能算真正的业主……”

罗杜阿道：“啊！你们买进了玛特兰纳那块地么？外边都在谈论，又要盖新房子了！”

油漆包工罗杜阿原想把账款快快收清，临时改变主意，觉得还是不要催得太紧的好。

他凑着赛查的耳朵说：“我送发票来只是为了年终关系，不是急于要钱。”

赛查只管呆着脸望着账单，不回答拉贡，也不回答罗杜阿。比勒罗看他发愣，问道：“喂，赛查，什么事啊？”

“没有什么。隔壁那个卖伞的破产了，我收了他五千法郎票据。要是票子靠不住，我就上了当，做了傻瓜。”

拉贡叫道：“我早就告诉你的：一个人掉在水里就只想逃命，连老子的腿也会拖住不放，结果两个人都淹死。破产的事我见得多了：刚倒霉的时候不一定想骗人，后来也是逼不得已。”

比勒罗说："这话不错。"

皮罗多踮起脚尖，把身子往上挺了一下，说道："啊！将来我要是能够进国会，或者在政府里多少有点势力的话……"

罗杜阿说："那你预备干些什么呢？你是个聪明人哪。"

莫利奈对有关法律的议论都感到兴趣，便留着不走。比勒罗和拉贡向来知道赛查的意见，只因为大家都聚精会神，也就跟着别人一本正经的听下去。

花粉商说道："我要建议设一个法院，法官全是终身职的，再派一位受理刑事案件的检察官。在侦查期间，凡是现在由查账人，破产管理人和'执行裁判'所担任的职务，统统交给一个法官去马上执行。侦查完毕，法院应当宣布当事人属于哪一类，是可以复权的破产人呢，还是一个倒闭户[①]。可以复权的破产人必须把债务全部清偿；他和他妻子的财产可以由他保管；但他的权益，遗产，全部归债权人所有；他应当在债权人监督之下负责管理。我们可以允许他继续营业，但签名的时候必须写明破产人某某，直到债务全部还清为止。至于倒闭户，就得像从前一样给他戴上一顶绿帽子，送到交易所去枷示两小时。他和他妻子的财产，他本人的权益，一律没收，交给债权人，还得把他逐出国境。"

罗杜阿道："这样，生意场中可以少点儿风险。一个人不管做什么买卖，总得多想想了。"

赛查气愤愤的说道："现在的法律并没有执行。一百个做生

---

①复权是恢复公民权的意思，因破产人未清偿债务以前是停止公民权的。倒闭户专指欺诈或经营不当而破产的人。在法国法律上，破产人与倒闭人有严格区别。

意的，倒有五十个以上营业额超过资本四分之三，或者货色的卖价比资产负债表上开的低四分之一，他们就是这样捣乱市面。”

莫利奈道：“先生说的不错，现在的法律伸缩性太大了。破产人要不把家私全部拿出来，就得叫他名誉扫地。”

赛查道：“该死！像眼前这样，做生意的快要变作合法的强盗了：签一个字就好在众人银箱里拿钱。”

罗杜阿道：“你倒是硬心肠，皮罗多先生。”

拉贡老头道：“他这个态度是对的。”

赛查受了那笔小损失，气坏了，说道：“破产的人都不是好东西。”他听到邻居破产的消息，好似一头鹿听见了猎人的号角。

这时，希凡酒家的茶房头儿送了发票来。接着，斐列克司的伙计，福阿咖啡馆的小厮，高利南手下吹单簧管的乐师，都带着账单来了。

拉贡微笑着说：“这是年关到啦。”

罗杜阿说：“真的，你的跳舞会精彩极了。”

赛查对那些伙计说了声：“这会我没有工夫。”他们便留下发票走了。

罗杜阿看见建筑师正在把皮罗多签的票子折起来，便说：“葛兰杜先生，我的账单请你就审查吧，只消核对一遍就行，价目都是你代表皮罗多先生讲定的。”

比勒罗听着，对罗杜阿和葛兰杜两人望了一眼。

他咬着侄婿的耳朵说：“让建筑师跟包工的讲价钱，你上当了。”

葛兰杜走出铺子，莫利奈鬼鬼祟祟的跟上去，说道：“先生，我说的话，你没有听进去；但愿你有把伞才好。”

葛兰杜听了大吃一惊。人心总是这样：越是非分之财，越是不肯放松。建筑师设计花粉商的屋子，的确一心一意拿出全身本领，花了不少时间，所费的心血值到一万法郎酬劳。他为了显本事，吃了亏。所以那些包工头儿很容易的把他拉拢了。劝他通同作弊的理由固然很动听，而且暗中还带着威胁的意思：要不依他们，他们会说他坏话，和他为难的；但对建筑师最起作用的还是罗杜阿对玛特兰纳地产的看法。据他说，皮罗多只是在地价上投机，并不打算盖房子。包工的和建筑师原像剧作家和演员一样相依为命。葛兰杜代皮罗多讲价钱的时候，也就帮着同行欺骗主顾。怪不得罗杜阿，夏法罗，木工多莱昂三个大包工，都夸说葛兰杜脾气随和，跟他共事是最愉快不过了。葛兰杜在工账里头既然有一份好处，又料到皮罗多将来少不得要用票据付账，像付他的酬劳一样，所以听到小老头儿的话，就觉得票据能不能兑现成了问题。艺术家向来对布尔乔亚心肠最硬，现在葛兰杜也要不客气了。到十二月底，赛查一共收到六万法郎的账单。斐列克司铺子，福阿咖啡馆，唐拉特冷饮店，还有一些非付现款不可的小户，已经上门来讨过三次。这一类的小事情，在生意场中比真正的灾难更可怕，等于是灾难的预告。肯定的损失总有一个限度，精神上的恐慌却漫无止境。皮罗多银箱空了，心里怕起来了。他做了一辈子买卖也没遇到这种情形，其实对大多数的巴黎小商人一点不算稀奇。但赛查天生懦弱，又不曾跟贫穷作过长时期的挣扎，一遇难关就心慌意乱，没了主意。

花粉商吩咐赛莱斯丁，把买主在店里挂的账一齐开了发票送出去。领班伙计从来没听见过这种命令，只要东家说了两遍才敢动手。当时做零卖生意的都喜欢说得好听，把买主叫作顾客，赛查就是这个脾气；他老婆反对也没用，最后只得说：“随你怎么叫吧，只要他们付钱就行！”他们的所谓顾客都是一般有信用的阔佬，只是付账要趁他们高兴，赛查放给他们的账经常有五六万法郎。二伙计拿出账簿，把数目最大的客户抄下来。赛查怕见老婆。灾难的风暴已经把他吹得失魂落魄，他想上街去，免得被老婆发觉他的心事。

不料葛兰杜若无其事的闯进来叫道：“先生，你好哇。”自命清高的艺术家一提到钱，老是装出这副洒脱的神气。他说：“拿了你的票子，我一个钱都弄不到，请你给我现款吧。我到处想办法，苦极了；可是没有去找放印子钱的，也不愿意把你的票子传出去。我懂得生意经，知道流通票据会妨碍你的信用，所以为了你的利益……”

皮罗多听着怔了一怔，说道：“先生，讲话轻一些好不好？你真使我奇怪。”

这时罗杜阿又来了。

皮罗多笑着说：“罗杜阿，你可知道……”

皮罗多话说了一半就停住。可怜他像信心十足的商人一样，还打算叫罗杜阿收下他出给葛兰杜的票子，借此笑话建筑师多心；但一看罗杜阿沉着脸，马上觉得自己太冒失了，暗暗吃了一惊。人家已经不放心你，你再来打哈哈，要不信用堕地才怪。真正殷实的商人遇到这个局面，一定收回票据，绝不转给别人。皮罗多那时头昏眼花，好像望着一个深不可测的窟窿。

罗杜阿拉他到铺子的尽里头，说道：“亲爱的皮罗多先生，我的账单已经查过，核过，没问题了，请你明天把钱准备好。我的女儿嫁给克劳太，他需要钱，做公证人的没有商量的余地。我也从来没签过票据。”

皮罗多大模大样的回答说：“后天来拿吧。”他想自己店里的账那时可以收来了。又对葛兰杜说：“先生，你也后天来吧。”

“为什么不马上付呢？”建筑师问。

从来没扯过谎的赛查回答说：“我作坊里要发工钱。”

他拿起帽子和他们一同出去，才带上大门，多莱昂，夏法罗和泥水匠又把他拦住了。

夏法罗说：“先生，我们急于要用钱呢。”

“唉！我又不开什么金矿啰。”赛查不耐烦的回答了一句，急急忙忙丢下他们，一下子就走得老远。他心上想：“哼！其中必有蹊跷。该死的跳舞会！个个人当我是百万富翁了。”转念又想：“罗杜阿神气不大自然，准有人暗中捣鬼。”

他在圣·奥诺雷街上走着，茫无目的，只觉得自己像冰消瓦解一般的化掉了。

九、一声霹雳

他在路角上和亚历山大·克劳太撞了一个满怀，好似一头羊撞着另外一头羊，也好似一个数学家聚精会神想着一个算题，撞在另外一个数学家身上。

未来的公证人说："啊！先生，问你一句话：罗甘可曾把你的四十万法郎交给克拉巴龙？"

"事情不是你经手的么？克拉巴龙一张收据也没给我；我出的票子……是要贴现的……罗甘应当把我的二十四万现款交给克拉巴龙……我们说好要立正式合同……法官包比诺认为……要有收据！……可是……你为什么问我这个？"

"为什么问你这个？为了要知道你的二十四万法郎是在克拉巴龙手里还是在罗甘手里。罗甘和你来往了这么多年，也许他顾到交情，那笔钱已经交给克拉巴龙，那就算你逃过了！呃！我好糊涂！这笔款子和克拉巴龙的款子都被他卷走了，克拉巴龙幸亏只交了他十万。罗甘逃走啦，拿了我受盘事务所的十万法郎，也没有出收据。我把钱交给他，就像把荷包交给你一样放心。你们的卖主一个钱都没拿到，他们才看我来着。你拿工场的地皮托他向人家抵押，其实你既没有借到款子，人家也没有什么钱好借给你；他们存在罗甘那儿的钱，跟你有的十万一起被他吞掉了……你的钱他早已挪用……你最近交出的十万他也拿了，记得还是我上银行去领的。”

赛查眼珠鼓得那么大，只看见一堆鲜红的火焰。

年轻的公证人又道：“你的十万法郎支票，我盘进他事务所的十万，克拉巴龙的十万，这就是拐了三十万，不曾发觉的数目还没算进。罗甘太太急死了，恐怕有性命危险，杜·蒂埃先生整夜陪着她。杜·蒂埃不曾上当，也好险啊！罗甘磨了他个把月，要他加入地产生意，幸亏他全部资金都跟纽沁根银号做着别方面的投机。罗甘留给他太太的信简直不像话，我才看了来。客户的存款，他已经挪用了五年。为什么挪用的？为了一个情妇，叫作荷兰美人。罗甘卷逃以前半个月才离开她。那个挥金如土的女人弄到两手空空，家具给人拍卖了，还有约期票签在外面；她怕人追究，躲在王宫市场一家妓院里，昨天晚上被一个上尉谋杀了。总算老天有眼，报应得快；罗甘的家私准是她吃光的。有些女人觉得世界上没有一样动不得的东西，连公证人的事务所也敢吞掉，还了得！罗甘太太手头只剩下一些法定抵押品，坏蛋罗甘的产业全押在外面，押的钱已经超过了实际价值。事务所作价三十万。我还以为占了便宜，一开头就多付了十万，没有拿到收据；还有业务上的亏累，要拿基金和保证金去抵偿。我一提到我的十万法郎，债主还会当我跟罗甘串通呢。一个人刚开业，名誉多么要紧。我将来最多只能收回三成。想不到我年纪轻轻就栽了这么一个筋斗！一个人活到五十几岁还养女人！……老混蛋！……二十天以前，他就叫我不要娶赛查丽纳，说你马上要没有饭吃了，你看他恶毒不恶毒！”

亚历山大尽可以讲个半天，皮罗多站在那儿像一块石头。每句话对他都是一记闷棍。他开头只看见火烧，这时只听见丧钟。亚历山大·克劳太只道稳重的花粉商是个有魄力有办法的人，一看他脸色发青，待着不动，不由得慌起来。他不知道罗甘卷走的不仅仅是赛查的财产。这生意人虽是奉教虔诚，也动了马上自杀的念头。与其给人家千刀万剐，还不如自寻短见；这时候想要一死了事也在情理之中。克劳太搀着赛查的胳膊想把他扶着走，可是他两条腿软绵绵的像喝醉了一样。

克劳太道："喂，你怎么啦？我的好先生，拿出勇气来！这也不至于致你死命啊。再说，那四万法郎并没有损失，借主没有这笔钱，也不曾当面点交，可以请求法院撤销借据。"

"我的跳舞会，我的勋章，二十万法郎的票子抛在外面，现款都完了……拉贡夫妇，比勒罗……还有我老婆，她把事情看得多清楚！"

多少沉重的念头，从来未有的苦恼，一时都涌上心头，吐出一大堆含含糊糊的话，像冰雹似的把玫瑰女王花坛里的花全部打光了。

临了他说："我这脑袋要砍掉才好，累赘得要命，对我又一无所用……"

亚历山大说："可怜的皮罗多老头！难道真有什么危险么？"

"危险！"

"那么勇敢一些，奋斗吧。"

花粉商也跟着说："奋斗！"

"杜·蒂埃是你的老伙计，他很精明，会帮你忙的。"

“杜·蒂埃？”

“好，跟我来。”

皮罗多说：“天哪！我不愿意这样的回家。假使我还有朋友，那就是你了；我对你有过一番心意，你也常在我家里吃饭，山德罗，看在我女人面上，雇辆车陪我遛遛吧……”

公证人费了好大的劲，才把赛查那个僵直的身体扶上马车。

花粉商一边哭一边说，声音呜呜咽咽的不大清楚；但他一淌眼泪，头上的铁箍倒松开了一些。他说：“山德罗，先到我家里转一转，你去告诉赛莱斯丁，罗甘失踪的消息，谁都不许泄露，不管为什么理由。那跟我夫妻俩性命攸关。你叫赛查丽纳出来，要她在母亲面前不让人家谈到这件事。便是对我们的好朋友也要防着，比勒罗，拉贡，所有的人……”

克劳太发觉皮罗多声音变了，心上一惊，知道他这番嘱托的确关系重大。克劳太本来要去见法官，圣·奥诺雷街是顺路。他替花粉商传了话。皮罗多像呆子似的坐在车厢里头，面色苍白，一声不响，赛莱斯丁和赛查丽纳看了害怕得很。

花粉商道：“这件事一定要保守秘密。”

山德罗私忖道：“啊！这可好啦。我只怕他就此完了呢。”

克劳太和法官谈了很久，公证人公会的会长也请来了。他们把赛查像一个包裹似的到处带着，他一动不动，也没开过一句口。晚上七点光景，克劳太送花粉商回家。赛查想到要去见公斯当斯，才挣扎出一些气力。年轻的公证人出于好意，先去通知皮罗多太太，说她丈夫得了病，大概是中风。

“他有点儿神志不清，”克劳太做着手势，形容赛查头脑糊涂，“说不定要给他放血，或者贴几条蚂蟥。”

公斯当斯万万想不到出了乱子，说道：“我早料到的，交冬的时候他没有吃药预防；这两个月又忙得像苦役犯，好像家里还等米下锅似的。”

赛查听着太太和女儿的劝告，上了床。向来看惯他的老医生奥特莱，也派人去请了。奥特莱老头是莫里哀描写的那种医生，生意兴隆，喜欢用药店里的老方子；虽是正式医师，给病人的药跟走江湖的半斤八两。他来了，仔细瞧了瞧赛查的气色，看出有脑溢血的症象，吩咐立刻在脚跟上贴芥子膏药。

公斯当斯问：“他怎么会发病的？”

赛查丽纳过去和医生说了句话，医生就回答说：“天气潮湿。”

做医生的往往不得不故意胡说八道，替病人周围健康的人遮面子，或者保全他们的性命。老医生事情见得多了，听了一言半语就明白。赛查丽纳跟到楼梯上问他该怎么调养。

“要安静，不能有声音。等他神志清醒了，咱们再用补药来试一试。”

赛查太太在丈夫床头守了两天，发觉他常常昏昏沉沉的说胡话。他睡在太太那间蓝颜色的漂亮卧房里，看着窗帘床帷，动用家具和贵重华丽的东西，说了好些话，公斯当斯听着莫名其妙。有一回，他忽然坐起来，用庄严的声调东一段西一段地背商法条文：

“……支出部分倘有过于浪费情事……——喂，窗帘床帷，给我统统拿下来！”

公斯当斯对女儿说：“他发神经了。”

三天之内，情况严重，赛查大有神经错乱的危险。过后，都兰乡下人的强壮的体格毕竟占了上风，脑子清醒了。奥特莱先生开了补药，让他多吃营养丰富的食物，又及时给了他一杯咖啡，他居然下床了。公斯当斯疲劳过度，补了丈夫的缺。

赛查看她睡熟了，说了声："可怜的老婆！"

"喂，爸爸，勇敢一些！你这么能干，一定能挽回过来。放心，没有什么大不了的。安赛末先生也会帮助你。"

这些空空洞洞的话，赛查丽纳说的声音既柔和，感情又亲切，叫意志再消沉的人听了也会振作起来，好比孩子长牙的时候，听母亲唱着歌就忘了痛苦。

"是的，孩子，我要奋斗。可是事情对谁都不能露一句口风；尽管包比诺关切我，也不能告诉他，还有你的叔公比勒罗。我先要写信给我哥哥，他是教区的咨询委员兼大教堂的副堂长，没有什么开销，应该手头有钱。一年积上三五千法郎，二十年下来也有十万了。内地的教士都有信用，要借也容易。"

赛查丽纳急于要把文具拿给父亲，端来一张小桌子，拿了些没用完的粉红请帖来。

赛查看了叫道："赶快把这些东西烧掉！我开这个跳舞会真是见了鬼，我要倒下来，人家会当我骗子的。得啦，别多说了。"

赛查·皮罗多给法朗梭阿·皮罗多的信

亲爱的哥哥，我生意上遇到了困难，形势紧急，求你把所能调度的钱如数寄来，哪怕向人借也要。

你的赛查

你的侄女赛查丽纳要我代为致意。这封信我是趁她妈妈睡熟的时候写的。

这两句是赛查丽纳说了才添上的。她把信交给了拉盖，回到楼上说道："爸爸，勒巴先生来了，要跟你说话。"

赛查吓了一跳，仿佛一出事他就成了罪犯；他叫道："勒巴先生！他是个法官呀！"

做布生意的大商人一路进来一路说："亲爱的皮罗多先生，我太关心你了；咱们认识了这么多年，第一次当商务裁判，咱们俩是一块儿选上的。所以不能不来告诉你：有个放印子钱的皮杜，绰号叫羊腿子，拿着克拉巴龙银号转给他的几张票据，是你签出去的，给他们批上了恕不担保字样。这几个字不但使你受了侮辱，你的信用也跟着完蛋了。"

赛莱斯丁进来说："克拉巴龙先生要和你说话，要不要请他上楼？"

勒巴说："这一下正好弄个清楚，为什么要欺负人。"

花粉商看见克拉巴龙进来，就说："这位是我的朋友勒巴先生，商务法庭裁判……"

克拉巴龙接口道："啊！这位是勒巴先生，久仰久仰，原来是勒巴法官，姓勒巴的也真多，除了勒巴，还有什么……"

皮罗多不让他唠叨下去，抢着说："勒巴先生看到我给你的票据，你明明说过不在外面流通的。他还看见票子上批着恕不担保几个字。"

克拉巴龙说："是啊，那些票子并不流通啊，不过是在一个人手里，他和我做很多交易，叫作皮杜老头。我批明恕不担保是有道理的：如果这些票据预备流通，你会直接写他的抬头。我的地位，勒巴法官等会就能了解。这些票据做什么用的呢？付地价的。归谁付呢？归皮罗多。那么干吗要我签字替皮罗多作保呢？咱们合伙做地产生意，各付各的份儿。咱们对卖主要负连带责任，这已经够了。生意上的规矩，我绝不马虎：应该收的款子我不出收据，不必要的担保我不做。我要防万一。签了字就得付钱。一笔账要付三次，我可不冒这个危险。”

“三次！”赛查说。

“是啊，先生，”克拉巴龙回答，“我已经在卖主面前替皮罗多作保，干吗再替他向放款的银行家作保呢？我们现在很为难，罗甘卷走了我十万。我的一半地价已经不是四十万，而是五十万了。罗甘又卷了皮罗多二十四万。勒巴先生，换了你，怎么办？请你设身处地想一想吧。你不认得我，正如我不认得皮罗多先生一样。你听着。假定咱们合伙做买卖，股本各半。你的一份，全部拿现款付了；我这一份签了约期票交给你；你一片好心代我去贴现。而你忽然知道那个有钱，有名望——你爱把他说得怎么了不起都可以——那个诚实可靠的银行家克拉巴龙背了六百万法郎的债，破产了：那个时候，你会签字替我作保么？那你不是发疯么？告诉你，勒巴先生，我刚才替克拉巴龙假定的情形，就是皮罗多现在的情形。地产生意要是作废了，第一，我为了负着连带责任，要把钱还给买主；第二，假使我替皮罗多做了保，还得代他还清票面上的金额，可并不……”

皮罗多问：“还给谁呢？”

克拉巴龙不理他，自顾自往下说：“可并不能到手皮罗多名下的那份地产，因为我没有优先权；我想要那一份地，还得出钱去买！所以我可能为一笔交易付三次钱。”

“还给谁呢？”皮罗多老盯着问。

“还给那个贴现的人呀，倘若我签字作保，而你遇到什么不幸的话。”

皮罗多说：“先生，我不会破产的。”

克拉巴龙说：“好吧，你当过商务裁判，是个精明的生意人，你知道一个人样样都要防到；所以我照章办事，你看了不必奇怪。”

勒巴说：“克拉巴龙说得不错。”

克拉巴龙接着说：“在生意上我当然不错。但这是一桩地产买卖。我，我这方面应当收进什么呢？……现款呀，因为我需要拿现款付给卖主。丢开二十四万法郎不谈，”克拉巴龙眼睛望着勒巴，“那我相信皮罗多先生一定能凑足的。”他又望着皮罗多说：“现在我来问你要一笔两万五的小数目。”

赛查觉得血管里流的不是血而是冰了，叫道：“两万五！先生，请问是什么名目？”

“哎，亲爱的先生，咱们必须经过公证，把买卖的手续做完全。地价嘛，咱们之间好商量；国库的税可对不起！税局只肯现钱交易，不跟你说废话的。这个星期之内，我们要缴四万四千法郎的税。我今天上这儿来，万万料不到会受你埋怨，因为想到二万五千法郎可能使你为难，而且事有凑巧，我替你抢救了……”

皮罗多道：“什么？”他这一嚷，谁都听得出他心里着急。

“噢！不过是个小数目。罗甘有两万五的零碎票据托我贴现，我收在你名下替你付税款和其他的费用，以后我有清账给你的；两万五中间还得扣除贴现的利息，所以你还欠我六七千法郎。”

勒巴说：“我觉得这些事都很公道。克拉巴龙先生做生意非常内行；我处在他的地位，对一个不相识的人也是这么办的。”

克拉巴龙说：“皮罗多先生绝不会就此倒下来，老奸巨猾的狼不是三拳两脚打得死的；我看见过一些狼，头上中了子弹还跑得像……嘿！跑得就像狼一样快。”

勒巴说：“罗甘做出那样的下流事儿，谁料得到？”勒巴看见赛查一声不出，又知道他在本行之外做了这么大一笔投机生意，不由得心里害怕。

克拉巴龙说：“我还差点儿出一张四十万法郎的收据给皮罗多先生呢，那我就苦了。我上一天给了罗甘十万法郎。亏得我们彼此信任，才没有多受损失。正式合同没签订以前，资金放在他事务所里还是放在自己家里，我们当时都觉得无所谓。”

勒巴说：“应该各人把钱存入银行，到付的时候再提出来。”

赛查道：“我就是把罗甘当作银行的啊。”又望着克拉巴龙说道，“不过他在这笔交易里头也有份儿。”

“是的，他口头说过搭四分之一，”克拉巴龙回答，“我让他拿了我的钱逃走，是我糊涂；还好没有糊涂到把钱都交给他。要是他还我十万，再交足他的一股二十万，那还有办法。可是这桩生意要熬上五年才有油水，他绝不会寄钱来的。假定他真像人家说的只卷走三十万，那也不算稀奇，在外国要舒舒服服过日子，一年非有一万五进款不行。”

“那个强盗！”

克拉巴龙接着说："唉！天哪！罗甘为了迷一个女人落到这个田地。哪个老头儿敢担保，自己再要动心的话，能够不受情欲支配，不给它拖下水？咱们这些老实人反正不知道他怎么了局。哎！最后一次的爱情，势头最猛烈。加陶，加缪索，玛蒂法……都养着女人！我们上当，只能怪自己。看着公证人做投机，怎么不提防呢？凡是公证人，票据经纪人，中间人，一做买卖就有毛病。他们要破产的话，总是非法的倒闭，要进重罪法庭的；所以他们宁可上外国去逍遥自在。这种糊涂事儿，我下次再也不干了。我们心肠太软，因为那些人常常请我们吃饭，开漂亮的跳舞会，总而言之是台面上的人物，所以就不叫他们受缺席判决，也不责怪他们。我们这办法是不对的。"

"大大的不对，"皮罗多说，"有关破产和倒闭的法律都需要修正。"

勒巴对皮罗多说："你要我帮忙的话，我一定效劳。"

多嘴的克拉巴龙接口道："他才不需要帮忙呢。"杜·蒂埃把他池子里灌足了水，打开了水闸；因为他在杜·蒂埃那儿上了一课，现在不过是照样背一遍罢了。

"皮罗多先生的一笔账清楚得很：据小克劳太说，罗甘欠的债将来能偿还一半；皮罗多先生除了这笔收入，还能收回那张四万法郎的借票，人家根本没有什么钱出借；他可以拿产业向别处去抵押。咱们只要在四个月之内付给卖主二十万。这期间，皮罗多先生得想法把期票兑现，因为罗甘卷逃的款子即使能还一半，也还不能算在账上去抵挡那些票据。可是他尽管手头紧一些……开几张约期票在市面上流通一下，还是对付得了的。"

花粉商听见克拉巴龙把他的问题分析过了，作了结论，指点了他一条出路，不觉的又有了勇气，态度也变得坚定起来，有决断了；同时也非常佩服这个前任掮客的能力。杜·蒂埃认为，最好让克拉巴龙相信他杜·蒂埃也吃了罗甘的亏，便特意要克拉巴龙把十万法郎转交罗甘，罗甘又暗中还了杜·蒂埃。克拉巴龙可是真的心里着急，把他的角色表演得很自然，逢人便说罗甘卷走了他十万法郎。杜·蒂埃觉得克拉巴龙不够辣手，多少还要讲道德，有顾虑，不能把计划全盘告诉他；而且也知道克拉巴龙没有本领猜到他的内情。

后来有一天，这个生意上的傀儡因为被杜·蒂埃当作用旧的工具一般扔掉而抱怨的时候，杜·蒂埃回答说："我们开场要不欺骗最老的朋友，就没有人好欺骗了。"

勒巴和克拉巴龙一同走了。

皮罗多想道："这一关我是过得了的。欠人的票据总共有二十三万五千法郎，内中七万五是装修房子的费用，十七万五是地价。收入方面：罗甘可能还我十万；借票作废，收回四万，就是十四万。只消在*护首油*上赚十万，再靠几张周转票据[①]或者向银行借一笔钱，把我支持到能够弥补损失，地皮涨价的时候。"

一个人遇到不幸，只要用着能安慰自己而多少也有些道理的

①商人（假定为某甲）在周转不灵的时候，往往商得熟人（假定为某乙）同意，请其出面承当付款人，然后由某甲出一由某乙支付之期票。倘某乙是银行家，则此种情形等于某甲在某乙银行中存款不足而出一空头支票，不过事先经某乙之银行同意而已。另一种情形是某甲请求某乙出一期票。以上两种票据目的都是拿去暂时抵挡一下或作贴现之用。但在出票人与付款人之间（如前一例所举），或出票人与受票人之间（如后一例所举），并无真正交易需要偿付。此种票据统称为周转票据，实际都是空头票子。

推论，把希望寄托在空中楼阁上面，往往就可以得救。很多人把建筑在幻想之上的信心当作毅力——也许希望就抵得上一半勇气，所以被迦特力教看作美德。许多弱者不是靠着希望支持，才能定下心来等待时来运转么？

十、高级银行界

皮罗多决定向别处求救之前，先把情形告诉叔岳。他从圣·奥诺雷街走到蒲陶南街，被一阵阵莫名其妙的苦恼刺激得非常难受，以为又闹病了。他肠子里滚热的像火烧一般。的确，凡是靠肚子感觉的人总觉得肚子不舒服，靠头脑感觉的总觉得头痛。生命力集中在身体上什么部分完全由气质决定，但在大风浪中受到伤害的必然是这个部分：所以懦弱无能的闹肚子痛，拿破仑是没头没脑的睡觉。一个爱面子的人要能够克服傲气，放弃自信，一定先得几次三番被无情的事实逼迫，像踢马刺似的把他的心刺得没有了办法才行。皮罗多直打熬了两天才去见叔岳，而且还是为顾到亲戚关系才下了决心的：无论如何，他的情形不能不向严厉的五金商交代。但是到了门上，像孩子走进牙医生诊所那样要发晕的感觉又来了；不过他的心虚胆怯关系到整整一生，而不是为了暂时的痛楚。皮罗多慢吞吞的上楼，看见老人家坐在火炉旁边看《立宪报》，面前的小圆桌上放着他菲薄的午餐：一块面包，一些牛油，一块勃里乳饼，一杯咖啡。

“他真是一个看破世情的哲人。”皮罗多这么想着，暗暗羡慕叔岳的生活。

比勒罗脱下眼镜，说道："我昨天在大卫咖啡馆听说罗甘出了事，他的情妇荷兰美人被谋杀了。我们通知过你不能做空头买主；克拉巴龙的收条你该拿到了吧？"

"唉！叔叔，就是啊，你一针见血把毛病说出来啦，我没有拿到收据。"

"该死，那你可倾家荡产啦。"比勒罗说着，把报纸掉在地下；虽是《立宪报》，皮罗多仍旧替他捡了起来[①]。

比勒罗心里涌起许多念头，把他那张像徽章上的肖像一般严肃的脸变得铁青，仿佛一片金属在造币机器里轧过了一道。皮罗多滔滔不绝的说着，他却坐着一动不动，从玻璃窗里望着对面的墙壁出神。他分明是一边听一边思索，很冷静的把事情的正面反面掂着分量。他从莫丰丢河滨道搬进这四层楼的时候，已经渡过了生意场中的难关，看事情和弥诺斯王[②]一样清楚。

皮罗多说到最后，是央求比勒罗卖掉六万法郎公债，等着比勒罗回答。他说："叔叔，你的意思怎么样？"

"唉，可怜的侄儿，我不能这样做，你的处境太危险了。拉贡夫妇跟我都要损失五万法郎。两个老实人听着我的主意，把伏钦矿山的股票卖了；万一遭到损失，我的责任倒不是偿还他们资金，而是救济他们，救济我的侄女和赛查丽纳。说不定你们几个人吃饭都要成问题，我可以供给……"

"吃饭也成问题？"

"是啊，吃饭成问题。你看看清楚吧：这一关你是过不了

---

①《立宪报》是当时的进步报纸，而皮罗多是保王党。

②神话中的弥诺斯王是一个以正直出名的法官。

的！我那五千六百法郎利息，可以抽出四千给你们和拉贡分着用。你一倒霉，我知道公斯当斯的脾气，她会拼着性命干活，吃的穿的，什么都不要了，而你赛查，你也是的。”

“事情还没绝望呢，叔叔。”

“我不是这样看法。”

“我要向你证明相反。”

“那我再高兴没有。”

皮罗多一声不响，走了。他希望来得点儿安慰和勇气，不料又挨了一下闷棍，固然没有第一下那么厉害，不曾使他头脑发昏，可是伤了他的感情，而这可怜虫是把感情看作性命一般重的。他在楼梯上走了几级，又回上来。

他冷冷的说道：“叔叔，公斯当斯还不知道这件事，你至少得瞒着她；请拉贡他们也别扰乱我家里的安宁，这样我才好跟苦难拼命。”

比勒罗点点头答应了，又道：“勇敢一些，赛查！我看出你生我的气；将来你想到老婆跟女儿，会明白过来的。”

他素来佩服叔岳头脑特别清楚，所以听了他的意见大为灰心，从满怀希望的高峰上直跌到泥塘里，变得毫无主意了。一个没有像比勒罗那样受过磨炼的人，遇到生意上的大风浪就只能受局势支配，一会儿听从别人，一会儿自做主张，好像跟着磷火在黑夜里东奔西窜。他听凭旋风把他卷走，不会躺在一边不理，或是站在高处看清风向，想法躲开。皮罗多正在苦闷的当儿，忽然想起借款的纠葛，便到维维安纳街去找他的诉讼代理人但尔维。倘若借款有希望作废，就得趁早办起手续来。

花粉商看见但尔维穿着白呢晨衣坐在火炉旁边，态度安详，严肃。办案子的人大概都是这副神气，天大的秘密在他们都是听惯了的，保持冷静也是必要的。皮罗多却是第一回注意到。他说出他的倒霉事儿，心情就像一个受了伤害的人那么兴奋，激动，既为了家财不保而发急，又为着自己的生命，荣誉，妻儿子女而难过得要命：在这种情形之下，代理人的态度是会叫他心里发凉的。

但尔维听完了他的话，说道："既然不曾有现款交割，只要能证明借主存在罗甘那儿的钱早已没有了，你的借据当然可以作废。对方只能在罗甘的保证金项下取得赔偿，和你的十万法郎一样。我在可能范围之内担保你胜诉，没有上堂就赢的官司是没有的。"

这样一位高明的法学家说出这种话来，使花粉商恢复了一些勇气，他要求但尔维在半个月以内解决。但尔维回答说，大概不出三个月，案子可以判决，把借据撤销。

花粉商叫道："怎么，要三个月！"他先还以为有了生路呢。

"就算很快能开庭，我们也没法叫对方跟着你走：他会利用诉讼程序来拖延日子，律师也不是每次都能出庭的。谁敢说对方不会让法院缺席判决，然后再上诉呢？亲爱的先生，我们不能要怎样就怎样。"但尔维微笑着说。

皮罗多说："可是在商务法庭……"

"噢！商务裁判和初审法院的推事性质完全两样。你们办起案子来又快又马虎，法院可是要经过许多程序。这也是为了保障人民的权益。倘若当庭就来个判决，叫你损失四万法郎，你愿意不愿意？同样，对方看到这笔款子保不住了，当然会起来反抗。诉讼程序规定的期限等于司法上的防御工事。"

“你这话不错。”皮罗多说着，向但尔维行了礼，走了，心里说不出的难过。他走在街上又道：“他们说的都不错。就是钱！钱！”在喧闹沸腾的巴黎——现代就有一个诗人把巴黎比作一个酿酒的桶——这一类自言自语的忙人不在少数。

他回去，收账的伙计告诉他，因为快到新年，主顾都留着发票，把收据退回了。

花粉商在铺子里大声叫道：“那么是到处都弄不到钱啰！”

他咬咬嘴唇，伙计们都抬起头来望他。

这样过了五天。五天之内，勃拉训，罗杜阿，多莱昂，葛兰杜，夏法罗，所有没拿到钱的债主开头都相信对方，心平气和，后来一步一步心境转变，直闹到脸红耳赤，杀气腾腾为止。在巴黎要扩大信用极不容易，但大家起了疑心，把你的信用越缩越小的风潮，却来得比什么都快。等到债主一起恐慌，在生意上处处提防的时候，就会变得下流无耻，比债务人更要不得。他们先是眉开眼笑，礼貌周全；慢慢的就红着脸急躁起来；接着又冷言冷语的刺人；然后是因为失望而发脾气；然后是抱着成见，面色铁青；然后是预备好了法院的传票，狠狠的把你辱骂一顿。圣·安东纳街上有钱的家具商勃拉训，没有弄到跳舞会的请帖，这时便拿出恼羞成怒的债主面孔来进攻：他要在二十四小时以内把账款收清；他也要求抵押品，不要家具，而要那个能抵到四万法郎的厂基作担保。但这般人虽然声势汹汹，终究还有歇手的时候让皮罗多能透一口气。

为难的局面才不过开始，赛查非但不拿出决断来把头上几个浪头压下去，倒反花足心思把唯一能帮助他出主意的人，他的老婆，蒙在鼓里。他自己常在店门口和四周围望风。他把暂时的困难告诉了赛莱斯丁，赛莱斯丁瞧着东家，诧异得直瞪眼睛，觉得赛查变得渺小了。一向百事顺利，头脑平常的人，所谓本领不过是日常工作中得来的一些经验，遇到患难就要显原形的。

赛查没有魄力抵抗四面八方的威胁，但估量局势的勇气还是有的。十二月底和正月半，家里的开支和到期的票据，应付的房租和现金账，一共有六万法郎，十二月三十一先得付三万；收入勉强可以凑到二万，还缺一万。他觉得事情并不绝望，因为他已经像冒险家一样过一天算一天，只管眼前了。他自以为想出了一个高明的办法，趁周转不灵的内情还没张扬出去的时候试一试，向那个大名鼎鼎的法朗梭阿·格莱去借钱。格莱是银行家，演说家，慈善家，出名的肯做好事，肯帮巴黎商界的忙，因为要永远当选为巴黎的议员。他是进步党，皮罗多是保王党；但花粉商完全凭感情看人，认为正由于政见不同，借款才更有希望。假定需要什么票据做担保，忠心的包比诺一定会帮忙。他打算叫包比诺签三万法郎左右的期票。只要挨到官司打赢的时候，就好拿厂基去做押款；他已经答应一些最迫切的债主，将来把这个产业给他们做担保。花粉商原是肚里藏不住话的，平时生活上有一点儿小波动就要在枕边告诉他亲爱的公斯当斯，希望她鼓励，让她说出相反的意见来指点他。如今他的难处，跟领班伙计，跟叔岳，跟老婆，都没法商量，压在心上的念头也就格外沉重。但他做人厚道，处处抱着牺牲精神，宁可自己受罪，不肯拿火把丢到老婆心中去，打算等危险过去以后再告诉她；也说不定他是没有胆子把这个惊心动魄的秘密说出来。但正因为他害怕老婆，倒反有了勇气。他每天早上到圣·洛克教堂去望读唱弥撒，把心里的话向上帝诉说。

他祷告上帝，求保佑；祷告完毕又私下想："倘若回家的路上遇不到兵，我的要求就一定成功，那就算上帝给我回音了。"

他很高兴，果然没遇到兵。可是他的心抽得那么紧，需要另外一颗心让他诉诉苦。赛查丽纳完全知道他的心事，他第一天就把坏消息告诉了女儿。他们俩便偷偷的递着眼风：闷在肚里的失望和希望，热烈的祝祷，互相关切的问答，心照不宣的默契，都用眼睛来传达。皮罗多在老婆面前装作得意快活，兴致很高。公斯当斯问到什么，他总说：噢！样样都顺手；包比诺生意兴隆！其实他想都没想到过包比诺。头油销得很好！给克拉巴龙的票子一定能照付，没有什么可担心的。这种假装的快乐真是可怕。老婆在华丽的床上睡熟了，皮罗多却坐起来，想着自己的倒霉事儿发愣。有时赛查丽纳穿着衬衣，雪白的肩上披着围巾，光着脚走过来。

"爸爸，我听见的，你在哭。"她说着也哭了。

皮罗多把要求大人物法朗梭阿·格莱接见的信写出以后，变得神思恍惚，女儿看着不能不带他到外边去走走。他这才发觉街上的大幅红招贴，一眼就看到*护首油*几个字。

正当*玫瑰女王*走了背运，在西边沉下去的时节，包比诺商行却光芒四射，在绚烂的东方升起。安赛末听着高狄沙和斐诺的主意，把头油大刀阔斧的推销出去。近三天来，巴黎城内最注目的地方贴了两千张广告。走路人谁都免不了劈面看到*护首油*三个字和斐诺想出来的一句简短的口号，意思是要头发生长是办不到的，把头发染色是有害的，还有一段伏葛冷向科学院宣读的报告，保证用了护首油，本来没有生命的头发就能生存。巴黎的理发店和花粉铺，家家门上都挂着一个金漆框子，嵌一张充羊皮纸的漂亮招贴，高头印着埃罗与莱安特版画的缩影，底下题了一句：古代民族就是用护首油保护头发的。

“哦，他发明了框子，广告就好永远做下去了。”皮罗多自言自语的说着，瞧着银钟铺子的橱窗呆住了。

女儿说：“难道你没看见咱们家里的框子么？安赛末先生送来的时候，还带了三百瓶油交给赛莱斯丁。”

他回答说：“没看见。”

“赛莱斯丁已经卖掉五十瓶给过路客人，六十瓶给老主顾。”

赛查叫了声：“哦！”

花粉商被大难临头的乱钟敲得糊里糊涂，老是在天旋地转中过日子。

上一天，包比诺白白的等了他一小时，只能跟公斯当斯和赛查丽纳谈了一会话。她们说，赛查全副精神都在那笔大生意上。

“噢！是的，那笔地产生意。”

幸而包比诺最近一个月没有走出五钻石街，夜里睡在工场里，星期日也在那儿干活，没有碰到过拉贡，比勒罗和他那个当法官的叔叔。他晚上只睡两个钟点，可怜的孩子！手下只有两个伙计，而照他的营业快要用到四个了。做买卖最要紧的是机会。骑马要抓住马鬃，对好运气也是一样，抓得不紧就发不了财。包比诺心里想，倘若六个月以后能够对姑丈姑母说：“行了，我天下打定了。”那一定受到欢迎；再替皮罗多弄到三四万法郎盈余，皮罗多也必然对他另眼相看。他既不知道罗甘卷逃，赛查吃了倒账而周转不灵，自然不会在皮罗多太太面前泄露什么秘密。

包比诺答应斐诺，只要报上一个月宣传三次护首油，他每种大报出五百法郎，次一等的报纸每种出三百；而大报一共有十种，次一等的也有十种。斐诺算好八千法郎里头可以到手三千，作为他踏进投机的大赌场的第一笔资本。他便像饿虎一般向朋友和熟人进攻，赖在编辑部里不走，早上闯进每个编辑的卧房，晚上跑遍每个戏院的后台。

“好朋友，别忘了我的头油；不是为我自己，都是为了朋友，你知道是为了那个乐天派的高狄沙。”斐诺跟人说话，开头和结尾都少不了这几句。他看中报上每一版最后一栏的末尾，送稿子去做补白，稿费让编辑去拿。他狡猾不亚于想当正角的跑龙套，机警不亚于每月挣六十法郎的小厮，专门写些满纸恭维的信，迎合每个人的虚荣心，帮总编辑干些不干不净的勾当，但求能用他的稿子。送钱呀，请吃饭呀，做些卑鄙龌龊的事呀，为了无孔不入的钻谋，什么手段都使得。排字工人半夜里拼版，手头总有些现成的材料以防万一，不是社会琐闻，便是别的补白；斐诺就用戏票去贿赂他们。他守在印刷房里，仿佛自己有什么文章，等着要改校样。他到处拉好关系，替护首油打了一个大胜仗，把雷袅膏，巴西水和别的新出品全打倒了。这些都是第一批利用报纸的商家，懂得连续不断的宣传文字对群众能发生很大的影响。那时大家还天真，好些新闻记者都是笨蛋，不知道自己的威力，一心只在女戏子身上，关切什么弗洛丽纳，多丽亚，玛丽埃德等等。个个都是他们捧出来的，他们自己可一无所得。斐诺所钻谋的既不是要捧什么女演员，也不是要上演什么剧本，更不是要人家接受他写的杂剧，发表他要拿稿费的文章；相反，他还在恰当的时候送钱给你，请你吃饭呢。因此家家报纸都提到护首油，说它和伏葛冷的分析完全符合，说染色是危险的，说世界上竟有人相信药物能使头发生长，更是可笑。

高狄沙看了这些宣传文字十分高兴，拿着报纸去破除大众的成见，在外省做到所谓马到成功，这句话是后来的投机商人仿效他的作风行出来的。在那个时代，内地的州府都受着巴黎的日报控制；说来可怜，他们还没有自己的刊物呢！所以内地人都把报纸研究得很仔细，从标题一直到印刷所的名称，都要加以推敲；舆论受了压迫，往往在这些地方打埋伏，暗中讽刺。高狄沙靠着报纸帮忙，在头一批去宣传的城市里就大获成功。内地的小铺子都愿意要镜框和印着版画的招贴。斐诺在杂耍戏院把玛加撒油很有风趣的捉弄了一下，引得观众哈哈大笑。他叫一个小丑拿一把没有马鬃，只有眼子的破扫帚，涂上玛加撒油，顿时密密麻麻长出鬃来。这个挖苦的节目传出去，到处把人笑死。后来斐诺嘻嘻哈哈的说，当初要没有那三千法郎，他会穷死愁死的。三千法郎对他的确是笔财产。在那次推销头油的运动中，他第一个懂得广告的力量，运用得那么巧妙，充分。三个月以后，他当了一份小报的总编辑，临了又把报纸盘下，从此起家。在内地和边境上，掮客队伍中的缪拉将军[①]，大名鼎鼎的高狄沙，正在生意场中马到成功，替包比诺商行打胜仗。同时，包比诺商行拼命进攻报纸的结果，在舆论界也打了胜仗，跟以前的雷裊膏和巴西水宣传得一样热闹。发动舆论的战术，早期就推广了这三样商品，给三家铺子发了三笔大财。从此以后，成千成万的野心家都拥进新闻界的阵地，行出花钱登广告的规矩，成为商业上的大革命。

那时包比诺商行正在巴黎的墙上和所有的橱窗里耀武扬威。这样的宣传效果，皮罗多是没法估计的，他只对赛查丽纳说

①拿破仑手下的一员猛将。

了句："小包比诺正在走我的老路！"他不懂得时代变了，也体会不到新式广告的威力，不知道新方法的速度与范围打到商界中去要比以前快得多。皮罗多开过跳舞会以后，没有踏进过工场，完全不知道包比诺的活动和忙碌。安赛末把皮罗多的工人都包了下来，自己睡在工场里。在他看来，所有的箱子上，打好包的货色上，发票上，到处都有赛查丽纳的影子。伙计们上街办事去了，他就脱了上装，把衬衫袖子卷到臂弯，劲头十足的盯着箱子，心里想："她一定会嫁给我的！"

赛查不知道见了那位金融界的大头儿什么话该说，什么话不该说，盘算了整整一夜。格莱是进步党，有人攻击他那一派存心要推翻波旁王室，倒也不是冤枉他们。第二天，赛查到了乌萨依街，走进银行家住宅的时候不免心惊肉跳，慌张得厉害。他和巴黎所有做小买卖的一样，对于上层银行界的人物与生活习惯是完全陌生的。

巴黎的大银行和一般工商界之间有一些中等银号，是银钱业的得力的居间商，而且使银钱业多一重保障。公斯当斯和皮罗多做买卖一向不超过本钱，银箱从来没空过，证券都藏在家里，没有要那些中等行庄帮过忙，高级银行界当然更没人知道他们了。生意人因为没有需要而不在外边调动款子也许是错误的：但大家在这一点上看法还不一致。不管怎么样，皮罗多的确后悔以前没签过票据。但是凭着副区长身份和他的政治地位，他以为只要亲自出马，闯上门去就行，不知道那位银行家见客的场面与众不同，宾客之多简直跟进宫朝见相仿。皮罗多被带进客厅，里间便是这个头衔一大串的名人的书房。会客室里等着一大批人，有议员，有作家，有新闻记者，有交易所的经纪人，有大商人，有代理人，有工程师，还有一般穿过人堆，在书房门上用暗号敲几下就能随便进去的熟客。

这地方是反对党每天设计划策的大本营，左派政客串演大规模悲喜剧的排练场；皮罗多看着他们忙忙碌碌，愣住了，心里想："我在这里算什么呢？"

他听见右边有人在谈论政府的借款，建筑总署要完成几条运河的干线，需要几百万款子！左边一批专拍银行家马屁的记者，谈着上一天议院里开会的情形和格莱的即席演说。皮罗多在两小时等待期间，看见那位亦官亦商的银行家出现了三次，都是送贵客，送出书房三步就回进去了。末了一位是福阿将军，法朗梭阿·格莱一直把他送到穿堂。

皮罗多好不苦闷的想道："我完啦！"

银行家回进书房的时候，一大批清客，朋友，存心来弄些好处的人，都拥上去包围他，像一群狗看见了一条漂亮的母狗。有几条大胆的小狗不管主人愿意不愿意，竟自溜进宝殿，谈上五分钟，十分钟，或是一刻钟。有的临走嗒丧着脸，有的心满意足，或者摆出一副俨然的神气。时间慢慢的过去，皮罗多好不心焦的瞧着钟。谁也没注意到有他这么个人憋着一肚子苦恼，待在壁炉那边的描金椅上受罪。他坐的地方紧靠书房的门，门内就有那包医百病的仙丹：借款！赛查很伤心的想到，像格莱这样天天威势十足的场面，自己在家里也曾经有过一时，比较之下，更显得他此刻在泥坑里陷得多么深了。想到这里，他辛酸极了。他一边等着一边咽下了不知多少眼泪，还几次三番的祷告上帝，希望格莱能买他面子。因为他感觉到，格莱虽则面上装作一团和气，好像谁都可以跟他亲近，骨子里却傲慢专横，动不动会发火，狠巴巴的只想控制别人，叫天性和顺的皮罗多看了害怕。最后只剩十来个人了，他打定主意只等书房门一响，就站起身来说：“我是皮罗多！”表示自己的身份并不比这位大演说家低多少。花粉商这股进攻的勇气，竟不输似当年第一个冲进莫斯科碉堡的掷弹兵。

他站起来预备报出姓名的当口，心里盘算：“不管怎样，我到底是他区里的副区长。”

法朗梭阿·格莱马上和颜悦色，分明是要表示殷勤。他瞧了瞧花粉商身上的红丝带，往后退了一步，打开书房门让他进去。可是楼梯上一阵风似的冲过来两个人，格莱在门口和他们谈了一会。

一个说：“台加士要和你说话。”

另外一个嚷道：“就是为推翻玛尚宫[1]的事！王上看清楚了，倒向我们这边来了！”

“等会咱们一同上议院去。”银行家说着，回进屋子，态度活像一只青蛙想装作一条牛。

皮罗多心里乱糟糟的想道：“他怎么还有工夫想到他的买卖呢？”

显赫的权势像太阳一样照得花粉商眼花缭乱。昆虫本来只能在微弱的光线或晴朗的夜色之下生存，遇到亮光就睁不开眼睛。皮罗多看见一张大桌子上堆着政府的预算和国会的大宗文件。好几册《导报》[2]的合订本翻开着：刚才有人查过，把某某部长说过而早已忘了的话打着框框，预备拿到议会去质问，逼部长

①玛尚宫是蒂勒黎宫中的一座大楼，当时的王弟阿多阿伯爵的府第。保王党中的极端派都集中在那里，密谋反对路易十八的政策。

②《导报》是记载当时政治材料最完备的日报。

当场抵赖，让无知的群众笑话一场，他们是不懂一切事情都跟着形势变的。另外一张桌上放着成堆的卷宗，节略，计划书，以及新兴的实业界为了看中银行家的钱而送来的大批材料。豪华的书房里到处是图画，雕塑，艺术品；壁炉架上全是摆设；和国内外利益攸关的文件堆得像货色一般。皮罗多看着这些暗暗吃惊，越来越觉得自己渺小，越来越害怕，身子都凉了半截。法朗梭阿·格莱的书桌上放着一叠叠的票据，借票，商业文件。格莱坐下来，把一些不需要复核的信很快的签字。

他说："先生，承蒙光临，有什么事呢？"

那只贪心不足的手始终拿着笔在写，经常向全欧洲说话的声音向皮罗多说了这两句，而且是只对他一个人说的。皮罗多听着，肚子里好似给烙铁烫了一下，马上装出一副银行家近十年来看惯了的巴结的神气。凡是为了什么要紧事儿——只有对请求的本人才要紧的事儿，来甜言蜜语迷惑他的人，都是这副嘴脸，叫银行家看着先就抬高了自己的身价。当下格莱用拿破仑式的眼风向赛查瞅了一眼，把他的心思全看透了。有些暴发户就是这一点可笑，连皇帝手下的小兵都没当过，偏偏要学拿破仑的眼风。皮罗多在政治上是个右派，是官方的小喽啰，投起票来是拥护专制政体的；银行家的眼光落在他身上，好比验关员把货色打了一个铅印。

"先生，我不愿意耽误您时间，话不会多的。我是为了一桩生意到这儿来问一声，贵行能不能答应放款。我当过商务裁判，法兰西银行知道我的名字。假使我有证券在手里，我就向法兰西银行去申请了，你先生也是那边的董事。我很荣幸，曾经和放款委员会主任蒂篷男爵在商务法庭共过事，他不会拒绝我的。可是我从来没向银行借过钱，也没签过票据；我的签字在外边没人知道，所以要通融一笔款子很困难……”

格莱摇了摇头，皮罗多以为他听得不耐烦了。

他接着说：“事实是这样：我在本行之外做了一笔地产买卖……”

法朗梭阿·格莱始终在批阅文件，忙着签字，似乎并不理会赛查的话，但又对他点点头表示鼓励。皮罗多看了觉得事情有希望，不禁松了一口气。

格莱很和气的招呼道：“你说吧，我听着呢。”

“我跟人合伙，买进玛特兰纳近边的地，认了一半股子。”

“不错，克拉巴龙银号做的那笔大生意，我在纽沁根那儿听说过。”

花粉商又道：“倘若能用我那份地产或者我的铺子，做十万法郎押款，我就好周转一个时期，等我新出的化妆品赚出钱来，那也是很快的事。必要的话，我可以拿包比诺铺子的票据作担保，那个新开的铺子……”

格莱似乎对包比诺商行不感兴趣；皮罗多知道路子走的不对，赶紧停住，但静下来也觉得心慌，便接着说：

“至于利息，我们……”

银行家说：“是啊是啊，事情好商量的，你可以相信我很愿意效劳。可是我这样忙，全欧洲的金融都在我肩膀上，议会把我所有的时间都占去了，许多生意只能由我手下的人研究，这一点想必你不会奇怪。请你到楼下去找我弟弟阿道夫，把抵押品的性质跟他说清楚。倘若他同意，你和他两个明天或是后天清早五点再来看我，我考虑问题总在那个时候。承蒙你相信我们，我们很高兴。咱们虽是政敌，但像你这样明理的保王党瞧得起我们，也是我们的光荣……”

这句政客的口头禅，花粉商听了十分兴奋，答道：“先生，您的好意我想我还当得起，便是王上也特别加恩，赏我勋章……因为我在商务法庭当过裁判，还替王家打过仗……”

“是的，皮罗多先生，你的名气就是一张护照。不可能的交易你也不会提出来的。放心，我们一定帮忙。”

这时有个女的从皮罗多早先没注意到的一道门里进来，原来是格莱太太，贵族院议员龚特维伯爵的两个女儿中的一个。

她说：“朋友，你上国会之前，我有话跟你说。”

银行家叫道：“哎哟！两点了，议会里已经开火啦。对不起，先生，我们要推翻内阁……你找我兄弟去谈吧。”

他把花粉商送到客厅门口，吩咐当差：“陪这位先生去见阿道夫先生。”

一个穿号衣的佣人带着皮罗多在迷魂阵似的楼梯上穿上穿下，往另外一间办公室走去。那边的气派虽比不上主人的书房，可是更加实用。花粉商把希望寄托在倘若两字上面，心里很舒服，他摸着下巴，认为大人物说的几句恭维话兆头也挺好。所懊恼的倒是跟波旁家作对的人竟有这样的风度，这样的才干，这样的口才。

他抱着这些幻想走进一间光秃冰冷的办公室，摆着两张拉盖的书桌，几把简陋的椅子，挂着旧窗帘，铺的地毯也薄得很。这间办公室和另外一间的关系，正好比厨房之于餐厅，工场之于商店。金融界和工商界的业务在这里解剖，各种交易在这里分析，对有利可图的企业也在这里先捞进一笔油水。格莱弟兄在商界中向来以手段惊人出名，能够在几天之内创办一门独行生意，一眨眼就把钱赚足。他们研究法律的漏洞，毫无廉耻的盘剥人家，用交易所的行话来说，叫作大敲竹杠。比如要他们帮一点儿小忙，替什么字号出出面，开个往来户，等等，都要回佣。他们也布置一些表面上合法的圈套，给前途不大可靠的企业垫款，等它发达之后再在紧要关头抽回资金，把事业抢过来：这种恶辣的手段不知害了多少股东。总之，所有的阴谋诡计全是在这间屋里筹划的。

弟兄俩扮着不同的角色。在楼上，法朗梭阿是个政治家，才华出众，气派和王爷一般，恩惠，诺言，大量布施，叫每个人心里欢喜。跟他打交道，什么都方便，谈起生意来非常痛快。对一般初出道的角色和新进的投机商，他甜言蜜语，有求必应，代他们说出心里的话，把他们迷得神魂颠倒。到了楼下，阿道夫却以政务繁忙为理由替法朗梭阿开脱，事情还得他来精明细到的打过算盘。他扮的角色是代人受过的兄弟，百般挑剔的家伙。所以要和这个奸诈的银行作成交易，一句话不能作数，要两句话才行。在富丽堂皇的书斋里说得多好听的行，到了阿道夫办公室往往变做一个斩钉截铁的不。这种先答应，后推翻的办法，既可以从容考虑问题，又能叫一般不很高明的同行摸不着底。

银行家的兄弟正在和有名的巴尔玛谈话。巴尔玛是格莱银行的亲信，看见花粉商进来就走了。阿道夫比哥哥精明，是个十足地道的黑心人，尖眼睛，薄嘴唇，皮肤发青。他听完了皮罗多的话，低着头从眼镜上面把他瞅了一眼。那眼风可称为银行家的眼风，跟放印子钱的和诉讼代理人的一样：又贪心又冷漠，又明朗又暧昧，发出来的光又强烈又阴沉。

他说："请你把有关玛特兰纳地产的契约送来。既然是抵押品，在决定放款和谈判利息之前，先得审查那些文件。倘若生意可靠，我们免得你负担太重，可以不预扣利息，只消分一部分利益就行。"

皮罗多在回去的路上想："啊，我懂了。海狸被人追急了，只能剥掉一层皮。反正让人家剪毛总比送命好。"

那天他回到家里满面笑容，这点儿快乐倒不是假装的。

他告诉赛查丽纳："我得救了，我能够向格莱银行借到一笔款子。"

直到十二月二十九，皮罗多才重新踏进阿道夫·格莱的办公室。他第一次上门，阿道夫不在家，大演说家要在巴黎郊外几十里地方买一块地，兄弟替他察勘去了。第二次，格莱弟兄正在商量事情，整个上午不见客：政府要借笔款子，先要银行家出一张允条[①]送国会。他们约皮罗多星期五再去。这样的一再拖延把花粉商急坏了。好容易挨到星期五，皮罗多进了办公室，坐在壁炉旁边，对着窗子，阿道夫·格莱坐在壁炉的另外一边。

银行家指着手里的文件说："我看过了，先生，可是你付了多少地价？"

"十四万。"

"是现金么？"

"是票据。"

"兑现了没有？"

"还没到期。"

---

①商业惯例，买卖的一方往往要求对方先出一书面，声明愿意成交某桩买卖。此项书面称为"允条"。

“可是你付的地价倘若高过行市，我们还谈得上什么保障？那只能拿你的人缘和声望来担保了。做买卖可不能凭感情。假定你付了二十万，其中十万按市价说是多付的，那我们还有十万法郎做十万放款的担保；将来我们可以代你把地价付清，地产归我们。但是要这么办，先要知道那笔生意做得做不得。等五年工夫求一个对本对利，还不如把本钱放在银行里调度。局势的变化那么多。你想再签新的票据来付到期的票据么？那很危险！怕吃小苦，就闯大祸。你这笔交易跟我们不合适。”

这句话给皮罗多的打击，好比刽子手把犯人身上刺了字，定了罪名。他吓得魂都没有了。

阿道夫说：“家兄对你非常关切，特别和我提到你。你不妨把整个情形说一说，咱们来研究一下。”他说着向花粉商瞟了一眼，好比一个交际花准备付房租了。

皮罗多嘲笑莫利奈的时候何等气概，不料他这一下自己就变做莫利奈。银行家有心打趣，想叫可怜虫说出他的心事；他盘问生意人的本领，不输似包比诺法官审问罪犯。他拿话一逗，赛查就把经营的事业，女苏丹两用香皂，润肤水，连同罗甘事件，为了空头借款而打官司等等，都说了。皮罗多看见格莱笑盈盈的转着念头，不住的点头耸脑，便私下想：“他听着我呢，关心我呢！借款有希望了！”其实阿道夫是在暗笑皮罗多，像皮罗多从前暗笑莫利奈一样。

一个人给倒霉事儿弄得头脑不清的时候，说话总是没结没完；皮罗多说到后来，露了本相，显了底，掏出他的最后一笔赌本，要求人家接受护首油和包比诺商行做抵押品。

老实人一相情愿的存着希望，听凭阿道夫·格莱把他试探，打量。阿道夫看出花粉商是个没出息的保王党，快到破产的关头。区里有一个副区长倒台，尤其是一个新近受勋的官方人士，阿道夫觉得非常高兴。他便老实告诉皮罗多既不能给他放款，也不能向他的哥哥，大演说家法朗梭阿说情。就算法朗梭阿一时糊涂，发起善心来想帮助一个政敌和意见与他相反的人，他阿道夫也要竭力反对，不让他做傻瓜去支持拿破仑的老冤家，在圣·洛克事变中受伤的人。

皮罗多气愤之极，恨不得把高级银行界的贪心，冷酷和假慈悲数落一顿；但他心里难过得不得了，只能对格莱弟兄的后台，法兰西银行的制度，结结巴巴的批评了几句。

阿道夫说："连普通银行都拒绝的户头，法兰西银行更不会放款了。"

皮罗多说："法兰西银行每年公布盈余的时候自鸣得意，说在巴黎商界中只损失一二十万法郎：这就表示它没有尽到责任。法兰西银行是应当扶植巴黎的商业的。"

阿道夫做了一个不耐烦的手势，站起身来笑了。

"巴黎是金融界中最滑头最危险的地方，法兰西银行要是给那些困难户垫款，一年下来就得宣告清理。它单单提防市面上流通的票据和靠不住的证券，已经够吃力了，怎么还能研究那些要求放款的人的业务？"

皮罗多一边穿过院子，一边想："明天就是三十日星期六，我缺少的一万法郎上哪儿去找呢？"

生意场中的规矩，月底逢到假期，款子就得早一天付。

十一、一个朋友

花粉商走到大门口，刚好一匹精壮的英国马，浑身大汗，拉着一辆当时巴黎街上最漂亮的双轮车在门口停下。皮罗多泪眼模糊，差点儿没看见。他恨不得让车子撞倒，死掉算了；那也许人家会说他遭了意外，事情才搅得一团糟的。他没有认出，来的是身段苗条的杜·蒂埃，穿着漂亮的晨装，一面把缰绳递给跟班，一面拿毯子盖了牲口，那匹纯血种的马背上湿漉漉的全是汗。

他招呼老东家道："怎么在这儿呀？"

其实他早已知道。格莱弟兄向克拉巴龙打听赛查，克拉巴龙按照杜·蒂埃的吩咐，把花粉商多年的信誉说得一文不值。可怜虫的眼泪虽然马上止住，已经充分泄露了他的心事。

杜·蒂埃说道："你可是来要这些阿拉伯人[1]帮忙的？哼！你不知道这批商界上的刽子手作了多少坏事！他们囤足了靛青，把靛青抬价；为了要改进大米，操纵市场，就压低行情，逼人家低价抛出。他们都是手段毒辣的海盗，没有王法，没有信仰，没有良

①阿拉伯人是和犹太人一样以重利盘剥出名的。

心的！他们会做出什么事来，难道你不知道么？看你手头有桩好买卖，就放款给你；等到你被买卖拖住了，就来收回款子，逼你三钱不值两文的把事业让给他们。他们在勒·哈佛，波尔多，马赛，干的好事，人家会告诉你一大堆呢！他们拿政治做幌子，遮盖了多少混账事儿！所以我老实不客气盘剥他们。亲爱的皮罗多，咱们一块儿走走罢。——约瑟，马热得很，你牵着它去遛一下。值到三千法郎的牲口也是一笔资本呢。"

他说着往大街那边走去。

"告诉我，亲爱的东家——因为你是我老东家啊——是不是要用钱？他们问你要抵押品么？那些混账东西！我是知道你的，凭你的票据，我就借钱给你。我的钱是清清白白，千辛万苦挣来的。我是到德国去发的财。现在可以告诉你了：我把王上欠的债六折收进；你作的保对我帮助不小，我很感激。你要是缺少万把法郎，在我这儿拿吧。"

赛查叫道："怎么！杜·蒂埃，这话当真么？不跟我开玩笑吧？不错，我手头紧了一点，不过也是暂时的……"

杜·蒂埃回答："我知道，为了罗甘。唉！我也损失了一万法郎，老混蛋借去做了逃跑的盘缠；可是将来罗甘太太分到了共有财产，会还我的。我劝那可怜的女人别发傻，丈夫为一个婊子欠下的债，千万不能拿她的财产去还。她要能全部归清当然很好，可是对债主怎么能照顾了这个，亏待了那个呢？你不是罗甘那样的人，我知道，你宁可把自己一枪打死，也不肯叫我损失一个钱的。哦！已经到旭赛·唐打街上了，上我家里去坐坐吧。"

这个暴发户有心带了老东家不进办公室，而穿过一间间的上房，还特意放慢脚步让皮罗多看看他豪华的餐室和两间客厅。餐室里挂着从德国买来的名画；至于客厅的精致讲究，皮罗多只有在特·勒农古公爵府上见识过。

屋内到处描金，摆满了艺术品，奢侈的小摆设，名贵的花瓶，以及使公斯当斯的房间相形失色的许多小东西，把皮罗多眼睛都看花了。他自己摆过阔，知道摆阔的代价，心里想：

“他哪儿来的几百万家私呢？”

皮罗多走进杜·蒂埃的寝室。一比之下，他女人的卧房好比跑龙套住的四层楼，这里却是歌剧院红角儿的住宅。天花板上糊着紫色缎子，用白缎子嵌线做衬托。地下铺着东方出品的青莲地毯，床前另有一条银鼠的脚毯。家具和零星用品都式样新颖，说不尽有多么讲究。花粉商停下来看一架美丽的座钟，雕着爱神和泼西希的像，原作是一个有名的银行家定做的，杜·蒂埃同他商量，弄到了这个独一无二的复制品。最后，老东家和老伙计两个走进一间书房，完全是公子哥儿的气派，精致可爱，不像做交易的地方，倒像是谈情说爱的场所。罗甘太太因为杜·蒂埃照顾了她的财产，送他一把镂金的裁纸刀，一个雕刻精工的孔雀石信插，还有一些穷奢极侈，高价买来的小古董。铺的地毯是最讲究的比利时出品，不但眼睛看了舒服，而且软绵绵的厚羊毛踏上去的感觉也与众不同。杜·蒂埃把花粉商让到壁炉旁边坐下，可怜的花粉商却是眼花缭乱，狼狈得很。

“和我一块儿吃饭好不好？”

杜·蒂埃打了铃，进来一个当差比皮罗多还穿得整齐。

“请勒葛拉先生上来。再到格莱银行门口叫约瑟回家。你进去告诉阿道夫·格莱，说我不去看他了，交易所开市以前，我在家里等他——吩咐下面开饭，要快一点！”

这几句话把花粉商听呆了。

“杜·蒂埃居然叫那么威风的阿道夫到这里来，把他当作狗一样的呼来喝去！”

一个小不点儿的当差进来拉开一张桌子。桌子太小巧了，皮罗多早先没看见。接着端来一盘肝酱，一瓶包尔多红酒，还有几样精致的菜，都是皮罗多家逢年过节才吃的。杜·蒂埃非常得意。世界上只有一个皮罗多有权利瞧他不起，所以他恨透了皮罗多；现在看他坐在自己面前，好像看一只绵羊在抵抗一只老虎。他忽然有了一个慷慨的念头，暗里盘算是不是报仇已经报够了。一方面是刚刚在心中冒起来的怜悯，一方面是正在平息的仇恨：他在两者之间决不定怎么办。

他想：“我尽可以在生意上把这个人毁掉，他和他妻子女儿的性命都操在我手里。我为他女人受过罪，有个时期还想娶他女儿，把整个前途放在她身上呢。现在他的钱给我拿来了。还是让这个饭桶在水里漂一下再说吧，反正逃不出我手掌。”

老实人往往不识时务，做起好事来没有分寸，样样都直往直来，心口如一。皮罗多已经倒霉，还要进一步自讨苦吃，把老虎给得罪了，无意中刺伤了他的心。他一句话就把杜·蒂埃变成他的死冤家，而且还是一句赞美的话，表示一个人诚实有德，极坦白极高兴的说出来的。

出纳员来了，杜·蒂埃指着赛查说道：

“勒葛拉先生，给我送一万法郎上来，再替这位先生预备一张三个月的期票，写我的抬头。你知道，这一位就是皮罗多先生。”

杜·蒂埃给花粉商倒了一杯包尔多，拣了些肝酱。花粉商看到自己有了生路，不由得像抽筋一般的笑起来。他摸着表链，只要老伙计说着："怎么不吃呀？"他才送一口东西到嘴里。看他这副神气，可知杜·蒂埃把他推落进去的陷坑有多么深；而且现在拉他上来，将来仍可以推他下去。等出纳员回上楼，赛查签好期票，十张钞票一装进口袋，他再也忍不住了。一会儿以前，他的街坊和法兰西银行都要知道他付不出款子，他也非向老婆承认亏空不可；现在一切都挽回过来了！一个人得救的快乐，强烈的程度和失败的苦恼差不多。可怜虫情不自禁，连眼睛都湿了。

杜·蒂埃道："怎么啦，亲爱的东家？今天我这样对你，明天你不是会同样对我么？那不是平常得很，跟打个招呼一样么？"

老实人站起来抓着老伙计的手，一本正经，加强了语气说道："杜·蒂埃，这一下我又敬重你了。"

"怎么！以前你是瞧不起我么？"杜·蒂埃在一帆风顺的势头上受了这个耻辱，脸孔涨得通红。

花粉商发觉闯了祸，吓了一大跳，说道："那也不见得……有人提到你和罗甘太太的关系。呵！跟别人的老婆……"

杜·蒂埃暗暗想道："好家伙，你明明是放屁！"这一句是他当掮客时代的口头禅。

他这么一想，又回到原来的计划上，决意把这个正人君子打倒，踩在脚下。皮罗多拿着杜·蒂埃的把柄，又是个规矩体面的人，杜·蒂埃非叫他在生意场中身败名裂不可。社会上的深仇宿恨，不管是为了政治还是私事，不管在女人之间还是在男人之间，原因都不外乎被人拿住了赃证。物质的损失，面子的伤害，都还能补救，甚至挨了巴掌也没有什么大不了；唯独犯案的时候被人撞破是无法挽回的！……罪犯和见证的决斗，一定得拼个你死我活才罢休。

杜·蒂埃嘻嘻哈哈的说道:“噢!罗甘太太!那不正是年轻人的风头么?我明白了,老东家,大概外边说我借了她的钱吧。事实正相反,她的财产被丈夫的亏空拖累了,是我替她救过来的。我的家业来路很清白,刚才告诉过你了。你知道我本来一无所有。年轻人的处境有时候真窘,弄得不好,会越来越穷。就算我们像共和政府那样用摊派方式借钱,我们总还如数归清,比政府老实得多。”

皮罗多道:“不错,我的孩子……伏尔泰不是曾经说,上帝把悔过看作人的美德么?”

这句话对杜·蒂埃又是当头一棍,他接口道:“就是不能用卑鄙手段拐骗邻人的财产,比如你三个月之内宣告破产,把我的一万法郎变了一把灰……”

“我怎么会破产?”皮罗多一面喝了三杯酒,一面也得意忘形了。“我对破产的意见,大家都知道。做买卖的破了产,等于死了一样,我是活不下去的!”

杜·蒂埃道:“来,干一杯,祝你健康!”

花粉商答道:“祝你发财!你为什么不在我店里买花粉呢?”

杜·蒂埃道:“说老实话,我怕见你太太,她老是引起我的幻想!你要不是我的东家,真的,我……”

“啊!说她漂亮的不止你一个,好多人都为她动心,不过她是爱我的!喂,杜·蒂埃,好朋友,你索性帮忙帮到底吧。”

“怎么呢?”

皮罗多把地皮生意说给杜·蒂埃听,杜·蒂埃瞪着眼睛,认为那笔买卖太好了，把花粉商的聪明和眼光着实恭维了一番。

“听到你赞成，我很高兴。杜·蒂埃，亲爱的孩子，你是金融界的大人物，很可以介绍我向法兰西银行借一笔款子，让我等到护首油赚钱的时候。”

“我可以介绍你找纽沁根银行。”杜·蒂埃阴损了皮罗多，还打算叫他把破产人的丑态全部表演出来。

他坐在书桌前面写了一封信：

致巴黎特·纽沁根男爵

亲爱的男爵：

兹介绍第二区副区长，巴黎花粉界最知名的实业家，赛查·皮罗多先生前来拜访。他希望和你在商业上发生关系。倘或有所请求，务恳予以信任。你帮了他的忙，就等于帮了我一样。

F·杜·蒂埃

杜·蒂埃签的名在“i”上面漏掉一点。对于一般和他在生意上有来往的人，这个缺笔是个暗号；有了这暗号，不管信上介绍的话多么恳切，请托多么热烈，都不发生作用。原来表示杜·蒂埃伏在地下，苦苦央求的许多惊叹号，是别有苦衷或者是没法拒绝而写上去的，应当作为无效。收信的朋友看到“i”上面缺掉一点，就说几句空话把来人敷衍一番了事。好些上流人物，连要人在内，都像小孩子般受过做经纪人的，做银钱生意的，当律师的骗；他们都有两种签字，一种是有效的，一种是无效的；便是最精明的人也免不了上当。你要把真信假信的效果都领教过了，才能识破这个狡计。

赛查念了信，说道：“杜·蒂埃，你救了我了！”

杜·蒂埃说：“你尽管去借吧；纽沁根看到我的字条，你要借多少就多少。事情不巧，这几天我的资金没法调动；要不然，我也不打发你去找这位金融大王了。跟纽沁根男爵比起来，格莱弟兄不过是虾兵蟹将。纽沁根是劳氏[①]转世。拿了我的信，包你正月半可以过关；以后咱们再瞧着办。纽沁根和我是最要好的朋友，问他要一百万，他也不会拒绝的。”

皮罗多临走对杜·蒂埃感激不尽，心上想：“这就跟打了保单一样了。对，一个人做的好事永远不会落空的！”

他想着人生的大道理出神了。可是还有一桩心事扰乱他的快乐。这几天他拦着老婆不让她去查看账目；银钱出入都交给赛莱斯丁照管，自己也帮着做一些。他为妻子女儿装修布置的漂亮房间，他要她们痛痛快快受用一下。但是兴头过去了，要皮罗多太太不当家做主，不像她所谓的亲自当垆，那是她死也不肯的。皮罗多的戏法已经变完，为了不让太太看出亏空的痕迹，什么手段都用过了。向老主雇讨账的事，公斯当斯就大为反对，把伙计们埋怨了一顿，还说赛莱斯丁不该拆铺子的台，只道是他一个人出的主意。赛莱斯丁听着皮罗多的嘱咐，一声不出，由她埋怨。伙计们都知道老板是受老板娘控制的；夫妇两个谁真正掌权，只能瞒外人，不能瞒自己人。事到如今，皮罗多非把实情告诉太太不可了，向杜·蒂埃借的钱必须在家里说明理由。他回去，公斯当斯正在柜上查看到期应付的账，现金想必也点过了；皮罗多看着不由得

①约翰·劳（1671—1729），爱尔兰银行家，在法国当税务总监，为西印度公司的创办人。

心惊肉跳。

她等丈夫在身边坐下了，咬着他耳朵问："明天拿什么付账呢？"

"拿现款啊。"他说着掏出钞票，向赛莱斯丁招招手，叫他收下。

"哪儿来的？"公斯当斯问。

"等晚上告诉你——赛莱斯丁，你在借贷项下记一笔：三个月到期，一万法郎，户名杜·蒂埃。"

公斯当斯吓了一跳，跟着说了声："杜·蒂埃！"

赛查说："我要去找包比诺。我还没有去看过他，太不应该了。他的油销路好么？"

"送来的三百瓶都卖完了。"

"皮罗多，你别出去，我有话跟你讲。"公斯当斯说着，抓着丈夫的胳膊直奔卧房，那副急迫样儿在别的场合准会叫人发笑。到了房里，她看见只有女儿在场，才说："杜·蒂埃！偷过咱们三千法郎的杜·蒂埃！你怎么跟这个畜生打交道……"又凑着他耳朵说，"当初他还想勾引我呢。"

"那是年轻人一时糊涂。"皮罗多忽然头脑开通起来。

"皮罗多，你这一晌行动不对，连工场都不去了。我感觉到出了什么事了。你得告诉我，一点不能隐瞒。"

皮罗多道："好，告诉你吧。咱们差点儿破产，一直到今天早上为止。现在可挽回过来了。"

于是他说出半个月来痛苦的经历。

公斯当斯叫道："你上次病倒，原来是这个缘故！"

赛查丽纳道："是的，妈妈。爸爸真勇敢。人家要爱我像爸爸爱你一样就好啦。他只怕你心里难过。”

可怜的女人倒在火炉旁边的沙发上，吓得面无人色，说道：“我的梦应验了。我一切都料到的。我做噩梦的那个晚上，在你拆掉的老房间里，我就跟你说过。咱们什么都要弄光，只剩一双眼睛落眼泪。哎唷，可怜的赛查丽纳呀！我……”

皮罗多嚷道：“唉，你啊，我正需要勇气，你这不是替我泄气么！”

“对不起，朋友，”公斯当斯握着赛查的手，那种温存体贴的感情直透入可怜的丈夫心里，“我不应该这样。既然倒霉，我决计一声不出，逆来顺受，我有力量撑下去。放心，你不会听到我有什么抱怨的话。”

她扑在赛查怀里哭着说：“朋友，拿出勇气来！要是你勇气不够，我给你。”

“我的油，太太，我的油会救我们的。”

公斯当斯说：“但愿上帝保佑！”

赛查丽纳说：“安赛末不是会帮助爸爸么？”

赛查叫道：“我马上去看他。”妻子惨痛的声调把他深深感动了；相处了十九年，赛查还没有完全认识她。他说：“公斯当斯，你不用再害怕。这是杜·蒂埃给纽沁根的信，你念吧。借款是拿的稳了。这期间，我的官司也可以打赢了。而且，”他又扯了一个必要的谎，“还有咱们的叔叔比勒罗呢。只要拿出勇气来就行。”

公斯当斯微笑道：“只要勇敢就行，那倒好了！”

皮罗多卸掉了重担，走在路上好像才从监牢里释放出来。可是内心经过这些剧烈的斗争，消耗的意志和精力都来不及补充，不能不动用生命的老本；他只觉得说不出的疲倦。皮罗多已经老了。

五钻石街上的包比诺商行，两个月来面目大不相同。店面重新漆过了。五颜六色的柳条篮装满了瓶子，凡是见识过兴隆气象的商人看在眼里十分舒服。地板上堆满着包装用的纸。栈房里放着许多小桶，装着各式各种的油，都是忠心的高狄沙兜来的订货。铺面和后店堂的楼上做了账房间。一个烧饭的老婆子兼管包比诺和三个伙计的家常杂务。铺面的一角有个装着玻璃门的小房间，包比诺平时守在那儿，束着一条粗呢围身，戴着绿布套袖，耳朵上夹着一支笔；有时埋头钻在纸堆里，像皮罗多上门的时候一样忙着拆那些装满汇票和订单的信。包比诺听见老东家说了声："喂，孩子！"便抬起头来，把小房间上了锁，高高兴兴的走出来，鼻子冻得通红；因为大门开着，铺子里也没有生火。

包比诺恭恭敬敬的说道："我怕你永远不来了。"

伙计们都过来瞻仰花粉业中的大人物，得过勋章的副区长，老板的合伙人。这种不声不响的敬意，皮罗多看了心里非常舒服。他在格莱弟兄面前多么渺小，这时却也觉得应该学学他们的功架：便摸着下巴，得意扬扬的提起脚跟，挺着身子，说些无聊的俗套。

"嗯，朋友，早上起得早么？"

包比诺答道："别说起早，还不大有工夫睡觉呢。生意好的当口要抓住机会……"

"我不是早说的么？我的油就是一笔财产。"

"是的，先生；不过推销的方法也有关系。为你的宝石，我很花了些镶工。"

花粉商说："那么情形怎么样？可有赚头啦？"

包比诺叫道："怎么！一个月工夫就有赚头啦？高狄沙才不过

出门了二十五天；他一句话没跟我说，就搭着驿车走了。他真忠心！这也是沾了我叔叔的光！”他又凑着皮罗多耳朵说，“报纸要花到我们一万二千法郎呢。”

皮罗多道：“报纸！……”

“你没看报么？”

“没有。”

包比诺说：“那么你是什么都不知道了。招贴，框子，印刷，花了两万！……还买了十万个瓶子！……现在样样都是下本的时候。我们正在大批生产。我常在工场里过夜；要是你上那儿去，可以看到我发明的一个小型榛子钳，不会蛀的。这五天，光是替客户代办制药用的油，就赚了三千法郎佣金。”

“你真会动脑筋！我早看出来了。”皮罗多摸着包比诺的头发，把他当作小娃娃一样。

这时有几个人走进铺子。

皮罗多跑来只闻到肉香，一时还吃不到肉，便丢下包比诺让他去料理事情。他说：“再见了，星期天咱们一起在你姑母家吃饭。”他心上想：“真怪！眼睛一霎，小伙计就这样会做买卖。”包比诺的得意和自信，跟杜·蒂埃家穷奢极侈的排场，同样使他诧异不止。“我把手放在安赛末头上，他脸色就不大好看，仿佛他已经成了法朗梭阿·格莱那样的人物。”

皮罗多没想到，伙计们拿眼睛望着包比诺，做老板的在店里总得保持老板的身份。老实人在这里像在杜·蒂埃家一样，为了好心肠又做了一桩糊涂事儿。他不能把真情实感藏在心里，只会俗不可耐的表现出来；亏得是包比诺，换了别人，准会生他的气的。

皮罗多夫妇两个过了十九年幸福的生活，星期日拉贡家的饭局是他们最后一次的快乐了，而且是完美的快乐。拉贡住在圣·舒比斯-小波旁街，一幢古老房子的三层楼上。房子外表很像样；里面的护壁板画的是牧羊姑娘穿着大裙子跳舞，羊群在那里吃草，完全是十八世纪的风光。而拉贡夫妇作为十八世纪布尔乔亚的代表也再合适没有：古板，严肃，生活习惯叫人看了好笑，心里始终敬重贵族，对王上跟教会都忠心耿耿。家具，时钟，桌布，碗盏，样样都年代久远，因为古色古香，反倒显得新式了。客厅里糊的是大马色旧花绸，挂着织锦缎窗帘，摆几张大沙发和几口什锦柜子。一幅出色的包比诺肖像还是拉都的手笔。画上的包比诺是拉贡太太的父亲，做过桑赛尔的市政官，从画上看是个挺好的好人，满面笑容，活像走运的暴发户。拉贡太太在家还有一条英国种的查理小狗[①]做她的配角，躺在小小的洛可可式[②]硬沙发上，可爱得很。当然，那张沙发从来没有派过克莱皮翁沙发的用场[③]。老夫妻俩有许多优点，尤其是家里藏着沉淀清楚的陈年葡萄酒和安福太太精制的几种饭后酒。据说有些男人尽管不存希望，仍旧死心塌地爱着美丽的拉贡太太；那批酒就是他们从中美洲捎给她的。所以他们家的小小的饭局很受赞赏。老厨娘耶纳德赤胆忠心的服侍两个老人，恨不得偷了果子来替他们做果酱。她攒的钱不存银行，专买奖券，希望有朝一日能有大笔奖金送给主人。她虽则上了六十岁，逢到有客人来的星期天，还是忙着在

①一种特殊的英国狗，以受英王查理二世钟爱得名，至今呼为查理狗。
②洛可可是十八世纪装饰美术上的一种风格，偏于细巧烦琐。
③克莱皮翁是十八世纪的法国作家，写的色情小说内有一篇题目就叫作《沙发》。

厨房里招呼饭菜，在饭厅里侍候，手脚的轻健，便是在费加罗婚礼中扮苏珊娜出名的龚达太太也要输她几分。

请的客人是包比诺法官，比勒罗叔叔，内侄安赛末，皮罗多一家三口，玛蒂法一家三口，还有陆罗神甫。缠着头巾参加跳舞会的玛蒂法太太，这回穿着蓝丝绒衫，厚纱袜，山羊皮鞋，戴着绿色海虎绒镶边的羚羊皮手套，罗士呢[1]夹里的帽子上插着莲馨花。十个客人五点钟都到齐了。拉贡夫妻要求他们都准时。人家请他们，也得提早开饭，七十老人的胃不能依照时髦社会的新规矩把晚饭的时间推迟。

赛查丽纳料到拉贡太太会把她的座位排在安赛末旁边。只要是女人，不管是热心宗教的还是痴呆混沌的，在爱情方面没有一个不精明。所以花粉商的女儿把自己打扮得叫包比诺神魂颠倒。公斯当斯素来把公证人一行看作王太子似的，招克劳太做女婿的事没有成功，觉得很难过；现在帮女儿装扮，也还有些心酸。她想着女儿的前途，有意把赛查丽纳的围巾披得低一些，让一部分肩膀和长得特别好看的脖子露在外面。希腊式的双叠襟的紧身儿半开半合，一共有五道褶裥，把浑圆的胸部勾画得十分迷人。淡灰呢衫束着绿绲边的飘带，身腰越发显得苗条柔软。耳上戴着镂金的环子。往后梳的头发叫人一眼就看到皮肤娇嫩无比，加上隐隐约约的血管，皮色有了变化，没有反光的部分更表示她生活纯洁。一句话，赛查丽纳那天晚上娇艳极了，连玛蒂法太太也不能不承认，但她没想到母女俩的意思是非把小包比诺的心勾住不可。

---

①一种用羊毛、棉纱与丝混合织成的料子。

两个受着爱情煽动的孩子，站在冷风从隙缝里直钻进来的窗洞底下，放低着声音甜甜蜜蜜的谈心；皮罗多夫妇跟玛蒂法太太都不去打扰他们。并且大人们的谈话也热闹起来了，包比诺法官漏出一句关于罗甘逃走的话，说他是第二个出事的公证人，这一类的罪行从前是没有的。拉贡太太听见罗甘的名字，马上踢了踢她兄弟的脚，比勒罗也提高嗓子盖住法官的声音；两人都对他指着皮罗多太太打暗号。

“我全知道了。”公斯当斯对她的朋友们说，声音又柔和又难过。

皮罗多怯生生的低着头，玛蒂法太太问他：“罗甘究竟拿了你多少？外边谣言，说你被他拖倒了。”

“他拿了我二十万。另外四万，他假装是代我向一个主顾借的，其实他早已把那个主顾的钱挪用了；为此我们正在打官司。”

包比诺道：“这案子下星期可以宣判。我把你的情形向庭长说了，想你不会怪我吧。庭长吩咐把罗甘事务所的案卷调到评议庭来，查他从什么时候起挪用主顾的存款，但尔维提出的事实也得核对证据。但尔维替你省钱，亲自出庭辩护。”

皮罗多问道：“我们会胜诉么？”

包比诺回答：“不知道。案子分发在我的一庭，可是即使要我参加评议，我也不预备出席。”

比勒罗说：“这样简单的官司难道还有疑问么？款子怎么交割，由哪几个公证人作证，借据上不是都应当写明的么？罗甘要是给抓到了，一定得送去做苦役。”

法官说：“在我看来，借主应当在罗甘事务所的出盘费和保证金项下取得赔偿。可是比这个更简单明了的案子，高等法院评议庭有时也有六票对六票的事。”

安赛末·包比诺终于听见了他们的谈话，问赛查丽纳：“怎么，小姐，罗甘逃走了？赛查先生一句也没跟我提，我可是为他拼命都愿意的……”

赛查丽纳懂得“为他”两字实际是指他们一家；天真的姑娘就算误会了他说话的音调，他那种火辣辣的眼神，绝不可能误会。

她说：“我知道，对父亲也说过了。但他把全部事情瞒着妈妈，只告诉我一个人。”

包比诺说：“你在这件事情上和他提起我，足见你看到了我的心，不过是不是全看到了呢？”

“也许是吧。”

包比诺说：“那我真高兴。只要你让我完全安心，不消一年，我挣的钱就能叫你父亲听到我求婚不再那么冷淡。从今以后，我每天只睡五个小时了……”

“别伤了身体。”赛查丽纳的声调叫人学都学不来，投向包比诺的眼风也透露了她的心意。

赛查离开饭桌的时候对老婆说：“我看两个年轻人彼此爱上了呢。”

公斯当斯放低了调门回答：“那不是很好么？女儿找到了一个精明强干的丈夫。最漂亮的聘礼就是才干。”

她急急忙忙离开饭厅，直奔拉贡太太的卧房。赛查在饭桌上说了几句毫无见识的话，叫法官和比勒罗听着好笑；公斯当斯想起可怜的丈夫这样懦弱，没有力量抵抗患难，不由得暗暗伤心。

她不知怎么总防着杜·蒂埃；做母亲的不懂拉丁文，也知道那两句古话：即使希腊人拿了牺牲来祭神，我还是怕他们[1]。她伏在女儿和拉贡太太怀里哭了，但不愿意透露伤心的原因，只说："这是一时冲动。"

晚上，老年人打牌消遣。年轻人玩一些又有趣又文雅的集体游戏，正好给布尔乔亚那种无伤大雅的调情打趣做掩护。玛蒂法夫妇也跟青年人一起玩儿。

公斯当斯在回家的路上说："赛查，你年初三就该去看纽沁根男爵，把月半的款子早点准备好。万一出了岔儿，一天两天怎么想得出办法呢？"

赛查道："对，太太。"又握着她的手说，"亲爱的，没想到我送了这样一笔礼物给你们过年！"

在黑洞洞的马车里，母女两个看不见皮罗多，只觉得热烘烘的眼泪掉在她们手上。

公斯当斯道："别失望，朋友。"

赛查丽纳道："不会有问题的，爸爸。刚才安赛末先生告诉我，他为你拼命都愿意。"

"为我，也是为我们一家，是不是？"赛查说着，神气又快活起来。

赛查丽纳握着父亲的手，意思是说她跟安赛末订婚了。

新年的头上三天，皮罗多收到二百张贺年片。卷进了苦海，再看到这些虚假的友谊和亲热的表示，心里的确很凄惨。皮罗多到有名的银行家，纽沁根男爵府上白跑了三趟。既是新年，应

①原文是拉丁诗人维吉尔著的《埃涅阿斯纪》中的两句诗。

酬特别多，见不到银行家也在情理之中。最后一次，花粉商一直撞进银行家的办公室：管事的是个德国人，说纽沁根先生参加了格莱家的舞会，早上五点才回家，九点半以前不会见客。皮罗多跟德国人谈了半小时，德国人对他的事居然关心起来。当天，这位总管送来一个字条，说男爵准定明天十三日中午接见他。虽然每过一个钟点都像喝一杯苦水，一天的时间还是过得很快。花粉商雇了一辆马车，在银行家住宅近边停下来。院子里已经摆满车辆。看到这份赫赫有名的人家的气概，可怜的老实人心直往下沉。

"他可是倒账倒过两次呢。"皮罗多这么想着，走上摆满鲜花的漂亮的楼梯，穿过一连串穷奢极侈的房间。但斐纳·特·纽沁根男爵夫人就是以排场阔绰出名的。

圣·日耳曼区的贵族还没有肯招待男爵夫人，男爵夫人有心要和他们之中最有钱的人家见个高低。男爵正陪着太太吃中饭。办公室里等的人很多，可是男爵说只要是杜·蒂埃的朋友，随时都可以进来。骄横的当差听着主人的话，脸色马上不同；皮罗多看着，不由得战战兢兢的存了希望。

男爵站起来向皮罗多点点头，对太太说："对不起，亲爱的；这位先生是个忠心的保王党，杜·蒂埃极要好的朋友，又是第二区的副区长，开的跳舞会场面伟大，简直是东方气派，你一定很高兴见见他的。"

男爵夫人道："是啊，我要能够向皮罗多太太讨教一下，上几课才高兴呢，斐迪南……（花粉商暗暗想：噢，她对杜·蒂埃是叫名字的！）和我提到那个跳舞会，着实夸赞了一番；他平时什么都不佩服，要他称赞可不容易呢。斐迪南是十分严格的批评家，样样都要求十全十美。你是不是马上再开一个跳舞会呢?”她问话的神气亲热得不得了。

花粉商拿不准她的话是挖苦还是一般的客套,只能说:“太太,我们这种可怜的人是难得玩儿的。”

男爵说:“你府上的装修还是葛兰杜先生主持的呢。”

但斐纳·特·纽沁根说:“啊!葛兰杜!是那个从罗马回来的,年轻漂亮的建筑师么?我真喜欢他,他给我在纪念册上画了些素描,妙极了。”

一个犯叛逆罪的人在威尼斯的异教裁判所穿上受刑的靴子[①],也不见得比衣服穿得好好的皮罗多更痛苦。他觉得每句话都在刻薄他。

男爵用刺探的神气把花粉商瞪了一眼,说道:“我们也举行一些小小的舞会,所以你瞧,大家都喜欢来这一套。”

桌上摆着精致的饭菜,但斐纳指着说:“皮罗多先生愿意和我们吃个便饭么?”

“夫人,我是来谈生意的,我……”

男爵说:“对!太太,你允许我们谈生意么?”

但斐纳略微点点头,问男爵:“你是不是想买香粉呀?”

男爵耸耸肩膀,转过来朝着万分焦急的赛查说:“杜·蒂埃对你非常关心。”

可怜的花粉商想道:“啊!好容易谈到正事了。”

男爵又道:“凭着他的信,你在我行里要借多少就多少,只要不超过我的财产……”

---

①欧洲的宗教迫害至十八世纪尚未停止。意大利与西班牙的异教裁判所都以毒刑著称。此处所谓受刑的靴子是一种特殊的刑具。

天使在沙漠中赐给夏甲的水[1]叫人喜欢和安慰的作用，大概和这几句怪腔怪调的法文[2]输入皮罗多血管里的甘露差不多。狡猾的男爵有心保留难听的口音，跟德国犹太人说的法文一样，以便日后抵赖，说人家把话听错了。

好心的，可敬的，伟大的银行家装出一副亚尔萨斯人的忠厚样儿，说道："我可以给你开个往来户，手续是这样的……"

皮罗多听着完全定心了。他是生意人，知道不预备帮忙绝不会谈到成交的细节。

"你知道，客户不论大小，向法兰西银行借款都要两个保人。你去开一张期票来，写上咱们的朋友杜·蒂埃的抬头，我签了字当天送给法兰西银行；你早上填好数目，下午四点就能拿到现款，利息照银行的规定。我不拿佣金，不拿扣头，什么都不要，我能够为你效劳就很高兴了……不过有一个条件！"他用左手的食指轻轻碰了一下鼻子，做了一个绝顶俏皮的动作。

"男爵，不管什么条件，你不用说出来我就接受了。"皮罗多以为他要在生意上分一部分赚头。

"那个条件我看得很重要，我要内人像她说的向皮罗多太太上几课。"

"男爵，千万别取笑！"

银行家一本正经的说："皮罗多先生，一言为定；你下次开跳舞会一定要请我们。内人眼红得很，她要参观你的屋子，个个人都对她说好得了不得。"

---

①圣经《创世记》载：亚伯拉罕的埃及妻子夏甲被逐，带着儿子在沙漠中断水将死，遇天使下降，指示井水获救。

②原文中所有纽沁根的说话，每个字都是念别音的。

“噢！男爵！”

“你不答应，我就不放款！你是个红人呢。我知道你请了塞纳州州长，他本是要来的……”

“噢！男爵！”

“你还请了内廷侍从拉·皮耶第埃，还有冯丹纳，他和你一样受过伤……在圣……”

“共和三年正月十三，男爵。”

“还有特·拉赛班特先生，还有学士院的伏葛冷先生……”

“噢！男爵！”

“哎！哎！副区长先生，别这样谦虚；我知道王上说你的跳舞会……”

“王上？”皮罗多问了这句，没有能知道下文。

一个年轻人挺随便的走进屋子；漂亮的但斐纳远远听出脚声，脸就涨红了。

纽沁根男爵招呼道：“你好，亲爱的特·玛赛，来陪陪我太太吧。听说我办公室里挤满了人，我知道为什么。伏钦矿山要发红利了！清单已经送到。太太，你又多了十万法郎利息，可以买些首饰插戴，其实你不打扮也够漂亮了。”

皮罗多嚷道：“哎哟，我的天！拉贡夫妇把那份股票卖了呢！”

“说的是谁呀？”那漂亮哥儿笑着问。

纽沁根已经走到门口，掉过头来说：“啊，我觉得那些人……特·玛赛，这一位是皮罗多先生，你的化妆品就是在他店里买的；他开的跳舞会场面伟大，简直是东方气派；王上还给了他勋章……”

特·玛赛举起手眼镜照着皮罗多，说道：“嗯，不错，这张脸有点面熟。那么纽沁根，你是打算把你的买卖加些花粉，上点儿油么？……”

男爵装着气恼的样子，说道：“唉，拉贡在我行里有个户头，我有心照顾他们，他们就是不愿意多等一天。”

皮罗多嚷道：“噢！男爵！”

老实人看到事情毫无分晓，便顾不得向男爵夫人和特·玛赛告辞，急忙去追纽沁根。纽沁根已经走在楼梯上，花粉商直赶到楼下，正当银行家快进办公室的时候才追上。可怜的家伙觉得掉进了窟窿，做了一个绝望的手势；纽沁根一边开门，一边看见了，说道：“唔，不是讲妥了么？你去找杜·蒂埃先把手续办好。”

皮罗多只道特·玛赛可能对男爵有些影响，便像燕子一样飞快的奔上楼梯，溜进饭厅。男爵夫人和特·玛赛应该还在那里；他走的时候，但斐纳正等着喝咖啡牛奶呢。他看见咖啡已经端来，可是男爵夫人和漂亮哥儿都不在了。当差看到花粉商表示诧异，对他笑了笑。他只得慢吞吞的下楼。

赛查立刻赶到杜·蒂埃家，门上说杜·蒂埃下乡看罗甘太太去了。花粉商雇了一辆轻便马车直奔诺扬，加了钱要车子跑得跟班车一样快。到了诺扬，看门的说先生和太太已经回巴黎。皮罗多筋疲力尽，回到家里，把经过情形告诉了妻子和女儿。公斯当斯平日生意上有一点儿不如意就牵肠挂肚，摆脱不开；赛查想不到她这时竟会极尽温存的安慰他，说事情一定能顺利解决。

第二天早上七点，天还没有亮，皮罗多就到了杜·蒂埃住的那条街上，守在那儿。他塞了十个法郎给门房，要求和杜·蒂埃的贴身当差说句话。总算赛查有面子，见到了当差，又塞了两块金洋，央他等主人起床就带他进去。他跟一般清客和求情的人一样，靠着这些小小的牺牲，受着很大的委屈，达到了目的。八点半，他的老伙计刚刚披上晨衣，脑子还没完全醒过来，打着呵欠，伸着懒腰，嘴里向老东家道歉的时候，皮罗多终于见到了他心目中独一无二的朋友，没想到他是一只只想报仇的老虎。

皮罗多道："不客气，不客气。"

杜·蒂埃问："找我有什么事啊，赛查？"

赛查心慌意乱，把纽沁根男爵的回话和条件告诉杜·蒂埃。杜·蒂埃似听非听，一边找他壁炉用的吹风，一边埋怨当差炉子没生好。

赛查没看见当差在旁边听着，后来发觉了，很难为情的停了下来。杜·蒂埃却心不在焉的催他："说吧说吧，我听着呢！"他只得继续说下去。

可怜虫浑身大汗，连衬衫都湿了。等到杜·蒂埃朝他瞪着眼睛，夹着一丝丝黄筋的银色眼珠闪着凶光，直瞧到他心里去的时候，赛查的汗又变成冰凉冰凉的了。

"亲爱的东家，你出的票子，克拉巴龙银号没有担保就转给了羊腿子，现在被法兰西银行退回：这能怪我么？你当过商务裁判，怎么做出这种糊涂事儿？我做的是银钱生意，我可以借钱给你，可不能让我签的字碰法兰西银行的钉子。我全靠信用吃饭。在这一点上咱们都一样。你要不要现款呀？"

"我缺的钱，你能全数借给我么？"

"那要看数目了。你要多少呢？"

"三万。"

"哎唷唷！那可了不得！"杜·蒂埃说着哈哈大笑。

花粉商被杜·蒂埃的排场弄迷糊了，听见笑声，只道他瞧不起这个小数目，不禁松了一口气。杜·蒂埃按了铃。

“叫出纳员上来。”

当差说：“还没有上班，先生。”

“嘿！这些混蛋不把我放在眼里！已经八点半了，人家上百万生意都成交了。”

过了五分钟，勒葛拉先生来了。

“咱们现金还有多少？”

“只有两万了。先生吩咐买三万法郎公债，月半要用现款交割的。”

“不错。我糊里糊涂还没睡醒呢。”

出纳员阴阳怪气的把皮罗多瞟了一眼，出去了。

杜·蒂埃道：“一个人的底细瞒得过别人，瞒不过出纳员。”说到这里停了一会，急得花粉商脑门上冒出一颗颗的汗珠。接着又说：“小包比诺新近做了老板，你不是加了股么？”

皮罗多很天真地答道：“是啊。凭他的票子，是不是你能借我一笔大数目？”

“拿他五万法郎票据来，我去跟一个叫高勃萨克的商量，要他利息低一些。他要有大宗款子存放是好说话的；我知道他现在就有。”

十二、破产前夜

皮罗多好不伤心的回到家里，还没发觉那些银行家把他当作羽毛球似的抛来抛去。倒是公斯当斯心下明白，款子是借不到的了。已经有三个银行家回绝，大家对一个像副区长这样显著的人物，还有不打听清楚的么？所以法兰西银行也不会有什么希望的。

她道："还是想办法把票子展期吧。去找你的合伙老板克拉巴龙先生；凡是月半到期的债主，你都得去跟他们商量展期。商量不通，再拿包比诺的票据去贴现还来得及。"

皮罗多垂头丧气地说道："明天已经十三了！"

用他仿单上的话来说，他是多血质的人，情绪和思想的波动对他是很大的消耗，必须靠睡眠来补足。赛查丽纳带父亲到客厅里，把埃罗作的一支很美的乐曲《罗梭之梦》，弹给他听，给他解闷。公斯当斯坐在他身边做针线。可怜的家伙把脑袋倒在沙发背上，每次睁开眼睛望老婆，老婆都挂着温柔的笑容。他就这样睡着了。

公斯当斯道："可怜！不知有多少苦难等着他啊！……要他

顶得住才好！”

赛查丽纳看见母亲哭了，问：“哎，怎么啦，妈妈？”

“亲爱的孩子，我看破产就在眼前了。要是你爸爸非摊出账簿不可，咱们绝不能求人家哀怜。孩子，你得准备去做个女店员。你要能勇气十足的挑起你的担子，我也就有勇气从头再来。我知道你父亲的性格，他不会私藏一个钱的；我也要放弃我的权利①，样样东西都交给他们去拍卖。你呀，孩子，明天把你的首饰和衣服送到叔公家里去，你用不着负责。”

这几句话说得十分朴素十分真诚，赛查丽纳听了惊恐万状，打算去找安赛末，但是又顾到体统，不敢去。

第二天早上九点，皮罗多到了普罗望斯街，心中的苦闷跟前几天又是不同。向人借款在生意上是常事，要做买卖，每天都需要资金。但要求把票子展期却是走向破产的第一步，两者之间的关系仿佛轻罪法庭之于重罪法庭，犯过小案子就有犯大案子的可能。提到展期的话，你的窘迫和周转不来的秘密就给别人知道了，你是缚手缚脚听另外一个生意人摆布了；而在交易所里是不作兴发善心的。

从前，花粉商走在巴黎街上眼神饱满，信心十足；现在却心里疑疑惑惑的不大敢踏进克拉巴龙的家。他开始懂得银行家的心不过是身上的一个器官。克拉巴龙嘻嘻哈哈的快活劲儿多么粗野，言语举动又多么下流，要去见他实在有些害怕。

“他平民气息重一些，说不定还有点儿心肝。”

这是赛查被处境逼出来的第一句牢骚。他迸着最后几分勇

---

①法律规定妻子的财产不需要用来偿还丈夫的债务；但妻子可放弃此项权利，帮助丈夫了清。

气，走上又小又破落的中层楼。从底下望去，楼上的绿窗帘已经被太阳晒得发黄。门上钉着一块椭圆形的铜牌，刻着办公室三个黑字。他敲了几下，没人答应，便自己推门进去。这地方不仅简陋，而且寒酸，小气，邋遢。隔做办公用的房间，下半截是白木板，上半截钉着铜丝网；里面一个办事员都没有，只有几张木头发黑的台子和斜面的书桌。空荡荡的办公桌上堆着墨水瓶，墨水已经发霉，鹅毛管的笔杆扭成月牙形，乱糟糟的鹅毛像小娃娃的头发；另外还有些文书夹，纸张和没用的印刷品。走道里地板的破旧，龌龊，潮湿，像公寓里的会客室。

门上标着账房二字的第二间屋子，跟第一间那个不三不四的怕人样儿正好相配。屋子的一角有一个橡木做的大笼子，围着铜丝网，开了扇活动小窗，笼内放着一口其大无比的大铁箱，大概除了给耗子在里头翻筋斗，不会再有别的用处。笼子的门开着，摆着一张奇形怪状的办公桌，一把颜色发绿，全是破洞的椅子，钻在外面的马鬃和主人的假头发一样乱七八糟，卷成一个个小圈儿。这间房没有改作办公室之前，分明是间客厅，主要的家具是一张铺着绿呢台布的圆桌，四周摆着几把黑皮面子，帽钉的金漆已经剥落的旧靠椅。壁炉架款式还大方，下面的盖板干干净净，炉子肚里也全无烟熏火炙的痕迹。大镜子上撒满了苍蝇屎，一副寒酸相；和镜子派头差不多的是一座胡桃木的座钟，准是在什么老公证人那里拍下来的；一对满是油腻，没有蜡烛的烛台已经叫人看了难过，加上那个座钟，更觉得可厌。粉红镶边的灰色糊壁纸上到处有烟熏的污迹，可见从前住的人烟瘾很大。这间屋跟报上所谓编辑室的那种恶俗的房间再像没有。皮罗多不敢冒失，在第三间屋子的门上短促的敲了三下。

克拉巴龙叫道："进来！"听克拉巴龙的声音，他和房门还隔着一段，屋子也是空荡荡的没有东西。花粉商只听见炉子里的火烧得毕毕剥剥的响，却看不见银行家本人。

实际上这一间的确是克拉巴龙的私人办公室。拿格莱的声势烜赫的会客排场，和这个冒充大企业家的特别邋遢的环境比较，那差别就像凡尔赛王宫之于休隆酋长的棚屋。花粉商见识过了金融界的光华灿烂的一面，如今要看到它丑态百出的一面了。

室内的家具全新的时候还算漂亮，但住的人生活散漫，把家具用旧了，弄脏了，毁坏了，撕破了，丢失了，搅乱了。办公室后面拦出一个长方形的小间，作为克拉巴龙睡觉的地方。他一见皮罗多，马上披了一件腻答答的睡衣，放下烟斗，来不及的把帐子拉上，动作之快，叫老实的花粉商对他的生活起了疑心。

空头银行家招呼道："先生，请坐。"

克拉巴龙没有戴假头发，头上横七竖八包着一条围巾，睡衣半开半阖的当口还露出一件手织的白毛线衫，长久不换，变了棕色，叫皮罗多看着觉得格外恶心。

"和我一块吃饭好不好？"克拉巴龙记起花粉商的跳舞会，打算回敬一下，同时也好分散皮罗多的注意。

他急急忙忙把圆桌上的纸张文件搬开，原来摆着一碟肝酱，一盘牡蛎，一瓶白酒，一盘浸着沙司的红烧香槟腰子：明明是屋子里藏着一个美人儿。壁炉里烧着煤球，烤着一盘嫩黄的鲜菇焖蛋。台上放着两份刀叉，两条隔夜用脏了的饭巾，叫最老实的人看了也会心中有数。克拉巴龙自以为手段高明，不管皮罗多推辞，硬要留他吃饭。

"我原来等着一个人，他失约了。"滑头的掮客嚷着，故意要钻在被窝里的人听见。

皮罗多道："先生，我专诚来商量事情，不会耽误你太久的。"

克拉巴龙指着一张拉盖的书桌和堆满文件的桌子，说道："我忙死了，人家不让我有一点儿空闲。我只有星期六才见客，不过亲爱的先生，你老人家来了，我随时奉陪！我连谈爱情，逛马路的工夫都没有了；对生意的感觉也麻木了；一个人要有恰当的悠闲，感觉才新鲜。现在你休想再看见我一事不做，在大街上闲逛了。唉！我看到买卖就头痛，连听都不愿意听；我有的是钱，就是不得享福。老实说，我真想旅行，到意大利去！噢！亲爱的意大利！不管它国内怎么乱，到底是个好地方，可爱得很。在那儿准会碰上一个又是懒散又有气派的意大利女人！我一向喜欢意大利女人。你可曾跟意大利女人相好过？没有么？那就跟我一块儿去。咱们去游览威尼斯，总督大人的乡土。唉！威尼斯落在野蛮的奥国人手里，糟糕透了，他们完全不懂艺术。好吧，咱们把生意呀，运河呀，借款呀，政府呀，一股脑儿丢开。只要荷包里有了钱，我脾气才随和呢。管它，咱们去旅行吧。"

皮罗多道："我只有几句话，说完就走。你把我的票据转给了皮杜先生。"

"你是说羊腿子么？那个好说话的小老头儿，一见生财的羊腿子……"

皮罗多道："是啊。我希望……在这一点上我相信你是重情义，守机密的……"

克拉巴龙弯了弯腰。

"我希望把票据展期……"

“那不行，”银行家斩钉截铁的回答，“做这桩交易的不止我一个人。我们样样都开会商量，像国会一样，可是意见一致，好比锅子里煎咸肉，一块贴着一块。嗨，嗨，我们商量的事可多呢！玛特兰纳的地产算不得什么，真正的事业还在旁的地方。亲爱的先生，在天野大道上快要完工的交易所四周，在圣·拉撒区和蒂勒黎公园一带，我们都有投资，要不然还说得上做买卖么？玛特兰纳那块地算得什么！不过是顶顶起码的小生意罢了。嘿！我们才不讹诈人呢，告诉你，”他把皮罗多的肚子拍了一下，抱着他的腰，又道：“得啦得啦，咱们吃着饭谈吧。”克拉巴龙因为拒绝了皮罗多的要求，借此缓和一下。

“我奉陪就是。”皮罗多说着，心里想：“吃就吃吧，活该那个人倒霉！”花粉商开始感觉到那笔地产买卖有点不明不白，打算灌醉了克拉巴龙，逗他说出真正的合伙老板。

银行家叫道：“好极了！——喂，维多阿！”

他这么一叫，来了个十足地道的雷欧娜德[1]，打扮得像个卖鱼婆。

克拉巴龙吩咐道：“告诉伙计们，我今天不见客，管他什么纽沁根，格莱弟兄，羊腿子，或是别的什么人！”

“除了朗泼滦先生，别的伙计还没有来。”

克拉巴龙道：“有什么贵客都叫他招呼，别让无名小卒闯进里面来。告诉他们，说我正在想办法对付……对付香槟酒！”

要灌醉一个掮客出身的家伙是办不到的。赛查只想探听秘密，听他叽叽呱呱的满嘴粗话，只道他醉了。

---

①法国十八世纪勒·萨日的小说《吉尔·布拉斯》中间有一个替强盗烧饭的老婆子，相貌奇丑，叫作雷欧娜德。

皮罗多道："混账的罗甘始终是跟你们一起的，你应当写信去，说他拖累了朋友，要他帮帮朋友的忙。他和我每个星期日都一同吃饭，认识了有二十年了。"

"罗甘么？……那个糊涂蛋！他的股子是归我们的了。朋友，你别发愁，事情总有办法。你月半先把款子付了，以后咱们再瞧着办……我说瞧着办……（来，干一杯！）因为股本和我没有关系。你不付么？我也不跟你翻脸。这桩生意，我不过在买进的时候拿一笔佣金，将来卖出去再分一些赚头；凭这两个条件，我替他们操纵卖主……明白没有？你的合伙老板都是有实力的，所以我不怕，亲爱的先生。今日之下，生意分得很细。一桩交易要许多有本领的人合起来做才行。你打算跟我们合伙么？可不能拿头油木梳来骗我们：那是不行的！不行的！还是刮大众的钱，做投机的好。"

花粉商道："投机？投机是什么样的买卖？"

克拉巴龙答道："投机是抽象的买卖。据金融界的拿破仑，伟大的纽沁根说，这一行十几年之内还不会有人懂。它能叫你垄断一切，油水的影踪还没看见，你就先到嘴了。那是一个惊天动地的规划，样样都用如意算盘打好的，反正是一套簇新的魔术。懂得这个神通的高手一共不过十来个。"

赛查睁着眼睛，竖起耳朵，竭力想把这些杂七杂八的行话弄个明白。

克拉巴龙停了一会，又道："你听我说，这一类的玩意儿需要人手。有的人只有思想没有钱，会用脑子的人都是这样。他们只会转念头，只会花钱，对什么都不注意。好比一只猪在长满鲜菇的林子里东闯西撞，背后跟着一个有钱的好汉，但等它发现了好东西咕噜咕噜地叫。会思想的人碰到什么好买卖，有钱的人就拍拍他肩膀，说道：‘怎么回事呀？朋友，你是没有出路的，腰板儿也不够硬；给你一千法郎，买卖让我来做。’好吧，银行家便召集一般实业家，说道：‘朋友们，动手吧！印起章程来！别开玩笑！’大家拿起号角，吹起喇叭，叫着：‘来呀，五个铜子变一百万！’或是一百万变五个铜子，什么金矿呀，煤矿呀……乱吹一阵。他们收买了科学家艺术家的意见，大锣大鼓的敲起来；看客来了：他们出钱看戏，我们管收钱。猪给关在屋里啃番薯，别人拿了钞票欢天喜地。事情就是这样，亲爱的先生。你来做生意吧，你愿意当什么？当猪呢，当傻瓜呢，当小丑呢，还是当百万富翁？你去想想吧，我把现代的放款理论告诉你了。有事尽管来找我，我兴致老是好得很。法国式的兴致，又正经又轻松，对买卖没有害处；正是相反，常在一起干杯的人，彼此最容易了解。来！再来一杯香槟。酒好得很。那是一个真正埃班南[①]人送我的，我做过酒生意，替他卖了不少，都是好价钱。我发迹了，他还感激我，想起我，倒也难得。”

大家公认为思想深刻，能干非凡的人，说话竟这样轻薄，没有顾忌，叫皮罗多听了非常奇怪，不敢再问下去了。他喝了香槟，脑子乱哄哄的糊涂得很，可是还想起杜·蒂埃向他提过一个名字，便向克拉巴龙打听，有个叫高勒萨克的银行家是怎样一个人，住什么地方。

克拉巴龙说：“亲爱的先生，你竟到了这个田地么？向高勒萨克借钱好比请巴黎的刽子手看病。他一开口就是五分利，他是阿

①埃班南是法国出产香槟酒有名的城市。

巴贡的徒弟，会把加拿利岛上的金丝雀，做好标本的蟒蛇，折成现钱借给你；夏天给你皮货，冬天给你花布[1]。你打算拿什么票子给他？不把你老婆，女儿，阳伞，帽笼，木靴，镢头，钳子，跟你地窖里的木柴一齐押给他，休想他收你没人担保的光票子！……啊，高勃萨克，高勃萨克！他是个凶神恶煞，金融界的刽子手，谁给你介绍的？”

“杜·蒂埃。”

“啊！坏蛋！不错，他是这样的人。以前我们做过朋友，现在见面不打招呼了。你该相信我讨厌他是有根据的：我把他的龌龊心思都看透了。在你那个漂亮的跳舞会里，他叫我坐立不安。我受不了他的臭架子，他不过是搭上了一个公证人的老婆，哼，我要弄女人起码是侯爵夫人。杜·蒂埃！我才瞧不起呢。要我敬重他，休想！嗨，你这老头儿倒真有一手，先开了个跳舞会，过了二十天就来要求把票子展期！你本领不小，前程远大得很呢。来，咱们一块儿做生意吧。你的名气可以给我派用场。噢！杜·蒂埃天生能了解高勃萨克。可是他不会有好结局。要是他真像人家说的替高勃萨克做幌子，他的日子也不会长。高勃萨克好比一只老蜘蛛，走遍了世界，张着网蹲在一边。早晚总有那么一天，放印子钱的会把他的代理人咕噜一口吞下，像我干这杯酒一样。那才痛快呢！杜·蒂埃叫我落过圈套！……噢，该死的圈套。”

这掮客出身的家伙胡说八道了一个半钟点，还打算讲一个故事，说马赛城里有个议员爱上一个女戏子，女戏子扮了美人阿赛

①莫里哀喜剧《吝啬鬼》（旧译《悭吝人》）中的主角阿巴贡，出借银钱时一部分是现款，一部分以旧货抵充。

纳[1]登台，被池子里的保王党大喝倒彩；皮罗多不想再听，预备走了。

克拉巴龙还是往下说："那议员在包厢里站起来吆喝：喂！喝倒彩的人站出来！……是女的，我收下；是男的，咱们来见个高低！倘不是女的，也不是男的，就叫他天打雷劈！……你知道这笑话后来怎么收场……"

"再会了，先生。"皮罗多说。

"你还得来找我呢，"克拉巴龙回答，"加隆的第一张票子给退回了，是我签的字，所以我付了钱[2]。我叫书办来找你。不管怎么样，生意要紧。"

这番丑态百出的假殷勤给皮罗多的打击，跟格莱的冷酷和纽沁根的德国式的挖苦，同样的攒心刺骨。克拉巴龙的亲昵，灌饱了香槟说的荒唐无耻的话，把清白的花粉商污辱了；他觉得是看到了金融界最下等的场所。他下了楼，到了街上，茫茫然不知道往哪儿去。沿着大街向前，到了圣·但尼街才想起莫利奈而转往巴太佛大院。他又踏上那座转弯抹角的肮脏的楼梯。上次来他神气活现，正在最得意的势头上——现在他想到莫利奈的尖酸刻薄，自己还得去央求他，不由得直打哆嗦。跟花粉商第一次来的时候一样，房东坐在壁炉旁边，但这一回是吃过饭在那里消化食物。皮罗多向他提出了要求。

"一千二百法郎的票子要展期？"莫利奈冷言冷语的装作不相信，"你不至于吧，先生？月半拿不出一千二付我的票据，难道把我的收条给退回来不成？呃！那我要生气了，在银钱上面就是

①《美人阿赛纳》是十八世纪末期的一出神话喜剧。

②出票人以外的第三者在支票或期票背后签过字，等于做了保人。

一点不讲礼貌的。房租是我的进款，没有进款，我欠人家的账怎么办？这个规矩对大家都有好处，做买卖的绝不会反对。钱是不认人的；钱没有耳朵，没有心肝。今年冬天好冷，木柴也涨价了。你月半不付钱，限期付款的通知十六中午就送到你府上。你的书办弥德拉老头也是我的书办，他会顾到你的地位名望，把通知书用封套装起来送给你。”

皮罗多说：“先生，我从来没接到过限期付款的通知。”

莫利奈说：“样样事情总有一个开头的。”

小老头儿这副赤裸裸的凶狠的面目，吓得花粉商失魂落魄，耳朵里只听见破产的钟声，每一下钟声都使他想到自己根据那套铁面无情的法学理论，关于破产说过多少话。他的言论映在脑膜上，每个字都像用火焰写成的。

莫利奈说：“喂，你忘记在付我的票子上批明房租两字，让我能保持优先权。”

“我的处境不允许我做一件侵害债权人利益的事。”花粉商看见悬崖峭壁就在眼前，发呆了。

“好，先生，很好。我还以为跟房客把租赁的事学到家了呢，想不到跟你又学了一次乖，票据原来是收不得的。啊！我一定要告你，你这句话分明说你的票子是不兑现的了。这种案子和巴黎所有的业主都有关系。”

皮罗多走出门去，对人生厌恶透了。他本是那种温柔，软弱，一碰钉子就灰心，有点儿成功就高兴的人。那时赛查的指望只剩下一个忠心的小包比诺了，他走到伊诺桑广场，自然而然想起他来。

“好孩子！六个星期以前，我在蒂勒黎公园把他提拔起来的时候，谁想得到有这种事儿！”

那是下午四点光景，正是法官们下班的时间。预审推事包比诺碰巧去看他的侄儿。这位法官看人的精神活动，眼光最厉害，无论怎么隐蔽的心思都瞒不过他；无关大体的行为，他也能看出作用，看出作恶和犯罪的根苗。他对皮罗多留着神，皮罗多可没有发觉。他只因为有这个叔叔在场，心里懊恼，在法官眼中就特别显得态度拘束，心不在焉的在想什么。小包比诺耳朵上夹着笔，照例很忙，对赛查丽纳的父亲也还是那么五体投地。赛查和他的合伙人东拉西扯，法官觉得完全是装幌子，骨子里必有什么大事情来央求。狡猾的推事料定花粉商为了打发他，会先走一步；他便赖在那儿，不管侄儿乐意不乐意。皮罗多一出门，法官也跟着离开，但注意到皮罗多在五钻石街通往屠夫奥勃里街的那一段闲荡。这一点小枝节叫老包比诺对赛查的用意更起了疑心。他朝龙巴街走去，等花粉商一回进安赛末的铺子，又马上赶回来。

赛查对他的合伙人说：“亲爱的包比诺，我要求你帮个忙。”

包比诺一片热心的问：“帮什么忙呢？”

皮罗多叫道：“啊！你这是救了我的命了！”他在冰岛上旅行了二十五天，忽然看见闪出一道温暖的光，快活极了，“我名下的盈余，我要预支五万；咱们以后再算账。”

包比诺定睛望着赛查，赛查把眼睛低了下去。这时法官又出现了。

“孩子……——啊，对不起，皮罗多先生——孩子，我忘记告诉你……”

他拿出法官的威严做了一个手势，把侄儿叫到街上，不管他光着头，只穿一件上衣，径自和他一边讲一边朝龙巴街走去。

“侄儿，你老东家恐怕已经山穷水尽，要摊出账簿来了。没有落到这一步之前，哪怕清白了四十年，哪怕是最规矩的人，为了保住面子，也会跟昏了头的赌棍一样，什么事都做得出来。他们会出卖老婆，女儿，拖累最知己的朋友，把别人的财产拿去抵押，会进赌场，会做戏，会撒谎，会哭……反正什么出奇出怪的事我都见过。你也亲眼看到罗甘那副忠厚样儿，大家样样事情都会闭着眼睛信托他的。我说这些苛刻的话不一定指皮罗多先生，我相信他是老实人。不过倘使他要求你做什么不合生意上规矩的事，比如签周转票据，滥发期票等等——我认为那就是欺诈的第一步，因为都是空头票子；你得答应我，没有和我商量之前，无论什么票据都不签出去。你该记住，倘若你爱他的女儿，为了你的爱情就不能断送你的前途。要是皮罗多先生非倒不可，两个人一同倒下去有什么好处？你的铺子本来还可以做他的退步，把你拖倒了不是大家的生路都断绝了么？”

包比诺道：“谢谢叔叔。俗语说得好：人家劝你，听懂就是便宜。”这时他才明白老东家为什么说出那样伤心感慨的话来。

包比诺皱着眉头回到黑洞洞的铺子里。皮罗多也看出他神气变了。

“请你上楼，到我房间去吧。伙计们忙虽忙，我们讲话还是听得见。”

皮罗多跟在包比诺后面，心里的焦急仿佛一个判了罪的人不知道是撤销原判还是驳回上诉。

安赛末道：“亲爱的恩人，我对你的忠心，想必你信得过，我对你完全死心塌地。只是请你允许我问一声，这笔数目是不是能把你完全救过来，还是不过拖延日子，将来仍旧要爆发的？要是这样，拖我下水有什么用？你需要三个月的期票，可是我到期一定付不出。”

皮罗多脸色发白，很庄严的站起来望着包比诺。

包比诺着了慌，说道：“你一定要，我就签吧。”

“没有良心的东西！”花粉商迸着最后一些力量，冲着安赛末说出这句话，好像把安赛末脸上盖了一个耻辱的印。

皮罗多走向大门，出去了。包比诺听了那句可怕的话大为震动，等到定了定神，冲下楼梯，奔到街上，花粉商早已不见了。可是赛查丽纳的情人耳朵里老是听见那个惊心动魄的罪名，眼中也老是看见可怜的赛查那张突然变色的脸。包比诺从此和哈姆雷特一样，身边有了一个可怕的鬼魂[1]。

①这是指哈姆雷特的被人谋杀的父王向哈姆雷德显灵的事。

十三、交出清账

皮罗多像醉汉似的在那一区的几条街上乱转。后来到了河滨大道，顺着大道一直走到赛佛，在小客店里宿了一夜，痛苦得糊里糊涂了。他太太虽然惊骇，却不敢派人出去寻访。在这种情形之下，冒冒失失的一声张就会闯祸。公斯当斯识得大体，顾着生意上的信誉，宁可暗中着急。她等了一夜，一面担惊受怕，一面做祷告。她心上想，赛查是死了呢，还是到城外去走什么最后的门路了？第二天早上，她装作若无其事，好像是知道丈夫不回家的原因的。但到下午五点赛查还不回来，她就把叔叔请来，要他到验尸所去看看。勇敢的女人自己坐镇在柜台后面，女儿在她身边做绣作。两人面上一本正经的招呼顾客，既不愁眉苦脸，也没有什么笑容。

比勒罗回来的时候把赛查带回家了。比勒罗从交易所出来，在王宫市场碰到他退退缩缩的正想进赌场。那天是十四。开出晚饭来，赛查吃不下去。过分抽搐的胃没法接受食物。饭后的时间更不好过。忽而希望，忽而绝望，一下子体会到各种各样的快乐，一下子又感到最剧烈的痛苦：这种翻来覆去的磨折，对性格懦弱的人最伤身体。皮罗多已经打熬了上百次，这时又尝到这种滋味。他要睡到六层楼去，说："我不要看到我荒唐胡闹的成绩。"赛查太太花尽气力，把他硬留在富丽堂皇的客厅里，正好皮罗多的诉讼代理人但尔维来了，一直闯进客厅，说道：

"官司打赢了。"

赛查听了，抽搐的脸马上松下来，但那种快活的表情叫比勒罗和但尔维都看了害怕，母女俩吓得跑到赛查丽纳房里去哭了。

花粉商叫道："那我可以做押款了？"

但尔维道："你不能这样冒失。他们还要上诉，说不定会重判。大概一个月之内可以定局了。"

"一个月！"

赛查迷迷糊糊的打起瞌睡来，谁也不想把他叫醒。这是精神瘫痪的症象：肉体还活着，还在受罪；脑子可暂时不活动了。公斯当斯，赛查丽纳，比勒罗和但尔维都看得很清楚，觉得他能放松一下的确是上帝的恩惠。这样，皮罗多在夜里才不至于再受攒心刺骨的痛苦。他坐在壁炉旁边的大靠椅里；太太坐在壁炉的另外一边，留神看着他，嘴角上那个温柔的笑容说明女人的本性比男人更近于天使，懂得同情心要极尽温存的表现出来。这是天使独有的本领；我们承蒙上天的好意，一生也有过几回在梦中见到这种天使。赛查丽纳坐在凳上，靠在母亲脚下，不时把头发挨着父亲的手磨来磨去，借此表达她的心意；父亲这样悲痛，跟他说话当然是不合适的。

比勒罗这个看破世情的哲人，心上对什么事都有准备；他坐在椅子里像救济院院长坐在议会的花楼上，和但尔维低声谈着，脸上所表现的智慧不亚于埃及的斯芬克斯。大家都相信但尔维老成持重，公斯当斯也赞成和他商量。好在一本账都在她脑子里，她便凑着但尔维的耳朵把情形告诉他。他们在发呆的花粉商面前谈了个把钟点，但尔维望着比勒罗摇摇头。

但尔维用着吃公事饭的那种镇静得可怕的态度，说道："太太，应当把账簿摊出去。就算你用了什么方法过了明天这一关，至少还要付出三十万法郎才能拿全部地产去押款。负债五十五万；账面的资金为数不小，而且很有出息，问题就是不能变现款。我认为与其从楼梯上滚下去，不如从窗里跳出去。"

比勒罗说："孩子，我的意思也是这样。"

赛查太太和比勒罗把但尔维送走了。

赛查丽纳轻轻站起，吻着父亲的额角，说了声："可怜的爸爸！"叔公和母亲回到楼上的时候，她又问父亲："难道安赛末一点办法都没有么？"

这个名字把赛查记忆中唯一清醒的部分击中了，好比一按琴键，小锤子就跳起来打在弦上。他叫了声："没良心的东西！"

小包比诺被皮罗多咒骂过后，再也睡不着觉，心里也一刻不得安宁。可怜的青年恨他的叔叔，跑去找他，他受着爱情鼓动，把能说会道的本领一齐拿出来，想说服这个老资格的法学家，叫他回心转意；可是把话说给一个法官听，等于把水滴在漆布上。

安赛末说："生意上的习惯，当家的股东可以从将来的盈余里面预支一部分给不出面的股东；而我们的公司的确会有盈余的。我把买卖全盘考虑过了，我觉得有力量在三个月之内付出四万法郎。赛查先生是个规矩人，四万法郎一定会拿去付他的票据。那么，即使将来宣告破产，债权人对我们也无可责备。并且，叔叔，我宁可损失四万法郎，不愿意失掉赛查丽纳。现在她已经知道我拒绝出票，要瞧不起我了。我有话在先，答应替恩人拼命。我的情形，正如一个年轻的水手不能不拉着船长的手一同沉下去，正如一个小兵不能不和将军同归于尽。”

法官握着侄儿的手说道：“你心肠是好的，做买卖可不行，我永远看得起你。”接着又说，“为这件事我转了很多念头，我知道你爱赛查丽纳爱得发疯，我认为你的感情和生意上的规矩都可以顾到。”

“啊！叔叔，你要能想出办法来，我的荣誉就保全了。”

“既然头油是一笔产业，就叫皮罗多把他的一份股子活卖给你吧；那你就可以给他五万法郎。活卖契约我来替你起草。”

安赛末拥抱了叔叔，回去签了五万法郎期票，从五钻石街直奔王杜姆广场。花粉商说了句“没良心的东西”回答女儿，像从坟墓里发出来的声音叫赛查丽纳，公斯当斯和皮勒罗非常诧异，一齐朝他望着。正在这时候，客厅的门开了，包比诺出现了。

他抹着额上的汗，说道：“亲爱的东家，你要的票子，我拿来了。”

他把票据递过去，又道：“我把店里的事仔细算过了，你放心，我到期一定照付；赶快拿去挽回你的荣誉吧！”

“我知道他一定帮忙的。”赛查丽纳嚷着，抓起包比诺的手像抽筋一般使劲握着。

赛查太太拥抱了包比诺。花粉商站起身来，模样像一个好人听见了最后审判的号角，又好像才从坟墓里走出来。他狠命的伸出手去，预备接那五十张贴着印花的票子。

“等一等！等一等！”严厉的比勒罗叔叔说着，把包比诺的票子抢了过去。

赛查和他的老婆，赛查丽纳和包比诺，一家四口被叔叔的举动和声调吓呆了，看着他把票子撕掉，扔在火里烧起来，没有一个人敢上前阻拦。

“叔叔！”

“叔叔！”

“叔公！”

“先生！”

四个人异口同声，表示他们的心情完全一样。比勒罗勾着小包比诺的脖子，把他搂在怀里，亲了亲他的额角。

他说：“凡是有良心的人都要佩服你，你也的确值得人家佩服。倘使你爱上了我的女儿，哪怕她有一百万，你只有这些（他指着票据烧成的一堆灰），我也答应你们半个月之内结婚。”他指着赛查道：“你的东家简直胡闹。”——比勒罗又沉着脸对花粉商说：“侄儿，别做梦了！做买卖是靠钱，不是靠感情的。眼前这一套固然了不起，可是没用。我在交易所里待了两个钟点，你连两个铜子的信用都没有了。大家都在谈论你出了事，说你要求把票子展期，被人拒绝了；向好几个银行家借款都没借到。他们说你挥霍滥用，还爬了六层楼去见一个喜欢嚼舌头的房东，要求把一千二百法郎的票子展期；说你开跳舞会是为了遮盖你的穷……有人还说你根本没有什么钱存在罗甘那儿。照你敌人的说法，你是把罗甘的事做借口。我托一个朋友打听，他证明我没有猜错。个个人都料到包比诺要发票子了，说你帮他开店就是为了要滥发票据。总而言之，现在市面上宣传的无非是一个人想要向上爬而招来的毁谤和难听的话。你拿着包比诺的五十张票子到处去跑吧，跑上八天也没有一个人肯接受，不过是多受一些奚落罢了。

票子一共签了多少，谁能证明？大家算准你要把这可怜的孩子为你牺牲。你只能白白的毁了包比诺公司的信用。凭这五万法郎票据，你知道最冒险的贴现商肯给你多少？两万，两万！听见没有？生意场中有时要能站在众人面前三天不吃饭，好像肚子闹积食似的，然后到第四天，人家让你进伙食房，给你放款。这三天，你可撑不住：问题就在这里。可怜的侄儿，勇敢一些，把账簿摊出去吧。趁我和包比诺在这里，等伙计们睡了，我们两个代你动手，免得你伤心难过。”

“叔叔！……”花粉商合着手叫。

“赛查，难道你愿意等资金弄光了，再摊出账簿来丢人么？你在包比诺店里的股份现在还能替你争回点面子。”

这道最后的无情的光把赛查的眼睛照亮了，他终究把可怕的真相整个儿看清了。他倒在靠椅上，从椅上又滑到地下跪着，头脑混混沌沌的变了一个小娃娃。老婆以为他要死过去了，蹲下身子想扶他起来，赛查却合着手，翻起眼睛，当着叔岳，女儿和包比诺的面，诚惶诚恐的做了一段非常动人的祷告，表现他是个真正的旧教徒；公斯当斯看了也跟着他一起跪下。

“天父在上，但愿你的圣名受到崇拜，但愿你早日统治世界，天上地下都遵照你的意旨。求你赏赐我们每天的面包，原谅我们对你的冒犯，像我们原谅冒犯我们的人一样；求你帮助我们抵抗诱惑，脱离罪恶。阿门。”

坚韧淡漠的比勒罗含着眼泪；赛查丽纳失魂落魄，把头靠在包比诺身上哭了；包比诺面色惨白，直僵僵的像一座雕像。

比勒罗抓着包比诺的手臂，说道：“咱们下去吧。”

十一点半，他们把赛查交给他老婆和女儿照管，下楼去了。领班伙计赛莱斯丁却进了上房，走到客厅来。自从暗中有了这次风波，铺子都是他在管理。赛查丽纳听见脚声，急忙去开门，不愿意他看见主人的狼狈样儿。

赛莱斯丁道："今晚上来的邮件，有一封都尔的信，因为写错地址，给耽误了。我想是先生的哥哥寄来的，所以没有拆。"

赛查丽纳道："爸爸，都尔的伯父有信！"

赛查叫道："啊！救星到了。我的哥哥啊！哥哥啊！"他一边说一边吻着信封。

法朗梭阿·皮罗多给赛查·皮罗多的复信

最亲爱的弟弟，收到你的信，我非常难过。我为你做了一台弥撒，求上帝看在他的儿子面上，看在我们的救世主为我们流的血面上，对你大发慈悲。我一边做祷告，一边含着眼泪想着你；正当你需要手足之情鼓励你的时候，我竟不在你身边。但是正直可敬的比勒罗先生一定能代替我的。亲爱的赛查，你悲伤的时候，别忘了尘世的生命是暂时的，是一种考验；我们为了上帝的圣名，为了神圣的教会，为了遵守福音书的教训，为了道德而受的苦难，将来都会得到酬报；否则世界上的一切都没有意思了。我知道你敬上帝，心地好，所以我把这些教训再说一遍。有些人像你一样遭到了人间的风暴，自家财产卷进了险恶的波涛，痛苦不过，可能在患难中亵渎神明。你既不能诅咒伤害你的人，也不能诅咒有心折磨你的上帝。你不要看着尘世，要把眼睛望着天上：

弱者的安慰，穷人的财富，富人的恐怖，都在天上……

公斯当斯说："皮罗多，先别念这些，看看他有没有寄钱来。"

"咱们以后常常要把这封信拿出来念。"皮罗多抹着眼泪，展开信纸，掉下一张王家金库的汇票；他抓住了票子说道："我知道他会寄来的，好哥哥！"

他带着哭声，断断续续的往下念道：

……我去见了特·李斯多曼太太，不说原因，只要求她把能够调度的钱一齐借给我，补充我的积蓄。承她慷慨，我居然能凑足一千法郎，托都尔的税务局汇交金库。

"好大的数目！"公斯当斯瞧着赛查丽纳说。

我只要在生活中减省一些不必要的开支，三年之内就能还清特·李斯多曼太太的四百法郎；所以，亲爱的赛查，你不必放在心上。我把我在世界上的全部财产都给你了，但愿这数目能帮你解决生意上的困难，那想必也是暂时的。我知道你一丝不苟的脾气，所以我预先声明：这笔款子，你既不用给我利息，也不用在生意兴隆的时候还我。这种好日子很快会来的，假如上帝肯倾听我每天的祷告。上一封信是你两年前写的，我看了以为你已经富足有余，我可以把自己的积蓄救济穷人了；可是现在，我的一切都是你的了。等到你把暂时的风暴挨过以后，替我把这笔钱留给侄女，让她出嫁的时候买些小玩意儿，纪念我这个老年纪的伯父：我便是到了天上也要永远举着手，求上帝祝福她和所有她心爱的人。最后，亲爱的赛查，别忘了我是一个可怜的教士，像田野里的云雀一样全靠上帝照应，悄悄的走着我的路，竭力服从我们救主的诫命；所以我没有多大需要，你在艰难的处境中不必有所顾虑，只要想到我深深的爱着你就行了。

我并没把你的情形告诉我们那好心的夏波罗神甫，但他知道我在写信，要我代他向你全家多多致意，祝你们永远兴旺。再会了，最亲爱的弟弟。在你眼前的情形之下，我只希望上帝保佑你和你妻子女儿都身体康健，还希望你们大家在患难中保持耐性和勇气。

都尔，圣·迦西安大堂副堂长　法朗梭阿·皮罗多

皮罗多太太气愤愤的，说："一千法郎！"

赛查正色答道："收起来吧，他只有这些；而且是咱们女儿的。这笔钱还能养活我们，不用向债主求告。"

"债主还以为你抽逃了大笔资金呢。"

"我可以拿出信来。"

"他们会说是假装的。"

皮罗多大吃一惊，叫道："天哪！天哪！我过去就是这样疑心别人的，其实那些可怜虫的处境就和我现在一样。"

母女俩都不放心赛查，便一声不响的坐在他身边做针线。清早两点，包比诺轻轻推开客厅的门，向赛查太太招招手，要她下去。比勒罗看见侄女来了，脱下眼镜，说道：

"孩子，还有些希望，不是全部完了。让我和安赛末两人去试一试；谈判要有许多波折，你丈夫是吃不消的。明天你守在店里，有人来讨账，你就把地址记下来；我们到四点钟可以完事。

我的计划是这样：我跟拉贡方面，你们不用担心，可以不谈。可是就算罗甘那儿的十万存款已经付给卖主了，你们眼前也不会多出十万来。签给克拉巴龙的十四万法郎，在无论什么情形之下都得照付；因此你们的亏空并非由于罗甘的倒账。要对付你们的债务，早晚得拿厂房去抵借四万，另外叫包比诺签六万法郎票据。所以咱们还能挣扎一下；过后再拿玛特兰纳的地产去做押款。只要你们主要的债权人肯帮忙，我绝不爱惜我的财产，尽可把年金卖掉，没有饭吃也没关系。那时包比诺也要弄得半死不活。至于你们，可再也经不起生意上的小风波了。但是头油的盈利一定很大。我和包比诺商量过，决意帮你们挣扎一下。啊！只要看得见成功的希望，我吃干面包过活也是快活的。关键都在羊腿子和克拉巴龙的合伙老板身上。七点到八点，我和包比诺去找羊腿子，就能把他们的主意弄明白了。”

公斯当斯扑在叔叔怀里，激动得不得了，除了抽抽噎噎的哭声，一句话都没有。包比诺和比勒罗不知道克拉巴龙和诨名羊腿子的皮杜全是杜·蒂埃的替身，而杜·蒂埃只希望在报上小广告一栏里看到像下面那样惊人的启事：

> 商务法庭裁定公告：花粉商赛查·皮罗多，住巴黎圣·奥诺雷街三九七号，业已宣告破产。兹决定
>
> 一八一九年一月十六日为破产开始[1]之期。
>
> 商务法庭裁判：高朋汉－格莱监查人：莫利奈

①破产开始是一个法律名词。

安赛末和比勒罗把赛查的银钱事务研究到天亮。早上八点，两个勇敢的朋友一声不响，向葛勒奈街出发。一个是老战士，一个是新进的班长，他们要不做皮罗多的代表，永远不会知道走上羊腿子家楼梯的人心里是什么一种滋味。两人都很难过。比勒罗好几次把手按着脑门。

住在葛勒奈街上的人不知有多少种行业，街道的样子叫人看了恶心。屋子的建筑都很难看。到处是工场的垃圾，龌龊得无以复加。羊腿子住在一幢屋子的四层楼上。上下翻动的窗子嵌着肮脏的小格子玻璃。楼梯一直通到街上。看门女人住在中层的一间小房子里，只靠楼梯取光。除了羊腿子，所有的房客都是做手艺的。工人们不断的进进出出，踏级上不是泥巴就是泥浆，看天气而定，还老堆着垃圾。在臭气扑鼻的楼梯上，每一层都有红地金字的招牌，刻着老板的姓名和货物的样品。大门多半开着，望进去可以看到住家和作坊乱糟糟的混在一起；叫喊声，咕噜声，歌唱声，唿哨声，震耳欲聋，活脱是下午四点左右的动物园[1]。二层楼上气味难闻的小房间里，做的是巴黎什货中最漂亮的背带。三层楼上，在最肮脏的垃圾堆中，做的是过年时候摆在橱窗里最花哨的纸匣。羊腿子临死留下一百八十万家财，却始终住在这幢屋子的四层楼上，人家怎么劝他都不愿意搬出去；他的侄女萨伊阿太太在王家广场的住宅里替他预备了一套房间，他也没有接受。

羊腿子家那扇干干净净的灰色门上挂着一根门铃的绳子，下面吊着拉手；比勒罗一边拉铃一边说："拿出勇气来！"

---

①下午四点左右是巴黎动物园喂动物的时间。

羊腿子亲自来开门。花粉商的两个保护人在破产的阵地上打冲锋，先走过一间整齐，冰冷，没有挂窗帘的屋子。主客三人一齐到第二间房内坐下。贴现商面对着壁炉；炉子肚里积着不少灰，木柴正在跟火焰抵抗。房间像地窖一般通风，严肃得像修道院，摆着放高利贷的人通用的绿色文件夹，叫包比诺看着心里发冷。他呆呆的瞧着三色小花儿的浅蓝糊壁纸，还是二十五年前裱糊的。他把凄凉的眼睛转到壁炉架上，看见一只竖琴式的钟，一对赛佛窖的细长蓝花瓶，镀金镂花，十分华丽。这是群众捣毁了凡尔赛宫，从王后寝宫里散出来，落在羊腿子手中的；花瓶旁边配着两个式样顶难看的熟铁烛台，不伦不类，说明那名贵的东西是在什么情形之下得来的。

羊腿子说："我知道你们来不是为自己的事，而是为了大名鼎鼎的皮罗多。那么怎么呢，朋友们？"

比勒罗说："你什么都知道，不用我们多说。开着克拉巴龙抬头的票据在你这儿，是不是？"

"是的。"

"你可愿意把到期的五万法郎票据换包比诺的票据？贴现的利息照扣就是了。"

羊腿子脱下那顶好像和他一块儿出世的绿色鸭舌帽，露出一个光光的脑袋，颜色像新鲜牛油。他涎皮赖脸的说道："你拿头发油付账，我拿了有什么用呢？"

比勒罗道："你一寻开心，我们只好滚蛋了。"

羊腿子装着一副有心讨好的笑容回答："你说这句话，真是个明白人。"

比勒罗还想试一试，说道："要是我替包比诺作个保，行不行呢？”

“比勒罗先生，你的大名和金条一样靠得住，可是我用不着金子，只要银子。”

比勒罗和包比诺告辞出来。包比诺到了楼下，两条腿还在发抖。

他对比勒罗说：“这能算个人么？”

老人答道：“据说是吧。安赛末，这次短短的访问，你得永远记着。你刚才看到的就是不戴面具，脱下了漂亮衣衫的银钱业。意外的事故好比榨酒机上的螺丝钉，咱们是葡萄，银行家是酒桶。玛特兰纳的地产准是一笔好买卖，我看不是羊腿子便是他背后的什么人，想逼倒了赛查，把他的一份抢过去。事情很明白，没有救了。银行界就是这么回事，永远不要去央求它！”

那个可怕的早晨，皮罗多太太破天荒第一次把上门收账的客户记下来，打发银行里的老司务空手回去。勇敢的女人因为能代替丈夫受罪，心里很安慰。她越来越焦急的等着安赛末和比勒罗。十一点，他们回来了：一看脸色就知道大势已去。破产是没法避免的了。

可怜的女人说：“他要伤心死了。”

比勒罗正色答道：“要是那样倒好了。不过他是虔诚的教徒，眼前只有他的忏悔师陆罗神甫能帮助他。”比勒罗，包比诺和公斯当斯，等伙计把陆罗神甫请来。赛莱斯丁已经造好清册，只等赛查签字。店里的伙计向来对老板有感情，这时都很难过。四点钟，好心的神甫来了，公斯当斯告诉他家里遭了不幸，他就像小兵冲上敌人的缺口一样上了楼。

皮罗多嚷道：“我知道你为什么来的。”

神甫说："我久已知道你能心悦诚服的听从上帝的意志；问题是要实际做到。你应当把眼睛望着十字架，想到救世主受的苦难多么残酷，那么上帝给你的磨折，你也就能忍受了……"

"家兄劝过我了，我已经有了准备。"赛查拿出信来递给忏悔师，他自己也重新念过了。

陆罗神甫道："你有一个慈爱的哥哥，一个温柔贤惠的太太，一个孝顺的女儿；你的叔岳比勒罗和叫人心疼的安赛末是两个真正的朋友；拉贡夫妇是两个宽容的债主；所有这些好心肠的人会不断的给你安慰，帮你背起十字架。你得答应我拿出殉道者的决心来应付患难，不能泄气。"

比勒罗等在客厅里，神甫咳了一声通知他进来。

赛查安安静静的说道："我完全听天由命。遭到了不光彩的事，我只应该想办法洗刷。"

可怜的花粉商的声音，神色，使赛查丽纳和教士都很诧异。其实是挺自然的。倒霉事儿揭穿了，肯定了，倒反好受；不比那翻来覆去的变化叫你忽而狂喜，忽而苦不堪言，把人折磨得厉害。

"我做了二十二年的梦，今天醒过来，手里仍旧拿着一根出门上路的棍子。"他说着，又恢复了都兰乡下人的面目。

比勒罗听了这话，把侄婿拥抱了。赛查看见他女人，安赛末和赛莱斯丁都在场。赛莱斯丁手里的文件，意义清楚得很。赛查态度安详，瞧着这些人，他们的眼神都是凄凉的，可是友好的。

"等一等，"他说着摘下勋章，交给陆罗神甫，"请你保存起来，等我能问心无愧的戴上身的时候再给我。"又对伙计说，"赛莱斯丁，替我写信辞掉副区长，稿子请神甫念，你照写，日子填十四，写好了叫拉盖送到特·拉·皮耶第埃先生府上。"

赛莱斯丁和陆罗神甫下楼去了。大约有一刻钟工夫，赛查房里寂静无声。家里的人都想不到他会这样刚强。赛莱斯丁和神甫回到楼上，赛查把辞职的信签了字。比勒罗拿清册交给他，可怜的家伙仍不免浑身紧张了一下。

“上帝，可怜我吧！”他一边说一边签了那可怕的文件，递给赛莱斯丁。

愁眉不展的安赛末忽然神色开朗的说道：“先生，太太，请你们答应我跟赛查丽纳小姐的亲事。”

在场的人听了，除开赛查，都冒出眼泪来。赛查站起身子，握着包比诺的手，声音嘶嗄的说道：“孩子，你永远不能娶一个破产人的女儿。”

安赛末眼睛紧盯着皮罗多，说道：“先生，那么倘若小姐也同意，你能不能当着你全家的面答应，在你复权的那一天允许我们结婚？”

屋子里声息全无。花粉商脸上疲倦的表情叫个个人看了感动。

他终于说道：“好吧。”

安赛末用一个没法形容的姿势去握赛查丽纳的手；赛查丽纳也伸出手来让他亲吻。

他问赛查丽纳：“你也同意么？”

她回答说：“同意。”

“这样我才算自己人，有权利来照顾这里的事了。”他说话的神气很古怪。

安赛末急急忙忙走出去，不愿意让自己的快乐和东家的痛苦成为对比。要说安赛末对这次破产觉得高兴倒也未必，但爱情是多么专横多么自私的东西！便是赛查丽纳也有些情绪跟她的悲痛发生矛盾。

比勒罗凑着赛查丽纳的耳朵说："趁此机会，咱们把所有的痛疮都揭开了吧。"

皮罗多太太的表情只是痛苦而不是同意。

比勒罗问赛查："侄儿，你以后打算干什么？"

"还不是做我的买卖？"

比勒罗说："我的意思不是这样。你应该把买卖结束，拿资产都分给债主，从此不在市场上露面。我以前常常想，碰到你这种情形我该怎么办？……做买卖是样样要预料到的。一个生意人不想到破产，好比一个将军永远不预备吃败仗，只算得半个商人。我么，我要是破产了，才不干下去呢。怎么！老是看到那些被我拖累的人而脸红么？让他们用猜疑的眼光来瞧我，不声不响的在肚子里怪怨我么？上断头台的滋味，我还能想象……一眨眼，什么都完了。可是天天长出个脑袋来叫人天天把它砍掉，我不想受这种刑罚。好多人会若无其事，照旧做他们的买卖。好吧，他们比我格劳特-约瑟·比勒罗强。要继续做生意，就得现钱交易；可是你做了现钱交易，人家就说你原来藏着私蓄，不拿出来还债；没有钱吧，又永远爬不起来。算了吧！还不如放弃资产，让债主把铺子出盘，自己干别的事儿。"

"干什么呢？"赛查问。

"谋一个差事呀。"比勒罗说，"你不是还有些后台么？比如特·勒农古公爵夫妇，特·莫苏夫太太，王特奈斯先生。写信给他们，去见他们，他们可能把你安插在宫里当差，给你几千法郎；你女人也能挣到这个数目，你女儿说不定也行。事情不是没有办法。

你们三个人一年可以凑到万把法郎。十年就好还掉十万债，因为你们挣来的钱一个都不用花：我拿出一千五百法郎做她们母女俩的开销；至于你，咱们再瞧着办。”

听了这些入情入理的话而细细思索的是公斯当斯，不是赛查。

比勒罗上交易所去了。那时交易所的场子是一个临时用木板搭的圆形大厅，在番杜街上进出。

花粉商一向是被人注意和妒忌的人物，他破产的消息已经传出去，在上层商界中引起许多议论。他们在政治上都是立宪派，认为皮罗多庆祝领土解放简直是胆大妄为，侵犯了他们的感情。反对党的人要把爱国作为他们的独家权利。保王党尽可以爱国王，但爱国是左派的专利：民众是属于他们的。在领土解放这件事情上做文章，应当由左派包办才对，政府不该让官方人士出面庆祝。皮罗多是受宫廷保护的，是拥护政府的，是一个顽固的保王党，共和三年正月十三还为了反对轰轰烈烈的大革命而作过战，那简直是侮辱自由[①]。一个这样的人倒下来，在交易所里当然会引起许多谣言和一片叫好声。比勒罗想探听舆论，研究一番。在最热闹的一堆人里，他看见杜·蒂埃，高朋汉-格莱，纽沁根，老琪奥默和他的女婿约瑟·勒巴，克拉巴龙，羊腿子，蒙日诺，加谬索，高勃萨克，阿道夫·格莱，巴尔玛，希佛勒维，玛蒂法，葛兰杜和罗杜阿。

高朋汉-格莱对杜·蒂埃说：“你看，做人真要谨慎啊！我两个舅子差点儿放款给皮罗多！”

①这里所谓“自由”是指大革命中的“自由，平等，博爱”三大口号里的自由。

杜·蒂埃说："我送掉了一万法郎，半个月以前他向我开口，我只凭他一个签字就给了。不过他从前帮过我忙，我损失这笔款子也并不懊恼。"

罗杜阿对比勒罗说："你的侄婿作风跟别人一样！请客！摆阔！骗子流氓把灰沙摔在人家眼睛里，骗人家信任，倒还罢了；一个公认为最老实的人也玩起老把戏来叫我们上当，谁想得到！"

高勃萨克道："他们就跟蚂蟥一样。"

羊腿子道："我们只能相信房子住得破破烂烂，像克拉巴龙那样的人。"

胖子纽沁根男爵对杜·蒂埃说："喂，你介绍皮罗多来想捉弄我！"又转身对开厂的高朋汉说，"不知他什么意思，幸亏他没叫皮罗多向我要五万法郎，我真会给的呢。"

约瑟·勒巴插嘴道："噢！男爵，你不能这样说。你明明知道法兰西银行不收他的票据是你在放款委员会上叫银行拒绝的。我到现在还很敬重这个可怜的人，他的事真有点儿古怪……"

比勒罗握了握勒巴的手。

蒙日诺说道："这件事的确弄不明白，除非羊腿子背后躲着什么银行家，想把玛特兰纳那桩买卖拆台。"

克拉巴龙截断了蒙日诺的话，说道："一个人越出本行，就会碰到这样的事。他要不抢着买地，抬高巴黎的地价，要是他自己去经营护首油，就只损失罗甘那儿的十万法郎，绝不会破产的。现在他只能顶着包比诺的名义做生意了。"

羊腿子道："当心包比诺！"

在这一大批商人嘴里，罗甘被称为*不幸的罗甘*，花粉商被称为*没用的皮罗多*。仿佛一个是为了痴情而得到大家的原谅，另外一个是为了想向上爬而过失更大。羊腿子从交易所出来，回葛勒奈街之前，到贝冷-迦斯兰街去找那个卖干果的玛杜太太。

他拿出一副笑里藏刀的面孔说道："胖老太婆，小买卖做得怎么样？"

"马马虎虎。"玛杜太太恭恭敬敬的说着，把独一无二的靠椅让高利贷的债主坐了。原来她只有对她"亲爱的先夫"才会这样低声下气的表示亲热。

玛杜太太平时把最好的主顾也要挖苦；拉车的倘若跟她使性子或是耍花腔，准会给她摔在地下；要她十月十日跟着大众冲进蒂勒黎王宫，她绝不害怕，便是叫她代表中央市场的女摊贩去向王上请愿，她说话也不会发抖：这样一个女人独独对羊腿子十二分恭敬。玛杜在他面前马上会软下来，他只要用狠毒的眼睛一扫，她就直打哆嗦。本来么，老百姓见了刽子手发抖的日子还长着呢，而羊腿子便是小商小贩的刽子手。在中央市场，无论什么势力也及不上做银钱生意的。跟这一行比，世界上别的制度都不足挂齿。就算法律吧，在中央市场也是由派出所所长代表的，群众只认得他。但是坐在绿色文件夹后面放印子钱的人，大家担惊受怕去央求的那个人，会叫你笑话也说不出了，声音也变了，眼睛也没有神了，个个老百姓都变得毕恭毕敬。

"有什么事吩咐我么？"玛杜太太问。

"小事情，小事情。你只要准备一下，把皮罗多的票子收回去，给我现款。老头儿破产了，他发的票子都马上要兑现。明儿我把账单送过来。"

玛杜太太先是把眼睛睁得圆圆的像猫一样，接着又爆出火星来。

“啊！那个流氓！坏蛋！他亲自到这儿来，说是什么副区长，吹牛吹了一大堆！该死！生意是这样做的么？那些区长，就是相信不得，政府老是欺骗我们。哼，我要讨账去，不给不行！……”

“唉！碰到这种事儿只有各管各，自寻生路，我的乖乖！”羊腿子说着抬起腿来走了，动作的干净利落活像猫儿跳过一块湿地；他的绰号也许就是这样来的。他又道：“有些大人物也在打主意，想找个脱身之计呢。”

“好！好！我要去把我的榛子收回来——玛丽-耶纳！我的木靴跟兔子毛披肩赶快拿来，慢一点就揍你。”

羊腿子搓着手，心上想：“这一下街上可热闹啦。皮罗多在街坊上出丑，杜·蒂埃一定高兴。那个糊涂蛋的花粉店老板不知什么地方得罪了杜·蒂埃，可怜他像一条断了腿的狗一样。他算不得一个男子汉，真没出息。”

玛杜太太的神气好像圣·安东纳城关的群众起来暴动，晚上七点光景在可怜的皮罗多门口出现了。她走路用了劲，火气更大了，横冲直撞的推进门去。

“混蛋滚出来，给我钱！给我钱！要不，我拿你的丝袋，缎带，扇子，拿你的货色去抵我的两千法郎！区长骗老百姓钱，听见过没有？你不给我，我叫你去做苦工，我去找检察官，我要去告状！今天拿不到钱，我不走！”

有一个柜子里放着许多贵重东西，玛杜太太装模作样要拉开柜上的玻璃。

赛莱斯丁轻轻的对旁边的伙计说：“火绒[①]烧起来了。”

---

①“玛杜”在法文中的意思就是火绒。

这句话被卖干果的女人听见了。一个人发起脾气来，感觉不是特别迟钝，就是特别灵敏，看体质而定。她把赛莱斯丁狠狠的打了一个嘴巴，那猛烈的程度在花粉业中还是破天荒第一次。

她说："教你对太太们放尊重些，我的儿！看你还敢抢了钱再糟蹋人么？"

皮罗多恰好在铺子后间；比勒罗想把他带走，他为了守法，硬要等法院来逮捕。皮罗多太太跑出来对玛杜说：

"太太，看上帝分上，别惊动街上的人。"

"哼！我就要他们进来，我要讲给他们听听，笑话不笑话？我的货色，我满头大汗挣来的钱，给你们拿去开跳舞会！嘿，你穿得像王后娘娘，把我这样的可怜虫当绵羊，剪了羊毛来披在你身上！耶稣基督！要我偷人家的钱，我是心惊肉跳，觉得烫手的！我肩膀上只披着兔子毛，那是我自己挣来的！你们是强盗，是贼，不给我钱，我……"

她向一只细工镶嵌的木匣子扑过去，里头全是贵重的化妆品。

赛查走出来说道："太太，你放手。这里的东西已经不是我的，是我债主的了。现在只剩下我这个人，你要我去坐牢，我向你担保一定等在这儿（他掉了一滴眼泪），你叫差人，叫商务警察来抓就是了……"

他的声调，姿势，表示他的确能说到做到，把玛杜太太的火气平下去了。

赛查又道："我的本钱给一个公证人拿走了，连累别人不是我的错。欠你的账，过些时候一定归还，哪怕要我卖命，在中央市场当小工，我也要还的。"

玛杜太太道："得啦，你是个好人。太太，刚才的话请你原谅；我也是急得要投河了，羊腿子要告我，我手头只有十个月的期票，拿什么去付你们那些该死的票子呢？"

比勒罗走出来说："明儿早上来看我，我叫一个朋友给你想办法，利息只要五厘。"

"咦！是比勒罗老头。"她又对公斯当斯说，"不错，他是你的叔叔。好吧，你们都是规矩人，不会叫我吃亏的，是不是？——明儿见，老革命。"她招呼告老的五金商。

赛查定要在残破的家里待下去，认为可以跟所有的债主表明心迹。公斯当斯苦苦哀求，要他走开，比勒罗却赞成赛查的办法，把他送上了楼。乖巧的老头儿赶去找奥特莱医生，说明皮罗多的情形，弄到一张催眠药的方子，配了药，晚上回到侄婿家里。他串通了赛查丽纳，硬要赛查和他们一起喝点酒。麻醉药把花粉商催眠了。他过了十五小时醒来，已经被关在蒲陶南街比勒罗家里；老人自己在客厅里搭一张帆布床睡了。叔叔用马车把赛查带走的当儿，公斯当斯听见车子出发的声音，马上觉得支持不住。我们的精神，往往是为了支持一个比我们更软弱的人而勉强提起来的。现在家中只剩下娘儿两个，公斯当斯不禁放声大哭，好像丈夫死了一样。

赛查丽纳坐在母亲膝上把她百般抚慰，那种像猫一样的温存只有女人对女人才会表现出来。她说："妈妈，你说过只要我有勇气挑起我的担子，你就有力量抵挡患难。别哭了，亲爱的妈妈。我预备进一家铺子去做事，绝不想起咱们过去的生活。我可以跟你年轻时候一样，去当个领班小姐，绝对没有半句诉苦或是难堪的话。我心中存着一个希望。你没听见包比诺先生怎么说么？”

“好孩子，他将来不是我的女婿……”

“噢！妈妈……”

“倒是我真正的儿子。”

赛查丽纳拥抱着母亲，说道：“一个人倒霉至少有这么一点好处，可以认清楚谁是真正的朋友。”

赛查丽纳在母亲身边当着母亲的角色，把她的悲伤减淡了些。第二天上午，公斯当斯到王上的侍从，特·勒农古公爵府上留下一封信，要求当天约个时间接见。同时她又去见特·拉·皮耶第埃先生，把公证人拖累赛查的情形告诉他，请他在公爵前面说句好话，她怕自己说不清楚。她想替皮罗多谋个差事，说他可以当一个最诚实的出纳员，假如诚实也有等级可分的话。

特·拉·皮耶第埃说道：“王上才发表冯丹纳伯爵当内廷总管，咱们要赶紧才好。”

下午两点，特·拉·皮耶第埃和赛查太太到了圣·陶米尼葛街勒农古府上，走上宽敞的楼梯，去见王上特别喜欢的那个贵族，假如路易十八真有什么人特别喜欢的话。这位爵爷是上一世纪留下来的少数真正贵族之一，接见赛查太太的态度很客气，使她看着心里有了希望。花粉商的女人虽然痛苦，神气却是又庄严又朴实。因为痛苦也有它的庄严，能够使俗人脱胎换骨。要做到这一步，只要做人真实就行；而公斯当斯就是一个绝不虚伪的女人。

事情需要立刻面奏王上。谈话之时，下人通报特·王特奈斯先生来了，公爵叫道：

“啊，你的救星到了！”

年轻的王特奈斯曾经到皮罗多店里去过一两次，买那些往往和大东西同样重要的小玩意儿，所以也认识皮罗多太太。特·勒农古公爵把拉·皮耶第埃的意思说了。王特奈斯听见于克赛侯爵夫人的干儿子遭了不幸，立刻同皮耶第埃先生去见冯丹纳伯爵，叫皮罗多太太等着。

特·冯丹纳伯爵和皮耶第埃一样是个有血性的内地绅士，虽然参加过王台事变[①]，几乎是个无名英雄。他对皮罗多并不陌生，当年在玫瑰女王见过的。凡是替王家流过血的人，那时王上只能在暗中关切，免得进步党人大惊小怪。冯丹纳先生是路易十八宠幸的人。大家说他是王上的心腹。他不但答应给皮罗多安排一个职位，还亲自去看值班的勒农古公爵，要他求王上当晚接见，还要求王弟接见皮耶第埃，因为王弟对这一位王台战役中的外交家特别喜欢。

当天晚上，冯丹纳伯爵从蒂勒黎宫出来，上皮罗多太太家，说等她丈夫签了破产协议书，宫里就可以正式发表他做公债准备金库的职员，年俸二千五百法郎；内廷其他的职位都已经派给候缺的贵族了。

皮罗多太太要做的工作还多，上面的事不过是一部分。可怜的女人到圣·但尼街猫咪拍球店里去找勒巴，碰见罗甘太太坐着漂亮的马车上街买东西。她跟俊俏的公证人太太照了一面。得意的女人看到破产的女人，不由得满面羞惭，给公斯当斯添加了几分勇气。

她对自己说："我才不拿别人的钱坐车摆阔呢！"

勒巴对她很殷勤。她请他替女儿物色一家上等铺子，谋一个

①1793年，一部分贵族及教士在法国西部王台地区武装暴动，反抗大革命。

职位。勒巴当场没有说什么肯定的话。但是八天以后，赛查丽纳就进了巴黎一家最殷实的时装店；这家铺子正好在意大利区新开一个分店。赛查丽纳每年支三千法郎薪金，由店里供给膳宿。铺子的银钱出入和大小事情都要她管，位置比领班小姐还高一些，实际是做男女东家的代表。

至于赛查太太，她当天就去找包比诺，要求代他照管银钱，文牍和家务。包比诺懂得，花粉商太太只有在他店里才能得到应有的尊重和绝不低微的地位。厚道的孩子给她三千法郎一年，管吃管住，还腾出他的卧房来，自己搬到阁楼上原来伙计住的地方。

这样，花粉美人在豪华的屋子里享了一个月福，就住进那个怕人的房间，望出去只看见一个又暗又潮湿的天井。当初安赛末，高狄沙，斐诺三个人便是在这间屋里发行护首油的。

商务法庭派莫利奈做监察员来接管皮罗多的资产，公斯当斯叫赛莱斯丁帮着，按清册点交。然后母女俩走出铺子，打扮得很朴素。虽则一生三分之一的时间都是在这儿过的，她们可是头也不回，径自往叔叔比勒罗家走去。两人不声不响的上蒲陶南街，和赛查一起吃晚饭。自从分别以后，这是他们第一次相见。饭桌上很凄凉。每个人心里都已经盘算过一番，把责任的轻重和自己的勇气都衡量过了。三个人好似准备跟风暴搏斗的水手，对于前途的危险都心中有数。皮罗多听说那些大人物多么热心，给他安排了一个前程，精神马上振作起来；但一知道女儿落到那个田地，他哭了。接着，看见妻子勇气勃勃的重新开始工作，他又向她伸出手去。

他们都抱做一堆，心也打成了一片。三个人中最懦弱最消沉的皮罗多，竟然举起手来叫道："咱们应当存着希望！"比勒罗看着这动人的一幕，生平最后一次掉了眼泪。

他对赛查说："为了省钱，你和我一起住，就睡在我那间房里，吃也吃我的。我已经孤零零的冷静了好多年，你就代替我那个死了的孩子吧。你到小圣堂街的金库去办公也只有几步路。"

皮罗多叫道："慈悲的上帝！在狂风暴雨的高潮上，就有一颗明星在指引我。"

存着听天由命的心，遭难的人受完了他的苦难。这时皮罗多的下坡路已经走完，他认输了，又变得坚强了。

第三部　赛查的胜利

十四、破产概况

一个做买卖的交出清账以后，只能在国内国外找个存身之处，百事不问的待在那里，像孩子一样：法律宣告他是个丧失公民权的人，不能再有任何法律行为。但事实并不如此。要重新露面，只消有一张通行证就行；那是没有一个商务裁判，没有一个债权人会拒绝的，因为破产人没有这证件，走出去可以被关进监狱；而有了那保障，就能以和谈使节的身份出入敌人的阵地，当然不是为了看热闹，而是因为有关破产的立法处处和他作对，必须想办法抵抗。一切涉及私有财产的法律都有一个作用，就是鼓励人勾心斗角，尽量出坏主意。破产的人正如利益受到某一条法律妨碍的人，一心一意只想摆脱法律的束缚。在丧失公民权的时期，破产人的处境好比一条蛹。这个时期大概有三个月，因为有许多手续要办；然后召开会议，由债权人跟债务人签订和约，叫作协议书。顾名思义，这时候各方面的利益经过了剧烈的冲突，又协调了。

商务法庭收到破产人的清账，立刻指定一位商务裁判来保护一般小额债权人的利益，同时也要保护破产人，防债主们气愤之下和他为难。完成这双重的使命原是很有意义的，假如商务裁判有时间的话。裁判另外指派一个监查人，授权他审核清册上的资产，执管破产人的生财，证券，存货。最后由书记处定一个日期，登报公告，召开全体债权人会议。所有的债主，不管真的假的，都得到场，任命几个临时破产管理人来代替监查人。从此以后，破产管理人就坐上破产人的席位；由于法律的假定，他们竟变了破产人的替身；一切都可以由他们清理，拍卖，谈判；为了债权人的利益，天大的事都能做主，只要破产人不出来反对。

多数巴黎的破产案只到临时破产管理人的阶段为止，原因如下：

债主受了骗，吃了亏，上了当，遭了损失，受了奚落，一心想出气，在任命一个或几个正式破产管理人的时候，情绪最激动。可是尽管债主受了骗，吃了亏，上了当，遭了损失，受了奚落，在巴黎为了买卖而生的气，也气不到九十天。生意场中，只有应付未付的票据到了三个月会突然站出来。至于债权人，经过破产的各种程序，来来回回，筋疲力尽，到九十天早已在他们贤惠的小娘子身边睡着了。这一点可以帮助外国人懂得，法国的所谓临时跟正式并无分别：在一千个临时破产管理人中，真正转变为正式破产管理人的不到五个。破产引起的仇恨怎么会平息，是不难了解的。但破产这出戏必须解释清楚，才能使一般没有福气做过买卖的读者懂得，破产案在巴黎怎么会变成法律上荒谬绝伦的大笑话，而皮罗多的破产又怎么会变成闻所未闻的例外。

这出精彩的商业戏清清楚楚分成三幕：监查人一幕，破产管理人一幕，签订协议书一幕。和所有的戏文一样，这出戏也有两个场面：一个是演给观众看的，一个是藏在幕后的；一个是坐在池子里看的，一个是要在后台看的。

后台的角色有破产人和他的商事代理人[1]，有破产管理人和监查人，当然还有商务裁判。

商务裁判是世界上性质最古怪的法官；这是在巴黎人人知道，巴黎以外没人知道的。这位法官随时要防作法自毙。巴黎就有过商务法庭的庭长宣告破产的事。当这种差事的，不是什么退休的老商人因为一生清白而得到这个职位作为报酬，而是一个忙于应付许多大企业，主持一家大字号的在业商人。在我们京城里，商务纠纷泛滥成灾，不断出现，裁判的责任就在于审理这些案子；但他当选的主要条件是必须有许多应接不暇的业务在手里。商务法庭照理应当成为一个过渡的机构，使生意人经过这个阶段再慢慢的置身显贵；但事实上不是这样，组成商务法庭的全是一般在业的商人，一遇到冤家对头，像皮罗多遇到杜·蒂埃那样，就会吃自己判决过的案子的亏。

因此，商务裁判势必成为这样一个人：大家在他面前说很多话，他耳朵听着，心里想着自己的业务，把公事都交给破产管理人和商事代理人去办，除非遇到稀奇古怪的案子，盗窃的方法非常特别，使他感觉到债权人或债务人是些精明家伙。这个角色放在这出戏里，好比会议厅上供的王上的半身像。你要找他么？他早上五点至七点之间在堆栈里，假如是个木材商；或是在铺子里，倘若他像过去的皮罗多一样做花粉生意；再不然，是晚上吃过饭，桌上摆着饭后点心的时候；而且不管什么时候他都忙得要

①商事代理人的性质近于诉讼代理人，但限于代理商务案件，出席商务法庭；而且不是像律师、诉讼代理人、公证人等属于司法机关管辖的公务人员。

命。所以这人物往往是不开口的。不过我们对法律也得说句公道话:有关商业的法规订得很匆忙,缚住了商务裁判的手脚;在好些场合,他明知是骗局而无法阻止,只能加以批准;这一点我们等会就要谈到。

监查人本是债主方面的人,但他可以倒在债务人方面。每个人都希望破产人多照顾自己,多沾些便宜;因为大家总以为债务人还有些私蓄没拿出来。监查人对双方都能帮忙,或者替破产人的事业留个余地,或者替有势力的债主多捞一把:他是两面不得罪的。能干的监查人往往用赎回债务的办法把破产的裁定撤销,替破产人恢复地位,使他像皮球一般从地上直跳起来。监查人反正向着粮草充足的一面,不是保障债主中的大户而牺牲债务人,便是为了债务人的前途而牺牲债主。可见全剧的关键就在监查人这一幕。监查人和商事代理人一样,在戏里的作用非常重要;一定要酬劳有了把握,他们才肯当这个角色。一千桩破产案,倒有九百五十桩的监查人站在破产人一边。在我们的故事发生的时代,差不多总是由商事代理人跑去见商务裁判,向他提出监查人的名单;那必然是他们夹袋中的人物,熟悉破产人的业务,有办法把大众的利益和走了背运的体面朋友的利益加以调和的人。近年来,精明的法官往往叫人家提名,然后故意撇开这个人而另外派一个比较规矩的人。

在这一幕里,所有真真假假的债主都出场,以便指定几个临时破产管理人,其实就是正式的破产管理人,理由上面已经说过了。在这个选举大会上,五十铜子的债主和五万法郎的债主同样有投票权;表决只算票数,不问债权大小。到会的还有破产人带来的冒牌选举人,只有他们在选举的时候从来不缺席。大会推出几个债主作候选人，交给有职无权的主席——商务裁判，去从中挑出破产管理人。所以，商务裁判几乎老是在破产人的夹袋中去挑出合乎破产人脾胃的破产管理人：这又是一个弊病，使破产案成为一出有法律保障的大喜剧。走了背运的体面朋友这时大权在握，可以把预谋的偷盗变成合法的了。一般说来，巴黎的零售商是没有什么可责备的。等到一个开小铺子的老板交出清账的时候，老婆的披肩也卖了，饭桌上的银器也抵押了，什么方法都想尽了，才两手空空，家徒四壁的倒下来，连请商事代理人的公费都没有。商事代理人也不把他放在心上。

债主在协议书上照例放弃一部分债款，允许破产人复业；法律规定，表决这份协议书的时候，债权人的数目和债款的数目都要有一定的多数才能通过。要完成这件大事，破产人，破产管理人和商事代理人，必须在错综复杂，互相冲突的利害关系之间，拿出高明的外交手段来周旋。最普通最常用的策略，是为了拉拢一部分债主来凑足法定多数，债务人不得不在协议书规定的清偿成数之外，对那一部分债主另外再给些好处。这种大规模的欺诈简直无法防止：前后三十届的商务法庭都知道，因为商务裁判自己也做过这种事。他们积累了长时期的经验，最近才决定把敲诈性质的期票宣告无效。债务人为了本身利益，照理会出面告发，因此商务裁判希望用这个办法来防止破产案的不道德。但那些人自有本领使破产案变得更不道德，债主会想出更无赖的花样来；那些花样，商务裁判站在法官的立场上固然认为非法，但是站在商人的立场上也有利可图。

还有一个普遍采取的手段是虚造一些债权人，像杜·蒂埃虚立银号一般，引进一批克拉巴龙做破产人的化身：一方面减少真正的债主的清偿成数，作为破产人日后的资本，一方面也操纵了债权人的数目和债款的金额，以便通过他的协议书。合法而正经的债权人这个名称就是这样产生的。捣乱而非法的债权人好比选举团里的冒牌选民。合法而正经的债权人有什么办法对付捣乱而非法的债权人呢？打倒他们，把他们赶出去么？要赶出冒牌的债主，合法而正经的债主就得放下自己的买卖，委托一个商事代理人；而商事代理人因为无利可图，宁可照管破产案，把这桩小官司敷衍了事。而且要撵走捣乱的债主，必须钻到他们千头万绪的买卖中去，追溯到年深月久的时代，翻查老账，请求法院把冒牌债主的簿册调来，寻出作假的痕迹指给法官看，上堂申诉，到处奔走，把大众已经冷却的心重新鼓动起来。对付每一个捣乱而非法的债主，你都得使出堂·吉诃德式的气力。就算对方的捣乱被你证明了，他也不过对法官们说一声："对不起，你们误会了，其实我是很正经的。"说完打个招呼，一走了事。官司打来打去也损害不到破产人的权利，他尽可以跟堂·吉诃德一直缠到高等法院。这期间，堂·吉诃德自己的生意也形势不妙，可能破产了。

结论：破产管理人是债务人选择的，债权是债务人审核的，协议书是债务人自己安排的。

在这种情形之下，有多少阴谋，多少斯迦拿兰式的把戏，弗隆打式的花招，玛斯加利式的扯谎，斯卡班式的空袋子[1]，可能从上面两套手段中发展出来，也可想而知了。作家要是愿意动

①斯迦拿兰是莫里哀喜剧《不得不做的医生》中的主角，是个粗俗狡猾的乡下人。弗隆打是古代喜剧中无耻而俏皮的仆人。玛斯加利与斯卡班都是莫里哀笔下的刁钻促狭的仆役。斯卡班捉弄主人的父亲，说有刺客在搜寻他，叫他躲在袋里，把他痛打了几顿，诡说是刺客打的。

笔，每桩破产案的材料都足够写成《克拉里斯·哈罗》[1]那样十四大卷的著作。我们只举一个例。巴尔玛，羊腿子，韦勃勒斯脱，格莱，纽沁根一帮人的师傅，赫赫有名的高勃萨克，曾经想借一桩破产案，对一个以前给他吃过亏的生意人狠狠的还敬一下。他拿到债务人一批期头开在协议书签订以后的票据，上面的数目加上清偿的成数，等于他的全部债款。高勃萨克叫大家通过的协议书，把债权情让了百分之七十五。这样，债权人都吃了大亏，高勃萨克却得了便宜。但破产人还签出的一些违法的票据，也有百分之七十五的折扣。在这笔款子中间，高勃萨克，了不起的高勃萨克差不多拿到一半。所以他遇到那个债务人，打起招呼来总带着恭敬又挖苦的神气。

破产人在破产以前十天所做的交易都可能被认为非法，所以一般精细的朋友特意物色一批为了利害关系跟破产人同样希望早日签订协议书的债主，跟他们做交易。一般极精明的债主去找一般极愚蠢或者极忙的债主，把破产案的前途说得万分暗淡，把他们的债权买下来，代价只及将来清偿成数的一半，买进的人日后除了在清偿成数中收回成本以外，还能赚到一半，或是三分之一，或是四分之一。

破产的事好比有一所被抢劫过的屋子锁在那里，里头还剩着几袋钱。一个生意人要是从窗子里，从屋顶上，从地窖里，从什么窟窿里钻进屋子，摸到一袋两袋钱，把自己的份头加多一些，就算交了好运。在总崩溃的局面中，像柏累齐那河边[2]那样

①英国十八世纪李查逊有名的长篇小说。

②拿破仑侵俄大军撤退时在白俄罗斯柏累齐那河畔受到袭击，伤亡惨重。

只听见各自逃生的叫喊声中，什么事都又真又假，又合法又非法，又老实又不老实。一个人能不吃亏，别人就佩服他。而所谓不吃亏就是损害了别的债权人，自己捞进一笔。法国有过一桩轰动全国的大破产案：在一个设有高等法院的城市里，法官们和一些破产人都有银钱来往，便通同作弊，把法律的尊严破坏得干干净净；结果不得不把案子移送别的法院审理。地方上一朝发生了倒闭案，什么商务裁判，什么监查人，什么最高法院，都不起作用的了。

生意上这种漆黑一团的情形，巴黎人体会很深；做买卖的都认为破产是没人保险的意外事故，只要自己被拖累的数目不大，即使空闲，也不肯冒冒失失的为之浪费时间，宁可把损失作为烂账，自己还是做自己的生意。至于做小买卖的，老是为要应付月底的账弄得焦头烂额，关心自己的命运都来不及，怎么还敢打一桩又拖日子又费钱的官司！他也不想了解破产的内情，只学着大商人的样；他知道了损失，只有垂头丧气的份儿。

现在的大商人不再宣告破产，而是大家客客气气的办清理了：债务人能还多少，债权人就拿多少，出张收据把债务了结完事。这样既免得丢脸，又免得被法院拖延日子，既不用出商事代理人的酬金，也不必把存货压低价钱。个个人觉得破产的结果不如清理实惠。因此巴黎宣告清理的事比宣告破产的事多。

破产管理人的一幕，主要是证明凡是破产管理人都很清白，和破产人并无勾结。池子里的看客多多少少当过这个差事，知道所谓破产管理人就是有保障的债主。他听着人家的话，爱怎么相信就怎么相信；他在三个月之内把人欠欠人的账务审核完毕，然后在签订协议书的那一天出场。那时，临时破产管理人向大会提出一个简短的报告，通行的格式大概是这样：

“诸位先生，破产人总共欠我们一百万。我们把他当作一条沉没的破船一样全部拆卸了。钉子，木材，破铜烂铁，一共卖到三十万。因此我们放的债可以收回三成。债务人不是剩下十万八万而居然还有这个数目，我们觉得很高兴；我们宣布他是个正人君子，应当对他情让一部分债款，以资鼓励。我们建议发还他资产，让他在十年或十二年之内偿还我们百分之五十，这是他答应我们的数目。协议书预备好了，请大家到办公室去签字！”

听了这篇话，商人们都心满意足，彼此拥抱，庆贺。协议书一经批准，破产人就恢复了商人的身份：资产拿回来了，买卖也重新做起来了；答应的清偿成数将来付不出的话，尽有权利再宣告破产。这种由第一次破产牵出来的第二次破产也是常有的事，好像女儿出嫁了九个月，做母亲的又生了一个孩子。

倘使协议不成，债权人便任命一批正式的破产管理人，拿出穷凶极恶的手段来了，例如联合经营债务人的业务，调度他的财产，没收他将来应得的东西，执管他的父亲，母亲，姑母等等的遗产。但是要实行这一类严厉的办法，债主们先得订一份共管的合同。

由此可见，破产有两种：一种是破产人还想复业的，一种是掉在水里情愿沉到河底去的。这个区别，比勒罗知道很清楚。他和拉贡一样，认为经过第一种破产的人很难保持清白，经过第二种破产的人很难恢复元气。他先劝皮罗多把资产全部放弃，接着在市场上委托了一个最老实的商事代理人去执行，要他把所有的财产都交给债权人支配。按照法律规定，在办理破产手续的时期，破产人一家的口粮应当由债主供给，但比勒罗通知商务裁判，说侄女和侄婿的生活归他维持。

杜·蒂埃早已布置好，要叫他的老东家在这一回破产中一刻不停的受罪。办法如下。因为时间在巴黎非常宝贵，两个破产管理人通常只有一个管事，另外一个不过是装装样子，署个名，像公证文件中的第二个公证人。而那个实际负责的管理人又往往依靠商事代理人。因此在巴黎，上面所说的第一种破产案进行非常迅速，在法定限期以内样样都封好，包扎好，端整好，安排好。不出一百天，商务裁判就能像那位部长一样狠心的说一句："华沙的秩序恢复了[①]！"杜·蒂埃的意思是要叫花粉商在生意场中永远不得翻身。破产管理人的名单原是杜·蒂埃在幕后操纵的，比勒罗看了觉得大有文章。外号叫羊腿子的皮杜是债主中的大户，偏偏百事不问；吹毛求疵的小老头儿莫利奈并无损失，却样样当家做主。杜·蒂埃有心把商场中一个正人君子的尸首扔给那只小豺狼，让它玩弄够了再吞下去。

债主们开过会，任命了破产管理人。小老头儿莫利奈回到家里，说承同胞们瞧得起，不胜荣幸；同时也很高兴有个皮罗多让他监护，好比孩子有一条虫儿可以捉弄了。这位业主一朝有着法律撑腰，就买了一部商法来研究，还要求杜·蒂埃多多指教。幸而勒巴得到比勒罗的通知，早就要求商务法庭庭长挑选一位精明而宽大的裁判。杜·蒂埃希望指派高朋汉-格莱，结果却发表了候补商务裁判加缪索；他是进步党，有钱的丝绸商，比勒罗的房东，据说是个正派人。

①1831年俄军占领华沙，残杀起义人民。法国众议院开会时提出质问，当时的法国外交部长赛巴斯蒂阿尼回答说："华沙的秩序恢复了！"

赛查一生最难堪的一个场面是不得不和小老头儿莫利奈谈判。赛查一向把他看作一文不值，不料由于法律的假定，他竟一变而为赛查·皮罗多了[①]。皮罗多由叔岳陪着到巴太佛大院，走上六楼，踏进那所恶心的屋子。现在老头儿既是他的监护人，又是债权人的代表，差不多也是他的法官。

赛查叹了一声，比勒罗问："怎么啦？"

"唉！叔叔，你不知道莫利奈是怎样的一个人呢！"

"十五年来，我不时看见他晚上在大街咖啡馆玩骨牌，所以我陪你来。"

莫利奈对比勒罗客气得不得了，对破产人却是一脸瞧不起的样子。小老头儿早已转过念头，把自己的态度举动，连最细微的地方都研究过了。

比勒罗道："你要问些什么？债权是一点没有问题的。"

小老头儿说："噢！债权是合格的，都审查过了。债权人都是正经而合法的！可是法律到底是法律，先生！破产人的开支跟他的财产不相称……事实证明那个跳舞会……"

"你也参加的。"比勒罗插了一句。

"……花到近六万法郎，或者说为了跳舞会用到这个数目，而当时破产人的财产不过十万多一些……这就有资格送轻罪庭，照过失破产起诉……"

比勒罗看见皮罗多听着吓坏了，就对莫利奈说："你是这个意思么？"

"先生，当然事情有所不同。皮罗多先生做过区政府的官

①上文说过，破产管理人等于破产人的化身，可以支配破产人的全部财产。

员……”

比勒罗说：“难道你叫我们来，就是告诉我们要送轻罪法庭么？你这种做法，今晚大卫咖啡馆的人都要笑死了。”

小老头儿似乎很怕大卫咖啡馆的舆论，他带着吃惊的神气望着比勒罗。这位破产管理人本以为皮罗多是一个人来的，打算拿出一副审判员面孔，表示他大权在握，是个朱庇特[①]。他想好了一套严厉的话，预备像控诉犯人一般搬出来吓唬皮罗多，把轻罪法庭当作板斧似的在他头上晃来晃去，拿皮罗多的惊慌失措开开心；然后听着他的央告而缓和下来，表示自己宽宏大量，叫皮罗多受了侮辱还一辈子的感激不尽。他没料到，上门的不是一条可以由他摆布的虫儿，却是一个生意场中的老手。

他说：“先生，没有什么可笑的。”

比勒罗答道：“哦，你对克拉巴龙相当慷慨；你放弃了大众的利益，只想自己多得好处；我要以债权人资格出来干涉。我们还有商务裁判呢。”

莫利奈说：“先生，我是清白的。”

比勒罗说：“我知道，你不过想不吃亏。你精明得很，对付这件事像对付你房客一样……”

听到这一句，破产管理人马上恢复了业主的身份，好比猫儿变的女人又追起耗子来了[②]。他说：“噢！先生，我在蒙多葛伊街上的官司还没审结。事情又出了岔儿。被告是个主要房客，诡计多端，他说既然预付了一年房租，只有一年……”

---

①希腊神话中地位最高的神，即希腊文中的宙斯。

②《伊索寓言》中有一猫儿变的女人，在谈情说爱之间忽然停下来去追耗子。

比勒罗对赛查瞅了一眼，要他特别注意。

"……说既然已经预付房租，他就可以搬走他的家具。因此又是一场官司。在他账目没付清以前，就是要有担保的，因为他还可能欠我修理费。"

比勒罗说："不过法律规定，房客的家具只担保房租。"

"还有附带的费用呢！"莫利奈觉得被比勒罗抓住了弱点，"那条法律怎样解释有判例可作根据；不过条文本身也需要修改，我正在起草一份备忘录，向司法部长指出这方面的漏洞。政府应当关心业主的权利，这也是为了国家。税收根本要靠我们业主的。"

比勒罗说："你的确能向政府说明问题，可是关于眼前这件事，我们能向你说明什么呢？"

莫利奈架子十足的说道："我要知道皮罗多先生有没有收过包比诺先生的钱。"

"没有，先生。"皮罗多回答。

接下来讨论皮罗多在包比诺号子里搭股的问题，双方同意包比诺的垫本应当如数归还，不把皮罗多欠的一半开办费列入破产账内。破产管理人莫利奈在比勒罗掌握之下，不知不觉变得客气了，可见他很重视大卫咖啡馆的舆论。临了他居然安慰皮罗多，还邀请他和比勒罗在他家里吃便饭。要是前任花粉商一个人来，说不定会惹莫利奈生气，把事情弄僵的。这一回，正如在别的场合一样，比勒罗老头做了皮罗多的护身神。

根据商法规定，破产人一定要受一次痛苦的磨难：决定他命运的债权人大会，他必须随同商务裁判和临时破产管理人到场。对于一个满不在乎的人，或者是只想翻本的生意人，这个不愉快的仪式并不怎么可怕；但要一个像皮罗多那样的人出席大会，他的痛苦就像判了死罪的囚犯到了临刑的前夜。比勒罗想尽办法使侄婿在那天不至于太难堪。

莫利奈得到破产人的同意，把处理的办法决定如下：关于寺院街厂基的官司，高等法院业已判决皮罗多胜诉。破产管理人决定把那块地出卖，赛查也不反对。杜·蒂埃因为知道政府要开一条运河穿过寺院街，把圣·但尼区和塞纳河的上游连接起来，拿出七万法郎买了皮罗多的厂基——赛查放弃在玛特兰纳地产中的权利，归克拉巴龙承受，条件是：一、克拉巴龙不再要皮罗多负担登记税和立文契的一半费用；二、地价由克拉巴龙负责，将来在破产账内分摊给卖主的清偿成数，也归克拉巴龙领取——花粉商在包比诺店里的股份，作价四万八千法郎卖给包比诺——玫瑰女王那个铺子盘给赛莱斯丁·克勒凡，作价五万七；存货，生财，屋子的租赁权，连同女苏丹香皂和润肤水的所有权在内；工场的十二年租约和工场用具也一并转让。这样清算之后，现金共有十九万五千，再加皮罗多在罗甘破产案中所能收回的七万，一共是二十五万五千[1]。负债的总数是四十四万，债主还能收回百分之五十以上。

破产这件事好像是做化学实验，调皮的破产人总想法叫自己在实验过程中发胖。皮罗多经过蒸馏，得到这个成绩，把杜·蒂埃气坏了。他满以为皮罗多的破产是丢人的，没想到竟然很有面子。杜·蒂埃不花一个钱到手了玛特兰纳的地产，但他并不把这笔赚头放在心上，只巴望可怜的花粉商从此完蛋，受尽唾骂，丢

①十九万五千加七万是二十六万五千，巴尔扎克又算错了。

尽脸面。照现在的情形看，债主们在大会上倒是会对皮罗多喝彩叫好的。

皮罗多的勇气一点一点的恢复过来，比勒罗这个聪明的医生也跟着一点一点的下药，把料理破产的种种经过告诉他。许多忍痛牺牲的办法对债务人都是沉重的打击。生意人眼看自己花了多少钱和多少心血置办起来的东西，三钱不值两文的卖出去，不能不伤心。皮罗多听了叔岳报告他的消息，呆住了。

"玫瑰女王只盘五万七么？存货就值到一万；住房花了我四万；工场，工具，模型，锅炉，一共花到三万；铺子里别的东西就算打个对折，也还值到一万；还有香皂和润肤水的所有权抵得一个农场呢！"

倾家荡产的赛查这样哼哼唧唧的怨叹，比勒罗并不着慌。这位退休的老商人听着，好像一匹马站在大门口淋着阵雨；但皮罗多为了要出席大会而沉着脸一声不响，比勒罗看着倒急起来了。社会上每个阶层的人都有虚荣，都有弱点，懂得了这一点，就能体会到在商务法庭当过裁判的人，如今以破产人的身份走进去是什么一种滋味。皮罗多从前帮过人家忙，多少人在庭上向他道谢；他对破产的看法那么严厉，在巴黎商界中也大众皆知，他说过："交出清账的时候还是个规矩人，从债权人大会出来就变成骗子了！"而他现在竟要到那儿去当众出丑！那不是受毒刑是什么！叔岳特意拣了个适当的时间，和他提到要跟债权人在大会上见面的事，让他心上有个准备。但法律上这一项规定竟要了皮罗多的命。比勒罗看着他不声不响、灰心绝望的表情，不由得很紧张，夜里还隔着板壁听见他嚷着：

"不行！不行！我活不到那一天的！"

比勒罗由于生活朴素，性格非常坚强，可还是能了解一般人的软弱。他决意不让皮罗多和债权人见面的时候受难；他可能痛苦不过，当场倒下来的，但那个会又无法避免。在这一点上，法律的条文很明确，很严格，非遵守不可。只要破产人拒绝出席，就可以被送往轻罪法庭以倒闭罪起诉。但法律只能强制破产人到场，而并没有权力强制债权人到场。只有在一定的情形之下，债权人大会才是个重要的仪式，例如破产人犯了欺诈罪，需要剥夺他产权，订立破产财团的合同；或者是沾便宜的债权人和吃亏的债权人发生争执；或者是协议书把债主的利益损害太过分了，表决的时候破产人不容易获得法定多数。至于从头至尾都照规矩办事的破产案，正如从头至尾都做好手脚作弊的破产案，大会只不过是个形式。

比勒罗把债权人一个一个的拜访过来，请他们委托各自的商事代理人代表他们出席大会。除了杜·蒂埃，每个债主把赛查打倒以后，都真心的对他表示同情。他们知道花粉商的为人，知道他账目清楚，做的买卖多么规矩。所有的债主看见没有一个捣乱的债权人，觉得很高兴。莫利奈是监查人，后来又是破产管理人，在赛查家里看见可怜虫把什么东西都留下了，甚至包比诺送的版画，他随身的穿戴，别针，金搭扣，两只表，也统统撂在那里。本来这些东西拿走了也不能算不诚实。公斯当斯仅有的几样首饰也留下了。这样动人的守法的行为，轰动了商界。皮罗多的敌人说他幼稚可笑；明理的人却也还他一个公道，认为这样过分的老实究竟了不起。两个月以后，交易所里的舆论变了。连不相干的人也承认皮罗多的破产是市场上一桩绝无仅有的希罕事儿。债主们知道能收回百分之六十，都答应了比勒罗的要求。商事代理人本来为数不多，几个债主只能托一个人做代表。结果比勒罗把这个可怕的大会减缩到只有三个商事代理人，两个破产管理人，一个商务裁判，以及他自己和拉贡。

到了那个庄严的日子，早上比勒罗对侄婿说："赛查，今天你到会场去不用怕，差不多没有什么人。"

拉贡有心陪他的债务人一同去。一听见玫瑰女王的老主人那个细小生硬的声音，老伙计脸色变了；可是好心的小老头儿对他张开了手臂，皮罗多便像孩子扑向父亲怀里一样扑上去，两个花粉商都掉了眼泪。破产人看见人家这样宽容，也有了勇气，和叔岳一齐跨上马车，十点半，三个人到了圣-曼丽修院，当时商务法庭的所在地。在那个时间，破产庭上一个人都没有。日子和钟点是比勒罗跟破产管理人和商务裁判商量好的。债主都由商事代理人代表出席，因此赛查·皮罗多用不到胆怯。但加缪索的办公室碰巧就是皮罗多从前的办公室，他走进去不能不大大的激动，再想到等会还得上破产庭，更觉得心惊胆战。

加缪索对皮罗多说："天气冷得很；诸位先生大概也愿意待在这里，不到庭上去挨冻了吧？（他故意不说破产庭。）各位请坐。"

大家坐下了，法官把自己的椅子让给局促不安的皮罗多。商事代理人和破产管理人都签了字。

加缪索对皮罗多说道："因为你放弃资产，债权人一致同意把其余的债权情让。协议书的措辞，你看了很可以安慰。你的商事代理人不久就会把协议书办好批准手续。现在你没事啦。"加缪索又握着他的手说，"亲爱的皮罗多先生，本庭全体裁判对你的处境表示同情，对你的勇敢并不觉得奇怪。没有一个人不佩服你规矩老实。你在患难中的表现证明你不愧为当过商务裁判的人。我在生意场中混了二十年，一个商人倒下来还能得到大众敬重，还是第二回看到。”

皮罗多含着泪握着法官的手。加缪索问他以后打算干什么，皮罗多回答说要去工作，挣起钱来把全部债务都还清。

加缪索道：“为了做成功这桩了不起的事，倘若短少几千法郎，尽管来找我。这种事情在巴黎太少有了；我要能亲眼看到，很高兴拿出一些钱来。”

比勒罗，拉贡和皮罗多一齐告退。

走到商务法庭门口，比勒罗对皮罗多说：“嗯，你看，不是什么无边苦海吧？”

可怜的家伙很感动的回答：“叔叔，我知道一切都是你安排的。”

拉贡说：“现在你地位恢复了，这儿到五钻石街不过几步路，去瞧瞧我的内侄吧。”

要皮罗多看见公斯当斯坐在中层楼上一个又矮又黑的小房间里办公，当然心里不会好过。房间正好在店面高头，窗子被店门上面包比诺的招牌遮去三分之一，挡住了一部分光线。

皮罗多这时已经死心塌地，倒反兴冲冲的指着包比诺的招牌说道：“哼！这是亚历山大手下的一员大将呢。”

皮罗多这点儿高兴明明是勉强的，也很天真的流露出他自命不凡的心理始终没有消灭。拉贡年纪上了七十，听着仍不免打了一个寒噤。赛查看见他女人拿着一叠信，下楼来送给包比诺签字，马上脸色发白，淌下眼泪。

“你好，朋友。”她笑嘻嘻的招呼赛查。

“你在这儿舒服不舒服，我看是用不着问的了。”赛查望着包比诺说。

“就好比在儿子家里一样。”她那副感动的神气把前任花粉商也感动了。

他拥抱着包比诺，说道：“我再也没权利叫他做儿子了。”

包比诺道：“别失望。你的头油销路很好，一方面靠我在报上宣传，一方面也靠高狄沙出力。他跑遍全国，把招贴，仿单到处散发；如今又在斯特拉斯堡印德文仿单，就要攻进德国去了。我们接到了三万六千打订货。”

赛查叫道：“三万六千打！”

“我在圣·玛梭城关买了一块地，价钱不贵，预备盖厂房。寺院街的工场我仍旧保留。”

皮罗多凑着公斯当斯的耳朵说道：“太太，只要人家帮点儿忙，咱们一定爬得起来的。”

十五、最精彩的表现

从这一天关系重大的日子起，赛查和他的妻子女儿有了默契。可怜的小职员想做一件即使可能，也是天大的难事——把欠的债全部还清[①]。在狠命要求清白这一点上，三个人是一致的；他们都变得脾气啬刻，一钱如命，什么都舍不得享受。赛查丽纳为自己打算，拿出女孩子家的热情来关切她那一行买卖。她常常熬夜，想办法推广铺子的营业，设计衣料的图案，尽量发挥她做生意的天赋，叫东家看了也不能不劝她少辛苦些，同时送她一些额外的酬劳。但是首饰衣着，她都不收，只说："给我现钱吧！"

她按月把薪金和外快交给叔公比勒罗。赛查夫妇也是这样。三个人都承认自己没有能力，不敢担负调度资金的责任，把积蓄托比勒罗全权处理。老叔重新拿出做生意的本领，在交易所里买卖期货，赚一点钱。后来才知道，他在这方面得到于勒·台玛雷和约瑟·勒巴的帮助，他们俩都很热心，指点他做一些没有风险的交易。

①按照惯例，破产人只要偿还协议书上所规定的清偿成数；所谓全部还清是把债主情让部分也归还。

前任花粉商虽则住在叔岳身边，也不敢打听自己和妻子女儿挣来的钱是怎么存放的。他走在街上低着头，不让人家看见他那张灰心绝望痴呆混沌的脸。赛查还责备自己穿的衣料太讲究。

他用着天使般的眼神望着叔岳，说："至少我不曾叫债主养活我。你哀怜我，给我一口饭吃，我是吃了安心的，因为全靠你大发慈悲，我的薪水才能积起来还债，一个钱都没有饱我的私囊。"

商人们遇到这个小职员，再也看不出当年花粉商的影子。他满面愁容，留着伤心的烙印；而且从来没有心事的人上了心事，更是神色大变，叫不相干的人看了也深深体会到一失足成千古恨的意义。一个人的形销骨立不是勉强做得出的。生性轻薄，没有天良，什么都不在乎的人，面上永远不会显出他受过苦难。只有宗教才会在堕落的人身上盖一个特殊的印记。他们相信未来，相信上帝，眉宇之间自有一道微弱的光说明他们的信仰，还有一种坚忍与希望交融的气息令人感动。他们像放逐的天使站在天国门外痛哭一样，知道自己所受的损失。破产的人不能在交易所中露面。赛查被赶出了诚实的国土，仿佛是一个渴望上帝宽恕的天使。

皮罗多倒下来以后，思想变得非常严肃，一连十四个月不愿意有任何娱乐。他明知拉贡夫妇是最可靠的朋友，但无论如何不肯上他们家去吃饭；也不接受勒巴，玛蒂法，泼洛丹士和希佛勒维的邀请，便是伏葛冷先生请他也不去，虽则他们都很想表扬赛查高超的德行。他宁可一个人待在房间里，不愿意让债主瞧他一眼。朋友们越殷勤，越使他想起眼前的处境而心酸。公斯当斯和赛查丽纳也不在外边走动。她们只有星期日和例假才空闲，在望弥撒的时候来带赛查一块儿去，过后在比勒罗家里陪他。比勒罗把陆罗神甫请来，他的话对受着考验的赛查有鼓励作用。他们就是这么几个自己人守在一起。退休的五金商向来把诚实二字看得极重，绝不嫌赛查过于认真。他只想把赛查见了不会脸红而抬得起头来的人，多找几个来和他做伴。

一八二一年五月，掌握他们命运的叔叔第一次给这个与患难相搏的家庭安排了一个节目，酬劳他们的辛苦。五月的最后一个星期天是公斯当斯接受赛查求婚的纪念日。比勒罗和拉贡夫妇在梭城合租了一所乡下小房子，打算请一席进宅酒快活一下。

星期六晚上，比勒罗对侄婿说："赛查，明天我们下乡，你也去。"

赛查写得一手好字，晚上替但尔维和另外几个诉讼代理人抄写文件。他得到本堂神甫的特许，星期日也在拼命干活。

他回答说："我不去。有一份监护人的委托书，但尔维先生等着用。"

"你老婆和女儿那么辛苦，也该慰劳慰劳她们了。我只请几个熟朋友：陆罗神甫，拉贡夫妇，包比诺和他的叔叔。而且我要你去。"

当年玫瑰女王的领班伙计，在梭城的一棵树底下快活得差点儿发晕；后来赛查夫妻俩常常想再去瞧瞧那棵树，因为事情忙，没有去成。那天包比诺来陪赛查和他的妻子女儿同走，公斯当斯在马车上一路向赛查递眼色，赛查却始终沉着脸，没有笑容。她咬着他耳朵说了几句话，他只是摇摇头，一声不出。公斯当斯的深情始终不变，可是表现得多少有些勉强；赛查看了，脸色非但不开朗，倒反越来越阴沉，忍不住要掉眼泪。可怜虫二十年前走这段路的时候，年轻，有钱，希望无穷，发疯般爱着一个和现在的赛查丽纳一样美丽的姑娘，做着幸福的梦；如今却在车厢里看见他心胸高尚的孩子熬夜熬得脸色苍白，他勇敢的女人受着磨折，像被火山喷射过的城市，只剩下一片悲壮的美。只有他们的爱情仍旧和从前一样。赛查的态度吓得女儿和安赛末只能把快乐压在心里；但在赛查眼中，这一对正反映了他二十年前那个可爱的场面。

“孩子们，你们快活吧，你们是有这个权利的。”可怜的父亲声音很沉痛。他又道：“你们尽可以相爱，心里不会有一点儿疙瘩。”

皮罗多说着这最后两句，拿起他女人的手亲吻，那种虔诚与钦佩的情绪比兴高采烈的快乐更加使公斯当斯感动。他们到乡村别墅的时候，比勒罗，拉贡夫妇，陆罗神甫和包比诺法官已经等在那里。这五个人全是忠厚长者；他们的态度，眼神，说话，都不让赛查有局促不安的感觉，因为大家看他还是像新近落难的神气，心里都很难过。

比勒罗把赛查和公斯当斯的手拉在一起，说道：“上奥南森林去遛遛吧，带安赛末和赛查丽纳一起去；四点钟再回来。”

拉贡太太看见她债务人的痛苦那么真实，也动了感情，说道：“唉！当着我们，他们就觉得拘束；等会他可高兴啦。”

陆罗神甫说：“这是没有罪孽的忏悔。”

法官说：“他只有经过了患难才能变得伟大。”

遗忘是一般刚强的，有创造力的人的法宝，他们会像自然界一样的遗忘；自然界就不知道有什么过去，只管日以继夜，孜孜不倦的生育。像皮罗多那样的弱者不是把痛苦作为惩前毖后的教训，反而在痛苦中讨生活，浸在里头，天天回顾以往的苦难，折磨自己。

奥南森林像花冠一般罩在巴黎郊外一个最秀丽的山头上，群狼盆地在底下展开着迷人的景色。两对男女走上通往森林的小径。天气晴朗，风光明媚，田野里才长出一片嫩绿：赛查看着这些又想起了青春时代最美好的日子，抑郁的心情慢慢的松动了。他抓着老婆的手臂贴在他忐忑乱跳的胸口，眼睛不再苍白无神，居然有了些喜悦的光彩。

公斯当斯说道：“啊，可怜的赛查，这才是你本来的样子。我觉得咱们的行事还不错，偶尔出来玩一下也不算过分。”

可怜虫答道：“我怎么能够呢？啊！公斯当斯，只有你的感情是我独一无二的财产。是的，我已经不相信自己了；我筋疲力尽，只盼望多活几年，把这一世的债还清了再死。至于你，亲爱的妻子，你是我的智慧，你小心谨慎，早已把事情看得清清楚楚，你是没有什么可责备的，你能够快乐。咱们三个人，只有我一个人做错了事。二十年前你还是一个年轻的姑娘，和我一同在这条小路上蹦蹦跳跳，像今天我们的孩子一样；在十八个月以前那个害人的跳舞会里，我看见我的公斯当斯，我一生唯一的爱人，也许比年轻的时候更美。不料二十个月中间，我竟把你的美貌，把我名正言顺认为可骄傲的东西给毁了……我越认识你，越爱你了……噢！亲爱的！”他说这三个字的语气打动了公斯当斯的心，“我宁可你埋怨我，不要安慰我。”

她说：“想不到做了二十年夫妻，女人对丈夫的爱情还会更进一步。”

赛查听了，把所有的苦恼都暂时忘了；他是感情丰富的人，公斯当斯那句话对他简直是无价之宝。他也就高高兴兴的走近他们的那棵树，碰巧还留在那儿，没有砍掉。夫妻俩坐下来，望着安赛末和赛查丽纳莫名其妙的沿着一片草坪绕圈子，也许他们以为在向前走呢。

安赛末说："小姐，你想我会那么卑鄙，那么贪心，把你父亲在护首油中的股份买下来捞一笔么？我是一片至诚把他的一份存在一边，想法子生利。我拿他的资金给人贴现；凡是不十分可靠的票据，我都收在自己名下。只有等你父亲复权以后，咱们俩才能结合；我凭着爱情给我的力量，正在使这一天提早到来。"

这个秘密，包比诺没有向岳母透露过。但便是世界上最天真的男人，也免不了要向情人表现自己的伟大。

赛查丽纳问："这一天很快会来么？"

包比诺说："快了。"

这句话说得那么动人，端庄纯洁的赛查丽纳不禁把额角向心爱的安赛末凑过去，姿态十分庄严，安赛末又热烈又恭敬地吻了一下。

她带着调皮的神气对父亲说："爸爸，情形很好，你开心一点，说说话吧，别那么愁眉苦脸的。"

多么融洽的一家四口回到比勒罗屋子的时候，不大会察言观色的赛查也发觉拉贡夫妇的态度有所不同，好像发生了什么事。拉贡太太对他特别亲热，眼神和语气都表示：我们的钱拿到了。

吃到饭后点心，当地的公证人来了，比勒罗一边让座，一边望了望皮罗多，皮罗多疑心有什么出其不意的事，可想象不出事情有多大。

比勒罗说："侄儿，一年半中间，你们三人的积蓄，连本带利一共有两万法郎。协议书上规定我应该收回的三万早已收到，拿出来加在一起，咱们就有五万法郎可以还债。拉贡先生应得的成数三万法郎已经收了。今天梭城的公证人再给你一张收据，证明你欠这两位朋友的债业已本利归清，余下的款子存在克劳太那儿，预备付给罗杜阿，玛杜老婆子，泥水匠，木匠，还有几个最急迫的债主。明年咱们再瞧着办。只要有时间和耐性，前途乐观得很。"

皮罗多的快乐简直无法形容，他扑在叔岳怀里哭了。

拉贡对陆罗神甫说："给他把勋章戴上吧。"

神甫把红丝带扣在皮罗多的纽子洞上；皮罗多当晚对着客厅的镜子照了几十回，那副快活的神气叫自命高雅的人看了会发笑，但那些老实的布尔乔亚觉得很自然。

第二天，皮罗多去找玛杜太太。

她说："啊！是你，好人儿。你头发这样白，我认不得了。可是你们有事情做，不会饿肚子。我做牛做马，忙得昏天黑地，像这样辛苦的牛马也该行个洗礼了。"

"太太……"

"噢！我不是埋怨你，我收条也给了你了。"

"我来通知你，今天我托克劳太公证人把你余下的债全部付清，还有利息……"

"真的么？"

"请你十一点半到他事务所去……"

"噢！这样的信用，一百年也碰不到几回。"她好不天真的望着皮罗多，表示佩服，"亲爱的先生，我跟你那个红毛小子做的交易都挺好，他和气得很，从来不还价，有心让我多赚一些，补偿我的损失。好朋友，我不要你的钱，给你收据好了。玛杜发起火来会大叫大嚷，可是她有这个——”她说着拍拍胸脯。那个肥大的肉靠枕在中央市场上是绝无仅有的。

皮罗多道：“不行！法律规定得清清楚楚，我一定要全部付给你。”

她道：“那我不客气了，明儿我上中央市场去替你扬名吧。啊！这种新戏文也是少有的呢！”

皮罗多又去见克劳太的丈人，承包油漆的罗杜阿，情形和玛杜家大同小异。外边在下雨，赛查把雨伞放在门角里。主人夫妇正在吃中饭，暴发的油漆包工看见伞上的水在漂亮客厅里淌开去，态度很不客气。

“喂，什么事，皮罗多老头？”口气的粗暴跟有些人对付讨厌的乞丐一样。

“先生，你女婿没有和你说过么？……”

“说过什么？”罗杜阿很不耐烦，打断了他的话，以为他有什么要求。

“……他没有请你今天上午十一点半到事务所去，立一张收据，把我欠你的账全部收回么？”

“啊！是这么回事……请坐，皮罗多先生，和我们一块儿吃点东西吧……”

罗杜阿太太也说：“别客气，吃个便饭吧。”

胖子罗杜阿问：“那么你境况很好啰？”

“不，先生。我天天在办公室里啃干面包，才积起几个钱。不过只要日子长一些，人家为我受的损失，我希望都能够赔偿。”

油漆包工咬着一块涂满肝酱的面包，说道：“的确，你是个讲信用的人。”

罗杜阿太太问：“那么皮罗多太太干什么呢？”

“在安赛末·包比诺店里管账。”

罗杜阿太太悄悄对丈夫说了声：“他们多可怜啊！”

罗杜阿道：“亲爱的皮罗多先生，你要是用得着我，尽管来，我可以帮你忙……”

“先生，希望你十一点钟到。”皮罗多说着，告辞了。

这第一批成绩使破产人有了勇气，可是精神并不安定。恢复名誉的念头大大扰乱了他的心绪，脸上的血色完全没有了，两眼无神，腮帮也陷下去了。他早上八点上班，下午四点下班，总得走过讲坛街，大氅还是出事那天穿的一件，而且穿得很小心，像穷排长爱惜他的军装一样。满头白发，脸色发青，神气虚忒忒的，沿着墙根像做贼的一般溜过去，因为他眼尖，远远看到熟人就躲开。但有些人硬把他拦住了说：

“朋友，大家都知道你的行事，觉得你们三个人太刻苦了。”

有的说：“不用急，银钱的伤口还是医得好的。”

有气无力的赛查有一天回答玛蒂法说：“不错，可是精神上的伤口是没法医的。”

一八二三年年初，开圣·马丁运河的事定局了，寺院区的地价马上飞涨。按照开河的计划，从前属于皮罗多而后来给杜·蒂埃买去的那块厂基，正好一割为二。杜·蒂埃要是能在限期以内交出土地，运河公司肯出惊人的高价收买。但赛查和包比诺订的租地合同使这笔买卖无法成交。银行家便到五钻石街来找包比诺。包比诺和杜·蒂埃固然毫无关系，但赛查丽纳的未婚夫对这个人有股说不出所以然的仇恨。一帆风顺的银行家偷过钱，暗里阴损赛查等等，包比诺一概不知，但他心里有个声音对他叫着："这是一个逍遥法外的贼。"他看到杜·蒂埃就厌恶，当然不愿意跟他做交易，尤其那时眼看杜·蒂埃靠着从老东家手里抢来的东西发财，心里更气恼，因为玛特兰纳的地价也开始涨了，这是一八二七年上价钱达到最高峰的先兆。银行家一说明来意，包比诺便捺着火气，瞪着他说道：

"你我要放弃租约也可以，不过要六万法郎，少一个钱都不行。"

"六万法郎！"杜·蒂埃说着，把身子挪动了一下，好像预备走了。

"我的租约还有十五年，另外找一个工场每年得多花三千法郎。所以要就是六万，要就不谈。"包比诺说着，回进铺子，杜·蒂埃跟了进来。

两人越争越激烈，皮罗多的名字也提到了。赛查太太下楼来看见了杜·蒂埃，这还是跳舞会以后第一次。银行家发觉老东家娘完全变了一个人，不由得怔了一怔，他看到自己作孽的成绩也害怕起来，把头低了下去。

包比诺告诉赛查太太："杜·蒂埃先生靠你们的地产赚了三十万，却不肯拿出六万来赔偿咱们租约的损失。"

"那要合到三千法郎一年利息呢。"杜·蒂埃加重着语气说。

"三千法郎！……"赛查太太跟着说了一句，声音很自然，可是意义深长。

杜·蒂埃马上脸色发白，包比诺望着皮罗多太太。大家半晌不作声，弄得安赛末愈加莫名其妙。

杜·蒂埃从袋里掏出一张贴好印花的文契，说道："克劳太已经把放弃租约的文书写好，你签个字，我给你一张六万法郎的支票。"

包比诺望着赛查太太，万分诧异，竟疑心自己做梦了。杜·蒂埃凑在高脚书桌上签支票的当儿，公斯当斯上楼去了。包比诺和杜·蒂埃交换了票据，杜·蒂埃冷冷的打个招呼，走了。

杜·蒂埃的马车停在龙巴街上，包比诺望着他向那方面走去，心上想："做了这笔意想不到的交易，再过几个月，就能把赛查丽纳娶过来了。我亲爱的姑娘不用再拼命干活了。想不到赛查太太眼睛一瞪，事情马上成功！她跟这个强盗有什么关系呢？刚才的情形真怪。"

包比诺派人拿支票到法兰西银行去兑现，自己上楼找皮罗多太太谈话。她不在账房间，想必在卧室了。逢到丈母和女婿脾气相投的时候，关系是不错的，安赛末和公斯当斯的情形就是这样。当下他赶往赛查太太的卧室。情人的理想快实现了，自然心情很急。他像猫儿似的一纵纵到丈母身边，发现她正在念一封杜·蒂埃的信，奇怪极了。杜·蒂埃在皮罗多店里当过领班伙计，包比诺认得他的笔迹。赛查太太房里点着一支蜡烛，地下烧着几封信，黑洞洞的纸灰正在飞扬，叫包比诺看了浑身发冷。他眼睛很尖，无意中把丈母手里的信看了开头几句：我爱你，我的天使，你明明知道，为什么……

"你对杜·蒂埃有什么力量，能够使他答应这样一笔交易呢？"包比诺笑着问，但肚里存着恶意的猜疑，笑得非常古怪。

"咱们不谈这个。"赛查太太的神气慌张得可怕。

“好吧，”包比诺迷迷糊糊的回答，“咱们换个题目谈谈：你们的苦日子快要结束啦。”

他打了一个转身，走到窗口把手指在玻璃上敲敲打打，眼睛望着天井，心里想：“就算她爱着杜·蒂埃，我也没有理由不规规矩矩的做人。”

“你怎么啦，孩子？”可怜的赛查太太问。

包比诺突然说道：“护首油的纯利有二十四万两千法郎，一半就是十二万一千。扣掉我付给皮罗多先生的四万八，还剩七万三，加上我放弃租约得来的六万，你们就有十三万三。”

赛查太太听着，激动得那么厉害，包比诺连她心跳的声音都听得见。

他接着又说：“我始终把皮罗多先生看作合伙老板。我们可以把这笔钱给他还债。比勒罗叔公还替你们存着两万八积蓄，所以总共有十六万一。欠叔公的二万五，他准定肯出一张收据作为清讫的。至于我借钱给丈人，作为预支下一年度的盈余来凑起一笔数目把他的债还清，那是谁也不能干涉的。这样……他……他就可以……复权了。”

“复权了！”赛查太太嚷着，在她的椅子上跪下了。

她放下信，合着手做了一个祷告，划了十字，叫道：“亲爱的安赛末！亲爱的孩子！”

她捧着他的头，吻着他的额角，抱着他做出许多疯疯癫癫的样子。

“赛查丽纳真是你的了！这一下她才快活呢，可以离开那个铺子，不用再卖命了。”

“这都是爱情的力量。”包比诺说。

“是的。”做母亲的微笑着回答。

包比诺眼梢里瞅着那封可怕的信，说道：“我告诉你一个小小的秘密。我帮赛莱斯丁盘进你们铺子的时候，有个条件，要他原封不动的保存你们的房间。我早打定主意，可没有想到运道这么好。你们以前的屋子，赛莱斯丁从来没进去过；他答应转租给你们，所有的家具仍旧是你们的。我预备和赛查丽纳住三楼，让她永远跟你们在一起。我结了婚，白天待在铺子里，从早上八点到下午六点为止。我想拿出十万法郎把赛查先生的股份买下来，让你们有笔财产；加上他的薪水，你们一年就有一万法郎进款。这样你不是称心了么？”

“别再说了，安赛末，我快活得要发疯了。”

赛查太太态度像天使一般，眼睛那么纯洁，美丽的额角没有一点儿阴影，显而易见跟那些在包比诺脑子里打转的念头是不相容的；他决意把自己许多可怕的思想彻底廓清。比勒罗的侄女所过的生活，所有的观念，不可能和不贞二字连在一起。

安赛末说道：“亲爱的母亲，我刚才不由自主的起了疑心，可怕极了。倘使你要我快活，请你马上把我的疑心去掉。”

包比诺伸出手去拿了信。

公斯当斯脸上的惊慌把他吓了一跳。他说：“杜·蒂埃写的这封信，我无意之间看到了开头几句。我向他提的条件多么苛刻，你一下子就使他接受了：这件事跟这封信连在一起，太古怪了，恐怕谁都会像我一样往坏处想的。你一瞪眼，一句话，就能……”

“别说了，”赛查太太抢回了信，当着安赛末的面烧了，“孩子，我为了一点小小的过失，受了很重的责罚。统统告诉你吧，安赛末。我不愿意你疑心了母亲，影响到女儿；并且我也用不着脸红：我告诉你的话同样可以告诉我丈夫。杜·蒂埃曾经想勾引我，我马上通知了丈夫，决定把杜·蒂埃辞退。正要歇他生意的那一天，他偷了我们三千法郎！”

包比诺恨恨的说道：“我猜着了。”

“安赛末，为了你的前途，你的幸福，我不能不把这桩秘密告诉你；可是你得像我和赛查一样，永远藏在心里，不告诉别人。你该记得，赛查因为现金的数目不符，埋怨过你们。为了免得打官司，不要断送这个人，赛查另外放了三千法郎在柜子里，正是我这条开司棉围巾的价钱，那是我迟了三年才到手的。现在你明白了，我刚才为什么叫起来。我还做了一桩无聊的事，也告诉你吧。杜·蒂埃写给我的三封情书，完全暴露出他的人品，我为了好玩保存着，”她叹着气低下头去，“我没有看第二遍。可是留着总不妥当。今天看到杜·蒂埃，我想起了，上楼来把信烧掉；你进来的当口，我正在看最后一封……事情就是这样。”

安赛末把一条腿跪在地下，亲着赛查太太的手，那种美妙的表情使两人都淌了眼泪。丈母扶起女婿，把他抱在怀里。

那一天注定是赛查的快乐日子。王上的私人秘书特·王特奈斯先生，到办公室去找他。两人一齐走到金库外面的小院子里。

特·王特奈斯子爵说道：“皮罗多先生，你想还清债务的努力，碰巧被王上知道了。他对于这样难得的行为非常感动；他也知道你为了责备自己，不戴勋章，要我来吩咐你戴上。陛下还想帮助你履行义务，从他私库中拿出一笔钱叫我转交给你，他很遗憾不能多帮助你一些。这件事你得严守秘密。陛下认为他做的好事张扬出去就失了帝王的气度。”子爵说完，交给皮罗多六千法郎。皮罗多听着这篇话，说不出有多么感动。

他只能支吾其词的说了几个不连贯的字，王特奈斯微微笑着，举了举手，走了。可怜的赛查所坚持的那种道德观念在巴黎实在太少见了，所以他的行事无形中引起大家的钦佩。约瑟·勒巴，包比诺法官，加缪索，陆罗神甫，拉贡，罗杜阿，拉·皮耶第埃，赛查丽纳的东家，那个大公司的老板，都在谈论赛查。外边对他的舆论早已改变，这时更把他捧到了云端里。

“瞧，这才是一个君子！”赛查在街上好几次听到这句话，心中的感觉好似一个作家听见有人指着他提到他的名字。这样的好名声把杜·蒂埃气坏了。赛查拿了王上给的钱，第一个念头就是还老伙计的债。他往旭赛·唐打街走去，银行家在外边办公事回来，恰好在楼梯上碰到他的老东家。

“怎么样，可怜的皮罗多？”他装着亲热的样子问。

赛查很高傲的答道：“什么可怜！我有钱啦。今晚上还清了你的债，我可以安心睡觉了。”

这句表示多么诚实的话深深的刺痛了杜·蒂埃。他虽则受人敬重，自己却心虚得很；他听见有个压制不住的声音在心中叫：“这个人可了不得！”

“你还我钱么？你做什么生意啊？”

退休的花粉商肯定杜·蒂埃不会把他的话传出去，便说：“先生，我再也不做生意了。我碰到的那种事，没有一个人料得到的。谁敢说将来不会再有一个罗甘拿我作牺牲品呢？我的行事传到王上耳朵里，承蒙他同情我，鼓励我，刚才给了我一笔相当的款子，使我能够……”

杜·蒂埃打断了他的话，问道：“要不要收据？你打算马上付么？……”

“是的，连本带利，全部付清。劳驾你上克劳太那儿去一趟，好在没有几步路。”

“还要经过公证人么？”

赛查道：“先生，我想要复权总可以吧？有了合法的证件才没有人能否定……”

杜·蒂埃和皮罗多一同往外走，说道：“好，走吧，路近得很。可是你哪儿弄来这么多钱呢？……”

赛查道：“不是弄来的，是流着汗挣来的。”

“你欠克拉巴龙银号的数目大得很呢。”

“唉！是啊，那是最大的一笔，我看我这条老命要为之拼掉的了。”

杜·蒂埃恶狠狠的说道：“这数目你永远还不出的。”

赛查暗暗想：“他说的不错。”

回家的路上，可怜的人一不小心走了圣·奥诺雷街。他一向避开那条街，免得看到他的店和老家的窗子。三个月的痛苦，已经把他在那儿过的十八年幸福生活抹得干干净净。从他倒霉以后，这是他第一次看见老房子。

他心上想：“早先我还打算在这里养老的呢。”

他一看见新招牌上写着：

赛莱斯丁·克勒凡

前赛查·皮罗多老店

就加紧脚步走过去。但他又想起窗口好像有个淡黄头发的女人，不由得叫起来："那不是赛查丽纳么？……我真是眼花了。"

事实上他的确看见了女儿，老婆和包比诺。两个情人知道皮罗多从来不打老店门前过，又想不到他当天会碰到那样的事；只因为要给他办一次庆祝的喜事，先来布置一下。他们这样突如其来的露面把赛查弄得奇怪之极，待在那里不动了。

莫利奈跟玫瑰女王对面一家铺子的老板说："哦，皮罗多先生在瞧他的老屋子。"

花粉商的老邻居回答说："可怜的人！他在这儿开过多阔气的跳舞会……来的车子就有二百辆。"

莫利奈说："那次我也来的；过了三个月他破产了，我还是破产管理人呢。"

皮罗多赶紧溜了，两腿打着哆嗦一直奔到比勒罗家里。

比勒罗已经知道五钻石街的事，深怕像复权那样的喜讯过于刺激，侄婿会受不住。他经常看着可怜的家伙情绪起伏，念念不忘的想着他对破产的看法多么严厉，他的精力一天到晚都在消耗。在赛查心目中，名誉虽然扫地，还有恢复的日子。这个希望使他的痛苦更没有平息的时候。比勒罗便想叫侄婿心上先有个准备，然后再告诉他好消息。皮罗多进门的当儿，他正在盘算用什么办法。皮罗多讲起王上对他的关切，表示非常高兴，比勒罗觉得倒是个好现象。他又说看见赛查丽纳在玫瑰女王楼上，诧异得不得了；比勒罗认为这更是个机会，可以把话引入本题。

他说："赛查，你可知道这件事的来历么？那是因为包比诺性急，要赶紧和赛查丽纳结婚。他的确等不及了；而且也不能为了你过分的要求诚实，叫他年纪轻轻的放着现成酒席不吃，只啃他的干面包。包比诺准备拿出一笔钱来，把你所有的债都归清。”

皮罗多说：“这是他出钱买老婆了。”

“帮丈人复权不是挺有面子么？”

“人家可以提出异议的。并且……”

“并且，”叔岳装作生气的样子，“你只能牺牲自己，不能牺牲女儿。”

两人越辩越激烈，其实是比勒罗故意逗他的。

比勒罗嚷道：“倘若包比诺不是借钱给你，而是为了不剥削你的利益，当你合伙人看待，把他给你还债的款子作为你在头油的盈利中应得的一份，预支给你……”

“那我好像串通了包比诺欺骗债主。”

比勒罗假装被这个理由驳倒了。他很了解人的心理，知道这好人夜里睡在床上也会在这一点上和自己争执的。那样他就会常常想到复权的念头，以后再听到事实不至于太刺激了。

赛查吃晚饭的时候问：“可是为什么我老婆女儿都在老房子里呢？”

“安赛末要把屋子租下来做新房。你女人也赞成。他们已经瞒着你把婚约公布了[1]，叫你不能不同意。包比诺说，等你复权以后再和赛查丽纳结婚，就显不出他的义气了。王上给你六千法郎，你收了；至亲的赠予，你倒不愿意接受！你欠我的钱，倘若我给你一张收据作为清讫，是不是你也拒绝呢？”

赛查道：“那我可以接受，但是也不能阻止我拿了收据再积起钱来还你。”

---

①教徒结婚以前必先在教堂公布男女双方的姓名，征询有无异议。

比勒罗道："算你一丝不苟就是了。看一个人诚实不诚实，我是内行。不过你刚才的话真是岂有此理。债还清了，怎么还说是欺骗债主？"

赛查留神望着比勒罗。比勒罗看他愁眉不展了三年，第一次笑逐颜开，心里也很激动。

赛查道："不错，债可以还清了……但是我把女儿卖了钱啦！"

"那是我自己愿意的。"赛查丽纳嚷着，和包比诺一同出现了。

两个情人踮着脚尖走进比勒罗的屋子，后面跟着皮罗多太太；走到穿堂，刚好听见赛查说出最后那句话。他们三人雇着马车，已经到那些还没清讫的债权人家里去过，约他们当晚在克劳太事务所会齐。克劳太正在预备收据。赛查认为自己仍旧欠着债，现在这个办法是移花接木，钻了法律的空子。但他的顾虑经不起多情的包比诺有力的批驳。赛查听到下面一句话，也觉得良心上有了交代，无话可说了。

包比诺问他："你要你女儿的命么？"

"要我女儿的命！"赛查愣住了。

包比诺道："这笔钱，我良心上认为是你存在我店里的，我有权利在你生前送给你。这样你还不接受么？"

赛查道："好，我接受。"

"那么咱们今晚就到克劳太事务所去，免得再翻案；同时我们的婚书也可以在那里商量好了。"

十六、在天上

但尔维把申请复权的状子和一切证明文件准备停当，送进巴黎高等法院的检察署。

办理复权手续和赛查丽纳的结婚公告需要个把月，皮罗多在那个时期心情烦躁，骚动得厉害。他一味着急，只怕活不到批准复权的那个光荣的日子。他说他的心莫名其妙的乱跳，隐隐然作痛。它一方面被痛苦折磨得差不多了，一方面也受不住极度的快乐。

判决复权的事在巴黎高等法院非常少见，十年也难得碰到一次。处世严肃的人总觉得法院的仪式有种说不出的庄严与伟大。制度给人的观念完全根据人的感情而定，我们心目中认为它伟大，它就伟大。倘若一个民族丧失了信仰（不是宗教），孩子们从启蒙教育开始就做惯赤裸裸的分析，把一切保存传统的束缚都放松的话，这个民族就会瓦解；因为那时民族只靠卑鄙龌龊的利害关系结合，只靠计算精明的自私自利的需要来结合。皮罗多受着宗教思想的熏陶，他对法律的看法就是我们应当有的看法，就是说法律是社会的代表，不管采取什么形式，法律总是众人公认的规则的庄严的表现。执行这圣职的人必须洞达人情世故，不动感情，保持冷静，才能监护那些激动人心的利益；所以法官愈是白发苍苍，年老体弱，他的职务愈显得庄严神圣。

踏进古老的巴黎法院，走上高等法庭的石扶梯而心情激动，不能自已的人，现在已经很少了，退休的花粉商却是其中的一个。

石扶梯的地位摆得非常恰当，气象森严，可惜没有几个人注意到。法院正面有一个列柱成行的走廊，扶梯通到走廊上，大门开在正中央。走廊右手通往一个极大的前厅，左手通往圣教堂。在这两座大建筑旁边，一切都可能相形见绌，显得渺小的。圣·路易教堂[①]是巴黎最堂皇的建筑之一，从法院走廊那面走过去，有股说不出的阴沉和神秘的感觉。相反，那间其大无比的前厅十分明亮；而且你也不大容易忘记法国历史和这间大厅的关系。外面的石扶梯确是气概不凡，才不至于被两座巍峨雄壮的建筑物压倒。法院前面围着一排镂花的铁栅，透过铁栅望到行刑的广场，也许会令人心悸。从石扶梯上去，正面一间大厅是高等法院民庭外面的穿堂，等于法院的前厅。

我们不妨想象一下当时破产人的心情。许多朋友，现任商务法庭庭长勒巴，经手他破产案的商务裁判加缪索，老东家拉贡，忏悔师陆罗神甫，陪着他爬上石级，周围的环境自然而然使他紧张起来。有了那位圣洁的教士在场，人世的荣誉在赛查眼中也更加显得庄严。老于世故的比勒罗，打算叫侄婿事先就高兴得过分一点，免得临到喜事，发生什么意想不到的危险。老花粉商刚在

①圣·路易教堂是圣教堂的别称。

家里换衣服，几个真正的朋友就来了，认为陪他上法院也是他们的荣幸。他见了来客十分快活，那种兴奋的心情正好使他能应付法庭上庄严的场面。大厅上坐着十几位法官，皮罗多还遇到另外一些朋友在场旁听。

一开庭，皮罗多的诉讼代理人简单扼要的提出了申请。庭长摆一摆手，请检察官起来发表意见。他原是公诉机构的代表，这一回却以检察署名义要求庭上恢复当事人的名誉，认为根据他的行事，应该这样宣判。这是绝无仅有的仪式，因为法院只能对当事人加以赦免。皮罗多听了特·葛朗维伯爵的演说多么激动，凡是有感情的人都想象得出。以下就是那位有名的法官的演词的大要。

“诸位先生，一八二〇年一月十六日，塞纳州商务法庭裁定皮罗多破产。他的破产既不是由于轻举妄动，也不是为了投机取巧或是其他不名誉的行为。我们不能不公开宣告：造成这桩祸事的原因是那些一再发生的罪案，使法院和巴黎人士一致痛心的罪案。只有我们这个时代，因为腐败的风气和革命思想正在不断发展，大有方兴未艾之势，巴黎才有些公证人会背弃了几百年的光荣传统，在几年之内发生的破产案跟前朝两百年间发生的一样多。这些司法界的公职人员原是群众财产的监护人，半官性质的人物，不料利欲熏心，也有了立致巨富的妄想。”

原文在这里插进一大段议论，特·葛朗维伯爵为了适应他的地位，乘机把拿破仑党人，进步党人和王上其他的政敌一齐控诉在内。后来局势的发展证明这位法官的担心并非没有根据。

他接着说：“一个巴黎的公证人卷走了皮罗多的存款，促成他的破产。从法院对罗甘的判决书看，可以知道罗甘欺骗他的主顾到什么程度。后来，债权人和皮罗多成立了协议。为了表扬皮罗多，我们不能不特别指出：目前的破产案大多黑幕重重，经常玷辱商界的名誉；可是皮罗多的手续办得那么规矩清白，在一般的破产案中是绝对看不到的。债权人清点他财产的时候，发现他把所有的小东西都留下了：他的衣服，饰物，一切个人用品，不但他的，连他妻子的也留在那里；她为了增加资产，把她的全部权利放弃了。由此可见，过去使皮罗多被任为区政府官员的声望是不虚的，因为当时他是第二区副区长，刚好得到荣誉团勋章。他的受勋不但因为他是忠心耿耿的保王党，参加过共和三年的战斗，在圣·洛克教堂的石级上流过血；而且还由于他在商务裁判任内所表现的识见和息事宁人的精神，受到大众的钦佩与爱戴；最后还因为，他是个谦虚的市政官。原来发表他当区长，他没有接受，却推荐了一位更有资格的人物，高贵的特·拉·皮耶第埃男爵。皮罗多对于这个英勇的王台党人，早在形势险恶的时代就佩服的。”

赛查凑着叔岳的耳朵说：“这番话说得比我好多了。”

“因为这个诚实的商人和他妻子女儿把全部财物放弃了，债权人才能收回百分之六十的债款。他们在协议书上对皮罗多表示敬意，声明放弃余下的债权。这些文件的措辞值得庭上注意。”

检察长随即把协议书的摘要念了一遍。

“协议书上的条件这样宽大，换了别的破产人尽可自认为已经释放，早就得意扬扬在大庭广众之间露面了。皮罗多可不是这样，他鼓着勇气，暗中订着计划，要争取像今天这样一个光荣的日子。他不怕任何艰难。我们敬爱的王上给了他一个职位，让圣·洛克的老战士有个糊口之计。破产人把薪水都留给债主，连生活费用也不在其中开支，因为他亲属中间也有人热心相助……”

皮罗多淌着眼泪，紧紧握着叔岳的手。

“他的妻子和女儿也赞成皮罗多这个高尚的愿望，把劳动所得交入总账。母女两人放弃了原有的身份去过低微的生活。诸位先生，这些牺牲是极不容易的，值得大大的表扬。现在我们来看一看，皮罗多叫自己挑的是怎样的一副担子。”

说到这里，检察官宣读损益计算书的摘要，把剩下的债款和债权人的姓名都念了。

“诸位先生，现在每一笔债款都连本带利付清了，他所拿到的不是需要法院作严格调查的，私人出的收据，而是无法作弊的经过公证的收据。当然，我们也尽了责任，按照法律规定审核过了。我要求庭上不是恢复皮罗多的名誉，而是恢复他的权利，这才合乎公道。这一类的例子，法院是难得看到的，我们不能不嘉奖当事人的行为；而且他叨蒙圣眷，已经受到王上的鼓励。”

然后他按照公事格式作了结论。

推事们当庭讨论了一下，审判长便站起来宣判。

他的最后几句话是这样说的：“本人代表全体法官向皮罗多表示，本院能宣布这样的判决，感到很满意——书记官，传下面的案子。”

有名的检察长的演说已经给皮罗多披上光荣的袍褂；巴黎的高等法院在法国居于第一位，如今庭长再来一个郑重的声明，表示铁面无情的司法界也受了感动，更使皮罗多快乐得无以复加。他坐在听审席上走不动了，仿佛身子钉在那里，呆呆的望着法官，觉得他们都是天使，给他重新打开了社会的大门。叔岳挟着他的手臂把他拉到前厅。赛查过去没有服从路易十八的命令，这时却不由自主的把荣誉团的红丝带扣上了纽孔。朋友们立刻把他围住，抱着他抬上马车。

“你们带我上哪儿去啊？”他问勒巴，比勒罗和拉贡。

“回到你家里啊。”

“不。现在是三点钟，我要到交易所去享受一下我的权利。”

比勒罗吩咐赶车的：“上交易所。”他又对勒巴做了个记号，因为发觉赛查有些叫人担心的症象，怕他会神经错乱。

前任花粉商让比勒罗和勒巴，两个德高望重的商人一边一个搀着，走进交易所，后面跟着拉贡。他复权的消息已经传开了。三位商人最先碰到的就是杜·蒂埃。

“啊！亲爱的老东家，你问题解决了，我很高兴。我很爽快的让小包比诺敲了一笔，也许对你的苦尽甘来也帮了一点儿忙。我看到你幸福很快活，好像看到我自己幸福一样。”

比勒罗道：“你也不能不如此。以后你也不会再有这种机会了。”

杜·蒂埃道：“先生，你这句话怎么说呢？”

勒巴道：“嘿！嘿！当然是从好的方面说啰。”他听见比勒罗冷言冷语的借此出气，不由得微微一笑。勒巴对杜·蒂埃的事一无所知，可是也觉得他是个坏蛋。

玛蒂法过来招呼赛查。一般名声最好的生意人都围拢来向花粉商热烈道贺，说了许多恭维的话，争着和他拉手，叫不少人看着忌妒，也叫有些人看着心里惭愧，因为在交易所里走动的人半数以上都办过清理。羊腿子和高勃萨克在大厅的一角谈天，他们望着诚实的花粉商，好比物理学家初次看到电鳗；这种身上的电力相当于一个干电池的鱼，是动物界中最古怪的东西。

赛查尝过了胜利的滋味，踏上马车回老屋子去。他疼爱的赛查丽纳和忠心的包比诺就要在那里签订婚约了。赛查在车上怪里怪气的笑了一阵，叫三个朋友都为之一怔。

青年人有个缺点，以为别人都和他一样坚强。这缺点也是从他的优点来的。他对人对事都不留神细看，只用他青春的火焰去渲染一切，甚至把自己过剩的生命力强加在老年人身上。跟赛查和公斯当斯一样，包比诺对皮罗多的跳舞会念念不忘，始终留着一个豪华的印象。在三年艰苦的岁月中，公斯当斯和赛查嘴上不说，脑子里都时常听到高里南乐队的音乐，看见漂亮的来宾。那次的快乐虽然事后受了重罚，他们仍觉得回味不尽，心情和亚当与夏娃偶尔想起禁果的滋味差不多。天使们的传种接代原是不可思议的神秘，自从吃了禁果，他们的子孙就有了生与死的苦恼。但包比诺尽可以心里甜蜜蜜的想起那个跳舞会，用不到有什么悔恨：风头十足的赛查丽纳就是在那次舞会上答应他的亲事的；他那时还是个穷小子，可见赛查丽纳的确是爱他的人。所以他把葛兰杜装修的住宅向赛莱斯丁买下，要他原封不动的加以保存的时候，在他一片诚心把赛查夫妇的零星什物一齐保管起来的时候，他已经存着一个梦想要开个跳舞会，庆祝婚礼的跳舞会。

他很热心的筹备这次喜事；开支方面只有必不可少的项目才按照老东家的办法，可并不学他的铺张浪费；浪费过一次已经够了。筵席仍旧由希凡承包，请的客也差不多相同。陆罗神甫替补了荣誉团总裁，商务法庭庭长勒巴当然在邀请之列。包比诺也请了加缪索，答谢他对皮罗多的照顾。罗甘夫妇的缺，由特·王特奈斯先生和特·冯丹纳先生填补了。跳舞会的请帖，赛查丽纳和包比诺发得很郑重。他们俩都不喜欢把婚礼办得大张晓喻，叫朴实温厚的人看了不舒服，特意把跳舞会定在签婚约的日子。公斯当斯又找到了那件樱桃红衣衫，当时只穿过一天，她的光彩只露了一露就完了。赛查丽纳要叫包比诺出其不意的快活一下，又穿起从前的跳舞服装来；这套打扮，包比诺不知向她提过多少回。所以屋子里那个令人销魂荡魄的场面，皮罗多只见过一个晚上的场面，又要在他眼前出现了。公斯当斯，赛查丽纳和安赛末，一个都没想到这个突如其来的刺激对赛查多么危险；四点左右，他们等着他，快活得像小孩子一样。

诚实不欺的商界英雄在交易所露了露面，情绪的激动已经无法形容，可是圣·奥诺雷街还有一个更强烈的刺激等着他。一进老房子，他看见楼梯依旧簇新，楼梯底下站着他的女人，穿着樱桃红的丝绒衣衫，还有赛查丽纳，特·冯丹纳伯爵，特·王特奈斯子爵，特·拉·皮耶第埃男爵和赫赫有名的伏葛冷先生。皮罗多眼睛前面马上罩了一层薄薄的幕；比勒罗搀着他的手臂，觉得他浑身上下打了一个寒噤。

冷静的比勒罗对多情的包比诺说：“你做得过分了，灌他这许多酒，他受不住的。”

在场的人个个欢天喜地，也就把赛查的激动和身子的摇晃看作应有的兴奋，没想到会致命的。

赛查回到家里，重新看见了他的客厅，来宾，穿着跳舞衣衫的妇女，忽然听见贝多芬的大交响乐在脑子里在心里响亮起来，仍旧是那一段雄壮的最后乐章。出神入化的音乐从一个调子转到另一个调子，放出光芒，发出异彩；喇叭声震动了他疲倦的脑子；这是他的脑子的最后乐章了。

他听着想象中的音乐支持不住了，过去抓着老婆的胳膊，凑着耳朵说：“我不舒服。”他因为内部充血，已经喊不出声音来。

公斯当斯吓了一跳，立刻扶他进房。他好容易走到里面，扑在一张靠椅上说道：“去请奥特莱医生！请陆罗神甫！”

陆罗神甫来了，客人和穿着跳舞服装的妇女也跟着进来，大家团团围着，呆住了。太太跪在他身边。赛查当着这些漂亮人物的面，握了握忏悔师的手，把脑袋倒在公斯当斯怀里。

他胸部已经爆断一根血管，再加动脉瘤把他的呼吸阻塞了。

陆罗神甫说道：“一个正直的人死了！”他的声调非常庄严，指着赛查的手势就像累姆布兰特画的《基督叫拉查复活》的手势[①]。

耶稣曾经命令土地交出它的俘虏；这位圣洁的神甫却告诉天上，有一个为了诚实而殉道的商人需要赏他永恒的棕榈[②]。

一八三七年十二月　巴黎

一九五八年四月　译

①拉查是耶稣的门徒，死后数日被耶稣从坟墓中唤起，竟告复活。下文“耶稣曾经命令土地交出它的俘虏”就是指拉查复活。十七世纪荷兰名画家伦勃朗用这个题材作过一幅铜版画。

②基督教传说，天国以棕榈赐与殉难的人，作为光荣的标识。

人间喜剧

La Comédie humaine

于絮尔·弥罗埃

（法）巴尔扎克 著
傅雷 译

团结出版社

图书在版编目（CIP）数据

人间喜剧 / (法) 巴尔扎克著 ; 傅雷译. -- 北京 : 团结出版社, 2021.11

ISBN 978-7-5126-9114-8

Ⅰ. ①人… Ⅱ. ①巴… ②傅… Ⅲ. ①小说集–法国–近代 Ⅳ. ①I565.44

中国版本图书馆CIP数据核字(2021)第171591号

出版：团结出版社

（北京市东城区东皇城根南街84号 邮编：100006）

电话：（010）65228880　65244790（传真）

网址：www.tjpress.com

Email：zb65244790@vip.163.com

经销：全国新华书店

印刷：天宇万达印刷有限公司

开本：145×210　1/32

印张：114.75

字数：3242千字

版次：2021年11月 第1版

印次：2021年11月 第1次印刷

书号：978-7-5126-9114-8

定价：458.00元（全10册）

出版说明

奥诺雷·德·巴尔扎克(Honoré de Balzac, 1799—1850),法国小说家,被誉为“现代法国小说之父”,生于法国中部图都尔市的一个中产者家庭。

1829年,三十岁的巴尔扎克第一次正式发表作品。他经过十余年的探索、学习之后,在法国小说界开辟出了一个崭新的世界,建立了一个一直影响到现在的现实主义传统。从发表第一部作品开始,巴尔扎克便以惊人的毅力创作出了91部小说,塑造了两千四百多个栩栩如生的人物形象,这些作品合称为《人间喜剧》。巴尔扎克通过这些作品和人物形象,为读者展示了法国社会的整个面貌。因此,《人间喜剧》被后世誉为“资本主义社会的百科全书”。

作为他的朋友,法国19世纪前期著名的浪漫主义文学家维克多·雨果曾这样评价他:“在最伟大的人物中间,巴尔扎克是名列前茅者;在最优秀的人物中间,巴尔扎克是佼佼者之一。他才华卓越,至善至美,但他的成就不是眼下说得尽的。他的所有作品仅仅形成了一部书,一部有生命的、光亮的、深刻的书。”

傅雷(1908—1966),字怒安,号怒庵,他是中国著名的翻译家、作家、教育家、美术评论家。傅雷先生早年留学于法国巴黎大学,翻译了大量的法文作品,包括巴尔扎克、罗曼·罗兰、伏尔泰等许多名家著作。20世纪60年代初,他因在翻译巴尔扎克作品方面的卓越贡献,被法国巴尔扎克研究会吸收为会员。

傅雷先生曾说:“《人间喜剧》共包括九十四个长篇,已译十五种,虽不能囊括作者全部精华,但比较适合吾国读者的巴尔扎克最优秀作品,可谓遗漏无多。法国一般文艺爱好者所熟悉之巴尔扎克小说,甚少超出此项范围。”这十五种译作中,《猫儿打球号》已经佚失,现存十四种。此次,我们整理出版的这套《人间喜剧》,正是对傅雷先生现存十四种译作的整理。它们分别是:《欧也妮·葛朗台》《亚尔培·萨伐龙》《高老头》《奥诺丽纳》《比哀兰德》《夏倍上校》《禁治产》《邦斯舅舅》《赛查·皮罗多盛衰记》《于絮尔·弥罗埃》《都尔的本堂神父》《贝姨》《搅水女人》《幻灭》。

此次出版,我们在尊重傅雷先生译作的前提下,按照现代汉语规范,仅对一些地名、人名、标点符号等作了修订。由于水平所限,整理过程中难免有错漏之处,恳请读者批评指正!

目　录

于絮尔·弥罗埃

一、惊慌的承继人

从巴黎方面进纳摩，必须过洛昂运河。在这个美丽的小镇外面，运河的堤岸仿佛野外的城垣，同时也是景物幽美的散步场所。可惜从一八三四年起，桥那一边盖了几所屋子，倘若这类似镇梢的区域发展下去，市镇的外貌就会丧失它妩媚动人的特色。一八二九年，大路两旁还是一片空旷：所以那高大肥胖，六十岁上下的车行老板，在一个天朗气清的早晨坐在桥脊上，尽可把他行话所谓的飘带儿一览无余①。

时方九月，秋色斑斓，笼罩着草原和石子的大气如火如荼，蔚蓝的天空没有一片云翳，极目所及，连远天都蓝得那么鲜明、纯净，足见空气稀薄到极点。那个叫作米诺莱-勒佛罗的车行老板，直要把一只手遮着太阳，才不至于眼花。他等人等得心焦了，一忽儿瞧瞧大路右边，青葱可爱的草原割过一道又长起新草来了；一忽儿瞧瞧左边，林木蓊郁的山峦从纳摩一直伸展到蒲隆。大路上的声响都被连绵不断的山陵送回到洛昂运河的盆地上：

①车行中人把一望无际的大路叫作飘带儿。（本书注释均为译者注）

米诺莱-勒佛罗听见自己的马匹飞奔的声音，也听见手下的马夫挥舞鞭子的声音。

草原上有些牲口，宛如保尔·波忒画的，天空像是拉斐尔笔下的，运河两旁杂树成荫，完全是荷培马的风味[①]；对着这样的美景而还会烦躁的，恐怕只有车行老板这等人了。艺术的使命原是要让自然界有些灵气；而到过纳摩的人都知道那儿的大自然和艺术一样美，那儿的景色自有它的意境，能够动人遐想。但一个艺术家看到米诺莱-勒佛罗，可能丢下风景来描绘这个伧夫的，因为他实在平庸，倒反显得别具一格了。把所有的兽性集合起来，结果不是产生了卡列班吗？而卡列班的确可称为杰作[②]。无论哪儿，只要物质成了主体，就没有感情了。

车行老板就是证明这定理的活生生的例子。凭他那副相貌，在他因为肉长得不可收拾而显得通红的皮色之下，便是思想家也不容易看出他有什么心灵。鸭舌头很小，两旁瓜棱式的蓝呢便帽，紧箍在头上；脑袋之大，说明迦尔[③]还没研究到出奇的相貌。从帽子底下挤出来的，似乎发亮的灰色头发，一望而知它们的花白并非由于多用脑力或是忧伤所致。一对大耳朵，开裂的边上差不多结着疤，充血的程度似乎一用劲就会冒出血来。经常晒太阳的皮肤，棕色里头泛出紫色。灵活而凹陷的灰色眼睛，藏在两簇

---

①保尔·波忒（1625—1654）与荷培马（1638—1709）均为荷兰有名的风景画家；波忒尤以画动物见长。

②卡列班为莎士比亚名剧《暴风雨》中的人物，为女巫与魔鬼所生的儿子，身材奇矮，状貌奇丑，性情刁恶。

③德国医生迦尔（1758—1807）首创骨相学，风行一时，巴尔扎克尤为信服。

乱草般的黑眉毛底下，活像一八一五年到巴黎来的卡尔摩克人①；这双眼睛只有动了贪心的时候才有精神。鼻梁是塌的，一到下面突然翘得很高。跟厚嘴唇搭配好的是教人恶心的双折下巴，一星期难得刮两回的胡子底下，是一条旧绳子般的围巾；脖子虽则很短，却由臃肿的肥肉叠成许多皱裥，再加上他厚墩墩的面颊：雕塑家在当作支柱用的人像上表现的，浑身都是蛮力的那些特点，就应有尽有了。所不同的是雕像能顶住高堂大厦②，米诺莱-勒佛罗却连自己的身体还不容易支持。这一类肩上不扛着地球的阿特拉斯③，世界上多的是。他的上半身是巍巍然一大块，好比人立而行的公牛的胸脯。胳膊粗壮，一双厚实，坚硬，又大又有力的手，拿得起鞭子、缰绳、割草的叉，而且很能运用；没有一个马夫见了他的手不甘拜下风的。巨人的肚子硕大无朋，靠着跟普通人的身体一般大的腿和一双巨象般的脚支撑。他难得动怒，但发起性来非常可怕，大有中风的危险。他虽则粗暴，不会思索，可从来没作过什么事可以证明他的心地跟长相一样凶恶。谁要见了他发抖，他手下的马夫们就说：

“噢！别怕，他并不凶！”

按照许多地方的习惯，大家把纳摩的车行老板简称为纳摩老板。他穿着绿色猎装、有条子的绿呢裤、宽大的黄色羊皮背

①卡尔摩克人为蒙古族之一支，居于俄罗斯南部，伏尔加河与顿河之间。1815年拿破仑战败后，联军进入巴黎，俄军中即有卡尔摩克人在内。

②古埃及与古希腊的建筑，多以雕刻精美的人像作支柱。

③古代神王阿特拉斯为朱庇特之子，高大如山，足为擎天之柱。美术图像上将其绘成肩负地球之人。

心，看他口袋外面有一圈黑印子，你就知道他口袋里头放着一个其大无比的鼻烟壶；塌鼻子用大鼻烟壶，这句俗话真是一点不错。

米诺莱-勒佛罗生在大革命时代，经过帝政时代，一向不参加政治；至于宗教观念，除了结婚那天，他从来不进教堂；他的做人之道全部写在民法上：凡是法律所不禁或是无法惩戒的事，他认为都可以做得。所谓读物，只限于塞纳-俄阿士州的报纸，或是与他行业有关的法令规程。他被认为种庄稼的老手，但他的知识纯粹偏于实用方面的。因此米诺莱-勒佛罗的精神并不和肉体抵触。他难得说话；开口之前老是吸一撮鼻烟，以便腾出时间来，不是为了思索，而是找字眼。他喜欢多嘴而没法多嘴。想到这头没有鼻子没有悟性的像叫作米诺莱-勒佛罗，我们不禁和斯特恩有同感，觉得姓名的确有种神秘的作用，有时是讽刺一个人的性格，有时是预言一个人的性格[①]。米诺莱分明是个无用的人，却靠了大革命帮忙，三十六年中置了不少产业，有草原，有农田，有树林，合到一年三万法郎进款。有了这笔家私而米诺莱还在经营纳摩的运输生意和迦蒂南与巴黎之间的客运货运，倒不是因为老干这一行，成了习惯，而多半是要为他的独养儿子安排一个美好的前程。这儿子，像乡下人说的已经升格为先生了，刚念完法律，过了暑假就得宣誓当见习律师。米诺莱先生和米诺莱太太——因为从大汉身上，谁都看得出他必有一位太太，否则绝不

①米诺莱一字内包含“米诺（minor）”，在拉丁文中意义是“小”；“勒佛罗（Levrault）”一字意义为“小兔”。这个姓氏与米诺莱-勒佛罗的巨象似的身体正好是个对照，也是一个讽刺。斯特恩（1713—1768）为英国作家，在所著小说《项狄传》中说到人的姓名与性格大有关系。

会有偌大的家私—— 他们对于儿子的职业是听凭他挑选的：当巴黎的公证人也好，在别的地方当检察官也好，随便哪儿的稽征员也好，股票经纪人也好，车行老板也好。从蒙太奚到埃索纳，人人都说：“米诺莱老头有多少家业，他自己也说不清！”这样一个人的儿子，还有什么欲望不能满足，什么职位不能希冀呢？米诺莱的家道殷实，四年前又有新的事实证明：他那时卖了客店，把大街上的车行搬到码头上，另外盖了华丽的马房和住宅。新店的开办费花到二十万，一百多里周围的传说把这数目又加了一倍。纳摩的运输事业需要大量的马匹，往巴黎去的路线要到枫丹白露为止，东南要过蒙太奚，东北要过蒙德洛。各路的站头都相隔很远，蒙太奚路上的沙石又可以作为多加一匹马的借口，但旅客是花了钱永远看不见多加的牲口的。一个人长着米诺莱那样的身材，有着米诺莱那样的家业，开着这种规模的铺子，的确当得上纳摩老板的称号了。

米诺莱虽然从来不想到上帝或是魔鬼，虽然是个实际的唯物论者，正如他是个实际的庄稼人，实际的自私者，实际的吝啬鬼，至此为止却毫无遗憾的享着全福，假如单纯的物质生活可以算得幸福的话。生理学家若是看到他脑后一堆光秃的肉盖在最高的一根脊椎骨上面，把小脑压住了；听到他细而尖锐的声音和他的长相成为可笑的对比，就明白为什么这个高大、肥胖、笨重的庄稼人疼爱他的独养儿子，为什么他当初望子心切，甚至替他起个名字叫作但羡来①。倘若爱情真是男子生机旺盛，大有作为的标志，那么哲学家们也不难懂得米诺莱无用的原因了。儿子很

①但羡来（Désiré在原文中是渴望的意思。

运气，长得像母亲。而母亲就跟父亲争着宠孩子。那种无微不至的溺爱可没有一个儿童抵抗得了，不管他天性怎么样。但羡来看透自己有着予取予求的力量，便在父亲面前装作只向父亲要求，在母亲面前装作只向母亲要求，把两人的银柜和钱袋尽量榨取。他在纳摩镇上比一个王子在京城里还要威风；他要在巴黎跟在小镇上一样称心如意的享受，每年花到一万两千法郎以上。但凭了这笔钱，他换来许多新观念，那是在纳摩永远得不到的；他脱胎换骨，已经不是内地人了；他懂得金钱的势力，认为司法界确是一条上进的门路。

最后一学年，他交结一般艺术家、新闻记者和他们的情妇，比往年又多花了一万法郎。

最近他有封教人挂念的信写给父亲，谈到一门亲事，要求他支持；大概为了这个缘故，车行老板才在桥上老等；但米诺莱-勒佛罗太太，一边为庆贺胜利归来的法学士忙着端整丰盛的饭菜，一边也打发丈夫到路口上来接，还吩咐他看不见驿车，就该骑着马迎上去。这独养儿子搭的班车，平时清早五点就到纳摩的，此刻却已经敲了九点！怎么会这样脱班的？是不是翻了车？但羡来不要送了命吧？还是只断了一条腿呢？

三下响鞭的声音，像排枪似的破空而至，马夫们的大红背心远远的出现了，十匹马都嘶叫起来。老板脱下帽子挥舞，人家看见他了。一个坐骑最好的马夫，带着两匹驾双轮车的灰色花马，把马一夹，超出了五匹驾驿车的肥马和三匹驾四轮车的马，直奔到老板面前。

"你有没有看见杜格兰？"

大路上的客车都有些怪名字：什么加耶、杜格兰（那是纳摩与巴黎之间的班车）、大公司等等。一切新开车行的车都被称为抢生意的！勒公德经营的时代，他的车都被称为公德斯——“加耶没追上公德斯，可是大公司把公德斯丢得老远了！”——“法兰西（法兰西运输行的简称）给加耶和大公司比下去了。”倘若马夫乱砸东西，连酒也不要喝，你不妨向领班的打听一下，他会仰着头，眼睛望着远处，回答你：“抢生意的跑在前面去了！”那时马夫会把话接过去：“混蛋，他简直不让客人打尖！”领班的却说：“嗬，客人，他们会有客人吗？你把包里涅狠狠的抽几下就是了！”包里涅是一切劣马的总称。马夫和领班的在车顶上嘻嘻哈哈谈的无非是这一套。法国有多少种行业，就有多少种行话。

“你有没有看见杜格兰？……”

“你是说但羡来先生吧？”马夫打断了老板的话，“哎！你该听见我们的了，我们料到你等在路口，特意用响鞭给你报信的。”

“为什么班车迟到了四个钟点？”

“在埃索纳和蓬蒂埃里之间，后面有个轮子脱了箍。可是没出乱子，上坡的当口，幸好给加皮洛发觉了。”

那时，纳摩教堂的阵阵钟声正招呼居民去望星期日的弥撒；一个三十六岁左右的女人，衣服穿得齐齐整整，走近车行老板，说道：

“喂，表叔，说来你才不信呢！咱们的叔叔带着于絮尔到了大街上，要去望弥撒了。”

虽然现代诗学注重本地风光，定下许多规律，我们也不能过于写实，把这个表面上极平淡的新闻，从米诺莱-勒佛罗那张阔嘴里引出来的连咒带骂的丑话，照样述说。他的声音变得格外尖锐，脸上的神气正如俗语说的，像中暑一般。

第一阵怒火发作过后，他问："可是真的？"

好几个马夫赶着马打前面过，向老板招呼，老板好像既没看见，也没听见。米诺莱-勒佛罗不再等儿子，竟和表侄媳俩走向大街去了。

她接着说："我不是早告诉你吗？米诺莱医生一朝老糊涂了，那假仁假义的小丫头准会哄他热心宗教的；抓住头脑就是抓住荷包；咱们的遗产准给她抢去的了。"

"不过，玛尚太太……"车行老板迷迷糊糊的说着。

玛尚太太打断了表叔的话："啊！你也要跟玛尚一样来一套吧，说什么：这种计划可是一个十五岁的小姑娘想得出、做得到的？八十三岁的老头儿，生平只有结婚进过教堂，恨死了神甫，连这孩子初领圣体也没陪着去，她怎有本领改变他的思想？——好，我问你，倘若米诺莱医生果真恨教士，为什么十五年工夫，他差不多天天晚上都跟夏伯龙神甫在一起？于絮尔每次领圣餐，假道学的老头儿都让她捐二十法郎香烛钱。为了酬谢神甫替她准备初领圣体，于絮尔还送了一笔很重的礼，难道你记不得了？她把自己的积蓄都花光了，事后她干爹[1]却加倍还她。你们男人，什么事都不知道留神！我当初听到这些，就说：葡萄割完，篮子没用啦！一个有遗产的老叔，这样对待一个从街上捡来的小娃娃，绝不会没有用意的。"

车行老板回答："呃，老头儿送于絮尔上教堂，也许只是偶巧。天气很好，咱们老叔想出来遛遛也说不定。"

---

①此处的"干爹"系指旧教徒受洗时之教父。

“哼，他手里挟着一本经文，还扮着一副道貌岸然的面孔！总而言之，你自己去瞧罢。”

大胖老板答道：“没想到他们的把戏瞒得这么紧；蒲奚伐女人明明告诉我，医生跟夏伯龙神甫从来不提宗教。并且这本堂神甫是天底下最规矩的人，哪怕只剩一件衬衫，也会送给穷人的；他绝不会阴损人家；而走漏遗产，那简直是……”

“简直是偷盗。”玛尚太太说。

“比偷盗还要不得！”米诺莱-勒佛罗叫起来。他听了多嘴的表侄女的意见，气坏了。

玛尚太太道：“我知道，夏伯龙神甫虽是教士，人倒挺规矩的；但他为了穷人，什么事都做得出来！他可能从里头蛀呀蛀的，把咱们的老叔从里头蛀空，而医生也会变成宗教狂的。我们一百二十分的放心，谁知他一下子走了邪路！一个从来不信宗教的人，极正派的人：谁想得到！噢！咱们完啦。我丈夫心里七上八下，烦死了。”

玛尚太太这些话，等于放出许多箭射在大胖表叔身上；她使米诺莱不管身体怎么笨重，居然和她走得一样快，那些望弥撒的人见了都大为惊奇。玛尚太太特意要赶上米诺莱医生，让车行老板亲眼看到。

靠迦蒂南方面，连绵不断的山岗俯瞰着纳摩镇，沿着山脚便是洛昂运河和通往蒙太奚的大道。教堂的石头被时间披上黑黝黝的外衣，因为它是琪士家在十四世纪重造的；那时的纳摩正是琪士公爵的封地[1]。教堂坐落在镇梢上，后面有一个高大的拱门

①此系巴尔扎克误记；琪士族最早的公爵生于十六世纪，故纳摩成为他的封邑不能早于十六世纪。

像框子一般把它镶嵌着。建筑物跟人一样，地位最要紧。因为门前有树荫，有一片挺干净的广场把它衬托着，这所孤零零的教堂便显得庄严伟大。一进广场，纳摩老板恰好看到老叔搀着那个叫作于絮尔的姑娘，各人手里挟着一本经文，正要进入教堂。老人在门洞底下脱了帽子，满头白发像积雪的山峰，在大堂前柔和的阴影中闪闪发光。

纳摩的稽征员，叫作克莱弥埃的，嚷道："喂，米诺莱，老叔信了教，你有什么感想？"

"教我说什么好呢？"车行老板说着，请对方吸了一撮鼻烟。

"回答得妙，勒佛罗老头！有位大名鼎鼎的作家说过：一个人没说出自己的思想，先得把话想一想；倘使这话是对的，那你当然不能把心里的意思明说了。"说这俏皮话的是一个突然闯过来的年轻人，他在纳摩镇上所扮的角色，等于《浮士德》里头的曼斐斯托番①。

这恶少名叫古鄙，是纳摩公证人克莱弥埃-第奥尼斯的首席帮办。父亲是个小康的庄稼人，打算教儿子当公证人的；古鄙把遗产在巴黎挥霍净尽，待不下去了，第奥尼斯便留他在事务所里帮忙，虽然也知道他过去的劣迹。你只要看到古鄙，就会知道他是一向忙着寻欢作乐的；因为他为着作乐已经花了很大的代价。

帮办身材虽是矮小，二十七岁上的胸部已经跟四十岁的人一样。两条又短又细的腿，一张大阔脸，皮色乌七八糟，仿佛雷雨

①曼斐斯托番为诱惑浮士德的魔鬼，博学多闻，诙谐百出，但心术邪恶，阴险殊甚。

之前的天空，脸部高处耸起着光秃的脑门：这种种格外显出他体格的畸形。脸相很像驼子，不过他的驼峰似乎是藏在身体内部的。没有血色而苦闷懊恼的脸上有种特殊的神气，证实他的确有个看不见的驼峰。鼻子和许多驼子的一样，弯弯曲曲，扭来扭去，不长在脸中央，而是自右至左斜着过去的①。嘴角两旁耸起一些纹溜，像萨尔台涅人，表示他随时会说刻薄话。稀少的头发黄里带红，一绺绺的挂在额前，有些地方可以看得出头皮。一双又大又扭曲的手，跟太长的胳膊接榫没接好，难得有干净的时候。脚下穿着早该扔在垃圾堆上的鞋子，黑里泛红的粗丝袜。裤子和黑呢上装已经露出经纬，差不多堆了一层油腻；可怜巴巴的背心，好几个纽扣都丢了芯子；脖子里裹着一条旧围巾当领带。全部装束都说明他为了贪欢纵欲，潦倒得不成体统了。

这许多细节固然可怕，但他的主要性格还在那两只山羊眼睛；眼珠四周，围着一圈黄的，有种淫乱和卑鄙的表情。他在镇上是大家最害怕最敬重的人。因为长得丑，古鄙格外野心勃勃；胸襟很窄，跟一般肆无忌惮的人一样特别有他可恶的小聪明，专门用来报复心中的怨恨。他会编些狂欢节里唱的讽刺的小调，纠集无赖在街上起哄，他那张贫嘴等于当地的一份小报。第奥尼斯为人狡猾、虚伪，因此也很胆小；他雇用古鄙，一半是因为古鄙聪明绝顶而有些害怕，一半是利用古鄙熟悉地方上的内情。但东家对帮办防得很严，银钱出入自己掌管，不留古鄙住在家里，也不让他亲近，机密的或是出入重大的案子都不交给他办。帮办受着这种待遇，一面巴结东家，一面怀恨在心，暗中监视着第奥

①驼子身体畸形，往往两腿瘦削，鼻子歪曲：古鄙并非真的驼子，但长相极像驼子，故作者谓其驼峰藏在身体内部。

尼斯太太，想找机会出气。他悟性极快，办什么事都轻而易举。

当下帮办搓着手，车行老板回答他说："噢！小子！你已经在幸灾乐祸了。"

但羡来平时想弄什么女人，古鄙无不丧尽廉耻，竭力帮衬，所以五年来但羡来都引他为同道，而车行老板也对他不大客气，没有想到古鄙胸中积着多少怨恨，把所受的羞辱都记在那里。帮办懂得金钱对自己比对谁都重要，也知道自己比纳摩镇上所有的布尔乔亚都高强，很想挣一份家业，仗着跟但羡来有交情，把当地三个缺分买一个下来：或是治安裁判所的书记职位，或是随便哪个书办的事务所，或是第奥尼斯的事务所。因此尽管车行老板把他呼来喝去，米诺莱-勒佛罗太太把他不当人看，他始终耐着性子忍受，在但羡来身边做一个不要脸的小丑。两年以来，但羡来假期终了时丢下的情妇，都由他接收。古鄙可以说是端整了大菜给别人享受，自己只拾些残羹冷饭。

"我要是老头儿的侄子，哪怕上帝要和我平分遗产，老头儿也不会答应。"帮办说着，露出一口又少、又黑、又吓人的牙齿，狞笑了一下。

那时，治安裁判所的书记玛尚-勒佛罗，走到他女人身边来，还带着稽征员的妻子克莱弥埃太太。玛尚-勒佛罗在小镇上的布尔乔亚里头是最贪心的一个，脸长得跟鞑靼人一样：小圆眼睛好比两颗山楂果，脑门扁平，短短的卷头发，油腻的皮色，一对大耳朵没有耳朵边，嘴唇薄得看不见，胡子很少。他跟放印子钱的人一样外貌温和，心地狠毒，行事都有一定的原则，说话像失音的人。总之，要把他描写完全，只消知道他不雇用下手，所里的判决书都是派妻子和大女儿送达的。

克莱弥埃太太是个胖子，头发的颜色像淡黄又不像淡黄，满面雀斑，衣服都紧贴在身上，平时交结第奥尼斯太太；大家认为她有学问，因为她会看看小说。这位末等金融家的太太，自命为高雅大方，极有才情。她等着老叔的遗产，好让自己有点儿气派，把客厅装饰起来，接待镇上的布尔乔亚；因为丈夫不肯替她买加赛保险灯、镂版画，和她在公证人太太府上看到的一些无聊东西。她最怕古鄙；因为她常常失言，被古鄙拿去到处宣扬。有一天，第奥尼斯太太说不知道用什么药水洗牙齿好。

她却回答说："干吗不用奥比阿[1]呢？"

米诺莱老医生所有的旁系亲属，那时差不多全到了广场上；他们为之惊慌不已的那件事，谁都感觉到意义重大，连一般来自四乡，拿着大红雨伞，穿得花花绿绿，逢时过节走在路上别有风光的男男女女，也一齐把眼睛盯着米诺莱的承继人。在介乎乡村与城市之间的镇上，凡是不去望弥撒的人，都留在广场上谈生意经。按照纳摩的习惯，弥撒祭的时间便是每周一次的交易所时间，散处在几里以内的居民往往在这儿集会。因此，乡下人卖给城里的粮食和替城里人做工，都有个一定的价钱。

车行老板问古鄙："那么你处在这地位又怎么办？"

"我要使他少不了我，觉得我跟空气一般重要。你们就是不会应付嘤！遗产跟美人儿一样需要小心侍候，稍一疏忽，这两样都会溜之大吉的。要是我的东家娘在这儿，一定会觉得我这个譬喻再贴切没有。"

治安裁判所的书记玛尚回答道："可是，刚才篷葛朗先生还

①第奥尼斯太太问的是刷牙用的药水或牙膏，奥比阿却是一种滋补牙齿的糖浆，供人服用的。

叫我不用操心呢。”

古鄙笑道：“噢！这句话可有好几种说法。我很想听听你那个刁钻的法官怎么说的。倘若事情没希望了，倘若我跟他一样是你们老叔家的常客，知道大势已去，我也会告诉你——不用操心！”

古鄙说到最后一句，笑的模样儿非常滑稽，意义又很明显，使那些承继人疑心玛尚是受了法官的骗。矮胖的稽征员，正如所有的稽征员一样庸俗，也像一个聪明的妻子所希望的那么无用，对他的共同承继人玛尚吆喝道：“哼，我早跟你说的！”

口是心非的人总以为别人也是口是心非的：玛尚气冲冲的把治安法官瞅了一眼，法官正在教堂附近跟他从前的老主顾杜·罗佛侯爵谈天。

“要是我知道的话！……”玛尚说。

古鄙有心挑拨玛尚，教他报复，便说：“罗佛侯爵有好几桩官司在身上，连逮捕状也下来了，篷葛朗此刻正在替他出主意；你不妨从中阻挠，教他帮不了忙。可是对你那上司得陪着小心，老头儿狡猾得很，在你们老叔前面说话一定有些力量，还能拦着他不把全部财产捐给教会呢。”

“算了罢！我们吃不到这块肉也不见得就会饿死。”米诺莱-勒佛罗说着，旋开他那个硕大无朋的鼻烟壶。

“不过也休想靠此过活了。”古鄙这句话教两个女的打了一个寒噤。她们念头比丈夫转得更快，以为丧失这笔钱等于衣食成了问题，因为她们多少年来只想派遗产的用场，把生活过得舒服一些。古鄙却接着说：“可是咱们要替但羡来接风，还是痛喝几杯香槟酒，把这件小小的失意事儿忘了罢；老头儿，你说是不是？”他拍拍大胖老板的肚子，唯恐人家忘了，不叫他一块儿吃饭。

二、有遗产的叔父

故事没讲下去以前，也许一般认真的读者希望先看到一张承继人的名单；为了解三位家长或者他们的太太，跟忽然信了教的老人有什么亲属关系，那张名单原是少不了的。而内地人家血统的交错，也是一个可以引起我们许多感想的题目。

纳摩镇上只有三、四家不知名的小贵族，姓包当丢埃的算是有声望的一家。他们来往的只限于在四乡有田产或古堡的，例如圣·朗日那块上好产业的主人特·哀格勒蒙，还有田地都抵押光了，一般布尔乔亚都眼巴巴的等着并吞他产业的杜·罗佛侯爵。住在镇上的贵族是没有财产的。特·包当丢埃太太的全部家私，只有一处岁入四千七百法郎的田庄和镇上一所屋子。跟这个微不足道的圣·日耳曼郊区[①]对抗的，有十来家富户，都是从前的磨坊主人，或是退休的商人，总之是个小型的布尔乔亚阶级；在他们之下就是一般零售商、贫民和乡下人了。这些布尔乔亚，像在瑞士的郡县和许多别的小国中一样，都发源于几个土著的家庭，祖上

①圣·日耳曼郊区为巴黎一区的名字，十九世纪前期为贵族住宅区。

也许还是高卢人；他们控制了一个地方，逐渐蔓延，几乎把所有的居民都变做了亲戚。路易十一的朝代，平民已经把外号变做本姓，有几个并且和封建的姓氏混合了；那时纳摩的布尔乔亚共有米诺莱、玛尚、勒佛罗和克莱弥埃四姓。到路易十三治下，这四个姓已经化出玛尚-克莱弥埃、勒佛罗-玛尚、玛尚-米诺莱、米诺莱-米诺莱、克莱弥埃-勒佛罗、勒佛罗-米诺莱-玛尚、玛尚-勒佛罗、米诺莱-玛尚、玛尚-玛尚、克莱弥埃-玛尚……这些姓氏再加上“小辈”和“长房”一类的称号，或者叫作克莱弥埃-法郎梭阿、勒佛罗-雅各、约翰-米诺莱等等[①]。倘若平民阶级有天需要谱系学者的话，便是昂赛末神甫复生[②]，也要被这些姓氏搅昏头的。四份人家由于通婚和后嗣关系，变出许多万花筒式的姓氏，越来越复杂。编纂《高太年鉴》的本多会教士，研究日耳曼贵族错杂的家谱，下的工夫固然极精密，但遇到纳摩布尔乔亚的世系表，恐怕也不容易应付了。好些年来，米诺莱一姓是开制皮作的，克莱弥埃一姓是开磨坊的，玛尚是做买卖的，勒佛罗始终是庄稼人。算是地方上的运气，这四个主干的根须并不单纯往地下伸展，而是抽出新芽来，或是靠某些离开本乡另谋发展的子孙，接种到外面去：有些米诺莱在墨仑开铁店，有些勒佛罗到了蒙太奚，有些玛尚到了奥莱昂，还有些克莱弥埃在巴黎做了要人。从蜂房里分群出去的那批蜜蜂，命运各个不同。一般有钱的玛尚当

①法国习惯，两姓结亲以后，尤其在女方的母家没有男承继人的情形之下，往往把两家的姓氏合在一处，作为夫婿的姓氏。数代后倘支系繁多，则又把名字夹在姓中以为识别。

②昂赛末神甫为十六世纪有名的谱系学者，有《法兰西王室世系及年谱》一书行世。

然雇用了穷的玛尚，正好比日耳曼的贵族为奥地利或普鲁士的王室服务。同一个州里，就有一个当兵出身的米诺莱替一个百万家财的米诺莱做保镖。打个比喻说，这四个只有姓和血统相同的梭子，一刻不停的织着一匹布，一段做了衣衫，一段做了饭巾，一段做了细密的麻布，一段只是粗糙的里子布。他们之中在社会上成为头脑的、心脏的，或是单单跑腿的，不论是胼手胝足的也罢，有肺病的也罢，天才也罢，都属于同一血统。他们的族长都忠于乡土，住在小镇上。彼此的亲戚关系随着人事而忽远忽近，而人事变迁的标识便是那些古怪的外姓。不论你上哪儿，只要换掉姓氏，到处都是同样的情形，只缺少一些从封建阶级沾染得来，而被沃尔特·司各特写得那么生动的诗意。

我们不妨把目光放远一些，从历史上去考察一下人类的发展。所有十一世纪的贵族，除了加贝王族，几乎已经全部绝迹，但对于今日的几个世家，如洛昂，如蒙莫朗西，如鲍弗勒蒙，如冒德玛，都是有关系的；他们的血统只要传到最后一个名副其实的贵族。换句话说，一切布尔乔亚都是亲戚，一切贵族也都是亲戚。《圣经》上讲谱系的那一段，很深刻的说，闪、含、雅弗三家的后代在一千年中可以布满地球。一家能成为一国，不幸一国也能销声匿迹，重新成为一家。我们的祖先总跟着年代而越来越多，像几何级数一般增加而数目是自乘的①；要证明一家可成为一国，一国可成为一家的话，只消在追溯祖先的时候引用一个波斯哲人的计算。相传他发明了棋戏，向波斯王要求酬报，第一个棋盘

①作者此处所说“几何级数”与“数目自乘”二语，大有语病。追溯祖先，从自身往上推，第一代为二，第二代为四，第三代为八，第四代为十六，每次均为乘二，显非自乘。

要一根麦穗，以后每个棋盘以累进法加倍，结果是把整个王国送给他还不够。贵族是靠经久不变的制度保护的，布尔乔亚是凭孜孜不倦的劳动与巧妙的经商生存的；贵族网与布尔乔亚网的交错，两种血统的对抗，便产生了一七八九年的革命。现在，贵族与布尔乔亚差不多已经混合，双方都有大批毫无遗产的旁系亲属。他们将来怎么办呢？答案就要看以后的政局了。

因走进教堂而轰动一时的米诺莱医生，他的一支在路易十五治下只是简简单单的米诺莱。因为人口众多，五个弟兄姊妹之中的一个到巴黎去找出路了，难得再在本乡露面；祖父母故世的时候，他的确是回来领他的一份遗产的。和一切意志坚强，想在巴黎上流社会占一席地的青年一样，米诺莱吃了许多苦；但成就之大，恐怕远过于他当初的期望。他先研究医学，那是本领与运气都要紧，甚至运气比本领更要紧的职业。承蒙同乡杜邦抬举，很幸运的跟伏尔泰戏称为莫赖的莫勒莱神甫有交情[①]，又得到百科全书派的庇护，米诺莱医生死心塌地的跟着狄德罗的朋友、大名鼎鼎的鲍尔端医生。米诺莱年轻的时候见过达兰贝尔、埃凡丢斯、霍尔巴赫男爵、葛利姆[②]；他们后来都和鲍尔端一样对米诺莱很关切。一七七七年左右，他病家很多，大半是无神论者、百科全书派、感觉论者、唯物论者……总之是当时一般有钱的哲学家，你爱怎样称呼都可以。他虽不是江湖医生，却发明了红极一时的勒黎埃佛药膏，由百科全书派的机关刊物《法兰西雄

①杜邦（1739—1817）为法国有名的经济学家。莫勒莱神甫（1727—1819）为文学家兼经济学家，虽系教士，与伏尔泰为密友，并参加“百科全书”的编纂工作。

②以上四人均为十八世纪的百科全书派哲学家及作家。

辩周报》大捧特捧，在封底上常年登着广告。药剂师勒黎埃佛是化学家罗埃尔的学生，正如米诺莱是鲍尔端的学生；米诺莱发明药膏，本意只想在《药典》上有个名字；勒黎埃佛却精明能干，认为是笔好买卖，赚的钱也很公道的分给米诺莱。其实，用不到这样的厚利，一个人也很容易成为唯物论者。一七七八年，正当《新哀络绮思》[1]风行一世，有些人开始单为爱情而结婚的时代，米诺莱医生爱上了于絮尔·弥罗埃，和她结了婚。她的父亲是有名的洋琴家，叫作华朗丁·弥罗埃；她本人也是个出名的音乐家，身体娇弱，在大革命中故世的。米诺莱和罗伯斯庇尔很亲密，大革命以前曾经帮助他，使他一篇应征的论文得到金像奖，题目叫作：*一人犯罪，全家受辱，渊源何在？此种舆论是否害多利少？若然，当用何法补救？*论文原稿，恐怕还保存在曼兹的王家科学艺术学会，米诺莱便是这学会的会员。有了这种交情，医生的太太在大革命期间本可有恃无恐；但她感觉过于灵敏，早就害着动脉瘤，又为了断头台的恐怖，吓得心惊胆战，把病益发加重了。虽则疼爱她的丈夫对她保护周密，她仍看到了满载死犯的囚车，而车上正好有罗兰夫人在内。这一幕就成为她致命的原因。米诺莱平日对于絮尔百依百就，让她过着情妇一般的生活；她死后，医生的钱差不多完了，罗伯斯庇尔便安插他做了某医院的主任医师。

当年为了梅斯曼的催眠术大开论战的时期，米诺莱颇享盛名，他的本家还不时想起他。但大革命的分解力量太强了，家庭关系都为之中断；一八一三年左右，纳摩镇上已经没人知道有米

---

①卢梭的《新哀络绮思》描写男女的自由恋爱，为十九世纪浪漫派文学先驱。

诺莱医生这个人。那时他倒由于偶然的机会，想起归隐故乡，像兔子一般躲到老窟里来终老了。

在法国境内游历，单调的平原很容易教人厌倦；倘在山岗高头，或是下坡的时候，或是峰回路转的当口，满以为迎面无非是一片荒凉的景色，而事实上却看到一个清秀的山谷，受着河流灌溉，岩石之下荫蔽着一座小镇，好似中空的枯树之间藏着一个蜂房，那时谁不欣喜欲狂呢？你听见走在牲口旁边的马夫一声吆喝，自会驱走睡魔，欣赏那美丽的景致，当做梦中之梦。正如读者在一本书里发现了精彩的段落，旅客也体会到了大自然中的一股灵气。从蒲尔高涅方面来的人一眼看到纳摩，就有这种感觉。市镇四周尽是光秃的岩石，有灰的，有白的，奇形怪状，跟罗列在枫丹白露森林中的一般无二；其中挺立着疏疏落落的树木，很显明的在天边映出它们的倩影，使那些像倒坍的城墙般的岩石另有一种田园风味。蒲隆与纳摩之间，沿着大路连绵起伏的、全是树木茂盛的岗峦，到这里才告结束。形状不一的巉岩底下，展开着一片草原，洛昂河横贯其中，形成许多瀑布。蒙太奚大道旁边的这幅秀美的风景，颇像歌剧中的布景，一切效果仿佛都是经过设计的。

一天早上，米诺莱医生到蒲尔高涅看了一个有钱的病人，急于回巴黎，没有在前一站上说明要走哪一条路，不知不觉被马夫带到了纳摩。他一觉醒来，看到那片风景，正是他消磨童年的地方。那个时期，好几位老朋友都故世了。这位百科全书派的信徒眼看拉·哈泼信了旧教；勒勃伦-班达尔、玛丽-约瑟·特·希尼埃、莫勒莱和埃凡丢斯太太的葬礼，他都参加过了；看着伏尔泰声望低落，在弗莱隆之后又受到乔弗罗埃的攻击；米诺莱医生自己也想到退休了。包车停在纳摩的大街上段打尖，他便有心打听一下亲属的情形。米诺莱-勒佛罗亲自跑来见医生，医生发觉车行老板原是他大哥的嫡亲儿子。这侄儿说，他娶的老婆是勒佛罗-克莱弥埃老头的独养女儿；十二年前丈人死了，把车行和纳摩镇上最漂亮的客店传给了他。

医生问："那么侄儿，我还有别的承继人吗？"

"还有我的姑母，嫁给玛尚-玛尚家的，是你的姊妹。"

"不错，她丈夫是圣·朗日田庄的总管。"

"姑夫先死，接着姑母也死了，只留下一个女儿，最近嫁了克莱弥埃-克莱弥埃；他人很不错，只是还没找到差事。"

"啊！她就是我嫡亲的外甥女啰。我弟兄之中，一个当水手的，没娶亲就死了；一个当上尉的，在蒙德-莱奚诺阵亡了，可见父系方面的人都完啦。那么我母系方面还有亲戚没有？我母亲是约翰·玛尚-勒佛罗家的人。"

米诺莱-勒佛罗答道："约翰-玛尚-勒佛罗一家只剩一个女儿，嫁给克莱弥埃-勒佛罗-第奥尼斯，他是承包军中的草料生意，死在断头台上的。他老婆因为家破人亡，郁郁闷闷的死了；留下一个女儿，嫁给勒佛罗-米诺莱，在蒙德洛种田，日子过得不错。他们的女儿最近嫁了玛尚-勒佛罗，在蒙太奚的公证人手下当书记，他父亲在蒙太奚当铜匠。"

"原来我的承继人不少哇。"医生高高兴兴的说着，要侄子陪他在纳摩镇上走走。

微波荡漾的洛昂河在镇上横贯而过；两岸有些砌着平台的花园和整洁的屋子，单看外表，好像这地方竟是人间福地。医生从大街拐进布尔乔亚的当口，米诺莱-勒佛罗指着勒佛罗先生的一所屋子，说主人是巴黎有钱的五金商，最近才故世的。

“叔叔，这所漂亮屋子要出卖呢，临河还有一个挺好的花园。”

屋子前面有一个铺着石板的小院子，两旁是邻屋的界墙，邻居被浓密的树荫和蔓藤遮掉了。医生看着，说道：“进去瞧瞧罢。”

他走上很高的石梯，扶手高头摆着白的、蓝的珐琅盆，盆中栢榴红开得很盛。医生道：“原来底下还有地窨子。”

像多数内地房屋的格式，屋子中间是一条过道，前通院子，后通花园；过道右边只有一间客厅，开着四扇窗，两扇朝院子，两扇朝花园；勒佛罗把其中一扇改做了门洞子，通到一所砖砌的花房，花房很深，从客厅直达河边，尽头又有一间恶俗不堪的中国式的水阁。

米诺莱老人道：“这花房盖上屋顶，铺上地板，就能安放我的藏书；那古怪的小建筑可以改做一间精雅的小书房。”

过道那一边，靠花园有一间餐室，墙壁是黑漆底子，画着金碧花卉。餐室后面是楼梯道，再往后去有一个放碗盏的小间，过去便是灶屋；灶屋的窗朝着院子，装有铁栅。二层楼上有两个兼带套房的卧室；顶上是几间阁楼，装着护壁板，还能住人。临着院子和花园的外墙，为了爬墙的藤萝，从上到下都钉着绿漆的木条子；临河一带砌着平台，摆着珐琅质的花盆。医生匆匆忙忙看了一遍，说道：

“嗯，勒佛罗-勒佛罗倒着实花了些钱！”

米诺莱-勒佛罗答道：“噢！花了很多呢！他喜欢花草，那真是胡闹！我女人说的：‘花有什么出息？’你瞧，还有一个巴黎画家把过道的壁上也画满着花呢。到处嵌着大镜子。平顶也重新做过，光是四角堆花的嵌线就要六法郎一尺。饭厅的地板都用小木块拼的，简直发疯！屋子并不因此多值一个钱。”

“好吧，侄儿，你替我买下来，帮我出点儿主意；我把我的地址写给你。其余的事，只要跟我的公证人接洽好了。”他走出门，又问了声：“对面住的是谁？”

车行老板回答：“是个逃亡贵族[①]，叫作什么特·包当丢埃骑士。”

屋子买进以后，那名医并不搬来，却写信教侄儿出租。纳摩的公证人刚把事务所盘给首席帮办第奥尼斯，便租下老勒佛罗的别墅。过了两年，正当拿破仑在纳摩附近作最后挣扎的时节，老公证人死了，医生的屋子又得另招房客。那些承继人空欢喜了一场，大失所望，认为他想回故乡的念头只是有钱人一时之兴，巴黎一定有什么得宠的人把他留着，将来会夺掉他们遗产的。但米诺莱-勒佛罗的女人借此机会写信给医生。医生回信说，等巴黎和约签了字，路上没有了乱兵，交通恢复了，他立刻住到纳摩来。随后他带着两个病家来了一次，一个是救济院的建筑师，一个是家具商。这两人负责修理屋子，改造内部，搬运家具。米诺莱-勒佛罗太太把已故公证人的厨娘荐去看守屋子，医生也就雇用了。

虽则迦蒂南与勃里一带在那时是大局演变的中心，但承继人们一知道他们的叔叔，或是舅舅，或是表叔祖，要正式住到纳摩来的消息，他们的家属便心里痒痒的，但也差不多是名正言顺的，急于打听消息。大家在心里盘算：老人家是不是很有钱？是

①大革命时，贵族多逃亡国外，一部分拿破仑称帝后回国，多数均于路易十八复辟后回国。回国后一般人仍称之为逃亡贵族。

俭省的还是会花钱的？有没有存着什么终身年金？他们费了不知多少心计，经过不知多少暗中的刺探，终于打听出下面一些事实。

医生自从太太于絮尔·弥罗埃死了以后，在一七八九至一八一三年间挣的钱照理是不少的，因为他从一八〇五年起就担任皇帝的顾问医师[①]；但谁也不知道他财产的总数。他生活很简单，住着一个华丽的公寓，包着一辆论年的马车，除此以外，没有别的开支了；他从来不请客，几乎老在外边吃饭。女管家因为不能跟着到纳摩来，非常气愤，告诉车行老板的女人才莉，说医生手里有年息一万四的公债。他行医二十年，加上医院的主任医师、皇帝的顾问医师、学士会会员等等的头衔，业务收入当然格外可观；但历年存放所得，只有一万四的利息，可见他至多只积了十六万法郎。既然一年只能积蓄八千法郎，他不是有许多不良嗜好要满足，便是有许多善事要做；但女管家和才莉都猜不透资产不丰的原因。事实上，米诺莱医生是巴黎最乐善好施的一个人，区里的居民对于他的告老还乡惋惜不置，但他和拉莱[②]一样，做的好事都是极秘密的。

他已经得了荣誉团四等勋章，最近路易十八又封他为圣·米歇骑士，大概是他的退休使王上能够安插一个私人的缘故。一般承继人，看见老叔的华丽的家具和大量的藏书装运到纳摩来，觉得非常惬意。可是建筑师、漆匠、家具商，把一切都布置得极其舒服了，医生还是姗姗来迟。米诺莱-勒佛罗太太把屋子当作自己的产业一般，监督建筑师与家具商的工程。一个派来整理藏

①十九世纪上半期，法国对拿破仑一世皆简称为皇帝。

②拉莱为十八至十九世纪时有名的外科医生，以心术仁慈著称。

书的青年对她漏出一句话，说医生抚养着一个孤女，叫作于絮尔。这消息使纳摩镇上大大的骚动了一阵。一八一五年正月，老人终于带着一个十个月的小娃娃和一个奶妈，不声不响的在屋子里安顿下来了。

那些惊慌的承继人都说："于絮尔绝不是他生的，他已经七十一岁了！"

玛尚太太说："不管她是什么关系，反正是我们心上的一块疙瘩！"

医生接待母系方面的表侄孙女相当冷淡。表侄孙婿玛尚才盘进治安裁判所的书记职位；在所有的承继人中，他夫妇俩首先向医生提到处境艰难的话。玛尚家并无财产。父亲在蒙太奚当铜匠，为了拔清债务，年纪到了六十七还像年轻人一样的做活，将来绝不会有什么遗产的。玛尚太太的父亲，勒佛罗-米诺莱，新近受到战祸，死在蒙德洛，因为眼看自己的农庄烧了，田地荒了，牲畜也完了。

"从你叔公那儿，咱们一个子儿也弄不到的。"玛尚对妻子说；她正怀着第二个孩子的身孕。

可是医生私下给了他们一万法郎。玛尚跟纳摩的公证人和书办都是朋友，便拿这笔钱去放高利贷，把四乡的农民狠命盘剥；多少年下来，据古鄙说，已经神不知鬼不觉的积到八万法郎了。

至于外甥女，医生凭着巴黎的人事关系，替外甥婿克莱弥埃谋到了纳摩稽征员的职位，代他缴了保证金。米诺莱-勒佛罗丰衣足食，绝对不需要帮忙；但老叔对其余两个亲戚如此豪爽，才莉看了不免心中妒忌，便带着儿子去拜见；他才十岁，不久要到巴黎进中学，据她说费用很贵。因为冯太纳是米诺莱医生的病家，米诺莱就替侄孙在大路易中学弄到一个半费额子，进了四年级。

克莱弥埃、玛尚、米诺莱-勒佛罗这三个平凡透顶的人，开头两个月就被医生看透了；那个时期，他们竭力去巴结他，但巴结的不是老叔，而是遗产，单凭本能行事的人，在有头脑的人面前有一点很吃亏，就是很快会被人识破。从本能出发的念头太简单了，太刺眼了，令人一见便明；不比了解有心机的思想，双方的智力要不相上下才行。乖巧的医生买了那些承继人的欢心，教他们不能再开口以后，就拿事务、习惯，和小娃娃于絮尔需要照料做借口，不再招待他们，虽然也不至于闭门不纳。他喜欢一个人吃饭，睡得晚，起得迟；他回本乡原是为求休息和清静来的。老人家这些僻性似乎也在情理之内，那般承继人只在每星期日下午一点至四点之间来拜访；但他对于每周一次的访问也不想敷衍了，他说："你们等需要我的时候再来看我罢。"

老医生遇到严重的病症并不拒绝诊治，尤其对穷人；但绝对不愿意进小规模的纳摩救济院当医生，说他已经退休了。

本堂神甫夏伯龙知道他心地好，特意为了穷人来劝驾，他却笑着回答："我医死的人已经不少了！"

"他是个怪物！"

一般因高攀不上而觉得有失面子的人，都拿这句话向医生轻描淡写的报复一下；因为医生只跟几个值得承继人注目的人物做朋友。但自命为有资格和圣·米歇骑士来往，而事实上无法接近的布尔乔亚，对于医生和被医生垂青的人，从此种下了忌妒的根苗，不幸这根苗将来竟会发生作用。

三、医生的几位朋友

医生是个唯物论者，可是和纳摩的本堂神甫很快就交了朋友；这种怪事唯有两极相接这句成语才能解释。老人极爱玩脱里脱拉，那是教会中人最喜欢的游戏[1]，而夏伯龙神甫的技艺正好跟医生匹敌。这是他们俩第一个共同点。其次，米诺莱乐善好施，而纳摩的本堂神甫也是迦蒂南一带的法奈龙[2]。两人学问都很渊博；纳摩镇上只有教士一个人能了解那位无神论者。彼此不了解是没法辩论的：听的人莫名其妙，你尽管言辞锋利也不会觉得有趣味。医生和教士识见高超，上流人物也见得多了，自然会身体力行，时常在谈话之间来一些不可少的小小的争论。他们俩都痛恨对方的主张，又都敬重对方的品格。倘使亲密的交情缺少这一类的对立和这一类的好感，人与人的交际就毫无意义了，尤其在法国，朋友之间必须有些相克的地方才好。反感是由于性格的冲突，而非由于思想上的争执。所以在纳摩镇上，夏伯龙神

①这是一种用棋子、骰子和一个有格的木盘玩的游戏，规则很复杂。

②法奈龙（1651—1715）不但为有名的神学家、伦理学家、教育家、作家，且为最有道行的主教。

甫第一个跟医生交了朋友。

那时教士正好六十岁；自从宗教的禁令取消的时候起[①]，就在纳摩当本堂神甫。因为舍不得离开本地的教徒，他没有接受主教区的副司祭职位。不关心宗教的人固然很愿意他留任，忠实的信徒却因之更敬重他了。这个既受教徒崇拜，也受居民欢迎的神甫，只顾一味行善，从来不问遭难的人对宗教的意见。他住宅里只有一些必不可少的家具，冷冰冰的，空荡荡的，很像吝啬鬼住的屋子。吝啬与慈悲的作用原是很相像的：吝啬鬼在地上积聚的财富，行善的人不是积聚在天上吗？

对于日常开支，夏伯龙神甫跟女佣人比高勃萨克[②]还要计较得厉害，假定这赫赫有名的犹太人也雇着老妈子的话。好心的教士，逢到穷人告急而自己囊无分文的时候，往往把鞋子上和短裤裤脚上的银搭扣卖掉。镇上一般虔诚的妇女看他走出教堂，把短裤脚管的带子拴在钮孔内，便赶紧到纳摩的首饰商那儿，赎出搭扣送回去，还埋怨他几句。他从来不添内外衣服，要穿到不能再穿为止。到处都是补丁的内衣，贴在肉上好似马鬃做的苦行衫[③]。包当丢埃太太或是别的信女，只能跟他的女管家讲妥，等他睡觉的时候把旧衣服拿掉，换上新的，而神甫还不一定就会发觉。菜盘是锡的，刀叉是熟铁的。逢到什么节日，县级的本堂神甫照例要请四乡的教士吃饭，那他只能向不信上帝的医生去借用桌布和

①大革命初期，一切宗教均被禁止，教堂皆被充公；至1795年方取消禁令，恢复信仰自由。

②高勃萨克为巴尔扎克创造的放高利贷的典型人物，另有一短篇小说描写，题目即《高勃萨克》。

③虔诚的旧教徒，常有身穿粗劣的马鬃衣以自苦肉体的事。

银器。

“我的银器倒是修了正果啦。”医生说。

教士所做的那些早晚有人发觉，并且老是鼓励人的好事，都出之以极其天真的心情。夏伯龙神甫学问渊博，天资过人，所以他过的那种生活尤其值得佩服。细腻与风雅原是朴实的人必然具备的长处，在他身上使他的谈吐更耐人寻味，不亚于主教的辞令。他的举止、性格、生活方式，使人交接之下只觉得他的聪明兼有淳朴与高雅的气息。他喜欢说笑，在客厅里从来不拿出教士面孔。米诺莱医生未到之前，夏伯龙毫不介意的把自己的才学藏在心里；但医生给了他一个流露的机会，也许他是很感激的。刚到纳摩的时期，他颇有些好书，还有二千法郎利息可收；到一八二九年他只有教职的收入了，而且差不多每年施舍完的。人家遭了不幸或是疑难的事，他是最好的顾问；平时不上教堂求安慰的人，很多到他住宅里去讨主意。

再讲一桩小故事，这个内心的写照就完全了。偶尔有些乡下人，当然是一般坏东西，自称被人逼得无路可走了，或是假装被人逼着，去赚取夏伯龙神甫的同情。他们还哄骗自己的妻子，让她们真的以为住的屋子、养的母牛，都要被人拿走了，哭哭啼啼的去央求好心的神甫；神甫替他们凑足了七八百法郎，乡下人却拿去买进一小块田。有些虔诚的教徒和教会里的董事，把骗局向夏伯龙拆穿了，要他事先问问他们，免得受贪心的人蒙蔽；他回答说：“他们为了要一小块地，说不定会做出什么坏事来的；防止坏事不就是做了件好事吗？”

了不起的是，那些关于文学科学的知识并没使他的心肠和聪明的头脑受到一点儿坏影响。这样一个人物，或许读者也喜欢有幅速写罢。

夏伯龙神甫六十岁，头发已经全白，一则他对别人的苦难感受太深，二则大革命中的许多事变也把他折磨得厉害。两次拒绝宣誓，两次入狱，像他自己说的，做过两次“主啊，我把灵魂交在你手里”的祈祷。他中等身材，不肥不瘦，脸色苍白，皱痕很多，肉都瘪下去了；首先惹人注目的是眉宇之间那股恬静的气息，五官清秀，脸庞四周好像还围着一圈光。一个童贞的人，脸上自有一种说不出的光辉。不规则形的面孔，天庭宽广；棕色眼睛的瞳子非常锐利，使整个相貌都很生动。眼神温柔而兼威严，特别有股力量。眼睛高头的拱骨像两个弯窿，长着一大簇花白眉毛，并不可怕。牙齿掉了很多，嘴的模样变了，腮帮瘪下去了；但这副衰老的容貌不无风韵，和蔼可亲的皱裥好像在向人微笑。他虽没有痛风症，一双脚却是娇弱得很，步履艰难，终年得穿着奥莱昂小牛皮鞋。他认为时行的长裤对教士不大得体，始终穿着扎脚短裤，下面套着女管家编织的黑色长统粗羊毛袜。出门从来不着长袍，只穿一件棕色大氅，头戴三角帽，那是在最凶险的日子都很勇敢的戴着的。这心地高尚、色相庄严的老人，凭着一尘不染的灵魂和恬淡的胸怀，风采越来越美了。他对于本书中的人物和事故都有很大的影响，所以我们开头先得弄清楚他的威望是怎么来的。

米诺莱医生订着三份报纸，一份是进步党的，一份是保王党的，一份是政府公报；另外也订着几种期刊和科学杂志：日积月累，他的藏书格外丰富了。这个百科全书派的老人，连同他的报纸与藏书，吸引了一个退伍的上尉。他在瑞典军队里当过差，叫作特·姚第先生：是个老鳏夫，也是个自由思想的贵族，靠着一千六百法郎的恩俸和终身年金过活。他先托神甫借阅医生的报纸和期刊，看了几天，认为应当去道谢。初次拜访的结果，这退伍的上尉，前陆军学校的教授，就得到老医生的青眼，马上来回拜了。

特·姚第身材矮小，形容枯槁，虽然脸色苍白，却受着多血质的影响，身体不大好；最引人注目的是那特别高爽的天庭，极像查理十二，并且头发也剪成平顶，跟那位以武功出名的君王一样。看他的蓝眼睛，仿佛是有过爱情的，但眼神非常幽怨，一望而知藏着不少心事；但他讳莫如深，老朋友们从来没听见他有一言半语涉及过去的生活，或是为了别人的苦难有什么触景生情的慨叹。他面上装作达观、快乐，遮盖他没人知道的、往日的痛苦；但他自以为左右无人的时候，那些并非因为衰老而是出于故意的，迟钝而慢吞吞的动作，证明他心中永远有一个苦闷的念头：因此夏伯龙神甫替他起个外号，叫作不期然而然的基督徒。终年穿的蓝呢服装和略嫌僵硬的姿势，显出老军人的习惯。声音温柔和顺，叫人听了感动。一双好看的手，很像特·阿多阿伯爵的脸庞，说明他年轻时候是个风流倜傥的人物；因为这缘故，他的生平更显得神秘了。大家想到他当年的品貌、英勇、风度、学问，还具备最可贵的德行，都不由自主的要问：这样一个人会受到什么打击呢？姚第先生每次听到罗伯斯庇尔的名字都要发抖。他鼻烟的瘾很大，可是奇怪，因为小姑娘于絮尔为了他有这个习惯而讨厌他，他居然把烟戒掉了。一看到这孩子，姚第就瞧个不停，大有一往情深之慨。他对于絮尔的玩意儿喜欢得入迷，又表示那么关心；因此他和医生的交情更深了一层；医生却从来不敢问他：

“啊，你，难道你也有过夭折的儿女吗？”

世界上颇有些人，像他一样的和善、耐性，一辈子心头藏着隐痛，嘴角上挂着温柔而又苦闷的笑容；为了心高气傲，为了瞧不起世俗，或许也为了报复，至死不让人家猜到谜底，只把上帝当作心腹，向上帝求安慰。姚第是跟老医生同样到纳摩来终老的，在镇上只和两个人来往：一个是对教区的居民有求必应的本堂神甫，一个是晚上九点就睡觉的包当丢埃太太。姚第临了也支持不住，只能提早上床，虽则到了床上翻来覆去，睡不着觉。因为这缘故，一朝遇到一个见过同样人物，讲同样语言，可以交换思想而且睡得迟的人，对于医生和上尉都是运气。姚第，夏伯龙，米诺莱，三个人第一次消磨了一个黄昏，都觉得愉快之极，从此一到晚上九点，小于絮尔睡了觉，老人空闲了，军人和教士就来坐到半夜或一点。

不久这三重奏变成四重奏。治安法官心中一动，感觉到那一类晚会的乐趣，也来想法亲近医生了。他阅世很深，凡是教士、医生、军人，靠超度灵魂、治疗疾病、教育青年、培养成功的那种宽容、那些知识、那些见闻、那种机智、那种谈笑风生的才具，法官是靠办案子得来的。篷葛朗担任纳摩治安法官以前，在墨仑做过十年诉讼代理人，还亲自出庭辩护；因为没有律师的地方，诉讼代理人照例是兼带辩护的。他四十五岁上死了太太，觉得自己还精力充沛，闲着无聊；恰好纳摩的治安法官在医生搬来的前几个月出缺了，便去申请这个职位。司法部长能找到一些办案子的老手，尤其是家道小康的人，充任这一级很重要的司法官，总是很高兴的。篷葛朗尽着一千五百法郎薪水在纳摩过着简单的生活，把原有的积蓄花在儿子身上；儿子在巴黎念法律，同时在有名的诉讼代理人但尔维手下实习。篷葛朗老头颇像一个退休的师长：

脸色的苍白不是天生的，而是事务的繁忙，人生的失意、厌弃世情的心理留下的烙印；皱痕之多是由于思索，也由于常常皱眉蹙额所致，这原是一般不便畅所欲言的人惯有的表情。但他往往笑容可掬：凡是一会儿无所不信，一会儿无所不疑，无论看到什么、听到什么，都不以为奇，把为了利害关系而变得深不可测的心思看到雪亮的人，都有这副笑容。不是白而是褪色的头发，波浪似的紧贴在头上；脑门的长相一望而知是个聪明人，黄黄的皮色跟稀少的细头发很调和。又窄又短的脸盘，加上又短又尖的鼻子，使他的相貌格外像狐狸。唾沫从他那张和健谈的人一样阔大的嘴里喷出来，往四下里乱飞，古鄙挖苦他说："听他的话，非撑把伞不可。"又说："他念判决书就跟下雨一样。"他戴着眼镜的时候，目光好像很狡猾；不戴的时候，一双近视眼呆呆的毫无生气。虽然性情快活，兴致极好，但他举动之间过于流露出自命不凡的气概。一双手几乎老插在裤袋里，只有为了扶正眼镜才抽出来，而那一下的手势又有似乎嘲弄的意味，表示要来一句妙语了，或是说出驳倒众人的论据了。他的一举一动，多言多语，无心的卖弄，都显出他是内地的诉讼代理人出身；但这些小小的缺点只是表面的，而且是有补偿的，因为他靠着后天的修养，人很随和，那在严格的道学家说来，是优秀人士应有的度量。固然，他神气有点像狐狸，事实上大家也认为他非常狡猾而不至于不老实。但一般有先见之明而不受哄骗的人，不是都被称为狡猾的吗？这位法官喜欢打韦斯脱，那是上尉与医生都能玩，而神甫很快就学会的牌戏。

这个小集团，等于把米诺莱的客厅作为沙漠中的一片水草。这小集团也有纳摩本地的医生参加；他既不缺少学问，也很懂得处世之道，敬重米诺莱是个医学界的名人；但他为了忙碌和辛苦，不得不早起早睡，没法像其余三位朋友那样经常走动。纳摩镇上只有这五个优秀人物知识相当广博，能够彼此了解；他们的结合，说明了老医生对承继人的厌恶：把遗产传给他们倒还罢了，让他们来亲近可是受不了。车行老板、书记和稽征员，或者是领会到这点儿微妙的用意，或者是老叔正派的作风和给他们的好处，使他们放了心，居然不再上门，教老人大为高兴。这样，米诺莱在纳摩住了七八个月以后，四个玩韦斯脱和脱里脱拉的老伙伴，组成了一个分不开的，不容外人插足的小圈子；他们每个人都觉得这是暮年意想不到的友情，因之体会得更深。这般气味相投的风雅人士，各人以各人的心思把于絮尔当作螟蛉女儿：神甫想到的是孩子的灵魂，法官自命为她的监护人，军官发愿要做她的导师；米诺莱却兼做了父亲、母亲和医生。

在当地住惯以后，老人按照一般内地情形把生活安排好了，什么事都有了习惯。为了于絮尔，他早上绝不见客，也从不请人吃饭；朋友们可以在傍晚六点左右到他家里来，留到半夜。先来的在客厅里看着放在桌上的报纸，等后来的几个，有时医生在外边散步，他们就到半路上去接他。这些清静的习惯不但对老年人有益，而且也是深于世故的人极聪明极有远见的打算，免得承继人常常疑神疑鬼，也免得小镇上有什么闲言闲语，扰乱他的清静。舆论的专横是法国的祸害之一，快要霸占一切，把一国变成一省了；米诺莱可绝对不愿意对这个使性的女神低头。等到孩子一断奶，能走了，他就把侄媳妇米诺莱-勒佛罗太太荐来的厨娘歇掉，因为发现她把家里的事都去报告车行的老板娘。

小于絮尔的奶妈是个寡妇，丈夫是蒲奚伐地方的穷苦工人，没有姓，只有一个受洗的圣名。医生知道她心好，人也老实，又碰上她最小的一个孩子养到六个月死了，便可怜她的遭遇，雇她做奶妈。丈夫名叫比哀尔，大家用他乡土的名字把他唤做蒲奚伐；她名叫安多纳德，勃莱斯地方出身，亲属都在乡下过着苦日子，她自己也是一贫如洗。她和那些做了奶妈，接着又做保姆的人一样，对奶过的孩子非常疼爱。除了这盲目的母爱以外，她还对主人赤胆忠心。一旦知道了医生的用意，她就偷偷的学会烹调，把自己收拾得干干净净，手脚利落，竭力适应老人家的习惯。她对家具、屋子，都细心照料，做事不怕辛苦。医生非但不愿意让自己的私生活透露出去，还不要承继人知道他的银钱出入。所以从他搬来第二年起，家中只雇着一个蒲奚伐女人，她的机密是完全可以相信的；他拿节省开支这个大题目，遮盖他真正的用意。他甚至变得吝啬了，教那些承继人看了非常高兴。蒲奚伐女人不用什么巴结奉承的手段，只靠着忠心和不跟外人来往的习惯，在四十五岁上，正当这幕戏开场的时候，做了医生和女孩子的管家，事无大小都由她主持，总之她是个心腹佣人。大家叫她做蒲奚伐女人，觉得她的品貌跟她的名字安多纳德太不相称；原来一个人的名字也得跟长相调和的①。

医生的吝啬不是一句空话，但是有目标的。从一八一七年起，他退掉两份报纸，所有的期刊也不再续订。据纳摩镇上每个人所能估计的，他一年的开支绝不超过一千八百法郎。和所有的老年人一样，他几乎用不着添置内衣、外衣或靴子。每隔六个月，他上巴黎去一次，那准是去收取和调度资金的。前后一十五年，

①安多纳德在法国人心目中是个很悦耳很美丽的名字。

他一句也没提到有关银钱出入的话。他对篷葛朗的信任也是很晚的事：直到一八三〇年革命以后，才把计划告诉法官。关于医生的事，当地的布尔乔亚和他的承继人所知道的，不过这些。至于政治，他绝不过问，因为他的房产每年只付一百法郎捐税[①]；不论是进步党的还是保王党的募捐，他都拒绝。谁都知道他讨厌教会，主张自然神教[②]：这两点使他不喜欢任何宣传；侄孙但羡来介绍一个推销员来兜售《曼里埃神甫》和福阿将军的《演讲集》，被他挥诸门外[③]。以这种行动来表示他头脑开明，纳摩的进步分子认为是不可解的。

医生的三个旁系亲属承继人，米诺莱-勒佛罗夫妇、小一辈的玛尚-勒佛罗夫妇、克莱弥埃-克莱弥埃夫妇——以后我们一律简称为克莱弥埃、玛尚、米诺莱；同姓之间的区别只有在迦蒂南地区才需要。这三份人家事情太忙，没工夫另组小集团，只能采用小镇上一般的方式见面。车行老板每逢儿子的生日一定大开筵席，狂欢节和自己的结婚纪念日又必举行跳舞会，把镇上所有的布尔乔亚都请去。稽征员一年也请两次客，会会亲友。治安裁判所的书记声明他太穷了，没力量这样摆阔；他苦熬苦省的住在大街中段，还把底下一层分租给姊妹，这姊妹也靠了医生的力量当着邮局主任。但这三位承继人和他们的妻子，终年都在外

①1820年6月公布的选举法，规定每年纳税三百法郎的人方有选举资格，纳税一千法郎的方有被选举资格。

②只信天地间有一真神而不信任何宗教学说，谓之自然神教。

③《曼里埃神甫》一书相传为十七至十八世纪时的神甫约翰·曼里埃叙述他反宗教思想的著作。福阿将军（1775—1825）在王政复辟时代的国会中极活跃，提倡进步思想甚力。

边见面，不是在散步的时候，就是早晨在菜市上，不在自己的屋门口，便在星期日弥撒祭完毕以后的广场上，就像我们现在描写的那个时间，总而言之是无日不见的。三年来，医生的高年、吝啬、家私，使大家纷纷提到他的遗产，不是明言，便是暗示；那些话慢慢传开去，使那般承继人和医生一样的出名。最近六个月中间，承继人的朋友和街坊，没有一个星期不带着暗中羡慕的心理和他们提到一朝老头儿眼睛闭了、银箱开了的时候这一类的话。

有的说："米诺莱尽管是医生，跟死神有交情，也没用；归根结底，只有上帝是不朽的。"

承继人虚情假意的回答："嘿！我们一定死在他前面，他身体比我们这批人都强！"

"要不轮到你承继，也轮到你的孩子们，除非这小于絮尔……"

"他不会全部给她的。"

照玛尚太太的说法，于絮尔是几位承继人的眼中钉，是威吓他们的一支暗箭。克莱弥埃太太每次谈话，总喜欢用"只要口眼不闭，总瞧得见！"一句话作结束；可见大家对于絮尔只有恶意，没有好意。

稽征员和书记，跟车行老板相比，算是穷的；两人谈话之间常常估量医生的财产。沿着运河散步的时候，他们远远的一看到医生，就扮着一副可怜巴巴的脸孔。

一个说："大概他有什么长生不老的秘方吧。"

一个回答："他准是跟魔鬼订了合同。"

"他应该多照顾咱们俩才对，胖子米诺莱有的是家当。"

"哼！米诺莱的那个儿子，多大家私也不经他花！"

“你估计医生有多少财产？”书记问稽征员。

“一年积一万二，十二年就是十四万四，复利至少也有十万。何况他听着巴黎公证人的主意，进进出出，一定赚得很多；到一八二二年为止，他的钱准是买了八厘起息到七厘半起息的公债；老人现在手头调度的总有四十万上下，而那笔利息一万四的资本还没算进，那是五厘起息的公债，市价已经涨到一百十六法郎了。倘若他马上死掉，不偏袒于絮尔，那么除了屋子和家具，可以留给我们七八十万。”

“十万给米诺莱，十万给女孩子，咱们俩每人三十万：这样才算公道。”

“那我们才称心如意啦。”

玛尚嚷道：“要是他这么办，我就把书记的缺分出让，好好的置一份产业，想法到枫丹白露去当推事，再进一步就是国会议员了。”

克莱弥埃道：“我吗，我要买一个交易所经纪人的缺。”

“可恨那个本堂神甫和他招留的那个小丫头，把他包围了，教咱们对他一筹莫展。”

“不管怎样，有一点可以放心，他总不会把财产捐给教会的。”

现在读者不难懂得，为什么那些承继人看见老叔去望弥撒就那样恐慌了。一个人绝不会笨到利益受了损害都看不出来。乡下人的聪明，是跟外交家的一样靠利害关系培养成功的；在这方面，外表最愚蠢的人也许倒是最厉害的。所以即使最迟钝的承继人，脑子里也会像照着火炬一般的通明雪亮，想到一个可怕的念头：“既然小于絮尔有力量把她的保护人带进教会，一定也会把遗产弄到手的。”车行老板把儿子信中那句吞吞吐吐的话忘了，立刻奔往广场；倘若医生果真上教堂去望弥撒，老板就得损失二十五万法郎。不能否认，那些承继人的恐惧是和最强最正当的社会心理、家庭的利益，有关的。

四、才莉

开磨坊出身，后来加入保王党，做着纳摩镇长，叫作勒佛罗-克莱弥埃的，招呼车行老板道：

“喂，米诺莱先生，魔鬼老了，就想到修行。听说令叔投到我们这边来啦[①]。”

“回头是岸，也不在乎迟早。”车行老板还想遮盖心中的不快。

“我们要是吃了亏，这家伙才得意呢！说不定他会替儿子娶那该死的丫头。她要给魔鬼的尾巴[②]卷了去才好呢！”克莱弥埃嚷着，抡着拳头指了指正在踏进教堂的镇长。

纳摩的肉店老板，勒佛罗-勒佛罗家的大儿子，说道：“克莱弥埃老头生谁的气啊？他舅舅走上了天堂的路，他觉得不高兴吗？”

“唉，谁想得到呢？”玛尚说。

①保王党必然是笃信宗教的，镇长既是保王党，故“令叔投到我们这边来啦”一句，系指宗教而言。

②传说魔鬼身后是长着尾巴的。

纳摩的公证人远远的望见这堆人，便丢下老婆，让她自个儿进教堂；他赶过来说道："啊！可见一个人千万不能说：我再也不喝这口井里的水！"

克莱弥埃抓着公证人的手臂："喂，先生，在这情形之下，你说我们该怎么办？"

第奥尼斯答道："我劝你们准时睡觉，准时起身，照常喝你们的汤，别让它凉了，把你们的脚套在鞋子里，把帽子戴在你们头上，一句话说完：毫不介意，照常办事。"

"你只会说风凉话。"玛尚说着，瞅着他的眼风表示他们俩是自己人。

第奥尼斯虽则又矮又胖，脸盘狭小，却是身段灵活，像根丝线。为了搞钱，他和玛尚暗中勾结，把境况艰难的农夫和可以弄上手的田地告诉他。两人尽量挑选，绝不错过好买卖，得了利益均分；这种以田地做抵押品的高利贷，虽不至于完全妨碍乡下人的耕种，但的确有耽误的作用。第奥尼斯特别关切医生的遗产，不是为了车行老板米诺莱和稽征员克莱弥埃，而是为了他的朋友玛尚。玛尚名下的一份，迟早可以增加两位合伙股东的资本，在乡镇上运用。

"咱们慢慢向篷葛朗先生打听，事情是怎么发生的。"公证人放低着声音，意思是教玛尚别声张。

米诺莱站在人中间巍巍然像一座塔；忽然有个矮小的女人冲进人堆，叫道："米诺莱，你待在这儿干吗？你没接着但羡来，反倒在这里嚼舌，我还以为你骑着马出发了呢！——啊，诸位先生，诸位太太，大家好！"

这瘦小的女人，苍白脸色，淡黄头发，穿一件白地棕色大花印第安布衫，戴一顶镶着花边的挑绣便帽，平坦的肩上披一条小绿围巾：她便是车行的老板娘，叫男女佣人、推小车的、最粗野的马夫见了都要发抖的。她管着银钱、账册，像街坊们说的眼明手快，调度着里里外外的事。跟真正的当家人一样，她身上不戴一件首饰；用她自己的话说她从来不稀罕那些劳什子，只喜欢硬货。那天家中虽有喜事，她仍旧系着黑围裙，口袋里叮叮当当的全是钥匙。尖锐的嗓子足以震破耳膜。眼睛虽是淡蓝颜色，严厉的目光显然跟抿紧的嘴唇，高爽、饱满、极有威严的脑门，非常调和。眼神火气很大，手势和说话的火气还要大。才莉不但一个人要有两个人的意志，而且据古鄙说，竟然有三个人的意志；因为前后有过三个穿扮齐整的年轻马夫，当了七年差，都由才莉帮着成家立业了。那刁钻促狭的公证人帮办把他们叫作：马夫一世，马夫二世，马夫三世。但这些年轻人在车行里既不当权，也很听话，可见才莉不过是提拔得力的伙计，别无他意。

古鄙听人家这么解释，便道："那么，才莉是喜欢才情啰。"

这种闲言闲语并无根据。她的儿子是亲自喂的；没有什么胸部的人，真亏她还会奶孩子，自从生了但羡来，老板娘只想增加财产，一刻不停的照管那个规模宏大的铺子。虽说她写的字不像字，算学也只懂加减法，可是谁也休想偷她一束干草一斗燕麦，或是在最复杂的账目中耍她一下。她从来不出去散步，要就是去估计头批草、二批草，和燕麦等等的收成；估计完了，教丈夫去管收获，派马夫去管捆载，告诉他们每一处草原的总量，至多只差一百斤上下。她固然做了大汉米诺莱的灵魂，那个翘得老高的多蠢的鼻子由着她牵来牵去，但仍旧和马戏班里指挥猛兽的人一样，不免提心吊胆；因此她先下手为强，经常对米诺莱发脾气。

马夫们只要看到米诺莱跟他们寻事，就知道他女人和他吵过架了；因为他受的气是出在他们身上的。米诺莱女人不但孳孳为利，人也精明能干。镇上许多人家都说：“要没有他老婆，米诺莱哪有今日？”

当下纳摩老板回答他的女人：“你要知道出了什么事，你自己也会跳起来的！”

“怎么啦？”

“于絮尔把医生带着去望弥撒了。”

才莉把眼珠睁得很大，上了火，脸都黄了。

“我要亲眼看了才信！”她说着便冲进教堂。弥撒祭正在高举圣体的阶段。趁众人凝神屏息的当口，米诺莱女人居然能一边瞧着一排排的凳子椅子，一边沿着旁边的小圣堂往里走，直走到于絮尔的座位，看见老人光着头就在她旁边。

读者只要回想一下拜尔贝-玛菩阿、菩阿西·唐葛拉[①]、莫勒莱、埃凡丢斯、腓特烈大王等等的相貌，就能对米诺莱医生的脸有个准确的印象。他老当益壮的精神，颇像那几位名人。他们的脸仿佛是一个模子铸出来的，有资格作徽章的蓝本：侧影的神气很严厉，近于清教徒，冷冰冰的皮色，数学家一般的理智，差不多像印出来的脸上有种性格褊狭的标记，城府很深的眼睛，一本正经的嘴巴，颇有贵族气息，但不是在意识方面，而是在习惯方面，不是性格的贵族，而是思想的贵族。脑门很高，靠近头顶的地方是往后削的，显然有唯物主义的倾向。具备这些相貌的特性和表

①以上两人均为法国十八至十九世纪时政治家。

情的，包括所有的百科全书派，吉隆特党[①]的演说家，和当时毫无宗教信仰，自称为自然神主义者而其实是无神论者的那批人物。无神论者是为了保险，才自命为自然神主义者的。米诺莱老人的脑门便属于这一类，只是多了许多皱痕，而且另有一种天真的神气，因为他的白头发像女人梳妆时那样掠在脑后，蓬蓬松松的披在黑衣服上。从年轻的时候起，他老穿着黑丝袜，金搭扣的皮鞋，绸料子的扎脚裤，白背心上挂着黑色绶带，黑大氅上缀着红的襟饰[②]。

从一个窗洞里透进来的亮光，正好把这张那么特殊的脸劈面照着；冷冰冰的白皮肤带点儿老年人黄黄的色调，显得温和了些。车行的女主人来到的时候，医生那双藏在浅红眼皮中间的蓝眼睛，正在很感动的望着祭坛：新的信仰使他的眼神有种新的表情。眼镜夹在经文里才念过的地方。高大干瘪的老头儿抱着手臂站在那里的姿态，表示他所有的器官都很健全，信仰也是不可动摇的；因为有了希望，眼神变得年轻了：他始终谦卑的望着祭坛，根本不愿意看那劈面站着，仿佛埋怨他不该接近上帝的侄媳妇。

才莉发觉教堂里的人都掉过头来看她，便赶紧退出，回到广场上，脚步却不像进来的时候那么急了。她一向认为这笔遗产是拿稳了的，不料竟成了问题。她看见稽征员、书记和他们的妻子比刚才更惊慌了，因为古鄙正在耍弄他们。

车行的老板娘就说："咱们不能在广场上当着众人商量正

---

①吉隆特党为法国大革命后国民大会中三大党派之一，代表各省的中产阶级，为当时的右派。

②黑绶带是代表圣·米歇勋位，红的襟饰是代表荣誉团勋位。

事；还是上我家去吧。”接着又招呼公证人：“第奥尼斯先生，来罢，反正不多你一个。”

这么一来，玛尚、克莱弥埃、车行老板三家可能得不到遗产的事，不久就要成为地方上的新闻了。

那些承继人和公证人正预备穿过广场到车行去，班车却轰隆隆的闹得震天价响，飞也似的直奔办事处。办事处坐落在大街口，只隔着教堂几步路。

才莉道：“哎唷！米诺莱，我跟你一样把但羡来给忘了。咱们接他去；他马上要当律师了，这件事多少也跟他有关。”

每次班车到，总有人看热闹；一脱班，大家更以为出了什么事，当时就有一大群人拥到杜格兰前面。

“但羡来到了！”大家一片声的嚷着。

但羡来是纳摩的小霸王，寻欢作乐的领袖，每次露面都得轰动全镇。他受着年轻人的拥戴，对他们手面很阔：他一出现，就会鼓动大家的兴致。可是镇上的人都怕他那套玩意儿，看见他到巴黎去上学，念法律，而觉得高兴的，不止一家。但羡来是细挑身材，像母亲一样的淡黄头发，一样的文弱，一样的蓝眼睛，一样的皮色苍白；他先在车门口向众人微微一笑，然后很轻盈的跳下车来，拥抱母亲。我们把这青年的仪表略微描写一下，就可证明才莉看到他是多么得意了。

大学生穿着上等皮靴，英国料子的白裤子，裤脚管上系着兜底的漆皮带，富丽堂皇的领结，扣的模样儿更富丽堂皇，漂亮的时式背心，袋里放着一只扁薄的表，链子吊在外面；外罩蓝呢短大氅，头戴灰色呢帽；但是背心上的金纽扣和戴在棕色山羊皮手套外面的戒指，仍免不了暴发户气息。他还拿着一根手杖，柄的头上装着一个镂刻的金球。

母亲把他拥抱着，说道："你这样不要把表丢了吗？"

"是有心那样挂的。"他一边回答，一边让父亲拥抱。

玛尚道："喂，老表，你不是马上要当律师了吗？"

"过了暑假就宣誓。"他说着，向招呼他的大众还礼。

"咱们又好痛痛快快的玩一下了。"古鄙抓着他的手说。

"啊！你呀，你这个小猴儿！"但羡来回答。

帮办当着这么多人受他轻薄，未免难堪，便说："怎么，你写了学士论文，还是这样语无伦次吗？"

"什么冷瘟不冷瘟的，什么意思？"克莱弥埃太太问她的丈夫。

但羡来对那紫膛色面孔，一脸肉刺的老领班嚷道："加皮洛，我的行李，你都知道的，教人统统送来罢。"

粗暴的才莉骂加皮洛："马身上都淌着汗；你难道没脑子吗，教它们累成这样！你比这些畜生还要蠢！"

"但羡来先生急着要赶回来，怕你们担心……"

"既然没有出事，干吗不爱惜牲口？"

朋友们的招呼，问好，一般年轻人兴高采烈的围着但羡来，初到时应有的忙乱，说明脱班的原因等等，耽搁了很多时间，使几位承继人和新加入的朋友们走到广场上，正好遇到弥撒完毕。而无巧不成书，但羡来走过的时节，于絮尔刚刚从教堂的门里出来；但羡来一看见她的美貌，不由得愣住了。青年律师脚步一停，他的家属自然也跟着停下。

于絮尔因为干爹搀着她的手臂，只能右手拿着经文，左手提着阳伞，自有一派天然的风度。凡是妩媚多姿的女性，遇到一些难处的场面都能这样对付。倘若一举一动都能流露出一个人的思想，那么这个姿态所表现的就是朴素淡雅，出尘绝俗的境界。于絮尔穿着一件晨衣款式的白纱衫，上面疏疏落落缀着几个蓝结子。短披风四周镶着蓝缎带，阔滚边，扣着跟衣衫上相仿的结子，略微露出些胸脯。白如凝脂的脖颈，那可爱的色调和身上的蓝颜色对照之下，更加夺目了；头发淡黄的女性原是靠蓝颜色烘托的。长坠子飘飘荡荡的蓝腰带，显得她身腰又细又软：这是女子最可爱的一个特点。她戴着一顶草帽，帽上装饰很朴素，只有些跟衣衫上同样的缎带；扣在领下的帽襻儿衬托出帽子的白，同时也不妨碍皮肤的白皙。头是于絮尔自己梳的，她很简单的把细软的淡黄头发中间分开，编成两条肥大而扁平的辫子，紧贴在脸颊两旁，每个小股都金光闪闪，十分耀眼。温柔而又高傲的灰色眼睛，配着俊美的脑门很调和。颊上一片片的红晕好似云彩，给长相端正而并不呆板的脸添了不少生气；因为她天赋独厚，不但面貌姣好，同时还有个性。五官，动作，一般的表情，合成一个完美的整体，除了见出她人格高尚以外，还能给画家做模特儿，画"心安理得""幽娴贞静"一类的题材。身体非常壮健，可并不壮健到粗野的程度，而只显得高雅。在淡色的手套底下，不难想见她秀美的手。一双弓形的小脚，有模有样的穿着古铜色皮靴，缀着棕色坠子。一只扁薄的表和一个系着黄金坠子的小荷包，把蓝腰带鼓起了一些，使所有的妇女都目不转睛的盯着看。

"老头儿给了她一只新表哪！"克莱弥埃太太把丈夫的手臂捏了一把。

但羡来嚷道："怎么！是于絮尔？我认不得了。"

老医生走过的地方，两旁都站满了镇上的居民；车行老板指着他们说："亲爱的叔叔，你引起了这么多人的注意，大家都想来看看你。"

玛尚假情假义，恭恭敬敬的向医生和他的干女儿行了礼，问道："叔公，是夏伯龙神甫劝你进教的，还是于絮尔小姐？"

"是于絮尔。"老人冷冷的说着，一径往前走，神气好像是不胜厌烦。

头天晚上，老人和于絮尔、本地的医生、篷葛朗，打完了韦斯脱，说了句："我明儿要去望弥撒了。"篷葛朗就回答："你那些承继人可睡不着觉啦！"其实，即使法官不说这话，像医生那样聪明和目光犀利的人，只要瞧瞧承继人的脸色，也把他们的心事看透了。才莉的闯入教堂，被医生瞧在眼里的那副目光，全体当事人的会齐在广场上，见了于絮尔以后的眼神，没有一样不透露出他们被当天的事触动起来的旧恨和卑鄙的恐惧心理。

克莱弥埃太太也凑上来，卑躬屈膝的行了礼，说道："小姐，这是你的奇作（杰作）了！奇迹在你手里竟不算一回事。"

于絮尔答道："奇迹是上帝的事，太太。"

米诺莱-勒佛罗嚷道："噢！上帝，我丈人说马身上的披挂也是上帝供给的。"

"这是马贩子说的话。"医主的口气很严厉。

米诺莱回头对老婆和儿子说："喂，你们不来跟老叔请安吗？"

"看到这假仁假义的小丫头，我是忍不住的。"才莉说着，拉着儿子走了。

玛尚太太道："叔公，你上教堂应当戴一顶黑丝绒小帽，里头潮气重得很。"

“噢！侄孙女，”老人一边回答一边望着所有跟着他的人，“我早一天躺下，你们早一天跳舞。”

他始终挽着于絮尔向前走，表示很匆忙，大家也没法再跟着他了。

于絮尔使劲摇了摇老人的手臂，说道：“干吗你跟他们说话这样刻薄？那是不应该的。”

“我进教之后，跟进教以前一样的恨虚假的人。他们哪一个不受过我的好处？我没要求他们报答；可是你的本名节上，有谁送过一朵花儿来吗？而我一年之中过的节只有这一天。”

在医生和于絮尔后面，隔着一大段路，包当丢埃太太垂头丧气，步履蹒跚的走着。像她那一类的老太太，服装就有上一世纪的气息：她穿着扁袖子的深紫色衣衫，裁剪的款式只有在勒勃仑太太①的肖像画上还看得见；短大衣镶着黑花边，式样古老的帽子跟庄严缓慢的步伐正好相配；她走路仿佛始终戴着裙撑②，觉得还有那件东西束在腰里似的，好比独臂的人有时仍会不知不觉的挥动那只早已没有的手。这一类的老太太脸都拉长了，毫无血色，大眼睛带点儿虚肿，脑门上的皮肤很憔悴，头发卷儿都是扁的，却也不无凄凉幽怨的风韵；脸上戴的挑花面网已经陈旧不堪，不会再在脸颊两旁飘荡了；可是态度与眉目之间自有一种难以想象的威严，罩着那些衰败的古迹。包当丢埃太太那双皱裥重重而发红的眼睛，分明是望弥撒的时候哭过的。她恓恓惶惶的走着，频频回头，好像等着什么人。而包当丢埃太太的回头张望，

---

①勒勃仑太太（1755—1842）为法国有名的肖像画家

②十八世纪时法国女子盛行细腰大裙，内以鲸鱼骨为箍架，最大的裙围有如车轮。

就跟米诺莱医生的踏进教堂同样是当地的一件大事。

一般承继人听了老人的回答正在那里发楞，玛尚太太却追上来问："包当丢埃太太找谁啊？"

"她找本堂神甫。"公证人第奥尼斯说着，把脑门一拍，好似忽然想起什么以往的事或忘了的念头。"我有个妙计在此，你们的遗产没问题了！好，咱们上米诺莱家痛痛快快的吃饭罢。"

承继人们随着公证人急急忙忙到车行去的情形，谁都想象得出。古鄙陪着他的老伙计但羡来，手挽着手，凑近他的耳朵，贼头贼脑的笑着，说道：

"喂，镇上很有些风流的婆娘呢。"

那位良家子弟耸了耸肩膀："那跟我有什么相干？我发疯般的爱着弗洛丽纳，她才是天下第一的美人儿。"

古鄙道："什么弗洛丽纳？是谁啊？你跟她这么亲热，居然叫她小名了吗？我太喜欢你了，不能眼看你被那些女人迷昏了头。"

"她是赫赫有名的拿打的情妇；可怜我一片痴心毫无用处，我向她求婚，她干脆拒绝了。"

"风骚的娘儿们有时头脑倒很冷静。"

"啊！你只要见到她一面，就不会说这种话了。"但羡来有气无力的回答，表示他的确是一往情深。

"倘若你把逢场作戏的玩意儿当了真，破坏你的前程，那我一定把这个臭娃娃打个稀烂，像《克尼窝斯》里的凡奈打死阿弥·劳勃莎一样[①]。"古鄙说的时候那种热诚，连篷葛朗也可能上当，信以为真的。"你要娶老婆不是娶哀格勒蒙家的，便是娶罗佛

①《克尼窝斯》为沃尔特·司各特的小说（作于1821），述及莱塞斯忒伯爵夫人阿弥·劳勃莎被伯爵的总管凡奈谋害之事。

家的，要一个将来能帮你进国会的才行。我的前途都在你身上，我不能让你胡闹。”

但羡来回答：“噢，凭我这份家私，不是尽可以享享福吗？”

两人站在车行外面的大院子里说着话，才莉远远的招呼他们，对古鄙嚷道：“喂，你们俩交头接耳的商量什么呀？”

医生进了布尔乔亚街，不见了；他像年轻人一样脚步很轻快的回到家里。那件轰动纳摩全镇的大事，就是最近一星期在这所屋子里发生的。要让读者彻底了解这故事和公证人暗示承继人的话，我们必须补叙一下。

五、于絮尔

医生的老丈人华朗丁·弥罗埃，是有名的洋琴家兼乐器制造家，也是法国最知名的一个大风琴师，死于一七八五年，遗下一个晚年的私生子，经过正式承认，归了宗，但是个荒唐透顶的不肖子弟。老人临死，连看到浪子来送终的安慰都没有。他名叫约瑟·弥罗埃，是个歌唱家兼作曲家，用假名在意大利剧院下了海，带着一个年轻姑娘逃到德国去了。老丈把这个的确极有才气的儿子托给女婿，说当初没有娶约瑟的母亲，完全是为了保全女儿米诺莱太太的利益。医生答应把老人的遗产分一半给浪子，那时乐器制造厂已经盘给埃拉了。米诺莱又暗中托人寻访约瑟；有天晚上，葛利姆告诉他说，那艺术家进过一个普鲁士的联队，开了小差，改名换姓，不知去向了。

约瑟·弥罗埃天生的声音很迷人，身段既好看，脸也长得漂亮，特别是一个格调高雅、才思横溢的作曲家。霍夫曼[①]描写得很精彩的，那种艺术家的颓废生活，他过了十五年。到四十左右，

①霍夫曼（1776—1822）为德国小说家，所作《神怪故事》尤为著名。

他穷途落魄，只得在一八〇六年上恢复了法国籍，住在汉堡，娶了一个清白的布尔乔亚的女儿。她是个音乐迷，爱上了这位艺术家，一心想帮他追求那永远可望而不可即的荣名。但受了十五年折磨，约瑟还是不会过富足的日子；虽然待妻子很好，可是故态复萌，不上几年就把老婆的财产挥霍完了，又变得一贫如洗。夫妇俩落到山穷水尽的田地，约瑟·弥罗埃竟不得不进一个法国联队当军乐师。一八一三年，事有凑巧，部队里的军医受过米诺莱医生的帮助，忽然注意到弥罗埃的姓氏，写信告诉医生，医生马上回了信。因此，一八一四年巴黎陷落之前，约瑟在京城中有了一个存身的地方；妻子在那儿生下一个女儿，得了产后症，死了。医生为纪念故世的太太，替孩子起的名字就叫作于絮尔。约瑟经过多年的穷困和辛苦，和妻子一样支持不住，不久也死了。可怜的音乐家临终把女儿交给医生，由医生做了她的教父，虽则他讨厌教会仪式，认为是可笑的。

米诺莱亲生的儿女没有一个养大的：不是流产，便是难产，或是不到周岁就夭折；如今抚育于絮尔，在他是最后一次的试验了。一个身体娇嫩，神经脆弱，性格虚怯的女子，头胎一遇到小产，以后几次的怀孕和分娩往往跟于絮尔·米诺莱的情形一样，尽管丈夫看护周到，处处留神，医道高明，也无济于事。可怜这老人常常责备自己和太太不该老是想要儿女。最后一个孩子是隔了两年才有，而在一七九二年上死的。一般生理学家说，在奥妙的生殖现象中，儿女的血是秉受父亲的，神经系统是秉受母亲的；假如这说数不错，那么最后一个孩子就是吃了母亲神经过敏的亏。米诺莱最强烈的感情是儿女之爱，这感情既不能满足，只能借行善来发泄。他在骚乱不宁的夫妇生活中，最大的愿望是有一个淡黄头发的女孩子，一朵使全家欢乐的鲜花；所以他很高兴的接受了约瑟·弥罗埃的遗赠，把自己没有实现的希望寄托在孤儿身上。

两年工夫，他像加东之于庞倍[①]，关于于絮尔的事，连最琐碎的都亲自照管；他不在场，奶妈就不能给孩子吃奶、洗澡，或是把她放上床。他把自己的经验、医道，都用在孩子身上；做母亲的痛苦、喜悦、劳碌、忽而忧急忽而乐观的心情，就统统体会到了；然后他不胜快慰的发觉，淡黄头发的德国女子和法国艺术家所生的这个女儿，居然身体强壮，千伶百俐。快乐的老人存着慈母般的心，看着她的淡黄头发一天天的长起来，先是只有一层绒毛，继而像一根根的丝线，最后才是一片稀薄的细头发，摸在手里非常柔和。他常常亲吻那双赤裸的小脚，嫩皮肤底下连血管都看得出的脚趾，好比蔷薇的花苞。他简直为这个女孩儿疯魔了。她咿呀学语的时候，或是睁着温柔秀丽的蓝眼睛，把那副若有所思、等于思想的曙光的眼神，盯着一切，然后来一阵憨笑的时候，医生会几小时的待在她面前，和姚第两人研究，想在童年的一切琐碎现象之下，把一般人所谓的使性找出些理由来。童年原是一生最美妙的阶段，那时的孩子是一朵花，也是一颗果子，是一片朦朦胧胧的聪明，一种永远不息的活动，一股剧烈的欲望。于絮尔的美貌与温柔，使医生格外钟爱，恨不得教自然的规律都为她改变一下：他对姚第说，于絮尔出牙，他自己就觉得牙痛。老年人爱起儿童来是没有底的，简直当偶像一般崇拜。为了那些小家

---

①据普鲁塔克所著《名人传》中的《加东列传》（*Caton Le Censeur*），加东对儿子的抚育及教养极为注意，类似巴尔扎克笔下的米诺莱医生，但加东系对其亲生的儿子，与庞倍无涉。此处所云，不知作者有何根据。

伙，他们会克制自己的癖好，把过去的一切都回想起来。他们的经验，度量，耐性，人生所有的收获，千辛万苦换得来的宝物，都献给这幼小的生命；他们返老还童了，还把他们的聪明来补母性之不足。他们时时刻刻都在活跃的智慧，抵得上母亲的直觉；因为想到为娘的体贴往往有未卜先知的作用，他们便磨炼自己的同情心，求其体贴入微；而这同情心原是跟婴儿的幼弱成比例的。老年人的动作迟缓，正好代替慈母的温存。总之，他们的生活变得像孩子一样简单了。母亲是为了感情而做儿女的牛马，老人是由于对世情淡薄，别无所恋而舍身的。所以儿童和老年人亲近是常见的事。老军人、老教士、老医生，看着于絮尔撒娇，受着于絮尔抚爱，觉得乐不可支，老是和她对答，和她玩儿，从来不会厌倦。孩子的淘气非但没有使他们不耐烦，倒反使他们喜欢；他们满足她所有的欲望，把每件事都当作灌输知识的题材。在几个对她终日眉开眼笑的老人之间，这女孩儿等于有了好几个同样细心、同样周到的母亲。靠着这种理想的教育，于絮尔的心灵才能在适宜的环境中成长。这株珍贵的植物居然遇到了特殊的土地，吸收到她真正需要的养料和阳光。

于絮尔六岁的时候，夏伯龙神甫问医生："你预备用什么宗教教育她？"

"用你们的啰。"

米诺莱固然是无神论者，但属于《新哀络绮思》中的特·伏玛先生那一派，认为自己没有权利不让于絮尔受到旧教的好处。当时他坐在中国式书房窗下的凳上，神甫握了握他的手。

"是的，神甫；将来她每次跟我提到上帝，我一定叫她去找她的朋友萨巴龙，"他故意学着于絮尔那种小孩子的口吻，"我要看看宗教情绪是不是天生的。因此，不管这幼小的心灵倾向哪方面，我都听其自然；但我心中早已指定你做她的精神导师了。”

“这一点，我想上帝会替你记着的。”神甫轻轻拍了拍手，向天举着，仿佛做了个简短的默祷。

于是从六岁起，这孤儿在宗教方面就受本堂神甫指导，正如她早已受着老朋友姚第的指导。

退伍的上尉在从前的军校中当过教授，喜欢研究文法和各种欧洲语言的分别，对世界语问题也下过工夫。这位学者，像上了年纪的教师一样耐心，挺高兴的教于絮尔认字、写字、念法文，学她应当会的一部分算术。医生藏书丰富，尽可以挑出一批宜于儿童阅读的，除了增长知识，同时也能给她消遣的书籍。军人与教士让她的头脑自由发展，正如医生对她的身体一样不加拘束。于絮尔便这样的一边游戏一边学习。思想方面的活动是归宗教替她调节的。女孩子的天性被三位谨慎的导师带入一个纯洁的境界，再由高明的教育培养之下，她服从感情的成分远过于服从责任，行事多半根据良心的呼声，而不是根据社会的规律。在她身上，美妙的感情与行动都是出诸自然的：过后再由理性的判断把心灵的直觉肯定。人家带领她走的路子是把从善去恶先当作一件乐事，其次才看作义务。这点儿微妙的区别就是基督教教育的特征。这些原则，和应该灌输给男人的一套完全不同，特别适合女性：因为女性所代表的是家庭的精神与良心，是蕴藏在日常生活中的雅趣，因为她差不多是一家之中的王后。三位老人对付孩子的方式都是一致的。他们非但不怕听到天真大胆的问题，还尽量为于絮尔解释各种现象的结局与过程，给她一些准确的观念。倘若为了一棵草、一朵花、一颗星，她直接提到上帝，教授和医生便告诉她只有教士能回答。他们各司其职，绝不侵入别人的范围。干爹管一切生活和物质方面的享用；姚第负责灌输知识；至于道德玄学和高深奥妙的问题，一律由神甫解答。

这种良好的教育，也不像一般大富之家那样被莽撞的仆役破坏。蒲奚伐女人先是由主人嘱咐过了，并且她头脑太简单，人也太老实，要干预也不可能，对这些目光远大的人的事业，绝不打扰。所以幸运的于絮尔周围有着三位善神呵护；而她柔和的性情也使他们所有的管教工作都很轻松愉快。慈爱而不是姑息，庄重严肃而带着笑容，没有流弊的放任，时时刻刻的顾到身心健康，使她在九岁上就成为一个品质优良的孩子，叫人看了喜欢。不幸这三位一体的父执中途分散了。第二年，老军人故世了，把事业留给医生和教士去继续，但他已经完成了最艰苦的一段。在耕耘得宜的土地上，将来自然会开花的。军人因为要遗赠一万法郎给于絮尔作终身纪念，九年之间每年积下一千法郎。遗嘱上理由写得很动人，他注明要受赠人把这笔小资本每年所生的四五百法郎利息，只花在衣着装饰方面。治安法官把老朋友的遗物封存的时节，在一间外人从来不能进去的书房里，发现一大堆用过的玩具，多数已经坏了，都被视同至宝一般的保存着；篷葛朗遵照上尉的遗言，亲自把这些玩具焚化了。

那个时期，于絮尔到了初领圣体的阶段。夏伯龙神甫整整花了一年工夫训导她。女孩子的感情与理智那么发达而又那么平衡，更需要特殊的精神养料。关于神灵的问题，教士替她做的启蒙工作，使她自从宗教意识觉醒以后就成为一个虔诚的、富于神秘气息的少女，坚强的性格永远不因人事变迁而动摇，肝胆照人，不被任何患难屈服。这时没有信仰的老人和极有信仰的孩子，暗中就开始争执了；发动争执的一方面有个很长的时期根本不知不觉，争执的结果却引起了全镇的注意，惹动医生的旁系亲属都来攻击于絮尔，大大的影响了她的前途。

一八二四年上半年，于絮尔几乎每天上午都在本堂神甫的住宅里。老医生猜到教士的用意，想把她作为一个批驳不倒的论据。既然于絮尔像亲生女儿一样的爱他，他尽管不信上帝，至少会相信儿童的天真，而看到宗教对她的灵魂有这样动人的效果，也会受到感动的；因为这孩子心中的爱好比四时常绿、花果不断、芬芳不散的印度植物。美好的生命比最充分的论据更有力量。而某些景象的确能够迷人。于絮尔初领圣体那天，穿着白纱礼服，白缎鞋子，上上下下系着白缎带，束着头巾，侧里扣着大结子，无数的头发卷儿泻在雪白的肩膀上，胸前密密层层，缀着缎带打成的结子；初生的希望使眼睛像明星一般的发光，她昂昂然，飘飘然，抱着极乐的心情预备神游天上，第一次去跟神明结合；而且自从与上帝相接之后，她心里更爱干爹了：老人看着他这个精神上的女儿这样的上教堂去，不知不觉眼睛都湿了。至此为止，这颗灵魂还没脱离浑浑噩噩的童年，如今却靠着永生的观念得到了养料，赛似黑夜过后，阳光在大地上布满春意：老人发现了这一点，又莫名其妙的觉得独自待在家里太不痛快了。他坐在石阶上，老半天的把眼睛盯着铁门。干女儿临走还隔着铁栅招呼他："干爹，你干吗不来呢？没有你在身边，我会快乐吗？"这位百科全书派的信徒虽然连灵魂深处都受了震动，他的傲气还是不肯屈服。临了他出去散步，有心要瞧瞧初领圣体的人的队伍；而果然看到他的小于絮尔披着白纱，神气非常兴奋。她向他瞟了一眼，眼中特别有种灵感，把他心中坚如铁石的部分，对上帝深闭固拒的一角，摇撼了一下。但他仍不愿意让步，自言自语的说道：“无聊透了！倘使真有一个天地的主宰，组织宇宙的巨匠，他会理睬你们这套可笑的把戏吗？……”

想罢，他笑了，一面继续散步，走到俯瞰迦蒂南大路的高地上；一阵阵的钟声正在那儿荡漾，把许多家庭的快乐远远的播送出去。

在所有的游戏中间，脱里脱拉是最难的一种，不会玩的人根本受不了那个声音。于絮尔的感官和神经都特别灵敏，听到那游戏的声响和不可解的术语就要不舒服。医生、神甫和姚第老人（当他在世的时候），为了避免刺激孩子，总等她睡了或是出门散步的时间才玩脱里脱拉。往往玩到中局，于絮尔已经回家；她便耐着性子，和颜悦色的坐在窗下做活。她非常厌恶这玩意儿；很多人不但觉得开场学脱里脱拉很难，并且根本不能接受，初步的困难太不容易克服了，倘不是年轻时代养成的习惯，以后几乎是没法学的。可是初领圣体的那天晚上，于絮尔回到家里，正好没有客人，她便搬出脱里脱拉的玩具放在老人面前，问道：

“谁先来掷骰子？”

“于絮尔，”医生回答，“今天是你初领圣体的日子，取笑干爹不罪过吗？”

她坐下来说：“我不取笑你啊；你对我百依百顺，要我快活；我也应当使你快活。夏伯龙神甫每次看我功课做得好，便教我玩脱里脱拉作为奖赏；我已经上了那么多课，有本领赢你啦……以后你不用再顾忌我。我为了不妨碍你们的兴趣，已经克服所有的困难，喜欢脱里脱拉的声音了。”

于絮尔果然赢了。神甫正好闯来，看了大为得意。至此为止，米诺莱是不肯让干女儿学音乐的，第二天却到巴黎去买了一架钢琴，在枫丹白露跟一位女教师讲妥了，决意耐着性子听干女儿终日不断的练琴。会看骨相的姚第说过的话应验了：这女孩子果然是个优秀的音乐家。米诺莱非常高兴，又上巴黎去请了一个德国老头，学识丰富的音乐教师，叫作许模克的，每星期到家里来上一次课。凡是学这门艺术所要花的钱，米诺莱都毫不吝惜；但以前他认为这门艺术在家庭中是没有用处的。大概不信宗教的人都不爱音乐；那是由旧教发扬光大的天国的语言：每个音符的名字都是从圣·约翰赞美诗头上七句的第一个音节来的[1]。

于絮尔的初领圣体，给老人的印象虽然很强，可并不持久。尽管宗教与祈祷使年轻的灵魂充满了恬静与喜悦，他看了也无动于衷。生平既无悔恨，亦无内疚，米诺莱老人完全过着心安理得的生活。他行善而不希望得到天国的酬报，比旧教徒更伟大；他责备旧教徒的行为等于向上帝放高利贷。

"可是，"夏伯龙神甫和他说，"倘若所有的人都肯放这种债，社会也就完美了，没有受难的人了。要像你那样的做好事，必须是个大哲学家；你是靠思想去贯彻你的原则的，你是个例外；不比我们那样的行善只消做了基督徒就行。你的行善是凭努力得来的，我们的行善是自然而然的。"

"这就是说，神甫，我是用思想，你们是用感觉，分别不过

①欧洲音阶的七个音，原用罗马字母为名：C、D、E、F、G、A、B。十二世纪时本多派教士琪·达兰左，始以圣·约翰·巴蒂斯德的赞美诗（拉丁文）每句的第一音节改称为ut, ré, mi, fa, sol, la。第七音符的名称si是后来一个法国教士补充的。今日欧洲大陆均习惯用此种名称，英、美则沿用C、D、E等旧称。

是这一点。”

可是，十二岁的于絮尔，她那种女性天生的机灵与巧思经过了高手的琢磨，成熟的感觉受着最细致的思想——宗教思想——的指导，终于懂得干爹既不信未来，也不信灵魂不死，既不信天意，也不信上帝。老人被纯洁的孩子紧紧追问之下，没法再把这个重大的秘密隐瞒下去。于絮尔那种天真的惊骇，他先觉得好玩；但看到她有时为之郁郁不乐，也就明白这忧郁所表示的感情多么深厚。凡是倾心相与的感情，什么事情都不容许有一点儿不调和，便是对不相干的问题也不许有参差的意见。有时，医生把干女儿受着最热烈最纯洁的情意鼓动、说话的声音也那么柔和、那么甜蜜的议论，当作一种跟他撒娇的举动，由她数说。的确，有信仰的人跟没有信仰的人说着两种不同的语言，彼此根本不能了解。干女儿为上帝辩护，对干爹出言不逊，像一个宠惯的孩子对待母亲似的。教士和颜悦色的埋怨她，说这一类心胸高尚的人物，便是上帝也不肯随便加以屈辱的。小姑娘却引用大卫杀死巨人歌利阿的故事作答复。在这个如此温暖，如此完美，跟喜欢刺探家长里短的小市民完全隔绝的家庭生活中，唯一的不愉快便是关于宗教的龃龉，便是女孩儿不能劝干爹皈依上帝的遗憾。于絮尔慢慢地长大，进步，成为一个幽娴贞静，饱受基督教教育熏陶，在教堂门口使但羡来大为赞美的少女。她平日种花，弹琴，陪老人玩儿，侍候老人的起居，借此减轻些蒲奚伐的工作；她的恬静的岁月就是这样消磨的。可是于絮尔一年来也有些骚动的表现，引起老人不安；骚动的原因早在意料之中，所以他只是为孩子的健康操心。另一方面，这敏锐的观察家，识见深远的医生，觉得于絮尔精神上多少也受到骚动的影响，便像母亲对付女儿一样暗中侦察了一番，结果却看不见周围有什么能引起她爱情的男子，也就放心了。

六、催眠术概要

在这种情形之下，正当这幕戏开场以前一个月，医生在精神生活方面遇到一件事，把他所有的信念像泥土似的翻了一个身。但为了这件事，我们必须把他行医时期的几桩大事概括的叙述一下，而我们的故事也可以因之更加生色。

十八世纪末期，梅斯曼的出现，把科学界分做两派，壁垒森严，不亚于葛鲁克出现之后的艺术界①。从古以来，发明家都是到法国来教人公认他们的新发现的；因为语言明确，法兰西可以说是世界上传布消息的吹号手。梅斯曼把催眠术重新发掘出来以后，也到了法国②。

不久以前，哈纳曼说过一句话："致病医病的学说如果到了

①十八世纪末葛鲁克（原籍德国）与毕岂尼（原籍意大利）两大音乐家同为法国内廷供奉，在歌剧界各立门户，争执甚烈。

②梅斯曼（F.-A.Mesmer，1733-1815）倡动物磁气之说，认为一切疾病皆可用磁性感应的原理治疗，1778年梅斯曼至巴黎行术，风动一时，称为梅斯曼主义，其内容即今之催眠术，"磁性感应"为纯粹学理名称。

巴黎，就有前途了[1]。”

梅特涅克也和迦尔说过：“你还是上法国去吧；只要人家取笑你是个驼子，你就出名啦。”

因此，梅斯曼有热烈的信徒，也有激烈的敌人，情形很像葛鲁克党与毕岂尼党。法国的学术界大为骚动，郑重其事的展开辩论。辩论的结果尚未分晓，医学院已经把它所谓梅斯曼的江湖邪术，连同他的木盆、导引索，和他的理论，全部禁止了[2]。可是不能否认，梅斯曼这个奇妙的发明，也因为他抱着立致巨富的野心而大受损害。与学说有关的许多事实先是不大可靠，梅斯曼又昧于那无法衡量的，当时还没人观察到的液体[3]在自然界中的作用，更不知道把一种有三重面目的科学从各方面去探求，所以梅斯曼失败了。催眠术的应用不止一端；在梅斯曼手里只是一个原则，以后的发展是不可限量的。发现的人固然缺乏天才；但一门和人类文明同时兴起的学术，埃及和加尔提亚，希腊和印度，都曾加意培植的学术，在十八世纪的巴黎还跟伽利略的真理[4]在十六世纪遭到同样的命运，被宗教界和同样惊惶的唯物派哲学家两面夹攻：那为法国着想，为人类的智慧着想，的确是件大可惋惜的事。催眠术是耶稣最喜爱的学术，也是他传授给信徒们的

①德国医生哈纳曼（1755—1843）所倡的“致病医病”说，大致是用药物在病人身上引起与所患的病症相同的现象，以治疗疾病。

②木盆与导引索，均为梅斯曼以磁性感应作医疗时的用具。

③古代的占星术、巫术、魔术，均认为世界上有一种无所不在的液体，可用以解释宇宙之神秘。近代的灵学也相信有一液体为心与物中间的桥梁。巴尔扎克极好此种神秘学说，常于作品中为之张目。

④十六世纪时伽利略因倡言太阳为宇宙中心与地球自转，被教会强迫服罪。

一项神通；但教会对催眠术的态度，不比卢梭、伏尔泰、洛克、孔狄亚克等等的信徒更有先见之明。这个人类的法宝，渊源极古而又好似极新的东西，百科全书派和教会中人都不能容纳。痉挛派的奇迹，虽有加莱·特·蒙越龙留下珍贵的纪录，仍被教会和学者们冷淡的态度压倒了[①]。但这些奇迹的确是第一次号召大家去研究人身上的液体；那液体能够促发人体内部的力量，抵消外界因素促成的苦楚。但要做这个实验，先得承认那观察不到、触摸不到、衡量不出的液体是实有的；可惜这三个消极的形容词被当时的科学界看作虚无的代名词。而近代哲学就不承认空虚这回事。只要有十尺地位的空虚，世界就坍了！尤其在唯物主义者心目中，世界完全是实质，一切都有关联，一切都是机械的动作。狄德罗说过："世界是偶然产生的，不像上帝那样难以解释。无数的原因和偶然产生的无穷的变化，就能说明天地万物的现象。把《伊尼特》一书的全部铅字随便散掷，只要给我充分的时间与地位，我一定能掷出一部《伊尼特》的书版来。"这般可怜虫宁可把无论什么东西奉为神明，却不愿意承认有个上帝；但他们看到物质可以分析至于无穷，也觉得害怕了；其实那种物质的可分性是一切无法衡量的力在本质上都有的。洛克和孔狄亚克把自然科学的进步延迟了五十年，直到伟大的圣·伊兰倡导物种原始统一

①十八世纪二十年代，基督旧教中有扬山尼派教士法郎梭阿·巴里斯，能为人作媒介而获致奇迹。巴氏死于1727年，1729年起，群众往其墓地瞻礼，多有当场抽搐，如发狂疾者，醒后则原有宿疾霍然而愈。奇迹之说由是更为盛行；此等信徒当时称为痉挛派。加莱·特·蒙越龙（1686—1754）原为法国大理院法官，生活放荡；1731年时目击痉挛派之奇迹，乃改信扬山尼主义，并痛改前非，品行端正。后又著书证实痉挛派之事实，卒被政府逮捕，瘐死狱中。

论以后，这门科学才有惊人的发展。

一部分不持一家之说的聪明人，把事实用心研究过了，始终信服梅斯曼主义。梅斯曼认为人身上有种敏锐的力，在意志鼓动之下，能用来控制另外一个人；遇到液体丰盛的时候，那种力还有治病的功能，而治疗的经过便是两个意志的斗争，是疾病与医治的志愿的斗争。梅斯曼还不大注意到梦游现象，那是毕赛瞿和特栾士两人用功研究的；但大革命使这些发现都停顿了，让一般学者和取笑的人占了上风。为数极少的信徒中间，一部分是医生。而这般主张异说的少数派到死都受着同僚迫害。威望很高的巴黎医师公会，对付梅斯曼信徒像宗教战争一样严厉，手段的残酷，在伏尔泰提倡宽容的时代，可以说是无以复加了。正统派的医生拒绝跟赞成梅斯曼邪说的医生会诊。到一八二〇年的时候，被目为异端的人还是成为暗中排斥的对象。便是大革命的灾难与风暴，也没有能使那学术界的仇恨平息。社会上只有教士、法官和医生，才会恨到这般田地。从事专业的人永远是固执得可怕的。但另一方面，思想不是比人事更顽强吗？

米诺莱的一个朋友，蒲伐医生，服膺新说，把生活的安宁都为之牺牲了，巴黎大学的医学院见了他非常头疼，但他的信心到死都没有动摇。米诺莱是拥护百科全书派最出力的健将，是梅斯曼的护法——台斯隆医生的死敌，写的文章在论战中极有分量；他不但和老同学蒲伐决裂，并且还加以迫害。对待蒲伐的行为是米诺莱唯一的悔恨，使他暮年觉得良心不安。

从米诺莱退休到纳摩以后，催眠术虽然被巴黎学术界继续引为笑谈，它本身却有了极大的进步。其实称呼催眠术最确当的名词是无重量液体学[1]，因为它的现象和光与电的性质最为相近。迦尔的骨相学与拉伐丹的相学是孪生的学术，两者之间有着因果关系；它们向许多生理学家指出不可捉摸的液体的痕迹；意志的许多现象便是从液体来的；情欲、习惯、脸相与头颅的形状，也是以液体为基础的。磁性感应的事实、梦游、未卜先知与出神入定，一切使人进入心灵世界的事，越来越多了。农夫马丁与异人显形的奇事，和路易十八的谈话，都是经过证实的[2]；斯威顿堡与亡人的交接，在德国是正式肯定的[3]；司各特写过千里眼的故事；把手相学、卜课学、占星学混合起来的某些占卜家，很有些奇妙的能力；局部麻痹与失却行动机能的事实；某些病症对横膈膜的影响：所有这些至少是很奇怪而同出一源的现象，可以破除许多人的怀疑，使最不关心的人也来做些实验。这种思潮在北欧很发达，在法国还很微弱，但浅薄的观察家称为奇妙的事实还是有的，不过在人事纷繁的巴黎旋涡中，像石沉大海一般不起作用罢了；米诺莱对这些情形更是一无所知。

一八二九年初，反对梅斯曼的老人收到下面一封信，使他安定的心绪大受影响。

①无重量是不可称量的意思，如光与电都是无重量的。

②农夫托玛·马丁，1816年时向人宣称，有一异人数次现形，嘱其向路易十八传达重要消息及若干忠告。经乡村教士、本区总主教，以及警察局盘问，被送入疯人院。事为路易十八所闻，召入宫中；马丁面陈若干事，王大为感动，即下令将其释放。马丁死于1834年。

③斯威顿堡（1688—1772）为瑞典的灵学家。

我的老同学：

一切友谊，即使决裂了，也有些永远剥夺不了的权利。我知道你还健在，我常常想起的是我们一同在圣·于里安街的破屋子里所过的日子，而不是我们之间的敌意。在离开世界以前，我要向你证明，催眠术快要成为一门重要的科学了，假如科学应该有许多种的话。我可以提出确凿的证据破除你的疑惑。也许你的好奇心还能使我有机会跟你聚首一次，在梅斯曼事件以前，我们原是常常相见的。

蒲伐

这一下，反对梅斯曼的老人好似狮子被牛蝇叮了一口，直奔巴黎，到蒲伐老人的寓所丢了一张名片。蒲伐住在圣·舒比斯教堂附近的非罗街上，他也到米诺莱的旅馆丢下一张名片，写着：“明晨九时，在圣·奥诺雷街圣母升天教堂对面恭候。”米诺莱变得年轻了，一晚没睡着。他去拜访几个相熟的医生，问他们是不是天下大变了，是不是医学界有了新的学派，巴黎大学的四个学院是不是还存在。他们告诉他，当年抵抗邪说的精神并未消灭；只是医学学士院和科学学上院不再用压迫手段，而仅仅用置之一笑的态度，把涉及磁性感应的事情归在高缪斯、龚德、鲍斯谷的魔术之列[①]，看作一种所谓科学游戏。但这些议论并不能阻止米诺莱老人赴蒲伐的约会。经过四十四年的仇视，两位敌人又在圣·奥诺雷街上的一个门洞子里见面了。法国人老是有许多分心

①三人均为十九世纪的魔术大家。

的事，没法把仇恨保持长久。尤其在巴黎，那么多的事情把空间扩大了，使一个人在政治、文学、科学各方面活动的范围更加辽阔，到处都有园地可以开发，施展各人的雄心。要恨一个人，必须时时刻刻集中精神，要你拿出几个人的精力，才能长时期的恨下去。所以只有肉体能保留仇恨的记忆。过了四十四年，连罗伯斯庇尔和唐东也会互相拥抱的了。可是两位医生相见之下，谁都没伸出手来。蒲伐先开口对米诺莱说：

“你身体好得很。”

发僵的局面打开了，米诺莱答道：“是的，还不坏。你呢？”

“我？你瞧罢。”

“磁性感应的学说能教人不死吗？”米诺莱带着说笑的口气，可并不尖刻。

“差点儿教我活不成是真的。”

“难道你没发财吗？”

“噢！”

“我呀，我可是有钱呢。”米诺莱嚷着。

“我不是恨你的财产，而是恨你的信念。跟我来罢。”

“噢！你老是这么固执！”

蒲伐把米诺莱带上一座黑洞洞的楼梯，小心翼翼的直上五楼。

那时巴黎出了一个异人，从信仰中得到广大无边的法力，能在各方面应用磁性感应。这伟大的无名氏至今还活着；他不用见到病人，能够从远处医治最痛苦的、年深月久的痼疾，并且是像耶稣那样突然之间根治的；除此以外，他还能克服最倔强的意志，一刹那间促成最奇怪的梦游现象。他自称为只依靠上帝，像斯威顿堡一样和天使们来往。相貌像狮子，有一股充沛的不可抵抗的力。五官的轮廓长得很特别，模样很可怕，令人惊怖；从心灵深处发出来的声音，好似充满了磁性的液体，会钻进听的人身上的毛孔。他医好了上千病人而受到群众无情无义的待遇，灰心透了，决意过着孤独的生活，与世隔绝。他曾经替母亲们救回垂死的女儿；替哭哭啼啼的儿女挽回父亲的性命；把受人疼爱的情妇还给热烈的情人；把医生断为绝望的病人治好；使犹太教、新教、旧教的祭司各自在圣堂中唱着赞美诗，被同样的奇迹感化了，皈依同一个上帝；替患了绝症的病人减轻临终的痛苦；对于双目紧闭的梦游者，他等于代表生命的太阳；但他绝不为了替王后救一个太子而轻易举一举他那双神通广大的手。他只回想着过去所做的善事，把自己包裹在一片光明里头；他遗世独立，仿佛是生存在天上了。

但这个有着异能而不求名利的人初露锋芒的时期，对于自己的神通也差不多感到惊异，允许某些好奇的人参观他的奇迹。他那喧传一时而将来还会重振的声名，惊动了行将就木的蒲伐。蒲伐以前为了梅斯曼的学说受尽迫害，把它当作宝物一般藏在心里；如今终于看到这门科学的最精彩的事实。伟大的无名氏被老人的遭遇感动了，对他另眼相看。所以蒲伐一边上楼，一边存着俏皮而得意的心，听任他的老冤家取笑，只回答说："你等会儿瞧罢！等会儿瞧罢！"同时颠头耸脑，表示极有把握。

两位医生走进一个寒碜的公寓。蒲伐到客厅隔壁的一间卧房里去了一会，米诺莱等在客厅里，开始疑心了；但蒲伐马上来带他走进隔壁的屋子，见了那位神秘的斯威顿堡信徒；一张靠椅上还坐着一个女的，她并不站起来，好像根本没瞧见两个老人。

米诺莱笑道："怎么！不用木盆了？"

"只依靠上帝的神力。"斯威顿堡信徒肃然回答。据米诺莱估计，他大约有五十岁。

三个人一齐坐下。主人讲的话无非是寒暄客套；米诺莱老人听着大为惊奇，以为受人愚弄了。斯威顿堡信徒询问来客对于科学的看法，他显然是要借此把对方打量一番。

终于他说："先生，你到这儿来纯粹是为了好奇。我的神通，我相信是得之于上帝，从来不敢加以亵渎的；随便滥用，或是用在不正当的地方，上帝会把我的神通收回。不过据蒲伐先生说，现在的问题是要使一个和我们信仰相反的人改变主张，点醒一个善意的学者，所以我愿意满足你的好奇心。"他又指着那个陌生女子说："这个女的正在梦游。据一切梦游者的口述和表现，梦游是个极甜美的境界，内在的生命把有形的世界加在人的器官上面、妨碍它们的机能的束缚，完全摆脱了，能够在我们谬称为'无形的'世界中活动。梦游状态中的视觉与听觉，比着所谓清醒状态中的更完美，也许还不用别的器官协助；因为视觉与听觉原是通体光明的利剑，别的器官反而是遮蔽它的剑鞘。对于梦游的人，无所谓空间的距离，无所谓物质的障碍；换句话说，距离与障碍被我们内在的生命超越了；人的肉体只是那内在生命的一个贮藏室，一个不可少的依傍，一重外壳。这些最近方始发现的事实，没有适当的名词可以形容；因为不可量、不可触、不可见等等的字眼，对于可由磁性感应显出作用来的液体而言，已经毫无意义。光能发热，能穿过物体使它膨胀，可见光还是可量的；至于电能够刺激触觉，更是人尽皆知的事。我们一向只管否认事实，却忘了我们器官的简陋。"

米诺莱打量着那个好像属于下层阶级的女子，说道："噢！她睡着呢！"

主人回答："此刻她的肉体可以说消灭了。一般人把这个状态叫作睡眠。但她能够向你证明有个精神世界，人的精神在其中完全不受物质世界的规律支配。你要她到哪儿去，我就教她到哪儿去。离开这儿几十里也罢，远至中国也罢，她都能把那边发生的事告诉你。"

米诺莱说："你只要叫她到纳摩，到我家里去。"

那怪人回答："好吧，我自己完全不参加。你把手伸出来；演员和看客，原因与结果，都归你一个人担任。"

他拿了米诺莱的手，米诺莱也让他拿着。他好似定了定神，用另外一只手抓着坐在椅上的女人的手；然后把老医生的手放在女的手里，教他坐在那个并无法器的女巫身边。老医生觉得自己的手和女的接触之下，她原来极平静的脸微微一震；这动作虽然后果很奇妙，动作本身却非常自然。

"你得听从这位先生的话，"那异人说着，平举着手，伸在女的头上，女的仿佛马上得到了光明和生命，"别忘了，你替他做的事都是使我高兴的。"然后他对米诺莱道："现在你可以吩咐她了。"

医生便道："请你到纳摩镇布尔乔亚街，到我家里去。"

蒲伐告诉他说："你得等一下，等她和你说的话证明她已经到了那儿，你再放开她的手。"

"我看见一条河……一个美丽的花园。"女人说的声音很轻；虽则闭着眼，神气像聚精会神的瞧着自己的内心。

"干吗你从河跟园子那边进去呢？"米诺莱问。

“因为她们在那边啊。”

“谁？”

“你心里所想的小姑娘和她的奶妈。”

“园子是怎么样的？”米诺莱问。

“打河边的水桥上去，右手有一条砖砌的长廊，放着图书；尽头是一间后来添上去的小屋子，挂着木铃和红蛋。左边墙上爬满了藤萝、野葡萄和素馨花。园子中间有一具小型的日规，还有许多盆花。你的干女儿正在察看她的花，还指给她的奶妈瞧呢；她拿着锹挖土，把花子放在泥里……奶妈在刮平走道上的石子……小姑娘虽然像天使般纯洁，心中已经跟破晓时的天色一样，微微的动了爱情。”

“对谁呢？”至此为止，医生还没听见什么只有梦游的人才能告诉他的事。他始终认为那是走江湖的法术。

她微微一笑，说道：“你还一点儿都不知道呢；不过最近她成人以后，你也担心过的。她的感情是跟着肉体发展的……”

老医生嚷道：“一个平民阶级的女人居然会讲这种话？”

蒲伐回答：“在这个状态中，谁说话都是特别清楚的。”

“可是于絮尔爱的是谁呢？”

那女的侧了侧头，答道：“于絮尔还不知自己动了爱情。她太朴实了，根本没体会到情欲或是什么爱情，但她关切他、想念他；尽管压制自己，想把他丢开，也是没用……现在她弹琴了。”

“那男的是谁呢？”

“对门那位太太的儿子……”

“是包当丢埃太太吗？”

“包当丢埃？对啦。可是没什么危险，他不在本地。”

“他们讲过话吗?”医生问。

“从来没有。他们只见过面。她觉得男的挺可爱。不错,他长得一表人才,心也很好。她从窗里见过他;两人也在教堂里见过;但那个男的已经把这件事忘了。”

“他叫什么名字?”

“啊!那要我看一眼才行,或者要她说出来。噢!有了,他叫作萨维尼昂;她才说出这名字,觉得叫着心里怪舒服的:她已经在历本上查过他的本名节,拿红笔点了一下做记号……真是孩子气!噢!她将来是个多情种子,又热烈又纯洁;一生不会爱两次的;爱情会抓住她的心,深深的种在里头,把旁的情感都挤掉。”

“你从哪儿看出来的?”

“从她心里看出来的。她能够受苦;这一点跟她的血统有关,她父母都遭过大难!”

这最后一句把医生听呆了,他不是为之震动,而是惊奇。在此应当补充一下,那女的每说一句,都要隔十分到十五分钟,在那个时间内她精神越来越集中,明明是有所见的神气。她额上有些异样的表情显出她内心的活动,有时开朗,有时紧张,那种竭尽全力的劲儿,米诺莱只有在快死的人身上见过,而且还得是一个有先知一般的感觉的人。她好几次的手势都像于絮尔。

主人对米诺莱道:“你尽管问她;她可以把只有你一个人知道的秘密告诉你。”

米诺莱问:“于絮尔爱我吗?”

她微微一笑:“差不多跟爱上帝一样;她因为你不信上帝,非常难过。你的态度仿佛只要不信仰,上帝就会不存在似的。可是世界上没有一处没有他的声音。所以这孩子唯一的痛苦就是你给她的。呦！她在琴上练音阶了；她还想在音乐方面求进步……她自个儿在那里懊恼，心里想着：倘若我唱歌唱得好，把嗓子练好了，他回到家里的时候一定能听见我的声音。”

米诺莱掏出记事册，记下了钟点。

“她散的什么花子，你能告诉我吗？”

“木犀草，豌豆花，凤仙花……”

“最后一样是什么？”

“是飞燕草。”

“我的钱放在哪儿？”

“在你公证人那儿；可是你按期存放，连一天的利息都不损失的。”

“不错；但我在纳摩每季家用的钱放在哪儿呢？”

“放在一本红面精装的，《于斯蒂尼安法学总汇》第二卷最后两页之间；放书的是玻璃碗橱的高头，插对开本的柜子，整格都给那部书占满了。你的钱放在靠近客厅那边的最后一册里头。咦！第三卷插在第二卷前面啦。可是你的款子不是钱，而是……”

“可是一千法郎的钞票？……”医生问。

“我看不大清，票子都折着。啊，是两张五百法郎的。”

“你看见了吗？”

“看见了。”

“是怎么样的钞票？”

“一张很黄很旧，另外一张颜色还白，差不多新的……”最后这段问答，米诺莱医生听着发呆了。他呆呆的望着蒲伐，蒲伐和斯威顿堡信徒却看惯了不相信的人的惊奇，只管若无其事的低声谈话。米诺莱要求吃过饭再来。他想定定神，让惊怖的情绪平静一下，再来领略这种广大的神通；他预备做一次决定性的试验，向她提出一些问题，要是有了满意的解答，他的疑惑可以全部廓清了。

主人说："那么你今晚九点再来，我为你再到这儿来一次。"

米诺莱医生激动到极点，出去的时候甚至忘了向主人告辞；蒲伐跟在后面，远远的嚷着：

"你怎么说？怎么说？"

米诺莱站在大门口回答："蒲伐，我觉得我简直疯了。倘若那女人说的关于于絮尔的话都不错，倘若这妖婆替我揭穿的事只有于絮尔一个人知道，那我承认你的确是对的。我恨不得长着翅膀飞回纳摩，把事情调查明白。好，今晚十点我就动身。啊！我真是给闹糊涂了。"

"噢，倘若你看到一个害了多年不治之症的病人，五秒钟以内就给医好；倘若这催眠大家使一个麻风病人浑身淌汗；倘若你眼见他教一个瘫痪的女人站起来走路，你又怎样呢？"

"蒲伐，咱们一起吃饭去，到晚上九点为止，我不让你走开了。我要做一个切实的、无法推翻的试验。"

"好吧，老朋友。"那个梅斯曼派的医生回答。

七、信了这项，也就信了那项

两位言归于好的朋友到王宫市场去吃晚饭。米诺莱很兴奋的谈了一会，才把脑海中翻腾不已的思潮暂时忘掉。然后蒲伐和他说："如果你承认那女子的确有能力消灭空间或是飞渡空间，如果你切实知道，在圣母升天教堂附近，她能听到人家在纳摩说的话，看到在纳摩发生的事，你就得承认磁性感应的别的现象，那在不相信的人都是跟这些事同样不可能的。你不妨要她给你一个唯一可使你信服的证据，因为你或许以为刚才的事是我们打听来的；可是我们没法知道，比如说，今晚九点在你家中，在你干女儿卧房里的情形；你不妨把梦游者所看到的所听到的，牢记在心，或是用笔记下来，你再赶回家。我不认识于絮尔姑娘，她不是我们的同谋；要是她说的话、做的事，和你记下来的一样，那么，刚强的西刚勃勒，你该低头了[①]！”

两个朋友回到那房间，又见到那梦游女人，但她见了米诺莱并不认识。斯威顿堡信徒远远的举起手来，女人便慢慢地闭上眼睛，恢复了饭前的姿势。医生和女人的手放在一起以后，他就要她说出这时候在他纳摩家中发生的事。

“于絮尔在那里干什么？”

“她已经脱了衣服，做好头发卷儿，跪在祈祷凳上，面对着一个象牙十字架，十字架挂在红丝绒底子的框子里。”

“她说些什么？”

“她在做晚祷，把自己交托给上帝，求他驱除她心中的邪念；她检查自己的良心，白天的行为，看看有没有违背上帝和教会的告诫。可怜的孩子，她在解剖自己的灵魂呢！”梦游者说着，眼睛湿了，“她并没犯什么罪过，可是责备自己想萨维尼昂想得太多了。她停下来思忖他此刻在巴黎做些什么，求上帝赐他幸福。末了，她提到你，高声做着祷告。”

“她的祷告，你能说给我听吗？”

“能。”

米诺莱拿铅笔把梦游者口述的祷告记下来，那明明是夏伯龙神甫替于絮尔起的稿子：

“我的上帝，我是崇拜你的仆人，抱着满腔热情和敬爱的心

---

①法兰克族的王格洛维斯，于五世纪末与阿拉芒族战于多皮阿克，形势危急，格洛维斯乃发宏愿，若基督教的上帝能助其作战，即当皈依宗教。是役格果获全胜，即率士兵三千人同时信仰基督教。主教圣·雷米于兰斯城内为其举行洗礼时，说道：“刚强的西刚勃勒，你该低头了！”西刚勃勒为日耳曼族一支，圣·雷米以此称呼格洛维斯的种族。

向你祝告；我尽量遵守你的诫命，愿意像你的圣子一样，为荣耀你的名字而献出我的生命，愿意生活在你的荫庇之下；你是洞烛人心的主宰，倘若你满意我的行为，我就求你开恩，点醒我的干爹，使他走上得救的路，赐他恩宠，让他最后几年能生活在你身上；求你保佑他平安，让我来代替他受苦！圣女于絮尔，我亲爱的本名神，还有圣母、天使长，天堂上所有的圣者，求你们垂听我的祈祷，请你们帮我向上帝说情，求你们可怜我们。”

梦游者把孩子那些天真的手势和圣洁的灵感，学得逼真，米诺莱看着，不由得眼睛里冒上了泪水。

“她还有别的话说吗？”

“有的。”

“讲给我听。”

“亲爱的干爹！他在巴黎跟谁玩脱里脱拉呢？她吹熄了蜡烛，倒下头去睡了。啊，已经睡着了！她戴着小小的睡帽，真好看！”

米诺莱向伟大的无名氏行过礼，和蒲伐握了握手，急急忙忙下楼。那时有一个出租马车的站，设在还没有为了扩充阿尔泽街而拆毁的一家老客栈门口；他奔到那里，找到一个马夫，问他可愿意立刻上枫丹白露。价钱讲妥以后，返老还童的老人马上动身。照预先谈好的办法，他在埃索纳镇让牲口歇了一会；然后赶上纳摩的班车，居然还有位置，便把包车打发了。

清早五点左右，他回到家中，因为路上辛苦，一口气直睡到九点，睡下去的时候，他一向对于自然界、生理学、形而上学的观念，完全崩溃了。

医生醒来，知道从他回家以后没有一个人进过他的屋子，便开始调查事实，心里却是说不出的恐惧；两张钞票的分别，两册《法学汇编》的次序颠倒，连他自己也不知道。可是梦游的女人看得一点不错。他便打铃叫蒲奚伐女人。

“把于絮尔找来和我说话。”他坐在书房中间吩咐。

孩子来了，奔过来拥抱他；医生把她抱在膝上；她才坐下，美丽的淡黄头发就跟老朋友的白头发卷在一起。

“干爹，你可是有什么事问我？”

“是的，不过你先得发誓，要非常坦白的回答我的话，绝不躲躲闪闪。”

于絮尔满面通红，直红到脑门。

医生看见她一向那么纯洁那么明净的美丽的眼睛，为了初恋的羞怯而显出慌乱的神色，便接着说：“噢！你不能回答的话，我不会问你的。”

“干爹，你说罢。”

“昨天晚上你做最后一段祷告的时候，心里想些什么？祷告是几点钟做的？”

“大概是九点一刻，九点半。”

“把你最后一段祷告背给我听。”

于絮尔希望自己的声音能够感化不信上帝的老人，便跳下来跪在地上，诚心诚意的合着手，眉飞色舞，望着老人说道：

“我昨天求上帝的话，今天早上又求过了，我要求到上帝顺从了我的愿望为止。”

接着她把祷告背了一遍，背的时候有种更热烈的、簇新的表情；干爹却打断她的祈祷，接下去替她念完了，使她大为惊奇。

“行啦，于絮尔，”医生又把干女儿抱在膝上，“你倒在枕上睡觉之前，心里是不是想：亲爱的干爹！他在巴黎跟谁玩脱里脱拉呢？是不是？”

于絮尔跳起来，仿佛听到了最后审判的号角：她大叫一声，睁大着眼睛，一动不动的，不胜惊骇的瞪着老人。

“干爹，你是什么人呀？哪儿来这样大的神通？”她认为干爹既然不信上帝，一定是跟魔鬼打交道了。

“昨天你在园子里散的什么花子？”

“木犀草，豌豆花，凤仙花。”

“末了可是飞燕草？”

她跪在地下叫道：“干爹，别吓我了；你昨天待在家里没出门，是不是？”

“我不是老跟你在一块儿吗？”医生开着玩笑，把话支开去了。他不愿意惊动天真的孩子，扰乱她的头脑。

“咱们到你卧房去吧。”

他让她搀着手臂，一同上楼。

“干爹，你的腿在发抖呢。”

“是的，我头里昏昏沉沉，好似给雷劈了一样。”

“难道你信了上帝吗？”她叫着，快活得眼睛里含着泪水。

老人瞧着自己替于絮尔布置的那间多朴素多可爱的卧房。地下铺着一张并不贵重的绿地毯，由她收拾得十分干净；墙上糊着蓝灰色的纸，印着蔷薇花和绿叶；朝着院子的窗上挂着粉红镶边的卡里哥布窗帘；两个窗洞之间，壁上有一面长镜，底下是一张白石面的金漆半桌，桌上放一个赛佛窑的蓝瓶，那是于絮尔平日插花的；壁炉架对面摆着一口细木镶嵌、大理石面的小柜子。床上铺的是旧波斯呢毯，挂的是波斯呢面子，用夹丝毛料做里子的帐帷；床是十八世纪通行的那种公爵夫人式，四角有刨出嵌线的柱子，顶上雕着一簇簇的羽毛做装饰。壁炉架上的摆钟，座子是贝壳做的，用象牙拼成许多图案；壁炉架的框子，架上的白石烛台，大镜子和四面堆花的边：那些颜色、调子、做工，都很调和。又高又大的衣柜放着于絮尔的内外衣衫：两扇柜门上用各种现在已经找不到的木料拼成风景画，有些木材的色彩是带绿的。室内有股幽香。每样东西都安排得极有条理，极其和谐，谁见了都会欣赏，即使像米诺莱-勒佛罗那样的俗物也不能无动于衷。我们尤其可以看出，于絮尔对周围的东西多么看重，对这间与她儿童和少女时代的生活密切相关的屋子多么喜爱。老人为了不露痕迹，故意把室内的陈设看了一遍，发觉从于絮尔的窗子里的确望得见包当丢埃太太的屋子。他头天晚上已经盘算过，既然知道了于絮尔初动爱情的秘密，应当怎么应付。以监护人的资格去当面问她是不妥当的，不管是赞成是反对，他的地位都很僵。因此他决意先把年轻的包当丢埃和于絮尔双方的身份与处境，仔细考虑一下，再看要不要趁这股感情还没达到欲罢不能的阶段，就把它压下去。这样谨慎周密的态度，只有老年人才有。他一边为了磁性感应的事情，心绪还没定下来，一边把屋内的东西一件一件的瞧着，想借此看看挂在壁炉架旁边的历本。

“这些难看的烛台太重了，你这双美丽的小手怎么拿得动呢？”他把白石座子的镶铜烛台掂了掂分量，瞅着历本，把它拿了下来，嘴里说着：

“这也难看透了。多漂亮的屋子，干吗挂这样恶俗的历本？”

“噢！干爹，别拿走啊。”

“明儿我另外给你一本。”

他揣着这赃证下楼，关着门待在书房里，找出圣·萨维尼昂的节日：梦游的女人说得不错，十月十九那一天上果然有个小红点儿；米诺莱的本名神圣·但尼，和夏伯龙神甫的本名神圣·约翰的节日，也各有一个记号。点子不过针尖大小，梦游者不受空间和种种阻碍的影响，居然看到了。

老人把这些事一直想到晚上，那对于他比对谁都意义重大。证据确凿，怎么能不信呢？打个比喻说，他心中那堵坚固的墙突然坍倒了；因为他的生活素来根据两个原则：一不关心宗教，二不相信磁性感应。感官原是纯粹的生理组织，它所有的效用都能解释清楚的；磁性感应却证明某些知觉的终极竟可与“无穷”相通，那在老人心目中等于推翻了斯宾诺莎的坚强的论据：斯宾诺莎认为有限与无限这两大原素是不能并存的，现在却变成互相包含的了。老人尽管承认物质的可分性与活动性有多么了不起的力量，总没法承认物质有这样大的神通。他年纪大了，没有精力再把这些现象归结到某种学说中去，把它们跟睡眠、异象、光线等等作比较。他的科学理论是以洛克和孔狄亚克派的主张为基础的，如今是整个儿崩溃了。空洞的偶像既然被砸烂了，他一味不信的心理也就跟着动摇。所以在信仰旧教的儿童与伏尔泰派老人的斗争中间，于絮尔在各方面都占了优势。在坍毁的堡垒里头，在那些废墟之上，有一道光在那里闪闪发亮。还有那段祷告在那里发出嘹亮的声音！然而固执的老人看到自己彷徨，大不满意。他虽然动了心，仍打不定主意，始终在那里抗拒上帝。但他的精神已经动摇，他已经改变了，一味深思默想，念着柏斯格的《杂思》、鲍舒哀的《新教教义游移史》、鲍那、圣·奥古斯丁等等的著作；也想搜罗斯威顿堡和圣-马丁的书籍[1]，这是巴黎的那位怪人跟他提到的。唯物主义在米诺莱心中建立的大厦已经到处开裂，只要一点儿轻微的震动就会全部瓦解。等到他皈依上帝的心意完全成熟的时候，他就瓜熟蒂落，投入宗教的怀抱了。

好几次晚上，于絮尔坐在一旁，老人一边和神甫玩着脱里脱拉，一边提出些问题，使夏伯龙听了很奇怪，觉得和老人平时的主张相差太远了；因为上帝为了超度这颗卓越的灵魂而在他心中所做的工作，神甫还一点儿都不知道。

“你可相信显灵的事吗？”不信宗教的老人停下游戏，问神甫。

“十六世纪的一个大哲学家，加唐[2]，说他曾经见过显灵的。”神甫回答。

“凡是学者们注意过的显灵的事，我都知道；最近我把帕罗打的著作又读了一遍[3]。我现在问你，以旧教徒的立场来说，你是否相信，一个人死后能回到世界上来看活着的人？”

神甫回答：“耶稣死后就是在门徒面前显形的。教会对于教主的显灵当然深信不疑。至于奇迹，我们也有的是。”夏伯龙说到这里，笑了笑。“要不要我告诉你一桩最近的事，发生在十八世纪的？”

“噢！”

---

①鲍那（1754—1840）为意大利政治家，拥护旧教甚力。圣-马丁（1743—1803）为梅斯曼的信徒。

②加唐是十六世纪意大利医学家兼数学家，但惑于星相学及各种神秘学说，并非真正的哲学家，更非如巴尔扎克所说的大哲学家。

③帕罗打为三世纪时亚历山大城中的神秘派哲学家。

“是的，圣者玛丽-阿尔风斯·特·李哥里，在离开罗马很远的地方，就在教皇驾崩的一刹那，知道教皇的死。这桩奇迹有许多证人。那位有道行的主教，把他在出神入定时所听到的、教皇弥留时的遗言，当着好几个人说出来。过了三十小时，才有专差来报告教皇的噩耗[①]……”

“你这是放刁嘤！”米诺莱老人跟神甫开玩笑似的说。“我不问你要证据，只问你信不信。”

神甫也继续取笑米诺莱，回答说：“我觉得显灵的事多半跟看到显灵的人有关。”

“朋友，我不是给你上当，你对这问题究竟有什么意见？”

“我相信上帝是万能的。”

医生笑道：“等我死了，倘若我信了上帝，一定要求他让我在你们面前显形。”

教士回答：“加唐和他的朋友彼此就是这样约定的。”

米诺莱道：“于絮尔，万一你受到什么威胁，只要叫我一声，我准来。”

教士道：“安德莱·希尼哀写过一首动人的悲歌，叫作《奈埃

①此事见安谷·台·洛多男爵所著《圣·阿尔风斯·特·李哥里传》。李哥里主教生于1696，死于1787。此处所称教皇指格莱芒十三，崩于1774年9月12日。男爵书中记载：“据若干极可靠的证人口述，自9月11日起，李哥里主教即安座椅中不动不语，宛如入睡。”觉醒之时间，事后证明，即教皇驾崩之时间；彼时主教即对在旁侍候的修士声称：“我刚才送了教皇升天。”

尔》[1]，你一句话就把它的感情表达出来了。诗人的伟大，就在于把事实或情感蒙上一些永远生动的形象。”

“亲爱的干爹，你为什么要提到死呢？”于絮尔声音很悲痛，“我们基督徒是不死的，坟墓是我们灵魂的摇篮。”

老人微笑着说：“不管怎么样，反正得离开这个世界；我一朝不在之后，你看到你的家私一定会觉得惊奇的。”

“等你不在的时候，干爹，我唯一的安慰就是把我的生命奉献给你。”

“我死了，你还把生命奉献给我？”

“是的。我将来要是能做些善事，都要用你的名义去做，因为我要补赎你的过失。我每天要祈祷上帝，求他大慈大悲，不要为了你一日之过而给你永久的惩罚，求他把一颗像你这样纯洁这样善良的灵魂，收留在他身边，和那些圣者的灵魂在一起。”

这几句回答，所包含的感情那么淳朴，声调口吻又那么肯定，直接指出了对方的错误，把但尼·米诺莱像圣·保罗一样的感化了[2]。他看到孩子有这样的感情，甚至顾到他未来的生命，不由得眼中含着热泪；同时有一道内在的光明使他心旌摇摇，不知所措。突然之间得到圣宠的效果，像触电一般。神甫合着手，惶惶然站起身子。孩子看到自己的成功，惊喜交集，哭了。老人仿佛有

①法国诗人希尼哀（1762—1794）所作悲歌《奈埃尔》，述一女子奈埃尔临终告其爱人：（大意）“……夕阳将下的时候，倘若你心中感动，朦胧出神，你只要叫我一声，我一定飞到你身边来！”

②圣·保罗未信基督以前，受命迫害基督徒，相传一日见耶稣显形，遂致失明，但心中觉得有一道神光照着。后来有了信仰，受了洗礼，双目乃复明。

人叫他似的，猛的站起身子，望着前面，似乎看到了一道曙光；接着他跪在椅上，合着手，低着眼睛望着地下，诚惶诚恐，谦卑到极点。

他然后抬起头来，声音很激动的说道：“我的上帝！世界上只有这个纯洁的孩子才能替我求得恩宠，使我皈依。我已经深深的悔悟，由这个荣耀所归的儿童带到你面前，求你宽恕！”

老人的灵魂一直飞向上帝，求他在宠赐圣恩以后，再用智慧来点化他。他转身握着神甫的手，说道：“亲爱的导师，我变做孩子了，我请你训导，我把灵魂交给你了。”

于絮尔吻着干爹的手，喜极而泣，把老人的手都沾湿了。老人把孩子抱在膝上，很高兴的叫她做“教母”。神甫大为感动，很热烈的背着一首《来罢，圣灵》的赞美诗。跪在地下的三个基督徒，就把这首赞美诗代替了晚祷。

蒲奚伐女人很诧异的跑进来问：“什么事啊？”

于絮尔回答：“哎，干爹信了上帝了。”

“那多好！这么一来，他就十全十美了。”老佣人嚷着，一本正经的画着十字，神气很天真。

慈祥的教士说道：“亲爱的医生，不久你会感到宗教的伟大和奉教的必要；你会发觉，富于人情味的宗教哲学比最大胆的思想更高超。”

本堂神甫像小孩子一样快活，答应每星期来谈话两次，替老人解释基督教教义。由此可见，大家以为他的信教是于絮尔促成的，并且还有卑鄙的用意，其实是很自然的演变成功的。这颗心灵的创伤，教士暗中惋惜了十四年没敢碰一下；如今老人却像受伤的人请教一个外科医生似的，自动来央求他了。从那次谈话以后，于絮尔每天晚上的祷告都是和老人一块儿做的。他心中慢慢地觉得有种恬静的境界，代替了以前的骚乱。像他自己说的，不可解的事既然有上帝负责，他精神就安定了。于絮尔回答说，这表示他已经在上帝的国土内有了进展。

望弥撒的时候，他聚精会神的念着经文；因为他跟神甫谈了一次话，就参透那个神秘的观念，觉得一切信徒在精神上都是彼此相通的。这位刚刚归宗的老人已经懂得圣餐是个永久的象征，而一朝领会到它深刻与亲切的意义以后，信仰更使圣餐成为不可少的象征。那天他出了教堂，急于回家，为的是要感谢干女儿把他——照古时那种美妙的说法——渡登彼岸。他在客厅中把她抱在膝上，非常虔诚的亲着她的额角。那时他的一般旁系亲属却对于絮尔大肆谩骂，凭着他们恐惧的心理把那么圣洁的影响百般诬蔑。老头儿的急于回家，瞧不起亲属的态度，走出教堂时那句尖刻的回答，当然每个承继人都认为是于絮尔挑拨出来的。

八、这边商量，那边也商量

这方面，干女儿在琴上弹着韦白的《别意变体曲》给她干爹听；那方面，米诺莱-勒佛罗家的饭厅里，大家正在商量一个妙计，结果把这出戏文里头另外一个重要角色也带出场了。内地请客，饭桌上照例很热闹：再加从运河里载来的，或是蒲高涅方面，或是都兰纳方面的美酒，为大家助兴，一顿饭直吃了两个多钟点。才莉特意定了生蚝、海鱼和其他的名菜，替儿子接风。

饭厅颇像乡村旅店的客堂，中间摆着一张圆桌，桌面上的情形非常有趣。才莉看着规模宏大的下房心满意足了，又在大院子和种满蔬菜果树的园子之间盖一所屋子。她家中每样东西只求干净、实惠。勒佛罗-勒佛罗的作风对大家是个很大的教训，所以才莉绝不许建筑师随便乱来，浪费她的钱。饭厅只糊着上油的花纸，摆着胡桃木椅子、胡桃木酒柜、一只珐琅质的火炉，挂着一只时钟和一只晴雨表。杯盘虽是普通的白瓷，但桌布和大批的银器使饭桌显得灿烂夺目。因为只雇一个厨娘，才莉自己少不得奔进奔出，像香槟酒瓶里的铅丸一般。等她端上咖啡，候补律师但羡来把早上发生的大事和后果都弄明白了，才莉关上门，请公证人第奥尼斯发言。屋内鸦雀无声，每个承继人的眼睛都盯着那张公证人的脸；这就不难看出吃公事饭的人对一般家庭的影响。

他说："诸位老弟，你们的叔叔是一七四六年生的，今年八十三岁；可是老年人往往会走上邪路，而这个小……"

"小毒蛇！"玛尚太太抢着说。

"小坏蛋！"才莉补上一句。

第奥尼斯往下说："咱们只叫她名字罢。"

克莱弥埃太太道："她的名字就是女强盗。"

"美丽的女强盗。"但羡来补充。

第奥尼斯接着说："这小于絮尔是他的心肝宝贝。诸位都是我的主顾，我为了你们的利益，并没等到今天才打听消息，据我所知，这年轻的……"

"小毛贼！"稽征员嚷着。

"抢遗产的女棍！"治安裁判所的书记说。

公证人道："诸位，别闹！要不然我戴上帽子，失陪了。"

"得了罢，老头儿，"米诺莱替他斟着罗姆酒[①]，"再来一杯！……那真是罗马来的。好啦，你快点儿说罢。"

"于絮尔固然是约瑟·弥罗埃的女儿，但约瑟是你们老叔的岳父，华朗丁·弥罗埃的私生子；所以于絮尔是但尼·米诺莱医生非正式的内侄女。既然是非正式的内侄女，医生倘若立一张有利于她的遗嘱，也许会受到攻击。要是他把家私传给她而你们跟她打官司，那对你们也很不利；因为人家可以说于絮尔和医生并非

①罗姆原系甘蔗制成的酒（通常均译为甘蔗酒），因米诺莱无知，误为与罗马有关。

亲戚[1]。不过一个没人保护的姑娘遇到这场官司，一定会着慌，想法跟你们和解的。”

才毕业的法学士急于卖弄才学，说道：“法律对私生子女的权利限制得非常严格，据一八一七年七月七日最高法院的判例，私生子对于他们的祖父不能有任何要求，连要求饮食都不行。可见当局把私生子女的亲属关系推得很广。法律在这方面的限制一直应用到私生子女的后代，因为把财产赠予私生子女的后人，就是间接赠予私生子女。我们把民法七五七、九〇八、九一一各条综合起来，就可得到这个结论。去年十二月二十六日有件案子，巴黎高等法院把祖父传给非正式孙子孙女的遗产克减了。要说亲属关系，这位祖父和非正式的孙子孙女，正如米诺莱医生和于絮尔一样的疏远。”

古鄙道：“我觉得这种看法只适用于祖父母对私生子的后代；姑丈等等是不相干的。一个人的舅子既是私生子，他和舅子的儿女就不成其为亲戚。于絮尔对米诺莱医生，根本是外人。记得一八二五年，我刚念完法律的时候，高玛的高等法院判决一件案子，说私生子一旦死了，他的后代就不能和先人的亲戚再成立什么间接的关系。现在于絮尔的父亲就是死了的。”

古鄙的论据当时所发生的作用，大可引一句新闻记者在国会报导中常用的话，叫作全场骚动。

“这个话有什么意思呢？”第奥尼斯嚷道。“法院还没遇到姑丈对非正式内侄女的赠予案子；万一遇到的话，对私生子极严

①法国民法限制私生子女的权利极严格。倘米诺莱医生与于絮尔的亲戚关系成立，则米诺莱以遗产赠予于絮尔即可受到利害关系人的攻击；倘米诺莱与于絮尔并无亲戚关系，则米诺莱自有权利以遗产相赠。

格的法律很可以应用上去，尤其在这个宗教极受尊敬的时代。所以我敢担保，这件案子一定能和解；倘若你们决心跟于絮尔把官司打到最高法院，那么和解更不成问题。”

一般承继人听了，仿佛金山银山已经摆在眼前，便高兴起来，有的笑逐颜开，有的挺挺腰板，有的做着手势，再也看不见古鄙的不以为然的表示。然后，听到公证人说出两个可怕的字儿“可是！……”大家又静下来，心里发慌了。

第奥尼斯仿佛拉了一下傀儡戏后台那根牵动轮盘，使傀儡一蹦一跳的线：所有的人都把眼睛瞪着他，脸也摆成一个同样的姿势。

他说：“可是没有一条法律能阻止老人认于絮尔做养女或是跟她结婚。认养女是可以推翻的，我想你们打起官司来准赢：高等法院对过继问题绝不马虎，侦查期间一定会问到你们。尽管米诺莱医生得着圣·米歇勋章、荣誉团勋章，当过拿破仑的医师，也是要输的。你们为过继的事固然不用害怕，但要是他们结婚又怎办呢？老头儿相当狡猾，很可能到巴黎去住上一年再结婚，在婚书上写明送妻子一百万法郎。因此，唯一使你们的遗产受到危险的，是小姑娘和她的姑丈结婚[1]。”

说到这儿，公证人歇了一会。

古鄙摆出一副精明能干的神气，接着说：“还有一个危险，便是立一张委托赠予的遗嘱给第三者，比如篷葛朗先生罢，托他

①西俗，亲戚不论辈分尊卑。

将来把遗产转交于絮尔[1]。”

第奥尼斯打断了他帮办的话：“倘若你们跟老叔捣乱，不好好的奉承于絮尔，他一恼之下，不是和孩子结婚，就是像古鄙说的，来一个委托赠予；可是这种方式的遗赠，危险性很大，我想他不会采取的。至于结婚，要阻挠也容易得很。只消但羡来对小姑娘露出一点儿追求的意思，她哪有不喜欢年轻貌美，纳摩镇上的风流公子，倒反挑中一个老头儿的？”

车行老板的儿子听到有偌大家私，又垂涎于絮尔的姿色，不禁心里痒痒的，凑着才莉的耳朵说道：“母亲，要是我娶了她，全部家产都是咱们的了。”

“你疯了吗？你将来有五万法郎进款，还有当国会议员的希望；亏你想得出这种念头！只要我活着，绝不让你结那种不三不四的亲，断送你的前程。你贪图她七十万家私吗？……你傻不傻？镇长的独养女儿就有五万法郎进款，已经跟我提过亲啦……”

母亲对儿子说话这样不客气，还是破题儿第一遭；但羡来一听之下，觉得再没希望娶美丽的于絮尔了；才莉只要把蓝眼睛一瞪，拿定了主意，但羡来父子俩一向是拗不过她的。

克莱弥埃太太碰了碰丈夫的肘子，丈夫便高声说道：“喂！你说，第奥尼斯先生，万一老头儿当了真，把干女儿许给但羡来，拿全部家当给了她，咱们不是落空了吗？他只消再活五年，财产就要上百万了。”

---

①委托赠予是欧洲各国法律都允许，而民间常有的一种行为，源出《罗马法》。出面受赠之人，并非实际享受权利之人，而仅负责将赠予物交付委托书上指定之人。

才莉嚷道："没有这回事！我口眼不闭，但羡来绝不能娶一个私生子的女儿，娶一个人家为了做好事而领养的，在街上捡来的女儿！别见鬼罢！将来叔父死了，我儿子就是米诺莱家的代表；姓米诺莱的五百年来都是清清白白的布尔乔亚。这种家世也抵得上贵族了。你们放心：但羡来要有了当选议员的把握才娶亲呢。"

这篇自命不凡的议论，立刻得到古鄙的拥护，他说："但羡来一朝有了两万四收入，不是当高等法院的庭长，便是当检察长，这都是进贵族院的门路；若是他糊里糊涂结了婚，什么都完了。"

一般承继人听了，七嘴八舌，彼此都说起话来；米诺莱把桌子一拍，仍旧要公证人发言，大家才静下来不出声了。

第奥尼斯说道："你们的老叔是个正人君子，自以为长生不老的；但像所有的聪明人一样，很可能不立遗嘱就被死神请了去。所以我主张，先劝他把现金作投资，投资的方式要使他不容易剥夺你们的承继；而眼前就有一个机会在这里。小包当丢埃欠了十多万债，关在圣·贝拉奚监狱。他老娘知道了，哭得像玛特兰纳，特意请夏伯龙神甫去吃饭，没有问题是商量这件事的。我预备今天晚上去见你们老叔，劝他把行市到了一百十八法郎的，有担保的五厘公债卖掉，筹了现款来借给包当丢埃老太太，她可以拿鲍第埃农庄和镇上这所屋子作抵；这样，她就能替浪子还债，救他出狱。以公证人的身份，我很可以替糊涂的小包当丢埃说话，我劝老头儿调动资金也在情理之中：立文书，做买卖，不都是我的进账吗？倘我能做他的顾问，还可以劝他把借出之后多余的钱买进别的田地；上好的产业，我手头有的是。他的家私一朝变了本地的不动产，或是凭抵押品借给了当地的人，那就逃不了啦。他再要想变成现金的话，我们总有办法阻挠的。”

这一席话比姚斯先生[1]说的更巧妙，立论的正确使承继人大为惊异，四下里响起一阵唧唧哝哝的声音，表示赞成。

公证人随即下了结论：“所以你们应当协力同心，把老叔留在纳摩；这儿他已经住惯了，而且你们还能监视他。想法使小姑娘有个情人，她就不会嫁给……”

古鄙忽然起了野心，问道：“万一她真嫁了那个情人呢？”

公证人回答：“那事情也不算太糟，损失也看得见的；老头儿预备给多少陪嫁，可以打听出来。但要是你们派但羡来出马，他不妨把小姑娘拖延时日，拖到老头儿故世的时候。亲事可结可离，有什么难处！”

古鄙道：“如果老医生还要活好多年，那么最简单的办法不如把她嫁给一个规规矩矩的男人，拿着十万法郎陪嫁搬到桑斯、蒙太奚，或是奥莱昂，替你们把她带走。”

在场只有第奥尼斯、玛尚、才莉和古鄙四个人有头脑，他们意味深长的彼此望了望。

才莉咬着玛尚的耳朵，说道：“那可是梨子生了虫，从里头蛀出来啦。”

玛尚回答：“干吗让他来参加呢？”

但羡来向古鄙嚷道：“对你倒很合适。不过你能有一天收拾得干干净净，讨老人和他干女儿喜欢吗？”

---

①为莫里哀喜剧《医生的爱》中人物。史迦拿兰以爱女吕商特忧郁成疾，与诸友商议；珠宝商姚斯劝其购买钻石以赠爱女，痼疾必可霍然而愈。

“你要把肚子去挨裙撑子，可是做梦了。”车行老板终于也明白了古鄙的用意。

这句粗俗的打趣引得众人哈哈大笑。古鄙把众人扫了一眼，神气那么凶狠，吓得大家马上止住了笑声。

才莉凑着玛尚耳朵，说：“现在当公证人的都唯利是图；第奥尼斯万一为了招揽生意，倒过去帮了于絮尔，又怎办呢？”

“我相信他是靠得住的。”玛尚向才莉挤了挤那双狡猾的小眼睛，心里还想补上一句：“他有把柄在我手里。”但他终于咽了下去，高声说道：

“我完全赞成第奥尼斯的意见。”

“我也赞成。”才莉嘴里这么说，已经疑心公证人为了利害关系和玛尚串通一起。

“我太太投过票了！”车行老板说着，又呷了一小口饭后酒；他早已酒醉饭饱，脸色都发紫了。

克莱弥埃也说：“那很好。”

“那么我饭后就得去走一遭了？”第奥尼斯又追问一遍。

克莱弥埃太太对玛尚太太说：“要是第奥尼斯先生的话不错，咱们就应该跟从前一样，每星期晚上去拜访叔叔，完全照第奥尼斯先生的办法做去。”

“嗯，是的，去受他那种招待！”才莉叫起来，“不管怎么样，我们一年也有四万法郎进款，几次三番请他，都被他拒绝了。哼，我们有什么地方比不上他？我虽不会开药方，可是当这个家也不是件容易的事！”

玛尚太太听了，心中有气；她说：“我没有四万法郎进款，自然一万也损失不起！”

克莱弥埃太太道："我们是他的小辈，应该侍候他，对他家里的情形也能看得清楚些；表嫂，你将来会感激我们的。"

公证人举起手指放在嘴唇前面："别亏待了于絮尔，特·姚第老头还拿自己的积蓄送给她呢！"

但羡来嚷道："好吧，让我去换一套漂亮衣服。"

古鄙跟着他东家出了车行，说道："刚才你那一套，和巴黎最高明的诉讼代理人台洛希一样厉害。"

"可是他们还跟我计较公费呢！"公证人苦笑了一下。

那些承继人陪着第奥尼斯和他的帮办走出来，个个人带着酒醉饭饱的神气，走到广场上，正遇上晚祷完毕。不出公证人所料，夏伯龙神甫搀着包当丢埃太太的手臂一块儿走着。

玛尚太太指着刚走出教堂的于絮尔和她的干爹，对克莱弥埃太太道："她还拉他去做晚祷呢。"

"咱们跟他说话去。"克莱弥埃太太说着，迎着老人走过去了。

自从在车行里开过会以后，众人脸上都换了一副表情，米诺莱医生看了很诧异，私忖他们为什么装作这样亲热。为了好奇，米诺莱医生让于絮尔跟两个女的见面；她们俩堆着假笑，好不肉麻的向于絮尔行礼。

克莱弥埃太太道："舅舅可允许我们晚上来拜访吗？有时我们怕打搅舅舅；可是我们的孩子好久没来向舅公请安了；我们的女儿也到了年纪，应该认识认识我们亲爱的于絮尔了。"

医生回答："于絮尔的脾气跟她的名字一样，孤僻得很呢[1]。”

“我们来陪陪她，她就随和了。”玛尚太太接着说。这位管家妇还想用俭省的理由遮盖她的用意，“并且，叔公，听说叔公的干女儿弹得一手好琴，我们很高兴能够听听。我跟克莱弥埃太太想请于絮尔的老师教我们的孩子；他有了七八个学生，也许学费能便宜些，不超过我们的能力。”

老人说：“好吧；我还想替于絮尔请个歌唱教师，那么事情更容易商量了。”

“那么叔公，晚上见，我们带着你的侄孙但羡来一块儿来，他马上就要当律师啦。”

“晚上见。”米诺莱回答，他想借此看看这般小人究竟存着什么心。医生的外甥女和表侄孙女握了握于絮尔的手，装作挺亲热的说了声：

“再见。”

“噢！干爹，我心中的欲望都被你猜着了。”于絮尔嚷着，向老人不胜感激的望了一眼。

他说：“因为你嗓子很好。我还想替你找个图画教师和意大利文教师。”他推开家里的铁门，瞧着于絮尔，又道：“一个女子的教育，应当使她出嫁的时候无论什么地位都够得上。”

于絮尔脸红得像樱桃：干爹似乎正想着她所想的那个人。她觉得自己快要把不由自主的、常常想念萨维尼昂的心情，和为了他而竭力要求进修的欲望，告诉老人了；她去坐在一大堆浓密的藤萝底下，远远望去，她好似一朵蓝白相间的花。

---

①于絮尔（Ursule）在拉丁文是Ursus，意思是熊。

她看见老人走过来，想换个题目，不让他再想着那些自己为之出神的念头，便说：“干爹，你瞧你的外甥女和表侄孙女对我多好；她们都是怪和气的。”

老人叫了声：“可怜的孩子！”

他把于絮尔的手放在自己臂上，轻轻拍着，带她走上沿河的平台，在那儿谈话是没有人听见的。

“干吗你要说可怜的孩子？”

“你没看见她们怕你吗？”

“为什么？”

“我信了教，我的承继人都着急了；他们一定认为我的进教是受你的影响，还以为我要剥夺他们的遗产，让你多得些家私……”

“那怎么会呢？……”于絮尔望着她的干爹，很天真的说。

老人抱起孩子，亲了亲她的脸颊：“噢！你是我晚年的安慰。我刚才求上帝让我多活几年，原是为了你，不是为了我。我希望活到能替你找着一个合适的人，把你交托给他为止。我的小天使，你等会儿瞧着米诺莱、克莱弥埃、玛尚在这儿做的戏罢。你是要我活得舒服，活得长久！他们却巴不得我早死！”

于絮尔道：“上帝不许我们憎恨；但要是你说得不错……噢！我也要痛恨他们了。”

蒲奚伐女人站在石级高头，那在花园这边正好是走廊尽处；她喊了声：“吃晚饭了！”

饭厅壁上是用漆描的中国画，还是勒佛罗-勒佛罗遗下的装饰。于絮尔和干爹在这间精致的餐室内吃到饭后点心，治安裁判所的法官来了。医生请他喝一杯自炒、自磨、用一只叫作夏伯太的银壶自煮的莫加、蒲蓬和玛蒂尼葛的混合咖啡；那是只有最亲密的朋友才能受到的款待。

“哎，哪！”篷葛朗抬了抬眼镜，带着俏皮的神气望着老人，“外边可闹得满城风雨了；你一踏进教堂，你那批承继人就起哄啦。你的财产要捐给教会了，要送给穷人了，诸如此类。你刺激了他们，他们发急了。我看见他们在广场上的第一阵骚动，跟热锅上的蚂蚁一样。”

老人嚷道：“于絮尔，我刚才对你怎么说的？我知道你听了会难过，可是也顾不得了；你应当认识认识世道人心，才能提防那些没来由的仇恨。”

“关于这件事，我有句话跟你说。”篷葛朗想借此机会，和老朋友谈谈于絮尔的前途。

满头白发的医生，抓起一顶黑丝绒便帽戴上了；法官怕着凉，也戴着帽子；两人沿着平台踱来踱去，商量用什么方法，才能替于絮尔保全干爹预备给她的财产。第奥尼斯认为照顾于絮尔的遗嘱不能生效的主张，法官是知道的；纳摩镇上的居民太关切米诺莱的承继问题了，不能不引起当地的法学家们纷纷议论。篷葛朗认定于絮尔和米诺莱医生根本不算亲戚；但他也感觉到，立法的本意是不允许有非正式的分子羼入家庭的。起草法典的人只想着父母对私生儿女的褊心，没料到旁系尊亲对私生子女的后人也会有感情。显而易见，法律在这方面是有疏漏的。

古鄙，第奥尼斯，但羡来，刚才讲给承继人们听的法理，篷葛朗也和医生说了一遍，又道：“在别的国家，于絮尔绝对不用担心；她是合法配偶所生的女儿，她的父亲仅仅是不能承继令岳华朗丁·弥罗埃的遗产。不幸我们的司法界很有才气，喜欢一步一步做推论，揣摩立法的精神。律师们会大谈道德，说法典上的疏漏是由于立法者太老实，没预料到这种情形，但他们至少已经把原则确定了。这场官司必定拖延时日，所费不赀。以才莉那个性格，恐怕只要告到最高法院为止，那时我是不是还在世界上可没有把握了。”

医生嚷道：“尽管是理直气壮的官司，也不一定准赢。我已经想到辩诉状上的理由：私生子继承权利的限制应当推广到什么程度？一个大律师的声名，就靠能够打赢下风官司。”

篷葛朗道：“婚姻是社会的永久基础，我恐怕推事们为了保护婚姻制度，会把法律的含义尽量推广。”

老人没有说明自己的主意，只是拒绝采用委托赠予的办法。篷葛朗提议用结婚来保障于絮尔的财产，医生却回答说：“可怜的孩子！我可能再活十五年，那她怎么办呢？”

“那么你打算怎办呢？”篷葛朗问。

“咱们再考虑，让我再想想罢。”老医生显然是支吾其词。

那时，于絮尔过来说第奥尼斯要找医生谈话。

“第奥尼斯已经上门了！”米诺莱望着法官叫了一声，又回答于絮尔说：“好吧，请他进来。”

“我敢打赌，他是替你的承继人做幌子的；他们和第奥尼斯一块儿在车行里吃饭，一定安排好什么计策了。”

公证人由于絮尔带到花园的尽头。行过礼，无关紧要的说了几句，第奥尼斯要求医生和他单独谈话。于絮尔和篷葛朗便回进客厅。

篷葛朗记着医生说的最后两句话：“咱们再考虑，让我再想想罢……”心上想：“哼，聪明人老是这一套；有朝一日，冷不防被死神请了去，他们心爱的人儿就受累了。”

专办事务的人对优秀人物的不信任是很显著的，他们承认优秀人物的长处，却不容许他们有短处。但这不信任的心理也许倒是一种褒奖。事务家看到高明的人站在山峰上，便以为他们不会走到平地上来，照顾到在金钱方面能变成大资本、在自然科学方面能变成整个世界的、极细微的小节。这个见解可是错了！一个有感情的人，一个有天才的人，都是巨纤不遗、无所不见的。篷葛朗因为医生不露口风，未免心中怏怏；但为了于絮尔的利益，并且觉得这利益的确受到危险，便打定主意要保护她，不让承继人欺负。篷葛朗又因为没法知道老人和第奥尼斯谈些什么，心里焦急得很。

他打量着于絮尔，暗暗想着：“不管于絮尔多么纯洁，至少有一件事，少女们都是有自己的主张的。让我来试她一下！”他用手扶了扶眼镜，对于絮尔说道：“米诺莱-勒佛罗夫妇，很可能替他们的儿子向你说亲。”

可怜的孩子脸色发了白；以她的教养和庄重的性格，她绝不肯去偷听第奥尼斯和老医生的谈话的；但她盘算了一会，觉得自己可以出场，如果干爹认为不妥，会向她示意的。医生做书房用的那间中国式水阁，落地长窗外面的百叶窗，还打开在那里。于絮尔灵机一动，走过去关窗。她先向法官告罪，表示要失陪一下。法官微笑着回答：

“你请便罢！请便罢！”

九、初次泄露

于絮尔走到从中国式水阁通往花园的石级上，逗留了一会，慢条斯理的关着百叶窗，望着落日。医生正向水阁这里走过来，于絮尔听见他回答第奥尼斯，说着：

“我那些承继人就喜欢我有不动产，希望我接受人家的抵押品，以为那么一来，我的财产更可靠了；他们之间说的话，我都能猜到；也许你是来替他们做说客的罢？告诉你，先生，我的办法绝不更改。我带到这儿来的本金，将来是给承继人的；叫他们放心，别跟我烦。对于这个孩子（他指着干女儿），我自有权衡，另作安排，倘若承继人中有人出来捣乱，我即使死了，也要回到阳间来叫他不得安宁！”接着又补充道，“所以，要是希望我借钱给萨维尼昂先生还债，那他只好在牢里白等了。我不会卖掉公债的。”

听到最后两句，于絮尔第一次感到真正的痛苦，她赶紧把身子和脑袋靠着百叶窗，才不至于倒下去。

“天哪！怎么的？她脸上血色都没有了。饭后这样冲动，对她可能有性命之忧的。”医生嚷着，伸出手来抱住于絮尔，她差不多已经发晕了。

“再见，先生，”他招呼公证人，“我不奉陪了。”

他把干女儿抱进书房，放在一张路易十五式的大沙发上，从药瓶堆里抓了一小瓶依太给她闻。

篷葛朗在旁骇坏了；老医生对他说：“你代我送送客人罢。我要一个人在这里陪她。”

法官把公证人直送到铁门，漫不经意的问了一句：

“于絮尔怎么的？”

“不知道，”第奥尼斯回答，“她站在石级上听我们谈话。包当丢埃家的儿子欠了债，关在牢里，因为他不像杜·罗佛侯爵有篷葛朗先生帮忙。我劝医生借钱给包当丢埃还债，医生不答应，于絮尔听了就面无人色，倒下来了……不知她是否爱上了他，或者两人之间有什么……”

“她才不过十五岁，难道就……”篷葛朗打断了第奥尼斯的话。

“她是一八一四年二月生的，再过四个月就十六岁了。”

法官回答：“不会的，她从来没见过这位邻居。大概是病罢？”

“是心病。”公证人接着说。

公证人发觉了这件事很高兴：这样，医生就不可能到最后关头娶于絮尔，来损害他的承继人了。篷葛朗却是全部希望都落了空，因为他久已想替儿子娶于絮尔做媳妇。

他歇了一会，说道：“于絮尔要是爱那小伙子可倒霉啦：包当丢埃太太是布勒塔尼人[1]，而且把她贵族门第看得比什么都重。”

“幸亏是这样……”公证人差点儿露出马脚来，急忙改口道，“为包当丢埃家的声望着想，幸亏是这样。”

关于这位好心和老实的法官，我们得说句公道话：从大门口走回客厅的路上，他死了心，不敢再希望有朝一日把于絮尔叫作媳妇了；当然他心里是替儿子惋惜的。篷葛朗本意是等儿子当上署理法官的时候，给他六千法郎一年收入的财产；假定医生再给于絮尔十万法郎陪嫁，这两个青年便是一对珠联璧合的夫妇；他的欧也纳的确是个忠诚可爱的小伙子。或许就因为他过分的称赞欧也纳，引起了米诺莱老人的疑心。

篷葛朗心上想：“还是回头去打镇长女儿的主意罢。不过于絮尔即使没有陪嫁，也强似有一百万妆奁的勒佛罗-克莱弥埃小姐。现在得想法让于絮尔嫁给包当丢埃，万一她真爱他的话。”

老医生关上通往藏书室和花园的门，带着干女儿坐在临河的窗下对她说：

“狠心的孩子，你怎么的？我跟你相依为命；没有你的笑容，我怎么过日子呢？”

“萨维尼昂关在牢里啊。”她回答了这句，泪如泉涌，抽抽噎噎的哭了。

老人像父亲那样好不焦急的按着她的脉，想道：“这一下没事了。可怜！她和我女人一样神经脆弱。”他去拿了听筒来放在于絮尔胸口，把自己的耳朵凑上去，自言自语的说着：“啊，好啦！好

①布勒塔尼人在法国是以固执出名的。

啦！”然后又望着她说：“我的宝贝，没想到你爱他已经爱到这个地步。但是你得把我看作你自己一样，把你们两人之间的事情统统说给我听。”

于絮尔哭着回答：“干爹，我并不爱他，我们从来没说过一句话。可是我一知道这可怜的青年关在牢里，你这个多慈悲的人竟狠着心肠，不肯救他出来……”

“于絮尔，我的小天使，你不爱他，为什么把圣·萨维尼昂的节日和圣·但尼的节日同样画上一个红点呢？来，来，把这桩爱情一五一十都告诉我。”

于絮尔脸上一红，含着眼泪；两人静默了一会。

“我是你的父亲、你的朋友、你的母亲、你的医生、你的干爹，这几天对你的疼爱更进了一步，难道你还怕我不成？”

“好！亲爱的干爹，我把心打开来给你看罢。今年五月里，萨维尼昂先生回来看他母亲。以前我从来没留意到他。他最初住到巴黎去的时候，我年纪很小，我可以起誓还看不出一个年轻人跟你们别的男人有什么分别，所知道的只是非常爱你，万万想不到会更爱别人的。萨维尼昂在他母亲生日的前夜，搭了驿车回来，当时我们都不知道。第二天早上七点，我做完祷告，打开窗子让房间换换空气，看见萨维尼昂先生的卧房开着窗，他穿着晨衣正在剃胡子，那种动作可真有风度……我觉得他长得挺好看。他梳理他的黑髭和下巴上的一撮须，我看到他的脖子，又白，又圆……唉，都告诉你罢，我发觉那个多娇嫩的脖子，那张脸和那些美丽的黑头发，跟我在你剃胡子的时候见到的完全不同。当时不知打哪儿来了一阵一阵的热潮，直冲到我的心里，我的喉咙口，我的头里；而且来势猛烈，使我不得不坐下来。我直打哆嗦，站不住了；可是一心只想再看，便提着脚尖瞧，那一下被他看到了。他跟我打趣，用手指送了一个飞吻，后来……”

“后来怎么样？……”

“后来我躲起来了，又害臊，又快活，也弄不清为什么我觉得这种快乐有点儿不好意思。以后每逢他那张年轻的脸在我心中浮现的时候，总有那股使我神魂颠倒，来势多么猛烈的巨潮涌上来。再说，我也极喜欢常常体验到这种情绪，不管它多么猛烈。去望弥撒的路上，有种抑制不住的力量，逼我去瞧扶着母亲的萨维尼昂先生：他走路的姿态，穿的衣服，连靴子踩在石板上的声音，我都觉得美不可言。他身上一切的小地方，戴着多细软的手套的手，都把我迷住了。可是在弥撒祭中间，我还能压制自己，不去想他。从教堂出来，我故意留在后面，让包当丢埃太太先走，那我就能挨在萨维尼昂旁边走出去了。这些小手段使我感到多少兴趣，简直没法形容。回到家里，我转过身去关铁门的时节……”

“蒲奚伐女人呢？……”

“噢！我让她到厨房去了，”于絮尔很天真的说，“那时我就看到萨维尼昂站在那儿，望着我出神。我以为他眼中有些惊奇和赞美的表情，便得意极了，恨不得想尽办法让他把我多瞧几回。我觉得以后非讨他喜欢不可了。只要他瞧我一眼，我做的好事就算得了最甜蜜的酬报。从那时起，我就时时刻刻不由自主的想着他。当天晚上，萨维尼昂先生动身了，我没有再看见过他；布尔乔亚街变得空虚得很，似乎他无意中把我的心带走了。”

“事情就是这些吗？”医生问。

“就是这些，干爹。”于絮尔叹了口气，觉得没有更多的事可说，非常遗憾；但当时的悲痛把遗憾的情绪压下去了。

医生把于絮尔抱在膝上，说道："亲爱的孩子，你转眼就要满十六岁，做大人了。此刻你正在过渡期间，一方面是已经结束的，幸福的童年，一方面是爱情的骚动，使你以后的生活风波很多，因为你神经特别敏锐。"老人又用了一种不胜惆怅的语气往下说："孩子，你那个感觉就是爱情，是纯洁的、天真的、保持着本来面目的爱情：它是不由自主的，来得很快，像一个贼似的把什么都席卷而去……是的，把什么都席卷而去！那也早在我意料之中。我仔细观察过女性，知道她们之中有一大部分，需要看到许多感情的证明和奇迹以后，才会动心，她们只要打败了才开口、才让步；但也有别的女性，由于一种现在可用磁性液体来解释的共鸣作用，会一见生情。你知道你是取的你姑母的名字。今天我可以告诉你，我当年一看见那可爱的人，根本不知道我们的性格和为人是否相配，就感觉到我会忠实的、专一的爱她。爱情是不是有先见之明，像千里眼那样呢？这问题，我不知怎么解答；因为有多多少少的配偶，以神圣的契约作保障而结合的，以后竟会破裂，终身反目，有如仇敌。两人尽可能在生理上结合得如胶似漆而思想上不能融洽；而也许某些人的生活倒是靠思想的成分多于肉体的成分。相反，性格相投而生理上彼此厌恶的，也往往有之。这两种截然不同的现象，既可以说明许多人生的不幸，更可以证明法律把儿女的婚姻交给父母决定是极聪明的办法；因为上面两种情形常常会蒙蔽一个少女，使她不是受这个幻象的骗，便是受那个幻象的骗。所以我并不埋怨你。你所经历的感觉，不知从何而来而直冲到你心坎和头脑中的情绪，你想念萨维尼昂时的快乐，都是天然的。可是，亲爱的孩子，正如夏伯龙神甫告诉你的，社会要我们把许多天生的嗜好牺牲掉。男女的命运完全不同。我当初可以挑中于絮尔·弥罗埃做我妻子，告诉她我怎么爱她；但做姑娘的爱一个男人而向他求爱，就有亏妇道了；女性不能像我们一样明目张胆的追求她的愿望。所以在你们身上，尤其在你身上，廉耻观念成为一道不可超越的、遮盖你们感情的藩篱。你一再踌躇，不敢对我说出你初恋的感情，足见你宁可受刑，也不愿向萨维尼昂承认……”

“噢！是的。”

“可是，孩子，你还应当进一步，克制你的感情，把它忘掉。”

“为什么？”

“因为，我的小天使，你只应该爱一个将来做你丈夫的男人，而即使萨维尼昂先生会爱你……”

“我还没想到这一步呢。”

“听我说，即使他会爱你，即使他母亲为他而向我提亲，我也要长时期的、仔细的，把他考察过后，才能答应。他这次的行为，使所有的家庭都要防他一着，使他和所有的闺女之间有了一道不容易推倒的栅栏。”

于絮尔收了眼泪，露出一副天使般的笑容，说道：

“患难未始于人无益！”

医生听了这句天真的话，一声不出。

“干爹，他做了什么事啊？”

“我的小天使，他两年之内在巴黎欠了十二万法郎的债！还糊涂透顶，让人家关进圣·贝拉奚[1]，年轻人做了这样的笨事，从今以后还有谁瞧得起？一个挥金如土，陷母亲于痛苦与贫穷的人，将来会像你父亲一样，使他妻子伤心死的！”

“你想他能改过吗？”于絮尔问。

“倘若他母亲替他还了债，他就一贫如洗了；生为贵族而没有财产，那可是天底下最难受的刑罚。”

于絮尔呆呆的想了想，抹着眼泪，对干爹说：

“你倘使能救他，干爹，你还是救他罢；帮了他的忙，你可以有权利劝他、责备他……”

“并且，”医生学着于絮尔的声调，“他可以到这儿来，老太太也会来，我们能看到他了，并且……”

“我此刻只为他本人着想。”于絮尔红着脸回答。

“孩子，别再想他了；那简直是做梦！”医生口气很严肃，“包当丢埃太太是甘尔迦罗埃出身，哪怕她一年只有三百法郎生活费，也不会答应萨维尼昂·特·包当丢埃子爵，故海军上将包当丢埃伯爵的侄孙，故舰长包当丢埃子爵的儿子，跟——跟谁？——跟没有财产的于絮尔·弥罗埃结婚，她的父亲不但是军乐队的乐师，而且，我也不能再瞒你了，还是一个大风琴师的私生子！”

她听到这段内幕，哭了：“噢，干爹！你说得不错：我们只有在上帝面前才平等。从此我只在祷告的时候想念他罢。请你把预备给我的钱统统给他。像我这样一个可怜的姑娘，钱有什么用

---

①至1872年止，凡因债务下狱的人都关在圣·贝拉奚监狱，以后又于格里希街另建监狱，囚禁此种被告，故巴尔扎克以后的小说中（如《贝姨》）改称格里希。

呢？他却是关在牢里哪！”

“把你所有的委屈都交给上帝罢，也许他会帮助我们。”

两人静默了一会。于絮尔对干爹望都不敢望；等到后来抬起眼睛，看到他憔悴的脸上老泪纵横，她不禁大为激动。儿童的哭是天然的，老年人的哭是教人受不住的。

“啊，我的天！你怎么啦？”她扑在老人脚下，吻着他的手，“你不信任我吗？”

“我一向只想满足你的愿望，现在可给你尝到了出世以来第一次深刻的痛苦！我心里和你一样难受。我生平只哭过几回，在我孩子们死的时候和你姑母死的时候。好吧，你要怎办，我依你就是了。”

于絮尔眼泪还没干，对干爹像闪电似的看了一眼。她笑了。

“咱们上客厅去吧；别忘了，孩子，这些事都得严守秘密。”医生说着，把干女儿留在书房里，自个儿走了。

慈爱的老人看到那圣洁的笑容，软心了，差点儿说出一句暗示有希望的话来安慰他的干女儿。

十、包当丢埃母子

这时，包当丢埃太太陪着本堂神甫，坐在楼下冷冰冰的客堂里，正和她唯一的朋友、慈祥的神甫，讲完她的伤心事。她手中拿着几封使她痛苦得无以复加，夏伯龙神甫才看过而还给她的信。方桌上摆着残余的饭后点心，老太太坐在桌旁望着神甫，神甫坐在桌子对面的靠椅上，蜷着身子摸着下巴颏儿，活像一般数学家，教士，舞台上扮佣人的角色，为了一个难题而用心思索的神气。

小客堂临街开着两扇窗，四面是漆成灰色的护壁板；室内潮气极重，下面的板壁已经烂了，只靠油漆维持在那里，露出许多几何图形的裂痕。地下的红砖，平日只有独一无二的女仆擦洗，每个座位前面都得放上一块小圆草席；神甫的脚就是踏在这种草席上。浅绿底子深绿花的大马色窗帘拉上了，百叶窗也关了。桌上点着两支蜡烛，室内只有半明半暗的光线。两个窗洞之间挂着一幅拉都画的极精彩的粉笔肖像，画的是赫赫有名的海军上将包当丢埃。他原是和修弗朗、甘尔迦罗埃、琪乡、西牟士等等相颉颃的人物[1]。壁炉架对面的板壁上，还有包当丢埃子爵的像和子爵夫人的母亲的像，她是一位北罗埃迦出身的甘尔迦罗埃太太。

海军中将甘尔迦罗埃是萨维尼昂的外叔祖，海军上将包当丢埃的孙子包当丢埃伯爵是萨维尼昂的堂兄，他们俩都很有钱。海军中将甘尔迦罗埃住在巴黎，包当丢埃伯爵住着杜斐南省的古堡，古堡就用他的姓氏做名称。伯爵代表包当丢埃家的大房，小房的后代只有萨维尼昂一个。伯爵年纪四十开外，娶了一位有钱的太太，生下三个孩子。据说他承受了几笔遗产之后，每年有六万法郎收入。身为伊才州的议员，他每年都在巴黎过冬；又以维兰勒法令给他的赔偿[2]，赎回了巴黎的包当丢埃府第。海军中将甘尔迦罗埃，最近娶了外甥女特·冯太纳小姐，目的纯粹是要送她遗产。所以萨维尼昂犯的错误，使他失掉了两个有力的奥援。

萨维尼昂少年英俊，倘若进了海军，凭着他的门第和一个中将一个议员的撑腰，也许二十三岁上已经当了上尉；但他母亲不愿意让独养儿子入伍，只在纳摩请夏伯龙神甫的副司祭负责教导，自以为能够教儿子陪她一辈子，非常得意。她想安安分分的替萨维尼昂娶一个哀格勒蒙家的小姐，得一万二千进款的陪嫁；以包当丢埃的姓氏和鲍第埃的产业来说，也够得上攀这门亲。但事情演变的结果，这个规模虽小而很稳妥的，到第二代上可能重振家业的计划竟不能实现。哀格勒蒙府上家道衰落了，最大的一个女儿海仑失踪了，家属也没有理由可解释。

---

①修弗朗与琪乡为法国十八世纪时的海军中将；其余诸人均系巴尔扎克创造的海军将领，散见于其他小说。

②1825年4月，法国首相维兰勒公布法令，对大革命时期的流亡贵族所受的损失给予赔偿。

萨维尼昂过着没有空气、没有出路、没有行动的生活，除了一般儿子对母亲的感情以外，精神上别无养料；他厌倦不堪，终于摆脱了枷锁，不管那枷锁多么温和。他甚至打定主意，永远不住在内地，觉得自己的前途不是在布尔乔亚街，可惜这觉悟来得太晚了些。他二十一岁上离开母亲，到巴黎认亲戚，谋出路去了。

一个没人管束，没人阻拦，一心只想玩儿的青年，仗着包当丢埃的门望和有钱的亲戚，世家旧族没有一处走不进，一看到巴黎生活和纳摩生活的对比，可就凶多吉少了。萨维尼昂以为母亲藏着二十年的私蓄，便把见识巴黎用的盘川，六千法郎，一眨眼就花得精光。这笔钱根本不够他最初六个月的开销，还有数目加倍的账欠着旅馆、裁缝、靴匠、车行、首饰商，以及一切帮年轻人摆阔的商人。他才不过教人知道他的姓名，对于说话的艺术、应对的规矩、穿背心和挑选背心的诀窍、做衣服和打领带的技巧，才不过略窥门径，却已经欠了三万法郎的债，而萨维尼昂实际的成就还在字斟句酌，想向特·赛莱齐夫人倾听爱情的阶段；这位漂亮太太是特·龙葛洛侯爵的妹妹，帝政时代曾经靠着青春年少红过一时的。

像时下的青年一样，像一般在各方面的野心都归结到同一个目标，都要求那种不可能的平等的青年一样，萨维尼昂和一些时髦人物混得很熟。有一天，饭局完毕的时候，萨维尼昂问道：

“告诉我，你们是怎么应付的？你们不见得比我有钱，却没有一点儿心事，日子很过得去，我可是背了一身的债！”

拉斯蒂涅、吕西安·特·吕庞泼雷、玛克辛·特·脱拉伊、爱弥尔·勃隆台，当时的一班花花公子，一齐笑着回答：“我们都是这样过来的呀。”

饭局的主人名叫斐诺，是一个想巴结这批哥儿们的暴发户，他说：

“特·玛赛一开场就有钱，只是个例外；并且，要没有他那本领，”他向特·玛赛点点头表示敬意，“他的财产反而会把他断送了的。”

“这句话可说到家了。”玛克辛·特·脱拉伊道。

“意思也到家了。”拉斯蒂涅补上一句。

特·玛赛一本正经的告诉萨维尼昂：“朋友，欠债是求经验的资本。正式的大学教育，加上几个专教游艺[1]而你什么也学不到的教师，也要花到六万法郎。即使社会教育的学费贵上一倍，至少它教你懂得了人生，买卖，政治，男人，有时连女人也在内。”

勃隆台在这篇教训后面，套着拉·风丹的诗补上一句：

大家以为社会白送的东西，其实是价钱很贵的。

这些巴黎港湾中本领高强的舵工，说的倒是入情入理的话，但萨维尼昂不去体会，只当是打哈哈。

“朋友，”特·玛赛和他说，“小心点儿，你门第很高，要是不能挣到一笔相当的财产配上你的姓氏，你老来可能进骑兵营去当一名班长的……

“身首异处的名人，我们见得多了！”

①指音乐、舞蹈、击剑、骑马等等。

他念着高乃依的诗句，抓着萨维尼昂的手臂，又道："差不多六年以前，我们亲眼看到一位年轻的哀斯葛里浓伯爵，在上流社会的天堂里捱不上两年！唉！他那生活就像一团烟火。往上飞腾的时候直飞到特·莫弗利原士公爵夫人身边；一跤跌下来，直跌到他的本乡，陪着一个害鼻膜炎的父亲玩两个铜子一把的韦斯脱，拿这种生活来补赎他的过失。我劝你把处境向赛莱齐太太实说，别怕难为情；她会对你大有帮助；倘若不这么办而跟她玩着初恋那种猜谜式的游戏，她一定拿出拉斐尔的圣母派头，假装纯洁，教你在温柔乡中大大的花一笔旅费！"

萨维尼昂年纪太轻，只顾着贵族的面子，不敢把经济情形告诉赛莱齐太太。终于到了一个时期，他慌忙失措，不知怎办了，听了几位朋友教唆，用儿子进攻父母银箱的战术，写信给母亲，说了一大堆有多少到期的借票，被人控告是如何如何丢脸的话。包当丢埃太太当下倾其所有，寄了两万法郎。靠着这笔接济，他才支持到第一年年底。

第二年，他紧盯着赛莱齐太太，赛莱齐太太也当真爱上了他，同时也教育他；他便饮鸩止渴，向高利贷去求救了。朋友之中有位议员，也是他堂兄包当丢埃伯爵的朋友，叫作台·吕卜克司，在他无路可走的当口介绍他去找高勃萨克、奚高奈、巴尔玛[1]。他们把萨维尼昂母亲的产业打听得清清楚楚，所以每次借钱给他都很爽快。靠着高利贷和借票展期这两个办法，他很得意的混了十八个月。可怜的青年既不敢离开赛莱齐夫人，又发疯般爱上了美丽的甘尔迦罗埃伯爵夫人。她一味装作贞节，像一般专等年老

①以上三人都是巴尔扎克创造的放高利贷的人物，散见于其他小说。

的丈夫死掉，把贞操当远期支票，做再醮资本的少妇一样。萨维尼昂不懂有目标的贞操是攻不倒的，只管拿出大富翁的气派追求爱弥丽·特·甘尔迦罗埃：凡是有她在场的跳舞会和戏剧表演，他一次都不错过。

有天晚上，特·玛赛笑着和他说："喂，老弟，凭你那些火药是轰不倒这块岩石的。"

特·玛赛是巴黎时髦社会的领袖，因为同情萨维尼昂，把爱弥丽·特·冯太纳[1]的谜解释给他听，可是白费；只要"患难"那道黯淡的光和牢狱中的黑暗，才能点醒萨维尼昂。他糊里糊涂签了一张十一万七千法郎的约期票给首饰商；放高利贷的债主不愿露出凶恶的本相，跟首饰商讲妥了，由他出面控告，把萨维尼昂送进了圣·贝拉奚。朋友们先是不知道；后来拉斯蒂涅、特·玛赛、吕西安·特·吕庞泼雷三人听到消息，马上去找萨维尼昂，发觉他一文不名，便每人给了他一千法郎。萨维尼昂的当差被债主买通了，说出他秘密的住址；屋里的东西全部被扣，只剩他随身穿的衣服和戴的几件首饰。三个青年叫了一桌讲究的菜，一边喝着特·玛赛带来的香槟，一边盘问萨维尼昂的家境，表面上是替他的前途打算，实际是要看看他可有出息。

拉斯蒂涅说道："朋友，你有着萨维尼昂·特·包当丢埃这样的姓名，有着一个未来的贵族院议员做堂兄，一个甘尔迦罗埃海军中将做外叔祖，一朝犯了给人送进圣·贝拉奚那样的大错，就该想法快点儿出来。"

特·玛赛嚷道："为什么你瞒着我呢？走长路的马车，一万法

---

①爱弥丽·特·甘尔迦罗埃太太，母家姓冯太纳，为萨维尼昂的外叔祖母。

郎现款，几封介绍信，都是现成的，满可以送你上德国。什么高勃萨克、奚高奈，还有别的放印子钱的家伙，我们都认得，可能教他们让步的。告诉我听，哪个混蛋带你去饮鸩止渴的？”

“台·吕卜克斯。”

三个青年彼此望了望，表示都有同样的感想，同样的疑心，只是不说出来。

特·玛赛又道：“把你家里的情形告诉我，把你手里的牌都摊出来。”

萨维尼昂把他的母亲和她头顶上打着大结子的便帽，布尔乔亚街上的小屋子——只有三个临街的窗洞，没有花园，只有院子，院子里只有一口井和一个堆柴的木棚等等，描写了一番；也说出了这所砂石底子，外涂红色三合土的住屋的价值；把鲍第埃田庄也估了一个价；三位花花公子彼此望着，装作思想深刻的神气，念着谬塞新出版的诗剧中的一句话：

“那可惨了！”

“写一封动人的信给你母亲，她会替你还债的。”拉斯蒂涅道。

“不错，可是以后呢？……”特·玛赛问。

吕西安说：“倘使你不过手段笨拙，做错了事，政府还能送你进外交界；可是圣·贝拉奚绝不能作大使馆的穿堂。”

拉斯蒂涅说：“你太软弱了，应付不了巴黎的生活。”

“你瞧！”特·玛赛把萨维尼昂从头瞧到脚，像马贩子相马一般，“清秀的蓝眼睛长得很好，雪白的脑门模样儿怪不错，乌黑的头发光艳照人，一小撮黑须配着你苍白的脸颊十分调和，身腰又很柔软；一双脚表示你是旧家出身，肩膀和胸脯都很扎实，可并不粗野，并不俗气。教我说来，你是一个黑里俏。脸是路易十三的一派，不大有血色，鼻子的形状挺好看；你还有一些讨女人喜欢的特点，那是男人们自己说不上来，而跟神气、步伐、说话的声音，一瞥一视，一举一动，多多少少的小地方都有关系的；女人把这些看得很清楚，认为有某种意义，这意义，我们可捉摸不到。朋友，你还不知道你是何等人物呢。只消加上点儿风度，要不了半年，包你教一个富有十万法郎进款的英国女子倾倒；倘若再拿出你有名有分的子爵头衔，那更不成问题了。这种女子，我可爱的丈母娘杜特莱夫人，一定能在大不列颠地面上替你找到一个；我丈母娘替有情人撮合的本领可以说天下无双。不过有个先决条件，你得用第一流银行家的手段，把债务拖上三个月。干吗你对我一字不提呢？你若是在巴登温泉，债主会对你恭而敬之，或许还肯效犬马之劳；一朝把你送进了监狱，他们就瞧你不起了。债主跟社会和群众毫无分别，遇到能摆布他们的强者就下跪，遇到绵羊就毫不留情。在某些人眼中，圣·贝拉奚是个女魔，能把年轻人的灵魂烧焦的。好兄弟，要不要我替你出个主意，我可以把告诉小哀斯葛里浓的话跟你说一遍：还债的时候小心点儿，想法留下三年生活费，在内地碰到一个有三万法郎进款的姑娘，马上结婚。安分而有陪嫁的闺女，贪图包当丢埃太太这种头衔的姑娘，三年之内一定能找到。这才是聪明人的办法。来，喝酒罢。我为你干一杯，祝贺你能遇到一个有钱的姑娘！”

探监的钟点到了，三个青年方始和他们以前的朋友告别；在监狱门口，彼此说着：“他太懦弱了！——他被打倒了！——他还能爬起来吗？”

第二天，萨维尼昂写了一封二十二页的长信，把事情向母亲和盘托出。包当丢埃太太哭了整整一天，然后复了儿子的信，答应救他出狱；接着又写信给包当丢埃和甘尔迦罗埃两位伯爵。

神甫才看过而交还在可怜的母亲手里的，那些沾着泪水的信，是当天早上送到的，使老太太心都碎了。

致特·包当丢埃太太书

1829 年 9 月，巴黎

太太，请你相信，我和甘尔迦罗埃都很关切你的痛苦。你吩咐他做的事，使我很伤心，尤其因为我的家就是令郎的家：我们一向是以萨维尼昂自豪的。倘若他对甘尔迦罗埃多信任一些的话，我们一定把他留在身边，而他也早已有了职位了；但他竟一字不提，可怜的孩子！甘尔迦罗埃拿不出十万法郎：他自己也有债务，还为了我在外面借钱，我完全不知道他的经济情形。他特别焦急的是，萨维尼昂既已被捕，我们就没法再替他活动。假使我这个俊俏的侄孙不是对我抱着那种莫名其妙的痴情，就不至于为了爱情的傲气，把亲属之间应该说的话咽在肚里；那我们可以一边应付这里的事，一边打发他上德国去旅行一次。甘尔迦罗埃可能替他在海军衙门谋一个缺；但为了债务而被监禁以后，甘尔迦罗埃也无能为力了。你还是替萨维尼昂还了债，让他进海军罢；他会显出包当丢埃家的本色，一定成功，他那双美丽的黑眼睛就有他祖先的英气；那时我们都会帮助他的。

所以，太太，千万不要绝望；你还有些朋友呢，而我就自命为其中最忠诚的一个，在此向你表达我的情意和敬意。

爱弥丽·特·甘尔迦罗埃

致特·包当丢埃太太书

1829年8月，包当丢埃

亲爱的叔母，萨维尼昂荒唐的行为使我又难堪又伤心。我已经有了家室，生着两男一女；我的家私，以我的地位和抱负而论，已经很微薄了，不能再损失十万法郎，从龙巴人[1]手里去赎出包当丢埃来。

你还是卖掉田庄，还了债，住到舍间来罢；我们即使不能一心为你，也绝不会亏待您。您日子一定可以过得很快活；萨维尼昂也早晚能成家，内人一向觉得他挺可爱的。这次的胡闹没有什么大不了，你别难过；我们州里不会有人知道的。富户人家的女儿，这里有的是，都巴不得高攀我们呢。

内人和我先向您表示欢迎，希望这计划早日实现，同时请您接受我们至诚的敬意。

吕克－萨维尼昂，特·包当丢埃伯爵

布勒塔尼出身的老太太抹着眼泪，嚷道："堂堂甘尔迦罗埃家的人，想不到会收到这种信！"

夏伯龙神甫说："海军中将并不知道侄孙在监狱里；伯爵夫人自个儿看了你的信，自个儿回复的。"停了一会又道："可是总得打个主意才好，我劝你别出卖庄园。租约快满期了，那还是

①龙巴人即意大利的龙巴地人，很早在欧洲经营银钱业；此处所言犹今日所谓犹太人。

二十四年以前订的；再过几个月，你可以把租金加到六千法郎一年，还能要一笔等于两年租金的小费。眼前我们向一个规规矩矩的人去借钱，别找镇上那些专作抵押生意的人。你的邻居是个正人君子，温文尔雅，大革命以前见过大人物的。最近还从无神论者一变而为旧教徒。最好你捺着傲气，今晚上去看他；这样的移樽就教，对他必有作用；我劝你把甘尔迦罗埃的门第暂时忘记一下。”

“办不到！”老太太尖着嗓子回答。

“那么做一个和蔼可亲的甘尔迦罗埃罢；等他没有外客的时候去找他，那他只要三厘半利率，或许只要三厘，同时他还能很体贴的帮你忙，你一定会满意的；他会亲自上巴黎恢复萨维尼昂的自由，把他带回来，反正他要上巴黎去卖掉公债。”

“你是说米诺莱那个小家伙吗？”

“那小家伙年纪已经八十三了，”夏伯龙神甫微微一笑的回答，“好太太，拿出一点儿基督徒精神来，别得罪他，他能帮你忙的地方多着呢。”

“怎么？”

“他身边有个天使，一个最圣洁的姑娘……”

“不错，你是说小于絮尔……那又怎么呢？”

听到这句“那又怎么呢”，可怜的神甫不敢再往下说，老太太尖刻的口气先把他心里的计划给打消了。

“我相信米诺莱医生很有钱。”

“跟我有什么相干？”

“你当初不给儿子安排前程，已经间接造成他今日的不幸；将来你可是得小心行事了！”神甫态度很严厉，“要不要我先去通知你的邻居呢？”

“既然知道我有事找他，他为什么不到这儿来？”

“啊！太太，你去看他，你只要出三厘利息；他来看你，你就得出五厘了。”神甫觉得这个充分的理由可以说服老太太，“倘若你由公证人第奥尼斯和书记玛尚经手出卖鲍第埃田庄，在价钱方面要吃亏一半；他们绝不肯把现钱借给你，存心要趁你为难的时候占你便宜。什么第奥尼斯，什么玛尚，还有镇上一般觊觎你的田庄，知道你儿子关在牢里的有钱的人，我跟他们都没有交情。”

“好，他们知道就知道罢！”老太太举着手臂直嚷，“噢！神甫，你的咖啡都凉了……蒂安纳德！蒂安纳德！”

蒂安纳德是一个年纪上了六十岁的布勒塔尼老婆子，穿着短袄，戴着布勒塔尼便帽，急急忙忙进来，拿神甫的咖啡去重煮。

她看见神甫想端起来喝，便道：“神甫，放心，我拿去隔水温一温，味道不会变的。”

“那么，”神甫用他那种带着劝导意味的声音又说，“我先去通知医生，你等会儿来罢。”

经过一小时的口舌，神甫翻来覆去把理由说了十来遍，老太太方始让步；而这位傲慢的甘尔迦罗埃直听到神甫说出“你不去，将来萨维尼昂会去看他的！”以后，才表示屈服：

“那么，还是我自己去的好。”

十一、萨维尼昂得救了

钟上正好敲九点，神甫走出嵌在大门中间的小门，奔到医生家的铁门口使劲打铃。他这儿刚由蒂安纳德送出，那儿就由蒲奚伐女人迎进；老奶妈说："神甫，你来得这么晚！"对门的老佣人却说："太太正在伤心，干吗你老早就走了？"

神甫看见一大堆人挤在医生那间棕绿两色的客厅里；因为第奥尼斯路过玛尚家，已经把老叔的话述了一遍，让几位承继人放心了。

他说："我相信于絮尔心里有人，这桩爱情将来只会给她痛苦和烦恼；她念头古古怪怪的（一般公证人都用这种字眼来形容多愁善感），一时还嫁不出去呢。因此你们不用多心：尽管对她献点儿小殷勤，好好的侍候你们老叔；他精明透顶，一百个古鄙还斗不过他哩。"公证人这么说着，不知道古鄙这个词儿原是从拉丁文的费北（狐狸）化出来的。

所以，玛尚夫妇、克莱弥埃夫妇、车行老板和但羡来，纳摩的医生和篷葛朗，在医生家凑成了一个热闹而少有的集会。夏伯龙神甫走进客堂，听见钢琴声。于絮尔正在结束贝多芬的《F调交响乐》[1]。孩子自从被干爹提醒之后，心里也讨厌那些承继人：虽是天真、无邪，她也卖弄小手段，有心挑这阕气势雄壮，要经过研究才能了解的音乐，教那般女太太们扫兴。越是美妙的音乐，无知的人越不会欣赏。客厅门一开，一露出夏伯龙神甫那张年高德劭的脸，承继人们便赶紧站起身子，如逢大赦般的嚷着："啊！神甫来了！"

这声叫喊，也在牌桌上引起回声。篷葛朗、纳摩的医生和米诺莱老人正在那里受罪，因为克莱弥埃要讨好舅舅，厚着脸自动和他们凑成一局韦斯脱。于絮尔离开了钢琴。医生也站起来好像是招呼神甫，其实是借此散局。那些承继人在老叔面前把于絮尔的才艺天花乱坠的恭维了一阵，告辞了。

正在关铁门的时候，医生叫了声："朋友们，再见了。"

出了屋子几步路，克莱弥埃太太就对玛尚太太说："嘿！这就是花那么多钱学来的！"

玛尚太太道："我才不花了钱，让我的小阿丽纳在家里敲得震天价响呢。"

克莱弥埃道："她说那是贝多方作的，算是个大音乐家，很有名气的。"

"哼，在纳摩才不会出名呢，"克莱弥埃太太回答，"怪不得他叫作什么白多疯。"

玛尚道："我看那是老叔有心不要我们再去；他对小丫头一边指着那本绿面子的书，一边还眨眼睛呢。"

车行老板接口说："他们觉得砰砰訇訇的响声好玩，那的确

①这是指改编为钢琴曲的交响乐。贝多芬的第六、第八两交响乐都是F大调，作者此处未注明何曲。

还是关在家里的好。”

克莱弥埃太太道：“篷葛朗先生打牌的兴致真好，亏他受得了那些咒命曲(奏鸣曲)。”

那时，于絮尔走到牌桌旁边坐下，说道：“在一般不懂音乐的人面前，我永远弹不好琴的。”

神甫道：“富于内心生活的人，感情只能在友好的环境中宣泄。教士在恶魔面前不能祝福，栗树在太肥沃的土地上不能生长；同样，有性灵的音乐家遇到外行会精神不振。在艺术方面，我们的心灵是以周围的心灵作环境的，我们给它们的生命力，是和从它们那儿汲取的生命力相等的。人的感情逃不出这个定理，我们的两句成语也是从这个定理来的，一句是：遇到狼，跟着嗥；一句是：物以类聚。但只有天性温柔而敏感的人，才会像你那样的感到痛苦。”

医生道：“所以普通女子的痛苦，对我的小于絮尔可能致命。我离开世界以后，希望你们在她和世俗之间筑起一道墙垣，保护这朵像加多尔[①]诗中说的空谷幽花……”

“于絮尔，那几位太太着实奉承你呢。”篷葛朗微笑着说。

“奉承得有点俗气了。”纳摩的医生批评了一句。

米诺莱老人道：“我觉得虚假的奉承总是俗气的。为什么呢？”

神甫说：“真诚的情意本身就不俗。”

于絮尔又焦急又好奇的对神甫瞧了一眼，问：“你可是在包当丢埃太太家吃晚饭的？”

---

①加多尔(纪元前84年－47年)为著名的拉丁诗人。

“是的，可怜的太太伤心得很，说不定今天晚上会来拜访你，米诺莱先生。”

“既然她心里难受，有事找我，应该由我去看她。咱们把这最后一局快些结束罢。”

于絮尔在桌子底下把老人的手按了一按。

法官说：“她儿子太不懂事了，没有监护人，独自住在巴黎是不行的。前一晌听见有人向这里的公证人打听老太太的田庄，我就猜到他要送母亲的命了。”

“你相信他下得了手吗？”于絮尔说着，恶狠狠的向篷葛朗瞪了一眼；篷葛朗私忖道：“唉，可怜她真的爱着他。”

纳摩的医生接口道：“那倒不一定。萨维尼昂天性还是好的，所以会坐牢；坏蛋是从来不会入狱的。”

“诸位，咱们歇了罢，”米诺莱老人大声说，“只要能够使一个可怜的母亲止住眼泪，就该趁早把她止住。”

四位朋友站起来，一同出去了；于絮尔跟到铁门口，看着干爹和神甫敲对面的门。蒂安纳德把他们让了进去，于絮尔却坐在屋子外面的一根界石上，叫蒲奚伐女人陪着。

神甫先走进小客堂，说道：“子爵夫人，米诺莱医生不愿你劳驾上他家去……”

医生接着说：“太太，我是上一个朝代的，不会不知道怎样对待像你这种身份的人物；据神甫说，我还能对太太帮点儿忙，那我真是太高兴了。”

包当丢埃太太虽然接受了神甫的劝告，还是放不下面子；神甫走了以后，甚至想去找纳摩的公证人了；现在看见米诺莱这样体贴，亲自上门，她觉得出乎意外，站起来指着一张椅子，说道：

“先生，请坐，”她神气非常威严，“神甫大概告诉过你了，子爵关在牢里，为了些年轻人的债务，数目是十万法郎……倘若你能借给他，我可以把鲍第埃田庄作抵押。”

“子爵夫人，这一点，我们慢慢再谈；让我先把令郎带回来，如果太太允许我代庖的话。”

“好吧，医生。”老太太点点头，同时望着神甫，意思是说：“你的话不错，他果然是个上流人物。”

于是神甫接着说：“太太，你瞧，医生对府上的事非常热心。”

“先生，我们一定很感激你，”包当丢埃太太这句话，显而易见说得很勉强，“你年纪这么大了，还上巴黎去替一个糊涂虫料理他的荒唐事儿……”

“太太，一七七五年，在玛兰尔勃先生和特·蒲风伯爵府上，我很荣幸，跟鼎鼎大名的包当丢埃上将会过面；蒲风伯爵问他一些旅途的奇闻异事。太太的尊夫，包当丢埃先生，说不定那回也在座。当时法国海军正烜赫一世，把英国海军顶住了；在那些战役中，包当丢埃舰长也有英勇的表现。一七八三、八四两年，大家多么兴奋的等着圣·洛克的消息！我差点儿被派去当军医。令先叔祖廿尔迦罗埃上将那时还在，正坐着贝尔·波尔号指挥那有名的海战。”

“啊！要是他知道他的外侄曾孙坐牢的话！”

“令郎再过两天就出来啦。”米诺莱老人说着，站起身子。

他向老太太伸出手去，老太太也伸出手来；他拿着恭恭敬敬吻了一下，深深的行着礼，出去了；接着又回进屋子对教士说：

“神甫，可不可以请你向车行定个座儿，我明儿早上就走。”

神甫又坐了半小时左右，说了许多米诺莱医生的好话。米诺莱医生有心讨老太太喜欢，居然成功了。

老太太道："以他的年纪，真是了不起；他把上巴黎去替我孩子料理事情说得那么轻松，好像只有二十五岁。不错，他的确见过上流人物。"

"还是第一流的呢，太太；今日之下，不少贵族院的穷议员，要能娶到他那个有一百万陪嫁的干女儿才高兴咧。啊，倘若萨维尼昂有意思的话，照眼前的时世，恐怕在令郎出了那件事以后，最大的困难还不在你们这方面。"

只因为老太太听得呆住了，神甫才能把话说完。

"亲爱的神甫，你这话可是没见识了。"

"太太，你再想想罢；但愿上帝保佑，使令郎从今以后的行为能博得那老人的青眼！"

包当丟埃太太道："神甫，要不是你，而是另外一个人跟我这么说……"

"你就跟他绝交了，"夏伯龙神甫笑着说，"希望令郎会告诉你，现在巴黎人是怎么结亲的。你得替萨维尼昂的幸福着想；已经耽误了他的前程，可别再阻止他成家立业。"

"想不到你会跟我说这种话！"

"除了我，还有谁跟你说呢？"神甫说完，站起来急急忙忙告辞了。

他出去看见于絮尔和她的干爹在院子里转来转去。软心的医生被干女儿缠不过了，只能让步：她想出种种理由要跟着上巴黎去。老人招呼神甫叫他过来，央他当夜就去包定班车的前厢，倘若办事处还没关门的话。

第二天傍晚六点半，老人和小姑娘到了巴黎，他当夜就去找公证人商量。那时大局正在动荡。头天晚上，篷葛朗谈话之间和医生说过好几遍，只要报界和宫廷的争执不得解决，除非疯子才会手头留着公债。米诺莱的公证人，认为篷葛朗这种间接的劝告很有道理。米诺莱便把行市都在高峰上的工业股票和公债，统统变了现款，存入银行。公证人劝他把于絮尔名下的证券同时抛出，那是姚第的遗赠，而老人为了孩子的利益也做了投资的。公证人答应托一个极精明的经纪人出面，跟萨维尼昂的债主谈判；但要事情成功，萨维尼昂必须耐着性子在牢里多待几天。

公证人对医生说："这种事不能性急，否则至少吃亏一个八五折；并且你的现款也要等七八天才能拿到。"

于絮尔听说萨维尼昂还得在牢里住一星期，便要求干爹至少让她去探望一次，被老人拒绝了。他们住着小田园街上的一个旅馆，包着几间清静的客房。米诺莱知道干女儿奉教虔诚，只吩咐她不要在他上街办事的时间独自出门。老人带着于絮尔游览巴黎，逛大街，看橱窗，参观铺子里的陈设；但没有一样她看了喜欢或是感兴趣的。

"那么你要什么呢？"老人问她。

"要看看圣·贝拉奚。"她很固执的回答。

于是米诺莱雇了一辆车，带她到钥匙街，叫车子停在那所由修道院改成的监狱外边，正对着它丑恶不堪的门面。灰暗的高墙，所有的窗上都装着铁栅，小小的门洞要低着头才能进去（这也是个可怕的教训！）。区域本身就是一个贫民窟，四面都是冷落的街道，一大幢阴森森的屋子高耸其间，可以说是苦海中的苦海。于絮尔看到这些凄惨的景象，不由得吃了一惊，掉了几滴眼泪。

她说："怎么，年轻人欠了债就得关在牢里？怎么债主比王上势力还要大？那么他是在这里了！"她挨着窗子瞧着，问："在哪儿呢，干爹？"

老人道："于絮尔，你叫我跟着你胡闹了。这样怎么能把他忘掉呢？"

她回答："即使我对他不存希望，难道连关心他也不允许吗？我可以爱着他，永远不嫁人。"

老人嚷道："啊！你偏偏有这么多理由解释你没理由的事。那只能怪我自己，不该把你带来的。"

三天以后，债权人的收据、文书，和一切开释萨维尼昂的证件，都给老人拿到了。这笔债务的清算，连代理人的报酬在内，一共花了八万法郎。医生还剩八十万现款，听着公证人的劝告，买了国库存单，免得损失利息。另外他替萨维尼昂留着两万法郎现钞。星期六下午二时，医生亲自去把子爵接出来；子爵已经由母亲来信通知，便很热烈的向医生道谢。

米诺莱说："你应该赶快回去见你母亲。"

萨维尼昂不大好意思的回答，他在牢里还借着钱，随即把三位朋友的访问说了一遍。

老人笑了笑，道："我猜到你还有些零碎债。令堂向我借的十万法郎只用了八万；余下的都在这儿。希望你好好的调度，先生，别忘了以后跟命运相搏的时候，你还需要一笔本钱呢。"

最近一星期，萨维尼昂把他所处的时代仔细想了想。各方面竞争都很剧烈，要想发迹，非埋头苦干不可。非法的路子比光明正大的路需要更大的才具，需要更多的从偷偷摸摸中得来的经验。在交际场中走红，非但不能给你一个立身之本，反而吞掉你许多时间，耗费大宗金钱。母亲把包当丢埃这个姓说得如何了不起，在巴黎却是一文不值。当议员的堂兄包当丢埃伯爵，在贵族院和宫廷前面，不过是个国会里的小角色；要说信用，他自己还嫌不够呢。甘尔迦罗埃上将处处要靠他太太。同时，萨维尼昂见到平民出身的演说家和贵族，也见到小乡绅一跃而为炙手可热的要人。总之，路易十八想照英国的格式创造一个新社会；金钱是这个新社会的轴心，独一无二的敲门砖。从钥匙街到小田野街的路上，萨维尼昂把他的感想在老医生面前大略说了一遍，内容很接近特·玛赛先前的劝告。

他说："我得隐姓埋名，躲上三四年，找一条出路。也许写一部关于政治哲学，或是风俗统计，或是讨论当代重大问题的书，可以使我成名。总之，我一方面要物色一个有相当陪嫁，能让我有候选资格的少女，一方面要不声不响的埋头工作。"

医生仔细端相着年轻人的脸，看出他一本正经，的确是受了挫折，想争一口气。他很赞成这计划。

医生最后又说："朋友，倘若你能把现在已经不时行的世家的身份丢掉，再安分守己，用功三四年，我负责替你找一个贤德的姑娘，一个俊俏、可爱，虔诚，有七八十万陪嫁，能使你快乐，引以自豪的对象，但是她的高贵只在于内心而不在于门第。"

青年人嚷道："啊！医生，如今只有优秀人物，没有贵族阶级了。"

老人道："你把零星债务还清了，回到这儿来；我去包一个班车的前厢，因为我带着干女儿一起来的。"

傍晚六点，三位旅客到王妃街搭上班车。于絮尔戴着面纱，一言不发。萨维尼昂从前给她的一个飞吻，只是逢场作戏，在于絮尔心中固然像读了一本爱情小说似的大起风波，他却在巴黎欠了一身债，日坐愁城，早已把医生的干女儿忘得干干净净；何况对爱弥丽·特·甘尔迦罗埃的单相思，也不容许他想起曾经和纳摩镇上的一个小姑娘交换过几个眼风。因此，老人叫于絮尔先上车，自己坐在中间把两个青年隔开的时候，萨维尼昂并没认出她是谁。

医生和萨维尼昂道："我要向你交账，文件我都带来了。"

萨维尼昂回答："为了置办内外衣服，我差点儿走不成；那些市侩把什么都拿走了，我现在竟是浪子回家了。"

虽然一老一少之间的谈话非常有趣，萨维尼昂的某些回答也十分风雅，但于絮尔直到天黑不出一声，始终挂着绿色面纱，双手交叉着放在披肩上。

萨维尼昂见她不理不睬，倒反忍不住了，说道："小姐好像不大喜欢巴黎罢？"

"我回到纳摩，觉得很高兴。"她撩起面纱回答，声音有点激动。

虽则天色昏暗，萨维尼昂一看到粗大的辫子、神采奕奕的蓝眼睛，也把她认出来了。

他道："我离开巴黎躲到纳摩来，也不觉得遗憾；因为我又能看到美丽的邻居了。医生，希望你允许我到府上来；我喜欢音乐，还记得听见过于絮尔小姐的琴声。"

医生肃然回答："先生，我可不知道令堂大人是否愿意你跟我这老头儿来往；因为我对这个心疼的孩子是像母亲一样关切的。"

这句很含蓄的话引起萨维尼昂许多念头，他也想起了那么随便飞送的一吻。夜色已深，天气很热，萨维尼昂和医生先睡着了。于絮尔想着许多计划，到半夜才阖上眼睛。她脱下那顶极普通的小草帽，戴着一顶绣花睡帽。不久她的脑袋也倒在干爹的肩上。天刚亮，车子到蒲隆，萨维尼昂先醒了，看见她在车辆颠簸之下头脸不整的情形：睡帽往上翻起，皱作一团；车内的闷热使她两颊绯红，旁边挂着散开的辫子；那在一个非装扮不可的女子会丑态毕露的，但于絮尔倒反显出青春与美貌的光彩。心地纯洁的人睡眠总是甜美的。半开的嘴唇露出一副好看的牙齿；散开的披肩让你在印花纱衫的褶裥底下注意到她可爱的胸部，而并不妨碍她的端庄。总之，这相貌完全表露出她童贞的灵魂多么纯洁，尤其因为没有别的表情困扰，令人看得格外清楚。米诺莱老人接着也醒了，把孩子的头放在车厢一角，让她舒服一些；她一连几夜想着萨维尼昂的不幸，此刻便睡得人事不知，听人摆布了。

老人对萨维尼昂说："这孩子睡得多甜啊！"

萨维尼昂回答："你一定很得意的；我看她不但长得美，心也挺好的。"

"噢！一家的欢乐都在她一人身上。便是对亲生女儿，我的感情也不过如此。明年二月五日，她足十六岁了。但愿上帝保佑我多活几年，替她物色一个使她终身快活的丈夫。这回她是第一次到巴黎，我想带她去看戏，她不愿意，因为纳摩的本堂神甫不许她去。我问她：将来你结了婚，丈夫要带你去，又怎么呢？她说：我当然听从他的。万一他叫我做件不好的事而我依了他，将来在上帝面前就得由他负责；所以为了他真正的利益，我一定有勇气拒绝的。"

清早五点，车到纳摩的时候，于絮尔醒了，发觉自己仪容不整，被萨维尼昂不胜赞美的望着，不由得很难为情。班车在蒲隆停了几分钟，而在蒲隆到纳摩的途中，萨维尼昂已经爱上了于絮尔。她淳朴的心地、俊美的身体、白皙的皮肤、清秀的相貌、迷人的声音，萨维尼昂都细细研究过了；他所听到的声音，便是头天晚上她说的那句简短而意义深长，明明不愿泄露心事而仍不免泄露的话。萨维尼昂还有一种说不出的预感，觉得老医生向他描写的女子，用七八十万陪嫁把她装饰得金光灿烂的人物，就是于絮尔。

他心上想："再过三四年，她二十岁，我二十七；老头儿说过考验、用功、好好做人的话。嘿！不管他多么精明，早晚会把他的心事告诉我的。"

三位邻居在他们的屋子外面分手了，萨维尼昂临别对于絮尔一往情深地瞧了一眼。包当丢埃太太让儿子睡到中午。医生和于絮尔不管路上辛苦，照旧去望正场弥撒。既然萨维尼昂释放出狱，由医生陪着回家了，镇上一般好事者和那些承继人也就明白医生出门的原因。他们和半个月以前一样，又聚集在广场上议论纷纷。大家很奇怪：弥撒完毕，包当丢埃太太居然招呼米诺莱老人，由老人搀着送回家。原来老太太要请医生和他干女儿当天晚上去吃饭，说除了本堂神甫，并无外客。

米诺莱-勒佛罗道："他大概是带于絮尔去见识见识巴黎的。"

克莱弥埃嚷道："该死！老头儿一步都离不开他的小丫头。"

玛尚说："要包当丢埃太太肯让他挽着走，他们之间一定有了很密切的关系。"

古鄙叫道："你们还没猜到老叔卖了公债，把小包当丢埃赎出来吗？他不接受我东家的提议，倒接受了他小东家的提议！……啊！你们完啦。包当丢埃子爵不会立借据，只会订婚约的了；医生要攀这门亲，自然要拿一笔相当的陪嫁给他的宝贝女儿，只消做丈夫的在婚书上承认产业归妻子就行了。"

肉店老板说："把于絮尔嫁给萨维尼昂，这主意倒是不错。老太太今儿请米诺莱先生吃晚饭，蒂安纳德清早五点就来向我定了牛排。"

第奥尼斯也走到广场上来了，玛尚奔过去说："喂！第奥尼斯，局势越来越好了！……"

"嗯，怎么啦？事情不是很好吗？"公证人回答，"你们老叔卖了公债；包当丢埃太太约我到她家去，立一张十万法郎的借据，拿产业作抵押。"

"对；但要是两个年轻人结了亲呢？"

公证人回答："你这句话，就像说古鄙要受盘我的事务所。"

古鄙道："两桩事都不是不可能呀。"

老太太望了弥撒回家，吩咐蒂安纳德叫萨维尼昂来见她。

那幢小屋子，二层楼上共有三间房。包当丢埃太太的和她亡夫的卧室都靠在一边，中间隔着一大间只开一个小窗洞的盥洗室，还有一个公用的小穿堂相连，外面便是楼梯。

另外一间房一向是萨维尼昂住的，窗户像他父亲房内的一样临着街道。房后楼梯道的地位，给萨维尼昂的卧房留出一小间盥洗室，靠天井开着一个小圆窗洞。

老太太的卧房靠着天井，是全家最凄凉的一间；但她日常起居都在楼下的堂屋内；因为有一条甬道直达天井尽头的厨房，所以堂屋兼做了客厅和餐室。故包当丢埃先生的卧房，至今保持着他故世那天的原状，就是少了他这个人。床是包当丢埃太太亲手铺的；上面放着舰长的佩剑、制服、帽子、红的绶带、各种勋章的标识。他临终以前用过的鼻烟壶，喝过水的杯子，连同他的表、祈祷用的经文，都摆在床侧小几上。床头挂着带圣水缸的十字架，十字架高头的壁上有个框子，里头供着包当丢埃先生的白头发，编成一卷。室内还有他看过的报纸、动用的家具、荷兰式的唾盂、挂在壁炉架上面的军用望远镜、零星杂物，式式俱全。他死的时候，寡妇把古老的座钟拨停了，永远指着那个钟点。房间里还能闻到亡人的扑粉[①]和鼻烟的气味。壁炉也保持原状。走进这儿等于看到他的人：所有的东西把他的生活习惯全告诉你了。柄上装着金球的粗大手杖，还在他撂下的老地方，大麂皮手套也放在那儿附近。哈瓦那城送的一个雕工粗劣而价值三千法郎的黄金花瓶，在半圆桌上闪闪发光。美国独立战争的时候，他先护送一批商船进了哈瓦那港，又跟兵力优越的英国舰队作战，使哈瓦那城没有受到袭击。事后西班牙王[②]给了他一个勋位作酬报。法国政府把他列入晋升司令的名单，给了他圣·路易勋位的红绶带。然后他利用休假的时间结了婚；太太带过来二十万法郎陪嫁。但大革命把升级的事搁浅了，包当丢埃自己也亡命到国外去了。

“母亲在哪儿？”萨维尼昂问蒂安纳德。

“在你父亲房里等着。”女佣人回答。

---

①十八世纪及十九世纪初期的人，都在假发上扑粉。

②哈瓦那为中美洲古巴的首府兼大港，古巴未独立之前，为西班牙殖民地。

萨维尼昂不由得打了个寒噤。他知道母亲把道德和荣誉看得很重，也知道她为人清白，贵族的成见很深；大概训责一顿是免不了的了。他像上阵打仗似的去见母亲，面无人色，心也乱跳。在百叶窗里透进来的半明半暗的光线中，他看见母亲穿着黑衣服，神色庄严，跟那间亡人的卧室正好是一个情调。

她一看见儿子就站起身来，抓着他的手带到父亲床前，说道："子爵，你的父亲是死在这儿的；他一生清白，到死都没做过一件亏心事。他的英灵就在这儿。看到儿子负债入狱，他在天上一定很伤心。现在不比从前的朝代可以求王上赐一封密诏，把你下在国家监狱，免得你受这番耻辱[①]。你此刻站在听得到你说话的父亲前面。进监以前做的事，你心里有数；你能不能对着父亲的英魂和无所不见的上帝发誓，担保你没有做过一件不名誉的事？能不能担保你欠的债只是少年人的荒唐，而并没损害你的荣誉？假定你一生清白的父亲还活着，坐在这张椅子上，要你把所有的行为和盘托出，你敢说他听完以后是不是还会拥抱你？"

"母亲，我可以这样担保。"萨维尼昂很尊敬很郑重的回答。

母亲张开手臂，紧紧的搂着儿子，掉了几滴眼泪。

"好，这些事都不提了，"她说，"归根结底，不过损失了一笔钱，但愿上帝帮我们挣回来。你既然没有玷辱门楣，你就拥抱我罢，我痛苦得够了！"

萨维尼昂把手悬空伸在床高头，说道："亲爱的母亲，我发

---

①由王上直接下令（所谓密诏）逮捕的人民，都监禁在国家监狱（例如有名的巴士底狱），狱中待遇较优，特别对贵族。且贵族往往要求将子弟幽禁，以免为非作歹，或遇有债务纠纷时暂避，以便与债主磋商条件。

誓不再给你受这一类的痛苦。我初次铸成的错误，一定要尽力补救。”

“孩子，来吃饭罢。”她一边说，一边走出房间。

假定讲故事也需要遵照戏剧的规律，那么萨维尼昂一回到纳摩，应该在这一小出戏里出场的人物都齐了，序幕部分也在这儿告终了。

十二、情人之间的障碍

这出戏是靠一根发条的作用来推动的，那在新旧文学中已经用得俗滥了[①]，要不是里头有一个布勒塔尼老太太——甘尔迦罗埃家的小姐，大革命时代的流亡贵族——恐怕谁也不会觉得这个发条在一八二九年还有什么作用。可是我们得承认：一八二九年，贵族在政治方面丧失的地盘，在风俗习惯方面略微争回了一些。并且，我们祖父母一辈对于婚姻要门当户对的心理是不会消灭的，它跟文明社会关系极密，又是从家庭观念中来的。就是现在，不论在日内瓦、在维也纳、在纳摩，那心理依旧占着优势，正如当年才莉·勒佛罗不许儿子娶一个私生子的女儿一样。可是一切社会成规都有例外。所以萨维尼昂想叫母亲的傲气向于絮尔天生的高贵低头，而母子两人也就立刻开始摩擦了。萨维尼昂才坐上饭桌，母亲便提到甘尔迦罗埃和包当丢埃的来信，她认为他们态度恶劣透了。

萨维尼昂回答说："母亲，现在没有家庭，只有个人了！贵族

①贵族家庭不愿子女与布尔乔亚通婚，由来已久，往往为作家采作故事的重要关键，所以说那根发条用得太俗滥了。

之间也没有什么休戚相关的情谊。今日之下，人家不问你是否姓包当丢埃，是否勇敢，是否政治家，只问你纳多少税[1]。”

“那么王上呢？”

“王上处于两院之间[2]，仿佛一个男人处于大妇与情妇之间。所以我应当娶一个有钱的姑娘，不管什么家庭出身，只要有一百万陪嫁，教养不坏，就是说受过私塾教育的就行。”

“那是另外一件事了！”老太太回答。

萨维尼昂一听这话，皱了皱眉头。他知道母亲的特性就是有那种顽石一般的，所谓布勒塔尼人的固执；他想在这个微妙的问题上把母亲的意见马上弄清楚。

“那么，”他说，“倘若我爱上一个姑娘，譬如说，像我们邻居的干女儿小于絮尔那样的，你是反对我跟她结婚的了？”

她回答：“是的，只要我活着。我死了以后，包当丢埃和甘尔迦罗埃两家的血统和荣誉，就归你一个人负责了。”

“今日之下，倘没有财富的光彩，门第就是虚空的；难道你愿意我为了一个虚空的观念而潦倒一辈子吗？”

“你可以替国家出力，你应当听上帝安排！”

“你要把我的幸福耽搁到你百年之后吗？”

“那只能证明你的不孝罢了。”

“路易十四差点儿娶暴发户玛查冷的侄女。”

“那是玛查冷自己也反对的。”

“还有斯加隆的寡妇呢？”

---

①纳税的多少暗示财产的多少。

②当时的两院为众议院与贵族院。

“别忘了她是特·奥皮涅出身[1]！并且是秘密结婚的。孩子，我已经为日无多，”她侧了侧头说，“等我离开了世界，你要娶谁都可以。”

萨维尼昂素来敬重母亲，爱母亲；他一声不出，但暗中拿出同样固执的脾气，对抗甘尔迦罗埃家的固执脾气，决意非于絮尔不娶；因为一有人反对，情人当然像禁果一般变得更有价值了。

晚祷以后，米诺莱医生带着于絮尔走进那间冷冰冰的客堂，她穿着白跟粉红两色的衣服，一进去就浑身紧张，打了一个寒噤，好似站在法兰西王后面前要求什么恩典似的。自从于絮尔向干爹吐露心事以后，这所小小的屋子便有了宫殿般的规模，老太太的地位也不亚于中古时代平民心目中的公爵夫人。这时候，于絮尔方始很痛苦的看出自己与对方的距离：一个是堂堂子爵，一个是靠善心的医生抚养大的孤女，父亲是军乐师，前意大利剧院的歌唱家，大风琴师的私生子。

“孩子，你怎么啦？”老太太说着，教于絮尔坐在她旁边。

“我惭愧得很，承蒙太太不弃……”

“唉！孩子，”包当丢埃太太用她最尖刻的声调回答，“我知道你的监护人多么喜欢你，我要对他表示好感，因为他替我把浪子带回家了。”

于絮尔满面通红，为了不让自己哭出来，脸都抽搐了；萨维尼昂看了大为不忍，说道：“可是，亲爱的母亲，即使你不欠米诺莱骑士什么情分，我觉得小姐肯光临，我们也很高兴的。”

---

①斯加隆（1610—1660）为法国诗人，小说家，戏剧家，1652年时娶一世家（特·奥皮涅）出身的贫苦的孤女。斯氏故后，寡妇改嫁特·曼德农侯爵；后为路易十四的情妇，旋与之秘密结婚。

年轻的贵族意义深长的握着医生的手，又道："先生，我知道你受过圣·米歇勋位，那是法国历史最悠久的荣衔，得到的人，身份跟贵族一样。"

近乎绝望的爱情，几天以来使于絮尔的绝世姿容更多了一种深度，就是大画家在肖像上用来刻画心灵的那种深度。老太太看到于絮尔这样美丽，吃了一惊，不禁怀疑医生的热心帮忙是有计划的了。引起萨维尼昂那句回答的话，她是为了要从老人最心爱的人身上去刺伤老人，而故意说的。米诺莱听见萨维尼昂称他为骑士，不由得微微一笑；他在这种浮夸的措辞中，体会到情人们大胆的程度，无论怎样可笑的事都做得出来。

当过御医的老人回答说："子爵，从前大家为了要得圣·米歇勋位，笑话也不知闹过多少，现在却跟许多别的特权一样，不值钱了。今日之下，这勋位只赏给医生和可怜的艺术家。那些君王把它和圣·拉查勋位合而为一，倒是很好的办法；我记得圣·拉查是个穷光蛋，靠着奇迹而复活的。由此可见，圣·米歇和圣·拉查的勋位对我们的确是个象征。"

这几句回答，又尊严又挖苦；说完以后，室内寂静无声，谁也不愿意开口；等到大家有点儿发僵的时候，有人敲门了。

"啊，咱们的神甫来了。"老太太说着，丢下于絮尔，起身去迎接夏伯龙；那是对于絮尔和老医生都没有的礼数。

老人微微笑着，望望干女儿，望望萨维尼昂。一个胸襟狭窄的人看到老太太这种态度，不免要抱怨或生气的；但米诺莱深于世故，绝不会去触这种暗礁；他跟萨维尼昂谈着查理十世任命包里涅克亲王组阁的事，和这件事所能引起的危机。直过了相当时间，等到提及债务不至于有报复嫌疑的时候，医生才用半正经半说笑的态度，把萨维尼昂被控的文件和公证人的账单，连同付讫的票据，交给老太太。

“这些都经小儿核对过吗？”她对萨维尼昂瞥了一眼，萨维尼昂点点头。

“噢！那么是第奥尼斯的事了。”她不胜鄙夷的把文件一推，表示她对这件事跟对金钱一样的瞧不起。

据包当丢埃太太的想法，看轻财富等于抬高贵族的身份，把布尔乔亚的势力一笔勾销。过了一会，古鄙奉东家之命，来索取萨维尼昂和米诺莱之间的账目。

“做什么用？”老太太问。

“立借票需要有根据，你们这项债务并没银钱过手。”首席帮办说着，很放肆的在屋子里东张西望。

于絮尔和萨维尼昂，都是第一次跟这个丑八怪照面，当时的感觉像见了癞蛤蟆一样，更可怕的是还有一种不祥的预感。两人对于自己的前途，都看到有个模糊的，无法肯定的景象，非言语所能形容，但可以用斯威登堡信徒告诉医生的精神作用说明。于絮尔肯定这阴险的古鄙将来会对他们不利，不禁浑身战栗；但看到萨维尼昂跟她一样的骚动，便觉得有种说不出的快乐，心也跟着安定了。

古鄙才带上门，萨维尼昂就说：“第奥尼斯先生的帮办，长相真难看！”

包当丢埃太太说：“这些人长得好看难看，有什么关系？”

本堂神甫接口道：“我不埋怨他长得丑，而埋怨他心地坏；他恶毒透了。”

医生虽然想表示亲善，也不由自主的变得严肃和冷淡了。两个情人觉得很拘束。要不是夏伯龙神甫一团和气的在饭桌上提起大家的兴致，医生和他的干女儿简直受不了那局面。吃到饭后点心，米诺莱看见于絮尔脸色发白，便说：

“孩子，倘使你不舒服，只要穿过街就到家了。”

“怎么啦，我的心肝？”老太太问孩子。

“唉！太太，”医生神气很严肃，“她心里冷得很，平日她是看惯笑容的。”

老太太道：“医生，这种教育是要不得的。你说是不是，神甫？”

米诺莱朝着一声不出的神甫望了一眼，答道：“是的，太太。我的教育使这个纯洁的孩子到社会上没法跟人相处；可是我未死之前，一定要安排妥当，不让她受到冷淡和憎恨。”

“得了罢，干爹！……别说了！我在这儿并不难受。”于絮尔说着，望着包当丢埃太太；她宁可跟包当丢埃太太照面，而不愿意瞧着萨维尼昂，显出她的弦外之音。

萨维尼昂接着对母亲说：“我不知道于絮尔小姐是不是难过，我只知道你使我大大的受罪。”

于絮尔听到热情的萨维尼昂被母亲的态度逼出这种话来，不禁脸色变了，向老太太告了罪，站起来挽着干爹的手臂，行过礼，走了。她回到家里，急急忙忙冲进客厅，坐在钢琴旁边，双手捧着头，眼泪簌落落的直淌下来。

医生急得直嚷：“狠心的孩子，干吗不把你的感情问题交给我这有经验的人调度呢？……贵族永远不会感激我们布尔乔亚的。他们觉得，我们帮他们忙，是我们应尽的责任。何况老太太还发觉萨维尼昂常常瞧着你，深怕他爱上了你呢。”

于絮尔道："好吧，至少他得救了！可是连你这样的人，她也想加以屈辱！……"

"我去去就来，孩子。"

医生回到包当丢埃家，看见第奥尼斯、篷葛朗和镇长勒佛罗都在那里；法律规定，凡是只有一个公证人的地方，一切文书契约必须有两位见证才能生效。米诺莱把第奥尼斯拉过一边，凑着耳朵嘱咐了一句，然后第奥尼斯当众宣读借据的内容：包当丢埃子爵借到米诺莱医生十万法郎，五厘起息；包当丢埃老太太以全部财产作抵押。听到利率一项，夏伯龙瞧了瞧米诺莱，米诺莱略微点点头，表示没有错。神甫凑在老太太耳畔唧哝了几句，她低声回答：

"我就不愿意欠这种人的情分。"

萨维尼昂对医生道："先生，家母给了我一个好差事；她负责归还你的钱，可是把感恩两字交给我了。"

神甫接着说："你第一年就得张罗一万一千法郎，因为除了利息，还有立借据的公费。"

米诺莱听了便告诉公证人："先生，既然包当丢埃太太母子两位没能力付公费，还是归我代付，你把这笔款子加在借款里头罢。"

公证人在借据上批明了，把总数改作十万零七千法郎。所有的契据都签过字，米诺莱便推说身子疲倦，跟公证人和两个见证同时告退。

那时只有神甫一个人留下，他说："太太，你干吗要得罪这个心地多好的米诺莱先生呢？他替你在巴黎至少省了两万五千法郎，又那么周到，另外留着两万，给令郎料清他的零碎债务……”

她吸了一撮鼻烟，回答道：“你那个米诺莱狡猾得很，他做的事，他自己心里明白。”

萨维尼昂对神甫说：“家母以为他把我们的田庄并在一起，存心逼我娶他的干女儿，仿佛一个姓包当丢埃的男子，甘尔迦罗埃家的外甥，真会受人强迫，娶一个不愿意娶的人似的。”

一小时以后，萨维尼昂上医生家去了；一般承继人为了好奇，都挤在那里。青年子爵的到场，给大家一个很大的刺激，尤其因为每人的感想各不同。克莱弥埃和玛尚家的两位小姐，交头接耳，看着于絮尔，于絮尔脸红了。两个做母亲的和但羡来说，古鄙对这桩亲事的看法可能准确的。在场的人都把眼睛盯着医生，医生却并不站起来迎接子爵，只向他点点头，手里照旧拿着骰子缸，他正和箨葛朗先生玩脱里脱拉。医生这副冷淡的神气使所有的人都很奇怪。

他道：“于絮尔，我的孩子，弹点儿琴给我们听罢。”

于絮尔一弹琴就不用发慌，便很高兴的扑到乐器前面，翻那堆绿面子的乐谱；承继人们看着只得嘴上叫好，心里叫苦；因为他们认定老叔和包当丢埃母子之间必有什么计谋，特意来探听的，不料这一下既要受罪，又开不得口了。

一支本身很贫乏，但由一个受着深情鼓动的少女演奏的乐曲，比一支大规模的，由一个熟练的乐队声势浩大的演奏出来的序曲，往往给人更深的印象。无论什么音乐，除了作曲家的思想，还有演奏家的灵魂，能凭着这门艺术独有的伸缩性，使一些并没多大价值的乐句变得有诗情、有深意。这一点，从前巴迦尼尼在小提琴上已经证明过了，近来肖邦又在钢琴上加以证实。这位神妙的天才与其说是一个音乐家，不如说是一颗现身说法的灵魂，借着各种乐曲，甚至于几个简单的和弦，来表达他自己。于絮尔以她那种高雅而娇弱的素质，就属于这一派少有的天才；但许模克老人，那个每星期六来教她，而在她游览巴黎的期间每天都给她上一课的老师，把女学生的才具琢磨得更完满了。于絮尔那晚挑选的《卢梭的幻梦》，是埃洛尔的少作，本身就不无深度可以供演奏家发挥；她再加上在胸中骚动的感情，把题目上的幻梦二字给点明了。由于韵味深长，如梦如幻的演奏，她用自己的心和萨维尼昂的心说话，把一些差不多有形体的思想，像云雾一般的罩着爱人。萨维尼昂坐在钢琴尽头，肘子靠在琴盖上，左手托着头，不胜赞叹的瞧着于絮尔。于絮尔眼睛望着护壁板，好像向一个神秘的世界打着问号。此情此景，怎么能不使一个男人动心呢？真正的情感自有一种磁性作用，何况于絮尔还想泄露自己的内心，好比风骚的女子用装饰来讨人喜欢。艺术之中唯有音乐是用思想跟思想说话的，不需要语言、色彩与形式的帮助；于絮尔便是借了音乐的力量表白她的心，把萨维尼昂引进那个奇妙的世界。天真原来和儿童有一样的魔力，一样能使人入迷；而于絮尔就从来没有像这个时候，像她进入生命新阶段的时候那么天真。

神甫邀萨维尼昂入局玩韦斯脱，把他的梦惊破了。于絮尔继续弹奏。承继人都走了，只剩下但羡来一人，还想探明叔祖、子爵和于絮尔的用意。

少女合上琴盖，过来挨着干爹坐下；萨维尼昂和她说："小姐，你的才艺跟感情一样了不起。你的教师是谁啊？"

医生回答："是个德国人，住在龚第河滨道上，靠近王妃街。要不是我们在巴黎的期间，他天天给于絮尔上一课，今天早上他又该到这儿来了。”

于絮尔道：“他不但是个大音乐家，还是个天真的可爱的人。”

但羡来高声说道：“学费一定很贵罢！”

牌桌上的人彼此望了望，微微一笑。牌局完了，整个晚上都若有所思的医生，瞧着萨维尼昂，带着无可奈何而不胜遗憾的神气。

他说：“先生，你急于来看我的心意，我很感激；可是令堂大人疑心我有些不大高尚的作用；为了免得坐实，我只能要求你今后别再来看我，虽则你的光临使我觉得很荣幸，虽则我也很高兴和你亲近。我要保全名誉，保持清静，所以咱们不得不断绝邻居关系。希望你转达令堂大人，我不请她下星期日赏光到舍间来吃饭，因为我料定她临时会身体不舒服的。”

老人说完，向年轻的子爵伸着手，子爵恭恭敬敬的握着，回答道：“先生，你说得不错。”

接着他告辞了，向于絮尔行礼的时候，不免流露出惆怅多于失望的情绪。

但羡来和子爵同时出门，可是没法搭讪，因为萨维尼昂三脚两步就奔回家了。

两天之内，那些承继人只谈着包当丢埃母子和米诺莱医生的不融洽；他们佩服第奥尼斯料事如神，同时也认为遗产保住了。那时阶级的限制已经打破；醉心平等的风气使所有的人不分高低，使一切都受到威胁，连军队的服从，在法国代表权力的最后一个堡垒也岌岌可危了；除了双方的反感，或者财产的多寡之外，男女的爱情已经没有什么障碍了：在这样一个时代，只有一位布勒塔尼老太太的固执和米诺莱医生的尊严，才会在两个情人之间立下几道关塞；关塞的作用，跟从前一样，不是减弱，而是加强爱情的。在一个热情的男人，越是千辛万苦得来的女子，越是了不起。萨维尼昂明明看到需要斗争、需要努力，也感觉到前途渺茫；仅仅这几点已经使他把于絮尔视同至宝，非征服不可了。万物成长时期的长短原是由自然律支配的，也许我们的感情也受同一规律支配：寿命长的，童年也长！

十三、两心相许

第二天早上起身的时候，于絮尔和萨维尼昂都转着一个同样的念头。这种默契本来就能促发爱情，何况在这个场合已经是有了爱情的证据，而且是最甜蜜的证据。少女轻轻地揭开窗帘，只露出一个极小的缝隙，刚好能瞧见萨维尼昂的卧房，不料她爱人的脸也伸在对面窗子的拉手高头。窗子既然给了情人们极大的方便，无怪政府要抽窗户税了。于絮尔这样偷觑一下，也算对干爹冷酷的措置表示抗议。然后她放下窗帘，打开窗子，关上百叶窗；这样她可以望见对方而不让对方看见了。当天她到卧房去了七八次，每次都看见年轻的子爵在那里写信，写了撕掉，撕了又写，那准是写给她的了！

下一天清早，于絮尔刚醒，蒲奚伐女人就递给她一封信。

致 于絮尔小姐

小姐，我这一回落到一个全靠你监护人的帮助才能脱身的田地；这样一个青年会教人寒心是毫无问题的。从今以后，我比谁都需要提供更多的保证；所以，小姐，我以诚惶诚恐的态度扑在你脚下，向你吐露我的爱情。这求爱的表示并非由于一时冲动，而是从涉及整个生涯的信念出发的。我对于年轻的外叔祖母，甘尔迦罗埃太太的风魔，弄到身陷囹圄；现在为了你，这些回忆全部消灭了，我心坎中的那个小影被你的小影抹去了：这一点，你不觉得是真诚的表示吗？自从我在蒲隆站上，看到你像儿童一般妩媚的睡态之后，你就占据了我的灵魂，做了它的主宰。除了你，我不愿意娶别的人了，我理想中的妻子应有的优点，你都具备了。以你所受的教育和你高贵的心灵而论，不论怎么高的地位你都可以当之无愧。但我没有把握在你面前把你描写得很准确，我只能爱你。昨天听了你弹琴以后，我想起一些句子，好像就是为你写的：

"天生的动人心魄，悦人眼目；温柔而聪明，风雅而明理；仪态万方，好似经过宫廷生活的陶冶；淳朴浑厚，俨如未经世故的隐士；眼中那朵心灵的火焰，被天使般的贞洁冲淡之下，显得温和了。"

从你身上最细微的地方映现出来的、这颗美妙的灵魂，我完全体会到它的可贵。所以我敢大胆要求，倘若你还没有爱人的话，让我用照顾、用行为，来向你证明我不至于辱没你。这和我的前途有关；请你相信，我要发挥所有的精力，目的不但是要取悦于你，而且是要博得你的敬重，那为我等于普天下人的敬重。我心中既然抱着这个希望，如果你，于絮尔，再允许我在心中把你叫作爱人，那么纳摩便是我的天堂了，最艰苦的事业也只会给我快乐了；我要把那种快乐奉献给你，正如我们把一切都奉献给上帝一样。请你允许我自称为于絮尔吻着这封信，用各种疯疯癫癫的举动拿着，念了又念，然后穿上衣服，预备送去给干爹看。

“天哪，我差点儿没做祷告就出去了。”她说着，回进卧房跪在祈祷凳上。

一会儿以后，她下楼到园子里，找到了干爹，叫他念萨维尼昂的信。两人走到浓密的蔓藤底下，坐在凳上，正对着中国水阁：于絮尔等老人开口，老人却沉吟不语；心焦的孩子只嫌他想的时间太久了。他们俩密谈的结果，终于写成下面一封信，内中一部分想必是医生口述的。

先生，来信向我提亲，我只觉得万分荣幸；但在我的年纪上，再加我的教育给我定下的规矩，我不得不把你的信交给监护人；我全部家属只有他一个人，我既把他当作父亲，同时也当作朋友。他向我提出一些无情的意见，应当作为我对你的答复。

子爵，我是一个可怜的女孩子，将来的资产不但有赖于我干爹的好意，并且还要看他为了消除承继人对我的恶意而采取的，没有把握的措施，是否成功。我虽是第四十五团的上尉乐师，约瑟·弥罗埃的合法的女儿，约瑟·弥罗埃本人却是个私生子；所以人家尽管毫无理由，仍可能跟一个孤立无助的少女涉讼。先生，资产微薄还不是我最大的不幸。我有很多理由不愿高攀。我为了你，不是为了我，才提出这些意见，那在动了爱情的忠诚的人，往往是认为无足重轻的。可是先生，你也得想到，倘若我不跟你提，别人就可以怀疑我有心使你的热情不顾一切，不顾那些在一般人心目中，尤其在你母亲心目中认为不可克服的障碍。再过四个月，我不过十六岁。也许你会承认，我们都还太年轻，经验不足，没有力量克服生活的穷困；因为我除了故姚第先生的遗赠之外，别无财产，而单靠这一点做基础的生活势必很清苦。并且我的监护人不愿意我在二十岁以前结婚。这年是你一生最美好的时期，谁知道这期间命运替我们作何安排呢？别为了一个微贱的姑娘把你的一生蹉跎了。

我亲爱的监护人非但不阻挠我的幸福，还想竭力促成；他还希望他对我为日无多的照顾，能有一个情意不亚于他的人来接替。我把他的理由陈述完了，还得声明一下，你的提议和殷勤的情意，的确使我非常感动。我这个答复所根据的思虑，是一个阅世很深的老年人的思虑；但我向你表示的感激，是出之于一个一片真心的少女。

所以，先生，我的确可以说是

你的仆人　于絮尔·弥罗埃

萨维尼昂没有回信。是不是在他母亲那里想办法呢？还是于絮尔的信把他的爱情打消了呢？诸如此类的无从解答的问题不知有多多少少，把于絮尔折磨得好苦，间接也折磨了老医生；他只要心爱的孩子有一点儿骚动，就觉得难过。于絮尔常常到卧室去张望萨维尼昂的屋子，只看见他坐在桌子前面出神，不时朝她的窗子望一眼。直过了一星期，她才收到萨维尼昂的信，迟迟不复的缘故原来是他的爱情更进了一步。

致　于絮尔·弥罗埃小姐

亲爱的于絮尔，我多少是布勒塔尼人，一朝打定了主意，什么都不能使我改变。你的监护人——但愿上帝保佑他多活几年——理由很对；可是难道我就不能爱你吗？我只要知道你是否爱我。请你告诉我，即使只做一个记号也可以；那么这四年便是我一生最幸福的时期了！

我托朋友送了一封信给我的外叔祖，海军中将特·甘尔迦罗埃，求他提拔，介绍我进海军。这位慈祥的老人哀怜我的遭遇，回信说，倘若我要求军阶，即使王上愿意开恩，也受着条例限制；但在多隆学习三个月以后，海军部长就能给我一个舵手长的职位，让我到船上去；等舰队巡逻阿尔及尔的时候（我们不是正和阿尔及尔人作战吗？）出勤一次，再经过一次考试，就能当上候补少尉。目前正在筹备袭击阿尔及尔的战事，将来只要能临阵立功，实授少尉是不成问题的。可是要多少时间，就很难说了。不过为了使海军里头仍旧有一个包当丢埃家的人，当局一定把条例尽量放宽。我明白了，我应该向你干爹提亲；你对他的尊敬，把你在我心中的地位更提高了。所以在答复人家以前，我要跟你的干爹谈一谈；我的前途完全根据他的答复而定。告诉你，不论将来怎么样，不管你是上尉乐师的女儿，还是王上的女儿，你始终是我心上的人。亲爱的于絮尔，那些成见在从前的时代可能把我们分离，现在可没有力量妨碍我们的婚姻了。我献给你的，是我心中的全部爱情；献给你姑丈的，是负责你终身幸福的保证！他才不知道我短时期中对你的深情，已经超过他十五年来对你的爱……好，咱们晚上见。

于絮尔得意扬扬的把信递给老人，说道："干爹，你瞧。"

老人念完了信，嚷道："啊！孩子，我比你更高兴。子爵下了这个决心，等于把他所有的过失都补赎了。"

晚饭以后，萨维尼昂来到医生家里，医生和于絮尔正在临河的平台上，沿着栏杆散步。子爵在巴黎定做的衣服已经送到；动了爱情的青年，少不得把自己收拾得又整齐又大方，尽量烘托出天生的俊美，好像要去见美丽而高傲的甘尔迦罗埃夫人而讨她喜欢似的。可怜的孩子看他走下石阶，迎着他们过来，便立刻抓着干爹的手臂，仿佛站在悬崖高头怕掉下去一般；医生听见她紧张而沉重的呼吸，不由得打了个寒噤。

萨维尼昂握着于絮尔的手，恭恭敬敬吻了一吻。于絮尔随即坐在水阁外面的石级上。医生吩咐她说："孩子，你别过来，让我们谈话。"

萨维尼昂轻轻地问医生："先生，一个海军上校来向你求这位千金小姐，你肯不肯？"

米诺莱微微一笑，道："那我们等得太久了……不用上校，只要上尉就行啦。"

萨维尼昂快活得含着眼泪，非常亲热的握了握老人的手，说道："那么我就动身了，我要去用功读书，六个月之中读完海军学校六年的课程。"

"怎么就动身了？"于絮尔从石阶那边往他们冲过来。

"是的，小姐，为了不辱没你。我越急于出门，表示我越爱你。"

她不胜温柔的望着他："今天是十月三日，过了十九再走罢。"

老人说："对，我们要庆祝圣·萨维尼昂的节。"

"那么再见了，"萨维尼昂说，"这个星期我要留在巴黎办几件事，我要作种种准备，买书籍，买数学上用的仪器，还得请部长帮忙，给我最优越的条件。"

于絮尔和干爹把萨维尼昂直送到铁门口，看他回进屋子，又看他出来，背后跟着蒂安纳德提着一口箱子。

于絮尔问干爹："你既然有钱，干吗要逼他进海军呢？"

医生笑了笑回答："这样下去，我看不久连他欠的债都要我负责了。我没有逼他；可是孩子，一套军服，一个凭军功挣来的十字勋章，可以抹掉一个人多多少少的污点。六年之内他可能当上舰长；我对他的要求也不过如此。"

"但是他可能遇到危险呀。"她说着，脸都白了。

"情人像酒徒一样，自有他的神道保佑的。"医生带着说笑的口气回答。

孩子瞒着干爹，夜里叫蒲奚伐女人帮忙，把她又长又好看的淡黄头发剪下一束，正好编一条辫子。隔了一天，她缠着音乐教师许模克老人，要他监督巴黎的理发匠防止调换，还得赶着下星期日把辫子编好。

萨维尼昂从巴黎回来，告诉医生和他的干女儿说，志愿书已经签了，二十五日要赶到勃兰斯特。医生约他十八日吃晚饭，他在医生家差不多消磨了整整两天。虽是米诺莱叮嘱两个情人的话入情入理，他们在本堂神甫、法官、纳摩的医生和蒲奚伐女人面前，仍不由自主的流露出他们心心相印的感情。

老人说："孩子们，你们得意忘形，不会把快乐藏在心里。"

到了萨维尼昂的本名节，两人先在弥撒祭中彼此瞟了几眼；然后萨维尼昂在于絮尔窥伺之下，穿过街，到她的小园中来了。他们俩差不多是单独相对。老人有心放任，坐在书房里看报。

萨维尼昂道："亲爱的于絮尔，你可愿意使我的节日过得比我在母亲面前更快活，给我一个新生命吗？……"

于絮尔打断了他的话，说道："我知道你要的什么。你瞧，这就是我的答复，"她从围裙口袋里掏出辫子来递给他的时候，快乐得直打哆嗦。"你既然爱我，请你把这个带在身边。这礼物表示我的生命和你的生命连在一起了，但愿它使你逢凶化吉！"

医生见了，对自己说着："啊！这小丫头！竟给了他一根辫子。她怎么弄起来的？把多美的淡黄头发剪下一把……那不是把我的血都给了他吗？"

萨维尼昂吻着辫子，瞧着于絮尔，掉了一滴眼泪，说道："临走以前，我要你切实答应我永远不嫁别人，你不会觉得我要求过分吗？"

于絮尔红着脸回答："你在圣·贝拉奚的时候，我曾经到监狱的墙下徘徊；你要求我的诺言，倘若你还嫌我说得不够，我就再说一遍罢：我永远只爱你一个人，永远只属于你一个人。"

萨维尼昂看见于絮尔半个身子掩在藤萝中间，忍不住把她搂在怀里，在她额上吻了一吻：她轻轻地叫了一声，往凳上倒了下去。萨维尼昂正挨在她身边道歉，医生已经站在他们面前。

他说："朋友，于絮尔是个极娇嫩的孩子，对她话说得重一点就有危险。你应当把爱情抑制一些才对！唉！要是你爱了她十六年，你单是听到她说话就会满足了。"他这样补充是针对萨维尼昂第二封信里的一句话的。

两天之后，萨维尼昂动身了。虽然他经常来信，于絮尔却害了一种表面上没有原因的病。好比美好的果子被虫蛀一样，她的心受着一个念头侵蚀。胃口没有了，血色也没有了。干爹第一次问她觉得心里怎么样，她说：

“我想看看海景。”

“十二月里可不便带你上海港去。”老人回答。

“那么终有一天能去的了？”她说。

一刮大风，于絮尔就着急；不管干爹、神甫、法官，把陆地上的风和海洋上的风分辨得多么清楚，她总以为萨维尼昂遇着飓风。法官送她一张雕版的图片，印着一个全副军装的候补少尉，使她快活了几天。她留心读报，以为萨维尼昂所参加的那次巡逻，报上必有消息。她拼命看柯柏[①]的海洋小说，还想学航海的术语。这许多执着一念的表现，在别的女子往往是装出来的，在于絮尔是完全出于自然；甚至萨维尼昂每次来信，她都在梦中先看到而在第二天早上向大家预告的。

这些在医生与神甫都不以为奇的预感第四次发生的时候，她对干爹说：“现在我放心了，不管萨维尼昂离得多远，他要受了伤，我一定立刻感觉到。”

老医生左思右想的出神了；法官和神甫看他脸上的表情，认为他一定想着些很痛苦的念头。

他们等于絮尔不在面前的时候，问老人：“你怎么啦？”

老医生回答：“她将来怎么活下去啊？一朵这样细巧、这样娇嫩的花，遇到感情的打击，是不是抵抗得住呢？”

---

①柯柏（1789—1851）为美国小说家，专写冒险小说及印第安人的故事。

虽然如此，这个被神甫戏称为“小幻想家”的姑娘，用功得很；她知道学识丰富对一个上流社会的女子多么重要；除了练唱、研究和声与作曲以外，她把余下的时间都用在书本上，那是夏伯龙神甫在她干爹丰富的藏书中挑出来的。她尽管很忙，精神上仍旧很痛苦，只是嘴里不说出来。有时她对萨维尼昂的窗子呆呆的望上半天。星期日望过弥撒，她跟在包当丢埃太太后面，很温柔的瞧着她；虽然老太太心肠冷酷，于絮尔仍因为她是萨维尼昂的母亲而爱着她。她对宗教更热心了，天天早上都去望弥撒，因为她深信自己的梦都是上帝的恩赐。

老医生眼看相思病给她的伤害，心中很怕，便在于絮尔生日那天，答应带她上多隆去参观舰队远征阿尔及尔的开拔仪式，事先不让萨维尼昂知道。法官和神甫，对这次旅行的目的替医生守着秘密，仿佛只是为了于絮尔的健康出门的，但一般承继人已经为之大惊小怪了。于絮尔和穿着候补少尉军服的萨维尼昂见了面，参观了壮丽的旗舰，舰上的海军上将就是受部长嘱托，特别照顾萨维尼昂的人。然后她听了爱人的劝告，上尼斯去换换空气，沿着地中海滨直到热那亚；到了热那亚，她得到消息，舰队已经安抵阿尔及尔，很顺利的登陆了。

医生本想继续在意大利观光，一方面让于絮尔散散心，一方面也多少能补足她的教育：大艺术家生息的土地，多少不同的文明留下光华的遗迹的土地，本身就有一种魔力，再加风土人情的比较，当然能扩展她的思想。但医生听到国王跟那有名的一八三〇年的国会冲突的消息，不得不赶回法国。干女儿出门一趟，变得生气勃勃，非常健康，还把萨维尼昂服役的那艘军舰，带了一具小巧玲珑的模型回来。

十四、于絮尔又做了孤儿

一八三〇年的选举，使米诺莱的承继人都有了立足点。在但羡来和古鄙策划之下，他们在纳摩组成一个委员会，推出一个进步党人做枫丹白露区的候选人。玛尚很有力量操纵乡下的选民。车行老板的佃户中间，五个是有选举权的。第奥尼斯也拥有十一票以上。克莱弥埃、玛尚、车行老板和他们的党羽，最初在公证人家集会，以后经常在那儿见面了。米诺莱医生回来的时节，第奥尼斯的沙龙已经变做承继人们的大本营。法官和镇长联合起来抵抗进步党，他们虽有四乡的贵族支援，仍旧被反对派打败；但打败以后，他们反倒更团结了。这样的对抗使纳摩破天荒第一次有了两个党派，而米诺莱的几个承继人居然占了重要地位。正当篷葛朗和夏伯龙神甫把这些情形告诉医生的时候，查理十世已经从朗蒲伊埃宫堡出奔，逃往希尔堡去了。但羡来·米诺莱的政见是追随巴黎的律师公会的；他从纳摩约了十五个朋友，归古鄙率领，由车行老板供给马匹，在七月二十八的夜里赶到巴黎。袭击市政厅的一役，就有古鄙和但羡来带着这批人马参加。事后，但羡来得了荣誉团勋章和枫丹白露助理检察官的职位。古鄙得了七月十字勋章。第奥尼斯当选为纳摩镇长，接替前任的勒佛罗；镇公所的委员包括副镇长米诺莱-勒佛罗、玛尚、克莱弥埃，和第奥尼斯沙龙的全部党羽。篷葛朗靠着儿子的力量才保住原职；那儿子做了墨仑的检察官，和勒佛罗小姐的亲事大概也有希望了。

医生听说三厘公债的行市跌到四十五法郎，便搭着驿车上巴黎，把五十四万法郎买了不记名公债。剩下二十七万左右现款，他用自己的姓名买了同样的证券：这样，外边只知道他每年有一万五千进款。老教授姚第遗赠于絮尔的本金，和九年之间所生的八千法郎利息，都用同样的方式存放；老人又添上一笔小款子，把这份薄产凑成一个整数，让于絮尔有一千四百法郎收益。老妈子蒲奚伐听着主人劝告，也把五千几百法郎积蓄买进公债，每年有三百五十法郎利息。这些跟篷葛朗商量好的，非常合算的调度，因为政局混乱，居然没有一个人知道。

局势大定以后，医生又买下贴邻的一所小屋子，把它拆了，把自己院子的界墙也拆了，另外盖起一间车房一间马房。拿一笔可有一千法郎利息的本金起造下房，在米诺莱所有的承继人眼里简直是发疯。这桩被认为发疯的行为，在老人的生涯中成为一个新时代的起点。那时的车辆马匹，价钱跟白送差不多：医生便从巴黎带了三匹骏马和一辆四轮篷车回来。

一八三〇年十一月初的一个下雨天，老人第一次坐了四轮篷车去望弥撒；他下了车，正在搀扶于絮尔，镇上的人已经全部赶到广场上，为了要瞧瞧医生的车，盘问一下马夫，也为了要把医生的干女儿批评一番：据玛尚、克莱弥埃、车行老板和他们的老婆的意见，老叔的荒唐全是野心勃勃的小姑娘撺掇出来的。

古鄙嚷道："喂，玛尚，有了马车了！你们的遗产去路很大，嗯？"

站在牲口旁边的马夫，是米诺莱车行里一个领班的儿子；车行老板对他说："加皮洛，你要的工钱大概不小罢？八十四岁的东家用不了多少马蹄铁的了。两匹马花多少钱买的？"

"四千法郎。车子虽是旧货，倒花了两千；可是很漂亮，车轮是把挡[①]的。"

"加皮洛，你那句话怎么说的？"克莱弥埃太太问。

古鄙抢着回答："他是说白拓。那是英国人行出来的玩意儿。你瞧，外边什么都看不见，样样都包在里头，多漂亮，又不会勾着人的衣衫，套在轴梗头上的那种难看的方铁帽也取消了。"

"什么叫作白拓？"克莱弥埃太太很天真的问。

古鄙道："怎么！你不想拓些便宜吗？"

"啊！我明白了。"她说。

"嗨！不是的，"古鄙道，"你是个老实人，我不好意思哄你；真名叫作百挡脱，因为梢子藏在里头。"

"对啦，太太，就是这意思。"加皮洛说。古鄙态度一本正经，连马夫也上当了。

克莱弥埃嚷道："不管怎么样，反正是一辆挺讲究的车；不是财主，谁撑得起这样的场面！"

古鄙道："小姑娘抖起来啦！她这办法不错，教你们也享享福。喂，米诺莱老头，干吗你不弄几匹好马，买几辆篷车？你不争这口气吗？换了我，要不高车大马，摆摆威风才怪呢！"

---

①此系马车零件的专门名词，凡是"把挡"的车辆，轴梗不会从轴帽中脱出。

玛尚问:“喂,加皮洛,我们的老叔这样铺张,可是小姑娘撺掇的?”

加皮洛回答:“不知道;可是她在家里就像东家娘一样。天天有各种各样的教师从巴黎来。听说她还要学画呢。”

克莱弥埃太太道:“那我好趁此机会,叫人描张肖像了。”

内地人那时还把画像叫作描像。

“可是教钢琴的德国老头也没有辞掉啊。”玛尚太太说。

“他今儿早上还来上课呢。”加皮洛回答。

“多几条狗也没害处。”克莱弥埃太太这话引得众人哈哈大笑。

古鄙叫道:“从今以后,诸位可别想什么遗产啦。于絮尔转眼就是十七岁,越长越漂亮了;青年人都是靠游历训练出来的。小丫头把你们老叔收拾得服服帖帖。每个星期,班车上都有她五六个包裹;什么女裁缝,做帽子的,都到这儿来替她试样,把我的东家娘气坏了。等于絮尔从教堂里出来,你们瞧瞧她脖子里那条披肩吧,货真价实的开司棉,值到六百法郎呢。”

古鄙说完,搓着手。他最后几句话对承继人们的作用,便是霹雳打在他们头上也不过如此。

医生家绿颜色的客厅,由巴黎的家具商来换新了。看老人排场这么阔,大家一会儿说他藏着私蓄,有六万法郎一年收入,一会儿说他挥金如土,只顾讨于絮尔喜欢;他们今天把他说成财主,明天把他叫作荒唐鬼。当地的舆论,总括起来只有一句话:“他是个老疯子!”小镇上这种错误的判断,恰好把一般承继人蒙住了,他们绝对没想到萨维尼昂爱上了于絮尔,而这才是医生花钱的真正的动机。他很高兴教干女儿先当惯子爵夫人的角色;

并且有了五万法郎进款，老人也尽可把宠爱的孩子装扮一下，让自己看着喜欢。

一八三二年二月，于絮尔足十七岁的那天，早上起来，看见萨维尼昂穿着海军少尉的服装，站在他窗前。

她心里想："咦！怎么我一点都不知道的？"

攻下阿尔及尔的一仗，萨维尼昂立了功，得了十字章；接着他服务的那条军舰在海洋中游弋了几个月，没法和医生通信；而不跟医生商量，他又不愿意退伍。新政府极想在海军中保存一个显赫的姓氏，趁七月政变的机会把萨维尼昂升作少尉。新任少尉请准了半个月的假，从多隆搭驿车赶来祝贺于絮尔的生日，同时也想听听医生的意见。

"他来了呀！"干女儿冲进干爹的卧房，嚷着。

"好吧！他离开海军的理由，我猜到了；现在他可以留在纳摩了。"

"啊！这才是我真正的节日了。"她一边说，一边拥抱干爹。

她上楼做了一个记号，萨维尼昂立即过来；她觉得他比以前出落得更英俊了，要把他欣赏一下。的确，服过兵役的男子，举动、步伐、神色，自有一种坚决与庄重的气概，一种说不出的方正严肃，即使穿着便服，也能教一个眼光肤浅的人看出他是军人：可见男人天生是作领袖的。于絮尔因之更爱萨维尼昂了；她让他搀着手臂在小园中散步，叫他叙述以候补少尉的资格在攻击阿尔及尔一役中所立的功劳，她像小孩子一样的高兴。毫无问题，阿尔及尔是萨维尼昂攻下来的。她说，瞧着萨维尼昂的胸饰，眼前就看到一片血海。医生在房内一边穿衣，一边瞅着他们；然后也走到他们这边来。他对子爵并不完全讲明，只说倘若包当丢埃太太同意子爵和于絮尔的婚事，单凭于絮尔的家私，子爵也不需要再靠军职来维持生活。

“唉！”萨维尼昂回答，“要我母亲让步，还早得很呢。我动身之前，她明知道只要答应我娶于絮尔，我就可以留在她身边；否则只能偶然见面，我还得经常冒着危险；但她仍旧让我走了……”

“可是，萨维尼昂，我们不是从此在一起了吗？”于絮尔抓着他的手，不大耐烦的摇了几摇。

她所谓爱情不过是常常见面，不再分离，绝对想不到更远的地方。当时她那使性的声调、可爱的手势，显得那么天真，把萨维尼昂和医生都感动了。辞职的信发出了；未婚夫的在场给于絮尔的节日添了不少光辉。过了几个月，到五月里，米诺莱医生的家庭生活又像过去一样清静，只多了一个常客。青年子爵不断的上门，很快就被大家看作未来的夫婿，尤其因为望弥撒的时候、散步的时候，萨维尼昂和于絮尔虽则很矜持，仍免不了流露出两心相契的痕迹。第奥尼斯提醒那些承继人，说包当丢埃太太已经欠老头儿三年利息，老头儿从来没讨过。

公证人说：“将来老太太一定要让步的，一定会答应儿子攀这门不体面的亲。万一出了这种倒霉事儿，你们老叔就得拿出大部分家当，去做巴齐儿所谓的批驳不倒的理由[①]。”

承继人们猜到老叔太喜欢于絮尔，太不喜欢他们了，绝不会不损害他们的利益而去保障于絮尔的幸福的；所以心里都恨到

①巴齐儿为博马舍的有名的喜剧《赛维尔的理发师》中的歌唱教师，他说（见第四幕第一场）：“我觉得一个黄金累累的荷包，永远是一个批驳不倒的理由。”

极点。七月革命以后，他们天天晚上在第奥尼斯家聚会，便在那儿咒骂两个情人；他们没有一晚不想找些对策来阻挠老人的计划，可惜一筹莫展。才莉当然和医生一样，利用公债的跌价，在调动巨额资金的时候沾足了便宜；但她是对于絮尔和包当丢埃母子怀恨最深的人。古鄙素来不愿在那些晚会中受罪，可是有天晚上为了要听听在那边所谈的镇上的事，也去了，正碰上才莉怒火中烧，大发脾气：当天上午她看见医生、于絮尔和萨维尼昂，从郊外坐着马车回来；那种亲密的神气完全说明了他们之间的关系。

她说："倘使在包当丢埃和小丫头没结婚以前，上帝肯把咱们的老叔请回去，我愿意拿出三万法郎。"

古鄙陪着米诺莱夫妇回家，直送到他们的大院子中间；四顾无人，他才说：

"你们可愿意帮我盘进第奥尼斯的事务所？我能够拆散包当丢埃和于絮尔的婚姻。"

"怎么拆散？"大胖老板问。

"你想我这么傻，会把计划告诉你吗？"古鄙回答。

才莉说："那么好啊，你先把他们拆开了，咱们瞧着办。"

"咱们瞧着办！单凭这句话，我才不干这种麻烦事儿呢！萨维尼昂那小子好厉害，可能把我杀了的；我要吃得住他，击剑打枪的本领都得跟他一样才行。你们先帮我把事业弄成了，我绝不失信。"

车行老板回答："你破坏了这头亲事，我准定帮你忙。"

"哼！准定帮忙！我为了要盘进书办勒葛的事务所，不过向你们通融一万五千的小数目，你们考虑了九个月还没答应；现在还要我相信这句话吗？好，将来你们一定得不到遗产，那也是你们活该。”

才莉说：“倘若只为了一万五千法郎和勒葛的事务所，那还罢了；可是要替你垫付五万！……”

“我会还你的呀！”古鄙把那勾魂摄魄的眼睛瞅着才莉，才莉也用骄横的目光回答了他一眼。那情形就好比毒蛇遇到了猛兽。

才莉终于说了一句：“咱们再等一晌罢。”

古鄙心上想：“哼！无毒不丈夫，真要做到这一步才好！”他一边走出一边盘算：“这些家伙，一朝给我抓住了，要不当作柠檬一般挤干才怪！”

萨维尼昂跟医生、神甫、法官往还之下，让他们看出了他纯厚的天性。他对于絮尔的始终不渝、没有一点儿利害打算的爱情，使三位老朋友大为感动，心里已经没法把两个青年分开了。朴素单调的生活，两个爱人对前途的信念，终于使他们的感情近于兄妹之间的友爱。医生往往让于絮尔和萨维尼昂两个人在一起。他已经把这个可爱的青年看准了：他只有在每次来到的时候吻一下于絮尔的手，和她单独相对的时候就不敢向她提出类似的要求，因为他对于这姑娘的纯洁与天真抱着极大的敬意；同时她常常流露的那种极其敏锐的感觉，也使他知道只要话说得重一些，神情冷淡一些，或是从温柔变为粗暴的态度，对她都会有性命之忧。所以两人之间最大胆的举动，也是在晚上当着几位老人的面表现的。这种幽密的快乐的岁月过了两年，除了子爵一再央求母亲许婚而无效以外，别无他事。有时他讲了一个早上，母亲听着他的理由和央求，拿出布勒塔尼人的脾气一声不出，或者干脆拒绝。于絮尔已经到了十九岁，长得一表人才，弹琴唱歌无一不精，才德双全，不需要再进修什么了。她的姿色、风韵、学问，遐迩闻名。有一天，哀格勒蒙侯爵夫人来替她的大儿子向于絮尔求婚，被医生谢绝了。虽则医生、于絮尔、哀格勒蒙太太把这件事严守秘密，六个月以后仍旧被萨维尼昂知道了。看到他们用心这样体贴，他非常感激，就拿这件事做理由去劝母亲，母亲回答说：

“因为哀格勒蒙家愿意降低身份，所以我们也得降低身份吗？”

一八三四十二月，虔诚慈祥的老人，身体显而易见衰退了。镇上的人看见他从教堂里出来，脸色发黄，面庞瘦小，两眼那么苍白，便议论纷纷，都说这八十八岁的老头儿死期近了。

“不久事情就有分晓啦。”有人跟那些承继人说。

的确，老人的死像谜一样的惹人注意。但医生还存着幻想，不知道自己有病；而于絮尔、萨维尼昂、法官、神甫，为了体贴，都不忍揭穿他的病势；每天晚上来看他的纳摩的医生，也不敢为他开药方。老人不觉得有什么痛苦，只是灯尽油干，慢慢地熄下去。他理智始终很强。像他这种禀赋的老人，肉体受着灵魂控制，到死都能支持的。神甫为了不要加速他的死期，叫他不必再上教堂望弥撒，就在家里做日课；因为老医生奉行教规十分严格，而且越近坟墓，越敬上帝。永恒的光明，渐渐替他把各种难题都解释清楚了。一八三五年年初，于絮尔劝他把车辆马匹卖了，把加皮洛辞退了。

箧葛朗对于絮尔的前途，并不因为米诺莱透露过几句话而放心；有天晚上他跟老朋友提到那个微妙的承继问题，指出米诺莱对于絮尔的监护权必须解除。解除监护以后，于絮尔才有权接受监护人代管财产的清算，才有权持有财产，而别人也可能给她遗产。老人以前虽然和法官商量过，当时听了法官的开场白，并不说出自己替于絮尔安排的秘密，而只采取解除监护权的办法。篷葛朗越是急切的想知道老朋友用什么方法资助于絮尔，老朋友越是对他防得紧。并且，米诺莱的确不敢把利息三万六千的不记名债券交托给法官。

篷葛朗问他："干吗你要跟命运赌博呢？"

医生回答："反正都没有把握，只能拣危险性比较小的一条路。"

篷葛朗把终止监护的手续办得很快，要赶在于絮尔·弥罗埃足二十岁的那天办妥。这个生日是老人过的最后一个节：他准是预感到寿数将尽，所以大事铺张，替于絮尔举行了一个小规模的跳舞会，把第奥尼斯、克莱弥埃、米诺莱、玛尚四家的青年男女都邀请了。舞会以前又摆了一席丰盛的酒：请的客有萨维尼昂、篷葛朗、本堂神甫、两位副司祭、纳摩的医生、许模克、才莉、玛尚太太和克莱弥埃太太。

晚会快完毕的时候，老人和公证人说："我觉得自己为日无多了，我要把我以监护人身份代于絮尔执管的财产，交还给她。请你明天来立一份清册，免得将来清算财产多纠纷。谢谢上帝！我连一个小钱都没教我的承继人吃亏，我支配的只限于我的息金。于絮尔的亲属会议，由克莱弥埃、玛尚和我的侄子米诺莱参加；我移交代管财产的时候，请他们都到场作证。"

玛尚把这些话听在耳里，在舞会中传开去。四年以来，一会儿以为有巨产可得，一会儿以为全无希望的三对夫妇，这一下可皆大欢喜了。

克莱弥埃太太道："这话就像一个临死的人说的了。"

清早两点，客厅里只剩下萨维尼昂、篷葛朗和夏伯龙三个人；于絮尔送了克莱弥埃和玛尚家的小姐回来，穿着跳舞衣衫十分娇艳；老医生指着她向三位客人说道：

“诸位朋友，我把她交给你们了！再过几天，我不能再保护她了；她没出嫁以前，请你们大家照顾，别让她受人欺侮……我替她很担心呢。”

这些话使听的人非常难过。几天以后，举行了亲属会议，交出了代管财产的清账。账上说明米诺莱医生应当交出一万零六百法郎：包括几年来应付未付的一千四百法郎息金，那是姚第上尉的遗赠所生的利息；还有十五年中积起来的五千法郎，是医生逢年逢节给干女儿的红包。

这种结清账目同时又经过公证的手续，完全是依照法官的建议；因为他很担忧米诺莱医生死后的变化，不幸这个预感竟没有错。于絮尔接受清账的结果，一共有一万零六百的现款和年息一千四的公债。第二天，老人虚弱不堪，不能起床了。他家里的事一向很隐秘，但病重的消息还是传遍全镇，那些承继人就满街乱撞，像一串断了线的念珠。上门来探问病情的玛尚，从于絮尔嘴里知道医生上了床。不幸，纳摩的医生早已说过，只要米诺莱老人躺上床，命就完了。承继人们便冒着严寒，一齐站在街上、广场上，或者自己的屋门口，聚精会神的谈论这桩盼望了多年的大事；一边东张西望，但等本堂神甫把圣体供在内地常用的那种器具内往老医生家里送。

因此，两天以后，夏伯龙神甫带着副司祭和助祭童子，随着高捧十字架的圣器执事，穿过大街的时候，一般承继人立刻跟上去，预备占领屋子，以防走漏，同时也准备去攫取他们假想中的藏金。这批人跪在教会执事后面，并没做祷告，而是虎视眈眈的直瞪着老人，老人看了不由得露出一副狡猾的笑容。神甫掉过头去看到了他们，也就慢慢地念着祷告。车行老板受不了那个不舒服的姿势，第一个站了起来，他的女人也跟着站起；玛尚唯恐才莉夫妇顺手牵羊，拿掉屋子里的什么小玩意儿，便和他们一块儿到客厅去；不久，所有的承继人都在那儿会齐了。

克莱弥埃道："他是个挺规矩的人，不会随便要求临终圣礼的，这一下咱们可以放心了。"

玛尚太太回答："对，咱们每家都能有两万法郎一年的进款啦。"

才莉道："我有这么个念头：他的钱近三年来不再存放，他喜欢把现金藏起来了……"

"准是藏在地窖里罢？"玛尚对克莱弥埃说。

"咱们要找到一点儿什么才好呢。"米诺莱-勒佛罗道。

玛尚太太嚷道："反正那天他在跳舞会里有过声明，事情已经定局了。"

克莱弥埃道："咱们到底怎办呢？平分呢？拍卖呢？拈阄呢？因为咱们都成年啦。"

为了怎么分家的问题，大家七嘴八舌，马上紧张起来。半小时以后，乱哄哄的闹成一片，特别是才莉那个尖嗓子，叫得连院子里和街上都听得见。

"老头儿大概死了罢。"一班挤在街上的闲人说。

吵闹的声音直传到老医生耳朵里，他听见克莱弥埃连吼带嚷的说："屋子吗，屋子值三万法郎！我来买，我拿出三万法郎！"

才莉声音恶狠狠的回答："不管值多少，我们都拿得出来。"

夏伯龙神甫替朋友行过临终圣礼，在旁陪着；老人对他说："神甫，请你想个办法，让我安静一些。我那些承继人，像红衣主教齐美奈斯[1]一样，可能等不到我死就来翻箱倒箧，我又没养着猴子替我把东西抢回来。你去告诉他们，我要他们统统出去。"

神甫和纳摩的医生下楼，把病人的话给大家说了。两人愤慨之下，还把他们训斥了几句。

纳摩的医生吩咐蒲奚伐女人："把铁门关起，谁都不让进来；难道一个人连死都不得安宁吗？你再预备一贴芥末膏药，敷在先生脚上。"

承继人中有些是带着孩子来的；本堂神甫一边打发他们，一边说："你们的老叔并没有死，可能还要活好些时候。他要绝对清静，除了干女儿，身边不要别人。唉，这姑娘的行事才不像你们哪！"

"这老东西！"克莱弥埃叫道，"让我来站岗。说不定他们暗中捣鬼，损害我们的利益。"

车行老板早已溜进花园，想跟于絮尔一同看护，教人家留他在屋里帮忙。他蹑手蹑脚的回进来；过道和楼梯上都铺着地毯，靴子踏在上面毫无声响：他直走到老叔房门口，始终没人听见，神甫和纳摩的医生都走了，蒲奚伐女人正在预备芥末膏药。

"人都走了吗？"老人问干女儿。

①红衣主教齐美奈斯（1436—1517）为西班牙政治家。

于絮尔提着脚尖朝院子里望了望。

“都走了；神甫临走亲手把铁门带上了。”

垂死的老人便说：“亲爱的孩子，我的命只有几小时，几分钟了。我医生不是白做的，芥末膏药不会把我拖到今天晚上。”他说到这里，被干女儿的啼哭把话打断了。“于絮尔，你别哭；我说的是关于你和萨维尼昂结婚的事。等蒲奚伐拿着膏药上来，你就到书房去，钥匙在这里；你把蒲勒酒柜上的白石面子抬起来，下面有一个信封写着你的名字，你拿来给我看；要不亲眼看见那个信封在你手里，我死了也不放心的。我断了气，你别声张：先把萨维尼昂找来，一同看那封信，你得向我起誓，也得代他起誓，一定要遵照我最后的意志行事。只要萨维尼昂听从了我的话，你们再宣布我死的消息；那时承继人就要开始做他们的戏了。但愿上帝保佑，别让那些野兽来糟蹋你！”

“好吧，干爹。”

车行老板不再往下听了，赶紧提着脚尖下楼，他已经想到小书房的锁是装在藏书室这一边的。从前他听见建筑师和铜匠讨论这事，铜匠认为要预防有人从临河的窗子进来，还是把锁装在藏书室一边为妙，因为小书房主要是夏天纳凉的地方。当下米诺莱被利益冲昏了头，血都到了耳朵里；他用一把小刀把门锁旋下，手脚像贼一样的快。他走进书房，拿了文件，不敢当场开拆，装上了锁，把一切恢复了原状，到饭厅里坐着，只等蒲奚伐送膏药上楼的时候往外溜。他走得非常方便，因为于絮尔觉得贴膏药比干爹的嘱咐更要紧。

“信啊！信啊！”老人用那种快死下来的声音嚷着，“你得听我的话，把钥匙拿去。我一定要看你拿到了信才行。”

他这么说着，眼神惊惶不定，蒲奚伐对于絮尔说：

“快快听干爹的话，你要把他急死了。”

于絮尔亲了亲老人的额角，拿着钥匙下楼了；但一会儿听见蒲奚伐尖着嗓子直嚷，又马上退回来。老人把她瞅了一眼，看她两手空空，猛的从床上坐起，想说话，临了只是好不凄惨的叹了一口气，眼睛里充满着恐怖的表情，死了。可怜的姑娘从来没见过死人，立刻跪在地下，哭作一团。蒲奚伐替老人阖上眼睛，把他放倒在床上。老奶妈把死人像她所说的装扮完毕，赶去通知萨维尼昂；但那般承继人早已跟围着看热闹的闲人等在街头，活像一群乌鸦只等一匹马掩埋了，就过来连啄带扒的把死马从泥土中翻出来。当下他们蜂拥而至，和那些猛鸟一样迅速。

十五、医生的遗嘱

这时候，车行老板回到自己家里，急于要打开那个神秘的信封，看看里头装的是什么。结果他找出下面几项文件。

给我亲爱的于絮尔·弥罗埃——我的舅子约瑟·弥罗埃和舅嫂狄娜·葛洛曼的女儿

1830 年 1 月 15 日，纳摩

我的小天使，我像父亲一般对你的慈爱，你是受之无愧的；我所以会有这种感情，不但因为我受了你父亲之托，并且因为你极像你的姑母于絮尔·弥罗埃：你使我时时刻刻想起她的风韵、聪明、天真和妩媚。但你的父亲是我岳父的私生子，我正式给你遗产可能引起别人争议……

车行老板念到这里，骂了一句："老狐狸！"

……把你过继为女儿也可能引起诉讼。我又始终不愿和你结了婚而把财产送给你；说不定我还有多年可活，把你的幸福耽误了。而你的幸福迟迟不能实现，只是由于包当丢埃太太活着的缘故。把这些难处郑重考虑过后，我既要给你一份丰厚的家私，让你生活优裕……

——“坏东西！他什么都想到了！”

又要不损害我的承继人……

——“假仁假义！难道他的全部家私不都是我们的吗？”

我决定把十八年的积蓄送给你，那是听了我公证人的指点，不断的放在外面生利的；我的目的是要财富所能给人的幸福，你都能够享受到。没有资产，你的教育和你高尚的思想反而会造成你的不幸。何况对那个爱你的青年，你也应当给他一份丰厚的陪嫁。在紧靠客厅那边的最后一口书柜里，小桌子高头第一排书的最末了一册内（红摩洛哥皮精装的对开本《法学总汇》第三卷），有三张不记名的三厘公债，每张利息是一万二[①]……

车行老板嚷道：“他多阴险！上帝可不让我受这样的欺骗。”

①按此项公债票面是一百法郎，当时以四十五法郎的市价买进，实付本金五十四万，共购得票面一百二十万的公债，分为三张，利率三厘，故每张可支年息一万二。

你立刻去把证券拿了，还有我临死剩下来的少数积蓄，夹在第三册前面的一本书里，你也收起来。我疼爱的孩子，你得想到能够给你财产是我一生最快乐的事，你非服从我这个意思不可；否则我不得不向上帝求救了。我知道你良心的顾虑最多，所以这封信内附着一份正式的遗嘱，写明这三张债券是送给萨维尼昂·特·包当丢埃先生的。那么，不论由你自己执管，还是由你爱人转手送给你，那笔钱总是你合法的财产了。

你的干爹　但尼·米诺莱

跟这封信一起，有一小张贴着印花的官契，上面写着：

遗嘱

立遗嘱人但尼·米诺莱，医学博士，住纳摩镇，身体康健，神志清楚，可以本遗嘱的年月为证。我死后把灵魂交还上帝，并请上帝俯念我真诚悔罪，宽恕我多年的错误。萨维尼昂·特·包当丢埃子爵平日对我感情深厚，我决于遗产内提出年息三万六千法郎的公债相赠，与我所有的承继人无涉。

立遗嘱人　但尼·米诺莱亲笔

1831年1月11日，纳摩

这些文件，车行老板为了不让一个人知道，特意躲在老婆房内看的。他毫不迟疑，找了一块打火石来；可是上帝给了他两次警告，接连两根火绒都没点上。第三根着了火。他把信和遗嘱都放在壁炉里烧了，还不放心，又拿壁炉里的灰把纸张和封蜡的残余一齐盖没。然后他飞也似的奔往老叔家里，一心只想瞒着老婆，独得三万六千一年的利息；他蠢笨的脑袋也只容得下这个简单明白的念头。一看见老叔的屋子已经被三份终于得手的家庭占领了，他不禁提心吊胆，唯恐那个他只想着阻碍而没考虑过的计划无法实现。

他对玛尚和克莱弥埃说：“喂，你们待在这儿干吗？难道让人家来抢劫，把金银宝贝拿走不成？咱们三个既然是承继人，就不能坐在这儿发呆！你，克莱弥埃，马上到第奥尼斯家去报告死亡，叫他来检验。我虽是副镇长，可不能为我老叔填死亡证……你，玛尚，你去找篷葛朗老头，要他来封门。”他又对自己的女人，玛尚太太和克莱弥埃太太说：“你们几位应当陪着于絮尔。这样，就不会有走漏了。最要紧是关上铁门，谁都不让出去！”

妇女们觉得这话很对，立刻赶到于絮尔房里。这天性纯洁而已经受着恶意的猜疑的姑娘，淌着眼泪，跪在地下祈祷。米诺莱猜到三个女的不会在于絮尔身边耽久的，又怕两位共同承继人起疑，便奔往藏书室把那本书找到了，打开来，拿了三张证券，又在另外一册内找到三十多张钞票。这大汉虽是个蛮子，偷这些东西的时候，耳朵里也听见一阵钟声，血也在太阳穴里尖声乱叫。天那么冷，可是背上的衬衣都湿透了；两条腿也直打哆嗦，他竟支持不住，倒在客厅里一只小沙发上，仿佛头上挨了几下闷棍。

玛尚一边在街上急急忙忙走，一边和克莱弥埃说：“啊！一得遗产，大胖米诺莱的舌头也灵活了。你听见他说话吗？‘你上这儿！你上那儿！’真会调度！”

“不错，那个冬瓜脑袋倒真亏他的，神气有点儿……”

“唷！”玛尚忽然心里一慌，“他女人也在那儿，他们俩在一起未免太多了！事情归你办，我还是赶回去的好。”

车行老板才坐下，已经看见玛尚脸色通红的凑在铁门上；他赶回死人的屋子，跟雪貂一样快。

“嗯！什么事啊？”车行老板一边开门一边问。

“没有什么，我回来看封门的手续。”玛尚说着，把野猫似的眼睛瞪了他一下。

米诺莱回答：“我也巴不得早点儿贴上封条，咱们好回家去。”

玛尚道：“我看哪，封了门还得派一个人看守才行。蒲奚伐一味帮着小丫头，什么事都做得出来。咱们叫古鄙来罢。”

车行老板说：“你找他吗？他会把好菜吃光，给你一个空锅子。”

玛尚又道：“封门的事，一小时以内就能办妥；今晚还要守灵，那就让咱们的女人看守罢。明儿中午下葬。清点财产总得一个星期以后。”

大个子微微笑了笑，说：“咱们先叫小丫头滚蛋，再托镇公所的鼓手[1]来看门。”

“好啊！”玛尚叫道，“这件事你去办，你是米诺莱家属的领袖。”

米诺莱便道：“诸位先生，诸位太太，大家都到客厅里来，不是请你们吃饭，而是要办封存手续，保护全部的权益。”

接着他把自己的女人拉过一边，把玛尚对于絮尔的主张告诉她。妇女们久已恨透了小丫头，巴不得出一口气，听到赶她出去

①当时内地市镇，遇有要事即由鼓手击鼓游街，向市民传布。

的话，就表示热烈赞成。

篷葛朗来了；才莉和玛尚太太请他以老医生的朋友资格，要求于絮尔离开屋子；篷葛朗大为愤慨，说道：

“你们要把她撵出屋子，撵出她的父亲、她的干爹、她的恩人、她的监护人的屋子，你们自己去撵罢！全靠她心胸高尚，你们才得了遗产；你们现在去抓着她的肩膀，当着全镇的面把她摔到街上去吧！你们以为她会偷你们的东西？贴上封条，托一个人看守：那是你们的权利。先告诉你们，我绝不封她的房间；她是在自己家里，她房里所有的东西都是属于她的；我要把她的权利告诉她，叫她把自己的东西都收到房间里去……”篷葛朗老头听见承继人一阵嘀咕，便补上一句：“当着你们的面就是了。”

一班妇女听着篷葛朗这篇怒气冲冲的言论，呆住了。克莱弥埃对车行老板和女太太们说了声：“嗯？”

“没见过这样的法官！”车行老板嚷着。

于絮尔坐在一张小椅子上，昏昏沉沉的，仰着头，辫子都散了，歇一会，哭一声。她两眼浑浊，眼皮虚肿，那种身心衰弱的情形，除了承继人，便是最狠心的人也会觉得可怜的。

“啊！篷葛朗先生，过了我的生日，想不到就是死亡和丧事，”她像心灵高尚的人一样，自然而然流露出这种意味深长的话，“你是知道他的为人的，二十年工夫对我没有一句急躁的话！”她又叫道：“他真是我的妈妈，好妈妈。”

想到这儿，她又两行眼泪直挂下来，夹着抽抽噎噎的哭声；最后她直挺挺的倒在椅子上。

法官听见承继人们上楼了，便说：“孩子，你要哭他，日子长呢；可是收拾东西的时间只有这一会儿工夫：你把屋子里所有属于你的东西都归到房里来。那些承继人逼我贴封条了……”

于絮尔气愤交加的直跳起来：“啊！他们要拿，都拿去吧。最宝贵的东西，我有在这里了。”她说着拍了拍胸脯。

“什么呀？”车行老板紧跟着问，他和玛尚两个一齐在房门口露出一张凶恶的脸。

“就是说关于他的德行、生活、说话的回忆；还有他圣洁的心灵的形象。”她做了一个美丽的手势，眼睛和脸颊都闪闪发光。

于絮尔那一下动作，把胸褡里头的钥匙震落了，玛尚像猫一般窜过去，捡了起来，嚷着：“哎，你还有一把钥匙呢！”

她红了红脸，说：“那是他书房的钥匙，他临死的时候要我上书房去的。”

米诺莱和玛尚彼此狞笑了一会，又瞧着法官，眼中带着恶毒的猜疑的神气；那在玛尚是无意的，在车行老板是有心的。于絮尔一见之下，猜到他们的用意，不由得站起身子，脸色发白，好似浑身的血都流完了，眼中像霹雳一般射出一道斫伤她自己元气的火光，声音哽咽着说道：

“啊！篷葛朗先生，这房里的东西都是干爹好意送给我的，他们要拿尽管拿罢；我身上只有这几件衣服，我走出房间，从此不进来了。”

于絮尔说着，走进干爹的卧室，不管别人怎么央求，再也不肯离开；因为那些承继人对自己的行为也觉得有些惭愧了。于絮尔吩咐蒲奚伐女人到老驿站旅馆定下两间房，以后再在镇上找个地方和她同住。她回到房里拿了祈祷用的经文，和本堂神甫、副司祭、萨维尼昂，几乎整夜都在一块儿守灵：她不是祷告，便是哀泣。萨维尼昂等母亲睡下就过来，一声不响的跪在于絮尔身旁，于絮尔对他凄然笑了笑，感谢他这样至诚的来分担她的忧苦。

篷葛朗捧了一个大包裹交给于絮尔，说道："孩子，你姑丈的一个女承继人，把你所有的更换衣服从五斗柜里拿出来了；因为你的东西要启封以后才能拿，而启封还要等好几天。为了保护你的权益，我把你的卧房也给封了。"

于絮尔迎上去握着他的手，答说："谢谢你，先生。你再瞧他一眼：不是很像睡熟的样子吗？"

老人的脸色像一朵不久就要枯萎的鲜花，凡是临死没有痛苦的人都是这样的。

法官凑着于絮尔的耳朵问："他临终没有私下给你什么东西吗？"

"没有，他只提到一封信……"

"好吧！那一定能找到的，"篷葛朗接着说，"他们要求贴封条，对你倒是很有利的。"

天刚亮，于絮尔和这所屋子告别了：她在这儿度过了幸福的童年，尤其那间卧房是她爱情的发源地，使她特别留恋，便是在极度忧伤的心境之下，也不免对着这个安静而甜蜜的住所掉了几滴惋惜的眼泪。她最后一次把屋内的窗子和萨维尼昂的脸轮流瞧了一会，走出大门到客店去：蒲奚伐提着包裹跟着，慈祥的保护人篷葛朗搀着她的手臂。可见老人尽管用心周密，事实证明还是多疑的法学家料得不错。不久这法官就要看到于絮尔两手空空，被那般承继人欺负了。

第二天傍晚，全镇的人都来送丧。听到承继人们对付养女的手段，极大多数的人觉得是应该的：那是遗产攸关，非同小可；老头儿一向藏头露尾；于絮尔可能自以为有什么名分，承继人这么办不过是保护自己的财产；何况于絮尔在老人生前盛气凌人，老叔对待承继人也像玩冰球戏的时候对待野狗似的。但羡来·米诺莱，据嫉妒车行老板的人说，当了助理检察官并无成就，也回家来送丧。于絮尔不能到场，躺在床上发着神经性的高热，一半由于受了承继人们的侮辱，一半由于过度的哀伤。

有几个承继人指着萨维尼昂，说道："嘿！看他虚情假意的哭成这样！"但萨维尼昂为了医生的死，的确非常悲伤。

古鄙回答："他应该不应该哭，还是问题。别忙着开心，财产还没启封呢。"

米诺莱心里有数，说道："噢！你老是大惊小怪的吓我们。"

灵柩正要从教堂发引，送往墓园的当口，古鄙碰到一件大为失意的事：他想挽着但羡来的手臂同行，遭了拒绝；助理法官这个举动，等于当着纳摩全镇的面不认古鄙是老伙计了。

古鄙私忖道："嗯，耐着点儿罢，我此刻是没法出气了。"他那颗冰冷的心，却像海绵一般在胸中胀大起来。

十六、两个敌人

检察官是孤儿的法定监护人；清点遗产之前，检察官先得委托篷葛朗做代表，办这手续需要相当时间。关于米诺莱的遗产，大家纷纷议论了十天之久；终于继承开始了[1]，一切都按照法律程序严格执行。公证人第奥尼斯正是得其所哉，进账不少；古鄙也趁此机会兴风作浪。遗产的数目既然很可观，办案的手续自然很繁复。办过第一道手续，照例得吃一顿。公证人、帮办、承继人、见证，都喝着家藏的名酒。

在内地，尤其在小城市里，居民都是住的自己的房产，要借房子不是件容易的事。所以盘进什么铺子的人，差不多老是连屋子一起买下的。检察官托治安法官篷葛朗照料孤儿的权益，法官觉得要于絮尔能搬出旅馆，只有劝她自己买房。在大街和横跨运河的桥相交的地段，正好有一所小屋子：进门是一个过道，底层只有一间餐室，临街开着两扇窗；餐室后面是厨房；从厨房的玻璃门出去，有一个三丈见方的院子。一座狭小的楼梯，临河有几个

①"继承开始"为欧美法律的专门名词，大抵遗产继承因被继承人之死亡而开始，在一定期间之内应开具遗产清册呈报法院。

小窗洞取光。二层楼有三间房，顶上还有两间阁楼。屋价是六千法郎。篷葛朗向蒲奚伐女人借了两千法郎积蓄，先交付一部分屋价，余下的再分期拔清。

于絮尔要买进干爹的藏书；篷葛朗看到屋子的进深正好摆得下书架，教人把二楼的两间房前后打通。因为萨维尼昂和篷葛朗把那些管打扫、油漆和装修的工人催得很紧，于絮尔到三月底居然能离开旅馆，搬进这所难看的屋子了；但她的卧室仍旧和承继人把她赶出来的那间一模一样；法官启封的时候，把她原有的家具都搬了来。蒲奚伐睡在于絮尔卧房的顶上一层，只要小主人拉着床头的铃，她立刻可以下来。派作藏书室用的房间，底层的堂屋和厨房，都还空着，只粉刷了一道，糊了花纸；专等干爹的遗物拍卖的时候去买家具来布置。

法官和神甫虽然深知于絮尔的性格，还是替她担心，认为从老医生给她过惯的高雅富足的生活，过渡到这个清贫简陋的生活，未免太突兀了。萨维尼昂为之伤心透了，好几次暗中贴钱给工匠和家具商，一定要让于絮尔至少在房间内部，不觉得以前和现在的卧室有什么分别。但只要瞧着萨维尼昂就心里快活的姑娘，对一切都安之若素。两位老朋友看着更加感动了；除了过去的事实证明以外，她又再度证实只有感情方面的痛苦才会给她打击。她为了干爹的故世，悲痛之极，根本不觉得自己的处境有了变化，虽然这变化使她的亲事又多添了一重障碍。萨维尼昂鉴于她生活清苦，大为不乐；而她看到萨维尼昂的不乐，又觉得十分难过，甚至搬进新屋那天，她早上望了弥撒出来，附在他耳边说：

“没有耐性，爱情是不会成功的；咱们等着罢！”

等到老医生的人欠欠人的账结出了，玛尚受着古鄙撺掇，要包当丢埃太太把到期的借款立刻还清。古鄙因为暗中恨着米诺莱，便改变方针去投靠玛尚，以为跟这个放高利贷的精明人打交道，或许比跟谨慎小心的才莉容易得手。老太太接到催告的公事，要她在二十四时以内把十二万九千五百十七法郎五十五生丁付给承继人，还得从催告之日起另付利息，否则就要扣押不动产；老太太吓坏了。另外借钱来还债根本不可能。萨维尼昂到枫丹白露去请教一位诉讼代理人。

诉讼代理人说："你碰到了一批不肯和解的坏蛋，一定要狠狠的逼你，吞掉你鲍第埃田庄的产业。你还是把法院的拍卖改做自己出售罢，还能省一笔手续费。"

这个坏消息使布勒塔尼老太太大受打击；儿子很婉转的表示，假使母亲在米诺莱医生在世的时候赞成了他的婚事，老医生一定会把财产送给于絮尔的丈夫：今日之下，他们早已家道富裕，不至于艰难到这个地步了。这番理由，说的时候固然没有责备的意味，但跟不久就要倾家的念头同样伤透了老太太的心。于絮尔寒热刚退，受的承继人的气才不过平了些，听到这件祸事，不禁失魂落魄，呆住了。没有能力帮助爱人，对一般坚贞贤淑的女子，的确是最残酷的痛苦。

"我本想买我干爹的屋子，现在买你母亲的罢。"她和萨维尼昂说。

"怎么可能呢？你还没成年，要出卖公债必须经过一番手续，那又是检察官不会同意的。并且我们也不预备和债权人对抗。一个旧家崩溃，全镇的人看了都高兴。那些布尔乔亚很像一群抢骨头的狗。幸亏我还剩一万法郎，在料理这桩倒霉事的期间，可以养活母亲。你干爹的遗产没有清点完毕，篷葛朗先生还希望替你找到一点儿什么。看你两手空空，他和我都觉得奇怪透了。医生对他、对我，屡次提起替你安排了一个美好的前程，所以我们对现在这个情形简直莫名其妙。”

她说：“噢，只要能把干爹的藏书和家具买下来，不让它们散失或是落在不相干的人手里，我对自己的命运也满足了。”

“可是你想承买的东西，谁知那些卑鄙的承继人标什么价钱呢？”

从蒙太奚到枫丹白露，大家议论纷纷，只谈着米诺莱的承继人和他们正在搜寻的百万藏金。但屋子启封以后，经过无微不至的检查，仍是一无所获。包当丢埃家欠的十二万九千的债；年息一万五的三厘公债，合到三十八万本金，因为行市已经涨到七十六法郎；估作四万法郎的屋子，再加屋内的漂亮家具，财产总数大概有六十万。那在众人眼里，为数也不算太少，大可安慰的了。但米诺莱心里着急得很。因为蒲奚伐女人和萨维尼昂，跟法官一样始终认为必有遗嘱，每一道手续办完，总得问篷葛朗搜查的结果如何。篷葛朗有时在经纪人和承继人们走出去的当口叫起来：“我简直弄不明白了！”在许多肤浅的人眼中，每个承继人得到二十万法郎，在内地已经是一笔很大的家私，也就不再追问医生在日单凭一万五的岁收，怎么能对付那种排场的；因为借给包当丢埃的款子，利息分文未取。这问题，只有篷葛朗，萨维尼昂和本堂神甫三个人，为了于絮尔的权益才想到；他们在言语之间表示这疑问的时候，好几次使车行老板脸都变色了。

财产清理完毕的那天，篷葛朗说道：“要说搜寻，也搜寻到家了；他们找的是藏金，我找的是资助包当丢埃先生的遗嘱。壁炉里的灰也撩拨过了，白石台面也掀起来了，软底鞋也摸过了，床架子也用签子戳过了，褥子抖过了，盖被和压脚毯都用针刺过，鸭绒被翻过身，文件一张张的看过，抽斗一只只的寻过，连地窖里的泥土也翻掘了，而我还在旁边鼓励他们这样翻箱倒箧的搜查呢。”

“那么你看是怎么回事？”神甫问。

“遗嘱一定是被不知哪个承继人毁掉了。”

“还有公债呢？”

“甭提啦！像玛尚和克莱弥埃那么阴刁、那么狡猾、那么贪心的人，知道他们干的什么事！到手二十万遗产的米诺莱，他那份家私又是怎么来的？据说他快要把车行的执照、牌号、住宅，全部出让，值到三十五万法郎！……你听听这数目罢！而他投资在田产方面的三万多收入还没计算在内。想到咱们的老医生，真是可叹啊！”

萨维尼昂道：“遗嘱也许藏在书架里罢？”

“所以，于絮尔想收买藏书，我没有劝阻。要不然，让她把仅有的一笔现款，花在她永远不会打开的书本上，不是发疯吗？”

镇上的人原来以为遍寻无着的现金都饱了干女儿的私囊；等到确实知道她全部财产不过一千四百法郎年息和一些零星杂物，大家就一致注意医生的屋子和家具了。有的认为必有大批钞票藏在家具里；有的猜老头儿把钞票夹在书里。拍卖的时候，承继人们用了古古怪怪的方法来防范。第奥尼斯担任公卖人的职司，每次拿起一件东西来喊价，总得声明一句：承继人只卖家具，不卖家具里头隐藏的东西。交货之前，他们又像做贼的一样，翻来覆去的看上半天，拿手指弹着听声音，或者把手伸进去掏摸；临了，看着人家把东西搬走时的眼神，活像一个做父亲的目送独养儿子上印度。

蒲奚伐女人参观了第一道清点程序回来，垂头丧气的说道："啊！小姐，我下回不去了。篷葛朗先生说得不错，你看到那种场面是受不住的。东西都摔在地下。人到处乱跑，像街上一样，把最漂亮的家具都随便糟蹋，当梯子用，里里外外搅得一塌糊涂，便是母鸡要找它的小鸡也不容易了，真像火烧过了一样。院子里堆满杂物，五斗柜都打开着，里头全空了！噢！可怜的老人家，还是死了的好，要不然，看到这次拍卖也会气死的。"

篷葛朗受于絮尔委托，代买她干爹心爱的家具，拿来装饰她的小屋子；但拍卖藏书的时候，篷葛朗绝不露面。他比那些承继人更乖巧，猜到他们贪得无厌，会把书价抬得太高的，便委托墨仑一个做旧货生意而已经来买过几批东西的人，专程到纳摩来。承继人们因为不放心，把书一部一部的出卖。三千册书没有一册不经过检查、察看，提着封面封底拼命抖动，看有没有夹在中间的纸张掉下来；书面书底，里封衬页，都严密查过。于絮尔拍进的东西，一共要付六千五百法郎左右，等于她在遗产中应当收进的款项的一半。书架交出之前，先从巴黎请了一个以识得暗机关出名的细木工专家来仔细检查。等到法官吩咐把书架和图书送往弥罗埃小姐家里，几个承继人又莫名其妙的害怕起来，直到以后看见于絮尔跟从前一样清苦，才算放心。

米诺莱买了老叔的屋子，价钱被其余两位承继人抬到五万，认为车行老板存心想在墙壁中得到什么藏金。协议书上还为此添加保留的条款。遗产清算完毕以后半个月，米诺莱把车行和牲口，一起卖给一个富农的儿子，自己搬进老叔的屋子；又为了装修和买家具，花了一大笔钱。可见米诺莱是自愿住在于絮尔近边，只和她隔着几步路的。

限期清偿的通知送达萨维尼昂母子的那天，米诺莱在第奥尼斯家里说道："希望这两个臭乡绅早点儿滚蛋！以后咱们再撵走别的。"

古鄙回答说："老婆子是十四代贵族之后，不愿意看着自己落魄的；她会上布勒塔尼去养老，到那边去替儿子娶个媳妇。"

当天早上替篷葛朗立了买契的[1]公证人说："我看不会的；于絮尔才买了里李加寡妇的屋子。"

"该死的小丫头只想跟我们捣乱！"车行老板冒冒失失的嚷着。

古鄙看见那蠢笨的大汉做了一个气恼的姿势，觉得很奇怪，问道："她住在纳摩跟你有什么相干？"

米诺莱的脸红得像罂粟花，回答说："你不知道我儿子糊涂透顶，爱上了于絮尔。我愿意出三百法郎，叫她离开纳摩。"

单看这第一阵冲动，谁都懂得于絮尔尽管贫穷，隐忍，也要使有钱的米诺莱大不安宁了。米诺莱先是忙于清算遗产，出盘车行；接着又有许多意外的事需要奔走；为了买进医生的屋子和种种细节，又不免跟才莉争论；才莉为了儿子的前途，一心只想过体面生活。米诺莱这样的忙来忙去，和平时那种安静的生活大不相同，自然没有工夫想到他的受害人。可是，到五月中旬，搬进布尔乔亚街几天以后，他有一次散步回来，听见钢琴声，又看见蒲奚伐女人像守护宝物的神龙一般坐在窗口，便突然之间听到有一个讨厌的声音，在自己心里叫起来。

像车行老板那种性格的人，为什么一见于絮尔会立刻觉得受

①于絮尔尚未成年，不能自行置产。篷葛朗为法定保护人检察官的代表，故代于絮尔出面买进房屋。

不了呢？于絮尔根本没疑心他偷过她什么东西。安于患难的那种伟大的精神，怎么会使他想要把她赶出纳摩呢？而这念头又怎么会带着仇恨与疯狂的意味？要解答这些问题，恐怕只要写一篇道德论文才行。也许失主在米诺莱近边住上一天，米诺莱就一天不敢自信为三万六千存息的合法持有人。也许米诺莱的被害人一日不去，米诺莱就一日不放心，隐隐约约的以为自己犯的案子必有机会被人识破？也许这个浑浑噩噩，近乎蛮子而从来没犯过法的人，看到于絮尔就觉得良心不安？也许因为米诺莱的家私远过于合法所得，所以他的内疚把他鞭挞得特别厉害？没有问题，他是把良心的骚动归咎于于絮尔一个人的，满以为只要于絮尔不在眼前，他的骚扰不宁的情绪就会消灭。再说，或许罪恶本身也要求圆满，作恶也要求有个结果：第一下伤了人，就会跃跃欲试的再来一下，致人死命。或许谋财与害命必然是相连的。米诺莱下手盗窃的时候，接二连三的事来得太快了，他完全没有加以思索，他的念头是事后才有的。可是，倘若你们能把这个人的相貌举动想象得非常真切，就不难懂得思想对他的作用是多么可怕了。何况良心的责备比思想还要深一层，引起内疚的那种情感，和爱情一样无法掩藏，而且是很专制的。米诺莱劫夺财产的行为没有经过考虑，现在见到这蒙在鼓里的被害人而自己心里觉得难堪的时候，也同样不假思索的想把她赶出纳摩了。米诺莱既然是个蠢汉，做事从来不想到后果，便受着贪心鼓动，一步一步往险路上走，好似一只野兽完全不想到猎人的狡黠，只倚仗自己的蛮力和行动的迅速。不久，一班在公证人第奥尼斯家聚会的有钱的布尔乔亚，发现这素来无忧无虑的家伙，态度举动都变了。

米诺莱是决意把那惊人的举动瞒着老婆的，所以老婆对人说:“不知道米诺莱怎么回事,老是魂不守舍的!”

关于米诺莱的烦闷,各人有各人的解释;因为他有了心事,表现在脸上的倒的确很像烦闷。有的说是因为他一无所事的缘故;有的说是从忙碌突然一变而为清闲的缘故。一方面,米诺莱正在打算破坏于絮尔的生活;另一方面,蒲奚伐女人没有一天不跟于絮尔提起她应有的财产,没有一天不把于絮尔清寒的境况,和老主人替于絮尔安排的生活作比较,那是他生前亲口告诉她蒲奚伐的。

她说:“还有一点,当然我这么说不是为了贪财;可是像先生那样好心的人,怎么会一点儿小东西都不留给我呢?……”

“你有了我,还不够吗?”于絮尔这样回答,不让蒲奚伐女人在这个问题上再讲下去。

于絮尔不愿意让金钱的念头沾污她亲切的、凄凉的、甜蜜的回忆,那是跟老医生的那张高贵的脸分不开的。小客堂里挂着于絮尔的绘画教师替老人画的速写像。于絮尔凭着新鲜活泼的想象,看到这幅速写等于永远看到她怀念不已的干爹,尤其屋子里到处都摆着老人心爱的家具:俗称为公爵夫人式的大沙发,书房里的家具,玩脱里脱拉的用具,还有干爹送的那架钢琴。和于絮尔做伴的两个老朋友,夏伯龙神甫和篷葛朗先生——她愿意接待的客人也只有这两个——在那些因为她悼念深切而差不多有了生命的遗物中间,他们仿佛是她过去的生活的两个生动的纪念品;而她是用受过干爹祝福的爱情,把现在和过去连在一起的。不知不觉减淡下来的惆怅的情绪,不久使她的岁月染上一种色调,把室内所有的东西结合在一片说不出的和谐中间:例如那种纤尘不染的清洁,极其对称的陈设,萨维尼昂每天送来的鲜花,几件高雅的小玩意儿，还有她的生活习惯反映在周围的事物上，而使居处显得可爱的，那股和平恬静的气息。吃过早饭，望过弥撒，她继续练琴、练唱；然后坐在临街的窗下刺绣。萨维尼昂不问晴雨，每天出外散步，下午四点回来，看到窗子半开着，便坐在外边的窗槛上，和于絮尔谈上半小时。晚上，神甫和法官来看她；但她从来不愿意萨维尼昂和他们一起来。包当丢埃太太听了儿子的话，想叫于絮尔跟他们同住，于絮尔没有接受。她和蒲冥伐两人日子过得很俭省：每个月全部开支不超过六十法郎。老奶妈不怕辛苦，洗衣服，烫衣服，样样都做。一星期只举火两次，留下饭菜吃冷的；因为于絮尔要每年省下七百法郎拔还屋价。这种谨严的操守、谦虚的态度，在享用奢豪、予取予求的生活之后，甘于过着清苦的日子，博得了某些人士的称赏。于絮尔受到大家的尊敬，没有一句闲言闲语牵涉到她。承继人们欲望满足了，也还她一个公道。萨维尼昂看到这么年轻的姑娘有这等刚强的性格，大为佩服。包当丢埃太太望过弥撒出来，不时和她说几句温存的话，请她吃了两次饭，亲自来接她。即使这还不能算幸福，至少日子过得很安静。篷葛朗拿出当年诉讼代理人的手段，把包当丢埃家的债务纠纷圆满解决了；这件事却触怒了米诺莱，使他对于絮尔的潜伏的怨恨，急转直下的爆发了。

等到遗产的事全部料清，治安法官却不过于絮尔的情，就来办理包当丢埃家的债务案子，答应于絮尔帮助包当丢埃母子渡过难关。但他因为老太太阻挠于絮尔的幸福，心里很气，到她家里去的时候，毫不隐瞒他这次帮忙完全是看在弥罗埃小姐面上。他在枫丹白露挑了一个从前在自己手下当帮办的，做包当丢埃的诉讼代理人；撤销限期清偿的手续仍旧由他亲自主持。他要利用申请撤销与玛尚再度催告之间的一段时间，续订年租六千法郎的赁田契约，叫佃户拿出一笔小租，再预缴本期租约的最后一年田租。从此，韦斯脱牌局恢复了，地点是在包当丢埃家里，入局的除了法官，便是本堂神甫、萨维尼昂，和由篷葛朗与夏伯龙每晚接送的于絮尔。六月中，篷葛朗把玛尚控告包当丢埃的案子撤销了，立即签订新租约，年租六千法郎，期限十八年；又教佃户付了三万二千法郎小租。当天晚上，趁这件事还没透露风声，篷葛朗就去找才莉，知道她手头的现款没处存放，问她愿不愿意出二十二万法郎买下鲍第埃的产业。

米诺莱道："只要包当丢埃一家搬出纳摩，我立刻成交。"

"为什么？"法官问。

"我们希望镇上不要再有贵族。"

"我好像听老太太说过，一朝事情解决了，凭她剩下的一些钱，只能搬到布勒塔尼去住。她还说要出卖屋子呢。"

米诺莱道："就卖给我罢。"

才莉道："你的口气倒像是当家的。你要两所屋子干吗？"

法官接着说："倘若你们今天晚上对鲍第埃的事不作决定，我们的租约就会有人知道，三天以内又要受到控告，而我一心想办妥的这桩清算的事就不成功了。所以我马上要到墨仑去，我有几个相熟的庄稼人，闭着眼睛都会把鲍第埃买下来的。这样，你们在罗佛地区买进三厘利息田产的机会，可就错过了。"

才莉道："既然你有主顾，干吗来找我们呢？"

"因为你们有现款，不比我那些老主顾，要几天工夫才能张罗十二万九千法郎。我不愿意事情拖泥带水的。"

"叫她离开纳摩，我立刻拿出这笔钱来。"米诺莱又说了一遍。

“你知道我不能约束包当丢埃他们的意志，”篷葛朗回答，“可是我断定他们将来不会留在纳摩的。”

米诺莱听了这句肯定的话，又被才莉在臂弯上推了一下，便答应拿出现钱来，替包当丢埃家还清欠老医生的债。接着大家到第奥尼斯的事务所去立契，踌躇满志的法官又叫米诺莱接受新订的赁田契上的条件：那时米诺莱夫妇才发觉损失了最后一年租金，可是太晚了。六月底，篷葛朗把决算确认证书和余下的款子十二万九千法郎，交给包当丢埃太太，劝她买五厘公债，每年可以有六千法郎利息。萨维尼昂的一万法郎也买了同样的债券。老太太清算的结果，非但收入没有损失，反而多了两千法郎；母子两人也就在纳摩住下去了。

米诺莱以为受了骗，仿佛法官是知道于絮尔住在纳摩会使他受不了的；米诺莱气愤交加，越发把于絮尔恨如切齿。这就开始了那幕隐蔽的，但后果非常可怕的戏剧；这戏剧骨子里只是两种感情的斗争：一种感情驱使米诺莱把于絮尔逐出纳摩，另外一种感情使于絮尔鼓足勇气忍受迫害，迫害的原因在某一时期内简直无从猜测。这是一个离奇古怪的局面，以前多多少少的事都是往这个局面发展，替它作准备、作序幕的。

十七、内地人的恶毒

米诺莱太太从丈夫那儿得了一笔礼物：一套银器和一套餐具，大约值到两万法郎。她每逢星期日必定大排筵席，因为那天当助理检察官的儿子总得带几个枫丹白露的朋友到家里来。为那些丰盛的酒席，才莉特意从巴黎定几样稀罕的菜，使公证人第奥尼斯也不得不学她的气派。古鄙直到七月底，前任车行老板过了一个月布尔乔亚生活之后，才受到邀请；在此以前，米诺莱一家都避之唯恐不及，认为他是无赖，有伤他们体面的。古鄙对于这种有心的遗忘已经不痛快了，还得对但羡来尊称为“您”。因为但羡来自从进了衙门，便是在家里也摆出俨然和傲慢的神气。

古鄙问助理检察官：“那么您是把埃斯丹忘了，专心爱弥罗埃小姐了？”

检察官回答：“先生，第一，埃斯丹已经死了。其次，我从来没想到什么于絮尔。”

“啊，啊！米诺莱老头，你以前跟我怎么说的？”古鄙很不客气的嚷着。

米诺莱扯的谎被这么一个可怕的人当面揭穿，差点儿惊惶失措；幸亏那天请古鄙吃饭是有计划的，因为想起古鄙以前的提议，说他能破坏于絮尔和萨维尼昂的婚事。米诺莱便一言不答，拉着古鄙走到园子的尽里头。

他说："朋友，你转眼就是二十八了，还没走上成家立业的路。我希望你好，因为你是我儿子的老朋友。听我说：倘使你能够教弥罗埃小姐嫁给你——她也有五万法郎财产呢——我可以起誓，帮你在奥莱昂盘进一个公证人的事务所。"

古鄙回答："奥莱昂不行，那边我不容易出头；还是蒙太奚……"

米诺莱抢着道："不要蒙太奚，桑斯倒还……"

"桑斯就桑斯！"那奇丑无比的帮办回答，"那儿有个总主教；热心宗教的地方，我不讨厌：只要拿出一副假仁假义的面孔，就容易有生路。何况那姑娘是个热心的教徒，到那边一定有发展。"

"当然，必须等我们表妹出嫁的时候，我才拿出十万法郎来；我要帮助她，表示我对老叔的敬意。"

"为什么不连带酬谢酬谢我呢？"古鄙的神气很阴险，他疑心米诺莱这件事必定别有用意，"你在罗佛古堡四周能买进两万四收入的一大块田产，方方正正，不跟别人的田交错，不是全靠我通风报信吗？既然洛昂运河对岸，你还有草原和磨坊，那块田还能增加一万六千收入。喂，老头儿，你可愿意跟我真心相见？"

"怎么不愿意！"

"告诉你，为了要你知道我的厉害，我正在替玛尚安排，准备把罗佛全部买下来：猎场、花园、森林、后备猎场，统统在内。”

“你敢？”才莉闯过来嚷着。

古鄙像毒蛇似的把她瞪了一眼，说：“哼！只要我高兴，明天玛尚花二十万就把那些都买下了。”

“你走开，我跟他谈得很好呢……”大个子米诺莱抓着才莉的胳膊，把她推走了，回过来对古鄙道：“我们这一晌事情太多，没想到你；可是我相信你的友谊一定会帮我们买进罗佛的。”

古鄙很狡猾的说：“不错，罗佛从前是侯爵的封邑；到你手里，一年就有五万法郎收入，产业本身值到二百万以上。”

“那时，咱们的助理检察官不是娶一个法兰西元帅的女儿，便是娶一个旧世家的独养女儿，能够帮他升调到巴黎去。”车行老板说着，打开他的大鼻烟壶，送到古鄙面前。

古鄙吸了烟，弹着手指，嚷道：“那么咱们是不是真心相见呢？”

米诺莱握着古鄙的手，回答：“君子一言为定！”

也算米诺莱运气，古鄙像一切机灵的人一样，以为米诺莱看见他捧出玛尚来跟他作对，才把于絮尔的亲事做借口，跟他讲和。

他心上想：“那句谎话不是他想出来的，分明是才莉教的。好吧！丢开玛尚。不出三年，我可以当选桑斯的议员了。”他看见篷葛朗到对门去打韦斯脱，便奔到街上，对他说：

“亲爱的篷葛朗先生，你对于絮尔·弥罗埃很热心，不会不关切她的前途。现在有一头亲事在这里：对方是个公证人，将来在一个首府的城里开业。三年之内，他保证当选为议员，立婚书的时候就能给妻子十万法郎。”

篷葛朗冷冷的答道："于絮尔的前途比这个好多呢。包当丢埃太太自从家中出事以后，身体比以前差多了，从昨天起她又老了许多，这样郁郁闷闷下去是活不久的；萨维尼昂一年还有六千法郎收入，于絮尔有四万现款，我将来替他们用玛尚那种办法存放，可是规规矩矩的；要不了十年，他们也能有一份小小的家私了。"

"那么萨维尼昂真是胡闹了，放着好好的亲事不要！像罗佛小姐那样的独养女儿，叔父叔母给她留着两份丰厚的遗产，包管萨维尼昂一说就成。"

"拉·封丹说的好：有了爱情就忘了谨慎。"篷葛朗为了好奇，又追问一句："可是你说的那公证人是谁呢？因为……"

"就是我呀。"古鄙回答；法官听着打了一个寒噤。

"是你？……"篷葛朗说着，并不隐藏他要为之作呕的神气。

"不错！先生，就是小弟。"古鄙眼中全是怨毒、憎恨和挑战的意味。

于絮尔在小客堂里坐在包当丢埃太太身旁，篷葛朗一进去就问她："有个公证人向你求婚，预备拿出十万法郎，你可愿意吗？"

于絮尔和萨维尼昂都浑身一震，你望着我，我望着你：于絮尔带着笑容，萨维尼昂也不敢露出不安的神色。

"我不能自己做主的。"于絮尔回答，同时避着老太太的眼睛向萨维尼昂伸出手去。

"我问都没问你，就回绝了。"

包当丢埃太太道："为什么？孩子，我觉得公证人这一行挺不错呢。”

于絮尔答道：“我宁可过着清寒的日子。跟可能的遭遇相比，我这生活已经很富足了。有老奶妈照料，我不用担什么心事；我喜欢眼前的生活，才不想拿这个生活去换一个渺茫的前途呢。”

第二天，邮局送出两封匿名信，在两个人心里下了两剂毒药：一封给包当丢埃太太，一封给于絮尔。老太太收到的信是这样的：

你爱你的儿子，要攀一头门第相当的亲事，可是你放任他迷着一个没有财产而野心很大的女孩子，让一个军乐师的女儿于絮尔在你家里出入！其实你很可以娶罗佛小姐做媳妇，她的两位长亲，龙葛洛侯爵和罗佛骑士，每人都有三万法郎进款，因为不愿意留给挥霍成性的老疯子罗佛先生，有心等侄女出嫁的时候送她一笔陪嫁。格莱芒蒂·杜·罗佛小姐的姑母是赛莱齐太太，她的独养儿子最近在阿尔及尔阵亡了，将来一定会过继内侄女的。写这封信的人无非为了你们的好，他知道罗佛家对萨维尼昂很有意思。

以下是于絮尔收到的信：

亲爱的于絮尔，纳摩镇上有一个崇拜你的青年，每次看到你在窗下工作，不能不感到一股热情，因此他知道自己的爱情是终身不变的。这青年有的是刚强的意志，百折不回的毅力：希望你接受他的爱情，因为他用意纯洁，很谦卑的向你求婚，目的是要你幸福。他目前的财产已经很可观，但比着你做了他妻子以后的财产，还不过是个小数目。有朝一日，你能以部长夫人的身份出入宫廷，成为全国第一流的太太。他每天看到你，可是你看不到他；你只要把蒲奚伐种的石竹摆一盆在窗口上，他就会登门拜见。

于絮尔把信烧了，没有告诉萨维尼昂。两天以后，她又收到一封信：——

亲爱的于絮尔，一个爱你胜过爱自己生命的人写信给你，你不应当置之不理。你以为能嫁萨维尼昂，真是大错特错了。这桩婚姻不会成功的。包当丢埃太太不会再接见你了；她虽是有病，今天早上还是步行到罗佛去，为萨维尼昂向罗佛小姐求婚。萨维尼昂早晚要让步的。他有什么理由反对呢？罗佛小姐的两位长亲，决定在婚书上保证把财产送给她，总数有六万法郎一年的收入。

这封信使于絮尔尝到了嫉妒的滋味，那是她从来没受过的痛苦，为之心都碎了；而在一个性格这样复杂，这样易于感受的人身上，一朝有了妒忌的心，她的现在、未来，甚至于过去，都变成了灰色。她一收到这封不祥的信，就坐在老医生的大沙发上，眼睛望着空中，堕入痛苦的幻想。一刹那之间，她觉得美好和热烈的生气一变而为死亡的凉意。而且她的感觉比这个还要可怕；古怪的天才约翰·保尔，在他的杰作中描写一批死人，因为发觉没有上帝而惊醒过来[1]：于絮尔的情形就跟这个一样。蒲奚伐催她吃饭催了四次，只看见她把面包拿起来放下去，没有能送到嘴里。奶妈想说句埋怨的话，于絮尔却做了一个手势，把她喝阻了，素来很温和的口气居然变得很专横。蒲奚伐凑着门上的玻璃暗中觑视，只见她忽而满面通红，好像发着高热，忽而脸色发紫，仿佛热过一阵又打着寒噤。这情形到四点左右越发严重：她时时刻刻站起身子，看萨维尼昂是不是来了，而萨维尼昂竟是不来。嫉妒与怀疑使她忘了情人的羞怯。至此为止，于絮尔绝不肯流露出什么举动，让人猜到她的热情的；那时却戴了帽子，披了小围巾，冲到过道里预备上街去接萨维尼昂了；但是羞怯的心理并没完全消灭，她又回进小客厅，哭了。晚上神甫来的时候，可怜的奶妈在门口拦着他，说道：

"啊！神甫，不知道小姐是怎么回事，她……"

"我知道了。"神甫凄然回答，不让惊慌的奶妈再往下说。

于是夏伯龙把于絮尔不敢查问的事说了出来：包当丢埃太太上罗佛家吃饭去了。

"萨维尼昂呢？"

"也去了。"于絮尔浑身一震；夏伯龙神甫像触电一般也跟着打了个寒噤，心里很难过，久久不能消释。

"所以咱们今晚不到她家里去了，"神甫说，"并且，孩子，你最好不必再去。老太太以后接待你的态度，会伤害你的自尊心的。我们已经把她劝得动心了，肯提到你的婚事了；不知道哪儿来

---

①德国作家约翰·保尔·李赫忒（1763—1825）在《梦》中描写死人们从坟墓里出来，叫道："噢，基督！难道没有上帝吗？"基督回答："没有上帝。"

的一阵风，使她突然之间又变了主意。”

于絮尔声调很坚决的说：“我准备听天由命，把什么事都看作意料之内。遭到这种患难而知道自己并没有得罪上帝，就是大大的安慰了。”

“好孩子，你得逆来顺受，不要随便去猜测天意。”

“我不愿意疑心包当丢埃先生的人格，冤枉他……”

“干吗不叫他萨维尼昂了？”神甫觉得于絮尔的口吻有些气愤。

她哭着说：“对，我不愿意疑心我亲爱的萨维尼昂。”说到这里竟号啕大哭了。“好朋友，我心里还认为他的品格和出身一样高尚。他不但亲口说过只爱我一个人，并且还有事实证明，因为他对我非常体贴，甚至拿出牺牲精神来克制他的热情。最近篷葛朗先生和我说起有个公证人提亲，我伸出手去让他握着，这是我破题儿第一遭的举动，我可以向你发誓。固然，他开场是和我取笑，隔着街送了我一个飞吻；但从此以后，他的感情没有越出最严格的范围，那是你知道的。除了那个只有天使看得见的一角之外，你把我的心都看得明明白白，我可以告诉你：他的感情使我精神上得到许多好处，它使我甘于贫苦，减轻了我身遭大丧的悲痛，这丧事表现在我孝服上的，远过于我心中的。噢！那是不应该的。我心中的爱情的确超过我对干爹的感激，所以上帝给了我报应。有什么办法！我自命为萨维尼昂的妻子；我太得意了，也许上帝便是惩罚我的骄傲。你刚才说得好，我们的行动只应该把上帝作中心和归宿的。”

神甫看见她惨白的脸上淌着眼泪，不由得很感动。可怜的姑娘以前越是十拿九稳，这一下越是失望得厉害。

她接着说："可是一旦回到了做孤儿的地位，我自然能恢复做孤儿的心情。我不能做我爱人的绊脚石！他待在这里有什么出息？我是什么人，敢对他存着奢望？何况我对他的友情那么深厚，尽可以把我的幸福和希望完全牺牲！……你知道，我常常责备自己把我的幸福建筑在别人的坟墓上面，明知道要等那位老太太死了，我的美梦才能实现。如果有个女子能够使萨维尼昂有钱、有福，我所有的一些财产正好作为我马上进修道院的捐献。天上没有两个主宰，女人的心中也不应当有两次爱情。修道的生活倒也很能吸引我。"

"他总不能让母亲一个人到罗佛去啊。"好心的神甫声气柔和的说着。

"咱们不谈了罢，神甫。今天晚上我要写信给他，还他自由，能够把这堂屋的窗关起来，我也很高兴。"

于是她把匿名信的事告诉神甫，声明她不愿意追究那个不相识的情人。

神甫叫道："哎！包当丢埃太太也收到了一封匿名信，才上罗佛去的。我看，准有些恶毒的人在阴损你。"

"为什么呢？我和萨维尼昂又没得罪过人，跟地方上的利害冲突也早完了。"

"不管它，孩子；既然一阵狂风把我们的聚会吹散了，趁此机会整理整理咱们老朋友的藏书也好。现在都堆在那儿，让我和篷葛朗两人理起来，我们还想在里头细细找一找呢。你应当信托上帝；同时也别忘了，我和法官始终是你忠实的朋友。"

"这已经了不起了。"她说着，把神甫直送到过道外边的门口，像窝里的鸟儿一样往外探了探头，还希望能看到萨维尼昂。

米诺雷和古鄙刚从草原上散步回家，走过这儿停下来；米诺莱对于絮尔说：

“怎么啦，表妹？——咱们终究是表亲，是不是？——你好像变了。”

古鄙瞅着于絮尔，火辣辣的目光把她吓了一跳：她一言不答，回进去了。

“她脾气犟得很。”米诺莱对神甫说。

“弥罗埃小姐不站在大门口跟男人说话是不错的；她年纪还太轻……”

古鄙道：“哦！你不知道她情人倒不少呢。”

神甫马上行了礼，急急忙忙向布尔乔亚街走去。

古鄙对米诺莱道：“行啦，药性发作了，她已经面无人色；不到半个月，准会离开这儿。你等着瞧罢。”

古鄙脸上的狞笑，和约瑟·勃里杜画的歌德的曼菲斯托番一样，有种恶魔式的表情；米诺莱看着害怕了，嚷道：“的确，跟你做不得冤家，还是交朋友的好。”

“当然啰，她要不嫁给我，我就教她郁郁闷闷的不得好死。”

“好，小家伙，你干就是了；我给你一笔资本到巴黎去当公证人。那时你可以娶一个有钱的女人了……”

古鄙听了很奇怪，问：“可怜的姑娘！她什么地方得罪了你呢？”

米诺莱用了一个粗野的字儿，意思是说：“我看见她就讨厌！”

“等下星期一，你看我怎么收拾她！”古鄙说着，打量着车行老板的脸。

第二天，老婆子蒲奚伐上萨维尼昂家，送给他一封信，说道：

“不知道我那姑娘跟你说些什么；她今儿早上简直像死人一样。”

从这封写给萨维尼昂的信上，谁都想象得出于絮尔隔天夜里所受的痛苦。

亲爱的萨维尼昂，听说你母亲要你娶罗佛小姐，也许她这么办是对的。你面前摆着两条路：一方面是近乎贫苦的生活，一方面是富裕的生活；一方面是你自己选择的妻子，一方面是适合社会惯例的妻子；一方面是服从你的母亲，一方面是根据你自己的选择，因为我还自认为被你选中的。萨维尼昂，如果你要有所决定，我要你完全自由的决定，不受一点儿约束：我允许你收回过去的话，那是你对你自己说的，不是对我说的；你发那个心愿的时间，我永远忘不了，而且和那天以后的许多日子一样，在我记忆中是极纯洁的、甜蜜的，这个回忆就够我一辈子消受了。假使你一定要守约，从今以后就有一个可怕的、不祥的念头，破坏我的幸福。清苦的生活，今天你是欣然接受的，但你将来可能想到，倘若遵守了社会的惯例，你的处境会变成另外一个样子。你把这种念头说出来罢，等于把我宣告死刑；不说出来罢，只要你额上有一丝半丝皱痕，我就会多心。亲爱的萨维尼昂，我在世界上最爱的就是你。我可以那样爱你，因为干爹虽则有些忌妒，仍旧和我说：“孩子，你爱他罢！你们俩迟早会结合的。”上巴黎去的时候，我爱着你，可不存什么希望，单单那感情已经使我满足了。我不知道现在我是否能再回到那个境界，但我一定努力做去。眼前我们之间是什么关系呢？还不是兄妹而已？好，咱们就至此为止罢。你尽管去娶那个有福的姑娘，她可以使你们的姓氏得到应有的光彩，而我是，照你母亲说来，要减少它的光彩的。你从此再也不会听到我的消息。社会的舆论一定赞成你。我，我永远不会责备你，我永远爱你。即此告别！

“你等一等！”萨维尼昂说着，做手势叫蒲奚伐坐下。他立刻写了一个字条：

亲爱的于絮尔，来信使我非常难过，因为你自己找了许多不必要的痛苦，而且破天荒第一次，我们俩的心居然不一致了。你没有嫁过来，只因为我不得母亲同意不能结婚。有了八千法郎进款，在洛昂河边找一所小屋子住下，难道这不是一份产业吗？我们早打算过，叫蒲奚伐当家，我们一年能积蓄五千法郎。当初在你姑丈的园子里，你有天晚上答应做我的未婚妻，所以我们中间共同的约束，你不能片面解除。昨天我清清楚楚告诉罗佛先生，即使我是自由之身，也不愿意从一个不认识的少女手里得一份家私！我母亲不愿再接待你了，我没福气看到你每晚光临了。可是靠着窗口和你立谈几分钟的快乐，请你不要加以剥夺……我今晚来看你。世界上无论什么都不能使我们分离。

“快走罢，老妈妈。不能让她多操一分钟的心……”

萨维尼昂为了要打于絮尔窗下过，每天都出去散步。当天下午四点，他散步回来，发觉情人经过了意外的风浪，脸色有点儿苍白。

她说："至此为止，我似乎还没体会到和你相见的乐趣。"

萨维尼昂微笑着答道："你曾经告诉我，因为你每句话我都记得；你说：'没有耐性，爱情就不会成功。我等着就是了！'好孩子，难道你现在把爱情和信心分开了吗？……好啦，咱们的误会消释了。你一向以为我爱你不及你爱我。我可曾疑心过你？"他说着，递给她一束野花，扎束的款式显出他的确是一片至诚。

"你没有理由可疑心我啊，"接着她声音很慌乱的补上一句，"并且你还有所不知。"

她已经通知邮局，一切信件都不收。但萨维尼昂走了，她目送他从布尔乔亚街拐进大街以后，过了一会，不知由于什么妖术，她竟在大沙发上看到一张字条，写着："小心点儿！受到轻慢的爱人比老虎还凶猛。"萨维尼昂虽是一再央求，于絮尔为谨慎起见，仍不愿意把那个使她提心吊胆的秘密告诉萨维尼昂。于絮尔以为爱情破裂了而结果仍旧见到爱人，当然感到说不出的快乐；唯有这快乐才能使她把刚才为之毛骨悚然的恐怖暂时忘掉。等待一桩渺茫的灾难，谁都觉得是不堪忍受的毒刑。因为不知道灾难究竟是怎么样的，痛苦的范围似乎更大了；凡是不可知的事，我们心中都觉得它无穷无极。对于于絮尔，那简直是最大的痛苦。她听到一点儿声响，心就直跳；便是寂静无声，她也害怕，甚至疑心墙壁也在那里捉弄她。临了，她恬静的睡眠也受到打扰。古鄙不知道她身心像花一般的娇嫩，只凭着他作恶的本性，找到了一种把她摧残，致她死命的毒药。

下一天平静无事。于絮尔弹琴弹得很晚，上床的时候差不多放心了，同时也瞌睡得厉害。半夜光景，一支单簧管，一支双簧管，一支长笛，一只唧筒号，一只伸缩号，一支低音笛，一支银笛，一块三角铁，合奏齐鸣，把于絮尔惊醒了。所有的街坊都扑在窗口张望。可怜的孩子看到街上挤着一大堆人已经骇坏了，再听到一个男人用嘶嘎的声音嚷着："于絮尔·弥罗埃！这是你情人送给你的！"更好像当胸挨了一棍。

第二天是星期日，镇上谣诼纷纷；于絮尔进教堂出教堂，都有大群的人在广场上争着注意她，用令人难堪的神气打量她。大家对那个半夜音乐会七嘴八舌，各人有各人的猜测。于絮尔半死不活的回到家里，从此不出门了；神甫劝她在自己屋里做晚祷。一进门，她在铺着地砖的过道中，看见门底下塞着一封信；她捡起来，为了想弄清底细，又把它念了。像下面那样可怕的字条，她看了有什么感觉，哪怕最麻木的人也不难猜想到。

> 你还是俯首帖耳，做我的妻子罢：既有钱财，又受疼爱。我非要你不可。即使你活着不为我所有，你死了还是我的。你的苦难都是你的拒绝招来的，并且苦难将来还不限于你一个人。
>
> 爱你而你必有一日归他所有的人上

事情真奇怪：正当这个温柔和顺的牺牲者，被人当作残花败叶一般作践的时节，玛尚、第奥尼斯、克莱弥埃家的几位小姐，反倒羡慕于絮尔的遭遇。

她们说："她好福气。大家都在关心她，讨她喜欢，为了她你争我夺！听说那半夜音乐会好听得很！还有一个唧筒号呢！”

“什么叫作唧筒？”

“一种新时行的乐器。瞧，有这么大。”安日丽纳·克莱弥埃向巴眉拉·玛尚解释。

萨维尼昂一早就上枫丹白露去打听，是谁把当地军营里的音乐师请出来的；但每种乐器都有两个乐师，没法知道到纳摩去的到底是哪一个。上校下令，从今以后，乐师不得他许可不准为私人演奏。萨维尼昂跟于絮尔的法定监护人检察官谈了谈，说明这一类的捣乱对一个如此娇弱如此敏感的姑娘，影响如何严重，要求检察官运用职权，追究那次音乐会的主使人。三天以后，半夜时分又有三架小提琴，一支横笛，一架吉他，一支双簧管，来了一次音乐会。这一回，奏乐的人是往蒙太奚方面溜走的，那儿正好有个过路的戏班子驻扎。两个曲子之间，有一个人用着刺耳的、喝醉了酒的声音叫道：

“这是送给军乐师弥罗埃的女儿的！”

于絮尔父亲的职业，米诺莱老医生一向讳莫如深，瞒着人，这一下却在纳摩镇上变得家喻户晓了。

事后，萨维尼昂并不上蒙太奚去；当天他收到一封从巴黎寄来的匿名信，恐吓他说：

> 你决计娶不成于絮尔的。你要留她一条命，就得趁早退让；人家对她的爱情比你深得多；他为了讨她喜欢，已经改行做音乐师了；他宁可置于絮尔于死地，也不让于絮尔落在你手里。

这时，纳摩的医生一天要到于絮尔家出诊三次：她受了这些暗算，生命都有危险了。温柔的少女觉得自己被一双毒手推入泥洼，却取着殉难者的态度：一声不出，眼睛望着天，哭也不哭了，只等人家来打击；同时她做着热烈的祈祷，希望一死以求解脱。

篷葛朗先生和本堂神甫，尽量抽出时间来陪她。她和他们说："我不能下楼，倒觉得很高兴；要不然，他会到客厅里来的，而他平时祝福我的那种眼神，我已经不配领受了！你们想他会疑心我吗？"

篷葛朗道："萨维尼昂要是查不出主犯，预备请巴黎的警察局来侦缉。"

她回答："那些人也该知道已经伤了我的命，可以安静些了。"

神甫、篷葛朗、萨维尼昂，作着种种猜测和假定，搅糊涂了。萨维尼昂、蒂安纳德、蒲奚伐女人和两个忠于本堂神甫的人，一边刺探，一边戒备了一星期；可是古鄙绝对不露痕迹，所有的奸计都是他一个人策划的。在朋友中间，篷葛朗第一个以为那主犯看着自己的成绩害怕了。于絮尔苍白的脸色和衰弱的身体，已经跟害痨病的英国少女一样。大家的照顾松懈了。匿名信和半夜音乐会都不来了。萨维尼昂认为那些鬼蜮伎俩的中止，一定是检察官的暗中采访发生了作用；他把于絮尔、他母亲和他自己收到的信都呈了上去。可是休战的时期并不久。正当医生把于絮尔神经性的寒热止住，她重新打起精神的时候，七月中旬的某一天早上，于絮尔的窗外竟挂着一座软梯。据夜里赶班车的马夫说，他经过的当口，有个矮小的男人正从梯子上往下爬；马夫很想停下来；无奈于絮尔的屋子正在桥堍的转角上，而牲口一下桥又往前猛冲，直冲出镇外一大段路。

第奥尼斯的沙龙里传出一种意见，认为玩这些手段的是罗佛侯爵；他那时处境艰难到极点，有些约期票落在玛尚手中；倘若女儿马上嫁了萨维尼昂，罗佛古堡就不至于被债权人扣押。大家又说，凡是使于絮尔出丑和受辱的事，包当丢埃太太看了心里都高兴的。但事实上，老太太看到年纪轻轻地姑娘快死下来，反倒软心了。夏伯龙为了最后那个毒计，难过之极，病倒在床上，几天不能出门。可怜的于絮尔，受着这一下卑鄙的打击，复病了。她从邮局收到神甫一封信，因为邮局认得神甫的笔迹，把信送给了于絮尔：

> 孩子，你还是离开纳摩，免得再受那些不相识的敌人暗算。萨维尼昂的性命说不定也会有危险。这些事，等到我能来看你的时候再细谈。

下面的署名是：你忠诚的夏伯龙。

气得发疯一般的萨维尼昂赶去见神甫，可怜的神甫看到有人把他的笔迹和签字学得一模一样，骇坏了，把信念了又念；他根本没有写信，即使写了也不会交给邮局寄的。这个凶狠的手段加重了于絮尔的病，萨维尼昂不得不带着捏造的神甫的信，再去向检察官求救。

他对检察官说："这明明是件谋杀案，所用的手段是法律没有料到的，被害人却是一个由法律委托你保护的孤儿。"

检察官回答："如果你有什么制裁的办法，我一定采用；我可想不出！那个躲在幕后的恶棍，说的话倒是不错：还是把弥罗埃小姐送到这儿来，托圣体修院的女修士们照料。一方面我通知枫丹白露的警察局长，准你携带武器，保护自己。我亲自去过罗佛，罗佛先生对于外边猜疑他的话非常愤慨，那也难怪他。我的助理的父亲米诺莱，要买他的古堡，正在谈判。罗佛小姐决定嫁给一个有钱的波兰伯爵。我上罗佛去的那天，罗佛先生正要离开乡下，免得为了债务而受拘押。”

但羡来被上司询问之下，不敢把心中的意见说出来：他猜到那是古鄙干的。只有古鄙，做事才会在法网周围绕来绕去而不堕入法网。那时古鄙看到自己逍遥法外，事情做得又隐秘又成功，胆子愈来愈大了。这阴险的帮办唆使玛尚控告罗佛侯爵，玛尚不知是计，听了他的话；古鄙的目的却是要逼侯爵把剩下的田产卖给米诺莱。古鄙跟桑斯城内的一个公证人，对于受盘事务所的问题初步谈了一下；然后决定使出最后一着棋子，把于絮尔弄上手。他想学某些巴黎青年的榜样，用强抢的手段，人财两得。仗着他替米诺莱、玛尚、克莱弥埃都出过力，又有纳摩镇长第奥尼斯做后援，便是闹出事来也不难收拾。因此他决意拉下面具，以为于絮尔已经被他折磨得那么衰弱，绝对抵抗不了的了。

但是冒险做这个丑恶的把戏之前，他觉得应当趁着陪米诺莱签订合同以后初次上罗佛去的机会，先跟米诺莱谈一谈。那时米诺莱刚接到儿子的一封密书：他对于絮尔事件先要打听一些消息，再亲自陪检察官到纳摩来，把于絮尔送往修道院，免得再受侮辱。助理检察官说，万一迫害于絮尔的人是他们的朋友，希望父亲劝劝他；因为法院即使不能惩罚，至少能调查明白，把事情记在账上的。

米诺莱已经实现了一大愿望。罗佛是迦蒂南区域最美的古堡之一，从今以后他做定了罗佛的主人翁，还在猎场四周集中了几块良田美产，每年有四万多法郎收入。所以这大汉尽可把古鄙一脚踢开。他预备住到乡下去，那就不会再想到于絮尔而心里不舒服了。

他一边在罗佛的平台上踱来踱去，一边对古鄙说："喂，小家伙，别再跟我表妹为难了！"

"嗯？……"古鄙简直猜不透米诺莱这种古怪的行为；原来一个人的愚蠢也有莫测高深的地方。

"噢！我不是无情无义的人；这座六十万还盖不起来的古堡，你帮我花二十八万就买下了，还有附属的田庄、猎场、后备猎场、花园、森林……哦！这样罢……我给你一成佣金，两万法郎；你拿这笔钱可以在纳摩盘进一个书办的事务所。我再担保你跟克莱弥埃家攀亲，娶那个顶大的姑娘。"

"就是说唧筒的那个吗？"

米诺莱回答："不管这些，我表妹给她三万法郎陪嫁是真的。小家伙，你瞧，你是生来做书办的，好比我是生来做车行老板的：一个人总不能离开他的本行。"

古鄙一跤从云端里直跌下来，答道："好吧，这儿有的是契纸，你签一张两万法郎的约期票给我，我好拿了现款去谈判。"

米诺莱瞒着老婆的那部分公债，正好有半年的息金一万八千法郎可以收进；他以为这么一来，就把古鄙给打发了，便签了约期票。古鄙眼看布尔乔亚街上那个低能的大胖奸雄得意忘形，架子十足，便和他说了声再会，用那副只有暴发的糊涂蛋见了不会发抖的目光，把他瞪了一眼。他却是站在平台上，居高临下的眺望着园林，眺望着那座路易十三式宫堡的壮丽的屋顶。

他看见古鄙走回去了，嚷道："怎么，你不等我啦？"

"你会碰到我的，老爹！"未来的书办回答；他心里又想报复，又想把大胖米诺莱变化多端、莫名其妙的行为，摸清底细。

十八、两方面的报复

自从最恶毒的诬蔑毁坏了于絮尔的名节以后，于絮尔就害着一种无法解释的，从精神方面来的病，很快的到了九死一生的阶段。脸色白得像死人一般，难得又轻又慢的说几句话，睁着柔和而没有神采的眼睛，浑身上下，连脑门在内，都显出她心里转着一个悲痛的念头。每个时代的人都认为处女头上有一顶贞洁的花冠；于絮尔以为这个理想的冠冕掉下了。在静寂中，在空间，她仿佛听到不干不净的闲话，不怀好意的议论，街头巷尾嘻嘻哈哈的笑声。这个担子她是负不起的；她把清白两字也看得太重了，受了这种伤害是活不下去的。她不再怨叹，嘴角上堆着一副痛苦的笑容，眼睛常常望着天，好像是把人间的横暴告诉上帝。

古鄙回到纳摩那天，于絮尔由蒲奚伐和医生两人扶着，从卧房走到了楼下。那是为了一桩大事。包当丢埃太太要来看她，安慰她，因为知道她受的侮辱虽不及克拉利斯·哈罗那么残酷[①]，也已经命在旦夕了。上一天夜里，萨维尼昂口口声声说要自杀，布

①英国十八世纪理查逊的小说中，克拉利斯·哈罗，被浪子勒佛雷斯诱至失身，旋即后悔，终于贫病潦倒而死。

勒塔尼老太太也为之屈服了。同时她觉得以自己的身份而论，应当鼓励一个这样纯洁的姑娘，给她添些勇气；而她亲自去看于絮尔，还能把镇上的居民所造成的损害抵销一部分。她的意见，当然比众人的意见影响大得多，能叫人感觉到贵族的力量。于絮尔从夏伯龙神甫嘴里一知道这个消息，病况就突然好转，连绝望的纳摩医生也觉得有了希望，他原来已经说要请几位巴黎最有名的医师来会诊了。众人把于絮尔安顿在他干爹的大沙发上。像她那种性质的美貌，在丧服与痛苦之中倒反胜过平日快乐的时候。萨维尼昂搀着他母亲一进门，年轻的病人脸上立刻有了血色。

“孩子，你别站起来，”老太太带着命令的口吻说，“不管我自己病成怎样，虚弱到怎样，我还是要来，把我对最近这些事的感想告诉你：我认为你是迦蒂南地区最圣洁最可爱的姑娘，你的品德足以促成一个世家子弟的幸福。”

于絮尔先是答不出话来，只吻着萨维尼昂母亲的干枯的手，掉了几滴眼泪在上面。

“啊！太太，”她有气无力的说，“倘若没有早先的许愿给我鼓励，我绝不敢有那么大的胆子，妄想高攀的；我没有什么家世门第，只有一片深情；可是人家竟毁坏我的名节，把我和我所爱的人永远拆散了……我不愿……”于絮尔说到这里，声调沉痛，使在座的人听了都很难过，“我不愿意声名受了污辱再嫁人，不管嫁的是谁。我的爱情太过分了……在我现在这情形之下可以老实说了：我爱一个男人差不多跟爱上帝一样。所以上帝……”

“得啦，得啦，孩子，别毁谤上帝！”老太太鼓足了勇气又道，“算了罢，我的儿，那些下流无耻的恶作剧，谁也不会信以为真，你何必这样夸张？我向你担保，你一定能活下去，而且会幸福的。”

“你会幸福的！”萨维尼昂跪在于絮尔面前，吻着她的手，“我母亲已经把你叫作我的儿了。”

医生过来按了按病人的脉搏，说道：“好啦好啦，过分的快乐对她也是危险的。”

这时，古鄙看见过道的门半开着，便进来推开小客厅的门，伸出一张原来就丑恶，再加一路上想着报复的念头而格外紧张的脸。

“包当丢埃先生！”古鄙的声音好似一条在洞里受着威逼的毒蛇。

“什么事？”萨维尼昂站起来问。

“有句话跟你说。”

萨维尼昂走进过道，古鄙把他拉到小天井里。

“你爱于絮尔，你也看重贵族的荣誉：倘若你用于絮尔的生命和你的荣誉起誓，等会我告诉你的话，你只做没听见，那么我就可以把人家迫害于絮尔小姐的原因告诉你。”

“我能不能教那些迫害停止呢？”

“能。”

“我能报复吗？”

“对主使的人，行；对他的工具，不行。”

“为什么？”

“因为……那工具就是我……”

萨维尼昂脸色变了。

古鄙接着说：“我刚才看见于絮尔……”

“什么于絮尔？”萨维尼昂把眼睛瞪着古鄙。

“哦，弥罗埃小姐，”古鄙听着萨维尼昂的口气，不得不装作恭敬的样子，“我预备拼着命补赎我的罪过。我已经后悔不及……你即使杀了我，不管是用决斗或是用别的方式，你拿了我的血也不见得愿意喝，你要中毒的。”

萨维尼昂听着这家伙非常冷静地理由，心里又急于知道下文，也就把一腔怒火压住了；他目不转睛的瞪着古鄙，那个不成形的驼子把头低了下去。

“谁指使你的？”萨维尼昂问。

“你能不能起誓啊？”

“你要人家把你轻轻放过吗？”

“我要你和弥罗埃小姐饶了我。”

“她会饶你，我可不行。”

“至少你可以忘记罢？”

根据利害关系的打算，力量可真大！这一对势不两立的仇人，只因为心里都想报仇，竟会一同站在天井里，面对面的谈着话。

“我可以饶你，可是忘不了。”

“那么咱们不谈了。”古鄙冷冷的回答。

萨维尼昂忍不住了，一巴掌打过去，在院子里声音很响。古鄙差点儿被打倒，萨维尼昂自己也身子晃了一晃。

“这是我自作自受，”古鄙道，“我太傻了。我还以为你是个君子。谁知给了你一些便宜，你就滥用……现在你可落在我掌心里了！”古鄙说着把萨维尼昂恶狠狠的瞅了一眼。

“你是个杀人的凶手！”

“也不见得比人家手里的刀子罪名更大。”古鄙回答。

"请你原谅我吧。"萨维尼昂说。

"你的仇报过了吗?"古鄙的口气挖苦得厉害,"是不是这样就算了?"

"咱们彼此都原谅了罢,忘了罢。"萨维尼昂回答。

"一言为定吗?"古鄙伸出手来。

"一言为定,"萨维尼昂为了爱于絮尔,不能不忍着这口气,"可是你说呀,谁支持你的?"

古鄙好像眼睛望着两个秤盘,一个盘里是萨维尼昂的巴掌,一个盘里是对米诺莱的仇恨。他沉吟了一会,然后听见一句话在耳朵里响着:"我帮你当公证人!"便回答道:

"原谅了,忘记了,是不是?好,先生,咱们扯直了罢。"他握了握萨维尼昂的手。

"到底是谁迫害于絮尔的?"

"米诺莱!他恨不得要她的命……不知道为什么;可是咱们一定能打听出来。你千万别牵连我,他要对我起了疑心,我就没法帮忙了。以后我非但不再攻击于絮尔,还要保护她;非但不帮助米诺莱,还要尽量破坏他的计划。只要我活着,不使他倾家荡产,不教他死无葬身之地才怪!我要把他踩在脚下,踏在他的尸首上跳舞,拿他的骨头雕一副骨牌玩儿!明天,纳摩、枫丹白露、罗佛,到处墙上会有红铅笔写着:米诺莱是贼!嘿!该死的东西!我要教他粉骨碎身!现在我把秘密告诉了你,咱们是联盟了;哦,倘使你愿意,我可以去跪在弥罗埃小姐面前,对她说我恨我自己不该利令智昏,险些儿送了她的性命,求她原谅。她听了这话可以舒服些。法官和本堂神甫都在这儿,有这两位证人也够了;可是篷葛朗先生一定得答应我不妨害我的前程。因为我此刻也有一个前程啦。”

萨维尼昂听着这个内幕消息，呆住了；他说了“等一等”便走进客厅说道：“于絮尔，我的孩子，使你受那么多苦难的人，看了他的成绩痛心疾首，懊悔了，愿意当着这几位先生的面向你道歉，条件是要大家绝口不提。”

“怎么！是古鄙？”神甫、法官、医生，一齐嚷着。

“替他保守秘密要紧。”于絮尔把手指放在嘴边。

古鄙听到于絮尔的话，看到她的手势，为之感动了。

他语气很坚决的说道：“小姐，现在我愿意全镇的人都听见我向你承认，我为了利令智昏所犯的罪恶，是正人君子所不齿的。我在这里说的话，我会到处讲给人家听，我后悔做了那些混账事儿，但说不定也提早了你的幸福，”古鄙站起身子，带着俏皮的意味说，“因为我看见包当丢埃太太到这儿来了……”

神甫道：“好极了，古鄙，小姐原谅你了；可是你得永远记着，你差点儿做了杀人犯。”

古鄙朝着法官说：“篷葛朗先生，今晚我要跟勒葛先生商量盘进他事务所的问题，希望我这次赔了罪，你不至于瞧不起我；我将来把申请书送往检察署和司法部的时候，还得请你帮衬一下[①]。”

法官一边思索一边点头。古鄙出门找勒葛去了，那是纳摩两个书办事务所中比较肥的一个。余下的几位留在于絮尔身边，整

---

①法国司法制度，凡一切经办法律事务的人，如公证人、诉讼代理人、律师、书办、执达吏等等的事务所，全国有一定的限额；具备各该职位资格之人，除出资盘进原有的事务所之外，仍须经各辖区的检察署及巴黎的司法部审核其资格、履历、人品，经批准后方得开业。

个黄昏都在那里想法要使她的心绪和从前一样的安定，平静；而她自从古鄙赔罪以后，心绪已经不同了。

篷葛朗道：“这件事，镇上的人都会知道的。”

本堂神甫说：“孩子，你瞧，上帝并没跟你作对。”

米诺莱很晚才从罗佛回来，夜饭也吃得迟了。九点左右，日光将尽，他吃饱了饭在中国水阁里歇着，坐在老婆身边，和她筹划但羡来的前途。但羡来自从进了司法衙门，变得本分了，办事很努力，大有希望补枫丹白露检察官的缺，据说原任检察官要升调到墨仑去了。眼前得替他攀一门亲，挑一个清寒的老贵族的女儿，那么但羡来就能想法调往巴黎。也许他们还能够使他当选为枫丹白露的议员，因为才莉已经同意春夏两季住罗佛，冬天住枫丹白露。米诺莱暗中十分高兴，觉得样样都很顺利，也就把于絮尔忘了；殊不知他当初傻头傻脑发动的那出戏，正发展到惊心动魄的阶段。

加皮洛进来通报说：“包当丢埃先生要见你。”

“请他进来。”才莉回答。

黄昏的阴影，使才莉没有发觉米诺莱突然之间变了脸色；可是米诺莱一听见从前医生安放藏书的游廊里，响起萨维尼昂靴子的声音，就打着寒噤，全身的血流得很快，隐隐约约的觉得大祸临门了。萨维尼昂帽子也没脱，拿着手杖，双手抱在胸前，一动不动的站在这对夫妇前面。

“米诺莱先生，米诺莱太太，我来请问你们，你们为什么要用卑鄙手段跟一个姑娘捣乱？纳摩镇上个个人都知道这姑娘是我的未婚妻；你们为什么要破坏她的名誉？为什么要致她死命？为什么要让她受古鄙这种人的侮辱？……请你们回答我。”

才莉道："这倒奇了，萨维尼昂先生，那件事我们都莫名其妙，怎么来问我们？我从来没把于絮尔放在心上。自从米诺莱叔叔死了以后，我早把她丢在九霄云外，也没向古鄙提过她一个字；像古鄙那样的坏蛋，我连小猫小狗的事也不会托他的。嗳！米诺莱，你怎么不回答呀？你竟听任人家羞辱，把这种不名誉的事套在你头上吗？一个人有了王府一般的古堡，周围还有四万八收入的田产，想不到会没出息到这个地步！站出来行不行？你真是个脓包！"

"我不懂先生的意思。"米诺莱终于尖着嗓子回答。他调门很高，所以更容易听出他声音发抖。

"我有什么理由去害那个小姑娘？或许我对古鄙说过，我讨厌她住在纳摩；但羡来把她看上了，我却不愿意儿子娶她；就是这么回事。"

"古鄙全告诉我了，米诺莱先生。"

大家静默了一会，虽然时间很短，但是非常紧张：三个人你打量着我，我打量着你。才莉看见高个子丈夫的大胖脸抽搐了一下。

萨维尼昂接着说："尽管你们是些虫蚁，我还是要彰明昭著的报复的，而且我有我的办法。弥罗埃小姐所受的侮辱，我不跟你这个六十七岁的人算账，我找你的儿子算账。只要小米诺莱先生踏进纳摩镇，我就找他决斗；他非和我交手不可，他也不会退缩的！要不然他就丢尽脸面，到处见不得人！倘若他不到纳摩来，我会上枫丹白露去！他躲不了的。你想丧尽廉耻，把一个孤苦伶仃的女孩子损害了名誉，就此算了吗？"

米诺莱道："古鄙的诬蔑可不……不是……"

“要不要我叫你们两个人对质？”萨维尼昂打断了他的话，“告诉你，别把事情张扬出去！只让你、我、古鄙三个人知道；还是这样的好，一切等上帝在我们决斗的时候解决。我向你儿子挑战，还抬高了他的身份呢。”

“没这么容易！”才莉叫道，“嘿！你以为我肯让但羡来跟你，跟一个当过水手，靠击剑打枪吃饭的人决斗吗？你要是和米诺莱过不去，米诺莱在这里，你找米诺莱决斗就是了！可是我的儿子，你也承认他是不相干的，怎么要他负责？……别忙，还有我呢，我要你先试试老娘的手段！嗨，米诺莱，你老是这样发呆吗？你明明在自己家里，倒让人家在你老婆面前连帽子也不脱！我的小少爷，你先替我开步走！区区烧炭匠，在家也是主人翁。我不懂你说了一大堆废话是什么意思；趁早替我走出去；要是敢碰一碰但羡来，我一定来找你，找你跟你那个傻丫头于絮尔。”

接着她一个劲儿打铃叫佣人。

萨维尼昂不在乎才莉的叫嚷，临走又重复一句：“别忘了我告诉你们的话！”这句话好比在米诺莱夫妇的头顶上挂着一把剑。

“嗨！米诺莱，”才莉和她丈夫说，“你倒解释给我听听！一个年轻人，不会无事端端闯进一个布尔乔亚家里，唏哩哗啦的乱嚷，要跟人家的儿子拼命的。”

“那是混账的古鄙捣蛋；我许过他一个愿，他要是帮我廉价买进了罗佛，我就出钱帮他当公证人。事后我给他一成佣金，出了一张两万法郎的约期票，他准是嫌少了。”

“可是他有什么理由组织半夜音乐会，干许多下流事儿，侮辱于絮尔呢？”

"他要娶她做老婆。"

"他？娶一个不名一文的姑娘？算啦罢！哼，米诺莱，你跟我胡扯！凭你这么蠢，就没本领教人相信你的胡扯，小子！其中必有缘故，非要你说出来不可。"

"没有什么可说的。"

"没有什么？我可知道你是骗我；咱们走着瞧罢！"

"别跟我闹，好不好？"

"我教古鄙那个黑心鬼出场，你会沾了便宜才怪！"

"随你，你要怎办就怎办罢。"

"当然我要怎办就怎办！第一我不许人家碰但羡来；他要有什么三长两短，哼，我拼着上断头台，什么都做得出。啊！但羡来！……怎么，你还是这样不死不活吗？"

米诺莱和他女人这样的开始一吵架，自然精神上会有无数的烦恼。这一下，那笨贼才发觉自己内心的斗争和跟于絮尔的斗争，因为做错了事而规模扩大了；又添上一个可怕的敌人，把事情弄得更加复杂。下一天，他出去找古鄙想用金钱把他收买过来，看见各处墙上都写着：米诺莱是贼！遇到的人都向他表示同情，问他这匿名揭帖是谁写的；因为他一向没有头脑，所以众人听他支吾其词，倒也原谅他的。一般蠢汉依靠他们的弱点，总比聪明人依靠他们的才气沾到更多便宜。一个大人物和命运挣扎，大家是袖手旁观的；快要破产的杂货商却有人争着垫本。你道为什么？因为你庇护一个傻瓜，你会觉得自己了不起；只能和一个天才并肩，你就会不高兴。假定一个聪明人像米诺莱那样神色慌张，答非所问，那就完了。各处墙上那几个泄愤的字，虽然被才莉带着仆役抹掉了，但始终印在米诺莱的良心上。古鄙前天晚上已经和书办谈妥条件，临时却厚着脸推翻了。

“亲爱的勒葛，你瞧，我尽有力量盘下第奥尼斯的事务所，也有力量帮你把事务所让给别人。你那份契约作废了罢，至多不过损失两张官契。哪，我赔你七十生丁。”

勒葛怕古鄙怕得厉害，一句抱怨的话都不敢说。纳摩镇上不久都知道，米诺莱向第奥尼斯作了保，帮古鄙受盘事务所。未来的公证人写信给萨维尼昂，把自己所说的关于米诺莱的话否认了，又说公证人的职位不允许他和人决斗，最高法院有此规定，而他又是守法的人。同时他要对方从今以后待他客客气气，因为他踢蹶[1]的本领十分高强，萨维尼昂倘若胆敢挑战，他保证踢断萨维尼昂的腿。

纳摩墙上的红字不再出现了。但米诺莱夫妇之间的争吵并没停止。萨维尼昂沉着脸，一声不响。出了这些事以后十天，玛尚家的大小姐和未来公证人的亲事，已经在到处传扬了。女的相貌奇丑，有八万法郎陪嫁；男的身体畸形，有一个事务所；大概这门亲事会成功的，而且也是天生一对，地造一双。

有一次，古鄙半夜里从玛尚家出来，两个陌生人把他当街揪住，用棍子打了一顿，逃掉了。古鄙对这件事绝口不提；当时有个老婆子从窗洞里望了望，认得是古鄙，古鄙却始终否认。

治安法官把这些说大不大、说小不小的事推敲了一番，看出古鄙对米诺莱有着莫名其妙的势力，决意要找出它的原因来。

①踢蹶系一种以脚互踢互蹴的搏斗。

十九、托梦

尽管小镇上的舆论承认于絮尔的清白毫无问题，于絮尔的健康仍是恢复得很慢。在身体虚脱而心灵与智慧非常活跃的情形之下，好些怪事都在她身上出现；怪事的后果十分严重，它的性质也值得科学界研究，假如把这些事交给科学界的话。包当丢埃太太来过以后十天，于絮尔得了一个梦，梦的内容和经过情形，性质都跟阴魂出现一样。

于絮尔梦见她的干爹，故世的米诺莱医生，向她招手；她穿好了衣服，在黑暗中跟着走，一径走进布尔乔亚街的屋子，屋内一切都和干爹死的那天一样。老人身上的衣服也是他故世前一天穿的；脸色白白的，行动没有一点儿声响，可是他说的话，于絮尔完全能听到，虽则声音很轻，像远处传来的回声。老医生把干女儿直带到中国书房，叫她揭起蒲勒小木器上的白石面子，那是她在干爹死的那天揭过的；但干爹要她拿的信，这一回的确压在白石底下。她拆开信来念了，把那份给萨维尼昂的遗嘱也念了。

于絮尔事后和神甫说："上面写的字儿都是明晃晃的，笔画像太阳的光线一般，刺得我眼睛都痛了。"

她望着干爹表示感谢，看见干爹没血色的嘴唇边上挂着一副慈祥的笑容。接着，他用很轻可是很清楚的声音，叫于絮尔看米诺莱怎样在过道中偷听、怎样撬锁、怎样取那包文件。然后老人伸出右手抓着干女儿，拖她跟着米诺莱到车行去。于絮尔穿过市镇，走进车行从前才莉住的房间；到了那儿，老医生又教她看米诺莱拆开信来看了，烧了。

于絮尔说："米诺莱直用到第三根火绒才点着火，把文件烧了，用壁炉里的灰盖起来。然后，干爹把我带回家，看见米诺莱-勒佛罗先生溜进藏书室，在《法学总汇》第三册内拿了三张公债，每张利息一万二；还有平时用剩的钞票，他也拿了。干爹和我说：最近跟你捣乱，把你送到坟墓旁边的，就是他；可是上帝的意思要你幸福。你还不会死呢，一定会嫁给萨维尼昂的！倘若你爱我，爱萨维尼昂，你就应当向我侄子讨回你的财产。你得发誓，一定要这么办！"

于絮尔连气都透不过来，看见干爹的阴魂像救世主显容一样放着金光，精神上更受不住，所以干爹要求什么，她就答应什么，但求噩梦快快停止。她惊醒过来的时候，发觉自己站在卧室中央，面对着干爹的肖像，那是她害病以后拿到楼上来的。她重新上床，大大骚动了一阵，方始睡着；早上醒来，她完全记得这个古怪的梦境，可是不敢告诉人。凭她卓越的见识和猖介的性情，她觉得做了一个以经济利益为因果的梦，自己的品格未免有问题；认为那准是蒲奚伐在她睡觉以前常常和她讲的话引起的，说什么干爹对她必有赠予，她做奶妈的绝对相信这一点等等。但同样的梦又来了一次，情形更严重，使于絮尔觉得分外可怕。第二次梦里，干爹把冰冷的手放在她肩膀上，给她一种剧烈的痛苦，一种说不出的感觉，还说："死人的话非听不可！"声音像是从坟墓中出来的。

于絮尔又补上一句："他那双往上翻的凹进去的眼睛，还流着泪呢。"

第三次，阴魂拉着她的长辫子，教她看米诺莱和古鄙两人谈话，听见米诺莱答应送古鄙钱，只要他能把于絮尔带往桑斯。经过了这一下，于絮尔决意把三场梦都告诉夏伯龙神甫。

有天晚上她问："神甫，你可相信死人会显形吗？"

"孩子，教内教外的历史，近代的历史，关于这一点都屡次证明过；但教会从来不把这个作为信条；至于科学界，法国的科学界，是加以非笑的。"

"你的意思怎么样？"

"孩子，上帝是全能的。"

"干爹可曾和你谈过这一类的事？"

"常常谈的。对于这些问题，他后来意见完全改变了。他和我讲过不知多少次，巴黎有一个女的，听见你在纳摩为干爹祈祷，看见你在历本上把圣·萨维尼昂的本名节做了一个红点作标记，你干爹的皈依宗教就是从那天起的。"

于絮尔尖着嗓子叫起来，把神甫吓了一跳；她想起干爹回到纳摩，看出她的心事，把历本拿走的情形。

她道："既然这样，我的梦境大概也是真的了。干爹在我面前显形，像耶稣对门徒显形一样。他身体裹在一层金光里头，还讲话呢！我想请你做一台弥撒使他灵魂安息，还得求上帝帮助，让他停止托梦，免得我难受。"

于是她详详细细的说出三场梦，肯定梦中的情形都千真万确，自己的动作也很自由，的确是游魂出去，在姑丈的指挥之下行动非常方便。神甫素来知道于絮尔诚实不欺，他觉得特别奇怪的是，于絮尔把才莉从前在车行里的卧室说得一点不错，那是于絮尔非但没去过，也从来没听人讲过的。

于絮尔问："这些奇怪的梦怎么会来的？我干爹的见解又是怎么样的？"

"孩子，你干爹是根据假定出发的。他先认为可能有一个心灵的世界，一个思想的世界。假如思想是人类独有的创造，假如思想并不消灭而有它们独特的生命，那么它们也必有形体；但那种形体是我们身体上的知觉接触不到的，只有我们内在的知觉在某种情形之下才能体验到。因此你可能被干爹的思想包裹了，也可能是你把他的面貌加在他的思想之上。另一方面，倘若米诺莱真做了那些事，那些事就会蜕变为思想；因为一切行动都是许多思想的结果。倘若思想果真在一个心灵世界中活动的话，一朝你的精神进了心灵世界，就可能看见那些思想。这一类的现象，并不比记忆更奇怪，而记忆的现象就和植物的香味同样的出奇，同样的不可解；也许植物的香味就是植物的思想。"

"天哪！你把世界扩大了。可是怎么能听见一个死了的人说话，看见他走路、活动呢？……"

夏伯龙神甫回答："瑞典的斯威登堡，曾经确实证明他和死人有过来往。来，跟我到藏书室去，念一念在都鲁士斩首的、赫赫有名的特·蒙莫朗西公爵的传记。他当然不是一个捏造事实的人；他的传记里头有一件事很像你的遭遇，并且也是一百年前的加唐经历过的。"

于絮尔和神甫走到楼上，神甫找出一册小小的十二开本的书，一六六六年在巴黎印的《亨利·特·蒙莫朗西传》，作者是当时认识公爵的一个教士。

神甫把书翻到一七五页和一七六页，交给于絮尔："你念罢。这一段是你干爹常看的；哦，书里还有他的鼻烟屑子呢。"

"啊！这就叫作人亡物在！"于絮尔说着，接过书来念了：

泼里华之围是很出名的战役，因为损失了几员司令：阵亡的两位大将，一个是在城下受伤的特·于克塞尔侯爵，一个是头部中弹的特·包德侯爵。他阵亡那天，正要升为法兰西元帅。特·蒙莫朗西公爵睡在营帐里，听见一个很像侯爵的声音和他告别，把他惊醒了。他和侯爵既是近亲，感情又极密，便以为这幻觉是心里太关切侯爵的缘故；公爵素来宿在营内，深夜办公的辛苦使他一翻身又睡着了，根本不以为意。不料刚一睡去，同样的声音又来打扰他，梦中见到的阴魂使他又醒过来，同时还清清楚楚听到阴魂没隐灭以前说的几个字。于是公爵回想起来：有一天，他和侯爵一同听哲学家比太讲到灵魂和肉体分离的事，当时两人约定，谁要先死而可能的话，就来向另外一个人告别。想到这一点，他不禁担心梦兆或许竟是事实，立刻打发人到离开很远的侯爵的营部去。去的人还没回来，王上已经派着几个能安慰他的人来报告凶讯了。

这件事，我听见特·蒙莫朗西公爵讲过好几次，情节的奇妙与真实性，我认为是值得公之于世的；至于原因，只能由学者去讨论了。

"那么，我该怎办呢？"于絮尔问。

神甫回答：“孩子，事情重大，而且与你利益攸关，应当严守秘密。现在你把托梦的事告诉了我，大概不会再做这种梦了。你身体已经相当壮健，能够上教堂了，明儿你先去谢谢上帝，再求他使你干爹灵魂安息。你放心，你的秘密交在一个最谨慎的人手里。”

“你可不知道我临睡的时候多么恐怖！干爹瞅着我的眼神才可怕呢！最近一次梦里，他还扯着我的衣衫，把我瞧得特别长久。我醒来，脸上都是眼泪。”

“放心，他不会再来了。”

神甫立刻上米诺莱家，要他在中国书房里和他单独谈话。

“这儿不会有人听见吗？”神甫问米诺莱。

“不会的。”

于是神甫目光很温和，可是很留神的望着米诺莱的脸，说道：“先生，你应该知道我的为人；我要和你谈些严重的、非同小可的、只和你一人有关的事；请你相信，我是绝对保守秘密的，但我不能不来告诉你。你老叔在世的时候，这儿，”神甫指着安放那家具的地位，“曾经摆着一口白石面子的蒲勒小酒柜（米诺莱脸色发白了），桌面底下，你老叔放着一封给他干女儿的信……”

神甫把米诺莱的行事讲给米诺莱自己听，一点细节都不删掉。退休的车行老板听到两根火绒没点着，觉得头发根都在头皮底下乱抽。

教士叙述完了，米诺莱声音哽塞着说：“这种笑话，谁编出来的？”

“死人亲口说的！”

这句回答使米诺莱微微打了个寒噤，原来他也梦见了医生。

“啊，神甫，上帝为我显出这些奇迹，真是抬举我了。”米诺莱因为感觉到危险，居然说出平生仅有的一句风趣话。

“上帝的所作所为都是很自然的。”神甫回答。

米诺莱定了定神，说道：“你那见神见鬼的玩意儿，吓不倒我。”

“亲爱的先生，我不是来吓你的；因为我对谁也不会提到这件事。真相只有你一个人知道。那是你和上帝的交涉。”

“神甫，你相信我会做出这种可怕的欺诈的事吗？”

“我只相信人家向我承认而表示忏悔的罪恶。”教士的口气像使徒一般。

“罪恶？……”米诺莱嚷道。

“后果极可怕的罪恶。”

“为什么？”

“因为它逃过了人间的法网。凡是不在现世补赎的罪恶，都得在他世界补赎。无辜的人吃的亏，都由上帝亲自报复的。”

“你相信上帝会管这些小事吗？”

“假如上帝不能把大千世界一览无余，像你看一个地方的风景似的，他就不成其为上帝了。”

“神甫，你能保证这许多细节只是从我老叔那儿知道的吗？”

“你的老叔向于絮尔托了三次梦，一遍又一遍的告诉她。她被这些噩梦打扰得受不住了，才私下讲给我听，她还觉得荒唐透顶，绝对不愿意告诉人。因此你在这方面尽可安心。”

“可是，夏伯龙先生，我本来很安心啊。”

“但愿如此，”老教士回答，“我也觉得这些梦中的暗示很荒唐，但琐碎的情节太奇怪了，所以我认为还是应当通知你。你是一个规矩人，家私都是清清白白挣来的，想必不愿意加上一些贼赃。你头脑简单，良心上一有疙瘩，你是受不住的。不管是最文明的人还是最野蛮的人，大家都有一个公道的观念；凡是不照社会成规得来的财产，我们不可能心安理得的享受；因为组织完美的社会，原是根据上帝给世界规定的格式建立起来的。在这一点上，可以说社会发源于神明。人不能自己得到什么思想，或是发明什么范型，他只是模仿天地之间到处存在，永远存在的种种关系。由此推演的结果，你可知道吗？没有一个重罪囚徒上断头台之前，不受着一股神秘的力量压迫而坦白招供的，因为他不能把罪恶的秘密隐藏到死。所以，亲爱的米诺莱先生，只要你心里平安，我现在回去也很高兴了。”

米诺莱待在那儿，连送客都忘了。等到他以为四下无人的时候，便像多血质的人一样暴跳如雷，说了许多诅咒上帝的话，用最肮脏的字眼骂于絮尔。

他的老婆送了神甫，提着脚尖回进来，问：“嗳！她触犯了你什么呀？”

米诺莱盛怒之下，又被老婆问个不休，破天荒第一次把她打了，直到她横在地下，米诺莱才把女人抱起，好不羞愧的放上床去。接着，他害了一场小病：医生替他放了两次血。病后，每个人都发觉米诺莱变了。他常常一个人散步，走在街上心事重重。像他那样脑子里从来装不下两个念头的人，居然听人说话的时候会显得心不在焉。有天晚上，法官因为包当丢埃家又有了经常的牌局，正要接于絮尔同去，在大街上被米诺莱拦住了。

“篷葛朗先生，我有些要紧事儿跟我表妹谈，”米诺莱抓着法官的手臂说；“我很高兴你能参加，帮她出点儿主意。”

两人进去，于絮尔正在用功，一看见米诺莱，便很威严很冷淡的站起身子。

法官道："孩子，米诺莱先生有事和你商量。我还顺便提一句：别忘了把你的公债票给我；我要上巴黎，可以替你和蒲奚伐领这一期的利息。"

米诺莱道："表妹，我叔叔一向给你过惯舒服日子，不像现在这么清苦。"

于絮尔回答："一个人钱不多，也可以把日子过得很快乐的。"

"我相信金钱能促成你的幸福，"米诺莱接着说，"我特意来送你一笔财产，纪念我叔叔。"

"要纪念他，你早先有的是办法，"于絮尔口气很严厉，"你尽可把屋子原封不动的卖给我；而你把屋价抬得那么高，无非希望在里头找到藏金……"

米诺莱显而易见心中受着压迫，说道："噢，倘若一年有一万二的收入，你攀亲的条件就好得多啦。"

"我没有这样的收入。"

"我送给你好不好？条件只要你把这笔款子在布勒塔尼，包当丢埃太太的家乡，买一块田产；那么包当丢埃太太一定赞成你和她儿子结婚了……"

于絮尔回答："米诺莱先生，我没有权利得这样大的一份财产，而且也不能受你的。我跟你谈不上亲戚，更谈不上友谊。我受的毁谤已经够了，不想再教人说我坏话。我凭什么得这笔财产呢？你又凭什么送我这样一份礼呢？我有权向你提出这些问题，别人可以有各式各样答案：有人会觉得是赔偿什么损失，我可不愿意接受赔偿。你叔叔给我的教育，从来没培养我卑鄙的心思。人与人的授受，只能限于朋友之间；我不能对你有什么感情，将来我不会感激你的，可是我也不愿意做一个忘恩负义的人。”

“你拒绝吗？”米诺莱从来没想到有人会推掉一笔财产。

“是的，我拒绝。”于絮尔重复了一遍。

诉讼代理人出身的法官把眼睛盯着米诺莱，问：“可是你干吗要送这样一笔钱给小姐呢？你心里总有个主意罢，是不是有个主意呢？”

“我的意思是要打发她离开纳摩，免得我儿子再跟我烦；他爱上了她，想娶她。”

“那么，好！咱们再谈，”法官抬了抬眼镜，“让我们考虑一下。”

他把米诺莱送到家里，一路上说他关心但羡来的前途很有理由，又把于絮尔的一口回绝略微批评了几句，答应慢慢地劝她。米诺莱回进了屋子，篷葛朗立刻上车行借了老板的车马，赶到枫丹白露找助理检察官。人家说但羡来在县长府上有应酬，篷葛朗听了十分高兴，就转往那儿。但羡来正陪着检察官太太、县长太太，和军营里的上校打韦斯脱。

篷葛朗对但羡来说道：“我来报告你一个好消息：你爱你的表姑母于絮尔·弥罗埃，现在你父亲不反对你和她结婚了。”

但羡来笑着嚷道：“我爱于絮尔·弥罗埃？哪里来的话？这姑娘，我在先叔祖米诺莱医生家见过几回，的确长得很漂亮，可是对宗教太热心了。再说，即使我跟大家一样赞她好看，可从来没有为这个毫无刺激性的、淡黄头发的姑娘动过心。”但羡来说着，向县长太太微微一笑；县长太太是一个，照上一世纪的说法，火辣辣的棕发女子。“亲爱的篷葛朗先生，你这话真是从何而来？大家知道，我父亲在罗佛古堡四周的田产每年有四万八收入，他是个拥有封邑的郡主了；大家也知道我有四万八千个不可动摇的理由，不会爱上一个由检察署监护的女孩子。我娶了一个不登大雅的姑娘，不要被这些太太们笑死吗？”

“你从来没有为了于絮尔跟你父亲找麻烦吗？”

“从来没有。”

检察官在旁听着；篷葛朗把他拉到一个窗洞底下，说道：“检察官，你听到了罢？”接着又和他谈了一会话。

一小时以后，篷葛朗回到纳摩于絮尔家里，打发蒲奚伐女人去请米诺莱马上过来。

米诺莱一进门，篷葛朗就说：“小姐……”

“接受了？……”米诺莱抢着问。

“噢，还没有呢，”法官回答，摸了摸眼镜，“小姐为了你儿子的事，心上有些顾虑；这一类的痴情，给她吃过很大的亏；要花多少代价才能求得一个太平无事，她知道得太清楚了。你敢担保你的儿子的确害了相思病，你除了免得咱们的于絮尔再受什么麻烦，并无别的用意，你能这样发誓吗？”

“噢！我马上发誓。”

“得了罢，米诺莱老头！”法官把手从裤袋里伸出来，往米诺莱肩上一拍，把他吓了一跳。

“别这么随随便便，赌这种口是心非的咒啊。”

“怎么口是心非？”

“要不是你口是心非，便是你儿子口是心非：一会儿以前，他在枫丹白露县长家里，当着检察官和另外四个人的面，发誓说他从来没想到他的表姑母于絮尔·弥罗埃。可见你送她这么一笔大款子是别有理由了?我看出你是信口开河,所以亲自上枫丹白露走了一遭。”

米诺莱看到自己弄巧成拙,不由得呆住了。

“可是,篷葛朗先生,送一笔钱给一个亲戚,成全她的美满姻缘,找些理由来免得她谦让,也没有什么不对啊。”

米诺莱急中生智,居然想出了一个还说得过去的理由。但他说完了,满头大汗,赶紧抹了抹脑门。

于絮尔回答:“我为什么拒绝,你已经知道;请你不必再来了。包当丢埃先生并没和我说明理由,只是对你抱着轻蔑的心理,甚至还恨你,所以我不便接见你。幸福就是我的财产,我可以老实说,用不着脸红;因此我绝对不愿意幸福受到损害,包当丢埃先生只等我成年了就和我结婚。”

“俗话说钱可通神,原来这句话是靠不住的。”大汉米诺莱望着法官说。他被法官那副冷眼旁观的目光瞧着,觉得很窘。

他站起身来,出去了;但外边的空气和小客厅里的一样使他透不过气来。

“无论如何,总得有个了局才好。”他一路回家一路自言自语。

“孩子,你的公债呢?”法官问。他看见于絮尔遇到这样一件古怪的事而态度仍旧很镇静,觉得很惊奇。

于絮尔把自己的和蒲奚伐的公债券拿来的时候,法官迈着大步在室内走来走去。

他问:“那蠢汉存的什么心,你可想得出吗?”

于絮尔回答:“简直说不上来。”

篷葛朗好不诧异的望了她一眼。

他说："那么咱们都是一样想法了。哦，两份公债的号码，应该记下来，也许我会丢失：凡事不可不防。"

篷葛朗亲自把两张公债的号码写在一张卡纸上。

"再会，孩子；我要出门两天；第三天是我开庭的日子，一定回来。"

当天晚上，于絮尔又得了一个梦，经过情形怪极了。她的床似乎摆在纳摩的公墓上，姑丈的墓穴就在她床脚下。白石的墓盖——上面刻的字看得很清楚——像纪念册的封面一般掀起来，把她照耀得眼睛都花了。于絮尔吓得尖声大叫，墓穴里的医生却是慢慢地抬起身子。她先看见黄黄的脑袋、闪闪发光的白发，四周有一圈光轮围着。光秃的脑门底下，一双眼睛好比两道阳光；医生抬起身子的那个动作，仿佛有一股很大的力量把他拉着。于絮尔心惊肉跳，不住的发抖，身体像一件火烧的衣服，而且，据她事后说，似乎另外有一个她在身体里头骚动。

她说："干爹，求求你罢！"

干爹回答："还想求吗？太晚了。（可怜的孩子把这个梦告诉神甫的时候，说那声音就是一种死人的声音。）他受了警告，置之不理。他儿子的命马上要完了。倘若他不在几天之内全部招认，把赃款全部退回，他儿子就要死于非命。你把这个去告诉他罢！"

幽灵指着一行在围墙上发亮的数字，好像是用火写的，说道："这便是他的判决书！"

老人重新躺进墓穴的时候，于絮尔听见石盖落下去的声音，接着又听见远远里有一阵奇怪的声音，好像是人马杂沓的喧闹。

第二天，于絮尔筋疲力尽，没法起床。她叫奶妈立刻去请夏伯龙神甫，陪他到家里来。神甫做完弥撒就来了，听着于絮尔说的梦境，不以为奇：他已经肯定盗窃遗产是千真万确的事，不再研究为什么小幻想家有这些古怪的梦兆。夏伯龙急急忙忙从于絜尔家出来，赶到米诺莱家。

“哎哟，神甫，”才莉对他说，“我丈夫脾气坏透了，不知道是怎么回事。他一向跟孩子一样无忧无虑；最近两个月却教人认不得了。你看我性情这么和顺，他居然会大发脾气打我，那不是完全变了个人吗？你要找他，就得到山岩底下去找。他整天待在那儿，不知道干什么！”

那是一八三六年九月，神甫冒着暑气过了运河，望见米诺莱坐在一块岩石下面，便抄一条小路过去。

教士走到罪人前面，说道：“米诺莱先生，你烦恼得很。你既然很痛苦，我就有照顾你的责任。可惜我这次来又要加增你的恐怖了。于絜尔昨天夜里得了一个可怕的梦。你的叔叔掀起墓盖，预言府上要遭到不幸。当然我不是来恐吓你的，但你该知道他的话是否……”

“真的，神甫，我到处不得安宁，便是坐在这些岩石下面也不行……我不想知道另外一个世界上的事。”

“好吧，先生，我去了；我这么大热天赶来不是为了好玩。”教士一边说一边抹着额上的汗。

“他说些什么呢，那老头儿？”米诺莱问。

“说你的儿子有性命之忧。倘若他说的关于过去的事只有你心里明白，那么你我都没法知道的事，叫人听了简直要发抖。你还是退还罢，别为了一点儿黄金断送你的灵魂。”

“退还什么呢？”

“退还老医生留给于絜尔的家私。我现在知道了，你拿了三张公债。你先跟可怜的姑娘捣乱，临了又想送她一份财产；你一再扯谎，把自己搅昏了，路越走越错。你手段笨拙，吃了同党古鄙的亏，被他耻笑。你赶快罢。有些聪明的，眼光敏锐的人，于絮尔的朋友们，暗中在注意你。你还是退赃罢！你儿子也许还没受到危险；并且即使救不了儿子，至少能救你的灵魂，救你的名誉。像咱们这样的社会，像这样的一个小镇上，大家你盯着我，我盯着你，没人知道的事，也能被猜到的；你以为能够把不义之财瞒着人吗？得了罢，朋友，一个清白的人不会让我说这么多话的。”

米诺莱嚷道：“见鬼！我不懂为什么你们都跟我过不去。还是这些岩石好，它们不跟我烦。”

“再见了，先生，反正我通知过你了，于絮尔和我，都没告诉过一个人。可是小心点儿，另外有一个人盯着你呢。但愿上帝可怜你！”神甫走了几步，回头把米诺莱瞧了一下，看见他两只手捧着脑袋，因为他觉得脑袋沉甸甸的累赘得很。米诺莱神志有些糊涂了。他先留着三份公债，不知道怎办：既不敢去收利息，怕人注意；又不愿意卖掉；只想找个办法过户。他这样一个笨伯，居然像做什么金融小说一般，假想许多情节，关键总脱离不了那几张该死的公债过户的事。在这个可怕的局面中，他想对妻子和盘托出，向她要个主意。当家的本领那么高强的才莉，一定能替他解决这个难题的。三厘公债的市价已经到八十法郎，要退还的话，包括医生临死用剩下来的款子，总数将近一百万！没有一点儿证据落在人家手里而要退还一百万！……那可不是件小事。因此从九月到十月初，米诺莱始终受着良心责备而始终迟疑不决。镇上的人都很奇怪他怎么瘦下去了。

二十、决斗

那时又出了一件可怕的事，使米诺莱不得不赶快向才莉吐实：挂在他们头顶上的那把无形的剑，开始动作了。十月中旬，米诺莱夫妇收到儿子但羡来的一封信：

亲爱的母亲，暑假以后我没有回家，第一是因为检察官不在这儿，我不能离职；其次我知道包当丢埃先生等在纳摩，预备向我挑衅。大概他报仇的计划老是这样拖延下去，觉得不耐烦了，便亲自到枫丹白露来，还约了他一个巴黎朋友，和驻在此地的骑兵营营长，特·苏朗日子爵。他由这两位陪着，客客气气的来看我，说我父亲确实是侮辱他未婚妻弥罗埃的主使人；他向我提出的证据是古鄙当着几个证人的招认以及我父亲的行事：我父亲先是翻悔前言，答应古鄙干那些下流事儿的酬报不肯照给；然后给了古鄙盘进书办事务所的本钱，又害怕起来，再在第奥尼斯面前替古鄙作保，终于拿出钱来让古鄙当了公证人。包当丢埃子爵既不能跟一个六十七岁的老人决斗，又非代于絮尔报仇不可，便正式要我赔偿名誉。这个主意是经过他郑重考虑，不能动摇的。倘若我拒绝决斗，他就要在交际场中，当着几个与我前程最有关系的人，把我大大羞辱一顿，逼我非决斗不可，否则我的前程就完了。没骨气的人在法国是没人瞧得起的。何况他要我赔偿名誉的理由，自有一般有声望的人替他解释。他说他并不愿意走这种极端的路。据陪他同来的证人们的意见，我最聪明的办法莫如按照体面人物的习惯来应付这决斗，免得把于絮尔·弥罗埃牵在里头。其次，为了不要在国内张扬，我们可以带着证人到最近的边境上去。要解决这件事，这才是上策。子爵说他的姓氏比我的财产宝贵十倍，他将来的幸福，使他在那场性命出入的决斗中比我冒着更大的危险。他要我挑选证人商量这些问题。双方的证人昨天已经见过面，他们一致认为我应当赔偿他的名誉。所以不出八天，我要同两个朋友到日内瓦去了。包当丢埃先生带着特·苏朗日和特·脱拉伊先生也上那儿。我们决定用手枪做武器，决斗其余的条件也已谈妥；双方各发三枪，然后，不论结果如何，事情就算完了。为了免得这件丑事传出去——因为我没法替父亲的行为辩护——我直到最后一刻才写信给你。我不愿意来看你，怕你意气用事，失了体统。我既然想在社会上露头角，就得依照社会的惯例行事，一个子爵的儿子有十个理由要决斗，一个车行老板的儿子就有一百个理由接受。动身那天，我夜里经过纳摩，再来和你们告别。

看完这封信，才莉和米诺莱大吵一场，结果是米诺莱承认了偷盗，说出当时的情形和近来到处盯着他的怪现象，便是睡梦之中也逃避不了。但一百万巨款对于才莉的诱惑力，不下于对当初的米诺莱。

才莉一句都不埋怨丈夫胡闹，只对他说："放心，一切都在我身上。咱们不用拿出钱去，但羡来也不用去决斗。"

才莉裹上披肩，戴上帽子，拿着儿子的信奔去见于絮尔；时间快到中午，只有于絮尔一个人在屋里。

才莉·米诺莱虽然非常镇定，被于絮尔冷冷的瞅了一眼也不禁为之一震；但她埋怨自己不该这样心虚，便装着随便的口吻说道："喂，弥罗埃小姐，可不可以请你念念这封信，把你的意见告诉我？"她说完把代理检察官的信递给于絮尔。

于絮尔念着信，感觉到无数相反的情绪；她看出萨维尼昂多么爱她，把未婚妻的荣誉看得多重；但她的宗教观念和慈悲心都很强，即使是最狠毒的敌人，她也不愿意让他受苦或是送命。

"太太，你放心，我一定阻止这场决斗；可是请你把信留在这儿。"

"嗳，我的小天使，咱们还有更好的办法。你听我说。我们陆续在罗佛四周买的田产，有四万八千收入，罗佛本身又是一所行宫。我们再给但羡来利息两万四的公债，他一年的收入就有七万二。你得承认，这样有钱的丈夫是不多的。你很有野心，那也是应该的，"才莉看见于絮尔作了一个否认的手势，急忙补上一句，"现在我为但羡来向你求婚；那么你可以保留你干爹的姓，表示纪念他。但羡来是个漂亮哥儿，你亲眼看见的；他在枫丹白露很走红，不久就要升作检察官。加上你的应酬工夫，他一定能调往巴黎。到了巴黎，我们给你一所漂亮屋子，你可以大出风头，成为一个角色；凭着七万两千收入，薪水在外，你和但羡来准是上流社会中顶儿尖儿的人物。你跟朋友们商量一下，看他们怎么说。”

“我只消问我自己的心就得了。”

“哎唷唷！你的意思是指萨维尼昂那个小白脸吗？哼！他那个姓，那些翘在空中像两只钩子般的须，那一头黑头发，要你花多少代价啊！他真有出息！拿七千法郎收入来开销一个家，跟一个两年之内在巴黎欠债欠到十万法郎的男人，你日子才好过呢。你还不懂呢，孩子，天底下的男人都差不多；不是我夸口，我的但羡来就抵得上王太子。”

“太太，你把令郎此时此刻所冒的危险都给忘了；只因为包当丢埃先生不愿拂逆我的意思，这件事才能挽回。要是他知道你对我提出这种可耻的条件，令郎的危险还能避免吗？告诉你，太太，我凭着像你所说的区区薄产，将来我的日子比你向我炫耀的荣华富贵快乐得多。米诺莱先生为了现在还没揭晓，而早晚会水落石出的理由，用下流无耻的手段迫害我，同时把我和包当丢埃先生之间的感情揭穿了，那我也不怕人家知道，因为他母亲将来一定会同意的。所以我应当告诉你，这名正言顺，各方面都认可的感情，便是我整个的生命。不管怎样光华灿烂、登峰造极的前程，都不能动摇我的心。我的爱情是绝对不翻悔、不改变的。一心想着萨维尼昂而再去嫁一个别的男人，那在我是犯了不可饶恕的罪孽。太太，你既然逼着我，我还可以进一步告诉你：即使我不爱包当丢埃先生，也不能和令郎同甘共苦。萨维尼昂固然欠过债，你也替但羡来先生还过不少。要两个人能心无芥蒂的相处，全靠彼此的性情脾气有某些相同的地方和某些不同的地方：这一点我们都谈不到。我对他不会有妻子对丈夫应有的容忍，他不久也会觉得我是个累赘。你不必再多想这头亲事了，我非但高攀不上你们，而且拒绝了也不会伤你们的心；你们有了那许多优越的条件，还怕找不到比我长得更俏、门第更高、更有钱的姑娘吗？”

才莉道：“那么，孩子，你能赌咒不让两个青年出门，不让他们去决斗吗？”

“我可以预料，那是包当丢埃先生为我作的最大的牺牲了；但我作新娘的花冠不能由一双血污的手来除下。”

“那么多谢你了，表妹，祝福你将来幸福。”

于絮尔答道：“太太，我祝贺你替令郎安排的远大的前程，能够实现。”

这句回答直刺到做母亲的心里：于絮尔最近一次梦中听到的预言，突然回到才莉的脑子里来。她站在那儿，把小眼睛直盯着于絮尔的脸，盯着那么白皙、那么纯洁，穿着孝服显得那么俊美的脸；因为于絮尔已经站起身子，预备把那位自称为表嫂的送走。

才莉问：“难道你相信梦兆吗？”

“我做梦的时候太痛苦了，不能不信。”

才莉说：“那么……”

于絮尔听见本堂神甫的脚步，便向米诺莱太太行着礼，说道：“再见，太太。”

神甫发现米诺莱太太在于絮尔家里，大为惊奇。退休的车行老板娘又瘦又打皱的脸上，露出一副忧急的表情；神甫不由得瞧瞧这个，瞧瞧那个，把两人打量了一番。

才莉问神甫：“你相信阴魂会出现吗？”

神甫微笑着回答：“你相信本金会生利吗？”

才莉心上想：“这些人坏透了，故意卖弄玄虚，吓唬我们。老教士，老法官，还有萨维尼昂那小子，都是串通了的。压根儿就没有什么梦，好比我掌心里没有长什么头发一样。”

她冷冷的行了两个礼，走了。

“萨维尼昂为什么到枫丹白露去，我知道了。”于絮尔和神甫说着，把决斗的事告诉了他；还请神甫帮着劝阻萨维尼昂。

“米诺莱太太可是为她儿子向你求婚？”

“是的。”

“米诺莱大概把犯罪的事讲给老婆听了。”神甫补上一句。

这时法官来了。他一向知道才莉恨于絮尔，听到才莉刚才那种行动和建议，便望着神甫，意思之间是说：“咱们出去一会，我有话跟你谈，别让于絮尔听见。”

法官对于絮尔说道：“你拒绝八万法郎进款和纳摩第一个公子哥儿的亲事，萨维尼昂会知道的。”

于絮尔回答：“难道这算得上牺牲吗？一个人真爱的时候谈得上牺牲两字吗？拒绝一个咱们都瞧不起的男人的儿子，有什么可称赞的？别人尽可把心中的嫌恶当作德行，可是由姚第先生、夏伯龙神甫、米诺莱医生教育出来的姑娘，不能存这个心！”她说着望了望医生的肖像。

篷葛朗拿着于絮尔的手亲了一下。

篷葛朗和神甫走到街上，问神甫：“米诺莱太太刚才的来意，你知道没有？”

“什么来意？”教士望着篷葛朗，假装不懂。

“她想借此退还赃款。”

“难道你以为？……”神甫问。

“我不是以为，而是肯定的；嗨，你瞧！”

法官说着，指着米诺莱：米诺莱正向他们这边过来，预备回家；两位老朋友却从于絮尔那儿走出，朝着大街的上手方面踱过去。

“以前出庭重罪法庭的时节，我自然有机会看到许多人受着良心责备的例子，但从来没见过这样的情形！一个无忧无虑的人，精壮结实，脸孔紧绷绷的像鼓一般，怎么会变得毫无血色，腮帮上的皮肉那么软绵绵的？眼睛四周的黑圈是怎么来的？像乡下人那样健旺的精神怎么会不见的？你可曾想到这个人脑门上会有皱裥吗？这大汉会担心事吗？唉！他终于良心出现了！受良心责备的现象，我是熟悉的，正如你神甫熟悉一个人忏悔的现象。我过去所看到的都是等待受刑，或者就要去受刑，以便跟社会清账的人：他们不是听天由命，便是存着报复的心；可是眼前这个例子，是罪孽没有补赎的内疚，纯粹的内疚，只管抓着罪人的心一片片的扯。”

法官拦住了米诺莱，说道：“弥罗埃小姐回绝了令郎的亲事，你还不知道罢？”

神甫接着说：“可是你放心，令郎和包当丟埃先生的决斗，弥罗埃小姐会阻止的。”

“啊！那么我女人办的交涉成功了，”米诺莱道，“我很高兴；要不然我就没有命啦。”

“的确，你改变得真厉害，叫人认不得了。”法官说。

米诺莱瞧瞧篷葛朗，瞧瞧神甫，疑心神甫泄露了秘密；但夏伯龙面不改色，安详之中带些凄凉的神气，叫犯罪的米诺莱放了心。

法官接着又说：“我觉得更奇怪的是，照理你该心满意足了。你做了罗佛古堡的主人翁，又把鲍第埃和你所有的农庄、磨坊、草原，跟罗佛并在一起。加上公债，你每年一共有十万法郎收入了。”

“公债我是没有的。”米诺莱抢着说。

“嘿！”法官叫了一声，“这也跟令郎对于絮尔的爱情一样，一会儿瞧她不起，一会儿向她求婚。你先恨不得送她性命，然后又想娶她做媳妇，亲爱的先生，你准是心中有事……”

米诺莱想回答，支吾了一会，只说了句：“法官先生，你真好笑。再见了，两位。”他慢吞吞的走进布尔乔亚街。

“他明明偷了咱们于絮尔的财产！可是哪里去找证据呢？”

神甫说：“但愿上帝……”

法官接着道：“上帝使我们心里有种感觉，这感觉已经清清楚楚表现在这个家伙身上；可是大家把这个叫作猜测，而人间的法律是不答应我们单凭猜测的。”

夏伯龙神甫不愧为教士，听了这话竟一声不出。

二十一、最容易偷的东西原来是最难偷的

在这个情形之下，夏伯龙神甫常常不由自主的想到两件事：第一是那桩差不多已经由米诺莱招认的窃案，第二是因为于絮尔的清贫而耽搁下来的婚事。老太太暗中早已向忏悔师承认，不应该在医生活着的时候不同意儿子的亲事。第二天，他做了弥撒，走下神坛，忽然心中有个念头闪过，清楚有力，像一句说话一般。他示意于絮尔，教她等一会；然后他早饭也没吃，就到了于絮尔家里。

神甫说："你梦里听见干爹说的，当初夹公债和钞票的两本书，我想看一看。"

于絮尔和神甫到楼上藏书室里，把《法学总汇》第三卷找了出来。老人一打开就很惊异的发觉，那些不像封面那样硬朗的书页上，还留着夹过公债票的印子。在另外一册的两页对开纸中间，又看到长时期夹过一包文件的痕迹，书也不大合得拢了。

蒲奚伐女人看见法官在街上过，便嚷道："篷葛朗先生，你上来罢！"

篷葛朗上楼的时候，因为于絮尔在黏在外封反面的彩色衬

页上，看见有米诺莱医生亲笔写的三个号码，神甫正戴上眼镜预备细看。

神甫说："怎么回事？咱们的医生是爱惜版本的，怎么肯把衬页随便涂抹！呦！原来是三个数目字，前面还有个数目，开头写着一个M，后面一个数目，开头写着一个U。"

篷葛朗嚷道："你说什么？让我瞧瞧。看到这样天理昭彰的事，那般无神论者还不睁开眼来吗？我相信，人间的法律是从天地间无所不在的，神明的旨意发展出来的。"

他搂着于絮尔，吻了吻她的前额：

"噢！孩子，你从此可以快乐了，有钱了，而且是经我的手！"

"你怎么啦？"神甫问。

蒲奚伐女人抓着法官的蓝外套，嚷道："噢，亲爱的先生！你这么说，我真要拥抱你啦。"

神甫道："你得把话讲明，别让我们空欢喜。"

于絮尔猜到要告人家刑事官司了，便说："倘若我的财富要拿别人的痛苦去换，那我……"

法官打断了她的话，说道："你可想想，你要使咱们的萨维尼昂多么快活啊。"

"你这是疯了！"神甫道。

"才不疯呢，亲爱的神甫，你听我说：公债票以一个字母为一组，二十六个字母就有二十六组，每个号码之前必有它本组的字母；但是不记名的债券既没有抬头人，自然也没有字母；因此你们看到的号码，证明他老人家把款子存进国库的那天，把一张利息一万五而有M打头的债券，三张只有号码没有字母的不记名债券，和于絮尔·弥罗埃的债券，都记了号码。于絮尔那张的号码是二三五三四，你们瞧，那和利息一万五那张是连号。这两张既是连号，可见书上写的数字便是同一天上买的五张债券的号码，老人家为了防遗失而记下来的。我曾经劝他把于絮尔的财产买不记名债券，结果他在同一天上把资金分作三份：一份买了他自己名下的，一份买了预备给于絮尔的，一份买了于絮尔本人名下的。我要上第奥尼斯那儿查查遗产清册；假定他自己名下的债券是M二三五三三，那我们就可肯定，他同一天上托同一个经纪人作了三笔交易：第一是一张本人名下的；第二是把历年的积蓄买了三张不记名的，只有号码，并无字母；第三是他干女儿原有的资金。经纪人的过户册子将来便是铁证。啊！米诺莱，你再狡猾也逃不出我手掌了。诸位，这才痛快呢！”

法官走了；神甫、蒲奚伐和于絮尔，看到上帝安排这种路由把清白无辜的人带上胜利的路，都大为叹服。

夏伯龙神甫叫道：“这里头就有上帝的神力。”

“他会不会吃苦呀？”于絮尔问。

蒲奚伐女人嚷道：“啊！小姐，我恨不得送根绳子去，教人把他吊死呢。”

古鄙已经被第奥尼斯指定为继任人；法官装着不大在意的神气走进事务所，说道：“我要在米诺莱的遗产案卷里找些材料。”

“什么呢？”古鄙问。

“老头儿可曾留下一张或是几张三厘公债？”

“他有一张三厘公债，票面利息一万五，这个项目当时还是我亲自记下的。”

法官道：“你查查清册罢。”

古鄙拿起一个文件夹，翻了一会，找出正本来查到了，念道：“又一件：公债票一纸……对啦，你瞧，……M二三五三三。

“一小时以内，请你把清册上这一节给我抄下来，我等着用。”

“做什么用呢？”古鄙问。法官沉着脸，瞪着第奥尼斯的后任，说：“你要不要做公证人？”

“还用说吗？”古鄙嚷道，“我受了那么多气，才能叫人尊我一声大师傅[①]。法官先生，你可以相信我：一个叫作古鄙的可怜巴巴的首席帮办，跟纳摩的公证人、玛尚小姐的丈夫、约翰-赛白斯蒂安·古鄙大师傅，绝不能相提并论。他们俩根本不相干，干脆是两个人！你不瞧瞧我吗？”

篷葛朗这才注意到古鄙的装束：戴着白领带，穿一件白得耀眼的衬衫，缀着红宝石纽扣；一件红丝绒背心，上身的黑呢外套和下身的黑呢裤，都是在巴黎定做的。脚下套着一双漂亮皮靴。梳得整整齐齐，压得四平八稳的头发，还散出香味来。总而言之，他是脱胎换骨了。

“你的确变了一个人。”篷葛朗道。

“品格和外表都变了，先生！有了事务所，人就安分啦；再说，清洁也是跟着财产来的……”

“哦！品格和外表都变了！”法官抬了抬眼镜，说。

“先生，你想一个有三十万进款的人会做民主党吗？从今以后，你得把我看作正人君子，周到、谨慎，”他看见自己老婆进

①法国习惯，凡艺术家、作家、律师、诉讼代理人、公证人，一律被人尊称为Maitre；但公证人与诉讼代理人在中文内不能冠以大字表示尊重，如大律师之例，亦不能如艺术家可尊为大师，故暂译为大师傅。

来，便补上一句，“又是个挺爱妻子的丈夫。你看我变得多厉害，甚至觉得我的表嫂克莱弥埃很有风趣了，我还栽培她呢；她的女儿也不再说什么唧筒了。昨天她还用错字儿，可是我绝不宣传，虽则那笑话很有意思；我当场还指点她来着。所以我真的变了一个人，以后绝不让主顾们干什么缺德事儿。”

篷葛朗催他说：“快点儿。我一个钟点之内等你的抄件，这样，古鄙公证人也能把首席帮办作的坏事补救一部分。”

法官向纳摩的医生借了车马，带着于絮尔的公债票，两本可作物证的书和遗产清册的抄件，径奔枫丹白露去找检察官。篷葛朗毫不费事的指出，三张公债票被某个承继人偷了去，接着又指出偷的人就是米诺莱。

检察官说：“怪不得他有那种行动。”

为谨慎起见，检察官马上做了一个公事给国库，要求把三份公债停止过户；又派治安法官去调查公债的金额，调查是否已经转让。

篷葛朗上巴黎办事去了。检察官写了一封客客气气的信，请米诺莱太太到检察署来。才莉担忧儿子决斗的事，接到信便穿起衣衫，吩咐套马，盛装艳服的上枫丹白露。检察官的办法非常简单，可是厉害得很。他把夫妻俩隔离以后，尽可以利用一般人对法院的畏惧，探明真相。才莉在办公室里看到检察官，听到下面一番露骨的话，吓坏了。

“太太，米诺莱医生遗产中的盗窃案，本署已经找到线索；我相信你并非同谋；但倘使把你所知道的情形完全说出来，你可以免得丈夫上重罪法庭。事情的可怕不仅仅在于你丈夫将来要判罪，还有你儿子的撤职和性命出入的危险都应当避免。再过几分钟就来不及了，宪兵已经套好牲口，逮捕状马上要发到纳摩去了。”

才莉当场晕倒。一醒过来，她全部招认了。接着，检察官轻而易举的解释给她听，说她已经有了通同的罪名；但为了保全她的丈夫和儿子，他做检察官的决意小心行事。

他说：“我现在不是用法官的身份对你。受害人不曾提起控诉，盗窃的事也没张扬出去；可是太太，你丈夫犯的罪非常严重，遇到一个不像我这么好说话的法官，事情就大了。在目前的情形之下，你不能不受拘留……”他看见才莉快晕过去了，便道：“噢！拘留在我家里，行动相当自由。别忘了我要严格执行的话，就得签发拘票，开始侦查；可是此刻我站在弥罗埃小姐的监护人地位上办事，为了保障她的利益，不得不作些让步。”

才莉叫了声：“啊！”

“你给丈夫写封信去……”检察官教才莉就在他的办公桌前照他的话写下来：

> 朋友，我彼浦（被捕）了，把事清（情）全说了。我们叔叔在波（被）你消灰（毁）的遗竹（嘱）上，送给卜打多哀（包当丢埃）先生的那些公责（债）票，你快快拿出来，因为见斤（检察）官以今（已经）通知国厍（库），定（停）止过户。

检察官看到别字连篇，微微笑着，说道：“这样，你可以免得他狡赖；他赖了就糟了。咱们必须把退赃的事办得稳妥。你住在我家里，内人一定尽量减少你的难堪；我还劝你：一句话也别说，也别露出难过的样子。”

助理检察官的母亲招认了，被软禁了以后，检察官把但羡来找来，把他父亲偷盗公债，暗中损害于絮尔而又显然损害共同承继人的情由，一层一节和他说了，把他母亲写的信也给他看了。但羡来立刻要求亲自上纳摩去教父亲退赃。

检察官道：“情形很严重。因为遗嘱已经毁掉，事情一张扬，玛尚和克莱弥埃两个承继人，你那些亲戚，就会出来干涉。我已经有充分的证据对付你父亲。你母亲经过这一番，也该明白她的责任了，我把她交给你。在她面前，我要装作是因为你讨情才释放的。你陪她一同上纳摩，把那些棘手的事好好解决。你对谁都不用害怕。篷葛朗先生那样的关心弥罗埃小姐，绝不会泄露秘密的。”

才莉和但羡来马上动身回纳摩。三小时以后，检察官收到下面一封信；其中的别字都由作者改正了，免得一个遭难的人再受大家耻笑。

致 枫丹白露法院检察官

先生，上帝对我们不像您那么宽容，我们遭了无可补救的祸事。车子到纳摩的大桥边上，脱了缰绳。内人坐在车厢后部，身边没有仆役相陪：牲口急于回马房，小儿怕它们乱冲，不让马夫离座，自己下车扣好了缰绳。他正要回身上车，两匹马突然发起性来。小儿没来得及把身子紧靠桥栏，车子的踏脚已经勾着他的腿：他倒在地下，身子被后轮辗过了。现在我派专差上巴黎去请最好的外科医生，顺便送上这封信，那是小儿在痛苦之中要我写的，声明使他回家的那件事，我们完全遵照您的意思去办。

您的措施，我到死都感激不尽，并且我绝不辜负您的信任。

法郎梭阿·米诺莱

这桩惨事使纳摩镇上的居民大吃一惊，好些人拥在米诺莱家的铁门前面：萨维尼昂这才知道，他的冤仇已经由一双比他更有威力的手报复了。他立刻赶往于絮尔家里。神甫和于絮尔两人都是惊骇甚于诧异。第二天，但羡来经过初步包扎以后，巴黎的内外科医生一致认为两条腿都需要割掉。米诺莱垂头丧气，面无人色，由神甫陪着到于絮尔家里来；篷葛朗和萨维尼昂两个正好在座。

米诺莱对于絮尔说："我对你真是罪孽深重；但我的过失即使不能全部挽救，也有一部分可以补赎。我们夫妇决定把罗佛的田产全部赠送给你，不管我们儿子的命能不能保全。"

这句话说到后半段，米诺莱眼泪簌落落的直淌下来。

神甫说："亲爱的于絮尔，相信我的话，这笔赠予，你可以而且应该接受一部分。"

"你肯不肯原谅我们？"那大汉诚惶诚恐的说着，跪在不胜惊异的于絮尔前面。"几个钟点以内，就要由救主医院的外科主任动手术了；可是我不相信人间的医学，只相信全能的上帝了！倘若你原谅我们，恳求上帝留我们儿子一条命，他就有勇气忍受这个痛苦，并且我相信一定能保住他的性命。"

"咱们大家一起上教堂去！"于絮尔站起来说。

不料她刚站起身子，忽然大叫一声，倒在椅上发晕了。醒来的时候，她看见所有的朋友，除了忙着去请医生的米诺莱之外，都在那里等她一句话。而这句话，众人听了都心惊胆战。

她说：“我才看见干爹站在门口对我做手势，表示没希望了。”

动过手术的下一天，但羡来果真死了，他受不了高热度和开刀以后的反应。除了母爱别无感情的米诺莱太太，在儿子下葬以后发了疯；丈夫把她送往勃朗希医生的疗养院，到一八四一年才死。

过了三个月，一八三七年正月，在包当丢埃太太同意之下，于絮尔和萨维尼昂结了婚。米诺莱在婚书上声明，把罗佛的田产和利息两万四的公债，送给弥罗埃小姐做陪嫁；他自己只留着叔叔的屋子和六千法郎收入。他变成纳摩最慈悲最热心宗教的人，当了本区教会的财务董事，到处救济穷人。

“穷人代替了我的孩子。”他说。

有些地方的习惯，橡树是用人工修剪的；所以路旁往往有些颜色变白，似乎受过雷劈的老橡树，还在那里发出嫩芽，树身空了一半，只等人家把它一斧砍下来；你要见过这种树，你就对那个开过车行的老头儿有个观念了：他满头白发，背也驼了，人也瘦了，当地的老乡邻休想再找出本书开场的时节，他等着儿子的那种痴佁而快活的神气。他吸鼻烟的手势也不同了；除了肉体，他身上好像多了些什么。他处处使人感觉到，上帝给了他很深的烙印，把他作为一个可怕的榜样。这老人从前是痛恨叔叔的干女儿的，如今却像米诺莱医生一样，所有的感情都集中在于絮尔身上，甚至他自告奋勇，替于絮尔经管罗佛的产业。

包当丢埃夫妇在巴黎圣·日耳曼区买了一所华丽的屋子，每年在那儿住五个月。包当丢埃老太太把纳摩的屋子捐给慈善会的女修士办义务小学，自己搬到罗佛去了。蒲奚伐女人当了门房领班。以前赶杜格莱班车的加皮洛，年纪已经六十岁，娶了蒲奚伐。蒲奚伐除了丰厚的工资，一年还有一千两百法郎利息。加皮洛的儿子做了包当丢埃先生的马夫。

你们在天野大道上可以看到一辆车身很低，轻巧玲珑，叫作蜗牛的小马车，车厢内部糊的是蓝镶边的灰色绸；里头坐着一个淡黄头发，年轻俊俏的女子，无数的头发卷儿像树叶般裹着她的脸，露出一双无限温柔的眼睛，像雁来红似的通明雪亮；她把身子微微靠在一个美貌的青年身上。假如你们看了艳羡，可别忘了这一对受上帝宠爱的漂亮夫妻，是预先付了苦难的代价的。这两个情侣一般的男女，大概就是包当丢埃子爵和他的太太；除了他们，巴黎再也找不出同样的一对。

特·莱斯多拉特伯爵夫人最近提到他们，说："我眼里看到的，这是最圆满的幸福了。"

所以，你们对这两个快乐的孩子不应该妒羡而应该祝福；你们都不妨去找一个于絮尔·弥罗埃，找一个由三位老人和世界上最好的母亲，患难，教育出来的姑娘。

古鄙对人非常热心，肯帮忙，名副其实的被认为纳摩最有风趣的人物，在本地极受敬重；但他的报应是在孩子身上，他们个个都长得奇丑，又是佝偻病，又是脑水肿。他的前任第奥尼斯，在议院里老当益壮，可以说是替国会增光的人物，极受王上赏识；宫中每次举行跳舞会，王上都看见有第奥尼斯太太在场。她把蒂勒黎盛会的特色和宫廷中伟大的场面，讲给纳摩的居民听。

王上既然很得人心，第奥尼斯太太也就高踞着纳摩的宝座。

篷葛朗升了墨仑法院院长；他的儿子快要升做检察官了，做人也很正派。

克莱弥埃太太老是说些天下无双的妙语；没有G字结尾的字，她总得加个G，据说那是她笔尖不好，常常把墨水掉下来的缘故。她女儿出嫁的前夜，她做母亲的来了一篇训话，结束的时候说："做个主妇应当整天忙乱（忙碌），对每样事情都得像猫头鹰般睁着眼睛。"古鄙把表嫂那些七颠八倒的话搜集起来，编成一部克莱弥埃语录。

去年冬天，包当丢埃子爵夫人服侍了病中的神甫，说道："夏伯龙神甫故世了，我们真是不胜悲痛。下葬的时候，一乡的人都来送丧。纳摩人算是有福气的，这位圣徒的后任是圣·朗日地方的本堂神甫，也是一个德高望重的教士。"

一八四一年七月　巴黎

一九五五年四月　译

都尔的本堂神甫

一八二六年初秋，我们这故事的主人翁皮罗多神甫[①]晚上从一份人家玩儿回来，突然遇到一场阵雨。他急急忙忙穿过小广场，不管一身肥肉多么累赘，他尽量的加快脚步。那荒凉的小广场坐落在都尔的圣·迦西安大堂的凸堂[②]背后，叫作游廊场。

矮小的皮罗多神甫本是容易得中风的体质，年纪六十上下，已经发过好几次痛风症。在人生所有的小灾小难中，那好脾气的教士最恨大银搭扣的鞋子里突然灌水，弄得鞋底湿透。教会中人都会保养身体，皮罗多脚上终年裹着法兰绒套袜，但鞋子浸过水还是免不了受些潮气，第二天痛风症又得复发，提醒他老毛病始终没断根。可是游廊场的路面经常干燥，皮罗多又在特·李斯多曼太太家玩韦斯脱赢了三法郎五十生丁，所以尽管穿过主教官邸广场的时候已经雨势猛烈，他也满不在乎。那个时候，他正对着自己的美梦出神：那是心里存了十二年的一个欲望，教士的欲望！天天晚上在暗中酝酿的欲望看来快实现了！他仿佛已经披着教区委员[③]袖子镶皮的法衣，好不舒服，再也感觉不到天气的恶劣。圣·迦西安教区委员会最近有一个空额，经常在特·李斯多曼太太家聚会的人差不多向皮罗多保证一定能补上去，说候补人员中就数他一个人最有资格，他的权利虽然长时期不受重视，却

①皮罗多神甫名叫法朗梭阿，就是在巴黎开香粉铺的赛查·皮罗多的哥哥，见巴尔扎克另外一部小说《赛查·皮罗多盛衰记》。

②旧教教堂最后一部分供圣像，作祭坛用的地方作半圆形，凸出在整个教堂之后，称为凸堂。

③教区委员等于主教的顾问，在旧教教会中是相当高级的职位。

是一致公认的。倘若打牌输了钱，倘若和他竞争委员的波阿兰神甫到手了职位，老好人准会觉得倾盆大雨冷不可当，说不定还会怨生活太苦呢。但他正处在人生难得的场合，心中的得意使他忘了一切，加快脚步只是一种不知不觉的动作。描写人情的故事最要紧说出真相，当时皮罗多既没想到阵雨，也没想到痛风症。

游廊场靠大街那边从前有好几幢屋子，外面砌着围墙，本是大教堂的产业，给教区委员会的一些要人住的。自从教会产业归公①以后，市政府把屋子中间的过道改成一条马路，从游廊场通往大街，叫作唱诗班街。这名字就说明当初是唱诗班和唱诗学校的旧址，也是靠唱诗班吃饭的人居住的区域。街的左手只有一所屋子，圣·迦西安大堂的飞扶壁②穿过屋子的围墙，直立在又小又窄的园子里，叫你看了想不透到底是先有大堂呢，还是先有那年深月久，变成暗黄色的屋子。可是考古家把屋子的外表，门上的环洞，窗的形状和装饰花纹细看之下，就会发觉屋子和巍峨宏伟的大堂不但相连，当初原是一体。在法国，都尔是文学气息最薄弱的一个城市，倘若当地也有一个考古学者的话，在走进游廊场的口子上还能看出一些连环拱廊的遗迹，那是以前教士住宅的门面，同教堂的整个风格完全调和。大教堂经过悠长的岁月，颜色苍黑，布满裂痕，又是冷又是潮湿，长着青苔和高高的野草。屋子坐落在大堂北面，经常罩在大堂的阴影之下，从早到晚静到极点，只有钟声，从教堂里透出来的做日课的声音，或是栖宿在钟楼顶上的红脚乌鸦的聒噪声，偶尔冲破四周的岑寂。那儿竟是一

①大革命时期教会财产一律被政府充公，大部分拍卖给私人。

②哥德式教堂的大墙之外另有较矮的墙，用悬空支架的支柱撑扶正墙。矮墙名叫飞扶壁。

片荒凉的石头世界，冷落的环境另有一番情调，只有一无所用的脓包或者性格特别刚强的人才住得下去。我们说的那屋子一向住着神甫，房东是个老姑娘，叫作迦玛小姐。产业虽是迦玛小姐的父亲在恐怖时代向政府买来的，但二十年来老姑娘始终招留教士，所以到王政复辟时代也没有人觉得一个虔诚的妇女保留一所公产有什么不好：热心宗教的人或许以为迦玛小姐存心在身后把屋子捐给教会；至于上流社会，他们根本不觉得屋子的用途有什么改变。

皮罗多神甫向那所屋子走去，他在那儿已经住了两年了。他的一套房间和教区委员的职位同样是十二年来眼热的对象，是“我所欲也”的目标。当教区委员和寄宿在迦玛小姐家里，算是皮罗多一生之中两件大事，大概把一个教士的雄心包括尽了。出家人认为人生不过是走向天国的旅行，在尘世为了满足肉体的需要只求睡得舒服，吃得称心，衣服收拾得干干净净，有几双银搭扣的鞋子，此外还想弄一个教区委员的职位满足一下自尊心。据说这个解释不清的心情便是我们到了上帝身边也消灭不了，因为圣徒之间还有等级之分。皮罗多神甫没有住进房间之前觊觎那房间的心，在时髦人物看来固然不值一提，对皮罗多却是一股强烈的欲望，不但阻难重重，而且和作恶的欲望一样充满着希望，快乐和内疚。

迦玛小姐限于屋子的大小和内部的分配，没法招两个以上的房客。在皮罗多搬进去以前，大约有十二年光景，脱罗倍神甫和夏波罗神甫由迦玛小姐照料得又快活又健康。脱罗倍神甫还活着。夏波罗神甫死了，皮罗多马上补了他的缺。

夏波罗神甫生前是圣·迦西安的教区委员，和皮罗多是好朋友。副堂长每次去拜访教区委员，对他那套住房、家具和书柜，总是不胜羡慕。这个羡慕的心后来变了想取而有之的心。皮罗多的欲望实在无法抑制；而一想到只有最知己的朋友死了，他暗中那个越来越强烈的欲望才能满足，心里就觉得说不出的痛苦。夏波罗和皮罗多都没有钱。两人全是农家子弟，除了教士的薄俸，别无收入；少数积蓄早在艰苦的大革命时期花完了。拿破仑恢复迦特力教的时候，夏波罗神甫当上圣·迦西安的教区委员，皮罗多当了大堂的副堂长。夏波罗这才寄宿在迦玛小姐家里。皮罗多到委员的新居去看他，觉得房间分配很好，别的什么也没注意。他那份觊觎家具的心思很像有些年轻人的爱情，开场不过对一个女人冷眼欣赏，没想到后来竟爱了她一辈子。

那套房间坐落在一幢朝南的偏屋里，打一座石扶梯进出。正屋临街，底层住着脱罗倍神甫，楼上住着迦玛小姐。夏波罗搬进去的当口，每间屋子都空无所有，天花板被煤烟熏得乌黑。石头砌的壁炉架框子，雕工很马虎，从来没上过漆。穷委员先搬进一张床、一张桌子、几把椅子，还有寥寥几本书。整套房间仿佛一个衣衫褴褛的美女。过了两三年，有位老太太留下两千法郎遗产送给夏波罗，夏波罗用来买进一口橡木书柜，是黑帮[①]拆毁了一所古堡卖出来的，出色的是柜子的雕工，便是艺术家见了也会赞赏。神甫买下来主要还不是贪图价钱便宜，而是因为书柜的大小和游廊完全相配。那时夏波罗正好有笔积蓄，把素来不用的寒碜的游廊全部刷新，地板细细擦过，天花板刷白，护壁板重新

①王政复辟时代有一般投机商买下古堡拆毁，将地基与花园分块出售，屋内家具则零星出卖。当时浪漫派诗人如雨果等痛恨此辈，斥为“黑帮”。黑帮原是法国史上称呼德国雇佣兵的名称。

油漆，显出橡木的花纹和原来的色调。旧的壁炉架拆了，用云石重新砌过。教区委员趣味不俗，特意物色了几把胡桃木雕花的旧靠椅。随后又放进一张紫檀长桌，两件蒲勒制造的木器，把游廊布置得颇有风格。两年之内，靠着几位慷慨的太太和虔诚的信女的捐献和遗赠，虽然数目有限，书柜里空荡荡的格子也摆满了。临了，夏波罗的一个叔叔，奥拉托利会[①]会员，过世了，夏波罗得到的遗赠有一部对开本的《初期基督教宗师文选》和另外几部大书，对教士说来都是珍贵的书籍。四壁皆空的游廊逐渐改变面目，皮罗多看着愈来愈诧异，情不自禁的眼热起来。那间书房跟教士们严肃的生活太调和了，皮罗多心里就想取而有之。这个欲望一天天的加强。副堂长原先只觉得各个房间分配得好，后来在那儿整天做过工作，便进一步欣赏环境的安静。以后几年，卧室经过夏波罗的收拾，竟像一个小圣堂，门下一般虔诚的妇女还帮他装饰得更美。一位太太送他一套卧房用的木器，上面钉的花绸，那太太当着老好人的面绣了很久，老好人根本没料到是送给他的。所以卧室和游廊一样叫副堂长看得眼花缭乱。夏波罗过世前三年又装修了客厅，那就没有一个房间不舒服了。虽然家具上钉的面子不过是红丝绒，皮罗多已经为之心神陶醉。自从教区委员的客厅粉刷一新，挂起红绉纱窗帘，摆着桃花心木家具，铺着奥皮松织造的地毯，夏波罗的寓所就成为副堂长暗中垂涎的目标。能够住这样一套房间，睡在夏波罗睡的那张挂大绸帐子的床上，像夏波罗一般舒服的享受应有尽有，在皮罗多心中便是全福；他再也看不到更远的地方。普通人对于世俗的东西的艳羡和

①基督旧教的宗派之一，十六世纪时创立于罗马，十七世纪时传至法国。

野心，在皮罗多都集中在一个隐藏的根深蒂固的念头上，巴望有一个住处和夏波罗布置的一样。有时朋友病了，皮罗多去探望，那当然是出于一片至诚；但知道教区委员身体违和的时候，或者和他在一起的时候，皮罗多心坎里总不由得万念俱集，归纳起来永远是这么一个挺简单的意思：

"要是夏波罗死了，我就能住他的屋子。"

可是皮罗多心地极好，头脑狭窄，人又不大聪明，绝不至于出计划策叫朋友把书柜和家具在身后送给他。

夏波罗为人自私，可是和气，宽大。朋友暗中觊觎的心本来容易猜着，他当然猜着了，也原谅了，那在一个教士也并非难事。副堂长对他的友谊始终如一，天天陪他在都尔的公园里散步，二十年来从未间断，散步的时间也不曾打过折扣。皮罗多认为自己那个不由自主的欲望是桩罪过，为了补赎，恨不得为夏波罗赤胆忠心出一番力才好。夏波罗对于这样诚恳的友情不能不报答，临死前几天，正当副堂长念《日报》给他听的时候，对副堂长说：

"这一回我的房间归你啦。我觉得我真的完了。"

果然，夏波罗神甫在遗嘱上写明把书柜和家具送给皮罗多。多么渴望的东西到了手，寄宿在迦玛小姐家的愿望马上要实现了，皮罗多失掉朋友的悲痛也就减淡许多：他大概不会让朋友复活，但着实伤感了一番。几天之内，皮罗多的心情活像迦刚多阿：老婆巴倍克在生邦太葛吕埃的时候死了，迦刚多阿不知道还是为得子而高兴好，还是为丧妻而悲伤好，结果他弄错了，对老婆的死亡大为得意，对儿子的出生遗憾不置[1]。皮罗多哀悼亡友的头几天，忙着查点他的藏书，把他的家具一样样的动用起来，察看一番，嘴里念念有词的说着：“可怜的夏波罗！”那种声音语调可惜没有用音符记录下来。总之，快乐和悲痛占据了他全部心思，来不及再想到旁的事情；连夏波罗遗下的委员缺份被别人补了去，也不觉得难过；夏波罗原是希望皮罗多能接他后任的。

迦玛小姐很乐意让副堂长在她家里包膳宿。过世的教区委员素来向副堂长夸耀他的物质生活多么舒服，这生活从此轮到副堂长来享受了。好处简直数不清！根据夏波罗生前的说法，迦玛小姐对两个房客体贴周到，无微不至，都尔城里所有的教士，连总主教在内，都得不到那样的照应。教区委员在公园中散步的时节，跟朋友谈话的开场白差不多老是离不开他刚吃过的丰盛的饭菜；而在一星期七次的散步中间，夏波罗至少要把下面那样的话对皮罗多说上十四遍：

“那再好没有的姑娘替教会服务竟是她一生的志愿。你想吧，前后十二年工夫，雪白干净的内衣、披风、祭衣、领巾，永远端整得好好的。每样东西放在老地方，尽够你轮流更换，还带着菖蒲香呢。家具老是抹得干干净净，我久已不知道什么叫作灰土了。你可曾发现我屋里有过一星半点的灰土？从来没有！烧壁炉用的柴挑的是上等木材，每样小东西都精致非凡。总而言之，仿佛迦玛小姐的眼睛从来不离开我的房间。什么事都不用你费心，我记不起十年之中可曾打过两回铃。嘿！这才叫生活！样样东西一拿就着，拖鞋也不会有一只没一只。屋子里老是暖暖和和，饭菜

①见拉伯雷小说《邦太葛吕埃》第三章。

老是精美可口。有一回，生炉子的吹风卡着嗓子，叫人发急；我只开一次口，第二天迦玛小姐马上换了一个挺好看的吹风，还给我一把火箝，就是你看见我拿着夹木柴的。”

皮罗多听着只说了声：“还带着菖蒲香！”

带着菖蒲香这几个字老是引起皮罗多注意。在可怜的副堂长耳朵里，教区委员的话简直在形容一种不可思议的幸福。副堂长自己经常为了领巾祭衣弄得头昏脑涨：因为他生活毫无规律，往往连叫人开饭都会忘记的。所以每逢募化或者做弥撒，在圣·迦西安堂里一看见迦玛小姐，皮罗多总得又温和又慈祥的望她一眼，就像圣女丹兰士望着天空一样。

人人贪图而皮罗多向往不已的享受固然到手了，但无论是谁，哪怕教士吧，心中没有一点儿梦想是活不下去的；十八个月以来，皮罗多神甫把升级的愿望代替了已经满足的两个欲望。他对教区委员的头衔，变得像平民出身的部长对贵族院议员的头衔一样重视。升级的可能性，特·李斯多曼太太家一帮人给他的希望，使他快活得飘飘然，回到家门才想起他的雨伞忘在主人家里。每星期三晚上，他总在特·李斯多曼老太太家玩儿；那边的一般常客关于他的升级说了许多话，让他颠来倒去地想着，越想越得意，要没有倾盆大雨，也许根本就想不起什么雨伞。副堂长当下拉着门铃，那股劲儿仿佛告诉女佣人不能多等。接着他把身子缩在门洞里，想少淋一些雨；不料屋顶上流下的水恰好冲着他的鞋尖。一阵阵的狂风又卷着雨水直扫过来，赛过淋雨浴。皮罗多把女佣人走出厨房，拉门闩上的绳子，一共需要多少时间计算了一下，又拉起铃来，那阵叮叮当当的响声可是意义很清楚的了。

他听见门内毫无动静，心上想：“他们是不会出去的啊。”

他拉了第三次铃，刺耳的声音不但在屋内闹成一片，还有大教堂的各个部分传来的回声，屋内的人受到这样的惊扰不会不醒的了。果然，不多一会，皮罗多半着恼半高兴的听见女佣人的木靴在石子路上格吱格吱响起来。担心痛风症的老头儿以为受罪马上受完了，事实上却没有这么快。玛丽阿纳跑来不是拉绳子，而是拿大钥匙开锁，拔掉上下的门闩。

他对玛丽阿纳说："这样大的雨，怎么让我拉铃拉了三次？"

"先生，你看大门不是上了锁吗？我们睡了很久啦。已经十点过三刻了。小姐当是你没出去呢。"

"你明明看着我出门的，你！小姐也明知道我每星期三都上李斯多曼太太家。"

玛丽阿纳一边关门一边回答："哎，先生，小姐吩咐我怎办我就怎办。"

皮罗多神甫正因为刚才的好梦做得太快活了，听了这两句愈加不舒服。他一声不出，跟着玛丽阿纳上厨房去拿烛台，满以为烛台摆在那儿。谁知玛丽阿纳不上灶屋，直接带神甫走向他的卧房。当初教区委员在红客厅外面的楼梯台上装了一扇大玻璃门，隔成一个小穿堂。皮罗多看见烛台放在小穿堂的桌子上，奇怪得说不出话来。他急急忙忙进房，发觉壁炉里没有火；玛丽阿纳来不及下楼就被神甫喊住了。

他说："喂，你没有生火么？"

玛丽阿纳回答说："对不起，神甫。生过的，大概又熄了。"

皮罗多重新看了看壁炉肚子，明明是早上熄的火。

他道："我要烘脚，替我生炉子。"

玛丽阿纳懒洋洋的动作表示她只想睡觉。皮罗多的拖鞋也不像从前一样放在床前脚毯的正中央，他一边找一边觉得玛丽阿纳的穿扮并不像她说的才从床上起来；这才想起他受用了一年半的一切小小的照顾，近半个月都给取消了。头脑狭窄的人天生能领会细节，皮罗多忽然把当晚的四桩事情大大推敲了一番。要是别人，根本不会觉察那些琐碎事儿，在皮罗多眼中却变成四桩天大的祸事。玛丽阿纳关于壁炉的谎话，拖鞋忘了摆好，烛台一反常规移到穿堂的桌子上，故意让他淋着雨在大门口呆等：事情很清楚，这样下去，他的全部幸福都要保不住了。

壁炉里的火焰亮起来了，床前的陪夜灯点上了，玛丽阿纳也出去了，临走可不像往常那样问一声："先生还有别的事没有？"过世的朋友留下一张漂亮宽敞的大靠椅，皮罗多轻悠悠的往靠椅上坐下，可是坐下去的动作颇有悲哀的意味。老头儿充满了大祸将临的预感，不由得垂头丧气；一双眼睛把美丽的挂钟、五斗柜、椅子、窗帘、地毯、圆顶的大床、圣水缸、十字架、华朗丹的《圣母像》，勒勃仑的《基督像》，把房内所有的杂物一样样瞧过来；脸上那副痛苦的表情好比一个男人恋恋不舍的和生平第一个情妇诀别，或者一个老年人和他最后种的几株树木分手。迦玛小姐暗中折磨他已经有三个月光景，副堂长到现在方始发觉，老实说是晚了一些；房东的不怀好意，换了一个聪明人早就看出了。所有的老姑娘都有一套本领，能够把出于仇恨的话和行动特别点明。她们会像猫一样抓人。而且不但伤人，伤了人还觉得开心，还要叫受害的人看出她们在伤害他。一个老练的人绝不让人家抓第二回，忠厚的皮罗多要脸上被抓了好几把才相信对方真有恶意。

教士专门指导人的信仰，坐在忏悔室里挖掘一些莫须有的罪过，养成一种盘三问四的聪明；皮罗多就凭这点儿聪明，想把下面的意见当作宗教辩论的大题目一般加以证实：

“就算迦玛小姐想不起我上李斯多曼太太家，就算玛丽阿纳忘了生火，就算她们当我早已回来；但既然我早上亲自端下烛台——对，是我亲自端下去的！！！——那么迦玛小姐看见我的烛台在她客厅里，绝不可能当我已经睡觉。由此可见，迦玛小姐的确故意让我在门外淋雨；而且把烛台端到我屋里来，要我知道——”想到这里，事情越发严重，急得皮罗多叫出声来：“要我知道什么呢？”他站起身子脱掉湿衣服，换上睡衣，戴上睡帽。

然后他从床边走向壁炉架，指手画脚，用各种不同的声调说了一大堆话，每句结尾都逼尖着嗓子，仿佛代表惊叹号。他说：

“我什么地方得罪了她呢？干吗她要恨我呢？玛丽阿纳不会忘记替我生火的！是迦玛小姐叫她不要生的！她对我说话的口气和态度明明是我倒了霉，惹恼了她，除非小孩儿才看不出来！夏波罗从来没碰到这样的事！要受这样的罪怎么活得下去呢？……何况到了我这个年纪！……”

他上床的时候希望第二天能弄明白为什么迦玛小姐要恨他，要把他向往了那么久而享受了两年的幸福一笔勾销。可是迦玛小姐跟他过不去的内情，他是永远不会知道的；并非事情奥妙得猜不出来，而是因为老好人缺少那种坦白的精神，不像大人物或者大混蛋那样会老老实实地对待自己、批评自己。世界上只有天才或阴谋家才会对自己说：“我错了。”只有利害关系和出众的才干帮你出起主意来才认真细到，眼光透彻。皮罗多神甫可是忠厚到近于糊涂，所有的一些知识是靠死用功硬装进去的，人情世故一窍不通，所谓生活不过是做弥撒，听忏悔，替本地几家女子私塾和几个赏识他的好心的太太当忏悔师，花的心思仅仅是代人解决一些无足重轻的良心问题。所以皮罗多竟是一个大孩子，社会上的习惯大半不知道，只有人类天生的自私，加上教士特有的自私以及内地狭窄的生活养成的自私，在他身上暗暗发展而他自己并不知道。

谁要有兴致挖掘一下副堂长的心理，指出他在极琐碎的生活细节方面，在私生活的极微小的义务方面，他所欠缺的主要就是他自以为具备的牺牲精神；皮罗多经过这样的点拨，一定会责罚自己，会真心实意用苦行来补赎。但是被我们伤害的人，即使我们是不知不觉伤害的，也不大肯考虑到我们出于无心，他们要报复，而且自有办法报复。因此皮罗多尽管软弱无能，也不能不受报应：大公无私的天道执行赏罚的时候往往假手于人，一般糊涂虫只晓得把这种情形叫作人生的不幸。

过世的夏波罗和副堂长的差别，只在于一个是圆滑机灵的自私自利者，一个是率直笨拙的自私自利者。夏波罗寄宿到迦玛小姐家，对女主人的性格看得明明白白。当忏悔师的经验使他知道，老姑娘因为踏不进社会，心中老是怨气冲天；所以他在迦玛小姐家的行事都经过周密的考虑。那时女主人不过三十八岁，还有相当的野心，而在一切胸有城府的人身上，野心后来都变做自命不凡。教区委员懂得要同迦玛小姐和睦相处，对她的殷勤与关切必须始终如一，行事要比教皇更正确。为了做到这一点，夏波罗尽量少跟女主人接触，只限于礼貌上应有的交际，和住在一所屋里的人避免不了的应酬。他虽然跟脱罗倍神甫一样一天吃三顿，但他不和大家一同吃早饭，而是定下例规，让迦玛小姐叫人把咖啡牛奶一直端到他床前。其次，他要避免同桌吃晚饭的麻烦，经常在他消磨黄昏的人家用茶点。这么一来，除了吃中饭，别的时候就难得看见迦玛小姐；至于吃中饭，他总比规定的时间早到一会儿。

饭前那一段时间成为一种表示礼貌的拜访，房客问的老是那几句，房东回答的也老是那几句，十二年如一日。这种定期谈话的内容无非是迦玛小姐隔夜的睡眠、当天的早饭、家常的琐事、脸上的气色、身体的保养、天气的好坏、做日课花了多少时间、做弥撒时有些什么小事情，以及这个那个神甫的健康等等。吃饭的当口，夏波罗总来一套间接的恭维，从鱼的新鲜、作料的味道、沙司的质地说起，一直到迦玛小姐的品德、当家的本领为止。夏波罗心中有数，称赞迦玛小姐做糖酱、干果、小黄瓜、肉饼子，以及其他美味可口的东西的技术，一定能满足老姑娘各方面的虚荣心。最后，狡猾的委员离开女主人的黄客厅以前，从来不忘记提一句，刚才尝到的那种好咖啡，都尔城里无论哪一家都喝不到。

由于夏波罗彻底了解迦玛小姐的性格，也由于夏波罗十二年中老于世故的应付，两人之间从来不曾为了生活习惯有过一言半语的争论。老姑娘的棱角、生硬的脾气、毛糙的地方，夏波罗一开场先摸得清清楚楚，凡是和她避免不了的接触点都调节好了，使迦玛小姐自愿在某些地方对他让步，让他日子过得又舒服又安宁。迦玛小姐总说夏波罗神甫非常和气，容易相与，人又风趣到极点。关于脱罗倍神甫，迦玛小姐简直一字不提。脱罗倍在她的生活圈子里亦步亦趋，好比卫星走在行星的轨道上。脱罗倍对于她仿佛是介于人与狗之间的一种动物，在她心中的地位比她的朋友们和她心疼的一只害气喘病的大哈巴狗更重要一些。脱罗倍完全听她调度，两人的利益完全打成一片，许多和迦玛小姐来往的人看了，认为脱罗倍有心图谋老姑娘的财产，一直耐着性子在那里做工夫，使迦玛小姐不知不觉的被他收服，受他操纵，因为他面上顺着迦玛，绝不露出有一点儿支配迦玛的意思，所以实际上更能支配迦玛。

夏波罗神甫死了，老姑娘存心招一个性情和善的房客，念头自然而然转到副堂长身上。夏波罗的遗嘱还没宣布，迦玛小姐已经打算把夏波罗的房间给亲爱的脱罗倍神甫，觉得他住在底层太不舒服了。可是皮罗多垂涎已久，这一下也不怕流露出他欲望的强烈，他和老姑娘谈判寄宿合同的时候，老姑娘看他对夏波罗的房间喜欢得不得了，竟不敢开口要他调到楼下去，只能顾着利益，牺牲感情。迦玛小姐为了安慰心爱的教区委员[①]，把他住的老房间的大白方砖拆了，铺上斜纹条子的地板，常常冒烟的壁炉也重新砌过。

皮罗多和他的朋友夏波罗来往十二年，从来没想到研究一下为什么夏波罗对迦玛小姐小心谨慎到极点。皮罗多住到那圣女家去的时候，心境仿佛一个如愿以偿的情人。即使他不是天资迟钝，毫无眼光，当时的快乐也蒙住了他的眼睛，不可能估量迦玛小姐的品性，考虑到和她日常周旋的分寸。副堂长远远的看来，而且一心想着住在她家里的享受，看的时候还戴着有色眼镜，只觉得迦玛小姐是个完人，是个地道的基督徒，心地慈悲的人，《福音书》上的女子，端庄的处女，浑身都是平凡而朴素的美德，俗世的生命已经有着天国的气息。皮罗多就像一个人望眼欲穿

①脱罗倍和夏波罗同样是教区委员。

的东西到手以后那样的兴奋，像小孩儿那样的天真，像毫无阅历的老年人那样糊涂，好比苍蝇投入蜘蛛网一般闯到迦玛小姐的生活中去。他在老姑娘家寄宿的第一天就留在女主人的客厅里脱不了身，一则有心和她交攀，二则他是那种胆小的人，会莫名其妙的发窘，生怕失礼，不好意思打断话头起身告辞。结果他坐了一黄昏。

当晚来了另外一个老姑娘，皮罗多的朋友，叫作沙罗蒙·德特·维勒诺阿小姐。迦玛小姐居然能凑成一局波斯顿，好不得意。副堂长上床的时节觉得一个夜晚过得很愉快。他跟迦玛小姐和脱罗倍神甫并不相熟，对他们的性格只看见一个浮面。本来很少人会一开始就暴露自己的缺点，总尽量装出一副动人的外表来。皮罗多兴冲冲的私下盘算，从此晚上可以陪迦玛小姐消遣，不必出门子。

女主人几年来有个欲望在心中一天天的滋长。那是老年人和漂亮太太都会有的，在迦玛小姐身上却变成一股强烈的痴情，和皮罗多过去垂涎夏波罗的住屋差不多，再加上流社会的人天生的骄傲、自私、妒羡和虚荣，更使老姑娘摆脱不开那欲望。老实说，我讲的这个故事每个时代都有，不过我们的人物活动的舞台狭小一些罢了；只消把范围扩大一下，便是最高阶层发生的事故也不难解释清楚。

迦玛小姐平时在七八家人家消磨黄昏。或许因为不得不移樽就教而心中不快，自以为活到这个年纪也有资格叫别人回敬一下了；或许觉得没有常客来往，面上难看；或许女朋友们受的奉承，占的优势，她的虚荣心也极感需要，所以她雄心勃勃，只想使自己的客厅成为一个聚会的中心，每天和晚上都有一帮客人高高兴兴的跑来赴约。等到皮罗多和沙罗蒙小姐在迦玛小姐屋子里玩了几晚以后，当然还有那忠实而耐性的脱罗倍神甫奉陪，有天下午迦玛小姐从圣·迦西安大堂出来，遇到一些要好的女朋友，向来都是她觉得非迁就不可的，那时却告诉她们，说谁要愿意看看她，不妨每星期上她家去玩儿一次，她招集的朋友足够凑一局波斯顿了；她说她不能让新房客皮罗多神甫太寂寞；沙罗蒙小姐没有一晚不参加她的晚会；她特意定了日子招待客人；而且……还有……诸如此类，说了一大堆。

她的话谦虚之中带着骄傲，故意甜嘴蜜舌，装得很客气，因为沙罗蒙·特·维勒诺阿小姐属于都尔的第一流贵族。这位小姐只是为了对副堂长的友谊才来的，但主人看到贵客光临，非常得意，觉得靠着皮罗多神甫的力量，她的雄心马上就能实现，可以凑起一个集团来，宾客之多，人物之风雅，不亚于特·李斯多曼太太，曼冷·特·拉·布洛蒂埃小姐，以及别的几位虔诚的太太招待善男信女的集会。不料事与愿违，迦玛小姐的希望被皮罗多在半路上破坏了。

要是期待已久的幸福，你一生之中曾经到手过一次，你就能了解副堂长睡在夏波罗床上的快乐，而对于迦玛小姐热爱的计划归于泡影的恼恨，你也应当能体会。皮罗多耐着性子陪迦玛小姐消遣了六个月之后，往外溜了，沙罗蒙小姐也跟着一去不返。迦玛小姐野心不死，费着天大的劲勉强拉拢了五六个客人，还不一定每次必到；而要凑一局波斯顿，至少要有四位从不缺席的常客。临了她只得认输了事，仍旧回到她从前的一般朋友家去。因为凡是老姑娘，一个人待在家里就要心情恶劣，不得不在外边走动，寻一些虚幻的娱乐。

皮罗多拆场子的原因不难想象。虽然照《福音书》上的说法，浑浑噩噩的人是有福气的[①]，副堂长将来准有资格进天堂，但他像许多糊涂虫一样，总觉得别的糊涂虫讨厌透顶，没法忍受。没有脑子的人好比败草，专门拣好地方生长，而且正因为百无聊赖，更需要有些消遣。他们既闷得发慌，又时时刻刻怕面对自己，便产生一种无事忙的需要，只想在外鬼混，忘掉自己。这种心情可以说是他们的特点；凡是没有感情的人、失意的人，或者自作自受的倒霉鬼，大都如此。可怜的皮罗多不曾把迦玛小姐的空虚与无聊摸清底细，也没有了解她思想的狭窄，而是活该倒霉，很晚才发觉迦玛小姐和一般老姑娘共有的缺点以及她个人特有的缺点。大概别人身上的坏处和好处对照之下总是特别分明，在没有伤害我们之前已经很触目了。在某些情形之下，这种心理现象可以说明我们多多少少喜欢议论人短处的倾向不无道理。拿人与人的关系来说，嘲笑别人的缺点是极自然的事，所以遇到挖苦的人我们应当原谅，因为我们自有可笑之处给他取笑；值得骇怪的乃是无中生有的毁谤。但是忠厚的副堂长从来没有那副眼光，不能像交际场中的人那样很快的看出邻居的弱点而不去触犯；他只要一切生物所共有的本能给了他警告，就是说吃了苦头，方始认出女主人的毛病。

老姑娘和结过婚的妇女不同，性格和生活不曾迁就过别人的性格和生活，多半要周围的一切都顺从她。这个怪癖在迦玛小姐身上日渐恶化，变成霸道；但她的霸道只能在小事情上使出来，在很多例子中我们只说一桩，比如玩波斯顿，她把皮罗多神

①见《马太福音》第五章。“浑浑噩噩的人是有福气的”一句之下，第二句是：“因为天国是他们的。”

甫的筹码篮摆定在一处，神甫偏偏移动，惹得她大生其气，这情形几乎每天晚上都发生。为一些无聊的小事动怒的蠢脾气从哪儿来的呢？有什么目的呢？谁也说不上来，迦玛小姐自己也不知道。新房客尽管生性像绵羊，但也和绵羊一样不喜欢棍子挨得太多，何况棍子上还有刺呢。皮罗多不明白为什么脱罗倍神甫肯那样忍耐，他自己只想脱身，对迦玛小姐自作主张替他安排的享受敬谢不敏；迦玛小姐看待生活的乐趣原来和看待她的糖果酱一样。不幸老头儿太天真，事情处理得太笨拙。散伙之前少不得有许多摩擦和零零星星的促狭事儿，皮罗多竭力装作不在乎。

副堂长在迦玛小姐家住到一年，恢复了老习惯，每星期到特·李斯多曼太太家玩两晚，沙罗蒙小姐家玩三晚，其余两晚在曼冷·特·拉·布洛蒂埃小姐府上。她们在都尔的社交界中都是贵族派，迦玛小姐没有资格踏进她们的圈子，便认为皮罗多的拆台简直是大大的侮辱，等于说她不登大雅。本来么，一有选择，落选的方面总觉得是受了轻视。

迦玛小姐家的晚会不得不结束的时候，脱罗倍神甫对迦玛小姐的朋友们说："皮罗多先生觉得我们不够风趣。他有才气，讲究饮食，需要交接漂亮人物，奢华的享用，精彩的谈话，听外边说长道短的议论。"

迦玛小姐听着总得借此机会表白自己的品性完美，阴损一下皮罗多。

她说："哼！他谈得上什么才气！要没有夏波罗神甫，他一辈子休想踏进特·李斯多曼太太的大门。噢！夏波罗神甫死了，对我是很大的损失。他人多厚道，多随和！十二年工夫，我从来不曾同他有过一点儿争论，也没有什么不痛快的事。"

皮罗多的嘴脸被迦玛小姐描写得不大体面，在暗中与贵族作对的布尔乔亚圈子里，无辜的房客成为一个脾气难缠、事事挑剔的家伙。一连几星期，迦玛小姐的朋友们向她表示同情，一遍又一遍的随口说着：“怎么，你这样和顺，这样忠厚，怎么会招人厌恶呢？……”或者说：“亲爱的迦玛小姐，你放心，你的人品大家知道太清楚了，绝不至于……”诸如此类的话叫迦玛小姐听着好不受用。

其实，游廊场是都尔城内最冷落、最凄凉、离市中心最远的地段；说话的妇女们从此免得一星期一次到那儿去赴晚会，高兴得很，私下还感激副堂长呢。

爱与恨，在不断见面的人心中必然是不断加强的，他们时时刻刻会找到借口越来越爱，或者越来越恨。因此皮罗多神甫变了迦玛小姐的眼中钉。寄宿到十八个月，老好人把不声不响的仇恨当作相安无事，自以为把老姑娘像他所说的笼络得很好，还为之暗暗庆幸呢。不料就在那个时候，人家拿他作为暗算的目标，定好计划向他报复。锁上大门、忘记拖鞋、不生壁炉、烛台移到房内，出了这四件大事，皮罗多才发觉人家的敌意；而敌人还留着最后几手，要等他大势已去，无可挽回的时节才使出来。

忠厚的副堂长入睡之前，搜索枯肠寻思了一番，为什么迦玛小姐行事如此无礼，令人诧惊；不用说那是白想的，他一下子就觉得脑子里空空如也。他过去既听从自私的规律行事，自然想象不出他得罪女主人的地方。世界上的大事往往简单明了，不难说明，人生的琐碎事儿却需要许多细节才能解释。这幕戏正式开始以前的事故，就需要以上一大段开场白；其中枝枝节节的发展，要一个认真的历史家加以省略是不容易的。要知道这幕戏虽然猥琐，引起的情欲却和争夺重大利益的情欲同样猛烈。

第二天早上，皮罗多一醒过来就想着教区委员的职位出神，把隔夜认为不祥之兆，暗示将来多灾多难的四桩事情，完全给忘了。他一向屋子里不生火起不来床，便打铃通知玛丽阿纳，表示他醒了，要她上楼。接着照例迷迷蒙蒙躺在床上胡思乱想，等女佣人来一边生火，一边跟他闲扯，用说话的嗡嗡声和走路的响动，他爱听的两种音乐，催他从最后一阵困倦中懒洋洋的醒过来。半小时过去了，还不见玛丽阿纳上楼。副堂长仿佛已经做了半个委员，正预备打第二次铃，忽然听见楼梯上有个男人的脚声，便放下绳子。果然，脱罗倍神甫轻轻敲了敲门，听见皮罗多说了一声请就进来了。两个神甫经常每个月互相访问一次，副堂长因此也不觉得这次拜访有什么奇怪。教区委员一进门，发觉快要和他在教区委员会共事的神甫屋里还没生炉子，表示诧异。他打开窗子，粗着嗓子唤玛丽阿纳到皮罗多屋里来；又转身对皮罗多说：

“迦玛小姐要是知道你没有火，准会埋怨玛丽阿纳。”

说了这两句，他问皮罗多身体怎样；又用柔和的口气打听他关于升任教区委员的事可有什么新消息，有没有希望。副堂长告诉他活动的经过，天真的说出特·李斯多曼太太代他请托了哪几个人，殊不知已经两次提名为副主教的脱罗倍就恨那位太太不招待他。

两个神甫的长相截然不同，那样极端相反的两张脸简直是难于碰到的。脱罗倍又高又瘦，皮色发黄；副堂长却是俗语所谓一身是肉。皮罗多那张通红的大圆脸，一看就知道他忠厚老实，胸无城府；不像脱罗倍的瘦长脸，一道道的皱裥刻得很深，有时会流露出挖苦或者轻蔑的表情，但要留心观察才能发现。教区委员平时镇静得很，差不多经常垂着眼皮，盖住那双橘黄眼睛，可是目光随时会变得亮晶晶的，锋芒毕露。一肚皮的正经事儿使他脸上老挂着一层幕，愈加显得阴沉，头上还搭配了一窝子茶红头发。起先很多人以为他深谋远虑，野心很大；但自命为对他认识最清楚的人慢慢推翻了这个意见，说他被迦玛小姐的霸道磨得近于痴呆了，再不然是守斋的日子太长，身体亏了。他难得说话，从来不笑；遇到快意的事，脸上皱裥之间只浮起一丝淡淡的笑意。相反，皮罗多心直口快，坦白豪爽，喜欢吃好东西，动不动乐不可支，那种单纯活现出他心中既无怨恨，也无恶意。

脱罗倍神甫叫人一看就不由自主的害怕，不像副堂长谁见了都会报以微笑。在圣·迦西安大堂的拱廊底下或是正堂里，高个子的教区委员踏着尊严的步子，微微低着脑袋，眼神那么威严，令人肃然起敬：略微带些伛背的身体同大堂顶上颜色发黄的弧形穹窿非常调和，袍子的褶裥气派不小，大可给雕塑家做模型。忠厚的副堂长在堂里走起路来可一点不庄严，他急匆匆的奔来奔去，两只脚搬个不停，好像身子在打转。虽然如此，两个教士仍旧有一个地方相像。脱罗倍雄心勃勃的神气叫人忌惮，说不定就是吃了这个亏，始终无声无臭的当着一名空头的教区委员；同样，皮罗多的性格和长相似乎永远只能当大堂的副堂长。

上级一向看脱罗倍相貌阴险，又疑心他有才具，处处防他一著。可是脱罗倍到五十岁上，靠着谨慎的行事，毫无野心的表现，道行高超的生活，把上级对他的猜忌完全消除了。最近一年他身体衰退得厉害，很可能升为总主教区的副主教。便是和他竞争的教士也巴望他上台，因为他害着慢性病，已经为日无多，大家正好在他的任内多做一番工夫，准备补他的缺。和皮罗多竞争教区委员的神甫们却看不见这种希望，皮罗多的三叠下巴证明他身体康健，而他的痛风症照老话说来又是长寿的预兆。

夏波罗为人通达，极有风趣，所有的上流社会和大教区的领袖们都喜欢和他来往。他始终在暗里阻挠脱罗倍的升级，而且方法很高明。他甚至用着巧妙的手段，凡是有都尔的优秀人士来往的交际场所，都不让脱罗倍出入。夏波罗在世的时期，脱罗倍一直对他毕恭毕敬，表示十二分尊重；但尽管脱罗倍屈服到底，夏波罗仍旧不改变意见，生前最后一次散步的时候还告诉皮罗多：

“当心那个瘦长子脱罗倍！他是西克施德五世[1]的化身，不过气魄小一些，只有主教的格局。”

迦玛小姐的朋友兼房客便是这样一个人物。迦玛小姐向可怜的皮罗多宣战的第二天，那个人物便去拜访皮罗多表示好感。

他看见玛丽阿纳进来，便说：“我看也不能怪她，大概她先到我那里去了。我的屋子潮湿得很，我整夜咳嗽咳得很凶——”他望着墙角上的嵌线又说，“你这儿倒很卫生。”

皮罗多笑着回答：“噢！我住在这儿很像教区委员了。”

谦虚的脱罗倍说：“我倒只有副堂长的身份。”

“不过你马上要住到总主教官邸去了。”好心的皮罗多但愿个个人称心如意。

“要不然就是上公墓。不管怎样，我听上帝安排就是了！”

脱罗倍抬起头来朝上望了一眼，表示听天由命。接着又道：

“我来向你告借《全国教区产业总目》。都尔只有你一个人

①西克施德五世是个雄才大略的教皇，在位期间是1585至1590年。

有这部书。”

皮罗多道：“请你到书房里去拿吧。”他听着教区委员最后一句话，又想起他生活方面的各种享受。

高个子的委员走进书房，在副堂长穿衣的时间一直留在那儿。不一会吃早饭的铃响了，害痛风症的老人觉得要不是脱罗倍上门，今儿起床房间里就不会有火。他心上想：“唔，他是个好人！”

两个教士双双下楼，各人挟着一册厚厚的对开本，走进饭厅放在一张半圆桌上。

“什么东西？”迦玛小姐尖着嗓子问皮罗多。

“希望你不要把书堆在我饭厅里。”

脱罗倍道：“这是我要用到的书，承副堂长好意借给我的。”

迦玛小姐满脸瞧不起的笑了笑，答道：“你不说我也该猜到。皮罗多先生不大看这样大部头的书。”

皮罗多声气柔和的问道：“小姐，你身体怎么样？”

“嗯，不大好呢，”她口气很生硬，“昨天晚上才睡着就被你吵醒了，整夜没睡好。”

迦玛小姐一边坐下一边补上一句：“先生们，牛奶快凉了。”

可怜的副堂长满以为房东会向他道歉，谁知反而给他碰了一个钉子，觉得好不奇怪，但他胆子小，最怕争论，尤其是牵涉到自己的争论，便悄没声儿的坐下。接着发觉迦玛小姐一脸不高兴的表情，皮罗多心里更矛盾得厉害：理性叫他不能一味委曲求全，听凭女主人无礼，他的脾气却要他息事宁人，避免吵架。

皮罗多憋着一肚子苦闷，对着塔夫绸桌布上绿漆的大块阴影一本正经的细瞧。桌布用过不知多少年了，四边已经破烂，面上到处开裂，迦玛小姐却满不在乎，吃早饭的时候照样铺着。两个房客围着大方桌，面对面坐着一把藤面子的靠椅，中间坐着房东，位置特别高，椅子底下装着踏脚，身后放着靠垫，背对饭厅的火炉。这个吃饭间和公用的客厅都在偏屋的底层，楼上便是皮罗多的卧房和客室。

副堂长从迦玛小姐手里接过一杯放好糖的咖啡；平时很热闹的早饭要这样闷声不响的吃下去，副堂长想着就害怕。他既不敢望脱罗倍的冰冷的脸，也不敢望老姑娘的恶狠狠的脸；只能转过身去逗弄那条又胖又大的哈巴狗，免得发僵。它躺在火炉近边的一个靠垫上，从不走动，左边摆着一个小盘，装满了好吃的东西，右边放一碗满满的清水。

皮罗多对哈巴狗说：“唔，小家伙，你也等着你的咖啡吧？”

那条狗算是家里最重要的角色之一，可是已经不会叫了，只让女主人一个人说话，所以并不讨厌。它把陷在肉裥中的小眼睛抬起来望了望皮罗多，又假痴假呆闭上了。要了解副堂长的苦闷，必须知道他生性多嘴，喜欢敞开洪亮的嗓子说上一连串废话，像个皮球在地下乱跳，空响一阵。他认为讲话能帮助消化，却说不出半点医学上的道理。迦玛小姐也相信这个养生之道，过去虽然与皮罗多不和，饭桌上仍旧和他交谈；可是最近几天，副堂长花尽心思逗迦玛小姐说话，迦玛小姐也不开口了。

脱罗倍平日听他们俩谈天，几乎老是抿着嘴冷笑。我们的故事范围不大，这种对白只能举出个把例子，但已经足以把内地人的鄙陋生活描出一幅完整的图画了。皮罗多神甫和迦玛小姐对政治、宗教、文学的见解稀奇古怪，风雅的读者或许也高兴领教一下。

他们俩在一八二六年上还正式怀疑拿破仑是不是真的死了；相信路易十七躲在一根大木头的窟窿里逃出性命，至今活着[1]；他们在这两件事上提出的论证，所作的猜测，说出来着实滑稽。两人也有一套独特的理由，断定全部税收都由国王一人支配，议会开会是为了要消灭教会，大革命时期有一百三十万人死在断头台上。诸如此类的议论谁听了不要笑呢？他们既不知日报有多少种，更不知这个现代的利器是怎么回事，偏偏大谈其报纸。

据迦玛小姐说，每天早上吃一个鸡子，满了一年非死不可，而且真有其事；光吃小白面包，不要同时喝水，吃上几天就能治好坐骨神经痛；拆毁圣·马丁修院的工人六个月之内统统死了；拿破仑时代有个州长千方百计想毁掉圣·迦西安的钟楼；还有许许多多别的无稽之谈，只要迦玛小姐说出来，皮罗多无不留神细听。

可是那天皮罗多觉得舌头发僵，只能一声不出的吃早饭。一会儿又觉得这样闷吃对他的胃太危险了，便大着胆子说：

“咖啡多好啊！”

可惜这股勇气完全白费。圣·迦西安大堂两堵黑黝黝的飞扶壁在园子上空留出一小方空隙，副堂长从空隙里望了望天色，鼓起勇气又说：

“今天天气大概比昨天更好……”

迦玛小姐听了这一句，用她最和善的眼风对脱罗倍神甫瞟了一眼，回过来恶狠狠的瞪着皮罗多，皮罗多幸亏低着头没看见。

---

①拿破仑死于1821年。路易十七于1795年死于狱中，只是一个十岁的儿童。

女人中间要算索菲·迦玛小姐最能表现老姑娘的凄凉的心情。她的性格使这幕戏里琐琐碎碎的情节和各个角色早先的生活格外关系重大；但要好好描写这个人物，最好先把一般老姑娘的表现总括为两句话，叫作心灵反映生活，面貌反映心灵。

假如在社会上和自然界中一样，一切都应当有一个目的，那么确实有些人的目的和用处是不可解的。无论道德观点或经济观点，都排斥只消费而不生产的人，都不允许有人在世界上占着一个位置而既不为善也不作恶，因为恶也是一种善，只是后果不立刻显露罢了。只要是老姑娘，难得不自居于这一类不生产的人物之列。一个活跃的人觉得自己在工作，就有一种满足的感觉帮助他活下去；倘若感到自己不上不下，甚至一无所用，精神上便产生相反的效果，不但引起别人的轻视，连自己也会瞧不起自己。社会上对无用的人责备很严，便是促成老姑娘们心情抑郁，面带愁容的原因之一，不过她们自己不知道而已。

世界上到处有一种不无根据的成见，尤其在法国，老是使一个没有人愿意与之同甘共苦的女性受到很大的歧视。姑娘们到了某个年纪，大家有理也罢，无理也罢，总因为她们吃着无人请教的亏，把她们视同化外。面貌丑陋的，要性格特别善良才能补救天生的缺陷；长得漂亮的，必有严重的原因促成她们的不幸。这两种女子，不知哪一种更应当受人嫌弃。要是她们的独身是经过考虑，有心要保持独立的话，无论男人或是做了母亲的女人都不肯加以原谅，觉得她们违背了女性的牺牲精神，不愿意受苦受难，因为女性之所以特别感动人就在于这一点。逃避了分内的痛苦，就谈不到痛苦所有的可歌可泣的诗意，也丧失了母性的特权——得不到那种甜蜜的安慰。何况女性的特出的优点、慷慨的天性，只有在不断的实践中才能发挥；终身不嫁的女人却变得毫无意义：她们自私，冷酷，只能叫人厌恶。

不幸这个铁面无情的判决太确当了，做老姑娘的不会不知道判决所根据的理由。别人如何看待她们的念头在她们心中自然而然的发展，正如她们凄凉的生活在眉宇之间自然而然的反映出来。于是她们一天天的憔悴；一般的妇女随时随刻感情洋溢，心中的快乐使她们面带笑容，动作温柔；老姑娘可从来没有那种洋溢的感情，没有那种快乐。接下来她们变得性情暴烈，抑郁不堪，因为虚度一世的人绝不会快活；先是心中痛苦，而痛苦就会叫人变得恶毒。老处女开头总不承认自己的孤独是咎由自取，而是长时期的怪怨社会。从怪怨一变而为心存报复，真是太容易了。还有一点，老姑娘浑身上下的讨厌样子又是独身生活不可避免的后果。既然从来不觉得需要讨人喜欢，就不知道什么叫作风度，什么叫作高雅。她们只用自己的眼光看自己。这个心理使她们不知不觉的只挑对自己方便的东西，而不要那些叫别人感到愉快的东西。她们弄不明白为什么自己跟旁的女人不同，但后来也发觉这一点不同而为之懊恼。嫉妒是女人心中永远消灭不了的情感。在女人所有激烈的情感里头，唯有嫉妒一项是男人肯原谅的，因为女人的嫉妒正好满足男人的虚荣；但老姑娘的嫉妒是无的放矢，只能受到嫉妒的害处。

老姑娘因为样样愿望受着阻抑而苦恼，天性又不得发展，心里便老是感到一种压迫，无法忍受。女性本来只会在别人心中引起愉快的感觉，倘若一辈子看见人家脸上有厌恶她的表情，当然是不好受了。因此老姑娘看人总乜斜着眼儿，倒不是怕难为情，而是由于羞愧和畏缩的缘故。这种人绝不原谅社会让她处于不尴不尬的地位，她们还为此恨自己呢。而永远和社会作对或者和人生有矛盾的人，是不会让别人太平，不妒忌别人的幸福的。

这一大堆念头整个儿表现在迦玛小姐黯淡的灰眼睛里，眼睛四周的大黑圈显出她在孤独的生活中作着长期的斗争。脸上条条皱痕都笔直。脑袋、脑门和腮帮的骨骼都长得僵硬、干枯。下巴上有好几颗痣，迦玛小姐满不在乎的让痣上长着毛，早先那些毛是棕色的。牙齿倒还洁白，可是太长，薄薄的嘴唇皮差点儿包不住。原来的黑头发因为闹着剧烈的偏头痛变得花白，只能用假头发做前刘海，但是她不会遮掉痕迹，帽子边和扣假头发的黑带之间往往露出一小块空隙，刘海的圈圈儿也做得不大高明。穿的衣衫夏天是塔夫绸的，冬天是曼里诺呢[①]的，一律浅棕色，裹在难看的腰身和瘦削的胳膊上明明太窄了一些。领子不住的往下扯，露出一段红红的脖子，脖子上的筋筋缕缕像阳光中的橡树叶，颇有艺术意味。

迦玛小姐的出身很可说明她体格方面的缺陷。父亲生前做木柴生意，是个暴发的农民。迦玛小姐十八岁时大概还娇嫩丰满；她自称当年皮肤很白，血色很好，现在可是一点影踪都没有了。皮色白得发呆，那是在假虔诚的妇女身上常见的。五官中最能表现她思想专横的是那个鹰爪鼻，正如最能表现她头脑狭窄的是那个扁平脑门。每个举动都显得突如其来，古怪得厉害，没有一点儿风度；只消看她从手提包里掏出手帕来大声擤鼻子的模样，就能猜到她的性格和生活习惯。她身材相当高，站得笔直，正好证实某博物学家从生理上分析老处女走路姿态的一句

①西班牙有一种羊叫作曼里诺，那种羊毛织的呢就叫曼里诺呢。

话，说她们的关节都是焊在一块的。迦玛小姐走起路来并不全身都有动作，不像一般的女性那样一波三折，妩媚动人。她身体硬邦邦的向前，可以说每走一步都是从不知哪儿突然跳出来的，赛过《唐·璜》里头那座将军的石像[①]。她遇到心情高兴的时候，也会和所有的老姑娘一样暗示她当年有过结婚的机会，但那个情人不怀好意，幸亏她发觉得早；原来她是不知不觉的为计较利益而牺牲了感情。

饭厅里恶俗的糊壁纸印着土耳其风景，给那老处女类型中的代表人物做背景再好没有。迦玛小姐平日都在这儿起坐，屋内摆着两张半圆桌，挂着一个晴雨表。两个神甫的座位上各有一个挑绣的小靠垫，颜色已经褪了。招待客人的公用客厅和主人一个派头。客厅不久出了名，大家称之为黄客厅：窗帘门帘是黄的，桌椅是黄的，糊壁纸是黄的；壁炉架上面的大玻璃镜配的是金漆框子；水晶烛台和座钟亮晶晶的光彩十分刺目。至于迦玛小姐的寝室，可从来不许人进去，我们只能猜想房内准是堆满破衣服、旧家具、碎布，以及老处女们喜欢搁在身边，当作宝贝一般的东西。

对皮罗多的晚年生活影响最大的就是这么一个人物。

迦玛小姐既不能发挥女子的天性，从事女性的活动，而精力又不能不有条出路，便玩一些无聊的小手段，搬弄那种内地的闲言闲语，想出些自私自利的鬼花样；所有的老处女到后来只会把

---

①相传登徒子唐·璜诱拐了一个将军的女儿，杀了将军，结果唐·璜被芳济会教士处死，对外只说是唐·璜侮辱将军的石像，被石像抓去，拖入地狱。后世文学家多采用此传说。莫利哀编的《唐·璜》一剧，最后将军的石像突然闯入唐·璜家中，邀唐·璜去吃饭。

心思花在这方面。在一切情感中，索菲·迦玛小姐这可怜虫只晓得有恨；而皮罗多活该倒霉，偏偏助长她的恨。老姑娘所过的内地生活，天地格外狭小，再加这种生活安静单调，她的仇恨心一向只处于潜伏状态，但一朝在小圈子内小事情上发作起来，势头只有更强烈。像皮罗多那等人注定是样样委屈都要受过来的；因为什么都看不见，要躲也无从躲起，所以什么事都会临到他们头上。

过了一会，脱罗倍说道："对，今天天气一定好。"他仿佛如梦初醒，想表示一下礼貌了。

皮罗多闷声不响的吃早饭还是生平第一次，而一问一答隔着那么多时间，使他愈加着慌；他走出饭厅，一颗心好似夹在螺丝盘里。他觉得咖啡停在胃里不下去，便垂头丧气的往园子里去散步。园子里种着一堆黄杨，形状像一颗星，四周是很窄的走道。皮罗多绕了一转，回头瞧见迦玛小姐和脱罗倍神甫悄没声儿站在客厅门口：神甫抱着手臂一动不动，赛过坟墓上的石像；房东把身子靠在落地的百叶窗上。两人似乎一边望着他一边数着他的步子。生来胆小的人最怕被人细细打量，而对方用了仇恨的目光，他就更像熬受毒刑一般痛苦。一会儿皮罗多以为妨碍了迦玛小姐和脱罗倍神甫散步。这个一半由于害怕一半出于好心的念头，使他愈来愈紧张，终于离开了园子。临到出门，脑子里只想着老姑娘的凶横霸道，再也想不起教区委员的职位了。还算侥幸，那天教堂里公事不少，葬礼有好几起，婚礼有一起，洗礼有两起；他忙上一阵，忘了心中的悲苦。肚子提醒他需要吃饭的当口，他掏出表来，已经四点过几分，不由得吓了一跳。他知道迦玛小姐素来准时，便急急忙忙赶回家。

他发觉厨房里已经撤下第一道菜。一进饭厅，老姑娘和他说话的声音既表示尖刻的埋怨，也流露出找到了房客的错儿很高兴。她说：

"已经四点半了，皮罗多先生。你知道咱们是谁也不等谁的。"

副堂长一看饭厅里的挂钟，蒙在外面防灰土的薄纱移动过了，可见房东早晨上过发条，故意拨快时间，比圣·迦西安大堂的大钟快了半个小时。可是这件事万万揭破不得。副堂长倘若说出他的疑心，对方一定认为侮辱，要振振有词的大闹一阵；迦玛小姐和她那个等级的人一样，发起火来就是滔滔不竭，最会说话。

在日常生活中女佣人折磨东家和老婆折磨丈夫的层出不穷的本领，都被迦玛小姐揣摩到了，拿来对付她的房客。跟可怜的神甫捣鬼，使他不得安宁的促狭手段，显出迦玛小姐赋有作恶的天才，阴险得了不得。她有办法做了坏事不给人拿住把柄。

这个故事开场以后八天，皮罗多在迦玛家的生活，和迦玛小姐的接触，提醒皮罗多摆布他的阴谋已经布置了半年之久。只要老姑娘仅仅是暗中作对，只要副堂长能够糊涂下去，不信人家有什么坏心肠，他精神上受的伤还不至于扩大。可是从烛台搬到房里，钟点拨快以后，皮罗多不能不承认有股怨毒之气罩在他头上，有一双恶狠狠的眼睛老盯着他。从此他很快的走上苦恼绝望的路，时时刻刻发觉迦玛小姐钩子般的细长爪子会戳到他心里去。

仇恨最容易激动人心，引起各种情绪：老姑娘能靠仇恨过活高兴极了，她像老鹰捉到田鼠不马上吞下去一样，先在副堂长身边虎视眈眈，打着盘旋。她久已想好一个计划，吓昏了的神甫当然猜不着，计划付诸实行的时候，完全显出迦玛小姐在小事情上所能施展的天才，因为像她那样生活孤独，胸襟狭小，不可能体会真正修行的伟大，只会吃斋念经，在小地方表示虔诚的人，就有这副本领。而皮罗多也就苦上加苦，越发受不住；他是容易流露感情的人，需要有人同情，有人安慰；偏偏他的痛苦的性质不容许他向朋友们说出来松散一下。从胆小上来的笨拙，使他怕人笑话把那样琐碎的事放在心上。不幸他所看重的生活，忙得很无聊，无聊得很忙的生活，就建筑在那些琐碎的小事情上。在他暗淡无光的岁月中，太强烈的情绪便是灾难，精神上毫无刺激才算幸福。因此，可怜的神甫的天堂突然变了地狱。临了，他的痛苦简直无法忍受。想到早晚要同迦玛小姐有番口舌，心里一天比一天恐怖；有口难言的隐痛打击了他晚年的生活，影响他的健康。有天早晨穿上蓝花袜子的当口，发觉腿肚子瘦了一公分八。对着这个千真万确、令人痛心的诊断，皮罗多愣住了，决意去请脱罗倍神甫帮忙，在他和房东之间做一个中间人，调解一下。

脱罗倍的堆满纸张的书房，谁都没进去过，他一刻不停的在那里工作。那天他急急忙忙走出书房，在毫无陈设的卧室中接见客人。副堂长对着威严的教区委员不免暗暗惭愧，觉得人家忙着正经，不应该和他谈迦玛小姐的那些捣乱事儿。但是皮罗多像胆小的，打不定主意的或者懦弱的人一样，遇到无关紧要的事儿也得心里七上八下，急个半天；他尝过了这些苦闷，决意向脱罗倍说明处境，尽管心忐忑乱跳也顾不得了。教区委员沉着脸一本正经听着，他虽然压着自己，仍不免露出一些笑意，说不定在聪明人看来竟是暗暗得意的表示。皮罗多形容他随时随刻受到的折磨，动了真情，说的话自然娓娓动听；脱罗倍眼皮底下似乎漏出一道光来，但他用一个思想家们常有的动作把手按在脑门上，保持经常那副尊严的样子。

副堂长的话说完了，脱罗倍脸上东一块西一块的斑点比平日的黄皮色更黄了；皮罗多即使想在那张脸上找出一点儿痕迹，看看神秘的教士听了他的话引起什么一种心情，也不大容易。脱罗倍先静默了一会，接着他回答的话每一句都经过长久的考虑，掂过斤两；后来给某些细心的人知道了，觉得脱罗倍心计极深，聪明得了不得。他先给皮罗多碰一个钉子，说这些事情使他奇怪极了，要是皮罗多不说，他永远不会发觉；他认为这种迟钝大概是由于一心想着心事，忙于工作，某些崇高的思想占据了全部精神，顾不到再留意生活的细节。说话之间他表示并无意思批评皮罗多的行事，以年龄和学识而论，皮罗多是值得他尊重的；他只是提到"古代的隐士们住在渺无人烟的旷野，只晓得沉浸在毫无俗虑的默想中间，难得想到什么饮食和居住的问题；在我们这个时代，做教士的无论住在哪儿，思想上都可以当作荒僻的隐居。"

接着谈到皮罗多的本身问题，说他"万万想不到有这些争执。迦玛小姐和年高德劭的夏波罗神甫相处了十二年，从来不曾发生过这样的事"，至于他脱罗倍，当然能做副堂长和房东之间的中间人，因为他对迦玛小姐的友谊绝不超出教会规定的范围；但为了公道，他也得听听迦玛小姐怎么说法。脱罗倍认为房东一点没有改变，迦玛小姐一向是这样的；即使有些使性的地方，他也乐于迁就，因为知道那位可敬的小姐心肠好得不得了，性情和顺得不得了。她脾气略微有些异样是由于她害着肺病，有许多痛苦，而她还表现出真正基督徒的克制工夫，忍着不说……最后他告诉副堂长："只要多住几年，就会知道迦玛小姐的价值，看出她品性高尚的许多好处来。”

皮罗多告辞出来，心里老大不好意思。他既然没法同别人商量，就用看待自己的眼光去判断迦玛小姐。老好人以为出门几天，老姑娘对他的仇恨没有了养料，就会平下去的。暮秋时节，都兰[1]地区多半天气晴和，特·李斯多曼太太照例要在乡下住一个时期；皮罗多决定像从前一样去逗留几天。可怜的家伙！这一下他的死冤家真是求之不得了；殊不知要破掉迦玛小姐的诡计，只有拿出修道士一般的耐性才行。皮罗多既不能预料以后的发展，也弄不清他遭到的究竟是怎么回事，只能像羔羊似的听凭屠夫一槌子打死。

特·李斯多曼太太的产业坐落在一条堤岸上，介乎都尔城和圣·乔治山陵之间，屋子朝南，四周全是岩石，兼有乡居的野趣和都市的娱乐。因为从都尔大桥走往那所叫作云雀的别庄要不了十分钟：这一点在人人懒得动弹，便是为了寻欢作乐也不愿多劳驾的地方，特别可取。皮罗多神甫在云雀别墅住到十天光景，有天正在吃早饭，门房通报说有位卡隆先生要见他。卡隆先生是个律师，一向经办迦玛小姐的事务。皮罗多一时记不起来，只觉得自己跟谁都没有纠纷，离开饭桌去见律师的时候，心里十分焦急。他看见律师不拿架子，随便坐在阳台的栏杆上等着，见了他就说：

“既然先生不想在迦玛小姐家住下去的意思表示得很清楚……”

皮罗多神甫打断了他的话，叫道：“喂，先生，我从来没想到

---

①法国古行省名称，首府便是都尔。

要离开她的屋子啊。”

律师回答说：“可是先生一定在这个问题上对小姐有所表示，因为她托我来问你是否在乡下久住。长时期的出门，你合同上并没提到，自然可以引起敝当事人的异议。现在迦玛小姐认为你的寄宿……”

皮罗多诧异之下又截住了律师的话，说道：“先生，那也不必用近乎法律手续的办法来和我……”

卡隆说：“迦玛小姐为了免得将来多纠纷，托我来和你谈判。”

皮罗多回答说：“那么请你明天再劳驾一次，我这方面也得商量商量。”

“好吧。”卡隆说着，起身告辞。

办公事的家伙走了。可怜的副堂长发觉迦玛小姐死不放松的紧盯着他，慌得要命，回进特·李斯多曼太太家的饭厅面无人色。大家一看他的形景，争着问：

“皮罗多先生，出了什么事啊？”

神甫垂头丧气的坐下，一句话都答不上来，脑子里模模糊糊的全是倒霉的景象。吃过早饭，客厅里生着很旺的火，皮罗多的好几个朋友团团坐下，他一五一十把失意事儿很天真的说出来了。那些听众在乡下已经住得有些腻味，对这桩十足内地式的纠葛大感兴趣。个个人站在神甫一边，派老姑娘的不是。

特·李斯多曼太太对他说：“脱罗倍神甫想抢你的房间，难道你看不出吗？”

写到这里，我这个记载历史的人[①]大可形容一番特·李斯多曼太太的相貌；但是转念一想，即使有些读者不知道斯悌恩关于姓名和性格的说数[②]，单是嘴上念一念特·李斯多曼太太这几个字，也想象得出她是一个高贵尊严的女子，热心宗教而并不古板，因为她还保存君主时代和古典时代的生活习惯，颇有那种老派的风度；举止高雅；心肠很好，只是有些固执；说话略微带些鼻音；还敢念《新哀络绮思》[③]，看喜剧，单单梳头而不戴帽子。

“皮罗多先生不应该向那个刁钻促狭的老东西让步，”特·李斯多曼先生说。他是海军少校，正在叔母家过假期。“只消副堂长有胆气，肯听我的话，保证他不久就能过太平日子。”

接着每个人都拿出内地人特有的聪明来分析迦玛小姐的行为。我们不能不承认，不管你行事的动机多么隐秘，内地人自有本领赤裸裸的揭露出来。

一个熟悉当地情形的老年地主说道：“哎，你们都不懂。这件事骨子里很严重，究竟怎么样我一时还弄不明白。脱罗倍神甫心思很深，不会让你们一猜就中的。亲爱的皮罗多眼前吃的亏才不过是开头呢。第一，即使把房间让给了脱罗倍，能不能从此太平安乐呢？我看不见得。”他转身朝着发愣的神甫说：“既然卡隆跑来说你想离开迦玛小姐的屋子，毫无疑问是迦玛小姐有心赶

---

①巴尔扎克有心把《人间喜剧》作为一个时代一个民族的风俗史，故小说中常以历史家自命。

②十八世纪的英国作家斯特恩在所著小说《项狄传》中说，人的姓名与性格大有关系；巴尔扎克很相信这个理论。

③卢梭的《新哀络绮思》是有名的爱情小说。严格的教徒往往不看这一类的小说，也不看喜剧。

你出门……你愿意也罢，不愿意也罢，非离开不可。她们那种人从来不做一桩冒险的事，没有把握绝不动手。”

那老乡绅叫作特·波旁纳先生。他所代表的外内地思想，和伏尔泰代表的十八世纪精神一样完全。老头儿又瘦又干瘪，衣着非常随便，这一点最能说明他田产的数目受到一州的重视。他的脸被都兰的太阳晒得紫堂堂的，相貌与其说是富于机智，不如说是精明。平时说话都掂过斤两，做事都用过心思，表面上装作忠厚，遮盖他的细心谨慎。便是你粗枝大叶打量一下，也能发现他和诺曼底的农民一样，跟人打起交道来没有一回不占便宜。都兰人最喜欢研究酿酒学，特·波旁纳先生便是这方面的专家。他有一处产业，大块的草原缺一只角，他侵占了洛阿河中的沙洲补完全了，公家竟没法和他打官司。人家看他有此手腕，认为他是个能干家伙。要是你对特·波旁纳先生的谈吐听出味道来，想从都兰人口中打听他的历史，所有妒忌他的人会异口同声的回答你：“噢！他是只老狐狸！”而说这种话的人着实不少。在都兰正如大多数的内地一样，语言的精华就建筑在嫉妒上面。

大家听着特·波旁纳先生的意见一时不出声了，小集团的人好像都在仔细考虑。那时佣人通报沙罗蒙·特·维勒诺阿小姐来了。她想帮助皮罗多，特意从都尔赶到，而她带来的消息完全改变了事情的面目。她未到之前，除了那地主之外，个个人劝皮罗多靠着当地的贵族撑腰，跟脱罗倍和迦玛见个高下。

沙罗蒙小姐说：“掌管人事的副主教最近病了，总主教发表脱罗倍神甫做代理。因此任命教区委员的权现在完全操在他手中。可是昨天波阿兰神甫在特·拉·布洛蒂埃小姐家提到，皮罗多神甫给迦玛小姐许多麻烦，口气好像咱们这位忠厚的神甫活该倒霉。他说：‘皮罗多神甫必须有夏波罗神甫指点才行；自从那位道行高卓的教区委员过世之后，事实证明……’接下去便是一大堆捏造和中伤的话，不必细说了。”

特·波旁纳先生郑重其事的说道：“脱罗倍一定当上副主教了。”

特·李斯多曼太太望着皮罗多道：“你说你挑哪一样，当教区委员呢还是在迦玛小姐家住下去？”

“当然是挑教区委员啰！”大家众口一词的代皮罗多回答。

“既然如此，”特·李斯多曼太太接着说，“就得向脱罗倍神甫和迦玛小姐认输。他们打发卡隆来看你，不等于间接表示你要肯让出屋子，就给你当委员么？这就叫作有来有往！”

个个人称赞特·李斯多曼太太想得细到，看得透彻。唯有她的侄儿特·李斯多曼男爵用滑稽的口气对特·波旁纳先生说：

“我倒想叫皮罗多和迦玛打一仗呢。”

可是对副堂长说来非常不幸，在上流社会和有脱罗倍撑腰的老姑娘之间，并不势均力敌。不久斗争就要变得形势分明，范围扩大到意想不到的程度。按照特·李斯多曼太太和她大多数朋友的主意，派了一名当差去请卡隆。那般人过着空虚的内地生活，这场风波正好让他们提提精神，兴奋一下。办公事的家伙来得极快，对这一点只有特·波旁纳先生暗暗吃惊。

那个无名的腓俾阿斯[1]用心想了想，觉得都兰的名利场中颇有些阴谋诡计。他说：“事情没弄清楚以前，还是不要作决定的好。”

---

①纪元前三世纪时罗马的独裁者，以足智多谋见称于史。

他想点拨皮罗多，要他知道处境危险。但当时大家动了感情，老狐狸的智慧不起作用，他的话不曾引起多大注意。律师和皮罗多谈判的时间并不长久。皮罗多慌慌张张回进来说：

“他要我写一张声明撤回的字据。”

海军少校问：“这个吓人的字怎么解释？”

特·李斯多曼太太也叫起来：“什么意思呢？”

特·波旁纳先生吸着鼻烟回答：“意思很简单，就是要神甫声明自愿从迦玛小姐家搬走。”

特·李斯多曼太太望着皮罗多说：“仅仅是这样吗？那你签字就是了！倘若你当真决定搬出来，表明你的意志有什么害处？”

说到皮罗多的意志，那真是天晓得了！

“话是不错，”特·波旁纳先生说着，使劲关上鼻烟壶，那手势包括的意义太多了，简直没法说明，“不过笔迹落在外面总是危险的，”他补上一句，随手把鼻烟壶搁在壁炉架上，脸上的表情叫副堂长大吃一惊。

皮罗多心乱如麻；自己毫无防备，事情却接二连三的发生；对他的孤独生活关系最重大的事，他的朋友们打发得如此轻易：这种种情形使皮罗多心神恍惚，待着不动，好似掉在云端里，一无思想。在座的人你一句我一句，话说得又多又快，皮罗多一边听一边想弄清他们的意思。他拿着卡隆先生的文件看起来，仿佛全副精神都在律师的稿子上，其实他是心不在焉。他在文件上签了字，承认他自愿搬出迦玛小姐家，也不再按照原来的协议在她家寄饭。

副堂长签过字，卡隆收起文件，问他的东西送往哪儿。皮罗多给了特·李斯多曼太太家的地址。那位太太已经点过头，表示同意把神甫招留几天，满以为他不久就能升任教区委员。特·波旁纳先生要求看看那份放弃居住权的文书，卡隆递给了他。

特·波旁纳先生念过了，问副堂长：“原来你和迦玛小姐订过合同，合同在哪儿呢？有些什么条件呢？”

副堂长回答说：“合同在我家里。”

特·波旁纳先生问律师：“你知道不知道内容？”

“不知道，先生。”卡隆说着，伸出手来要回那该死的笔据。

特·波旁纳先生心上想：“哼！律师先生，合同的条款你全知道，只是你用不着告诉我们罢了。”

他随手把弃权的字据交还律师。

“唉！我所有的家具放到哪儿去呢？”皮罗多嚷道，“还有我的书，我的漂亮书柜，我的美丽的图画，我红客厅里的东西，还有一切动用家私？”

可怜虫好像被连根拔起了一样，灰心绝望的神态那么天真，活活表现出他生活单纯，对人事一窍不通；特·李斯多曼太太和沙罗蒙小姐尽量安慰他，口气像母亲哄孩子，答应给他一样玩具似的：

“不要为这些小事发急好不好？我们总能替你找到一所屋子，不像迦玛小姐家那么冷那么黑。万一碰不到你合意的地方，我们之中无论哪一个都能招待你，代理膳宿。得啦得啦，来玩一局脱里脱拉[①]吧。明儿你去拜访脱罗倍神甫，请他在教区委员这

①这是一种用棋子、骰子和有格的木盘玩的游戏。

件事情上帮帮忙，他一定对你另眼相看，你等着瞧吧。”

懦弱无用的人最容易惊慌，也最容易安心。可怜的皮罗多想着住到特·李斯多曼太太家去的远景，心里飘飘然，竟忘了渴望多年而舒舒服服享受过来的福气从此烟消云散，一去不返了。可是晚上没睡熟以前又大大烦恼起来，先是搬家的麻烦，改变习惯的麻烦，对于他那种人简直是世界到了末日；他憋着这些苦闷千思百想，不知哪儿再能找到一个放书柜的地方，跟从前的游廊一样合适。图书狼藉，家具碰坏，生活变得乱七八糟的景象就在眼前：他不由得翻来覆去的私忖，为什么住在迦玛小姐家的第一年那样温暖，第二年这样苦不堪言。他的倒霉事儿始终是一口无底的井，叫他的思想陷在里头摸不着边际。他认为遭了这许多灾难，教区委员的职位已经不足以补偿，觉得自己的生活像只袜子，破了一个洞，所有的网眼就一齐散光。固然他还有个沙罗蒙小姐；但多年的美梦破灭之后，可怜的神甫也不敢再信托新朋友了。

在心情痛苦的老处女群中，尤其在法国，许多人拿出英勇的精神把生命贡献给高尚的感情。有的为早死的情人坚贞守节，为爱情牺牲，做到不嫁也等于嫁了一样。有的一心一意为门户增光，不管时下家庭观念如何一天天的淡薄，令人痛心，她们照样替兄弟管理产业，或者抚育父母双亡的子侄；她们虽是处女，跟做母亲的并无分别。这一类的老姑娘把妇女特有的感情全拿去救渡人间的苦难，可以说是最壮烈的女性。她们放弃了应得的报酬，只接受分内的痛苦，使女性的面目达到理想的境界。在那种情形之下，她们的生活由于舍身忘我而显得光辉灿烂，男人对着她们憔悴的面容不能不肃然起敬。特·松布滦伊小姐[1]既非少女，亦非妇人，过去和将来永远是一首不朽的诗篇。

沙罗蒙小姐便是这一等英勇的女子。她受尽日常的苦楚而得不到一点光荣，所以她的牺牲特别伟大，近于殉教性质。她年轻貌美，和一个男人相爱，不料这未婚夫发了疯。五年工夫，她凭着爱情的力量服侍情人，照管可怜虫的生活起居，对疯狂的心理体会极深，甚至于不觉得情人失去理性[2]。她举止朴素，说话爽直，苍白的脸虽然长得端整，也不无特色。她从来不提以往的事。不过有时听到骇人的或凄惨的故事会突然发抖，显出她受过极大的苦难，心肠特别软。未婚夫死后，她住到都尔来，可是没有人赏识她真正的价值，大家只说她是个好人。她做许多善事，天生爱亲近弱者。就因为此，她非常关切可怜的副堂长。

沙罗蒙·特·维勒诺阿小姐第二天一早进城，带着皮罗多同去，让他在大堂河滨道下车，走往游廊场。皮罗多急于赶到那儿，想至少抢救他教区委员的职位，同时监督家具的搬运。那所屋子他进出了十四年，住也住过了，本想学他朋友夏波罗的样太太平平老死在那儿，谁知被放逐出来，永远回不进去。他在门上拉铃的时候，不由得心跳得厉害。玛丽阿纳见了副堂长表示诧异。副堂长说来拜访脱罗倍神甫，径自往教区委员住的底层走去；不料玛丽阿纳把他喊住了，说道：

“副堂长，脱罗倍神甫不在那儿了，他住在你的老房间里。”

---

①玛丽·特·松布滦伊十八岁时，在1792年9月的大屠杀中奋不顾身，救出父亲性命。

②这个故事见巴尔扎克另外一部小说《路易·朗倍》。

副堂长听着浑身发冷。他这才了解脱罗倍的本性，看出长期策划的仇恨多么深；因为他发现脱罗倍占据着夏波罗的书房，坐着夏波罗的精致的哥德式靠椅，不用说也睡了夏波罗的床，动用夏波罗的家具，盘踞在夏波罗的心坎里，取消了夏波罗的遗嘱，把夏波罗的朋友所得的遗产一手抢去。为什么呢？因为夏波罗把他脱罗倍封锁在迦玛小姐家，都尔的高门大族一家都不让进去，使他一步不得高升。

眼前这个突如其来的变化是什么魔术变出来的呢？难道这一切东西已经不属于皮罗多了吗？一看脱罗倍瞧着书柜冷笑的神气，可怜的皮罗多觉得未来的副主教十拿九稳能把敌人的遗物永久霸占下去的了。脱罗倍恨死了夏波罗，因为夏波罗是他的敌人；也恨死了皮罗多，因为在皮罗多身上仍旧看到夏波罗。可怜虫对着当前的景象冒起无数的念头，迷迷糊糊赛过做梦。他站在那儿一动不动，被脱罗倍目不转睛的望着，仿佛把他的魂都勾去了。

“先生，”皮罗多终于开出口来。“我想你总不至于没收我的东西吧？迦玛小姐即使性急，要你住得舒服一些，也得让我理好书，搬走家具才对。”

脱罗倍神色自若，没有一点儿激动的样子，只冷冷的说道：“先生，昨天迦玛小姐通知我，说你走了，原因我还不知道，她要我搬到这儿来是出于不得已。我的房间给波阿兰神甫租去了。我不晓得这几间屋里的东西是不是迦玛小姐的；倘是你的，你知道她做人规矩：她的高洁的生活便是诚实不欺的保证。至于我，你并非不知道我生活多么简单。一无所有的房间，我睡了十五年，根本不在乎潮气，我的身体就是这样慢慢弄坏了的。不过你要愿意回到这屋子里来，我很乐意退还给你。”

听到这两句刺心的话，皮罗多忘了活动教区委员的事，赶紧下楼去找房东，脚步跟年轻人一样快。在底下接连正屋，铺着石板的宽大的楼梯台上，他遇到了迦玛小姐。

迦玛小姐嘴角上微微堆着笑容，神气又挖苦又强横，眼睛里射出一团火，亮得像老虎眼睛。皮罗多完全没注意到这些，只顾行着礼说道：

“小姐，我弄不明白怎么你不等我来搬走家具……”

小姐打断了他的话，回答说：“怎么！你所有的东西不是全送往特·李斯多曼太太家去了么？”

“我的家具呢？”

“咦，难道你没看过你的合同？”老姑娘的声音要用音符记录下来，才显得出仇恨会使每个字儿的轻重有多么微妙的变化。

那时迦玛小姐的身子似乎变得格外高大，眼睛更亮了，脸也开朗起来，浑身上下快活得直打哆嗦。脱罗倍神甫在楼上推开一扇窗，手里捧着一册对开本的书，好似嫌室内光线不足。皮罗多像触电似的待在那里。迦玛小姐嗓音和喇叭一般响亮，对着皮罗多的耳朵直嚷：

“不是早讲好的吗，你要搬走的话，你的家具都得归我，偿还你比夏波罗神甫少付的膳宿费？现在波阿兰神甫升了教区委员……”

皮罗多听到最后一句，有气无力的弯了弯腰，仿佛向老姑娘告辞，随即急急忙忙走了。他生怕多留一会儿会当场昏倒，给两个死冤家看着更得意。他走路像喝醉了酒，好容易捱到特·李斯多曼家，在一间矮矮的房里看见一口大箱子，装着他的内外衣服和纸张文件。面对着残余的劫灰，倒霉的神甫坐下来，双手蒙着脸，免得旁人看见他哭。波阿兰神甫当上了教区委员！而他皮罗多竟落得无家可归，囊无分文，连家具都光了！幸而沙罗蒙小姐坐着车经过。特·李斯多曼家的门房知道可怜虫伤心，便唤住车夫，上前和沙罗蒙小姐说了几句。半死不活的副堂长被人扶到他忠实的朋友身边，只会说几个不连贯的单字。本来头脑不大灵清的人临时又糊涂起来；沙罗蒙小姐看着吃了一惊，立刻送他上云雀别墅，满以为他神经失常的征兆是波阿兰神甫升级的消息引起的。皮罗多自己都不知道和迦玛小姐订的合同有多大影响，沙罗蒙小姐当然无从得知。有时最悲痛的事也会参杂滑稽的成分：皮罗多古古怪怪的回答，沙罗蒙小姐听着几乎笑出来。

他说："夏波罗的话不错。真是个野兽！"

"谁啊？"沙罗蒙小姐问。

"夏波罗。我什么都被他抢去了！"

"你是说波阿兰吧？"

"不是的。脱罗倍。"

到了云雀别墅，朋友们争着安慰神甫，表示热烈关切；傍晚他终于安静下来，说出早上的经过。

头脑冷静的地主少不得讨合同来看；他从隔天起就觉得事情的奥妙全在合同上。皮罗多从口袋里掏出那该死的文书递给特·波旁纳先生，特·波旁纳先生很快的念下去，一会儿就发现这么一条：

由于甲方索菲·迦玛按照上开条件同意接受乙方法朗梭阿·皮罗多的膳宿费，与已故的夏波罗先生所付的膳宿费每年有八百法郎差额；由于乙方法朗梭阿·皮罗多确切承认，在若干年内无力支付迦玛小姐的房客所付的膳宿费，尤其是脱罗倍神甫所付的膳宿费；又由于甲方索菲·迦玛为乙方皮罗多代垫的各项费用；乙方皮罗多自愿在亡故之日，或在任何时期不论以任何理由自动迁出现住房屋，而不再享受甲方迦玛小姐按上开条件所承担的义务时，将遗下家具拨归甲方迦玛小姐所有，以偿还甲方损失……

特·波旁纳先生叫道："哎唷！竟有这样的合同！那个索菲·迦玛太辣手了！"

可怜的皮罗多像小孩儿一般的脑子里，万万想不到有朝一日会闹出事来要离开迦玛小姐，他死心塌地打算老死在迦玛家。合同上订的那一条他完全忘了，订的时候也根本没有讨论，觉得条件很公平。当时只要答应他住进去，叫他签无论什么文件都行。这样的天真太了不起了，迦玛小姐的行事太恶毒了，六十多岁的神甫遭到这个命运太惨了，那样的忠厚软弱也太可怜了；特·李斯多曼太太一时动了义愤，叫道：

"是我劝你签了搬家的笔据，受到这样的损失；我替你惹祸招殃，应当还你幸福。"

老乡绅道："可是那合同构成诈欺行为，可以提起诉讼的呢……"

特·李斯多曼男爵道："好！让皮罗多去告她一状。要是在都尔打输了，到奥莱昂去上诉；奥莱昂打输了，到巴黎去上诉，反正是稳赢的。"

特·波旁纳先生冷冷的接口道："倘使要告状，我劝他先辞掉副堂长。”

特·李斯多曼太太道：“咱们去请教律师。应当告就告。迦玛小姐做出那种事来太丢人了，脱罗倍神甫也要受累不浅，他们不能不多少让步一些。”

经过郑重讨论，个个人答应皮罗多神甫将来跟迦玛一帮交起手来，帮助皮罗多。个个人都有一种确切的预感，有一种无法形容的内地人的本能，使他们自然而然把迦玛和脱罗倍两个姓氏连在一起。但所有当时在特·李斯多曼家的人，除开老狐狸，没有一个清清楚楚看出这样一场斗争关系多么重大。特·波旁纳先生把神甫拉在一边，轻轻和他说：

“在场十四个人，过了半个月没有一个会再给你撑腰。那时你要求救的话，恐怕只有我还有胆子回护你，因为我熟悉内地，熟悉人物，熟悉事情，而更有用的是熟悉各方面的利害关系！你所有的朋友，尽管一片好心，叫你走的是一条绝路，没有退步的。让我劝你一句：你要想日子太平，最好放弃副堂长的职位，离开都尔。别说出你往哪儿去，想法当一个远地的本堂神甫[1]，要脱罗倍碰不到你的地方才行。”

“离开都尔？”副堂长惊骇的神气简直无法描写。

要他离开都尔等于要他性命。那岂不是把他立足在世界上的根须一齐斩断了吗？独身的人往往拿习惯代替感情。这种心理使他们不像在世界上过活，而只是从世界上经过；再加上性格软弱，他们就彻头彻尾的受环境控制。因此皮罗多变得像一种植

①本堂神甫只主管一个普通的教堂，地位远不及大堂的副堂长。即同为本堂神甫，地位也随着教堂的大小而异，偏远地区的或是乡村的本堂神甫亦远不及通都大邑的本堂神甫。

物：搬个地方就不能再无忧无虑的开花结果。树木要存活，必须时时刻刻吸收同样的液汁，根须必须老是埋在原来的泥土之下；同样，皮罗多必须永远在圣·迦西安大堂中奔来奔去，永远在都尔公园里经常散步的地方打转，永远走那几条街，每晚到三份人家去玩韦斯脱或脱里脱拉。

“啊！我没想到这一层。”特·波旁纳先生回答的时候带着怜悯的神气望着神甫。

都尔城中不久都知道，前特·李斯多曼中将的寡妇特·李斯多曼男爵夫人，收留了圣·迦西安大堂的副堂长皮罗多神甫。这件事虽然还有许多人表示怀疑，已经分出了是非曲直，分出了党派，尤其在沙罗蒙小姐第一个大着胆子说出欺诈和告官的话以后。凡是老姑娘总是面皮特别嫩，脾气特别固执；因此迦玛小姐觉得特·李斯多曼太太所取的立场大大的伤害了她。男爵夫人地位高，人品也高；她的风雅的趣味、优美的举动、奉教的虔诚，都是一致公认的事实。男爵夫人收留皮罗多，等于把迦玛小姐说的每一句话都斩钉截铁的驳回了，也等于谴责迦玛的行为，承认副堂长怪怨他从前的房东是对的。

老婆子们判断别人的行为自有她们聪明的眼光和分析的能力；我们必须说明一下这种眼光和能力帮了迦玛小姐多少忙，也得说明迦玛一帮的势力从哪里来的，读者才能了解这个故事。迦玛小姐经常由一声不出的脱罗倍陪着，晚上到四五家人家去玩儿。那些地方大概有十一二个常客，由于趣味相同，地位相仿而结合起来的。其中有一两个老头儿，感染了家里女佣人们的兴趣和多嘴的习惯；还有五六个老姑娘，整天注意着街坊邻舍，以及社会上地位比她们高或是低的人，磨勘他们的说话，追究他们的活动；最后还有好几个老婆子，专门传播人家的丑事，把人家的财产记得清清楚楚，批判别人的作为，预测人家的亲事，说这个不对，那个不好，不管说的是敌人还是朋友，嘴皮都一样刻薄。

那些人全住在城里，分布的方式像植物的毛细管；他们收集每份人家的新闻和秘密，像树叶吸收露水那样不胜饥渴，也像树叶把吸来的水分输送给枝干似的，自动把材料传达给脱罗倍神甫。

人人都需要情绪上有些刺激，那般假仁假义的酸老太婆每天晚上把城里的局势算一笔清账，目光的犀利不亚于十人会议[①]，受着感情唆使而做的间谍工作又很可靠，使她能监视社会。等到弄清楚了一件事情的内幕原因，她们为了顾面子，还吸收本集团的智慧，在各人圈子里提到的时候口气好像只不过是闲谈。这帮口一方面是无所事事，一方面又非常活跃，一方面无声无臭，一方面说话说个不停；你看不见他，他却无所不见。他们的势力表面上好像人微言轻，不足为害，但一朝被重大的利益鼓动起来就很可怕。以性质的严重，对每个人的关系而论，像皮罗多仗着特·李斯多曼太太帮扶，跟脱罗倍神甫和迦玛小姐交手的事，在那个帮口中人的生活圈子里好久没有发生了。

原来迦玛小姐来往的一些人家一向把特·李斯多曼、特·拉·布洛蒂埃、特·维勒诺阿三家看做冤家对头。骨子里那种摩擦无非是小集团思想和小集团的虚荣心作怪，有如耗子窝里的罗马平民与罗马贵族之争，或者像孟德斯鸠提到圣·玛兰共和邦时说的，一杯水里的大风浪；据说在那个共和邦内太容易

①十八世纪以前威尼斯共和邦是贵族当权的寡头政治，以十人会议为最高权力机关。

专权，所以公家的职位任期只有一天[1]。但这种风浪在大众心里掀起的热情，不亚于支配国家大事所需要的热情。认为只有胸怀大志，生活骚乱不宁的人才觉得时间过得飞快，是完全错误的。脱罗倍神甫就和野心家、赌徒、情人的时间过得一样快，一样紧张，一样心事重重，希望与失望的波动一样大起大落。为了暗地里战胜别人，打破难关，克服自己，我们所消耗的精力只有上帝知道。不过我们即使弄不清自己往哪儿去，旅途的辛苦还是感觉得很清楚。假如写历史的人可以把他说的戏[2]暂停片刻，临时当个批评家，请读者看看那些老处女和两位神甫的生活，研究一下毒害他们生命的灾难是什么原因造成的；那么你们或许会发现，一个人必须具备某些热情，方始能发挥他的长处，使得生活有气魄，天地变得广阔，而万物所共有的自私的本能也不至于爆发出来闯祸了。

特·李斯多曼太太回到城内，并没知道五六天来外边传说她对侄儿的感情有些不清不白的动机，她的好几个朋友已经不得不代她驳斥；这种谣言即使给特·李斯多曼太太听到也只会好笑。她带着皮罗多去见她的律师，律师认为案子并不好办。副堂长的朋友们或者觉得理直气壮的官司不用着急，或者因为不与本人直接相干，懒洋洋的并不上劲，预备拖到他们进城以后再

---

①孟德斯鸠在《法意》第二编第三章中提到亚得利亚海岸上的古国拉哥萨，说那个共和邦的元首任期只有一月，其他官吏的任期只有一星期，宫堡总管任期只有一天。他并未提到圣·玛兰共和邦，也没有一杯水里的大风浪的话。

②巴尔扎克写的小说既以《人间喜剧》为总称，故常把一部小说作为一幕或一场戏看待。

说。迦玛小姐的朋友们却趁此机会先下手，把事情说得对皮罗多神甫十分不利。

特·李斯多曼太太的律师，业务全靠本地一般热心宗教的人照顾。他使特·李斯多曼太太很奇怪，竟劝她不要发动这桩诉讼，谈话结束的当口还声明他绝不承办，因为根据合同，迦玛小姐在法律上并没有错；倘若丢开法律，只讲情理，那么在法官和正派人眼中，皮罗多跟大家过去对他的印象相反，不像一个和平、妥协、宽厚的人；迦玛小姐却是出名的性情和顺，容易相处；当初皮罗多承继夏波罗神甫的家具需要付一笔费用，迦玛小姐帮皮罗多忙，借钱给他，根本不曾要他出收据；并且以皮罗多的年龄与性格来说，也不会不知道内容，不晓得轻重，就贸贸然签文件的；皮罗多的朋友夏波罗在迦玛小姐家住过十二年，脱罗倍住了十五年，皮罗多住了两年就离开，必有他的主意，他自己心里明白；因此向迦玛小姐提出诉讼只显得他忘恩负义……诉讼代理人送客出去，让皮罗多先往楼梯走前几步，把特·李斯多曼太太拉在一边，劝她为安宁起见，千万别卷入漩涡。

当晚牌局未开始之前，特·李斯多曼太太府上的宾客围在壁炉四周；可怜的副堂长心中的焦急，活像皮赛德勒监房[1]中的死囚等待上诉的结果，少不得向朋友们说出律师的结论。

特·波旁纳先生道："除了进步党的诉讼代理人，我看都尔没有一个讼师肯接受你的案子，除非有心要你败诉；而且我也不劝你冒这个险。"

海军少校嚷道："啊！太卑鄙了！让我陪神甫去见那个诉讼

①法国塞纳州比赛德勒村上有个大救济院，收留老人和疯子，同时也监禁浪子及判处苦役而尚未执行的罪犯。

代理人。”

特·波旁纳先生打断他的话，说道：“那还得等天黑了再去。”

“为什么？”

“我才听说脱罗倍神甫发表了副主教，补前天过世的那一位的缺。”

“我才不怕脱罗倍神甫呢。”

特·波旁纳先生向特·李斯多曼男爵递了一个眼色，要他说话留神，在座有一个州长公署的参议是脱罗倍的朋友；不幸那三十六岁的男爵完全没注意，还接着说：

“倘若脱罗倍神甫是个小人……”

特·波旁纳先生拦着他说：“哎！事情跟脱罗倍神甫全不相干，为什么扯到他身上去呢？……”

男爵道：“皮罗多神甫的家具不是他在动用享受吗？我记得去过夏波罗屋里，看见有两幅贵重的画，比如说值一万法郎吧……难道皮罗多先生在迦玛家住上两年就有心送她一万法郎不成？何况单是书柜家具差不多已经值到这个数目了！”

皮罗多神甫听说他有过这么大的家私，眼睛睁得很大。

男爵逞着意气往下说：“真是岂有此理！巴黎美术馆的前任顾问沙尔蒙先生正在都尔探望岳母。我今晚陪皮罗多先生去请他把两张画估一个价钱；从那边出来再带神甫去找诉讼代理人。”

那次谈话过后两天，打官司的事有了眉目。进步党[1]的诉讼

①法国王政复辟时代（1815—1830）的进步党是反政府的党派。

代理人接了皮罗多的案子，对副堂长影响非常不好。反对政府的人和出名不喜欢教士或宗教的人原是两回事，许多人却混为一谈；而当时的反政府派和反教会派的确都利用那件案子来掀风作浪，城里也到处议论纷纷。美术馆的前任顾问把华朗丹的《圣母像》和勒勃仑的《基督像》估作一万一千法郎，两幅画都是极精的作品。至于书柜和哥德式的家具，在巴黎正是越来越走红的东西，按照市价暂定为一万二。顾问先生细细鉴定之下，认为全部家私值到三万。皮罗多欠迦玛小姐的钱为数极微，当然无意送她一笔那么大的款子；在法律上讲，合同的条款应当修改才对，否则老姑娘便是存心诈欺。进步党的诉讼代理人一上手把迦玛小姐告了一状。状纸虽然措辞尖刻，但根据着某些条文，援引了几条最高法院的判例，法理严密，不失为一篇精彩的文字，把老姑娘的罪状数说得清清楚楚。反对政府的人看上了这张诉状，恶意印成三四十份传单在城里分发。

前一个时期，海军部透露要提升一部分人员，特·李斯多曼男爵以海军少校的身份希望第一批名单上就有他的名字。不料皮罗多和老姑娘正式决裂以后几天，男爵收到一个朋友的信，说部里有风声要编他入预备役了。男爵知道了大为惊诧，立即赶往巴黎，候着部长下一次的晚会就去拜访；部长对那个消息也表示十分奇怪，听到男爵说出心中的忧虑笑起来。第二天，男爵不管部长那么说，又上科室去打听。各部分的主管对朋友们泄露机密是常事，当下一位秘书拿出一项手续齐备的公事，因为司长病了，耽搁下来，还没有送给部长去批。坏消息果然证实了。

特·李斯多曼男爵赶紧找他的一位叔叔，他以议员资格能在国会里立刻见到部长。男爵托叔叔探问部长大人的意思，因为一进预备役，他的前程就完啦。他在老叔车中等议会散会，心里急做一团。会议没有完，议员老早就出来了，坐车回府的路上对侄儿说：

“真是见鬼！怎么你会去攻击教士的呢？开头部长告诉我，你在都尔做进步党的头儿！你言论荒谬，你不遵守国家的政策……部长说话躲躲闪闪，拐弯抹角，好像还在议会里发言。我对他说：还是开门见山，有话直说吧！部长大人这才说出你得罪了宫廷大祭司。后来我向几个同僚一打听，知道你提起一个叫作脱罗倍的神甫，口气非常轻薄。那脱罗倍表面上只是副主教，可是在内地是个最重要的人物，坚信会①的代表。我在部长面前替你拍了胸脯。哎，侄少爷，你要趱奔前程，千万别让教会和你作对。赶快上都尔去，跟那该死的副主教讲和。你该记住：凡是副主教，你见了都得客客气气。此刻我们大家都在复兴宗教，一个希望升级的海军少校偏偏来拆教士的台，岂不荒唐！要不同脱罗倍神甫言归于好，以后别来找我，我不认你了。刚才宗教事务部长和我提到那家伙，口气之间竟是未来的主教。脱罗倍要和咱们一家结了仇，就会捣蛋，不让我进下一届的贵族院。明白没有？”

海军少校听了这一席话才懂得脱罗倍的秘密活动；皮罗多以前还傻支支的说过：“不知他更深夜静干些什么。”

为了教区委员在那般手段巧妙，在内地做着监视工作的女人堆里所占的地位，也为了他的才干，坚信会在当地所有的教士中间挑上了他，让他在都兰地区做一个不出面的小霸王。总主教、将

①这是旧教教会中的一个帮口，屡起屡灭，从十六世纪起出现过好几次。此处所指的是1810年组织的，在查理十世（1824—1830）治下势力极大，到路易·菲利普上台方始消灭。

军、州长，大大小小的人物骨子里全逃不出他的手掌。特·李斯多曼男爵马上打定主意，回答老叔：

“我自己船舷底下吃过了教会的排炮，不想再给他们轰第二次了。”

叔侄俩商量大计以后三天，海军少校突然坐着驿车回到都尔，当晚告诉叔母，倘若他们两人硬要支持脓包皮罗多，特·李斯多曼家看得最宝贵的前途就要遭到危险。老乡绅特·布波旁纳先生打完韦斯脱，去拿手杖帽子，被男爵留了下来。特·李斯多曼和他叔母要摸清暗礁，非仰仗老狐狸的高见不可，而老狐狸也是故意提早去拿手杖帽子，好让男爵凑着他耳朵说：

“慢一步走，咱们有话要谈呢。”

男爵既是匆匆忙忙赶回都尔，得意的脸上又不时露出心中有事，看来很不调和，特·波旁纳先生早就猜到几分，海军少校准是在进攻迦玛和脱罗倍的战役中吃了亏。男爵说出坚信会派副主教的潜势力，特·波旁纳先生并不惊奇，回答说：

“我早知道了。”

男爵夫人叫道：“那么干吗不早通知我们呢？”

特·波旁纳很兴奋的回答：“太太，这个神甫的潜势力请你只当我不知道，我也只当你们不知道。要是泄漏风声，他发觉我们摸到他的底细，他会忌惮我们，恨我们的。还是像我一样只做蒙在鼓里，从此走路小心就是。过去我话说得不少，你们就是没听懂；我又不愿意把事情弄到自己头上。”

男爵道：“现在该怎么办呢？”

丢开皮罗多不管是不成问题的，这是三位参谋心照不宣的先决条件。

特·波旁纳先生回答说：“最高明的将领，拿手杰作就是在退兵的时候能保住面子。向脱罗倍低头吧：他的仇恨心倘若没有虚荣心强，你们可以化敌为友；可是过分屈服了，他会踩在你们头上的；蒲阿罗说得好：斩草除根，就是教会的精神[①]。男爵，你对外只说预备退伍，这样可以逃过他的魔掌。——太太，你把副堂长打发掉，让迦玛小姐争回面子吧。再在总主教那儿问问脱罗倍神甫会不会打韦斯脱，他一定说会。你就请他到这间客厅里来凑一局。他久已要你招待了，准会上门来。你是个女人家，你该想法叫脱罗倍为府上效劳。等男爵升了海军中校，他老叔进了贵族院，脱罗倍做了主教，你要提拔皮罗多当教区委员就轻而易举了。眼前还是低头的好；可是低头要低得有风度，还得带着威吓。府上能给脱罗倍的帮衬，不比脱罗倍能给你们的少；你们一定会如鱼得水，相处得很好。—— 再说，男爵，您是水手，应当随身带着测水的锤子！”

男爵夫人叫道：“可怜的皮罗多！”

地主一边告辞一边说：“噢！赶快解决他。万一撞出一个厉害的进步党把那个没有脑子的家伙抓在手里，你们可受累了。归根结底，皮罗多在法院里还是会占上风，脱罗倍也不能不怕法院的判决。你们动手开火，他还肯原谅；吃过败仗，他可死不甘休了。我的话完啦。”

特·波旁纳先生啪的一声盖上鼻烟壶，过去穿上套鞋，走了。

下一天吃过早饭，男爵夫人单独陪着副堂长，明摆着一副尴

①法国作家蒲阿罗（1636—1711）在诗集《唱诗班》中有此两句，底下一句是：“这等地方才显得出教士的刚强。”

尬面孔，说道：

“亲爱的皮罗多先生，你一定会觉得我的要求太不公道，自相矛盾；可是为了你，为了我们，第一要撤回你告迦玛小姐的案子，放弃你的要求；接着你得离开这儿。”

可怜的神甫听着面无人色。

男爵夫人又道：“我无意之间造成了你的不幸，我知道没有我的侄儿，你不会发动官司，使你和我们一同为难的。可是你听我说……”

她把事情所牵涉的范围之广、后果之严重，简单扼要告诉皮罗多。特·李斯多曼太太隔夜细细想过一番，猜到脱罗倍过去的历史大概是怎么回事，所以她很正确地向皮罗多指出那个包围他的天罗地网，告诉他敌人的雄才大略，权势、仇恨和仇恨的原因；说脱罗倍在夏波罗面前屈服了十二年，对夏波罗咬牙切齿，如今算计夏波罗的朋友实际仍是向夏波罗出气。天真的皮罗多合着手，仿佛为着人间的丑恶向天祈祷，痛哭流涕；在他纯洁的心中，从来没想到有这样卑鄙的事。他像面临万丈深渊一样的恐怖，听着保护人的长篇大论，湿漉漉的眼睛一动不动，也不表示什么感想。特·李斯多曼太太结束的时候说：

“撇下你不管是多么讲不过去，我完全知道。可是，亲爱的神甫，对家庭的责任比对朋友的责任更重要。请你像我一样在大风暴前面退下来，我会表示我的感激的。你的损失用不着提，我一定负责。你生活决无问题。我将来经波旁纳的手，想法使你照样生活，什么都不短少；至于面子，波旁纳也会替你顾到。朋友，请你允许我做一桩对你不起的事。我尽管服从社会的惯例，可始终是你的朋友。请你决定吧。”

可怜的神甫呆住了，叫道：

“夏波罗说过，要是脱罗倍能把他从坟墓里倒拖出来，他一定拖！这话果然不错。他此刻就躺在夏波罗床上。”

特·李斯多曼太太道：“现在不是诉苦的时候。形势紧急，你说怎么样？”

皮罗多心肠太好了，在危急的关头不会不凭着一时的义气马上答应下来。何况他的生活已经变成垂死的挣扎。他回答保护人的时候，伤心绝望的眼神叫男爵夫人看了很难过。他说：

“我完全信托你。如今我只不过是街头巷尾的一根烂梗子了！”

这句都兰的乡谈只有我们说的一根干草[①]的意义可以相比。不过干草还有好玩的，黄湛湛的，又光又亮，孩子们拾到了当作宝贝一般；不比烂梗子是褪了颜色，沾着泥浆，卷在阴沟里翻腾，风吹雨打，被行人踩得不成模样的枯草。

“可是，太太，夏波罗的肖像我不愿意留给脱罗倍神甫；那是特意为我画的，属于我的，希望替我要回，其余的东西我都放弃就是了。”

特·李斯多曼太太道：“既然这样，我就上迦玛小姐家走一趟吧。”

说这句话的口吻显出特·李斯多曼男爵夫人花了很大的劲硬逼自己，预备忍着委屈去满足老姑娘的虚荣心。

她又补上两句：“我要想法把样样事情安排妥帖，可是没有把握。你去找特·波旁纳先生，让他替你把撤回诉讼的呈子正

---

①法国有句俗语形容一个人的落魄，说生命只像一根干草。

式办起来，写好了交给我。再托总主教帮帮忙，或许事情可以了结。”

皮罗多心惊胆战的出去了。脱罗倍在他眼中变得像埃及的金字塔一样大：一双手在巴黎，胳膊肘子在圣·迦西安大堂的回廊底下。

皮罗多心上想：“他！他竟有本领不让特·李斯多曼侯爵进贵族院？……托总主教帮帮忙，或许事情可以了结！”

在这样重大的利害关系前面，皮罗多好像只是一个虱子：他自己也承认了。

皮罗多搬走的消息特别令人奇怪，因为大家摸不到底情。特·李斯多曼太太说侄儿打算成家，退出海军，她要扩充上房，不能不收回副堂长住的屋子。至于皮罗多撤回诉讼，外面还无人得知。

特·波旁纳先生出的主意就这样乖巧的执行了。两个消息传到副主教耳朵里，他的自尊心定会满足，知道特·李斯多曼家即使不投降，至少已经保持中立，对坚信会的势力也表示默认了：默认对方的权势不就等于认输了吗？但案子还在法院里悬而未决。这岂不是一边低头一边威胁吗？

这么一来，特·李斯多曼家在斗争中所处的地位跟副主教完全相同：置身局外而能操纵一切。不料忽然出了一桩大事，使特·波旁纳和特·李斯多曼缓和敌人的计划越发难于成功。迦玛小姐隔天从大堂出来受了凉，上了床，说是病势凶险。城里人就沸沸扬扬，假仁假义的对她表示同情。“迦玛小姐一生清白，这场官司侮辱了她，她受不了。她虽然理直，一气之下也快气死了。皮罗多害了恩人性命……”那个无孔不入的女人帮口所放的空气，内容就是这几句话，都尔城里的人挺高兴的争相传说。

特·李斯多曼太太到了老姑娘家得不到结果，下不了台，便恭恭敬敬要求见副主教。脱罗倍一向被这位太太轻视，如今能在夏波罗的书房中壁炉架旁边接见她，大概心中很得意；双方所争的两幅名画就挂在壁炉架高头。脱罗倍让男爵夫人等了一会才答应接见。朝臣也罢，外交家也罢，不论是谈判私人利益还是国家大事，从来没有比男爵夫人和神甫两个出台照面的时候手段更高明、说话更虚假、心计更深的了。

中世纪的骑士进场比武之前，副手[1]总帮他穿戴盔甲，指点几句，替他打气；同样，老狐狸事先也嘱咐男爵夫人：

“别忘了你扮的角色是和事佬，不是当事人。脱罗倍也是中间人。你每句话都要掂斤估两。副主教的声音语调值得细细推敲。只要他拿手去摸下巴颏儿，你就得手了。”

某些素描家喜欢用漫画来表现心里想的跟嘴里说的不一致，那是谈话之中常有的现象。现在神甫和贵族太太舌剑唇枪交起锋来，若要体会其中的妙处，必须在表面上平淡无奇的说话之下，揭露出双方隐藏的思想。特·李斯多曼太太先表示皮罗多的诉讼使她感到遗憾，然后说希望这件事能在双方都满意的情形之下宣告结束。

神甫口气很严重地说：“太太，祸已经闯下了。贤德的迦玛小姐快死了。(他心上想：那蠢姑娘跟约翰教士[2]一样不在我心上；可是我要把送她性命的责任推在你们头上，叫你们良心不得安

①骑士比武和决斗一样，双方都有副手担任见证，故亦称证人。

②约翰教士是中世纪传说中的一个怪人，据说曾在某处当过教主兼国王，做过许多奇事。

宁，只要你们发傻把事情当真。）”

男爵夫人回答说：“先生，我知道了迦玛小姐的病，就要副堂长撤回诉讼，公事我特意带来，交给那位贤德的小姐。（她心上想：坏东西！你的心思我猜到了。现在我们撇清了自己，看你还能不能诬蔑我们！可是你呀，你要收下了撤回的公事，你就不打自招，承认是同党！）”

双方不出一声，静默了一会。

终于神甫低下大眼皮盖住他的老鹰眼睛，免得泄露心中的情绪，一边说：“迦玛小姐的俗务与我不相干。（嘿！我不上你的当！可是谢谢上帝！那般混账律师不会再把官司打下去带累我了。李斯多曼家这样奉承我有什么作用呢？）”

男爵夫人回答说：“我对皮罗多先生的事正如先生和迦玛小姐的利益一样渺不相关；不幸他们的争执会影响到教会，我出来调解，认为先生也是个中间人……（她想：脱罗倍先生，咱们都心中有数。我话中带刺，你感觉到没有？）”

副主教说：“太太，怎么谈得上影响教会呢？宗教高高在上，不是凡人所能侵犯的。（他想：教会就是我啊！）”又道：“太太，上帝对我们的判断才不会错误，我心目中只有上帝的法庭。”

男爵夫人道：“那么让我们使人间的判决和上帝的判决归于一致吧。（对，教会就是你。）”

脱罗倍神甫换了一种口吻，说道：

“令侄不是去过巴黎吗？（他想：你该知道我的颜色了吧？以前你瞧我不起，我可是能压倒你们。你是来投降的。）”

“是的，先生，多谢你关切。他今晚就得回巴黎，部长对我们太好了，特意召他去，不愿意他退伍。（她想：阴私鬼，你压不倒我们的，你开的玩笑，我知道了。）”

两人静默了一会。

男爵夫人往下说道：“他在这桩纠纷中的行动，我认为不大得体；不过当水手的不懂法律也还可以原谅。（她想：咱们还是联合起来吧，打架对彼此都没有好处。）”

神甫脸上掠过一丝轻微的笑意。

他望着两幅画说道：“令侄要能告诉我们这两件作品的价值，对我们倒大有帮助；这些画挂在圣母堂里也是挺好的装饰品。（他想：你对我放一支冷箭，我回敬你两支；咱们两讫了，太太。）”

“要是神甫把画送给圣·迦西安大堂，请允许我捐献两个框子，绝不辱没作品和挂画的场所。（她想：我正要你承认看中皮罗多的家具。）”

神甫提防得很紧，回答说：“画不是我的。”

特·李斯多曼太太把撤回诉讼的公事往桌上一放，说道：“对啦，这个文件把一切争执都解决了，画也还给迦玛小姐了。（你瞧，先生，我多么信托你。）”接着又道：“先生，像你这样的人，这样高尚的品性，着实有资格出来给两个基督徒排难解纷；虽则我现在不大关切皮罗多先生……”

神甫打断了她的话，说道：“不过他寄宿在府上呢。”

“不，先生，他不在我家里了。（她想：我小叔要进贵族院，侄儿要升级，害得我对不起人。）”

脱罗倍听着不动声色，但他态度越镇静，表示他情绪越紧张。这种表面上的安定就是瞒不过特·波旁纳一个人。那时脱罗倍心中才得意呢！

“那么太太为什么送撤回诉讼的文件来呢？”神甫问这一句的心情，跟妇女要人把奉承话再说一遍的心情差不多。

“我压制不住我的同情心。皮罗多为人懦弱，想必先生也知道；他央我来看迦玛小姐，提出一个要求，既然他放弃了……”

脱罗倍皱了皱眉头。

“放弃了一般名律师所公认的权利……”

神甫拿眼睛直盯着特·李斯多曼太太。

特·李斯多曼太太往下说：“……他希望能收回夏波罗的肖像。该怎么办，请先生做主吧……（她心上想：官司打下去，你非输不可！）”

男爵夫人说出名律师几个字的口气，叫神甫明白她对于敌人的厉害和弱点全知道。这种口吻的谈话继续了好一会，特·李斯多曼太太在内行面前拿出全身本领，脱罗倍神甫终于下楼去把谈判的条件请示迦玛小姐。一会儿就上来回报说：

“太太，病情凶险的迦玛小姐话是这样说的，‘夏波罗神甫待我太好了，我舍不得送掉他的像。’——老实说，倘若那张像是属于我的，无论哪个向我要，我都不给。我对过世的神甫感情始终不变，绝不肯放弃权利，不保存他的肖像。”

“先生，我们犯不上为一幅不高明的画闹意见。（你不在乎什么肖像，我何尝在乎呢。）你们留下吧，日后叫人临一幅就是了。我很高兴能把这场令人遗憾的官司了结；借此机会认识了先生，我也心中愉快。听说先生是打韦斯脱的好手。”她又微微笑了笑说：“请您原谅，女人家总不免好奇。倘蒙先生赏光，上我家去打几回韦斯脱，真是不胜欢迎。”

脱罗倍拿手摸着下巴颏儿。——（特·李斯多曼太太想道：

唔！上钩了！波旁纳看得不错，他也有他的虚荣。）

米拉菩[①]得势的时期，看见他从前走不进的府第，如今车子一到就大开正门，不由得心里甜滋滋的十分受用，副主教当时也是这个感觉。

他回答说："太太，我正事都忙不过来，没有时间出去应酬。可是你太太有命，我怎么能不登门领教呢？（他心上想：老姑娘快断气了，还是结交李斯多曼吧；他们要支持我，我也支持他们；与其和他们作对，不如交个朋友。）"

特·李斯多曼太太回去，觉得讲和的谈判开场很顺利，只消总主教再出一把力，就功德圆满了。可是皮罗多撤回了诉讼，一点好处都不曾到手。第二天，特·李斯多曼太太知道迦玛小姐死了。老姑娘的遗嘱一拆开，不出众人所料，果然全部遗产都送给脱罗倍神甫，估计值到三十万。副主教着人送了两份迦玛小姐的丧事弥撒和葬礼的通知单给特·李斯多曼太太，一份给她，另外一份给她的侄儿。

特·李斯多曼太太道："那倒是要去的啊。"

特·波旁纳先生道："还用说么？脱罗倍大人特意要试试你们。"又转身对海军少校说："男爵，一直送到公墓吧。"男爵也算倒霉，不曾离开都尔。

丧事弥撒场面很大。只有一个人掉了眼泪，就是皮罗多。他背着人躲在一个偏僻的小堂里[②]，自以为送了迦玛小姐性命，诚

---

①米拉菩（1749—1791）是大革命时期的政治家，演说家；但大革命前生活放荡，负债累累，被人目为浪子。

②大教堂内两侧及耳堂内都附有好几个小教堂，简称为小堂；上文提到的圣母堂即此种小堂。

心诚意为她祷告，超度她的灵魂。皮罗多不曾在迦玛临终之前得到她的原谅，更是悔恨不迭。脱罗倍神甫把亡友的遗体一直送到墓穴，在墓穴旁边发表一篇悼词。死者一辈子所过的狭窄的生活，靠着他的口才变得伟大得不得了。在悼词的最后一段，送葬的人特别留意到下面几句：

> 她的一生，多少岁月都是奉献给上帝的，奉献给宗教的，暗中做的善事不知有多少，无人知道的朴实的美德也不知有多少；这个生命却是被一场无妄之灾摧毁了。一切的苦难当然都出于上帝之赐；但若我们进入天国之前暂时忘了这一点，那么她最后一次的痛苦的确是不应该受的。朋友们既然知道这位圣洁的女子人格高尚，天真坦白，就不难预料她一切都能忍受，除了诬蔑她整个的为人。也许就因为此，上帝才召她归天，超脱人间的苦难。谁要活在世界上能够良心平安，毫无内疚，像纯洁的索菲在极乐的天国中一样，就是幸福的了！

特·李斯多曼家牌局散了，关上大门，只有男爵夫人和她侄儿在场，特·波旁纳报告了下葬的情形，说道：

"那篇浮夸的演说讲完了，穿黑袍子的路易十一[1]拿圣水棒洒了一阵。那样子你们不妨想象一下。"

特·波旁纳先生一边说一边拿起拨火棒，学着脱罗倍的手势，神气活龙活现，男爵和他叔母都看着笑了。

老年地主还说："那时他才露出马脚来。在此以前，他的态

---

①路易十一（1423—1483）是法国史上最阴险的一个国王。脱罗倍是神甫，所以说他是穿黑袍子的路易十一。

度毫无破绽。但他对老姑娘厌恶透顶，说不定像恨夏波罗一样的恨，所以送她进坟墓的时候不能不在举动之间流露出心中的高兴。”

下一天早上，沙罗蒙小姐上特·李斯多曼家吃饭，一进门就很激动的说：

“可怜的皮罗多神甫又受到一个可怕的打击，可见人家对他的仇恨是处心积虑，经过最周密的计划的。他调到圣-圣福里昂去做本堂神甫了。”

圣-圣福里昂是都尔城外一个近郊的小镇，在大桥的那一边。大桥数得上法国最美的建筑之一，长六百十七公尺，桥的两头有两个同式同样的广场。

沙罗蒙小姐停了一会，看见特·李斯多曼太太听着消息很冷淡，觉得奇怪，又道：“你明白没有？皮罗多一到那儿，就好比和都尔、和他的一些朋友、和生活方面的一切，离开了好几百里。逐出了都尔，天天望见城而进不了城：那样的充军不是特别可怕吗？出事以后，他已经不大走得动了，以后要走四五里地才能见到我们。如今他在床上发烧。圣-圣福里昂的教士住宅又冷又潮湿，那个小教区没有钱修理。可怜的老头儿从此真是活埋在坟墓里了。唉！这样毒辣的手段真正想不到！”

现在只消简单的叙述几桩事情，勾出最后一幅图画，就好结束这故事。

五个月之后，副主教升了主教。特·李斯多曼太太死了，留下一千五百法郎年金给皮罗多神甫。男爵夫人的遗嘱公开的那一天，脱洛阿[①]的主教伊阿桑德[②]正要离开都尔去上任，临时改动行期。他认为男爵夫人一边同他讲和，一边私下帮助他心目中的仇人，简直在玩弄他。脱罗倍气恼之下，又来威胁男爵的前途和特·李斯多曼侯爵的贵族院议员的职位了。他在总主教客厅里当众说了一句杀气腾腾而听起来很和软的话，那种话只有做教士的会讲。海军少校为了前程，只得去拜访强硬的神甫；大概神甫提的条件十分苛刻，因为男爵的行事证明他彻头彻尾服从了坚信会头目的意志。新任主教签了一份经过公证的笔据，把迦玛小姐的屋子捐给圣·迦西安的教区委员会，把夏波罗的书柜和藏书送给神学预备学校，两幅争执过的画进了圣母堂；夏波罗的肖像仍旧归他保存。

脱罗倍几乎全部放弃迦玛小姐的遗产，大家看着莫名其妙。特·波旁纳先生疑心脱罗倍私下留着现款，好让他将来以主教资格进贵族院的时候，在巴黎撑起一个场面来。直到脱罗倍主教动身上任的前一天，老狐狸才明白他捐献迦玛小姐的遗产别有作用：原来最顽强的仇人对最无用的牺牲品还要来一个致命的打击。特·李斯多曼男爵对叔母给皮罗多的遗赠提出异议，说是皮罗多用不法手段骗取的！告皮罗多的状子送进法院以后几天，男爵升了海军中校。圣－圣福里昂的本堂神甫受到教内的处分，停止圣职[③]。上级教会不等法院审理，先判决了。害索莎菲·迦玛的凶手原来是个骗子！倘若脱罗倍主教保留着老姑娘的遗产，要惩

---

①法国奥勃州的首府。

②脱罗倍的名字。

③教会人员不得执行宗教职务，如做弥撒、行洗礼等等，谓之停止圣职。

戒皮罗多就不容易了。

脱洛阿的主教伊阿桑德大人坐着驿车上巴黎，经过圣-圣福里昂河滨道。可怜的皮罗多神甫让人扶在一张靠椅上，在阳台高头晒太阳。教士受了总主教的惩罚，又瘦又苍白。从前那张一团和气的脸，所有的线条都印上了忧伤的痕迹，整个相貌变了样。本来一无心事，吃着好酒好菜，多么天真而有精神的眼睛，害病以后变得朦朦胧胧，好像有了思想。一年以前在教堂的回廊下打转的皮罗多，毫无脑子但是心满意足的皮罗多，此刻只剩下一副骨骼了。主教对他的牺牲品不胜轻蔑的瞟了一眼，才算宽宏大量把他忘了，车子过去了。

换一个时代，脱罗倍毫无疑问是希尔得布朗特和亚历山大六世[①]一流的人物。今日之下，教会已经不成其为政治力量，不能再给精力充沛的独身者作为用武之地，独身生活便暴露出它的主要弱点：所有的才能一朝集中在唯一的情欲——自私自利上面，独身者就变得不是有害便是无用。现在的政府，缺点是过分要人去适应社会，而不想叫社会去适应人[②]。个人想利用制度，制度想剥削个人，两者之间永远有斗争；不像从前的人确实要自由得多，对公共事业更热心。

人的活动范围不知不觉扩大了；能把这个范围加以综合和概括的心灵永远是个了不得的例外；因为不论在精神方面或物质方

①希尔得布朗特即1073至1085年间的教皇格累哥利七世，曾整顿教会，雷厉风行，并与日耳曼皇帝亨利四世斗争甚烈。亚历山大六世是1492至1503年间的教皇，是个心术阴险的权奸。

②1832年本书初版时到此结束。以下一大段是1839年后的版本添加的。

面，通常总是活动的领域加大，活动的强度跟着减低。可是社会不应该建筑在一些例外的人身上。最初，人仅仅是个家长，心是火热的，感情集中在家庭的范围之内。后来他为了一个氏族或小小的城邦而生活，希腊或罗马的某些忠于本土的伟大史迹便是这样产生的。后来人又变为一个阶级的一分子或者一个宗教的成员，为了替阶级[①]或宗教增光，往往做出轰轰烈烈的事业；但那时他的兴趣已经大大增加，涉及一切的知识部门了。到了今日，人的生活和一个庞大的国家的生活打成一片；据说不久的将来要以世界为家庭了。基督教控制之下的罗马曾经对这种世界主义存过希望，但世界主义本身会不会是一个极大的错误呢？相信高尚的美梦能实现，醉心于四海之内皆兄弟也的理想，原是极自然的事。无奈人的构造没有这样宏伟的器局。倘有相当阔大的心灵，能具备唯大人物才能有的热情，那么这等心灵绝不是普通公民的心灵，也绝不是家长的心灵。某些生理学家认为脑子扩大到这个程度，感情必然要萎缩。其实并不然。想对一门科学、一个民族、一种法制作出大贡献的人，他们表面上的自私岂不是最高尚的热情，等于哺育民众的母性吗？他们为了培养新的民族、酝酿新的观念，不是需要把母性的慈爱和上帝般的力在他们才智过人的头脑中结合起来吗？脱罗倍在圣·迦西安的游廊深处所代表的那种海阔天空的思想，必要时就可用伊诺桑三世[②]和彼得大帝

①这一句和上一句内所用的阶级，原文是caste不是class，就是说比我们今日所用的阶级一词不但范围小得多，意义也有出入；但中文至今尚无确当的译名。

②1198至1216年间的教皇，雄才大略，对当时欧洲的宗教与政治有很大影响。

一等人的历史，还有一切左右时代，领导民族的人的历史，在很高的阶段上加以证实。

一八三二年四月　作于圣·斐尔门

人间喜剧

La Comédie humaine

幻灭

〔上〕

（法）巴尔扎克 著
傅雷 译

團結出版社

图书在版编目（CIP）数据

人间喜剧 / (法) 巴尔扎克著；傅雷译. -- 北京：团结出版社, 2021.11

ISBN 978-7-5126-9114-8

Ⅰ. ①人… Ⅱ. ①巴… ②傅… Ⅲ. ①小说集–法国–近代 Ⅳ. ①I565.44

中国版本图书馆CIP数据核字(2021)第171591号

出版：团结出版社

（北京市东城区东皇城根南街84号 邮编：100006）

电话：(010) 65228880 65244790 (传真)

网址：www.tjpress.com

Email：zb65244790@vip.163.com

经销：全国新华书店

印刷：天宇万达印刷有限公司

开本：145×210 1/32

印张：114.75

字数：3242千字

版次：2021年11月 第1版

印次：2021年11月 第1次印刷

书号：978-7-5126-9114-8

定价：458.00元（全10册）

出版说明

奥诺雷·德·巴尔扎克（Honoré de Balzac, 1799—1850），法国小说家，被誉为“现代法国小说之父”，生于法国中部图都尔市的一个中产者家庭。

1829年，三十岁的巴尔扎克第一次正式发表作品。他经过十余年的探索、学习之后，在法国小说界开辟出了一个崭新的世界，建立了一个一直影响到现在的现实主义传统。从发表第一部作品开始，巴尔扎克便以惊人的毅力创作出了91部小说，塑造了两千四百多个栩栩如生的人物形象，这些作品合称为《人间喜剧》。巴尔扎克通过这些作品和人物形象，为读者展示了法国社会的整个面貌。因此，《人间喜剧》被后世誉为“资本主义社会的百科全书”。

作为他的朋友，法国19世纪前期著名的浪漫主义文学家维克多·雨果曾这样评价他：“在最伟大的人物中间，巴尔扎克是名列前茅者；在最优秀的人物中间，巴尔扎克是佼佼者之一。他才华卓越，至善至美，但他的成就不是眼下说得尽的。他的所有作品仅仅形成了一部书，一部有生命的、光亮的、深刻的书。”

傅雷(1908—1966),字怒安,号怒庵,他是中国著名的翻译家、作家、教育家、美术评论家。傅雷先生早年留学于法国巴黎大学,翻译了大量的法文作品,包括巴尔扎克、罗曼·罗兰、伏尔泰等许多名家著作。20世纪60年代初,他因在翻译巴尔扎克作品方面的卓越贡献,被法国巴尔扎克研究会吸收为会员。

傅雷先生曾说:"《人间喜剧》共包括九十四个长篇,已译十五种,虽不能囊括作者全部精华,但比较适合吾国读者的巴尔扎克最优秀作品,可谓遗漏无多。法国一般文艺爱好者所熟悉之巴尔扎克小说,甚少超出此项范围。"这十五种译作中,《猫儿打球号》已经佚失,现存十四种。此次,我们整理出版的这套《人间喜剧》,正是对傅雷先生现存十四种译作的整理。它们分别是:《欧也妮·葛朗台》《亚尔培·萨伐龙》《高老头》《奥诺丽纳》《比哀兰德》《夏倍上校》《禁治产》《邦斯舅舅》《赛查·皮罗多盛衰记》《于絮尔·弥罗埃》《都尔的本堂神父》《贝姨》《搅水女人》《幻灭》。

此次出版,我们在尊重傅雷先生译作的前提下,按照现代汉语规范,仅对一些地名、人名、标点符号等作了修订。由于水平所限,整理过程中难免有错漏之处,恳请读者批评指正!

目 录

第一部 两个诗人

第二部 内地大人物在巴黎

第一部　两个诗人

一、一家内地印刷所

我们这故事开场的时代，内地的小印刷所还没采用斯丹诺普印刷机[①]和油墨滚筒。安古兰末虽然凭着当地的特产[②]同巴黎的印刷业经常接触，用的始终是木机。俗语把印刷说做“叫机车叹气”，就是从木机来的，这句话现在可用不上了。城里落后的印刷所当时还用皮制的球，给掌车工人蘸了墨涂在铅字上。预备铺纸上印，排满铅字的版子，安放在一个云石做的活动盘上，所以盘子在行话中叫作“云石”。这种机器尽管简陋，埃尔塞弗、柏朗坦、阿尔特和第多[③]，用来印过不少精美的图书。如今遍地都是新式的印刷机了，奚罗姆-尼古拉·赛夏当作宝贝一般的老式工具已经给忘得干干净净，需要我们重提一下才行；因为那些工具

①英国政治家兼科学家斯丹诺普（1753—1816）设计的印刷机，开近代印刷技术的先河。（本书注释均为译者注）

②安古兰末是法国西南部夏朗德州的首府，以造纸出名。

③荷兰的埃尔塞弗（十六至十七世纪），法国的柏朗坦（十六世纪）和第多（十八至十九世纪），意大利的阿尔特（十七世纪），都是欧洲书业史上的重要人物，世代印行精美图籍，成为有名的珍本。

在这个重要的小故事中颇有作用。

赛夏出身是个掌车的。排字工用印刷业的行话称掌车工为“大熊”。他们从墨缸到印刷机，从印刷机到墨缸，来来往往，动作很像关在笼子里的熊，那绰号大概是这样来的。大熊反过来把排字工叫作“猴子”，因为他们忙忙碌碌老在一百五十二个小格子里捡铅字。在一七九三那个灾深难重的年头，五十上下的赛夏已经结了婚。全国大征兵①几乎把所有的工人编入军队，赛夏亏得上了年纪，成了家，逃过兵役。印刷所的老板，也就是行话所谓“傻瓜”，死去不久，遗下一个寡妇，无儿无女，店里只剩一个掌车的赛夏。看来铺子立刻要关门了，孤零零的大熊没法变成猴子，因为他只管印刷，一字不识。一位人民代表②急于分发国民议会的皇皇文告，不管赛夏有无能力，给了他一张印刷执照，征用印刷所。赛夏公民③收下棘手的执照，拿老婆的积蓄送了一笔补偿费给东家的寡妇，只花一半价钱买进印刷所的机器。可是这不算什么。共和政府的告示要如期交货，一字不能印错。奚罗姆-尼古拉·赛夏正在为难，幸而碰到一个马赛的贵族，怕丢了田地不肯逃亡，又怕丢了脑袋不敢出面，只能找个工作糊口。特·摩公勃伯爵穿上寒碜的工衣，做了内地的印刷监工。某些公民为着隐匿贵族而被处死刑的布告，就是那监工从排字到校对，改校样，一手包办的，再由升任傻瓜的大熊拿去印刷，张贴。他们俩居然太平无事。一七九五年，恐怖的风暴过去了，尼古拉·赛夏不得不

①1793年8月法国国民议会下令，在国外战争未胜利前，年龄在十八岁至二十五岁之间的未婚男子，一律须服兵役。

②大革命后法国国民议会成员的名衔。

③大革命时期废止先生太太的称号，改用公民女公民相称。

另找一位兼做排字，校对和监工的多面手。一个拒绝向政府宣誓的神甫接替特·摩公勃伯爵，直到首席执政恢复天主教[①]为止。神甫在王政复辟时代升为主教，在贵族院和特·摩公勃伯爵坐在一张凳上。尼古拉·赛夏在一八〇二年上不比一七九三年时多识一个字，却赚了不少钱，有力量雇一个监工了。以前不在乎前程的伙计，现在叫手下的大熊和猴子见着害怕。贫穷消灭了，啬刻脾气跟着出现。印刷所老板一看到有希望挣家业，发财的念头使他对本行心窍大开，变得又贪心，又猜疑，又精明。他仗着自己的经验，瞧不起理论。他只要眼睛一望，就能按照不同的字体，估出一小页或一整张的价钱。他告诉外行的主顾，大号的铅字成本贵；倘若用小号的铅字，他又说排起来费工。他在本行中一窍不通的是排字，最怕弄错，所以只承接高价的买卖。凡是按时计酬的工人，赛夏都目不转睛地盯着。有什么纸厂周转不灵，他买进便宜的纸张囤起来。因此，那所不知从什么时代起就做印刷工场的屋子，一八〇二年时已经是他的产业。赛夏在各方面都交上好运：老婆死了，只有一个儿子。他把儿子送进当地的中学，主要不是给儿子受教育，而是替自己预备后任。赛夏待孩子很严，有心把家长的威权延长时期；放假的日子要他在铅字架上做活，说他应该学会自食其力，将来好报答流着血汗养育他的可怜的父亲。未来的主教离开印刷所的时候，赛夏听着他的指点，在四个排字工人中挑了一个又聪明又老实的人做监工。老头儿的事业从此安排妥当，可以维持到孩子来接管的一天；那时铺子交给一个能干的年轻人，不怕不兴旺发达。大卫·赛夏在安古兰末中学成

①指1801年7月拿破仑与教皇庇护七世签订宗教协议。

绩优异。老赛夏虽然是从没有知识没有教育的大熊爬上来的，非常瞧不起学问，却也打发儿子上巴黎研究高等印刷，好不严厉地嘱咐大卫别指望老家的接济，必须在巴黎，据他说是工人的天堂，好好的攒一笔钱；可见送儿子到智慧的国土去留学是他的一种手段，借此达到自己的目的。大卫在巴黎一边学印刷，一边进修，完成学业。第多厂的监工成了一个学者。一八一九年年终，他听从父亲的命令回去接管买卖，离开巴黎，从头至尾没有花过父亲一个钱。当时尼古拉·赛夏的印刷所发行一份刊登司法广告的报纸，那是州内独一无二的刊物，另外还承接州公署和主教专区的印件。靠着这三宗买卖，一个活跃的青年不难挣一份大大的家业。

正在那个时期，开纸厂的戈安得弟兄买下安古兰末的第二张印刷执照。那家印刷厂 一向被赛夏利用帝政时代连年战祸，百业萧条的局势，排挤得没有生路；赛夏为了时局，也不曾收买那铺子；这个小算盘竟害得他自己的老印刷所后来一败涂地。当时老头儿听见消息私下欣幸，以为同戈安得弟兄的竞争有儿子来担当，不用自己对付了。他心上想："我是挡不住的，可是第多厂培养出来的年轻人准有办法。"七十多岁的老头儿巴不得早日交代，好称心惬意地过活。他对高等印刷固然知识有限，在另一门艺术，工人们说笑话叫作"酒醉学"方面，倒是一个高手。那门艺术，《邦太葛吕哀》的了不起的作者[1]当年很重视，不幸遭到一些"节制会"[2]的摧残，钻研的人一天少一天了。奚罗姆-尼古

①指法国十六世纪的作家拉伯雷。

②防止酗酒的团体，各国都有。

拉·赛夏不愿辜负他的姓氏，永远口渴得厉害[1]。他对"发酵葡萄"的嗜好多少年来受着老婆约束，只能适可而止。其实那嗜好是出于大熊们的天性，夏多布里昂先生在美洲的真熊身上也曾注意到[2]。据一般哲学家的意见，一个人年轻时代的习惯老来会变本加厉。这条规律在赛夏身上证实了：他越老越贪杯。嗜酒的习惯在那张大熊脸上留着标记，使他的长相与众不同：鼻子尽量发展，近乎一个三号大法规[3]的大写A字，布满血筋的面颊像葡萄叶，红里带紫，长着许多小瘤，往往还有细毛点缀；整个脸庞仿佛秋天的葡萄叶包着一只其大无比的鸡蒝菌。两道浓眉好比两簇堆着雪花的小树，底下一双小灰眼便是喝醉的时候也很精神，显出一种贪婪成性的狡猾。贪婪把他所有的感情都消灭了，连父子的天性在内。光秃的脑袋四周剩一圈花白的头发，还有点蜷曲，令人想起拉封丹寓言中的芳济会修士。他矮身量，大肚子，像一盏费油而光线不足的旧油灯。一个人无论什么嗜好过了分，都能使身体往原来的方向发展。酗酒同研究学问一样叫胖子更胖，瘦子更瘦。三十年来尼古拉·赛夏老戴着民兵的三角帽；那种帽子当初出过风头，如今在某些内地城市的鼓手头上还看得见。他穿着似绿非绿的丝绒背心和丝绒长裤，棕色的旧大氅，一双花色纱袜，一双银搭扣的鞋子。赛夏这副布尔乔亚服装并不能遮盖他是

①赛夏一字在法文中与干燥一字相近；法国人又通常以葡萄酒解渴，故以口渴隐喻好酒。

②法国十九世纪浪漫派诗人夏多布里昂，在中篇小说《阿塔拉》中描写美洲的熊多吃了葡萄，在树上醉得摇摇晃晃。

③法国印刷业称呼某种字体的术语。三号大法规等于八十八磅（Points）的字。

工人出身，可是同他的嗜好和习惯再合适没有，而且完全表现出他的生活，仿佛那家伙是全身穿扮好了出世的。我们提到葱不能不联想到葱的皮[1]，提到赛夏也不能不联想到他的装束。如果老印刷商不是早已暴露他利令智昏的贪心，单单那次退休的经过也尽够描画他的性格。不管儿子要从赫赫有名的第多厂带回许多学识，赛夏只打算跟儿子做一笔好买卖，这个主意他已经酝酿了多年。老子要赚钱，儿子势必要吃亏。可是在老人心目中，做买卖根本谈不上父子。赛夏先把大卫看作独养儿子，后来认为是当然的受盘人，同老子有利害冲突：他必须高价出盘，大卫必须低价盘进；因此儿子变为一个非制服不可的敌人。从感情转化到自私的过程，在有教养的人总是迂回曲折，慢慢儿来的，还得用虚情假意遮盖；在老熊身上却直截了当，非常迅速；他的行动说明狡黠的酒醉学比高深的印刷术强得多。儿子回家，老头儿拿出精明人欺哄老实人的手段，对他像招待主顾一般亲热，像服侍情妇一般关心：走路扶着他的胳膊，叫他脚下留神，别踩着泥浆；吩咐佣人替他暖被窝，生火，预备半夜餐。第二天，尼古拉·赛夏备了一顿丰盛的饭，竭力劝酒，想灌醉儿子；饭后他醉醺醺的说："咱们谈正经吧？"这句话夹在两个饱嗝儿之间说出来，声音特别古怪，儿子听了要求下一天再谈。老熊平日最会利用醉态，当然不肯放弃这场准备已久的斗争。他说他挑了五十年的担子，一小时都不能再等了。明天就得由儿子来当傻瓜。

讲到这儿，或许应当说一说厂房的情形。屋子从路易十四末期起就开印刷所，坐落在菩里欧街和桑树广场交叉的地方。内部

①这里的葱就是我们所谓的洋葱。

一向按照行业的需要分配。楼下一间极大的工场，临街一排旧玻璃窗，后面靠院子装着一大片玻璃槅子。侧面一条过弄直达老板的办公室。可是印刷在内地始终是人人爱看的新鲜事儿，顾客宁可走铺面上临街的玻璃门，不怕工场的地基比路面低，进门要走下几级。少见多怪的客人穿过工场里的走道，从来不留心四面八方的障碍。他们望着楼板上吊的绳，晾的纸，像花棚的顶，身子便撞在一排一排的铅字架上，或者被支撑印刷机的铁棍把帽子撩在地下。动作灵活的排字工从铅字架上一百五十二个小格子里捡字，看一眼原稿，看一眼手里的排字夹，加一根空铅条；来客眼睛瞪着他们，不防地下有大石板压着整令浸湿的纸，绊他们的脚，再不然腰眼撞在纸架的角上；诸如此类的笑话叫一般猴子和大熊乐不可支。从来没有一个人能太太平平的走到办公室。办公室是两个简陋的亭子，在洞窟般的工场的尽里头，紧靠院子；监工和老板各据一方。后院墙上很幽雅的点缀着一些葡萄藤，以老板的名声来说，颇有一种本地风光，动人酒兴。院子尽头，靠着黑魆魆的界墙有间破落的偏屋，专为浸纸和整理纸张用的。那儿还有一个水斗，冲洗上印前后的版子，俗语所谓字盘；墨汁和厨房的污水混在一起流出去，赶集的乡下人看了以为真有什么魔鬼在屋内洗脸。偏屋的一边是厨房，另外一边是柴房。正屋最高层只有两个阁楼式的房间，二楼有三间屋子。第一间做了穿堂兼餐室，除去破旧的木扶梯占掉一些地位，同楼下的过弄一样进深；临街有一扇狭长的小玻璃窗，靠院子开一个大圆窗洞。四壁只刷白粉，寒酸简陋，活现出生意人家的吝啬：肮脏的地砖从不擦洗；家具只有三把蹩脚椅子，一张圆桌和一口碗盏柜。柜子两旁都有门，一扇门通卧房，一扇门通客室。门窗全是油腻，变了暗黄色，屋内常常堆着白纸或印好的纸；纸堆上可以看到尼古拉·赛夏的饭后点心，酒瓶，菜盘。卧房装着铅格子镶嵌的玻璃窗，从后院取光；壁上挂的旧毯子和内地在圣体节上挂在屋子外面的一样。房内放一张有栏杆的大床，挂着帐幔，铺一条红呢床罩，附带床几；还有两把虫蛀的大靠椅，两把胡桃木花绸面的单靠，一张旧书桌；壁炉架上面有一只挂钟。这间卧房颇有朴素的古风，一片暗黄色调，原是尼古拉·赛夏的老东家罗佐先生布置的。客室曾经由赛夏太太重新装修，恶俗的门窗跟护壁板全是理发师染假头发用的浅蓝色；白底的糊壁纸画着深褐色的东方景致；家具是六把蓝羊皮面子的单靠，椅背做成竖琴式；两个窗洞上部的半圆形砌得很粗糙，不挂窗帘，望出去可以看到桑树广场全景；壁炉架上没有烛台，没有座钟，没有镜子。赛夏太太不曾装修完就死了，大熊觉得美化屋子不能生利，毫无用处，工程便不再继续。当下尼古拉·赛夏东倒西歪，带儿子进去的便是那间客室；圆桌上摆着一份印刷所的机器生财的清单，那是监工照着他的意思写的。他指着文件对儿子说：

“孩子，你念吧。”尼古拉·赛夏一双醉眼骨碌碌的望望儿子，望望清单，“我给你的印刷所才呱呱叫呢。”

大卫拿着清单念道：“一，木机三架，都有铁棍支撑，下装生铁盘……”

老赛夏插嘴道：“这是我的改良。”

“……连同一切用具：墨缸，墨球，纸架等等，共值一千六百法郎！”大卫·赛夏念到这儿，放下清单说，“可是爸爸，你的印刷机全是蹩脚货，值不了三百法郎，只好当柴烧。”

“蹩脚货？……”老赛夏嚷起来，“蹩脚货？……你拿着清单，咱们一块儿下楼，瞧瞧你们发明的烂铁车可抵得上这些久经考验的老机器！你看了才不敢糟蹋这些实惠的印刷机，走起来像驿站上的包车一样，用上一辈子也不要修理。哼，蹩脚货！对，就是这些蹩脚货将来供给你油盐酱醋的！也就是这些蹩脚货在你老子手上用过二十年，使他有力量培植你到今天。”

老头儿奔下高低不平，摇摇晃晃的旧扶梯，居然没摔跤；他走进过道，推开工场的门，冲向第一架车子。所有的机器都暗中擦抹干净，上了油；两根交叉的结实的橡木轴也由学徒擦过了。他指着轴梗说：

“这样的印刷机还不讨人喜欢吗？”

车上有一份结婚帖子。老熊放下边框压住纸格，拉过生铁盘，覆上纸格，拉一下轴梗；然后放松绳索，拖开生铁盘，把边框和纸格往上收起，动作灵活，不亚于年轻的大熊。车子开动的时候声音怪好听，赛过鸟儿撞在玻璃窗上飞走的叫声。

“哪一部英国车子有这样的气派？”老赛夏问儿子，儿子看着呆住了。

老赛夏奔向第二第三架车子，照样轻松利落的表演了一番。酒鬼眯着醉眼发觉最后一架机器上有个地方学徒忘了收拾，狠狠的咒骂了一阵，扯起衣摆就抹，好比马贩子出售牲口，非把毛儿刷亮不可。

“就凭这三架车，告诉你，大卫，不雇监工，你好挣九千法郎一年。我以你未来的合伙人名义，反对你改用混账的铁车，磨坏铅字。那英国鬼子——还是法国的敌人呢——只想让铸字铺发财，亏你们在巴黎对着他的发明大声叫好！哼！你们想用斯丹诺普！得了吧！一架斯丹诺普卖到二千五百法郎，比我三架宝贝车子合在一起差不多要贵两倍，还没有弹性，容易磨坏铅字。我不像你有学问，可是你记住：斯丹诺普跟铅字是死冤家。这三架车还能久用不坏，做的活儿干净整齐，安古兰末人的要求不过如此。铁机也罢，木机也罢，金机银机也罢，不管你用什么车子印刷，反正他们不多付你一个子儿。”

大卫往下念道：“二，铅字五千斤，华弗拉铸字所出品……”念到华弗拉的名字，第多门下的高足不禁微微一笑。

“你笑吧，你笑吧！用了十二年，字还簇新。这才说得上铸字专家！华弗拉先生做人规矩，卖出来的字都料子挺硬。依我说，顾客上门次数最少的才是最好的铸字铺。”

大卫接着念：“估价一万法郎——可是一万法郎，爸爸，要合到两法郎一斤；第多厂出的西塞罗[1]，全新的才卖一法郎八十生丁。你那些钉头只能当旧铅卖，一斤不过五十生丁。”

“嘿！你把奚莱先生刻的半斜体字，草体字，圆体字叫作钉头！奚莱在拿破仑时代就开印刷所，造的字要卖六法郎一斤，铜模是头等刻工，我买来才不过五年，好些铅字还是崭新的呢，你瞧！”老赛夏拿下几小格不曾用过的铅字给儿子看。

“我没有学问，一个字也认不得；不过我知道，奚莱的字体是你第多厂英国体的祖宗。瞧这个圆体字，”赛夏指着一个字架子，捡出一个M来，说道：“这个西塞罗圆体还没用旧呢。”

大卫发觉同父亲没有商量的余地；不是全盘接受就是全盘拒绝，只能说一声行或是不行。老熊连晾纸用的绳索都开入清单。最小的木夹子，木板，瓦盆，石板，刷子，统统列在项目之内，

①字体的一种。

像守财奴一般精细。机器生财，连同印刷执照和客户，出盘的价钱总共是三万法郎。大卫心里思忖这桩买卖做得做不得。老赛夏看见儿子对着价钱一声不响，不禁暗暗着急，他宁愿来一场激烈的争论，不喜欢儿子悄没声儿的接受。遇到这一类交易，会争论的才是能干的生意人，能保护自己的利益。赛夏常说："对什么条件都点头的人，临到付款总是一个钱也拿不出的。"他一边忖度儿子的心思，一边把办内地印刷所必不可少的破烂用具逐件指出来，带大卫看印零件用的切纸机，上光机，夸它们如何有用如何坚固。

他说："工具总是老的好。印刷业的老工具价钱应该比新的贵才对，打金箔的工匠用的家伙就是这样。"

俗不可耐的铜版——大V字或大M字四周刻着司婚神，爱神，掀起棺盖来的死人，印戏报用的刻满假面具的大框子，被尼古拉·赛夏逞着酒意说得天花乱坠，好像都是无价之宝。他告诉儿子，内地人的习惯根深蒂固，你给他们最漂亮的东西也不受欢迎。他，尼古拉·赛夏，印过一批历本，比《列埃日人》历本好得多；谁知大家宁可买包糖纸[1]印的《列埃日人》，不要富丽堂皇的新历本。大卫不久自会发觉那些老古董的重要，卖的价钱比花足成本的新花样高得多。

"唉！孩子，内地是内地，巴黎是巴黎。乌莫镇上来一个人要你印结婚帖子，要不给他印上一个浑身裹着花圈的爱神，只像你第多厂那样单单排一个大写M，他就觉得自己没有结婚，准会把帖子退回给你。我知道几位第多先生在印刷界大名鼎鼎，可是他

①法国食用糖多半做成结晶的大块，用厚纸包装。

们的新花样要一百年之后才能行到内地来。就是这么回事。”

豪爽的人做买卖总是不行的。大卫天性柔和，动不动不好意思，怕争论，只要受到过分的刺激就让步。他心地高尚，又是被老酒鬼压制惯了，更没法为了金钱同父亲争执；尤其他认为老人家用意极好，那种贪心是表现掌车工人对他的工具有感情。可是尼古拉·赛夏当初向罗佐寡妇盘进印刷所，统共只花一万法郎，付的还是革命政府的钞票；机器用到现在开出三万法郎价钱，显然太过分了。大卫说：

“爸爸，你这是要我的命了！”

“我生你出来的人要你的命？……”老酒鬼朝着晾纸的绳索举起手来。“那么，大卫，执照你估多少钱？每行广告收费五十生丁的报纸又值多少钱？上个月单靠这门独行生意就有五百法郎收入！孩子，你去翻翻账簿，看看州公署的公告和登记通知，市政府跟主教专区的印件，一共有多少出息！你真是个不想发财的饭桶。将来送你到玛撒克那样的好庄园上去的马，你还要讨价还价！”

清单之外附着一份爷儿俩合伙经营的契约。只花六千法郎买进的屋子，慈爱的父亲租给新店，每年收一千二百法郎租金；顶楼上的两间房，老人留下一间自用。在大卫·赛夏不曾付清三万法郎之前，铺子的盈利父子各半均分；等款子交割清楚，大卫才算印刷所的独资老板。大卫估计一下执照、营业额和报纸的价值，根本不计算生财，觉得盘进铺子的本钱不难付清，便接受了父亲的条件。老头儿见惯乡下人的刁猾，又不懂巴黎人的大算盘，看见事情这样快就定局，好生奇怪。

他私下想：“难道儿子在巴黎发了财吗？还是他打算不付

钱？”老赛夏存着这种心盘问大卫可曾带钱回家，想要他拿出来作为定洋。父亲追根究底，引起了儿子的疑心。大卫咬紧牙关，不肯透露一点消息。第二天，老赛夏叫学徒把家具搬上三楼，预备托回到乡下去的空车装回去。二楼的三间房，四壁皆空的交给儿子，印刷所也移交了，可不给他一个生丁开发工钱。大卫央求父亲以合伙人的身份拿出些股本来共同经营，老印刷工只管装傻。他说交出印刷所就是交了股本，不用再出钱。等到儿子说出一番批驳不倒的道理来，老赛夏回答说，他向罗佐寡妇盘进印刷所的时候，就是赤手空拳干起来的。他是个无知无识的可怜的工人，尚且能白手成家，第多门下的高足当然更有办法。何况做爷的辛辛苦苦让大卫受到教育，挣了钱，如今大卫正好拿出来用。

“你挣的工钱派了什么用场？”隔天儿子一声不出，问题悬而不决，这时老赛夏又来逼他，想探明真相。

大卫气愤愤地回答：“我不要吃饭吗？不要买书吗？”

大熊说：“啊！你买书？那你做买卖一定亏本。买书的人不相宜印书。”

大卫看见父亲不顾做父亲的身份，难堪极了。吝啬的老人为了拒绝出资，搬出一大堆卑鄙的，叹穷诉苦的生意话作理由，大卫只得听着。他把痛苦往肚里咽，眼看自己孤零零的，毫无依傍，没想到父亲是个市侩。幸而他抱着哲学家式的好奇心，想趁此摸清老人家的性格。大卫说他从来没要求清算母亲的遗产，即使那笔产业不能抵充盘进印刷所的本钱，至少可以做爷儿俩合伙经营的开办费。

老赛夏回答说：“你娘的财产吗？她的财产是她的聪明和相貌！”

听了这句，大卫把父亲完全看透了；除非打一场没结没完，又费钱又丢脸的官司，休想叫父亲摊出清账，交代娘的遗产。有骨气的大卫明知履行父亲合同上的条件非常吃力，还是接受了这副重担。

他心上想："好好的干就是了。就算我苦一点，老头儿也是苦过来的。再说，我卖力也还是为我自己。"

儿子不作声，父亲看着不大放心，便说："我给你留下一件宝贝呢。"

大卫问什么宝贝。

"玛利红。"父亲回答。

玛利红是个乡下出身的胖姑娘，印刷所里少不了的助手。她管浸纸，切纸边，做饭，洗衣，上街跑腿，从车上卸纸，洗纸格，到外边去收款。如果玛利红认得字，老赛夏还会要她排字呢。

父亲动身了，一路走到乡下。他虽则借着合伙的名义出盘了印刷所，十分高兴，却也担心将来怎么收款。先是着急交易做不成，接下来总是着急款子没有着落。所有的情欲本质上都会自欺欺人。那家伙一向认为读书无用，此刻偏要相信读书的影响：儿子受过教育，必定讲信用，赛夏把三万法郎寄托在这一点上。大卫既是有教养的青年，准会埋头苦干，偿还父亲的钱；他有知识，不怕想不出办法；看他心地那么好，绝不至于赖债！许多父亲做了这一类的事，还相信一切是为儿子好；老赛夏回乡那天，走到他葡萄园的时候就有这个想法。葡萄园坐落在玛撒克村上，离开安古兰末十二里。前任的业主在村上盖着一所漂亮的屋子。庄园自从一八〇九年老熊买进以后，每年有所扩充。赛夏花在印刷机上的心血，如今转移在榨葡萄机上；而且正如他自己说的，他在葡萄园中混过多年，也很内行了。

从前他整天守着工场，现在整天守着葡萄园。告老回乡的第一年，赛夏老头在绑葡萄的桩子中间愁眉不展。意想不到的三万法郎使他飘飘然，比喝醉酒还舒服，他老是在想象中摩挲那笔钱。越是非分之财，越是急于到手，因此他放心不下，常常从玛撒克赶往安古兰末，爬上石扶梯，攀登那高踞在山岩上的城市，走进工场，瞧瞧儿子是否能应付。印刷车还在老地方，独一无二的学徒戴着纸帽[①]正在擦纸格上的油腻。老熊听见一架车咯吱咯吱叫着，印什么请帖之类，他认得他的老铅字，看见儿子和监工各自在亭子里念一本书，只当他们看校样。和大卫一同吃过饭，老赛夏回到玛撒克，始终牵肠挂肚。吝啬和爱情一样有先见之明，对未来的事故闻得出，猜得到。赛夏在工场里看到机器会出神，想起他赚钱的年月；现在离开了工场，葡萄园主照样感觉到儿子精神懒散，叫人担忧。他害怕戈安得弟兄的名字，眼看“赛夏父子”的招牌被他们压下去了。总之，老头儿觉得风头不对。这个预感是不错的，赛夏铺子已经走上背运。可是守财奴有守财奴的神道保佑。那神道利用一些意想不到的局面，把重价出盘铺子的钱送进酒鬼的荷包。现在得解释一下，明明可以办得发达的赛夏印刷所怎么会败下去的。

大卫既不理会王政复辟以后宗教对政府的影响，也不理会进步党的势力，在政治和宗教问题上采取了最要不得的中立。在他的时代，内地的生意人必须态度鲜明才有主顾，在进步党和保王党的客户之间只能挑选一个。大卫受着爱情牵缠，一心想着

---

①法国印刷工人的习惯，常常在工场内用废纸做帽子。

科学，又是天性高尚，不会像真正的生意人那样唯利是图，也就不去研究内地企业和巴黎企业的差别。细微的分歧在巴黎的大浪潮中是看不见的，在州府里却非常突出。戈安得弟兄附和政府党的论调，经常进大教堂，亲近教士，故意要人知道他们守斋；社会上需要宗教书的时候赶紧重印，在利润优厚的生意上占了先，还诬蔑大卫是进步党人，无神论者。他们说，你怎么能照顾大卫的买卖呢？爷是九月党人[①]，拿破仑党人，又是酒鬼，又是守财奴，早晚有大批金银传给儿子。他们弟兄俩可是穷得很，家累又重，比不得大卫是单身汉，将来还是大富翁，当然可以随心所欲。诸如此类的话说了很多。州公署和主教公署受到这些责备大卫的议论的影响，把印刷的业务给了戈安得弟兄。不久两个贪心的同行看见大卫没精打采，愈加放胆，也办了一份刊登广告的报纸。赛夏老店只有一些零星活儿可做，广告收入也减少一半。戈安得铺子靠宗教书和灵修册子赚饱了，想垄断本州的广告和司法公告，向赛夏父子提议收买他们的报纸。种葡萄的老人看着戈安得铺子营业蒸蒸日上，早已恐慌，一听见大卫报告这个消息，从玛撒克直奔桑树广场，来势之快好比乌鸦闻到了战场上的死尸味儿。

他对儿子说："你别管，让我来对付戈安得弟兄。"

老头儿马上看出戈安得弟兄的用心，他眼光深刻，叫他们大吃一惊。他说他儿子险些儿做出糊涂事来，幸亏他拦住了——我们出让了报纸，还有什么主顾？诉讼代理人，公证人，所有乌莫镇上做买卖的，将来全是进步党；戈安得弟兄阴损赛夏爷儿两个，

---

①指大革命时期参加1792年9月2日至6日大杀贵族政治犯的人。

说他们是进步党，正好替赛夏铺子预备后路，日后进步党人的广告还是照顾赛夏铺子的！出让报纸？还不如连机器执照一齐脱手。因此他要把印刷所盘给戈安得弟兄，讨价六万法郎，免得儿子破产；他喜欢儿子，他要保护儿子。一般乡下人凡事推在老婆身上，这个种葡萄的凡事推在儿子身上：不是儿子不肯这样，便是儿子定要那样，逼戈安得弟兄逐渐让步；他花了一番气力，两个戈安得终于答应出两万两千法郎收买《夏朗德报》。条件是大卫不得再发行任何报刊，否则赔偿三万法郎损失。赛夏印刷所做的这笔交易，等于自杀；种葡萄的却满不在乎。犯过盗窃，下一步总是凶杀。老头儿打算用出卖报纸的收入抵充他出盘铺子的钱；只要能到手这笔款子，他情愿牺牲大卫，尤其这讨厌儿子对这笔横财也有权利分去一半。慷慨的父亲放弃印刷所，算是补偿大卫；一千二百法郎的房租照旧维持。报纸让给戈安得弟兄以后，老人难得进城，推说年纪大了；其实印刷所已经不是他的产业，他不再关心。只是几十年来对老机器的感情一时不能完全消灭。他有事上安古兰末而回到老屋子去的时候，到底是为了他的木机呢，还是为了儿子，我们很难断定。他向儿子催讨房租不过是个形式。赛夏的监工如今在戈安得弟兄手下做活，他知道那老子为什么这样大方，说老狐狸有心让大卫积欠房租，一朝大卫有事，老头儿可以凭着优先债权人的资格出来干预。

大卫·赛夏荒废业务的原因正好说明这年轻人的性格。他接手老家的印刷所几天以后，遇到一个中学时代的朋友，正穷得走投无路。大卫的朋友那时大约二十一岁，名叫吕西安·夏同，父亲是共和政府时代因伤退职的军医。夏同老先生为着兴趣改做化学家，碰巧在安古兰末开着一家药房。他做了多年的科学研究，发明一种有利可图的药品，去世之前正在做必要的准备。他想治疗各种类型的痛风症。那是有钱的人害的病。有钱的人要恢复健康总是不惜重价的。因此药剂师在想到的许多计划中独独挑出这个问题来解决。在经验与科学之间，夏同懂得唯有科学能保证他发财。他研究痛风症的各种原因，根据某种摄生的办法使他的药物能适应不同的体质。最后他上巴黎去要求科学院鉴定，不料死在巴黎，研究的成果就此埋没了。他在世的时候自以为家业有望，对儿子和女儿的教育一点不肯疏忽，把药房的盈利统统花在家用上，弄得孩子们在他身后一贫如洗，更不幸的是一切教养都是为美丽的远景准备的，父亲一死，这远景也跟着消灭。替夏同治病的是有名的台北兰医生，眼看他临终又急又恨，浑身抽筋。夏同这股雄心主要是为了热爱妻子。她是吕庞泼莱家硕果仅存的一个后代，一七九三年时被夏同像奇迹一般从断头台上救下来的。军医为了拖延时日，不征求姑娘同意，谎报她怀着身孕。他想法取得和那姑娘结亲的权利，同她结了婚，虽然彼此都穷。他们正如一般凭爱情结合的父母，生的两个孩子和母亲一样美丽无比，而美貌和贫穷凑在一处往往是最不幸的遗产。丈夫的希望，工作，绝望，深深的印在夏同太太心里，美丽的面貌大大的改了样；境况逐渐艰苦，她的生活习惯也改变了。可是她和孩子们的勇气完全能抵抗他们的厄运。药房设在安古兰末近郊最大的市镇，乌莫的大街上；可怜的寡妇出盘铺子的钱只能收三百法郎利息，还不够养活她一个人。她和她的女儿不觉得贫穷可耻，自愿做工度日。母亲服侍产妇，有钱人家看她举止文雅，特别喜欢雇用她；她吃了人家的饭，拿一法郎一天的工钱。母亲唯恐这样降低身份使儿子难堪，在外改称夏洛德太太；要雇用她的人都向盘进夏同药房的卜斯丹先生接洽。吕西安的妹子在专洗上等衣服的普利欧太太店里做活，一天挣七十五生丁；她管理女工，在工场里的地位比一般女工略为高一些。普利欧太太做人规矩，在乌莫镇上很受尊重，跟夏同家是邻居。母女俩微薄的工资，加上三百法郎利息，每年大约有八百法郎，供给三个人的吃住衣着。他们尽量节省，才勉强维持，而且那些进款几乎全都花在吕西安身上。夏同太太和女儿夏娃对吕西安的信心，不亚于穆罕默德的老婆对丈夫的信心，样样都肯为吕西安的前途牺牲。可怜的一家住在乌莫，屋子是花很少的钱向夏同的后任租的，坐落在后院尽头，配药间的楼上。吕西安住着顶楼上的一个破房间。他在热爱自然科学的父亲鼓励之下，开始也走这条路，是安古兰末中学最优秀的学生之一。大卫·赛夏毕业那年，吕西安正好进三年级[①]。

两个老同学碰巧相遇的时候，吕西安熬苦不住，正想走极端，这是二十岁左右的人常有的念头。大卫提议教吕西安学做印刷监工，很慷慨的送他四十法郎一月，把他从绝望中救了出来；其实大卫的铺子根本不需要监工。中学时代的交情恢复以后，命运的相似和性格的不同使两人的关系愈加密切。他们俩的头脑不难挣上好几份家私，聪明才智比得上第一流人物，事实上却屈居人下。命运的不公道成为他们之间有力的联系。并且两人从不同的途径出发，都热爱诗歌。吕西安预定的专业是高级的自然科学，但他热烈向往文学的声名；沉思默想的大卫天生宜于做诗人，趣味却倾向严格的科学。志趣的交错使他们俩情投意合。不久吕西安告诉大卫，他的父亲在应用科学方面有过哪一些卓越

①法国中学以一年级为最高班，八年级为最低班。

的见解；大卫向吕西安指出，要在文坛上成名致富应当走哪一些新路。两个青年在短时期内的友谊，只有刚刚脱离少年时代的人才会那么热烈。不多几日，大卫见到美丽的夏娃，凭着他忧郁深思的性格，一见生情。祈祷文上说的海枯石烂、永矢勿渝的话，往往被一般无名的大诗人当作格言；他们的辉煌的诗篇是在两个人的心中产生的，也是隐藏在两个人的心里的。等到大卫发觉吕西安的母亲和妹子寄托在诗人身上的希望，知道了她们的盲目的热诚，更觉得能接近夏娃，参与她的希望，分担她的牺牲，十分快慰。因此大卫对吕西安视同手足。正如极端派的保王党比王上还要激烈，大卫比母亲和妹子更相信吕西安的天分，像母亲宠孩子一般的宠他。两人因为缺少资金，一筹莫展，常常像所有的年轻人那样左思右想，要找一条致富的捷径，把捷足先登者已经采摘一空的果树使劲摇撼还是找不到果子。有一回谈话中间，吕西安想起父亲提过两个计划：一个是采用新的化学药品，制糖的成本可以减低一半；另外一个计划是用美洲的一种植物造纸，近乎中国人用的原料，成本非常便宜，可以把纸价减低一半。大卫知道这问题重要，曾经在第多厂引起辩论，便抓住这个主意当作生财之道；又认为吕西安指出这条路来，变了他永远报答不尽的恩人。

谁都看得出，两个朋友的主要思想和精神生活使他们完全不宜于管理一个印刷所。戈安得弟兄成为主教专区的承印商和出版者，又是本州今后独一无二的报刊——《夏朗德时报》的业主，每年有一万五到两万法郎的营业；小赛夏的印刷所每月勉强做到三百法郎，除了付监工的薪水，玛利红的工资，捐税，房租，大卫一个月只到手上一百法郎。换了勤谨巴结的人，准会添一批新铅字，买几架铁机，用便宜的印刷工价向巴黎的出版界兜揽生意；这位老板和他的监工却一心一意在学问上做工夫，看见还有最后几家客户的生意就满足了。戈安得弟兄终究摸清大卫的性情脾气，不再毁谤；他们觉得最聪明的办法是让那家印刷所苟延残喘，维持一个不上不下的局面，免得落在一个精明强干的同行手中；他们自动把零件生意介绍给大卫的铺子。可见只因为竞争的人算盘精明，大卫在生意上还能存活，他自己可并不觉得。戈安得对于他们所谓大卫的“怪脾气”暗暗欣幸，表面上对待大卫很公道，很正直，其实他们的行事和驿车公司差不多，为了防止竞争，自己开出新公司来假装有人抢生意。

赛夏屋子的外表同内部的寒酸简陋完全一致，老熊从来没修理过什么。日晒雨淋，天时不正，过道的门像老树干，布满不规则的裂痕。虫蛀的屋顶盖着法国南方通行的凹瓦；门面造得很坏，砖石并用，杂乱无章，似乎吃不消屋顶的压力，往下沉了。虫蛀的窗槅子装着高大的护窗板，因为天气热，外面加上厚实的横闩。开裂得那么厉害的屋子，安古兰末城里很难找出第二所；要没有三合土的粘力，早已支持不住。两头亮，中间黑的工场，壁上全是招贴，下半截经过工人们三十年来的摩擦，变了棕色；楼板上吊着绳索，地下堆着纸张，放着几架旧机器，压纸的石板，一排排的铅字架；工场尽头，两边两个小亭子，老板和监工各据一方：你们想象一下这个景象，就能体会到两个朋友的生活。

一八二一年五月初，有一天下午两点光景，四五个工人离开工场去吃饭，大卫和吕西安正站在通后院的玻璃门后。学徒关上临街那扇装着小铃的门，大卫仿佛受不住纸张，墨缸，印刷机和旧木料的气味，把吕西安拉往后院。两人坐在葡萄棚下，地位正好望得见工场里是否有人进来。阳光在葡萄藤中闪烁浮动，笼罩着两个诗人，有如神像背后的光轮。那时，两种个性两副面貌的对比格外显著，给大画家看了准会技痒。长相像大卫那样的人注定要做剧烈的斗争，不管是轰轰烈烈的斗争还是无声无息的斗争。宽广的胸部，结实的肩膀，同各部分都很丰满的身体完全配合。肥胖的脸上血色很旺，带些紫色，脖子粗壮，一大堆乌黑的头发：粗看像波阿罗赞美的那种教区委员[①]；可是你复看一下他厚嘴唇上的皱纹，下巴上的窝儿，方鼻子的模样，鼻子两半边的骚动的表情，尤其那双眼睛，不难发觉他有一股专一的爱情在不断燃烧，还有思想家的智慧，忧郁而热烈的性情；他的头脑能纵览全局，又能洞察幽微，分析的能力使他对纯粹空想的乐趣容易感到厌倦。脸上有天才的闪光，也有火山脚下的灰烬；使他深深感觉到自己在社会上毫无地位，所以脸上看不出一点儿希望；多少杰出的人都是为了身世低微，没有财产而压在底下的。虽然印刷和知识密切相关，大卫却讨厌他的行业。这个身体笨重的西兰纳[②]陶醉在诗歌和科学中间，借此忘掉内地生活的苦闷。在这样一个人物身边，吕西安的优美的姿势真像雕塑家设计的印度酒神。他脸上线条高雅，大有古代艺术品的风味：希腊式的额角和鼻子，女性一般的皮肤白得非常柔和，多情的眼睛蓝得发黑，眼白的鲜嫩不亚于儿童。秀丽的眼睛上面，眉毛仿佛出于中国画家的手笔，栗色的睫毛很长。腮帮上长着一层丝绒般的汗毛，色调

①十七世纪法国主教兼作家波阿罗，为当时的名人所作的诔辞有名于世。教区委员指诔辞中哀悼的人物。

②神话中泉水与河流之神。相传他的形象是个体态粗野，经常喝醉的老人。

正好同生来蜷曲的淡黄头发调和。白里泛着金光的太阳穴不知有多么可爱。短短的下巴颏儿高贵无比，往上翘起的角度十分自然。一口整齐的牙齿衬托出粉红的嘴唇，笑容像凄凉的天使。一双血统高贵的漂亮的手，女人看了巴不得亲吻，随便做个动作会叫男人服从。吕西安个子中等，细挑身材。看他的脚，你会疑心是女扮男装的姑娘，尤其他的腰长得和女性一样，凡是工于心计而不能算狡猾的男人，多半有这种腰身。这个特征反映性格难得错误，在吕西安身上更其准确。他的灵活的头脑有个偏向，分析社会现状的时候常常像外交家那样走入邪路，认为只要成功，不论多么卑鄙的手段都是正当的。世界上绝顶聪明的人必有许多不幸，其中之一就是对善善恶恶的事情没有一样不懂得。

两个年轻人因为处的地位特别低，愈加用自命不凡的态度批判社会；怀才不遇的人要报仇泄愤，眼界总是很高的。他们的结局因之比命中注定的来得更快，灰心绝望的情绪也更难堪。吕西安书看得不少，做过许多比较；大卫想得很多，思考很多。印刷商尽管外表健康，粗野，却秉性忧郁，近于病态，对自己取着怀疑的态度；不比吕西安敢作敢为，性情轻浮，胆量之大同他软绵绵的，几乎是娇弱的，同时又像女性一般妩媚的风度，毫不相称。吕西安极其浮夸，莽撞，勇敢，爱冒险，专会夸大好事，缩小坏事；只要有利可图就不怕罪过，能毫不介意的利用邪恶，作为晋身之阶。这些野心家的气质那时受着两样东西抑制：先是青春时期的美丽的幻想，其次是那股热诚，使一般向往功名的人先采用高尚的手段。吕西安还不过同自己的欲望挣扎，不是同人生的艰苦挣扎，只是和本身的充沛的精力斗争，不是和人的卑鄙斗争；而对于生性轻浮的人，最危险的就是卑鄙的榜样。大卫惑于吕西安的才华，一边佩服他，一边纠正他犯的法国人的急躁的毛病。正直的大卫生来胆小，同他壮健的体格很不调和，但并不缺少北方人的顽强。他虽然看到所有的困难，却决意克服，绝不畏缩；他的操守虽然像使徒一般坚定，可是心地慈悲，始终宽容。在两个交情悠久的青年之间，一个是对朋友存着崇拜的心，那是大卫。吕西安像一个得宠的女子，居于发号施令的地位。大卫也以服从听命为乐。他觉得自己长得笨重，俗气，朋友的俊美已经占着优势了。

印刷商心上想："牛本该耐性耕种，鸟儿才能无忧无虑的过活。让我来做牛，让吕西安做鹰吧。"

两个朋友把前途远大的命运联在一起，大约有三年光景。他们阅读战后出版的文学和科学的名著，席勒，歌德，拜伦，沃尔特·司各特，约翰-保尔，贝尔才里于斯，大维，居维埃[①]，拉马丁等等的作品。他们用这些融融巨火鼓舞自己，写一些不成熟的作品做尝试，或者开了头放下来，又抱着满腔热诚再写。他们不断的工作，青春时期的无穷的精力从来不松懈。两人同样的穷，也同样的热爱艺术，热爱科学，忘了眼前的苦难，专为未来的荣名打基础。

那天印刷商从口袋里掏出一册十八开本的小书，说道："吕西安，你知道巴黎寄来什么书？让我念给你听。"

大卫能够像诗人一样的朗诵，他念了安特莱·特·希尼埃的

---

①约翰-保尔·李克忒（1763—1825），德国哲学家、小说家，为德国浪漫主义运动的领袖之一。贝尔才里于斯（1779—1848）为瑞典化学家。大维（1778—1829），英国化学家，为钾、钠、氯、碘之发现人。居维埃（1769—1832），法国动物学家、古生物学家、首创比较解剖学。

两首牧歌：《奈埃尔》和《年轻的病人》，还有那首纯粹古风的关于自杀的挽歌，以及讽刺诗中的最后两首。

吕西安不住的叹道：“想不到安特莱·特·希尼埃是这样一个人物！”等到大卫感动得不能再念，吕西安把诗集接过去的时候，又说了第三遍：“真是望尘莫及！”他看到序文的签名，说道：“原来发现这诗人的也是个诗人！①”

大卫道：“写了这部集子，希尼埃还自以为没有写出一点值得发表的东西。”

吕西安念了那首悲壮的《盲人》和几首挽歌，读到“要是他们不算幸福，世界上哪儿还有幸福？”不由得捧着书亲吻。两个朋友哭了，因为他们都有一股如醉若狂的爱情。葡萄藤的枝条忽然显得五色缤纷；破旧，开裂，凹凸不平，到处是难看的隙缝的墙壁，好像被仙女布满了廊柱的沟槽，方形的图案，浮雕，无数的建筑物上的装饰。神奇的幻想在阴暗的小院子里洒下许多鲜花和宝石。安特莱·特·希尼埃笔下的加米叶，一变而为大卫心爱的夏娃，也变为吕西安正在追求的一位贵族太太。诗歌抖开它星光闪闪的长袍，富丽堂皇的衣襟盖住了工场，猴子和大熊的丑态。两个朋友到五点钟还不知饥渴，只觉得生命像一个金色的梦，世界上的珍宝都在他们脚下。他们像生活波动的人一样，受着希望指点，瞥见一角青天，听到一个迷人的声音叫着：“向前吧，往上飞吧，你们可以在那金色的、银色的、蔚蓝的太空中躲避苦难。”那时，大卫从巴黎招来的学徒，赛里才，推开工场通后院的小玻璃

①安德莱·特·希尼埃（1762—1794）的作品最早由亨利·特·拉都希（1785—1851）作序刊行。拉都希虽然写过诗和小说，主要是政论作家。

门，让进一位生客。客人依着学徒的指点向他们俩一边行礼一边走过来。

他从衣袋里掏出一个厚厚的本子，对大卫说：“我有部论文打算出版，请你估一估价钱。”

大卫不看本子，就回答说：“我们不印大部头的手稿，先生还是去找戈安得弟兄吧。”

吕西安接过手稿，说道：“我们有一副挺漂亮的字体，可能用得上。最好把作品留下，让我们估价，请你明天再来。”

“阁下莫非就是吕西安·夏同先生？……”

“是的，先生。”监工回答。

那位作家说：“先生，我能遇到一个前途无量的青年诗人，高兴极了。我是特·巴日东太太介绍来的。”

吕西安听到那名字，脸红了，含含糊糊说了几句感谢特·巴日东太太关切的话。大卫注意到朋友的发窘和脸红，让他去招呼客人。客人是个乡下绅士，写好一部讨论养蚕的书，为了虚荣想印出来给农学会的同道拜读。

乡绅走了，大卫问：“喂，吕西安，难道你竟爱上了特·巴日东太太吗？”

“爱得像发疯一样！”

“可是你们受着成见的阻隔，比她在北京，你在格林兰还要离得远。”

“情人的意志什么都能克服。”吕西安低下眼皮说。

“那你会忘记我们的。”夏娃的胆怯的情人说。

吕西安嚷道：“相反，也许我为了你，把我的爱人牺牲了。”

“这话是什么意思呢？”

“我虽然那么爱她，虽然为着种种利益想在她家里左右一切，可是我告诉她，我有个朋友才具比我高，将来准是了不起的人物，名叫大卫·赛夏；她要不招待我这个朋友，我的兄长，我从此不见她了。等会我回家去等她答复。尽管她今晚请了全体贵族来听我朗诵诗歌，倘使拒绝我的要求，我永远不再踏进特·巴日东太太家的大门。”

大卫抹了抹眼睛，和吕西安热烈握手。钟上正好敲六点。

吕西安忽然说：“我再不回去，夏娃要急了，再见吧。”

说完他溜了，让大卫独自在那儿激动；一个人只有在那个年纪上才能充分体会这种情绪，尤其在当时的处境之下，两个青年诗人的翅膀还没有被内地生活斩断。

大卫望着吕西安穿过工场走出去，叹道：“心肠多好！”

吕西安回乌莫，走的是菩里欧的美丽的林荫道，麦市街，出圣·比哀门。他挑这条最远的路线，可知特·巴日东太太家就在这段路上。吕西安觉得从那位太太的窗下经过，即使她不知道，心里也非常快乐，两个月来他回乌莫不走巴莱门了。

到了菩里欧的树荫底下，他凝神望了望安古兰末和乌莫之间的距离。当地的风俗习惯筑起一道精神上的界墙，比吕西安走下去的石梯更不容易跳过。在府城和城关之间，雄心勃勃的青年靠着声名做吊桥，不久才闯进巴日东的府第；此刻他心中焦急，不知道情人如何答复，正如得宠的人做了得寸进尺的试探，唯恐失去主子的欢心。凡是分作上城和下城的地方都有些特殊的风俗，不知道那风俗的人一定觉得上面的一段话意思不大清楚。并且讲到这儿也该介绍一下安古兰末，帮助读者了解这个故事中最重要的一个角色，特·巴日东太太。

二、特·巴日东太太

安古兰末是个古城，建立在一座圆锥形的岩崖顶上，夏朗德河在底下的草原中蜿蜒而过。岩崖靠贝利谷方面连着一带小山，在巴黎到波尔多的大路经过的地方，山脉突然中断；岩崖便是山脉的尽头，地形像个海角，面临三个风景秀丽的盆地。城墙、城门，以及矗立在岩崖高处的残余的堡垒，证明安古兰末在宗教战争时代形势重要。城市位居要冲，从前是天主教徒和加尔文教徒必争之地。不幸当年的优势正是今日的弱点：城墙和陡峭的山崖使安古兰末没法向夏朗德河边伸展，变得死气沉沉。我们这故事发生的时期，政府正往贝利谷方面扩建城市，沿着丘陵筑起路来，盖了一所州长公署、一所海军学校和几处军事机关的房舍。可是商业在另一地区发展。附郭的乌莫镇早在山岩下面和夏朗德河边像一片野菌似的扩张，巴黎到波尔多的大路就在河边经过。人人知道安古兰末的纸厂名气很大，纸厂三百年来不能不设在夏朗德河同几条支流上有瀑布的地方。政府在吕埃镇上为海军办着国内规模最大的铸炮厂。运输、驿站、旅馆、制车、交通各业，所有依靠水陆要道的企业都麇集在安古兰末的山脚底下，避免进城的麻烦。皮革业，洗衣作坊，一切与水源有关的商业，当然跟夏朗德河相去不远；河边还有酒栈，从水路来的各种原料的仓库，有货物过境的商号。乌莫因之成为一个兴旺富庶的市镇，可以说是第二个安古兰末，受到上城嫉妒。政府机关，主教公署，法院，贵族，集中在上城。所以乌莫镇尽管活跃，势力一天天的增长，终究是安古兰末的附庸。上面是贵族和政权，底下是商业和财富；无论在什么地方，这两个阵营总是经常对立的；我们很难说上城和下城哪一个恨对方恨得更厉害。这局面在帝政时代还算缓和，自从王政复辟以后，九年之间变得严重了。住在安古兰末上城的多半是贵族或是年代悠久，靠产业过活的布尔乔亚，形成一个土生土长，从来不容外乡人插足的帮口。难得有一户从邻省搬来的人家，在当地住到两百年，和某一旧家结了亲，勉强挨进去，而在本地人眼中还像是昨天新来的。那些古老的家庭蹲在岩石顶上，好比多疑的乌鸦；历届的州长，税局局长和行政机关，四十年来一再尝试，想叫他们归化；他们出席官方的舞会宴会，却始终不让官方人士到他们家里去。他们嘴皮刻薄，专爱挑剔，又嫉妒，又啬刻，只跟自己人通婚，结成一个紧密的队伍，不许一个人进去，也不许一个人出来；不知道近代的享受；认为送子弟上巴黎是断送青年。这种谨慎反映出那些家庭的落后的风俗习惯。他们抱着蔽塞的保王思想，没有真正的宗教情绪，只晓得守斋念经，像他们住的城市和山岩一样毫无生气。可是在邻近几州之内，安古兰末的教育颇有名气；四周的城镇把女孩子送来进私塾，进修道院。不难想象，等级观念对于安古兰末和乌莫之间的对立情绪影响极大。工商界有钱，贵族穷的居多。彼此都用轻视的态度出气，轻视的程度也不相上下。安古兰末的布尔乔亚也卷入漩涡。上城的商人提到城关的商人，老是用一种无法形容的口吻说："他是乌莫镇上的！"王政复辟以后，政府把贵族放在突出的地位，让他们存着一些只有社会大变革才能实现的希望，因而扩大了安古兰末和乌莫的精神距离，比地理的距离分隔得更清楚。当时拥护政府的贵族社会，在安古兰末比法国别的地方更褊狭。乌莫人的地位竟像印度的贱民。由此产生一股潜在而深刻的仇恨，不仅使一八三〇年的革命那么令人吃惊，一致，并且把长期维持法国社会秩序的各种因素摧毁了。宫廷贵族的傲慢使王上失去内地贵族的人心，内地贵族也伤害布尔乔亚的面子，促成他们叛离。因此，一个乌莫出身的人，药房老板的儿子，能踏进特·巴日东太太府上，确是一次小小的革命。这革命是谁促成的呢？是拉马丁和维克多·雨果，卡西米·特拉维涅和卡那利斯①，贝朗瑞和夏多布里昂，维勒门和埃宁，苏梅和蒂索，埃蒂安纳和达佛里尼，朋雅明·公斯当和拉美内，古尚和米旭，总之是老一辈的和小一辈的出名的文人，不分保王党进步党。特·巴日东太太喜爱文学艺术，那在安古兰末是荒唐的嗜好，大家公开惋惜的怪癖；可是我们描写那女子的身世的时候不能不为她的嗜好辩解。她是生来可以出名的，因为处境不利而埋没了，她的影响决定了吕西安的命运。

特·巴日东先生的高祖本姓米罗，原是波尔多的市政官，服务了许多年，由路易十三封为贵族。路易十四时代，米罗的儿子改称米罗·特·巴日东，在内廷禁卫中当军官，结了一门极有钱的亲事，他的儿子在路易十五治下便干脆称为特·巴日东先生。那

①十八个人中只有卡那利斯是巴尔扎克的假想人物，《人间喜剧》中经常出现的一个角色。

位特·巴日东先生，市政官米罗的孙子，决心做一个地道的贵族，把祖传的产业花得精光，家道就此中落。他的弟兄之中有两个，现在这一代巴日东的叔祖，重新做买卖，至今波尔多商界中还有姓米罗的人。巴日东家的田产坐落在安古莫阿[①]境内，原是从拉·洛希夫谷家采邑中领取的租地[②]；那块地和安古兰末城里的一所屋子，所谓巴日东府，都是只能世袭，不准出让的财产，所以一直传到浪子巴日东的孙子手里。一七八九年这孙子丧失了土地的使用权，只能每年收一万法郎上下的租金。如果他的祖父巴日东三世学着巴日东一世，二世的光辉的榜样，这个可称为“哑巴”的巴日东五世也许早已成为特·巴日东侯爵，同高门望族攀了亲，像多少人一样晋封为公爵，做到贵族院议员，不至于一八〇五年时娶到玛丽-路易士-阿娜依斯·特·奈葛柏里斯小姐，觉得十分荣幸了。小姐的父亲是个蛰居家园的老乡绅，外面久已无人知道，祖上倒是法国南方最古老的一个世家，他的一支是小房。当年圣·路易[③]手下被俘的人中就有一个奈葛柏里斯。大房的儿子在亨利四世时代娶了埃斯巴家的独养女儿，承继了埃斯巴那个有名的姓氏。现在这个乡绅是小房中的小房，靠着妻子的产业，巴勃齐欧近边的一小块田地过活。他极会经营，自己酿酒，自己到集上去粜麦子；只要能多积几个钱，扩充一下庄园，绝不怕人笑话。

由于穷乡僻壤，虽然机会很少，特·巴日东太太居然对音乐

①法国古地区名，首府便是安古兰末。

②指封建时代下级贵族以纳贡与效忠为条件获得的土地，只要履行义务，可以永远使用。

③1250年法王圣·路易（路易九世）率十字军东征，在埃及战败被俘。

和文学感到兴趣。大革命时期，罗士神甫[①]的得意门生，尼奥朗神甫，带着作曲家的行装逃入埃斯卡巴那个小小的古堡。他教育老乡绅的女儿，充分报答了主人的情谊。姑娘名叫阿娜依斯，简称娜依斯，要不遇到尼奥朗神甫，只能自生自长，或竟落入一个品性不良的女佣人之手，那就更糟了。神甫不仅是音乐家，文学方面的知识也很广博，懂得意大利文和德文。他把这两种语言和对位学教了奈葛柏里斯小姐；替她讲解法，意，德三国的文学名著，同她一起研究各个大作曲家的音乐。当时的政局使他们与世隔绝，神甫为了消磨时间，教女学生念希腊文和拉丁文，又给她一些自然科学的知识。这样的男性教育，做母亲的也改变不了；况且姑娘从小在乡间长大，独往独来的倾向本来很强。尼奥朗神甫非常热情，富有诗意，天生的艺术家气质，颇有一些优点，见解独立，目光远大，没有布尔乔亚的成见。这种气质因为有它与众不同的深度，还能叫上流社会原谅它的狂妄，在私生活中却容易促成越规的行动，变作有害了。神甫感情丰富，他的思想也就感染了阿娜依斯；她不但和一般年轻姑娘一样会激动，还有乡下的孤独生活加强她这个趋向。尼奥朗把大胆的探讨，敏捷的判断传给学生，没想到这些对男人极重要的长处，在一个生来要做主妇，过平凡生活的女性身上会变成缺点。虽则神甫不断的告诫学生，愈有学问愈要谦虚和顺；特·奈葛柏里斯小姐却自视甚高，老实不客气瞧不起人。她在周围只看见比她低微和对她唯命是听的人，养成一派贵妇人的高傲，而不曾学会她们虚假的礼数。可怜的神甫看着女学生好比作家看自己的作品，十分得意，满足女学生各

---

①尼古拉·罗士（1745—1819）是个颇有声名的音乐家。

方面的虚荣心；不幸她没有遇到一个可作比较的人，帮助她衡量自己。乡居生活最大的缺陷就是没有伴侣。即不必在态度和衣着上头为别人做些小小的牺牲，也就没有顾到别人而克制自己的习惯。于是我们身上样样开始变质，不论是外表还是思想。特·奈葛柏里斯小姐不受社交拘束，思想方面的大胆发展到举动和眼神中去了；她的放肆的神气粗看很别致，其实只对生活放荡的女人才合适。可见她那种教育倘不经过高等社会把棱角磨平，等到崇拜她的人对于她只有在青春时期才显得可爱的缺点，不再美化的时候，只能使她在安古兰末叫人笑话。至于特·奈葛柏里斯先生，只要能挽救一条害病的牛，把女儿的图书全部送掉也不在乎；因为他非常吝啬，即使是教育女儿必不可少的小东西，也不肯在规定的月费以外出支。神甫死于一八〇二年，在他疼爱的孩子出嫁之前；他要是活着，准会劝阻那头亲事。神甫死了，老乡绅感到女儿是个大大的累赘。他的啬刻脾气，同一无所事的女儿的倔强脾气势必要发生冲突，而他觉得没有精力对付。娜依斯看透了婚姻，根本不放在心上；少女们一越出女性应走的老路，都是这个情形。她遇到的无非是一般没有气魄，没有价值的男人，要让他们来支配她的身心，她是受不了的。她一心想指挥，婚姻偏要她服从。还是听让一个恶俗的、不了解她的趣味的男人随意支配呢，还是跟一个惬意的情人私奔？如果叫她在两者之间选择，她绝不迟疑。特·奈葛柏里斯先生毕竟是贵族，不能不防到玷辱门楣的婚姻。他决意替女儿攀亲，同许多父亲一样，不是为女儿着想，而是求自己安宁。他需要一个不大聪明的贵族或者乡绅，不会挑剔他代管女儿财产的账目；头脑和意志相当软弱，可以让娜依斯自由行动；也不太重金钱，肯娶一个没有陪嫁的姑娘。可是既要配父亲脾胃，又要对女儿合适的女婿怎么找得到呢？如此这般的女婿像凤凰一般少有。特·奈葛柏里斯先生抱着这双重的愿望研究本州的男人，觉得只有特·巴日东先生合乎条件。他四十多岁，早年风流过度，弄得身体很虚弱，出名的没有头脑，只是还有相当理路，能照管产业；态度举动也过得去，不会在安古兰末的上流社会中失态或者闹笑话。特·奈葛柏里斯先生向女儿提出这个理想丈夫，很露骨的说出他的消极的长处，让她知道为自己的快活着想，有哪些地方可以贪图。她总算嫁了一个旧家子弟，巴日东家的纹章①已经有两百年历史：图样是上下分成四格，对角的两格金底子上画着三个大红鹿头，上二下一②，和鹿头交错在一起的有三个全黑的正面牛头，上一下二；其余对角的两格各分六根横条，银蓝相间，蓝条上画着六个贝壳，上三，中二，下一。身边有着保护人，躲在出面经理的招牌之下，再凭着她的才情和相貌，在巴黎交上一般朋友做帮衬，她尽可称心惬意的安排前途。娜依斯看到这样自由的远景很中意。特·巴日东先生自以为攀了一门出色的亲事，估计丈人花足心血扩充的田产不久就好到手；可是按照当时的情形，似乎特·巴日东先生的墓志将来还得由岳父执笔。

我们的故事发生的时候，特·巴日东太太三十六岁，丈夫五十八岁。这个年龄的差别格外刺目，因为特·巴日东先生看来有七十岁，而他太太还能装作少女模样，穿上粉红衫子，头发梳成小姑娘款式，不显得肉麻。他们一年只有一万两千收入，可是除

---

①欧洲封建时代的纹章也是一种专门学问，描写图样有一套术语，故此处原文全用斜体字。译文只求意义清楚，给读者一个形象。

②上二下一指安排鹿头的地位，上面两个并列，下面单独一个；下文说的上一下二是上面单独一个，下面二个并列。

开商人和官员，在老城中已经列在六大富户之内。特·巴日东太太预备得了父亲的遗产到巴黎去，偏偏那笔遗产叫人久等，临了女婿竟死在丈人之前。特·巴日东夫妇为了巴结老人，留在安古兰末；藏在娜依斯胸中的才华和未经琢磨的宝藏就此白白糟蹋了，年代一久还变得可笑。的确，我们的可笑大半是由于某种高尚的情感，某些德行或才能过分发展。不和高等社会来往而不加纠正的傲气，不在崇高的感情圈子内而在琐事上发挥，结果变为生硬。慷慨激昂的情绪原是基本的美德：历史上的圣者，无人知道的献身，辉煌的诗篇，都是受它的感应；但用在内地的无聊小事上面就是夸张了。离开了人才荟萃的中心，呼吸不到思想活跃的空气，不接触日新月异的潮流，我们的知识会陈腐，趣味会像死水一般变质。热情无处发泄，一味夸大渺小的东西，反而降低热情的价值。毒害内地生活的吝啬，毁谤别人的风气，便是这样产生的。不久连最杰出的女子也会染上狭窄的观念，鄙陋的行动。在这种情形之下毁掉的，有些男人是天生的大才，有些女子倘若经过高等社会的教育和优秀人士的栽培，可能是极风趣的人物。特·巴日东太太为一桩极寻常的事可以大发诗兴，分不出幽密的诗意和当众的激动的区别。普通人不能体会的感触，我们应当藏在心里。落日当然是一首雄壮的诗，可是一个女人对一般俗物夸大其词的描写落日，岂不可笑？我们自有一些销魂荡魄的快乐，只能在两个人中间，诗人对着诗人，心对着心，细细吟味。特·巴日东太太的毛病却是用大而无当的句子，把浮夸的字眼堆砌起来，变成新闻界所谓的"夹心面包"——记者们天天早上为读者做得极难消化，而大家照样吞下去的文字。她的谈吐滥用极端的形容词，把小事说成天大。就在她那个时代，样样东西已经被她典型化，个性化，综合化，戏剧化，极端化，分析化，诗歌化，散文化，巨型化，圣洁化，新式化，悲剧化；我们只能暂时破坏一下语言，描绘某些女人新行出来的歪风。特·巴日东太太的思想也同她的语言一样如火如荼。心中和口头都是一片狂热的赞美。事无大小，她都要心跳，昏迷，激动；一个慈善会女修士的热心，富希弟兄的处决[①]，阿兰戈先生的《伊普西蒲埃》，留伊斯的《阿那公达》[②]，拉华兰德的越狱[③]，一个女朋友粗着嗓子吓走窃贼，都能使她兴奋若狂。在她看来，一切都是崇高的，非凡的，古怪的，神奇的，不可思议的。她紧张，愤怒，丧气，忽而精神奋发，忽而垂头丧气，望着天上或看着地下，老是眼泪汪汪。她的精力不是消耗在连续不断的赞叹上面，便是消耗在莫名其妙的轻蔑上面。她猜想雅尼那总督[④]的为人，恨不得在他后宫中和他搏斗；觉得被人装入布袋丢下水去，伟大得很。她羡慕沙漠中的女才子，斯丹诺普夫人[⑤]。她想进圣·加米叶修会，到巴塞罗那去看护病人，染上黄热病[⑥]送命：那种身世才伟大呢，崇高呢！她不愿埋没在野草中过平淡无奇的生活。她崇拜拜伦，卢梭，崇拜一切生活富有

①1815年9月白色恐怖时期被复辟政府枪决的两个军人。

②法国阿兰戈的小说《伊普西蒲埃》，以文体浮夸，文字不通，见笑当时。英国小说家兼戏剧家留伊斯的《阿那公达》也是没有价值的作品。

③拉华兰德伯爵忠于拿破仑，1815年时被判死刑。终于越狱逃往国外。

④希腊塞萨利地区的雅尼那总督阿利（1741—1822），原是土匪出身，出名的阴险残暴。

⑤英国埃斯忒·斯丹诺普夫人（1776—1839），是个性情乖戾，行为怪僻的女冒险家，1810年后定居近东黎巴嫩。

⑥1820年时西班牙的巴塞罗那流行黄热病，成为大疫。

诗意和戏剧色彩的人。她准备为所有的苦难痛哭流涕，对所有的成功欢呼颂赞。她同情战败的拿破仑，屠杀埃及暴君[1]的美黑美特-阿利。总而言之，她在天才背后画上光轮，认为他们是靠着香气和光明过活的。在许多人眼中，特·巴日东太太是个没有危险的疯子；目光深刻的观察家觉得她的种种表现仿佛有过昙花一现的美妙的爱情，见过极乐世界而只留下一些残迹，总之，她心里藏着一股没有对象的爱。这个观察是不错的。特·巴日东太太最初十八年的结婚生活，几句话就好说完。她先用自己的精神力量和遥远的希望支持了一个时期。随后她承认限于财力，一心向往的巴黎生活不可能实现，便考察周围的人，对自己的孤独感到寒心。女人过着没有出路、没有风波、没有兴趣的生活，绝望之下往往会一时糊涂；可是特·巴日东太太身边连使她一时糊涂的男人也看不见。她没有什么可期待，没有意外的事可以希望；因为平平淡淡过一辈子的人有的是。在法兰西帝国声威鼎盛，拿破仑把精锐的队伍送往西班牙的时节，那位太太一向落空的希望又醒过来了。她出于好奇，想见识见识那些听到命令就去征略欧洲的英雄，把骑士们神话式的奇迹重演一遍的人物。帝国禁卫军路过的地方，便是最吝啬最倔强的城市也不能不招待，州长市长预备好长篇演说，出去迎接，像恭迎圣驾一般。特·巴日东太太出席一个团部招待本地人士的舞会，看中一个青年贵族，军阶不过是少尉，狡猾的拿破仑暗示他有做元帅的希望。两人的抑制，高尚，强烈的爱情，和当时一般随便结合随便分手的私情大不相同，而且经过死神之手，永远变为贞洁而神圣的了。华格拉姆一仗，一

①指埃及总督美黑特-阿利1811年屠杀埃及警卫军一事。

颗炮弹击中特·刚德-克洛阿侯爵的胸口，炸毁了唯一画出特·巴日东太太美貌的肖像。他受着功名和爱情鼓励，在两次战役中升到上校，把娜依斯的书信看得比帝国政府的褒奖还重。娜依斯长时期悼念这个俊美的青年。哀伤在她脸上罩着一重凄凉的幕。这块乌云消散的时候，她已经到了华年虚度，悔恨无穷的年龄，眼看自己花残叶落，不禁重新燃起爱情的欲望，只求青春最后的笑容多留一些时日。一朝感到内地生活的寒冷，特·巴日东太太一切卓越的才能都变为内心的伤口。倘使和一般饱餐过后，只想玩几个铜子小牌的男人接触之下而玷污自己，她势必要像银鼠一般羞愤而死。心高气傲使她逃过了内地那种可叹的私情。在虚无寂灭和周围的庸才俗物之间，像她这样卓越的人宁可忍受虚无寂灭。在她心目中，结婚生活和上流社会等于修道院。嘉美丽德会的女修士靠宗教过活，特·巴日东太太靠美丽的幻想过活。过去没听见过的外国名人在一八一五至一八二一年间发表许多作品，鲍那和特·梅斯忒两个大思想家[1]的重要论著先后刊行，气魄较差的法国文学也在蓬蓬勃勃长出第一批枝条；特·巴日东太太拿这些读物来破除寂寞，思想可并不变得圆通，人也不见得更灵活。她身体强壮，躯干笔直，仿佛一株遭到雷击而没有倒掉的树。尊严的态度僵化了，高高在上的地位使她装腔作势，过分雕琢。既是被人趋奉惯的，她尽管有缺点，照样占着宝座。特·巴日东太太的身世便是这一段枯燥的历史，必须交代清楚才能了解她同吕西安的关系，而吕西安被人引进的方式也相当古怪。上年冬天，城里新来一个人物，特·巴日东太太单调的生活因之有了一些

①两人都是反对大革命，拥护王权的极右派。

生气。间接税稽核所所长的位置刚好出缺，特·巴朗德先生[①]派来的新人有一段奇怪的经历，他便利用妇女的好奇心作为晋身之阶，去接近当地的王后。

杜·夏德莱先生出世的时候只姓夏德莱，名叫西克施德；从一八〇六年起，他灵机一动，自封为旧家，称为杜·夏德莱[②]。拿破仑时代，有些讨人喜欢的青年靠着帝室的光辉，逃过每一届的兵役；夏德莱便是这等人物，开始在拿破仑家里一位公主身边当首席秘书。杜·夏德莱先生一无所能，正好配合他的职位。他身材匀称，长相漂亮，跳舞跳得出色，打得一手好弹子，锻炼身体的玩意儿都很在行，会唱多情的歌，茶余酒后能够粉墨登场，爱听俏皮话，殷勤凑趣，肯趋奉人，又嫉妒人，无所不知而一无所知。他对音乐全盘外行，可是碰到一位太太愿意替大家助兴，唱一支花了个把月，费了九牛二虎之力学来的歌，他能在钢琴上胡乱伴奏。他一点诗意都不能领会，却胆敢自告奋勇，散步十分钟，吟一首即兴诗，味同嚼蜡的四行诗，只有韵脚，没有内容。杜·夏德莱先生还有一件本领，能够把公主开头绣的花接下去。公主绕线，他张开手臂有模有样的托着，嘴里东拉西扯，隐隐约约夹几句风话。他不懂绘画，照样能临一幅风景，勾一张侧面的人像，画衣服的图样，著上颜色。总之，在妇女操纵政治，权势惊人的时代，凡是对前程大有帮助的小本领，杜·夏德莱无不具备。他自命为擅长外交。外交原是不学无术而用空虚冒充深刻的学问，而且并不难学，但看怎样充当高级的差事就知道：一则外交要用

①当时法国间接税总署的署长。

②法国法律上虽无明文规定，一般人都把姓氏之前的“特”字“杜”字当作贵族或旧世家的标识。

机密的人，所以外行尽可一言不发，用莫测高深的点头耸脑做挡箭牌；二则精通此道的高手好像在支配时局，其实在潮流中载沉载浮，尽量把头昂在水外，可见问题在于一个人的体重。外交界和文艺界一样，在上千的庸才中才有一个天才。杜·夏德莱尽管替公主办了不少例行的和例外的公事，仍不能靠着后台老板的面子进参事院：并非他不如人家，没有资格当一个风趣十足的评议官，而是公主觉得他留在自己身边比担任别的职位更好。他终于封了男爵，派到卡赛尔[①]去当特使，他的地位的确非常特别，换句话说，拿破仑在紧急关头把他派作外交信使的用场。帝国瓦解的时候，上面刚好答应让杜·夏德莱到奚罗姆宫中去，做法国驻威斯特发里亚公使，据他说是当家庭使节。这个希望破灭之后，他灰心了，和阿尔芒·特·蒙脱里伏将军一同游览埃及，遇到一些离奇的事，半路上和同伴分散，在沙漠中流浪了两年，从这个部落到那个部落，被亚剌伯人俘虏，辗转出卖，谁也没法利用他的才能。最后他进入玛斯卡德教主境内，蒙脱里伏往坦丹尔进发。夏德莱在玛斯卡德遇到一条英国船正要启碇，比同伴早一年回到巴黎。他仗着从前的一些老关系，目前走红的人受过他的好处，新近又遭了难，总算得到内阁总理的关切；总理在没有什么司长出缺之前，把他交给特·巴朗德先生安插。杜·夏德莱在帝政时代的公主手下当过差，出名是个风流人物，旅行中又有不少古怪的经历，受过许多磨折，引起安古兰末的太太们注意。西克施德·杜·夏德莱男爵弄清了上城的风俗习惯，相机行事。他装作病人，性情忧郁，兴致全无，动不动双手捧着脑袋，仿佛随时在

①德国西部威斯特发里亚的首都。当时威斯特发里亚的国王便是拿破仑的兄弟奚罗姆。

发病；这个小手法叫人想起他的旅行，对他关心。他在上司门下走动，拜访将军，州长，税局局长，主教；到处摆出一副有礼的，冷淡的，带点儿轻慢的态度，俨然是个大材小用，但等上面提拔的人物。他暗示他多才多艺，因为没有显过身手而更受重视；他叫人仰慕而不让大众的好奇心冷却；看透了一般男子的无用，花了好几个星期日在大教堂里把所有的女人仔细研究过了，认为最合适的是和特·巴日东太太交个亲密的朋友。他打算用音乐做敲门砖，打开那座不招待外人的府第。他私下觅到米罗阿的一部弥撒祭乐，在钢琴上弹熟了，然后拣一个星期日，安古兰末的上流社会都在望弥撒的时候，他奏起大风琴来，把那些外行听得赞叹出神，还让教堂的小职员泄漏他的名字，刺激大家对他的兴趣。特·巴日东太太在教堂门口恭维他，说可惜没有机会和他一同弄音乐。他在这次有心钻谋的会面上，叫人把他自己开口得不到的通行证，心甘情愿的送在他手里。机灵的男爵进入安古兰末的王后府上，大献殷勤，不避嫌疑。过时的美男子——他年纪已经四十五——看准特·巴日东太太还能燃起青春的火焰，还有财富可以利用，说不定将来是个遗产可观的寡妇；要是跟奈葛柏里斯家结了亲，他可以接近巴黎的特·埃斯巴侯爵夫人，仗着她的势力重新进政界。虽然那株美丽的树给苍黑茂密的藤萝损坏了，夏德莱决心依附，由他来修剪，栽培，收一批出色的果子。安古兰末的贵族看见蛮子闯进宫殿，大惊小怪的直嚷起来。特·巴日东太太的客厅一向是最严格的集会，没有外人羼入，经常来的只有主教，州长每年只招待两三次，税局局长根本轮不到；特·巴日东太太出席局长的晚会和音乐会，从来不在那儿吃饭。不接待税局局长而容纳一个稽核所所长，这样颠倒等级的行为，在受到轻视的官员看来简直无法理解。

谁要能渗透每个阶层都有的狭窄的眼界，不难懂得巴日东府在安古兰末的布尔乔亚心目中多么威严。对乌莫镇说来，这个小型卢浮宫的气派，本地朗蒲依埃[①]的光彩，更是在云端里，高不可攀。在那里聚会的全是周围几十里以内最穷的乡绅，头脑最贫乏、思想最鄙陋的人物。谈到政治无非是一大篇措辞激烈的滥调，认为《每日新闻》[②]太温和，路易十八同雅各宾党相去不远。至于妇女，多半愚蠢可笑，谈不到风韵，衣着不伦不类，每个人都有些缺陷破坏她的长相；谈吐，装束，思想，肉体，没有一样是完美的。要不是对特·巴日东太太别有用心，夏德莱绝对受不了那个环境。可是阶级意识和生活习惯，乡绅的神气，小贵族的高傲，严格的规矩，遮盖着他们的空虚。他们在感情方面的贵族品质，比豪华的巴黎社会真实得多；不管怎么样，他们对波旁王室还是拥护的，尊重的。做个不相称的比方，那个社会像老式的银器，颜色发黑，可是挺有分量。一成不变的政见近于忠诚。同布尔乔亚的距离，森严的门禁，显得他们地位很高，在社会上有公认的价值。在居民心目中，每个贵族都有他的身价，仿佛贝壳在庞巴拉的黑人中代表金钱。好些女子受着夏德莱的奉承，承认他某些长处是她们圈子里的男人没有的，也就不觉得和他来往有损尊严；骨子里她们个个人希望承继帝政时代的公主的遗产。最重清规戒律的人以为那不速之客只能在巴日东府上露面，绝不会受别的家庭招待。杜·夏德莱碰过好几个钉子，可是他巴结教会，地位始终不动。他迎合安古兰末王后在本乡养成的缺点，给她看各

①法国十七世纪有名的文学沙龙，由特·朗蒲依埃侯爵夫人主持。

②法国史上有名的保王党报纸。

种新书，替她念新出的诗集。两人为着一批青年诗人的作品感动出神，在特·巴日东太太是出于真心，夏德莱是闷得发慌，硬着头皮忍受；他是帝政时代的人物，不大了解浪漫派的诗歌。在百合花[①]影响之下发生的文艺复兴，引起特·巴日东太太的热情；她喜欢夏多布里昂先生，因为他说过维克多·雨果是个“才华盖世的孩子”[②]。她只能在书本上认识天才，觉得心中怏怏，愈加向往名流荟萃的巴黎。杜·夏德莱先生以为想出了一个绝妙的主意，告诉她安古兰末也有一个才华盖世的孩子，一个青年诗人，比巴黎初升的明星更灿烂，而他自己并不知道。原来乌莫出了一个未来的大人物！中学校长给男爵看过一些出色的诗。那孩子又穷又朴实，竟是查忒吞[③]第二，可不像查忒吞在政治上那么卑鄙，也不像他那样痛恨名流，写小册子攻击他的恩人。特·巴日东太太周围有五六个人和她一样喜欢文学艺术，一个因为能拉几下难听的小提琴，一个因为能用墨汁糟蹋纸张，一个仗着农学会会长的身份，还有一个会直着低嗓子，像猎场上吹号角似的，嚷几句只要你还有一口气之类的歌；在这些荒唐古怪的角色中，特·巴日东太太赛过饿慌了肚子，眼睁睁的望着舞台上纸做的酒席。一听到杜·夏德莱的报告，她的快乐简直无法形容。她要见那个诗人，那个天使！她为之兴奋，激动，一谈就是几小时。第三天，前任外交信使托中学校长接洽，把引见吕西安的事谈妥了。

---

①百合花是法国王朝的徽号。浪漫派文学家绝大多数是保王党。

②夏多布里昂这句话是1820年说的，雨果十八岁，夏多布里昂五十二岁。

③英国诗人查忒吞（1752—1770），十二岁上写的讽刺诗已有传世价值，以贫穷潦倒于十八岁时服毒自杀。

你们倘是生在内地的小百姓，阶级的距离就比巴黎人更不容超越，巴黎人觉得这距离正在一天天缩短，你们始终受着铁栏阻隔，各个不同的社会阶层隔着铁栏诅咒，对骂“拉加”[①]；所以只有你们能体会，吕西安·夏同听见威严的校长说，他的名气替他打开了巴日东府的大门，他的心和头脑激动到什么地步。他平日夜晚同大卫在菩里欧溜达，望见巴日东家的旧山墙，常常说他们的名字恐怕永远传不到那儿，对于出身低微的人的学问，贵人们的耳朵特别迟钝。怎想到他会受到招待呢？这秘密，他只给妹妹一个人知道。夏娃会安排，又是体贴入微，拿出几个路易[②]的积蓄，为吕西安向安古兰末最高级的鞋店买了一双上等皮鞋，向最有名的成衣铺买了一套新衣服，替他最好的衬衫配上一条百裥绉领，她亲自洗过，熨过。夏娃看见吕西安穿扮好了，不知有多么高兴！她为着哥哥不知有多么得意！嘱咐的话不知说了多少！她想起无数的细节。吕西安经常出神，养成一种习惯，一坐下来就把胳膊肘子撑在桌上，有时竟拉过一张桌子来做靠手；夏娃要他在贵族的殿堂上检点行动，放肆不得。她陪着哥哥走到圣·比哀门，差不多直送到大教堂对面，看他穿入菩里欧街，拐进林荫道去和杜·夏德莱先生相会。可怜的姑娘站在那儿，激动不已，好像完成了一桩大事。吕西安踏进特·巴日东太太家，在夏娃看来是好运的开端。纯洁的女孩子哪里知道，一有野心就要丧失天真的感情！吕西安走进麦市街，看到屋子的外表并不惊奇。在他想象中一再扩大的卢浮宫是用当地特产的软石盖的，年代久了，石头有点发黄。临街的门面相当阴沉，内部的构造也很简单：内

①古希伯来人的骂人话，见《新约·马太福音》第五章二二节。

②法国古金币，值二十四法郎。

地式的冷冰冰的院子，十分干净；朴素的建筑近乎修道院，保养得不错。吕西安走上古老的楼梯，栏杆是栗树做的，从二层楼起踏级就不是石头的了。他走过一间简陋的穿堂，一间光线不足的大客厅，方始在小客室里见到当地的王后。灰色的门窗框子，雕花都是上一世纪的款式；门楣顶上嵌着仿浮雕的单色画。板壁糊着大马士革旧红绸，镶边很简单。红白方格的布套遮着寒碜的老式家具。诗人瞧见特·巴日东太太坐在一张垫子用细针密缝的长沙发上，面前摆一张铺绿呢毯子的圆桌，点着一个老式双座烛台，围着罩子。王后并不站起来，只是怪可爱的在椅上扭了扭身子，笑吟吟的望着诗人；诗人看着她蛇一般扭曲的动作，心里直跳，觉得那姿势十分高雅。

吕西安的无比的美貌，羞怯的举动，还有他的声音，一切都使特·巴日东太太感到惊异。诗人本身已经是一首诗了。吕西安觉得这女人名不虚传，偷偷打量了一番：特·巴日东太太同他理想中的贵族太太完全符合。她按照时行的款式，戴一顶直条子黑丝绒拼成的平顶帽。这顶大有中世纪风味的帽子，在青年人眼中愈加抬高了对方的身份。帽子下面露出一大堆黄里带红的头发，照着亮光的部分完全金黄，蜷曲的部分红得厉害。据说女人长着这种颜色的头发，别的部分很不容易配合；那位高贵的太太却是皮色鲜明，弥补了那个缺点。一双灰色眼睛闪闪发光，雪白宽广，已经有皱裥的脑门，轮廓很显著；眼睛四周的色调像螺钿；鼻子两旁有两条蓝血管，细巧的眼圈儿因之显得更洁白。神采奕奕的长脸孔上长着一个鹰爪鼻，成为一个鲜明的标识，说明她容易激动，像公台[1]家的人。头发没有完全遮掉脖子。随便扣上的袍子露出雪白的胸脯，不难想见乳房丰满，位置恰当。特·巴日东太太伸出她保养很好而有些干枯的细长手指，很亲热的指着近边的椅子，要青年诗人坐下。杜·夏德莱坐在一把靠椅上。那时吕西安才发觉没有别人在座。

乌莫的诗人被特·巴日东太太的谈话陶醉了。在她身边消磨的三个钟点，对吕西安简直是个梦，恨不得永远做下去。他发现那太太是消瘦而不是真正的瘦，渴望爱情而得不到爱情，身强力壮而带着病态。态度举动把她的缺点更加夸大了，吕西安却看着很中意；年轻人开头总喜欢夸张，只道是心地纯洁的表现。他完全不注意酒糟颧骨的面颊神态憔悴，被烦闷和痛苦染上一层土红色。他的幻想只管盯着那双热烈的眼睛，照着烛光的美丽的卷发，白得耀眼的皮肤，像飞蛾见到亮光一样死盯不放。并且对方的话句句说到他心里，他再也不想去判断对方是怎样的女人。那种女性的激动，特·巴日东太太重复了多年而吕西安觉得很新鲜的滥调，都使吕西安入迷，尤其他存心把一切看得十全十美。他不曾带作品来，而且当时也谈不到这个问题；吕西安故意忘记带诗，好作为下次再来的借口；特·巴日东太太也绝口不提，以便改天再要他念自己的作品。这不是初次见面就有了默契吗？西克施德·杜·夏德莱先生对这次招待大不高兴。他发觉得晚了一步，这漂亮青年竟是他的情敌。他送吕西安从菩里欧走下乌莫的石扶梯，直到第一个拐角儿上，有心叫吕西安领教领教他的手段。间接税稽核所所长先自己夸了一阵引见的功劳，然后以介绍人身份

①法国王室波旁家的旁系亲属。

给他一番劝告，叫吕西安听着很诧异。

杜·夏德莱先生说："总算吕西安运气，受到的待遇比他夏德莱好。这批蠢东西比宫廷还傲慢。他们扫尽你面子，叫你下不了台。他们要不改变作风，一七八九年的革命准会再来。至于他夏德莱，他所以还在那家走动，无非是对特·巴日东太太感到兴趣，安古兰末只有这个女人还像点儿样。他先是因为无聊，对特·巴日东太太献献殷勤，结果却发疯似的爱上了她。不久事情就好得手，处处看得出她爱着他。他只有收服这个骄傲的王后，才能对那批臭乡绅报仇泄恨。"

夏德莱形容自己的痴情已经到了杀死情敌的地步，万一有情敌的话。帝政时代的老油子用尽全身之力扑在可怜的诗人身上，想用威势压倒他，叫他害怕。他讲到旅行埃及时的危险，大大夸张了一番，抬高自己；可是他只能刺激诗人的想象而并没有吓退情敌。

从那天晚上起，吕西安不管老风流如何威胁，如何装出小市民冒充打手的样子，照样去拜访特·巴日东太太；他先还保持乌莫人的身份，陪着小心；后来习惯了，不像早先那样觉得在那儿出入是莫大的荣幸，上门的次数愈来愈多。那个圈子里的人认为药房老板的儿子根本无足重轻。开始一个时期，某个贵族或者某些妇女去看娜依斯而碰到吕西安，对他都拿出上等人对待下级的态度，礼貌特别周到。吕西安先觉得他们和蔼可亲，后来也咂摸出那种虚假的客气是什么意思。有一些恩主面孔引起他的愤慨，加强他痛恨不平等的平民思想；许多未来的贵人开始对高等社会都有这种仇恨。可是不论怎样的痛苦，吕西安为了娜依斯都能忍受。娜依斯这个名字，他是从别人嘴里听来的。那个帮口跟西班牙的元老和维也纳的世家一样，熟朋友之间男男女女都用名字相称，他们想出这一点区别，表示他们在安古莫阿的贵族里头也是与众不同的。

吕西安爱上娜依斯，正如年轻人爱上第一个奉承他的女子，因为娜依斯预言他前途无量，一定会享大名。她使尽手段要吕西安成为她家里的常客，不但过甚其辞的赞美，还说吕西安是她有心提拔的一个穷孩子；她故意把他缩小，好把他留在身边；她要吕西安做秘书，念书给她听。其实她是爱吕西安，在当年那次惨痛的经历以后，她自己也想不到还能爱到这个程度。她暗暗责备自己，觉得爱一个二十岁的青年简直荒唐，单说身份，他就同自己离得多远！种种顾虑煽动起来的傲气，莫名其妙的在亲热的态度中流露出来。她一会儿目无下尘，摆出一副保护人面孔，一会儿慈爱温柔，满嘴甜言蜜语。吕西安开头震于她高贵的地位，尝遍了恐惧，希望，绝望的滋味；可是经过痛苦与快乐的交替，第一次的爱情也在他心里种得更深了。最初两个月，他把特·巴日东太太当作像慈母一般照顾他的恩人。一来二去，终于说起知心话来了。特·巴日东太太称诗人为亲爱的吕西安，然后干脆叫他亲爱的。诗人大着胆子也把尊贵的太太叫起娜依斯来。她听着大不高兴，发了一阵脾气，叫不通世故的孩子愈加神魂颠倒；她嗔怪吕西安不该用一个大家通用的称呼。又高傲又尊贵的特·奈葛柏里斯小姐，向俊美的天使提出一个簇新的名字，要他用路易士相称。这一下吕西安一跤跌进了爱情的天堂。一天夜晚，路易士正在瞧一张肖像，吕西安进去，她急忙收起，吕西安要求给他看。这是他第一次表示嫉妒，路易士怕他发急，给他看了年轻的刚德-克洛阿的肖像，淌着眼泪讲出那一段悲惨的爱情，多么纯洁，受到多么残酷的摧残的爱情。是不是她打算对已故的情人不忠实了?还是利用肖像暗示吕西安,还有一个男人同他竞争?吕西安太年轻,没有能力分析他的爱人,只是很天真的发急,因为娜依斯已经排开阵势挑战。在这种战斗中,女人总希望男人把她理由说得相当巧妙的顾虑彻底破除。她们关于责任,体统,宗教的争辩好比许多堡垒,但愿男人一齐攻下。天真的吕西安用不着这些挑拨就冲过来了。

有天晚上,吕西安大着胆子说:“换了我才不肯死呢,我要为着你活下去。”他想把特·刚德-克洛阿先生彻底解决,望着路易士的目光表示他的热情已经到顶点。

路易士看着这股新生的爱情在她和诗人心中进展,暗暗吃惊。她故意找错儿,说吕西安答应题在她纪念册第一页上的诗不该老是拖延。等到诗写出来了,她当然觉得比贵族诗人卡那利斯最好的作品还要美,可是她念过以后又作何感想呢?

生花妙笔,虚幻的诗神,
并不经常来叩我的心魂,
　　点染我的花笺和薄薄的绢素。
倒是我美丽的情人在挥毫时分,
往往把她幽密的欢欣,
　　或是无声的悲苦,向我倾吐。

啊!等到她追寻我褪色的旧稿,
想得到一个分晓,
　　花团锦簇的前程从何处发轫;

那时但愿爱神呵，

将来回想起这次美妙的旅行，

像晴朗的天空没有一朵乌云！

她说："你的诗真是受了我的感应吗？"

这个疑问是喜欢玩火的女人有心挑逗，叫吕西安冒出一滴眼泪；她便安慰吕西安，破题儿第一遭亲了亲他的额角。真的，吕西安是个大人物，她要好好的栽培他，教他意大利文，德文，纠正他的态度举动；有了这些借口，她可以当着那般讨厌的清客，让吕西安经常留在身边了。她多关切吕西安的生活！为着吕西安重新弄音乐，引他进入音乐的天地，弹几支贝多芬的美妙的曲子，使他听着出神。吕西安快乐，路易士也跟着快乐；看见吕西安心醉神迷，快要晕过去的样子，她假惺惺的说："有了这样的幸福，我们不是该满足了吗？"可怜的诗人糊涂透顶，回答说："是的。"

形势逐渐发展，上星期路易士居然留吕西安在家和特·巴日东先生同桌吃饭。虽然有丈夫在场，事情还是弄得满城皆知，大家还认为过分离奇，难以相信。结果引起许多骇人听闻的谣言。有的人觉得社会马上要天翻地覆了。另外一些人大声疾呼的说："这就是高谈自由平等的后果！"醋意十足的杜·夏德莱打听出服侍产妇的夏洛德太太便是夏同太太，被他说做"乌莫夏多布里昂的母亲"。这句话变了一句有名的俏皮话。特·乡杜太太第一个赶往特·巴日东太太家，说道：

"亲爱的娜依斯，你可知道全安古兰末谈论的事吗？那起码诗人的娘，就是两个月以前服侍我嫂子生产的夏洛德太太！"

特·巴日东太太摆出一副十足地道的王后面孔，回答说：“亲爱的，这有什么大惊小怪？她不是药剂师的寡妇吗？特·吕庞泼莱家的小姐落到这步田地也够可怜的了。假定你跟我穷得一个钱都没有？……咱们靠什么过活？怎么养活你的孩子？”

特·巴日东太太的镇静压倒了贵族的怨叹。伟大的心胸最容易把苦难当作德行。做的好事受到指责而坚持下去，也更有意思；清白无辜和不正当的嗜好同样有刺激作用。晚上特·巴日东太太家高朋满座，都是来埋怨她的。她拿出冷嘲热讽的口才，说即使贵族成不了莫里哀，拉辛，卢梭，伏尔泰，玛西翁，博马舍，狄德罗，至少也该接待生出大人物的家具商，钟表匠，铸刀匠[①]。她说天才永远是贵族。她责备那些绅士不懂得自己真正的利益。总而言之，她说了许多傻话，听的人要不那么蠢，早就心中有数；可是他们只以为她脾气古怪。一场雷雨被她用大炮轰散了。吕西安第一次被请来当众露面，四桌客人在褪色的旧客厅里打韦斯脱[②]；路易士满面春风的接待吕西安，摆着一副叫人非服从不可的王后气派向大众介绍。她把间接税稽核所所长叫作“夏德莱先生”，表示她知道夏德莱并无资格在姓氏之前加上旧家的标识，夏德莱听着愣住了。从那天晚上起，吕西安算是硬挨进了特·巴日东太太的圈子；可是个个人当他毒物看待，存心慢慢的用傲慢的态度做解毒剂，把他排除出去。娜依斯虽然胜利，却是大失人心；一部分反对派打算离开她了。阿美莉—— 就是特·乡杜太太—— 听着夏德莱的主意决定每星期三接待宾客，和特·巴日东

①莫里哀的父亲是家具商；卢梭和博马舍的父亲是钟表匠；狄德罗的父亲是铸刀匠。

②纸牌戏的一种，桥牌的前身。

太太唱对台。

特·巴日东太太是每天晚上招待的，去的人早已养成习惯，老是坐在那几张绿呢牌桌前面，玩那几副脱里脱拉[①]；看惯屋子里的当差，烛台；在走道里挂大衣，帽子，放套鞋，都变了刻板文章；甚至对楼梯的踏级也像对女主人一样有感情。大家捺着性子忍受“御花园中的蓟鸟[②]”，这是亚历山大·特·布勒皮安想出来的俏皮话。最后，农学会会长还说出一番内行话来消除众人的怒气。

他说：“大革命以前，便是王公大臣也接待跟这小诗人差不多的小角色，例如杜格洛，葛里姆，克莱皮翁等等；可是从来不接见收人头税的小官儿，像夏德莱这种人。”

杜·夏德莱做了夏同的替死鬼，个个人对他冷淡。间接税稽核所所长自从被称为夏德莱先生起，发誓非征服特·巴日东太太不可；他一发觉受人攻击，反而站在女主人一边，替青年诗人撑腰，自称为吕西安的朋友。了不起的外交家当年手段笨拙，没有拍上拿破仑，如今却来笼络吕西安，跟他亲热了。他请了一次客，替诗人捧场，出席的有州长，税局局长，驻军司令，海军学校校长，法院院长，所有的行政首脑。可怜的诗人大受夸奖，要不是二十二岁的年轻人，听着那些耍弄他的赞美准会疑心。上甜菜的时候，夏德莱要他的情敌朗诵他最近的杰作，《垂死的萨达那巴勒的颂歌》。素来不动感情的中学校长拍手说，便是约翰-巴蒂

①用骰子和跳棋玩的一种游戏。

②蓟鸟（以蓟草为食料的鸟）在法文中叫作“夏同纳莱”；吕西安姓夏同，原意为蓟草，是一种开淡紫花的多年生草。夏同纳莱前半与夏同相同，又可作小夏同解。

斯德·卢梭[1]也不能写得更好了。西克施德·夏德莱男爵断定这小诗人不是经不起夸奖，早晚在暖室里干瘪，便是为了未来的光荣得意忘形，闹出些狂妄的笑话来，仍旧缩回去做个无名小卒。在这个天才不曾夭折的时期，夏德莱的雄心似乎为特·巴日东太太牺牲了；其实他老奸巨猾，订好计划，要像刺探军情一样留意两个情人的行动，等候机会消灭吕西安。从那时起，城内城外隐隐然说到安古莫阿出了一个大人物。舆论一致赞美特·巴日东太太照顾青年才子。特·巴日东太太发现她的行事有人赞同，就想获得公众的批准。她在本州内逢人便说，要举行一次请吃冰淇淋和糕点的茶会；那时茶叶还作为消化药，归药房发售，请客喝茶是从来未有的创举。第一流的贵族都被请去听吕西安朗诵一件重要作品。

路易士把她暗中克服的困难瞒着吕西安，可也透露几句上流社会反对他的阴谋。她认为应当让吕西安知道天才一生中必然要经历的危险，有些难关需要过人的勇气才能冲破。她拿这种胜利当作教育。她伸着雪白的手，向吕西安指出要用不断的苦难去换取的光荣，提到殉道的志士非受不可的毒刑，她搬出她的最好听的空话，最浮夸的辞藻。那种信口开河的议论正是学了《高丽纳》小说中的缺点。她自以为雄辩滔滔，伟大之极，而她的口才又是受她的朋雅明的感应，也就更爱他了[2]。她劝吕西安放大胆子抛弃父亲的姓氏，改用吕庞泼莱那个高贵的姓，不用管群众起

①约翰-巴蒂斯德·卢梭（1671—1741），是法国抒情诗人。

②法国女作家斯塔埃夫人（1766—1817）写的小说《高丽纳》，反映她和朋雅明·公斯当的爱情，作者借女主人公高丽纳表现自己的思想感情。

哄，反正将来王上会批准的。勃拉蒙-旭佛里家的小姐，特·埃斯巴侯爵夫人，跟路易士是至亲，在宫廷中很有势力，请求改姓的事由路易士负责就是了。听到王上，宫廷，特·埃斯巴侯爵夫人这些字儿，吕西安好比看见一连串美丽的烟火，觉得大有改姓的要。

"亲爱的孩子，"路易士带着又温柔又打趣的口吻说，"事情早一天做，公众就早一天承认。"

她把社会的阶层一一揭开，叫诗人明白这个巧妙的主意可以使他平空跳过多少等级。吕西安听着她的劝告，立刻改变思想，不再相信一七九三年代的虚幻的平等；对于名位的饥渴本来被大卫用冷静的理智消解了，如今受到路易士的煽动，她说只有高等社会才是他活动的天地。愤懑不平的进步党人内心深处变了保王党。吕西安咬着荣华富贵的禁果，发誓要送一个胜利的花冠给他的王后，哪怕是染着鲜血的花冠，他也要弄到手，任何代价在所不惜。他要证明他的勇敢，说出眼前的痛苦。至此为止他瞒着路易士；年轻人初次恋爱都莫名其妙的怕羞，不敢炫耀自己崇高的品质，但愿不露出真正的精神面目就得到情人赏识。此刻他说出如何受贫穷压迫，自己如何高傲的忍受，提到在大卫那儿的工作，深夜的用功。这股青春的热诚使特·巴日东太太想起二十六岁的上校，眼神愈来愈柔和。吕西安看出他的尊贵的情人动了心，便抓着她的手（她也让他拿着），凭着诗人的、青年的、情人的冲动亲吻。路易士甚至允许药剂师的儿子把颤动的嘴唇贴在她的脑门上。

她从迷惘中醒来，说道："孩子！孩子！给人撞见了，我要闹笑话了。"

那天晚上，特·巴日东太太的思想把她所谓吕西安的成见摧毁了不少。据她说来，天才是没有父母，没有兄弟，没有姐妹的；他们要建立伟大的事业，表面上不能不自私，为了他们的成就不能不牺牲一切。家属开始不免被巨人式的头脑蚕食，因为要帮助一股被压迫的力量奋斗而做种种牺牲，可是后来分享胜利的果实的时候，得到的报酬比付出的代价不知要超过多少倍。天才只向自己负责，手段只能由他决定，因为目的只有他一个人知道；他超于法律之上，他的使命是重订法律；能控制时代的人，什么都可以取为己有，什么都可以拿去冒险，因为一切都是属于他的。路易士举出许多名人的少年时代做例子：裴那·特·巴利西，路易十一，福克斯，拿破仑，哥伦布，恺撒，以及一切有名的冒险家，开始都债台高筑或者潦倒不堪，被人误解，当作疯子，败子，品行不端的父兄，后来却为一家，一国增光，甚至为全人类增光。

这些议论正好迎合吕西安隐藏的邪念，进一步败坏他的心术。在强烈的欲望鼓动之下，他认为不择手段是理所当然的。不能成功不是对社会犯了大不敬的罪恶吗？失败的人不是等于把世俗的美德全部推翻吗？而那些美德正是社会的支柱，社会唾弃的便是坐在废墟上的玛里于斯[1]。吕西安不知道他所处的地位一方面是沉沦堕落，一方面是天才的胜利，他只管望着先知们逗留

①公元前二世纪至一世纪时罗马将军，做到执政，被政敌放逐国外，追捕的人看见他坐在迦太基的废墟上叹息。后世以此为英雄末路的比喻。

过的西乃山，没有看见山下的死海和峨摩拉的丑恶的尸体[①]。

诗人的思想感情被路易士从内地生活的襁褓中完全解放出来，他竟想试探特·巴日东太太，看自己是否能征服这个高贵的俘虏，不至于遭到拒绝，下不了台。最近宣布的诗歌晚会正好给他做这个尝试。他的爱情中间有野心羼入。他动了情，同时也想往上高升；这股双重的欲望，在既要满足感情，又要摆脱贫穷的青年身上，也是自然的。今日之下，社会把所有的孩子请去赴同一个宴会，叫他们年纪轻轻就有野心。社会使青年失去妩媚，做着自私的打算，破坏他们仁厚的心地。我们美妙的理想但愿情形不是这样，无奈事实往往破坏我们一厢情愿的幻景，叫人除了十九世纪的青年以外没法写出另外一种青年。吕西安还觉得自己的计划用意高尚，表示他对大卫友情深厚呢。

吕西安动笔比说话大胆，便写了一封长信给他的路易士。十二张信纸誊了三遍，叙述他父亲的才气，落空的希望，使他受尽折磨的贫穷。他把心爱的妹子写成天使，大卫·赛夏写成未来的居维埃，目前不但是吕西安的朋友，而且是他的兄长，他的父亲。如果他不要求路易士对待大卫像对待他一样，他就不配受路易士的爱——不配受他生平第一次的光荣。他宁可放弃一切，不能辜负大卫，他要大卫亲眼看见他成功。在那种疯狂的信里，年轻人往往用自杀来威吓，关于良心问题发表许多幼稚的议论，搬出高尚的心灵的荒谬的逻辑；长篇累牍的废话说得怪有意思，

---

①西乃山是摩西看见耶和华显形的地方，见《旧约·出埃及记》。亚剌伯半岛上的古城峨摩拉，以人民作恶多端，被耶和华用天火毁灭。作者引用这两个典故做上面两句的比喻，谓吕西安向往天才的荣誉，看不见脚下的万丈深渊。

还穿插一些天真的倾诉，在写的人是无心流露而女人看了最喜欢的。吕西安把信交给女佣人，到印刷所去改校样，分派工作，打发一些零星杂务，对大卫只字不提。年轻人只有在童心未失的时候，才会这样稳重。说不定吕西安也怕大卫的不客气的批评，或者怕大卫目光犀利，窥破他的心事。念过希尼埃的作品，吕西安听到大卫埋怨，好像伤口被医生的手碰到了，他的秘密方始从心中浮到嘴边。

现在你们不难体会，吕西安从安古兰末走回乌莫，脑子里有些什么思想。那位高贵的太太要生气吗？会接待大卫吗？野心家不至于被撵出来，缩回乌莫的阁楼上去吧？不曾亲吻路易士的额角以前，吕西安还能估计一个王后和她宠臣的距离，现在可想不到他花了五个月才走完的路程，大卫不可能在一霎眼之间跨过。他不知道贵族排斥小百姓的禁令多么严格，特·巴日东太太再要敢触犯一次，非下台不可；路易士自甘堕落的罪名势必坐实，不能再在安古兰末住下去，本阶级的人对她都要远而避之，像中世纪的人躲避麻风病人一样。娜依斯要是失节的话，上层的贵族阶级，甚至连教会在内，都会替她辩护；和下等人往来可是罪大恶极，永远不能赦免；因为当权的人犯错误，可以得到大家原谅，下台以后就要受到谴责。而接待大卫不是等于自动逊位吗？吕西安即使看不见这方面的问题，他的贵族的本能也预感到另外一些困难，使他心里发慌。高尚的思想感情不一定产生高尚的举止。拉辛的风度固然不亚于身份极高的朝臣，高乃依却很像一个牛贩子。笛卡儿长得像老实的荷兰商人。孟德斯鸠肩上扛着铁耙，头上戴着睡帽，到拉·勃兰特去访问的外客往往以为他是粗俗的园丁。上流社会的风度是出身高贵的人的天赋，从吃奶的时候起就开始吸收，或者从血统带来的一门学问，否则就得靠教育培养，还需要某些偶然的因素帮忙，例如漂亮的外表，清秀的面目，特殊的音色。这些重要的小节在大卫身上完全没有，而他的朋友生来就具备。吕西安承继母系的贵族血统，连一双脚也是法兰克人的高脚背，不比大卫长的是韦尔希人的平脚背[①]，体格像他掌车的父亲。吕西安仿佛已经听到众人对大卫的讪笑，看见特·巴日东太太忍俊不禁的表情。总之，他虽不完全觉得他的好朋友丢他的脸，至少下着决心，以后不再凭冲动行事，先要经过一番考虑了。

因此，在充满诗意和友爱的时间以后，两个朋友念过作品，在一个新的太阳照耀之下看到另外一个文学天地以后，吕西安想起处世的手段和实际的利益来了。回到乌莫，他已经瞥见上流社会的无情的规律，后悔不该写那封信，恨不得收回才好。他完全体会到，交上好运对个人的抱负有怎样的帮助；他在猎取功名的阶梯上已经跨了第一步，再要退回来牺牲太大了。然后他又想起他的朴素安静的生活，高尚的感情；天才横溢的大卫多么慷慨的帮助他，必要时连为他献出生命都愿意；母亲受了屈辱仍旧那么高贵，认为儿子不但聪明，而且天性仁厚；乐天安命的妹子多么可爱，她的童年多么纯洁，良心上不曾有过斑点；他自己的希望也不曾受过狂风吹打；这些情形，他都回想起来。于是他觉得，用自己的成绩冲破贵族或者布尔乔亚的封锁，比靠一个女人的宠爱发迹更有面子。他的天才早晚会光芒四射，像那些征服社会的前

①韦尔希是德国人轻视外国人和一切外国事物的用语。相传法国的贵族是法兰克族的后代，平民是高卢人的后代。弓起的脚背被认为是贵族血统的标识。

辈一样；那个时候自然有女人爱他！拿破仑的榜样使多少平凡的人狂妄自大，成为十九世纪的致命伤。吕西安也想起拿破仑，丢开了钻营的念头，还为此责备自己。吕西安就是这样的性格，从恶到善，从善到恶，转变得一样容易。他不像学者那样爱好自己的小天地；一个月来看到铺子的绿地黄字的招牌，写着：

夏同药房——卜斯丹新记

好像对他是种耻辱。父亲的姓写在一个车马必经之处，他觉得刺眼。那天晚上要到菩里欧去，在上城最时髦的青年中间挽着特·巴日东太太露面的时候，跨过他家里的难看的铁栅门，他更抱怨这所屋子同他的好运气太不相称。

他从过弄走进小院子，一路想："爱上了特·巴日东太太，不久也许就能得手，偏偏住在这耗子窠里！"院子里靠墙放着几捆煮过的药草，学徒在洗刷配药间的锅子，卜斯丹先生系着围身，捧着一个曲颈瓶察看瓶里的药水，一边瞅着铺子，看药看得专心的时候，便耸起耳朵留意门铃。从院子到后面的破屋子，到处是一股甘菊，薄荷和煮过的草药味儿。后院的住屋要从笔直的楼梯走上去，扶手只有两根绳子，俗语叫作磨坊梯子。假三层上只有一间卧房，便是吕西安住的。

卜斯丹先生是个标准的内地老板，他招呼吕西安道："老弟，你好。身体怎么样？我才把植物糖水做了一次实验，我的问题只有你父亲能解决，他这个人真了不起！要是我知道他治痛风症的秘方，咱们俩今天还不高车大马，阔得很吗？"

又蠢又忠厚的药剂师每星期都要向吕西安提到他父亲不肯

泄露秘方的话，叫吕西安听了刺心。

吕西安很简单的回答：“的确倒霉。”老实的卜斯丹对师母和她的儿女帮过好几次忙，吕西安常常感激他，近来却觉得父亲的学生俗不可耐。

“你怎么啦？”卜斯丹说着，把瓶子放在实验桌上。

“可有我的信吗？”

“有一封，像香膏一样好闻！就在账台上，我的写字架[1]旁边。”

特·巴日东太太的信同药房的瓶儿罐儿放在一起，还了得！吕西安赶紧冲进铺子。

一扇半开的窗子里传出一个好听的声音，温柔的叫着：“吕西安，快些儿！饭菜等了你一个钟点，快凉了。”可是吕西安没有听见。

卜斯丹抬起头来说：“小姐，你哥哥魂都没有了。”

这单身汉像一个小酒桶，被画家一时高兴描上了一张皮色通红的大麻脸。他望着夏娃装出又恭敬又讨好的神气，说明他很有意思娶老东家的女儿，只是没法叫利益和爱情在心中停止打架。吕西安走过他身边，他把平日堆着笑脸常说的话又说了一遍：“好漂亮啊，你妹妹！你也不错！只要经过你爸爸的手，没有一样不出色！”

夏娃个子高大，深色皮肤，黑头发，蓝眼睛。看上去性格刚强，其实她温柔和顺，待人非常热心。大卫准是看中她的率直，天真，心平气和的过着刻苦耐劳的生活，端庄稳重，从来没人说

---

①面子倾斜的木架子，放在桌上写字用的。

过她一句坏话。从第一次见面起，两人之间就有一股隐藏而纯朴的感情，纯粹是德国式的，既没有骚动的表现，也不急于吐露真情。各人只是暗中想念，仿佛有个妒忌的丈夫会对他们的感情生气。两人都瞒着吕西安，也许认为他们相爱会损害吕西安。大卫唯恐夏娃不喜欢他；夏娃因为家境清苦，特别羞怯。真正的女工可能胆子很大，有教养的落难的姑娘只会适应她悲惨的命运。夏娃表面上谦虚，骨子里高傲，不愿追求一个公认为有钱的人的儿子。那时地产正在涨价，熟悉行市的人估计玛撒克的庄园值到八万法郎以上，老赛夏可能候着机会买进的田地还不算在内；他手头积蓄不少，年年丰收，出产都是高价脱手的。或许只有大卫一个人对老子的家业一无所知。在他看来，玛撒克不过是一八一〇年上花一万五六买下的一所破房子，每年他只在收割的季节去一回，让父亲带着在葡萄园里溜达，一路夸他的收成；大卫从来没看见收获的东西，也不放在心上。生活孤独的学者往往夸大感情方面的阻碍，因而感情愈加扩张。这等人的爱情需要对方鼓励才行，因为大卫心目中的夏娃比小职员心目中的贵夫人还要尊严。印刷商在他偶像身边心慌意乱，手足无措；他急急忙忙赶到，又急急忙忙离开，热情非但不表示出来，反而竭力抑制。他往往在晚上想出理由，要和吕西安商量事情，从桑树广场穿过巴莱门赶往乌莫；到了绿漆的铁栅门口，忽然又退回来，怕时间太晚，或者怕夏娃睡了，嫌他冒失。虽然这股强烈的爱只在小事情上透露，夏娃却心里明白。看见大卫的眼神，说话，举动，对她十分尊敬，她也很得意，可并不骄傲；而印刷商最动人的地方还是在于他盲目的崇拜吕西安；讨好夏娃最有效的办法，被他想出来了。这种爱情自有一些无声无息的乐趣，不同于骚乱紧张的热情，正如田野的花不同于园庭中富丽堂皇的花。温柔微妙的眼神好比浮在水上的蓝色的睡莲，飘忽的表情赛过野蔷薇的淡淡的清香；凄凉的情调同丝绒般的苔藓一样柔和；那是两颗高尚的心灵在一块富饶，肥沃，不会变质的土地上开出来的花。夏娃屡次体会到，在大卫软弱的外表之下，藏着一股力。凡是大卫不敢表达的情意，夏娃都很感激，所以只消一件小小的事故就能使他们俩的心进一步接近。

吕西安上楼，夏娃已经把门打开了。他和妹妹一句话不说就坐下。交叉的木架子撑着一张小桌，没有台布，摆着他的刀叉。可怜的小家庭只有三份银制的餐具，夏娃都给心爱的哥哥用了。

她从灶上拿下一盘菜，端上桌子，用铁板把灶火压熄了，说道："你看什么啊？"

吕西安不回答。夏娃又端出一只小碟子，有模有样的铺着葡萄叶，还有一小碗满满的奶油，一齐放在桌上。

"喂，吕西安，我给你弄了草莓来啦。"

吕西安只顾聚精会神看信，不曾听见。夏娃过来坐在他身边，一句嘀咕都没有；妹子对哥哥感情太好了，哥哥越对她随便，她越快活。

她看见吕西安眼中亮晶晶的含着眼泪，便说："怎么啦？"

"没有什么，夏娃，没有什么。"吕西安搂着妹子的腰把她拉到身边，亲她的额角，头发，脖子，冲动得厉害。

"你有事瞒我呢。"

"告诉你，她真的爱我！"

可怜的妹妹红着脸，带着埋怨的口气说："我知道你不是拥抱我。"

“我们都要快活了。”吕西安说着，把一大匙一大匙的汤往嘴里送。

“我们？”夏娃问。她也有大卫那样的预感，便补上一句：

“你不会像以前那样爱我们了！”

“你不是了解我的吗？怎么有这个想法呢？”

夏娃握了握哥哥的手，撤去空盆和棕色陶器的汤钵，端上她做的菜。吕西安顾不得吃，又拿着特·巴日东太太的信看起来。识趣的夏娃尊重哥哥，并不要求看信；他要愿意让妹子过目，她就得等着；要是不愿意，也不能强求。所以她等着。来信是这样写的：

朋友，我怎会不帮助你研究学问的同道，像帮助你一样呢？在我看来，有才能的人都有同等权利。可是你不知道我周围的人的偏见。我们没法叫无知的贵族承认思想的高贵。倘若我的声望不能强迫他们接受大卫·赛夏先生，我愿意把他们为你牺牲，像古时候用牛羊祭神一样。不过，亲爱的朋友，你不见得要我同一个在思想或态度举动方面，可能使我不喜欢的人来往吧？你过分赞美我，足见一个人多么容易被友谊蒙蔽！我对你的要求提出一个条件，你不至于见怪吗？我要见见你的朋友，鉴定一下，为了你的前途我要亲自判断你是否看错了人。亲爱的诗人，既然我要像慈母一般照应你，这个做法不是我对你应尽的责任吗？

路易士·特·奈葛柏里斯

吕西安不知道上流社会的人有本领从是说到否，从否说到是。他觉得那封信是他的胜利。大卫可以到特·巴日东太太家里去，显露他天才的光辉了。吕西安看到事情顺利，自以为有了压倒众人的优势，不由得心神陶醉，得意扬扬，脸上反映出各式各样的希望，让妹子看着叫好，说他美极了。

她说："她要是个聪明人，怎么能不爱你呢！今晚她心里不见得会好过，所有的女人都要向你卖俏。你念起《圣·约翰在巴德摩斯》来，一定漂亮极了！我恨不得变作耗子，钻到那儿去看你！来吧，你的衣服我放在妈妈屋里了。"

妈妈的房间虽然寒素，还过得去。胡桃木的床上挂着白帐子，床前铺一方薄薄的绿地毯。木头面子的五斗柜，上面装着镜子。另外还有几把胡桃木的靠椅。壁炉架上的座钟叫人想起他们从前优裕的生活。窗上挂着白窗帘。壁上糊着暗花的灰色纸。地砖上过颜色，夏娃擦得很干净。中央一张独脚圆桌，放一个描金玫瑰花形的红盘，盘里摆三只茶杯，一只糖缸，都是利摩日的瓷器。夏娃睡在隔壁一个小房间里，只有一张小床，一只旧沙发，临窗一张女红台。房间小得像水手的房舱，只能经常开着玻璃门让空气流通。虽然处处地方显出境况艰难，却有一股勤劳朴素的气息。凡是认识那娘儿三个的人，都觉得室内的景象非常和谐，动人。

吕西安正在扣领带，听见小院子里响起大卫的脚步声；不一会印刷商进门了，动作和神气都说明他是性急慌忙赶来的。

野心勃勃的吕西安叫道："喂！大卫，事情成功了！她真爱我！你可以去了。"

"不。"印刷商局促不安的说，"我专诚来谢谢你的友谊；我为此郑重考虑了一番。吕西安，我的身份早已确定。我是大卫·赛夏，领着王家执照在安古兰末开印刷所，墙上的招贴下面都有我的名字。在贵族看来，我是一个手艺人，说得好听些是商人，在靠近桑树广场的菩里欧街上有个铺子。我还没有格莱的家财，也没有台北兰的声望；便是这两种势力[①]，贵族还不肯承认呢。并且有了财产或者名气还不够，还要懂得绅士的规矩，有绅士的气派，在这一点上我同意贵族的意见。我凭什么一步登天呢？我不但要受贵族耻笑，也要受布尔乔亚耻笑。你啊，你处的地位不同。做印刷所的监工对你并没有束缚。你做工是为了求上进，学一些必要的知识，你可以用你的前程解释你眼前的职业。你以后尽可干别的事儿，读法律啊，学外交啊，进衙门啊。反正你没有归入门类，贴上标签。你利用你的自由之身吧，你一个人向前，去追求功名吧！所有的乐趣，哪怕是满足虚荣的乐趣，你尽管高高兴兴的享受。但愿你快乐，我看到你成功就心中得意，你是我的化身。的确，你经历的生活，我都能够领会。宴会，应酬，交际场中的光彩，钻门路，找捷径，都是你的事儿。生意人的朴素勤恳的生活，长时期的研究学问，那是我的事儿。将来你是我们的贵族。”大卫说着望了望夏娃，“你身子摇晃的时候，我伸出胳膊来扶你。你要是受了欺骗，可以躲到我们心中来，我们有的是永远不变的爱。人家的照拂，恩惠，好意，分在两个人身上可不容易持久，咱们会互相妨碍，还是你一个人上前吧，必要的时候再拉我一把。我对你非但不嫉妒，还愿意为你牺牲。你因为不肯丢掉我，不肯否认我是你朋友，竟然冒着危险，不怕失掉你的靠山，也许还是你的情人。这桩多伟大的小事使我跟你，吕西安，就算过去还不

①格莱是大银行家，台北兰是名医，都是《人间喜剧》中的假想人物。

曾像兄弟一般，这一下也成了生死之交。你用不着好像沾了便宜而良心不安，有什么顾虑。我就赞成两弟兄分家，长兄独得大份的办法。即使你日后使我受到烦恼，谁敢说我不是永远欠着你的情分呢？”说到这两句，大卫怯生生的望着夏娃，夏娃噙着眼泪，完全了解他的意思。大卫还说出一番话来，叫吕西安听着诧异：“并且你长的一表人才，身腰多美，打扮起来多像样，穿着你的黄纽扣的蓝衣服，简简单单的南京缎裤子，活脱是个绅士；换了我，在那些人中间我像个工人，又窘，又僵，不是说些傻话，便是一句话都说不上来。你为了迁就大家对门第的偏见，不妨改用你母亲的姓，称为吕西安·特·吕庞泼莱；我永远是大卫·赛夏。在你来往的那个社会里，一切都对你有利，对我不利。你生来是交际场中的红人。女人见了你这张天使般的脸准定喜欢，夏娃，你说是不是？”

吕西安扑过去拥抱大卫。这番谦让替他把许多疑虑和困难一齐解决了。大卫从友谊出发所想到的，和吕西安从野心出发想到的完全一样，他对大卫怎么能不加倍亲热呢？野心家和情人觉得前途平坦了，自然流露出青年和朋友的感情。精神奋发，所有的心弦一齐振动，发出丰满的声音：这是人生少有的境界。不幸心胸高尚的人的明智，使吕西安唯我独尊的倾向越发加强。我们多多少少全有路易十四那种“朕即国家”的想法。母亲和妹子的爱集中在他一人身上，大卫对他爱护备至，他也看惯三个人为他暗中努力，不禁养成一种少爷习气，产生自我中心的思想，侵蚀他高尚的品质；特·巴日东太太还迎合他的自私，怂恿他忘记父母，妹子和大卫的情分。当时他还没有到这一步，可是等他把野心的范围在四周扩大起来，谁敢担保他不至于迫于形势，为了保持地位而只想着自己呢?

彼此激动了一番以后,大卫提醒吕西安,他那首题作《圣·约翰在巴德摩斯》的诗恐怕《圣经》气息太重,念给不熟悉寓意诗的人听不大合适。吕西安要同全夏朗德州最不容易讨好的群众见面,也不大放心。大卫劝他把安特莱·特·希尼埃的集子带去,拿稳受欢迎的东西代替不一定受欢迎的东西。吕西安擅长朗诵,必定讨人喜欢;不念自己的作品还显得谦虚,对他有好处。他们俩像多数年轻人一样,认为自己的智力和品德,上流人物同样具备。不曾犯过错误的青年既不原谅别人的过失,同时当作别人也有崇高的信仰。我们必须有了丰富的人生经验,才能理会拉斐尔的名言:所谓了解是彼此的程度相等。一般说来,法国领会诗歌的人很少,性灵一下子就被理性抑制,不能悠然神往,冒出圣洁的眼泪;也没有人肯费心去体味崇高的意境,发掘无穷的天地。浮华社会的无知同冷淡,在吕西安是第一次领教。他先往大卫家拿诗集。

等到只剩下两个情人的时候,大卫觉得生平从来没有这样局促过。他心慌的厉害,既要人称赞,又怕人称赞,竟想溜之大吉,原来怕羞的人也有欲迎故拒的心理!可怜的情人唯恐说出话来好像要人感激,一开口就犯嫌疑,只能不声不响,神气像罪犯。这种老实人的苦恼,夏娃完全理解,她很欣赏大卫的静默。大卫抓着帽子团来团去预备动身了,夏娃笑着说:

“大卫先生,既然你不上特·巴日东太太家,咱们不妨一块儿消磨黄昏。天气很好,你愿意到夏朗德河边去散散步吗?咱们可以谈谈吕西安。”

大卫恨不得扑在这个妙人儿脚下。夏娃的声调给了他意想不到的酬报，温柔的语气打开了僵局，她的提议不仅有赞美的意思，也是第一次表示她的情意。

大卫做了一个手势，夏娃接着说："请你在外面等一下，让我换衣服。"

大卫从来不会唱歌，出门的当口居然咿咿唔唔的哼起来；忠厚的卜斯丹听着奇怪，不禁对夏娃和印刷商的关系大起疑心。

三、客厅里的夜晚，河边的夜晚

吕西安由于性格关系，对第一个印象特别敏感，那天晚上便是极小的事情都对他很有作用。像没有经验的情人一样，他老早就去了；路易士还没进客厅，只有特·巴日东先生一个人在那里。爱一个有夫之妇需要在小地方用卑躬屈节的代价换取快乐，女人也凭这一点来估计她操纵情人的力量。这些手法，吕西安已经开始学习，只是还不曾和特·巴日东先生单独照面。

那位绅士思想狭窄，头脑空虚，浑浑噩噩的守着他的小天地：一方面是个与人无害的脓包而还算懂事；一方面愚蠢高傲，什么都不愿意受人家的，也什么都不愿意回敬人家。他一心一意想着待人接物的义务，竭力要讨人喜欢，唯一的语言是挂着舞女一般的笑脸。心中高兴也罢，不高兴也罢，始终是那副笑容。听到好消息是微笑，听到坏消息也微笑。特·巴日东先生另外加上一些表情，使他的笑容到处用得上。如果赞成的意思非直接表示不可，他便很殷勤的笑出声来，加强笑容的意义，只要迫不得已才肯开一声口。他只怕单独见客，扰乱他死水般的生活，逼他在一大片空白的脑子里找出些东西来。他多半用小时候的习惯来解救；他自言自语，告诉你一些生活琐事，说他需要什么，有什么琐琐碎碎的感觉，他认为这些感觉就近乎思想。他不谈天气好坏，不像普通的俗物用一套滥调来应付，他只谈他的私事。比如说：“我怕特·巴日东太太扫兴，中午吃了她最喜欢的小牛肉，肚子胀得要命。我明明知道，却老是不由自主！你说是什么道理？”或者说：“我要打铃叫人送一杯糖水来，你要不要也来一杯？”再不然：“我明儿要骑马出门，去拜访岳父。”这些简短的话毫无讨论的余地，听的人只能回答一声是或否，话谈不下去了。于是特·巴日东先生朝西扬起鼻子，像气喘的老哈巴狗，要求客人帮忙。他向你睁着一双长着白翳的大眼睛，仿佛问：“你说的是？……”凡是只谈自己的讨厌家伙，最配他脾胃，他们说话，他洗耳恭听，又诚恳又体贴，使安古兰末的一些话匣子对他十分重视，认为特·巴日东先生胸有城府，聪明得很，大家一向错看了他。那批家伙逢到没有听众的时候就来找他，把他们的故事或者大道理从头讲到尾，知道主人准会笑嘻嘻的表示赞许。特·巴日东太太的客厅经常高朋满座，特·巴日东先生待在那儿挺舒服。他管着零星琐事，留心观看，有人进来，他笑脸相迎，陪到太太跟前；有人动身，他起来相送，满面堆笑和客人告别。等到场面热闹，个个人都安顿好了，心情愉快的哑巴便挺着两条长腿像仙鹤般站着，似乎在听人谈论政治，或者在客人背后揣摩一副牌，其实他什么牌都不懂，看着莫名其妙；再不然他吸着鼻烟踱来踱去，帮助消化。阿娜依斯是他生命中最光彩的一面，从她那儿不知得了多少乐趣。太太招待宾客，特·巴日东先生靠在沙发上暗暗赞赏，先是他用不着开口了，而且喜欢听太太说话，揣摩其中的妙处，往往过了好久才恍然大悟，透出一丝会心的笑意，好比陷在地下的炮弹忽然炸起来。他对妻子敬重到崇拜的地步。一个人有个崇拜的对象，生活不就幸福了吗？阿娜依斯觉得丈夫脾气和善，像小孩儿，巴不得受人指挥；她聪明厚道，绝不因此滥用威权。她照料丈夫赛过照料一件大衣，把他收拾干净，洗刷，保藏，调理周到；特·巴日东先生受着调理，洗刷，照顾，对妻子养成了像狗对主人一样的感情。惠而不费的给人一点快乐真是太容易了！特·巴日东太太叫人把饭菜弄得很精致，知道丈夫除了讲究吃喝，没有别的乐趣。她可怜丈夫，对他从来没有一句怨言；她为了高傲，一声不出，有些人不了解，只道丈夫有什么大家不知道的美德。并且她把丈夫训练得极有纪律，唯命是听。她说一声“替我去拜访某先生或者某太太”，他立刻照办，好比小兵去站岗。他在太太面前一动不动，摆着立正的姿势。那个时期正在考虑替哑巴活动国会议员。吕西安在这户人家出入不久，还不曾揭开幕来看清这个难以想象的角色。特·巴日东先生埋在大沙发中，无所不见无所不知的神气，一声不响的尊严，在吕西安看来简直威严得不得了。富于幻想的人最会夸张，或者以为样样东西都有灵性。吕西安非但不把特·巴日东先生看作花岗石的柱子，反而当他是可怕的斯芬克斯[①]，非奉承不可。

“我第一个到了。”吕西安说着，行的礼比别人对这个老头儿更恭敬一些。

“那很自然。”特·巴日东先生回答。

吕西安只道丈夫吃醋，话中带刺，不禁满面通红，假装照镜子。

①据埃及神话，人面狮身的巨兽斯芬克斯代表太阳；希腊神话说是神秘的怪兽，蹲在大路上要行人猜谜，猜不中的就被它吞掉。

特·巴日东先生说：“你住在乌莫，路远的人总比路近的先到。”

吕西安装着讨好的神气问：“为什么呢？”

特·巴日东先生不动声色，回复了老样子，回答说：“不知道。”

吕西安说：“那是你不愿意想罢了。一个人提得出意见，一定说得出理由。”

“啊！”特·巴日东先生说，“理由！嗳！嗳！……”

吕西安搜索枯肠，想把话接下去。

“特·巴日东太太大概在换衣服吧？”他说了又觉得这话问得无聊，暗暗发急。

“是的，她在换衣服。”丈夫的回答很自然。

吕西安抬起头来瞧着两根凸出的灰色梁木，梁木之间嵌着天花板，想不出话来接下去；他看见挂着旧水晶坠子的小型吊烛台卸去纱罩，插满蜡烛，又不由得害怕。家具上的套子都拿下了，露出大红织锦缎上褪色的花。这些排场说明今晚的局面非同小可。诗人因为穿着靴子，怕装束不合规矩。一张路易十五时代的半圆桌刻着花环的图案，上面供一个日本花瓶。吕西安担着心事，傻支支的走过去瞧花瓶，一会儿又怕冷淡了丈夫，把他得罪了，决意探探口风，看他有什么嗜好，借此奉承一下。

吕西安回过身来朝特·巴日东先生走去，问道：“先生，你难得出城吗？”

“难得出城。”

两人又无话可说了。特·巴日东先生被吕西安扰乱了安宁，暗暗留心吕西安的举动，像多疑的猫。他们俩互相害怕。

吕西安私下想:“是不是我常常来,引起他疑心?看样子他对我大有反感!”

特·巴日东先生瞧着吕西安走来走去,猜疑的眼神使吕西安十分难受,幸亏穿着号衣的老当差通报杜·夏德莱先生到了。男爵神态自若的进来,向他的朋友巴日东行了礼,对吕西安略微点点头,那种招呼的方式当时很流行,诗人却觉得他是仗着财势瞧不起人。西克施德·杜·夏德莱的裤子白得耀眼,裤脚上两条带子套着鞋底,把裤子的折缝拉得笔直。他穿着讲究的皮鞋,苏格兰细纱袜子。手眼镜的黑丝带在白背心上飘荡。黑礼服的巴黎款式和巴黎做工特别令人注目。美男子的气派跟他过去的经历完全符合,只是多了一把年纪,滚圆的肚子不容易约束到合乎风流潇洒的标准。因为出过远门,饱经风霜,有股冷酷的神气,头发和鬓角也已花白,不能不染色了。原来很娇嫩的皮色同去过印度的人一样变成古铜色;举动态度保持自命不凡的功架,叫人看了好笑,可也显出他在帝政时代的一位公主身边当过讨人喜爱的首席秘书。他擎着手眼镜瞧了瞧吕西安的南京缎裤子,靴子,背心,安古兰末做的蓝色礼服,把情敌浑身上下打量了一番,然后冷冷的把手眼镜放进背心口袋,仿佛说:“行!”吕西安被税务官的高雅大方压倒了,只想等会在众人面前动了诗兴,神采飞舞的时候吐一口气。刚才他以为特·巴日东对他没有好感而慌张,此刻又感到另外一种痛苦。男爵的财势仿佛全部压在吕西安身上,使他的寒酸相形之下越发难堪。特·巴日东先生只道从此不用说话了,谁知两个对头互相虎视眈眈,一声不出,叫他看了吃惊。幸而他逢到无计可施的时候,还有一句救急的话;当下他认为应当装着忙人的样子,拿出这个法宝来了。

“喂！先生，”他对杜·夏德莱说，“有什么新闻？外边谈论些什么呢？”

税务官不怀好意的回答：“新闻？夏同先生是个新闻人物，应该请问他才对——你可有什么得意之作带来吗？”男爵意气洋洋的问吕西安，同时他觉得一边鬓角上的头发卷儿乱了，整理了一下。

吕西安回答：“诗好不好还得请教你呢，你是写诗的老前辈了。”

“噢！我为了应酬写过一些有趣的通俗诗，应景的歌曲，全靠音乐帮忙的罗曼斯[1]，还有写给波那帕脱一个姐妹（忘恩负义的家伙？）[2]的一首书信体的长诗，都不是什么传世之作。”

那时特·巴日东太太出场了，她花了一番心思，打扮得光彩夺目。犹太式的头巾扣着东方式的搭扣。脖子里很妩媚的围一块薄纱，底下挂一条宝石项链。短袖的印花纱衫露出一双白净美丽的胳膊，戴着一串手镯。这一派舞台式的装束把吕西安迷住了。杜·夏德莱先生对王后说了许多肉麻的恭维话，她笑盈盈的听着，在吕西安面前受人赞美，特别高兴。王后和她宠爱的诗人只交换一个眼风，对税务稽核所所长却礼数周到，不当他亲密的朋友，使他难堪。

请的客人开始上门了。先是主教和副主教，两人都道貌岸然，长相可截然不同：主教又高又瘦，副主教又矮又胖。两人都

---

①谈情说爱的歌曲。

②拿破仑在位期间，国内外的政敌只称他的姓（波那帕脱），表示否认他称帝。下台以后，十九世纪中凡是恨他的人也都称他为波那帕脱。杜·夏德莱是以前受过他恩惠的人，到了王政复辟时代也不认他了。

眼睛很亮，可是主教皮色苍白，副主教满面红光，身体十分健康。他们的手势和动作都很少，态度谨慎，难得开口，令人望而生畏，大家说他们俩智慧极高。

跟着来的是特·乡杜夫妇。这是两个怪物，说出来恐怕不熟悉内地的人不会相信。特·乡杜太太名叫阿美莉，就是想和特·巴日东太太对抗的角色。特·乡杜先生，大家称为斯大尼斯拉，是个过时的年轻人，年纪已经四十五，身段还苗条，脸孔像只筛子。打的领带老是翘起两只狠巴巴的尖角，一只角接近右面的耳朵，一只角往下倾斜，接近钮孔上的勋饰。衣摆强头倔脑的翻在外面，背心领口很大，露出一件鼓起的上浆的衬衫，扣着好几支镶满珠宝的别针。浑身的装束都夸张过分，像漫画上的人物，叫外国人看着好笑。斯大尼斯拉一刻不停的打量自己，很得意的从头看到脚，查点背心上的纽扣，瞧着紧窄的裤子刻画出来的曲线，欣赏自己的大腿，恋恋不舍的眼睛直瞧到靴尖为止。他要不这样自我欣赏的话，便远远的照着屋子里的镜子，看卷好的头发是否牢固；眼睛喜滋滋的向女人们打问号，一个手指插在背心袋里，侧着大半个身子，微微往后仰着。这套卖俏的玩意儿在贵族圈子里很能叫座，他是他们中间的美男子。开出口来多半是十八世纪的风情话。他靠着这套恶俗的谈吐在女人堆里相当走红，同她们逗笑取乐。近来他对杜·夏德莱先生不大放心。因为狂妄的税官目空一切，引起女人们的好奇心；他假装消沉，对什么都不感兴趣，口气仿佛是一个享受过度而百无聊赖的苏丹；这些表现大有刺激作用，所以从特·巴日东太太迷上安古兰末的拜伦以后，一般妇女想接近夏德莱的心比他初来的时期更迫切了。阿美莉是白白胖胖的矮个子，头发乌黑，喜欢做作而手段极不高明：她样样夸张，说话高声大气，头上夏天插着成堆的鸟毛，冬天插着鲜花，摇来晃去的摆架子。她最爱讲话，每句话末了总得哼一阵，因为她闹着气喘病而不肯承认。

农学会会长特·桑多先生，名叫阿斯多弗，皮色鲜红，又高又胖，像一条拖船似的跟着太太到场。太太赛过干瘪的凤尾草，名叫埃丽莎，简称丽丽。这个带点孩子气的名字，同她的性格举动正好相反。她态度庄严，对宗教非常热心，打起牌来脾气挺坏，最会作难人。阿斯多弗被认为第一流的学者。他一窍不通，却翻遍了报纸和前人的著作，把有关糖和酒精的文字详细抄下来，为《农学辞典》写了两个条目。全州的人都以为他在准备一篇讨论新式种植的文章。他每天上午关在书房里，十二年工夫还没写上两页。客人上门，老是撞见他在纸堆中乱翻，寻找一条丢失的注解，或是修笔尖①。他在书房里的时间就是做些无聊的事消磨的：看上大半天报纸，用小刀雕刻软木塞，在吸墨纸上画奇形怪状的图，翻翻西塞罗的文集，看有什么能够同时事结合起来的句子或者段落；然后到了晚上，想法把谈话引到他预定的题目，说道："西塞罗集子里有一段文字，好像就为今天这件事写的。"接着他背出原文，叫听的人大吃一惊，背后争着说："阿斯多弗真是无所不知！"这桩稀罕事儿在城里到处传扬，替特·桑多先生维持声誉。

这对夫妇之后，来了特·巴尔大先生，他名叫阿特里安，专唱次低音②的歌曲，在音乐方面自以为了不起。他最得意的是练习音阶；一边唱一边自我赞赏，然后谈论音乐，最后只关心音乐。他为

①当时用鹅毛管写字，笔尖需要经常修削。

②介于男低音和男中音之间的声音，是以前歌唱音乐的分类法。

着音乐犯了神经病，只有谈到音乐才有劲，晚会上没有人请他唱歌就苦闷。只要穷嘶极喊，唱了一支歌，他方始精神奋发，趾高气扬，提起脚跟接受恭维，同时还装作谦虚；可是照样往各处人堆里转一转，收集赞美的话；等到所有的话都说完了，他又回到音乐上来，解释刚才那支歌多么难唱，或者捧一阵作曲家。

陪特·巴尔大先生同来的是位水墨画大家，亚历山大·特·布勒皮安先生，他的古怪可笑的作品把朋友们的屋子和本州所有的纪念册都玷污了。他们俩各人搀着朋友的太太。据熟悉内部丑事的人说，这个交换很彻底。夏洛德·特·布勒皮安太太简称洛洛德，约瑟芬·特·巴尔大太太简称斐斐纳，两人对于围巾，绲边，搭配不调和的颜色，同样感到兴趣，一心要学巴黎的时髦，不问正事，家里弄得一团糟。他们穿着精打细算做起来的衣衫，像小孩儿玩的娃娃，身上开着颜色刺目的展览会。两个丈夫又自命为艺术家，不修边幅，一派内地人的马虎叫人看了好玩。他们穿着破旧的礼服，活像小戏院的跑龙套扮着上流人物去参加婚礼。

在客厅里出现的人中间，有个怪物叫作特·塞农希伯爵，在贵族圈子里称为雅各。他是打猎专家，高傲，古板，紫堂堂的脸色，脾气和善像野猪，多疑像威尼斯人，爱吃醋像摩尔人，跟一个同住的朋友相处极好。那位朋友名叫杜·奥多阿先生，简称法朗西斯。

特·塞农希太太名字叫柴斐莉纳，长得高大漂亮，可是脸上长满红斑，因为肝火很旺，出名的脾气难缠。她仗着腰肢细小，身段苗条，装出一副弱不禁风的样子，未免做作，可也看得出她有人疼爱，满足她的情欲，对她百依百顺。

法朗西斯相貌还不错，放弃了华朗斯领事的职位和外交界的前程，住到安古兰末来陪柴斐莉纳，一名齐齐纳。卸任的领事替她处理家务，管教孩子，教他们外国文，忠心耿耿的经营特·塞农希夫妇的产业。有过一个很长的时期，安古兰末的贵族圈子，官方人士和布尔乔亚，看着这三个人的家庭那么和睦，都议论纷纷，不以为然；可是日子久了，那三位一体的奇迹越看越难得，越看越可爱，万一杜·奥多阿先生再想结婚，反倒要受批评，说他太不道德了。特·塞农希太太还有一个干女儿做伴，叫作特·拉海小姐。外边看特·塞农希太太对干女儿过分钟爱，觉得事情蹊跷：虽则年代合不上，法朗梭阿士·特·拉海小姐的面貌和法朗西斯·杜·奥多阿长得一般无二。雅各出城打猎，个个人向他打听法朗西斯的近况，他便讲他义务总管的小小的病痛，把朋友的地位放在妻子之上。一个爱吃醋的人会这样糊涂，真是不可思议，连他最知己的朋友也喜欢逗他表现，告诉不知道内幕的人，引为笑谈。杜·奥多阿先生是个爱装腔的哥儿，那套保养身体的办法终于变了撒娇跟胡闹。他关心自己的咳嗽，睡眠，消化，饮食。柴斐莉纳把她的总管弄得娇生惯养，给他穿上棉衣，戴上风帽，叫他吃药，做些精致的饭菜，当他侯爵夫人的小哈巴狗看待；要他吃这样，忌那样；还替他绣背心，领带，手帕，经常把法朗西斯装扮得花花绿绿，好比日本的神像。两人心心相印，从来不曾闹过误会：柴斐莉纳时时刻刻望着法朗西斯，法朗西斯也看着柴斐莉纳的眼色行事。他们俩一同皱眉头，一同微笑，似乎最简单不过的动作也要彼此商量。

安古兰末四周最有钱的地主，大众看了眼红的特·比芒丹侯爵，夫妇俩有四万法郎收入，每年在巴黎过冬。他们从乡下坐着篷车，带着邻居特·拉斯蒂涅男爵和男爵夫人同来，车上还有男爵夫人的姑母和男爵的女儿。两个可爱的姑娘教养极好，虽然家境清寒，朴素的穿扮反而显出天生的美。这批人当然是全场的精华，一进屋子，大家立刻冷冰冰的静下来，尊敬中带着嫉妒，尤其因为特·巴日东太太接待他们的礼数与众不同。内地自有少数几户人家，像他们一样不听闲言闲语，不同外界往来，无声无息的过着隐居生活，保持他们的尊严。众人对特·比芒丹先生和特·拉斯蒂涅先生只用爵位相称；他们的妻子女儿跟安古兰末上层的小圈子也谈不上亲昵：他们的地位已经接近宫廷贵族，绝不有失身份，沾染荒唐的内地习气。

州长和将军最后到场。同来的有个乡绅，就是白天拿养蚕的稿子送往大卫那儿的人。大概他是什么镇长之类，靠一些良田美产抬高了身份，态度衣着却显出他完全不懂得应酬交际：他穿着礼服老大不自在，一双手没处安放，一面讲话一面在人家身边打转，对答的时候先站起来，又坐下去，好像准备替你当什么小差使；他忽而过分巴结，忽而心神不定，忽而一本正经；听到一句笑话，来不及的笑出来，人家和他攀谈，他毕恭毕敬的听着，有时以为受了讽刺，装出一副阴险的神气。那天晚上他想着那部论文，闷得发慌，几次三番提到养蚕；可是特·赛佛拉克先生运气不好，撞着特·巴尔大先生回答他音乐，又撞着特·桑多先生引证西塞罗。晚会过了一半，可怜的镇长好容易遇到一个寡妇杜·勃罗沙太太和她的女儿杜·勃罗沙小姐，谈得很投机。那母女两个在当夜的宾客里头也是挺有意思的人物。总括一句：她们的穷苦跟家世的高贵不相上下。她们竭力讲究衣着，可是遮盖不了寒酸。杜·勃罗沙太太手段笨拙，口口声声夸她身材高大的胖女儿，年纪二十七，说是弹的一手好钢琴。一知道某个单身汉爱好什么，杜·勃罗沙太太马上宣布她女儿也爱好什么。为了要嫁掉她亲爱的加米叶，她在同一个晚上说加米叶喜欢随着军队调动，过流浪生活，又说她喜欢经营田地，过安静的地主生活。娘儿俩故意装作尊严，半和气，半尖酸。遇到这等人物，谁都乐于同情，表示关切，借此抬高自己。能够安慰安慰可怜虫本是一种乐趣，不过听的人也把空口白舌的人情看透了。特·赛佛拉克先生五十九岁，老婆死了，无儿无女；他讲到蚕房的细节，杜·勃罗沙母女俩诚心诚意的听着，赞叹不置。

母亲说："小女向来爱动物。并且那些奇怪的小动物吐的丝，女人都感到兴趣，所以请你允许我们到宝庄上去，让加米叶见识见识丝是怎么收获的。加米叶聪明极了，不管跟她说什么，她都一听就懂。有一回她把平方反比律也弄清楚了。"

在吕西安朗诵完毕以后，杜·勃罗沙太太和特·赛佛拉克先生的交谈就是用这句夸耀的话结束的。

几个熟客随随便便溜进场子，还有两三个大家子弟，怯生生的，一声不出，衣服穿得像供圣体的宝匣，因为被请来参加隆重的文学晚会，觉得很得意，胆子最大的一个还同特·拉海小姐谈了不少话。所有的女太太一本正经团团坐着，男人站在后面。这批古怪的人物，离奇的服装，涂脂抹粉的脸孔，在吕西安心目中变得十分可怕。他发现所有的目光集中在他身上，不由得心惊肉跳。这个第一次考验实在不容易支持，不管他怎么勇敢，也不管情人怎样壮他的胆，为着他卖弄行礼的风度，拿出全身本领来应酬安古兰末的名流。吕西安本来就局促不安，此刻更有一桩意料之中的难堪事儿，使一个不懂交际手腕的年轻人大为惊慌。他的眼睛耳朵那时特别灵敏，听见路易士，特·巴日东先生，主教，和几个存心讨好女主人的来宾，叫他特·吕庞泼莱先生，而他见了害怕的大多数人都称他夏同先生。他被许多好奇的眼睛打量之下，心虚胆怯，看见人家嘴唇一动就知道是提他的本姓；他猜到大家事先就在批评他，用的又是内地人那种坦率的，近于无礼的话。这一类连续不断而意想不到的暗箭使吕西安越发心绪不宁。他只盼望时间快到，一开始朗诵，身心就有着落，不至于受罪了。无奈雅各还在跟特·比芒丹太太讲他最近一次的行猎；阿特里安和洛尔·特·拉斯蒂涅小姐谈着乐坛上的新明星洛西尼；阿斯多弗背熟了报上描写新式犁的一篇文字，正在告诉男爵。吕西安这可怜的诗人，不知道除了特·巴日东太太，这些人的头脑没有一个能理解诗。所有的客人都缺少刺激，弄错了晚会的性质才赶来的。有些字儿好比江湖艺人的喇叭，铙钹，大鼓，专会吸引群众。美啊，光荣啊，诗歌啊，这一类的字近乎咒语，便是最庸俗的人也会受到迷惑。

客人到齐了，特·巴日东先生受着妻子嘱咐，仿佛教堂的门丁拿棍子撞击地下的石板一样，不知通知了多少回才叫打扰的人静下来。吕西安坐在一张圆桌前面，靠近特·巴日东太太，心里非常震动。他声音慌慌张张的宣告，为了免得大家失望，他预备念一些新近发现的杰作，是个无名的大诗人写的。虽则安特莱·特·希尼埃的诗集在一八一九年上就印出了，安古兰末还没有一个人听见过作者的名字。个个人以为那声明是特·巴日东太太出的计策，既顾着吕西安的面子，也让听众的情绪松动一些。吕西安先念了《年轻的病人》，听见一阵轻轻的赞美声；又念了《盲人》，那些俗物就觉得作品太长了。吕西安一边朗诵一边感到剧烈的痛苦。那种痛苦，只有杰出的艺术家，或者凭着热情和高度的悟性和艺术家并肩的人，才能完全体会。你要不真诚严肃，全神贯注，休想用声音来表达诗，也休想领会诗。朗诵的人和听众必须密切结合，否则感情不可能像电流一般沟通。双方的心灵不打成一片，诗人就等于一个天使在地狱的诟谇声中唱天国的颂歌。而凡是聪明人，在他的器官特别发展的领域之内，都具有蜗牛般眼观四方的目力，狗一般的嗅觉，田鼠般的耳朵，能看到、感到、听到周围的一切。有人赏识还是无人了解，音乐家和诗人立刻能感觉到，同植物在适宜的气候中复苏，在不适宜的气候中枯萎一样快。当时那般男人只是为奉陪太太而来，来了又忙于谈彼此的私事，唧唧哝哝的声音，由于特殊的音响作用，传到吕西安耳边格外响亮；他还看见有些人张着大嘴打呵欠，对他恶狠狠的露着牙齿。等到他像洪水中的鸽子[①]，想找一个愉快的地方让眼睛停留一下，又发现一些不耐烦的眼神，表示他们只想利用当天的集会和朋友们商量实际问题。除了洛尔·特·拉斯蒂涅，两三个年轻人和主教以外，在场的人没有一个不闷得发慌。真正懂诗的人会把作者诗句中只透露一星半点的东西拿到自己心中去发展。而这般冷冰冰的听众非但对诗人的情绪毫无感受，连他的声调口吻都没听进去。吕西安灰心到极点，一身冷汗把衬衫湿透了。他转身望望路易士，看见她眼神热烈，才鼓足勇气把诗念完；可是诗人的心已经大受伤害。

“你觉得有趣吗，斐斐纳？”干瘪的丽丽问她邻座的朋友，也许丽丽是存心来看什么惊人的表演的。

“还是别问我的好，亲爱的。一听见读文章，我眼皮马上合

①《旧约·创世记》载，洪水来了190天，诺亚从方舟上放出一只乌鸦，一只鸽子，试探地上的水退了没有。

拢来了。”

法朗西斯道：“但愿娜依斯不要常常叫我们夜晚听诗。吃过晚饭听朗诵，我要集中精神，妨碍消化。”

柴斐莉纳悄悄的说道：“可怜的猫咪，去喝一杯糖水吧。”

亚历山大道：“念得真好；不过我更喜欢韦斯脱。”

因为韦斯脱在英文中另外有个意思[①]，大家认为这话妙不可言。几个爱打牌的女客接着说，念诗的人也该歇歇了。一两对客人趁此溜进小客厅。吕西安不好推却路易士，主教，以及可爱的洛尔·特·拉斯蒂涅的央求，又念了几首讽刺诗。诗中的反革命热情引起了注意，好几个人被激昂的声调鼓动了，虽然不了解意义，也拍起手来。那种人只会受穷嘶极喊的影响，好比老粗的舌头只觉得烈酒才有刺激。吃冰淇淋的时候，柴斐莉纳打发法朗西斯去瞧了瞧诗集，告诉她邻座的阿美莉，说吕西安念的诗原来是印好的。

阿美莉听着很得意，回答说：“那有什么奇怪？特·吕庞泼莱先生在印刷所做工，他印书就好比漂亮女人自己做衣衫。”她说的时候望着洛洛德。

女人们便争相传说：“他的诗是自己印的。”

雅各问道：“那么干吗他要称为特·吕庞泼莱先生呢？世家子弟做了手艺就应当改名换姓。”

齐齐纳道：“他不是改了姓吗？不过原来是平民的姓，现在改了母亲的贵族的姓。”

阿斯多弗道：“既然他的诗已经印出来，我们自己会念的。”

---

①韦斯脱是一种纸牌戏的名字，在英国的方言中也是一个惊叹词，意思叫人静默。

这种胡说八道把事情越弄越糊涂，临了杜·夏德莱只得耐着性子向那些无知的客人解释，刚才的开场白并非巧妙的托词，那些美妙的诗是一个保王党写的，作者的弟弟玛丽-约瑟·希尼埃倒是个革命党。听着这伟大的诗歌感动的只有主教，特·拉斯蒂涅太太和她的两个女儿；除此以外，安古兰末的上层社会都觉得上了当，大不高兴。客厅里隐隐然有一片抱怨的声音，可是吕西安没有听见。内心的音律使他陶醉了，他极力想表达那音律，眼前的俗物变得和他渺不相关，各人的面貌对他好像隔着一重云雾。他念了那首关于自杀的沉痛的诗，苍茫忧郁的情调纯粹是古风。接着又念了一首，其中有两句：

君诗隽永如甘泉，长日低吟苦不足。

最后朗诵的是一首隽永的牧歌，叫作《奈埃尔》。

特·巴日东太太心情欢畅，独自坐在客厅中央出神，一只手下垂，一只手扶着头，不知不觉把头发卷儿伸直了，眼睛神思恍惚。她生平第一次进入她的理想世界。阿美莉自告奋勇，过来代众人请愿的时候，我们不难想象，特·巴日东太太受到打扰多么不愉快。

阿美莉说："娜依斯，我们存心来听夏同先生的诗，刚才念的是印出来的作品，虽然很好，那些太太们为了乡土观念，更喜欢土产。"

阿斯多弗对税务官说："你不觉得法国语言不宜于作诗吗？我认为西塞罗的散文反而诗意浓得多。"

杜·夏德莱答道："真正的法国诗是轻松有趣的一类，是歌谣。”

阿特里安道：“歌谣证明我们的语言音乐性很强。”

柴斐莉纳道：“叫娜依斯神魂颠倒的诗，我真想领教一下；可惜她对阿美莉的态度表示她不愿意给我们看样品。”

法朗西斯回答说：“娜依斯为她自己着想也应该要他念；只有证明这小子的天才，她的行为才说得过去。”

阿美莉对杜·夏德莱说：“你办过外交，还是你去说吧。”

男爵说：“那容易得很。”

前任的首席秘书惯会耍这一类花招，他过去撺掇主教。娜依斯碍着主教的情面，只得要吕西安挑一首记熟的诗来念。阿美莉看见杜·夏德莱男爵马到成功，向他脉脉含情的笑了一笑。

“这位男爵真聪明。”她对洛洛德说。

洛洛德想起阿美莉话中带刺，说过女人自己做衣衫的话，便笑着回答：“帝政时代的男爵，你从什么时候起承认的呢？”

吕西安用一般初出校门的青年人想出来的题目，写过一首颂歌给情人，把她比作天上的仙女。满腔的热情使作品显得更美，他自己也更喜欢，觉得只有这一首才能和希尼埃的诗见个高下。他很得意的瞧了瞧特·巴日东太太，报告题目：《献给她》，躲在特·巴日东太太背后，作者的自尊心有了依傍，他昂昂然摆好姿势，预备念他的得意之作了。可是在女人们眼中，娜依斯露了马脚。她平日尽管恃才傲物，瞧不起周围的人，这一下也免不了替吕西安捏一把汗。她忽然态度拘束，眼睛似乎在向人求情；听着一节又一节的诗，她只能低下眼皮，唯恐人家看出她内心的快乐。

献给她

荣耀显赫，只看见万道霞光，
众天使屏息凝神，奏着玉瑟金琴，
在耶和华的宝座之下告禀：
　　大千世界在祈祷，呻吟；

一个金发的仙童
往往遮起额上的神光，
在天上卸掉银色的翅膀，
　　向人间缓缓下降。

上帝眼中的慈悲他悉心领会：
穷而无告的天才由他抚慰；
又化作受尽钟爱的女郎，
　　让老人重温如花似锦的旧梦；

罪人的忏悔他一一登记；
“希望吧！”他对焦急的母亲梦中鼓励；
众人对着苦难声声哀叹，
　　他怀着欢乐的心情倾听。

这些美丽的使者，我们身边只剩下一个，
私心企慕的大地把他中途留住；
他却嘤嘤啜泣，两眼凄凉而柔和，

　　望着他苍穹之上的乡土。
并非他洁白的前额
使我看出他高贵的出身，
也不是为了他双眸炯炯，
　　也不是为了他品德超凡入圣。

然而那么多的光华眩惑了我的心，
只想和他圣洁的本体交融，
谁知那威严的天使长
　　全身金甲，无隙可乘。

啊！留神！别让我的心
再见首座的天使飞向太空；
黄昏时奇妙的语言
　　不宜他早听！

那时但见他们像曙光一点
穿过夜幕，振翼高飞，
　　回翔于众星之间；

于是那仰窥天象，终宵不寐的水手，
指着他们辉煌的足迹，
当作指路的明灯永永不熄！

“这个哑谜你猜得出吗？”阿美莉做了一个媚眼问杜·夏

德莱。

“这一类的诗，我们念完中学的时代多少作过一些，”男爵要充内行，对什么都看得平淡无奇，有心装作很腻烦的样子，“从前我们浸在奥喜安的浓雾里：什么玛维娜啊，芬加尔啊，云端里的鬼影啊，战士们披星戴月爬出坟墓啊。诗坛上这些破衣服如今换了耶和华，古琴，天使长的翅膀，天堂上的服装；用伟大，无穷，寂寞，智慧一类的字儿把那些服装翻新。动起笔来就是湖啊，神的诏示啊，披着基督教外衣的泛神主义，押上冷僻的，好不容易才想出来的韵，拿‘绿玉’和‘吹竽’押韵，‘始祖’和‘菖蒲’押韵。我们的经纬度也改变了：过去我们住北方，现在住东方，不过望上去同样漆黑一团①。”

柴斐莉纳道：“诗固然暗晦，爱情倒是表白得再清楚没有。”

法朗西斯道：“天使长的金甲其实不过是一件薄薄的纱衫。”

大家碍着特·巴日东太太的面子，表面上不能不称赞吕西安的颂歌；女太太们因为没有诗人捧她们做天使，气恼得很，装作不胜厌烦的样子站起来，脸上冷冰冰的，咕哝着说：嗯，好，很好，妙极了。

---

①传说三世纪时苏格兰的武士兼行吟诗人奥喜安留下许多诗，其中有个女主角名叫玛维娜。英雄芬加尔是奥喜安之父。奥喜安的诗集于1783年出版，不久即译成各国文字，对十八世纪末年至十九世纪初年的法国文学影响极大，成为浪漫主义文学所吸收的外来因素之一。夏德莱在这段议论中做的“从前”与“现在”的比较，就是浪漫主义在1800年左右与1815年以后两个阶段中的变化。

洛洛德吩咐她亲爱的阿特里安："你要是爱我，就不能恭维作者，也不能恭维他的天使。"说话的神气挺专横，阿特里安只有服从的份儿。

柴斐莉纳对法朗西斯说："归根结底，全是空话，爱情的诗在乎行动。"

斯大尼斯拉眯着眼睛把自己从头到脚检查了一遍，接上来说："齐齐纳，我心里的话被你说出来了，我可不能形容得像你这样深刻。"

阿美莉对杜·夏德莱说："我真想叫娜依斯的骄傲收敛一些；她让人捧作天使长，好像她比我们高出一头。她还侮辱我们，招来一个药剂师的儿子，娘是看护病人的，妹子是个女工，他自己也在印刷所干活。"

雅各道："既然老子卖治虫的药饼，应该叫他儿子先吃[①]。"

斯大尼斯拉有心卖俏，摆着最动人的姿势说："他是承继他父亲的行业，他给我们喝的就是药水。就算吃药，我也不喜欢这一种。"

一刹那间，每个人说了几句贵族式的刻薄话羞辱吕西安。虔诚的丽丽觉得娜依斯快要干出糊涂事来，趁早点醒她也是一桩功德。那些小心眼儿的人都好像急于要看戏文的结局，恨不得安排一个诡计，作为第二天说笑的资料；外交官法朗西斯决心要把这个荒唐的阴谋策划成功。

青年诗人如果在情人面前受到一句侮辱，是绝不肯善罢甘休的；前任领事不想同一个年轻人决斗，觉得最好用一样神

①原文中虫与诗只差一个字母，读音毫无分别，虫字的复数，写法也和诗字完全一样。

圣的，没法还手的武器致吕西安的死命。于是他便仿照狡猾的杜·夏德莱逼吕西安念自己作品的办法，走过去和主教谈天，假装同他大人一样对吕西安的颂歌感到兴趣；然后故弄玄虚，说吕西安的母亲是个杰出的女人，而且极其谦虚，儿子写诗的题材都是她供给的。吕西安十分孝顺，最高兴人家称道他母亲的好处。法朗西斯把这个意思印进了主教的脑子，但等谈话之间有个机会，让主教漏出一句法朗西斯意想中的话，伤害吕西安。

法朗西斯和主教走向围着吕西安的小圈子，对吕西安放过不少冷箭的人看着格外留心。可怜的诗人完全不懂交际场中的把戏，只顾望着特·巴日东太太；人家问他一些傻里傻气的话，他也傻里傻气的回答。在场的人的姓名身份，他多半弄不清；也不知同那般妇女谈什么好；她们说的幼稚可笑的话，先就使他脸红耳赤。吕西安觉得自己同这些安古莫阿的贵族隔着十万八千里，只听见他们一会儿称他夏同先生，一会儿称他特·吕庞泼莱先生，而他们自己又叫作洛洛德，阿特里安，阿斯多弗，丽丽，斐斐纳。他最窘的是误认丽丽为男人，把粗暴的特·塞农希先生叫作丽丽先生。那宁录截住吕西安的话，说道：“什么！吕吕先生？”羞得特·巴日东太太满面通红[1]。

特·塞农希低声说：“让这个小子到这儿来，还介绍给我们，真是糊涂透了。”

柴斐莉纳问特·比芒丹太太：“侯爵夫人，你不觉得夏同先生跟特·刚德-克洛阿先生非常相像吗？”柴斐莉纳故意把话说

---

①那宁录是古代有名的猎人（见《旧约·创世记》），在此是指雅各·特·塞农希。吕吕是一种云雀，与丽丽二字声音近似；塞农希专好打猎，故用禽鸟的名字讽刺吕西安。

得很轻而照样听得见。

特·比芒丹太太笑着回答：“也许是精神上相像吧。”

特·巴日东太太对侯爵夫人说：“仰慕名流倒用不着忌讳。”又望着法朗西斯补上两句：“有的女人喜欢平凡庸俗，有的女人喜欢崇高伟大。”

柴斐莉纳没有听懂，她觉得她的领事伟大得很呢。侯爵夫人却站在娜依斯一边，笑起来了。

“先生，你很幸运。”特·比芒丹先生叫了他夏同，又改口称他特·吕庞泼莱，“你从来不会感到无聊。”

洛洛德问道：“你工作很快吗？”神气仿佛问木匠做个匣子是不是要很多时间。

吕西安挨了这一下闷棍，不禁垂头丧气。特·巴日东太太笑着回答：“亲爱的，特·吕庞泼莱先生脑子里的诗意，不比我们院子里的野草。”吕西安听着又抬起头来。

主教对洛洛德道：“太太，高贵的心灵照着上帝的光，我们再尊敬也不嫌过分。诗是圣洁的东西。所谓诗，就是痛苦。你刚才欣赏的作品，不知要花多少更深夜静的时间才写得出来！我们应当对诗人表示敬意，他的生活差不多永远是苦恼的，大概上帝在先知中间给他留着一个席位。”主教拿手按着吕西安的头，又说：“这青年的确是个诗人，你看不见他清秀的脑门上就有命运的烙印吗？”

有人用这样庄严的话庇护吕西安，吕西安很快活，他用柔和的眼神望着主教表示感谢，没料到正直的教士会拿他开刀。特·巴日东太太得意扬扬，瞧着周围的敌人，目光像匕首一般直刺过去，惹得她们愈加气愤。

诗人有心利用主教的金杖打击那些蠢货，回答说："啊！大人，世界上的俗物既没有您的智慧，也没有您的慈悲。没有人知道我们的痛苦，我们的劳动。工人从矿井里开采黄金，也不像我们在最贫乏的语言中追求我们的意境那么艰苦。假如诗歌的目的在于把我们的思想表达得非常明确，让所有的人都能看到，感到，那么诗人对于人的高下不同的智力就该不断衡量，才能使个个人满足；必须把两种对立的力量，逻辑和感情，藏在最强烈的色彩之下；一个字要包含无数的思想，一个画面要概括整套的哲理；总之，诗句是一些种子，应当在别人心里开花，在每个人的感情刻画出来的沟槽中开花。要表达一切不是先得感受一切吗？而强烈的感受不就是痛苦吗？所以只有在社会和思想的广阔的天地中，千辛万苦跋涉过后，才能产生诗歌。创造一些比真人更真实的人物，的确是不朽的工作，例如理查孙的克拉立萨，希尼埃的加米叶，提巴拉斯的台莉，阿里欧斯托的安日丽葛，但丁的法朗采斯卡，莫里哀的阿赛斯德，博马舍的费加罗，沃尔特·司各特的利蓓卡，塞万提斯的堂·吉诃德。"

杜·夏德莱问道："那么你给我们创造些什么呢？"

吕西安回答："我不敢自命为天才，预告这样的计划。而且这一类伟大的出品需要长期的社会经验，研究人的情欲和利害关系，我还没有这些准备；不过我正在开始。"他带着牢骚的口吻对周围的人狠狠的瞪了一眼：

"头脑需要长期的酝酿……"

法朗西斯插了一句："你生产的时候一定很辛苦。"

主教说："你的了不起的母亲会帮助你的。"

这句安排得多巧妙的话，这一下人人渴望的报复，使每一双眼睛放出快乐的光彩，每个人嘴边浮起一副得意的笑容；特·巴日东先生还糊涂透顶，等了一会笑起来，让他们更加高兴。

特·巴日东太太说："大人，您这话对我们说来太微妙了些，这些太太们没有了解您的意思。"大家听着马上收起笑容，诧异的望着特·巴日东太太。"在《圣经》里找灵感的诗人，他的真正的母亲是教会。——特·吕庞泼莱先生，请你念《圣·约翰在巴德摩斯》或者《巴尔泰乍的宴会》，证明罗马始终是维琪尔的伟大的祖先[1]。"

女太太们听见娜依斯说出几个拉丁字，彼此望着笑笑。

初出茅庐的人不管多么勇猛，灰心丧气总是免不了的。吕西安当头挨着一棒，沉到河底，一踩脚又浮上水面，发誓要控制这个社会。他像一条牛中了乱箭，怒不可遏的重新站起来，预备按照路易士的意思朗诵《圣·约翰在巴德摩斯》。多数客人却受着牌桌吸引，回到他们的老习惯中寻快活去了，那种乐趣在诗歌中是得不到的。何况那么多人的自尊心受了伤害，要不消极的轻视本地出品的诗，不拆特·巴日东太太的台，怎么能出尽恶气呢？每个人都好像心中有事：有的同州长讨论区里的一条公路，有的提议晚会的节目应该有些变化，不妨来点儿音乐。安古兰末的上层社会知道自己不懂诗，特别想探听拉斯蒂涅和比芒丹两家对吕西安的看法，当下就有好几个人围在他们身边。遇到重大事故，这两家在本州的声望是一致公认的；每个人嫉妒他们，同时也巴结他们，大家都防到有朝一日需要他们照应。

常在比芒丹家打猎的雅各问侯爵夫人："我们的诗人和他的

①伟大的祖先几个字是用拉丁文说的。

诗，你觉得怎么样？”

侯爵夫人笑道：“在内地，他的诗也不坏了。并且这样漂亮的诗人无论干什么不会不好的。”

个个人认为这评语精彩之极，拿去到处宣传，还越出侯爵夫人的本意，把话说得很刻薄。

杜·夏德莱被请去替特·巴尔大先生伴奏，《费加罗》①的大段唱词在巴尔大嘴里变得面目全非。音乐节目开了场，就得听杜·夏德莱唱几支骑士风格的罗曼斯，夏多布里昂在帝政时代写的作品。接着姑娘们表演两人合奏的钢琴曲，杜·勃罗沙太太提出这个节目，让她亲爱的加米叶在特·赛佛拉克先生面前显显本领。

特·巴日东太太看大家瞧不起她的诗人，心中有气，就照样回敬，趁他们弹琴唱歌的当口躲往小客厅。主教听见副主教解释，知道刚才一句无心的话竟是尖刻的讽刺，他有心补救，跟在女主人后面。特·拉斯蒂涅小姐受着诗歌吸引，不给母亲发觉，溜进小客厅。路易士挽着吕西安坐在垫子用细针密缝的长沙发上，不给人瞧见也不让人听见，凑着吕西安的耳朵说：“亲爱的天使，他们不了解你！可是……

君诗隽永如甘泉，长日低吟苦不足。”

吕西安受到夸奖，安慰了些，暂时忘记了痛苦。

特·巴日东太太抓着他的手紧紧握着，说道：“世界上没有廉价的光荣。受苦吧，朋友，受苦吧，一个人受了苦才伟大；你的苦

①洛西尼喜歌剧《塞维尔的理发匠》中的一段。

恼是换取不朽的声名的代价。我自己恨不得经过一场战斗，受一番磨炼。但愿上帝保佑你，不要过死气沉沉的，没有斗争的生活，使大鹏没有展翅的余地。我羡慕你的痛苦，因为你至少是活着！你可以发挥力量，有胜利的希望！你的斗争一定是轰轰烈烈的。一朝你进入大智大慧的人的国土，别忘了一般薄命的可怜虫。他们的智力在恶浊的气氛中化为乌有，明知道人生的境界而一辈子没有生活过，目光犀利而一无所见，灵敏的嗅觉只闻到腐烂的花。那时你应当歌咏在丛林深处枯萎的植物，压在蔓藤和贪馋茂密的草木底下，不曾得到阳光的抚爱，没有开花就夭折了！那不是一首伤心惨目的诗吗？不是充满奇思幻想的题材吗？再不然描写一个生在亚洲或荒漠中的少女，被人带到寒冷的西方，渴望她热爱的太阳，受着寒冷和爱情的折磨，在无人理解的痛苦中死去！这样的作品岂不悲壮？并且也代表许许多多人的生活。”

主教说：“这样你就写出了我们的灵魂对天国的怀念，那是应当在古代出现的诗，我很高兴在《雅歌》中发现这样一个片段。”

洛尔·特·拉斯蒂涅说：“你就来担任这个事业吧。”她表示很天真的相信吕西安的天才。

主教说：“法国缺少一首伟大的宗教诗。我相信，有才能的人只有为宗教服务才能得到光荣和财富。”

“大人，他一定会接受这个使命。”特·巴日东太太用着夸大的语气说。

“这种诗歌的意境不是已经像曙光一般在他眼中透露了吗？”

斐斐纳道：“娜依斯太冷淡我们了。她在干什么啊？”

斯大尼斯拉道："你不听见吗？她在那里说一些没有头没有尾的大话。"

特·拉斯蒂涅太太过来找女儿，准备回去；阿美莉，斐斐纳，阿特里安，法朗西斯，陪着特·拉斯蒂涅太太在小客厅门口出现。

两个女人能够打扰小客厅里的密谈，非常高兴，说道："娜依斯，请你弹几个曲子给我们听。"

特·巴日东太太回答说："亲爱的，特·吕庞泼莱先生要给我们念他的《圣·约翰在巴德摩斯》，那首辉煌的诗用的是《圣经》的题材。"

斐斐纳诧异道："《圣经》的题材！"

阿美莉和斐斐纳把这句话带往客厅，当作取笑的资料。吕西安推说记性不行，谢绝了朗诵。等到他重新出场，已经没有人对他再感兴趣。大家谈天的谈天，打牌的打牌。诗人变得黯淡无光了，地主们觉得他一无所用，自命不凡的人忌他的才具，怕他瞧不起他们的无知。照副主教的说法，特·巴日东太太是新生的但丁的俾阿特利克斯；嫉妒特·巴日东太太的妇女用着冷冷的轻蔑的目光瞅着吕西安。

"这就是上流社会！"吕西安对自己说着，走下菩里欧的石梯回乌莫。我们有时喜欢挑最远的路走，用步行来刺激当时的思想，让自己浸在里头。野心家碰过钉子并不灰心，反而勇气勃勃。像他这种还没有力量在高等社会中站稳脚跟，光凭着本能闯进去的人，决意牺牲一切，保持已得的地位。他中的毒箭，他在路上一支一支拔掉；高声自言自语，把当晚遇到的一些蠢货痛骂一顿，对他们荒唐的问话想出许多俏皮的回答，只恨事过境迁，念头来得迟了一步。走到在山脚下沿着夏朗德河前进的波尔多公路上，吕西安趁着月光，好像看见一所工厂附近，夏娃和大卫两人坐在河边一根横木上，便抄着小路走过去。

吕西安赶往特·巴日东太太家去受罪的时候，他的妹子穿起一件粉红的条纹纱衫，戴上草帽，裹一条小小的丝围巾，这个朴素的穿扮在她身上等于盛装一样；有的人生来气派很大，能够使极平常的装饰显得很体面。所以她一脱下女工的衣衫，大卫见着格外胆怯。印刷商决心要谈谈自己，不料搀着美丽的夏娃穿过乌莫，一句话都想不出来。动了真情的人喜欢这种诚惶诚恐的感觉，仿佛信徒见到了神的光辉。两个情人一声不出走向圣·安纳桥，打算穿往夏朗德的左岸。夏娃觉得一路静默很不自在，便在桥中央停下来欣赏河上的景致；从这里到正在建造火药厂的地方为止，一长条水面照着落日，放出绚烂的光彩。

夏娃想找个谈话的题目，说道："晚景多美啊！空气又温和又新鲜，到处是花香。天色好极了！"

大卫回答说："是啊，样样打动人的心。"他想借这个譬喻来谈到他的爱情。

"多情的人最喜欢在景色的变化，明净的空气，泥土的香味中，体会他们心里的诗意。大自然代替他们把话说出来了。"

夏娃笑道："而且也逗他们开口了。刚才穿过乌莫的时候，你一句话不说，你可知道我多窘啊……"

大卫天真的回答："刚才你那么美，使我出神了。"

夏娃道："那么现在我就不好看了吗？"

"不是的，我能够陪你散步太快活了，所以……"

他心中一慌，停住了，眼睛望着圣者路从上面盘下来的一带山岗。

“你要觉得这次散步快乐，我很高兴。我认为你牺牲了晚会，应当给你补偿。你谢绝到特·巴日东太太家去，跟吕西安不怕得罪她，向她提出要求，一样慷慨。”

大卫道：“不是慷慨，是识时务。此刻除了夏朗德河两岸的芦苇和杂树，只有我们两个，请你允许我，亲爱的夏娃，说一说我为吕西安眼前的行动担的心事。既然我和他说了那番话，想必你能体会到，我的忧虑只是表示我进一步的友谊。你和你母亲想尽方法抬高他的地位，你们鼓动他的雄心，不是轻举妄动叫他将来更痛苦吗？在他一心向往的上流社会里，他怎么站得住呢？我是知道他的！他的脾气喜欢不劳而获。应酬交际势必吞掉他的时间，而除了聪明没有别的财产的人，时间是唯一的资本。他爱出风头，上流社会可能把他的欲望刺激得愈来愈大，不论多大家业也满足不了：将来他只会花钱，不会挣钱；总之，你们养成了他自命不凡的习惯，社会却先要看到辉煌的成绩，才肯承认你的本领。而文学的成就又只能靠孤独的生活和顽强的工作去争取。你哥哥在特·巴日东太太脚下消磨了多少光阴，特·巴日东太太拿什么来酬报他呢？吕西安太高傲了，绝不肯受她帮助；同时他还太穷，没法老是在特·巴日东太太的圈子中来往，花那么高的代价。那女人要使我们亲爱的兄弟不想再用功，叫他爱奢华，爱享受，瞧不起我们朴素的生活，加强他游手好闲的倾向，这是富于幻想的人最容易犯的毛病；然后她有朝一日把吕西安丢开完事。是的，我提心吊胆，生怕这位贵族太太玩弄吕西安：她或是真心的爱吕西安，使他忘掉一切，或是并不爱他而使他伤心绝望，因为他对特·巴日东太太简直爱得发疯。”

夏娃走到夏朗德的水坝那儿停下来，说道：“我听着你的话心都凉了。不过只要母亲还能对付她辛苦的工作，只要我活着，我们挣的钱大概足够吕西安使花，维持到他事业成功。我永远不会缺少勇气。”夏娃说着兴奋起来，“替一个心爱的人干活，不会觉得工作苦闷或者厌烦的。就算辛苦一点，一想到为谁辛苦，我也快乐了。因此你不必担心，我们一定能挣到足够的钱，供给吕西安去结交上流社会。那才是他的出路。”

“那也是断送他的地方。”大卫接着说，“告诉你，亲爱的夏娃，天才的作品不是短时期写得出来的，他需要一大笔现成的产业，或者是满不在乎的过苦日子。可是相信我的话！吕西安最恨穷苦，他已经挺得意的咂摸过酒席的香味，虚浮的名声；他的自尊心在特·巴日东太太的小客厅里不知扩大了多少，现在他什么都肯干，只要能维持他的地位。你们两人的收入永远不可能满足他的需要。”

夏娃发急了，叫道：“你叫我们泄气，你不是一个真正的朋友！”

大卫答道：“夏娃！夏娃！我存心要做吕西安的哥哥。只有你能给我这个身份，使他能接受我的一切，使我有权利替他尽心出力。我对他除了和你们一样忠心耿耿以外，还能帮他辨别利害。夏娃，亲爱的孩子，你可愿意让吕西安有一个拿了钱不用脸红的银库吗？哥哥的钱不是等于他自己的钱吗？你不知道吕西安目前的处境叫我想起多少念头！可怜的孩子要在特·巴日东太太家进出，就不能再做我的监工，不能再住在乌莫，你不能再干活，你妈妈那个行业也不能再干下去。你要肯嫁给我，一切都解决了：吕西安暂时住在我三楼上，等我在院子尽头的偏屋顶上替他盖起一个楼面来，除非我父亲肯把正屋添盖一个三层楼。这样他可以不用操心，独立过活。我因为存心帮衬吕西安，挣起家业来比单为我自己挣钱劲道更足。不过我的尽心出力先要得到你的准许。说不定他有一天要去巴黎，只有那儿才是他活动的天地，才有人赏识他的才具，给他报酬。巴黎开支浩大，我们三个人支持他也不嫌多。再说，你同你的母亲不是也需要有个依靠吗？亲爱的夏娃，你既然爱吕安西，你就嫁给我吧。以后你看到我为了帮助他，为了使你快活所花的心血，也许你会爱我的。我们两人都欲望不大，没有什么需要；我们的大事只是要吕西安幸福，我们的财富，感情，激动的情绪，一切都存放在他的心坎里！”

夏娃看见这股伟大的爱情谦卑到这个田地，很感动，她说：“我和你地位相差太远了。你富，我穷。真要十二分的爱才能破除这个顾虑。”

大卫丧气的说：“那么你还不大爱我吗？”

“说不定你父亲会反对……”

大卫答道：“行了，行了，假如只要跟我父亲商量，你我的婚姻一定成功。夏娃，亲爱的夏娃！这一下你使我觉得生活好过了。可怜我的满腔热情一向不能说，也不知道怎么说。只要你告诉我有点儿爱我，我就有勇气把其余的话一齐说出来。”

夏娃说：“真的，你使我惭愧得很。不过我们既然吐露彼此的感情，我可以告诉你，我生平除了你，心上不曾有过别人。一个女人能嫁一个像你这样的丈夫，是值得骄傲的。我是个没有前途的可怜的女工，不敢指望这样的好福气。”

“别说了，别说了。”大卫说着坐在水坝的横木上。他们俩像疯子般老是在一个地方来回打转，那时又回到水坝旁边。

“你怎么啦？”夏娃第一次露出多情的关切。女人只有把你看作自己人的时候才会这样表示。

他道：“事情太圆满了。看到一生快乐的前景，我头脑迷糊了，心也沉下去了。为什么我比你更快活呢？”他带着怅惘的口气说。

“反正我心中有数。”

夏娃望着大卫，做出一副卖俏而不相信的样子，等大卫解释。

“亲爱的夏娃，我受的多，给的少。将来我对你的爱永远要超过你对我的爱，因为我有更多的理由爱你：你是天使，我是凡人。”

夏娃笑着回答：“我不像你这样博学。我只是很爱你……”

大卫抢着问：“跟你爱吕西安一样吗？”

“爱到愿意做你的妻子，把我的生命交给你，在共同生活中尽量不给你一点烦恼，因为我们的生活开头必定有些困难的。”

“亲爱的夏娃，你可曾发觉我第一天见到你就爱你了？”

她反问道：“哪有女人不发觉人家爱她的？”

大卫道：“你以为我有钱，因此有顾虑，让我来替你解除。亲爱的夏娃，我是个穷光蛋。父亲有心剥削我，想从我的工作中榨出一笔钱来，他的作风像自命为做好事的人对待受他们帮助的人。假如我将来有钱，也是靠你的力量。这不是为了爱情故意把话说得好听，而是经过仔细考虑的。我要你知道我的缺点，在一个应当挣一份家业的人身上，那是很大的缺点。我的性格，习惯，喜欢的工作，都不适宜做买卖，做投机；而事实上我们又只能靠实业发财。我就算能发现一个金矿，可没有本领开采。可是你啊，为了爱你的哥哥，你会注意到最细微的事，你有理财的天赋，像真正的生意人一样肯耐性等待，将来我播的种子，你会去收获。咱们的处境——我说咱们，因为我久已把自己看作你们一家人——咱们的处境压在我心上多么沉重，因此我日夜都在找发财的机会。我懂得化学，也看出商业上的需要，正在研究一样极有出息的东西。现在还什么都不能告诉你，事情绝对快不了。也许咱们要苦熬几年；可是我准能找出工业上的一些新技术；摸索的人不止我一个，要是我捷足先登，就好挣一笔极大的家私。我对吕西安一字不提；他容易冲动，可能弄糟事情；他会把我的希望当作现实，生活过得像王侯一样，说不定会背债。所以请你保守秘密。我做着长时期试验的时候，有你这个温柔可爱的人陪着，就是我唯一的安慰，正如要你跟吕西安有钱的愿望能给我恒心和毅力……"

夏娃插嘴道："我早猜到你是个发明家，跟我可怜的爸爸一样需要一个女人照顾。"

"那么你是爱我的了！啊！别害怕，说出来吧。我把你的名字看作我爱情的象征。夏娃原是世界上独一无二的女人，当初对亚当是如此，如今你在我精神上也是如此。噢！天哪！你爱我吗？"

"爱的。"夏娃拖长着声音，表示情意深长。

大卫挽着夏娃走到一家纸厂的机轮底下，指着一根长长的横木说："好，咱们在这儿坐一会。我要呼吸晚上的空气，听听青蛙的叫声，欣赏在水面上抖动的月光。没有一样东西不反映出我的幸福，我第一次发现自然界这样光华灿烂，它受着爱情照耀，被你点缀得更美了。我要把这些景致牢牢的记在心上。夏娃，亲爱的人儿！这是命运第一回赐给我纯粹的快乐！我怕吕西安没有我幸福！"

大卫握着夏娃的手，觉得有些汗湿，有些颤动，不禁掉了一滴眼泪在她手上。

夏娃娇声问道："我能知道你的秘密吗？"

大卫道："我应当给你知道，因为那是你父亲考虑过的，将来问题更要严重。让我告诉你为什么。从帝国崩溃以后，大家差不多全用棉织品，原因是比麻料便宜。目前造纸还用破旧的萱麻布和亚麻布；这种原料很贵，法国出版业必然会有的大发展因此延迟了。我们不能加速破布的生产，那是大众用旧的东西，数量受一国的人口限制。希望用布的数量增长，先要生育增长。而一个国家不经过二十五年的时间，不在风俗，商业或农业方面来一些大改革，人口不会有显著的变动。假如纸厂的需要超过法国破布的供应，或是超过一倍或是超过两倍，我们就得采用另外一种原料，才能有便宜的纸张。这个结论有本地的事实做根据。至今还用破麻布造纸的，安古兰末的纸厂是最后一批了，那些厂家发现棉料侵入纸浆的情形越来越惊人。"

年轻的女工不懂什么叫纸浆，问了一句，大卫便告诉她造纸的常识；这常识放在这儿叙述也不算越出范围，我这部作品要出版，除了印刷也得靠纸张。不过要了解两个情人之间的一大段插话，最好先来一个提要。

给印刷做基础而和印刷的产生同样奇妙的纸，在中国出现很久之后，方始由地下商业网传到小亚细亚。相传七五〇年左右，小亚细亚用棉料捣成的薄糊造纸。羊皮纸价值奇昂，不能不找代用品，于是有人仿照茧纸（当时称呼东方棉料纸的名字[1]），用破

[1]这是用特殊的一种中国纸概括了全部中国纸。

布造出一种纸来。有人说是一一七〇年时流亡瑞士的希腊人在巴尔创制的；也有人说是一个叫作巴克斯的意大利人一三〇一年在巴杜创制的。可见造纸工业进步极慢，经过情形也不大有人知道。可以肯定的是查理六世治下[1]，巴黎有人做纸牌用的纸浆。等到了不起的费斯德，高斯忒和加顿堡[2]发明书籍的时候，同当时许多大艺术家一样没世无闻的工匠改进了造纸技术，满足印刷的需要。十五世纪的人非常天真，精力非常充沛，尺寸不同的纸和大小铅字的名称都反映出那个时代的天真。葡萄纸，耶稣纸，鸽笼纸，水壶纸，银洋纸，贝壳纸，王冠纸，都是用纸中央水印上的葡萄，耶稣，王冠，钱币，水壶等等的图像命名的，正如后来拿破仑时代用鹰做水印的纸叫作大鹰纸。同样，第一次排印宗教书，神学书，西塞罗文集等等的字体，从此叫作西塞罗，圣奥古斯丁，大法规。斜体字是十七世纪威尼斯的印刷商阿尔特发明的，所以称为意大利体。在长度没有限制的机器纸[3]出现之前，尺寸最大的纸是大耶稣或大鸽笼[4]；而大鸽笼只限于印地图或版画。纸的尺寸必须适应印刷车上的云石的大小。在大卫和夏娃谈论造纸问题的时候，连续不断的纸在法国还近于空想，虽然

①1380至1422年。

②德国人费斯德于十五世纪时和加顿堡及才斐尔合办印刷厂，印的《玛扬斯版圣经》为第一部合乎近代标准的书。十五世纪的荷兰人高斯忒相传也是最早试用木刻活字印刷的人。

③我们今日称为卷筒纸。

④大耶稣纸的尺寸是76×56公分，大鸽笼是90×63公分。

一七九九年时但尼·劳培[1]已经在埃索纳发明造这种纸的机器，以后第多-圣-莱日又想法改良。至于安布罗阿士·第多发明仿小牛皮纸，还不过是一七八〇年的事。从这段简短的叙述中可以很清楚的看出，实业界和知识界的一切重大收获都极其迟缓，有赖于不知不觉的积累，跟自然界化育万物的情形完全一样。书法，也许连文字在内，还有许多别的东西，都经过类似印刷和造纸的摸索，才逐渐完美的。

大卫结束的时候说："破布商在全欧洲搜罗破布，旧衣，买进各种破烂的纺织品。这些破烂东西分门别类理清之后，由批发破布，供应纸厂的商人送进仓库。要知道破布买卖有多大规模，我可以告诉你一件事，小姐。银行家加同是皮日和朗葛莱纸厂的主人，早在一七七六年，雷沃里埃·特·列尔就在那些厂里打算解决你父亲想到的问题；一八一四年加同跟一个姓普罗斯德的人打过一场官司，因为在一笔总数一千万斤，价值四百万法郎的破布交易中弄错了两百万斤！纸厂把破布洗净，捣碎，做成洁白的纸浆，再同厨娘用筛子过滤沙司[2]一般，浇在一块金属的网板上，四面围着铁框，中央嵌一个水印图案，根据图案定出各种纸张的名称。纸张的尺寸随网板的尺寸而定。我在第多厂工作的时代，已经有人研究原料问题，至今还在研究。你父亲想要改进的技术原是现代最迫切的问题之一。原因是这样的。麻料虽则比棉料耐用，所以归根结底更经济；可是要穷人掏出钱来，多花一文

---

①劳倍（1761—1828），名字是尼古拉-路易，不是但尼，他于1799年发明造卷筒纸的机器，经第多改良后于1811年正式在法国使用。巴尔扎克说1820年时造卷筒纸在法国还近于空想，不知何故。

②西菜中用肉汤和面粉做的作料，叫作沙司。

总不如少花一文，不管从长远计算有多大损失，这也是吃了穷苦的亏！中等阶级和穷人一样作风。麻料织物因此大大的减少。英国五分之四的人口改用了棉织品，他们已经只造棉料纸了。这种纸性质太脆，折痕容易碎裂，入水容易化掉；一本棉料纸的书泡水一刻钟就成为纸糊，麻料纸的旧书浸两小时还不要紧，晾干之后尽管颜色发黄，墨色变淡，文字照样看得出，作品并没毁掉。我们这个时代，财产经过平均分配①，数目减少，大家都穷了，需要廉价的内衣，廉价的书籍，正如屋内没有地方挂大画，我们都在物色小画。结果是衬衫和书都不经用了。样样东西不再讲究坚固。因此，我们所要解决的造纸问题，对于文学，科学，政治，重要无比。有一次在我巴黎的办公室内，几个人为了中国造纸用的原料，展开一场热烈的争论。由于原料关系，中国纸一开始就胜过我们的纸。中国纸又薄又细洁，比我们的好多了，而且这些可贵的特点并不减少纸的韧性；不管怎么薄，还是不透明的。当年大家对中国纸极感兴趣。有位非常博学的校对——巴黎的校对员中不少学者，傅立叶和比哀·勒罗此刻就在拉希华第埃那儿当校对！……我们正在讨论，那时正在做校对员的特·圣西门伯爵来看我们②。他说开普弗和杜·阿尔特③认为中国纸和我们的纸同

①法国大革命后，取消长子的特权，子女继承父母的遗产一律平均分配。

②傅立叶（1772—1837）即十九世纪初叶有名的法国空想社会主义者。勒罗（1798—1871）是个印刷工人出身的圣西门信徒，办过不少报刊。圣西门（1760—1825）伯爵也就是有名的空想社会主义者。

③德国医生兼博物学家开普弗（1651—1716）曾遍历亚洲各地考察植物。法国耶稣会教士杜·阿尔特（1674—1743）专攻地理，写过一部《中国散记》，内有一章专述中国的纸、墨、笔、印刷及装订。巴尔扎克很多地方采用他的说法。

样是用植物做的，原料是楮[①]。另外一个校对认为中国纸主要用动物性的原料，就是中国大量生产的丝。他们在我面前打赌。第多厂平日承包学士院的印件，就把问题送交学士院，由前任帝国印刷所所长马赛尔先生做评判。马赛尔先生打发两个校对去见阿尔什那图书馆馆长葛罗齐埃神甫。据葛罗齐埃神甫的意见，两个打赌的人都输了。中国纸的原料既不是楮，也不是丝，而是用捣碎的竹子纤维做的纸浆[②]。葛罗齐埃神甫藏着一部讲述造纸技术的中国书，附有不少图解，说明全部制造过程；他指给我们看纸坊里堆的大批竹竿，画得很精。我听吕西安说，你们的父亲凭着聪明人的直觉，想出破布的一种代用品，用极普通的，生长在本地而随手可得的植物做造纸的原料，像中国人利用纤维质的枝干一样。我听了这话把前人做过的试验整理了一下，开始研究。竹是一种芦苇，我自然想到我国的芦苇。中国人工便宜，一天只要三个铜子，所以他们的纸从网板上揭下以后，尽可一张一张压在白的瓷砖中间，用火烘烤；这么一来，纸就有光彩，韧性，又轻又薄，像缎子一般柔和，成为世界上最好的出品。我们要用机器来代替中国人的办法。便宜的成本在中国是依靠便宜的人工，我们可以依靠机器。如果能造出一种廉价的纸，和中国纸的品质差不多，书的重量和厚薄可以减去一半以上。用我们的仿小牛皮纸印

①楮是桑的一种，法国俗称为中国桑，又称造纸桑，今日已移植欧洲，造最高级的纸，就是他们所谓“中国纸”。日本及中国都用楮树的嫩枝皮造纸，作为纸伞的原料。

②中国造纸用的原料有麻、有竹、有桑、有楮、有藤、有稻秆、有茧。两个打赌的校对和那位神甫都各见一斑而未窥全豹，各人说出了中国许多造纸原料中的一种。

一部精装的伏尔泰全集，重二百五十斤，用中国纸印不到五十斤。这一点不能不说是很大的成功。安放图书的地位越来越成问题。我们这个时代，不管是人是物，都在缩小规模，连房屋在内。巴黎的宏大的住宅早晚要拆掉，上代留下来的建筑，我们的财产快要配合不上了。印出来的书不能传久，真是这个时代的耻辱！再过十年，所谓荷兰纸，就是说破麻布做的纸，再也造不出来了。既然你慷慨的哥哥告诉我，你们的父亲想到用某种植物纤维造纸，将来我要成功的话，你们不是有权利……"

那时吕西安走到妹子身边，打断了大卫那句表示感激的话。

吕西安说："不知道你们觉得今天晚上愉快不愉快，对我来说可着实难受。"

夏娃发现哥哥脸色紧张，便问："可怜的吕西安，你碰到了什么事啊？"

气恼的诗人说出他的苦闷，把脑子里翻腾起伏的思想倾注在两个知己的心里。夏娃和大卫不声不响，听着吕西安在痛苦的浪潮中流露出他的伟大和渺小，很难过。

最后，吕西安说："特·巴日东先生已经老了，不久准会闹一次消化不良，完事大吉。那时我就能压倒那些骄傲的家伙，我可以和特·巴日东太太结婚！今天晚上，看她眼睛就知道她的爱情跟我的爱情一样强烈。是的，她感觉到我受的伤害，安慰我的痛苦；她的高尚伟大不亚于她的美貌和风雅！她永远不会欺骗我的！"

大卫轻轻对夏娃说："你看，不是得赶快让他生活安定吗？"

夏娃悄悄的把大卫的胳膊捏了一把。大卫懂得她的意思，立刻和吕西安说出他的计划。两个情人和吕西安同样只想着自己，急于要他赞成他们的婚事，没有发觉特·巴日东太太的情人听着做了一个惊讶的动作。吕西安梦想等自己发迹以后，叫妹子嫁给高门望族，让他靠着有势力的亲戚关心，多一个帮衬。夏娃和大卫结了亲，吕西安在上流社会出头的希望就多一重障碍，因之他心中懊恼。

“就算特·巴日东太太答应做特·吕庞泼莱太太，可绝不肯做大卫·赛夏的内嫂！”这句话把吕西安感到痛心的思想简单明了的包括尽了。他好不心酸的想道：“路易士说的不错！有前程的人永远不会受到家属了解。”

如果换了一个时间，他没有想入非非叫特·巴日东先生离开世界的话，听到妹子攀这门亲事一定欢喜不尽。只要考虑到他当前的处境，考虑到夏娃这样一个穷苦的美人儿能有什么前途，他准会觉得妹子嫁给大卫是意想不到的幸运。无奈那时他做着年轻人的好梦，左一个假定，右一个假定，一厢情愿的闯过了所有的难关。诗人刚才在上流社会中露过锋芒，马上跌回到现实世界，自然感到痛苦。夏娃和大卫只道吕西安不说话是受了朋友的义气感动。在两个心地高尚的人看来，吕西安悄没声儿的接受倒是显出真正的友谊。印刷商描写他们四个人将来的幸福，话说得亲切动听。不管夏娃插嘴反对，他要把二层楼布置得十分讲究，表示他情人的心意；他又一片好心要替吕西安盖三楼，在偏屋顶上为夏同太太造一个楼面，尽量孝顺她，照顾她。总而言之，大卫要家里的人完全快乐，要他的兄弟完全独立。吕西安被大卫的声音和妹妹的抚爱陶醉了；在路旁的树荫底下，沿着平静而明亮的夏朗德河走着，头上是明星灿烂的天空，夜间的空气十分暖和，他终究忘了上流社会给他戴上的荆冠。特·吕庞泼莱先生又承认大卫是他的朋友了。反复无常的性格很快的使他想起过去的纯洁，用功，平凡的生活，看到今后无忧无虑，更美满的生活。贵族社会的喧闹逐渐消失。等到走进乌莫镇，野心家居然握着他兄长的手，和两个快乐的情人语调一致了。

他对大卫说："但愿你父亲不反对这头亲事。"

"他要为我操心才怪呢！老头儿只顾他自己。可是明儿我还是要上玛撒克去；单单要求他替我们盖屋子也不能不走一遭。"

大卫送兄妹俩回家。他一刻都不能多等，马上向夏同太太求亲。母亲满心欢喜，拿女儿的手放在大卫手里；情人大着胆子亲了亲未婚妻的额角，夏娃红着脸向他微笑。

母亲说："这是穷人的定亲。"她眼睛朝上望着，仿佛求上帝赐福。又对大卫说："孩子，你勇气不小；我们遭着不幸，我真怕我们的背运连累人。"

大卫一本正经的回答："我们会有钱的，会幸福的。先是你不用再服侍病人，跟你儿子女儿一同住到安古兰末去。"

于是三个孩子急不可待的说出他们美好的计划，母亲听了只是诧异。家庭中常有这一类疯疯癫癫的谈话，把播种当作收成，不等幸福实现，先快活起来。大卫恨不得那一夜不要天亮，他们只能逼他动身。吕西安陪着未来的妹夫走到巴莱门，已经半夜过后一点钟了。老实的卜斯丹听见闹哄哄的声音不大放心，站在百叶窗后面张望；他打开窗子，发现夏娃家那时还有灯火，私下想："夏同家有什么事啊？"

他看见吕西安回来，问道："老弟，你们有什么事啊？要不要我帮忙？”

诗人回答说：“用不着，先生。不过你是我们的朋友，我可以告诉你：大卫·赛夏向我妹子求婚，妈妈答应了。”

卜斯丹一言不答，霍的关上窗子，恨自己早先没有向夏同小姐提亲。

大卫不回安古兰末，直接上路去玛撒克，只当散步一般走往父亲家。太阳刚升起，他到了屋旁的园子外面。情人瞥见老熊站在一株杏树底下，头耸在篱笆上面。

大卫道：“爸爸，你好。”

“呦，是你，孩子？这个时候怎么会出门的？打这儿进来。”种葡萄的向儿子指着一扇小栅门，“我的葡萄藤都开花，一棵也没冻坏！今年一亩能出二十桶酒；不过肥料也不知加了多少！”

“爸爸，我来同你商量一件要紧事儿。”

“啊！咱们的印刷车怎么啦？你钱赚饱了吧？”

“慢慢会赚的，爸爸，眼前我可没有钱。”

父亲回答：“地方上都埋怨我，说我不该拼命上肥。那些大户，什么侯爵，伯爵，这位先生，那位先生，怪我弄坏了酒味。哼！教育有什么用？只能教你头脑糊涂。你听着：他们一亩出七桶酒，有时八桶，每桶卖六十法郎，年成好的时候大不了一亩收入四百法郎。我一亩出二十桶，每桶卖三十法郎，一共六百法郎！到底谁傻谁聪明，你说吧！品质！品质！品质跟我有什么相干？让那些侯爵去关心品质吧！我只晓得钱就是品质。——你说什么？……”

“爸爸，我要成家了，我来要求你……”

“要求我？哼，什么都没有，孩子。你成家，我不反对；可是别向我开口，我一个子儿都没有。人工把我弄穷了。两年工夫下的本钱才大呢，又是人工，又是捐税，各种各样的开销；样样被政府拿去了，油水都归了政府！这两年种葡萄的什么都没捞到。今年年成不坏，谁知该死的酒桶已经涨到十一法郎！我们的收成还不是孝敬箍桶匠？干吗你不等收割完了再结婚？……”

“爸爸，我只是来征求你同意。”

“啊！那又是一回事了。对方是谁呢，告诉我行不行？”

“夏娃·夏同小姐。”

“她是谁？靠什么过活的？”

“她父亲死了，夏同先生从前在乌莫开药房。”

“你，堂堂一个生意人，娶一个乌莫的姑娘！你还是在安古兰末领着王家执照的印刷商呢！受了教育，结果这样！唉！这就是送孩子上学的报应！那么，我的儿，她一定非常有钱啰？”种葡萄的眉开眼笑挨近儿子，“你要肯娶一个乌莫的女孩子，她准有成千上万的家私！好，你可以付我房租了。孩子，你可知道，房租已经欠了两年零三个月，总数有两千七百法郎？付给我正是时候，我好拿来开发木桶账。你要不是我的儿子，我还有权利向你讨利息呢；归根到底，买卖总是买卖；不过我对你客气，不问你要了。话说回来，她手头有多少？”

“不多不少，跟我妈妈一样。”

老头儿险些儿没说出：“原来只有一万法郎！”他想起过去不肯向儿子交代他妈妈的遗产账，便叫道：“那么她竟一无所有了！”

“妈的财产是她的聪明和相貌。”

“你到集上去说给人家听听，看他们怎么说！该死！做老子的多倒霉！大卫，我娶亲的时候，赤手空拳，全部家私只有头上一顶纸帽子[1]，我是个可怜的大熊。你啊，我给了你一个出色的印刷所，凭你的本领、学问，正应该娶一个城里的布尔乔亚，有三四万陪嫁的女人。你的痴情还是趁早撂开，让我来替你找一门亲事！离这儿三四里有个寡妇，三十二岁，开着磨坊，有十万法郎产业，这才配得上你。你可以把她的田产跟玛撒克的合起来，两块地本来连在一块儿。哎！这么一来，咱们的庄园可体面啦，你看我将来怎么经营！听说她要嫁给她的大伙计戈多阿，你比戈多阿强多了！我管理磨坊，让她到安古兰末去做你得力的助手。"

"爸爸，我已经订婚了……"

"大卫，你一点不懂生意经，我看你是弄穷人家。你要娶那乌莫姑娘，我就跟你算账，我要求法院叫你付清房租，因为我料你没有好结果。哎哟！我可怜的印刷车啊，我的印刷车啊！车子要上油，要保养，要开动，哪一样少得了钱？唉，除非来个大好的年成，我心里是不会快活的了。"

"爸爸，我到此为止并没给你多少烦恼……"

"也没付我多少房租。"种葡萄的老头儿回答。

"我除了来请你答应我结婚，还想请你在正屋上面盖一个三层楼，偏屋上加一个楼面。"

"呸！你明明知道我没有钱。再说那不是平白无故把钱扔在水里吗？那会给我生利吗？嘿！你大清早跑来要我盖新屋子，花一笔皇帝老子也吃不消的大本钱！你虽然名叫大卫，我可没有梭罗门的财富[2]。你不是疯了吗？我的孩子变作吃奶的娃娃了。

---

①见前注。

②《圣经》上的梭罗门是大卫的儿子。赛夏老人没有知识，乱用典故，颠倒身份。

这一棵一定结葡萄！”他把话岔开去，指着一棵葡萄藤叫大卫看，“这些孩子才不会叫父母失望，多少肥料下去，就是多少收成。我把你送进中学，花了多大本钱培植你成为学者，到第多厂去研究印刷，谁知全是没出息的事儿，临了给我弄一个乌莫姑娘来做媳妇，一个钱陪嫁都没有！要是你不读书，跟我在一起，你就由我安排，今天倒好娶一个磨坊的老板娘，不算磨坊，就有十万法郎产业。嘿！你真聪明，当我会赏识你的好主意，替你盖起宫殿来？……难道你现在的屋子两百年来都是养猪的，你的乌莫姑娘住不得吗？呦！难道她是法兰西的王后吗？”

“好吧，爸爸，盖三层楼的费用归我负担，就让儿子来替父亲挣家业吧。事情虽然颠倒，有时还看得见。”

“怎么，小家伙，你有钱盖屋子，没有钱付房租？你好调皮，要弄你父亲！”

这样一来，问题不容易解决了。老头儿能够做到一钱不花而不失其为慈爱的爸爸，非常得意。他同意大卫结婚，允许儿子按照他的需要自己出钱在老家添造房屋。大卫得到的不过是这些。老熊这个保守派父亲的模范，居然宽宏大量，不向儿子讨房租，不叫他把粗心大意露了口风的私蓄捧给老子。大卫怏怏不乐的回去，知道一朝遇到患难，绝不能指望父亲帮忙。

四、内地的爱情风波

安古兰末城里只听见谈论主教的话和特·巴日东太太的回答。晚会上每一桩小事都被添枝接叶，经过装饰，改头换面的传开去，诗人也就成为当时的红人。在上层社会中兴风作浪的谣言，也有几滴水星飘入中产阶级。吕西安穿过菩里欧去看特·巴日东太太，发觉好几个青年不胜羡慕的望着他，还听到一些话使他暗暗得意。

“这小伙子运气真好。”一个诉讼代理人的书记说。他名叫柏蒂-格劳，是吕西安的中学同学，长相难看，吕西安一向对他摆着老大哥面孔。

一个听过他朗诵的大家子弟回答说：“是啊，他长得漂亮，又有才气，特·巴日东太太被他迷上了！”

吕西安知道白天有段时间路易士一个人在家，他急煎煎的等候这个时间。如今这女人变了他命运的主宰，妹子的婚事要她赞成才好。经过了前一天的晚会，路易士或许更加温柔，可以让他快乐一下。特·巴日东太太不出他所料，对他特别多情，没有经验的情人以为对方的爱又进了一步。隔天晚上诗人太痛苦了！路易士便听让吕西安在她美丽的金发上、手上、头上，热烈亲吻。

她说：“你念诗的表情，可惜你自己看不见。”上一天路易士在长沙发上拿雪白的手抹掉吕西安额上的汗珠，等于给他一个花冠的时节，他们俩已经亲热得你我相称了。“你美丽的眼睛发出闪光！我看着你唇间吐出金链，把我们的心拴在诗人的嘴边。希尼埃的作品，你得全部念给我听，他的诗最适合情人的心情。我不愿意你再痛苦了。是的，亲爱的天使，我要替你安排一块乐土，让你过纯粹的诗人生活，有时活跃，有时懒散，有时无精打采，有时用功，有时深思；可是你永远不能忘记：你的桂冠是靠我得来的，你的成功应当补偿我以后的痛苦。唉，亲爱的，这个社会对我不会比对你更宽容，他们因为分享不到幸福，要发泄他们的怨恨。是的，我永远有人嫉妒，昨天晚上你不是看见了吗？那些吸血的苍蝇不是刺伤了人的皮肉，急急忙忙扑到创口上来吗？可是我多快乐！我真正生活过了！我的心弦好久没有这样振动了！”

眼泪在路易士的腮帮上淌下来，吕西安一声不出，握着她的手吻了很久。诗人的虚荣心受着母亲，妹子和大卫奉承，如今又受到这个女人奉承。他所站立的虚幻的台阶，周围的人都在继续替他加高。狂妄的信心不但有朋友支持，还有恼怒的敌人支持，使他在充满幻景的气氛中向前趱奔。青年人的幻想自然而然同那些赞美、那些观念，沆瀣一气，一切都在帮助一个风流俊美、前程远大的青年，只要经过几次冷酷无情的教训，这样的迷梦才会惊醒。

“亲爱的路易士，那么你愿意做我的俾阿特利克斯了，肯接受爱情的俾阿特利克斯了？”

她抬起她本来低垂的美丽的眼睛，天使般的笑容显然和她说话的意义不一致，她说："要是将来……你值得人家爱的话！……现在你还不幸福吗？有一个知己，无论说什么都有把握得到了解，不是快乐吗？"

"是的。"吕西安噘着嘴回答，做出一副情人失意的样子。

她用取笑的口吻叫了声："孩子！哦，你不是有话跟我说吗？我看你进来的时候心中有事。"

吕西安怯生生的向爱人说出大卫和夏娃彼此相爱，打算结婚的事。

她道："可怜的吕西安，你怕挨打，挨骂，好像你自己要结婚似的！"她把手掠着吕西安的头发，又说："那有什么大不了呢？你家里的人跟我有什么相干？你在他们之中是一个例外。倘若我父亲要娶他的女佣人，你会不痛快吗？亲爱的孩子，情人是没有家庭的。难道除了我的吕西安，我在世界上还关心别人吗？要出人头地，要成名，这才是我们的正经！"

吕西安听着这种自私的回答，一变而为世界上最快乐的人。路易士正举出许多荒谬的理由，证明世界上只有他们两个人的时候，特·巴日东先生走进客厅。吕西安眉头一皱，怔住了；路易士向他递了个眼色，留他吃饭，饭后在打牌的人和别的常客未到之前，要他念安特莱·特·希尼埃的诗。

特·巴日东先生道："这样不但她高兴，我也高兴。吃过饭听朗诵，对我再合适没有。"

特·巴日东先生讨好他，路易士讨好他，仆役看主人宠他，侍候得特别恭敬；吕西安便在巴日东府上坐享现成，一样一样的受用过来。等到宾客满堂的时候，特·巴日东先生的愚蠢和路易士的爱情壮了他的胆子，不由得气焰高涨，而他美丽的情人还从旁鼓励。吕西安看着娜依斯在众人面前的威势，好不得意，娜依斯也只想把这威势分一些给他。总之，那天晚上他尽量充当小城市里的大人物的角色。有人看吕西安态度大变，以为他和特·巴日东太太，照旧时代的说法，有了深交。好些妒忌的人聚在客厅一角，跟杜·夏德莱先生同来的阿美莉一口咬定，说已经出事了。

夏德莱道："一个年轻小子想不到能踏进这个社会，不免得意忘形，这不能怪娜依斯。夏同听见一个上流社会的太太说了几句好话，就以为对他有意了。他还分辨不出真正的热情是不声不响的，此刻抬举他的话只是看在他美貌，年轻和才气的份上说的。如果我们的痴情都叫女人负责，也太冤枉女人了。他当然是动了心，可是娜依斯……"

恶毒的阿美莉接口说："噢！娜依斯！娜依斯看见人家这股痴情才快活呢！到了她的岁数，年轻人的爱情吸引力特别强。在青年人身边，一个女人会返老还童，装作小姑娘，像女孩子般心神不定，装腔作势，忘了什么叫可笑……你们看不见吗？药房老板的儿子竟敢在特·巴日东太太家拿出主人翁的架子来。"

阿特里安轻轻的哼了一句："爱情是不知道这些距离的。"

下一天，安古兰末没有一户人家不谈论夏同先生——一名特·吕庞泼莱——和特·巴日东太太亲密的程度。仅仅有过几个亲吻，他们已经受到指摘，说是有了私情。特·巴日东太太吃了她的权势的亏。在社会的许多怪现象中，你们可曾注意到没有标准的批评和荒唐苛刻的要求吗？有些人可以无所不为，再胡闹也不要紧，他们样样合乎体统，老是有人争先恐后替他们的行为辩护。社会对另一些人却严格得不能相信：他们做事都要合乎规矩，永远不能有错误，犯过失，闹一点儿笑话都不行；人家把他们当作雕像欣赏，冬天冻坏一个手指或者断了鼻梁，立刻从座子上拿下；他们不能有人性，永远要像神道一般十全十美。特·巴日东太太瞧一眼吕西安，就等于齐齐纳和法朗西斯十二年的快乐。两个情人握一握手，就会叫夏朗德河上所有的霹雳打在他们头上。

大卫从巴黎带回一笔积蓄，此刻作为结婚的开支和在老家添造三楼的费用。扩充住屋不是为的自己吗？屋子早晚是他的，父亲已经七十八岁了。印刷商替吕西安用砖木结构盖了一套房间，因为原来的墙壁到处开裂，不能压得太重。他高高兴兴的把二楼装修齐整，配上讲究的家具，预备安顿美丽的夏娃。那一段时间，两个朋友过着轻松愉快、完全幸福的日子。吕西安虽然讨厌内地的寒酸俭省，连五法郎都看作一个大数目的习惯，可是精打细算的苦日子，他照样忍受，不哼一声。郁闷的情绪消散了，脸上精神焕发，表示他抱着希望。他看到自己福星高照，便一心想望美好的生活，把幸福建筑在特·巴日东先生的坟墓之上。这位先生不但有时候消化不良，而且还有个可喜的怪脾气，认为吃的中饭不消化，晚上再多吃一些就好了。

九月初，吕西安不再做印刷监工，而是堂堂特·吕庞泼莱先生了。无名的夏同在乌莫住一间只有天窗的破阁楼，相形之下，特·吕庞泼莱先生的屋子不知要华丽多少。他不算乌莫人了，住在安古兰末上城，每星期在特·巴日东太太家差不多要吃四顿饭。主教大人对他很好，让他出入官邸。他凭着诗人的身份变为最高级的人物，将来还要成为法兰西的名流呢。他在漂亮的客室，精致的卧房和书室之间踱来踱去，觉得每月从母亲和妹子辛辛苦苦挣来的工钱中预支三十法郎，用不着于心不安；他的一部历史小说已经写了两年，题目叫《查理九世的弓箭手》，还有一本诗集叫作《长生菊》。这两部作品一朝使他在文坛上出了名，不怕没有钱偿还母亲，妹子和大卫。他既然感到自己的伟大，耳朵里只听见未来的声名，便泰然自若的接受别人的牺牲。吕西安对着清寒的生活微笑，觉得最后一个阶段的贫穷倒也很有意思。夏娃和大卫把吕西安的快乐看得比他们的更重要。工匠先得赶完吕西安的事，再替二楼做家具，油漆，糊纸等等的活儿；婚期因此耽搁下来。认识吕西安的人看他受到这样的爱护，都不以为奇：他多迷人！一举一动多可爱！欲望和急躁表现得多妩媚！他不用开口，人家已经迁就他了。（被这种优势断送的青年，比因之得益的青年多得多。）年少风流自然有人趋奉，上流社会从自私出发，也愿意照顾他们喜欢的人，好比看到乞丐，因为能引起他们同情，给他们一些刺激，而乐于施舍；可是许多大孩子受惯了奉承照顾，高兴非凡，只知道享受而不去利用。他们误解应酬交际的意义和动机，以为永远能看到虚假的笑容；想不到日后头发秃了，光彩褪尽，一无所有，既没有价值也没有产业的时候，被上流社会当作年老色衰的交际花和破烂的衣服一般，挡在客厅外面，扔在墙脚底下。夏娃巴不得婚礼延期，因为她要用俭省的办法置备小家庭的必需品。吕西安看见妹子做活，说道："我要能做针线就好了！"声调语气完全出于真心。对这样一个兄弟，两个情人怎么能不百依百顺呢？并且这种无微不至的爱护，还有严肃而细心的大卫参加。可是从吕西安在特·巴日东太太家大露锋芒以后，大卫也担心他改变，唯恐他瞧不起布尔乔亚的生活习惯，有时便故意试试兄弟，要他在淳朴的家庭乐趣和上流社会的乐趣之间选择一下。看见吕西安肯为着他们牺牲浮华的享受，大卫私下想："好，他是不怕人家引诱的！"三个朋友和夏同太太按照内地方式一同玩了几次：在安古兰末附近，夏朗德河边的树林中散步；大卫叫学徒带着食物在约定的时间送到一个地方，他们在草地上野餐，傍晚略微有些疲劳的回去，总共花不了三法郎。逢到重大的日子，他们在乡下饭店吃一顿，铺子介于内地酒馆和巴黎近郊的小酒店之间，花到五个法郎，由大卫和夏同一家分摊。下乡玩儿的时候，吕西安忘了特·巴日东太太府上的享用和上流社会的筵席，大卫看着心里感激不尽。那时大家都想款待安古兰末的大人物。

到这个阶段，新家庭需要的东西差不多备齐了，大卫到玛撒克去请父亲出来参加婚礼，希望老人看着新媳妇喜欢，自愿在装修房屋的大笔开支里头分担一部分。不料大卫出门期间发生一件事，在小城市里把整个局面改变了。

原来杜·夏德莱在吕西安和路易士身边做奸细，他的仇恨既有吃醋的成分，也有贪财的成分，所以等候机会要他们出丑。西克施德想逼特·巴日东太太对吕西安的态度表示得非常露骨，证明她已经像俗语所谓失身。他假装是特·巴日东太太的心腹，不作非分之想，在麦市街赞美吕西安，在别的地方拆吕西安的台。娜依斯已经不再提防过去崇拜她的男人，不知不觉的让夏德莱在她家随便进出了。他对两个情人的关系过分猜疑；事实上吕西安和路易士停留在柏拉图式的阶段，两人还因此大为懊恼呢。有些恋爱开场开得不好，或者说很好，反正你爱怎么说都可以。双方用感情来勾心斗角，没有行动，只管空谈，不去围城而在野外作战。欲望一再扑空，弄得两人都感到厌倦。在这种情形之下，他们有时间考虑了，能够互相批判了。往往有些热情开始大张旗鼓，浩浩荡荡的出发，似乎火气很大，要把一切关口都攻下来；临了却退回原处，没有胜利，倒反解除了武装，因为白闹一场而老大不好意思。有时候，这种失败是由于年轻人的胆小，由于初入情场的女子喜欢拖延；凡是风月场中的老手，耍惯手段的荡妇，倒不会这样互相愚弄的。

并且内地生活使爱情极不容易满足，只能引起精神上的冲突；另外还有许多阻碍，不允许情人称心惬意的来往，逼着一般性情急躁的人走上极端。内地有的是无孔不入的刺探，家里藏不住一点儿秘密，给你安慰而并不越轨的亲密简直不可能，最纯洁的友谊受到极荒谬的指摘，不少清白的妇女受到鞭挞。因此，很多这一类的女子恨自己不曾享尽失节的乐趣，白吃了许多苦。某些大张晓喻的事，是经过长时期内心的斗争才发生的，社会不加细察，只知道非难，抨击，其实促成丑事的原始因素不是别人，就是社会。批评的人多半只鞭挞无故受谤的妇女，指责莫须有的罪过，从来不去想逼她们公然下水的原因。不少女性是受了冤枉以后才失足的，特·巴日东太太不久就陷入这种古怪的局面。

热情刚开始的时候，没有经验的人碰到阻碍就惊慌；吕西安和路易士遭受的困难又极像小人国里的小人捆绑格列佛的绳子[①]，不知有多少琐碎的牵掣叫人动弹不得，便是最强烈的欲望也无法抬头。比如说，特·巴日东太太非经常见客不可。如果在吕西安上门的时间谢绝宾客，等于不打自招，还不如干脆同吕西安私奔。事实上她老是在小客厅中接待吕西安，吕西安在那儿已经非常习惯，当作自己家里一样；各处门户都堂而皇之的打开着。

①英国小说家斯威夫特在《格列佛游记》（1726）中提到格列佛乘船触礁，漂流到一个岛上，居民只有六英寸高。格列佛睡着的时候被小人用绳子浑身捆绑。

一切都按照规矩，不失体统。特·巴日东先生像金壳虫似的在家里来来往往，从来没想到太太要跟吕西安单独在一起。假如只碍着特·巴日东先生一个人，娜依斯倒不难打发他，或者安排他做些事情；无奈客人川流不息，而且外边越注意娜依斯，来的人越多。内地人天生爱捣乱，喜欢破坏人家初生的爱情。仆役不经使唤，在屋内随便走动，事先也不让你知道，这是多年的习惯，女主人没有什么事要隐瞒，一向由着他们。改变家里的老例章程，不等于把全安古兰末还在将信将疑的爱情自己承认下来吗？特·巴日东太太也休想跨出大门不让人知道她往哪儿去。单独和吕西安出城散步，更是坐实人家的猜疑，宁可和他一同关在家中，还少一些危险。吕西安倘在特·巴日东太太家坐到半夜过后而没有别人在场，第二天准会引起批评。所以不论屋内屋外，特·巴日东太太始终过着公开的生活。这些细节说明内地的环境，男女的私情要不坦然承认，根本不可能。

路易士像一切堕入情网而没有经验的女子，发现一桩又一桩的困难，心中害怕。他们单独相对的时候，最愉快的是亲密的谈话，现在这谈话受了她的恐惧的影响。有些女子能造出巧妙的借口躲往乡下，特·巴日东太太没有庄园好带着心爱的诗人同去。她不耐烦老是在人前露面，恨环境给她戴上难堪的枷锁而并没给她快乐；种种无聊的牵掣使她气恼透了，不禁想起埃斯卡巴，打算去探望年老的父亲。

夏德莱不相信两人这样清白。他专等吕西安拜访特·巴日东太太的时间，过了一会闯上门去，还每次叫小圈子里的冒失鬼，特·乡杜先生陪着，进门让他走前几步，希望碰巧撞见什么。他要扮这个角色，实现他的计划，极不容易；他必须冒充中立，才能在他导演的戏剧中支配所有的人物。他要叫他假意奉承的吕西安麻痹大意，又要叫目光尖锐的特·巴日东太太不起疑心，便假装追求那个嫉妒路易士的阿美莉。为了进一步监视路易士和吕西安，他最近为两个情人的事故意和特·乡杜先生抬杠。照杜·夏德莱的说法，路易士是拿吕西安打哈哈，以她的傲气和出身而论，绝不会纡尊降贵，垂青一个药房老板的儿子。这个不信谣言的态度正好配合他的计划，因为他要装作站在特·巴日东太太一边。斯大尼斯拉却断定吕西安不是单相思。阿美莉巴不得知道真相，鼓动他们辩论。各人说出各人的理由。杜·夏德莱和斯大尼斯拉都有些精彩的见解，证明自己的看法正确。谈话中间，不免有些乡杜家的熟客临时闯来，那在内地是常事。论战双方都希望有人附和自己，争着问旁边的朋友："那么你呢，你的意见怎么样？"这样的争论使特·巴日东太太和吕西安经常受人注意。有一天，杜·夏德莱说他和特·乡杜先生每次当吕西安在座的时候闯进去，从来看不出可疑的形迹：小客厅的门敞开着，佣人们照常进出，没有一点儿鬼鬼祟祟的样子可以怀疑他们犯什么风流罪过。斯大尼斯拉不无捣鬼的本领，打算第二天蹑手蹑脚的进去，恶毒的阿美莉听了竭力怂恿。

像吕西安下一天上的遭遇，无论哪个青年碰到了都会捶胸顿足，发誓再也不在女人面前干这种摇尾乞怜的傻事了。吕西安久已习惯自己的地位。当初踏进安古兰末王后神圣的小客厅，在椅子上怯生生的坐下来的诗人，现在变了贪心不足的情人。仅仅六个月的时间，他已经自以为和路易士一般身份，想占有她了。那天吕西安从家里出来，决意疯疯癫癫拼着性命干一下，他要尽量发挥口才，说出一番火辣辣的话，说他疯了，一个念头都想不出了，一句诗也写不成了。可是有些女子还相当高雅，最恨人家有心算计，要让步也得出于情不自禁而不落俗套。一般说来，强加于人的快乐总是不受欢迎的。特·巴日东太太发觉吕西安的脑门，眼神，脸色，举动，都很骚动，看出他志在必得；而她偏要推翻他的决心，一半是故意反抗，一半因为她把爱情看得极高。她本是爱夸张的女人，如今更夸大自身的价值。她自命为王后，是俾阿特利克斯，是洛尔[①]。她仿佛生活在中世纪，坐在帐幕底下看文坛上的角斗；吕西安要配得上她，先得打好几次胜仗，把才华盖世的孩子[②]，把拉马丁，沃尔特·司各特，拜伦，一齐比下去才行。这个高贵的女人认为她的爱情应当生出美丽的果实，吕西安对她的爱慕应当是他获得荣名的因素。这种女性的堂·吉诃德精神肯定爱情的价值，从而发挥爱情的作用，把它抬高，推崇。特·巴日东太太执意要在吕西安生命中当七八年杜西奈[③]的角色，像许多内地妇女一样，要吕西安鞠躬尽瘁，用长期的忠诚换取她的恩爱，让她能充分考察她的朋友。

吕西安用呕气作为进攻的手段，这种态度只能叫已经委身的情妇伤心，身体还自由的女人看了只会发笑。路易士摆出尊严的神气，用浮夸的辞藻发表一大篇训话。

结束的时候她说：“吕西安，难道你以前对我的保证就是这么回事吗？现在生活多么甜蜜，你别播下后悔的种子，使我以后

---

①前者是但丁的恋人，后者是与但丁同样知名的意大利诗人彼特拉克（1304—1374）的恋人。

②见前注。

③堂·吉诃德遇见一个乡下姑娘，幻想她是一个貌若天使的贵妇人，替她起了一个名字叫作杜西奈。

的日子不得安宁。千万别糟蹋将来！并且我可以很骄傲的说，千万别糟蹋现在！我的心不是整个儿给了你吗？你还要什么？难道你的爱离不了肉欲吗？女子受人爱慕，她的最光荣的特权是克制对方的肉欲。你把我当什么人看待？我不再是你的俾阿特利克斯了吗？要是在你眼中，我同普通的女人没有分别，我就不配做一个女人。”

吕西安又气又急，说道：“你对一个你不爱的男人，也不过说这样的话。”

“我思想中包含的真正的爱，你要不能全部感觉到，就永远不配得到我的爱。”

“你不肯回报我的爱，才怀疑我的爱。”吕西安说着，扑在她脚下哭了。

可怜的青年在天堂外面等得太久了，当真哭起来。这是诗人的眼泪，因为力量不足而感到羞辱；也是儿童的眼泪，因为要的玩具得不到而发急。

他说：“你从来不曾爱我。”

路易士听着这气话，暗暗得意，说道：“你心里并不这样想。”

吕西安发疯似的说道：“那么我要你证明你是我的。”

那时斯大尼斯拉正好悄没声儿的走来，看见吕西安半仰着身子，噙着眼泪，头靠在路易士膝盖上。斯大尼斯拉见了这副可疑的形景满意了，反身便走，朝着等在大客厅门口的杜·夏德莱退回去。特·巴日东太太赶紧冲出来，没有追上两个暗探；他们像冒失的客人一般急急忙忙溜了。

特·巴日东太太问佣人：“谁来过了？”

老当差扬蒂回答："特·乡杜先生和杜·夏德莱先生。"

她回进小客厅，脸色发白，直打哆嗦。

她对吕西安说："要是他们看见你这副样子，我完啦。"

诗人叫道："那才好呢！"

特·巴日东太太听着这句自私而充满爱情的话，微微一笑。在内地，因为话说得难听，这一类的事情显得格外严重。一刹那间每个人都知道吕西安被人撞见坐在娜依斯膝上。特·乡杜先生为这件事变了要人，得意非凡，先上俱乐部去报告，然后挨门挨户的宣传。杜·夏德莱到处抢着声明，他什么都没看见；可是他置身事外，等于逗斯大尼斯拉说话，夸大细节；斯大尼斯拉还俏皮得很，每讲一次都添加一些。晚上大批客人赶往阿美莉家。那时安古兰末的贵族圈子把事情越说越夸张，每个传达的人都学着斯大尼斯拉的榜样添枝接叶。男男女女急于要打听事实。女人中间掩耳盗铃，骂无耻骂堕落，叫嚷最凶的，正是阿美莉，柴斐莉纳，斐斐纳，洛洛德，多多少少尝过私情的甜头的一帮。从这个题目上化出去，刻薄的话层出不穷。

一个女人说："喂！你知道没有，据说是那可怜的娜依斯！我吗，我不相信，她清白了一辈子；她多高傲，除了做夏同先生的保护人，绝不肯当别的角色的。万一实有其事，我倒真心替她可惜。"

"是啊，更糟的是她闹了一个大笑话。那个吕吕先生——用雅各的称呼——尽可以做她儿子！不入流的诗人至多二十二岁，而娜依斯，我们之间说句老实话，足足有四十了。"

夏德莱道："我认为特·吕庞泼莱先生的姿势就可证明娜依斯的清白。一个人已经到手的东西，不会再跪下来央求。"

法朗西斯色眯眯的说道："那也要看情形！"柴斐莉纳听着把他瞪了一眼，表示不高兴。

另外几个人偷偷的躲在客厅一角，问斯大尼斯拉："喂，告诉我们，究竟是怎么回事？"

斯大尼斯拉最后编成一个小故事，夹着不少粗话，还指手划脚描摹动作和姿态，事情越发显得不堪了。

大家都说："简直不能相信。"

另外一个说："而且是中午。"

"万万想不到是娜依斯。"

"现在她怎么办呢？"

接下来便议论纷纷，各式各样的猜想不知有多少！……杜·夏德莱替特·巴日东太太辩护，可是手段极其笨拙，非但没有扑灭毁谤的火焰，反而挑拨得更旺。丽丽眼看安古兰末乐园中最美的天使堕落了，难过得很，流着眼泪赶往主教官邸报告新闻。等到谣言在城中传遍了，得意非凡的杜·夏德莱跑去见特·巴日东太太。可怜那边只有一桌客人玩韦斯脱。他装着莫测高深的样子要求娜依斯到小客厅去谈话。两人在小小的长沙发上一同坐下。

杜·夏德莱轻轻的说："全个安古兰末关心的事，你大概知道了吧？……"

她说："不知道。"

他接着说："凭我们的交情，我不能让你蒙在鼓里。你得有个准备，制止那些毁谤。事情准是出于阿美莉的捏造，她过分好强，要跟你竞争。今天早上，我同那捣蛋鬼斯大尼斯拉来看你，他比我走前几步，到了那儿。"夏德莱指着小客厅的门，"他说看见你和特·吕庞泼莱先生的情形不容许他走进屋子，慌慌张张回到我身边，不容我定一定神，把我拉着就跑；等到他说出退走的原因，我们已经到了菩里欧。如果我当场知道，我绝不离开府上，我要辨明真相，替你洗刷。可是出了门再回来，还能证明什么呢？事到如今，不管斯大尼斯拉看错没看错，反正他是不对的。亲爱的娜依斯，你的一生，你的荣誉，你的前途，绝不能让一个混账东西玩弄，应当立刻堵住他的嘴。你知道我在这里的地位吗？虽然我各方面都要敷衍，对你可是赤胆忠心。我的生命可以完全交给你，由你支配。尽管你不接受我的情意，我的心始终向着你；在无论什么情形之下，我都要证明我多么爱你。是的，我要像忠心的仆人一般保护你，不希望报酬；唯一的乐趣是为你效劳，即使你不知道也没关系。今天我到处声明，我到了客厅门口，什么都没看见。如果有人问你，谁把外边的话告诉你的，就说是我吧。能够公开为你辩护，是我莫大的荣幸；不过咱们之间老实说，可以质问斯大尼斯拉的只有特·巴日东先生一个人……吕庞泼莱可能胡闹，女人的声名却不能落在一个随便拜倒在她脚下的糊涂虫手中。我要说的就是这个。”

娜依斯神思恍惚，向杜·夏德莱点点头表示感谢。她对内地生活感到厌倦，甚至于痛恨了。听着杜·夏德莱开头几句，她就想起巴黎。特·巴日东太太的沉默，使那个崇拜她的精明家伙感到为难。

他道：“我再说一遍，有什么差遣，你尽管吩咐。”

她回答说：“谢谢你。”

“你打算怎么办呢？”

“我会考虑的。”两人半天没有话说。

“难道你对小家伙吕庞泼莱真是爱得很吗？”

她露出一副高傲的笑容，抱着手臂望着小客厅的窗帘。杜·夏德莱走了，猜不透这骄傲的女人的心。四个常来的老头儿不理会那些可疑的谣言，照样来打牌。他们和吕西安都走了，特·巴日东先生预备去睡觉，正想和妻子说再会，特·巴日东太太却拦着丈夫，郑重其事的说道：

"亲爱的，到这儿来，我有话跟你说。"

特·巴日东先生跟着妻子走进小客厅。

她说："先生，我提拔特·吕庞泼莱先生也许不该那么热情，不但地方上的糊涂虫误会了，连他本人也误会了。今天上午，吕西安在这儿向我跪下，说了一篇痴情话。我正在把孩子扶起来，斯大尼斯拉进来了。一个绅士在任何场合都应当尊重女性，斯大尼斯拉不守这规矩，竟说我和吕西安行动暧昧，事实上我应付得很得体。要是那冒失的青年知道他荒唐的举动引起了毁谤，我知道他的脾气，准会向斯大尼斯拉寻衅，逼他决斗。那就等于公开承认他的痴情。我无须跟你声明你的妻子是清白的；可是你该想到，让特·吕庞泼莱先生出头为你的妻子争回名誉，对你，对我，都是不体面的。你现在马上去找斯大尼斯拉，正式质问他为什么要说侮辱我的话。别忘了，千万不能和解，除非他当着许多有地位的见证把他说过的话收回。这么一来，所有正派的人都会敬重你；你要做得像个有头脑有血性的男子，你会得到我的尊重。我此刻叫扬蒂骑着马到埃斯卡巴去，请我父亲来做你的证人；别看他年纪大了，我知道他的性子，听到那油头粉脸的小子玷污奈葛柏里斯家小姐的名誉，准会砸破他的脑袋。你有权利挑选武器[1]，你就挑手枪吧，你打枪的本领一等。”

特·巴日东先生拿了手杖帽子，回答说：“我就去。”

妻子看着大为感动，说道：“行，朋友，我就喜欢这样的男人。你是名副其实的绅士。”

她把脑门凑过去给丈夫亲吻，老头儿又快活又得意的吻着。特·巴日东太太对这个大孩子一向抱着慈母般的心情，听见他出去关上大门的声音，不由得冒上一滴眼泪。

她心上想：“啊，他多爱我！可怜的家伙把生命看得多宝贵，为着我竟心甘情愿的去送死。”

特·巴日东先生不怕第二天同人家交手，冷冷的望着对准他的枪口，只有一桩事情使他到乡杜家去一路慌张，心里为难。他想：“叫我怎么说呢？娜依斯应该替我把话预备好才对！”他在脑子里尽量搜索，只想找出几句得体的话来，不要受人耻笑。

像特·巴日东先生这样头脑狭窄，思想空虚，平时只能不声不响过日子的人，逢到重大关头，自然而然有股庄严的气派。不大开口，当然不大闹笑话；应当说些什么，事先考虑得很多；他们毫无自信，把话再三斟酌，所以表达出来非常精彩。这个现象同巴兰的驴子被逼开口[2]的情形相仿。特·巴日东先生那天的行动也就高人一等，证实某些人的意见，仿佛真是毕太哥拉派[3]的

①决斗用哪一种武器，照例由受侮辱的一方挑选。

②摩押王巴勒派巴兰去诅咒以色列人；巴兰骑的驴子中途看见耶和华的使者显形，三次避让，害主人受苦，因之三次挨打，便开口叫冤。见《旧约·民数记》第二十二章。这里是比喻一个人迫不得已而开口，说话必定中肯。

③古希腊哲学家兼数学家毕太哥拉（公元前六世纪）提倡道德高尚，生活严肃的人生哲学。

哲学家。晚上十一点，他走进斯大尼斯拉府上，发现客人很多。他不声不响，过去向阿美莉行了礼，对每个人都堆着他那副傻支支的笑脸，在当时的情形之下很像冷笑。屋内寂静无声，像自然界中雷雨将临的时候一样。夏德莱已经回来，他意味深长的望望特·巴日东，望望斯大尼斯拉。受了侮辱的丈夫斯斯文文向斯大尼斯拉走过去。

杜·夏德莱懂得老头儿的来意，平素这个时候他早睡觉了；这个身体虚弱的家伙明明受着娜依斯指挥。杜·夏德莱仗着他在阿美莉身边的地位，尽可参与他们的家事，站起来把特·巴日东拉过一边，问道："你要和斯大尼斯拉说话吗？"

"是的。"老头儿很高兴有个中间人，也许还会代他说话。

"好吧，你到阿美莉屋里等着。"税务官回答。他对这场决斗暗暗欢喜：特·巴日东太太说不定就此守寡而没法嫁给吕西安，因为决斗是吕西安引起的。

杜·夏德莱对特·乡杜说："斯大尼斯拉，巴日东大概因为你说了娜依斯那些话，跑来向你问罪。来吧，到你太太屋里去，你们俩都得保持绅士风度。别高声大气，要很有礼貌，像英国人一样尊严，冷静。"

斯大尼斯拉和杜·夏德莱两人很快的同巴日东见面了。

受了侮辱的丈夫说道："先生，你说你看见特·巴日东太太跟特·吕庞泼莱先生行动暧昧，是不是？"

"跟夏同先生。"斯大尼斯拉挖苦了一句，他不信巴日东是什么厉害角色。

丈夫回答："好吧，你要不当着此刻在你府上的许多客人否认你说过的话，就请你指定一个证人。我的岳父特·奈葛柏里斯先生，清早四点来找你。我们各自去准备吧，事情只能照我提出的办法解决。我决定用手枪，我是受损害的一方。”

这篇话是特·巴日东先生一路上反复推敲，才想出来的，他一生从来不曾说过那么多话；说的时候毫不激动，神气自然得不得了。斯大尼斯拉脸色发白，私下想：“怎么！我莫非做梦不成？”可是当着所有的城里人，当着这个受了侮辱不肯甘休的哑巴，推翻自己说过的话，岂不是奇耻大辱？另一方面，想到决斗又非常恐怖，好像有一双火热的手掐着他的脖子；反正进退两难，他觉得还是把危险推迟一步的好。

他对特·巴日东先生说：“好吧，明儿见。”他以为事情还可以调解。

三个人回进客厅，大家琢磨他们的表情：杜·夏德莱堆着笑容，特·巴日东先生完全像在自己家里，只有斯大尼斯拉面无人色。好几个女人一看这形景就知道谈判些什么。大家交头接耳的说：“他们要决斗了！”在场的人有一半认为斯大尼斯拉理屈，看他苍白的脸色和神气，可知他的话是造谣；另外一半人佩服特·巴日东先生的风度。杜·夏德莱装着一副正经面孔，叫人莫测高深。特·巴日东先生把众人的脸端详了一会，告辞了。

夏德莱凑着斯大尼斯拉的耳朵问：“你有没有手枪？”斯大尼斯拉听着从头到脚打了一个寒噤。

阿美莉心中有数，发起病来，妇女们赶紧扶她进房。大家七嘴八舌，乱哄哄的争着说话。男人们留在客厅里，一致认为特·巴日东先生的行动是他应有的权利。

特·桑多先生说：“老头儿有这个气派，你们想得到吗？”

毫不留情的雅各说：“哦，他年轻的时候是个打枪的好手。

我父亲常常跟我提起特·巴日东的战绩。”

法朗西斯对夏德莱说：“没关系！你把两人隔开二十步，用骑兵手枪，包你不会打中。”

客人散尽了，夏德莱安慰斯大尼斯拉夫妇，说事情必定顺利，三十六岁的人同六十岁的人决斗，总是年轻的便宜。

第二天上午，大卫没有请到父亲，从玛撒克回来，正和吕西安吃饭，夏同太太慌慌张张赶来说：

“喂！吕西安，你知道连菜场上都在谈论的新闻吗？今天早上五点钟，特·巴日东先生差点儿没把特·乡杜先生打死。场子叫作丢罗阿先生的草坪，人家常常拿这个地名说双关话[1]。昨天特·乡杜先生说撞见你和特·巴日东太太有事。”

吕西安嚷道：“胡说！特·巴日东太太是清白的。”

“我听见一个乡下人讲得很详细，他在小车上全看到了。特·奈葛柏里斯先生清早三点赶到，替特·巴日东先生当助手；他告诉特·乡杜先生，万一他女婿遭了意外，他一定出来报仇。手枪是向骑兵团的一个军官借来的，特·奈葛柏里斯先生试了好几下。杜·夏德莱先生反对试枪，请来当公证人的军官说，事情既不是儿戏，武器应当正式管用。证人规定双方隔开二十五步。特·巴日东先生神气满不在乎，像散步一般，他先开火，一颗子弹打在特·乡杜先生脖子里，特·乡杜先生来不及还枪就倒下了。医院的外科医生刚才宣布，特·乡杜先生的脖子要歪一辈子的了。我来通知你决斗的结果，要你别去看特·巴日东太太，也不要在安古兰末露面，或许特·乡杜先生的朋友们会跟你寻事。”

---

①原文“丢罗阿”和“杀王上”几个字声音相近。

那时，印刷所的学徒带进特·巴日东先生的男当差扬蒂，把路易士的一封信交给吕西安。

> 朋友，我丈夫同特·乡杜先生决斗的结果，想必你知道了。今天我们不见客。希望你谨慎小心，不要露面；你既然待我好，就该听我的话。今天这个不愉快的日子，你不觉得最好还是来听听你的俾阿特利克斯谈话吗？她为这件事整个生活起了变化，而且有不少话要告诉你。

大卫道：“幸亏我后天结婚，你借此机会也好少看几次特·巴日东太太。”

吕西安回答：“亲爱的大卫，她今天约我，我想应当去，在眼前的情形之下我该怎么办，她比我们懂得多。”

夏同太太问：“难道这儿一切都准备好了？”

大卫道：“去瞧瞧吧。”二楼几间屋子已经装修完毕，样样簇新；大卫很高兴叫人看到这个变化。

屋内有一股温暖的新房气息，好比青年夫妇的家庭保留着新娘的披纱和橘子花的痕迹，每样东西反映出美满的爱情，一切都洁白，干净，花团锦簇。

母亲道：“夏娃住到这儿来还不像个公主吗？不过你钱花得太多了，太奢侈了！”

大卫笑着不回答。他被夏同太太碰到了伤口，可怜的情人正在为此苦恼：工程大大超过预算，他没有力量再盖偏屋上的楼面，岳母还有很长的时期住不到他早先答应的屋子。这一类的许愿可以说是感情方面的虚荣，不能兑现在热情豪爽的人是最痛苦的事。大卫瞒着他的困难，唯恐吕西安发现人家为他做了牺牲，心中不安。

夏同太太道：“夏娃和她的朋友们也着实忙了一阵。被褥床单，桌布面巾，都预备好了。那些姑娘真喜欢她，瞒着她用白麻布做垫褥的面子，镶着粉红边，真漂亮！叫人看着也想结婚呢。”

凡是年轻的男人想不到的东西，母女俩拿出所有的积蓄给大卫置办了。知道大卫铺张，还向利摩日定烧一套瓷器，她们更要把嫁妆办得和大卫的东西相称。双方比爱情比阔气，结果弄得夫妇俩刚结婚就手头很紧，虽然表面上生活优裕，在一个像当时的安古兰末那样落后的地方已经近于奢华。卧房糊着蓝白两色的花纸，摆着漂亮的家具。那些东西吕西安早已见过，便趁着母亲和大卫走进卧室的当口，溜往特·巴日东太太家。娜依斯正在和丈夫吃饭，他清早出过门，胃口特别好，对刚才的事毫不在意。威风凛凛的老乡绅，法兰西旧贵族的残余，特·奈葛柏里斯先生，坐在女儿身旁。听见扬蒂报出特·吕庞泼莱先生的名字，白头发的老人急于要看看女儿抬举的是何等人物，眼睛带着察看的意味瞧了瞧吕西安。他看到吕西安相貌出众很惊异，不由得暗暗点头；但他似乎看出女儿只是调情而不是真正的爱，只是一时的冲动而不是持久的痴情。饭快要吃完了，路易士让巴日东陪着父亲，站起来做了一个手势，要吕西安跟着她走。

她声调又凄凉又快乐的说：“朋友，我要上巴黎去了，父亲带巴日东去埃斯卡巴；我不在这儿的时期，他住在那边。特·奈葛柏里斯家的大房早已改姓埃斯巴，现在的特·埃斯巴太太是勃拉蒙-旭佛里家的小姐，她仗着她的才干和亲戚关系，在巴黎极有势力。只消她肯和我们认本家，我要好好的结交她，她能替巴日东谋个职位。经过我一番奔走，宫中可能愿意让巴日东做夏朗德州的议员，使他在本州的提名更容易通过。他当了议员，我在巴黎的活动可以方便不少。这样的改变生活，倒是你，亲爱的孩子，倒是你使我想起来的。为了今天早上的决斗，我暂时不能招待宾客，有些人会帮着乡杜跟我们作对。照眼前的形势，尤其在小城市里，必须出门避避风头，让人家的仇恨冷下来。我这次出去，或者成功了，永远不回安古兰末；或者失败了，在巴黎住一个时期，等有一天局势变化以后，我夏季住在乡下，冬天住在巴黎。有身份的女子只能过这样的生活，我已经发动得迟了。一切准备工作今天就好办妥，我明天夜里动身，你陪我去，是不是？你先走一步，我在芒勒和吕番克之间接你上车，咱们很快就到巴黎。亲爱的，优秀的人在巴黎才有生路。我们只有和旗鼓相当的人在一起才畅快，否则就痛苦。何况巴黎是文化界的首都，是你成功的舞台！早去一天好一天！别让你的思想在内地发霉，要赶快去接触一般代表十九世纪的大人物，想法接近宫廷跟政府。有才气的人待在小城市里只会干瘪，名誉和地位不会来光顾他们的。你说，哪几部杰作是在内地写出来的？相反，了不起的可怜的卢梭对巴黎多么向往！因为巴黎好比精神上的太阳，剧烈的竞争能鼓动人心，创造不朽的荣名。每个时代有每个时代的七星诗人，你不是应当赶快去取得你的地位吗？青年才子由上流社会捧出台可以占多少便宜，你才想不到呢！我能叫特·埃斯巴太太接待你；她的客厅很不容易进去，你在那儿可以遇到所有的大人物，部长，大使，国会议员，最有势力的贵族院议员，或是名流，或是富翁。一个又漂亮又年轻的天才，除非手段笨到极点，他们不会不感兴趣。他们才大量大，准会支持你。地位高了，你的作品便身价十倍。艺术家最需要解决的问题是叫人注目。进了上流社会，生财之道可多啦，比如弄一个领干薪的差事啊，得一笔王上的私人津贴啊。波旁家最喜欢提倡文学艺术，所以你的诗既要歌颂宗教，又要拥护王室。那不但本身是件好事，而且能使你飞黄腾达。难道反对派，进步党，会给你官职，报酬，帮助作家发迹不成？因此一定要走正路，走一切天才走的路。我把我的秘密告诉你了，可不能透露一点风声，你准备起来，跟我走。”特·巴日东太太看情人一声不出，觉得奇怪，便追问一句：“难道你不愿意吗？”

吕西安听着这些迷人的话，一眼望到了巴黎，愣住了，仿佛他至此为止心窍只开了一半，现在眼界扩大了几倍，才打开另外一半的心窍。他觉得自己待在安古兰末等于井底之蛙。巴黎，繁华的巴黎，在一切内地人想象中好比一个理想的黄金国，如今披着黄金的袍褂，满头珠翠，向才能出众的人张着臂膀，在吕西安眼前出现了。有名的人物都要来当他兄弟一般拥抱。在巴黎，一切都对天才笑脸相迎。既没有嫉妒的穷贵族拿尖刻的话伤害作家，也没有不关心诗歌的傻瓜。在巴黎，诗人的作品像泉水般涌现，有人表扬，有人给你报酬。书店老板把《查理九世的弓箭手》念上几页，马上打开银箱，问：“你要多少？”吕西安也懂得，特·巴日东太太在这次旅行中一定和他结合，从此整个儿属于他了，他们可以同去了。

吕西安听见她说出“难道你不愿意吗？”不禁冒出一滴眼泪，搂着路易士贴着他的胸口，发疯似的吻她的脖子。然后他忽然停下，好像想起了一桩事情，叫道：“哎唷，天哪！我妹妹不是后天结婚吗？”

这声叫喊是高尚纯洁的孩子的最后一声叹息。年轻人对家庭，对生平第一个朋友，对一切早期的感情，总是结合得非常牢固的，现在要被无情的利斧斩断了。

骄傲的路易士·特·奈葛柏里斯叫道："嘿！你妹子出嫁跟我们爱情的进展怎么扯得到一处？难道你非要在布尔乔亚和工人的婚礼中出风头，不能为我牺牲你这些高雅的乐趣吗？哼，了不起的牺牲！"路易士带着一脸轻蔑的神气说。

"今天早上我还打发丈夫为了你去决斗！先生，你去吧，算我看错了人！"

她有气无力的倒在长沙发上。吕西安跟过去讨饶求告，一边诅咒他家里的人，诅咒大卫和妹妹。

她说："以前我多么相信你！特·刚德-克洛阿先生多孝顺他母亲，可是单单为得到我一封信，看到一句：我满意，他在炮火中送了性命。而你，临到要和我一同出门，竟舍不得一顿喜酒！"

吕西安恨不得自杀，绝望的心情表现得那么真切，沉痛，总算得到了路易士的原谅，可是她要吕西安明白，这一回的过失将来非要补赎的。

末了她说："好，你去吧，诸事小心，明天半夜在芒勒过去一百多步的地方等我。"

吕西安觉得回去的路程缩短了，他回到大卫家，一路只想着他的希望，像奥兰斯德摆脱不了复仇之神的缠绕[1]；因为他知道困难重重，总括一句是：钱呢？他对着新局面脑子迷迷糊糊，又怕大卫眼光厉害，看出他的心事，只得躲在漂亮的小书房里定一定神。花了偌大代价盖起来的这套房间不能不放弃了，多少的牺

①希腊神话：迈西尼国王阿迦门农的儿子奥兰斯德，因父亲被母所弑，杀死母亲，为父报仇；事后被地狱中的复仇之神紧追不舍，要加以惩罚。

牲完全白费了。可是转念一想，母亲可以住过来，省得大卫再花一大笔钱在院子尽头添造楼面。他一走，家里的问题倒解决了。他还想出无数批驳不倒的理由替自己的出走譬解，人的欲望本来最会掩饰。吕西安立刻赶往乌莫去看妹子，预备把他刚才决定的命运告诉她，和她商量。走到卜斯丹铺子前面，他想万一没有办法，不妨向父亲的后任借一笔款子，抵充巴黎的一年用度。

他私忖道："要是和路易士同居，一天有三法郎就绰绰有余了，一年只要一千法郎。况且不出六个月我就好发财！"

吕西安先要夏娃和母亲答应绝不泄漏，才说出他的机密大事。两人听着野心家的话一齐哭了。他问她们为什么伤心，她们说家里的钱统统花完了，买了桌布饭巾，办了夏娃的嫁妆，还有大卫没想到的许许多多东西；她们这样做是很高兴的，因为大卫拨一万法郎作为妻子的财产。吕西安说出借债的主意，夏同太太立即去向卜斯丹商量一千法郎，一年为期。

夏娃一阵心酸，说道："那么，吕西安，难道你不参加我的婚礼了吗？噢！想法回来一次吧。我推迟几天就是了！你陪她到了巴黎，半个月之内她一定肯让你回家一趟。我们替她把你培养长大，七八天的时间总该答应我们吧？你不在场，我们的婚姻恐怕不会吉利……"她忽然改变话题，说道："可是一千法郎够不够呢？你的礼服虽则挺漂亮，不过只有一套！细麻布衬衫只有两件，另外六件是粗布的。麻纱领只有三条，其余三条是极普通的棉布；再说，你的手帕也不好看：巴黎哪里有一个姐妹，在要紧要慢的时候替你把内衣当天洗好呢？你需要大大的添一批。你只有今年新做的一条南京缎裤子，去年的几条嫌小了。你要在巴黎做衣服，巴黎的价钱可不是安古兰末的价钱。还能将就的白背心只有两件，其余的我都补过了。喂！我劝你带两千法郎去。”

那时大卫走进来，不声不响的打量兄妹俩的脸色，似乎最后一句话被他听见了。

他说：“有事不要瞒我。”

夏娃叫道：“哎！他要跟她走啦。”

夏同太太回进屋子，不曾看见大卫，说道：“卜斯丹答应借一千法郎，不过只肯借六个月，本票还要你妹夫作保，他说你一个人签的票据没有保障。”

母亲转身看见女婿，四个人都不出声了。夏同一家都觉得拖累了大卫，心中惭愧。大卫噙着眼泪说道：

“那么你不参加我的婚礼了？不同我们一块儿住下去了？我可是把所有的钱都花掉了！啊！吕西安，我特意来送几件不像样的小首饰给新娘，没想到我要后悔不该买这些东西。”

他说着抹了抹眼泪，从袋里掏出几只摩洛哥皮的小匣子放在桌上，摆在岳母面前。

“为什么你老是想到我呢？”夏娃说着，露出天使般的笑容，表示她的话不是她真正的意思。

大卫道：“亲爱的妈妈，请你告诉卜斯丹先生，我愿意作保；因为，吕西安，看你的脸色，我知道你打定主意要走了。”

吕西安无精打采，快快不乐的点点头，过了一会说道：“亲爱的天使们，别认为我没有良心。”他把夏娃和大卫拉到身边紧紧拥抱。“等我有了成绩，你们就知道我对你们的情意。社会的成规把无谓的仪式和感情混在一起，可是大卫，我们要不能摆脱这些俗套，光是思想超脱有什么用？尽管在外边，我的心不是照样在这儿吗？彼此的想念不等于我们常在一起吗？我是不是应当趱奔前程？我的《查理九世的弓箭手》和《长生菊》，出版商会到这里来收买吗？早一些也罢，晚一些也罢，我今天这样的行动反正是免不了的。我还能碰到更好的机会吗？在巴黎第一次出台就在特·埃斯巴侯爵夫人的客厅中露面，不是天大的运气吗？”

夏娃对大卫道：“他说的不错。你不是也和我说过，他应当趁早到巴黎去吗？”

大卫挽着夏娃走进她住了七年的小房间，咬着她耳朵说：“亲爱的，你说他需要两千法郎，现在只向卜斯丹借到一千。”

夏娃望着未婚夫，眼神凄惨，表示她不知有多么痛苦。

“告诉你，亲爱的夏娃，咱们一开始就难过日子。我的开支把我的钱都弄光了。此刻只剩两千法郎，其中一半要留下来维持印刷所。再拿一千法郎给你哥哥等于送掉我们的口粮，影响我们的生活。如果我是单身汉，我知道怎么办；如今可是两个人了。你决定吧。”

夏娃非常激动的扑在情人怀里，温柔的吻着他，一边流泪一边凑着他耳朵说：“就算你是单身汉吧。我再去做工，挣回这笔钱来。”

虽然他们的亲吻可以说是未婚夫妇的最热烈的亲吻，夏娃仍不免垂头丧气。大卫走出小房间，对吕西安说：

“不用发愁，你的两千法郎都有了。”

夏同太太说：“你们去找卜斯丹，票据上你们俩都要签字。”

两个朋友回到楼上，撞见夏娃和母亲跪在地下祷告。她们尽管知道许多希望将来都能实现，却也感到眼前的离别对她们损失重大。吕西安的出走拆散了家庭，还叫人为他的前途担惊受怕，用这个方式换取未来的幸福，她们觉得代价太高了。

大卫凑着吕西安的耳朵说："一朝你要忘了这个情景，你就算不得人。"

这两句分量很重的话，印刷商认为非说不可；他怕吕西安性格反复无常，走邪路和走正路一样容易，同时也担心特·巴日东太太的影响。吕西安的行装，夏娃很快就收拾好了。这位文坛上的斐尔南·科泰斯[1]带的东西很少。他的最好的外套，最好的背心，两件细麻布衬衫中的一件，都穿在身上了。全部内衣，连同那了不起的礼服，零星衣物和他的手稿，合起来只有一个小包裹；大卫劝他不要让特·巴日东太太看到，宁可托班车捎往巴黎，交给一家和大卫有往来的纸铺，由大卫去信通知，将来吕西安自己去领。

特·巴日东太太出门的事虽然瞒得很紧，还是被杜·夏德莱知道了。他要打听特·巴日东太太是一个人动身还是有吕西安做伴，派手下的当差上吕番克，注意所有在驿站上换马的车辆。

他想："只要她带着她的诗人一起走，就逃不出我的手掌了。"

吕西安第二天清早出发，大卫雇了一匹马，一辆车送他，只说去看父亲有事商量；这句谎话在当时的情形之下也说得过去。两个朋友赶到玛撒克，白天在老熊家待了一阵，晚上在芒勒镇外等候。特·巴日东太太清早才到。那辆六十多年的旧车平时停在车房里，吕西安不知看过多少回了，那天见了却十分紧张，感到从来未有的激动。他扑在大卫怀里。大卫道："但愿上帝保佑，你这一次去对你有好处！"印刷商踏上他的破车，走了，心里说不出的难受，因为他有种预感，怕吕西安到了巴黎凶多吉少。

---

①科泰斯（1485—1547），西班牙的军人，最早侵入墨西哥的冒险家。

第二部　内地大人物在巴黎

一、巴黎的第一批果实

吕西安、特·巴日东太太、男当差扬蒂、女佣人阿倍蒂纳，一个人都没讲过那次路上的情形。可是不难想象，对一个想享受私奔的乐趣的情人，仆役不离左右的旅行是不会痛快的。吕西安还是生平第一回坐包车出门，打算作一年开销的钱在安古兰末到巴黎去的路上差不多全部花光，把吕西安看得呆住了。他可不应该像那种既有才华而又保持童年的妩媚的人一样，见了新鲜事儿大惊小怪，好不天真的表现出来。男人要在女人面前随便流露自己的感触和思想，非先把那女人彻底研究一番不可。唯有温柔同高贵不相上下的情妇才能了解一个男人的孩子气，觉得好玩；万一她有点儿虚荣，尽管是很少的一点，就不能原谅情人的幼稚，虚荣或者庸俗。很多妇女崇拜一个人的时候竭力夸大，要她们的偶像永远像个神道。如果女子爱一个男人是爱对方本人而不是为她自己，她对男人的渺小和伟大会同样喜欢。吕西安还没体会到特·巴日东太太的爱情是和骄傲连在一起的。他一路像小耗子出了洞穴似的活泼样儿非但没有抑制，反而尽情流露，叫路易士抿着嘴唇微笑，吕西安不去推敲那些笑容的意义也是失着。

天没有亮，一行旅客住进梯子街上的迦亚-布阿旅馆。两个情人都十分疲劳，路易士只想睡觉，便睡下了。她要吕西安在她套房的上面一层开一个房间。吕西安一觉睡到下午四点。特·巴日东太太叫人唤他起来吃饭；他一知道钟点，急忙穿好衣服去见路易士。巴黎尽管自命为处处讲究，还没有一家旅馆可以让有钱人像在自己家里一样舒服。路易士住的那种怕人的房间简直是巴黎的耻辱。冷冰冰的屋子不见阳光，挂着褪色的窗帘，上蜡的地砖一派寒酸相，家具破烂，式样恶俗，不是过时的，就是买的旧货。吕西安虽是突然醒来，眼睛还有点迷糊，在那个房里也认不得他的路易士了。的确，有些人一离开他们周围的人物，家具，场所，他们的面相和声价便大不相同。人的外貌自有一种特殊的气氛配合，好比一定要有法兰德斯画派的明暗，艺术家凭着性灵安放在画面上的人物才有生气。内地人差不多全是这样。再说，此刻没有了障碍，圆满的幸福正好开始，特·巴日东太太也不该有这派矜持和担心事的神气。吕西安不便抱怨，扬蒂和阿倍蒂纳正在侍候他们吃饭。饭菜不像内地那么丰盛，实惠。只图赚钱而尽量克扣的菜，由近边的一家饭店供应，东西少得可怜，勉强够吃。对于财力不足，要在小事情上打算的人，巴黎不是一个愉快的地方。吕西安看着路易士的变化莫名其妙，但等吃过饭探问原因。他看得不错。他睡着的时候发生了一桩严重的事，因为人的思考的确是精神生活中的大事。

下午两点光景，西克施德·杜·夏德莱到旅馆来，着人叫醒阿倍蒂纳，说要见她主人。特·巴日东太太才梳洗完毕，他又上门了。阿娜依斯自以为隐藏得很好，没想到杜·夏德莱会撞来，好不诧异，在三点左右接见了他。

他一边行礼一边说："我不怕上司见怪，跟着你来，因为你的行动，我早料到了。不过就算我丢掉差事，至少保全了你的名声。"

特·巴日东太太嚷道："这话是什么意思？"

夏德莱用一副自愿退让的温柔的神气说："我看得很清楚，你爱上了吕西安；不是热烈的爱一个男人，绝不会不假思索，把体统忘得干干净净，而你是多懂得体统的人！亲爱的娜依斯，要是人家发觉你像逃走一般同一个青年离开安古兰末，尤其在特·巴日东先生跟特·乡杜先生决斗以后，你以为特·埃斯巴太太或者巴黎无论哪一家，还会招待你吗？你丈夫住到埃斯卡巴去，很像和你分居。遇到这一类的情形，有身份的男人往往先为妻子决斗，然后让她自由。你爱特·吕庞泼莱先生也好，提拔他也好，喜欢怎么处置他都可以，只是不能和他住在一起！如果这儿有人知道你们一路同车，你想结交的人准会把你挡在门外。娜依斯，你还不能为一个青年做这些牺牲，你还没有拿他同别人做过比较，不曾试过他的心，他可能碰上一个他认为对他的野心更有帮助的巴黎女子，把你忘掉。我不想损害你心爱的人，只请你允许我把你的利益放在他的利益之前，我劝你先研究他一番！要知道你的行动出入重大。万一人家对你闭门不纳，女太太们不招待你，至少你得有把握将来不会懊悔，觉得对方始终值得你做这许多牺牲，而他也体会到你的牺牲。特·埃斯巴太太对人对事非常严格，看重体统，因为她自己就跟丈夫分居，谁也不知道为什么；可是拿伐兰家，勃拉蒙-旭佛里家，勒农古家，所有的亲戚都站在她一边，最古板的妇女也到她家里去，对她恭恭敬敬，仿佛过失是在特·埃斯巴侯爵方面。等你第一次去拜访她，便知道我所见不错。我熟悉巴黎，敢预先说一句：你一进侯爵夫人的大门就要提心吊胆，怕她知道你同一个药房老板的儿子，尽管他自称为特·吕庞泼莱先生，住在迦亚-布阿旅馆。你在这儿要遇到另外一些对手，比阿美莉更刁猾更阴险；她们少不得知道你是谁，住在哪儿，从哪儿来，干些什么。我看出你想瞒着人；可是像你这种人绝不能隐姓埋名。你不是到处能碰到安古兰末的人吗？国会正要开会，夏朗德州的议员在这里出席，将军在这里休假；只消有一个安古兰末人瞧见你，就能使你的前途莫名其妙的搁浅；那时你不过是吕西安的情妇。要是你用得着我，不论什么事，我都帮忙，我住在圣·奥诺雷城关街税务局长家里，同特·埃斯巴太太府上很近。加里里阿诺元帅夫人，特·赛里齐太太，国务总理，我都相熟，可以替你介绍；不过你在特·埃斯巴太太家见到的人多得很，用不着我引进。你不必自己想办法踏进这家那家的客厅，将来所有的人家都巴不得你光临呢。”

杜·夏德莱一口气讲着，特·巴日东太太没有插一句嘴；她觉得这些意见完全准确，心里很震动。安古兰末的王后的确打算不给人知道的。

她道：“亲爱的朋友，你说的很对；那么怎么办呢？”

夏德莱回答说：“让我替你找一个体面的，连家具出租的公寓；开销比旅馆省，而且是独门独户。你要是信托我，今晚就好搬过去。”

她说：“你怎么知道我住在这里？”

“你的车很容易认，而且我特意跟着你。送你来的马夫在赛佛把你的地址告诉我的马夫，你允许我替你当副官吗？等会我叫人送个信来，通知你住哪儿。”

她说："行，就这样吧。"

这句话听来无关紧要，其实意义无穷。杜·夏德莱跟一个交际场中的妇女说的是交际场中的话。他的衣着是极漂亮的巴黎款式，坐着来的是一辆轻便双轮车，套着体面的牲口。特·巴日东太太靠在窗上考虑自己的处境，无意中看到过时的花花公子出门。过了一会，吕西安突然醒来，匆匆穿起衣服，出现了；特·巴日东太太看他穿着隔年的南京缎裤子，紧窄的旧外套，长相固然美，可是打扮得多乡气。贝尔凡但尔的阿波罗或者安蒂奴斯[1]，穿上担水工人的服装，谁还认得出希腊或罗马雕塑家的杰作？我们的眼睛先要做一个比较，来不及让感情来纠正这个匆忙的不由自主的判断。吕西安和杜·夏德莱的对比太强烈了，不能不使路易士感到刺目。六点左右，吃完晚饭，特·巴日东太太坐在一张破旧的长沙发上，面子是红地黄花的印花布；她做个手势要吕西安过去坐在她身边。

她说："我的吕西安，假定我们做了一桩糊涂事儿，使我们俩同归于尽，你不觉得应当想办法挽救吗？亲爱的孩子，我们在巴黎不能住在一起，也不能让人疑心我们一路同来。你的前程多半依靠我的地位，而我无论如何不应当破坏自己的地位。所以我今晚就要搬出去，离这儿很近。你照旧住这个旅馆。那我们尽可以天天见面，没有人好议论了。"

路易士向吕西安解释上流社会的规矩，吕西安听着，眼睛睁得很大。他不知道女人做了傻事后悔，便是爱情起了变化；他只懂得他已经不是安古兰末的吕西安了。路易士口口声声只讲她自

①阿波罗是希腊后期的作品，安蒂奴斯是罗马时期的作品，都是最著名的雕像。

己，她的利益，她的声名，还讲到上流社会；她要遮盖她的自私，竭力叫吕西安相信一切是为了他。吕西安对路易士谈不上任何权利，而路易士已经一下子恢复了特·巴日东太太的身份；更糟的是吕西安绝对做不了主。他不禁含着两颗眼泪在眼眶里打转。

吕西安说："在你眼中，我是你的光荣；可是对我来说，你更重要得多，你是我唯一的希望，是我整个的前途。我本以为你既然分享我的成功，一定也分担我的不幸；谁知我们现在就分手了。"

她说："你批评我的行为，可见你并不爱我。"她发现吕西安望着她的神气非常痛苦，便改口说："亲爱的孩子，你要愿意，我就留在这儿，就让我们无依无靠，一同倒霉吧。不过将来我们俩一齐落难，到处碰壁的时候，等到一事无成——我们样样都要预料到——逼得我们退往埃斯卡巴去的时候，亲爱的人儿，你别忘了那结果是我早料到的，我也向你提议过按照上流社会的规矩，服从那些规矩来实现我们的目的。"

他拥抱着路易士回答说："你考虑得这样周到，我看着害怕。别忘了我是个小孩儿，完全听从你的意志。我自己准备尽我的力量奋斗，出人头地。假如靠着你的帮助，比我单枪匹马成功更快，将来我的功名利禄都出于你的赏赐，那我再高兴没有。请你原谅！我一切都交给你了，不能不处处操心。我觉得分离是遗弃的先兆；而我受到遗弃是活不成的。"

她说："可是，亲爱的孩子，社会并没要你做多大牺牲。你不过睡在这儿，可以整天待在我家里，没有人好批评。"

吕西安受了一番温存，平静下来。一小时以后，扬蒂送上夏德莱的一张字条，告诉特·巴日东太太在卢森堡新街找到一个公寓。她问了问街道的位置，原来离梯子街不十分远，便对吕西安说："咱们是邻居呢。"过了两小时，特·巴日东太太坐上杜·夏德莱派来的车，往新屋去了。公寓华丽而并不舒服；家具商布置这一类的屋子，专门租给在巴黎短期做客的议员或大人物。十一点左右，吕西安回到他的小旅馆，对于巴黎只看到卢森堡新街和梯子街中间的一段圣·奥诺雷街。他在简陋的小房间里睡下，不免把自己的卧室跟路易士的漂亮公寓做了一番比较。吕西安离开特·巴日东太太的当口，夏德莱男爵来了，他刚从外交部长府上出来，穿着一身光彩夺目的跳舞衣衫。他来报告代特·巴日东太太订的各项条件。路易士暗暗发慌，眼前这个阔绰的排场使她害怕。她受着内地生活的影响，用钱谨慎，很有条理，她的作风在巴黎简直近乎吝啬了。她带着税务局的一张汇票，将近两万法郎，打算贴补四年的额外开销；此刻她已经担心资金不足，要欠债了。夏德莱告诉她公寓只花她六百法郎一月。

杜·夏德莱看见娜依斯浑身一震，便说："呃，小意思。——你还有一辆包车，每月五百法郎，连房租统共是五十路易[①]。除此以外，你只消管衣着了。要同阔人来往的妇女只能这样。如果你有心替特·巴日东先生谋一个税务局长或者宫廷的职位，万万不能露出寒酸样儿。在这里，好处只给有钱的人。你有扬蒂做跟班，有阿倍蒂纳服侍，已经很运气了，巴黎的仆役是个大漏洞。至于伙食，像你这样不久就要走红的人是难得在家吃饭的。"

特·巴日东太太和男爵两人谈着巴黎，杜·夏德莱报告当天的新闻，许许多多的无聊事儿，你不知道就不成其为巴黎人。他

①一个路易值二十四或二十法郎，按时代而异。

又告诉娜依斯买东西应该上哪些铺子：头巾是埃尔布做的好，帽子和睡帽要向于里埃德买；又给她一个女裁缝的地址，代替维多莉纳；总之他让特·巴日东太太明白，安古兰末的乡气必须去掉。临走他又想出一个好主意。

“明儿我可以在戏院里弄到一个包厢。”他很随便的说，“我来接你和特·吕庞泼莱先生同去。让我在巴黎替你们当个向导。”

特·巴日东太太看他邀请吕西安，私忖道：“他有这点儿气量，我倒没想到。”

六月里，部长们的包厢无处安排：政府党的议员和他们的后台老板收割葡萄或者监督收成去了，平日请托最多的熟人不是下乡就是出门旅行；那时巴黎各戏院最好的包厢便出现一批古怪的客人，只露一次面，给人的印象赛过一张旧地毯。杜·夏德莱有心利用机会，不用破费什么，请请娜依斯，那些娱乐也最配内地人的胃口。第二天，吕西安第一次上门，没有遇到路易士。特·巴日东太太在外面买几样必需品。她听着夏德莱的指点，同那些大名鼎鼎，神气俨然的时装专家商量去了。她已经写信给特·埃斯巴侯爵夫人，报告她到了巴黎。尽管在内地当过长时期的领袖，自信很强，这时照样提心吊胆，怕自己乡气。她相当聪明，知道女人之间的交际全靠第一面的印象；虽然她自以为很快就能和特·埃斯巴太太那样高级的妇女并驾齐驱，觉得开头还是需要人家包涵，讨人喜欢的因素一个都不能放过。因此她很感激夏德莱给她门道，让她能够配合巴黎的时髦社会。碰巧当时侯爵夫人的处境使她很乐意帮助丈夫的亲属。特·埃斯巴侯爵不知为什么过着隐居生活，对产业，政治，家属，妻子，不闻不问。侯爵夫人在可以自由行动的情形之下，需要舆论支持；有机会代替侯爵照顾他的家属，再高兴没有。她有心把这件事做得人人知道，格外显出丈夫的不是。她当天回了一封亲热的信给特·奈葛柏里斯家的小姐，特·巴日东太太。信里的话说得非常好听，你只要在社会上混了相当时间才会发觉内容空虚。

久闻大名，不胜仰慕；有机会同家属相聚，更其高兴。巴黎的友谊并不可靠，所以很想在世界上多一个知己；否则长此与外人往还，未免过于虚妄。大姑倘有差遣，无不效劳。实因小恙，不能趋前拜访。辱承垂念，先布谢忱。

吕西安第一次在几条大街跟和平大街之间溜达，像初到巴黎的人一样只顾看景致，来不及注意人物。在巴黎，首先引起注意的是规模宏大：铺子的华丽，房屋的高度，车马的拥挤，随处可见的极度奢华与极度贫穷的对比，先就使你吃惊。富于想象的吕西安想不到有这些同他不相干的群众，觉得自己大大的缩小了。在内地有些名气，无论到哪儿都感到自己重要的人，突然之间变得毫无身价是很不习惯的。在本乡是个角色，在巴黎谁也不拿你当人，这两个身份需要有一段过渡才行；太剧烈的转变会使你失魂落魄。青年诗人平素有什么感情，思想，总有人和他交流，听他倾诉，便是极小的感触也能找到共鸣的心灵；这样的人势必觉得巴黎一片荒凉，可怕得很。吕西安漂亮的蓝色礼服还不曾拿来，身上穿的即使不算破烂，至少很寒酸，因此他等特·巴日东太太回家的当口再去的时候，不免感到拘束。杜·夏德莱男爵比他先到，随即带他们到仙岩饭店吃饭。吕西安被巴黎天旋地转的速度搅昏了，对路易士又不能说什么话，车上有第三者在场；他只能捏捏路易士的手，路易士态度和蔼，表示了解他的意思。吃过晚饭，夏德莱带两个客人上杂剧院。吕西安见到夏德莱便心中不快，恨天下竟有这种巧事，他也会到巴黎来。税务稽核所所长说他此番出门是为了施展抱负：希望进随便哪个衙门当个秘书长，在参事院兼一个评议官；他特意来要求人家履行诺言，像他这样的人才总不能老是做稽核所所长；他宁可闲着，不是当国会议员便是再进外交界。说话之间，他身价越来越高了。吕西安隐隐然承认，过时的花花公子的确熟悉巴黎，是一个高明的交际家；更难堪的是吕西安吃饭看戏都沾了他的光。凡是诗人慌张失措的场合，前任的首席秘书都如鱼得水。吕西安的迟疑，惊奇，问话，未经世面而闹的笑柄，叫他的情敌杜·夏德莱看着微笑，好比老水手笑新水手立脚不稳。吕西安第一次在巴黎看戏，很有兴趣，心慌意乱的不愉快总算有所补偿。那个晚上很值得纪念，因为他对内地生活的观念不知不觉去掉了一大半。眼界扩大了，社会的规模不同了。邻座几个漂亮的巴黎女人打扮得多时髦，多娇嫩，吕西安觉得相形之下，特·巴日东太太虽然穿得还讲究，到底陈旧了：料子，式样，颜色，没有一样不过时。头发的款式，吕西安早先在安古兰末赞叹不置，此刻同那些妇女的细巧的花样一比，简直恶俗。他心上想："是不是她就这样保持下去呢？"不知道特·巴日东太太白天就在做脱胎换骨的准备。内地没有选择，没有比较；天天看惯的面孔自有一种大家公认的美。在内地被认为好看的女子，一到巴黎便没人注意，原来她的美只像老话说的：独眼龙在瞎子国里称王。吕西安拿戏院里的女人同特·巴日东太太做了一个比较，也就是前一天晚上特·巴日东太太把他和杜·夏德莱做的比较。在特·巴日东太太方面，她对情人也有许多异样的感想。虽然长相极美，可怜的诗人一点风度都没有。袖子太短的外套，内地的蹩脚手套，紧窄的背心，和花楼上的青年比起来，可笑得不像话；特·巴日东太太只觉得他一副可怜样儿。夏德莱却是很知趣的照顾她，无微不至的关切显得他情意深厚；穿扮大方，举止潇洒，好比一个演员回到了他原来的舞台；他六个月中失去的阵地两天工夫都收复了。俗人不相信感情会突然变化，事实上两个情人的分离往往比订交更快。吕西安和特·巴日东太太相互之间的迷梦正在逐渐消失，而这是巴黎促成的。在诗人眼中，人生扩大了；在路易士眼中，社会有了新的面目。只要出一桩事故，双方都会斩断联系。这个对吕西安极可怕的打击不久就要来到。特·巴日东太太先送诗人回旅馆，然后由杜·夏德莱陪着回家，可怜的情人看了大不高兴。

他上楼回到凄凉的卧室，一边想："不知他们俩议论我什么。"

车门关上了，杜·夏德莱微笑着说："这可怜的青年乏味透了。"

"凡是胸中和脑子里有一个幻想世界的人都是这样。他们长时期酝酿一些美丽的作品，有许许多多思想要表达；他们不大重视谈话，因为聪明才智做了零星交易，会降低价值的。"高傲的奈葛柏里斯这么说着，还算有勇气替吕西安辩护，但多半是为她自己而不是为吕西安。

男爵道："我承认你说得有理，可是我们是跟人过生活，不是跟书本过生活。亲爱的娜依斯，我看出你们之间还没有什么，我很高兴。就算你因为以前生活缺少兴趣，有心找点儿补偿，可千万别把这个自封的才子作对象。你要是看错了人怎么办呢？万一几天之内，亲爱的美人儿，你遇到一般真有才具，真正杰出的人物，跟他一比较，发觉你驮在凝脂般的肩头上捧出山的，并非有什么生花妙笔的诗人，而是一个小猢狲，没有风度，没有见识，愚蠢，狂妄，在乌莫或许还算得上聪明，在巴黎只是一个平凡之极的青年，那你岂不糟糕？这儿每星期都有诗集出版，便是最不行的也比夏同先生写的高明。我劝你等一等，比较一下！”夏德莱看见车子拐进卢森堡新街，又说：“明天是星期五，歌剧院有演出；特·埃斯巴太太可以占用内廷总管的包厢，准会带你同去。我到特·赛里齐太太的包厢去瞻仰你的风采。明儿演的是《达娜依特》。”

她说：“好吧，再见了。”

第二天，特·巴日东太太想凑起一套像样的晨装去见她远房的弟媳妇，特·埃斯巴太太。天气稍微凉一些，她在安古兰末的旧衣服里找来找去，勉强挑出一件绿丝绒袍子，绲边相当火气。在吕西安方面，他觉得应当把那件贵重的蓝色礼服拿回来，他也讨厌身上穿的单薄的外套，又想到说不定会碰上特·埃斯巴太太，或者出其不意的到她家里去，不能不经常衣冠楚楚。他急于取回包裹，跳上一辆出租马车，不出两小时花了三四个法郎，使他对巴黎的开支大有感触。他穿上他最讲究的服装，走往卢森堡新街，在门口遇到扬蒂从屋内出来，陪着一个跟班小厮，小厮帽子上插着鲜艳的羽毛。

扬蒂说：“先生，我正要上你那儿去，太太叫我送个字条给你。”扬蒂在内地随便惯了，不懂巴黎的规矩和客套。

小厮只道诗人是个当差。吕西安拆开信来看了：特·巴日东太太整天都在侯爵夫人家，夜晚到歌剧院去，约吕西安在那儿相会；她弟媳妇很乐意请青年诗人看戏，在包厢中给他一个位置。

吕西安私下想："她是爱我的！我提心吊胆根本是荒唐。今天晚上她就介绍我去见她弟媳妇了。"

他心花怒放，直跳起来。那时离开快乐的夜晚还有一段时间，他想痛痛快快的消磨，便直奔蒂勒黎公园，打算散步到傍晚，再上万利酒家吃一顿。他蹦蹦跳跳，快乐得飘飘然，跨上修院平台，一边走一边打量游人，但见俊俏的妇女由她们的爱人和漂亮哥儿陪着，成双作对，手挽着手，跟熟人眉来眼去的打招呼。这个平台和菩里欧大不相同！蹲在这华丽的架子上的鸟儿比安古兰末的不知好看多少！这里的是五色斑斓的印度鸟，美洲鸟，安古兰末的只是灰溜溜的欧洲鸟。吕西安在蒂勒黎待了两小时，简直是受罪。他把自己严格检查了一下，批判了一下。先是那些漂亮哥儿没有一个穿礼服的。偶尔看到一个穿礼服的人，只是没人理会的老头儿，穷苦的可怜虫，或是住在玛莱区靠利息过活的人，或是机关里的当差。容易激动，目光尖锐的诗人，发现除了晚上的装束还有白天的装束，便觉得自己的旧衣衫丑陋不堪：礼服的式样早已过时，蓝也蓝得不登大雅，领子特别难看，前面的衣摆因为穿久了，老是挤在中央；纽扣发红；有折痕的地方褪了颜色；总而言之毛病百出，十分可笑。背心太短了，内地的裁剪更是不堪入目，吕西安急忙扣上礼服的钮子，遮住背心。最后他发觉只有普通人才穿南京缎裤子，有身份的人穿的不是上等花色细呢，便是一尘不染的雪白的料子。并且裤脚管都有带子扣在鞋底上；吕西安的裤脚偏偏和靴跟不合作，往上翻卷，似乎对靴子大有反感。他戴着角上绣花的白领带，当初妹子看见杜·奥多阿先生和特·乡杜先生系着这种领带，赶紧替哥哥照样做了几条。可是巴黎人白天不用白领带，除非是老古板，上了年纪的金融家，或是一本正经的官吏。不但如此，可怜的吕西安从公园的铁栅望出去，看见李伏里街的人行道上走过一个杂货店的伙计，头上顶着一只篮，领带两头有他心爱的女工绣的花！那时仿佛一棍打着吕西安的胸口，这是我们感觉的中心，说不出是哪个器官的部位；人类自从有了感情以后，遇到强烈的快乐或痛苦，总要拿手去按那个地方的。读者认为以上的叙述幼稚可笑吗？有钱的人从来没尝到这一类的痛苦，当然觉得我说的情形恶俗，荒唐。可是不见得只有幸运儿和有权有势的人遭到困难，生活大起变化，才值得注意，可怜虫的苦恼就不值得注意。小百姓受的痛苦不是和大人物一样多吗？痛苦能使一切变得伟大。如果改动一下名词，谈的不是服装的美丑，而是什么勋章，荣誉，头衔，这些看上去很小的事情，不是也叫功业彪炳的生涯大起风波吗？况且对一般想冒充阔佬的人，服装问题的确关系重大；因为往往先要摆了空场面，以后才能撑起真场面。特·埃斯巴侯爵夫人是内廷总管的亲戚；各方面的名流，经过特别挑选的闻人，都在她府上出入；吕西安想起晚上要穿着这套衣服在她面前出现，不禁冷汗直流。

他看见圣·日耳曼区的青年子弟个个风流，漂亮，搔首弄姿，便恨恨的想道："我可真像药房老板的儿子，铺子里的小伙计！"那些哥儿们自有一种风度：清秀的外貌，高贵的气派，脸上的神态，显得他们彼此相像；可是又有各个不同的格局，显出每个人的特色。他们像台上的演员，会烘托自己的长处，这是巴黎的男人和女人同样精通的诀窍。吕西安沾着母亲的光，长得非常体面，这一点能给他多少便宜，他已经看清楚了；可惜他这块金子只是一块原料，不曾经过琢磨。他的头发剪得很难看。脖子里没有柔软的鲸鱼骨使他能高高的扬着脸，他觉得自己的尊容陷在衬衫的蹩脚领子里头；软绵绵的领带毫无支撑的力量，只得可怜巴巴的耷拉着脑袋。从安古兰末带来的靴子奇丑无比，哪个女人想得到里面的一双脚多么有样呢？他的所谓礼服只能算一个蓝布套，把他苗条的身段改了样，哪个青年会羡慕他呢？人家雪白的衬衫上纽扣多漂亮，哪像他的纽扣黄里泛红！所有时髦贵族的手套都极其讲究，吕西安的手套却和警察戴的一样！有的拿着精工镶嵌的手杖挥舞，有的衬衫装着硬套袖，配着小巧玲珑的金纽扣。一个男的一边和女人谈天，一边扭着手里的马鞭子，穿着细腰身的外套，钉绉边的裤脚管上溅着几点泥浆，踢马刺在地下叮叮当当，表示他快要上马，一个拳头大的小厮牵着两头牲口在一边等着呢。另外一个男人从背心袋里掏出一只表，像五法郎的银圆一样薄，看钟点的神气仿佛到这儿来赴约早了一步，或者迟了一步。吕西安从来没想到这些美丽的小玩意儿，只要看见了才知道有这么一大堆必不可少的无用之物，才明白没有大笔资金休想当一个漂亮哥儿！想到这里他直打寒噤。他越欣赏那般得意而潇洒的青年，越感到自己怪模怪样，走在街上不知前面通到什么地方，到了王宫市场还不晓得王宫市场在哪儿，向人打听卢浮宫，人家回答说："就是这里。"吕西安发现自己和眼前的世界隔着一条鸿沟，不知怎么跳过去，心里只想变得和苗条文雅的巴黎青年一样。所有的贵公子遇到打扮和相貌都像天仙似的妇女，没有一个不打招呼；如果这些女子肯给他一个亲吻，便是像高尼斯玛克伯爵夫人[1]的侍从一般头颅落地，吕西安也心甘情愿。同这般王后相比，路易士在他模糊的记忆中只能算一个老婆子。他遇到好几个妇女，后来全是十九世纪的历史人物，以才情，美貌，爱情而论，名气不会在前朝的后妃之下。吕西安看见一个才华绝世的姑娘，杰出的女作家台·都希小姐，她的笔名加米叶·莫班没有一个人不知道，她不但容貌出众，思想也高人一等；公园里男女游客都轻轻的提着她的名字。

吕西安心上想："啊！多有诗意！"

那个天使浑身都是青春和希望的光彩，前程远大，堆着温柔的笑容，漆黑的眼睛像天空一般广阔，像太阳一般热烈；相形之下，特·巴日东太太算得了什么呢！台·都希小姐和斐尔弥阿尼太太有说有笑；斐尔弥阿尼太太也是巴黎最有风趣的一个女人。吕西安明明听见有个声音说："聪明才智是拨动社会的杠杆。"另外一个声音接着说："聪明才智要靠金钱做支点。"他眼看自己在公园里当场出丑，打了败仗，不愿意待下去了。他对本区的地形还没弄清，便问了路由，向王宫市场出发。他走进万利酒家点了几样菜，尝尝巴黎的乐趣，同时排遣他的苦闷。一瓶波尔多红酒，一盘奥斯当特牡蛎，一盘鱼，一盘鹧鸪，一盘意大利面条，几样水果，便是他最大的欲望。他一边享受这顿小规模的酒席，一边打算晚上在特·埃斯巴太太面前卖弄才情，拿丰富的学识来补救他不伦不类的猥琐的装束。饭店开出账单，总数是五十法郎，把他的梦惊醒了。他本以为五十法郎在巴黎可以过不少日子，谁知一顿晚饭就花掉他安古兰末一个月的用度。他走出豪华的饭

①高尼斯玛克伯爵夫人（1668—1728），波兰王奥古斯德二世的情妇，有一个贵族为了爱她而送命。

店，恭恭敬敬带上门，决意从此不来了。

他穿过石廊回旅馆去拿钱，心上想："夏娃说的不错，巴黎的物价不是安古兰末的物价。"

他一路走一路欣赏时装铺子，想着白天看见的装束。"我这副不三不四的打扮绝不能去见特·埃斯巴太太。"他想罢，一阵风似的赶回迦亚-布阿旅馆，奔进房间，拿了三百法郎回王宫市场，预备从头到脚置办新装。他刚才看到有专门做靴子的，做内衣的，做背心的，理发的；体面的衣着穿戴，在王宫市场分散在十来家铺子里。他随便闯进一家时装店，老板拿出大批礼服，让他尽量试穿，保证每件都是最新的式样。等他走出铺子，已经买下一件绿色的礼服，一条白裤子，一件花色背心，总共花掉两百法郎。一会儿又觅到一双非常漂亮而合脚的靴子。各式各样的必需品买齐了，他叫一个理发师到旅馆去；各家铺子的东西也陆续送到。晚上七点，他跳上一辆出租马车赶往歌剧院，头发烫得像迎神赛会中的圣·约翰，背心，领带，无一不好看，只是第一次穿在身上，赛过背了一个硬壳，有点发僵。他按照特·巴日东太太的嘱咐，说要进内廷总管的包厢。检票员看他的漂亮衣衫好像借来的，神气活脱是个男傧相，便问他要票子。

"我没有票子。"

"那就不能进去。"检票员冷冷的回答。

吕西安说："我是特·埃斯巴太太的客人。"

"这个用不着告诉我们。"检票员说着，和同事们不动声色的笑了笑。

那时门口回廊下面来了一辆轿车。跟班的小厮，吕西安已经认不得了，放下踏板，车上走出两个盛装的女人。吕西安唯恐检票员出言不逊叫他让路，自动闪在一旁。

检票员带着挖苦的口气对吕西安道："先生，你说你认识特·埃斯巴侯爵夫人，她不是来了吗？"

吕西安狼狈得很，尤其换了新装，特·巴日东太太似乎认不得他了；直到吕西安走近去，她才微笑着说："你这打扮妙极了，来吧！"

检票处的职员又变得正经起来。吕西安跟在特·巴日东太太后面。她一边走上歌剧院的大楼梯，一边把吕西安介绍给弟媳妇。内廷总管的包厢在正厅和侧厅的拐角儿上，望得见全场；全场也望得见这个包厢。吕西安坐在特·巴日东太太的弟媳妇背后，很高兴躲在黑影里。

侯爵夫人口气怪亲热的说："特·吕庞泼莱先生，你第一回上歌剧院，还是坐到前面这个位置上来，看得清楚些，不要客气。"

吕西安只得从命。歌剧第一幕快完了。

路易士看到吕西安改了样子，诧异之下凑着他耳朵说："你很会利用时间。"

路易士还是原来的路易士。不幸她和一个时髦女子，特·埃斯巴侯爵夫人，巴黎的特·巴日东太太坐在一起，大大的吃了亏。光芒四射的巴黎女子使内地妇女的缺点格外显著。吕西安见识了这个豪华戏院中的风流人物，又看到身边这位大家闺秀，眼界大开，认清了可怜的阿娜依斯·特·奈葛柏里斯的真面目，同巴黎人眼中看出来的一模一样，只觉得她高大，干瘪，憔悴，皮肤长着红斑，头发也红得厉害，脸上到处是骨头，拿腔作势，自命不凡，说话酸溜溜的，土气十足，装束尤其难看！巴黎人的旧衣衫连褶裥都还有个款式，说得出名目，看得出原来的样子；内地人的旧衣衫却不知所云，只能叫人发笑。特·巴日东太太的相貌和衣服既不高雅，也不新鲜，丝绒和皮色同样斑驳。吕西安因为爱过这副乌贼鱼骨，暗暗惭愧，他想只要路易士再装出贞节的样子来，就跟她分手。吕西安眼力挺好，发现所有的手眼镜都向他这个标准贵族的包厢瞄准。一般最时髦的妇女边说边笑，准是在打量特·巴日东太太。看着人家的笑容和手势，特·埃斯巴太太知道她们为什么嘲笑，可是她满不在乎。第一，谁都看得出她的女客是内地来的穷亲戚，这是巴黎无论哪一家都有的。其次，大姑曾经提到自己的装束，表示担心：她安慰大姑，认为阿娜依斯打扮好了，巴黎人的举动态度很快就能学会。特·巴日东太太即使不懂交际场中的习惯，天生有种贵妇人的高傲，一股形容不出的气息，可以说是种族的标记。下星期一她就能扬眉吐气了。况且侯爵夫人很有把握，只要大家知道这女的是她的大姑，就会把冷嘲热讽暂且收起，等重新考察过后再下断语。吕西安万万想不到，脖子里裹上一条围巾，穿上一件美丽的衣衫，戴上一顶时行的帽子，再加特·埃斯巴太太的指导，路易士会有怎样的变化。刚才侯爵夫人已经在楼梯上嘱咐大姑别扬着手帕走路。雅俗之分就在这一类数不清的小地方，聪明的女子一来就懂，某些女人永远不能领会。特·巴日东太太一心向上，绝顶机灵，完全知道自己的毛病出在哪里。特·埃斯巴太太深信收下这个徒弟准有面子，也就乐于栽培。总之，两人之间有了联盟，彼此的关心使联盟更加巩固。特·巴日东太太忽然对当令的偶像崇拜得五体投地，被她的风度，才情，周围的人物，诱惑了，迷住了，为之神魂颠倒。特·埃斯巴太太有的是野心勃勃的贵妇人的神通，特·巴日东太太看出这一点，决意做她的卫星，利用她达到自己的目的，所以她毫不含糊的佩服弟媳妇。侯爵夫人看见有人一片天真的归附，当然高兴，觉得大姑无财无势，应当关切；并且她已经安排妥当，尽可以收个门徒，自成一派，巴不得叫特·巴日东太太做一个亲随，做一个奴隶，死心塌地的歌颂她；在巴黎妇女界中要觅这种角色，比在文坛上找一个始终回护你的批评家还要不容易。可是大众的好奇心表现得太明显了，初次露面的太太也不能不发觉；特·埃斯巴太太免得大姑难堪，故意把众人骚动的原因扯开去。

她说："只要有客人来，就好知道我们为什么引起那些太太们的注意……"

特·巴日东太太笑道："我疑心巴黎的女太太们是笑我的旧丝绒衫和我的安古兰末脸孔。"

"不，不是你；事情有点蹊跷，我弄不明白。"特·埃斯巴太太说着，望了望诗人。她这是第一次瞧吕西安，觉得他衣服穿得古怪。

返老还童的老风流走进特·赛里齐太太的包厢，吕西安伸出手来指着说："那不是杜·夏德莱先生吗？"

吕西安一做这个手势，特·巴日东太太便恨恨的咬咬嘴唇；因为侯爵夫人诧异的瞪了一眼，微微一笑，仿佛很轻蔑的说："这年轻人这样不懂规矩！"特·巴日东太太感到自己的爱情受了屈辱，对一个法国女人来说，这是最难堪的刺激，她不能原谅情人丢她的脸。在那个社会里，小事情都变成大事情，一个手势，一句话，可以断送一个初出道的角色。上流人物的文雅的举动，谈吐，主要的优点是构成一个和谐的整体，样样都很融洽，没有一点棱角。即使为了无知或者思想一时冲动，不遵守这门学问的规律的人，也懂得社交和音乐一样，一个不协和音就能毁掉整个艺术，不在细节方面履行所有的条件，艺术根本不能成立。

侯爵夫人指着夏德莱问："那一位是谁？难道你们已经认识特·赛里齐太太了？"

"哦！原来她就是大名鼎鼎的特·赛里齐太太？事情闹了一大堆，还是到处有人招待！"

侯爵夫人回答说："这种情形从来没听见过，我看不是没有原因，只是没人肯说！最有势力的男人都是她的朋友，为什么？谁也不敢追根究底。——那位先生难道是安古兰末的时髦人物吗？"

"杜·夏德莱男爵是大家谈论最多的人物。"阿娜依斯过去不承认崇拜她的人的爵位，到了巴黎，为着争自己的面子又承认了。

"他曾经和特·蒙脱里伏将军出过远门。"

侯爵夫人道："我每次听见蒙脱里伏的名字，都要想到特·朗日公爵夫人，可怜她像流星一般消灭了。"她又朝着一个包厢说："那是特·拉斯蒂涅先生和纽沁根太太。她丈夫是个生意人，又开银行，又办企业，大规模的买进卖出，仗着财力挨进巴黎社会，听说纽沁根只要能扩充家业，不大考虑手段。他千方百计表示对波旁家忠心。他想到我家里来，已经试探过了。他的女人只道继承了特·朗日太太的包厢，就能继承特·朗日太太的风度，才情，声望！还不是喜鹊戴孔雀毛的老笑话！"

拉斯蒂涅在衣着上显出的高雅和奢华，叫吕西安看着奇怪，对特·巴日东太太说："我们都知道，特·拉斯蒂涅老夫妇的收入不到三千法郎一年，怎么能供给儿子在巴黎的花费呢？"

侯爵夫人拿着手眼镜眺望，含讥带讽的说道："听你的话就知道你是从安古兰末来的。"

吕西安没有听懂，只顾聚精会神望着几个包厢，料定对特·巴日东太太的评论和对他的注意都是从那里来的。另一方面，路易士因为侯爵夫人不把吕西安的相貌放在眼里，心中懊恼，私下想："我本来以为他很美，原来也不见得！"一发觉他不怎么美，再进一步就会嫌他并不怎么风雅。台上刚好演完第一幕。杜·夏德莱过来问候特·加里里阿诺公爵夫人，她的包厢就在特·埃斯巴太太的隔壁；夏德莱向特·巴日东太太行礼，她也点头还礼。上流社会的妇女对什么都看得清清楚楚，侯爵夫人觉得杜·夏德莱落落大方。那时她包厢里陆续进来四个客人——四个巴黎的名流。

第一个是特·玛赛先生，出名的会颠倒女性，长得像少女一般，是一种柔媚的，女性的美；可是目光炯炯，沉着，严厉，带点儿杀气，像老虎眼睛，叫人对他又爱又怕。吕西安也很美，但眼神那么温柔，蓝眼睛那么明净；一望而知不可能有女性所喜爱的那种力量和气魄。况且我们的诗人还没有显出他的长处；不像特·玛赛才气横溢，信心十足，不怕没人喜欢，衣着打扮和他的身材面貌非常合适，把周围的对手都比下去了。你们不难想象，在特·玛赛旁边，那矜持，拘束，窘相毕露，像身上的衣服一样新簇簇硬绷绷的吕西安，还成什么模样！特·玛赛说话尽可肆无忌惮，因为他口角俏皮，而说话的态度又妩媚动人。特·巴日东太太看侯爵夫人接待他的神气，便知道这个人势力不小。第二个是王特奈斯两兄弟中的一个，达德利爵士夫人曾经被他弄得声名狼藉。这青年性情和顺，风雅，谦虚，他的特点跟特·玛赛引以自豪的那一套恰好相反；当初他是侯爵夫人的表姐特·莫苏太太热烈介绍的。第三个，蒙脱里伏将军，便是断送特·朗日公爵夫人的人物。第四个是特·卡那利斯先生，当时最有名的诗人之一，年纪很轻，才开始走红；他对自己的贵族身份比对自己的才气更得意，故意向特·埃斯巴太太献殷勤，遮盖他对特·旭里欧公爵夫人的痴情。他尽管装腔作势，做得温文尔雅，照样看得出他热衷得厉害，后来果然卷入几次政治上的风暴。近于甜俗的漂亮，一味讨好的笑容，并不能掩饰他极端的自私和一刻不停的心计，因为他那时前途还有问题，不过从他看中四十开外的特·旭里欧太太以后，居然得到宫廷的宠幸和圣·日耳曼区的捧场，同时招来进步党的侮辱，被称为御用诗人。

特·巴日东太太见了这四个特别出众的人物，才明白为什么侯爵夫人不把吕西安放在眼里。听他们的谈话，每个人的思想都那么微妙，细腻，警句妙语比阿娜依斯在内地一个月中听到的内容更丰富，意义更深刻；大诗人还说了一句动人的话提到当时的科学成就，说的富有诗意；路易士这才懂得杜·夏德莱上一天说过的话，吕西安变得一文不值了。个个人望着可怜的生客不理不睬，冷淡得可怕；他坐在那里像一个不通言语的外国人，侯爵夫人也看着过意不去了。

她对卡那利斯说："先生，允许我替你介绍特·吕庞泼莱先生。你在文坛上太有地位了，不会不照顾一个初出道的人。特·吕庞泼莱先生才从安古兰末来，需要你在那些表扬天才的人面前多多吹嘘。他还没有敌人攻击，没法借此成名。你们靠人家的仇恨得到的东西，他要靠友谊来得到，这不是很别致的事，值得一试吗？"

侯爵夫人说话的时候，四个客人才正眼望着吕西安。明明近在咫尺，特·玛赛却拿起手眼镜来瞧他；眼睛在吕西安和特·巴日东太太之间来回打转，神气很刻薄，特意把他们俩放在一起，使两人又羞又恨。特·玛赛打量他们像打量两个古怪的动物，脸上堆着笑容。这笑容等于把内地的大人物刺了一刀。法列克斯·特·王特奈斯带着怜悯的神气。蒙脱里伏瞪着吕西安，想看出他的底细。

特·卡那利斯先生弯了弯腰，说道："太太，我一定遵命，虽然我们为了个人的利益素来不帮助同行；可是您即使要求奇迹，也不难实现。"

"好吧，那就请你赏光，下星期一到我家里去和特·吕庞泼莱先生一同吃饭，你们可以谈谈文学，比这里谈得痛快一些。我再邀几个文坛上的霸主，提倡风雅的名流，把《乌里卡》的作者[1]和一般思想正确的青年诗人一齐请来。"

特·玛赛道："侯爵夫人是推荐先生的才气，我倒看中他的相貌，愿意做他的参谋，使他成为巴黎最得意的漂亮哥儿。那个时候再做诗人还来得及。"

特·巴日东太太向弟媳妇望了一眼，表示感激。

蒙脱里伏和特·玛赛说："没想到你还妒忌才子。有了幸福，诗人可完啦。"

"难道就为这个缘故，阁下想结婚吗？"特·玛赛问卡那利斯，借此试试特·埃斯巴太太听了是否动心。

卡那利斯耸耸肩膀；特·埃斯巴太太是特·旭里欧太太的朋

①即特·丢拉斯公爵夫人(1777—1828)，她的小说《乌里卡》写一个黑人女子乌里卡，也就是女主人翁的名字。

友，听着笑了。

吕西安穿着新装觉得自己像放在匣子里的埃及雕像，又因为一句话都说不出，暗暗惭愧。终于他用柔和的声调对侯爵夫人说："太太这样抬举我，那我非成功不可了。"

那时杜·夏德莱走进包厢。他急于抓住机会，要巴黎最得势的一个人，蒙脱里伏，在侯爵夫人面前撑他的腰。他向特·巴日东太太行了礼，请特·埃斯巴太太原谅他冒昧，说他和旅行的同伴分别太久了；蒙脱里伏和他在沙漠中分手以后，今天还是初次见到。

吕西安道："啊，在沙漠中分别，在歌剧院相会！"

卡那利斯道："真是戏剧式的团圆！"

蒙脱里伏把杜·夏德莱男爵介绍给侯爵夫人，侯爵夫人看见前任帝国公主的秘书在三个包厢中受到招待，便对他特别客气：特·赛里齐太太一向只接待有地位的人，何况杜·夏德莱还是蒙脱里伏的同伴。这个资格的确大有作用，特·巴日东太太发觉四个客人的语气，眼神，态度，把杜·夏德莱毫不考虑的当作自己人。他为什么在内地摆出那副不可一世的功架，娜依斯忽然弄明白了。最后杜·夏德莱看到了吕西安，冷冷的点点头。那种招呼的方式往往用来压低对方的身份，借此告诉上流人物他是个地位低微的家伙。夏德莱还露出冷笑的神气，仿佛说："他怎么会在这里的？"这个意思立刻有人领会了；特·玛赛凑着蒙脱里伏的耳朵说："你问问他这个古怪的青年是谁，穿得像时装店门口的木头模型。"说话的声音有心要夏德莱听见。

杜·夏德莱在蒙脱里伏耳边说了一会话，仿佛在那里叙旧，其实是把他的情敌攻击得体无完肤。吕西安想不到那些人才思想敏捷，对答中肯，他佩服他们的警句，妙语，而对于谈吐的诙谐，态度的自然，尤其感到惊异。白天他看到衣着的豪华大吃一惊，此刻又见识到思想的光彩。那些针锋相对的谈话，辛辣的议论，吕西安要思索半天才想得出来，不懂他们有什么诀窍能脱口而出。五位交际家不仅言辞从容，穿着礼服也潇洒自如，衣服无所谓新，无所谓旧。身上没有一点儿耀眼的东西，可是样样引人注目。豪华的装束是今天的款式，也是昨天的、明天的款式。吕西安心下明白，自己的神气好像生平第一次穿礼服。

特·玛赛和法列克斯·特·王特奈斯说："朋友，你瞧，小家伙拉斯蒂涅扶摇直上，像风筝一般！现在进了特·李斯多曼侯爵夫人的包厢，越爬越高了。噢！他架着手眼镜瞧我们来着！"然后时髦哥儿眼睛望着别处，对吕西安道："他大概认得阁下吧？"

特·巴日东太太道："他不会不知道特·吕庞泼莱先生的名字，我们都为了这样一个大人物感到骄傲；最近他给我们念几首极精彩的诗，特·拉斯蒂涅先生的妹子也在场。"

法列克斯·特·王特奈斯和特·玛赛向侯爵夫人告辞，到王特奈斯的姐姐，特·李斯多曼太太的包厢去了。第二幕正开始，包厢中只剩下特·埃斯巴太太，她的大姑和吕西安，客人都走了。有的去把特·巴日东太太的来历告诉一般妇女，她们正在为着她大惊小怪；有的去报告说来了一个诗人，嘲笑他的装束。卡那利斯回到特·旭里欧公爵夫人身边，不再来了。吕西安看着台上赏心悦目的表演很快活。特·巴日东太太为吕西安担的心事越发沉重，看出弟媳妇对吕西安的客气有上下之分，对待杜·夏德莱男爵的殷勤，性质完全两样。台上演第二幕的时候，特·李斯多曼太太的包厢始终挤满着人，似乎为了议论特·巴日东太太和吕西安，兴奋得很。年轻的拉斯蒂涅明明在那里逗笑，叫人开心。巴黎的风气每天都需要新鲜的材料取乐，急于把眼前的题目谈个痛快，一下子谈到腻烦为止。特·埃斯巴太太心绪不宁，料定说长道短的话很快会传到她得罪过的人耳里。她只等休息时间来到。像吕西安和特·巴日东太太那样对自己的感情开始反省，一下子就有意想不到的情形发生：内心的突变是按照一套后果迅速的规律进行的。杜·夏德莱从杂剧院回去，批评吕西安的那番又世故又巧妙的话，路易士始终记着。他的话句句是预言，而吕西安还竭力证实每一句话。先是吕西安对特·巴日东太太的幻想，跟特·巴日东太太对吕西安的幻想同样破灭了；其次，可怜的青年命运有点像约翰-雅各·卢梭，并且学卢梭的样，迷上特·埃斯巴太太，对她一见生情。凡是青年人或者能回想到自己青春时期的成年人，都不难理解这一类的痴情是完全可能的，自然的。那身段苗条的女子，多么气概，多么有地位，人人艳羡，像王后一般，小动作十分可爱，吐属高雅，声音又那么细气，在诗人心目中等于在安古兰末见到的特·巴日东太太。吕西安逞着反复无常的性子，马上想投靠这个有权有势的后台，觉得最好是占有她，那么功名富贵，样样到手了！在安古兰末做得到的事为什么在巴黎就做不到呢？尽管歌剧院中的幻景对他非常新鲜，他的眼睛却受着雍容华贵的赛里曼纳[1]吸引，老是情不自禁的望她那边溜过去，而且越看越想看！特·巴日东太太撞见吕西安的火剌剌的眼风，便暗暗留神，发觉他对台上远不如对侯爵夫人关切。吕西安若是为了达

①莫里哀喜剧《厌世者》中的人物，已成为弄情卖俏的女人典型。

诺斯的五十个女儿[1]变心，她倒还能忍受；可是有一回吕西安的目光特别放肆，特别热烈，意义特别明显，让特·巴日东太太看破了心事，她可不能不嫉妒了，虽然她的嫉妒不是为了将来，而是为了过去。她心上想："他从来没有这样瞧过我。天哪！夏德莱说的不错！"于是她承认自己爱错了人。女人一朝后悔她不该心肠太软，就好比手里拿着海绵，非要把印在心上的痕迹一齐抹掉不可。吕西安瞧一眼侯爵夫人，特·巴日东太太便多一番气恼，可是面上仍旧若无其事。

休息时间，特·玛赛又来了，还带着特·李斯多曼先生。老成持重的人物和自命不凡的公子哥儿，不一会都告诉骄傲的侯爵夫人，说她不幸得很，带在包厢里的那个穿着新衣服像傧相一般的家伙，根本不叫什么特·吕庞泼莱先生，正如犹太人根本没有受洗的名字。吕西安是个药房老板的儿子，姓夏同。特·拉斯蒂涅先生熟悉安古兰末的情形，嘲笑侯爵夫人称为大姑的那个木乃伊式的女人，说她大概要经常吃药才能维持她虚假的生命，所以很小心，随身带着药剂师。两个包厢的人听着乐死了。巴黎人为了一时痛快说的许多事过即忘的刻薄话，特·玛赛也搬了几句给侯爵夫人听；其实那些说话背后躲着一个夏德莱，出卖朋友的勾当就是他干的。

特·埃斯巴太太用扇子遮着脸对特·巴日东太太说："亲爱的，请你告诉我，你提拔的那个青年是不是真的叫作特·吕庞泼莱？"

阿娜依斯不好意思的回答说："他是用他母亲的姓。"

---

①当晚演的歌剧《达娜依特》，原是古希腊神话中达诺斯的女儿，共有五十个。

“他父亲姓什么呢？”

“夏同。”

“夏同是干什么的？”

“是个药剂师。”

“好朋友，我早知道，你是我正式承认的亲属，巴黎没有人能开你玩笑。我可不愿意同一个药房老板的儿子在一起，让那些轻薄的家伙跑来看着开心。你要是相信我的话，咱们俩一块儿走吧，马上就走。”

特·埃斯巴太太忽然神态傲慢，吕西安猜不透自己在哪一点上使她变了脸色。他只道他的背心花色恶俗，那倒是事实；又道是礼服的式样过火，那也是事实。他暗暗懊恼，认为他的服装非另请高明不可，决意明天去找一个最出名的裁缝，下星期一才能在侯爵夫人家跟碰到的男人见个高下。他虽然想得出神，眼睛可始终盯在台上，留心第三幕。他一边看着华丽无比的场面，一边想入非非，在特·埃斯巴太太身上打主意。他正热乎乎的想着新生的爱情，明知困难极大也不放在心上，以为必定能克服；不料对方突然冷淡，大大挫伤了他的锐气，他定了定神，想再瞧瞧他崇拜的新人；不料回过头去，一个人都没有了。他刚才听见一些轻微的响动，原来是关包厢的门；特·埃斯巴太太带着她的大姑走了。吕西安被她们突然之间丢下，诧异得了不得；可是因为无法解释，也就不去多想。

两个女人上了车，在黎希留街上往圣·奥诺雷城关进发，侯爵夫人发起话来，隐隐然带着怒意。她说：“亲爱的朋友，你打的什么主意？要关切一个药房老板的儿子，也得等他真正出了名。特·旭里欧公爵夫人至今没有承认卡那利斯是她的知心朋友，而卡那利斯已经赫赫有名，还是个世家子弟。这个青年既不是你的儿子，也不是你的情人，是不是？”那骄傲的女子说着，明亮的眼睛把大姑追根究底的瞧了一眼。

特·巴日东太太心上想：“还算运气，不曾让那小子过分接近，什么也没有给他。”

侯爵夫人认为大姑的眼神等于回答了她的话，便接着说：“那么，好，我劝你就此放手吧。哼！冒用一个旧家的姓？……这样胆大妄为的举动，社会绝不轻易饶恕。我相信那的确是他母亲的姓；不过，亲爱的，你该想到只有王上有权下一道上谕，把吕庞泼莱的姓赐给他们族里的外孙。倘若那小姐嫁的是个身份低微的丈夫，王上的特许便是极大的恩典，要有巨万的家私，不小的功劳，还得大人物保举。他的打扮完全像小商人穿了新衣衫，可见他没有钱，也不是绅士；长相固然好看，可是傻得厉害，既没有风度，也没有口才，总之是没有教养，你怎么会提拔他的？”

特·巴日东太太已经不认吕西安，正如吕西安暗暗否认她一样，她心惊胆战，唯恐弟媳妇知道她旅行的真相。

“唉，亲爱的弟媳妇，我连累了你，真过意不去。”

“我不会受连累。”特·埃斯巴太太微笑道，“我是为你着想。”

“可是你约他星期一吃饭呢。”侯爵夫人气冲冲的回答，“到时我推说不舒服就完了。你不妨通知他一声。我会吩咐当差，不管他报出哪一个姓来，一律挡驾。”

吕西安在戏院里看大家在休息时间上大客厅散步，也想去走走。先头来过特·埃斯巴太太包厢的人没有一个跟他打招呼，好像根本没看见他，叫内地诗人大为奇怪。接着，他想接近杜·夏德莱，杜·夏德莱却冷眼觑着他，老是回避。最后吕西安看着在休息室中踱来踱去的人物，觉得自己的装束太可笑了，便回去躲在包厢的一角，不再露面。下半场他一会儿聚精会神，欣赏第五幕中场面伟大的芭蕾舞，其中“地狱”一场尤其出名；一会儿专心望着池子，把一个一个包厢瞧过去；再不然对着巴黎的上流社会沉思默想。

他对自己说：“这就是我的天下！就是要我去征服的社会！”

他走回旅馆，一路想着那些跑来奉承特·埃斯巴太太的人说的话；他们的态度，举动，进来出去的功架，都回到他脑子里来，印象非常清楚。第二天中午，他第一桩正经事儿是去找当年最出名的裁缝斯多勃。一半靠央求，一半靠现钱，讲妥衣服下星期一交货。斯多勃居然答应做一件绝顶漂亮的外套，一件背心，一条长裤，赶上他那个重要的日子。吕西安在专做内衣的铺子里定了衬衫，手帕，小小的一套行头；叫一个有名的鞋匠量了脚寸做鞋子靴子，向凡尼埃买了一根精致的手杖，向伊朗特太太买了手套，衬衫上的纽扣。总之，他要和花花公子装扮得一模一样。等到一心想望的东西备齐了，他就上卢森堡新街，可是路易士出去了。

阿倍蒂纳说：“她在特·埃斯巴太太家吃饭，要很晚才回来。”

吕西安在王宫市场一家小饭店里吃了两法郎一顿的晚饭，很早睡了。星期日上午十一点，他去看路易士，路易士还没起床。下午二点，他又去了。

阿倍蒂纳和他说：“太太还不见客呢，不过她有个字条儿给你。”

“她还不见客呢。”吕西安重复了一句，“我可不是外人……”

“那我不知道。”阿倍蒂纳说话的态度很不客气。

吕西安觉得诧异的还不是阿倍蒂纳的回答，而是特·巴日东太太有信给他。他接过来在街上念了，没想到是一封使他绝望的短信：

> 特·埃斯巴太太身体违和，星期一不能招待你了。我也不大舒服，可是还得换了衣衫，到她府上去陪她。我为这个小小的波折很抱歉；但是想到你的才具，我很放心，你将来一定能凭着真才实学在社会上成名。

“连签名都没有！”吕西安这么说着，到了蒂勒黎，根本不觉得自己在走路。有才能的人都有预感，吕西安疑心这封冷淡的信是大祸临头的预兆。他神思恍惚，只管向前走着，望着路易十五广场上的纪念像。那日天气很好。漂亮的车子络绎不绝，往天野大道进发。吕西安跟在大批散步的人后面，只见那一带和每个晴朗的星期日一样，挤满了三四千辆车，好比龙乡赛马场。马匹，服装，号衣，一派奢华的场面看得吕西安头晕眼花；他一路行来，到了正在动工的凯旋门前面。回来的时候，迎面瞥见特·埃斯巴太太和特·巴日东太太坐着一辆敞篷车，套着精壮的牲口，车后站着跟班的小厮，小厮头上羽毛招展，吕西安还认得他金线绲边的绿号衣。他愣了一愣。前面交通阻塞，车辆一齐停下。吕西安这才发觉路易士改头换面，认不得了：衣衫的颜色正好衬托她的皮肤；袍子美极了；头发梳得挺有样子，完全配合她的脸蛋；大方的帽子便是在时装领袖特·埃斯巴太太的帽子旁边也还显得别致。戴帽子本来有一种说不出的诀窍：过分往后显得放肆，过分往前近乎阴险，偏在一旁又透着轻佻；可是大家闺秀随心所欲的戴上去就很得体。这个难题，特·巴日东太太一下子就解决了。美丽的腰带勾勒出她苗条的身段。她学会了弟媳妇的举动，功架；坐也坐得跟她一样，右手的手指上绕着一根绝细的链子，系着一个玲珑可爱的小香炉，捏着玩儿，借此露出她细气的手和讲究的手套，而不像故意卖弄。总之，她一举一动都和特·埃斯巴太太差不多，而不是依样画葫芦的模仿，她不愧为侯爵夫人的大姑，侯爵夫人对她的学生也很得意。在人行道上散步的男男女女都注意这辆华丽的车子，背对背竖的两块盾牌画着特·埃斯巴和勃拉蒙-旭佛里两家的纹章。吕西安看见招呼姑嫂俩的人那么多，好不诧异；他想不到巴黎二十来个沙龙组成的上流社会，都已知道特·巴日东太太和特·埃斯巴太太的亲属关系。骑在马上兜风的青年过来簇拥着车子，陪姑嫂俩向蒲洛涅森林进发，吕西安认出特·玛赛和拉斯蒂涅也在其内。看他们的手势，不难猜想两个臭得意的哥儿正在恭维特·巴日东太太的变化。特·埃斯巴太太风度十足，精神饱满；可见她的不舒服是假的，不愿招待吕西安是真的，因为她并不另约一个日子请他吃饭。诗人又气又恨，慢慢地朝着车子走过去，等两个女人瞧见他了，向她们行了一个礼，特·巴日东太太只作看不见，侯爵夫人拿手眼镜把他照了一下，根本不睬。巴黎贵族糟蹋人的方式，和安古兰末的贵族不一样：乡下绅士伤害吕西安，至少还承认他的力量，把他当作一个人；在特·埃斯巴太太眼中，他压根儿不存在。这不是宣判，干脆是不受理。特·玛赛架起手眼镜打量他的时候，可怜的诗人身子凉了半截；时髦哥儿放下手眼镜的姿势古怪透了，给吕西安的感觉仿佛断头台上的铡刀直砍下来。车子过去了。诗人遭了轻蔑，怒不可遏，心里只想报仇：要是他能抓住特·巴日东太太，准会把她当场勒死；他恨不得变作夫几埃－丹维尔[1]，把特·埃斯巴太太送上断头台；还要叫特·玛赛尝尝野蛮人想出来的稀奇古怪的毒刑。他瞧见卡那利斯骑着马走过，风流潇洒，俨然是个最会趋奉的诗人，一路上向最漂亮的妇女打招呼。

吕西安心里想："天哪！无论如何要有钱！这个社会只有见了黄金才下跪。"接着又听见良心的呼声对他嚷着："不！还是成名要紧，要成名就得用功。对，用功！大卫说的就是这句话。天哪！为什么我要到这里来？可是我一定成功！一定能坐着敞篷车，带着跟班，在这条林荫道上兜风！一定能把特·埃斯巴侯爵夫人一流的妇女弄到手！"

吕西安说着这些气话，在于朋饭店吃了一顿两法郎的晚饭。第二天早上九点，他上路易士家，打算去埋怨她不该那么冷酷，谁知非但特·巴日东太太不接见，门房还不准他上楼。他在街上张望，一直守到中午。中午，杜·夏德莱从特·巴日东太太家出来，眼梢里瞥见吕西安，立刻躲开。吕西安气坏了，紧紧跟着他的情敌。杜·夏德莱眼看他快追上了，只得掉过身来点点头，想打了招呼溜之大吉。

吕西安道："对不起，先生，请你慢走一步，让我说几句话。你一向待我很好，希望看在过去的友谊份上，帮我一点小小的

①夫几埃－丹维尔（1746－1795），法国大革命时代控诉贵族的检察长。

忙。你从特·巴日东太太家出来，请你告诉我为什么她和特·埃斯巴太太忽然对我冷淡。”

杜·夏德莱装着忠厚的样子回答说：“夏同先生，两位太太把你丢在歌剧院，你知道为什么？”

“不知道。”可怜的诗人说。

“告诉你，你一开始就吃了特·拉斯蒂涅先生的亏。人家向他打听你的来历，他老老实实说你姓夏同，不是姓吕庞泼莱；说你母亲服侍产妇；你父亲生前在安古兰末的乌莫镇上开药房；你妹子是个挺可爱的姑娘，衬衫烫得再好没有，快要嫁给安古兰末的印刷商赛夏。上流社会就是这样。你想出头吗？他们要查究你的出身。特·玛赛先生在特·埃斯巴太太面前把你挖苦了一阵；两位太太生怕在你旁边受累，赶紧溜了。你不用想再上她们家去。特·巴日东太太如果再和你来往，她的弟媳妇便不理她了。你有的是天才，想法报复吧。社会瞧不起你，你也瞧不起社会就是了。躲到阁楼上去，写出伟大的作品来，想办法培养一种势力，大家便对你俯首贴耳；那时你受的羞辱可以照样回敬。特·巴日东太太以前对你越好，以后越要躲开你。这是女人的心理。目前问题不在于争回阿娜依斯的友谊，倒是别让她变作你的敌人，我告诉你一个方法。她给你写的信，你统统还给她，这种君子作风她一定领情；以后你要是用得着她，她不至于和你作对。至于我，我相信你前程远大，到处替你辩护；便是现在，只要有什么地方能替你效劳，我没有不乐意的。”

过时的美男子在巴黎的气氛中返老还童了，他向吕西安冷冷的客客气气的告别；吕西安垂头丧气，脸色那么苍白，精神那么涣散，竟顾不得还礼。他回到旅馆，看见斯多勃等着。裁缝亲自上门，与其说替他试新装——事实上也替他试了，不如说向迦亚-布阿旅馆的老板娘打听陌生主顾的经济情形。吕西安来的时候坐着包车，上星期四特·巴日东太太用马车把他从杂剧院送回旅馆。斯多勃觉得情形不坏，称吕西安为伯爵，又夸耀自己的手艺，说是把吕西安的漂亮身段完全显出来了。

他说："年轻人穿了这样的衣衫，尽可上蒂勒黎散步，要不了半个月，准会娶到一个有钱的英国小姐。"

德国裁缝[1]的笑话，高雅大方的衣服，细洁的料子，在镜子里看到自己的风度，这许多小事情减少了一些吕西安的愁闷。他隐隐约约觉得巴黎有的是机会，相信自己不难碰到。他不是有一部诗稿，一部精彩的小说——《查理九世的弓箭手》吗？前途大有希望。斯多勃答应第二天送外套和别的衣衫来。

第二天，做靴子的，做内衣的，做礼服的，一齐带着发票来了。吕西安既不知道怎样打发他们，也没有忘掉内地的习惯，统统付了现款。付清了账，带来的两千法郎只剩三百六了，而他还不过来了一星期！可是他照样穿起衣衫，到修院平台去走了一转。他出了一口气。他穿得那么体面，那么漂亮，那么风流，好些妇女望着他，有两三个受着他美丽的相貌吸引，还回过头来瞧他。吕西安揣摩青年们走路的姿势，动作，一边想着他的三百六十法郎，一边学那些高雅的姿态。

晚上他独自待在房内，想把住在迦亚-布阿旅馆的生活问题弄弄清楚。平日他自以为省钱，在旅馆里吃最简单的早饭。他仿佛要搬走的样子，叫旅馆开账，发现他欠了上百法郎。下一天，想

①德国人斯多勃当时是巴黎最有名的裁缝，1821年时铺子开在黎希留街。

起大卫说过拉丁区物价便宜，就赶往那儿，找了半天，终于在格吕尼街，靠近索蓬纳[①]，找到一家破烂的旅馆，租下一个房间，租金正合乎他预定的数目。他马上付清迦亚-布阿旅馆的账，当天搬往格吕尼街。除了雇一辆街车，没有花别的搬家费。

吕西安在他寒碜的房间里安顿定当，把特·巴日东太太的信集中一处，包起来放在桌上；没有动笔之前，先对这一个倒霉的星期思索了一番。他不承认，在没有想到路易士在巴黎会发生变化的时候，自己先糊里糊涂的变了心；他看不见自己的过失，只看见眼前的处境；责备特·巴日东太太非但不指引他，反而断送他。他愤恨交加，傲气十足，逞着一腔怒火写了一封信。

> 太太，有这么一个女人，不知你对她怎么看法：她看中一个可怜的胆怯的孩子，这孩子抱着许多高尚的，后来被人叫作幻想的信念；那女人卖弄风情，拿她的聪明机智和假装的母爱，引诱孩子走上歧路。甜言蜜语的许愿，叫孩子听得出神的空中楼阁，在她嘴里都不算一回事。她抓住孩子，带在身边，一会儿埋怨他信心不足，一会儿把他奉承夸奖。等到孩子抛弃了家族，闭着眼睛跟那女人走了，那女人却带他到汪洋大海边上，笑盈盈的叫他登上一条单薄的小艇，逼他孤苦伶仃，无依无靠的在暴风雨中漂出去；她站在岩石上笑着，祝他一路顺风。那女人就是你，那孩子就是我。孩子手中有一样纪念品，可能暴露你施舍的罪过和遗弃的恩典。一旦你碰见孩子在波涛中苦苦挣扎，而如果你想到你曾经把他抱

①巴黎大学文科理科的校址，十三世纪时路易九世的忏悔师索蓬在此创办神学院，至今沿用其名，称为索蓬纳。

在怀中的话，恐怕你也免不了脸红。可是你看到这封信的时候，那纪念品已经在你手上了。你尽可忘掉一切。当初你指着天上，叫我看着美丽的希望，如今我在巴黎的泥淖中只看见悲惨的现实。将来你在显赫的社会里光芒四射，受人敬爱；而我，被你带到了那个社会的门口，又被你丢在破烂的阁楼上直打哆嗦。你在欢乐场中说不定会受到良心责备，想到被你投入深渊的孩子。可是，太太，你不必内疚。那孩子尽管穷愁潦倒，还愿意把他仅有的一样东西奉送，就是在最后瞧你一眼的时候宽恕你。是的，太太，为着你，我弄得一无所有了。可是世界不就是无中生有造出来的吗？天才应当效法上帝，我学了他的宽容，不知是否能具备他的力量。只要我不走上邪路，你无须担心；万一我堕落，你可逃不了责任。我要用工作去猎取荣名，可惜那荣名绝对没有你的份了。

这封浮夸的信充满着沉痛的傲气，那是二十一岁的艺术家往往表现得过分的。吕西安写完了信，一颗心飞回老家，看到大卫牺牲了一部分积蓄替他装修的美丽的房间；他曾经体味过的安静，朴素，小康的乐趣，历历如在目前；周围全是母亲，妹子，大卫的形象；他们临别的哭声又听见了，他自己也不由得哭了，因为他一个人在巴黎，没有朋友，没有依傍。过了几天，吕西安写信给妹妹。

亲爱的夏娃，做姐妹的特别不幸，只要听到献身于艺术的弟兄报告生活，心里总是苦多乐少，现在我就怕加重你的心事。你们不是都为我做了牺牲吗？我不是把你们每个人都拖累了吗？我想着过去的日子，家庭中的快乐，才能忍受眼前的孤独。在巴黎尝到了初步的苦难和初步的幻灭以后，我怎么能不超越我们之间的距离，像老鹰一般快快的飞回老巢，到真正爱我的环境中来呢？你们的灯光有没有闪动？灶肚里的木柴有没有滚下来？耳朵里有没有嗡嗡的响声？母亲可曾说：——吕西安想念我们？大卫可曾回答：——他在人海中挣扎？亲爱的夏娃，这封信我只写给你一个人。将来我遇到的善恶祸福也只敢告诉你一个人。说到善恶也真可叹：世界上应当善多恶少，而这里偏偏相反。你只要听我几句话就能知道许多事情：特·巴日东太太觉得我丢了她的脸，到这儿第九天就翻脸不认人，把我打发了，赶走了。她见了我掉过头去；而我因为她要捧我出台，因为要跟着她踏进上流社会，在安古兰末好不容易张罗的两千法郎已经花了一千七百六。你不是要问怎么花的吗？唉！可怜的妹妹，巴黎真是一个怪地方：十八个铜子可以吃顿饭，上等酒家最普通的一餐要五十法郎；有四法郎的背心，有两法郎的裤子，时髦裁缝少了一百法郎不给你做，雨天街上积水，过街要付一个铜子。不管路程多近，雇一辆车至少一法郎六十生丁。我住过了繁华地段，如今搬在格吕尼街，巴黎最破落最黑的一条小街，挤在三座教堂和索蓬纳的古老建筑之间。我在格吕尼旅馆住着五层楼上的一个房间，空无所有，脏得厉害，房租还得十五法郎一月。中午吃一块两个铜子[1]的小面包，一个铜子牛奶；晚饭在弗利谷多饭店吃，二十二个

①一法郎合二十铜子，也等于一百生丁。

铜子一顿，吃得挺好，铺子就在索蓬纳广场，到冬天为止，每月开销不至于超过六十法郎，至少我这么希望。开头四个月，我的二百四十法郎可以对付了。四个月内《查理九世的弓箭手》和《长生菊》大概能卖出去。因此你绝对不用为我担忧。目前固然冷冰冰的，又清苦又寒碜，前途却是美妙的，富裕的，灿烂的。最近的变故使我受了伤害，可没有把我压倒。多数大人物全受过这一类的挫折。伟大的喜剧诗人普劳德做过磨坊伙计。马基雅弗利的《论霸主》是夜晚写的，白天还不是和工人们在一起？了不起的塞万提斯在来邦德战役出过力，丢了一条胳膊，被当时一般不入流的文人叫作下贱的独臂老头；不朽的《堂·吉诃德》写了第一部，隔了十年才完成第二部，因为没有人肯印。现在的局面不至于到这一步。只有怀才不遇的人才苦闷潦倒；作家出了名就有钱，将来我一定有钱。我此刻完全靠思想过日子，大半天的时间在圣·日内维埃佛图书馆补足我缺少的学识，不下这番苦功绝不能有大发展。所以我差不多快乐了。仅仅几天工夫，我已经高高兴兴地适应我的处境。天一亮我就做我喜欢做的工作，不用担心生活；我想得很多，我研究学问。退出了上流社会，虚荣心不再时时刻刻受委屈以后，还有什么能伤害我呢？一个时代的伟人应该离群索居。他们不是森林中的鸟儿吗？只管歌唱，让自然界听着出神，不叫一个人看见。我预备这样做，只要能实现我宏伟的计划。我失去特·巴日东太太毫不惋惜。这种作风的女人根本不值得想念。我也不懊悔离开安古兰末。那女的把我扔在巴黎独自打天下，倒是对的。巴黎是作家，思想家，诗人的乡土。唯有这儿能培养一个人的声名；而声名所产生的美丽的果实，我已经看到了。唯有这儿，在博物馆中和私人的收藏中，作家能看到以往的天才的不朽的作品，使我们的想象受到鼓舞和刺激。唯有这儿，在规模宏大，终年开放的图书馆中，能找到知识和精神食粮。总之，巴黎的空气和一切极细微的事情都有一种精神，文艺作品受到感染而反映出来的也就是这种精神。在咖啡馆或者戏院里谈半小时话，比在内地住上十年学到更多的东西。的确，这儿样样值得你观看，比较，样样能提供你知识。物价贵到极点，也便宜到极点，这就是巴黎。每只蜜蜂能在这里找到它的蜂房，每颗心灵都有适合它的养料可以吸收。即使眼前苦一些，我并不后悔。美丽的远景摆在面前，我的心虽然痛苦了一个时候，看到前途也快慰了，再见了，亲爱的妹妹，别希望我经常写信，巴黎有一个特点，就是你不知道时间是怎么过的。生活的速度快得惊人。我热烈拥抱母亲，大卫和你。

二、弗利谷多

许多人都记得弗利谷多的名字，他的铺子可以说是解决饥饿，救济贫穷的庙堂。王政复辟最初十二年间住过拉丁区的大学生，很少不是弗利谷多的老主顾。晚饭一共三道菜，加上一壶葡萄酒或者一瓶啤酒，定价十八铜子，多付四个铜子就能有整瓶的酒。同行的招贴上印着“面包尽量”几个大字，就是说不怕客人“过量”；这种营业方针使那位照顾青年的老板不曾发大财。好些显赫的要人都经过弗利谷多哺育。在索蓬纳广场和黎希留新街的拐角儿上，不少名流一看见装着小格子的玻璃门面，心中便浮起许许多多无法形容的回忆，觉得意味深长。七月革命①以前，弗利谷多的儿子、孙子从来没改动门面，玻璃老是那暗黄的色调，一派古老稳重的气息表示他们不喜欢招揽顾客的外表。现在的饭店老板几乎都拿中看不中吃的玩意儿做广告，橱窗里陈列的有扎成标本一般，根本不预备烧烤的野味；有稀奇古怪的鱼，正如唱滑稽的说的“我瞧见一条出色的鲤鱼，要买也不妨等上十

①指1830年7月推翻王政复辟的法国资产阶级革命。

天八天”；还有名为时鲜而早已落市的蔬果，摆得五花八门，给士兵和他们的乡亲看着取乐。老实的弗利谷多不来这一套，只用一再修补的生菜盆装满煮熟的李子，叫顾客看了眼睛舒服，知道别家饭店在招贴上大吹特吹的“饭后点心”，在这儿不是一句空话。六斤重的面包切成四段，保证“面包尽量”的诺言。这就算铺子的排场了。主人的姓大有文章可做[①]，如果早生两百年，莫里哀准会替他扬名。弗利谷多饭店至今犹存，只要大学生想活下去，那铺子一定能开下去。大家在那儿照常吃饭，东西既不多，也不少；吃的时候也像工作的时候一样，心情或者阴沉，或者开朗，看各人的性格和情形而定。那有名的铺子当时有两间又长，又窄，又矮的餐厅，凑成一个直角，一间面对索蓬纳广场，一间面对黎希留新街。桌子特别长，颇有修道院风味，不知从哪个修院饭厅搬来的，刀叉旁边的饭巾套着湛亮的白铁箍，刻着号码。在老弗利谷多手里，桌布每逢星期日更换一次，据说后来弗利谷多的儿子改作一星期换两次，因为同行竞争，老店受到威胁。这铺子好比一个工具齐备的工场，而不是豪华富丽，大开筵席的礼厅，客人吃完就走。店里忙得很，侍应的人来来去去，从来不闲着，大伙儿都在干活，没有一个多余的人。菜的品种不多。马铃薯终年不断，爱尔兰一个马铃薯没有了，到处绝迹了，弗利谷多照样供应：三十年来始终煎得黄黄的，像铁相[②]喜欢用的那个色调，上面散着细末子的菜叶，面目不变，叫唯恐衰老的妇女看了眼红，一八一四年看到的马铃薯，你到一八四〇年再去看，保证没有分

①与弗利谷多读音相近的一个字，叫作弗利谷端，意思是好吃的人，或是专图非法利益的人，正好和开饭店的弗利谷多性格相反。

②铁相（1477—1576），意大利文艺复兴时期威尼斯派大画家。

别。店里的羊排和里脊牛排，相当于万利酒家的松鸡和鲟鱼片，算是了不起的名菜，需要早上预定。母牛肉不少，小牛肉很多，做成各种新鲜花样。大批的鳕鱼和青花鱼在大西洋沿岸一出现，弗利谷多铺子就大批涌到。一切都跟蔬菜的交替和法国时令的变化息息相关，你在那里知道的事都是有钱的，有闲的，不关心自然界顺序的人从来想不到的。拉丁区的大学生在弗利谷多饭店里知道的季节最正确：他知道什么时候大豆和豌豆丰收，什么时候白菜在中央菜场泛滥，哪种生菜货源充足，萝卜是不是歉收。民间向来有种无稽之谈，说牛排的供应和马的死亡率有关[①]；吕西安住进拉丁区的时节又在流行这样的话。像弗利谷多铺子里那种动人的景象，巴黎很少饭店看得见。那儿有的是青年人的朝气，信心，不怕穷苦的自得其乐的精神；当然，表情激烈，严肃，又阴沉又骚动的脸不是没有。大家穿著很随便。熟客一朝衣冠端整的上门，立刻有人注意。谁都知道那不是去会情人，便是上戏院或者到上流社会去交际。据说后来成为名流的几个大学生，当初就在那饭店里订交的，你们看下文就知道。除了一般为着同乡关系，在桌子尽头坐在一处的青年之外，吃饭的人大都一本正经，难得眉开眼笑，或许因为喝的是淡酒，兴致不高。弗利谷多的老主顾可能还记得某些神态抑郁，莫测高深的人，身上仿佛裹着贫穷的冷雾，吃了两年饭，忽然像幽灵似的不见了，便是最爱管闲事的熟客也摸不清他们的底细。至于在弗利谷多铺子交了朋友的人，往往到邻近的咖啡馆去喝一杯又浓又甜的杂合酒，或者来一盅掺烈酒的咖啡，借着暖烘烘的酒意巩固他们的友谊。

①法国肉类中以马肉价为最贱，故常有人疑心某些牛肉是马肉冒充的。

吕西安搬进格吕尼旅馆的初期，像进教不久的人一样，行动拘谨，很有规律。他对高雅的生活有过惨痛的经验，把活命之本送掉以后，拼命用起功来。可是这股第一阵的劲道很快要被巴黎的艰难困苦和繁华的诱惑打消的，不论过的是最奢侈的还是最清苦的生活；除非你真有才能而拿得出顽强的毅力，或者为了雄心壮志下着破釜沉舟的决心。吕西安下午四点半就上弗利谷多铺子，他发觉早去有好处，饭店里花色比较多，爱吃的菜还能叫到。他像一切富于想象的人一样，特别喜欢某一个位置，他挑的座儿证明他眼光不错。吕西安第一天走进饭店，从座客的相貌和偶尔听到的谈话上面，发现靠近账台的一张桌子坐的是文艺界朋友。其次，他自然而然感觉到坐在账台附近可以同饭店主人攀谈，日久相熟了，手头不宽的时候也许能通融欠账。因此他拣了账台旁边的一张小方桌，桌上只放两份刀叉，两条白饭巾不用箍儿，大概是招待随来随去的客人的。同桌的是个又瘦又苍白的青年。似乎跟吕西安一样穷，清秀的脸已经有些憔悴，破灭的希望使他脑门显得疲倦，在他心上留下许多沟槽，而播的种子没有长出芽来。由于这些残余的诗意，无法抑制的同情，吕西安很想接近那个陌生人。

他姓罗斯多，名叫埃蒂安纳。安古兰末诗人花了一星期工夫，殷勤凑趣，跟他攀谈，交换一些感想，把他当作第一个谈话的对手。两年以前，埃蒂安纳像吕西安一样离开本乡，贝里地区的一个城市。他的指手划脚的动作，明亮的眼睛，有时很简短的说话，流露出他对文艺生涯有些辛酸的经验。他从桑赛尔来的时候，带着他的一部悲剧，和吕西安同样受着光荣，权势，金钱的吸引。这年轻人先是接连几日在弗利谷多铺子吃饭，过后却难得露面。吕西安隔了五六日重新见到他的诗人，希望他下一天再来，不料第二天他的位置上换了一个新人。在青年人中间，第一天见过面，谈话的兴致第二天还接得上；有了间断，吕西安只能每次想法打破沉默，而且最初几星期两人的关系没有多大发展，所以更不容易亲密。吕西安打听管账的女太太，知道他那未来的朋友在一家小报馆当编辑，写新书评论，报道滑稽剧场，快乐剧场，全景剧场的戏。吕西安立刻觉得那青年是个人物，有心同他谈得亲切一些，不惜做些牺牲去换取一个初出道的人最需要的友谊。记者半个月不来吃饭。吕西安不知道埃蒂安纳只在没有钱的时候才上弗利谷多饭店，因此老是沉着脸，没精打采；吕西安看他冷淡，便竭力陪笑，拣好话来说。其实应不应该交这个朋友还值得郑重考虑；看来那无名的记者过着挥霍的生活：既要烧酒，又要咖啡，又要杂合酒，还得看戏，吃宵夜。而吕西安住进拉丁区的初期，行事像一个可怜的孩子，被第一次巴黎生活的经验吓坏了。他研究一下饮料的价钱，摸摸钱袋，不敢学埃蒂安纳的样；他还在后悔过去的荒唐，唯恐再出乱子。他还没摆脱内地教育的影响，一有邪念，他的两个护身神，夏娃和大卫，立刻出现，使他想起大家对他的期望：他不但要使老母幸福，也不能辜负自己的天才。白天他在圣·日内维埃佛图书馆钻研历史。经过初步研究，发觉他的小说《查理九世的弓箭手》有些荒谬的错误。图书馆关了门，他回到又冷又潮湿的房间把他的作品修改，整理，重写，整章的删掉。在弗利谷多铺子吃过晚饭，他往下走到商业巷，在布洛斯办的文艺阅览室中读当代的文学作品，日报，期刊，诗集，了解流行的思潮；半夜前后回到破烂的旅馆，灯火和取暖的木柴都省掉了。那些读物大大改变了他的观念，他重新校阅歌咏花卉的十四行诗集，他一向看重的《长生菊》，大改特改，保留的原诗不满一百行。可见吕西安最初过的是一般内地穷小子的生活，纯洁，无邪，觉得弗利谷多的饭菜比起老家的伙食已经是奢侈的享受了；所谓消遣只是在卢森堡公园的走道上慢悠悠的散步，心里热乎乎的，斜着眼睛望望漂亮女人；从来不走出本区，只管想着前途，一本正经的用功。无奈吕西安天生是个诗人，欲望极大，看到戏院的招贴心痒难熬，忍耐不住。他买楼下的后座，在法兰西剧院，杂剧院，大千剧院，喜歌剧院，花了五六十法郎。看塔尔玛演他最出名的几个角色，这样的乐趣哪个大学生肯放弃呢？富于诗意的人一开始就爱戏剧，吕西安被戏剧迷上了。他觉得男女演员全是重要人物，不可能跨过脚灯去对他们随便张望。在吕西安心目中，那些使他快乐的名角儿简直像神仙一般，报纸上提到他们，口气不亚于谈论国家大事。他渴望做一个戏剧作家，编出戏来叫人上演！有些大胆的人，例如卡西米·特拉维涅，居然实现了这样的美梦！吕西安转着这些创作的念头，忽而信心十足，忽而悲观绝望，精神上骚动不已，可是他继续过着用功和俭省的日子，不管有多少顽强的欲望在暗中激荡。他甚至过分谨慎，不敢走进王宫市场那样的销金窟，他不是一天之内在万利酒家花掉五十法郎，做衣服花掉将近五百吗？即使打熬不住，要去看福洛利，塔尔玛，米旭，或者巴蒂斯德弟兄[1]演出，他也只敢买楼上黑洞洞的散座，五点半就去排队，迟到的人只好花十个铜子买一个靠近售票房的地盘。不少大学生往往等了两小时，最后听见一声票子完啦！大失所望。散了戏，吕西安低着头走回去，不敢望街

①福洛利和塔尔玛都是有名的悲剧演员。米旭和巴蒂斯德弟兄是喜剧演员。

上的神女。或许他有过几回极简单的艳遇，在他年轻胆小的想象中显得重要无比。有一天吕西安把钱数了一下，发觉所剩无几，大吃一惊；而想到要去找一个出版商，弄些工作来糊口，他又冷汗直流。他一厢情愿当作朋友的那个青年记者，不再上弗利谷多饭店。吕西安等着机会，机会始终不来。巴黎只有交游广阔的人才能碰到巧事；熟人越多，各式各样成功的可能性越多，所谓幸运本来是趋炎附势的东西。吕西安还保持内地人未雨绸缪的脾气，不愿意等到只剩几个法郎的时候，他决意大着胆子去找书店老板。

三、两种不同的书店老板

九月里有一天上午，天气相当冷，吕西安挟着两部手稿，从竖琴街往下走到奥古斯丁河滨道，沿着人行道踱过去，瞧瞧塞纳河，瞧瞧书店，仿佛有个好心的神通在劝告他，与其投入文坛，还不如投河。从玻璃窗或店门口望到的脸相各各不等，有的和善，有的好玩，有的快活，有的抑郁。吕西安先是迟疑不决，苦恼得厉害，把那些脸孔仔细打量了一番。最后发现一家铺子，好些伙计在门口忙着打包，准备发货；墙上全是招贴，写着：本店发售——特·阿兰戈子爵著：《孤独者》，第三版；——维克多·丢冈日著：《雷奥尼特》，全五卷，上等纸精印，十二开本，定价十二法郎；——盖拉德里著：《道德综论》。

“这些人可运气啊！”吕西安叫道。

招贴是有名的拉伏卡法国十九世纪初期的出版商。夏多布里昂及浪漫派作家的作品大多由他高价收买。想出来的新花样，那时初次在墙上大批出现。不久群起效尤，巴黎城内花花绿绿贴满了这种广告，国家也增加了一项税源。在安古兰末那么威风，在巴黎那么渺小的吕西安，心里又激动又慌张，沿着屋子溜过去，鼓足勇气踏进那书店，里头挤满着伙计，顾客和书店老板——“说不定还有作家在内。”吕西安私下想。

他对一个伙计说：“我要见维大先生或者包熏先生。”

他看见招牌上写着几个大字：维大-包熏合营书店，专营国内外图书发行及经销业务。

忙碌的伙计回答：“他们两位都有事。”

“我等着就是了。”

诗人在铺子里待了两小时，打量整包整捆的图书，看看题目，打开书来东翻几页，西翻几页。最后他肩膀靠着一个用玻璃槅子围起来的小房间，挂着绿色的短窗帘；吕西安疑心维大或者包熏就在小房间内，他听见谈话的声音。

“你要愿意批五百部，就算五法郎一部，每十二部奉送两部。”

“那么每部实价多少呢？”

“照原价减去八十生丁。”

“那就是四法郎二十生丁。”说话的大概是维大或者包熏，对方是来兜销书的。

“对。”兜销的人回答。

“是不是记账呢？”进货的人问。

“好家伙！难道你打算十八个月结账，付我一年的期票不成？”

“不，马上结清。”不知是维大还是包熏回答。

“什么期头？九个月吗？”说话的不是来兜销的出版商便是作者。

“不，朋友，一年。”两个经销人中的一个回答。

双方不出声了。一会儿，陌生人叫道："你太辣手了。"

"怎么，我们一年销得掉五百部《雷奥尼特》吗？"经销人对丢冈日的出版商说。

"销路要能按照出版商的心思，我们都是百万富翁了，亲爱的先生！无奈销路操在大众手里。沃尔特·司各特的小说只卖九十生丁一卷，三法郎六十生丁一部；你想叫我把你的书卖得更贵吗？要我帮你推广这部小说，得给我好处才行。——维大！"

一个胖子耳朵上夹着一支笔，离开账台走过来。

包熏问："你上回出门，发了多少丢冈日的作品？"

"《加莱的小老头儿》销去两百部，为此不能不把两部回扣小一些的书跌价，现在都变了夜莺。"

吕西安后来才知道，凡是搁在货栈的架子上，冷清清无人过问的作品，书业中称为夜莺。

维大接着说："而且你知道，比卡[1]正在写小说；他的出版商向我们兜生意，为了要畅销，答应比一般的批价多给两成回佣。"

丢冈日的出版商听着维大告诉包熏的内幕消息，着了慌，可怜巴巴的回答说："那么，一年就一年吧。"

包熏毫不含糊的追问一句："这话算数吗？"

"算数。"

出版商走了。吕西安听见包熏对维大说："客户已经定下三百部；咱们给他远期票子，把《雷奥尼特》五法郎一部卖出去，要人家付我们六个月的期票，那……"

①比卡（1769—1828）原是演员、戏剧作家，当过歌剧院经理，从1821年起正式写小说。

“那就净赚一千五。”维大说。

“嘿！我看出他手头很紧。”

“他糟糕得很！印两千部，给了丢冈日四千法郎。”

吕西安走到小房间门口，打断了维大的话。

他对两个合伙人说：“对不起，打搅你们……”

两个老板对他似理非理。

“我写了一部法国的历史小说，近于沃尔特·司各特一路，题目叫《查理九世的弓箭手》，我想请你们收买。”

包熏把手里的笔放在桌上，朝吕西安冷冷的瞅了一眼。维大虎着脸瞧着作者，回答说：“先生，我们不出版，只经销。我们自己出书的话，做的是*知名作家*的生意；并且只收买正经书，像历史和什么概论之类。”

“我的书非常正经，目的是把拥护专制政体的天主教徒和想建立共和政体的新教徒的斗争，写出一个真面目来。”

一个伙计在外面叫：“维大先生！”

维大走出去了。

包熏不客气的挥了挥手，说道：“我不说你的小说不是杰作，可是我们只销现成的书。你去找买稿子的人吧，比如卢浮宫附近公鸡街上的道格罗老头，便是出版小说的。你要是早一些开口，刚才就好见到包莱，他跟道格罗和一些木廊书店是同行。”

“先生，我还有一部诗集……”

“包熏先生！”外面有人叫。

“诗集？”包熏气冲冲的嚷道。

“你当我什么人。”他朝吕西安冷笑一声，往铺子的后间去了。

吕西安穿过新桥，想着许许多多念头。刚才那些生意上的行话，他听懂了一些，知道在书店老板的眼里，书不过是低价收进，高价售出的商品，同头巾店老板看待头巾一样。

他想："我找错了门路。"可是发觉文学有这样一副恶俗的生意面孔，暗暗吃惊。

他在公鸡街上找到一家外表挺老实的铺子，原来是刚才走过的，绿色的店面漆着几个黄字：道格罗书店。他记得在布洛斯阅览室中念过的小说，好几部的封面插图底下有这个名字。吕西安忐忑不安的走进铺子，富于幻想的人遇到斗争总是这样。他看见一个很特别的老头儿，帝政时代出版界中的一个怪物。道格罗穿着古老款式的黑礼服，前面是大方摆，后面是鳌鱼尾。背心的料子很普通，织成颜色不同的方格，口袋外面吊着一根链子，一把铜钥匙，在宽大的黑扎脚裤上晃来晃去。表的厚薄大概同玉葱差不多。底下是深灰的羊毛袜和银搭扣的皮鞋。他光着头，花白的头发乱七八糟，颇有诗意。包熏称为道格罗老头的家伙，从他的礼服，扎脚裤和鞋子来看，像文学教授；看他的背心，表和袜子，又是个做买卖的。他的相貌也有这股奇怪的混合味儿：威严而霸道的神气，凹下去的脸孔，俨然是个修辞学教师；尖利的眼睛，多疑的嘴巴，心绪不宁的表情，明明是个书店老板。

吕西安问道："这位可是道格罗先生？"

"是的，先生……"

吕西安道："我写了一部小说。"

出版商道："你年轻得很啊。"

"先生，我的年纪跟写作无关。"

"对。"老出版商说着，接过稿子。

“啊!《查理九世的弓箭手》,题目不坏。好吧,先生,你把内容简单的说一说。”

“先生,这是一部沃尔特·司各特式的历史小说。我把新教徒和天主教徒斗争的性质,写成两种政体的斗争,王权在斗争中受到严重的威胁。我是赞成天主教徒的。”

“嗯,嗯,倒是异想天开。好吧,我可以念一念你的作品,我答应你。我更喜欢拉德克利夫太太[1]一路的小说,不过你倘若工作认真,稍微有些风格,意境,思想,安排情节的能力,我很乐意帮忙。我们要求什么?……不是优秀的稿子吗?”

“什么时候听回音?”

“我今晚下乡,后天回来,那时作品可以看完了,我要认为合式的话,后天就好谈判。”

吕西安看他这样和气,转错了念头,掏出《长生菊》来。

“先生,我还有一部诗集……”

“哦!你是诗人,那我不要你的小说了。”老人把稿子还给吕西安,“起码诗人写散文总是不行的。散文不能拿废话充数,一定要说出些东西来。”

“可是沃尔特·司各特也写诗啊……”

“不错。”道格罗又变得软和了。他看出这个青年很穷,便留下稿子,说道:“你住哪儿?我过一天去看你。”

吕西安写了地址,没想到老人别有用心,也不知道他是老派的出版商,恨不得把饿肚子的伏尔泰和孟德斯鸠锁在顶楼上。

出版商看了地址,说道:“我才从拉丁区回来。”

①拉德克利夫(1764—1823),英国女作家,专写神怪和恐怖小说,十九世纪初期在法国很受欢迎。

吕西安告别的时候心上想:“这个人真好!对年轻人多热心,而且是个识货的行家。不是吗?我早就告诉大卫:只要有本领,在巴黎是容易出头的。”

吕西安又快活又轻松的回去,做着功成名就的好梦。他忘了在维大和包熏的账桌上听到的可怕的话,只道至少有一千二百法郎到手。一千二百法郎能在巴黎住一年,让他准备新作品。他从这个希望出发,定下不知多少计划!发愤用功的生活引起他不知多少甜蜜的幻想!他把屋子安排了一下,整理了一下,差点儿没置办东西。他在布洛斯阅览室成天看书,耐着性子等回音。过了两天,道格罗对于吕西安在第一部作品中表现的风格感到惊异,赏识他的人物写得夸张,那在故事发生的时代也说得过去;也注意到他的想象力非常奔放,青年作家勾勒近景的时候往往有这种气魄;道格罗居然不拿架子,亲自上旅馆访问他未来的沃尔特·司各特。他决意花一千法郎买下《查理九世的弓箭手》的版权,另外订一份合同要吕西安再写几部。一看见旅馆,老狐狸马上改变主意。——“住这种地方的青年欲望不大,一定是个用功的读书人;给他八百法郎就行了。”旅馆的老板娘听道格罗问到吕西安·特·吕庞泼莱,回答说:“五楼!”道格罗仰起头来,看见五楼以上就是天空,心上想:“这个年轻人长得漂亮,简直是个美男子,钱太多了会心猿意马,不用功的,为了咱们的共同利益,给他六百法郎吧,不过是现金,不是期票。”他爬上楼去,在吕西安的房门上敲了三下,吕西安开了门。屋子里空无所有。桌上摆着一碗牛奶,一小块两个铜子的面包。天才的穷苦使道格罗老头看了心中一动。

他私忖道:“这种朴素的习惯,菲薄的饮食,简单的欲望,但愿他保持下去。”随即对吕西安说：“看到你我很高兴。先生，你同约翰-雅各[1]有好几点相像，他便是过的这样的生活。天才在这等地方爆出火花，写出好作品来。文人的生活正该如此，万万不能在进咖啡馆，上饭店，大吃大喝，糟蹋他们的光阴和才具，浪费我们的金钱。”说着他坐下了，“小朋友，你的小说不坏。我当过修辞学教师，熟悉法国史；你的作品颇有些出色的地方。你是有前途的。”

“啊！先生。”

“是的，你是有前途的。咱们可以合作。我愿意收买你的小说……”

吕西安心花怒放，高兴得胸坎里扑通扑通直跳，他要登上文坛了，终究能出书了。

“我给你四百法郎。”道格罗说话的声音特别甜，望着吕西安的神气仿佛他是大发慈悲。

“四百法郎买这部稿子？”吕西安问。

“对，买这部小说。”道格罗看着吕西安诧异并不奇怪，接着说，“可是付你现款。你还得答应六年中间每年写两部。如果第一部在六个月之内销完，以后我给你六百法郎一部。一年两部，每月一百法郎收入，你生活有了保障，应该快活了。有些作家的小说，我每部只给三百法郎。英国小说的译本，我只出两百。这个价钱在从前是惊人的了。”

吕西安浑身冰冷，说道：“先生，我们谈不成了，请你把稿子还我。”

---

①指卢梭。

出版商回答说："稿子在这里。先生，你不懂生意经。出版一个作家的第一部小说，要担一千六百法郎印刷费和纸张费的风险。写一部小说比张罗这样一笔款子容易得多。我店里存着一百部稿子，可拿不出十六万法郎。唉！我开了二十年书店，还没赚到这个数目呢。可见出版小说发不了财。维大和包熏经销的条件一天比一天苛刻。你大不了白费时间，我却要掏出两千法郎。书的命运个个不同[①]，我要是眼光看得不准，就得赔两千法郎；至于你，你只消写一首诗骂一通愚蠢的群众。你把我的话细细想过以后，会再来找我的。"吕西安不胜轻蔑的挥了挥手，道格罗正色重复了一句："是的，你会再来找我的。你瞧着吧，不但没有一个出版家肯为一个无名的青年人担两千法郎风险，也没有一个书店伙计肯看你乱七八糟的稿子。我倒是看完的，能指出好几处文字的错误。应该说提醒的地方，你写着提到，尽管后面应当用直接被动词，你却加了一个介词。"两句话说得吕西安好不惭愧。道格罗又道："你下次再来看我，可要损失一百法郎，我只给三百了。"他说罢起身告辞，走到房门口又道："你要没有才能，没有前途，我要不关心用功的年轻人，我也不会给你这样好的条件。每月一百法郎！你考虑考虑吧。一部小说丢在抽斗里，当然不比一匹马关在马房里，不用吃饭；可是老实说，也不会给你饭吃！"

吕西安抓起稿子扔在地下，嚷道："我宁可烧掉的，先生！"

"你真是诗人脾气。"老头儿说。

吕西安吞下面包，喝完牛奶，走下楼去。房间太小了，不出去的话，他只能团团打转，像关在植物园铁笼里的狮子[②]。

---

①这是引的一句拉丁诗，原作者是公元一世纪时文法学家丹朗蒂阿奴斯·莫吕斯。

②巴黎的动物园设在植物园内。

四、第一个朋友

吕西安准备上圣·日内维埃佛图书馆。平时他在那儿看见一个二十五岁左右的年轻人，每次坐着老位置，埋头工作，从来不分心，不怕扰乱，一望而知是真正好学的人。他大概在图书馆出入久了，从馆员到馆长都对他很客气；馆长让他带书回去，吕西安看着用功的陌生人第二天把书送回。诗人认为他也是在穷苦和希望中挣扎的弟兄。身材矮小，瘦弱，没有血色，英气勃勃的额角盖着又黑又浓而不大梳理的头发，一双手长得很美，使人注目的是他相貌有点像翻刻劳贝·勒番佛原作的拿破仑像。那幅版画把抑郁的热情，抑制的野心，内在的活动，表现得极有诗意。你细看之下，准会发觉画上的人物天分极高而谨慎无比，心思很深而又气概不凡。眼睛像女人的一样机灵。目光好像只嫌视野不够，竭力想找困难来克服。就算版画下面不写明波那帕脱，你也会望上半天。那青年好比画像的化身，平日穿着长裤，厚底皮鞋，料子很普通的外套，有白点子的灰呢背心，钮子一直扣到上面，打着黑领结，戴一顶廉价的帽子。他显然不喜欢多余的装饰。神秘的陌生人额上印着天才的标记。吕西安发觉他是弗利谷多铺子最有规律的常客，不喝酒，吃饭只为充饥，不在乎吃什么，店里的菜他似乎都熟悉。大概他是有意识的关心一些伟大的事业，所以不论在饭店或者图书馆，处处表现出一种尊严，叫人不敢接近。目光带着深思的意味。长相高贵而俊美的脑门，显得他经常在静观默想。炯炯有神的黑眼睛看起东西来又深刻又迅速，表示他对事物有追根究底的习惯。他动作简单，态度庄重。吕西安不由自主的对他有种敬意。两人在图书馆和饭店进进出出，彼此瞧过好几回，好像预备说话，可是谁都不敢开口。沉默的青年坐在餐厅的尽头，靠索蓬纳广场的一面。因此吕西安没法和他结交，虽然对这个用功朋友很向往，觉得他有些说不出的高人一等的迹象。后来两人都承认，他们生来淳朴，胆小，动不动害怕，而孤独的人还喜欢这种羞怯的情绪。要不是吕西安碰了钉子忽然和他相遇，或许两人永远不会发生关系。吕西安走进砂石街，看见那青年从圣·日内维埃佛回来。

他说："先生，图书馆没有开门，不知道为什么。"

吕西安那时含着眼泪，他对陌生人做了一个手势表示感谢；那种手势比说话更有力量，能沟通青年人的心。两人从砂石街一同走向竖琴街。

吕西安道："那我就上卢森堡公园去散步。已经出了门，不大能够再回去用功。"

那青年接口道："是啊，思想给打断了。先生，你好像心里不快活。"

吕西安道："我才碰到一桩古怪事儿。"

他说出怎样到河滨道，怎样去见道格罗老头，刚才听到怎样的条件；又报出自己的姓名，大致讲了讲处境。他一个月来吃饭花掉六十法郎，旅馆三十法郎，看戏二十法郎，阅览室十法郎，总共一百二；此刻只剩一百二了。

陌生人回答：“先生，你的经历就是我的经历，也是一般年轻人的经历；他们每年从内地到巴黎来，数目有一千到一千二。咱们还不算最苦的呢。这所戏院，你瞧见没有？”他指着奥台翁[1]的屋顶说，“有一天，广场上一所屋子里住进一个人，很有才气，穷得不堪设想，结了婚，这一桩额外的苦难还没临到你我身上；他和老婆感情很好，有两个孩子——是祸是福，我也说不上来；他背了一身债，可是对写作颇有信心。他把一部五幕喜剧送往奥台翁，人家不但接受了，还另眼相看，演员开始排练，经理热心督促。这五项运气等于五出戏，比写五幕喜剧更不容易。可怜的作者住在一个阁楼上，你从这儿望得见；他在排戏的时期想尽方法活下去，老婆的衣服全进了当铺，一家人光吃面包过日子。上演前夜，彩排那天，夫妻俩欠着面包店，牛奶房，门房五十法郎。作家只留着必不可少的衣着：一件礼服，一件衬衫，一件背心，一双靴子。他只道成功在望，拥抱着妻子，告诉她苦难快完了，说道：现在再没有什么事跟我们捣乱了！老婆说：还有火呢，你瞧，奥台翁起火啦！——先生，奥台翁起火啦。因此你别抱怨。你还有衣服，没有妻儿子女，袋里还剩一百二十法郎，一个钱都不欠人家。后来那出戏在卢伏阿剧院演到一百五十场。王上给了作者一笔年俸。蒲丰说的好：所谓天才就是耐性。的确，人的耐性同自然界化育万物的办法最相近。我问你，先生，什么叫作艺术？还不是经过凝炼的自然！”

①法国四大国家剧院之一，建于1782年、1799年、1818年，两次毁于火。1818年毁后，临时迁往卢伏阿剧院。

两个青年在卢森堡公园大踏步走着。陌生人竭力安慰吕西安。吕西安不久就知道他姓大丹士，名叫大尼埃，后来声名显赫，成为当代最杰出的作家之一，而且也是个少有的人物，因为在他身上，借用某诗人的一句精彩的话来说："卓越的才能和卓越的性格完全一致。"

大尼埃声音柔和的对吕西安说："一个人要伟大，不能不付代价。天才的作品是用眼泪灌溉的。才具是有生命的东西，同一切生物一样有它多灾多病的童年。社会排斥残缺不全的才具，正如自然界淘汰衰弱或畸形的生物。要出人头地，必须准备斗争，遇到任何困难绝不退缩。一个伟大的作家是个殉道者，只是不死罢了。你脑门上印着天才的标记。"大丹士对吕西安一览无余的瞧了一眼，"要是你没有天才的意志，没有那种超人的耐性，在命运的播弄使你同目的隔着一段距离的时候，你不能继续向无限的前程趱奔，像乌龟不论在什么地方都爬向海洋一样，那就不如趁早放弃。"

"难道你准备受尽折磨吗？"吕西安问。

"准备受各式各样的考验：同道的毁谤，出卖，褊枉不公；生意场中的无耻，奸诈，残酷。"大尼埃用逆来顺受的口气回答，"只要你作品写得好，第一次碰个钉子有什么关系……"

吕西安道："你愿意念一念我的作品，审定一下吗？"

大丹士回答："行。我住在四府街。我的屋子里住过一个非常有名的人物，当代最了不起的一个天才，科学界的巨人，最伟大的外科医生，台北兰。他最初就在那儿受难，跟艰苦的巴黎生活和荣名做挣扎。我每天晚上想着他，第二天就有了勇气。在我那个房间里，他常常只吃面包和樱桃过日子，像卢梭一样，可是没有丹兰士[①]。你过一小时去，我等你就是。”

两个诗人握了握手走开了，心里都有种说不出的伤感和同情。吕西安回去拿稿子。因为天冷，大尼埃·大丹士把表送往当铺，买了两捆木柴，在房里生起火来招待新朋友。吕西安准时前往，发觉大尼埃的屋子比他的旅馆更糟，走完一条黑洞洞的小弄才是不见天日的楼梯。大尼埃的房间在六层楼上，两个破落的窗洞之间有一个颜色发黑的木书架，插着贴满标签的文件夹。房间尽头摆一张油漆的小木床，像中学生睡的；床几是买的旧货，还有两把马鬃垫子的靠椅。方格的糊壁纸年深月久受着烟熏，像涂了一层油。一个窗洞和壁炉架之间，放一张堆满纸张的长桌。壁炉架对面，有一口桃花心木的蹩脚五斗柜。一条旧地毯把地砖全部铺满，有了这样奢侈品，屋内可以不用生火。桌子前面摆一张普通的写字椅，红羊皮面子用久了，颜色已经泛白；另外还有六把旧椅子。吕西安看见壁炉架上有一个带罩子的旧烛台，插着四支蜡烛，跟别的东西的寒碜大不相称，他问了一下，原来大丹士受不了油烛[②]的气味。可见他知觉特别灵，是个极敏感的人。

吕西安的小说念了七小时才完毕。大尼埃诚心诚意的听着，一声不出，不插一句嘴；这样的体贴在作家中是极少有的。

吕西安在壁炉架上放下稿子，问大尼埃：“怎么样？”

大尼埃郑重其事的回答：“你走的是正路，是大路，不过作品需要修改。你要不想照抄沃尔特·司各特，就得另外创造一种手法；现在你是模仿他。你和他一样开场用长篇的谈话引进人物，谈话完了才有描写和情节。这两个对立的因素，一切激动人

①卢梭的情妇，到晚年才和她正式结婚。

②油烛是用牛羊油做的，比蜡烛便宜得多。

心的作品都少不了，你偏偏放在最后。为什么不颠倒一下呢？散漫的对话在沃尔特·司各特笔下非常精彩，你却写得黯淡无光，我看还是干脆不用，拿描写来代替，我们的语言本来最宜于描写。但愿你的对话是读者预期的后果，替你的上文做总结。最好先写情节。或者从侧面对付你的题材，或者从结尾入手；各个场面要有变化，避免千篇一律。就算拿苏格兰作家对话式的戏剧应用到法国历史上来，你仍旧可以显得新颖。沃尔特·司各特笔下没有情欲，他缺少这样东西，或许是他国内伪善的风俗不允许他提到。在他心目中，女人总是恪守妇道的。除了极少数的例外，他的一些女主人翁简直一模一样，照画家的说法，用的是一个粉本；个个都是从克拉立萨·哈罗脱胎的。他把所有的女人都归结到一个观念，你只拿同一个模子来翻印，不过着色浓淡有些参差罢了。可是女人就因为有了情欲才扰乱社会。情欲变化无穷。你一描写情欲，办法就多了；伟大的司各特因为要古板的英国家家户户看他的小说，不能不放弃这些手法。在法国，在我们历史上情绪最骚动的时代，天主教的风流的罪过，豪华的风气，同加尔文教的阴沉严厉的人物相比，正好是个极端。从查理曼起，每个名副其实的朝代至少需要一部作品来描写，有的还需要四五部，例如路易十四，亨利四世，法朗梭阿一世。你可以写出一部生动的法国史，描写各个时期的服装，家具，屋子，室内景象，私人生活，同时刻画出时代的精神，而不必吃力不讨好，讲一些人尽皆知的事实。我们多数的国王在民间被歪曲了，你正好纠正这种错误，成为你的特色。在你第一部作品中，应当大胆把凯塞琳那样一个了不起的人物还她一个本来面目；一般人至今对她存着偏见，而你现在是迁就他们，牺牲了凯塞琳。至于查理九世，也该如实描写，不能同新教作家一鼻孔出气。你只要坚持十年，不难名利双收。”

时间已经到九点。吕西安并不知道新朋友为着他在房内生火，却是无意中学他的样，请他上埃同饭店吃饭，花了十二法郎。大尼埃在饭桌上说出他的希望和做的学问。大丹士认为不精通形而上学，一个人不可能出类拔萃。那时他正在挖掘古往今来的哲学宝藏，预备吸收融化，他要像莫里哀那样，先成为深刻的哲学家，再写喜剧。思想和事实，书本上的世界和活生生的世界，他都研究。交的朋友有自然科学家，有青年医生，有政论家，艺术家，全是好学，严肃，有前途的人。他的糊口之计是替人名辞典，百科辞典，自然科学辞典，写些认真而报酬微薄的稿子。他写的不多不少，仅仅为满足生活和发展思想的需要。大丹士也在写一部小说，专为研究语言的变化；这部还没有完成的书时断时续，完全趁他高兴，主要是在情绪低落的时候动笔；他用小说的形式研究心理，内容很有分量。虽然大丹士谈到自己很谦虚，吕西安已经觉得他近乎巨人了。十一点钟走出饭店的时候，吕西安对这个朴实的君子，超群绝伦而并不以此自居的人物，十分钦慕。他听着大尼埃的劝告毫无异议，全盘接受。大尼埃的优秀才具已经成熟，一方面靠他的思想，一方面靠他在孤独生活中养成的批评精神；而那些从未发表的批评只供他自己思考，不是说给别人听的。他替吕西安突然打开了一个美丽的幻想的宫殿。内地人好像被炭火烫了舌头，大吃一惊；巴黎的用功朋友说的话，在安古兰末诗人的头脑中碰到一块早已垦熟的土地。吕西安开始把作品彻底修改。

五、小团体

在举目无亲的巴黎，内地大人物遇到一个和他感情同样热烈的人，太高兴了，就跟缺少温暖的青年一样，盯着大丹士寸步不离：他接大丹士一同上图书馆，晴天陪他在卢森堡散步，每天晚上和他在弗利谷多饭店同桌吃饭，吃过饭送他回那个寒碜的房间，总而言之，吕西安仿佛一个小兵在俄罗斯冰天雪地的平原上紧挨着身边的弟兄。他结识大尼埃的初期，注意到大尼埃的一般亲密的朋友碰在一起，见了他都有点拘束，不免心中怏怏。大丹士和吕西安提到那般杰出的人，口气之间隐隐然有一股热情；他们的谈话却有所保留，同他们明明很强烈的友谊不大相称。吕西安觉得这些陌生人（因为他们彼此都用名字相称）很奇怪，受到他们排斥又感到苦闷，只得悄悄的走开。他们和大丹士一样脑门上有个标识，可以看出各有各的天才。直到经过大尼埃私下劝说，众人的异议平息之后，吕西安才被认为有资格加入这个优秀人物的集团。从那时起，吕西安才认识他们。浓厚的感情和严肃的精神生活把他们结合在一起，几乎每天晚上在大丹士家聚会。他们有种预感，认为大丹士是个伟大的作家，奉他为领袖。在他以前的第一个领袖是当代最了不起的一个思想家，神秘气息极浓的天才，那时回了本乡，原因不必在此多叙；吕西安听见他们常常提到他，名字叫路易。后来他们之中有几个半途夭折，另外一些和大丹士一样声誉卓著。单看成功的几个，就不难了解为什么那些人会引起诗人的兴趣和注意。

至今在世的人中有荷拉斯·皮安训，那时在市立医院当住院医生，后来是巴黎医学院的名教授，早已大众皆知，不必再描写他的为人，说明他的性格和思想的性质了。其次是雷翁·奚罗，是个深刻的哲学家，大胆的理论家；所有的学说他都要探讨，检定，发挥，阐明，最后奉献给他崇拜的偶像——人类。他始终伟大，便是犯的错误也因为动机纯正而显得高尚。这位态度认真，孜孜不倦的学者，如今是某个伦理和政治学派的领袖，学派的价值只有让时间来判断。他的信念使他和小团体的同伴分道扬镳，在另一方面活动，但仍然是他们忠实的朋友。在团体中代表艺术的是青年画派中最优秀的一个画家，叫作约瑟·勃里杜，他兼有罗马派的素描和威尼斯派的色彩，要不是过于敏感，无形中吃了亏，可能成为意大利画派的继承人——当然，他还没有停止发展。爱情是他的致命伤，不仅影响他的心情，也影响他的头脑，扰乱他的生活，使他走着意想不到的弯路。如果约瑟为着短时期的情妇太快乐了或者太苦恼了，送去展览的作品就失败，不是颜色厚重，掩没素描，只能算稿本，便是在假想的痛苦中完成的图画，只注重素描而看不见他擅长的色彩。一般的观众，包括他的朋友在内，对他经常失望。霍夫曼[1]准会喜欢他的任性，他

①霍夫曼（1776—1822），德国浪漫派作家兼音乐家，富于奇思幻想，观察细致，写的神怪故事尤其著名。

的离奇的幻想，艺术上大胆的创新。他的完美的作品的确令人钦佩，他受到钦佩也很高兴；可是一朝作品失败，他在自己的想象中看到的特色，在群众眼里并不存在，因而得不到赞美的时候，他就不胜骇怪。脾气怪到极点，朋友们有一天眼看他毁掉一件完成的作品，认为画得过头了，他说："工夫太到家，太像小学生的作业了。"他性格与众不同，有时竟崇高之极；凡是神经质的人的长处短处，他无不具备；而十足地道的神经质往往近于病态。他的头脑和斯忒恩[①]相似，而不像斯忒恩对文学下过工夫。他的谈吐，他的思想的闪光，隽永无比。口齿伶俐，待人体贴，可是变化无常，在感情方面和绘画制作方面同样任性。俗人可能指摘他的一些缺点，正是使他在小团体中受到喜爱的原因。还有一个叫作费尔扬斯·里达，在当代作家中最富于诙谐滑稽的想象。他不在乎名气，只拿极通俗的作品交给戏院，最精彩的戏剧都藏在脑子里留给自己和朋友取乐。他但求温饱，有了生活费就不愿再写作。生性懒惰，提起笔来却洋洋洒洒，像洛西尼；对任何事情都从正反两面考虑，这一点像所有伟大的喜剧诗人，例如莫里哀和拉伯雷；他是怀疑派，觉得样样可笑，事实上他就是嘲笑一切。费尔扬斯·里达精通人生哲学，世故极深，有观察的天赋，瞧不起他认为虚空的荣誉；他的心可并没因之冷下来。他对自己的益利满不在乎，对人却非常热心，要有什么活动，总是为了朋友，他外表像拉伯雷，也不讨厌好酒好菜[②]，可绝不追求。他心情又忧

①英国小说家斯忒恩（1713—1768）在作品中常有尖锐的批评，辛辣的讽刺，细腻的感情。

②拉伯雷便是讲究饮食的人。

郁又快活。朋友们叫他联队里的看家狗，这个绰号[1]形容他的为再恰当没有。其余三个，至少和以上侧面介绍的四个朋友同样卓越，不幸陆续夭折。第一是梅罗。居维埃和姚弗洛阿·圣·伊兰尔那场有名的论战，便是他在去世之前引起的[2]。居维埃提倡一种狭义的着重分析的科学，至今在世而在德国受到尊重[3]的姚弗洛阿·圣·伊兰尔却是泛神主义者；事实上两人都是了不起的天才。他们所争论的大问题，在居维埃过世前几个月[4]使科学界分成两派。梅罗是路易的朋友，而路易不久就被死神从知识界中带走。这两个短命的人虽然学识和天才浩瀚无涯，今日都无人知道。此外还得加上一个雄才大略的共和党人，米希尔·克雷斯蒂安，抱着欧罗巴联邦的梦想，为一八三〇年代的圣·西门运动出过不少力。政治才具不亚于圣·于斯德和丹东，为人像少女一般和顺，朴实；富于热情和幻想；优美的声音可能使莫扎特，韦白，洛西尼倾倒；唱起贝朗瑞的某些歌曲来能唤起人的诗意，爱情或者希望。米希尔·克雷斯蒂安穷得像吕西安，像大尼埃，像他所有的朋友，

---

①这句俗语原是指军队中的班长或排长。

②梅罗在历史上实有其人，名叫梅朗。他是医生，卒于1832年6月，四十二岁。1830年2月，法国著名生物学家姚弗洛阿·圣·伊兰尔（1772—1844）在法兰西科学院对梅朗与洛朗赛合写的《论软体动物的组织》一文做了报告，加以肯定，著名的动物学家居维埃（1769—1832）表示异议，在报刊上展开一场剧烈的论战。

③歌德于1832年3月逝世前写的最后一篇文字，赞成姚弗洛阿·圣·伊兰尔的主张，所以巴尔扎克说圣·伊兰尔在德国受到尊重。

④论战始于1830年，居维埃卒于1832年，巴尔扎克所谓过世前几个月，实际是过世前两年。

对于谋生之道看得和代俄哲尼斯[①]一样旷达。他替大部头的著作编目，代出版商写说明书，绝口不提自己的主张，正如坟墓绝不泄漏死后的秘密。这个快活而落拓的知识分子，或许还是一个会改变世界面目的大政治家，后来像小兵一般死在圣·曼里修院[②]。不知哪个商人的子弹打中了法兰西最高尚的一个人物。并且米希尔·克雷斯蒂安的性命不是为他自己的主张牺牲的。他的欧罗巴联邦其实比共和党的宣传对欧洲的贵族威胁更大。一般疯狂的青年自命为国民议会的继承人，提倡那种观念模糊的要不得的自由；克雷斯蒂安的理想可不像他们的荒唐，要合理得多。认识他的人莫不惋惜这个高贵的平民，时常想起这个无名的大政治家。

这九个人组成一个小团体，相互的尊重和友情使他们各走极端的思想和主义从来不起冲突。大尼埃·大丹士是比卡提的乡绅人家出身，对君主政体的信念同米希尔·克雷斯蒂安对欧罗巴联邦的信念一样坚定。费尔扬斯·里达嘲笑雷翁·奚罗的哲学思想，奚罗向大丹士预言基督教和家庭组织必然要消灭。米希尔·克雷斯蒂安笃信基督教，认为基督是平等的奠基人；他在皮安训的解剖刀前面坚持灵魂不死，而皮安训是最会分析的学者。大家辩论而不争吵；除了几个自己人没有别的听众，所以不计较面子。他

①公元前四世纪希腊哲学家，厌恶财富，轻视享受，无家无室经常睡于空桶内。

②1832年6月4日，共和党人不满路易-菲利普的立宪政治，掀起群众性的事变，在巴黎发生巷战；6月6日被政府军队镇压平息。圣·曼里修院街是群众牺牲最惨的地方。当时拥护政府的以资产阶级及中产阶级为主，镇压群众的民团即以中小商人组成，故下文提到商人的子弹。

们彼此说出工作的成绩，以青年人的可爱的坦白征求意见。遇到重大事故，思想对立的人会放弃自己的主张，拥护朋友的见解；凡是涉及本人思想以外的问题或作品，他们都大公无私，所以更乐于帮助朋友。几乎每个人都秉性温和，能够容忍，这两个优点说明他们高人一等。我们的破灭的希望，流产的才能，失败的事业，受了挫折的雄心，往往积聚起来变为嫉妒；他们却不知嫉妒为何物。并且他们走的是不同的道路。因此凡是像吕西安那样被他们接受的人，都觉得和他们相处很舒泰。真有才能的人总是善良的，坦白的，爽直的，绝不矜持；他们的讥讽只是一种精神游戏，并不针对别人的自尊心。最初你因为佩服他们而不免心情激动，过了这个阶段就觉得处在这批优秀的青年中间不知有多少乐趣。他们尽管彼此很亲热，仍旧感到各有各的价值，非常尊重朋友；每个人都觉得可以与，可以受，坦然不以为意。谈话极有风趣，毫不勉强，题材无所不包。用的字像箭一般轻灵，不仅脱口而出，而且一针见血。物质方面的极端穷苦和精神方面的巨大财富成为奇怪的对比。他们想到现实生活，只作为朋友之间戏谑的资料。有一天，天气早寒，大丹士家来了五个朋友，不约而同在大衣底下挟着木柴，仿佛举行野餐的时候，每个客人带一样菜，结果全带了肉饼。他们都有一种内心的美反映在他们的外表上面，跟用功和熬夜一样使年轻的脸上发出黄澄澄的奇妙的光彩；某些骚动的线条被纯洁的生活和思想的火焰净化了，变得端正了。脑门像诗人的一样宽广。眼睛又亮又精神，证明他们生活毫无污点。逢到特别艰苦的时候，大家还是快快活活的忍受，兴致不减，脸上照旧清明恬静。年轻人要有这种气色，必须没有犯过重大的过失，不曾为了打熬不住穷苦，只想不择手段的成功，像一般文人那样对叛变的行为肯宽恕或纵容，因而自暴自弃，干出下流的勾当。他们的友谊所以牢不可破，格外动人，是由于彼此深信不疑，这一点是爱情所没有的。那些青年完全信得过自己：一个人的仇敌便是众人的公敌，为了休戚相关的义气，不惜损害自己最迫切的利益。没有一个人胆怯畏缩，谁要受到指控，个个人敢出来替朋友否认，信心十足的为朋友辩护。心胸同样高尚，感情同样强烈，他们在学术和知识的园地中能够自由思索，互相倾诉，所以他们的关系才那么纯洁，谈话那么畅快。因为相信对方必定了解，各人的脑子才能够称心惬意的活动；他们相互之间绝对不用客套，他们会说出自己的痛苦和快乐，思想也罢，烦恼也罢，都可以尽情流露。一般心胸伟大的人重视两个朋友的寓言[①]，就是为了那种无微不至的体贴，而这体贴在他们中间是常事。怪不得他们对新加入的人挑选极严。他们深深体会到自己的伟大和幸福，不愿意让陌生人闯进来扰乱。

这个以感情和兴趣结合的同盟持续了二十年，没有冲突，没有误会。只有死神才能削减这个“七星”社[②]的成员，带走了路易·朗倍，梅罗和米希尔·克雷斯蒂安。一八三二年米希尔·克雷斯蒂安殒命的时候，荷拉斯·皮安训，大尼埃·大丹士，雷翁·奚罗，约瑟·勃里杜，费尔扬斯·里达，冒着危险到圣·曼里去收尸，不怕政治上的暴力，尽他们最后一些义务。他们在夜里把心爱的朋友送往拉希士公墓。皮安训为这件事不避艰险，克服所有的困

①《拉·封丹纳寓言》第八卷第一一则，描写两个知己，便是梦中也互相关切。

②公元前三世纪时的希腊，十五及十七世纪时的法国，都有一批著名的诗人称为七星诗人。

难，告诉部长们他和过世的联盟论者友谊深厚，要求他们帮助。替五位名人出过力的几个朋友，看着他们的行事大为感动，始终忘记不了。你在那幽雅的坟场中散步的时候，可以看到有一块永久墓地，铺着草皮，立着一个黑木的十字架，刻着一行红字：米希尔·克雷斯蒂安。这种格式的墓碑只此一个。五位朋友觉得这个朴素的人应当用朴素的形式纪念。

可见那寒冷的阁楼上就有最理想的友谊。弟兄们在不同的学科中有同样卓越的成就，诚诚恳恳的互相指点，无所不谈，便是不正当的念头也直言不讳。没有一个不是学识渊博，没有一个不经过贫穷的考验。吕西安被这些优秀人物接受而且平等相待之后，在他们中间代表诗歌，代表美。他念他的十四行诗，很受欣赏。人家有时要他朗诵一首诗，正如他要求米希尔·克雷斯蒂安唱一支歌。在荒凉的巴黎，吕西安终于在四府街上遇到了一片水草。

六、贫穷的花朵

十月初，吕西安正在鼓足精神修改作品，把剩下的钱买了一些木柴，生活成了问题。大尼埃·大丹士只烧泥炭，不屈不挠的熬着穷苦，没有一句怨言，他像老处女一般安分，像守财奴一般有规律。这股勇气鼓舞着吕西安，他在小团体中是新人，极不愿意提到自己的窘迫。有一天他往公鸡街想卖掉《查理九世的弓箭手》，没有遇到道格罗。吕西安还不知道头脑出众的人多么宽容。他的朋友们都体会到诗人特别有些弱点，为了要表达外界而静观默想，精神过分紧张以后，往往会意志消沉。自己不怕吃苦的人对于吕西安的痛苦却心肠很软。他们猜到他没有钱了。所以小团体的成员除了交换深刻的感想，丰富的诗意，知心的谈话，大家在知识领域中，各个民族的远景中，上下古今，自由翱翔，度过愉快的黄昏之外，还做出一桩事来，说明吕西安太不了解他的一般新朋友。

大尼埃道："吕西安，昨天你没有在弗利谷多铺子吃饭，我们知道为什么。"

吕西安忍不住冒出两颗眼泪，沿着腮帮淌下来。

米希尔·克雷斯蒂安道："你不信任我们；我看你还是老毛病……"

皮安训道："我们都弄到了一些额外的工作：我替台北兰看护一个有钱的病人；大丹士给《百科杂志》写了一篇文章；克雷斯蒂安本想晚上拿着一块手帕，四支油烛，到天野大道上去卖唱，后来他接到一笔生意，替一个想当政客的人写一本小册子，指点他成功的秘诀，好到手六百法郎；雷翁·奚罗向他的出版商借了五十法郎，约瑟·勃里杜卖出几幅速写；费尔扬斯的戏星期日上演，卖了满座。"

大尼埃道："这儿是两百法郎，你拿去，不用还。"

克雷斯蒂安道："哎唷，他要来拥抱我们，仿佛我们做了什么了不起的事了！"

那些心地纯洁，头脑像百科全书一般，各人在专业中养成一些特色的青年，吕西安和他们相处有多么快乐，可以从他第二天接到的两封信中看出来。他给家里写过一封动人的信，充满感情，意志，被苦难逼出来的惨痛的呼号；随后来了回信。

大卫·赛夏致吕西安

亲爱的吕西安，兹附上三个月期的本票一纸，票面两百法郎，你可以向塞邦德街上的纸商梅蒂维埃先生兑现，他和我们有买卖来往。亲爱的吕西安，我们实在一无所有了。夏娃管着印刷所，她的热诚，耐性，勤谨，我看了只有感谢上天给我这样一个天使做妻子。她也觉得没法帮你的忙。可是朋友，你跟那样高尚伟大的人在一起，我相信你走的路太好了。既有大尼埃·大丹士，米希尔·克雷斯蒂安，雷翁·奚罗几位先生的卓越的才智帮助你，又有梅罗，皮安训，里达几位先生指导——你的朋友，我从你来信中都认识了——你绝不会耽误你美好的前程。所以我瞒着夏娃签了这张期票，到时我一定设法付款。千万别离开你眼前的道路，那当然很艰苦，将来可是光荣的。我宁可受尽苦楚，不愿意你掉入巴黎的泥淖，这些陷坑我见得多了。但望你有勇气，像现在一样继续避开下流场所，避开小人，糊涂虫，以及某些文人；他们的底细我从前在巴黎看得很透。总之，希望你力求上进，不要辜负那些高尚的朋友。你已经使我对他们不胜敬爱了。你的行为很快会得到酬报的。再见了，亲爱的兄弟，我真高兴，我想不到你会这样勇敢。

大卫

夏娃·赛夏致吕西安

哥哥，我们读了你的信都哭了。你靠善神指点，居然交上了那些高尚的人物；请你告诉他们：一个母亲和一个可怜的少妇将要为他们早晚祈祷，如果热烈的祷告能上达天听，将来对你们必有些好处。真的，哥哥，他们的名字刻在我心上了。有一天我准会见到他们。他们对你的友爱仿佛替我的伤口涂了油膏，为了这一点，哪怕要走到巴黎，我也会去向他们道谢。我们在家像可怜的工人一样做活。我时时刻刻发现大卫的新的品德，愈来愈爱这个无名英雄了。他放下了印刷所，原因我知道：你的穷，我们的穷，母亲的穷，使他难过到极点。咱们的大卫受着苦恼侵蚀，好比被老鹰啄食的普罗米修斯。这个了不起的人把自己完全忘了，他认为有希望挣一笔家业，每天都在试验造纸，要我照顾买卖，他一有空闲就来帮助我。不幸我怀了身孕。明明是一桩极快活的事，在眼前的情形之下只能使我发愁。可怜的母亲返老还童了，居然还有精力服侍病人，干那种辛苦的工作。要不是为家业操心，我们可以算幸福了。赛夏老人一个小钱都不肯给儿子。大卫看着你的信急得没有办法，去向他借钱，预备接济你。老人说：我知道吕西安的脾气，他会糊涂的，会荒唐的。——我老实不客气把他顶回去，回答说：怎么！难道我哥哥会做出不光彩的事来吗？……吕西安知道那要使我痛苦死的。——母亲和我瞒着大卫，典押了一些东西，等母亲一有钱就赎回。我们凑起一百法郎，托驿车公司带给你。我没有复你第一封信，请你不要见怪。我们忙得连晚上都不得休息，我干的活儿抵得上一个男人，唉！想不到我有这样的精力。特·巴日东太太没有灵魂，没有心肝；她既然从我们手中把你抢走，送进巴黎那样险恶的海洋，就算她不再爱你，也该支持你帮助你才对。幸亏吉人天相，在茫茫人海和利欲熏心的浪潮中，你遇到一般真正的朋友。她不值得惋惜。我只盼望你身边有个忠心耿耿的女子做我的替身；不过知道你那些朋友像我们一样爱你，我也放心了。亲爱的哥哥，把你美妙的天才施展出来吧。现在我们的爱都在你身上，将来我们的光荣也在你身上。

夏娃

亲爱的孩子，你妹妹把话说完了；我只有祝福你，并且告诉你：我的祈祷，我的心思，都被你一个人占去了，来不及再顾到我身边的人。在某些人心中，不在眼前的人总占着第一位。在我心里就是这样。

你的母亲

因此，朋友们多么体贴的借给吕西安的钱，过了两天就还掉了。也许在他看来，人生从来没有这样美好；可是他的自尊心的波动逃不过朋友们尖锐的目光和灵敏的感觉。

费尔扬斯道：“仿佛你只怕欠我们情分。”

米希尔·克雷斯蒂安道：“噢！他这种得意的表示，我认为很严重；本来我觉得吕西安虚荣，现在证实了。”

大丹士道：“他是诗人啊。”

吕西安道：“我这种心情自然得很，难道你们为此责备我吗？”

雷翁·奚罗道：“他不瞒我们还是可取的，他还坦白；可是我担心他将来会提防我们。”

“为什么？”吕西安问。

“因为我们看到你的心。”约瑟·勃里杜回答。

米希尔·克雷斯蒂安道：“有些事你明知道和我们的原则抵触，可是你心中有个鬼，会替你把那些事说作正当的。你将来并非在思想上强词夺理，而是在行动上以曲为直。”

大丹士道：“啊！吕西安，我就怕这一点。你思考问题的时候冠冕堂皇，表现你很高尚，做出事来偏偏不大正当……你永远不能跟你自己一致。”

吕西安道：“你们的责难有什么根据呢？”

费尔扬斯道：“亲爱的诗人，你爱面子的心难道那么强，便是在朋友之间也摆脱不了吗？这一类的虚荣说明一个人自私得可怕，而自私就会毒害友谊。”

“噢！天哪。”吕西安叫道，“我多么爱你们，难道你们不知道吗？”

“如果你的爱和我们之间的相爱一样，你会把我们多么乐意给你的东西，这样急不可待，这样郑重其事的还我们吗？”

“我们这儿绝对不借贷，只有互相赠送。”约瑟·勃里杜不客气的说。

“亲爱的朋友，”米希尔·克雷斯蒂安说，“我们不是对你严厉，而是为了预防，怕你有一天贪图痛快，宁可来一下小小的报复，不珍重我们纯洁的友谊。我劝你念一念歌德的《塔索》，了不起的天才写的最伟大的作品；塔索喜欢华丽的衣着，盛大的宴会，爱声名，爱炫耀。唉！但愿你成为塔索而不像他那样放荡。万一受到世俗的繁华诱惑，希望你不要动摇，仍旧留在这里……你对虚荣的要求，不如转移到思想方面。就算荒唐，宁可思想荒唐，行为还是要正派；千万别像大丹士说的，想的是好主意，做的是坏事情。”

吕西安低下头去：朋友们说的不错。

他眼神挺妩媚的望着大家，说道：“我承认不及你们刚强，我的筋骨受不住巴黎的压力，没有勇气奋斗。各人的气质，能力，生来就有参差，而善和恶的另外一面，你们比谁都清楚。老实说，我已经很累了。”

大丹士说：“我们会支持你的，这种地方正用得着忠实的朋友。”

“我最近得到的接济只能应付一时，咱们彼此都一样的穷，我不久又要遭到困难的。克雷斯蒂安全靠临时的主顾，在出版界中一点办法都没有。皮安训不在这个圈子里。大丹士只认识发行科学书和专门著作的书商，他们对专印新文艺的出版家毫无力量。荷拉斯，费尔扬斯·里达，勃里杜，在另一方面工作，同出版社隔着十万八千里。我非挑一条路走不可。”

皮安训说：“还是走我们的路吧，不要怕吃苦！拿出勇气来，相信你的工作！”

吕西安很激动的回答：“在你们不过是吃苦，在我是死亡。”

雷翁·奚罗微笑着说：“鸡还没啼到三遍①，这个人就要背弃工作，向懒惰和巴黎的糜烂生活投降。”

吕西安笑着问：“你们这样用功又有什么出路呢？”

约瑟·勃里杜说：“从巴黎出发到意大利，绝不能在半路上见到罗马。在你心目中，小豌豆长出来就该拌着牛油，现成炒好才行。”

米希尔·克雷斯蒂安说：“这种小豌豆只是替贵族院议员的长子预备的。我们可是自己种，自己浇水，味道反而更好。”

大家说着笑话，扯到别的题目上去了。这些目光犀利而心思细密的人，有意让吕西安忘掉那场小小的争执。从此以后，吕西安知道要蒙蔽他们极不容易。不久他又悲观绝望了，只是竭力隐

①耶稣被捕前夕，告诉他的门徒彼得，说第二日鸡鸣以前，彼得要三次否认他。

藏，不给朋友们发觉，认为他们是绝不妥协的导师。他的南方人脾气最容易在感情方面忽上忽下的波动，打的主意自相矛盾。

他好几次说要投入新闻界，朋友们始终警告他："万万使不得！"

大丹士说："我们所认识的，喜爱的，又美又文雅的吕西安，进了那个地方就完啦。"

"新闻记者的生活，作乐和用功经常冲突，你决计抵抗不了，而抵抗是德行的根本。能够运用自己的势力，操着作品的生杀之权，会使你欣喜欲狂，不消两个月就变为一个十足地道的记者。当上记者好比在文艺界中当上执政。什么都说得出的人，结果什么都做得出！这句名言是拿破仑说的，而且不难理解。"

吕西安道："不是有你们在我身边吗？"

费尔扬斯道："那时可不在你身边了。一朝当了记者，你怎么还会想到我们？歌剧院的红角儿，受人崇拜，坐着绸里子的车厢，还会想到她的村子，母牛，木屐吗？记者的思想要有光彩，念头要转得快，这些长处你只多不少。你想到一句俏皮话就觉得非说不可，便是叫你的朋友伤心也顾不得。我在戏院后台碰到一般记者，只觉得恶心。报界是一个地狱，干的全是不正当的，骗人的，诈欺的勾当，除非像但丁那样有维琪尔保护[1]，你闯了进去休想清清白白的走出来。"

小团体中的朋友愈阻止吕西安走这条路，吕西安愈想去冒险，尝尝危险的味道。他心中盘算：毫不反抗而再受一次贫穷的袭击，不是荒唐吗？第一部小说卖不出去，吕西安没有兴致再写

①但丁在《神曲》中说他游历地狱是由拉丁诗人维琪尔指引的。

第二部。况且写作的时候靠什么过活呢？他那点儿耐性已经被一个月艰苦的生活消磨完了。一般记者人格扫地，昧尽天良干的事，难道他不能正正当当的干吗？朋友们的戒心明明是小看他，他偏要向朋友们证明他坚强。或许有一天还能帮助他们，替他们的荣名当宣传员呢！

一天晚上他和雷翁·奚罗送米希尔·克雷斯蒂安回家，对克雷斯蒂安说："不敢和你一同犯罪的人算得上朋友吗？"

米希尔·克雷斯蒂安回答："我们什么都不怕。你要一时糊涂，杀了情妇，我会帮你隐瞒，对你照样敬重；不过你要是做了奸细，我就痛心疾首，跟你断绝，因为那种卑鄙无耻是有计划的。新闻事业就是这么回事。为了感情犯的错误，不假思索的冲动，做朋友的可以原谅；可是有心拿灵魂，才气，思想做交易，我们绝对不能容忍。"

"我不是可以当了记者，把我的诗集和小说卖掉以后，立刻脱离报纸吗？"

雷翁·奚罗道："马基雅弗利做得到，吕西安·特·吕庞泼莱做不到。"

吕西安道："好吧，让我来证明我比得上马基雅弗利。"

米希尔一边跟雷翁握手一边说："啊！你这句话害了他了。"又对吕西安道："你此刻有三百法郎，可以舒舒服服过三个月；还是用起功来，再写一部小说吧；大丹士和费尔扬斯帮你计划，你会慢慢成熟，做一个小说家。让我去踏进那些贩卖思想的妓院，当三个月记者，攻击某个书商的出版物，替你卖掉稿子，我再写文章宣传，叫别人也写，想办法捧你出台；这样你可以成名而始终是我们的吕西安。"

吕西安道："原来你这样瞧不起我，认为在那个圈子里你能够脱险，而我非送命不可！"

米希尔·克雷斯蒂安叫道："噢！天哪，原谅他吧，他真是个孩子！"

七、报馆的外表

吕西安除了晚上在大丹士家谈天，活动活动思想以外，也把小报上的文章和笑料做了一番研究，相信自己的笔墨至少抵得上最俏皮的记者，偷偷的试了几回那一类的文字游戏。一天早上他兴冲冲的出门，决意去找新闻界的轻装部队的将领，申请入伍。他穿着最入时的装束过桥[①]，以为作家，记者，所有未来的同道，一定比给他碰过钉子的两种书店老板心肠软一些，不至于那样利欲熏心。他会遇到同情，善意，殷勤，和四府街上小团体中的情形差不多。他一路对自己的预感忽而深信，忽而否定，心情很紧张，富于幻想的人往往如此。他到了蒙玛脱大街附近的圣·菲阿克街，找到那小报馆的屋子，一看就心儿直跳，好比年轻人踏进下流场所。他走进中层楼[②]上的办公室：第一间屋子用板壁一分为二，大小相等，下半截是木板，上面一直到天花板全是木栅。吕西安看见一个独臂的残废军人，头上顶着好几令纸，用他独一无二

①指从塞纳河左岸（拉丁区所在地）到右岸（蒙玛脱区所在地）。

②巴黎的旧式房屋在底层与二楼之间往往另有一层，比较低矮，但仍是正式房屋。

的手扶着，嘴里衔着一本缴纳印花税用的小册子。可怜的家伙脸色蜡黄，长着红红的肉疱，因此外号叫苦葫芦；他向吕西安指了指柜台。柜台后面站着报馆的门神，一个戴勋章的老军官，花白的胡子盖住鼻尖，头上戴一顶黑绸小帽，身上裹一件宽大的蓝外套，赛过乌龟背着硬壳。

“先生订报从哪一天开始？”帝政时代的老军官问。

“我不是来订报的。”吕西安回答，望了望和他进来的门相对的一扇门，看见有块牌子写着：编辑部，底下还有一行：闲人莫入。

拿破仑手下的老兵接着说：“那么是来评理了。啊！不错：我们对玛丽埃德不大客气。那有什么办法？我也不知道为什么。不过你要是来抗议，我随时奉陪。”说着向屋角瞟了一眼，那儿有手枪，有技击用的棍棒，交叉着挂在一起。

“更其不是了，先生。我是来拜访你们总编辑的。”

“四点以前，这儿从来没有人。”

“一点不错，奚罗多，我数过了，一共十一栏，每栏五法郎，应该是五十五法郎；我只收到四十，你还欠我十五法郎，就像我刚才说的……”

说话的是个瘦瘦的年轻人，被退伍军人的厚敦敦的身体遮掉了；他长得小头小脸，神气狡猾，皮色像没有煮熟的蛋白；一双浅蓝眼睛阴险可怕；声音像猫叫，又像害气喘病的斑条狗，喉咙嘶嗄，叫吕西安听着毛骨悚然。

退伍军官回答说：“不错，老弟；你连小标题和空白一齐算进了；斐诺却要我把行数加起来，用每栏规定的行数去除。我这样一开刀，你那篇文章就少了三栏。”

“他扣除空白，犹太！他跟合伙老板算账，稿费明明是按整版算的。我去找埃蒂安纳·罗斯多，凡尔奴……”

军官道：“老弟，我不能违反命令。怎么，你写文章跟我抽一支雪茄一样容易，难道为了十五法郎跟你奶妈吵架不成？少请朋友们喝一杯杂合酒，或者在弹子台上赢一局，不就得了吗？”

“好，斐诺刮皮，要不因小失大才怪！”作者说着，站起身来走了。

“他这副气派倒像伏尔泰跟卢梭！”出纳员眼睛望着内地诗人，自言自语。

吕西安说：“先生，我四点钟再来。”

吕西安趁两人办交涉的时候看了看壁上贴的人像，有朋雅明·公斯当，有福阿将军，还有十七位出名的进步党议员，另外还有些攻击政府的漫画。他特别望了一下编辑室的门，在他心目中，编辑室简直是一座圣殿：诙谐滑稽，给他每天取乐的小报，有权嘲笑帝皇，拿最正经的事打哈哈，一句俏皮话把什么都翻案的刊物，准是在那屋内编的。接着吕西安到大街上去闲荡，逛马路对他也是一种新鲜的消遣，而且吸引力挺大，钟表店钟上的针指着四点，他还不发觉没有吃过中饭。诗人急忙回到圣·菲阿克街，爬上楼梯，推门进去。老军人不见了，只有那残废的汉子坐在盖过印花税章的纸上啃一段面包，死心塌地守着岗位。他替报馆当差，像过去在军队里做勤务一样；以前不懂拿破仑急行军的命令，现在也不知道报纸是怎么回事。吕西安要骗过严厉的职员，想出一个大胆的办法，不脱帽子，过去推开圣殿的门，仿佛他是报馆内部的人。他的馋痨的眼睛只看见编辑室里摆着一张铺绿呢的圆桌，六把樱桃木椅子，草编的坐垫还新簇簇的。上过颜色的小方砖没有擦过，倒也干净，可见很少人出入。壁炉架上挂一面镜子，恶俗的座钟积满灰尘，一对烛台横七竖八插着两支油烛，旁边扔着一些名片。桌上有个墨水缸，墨水干了，像漆，笔尖弯成月牙形，周围堆着愁眉苦脸的旧报纸。写在蹩脚纸上的文稿没法辨认，近乎象形文字，被排字工人撕掉一角，表示稿子已经排过了。桌上东一张西一张的灰色纸，画着有趣的漫画，大概客人在此枯坐，一双手闲得发慌，不能不糟蹋一些东西，消磨时间；吕西安把漫画欣赏了一会。浅蓝的糊壁纸上用别针扣着九幅钢笔画，都是攻击《孤独者》[①]的；那部书当时轰动欧洲，惹得新闻记者厌烦透了。每幅画都标着题目：

——《孤独者》，出现在内地，感到惊奇，女人们。——在古堡中，《孤独者》，有人看。——《孤独者》的作用，对家畜。——在野蛮人中，《孤独者》，经过解释，极大的成功获得。——《孤独者》译成中文，介绍由原作者，在北京，向皇帝。——被野山，埃洛蒂强奸。[②]吕西安觉得这幅漫画非常猥亵，可是也忍不住发笑。

——被报馆，《孤独者》放在华盖之下游行。——《孤独者》压坏了印刷机，大熊们[③]伤了。——《孤独者》，倒读之下大感惊异，一般学士院会员认为妙不可言。

吕西安还看见从报上撕下的一片纸条，画一个编辑拿着帽子伸出手，底下批了一句：斐诺，我的一百法郎呢？署名的人后来

---

①这是特·阿兰戈子爵写的一部历史小说，内容荒谬，文体可笑，几乎全用倒装句。当时为进步党报纸和一部分保王党报纸剧烈抨击。

②全部题目都是仿《孤独者》原文体裁，用倒装句。

③印刷业中称掌车工人为大熊。

居然有了名气，可不是大名家。壁炉架和窗洞之间有一张斜面的书桌，一把桃花心木靠椅，一个字纸篓，地下铺一条长方地毯，俗话叫炉前毯。到处都是灰土，窗上只挂小窗帘。书桌上堆着一二十本当天送到的书，画片，乐谱，盖子上刻着宪章的烟草匣①，《孤独者》第九版的样书——当时大家取笑的对象，还有十来封未拆的信。吕西安把这些古怪的家具一样一样看过来，胡思乱想了一阵，已经敲五点了。他走出去想盘问残废军人。苦葫芦面包吃完了，像门岗一般耐着性子等那戴勋章的军官回来，军官也许正在大街上散步。那时楼梯上传来一阵衣衫悉索的声音和轻巧的脚声，一听就知道是个女的。果然，一个女人在门口出现了，长得还好看。

“先生，”她对吕西安说，“我知道为什么你们称赞维奚尼小姐的帽子。现在我先来订一年报，请你告诉我，她跟你们有什么条件……”

“太太，我不是报馆里的。”

“啊！”

“从十月份开始吗？”残废军人问。

老军人忽然出现了，说道：“太太要什么？”

老军官和漂亮的帽子店老板娘开始谈判。过了一会，吕西安等得不耐烦，又走到前间来，听见最后几句：“好啊，先生，欢迎得很。佛洛朗蒂纳小姐尽管请过来，爱什么挑什么。缎带我们有的是。那么事情讲定了：你们再也别提维奚尼，她只会粗制滥造，又翻不出花样，我可是有新发明！”

---

①当时有种廉价的烟草匣，盖上用极小的字刻着路易十八颁发的宪章。

吕西安听见柜子里掉进几块钱。随后老军人结算当天的账。

诗人神气很不高兴的说："先生，我等了一个钟点了。"

"他们没有来。"老军人装作懊恼的样子敷衍吕西安，"那也不稀奇。我几天没看到他们了。你知道，现在是月中。他们要拿钱才来，不是二十九，便是三十。"

吕西安记得经理的名字，问道："那么斐诺先生呢？"

"他在番杜街，在他家里。——苦葫芦，你送纸到印刷所去的时候，顺便把今天收到的东西一齐带给他。"

吕西安自言自语的说："那么报纸在哪儿编的呢？"

苦葫芦把印花税的余款交还出纳员，出纳员一边收钱一边说："报纸吗？……勃罗！勃罗[①]——喂，苦葫芦，别忘了，明儿六点上印刷所帮着发报。——编报纸吗，先生，街上也行，作者家里也行，印刷所也行，在十一点和半夜之间。当初皇帝在的时候，没有这种专门糟蹋纸张的铺子。他只要派一个班长带四个弟兄来就解决了，他才不让这般人胡说八道跟他捣乱呢。得啦，废话少说。只要我外甥有利可图，只要大家写文章是为那个人的儿子[②]——勃罗！勃罗！——老实讲，那也不坏。哎，哎！看样子今天没有大队人马来订报；我要下班了。"

"先生，你好像对编辑的事很熟悉。"

"我只知道有关经济的部分，勃罗！勃罗！"军人说着，打扫喉咙里的痰，"三法郎或五法郎一栏稿费，看你的本领；每栏五十行，每行四十字，空白不算。说到编辑，那些家伙可古怪呢，年纪

①酒徒喉头多痰的声音。

②王政复辟时期，拿破仑旧部用此隐语指拿破仑的未成年的儿子。

轻轻的小子，做我勤务兵都不配，自以为能够在白纸上拉苍蝇屎，胆敢瞧不起帝国禁卫军的骑兵老上尉，退伍的营长，跟着拿破仑欧洲每个京城都到过……”

拿破仑的旧部刷着身上的蓝外套，预备走了，把吕西安推往门口；吕西安鼓着勇气拦住去路，说道：

“我是想来当记者的。我向你担保，我最敬重帝国禁卫军的上尉，钢筋铁骨的好汉……”

“说得好，老乡。”军官拍拍吕西安的肚子，“可是你打算做哪一等记者呢？”酒鬼反问了一句，绕过吕西安走下楼梯，在看门的屋子里停下来点雪茄，说道：“旭莱妈妈，有人来订报，你招呼一下，把姓名地址记下来。”又回头告诉跟在背后的吕西安：“订户订户，我只晓得订户。斐诺是我外甥，家属里头只有他一个人照顾我的生活。所以谁要跟斐诺过不去，我奚罗多上尉立刻出场，我先是桑勃-牟士部队的骑兵，后来在意大利方面军第一骑兵师做过五年剑术教官。谁要找上门来，我一，二，马上叫他一命归阴！”奚罗多说着，摆了个击剑的架式，“不错，老弟，我们的记者有好几种：有写稿子拿钱的，有一个钱不拿，白写的，我们叫作志愿军；有的一字不写，那才是聪明人：第一不会写出不通的文章，照样装着作家的幌子，算是报馆的人，请我们吃饭，在各处戏院闲逛，养着女戏子，好不快活。你打算做哪一种呢？”

“当然是认真写稿，拿足稿费喽。”

“你像所有的新兵，一开场就想当法兰西元帅！我奚罗多劝你一句话，还是向左转，快步走，像那个好汉一样到阳沟里去捡烂钉子吧，你看他样子就知道是当过兵的。唉，在炮口底下拼过上千回性命的老兵，只落得在巴黎街上捡钉子，你说惨不惨！我的天哪，这个化子难道当年没替皇帝出过力吗？再说，老弟，今天早上你见到的那个家伙，只挣四十法郎一月。你能挣得更多吗？斐诺还说是他手下文笔最俏皮的记者呢。”

“你从前到桑勃-牟士去投军，不是也有人说你冒险吗？”

“当然！”

“那么？”

“那么你去找我的外甥斐诺，只要你有本事找得到，因为他游来游去，像条鱼。他是个好小子，你再也碰不到像他这样有义气的人。干他那一行不在于自己动笔，而是要叫别人动笔。看样子，大家宁可跟女戏子寻欢作乐，不愿意糟蹋稿纸。噢！他们真是怪东西，再见。”

出纳员走开了，一路挥着装铅的手杖—— 替《日尔玛尼古斯》[①]保过驾的武器，让吕西安独自在大街上发愣。他看了编辑部的景象，和他在维大-包熏店里看见文学变成商品的情形，同样诧异。吕西安上番杜街拜访报馆经理安杜希·斐诺，去了十来次都没有碰到。一清早，斐诺没回家。中午，斐诺上街了，据说在某某咖啡馆吃饭。吕西安赶到咖啡馆，忍着许多说不尽的难堪打听老板娘，说是斐诺才走。最后，吕西安灰心了，觉得斐诺竟是一个莫须有的，虚构的人物，还不如在弗利谷多铺子等埃蒂安纳·罗斯多来得简单。青年记者是那个报馆里的人，准会把内部的秘密说给他听。

①戏剧家阿尔诺（1766—1834）的悲剧《日尔玛尼古斯》于1817年3月在巴黎上演，引起保王党和进步党剧烈冲突。

八、十四行诗

吕西安自从交了好运，和大尼埃·大丹士订交的那一天起，在弗利谷多铺子换了座儿；两个朋友并排儿坐在一起吃饭，低声谈着文学，写作的题材，讨论如何处理，如何开场，如何结束。那时大尼埃·大丹士正在替吕西安修改《查理九世的弓箭手》，某几章重新写过，加入一些美妙的段落，写了一篇出色的序，把新兴文学说得非常透彻，差不多成为全书的重点。有一天，大尼埃在饭店里等着，吕西安随后赶到，握着朋友的手正要坐下，忽然瞧见埃蒂安纳·罗斯多抓着门上的拉手走进铺子，便立刻放下大尼埃的手，告诉茶房，他要搬到账台前面的老位置上吃饭。大尼埃挺温柔的向吕西安瞟了一眼，埋怨中带着原谅的意味，诗人看了心中一动，又拿起大尼埃的手握着，说道：

"我有要紧事儿，等会告诉你。"

罗斯多才坐下，吕西安也到了老位置上。他先招呼罗斯多，谈起话来，两人谈得非常有劲，吕西安趁罗斯多饭没有吃完，赶去拿《长生菊》的诗稿。那记者答应看看他的十四行诗，给它一个评价。吕西安看罗斯多表面上很殷勤，想托他介绍一个出版商或者引进报馆。他回到饭店，发觉大尼埃闷闷不乐坐在一边，肘子靠在桌上，神态忧郁的望着吕西安。吕西安受着贫穷的煎熬和野心的煽动，只做没看见小团体里的弟兄，跟着罗斯多走了。太阳还没下山，新闻记者和新学生一同到卢森堡公园的树荫下坐定，地段在天文台街和西街之间。那条西街当时等于一条狭长的泥坑，旁边全是菜园，只要靠近伏奚拉街才有住家。公园中那个区域游人稀少，大家吃晚饭的时间，两个情人尽管在此吵架，讲和，不怕被人撞见。唯一可能的打扰是在西街小铁门口站岗的老兵，可敬的军人来回踱步说不定有些变化，多走一段路。埃蒂安纳就在这走道旁边，两株菩提树中间的凳上坐下，让吕西安从《长生菊》中挑出几首十四行诗，作为样品念给他听。埃蒂安纳·罗斯多实习过两年，已经闯进新闻界，和当时的几个名流有些交情，在吕西安眼里俨然是个要人了。因此内地诗人翻开诗稿的时候，认为需要来几句开场白。

“先生，十四行诗是诗歌中最难的一种体裁。这个短诗的形式，大家已经放弃了。法国没有一个诗人比得上彼特拉克，因为意大利文比法文伸缩性大得多，允许思想纵横驰骋，不受我们的实证主义束缚（原谅我用这个名词）。因此我觉得用一部十四行诗集做处女作，比较别致。维克多·雨果采用颂歌，卡那利斯擅长短诗，贝朗瑞独霸歌谣，卡西米·特拉维涅专写悲剧，拉马丁专做默想[①]。”

“你是古典派还是浪漫派？”罗斯多问。

吕西安一脸惊愕的神气说明他完全不知道文坛的情形，罗

①拉马丁有两部诗集都以《诗的默想》为书题。

斯多认为不能不指点他一番。

“朋友，文坛上正在展开一场恶战，你要加入，应当立刻打定主意。第一，文学有好几个区域；我们的大人物却分为两个阵营。保王党是浪漫派，进步党是古典派。文艺意见的分歧加上政见的分歧，在刚出头的名人和失势的名人之间引起一场大战，各种武器都用到了：浪潮似的墨水，尖刀般的讽刺，凶狠的毁谤，恶毒的绰号。奇怪的是保王党要求文艺自由，推翻我们文体的规律；进步党倒要保持古典的题材，戏剧的三一律[1]，十二音节诗的气势。可见每个阵营的文学主张是同它的政治主张矛盾的。如果你是折衷派，就没有一个人支持你。你打算站在哪一方面呢？”

“哪一方面势力更大？”

埃蒂安纳回答说：“进步党的报纸比保王党和政府党[2]的报纸订户多得多；不过像卡那利斯那样，尽管拥护君主专制，拥护宗教，受宫廷和教会提拔，他还是冒出来了。”埃蒂安纳看见吕西安觉得要在两面旗帜中挑选很惊慌，便道：“呃！十四行诗是波阿罗以前的体裁，你还是做浪漫派吧[3]。浪漫派都是年轻人，古典派是老顽固：将来准是浪漫派得胜。”

老顽固是浪漫派报纸想出来丑化古典派的名词。

吕西安在开宗明义，最是切题的两首十四行诗中挑了第一

---

①法国十七世纪的古典派戏剧规定时间，场所，情节三者必须一致，称为三一律。

②保王党与政府党意义并不相同：前者指右派的保王党和真正的贵族，往往反对路易十八的政策，认为他迁就进步党；后者是完全拥护政府的一派。

③十七世纪波阿罗所著的《诗学》，古典派奉为作诗的规范。浪漫派主张打破波阿罗的规律，欢迎波氏以前的诗文体裁及民族形式。

首，念道：《雏菊》！

田间的雏菊，你的色彩种类繁多，
不只为悦人眼目而开放，
还道破我们心中的愿望，
指出人心的趋向，用你的诗歌；

白银的边框镶着你黄金的花心，
暗示世间的珍宝，人人着魔；
花丝上的血迹不知是何缘故，
岂不是要成功，先得尝遍苦辛！

难道你为了要等开放那天[①]，
复活的耶稣在更美好的世界上重现，
崇高的德行布满尘寰，

所以秋天又看到你又短又白的花瓣，
向我们的眼睛揭露欢乐的虚幻，
或者叫我们想起少年的荣华一去不返？

罗斯多不动声色，若无其事的听着，吕西安看了心中有气；他还没领教过这种难堪的冷淡，不知道这是批评家的职业养成的，新闻记者对散文，韵文，戏剧，腻烦透了，都有这种表现。听

①雏菊与长生菊同科，自春初至秋末花期不断；最早开放是复活节前后，即四月上旬。

惯掌声的诗人只得把失意的心情藏起，又念了特·巴日东太太和小团体中某几个朋友最喜欢的一首。

“他听了这一首或许会开口了。”吕西安心上想。

长生菊

诗集第二首

满目芳菲，野花铺满了草坪，
我长生菊本是田野的花魁，
只凭我的秀丽博人喜爱，
我的生命好像永远的黎明。

不幸我新添了一样本领，
摆明在脸上惹祸招殃；
命运教我吐露事情的真相，
我便受难身亡，为了知识而丧命。

从此不得清净，不得安宁，
情人逼我说出未来的究竟，
揉碎我的心，要知道对方的情分[1]。
等我泄漏了秘密，立即被人遗弃，
摘下我洁白的冠冕任意作践；

①西俗男女青年有种游戏，将长生菊花瓣逐片摘下，随摘随念：“她（或他）爱我，少许，甚多，若狂，绝不”；视花瓣摘尽时念至何字，以卜对方是否爱己。

唯有我此花受尽摧残无人怜惜。

诗人念完了，瞧瞧严厉的批评家。埃蒂安纳·罗斯多只管朝着苗圃中的树木出神。

“怎么样？”吕西安问。

“怎么样？朋友，你念吧！我不是听着吗？在巴黎，一声不出的听着就等于赞美。”

吕西安道：“你不要再听了吗？”

“往下念吧。”新闻记者的口气有些生硬。

吕西安念了下面一首，心里可是说不出的难过；罗斯多的莫测高深的镇静使他口齿迟钝。要是他在文坛上多一些经验，就会懂得一个作家在这种场合的沉默和说话生硬，是表示妒忌好作品，赞美倒是说明作品平庸，叫同行放心。

山茶

诗集第三十首

天地的奇妙，每种花里都有消息可听：
蔷薇诉说爱情，歌颂美，
紫罗兰逗引多情而纯洁的心，
百合花凭着素雅独放光辉。

唯有山茶这古怪的花卉，
似蔷薇而无香露，
似百合而缺乏庄严，

独独在寒冷的季节盛开，
也许是为了处女的情怀难遣。
可是在戏院的包厢中间，
雪白的山茶仪态万千，
凝脂似的花瓣为贞洁加冕，

簪在黑发蓬松的少妇头上，
有如菲狄阿斯的白石雕像，
在纯洁的心中引起一缕深情。

吕西安直截了当的问道："对我这些不高明的诗，你有什么意见？"

罗斯多道："你愿意听老实话吗？"

吕西安回答："我还年轻，当然喜欢听老实话，我也极希望成功，不至于听了生气，不过失望是难免的。"

"朋友，第一首有些做作，显而易见在安古兰末写的，大概你花了很多工夫，不肯割爱。第二第三首已经有巴黎气息了；你再念一首好不好？"罗斯多说着，做了一个手势，外省大人物觉得妩媚得很。

吕西安受着鼓励，念起来也就更有信心。大丹士和勃里杜最爱这一首，也许是为了诗中的色彩。

郁金香

诗集第五十首

我吗，我是郁金香，在荷兰是花中极品[①]，
我的艳丽克服了法兰德斯人吝啬的脾气，
买我一个球根，出到比钻石更高的价钱，
只要品种优良，枝干高挺。

我外貌封建，像西西里的王后
曳着宽大的长裙，叠着无数的绉裥；
我身上画着贵族的纹章，五色斑斓，
红底银条，金星点点，还有深紫的斜纹[②]。
天上的园丁用他的神手编织，
织出太阳的光轮，帝皇御用的紫色，
做成我这件锦绣的衣衫。

园林中谁也比不上我的华丽，
只可惜造物不给我香味，
古瓶似的花萼没有芬芳可散。

罗斯多一声不响，吕西安觉得那段静默的时间长得可怕，终于问道：“你怎么说啊？”

---

①荷兰人最爱郁金香，种植技巧闻名世界。

②此句原文用的是纹章学的术语。

九、忠告

吕西安从安古兰末带来的靴子已经穿旧，罗斯多瞧着他的靴尖，一本正经说道：

“我劝你还是用墨水涂靴子，省点儿鞋油；写字的笔不妨改作牙签[①]咬在嘴里，让你走出弗利谷多饭店，到这个公园的幽雅的走道上散步的时候，人家知道你吃过饭。我还劝你好歹找一个职业，有勇气的话，不妨做执达员的助手，腰背扎实的话，就做铺子里的伙计，倘若喜欢听军乐，就去当兵。你这块料做三个诗人也绰绰有余；可是要靠写诗吃饭，你没有出头先得饿死六次。听你没有经验的话，你是有心把墨水瓶当摇钱树。我不批评你的诗，那比所有堆在书店仓库里的作品高明多了。那些漂亮的夜莺[②]因为用了仿小牛皮纸，定价特别贵，几乎全部集中在塞纳河边。你不妨去听听他们唱些什么，要是你愿意长长见识，在河滨道上巡视一番，从圣母寺大桥奚罗姆老头的书摊起，到王宫大桥为止。你可以看到各种各样的诗，什么《灵感集》啊，《超越

①当时的笔是用鹅毛管做的，见本书第一部注。

②参看前文，指无人过问的作品。

集》啊,《赞歌》啊,《歌谣》啊,《叙事曲》啊,《颂歌》啊,反正七年来的出品应有尽有。诗神身上盖满灰土,溅着街车的泥浆,受所有的过路人亵渎,因为他们都要看看里封面的铜版。你一个熟人都没有,一家报馆都走不进,你的长生菊只好保持清高,把花瓣闭起来,像你现在拿在手里一样,休想在天地头宽敞的印刷世界中开放,像木廊商场的大王,专收名家著作的书店老板,鼎鼎大名的道利阿那样加上大批花饰。可怜的朋友,我到巴黎的时候和你一样抱着许多幻想,爱艺术的心和追求光荣的热诚鼓动着我;结果是看到了这一行的真相,出版界的困难,千真万确的贫穷。当时的狂热(此刻压下去了),初期的兴奋,使我看不见社会的机构;可是非看见不可,一定要撞到每个齿轮,碰到每根轴梗,身上弄满机油,听见链子和操纵盘的声音。你将来要像我一样的发觉,在你梦想的美好的东西之下,都有人,有情欲,有生活的逼迫,在暗中兴风作浪。你不能不卷入丑恶的斗争,作品跟作品的斗争,人跟人的斗争,党派跟党派的斗争;你必须有计划的厮杀,才不致被自己人遗弃。这些卑鄙的战斗叫你看破一切,使你良心败坏,弄到筋疲力尽而一无所得;你花的气力往往帮助别人成功,而那个人正是你痛恨的,你明明不愿意而不能不称之为天才的二等角色。文坛有文坛的内幕。池子里的观众看见有人成功只晓得拍手叫好,不问那成功是盗窃得来的还是凭真功夫得来的。藏在幕后的是卑鄙龌龊的手段,涂脂抹粉的龙套,鼓掌队和打杂的工役。你此刻还在池子里,还来得及悬崖勒马,千万别踏上台阶,抢那群雄逐鹿的宝座,别像我这样为了生活而丧尽人格。"罗斯多说到这儿眼泪汪汪,"我靠什么生活,你知道没有?"他又恨恨的往下说,"家里所能供给我的一点儿钱,很快就吃完了。法兰西剧院收了我一个剧本，可是我已经到了山穷水尽的地步。就算有什么亲王或者内廷大臣撑腰，你还不能叫法兰西剧院对你另眼相看，演员只怕能伤害他们面子的人。如果你有势力，能散布谣言说某个男主角害气喘病，某个女主角身上长着瘘管，扮侍女的配角口臭难当，那么你的戏明天就好上演。我现在和你说这些话，不知道再过两年能不能有这样的力量，那不知要交上多少朋友才行。肚子饿起来，我只想着怎么挣口饭吃，到哪儿去挣。这样那样的尝试做了不少，也写过一部不署名的小说，卖给道格罗，得了两百法郎，道格罗也没赚到多少钱；后来我觉得只有当新闻记者可以活命。可是怎么混进去呢？我不再告诉你那些白费气力的奔走，钻营；也不想提我做六个月候补记者的经过，我尽量的讨好读者，人家还说我吓了他们。这些羞辱也不必谈了。如今我替斐诺的报纸跑大街上的戏院[①]，写的剧评几乎不拿稿费。斐诺是报纸的主编，那混蛋每个月还在伏尔泰咖啡馆吃两三顿中饭，那地方可不是你去的！戏院经理要我在报上帮点小忙，送我戏票，出版商送我新书，要我写评论；我就靠出卖戏票和赠书过活。换句话说，等斐诺的欲望满足了，我可以拿各行各业进贡的货色做交易，写的文章是捧是骂，全听斐诺指挥。驱风药水，女苏丹油膏，护首油，巴西混合膏，都肯出二三十法郎买一篇替它们吹捧的稿子。书店送的书少了，我便盯着书店老板汪汪大叫，因为报馆要两份，归斐诺出卖；我还要两份。要是出了一部好作品，舍不得送书的老板就得挨骂。这当然卑鄙，可是我靠此

① “大街上的戏院”是一百多年来巴黎流行的名称，指国立四大剧院以外的一部分民营戏院，多半开设在意大利大街，鱼锅大街一带的闹市上。

活命，像多少人一样！不要以为政界比文坛干净，这两个世界都贿赂盛行：每个人不是行贿，便是受贿。有什么规模大一些的出版计划，出版商便送钱给我，怕我攻击。因此我的进款跟出版物的说明书有关。说明书大批出现，黄金就潮水般滚进我腰包，我便请客作乐。书店不做新买卖，我只能在弗利谷多铺子吃饭。女演员也出钱买捧场的文章，最精明的一批还出钱买批评，她们最怕人家一字不提。你写一篇攻击的稿子，比干巴巴的，看过即忘的赞美效果更好，你得到的报酬也更多，因为一份报有了批评，别的报就好反驳。朋友，你该知道，报刊上的论战是名人的垫脚石。我替工商界，文艺界，戏剧界，做宣传工作，做争名夺利的打手，挣到一百五十法郎一月，我的小说可以卖到五百法郎一部了，也有人忌惮我了。等到有朝一日，我不需要住在佛洛丽纳家里，间接靠一个暴发的药材商供养，等到我有了自己的屋子，进了一家大报，手中有份副刊的时候，告诉你，朋友，佛洛丽纳马上走红；至于我自己，那时可不知道变成什么：或者当部长，或者做一个诚实君子，都可能。（罗斯多满脸屈辱的抬起头来，眼神又绝望又愤慨，恶狠狠的望着树上的叶子。）我却写过一部出色的悲剧，戏院也接受了！旧纸堆里还有一部永远不会出世的诗稿！我本是个好人！心地纯洁。当初梦想美妙的爱情，交攀上流社会的最高雅的妇女，如今只弄到一个全景剧场的女戏子做情妇！并且我明明认为出色的作品，为了书店不肯送我一部，把它说得一文不值！”

吕西安感动之下，含着眼泪紧紧握着罗斯多的手。

记者站起身子，走往通向天文台的大路；两人一块儿踱过去，似乎要痛痛快快呼吸一下。

罗斯多又道：“称呼各种才具的话，所谓时行，走运，得势，声望，成名，群众的拥护，只是达到荣誉的各个踏级，还算不得真正的荣誉；可是要爬到任何一级所做的残酷的斗争，在文艺界以外没有一个人知道。显赫的声名总是无数的机缘凑成的，机缘的变化极其迅速，从来没有两个人走同样的路子成功的。卡那利斯和拿当的经历完全不同，以后也不会重现。埋头苦干的大丹士将来也要靠另一种机会出名。人人渴望的名气差不多永远是个走红的娼妓。低级的文艺好比在街头挨冻的神女；第二流的文艺是受人豢养的情妇，刚刚脱离新闻界，由我做保镖的那个下流地方；交运的文艺仿佛风头十足，态度狂妄的交际花，有住宅，有家具，有穿号衣的仆役，有车马，向国家纳税，交接王公贵人，对他们或者款待，或者冷淡，尽可以怠慢急迫的债主。啊！从前的我，现在的你，还有许多别人，都把声名当作天使，长着五色的翅膀，戴着雪白的头巾，一手握着青枝绿叶的棕榈，一手亮着宝剑；既像神话中虚幻的人物，住在井底里，又像清白穷苦的姑娘，隐居在郊区，除了贞洁和勇气，没有别的财产，将来会白璧无瑕的飞回天上，假定她没有在贫民窟中受着污辱而死，遭着强暴而死，永远没人知道的话！抱着这种信念的人脑壳有铜箍保护，尽管残酷的经验像大风雪般打在他们身上，一颗心照样热乎乎的，这等人在这个地方可少得很了。”罗斯多一边说，一边拿手往下指着[①]在暮色苍茫中冒烟的巴黎。

吕西安眼中闪过小团体的形象，心中一动；罗斯多却继续大发牢骚，使吕西安听着出神。

“在这个发酵的大酒桶里，我说的那种人寥寥无几，和真正

①巴黎城中岗峦起伏，卢森堡公园坐落在高地上，十九世纪中叶建筑物不多，尚可俯瞰全城。

的情人一样少，和金融界中来路清白的财产一样少，和新闻界中洁身自爱的人一样少。我今天告诉你的经验，从前也有人告诉过我，可是没用，正如我的经验对你也不会有用。内地每年有一批年轻的野心家，受着同样的热忱鼓动，扬着脸，逞着傲气，赶到这儿来，就算不是愈来愈多，至少每年相仿；来干什么？来向时行的风气进攻。时行的风气好似《一千零一日》中的多朗铎德公主，个个青年想做卡拉夫王子！可是一个都猜不中她的谜①。大家掉入苦难的沟壑，报界的泥坑，书业的沼泽。这些要饭的花子，替报纸写写小品，社会新闻，传记性质的稿子，或者受精明的字纸商委托，写一些小册子——出版商都喜欢半个月内销完的无聊东西，不欢迎要相当时间才能出售的杰作。这批小青虫没有变成蝴蝶就被踩死了，他们只求活命，顾不得什么羞耻，下贱，对一个新出台的人才咬一口也好，捧一阵也好，但凭《立宪报》《日报》《辩论报》的大老板吩咐，只听出版商的号令，或者受一个嫉妒的同道请托，为的什么呢？往往为了吃一顿。一朝过了关，早先的苦处全忘了。我替一个混蛋做了六个月枪手，写出我最有才气的文字，算是他写的；他凭着这批样品当上一份副刊的主编，非但不请我合作，连五个法郎也没给我，而我见了他还不能不伸出手去，跟他握手。”

吕西安傲气十足的说道：“为什么呢？”

罗斯多冷冷的回答：“因为说不定有一天要他的副刊发表我

①波斯故事《一千零一日》中有一篇讲一个美丽而残忍的中国公主，名叫多朗铎德。向她求婚的人必须猜她的谜语，不中即请皇帝将求婚者斩首；因之丧命的男人不计其数。最后被卡拉夫王子把她的谜语全部猜中，两人结为夫妇。

一两篇稿子。总而言之，朋友，在文坛上飞黄腾达的秘诀不在于自己工作，在于利用别人的工作。报纸的老板是承包商，我们是泥水木工。一个人越平庸，越成功得快；因为他唾面自干，样样受得了，看见文坛上的霸主有什么卑鄙龌龊的欲望，尽量迎合；比如那个刚从利摩日来的埃克多·曼兰，已经在一家中间偏右的报馆里当政治编辑，也替我们的小报写稿；我亲眼看见他替一个总编辑捡帽子。这家伙只要不得罪人，趁一般野心家争名夺利，扭作一团的当口，自会钻空子溜过去。你叫我看了可怜。在你身上，我见到我从前的影子，而且我敢说一句，一两年之内你会变得像我现在一样。我的沉痛的劝告，说不定你认为出于暗中嫉妒，或者从个人的利益出发；其实是绝望的表现，因为我堕入了地狱；脱不了身。我向你吐露的痛苦，没有一个人敢说出来。我却伤透了心，像坐在灰堆上的约伯那样叫着：瞧我的伤口！[1]”

吕西安说：“我一定要奋斗，不管在哪个阵地上。”

罗斯多接着说：“你该记住！这场斗争是无休无歇的，如果你有些才具的话；没有才具才算你运气。如今你心地纯洁，可是碰到一批支配你前途的人，只消一句话就能给你生路而偏不肯说，那时你的一丝不苟的良心就要动摇。你可以相信我的话，当今的作家对待新人比最粗暴的出版商更蛮横，更冷酷。出版商只愁赔本，作家更怕同业竞争；出版商不过打发你走路，作家要把你踩死才罢。可怜的朋友，你为了创作优秀的作品，尽量挤出你的温情，元气，精力，在情欲，感情，字句上表现出来！你只管写作，不去活动；只管歌唱，不去斗争；你在书中发泄你的爱，你的

---

①这是引用《旧约·约伯记》的故事。古代善人约伯受到神的考验，历尽艰苦，约伯心中不平，向人诉说他的种种痛楚。

恨，你整个儿生活在作品里；等到你把财富给了你的风格，把金银绯紫给了你的人物，然后你衣衫褴褛，在巴黎街上溜达，满心欢喜，自以为和出生登记簿一样创造了一个人物，叫作什么阿道夫，高丽纳，克拉列萨，玛侬[①]，为了哺育那个人物，你的生活七颠八倒，把胃都弄坏了；临了你却发觉他或她受到新闻记者毁谤，欺骗，出卖，流放在孤岛上叫人遗忘，被你最知己的朋友们埋葬。也许你的人物以后会醒过来，在社会上走红，可是谁去唤醒他呢？什么时候呢？用什么方法呢？你能等到那一天吗？我们有一部出色的书，怀疑派的哀歌，叫作《奥倍曼》[②]，孤苦伶仃的待在荒凉的仓库里，被出版商用挖苦的口吻叫作夜莺；哪一天这部书才能复活呢？谁也说不上。别的不谈，你先试试给你的《长生菊》找一个出版家，看谁有那么大的胆子承印？问题还不是拿到稿费，只是把书印出来。你去试一下，稀奇古怪的戏才够你瞧呢。”

这番尖刻的议论，说的口吻表现出各种不同的情绪，像大风雪般打在吕西安心上，冷不可当。他不声不响站了一会，然后那些淋漓尽致、骇人听闻的苦难的描写，似乎鼓动了吕西安，突然振作起来。他握着罗斯多的手嚷道：“我非打胜仗不可！”

罗斯多道：“好！斗兽场中又来了一个舍身的基督徒。朋友，今晚全景剧场上演新戏，八点开幕，此刻六点；你把你最好的衣衫穿起来，收拾得像个样子，到我家里去跟我一块儿走。我住在竖琴街，赛尔凡咖啡馆上面，五层楼上。等会咱们先上道利阿那儿走一走。你决心干这一行，是不是？我今晚介绍你见一个出版

①以上是朋雅明·公斯当，斯塔埃夫人，理查孙，普累伏神甫小说中的男女主人翁。

②法国作家色南古（1770—1846）写的一部悲观气息极浓的小说，1804年初版，1830年后方始盛行。

界中的巨头，还有几个新闻记者。看完戏，有些朋友在我情妇家吃宵夜；刚才的一顿算不得晚饭。你可以碰到斐诺，我报纸的老板兼总编辑。你知道吗？杂剧院的弥纳德说时间是个瘦长子[1]，对我们来说，机会也是个瘦长子，要到处去碰的。”

吕西安说：“我永远忘不了今天这个日子。”

“你的手稿随身带着，穿得体面一些，不是为佛洛丽纳，而是为那个书店老板。”

罗斯多大声疾呼描写了文坛上的斗争，接下来这样爽直亲热，使吕西安感动的程度不亚于以前大丹士在同一场所说的那番严肃真诚的话。毫无经验的青年看到立刻要投入战斗，十分兴奋，对于罗斯多揭露的堕落腐化的实质根本不曾体会。他不知道面前摆着小团体和新闻界所代表的两条不同的道路，两种不同的方法：一条路是漫长的，清白的，可靠的；一条路是危险的，布满暗礁，臭沟，会玷污他的良心的。他的天性使他挑了最近的，表面上最舒服的路，采用了效果迅速、立见分晓的手段。吕西安这时完全看不出大丹士的高尚的友谊和罗斯多的轻易的亲热有什么不同。他的轻浮的头脑认为新闻事业是一件对他挺适合的武器，自己很会运用，恨不得马上拿在手里。新朋友懒洋洋的跟他拉手的神气，他觉得亲切极了；那些建议更其使他入迷；哪里知道新闻界中个个人需要朋友，像将军需要小兵一样！罗斯多看他决意投身报界，便有心拉拢，希望把他留在身旁。那记者是交上第一个朋友，吕西安也是遇到第一个保护人：一个想做班长，一个只想当兵。

---

①法国有句成语：时间是个了不起的老师。此处利用“瘦长子”和“了不起的老师”谐音（只差一个音）改成笑话。

十、第三种书店老板

新学生高高兴兴回到旅馆打扮起来，周到细致，和他倒霉那天，预备上歌剧院进特·埃斯巴太太的包厢一样，不过这一回衣服合身多了，他已经适应了。上面是夜礼服，底下穿一条贴肉的浅色长裤，一双有穗子的漂亮靴子，当初花四十法郎买的。又浓又细的淡黄头发叫人烫了一下，洒了香水，亮晶晶的头发卷儿梳成波浪式。他自以为有本事，有前途，昂昂然扬着脸。一双细气的手保养很好，杏仁般的指甲显得干净，红润。黑缎子的衣领衬托着雪白滚圆的下巴，光彩熠熠。从拉丁区出来的青年没有一个比他更好看的了。

吕西安像希腊的神道一样俊美，雇了一辆街车，七点前一刻赶到赛尔凡咖啡馆门口。看门女人叫他爬上五楼，把复杂的地形说了一遍。他一一记着，好容易在一条又长又黑的走道尽头发现一扇门打开着，一望而知是拉丁区最常见的房间，不管是这里，是格吕尼街，是大丹士家还是克雷斯蒂安家，吕西安到处只看见青年人的穷苦。可是到处有一股特殊的气氛反映各种穷人的性格。这里的穷是穷得阴森森的可怕。一张没有帐幔的胡桃木床，床前铺一条旧货店买来的愁眉苦脸的毯子；不大通气的壁炉的烟和雪茄的烟把窗帘熏黄了；壁炉架上一盏卡珊尔牌子的煤油灯是佛洛丽纳送的，还不曾进当铺；一口桃花心木的五斗柜黯淡无光；桌上堆着纸张，扔着两三支羽毛翻卷的笔，图书只有前一天或当天带回的几本。所谓家具就是这些。房内没有一样值钱的东西；几双旧靴子在一个屋角张着嘴打呵欠，破袜子像镂空的花边；另外一角是压扁的雪茄，肮脏的手帕，一件变作两件的衬衫，颜色模糊的领带。总而言之是一个文人的帐篷，摆的东西有名无实，简直是四壁皆空。床头的小几上放着几本白天看过的书，一个费玛特圆筒打火机。壁炉架上横七竖八放着一把剃刀，两支手枪，一只雪茄烟匣。一块木板上吊着一个击剑用的面罩，底下挂几根交叉的铁棍。此外还有三把单靠，两把椅子，便是放在那条街上最下等的旅馆里也还不大够格。房间又脏又凄凉，说明住的人过着不安静不严肃的生活：只是为了睡觉，急急忙忙工作，迫不得已才住的，巴不得快快离开。这种不要面子的，乱七八糟的景象，跟大丹士的清洁整齐，不失体统的贫穷比起来，不知有多少差别！……吕西安隐隐然想起大丹士的劝告，可是他不加理会，因为埃蒂安纳嘻嘻哈哈的拉扯一阵，遮盖他堕落生活的丑恶。

他说："这是我的狗窠，我的大场面在蓬提街。我们的药材商替佛洛丽纳布置了一所新屋子，今晚开幕。"

埃蒂安纳·罗斯多穿着黑裤子，擦过鞋油的皮靴，上衣的纽扣一直扣到颈窝；衬衫给丝绒领遮掉了，大概要等佛洛丽纳替他更换；他刷着帽子，想出新一下。

吕西安道："咱们走吧。"

“别忙，我还等一个书店老板，要弄几个钱。等会或许要打牌，我一个子儿都没有；另外还得买手套。”

那时两个新朋友听见走道里响起脚声。

罗斯多道：“他来了。全知全能的上帝用什么姿态在诗人面前出现，你等着瞧吧。你还没领教时髦出版商道利阿的威风，先来见识见识奥古斯丁河滨道上的老板。他又开书店，又做银钱生意，贩卖文学界的废铜烂铁，这个诺曼底人原来是卖生菜出身。”罗斯多随即高声叫道：“进来吧，鞑子？”

“来了。”对方嗄着嗓子回答，声音像破钟。

“带了钱吗？”

“钱？铺子里没有钱了。”一个年轻人说着，走进屋子，用好奇的神气望着吕西安。

罗斯多接着说：“你早先欠我五十法郎。这儿有两部《埃及游记》，大家说妙极了，插图很多，包你好销；斐诺已经收下钱，要我写两篇稿子。还有玛莱区的红人，维克多·丢冈日新出的两部小说。还有初出道的保尔·特·高克写的第二部作品，也是两部，跟丢冈日是一派的。还有两部《陶尔的伊索尔德》，内地生活写得挺好。定价总共一百法郎。所以，巴贝，你得给我一百法郎[①]。”

巴贝瞧着书，检查书边和封面。

罗斯多道：“噢！放心，书都保存得挺好。《埃及游记》没有裁开[②]，保尔·特·高克，丢冈日，还有壁炉架上的《论象征》，都

①新书卖给旧书商，照定价对折；第二句所谓一百法郎是包括前欠的五十法郎。

②法国出版传统，新书一律不切书边，让读者随裁随读。

没有裁。那本讲象征的书免费奉送，神话最讨厌，我要趁早送掉，免得跑出蛀虫来。”

吕西安道：“那你怎么写书评呢？”

巴贝好不诧异的望了望吕西安，回头对罗斯多冷笑道：“一听就知道这位先生运气好，不是文人。”

“告诉你，巴贝，他是诗人，而且是个大诗人，准会压倒卡那利斯，贝朗瑞，特拉维涅。他不飞则已，一飞冲天！除非他投河自尽，那也要漂到圣·格罗①呢。”

巴贝道：“我劝先生丢开诗歌，写散文吧。河滨道上根本没人要诗集了。”

巴贝穿一件粗呢大氅，只有一个钮子；领口全是油腻；在室内不脱帽子，脚下穿着皮鞋，背心敞开一半，露出一件料子结实的粗布衬衫。滚圆的脸还和气，嵌着一双贪财的眼睛，看起人来有些慌张，凡是有钱而经常有人向他要钱的人都有这副神气。一身肥肉遮盖了他的精明，你还以为他爽直呢。巴贝当过伙计，两年以前在河滨道上盘下一家破烂的小店，老盯着新闻记者，作家，印刷商，把书店送他们的样书低价收进，每天赚一二十法郎。他既有积蓄，又猜得到每个人的困难，专找赚钱的机会。手头不宽的作家拿着出版商的期票，巴贝给他们贴现，收一分半到两分利息；第二天他到那家书店去挑一批好销的书，照现款交易讲好价钱，然后把那书店开的期票付账。巴贝念过书，有些知识，尽量不收诗歌和现代小说。他喜欢做小买卖，全部版权只要上千法郎，销路很有把握的实用书，例如《儿童适用的法国史》《簿记二十

①圣·格罗是塞纳河下游的风景胜地，离巴黎二十六公里。

讲》《青年妇女适用的植物学》等等。他曾经错过两三部好书，叫作者到他店里跑了几十回，始终不敢收买稿子。你埋怨他胆小，他却给你看一本他出版的书，叙述一桩有名的案子，材料全是报上的，不花一个钱稿费，赚到两三千法郎。

巴贝做生意胆小如鼠，平日只吃面包和核桃；很少出票据，尽量在发票上打主意，克扣应付的款子；他印的书都自己送出去，不知道送哪儿，倒也照样能分发，收账。印刷所老板见了他最害怕，不知怎么对付；他看准他们急于周转，付款硬要七折八扣，把人家开的账除去一部分；他占了你一回便宜，下回绝不和你再打交道，怕受暗算。

罗斯多道："怎么样，咱们的交易还做下去吗？"

"唉！老弟，"巴贝用亲昵的口气回答，"我铺子里存着六千部书。书业界有个老辈说的好：存的书不等于存的钱。生意清淡啊。"

埃蒂安纳道："亲爱的吕西安，别听他胡说。你上他铺子去瞧瞧就知道。他的橡木柜台是一家破产的酒店拍卖出来的；他要节省，点的油烛从来不剪烛芯。在那种若有若无的亮光底下，架子上一无所有。一个穿蓝布上装的学徒守着空荡荡的屋子，拿嘴巴凑着手掌呵气，不是拍鞋底，便是摩拳擦掌取暖，像坐在街车顶上的马夫。哼！他的书就不比我这儿多。天知道他做的什么买卖！"

巴贝听着微微一笑，从口袋里掏出一张盖过印花税章的纸，说道："这是一百法郎本票，三个月期头，你的书我带走了，我拿不出现款，销路不好。想到你要派用场，我又没有钱，才签了这张期票帮帮你忙，我可是不喜欢出票据的。"

罗斯多道："这样，你还要我尊重你感谢你吗？"

巴贝回答说："尽管感情当不得现钱，你的敬意我照样接受。"

罗斯多道："我要买手套，花粉店老板才不那么大方，肯收你的票据呢。喂，五斗柜第一个抽屉里有一幅挺好的版画，值到八十法郎，是初印，我还为那版画写过一篇滑稽的稿子。真的，《希波克拉提斯拒绝阿塔克瑟克西斯的聘礼》[①]大有文章可做。巴黎的阔佬往往拿出惊人的聘金来，有些不稀罕聘金的医生正好引用画上的典故。版画下面还有二三十份流行歌曲的谱子。你一齐拿去，给我四十法郎。"

"四十法郎！"书店老板叫起来，声音像受惊的母鸡，接着说，"至多二十法郎，没准我还要赔本呢。"

罗斯多说："二十法郎在哪儿呢？"

"还不一定凑得起来。"巴贝说着在身上掏了一阵，"啊，有了。你把我挤干了，碰到你真没办法……"

"好，咱们走吧。"罗斯多招呼吕西安，随手拿起吕西安的诗稿，用墨水在绳子底下画了一条线，带着出门。

"还有别的东西吗？"巴贝问。

"没有了，小夏埃洛克[②]，改天再让你做笔好买卖……（叫你蚀掉三千法郎，你这样剥削人，得教训教训你才好。）"罗斯多最

①波斯王阿塔克瑟克西斯（公元前五至四世纪）以国内大疫，重金礼聘希腊名医希波克拉提斯。希氏以波斯为希腊世仇，拒不受聘。法国十八世纪画家奚罗台-蒂松以此为题绘成油画，十九世纪时又由人镌成铜版。

②莎士比亚喜剧《威尼斯商人》中的犹太人，今用以指一切重利盘剥的债主。

后几句是轻轻的对吕西安说的。

两人坐着街车向王宫市场进发，吕西安问：“那么你的书评呢？”

“嘿！怎么写书评，你才不知道呢。拿《埃及游记》来说，我不裁书边，从隙缝里东零西碎看上几段，发现十一处文字的错误。这就好写上一栏，说作者也许懂得刻在华表上的怪文字，却不懂他祖国的语言；我可以提出证据来。然后，我说与其谈博物学考古学，不如讨论埃及的前途，文明的发展，怎样使埃及回到法国怀抱等等；埃及虽则在我们手中得而复失，还可能在精神上受我们的影响，归附我们。然后来一套爱国主义的滥调，什么马赛啊，近东啊，我们的贸易啊，扯上一通。”

“如果作者在书里就是这样写的，你又怎么说呢？”

“那就说他不该哓哓不休的谈论政治，应当关心艺术，描写当地的形势，风景。批评家借此感慨一番。他可以说：我们被政治包围了，腻烦死了，到处只听见政治。我真想读读有趣的游记，叙述航海的艰苦，土峡的风光，赤道上奇妙的景致，从来不出门的人需要知道的事情。我一边赞美这一类的游记，一边取笑有些旅行家大惊小怪，把掠过的鸟，飞鱼，桃子，高地，经过勘测的海湾，当作大事一般夸说。批评家还责备作者不曾提到和一切艰深，神秘，不可解的事同样引人入胜的，莫名其妙的科学问题。读者看着评论笑了，我们的责任也就完了。至于小说，佛洛丽纳是世界上少有的小说迷，她替我分析内容，我照她的意见写评论。只要她嫌作者絮烦，觉得讨厌，我才考虑作品，向出版商再讨一部样书，出版商当然照送，有希望得到一篇好书评，他还有不高兴的吗？”

吕西安脑子里装满了小团体的朋友们的观念，说道："天哪！可是真正的批评，神圣的批评在哪里呢？"

罗斯多道："亲爱的朋友，批评这把刷子不能刷单薄的料子，那会一扫而光的。得啦，写作的内幕不谈了。这记号你瞧见没有？"罗斯多指着《长生菊》的原稿问，"我用墨水沿着绳子在包皮纸上画了一道线，如果道利阿打开来看了，绳子不可能扣在老地方。所以你的原稿等于密封了一样。你要实地试验，这办法不无用处。还得提醒你一句，你没人撑腰，甭想单枪匹马闯进道利阿的铺子，多少青年跑上十来家书店，连一声请坐都听不到……"

这一点吕西安有过经验，知道是事实。罗斯多下车给马夫三法郎。吕西安看罗斯多刚才穷得要命，此刻这样摆阔，好不诧异。两个朋友走进木廊商场，专出所谓时髦书的书店当时就是气派十足的设在那儿。

十一、木廊商场

那个时期，木廊商场在巴黎赫赫有名，是个挺好玩的地方。那藏垢纳污的集市值得描写一番，因为它三十六年之间对巴黎生活影响极大，四十岁左右的人看了我的叙述很少不感兴趣，虽则年轻人觉得难以相信。原来的场子今天变了开阔的奥莱昂回廊，又高又冷，赛过没有花草的花房。当初盖着一些木屋，说准确些只是薄板搭的棚子，胡乱盖上一个顶，开间很小，朝着院子和花园①，有些钉死的玻璃窗，像城门口的小酒店最脏的窗子，略微透进一些日光。三排铺子留出两条走廊，大约有十一尺高。中间一排夹在两条走廊之间，空气恶浊；走廊顶上的玻璃老是乌七八糟，底下更没有多少光线。蜂房似的铺面尽管小得可怜，有几间不过六尺宽，八尺到十尺深，可是供不应求，租金要三千法郎一年。靠院子和花园取光的棚屋都有绿漆的矮木栅保护，大概怕群众走近，把破落的后壁撞倒。木栅之内有二三尺②空地，长着奇形怪状，科学家认不得的植物，跟同样茂盛的各色工艺品混在一

①木廊商场一面正对旧王宫，一面正对旧王宫附属的园子。

②以上都是法国旧尺，每尺合0.3248公尺。

起。印刷车上试过大样的字纸，盖在一株蔷薇上，修辞学的华彩沾着流产的鲜花的香味。无人照料的小园灌饱臭水。植物枝条上挂着五颜六色的缎带，各种商品的传单。帽子店的零料和废品压得植物喘不过气来：一簇绿叶托着一个缎子的结，扎成大丽菊的样子，叫人看了把花的观念弄糊涂了。不论在院子那边还是花园那边，这座古怪的宫殿让你见识到巴黎最龌龊最奇怪的面目：雨水淋坏的粉刷，补过的土墙，陈旧的油漆，想入非非的招牌。面朝院子和花园的木栅也被巴黎的群众糟蹋得污秽不堪，似乎替铺子镶了一条难看而又难闻的边，叫感觉灵敏的人不要走近；谁知感觉灵敏的人并没被这些丑恶的景象吓退，正如童话中的王子不怕恶魔放在公主身旁的毒龙和危险的障碍。那时的木廊像现在的奥莱昂回廊一样，中央有一条过道；也像现在一样，可以穿过两座有成行柱子的游廊进去。那游廊是大革命以前动工的，后来缺乏经费，没有完成。如今通往法兰西剧院的壮丽的石廊，当年是一条狭窄的甬道，高得异乎寻常，屋顶盖得极马虎，雨天常常漏水。大家把那走道叫作玻璃廊，免得和木廊混淆。所有破烂店房的屋顶都非常糟糕；有一个经营开司棉和呢绒的出名的商人，一夜之间货物淋了雨，损失浩大，把业主奥莱昂王室告了一状，打赢了官司。有些地方，顶上只盖两重柏油布。不论是木廊，还是希凡饭店在那儿起家的玻璃廊，底下都是天然的泥地，加上过路人的靴子鞋子带来一层人造泥土。愈踩愈硬的泥地经过商人们不断打扫，变成许多岗峦陵谷，一年四季绊你的脚，初去的人很不容易走路。

地下是一堆堆可怕的泥巴，玻璃窗风吹雨打，粘着灰土，平顶的棚屋披着褴褛的衣衫，砌了一半的围墙肮脏无比；整个景象叫人想起波希米人的帐幕，集市上的木棚，围在巴黎大建筑四周的临时工程——那些大建筑始终没有盖起来。奇丑的外貌同内容非常相称：藏垢纳污的廊子底下，热闹，嘈杂，各种行业鳞次栉比，从一七八九年的革命到一八三〇年的革命为止，做的买卖为数惊人。交易所设在对面王宫市场的底层，有二十年之久。舆论的趋向，声名的显晦，政治和金融的波动，都在这个地方酝酿。交易所开市以前，收市以后，许多人约在廊下见面。巴黎的银行家和商人往往挤在王宫市场的院子里，雨天便拥进木廊。不知怎么会出现在这个地方的建筑物，回声特别响亮，到处听得见哄笑的声音。这一头有人口角，那一头就知道为什么口角。商场中只看见书店，诗集，政论，散文，帽子店，以及夜晚才来的马路天使。这儿有的是新闻，图书，新老牌子的名人，议会的阴谋，书店的谎话。新书在这儿发卖，群众也固执得很，新书一定要上这儿来买。保尔-路易·戈里埃写的政论小册，或是奥莱昂一房向路易十八的宪章放的第一炮，《一个公主的奇遇》，一个黄昏在这里销掉几千部。吕西安在那儿露面的时代，有些铺子已经装上漂亮的玻璃橱窗，不过只限于靠院子和花园的两排商店。在建筑师封丹纳动工拆造，把这个古怪的居留地消灭之前，两条走廊之间的店铺门户洞开，像内地集市上的临时摊子，只靠木柱支撑；从商品或者玻璃门中望出去，两旁的走廊一目了然。室内不能生火，商人都用脚炉取暖，消防也由他们自己负责；一不小心，这个木板搭成的小天地一刻钟内就能化为灰烬：板屋在太阳底下晒干了，还有卖淫业的欲火烘烤，堆着满坑满谷的纱罗，纸张，有时再加上过堂风助威。帽子店摆满奇怪的帽子，似乎专为陈列，不是出卖的，上百顶的挂在香菌式的铁钩上，花花绿绿，把几条走廊都点缀到了。二十年来的游人都暗暗纳闷，想不透这些吃饱灰尘的帽子到哪些人的头上去找归宿。做帽子的女工多半又丑又放荡，按照中央菜场的习惯和谈吐，用俏皮话兜搭来往的妇女。一个伶牙利齿，眼睛骨碌碌的姑娘，站在圆凳上招揽顾客："太太，为什么不来买一顶漂亮帽子啊？""先生，照顾一笔买卖好不好？"高低不同的声调，眼神，对过路人的评头论足，使她们的丰富生动的词汇更有变化。书店老板和开帽子店的妇女相处很好。在那个名字堂皇，叫作玻璃廊的商场里，有的是稀奇古怪的行业。有讲腹语的[1]，有各式各样走江湖的，有拿新奇的景致逗人看的，或者叫你花了钱一无所见，或者给你看到全世界。一个到处赶集，发了七八十万家财的人，当初就是在这儿开场的。他的招牌是一个太阳在黑圈子里打转，周围写着红字：这里你能看到上帝看不见的东西，收费两个铜子。招揽生意的伙计从来不让你单独进去，也不让两个以上的人进去。到了里面，你劈面看到一面大镜子，忽然有个连霍夫曼[2]听了也要吓一跳的怪声，像机器开了发条一般的直叫："你们两位看见了上帝永远看不见的东西，就是说你们看见了同胞。上帝却只有一个，没有第二个的。"你只能暗暗惭愧的走开，不好意思给人知道你做了傻瓜。每扇小门旁边都有与此相仿的声音叫叫嚷嚷，请你去看高斯摩喇嘛[3]，君士坦丁堡风景，木偶戏，机器人下棋，会辨别美女的狗。腹语大王菲兹-詹姆

①口技的一种，说话的声音好像从肚子里发出来。欧洲从十六世纪起即有专长腹语的人。

②霍夫曼是写神怪故事的作家，见前注。

③当时新发明的一种玩意，把大幅风景画，风俗画放在大玻璃镜片之后，画面即具备深度和透视。

斯在跟着多艺学校学生到蒙玛脱去送命[①]之前，在这里鲍兰咖啡馆表演，生意兴隆。商场中还有卖水果的女人，卖花的女人，一家著名的成衣铺，军装上盘的花边夜晚金光闪闪，像太阳。下午两点以前，木廊商场静悄悄的，黑洞洞的，不见人影。商人们谈谈说说，像在家里一样。巴黎人在这个地方的约会要三点左右才开始，正当交易所开市的时间。等到大批的人涌到，就有酷爱文艺而身无分文的青年在陈列新书的摊子上看"白书"。守摊子的伙计心地慈悲，听凭穷小子一页一页的翻阅。像《斯玛拉》《比哀·希莱米》《约翰·斯布迦》《约谷》[②]，一类十二开本[③]的两百面的书，两次就狼吞虎咽的读完了。当年没有阅览室，要看书不能不花钱去买；所以那时小说的销数在今天看来简直不可思议。对求知欲旺盛的穷青年施舍精神食粮，纯粹是法国作风。一到傍晚，邪气十足的商场便充满淫荡的诗意。大批的马路天使在近边的大街小巷和商场之间来来往往，多半是没有报酬的闲荡。巴黎各个地段的娼妓都得*跑王宫*。石廊商场属于领照妓院的范围，老板们付了捐税，把装成公主般的女人陈列在某个拱廊之下，或是花园中正对某个拱廊的地方。木廊是卖淫业的公共地盘，俗语用王宫市场作为妓院的代名词，主要是指木廊部分。一个妓女可以跑来带走她的俘虏，高兴带往哪儿就哪儿。因为有这般妇女吸引，木廊里人山人海，只能一步一步挨着走，好比参加迎神赛会或者假面舞会。这样慢吞吞的走路既不妨碍别人，又可从容细

①指1814年联军攻入巴黎时，巴黎市民的守卫战。

②前三种是当时流行的神怪小说，最后一种是写的猴子故事。

③照我国出版业的习惯，大约是二十四开而较为狭长。欧洲书业一般不用白报纸印书，故开本标准和我们不同。

看。那些女人穿的服装现在早已绝迹：前胸后背特别袒露；头发有心梳得奇形怪状，引人注目：有诺曼底乡姑式，有西班牙式，有的鬈得像哈巴狗，有的一绺绺挂下来；一双大腿穿着长筒白袜，不知怎么会露出来叫人看见，而且露得正是时候。这一类妖艳的诗意如今一去不复返了。粗野的问答，同环境很调和的无耻的表现，在时下的假面舞会和非常出名的舞会中，再也听不见看不到了。当时那个地方的确又丑恶又热闹。男人几乎老是穿的深色衣服，女人肩头和胸部的肉便格外耀眼，成为鲜艳的对比。嘈杂的人声脚声，在花园中央就听得见，好似一片连续不断的低音伴奏，穿插着娼妓的狂笑或者偶尔发生的争吵。上等人和最有身份的人，照样被满脸横肉的汉子推推搡搡。这些牛鬼蛇神的集会自有一种莫名其妙的刺激，再冷静的人也不能不动心。所以直到最后一个时期，上下三等的巴黎人源源而来；建筑师要造新屋子的地窖，在路面上铺了木板，游人就在木板上熙来攘往。那批可怕的木屋拆毁的时候，大家还异口同声，惋惜不置呢。

几条走廊的半中腰有一条过道，拉伏卡新近在过道和走廊的拐角儿上开了一家书店，面对道利阿的铺子。如今没人知道的道利阿原是很有气魄的青年，以后同行做得很发达的事业是他首创的。道利阿的铺子坐落在靠花园的一排上，拉伏卡书店靠着院子。道利阿的店房一分为二：很大的一间做铺面，另外一间是他的办公室。吕西安还是第一次在晚上来，跟内地人和年轻人一样，看着眼前的形形色色目瞪口呆，一转眼就和同伴走失了。

一个妓女指着吕西安对一个老头儿说："你要长得跟这个小伙子一样漂亮，我就掏出心来给你。"

吕西安听着，羞得像瞎子养的狗。逛市场的人像潮水一般，他跟在后面，愣头傻脑的神气和紧张的心情简直难以形容。女人的目光盯着他，白白胖胖的肉引诱他，袒露的胸部看得他眼花缭乱；他拼命挟着稿子，唯恐被人抢走，这天真的孩子！

吕西安忽然觉得有人抓他的胳膊，只道他的诗集被什么作家看中了，不由得叫起来："哎！怎么啦，先生？"

他一看原来是他的朋友罗斯多，和他说："我知道你要打这儿过的！"

十二、一家木廊书店的外表

诗人正走在书店门口，被罗斯多一把拉了进去。铺子里挤满了人，等着要见书业大王。开印刷所的，开纸铺的，画插图的，一齐围着店里的伙计，打听正在进行或正在计划的业务。

罗斯多对吕西安说："你瞧，那个就是斐诺，我报纸的经理。同他谈话的青年很有才能，叫作番利西安·凡尔奴，心思的恶毒像隐藏的疾病一样。"

斐诺和凡尔奴一同走过来，对罗斯多说："喂！朋友，有一出新戏要你报道。可是我的包厢让出去了。"

"卖给勃劳拉吗？"

"卖给他又怎么样？反正他们会安插你的。你来找道利阿干吗？啊！对了，我们讲好替保尔·特·高克捧场。道利阿批进他两百部作品。维克多·丢冈日不让道利阿印他一部小说。道利阿要捧出一个路子差不多的作家来。你一定要把保尔·特·高克说成比丢冈日高明。"

罗斯多道："可是我和丢冈日合编一个剧本，预备在快乐剧场上演呢。"

“告诉他文章是我写的，你说我原来的评论很凶，你已经改得缓和了，这样他还见你的情呢。”

罗斯多道：“这张一百法郎本票，你能不能叫道利阿的出纳员给我贴现？你知道，等会咱们一块儿吃宵夜，庆祝佛洛丽纳搬新屋子。”

“啊！不错，你请客。”斐诺似乎好容易才想起来。他接过巴贝的票子递给出纳员，说道：“迦皮松，替我拿九十法郎给他。——老兄，来，票子背后签个字。”

出纳员数钱的时候，罗斯多拿起出纳员的笔签了字。吕西安睁着眼睛，伸着耳朵，把他们的话一字不漏的听了进去。埃蒂安纳说：“亲爱的朋友，咱们是生死之交，我不谢你了。还有一件事：我要介绍这位先生见道利阿，你得帮帮忙。”

“什么事啊？”斐诺问。

“为了一部诗稿。”吕西安回答。

斐诺做了个诧异的姿势，叫了声：“啊！”

凡尔奴望着吕西安道：“大概这位先生才开始同书店打交道，要不然早已把他的诗集束之高阁了。”

那时走进一个漂亮的年轻人，爱弥尔·勃龙台，才加入《辩论报》，发表了几篇极有分量的文章。他向斐诺和罗斯多伸出手来，对凡尔奴略微点点头。

罗斯多说：“等会请你吃宵夜，半夜在佛洛丽纳家。”

那青年回答：“一定到。还有谁呢？”

罗斯多说：“有佛洛丽纳，药材商玛蒂法，编剧杜·勃吕埃，佛洛丽纳在他的戏里第一次弄到一个角色；还有小老头儿加陶，他的女婿加缪索；另外是斐诺……”

“你那药材商招待周到吗？”

“不给我们吃药就是了。”吕西安插了一句。

勃龙台望着吕西安一本正经的说：“先生很有风趣。宵夜有他吗，罗斯多？”

“有他。”

“那咱们好大大的乐一下了。”

吕西安听着面红耳赤。

勃龙台敲敲道利阿办公室的玻璃槅子，说道：“道利阿，一下子还不得空吗？”

“马上就来，朋友。”

罗斯多对吕西安说：“有希望了。这青年差不多和你一样年轻，进了《辩论报》，是批评界的一个权威：大家都怕他三分，等会道利阿要来巴结他的。咱们借此机会跟镂版业和印刷业的总督谈谈你的诗集。要不然等到十一点还轮不到咱们。找他的人只会愈来愈多。”

吕西安和罗斯多走近勃龙台，斐诺，凡尔奴，一块儿到铺子的另外一头去谈天。

领班伙计站起来招呼勃龙台，勃龙台问道：“迦皮松，老板有什么事？”

“他想盘进一份周刊，改组一下，跟只捧埃曼利的《弥纳佛报》和浪漫派气息太浓的《保守党》人对抗。”

“他稿费出得多不多？”

“同平常一样……总是太高！”出纳员回答。

那时走进一个青年，新近出版一部精彩的小说，轰动一时，很快就销完了，道利阿正在印第二版。那青年举动态度很古怪，完全是艺术家气息，吕西安对他很注意。

罗斯多咬着内地诗人的耳朵说：“这个就是拿当。”

年富力强的拿当虽则骄气十足，在记者面前却也脱下帽子，对勃龙台可以说毕恭毕敬，以前他还不曾和这个批评家会过面。勃龙台和斐诺照样戴着帽子。

“先生，我很高兴，碰巧有机会……”

番利西安·凡尔奴对罗斯多说：“你看他多慌张，说出话来叠床架屋。”

“……向你先生表示感激。先生在《辩论报》上对我的评论太好了。我的成功一半就靠先生的力量。”

“哪里，朋友，哪里。”勃龙台面上和气，骨子里以保护人自居，“你的确有才气，我能够认识你，太高兴了。”

“先生的评论已经发表，我不至于再犯趋炎附势的嫌疑；咱们尽可自由来往。他能赏脸明天和我一同吃饭吗？请斐诺作陪。罗斯多，你也不会推辞吧？”拿当说着，和埃蒂安纳握握手；又回头对勃龙台说：“啊！先生，你走的路子太好了，继承了丢索，菲埃回，姚弗洛阿的传统！霍夫曼①对他的学生（也是我的朋友）格劳特·维浓提到你，说只要《辩论报》永世不朽，他死也瞑目了。他们给你的稿费很高吧？”

勃龙台回答说：“每栏一百法郎。不过也算不得什么，我要看许多书，看到上百部才遇到一部像你这样的大作，值得我动笔。说句良心话，你的作品我看了很愉快。”

“还给他一千五百法郎收入。”罗斯多对吕西安说。

①以上四人都是法国十九世纪初期有名的批评家。

拿当接着说:“你也写政论文章吧?”

勃龙台回答:“东零西碎写一些。”

吕西安在这里好像一个小娃娃,他早就佩服拿当的书,把作者当作神道一般的崇拜;谁知拿当见了一个吕西安没听见过名字,也不知有多大势力的批评家,竟然奴颜婢膝到这个田地,吕西安看着呆住了。他心上想:“难道我将来也得这样吗?非放下自己的尊严不可吗?——喂,拿当,干吗连帽子都不敢戴上呢?你写了一部出色的书,批评家只写了一篇文章。”吕西安转着这些念头,浑身发热。他时时刻刻看见一般怯生生的青年,穷苦的作家,跑进铺子求见道利阿,发现满屋子的人,觉得没有希望,说一声“下回再来”,走了。有些政界名流围在一处,其中两三个政客谈着国家大事和召开国会的问题。道利阿准备买进的周报可以议论政治[1]。这一类的报刊那时已经为数不多。办报的特权和开戏院的特权同样是大家争夺的目标。那群政客中间有一个是《立宪报》的最有势力的股东。罗斯多做向导做得很到家。吕西安一句一句听着,觉得道利阿的地位愈来愈高,文学和政治也在这个铺子里合流了。一个优秀的诗人拍一个记者马屁,亵渎艺术,正如娼妓在丑恶的木廊底下卖淫,侮辱女性;外省大人物受着这些教训毛骨悚然。整个的谜只要一个字就可道破,就是钱!吕西安感到自己孤独,谁也不认得他,只凭着一些毫无把握的交情,同功名利禄拉上一点儿关系。他怪怨小团体中一般多情的真正的朋友,给他看到一个不现实的世界,不让他拿着笔杆冲进这个战场。——“否则我早成了勃龙台了。”他私下想。罗斯多刚才在卢

①当时政府压制言论,大型日报以外的期刊,非经特许不得议论政治。

森堡高岗上像受伤的鹰隼一般哀号，吕西安觉得他非常伟大，现在可变得渺小了。在这里，吕西安认为唯有时髦的出版商，掌握作家生活的书店老板，才是重要人物。诗人挟着稿子有种不寒而栗的感觉，好像心里害怕。他看见铺子中央，漆成云石色的木座子上供着几个半身像，有拜伦，有歌德，还有卡那利斯。道利阿希望出版卡那利斯的一部诗集，有心要他到这里来的时候看看出版家把他抬得多高。吕西安不知不觉贬低了自己的价值，勇气逐渐消失，只感到他的命运操在道利阿手中，急于等道利阿出现。

十三、第四种书店老板

“喂，朋友们，我盘进了一份周报，眼前能够花钱买下的只有这一份，一共有两千订户。”说话的是个矮胖子，脸孔像当年罗马帝国的总督，假装的和气很容易叫浅薄的人上当。

“别胡扯！”勃龙台说。

“印花税证明只有七百订户，那已经很不差了。”

“天地良心，足足有一千二。”他向勃龙台轻轻补上两句，“我说两千，因为有纸店和印刷所老板在场。”随后又高声说，“没想到你这样冒失，老弟。”

斐诺问：“要不要招人合伙啊？”

道利阿说：“看条件。三分之一的股份作四万法郎，你要不要？”

“行，只要您接受我编辑部的名单：爱弥尔·勃龙台，格劳特·维浓，斯克利勃，丹沃陶·勒格兰，番利西安·凡尔奴，奚埃，儒依，罗斯多……”

“干吗不加上吕西安·特·吕庞泼莱？”内地诗人大胆插进一句。

“还有拿当。”斐诺结束的时候说。

“干吗不把这儿的游人一齐请来呢？”出版商掉过身子，拧着眉毛向《长生菊》的作者说，“这一位是谁？”他很不客气的望着吕西安问。

罗斯多回答说：“道利阿，他是我介绍来的。趁斐诺考虑他的合伙问题，让我先来谈一谈。”

威风凛凛的书业大王对斐诺直呼为你，虽然斐诺对他称您；他把人人忌惮的勃龙台叫作老弟，向拿当伸出手去气概像王爷，还做着亲昵的姿势，吕西安看他冷冰冰的一副生气面孔，吓得连衬衫都湿透了。

道利阿嚷道：“啊！老弟，又来一笔交易。你该知道，我手头有一千一百部稿子。诸位先生听见没有？作家们送来一千一百部原稿，不信问迦皮松！不久我竟要另外设一科专管稿件了，辟一个审稿室负责审查，开会讨论，投票表决，审稿的人每次都得签到；还要有一个常任秘书向我提出报告。那等于法兰西学士院的分院，而学士们出席木廊商场的报酬比出席学士院还要高。”

勃龙台道：“倒是个主意。”

道利阿道：“坏主意！你们之中凡是当不了资本家，做不成靴匠，不会当兵，不会做跟班，既不做官，也不做吏的人，都想当作家，搜索枯肠硬要写文章；我才不替他们做清理工作呢。无名小卒不必光临！你们打定了天下，自有大把黄金捧给你们。两年工夫我一手捧出三个，结果三个都是没良心的！拿当的书再版，要我六千法郎版税；我请人写书评花掉三千，此刻一千都不曾收回。勃龙台的两篇稿子花了我一千法郎，请一次客，又是五百……”

吕西安听说道利阿为《辩论报》上的评论花到那个数目，对勃龙台的估价马上一落千丈。他道："可是先生，如果所有的出版家说话都像你先生一样，作家的第一部书怎么印出来？"

吕西安向道利阿陪着笑脸，道利阿却恶狠狠的瞪着他说："那跟我不相干。我才不高兴随便印一部书，为了赚两千法郎冒两千法郎的险呢。我拿文学做投机，宁可挑四十卷的大书印一万部，像邦戈克和布杜昂弟兄的做法。我有势力，又能收买评论，尽可经营一笔三十万法郎的买卖，干吗要推销一部两千法郎的小书呢？捧出一个新人、一部新作品，跟推销挣大钱的《外国戏剧选》《胜利实录》《大革命回忆录》①比起来，并不少费气力。我开铺子不是替未来的大人物做垫脚石的，而是为赚钱，赚了钱送给出名的人。我花十万法郎买的稿子，实际上比出六百法郎买无名作家的稿子便宜！就算我不是提倡文艺的贵人，文艺界至少得谢谢我，稿费被我提高了一倍以上。老弟，我告诉你这些道理，因为你是罗斯多的朋友。"道利阿说着，拍拍诗人的肩膀，狎昵的态度叫人受不了，"要是我同所有上门兜稿子的作家谈谈说说，我只好关门大吉，把全部时间花在怪有意思的谈话上面，可惜代价太高了。我还不那么富裕，没法听每个人自吹自捧的独白。那只能搬上舞台，放在古典悲剧里。"

这些正确得可怕的话，加上道利阿的奢华的装束，给内地诗人的印象越发深刻。

"什么稿子？"道利阿问罗斯多。

"一部极精彩的诗集。"

①邦戈克于1817至1821年间出版《胜利实录》共有二十四卷；拉伏卡于1822至1823年出版《外国戏剧选》共有二十三卷；贝尔维和巴里哀合出的《大革命回忆录》（1822年起印行）共四十卷。

道利阿做了一个名演员塔尔玛式的姿势，转身向迦皮松说："迦皮松，从今天起，谁要来兜稿子……喂，你们几个听见没有？"他又对另外三个伙计说；三个伙计听见东家冒火的声音，从书堆里探出头来。老板瞧着他漂亮的手和手指甲，往下说："谁要送稿子来，先问清楚是诗是散文。是诗，马上打发掉，免得把书店蛀空了！[①]"

新闻记者都嚷起来："好啊！道利阿说得妙啊！"

出版商手里拿着吕西安的原稿，在铺子里踱来踱去，嚷道："我说的是事实，诸位先生，你们不知道，拜伦，拉马丁，维克多·雨果，加西米·特拉维涅，卡那利斯，贝朗瑞的走红，真是害人不浅。他们出了名，给我们招来一大批蛮子。我相信此刻送到书店去要求出版的诗稿有上千部，开场总是断断续续的故事，没有头，没有尾，模仿拜伦的《海盗》《拉拉》。年轻人借新奇为名，来一些莫名其妙的章节，叙事诗明明是台利尔的老调，新派作家居然自命为创新！这两年诗人多得像金壳虫。去年我为着诗歌亏本亏了两万！不信问迦皮松！可能世界上真有不朽的诗人，我也看见过，脸孔白白嫩嫩，还没长胡子呢。"道利阿朝着吕西安说，"可是小朋友，对出版界来说，只有四个诗人：贝朗瑞，加西米·特拉维涅，拉马丁，维克多·雨果；还轮不到卡那利斯……他是靠报上一篇又一篇的文章捧出来的。"

在场的那些有势力的人听着哈哈大笑，吕西安不敢在他们面前挺起腰来表示傲气，唯恐受人奚落，下不了台。可是他心痒难熬，恨不得扑上道利阿的脖子，撕下他那个整齐得可恶的领

---

①法文中诗与虫二字谐音，故用作蛀空书店的双关语。

结，扯断他挂在胸口发亮的金链，把他的表踩在脚下，把他的人撕作两半。一个人伤了面子没有不想报复的，吕西安对出版商装着笑脸，心里把他恨得要死。

勃龙台说："诗歌好比太阳，能够帮助万古长青的森林成长，也能产生蚊虫和苍蝇。世界上没有一桩好事不带来一桩坏事。文学产生了出版家。"

"还有新闻记者。"罗斯多说。

道利阿听着大笑。

他指着稿子问："到底是什么东西？"

罗斯多回答："一部十四行诗的集子，会叫彼特拉克脸红的。"

"你这话怎么解释？"道利阿问。

"还不是跟大家一样？"罗斯多回答，他发现众人脸上都挂着俏皮的笑意。

吕西安没法生气，只是暗暗的出汗。

"好吧！我看一遍就是了。"道利阿做了一个气概不凡的手势，仿佛他的让步是天大的情面，"小朋友，如果你的十四行诗够得上十九世纪的标准，我一定叫你成为一个大诗人。"

国会里最有名的一个演说家正在同《立宪报》的编辑兼《弥纳佛报》的经理谈话，插进来说："只要他的才气比得上他的相貌，你也担不了多大风险。"

道利阿回答说："将军，叫一个人出名，报刊的评论要花一万二，请客花三千，不信你问《孤独者》的作者。假如朋雅明·公斯当先生肯为这个青年诗人写一篇书评，这笔交易我绝不犹豫。"

内地大人物听见又是将军，又是大名鼎鼎的朋雅明·公斯当，觉得这铺子的气派简直同奥林泼斯[1]差不多。

斐诺道："罗斯多，我有事和你商量，等会咱们在戏院见面。——道利阿，这笔买卖我可以做，不过有条件。咱们上办公室去谈吧。"

"来吗，老弟！"道利阿让斐诺走在前面，向十多个等着他的人挥了挥手，表示他忙得不可开交。他正要进办公室，吕西安急起来，拦着他问。

"先生留下我的稿子，什么时候来听回音？"

"哎！我的小诗人，过三四天再来。咱们瞧着办。"

吕西安被罗斯多拉着就走，来不及向凡尔奴，勃龙台，拉乌·拿当，福阿将军，朋雅明·公斯当等等告辞。那时公斯当刚刚发表他关于百日时期的著作，他做了二十年特·斯塔埃夫人的情人，先攻击拿破仑，又攻击波旁家，等到胜利的时候，他筋疲力尽的死了[2]。吕西安只对他匆匆一瞥，印象不过是一头淡黄头发，眉清目秀，长方脸上，长着一张样子可爱的嘴巴。

①希腊半岛北部的山，古希腊人认为那座山上是神明住的。

②朋雅明·公斯当死于1830年12月，正当查理十世下台以后五个月。1819年时他曾发表关于百日时期（指拿破仑从厄尔巴岛逃回至滑铁卢战败为止的时期）的书信集。

十四、后台

吕西安踏上街车，挨着罗斯多坐下，说道：“没想到是一个鬼地方！”

罗斯多吩咐赶车的：“全景剧场，越快越好，给你一法郎半。”然后他在吕西安面前摆着前辈的架子，很得意的说道：“道利阿这混蛋一年做十五六万法郎生意，好比当着文艺部部长。他和巴贝一样贪心不足，可是专门捞大笔头的油水。道利阿有气派，很豪爽，也很虚荣；他那点儿风趣是拿别人的话凑起来的。他的铺子是个好地方，值得走动，你可以同当代的优秀人物攀谈。告诉你，一个青年在那儿呆一小时，比着读十年书，弄得面黄肌瘦，学到更多东西。大家在那边讨论报刊上的文章，找题材，交攀名流或者有势力的人物，将来好派用场。今日之下，要成功全靠交游广阔。一切要靠机会，你不是看见了吗？最要不得是有了聪明才智，孤零零的守在冷角落里。”

吕西安说：“他狂妄极了！”

埃蒂安纳回答说：“哼，我们都拿道利阿打哈哈。你有求于他，他踩在你肚子上；他要用得着《辩论报》，勃龙台要他怎么就怎么，好比转陀螺。唉，你进了文艺界，这种角色有的看呢！我刚才不是告诉过你吗？”

吕西安道：“是啊，你说的不错。可是尽管听过你的预告，我在铺子里受的气还是出乎我意料之外。”

“干吗要痛苦呢？凡是我们消耗了生命，为之坐到深更半夜，绞尽脑汁的题材，我们在精神世界中的漫游，用足心血造起来的大建筑，在出版商眼里不过是一桩赚钱生意或者蚀本生意。书店老板只晓得你的书好销不好销。他们只操心这一点。对他们说来，印一部书是拿一笔资本去冒险。作品越好，卖出的机会越少。优秀的人总是比群众高一等，他的作品要过相当时间受人赏识以后，才能风行。哪个出版商愿意等呢？最好今天印的书明天就卖完，既然是这种制度，真有分量，要慢慢的受到推崇的作品，出版商绝不接受。”

吕西安嚷道：“大丹士说的不错。”

罗斯多道：“你认识大丹士吗？像他那种生活孤独，自以为能叫群众迁就他们的人，我认为最危险。这些要到身后才出名的人，用信心把青年的幻想鼓动得如醉若狂，因为我们开始都自以为力量大得不得了，听了他们的话很投机，就不去利用还能行动，还能有所收获的年纪打天下。我可赞成穆罕默德的办法，他叫山走过来，说道：你不过来，我来！”

这个警句把论点提得非常尖锐，使吕西安在两种办法之间打不定主意：一个办法是小团体的朋友们提倡的安贫乐道的生活，另外一个是罗斯多提出的战斗生活。直到修院大街，安古兰末的诗人一声不出。

现在全景剧场经过拆造，变了民房；当初是一所漂亮的戏院，坐落在修院大街，正对夏洛街。两任经理都失败了，不曾做过一笔好买卖。继承滑稽名角卜蒂埃的维诺，五年以后大红特红的佛洛丽纳，最初倒是在全景剧场登台的。剧院和人一样逃不过命运的安排。全景剧场要同滑稽剧场，快乐剧场，圣·马丁门戏院，以及专演歌舞剧的一些戏院竞争；它经不起同业的倾轧，营业执照的限制[1]，又缺少精彩的剧本。剧作家不肯为了一家前途渺茫的戏院把别的戏院得罪了。那时经理室正想靠一出带点滑稽的杂剧卖座，作者是个青年，叫作杜·勃吕埃，曾经同几个名人合作过，这次他自称是一个人执笔专为佛洛丽纳初次登台编的。佛洛丽纳一向在快乐剧场做跑龙套，最近一年担任一些小角色，稍稍有人注意，可始终没当上主角；全景剧场便要她跳槽。另外一个女演员高拉莉也在这出戏里第一次露面。两个朋友来到戏院，吕西安发觉报纸有那么大的势力，先自吃了一惊。

“这位先生是我带来的。”埃蒂安纳告诉检票处，检票处的职员都弯了弯腰。

“今晚不容易腾出位置。”检票处的头目说，“只有经理的包厢还能安插。”

埃蒂安纳和吕西安在游廊里走了一转，和女招待办了几次交涉，没有结果。

“咱们进场找经理去，他会请我们坐他的包厢。另外我还要介绍你见见今晚的女主角佛洛丽纳。”

罗斯多做了个手势，管乐队池子的人掏出小钥匙，在厚实的墙上开了门。吕西安跟着朋友，从灯火通明的游廊忽然进入一个

①当时官方对戏院多方限制，甚至规定在舞台上同时开口的演员不得超过二人。

漆黑的窟窿。在剧场和后台之间，差不多每家戏院都有这样一条过道。内地诗人跨上几步潮湿的踏级，走进后台，看见许多意想不到景象：狭窄的支柱，高耸的天顶，挂油灯的柱子，近看挺可怕的舞台装置，满脸白粉的演员，式样古怪，料子粗糙的服装，上衣沾满油迹的工人，挂在空中的绳索，高高吊起的布景，戴着帽子踱来踱去的后台监督，随便坐着的跑龙套，还有消防人员，总之是一大堆滑稽，凄惨，肮脏，丑恶，刺眼的东西，和吕西安坐在台下看到的大不相同，使他诧异不置。台上快要演完一出歌舞剧，叫作《贝脱朗》，仿照玛丢兰的悲剧编的。诺第埃，拜伦，沃尔特·司各特都很重视玛丢兰的原作，可是在巴黎不受欢迎。

埃蒂安纳嘱咐吕西安："仔细搀着我的胳膊，要不你不是踩着活门掉下去，就是一座森林从天而降，套在你头上，再不然你会撞翻宫殿，拖倒茅屋。"

一个女演员听着台上的对白准备出场，埃蒂安纳问她："小宝贝，佛洛丽纳可是在更衣室里？"

"是的，亲爱的。谢谢你在报上说我好话。佛洛丽纳到这里以后，你更和气了。"

罗斯多道："小家伙，别误了你的事。快点上台，好好念你的两句台词：住手，混蛋！今天卖座卖到两千法郎呢。"

女演员脸上换了一副表情，嚷道："住手，混蛋！"吕西安看着愣住了，那声音吓得他全身发冷。她的确变了一个人。

吕西安对罗斯多说："这就叫戏院。"

罗斯多回答："戏院同木廊书店和报纸一样，是文学的装配工场。"

拿当出现了。

罗斯多问道:“你是为谁来的?”

拿当说:“替《法兰西新闻》跑跑小戏院,聊胜于无。”

罗斯多说:“今晚跟我们一同去吃宵夜,希望你对佛洛丽纳多多照应,以后回敬你就是了。”

“一定帮忙。”拿当回答。

“你知道,她搬到蓬提街去了。”

刚才的女演员从台上回进后台,问道:“小罗斯多,你同来的漂亮青年是谁?”

“啊!亲爱的,他是个大诗人,将来要出名的。——拿当先生,你们今晚同席,让我来介绍一下,这位是吕西安·特·吕庞泼莱先生。”

拿当说:“先生,你的姓漂亮得很。”

埃蒂安纳招呼他的新朋友:“吕西安,这位是拉乌·拿当先生。”

吕西安道:“真的,先生,我两天以前拜读了大作,没想到你写了那样的书,那样的诗集,对一个新闻记者会那么恭敬。”

“等你第一部书出版了,看你的吧。”拿当很含蓄的笑了笑。

凡尔奴瞧见他们三个在一起,嚷道:“呦!呦!极端派①同进步党握手了。”

拿当回答:“白天我代表我的报纸说话,晚上我爱怎么想就怎么想;天黑了,个个记者都是灰色的②。”

凡尔奴对罗斯多说:“埃蒂安纳,斐诺和我同来,正在找你

---

①这是极端派保王党的简称。

②法国有句俗语:“天黑了,只只猫儿都是灰色的。”

呢……噢……他来了。”

斐诺说：“嗳，嗳，咱们没有位置吗？”

女演员满面春风的笑着说：“我们心坎里永远有你的位置。”

“哦，佛洛维尔，你的爱情倒结束得快。听说你被一个俄国亲王拐走了。”

佛洛维尔便是那个大叫“住手，混蛋”的女演员，她回答说：“这个年月还能拐走女人吗？我们在圣-芒台住了十天，亲王给了经理室一笔钱。”她又笑着说：“我看经理但愿上帝多派几个俄国亲王来，让他拿些补偿费，只有收入，没有支出。”

一个漂亮的乡下姑娘在旁听着，斐诺问她：“那么你呢，小妹妹，耳朵上两颗金刚钻哪里来的？可是搭上了什么印度亲王？”

“没有。不过是个做鞋油生意的英国人，已经走了！觉得家里无聊，资财上百万的生意人，不是随便碰得到的，像佛洛丽纳和高拉莉那样才福气呢！”

罗斯多道：“佛洛维尔，你要误场了，你被你朋友的鞋油迷了心了。”

拿当道：“你要台下叫好，别像疯子般直嚷：他得救了！最好安安静静的进去，走到台边，用丹田的声音说：他得救了，像拉巴斯达在《当克兰特》里念：噢！祖国一样。好，去吧！”拿当说着推了她一下。

凡尔奴道：“来不及了，她误场了！”

罗斯多道：“场子里拼命拍手，她怎么啦？”

跟过鞋油商的女演员道：“她拿出她的看家本领，跪下去露出胸脯来了。”

斐诺告诉埃蒂安纳："经理请我们上他的包厢去，我在那儿等你。"

罗斯多带着吕西安在舞台背后绕来绕去，穿过迷魂阵似的甬道和楼梯，走到四楼上的一个小房间，拿当和番利西安·凡尔奴跟着他们。

佛洛丽纳道："诸位先生好。"又转身对一个坐在一边的矮胖子说："先生，这几位都是我命运的主宰，我的前程操在他们掌心里；可是我希望明儿早上他们一齐躺在我们的饭桌底下，只要罗斯多先生样样安排好……"

埃蒂安纳说："当然安排好！《辩论报》的勃龙台，货真价实的勃龙台，也给请来了。"

"噢！小罗斯多，那我非拥抱你不可。"佛洛丽纳上前搂着罗斯多的脖子。

胖子玛蒂法看着沉下脸来。佛洛丽纳十六岁，身材瘦削。她的美像一个含苞未放的花蕾，只有喜欢稿本胜过完工的图画的艺术家才赏识。这个迷人的女演员相貌之间处处流露出秀气，很像歌德笔下的弥浓。玛蒂法是龙巴街上有钱的药材商，以为大街上一个年轻的女戏子不需要多少钱，不料十一个月中间，佛洛丽纳已经花了他六万法郎。老实的商人坐在一角，像看守田园的丹末神①，叫吕西安看着好不奇怪。十尺见方的更衣室糊着美丽的花纸，摆一个帕西希女神的像，一张半榻，两把椅子，一条地毯，一个壁炉架，好几口衣柜。女佣人正好替佛洛丽纳穿扮完毕，一身西班牙装束，佛洛丽纳在那出情节复杂的戏里扮一个伯爵

①古代拉丁民族崇拜的神，雕像往往只有上半身，下半身是一块界石。

夫人。

拿当对番利西安说："再过五年，这姑娘准是巴黎最美的女演员。"

佛洛丽纳转身对三个记者说："啊！你们这些心肝宝贝，明天要好好捧我一阵才对。今夜你们都要醉得人事不知，我包好车子预备送你们回去。玛蒂法弄了好酒，同路易十八喝的不相上下；他还找了普鲁士公使的厨子。"

拿当说："我们一看见先生，就知道有好东西请我们。"

佛洛丽纳说："他知道请的客是巴黎最危险的人物。"

玛蒂法神色不安的瞧着吕西安，看他长得这样美，不免暗暗嫉妒。

佛洛丽纳也发现了吕西安，说道："这一位我不认识。你们哪一个把贝尔凡台的阿波罗[①]从佛罗棱斯带来的？他长得和奚罗台画的人物一样漂亮。"

罗斯多道："小姐，我忘了介绍，这位是内地来的诗人。你今晚太美了，我连最起码的礼数都想不起来……"

佛洛丽纳道："他能做诗人，大概很有钱吧？"

"穷得像约伯一样。"吕西安回答。

"真有意思。"佛洛丽纳说。

剧本的作者，年轻的杜·勃吕埃忽然闯进来，穿着常礼服，个子矮小，身体灵活，看上去像公务人员，又像业主，又像经纪人。

他说："小佛洛丽纳，台词记熟了吧？嗯，别临时忘了。特别

①古希腊有名的雕像，此处是指罗马时代的仿制品。

注意第二幕，要泼辣，要尖刻！‘我不爱你’那一句要说得好，跟我们排练的一样。”

玛蒂法对佛洛丽纳说：“干吗你要扮这个角色，说这种话呢？”

大家听着药材商的话哈哈大笑。

她道：“那跟你有什么相干？又不是对你说的，傻瓜！”佛洛丽纳又望着记者们说：“听他的胡说八道真好玩。我要不怕破产，还愿意花钱收买，他说一句糊涂话给他多少钱。”

药材商回答：“可是你说这句话把眼睛瞪着我，像你背台词的时候一样，我看着害怕。”

她道：“那容易，下回我望着罗斯多就是了。”

过道里响起一阵铃声。

佛洛丽纳道：“你们一齐请出去，我要温温台词，把意思弄清楚。”

吕西安和罗斯多最后走出。罗斯多亲了亲佛洛丽纳的肩膀，吕西安听见佛洛丽纳说：“今晚不行。老头儿告诉他女人，说他下乡去了。”

埃蒂安纳问吕西安：“你看她可爱不可爱？”

吕西安道：“可是，朋友，那个玛蒂法……”

罗斯多回答说：“呃，孩子，你还一点不了解巴黎生活。有些无可奈何的事只能忍受！比如你爱一个有夫之妇，不是一样吗？人总得设法譬解。”

十五、药材商的用处

埃蒂安纳和吕西安走进楼下紧靠前台的包厢，戏院经理和斐诺都在里头。对面的包厢坐着玛蒂法和他的朋友，高拉莉的后台老板，做丝绸生意的加缪索，另外一个小老头儿是加缪索的丈人。正厅里乱哄哄的，三个做买卖的不大放心，正擦着手眼镜张望。上演新戏的第一晚，包厢里的看客总是无奇不有：新闻记者带着情妇，外室带着情夫，有爱看新戏的老观众，有喜欢找这种刺激的上流人物。一位司长和他的家属占着一个最好的包厢；剧作家杜·勃吕埃靠那司长的力量，在财政部门弄到一个领干薪的差事。吕西安自从吃过晚饭以后，到一处诧异一处。两个月来他看到文艺生涯那么穷困，在罗斯多屋子里那么丑恶，在木廊商场那么低微同时又那么威风，总之是一副意想不到的豪华和奇奇怪怪的面目。得意和失意，昧着良心的妥协，权势和吹拍，欺骗和享乐，光荣和屈辱，全都混在一起，弄得吕西安目瞪口呆，好似看一幕从来未有的活剧。

斐诺问经理："你以为杜·勃吕埃的戏能赚钱吗？"

"情节很曲折，杜·勃吕埃有心模仿博马舍。大街上的观众但求刺激，不喜欢这一套。他们不懂风趣。今晚全靠佛洛丽纳和高拉莉，她们俩长得漂亮，极有风情；穿着短裙跳起西班牙舞来，准会抓住观众。这次演出是碰运气。如果报上来几篇有趣的评论，一炮打响了，我可以赚到三万法郎。”

斐诺说：“我懂了，这出戏要内行才会赏识。”

“近边的三家戏院打发一批人来捣乱，少不得大喝倒彩；我安排好对付的办法，把对方雇的人收买了，要他们无的放矢，乱嘘一阵。对面包厢的三个老板要佛洛丽纳和高拉莉成功，各人买了一百张戏票送给熟人，他们能把捣乱分子轰走。捣乱分子收了双份的钱，也会听让我们轰走。这个办法可以博得群众的好感。”

斐诺道：“两百张戏票，这些人才宝贵呢！”

“对！再多两个漂亮的女演员，像佛洛丽纳和高拉莉一样有阔人供养，我就过关啦。”

两小时以来，吕西安听见样样要靠金钱决定。不论在戏院里，书店里，报馆里，从来不提艺术和荣誉。造币厂的大锤子连续不断的砸在吕西安的头上心上。乐队奏着序曲，他不禁把池子里乱哄哄的掌声和嘘叫声，跟他在大卫的印刷所里体会的，恬静纯洁、诗意盎然的境界，做一个对比：那时他和大卫只看到艺术的神奇，天才的光辉的胜利，翅膀洁白的荣誉女神。他回想到小团体中的晚会，亮出一滴眼泪。

埃蒂安纳·罗斯多问道：“你怎么啦？”

吕西安回答说：“我看见诗歌掉在泥坑里。”

“唉！朋友，你还有幻想。”

“难道非得在这儿卑躬屈膝，侍候大腹便便的玛蒂法和加缪索，像女演员侍候新闻记者，我们侍候出版商一样吗？”

“小朋友，”埃蒂安纳咬着吕西安耳朵，指着斐诺说，“你瞧这个蠢家伙，既没思想，也没才气，可是贪得无厌，只想不择手段的发财，做买卖精明厉害，在道利阿铺子里要我四分利，还好像帮了我的忙……他收到一些有才气的青年写的信，为了一百法郎不惜向他下跪。”

吕西安厌恶透了，心里一阵抽搐，想起留在编辑室绿呢桌毯上的那幅漫画：*斐诺，我的一百法郎呢？*

“还是死的好！”他说。

“还是活的好！”埃蒂安纳回答。

幕启的时候，经理站起身来，往后台吩咐事情去了。

于是斐诺对埃蒂安纳说：“道利阿答应了，周报三分之一的股子归我，付他三万法郎现款，条件是我担任经理兼总编辑。这桩买卖好极了。勃龙台告诉我，上面正在起草限制新闻事业的法案，只允许现有的报纸维持下去。半年之内，要花一百万才能办一份新的报刊。所以我马上决定了，虽然手头只有一万法郎。要是你能叫玛蒂法拿出三万来买我一半股份，就是说认六分之一的股子，我让你当我小报的主编，两百五十法郎一月薪水。对外由你出面。编辑部的权我是始终不放弃的，我的利益也全部保留，只是表面上脱离关系。稿费作五法郎一栏算给你；你只付三法郎，再加上一些不要报酬的稿子，你每天有十五法郎外快，一个月就是四百五。报纸对人对事或者攻击，或者保护，都由我决定；你要放交情，出怨气，也可以，只消不妨碍我的策略。我或许加入政府党，或许加入极端派，此刻还不知道；可是我同进步党的关系暗地里仍要维持。因为你直心直肠，我什么话都告诉你了。我替另外一份报纸跑的国会新闻，说不定将来要让给你，我怕兼顾不了。所以你得利用佛洛丽纳做牵线工作，要她狠狠的逼一逼药材商；万一我凑不足款子，必须在四十八小时以内退股。道利阿把另外三分之一让给他的印刷所老板和纸店老板，作价三万。他白到手三分之一股子，还赚进一万，因为他统共只付出五万。可是一年之内，这份周报卖给宫廷好值二十万，假如宫廷真像外面说的那么聪明，想削弱新闻界的力量的话。”

罗斯多道：“你运气真好。”

“要是你尝过我从前的苦处，就不会说这句话了。在这个时代，我倒的霉简直无法挽回：我是一个帽子师傅的儿子，我爹至今还在公鸡街上开店。要我出头，只有来一次革命，否则就得挣上几百万家私。不知道这两桩事情比起来，是不是革命还容易一些。如果我姓了你那朋友的姓，事情就好办了。嘘！经理来了，再见。”斐诺说着站起身子，“我要上歌剧院，明天要跟人决斗也难说：我写了一篇稿子，签上一个F，把两个舞女大大攻击了一阵。她们都有将军撑腰。我向歌剧院老实不客气开火了。”

“啊！为什么？”经理问。

“是吗，个个人都同我斤斤较量。”斐诺回答，“这个减少我的包厢，那个不肯订五十份报纸。我给歌剧院送了最后通牒，要他们付一百份订报费，每月给我四个包厢。要是成功了，我就有八百订户，一千份报纸的收入[①]。我有办法再找两百订户，明年正月就有一千二了……”

经理说：“这样下去，你要叫我们破产了。”

①一千订户中有两百个是白送钱不要报纸的。

“你订了十份报就叫苦吗？我已经要《立宪报》替你登出两篇捧场文章。”

经理说：“我不怨你啊。”

斐诺接着说：“罗斯多，明儿晚上在法兰西剧院听你回音。那边有新戏上演；我没空写稿，报馆的包厢给你吧。我有心作成你，你为我累得满头大汗，我很感激。番利西安·凡尔奴愿意放弃一年薪水，出两万法郎买我报纸三分之一的股份；我可喜欢一个人做主。再会了。”

吕西安对罗斯多说：“这个人姓斐诺倒也名副其实[①]。”

“噢！这该死的家伙一定出头。”埃蒂安纳说，不管那正在关包厢门的精明角色听见不听见。

经理道：“他吗？……将来准是百万富翁，到处有人尊重，说不定还有朋友……”

吕西安道：“我的天哪！简直是强盗世界！你真的为这件事叫这个甜姐儿做说客吗？”他指着佛洛丽纳说。佛洛丽纳正在向他们飞眼风。

罗斯多回答：“并且她准成功。你才不知道这些可爱的姑娘多忠心、多聪明呢。”

经理接着说：“她们爱起人来，那种爱情简直没有穷尽，没有边际，把她们所有的缺点，过失，都抵销了。女演员的热情同她的环境是个极强烈的对比，所以更动人。”

罗斯多说：“那好比在污泥之中找到一颗钻石，有资格镶在最尊严的王冠上。”

---

①与斐诺谐音的另一个字，意思是刁猾。

经理说："哎，不好了，高拉莉在台上心不在焉。我们的朋友被高拉莉看上了，他自己不觉得。她的花招儿使不出来了，已经忘了对答，两次提示都没听见。先生，坐这边来。要是高拉莉爱上了你，我叫人告诉她说你走了。"

罗斯多说："不！还是告诉她这位先生等会参加宵夜，听凭她支配，那她就演得同玛斯小姐[1]一样了。"

经理走了。

吕西安对罗斯多说："朋友，斐诺花三万法郎买来的股份，你怎么下得了手，要佛洛丽纳小姐劝药材商拿出三万来买一半呢？"

吕西安来不及说完理由，被罗斯多拦住了。

"亲爱的孩子，你真是乡下佬！那药材商又不是人，不过是爱情送来的一口银箱！"

"你的良心呢？"

"朋友，良心这根棍子，我们用来专打别人，不打自己的。哎啊！你闹什么别扭啊？我等上两年的奇迹，你运气好，一天之中就碰上了，倒讲起手段来了！我只道你是聪明人，在这个社会里准会像闯江湖的知识分子一样，思想很洒脱；谁知你牵出良心问题，仿佛修女埋怨自己吃鸡子的时候动了贪欲……佛洛丽纳把事情办成了，我就是总编辑，按月有二百五十法郎收入，专跑大戏院，把一些歌舞剧院让给凡尔奴，大街上这几家戏院交给你，你不是上了路吗？三法郎一栏稿费，你每天写一栏，一个月三十栏，便是九十法郎；还有六十法郎样书卖给巴贝；再向戏院按月要十张送

①法国十九世纪有名的喜剧演员。

票，一共四十张，卖给戏剧界的巴贝，收进四十法郎，做戏票买卖的人我自会替你介绍。这样你每月有两百法郎了。再帮衬一下斐诺，还能在他新买的周报上发表一篇一百法郎的稿子，如果你才能出众的话；因为那儿要正式署名，不比在小报上写稿好胡扯。那时你每月就有三百法郎。亲爱的朋友，便是一般真有才能的人，比如天天在弗利谷多铺子吃饭的可怜的大丹士，也要熬上十年才能挣到这个数目。凭你一支笔，一年稳收四千法郎；倘若再替书店写稿，还有别的进款。一个县长只拿三千法郎年俸，待在县里不死不活。我不谈看白戏的乐趣，那是你很快就要厌倦的；可是四家戏院的后台让你自由进出。开头一二个月，不妨态度严厉，口角俏皮，人家便争着请你吃饭，和女戏子们一同玩儿；她们的情人都要来巴结你；你只有袋里空空如也，连三十铜子都掏不出，外边也没有饭局的时候，才上弗利谷多铺子。今天下午五点，你在卢森堡公园无聊得要死，明儿就有希望变作特权阶级，上百个统制法国舆论的人中间有你一个。要是我们的事情成功了，不出三天，你就能用三十句刻薄话，每天发表两三句，叫一个人坐立不安，过不了日子；你的吃喝玩乐全在你跑的几家戏院的女演员身上。你能把一出好戏打入冷宫，叫一出坏戏轰动巴黎。如果道利阿不肯印你的《长生菊》，也不送你一笔钱，你可以叫他低声下气的上你那儿，出两千法郎买去。只消你有才能，在三家不同的报纸上登出三篇稿子，拿道利阿的几笔大生意或者他打算畅销的一部书开刀，他要不爬上你的阁楼，像藤萝般缠着你不放才怪！还有你的小说，此刻个个出版商把你敷衍两句送走，将来他们会到你府上去排队，把道格罗老头只估四百法郎的原稿抬价抬到四千！这是当新闻记者的好处。因此我们不让新人接近报馆。

要进新闻界，不但要有才能，还得运气好。没想到你跟你的好运闹别扭！……不是吗？咱们俩今天要不在弗利谷多铺子见面，你还得像大丹士那样在阁楼上呆三年，或者干脆饿死。等到大丹士像斐尔[①]一样博学，成了卢梭那样的大作家，我们早已挣了家业，能支配他的家业和声名了。那时斐诺当上议员，做了一家大报馆的老板，而我们也都称心如意了：不是进贵族院，便是背了债进圣德-贝拉奚[②]。”

“那时，斐诺把他的报纸卖给出价最高的部长，正如他此刻把吹捧的话卖给巴斯蒂安纳太太，阴损几句维奚尼小姐，告诉读者，巴斯蒂安纳的帽子比报上早先称赞过的维奚尼做的高明！”吕西安这么说着，想起他亲眼目睹的一件事。

“朋友，你是个傻瓜。”罗斯多冷冷的回答，“三年以前，斐诺走在街上只有靴筒，没有靴底，在塔巴饭店吃十八铜子一顿的饭，为了挣十个法郎替人写商品的仿单；他的礼服怎么还能穿在身上，竟像圣灵感应的怀胎[③]一样，是个猜不透的秘密。如今斐诺有一份独资的小报，值到十万；有白送报费不要报纸的订户；除了正式的订报收入，还有他舅舅代抽的间接税：这两项给斐诺两万法郎一年收入，天天吃着山珍海味的酒席，从上个月起有了自备马车；明儿又要当一份周报的经理，白到手六分之一股权，每月五百法郎薪水，还能揩油上千法郎稿费，人家尽义务写的文

①斐尔（1647—1706），法国作家，写过一部百科辞典。

②1792至1899年间巴黎有名的监狱，主要幽禁政治犯与文人。

③基督教传说，圣母生耶稣不是凡人的怀胎，而是受了圣灵感应怀的胎。

章，他叫股东们照样付钱。倘若斐诺答应给你五十法郎一页[①]，你第一个会高高兴兴替他白写三篇稿子。等你爬到差不多的地位，你再来衡量斐诺吧，一个人只能受同等地位的人衡量。如果你闭着眼睛跟你的帮口走，斐诺喝一声打，你就打，喝一声捧，你就捧，包你前途无量！你要报仇出气，只消和我说一句：罗斯多，揍死这家伙！咱们就在报上每天登一句两句，叫你的敌人或者朋友不得超生。你还能在周报上发表一篇长文章拿他再开一次刀。万一事情对你关系重大，而斐诺觉得少不了你的话，他会让你利用一家有一万到一万二订户的大报，把你的敌人一棍子打死。”

吕西安听得入迷了，说道：“那么你认为佛洛丽纳一定能叫药材商做这笔交易了？”

“当然啰。现在正是休息时间，我先去嘱咐她两句，事情今夜就好决定。经过我指点，佛洛丽纳除了她自己的聪明，还会把我的聪明一齐用上去。”

“嗳，这老实的商人在那里张着嘴欣赏佛洛丽纳，做梦也没想到人家要算计他三万法郎！……”

罗斯多道：“你又说傻话了！为什么不干脆说我们抢劫呢？可是，亲爱的，如果政府收买报纸，药材商的三万本钱十个月之内可能变成五万。何况玛蒂法目的不在于报纸，他只为佛洛丽纳着想。外边一知道玛蒂法和加缪索做了某某杂志的老板，因为这笔交易他们俩要合做的，所有的报刊都会说佛洛丽纳和高拉莉的好话。佛洛丽纳马上出名，说不定别的戏院会出一万两千包银和她订合同。玛蒂法也不必再请客，送礼，每个月在记者身上好省

①指双折的一张，等于四面；法国人写稿很少用单张（即两面）的纸。

掉千把法郎。你不了解人，也不懂生意经。”

吕西安道：“可怜的家伙！他原是想快快活活过一夜的呢。”

罗斯多接口说：“佛洛丽纳却要搬出一大堆理由来跟他缠绕不休，直到他买下斐诺的股份，给佛洛丽纳看到收据为止。这么一来，我第二天便当上总编辑，一个月挣到上千法郎了。我的苦日子过完啦！”佛洛丽纳的情人叫起来。

罗斯多离开包厢，丢下神思恍惚的吕西安，让他去胡思乱想，在现实世界的上空飘飘荡荡。内地诗人见识了出版界在木廊商场的把戏和猎取声名的手段；又在戏院后台走了一遭，看到漆黑的良心，巴黎生活的关键，各种事情的内幕。他眼睛欣赏台上的佛洛丽纳，心里羡慕罗斯多的艳福，一会儿已经把玛蒂法忘了。他愣在那里说不出有多久，也许只有五分钟，他却觉得长得无穷无尽。火热的念头烧着他的心，女演员的形象挑起他的欲火：淫荡的眼睛四周涂着胭脂，白得耀眼的胸脯，妖艳的短裙，肉感的绉裥，裙子底下露出大腿，穿着绿头绿跟的红袜子，有意刺激台下的观众。两股腐蚀的力量齐头并进，向吕西安直扑过来，仿佛两条瀑布要在洪水中汇合；诗人坐在包厢的一角，胳膊放在包红丝绒的栏杆上，耷拉着手，定睛望着台上的幕，听凭那两股力量吞噬；因为以前过着用功，单调，隐晦的生活，像一片深沉的黑夜，此刻受着又有闪光，又有乌云，像烟火般灿烂的生活照耀，他愈加支持不住了。

十六、高拉莉

忽然幕上露出一个隙缝，一只多情的眼睛光芒闪闪，射在吕西安的漫不经意的眼睛上。诗人从迷惘中醒来，认出是高拉莉的眼睛，不由得浑身发热，低下头去，望着加缪索，加缪索正好回进对面的包厢。

那位女性鉴赏家是个大胖子，蒲陶南街上的丝绸商，还担任商务法庭裁判；家里有四个孩子，老婆是续弦，一年有八万法郎进款；年纪已经五十六，满头花白，像戴着一顶帽子，是一个假作正经而及时行乐的人；他一生在生意场中受过不少委屈，离开世界之前一定要快活一阵。颜色像新鲜牛油般的额角，像修士般红润的脸颊，似乎还不够容纳他心花怒放的快乐。加缪索趁老婆不在身边，准备拼命鼓掌，捧高拉莉。富商的虚荣心集中在高拉莉身上，他在小公馆里撑的场面不亚于从前的王侯。他认为女演员的成功一半是他的功劳，因为他是出钱的老板。既然有岳父在场，加缪索的行动等于得到批准。岳父是个矮小的老头儿，头发扑着粉，眼睛色迷迷的，可是神态庄严。吕西安看着不胜厌恶，想起自己一年来对巴日东太太的爱情何等纯洁，热烈。于是那种诗人式的爱情展开雪白的翅膀，无数的回忆像浅蓝的天色一般围绕着安古兰末的大人物。他又沉入幻想中去了。第二幕正开始。高拉莉和佛洛丽纳都在台上。

高拉莉对答的时候，佛洛丽纳和她轻轻的说："亲爱的，他脑子里才没有你呢。"

吕西安忍不住笑了，望着高拉莉。她是巴黎女演员中最可爱最有趣的一个，可以同班冷太太和佛勒里埃小姐[①]相比，不但面貌相像，命运也差不多。这一类的姑娘有本事随心所欲的迷惑男人。高拉莉在犹太女人中是最杰出的典型，一张长长的鹅蛋脸，淡黄皮肤带着象牙色，鲜红的嘴巴赛过石榴，细腻下巴像杯子的边。眼皮包着火辣辣的黑玉般的瞳子，睫毛往上翻卷。从眼皮和睫毛底下，不难想象那副懒洋洋的眼神，必要时会闪出沙漠中的火焰。橄榄色的眼圈上面，弯弯的眉毛很浓。两股紫檀色的头发从中间对分，照着灯火，光艳如漆；棕色的脑门藏着卓越的思想，仿佛很有才气。其实高拉莉同多数女演员一样，虽则会讲一套后台的俏皮话，人并不聪明；虽有应酬的经验，却谈不上什么知识；她的聪明是凭直觉，心肠好是因为她多情。可是她的滚圆光滑的胳膊，像纺纱的锭子般的手指，黄澄澄的肩膀，像《雅歌》中咏叹的那种胸脯，曲线优美，动作灵活的脖子，穿着红丝袜，长得多漂亮的大腿，叫人看了目眩神迷，怎么还会追究她的精神生活？这些富于东方诗意的美，被舞台上流行的西班牙装束衬托之下，越发显著了。她系着短裙扭来扭去，把裙子扭出许多淫荡的皱痕，观众的眼睛紧盯着她的腰部臀部，乐不可支。吕西安发觉

①十九世纪初期两个美丽的女演员，都是年轻时夭折的。

这女的只为他一个人表演，再也想不起加缪索，正如楼厅上的野孩子再也不想苹果皮；他把肉欲的爱放在纯洁的爱情之上，把享受放在爱慕之上，恶魔似的淫欲引起他许多邪念。

吕西安暗暗想道："花天酒地，穷奢极侈的爱情，我一点都不知道。我多半在思想中过活，很少过现实生活。一个人要描绘一切，就应当认识一切。今晚我第一回参加大场面的宵夜，同一般奇奇怪怪的人作乐。上一世纪的大贵族沉湎酒色，留下许多佳话；我为什么不尝尝那种乐趣呢？就是要移用到真正的爱情中去，也该领教一下交际花和女戏子的爱情，看看其中有什么快乐，妙处，激动，技巧，奥妙。归根结底，这不是销魂荡魄的诗意吗？两个月之前，这些女人在我眼中好比有毒龙看守的女神；刚才我还为着佛洛丽纳羡慕罗斯多；眼前这个比佛洛丽纳更美；她既然有意，我为什么不顺水推舟接受呢？达官贵人不惜拿最珍贵的东西孝敬她们，博一夕之欢。大使们一进那些魔窟，把昨天明天都忘了。我还没有爱上什么人，倒比一般王侯还多所顾虑，岂不是傻瓜！"

吕西安再也不想到加缪索了。对于最可耻的合伙，他曾经向罗斯多表示深恶痛绝，此刻他也跌进了这个臭沟。吕西安受着热情煽动，听凭自欺欺人的理由勾引，在一片欲海中浮沉。

罗斯多回进包厢，说道："高拉莉爱你爱得发疯了。你的相貌比得上希腊最有名的雕塑，弄得后台个个人神魂颠倒。朋友，你真运气。高拉莉才十八岁，凭她的姿色不久就能挣到六万法郎包银。她还挺安分。三年以前被母亲卖了六万法郎，一向很痛苦，只想求幸福。她进戏院是迫不得已。她恨死她的第一个主子特·玛赛。不久她被花花太岁丢了，总算脱离苦海，碰上这个忠厚的加缪索；高拉莉心里并不喜欢，可是加缪索像父亲对女儿一般对她，她也就容忍了，接受他的爱。有人用大笔财产引诱她，她拒绝了，宁可跟着加缪索，至少不受折磨。所以她对你还是初恋。噢！她一看见你，心上好像中了一颗子弹；她因为你冷淡，在更衣室里哭起来，佛洛丽纳才劝她来着。这出戏眼看要砸了，高拉莉把台词都忘啦；加缪索替她谋的竞技剧场的合同没有希望了！……”

吕西安听着这些话，虚荣心满足了，十分得意，说道："唔？……可怜的姑娘！……真的，朋友，我一生十八年中遇到的事，还没有一个黄昏遇到的多。”

接着吕西安说出他和特·巴日东太太的恋爱和对夏德莱男爵的仇恨。

“好啊，眼前报纸就缺少一个对头，正好揪住他。这男爵是帝政时代的美男子，此刻又是政府党，对我们很合式，我在歌剧院常常见到的。至于你那个贵族太太，我也面熟得很，她常在特·埃斯巴太太包厢出现。你的旧情人活像一块乌贼鱼骨，男爵还在追求她。事情真巧，斐诺才送信来说，报纸连一份抄本都没有；我们的一个记者，小坏蛋埃克多·曼兰，因为人家扣除了他稿子上的空白，跟斐诺捣乱。斐诺急坏了，正在赶写一篇攻击歌剧院的稿子。朋友，这里的剧评你来写，你先听一听，想一想。我到经理室去准备三栏文章，对付你的冤家和瞧你不起的美人儿，叫他们明天不得安宁！……”

吕西安道："原来报纸是在这种地方这样编出来的？”

罗斯多回答说："老是这么回事。我在报馆里十个月，总是晚上八点连一份钞本都没有。”

印刷业的行话把发排的手稿叫作钞本，大概假定作者只交作品的副稿。也许是拿拉丁文的Copia（意义是丰富）[①]译作反话，因为报馆里老是闹稿荒！

罗斯多又道："最理想是预先编好几期，可是这计划永远实现不了。此刻已经十点，还一个字都没有。为了把这一期编得精彩，我要去通知凡尔奴和拿当，叫他们写一二十条小品，挖苦一阵议员，部长，枢密大臣克吕索，必要的话把朋友都放进去。遇到这种情形，便是糟蹋自己的老子也顾不得了，比如海盗要活命，连抢来的金洋也不能不当作弹药装进大炮。你的稿子要是写得风趣，就能在斐诺面前站稳脚跟；他给人的情分都从利害关系出发。除了当铺的收据，根据利害关系的情分也是最好最靠得住的东西[②]。"

吕西安道："新闻记者到底是怎么样的人呢？……难道一坐到桌子前面，文思就会源源不绝的来吗？……"

"完全像点灯一般……点到灯尽油干为止。"

罗斯多正推开包厢的门，戏院经理和杜·勃吕埃来了。

剧作者对吕西安说："先生，让我去代你通知高拉莉，说你吃过宵夜和她同走；要不然我的戏完啦。可怜的姑娘不知道她做些什么，说些什么，这样下去，应当笑的时候她会哭，应当哭的时候她会笑。台下已经喝倒彩了。你还能挽回局面。反正是叫你快活，不是受罪。"

---

①法文中的"钞本"叫作Copie，语源便是拉丁文中的Copia，意思是丰富，充沛。

②原文中收据和情分（感激一字的转义）是同一个字，故此处用作双关语。

吕西安道："我不习惯同人家平分秋色。"

经理望着杜·勃吕埃说："这话别告诉她。高拉莉这孩子的脾气，会把加缪索轰走的。金茧号的老板很厚道，每月给高拉莉两千法郎，还负担全部衣着和鼓掌队的费用。"

吕西安神气俨然的说："好在你许的愿约束不了我，你先挽回了戏再说吧。"

杜·勃吕埃央告道："你可千万别冷淡这个可爱的姑娘。"

诗人说："我懂了，我又要为你的戏写评论，又要对你年轻的女主角装笑脸。行，就这样吧！"

作者向高拉莉递了一个暗号，出去了。高拉莉从此演戏演得很精彩。蒲费那天扮一个西班牙老法官，第一回显出他演老头儿的本领；他在掌声雷动中出台宣布，说道："诸位先生，我们演的这出戏是拉乌同特·居尔西[1]两位先生合编的。"

罗斯多说："呦！原来拿当也是作者，怪不得他在这里。"

"高拉莉！高拉莉！"正厅的观众发狂似的叫喊。

两个商人的包厢中发出打雷般的声音，叫道："佛洛丽纳！"

接着好几个人喊起来："佛洛丽纳！高拉莉！"

幕重新升起，蒲费陪两个女演员出来谢幕。玛蒂法和加缪索各自向台上丢了一个花圈，高拉莉捡起她的花圈伸向吕西安。在戏院里的两个钟点，吕西安等于做了一个梦。他一进后台就开始迷迷糊糊，虽然后台那么丑恶。心地还纯洁的诗人呼吸到一片混乱和肉欲的气息。肮脏的走道中堆满机关布景，油灯冒着黑烟，似乎有一种腐蚀心灵的瘟疫。那儿的生活既不清白，也不现

①法国烟草由国家专卖，由来已久。烟草零售店有定额，归政府分配。

实。所有的正经事儿都变了玩笑，所有的荒唐事儿倒像是真的。吕西安好像吃了麻醉品，最后高拉莉又使他快活得神魂颠倒。吊灯熄了。只有女招待在场子里搬开小凳，关上包厢，闹出一片古怪的响声。几十盏脚灯一下子给吹熄了，臭气触鼻。台前的幕高高卷起，屋梁上放下一盏灯笼。消防队和戏院的工友开始巡查。台上的神仙世界，美女充斥的包厢，眩目的灯光，富丽堂皇的布景和新装，完全不见了，只剩下寒冷，丑恶，阴暗，空虚，叫人不堪忍受。

吕西安的惊愕诧异简直无法形容。

罗斯多在台上叫道："喂，你来吗，老弟？——从包厢里跳上来吧。"

吕西安身子一纵，上了舞台。佛洛丽纳和高拉莉卸下戏装，裹着大衣，里面穿着普通的棉袍，帽子上罩着黑纱，好比蝴蝶又变了幼虫。吕西安几乎认不得她们了。

"请你搀着我好不好？"高拉莉打着哆嗦问。

"好啊。"吕西安回答。他扶着高拉莉的胳膊，觉得她的心像小鸟一般的乱跳。

高拉莉偎傍着诗人，好比一只猫又热烈又温柔的靠着主人的腿厮磨，说不出有多么舒服。

她对吕西安说："啊，我们一同去吃宵夜了！"

四个人走出去，看见戏院后门口，修院壕沟街上停着两辆街车。加缪索和他的老丈加陶已经在一辆车上等着；高拉莉请吕西安上去，也让杜·勃吕埃占了一个位置。戏院经理和佛洛丽纳，玛蒂法，罗斯多同车。

高拉莉说："这些街车真要不得！"

杜·勃吕埃说："为什么你不自备一辆呢？"

"为什么？"高拉莉口气不大高兴，"我不好意思当着加陶先生说出来，他的女婿准是他一手教导的。你想得到吗，加陶先生人这么矮，年纪这么大，只给佛洛朗蒂纳五百法郎一月，刚好够她吃饭，住房子，买木屐。特·洛希居特老侯爵一年有六十万进款，两个月来口口声声说要送我一辆轿车。我可是演员，不是低三下四的姑娘。"

加缪索一本正经的说："小姐，你的车后天就有；只是你从来没向我开口。"

"这也要人家开口吗？怎么，一个人爱一个女人，会让她踩着街上的垃圾，不怕她扭断腿吗？只有卖衣料的老板才喜欢女人衣角上沾上泥浆。"

这些牢骚叫加缪索听着好不难受。高拉莉一边说一边碰到吕西安的腿，趁势把自己的腿靠上去，还抓起他的手握着。她不出声了，好像一心一意体味着无穷的快乐。对于这一类可怜虫，这种快乐等于把一切过去的悲伤和不幸都补偿了，在心中引起一股诗意，那是别的妇女体会不到的，因为她们运气好，不曾有过这些强烈的对比。

杜·勃吕埃对高拉莉说："最后你演得和玛斯小姐一样好。"

加缪索说："是啊，小姐开场好像心里有疙瘩；可是从第二幕后半段起，她把人迷住了。你的戏成功一半是靠小姐。"

杜·勃吕埃说："小姐的成功一半也靠我。"

"你们都在抢别人的功劳。"高拉莉说话的声音不大自然。

车子经过一段黑洞洞的街道，高拉莉把嘴唇凑着吕西安的手亲了一下，掉了几滴眼泪在他手上。吕西安感动得不得了。交际花动了感情会这样谦卑，精神的伟大可以说胜过天使。

杜·勃吕埃对吕西安说："先生写起剧评来，正好为我们的高拉莉写一段好文章。"

加缪索道："噢！请你帮帮忙，我永远感激不尽。"他的声音完全是恳求吕西安。

气恼的高拉莉说道："别干涉先生的自由，他爱怎么写就怎么写。加缪索，我要你买车，不要你买人家的夸奖。"

吕西安客客气气回答："我的赞美用不着你破费。我从来没有在报上写过一个字，不知道报界的作风，我为你破题儿第一遭动笔……"

杜·勃吕埃道："那才妙呢。"

小老头加陶说："蓬提街到了。"他被高拉莉抢白了几句，狼狈得很。

高拉莉趁大家下去，车厢里只有她和吕西安两个人的时候，说道："你为我第一次动笔，我为你第一次动情。"

十七、小报是怎么编的

高拉莉到佛洛丽纳房中穿扮，她的衣衫早就派人送来。商人有了钱要享福，在女戏子或情妇家摆阔的场面，吕西安还没见识过。虽然玛蒂法的家业比不上他的朋友加缪索，气派不大，已经使吕西安看着惊奇。饭间的装修很精致，糊壁的绿呢嵌着黄澄澄的帽钉，点着漂亮的灯，花架上供满鲜花。客厅糊的是棕色镶边的黄绸，摆着时行的家具，有托米尔出品的吊灯，有波斯图案的地毯。座钟，烛台，壁炉用具，没有一样不美观大方。屋内的装修，玛蒂法都托青年建筑师葛兰杜代办；他正在替玛蒂法盖住宅，知道这套房间的用途，也就格外用心。玛蒂法到底是做买卖的，动用每样东西都小心翼翼，仿佛账单上的数字老在眼前，他看待奢华的陈设有如珍贵的首饰拿到了匣子外面，多少有点冒险。

加陶老头的眼神表示他心里想："看来我也不能不替佛洛朗蒂纳布置这样一所屋子。"

吕西安忽然明白，为什么罗斯多不在乎平时住的破烂房间。这些宴会和这些漂亮东西，事实上都归埃蒂安纳享受。无怪他摆着一副主人翁面孔，站在壁炉架前面和戏院经理交谈，经理正在恭维杜·勃吕埃。

斐诺进来嚷道：“稿子！稿子！报馆里一个字都没有。我的文章已经在排字工人手里，马上排完啦。”

埃蒂安纳道：“我们才到。佛洛丽纳的小客厅里有桌子，有火；只要玛蒂法先生给我们纸张墨水，趁佛洛丽纳和高拉莉穿扮的时候，我们的文章就好赶出来。”

加陶，加缪索，玛蒂法，一齐离开客厅去拿笔和小刀[①]，替两位作家张罗文房用具。当年最漂亮的一个舞女多丽阿，急急忙忙走进来对斐诺说：

“亲爱的，你要他们订一百份报，他们同意了；不用经理室开支，全部由歌唱队，乐队，舞蹈队分摊。你的报真有趣，个个人爱看。你要的包厢也给你了；这是第一季的订报费。”多丽阿递给斐诺两张钞票，“你可别跟我捣蛋啦！”

斐诺嚷道：“糟糕。我骂歌剧院的稿子不能不抽掉，这一期的头条文章又落空了……”

勃龙台带着格劳特·维浓，后面还有拿当和凡尔奴，跟着多丽阿进来。勃龙台说道：“拉伊斯[②]，你这个身段美极了！小宝贝，你非得和我们一块儿吃宵夜，要不我掐死你这个花蝴蝶。你是跳舞的，这儿没有人和你竞争。至于漂亮，你们都聪明得很，不会当众吃醋的。”

斐诺叫道：“喂，朋友们，杜·勃吕埃，拿当，勃龙台，救救我吧。我还缺五栏稿子。”

---

①鹅毛管的笔需要用小刀常常修削。

②公元前五世纪时希腊名妓。

吕西安道："我的剧评可以写两栏。"

罗斯多道："我的题材占一栏。"

"那么，拿当，凡尔奴，杜·勃吕埃，还剩两栏俏皮文章归你们负责。勃龙台替我第一版写两小栏。我马上赶往印刷所。多丽阿，幸亏你是坐自己的车来的。"

多丽阿说："对，可是车上还有雷多雷公爵和德国公使。"

拿当说："就请公使和公爵一齐来吃宵夜吧。"

勃龙台说："德国人酒量都不错，也喜欢听人议论，咱们尽量和他说些放肆的话，让他去报告他的宫廷。"

斐诺说："你们中间哪一个正经一些，能下去跟德国公使打交道？杜·勃吕埃，你是个小官儿，你搀着多丽阿一块儿下楼，去请特·雷多雷公爵和公使。呃，我的天！多丽阿今晚多漂亮！……"

"咱们一共是十三个了！"玛蒂法说着，脸色都变了[①]。

"不是十三，是十四。"佛洛朗蒂纳闯进来说，"我要求监视加陶大爷。"

罗斯多道："再说，勃龙台还带着格劳特·维浓呢。"

勃龙台端起一个墨水缸说："我是带他来喝酒的。"又对拿当和凡尔奴道，"今晚有五十六瓶酒，咱们非卖力不可。别忘了鼓动杜·勃吕埃，他专写轻松的喜剧，嘴皮刻薄，一定要他来些俏皮话。"

吕西安极想在这些出众的人物面前显显本领，伏在佛洛丽纳小客室内一张圆桌上，凑着玛蒂法点的几支粉红蜡烛，写出他的

①耶稣被捕前夕，和十二门徒一同吃晚饭（所谓"最后之晚餐"）；故西俗迷信忌十三人同桌。

第一篇稿子。

全景剧场

三幕杂剧《法官受窘记》第一次上演——佛洛丽纳小姐和高拉莉小姐初次登台——蒲费。

台上的人进来，出去，七嘴八舌，来来往往，东寻西找，一无所得，乱哄哄闹成一片。法官不见了女儿，找到了小帽子；小帽子戴在法官头上不合适，大概是贼的。贼在哪儿？大家进来，出去，七嘴八舌，来来往往，上天下地的找。临了法官找到一个男人，却没有女儿；找到了女儿，却没有男人。法官满意了，观众不满意。台上静下来，法官打算盘问男人，坐在法官的大靠椅上，整理他法官的衣袖。世界上只有西班牙法官才有那种大袖子，脖子里裹着羊肠领。在巴黎的舞台上，光是羊肠领就代表半个西班牙法官。踅着小步，害肺气肿的老法官，原来是青年演员蒲费，卜蒂埃的继承人，扮老人惟妙惟肖，连最老的老头儿看了也笑痛肚子。光秃的脑袋，发抖的声音，奚隆德[1]式的身体，瘦小的大腿：扮一百个老人也绰乎有余。这青年演员老得厉害，老得可怕，大家唯恐他的老态像瘟疫一般传染。他演的法官可真妙！笑容慌张得可爱！做的糊涂事儿重要无比！庄严的态度愚蠢透顶！迟疑得真有道理！这家伙知道很清楚，天下事都可真可假。他有资格在立宪政体之下做一个大臣！法

①古典喜剧中凡是年老庄严的角色大都取这个名字。

官问一句，陌生人反问一句；蒲费的审问变了回答，法官的问话说明了剧情。这一幕滑稽突梯，大有莫里哀风味，满场的观众都乐开了。剧中人好像意见一致了；我可没法告诉你们哪些事分明，哪些事糊涂。法官的女儿站在面前，是个地道的安达卢齐女子，西班牙女子，长着西班牙眼睛，西班牙皮色，西班牙腰身，走路是西班牙式，从头到脚都是西班牙味儿：吊袜带上拴着短刀，心中充满爱情，胸口的缎带上挂着十字架。一幕完了，有人问我戏怎么样，我回答说：——我只看见绿头绿跟的红袜子，脚只有这么一点儿，套着漆皮鞋，美丽的大腿在安达卢齐找不出第二双！啊！这个法官的小姐叫你看了馋涎欲滴，恨不得跳上台去把你穷小子的茅屋和热乎乎的心献给她，或者送她三万法郎进款，写文章歌颂。这安达卢齐姑娘是巴黎最漂亮的女演员，芳名高拉莉，能做伯爵夫人，也能做风骚的女工。到底扮哪个角色更好，我也说不上。反正她演什么像什么，天生的全才，对一个大街上的女演员，还有什么更好的话可赞美？

第二幕出现一个巴黎的西班牙女人，脸蛋像宝石上的浮雕，眼睛杀气腾腾。这一下轮到我来打听她的来历了。据说她是从后台来的，名叫佛洛丽纳小姐；我可不信，看她动作多泼辣，爱情多热烈！正好同法官的女儿见个高下。丈夫是阿尔玛维华[1]式的贵族，他那块料，扮大街上几百个贵人都行。佛洛丽纳没有绿头绿跟的红袜子，没有漆皮鞋，可是有西班牙式的披肩，一块轻纱裹在身上多有样，她本来是贵夫人么！她叫

①博马舍喜剧《塞维尔的理发师》和《费加罗的婚礼》中的主要角色之一，是个荒唐淫逸的贵族。

你看到母老虎能变作猫咪。两个西班牙妇女舌剑唇枪,你一句,我一句,一听就知道是争风吃醋。一切快解决了,不料法官糊涂,又把事情弄得一团糟。拿火把的,跟班的,狡猾的仆役,财主,绅士,法官,小姐,太太,再开始寻找,来来往往,到处乱转。剧情又复杂起来;我管不了剧情,只是被两个女的,嫉妒的佛洛丽纳和得意的高拉莉,把我卷进她们的裙子,披肩,用她们的小脚踩着我的眼睛。

好容易挨到第三幕,我没有闹出事来惹警察长干涉,也不曾叫看客觉得我伤风败俗,足见公众的和宗教的道德很有力量。可笑我们的国会对这些问题操心得厉害,仿佛法国到了人心不古,世风日下的地步。我终于弄明白了,原来有个男人爱上两个女人,而两个女人并不爱他,或者是两个女的爱他,而他并不爱两个女的;那男人不喜欢法官,或者是法官不喜欢那男人。那男的可是恪守本分的贵族,的确心有所爱,不是爱他自己就是爱上帝,因为他后来出家做了修士。诸位欲知详情,快去全景剧场。你们看了上文已经知道,第一回去应当见识一下绿头绿跟的红袜子,前程远大的小脚,眼睛漏出来的光像一道阳光;乔装安达卢齐姑娘的巴黎女子,乔装巴黎女子的安达卢齐姑娘,多么聪明伶俐,也该领教一番。第二回去应当欣赏戏文,那老头儿会把你笑死,那多情的贵人会叫你痛哭流涕。戏剧在这两点上都成功了。作者编这本戏听说还请一个大诗人合作,利用两位动了爱情的姑娘使作品成功。池子里的看客如醉若狂,差点儿乐死了。两个姑娘的大腿似乎比作者更有魔力。不过两个争风的妇女走开了,剧中的对话照样风趣十足,可见戏文着实精彩。台上报出作者姓名,鼓掌的声音害得戏院的建筑师提心吊胆，唯恐屋子震倒；作者特·居尔西先生却若无其事，他听惯维苏威火山在大吊灯底下沸腾。两个女主角还跳一只塞维尔的鲍莱罗舞，当年参加宗教会议的神甫们——最爱看，今日的检查官也批准了，虽则姿势淫荡，不无危险。仅仅这场舞蹈就能吸引一切人老心不老的老人；我有句话奉劝他们，就是手眼镜务必擦得干净。

吕西安写出这篇手法新颖，风格独特，在报刊文字中别开生面的稿子，同时罗斯多也写了一篇所谓风俗小品，题目叫《过时的美男子》，开头是这样的：

帝政时代的美男子总是细挑身材，筋骨很好，经常束腰，得过荣誉团勋章，姓什么包德莱之类。帝国的男爵现在为了讨好王室，在姓氏之前加上一个杜字，叫作杜·包德莱；万一遇到革命，仍旧可以回复本姓，叫作包德莱。他的姓是骑墙派，做人也是骑墙派；早年在某公主的闺房中当过风流的听差，又得宠，又得力，公主的兄长我不便道出姓名来；如今男爵又在圣·日耳曼区结交权贵。杜·包德莱一方面否认替帝国的公主出过力，一方面向他亲密的女施主高唱情歌……

这种人身攻击的小品当时很流行，内容荒谬，以后却大有进步，特别是《费加罗报》贡献最大。夏德莱男爵正在追求特·巴日东太太；作者用乌贼鱼骨跟特·巴日东太太做了一个滑稽的比较，读者用不着认识讽刺的对象也觉得好玩。夏德莱被罗斯多比作鹭鸶，说他衔着乌贼鱼骨吞不下去，掉在地下碎作三段，叫人看了忍俊不禁。这场玩笑写成几篇稿子登出来，在圣·日耳曼区闹得沸沸扬扬，也是促成取缔新闻法案的原因之一。过了一小时，勃龙台，罗斯多，吕西安，回进客厅。特·雷多雷公爵，德国公使，四个女的，三个商人，戏院经理，斐诺，三位作家，都在客厅里谈天。一个头戴纸帽的学徒跑来催稿。

他说："稿子再不送去，工人要走了。"

斐诺说："我给你十法郎，你拿去给他们，要他们等着。"

"先生，他们有了钱喝得烂醉，报纸完啦！"

斐诺说："这小孩儿这样世故，叫我害怕。"

德国公使正在预言那小厮将来一定大有出息，三位作家进来了。勃龙台念了一篇攻击浪漫派的俏皮文章。罗斯多的稿子叫大家听着直乐。特·雷多雷公爵劝作者间接捧一两句特·埃斯巴太太，免得圣·日耳曼区的贵族过分生气。

斐诺问吕西安："那么你呢？把你写的念给我们听听。"

吕西安战战兢兢念完了，客厅里掌声雷动。两个女演员拥抱新出道的作家，他被三个商人紧紧搂着，险些儿透不过气来；杜·勃吕埃含着眼泪和他握手，戏院经理约他吃饭。

勃龙台说："夏多布里昂先生已经把维克多·雨果称为才华盖世的孩子，孩子二字不能再用了，我只好老老实实说你有才情，有魄力，有气派。"

"我请先生加入我们编辑部。"斐诺说着，向埃蒂安纳道谢，狡猾的眼神表示他又想利用人了。

"你们写了什么妙文呢？"罗斯多问勃龙台和杜·勃吕埃。

拿当道："杜·勃吕埃的稿子在这里。"

台谟丹纳子爵看见大家都在注意A子爵，昨天对人说：也许我好清静一下了。

一位极端派抱怨巴斯几埃先生的演说仍旧继续特卡士的政策，一位太太回答说：是啊，不过看他的腿肚子，的确是个保王党。

斐诺道："行了行了，这样的开场准是妙文，不用再听下去。——赶快拿去吧。"他吩咐学徒，又转身对几位作家说："这期报纸有点七拼八凑，不过也是最精彩的一期。"那些作家已经带着阴险的意味望着吕西安。

勃龙台说："他还聪明，这家伙。"

格劳特·维浓说："文章写得不错。"

"咱们吃饭吧！"玛蒂法嚷着。

特·雷多雷公爵扶着佛洛丽纳，高拉莉搀着吕西安，多丽阿走在勃龙台和德国公使之间。

十八、半夜餐

“我不懂你们为什么要攻击特·巴日东太太和夏德莱男爵，听说夏德莱当上了夏朗德州州长兼参事院评议官[①]。”

罗斯多道：“特·巴日东太太把吕西安当作坏蛋一样撵出大门。”

德国公使道：“怎么？这样漂亮的一个青年！”

饭桌上用的是全新的银器，赛佛窑的瓷器，丝光斜文的台布，一派的豪华阔绰。菜是希凡酒家包的，酒是斐尔那河滨道上最有名的酒商挑选的，他是加缪索，玛蒂法和加陶的朋友。吕西安第一次看到巴黎的奢侈，觉得样样出乎意外，幸亏他像勃龙台说的是个有才情、有魄力、有气派的人，不至于大惊小怪。

高拉莉走出客厅的当口咬着佛洛丽纳的耳朵说：“替我灌醉加缪索，让他睡在你这里。”

“难道你跟那新闻记者搭上了吗？”佛洛丽纳用了一句她们那种女人的口头语。

①原文此句不说明是哪一个人说的，从上下文揣摩，大概是特·雷多雷公爵。

“不，亲爱的，我是爱上他了！”高拉莉说着，微微耸了耸肩膀，姿势美极了。

吕西安动了欲念，感觉格外灵敏，这些话都听见了。高拉莉衣衫穿得十分讲究，她的装束很巧妙的衬托出她的特色，因为每个女人都有一种特殊的美。她的袍子和佛洛丽纳的一样，用的上等衣料市面上还没见过，名叫蝉翼纱。加缪索是金茧号的老板，里昂绸厂的货色要他在巴黎推销，时新货在他铺子里总是最先出现。爱情和装扮等于女性的胭脂花粉，称心如意的高拉莉也就格外迷人。期待中的快乐，一定能到手的快乐，最能诱惑青年。花街柳巷的魔力，或许就因为那儿的欢娱是十拿九稳的缘故；长时期对一个人忠诚，恐怕也是由于这一点。纯洁真实的爱，生平第一次的爱，再加可怜的女演员们常有的狂热，对于吕西安的美貌的倾慕，使高拉莉变得聪明起来。

她坐上饭桌的时候凑着吕西安的耳朵说：“哪怕你又丑又病，我还是爱你！”

在诗人听来，这句话多有意思！加缪索消失了，吕西安望着高拉莉，再也看不见加缪索。一个渴望享受，感觉敏锐的人，厌恶内地的单调，受着巴黎的魔窟吸引，被贫穷和迫不得已的禁欲生活折磨够了，格吕尼街上修院生涯和毫无结果的工作使他厌倦不堪，一朝面对豪华的筵席，怎么肯推却呢？吕西安一只脚踏在高拉莉的床上，一只脚踏进了他再三奔走都没有能接近的报馆。他在小径街[1]空等了多少次，如今办报的人就在席上饮酒作乐，兴高采烈，而且脾气挺随和。他受过多少气，多少痛苦，没法报仇；现在靠着人家一篇文章把怨气出尽了，第二天登出去就可以撕破两个人的心。他望着罗斯多私下想："这是我的朋友！"谁知罗斯多已经在忌惮他，觉得他是个可怕的敌手。吕西安不应该锋芒太露；倘若只写一篇平淡的稿子，对他反而更好。幸亏勃龙台劝斐诺对待这样一个出色的人才迁就一些，把罗斯多的嫉妒冲淡了。罗斯多决意继续和吕西安做朋友，再跟斐诺来个默契，尽量剥削这个危险的新人，不让他手头宽裕。这是罗斯多和斐诺咬耳朵谈了两句，心照不宣定下来的策略。

"他有才干。"

"我看他是不容易满足的。"

"噢！"

"对！"

德国公使在特·蒙高南伯爵夫人家见过勃龙台，当下装出一副忠厚，安详，庄重的神气望着他说："同法国记者吃宵夜，我老是心惊胆战。勃吕希说过的一句话，在你们身上应验了。"

"什么话啊？"拿当问。

"一八一四年萨根和勃吕希[2]走上蒙玛脱高岗—— 对不起，

①作者在第七节中说斐诺的小报馆设在圣·菲阿克街，斐诺本人住在番杜街。此处忽然提到小径街。《搅水女人》中也说斐诺的报馆和住所都在小径街同一屋子内。事实上圣·菲阿克街和小径街是两条平行的街，相距不远。

②萨根是俄国将领，勃吕希是普鲁士将领，两人曾经同拿破仑作战。此处说的是1814至1815年联军占领巴黎时的故事。

诸位，我向你们提到那个不愉快的日子——萨根是老粗，他说：咱们放一把火把巴黎烧了吧！——勃吕希回答说：万万使不得，只有巴黎才能断送法国！——他一边说一边指着你们的大创口，在塞纳盆地上热腾腾的冒烟。”公使停了一会又道，“谢谢上帝，我们国内没有报纸。刚才那个戴纸帽的小家伙才不过十岁，头脑就跟老资格的外交家一样，我至今想着害怕。今天晚上，我觉得是和狮子老虎一块儿吃宵夜，只是承它们的情，不伸出爪子来罢了。”

勃龙台道：“不错，我们可以凿凿有据的向欧洲报道，说阁下今晚嘴里吐出一条蛇，险些儿没钻进我们最漂亮的舞蹈明星，多丽阿小姐的身体；然后我们对夏娃，圣经，原始罪恶，基本罪恶，发一通议论。可是放心，您是我们的客人。”

斐诺道：“那才滑稽呢。”

罗斯多道：“我们可以发表一批科学论文，从人身上和人心中的各种蛇说起，说到外交界的蛇。”

凡尔奴道：“我们可以说，这个装樱桃酒的玻璃瓶里就有一条蛇。”

维浓对公使说：“临了您也会相信实有其事。”

特·雷多雷公爵嚷道：“诸位别伸出爪子来啊！”

斐诺说：“报纸的影响和势力现在才不过开始，新闻事业还没脱离童年时代，慢慢会长大的。十年之内，样样要受广告统治。思想会指导一切，思想……”

“思想要摧残一切。”勃龙台打断了斐诺的话。

格劳特·维浓说：“这话有理。”

罗斯多说：“思想能制造帝王。”

德国公使说："也能推翻君主专政的国家。"

"所以，"勃龙台说，"要是本来没有报纸，就不应该发明；既然有了，我们就靠此为生。"

德国公使说："结果是你们为之送命。群众经过你们开导，越来越占优势，个人更不容易出人头地；你们在下层阶级散播思考的种子，将来的收获是大众的反抗，第一批牺牲品便是你们。请问巴黎暴动的时候毁坏些什么？"

拿当道："路灯杆子。我们这种人太渺小了，不用害怕，大不了受点轻伤。"

公使道："你们的民族聪明过分，不论哪种政府都不让发展。要不然，你们在欧洲没有能用刀枪保住的天下，可以再用笔杆子去征服。"

格劳特·维浓道："报纸固然是祸水，祸水也好利用；政府偏要把它消灭。那就发生斗争。哪一方面打败呢？是个问题。"

"我一口咬定是政府。"勃龙台说，"在法国，聪明才智比什么都强；报纸不但具备所有聪明人的才智，还有太丢狒[1]那样作假的本领。"

斐诺道："勃龙台！勃龙台！你这话太没遮拦，这儿还有报纸的订户呢。"

"你开着贩毒的铺子，当然害怕；我才不理你们这些黑店呢，虽则我靠此活命！"

格劳特·维浓道："勃龙台说的不错。报纸不尽传教士的责任，反而变作党派的工具，报纸用这个工具做生意，无法无天，

---

①莫里哀喜剧中的主人翁，阴险狡猾的小人典型。

像所有的买卖一样。勃龙台说的好，报纸是用说话做商品的铺子，专拣群众爱听的话向群众推销。要是有一份给驼背看的报，准会从早到晚说驼背怎么美，怎么善，怎么必要。报纸的作用不再是指导舆论，而是讨好舆论。过了相当时期，所有的报纸都要变成无耻，虚伪，下流，都要撒谎，甚至于行凶；扼杀思想，制度，人物；而且靠着这种行为一天天的发达。报纸是法人，占着法人的便宜：做了坏事谁也不负责任；我是我，你是你，我是维浓，你是罗斯多，勃龙台，斐诺，不是阿利斯泰提，便是柏拉图，或是开托，总之是普卢塔克传记中的圣贤豪杰；我们个个清白，丑事扯不到我们身上。这种道德的或者不道德的现象，随你怎么称呼，拿破仑曾经有过解释；他研究了国民议会，得出一个极妙的结论，他说：集体犯的罪恶，牵连不到个人。报纸尽可干出最残酷的事，没有一个人觉得自己沾着血腥。”

杜·勃吕埃道：“可是官方能订出惩罚的法令，目前正在起草。”

拿当道：“呸！法律怎么对付得了法国人的聪明才智！那是渗透力最强的溶解剂。”

维浓又道：“思想只能用思想去消毒。只有恐怖政策和专制手段才压得住法国人的特性。法国语言特别宜于暗示，说双关话；越是用法令禁止，聪明才智越爆发得厉害，好似蒸汽给关在装着活塞的机器里。王上做一桩好事，报纸如果反对王上，就说好事是部长做的，倘若反对部长，就把事情反过来说。凡是造谣毁谤，报馆说是从外边听来的。当事人抱怨吧，报馆说声放肆了事。告到法庭吧，报馆推说当事人并未要求更正；要求更正吧，它又一笑置之，认为它的罪恶不足挂齿。被害人胜诉的话，报纸再挖苦他一顿。万一报馆判了罪，要付出巨额罚金，就向大众指控，你跟自由，祖国，知识作对。报上可以登一篇文章，解释某先生如何如何是国内最诚实的君子，骨子里暗示他是个贼。因此，报纸犯的罪不足挂齿！侵犯报纸的人才罪大恶极！在某个时期之内，报纸要读者相信什么，读者就相信什么。报纸不喜欢的事绝不可能是爱国的；而且报纸永远不会错的。它用宗教攻击宗教，用宪章攻击国王；司法机关得罪了报纸，就被挖苦；迎合了大众的偏见，就受赞扬。为了招揽订户，不惜造出激动人心的谎话，做出逗笑的把戏，像有名的丑角鲍贝希。办报的宁可拿自己的老子活活的开刀，作为取笑的资料，绝不放过吸引群众，叫群众开心的机会，好比演员要哭得逼真，把儿子的骨灰放在匣子里，也好比一个女子为着情人什么都肯牺牲。”

勃龙台插进来说：“总而言之，报纸是表现在印刷品上的平民大众。”

维浓接着说：“而且是虚伪的，气量狭窄的平民大众。他们放逐有才能的人，同雅典人放逐阿利斯泰提一样。我们等着瞧吧，开头由正人君子主办的报后来会落到最庸俗的人手里，因为他们有耐性，肯卑躬屈膝，像橡皮，有才华的人缺少这副本领；或者受油酒杂货商控制，因为他们有钱收买作家。这种情形眼前已经出现了！不到十年，便是中学毕业生也要自命为大人物，在报上打前辈的嘴巴，拉他们的腿，抢他们位置。拿破仑压制言论，真有道理。我敢打赌，反对派的机关报自己捧上台的政府，只要对它们有一点儿违拗，它们就用此刻攻击王上的政府同样的理由，同样的文章，拼命攻击。你向新闻记者越让步，报纸越贪得无厌。成功的记者将来要被又穷又饿的记者代替。这个创口是没法医的，只会愈来愈恶化，愈来愈凶横；并且祸害越大，越受容忍，直到报纸有一天多于牛毛，陷于混乱为止，像当年的巴比伦一样。我们都知道，报纸比帝王还要无情无义；它做的投机生意，打的算盘，比最肮脏的买卖还要狠；它每天早上榨取我们的智力，做成麻醉品出卖；可是我们个个人替报纸写稿，好比开水银矿的工人明知要送命，照样采掘，瞧高拉莉身边的那个青年……他叫什么名字？吕西安！他长得漂亮，是诗人，是才子，这一点更难得；嗳，他马上要踏进那贩卖思想的下流地方，所谓报馆了，他要浪费他精彩的思想，绞尽脑汁，自甘堕落，暗地里干一些卑鄙事儿，在思想战争中等于佣兵头子的战术，焚烧掳掠，改变舰艇的方向。等到他像成千上百的人一样，为着股东消耗了一部分才华，那些贩毒的商人便让他口渴的时候饿死，饿极的时候渴死。”

斐诺道：“你愈说愈不像话了。”

格劳特·维浓道：“唉，天哪！这些我明明知道，我坐着苦役监，看见一个新犯进来觉得高兴。勃龙台和我，比拿我们的才具做投机的某甲某乙强得多，却永远被他们剥削。我们除了聪明，还有心肝，偏偏缺少剥削别人的狠毒。我们懒洋洋的，喜欢沉思默想，批评这个，批评那个；人们喝了我们的血，还骂我们品行不端！”

佛洛丽纳嚷道：“没有想到你这样杀风景！”

勃龙台道：“佛洛丽纳说的不错，公众的病应当交给吹牛的政客医治。夏莱[1]有句话，叫作：砸破自己的饭碗吗？才不这么

---

①法国十九世纪有名的镂版画家。

傻呢！”

罗斯多指着吕西安说：“你们知道我听了维浓的话作何感想？他像班里岗街上的大胖女人对一个中学生说：小弟弟，你年纪太轻，还不配到这里来……”

这句俏皮话引得大家都笑了，高拉莉听了更是暗暗欢喜。三个商人一边吃喝一边听。

德国公使对特·雷多雷公爵说：“多古怪的民族，多少的善善恶恶集中在他身上！诸位先生，你们是浪子，偏偏不会倾家荡产。”

可见吕西安掉下险坡之前，由于机缘凑巧，各方面的教育都受到了。开始是大丹士带他走上用功的路，激发他不怕艰难的志气。便是罗斯多也因为自私自利而告诉他报界和文坛的真相，希望他不要参加。吕西安先还不信真有这许多黑暗的内幕，可是又听到记者们大声诉苦，亲眼看见他们工作，不惜剖开乳母的肚子预言报界的前途[①]。那天晚上他的确见到了事情的真面目。巴黎的腐败被勃吕希形容得那么贴切，吕西安目睹腐败的内幕却并不深恶痛绝，反而如醉若狂的欣赏这批风趣的人物。那些了不起的人把他们恶劣的品行当作华丽的甲胄披在身上，把冷静的分析当作湛亮的头盔；在吕西安眼中他们竟比小团体中正经严肃的成员高出一等。并且他初次体会到财富的乐趣，受着奢华的诱惑，珍馐美味的影响，他的轻浮的本能觉醒了；极品的佳酿，名厨的手段，他都是第一回领教；他看见一个公使，一个公爵和他的舞女，同记者混在一起，佩服他们的恶势力；吕西安不禁心痒难熬，只

①古代的巫术师往往将祭神的牲口开膛破肚，预言未来之事。记者靠报纸为生，故言乳母。

想控制这些无冕之王，自以为有力量压倒他们。最后是高拉莉，听了他几句话就不胜快慰；吕西安借着席上的烛光，从菜肴的热气和醉眼蒙眬的雾雰中把她打量之下，觉得她妙不可言；这姑娘本是巴黎最美的女演员，动了真情越发娇艳了。小团体尽管代表崇高的智慧，怎敌得过这样多方面的诱惑！内行的夸奖满足了作家的虚荣，连未来的敌手都在恭维他。文章的轰动和高拉莉的倾心，即使不像吕西安这样新出道的人也不免为之得意忘形。高谈阔论的时候，大家吃得很多，喝的酒尤其可观。罗斯多坐在加缪索旁边，神不知鬼不觉的在他的葡萄酒里加了两三次浓烈的樱桃酒，说话之间还激他多喝。这套手法做得很巧妙，加缪索根本没有发觉，他自以为卖弄狡狯也有一手，不亚于新闻记者。甜点心和美酒一道一道的上来，尖刻的话也多起来。大吃大喝的宴会临了都不免丑态百出；机灵的德国公使发觉那些风雅的人语无伦次，快要撒野了，便向特·雷多雷公爵和舞女递了个眼色，三个人一齐溜了。高拉莉和吕西安在席面上始终像一对十五六岁的情人，看见加缪索酩酊大醉，便奔下楼梯，踏上一辆街车。加缪索横在饭桌底下，玛蒂法只道他陪着女演员走了，也就趁佛洛丽纳回房睡觉的当口跟着退席，让客人们自顾自抽烟，喝酒，说笑，争论。天亮时分，全班好汉只剩一个酒量最大的勃龙台还能说话，向呼呼大睡的同伴提议为红光满天的曙色干杯。

十九、女演员的住家

吕西安没有巴黎人闹酒的习惯,下楼神志还清楚,一吹风,立刻醉得不成模样。女演员住在王杜姆街一所漂亮屋子的二层楼上,高拉莉只得和她的女佣人把诗人扶上去。吕西安差点儿没在楼梯上发晕,难过得不得了。

高拉莉嚷道:“沏茶,贝雷尼斯,赶快沏茶。”

吕西安道:“没关系,只是吹了风。并且我从来没喝过这么多酒。”

“可怜的孩子!纯洁得像羔羊!”贝雷尼斯说。她是诺曼底人,其胖无比,相貌的丑陋跟高拉莉的美正好是极端。

吕西安迷迷糊糊被她们放倒在高拉莉床上。高拉莉让贝雷尼斯帮她替诗人脱衣服,那种细到,温存,赛过母亲照顾小孩儿。吕西安老说着:“没关系,只是吹了风。谢谢你,妈妈。”

“他叫妈妈叫得多好听!”高拉莉说着,亲了亲他的头发。

贝雷尼斯说:“小姐,爱上这样一个天使才快活呢!你在哪儿找来的?想不到会有个男人跟你一样美的。”

吕西安只想睡觉,什么都没看见,也不知道自己在哪儿。高拉莉给他喝了几杯茶，让他睡了。

高拉莉问贝雷尼斯："看门女人没看见我们吧？也没有别人看见吧？"

"没有，我在门口等你呢。"

"维克多阿也不知道吗？"

"不知道。"贝雷尼斯回答。

过了十小时，吕西安在中午时分醒来，发觉高拉莉眼睁睁的看着他睡觉！他是诗人，当然猜想得到。女演员还穿着她的漂亮衣衫，可是弄得污秽狼藉，不成样子了，后来被她收起来做纪念品。吕西安知道唯有真正的爱情才会这样热心，体贴，而那爱情正在等待酬报，他便望着高拉莉。高拉莉一眨眼脱了衣服，像青蛇一般躺在吕西安身旁。下午五点，诗人在温柔乡中蒙眬睡去。女演员的寝室，他看了一个大概，只觉得豪华富丽，到处是白和粉红两种颜色；陈设的美妙，可爱，讲究，比他在佛洛丽纳家欣赏的更高一级。高拉莉已经起床，为了扮演安达卢齐女人，必须七点钟到戏院。诗人心情欢畅的睡熟了。高拉莉还望着他出神，她为着高尚的爱情陶醉了，可是并不满足，感情和肉体的结合使感情和肉体愈加兴奋。在尘世感受的时候是两个人，在天上相爱的时候变成一体；这个由凡俗进而为圣洁的过程补赎了所有的罪孽。何况见到吕西安这样姿容绝世的美男子，谁能够不动心呢？高拉莉跪在床前，想着自己的爱情非常快慰，觉得自己变成圣洁了。不幸这快乐的心情被贝雷尼斯破坏了。

她道："加缪索来了，他知道你在家。"

吕西安马上跳起来，他生性厚道，不愿损害高拉莉。贝雷尼斯拉开一条幔子，吕西安躲入一间华丽的盥洗室。贝雷尼斯和女主人抢着把吕西安的衣服送进去，手脚之快无以复加。加缪索走进卧房的时候，高拉莉发觉诗人的靴子不曾收起；贝雷尼斯偷偷的上过油，放在火炉前面烘着；主仆两人都忘了这双泄漏秘密的靴子。贝雷尼斯同女主人慌慌张张交换了一个眼风，出去了。高拉莉坐在沙发上，叫加缪索坐着对面的大靠椅。老实人热爱高拉莉，瞧着靴子，不敢抬起头来望他的情妇。

“要不要为了这双靴子生气，跟高拉莉分手呢？那未免小题大做了。靴子到处都有。这一双要是放在鞋店橱窗里，或者给一个男人穿着在大街上溜达，不是更合式吗？空荡荡的摆在这儿便大有文章。犯了嫌疑。不错，我已经五十岁，应该像爱情一样盲目。”

这段毫无骨气的独白当然说不过去。换了一双目前流行的半筒靴，粗心大意的人也许会看不见；那双靴子却是当时的款式，靴筒很高，又系着穗子，非常漂亮，多半配着浅色的贴肉裤，像镜子一般照得出周围的东西，不但使忠厚的丝绸商觉得触目，而且老实说，还刺心呢。

高拉莉问道：“你怎么啦？”

他回答说：“没有什么。”

高拉莉看加缪索没有勇气道破，微笑道：“替我打铃。”诺曼底女人一进来，高拉莉就说，“贝雷尼斯，把鞋拔子找出来，等会我要穿这双要命的靴子，别忘了今晚送往更衣室。”

加缪索松了一口气，说道：“怎么？……是你的靴子吗？……”

“不是我的是谁的？”高拉莉虎着脸回答。“傻胖子，难道你以为……”她回头对贝雷尼斯说，“噢！他真的起了疑心。有个家伙编了一本戏，要我扮男人，我可从来没穿过男装。戏院的鞋匠量了我的尺寸，先送这双来试一试；他帮我穿上了，我疼得要死，脱下了；不过还是得穿上去。”

“不舒服就不穿吧。”加缪索说，他刚才就为这双靴子大不舒服。

贝雷尼斯道：“是吗，小姐还是不穿的好，免得像刚才那样受罪；先生，她疼得哭了！我要是男人，绝不让我心爱的女人哭出来！小姐的靴子要用极薄的摩洛哥皮才行。经理室舍不得花钱！先生应当替她定做一双……”

“是的，是的。”加缪索说着，又问高拉莉，“你才起来吗？”

“才起来。清早六点才回家，到处找你没找到，你叫我白白包了七个钟点的车。算你会照顾人！见了酒就把我忘了。现在我不能不小心保养，只要大法官那出戏赚钱，就得天天登台。我不愿意辜负那个青年写的评论。”

加缪索道：“他真好看，那孩子。”

“你说好看吗？我不喜欢这种男人，太娘儿腔了；又不懂得爱，不比你们做买卖的老头儿。你们平常的生活多单调！”

“先生陪太太吃饭吗？”贝雷尼斯问。

“不，我嘴里还腻得很呢。”

“昨天你醉得不成体统。告诉你，老头儿，我不喜欢男人喝酒……”

加缪索道：“你得送一样礼物给那个青年。”

“是的，我宁可这样酬谢他们，不喜欢佛洛丽纳的办法。好，亲爱的坏东西，你去吧，要不就给我一辆车，免得我浪费时间。”

“明儿你就可以坐着上仙岩饭店，同你的经理吃饭。星期日不会演新戏的。”

“来吧，我要吃饭了。”高拉莉拉着加缪索走出卧房。

过了一小时，贝雷尼斯放出吕西安。贝雷尼斯是高拉莉小时候的同伴，身体臃肿可是聪明透顶，机灵得不得了。

她对吕西安说：“你留在这里。高拉莉等会一个人回来。你要讨厌加缪索，她情愿和加缪索一刀两断。不过，孩子，你心肠太好了，不会叫她走上绝路的。她和我说，她打算丢掉一切，离开这里的天堂，跟你到阁楼上去过活。唉，那些嫉妒你、羡慕你的人，早告诉她，说你一个钱都没有，住在拉丁区。我自然跟你们一块儿去，替你们洗衣服，做饭。可是我刚才把可怜的孩子安慰了一番。不是吗，先生，你是聪明人，不会做这种傻事的？啊！你慢慢会发觉，那胖子只占着她身体，你才是她的心肝宝贝，被她当作天上的神道，她连灵魂都给了你了。你才想不到，高拉莉要我帮她背台词的时候多有趣。真是个招人疼的小娃娃！老天爷送一个天使给她受用也是应当的，她常常觉得活着没意思。她在妈妈手下受了多少罪，挨打挨骂，临了还给卖出去！是啊，先生，还是她的亲娘呢！我要有个女儿，一定像服侍高拉莉一样服侍她。此刻我就把高拉莉当作自己的孩子。这是我第一回看见她快活，第一回在戏院里有人这样捧她。听说为了你那篇文章，人家要在下一场雇一大批人来喝倒彩。你睡觉的当口，勃劳拉来跟她商量过了。”

“哪个勃劳拉？”吕西安好像听见过这名字。

"鼓掌队[1]的头子。他和高拉莉商量好，演到什么地方拍手。佛洛丽纳尽管表面上是高拉莉的朋友，难保她不弄神捣鬼，把好处一个人独占。你那篇评论在大街上轰动了……啊！这样的床铺真是王孙公子睡的……"贝雷尼斯说着，在床上铺了一条镂空纱的床罩。

她点起蜡烛。吕西安在烛光底下迷迷糊糊，以为真的进了神仙洞府。帐帷窗帘都是加缪索在金茧行里挑的最华丽的料子。诗人脚下踏着最讲究的地毯。烛光射在紫檀木器的沟槽中闪闪浮动。白云石的壁炉架上摆着贵重的小玩意，床前铺一条貂皮镶边的天鹅绒脚毯。红绸里子的黑丝绒软鞋告诉诗人有多少欢娱等着他。糊着花绸的天花板上吊一盏玲珑可爱的灯。

到处都有做工精致的花架，供着名贵的鲜花，铁树的白花，没有香味的山茶。到处是天真无邪的形象。谁想得到这儿住的是个女演员，过着舞台生活呢？吕西安诧异的神气被贝雷尼斯觉察了。

她娇声娇气的说："屋子真美，是不是？在这儿谈恋爱不是比阁楼上好得多吗？你千万不能让她耍脾气。"贝雷尼斯说着，端一张漂亮的独脚圆桌放在吕西安面前，桌上的菜都是在女主人的晚饭中偷偷捡来的，不给厨娘疑心家里躲着一个情人。

吕西安一顿晚饭吃得挺舒服：贝雷尼斯在旁侍候，碗盏不是刻花的银器，便是有画儿的瓷器，值到一个金路易一个。吕西安看到这派奢华，正如中学生看到马路天使的裸露的肉，笔挺的白袜。

---

①专受戏院雇用，在台下喝彩或者捣乱的帮口。

吕西安道："加缪索真快活！"

贝雷尼斯回答："快活？哼！他要能处在你的地位，拿他花白的头发换你年轻的淡黄头发，便是放弃家私也情愿的。"

她给吕西安喝了波尔多供应英国财主的极品好酒，又劝他趁高拉莉没回家之前再睡一会，打个盹儿；吕西安看着床铺十分羡慕，也想躺一下。贝雷尼斯看诗人眼睛里有这个欲望，替女主人暗暗高兴。十点半，吕西安醒来，发觉一双脉脉含情的眼睛朝他望着。高拉莉穿着娇艳的睡衣站在面前。吕西安睡足了，吕西安为着爱情沉醉了。贝雷尼斯退出去的时候问："明天几点钟起床？"

"十一点，你把早饭端到床前来；两点以前，有人来一律挡驾。"

第二天下午两点，高拉莉和情人俩穿扮齐整，面对面坐着，好像是诗人特意来访问他赏识的女演员。高拉莉帮吕西安洗澡，梳头，穿衣，要他上高利沃铺子买了十二件上等衬衫，十二条领带，十二条手帕，还有装着檀香匣子的一打手套。她听见门口有马车声，便和吕西安扑向窗口，看见加缪索从一辆体面的轿车中走下来。

她说："想不到我对一个男人和奢侈的享受会恨到这个田地……"

吕西安听着暗暗惭愧，只得说："我太穷了，不能让你走绝路。"

高拉莉搂着吕西安说："可怜的小宝贝，那么你真的爱我了？"随后指着吕西安对加缪索道："我约先生今天来看我，我想咱们好一同到天野大道去试试新车。"

"你们去吧。"加缪索没精打采的说，"我不能陪你们吃晚饭，今天是我女人生日，我忘了。”

高拉莉勾着商人的脖子说：“可怜的加缪索！那你要无聊死了！”

她想到能单独和吕西安试车，单独和吕西安上蒲洛涅森林，快活极了；她趁着一时高兴，做出疼爱加缪索的样子，和他着实亲热了一番。

可怜的加缪索说：“我真想每天送你一辆车。”

吕西安满面羞惭，高拉莉做了一个媚态十足的手势安慰他，说道：“咱们走吧，先生，已经两点了。”

高拉莉挽着吕西安奔下楼梯，吕西安听见加缪索走路像海豹似的掉在后面，跟不上来。诗人快乐得飘飘然：称心如意的高拉莉更加美了，高雅大方的装束叫所有的眼睛看得出神。天野大道上的巴黎人望着这对情侣啧啧称羡。在蒲洛涅森林中一条小路上，他们的车遇到特·埃斯巴太太和特·巴日东太太的敞篷车，她们俩瞧着吕西安觉得诧异，吕西安目无下尘的瞪了她们一眼，表示他这个诗人快要成名，发挥威力了。他被两个女子挑起来的仇恨，闷在心里苦恼不堪，和她们俩照面的当口总算发泄了一部分；这是他一生最得意的时间，或许也决定了他的命运。吕西安又受着骄傲鼓动，想重新踏进上流社会扬眉吐气。以前因为和小团体的人做朋友，刻苦用功，一切世俗的卑鄙的念头都给压了下去，此刻又在他心中抬头了。他这才体会到罗斯多代他发动的攻击力量有多大，罗斯多满足了他的情欲；小团体的集体导师却压制他的情欲，要他修身晋德，努力工作，而吕西安已经觉得德行可厌，工作无用了。对于醉心享受的人，用功不是要他们的命吗？作家不是最容易沦为游手好闲，在女演员和轻佻的女人堆里花天酒地，过糜烂的生活吗？吕西安就有一股不可遏制的欲望，要把那两天放荡的生活继续下去。

仙岩饭店的菜肴特别精美。吕西安发现同桌的还是佛洛丽纳家的一帮人，少了公使，公爵，舞女，加缪索，多了两个名演员，还有埃克多·曼兰和他的情妇，叫作杜·华诺勃太太。她是个妙人儿，在巴黎那个特殊社会中算得上最美最高雅的女子，现在我们很文雅的把这般女人称为交际花。吕西安四十八小时以来进了极乐世界，如今又知道自己的文章大出风头。诗人受到奉承、妒羡，不由得信心十足；他谈笑风生，变为今后几个月内在文坛和艺术界中走红的吕西安·特·吕庞泼莱。斐诺看人极有眼力，嗅觉灵敏，好似妖魔闻得出新鲜的人肉；他对吕西安大灌迷汤，想把吕西安拉进他手下的一小帮记者队伍。吕西安上钩了。高拉莉看出这个思想贩子的把戏，要吕西安防他一著。

她说："孩子，别马上答应；他们要剥削你；今晚咱们先商量一下。"

吕西安回答说："嘿！我有本事同他们一样狠毒，一样精明。"

斐诺并没为了空白的稿费和曼兰闹翻，替他介绍了吕西安。高拉莉和杜·华诺勃太太一见如故，打得火热。杜·华诺勃太太约了日子请吕西安和高拉莉吃饭。

那天同桌的记者要数埃克多·曼兰最可怕：他矮小，干瘪，抿着嘴唇，抱着一肚子的野心，无穷的醋意，专门幸灾乐祸，挑拨离间，从中取利；他人很聪明，意志不强，代替意志的是暴发户猎取财富和权势的本能。吕西安同他彼此都没有好感。理由很简单。原来曼兰把吕西安私下想的对吕西安明明白白说了出来。吃到饭后点心，那些个个自命为高人一等的角色，仿佛都变了生死之交。新进的吕西安更是他们笼络的对象。大家毫无顾忌的谈话。只有曼兰一个人不嘻嘻哈哈。吕西安问他为什么这样冷静。

他回答说："我看你抱着幻想投入文坛，投入新闻界。你相信真有什么朋友。其实我们彼此是朋友还是敌人，完全看情形而定。照理只打击敌人的武器，我们先用来打击朋友。你很快会发觉，凭你高尚的情感是什么都得不到的。你如果心地慈悲，先得变成凶恶。要有计划的恨人家。这条最要紧的规律要没人告诉你，就让我来告诉你，也不能算无关紧要的心腹话。你想得到爱情，每次离开你的情妇都得让她掉几滴眼泪。要在文坛上飞黄腾达，就该伤害所有的人，包括你的朋友在内，刺痛他们的自尊心，才能叫大家趋奉你。"

这些话在初出道的人听了好比心中挨了一刀，埃克多·曼兰从吕西安的表情上面看出这个效果，暗暗高兴。接着大家打牌。吕西安把身上的钱输得精光。他被高拉莉带回家，爱情的快乐使他忘了赌博的剧烈的刺激；可是后来他终于做了赌博的牺牲品。下一天他离开高拉莉回拉丁区，走在路上发觉赌输的钱仍旧在钱袋里。他先是为了高拉莉的好意心中难过，想回去退还这笔难堪的赠予；可是他已经到了竖琴街，也就继续向格吕尼旅馆走去，一边走一边想着高拉莉的这番情意，认为是那一类的女子羼在爱情中的母爱。她们的爱往往包括所有的感情。吕西安想来想去，终于找出一个理由来接受那笔钱："我不是爱她吗？我们要像夫妻一般过日子；而且我永远不会丢掉她的！"

二十、最后一次访问小团体

吕西安踏进旅馆，走上满是泥巴，臭气触鼻的楼梯，旋开门上的锁，看到龌龊的地砖，寒碜的壁炉架，穷苦丑恶，一无所有的卧房，他心中的感触，除了代俄哲尼斯[①]，谁都体会得到。他发现桌上摆着他小说的原稿，还有大尼埃·大丹士的一个字条：

> 亲爱的诗人，我们的一般朋友对你的作品大致满意了。这样拿出去比较放心，不论给朋友看还是给敌人看。你为全景剧场写的有趣的稿子，我们都念了，你将要在文坛上引起的嫉妒，和在我们中间引起的遗憾不相上下。
>
> 大尼埃

“遗憾！这话是什么意思？”吕西安嚷着，看到信上客气的口吻觉得奇怪。难道他和小团体不是一家人吗？从戏院后台的夏娃手中尝到美果以后，他愈加重视四府街上朋友们的友谊和敬意。

①见前注。

他把目前在这间房内的生活，和将来在高拉莉房内的生活，细细想了一下。一会儿转着高尚的念头，一会儿转着堕落的念头，迟疑不决。接着他坐下来，看看朋友们还给他的作品。一看之下，他大吃一惊。那些尚未成名的大人物又热心又巧妙，替他一章又一章的润色过后，本来贫乏的东西变得丰富了，对话也充实，紧凑，简练，有力了；同那些富于时代精神的谈吐比较之下，原来写的简直是废话。他勾勒的人像软弱无力，现在变得线条遒劲，色彩鲜明；生理方面的观察，表现得很细腻，使各种人物都和人生奇怪的现象有了关系，因此有了生命；这一部分准是皮安训的手笔。本来很空洞的描写有了内容，生动活泼了。吕西安创造的是个体格残缺，衣衫不整的女孩儿，如今变为俊俏的姑娘，穿着洁白的袍子，束着腰带，披着粉红围巾，总之成了一件绝妙的创作。他含着眼泪看到天黑，对着伟大的境界茫然失措，体会到这个教训的可贵，佩服他们的修改，使他在文学艺术方面比四年的阅读，比较，研究，学到更多的东西。拙劣的草图经过修正，点铁成金的实例，永远比理论和批评更有意义。

吕西安收起稿子叫道："这样的朋友！这样的热心！我多幸福！"

富于幻想而轻浮的性格天生容易冲动，吕西安凭着这股冲动赶去看大尼埃。他上楼的时候觉得任何诱惑都不能使那般朋友离开正路，他远远比不上他们。他耳朵里听见有个声音说，如果大尼埃爱上高拉莉，绝不肯连加缪索一同接受的。吕西安也知道小团体的成员痛恨新闻记者，而他现在多多少少是个记者了。他发现除了才出去的梅罗以外，所有的朋友都在场，个个人脸上都有一副伤心绝望的表情。

吕西安问道："你们怎么啦？"

"我们才得到一个可怕的消息，现代最大的思想家，我们最心爱的朋友，在精神上指导过我们两年的……"

吕西安接口说："路易·朗倍……"

皮安训说："他得了止动症，没有希望了。"

米希尔·克雷斯蒂安庄严的补充说："他肉体失去了知觉，脑子在天上，到死都是这样的了。"

大丹士说："活也罢，死也罢，对他已经没有分别。"

雷翁·奚罗说："爱情在他广大无边的脑子里等于放了一把火，把它烧坏了。"

约瑟·勃里杜说："是的，他受着爱情鼓动，进入另外一个世界，我们看不见他了。"

费尔扬斯·里达说："这是我们的大不幸。"

吕西安叫道："也许他会好的。"

皮安训道："据梅罗告诉我们的病情，的确是不治之症。他脑子里有许多现象在活动，药物一点办法都没有。"

大丹士道："总该有些东西能发生作用……"

"不错。"皮安训回答，"眼前他是身体瘫痪，我们可以使他脑子也瘫痪，变成白痴。"

米希尔·克雷斯蒂安道："可惜别人不能代替他！要不然我很愿意牺牲我的脑子！"

大丹士道："那你的欧罗巴联邦怎么办呢？"

"啊！不错。"米希尔·克雷斯蒂安回答，"我们先要献身给人类，再想到个人。"

吕西安道："我特意来向大家表示感谢。你们把我的作品点铁成金了。”

皮安训道：“咱们之间谈得上感谢吗？”

费尔扬斯道：“我们只觉得快活。”

雷翁·奚罗道：“这一下你当了记者啰？你的第一篇稿子引起的议论，拉丁区也听到了。”

吕西安回答：“还没有正式下海呢。”

米希尔·克雷斯蒂安说道：“那还好！”

大丹士道：“我早告诉你们，良心平安的可贵，吕西安是知道的。一个人上床睡觉的时候能够对自己说：我没有对别人的作品下断语，没有叫谁伤心，没有把我的聪明才智当作刀子一般在清白无辜的人心中乱搅；没有说什么刻薄话破坏别人的幸福，便是对痴呆混沌的人也不干扰他的快乐，没有向真有才气的人无理取闹；不屑用俏皮话去博取轻易的成功；总之从来不曾违背我的信念……能够对自己这么说不是极大的安慰吗？”

吕西安道：“可是我认为替报纸写稿照样能做到这些。如果我没有别的办法谋生，早晚要走这条路的。”

“噢！噢！噢！”费尔扬斯说一个字提高一个调门，“那就是投降。”

雷翁·奚罗很严肃的说道：“他非做记者不可。唉！吕西安，如果你愿意在我们的圈子里当记者，我们不久也要办一份刊物，永远不侵犯真理和正义，只宣传有益人类的学说，也许……”

吕西安很世故的插嘴道：“你们一个订户都不会有的。”

米希尔·克雷斯蒂安回答：“我们只要五百订户就抵得人家的五十万。”

吕西安道：“你们还需要资金。”

大丹士道："不，我们需要的是献身的精神。"

米希尔·克雷斯蒂安做着滑稽的样子嗅了嗅吕西安的头，说道："真像一个香粉铺。有人看见你坐着华丽的车子，套着漂亮哥儿的骏马，带着一个王孙公子的情妇，高拉莉。"

吕西安道："怎么！难道这有什么不好吗？"

皮安训道："这话就表示你情虚。"

大丹士道："我只希望吕西安遇到一个俾阿特利克斯，一个高贵的女子，能够在人生中支持他……"

诗人道："可是，大尼埃，只要是爱情，不是到处都一样吗？"

"啊！"相信共和政体的克雷斯蒂安说，"在这一点上我是贵族脾气。我不会爱一个被男演员当众亲吻的女人，在后台被人用亲昵的称呼乱叫，对台下哈腰屈背，满脸堆笑，掀起裙子跳舞，做男人的动作，把我只想一个人看到的姿势公诸大众。如果我爱上这样一个女子，一定要她脱离戏院，让我用爱情把她清洗干净。"

"她不能脱离戏院又怎办呢？"

"那我要伤心，嫉妒，痛苦死的。割断爱情不像拔掉一只牙齿那么容易。"

吕西安沉着脸担起心事来，想道："他们要是知道我容忍加缪索，准会瞧不起我。"

铁面无情的克雷斯蒂安又直率又尖刻的说："告诉你，你可能成为大作家，不过永远是轻骨头。"

说完拿起帽子走了。

诗人道："米希尔·克雷斯蒂安真严厉。"

皮安训道："又严厉又慈悲，赛过牙医生的钳子。米希尔看到你的前途，也许此刻在街上为你伤心呢。"

大丹士态度温和，体贴，想法鼓励吕西安。过了一小时，吕西安烦恼不堪的走了，他听见内心有个声音叫着：你一定要做记者！好比玛克白斯听见女巫说：你一定要做国王！到了街上，吕西安望了望坚忍不屈的大丹士的窗子，映着微弱的灯光；他凄凄凉凉，心神不定的回家。他有种预感，觉得这是那批真正的朋友最后一次和他推心置腹了。从索蓬纳广场走进格吕尼街，他看见停着高拉莉的车子。女演员要看看她的诗人，向他问好，老远从修院大街赶到索蓬纳。吕西安的情妇看着阁楼直掉眼泪，她要跟他一同吃苦，一边哭一边替他把衬衫，手套，领带，手帕，放进破旧的五斗柜。她的悲痛非常真实，非常强烈，表示她感情深厚，所以吕西安虽然被人责备爱上一个女戏子，还是认为高拉莉是不怕贫穷折磨的圣女。招人疼的女孩子为了要来看吕西安，推说加缪索，高拉莉和吕西安吃过玛蒂法，佛洛丽纳和罗斯多的半夜餐，要回请他们，特意来通知吕西安，问他要不要请几个他应当联络的人。吕西安回答说，他先得和罗斯多商量一下。高拉莉一会儿就走了，不让吕西安知道加缪索在底下等着。

二十一、另外一种记者

下一天清早八点，吕西安去找埃蒂安纳，埃蒂安纳不在，便赶往佛洛丽纳家。记者和女演员像夫妇一般占据着漂亮的卧房，就在房内接待他们的朋友，三个人一同吃了一顿挺讲究的中饭。

吕西安在饭桌上说到高拉莉要请他们吃宵夜，罗斯多回答："老弟，我劝你跟我一同去看番利西安·凡尔奴，约他吃饭，尽量同他联络，对这样一个小人非如此不可。他替一份带有政治性的报纸编副刊，说不定肯介绍你进去，登你的长篇稿子，那你优哉游哉，日子好过了。那份报和我们的一样属于进步党，将来你总是进步党的人，这是最得人心的党派；等到人家对你害怕以后，再倒向政府也便宜得多。埃克多·曼兰和他那位杜·华诺勃太太—— 在她家里出入的有几个大贵族，漂亮哥儿，百万富翁——他们不是邀你和高拉莉吃饭吗？"

"是的，"吕西安回答，"也请你跟佛洛丽纳。"

吕西安和罗斯多星期五喝得酩酊大醉的时候，星期日参加经理的饭局的时候，彼此已经称兄道弟，亲热得很了。

"好吧，咱们可以在报馆里碰到曼兰，这家伙准会死盯着斐诺；你最好敷衍敷衍他，请他和他的情妇吃宵夜，也许他不久就能帮你忙，心里有怨恨的人用得着所有的人，他可能先帮你一下，再在必要的时候利用你写稿。”

佛洛丽纳对吕西安说：“你第一炮放得相当响，眼前尽可通行无阻，我劝你打铁趁热，要不人家很快会把你忘掉的。”

罗斯多说：“那笔大生意做成了！一无所能的斐诺变成道利阿周报的经理兼总编辑，白到手六分之一的股份，还有六百法郎一月薪水。我从今天起做了我们那份小报的主编。经过情形就跟我前天晚上预料的一样。佛洛丽纳本领高强，便是泰勒朗亲王[①]也要让她三分。”

佛洛丽纳道：“男人要寻欢作乐，我们利用这一点抓住他们；外交家只能利用人的自尊心。一般人在外交家面前装腔作势，在我们面前专做傻事，所以我们力量更大。”

罗斯多道：“玛蒂法认股的时候说：反正这桩买卖不出我的本行[②]！我看他做了一辈子药材生意，从来没说过这样风趣的话。”

吕西安道：“我疑心是佛洛丽纳教他的。”

罗斯多道：“所以，好朋友，你这一下是脚踏马镫，上了路啦。”

佛洛丽纳道：“你生来命好。不知有多少年轻人在巴黎待上几年，一篇文章都登不出来！你的稿子将来可以跟爱弥尔·勃龙台的一样走红。我想象得出你六个月以后神气活现的面孔。”她

---

①泰勒朗（1754—1838），法国的外交家，弄权窃柄的政客。

②本行是指药材生意。药材在法文中另有一个通俗的意义，指一切无用的，品质低劣的，甚至有害的东西，此处是暗示报纸。

用了一句俗语，含讥带讽的笑了笑。

罗斯多道："我不是在巴黎待了三年吗？到昨天才当上主编，斐诺才给我三百法郎一月的固定薪水，五法郎一栏稿费，他的周报给我一百法郎一页。"

佛洛丽纳望着吕西安说："喂，怎么不开口啊？……"

吕西安说："我要考虑一下。"

罗斯多气恼着说："朋友，我当你亲兄弟看待，样样替你安排好；可是斐诺的事，我不敢担保。两天之内，自愿跌价，想加入他报纸的人准有几十个！我在斐诺面前替你一口应承了，你要不愿意，你去回绝吧。"停了一会又道，"你是得福不知。在咱们这个帮口里，弟兄们能够在好几份报上攻击敌人，互相帮衬。"

吕西安急于联络那些鹰犬，说道："咱们先去找番利西安·凡尔奴。"

罗斯多叫人雇了一辆车，两个朋友坐着上芒达街。凡尔奴在一所有过道的屋子里住着三楼上的一套房间。尖刻，傲慢，功架十足的批评家，正在和家里人吃饭；女的长得太丑了，一定是正式的配偶；两个小孩儿爬在两张围着栏杆的高椅上；饭间恶俗不堪，糊着方格的花纸，每隔一段有一簇青苔，几个金漆的框子嵌着镂版画。吕西安看着这排场很奇怪。番利西安的晨衣是用老婆的旧印花布衫改的，他因为这副装束被人撞见了，脸上不大高兴。

"吃过饭没有，罗斯多？"凡尔奴一边招呼，一边指着一把椅子让吕西安坐下。

埃蒂安纳说："我们才从佛洛丽纳家吃了来。"

吕西安只顾打量凡尔奴太太。她像个老实的大胖厨娘，皮肤还白，长相俗不可耐。头巾下面，一顶睡帽用带子扣在下巴上，腮帮的肉被带子箍紧了，拼命往外挤。没有腰带的梳妆衣只在领圈上扣着一个钮子，阔大的褶裥挂下来，穿在身上不三不四，叫人想起路旁的界石。身体好得异乎寻常，脸颊差不多红得发紫，手指头像螺丝钉。吕西安看了这女人，忽然懂得为什么凡尔奴在交际场中那么拘谨。他既厌恶自己的婚姻，又没有勇气丢掉老婆孩子，可是还有相当幻想，不能不为着老婆经常苦闷，所以他恨别人成功，对什么都不满意，也不满意自己。醋意十足的脸冷冰冰的老是不高兴，话中带刺，动不动出口伤人，像锋利的匕首；凡尔奴这些表现，吕西安完全了解了。

番利西安站起来说："到我书房去，你们来大概是为稿子吧？"

"可以说是，也可以说不是，"罗斯多回答，"朋友，主要是为了吃宵夜。"

吕西安说："我代高拉莉来请你……"

凡尔奴太太听见这名字，抬起头来。

吕西安接着说："……请你吃宵夜，从今天算起还有一星期。还是佛洛丽纳家的原班人马，只多了杜·华诺勃太太，曼兰，还有另外几个人。咱们也有牌局。"

凡尔奴的女人对丈夫说："朋友，那天我们约好要上玛乌陶太太家。"

凡尔奴说："那有什么关系？"

"咱们不去，玛乌陶太太会不高兴的，你不是想把书店的期票请她贴现吗？"

凡尔奴对客人说："朋友，你看竟有这样的女人，不知道半夜餐跟十一点散场的晚会并不冲突。”随后补上一句，“我总是在她身边写文章的。”

吕西安道：“你的想象力真了不起！”这句话惹恼了凡尔奴，从此恨死吕西安。

罗斯多道：“那么你一定到了？还有一件事：特·吕庞泼莱先生现在是咱们的人了，希望你在你报馆里帮衬一下，告诉人家说，他能写纯文艺的作品，每个月至少让他发表两篇稿子。”

凡尔奴回答说：“行，只要他站在我们一边；我们攻击他的敌人，他也得攻击我们的敌人，保护我们的朋友。今晚我到歌剧院去就提到他。”

“好吧，明儿见，”罗斯多好不亲热的和凡尔奴握握手，“你的书什么时候出版？”

“那要看道利阿了，”凡尔奴回答，“我可是完工了。”

“你满意吗？……”

“又满意又不满意……”

“我们捧场就是了。”罗斯多说着，站起来向同事的老婆行了礼。

客人这样急匆匆的告辞，因为两个小孩大吵大闹，拿羹匙掏着面包汤互相泼在脸上。

埃蒂安纳对吕西安说：“朋友，你看见了吧，那个女的无意中在文坛上闯了不少祸。可怜的凡尔奴为着他的老婆心绪恶劣，跟我们过不去。咱们应当替他打发掉，当然不是为他，而是为了公众的利益。这么一来，我们不至于再看到没结没完的刻薄文章，咒别人成功，骂别人交运。家里放着这样一个女人，加上两个丑八怪，结果怎么样？比卡有出戏叫作《彩票行》，你看过没有？其中有个角儿列高登……告诉你，凡尔奴同列高登一样，自己不打架，专门叫别人动手；只要能挖掉他好朋友的一双眼睛，他自己挖掉一只也愿意。你瞧着吧，他会踩着人家的尸首前进，看着人家的苦难高兴；他是平民，所以要攻击亲王，公爵，侯爵，贵族；为着他那个老婆，他气不过单身的名流，满口仁义道德，宣传家庭的乐趣，提倡公民的责任。总之，这位品行多好的批评家对个个人不客气，连小孩儿在内。他住在芒达街上，老婆有资格扮《冒充贵族》[1]中的土耳其贵人，两个小凡尔奴难看得像树上长的疮；他瞧不起圣·日耳曼区，因为他一辈子进不去，他笔下的公爵夫人开出口来都像他的女人。这种家伙只会直着嗓子骂耶稣会，骂宫廷，说它要恢复封建特权，长子特权，号召大家来一次十字军争平等，自己却是跟谁都不愿意平等。如果他是单身汉，能出入上流社会，气派同那些受公家津贴，挂着荣誉团勋章的保王党诗人一样，他准是个乐天派。新闻记者的出发点都差不多。那是一架靠琐琐碎碎的仇恨推动的大弩炮机。你看了这榜样还有意思结婚吗？凡尔奴没有心肝，怨毒把什么都淹没了。所以他是标准记者，是一只老虎，不过长着两只手，见一样撕一样，仿佛他的笔得了神经病。”

吕西安道：“他怕女人。—— 他能力怎么样？”

“他很俏皮，是专写报刊文章的作家。凡尔奴脑子里，笔底下，全是报刊文章，只有报刊文章。他用足苦功也没法把他的散文发展成一部书。番利西安不会构思，布置，不会按照一个有头有尾，向一桩重要事故进展的计划，把人物和谐的配合起来。他

①莫里哀的喜剧。

有思想，可不知道事实；书中的主角不是代表哲学的乌托邦，便是代表进步思想的乌托邦；风格标新立异，浮夸的句子好比一戳即破的气球，经不起批评家的磨勘。因此他最怕报纸，凡是需要乱吹乱捧的赞美才能浮在水面上的人都是这样。"

吕西安道："你这个批评可厉害呢！"

"老弟，这种话只好闷在肚里，万万不能说出来。"

"这是你当总编辑的口气。"吕西安说。

"你在哪儿下车？"罗斯多问他。

"高拉莉家。"罗斯多说，"啊！你真的动了爱情。不行哪！对待高拉莉最好像我对待佛洛丽纳一样，把她当作管家婆。自己非保持自由不可！"

吕西安笑道："你连圣徒都要送入地狱！"

罗斯多道："本来是魔鬼，用不着再送地狱。"

这位新朋友的轻薄而风趣的口吻，应付人生的方式，怪僻的议论，夹着巴黎式的老奸巨猾的格言，无形中影响了吕西安。诗人觉得那种思想在理论上固然危险，实际应用起来倒很有帮助。车子进入修院大街，两个朋友约好四点至五点之间在报馆相会，大概埃克多·曼兰也会去的。

二十二、靴子对私生活的影响

不错，吕西安被交际花的真正的爱情迷住了，觉得其乐无穷。这等女子能抓住男人心中最软弱的地方，有一套百依百顺的软功，迎合男人的懒散的习惯，她们的力量就是从这一点上来的。吕西安已经少不了巴黎的享受，喜欢在女演员家坐享现成，过那种富裕奢华的生活。他进门发现高拉莉和加缪索两人欢天喜地。竞技剧场请高拉莉从明年复活节开始登台，合同的条款订得明明白白，待遇还超过高拉莉的期望。

加缪索说："先生，这是你的功劳。"

高拉莉说："当然啰！没有他，大法官早完了，哪里会有什么剧评！我在大街上还得待上六年。"

她说完，当着加缪索勾着吕西安的脖子。女演员的热情急不可待的发泄出来，不知有多么温柔，她的得意忘形不知有多么甜蜜：她爱到了极点！加缪索和一切痛苦不堪的人一样，低下头去，发现吕西安漆黑发亮的靴筒从上到下有一道深黄的缝线，认出那是一般出名的鞋匠用的。早先加缪索对着高拉莉壁炉前面那双奇怪的靴子暗暗寻思的时候，曾经注意到缝线的颜色，也看到洁白柔软的里子上有几个黑字，印着当年有名的鞋店牌号：迦伊皮鞋公司，米旭第埃街。

“先生，”他和吕西安说，“你的靴子好看得很！”

“他身上没有一样不好看。”高拉莉回答。

“我很想找你的靴匠定做几双。”

“噢！”高拉莉道，“向人家打听买东西的铺子，多俗气！难道你想穿青年人的靴子，做漂亮哥儿吗？像你这样成家立业，有老婆，孩子，情妇的人，还是穿你的翻统靴合式。”

“不管怎样，先生要愿意脱下一只靴子来给我瞧瞧，倒是帮了我很大的忙。”加缪索固执的说。

“没有鞋拔子，我脱了穿不上。”吕西安红着脸说。

“叫贝雷尼斯去买一个，这儿也用得着。”加缪索神气挖苦得厉害。

高拉莉满脸瞧不起的样子，恶狠狠的瞪着他说：“加缪索老头，拿出勇气来，别鬼鬼祟祟的！把你心里的话一齐说出来吧。你认为他的靴子像我的，是不是？”她回头对吕西安说：“我不许你脱。——是的，加缪索先生，那天放在壁炉架前面的就是这一双，先生还躲在我盥洗室里等着穿呢，他隔天是在这儿过夜的。你心里这样想，对不对？好，就这样想吧，我要你这样想。这是事实。我骗了你又怎么样？我喜欢嘛，我！”

她并不生气，若无其事的坐下来望着加缪索和吕西安，他们俩却不敢照面。

加缪索道：“只有你要我相信的事，我才相信。别开玩笑，我认错就是了。”

“我或者是一个不要脸的小淫妇儿，心血来潮看中了他，或者是个可怜虫，破题儿第一遭动了真情，那是个个女人追求的。不管我是哪一等人，反正咱们得一刀两断，要不然你甭想管我。”她说着，做了一个气概不凡的手势，根本不把加缪索放在眼里。

“真的吗？”加缪索看着吕西安的态度知道高拉莉不是开玩笑，他只希望人家骗他一下，把事情蒙过去。

吕西安说：“我是爱小姐的。”

高拉莉听着这句声音激动的话，扑上诗人的脖子，紧紧抱着他，掉过头去朝着加缪索，让他看到一幅两人相爱的画面。

“可怜的加缪索，你给我的东西统统收回去吧，我一样不要，我爱他爱得发疯，不是为他的才气，而是为他的漂亮。我宁可跟他过苦日子，不要你的百万家财。”

加缪索倒在靠椅上，两只手捧着头一声不响。

“你要我们走吗？”高拉莉的口气狠得不得了。

吕西安看到要负担一个女人，一个女演员和一个家，身子凉了半截。

“住下去吧，高拉莉，一切照旧。”加缪索有气无力的痛苦的声音完全是从心底里发出来的，“我一样都不收回。这里的家具值到六万法郎，可是想到我的高拉莉吃苦，我受不了。而你是很快要吃苦的。先生再有才干也维持不了你的生活。唉，我们老头儿都是这个下场！高拉莉，让我不时来看看你行不行？我还能帮助你。并且老实说，没有你，我活不下去。”

可怜他就在自以为最快活的时候，全部幸福归于泡影；他的和顺的态度，使吕西安十分感动，高拉莉却不以为意。

她说：“好，可怜的缪索，你要来尽管来吧，我不欺骗你了，反而更喜欢你。”

加缪索没有被逐出尘世的天堂，感到高兴；在这个天堂上当然不免痛苦，但他存着卷土重来的希望，相信巴黎的生活变化多端，吕西安也抵抗不了周围的诱惑。狡猾的商人认为这漂亮青年早晚要喜新厌旧；为了暗中窥探，让高拉莉识破吕西安，他要做他们的朋友。这样的忍气吞声说明他真是一片痴情，叫吕西安看着害怕。加缪索约他们到王宫市场万利酒家吃晚饭，他们答应了。

加缪索走后，高拉莉叫道："多快活啊！你可以留在这里，不用再住拉丁区的阁楼，咱们从此不分开了。为了体统，你不妨在夏洛街上租一个小公寓；别的都不用管，听其自然就是了！"

她兴高采烈，一腔热情无法抑制，跳起她的西班牙舞来。

吕西安道："我好好的工作，每月可以挣到五百法郎。"

"我在戏院里也有这个数目，另外还有津贴。加缪索照样会替我做衣服，他才爱我呢！每个月有一千五进款，咱们的生活还不跟克利萨斯[①]一样吗？"

吕西安道："还有马，马夫，佣人，怎么开销呢？"

高拉莉道："我可以借债。"

她说完，又拉着吕西安跳了一支奚格舞。

吕西安道："那么斐诺的条件非接受不可了。"

高拉莉道："让我去换衣衫，送你上报馆，我在大街上坐在车里等你。"

吕西安坐在沙发上瞧着高拉莉装扮，想起正事来。照他的心思，他宁可让高拉莉自由，不愿和她同居，给自己加上一副担子；

①公元前六世纪时里提国国王，为古代有名的巨富。

可是看她这样美，身段这样好看，这样动人，吕西安又觉得这种放荡的生活别有风趣，决意不顾一切，向命运挑战了。高拉莉把吕西安搬家的事交给贝雷尼斯去办，然后得意扬扬，又漂亮又快活，拉着她心爱的情人，她的诗人，穿过巴黎城往圣-菲阿克街进发。

二十三、报纸的秘密

吕西安脚腿轻健的上楼，神气俨然的走进报馆。苦葫芦依旧头上顶着印花税票，奚罗多依旧假痴假呆，告诉他报馆没有人。

吕西安说："各位编辑约好在这里见面，商量报纸的事。"

"那也可能，我可不管编辑部。"帝国禁卫军的上尉说着，只顾核对他的订户签条，嘴里勃罗勃罗，哼个不停。

不知对吕西安说来是幸还是不幸，碰巧斐诺进来，预备向奚罗多说明他是假装下台，要奚罗多继续照顾他的利益。

斐诺同吕西安拉拉手，和舅舅说："别打官腔，先生是报馆的人。"

奚罗多看着外甥的手势觉得奇怪，说道："啊！先生是报馆的人！怎么，先生，你进报馆这么容易。"

斐诺神气很含蓄的望着吕西安说："我要替你安排好，免得埃蒂安纳把你当傻瓜。"又回头吩咐奚罗多："先生所有的稿子，包括剧评在内，一律三法郎一栏。"

"你从来没给人这样的待遇。"奚罗多说着，诧异的瞧着吕西安。

斐诺道:“大街上的四家戏院归他，别让人家揩油他的包厢，戏票都要交给他。”他转身对吕西安说:“最好叫人直接送到你家里。—— 先生除了剧评，还要在一年之内每个月写十篇小品，每篇大约两栏，一个月支五十法郎。——你觉得合式吗?”

“行。”吕西安迫于当时的形势，只好答应。

斐诺对出纳员说:“舅舅，把合同准备好，等我们下楼的时候签字。”

“请问这位先生尊姓?”奚罗多站起身来，脱下他的黑丝绒便帽。

斐诺说:“吕西安·特·吕庞泼莱先生，评大法官的稿子就是他写的。”

老军人拍拍吕西安的脑门，说道:“小朋友，你这里头藏着金矿。我不懂文学，你的评论我可看过了，我觉得有趣。嘿，了不起!叫人看了开心。—— 我说:这样的文章准会替我们招揽订户。果然我们多销了五十份。”

斐诺问:“我跟埃蒂安纳·罗斯多的合同可曾誊好双份，可以签字了吗?”

“誊好了。”奚罗多回答。

“我和特·吕庞泼莱先生的合同要填昨天的日子，才能叫罗斯多受条款约束。”斐诺说完，抓着新编辑的胳膊，装得很亲热，叫诗人看着心里受用。他拉着吕西安走上楼梯，说道:“这样一来，你的地位稳了。等会在我的编辑面前我亲自替你介绍。晚上再叫罗斯多陪你上戏院，介绍一番。你在我们的小报上写稿每月有一百五十法郎;小报今后归罗斯多负责，你得和他好好相处。那小子看我跟你订好合同，使他受到约束，已经要对我不满了。可是你有本领，我不愿意当主编的人独断独行，叫你吃亏。你不妨给我的周报每月写两页稿子，我付你两百法郎稿费。这个办法对谁都不能说，人家看见一个新出道的人运气这样好，要恨死我的。你可以用两页篇幅写四篇稿子，两篇用真名，两篇用假名，省得同道们说你抢了别人饭碗。你得到这个地位全靠勃龙台和维浓，他们认为你有前途。因此别把事情弄糟了。尤其要提防你的一般朋友。至于咱们俩，永远不能有一点儿误会。只要你帮我忙，我一定帮你。你的包厢和戏票好卖到四十法郎，赠书六十法郎。这两笔数目加上你的稿费，每月有四百五。凭你的聪明，替书店老板写些稿子和提要等等，少说也能再捞两百法郎外快。不过你是我的人了，我尽可信托你，是不是？”

吕西安喜出望外，跟斐诺热烈握手。

走到六层楼上一条长长的过道尽头，斐诺推开一间阁楼的门，咬着吕西安的耳朵说：“别让人看出咱们之间有默契。”

吕西安发现屋内生着很旺的火，桌上铺一条绿呢毯子，周围坐着罗斯多，番利西安·凡尔奴，埃克多·曼兰和两个陌生的编辑，有的坐着单靠，有的坐着圈椅，抽烟的抽烟，说笑的说笑。桌上堆满纸张，墨水缸这一回倒是货真价实，装满了墨水，还有几支破笔，给编辑们使用。新来的记者一看便知道报纸是在这儿编的。

斐诺说：“诸位先生，今天开会的目的是宣布我不能不脱离本报，主编的职位由亲爱的罗斯多接替。我那份杂志的使命你们是知道的，既然要去当总编辑，我的意见不免有所更改，信念可是始终如一，咱们也照样是朋友。我还是你们的人，你们也还是和我一伙。形势尽管变，原则永远不动。原则是转动政治气压表指针的轴心。”

所有的编辑都哈哈大笑。

“这话你是听谁说的?”罗斯多问。

“勃龙台。”斐诺回答。

曼兰道:“不管刮风下雨,阴天晴天,咱们始终走在一起。”

斐诺说:“行,别老打比喻,把咱们弄糊涂了。凡是送稿子来的,我斐诺无不欢迎。”接着向众人介绍吕西安:“这位先生是你们的同事。罗斯多,我和他谈过了。”

个个人祝贺斐诺的高升和新开辟的前途。

吕西安不认识的两个记者中间有一个说:“现在你这里骑着一匹马,那里又骑着一匹马,变作雅纽斯了。”

凡尔奴说:“但愿他不要变作雅诺[1]。”

“我们的冤家对头,你允许我们攻击吗?”

斐诺说:“你们爱怎办就怎办!”

“嗳!”罗斯多说,“我们可不能退缩。夏德莱先生恼火了,咱们要连续攻击他一星期。”

“怎么啦?”吕西安问。

凡尔奴说:“他来质问过了。帝政时代的美男子遇到奚罗多老头,奚罗多若无其事的说,稿子是腓列普·勃里杜写的。腓列普要男爵指定时间跟武器。事情到此为止。我们预备在明天的报上向男爵道歉,每句话都要刺他一下。”

斐诺说:“你们咬着他别放,他会来找我的。等我出来调停,

---

①雅纽斯是神话中最古的拉丁国王,能知过去未来,后世代表他的形象是一个身体长着两个头;雅诺是十八世纪戏剧中愚蠢可笑的角色。此处以雅诺与雅纽斯谐音做笑谈。

就算帮了他的忙；他接近政府，咱们好捞些油水，不是候补教授便是烟店的缺分[1]。他发急，我们求之不得。我的周刊需要一篇社论批评拿当，你们之中谁愿意动笔？”

“交给吕西安，”罗斯多说，“再让埃克多和凡尔奴在他们的报上各写一篇。”

“诸位，我走啦；咱们回头在巴班铺子再见[2]。”斐诺笑着说。

有几个编辑祝贺吕西安踏进新闻界这个有势力的集团，罗斯多对大家说他是个可靠的朋友。

“诸位，吕西安请你们全班人马吃宵夜，在他情妇高拉莉家。”

“高拉莉要进竞技剧场了。”吕西安告诉埃蒂安纳。

“喂，诸位，咱们当然捧高拉莉，是不是？各人在自己的报上写几行，报道她接了新合同，谈谈她的才艺。对竞技剧场的经理室也该称赞几句，说他们有眼力，有手腕，是不是也能说聪明呢？”

曼兰回答：“行，就说他们聪明吧。腓特烈和斯克利勃合编的一本戏也在他们那里。”

凡尔奴道：“这么说来，竞技剧场的经理倒是最有眼光、最精明的投机商了。”

罗斯多道：“请各位注意，写拿当的书评，事先得商量一下；咱们要替新朋友出把力。吕西安有两部稿子要卖，一部十四行

①法国烟草由国家专卖，由来已久。烟草零售店有定额，归政府分配。

②巴班是十七世纪出版莫里哀戏剧的书店老板，“咱们在巴班铺子再见”一句见莫里哀《才女》第三幕第三场结尾。

诗集，一部小说。他要靠报刊文章的力量在三个月之内成为一个大诗人。咱们正好用他的《长生菊》把《颂歌》《叙事曲》《默想集》[1]和全部浪漫派的诗歌一齐压下去。”

凡尔奴道：“如果十四行诗毫无价值，那才妙呢！吕西安，你觉得你的十四行诗怎么样？”

两个陌生编辑中的一个问：“告诉我们，你对自己的作品怎么看法？”

罗斯多道：“凭良心讲，写得不错。”

凡尔奴道：“好，我听了高兴。那些保王党的诗人真讨厌，我要利用吕西安的作品跟他们捣乱。”

“要是今晚道利阿不收下《长生菊》，咱们就把稿子一篇接一篇的登出去，攻击拿当。”

吕西安叫道：“拿当又要怎么说呢？”

五个编辑听了大笑。

凡尔奴说：“他才高兴呢。我们怎么安排，你等着瞧吧。”

吕西安不认识的两个编辑之中的一个说：“那么先生是我们一家人了？”

“当然，当然，腓特烈，不是开玩笑。”埃蒂安纳又对新角色说，“吕西安，你看我们怎样待你，你将来可不能临阵退缩。我们都喜欢拿当，可是照样要攻击他。现在让咱们来分疆划土，安排一下。腓特烈，法兰西剧院和奥台翁给你，怎么样？”

腓特烈说：“只要各位先生同意。”

大家点点头，可是吕西安发觉他们的眼神嫉妒得厉害。

①《颂歌》与《叙事曲》是维克多·雨果的诗集，《默想集》是拉马丁的诗集。

凡尔奴说："我照旧担任歌剧院，意大利剧院和喜歌剧院。"

罗斯多说："那么所有的通俗歌舞剧院归埃克多吧。"

另外一个吕西安不认识的编辑说："那么我呢？我就没有戏院了吗？"

罗斯多说："叫埃克多让出多艺剧院，吕西安让出圣－马丁门戏院给你。"接着告诉吕西安："他迷上了法尼·鲍泼莱，就把圣－马丁门戏院让给他吧。我给你奥林匹克－杂技剧场做交换。鲍皮诺，杂耍，萨基，这几家戏院归我了。明天的报有些什么材料？"

"什么也没有。"

"什么也没有。"

"什么也没有！"

"请诸位拿出本领来，帮我编好第一期。夏德莱男爵和他的乌贼骨，没有一星期的材料可写。挖苦孤独者的题目也用滥了。"

凡尔奴说："台谟丹纳子爵的笑话也没有噱头了，大家都在抄我们的老文章。"

腓特烈说："是啊，咱们要有些新的箭靶子才行。"

罗斯多说："诸位，咱们拿右派的道学家开开玩笑怎么样？比如说特·鲍那先生脚臭。"

埃克多·曼兰说："咱们先来一组政府党议员的肖像。"

罗斯多说："行，老弟，就请你动笔。你和他们同一个党派，对他们很熟悉，党内有倾轧，你也好代别人出出气。就拿柏溺，西里埃斯·特·梅兰哈等等来开刀。文章可以预先写好，省得闹稿荒。"

埃克多说："再编几个不准埋葬[1]的故事，把情节多多少少说得严重一些，行不行？"

凡尔奴说："最好别走人家的老路，立宪派的几家大报全有讽刺教士的漫画，多半是鸭子。"

"什么鸭子？"吕西安问。

埃克多回答说："所谓鸭子，是无中生有而情节逼真的故事，遇到社会新闻太单调的时候，我们用来点缀一下。这是法兰克林的创作；避雷针，鸭子，共和国，都是他的新发明[2]。这个新闻记者的海外鸭子，连百科全书派的学者都上了当，雷那的《印度哲学史》把法兰克林的两桩无稽之谈当作事实。"

凡尔奴说："这个我倒不知道。怎么回事呢？"

"据说有个黑种女子救了一个英国人的性命，英国人为了多赚几个钱，让她有了身孕再把她卖出去。怀孕的少女慷慨激昂的辩诉，把官司打赢了。法兰克林来到巴黎的时候，在内刻家里承认这故事是他杜撰的，弄得法国的一般哲学家狼狈不堪。可见新大陆两次败坏旧大陆的人心。"

罗斯多道："只要是可能的事，报纸一律当作真的。我们就是从这一点出发的。"

凡尔奴道："判刑事案子何尝不如此？"

曼兰道："好吧，晚上九点再见，还是在这儿。"

大家站起来互相握手，在非常亲热的气氛中散会。

---

①犯重罪或自杀致死的人，教会不准葬入公墓。当时左派政党借此攻击教会的权力。

②法兰克林（1706—1790）是美国物理学家，发明避雷针，也是新闻记者，主张共和政体的政治家。

埃蒂安纳下楼的当口问吕西安："你对斐诺用了什么手段，他会同你订约的？除了跟你，他从来没有让自己受过约束。"

"我没有什么行动，是他向我提议的。"吕西安回答。

"不管怎么样，你和他讲妥了，我总是高兴的，咱们两个的势力只有更大。"

到了底层，埃蒂安纳和吕西安遇到斐诺，斐诺把罗斯多拉往那间名为编辑部的办公室。

奚罗多拿出两份贴着印花的文件，对吕西安说："合同你来签了吧，让新任经理以为是昨天订的。"

吕西安念着合同的条文，听见埃蒂安纳为着报馆勒索人家的实物，同斐诺争论很凶。奚罗多抽的税，埃蒂安纳也要从中分肥。最后斐诺和罗斯多一团和气的走出来，大概条件讲妥了。

埃蒂安纳和吕西安说："八点钟在木廊商场道利阿那儿等我。"

这时进来一个年轻人要求替报纸写稿，胆小和焦急的神气跟过去的吕西安一模一样。奚罗多用当初愚弄吕西安的办法对付那青年，吕西安看着暗暗欢喜。他懂得为了切身利益，一定要玩这套戏法才能筑起深沟高垒，不让新角儿闯入阁楼上的禁地。

他对奚罗多说："当编辑的本来就没有多少钱好拿。"

上尉回答："人多了，你们每个人的收入就少了，不是吗？"

退伍军人挥着装铅的手杖，喉咙里勃罗勃罗的出门了。大街上停着华丽的马车，吕西安踏上车去，奚罗多看着一愣，说道：

"如今你们变了军人，我们倒是老百姓了。"

人间喜剧

La Comédie humaine

幻灭

〔下〕

(法)巴尔扎克 著
傅雷 译

團结出版社

目 录

第二部 内地大人物在巴黎

第三部 发明家的苦难

二十四、又是道利阿

吕西安对高拉莉道:“凭良心讲,那些年轻人脾气再好没有。现在我当了记者,只要拼命的干,一个月六百法郎收入是稳的了。两部稿子一定能卖出去,将来还可以写。朋友们预备捧场,保证我成功!所以,高拉莉,我也和你一样说法:听其自然吧!”

“孩子,你一定成功。不过你人这样漂亮,心肠可不能太好,你要吃亏的。对人要狠才是办法。”

高拉莉和吕西安上蒲洛涅森林兜风,又碰见特·埃斯巴侯爵夫人,特·巴日东太太和夏德莱男爵。特·巴日东太太瞧着吕西安,脉脉含情的神气很像打招呼。加缪索定下最好的酒菜。高拉莉恢复了自由,对可怜的丝绸商十分殷勤;丝绸商记不起和高拉莉同居的十四个月中间,有没有看见过她这样亲切,这样动人。

他私下想:“无论如何,还是不离开她好。”

加缪索有一笔六千法郎利息的存款瞒着老婆,他偷偷向高拉莉说,只要继续同他相好,他愿意把这笔钱用高拉莉的名字存入国债基金库;高拉莉和吕西安的爱情,加缪索可以不闻不问。

“叫我欺骗这样一个天使吗?……你瞧瞧他,再瞧瞧你自己，可怜的丑八怪！”她向加缪索指着诗人说。诗人已经被加缪索灌得半醉了。

当初由贫穷送给加缪索的女人，加缪索决意等贫穷再把她送回来。

“那么我只能和你做朋友了。”他吻着高拉莉的额角说。

吕西安别了高拉莉和加缪索，上木廊商场。他参与过报纸的秘密，精神上大起变化。他和潮水般的群众混在一起不再惊慌；因为有了情妇，变得目中无人，因为做了记者，走进道利阿铺子神态自若。他遇到许多名流，同勃龙台，拿当，斐诺，以及一星期来混得很熟的作家们握手。吕西安觉得自己不但是个人物，而且还比同伴高出一等；略带几分酒意对他很有帮助，他谈笑风生，表示也会张牙舞爪的吓唬人。可是出乎吕西安意料之外，大家明里暗里对他并不赞许；相反，他发觉众人已经有些嫉妒，他们不一定是为了他而恐慌，却是心中好奇，要看看这个能干的新人能爬到什么地位，在新闻界中能捞到什么油水。只有把吕西安当作摇钱树的斐诺，自命为可以支配他的罗斯多，向吕西安堆着笑脸。罗斯多拿出总编辑的气派，使劲敲了敲道利阿办公室的玻璃窗。

出版商在绿窗帘上探出头来张望，见是罗斯多，便道：“一会儿就来，朋友。”

一会儿事实上是一小时。过了一小时，吕西安和朋友走进圣殿。

新任的总编辑问：“喂，咱们朋友的事你考虑过没有？”

“当然啰，”道利阿在靠椅中气派十足的欠身回答，“稿子我翻了一遍，还请一位有眼力的人，请一个行家看过，我并不冒充内行。告诉你，朋友，我只收买成名的作家，像那个英国人买爱情一样。老弟，你的诗才跟你的品貌不相上下。拿我老实人的名誉打赌——我不说出版商，注意没有？——你的十四行诗妙极了，看不出雕琢的痕迹，一个有灵感有才情的人难得做到这一点。你有新派诗人的长处，很会押韵。你的《长生菊》的确好得很，可惜不成其为生意经，而我是只做大生意的。老实说，你的诗集我不愿意接受，没有办法推销，没有什么赚头，犯不上花钱推广。何况你也不会再写诗，你的集子只是孤零零的一部。你还年轻，小朋友！你们老是把第一部诗集送到书店来，其实哪个文人离开中学的时候不多多少少写过一些？开头他们看得很重，后来都不当一回事。比如你的朋友罗斯多，一定也有一部诗稿塞在破袜子堆里。嗯，罗斯多，你不是写过自以为了不起的诗吗？”道利阿意义深长的瞧着罗斯多问。

罗斯多道：“唉！在我那个年纪，怎么能写散文呢？”

道利阿接着说：“你瞧，他从来没跟我提起，可见咱们这位朋友对出版业和生意经是内行。”他又装着讨好的神气和吕西安说：“在我这方面，问题不在于知道你是不是大诗人；你有的是才气，而且是大才；要是我初办书店，准会冒冒失失印你的作品。可是今日之下，我的合伙老板和垫款的股东先要断绝我的粮草；只要去年我印的诗集蚀掉两万法郎，他们就不愿意再听到诗歌两字；他们是我的老板，叫我有什么办法！何况问题还不在这里。我承认你是大诗人，可是你出品多不多呢？十四行诗能经常生产吗？将来能写上十部吗？是不是可以当一桩生意做呢？嗳！才不会呢，你将来是个出色的散文家，你才气那么旺，绝不肯自暴自弃，写那些拼凑字数的歪诗。难道你不去替报纸写稿，弄上三万法郎一年，倒反靠胡诌的诗勉强挣到三千法郎吗？”

罗斯多说：“你知道，道利阿，他是我们报馆的人。”

道利阿回答：“我知道，他的文章我拜读过了；正是为他的利益着想，我才不接受他的《长生菊》。是的，先生，我六个月之内请你写起稿子来，你挣的稿费比你销不掉的诗集要多几倍呢！”

“可是怎么成名呢？”吕西安叫起来。

道利阿和罗斯多一齐笑了。

罗斯多道：“糟糕！他还存着幻想。”

道利阿回答说：“声名是要花十年苦功去换的，对出版商来说，不是赚进十万便是亏掉十万。如果你碰到一些疯子肯印你的诗，一年之后听听他们做多少生意，你准会佩服我。”

“我的原稿在这里吗？”吕西安冷冷的问。

“在这里，朋友。”道利阿对待吕西安的态度变得非常软和。

吕西安觉得道利阿的神气明明是把他的诗集看过了，接了原稿也就不去查看绳子。他同罗斯多走出来，既不诧异，也不气恼。道利阿陪两位朋友走出办公室，谈着他的刊物和罗斯多的报纸。吕西安心不在焉拿着《长生菊》的稿子在手里翻弄。

埃蒂安纳咬着吕西安的耳朵问：“你相信你的集子道利阿真的看过，或者叫人看过吗？”

吕西安说：“是的。”

“你瞧瞧我做的暗号。”

吕西安发现绳子紧靠着墨水画的线，根本没有动过。

他又气又恨，铁青着脸问出版商：“你特别注意的是哪一首呢？”

道利阿答道：“噢，朋友，没有一首不精彩，写《长生菊》的一首尤其妙，最后一段的思想细腻极了。我一看就知道你写散文必定成功，所以马上把你介绍给斐诺。你还是替我们写些书评吧，我们给的报酬很高。一个人固然应当求名，也不能不讲实际；碰到机会总不能放过。你有了钱再作诗还来得及。”

诗人只怕自己按捺不住，突然走往木廊商场，心里气坏了。

二十五、初试身手

罗斯多跟着他走出来，说道：“哎啊！孩子，别急躁，人本来是我们的工具，你把人看作工具就行啦。你想报复吗？”

诗人回答：“非报复不可。”

“拿当的作品明天要发行第二版，刚才道利阿给我这本样书，你再去看一遍，赶出一篇稿子来把它打下去。凡尔奴最讨厌拿当，认为拿当走红会妨碍他将来的作品。心胸狭窄的人有一种古怪的想法，仿佛太阳底下容不得两件作品成名。凡尔奴替一家大报工作，准会拿你的稿子去发表。”

吕西安道：“可是作品挺好，怎么能说它不好呢？”

罗斯多笑道：“啊！亲爱的，你该学学你的手艺。哪怕这部书是杰作，在你笔下也得变成荒唐的，危险的，不健康的。”

“用什么办法呢？”

“把优点说成缺点就行。”

“我没有这本领。”

“朋友，新闻记者好比走绳索的，吃这行饭的难处，你要想办法适应。我脾气痛快，让我来告诉你遇到这种事情怎么对付。

你仔细听着，老弟！开头你认为作品很好，尽可以老老实实发表你的意见。群众心上想：这个批评家不嫉妒人，想必是大公无私的了。从此他们以为你说的是良心话。你得到了读者的信任，就用遗憾的口吻指责某种体系，那是这一类的书必然要把法国文学带进去的。全世界的思想不是受法国支配吗？你不妨这样说。至此为止，法国作家凭着有力的风格，表达思想的独特的方式，几百年来使欧洲走着分析的和哲学思考的路。说到这里，为了讨好布尔乔亚，你歌颂一下伏尔泰、卢梭、狄德罗、孟德斯鸠、蒲丰。你给大家解释，法国语言多么尖刻，是涂在思想外面的一层油漆。接着搬出一套公理来，比如说法国的大作家必然是个伟人啊，语言使作家不能不多用思想啊，别的国家并不如此啊。然后提出证明，拿冷嘲热讽的德国道德学家拉培纳同我们的拉勃吕依埃做比较。提到一个陌生的外国作家，最能抬高批评家的声望。康德就被戈尚当作台阶。问题转到了这方面，你可以造出一个名词，一方面总括，一方面让一般傻瓜懂得，咱们上一世纪的天才的体系，把他们的文学叫作*观念文学*。你用这个做幌子，搬出一切过世的名人压在现代作家头上。你指出今日的新文学滥用对话（最容易的一种体裁），滥用描写，代替思想。你做一个对比：伏尔泰，狄德罗，斯忒恩，勒萨日的小说，内容何等充实，何等深刻；现代作品却样样靠形象来表现，在沃尔特·司各特笔下尤其夸张。这样的品种，只有首创的人站得住。沃尔特·司各特派的小说是一个品种，不是一个体系，你不妨这样说。你痛骂一顿这个该死的品种，说它分解思想，破坏思想，替各式各样的人大开方便之门，谁都可以利用这个形式投机取巧，成为作家。最后替这一派起个名字，叫作*形象文学*。你把这套理论应用在拿当身上，指出他的才华只是浮表的，实际是模仿别人。他书中没有十八世纪的紧凑雄伟的风格，他用事故代替情感。然而动作并非生活，画面并非思想：这种话说出去，群众自会附和。拿当的作品虽然有它的长处，在你眼里是有害的，危险的，替群众打开了光荣的庙堂，势必叫大批小作家争着仿效，学这个方便的文体。于是你慷慨激昂，慨叹格调的卑下，借此对埃蒂安纳，儒依，蒂梭，高斯，丢伐，奚埃，朋雅明·公斯当，埃尼昂，巴乌-劳米安，维勒曼，拿破仑派进步党的头目，凡尔奴的报纸的后台，恭维一阵。你说这个光荣的队伍不怕浪漫派的狂潮冲击，坚持观念和风格，抵抗形象和废话，继承伏尔泰的传统，反对英国派德国派，正如十七位左翼议员为了国家的利益，同右翼的极端分子斗争。绝大多数的法国人拥护左翼的反对党，崇拜上面提到的那些人物；所以你用他们的名字做护身符，很容易压倒拿当。他的作品虽然很美，却不应该把毫无思想内容的文学带到法国来占据地盘。说到这里，问题就不在于拿当，也不在于他的书，而在于法兰西的威望了，你明白没有？正直勇敢的作家应当坚决反对这些外国东西进口。这句话是奉承读者。依你看来，法国人机警得很，绝不轻易受人暗算。尽管出版商凭着一些我们不愿深究的理由，弄神捣鬼，靠这部书捞了一笔钱，真正的群众很快会发觉，四五百个冲在前面的傻瓜是完全错误的。出版商能销完一版是侥幸，印第二版是胆大妄为，想不到如此精明的一个书店老板竟不懂得同胞的心理。以上是你文章的骨干。你一边说理一边加些风趣的穿插，放些酸醋，烧热锅子，要不把道利阿烤焦才怪！临到结束，别忘了对拿当流露一些惋惜的意思，说他要不走这条路，准能替当代文学产生美妙的作品。”

吕西安听着罗斯多说话愣住了：新闻记者的议论使他睁开了眼睛，在文学方面发现许多他没有想到的真理。

他嚷道："你说的大有道理，非常中肯。"

罗斯多道："要不怎么能打倒拿当的作品？告诉你，老弟，这是打击作品的第一种手法，叫作批评家的棍子。除此以外，窍门还多得很！慢慢儿你自会精通。有时候，报纸的股东或者主编迫不得已，非要你谈论一个你不喜欢的作家，你就用消极手段打发这种所谓社论式的文章。你用书名做评论的标题，发一段空泛的议论，乱扯一通希腊罗马的作家，临了说：以上的讨论归结到某某先生的大作，等下一篇文章再谈。而下一篇文章始终不出来。那部书被你开头一句诺言，结尾一句诺言，无形中腰斩了。这一回你写稿子不是对付拿当，是对付道利阿，所以要用棍子。好作品挨了棍子满不在乎，不像坏作品一蹶不振；在前一个场合你只伤害出版家，在后一个场合你帮了读者的忙。这些文学批评的方式在政治评论中照样好用。"

埃蒂安纳给吕西安赤裸裸的上过一课，吕西安便开了心窍，对这一行的手艺完全了解了。

罗斯多道："朋友们都在报馆里，咱们去商量一下怎样对拿当发动攻势，这件事准会叫他们乐死，你等着瞧吧。"

到了圣·菲阿克街，两人一同走到阁楼上的编辑室。朋友们不但答应攻击拿当的作品，而且还表示高兴，吕西安看着又惊又喜。埃克多·曼兰在一小方纸上写了几行，预备带回他的报馆：

拿当先生的作品即将再版。本报原拟保持缄默，惟鉴于本书流行颇广，不能不发表评论，主要不是为了作品，而是为了新兴文艺的趋向。

罗斯多也写了几句，准备登在第二天的小报上，放在讽刺小品栏作为第一条：

> 出版商道利阿居然把拿当先生的作品印了第二版。原来他不知道司法界有句成语，叫作可一不可再。执迷不悟的勇气倒也值得佩服！

埃蒂安纳的一席话对于吕西安的作用好比一个火把，他一心一意要向道利阿报仇泄忿，什么良心，什么灵感，都丢到九霄云外去了。他一连三天在高拉莉房内足不出户，在火炉旁边写作，一切由贝雷尼斯服侍，疲劳的时候还有不声不响，体贴入微的高拉莉给他安慰。过了三天，书评写好了，大约占到三栏版面，内容意想不到的精彩。晚上九点，他赶往报馆，见到许多编辑，对他们念了稿子。他们很认真的听着。番利西安一声不出，抓着原稿奔下楼梯。

"他怎么啦？"吕西安问。

"到印刷所去发稿啊！"埃克多·曼兰回答，"你这篇书评简直是杰作，一字不能减，一字不能加。"

罗斯多说："对你只要指出路来就行了！"

"我真想瞧瞧，拿当明儿看了评论，脸上是什么表情。"另外一个编辑说着，神气很得意。

"可见你是不好得罪的。"埃克多·曼兰说。

"真的不差吗？"吕西安很迫切的问。

“勃龙台和维浓看了，心里不会舒服的。”罗斯多回答。

吕西安又说：“我还替你写了一篇小文章，要是读者欢迎，可以陆续再写。”

罗斯多说：“念给我们听听。”

吕西安念出一篇妙不可言的稿子，斐诺的小报后来靠着这一类的文章大出风头，地位占到两栏，专谈巴黎生活的花花絮絮，描写一个人物，一个典型，再不然是平常的或者古怪的事。那篇样品题目叫作《巴黎的过路人》，笔调新颖，别致，表达思想的方式是用意义相反的字眼放在一起，利用音调铿锵的副词和形容词的配合，引人入胜，跟批评拿当的严肃而深刻的文字比较起来，正如《波斯人信札》和《法意》一样截然不同。

罗斯多道：“你是天生的新闻记者；这一篇明天就发表，以后你爱写多少篇就写多少篇。”

曼兰道：“呵！道利阿被我们在他铺子里扔了两颗炸弹，气坏了。我才从他那儿来；他正在破口大骂，对斐诺暴跳如雷，斐诺说小报卖给你了。我把道利阿拉过一边，悄悄的对他说：你为着《长生菊》因小失大了。明明来了一个有本领的角色，我们都在拍手欢迎，你却把他轰走！”

罗斯多对吕西安说：“道利阿看到你的书评，更要昏倒了。孩子，什么叫报纸，你瞧见了吧？你报仇有了结果啦！夏德莱男爵今天来打听你的住址，早上我们登了一篇血淋淋的文章，过时的美男子沉不住气，急得无可奈何。你没看过报吗？文字挺滑稽，瞧这个题目：《鹭鹚出殡，乌贼鱼痛哭流涕》。特·巴日东太太在交际场中正式有了乌贼骨的绰号，夏德莱变了鹭鹚男爵。”

吕西安拿起报来，念了凡尔奴那篇滑稽的妙文，忍不住笑了。

埃克多·曼兰道："他们快投降了。"

最后，报纸还需要一些俏皮话和风趣的东西做补白，吕西安兴致十足，也凑上几句。大家一边抽烟，一边闲扯，讲讲当天的新闻，同伴们的笑话，以及暴露他们性格的琐碎事儿。从这些冷嘲热讽，轻薄有趣的谈话上面，吕西安熟悉了文坛上的风气和人物。

罗斯多道："趁印刷所排稿的时候，我陪你走一遭，到你需要进出的各个戏院去，向检票处和后台打个招呼。过后咱们再上全景剧场找佛洛丽纳和高拉莉，到她们更衣室去说说笑笑，玩一下。"

两人便手挽着手，一个一个戏院走过来，宣布吕西安当了编辑。经理们恭维他，女演员们架起手眼镜瞧他；她们全知道吕西安一篇剧评登出来，高拉莉就被竞技剧场出一万两千法郎一年请去，佛洛丽纳得到全景剧场的合同，八千法郎一年。群众这些小规模的捧场使吕西安觉得自己声价十倍，同时估量出自己的势力。十一点，两个朋友到了全景剧场。吕西安一派潇洒的风度令人叫绝。拿当也在那儿，他向吕西安伸出手来，吕西安跟他拉手。

"啊，两位大师，"拿当望着吕西安和罗斯多说，"你们要把我打下去吗？"

"等明天再说，亲爱的，吕西安怎么对付你，你等着瞧吧。我相信你一定高兴。这样严肃的批评对作品只有好处。"

吕西安听着羞得面红耳赤。

"文章厉害吗？"拿当问。

"相当严重。"罗斯多回答。

拿当说："不至于叫人倒霉吧？埃克多·曼兰在杂剧院休息室里说，我被攻击得体无完肤。"

"别听他的，你等着瞧吧。"吕西安说完，跟着高拉莉溜入更衣室；她穿着迷人的服装正好从前台下来。

二十六、出版商拜访作家

下一天，吕西安正和高拉莉吃中饭，一辆轻便双轮车在他们那条冷静的街上停下，听那干脆的声音就知道是漂亮车子，牲口步子轻快，站住也有一种特殊的方式，显而易见是纯血种的好马。吕西安从窗口一望，果然看见道利阿的那匹出色的英国马，道利阿把缰绳递给小厮，下了车。

吕西安对他的情妇嚷道："书店老板来了。"

高拉莉立即吩咐贝雷尼斯："让他等着。"

年轻的姑娘把吕西安的利益看作自己的一般，应付事情又这样机灵，吕西安看着微微一笑，走回去把她热烈拥抱，觉得她聪明透了。狂妄的书店老板会急急忙忙赶来，投机商中的大头儿肯突然屈服，原是迫于形势，这种形势现在大家差不多忘了，因为十五年来书业的情形大不相同。在一八一六至一八二七年间，出版界除了托人在报纸的正文或者副刊上发表文章以外，没有别的方法宣传。一八二七年左右，本来只租阅报刊的阅览室才另收费用，供应新书；而报刊在重重捐税的压迫之下，也想出招登广告的办法。到那时为止，法国的日报篇幅有限，便是大报的规模也未必超过今日的小报。为了抵制新闻记者的霸道，道利阿和拉伏卡两人首先发明招贴来吸引主顾，用奇怪的字体，五花八门的颜色，加上各种花边，后来还有石印的图画，把招贴弄得赏心悦目，叫读者上当，送钱给书店。以后招贴愈变愈奇，一个有收藏癖的人居然收着全套的巴黎招贴。这一类的宣传品最初限于铺子的橱窗，大街上陈列样品的摊子，随后遍及全国，直到报纸行出登广告的办法，方始稍歇。可是报上的广告以及广告上登的作品被人遗忘的时候，招贴始终在你眼前，所以至今有人采用，尤其从漆在墙上的招贴出现以后。出了钱谁都可以刊登的广告，使报纸的第四版对于国库和投机商同样成为生财之道。其实广告就是印花税条例，邮政章程①和创办报刊必须缴纳保证金的制度促成的。维兰尔先生当政的时期，定出那些限制，把报纸看作商品，很可能扼杀报纸；不料事实正相反，因为条例苛刻，几乎没法再办新的刊物，原有的刊物便变成一种专利品。因此，一八二一年的报刊操着思想界和出版界的生杀大权。要花了惊人的代价，才能在本市新闻栏登出几行宣传文字。先是编辑室内部的把戏层出不穷；而夜晚拼版，决定哪篇稿子采用，哪篇稿子抽掉的当口，印刷所又变了各显神通的战场；弄到后来，资力雄厚的书店竟雇用一个文人，专写短小的稿子，用极少的话表达大量的意思。这些无名记者要等稿子见报才拿到稿费，往往在印刷所通宵守候，把不知怎么弄来的长文章，或者只有寥寥数行的短稿所谓义务广告，登出来。出版商，作家，追求荣誉的殉道者，要永远走红才有饭吃的可怜虫，当初为了争报上的地盘，着实花过一番气力，

①当时报纸必须缴纳印花税，按发行额计算。寄递报纸的邮费不但不像近代有特别优待的价目，反而收费很高。

使尽勾引笼络，卑鄙龌龊的手段。如今文坛和书业的风气完全变了，许多人听到从前的事只当是无稽之谈。事实上那时大家对新闻记者又是请客，又是送礼，奉承巴结，无微不至。批评界和出版业的关系密切到什么程度，不必一再申说，只消讲一桩故事就可以明白。

当时有一个气派十足，存心要做政治家的人，年少风流，当着一份大报的编辑，成为某家出名的书店的娇客。有一天正是星期日，有钱的书店老板在乡下招待各报的重要记者，年轻美貌的主妇把那赫赫有名的作家带往屋外的大花园。书店的掌柜是个德国人，冷静，古板，做事有条有理，一心想着买卖，挽着一个副刊编辑一边散步，一边商量一桩生意。谈话之间，两人出了花园，走近树林。德国人瞥见林木深处有个人很像老板娘，他拿手眼镜一照，急忙挥手叫年轻的记者不要开口，赶快回头，他自己也小心翼翼的退回来。记者问："你看见什么啊？"他回答说："没有什么。我们的长篇书评不用担心了，明儿《辩论报》至少给我们三栏地位。"

还有一件事可以说明报刊文字的势力。夏多布里昂先生写过一部关于斯图阿特后人的书，没人请教，在书店里变成夜莺。一个青年仅仅在《辩论报》上发表一篇书评，七天之内那部书就销售一空。社会上还不曾有出租图书的机构，要看书只能花钱去买的时代，有些进步党作家的著作，靠着全体反政府派报纸的吹嘘，能销到一万；不过也得补充一句，那时比利时的书商还没有翻印我们的书。吕西安的朋友们先打一阵冲锋，再加上吕西安的评论，很可以使拿当的作品无人问津。拿当不过扫了面子，并无损失，他稿费早已到手；道利阿却可能赔掉三万法郎。专印所谓时髦书的买卖，归纳起来只有一个公式：一令白纸的成本是十五法郎，印成书不是变成五法郎，便是三百法郎，看销路而定。这个盈亏问题当时往往取决于报刊上的一篇书评是捧还是骂。道利阿要推销五百令纸的书，不得不赶来同吕西安讲和。出版商由小霸王一降而为奴隶，咕哝着等了一会，尽量闹出响声，一边跟贝雷尼斯办交涉，总算见到了吕西安。骄横的出版商像朝臣进宫一般，满面笑容，同时摆出扬扬自得而又很随便的神气。

他说："亲爱的孩子们，对不起，打搅你们了。哎哟，两个小鸟儿多可爱啊！简直是一对斑鸠！小姐，你看这家伙文文雅雅像个小姑娘，谁知他是老虎，长着钢铁般的爪子，撕破一个人的声名跟撕破你的梳妆衣一样容易，如果你不快快脱下的话。"道利阿大声笑着，没有把打趣的话说完，便挨着吕西安坐下，叫了声："老弟……"又回头对高拉莉说："小姐，我是道利阿。"

出版商发觉高拉莉的招待不够热烈，认为必须放一炮，报出他的大名来。

女演员道："先生吃过中饭没有？同我们一起吃好不好？"

"好啊，"道利阿回答，"在饭桌上谈起话来更痛快。再说，扰了你这一顿，将来我请我的朋友吕西安吃饭，不怕你不赏脸了，因为从今以后，咱们的交情就像手跟手套一样。"

高拉莉叫道："贝雷尼斯，来些牡蛎，柠檬，新鲜牛油，还有香槟酒。"

道利阿望着吕西安说："你太聪明了，不会不知道我的来意。"

"可是来收买我的诗集？"

"正是，"道利阿回答，"第一让咱们放下武器。"

他从袋里掏出一只漂亮的皮夹，拿三张一千法郎的钞票放在一个盘子里，眉开眼笑的送到吕西安面前，问道："先生满意了吗？"

诗人想不到有这样一个数目，不由得浑身舒畅，感到从来未有的快乐，回答说："行。"

吕西安好容易忍住了，心里可真想蹦蹦跳跳的唱起歌来。他相信世界上真有神灯[1]和一切奇妙的力量，尤其相信自己真有天才。

出版商道："那么诗集归我了？凡是我出版的书，你都不能再攻击了。"

"诗集是归你了，我可不能保证以后的这支笔。朋友们的写作要听我调度，我这支笔也要听朋友们调度。"

"反正你是我的作家了。凡是我的作家都是我的朋友。就算你要损害我的买卖，动手之前也得通个消息，让我有个准备。"

"好吧。"

道利阿端起酒杯说道："祝你成功！"

吕西安说："我完全知道你是把《长生菊》念过了的。"

道利阿声色不动的回答："老弟，不看内容就收买稿子，才是出版家对作者最了不起的恭维。要不了六个月，你准是个大诗人；人家忌惮你，自有文章替你捧场，我不用费心就能销掉作品。今天的我，同四天以前并没有分别。不是我变了，是你变了；上星期，你的十四行诗在我眼中等于菜叶，今天你的地位使那些诗成

①《一千零一夜》中有个故事叫作"阿拉丁——一名神灯"，那盏灯能满足人的一切欲望。

了《梅赛尼安纳》[1]。”

吕西安有了美丽的情妇，已经快活得像苏丹一样，此刻有了成功的把握，愈加嘴皮刻薄、放肆起来，他说：“你没有读我的诗，至少看过我的书评。”

“是的，朋友，要不我会这样急急忙忙赶来吗？算我晦气，你那篇可怕的文章写得真好。老弟，你是大才。趁你当令的时候尽量利用一下吧。”道利阿这句话好像是出于好心，骨子里非常无礼，“报纸送到没有？你看过了吗？”

吕西安说：“还没有，长篇的散文我还是第一次发表。大概埃克多叫人捎往夏洛街，送到我家里去了。”

“那么你念吧。”道利阿做着一个塔尔玛演芒里于斯的手势。

吕西安才接过报纸，就被高拉莉抢了去。

她笑道：“你说过你的处女作是归我的。”

道利阿忌惮吕西安，谄媚奉迎，无所不至；他周末本要大请客，招待新闻记者，也就请了吕西安和高拉莉。他带着《长生菊》回去之前，要他的诗人有便上木廊商场转一转，签订合同，文件他会准备好的。他素来气派十足，借此吓唬浅薄的人，还要表示他是提倡文艺的阔佬，不是普通的出版商，当时留下三千法郎，不要收据；吕西安给他，他做了个洒脱的手势拒绝了。他临走亲了亲高拉莉的手。

高拉莉听见吕西安讲过他以前的生活，便说：“亲爱的，如果你待在格吕尼街上的破屋子里，在圣·日内维埃佛图书馆死啃书

①《梅赛尼安纳》是法国诗人兼剧作家特拉维涅写的爱国诗集，于1818至1819年间出版，作者一举成名。

本，你会看到这些钞票吗？我看哪，你那些四府街上的小朋友全是傻瓜！”

他小团体里的弟兄们是傻瓜！吕西安听着居然会笑！他把印在报上的书评看了一遍，体会到那种无法形容的，作者的喜悦，第一次尝到踌躇满志的快感，而且这快感一生也不会有第二回的。他看了一遍又是一遍，对于文章的力量和牵涉的范围感觉得更清楚了。手稿经过印刷，好比女人登上舞台，优点和缺点一齐暴露；既能给你生命，也能致你死命，哪怕只有一个错误，也和美妙的思想同样触目。吕西安心神陶醉，再也想不起拿当，拿当只是他的垫脚石。他沉浸在快乐中，自以为变了富翁。当初他寒瑟瑟的在安古兰末走下菩里欧的石级，回到乌莫，踏进卜斯丹的阁楼，一家只靠一千二百法郎一年过活；对这样一个孩子，道利阿送来的款子简直是波托西①。有一桩事对他还印象鲜明，只是被巴黎日以继夜的欢娱湮没了，那时忽然浮上脑海，使他的心回到了桑树广场，想起他的美丽的，有情有义的妹子夏娃，他的大卫，他的可怜的母亲。他立刻拿一张钞票叫贝雷尼斯去兑换，趁此给家里写了一封短信，打发贝雷尼斯赶往驿车公司，好像迟了一步就不能把五百法郎寄给母亲似的。在他眼中，在高拉莉眼中，归还家里这笔钱是做了一桩好事。女演员认为吕西安是孝子贤兄，抱着他百般抚爱；这些好心的姑娘都很厚道，喜欢这一类的行为。

她说：“这个星期咱们天天有饭局，你也够辛苦了，应当来一次小小的狂欢。”

高拉莉有了每个妇女见了都眼红的吕西安，只想欣赏他的美

①南美玻利维亚国的城市，有银矿锡矿。

貌，认为他的衣衫不够漂亮，带他上斯多勃铺子。走出成衣铺，两个情人到蒲洛涅森林兜风，回来赴杜·华诺勃太太的饭局。吕西安在席上遇到拉斯蒂涅，皮克西沃，台·吕卜克司，斐诺，勃龙台，维浓，特·纽沁根男爵，莴特诺，腓列普·勃里杜，大音乐家公蒂，反正是些艺术家，投机商，不但要做大事业，还要追求强烈的刺激的人。他们对吕西安都很殷勤。吕西安信心十足，谈笑风生，可没有一点卖弄的意味；大家用酒肉朋友常用的恭维话，夸他气魄不小。

“嘿！不知他肚里打的什么主意。”丹沃陶·迦亚对一个诗人说。那诗人受着宫廷保护，正想办一份小型的保王党刊物，就是后来的《觉醒报》。

吃过晚饭，两个记者陪着各人的情妇上歌剧院；曼兰有个包厢，全部客人跟着一起去了。几个月之前，吕西安在歌剧院栽过一个大跟头，此番再去可威风十足。他在休息室中挽着曼兰和勃龙台的手臂，眼睛直瞪着以前捉弄他的公子哥儿，夏德莱更不在他眼里！当时的一般狮子[①]，特·玛赛，王特奈斯，玛奈维尔，对吕西安摆出傲慢的神气，吕西安不甘示弱，照样回敬。拉斯蒂涅在特·埃斯巴太太的包厢里耽搁了好久，侯爵夫人和特·巴日东太太架着手眼镜打量高拉莉，可见那儿在谈论风流俊美的吕西安。特·巴日东太太见了吕西安是不是心中后悔呢？这个念头老是在诗人的脑子里打转；他一看到安古兰末的高丽纳[②]，立刻想到报复，像那天在天野大道上受到这女人和她弟媳妇轻视的时候一样。

①法国人每个时代对花花公子都有一个特殊的名称，王政复辟时代的漂亮哥儿叫作狮子。

②参看《幻灭（上）》注。

二十七、出尔反尔的技术

几天以后，早上十一点光景，吕西安还没起床，勃龙台闯进来说："你从内地来的时候是不是身上带着符咒？"他亲了亲高拉莉的额角，指着吕西安道："这个美男子真是迷人，从地下室到顶楼，上上下下都被他扰乱了。"勃龙台跟诗人握握手，说道："我是来动员你的，朋友；特·蒙高南伯爵夫人昨天在意大利剧院嘱咐我带你到她家里去。一个年轻可爱的女人请你，在她府上还能遇到上流社会的精华，你总不至于拒绝吧？"

高拉莉道："要是吕西安待我好，绝不去见你的伯爵夫人。他为什么要在上流社会里抛头露面？他会厌烦的。"

勃龙台道："你可是想管束他？难道你嫉妒良家妇女吗？"

"是的，"高拉莉回答，"良家妇女比我们更要不得。"

勃龙台问："你怎么知道，我的小猫咪？"

她说："你忘了我跟特·玛赛打过六个月交道。"

勃龙台说："孩子，难道我真的愿意把这样一个美男子介绍给特·蒙高南太太吗？你要反对，刚才的话就算我没有说。可是我相信，问题不在于什么女人，而是要吕西安宽宏大量，饶赦那个可怜虫，在吕西安的报上变作箭靶子的家伙。夏德莱太不聪明，把那些文章当真了。特·埃斯巴太太，特·巴日东太太，还有特·蒙高南太太府上的一般常客，都关心鹭鸶，我答应替洛尔和彼特拉克，特·巴日东太太和吕西安讲和。”

吕西安好似浑身添了新鲜的血液，报仇雪耻的快感使他陶醉了，他回答说：“啊！他们终究被我踩在脚下了！我感谢我这支笔，感谢我的朋友们，感谢新闻界的可怕的威力。我自己还没写过对付乌贼鱼和鹭鸶的文章呢。老弟，我可以去。”他把手拢在勃龙台腰里，“是的，我可以去，不过先要他们领教一下，我这样轻飘飘的东西有多少分量！”他把写拿当书评的笔扬了一扬。“明儿我短短的写上两栏摆布他们一顿，以后咱们再瞧着办。高拉莉，你放心！这不是谈恋爱，是报仇，我报仇一定要报得彻底。”

勃龙台道：“这才是男子汉大丈夫！对什么都厌倦的巴黎社会难得会这样骚动的；吕西安，你知道了这一点，也可以自豪了。你将来准是个大混蛋，”勃龙台用了一个有分量的字眼，“这样下去，不怕不得势。”

高拉莉道：“他一定成功。”

“他六个星期已经走了很多路了。”

高拉莉说：“等到吕西安只差一个尸首的距离就能登上宝座的时候，他可以拿我高拉莉的身体做垫脚石。”

勃龙台说：“你们这样相爱，倒像太古时代的人物。”又望着吕西安道：“你的大作我很佩服，其中颇有些新东西。这一下你变了名家了。”

罗斯多，埃克多·曼兰，凡尔奴，一同来看吕西安，吕西安看他们对他这样巴结，得意极了。番利西安·凡尔奴送来一百法郎稿费。报馆要拉拢作者，认为一篇这样出色的稿子应当多给报酬。高拉莉一看见这帮记者，派人到距离最近的蓝钟饭店叫了一桌菜；她听见贝雷尼斯报告一切准备好了，就把客人请入华丽的餐室。饭吃到一半，大家喝着香槟，有了酒意，朋友们的来意透露了。

罗斯多道："你总不愿意叫拿当和你作对吧？他是记者，有的是朋友，你第一部作品出版，就可跟你捣乱。你不是还有《查理九世的弓箭手》要脱手吗？我们今天早上碰到拿当，他急坏了；你最好再来一篇评论，把赞美的话淋漓尽致的浇在他头上。"

"怎么？"吕西安说，"我写了文章攻击他，你们又要……"

爱弥尔·勃龙台，埃克多·曼兰，埃蒂安纳·罗斯多，番利西安·凡尔奴，一齐哈哈大笑，打断了吕西安的话。

勃龙台说："你不是请他后天到这里来吃宵夜吗？"

罗斯多说："你上一篇书评没有署名。番利西安不像你初出茅庐，替你写上一个C，以后你在他报上都可用这个名字。他的报是清一色的左派。我们都是反政府党。番利西安特别郑重，替你的政治主张留着余地。埃克多的报纸属于中间偏右的一派，你可以署名L。攻击用假名，捧场尽可用真名实姓。"

吕西安回答："署名倒不在乎，可是我对那部书没有一句好话可说。"

埃克多说："难道你的意见真的跟你文章上写的一样吗？"

"是的。"

勃龙台说："啊！老弟，我还以为你是厉害角色呢！真的，看你的额角。你魄力不小，很像思想卓越的人，秉性坚强，有本事对样样事情从两个方面考虑。朋友，文学上每种观念都有正有反，没有人能断定哪一面是反面。在思想领域中，一切都是双重的。任何观念都是二元的。一个身体两个面孔的神道雅纽斯，正好做批评的比喻，天才的象征。除非上帝才有三个方面[①]！莫里哀和高乃依所以与众不同，就在于有本领提出一个问题叫阿赛斯德肯定，维兰德否定，叫奥太佛肯定，西那否定。卢梭在《新哀络绮思》中写了一封赞成决斗的信，又写一封反对决斗的信，卢梭的真意如何，你说得上吗？在克拉列萨和拉夫雷斯之间，埃克多和阿基利之间[②]，谁能够下断语？究竟哪一个是荷马的英雄？理查孙的用意怎么样？所谓批评，应当根据作品所有的面貌去观察。总而言之，我们是审查官。”

凡尔奴带着讪笑的神气和吕西安说：“你写出来的意见，你真的坚持吗？我们是拿文字做买卖，以此为生的。如果你想写一部伟大的精彩的书，真正的作品，那你自然可以放进你的思想，灵魂，重视你的作品，保护你的作品。至于今天看过，明天就忘掉的报刊文章，我觉得只有拿稿费去衡量它的价值。要是这样无聊的东西也值得看重，那么你替人写一份说明书，先得划一个十字，向圣灵做祷告了！”

众人看吕西安有顾虑，觉得奇怪，便一齐动手，替他把童年的服装撕得粉碎，穿上新闻记者的大人衣衫。

罗斯多说：“你可知道拿当读了你的评论用什么话安慰自己？”

“我怎么会知道？”

---

①旧教教义有圣父、圣子、圣灵三位一体之说。

②前二人是理查孙小说《克拉列萨·哈罗》中的男女主人翁，后二人是荷马史诗《伊利亚特》中的英雄。

“拿当说：零碎文章过目即忘，大作品始终存在！——这家伙过两天要到这里来吃宵夜，你应当叫他扑在你脚下，吻你的脚跟，说你是个大人物。”

吕西安道：“那才滑稽呢。”

勃龙台接着说：“不是滑稽，而是必要的。”

略有醉意的吕西安说道：“诸位，我很愿意听你们的话，可是怎么办呢？”

罗斯多道：“你不妨在曼兰的报上写三栏出色的文字，驳斥你自己的主张。我们刚才看拿当发火，先乐了一阵，接着告诉他不久就会感谢这场激烈的论战，帮他的书在八天之内销完。此刻你在他眼中是奸细，恶棍，坏蛋；后天你可变了大人物，本领高强，竟是普卢塔克传记中的英雄了！拿当还要来拥抱你，当你最好的朋友。道利阿来过了，三千法郎到手了，戏法变完了。现在你的问题是要得到拿当的尊重跟友谊。我们只能叫出版商受累，只能损害我们的敌人。若要对付一个不经我们的手而冒出来的角色，一个有才能而强头倔脑，非把他消灭不可的人，我们绝不写了批评再自己推翻。拿当却是我们的朋友，勃龙台先叫人在《信使报》上攻击，再自己出面在《辩论报》上反驳；拿当的第一版书就这样销完了！”

“诸位，说良心话，我现在对这部书连一个赞美的字也写不出来……”

曼兰说：“你还有一百法郎到手，就是说拿当替你挣了十个路易[1]；将来你在斐诺的周刊上写一篇，再拿一百法郎稿费，道利

①等于二百法郎。

阿另外送你一百：一共是二十路易！”

“可是说些什么呢？”吕西安问。

勃龙台定了定神，说道：“孩子，让我告诉你怎么办。你可以说，好果子要长虫，好作品要招忌；拿当的书有人嫉妒，想破坏。批评界吹毛求疵，不能不为着这部书发明一些理论，分什么两种文学，一种以观念为主，一种以形象为主。老弟，你说最高的艺术是要把观念纳入形象。你想法证明形象最富于诗意，同时抱怨我们的语言诗意太少，怪不得外国人责备我们的风格偏重实证主义；然后赞美卡那利斯和拿当的贡献，说他们使法国语言不至于太平淡。你推翻你上次的论证，指出我们比十八世纪进步；要把进步两字大做文章，叫布尔乔亚听着入迷！新兴文艺运用许多画面，集中所有的体裁，包括喜剧，戏剧，描写，性格的刻画，对话，用有趣的情节做关键，把那些因素镶嵌起来。小说是近代最了不起的创造，既需要情感，也需要风格和形象。喜剧受着旧规律的限制，不适合现代人的生活习惯了，只能由小说来代替。小说在构思的过程中就包括事实和观念，也需要拉勃吕依埃式的才智和他的严格的道德观念，要像莫里哀一般刻画性格，要有莎士比亚式的伟大的结构，描绘最微妙的情欲——那是前人留下的最宝贵的财富。同十八世纪那种冷冰冰的，数学式的讨论，枯燥的分析比较起来，小说不知要高明多少。你尽可一本正经的宣布：小说是有趣的史诗。你举《高丽纳》为例，提出特·斯塔埃太太做根据。十八世纪怀疑一切，十九世纪不能不下结论，而十九世纪就凭现实，生动活泼的现实下结论，同时也发挥情欲的作用，这个因素伏尔泰是不知道的。接下来批评一顿伏尔泰。至于卢梭，他仅仅把议论和主义穿上衣衫，于莉和格兰尔[1]没有血肉，只是完满的典范。然后借题发挥，说我们全靠和平跟波旁王室的统治，才有这派别具一格的新文艺，因为你是替中间偏右的报纸写稿。对一般开口体系闭口体系的人，尽可讽刺一番。你不妨装着漂亮的姿势大喝一声：我们的同道错了，说的全是胡话！为什么呢？因为要贬低一部优秀作品的价值，欺骗大众，使一部应该畅销的书销不出去！可耻啊可耻！你这样说就是了，这句话准会刺激读者。临了你对批评界的没落表示感慨。结论是：只有一种文学，有趣的文学。拿当走的是一条新路，他懂得时代，能适应时代的需要。时代要求戏剧式的故事。目前的政治便是一出无穷无尽的哑剧，在这样一个世纪，大家当然要看戏剧了。二十年来我们不是看到大革命，执政时期，帝政时期和王政复辟四场戏吗？说到这里，你大捧一阵拿当的作品，不用怕肉麻，他的第二版要不马上销完才怪！告诉你，下星期你再替我们的杂志写一篇，签上特·吕庞泼莱，一字不要省略。你说好作品的特点在于能引起广泛的讨论。本星期某报对拿当的书说了如此这般的话，另外一份报纸加以有力的反驳。你把C和L两位批评家一齐批评几句，顺便称赞一下我替《辩论报》写的书评；最后肯定拿当写出了本时代最美的作品。大家对每本书都这样说，因此说了也等于不说。一个星期之内，你除了到手四百法郎，还说出一些真理。有头脑的人或者赞成C，或者赞成L，或者赞成吕庞泼莱，说不定对三个人都赞

①卢梭的书信体小说《新哀络绮思——一名于莉》中的两个女性，于莉是书中的女主人翁。

成。人类最伟大的发明，神话，把真理放在井底[1]，那不是要用吊桶去吊出来吗？现在你不是给人一个吊桶，而是给了三个！孩子，我的话完了。你动手吧！”

吕西安愣住了。勃龙台亲了亲他的腮帮，说道：“我要到铺子里去了。”

各人上各人的铺子去了。在那些好汉眼里，报馆不过是个铺子。晚上大家还得在木廊商场见面，吕西安要到道利阿书店签合同。杜·勃吕埃在王宫市场请全景剧场的经理吃饭，佛洛丽纳和罗斯多，吕西安和高拉莉，勃龙台和斐诺，都有份儿。

客人散了，吕西安对高拉莉道：“他们说的不错！英雄好汉应当拿别人做工具。三篇书评换到四百法郎！我花两年心血写的一部书，道格罗也仅仅出到这个价钱。”

高拉莉道：“就写评论吧，乐得散散心！我不是今晚扮安达卢齐女人，明儿扮布希米女人，后天扮男人吗？你跟我一样办就是了，看在金钱份上，他们要你做鬼脸就做鬼脸，只要咱们日子过得快活。”

吕西安被似是而非的怪论迷惑了，精神兴奋，仿佛骑上了一匹使性的骡子——飞马贝迦斯和巴兰的驴子[2]交配出来的牲口。他在蒲洛涅森林中兜风，思想也在奔腾驰骋，发现勃龙台的论调颇有独到的地方。他兴高采烈吃过晚饭，在道利阿那儿签了合同，把《长生菊》的版权全部出让了，不觉得有什么不妥。随后上

①公元前五世纪时希腊哲学家提摩克利塔斯说过：“真理藏在井底，深不可测，很少希望掘出来。”

②神话中的飞马贝迦斯，通常用来譬喻富有诗意的幻想。巴兰的驴子在急难时能做人言，见《幻灭（上）》。

报馆去转一转，匆匆忙忙写好两栏稿子，回到王杜姆街。他如同那般元气充沛，精力还没有怎么消耗的人，隔天的念头第二天早上已经酝酿成熟。他快快活活的考虑书评，一团高兴的动起手来。既是翻案文章，笔下自有一些精彩的段落。他幽默，诙谐；对文艺上的情感、观念、形象等等，居然有新的见解。他又巧妙，又机灵，想起在商业街上的阅览室中第一次读那部书的印象，用来赞美拿当。他只用几句话就从苛刻的批评家，滑稽的嘲弄者，一变而为诗人：抑扬顿挫的字句好比提着满炉的香朝着神坛来回摆动[①]。

吕西安把他在高拉莉梳妆的时候写的八页稿子在高拉莉面前一扬，说道："又是一百法郎，高拉莉！"

他趁着才思焕发的当口，细磨细琢的写了一篇向勃龙台预告过的恶毒的稿子，攻击夏德莱和特·巴日东太太。那天上午吕西安体会到做新闻记者的最大的乐趣：推敲讽刺的警句，把寒光闪闪的刀锋磨得锐利无比，拿敌人的心窝当作刀鞘，还雕刻刀柄给读者欣赏。群众只晓得赞美刀柄的做工，看不出恶意，不知道俏皮话的锋芒淬着仇恨的毒素，把敌人的自尊心乱翻乱搅，戳成无数的窟窿。这种阴森森的作恶的快感，只有私下咂摸而无人知道的快感，好比同一个不在眼前的人决斗，用笔杆子把对方杀死，也好比做记者的具有不可思议的魔力，能为所欲为，像阿拉伯故事中身藏符咒的人物。冷嘲热讽是仇恨的结晶，而仇恨是集邪欲之大成。正如爱是集美德之大成。没有一个人不感到爱的快乐，也没有一个人报复的时候不绝顶俏皮。虽然这种聪明在法国极其

①旧教仪式，常用链条吊着小香炉向神坛来回摆动，使香烟冲往神坛。

普遍，不足为奇，可是始终受人欢迎。吕西安这篇文章准会替小报助长阴险恶毒的名声，事实也的确如此。他刺到两个人的内心深处，大大伤害了他的情敌夏德莱和他以前的洛尔，特·巴日东太太。

高拉莉对吕西安道："行啦，咱们上蒲洛涅去兜风。马早已套好，等得不耐烦了。你也不能太辛苦。"

"咱们先把批评拿当的稿子送给曼兰。真的，报纸竟像阿喀琉斯的神枪，伤了人能把他治好的[①]。"吕西安一边说一边又改动几处文字。

一对情人出发了，在巴黎城中炫耀他们阔绰的排场；以前大家眼里根本没有吕西安，现在开始注意他了。既然懂得这个都市有如汪洋大海，要在里头当个角色多么困难，吕西安受到注意自然心花怒放，快乐得如醉如狂。

高拉莉道："孩子，到你裁缝那儿转一转，倘若衣服做好了，就试样子，要不也得催一下。你去见那般漂亮太太，我要你把魔王特·玛赛，小拉斯蒂涅，阿瞿达-宾多，玛克辛·特·脱拉伊，王特奈斯，把所有的公子哥儿一齐比下去。别忘了你的情人是高拉莉！再说，你不会对我不忠实吧，嗯？"

①荷马史诗《依利亚特》中最有名的英雄之一，叫作阿喀琉斯，据说他的枪伤了人，只消用他枪上的锈屑涂在伤口上，就能治愈。

二十八、报纸的威风与屈辱

过了两天，正是吕西安和高拉莉请朋友们吃宵夜的前夕，滑稽剧场上演新戏，轮到吕西安写剧评。吕西安和高拉莉吃过晚饭，从王杜姆街走往全景剧场，经过土耳其咖啡馆那一段的修院大街，当时最时髦的散步场所。吕西安一路听人夸他的艳福，赞他的情妇漂亮。有的说高拉莉是巴黎最美的女人，有的认为吕西安也配得上高拉莉。吕西安如鱼得水，觉得这种生活才是他的生活。至于大丹士的小团体，差不多已经不在他心上。两个月以前，他多佩服那些思想出众的人物，此刻想到他们的主张和禁欲主义，竟怀疑他们是不是有些愚蠢了。高拉莉随随便便说过他们是傻瓜，这句话在吕西安脑子里长了芽，结了果。他把高拉莉送往更衣室，自己在后台闲荡，气派像王爷：所有的女演员都用热烈的眼风和好听的说话奉承他。

他说："我要到滑稽剧场去上班了。"

那晚滑稽剧场客满，吕西安找不到座儿。他到后台去发牢骚，抱怨人家不给他安排位置。舞台监督还不认识吕西安，告诉他两个包厢的票子早已送往报馆，说完不理他了。

“好吧，那么我对今天的戏就按照我的印象来报道。”吕西安气愤愤的说。

年轻的女主角对舞台监督说：“你好糊涂！他是高拉莉的情人啊。”

舞台监督立刻回过身来招呼吕西安：“先生，我去报告经理。”

可见报纸在小事情上也显出无边的威力，使吕西安的虚荣心感到满足。经理出来和特·雷多雷公爵和舞蹈明星多丽阿商量，要求把吕西安安插在他们紧靠前台的包厢里。公爵见是吕西安，答应了。

年轻的雷多雷提到夏德莱男爵和特·巴日东太太，说道：“两个人被你摆布得好苦啊。”

吕西安道：“再看明天吧。到此为止，都是我的朋友们出场，只能算轻装的步兵，今晚我才亲自放炮。明天你就知道为什么我们取笑卜德莱。文章的题目叫作《从一八一一年的卜德莱到一八二一年的卜德莱》。在不认恩主，向波旁家卖身投靠的人里头，夏德莱是个典型。我的本事要他们完全领教过了，再上特·蒙高南太太家。”

吕西安和青年公爵谈话之间尽量卖弄才华，急于向这位爵爷证明，特·埃斯巴太太和特·巴日东太太瞧他不起是有眼无珠，大错特错。可是他终于显了原形：他想自称为特·吕庞泼莱，而特·雷多雷公爵偏偏捉弄他，叫他夏同。

公爵说：“你应该做保王党。你已经显出你的才气，现在要表示你识时务了。要得到王上的诏书准许你改用母系的姓，唯一的办法是先为宫廷出一番力，再要求这个恩典。进步党永远不能使你成为伯爵！真正可怕的力量，报刊，早晚要被政府压倒的。报刊非加以钳制不可，这件事已经拖延太久了。言论自由此刻到了最后阶段，你该尽量利用，造成你的声势。再过几年，在法国用姓氏和头衔做资本，比才干更可靠。有了这两样，一切都不成问题：才智、门第、美貌，要什么有什么。你此刻做进步党，目的只应该是将来投靠保王党的时候多占一些便宜。”

公爵告诉吕西安，他在佛洛丽纳的半夜餐席上遇到的公使，要请他吃饭，希望他不要拒绝。吕西安被公爵的议论打动了；几个月之前以为永远走不进去的上流社会向他开了门，更使他喜出望外。他暗暗赞叹笔杆子的力量。报刊，才智，竟是现代社会的敲门砖。吕西安心上想，说不定罗斯多正在后悔，不该把他引进庙堂；吕西安为自己打算，已经觉得需要筑起壁垒，把从内地赶到巴黎来的野心家拦在外面。他不敢问自己，倘若有个诗人像他当初投奔埃蒂安纳那样来找他，他会采取什么态度。吕西安心事重重的神气瞒不过年轻的公爵，原因也被他猜着了；因为公爵向这个缺乏意志而欲望不小的野心家揭露了政治舞台的远景，正如早先记者们像魔鬼把耶稣带到圣殿的顶上[1]，让吕西安看到文坛和文坛的财富。吕西安不知道被他的小报伤害的一些人正在设计划策对付他，其中也有特·雷多雷公爵参加。公爵向特·埃斯巴太太圈子里的人提到吕西安的才气，叫他们听着吃惊。他受特·巴日东太太委托，做一番试探工作，本来希望在滑稽剧场遇到吕西安。其实上流社会也罢，新闻记者也罢，都谈不到深谋远虑，别以为他们的陷阱经过什么周密的安排。他们并没定下方

①魔鬼试探耶稣，忽而带他到旷野里，忽而带往殿堂顶上，忽而带上高山。见《马太福音》第四章。

案，奸诈的权术也不过做到哪里是哪里，主要是始终存着心，随机应变，不管好事坏事，都准备利用，但等对方在情欲播弄之下自己送上门来。在佛洛丽纳家吃宵夜那天，青年公爵就摸清吕西安的性格，刚才便觑准他的虚荣心进攻，同时借他来练练自己的外交手腕。

散了戏，吕西安赶往圣·菲阿克街写剧评，有心写得泼辣，尖刻，想试试自己的力量。那出戏比上回全景剧场的那一出高明；可是他想知道是否真像人家说的，能够把一本好戏压下去，把一本坏戏捧出来。第二天他和高拉莉吃着中饭，翻开报纸；他跟滑稽剧场捣乱的事已经先和高拉莉说了。吕西安念了他攻击特·巴日东太太和夏德莱的文章，然后很奇怪的发现，他的剧评一夜之间忽然变得非常缓和，除掉他极风趣的分析原封不动之外，结论竟是赞美。这出戏尽可使剧院大大的赚一笔。吕西安的气恼简直没法形容，决意向罗斯多抗议。他已经以为人家少不了他了，他不愿意做傻子，听人支配，受人宰割。吕西安为了肯定自己的势力，替道利阿和斐诺的杂志写好一篇文章，把批评拿当作品的议论归纳起来，做一番比较。答应给小报长期执笔的小品，也乘兴写了一篇。年轻的记者都有一股热情，写稿很认真，往往很冒失的拿出自己的全部精华。全景剧场的经理贴了一出新排的喜剧，让佛洛丽纳和高拉莉当晚轮空。吃宵夜之前还要赌钱。吕西安看过新戏彩排，预先写好评论，免得临时闹稿荒；罗斯多上门来拿稿子。小报靠吕西安写的巴黎花絮风行一时；吕西安把才写的一个有趣的短篇念给罗斯多听了，罗斯多亲着他两颊，说他真是新闻界的天使。

“那么干吗你忽发奇想，要改我的稿子呢？”吕西安问。他写那篇精彩的文章原是想发泄他的怨气的。

“我改你稿子？”罗斯多叫起来。

“那么谁改的？”

埃蒂安纳笑道：“朋友，你还不懂生意经。滑稽剧场订我们二十份报，实际只送去九份，就是经理，乐队指挥，舞台监督，他们的情妇，另外还有三个股东。大街上的戏院每家都用这个方式报效我们报馆八百法郎。白送斐诺的包厢也抵得这个数目，演员和编剧订的报还不算在内。坏蛋斐诺在大街上捞到八千法郎。小戏院如此，大戏院可想而知！你明白没有？咱们不能不尽量客气。”

“我明白了，我不能照我的心思写稿子……”

罗斯多道：“那跟你有什么相干，只要你油水捞饱就行了。再说，你对戏院有什么过不去呢？要砸掉昨天的戏，总得有个理由。为破坏而破坏，只能损害报纸。按照是非曲直去打击人，报纸还有什么作用？可是经理招待不周吗？”

“他没有替我保留位置。”

“好吧，”罗斯多道，“我可以给经理看你的原稿，说我劝了你一番，你才平了气；那比登出你的文章对你更实惠。明儿你问他要戏票，包管每月给你四十张空白票子；我再替你介绍一个人，商量怎么销出去；他会全部收进，照票面打一个对折。市面上有图书贩子，也有戏票贩子。这一行也有一个巴贝，他是鼓掌队的头目，住的地方离此不远，咱们还有时间，去走一遭吧？”

“可是朋友，斐诺在文化界抽这种间接税，不是混账吗？早晚……”

罗斯多嚷道：“哎啊！你真是乡曲！你拿斐诺当什么人？别看

他假装忠厚，神气像丢卡雷[1]，一窍不通，荒唐可笑，骨子里他仍是帽子司务的儿子，才精明呢。在他鸽笼式的报馆里，你看不见那帝政时代的老军人，斐诺的舅舅吗？那舅舅非但老实，还会装傻。凡是不清不白的银钱出入，都由他经手。在巴黎，一个野心家身边有人肯充当他的替死鬼，准发大财。

“政界同报界一样，有许多场合当头儿的永远不能犯嫌疑。万一斐诺做了官，他的舅舅便是他的秘书，人家为着大笔头的买卖孝敬科室的钱，都由秘书代收。奚罗多初看似乎是个蠢东西，其实很狡猾，正好做一个神秘莫测的助手。现在他当着警卫，我们才不至于被大声的叫嚣，初出道的作家，跑来评理的当事人，吵得头昏脑涨；我相信别的报馆就没有他这样的角色。”

吕西安道：“他做功很好，我领教过了。”

①法国勒萨日（1668—1748）喜剧中的主人翁，卑鄙无耻，刻薄吝啬，同时也愚蠢可笑。

二十九、戏剧作家的钱庄老板

埃蒂安纳和吕西安走往修院城关街，总编辑在一所漂亮屋子前面站住了。

“勃劳拉先生在家吗？”他问看门的。

“什么先生！”吕西安说，“鼓掌队的头目也称先生吗？”

“朋友，勃劳拉一年有两万进款，大街上的编剧都有票据在他手里，把他当作钱庄老板，在他那儿开着一个往来户。编剧拿到的戏票，专门请客的送票，都能卖钱。这样商品就归勃劳拉经销。告诉你，统计学很有用处，只要你不滥用；我们不妨统计一下。每家戏院每晚发出五十张送票，一天就是二百五；票价统扯两法郎，勃劳拉每天花一百二十五法郎向编剧收进票子，还能净赚一百二十五。单靠编剧手中的戏票，勃劳拉每月差不多有四千法郎进账，一年四万八。假定损失两万，因为他的票子不能全部销完……”

“为什么？”

“啊！除了不保留座儿的送票，还有群众直接向戏院买的票子。并且定座的权始终操在戏院手里。有些日子天气很好，偏偏戏码不好。因此勃劳拉在这桩生意上也许只赚三万一年。此外他还有一种企业，叫作鼓掌队。佛洛丽纳和高拉莉都是他的主顾；她们要不送他津贴，每次上场下场哪儿来的掌声！”

罗斯多一边上楼一边轻轻的向吕西安解释。

吕西安发现每个角落都有金钱的影子，说道：“巴黎真是一个怪地方。”

一个衣衫整洁的女佣人带两位记者去见勃劳拉。戏票商面对着一张有拉盖的大书桌，坐在写字椅上，见了罗斯多站起身来。他穿着灰色厚羊毛外套，有鞋罩的长裤，大红的软底鞋，活脱像个医生或者诉讼代理人。吕西安看出他是平民出身的暴发户：一张俗气的脸，灰色眼睛很狡猾，一双手用来鼓掌正合适，皮色说明他过惯放荡的生活，像屋顶淋惯雨水一样，头发花白，说话的声音很闷。

他说：“你准是为佛洛丽纳小姐来的，这位先生是为高拉莉小姐。”又对吕西安说：“我对你很熟悉。先生，你放心，竞技剧场的地盘我买下了，一定替你情人帮忙，有人捣乱，会预先通知她的。”

罗斯多说：“亲爱的勃劳拉，你的好意，我们当然接受；不过我们是为戏院的送票来的，包括大街上所有的戏院；我是以总编辑身份拿的票子，这位先生是专跑戏院的记者。”

“对，斐诺的报纸出让了，这笔生意我知道。他混得不坏，斐诺。本星期末我请他吃饭。你们要是肯赏光，不妨带你们的女伴一块儿来。大家开怀畅饮，闹个通宵。客人有阿但尔·丢彪伊，丢冈日，腓特烈·杜·北蒂曼雷，还有我的情妇弥洛小姐；咱们要玩得痛快，酒也喝得痛快！”

“丢冈日大概手头很紧，他的官司输了。”

“是的，他问我借了一万法郎，等《卡拉》那出戏叫座以后还我；所以我拼命捧场。丢冈日有才气，有天分……”吕西安听见这家伙赏识作家的文才，只道是做梦。勃劳拉摆出内行的样子对吕西安说：“高拉莉进步了，只要她脾气随和，我必定暗中帮忙，不让她第一天在竞技剧场登台遭人暗算。我可以安排一批衣冠端整的人坐在楼厅上，笑嘻嘻的交头接耳，引起观众的喝彩声。替女人捧场，这是一个办法。我喜欢高拉莉，她心地好，你也该满足了。嘿！不论是谁，只要我高兴，都能叫他一个斤头栽下来……”

“咱们先把戏票生意谈妥了吧？”罗斯多说。

“行！每个月月初我到这位先生府上去拿。先生是你的朋友，我对他跟你一样看待。你有五家戏院，三十张票子，大约合到七十五法郎一月。也许你要预支一些吧？”戏票商回到书桌旁边，打开抽屉，里头全是现洋。

罗斯多说：“不用，不用，我们留着这笔钱防饥荒……”勃劳拉对吕西安说：“先生，这两天我要去和高拉莉商量正事，我们一定谈得拢。”

勃劳拉的办公室里有一口书柜，有版画，摆着体面的家具，吕西安看着很诧异。他穿过客室，发觉陈设既不寒碜，也不太奢华。最讲究的是饭厅，吕西安为此说了几句笑话。

罗斯多道：“你不知道勃劳拉是讲究吃喝的专家。他请客的场面跟他的家私完全相称，戏文里也提到呢。”

勃劳拉谦逊的回答：“我的酒还不坏。”他听见楼梯上有嘶嗄的说话声和特别的脚声，便道：“啊！捧角的喽啰来了。”

吕西安走出来碰到一帮鼓掌队和戏票贩子，身上臭不可当，头戴鸭舌帽，裤子快破了，外套露出经纬，一副囚犯面孔，青不青，蓝不蓝，乌七八糟，形容憔悴，留着长胡子，眼神又凶横又谄媚。这批丑恶的家伙平时挤在大街上，白天兜售挂钥匙的链子，二十五铜子一件的金首饰，夜晚在戏院的挂灯底下拍手，总之巴黎无论什么肮脏事儿他们都干。

罗斯多笑道："这些就是罗马人[①]！女演员和戏剧作家的名气就是这样来的。他们的内幕细看起来也不比我们的光彩。"

吕西安一边回家一边回答："反正在巴黎对什么都不能抱幻想。样样要抽税，样样好卖钱，样样能制造，连名气在内。"

①罗马人是鼓掌队的别称，因为雇人拍手喝彩的风气，相传为古罗马的尼罗皇帝首倡。

三十、新闻记者的洗礼

吕西安请的客有道利阿，全景剧场的经理，玛蒂法和佛洛丽纳，加缪索，罗斯多，斐诺，拿当，埃克多·曼兰和杜·华诺勃太太，番利西安·凡尔奴，勃龙台，维浓，腓烈普·勃里杜，玛丽埃德，奚罗多，加陶和佛洛朗蒂纳，皮克西沃。他也邀请小团体的朋友们。舞蹈明星多丽阿据说对杜·勃吕埃不太冷淡，也参加饭局，只是没有和她的公爵同来。此外还有几家报纸的老板，拿当，曼兰，维浓和凡尔奴的东家。来客一共三十位，高拉莉的饭厅容纳不下更多的人。八点左右，灯火通明，屋内的家具，壁上的花绸，供的鲜花，全都喜气洋洋，使巴黎的那派豪华像个梦境。吕西安眼看自己做了这个地方的主人，弄不明白这奇迹是靠什么法术，谁的力量变出来的，只觉得说不出的幸福，得意，还有无穷的希望。佛洛丽纳和高拉莉拿出女演员的手段，打扮得雍容华贵，不知有多么讲究，朝着内地诗人微笑，仿佛两个仙女特意来替他打开梦中的宫殿。而吕西安也差不多在做梦了。几个月工夫他的生活改了样子，从极端的贫穷变成极端的富裕，而且是突如其来，变得那么快，有时他甚至于心中惊慌，像正在做梦而明知睡着的人一样。可是面对着美丽的现实，他的眼风充满着信心，在嫉妒的人说来也许是臭得意。他本人也起了变化。天天在温柔乡中消磨，皮色苍白了，眼神软绵绵，懒洋洋的，用特·埃斯巴太太的说法，他的神气是享尽了艳福。他因之更俊美了。有了爱情和经验，眉宇之间表示他对自己的威势和力量感觉很清楚。他瞪着眼睛望着文坛和上流社会，自以为尽可像主人翁一般出入。唯有遭到患难才肯反省的诗人，认为眼前没有什么可操心的。顺利的事业正在使他的小艇扬帆前进，实现计划的工具听凭他调度：一个现成的家，一个人人艳羡的情妇，车辆马匹，还有他笔下无法估计的财富。他的灵魂，他的心地，他的头脑，也都起了变化，他看到这样辉煌的成绩，再也不考虑手段了。住过巴黎的经济学家准会觉得吕西安的排场大有问题，所以我们不能不说明一下，女演员和她诗人的物质享受到底建筑在什么基础之上，不管这基础多么薄弱。原来加缪索要求供应高拉莉的一些铺子给高拉莉至少赊三个月账，可是他不做担保。因此，车马，仆役，全部享用，好像有魔术似的，对两个只图享受的孩子毫不缺少，而他们俩也只管欢天喜地的享受。高拉莉挽着吕西安的手，要他先见识见识饭厅里意想不到的变化：富丽堂皇的桌面，点着四十支蜡烛的烛台，精致非凡的点心，希凡酒家的菜单，吕西安把高拉莉搂在怀里，亲着她的额角。

他说："孩子，我一定成功，一定要报答你这样的深情，这样的忠心。"

高拉莉说："你满意了吗？"

"再不满意也说不过去了。"

"好啦，你这笑容就是我的报酬。"高拉莉说着，像蛇一般扭着身子把嘴唇送到吕西安嘴边。

他们看见佛洛丽纳、罗斯多、玛蒂法和加缪索忙着布置牌桌。朋友们陆续来了，因为所有的来客都自称为吕西安的朋友。大家从九点赌到半夜。吕西安幸而赌博的玩意儿一样都不会[1]。罗斯多输了一千法郎，向吕西安借；既是朋友开口，吕西安当然不便拒绝。十点左右，来了米希尔·克雷斯蒂安，费尔扬斯，约瑟·勃里杜。吕西安陪他们走到一边去谈天，觉得他们即使不显得勉强，也是冷冷的一副正经面孔。大丹士正在赶写他的书，不能来。雷翁·奚罗为他的杂志忙着编创刊号。小团体派了三个艺术家来，在吃喝玩乐的场合他们不像别的几个感到拘束。

吕西安略微带着卖弄的口气说："喂，朋友们，轻骨头也会变成大策略家，你们等着瞧吧。"

米希尔道："但愿我以前看错了。"

费尔扬斯问道："你是不是在过渡期间和高拉莉同居？"

"是的，"吕西安装着天真的样子回答，"本来有个做买卖的老头儿迷着高拉莉，被高拉莉打发了。"他又望着约瑟·勃里杜补上两句："我比你的哥哥幸福，他没有本领控制玛丽埃德。"

费尔扬斯道："现在你跟别人没有分别了，必定成功。"

吕西安回答："不管在什么情形之下，我对你们永远和从前一样。"

米希尔和费尔扬斯彼此望了望，冷笑一下；吕西安才觉得自己的话说得可笑。

约瑟·勃里杜道："高拉莉真美，画成肖像可出色呢！"

---

①巴尔扎克忘了他上面说过吕西安赌输了钱，第二天高拉莉在他袋里放进一笔钱，参看《幻灭(上)》。

“而且心地好。”吕西安回答，“说良心话，她纯洁得很。你就替她画个像吧。只要你愿意，你画老婆子带一个姑娘去见参议员的作品，不妨拿她做模特儿，代表那个威尼斯的姑娘。”

米希尔·克雷斯蒂安道：“女人动了真情都是纯洁的。”

这时拉乌·拿当向吕西安直扑过来，亲热得了不得，抓着吕西安的手握着。

他说：“好朋友，你不但伟大，而且有良心，此刻良心比天才更难得。你对朋友真义气。从此我跟你是生死之交了，我永远忘不了这个星期你帮我的忙。”

吕西安受到这样一位名流奉承，不禁心花怒放，带着自命不凡的神气望着小团体里的三个朋友。捧拿当的稿子要在明天的报上发表，曼兰先给拿当看了清样，拿当才有这番表现。

吕西安咬着他耳朵说：“我当初答应攻击你的时候就提出条件，要让我自己来反驳。我素来是你朋友。”

吕西安回到小团体的三个朋友身边。费尔扬斯刚才听着他的话冷笑，现在拿当的事帮他辩白了，他因之很高兴。

“大丹士的书一出版，我就好替他出力了。单为这一点，我也要留在新闻界。”

米希尔道：“你做得了主吗？”

吕西安假装谦虚，回答说：“只要人家还用得着我，总能够办到吧。”

半夜前后，客人一齐入席，开始大吃大喝。他们在吕西安家谈话比在玛蒂法家更放肆，谁也没想到小团体的三个代表和报界的代表志趣不合。那般年轻的记者出尔反尔成了习惯，早已心术败坏，当下便舌剑唇枪，交起锋来，拿新闻界的骇人的理论作为诡辩的根据。格劳特·维浓主张维持批评的尊严，反对小报界专门作人身攻击的倾向，说结果作家只会贬低自己的价值。罗斯多，曼兰，斐诺，公开回护那个办法，报界的俗话叫作寻开心，认为这是标识一个人的才能的戳子。

罗斯多说："经得起这个考验的才是真正的好汉。"

曼兰说："大人物受到欢呼的时候也得有人叫骂，像罗马的胜利者一样。"

吕西安说："那么受到嘲笑的人都可以自命为胜利了！"

斐诺说："这话不是跟你自己有关吗？"

米希尔·克雷斯蒂安说："咱们的十四行诗不是应当跟彼特拉克的一样轰动吗？"

道利阿说："黄金（洛尔）[①]已经出了一把力，帮助诗集成功。"

大家听了这句双关语一致叫好。

吕西安微笑道："我们不妨拿一个毫无价值的人[②]做试验。"

凡尔奴道："新闻界对有些人毫无争论，一出台就送他们花冠，这样的人才倒霉呢！那好比圣者关进神龛，从此没人理睬。"

勃龙台道："当初香塞纳兹看见特·尚利侯爵一往情深的望着老婆，对他说：得了吧，好家伙，人家已经给了你了。社会上对

①彼特拉克的恋人洛尔（Laurre），与法文中黄金（L' or）一字谐音；而道利阿是花三千法郎收买吕西安的诗集的。

②过去吕西安自命为彼特拉克，特·巴日东太太也以洛尔自居。此处即暗指特·巴日东太太。

一开场就顺利的人也会说这个话。”

斐诺道：“在法国，成功可以致人死命。我们彼此嫉妒得厉害，只想忘掉别人的胜利，叫大家也跟着忘掉。”

格劳特·维浓说：“可是有矛盾，文学才有生命。”

费尔扬斯说：“同自然界一样，生命的来源是两种元素的斗争。有一个元素胜利了，生命就完了。”

“政治也这样。”米希尔·克雷斯蒂安补上一句。

“我们最近证明了这一点。”罗斯多说，“一星期之内道利阿就好销完两千部拿当的作品。为什么？因为受到攻击的书必然有人竭力保护。”

曼兰拿着明天报纸的清样说：“有了这样的稿子，一版书还怕销不完吗？”

道利阿说：“念给我听听。我离不开本行，吃宵夜也忘不了出版事业。”

曼兰念出吕西安的得意之作，全场一致鼓掌。

罗斯多说：“没有上一篇，怎么写得出这一篇！”

道利阿从口袋里掏出第三篇稿子的清样，念了一遍。这篇评论将要在斐诺的第二期杂志上发表，斐诺留神听着，他因为是主编，把文章捧得更过火。

他说：“诸位，鲍舒哀生在今天，也只能这样写。”

曼兰说：“当然。鲍舒哀生在今天，也要当记者的。”

格劳特·维浓端起酒杯，向吕西安含讥带讽的行着礼，说道：“为鲍舒哀第二干杯！”

吕西安向道利阿举杯道：“为我的哥伦布干杯！”

“好极了！”拿当叫道。

曼兰狡猾的望着斐诺和吕西安，问："是个绰号吗？"

道利阿道："你们这样下去，我们要搅糊涂了。"又指着玛蒂法和加缪索道："这两位怎么听得懂？波那帕脱说的好：笑话好比纺棉纱，纺得太细，要断的。"

罗斯多道："诸位，咱们亲眼目睹一桩重大的，出乎意想的，闻所未闻的，真正的怪事。我们这位朋友从内地人变作新闻记者有多么快，你们不觉得惊奇吗？"

道利阿说："他是天生的新闻记者。"

斐诺拿着一瓶香槟站起来说："弟兄们，咱们的主人初出台的时候，大家都替他撑腰，给他鼓励；现在他的事业超过了我们的期望。他两个月之内显了本领，写出那些大家知道的好文章；我提议替他举行洗礼，正式命名他为新闻记者。"

"再来一个蔷薇花冠，祝贺他的双重胜利。"皮克西沃望着高拉莉说。

高拉莉向贝雷尼斯挥挥手，贝雷尼斯进去在女演员的帽匣内找出一些用过的纸花。胖老妈子捧到外面，大家马上编成一个花冠；醉得特别厉害的客人还抢着纸花乱戴，样子挺滑稽。大祭司斐诺在吕西安漂亮的淡黄头发上洒几滴香槟，装着一副怪有趣的正经面孔，仿照宗教仪式宣布："我以印花税，保证金，罚款的名义，命名你为新闻记者。但愿你写起稿子来觉得轻松愉快！"

曼兰接口道："并且稿费不扣除空白！"

这时吕西安瞥见米希尔·克雷斯蒂安，约瑟·勃里杜，费尔扬斯·里达，三个人快快不乐的拿起帽子，在一片诅咒声中走了。

曼兰道："看见没有？这些怪物！"

罗斯多道："费尔扬斯脾气挺好，可惜被那些道学家带坏了。”

“谁？”格劳特·维浓问。

勃龙台回答：“一批古板的青年聚在四府街上一个小酒店里讨论哲学，宗教，操心人类的前途……”

“噢！噢！噢！”

勃龙台往下说：“……他们想知道人类是在老地方打转还是在进步。到底走的是直线还是曲线，他们决定不下，只觉得《圣经》上的三角[①]荒唐可笑；于是他们发现一个先知，说人类走的路线是螺旋形。”

吕西安有心替小团体辩护，说道：“这不算什么。一群人聚在一起，可能发明更危险的玩意儿呢。”

番利西安·凡尔奴道：“你不要以为那些理论是空话，临了不是变成子弹便是断头台。”

皮克西沃道：“眼前他们还不过在香槟酒里找天意，在裤子里追求人道主义，找寻推动世界的小家伙[②]。他们重新捧出过时的大人物，什么维谷[③]啊，圣西门啊，傅立叶啊。我真怕他们把可怜的约瑟·勃里杜迷昏了头。”

罗斯多道：“皮安训是我同乡，还是中学同学，受了他们的影响对我冷淡了……”

---

①指三位一体说。

②以上一段是挖苦大丹士一帮人的空想。——法国人回答儿童关于钟表的问题，常说是个小家伙使钟表走动的，“推动世界的小家伙”一语便是借用这个意思。

③维谷（1668—1742），意大利哲学家，首倡历史哲学，对十九世纪初的圣西门派颇有影响。

曼兰问："他们可传授什么训练思想矫正思想的技术？"

斐诺回答说："很可能。皮安训不是把他们的梦想当真吗？"

"不管怎样，"罗斯多说，"皮安训将来准是了不起的名医。"

拿当说："他们出面的领袖不是叫作大丹士，恨不得把我们一齐吞掉的一个青年吗？"

"他是天才！"吕西安嚷道。

"我倒更喜欢来一杯凯兰士酒[1]。"格劳特·维浓微笑道。

那时每个人争着向邻座的人解释自己。等到风雅人物肯做自我介绍，向你吐露心腹，那一定是醉得不像话了。过了一小时，同桌的人都变了最知己的朋友，觉得彼此都是大人物，英雄好汉，前途无量。吕西安因为是主人，还保持清醒，听着他们的诡辩很感兴趣，他的已经败坏的心术也愈加败坏了。

斐诺道："弟兄们，进步党非重新挑起笔战不可，此刻没有材料好攻击政府，你们知道这对反对派多么不利。你们之中谁愿意写一本要求恢复长子特权的小册子，让我们借此起哄，说是宫廷的阴谋？小册子报酬从丰。"

曼兰道："我来写，恢复长子特权本是我的主张。"

斐诺回答说："不行，你党内的人要说你连累他们的。番利西安，还是你动笔，道利阿负责印刷，咱们保守秘密就是了。"

"给多少稿费呢？"凡尔奴问。

"六百法郎！署名用C……伯爵。"

①西班牙的名酒。

“行！”凡尔奴道。

“你们在政治上也培养鸭子①了。”罗斯多道。

“不过是拿夏鲍案子②搬到思想方面去利用一下。”斐诺回答，“我们说政府有某种用意，煽动舆论反对政府。”

格劳特·维浓说：“我始终弄不明白，一个政府怎么会听凭我们这批无赖支配大家的思想。”

斐诺接着说：“倘若内阁轻举妄动，出场交手，我们就狠狠的斗它一斗；要是它生气，我们就把事情闹大，叫政府大失人心。反正政府动辄得咎，报纸永远不担风险。”

格劳特·维浓说：“在没有取缔报纸之前，法国只好继续瘫痪。”又对斐诺说：“你们每小时都在发展，将来会像耶稣会一样，差别只是没有信仰，没有固定的主张，没有纪律，没有团结。”

大家又坐上牌桌，不久东方发白，室内的烛光暗淡了。

高拉莉和她的情人说：“你那些四府街上的朋友愁眉苦脸，像判了死刑的囚犯。”

“不是囚犯，是审判官。”诗人回答。

“审判官还比他们有趣得多。”高拉莉说。

---

①鸭子是谣言和谎话的别名，参看《幻灭（上）》。

②大革命时期一桩假造法令的舞弊案。

三十一、上流社会

一个月之内，吕西安不是出去吃中饭，便是吃晚饭，吃宵夜，或是参加晚会，时间就这样消磨了；他被一股不可抵抗的浪潮卷进漩涡，除了吃喝玩乐，只做些轻易的工作。他不再做什么打算。在复杂的人事中间能够计算筹划原是意志坚强的标记，不是富于幻想的人，懦弱的人，或者单单是风雅的人，所能假装。吕西安像多数新闻记者一样，过一天算一天，挣多少花多少。巴黎的定期开支对落拓的文人压力最重，吕西安干脆不去想它。他的服装气派比得上最出名的花花公子。高拉莉好比狂热的信徒，只想装扮她的偶像，不惜倾其所有，替亲爱的诗人置办他第一次逛蒂勒黎公园时不胜羡慕的漂亮行头。新奇的手杖，美丽的手眼镜，金刚钻的钮子，扣领带的别针，阔镶边的戒指，吕西安全有了；鲜艳的背心数量充足，可以搭配衣衫的颜色。不久他成了漂亮哥儿。赴德国公使的宴会那天，吕西安脱胎换骨的变化引起在座的青年暗中妒羡，例如特·玛赛，王特奈斯，阿瞿达-宾多，玛克辛·特·脱拉伊，拉斯蒂涅，特·莫弗利原士公爵，菩特诺，玛奈维等等，全是时髦社会中的领袖人物。交际场中的男人和女性一样互相嫉妒。当夜的宴会主要是请特·蒙高南伯爵夫人和特·埃斯巴侯爵夫人；吕西安坐在她们俩中间，被她们灌足迷汤。

“为什么你离开上流社会呢？”侯爵夫人对他说，“大家正预备好好款待你，欢迎你来着。我不能不生你的气。你答应来看我，我等到现在。前几天我在歌剧院瞧见你，你竟不屑过来看看我，连打个招呼也不愿意。”

“太太，令亲毫不含糊的下了逐客令——”

特·埃斯巴太太打断吕西安的话，回答说：“你不了解女性。你伤害了我认为最纯洁的一颗心，最高尚的一个人。你不知道路易士预备替你出多少力，定的计划多么巧妙。”她看见吕西安不声不响的表示不信，便道：“噢！她的确有希望成功。路易士的丈夫不是早晚要让她恢复自由吗？这一回果然闹不消化死了，那也是活该。你想路易士怎么肯做夏同太太？特·吕庞泼莱伯爵夫人的名衔才值得争取。你明白没有？爱情是极大的虚荣，必须和其他方面的虚荣配合，尤其为了婚姻大事。就算我爱你爱得神魂颠倒，愿意嫁给你，要我称为夏同太太可受不了。这一点你同意吗？此刻你看到了巴黎生活的难处，知道要拐多少弯儿才能达到目的；你不能不承认，路易士要为一个无名的没有财产的男人，求一个几乎没有希望的恩典，必须把问题考虑周到。你固然聪明绝顶，不过我们一朝动了真情，比最聪明的男人还要聪明。我大姑想利用那可笑的夏德莱……”说到这里她插进两句：“你真会逗笑，你挖苦他的文章，我看着乐死了！”

吕西安听着莫名其妙。他只见识过新闻界的欺骗和奸诈，不知道上流社会的欺骗和奸诈；所以他尽管眼力不错，照样吃了大亏。

他大为惊奇的说道：“怎么，太太，你不是在提拔鹭鹚吗！”

“我们在交际场中不能不敷衍最凶狠的敌人，见了讨厌家伙也得表示愉快，而为了更好的帮助朋友，往往表面上要把他们牺牲。难道你还这样不通世故吗？你要做作家，怎么连交际场中一些普通的骗局都不知道？我大姑好像为了鹭鹚而牺牲你；可是不这样办，怎么能利用他的势力来帮助你呢？因为在眼前这个政府底下，他很得宠。我们向他解释，你的攻击在某个限度之内对他有好处；我们这样说，预备将来替你们俩讲和。上面看他受你羞辱，给了他补偿。台·吕卜克司告诉部长们：报纸跟夏德莱捣乱，政府可以清静一个时期。”

正当侯爵夫人说完话，让吕西安去推敲的时候，特·蒙高南太太和他说话了：“勃龙台先生告诉我，你不久会赏光到我家里去。你可以遇到一些艺术家，作家，还有渴望认识你的台·都希小姐。她的才华在我们女人中间是少有的，将来你一定会上她家里去。台·都希小姐，或者用她的笔名称为加米叶·莫班，有巨万家私，她的沙龙是巴黎最出名的一个；她听人说起你的风雅和相貌不相上下，一心想见见你。”

吕西安只能一迭连声的道谢，不胜艳羡的望了望勃龙台。气派人品像蒙高南伯爵夫人那样的女子跟高拉莉的差别，不亚于高拉莉同街头神女的差别。这位年轻，俊俏，风雅的伯爵夫人，有一种特殊的美：皮肤像北方女子，白得异乎寻常；她的母亲出身是察尔贝洛夫公主，德国公使在饭前对伯爵夫人很恭敬，招待周到。

特·埃斯巴太太旁若无人的咂完了一只鸡翅膀，对吕西安说道：“可怜的路易士当初对你太好了！她为你设计的美好的前途，我完全知道。她什么都能忍受，就是没想到你会还她的信，表示你瞧不起她到这个田地！我们能原谅人家的残酷，人家伤害我们实际还是忘不了我们；可是漠不关心等于南北极的冰山，把一切都埋葬了。你不能否认你做错了事，损失浩大。你为什么要决裂呢？就算受到轻视，你不是还得求功名，取富贵吗？路易士把这些问题都想到了。”

“那么为什么对我一字不提呢？”吕西安问。

“哎！天哪，那是我劝她瞒着你的。老实说，那时看你不曾经过世面，我很担心，怕你缺乏经验，感情冲动，可能破坏她的计划，打乱我们的方案。当时你是怎么样的人，你记得不记得？真的，如果你今天能看到当初的你，准会同意我的意见。现在你完全变了一个人。我们唯一的错误就是不曾料到这一着。可是既有这样了不起的聪明才智，又有这样了不起的适应力的人，一千个之中也未必能碰到一个。我过去不相信你是一个出人意料的例外。谁知一眨眼你就脱胎换骨，轻而易举的学会了巴黎气派，上个月我在蒲洛涅森林竟认不得你了。”

吕西安听着这个贵妇人的谈话，心里说不出的快乐。她夸奖人的时候有一副完全信任你的，天真的，活泼的神态，似乎对吕西安的关切真是无微不至。吕西安只道又遇到了奇迹，像他第一次在全景剧场的遭遇。从那个幸运的夜晚起，所有的人都对他笑脸相迎，他以为自己的青春真有符咒一般的魔力。可是他打定主意不落圈套，要把侯爵夫人摸清底细。

他说：“太太，你所谓变了一场空的计划，究竟是怎么回事呢？”

“路易士本想向王上求一道诏书，允许你改用特·吕庞泼莱的姓氏和头衔。她要埋葬夏同的姓。这一步当时很容易做到，而对你说来是一笔资本；此刻你的言论差不多把这条路阻断了。或许你认为这些念头是幻想，不值一提，可是我们多少懂得一些人生，知道伯爵的头衔加在一个漂亮人物，一个风流倜傥的青年身上有多少实惠。比如在这里当着几百万家财的英国小姐或是有陪嫁的姑娘们通报：夏同先生或者特·吕庞泼莱伯爵，反应完全两样，伯爵哪怕债台高筑，还是能打动人心，俊美的相貌也格外惹人注目，像一颗精工镶嵌的钻石。夏同先生可干脆没人注意。我们并不曾制造这观念，而是发现这观念到处占着优势，便是在布尔乔亚中间也很普遍。如今你是跟好运背道而驰。你瞧那个漂亮青年，番列克斯·特·王特奈斯子爵，他是王上两个机要秘书中的一个。王上挺喜欢有才干的青年，这一位当初从内地来的时候行装不见得比你多；你的聪明才智胜他百倍；可是你是不是世家出身呢？有没有显赫的姓氏呢？你不是认识台·吕卜克斯吗？他的本姓跟你的差不多，叫作夏登；他在吕卜克斯的那块田产，便是给他一百万也不肯出让[①]；将来他准是台·吕卜克斯伯爵，传到他孙子一辈或许竟是大贵族了。你走上了歧路，再走下去就完啦。爱弥尔·勃龙台比你乖巧多了，他加入一份拥护政府的报纸，当前的权贵都对他另眼相看；他思想正确，跟进步党来往没有危险；他迟早会成功，因为他的政见，他的靠山，都挑选得好。坐在你旁边的漂亮太太是脱罗阿维尔家的小姐，族中有两个贵族院议员，两个国会议员，她靠着门第攀上一门有钱的亲事；如今在家广结交游，培养势力，将来要替这位小小的勃龙台先生拉拢政界要人。你依靠一个高拉莉有什么出路？几年以后还不是背上一身债，对寻欢作乐感到厌倦为止？你的爱情放错了地方，生活没有安排

①法国大革命以前和王政复辟时代，没有相当的不动产不能封爵。

好。这就是特·巴日东太太前天在歌剧院对我说的话，而你还伤害她，当作一种乐趣。她惋惜你滥用才气，糟蹋你的青春，当然不是为她，而是为你着想。”

吕西安道：“啊！太太，要是你说的是真话！”

“你想我骗你有什么好处？”侯爵夫人冷冷的瞪着吕西安，神态傲慢，叫他置身无地。

吕西安愣住了，不敢再开口；侯爵夫人呕了气，不再和他交谈。他心中恼恨，可也承认自己鲁莽，决定想办法挽回。他转身和特·蒙高南太太谈论勃龙台，称赞青年作家的才干。伯爵夫人对他很客气，特·埃斯巴太太向伯爵夫人递了一个眼色，伯爵夫人便邀请吕西安参加她下一次的晚会，问他是否愿意见见特·巴日东太太；她虽则孝服在身，还是会来的。那不是大规模的招待，只是平时的小叙，来的都是比较接近的朋友。

吕西安道：“侯爵夫人认为错处都在我这方面，那不是还得由她的大姑来原谅我吗？”

“只要你叫人停止攻击，讲和不成问题；那些荒唐的谰言使她为着夏德莱大大的受累，其实她根本不把那男人当真。听说你自以为受她愚弄，我却看见她因为你薄情而伤心得很。她可是真的同你一起离开内地，并且是为了你才离开的吗？”

吕西安笑嘻嘻的望着伯爵夫人，不敢回答。

“一个女人为你做了这样的牺牲，你怎么能怀疑她？何况像她这样美，这样风雅的人物，在无论什么情形之下都是值得爱的。特·巴日东太太爱你的才华胜过你的相貌。老实说，女人爱的是才，美还在其次。”伯爵夫人说着，偷偷瞧了瞧勃龙台。

吕西安在公使府上看出高等社会和他近来所处的特殊社

会的差别。两种豪华没有一点儿相似，没有一个共同点。屋子是圣·日耳曼区最阔绰的一所，房间的高度，分配的格式，客厅里古老的描金，堂皇的装饰，贵重的附属品，在吕西安眼中都是陌生的、新鲜的；幸而他对于奢华的享用很快就习惯了，不曾流露出诧异的神气。他的态度既没有自命不凡的得意样儿，也没有卑躬屈节，曲意逢迎的意味。诗人举止大方，叫毫无恶意的人看了称赞，只有那些青年因为他突然闯进上流社会，又漂亮，又受人器重，对他嫉妒。离开饭桌的时候，吕西安搀扶特·埃斯巴太太，特·埃斯巴太太并不拒绝。拉斯蒂涅发现侯爵夫人讨好吕西安，便过来和他攀同乡，提到在杜·华诺勃太太家初次相会的话。看来这青年贵族有心结交他本省的名人，定了日期请吕西安吃中饭，预备替他介绍几个时髦公子。吕西安答应了。

“我也请了勃龙台。”拉斯蒂涅说。

特·龙葛洛侯爵，特·雷多雷公爵，特·玛赛，蒙脱里伏将军，拉斯蒂涅，吕西安，围在一处谈天，公使也过来了。

他故意装出一派德国人的忠厚样儿，遮盖他的精明厉害，对吕西安说：“好极了，你同特·埃斯巴太太讲和了，她对你很高兴，而我们都知道，”他望着周围的人说，“要讨她喜欢多么不容易。”

拉斯蒂涅说：“对，不过她最是爱才，而我这位大名鼎鼎的同乡就在拿才气做交易。”

勃龙台抢着说：“他很快就要发现他做的买卖并不好，会站到我们这边来，早晚是我们的人。”

吕西安听见周围你一句我一句，都在这个题目上发挥。几个正经人用斩钉截铁的口吻说了几句深刻的话，年轻人拿进步党打哈哈。

勃龙台道:“我相信他当初在党派问题上是像拈阄一般决定的,此刻可要挑选一下了。”

吕西安想起在卢森堡公园和罗斯多的谈话,笑了。

勃龙台又道:“他找的向导叫作埃蒂安纳·罗斯多,小报界的一个打手,写文章只看见五法郎一栏的稿费;他相信拿破仑会回来,更可笑的是相信左派的头目爱国,将来会酬劳他们。吕西安既然要姓吕庞泼莱,应当有贵族色彩;要做新闻记者也该拥护政府;要不他永远姓不成吕庞泼莱,当不了秘书长。”

公使请吕西安抽一张牌打韦斯脱[①],吕西安回答说此道不通,大家听了很诧异。

“朋友,”拉斯蒂涅咬着吕西安耳朵说:“你到我家吃便饭那天,早点儿去,我来教你韦斯脱。咱们安古兰末也是王者之都[②],不能丢它的面子。我可以引用泰勒朗先生的一句话:不学会这玩意儿,老来定要大大的吃苦。”

当差通报台·吕卜克斯来了。他是个得宠的参事院评议官,替部长们干些机密事儿,人很精明,又有野心,什么地方都能混进去。他在杜·华诺勃太太家见过吕西安,当下装作很亲热的招呼吕西安,吕西安信以为真。台·吕卜克斯在政治上对谁都拉拢,免得猝不及防,受人暗算;他发觉吕西安在场,知道吕西安要在上流社会像在新闻界一样得势。他看出诗人是个野心家,便对他大

①韦斯脱是桥牌的前身,入局之前也需要抽一张牌,用花色来决定与谁合伙。

②安古兰末在九世纪是伯爵领地的首府,十六世纪起改为公爵领地的首府。十八世纪初方始正式并入法兰西王国。

献殷勤，表示友好，关切，仿佛跟他是老朋友了，不让吕西安看穿他空口白舌的许愿和说话。台·吕卜克斯抱定主张，凡是可能成为自己的敌手而需要摆脱的人，都要摸清性格。因此，吕西安在上流社会中大受欢迎。他很明白，一切都是仰仗特·雷多雷公爵，德国公使，特·埃斯巴太太和特·蒙高南太太的力量；动身之前特意和两位太太分别谈了一会，极力卖弄才情。

台·吕卜克斯等吕西安走开了，对侯爵夫人说：“看他那副得意样儿！”

“他来不及成熟就要烂掉的。”特·玛赛对侯爵夫人笑着说，“你使他头脑发热，想必是别有用心。”

吕西安的车停在院子里，高拉莉在车上等着；吕西安看她这样体贴，很感动，告诉她当晚的情形。出乎吕西安意料，已经在他脑子里活动的簇新的主意，高拉莉表示赞成，竭力怂恿他转入政府党。

“你跟进步党走只会挨打，他们诡计多端，暗杀了特·贝利公爵。可是他们能推翻政府吗？休想！你依靠他们将来一无结果；投靠另一方面才能成为特·吕庞泼莱伯爵。再替政府出一番力，包你当上贵族院议员，娶到一个有钱的老婆，还是做极端派吧。并且这样才有气派。”在高拉莉心目中，最要紧的是气派。“那天我在杜·华诺勃太太家吃饭，听她说起丹沃陶·迦亚正在筹备一份保王党的小报，叫作《觉醒报》，用来反击你们的和《明镜报》的恶作剧。据华诺勃说，维兰尔先生和他的一派不出一年就要登台。你该利用这个变动，趁他们还没有得势就站在他们一边。只是对埃蒂安纳和别的朋友们一个字都不能提，他们会跟你捣乱的。”

八天以后，吕西安到特·蒙高南太太家里去；他从前爱得要命，而最近被他挖苦打趣，大大伤害过的女人，重新见到了，心里激动得了不得。路易士也脱胎换骨了！她又变了尊严的贵夫人，似乎从来没住过内地。她穿着孝服另有一番风韵，另有一套讲究的打扮，可见她做了寡妇很快活。吕西安觉得路易士的卖弄风情多少是为了他，这倒是事实；可是他好比吃过鲜肉的妖魔，整个黄昏迟疑不决，在美丽，多情，娇滴滴的高拉莉，和干瘪，高傲，狠心的路易士之间，不知道如何选择。他不能打定主意，为着名门贵妇而牺牲高拉莉。特·巴日东太太眼巴巴的等了他一晚，希望他做这个牺牲。她看见吕西安这样风趣，这样美，又动了爱情；不料她勾引撩拨的说话，卖弄风情的眉眼，完全不生作用，她便走出客厅，决心要报复了。

“喂，亲爱的吕西安，”她的慈祥的态度既有巴黎女人的风韵，也显得尊严高贵，“我没有分享你的光荣，反而做了你的第一个牺牲品。不过，孩子，想到你这样拿我出气说明你还没有完全忘情，我就原谅你了。”

特·巴日东太太气概不凡的说到最后一句，又占了优势。吕西安自以为理直气壮，原来是错尽错绝。他写的那封措辞激烈的决绝的信，以及决绝的原因，都不曾提到。上流社会的妇女有一套巧妙的本领，能够在谈笑之间缩小自己的错处。或是微微一笑，或是假作惊奇反问一句，把一切抹得干干净净。她们什么都记不起来了，样样事情都能辩解，忽而诧异，忽而发问，这里申说几句，那里夸大一番，再不然跟你争论一场，临了她们的过失便化为乌有，像用肥皂洗去污迹一样：你明知道她们浑身乌黑，一眨眼却变得雪白干净。至于你这方面，如果没有犯下十恶不赦的大罪，就算大大的侥幸。一会儿吕西安和路易士彼此又有了幻想，用朋友的口吻谈起心来。可是吕西安正为着虚荣心满足而陶醉，为着高拉莉而陶醉——老实说，他靠着高拉莉，生活才这样好过——所以路易士吞吞吐吐叹了口气问："你幸福吗？"的时候，他竟不能给一个明确的答复。如果他带着伤感的意味说一声不，从此就能飞黄腾达。偏偏他自作聪明，向路易士解释高拉莉，说她完全是爱他的人，还有许多痴情的傻话。特·巴日东太太听着咬咬嘴唇。事情就此定局。特·埃斯巴太太和特·蒙高南太太走到路易士身边来。吕西安发觉自己成了当晚的红人：三个妇女使尽手腕笼络他，趋奉他，宠他，捧他。可见他在豪华显赫的社会中跟他在新闻界中同样成功。美丽的台·都希小姐，就是赫赫有名的加米叶·莫班，经过特·埃斯巴和特·巴日东两位太太的介绍，请吕西安在星期三，她经常招待宾客的日子，到她家里去吃饭。她看了吕西安名不虚传的相貌似乎也动心了。吕西安竭力炫耀，表示他的才华胜过他的美貌。台·都希小姐的赞叹表现得十分亲切、天真，加上那种热烈的浮表的友谊，往往叫一般没有彻底认识巴黎生活的人上当；殊不知巴黎人连续不断的享乐成了习惯，特别喜欢新奇。

吕西安对拉斯蒂涅和特·玛赛说："如果她对我的情意跟我对她的情意不相上下，我们的小说可以缩短……"

拉斯蒂涅回答："你们俩都太会写小说了，不宜于亲自登场。作家同作家能够谈恋爱吗？双方早晚会说出刻薄的话来互相伤害。"

特·玛赛笑道："你这个梦做得不错。固然，这位迷人的小姐已经三十岁，可是有将近八万法郎一年的进款。她使起性子来着实可爱，她那种姿色可以支持一个很长的时期。告诉你，朋友，高拉莉是个傻丫头，只好替你装装门面，因为漂亮哥儿不能没有情妇；可是你要不在上流社会交上一个美人儿，日子久了，和女戏子同居对你只有害处。所以，亲爱的，你还是代替等会要同加米叶·莫班一起唱歌的公蒂吧。从古到今，诗歌一向占音乐上风。”

吕西安听了台·都希小姐和公蒂的表演，他的希望立刻烟消云散。

“公蒂唱得太好了。”他对台·吕卜克斯说。

吕西安回到特·巴日东太太身边，特·巴日东太太带他往另外一间客厅去找特·埃斯巴太太。

“喂，你说，你可愿意提拔他吗？”特·巴日东太太问弟媳妇。

侯爵夫人态度又傲慢又温和，回答说：“只要夏同先生改变他目前的地位，不要连累他的保护人。如果他想得到王上的诏书，允许他丢掉那可怜的父亲的姓，改用外家的姓，不是至少先得站到我们这边来吗？”

吕西安说：“两个月之内我一切都可以安排好。”

侯爵夫人说：“好吧，那时我去见我的父亲和表叔，他们都在王上身边当差，可以向掌玺大臣提到你。”

当过外交官的夏德莱和这两位太太完全看透吕西安的弱点。诗人被贵族阶级的光彩迷了心窍，发觉踏进交际场的人物个个有头衔，有响亮的姓氏，自己被称为夏同说不出有多么难堪。几天之内他到处感到这种痛苦。仗着高拉莉的车马随从，在上流社会体体面面的出现过了，再去干他的本行，他心里格外不舒服。他学会了骑马，能挨着特·埃斯巴太太，台·都希小姐，特·蒙高南伯爵夫人的车马奔驰，这是他初到巴黎的时期不胜艳羡的特权。斐诺很乐意为他的主要编辑弄到一张歌剧院的送票，让吕西安浪费了不知多少夜晚。从此以后，在当时那个漂亮哥儿的畸形社会中，他也算一个人物了。他请了一顿体面的中饭，回敬拉斯蒂涅和交际场中的一般朋友，不幸他做错了事，酒席摆在高拉莉家里。吕西安太年轻，诗人气息太重，太单纯，不懂得某些处世的分寸；一个没有教育的女演员，心肠再好也不能教他通达人情世故。在对他不怀好意的青年前面，内地人公然暴露他和女演员在金钱方面有默契：这是每个年轻人心中嫉妒而嘴里批评的。当天晚上为此挖苦吕西安最凶的是拉斯蒂涅，他虽然用着同样的手段在交际场中混过日子，做出事来却十分得体，所以尽可把难听的议论当作毁谤。吕西安很快学会韦斯脱。他对赌博入了迷。

三十二、浪子

高拉莉唯恐吕西安被人抢去，非但不反对他生活放荡，反而加以鼓励，鼓励的时候和一般痴情的人一样盲目，只顾着现在，为了当前的快活牺牲一切，甚至于牺牲前程。真正的爱情始终和童年的情形相仿：轻率，冒失，放荡，逞着性子哭哭笑笑。

那个时期出现一帮年轻人，穷富不等，全都无所事事，社会上称为浪子。他们过的醉生梦死的生活的确不可思议，胃口奇好，喝起酒来尤其勇猛。他们见了钱赛过冤家对头，拼命的使花，再加撒野胡闹，生活不仅荒唐，竟是发疯；任何做不到的事都要试一试，还夸耀自己的胡作非为，可是也不敢过分越轨；捣乱的时候用别出心裁的聪明掩饰，叫人不能不加以原谅。复辟政府把青年人逼上腐化堕落的路，在这件事情上表现得再清楚没有了。他们的精力没有地方发泄，不仅消耗在新闻事业，政治阴谋，文学方面和艺术方面，而且年轻一代的法国人元气太旺，还要做出奇奇怪怪的过火的事来。用功的人要求权势和享受，从事艺术的要求金银财富，游手好闲的要求情欲的刺激；他们无论如何要一个位置，政府却不给他们安插。所谓浪子几乎都有一些出众的才能，有的经不起生活的消耗，丧失了能力；有的顶过去了。其中最出名最风趣的一个，拉斯蒂涅，后来跟着特·玛赛，走上正路，居然出人头地。那帮青年闹的笑话遐迩闻名，给人做了好几出戏剧的题材。吕西安被勃龙台引进浪子集团，同皮克西沃两人着实出了一番风头；皮克西沃是当时说话最尖刻的家伙，一张贫嘴老是滔滔不绝。整整一冬，吕西安的生活赛过长时期的沉醉，清醒的时候只替报纸做些容易的工作；他继续供应他的巴黎小品，有时费了九牛二虎之力写出几篇用心的精彩的评论。而这种情形是例外，诗人只要迫不得已才肯用功；中午和晚上的宴会，花天酒地的作乐，上流社会的应酬，打牌赌钱，占去他所有的时间，剩下的一部分又给了高拉莉。吕西安不让自己想到明天。他看见一般自称为他朋友的人行动和他一样，代出版商起草报酬优厚的说明书，为投机事业写写稿子，到手一些外快作为开销，把自己的前程都吃到肚里去了，好在他们也不在乎前程。吕西安发觉，在报界和文坛上一朝受到和别人同等的待遇以后，再要跨上一步就难之又难：个个人答应他平起平坐，谁也不愿意他高人一等。他不知不觉的放弃了靠文学成名的念头，以为进政界更容易发迹。

吕西安已经同夏德莱言归于好，有一天夏德莱和他说："权术不像才干挑起那么多利欲的冲突，暗地里的活动不会引人注意。并且权术胜过才干，能够无中生有打出一个局面来；能干角色有了天大的本领，往往惹祸招殃。"

在俾昼作夜的狂欢生活中，吕西安答应人家的工作老是交不出来，只抱着一个主要的念头：他不断的出入上流社会，趋奉特·巴日东太太，特·埃斯巴侯爵夫人，特·蒙高南伯爵夫人，绝不错过一次台·都希小姐的晚会。他或是出席了作家或出版商的饭局，在参加后半夜的宴会之前赶往上流社会；或是从上流社会的客厅中出来，还有人输了东道请吃宵夜。沉湎无度的生活只给他留下很少的一点儿思想和精力，而这点儿思想和精力还要消耗在巴黎式的谈天和赌博上面。诗人丧失了清明的理智，冷静的头脑，也就没法观察周围的形势，再没有暴发户所必不可少的那种随机应变的本领。他分辨不出什么时候特·巴日东太太对他回心转意，什么时候对他生气，回避，什么时候原谅他，什么时候责备他。夏德莱发现他的情敌还有机会成功，尽量同吕西安亲热，引诱他继续放荡，浪费精力。拉斯蒂涅嫉妒他的同乡，又觉得和男爵结成党羽比吕西安更可靠更得力，也就站在夏德莱一边。安古兰末的彼特拉克和洛尔相会过后几天，拉斯蒂涅在仙岩饭店请一顿场面阔绰的宵夜，趁此替诗人同帝政时代的美男子劝和了。吕西安经常天亮回家，中午起床，对于近水楼台的爱情不能克制。他的懒惰使他把看清自己处境的时候的英勇的决心置之脑后，让意志的动力不断软化，终于完全消灭，到了贫穷潦倒的紧急关头再也得不到意志的帮助。高拉莉先是鼓励他游荡，以为一手养成了他的嗜好，他就受着自己束缚，长时期内不会变心，所以看见吕西安作乐很高兴。到了后来，温柔和顺的高拉莉也鼓着勇气，劝情人别忘了工作，好几次迫不得已的提醒他本月份没有挣多少钱。两个情人亏空的速度惊人。出卖诗集剩下的一千五百法郎，吕西安开头挣的五百法郎，很快的花完了。三个月之内，诗人自以为做了一大堆工作，其实稿费并没超过一千法郎。可是吕西安已经用浪子的轻佻的态度对待债务。殊不知二十五岁的青年背债还表示他们风流，过后就没人原谅了。值得注意的是，某些真有诗人气质而意志薄弱的人，为了要用形象来表达自己的感觉，只知道感受，而完全缺乏做任何观察都需要的道德观念。诗人只接受自己的印象，不愿深入别人的内心，去研究思想感情的作用。吕西安从不追问那批浪子，他们之中怎么有些人会销声匿迹；他也看不见他的酒肉朋友的前途，有的遗产已经到手，有的十拿九稳，有的才能已经得到社会的承认，有的对自己的前程抱着坚强的信念，存心玩弄法律。吕西安对于自己的前途只是相信勃龙台说的一些至理名言：

“船到桥，自会直。——一无所有的人没有什么可损失。——大不了我们追求的家业到不了手！——随波逐流，到头总有一个归宿。——有才气的人只要踏得进上流社会，随时可以发迹！”

那个尽情欢乐的冬天，丹沃陶·迦亚和埃克多·曼兰正好用来为《觉醒报》筹措基金，创刊号到一八二二年三月才出版。这件事就是在杜·华诺勃太太家策划成功的。那漂亮而风趣的交际花曾经指着她华丽的屋子说：“这不是‘一千零一夜’吗？”她在保王党的银行家，大贵族和作家中间有些势力，他们常常在她家里集会，商量一些别处不便商量的事。埃克多·曼兰内定为《觉醒报》的总编辑，要吕西安做他的副手。吕西安变了他的知己，还有希望进一家政府党的报馆编副刊。吕西安一边作乐，一边私下活动，准备转移阵地。天真的孩子自以为精明透顶，把这桩惊人的把戏瞒得紧紧的；他一心指望政府党慷慨解囊，让他弥补亏空，消除高拉莉暗地里的烦恼。女演员老是笑盈盈的，不露出心中的焦急；贝雷尼斯却大着胆子告诉吕西安。未来的大人物和所有的诗人一样，看见苦难临头，一下子动了感情，说要用功了，结果是句空话，他用吃喝玩乐来排遣暂时的愁闷。高拉莉有一天发现情人愁云满面，便埋怨贝雷尼斯，告诉诗人风浪已经平静。特·埃斯巴太太和特·巴日东太太但等吕西安改变党派，她们说那时就托夏德莱请求部长，把他渴望已久的诏书弄到手，准许他改姓。吕西安向侯爵夫人许愿，要拿《长生菊》题献给她，她表示很高兴；自从作家在社会上成为一股势力以后，这一类的献礼难得看到了。晚上吕西安去见道利阿，打听他的诗集进行得怎么样，出版商振振有词的说出一番理由，认为暂时不宜付印。道利阿手上有好几桩买卖，一时忙不过来；卡那利斯有一部新的集子要出版，你不能跟他唱对台；拉马丁先生的第二部《默想集》正在印刷，两部重要的诗选不宜于同时出现；况且作者应当相信出版家的手腕。吕西安急于用钱，只能向斐诺通融，预支一部分稿费。晚上吃宵夜的时候，兼做新闻记者的诗人同一般酒肉朋友谈起他的境况，他们一边用香槟酒解除他的心事，一边说笑打趣。背债吗？哪个有气魄的人不背债！债务是说明你的需要和嗜好得到满足。一个人只有在贫穷的铁掌压迫之下才能发迹。

勃龙台对吕西安嚷道："当铺最感激大人物！"

皮克西沃道："样样要，就是样样赊欠。"

"不是的，"台·吕卜克斯说，"样样赊欠，就是样样享受过了！"

那些浪子向天真的孩子证明，他的债务是一条黄金的鞭子，可以鞭策他的坐骑去追求荣华富贵。他们搬出老故事来，说恺撒欠过四千万债，腓特烈二世从老子手里只领到一个杜加的月费，还举出许多大人物的出名的，败坏人心的榜样，揭露他们行为恶劣的一面，而不提他们的勇气和想象的力量！最后，高拉莉欠到四万法郎，车辆，马匹，家具，被几家债主查封了。吕西安赶去向罗斯多讨还一千法郎，罗斯多拿出几件公文来，说明佛洛丽纳的处境跟高拉莉差不多。罗斯多还有几分情义，自愿代他活动，想法卖掉《查理九世的弓箭手》。

吕西安问："怎么佛洛丽纳会落到这一步的？"

罗斯多回答说："玛蒂法着了慌，丢下我们不管了。他来这一手，我们也有办法报仇，只要佛洛丽纳愿意。事情慢慢讲给你听。"

三十三、第五种书店老板

吕西安在罗斯多家空跑一次以后，过了三天，两个情人在漂亮的卧室内靠着火炉垂头丧气的吃中饭；贝雷尼斯在壁炉上替他们煮了几个鸡子。厨娘，马夫，当差，都走了。查封的家具没法变卖。屋子里的金银器皿，真正值钱的东西，一样都不剩了，全部变为当铺的收据，可以钉成一册小小的八开本，增长我们见识。贝雷尼斯保存着两份刀叉。小报帮了吕西安和高拉莉极大的忙，男女裁缝和做帽子的还跟他们维持关系，唯恐得罪了记者，影响营业。吃饭中间，罗斯多进来叫道："好啊！查理九世的弓箭手万岁！孩子们，我卖了一百法郎的书，咱们来对分！"

他给高拉莉五十法郎，要贝雷尼斯去叫一席丰盛的饭菜。

"昨天我和埃克多·曼兰同几个书店老板吃饭。我们旁敲侧击，花了一番工夫推销你的小说，说你正在跟道利阿谈判，你要六千，道利阿啬刻，只肯出四千法郎印两千部。我们把你说得比沃尔特·司各特伟大两倍，肚子里不知有多少部精彩的小说！你不是给人家一部稿子，而是一笔大交易；你这个作家不是只写一部有趣的小说的人，将来会写出一部丛书！丛书这句话发生了效果。所以你别忘了你的台词：你存的稿子有《蒙邦蒂埃公爵夫人》，一名《路易十四朝的法兰西》，——《高蒂翁一世》，一名《路易十五的初期》，——《王后和红衣主教》，一名《弗隆特党时代的巴黎景象》，——《公契尼的儿子》，一名《黎希留的一桩阴谋》……这些题目将来在封面上做预告。我们这个手法叫作钓鱼。书名在封面上不断的登下去，弄得家喻户晓，那你没有写的书可以比你已经写的书使你名气更大。印刷中三个字可以在文坛上做抵押品！好吧，快活一下吧。——噢，香槟来啦。告诉你，吕西安，那几个家伙听着，眼睛睁得像你碟子那么大……哦，你居然还有碟子？"

"碟子也查封了。"高拉莉道。

"我明白了，我的话还没完呢。"罗斯多接着说，"书店老板只要见到一部稿子，随你说还有多少部他都相信。出版商老是问你讨稿子看，好像要拿去拜读。其实是装腔，他们从来不看书，否则也不会出版那么多了！我和埃克多两人露了些口风，说给你五千法郎发行两版，印三千部，大概你会答应的。你把《弓箭手》的原稿给我，后天咱们到出版商那儿吃中饭，叫他们上钩就是了！"

"他们是什么人呢？"吕西安问。

"两个合伙老板，脾气不错，做交易还痛快，一个姓方唐，一个姓卡瓦利埃。方唐在维大和包熏的铺子里做过领班伙计，卡瓦利埃是奥古斯丁河滨道上最能干的掮客。两人开店才开了一年，印过几部翻译的英国小说，蚀掉一点儿资金，现在想改做国产小说了。听说两个做字纸生意的只拿别人的本钱冒险，我想你也未必关心稿费是谁拿出来的。"

第三天，两个新闻记者应邀到赛邦德街去吃中饭。吕西安住过那个区域，罗斯多还保留竖琴街上的房间。吕西安先去接他的朋友，发现罗斯多的情形同他第一次进文艺界的那天晚上没有分别，可是这一下吕西安不以为奇了：他受的教育使他懂得记者生活的动荡，一切都在他意料之中。就拿内地大人物自己来说吧，他在牌桌上送掉多少稿费，连带把写作的兴致也扫尽了。当初和罗斯多从竖琴街到王宫市场，一路听他描写一套巧妙的手法，吕西安已经用那套手法写过不少稿子。如今他不但仰仗巴贝和勃劳拉两人，拿赠书和戏票做买卖；并且要他写无论什么捧场文章或者骂人文章，他都不会推辞了；那时他还觉得，在脱离进步党之前尽量利用一下罗斯多非常痛快，认为对进步党人看得越透，将来攻击起来越有力。至于罗斯多，他也沾了吕西安的便宜，以佣金的名义从方唐和卡瓦利埃手中拿到五百法郎现款，因为他替正在访求法国司各特的两个出版商找到了未来的沃尔特·司各特。

方唐和卡瓦利埃一点资金都没有就开起铺子来。当时这一类书店很多，将来也不会绝迹，只要纸铺和印刷所继续赊账，让书店老板能发行七八种新书来博一博。那个时候和现在一样，收买作者原稿是出的六个月，九个月，一年的期票，这个付款的方式是根据书店收账的方式，书店同业之间出的票据期头还要长。书店老板欠的纸张费和印刷费，也用期票支付，所以一年之内能不花一个钱出到一二十种作品。假如有两三种书畅销，赚的钱正好贴补冷门货，老板就能把书一部接一部的印出来，维持下去。万一每桩买卖都成问题，或者倒霉碰上一些好作品，要等真正的读者爱好和赏识之后才能脱手，或者送去贴现的票据出了毛病，再不然受了别人破产的累，他们便满不在乎的宣告清理，一点不着急，这个结局本在他们意料之内。可见无论什么局面都对他们有利，在投机的赌台上下的注是别人的资本，不是他们的。方唐和卡瓦利埃的铺子就是这个情形。卡瓦利埃有的是做生意的门道，方唐有的是巧妙的手段。所谓合伙的本钱倒是名副其实，是他们的情妇熬辛吃苦攒下的几千法郎；两人从中支一份优厚的薪水，小心翼翼的使花，或者用来请记者和作家吃饭，或者上戏院，据说也是为了做生意。两个半真半假的骗子似乎都有一手，可是方唐比卡瓦利埃更狡猾。卡瓦利埃不辜负他的姓氏[①]，专门跑码头；方唐专管巴黎的业务。这样的合作关系也免不了勾心斗角，两个书店老板碰在一起反正是这么回事。

赛邦德街上有些古老的住宅，两个合伙人就在这样一幢屋子里租着一个底层，原来的几间大客厅改成货栈，后面一部分做办公室。他们出过好几部小说，例如《北塔》《贝那兰斯的商人》《墓地喷泉》《丹格里》，还有在法国不受欢迎的英国作家高尔特的小说。自从沃尔特·司各特风行以后，出版界特别注意英国出品，书店老板都拿出诺曼人[②]的本色，想征服英吉利，拼命物色沃尔特·司各特的著作，正如后来大家在砂砾区找柏油，在沼泽地带寻沥青，拿计划中的铁路做投机。巴黎的商人犯一样极可笑的毛病，想做同样的生意发财，其实只有走相反的路才行。他们不知道第一个人的成功阻断了别人的成功，尤其在巴黎。方唐和卡瓦利埃在《斯德累列兹民兵》，一名《百年前的俄罗斯》的题目底下，用大字印着：沃尔特·司各特派的小说。他们急于要一部畅销的作品，一本好书可以帮助他们出清存货；能在报纸上有些文

---

①卡瓦利埃一字的本意是骑马的人或骑兵。

②法国人惯于把法国北部的诺曼底人（即诺曼人）说做善于经营的商人，此处又借用历史上诺曼人征服英吉利的故事做双关语。

章吹嘘他们的出品，对他们更是一种诱惑。那时图书的销路主要靠报纸推广，而读者买书难得是为了一部书本身的价值，一部作品能够出版也往往不是为了内容精彩。方唐和卡瓦利埃看中吕西安是新闻记者，以为他的书销掉一版就好帮他们过一个月的关。两位记者在办公室里见到两个老板，合同早已写好，期票也签了。事情办得这样迅速，吕西安喜出望外。方唐是瘦瘦的矮个子，相貌阴险，神气像蒙古族的卡摩克人：额角又低又窄，塌鼻梁，瘪嘴巴，一双小眼睛很精神，脸孔歪歪扭扭，皮色难看，声音像破钟，总之，老奸巨猾的外表一应俱全；可是他有办法补救这些缺点，他嘴巴很甜，能够用花言巧语来达到他的目的。卡瓦利埃身子滚圆，你看了只道是赶班车的，想不到他会开书店；头发似黄非黄，脸色很红，肩背厚实，满嘴都是掮客的谈吐。

方唐朝着吕西安和罗斯多说："咱们不用费口舌，我看过作品，文学气息很浓，对我们再合式没有，原稿已经发给印刷所了。合同是照谈好的条件订的；其中的细目我们绝不违反。我们出的本票有六个月的，九个月的，一年的，贴现很方便，利息归我们负担。我们保留更改书名的权利，《查理九世的弓箭手》这个题目，我们不喜欢，不够刺激读者的好奇心，好几个国王都叫查理，中世纪的弓箭手也多的是！如果说拿破仑的兵，当然谁都明白，查理九世的弓箭手可不同了！……将来卡瓦利埃到内地去推销，简直需要讲一堂法国史。"

卡瓦利埃说："你们不知道我们接触的是怎么样的人。"

方唐说："改为《圣-巴丹莱米》好多了。"

卡瓦利埃说："再不然叫作《凯塞琳·特·梅提契》或者《查理九世时代的法兰西》，那更像沃尔特·司各特的题目。"

方唐说：“等书印好了再决定吧。”

吕西安回答：“随你们吧，只要我认为题目合式。”

合同宣读了，签过字，双方各执一份；吕西安心满意足，把票据放进口袋。然后四个人上楼到方唐家吃了一顿极普通的中饭：牡蛎，炸牛排，香槟煨腰子，勃里乳饼；酒倒挺好，因为卡瓦利埃认识一个做酒生意的掮客。正要入席，排小说的印刷商来了，出乎吕西安意外，带来开头两页校样。

“我们想快快进行。”方唐告诉吕西安，“我们对你的作品抱着很大的希望，我们急于要一部畅销书。”

一顿饭从中午开始，吃到五点。

“哪儿去弄现款呢？”吕西安问罗斯多。

“找巴贝去。”埃蒂安纳回答。

两个朋友热哄哄的带着酒意，走往奥古斯丁河滨道。

三十四、敲竹杠

吕西安和罗斯多说:“高拉莉听说佛洛丽纳倒霉,诧异得不得了。佛洛丽纳昨天才告诉高拉莉,说被你害苦了,她气得要命,甚至要跟你拆伙了。”

罗斯多一时冒失,向吕西安说出真话来。他道:“不错。吕西安,你是我的朋友,你借给我一千法郎,只问我讨过一次。我劝你一句话:千万赌不得。我要不赌钱,日子过得挺舒服。如今欠了一身债,被商务法庭的差役到处盯着,上王宫市场也得绕远儿了。”

在浪子嘴里,在巴黎绕远儿的意思是不在债主门前走过,或者避开可能遇到债主的地方。吕西安也不能在每条街上随便出现了,他懂得这门道,只不知道名称。

“你欠的数目很大吗?”

“小意思!”罗斯多回答,“只要三千法郎就好解围。我打算戒赌,从此收心;为了料清账目,我敲了一下竹杠。”

“什么叫作敲竹杠?”吕西安没听见过这句话。

“敲竹杠是英国出品,最近才进口到法国来。敲竹杠的人总是有办法控制报纸的人。经理和总编辑从来不插手，只让奚罗多和腓列普·勃里杜一流的角色出面。这帮好汉去拜访一般为了某些理由不愿被人提到的人物。好多人良心上有些小疙瘩，有的性质比较特别，有的比较普通。来历不明的财产，走着合法或者不合法的路子，往往还是用犯罪的手段弄来的家业，巴黎多的很，说出来全是怪有趣的故事。例如傅希手下的宪兵包围警察总署的暗探，因为暗探不知道假造英国钞票的底细，跑去搜查秘密的印刷厂，不料印刷厂有部长做靠山。还有迦拉蒂奥纳公主的钻石案，摩勒滦伊案，庞勃勒东遗产案等等。敲竹杠的人拿到一些证据，一宗重要文件，去跟发横财的人约期面洽。如果当事人不拿出一笔钱来，就给他看报纸的清样：揭露秘密，向他开火的文字已经排好。有钱的家伙害怕了，只得破钞。事情也就得手了。再不然你正在经营一桩担风险的买卖，唯恐报上来几篇文章拆你的台，那时便有敲竹杠的朋友来找你，请你收买稿子。有些部长和敲竹杠的人谈判，要求报纸攻击他们的政治措施，而不要攻击他们本人，或者宁可本人受攻击而要人放过他们的情妇。你认识的那个漂亮评议官，台·吕卜克斯，天天同新闻记者开这一类谈判。那小子靠着各方面的关系，在政府里极有地位：他既是报界的代理人，又是部长们的全权代表，忙着替人遮面子，甚至把这种交易扩展到政治方面，疏通报界不要提某一项借款，不要披露某一桩私相授受的好处，那是既不张扬，也不许别人竞争，只让进步党金融界的豺狼独吞的。你也敲过道利阿竹杠，他给你三千法郎，要你停止诽谤拿当。十八世纪，新闻事业还在摇篮里的时候，敲竹杠的方法是印小册子，叫一般勋贵近臣买去销毁。发明敲竹杠的老祖宗是一个伟大的意大利人，阿雷蒂诺[①]，我们此刻要挟演员，他当时要挟国王。”

“你用什么方法敲诈玛蒂法三千法郎？”

“我叫人在六家报纸上攻击佛洛丽纳，佛洛丽纳向玛蒂法诉苦，玛蒂法托勃劳拉打听捣乱的原因。勃劳拉上了斐诺的当。我本是为斐诺的利益敲竹杠的；斐诺却告诉药材商，说是你吕西安为着高拉莉而破坏佛洛丽纳。另一方面，奚罗多跑去点醒玛蒂法，只要他肯把斐诺杂志的六分之一股权作价一万法郎出让，就好风平浪静。事情成功的话，斐诺给我三千法郎。玛蒂法正要应允，以为三万法郎的投资大有问题，能够收回一万也很侥幸了；前几天他听佛洛丽纳说，斐诺的杂志销路不好，非但分不到红利，还需要股东增资。不料全景剧场的经理在宣告清理以前，有几张徇情票据[②]要托玛蒂法周转，把斐诺的把戏告诉玛蒂法。玛蒂法这个精明的生意人，看穿了我们的主意，便丢开佛洛丽纳，留着六分之一的股权。斐诺和我急得直嚷，算我们倒霉，碰到那家伙不在乎姘头，竟是个没心没肺的混账东西。可恨玛蒂法做的买卖不受报纸管辖，不怕我们损害他利益。药材不像帽子，时装用品，戏剧，文艺，可以任意中伤。可可粉，胡椒，颜料，染料，鸦片，你没法叫他们贬值。佛洛丽纳走投无路，全景剧场明天关门了，她

---

①阿雷蒂诺（1492—1556），意大利文艺复兴时期有名的文学家，有才无行，写过不少小册子，揭发帝皇与诸侯的阴私，借此勒索巨款。权倾一世的西班牙王兼日耳曼皇帝查理五世及法王法朗梭阿一世都受过他的敲诈。

②凡并无银钱来往而允许出票人开出本票，把自己作为付款人，以便出票人在外周转的票据，法律上称为徇情票据。

不知道怎么办。”

吕西安道：“既然全景剧场关了门，过几天高拉莉就能在竞技剧场登台，可以帮佛洛丽纳的忙。”

“才不会呢。”罗斯多说，“高拉莉尽管没有头脑，也不至于那么傻，肯荐个角儿去同自己竞争！我们的事糟糕透了！斐诺又等不及的要收回六分之一的股权……”

“为什么？”

“因为是笔好生意啊，朋友。杂志有希望盘出去，作价三十万。斐诺除了到手三分之一，还有合伙人给的佣金让他和台·吕卜克斯两个均分。所以我要向斐诺提议再敲一次竹杠。”

“难道敲竹杠像拦路抢劫，不留下买路钱就要人性命不成？”

“比这个可怕多呢，”罗斯多回答，“不留下买路钱叫你身败名裂。前天有一家小报因为老板向人借款碰了钉子，登出一条新闻，说巴黎某名人有一只镶满钻石的打簧表，不知怎么落在王家卫队的一个士兵手里，内幕离奇不亚于《一千零一夜》，不久就好向读者报道。那位名人赶紧约小报的主编吃饭。主编当然得了好处，可惜近代史上少了一段打簧表的掌故。每逢你看到报纸拼命攻击某个有势力的人物，就该知道幕后准是借钱不遂，或者有什么请托遭到拒绝。英国的财主最怕涉及阴私的敲诈，英国报纸的秘密收入多半是这个来源，他们的新闻界比我们的不知要腐败多少！相形之下，我们是小孩儿！在英国，有人花到五六千法郎收买一封名誉攸关的书信，拿去转卖。”

吕西安道：“你有什么办法挟制玛蒂法呢？”

“告诉你，朋友，”罗斯多回答，“这个下流的杂货商[1]给佛洛丽纳写过一些挺好玩的信：拼法，文字，内容，没有一样不滑稽透顶。玛蒂法怕老婆怕得厉害，他自以为在家太平无事，我们偏偏跑进他家庭里去伤害他，不提姓名，叫他没法控告。我们编一段短短的社会小说，题目叫作：《一个药材商的痴情》，只要登出第一篇，你想他看了会急成什么样子！我们派人坦坦白白通知他，说他有些信件碰巧落在某报的主编手中，他在信里提到什么小爱神，把从来写作重来，说佛洛丽纳帮他渡过人生的沙漠，口气仿佛佛洛丽纳是一匹骆驼。总之，这批笑话百出的书信可以叫读者笑痛肚子，消遣半个月。我们再吓他一下，说要写匿名信给他老婆，报告这件妙事。问题在于佛洛丽纳肯不肯跟玛蒂法公然作对。现在她还讲道德，就是说还存着希望。也许她要把信抓在自己手中，分点儿好处。她是我的徒弟，精明得很。可是等她知道差役上门不是儿戏，等斐诺送她一份相当的礼，或者答应她弄一份戏院合同，她准会交出信件，让我卖给斐诺，斐诺再交给他舅舅，由奚罗多去叫药材商投降。”

这番心腹话使吕西安头脑清醒了。他先是觉得他的一帮朋友非常危险，其次认为不能和他们闹翻，万一特·埃斯巴太太，特·巴日东太太和夏德莱对他不守信用，还用得着他们的恶势力。说话之间，吕西安和罗斯多在河滨道上到了巴贝那个破烂书店前面。

①杂货商是一般法国人鄙薄生意人的通称。

三十五、贴现商

埃蒂安纳对书店老板说："巴贝，我们拿到方唐和卡瓦利埃的五千法郎本票，期头有六个月的，九个月的，一年的。你愿不愿贴现？"

"我出三千法郎收进。"巴贝非常冷静的回答。

"三千法郎！"吕西安叫起来。

"这个数目只有我肯出。"书店老板接着说，"那两位先生三个月之内要破产。我知道他们店里有两部好书，一时销不出，他们又等不及；我用现钱去批发，拿他们的票据付账，我进货的成本可以减少两千法郎。"

埃蒂安纳问吕西安："损失两千法郎你肯不肯？"

这第一笔交易把吕西安吓了一跳，他说："不行！"

"你错了。"埃蒂安纳回答。

巴贝说："他们的票子，随你上哪儿都换不到现钱。你先生的书，是方唐和卡瓦利埃的最后一张牌，出了书还得押在印刷所里，要不根本就没法印。一本畅销书也不过让他们拖六个月，早晚要倒掉的！那些家伙卖出的书还没有灌在肚里的老酒多！他们的票据对我来说是一笔交易，所以出的价比随便哪个贴现商都高。换了别人，不要估量一下票子上每个签名值多少钱吗？你的票子只有两个人签名，每个人的身价还抵不到票面的十分之一。”

两个朋友听着面面相觑，没想到这个酸溜溜的家伙三言两语道破了贴现的关键。

罗斯多说：“废话少说。我们找哪个去贴现呢？”

“方唐上个月底是向圣·米希河滨道上的夏蒲阿棱老头调的头寸；你们不接受我的条件，不妨上他那儿去试试。可是你们仍旧要回来的，那我只给两千五了。”

夏蒲阿棱专门做出版业的贴现。埃蒂安纳和吕西安在圣·米希河滨道上找到一幢有过道的屋子，夏蒲阿棱住在二楼，室内的陈设非常别致。等级虽低而也有百万家财的银行家爱好希腊风格。墙角顶上的嵌线是希腊式。紫红帐帷按照希腊款式沿壁挂下来，像大维画上的背景；式样很标准的床还是帝政时代的出品，那时样样东西都是这个派头。靠椅，桌子，油灯，烛台，零星杂物，全是从木器店里耐心挑选得来的，有一种古代的细巧，苗条，典雅的风味。带着神话色彩的轻巧的陈设，和贴现商的生活成为一个奇怪的对比。值得注意的是，银钱帮中颇有些不可思议的怪物。他们可以说在思想上贪欢纵欲。因为要什么有什么，对样样东西感到腻味，他们只要花足气力才能摆脱那种麻木的心情。你如果善于研究，准能发现他们都有一种嗜好，心坎里必有一个地方可以打动。夏蒲阿棱似乎把古希腊作为藏身之处，当作他的堡垒。

“有怎么样的招牌必有怎么样的人物[①]。”埃蒂安纳笑着对

①招牌是指屋内的希腊式陈设，希腊人是骗子与坏蛋的代名词。此外以希腊装饰影射主人是坏蛋。

吕西安说。

矮小的夏蒲阿梭头发扑着粉，穿着似绿非绿的外套，栗色背心，黑扎脚裤，花袜子，一双皮鞋踏在地上咯吱咯吱的响。他接过票据，仔细看了看，郑重其事的交还吕西安。

他声气柔和的说："方唐和卡瓦利埃两位先生人都挺好，年纪轻轻，很聪明，可是我手头没有钱。"

埃蒂安纳答道："我朋友对贴现的条件很迁就。"

"条件再好我也不收这些票子。"小老头儿回答罗斯多的话，像断头台上的刀子落在你头上。

两个朋友告辞了，夏蒲阿梭小心翼翼的送他们到穿堂。开过书店的贴现商在穿堂里放着一堆买来的旧书；吕西安眼睛一亮，看见建筑师杜赛尔梭的一部著作，描写法国的王宫和有名的古堡，图样画得非常准确。

吕西安问道："这部书能让给我吗？"

"可以。"做贴现的夏蒲阿梭又变了书店老板。

"多少钱？"

"五十法郎。"

"好贵啊，书倒用得着，只是付不出钱，你又不收我的票子。"

夏蒲阿梭道："你有一张六个月期五百法郎的票子，我可以收下来。"他大概有这样一个零数要跟方唐和卡瓦利埃清账。

两个朋友回进希腊式的房间，夏蒲阿梭开好一张单子，写明六厘利息，六厘佣金，一共扣除三十法郎，再去掉杜赛尔梭的书价五十法郎。他打开柜子，里头全是雪白的现洋，拿出四百二十法郎。

“啊！怪了，夏蒲阿梭先生，一样的本票，或者全要得，或者全要不得。为什么别的几张你不肯贴现呢？”

老头儿说：“我这不是贴现，是收一笔账。”

埃蒂安纳和吕西安到道利阿书店的时候还在笑话夏蒲阿梭，始终不了解这个人。罗斯多在书店里要迦皮松介绍一个贴现商。两个朋友拿着介绍信，雇了一辆街车，讲明按钟点计算，直奔鱼市大街。照迦皮松说来，对方是个最特别最古怪的怪物。

他说：“萨玛农要不收你们的票据，没有人会收的了。”

萨玛农在楼下卖旧书，二楼卖旧衣服，三楼卖违禁的画片；另外还做押款。哪怕是霍夫曼小说中的人物，沃尔特·司各特笔下的凶恶的守财奴，也没有一个可以同巴黎社会产生的这个人相比，假如萨玛农还能算一个人的话。干瘪的小老头儿，骨头差不多要戳破暗棕色的皮，脸上青一块黄一块，好似你近看一幅铁相或者保尔·凡罗纳士[①]的油画，吕西安见了浑身一震。萨玛农一只眼冷冰冰的一动不动，一只眼亮晶晶的很精神。吝啬鬼仿佛用那只死人眼睛做贴现，用另外一只眼睛卖猥亵画片。头上戴一副小小的扁平的假头发，黑里带红，底下露出白头发；黄黄的脑门有股杀气，腮帮完全瘪了，只看见凸出的牙床骨，牙齿还白，似乎长在嘴唇外面，像打呵欠的马。两只表情相反的眼睛，歪七扭八的嘴巴，看上去狰狞可怖。又硬又尖的胡子像针一样，准会刺人。紧窄的外套经纬毕露，同火绒差不多，褪色的黑领带被胡子磨烊了，露出火鸡般打皱的脖子，说明他并不想用衣着来补救他凶恶的长相。两个记者看见他坐在一张肮脏透顶的账台后面，在拍卖

①意大利文艺复兴时期威尼斯派的两大画家，以颜色鲜艳著称，青黄二色用得特别多。

来的旧书背后贴标签。吕西安和罗斯多对着这样一个人物不知有多少感想，彼此望了一眼。他们向萨玛农打了招呼，把迦皮松的信，连同方唐和卡瓦利埃的票据递过去。萨玛农看着信，黑洞洞的铺子里忽然走进一个极有才气的人，短小的外套用许多不相干的东西打满补钉，硬得像白铁皮。

他给萨玛农一张号码卡，说道："我要拿我的礼服，黑裤子和缎子背心。"

萨玛农抓着铜钮拉了一下铃，楼上走下一个女的，皮色红里泛白，大概是诺曼底人。

萨玛农吩咐道："把这位先生的衣服借给他。"一边向作家伸出手去，说道："跟你打交道我很高兴；可是你有位朋友介绍一个年轻人来，给我上了一次大当。"

"他会上当！"作者用一个挺滑稽的手势指着萨玛农对两位记者说。

那不勒斯的穷光蛋往往向当铺出了钱把自己的衣衫借出去穿一天，那个大人物也付了三十铜子，贴现商伸出蜡黄的开裂的手接过去，丢入钱柜。

"你这种交易倒很古怪！"罗斯多对那艺术家说。那艺术家抽上鸦片，只管腾云驾雾，欣赏仙山楼阁，不愿意创作或是不能创作了。

他回答说："向萨玛农当东西比一般当铺钱多一些。他还有这种可怕的慈悲心，肯让你需要穿扮的时候把衣服借出去。今晚我要带着情妇上格莱弟兄家吃饭。三十铜子比两百法郎容易张罗，所以我来领我的衣服。六个月到现在，我的衣服已经替这位慈悲的债主赚到一百法郎。我的藏书被萨玛农一本一本的吞掉了。"

"也是一个子儿一个子儿[①]吞掉的。"罗斯多笑着说。

"你的票据，我出一千五百法郎收进。"萨玛农对吕西安说。

吕西安直跳起来，仿佛被萨玛农拿一根烧红的铁签戳进胸膛。萨玛农瞧着票面，查看日期。

贴现商说："不过我还得和方唐谈一谈，要他送书来抵押。你谈不到什么身价，"他对吕西安说，"你和高拉莉同居，家具都查封了。"

罗斯多只见吕西安抓起票据，从铺子里直窜到大街上，说道："莫非是魔鬼吗？"诗人呆呆的望了一会那个小店。可怜巴巴的门面，又脏又单薄的小木箱插着账好标签的旧书，每个过路人看着都要微笑，心上想："这里头做的什么生意啊？"

一会儿，了不起的陌生人，十年以后参加圣西门派那个伟大而没有根基的事业[②]的人，衣冠楚楚的出来，朝两个记者笑笑，和他们一同走到全景巷；他要把浑身上下都收拾干净，预备在那儿叫人擦靴子。

他和两位作家说："开书店的，做纸生意的，开印刷所的，只要看见萨玛农上门就完啦。那时萨玛农好比殡仪馆的执事跑来量棺材的尺寸。"

埃蒂安纳和吕西安说："现在你不用再想贴现了。"

陌生人说："萨玛农拒绝了，没有人再会接受，他说的是最后

①法文中livre一字，阳性是书，阴性是旧时代某种货币（值一法郎）的名称。上文说到一本一本的书，故此处借用铜子作双关语。

②圣西门派由安方丹（1796—1864）领导的一支，于1832年组织一个宗教性质的社会主义集团，被警察当局解散。

一句话！他是羊腿子，巴尔玛，韦勃罗斯脱，高勃萨克，一切在巴黎市场上游来游去的鳄鱼[①]的爪牙。不管你是谁，在成家立业或者倾家荡产的时候，早晚都得碰上这些鳄鱼。”

埃蒂安纳接着说：“你的票据连对折都贴不到，就得全部兑现。”

“用什么办法？”

“把票子给高拉莉，让她交给加缪索。”罗斯多看见吕西安跳起来打断他的话，又道，“你听不下去，真是孩子气！难道这样无聊的顾虑抵得上你的前途吗？”

吕西安说：“反正我手头这笔钱可以交给高拉莉。”

罗斯多说：“又来胡闹了！你要四千法郎才能应付，四百管什么用！不如上赌台去，先留下一个数目，赌输了咱们还能大醉一场。”

了不起的陌生人说：“这主意不错。”

他们离开弗拉斯卡蒂[②]只有几步路，这几句话的作用就像吸铁石一样。两个朋友打发了车子，走进赌场。先赢到三千，退到五百；又赢到三千七；后来只剩五法郎，又回到两千，想马上倍一倍，把两千法郎全部押“双”；连续五次不出“双”了，不料出来的又是“单”。吕西安和罗斯多神魂颠倒的消磨了两小时，奔下那所有名的屋子的楼梯。他们还有保留的一百法郎。门外是个小小的廊子，只有两根柱子，上面是铁皮顶；瞧着顶棚得意扬扬或者灰心绝望的人不止有过一个。罗斯多站在台阶上看见吕西安两眼通红，便说：“咱们只吃五十法郎吧。”

---

①称呼高利贷者或债主的俗语。

②当时巴黎最大的一家赌场。

两个记者回到楼上，不出一小时赢了三千法郎。“红”[1]连出了五次，想到刚才连出六次“单”，害他们输了钱，这回说不定会出第六次“红”，便把三千法郎一齐押上，结果出了黑。那时正是下午六点。

吕西安说：“咱们只吃二十五法郎吧。”

这回新的冒险不久就结束，押了十次，二十五法郎全部送光。吕西安发疯似的把最后二十五法郎押在他年龄的数目上，赢了。庄家把赔的钱一块一块丢在桌上，吕西安抓起耙子收钱，手索落落发抖的样子简直没法描写。他给罗斯多十个路易，说道：“赶快上万利酒家！”

罗斯多懂得吕西安的意思，上饭馆定菜去了。吕西安独自留下，把三十路易押“红”，赢了。赌客耳朵里有时会听见一个声音给他指点门道；吕西安受着这声音鼓励，连本带利再押一次“红”，又赢了；他肚子里热得像火烧。接着他不听那声音劝告，把一百二十路易押“黑”，输了。他经过那阵可怕的激动，倒反浑身舒畅；赌棍弄到无可再输，做了多少短促的梦，离开灼热的迷宫的时候，都有这个感觉。他到万利酒家和罗斯多相会，像拉·封丹纳说的直扑菜肴，把烦恼淹没在酒里。到九点，他完全醉了，不懂为什么王杜姆街上的看门女人打发他上月亮街。

“高拉莉小姐搬走了，地址在这张纸上。”

吕西安醉得厉害，听着不以为意，踏上来时的街车，转往月

①轮盘赌除了三十六门（即三十六个数目）以外，还有红黑单双，庄家赔钱的倍数和三十六门不同。

亮街，还对着这个街名想起许多双关语[1]。当天早上，全景剧场宣告破产。高拉莉着了慌，马上商得债主同意，把全部家具转让给加陶老头；屋子被加陶派做同样的用场，安插了佛洛朗蒂纳。高拉莉还掉所有的欠账，房租也付清了。正当她赶办这些手续，像她所谓来一次大清洗的时候，贝雷尼斯出去置办一些必不可少的旧家具，在月亮街上紧靠竞技剧场的地方，一所屋子的五层楼上，布置一套三个房间的小公寓。高拉莉在那儿等候吕西安。她在大风浪中保住了她纯洁的爱情，还抢救出一千两百法郎。吕西安醉醺醺的把他的倒霉事儿讲给高拉莉和贝雷尼斯听了。

女演员抱着他说："你做的对，小宝贝。贝雷尼斯准有办法拿你的票子去向勃劳拉商量。"

---

①法文中月亮一字常用来譬喻荒唐的幻想。还有一句俗语叫作"把月亮戳一个窟窿"，指欠了债逃走或破产倒闭的意思。

三十六、转移阵地

第二天，吕西安早上醒来，受着高拉莉的抚慰，十分快活。女演员对他格外温柔，恩爱，似乎要用最丰富的感情补偿他新生活的清苦。那天她娇艳无比，又白又嫩，团皱的头巾底下露出几绺头发，眼睛笑眯眯的，说话兴高采烈，像窗里射进来的朝阳，把这个寒碜而动人的场面蒙上一层金光。卧房还过得去，壁上是红镶边的湖色花纸，有两面镜子，一面在壁炉架上，一面在五斗柜上面。贝雷尼斯不听高拉莉阻止，自己花钱买来一条旧地毯，把光秃寒冷的地砖遮盖了。一口有镜子的大橱和一口五斗柜放着两个情人的衣衫。桃花心木的家具订着蓝布面子。贝雷尼斯在患难中抢救出一只座钟，一对瓷花瓶，四套银刀叉，六把小羹匙。卧室外面的餐室，同年薪一千二的公务员家里的差不多。厨房在楼梯台对面。贝雷尼斯睡在厨房顶上的阁楼上。房租不超过三百法郎一年。难看的屋子，临街的大门有一扇堵死了，改做看门人住的小房间，开着一个小窗洞监视十七个房客的进出。在公证人嘴里，这种鸽笼式的屋子叫作生息的房产。吕西安发现房内摆着一张书桌，一把靠椅，纸笔墨水一应俱全。贝雷尼斯相信高拉莉在竞技剧场登台一定成功，高拉莉看着用蓝缎带钉的台词本子，她们俩都兴致挺好，把诗人酒醒以后的忧急跟愁闷一扫而空。

他说："只消上流社会不知道我这个跟头，咱们就好爬起来。不管怎么样，眼前还有四千五百法郎！我要在几家保王党的报纸上尽量利用我的地位。《觉醒报》明天创刊，现在我对新闻界内行了，要好好的干一下！"

高拉莉亲着吕西安，只觉得他的话是一片深情。贝雷尼斯在火炉旁边摆好桌子开饭，端上几样家常菜：一盘炒鸡子，两块猪排，还有咖啡和奶油。有人敲门。进来三个真心朋友：大丹士，雷翁·奚罗，米希尔·克雷斯蒂安。吕西安又诧异又感动，请他们坐下来一同吃饭。

"不客气，"大丹士说，"我们有事找你，比慰问更要紧；我们才从王杜姆街来，你的事都知道了。吕西安，我的主张，你清楚得很。在别的情形之下，看见你采取我的政治立场，我只有高兴；可是以你眼前的地位，参加了进步党的报纸再变为极端派，你不能不丧失人格，一辈子都洗刷不了你的污点。希望你看在我们的友谊份上，不管这友谊减淡了多少，别这样污辱自己。你攻击过浪漫派、右派、政府，如今不能再替浪漫派、右派、政府辩护。"

吕西安说："我的行动自有不平凡的想法做根据。目的正当，任何手段都行。"

雷翁·奚罗说："或许你还不了解目前的局势。政府，宫廷，波旁王室，专制派，总括一句，一切反对立宪制的政体，尽管对于镇压革命的方法分成许多不同的派别，至少在必须取缔舆论这一点上是一致的。《觉醒报》《霹雳报》《白旗报》的创立，都是为反击进步党的诽谤，侮辱和嘲笑。这些行为我也不赞成。正因为作家的神圣的天职受到亵渎，我们才创办一份态度严正的刊物，不久就能发生显著的影响，成为一股有威信的，受人尊重的势力。”奚罗顺便插进这几句，“保王党和政府派的炮火是报复的第一步，准备对进步党以牙还牙，以眼还眼。吕西安，你知道结果怎么样？报纸的订户多数在左派方面。舆论跟战争一样，总是人多的一边得胜。将来你们全是无赖，说谎的人，国民公敌；对方却是卫国的战士，正直的君子，殉道的圣者，其实他们也许比你们更虚伪，更恶劣。这种以毒攻毒的办法势必助长报纸的恶势力，把新闻界最卑鄙的行为肯定为正当的。谩骂啊，人身攻击啊，都成为报纸应有的权利，用来迎合订户的利益，而且因为双方都用，变了没法推翻的力量。等到祸害的范围全部显出来了，为了贝利公爵被刺而颁布的，从国会开幕以来暂停执行的，限制和取缔的法令，又要恢复。临了法国公众如何看待两派报纸的论战，你知道没有？他们会听信进步党的暗示，以为波旁家有心取消大革命的物质成果，大家已经到手的成果，他们早晚要起来把波旁家轰走的。你不但污辱了自己的人格，将来还落在打败的一面。你年纪太轻，在报界中资格太浅，对于幕后的策动，种种的阴谋诡计认识不足，而嫉妒你的人只嫌太多，进步党的报刊对你一齐喊打的时候，你可抵抗不住。你势必卷入党派的恶斗。那些党派至今还在发高热，不过他们的疯狂从一八一五和一八一六年的暴行[1]转到了思想方面，变成议会中的舌战和报上的笔战。”

“各位朋友，”吕西安说，“我不是你们想象中的糊涂虫，诗人。不管将来有什么遭遇，反正好处已经到了我手里，那是进步

①指拿破仑二次下野，王政复辟以后，大杀拿破仑党徒及共和党人。

党即使成功也不可能给我的。等到你们胜利，我的目的早已达到了。”

米希尔·克雷斯蒂安笑道：“我们可以割掉你的……头发！”

吕西安回答：“那时我有了孩子，割掉我脑袋也没用。”

三个朋友不懂吕西安的意思。他自从交结了上流社会，贵族的骄傲和虚荣心发展到顶点。诗人看得很准，认为仗着特·吕庞泼莱伯爵的姓氏和头衔，他的美貌和才气便是一笔巨大的财产。特·埃斯巴太太，特·巴日东太太，特·蒙高南太太，用这根线像小孩儿拴一个金壳虫一般拴着吕西安。吕西安再也飞不出那个固定的圈子。三天以前，台·都希小姐的客厅里有人说：“他是我们的人，他思想正确！”叫吕西安听着得意非凡，何况特·勒农古，特·拿华兰，特·葛朗里欧三位公爵，拉斯蒂涅，勃龙台，美丽的特·莫弗利原士公爵夫人，特·哀斯葛利浓伯爵，台·吕卜克斯，一般最有势力的人物，在宫廷中最得宠的保王党，都祝贺他转移阵地。

大丹士道：“话说完了。将来你的清白跟自尊心，比谁都不容易保持。即使你真心对待的人也要瞧你不起，那时你就非常痛苦了，我知道你的性格。”

三个朋友和吕西安告别，没有向他亲热的伸出手来。吕西安郁郁不乐，愣了一会。

“嗳！别把那些傻瓜放在心上。”高拉莉说着，跳上吕西安的膝盖，拿鲜嫩美丽的手臂绕着他的脖子。“人生是儿戏，他们竟那么当真！何况你马上要成为吕西安·特·吕庞泼莱伯爵了！必要的话，我可以和掌玺局勾搭一下。我也有办法进攻那色迷迷的台·吕卜克斯，要他把诏书弄到手。我不是早说过吗，如果你只差一块垫脚石达到你的目的，尽管踩在高拉莉的尸首上！”

第二天，吕西安同意《觉醒报》把他列入撰稿人的名单。政府发出十万份说明书，提到吕西安的名字仿佛保王党收服了一个人。吕西安参加庆功宴，在弗拉斯卡蒂附近的劳贝酒家吃了九个钟点，出席的全是保王党新闻界的要人：玛丹维尔，奥日，台斯丹，还有至今在世的一大批作家，照流行的说法，他们都跟君主政体和教会勾搭上了。

埃克多·曼兰说：“咱们一定要给进步党看看颜色！”

拿当打算弄戏剧，认为在这方面打天下不能让官方跟自己作对，也就投入这个阵营。他说：“诸位，要同他们开仗就得一本正经的干，不能拿软木塞当子弹！所有古典派的进步党作家，不问年龄性别，都是我们笑骂的对象，一个都不能放过。”

“咱们要清清白白，不受出版商的样书，礼物，金钱的勾引。新闻事业也得整顿一番。”

“对，”玛丹维尔说，“不屈不挠，抱定主张。要跟敌人势不两立，说话越尖刻越好。我要揭穿拉斐德的真面目，说明他是奚勒一世[①]！”

吕西安道：“我吗，我来对付《立宪报》上的英雄，迈尔西埃军曹，儒依先生的全集，以及有名的左派议员！”

清早一点，撰稿人一致通过要跟进步党拼个你死我活，一边喝着火辣辣的杂合酒，把他们各种不同的见解和所有的主张淹没了。

---

①走江湖戏班的戏码中有一个愚蠢可笑，胆小无用的丑角，叫作奚勒。从十八世纪起这个人物被戏剧界普遍采用。

在饭店门口，浪漫派中最出名的一个作家说："我们为了颂扬君主政体和教会，说了不知多少废话。"

这句有历史意义的话被参加宴会的一个出版商泄漏了，下一天登在《明镜报》上，透露的人变了吕西安。吕西安叛变的消息引起进步党报纸大叫大骂；吕西安变成他们的死冤家，受到最恶毒的攻击：他们讲他的十四行诗如何如何碰钉子，告诉读者道利阿宁可损失三千法郎，不愿意印出来；他们称吕西安为空头诗人！

有一天，就在吕西安发表辉煌的处女作的报上，吕西安读到下面一段文字，显见是写给他看的，群众不可能了解这种讽刺：

> 未来的法国彼特拉克的十四行诗，虽然出版家道利阿坚绝不印，我们做敌人的倒愿意宽宏大量，腾出篇幅来发表。下面一首是从作者的朋友那儿得来的，我们读了这件样品，不难推想他的诗歌多么有趣。

说明后面登着一首十四行诗，吕西安读了大哭一场。

一株瘦小的植物，模样儿鬼鬼祟祟，
忽然有一天在花坛中探出头来，
自称凭着华丽的色彩，
将来能证明她种子高贵。

大家也就勉强容忍。谁知她不知感谢，
反而作践比她美丽的姊妹。
她们气不过她耀武扬威，

要她把家世细细交代。

她居然开了花。谁知整个庭园
对恶俗的花朵厉声嘘斥，
连下贱的小丑也没受过这种羞辱。

主人过来，随手把她连根拔起，
黄昏时只有一匹驴子在她墓旁哀叫，
原来她只是一棵不登大雅的蓟草[①]。

凡尔奴提到吕西安好赌，预告《查理九世的弓箭手》是一部反民族的作品，说作者袒护杀人不眨眼的旧教徒，攻击受难的加尔文主义者。不到一星期，报上的叫骂更凶了。吕西安只道他的朋友罗斯多会替他解围，罗斯多欠他一千法郎，还同他有过默契；谁知罗斯多也变了吕西安的死敌。内情是这样的：三个月以来，拿当爱上罗斯多的命根子佛洛丽纳，想不出办法把她从罗斯多手中抢过去。那女演员没有戏院聘请，境况艰苦，心里焦急。拿当既是吕西安的同道，便去找高拉莉，要她约佛洛丽纳在拿当编的一出戏里当个角色，拿当负责安插她进竞技剧场，作为编剧向戏院提的条件。雄心勃勃的佛洛丽纳一口答应了。她早已看透罗斯多。拿当在文坛上政界上都有野心，欲望不小，魄力也大，不像罗斯多的意志完全被坏习气消磨了。女演员只想登台露面，重放光辉，把药材商的信给了拿当；拿当叫玛蒂法交出斐诺觊觎的六

①蓟草是影射吕西安的本姓夏同，参看《幻灭（上）》注。

分之一股单，赎回信件。于是佛洛丽纳住进奥德维街上一所华丽的公寓，当着新闻界和戏剧界的面投靠拿当。罗斯多为此大受打击，朋友们安慰他，请他吃饭，吃到末了他哭了。在那次大吃大喝的席面上，在座的人认为拿当是明枪交战。有些作家，如斐诺，凡尔奴等等，早知道拿当迷着佛洛丽纳，可是吕西安从中牵线，照众人的说法，是违反了朋友之间最神圣的原则。党派观念和巴结新朋友的心思，使初进保王党的吕西安变得无可原谅。

皮克西沃道："拿当是动了情，身不由主；内地大人物却像勃龙台说的，完全出于阴谋！"

于是吕西安成为混进队伍的捣乱分子，想把所有的人一齐吞掉的小坏蛋；大家一致同意要打倒他，还定下周密的计划。凡尔奴素来讨厌吕西安，决意盯着他不放。斐诺有心赖掉罗斯多三千佣金，怪怨吕西安不该把对付玛蒂法的秘密告诉拿当，使他斐诺没有赚到五万法郎。事实上拿当听着佛洛丽纳劝告，为了要斐诺撑腰，仍把六分之一的股权卖给斐诺，得了一万五。罗斯多三千法郎没拿到，再也不肯原谅吕西安使他经济上受这么大的损失。一个人伤了面子，再加银钱的氧化作用，创口越发医不好了。

三十七、弄神捣鬼

作家的自尊心受伤以后的愤怒，或者中了讽刺的毒箭以后所表现的精力，无论用什么辞藻什么手法都描写不出。凡是受了攻击而鼓足力量抵抗的人，很快要倒下来的。唯有头脑冷静，把报上的辱骂看作过目即忘的东西，才真正表现一个作家的勇气。弱者初看像强者，其实只能抵抗一时。最初半个月，吕西安怒不可遏，在他和埃克多·曼兰两人分担评论栏的保王党报刊上，像下冰雹一般发表一大堆文章。他每天伏在《觉醒报》的垛口后面，拿出他所有的才情向敌人开火，同时有玛丹维尔在旁支持。没有企图而真心帮助他的作家只有这一个，人家也不让玛丹维尔知道，始终维持关系的两派记者在酒后说笑的时候，在木廊商场的道利阿书店或者在戏院的后台见面的时候，彼此有过默契。吕西安跨进杂剧院的休息室，谁也不再当他朋友，只有保王党的人跟他握手。可是拿当，埃克多·曼兰，丹沃陶·迦亚，见了斐诺，罗斯多，凡尔奴，以及一般号称为脾气随和的记者，照样老着面皮很亲热。那个时期，杂剧院的休息室是文坛上飞短流长的大本营，近乎女太太们的小客厅，看得见各党各派的人，有政客，有法官。

在某次司法官会议上，庭长指责一位同僚不该跑到戏院后台，亵渎法官的尊严；受批评的法官事后在杂剧院休息室中遇到庭长，原来他也亵渎了法官的尊严。罗斯多终于在那儿跟拿当握了手。斐诺几乎每晚必到。吕西安空闲的时候也去研究敌人的意向，倒霉的孩子始终只看见冷冰冰的敌意。

党派的意气所产生的仇恨，当时比现在严重得多。现在发条上得太紧，样样变成强弩之末，劲道不大了。如今批评家打击了某人的作品，依旧向他伸出手去。作者受了鞭挞，还得拥抱刽子手，否则就被人笑话，说他脾气坏，不容易相处，死要面子，没法接近，只晓得记恨，报仇。如今一个作家受到暗算，背上挨了一刀，或者看破了别人的虚假，不上圈套，或者吃了最卑鄙的手段的亏，凶手不但会向他问好，还自以为应当得到作者的尊重，甚至于友谊。在美德变作缺点，某些缺点成为美德的时代，一切都可原谅，都可辩解。同道之间的亲昵，在各种自由中变了最神圣的一项。政见截然相反的一些领袖，彼此交谈措辞都很温和，俏皮话也说得很客气。可是在过去那个时代，倘使我们还记得的话，某些保王党作家和进步党作家的确要有些勇气才敢在同一个戏院露面。那时他们会听到咬牙切齿的挑战。恶狠狠的眼睛赛过子弹上膛的手枪，一点儿火星就好挑起一场恶斗。每个党派都有几个人在对方眼中是众矢之的，他们一进场，你旁边的看客立刻大声咒骂，这种情形不是谁都见过的吗？当时只有两派，保王党和进步党，浪漫派和古典派，同一仇恨的两种面目，这仇恨可以使你对国民议会的断头台有所了解。吕西安一开场是狂热的进步党和伏尔泰派，此刻变为狂热的保王党和浪漫派，压在玛丹维尔身上的敌意也就压在吕西安身上。玛丹维尔是那时进步党深恶痛绝的人，也是唯一回护而喜欢吕西安的人。他的帮助害了吕西安。党派对手下的哨兵素来不讲情义，子弟们倒了楣就一脚踢开。尤其在政界，想向上爬的人非跟大队人马走不可。小报界的坏主意主要是拿吕西安同玛丹维尔配对，就是说进步党硬把这一个推入另一个怀抱。这番友谊，不管是真是假，替两人招来凡尔奴许多恶毒的文章。凡尔奴看见吕西安在上流社会走红，气愤不过，并且和诗人所有过去的伙伴一样，以为他不久就要高升。所谓诗人的叛变，被他们添枝接叶加上一些严重的罪状，更显得恶劣。吕西安被称为小犹大，玛丹维尔被称为大犹大，因为有人指控玛丹维尔，也不知有无根据，说他替外国军队做过向导，带他们过班克桥[①]。吕西安笑着回答台·吕卜克斯，说他吕西安的确把驴子带过了桥[②]。吕西安的奢华生活虽是空架子，而且只建筑在未来的希望上面，朋友们看了却大起反感，对于他以前在王杜姆街上的阔绰，高车肥马，招摇过市的排场，绝对不肯原谅；在他们心目中，吕西安始终坐着车子。大家隐隐然感觉到，一个年轻貌美，风趣十足，被他们一手教坏的人，快要万事如意了，因此要用尽手段打倒他。

正当高拉莉在竞技剧场登台的前几天，吕西安和埃克多·曼兰手挽着手走进杂剧院的休息室。曼兰埋怨他的朋友不该帮拿当勾引佛洛丽纳。

---

①在历史上实有玛丹维尔（1776—1830）其人，是极顽固的保王党作家，《白旗报》的创办人。相传1815年拿破仑败退时，玛丹维尔住在班克，带领普鲁士军队渡过塞纳河。

②驴子在法文中本是骂人话，驴子过桥又是一句成语，意思是笨蛋见到困难就像驴子过桥一样害怕；这里是骂进步党。

"罗斯多和拿当成了你两个死冤家，这都是你自己招来的。我劝过你一番好话，你没有听。你赞美人家，帮人家忙，你做的好事只会受到残酷的惩罚。佛洛丽纳和高拉莉同在一个戏院登台绝不会和睦，将来只想你压倒我，我压倒你。你只有咱们的报纸替高拉莉撑腰。拿当除了以编剧的身份占到便宜之外，在戏剧方面还能调动进步党的报刊，而且他在新闻界混的时间比你长一些。"

吕西安暗地里担的心事被这句话说中了。无论是拿当，是迦亚，对他都并不坦白，照理他是有权利要人推诚相见的；可是他不能抱怨，他才投到这边来，资格太浅了！迦亚告诉他，新人要经过长时期的考验才能取得党内的信任，吕西安听着很丧气。在保王党和政府派报纸的内部，诗人发现他从来没想到的嫉妒，那些人在赃物面前竟像群犬争食一样的狺狺狂吠，张牙舞爪，本性毕露。作家们暗中玩着层出不穷的手段，在当局面前互相阴损，指控别人对党不够热心；为了排挤一个对手，什么恶毒的计策都想得出。进步党政权不在手中，没有好处可得，也就没有引起内讧的题目。吕西安看出保王党内错综复杂的野心，没有勇气用快刀斩乱麻的办法对付，也没有耐性去理出一个头绪来；他既不能做阿雷蒂诺，也不能做博马舍或者弗雷隆[1]，他只存着一个愿望，就是拿到诏书，以为改了姓准能攀上一门有钱的亲事。可见他的前程除了美丽的相貌多少有些帮助而外，完全要靠运道。过去多么信任他的罗斯多完全知道他的秘密，知道在哪一点上可以击中安古兰末诗人的要害；曼兰带着吕西安上杂剧院那一天，埃蒂

①十八世纪的剧作家博马舍和文人弗雷隆都写过不少激烈的小册子攻击当时的人。阿雷蒂诺见前注。

安纳就设下一个可怕的圈套，这孩子钻进去，摔倒了。

斐诺正在和台·吕卜克斯谈话，见了吕西安便挽着台·吕卜克斯过来跟他拉手，一副奉承讨好的神气装得逼真，说道："啊，我们漂亮的吕西安来了。像他这样一步登天的人，我从来没见过。"斐诺说着望望吕西安，望望台·吕卜克斯，"在巴黎，发迹有两种：一种是物质方面的，就是谁都可以捞到的金钱；一种是精神方面的，包括交游，地位，进入某个阶层，那是有些人财运再好也走不进的，而我的朋友……"

"我们的朋友。"台·吕卜克斯插进一句，好不亲热的瞟了吕西安一眼。

斐诺轻轻拍着吕西安的手，往下说："我们的朋友在这方面的成功简直了不起。吕西安的手腕，能力，聪明，的确比所有对他眼红的人高出一等，再加他长得这样美；他过去的一些朋友看他走红，心里不服，说他是运气好。"

台·吕卜克斯说："这种运气永远轮不到傻瓜或者饭桶。嘿！波那帕脱的一生，能够用好运气来解释吗？在他之前，统率意大利方面军的将领有过一二十，正如此刻想踏进台·都希小姐府上的青年有上百个；可是交际场中已经把她和你看作天生的一对了，亲爱的朋友！"台·吕卜克斯说着，拍拍吕西安的肩膀。"啊！你真是大红特红了。特·埃斯巴太太，特·巴日东太太，特·蒙高南太太，都为你入迷了。今天斐尔弥阿尼太太家的晚会不是请了你吗？明儿你不是要上特·葛朗里欧公爵夫人家应酬吗？"

"是的。"吕西安说。

"允许我替你介绍一位年轻的银行家，杜·蒂埃先生，他跟你异曲同工，短时间内挣了一笔可观的家业。"

吕西安和杜·蒂埃彼此打了招呼，谈起话来，银行家定了日子约吕西安吃饭。杂剧院的休息室里摆着几张半榻，斐诺和台·吕卜克斯朝一张半榻走过去，似乎要继续他们刚才的谈话。两人都极有心计，而且知己知彼，永远不会反目。他们让吕西安，曼兰，杜·蒂埃，拿当，另外在一块儿谈天。

斐诺对台·吕卜克斯说："喂，亲爱的朋友，老实告诉我，吕西安可是真的有人帮衬？我的编辑都把他当作眼中钉；我还没决定支持他们，先要向你讨教一下，假定破坏我编辑们的计划，反过来帮吕西安，是不是更好？"

谈到这里，参事院的评议官和斐诺聚精会神，对瞧了一会。

"怎么，朋友，"台·吕卜克斯回答，"你以为特·埃斯巴侯爵夫人，夏德莱，特·巴日东太太，受过吕西安的攻击，还肯原谅他吗？特·巴日东太太替夏德莱男爵谋到夏朗德州州长的缺，让他封了伯爵，准备得意扬扬的回安古兰末。两位太太就是要毁掉吕西安，才送他进保王党的。此刻大家正在找借口把答应这孩子的话推翻；只要你想得出办法，便是帮了两个女人极大的忙，她们不会忘记你的功劳的。我知道两位太太的心思，她们恨这个小家伙恨到这个田地，我也觉得奇怪。当初吕西安很可以把他凶狠的敌人，特·巴日东太太，彻底解决，只消在报上停止攻击之前，提出所有的女人都喜欢接受的条件，你明白没有？他漂亮，年轻，尽可以用爱情来淹没对方的仇恨，那么一来，他就成了特·吕庞泼莱伯爵，乌贼鱼还会替他在宫中谋一个差事，领干薪呢！叫吕西安做路易十八的内廷侍读，不是妙得很吗？再不然当个图书馆馆员啊，挂名的评议官啊，宫廷的娱乐总管啊，都可以。傻小子错过了机会。人家不原谅他也许就在这一点。他自己不提条件，反而接受别人的条件。人家答应他活动王上的诏书，他相信了；从那天起夏德莱就迈了一大步。高拉莉把这个孩子断送了。吕西安要没有高拉莉爱他，会仍旧要乌贼鱼，而且准定成功。”

斐诺道：“那么我们好把他打下去了。”

“用什么方法呢？”台·吕卜克斯漫不经意的问，他想先拿这件事在特·埃斯巴太太面前邀功。

“他签好合同，不能不替罗斯多的小报写稿，此刻他一个钱没有，要他动笔更容易。如果有篇俏皮文章把掌玺大臣给得罪了，再有人证明作者是吕西安，掌玺大臣必定认为他不配得到王上的恩典。为了叫内地大人物发慌，我们已经做好手脚轰高拉莉下台，让吕西安眼看他的情妇被人大喝倒彩，没有戏做。等到王上的诏书无限期搁置以后，我们再取笑他痴心妄想做贵族，谈谈他那个做收生婆的娘，开药房的老子。吕西安只有一些浮面的勇气，不堪一击，我们要不打发他回家乡去才怪呢。玛蒂法所有的六分之一的杂志股份，拿当叫佛洛丽纳弄来卖给我了，纸商的一份也被我收回了，现在只剩我和道利阿两个。我和你不难讲好条件把刊物转换方向，靠拢宫廷。我为了要收回六分之一的股权，才给佛洛丽纳和拿当撑腰；他们既然把股权卖给我了，我就得帮衬他们；不过先要知道吕西安的地位到底怎么样……”

台·吕卜克斯笑道：“你真是名副其实[1]。老实说，我就喜欢你这种人……”

“那么你能替佛洛丽纳弄一份正式的合同吗？”斐诺问评议官。

①参看《幻灭(上)》注。

“没有问题，不过你先要解决吕西安；拉斯蒂涅和特·玛赛不愿意再听到他的名字。”

斐诺说：“你放心。迦亚答应拿当和曼兰，他们俩的稿子有一篇登一篇，可不让吕西安发表一个字，这样我们就断了他的生路。他只能利用玛丹维尔的报纸保卫他自己跟高拉莉。一份报对抗所有的报，有什么用！”

“我可以把部长的痛疮告诉你，将来你叫吕西安写的文章，原稿要交给我。”台·吕卜克斯回答斐诺，他绝口不提答应吕西安的诏书根本是个骗局。

台·吕卜克斯离开了休息室。斐诺过去找吕西安，说明为什么他不能放弃预约的稿子，那种亲切的口气，不少人上过当。斐诺不愿意打官司，破坏吕西安在保王党内的希望。斐诺喜欢有魄力的，不怕改变主张的人。吕西安和他见面的日子不是长得很吗？需要彼此帮点儿小忙的地方不是多得很吗？吕西安应当在进步党内有个可靠的朋友，万一政府派或极端派不讲交情，可以替他报仇。

最后斐诺还说：“如果人家玩弄你，你怎么办？如果有个部长以为你叛变了进步党，从此他便拴着你的脖子，对你不再忌惮，不再理睬，你不是需要放出几条狗去咬他的腿肚子吗？可是你已经跟罗斯多闹翻，他恨不得砍下你的脑袋。番利西安和你，见了面连话都不说了。同你来往的人只剩我一个了！干我这一行，最要紧的是同真有魄力的人和睦相处。我在新闻界帮你的忙，你在你的圈子里回敬我。不过闲话少说，正事第一！你得给我送几篇纯文艺的稿子来，对你没有妨碍，同时你履行了咱们之间的合同。”

吕西安觉得斐诺的建议除了算盘精明之外，还有几分交情斐诺和台·吕卜克斯的恭维使他心情快活，他还向斐诺道谢呢！

三十八、生死关头

凡是有野心的人，凡是要靠别人和形势的帮助，要依赖一个多多少少经过安排，贯彻，坚持的行动方案才能成功的人，一生必有一个危险时间，有种莫名其妙的威力给他们受一些艰苦的考验：样样事情同时失败，各方面的线不是断了就是搅乱了，碰来碰去都是倒霉事儿。遇到这种精神上的骚乱，只要心里一慌就完事大吉。顶得住恶劣的形势，能站定脚跟等风暴过去，拼命爬到高地上去躲避的人，才算得上真有魄力。无论是谁，除非是生来有钱的，都有他的生死关头。拿破仑的生死关头是莫斯科的溃退。这个危险时间现在临到吕西安头上了。他前前后后在上流社会和文坛上的遭遇太顺利了；他太得意了，如今要看到所有的人，所有的事情，一齐跟他作对。第一阵痛楚最剧烈最难受，伤害到他自以为最安全的地方，伤害到他的心和他的爱情。高拉莉也许谈不上风雅，却有一颗高尚的灵魂，能在热情冲动之下表现出来，这冲动便是造成名演员的主要因素。这个奇怪的现象，在没有经过长期的应用而成为习惯之前，完全受捉摸不定的气质支配，也往往受羞耻心支配；而在一般年纪还轻的女演员身上，这种值得赞美的羞耻心是很强的。高拉莉表面上轻狂、放肆，和普通的女角儿没有分别，骨子里却天真、胆怯，而且还充满爱情，她对于自己在舞台上的嘴脸本能的感到厌恶。表达感情的艺术是一种崇高的做作，高拉莉还不能让这作假的艺术克服她的本性。她不能钝皮老脸，把只属于爱情的东西向观众公开。此外她还有真正的女性所特有的一个弱点：明知道自己压得住台，仍旧需要观众的称赞。她怕面对她不喜欢的群众，上台老是战战兢兢：看客的冷淡可以使她毛骨悚然。因为情绪这样紧张，她每次扮一个新角色都等于第一次登场。掌声使她心神陶醉，她并非要满足自尊心，而是要用来鼓动自己的勇气。场子里唧唧哝哝表示不满，或是静悄悄的表示观众心不在焉，她的本领会不知去向。倘若卖了满座，台下聚精会神，对她只有钦佩和友好的目光，她就精神兴奋，可以和观众高尚的品质交流，觉得自己有感动人心的力量，能使它们向上。这一类的消沉和兴奋说明她有神经质的性格和天才的素质，也显出这可怜的女孩子的敏感和温柔。吕西安终究赏识了她的内心的宝藏，看出他的情妇还是单纯的少女。高拉莉没有一般女角儿弄虚作假的能耐，无法拒抗同事之间的倾轧，后台的勾心斗角，不像佛洛丽纳是此中老手，她的阴险可怕同高拉莉的忠厚慷慨正好是极端。高拉莉担任角色是要人家邀请的，她生性高傲，不肯央求作家，接受他们的屈辱的条件，不能因为有什么记者用爱情和笔杆子威胁她而投降。在性质非常特殊的舞台艺术中，卓越的才能已经极其少有，但只不过是成功的条件之一；倘使像高拉莉那样不同时具备玩弄手段的本领，才能反而使人长期受累。吕西安料到高拉莉在竞技剧场第一次出台的痛苦，不惜代价要保证她成功。变卖家具剩下的款子和吕西安的稿费，统统拿去置办服装，布置更衣室，开发第一次出场的各种费用。几天以前，吕西安为爱情所迫，做了一件屈辱的事：他带着方唐和卡瓦利埃的票据，到蒲陶南街上金茧子铺子去见加缪索，要求贴现。诗人还没堕落到能够满不在乎的干这种勾当。他一路受着痛苦煎熬，想着许多可怕的念头，翻来覆去对自己说着：去吧——不去！临了还是走进一间又冷又黑，只靠天井取光的办公室；里面一本正经坐着的可不是那个迷着高拉莉的老头儿，忠厚没用，游手好闲，爱女人，不相信宗教，吕西安一向认识的加缪索；而是一个严肃的家长，精明而又规矩的商人，摆着一副商务裁判的道学面孔，用冷冰冰的老板神气做挡箭牌，周围簇拥着伙计，出纳，绿的文件夹，发票，货样，还有他的老婆保驾，还有他的衣着朴素的女儿陪着。吕西安走近去从头到脚打了一个寒噤，因为尊严的商人把他瞅了一眼，那副冷淡傲慢的目光就是吕西安在一般贴现商脸上领教过的。

加缪索坐着，吕西安站着说："先生，你要肯收下这几张票子，我非常感激。"

加缪索说："我记得，先生，你拿过我的东西。"

吕西安凑着丝绸商的耳朵悄悄的说出高拉莉的处境，加缪索连屈辱的诗人心跳的声音也听见了。加缪索没有意思让高拉莉栽跟头。他一边听一边看着票据上的签名，微微一笑，他是商务法庭的裁判，知道两个出版商的情形。加缪索给了吕西安四千五百法郎，要他在票子上加一个背书，写明付丝绸账。吕西安马上去找勃劳拉，把保证高拉莉成功的办法谈妥了。勃劳拉答应彩排的时候到场（那天他的确到了），约定在哪些段落叫他的罗马人鼓掌，使高拉莉成功。吕西安把剩下的钱，不说向加缪索调来的，交给高拉莉，让她和贝雷尼斯定下心来，她们已经不知道怎么维持生活了。玛丹维尔是当时精通戏剧的行家，好几次跑来帮高拉莉排练。吕西安请几个保王党记者写文章捧场，他们应允了，因此他想不到会出乱子。高拉莉上台的前一天，吕西安却遇到一桩极不幸的事。大丹士的书出版了。埃克多·曼兰的报纸的主编把作品交给吕西安，认为由他来评论最胜任：算他倒霉，他批评过拿当，出名会写这一类稿子。办公室里人很多，全体编辑都在场。玛丹维尔为了攻击进步党报刊，有问题要商量，也在那儿。拿当，曼兰，所有参加《觉醒报》的记者正在谈论雷翁·奚罗的半周刊，认为那刊物措辞谨慎，有分寸，有节制，所以对社会的影响更有害。那时大家开始注意四府街上的小团体，叫它新国民会议。保王党的刊物决定同这批危险的敌人展开一场你死我活的，有计划的斗争。后来这些敌人果然组成理论派[1]，成为一个决定大局的党团，等到保王党内最有才华的作家出于卑鄙的报复心理和他们联盟[2]以后，把波旁家推翻了。外边不知道大丹士主张专制政体，把大丹士包括在他们认为死敌的小团体内，作为第一个开刀的对象。他的书，照那时流行的说法，非一棍子打死不可。吕西安不肯写稿。在场聚会的保王党要人不胜愤慨，认为他的拒绝岂有此理。他们老实告诉吕西安，刚转变过来的新党员谈不到自由；他要感到投靠王上和教会不方便，尽可回到他原来的阵营。曼兰和玛丹维尔把吕西安拉过一边，好意点醒他，失去了

①王政复辟时期保王党内的一个支派，亦称正中派，主张君主立宪政体；1830年七月革命以后成为执政党，首领即有名的史学家基佐（1787—1874）。

②指夏多布里昂于1824年被政府免去部长职位以后的行动。

保王党和政府派报纸的援助，等于听凭进步党报刊拿高拉莉出气。否则的话，高拉莉可以引起一场激烈的笔战，借此出名，这是所有的女演员求之不得的。

玛丹维尔对吕西安说：“你完全不懂此中奥妙。她将来在两派报刊交锋的期间演上三个月戏，再利用三个月假期到内地去走一遭，可以捞进三万法郎。你那些顾虑一定要破除，否则你当不了政治家，只能断送高拉莉，破坏你的前途，砸破你的饭碗。”

吕西安发现对大丹士和高拉莉没有两全的办法：要不在大报和《觉醒报》上扼杀大丹士，就得牺牲自己的情妇。可怜的诗人回到家里伤心至极；他坐在卧房的火炉旁边念了大丹士的书，近代文学中最美的一部作品。他一边看一边哭，每一页上都留着泪痕，迟疑了半天。可是他终于用他的拿手好戏写下一篇含讥带讽的稿子，像孩子抓着一只美丽的鸟，拔掉羽毛，叫它受尽毒刑。他的恶毒的嘲笑完全是损害作品。等到把精彩的原作重读一遍的时候，吕西安所有的高尚的感情又冒起来了；他在半夜里穿过巴黎城赶往大丹士家。这个真正的大人物的始终不渝的操守，他是佩服过来的；大丹士窗上的烛光，他从前抱着敬仰的心情不知望过多少回，此刻他又透过窗子看到那道摇曳不定的纯洁的微光。他没有勇气上楼，靠着路旁的界石站了一会。最后他受着良心鼓励，敲敲门，进去了，发现大丹士正在看书，屋子里没有生火。

大丹士见了吕西安，问道：“出了什么事啊？”他猜到吕西安只有大祸临头才会来。

吕西安眼泪汪汪的回答：“你的书真了不起，他们却要我攻击。”大丹士道：“可怜的孩子，你这碗饭可不容易吃！”

“我只恳求你一件事，别让人家知道我到这儿来过。就让我在地狱里做苦工吧。也许良心上不长点儿肉茧永远成不了事。”

“还是老脾气！”大丹士说。

“你以为我没有骨气吗？不，大丹士，我是一个孩子，被爱情缠住了。”

接着他说出他的处境。

大丹士听到高拉莉的情形，感动了，说道：“让我看看你的文章。”

吕西安拿出原稿，大丹士念着笑了笑，叹道：“聪明误用到这个田地！”他看见吕西安在椅子上垂头丧气，的确很痛苦，便不说下去了。一会儿又道：“我替你修改一下行不行？明天还你。轻薄的讪笑是侮辱作品，认真严肃的批评有时等于赞美；我能使你的书评保持你我的尊严。并且我的缺点也只有我自己知道！”

“一个人爬上荒凉的山坡，渴得要死的时候，偶尔会发现一个果子给他解渴；这个果子就是你！”吕西安说着，扑在大丹士怀里，一边哭一边亲他的额角，“我把良心寄存在你这里了，将来再还我吧。”

大丹士庄严的说道：“我认为定期的忏悔是个骗局。那么一来，忏悔变了作恶的奖品。忏悔可是一种贞操，是我们对上帝的责任。忏悔过两次的人是最可恶的伪君子。我怕你只想用忏悔来抵消你的罪孽！”

吕西安听着这几句话失魂落魄，慢吞吞的走回月亮街。第二天，稿子经过大丹士修改，送回来了，吕西安带往报馆。从此他郁郁不乐，有时面上也遮盖不了。晚上他看见竞技剧场客满，少不得感到第一次登台的激动，再加他对高拉莉的爱情，情绪越发紧张。各式各样的虚荣心成了问题，他眼睛望着观众的表情，像被告望着法官和陪审员的脸：听见场子里一有唧唧哝哝的声音就发抖；台上有一点儿小事，高拉莉上场下场，音调略微有些高低，都使他心惊胆战。高拉莉演的是一出开始可能失败而以后仍会走红的戏，那天可是失败了。高拉莉出场没有人鼓掌，正厅里冷冰冰的使她吃惊。除了加缪索的包厢，别的几个都没有掌声。二楼和三楼上的人把加缪索嘘了好几回。鼓掌队拍手的方式明明过火，被楼厅的看客喝住了。玛丹维尔很勇敢的鼓掌，假仁假义的佛洛丽纳，拿当，曼兰，在旁附和。戏完全砸了。高拉莉的更衣室里来了一大批人，他们的安慰使她愈加难受。女演员回去，灰心绝望，主要还不是为她自己，而是为了吕西安。

“咱们被勃劳拉出卖了。”吕西安说。

高拉莉内心受到伤害，发了一场高烧，第二天不能登台。她的艺术生涯眼看搁浅了。吕西安藏起报纸，躲在饭间内拆看。所有的副刊编辑都说，戏失败的责任在于高拉莉：她对自己估价太高，她在大街上讨人喜欢，可不适宜进竞技剧场；她固然有心向上，可惜不自量力，不该担任那个角色。吕西安看到许多评论高拉莉的文章，跟他当初对付拿当的一套假仁假义的手法没有分别。他好比克罗多人米龙[①]劈开了橡树，一双手被树干卡住了一样，气得脸色发青。他的朋友们用殷勤、关切、仿佛是一片好心的话，替高拉莉出了一些极恶毒的主意。他们劝她演另外几种人物，正是奸诈的记者明知道跟她的路子完全相反的角色。这些

---

①公元前六世纪希腊的大力士和运动健将。

保王党刊物的论调，准是拿当教唆出来的。至于进步党的大报和小报，用的又是吕西安常用的一派卑鄙和挖苦的手段。高拉莉听见一两声抽噎，从床上起来走到吕西安身边，发现了报纸，拿来看了，看完一声不响又去睡了。佛洛丽纳跟打击高拉莉的一伙通同一气，早就料到这个结局，把高拉莉的台词背熟了，还由拿当帮她排练。戏院当局不肯放弃这本戏，打算叫佛洛丽纳接替高拉莉。经理来探望可怜的女演员，她流着眼泪，生气全无；等到经理当着吕西安说出当晚不能不照常开演，佛洛丽纳能够担任高拉莉的角色，高拉莉却一骨碌坐起来，跳下床，叫道：

“我照样能上台。”

说完她晕过去了。佛洛丽纳补了她的缺，一举成名，因为她把戏救活了，受到所有的报纸赞扬，从此变了你们都知道的名角儿。吕西安看见佛洛丽纳成功，气坏了。

他对高拉莉说：“这个不要脸的女人，还是你给她的饭碗！竞技剧场要是愿意，尽可以取消你的合同。等我做了吕庞泼莱伯爵，发了财，和你正式结婚。”

“废话！”高拉莉说着，两眼无神瞅了他一下。

“废话？”吕西安叫道，“要不了几天，你就好住进一所漂亮的屋子，有自备马车；让我来给你写个剧本！”

他拿着两千法郎奔往弗拉斯卡蒂。倒霉鬼一连待了七小时，心情激动得像发疯，脸上冷冰冰的装作若无其事。从白天到上半夜，他不知经过多少风浪：最多赢到三万，出门的时候一文不剩。回去发现斐诺在他家中等着，要他的小品文。吕西安还不聪明，在斐诺面前发牢骚。

斐诺回答说：“嗯！情形不妙，是不是？你这次向后转，动作太快了，当然要失去进步党报刊的支持，他们的力量比保王党和政府派的报纸大得多。事先要不留好退步，补偿你意料中的损失，就不应该转移阵地；无论如何，聪明人总是先去看看朋友，说明自己的理由，把脱党的事跟他们商量一下，那他们就变成你的同谋，向你表示同情，约好互相帮助。拿当和曼兰对他们的伙伴就用这个办法。豺狼虽狠，不伤同类。你对付这件事老实得像绵羊。你在新加入的党内要不张牙舞爪，休想分到一根骨头一个翅膀。人家为着拿当自然要牺牲你了。老实告诉你，你攻击大丹士的文章惹动了公愤，外面闹得沸沸扬扬。据说和你相比，玛拉①竟是圣人了。大家正在布置，预备向你进攻，将来你的书非被他们打下去不可。说起你的小说，进行得怎样啦？”

吕西安指着一包校样说："这是最后几页了。"

"政府派和极端派报刊上攻击大丹士的文章，有些没有署名，大家说是你写的。此刻《觉醒报》天天向四府街上的一帮人放冷箭，讽刺的话说得挺滑稽，所以更恶毒。雷翁·奚罗的刊物背后，的确有一个小小的政治集团，态度很严肃，我看那一派早晚能抓到政权。"

"我八天没有进《觉醒报》的门了。"

"啊！别忘了我的小文章。马上写五十条来，稿费一次给你，不过要配合报纸的色彩才行。"

接着斐诺随随便便讲了一个关于掌玺大臣的小故事，说是在交际场中流传，正好给吕西安做题目，写一篇逗笑的稿子。

吕西安虽然疲倦，为了挣回赌输的钱，照样头脑敏捷，思想

①法国大革命时期左派领袖之一。

清新，一口气写了三十条，每条两栏。稿子写完，吕西安带着上道利阿书店，打算碰到斐诺，私下交给他；同时也想问问出版商，为什么他的诗集搁着不印。他看见铺子里挤满了人，都是他的对头。他一进去，大家寂静无声，不说话了。吕西安发觉被新闻界列入黑单，反而勇气百倍，像以前在卢森堡走道上一样暗暗发誓："我一定胜利！"道利阿态度不软不硬，只是嘻嘻哈哈，推说他有他的权利：印《长生菊》要趁他高兴，要等吕西安的地位能保证诗集畅销，他是把全部版权买下来的。吕西安指出按照合同规定，道利阿有印行《长生菊》的义务。道利阿的意见正好相反，说是在法律上谁也不能强制他做一桩他认为要亏本的买卖，时机是否恰当只有他能决定。此外，有一个无论哪个法院都会同意的办法：吕西安不妨归还三千法郎，把作品收回去交给一个保王党的出版商承印。

吕西安走出铺子，觉得道利阿的缓和的口气比第一次见面时的傲慢更气人。这么说来，诗集要等吕西安有一个强大的帮口撑腰，或者他本人有权有势的时候，才能出版的了。诗人慢吞吞的回家；倘若一有念头立刻行动的话，他那时的绝望竟可以使他自杀。他发现高拉莉躺在床上，面无人色，病得厉害。

贝雷尼斯对吕西安说："要不让她登台，她活不成啦。"那时吕西安正在穿扮，要到白峰街去赴台·都希小姐家的晚会，他可以在那边遇到台·吕卜克斯，维浓，勃龙台，特·埃斯巴太太，特·巴日东太太。

那晚会是为一般歌唱家举行的：先是大作曲家公蒂，业余歌唱家中声音最好的一个，还有桑蒂，巴斯塔，迦契阿，勒华瑟，以及两三个在上流社会里出名的好嗓子。吕西安溜到侯爵夫人，侯爵夫人的大姑和特·蒙高南太太的位置旁边。倒霉的青年面上装作轻松,愉快,有说有笑,同他全盛时期一样,不愿意露出要人帮忙的样子。他滔滔不绝的谈到他替保王党立的功,提出进步党对他的咒骂做证明。

特·巴日东太太嫣然一笑,说道:“朋友,你一定能得到充分的报酬。后天你同鹭鷀和台·吕卜克斯上掌玺局去领王上的诏书。掌玺大臣明儿亲自送到宫里去签字,宫中有会议,他回家比较晚;我要是当夜知道结果,立刻派人给你报信。你住哪儿呢?”

“还是我自己来吧。”吕西安不好意思说他住在月亮街。

侯爵夫人接口道:“勒农古和拿华兰两位公爵在王上面前提起你,称赞你全心全意,毫无保留的效忠王室,说应当给你一个特殊的荣誉,才能报复进步党对你的侮辱。况且吕庞泼莱的姓氏和爵位是你在母系方面应得的权利,将来还要在你身上发扬光大。陛下当晚吩咐掌玺大臣起草上谕,准许吕西安·夏同以最后一个吕庞泼莱伯爵的外孙身份改姓,承袭伯爵的头衔。幸而我大姑记得你那首歌咏百合花的十四行诗,抄给公爵,王上看过了说:班达山上的蓟鸟[①]应当提拔。——特·拿华兰先生回答说:是的,尤其在陛下能产生奇迹,化蓟鸟为鹰隼的时候。”

换了一个不像路易士·特·埃斯巴·特·奈葛柏里斯那样受过严重伤害的女子,看着吕西安感激涕零的表现,准会心肠软下来。可是吕西安越美,路易士报仇的心越强。台·吕卜克斯说的不

①蓟鸟隐射吕西安的本姓夏同,见前注。希腊的班达山是古代祭文艺之神阿波罗和诗神缪斯的地方。因为吕西安·夏同是诗人,故说他是班达山上的蓟鸟。

错；吕西安不够机警，识不透所谓诏书根本是特·埃斯巴太太设下的骗局。成功的消息和台·都希小姐的另眼相看，使他壮起胆子，在台·都希府上守到深夜两点，打算和女主人单独谈谈。吕西安在保王党报馆里听说台·都希小姐暗中同人家合编一个剧本，将要由当时的名角儿小法伊演出。客厅里人走空了，他和台·都希小姐坐在内客室的沙发上，讲出他和高拉莉的不幸，话说得非常动人，那位颇有男子性格的女作家听了，答应把她剧中的主角派给高拉莉。

下一天，高拉莉听到台·都希小姐的许愿很快活，有了精神，正在和她的诗人一同吃中饭。吕西安看着罗斯多的小报，讽刺掌玺大臣夫妇的那个凭空捏造的故事登出来了。文章诙谐百出，骨子里是恶毒透顶。路易十八也被吕西安很巧妙的牵引出来，写得很可笑，只是检察署没法干涉。进步党有心把下面的事说得逼真，其实只是在他们俏皮的毁谤中间多添了一桩毁谤罢了。

路易十八特别喜欢同人家交换文字雕琢而多情的书信，其中掺杂着情歌和撩拨的话。吕西安的小品文把这个嗜好说做路易十八的风流到了最后阶段，变为纯粹的理论，从行动化为思想了。受过贝朗瑞猛烈抨击，被他称为奥太维的那个大名鼎鼎的情人①，近来大起恐慌，因为王上的来信变得无精打采了。奥太维越卖弄才情，她的情人的态度越冷淡越灰色。奥太维终于发现她失宠的原因是王上有了一个新的通信对象，掌玺大臣②的太太；新鲜的刺激动摇了奥太维对王上的影响。据说那贤惠的大臣太

①指杜·卡拉伯爵夫人，以才思与美貌有宠于路易十八。贝朗瑞在王政复辟时代攻击，不能不用另一个名字（奥太维）影射她。

②法国传统，掌玺大臣必兼司法部长，故下文又称部长。

太事实上连一个便条都写不起来，可知幕后必有一个大胆的野心家捉刀，她不过是出面的傀儡罢了。躲在她裙子底下的到底是谁呢？奥太维留神观察之下，发觉王上原来是跟他的部长通信。于是她定了计划。靠着一位忠心的朋友帮助，她有一天让部长在议会里被激烈的辩论绊住身子；她自己单独去见王上，揭穿骗局，激恼王上的自尊心。路易十八的火气不愧为波旁家出身，他对奥太维大发雷霆，不相信她的话。奥太维建议当场证明，请王上写一个条子去立等回音。可怜的部长夫人猝不及防，派人到议会去请丈夫；可是一切都算准了，部长正在讲坛上。那女的只得满头大汗，搜索枯肠，好容易挤出一点聪明写了回信。王上大失所望，奥太维笑着说："下文如何，让部长来向陛下说明吧。"

内容虽是无中生有，那篇文章却大大的伤害了王上和掌玺大臣夫妇。据说故事是台·吕卜克斯造出来的，可是斐诺始终替他保守秘密。进步党和王弟[1]的一派看了这篇诙谐尖刻的小品乐不可支；吕西安只当作有趣的谣言，除了觉得好玩之外，看不出有什么作用。第二天他去找台·吕卜克斯和杜·夏德莱男爵一同出发。男爵要向掌玺大臣道谢。他发表了参事院特别参议，封了伯爵，上面还答应他补夏朗德州州长的缺；现任州长再做几个月，能领到最高额的养老金的时候就要退休。杜·夏德莱伯爵——他的"杜"字已经正式写在上谕上——邀吕西安坐上他的马车，把他平等相待。要没有吕西安攻击他的那些文章，也许夏德莱不会爬得那么快。进步党的迫害等于做了他加官晋爵的垫脚石。台·吕卜克斯先到部里，等在秘书长的办公室内。那位官员一见吕西安，

①即后来的查理十世，未登位时称特·阿多阿伯爵，为极端派保王党的领袖，不满路易十八的施政，认为太温和，太妥协。

诧异得直跳起来，眼睛望着台·吕卜克斯。

“怎么！先生，你还敢到这儿来？”秘书长对吕西安说，吕西安吃了一惊。“部长大人把准备好的上谕撕掉了，你瞧！”他随手指着一张撕成几片的纸。“部长要追究昨天那篇该死的文字是谁写的，我们把底本找来了。”秘书长说着，给吕西安看他的原稿。

“先生，你说你是保王党，事实上你同这份万恶的报纸合作，这份报害得部长们添了不少白头发，给中间派[①]添了许多烦恼，把我们推入泥坑。你拿《海盗报》《明镜报》《立宪报》《邮报》[②]当中饭，拿《日报》和《觉醒报》[③]当晚饭，再同玛丹维尔吃宵夜；玛丹维尔是跟政府捣蛋最凶的人，他要王上走专制的路，那不是要煽动革命，同倒向左派一样快吗？你是一个挺俏皮的记者，可永远当不了政治家。部长已经报告王上，那篇稿子是你写的，王上气愤之极，责备他的内廷供奉特·拿华兰公爵。这一下你招了不少冤家，他们过去越器重你，现在越恨你！敌人做出这种事来倒还罢了，你却自称为政府的朋友，岂不可怕！”

台·吕卜克斯道：“亲爱的，难道你是小孩儿吗？你使我受累不浅。特·埃斯巴太太，特·巴日东太太，特·蒙高南太太，都保举过你，准要气坏了。特·拿华兰公爵要埋怨侯爵夫人，侯爵夫人要嗔怪她大姑。我劝你别去拜访她们，过一阵子再说吧。”

秘书长道：“大人来了，快快出去！”

吕西安站在王杜姆广场上呆若木鸡，仿佛当头挨了一棍。他

---

①指当时的执政党——保王党中的主宪派。

②以上都是反政府的进步党报刊。

③《日报》属于保王党中的立宪派，《觉醒报》属于保王党中的政府派。

从大街上一路回去，一路反省。他发觉被一般嫉妒，贪婪，奸诈的人玩弄了。在这个名利场中他是怎样的人呢？不过是个孩子，贪快乐，爱虚荣，为了这两样牺牲一切；不过是个诗人，不会作深刻的思考，像飞蛾扑火似的到处乱撞，没有固定的计划，完全被形势支配，想的是好主意，做的是坏事情。

他的良心变了一个无情的刽子手。并且他的钱花光了，只觉得工作和痛苦把他磨得筋疲力尽。报纸先要登载曼兰和拿当的文章才轮到他的。他信步走去，千思百想，出神了。他一边走一边瞧见某些阅览室的招贴，那时才想出新办法，图书和报刊同样可以借阅；广告上有一个古怪的，对他完全陌生的题目，底下写着他的姓名：吕西安·夏同·特·吕庞泼莱著。他的小说出版了，他可不知道，报上一个字都没有提。他耷拉着胳膊，一动不动的站着，没看见前面来了一群最漂亮的青年，其中有拉斯蒂涅，特·玛赛，还有另外几个熟人。他也不曾留意米希尔·克雷斯蒂安和雷翁·奚罗两个朝着他走过来。

“你是夏同先生吗？”米希尔说话的声音使吕西安听了心惊肉跳。

他脸色发白，回答说：“你认不得我了？”

米希尔朝他脸上唾了一口。

“这是你写文章骂大丹士的报酬。如果每个人为自己为朋友像我一样做法，报纸就不敢胡来，就能成为值得尊重而受人尊重的讲坛！”

吕西安身子一晃，靠在拉斯蒂涅身上，对拉斯蒂涅和特·玛赛说：“请你们两位做我的证人。不过我先要回敬一下，让事情没法挽回。”

米希尔猝不及防，被吕西安狠狠的打了一巴掌。几个花花公子和米希尔的朋友扑上来把共和党人和保王党人拉开，免得两人的争吵变成扭殴。拉斯蒂涅抓着吕西安，带到德蒲街上他的家里去，离开出事的根特大街只有几步路。幸而那是吃晚饭的时间，没有人围拢来看热闹。特·玛赛跑来找吕西安，和拉斯蒂涅两人硬把他拉往英国咖啡馆去快快活活的吃饭，临了三个人都喝醉了。

特·玛赛问吕西安："你剑法高明吗？"

"从来没上过手。"

"手枪呢？"拉斯蒂涅问。

"一辈子没放过枪。"

特·玛赛道："那你运气一定好。你这种敌人最可怕，会把对方打死的。"

三十九、一文不名

吕西安回去，亏得高拉莉已经上床，睡着了。她临时演了一出小戏，受到群众鼓掌，吐了一口气，因为那掌声不是花钱买来，而是凭她的艺术得来的。那天晚上的演出，敌人没料到；经理看到成绩，决意让高拉莉担任加米叶·莫班剧中的主角；高拉莉第一天登台失败的原因，经理也弄明白了。他鉴于佛洛丽纳和拿当暗中捣鬼，想打倒一个他重视的女演员，十分气恼，答应从今以后支持高拉莉。

清早五点，拉斯蒂涅来陪吕西安出发。

“亲爱的，你住这条街再合适没有[①]。”拉斯蒂涅用这句话代替寒暄，“咱们最好先到，地点在通往格里娘谷的大路上；到的早表示有气派，咱们应当立个好榜样。”雇的街车经过圣·但尼城关的时候，特·玛赛说：“让我把节目告诉你。你们俩用手枪决斗；距离二十五步，各人可以随便向前，到相隔十五步为止。各人走五步，放三枪，不能再多。不论结果怎样，事情从此结束。对

①隐射月亮街的含义，参看前注。

方的手枪由我们上子弹，他的证人替你上子弹。武器是四个证人在一家军火铺里会同挑选的。我向你担保，我们的确想促成你的运气，挑了骑兵用的手枪。”

在吕西安看来，人生变了一场噩梦；活也罢，死也罢，对他都无所谓。自杀的勇气使他在目睹决斗的人眼中大有英雄好汉的气概。他站在他的位置上一动不动。这个满不在乎的态度仿佛他胸有成竹，大家觉得这诗人厉害得很。米希尔·克雷斯蒂安向前走了五步。两人同时发枪，因为双方受的侮辱相等。第一枪，克雷斯蒂安的子弹擦过吕西安的下巴，吕西安的子弹比对方的头高了十尺。第二枪，米希尔的子弹打中诗人外套的领子，幸而领子是细针密缝的，里面还衬一层硬麻布。第三枪，吕西安胸部中了子弹，倒下去了。

“死了吗？”米希尔问。

“没有。”外科医生[1]回答，“他死不了的。”

“糟糕。”米希尔说。

“噢！是的，糟糕。”吕西安应声说着，眼泪直淌下来。

中午，可怜的孩子给抬进卧房，放在床上；人家花了五个钟点，费了好多手脚才把他送回家。虽然伤势不重，还是得小心照料，热度可能引起危险的并发症。高拉莉把悲痛和忧急咽在肚里。在朋友危急的期间，她从头至尾和贝雷尼斯两人陪夜，念着她的台词。吕西安的危险期共有两个月。可怜的姑娘有时上演快活的角色，心里想着：“亲爱的吕西安或许就在这个时候死了！”

那时吕西安由皮安训护理，他的性命就靠这位热心朋友挽救

①决斗时照例有外科医生在场。

的。皮安训虽然受过吕西安严重的伤害，大丹士却告诉他吕西安上门的事，替不幸的诗人洗刷。皮安训疑心大丹士宽宏大量，便在吕西安神志清醒的时候盘问他，因为他一度发过神经性的高热，病情严重；吕西安说只有在埃克多·曼兰的报上发表那篇严肃的批评，此外不曾写过别的稿子攻击大丹士。

第一个月末了，方唐和卡瓦利埃的合营书店宣告破产。这个可怕的打击，皮安训吩咐高拉莉不给吕西安知道。《查理九世的弓箭手》那部有名的小说，换了一个古怪的题目出版，一点销路都没有。方唐在清理之前要捞一笔现款，瞒着卡瓦利埃把作品整批卖给杂货商，杂货商三钱不值两文的转卖给货郎担。吕西安的书那时摆在巴黎桥头和河滨道的石栏杆上。奥古斯丁河滨道的书业批进不少，市价暴跌，损失不赀：四册十二开本的小说进价四法郎五十生丁，只卖到两法郎半。书商急得直嚷，而报上始终绝口不提。巴贝没料到这阵跌风，他相信吕西安的文才，一反平时习惯，进了两百部；眼看要蚀本了，他暴跳如雷，大骂吕西安。同业尽管削价脱手，他却狠了狠心，拿出守财奴的固执脾气，把两百部书送进栈房存起来。以后到一八二四年，靠着大丹士那篇精彩的序，小说本身的优点，雷翁·奚罗的两篇评论，作品的价值显出来了；巴贝的存货一部部的零卖，卖到十法郎一部。贝雷尼斯和高拉莉尽管提防，也没法拦着埃克多·曼兰不来看他病势凶险的朋友；曼兰把那碗苦味的*肉汤*一滴滴的给吕西安喝下去。像方唐和卡瓦利埃那样，印一个初出道的作家的书而做的倒霉生意，书业的行话叫作*肉汤*。忠于吕西安的朋友只有一个玛丹维尔，他写了一篇出色的书评赞美吕西安的作品；可是不论政府派还是进步党，都痛恨这位《评论报》《王旗报》和《白旗报》的主编，所以玛丹维尔虽是勇将，进步党骂一句，他回敬十句，他的帮助对吕西安反而不利。英勇的保王党人的攻击无论如何凶狠，也没有一份报纸出来应战。高拉莉，贝雷尼斯和皮安训，把所谓吕西安的朋友一律挡驾，听凭他们大呼小叫的生气；可是执达员上门是不好阻拦的。方唐和卡瓦利埃破产了，他们的票据需要立刻兑现，商法上这一条规定对第三者损害最大，剥夺了他们票子没有到期不用负责的权利①。吕西安被加缪索告了一状，逼得很紧。高拉莉看到原告的姓名，才明白她认为多么天真的诗人做过一件又可怕又屈辱的事；她因之更爱吕西安了，可是她还不愿意去央求加缪索。商务警察上门逮捕，看见被告病在床上，不敢带走，在请示庭长指定一所疗养院，把债务人送往寄押之前，先去告诉加缪索。加缪索立刻赶往月亮街。高拉莉下楼见他，回来手里拿着法院的公事，公事根据吕西安的背书，确定吕西安是商人身份②。高拉莉用什么方法从加缪索手中拿到这些文件的呢？许了什么愿呢？她沉着脸一声不出，回到楼上像死人一般。她演了加米叶·莫班的戏，半男半女的名作家③那一回的成功，多半是高拉莉的功劳。扮这个角色也是这明星的最后一道光彩。演到二十场，正当吕西安身体复原，开始散步，吃饭，说要重新工作的时节，高拉莉

①第三者指原来的受票人。受票人将未到期的本票向人贴现，必须在票上签字，叫作背书；原出票人到期不能支付时，当由受票人清偿。倘出票人宣告破产，即使所出票据尚未到期，贴现人即可勒令受票人立刻偿付。

②上文提过，吕西安向加缪索贴现时，背书上写明付丝绸账，故吕西安有了商人身份。

③巴尔扎克小说中的加米叶·莫班是影射乔治·桑，乔治·桑性格刚强，独立不羁，故称之为半男半女的作家。

受不住暗中的痛苦，病倒了。贝雷尼斯始终相信，高拉莉因为要救吕西安，答应加缪索将来回到他身边去。高拉莉眼看她担任的角色被佛洛丽纳抢去，又羞又恨。拿当恐吓说，要不让佛洛丽纳补缺，就向竞技剧场开火。高拉莉竭力抵抗，直演到最后一刻，因此大伤元气。她在吕西安病中向戏院预支过钱，此刻不能再要；吕西安虽有决心，还不能工作，同时他也得服侍高拉莉，减轻贝雷尼斯的负担。可见这一家的生活到了山穷水尽的田地，幸亏还有皮安训这样一个高明而热心的医生，替他们向药房说情，让他们赊账。高拉莉和吕西安的境况不久传到房东和街坊上的小商人耳里，家具查封了。男女裁缝也不再怕新闻记者，要求法院严追两个穷艺人的欠账。最后只剩药房和猪肉铺让两个可怜的孩子赊欠。吕西安，贝雷尼斯和病人吃了一星期光景的猪肉，老板把供应的花色都翻尽了。猪肉火气大，女演员的病越发重了。吕西安穷愁交迫，只能去找那出卖他的朋友罗斯多，讨还一千法郎。在他连续遭难期间，那一次的奔走最难堪。罗斯多已经回不了竖琴街，晚上睡在朋友家里，像野兔似的被人搜索，跟踪。带吕西安踏进文坛的该死的介绍人，吕西安只能在弗利谷多铺子里找到。果然，罗斯多坐在老位置上，和吕西安不幸碰到他而离开大丹士的那天一样。罗斯多请吕西安吃饭，吕西安居然接受了！

那天在弗利谷多铺子吃饭的还有格劳特·维浓，还有向萨玛农典押衣服的那个了不起的陌生人。罗斯多和吕西安同他们一起走出饭店，想到伏尔泰咖啡馆去喝咖啡，大家把口袋里叮叮当当的零钱统统掏出来，还凑不足三十铜子。四人便往卢森堡公园闲荡，希望碰上一个书店老板；果然有个当时最出名的印刷商被他们撞见了，罗斯多向他借了四十法郎，平均分作四份，每个作家拿一份。吕西安人穷志短，一点傲气都没有了，对三个艺术家淌眼抹泪，诉说他的遭遇；谁知这些同伴都有一段惨痛的经历说给他听；各人吐完了苦水，四个人中还算吕西安受的打击最轻。因此他们都需要忘掉痛苦，忘掉使他们苦上加苦的思想。罗斯多奔向王宫市场，拿剩下的九法郎做赌本。了不起的陌生人虽有天使般的情妇，也到一个下等地方追求危险的快乐去了。维浓走往小仙岩饭店，打算喝两瓶波尔多酒，叫理智和记忆力失去作用。吕西安不愿参加宵夜，在饭店门口和维浓作别。从来没有跟吕西安作对的记者只有这一个，内地大人物一阵心酸，握着他的手问：

“怎么办呢？”

大批评家回答：“只有逆来顺受。你的书很精彩，可是遭到嫉妒，你的斗争必定时期很长，很艰苦。天才是一种可怕的病。所有的作家心坎里全有一个妖魔，赛过胃里的绦虫，一边发展一边吞掉你的感情。将来到底哪个得胜呢？是疾病战胜人还是人战胜疾病？当然，天才要跟性格平衡，只有大人物才办得到。才能一天天的长大，心一天天的枯萎。除非是巨人，除非有赫克里斯[①]式的肩膀，一个人不是没有心肝，就是没有才能。你身体又瘦又娇，我看你是支持不住的。”维浓走进饭店补上一句。

吕西安一路想着这番沉痛的议论回家，其中有些千真万确的道理使他把文艺生涯看清楚了。

“要钱啊！”有个声音在他耳边叫着。

吕西安开了三张期票，一个月的，两个月的，三个月的，各一张，每张票面一千法郎，写着自己的抬头，签上大卫·赛夏的字，

①希腊神话中的大力士。

笔迹学得像极了，还加上背书。第二天他拿着票子送给赛邦德街上的纸商梅蒂维埃，梅蒂维埃毫不留难，给他兑了现款。吕西安写一封短信通知妹夫，说是给了他这笔负担，吕西安答应按照生意上的规矩，到期把款子解给纸铺。高拉莉和吕西安还清欠账，剩下三百法郎，诗人交给贝雷尼斯收起，吩咐她如果他开口要钱，一个子儿都不能给，他怕自己赌性发作。

四十、告别

吕西安憋着一肚子怒火，脸上冷冷的一声不响，守着高拉莉在灯光底下写出他几篇最有风趣的文字。他一边思索一边望着他心爱的高拉莉，只见她面色白得像瓷器。那种美是临死的人的美；她咧着惨白的嘴唇向吕西安微笑，眼睛很亮，凡是被疾病和悲伤同时压倒的女子都有这种眼神。吕西安叫人把文章送往报馆；因为自己没法上办公室去逼总编辑，稿子就没登出来。等到他亲自出马，从前竭力拉拢他而利用过他的精彩的稿子的丹沃陶·迦亚，对他很冷淡。

迦亚说："亲爱的，你小心点儿，你的文字没有风趣了。别泄气，拿出才情来！"

番利西安·凡尔奴，曼兰，以及一切恨吕西安的人，在道利阿书店或者杂剧院提到他，总说："吕西安那小家伙，肚子里只有一部小说和开头几篇文章。现在送来的稿子，简直要不得。"

新闻界有句行话，叫作*肚子里空空如也*，作用等于终审判决，一朝宣布就不容易推翻。这句话传来传去，把吕西安说得一文不值；吕西安蒙在鼓里，他穷于应付的烦恼太多了。除了繁重的工作，用大卫·赛夏的名义签出去的票据又被人追索，只能去请教老经验的加缪索。高拉莉过去的朋友倒还慷慨，肯帮吕西安的忙。焦头烂额的时期一共有两个月，法院的公文送来一大堆，吕西安听着加缪索指点，一齐交给诉讼代理人台洛希，他是皮克西沃，勃龙台，台·吕卜克斯的朋友。

八月初，皮安训告诉诗人，高拉莉没有希望，活不了几天了。那几天凄惨的日子，贝雷尼斯和吕西安只会哭，在病人面前顾不得再遮盖。可怜的姑娘想到自己快死，为着吕西安伤心得不得了。她忽然心思大变，打发吕西安请教士。女演员要恢复信仰，平平安安的死去。她终于像基督徒一样结束她的生命，表示真诚忏悔。临终和死亡的景象把吕西安的精力和勇气消耗完了。诗人失魂落魄，坐在高拉莉床前一张靠椅上，一刻不停的望着高拉莉，直到她的眼睛被死神合上为止。那是清早五点。一只鸟飞来停在窗外的花盆上，吱吱喳喳唱了一阵。贝雷尼斯跪下来吻着高拉莉的手，眼泪直掉在逐渐冷却的手上。壁炉架上只有十一个铜子。悲痛绝望的情绪逼着吕西安出门，想用募化的办法埋葬他的情妇，不是去见特·埃斯巴侯爵夫人，杜·夏德莱伯爵，特·巴日东太太，台·都希小姐，扑在他们脚下，便是去央求刻薄的花花公子特·玛赛；那时他既没有傲气，也没有精力了。只要能弄到几个钱，便是叫他当兵也愿意！他垂头丧气，跌跌撞撞的走着，完全是倒霉鬼的形景；他不觉得自己衣冠不整，径自走进加米叶·莫班的住宅，要求通报。

当差回答说："小姐早上三点才睡，她不打铃，谁也不敢进房。"

"她几点钟打铃呢？"

“最早十点。”

吕西安写了一封凄惨的信留下，在那种信里，落魄的漂亮哥儿再也顾不得面子了。有一天晚上，罗斯多讲起某些有才气的青年央求斐诺，吕西安还不相信那种卑躬屈节的态度；如今他的一支笔或许比他们迫于患难的表现还要进一步。他浑身火热，像呆子似的从大街上走回去，根本不觉得刚才绝望之下写了一封惨绝人寰的信。他路上遇到巴贝。

他伸着手说：“巴贝，给我五百法郎好不好？”

“不，只能给两百。”书店老板回答。

“啊！你倒是热心人。”

“对，可是我有我的生意经。”巴贝接着告诉他方唐和卡瓦利埃的倒账，说道：“你害我损失了许多钱，应当帮我赚回来。”

吕西安打了一个寒噤。

书店老板接下去说：“你是诗人，应该各式各样的诗都会写。我此刻要一些香艳的歌，拿来跟别的现成歌曲混在一起，不让人家控告我翻版；我想印这样一部有趣的集子，在街上卖十个铜子一本。你要是明天交出十支出色的酒歌或者色情的小调……你该明白我的意思……就给你两百法郎。”

吕西安回家看见高拉莉直僵僵的横在一张帆布床上，裹着一条粗布被单，贝雷尼斯一边哭一边缝。诺曼底的胖老妈子在床的四角点了四支蜡烛。高拉莉面上光彩熠熠，平静到极点，叫活着的人看了十分感动。她很像害贫血症的少女：暗红的嘴唇有时好像还会张开来，轻轻的叫几声吕西安。她断气之前就念着上帝和吕西安的名字。吕西安打发贝雷尼斯上殡仪馆办手续，开销不能超过两百法郎，还得包括在简陋的佳讯教堂举行的丧事弥撒。贝雷尼斯一出门，诗人便坐在书桌前面，靠近可怜的女朋友的尸体，预备按照流行的曲调写十首快活的歌。他苦不堪言，花了多少气力没法动笔；后来总算心窍大开，救了他的急难，仿佛他根本不曾有过痛苦。格劳特·维浓关于感情和头脑分离的现象发表过沉痛的议论，此刻在吕西安身上应验了。教士替高拉莉做着祷告，可怜的孩子凑着灵前的烛光，为狂欢的酒会推敲歌词。那一夜不知他怎么过的！第二天早上，吕西安写完最后一首，想配一个当时流行的调子，贝雷尼斯和教士听见他唱起歌来，只道他疯了：

朋友们，歌词要带说教，
我听着受不了。
要人快活与开心，
为何又要讲理性？
复唱的词儿句句精彩，
叫我们嘻嘻哈哈干杯：
古希腊的哲人也是这般议论。
我们用不到高雅的辞藻，
掌酒行令自有酒神代劳。
劝你们尽情欢笑莫停杯，
万事皆空休挂怀。

名医常说，谁要能终年沉醉，
包管他长命百岁。
怕什么老态龙钟，

两腿摇摇走不动，
赶不上健步如飞的青春年少！
只要能满满的金樽高捧，
双手轻便岁岁相同；
只要能沉湎醉乡直到老，
传杯换盏意兴豪。
劝你们尽情欢笑莫停杯，
万事皆空休挂怀。

若要问，我们从哪条路上来，
倒很容易说分明；
要知身后何处去，
休问我辈痴与愚。
何必思前想后多愁苦，
有福且享莫蹉跎
享尽荣华才不算此生虚度。
天年有限数难逃，
一息尚存趁今朝！
劝你们尽情欢笑莫停杯，
万事皆空休挂怀。

诗人唱到惨痛的最后一节，来了皮安训和大丹士，发现吕西安伤心至极，眼泪像潮水一般涌出来，没有力气再把歌词誊清。等到他抽抽噎噎的说出他的处境，听的人眼睛都湿了。

大丹士道："这一下许多罪孽都补赎了！"

教士正色道："在现世见到地狱的人还是幸福的。"

美丽的死者对着永恒的世界微笑，情人用香艳的歌词替她换来一块坟地；巴贝付了她的棺木；穿着短裙和绿头绿跟的红袜，煽动过整个戏院的女演员，如今给四支蜡烛围绕着；教士带她回到了上帝身边，正预备回教堂去替这个多情的女子做一台弥撒。这些又庄严又丑恶的场面，这些被急难压制的痛苦，把大作家和大医生看得惊心动魄，坐着一句话都说不出来。那时走进一个当差，报告台·都希小姐来了。这个美丽的了不起的女子一切都很明白，急急忙忙过来和吕西安握手，塞给他两张一千法郎的钞票。

"太晚了。"吕西安说着，死气沉沉的望了她一眼。

大丹士，皮安训，台·都希小姐，临走时说了许多温暖的话安慰吕西安，无奈他生命的动力都断了。中午，小团体的朋友们，除了克雷斯蒂安（他也已经知道吕西安并没真正出卖朋友），一齐来到小小的佳讯教堂，还有贝雷尼斯，台·都希小姐，竞技剧场的两个小角儿，服侍高拉莉化装的女仆，伤心的加缪索。男客都把女演员送往拉希士公墓。加缪索涕泪纵横，向吕西安发誓，一定买一块永久墓地，立一个小小的石柱，刻上几个字：高拉莉，享年一十九岁——一八二二年八月。

吕西安一个人留在那儿，直到太阳下去的时候，他站在高岗上了望巴黎，心里想："现在还有谁爱我呢？那些真正的朋友瞧不起我了。只有在此长眠不醒的人觉得我的所作所为都是高尚的，好的。如今只剩我的妹妹，大卫和母亲了！他们在家乡对我做何感想呢？"

可怜的内地大人物回到月亮街，看着空荡荡的屋子不能忍受，搬往同一条街上的一家小旅馆。台·都希小姐的两千法郎，凑上变卖家具的钱，付清各方面的欠账。剩下一百法郎，贝雷尼斯和吕西安维持了两个月。吕西安精神瘫痪，像病人一样：他既不能动笔，也不能思索，一味往痛苦里钻，叫贝雷尼斯看着可怜。

吕西安想起母亲，妹子和大卫·赛夏，不禁长叹一声；贝雷尼斯听着问道："你要是回本乡，怎么去呢？"

他说："走回去啰。"

"可是一路也要吃，也要住。一天走四五十里，至少也得二十法郎。"

他说："我会想办法的。"

他留着身上穿的几件必不可少的衣衫，把礼服和讲究的内衣送去给萨玛农，萨玛农出价五十法郎。吕西安央求放高利贷的多给一些，让他能够坐班车回去，萨玛农始终不答应。吕西安气愤之下，立刻赶往弗拉斯卡蒂碰运气，结果把钱输得精光。他回到月亮街上破烂的卧房，问贝雷尼斯讨高拉莉的披肩。好心的姑娘看他眼神不对，又听说他赌输了钱，猜到可怜的诗人无路可走，想上吊了。

她说："你疯了吗，先生？你先去散步，半夜再回家。我来替你弄路费；不过你只能待在大街上，别走往河滨。"

吕西安在大街上闲荡，痛苦得如醉如痴；他望着漂亮的车马，行人，看他们受着巴黎成千上万的利益鞭策，像旋风般打转，更感到自己无依无靠，渺小到极点。夏朗德河畔的风光在脑子里闪过，他忽然渴望家庭的欢乐，精神为之一振；性格近于女性的人最容易把这种冲动当作勇气。他不愿意就此屈服，先要向大卫·赛夏倾吐心里的话，听听仅有的三个亲人的意见。他正走着，冷不防瞧见贝雷尼斯打扮得齐齐整整，在泥泞的佳讯大街和月亮街的拐角儿上同一个男人说话。

吕西安看到诺曼底姑娘便起了疑心，害怕起来，问道："你干什么？"

她把四枚五法郎的钱塞在诗人手里，说道：

"二十法郎你拿去吧，代价不小，不过你总算动身了。"

贝雷尼斯一溜烟走了，吕西安来不及看清她走的方向。我们还得说句公道话，吕西安天良未泯，觉得那几块钱烫手，想还给她；结果他不能不收下，这是巴黎生活的最后一个疮疤。

第三部　发明家的苦难

引 言

一个时髦青年的惨痛的忏悔

第二天，吕西安办好身份证的签证手续，买了一根冬青树的手杖，在唐番街广场搭上一辆布谷鸟[1]，花十个铜子车费坐到龙于摩。第一晚，在离阿巴雄七八里处歇下，睡在一个农家的马房里。走到奥莱昂已经筋疲力尽，出三法郎搭一条便船到都尔，路上只花掉两法郎伙食。从都尔到博济哀，吕西安走了五天。过了博济哀，身边只有五法郎了，他拼着最后一些气力继续赶路。有一天走在旷野里，天黑下来了，正想露宿一宵，忽然从洼地里望见有辆马车上坡，车夫旁边坐着一个男当差。吕西安不给车内的客人、车夫，以及坐在车夫旁边的当差发觉，爬在车厢背后两个包裹中间，稳住身子，睡着了。早上，阳光射着他的眼睛，四下里人声嘈杂，把他惊醒过来，他一看，认得是芒勒。十八个月以前，他心中充满着爱情、希望、快乐，就在这小镇上等候特·巴日东太太。当下他发现自己浑身灰土，周围挤着一群赶车的和看热闹

①当时专走巴黎和郊区的小型载客马车，名叫布谷鸟，只有四个到六个座位。

的人，知道要挨骂了，跳下来正想说话，车内却走出两个旅客，使他见了开不得口：原来是新任的夏朗德州州长，西克施德·杜·夏德莱伯爵，带着他的妻子路易士·特·奈葛柏里斯。

伯爵夫人道："没想到这样巧，我们竟是同路！跟我们一起上车吧，先生。"

吕西安朝夫妇俩冷冷的行了礼，眼神带着又惭愧又威吓的意味，把他们瞪了一眼，往芒勒镇外一条横路上走开了。他想找一个农家，弄些牛奶面包当早饭，歇息一下，再静静的考虑前途。他还有三法郎。《长生菊》的作者浑身发热，一口气跑了很久，沿着河往下走去，一路打量地形，风景越来越美了。晌午走到一处地方，四周是杨柳，中间一大片水，看上去像一口湖。他受着田园野趣的吸引，停下来眺望那清新茂密的林子。河的支流上有一个磨坊，连着一所屋子，树梢中露出茅草盖的屋顶，顶上长着石莲花。门面很朴素，唯一的点缀是几簇素馨，忍冬和制啤酒用的酒花，周围开着夹竹桃类和多肉植物的花，十分鲜艳。水位最高的地方有一条石堤，底下用一排粗糙的木桩撑着，堤上的水在阳光中往下奔泻。磨坊的那一边，一群鸭子在明净的池塘里游来游去，好几股水在水闸中轰隆隆的响成一片。磨坊的轮子发出刺耳的声音。吕西安瞧见一条天然木做的凳上坐着一个胖胖的女人，一边打毛线一边照管一个孩子，孩子正在捉弄几只母鸡。

吕西安走上去说道："大嫂，我累得很，还在发烧，身边只有三法郎；你能不能招留我一星期？只要有牛奶和黑面包，晚上给我一个草垫睡觉就行了。我可以写信给家里，他们会寄钱来，或者来接我回去的。"

她道："行，只要我丈夫答应。喂，小家伙？"

磨坊司务走出来瞧了瞧吕西安，拿下嘴里衔的烟斗，说道：“三个法郎住一星期？还是干脆不收钱吧。”

磨坊司务的女人铺起床来。诗人临睡望着优美的风景，心上想：“说不定我临了就在磨坊里当个伙计。”他这一睡可吓坏了主人。

第二天中午，磨坊司务的女人说：“戈多阿，去瞧瞧那个小伙子，看他死了还是活着，他睡了十四个钟点了，我可不敢去。”

磨坊司务正忙着晒网，整理捉鱼的工具，回答说：“我看那瘦括括的漂亮哥儿多半是个戏子，一个小钱都没有。”

女人问：“你怎么看得出呢，小家伙？”

“嘿！他既不是王爷，又不是大臣，既不是议员，也不是主教，干吗一双手养得白白嫩嫩的，像一事不做的人？”

磨坊司务的女人才给昨天闯上门的客人弄好中饭，说道：“他睡得东西都不想吃，可怪了。你说是戏子，那么他上哪儿去呢？现在还没到安古兰末赶集的时候。”

夫妇俩想不到除了戏子、王爷、主教，世界上还有一等人又是王爷又是戏子，名目叫作诗人，担任庄严的圣职，好像一事不做而其实是控制人类的人，假如他会描写人类的话。

戈多阿对老婆说：“那么是什么人呢？”

老婆说：“招留他有没有危险啊？”

磨坊司务回答：“呃！小偷才机灵多呢，早把咱们的东西搬空了。”

吕西安大概从窗口里听到两夫妻的谈话，忽然走出来伤心的说：“我不是王爷，不是小偷，不是主教，不是戏子；只是一个可怜的青年，从巴黎走到这儿，累死了。我名叫吕西安·特·吕庞泼莱，我的父亲夏同从前在乌莫开药房，后来盘给卜斯丹。我妹子嫁给大卫·赛夏，他在安古兰末桑树广场上开印刷所。”

磨坊司务道：“啊，我想起了，印刷所老板的爷不就是那个精明的老头儿，在玛撒克经营田地的吗？”

吕西安道：“一点不错。”

戈多阿道：“呸！那老子真不是东西！听说他逼得儿子把家里的东西统统卖了；他自己除掉积蓄，光是田产就值二十多万。”

遇到长时期残酷的斗争摧毁了身体和精神，把力量过分消耗以后，接下去不是死亡，便是同死亡差不多的消沉；可是能够抵抗的人这时反而会振作。吕西安处在这种生死关头，听人含含糊糊提到他妹夫大卫出事的消息，几乎支持不住。

他叫道：“哎啊，我的妹妹！我干的好事！天啊，我真不是人了。”

说完他倒在一条凳上，脸色发白，浑身软瘫，好像快死了。磨坊司务的老婆急忙端来一碗牛奶，逼他喝下去；他却央求磨坊司务搀他上床，说他死在这儿连累主人，请求原谅，吕西安只道自己马上要完了。风流的诗人看到死神的影子，忽然想起宗教，要找一个神甫来听他忏悔，给他受临终圣体。戈多阿太太看见一个身段和面相多漂亮的青年，有气无力的说出这样悲痛的话来，十分感动。

她说：“喂，小家伙，赶快骑着马到玛撒克去请玛隆医生；我看这小伙子神气不对，让医生来瞧瞧是什么病；你把本堂神甫也一块儿请来；说不定他们比你知道更清楚，桑树广场上的印刷所老板到底出了什么事；卜斯丹是玛隆先生的女婿。”

乡下人都相信害了病应当多吃东西，戈多阿一走，他老婆就把吕西安喂饱了，吕西安听凭摆布，同时悔恨交并，精神一激动，反而从低沉的情绪中振作起来。

玛撒克是一乡之中的首镇，坐落在芒勒和安古兰末的半路上。磨坊离玛撒克不过三四里地，好心的磨坊司务很快就把玛撒克的本堂神甫和医生请来了。这两人早听说过吕西安同特·巴日东太太的关系，此刻夏朗德州又在到处谈论那位太太和新任州长杜·夏德莱结了婚，一块儿回到安古兰末的消息；所以一听见吕西安在磨坊司务家出现，神甫和医生都心痒难熬，急于要知道特·巴日东先生的寡妇为什么没有嫁给跟她一起逃走的青年诗人，诗人这次回乡是不是来搭救他的妹夫大卫·赛夏。好奇心和慈悲心凑在一处，马上替半死不活的诗人找来了救星。戈多阿走后两小时，吕西安听见磨坊外面的石子路上响起乡下医生的破马车的声音。一会儿两位玛隆先生到了眼前，医生原是本堂神甫的侄儿。住在一个种葡萄的小镇上的乡邻，彼此没有不相熟的；吕西安见到的两个人就和大卫·赛夏的父亲有来往。医生仔细瞧了瞧病人，按过脉，看过舌苔，笑眯眯的望着磨坊司务的老婆，意思叫她放心。

他道："戈多阿太太，我相信你地窖里准有几瓶好酒，篓子里准养着肥大的鳗鱼，你去弄给病人吃，他没有什么病，只是脱力。咱们的大人物吃饱了，马上能站起来！"

吕西安道："唉！先生，我的病不在身上，在心里。这两个人告诉我一句话，我听着难过死了，据说我妹子赛夏太太家出了乱子！戈多阿太太说你的女儿嫁给卜斯丹，那么大卫·赛夏的事，你一定知道一些。"

医生回答："他大概坐了牢，他父亲不肯帮他的忙……"

吕西安道："坐牢！为什么坐牢？"

玛隆先生道："巴黎送来一些票据，想必他忘了清理。大家都说他糊里糊涂。"

诗人脸色大变，说道："对不起，先生，我要单独同神甫谈谈。"

医生，磨坊司务和他的老婆，一齐退出。屋子里只剩一个老教士了，吕西安才说："先生，我觉得快死了，而且我也不配再活在世界上。我罪孽深重，只有投入宗教的怀抱。我把大卫·赛夏当作亲兄弟一般，而我竟害了我的哥哥，我的妹妹。我出了几张本票，大卫没有能照付……他被我拖倒了！我当时遭到不幸，无路可走，忘了这桩罪过。债主为这笔款子控诉我的时候，有个大财主出来说情，不再向我追逼，我只道那财主把钱还清了，原来不是这么回事！"

于是吕西安讲出他的不幸。他到底是诗人，把那个可歌可泣的故事说得非常激动，最后请求神甫上安古兰末走一遭，向他妹子夏娃和母亲夏同太太探问实情，看他还能不能挽回局面。

吕西安淌着眼泪说："我可以支持到你回来。只要母亲，妹子，大卫不嫌我，我就不死了！"

巴黎人的口才，惊心动魄的忏悔，漂亮青年面无人色，绝望到半死不活的地步，讲的不幸的遭遇又是谁都担当不了的，一切都引起本堂神甫的哀怜和关切。

他回答说："在内地跟巴黎一样，人家的闲话只信得一半；你不用害怕，这儿离安古兰末有十几里，少不得以讹传讹。我们的邻居赛夏老头进城有几天了，大概去料理儿子的事。让我到安古兰末走一趟，回来告诉你能不能回家；我可以拿你认错悔过的话说给你家里人听，代你说情。”

本堂神甫不知道吕西安十八个月中间已经忏悔过好多次，忏悔得再沉痛也只抵得一场表演挺好而不是有心假装的戏！神甫退出，又来了医生。他看吕西安是发肝阳，危险期过去了；侄儿和叔叔一样说了一番安慰的话，病人听着劝告，答应再吃些东西补补身体。

打落水狗

本堂神甫熟悉当地的情形和习惯，回到芒勒知道等会就有从吕番克到安古兰末去的班车经过。他弄到一个位置。关于大卫·赛夏的事，老教士存心打听他的侄孙婿卜斯丹，乌莫的药房老板。卜斯丹为着美丽的夏娃曾经和印刷商暗中吃醋。矮小的药剂师把老人从来往吕番克和安古兰末的破车上小心翼翼的扶下来，便是最粗心的人看了，也猜得出卜斯丹先生和卜斯丹太太的好日子都寄托在老人的遗产上面。

“用过饭没有啊？要不要吃点儿什么？我们想不到你会来，真是太高兴了……”

问长问短的话不知说了多少。卜斯丹太太跟乌莫的药剂师的确是天生一对。她同矮小的卜斯丹个子相仿，从小在乡下长大，脸色通红；没有腰身，谈不上好看，只是皮色十分鲜嫩。低额角，红头发，滚圆的脸盘一望而知是头脑简单的人，动作和说话也是这一路；眼睛差不多是黄的；浑身上下都说明人家娶她是看中她将来的财产。难怪她结婚才一年多，已经当家做主，把丈夫管教得唯命是听；而卜斯丹娶到这个有遗产的老婆，也自欢喜不尽。卜斯丹太太娘家姓玛隆，名叫雷奥妮，生的一个儿子还在吃奶，被老神甫、医生和卜斯丹当作心肝宝贝；孩子长得又像爷，又像娘，难看死了。

雷奥妮道："叔公，你到安古兰末有什么事啊？怎么一点东西都不肯吃，才进门就说要出去了？"

老教士一说出夏娃和大卫·赛夏的名字，卜斯丹脸就红了，雷奥妮也对矮小的男人醋意十足的瞅了一眼。凡是把丈夫捏在掌心里的女人为了将来有保障，都要嫉妒过去的事。

"叔公，那些人有什么好处给你，你对他们的事这样关心？"雷奥妮带着尖刻的口气说。

"孩子，他们遭了不幸。"神甫回答，接着向卜斯丹说出吕西安在戈多阿家的情形。

卜斯丹说："啊！原来他从巴黎回来弄到这副形景！可怜的小伙子！他人倒挺聪明，志气也不小！他出去谋生路，结果是两手空空的回来！他到这儿来干什么呢？他的妹子穷得不堪设想；那些天才，不论是大卫还是吕西安，都不懂生意经。我们在商务法庭上谈到大卫，我是裁判，不能不在他的判决书上签字……我心里才不好过呢！照眼前的局面，我不敢说吕西安能不能回到他妹子家去；他从前在这儿住的小房间还空着，我倒愿意让他来住。"

"好吧，卜斯丹。"神甫说着，戴上三角帽，亲了亲睡在雷奥妮怀中的孩子，准备上街了。

卜斯丹太太道："叔公，你准定回来同我们吃晚饭吧？你想弄清这些人的事，着实要花些时间呢。等会让卜斯丹套上小马，用他的小车送你回家吧。"

夫妻俩目送他们的宝贝叔公往安古兰末城里走去。

药剂师道："到了这个年纪，亏他还这样精神。"

趁年高德劭的教士爬上安古兰末的大石梯的时候，我们先来解释一下，他想打听的事牵涉到哪一些复杂的利害关系。

上编　追偿债务的故事

一、需要解决的问题

大卫·赛夏好比画家给福音书的作者配对的牛[①]，又勇敢又聪明。夏娃接受大卫求婚，对他身心相许的那天晚上，大卫坐在夏朗德河边的闸板上发愿挣一份巨大的家私，主要是为夏娃和吕西安，不是为他自己。自从吕西安动身以后，大卫就想赶快挣起这份家业来。他要配合妻子的身份，给她一个富裕高雅的环境，同时也要大力支援吕西安的雄心壮志，这个计划在大卫眼中好像每个字都是用火焰写的。出版界、文艺界、科学界的大发展，新闻事业，政治活动，一切国家大事都有人讨论的趋势，复辟政府稳定以后的整个社会动向，使纸张的需要量比大革命初期，有名的乌佛拉根据相仿的理由做投机[②]的时代，差不多增加十倍。可是一八二一年时，法国纸厂林立，不能希望再像乌佛拉那样包下几个主要厂家的出品，来一个独家经营。再说大卫也没有

①基督教传说用牛做路加福音的作者圣·路加的象征，代表力量。圣·路加本是画家出身，故后世画家奉为祖师。

②有名的银行家乌佛拉（1770—1846）一度专收博阿多和安古兰末的纸厂出品，囤积居奇。

胆气和资金做这种投机生意。造卷筒纸的机器已经在英国运转。可见发展造纸工业，适应法国文明的需要，确是一桩刻不容缓的事。我们的文明倾向于样样事情都要讨论，每个人的思想要不断的发表，这真是国家的大患，因为多议论的民族总是很少行动的。所以说来奇怪，一方面，吕西安投入新闻事业那个庞大的机器，不怕弄得智穷才尽，身败名裂，另一方面大卫·赛夏在印刷所中也在关切报刊的动态，注意报刊的物质方面的影响。他要找出新方法来配合时代所追求的目标。他看准制造廉价的纸张是一条生财之道，后来的事实也证明他有先见之明。最近十五年内，发明执照局收到的申请书不下一百多件，都自称为发现了造纸的新原料。

大卫愈来愈相信这项发明的用处，虽然不能享大名，发一笔大财是肯定的。从舅子去了巴黎以后，大卫便老是全神贯注，转着念头，要解决这个问题，不能不如此。为着结婚和筹措吕西安的路费，他的资金都用完了，初婚的生活很艰苦。他只留着一千法郎做印刷所的开销，可是还有一张期票在药房老板卜斯丹手里，欠着一千法郎。因此对这深刻的思想家来说，问题是双重的：既要赶快发明一种廉价的纸，又要把这桩发明的好处派作家用和经营印刷的资本。

经济窘迫的情形不能让人知道，眼看一家的生活费没有着落，印刷所的行当又一点马虎不得，需要时时刻刻留神；同时还得凭着学者的热诚和乐而忘返的精神，在不可知的天地中摸索，探求那个费尽心思而愈来愈渺茫的秘密，这一大堆牵肠挂肚的事不知要怎样的头脑才能应付！不幸我们以后要看到，除了公众的忘恩负义之外，发明家还有许多别的痛苦。一事不做的人，无能的人，向大众提到一个天才，总说："他是生来做发明家的，不会干别的事。咱们用不着感谢他们，正如用不着感谢天生的君主！他不过是发挥他天赋的才能！工作本身便是他的报酬。"

二、勇气十足的妻子

一个年轻姑娘结了婚，肉体和精神少不得有一番深刻的变动；倘是中产阶级，攀着一门小康的亲事，她还得研究一下从来没接触过的银钱问题，学学做生意的门道，因此必须经过一个袖手旁观的阶段。不幸大卫疼着老婆，耽误了她的教育；结婚的下一天和以后的几天，他都不敢向老婆说出他的境况。尽管父亲的啬刻使他穷得一筹莫展，他还不忍破坏他的蜜月，要妻子学他那个不愉快的辛苦的行当，把做买卖人家的主妇应有的知识教给她。仅有的一千法郎大半做了日常吃用，很少花在工场里。大卫满不在乎，他的老婆蒙在鼓里，这样过了四个月。等到醒过来，两人都大吃一惊。给卜斯丹的票子到期了，家里没有钱；这笔钱是怎么欠的，夏娃心中有数，只得卖掉一些银器和她新娘的首饰，拿去还债。款子付清那天晚上，夏娃想叫大卫谈谈他的情形；她发觉丈夫为着从前谈过的那个问题，撇下印刷所不管了。婚后第二个月，大卫主要是在院子尽头的偏屋，浇墨棍用的小房间里消磨时间。他回到安古兰末三个月以后，就废掉蘸墨的皮球，改用圆筒和石板调墨，拿硬胶跟糖浆做的棍子蘸墨。这是改进印刷的第一步，成绩卓著，戈安得弟兄看了立刻仿效。院子里那间像厨房一般的偏屋，半边靠在和邻居分界的墙上；大卫靠墙安放一个炉子，一个铜锅，推说浇起墨棍来省煤，其实墨棍的模子放在墙脚下生锈，统共也没浇过两回。他用橡木给小屋做了一扇厚实的门，里面钉着铁皮，木格子镶嵌的肮脏的玻璃窗也换了有一道道沟槽的厚玻璃，使屋外看不见他在屋内的活动。夏娃一提到前途，大卫便神色不安的瞧着她，打断了她的话，说道："亲爱的，你看见工场里冷清清的，我对买卖没精打采，你心里有什么感想，我全知道；可是你瞧，"他把夏娃拉往卧室窗口，指着那神秘的小屋子说："咱们的家业是在那里……还有几个月的苦日子，咱们得耐着性子熬过去，让我解决那个难题——你知道是怎么回事，难题解决了，咱们就不愁穷啦。"

大卫这个人太好了，太真诚了，你听了他的话不能不相信；可怜的妻子像所有的女人一样关心日常用度，决意不要丈夫再为家务操心。过去她守着蓝白两色的漂亮卧房，只做点儿针线，陪母亲闲话，这一下她走出房间下楼了。工场尽头有两个小小的木亭子，她去坐在一个亭子里，琢磨印刷生意的门道。有了身孕的女人肯这样做，不是英勇得很吗？最近几个月工场里无事可做，原有的工人一个个溜了。戈安得弟兄的业务应接不暇，不但本州的印刷工贪图日后多挣些钱，被他们诱了去，便是波尔多的工人也有投奔来的，尤其一般学徒自以为手艺高强，不愿意等到满师，受种种约束。夏娃查看赛夏铺子的家底，发觉只剩三个人了。先是大卫从巴黎带来的学徒赛利才；其次是像看家狗一般忠心的玛利红；最后是亚尔萨斯人高布。高布从前在第多印刷厂打杂，后来去服兵役，碰巧来到安古兰末，兵役快满期的时候，有一次被大卫在检阅的队伍中撞见了。高布来探望大卫，看中了胖子玛利红。在他那个等级的男人眼里，女人的品质玛利红可以说应有尽有：身体强壮，腮帮紫堂堂的；力气同男人不相上下，端起一盘铅字来轻而易举；一丝不苟的性格，亚尔萨斯人尤其看重；对主人的忠心证明她心地善良；她又很省俭，积蓄了一千法郎，还有内衣，袍子，零星衣物，都收拾得干干净净，完全是内地派头。胖姑娘玛利红三十六岁，看见一个身高五尺七寸，身体魁梧，像碉堡一般结实的装甲兵追求她，心里很得意，怂恿他做印刷工。亚尔萨斯人正式复员之后，被玛利红和大卫训练成大熊[1]，虽然一字不识，倒也做得挺好。那一季没有多少零活，赛利才尽可应付。赛利才又是排字工，又是拼版工，又是监工，做到康德所谓三位一体：他自排自校，写订单，开发票；大半的时间无事可做，待在工场尽头的小亭子里看小说，等顾客上门托印招贴礼帖之类。赛夏老头一手教出来的玛利红负责整纸，浸纸，晾纸，切纸，帮高布印刷，同时兼管厨房，大清早上菜市。

夏娃要赛利才报出上半年的账，收入是八百法郎；开支项下，赛利才的工资每天两法郎，高布一法郎，共计六百法郎，交出去的印件成本花到一百多法郎。夏娃一看就明白，大卫结婚以后六个月，既赔了房租，机器生财和印刷执照的利息；也没有收回玛利红的工资，油墨，更不用说印刷商应有的利润了。印刷业的行话管这些有关成本的项目叫作零料，因为印刷车上要用呢绒和绸衬在铁板和纸张中间，防绞盘压力太猛，损坏铅字。夏娃对印刷所的生意和盈亏大致有了一个眉目，知道这小厂在戈安得弟

①参考《幻灭（上）》，指掌车工。

兄排挤之下很少办法。戈安得弟兄活跃得不得了：又造纸，又办报，又印刷，主教公署的买卖归他们独家承包，州公署和区公所也是他们的主顾。两年前赛夏爷儿俩得了两万两千法郎出让的报纸，此刻每年有一万八收入。夏娃看出戈安得弟兄表面上装作慷慨，骨子里别有用心；他们让赛夏印刷所多少有点买卖苟延残喘，而绝不会生意兴隆，能够同他们竞争。她一上手管事，先把一切生财造好清册；再叫高布，玛利红，赛利才打扫工场，收拾整齐。然后有天晚上，大卫从野外散步回来，后面跟着一个老婆子背了一个大布包；夏娃乘机告诉大卫，生意上的事可以由她独自照管，只是问大卫，赛夏老人留下的破烂家伙该怎么利用。赛夏太太听着丈夫的主意，把她清理出来而分好门类的存纸，统统印成彩色的民间传说，只用一张纸，排两栏，给农民买去粘在草屋的壁上，题目无非是《流浪的犹太人》《魔王劳贝》《美丽的玛葛洛纳》之类，还有讲奇迹的故事。夏娃安排高布出门兜销。赛利才立刻动手，排那些天真的文字，安上俗气的图版，从早到晚忙个不停。玛利红对付印刷。一切家务都由夏同太太照顾，夏娃管插图的着色。两个月工夫，多亏高布勤谨老实，赛夏太太在安古兰末周围四五十里方圆之内销掉三千份画片，卖两个铜子一份，三十法郎成本变了三百法郎。亚尔萨斯人不能到本州以外去兜售，等到画片贴满了所有的茅屋和小酒店，又该想法做别的买卖了。夏娃翻遍工场，找出一批专印一种名叫《牧羊人历本》的图版，不用文字，内容只有红，黑，蓝三色的符号，图像和镂版画。不识字的赛夏老头当年给不识字的人印这本册子，赚过不少钱。全书用一张纸折成六十四页，钉成一百二十八面的小册，卖一个铜子。内地的小印刷所多半做单页印刷品的生意。赛夏太太看见上回买卖得手，很高兴，打算拿赚来的钱印一大批《牧羊人历本》。这种历本法国每年销到几百万，用的纸比《列埃日历本》更粗糙，大约只要四法郎一令。印成历本，五百张一令的纸，按每张一个铜子计算，可以卖到二十五法郎。赛夏太太决计第一版先用一百令纸印五万册，销完了有两千法郎可赚。

大卫虽则聚精会神忙着自己的事，对什么都不在意，偶尔也望望工场，听见一架木车咯吱咯吱响着，看见赛利才在赛夏太太调度之下老在那里排字，感到奇怪。有一天他进去查看夏娃的工作；夏娃听丈夫说历本是桩好买卖，高兴非凡。历本的内容需要一见便明，印插图的彩色油墨该怎么应用，大卫答应亲自指点。他预备在秘密工房里把墨棍重新浇过，尽量帮老婆做好这笔大规模的小生意。

他们正开始忙得不可开交，吕西安来了几封令人泄气的信，向母亲，妹子，妹夫，报告他在巴黎的失意和苦难。不难了解，给宠惯的孩子寄去三百法郎，在夏同太太，夏娃和大卫说来，是为诗人献出了他们最宝贵的血。夏娃听到那些消息大受打击，而且鼓足勇气干的活儿只赚到很少一点钱，觉得很失望，所以遇到一般青年夫妇认为天大的喜事，倒反害怕起来。她看自己快要做母亲了，暗暗想道："我生产的时候，要是亲爱的大卫还研究不出一个结果来，怎么办？……小印刷所才开场的事业交给谁管呢？"

三、未来的犹大

《牧羊人历本》早该在元旦以前出货，无奈全部排工只有赛利才一个人做，他却慢条斯理的拖拉，叫人发急，尤其赛夏太太对印刷不大在行，没法埋怨，只能暗中留意巴黎青年的行动。赛利才是巴黎育婴堂出身的孤儿，送在第多印刷厂当学徒。十四岁到十七岁那一段，他对大卫·赛夏唯命是听；大卫派他在一个最能干的工人手下，自己也在印刷方面把他当作副手兼小厮。大卫看他聪明，对他很关切，又念他穷苦，不时给他有些娱乐，因此赛利才对大卫颇有感情。他那张又小又狡猾的脸还好看，头发黄里带红，眼睛蓝得不清不楚。他把一些巴黎野孩子的习气带到安古兰末；仗着头脑灵活，嘴皮刻薄，心思又恶毒，叫人见了害怕。大卫在安古兰末对他不再管束，或许看他年纪大了，比较放心，或许认为内地的风气有感化人的力量。赛利才却瞒着老师，搭上三四个年轻的女工，变做街头的唐·璜，完全堕落了。他的做人之道是巴黎小酒店的产物，唯一的原则是样样为自己着想。赛利才下一年要服兵役，像俗语说的要轮到抽签了；他看到没有出路，便存心背债，算准六个月以后当了兵，随便哪个债主都奈何他不得。小家伙心上还多少服着大卫，原因不在于尊敬老师，也不在于受过关切，而是因为他是从巴黎来的，知道大卫的聪明才智高人一等。不久赛利才和戈安得厂里的工人混熟了，他们的上装，工衣，对他都是一种诱惑，还有同业观念在下层阶级也许比上层阶级更有影响。他同这批人交了朋友，把大卫给他的一点儿好教育丢得干干净净。尽管这样，他还护着大卫；大熊们带他看戈安得的宽敞的工场，十二架出色的铁车都在开动，仅存的一架木机只打校样，不派正用了；他们笑话赛夏父子的旧机器是烂木头；赛利才站在主人一边，傲气十足的冲着他们说："哼！你们的傻瓜[1]弄了些铁车有什么了不起，不过印印祈祷本子；我的傻瓜凭着他的烂木头，才有发展呢！他正在找窍门，将来法兰西和拿伐尔的印刷商都要让他捞一笔呢！……"

人家回答说："哼，你这个起码监工，只挣四十铜子一天，你的老板娘是个烫衣服的！"

赛利才说："她才漂亮呢，比你们两个牛头马面的东家看起来舒服多了。"

"眼睛望着老板娘，肚子就不饿了吗？"

在小酒店或者印刷所门口说的这些打趣的话，多少透露出一点赛夏铺子的情形，给戈安得弟兄知道了。他们听见夏娃做历本生意，认为必须彻底破坏，不让可怜的女人把事情做成功，从此发达起来。

弟兄俩商量道："咱们叫她撞得鼻青脸肿，不敢再做买卖。"

①指印刷所的老板。

专管印刷的戈安得遇到赛利才，说他们活儿太多，原有的校对忙不过来，提议分一部分给赛利才，按件计酬。赛利才晚上替戈安得弟兄工作几小时，比着替赛夏整天干活挣的钱更多。戈安得弟兄便和赛利才有了来往，他们夸他才能出众，只是遭遇不好，代他可惜。

有一天，两个戈安得中的一个对他说："你满可以当一家大印刷所的监工，挣到六法郎一天；你这样聪明，将来还有希望在厂里搭股。"

赛利才答道："做个好把式的监工有什么用？我是孤儿，明年轮到兵役，抽签抽中了，谁拿出钱来替我买壮丁？……"

有钱的印刷商道："只要人家看你出力，怎会不借钱给你免掉兵役呢？"

赛利才道："反正不能指望我的傻瓜。"

"噢！那个时候也许他研究的东西有了结果啦……"

这句话有心叫听的人起坏主意。赛利才带着探问的神气瞅着纸厂老板，看他一声不响，只得小心回答："我不知道他忙些什么，反正他这种人不是在铅字架上发财的。"

印刷商拿出六大张教区的经文递给赛利才，说道："朋友，你明天校完，就有十八法郎进账。你瞧我们气量多大，让同行的监工挣钱！我们尽可让赛夏太太印《牧羊人历本》，把本钱赔得精光。你不妨告诉她一声，我们也在印这个册子，包管赶在她前面……"

赛利才为什么把历本排得这样慢，现在我们明白了。

夏娃听说戈安得破坏她可怜的小买卖，吓了一跳；赛利才假仁假义的报告同行的竞争，她还以为是忠心；可是不久发现她的独一无二的排字工形迹可疑，不能单用年轻人的好奇心来解释了。

有天早上她说：“赛利才，你常常站在门口等先生走过，想看他干些什么；你不赶紧排咱们的历本，反而在先生走出浇墨棍的工房的时候望着院子。这些行为都是不对的。你明明看见我是他的妻子，尚且尊重他的秘密；我不怕自己辛苦，让他安心工作。你要不浪费时间，历本早已完工，高布早已拿去发卖，不怕两个戈安得捣乱了。”

赛利才道：“哎唷！太太，我在这里每天拿四十铜子工钱，替你排的字值到一百铜子，还不够吗？晚上要没有戈安得弟兄的校样，我只好吃糠了。”

夏娃听着心里很难受，主要不是因为赛利才抱怨，而是他声调粗野，带着威吓的态度和恶狠狠的眼神。她说：“你年纪轻轻就没有良心，看你将来有出息吗？”

“跟的老板是个女流，当然不会有出息了，一个月的工钱还不一定能维持三十天。”

夏娃觉得女性的尊严受了伤害，气冲冲瞪了赛利才一眼，上楼了。大卫来吃饭，夏娃问道：“朋友，你对赛利才那小子信得过吗？”

他回答：“赛利才吗？他是我的徒弟，我一手教出来的，他替我念原稿，我安排他上铅字架，哪一样不是我提拔他的？你这话好比问一个做父亲的是否信得过他的孩子……”

夏娃告诉丈夫，赛利才帮戈安得弟兄看校样。

大卫好像师傅做错了事，不好意思，说道：“可怜的孩子！他也得活命啊。”

“对；可是朋友，你瞧瞧高布和赛利才的分别吧；高布每天赶七八十里路，只花十五到二十铜子，替我们把单张的印刷品卖到七八法郎，甚至九法郎，除掉开支，只问我要他一法郎的工钱。高布再苦也不会帮戈安得弟兄掌车；你扔在院子里的东西，哪怕有人许他一千银洋也不会瞧上一眼；赛利才却统统捡去，瞧个不停。”

心胸高尚的人总不大肯相信人家会作恶，会无情无义；只要受到残酷的教训才恍然大悟，知道人心败坏到什么田地；而且他们受了教训也只用宽大来表示他们的痛心。

所以大卫回答说：“哦！巴黎的孩子都免不了好奇。”

“好吧！朋友，我只请你上工场去查查你的小厮一个月来排的东西，告诉我是不是他在这一个月内不能完成咱们的历本……”

吃过晚饭，大卫查了一下，认为历本只消一个星期就应该排完；又听说戈安得弟兄也在印同样的历本，便来帮助老婆，叫高布不用再去兜售图片，工场的事都由大卫调度。他亲自拼了一版，让高布和玛利红两人印刷；自己和赛利才印另外一版，同时照管彩印的工作。每种颜色要分开印，四种不同的油墨要印四次。一份《牧羊人历本》要四道印工，成本自然很高，只有内地印刷所仗着人工不值钱，不需要计算资金的利息，才能生产。尽管是粗货，印精美图书的大厂却无法上手。从老赛夏退休之后，破旧的工场里第一次开动两架印刷车。夏娃的历本印得极好，却只能卖两生丁半，因为戈安得弟兄的批价是三生丁。夏娃发给货郎担的历书只收回成本，高布直接卖给用户的才有赚头；结果夏娃的买卖失败了。赛利才发觉自己在漂亮老板娘眼中犯了嫌疑，便打定主意跟她作对，私下想：“你疑心我，我非出气不可！”巴黎的顽童就是这种脾气。赛利才拿着人家有心多给的外快，每天晚上到戈安得办公室领校样，第二天早上送回去。他和两个戈安得的谈话一天天的多起来，混得挺熟；人家拿免除兵役引诱他，他觉得大有希望。大卫研究的东西和赛利才的刺探，用不着戈安得弟兄花钱收买，赛利才自动一言半语的漏出来。

夏娃眼看赛利才没法信托，又找不到第二个高布，心中忧急，决意把她独一无二的排字工歇掉。富于感情的女子眼光特别犀利，她看出赛利才是个奸细。没有人排字，印刷所只好停业，夏娃发了一个狠，写信给梅蒂维埃。他是巴黎的纸商，和大卫·赛夏，戈安得弟兄，以及本州所有造纸的人几乎都有往来。夏娃托他在巴黎的《书业公报》上登一条广告：“兹有印刷厂一所，设于安古兰末，营业发达；主人愿将机器连同执照出让。欲知详情，请向赛邦德街梅蒂维埃先生接洽。”

四、戈安得弟兄

两个戈安得看见报上登出那条广告，彼此商量道："这小女人倒还聪明，咱们要让她有些买卖维持下去，才能控制她的印刷所；不然的话，来一个厉害的对手盘下大卫的工场，咱们就监视不了啦。"

弟兄俩存着这个心思去跟大卫·赛夏谈判。两人先见到夏娃，也不隐瞒他们的计划，说是想请赛夏先生承包他们的印件：他们活儿太多，原有的机器忙不过来，甚至要到波尔多去招工人，他们保证大卫的三架车子不会闲着。夏娃看到她的计策很快就有效果，心里挺高兴。

赛利才进去报告大卫，有这两位同行来拜访。夏娃乘机对戈安得弟兄说："我丈夫在第多厂认识一些出色的工人，又老实又干练；他大概要在最好的工人里头挑一个来接手……把铺子出盘，两万法郎就有一千法郎利息，那不是比受你们欺压，每年蚀掉一千法郎强多吗？我们印历本只是挺可怜的小生意，也是我们一向做惯的，干吗你们要嫉妒呢？"

两兄弟中的一个，大家叫作长子戈安得的，挺客气的回答：

“哎！太太，为什么不早通知我们一声呢？那我们就不同你抢生意了。”

“得了吧，先生。你们听赛利才说我排印历本，你们才跟着印的。”

夏娃一边气愤愤的说，一边瞪着长子戈安得，戈安得不由得低下眼睛。这么一来，赛利才出卖主人的勾当被夏娃拿到了真凭实据。

这个戈安得名叫鲍尼法斯，专管造纸跟营业，在生意上比他的兄弟约翰精明得多。约翰管理印刷所很有本领，但才干只抵得一个上校，鲍尼法斯却是将军，约翰也愿意他哥哥当总司令。鲍尼法斯清瘦干瘪，脸上布满红斑，皮色黄黄的像教堂用的蜡烛，嘴巴老是抿紧，眼睛像猫一样，从来不发脾气，哪怕用最粗野的话骂他，他也赛过虔诚的教徒，若无其事的听着，回答的声音很软和。逢到望弥撒，忏悔，领圣体的日子，他无有不到。面上装作和颜悦色，近于懦弱，其实他的顽强的野心不下于教士，在生意上贪得无厌，既要利，又要名。中等阶级在一八三〇年革命中到手的种种好处，长子戈安得从一八二〇年起就想要了。心里痛恨贵族，也不关心宗教，他的虔诚正如波那帕脱加入山岳党，完全是投机。当着贵族和官府的面，他的腰背特别软，自然而然会弯下去，表示自己渺小，低微，殷勤。还有一个特点可以描写这个人物，做惯生意的人听着也更能体会其中的奥妙。他戴一副蓝眼镜隐蔽眼风，说是当地地势太高，阳光强烈，地面和白色建筑物上的反射太刺激，需要保护眼睛。他的身材只是比普通人略高一些，因为清瘦而显得很高，而清瘦又说明这个人工作繁忙，思想老在活动。一张假作善良的脸，长长的灰色头发紧贴在脑壳上，像教士的款式；七年来的装束始终是黑裤子，黑袜子，黑背心，栗色外套。大家为了分清两兄弟，管鲍尼法斯叫作长子戈安得，称他的兄弟胖子戈安得，这样的称呼也说明他们的身量和才干的差别——其实两人都是厉害角色。约翰·戈安得一身肥肉，心情开朗，面团团的像法兰德斯人；皮肤被安古莫阿地区的太阳晒成古铜色，身材矮小，挺着一个大肚子，好比堂·吉诃德的跟班桑丘·潘沙；嘴角上经常带着笑意，肩膀厚实，和他的哥哥正好是个鲜明的对比。约翰不仅长相和智力跟他哥哥不同，主张也不一样：他的言论近于进步党，属于中间偏左的一派，只有星期日才去望弥撒，同一般进步党的商人十分投机。乌莫镇上有些做买卖的说，两兄弟意见不一致是有心做出来的。长子戈安得很巧妙的利用兄弟表面上的朴实，拿他当棍子用。约翰惯说粗暴的话，使出不客气的手段，他哥哥天性宽厚，不喜欢用这套办法。约翰专做炮手，脾气急躁，提出的条件叫人没法接受；相形之下，他哥哥的建议温和多了。他们就是这样一搭一档的达到他们的目的。

女人自有女人的聪明，夏娃很快就看透两兄弟的性格，在两个厉害的对手面前格外小心。大卫从老婆嘴里知道了敌人的意思，听着他们的条件完全心不在焉。他走出装着玻璃格子的办公室，预备回到他的小实验室去，一面对两个戈安得说：

“你们同我女人谈吧，她对我的印刷所比我还清楚。我干的事业将来比这个小铺子有出息，你们给我受的损失也好借此弥补……”

胖子戈安得笑着问：“用什么方法呢？”

夏娃瞅着大卫要他小心。

大卫回答：“将来你们和所有用纸的人都少不了我。”

勃诺阿-鲍尼法斯·戈安得道："你在研究什么啊？"

鲍尼法斯声气柔和，话说得很含蓄。夏娃又朝丈夫瞅了一眼，要他置之不理或者说些不着边际的话。

"我要造出纸来，成本比现在降低一半……"

说完他走了，没看见两兄弟交换的眼风，他们的意思是说："这家伙准是个发明家；有这副气派的人绝不会闲着。"鲍尼法斯仿佛说："让咱们来利用他！"约翰好像问："怎么利用呢？"

赛夏太太道："大卫对你们像对我一样。只要我问长问短，他就觉得我的名字很犯忌[①]，老是对我说那句话，其实不过是个方案罢了。"

鲍尼法斯道："你丈夫的方案成功了，发财当然比做印刷生意快，怪不得他不在乎铺子。"他说着掉过头去望望空荡荡的工场，只见高布坐在一块木板上拿蒜头涂着面包[②]。"不过这印刷所落在一个勤谨，干练，有野心的同行手中，对我们也不大合适。或许咱们能商量一个解决的办法。要是你愿意，不妨把机器租给我们厂里的一个工人，由他顶着你们的名替我们干活，像巴黎那种办法。我们给他的工作，尽够他付你们一笔可观的租金，还有些小小的利润……"

夏娃道："那要看租金的数目了，你们愿意出多少呢？"她望着鲍尼法斯的神气表示她完全懂得对方的计划。

约翰·戈安得抢着说："你想要多少呢？"

夏娃道："三千法郎租半年。"

鲍尼法斯声音怪软和的回答："嗳，亲爱的太太，你刚才说

①指夏娃引诱亚当吃禁果的基督教传说。

②穷人往往只有蒜头做饭菜。

的你的印刷所预备卖两万法郎。两万法郎的利息，照六厘算也不过一千二。”

夏娃愣了一愣，她这才觉得做买卖说话要多么谨慎。

她道：“你们亲眼看到，我靠着机器和铅字还能做些小生意，现在要让给你们使用了；赛夏老先生也没有白送我们礼物，我们要付他房租呢。”

争论了两小时，夏娃争到两千法郎半年，先付一千。条件都讲妥了，两兄弟告诉夏娃，他们的意思是叫赛利才承租。夏娃不免表示诧异。

胖子戈安得道：“交给一个熟悉场子的人不是更好吗？”

夏娃一声不出，送走了两兄弟，决心亲自监视赛利才。

吃晚饭的时候，夏娃拿文件交给丈夫签字，大卫笑道：“敌人进了堡垒啦！”

夏娃道：“不怕！高布和玛利红两人赤胆忠心，我都信得过；他们俩一定会小心看守。27里那套机器本来要赔钱，现在有四千法郎收入；你的计划要成功，我看还得等上一年！”

大卫温柔的握着夏娃的手，说道：“你真是个发明家的妻子，当初你在水闸旁边说的话一点不错。”

大卫夫妻俩有了过冬的生活费，却从此受着赛利才监视，还不知不觉受着长子戈安得支配。

管纸厂的哥哥走出去对专管印刷的兄弟说：“这一下可把他们抓住了！将来这些可怜虫拿惯了印刷所的租金，一心指望这笔进款，准会背债。六个月之后咱们不续订合同，看这个天才葫芦里卖的什么药；那时趁他为难，咱们提议和他合作，把他的发明拿来共同经营。”

如果有个精明的商人看见长子戈安得说出合作两字的表情，准会感到男女结亲还不及生意上的合伙来得危险。鸟兽被这些凶狠的猎人追踪，形势已经不妙了；大卫夫妻俩靠着高布和玛利红的帮助，是否能抵抗鲍尼法斯·戈安得的奸计呢？

五、第一声霹雳

临到赛夏太太分娩的时节，吕西安寄来五百法郎，加上赛利才付的第二期租金，各项开销有了着落。大卫·赛夏，夏娃和她母亲，都以为吕西安把他们忘了，收到款子不由得欢天喜地，像听到诗人初期的成功一样；吕西安登在报上的头几篇文章，在安古兰末比在巴黎更轰动。

大卫只道太平无事，放心了，谁知舅子来了一封无情的信，他看着大为震动。

亲爱的大卫，我用你的签名出了三张本票，写我的抬头，向梅蒂维埃支了三千法郎，一张是一个月期的，其余是两个月三个月的。这件事一定使你很为难，无奈在借债和自杀之间，我只能采取这个不名誉的手段。我的窘况以后再谈；票子到期的时候我想法把款子汇给你。

信阅后即毁，在母亲和妹子面前只字勿提。我素来知道你的牺牲精神，想你这一次也不例外。

你的绝望的弟弟　吕西安·特·吕庞泼莱

夏娃生产过后才起床，丈夫和她说："你可怜的哥哥穷得一筹莫展，我寄去三张一千法郎的期票，一个月的，两个月的，三个月的。你替我记在账上。"

说完唯恐老婆盘问，出门往田野去了。夏娃六个月没有哥哥的信息，早就牵肠挂肚；当下同母亲两个把大卫那句凶多吉少的话揣摩了一会，觉得形势恶劣，她情急智生，想出一个破除疑虑的办法。特·拉斯蒂涅先生的儿子正回家小住，提到吕西安，说话很难听；那些巴黎新闻，以及传说的人的议论，被吕西安的母亲和妹子听到了。夏娃就去拜访特·拉斯蒂涅老太太，请她介绍，见到她的儿子，说出自己的忧虑，希望知道吕西安在巴黎的实在情形。她哥哥同高拉莉的关系，为了出卖大丹士的嫌疑和米希尔·克雷斯蒂安决斗，还有种种生活方面的细节，夏娃一下子全知道了；那些事情在一个俏皮的花花公子说来，显得更不堪。拉斯蒂涅把他的怨恨和嫉妒披上同情的外衣，假作关心同乡，替大人物的前途担忧。他真心佩服安古兰末的子弟有这种才干，可惜吕西安自暴自弃。他谈到吕西安的错误，失掉有权有势的靠山，叫人把准许改姓和使用吕庞泼莱纹章的上谕撕掉了。

"太太，要是令兄有人好好点拨，今天早已坐享荣华，做了特·巴日东太太的丈夫……谁知他不但把她丢了，还侮辱她！她只得抱着一肚子委屈嫁给西克施德·杜·夏德莱伯爵，其实她心里才爱吕西安呢。"

赛夏太太道："真的吗？……"

"你哥哥好比一只初生的鹰，最初几道豪华和荣誉的光彩把他照得眼花缭乱，什么都看不清了。老鹰一个跟头栽下来，谁知道栽到哪儿为止？大人物总是爬得越高，摔得越重。"

夏娃听着最后一句好像心上中了一箭，回去只是心惊胆战。她精神上最经不起打击的地方受了伤，在家一声不出，好几次抱着孩子喂奶，眼泪掉在孩子的脸上和脑门上。对自己人的幻想是家族观念的产物，也是与生俱来，极不容易放弃的；因此夏娃不相信欧也纳·特·拉斯蒂涅，而要打听一个真正的朋友。吕西安钦佩小团体的时候给过她大丹士的地址；她便写了一封动人的信去，大丹士回了一封信来：

太太，你向我探听令兄在巴黎的生活，想知道他前途如何；你为了要我说实话，还转述特·拉斯蒂涅先生告诉你的许多事，问我是否确实。太太，与我有关的部分，我不能不代吕西安洗刷，纠正特·拉斯蒂涅先生的话。当时令兄感到内疚，给我看他批评我作品的稿子，说他不能决定是否送去发表，虽然不听从党派的命令必然要伤害一个他心爱的人。一个作家既自命为要表达情欲，势必能体会别人的情欲，所以我懂得在情妇与朋友之间，只能牺牲朋友。令兄犯的罪过，我是给了他方便的，亲自把他扼杀作品的评论修改了一番，而且我对评论完全同意。你问我是否还尊重吕西安，当他朋友。这可不容易回答了。令兄走的是绝路。眼前我还代他惋惜，不久我就只想忘掉他了，主要不是为他过去的行动，而是因为他以后还会有这样的行动。吕西安是富于诗意的人，可不是诗人；他只管做梦，不肯思考，只忙乱，不创造。总而言之，允许我说一句，他是个没有丈夫气的男人，犯了法国人最大的毛病：喜欢卖弄。吕西安只要能炫耀聪明，痛快一下，永远会牺牲他最知己的朋友。倘使能过几年奢华糜烂的生活，将来他很可能同魔鬼订卖身契。他不是做过比这个更糟糕的事吗?不是和一个女演员公开同居,拿他的前程换取暂时的快活吗?现在那女人的年轻、美貌、忠诚——因为她的确爱吕西安——使吕西安看不见他处境的危险,看不见那种生活方式得不到社会的原谅,不论你有多大声名,多大财产。不幸他每次遇到新的诱惑,都会像今天一样只图一时的快乐。你放心,吕西安永远不至于犯罪,他没有这胆量;可是他能接受人家已经犯下的罪,从中分肥而不分担危险:这种行为是人人痛恨的,便是坏蛋也认为可耻的。他也要瞧不起自己,也要后悔不已,可是一有需要,照样再来;因为他缺少意志,遇到色情的诱惑,要满足什么小小的野心,就没有力量克制。他跟富于诗意的人一样懒惰,以为不去克服困难而回避困难是表示他聪明乖巧。他时而勇敢,时而胆怯;你既不必佩服他的勇敢,也不必责备他的胆怯;吕西安赛过一架竖琴,琴弦的松紧随着气候的变化而定。一怒之下或者得意之下,他能写出一部优美的作品,不在乎名声,事先他可是极盼望名声的。他初到巴黎便受着一个青年控制,那人毫无品德,只是在不容易立足的文坛上有经验,有手段,叫吕西安看着出神。那魔术师把吕西安完全迷住了,引诱他过着有失体统的生活,不幸那生活又染上一些爱情的光彩,使他沉湎不返。轻易佩服人是性格软弱的表现,我们不能对一个走绳索的和一个诗人等量齐观。我们劝吕西安接受战斗,不要用投机取巧的方法猎取声名,劝他正式跳上擂台,不要混在乐队里当吹鼓手。他瞧不起朋友们的勇气和节操,偏偏赏识文坛上的弄神捣鬼,招摇撞骗的勾当;我们为之都很愤慨。太太,一般人都有个怪脾气,对这等性格的青年特别宽容，还喜欢他们；看他们表面上有些才能和虚假的光彩，信以为真；对他们毫无要求，原谅他们所有的过失，只看见他们的长处，把人品完整的人应享的利益给他们，尽量的宠他们。反过来，大众对品性坚强而完整的人倒是严厉无比。这种世道好像极不公平，说不定也有深意在内。社会只拿小丑取乐，没有其他的要求，一转眼就把他们忘了；不比看到一个器局伟大的人，一定要他超凡入圣才肯向他下跪。各有各的规律：历久不磨的钻石不能有一点儿瑕疵，一时流行的出品不妨单薄，古怪，浮而不实。所以，吕西安尽管一错再错，仍旧能飞黄腾达，只消能利用好机会，或者交上一般上等人；不过万一撞在一个恶魔手中，他非堕入十八层地狱不可。他这个人好比许多优美的东西缝在一块质地脆弱的料子上，年代一久，鲜艳的色彩褪尽了，只剩底下的料子，要是质地太差，那就成了一堆破烂的布条儿。只要吕西安还年轻，不怕没人欢迎，可是到了三十岁又是什么局面呢？真正爱护他的人不能不想到这个问题。如果只有我一个人对吕西安有此想法，我也不敢直言不讳，使你听了伤心，无奈你的来信语气那么沉痛，问题提得那么迫切，我若客套一番，敷衍了事的回答，既对不起你，也对不起我自己，因为你太看重我了；并且我朋友中认识吕西安的人都和我意见一致，因此我觉得说出真相是我责任所在，不管那真相多么可怕。在好坏两方面，吕西安都样样做得出。这话可以概括我们大家的感想和这封信的内容。现在他朝不保夕，苦不堪言；倘若生活的颠簸把这个诗人送回到你身边来，希望你利用你对他的影响，留他在家；在他立志不坚的时期，巴黎对他始终是个危险的地方。他常说你们夫妇俩是他的护身神，大概他过去把你们忘了；等到他受着狂风暴雨的打击，除了老家没处栖身的时候，他一定会想起你们；那时，太太，你还得一片热情的对他，那是他需要的。

太太，我素来钦佩你的才德，也尊重你的慈母般的忧虑，不能不向你表示我真诚的敬意。

你的忠实的仆人　大丹士

看了这封信以后两天，夏娃奶水枯了，只得雇一个奶妈。她一向把哥哥当作神道一般，怎想到他糟蹋了大好才华去做坏事；在夏娃眼中，吕西安是陷入泥坑了。内地的冷角落里还有些清白的人家保存旧传统的光辉，这个高尚的姑娘最重诚实，廉耻，以及家庭中培养出来的一切做人之道，绝对不肯妥协。她心上想，原来大卫竟有先见之明。爱情浓厚的夫妻本可以平心静气，无话不谈；夏娃把心中的悲痛，使她雪白的脑门变得灰溜溜的伤心事儿告诉丈夫，丈夫说了许多安慰她的话。夏娃痛苦之极，丰满的乳房长不出奶水，又为了不能尽为娘的责任而发急，大卫眼泪汪汪的瞧着她，一面安她的心，给她希望。

“孩子，你哥哥立身不正是因为幻想太多。诗人渴望荣誉也不足为奇，只是追求快乐太性急了。他好比一只鸟，很天真的受着五光十色的繁华世界的骗，社会指责他的罪过，上帝会饶赦他的！”

可怜的女人嚷道：“可是他把我们害苦了！……”

“现在他害了我们，几个月之前寄回他的第一笔稿费，救了我们！”大卫知道老婆说的是气话，不免过火，不久仍会对吕西安回心转意。“差不多五十年前，迈尔西埃在《巴黎景象》中说过，文学，诗歌，科学，一切脑力活动的产物永远养不活人。吕西安凭着他的诗人气质不相信五个世纪的经验。用墨水灌溉的庄稼，即使能收割，也得在播种以后等上十年十二年；吕西安却把青草当作五谷。不过至少他懂得了人生。他上过一个女人的当，少不得还要受上流社会的骗，相信虚假的友谊。他的经验付的代价太高了，别的也没有什么。咱们的老祖宗说的好：只要子弟回家耳朵不聋，保持清白，也就行了……”

可怜的夏娃叫道：“清白！……吕西安哪一桩行为不是违反道德的？……昧着良心写文章！攻击他最好的朋友！……拿女戏子的钱！……和她同出同进！把我们搜刮得一文不剩！……”

“噢！这不算什么……”

大卫赶紧停住，差点儿泄漏舅子假造本票的秘密；夏娃发觉他有话不说，隐隐然感到不安。

她说：“怎么不算什么？咱们哪儿去张罗三千法郎来还人家？”

大卫说：“第一咱们要跟赛利才续订印刷所的租约。这半年他替戈安得做的活儿分到百分之十五的好处，一共有六百法郎，印零件又挣了五百。”

夏娃说：“这件事给戈安得弟兄知道了，也许不会再订合同，他们要忌惮赛利才，因为他不是东西。”

大卫说：“没关系！再过几天咱们就发财啦！吕西安有了钱一定是个正人君子……”

“噢！大卫，亲爱的朋友，你这是什么话啊！难道吕西安穷了就不能不做坏事吗？你对他的看法和大丹士先生完全一样！软弱的性格不可能出人头地，而吕西安便是软弱的……一个经不起诱惑的天使算什么呢？……”

“唉！他这种人要有特殊的环境，特殊的天地，才能显出他的美。吕西安天生不宜于斗争，我叫他不需要斗争就是了。我马上要成功了，忍不住要把我成功的方法告诉你听。你瞧！”大卫从袋里掏出几张八开大的白纸，好不得意的扬了一扬，放在他女人膝盖上。

六、造纸业一瞥

他要夏娃上手试试样品，夏娃诧异的神气像小孩儿。大卫说："这样的纸，大葡萄尺寸的①造价每令不超过五法郎。"

夏娃说："这些试验怎么做的？"

大卫说："用玛利红的一只旧棕筛做的。"

夏娃问："你还不满意吗？"

"关键不在于制造，而在于纸浆的成本。唉！孩子，不少人走过这条艰难的路，我是最后一批了。早在一七九四年，玛松太太试验用字纸做成白纸，试验是成功了，可是成本浩大！一八〇〇年英国的特·骚斯伯利侯爵，一八〇一年法国的塞更，同时尝试用干草造纸。你手里这几张用的是咱们最普通的芦苇。我还想用荨麻和蓟草来做。要原料便宜，必须找一些出在沼泽区和土壤不好的地方的植物，那就不值钱了。整个秘诀在于怎样用那些草料做成纸浆。现在我的方法还不够简单。尽管事情很难，我有把握使法国的造纸技术和我们的文学同样领先一步，成为我们的专

①65×59公分。法国纸张名称详见《幻灭（上）》注释。

利，像英国人的钢铁，煤炭和家用陶器一样。我要做一个造纸业中的雅卡[①]。”

夏娃站起身子，被大卫的朴实的态度感动了，兴奋之下，张开手臂抱着大卫，把头倒在他的肩膀上。

大卫说：“你这样对我，仿佛我已经成功了。”

夏娃仰起头来望着大卫，漂亮的脸上淌满眼泪，一时竟没法开口。

“我不是拥抱天才，是拥抱一个安慰我的人！”她说，“一颗星掉下去了，一颗星正在升起来。哥哥的堕落使我心酸，你却给我看到丈夫的伟大……是的，将来你一定和葛朗陶日，罗凡，梵·劳贝，替我们培养茜草的波斯人[②]，还有你和我提到的那些人一样伟大，他们改良一种工业，做了有益人类而并不显赫的事，至今默默无闻。”

鲍尼法斯·戈安得和赛利才在桑树广场上来回走着，望见窗纱上映着夫妇俩的影子，说道：“这个时候他们在干什么？……”赛利才负责监视老东家的行动，长子戈安得每天半夜里都要来跟赛利才谈一谈。

赛利才道：“大概他拿白天做的纸给女人看。”

纸厂老板问：“用的是什么原料呢？”

赛利才回答：“猜不出来。我在屋顶上开了一个窟窿，昨天

---

①法国人雅卡（1752—1834）曾发明一种纺织机，至今尚在使用。

②十六世纪葛朗陶日祖孙三代发明并改进在布上织出花草的图样。罗凡于1549年发明在河上编筏运木。劳贝办的织布厂出品超过法兰德斯。十八世纪定居法国的波斯人阿登（1709—1774）在法国播种茜草，成为主要染料之一。

夜里爬上去，看见傻瓜用铜盆煮纸浆，堆在一边的原料，看来看去看不出是什么东西，只能说像苎麻一类……”

鲍尼法斯声音很婉转的对他的奸细说：“到此为止吧，再进一步就不老实了！……赛夏太太快要叫你续订印刷所的合同，你回答她想自己开店，愿意出半价买下她的执照跟机器，要是她答应了，马上通知我。不管怎么样，你得尽量拖日子……他们没有钱了。”

赛利才道：“一个子儿都没有了。”

长子戈安得应声说了句：“一个子儿都没有了。”心上想：“这一下可逃不出我手掌啦。”

梅蒂维埃字号除了经营纸张以外，戈安得弟兄的铺子除了造纸和印刷以外，都兼做放款而不领执照。在巴黎领一张银钱业的执照要花五百法郎，税务机关还没想出办法来控制商业，逼那些私做银钱生意的人领执照。戈安得弟兄和梅蒂维埃，虽然用交易所的行话来说，是地下银行家，在巴黎，波尔多，安古兰末的市面上，每季也有几十万往来。那天晚上，吕西安伪造的三千法郎票据正好从巴黎转到戈安得弟兄手里，鲍尼法斯立刻利用这笔债务，想出一条毒计来害那个耐性而可怜的发明家，但看下文就知道。

七、介绍一般的内地诉讼代理人，尤其是柏蒂－格劳

下一天早上七点，鲍尼法斯沿着他纸厂的引水道踱来踱去；纸厂规模很大，水声使人听不见说话的声音。他等着一个二十九岁的诉讼代理人，六星期前才在安古兰末的初级法院登记，名叫比哀·柏蒂－格劳。

年轻的代理人被有钱的厂商约去谈话，当然不敢失约。长子戈安得同他打了招呼，问道：

“你在安古兰末念中学可是和大卫·赛夏同一个时期？”

“是的，先生。”柏蒂－格劳说着，凑着长子戈安得调整步伐。

“近来有来往吗？”

“他回来之后，我们至多碰上两回。这也是必然的，平时我不在事务所就在法院；星期天和节日又得用功，想法进修，我是样样要靠自己的……”

长子戈安得点点头。

“我们见了面，大卫问起我的情形。我说我在博济哀念完法

律，在奥利凡先生手下当首席帮办，希望有一天能盘进他的事务所……我跟吕西安·夏同比较熟，现在他改称吕庞泼莱，勾上了特·巴日东太太，变了大诗人，跟大卫·赛夏是郎舅。”

戈安得道：“你何妨去看看大卫，说你当了诉讼代理人，有事的话可以替他出力。”

年轻的代理人回答：“那使不得。”

“他从来没打过官司，没有相熟的代理人，为什么使不得？”长子戈安得回答，他借着绿眼镜做隐蔽，打量柏蒂-格劳。

比哀·柏蒂-格劳是乌莫镇上一个裁缝的儿子，过去受同学们轻视，心底里憋着一股怨气。不干不净，乌七八糟的面色，说明他害着长期的病，生活艰苦，睡眠不足，几乎经常心绪恶劣。用俗话来说，两句话就可以形容这个汉子，叫作又强横又尖刻。破嗓子同他生硬的脸色，憔悴的神气，说不出颜色的喜鹊眼，正好配合。据拿破仑的观察，喜鹊眼绝不是老实人的相貌。他在圣·赫勒拿岛和拉斯-卡斯提到他的一个心腹，偷了他的钱被他赶走了，说道：“你瞧某人，明明是喜鹊眼，不知怎么我会长时间相信他的。”长子戈安得把那清瘦的起码代理人细细端详了一番，只见他一脸麻子，几根稀剌剌的头发，额角和头顶已经分不清界限，手插在腰里拿腔作势，不由得想道：“我止用得着这样的人。”柏蒂-格劳受尽轻侮，心里急煎煎的只想向上爬，虽然没有产业，胆敢出三万法郎盘进东家的事务所，指望攀一门亲事来拔清这笔债；并且按照惯例，他相信老东家会代他物色一个老婆，因为前任为自己着想，应当帮后任娶亲，保证他收回出盘事务所的代价。不过柏蒂-格劳最相信的还是他自己；他有些长处，在内地的确高人一等，而他主要的力量还是从怨恨来的。一个人越恨，干起事来越有劲。

巴黎的诉讼代理人和内地的诉讼代理人大有分别。长子戈安得太精明了，看见这些起码代理人受着卑鄙的欲望支配，哪有不利用之理？高明的诉讼代理人在巴黎为数不少，都有点儿外交家的本领；他们业务忙，收入多，案子牵涉的范围广，用不着把诉讼程序当作生财之道。作为攻击的武器也罢，作为防守的武器也罢，诉讼程序对于巴黎的代理人不再像从前那样是个赚钱的项目。相反，凡是巴黎的事务所认为无足轻重的小事，内地的代理人用来大做文章，利用规定的手续，消耗许多贴印花税的纸张，左一个文件，右一个文件，大宗费用都开在当事人的账上。内地的诉讼代理人注意这些无聊的细节，当作一宗收入，不比巴黎的诉讼代理人只重视公费。公费是当事人在讼费之外付给代理人的酬劳，不管替他办案子的手段是高是低。讼费一半是国库的收入，公费是代理人独得的进款。老实说，当事人付的公费，跟一个有本事的代理人所要求而应得的酬报，难得相称。巴黎的诉讼代理人、医生、律师，好比交际花同一个临时情人打交道，最不相信当事人会知恩感德。官司未打以前和结束以后，当事人的两副面孔值得梅索尼埃[①]画两幅精彩的风俗画，拿公费的诉讼代理人见了包管叫好。巴黎和内地的代理人还有一点不同。巴黎的代理人难得辩护，遇到紧急申请的状子才偶尔出庭。可是一八二二年，大多数的州府律师很少（过后却大批涌现），诉讼代理人都兼做律师，出庭辩诉。担任这个双重的角色势必有双重的工作，使内地的代理人在思想上沾染了律师的毛病，而并不减

①法国画家梅索尼埃（1815—1891），长于风俗画及战争场面。

轻诉讼代理人的重担。内地代理人因此说话很多，丧失了办案子必不可少的冷静的判断。这样一分化，一个高手往往变作两个庸人。在巴黎，代理人不出庭发言浪费精神，不大替当事人主张是非，尽可保持正确的见解。他即使用法律做战术，利用判例中的矛盾做武器，想法打赢官司，他对案子的看法还是照旧。总括一句，思想麻醉人的力量远不如言语那么强。一个人话说多了，会对自己的话信以为真。其实我们尽可以行动与思想抵触，而不歪曲思想，尽可使理屈的案子胜诉，而不必像辩护律师那样坚持理直。因此，老资格的巴黎代理人可以比老资格的律师成为更好的法官。可见内地代理人的庸碌无能，原因不止一端：他同当事人的琐碎无聊的欲望打成一片，办的多半是小案子，平时靠讼费过活，滥用诉讼法，还要亲自出庭辩护！总而言之，他的弱点有一大堆。万一在内地遇到一个杰出的代理人，那必是了不起的人物！

柏蒂-格劳回答说："先生，我本以为你约我来有事商量。"他为了表示话中带刺，朝戈安得的莫测高深的眼镜望了望。

"咱们不用拐弯抹角。你听着……"鲍尼法斯·戈安得暗示有许多机密话要说，过去坐在一条凳上，要柏蒂-格劳一同坐下。

他凑着代理人的耳朵轻轻说道："一八〇四年，杜·奥多阿先生到华朗斯去当领事，经过安古兰末，认识了特·塞农希太太，那时还叫作柴斐莉纳小姐，和她生了一个女孩子……"戈安得看见柏蒂-格劳身子一震，接着说："是的，柴斐莉纳小姐偷偷的生了孩子，赶快和特·塞农希先生结婚。女儿寄在乡下，托我母亲抚养。特·塞农希太太照例做了孩子的干妈，照顾孩子，那就是法朗梭阿士·特·拉海小姐。我母亲是柴斐莉纳小姐的祖母特·卡大南太太的佃户，因为她知道卡大南和塞农希家大房的独一无二的女承继人的底细，杜·奥多阿先生给女儿的一笔小款子托我负责调度。一万法郎如今变了三万，我也靠着那一万法郎挣起家业来。将来特·塞农希太太会替干女儿置办出嫁的衣服被褥，银器，家具。小伙子，我能帮你娶到那姑娘。”戈安得在柏蒂-格劳膝上拍了一下，“你和法朗梭阿士·特·拉海一结婚，安古兰末的大部分贵族就是你的主顾。这门高攀的亲事可以使你前程远大……诉讼代理人兼律师的身份大概够得上了，他们的要求不过如此，我知道。”

柏蒂-格劳来不及的问道：“那么该怎么办呢？……你的诉讼代理人向来是卡乡先生……”

长子戈安得很有含蓄的说道：“就因为此，我不能突然撇开卡乡来请教你，那要等将来再说。朋友，你问我该怎么办吗？嗳，你去把大卫·赛夏的案子接下来。那穷光蛋有三千法郎期票在我们手里，决计付不出来；你帮他挡住官司，想法叫他背上一大笔讼费……你不用怕，放手干下去，尽管横生枝节。我托我的执达员杜布隆进行控诉[①]，杜布隆由卡乡调度，绝不手下留情……明人不需细说。你的意思怎么样，小伙子？……”

他意味深长的停了一会，两人你望着我，我望着你。

戈安得又道：“你只做咱们俩从来没见过面，我什么也没告诉你，有关杜·奥多阿先生，特·塞农希太太，特·拉海小姐的事，你一点都不知道。两个月之内，时机成熟了，你向那位小姐求婚。咱们要见面，夜晚到这儿来。千万不能写信。”

“那么你是要毁掉赛夏了？”柏蒂-格劳问。

①法国的执达员除了代法院向当事人送达公事以外，也可接受当事人委托，代办追偿债务等等的诉讼。

“不能说毁掉，只是要他在监狱里住几天……”

“什么目的呢？”

“你当我傻瓜，会告诉你吗？你要有那点儿聪明猜得出，就该有那点儿聪明免开尊口。”

“赛夏老头可有钱呢。”柏蒂-格劳说，他已经明白鲍尼法斯的意思，觉得事情还有一些阻碍。

“老头儿只要活着，绝不给儿子一个钱；并且退休的印刷所老板还不预备叫人印他的讣闻呢……”

柏蒂-格劳马上打定主意，说道：“行，就这样吧！我不要你给我保证，我是诉讼代理人，受了骗会向你算账的。”

戈安得和柏蒂-格劳作别，私下想：“这小子将来一定大有发展。”

八、给付不出款子的出票人义务上一课

他们谈过话以后第二天，四月三十日，戈安得兄弟合营公司派人带着吕西安冒名代签的三张本票中的第一张去收款。不幸票子送在可怜的赛夏太太手里，她认出丈夫的签字是吕西安的笔迹，便唤丈夫过来，劈面问道："你没有签这张票据吧？……"

他说："没有！你哥哥等不及，代我签了……"

夏娃把票子还给戈安得铺子的收账员，说道："我们付不出。"

她觉得要晕过去了，上楼回到卧房，大卫跟着她一同进去。

夏娃有气无力的说道："朋友，赶快去见两位戈安得先生，他们不会对你不客气；你要求他们宽限一下；再提一句，赛利才续订租约的时候，反正他们要付你一千法郎。"

大卫马上去见敌人。印刷监工尽可以做老板，印刷专家却不一定是精明的商人。大卫不大懂得生意上的门道，他心儿乱跳，喉咙抽搐，向长子戈安得结结巴巴的道了歉，说明来意。对方回答："这件事跟我们不相干，票子是梅蒂维埃给我们的，梅蒂维埃自会和我们清算。请你和梅蒂维埃先生接洽吧。"几句话说得大

卫哑口无言。

夏娃听见这个答复，说道："只要票子退给梅蒂维埃先生，咱们就不用担心了。"

下一天，代表戈安得兄弟合营公司的执达员，维克多-安日-埃梅奈奚特·杜布隆，下午两点，正当桑树广场上最热闹的时候，跑来立了拒付证书[1]；虽然他很体贴，躲在大卫家走道门口同玛利红和高布两人说话，退票的消息当晚在安古兰末的生意场中照样传开去了。长子戈安得嘱咐杜布隆千万顾着对方体面，可是夏娃和大卫付不出款子，难道靠着杜布隆虚情假意的做作，就好在生意场中不受耻笑吗？那真是天晓得了！写到这里，作者的话再多，听的人也只会嫌少。下面一段解释，一百个读者准有九十个听得津津有味，当作怪有趣的新闻。"应当人人知道的法律，我们偏偏知道得最少！"这句至理名言在此又证实了一次。

银钱业的各种业务都有一套经营的方法，单单挑出其中一项来好好描写，绝大多数的法国人就会觉得像读一章外国游记一样有趣。在甲地开店营业的商人，开一张本票给一个居住乙地的人，例如大卫要帮助吕西安而出的本票，那票子的性质便不同于当地商人为了做交易而出的普通票据，而是和寄往外埠的汇票差不多。梅蒂维埃拿着吕西安的三张本票，只能寄给和他有往来的戈安得铺子去兑现。这样一来，吕西安先受到一笔损失，除了贴现的利息，每张票子要另加百分之几的费用，名目叫当地的汇水。而那些票据也得按照银行规矩办理了。你们万万想不到，威

---

①按照法国民法规定，凡债务人不能偿付到期的票据，必须由执达员或公证人当着债务人的面立一个文件，叫作拒付证书，有了这个文件，债权人才能向法院控诉。

风十足的债权人一朝兼有银行家的身份，能够把债务人的处境改变到什么地步。在银行界（这三个字的分量不知你们能不能彻底领会？），只消一张从巴黎转到安古兰末的票子没法兑现，银行与银行之间就得立一张文书，法律上叫作退票清单。且不提谐音的笑话[1]，这张清单内容离奇，无论哪个小说家都造不出来，便是在舞台上以刁钻闻名的玛斯卡利玩的手法也不过如此；可是商法上确有一条规定，允许人这么做。你们看了下面的说明，便知道好厉害的合法二字隐藏着多少狠毒的把戏！

杜布隆把拒付证书向主管部门登记完毕，亲自送给戈安得弟兄。杜布隆和安古兰末这两个银钱老虎素有往来，放给他们六个月期的款子，长子戈安得有本领拖到一年，每个月问一声小老虎：“杜布隆，你可要用钱？”事情还不止这一点！杜布隆给这家资力雄厚的商号一个回扣，让他们在每份文书上赚一笔钱，数目微乎其微，不过是每份拒付证书抽一法郎五十生丁！……当下长子戈安得消消停停在书桌前面坐下，拿起一小张贴好三十五生丁印花的纸，一边跟杜布隆闲扯，打听当地一般生意人的底细。

“喂，怎么样，你对小迦纳拉满意不满意？……”

“他做得不错。运输生意……”

“他不是有些麻烦的事吗？听说他女人叫他花了很多钱……”

“叫他花钱？……”杜布隆带着冷笑的神气说。

银钱老虎在纸上划好格子，用圆体字写了一个令人触目惊心的标题，开出一篇账来。（我们引用的是真实文件，务请注意！）

①原文中的账单或清单（compte）与寓言或小说（conte）读音完全一样。

退票清单及费用

兹有期票一纸，票面一千法郎整，出票人大卫·赛夏，一八二二年二月十日立于安古兰末；持票人吕西安·夏同，又称特·吕庞泼莱。该票由吕西安·夏同转让与梅蒂维埃，又由梅蒂维埃转让与本公司。出票人于本年四月三十日到期不付，已由执达员杜布隆于一八二二年五月一日出立拒付证书。

本金	1000
拒付证书费	12.35
手续费0.5%	5.00
经纪人佣金0.25%	2.50
退汇汇票及本清单印花	1.35
利息及邮费	3.00
以上共计	1024.20
上款应另加本地汇水1.25%	13.25
合计	1037.45

上款一千零三十七法郎四十五生丁整，本公司另开退汇汇票一纸，委托乌莫镇迦纳拉先生向巴黎赛邦德街梅蒂维埃先生收取。

安古兰末，一八二二年五月二日

戈安得兄弟合营公司

长子戈安得一边和杜布隆谈谈说说，一边像老公事一般写好清单，在清单下面又批了一行：

证明人安古兰末乌莫镇药剂师卜斯丹，运输商迦纳拉，兹特证明本地与巴黎之间的汇水确系百分之一点二五。

证明人……

……

安古兰末，一八二二年五月三日

“杜布隆，劳驾你上卜斯丹和迦纳拉那儿走一遭，请他们在批语底下签个字，明儿早上送还给我。”

杜布隆走了，他把事情看得稀松平常，这套折磨人的手续在他是太熟悉了。拒付证书像在巴黎一样装着封套送交债务人，安古兰末的人却照样知道可怜的赛夏情形不妙。他的没精打采的作风引起不知多少批评。有的说他事情弄糟是为了溺爱老婆，有的说他对舅子太好了。从这些前提出发，还有什么好听的话？是啊，一个人万万不能顾着家属的利益！赛夏老头对儿子狠心是有道理的，值得佩服！

凡是出立票据而由于某种理由忘了守信的读者，不妨留意一下，看看银行家用哪一些合法的手段在十分钟内使一千本金多出二十八法郎收入。

退票清单上确凿有据，无可争辩的只有第一个项目。

第二项包括国库和执达员的收入。国库供给印花税票，把债务人的伤心事登记入册，收进六法郎。既然政府有收益，这个陋规就会长期存在！并且上面说过，因为杜布隆给人回扣，银行家在这个项目上还有一法郎五十生丁的好处。

第三项，百分之〇点五的手续费另有一个巧妙的理由做根据：应收的款子没有收回，在银钱业中等于另外做了一笔贴现。事实虽是相反，没有收进一千法郎和付出一千法郎，性质的确很相近。做过贴现的人都知道，银行家除了收你法定的六厘利率之外，还用一个小小的名目，叫作手续费，另抽百分之几。那是他有本领放款而额外得到的利益。总之，银行家越会赚钱，越问你要钱。我们最好向傻子去做贴现，可以减少一些花费。可是银钱业中哪里会有傻子呢？……

法律规定，银行家必须请汇兑经纪人证明汇率，遇到没有交易所的小地方，只能由两个商人抵充汇兑经纪人。经纪人应得的佣金规定为退票金额的百分之〇点二五。按照习惯说来，这佣金是付给代替经纪人的商人的，事实上银行家干脆放进自己的钱柜。因为这样，漂亮的账上才有第三个项目[①]。

第四项包括两笔费用，一是贴着印花税的那一小方纸的纸价，就是开清单用的那张纸；二是退汇汇票上贴的印花。所谓退汇汇票完全是巧立名目，其实只是银行家开给同行的一张追索欠款的条子。

第五项包括信件的邮费，以及银行家在款子未收回以前应得的法定利息。

最后一项汇水原在银行的业务范围以内，也是本地人向外埠收款时必须照付的费用。

这篇账清理之下，好比拉布朗希唱的那不勒斯民歌，其中有个角色叫作包利希奈，算起账来十五加五老是变二十二！卜斯丹

①上文已经提到第三个项目，此处应是第四项；以下第四第五应是第五第六。作者把数字弄错了。

和迦纳拉两人的签字明明是卖情面：这回他们替戈安得弟兄作证，下回戈安得弟兄替他们作证，无非是老话说的有来有往。戈安得兄弟合营公司同梅蒂维埃铺子素有银钱往来，不必另开汇票。他们之间交换的票据要是有一张退回的话，只消在账册的借方或贷方项下记上一笔就行。

所以这张离奇的清单经过核实，只剩一千法郎本金，十三法郎的拒付证书费，延期一个月的利息百分之〇点五，大概一共是一千零十八法郎。

犹太人在十二世纪发明的银钱生意早已成为一股极大的势力，今日上至帝王，下至庶民，没有一个人不受控制。如果一家大银行平均每天有一张一千法郎的票据需要开退票清单，单靠上帝的保佑和银行的制度，每天可以赚进二十八法郎。换句话说，一千法郎本钱能替这家银行每天挣二十八法郎，一年挣一万零二百二十法郎。退票清单的平均数字倍上三倍，每年便有三万进款，那是靠莫须有的资本得来的利益。因此，退票清单对银钱业说来是多多益善。大卫·赛夏即使在五月三日，或者在立了拒付证书的下一天，赶去还掉一千法郎，哪怕原来的票子还放在戈安得弟兄的办公桌上，他们也要回答说："你的票子已经退回给梅蒂维埃先生了！"立了拒付证书，退票清单当晚就算成立。这个例规，按照内地银钱业的行话来说，叫作：要大钱生小钱。格莱银行同全世界都有书信往还，单单开在客户账上的邮费一年就有两万左右收入。特·纽沁根男爵夫人[1]的衣着，车马，意大利剧院的包厢，没有一样不是靠退票清单开销的。所谓邮费更是借端勒

①她的丈夫是巴尔扎克小说中有名的银行家。

索，可恶之至，因为银行家发出一封信至少要谈十几桩业务。说来奇怪，国库在这种乘人之危的勾当中间也有一份好处，生意人倒了楣，税收机关却借此自肥。至于银行家，他只要高高的站在柜台后面，理直气壮的问一声："为什么你到期不付呢？"可怜你一句话都答不上来。可见退票清单上的项目全是可怕的神话，欠债的人看了这一段长进见识的文字想一想，也许从此对退票清单有所惧怕，会得到一些益处。

五月四日，梅蒂维埃接到戈安得兄弟合营公司的退票清单，附着一个条子，要他在巴黎向吕西安·夏同，一名特·吕庞泼莱严厉追讨。

九、一张五十生丁印花税票的射程和威力不下于一颗炮弹

夏娃写信给梅蒂维埃，过了几天收到一封短短的复信，她看着完全放心了。

致　安古兰末　赛夏印刷所　大卫·赛夏先生

本月五日来函收悉。四月三十日未曾照付之到期票据，据尊处解释，原为解救令亲特·吕庞泼莱先生一时之急。令亲花钱撒漫，小号自当用合法手段令其偿还，此举想对尊处不无裨益。观其目前处境，诉讼谅亦不致拖延过久。倘令亲不能偿付，则宝号为多年老店，想必以信用为重。此复……

梅蒂维埃

夏娃对大卫道："好吧，哥哥受到控告，就知道我们没有力量付款了。"

夏娃说出这句话来，显得她心情大变。她愈来愈认清大卫的品格，愈来愈敬爱，对丈夫的感情代替了手足之情。可是她不知放弃了多少幻想！……

现在我们来瞧瞧退票清单在巴黎市面上经历的路程。一张本票从持票人手中转到第三者手中，第三者（在此是一家商号）根据法律，有权在票子上好几个债务人中挑出能迅速清偿的一个，向他单独提起控诉。因此吕西安被梅蒂维埃的执达员告上了。这控告其实毫无用处，却也经过许多程序。梅蒂维埃不过代人出面，躲在背后的是戈安得弟兄；梅蒂维埃明知吕西安无力偿付，但无力偿付的事实必须经过证明，在法律上方始成立。他们便用以下的程序来证明吕西安无力偿付。

五月五日，代表梅蒂维埃的执达员把安古兰末的退票清单和拒付证书送交吕西安，附着巴黎商务法庭的传票，要他上堂去听一些难堪的话，以及若不缴清欠款，将以商人身份受到羁押的警告。等到四面受困的吕西安看到传票，商务法庭的缺席判决书又送来了。他的情妇高拉莉不知底细，只道吕西安帮了妹夫的忙，欠下这笔债，她拿所有的文件一齐交给他的时候已经晚了一步。女演员在舞台上见的执达员太多了，看到贴着印花的文件并不当真。吕西安眼泪汪汪，觉得赛夏多么可怜，自己假造票据多么可耻，很愿意料清债务。他少不得去请教朋友用什么办法拖延时间。罗斯多，勃龙台，皮克西沃，拿当告诉他，商务法庭只能管辖商人，诗人不必理睬；可是商务法庭已经派人来查封财产了。贴在门上的那张颜色逐渐褪淡的小黄条子，会使当事人信用扫地，叫平日给你赊账的小店老板大起恐慌；而有些诗人对于七拼八凑的木板，破烂的丝绸，染色的呢绒，所谓家具杂物，非常重视，见了封条更是浑身冰冷。如今吕西安门上便贴着这种条子。等到高拉莉的家具正式要搬走了,《长生菊》的作者去找皮克西沃的朋友特洛希,那位诉讼代理人看见吕西安为这么一点儿小事张皇失措,哈哈大笑。他说:"没有什么大不了,朋友,你是不是想拖时间?"——"拖得越长越好。"——"那么第一步对执行提出抗告。你去找我的朋友商事代理人玛松,把案卷交给他,让他接二连三的抗告,替你当全权代表,不承认商务法庭对你有管辖权,这一点毫无困难,你是相当出名的新闻记者。如果民庭出了传票,你马上通知我,那时才轮到我出场。你放心,谁要难为美人儿高拉莉,我叫他们一齐滚蛋。"谁知对方逼得很凶,五月二十八日吕西安被民庭传去,判决的迅速出乎特洛希意料。财产遭到第二次查封,黄条子又贴在高拉莉门上,家具又要搬走了。特洛希像他自己所谓受了同行暗算,有点不好意思,递了一张紧急申请的状子表示异议,凿凿有据的主张家具是高拉莉小姐的。法院准了状子,发下重审,确定家具的产权属于女演员。梅蒂维埃不服,提出上诉,七月三十日判决下来,上诉驳回。

八月七日,驿车带给诉讼代理人卡乡一大包文件,写着:梅蒂维埃控诉赛夏和吕西安·夏同的案卷。

内中第一件是一份清账,内容照原件抄录,保证正确。

本年四月三十日到期票据一纸,出票人大卫·赛夏,持票人吕西安·特·吕庞泼莱,结至五月二日为止,退票消单金额1,037.45法郎。

五月五日退票清单及拒付证书之送达费,连同巴黎商务法庭五月七日开庭之传票送达费 8.75

五月七日商务法庭判处被告羁押之缺席判决费	35.00
五月十日前项判决书送达费	8.50
五月十二日催付命令费	5.50
五月十四日查封笔录费	16.00
五月十八日粘贴封条笔录费	15.25
五月十九日登报公告费	4.00
五月二十四日查封物品提取前之核对笔录费（并载明吕西安·特·吕庞波莱对执行提出抗告）	12.00
五月二十七日法院受理抗告声请，发交民庭审理费	35.00
五月二十八日梅蒂维埃诉请责令被告委托代理人即日应诉费	6.50
六月二日民庭判决费（判令吕西安·夏同照付退票清单金额，原告负担商务法庭诉讼费用）	150.00
六月六日前项判决书送达费	10.00
六月十五日催付命令费	5.50
六月十九日查封笔录费（并载明高拉莉主张家具所有权，反对查封，提出抗告）	20.00
法院裁定费（裁定本案按紧急程序开庭审理）	40.00
六月十九日确定家具产权属于高拉莉的判决费	250.00
六月二十日梅蒂维埃提起上诉费	17.00
六月三十日维持原判的判决费①	250.00
共计	889.00
五月三十日到期票据一纸	1,037.45

①上文称梅蒂维埃的上诉于7月30日驳回，此处忽称6月30日维持原判，等于提早一个月，显见作者前后日期错误。

向吕西安送达退票清单及拒付证书费	8.75
共计	1,046.20
六月三十日到期票据一纸	1,037.45
向吕西安送达退票清单及拒付证书费	8.75
共计	1,046.20

宗之外附有梅蒂维埃的信，嘱咐安古兰末的诉讼代理人卡乡使用一切法律手段向大卫·赛夏追诉欠款。七月三日[①]，维克多-安日-埃梅奈奚特·杜布隆把大卫·赛夏传到安古兰末的商务法庭，责令偿付三张票据的欠款和一切费用，共计四千零十八法郎八十五生丁。催付命令由杜布隆送在夏娃手中，夏娃当然觉得数目惊人。同一天早上，她还收到梅蒂维埃的一封信，大为震动。

致　安古兰末　赛夏印刷所　大卫·赛夏先生

令亲夏同先生居心不良，竟将家具诡称为与其同居之女演员所有。台端早应将此种情形通知小店，免做不必要之控诉；而尊处对鄙人五月十日一信并未赐复。今请将票据三纸及小店垫付各款一并迅速归清为要。此致……

梅蒂维埃

①上文称8月7日驿车方将本案卷宗送与卡乡，此处忽称7月3日（等于提前三十五天）杜布隆在安古兰末传讯大卫，前后日期又有矛盾。

夏娃对商法完全不行，早先不听见票据的下文，以为吕西安已经补赎罪过，把三张假造的本票付清了。

当下她对丈夫说："朋友，先去找柏蒂-格劳，告诉他我们的处境，请教他怎么办。"

十、所谓局势险恶

可怜的印刷商急忙赴去，跨进老同学的办公室，说道："朋友，当初你来通知我，你当了诉讼代理人，有事可以找你，没想到我这么快就需要你帮忙。"

大卫坐在柏蒂－格劳对面一张靠椅上，把他的事详详细细说出来，柏蒂－格劳对案子比大卫更清楚，根本不听他的，只管瞧着那张英俊的思想家的脸，细细打量。他看赛夏神色仓皇的进来，私下想："计策成功了！"这种场面在诉讼代理人的办公室内是常见的。柏蒂－格劳暗地里问自己："戈安得弟兄干吗要难为他呢？……"代理人的习惯不但要摸透敌人的心思，还要摸透当事人的心思；凡是利用司法来陷害人的阴谋，代理人对正反两面都需要认识清楚。

赛夏的话说完了，柏蒂－格劳道："你是想拖延时间。你要拖多久呢？三四个月行不行？"

大卫道："噢！四个月我就有生路了！"他觉得柏蒂－格劳简直是救命恩人。

柏蒂－格劳道："好吧，我不让人家来动你的家具，三四个月以内逮捕不了你……可是你要花很大的代价。”

大卫道：“那我不在乎！”

“到时可有什么进款吗？你有把握吗！……”代理人看大卫这么容易上钩，竟有点惊奇。

“再过三个月我就有钱啦。”大卫凭着发明家的信心回答。

柏蒂-格劳道：“你父亲没有入土，还不肯离开他的葡萄园呢。”

大卫道：“我何尝指望父亲的遗产！……我正在发现一项工业上的秘密，不用一丝一毫的棉料造出一种纸来，同荷兰纸一样结实，成本比现在的棉料纸浆低一半……”

柏蒂-格劳这才懂得长子戈安得的用意，他说：“那倒是笔财产。”

“大大的财产，朋友！不出十年，纸的消费量要比现在增加十倍。这个时代最走运的是新闻事业！”

“没有人知道你的秘密吗？”

“只有我女人知道。”

“你的用意，计划，没有同人家谈过吗？……比如同戈安得弟兄？”

“我跟他们提到的，只是说得很含糊，我记得。”

抱着一肚子怨恨的柏蒂-格劳忽然动了一点善心，想把戈安得弟兄的利益，自己的利益，赛夏的利益，一齐照顾到。

“大卫，你听我说，咱们是老同学，我一定帮你忙；不过你得明白，这场下风官司要花你五六千法郎！……我劝你不要拿你的财产去冒险。我看你有了发明，少不得要同一个厂商合作，分掉一部分利益。若要买进一个造纸厂或者设一个新厂，恐怕你也得三思而行，是不是？……此外还要领发明执照。这些事又费时间又费金钱。咱们尽管竭力招架，说不定执达员会给你一个措手不及……”

“我的秘密绝不放手！”大卫的口气像学者一样天真。

柏蒂-格劳本是出于好意，打算劝大卫妥协，避免官司；既然大卫不听劝告，他就说：“好吧！你的秘密是你救命的法宝，我也不想知道；可是告诉你，你最好躲在地底下工作，不能让人看见或者猜到你的方法，要不你的法宝会给人偷走的……发明家往往骨子里是个傻瓜！你们一心一意想着自己的问题，顾不到别的。最后人家会猜到你研究的题目，别忘了你受着厂商包围！没有一个开纸厂的不是你的敌人！我看你赛过一只海狸，周围全是猎人，别让他们剥了你的皮……”

大卫道：“谢谢你，亲爱的朋友，这些我都想到了；承你关切，想得如此周到，我很感激！……我干这桩事业不是为我自己。我一年有一千两百法郎进款就够了，父亲百年之后丢下的产业至少还比这个数目多三倍……我是靠爱情过日子的，靠思想过日子的！……这才是幸福的生活……我工作是为了吕西安和我的女人……”

“行，你在委托书上签了字，只管去对付你的发明吧。法院要扣押你的时候，我会早一天通知你躲起来；因为样样都要防到。我再劝你一句，千万别让靠不住的人走进你的屋子。”

“赛利才不愿续订合同租我的印刷所，为此我们周转有点儿困难。这么一来，家里除了我女人和岳母，只剩玛利红和亚尔萨斯人高布了，高布对我像狗一样忠心……”

柏蒂-格劳道：“嘿！那条狗就该提防……”

大卫道："你不知道高布这个人。我相信他像相信我自己一样。"

"让我试他一试，行不行？"

大卫道："行。"

柏蒂-格劳道："好吧，再见了。你请你的漂亮太太来一趟，你女人的委托书也是少不了的。朋友，你该知道你局势险恶。"这话是警告大卫，打官司的祸害一样一样都要临到他头上来了。

柏蒂-格劳把大卫·赛夏送到事务所门口，回进去想道："现在我一只脚在蒲高涅，一只脚在香巴涅[1]，左右逢源了。"

大卫手头奇紧，心中烦恼，老婆被吕西安恶劣的行为气成这样，他也很难受；可是他照样想着他的问题，去看柏蒂-格劳的时候，一路心不在焉嚼着一根荨麻。他为了试用草秆做原料，在水里浸着一些荨麻要它腐烂。凡是变成纱线的东西，新新旧旧的料子，都要经过浸渍，织造，或是用旧穿旧，才能分解；大卫打算另外找一套办法来代替。他从事务所出来，走在街上想着和他的朋友柏蒂-格劳谈话的结果，认为还满意，忽然觉得牙齿缝里有一颗丸子，拿出来放在手上，发现那一小块糊比从前试做的各种纸浆都强。用植物做纸浆，主要缺点是没有弹性，例如干草做的纸就特别脆，近乎金属，拈在手里发出金属声。像他那种偶然的发现只有大胆探索自然规律的人才会碰到。

"我要用机器和化学品来代替这个无意识的咀嚼作用。"大卫这样想着，自以为必定成功，一团高兴的回去见老婆。

他发觉夏娃哭过了，便说："噢！亲爱的，不用发愁！柏蒂-

①蒲高涅和香巴涅是法国葡萄品质最好的两个地区。

格劳保证咱们可以清静几个月。当然要多些开销，可是柏蒂－格劳送我出来的时候说的好：每个法国人都有权利叫债主等些时候，只要临了把本钱和利息，还有一切费用，统统归清！……咱们将来全部照付就是了……”

可怜的夏娃却想得周到，她说：“可是怎么过活呢？……”

“啊！不错。”大卫说着搔搔耳朵，一个人为难的时候几乎都有这种莫名其妙的动作。

她说：“咱们的小吕西安交给母亲照管，我再去做活。”

大卫紧紧搂着老婆，叫道：“夏娃！噢，我的夏娃！离此不远的圣德城里，十六世纪有个法国最伟大的人物，叫作裴那·特·巴利西，不但发明了瓷器的釉，还是蒲丰和居维哀的显赫的远祖，这个老天真在他们之前就研究地质学了。他最大的嗜好是探求自然界的奥妙；不幸他的女人，孩子，全村的人都跟他作对。他的老婆把他的工具卖了……他在乡下流浪，没有人了解！……到处受人驱逐，轻视……而我却是有人怜爱……”

“是啊，爱得很呢。”夏娃神态安闲的回答，足见她的爱情坚定。

“那我即使受尽巴利西的苦难也无所谓了。他制成了埃古安珐琅，受到查理九世的保护，没有在屠杀新教徒的惨案中牺牲，老来富贵双全，名震欧洲，公开演讲他的所谓泥土之学。”

“只要我拿得动熨斗，包你生活没有欠缺！”可怜的女人说话的口吻显出她对丈夫死心塌地，“当初我在普利欧太太手下当领班，有个挺规矩的女孩子和我很好，她是卜斯丹的表妹，名叫巴齐纳·格莱日。巴齐纳最近替我送内衣来，告诉我普利欧太太的铺子由她盘下了；我可以到她那儿去做活！……”

赛夏回答说:“你做活的时期不会久的。我找到了……”

发明家全靠一股了不起的信心支持,才有勇气在不可知的天地中前进。夏娃破题儿第一遭对这种信心凄凉的笑了笑。大卫神态沮丧,低下头去。

美丽的夏娃扑在丈夫脚下,叫道:“噢!亲爱的,我不是笑你,也不是不相信你。我只觉得你把你的试验,你的希望,瞒得紧紧的,太有道理了。发明家的光荣是拿痛苦换来的,这个过程的确不应该让人家知道,哪怕是自己的妻子!……女人到底是女人。我一个月之内听你说到第十七遍:我找到了!……忍不住笑起来。”

大卫也很天真的笑他自己,夏娃不禁握着他的手亲吻。这一刹那是最甜蜜的时间,仿佛在贫穷潦倒的荒凉的路边上,或是在万丈深渊之下,忽然出现几朵象征爱情的玫瑰。

十一、父亲和两个仆人

局势越险恶，夏娃越鼓足勇气。丈夫的伟大，发明家的天真，有时还撞见这个重感情，多幻想的男人噙着眼泪，种种因素加强了夏娃的抵抗力。她又使出过去用得很成功的办法，写信给梅蒂维埃，说她愿意卖掉印刷所来还债，但求勿增加大卫不必要的讼费，加重他损失。梅蒂维埃对这封恳切的信置之不理，只叫掌柜答复，说梅蒂维埃出门了，做伙计的不敢做主停止控诉，东家做事素来不是这样的。夏娃要求票据展期，一切费用由她负担；掌柜表示同意，只要大卫·赛夏的父亲肯做保人，加一个背书[①]。夏娃叫母亲和高布陪着，走往玛撒克。她大着胆子去见公公，竭力巴结，哄得老人家笑逐颜开。可是等她战战兢兢提到背书的话，酒鬼的脸马上变色。

他嚷道："让我儿子碰到我的钱柜，他要不翻箱倒箧，掏个精光才怪！没有一个孩子不剥削老家的。我吗，我可从来没叫爹娘花过一个子儿！你们的印刷所里看不见人，只有耗子在那里打架……你长得漂亮，我喜欢你；你做事巴结，用心，不像我儿

①持票人或第三者在银钱票据背后签字，银行术语叫作背书。

子！……大卫是什么东西，你知道没有？……是个贪吃懒做的学者。我要让他自生自长，跟我小时候一样，一字不识，或者跟他老子一样做大熊，那他早有了积蓄……唉！他是我心上的一块疙瘩，这家伙！糟糕的是他脾气古怪，像他这种人，天底下找不出第二个！再说，他害得你好苦啊……”他看夏娃摇头，坚决否认，便道：“怎么不是？你急得奶水都没有了，只好雇一个奶妈。得了吧，我样样知道。你们被人告在法院，变了城里的话柄。不错，我只是大熊，不是学者，我不曾在印刷界的明星第多手下做过监工，可从来没收到法院的公事！每逢我下葡萄园做活，收割，或者料理我的小事情，你知道我想些什么？……我对自己说：哎！可怜的老头儿，你辛辛苦苦，一个钱一个钱攒起来，留下多好的产业，到头还不是便宜了执达员，诉讼代理人……再不然被儿子拿去乱花……他想入非非的念头才多呢……孩子，你如今有了这娃娃……我跟夏同太太抱着他受洗那天，看见他的鼻子长得像他爷爷……好吧，你还是少操心大卫，多想想这个小家伙吧……我只相信你……将来只有你保得住我的产业……我的可怜的产业……”

“可是，亲爱的爸爸，你儿子会替你增光，早晚挣起一份家业来，钮孔上挂着荣誉团的勋章……”

“凭什么？”老赛夏问。

“你等着瞧吧！再说，眼前你拿出三千法郎，难道会倾家荡产吗？……有了三千法郎，官司就好了结……你要不相信儿子，就借给我吧，我一定还你，我拿我的陪嫁，拿我赚来的工钱做抵押……”

种葡萄的老人先以为儿子被控的消息是人家造谣，如今听说是真的，觉得很奇怪，嚷道："大卫被人告上了？这就是会签名的好处！那么我的房租呢？……噢！孩子，我要进城去办手续，同我的诉讼代理人卡乡商量……你今天来得好极了……一个人消息灵通就不会吃亏！"

相持了两个钟点，夏娃只得回去；"女人不懂生意经"这句话，她没法批驳。夏娃来的时候多少抱着希望，从玛撒克走回安古兰末累得筋疲力尽。回家正碰上法院送判决书来，责令大卫·赛夏清偿梅蒂维埃的款子。家里有执达员上门在内地本是一件大事，近来杜布隆来的次数这么多，更引起街坊上的议论。夏娃甚至不敢出去，怕听见人家在她背后嘁嘁喳喳。

可怜的夏娃冲进走道，奔上楼梯，说道："噢！哥哥，哥哥！我不能原谅你，除非你……"

赛夏迎上来说："唉！就是啊，当时要不那么办，他只好自杀。"

"那么从此不提了。"夏娃轻轻的回答，"带他到巴黎那个陷人坑去的女人真是十恶不赦！……再说，大卫，你父亲心肠也真硬！……咱们就不声不响的受罪吧。"

大卫正要说几句体己话安慰女人，忽然听见门上轻轻敲了一下，玛利红带着又高又胖的高布穿过外面一间屋子走进来。

玛利红说："太太，我跟高布知道先生太太心里着急，我们俩一共有一千一百法郎积蓄，觉得存在太太这儿再妥当没有……"

"再妥当没有。"高布很热情的重复了一句。

大卫说："高布，咱们一辈子也不分手的了。你拿一千法郎去交给诉讼代理人卡乡存起来，要一张收据；余下的我们留着。

高布，不论人家用什么方法打听我做些什么，什么时候出去，带什么东西回家，你一个字都别提；我派你去收草料，别让人看见……你知道，高布，有人会千方百计引诱你开口，许你成千上万的钱……”

“许我几百万，我也不泄漏一个字！部队里的命令，我不是服从惯的吗？”

“好吧，我的话交代过了。你把钱送给卡乡先生，请柏蒂-格劳先生到场做个见证。”亚尔萨斯人回答说：“是，先生。我只希望将来有了钱，把这个讼师揍一顿！我讨厌那副嘴脸！”

胖子玛利红道：“太太，这个人真好，身子结实得像土耳其人，脾气和顺得像绵羊。做他老婆才福气呢。把我们的工钱——他叫作私蓄——存在太太这儿，是他想出来的。他口齿不清[1]，转的念头可挺好，反正我听得懂他的话。他还想到外边去干活，不花我们的钱……”

大卫望着他的女人说：“单单为酬劳这些好人，咱们也该挣一份家私。”

夏娃觉得事情很简单，她遇到和自己心地相仿的人不以为奇。她这种态度，便是笨蛋或者完全不相干的人看了，也不难体会到她品性的纯洁。

玛利红道：“先生，你将来一定有钱，现成的家私摆在那里。你家老先生新近买下一个农庄，他替你攒的钱可不少呢……”

在当时的情形之下，玛利红这几句话等于表示她的行为不足挂齿，用心这样细到的确了不起。

---

①亚尔萨斯人的法语一般都发音不准，上面几段高布的谈话，作者原文故意把读音写得似是而非。

十二、两个代理人怎样放火，杜布隆怎样从旁帮助

像一切的人事一样，法国的诉讼程序有不少弊病，不过好比一把两面出锋的刀子，既可用来攻击，也可用来自卫。此外还有一点妙处，两造的代理人不必交谈，只要在诉讼程序上采取某个步骤，就能成立默契。遇到这个情形，官司就像第一位皮隆元帅[①]的作战；他围攻罗昂的时候，儿子向他献计，能在两天之内攻下城市；父亲回答说："怎么，难道你急于回家种菜吗？"奥地利的军人有本领使战争旷日持久，而不受日耳曼军法会议的责备，说他们让士兵虚耗粮饷，贻误军机；任何对垒的将领用了这个办法，就可以相持不下，保全实力，把仗永远打下去。卡乡，柏蒂-格劳和杜布隆的行事比奥地利的将军更高明，他们奉一个古代的奥地利人，静待时机的腓俾阿斯[②]做模范！

柏蒂-格劳像骡子一般刁猾，很快看出自己的优势。讼费既

①皮隆一家三代有三个元帅，这是指最早的一个，阿芒·特·龚多男爵（1524—1592）。

②公元前三世纪罗马大将。

有长子戈安得保证，他就决意同卡乡斗法，尽量的节外生枝，跟梅蒂维埃作梗，借此向纸厂老板卖弄才华。可惜这位年轻的司法界费加罗①的功业，写历史的人好像见了炭火一般害怕，只好轻轻带过，不再替他扬名。对当代的风俗史来说，仅仅一张讼费清单，像巴黎的那一份，材料也够了。为了容易了解，这段纯粹法律性质的文字还是仿作战公报的文体，把柏蒂-格劳的行动写得越简单越好。

七月三日安谷兰末商务法庭传讯大卫，大卫没有出席；八日宣判。十日，杜布隆送达催付命令，十二日准备查封财产；柏蒂-格劳提出抗告，要求法院在十五天内传梅蒂维埃重审。梅蒂维埃认为时期太长，第二天进了状子，请求提早审理；十九日宣判，大卫的抗告驳回。二十一日送出判决书，宣告二十二日发催付命令，二十三日发人身羁押状，二十四日立查封笔录。这一阵雷厉风行的措施被柏蒂-格劳挡住了，他向高等法院上诉，七月十五日再递一张状子，把梅蒂维埃带往博济哀。

柏蒂-格劳心上想："到了这一步，总得拖些时候。"

他转托一个在博济哀高等法院登记的诉讼代理人，把主意交代清楚；风暴便移到博济哀去了。接着柏蒂-格劳以双重代理人的身份，代表赛夏太太申请法院克日传讯大卫，要求析产。用司法界的行话来说，柏蒂-格劳急如星火的下手，七月二十八日弄到准予析产的判决，通知了有关方面，在《夏朗德邮报》上登了公告。八月一日，公证人替赛夏太太算清在夫妇共有财产中优先部分的账目，确定赛夏太太是丈夫的债权人，大卫在婚书上写明

---

①博马舍喜剧中的角色，是个聪明伶俐，刁钻捉狭的小人。

给妻子的一万法郎赠予，决定以印刷所和家里的动产抵充。

柏蒂-格劳保住夫妻俩的财产，同时在博济哀的上诉也得胜了。他认为在巴黎控告吕西安·特·吕庞泼莱的讼费，塞纳州初级法院既已判令梅蒂维埃负担，大卫当然没有承担的义务。高等法院承认这个主张有理，一方面维持安古兰末商务法庭的原判，责令大卫偿付债款，一方面剔除六百法郎的巴黎讼费归梅蒂维埃负责；此外鉴于迫使大卫上诉的事故，裁定上诉费用由两造分摊。八月十七日，判决书送达大卫，十八日送达催付命令，责令偿付本息及一应费用；二十日立查封笔录。于是柏蒂-格劳以赛夏太太的名义出来干涉，声明夫妇财产已经正式分开，家具属于妻子所有。此外，柏蒂-格劳经过一番部署，又做了赛夏老头的代理人。

原来葡萄园主在媳妇下乡以后第二天，赶往安古兰末找他的代理人卡乡，说儿子与人涉讼，损害他的房租，要代理人保护他的权益。

卡乡回答："我不能一边控告儿子，一边接受父亲的委托。你还是去请教柏蒂-格劳吧，他很能干，替你办起事来也许比我更得力……"

卡乡在法院里对柏蒂-格劳说："我把赛夏老头介绍给你了，别忘了礼尚往来……"

不论巴黎内地，诉讼代理人都有这一类互相帮忙的事。

赛夏老头委托柏蒂-格劳做代表以后的下一天，长子戈安得去看他的同党，说道："你得想法叫赛夏老头吃些亏！他这种人只要为儿子损失了一千法郎，就一辈子恨死儿子；儿子在遗产项下预支了这笔钱，老人即使要软心肠也软不下来了……"

柏蒂－格劳对他的新主顾说："你还是回去照料你的葡萄园，你儿子心境不好，别再盘剥他，在他家吃饭了。必要的时候我会通知你进城的。"

于是柏蒂－格劳代老赛夏出来主张，印刷机和墙壁相连，明明是房屋的定着物[①]，以用途而论，那所屋子从路易十四时代起便是印刷工场。梅蒂维埃在巴黎查封吕西安的家具，家具变了高拉莉的；在安古兰末查封大卫的家具，家具又是妻子和父亲的（关于这一点，代理人在庭上说了不少俏皮话）；卡乡代表梅蒂维埃表示愤慨，要求传父子二人一齐到庭，驳斥他们的主张。他说："我们要揭穿这些人的骗局，他们居心不良，一味耍无赖，利用法律上最正当最明确的条文做抵抗的武器，不肯偿付三千法郎！……三千法郎是哪儿来的？……从可怜的梅蒂维埃银箱里拿的。他们还胆敢说贴现人的坏话……请问还成何世界！……请问是不是要鼓励大家抢劫？……这种目无法律，败坏人心的要求，庭上绝不能允许！……"安古兰末法院被卡乡精彩的辩诉打动了，经过两造辩论以后，判决只有家具的产权属于赛夏太太，赛夏老人的要求遭到驳斥，四百三十四法郎六十五生丁的讼费由他负担。

好些诉讼代理人笑着说："这是赛夏老头活该，他想来捞一把，偏偏要他惠钞！……"

判决书八月二十六日送达，以便二十八日查封印刷所的机器及其附属物。封条贴上了！……法院根据原告请求，裁定就地拍卖。报上登出拍卖的广告。杜布隆很得意，以为九月二日就能办

①定着物是法律名词，房屋及其定着物在法律上都是不动产。

查封物品的复核手续，接下来就拍卖。按照判决和执行命令，那时大卫欠梅蒂维埃五千二百七十五法郎二十五生丁，利息在外；欠柏蒂－格劳垫付讼费一千二百法郎，再加公费；柏蒂－格劳好比卖足气力而完全信任顾客的马夫，公费的数目让大卫自己斟酌。赛夏太太大约欠柏蒂－格劳三百五十法郎，公费在外。赛夏老头欠四百三十四法郎六十五生丁讼费，柏蒂－格劳还要他三百法郎公费。三个人总共欠到上万法郎。

以上的材料不无用处，除了外国人可以明白在法国打官司的内幕之外，立法的人也应当知道，假定他有时间看书的话，诉讼程序能被人滥用到什么程度。我们不是应当赶快订一条法律，规定在某种情形之下，诉讼代理人不得使讼费超过诉讼的目的吗？为了一分一厘的土地，和价值上百万的产业办同样的手续，岂非笑话？这一段枯燥的叙述说明了诉讼的各个阶段，让大家懂得手续，司法，讼费三个名词的重要，这是绝大多数的法国人万万想不到的。司法界所谓叫一个人的局势恶化，就是这么回事。印刷所的五千斤铅字，照铸铁的价钱值两千法郎。三架印刷车值六百法郎。其余的东西只好当废铁和旧木料卖。两夫妻的家具至多卖到一千。大卫·赛夏的家私一共值四千左右，卡乡和柏蒂－格劳要他花到七千法郎讼费，而将来两个代理人还有别的油水可捞，看下文就知道。当然，法国从南到北办案子的人，对柏蒂－格劳没有一个不敬重不佩服；可是有良心的人对于高布和玛利红不能不洒一滴同情之泪。

在那场战斗中，高布只要大卫不使唤他，老是坐在走道门口一张椅子上当看家狗。法院派人送公事来，除了柏蒂－格劳的帮办在场监视之外，都归高布收下。拍卖印刷机和生财的广告一贴出来，高布马上撕掉，还去扯下街上的广告，嘴里嚷着：混账东西！……欺侮这样一个好人！……还说是大公无私的法律！玛利红白天替一家造纸厂掌车，挣十个铜子做家里的日常用度。夏同太太不哼一声，重新去熬夜，干那劳累的看护工作，每星期把工资交给女儿。她已经托人念了两回九日经，觉得上帝对她的祷告听而不闻，对她点的蜡烛视而不见，好生纳闷。

十三、控诉的高潮

九月二日，夏娃收到吕西安一封信。吕西安自从报告妹夫签了三张本票，被大卫把信藏起，不让老婆知道以后，不曾和家里通过消息。

可怜的妹妹拿着倒霉的信不敢就拆，私下想："这是他出门到现在写给我的第三封信。"

她为了节省，奶妈已经歇掉，那时正在用奶瓶喂孩子；她叫起大卫一同看信，发明家隔天通宵造纸，天亮才睡觉。夫妻俩看过信以后的感触，我们不难想象。

亲爱的妹妹：

两天以前，清晨五时，我眼看一个最好的好人儿断气。世界上只有这女子能像你，像母亲，像大卫那样爱我；除了毫无私心的感情之外，她还给了我母亲和妹妹不能给我的幸福：爱情的幸福！可怜的高拉莉为我牺牲了一切，也许是为我死的！我可一文不名，没有力量把她埋葬……她在世的时候使我生活得到安慰；她的死只有你们能安慰我，亲爱的天使们！

我相信这纯洁的姑娘必定得到上帝的宽恕，她临死之前忏悔过了。唉！巴黎！……告诉你，夏娃，法国所有的光荣和耻辱都集中在巴黎，我多少幻想在此破灭了！如今要去募化一点儿钱把这个天使的遗体还给圣洁的土地，恐怕我还有更多的幻想要破灭！

你的遭难的哥哥　吕西安

我的轻率的行动使你受累不浅，经过情形你终有一天会知道，会原谅我的。你放心：一个为着我受过剧烈刺激的商人，好心的加缪索先生，看见我和高拉莉为难之极，答应料理这件事。

“信纸上眼泪还没干呢！”夏娃望着大卫说；大卫看了她同情的神气，也流露出他从前对吕西安的好感。

他说：“可怜的孩子，既然那女的那么爱他，他一定伤心得不得了。”大卫自己可是一个幸福的丈夫。

听着痛苦的呼号，丈夫同妻子都忘了自身的痛苦。那时玛利红奔进来说道：“太太，他们来了！……他们！……”

“谁？”

“杜布隆和他手下的人，该死的！高布正在跟他们打架，他们要来拍卖……”

柏蒂-格劳在卧室外面的屋子里大声嚷道：“不会，不会，拍卖不成的，你们放心！我才送出上诉的状子。这回的判决指责我们居心不良，我们不能接受。我不预备在这儿辩诉。为了替你们争取时间，我特意让卡乡信口开河，我有把握在博济哀再打一次胜仗……”

“这胜仗要花多少钱呢？”赛夏太太问。

“赢了，你们给我一笔公费；输了，你们花一千法郎。”

可怜的夏娃叫道：“我的天哪！挽回不是比不挽回更糟吗？……”

像夏娃这样的老实人也被官司的炮火照亮了眼睛。柏蒂-格劳听着这话，同时觉得夏娃美不可言，怔住了。

赛夏老头接到柏蒂-格劳通知，刚好赶到。老人在儿子媳妇的卧房中出现，孩子在摇篮里对着家庭的不幸微笑，可以说这一幕的角色到齐了。

年轻的代理人说：“赛夏爸爸，你出头告了一状，欠我七百法郎；这笔钱你将来和房租加在一起，向你儿子去要吧。”

柏蒂-格劳的神情口吻挖苦得厉害，种葡萄的老人也领会到了。

夏娃离开摇篮，过去拥抱老人，说道：“你要肯替儿子作保，倒花不了这许多……”

高布和杜布隆的助手争吵，惊动了街坊；大卫看见屋前挤满着人，好不难受，只是向父亲伸出手去，没有向他问好。

老人问柏蒂-格劳：“怎么我会欠你七百法郎？”

“第一，我替你当了差。既然是为你的房租，你和你的债务人应当对我负连带责任。你儿子要不付这笔费用，就归你付……这还是小事，再过几小时，人家要送大卫进监狱了，你是不是让他去呢？”

“他欠多少？”

“五六千法郎，欠你和欠他老婆的不算在内。”

蓝白两色的卧房中间，一个美丽的女人在摇篮旁边掉眼泪，大卫痛苦不堪，再加上一个说不定是来诱老人上钩的代理人；老头儿望着这个动人的场面大起疑心，只道他们想挑动他做爷的感情，敲他一笔钱。他走过去瞧着孩子抚弄，孩子向他伸着小手。家里把小孩儿当作英国贵族的儿子一样照顾，给他戴着一顶绒布里子的绣花帽子。

老祖父说：“嗳，让大卫自个儿去对付吧。我只关切这个孩子，——他妈妈不会不赞成。大卫本领大得很，自有办法还债的。”

代理人含讥带讽的说道：“你的心思，我来替你痛痛快快说了吧。赛夏爸爸，你嫉妒你的儿子。说老实话，大卫今天的局面是你造成的，你的印刷所卖了他三倍的价钱，你要他付这笔高利贷式的款子，把他弄穷了。是的，你别摇头，你印刷所里真正值钱的东西是卖给戈安得弟兄的那份报纸，卖来的钱统统进了你的腰包……你恨你儿子，不但因为你剥削了他，还因为你给他受了教育，比你高了一等。你假装疼孙子，遮盖你对儿子媳妇的冷酷，原因是儿子媳妇此刻就要花你的钱，而你对孙子的感情要等你身后才兑现。你喜欢这小家伙，表示你在骨肉中间也有喜欢的人，免得人家说你硬心肠。赛夏爸爸，你骨子里就是这么一个想法……”

“难道你要我听这些话才叫我来的吗？”老人说着，把代理人，媳妇，儿子，一个个瞧过来。

夏娃对柏蒂-格劳说：“先生，你认为我们非倾家荡产不可吗？我丈夫从来没抱怨过父亲……”种葡萄的很狡猾的瞧着媳妇，媳妇发觉老人起了疑心，便对老人说：“大卫不知和我说过多少回，说你爱他另有一种方式。”

柏蒂－格劳按照长子戈安得的意思，挑拨父子的感情，不让老人帮助大卫过关。

上一天长子戈安得对柏蒂－格劳说：“等咱们把大卫关进监狱那一天，我介绍你去见特·塞农希太太。”

对丈夫的感情使赛夏太太特别机灵，上回她看出赛利才变心，这时又猜到柏蒂－格劳对赛夏老人的反感是假装的。大卫很诧异，不懂柏蒂－格劳对他父亲和他的业务怎么会看得这样清楚。忠厚的印刷商既不知道他的辩护人和戈安得弟兄有勾结，也不知道戈安得弟兄躲在梅蒂维埃背后。当时大卫的沉默在种葡萄老人的眼中便是一种侮辱。代理人趁他主顾发怔的当口脱身了。

“再见，亲爱的大卫，我通知过你了：羁押的命令不因上诉而失效，债权人目前只有这条路可走，他们非走不可。你快快溜吧！……再不然，如果你相信我的话，去找戈安得弟兄谈谈倒是个办法，他们有的是资金，你的发明要是已经成功，符合你的期望，不妨同他们合作；他们很好说话……”

“什么发明？”赛夏老头问。

代理人道：“你只道你儿子是傻瓜，放弃了印刷所，什么念头都不转吗？他说他有办法用三法郎成本，造出现在卖十法郎一令的纸……”

赛夏老头叫道：“又来哄我了！你们像集市上的骗子，都是串通的。大卫要有这个秘诀，还要我帮忙吗？他早已变了财主了。小朋友们，再会。”

老人说完走下楼梯。

“你想法躲起来吧。”柏蒂-格劳和大卫说着，急急忙忙去追老赛夏，再要逼他一下。

葡萄园主在桑树广场上一边走一边咕哝，被柏蒂-格劳追上了。他陪老人一直走到乌莫，分手的时候威吓说，本星期内不付讼费，就请法院强制执行。

赛夏老头回答：“要我付也可以，只消你替我剥夺儿子的继承权，不损害我的孙子和媳妇！……”说完突然走开了。

代理人回到安古兰末，心上想：“长子戈安得把他的对手看得再清楚没有！……他明明告诉我，要老头儿付七百法郎，等于拦着他不替儿子还七千法郎的债。不过纸厂老板是个老狐狸，我不能上他的当，此刻不是听他空口说白话的时候了。”

赛夏老头和代理人走了，夏娃问丈夫：“大卫，我的朋友，你打算怎办呢？……”

大卫望着玛利红道：“你把最大的锅子放在火上，这一下我有把握了！”

夏娃听了，性急慌忙拿起帽子，披肩和皮鞋，吩咐高布：“你去换了衣服，陪我走一遭；我要知道是不是还有一条生路……”

夏娃出了门，玛利红说道：“先生，别一厢情愿，叫太太急坏了。先挣起钱来还了债，再消消停停找你发财的门道不好吗？……”

大卫答道：“别多嘴，玛利红；最后一关快攻下来了。发明执照和改良执照可以一齐到手了。”

在法国，改良执照是发明家的致命伤。一个人花了十年心血摸索出一项工业上的秘密，或是造出一架机器，或是发明随便什么东西，领到一张执照，满以为发明的东西抓在自己手中；谁知他要想得不够周到的话，会撞出一个同行来加上一只螺丝，把他的发明改良一下，专利权就给抢走。光是发明廉价的纸浆，造纸问题并没全部解决。别人尽可把你的方法推进一步。大卫·赛夏因此要考虑周密，免得经过不少阻难，好容易才找到的生财之道被人抢去。荷兰纸（纯粹用旧麻布做的纸虽则荷兰已经不再制造，至今保持这个名称）都薄薄的上一层胶，并且是用手工一张一张上胶的，所以成本很高。若能用一种便宜的胶水在煮纸浆的锅内上胶——如今就用这办法，可是还不十分完善——他的发明就没有什么需要改进了。最近一个月，大卫正在研究锅内上胶的方法。他要把两个秘诀同时找到。

夏娃出去是看她母亲。夏同太太服侍的产妇碰巧是首席署理检察官的太太，那太太才替弥劳·特·纳凡家生下一个儿子，未来的继承人。夏娃对一切吃公事饭的人都不敢相信，想拿她的处境去请教孤儿寡妇的法定保护人，问他能否牺牲她妻子的权利，出让她的产权，代大卫还债；同时也想知道柏蒂-格劳那种暧昧的行为到底是怎么回事。

法官看赛夏太太长得这样漂亮，大出意外，对她不但像对一般女性那样有礼，还特别客气，那是夏娃难得遇到的。法官眼睛里的表情，夏娃出嫁以后只有在高布眼中见到，而像她这样美丽的女子往往用这个做标准，观察男人。青年对妇女自会流露出一种绝对服从的表情，倘若为了某种私欲，某种利害关系，或者年龄关系，男人眼中没有这表情，女人就要提防，注意这个男人。戈安得弟兄，柏蒂-格劳，赛利才，夏娃心目中所有的敌人，都用淡漠冰冷的眼光瞧她；在署理检察官面前，她却感到身心舒泰。检察官一面殷勤相待，一面寥寥几句就指出夏娃的计划没有希望。

他说："太太，你丈夫放弃全部财物，抵充你在共有财产中的优先部分，家具包括在你丈夫放弃的财物之内，这个判决将来高等法院未必会变更。你的优先权不应当包庇一项诈欺行为。日后你以债权人资格可以分到查封财物的售价；你公公因为大卫欠他房租，也有优先权。在这个情形之下，高等法院一朝裁定之后，为了法律上所谓分配问题，还可能引起别的争执。"

夏娃说："那么柏蒂-格劳先生是不是要断送我们呢？"

法官回答："柏蒂-格劳的做法同你丈夫的委托书完全符合，因为你丈夫的目的，据代理人说来是要拖延时间。我看还是放弃上诉，你和你公公两人不妨在拍卖的时候买下你业务上最需要的生财机器，你以不超过你应得的部分为限，你公公以不超过积欠的房租为限……不过这个目的一时也谈不到，那些代理人还想盘剥你们呢……"

"那么我是完全落在公公手里了，我欠他房租，又欠他生财用具的租费；梅蒂维埃先生几乎拿不到什么[①]，我丈夫还得被梅蒂维埃控告……"

"一点不错，太太。"

"这么说来，我们以后的处境比现在还要糟……"

"太太，归根到底，法律是支持债权人的。你们收过三千法郎，应当归清……"

"噢！先生，难道你以为我们……"

夏娃忽然停住，觉得替自己洗刷不免泄漏哥哥的秘密。

---

①法国民法规定，妻子在共有财产中的应得部分，以及债务人欠缴的房租，都比一般的债务占有优先权。大卫的印刷所拍卖所得，或许还不够偿付妻子和父亲。

法官说："噢！我知道事情有点蹊跷：债务人明明规矩老实，爱惜名誉，还有些了不起的表现……而债主只是代人出面……"

夏娃心中害怕，傻支支的望着法官。

法官意味深长的瞧了她一眼，说道："告诉你，我们在庭上听着律师滔滔不绝的辩诉，尽有时间考虑案子。"

夏娃回去，觉得自己无能为力，伤心得不得了。晚上七点，杜布隆送来羁押债务人的公事。官司到了高潮。

大卫说："从明天起，我只能夜里出门了。"

夏娃和夏同太太直掉眼泪。在她们心目中，一个人躲起来是大大丢脸的事。

十四、为什么羁押债务人在内地是绝无仅有之事

高布和玛利红久已认为主人是忠厚长者，听说他自由受到威胁，不由得大为惊慌；他们替主人提心吊胆，进去看夏同太太，夏娃和大卫，问问可有什么事能够让他们出力。他们俩进去，三个人正在流泪，他们一向过着简单的生活，想不到现在要把大卫藏起来。说不定有些暗探已经在注意大卫的行动，像他这样心不在焉的人，怎么逃得过他们的监视呢？

高布说："如果太太肯等一等，我可以到敌人的阵地上去侦察一下。别看我模样儿像德国人，这个差事我是内行；我是地道的法国人，乖得很呢。"

玛利红说："太太，让他去吧，他一心想保护先生。高布不是亚尔萨斯人，是……是一条真正的看家狗！"

大卫说："行，高布，你去吧。究竟怎么办，咱们还来得及考虑。"

高布赶往执达员家。大卫的敌人正在那里聚会，商量如何抓他。

在内地，逮捕债务人的事即使发生，也是一桩过火的，出乎

常规的事。第一，大家素来相熟，谁也不敢使出人人厌恶的手段。债权人和债务人一辈子都得见面。其次，尽管内地人痛恨破产（他们叫倒账）这种合法的盗窃，一个做买卖的要是有心来一次大规模的倒账，尽可溜往巴黎。巴黎好比外省的比利时[1]，有些藏身之处叫人不得其门而入，而执达员手中的逮捕状过了法定期限就失效。此外，还有其他的阻碍几乎使逮捕无从执行。住宅不得侵犯的法律在内地始终受到尊重，没有例外；执达员不能像在巴黎一样进入第三者家中逮捕债务人。立法的人认为巴黎应当除外，因为巴黎一幢屋子经常住着许多人家。在内地，就算要走进债务人自己的屋子去抓人，执达员也必须请治安法官协助。治安法官是管辖执达员的上司，他是否同意和执达员合作，多半可以自由决定。治安法官有一点值得称赞，他觉得逮捕债务人这个义务不好随便承担，他不愿被盲目的情欲或者私仇利用。还有另外一些困难同样不容易解决：像人身羁押这种严酷的法律本是不必要的，而风俗习惯的影响还能改变法律的性质，甚至使法律不生效力。大城市中有的是无所不为的光棍流氓，甘心替人做奸细；小城的居民彼此都熟悉，不可能受执达员雇用。万一最穷苦的阶层中有人干了这种卑鄙的勾当，在当地就要立脚不住。在巴黎或者别的人口稠密的地方，逮捕债务人是商务警察的独行生意，在内地却是一桩极其棘手的事，债务人和执达员为此互相斗法，各显神通，有些异想天开的玩意给报纸的社会新闻提供的材料，有时竟妙不可言。

长子戈安得不愿意出面；胖子戈安得自称为受梅蒂维埃委托

①过去法国的政治犯及其他罪犯往往以比利时为逋逃薮。

办这桩案子，带着赛利才到杜布隆家。那时戈安得已经雇用赛利才做印刷所监工，另外许他一千法郎，要他帮着对付大卫。杜布隆有两个助手可以调派。因此戈安得弟兄有三条猎狗监视他们的目的物。逮捕的时候，杜布隆还能调动宪兵；按照判决书规定，遇到执达员要求，宪兵应当出来协助。杜布隆的事务所设在屋子底层，事务所里面一间是他的办公室。当下五个人正在那儿集会。

事务所外边有一个宽敞的走廊，铺着石板，像一条过道。临街的门不大不小，两旁挂着司法人员的金漆招牌，中间刻着执达员三个黑字。事务所临街的两个窗洞装着粗大的铁栅。办公室朝着园子。执达员对园艺女神极有感情，靠墙的花果架上，果树种得出色，而且是他亲自种的。厨房正对事务所，厨房背后是楼梯。屋子在一条小街上，坐落在一八三〇年后才完工，而当时还在建造的新法院后面。要了解高布那天的遭遇，以上的细节不能说没有用处。亚尔萨斯人打算见执达员，假装出卖主人，探听对方的圈套，好回去防备。厨娘出来开门，高布说要见杜布隆先生。女佣人正在洗碗，被人打搅，不大高兴，她打开事务所的门，叫陌生人进去等着，说先生在办公室里和人谈话。她报告主人有一个汉子找他。杜布隆听见汉子两字，知道是乡下人，吩咐说："叫他等着！"高布便靠着办公室的门坐下。

胖子戈安得道："喂，你打算怎么进行？最好明儿早上就逮住他，省点时间。"

赛利才道："那容易得很，他名副其实是个傻瓜[1]。"

---

①参见前注。

高布一听戈安得的声音和那两句话，马上猜到里面就在谈他东家的事；等到他听出赛利才的口音，愈加诧异了。

他毛骨悚然的想道："那小子还吃过他的饭呢。"

杜布隆道："朋友们，我看应当这样：从菩里欧街和桑树广场起，咱们一路布置人马，距离远一些，可是各个方向都要照顾到，才能监视傻瓜——这绰号我很喜欢——一直监视到他躲进一幢他自以为安全的屋子；让他太太平平住几日，然后有一天在日出或日落之前可能碰到他[①]。"

胖子戈安得道："这个时候他在干什么呢？说不定会跑掉的。"

杜布隆道："他在家里；他要出门，我准知道。我派了一个司法人员守在桑树广场，另外一个站在法院的拐角儿上，还有一个离开我屋子三十步。那家伙一出门，我手下的人立刻吹口哨为号；他走不到三十步，我就靠这个电报式的通讯知道了。"

一般执达员都把助手冠冕堂皇的称为司法人员。

高布想不到运气这么好，轻轻走出事务所，对女佣人说："杜布隆先生一时还不得空，我明儿清早再来。"

当过骑兵的亚尔萨斯人忽然想出一个主意，立刻实行。他赶到一家相识的马行，挑了一匹马，叫人配好坐鞍等着；然后急急忙忙回到主人家里。赛夏太太正在伤心绝望。

大卫看亚尔萨斯人脸上又惊又喜，问道："什么事啊，高布？"

"你们被坏蛋包围了。最好把先生藏起来。太太可想出什么

①执达员不得闯入债务人家中，详见上文：他只能等债务人于清晨或傍晚偷偷出外时逮捕。

地方吗？”

忠心的高布说出赛利才的叛变，屋子四周的埋伏，胖子戈安得的参与，还有那些人的设计划策，可知大卫的处境险恶极了。

可怜的夏娃垂头丧气的说道：“原来是戈安得弟兄在逼你，怪不得梅蒂维埃态度这样强硬……他们开着纸厂，想抢你的发明。”

夏同太太叫道：“有什么办法逃出他们的手掌呢？”

高布道：“只消太太有地方藏起先生，我保证送他去，绝对没人知道。”

夏娃道：“你们只能在夜里进巴齐纳家，我先去跟她讲好。遇到这种情形，巴齐纳同我一样可靠。”

大卫头脑清楚了一些，说道：“暗探会跟着你的，最好想法通知巴齐纳而不用咱们亲自去。”

高布道：“太太尽管去。我有个计策：让我陪先生出门，叫暗探跟着我们走。那个时候太太去看格莱日小姐，没有人盯了。我租好一匹马，等会叫先生坐在我背后；谁要追得上我们才算本事呢！”

夏娃扑在丈夫怀里说：“好吧，朋友，再见了。以后我们都不能去看你，免得你被他们抓住。在你躲起来的时期，咱们不能见面，只好通信，巴齐纳替你把信送往邮局，我给你的信写巴齐纳的名字。”

大卫和高布走出屋子，果然听见一阵阵的口哨，他们把几个暗探一直引到巴莱门下的马行。高布上了马，叫主人坐在背后，紧紧抱着他。

“口哨尽管吹吧，好家伙！我才不怕呢！”高布嚷道，“你们休想追上我这个老骑兵。”

老骑兵把马一夹，风驰电掣一般直奔田野，暗探没法跟踪，也没法知道他们上哪儿。

夏娃先去找卜斯丹，想出一个巧妙的推托，说要向他请教。她听了许多同情她的空话，跟侮辱差不多；然后辞了卜斯丹夫妇，偷偷溜入巴齐纳家，说出自己的苦处，要求帮忙。巴齐纳特别小心，把夏娃让进卧房，打开一个相连的小间，里头只有一扇活动的天窗，外面绝对看不见。女工要烧熨斗，工厂的壁炉经常生火，烟囱和小间的壁炉烟囱并在一起。两个朋友打开壁炉的盖板，地下铺了旧被，怕大卫不小心闹出响声；放一张帆布床，一个做实验用的小风炉，一张桌子，一把椅子，让大卫能够坐，能够写东西。巴齐纳答应夜里送食物。巴齐纳的房间从来没人进去，大卫不用防敌人，也不用怕警察了。

夏娃拥抱着她的朋友，说道：“这样就万无一失了。”

夏娃又去看卜斯丹，说还有些疑问请高明的商务裁判解释，临了让卜斯丹送回家，一路听他埋怨。小药房老板每句话都暗示：“你要嫁了我，哪会落到这个田地？……”卜斯丹回去，发现老婆嫉妒赛夏太太长得好看，又恼丈夫对客人太殷勤。直到药剂师说出棕色头发，高个子的女人好比漂亮的马，中看不中用，远不如红头发，小个子的女人，雷奥妮的气才平下去。大概卜斯丹还有具体表现，证明他的话完全真诚，所以第二天卜斯丹太太对丈夫很亲热。

夏娃告诉母亲和玛利红说：“现在咱们好放心了。”她们俩在家，照玛利红的说法，还急得要命呢。

夏娃不由自主望了望卧室，玛利红说：“噢！他们走啦。”

十五、两桩试验，一桩成功，一桩失败

高布在通往巴黎的大路上赶了四里多路，问道："咱们上哪儿呢？……"

大卫回答："既然到了这条路上，就上玛撒克吧。我想再试一试，打动我父亲的心。"

"我看还是打冲锋，夺一个炮兵阵地容易得多；你家老先生没有心肝。"

做印刷工出身的老头儿不信任儿子，像大众一样只用成绩来判断他。

先是老人不承认剥削大卫；其次看不见时代变了，只是心上想："我给了他一个印刷所，跟我开场的时候一样；他本事不知比我高多少，偏偏什么都干不出来！"他不了解儿子，当儿子没有出息，自以为比聪明的大卫强得多，他想："还不是我替他留着一份口粮！"思想感情对利害关系的影响，伦理学家永远没法叫人完全了解。这个影响，同利害关系对思想感情的影响不相上下。一切自然规律都有双重的相反的作用。大卫不但了解父亲，而且气量很大，肯原谅他。高布和大卫八点钟赶到玛撒克，老头儿快吃完

晚饭，不久要上床了。

父亲对儿子冷笑道：“你是遭了官司才来看我的。”

高布愤愤的嚷道：“平时你们俩怎么能碰在一起呢？……他在云端里，你老是在葡萄园里……你还是拿出钱来还债吧，这是你做老子的责任……”

大卫道：“别多嘴，高布，你出去，把马寄在戈多阿太太家，别让牲口给父亲添麻烦。你也应当知道，天下没有不是的父母。”

高布叽叽咕咕的走了，好比一条狗因为谨慎，挨了主人的骂，一边服从一边抗议。大卫不说出自己的秘密，只建议提出真凭实据，证实他的发明，将来给父亲一份利润，只消他肯垫一笔款子让大卫应付眼前的急用，或者作为经营新发明的东西的资本。

“嘿！你怎么证明你能不花本钱，平空白地造出好纸来？”退休的印刷商醉眼蒙眬的望着儿子，又狡猾，又好奇，又贪心。那眼神可以说是一堆乌云中漏出来的闪电，因为老熊的习惯始终不改，睡觉之前定要灌两瓶陈年好酒，照他说是细细品尝。

大卫回答：“那容易得很。我身边没有纸，我打这儿过是躲开杜布隆；走在玛撒克路上，我想起跟放印子钱的人办得通的交涉，在你这里也许照样好办。我除了随身衣服，什么都没有。请你把我关进一间密室，谁也不能进去，谁也看不见我……”

“怎么！”老人恶狠狠的瞪着儿子说，“你不让我看你动手……”

大卫回答：“爸爸，你曾经给我证明，做买卖是没有父亲的……”

“啊！我生了你出来，你还防我！”

“不是防你，是防不让我活下去的人。”

老人道：“你说的对，应当各管各。好吧，我让你待在酒窖里。”

“我带高布进去，你给我一个锅子煮纸浆。”大卫说着，没有注意父亲的眼神，“再替我找些朝鲜蓟，芦笋的梗子，有刺的荨麻，芦苇，你可以到你小沟旁边去割。明儿早上，我带着上等好纸走出你的酒窖。”

“要是真的……”大熊打了一个饱嗝儿，“说不定我能给你……我可以考虑是不是能给你……比如说两万五千法郎，不过要保证每年对本对利……”

大卫说：“你尽管考我就是了！——高布，你骑着马到芒勒去，问木工买一个大号的鬃筛，再上杂货铺买些胶水，速去速回。”

老子在儿子面前放了一瓶酒，一些面包，吃剩的冷肉，说道：“你吃吧……吃饱了好干活，我替你找破布去，可是你的破布全是青的，我只怕太青呢！①”

过了两小时，晚上十一点光景，老人把儿子和高布关进一间同酒窖相连的小屋子，顶上盖着瓦，屋内放着煮酒用的东西。大家知道，所谓高涅克②全是用这种安古莫阿出的酒做的。

大卫道：“唔，这儿真像一个工场……木柴，铜盆，什么都有。”

---

①当时纸浆都是用破布做的，故破布变为造纸原料的代名词；大卫想用植物纤维做原料，所以说是青的。

②法国的高涅克和英国的白兰地性质相仿。高涅克本是夏朗德州的一个首邑，以产酒著名。

赛夏老头道："好，明儿见，我要把你们关起来了，还要放出两条狗，我才放心没有人送纸给你。明天你给我看过样品，我跟你合伙；等事情落实了，咱们就来好好的干……"

高布和大卫在小屋里用两块厚木板把草秆压碎，整理，大约花了两小时。火烧旺了，水也开了。清早两点，高布不像大卫那么忙，听见一声叹息，好像醉鬼的打嗝；屋内点着两支油烛，高布端起一支来到处搜寻。煮酒的小屋通往酒窖的门被空酒桶遮住了，门框上面有一个小方洞，正好露出赛夏老头那张紫红的脸。狡猾的老人带儿子进屋，走的是平日送货出去的门；从酒窖里把桶子推进煮酒的小屋，只消走里边的门，用不着绕过院子。

高布道："哎啊！老爹，这个太不像话了，你想偷儿子的秘密……你喝饱了酒干的什么勾当，你知道没有？简直下流。"

大卫叫了声："噢！爸爸。"

"我来瞧瞧你们可需要什么东西。"老人说着，酒醒了一半。

"你是关切我们，才端了一座梯子来，是不是？……"高布搬开空桶，打开门，发现老人站在一座小梯上，只穿着衬衣。

大卫道："你要闹出病来了！"

老人不好意思的走下梯子，说道："我大概是梦游。因为你不相信你父亲，我梦见你跟魔鬼打交道，做那做不到的事。"

高布道："你自己魔鬼上了身，才这样财迷心窍。"

大卫道："爸爸，去睡觉吧；你要关我们尽管关，可是不必再来，高布守在这儿，不会让你看的。"

第二天早上四点，大卫把造纸的痕迹收拾干净，走出煮酒的小屋，拿三十来张纸交给父亲；纸张的细洁，白净，密度，拉力，都尽善尽美，还留着鬃筛上粗细不一的纹缕，像水印一般。老人伸出舌头舐样品，掌车工人从年轻时候起就用舌头试验纸张，成了习惯；他拿在手中捏啊，搓啊，折啊，凡是印刷工人察看纸张好坏的方法都用尽了，尽管没有什么好挑剔，他还是不肯认输。

他不愿意称赞儿子，便说："还要看印起来怎么样！……"

高布道："这个人才怪了！"

老头儿冷冰冰的摆着父亲的架子，装作三心两意，委绝不下。

"爸爸，我不愿意骗你，这种纸我还嫌成本太高，并且我要在锅子里上胶……现在需要解决的只有这一点了……"

"啊！原来你想叫我上当！"

"我不是老实告诉了你吗？我已经做到在锅子里上胶，只是到此为止胶水化在纸浆里不够匀，纸摸上去像刷子一般发毛。"

"好吧，你改良了上胶的方法，再来问我拿钱。"

高布道："我看我的主人永远看不见你的钱的了！"

老人夜里讨了没趣，想拿大卫出气，所以对他不仅仅是态度冷淡。

大卫把高布打发开了，说道："爸爸，我从来没怨你把印刷所的价钱估得异乎寻常的高，只按照你一个人的估价卖给我；我始终当你父亲看待，心上想：老人家吃过不少苦，给我受的教育也不是我这样的人受得到的；他劳力换来的果实，由他太太平平的去享受吧，爱怎办就怎办吧——甚至母亲的一份财产，我也不问你要，你要我背债过日子，我哼都不哼一声。我立志不打搅你，要自个儿挣一份大大的家业。现在我秘诀找到了，中间受尽了磨折，家里饭都吃不成，为着别人的债弄得焦头烂额……

真的，我耐着性子挣扎，直到筋疲力尽为止。也许你应该扶我一把吧！……你不为我着想，也得看看眼前还有一个女人，一个小孩儿！……（说到这儿大卫掉了一滴眼泪）他们需要你帮助，保护。”大卫看见父亲脸上冷冰冰的，像印刷车上的石板，便道：“玛利红和高布尚且把他们的积蓄借给我，难道你不如他们吗？”

老人听了一点不觉得惭愧，嚷道：“你拿了他们的还不够……我看整个国家都会给你吃光的……算了吧，我一窍不通，不敢参加这种事业，上你的当。”他又借用工场的绰号说：“猴子吃不了大熊。我是种葡萄的，不是做银钱生意的……再说，爷儿俩合伙没有好收场，你不是看见了吗？来吃饭吧，你可不能说我对你一毛不拔吧？……”

像大卫这种人，心胸特别宽大，能把苦水咽在肚里，便是最亲近的人也不让知道；要不是为了无可奈何的呼吁，绝不泄露痛苦。夏娃完全了解这种大丈夫的性格。可是做老子的看见大卫内心深处的痛苦浮到面上来，只道是儿女们欺哄父母的老把戏；等到儿子垂头丧气的时候，又认为他是欺哄不成，下不了台。父子俩终于不欢而散。大卫和高布半夜里回到安古兰末，像窃贼一般小心翼翼的摸进城。一点左右，大卫神不知鬼不觉的到了巴齐纳·格莱日小姐家，躲进老婆替他布置的密室。从此大卫全靠一个同情的女工保护了，女工哀怜人的时候，心思最巧妙。第二天，高布在外张扬，说他骑着马救出主人，送上一辆到利摩日近边去的小车。造纸的原料在巴齐纳的地窖内放好一大堆，高布，玛利红，赛夏太太和她母亲，都不需要同格莱日小姐接触。

十六、利之所在，虎视眈眈

老赛夏跟儿子吵架过后两天，为着贪心赶去找媳妇，好在离开收割葡萄还有二十日。他睡不着觉了，只想知道那桩发明是不是好发财，他要进城去——用他的话来说——照顾庄稼。他在媳妇的房间顶上还保留两间阁楼，便住了其中的一间。儿子家中没钱开销，他闭着眼睛只做看不见。儿子和媳妇欠他房租，至少得供给他伙食！吃饭的刀叉换了镀锡的，他倒不以为奇。

媳妇不能给他用银制的餐具，向他道歉，他回答说："我就是这样开场的。"

玛利红只得自己出面向铺子赊账，供给家里的吃用。高布替泥水匠当下手，挣二十铜子一天。夏娃顾着孩子和大卫的利益，拿出最后一些积蓄来款待老人，不久只剩十法郎了。她对公公亲热，孝顺，百事忍耐，希望感动守财奴，他却始终心如铁石。夏娃发觉公公的眼神同戈安得弟兄，柏蒂－格劳和赛利才的一样冷酷，很想摸清他的性格，探明他的心意，只是没用。赛夏老头经常喝得醉醺醺的，叫人莫测高深。酒醉是他双重的幕。老头儿有时真醉，有时假醉，借着酒意向夏娃打听大卫造纸的秘密，一会儿软骗，一会儿硬吓。夏娃回答说什么都不知道，他就说：“我要把产业统统存做终身年金，让我一个人吃光用光……”可怜的夏娃为了这一类不体面的斗争烦得要死，最后便一声不出，免得得罪公公。有一天逼得没有办法了，说道：“爸爸，你要知道这些事容易得很；只消替大卫还了债，让他回家，你们俩什么都好商量。”

老人叫道：“你们就是打我这个主意，咱们走着瞧吧。”

赛夏老头不相信儿子，却相信戈安得弟兄。他跑去讨教，他们有心逗他，说他儿子研究的东西可以发财发到几百万。

长子戈安得说：“如果大卫能证明他的试验成功，我马上跟他合伙，把他的发明跟我的纸厂算作一样价值的股子。”

多疑的老人和工人们一块儿喝酒，拼命打听，装着傻子盘问柏蒂-格劳，终于疑心戈安得弟兄借着梅蒂维埃的名义，存心逼倒赛夏印刷所，拿大卫的发明引诱他代儿子还债。平民出身的老头儿万万猜不到柏蒂-格劳同对方勾结，暗中筹划要把这个工业上的秘诀抢过去。他看媳妇死不开口，连大卫躲在什么地方都不肯告诉他，气愤极了，有一天决计闯进浇滚筒的工场，因为他终于知道儿子的实验是在那间屋里做的。他老清早下楼，动手撬锁。

玛利红天亮起来预备到工厂去上班，一下子冲到浸纸的地方，叫道：“喂！老爹，你在这儿干什么？……”

老头儿满面羞惭，回答说：“我不是在自己家里吗，玛利红？”

“怎么，你活了这把年纪做起贼来了？……你又没喝酒……我马上去告诉太太。”

“别嚷，玛利红。”老人从口袋里掏出两枚六法郎的银洋，说道，“拿去……”

“要我不说也可以，只是千万不能再来！”玛利红拿手指威吓他，“要不我叫全安古兰末的人都知道。”

老人一出门，玛利红赶到女主人屋里。

“太太，我从你公公手里骗到十二法郎，你收起来吧！……”

“怎么的？”

“他想看先生的铜盆，原料，找秘密。我明知小厨房的东西搬空了，却说他偷盗儿子，他害怕了，给我两块银洋要我不说出来……”

那时巴齐纳高高兴兴捎来一封大卫的信，偷偷的交给夏娃，用的信纸漂亮极了。

> 亲爱的夏娃，我用我制造的第一张纸给你写信。锅内上胶的问题解决了！即使我的原料要在上好的土地上特别种出来，纸浆的成本也只合到五个铜子一斤。十二斤一令的纸只消三法郎有胶的纸浆。我有把握把书籍的重量减轻一半。我用的信封，信纸，附给你的样品，做法个不同。我拥抱你；咱们的幸福只缺少钱财，这个缺陷不久就能补足了。

夏娃拿纸样递给公公，说道：“他成功了！要是你肯把今年的收成给你儿子，让他挣起家业来，包你借给他的本钱一个变十个……”

赛夏老头立即赶去找戈安得弟兄。每张纸样都由他们试过，仔细检查：有的上胶，有的不上胶；标价每令从三法郎到十法郎不等；有的像金属一般纯净，有的像中国纸一样柔软，白也白得各色各样。两个戈安得和老赛夏目光炯炯的瞧着，不亚于犹太人鉴别金刚钻。

胖子戈安得说："你儿子的路走对了。"

退休的印刷工说："那么你们替他还债吧。"

长子戈安得说："行，只要他肯同我们合作。"

大熊嚷道："你们是烧脚党[1]！你们借了梅蒂维埃的名义告我儿子，想叫我拿出钱来。哼！我不这么傻，老板！……"

戈安得弟兄俩对瞧了一眼。守财奴眼光这么厉害，他们吃了一惊，脸上可不露出来。

胖子戈安得说："我们还没有几百万家私好随便给人放款；有一天要能用现钱收买破布，我们就高兴了，现在我们还是付的期票。"

长子戈安得说："真要制造，还得做大规模的试验；用小锅子做成的东西，大量生产往往失败。你先恢复了儿子的自由再说。"

老赛夏说："儿子恢复了自由，肯不肯同我合伙呢？"

胖子戈安得说："那我们管不了。再说，老头儿，你以为给了儿子一万法郎，就百事齐备了吗？领一份发明执照要缴两千法郎，还要跑几趟巴黎；正式生产之前，为妥当起见，要像我老哥说的先试一千令看看成绩，拿一锅又一锅的纸浆去冒险。告诉你，世界上最要提防的就是发明家。"

长子戈安得说："我宁可做现成生意。"

老人夜里左思右想，考虑他的难题："替大卫还了债，他就

---

①法国大革命时期的一帮土匪，专门烧人的脚，逼人说出藏金所在。

自由了；一朝自由了，他用不着和我合作，让我分他的好处。他明知道我们第一回合伙，我叫他吃了亏；他不会再来第二次的了。为我着想，还是让他不得自由，倒霉倒下去。”

戈安得弟兄看透赛夏老头的性格，知道他同他们俩站在一条线上。

那三个人都私下想：“要凭那发明来合伙，先要做试验；要做试验，先要放出大卫。大卫一放出来，就抓不住了。”此外还各有各的打算。——柏蒂-格劳心上想：“等我结了婚，尽可对戈安得客客气气；眼前却放松不得。”——长子戈安得心上想：“还是把大卫关起来的好，事情可以由我做主。”——老赛夏心上想：“我替儿子还了债，只落得他一声谢。”夏娃尽管被老人进攻，威吓，说要她搬出屋子，还是不肯透露丈夫的藏身之处，也不敢叫丈夫接受一份暂时解除羁押的许可证。她觉得下回未必能把大卫藏得像第一次一样妥当，所以回答公公：“你把儿子赎出来，就样样知道了。”四个利害攸关的人有如面对一桌丰盛的菜，谁也不敢动手，唯恐被人占先；大家怀着戒心，你监视我，我监视你。

十七、柏蒂–格劳的对象

大卫·赛夏隐匿了几天以后，柏蒂–格劳到纸厂去看长子戈安得。

他说："我总算尽了我的力，大卫躲起来了，不知躲在什么地方，他准在安安静静的改良他的发明。你的目的没有达到，可怨不得我；你许的愿心兑现不兑现？"

长子戈安得说："只要事情成功，一定兑现。赛夏老头进城几天了，向我们打听造纸的问题；老吝啬鬼对儿子的发明得到一些风声，想沾便宜，合伙的计划大概有点希望。父子两个都是你做的代理人……"

柏蒂–格劳微笑道："那么你想法把父子俩一齐擒下不好吗？"

戈安得道："是啊。你如果能把大卫送进监狱，或者弄到一份合伙契约，把大卫交在我们手里，你和特·拉海小姐的亲事保证成功。"

柏蒂–格劳道："这是你的哀的美敦吗？"

戈安得道："既然咱们说外国话，我就回答你yes（是）①！"

"我的哀的美敦用的是地道的本国话，你听着。"柏蒂-格劳口气生硬。

"倒要请教一下。"戈安得表示很想听一听。

"要末你明天介绍我去见特·塞农希太太，履行你的诺言，让我的事情有个着落；要末我盘掉了事务所，替赛夏还债，跟他合股。我不愿意受骗。你对我说得挺清楚，我也一点不含糊。我已经有事实表现，此刻要看你了。你什么都抓在手里，我一无所有。你不保证你的真心实意，那我就把你的牌拿过来。"

长子戈安得拿起帽子，雨伞，装着一副伪君子的神气，往外就走，要柏蒂-格劳跟他同去。

他说："好朋友，你等会瞧吧，我有没有替你做好准备……"

精明厉害的纸厂老板立刻看出局势危险，觉得和柏蒂-格劳这样的人打交道，不能不公平交易。他为了未雨绸缪，也为了良心上有个交代，推说要报告特·拉海小姐的账目，已经向前任总领事露过口气。

"我替法朗梭阿士看中了一门亲事，今日之下，只有三万法郎陪嫁的姑娘。"戈安得微笑着说，"不应该过分挑剔。"

法朗西斯·杜·奥多阿回答说："慢慢再商量吧。自从特·巴日东太太走了以后，特·塞农希太太的地位大不相同，我们可以把法朗梭阿士嫁给一个上了年纪的乡绅。"

纸厂老板沉着脸说："那她不会安分的。我看不如挑一个干练有

①上句哀的美敦（最后通牒）一字源出拉丁文，故指为"外国语"。"说外国话"有一个双关的意思，暗示双方话不投机。

为的青年，有你在背后撑腰，一定能使他女人爬上优越的地位。”

“慢慢再说吧，”法朗西斯重复了一句，“咱们先要听听干妈的意见。”

特·巴日东先生去世以后，路易士·特·奈葛柏里斯托人出卖麦市街上的住宅。特·塞农希太太本来住的不够体面，劝丈夫买进巴日东的屋子，那是吕西安雄心壮志的发源地，也是这出戏开场的地方。柴斐莉纳·特·塞农希有心继承当年特·巴日东太太的声势，要在家里有个沙龙，做一个贵夫人。巴日东先生和乡杜先生决斗的时节，安古兰末的上流社会分成两派：一派认为路易士·特·奈葛柏里斯是清白的，一派相信斯大尼斯拉·特·乡杜说的是事实。特·塞农希太太袒护巴日东夫妇，先把巴日东派的党羽拉过去了。她后来搬进新屋，利用许多人在巴日东家多年打牌的习惯，每天晚上招待宾客，压倒她的对手阿美莉·特·乡杜。法朗西斯·杜·奥多阿自以为在安古兰末的贵族阶级中当了领袖，越来越存奢望，甚至想把法朗梭阿士攀给特·赛佛拉克老先生，当初杜·勃罗沙太太没有能替她的女儿拉拢的人物。等到特·巴日东做了州长夫人回到安古兰末，柴斐莉纳对宝贝干女儿的期望更大了。她认为自己捧过伯爵夫人，此刻伯爵夫人有权有势，一定会帮助她，纸厂老板对安古兰末的内幕了如指掌，这些困难他都看得清清楚楚；可是他决心用大胆的手法克服困难，那手法也只有太丢狒[1]才使得出来。柏蒂-格劳发觉陷害大卫的后台老板对自己这样忠诚，大出意外，便让他一路转着念头从纸厂走往麦市街上的公馆。两个不速之客踏上台阶，被人挡住了：“先生和太太

①莫里哀喜剧《太丢狒》中的主角，典型的骗子，狡猾阴险，无所不为。

正在吃饭。”

长子戈安得回答：“你只管通报就是了。”

里面听见名字，马上请进。装腔作势的柴斐莉纳，法朗西斯·杜·奥多阿，特·拉海小姐，正在一块儿吃饭。打猎的季节才开始，特·塞农希先生照例到特·比芒丹先生家去了。戈安得向柴斐莉纳介绍柏蒂-格劳。

“太太，这位便是我和您提过的青年，律师兼诉讼代理人，他可以负责使您漂亮的干女儿脱离监护。”

前任外交官打量柏蒂-格劳，柏蒂-格劳偷偷的瞧着漂亮的干女儿。柴斐莉纳诧异得把手里的叉都掉下了，戈安得和法朗西斯从来没向她透露过一言半语。特·拉海小姐的面相好像老是在生气，瘦削的腰身谈不上好看，淡黄头发黄得没有光彩，尽管装着一派贵族样儿，也极不容易有人请教。干妈和法朗西斯为着感情关系，指望她进上流社会，无奈出生证上写着父母不明这几个字，使她进不去。特·拉海小姐不知道自己的身份，一味挑剔，即使乌莫镇上最有钱的商人向她提亲，她也不愿接受。瘦小的代理人在特·拉海小姐脸上引起一种古怪的，耐人寻味的表情，戈安得在柏蒂-格劳的嘴角上也照样发现。特·塞农希太太和法朗西斯的神色似乎在彼此商量，想把戈安得和他保举的年轻人打发出去。戈安得把一切都看在眼里，要求杜·奥多阿先生单独谈几句话，同外交官进了客厅。

戈安得直截了当的说道：“先生，你这是溺爱不明了。你的女儿不容易嫁掉；我顾着你们大家的利益，已经代为决定，让你没有退步的余地；监护人总喜欢受他监护的人，我也喜欢法朗梭阿士。柏蒂-格劳什么都知道了！……他的野心正好保证令爱的幸福。第一，法朗梭阿士可以支配丈夫；你有新任州长的夫人帮忙，尽可保举柏蒂-格劳当检察官。弥罗先生调往纳凡已经定局，一朝柏蒂-格劳盘掉了事务所，你不难替他谋一个署理检察的位置，不久升做检察官，接下去是法院院长，国会议员……”

回到饭厅，法朗西斯就对未来的女婿另眼相看。他瞧着特·塞农希太太的表情很特别。第一次会面结束的时候，法朗西斯约柏蒂-格劳第二天吃饭，商量正事。商人和诉讼代理人告辞出来，法朗西斯直送到院子，告诉柏蒂-格劳，既然有戈安得推荐，凡是特·拉海小姐的财产管理人为小天使的幸福所做的种种安排，他和特·塞农希太太都能同意。

柏蒂-格劳到了外边嚷道：“嘿！她多难看！我上当了！……”

戈安得回答说：“气派还是大方的；她要长得漂亮，会轮到你吗？……告诉你，朋友，小业主们看见三万法郎陪嫁，再有特·塞农希太太和杜·夏德莱伯爵夫人做靠山，还求之不得呢！法朗西斯·杜·奥多阿先生一辈子不会结婚的了，这姑娘便是他的继承人……你的亲事成功了！……”

“怎么？”

长子戈安得讲出他大胆的手法，说道：“我刚才就是这样说的。朋友，据说弥罗先生不久要调任纳凡的检察官；你盘掉事务所，十年之内好做到司法部长。你胆量不小，宫廷里无论要你出什么力，你都不会推却的。”

代理人想着这些未来的希望，兴奋得了不得，回答说：“你明天下午四点半到桑树广场等着，我要跟赛夏老头见面，咱们想法弄上一份合伙契约，叫父子两个一齐听戈安得兄弟公司调度。”

十八、神甫的一句话

玛撒克的老神甫攀登安古兰末的石扶梯，预备向夏娃报告她哥哥的情形的时候，大卫已经躲了十一天，躲的地方跟可敬的教士才走出的屋子只隔两道门。

玛隆神甫走进桑树广场，瞧见赛夏老头，长子戈安得和瘦小的代理人。这三个各有千秋的角色，用尽全身之力压在那自愿幽禁的可怜虫身上，压着他现在的和将来的命运。三个人都贪得无厌，只是人物不同，贪心也不一样。一个是阴损儿子，一个是出卖当事人，长子戈安得是不花一个钱，收买了那些卑鄙龌龊的行为。时间是下午五点左右，好些回家吃饭的人停下来对三个人瞧上一眼。

最喜欢管闲事的人心上想："赛夏老头跟长子戈安得有什么鬼话好说呢？"

有人回答说："还不是谈那个叫老婆、丈母、孩子挨饿的倒霉鬼！"

一个有见识的内地人说："哼！你们再送孩子到巴黎去学生意吧！"

玛隆神甫才进广场，种葡萄的老头儿就看见了，问道："咦！神甫，你到这儿来干什么？"

神甫回答："为你的家属啊。"

老赛夏说："又是我儿子的主意！……"

赛夏太太的俊俏的脸在窗帘缝中露了一露，教士指着窗子说："你只要破费很少几个钱，一家人都安乐了。"

夏娃因为孩子啼哭，抱在手里颠颠耸耸，唱着歌儿哄他。

赛夏老头说："你是告诉我儿子的消息，还是送钱来？送钱来才好呢。"

玛隆神甫说："不，我来替妹子传达哥哥的消息。"

柏蒂-格劳说："吕西安吗？……"

教士回答："是啊。可怜的小伙子从巴黎走回来。我在戈多阿家见到了，他筋疲力尽，狼狈得很……唉！可怜死了！"

柏蒂-格劳向教士点点头，挽着长子戈安得的胳膊大声说："咱们要到特·塞农希太太家吃饭，赶快去换衣服！……"走了两步咬着戈安得的耳朵说："有了小的，就有老的。大卫逃不了啦……"

长子戈安得假意笑了笑，说道："我替你做了媒，现在要你替我做媒了。"

"吕西安是我中学同学，我们熟得很！……要不了一星期，我就能向他打听消息。你想法让我的结婚公告贴出来，我负责把大卫送进监狱。他坐了牢，我的差事就完了。"

"啊！"长子戈安得慢吞吞的说，"最好是发明执照用我们的名义去领！"

代理人听着直打寒噤。

那时夏娃看见公公和玛隆神甫走进屋子。玛隆神甫想不到他刚才说的一句话使案子进入结束的阶段。

老熊对媳妇说："喂！我们的本堂神甫来报告你哥哥的好消息。"

可怜的夏娃又惊又急，叫道："噢！他出了什么事啊？"

这一声叫喊流露出多少痛苦，惊慌，和诸如此类的情绪；玛隆神甫急忙回答："太太，你放心，他活着！"

夏娃对公公说："对不起，请你把妈妈叫回来，听神甫讲吕西安的事。"

老人找到夏同太太，说道："玛隆神甫有话跟你谈，他虽是教士，人倒挺好。晚饭大概要耽搁一些时候了，我过一个钟点回来。"

老头儿只要不听见银钱的声音，不看见黄金发亮，对什么事都不会动心；他根本没注意夏同太太挨了他一记闷棍以后的神色。

女儿女婿遭了难，对吕西安的希望归于泡影，素来认为刚强正直的人有这样出人意外的变化，加上一年半中间的事故，夏同太太变得面目全非，认不得了。她不仅出身高贵，心地也高尚，非常爱儿女，所以她最近六个月比整个守寡时期受的痛苦更多。吕西安曾经有机会得到王上特许，改姓吕庞泼莱，替外婆家重振门户，恢复原来的爵位和纹章，他自己也能飞黄腾达；谁知他一个筋斗栽在泥洼里！夏同太太对儿子不像妹子对哥哥那么宽容，一知道吕西安假造票据的事，就认为他不可救药了。为娘的有时想骗自己；无奈她们对于亲自哺育，心上从来没丢开过的孩子，知道太清楚了；每逢大卫夫妻俩为着吕西安在巴黎的遭遇争论，夏同太太尽管表面上同意夏娃对哥哥的幻想，骨子里很怕大卫的看法正确，因为大卫的话和她自己的良心告诉她的话完全一样。她知道女儿十分敏感，不敢向她吐露痛苦，只能不声不响的往肚里咽，这种隐忍也只有真会体贴儿女的母亲才能做到。

夏娃看着母亲被忧伤侵蚀，好不害怕：母亲不但从衰老变为龙钟，而且一天比一天厉害！母女俩彼此体惜，不说真话，其实谁也瞒不了谁。对母亲来说，粗暴的赛夏老头的话好比在一杯苦水中再加上一滴，立刻漫出来了，夏同太太的内心受了打击。

夏娃对教士说："先生，这是我母亲！"教士望着那张像专做苦行的老修女式的脸，满头白发，神态又安详，又柔和，另有一番风韵，明明是个听天由命，所谓顺着上帝的意志活下去的女人。这一下教士才了解两个女子的全部生活，再也不哀怜刽子手吕西安；她们所有的苦楚，他都体会到了，不由得暗暗吃惊。

夏娃抹了抹眼睛，说道："妈妈，可怜的哥哥离我们近得很，就在玛撒克。"

"干吗不到这儿来呢？"夏同太太问。

玛隆神甫把吕西安告诉他的路上的艰苦，在巴黎最后一个时期的种种不幸，从头讲了一遍。又描写诗人听到他做的荒唐事儿连累了亲人，如何悔恨，还担心回到安古兰末，不知人家怎样对他。

夏同太太说："难道他对我们都信不过了吗？"

神甫说："可怜的孩子是走回来的，一路忍饥挨饿，凄惨极了；他决意回来过清苦的生活，补赎他的罪过。"

妹子说："先生，尽管哥哥害得我们好苦，我仍旧爱他，像爱一个过世的人的躯壳；便是这样的爱，也还胜过许多妹子对哥哥的感情。他把我们弄穷了，可是只要他回来，我们剩下的一口苦饭，或者说他留给我们的一口苦饭，照样有他的份。唉！先生，他要不离开我们，我们最心爱的宝贝绝不会丢失。”

夏同太太说：“带他回来的还是那个从我们手中把他抢走的女人。他动身的时候搭着特·巴日东太太的车，坐在她身旁，回来却蹲在她车厢背后！”

“眼前可有什么事要我帮忙吗？”好心的本堂神甫预备脱身了。

夏同太太回答：“唉！神甫，老话说，金钱的伤口不会致人死命；可是我们的伤口只有病人自己能医。”

赛夏太太说：“你要能劝我公公帮助他儿子，就救了我们一家。”

神甫刚才听见种葡萄的咕哝，觉得赛夏的事好比一个黄蜂窠，插手不得。他说：“你公公不相信你们，我看他对儿子气恼得很呢。”

神甫办完差事，到侄孙婿卜斯丹家吃晚饭。卜斯丹和所有的安古兰末人一样，帮着老子批评儿子，把神甫仅有的一点儿热心也打消了。

矮小的卜斯丹讲到最后，说道：“对付浪子还有办法，同一般做实验的人打交道只有倾家荡产。”

下编　家庭的晦气星

十九、浪子回家

玛撒克本堂神甫的好奇心完全满足了，内地的法国人特别爱管闲事，主要是为这个目的。当天晚上他把赛夏家的遭遇一股脑儿告诉诗人，表示他进城跑一趟纯粹是出于慈悲心。

临了他说："你叫妹子妹夫背了一万到一万二的债；这笔小数目，亲爱的先生，没有一个人借得出。安古莫阿这个地方并不富裕。你早先和我提到本票，我只道为数不大呢。"

诗人谢了老教士的好意，说道：

"最宝贵的是你给我带来的宽恕。"

下一天，吕西安一清早离开玛撒克，九点光景走进安古兰末，手里拿着一根拐杖，身上那件紧窄的外套沿路穿旧了，黑裤子上泛出一道道的白颜色，一双破靴更说明他没有福气坐车。他很明白他回来和出门的对比会引起家乡人什么感想，可是听了神甫的叙述，心里还忐忑不安的抱着内疚，便自愿受罚，不管熟人用怎样的眼风瞧他，他都准备忍受。他私下想："这就表示我的英勇！"富于诗人气质的人总喜欢自己骗自己。他走过乌莫镇，内心很矛盾，一方面觉得这样回家好不惭愧，一方面想起甜蜜的往事。经过卜斯丹门口，他的心跳个不停，幸而铺子里除了雷奥妮·玛隆和她的孩子，没有别人。他虚荣心还是那么强，发现父亲的姓氏不见了，很高兴。卜斯丹结婚以后，铺子重新油漆，招牌像巴黎的一样只写药房两字。吕西安爬上巴莱门的石梯，感染了故乡的气息，不再感到苦难的压迫，只是挺快乐的想着："我要同他们相会了！"他从前走在城里趾高气扬，此刻直到桑树广场不曾遇见一个熟人反而喜出望外！守在门口的玛利红和高布奔上楼梯，叫道："他来啦！"吕西安重新见到古老的工场，古老的院子，在楼梯上遇见妹子和母亲。他们拥抱之下，暂时把所有的苦难都忘了。一个人遭到不幸，处在家属中间往往还能容忍；既有安身之处，又有希望支持，生活再苦也熬过去了。吕西安虽是一副灰心绝望的样子，却也有灰心绝望的诗意：皮肤被路上的太阳晒得乌油油的；凄凉抑郁的神态使诗人额上罩着一层阴影。这些变化说明他受过多少痛苦，叫人看着他脸上饱经忧患的痕迹，只有怜悯的份儿。离开亲人的时候抱着多少幻想，回来只看到悲惨的现实。夏娃满心欢喜，露出一副圣女殉道时的笑容。美丽的少妇受着忧伤侵蚀，眉宇之间越发显得庄严。吕西安动身去巴黎的时节，妹子脸上是一片天真，现在却神态严肃；这意义太清楚了，吕西安不能不为之深感痛苦。所以，第一阵的感情，那么强烈那么自然的感情流露过后，接下来彼此都有一种反应：谁都不敢开口。吕西安的眼睛不由自主的搜寻那个不在眼前的亲人。夏娃看了直掉眼泪，她一哭，吕西安也哭了。夏同太太脸色苍白，好像一无感觉。夏娃不愿说出话来伤害吕西安，便下楼去吩咐玛利红：

"喂！吕西安爱吃草莓，想法去弄一些来！……"

"噢！我早知道你要款待吕西安先生。放心，我已经预备了讲究的中饭，还有一顿出色的晚饭。"

"吕西安，"夏同太太对儿子说，"你需要补赎的事多着呢。你是要替我们增光而出去的，结果弄得我们山穷水尽。你妹夫为着他的新家庭才想挣一份家业，他的财源差不多被你破坏了。而你还不止破坏这一点……"母亲停了一会，空气很紧张；吕西安一声不出，暗示他接受母亲的责备。夏同太太接下去声气柔和的说："你应当刻苦用功。我不怪你想继承我娘家的高贵的门第；不过做这种尝试先要有财产，还要有骨气；这两样你都谈不上。你把我们对你的信心变作了戒心。这个不怕劳苦，处处隐忍的家庭，为了你不得安宁，难过日子……初次的过失当然好原谅，下次可不能再犯。这儿的情形不容易应付，你得谨慎小心，听妹子的话。苦难是人生的老师，他的严厉的教育在你妹子身上已经有了结果：她变得老成了，做起母亲来了，她为了爱护我们亲爱的大卫，挑着养家活口的担子；总之，因为你不知自爱，能使我安慰的只有她一个人了。"

吕西安拥抱着母亲说："你对我的训斥还可以更严厉些。谢谢你的宽恕。我相信也只有这一次需要你宽恕。"

夏娃回进来看见哥哥满面羞惭，知道母亲说过话了。夏娃面和心软，对吕西安露出一丝笑意，吕西安几乎为之掉下泪来。人与人见了仿佛有一股魔力；情人也罢，骨肉也罢，不管恼恨的动机如何强烈，一朝聚首，双方的敌意就会变化。我们的回心转意是不是感情决定的呢？这个现象是不是属于磁性感应[①]的范围呢？彼此的决绝或谅解能不能由理智支配呢？不管这作用取决于思

①十八世纪时医学界首创动物磁性说，逐渐发展为唯心论的磁性感应学说，也就是精神感应的学说，其中包括催眠术。

考，还是取决于物理作用或者精神感应，反正一个受过疼爱的人的眼光，手势，动作，在他一度伤害，虐待，或者精神上折磨得最厉害的人身上，仍旧能找到残余的感情，这是我们个个人都有的经验。就算头脑不容易忘记，利益还受着损害，我们的心却不顾一切，又回过头去屈服了。因为这缘故，可怜的妹子在吃中饭以前听着哥哥说话，她的眼神就不由她做主，向哥哥吐露心腹的声调也不由她做主。夏娃明白了巴黎文坛的内幕，也就明白吕西安怎么会在斗争中一败涂地。诗人逗弄小外甥的快乐，天真烂漫的举动，回到本乡重见亲人的高兴，想起大卫躲藏的悲伤，偶尔流露的几句伤感的话，玛利红端上草莓，发现妹子在困苦中还不忘记他的嗜好，因而大为感动，吕西安的这些表现，加上安顿浪子，忙着照料等等，使那一天像过节一般，叫人在苦海中得到一个喘息的机会。便是赛夏老头的话也帮助母女两人对吕西安回心转意，他说："你们这样款待他，好像他带了成千上百的银子回来！……"赛夏太太急于替吕西安遮羞，回答说："我哥哥干了什么事，就不应该受款待呢？……"

虽然如此，第一阵激动过去以后，微妙的真相开始透露了。不久吕西安发觉夏娃的亲热和以前有所不同。大卫极受尊重，而吕西安是人家*硬着头皮*爱的，有如爱一个闹过许多乱子的情妇。敬是感情的基础，有了敬意，感情才切实可靠，而切实可靠的感觉又是我们生活所必需的；夏同太太对于儿子，夏娃对于哥哥，却缺少这点儿敬意。吕西安觉得自己得不到绝对的信任；如果他做人清白，这种情形绝不会有。大丹士信中对他的看法变了妹子的看法，在她的举动，眼神，声调中流露出来。大家是可怜吕西安！至于门户的光彩和荣誉，家庭之中的英雄，这些美妙的希望都一去不复返了。他的轻率使人害怕，不敢让他知道大卫的藏身之处。吕西安想看妹夫，对夏娃竭尽温存，百般试探，夏娃只是不理。当初在乌莫的时节，只要吕西安眼睛一瞥，妹子就当作不可违抗的命令，现在的夏娃可不是那时的夏娃了。吕西安说要补赎罪过，自命为能够救大卫。夏娃回答说："你别管，我们的敌人才阴险才精明呢。"吕西安摇摇头，意思是："我同巴黎人也交过手了……"妹子瞅了他一眼，仿佛说："你不是打败了吗？"

吕西安私忖道："他们不爱我了。家庭跟社会一样势利。"

从第二天起，诗人就推敲为什么母亲和妹妹对他缺乏信心，结果他不是怨恨，而是引起一肚皮的牢骚。他用巴黎生活做标准，衡量淳朴的内地生活，忘了这一家子艰苦卓绝，过的清贫简陋的日子，原是他造成的。——"她们太庸俗了，不会了解我的"，他这样想着，精神上同母亲，妹子和大卫疏远了，而他也不能使他们对他的性格和前途再存什么幻想。

夏娃和夏同太太饱经忧患，变得很会猜度人，她们暗暗咂摸吕西安的心思，觉得被他误解了，眼看他和她们离得远了。两人私下想："他上巴黎去了一趟，变得多厉害！"他的自私本是她们一手培养出来的，她们终于自食其果。这点轻微的酵母免不了在双方身上都发酵，尤其在犯了大错的吕西安方面。夏娃这种妹子，倒还肯对一个犯了过失的哥哥说："你的错让我来承担了吧……"凡是心心相印，极其美好的感情，像少年时代的夏娃和吕西安那样，一受伤害就无可挽回。流氓恶棍动过刀子，依旧能讲和；情人之间为了一个眼风，一句话，可以终身反目。有些决裂的例子往往难于理解，原因就在于回想到那种近乎完满的感情。只要不曾有过纯洁的毫无芥蒂的交谊，即使心存猜忌也还能相处；不比两个过去肝胆相照的人，临到眼神言语都要提防的时节，会觉得不堪忍受。因为这缘故，一般大诗人特意让他们的保尔和维奚尼[①]在少年时代终了的时候夭折。我们怎么能设想保尔和维奚尼反目呢？……物质的损害虽然严重，夏娃和吕西安并没因此加深裂痕，这一点倒也难得；但是无可指摘的妹子同犯了错误的诗人一样，两人浑身都是感情，所以只要一个极小的误会，极小的争执，或者吕西安再犯什么过失，就能使他们分手，或者酿成争端，终于骨肉仳离。有关银钱的事，一切都好解决；感情却绝对不肯妥协。

①十八世纪时法国裴那登·特·圣比哀名著《保尔与维奚尼》中的主要人物，此处是泛指两小无猜的小情人。

二十、意想不到的荣誉

第二天，吕西安收到一份安古兰末的报纸，发现他回乡的消息列入本地版的头条新闻，快活得脸色都变了。这份高尚的报刊近于内地的学会，被伏尔泰比作一个稳重的姑娘，从来没人谈论的。

> 法朗希-龚丹出了维克多-雨果，查理·诺第埃，居维哀；布勒塔尼出了夏多布里昂和拉默奈；诺曼底出了卡西米·特拉维涅；都兰出了阿弗莱·特·维尼；因之那些地方都引以自豪。其实，我们安古莫阿在路易十三治下就有大名鼎鼎的居埃（大家更熟悉他的姓——特·巴尔扎克）；现在更不必艳羡以上那些省份，也不必眼红丢彪德朗的出生地利慕尚，蒙洛西埃[1]的出生地奥凡涅，以及出过大批名人的波尔多；我们也

①以上列举的许多人物，只有四个不是文学家：居维哀是动物学家，古生物学家；拉默奈是哲学家；丢彪德朗是外科医生；蒙洛西埃是宗教活动家。十七世纪的居埃·特·巴尔扎克（1597—1654）为法国早期有名的散文家，与《人间喜剧》的作者无关。

出了一个诗人！《长生菊》的作者不仅写了美妙的十四行诗，是个诗人，同时也是散文家，《查理九世的弓箭手》这部精彩的小说便是他的手笔。我们的子侄辈将来一定觉得骄傲，因为本地出生了一个吕西安·夏同，和彼特拉克并驾齐驱的人物！！！……（当时内地报纸上的惊叹号有如英国人在会议席上对演说家的喝彩）我们的诗人虽则在巴黎声名大噪，仍旧记得特·巴日东府第是他荣名的摇篮，安古兰末的贵族首先赏识他的诗歌；他献身于缪斯[1]事业的初期，受过本州州长杜·夏德莱伯爵的夫人鼓励，所以他回到本乡来了！……昨天我们的吕西安·特·吕庞泼莱在乌莫出现，全镇为之轰动。他回来的消息到处引起注意。在欢迎吕西安这件事情上，我们相信安古兰末绝不自甘落后，让乌莫占先。他在巴黎的新闻界和文艺界都是我们光荣的代表。吕西安是保王党兼教会派的诗人，不怕触犯党派的怒火；据说他打算回来休息一番，在那种斗争中间，便是比陶醉于诗情梦境的人更强壮的运动员也要感到劳累的。

大家正在谈论吕西安继承特·吕庞泼莱的姓氏和头衔的问题，他的母亲夏同太太原是那个世家的唯一后代。听说杜·夏德莱伯爵夫人出于政治观点，首先想到这件事情，我们也极表赞成。汲引有才能的人和新兴的名流，替行将消灭的旧家重振旗鼓，更足以证明王上不忘记他经常表示的心愿，就是说：团结一致，不念旧恶。

我们的诗人目前寄寓在他的妹子赛夏太太家里。

①古希腊神话中的文艺女神，尤指执掌诗歌的女神；后世常以“献身缪斯”一语影射诗人。

本地新闻栏还登着下面几条消息：

本州州长杜·夏德莱伯爵原任内廷侍从，最近又兼任参事院特别参议。

昨日本城全体官员前往谒见州长。

杜·夏德莱伯爵夫人定于每星期四接见宾客。

埃斯卡巴乡乡长，特·埃斯巴家小房的代表，杜·夏德莱伯爵夫人的尊翁特·奈葛柏里斯先生，最近晋封伯爵，兼贵族院议员，荣获王家圣·路易三等勋章，并将在下届选举中出任安古兰末大选区的主席。

吕西安把报纸递给妹子，说道：“你瞧。”

夏娃仔细看了，若有所思的把报纸还给吕西安。

吕西安看妹子的态度不但谨慎，还近于冷淡，觉得诧异，问道：“你怎么说？……”

妹子回答：“朋友，这份报是戈安得弟兄的产业，登稿子的权完全操在他们手中，只有州长公署和主教公署能强制他们。你以为你以前的情敌，现任的州长，肯宽宏大量，这样捧你的场吗？两个戈安得借着梅蒂维埃的名义控告我们，想逼大卫把他的发明公开出来，让他们利益均沾，难道你忘了不成？……不管这篇稿子的来历怎么样，反正我不放心。你在这儿只能引起仇恨，嫉妒；俗话说：先知在本乡没人当真，人家只会说你坏话；一霎眼之间形势大变，你不疑心吗？……”

吕西安说：“你不知道内地人的虚荣。南方有个小城市，一个青年参加会考，得奖回乡，大家在城门口热烈欢迎，当他未来的大人物！”

“亲爱的吕西安，我不是要教训你，千句并一句：在这里事情再小也要提防。”

“对。”吕西安嘴里这样说，心里奇怪妹子没有一点热烈的表示。

诗人自惭形秽的回家，忽然变了衣锦还乡，快活极了。

他一声不出，思潮起伏，激动了一小时，终于说道：“花了偌大代价换来的一点儿荣誉，你们竟不相信！”

夏娃不回答，只望了望吕西安；吕西安觉得自己不该埋怨，老大不好意思。

晚饭前一会儿，州长公署派人给吕西安·夏同先生送来一封信，仿佛证实诗人那种虚荣的想法。为着他，上流社会开始和家庭竞争了。

来信是一份请帖：

兹订于九月十五日晚洁樽候

教，敬请

光临，并盼

赐复为幸。此致

吕西安·夏同先生

西克施德·杜·夏德莱伯爵

谨约

暨伯爵夫人

信内附着一张名片：

西克施德·杜·夏德莱伯爵

内廷侍从　夏朗德州州长

参　事　院　参　议

赛夏老头说："你走红啦，城里当你大人物一样的谈论……安古兰末跟乌莫抢着要送花圈给你呢。"

吕西安凑着妹子的耳朵说："亲爱的夏娃，我像当初住在乌莫，要去见特·巴日东太太的那天一样，没有礼服赴州长的宴会。"

夏娃吃惊道："难道你真的想去吗？"

为了去不去州长公署的问题，兄妹俩大开辩论。夏娃凭着内地妇女的见识，认为在交际场中应酬必须满面春风，衣冠端整，打扮得无可批评；她还没说出她真正的意思："州长请客把吕西安带到什么路上去呢？安古兰末的上流社会对他有什么好处呢？有没有人算计他呢？"

吕西安睡觉之前和妹妹说："你不知道我的势力有多大；州长的老婆最怕新闻记者；况且杜·夏德莱伯爵夫人始终保持路易士·特·奈葛柏里斯的本性！一个女人能谋到这许多官爵，当然能救大卫！我要把妹夫的发明告诉她，请求部里帮助一万法郎在她根本不算一回事！"

晚上十一点，吕西安和母亲，妹子，赛夏老头，玛利红，高布，被本地的乐队和驻军的乐队吵醒，发现桑树广场上挤满了人。安古兰末的一些年轻人请了乐队来向吕西安·夏同·特·吕庞泼莱表示敬意。最后一个曲子演奏完毕，场上鸦雀无声，吕西安站在妹子的卧房窗口说道："多谢各位乡亲给我的荣誉，我一定不辜负大家的好意。我情绪太激动了，不能多说，请你们原谅。"

"《查理九世的弓箭手》的作者万岁！……《长生菊》的作者万岁！……吕西安·特·吕庞泼莱万岁！"

几个人叫了三声，很巧妙的从窗口丢进三个花圈和一些花球。过了十分钟，桑树广场上人散尽了，照旧静悄悄的。

赛夏老头带着讪笑的神气，翻来覆去的搬弄花圈花球，说道："要送来一万法郎才好呢！大概你给了他们长生菊，他们回敬你花球，花花草草原是你的本行。"

"你把同乡给我的荣誉看得这样轻贱！"吕西安嚷道。他得意扬扬，脸上没有一点悲伤的痕迹。"老爹，你要是懂得一些人情，就知道这种时刻一生难得有第二回。只有真正的热情才能给你这样的荣誉！……亲爱的妈妈，亲爱的妹妹。这一下多少的痛苦都抵消了。"吕西安拥抱母亲和妹子，仿佛一个人的快乐像潮水般涌出来，一定要倾泻在知己的心里。（皮克西沃曾经说：一个作家得意之极的时候，没有朋友，便是看门的也要拥抱一下。）吕西安问夏娃："喂！亲爱的孩子，你为什么哭呢？……哦，你太快乐了！……"

吕西安走了，夏娃重新上床之前和母亲说："唉！……我看哪，诗人真像一个轻骨头的漂亮女人……"

母亲点点头回答："你说的不错。吕西安已经把什么都忘了，不但忘了他的苦难，也忘了我们的苦难。"

母女俩不敢把感想完全说出来，各自睡了。

二十一、捧场的阴谋

凡是反抗情绪极强而用平等两字做掩护的地方，任何轰动一时的成功都是奇迹，而且同某些奇迹一样，没有操纵机关布景的巧匠合作，不可能出现。一个人生前在本国受到喝彩，十有九次，喝彩的原因同他本人并不相关。伏尔泰在法兰西剧院台上的胜利[1]，不是十八世纪哲学的胜利吗？在法国，只要个个人戴上了胜利的冠冕，才允许你胜利。夏娃母女两人的预感因此很有道理。在麻木不仁的安古兰末，内地大人物只能引起反感，决没有人捧场，除非是有利害关系的人或者别有用心的人导演，而这两者都是可怕的。夏娃和大多数女人一样，只晓得凭着本能猜疑而说不出猜疑的根据。她入睡的时候心上想："这里哪一个人对我哥哥有这样的好感，肯在地方上替他鼓动呢？……《长生菊》还没有出版，怎么会有人预先祝贺他成功？"

事实上这次捧场是柏蒂-格劳玩的把戏。玛撒克的本堂神甫报告吕西安回来的那天，代理人第一次上特·塞农希太太家吃

①1778年3月30日，伏尔泰去世前两个多月，他的悲剧《伊兰纳》在法兰西剧院第六次上演时，受到群众的欢呼，替他在舞台上加冕。

饭，向她的干女儿正式求婚。这一类没有外客的饭局，场面的隆重不在于人数而在于衣着。尽管到场的只限于家属，每个人都觉得自己扮着一个角色，一举一动都流露出自己的用意。法朗梭阿士好像在身上开时装展览会。特·塞农希太太搬出她最讲究的行头。杜·奥多阿先生穿着黑礼服。特·塞农希先生接到太太的信，知道杜·夏德莱太太到了，快要来做第一次的拜访，向法朗梭阿士提亲的男人也要正式登门，便特意从特·比芒丹先生家赶回来。戈安得穿的是他最漂亮的栗色礼服，款式跟教士穿的一样；绉领上一颗价值六千法郎的钻石晶莹夺目，富商借此向穷贵族示威。柏蒂－格劳剃过胡子，梳好头发，擦过肥皂，只是去不掉那副生硬的神气。礼服在瘦小的代理人身上绷得紧紧的，看上去像一条冻僵的毒蛇；心中的希望使他一双喜鹊眼精神饱满，脸上冷冰冰的，功架十足，摆着一副威严样儿，活脱是个野心勃勃的小检察官。特·塞农希太太事先嘱咐亲近的朋友，关于她干女儿初次接见求婚的男人，以及州长夫人光临的消息，在外一字勿提；她知道这样一说，准会高朋满座。州长夫妇早已投过名片，拜过客；只有在某些场合才亲自登门，作为一种特殊手段。安古兰末的贵族因此十二分好奇，便是乡杜的党羽也有好几个准备到巴日东府上走一遭——一般人始终不肯把那所屋子称为塞农希公馆。杜·夏德莱伯爵夫人的势力有了真凭实据，招来不少热衷的人。大家听说她脱胎换骨，比以前更风雅了，也想亲自来瞧个究竟。州长夫人却不过柴斐莉纳的情面，答应接见她亲爱的法朗梭阿士的未婚夫。戈安得把这个重要消息在路上告诉柏蒂－格劳，柏蒂－格劳便想起吕西安的回乡使路易士·特·奈葛柏里斯的地位十分尴尬，正好利用。

特·塞农希夫妇背了重债买进屋子，买下以后只能采取内地人的办法原封不动。下人通报州长夫人到了，柴斐莉纳迎上前去，一开口便道："亲爱的路易士，你瞧！……你在这儿仍旧在你自己家里！……"一边说一边指着挂璎珞的小吊灯，护壁板，家具，以前吕西安看着出神的东西。

"哎啊！亲爱的，这是我最不愿意想起的。"州长夫人说话的神气挺妩媚，四下一望，瞧了瞧在场的人。

个个人承认路易士·特·奈葛柏里斯变了。她在巴黎交际场中混了十八个月，新婚燕尔的变化，跟内地妇女到过巴黎以后的变化同样深刻，再加有了权势，神态庄严，种种因素使你在杜·夏德莱伯爵夫人身上只看到一些特·巴日东太太的影子，好比在二十岁的姑娘身上看到她的母亲。头上戴一顶镂空花边的小帽子，一支钻石别针随便扣着几朵鲜花。头发卷儿沿着腮帮挂下来，跟她的脸蛋配得很好，还遮掉她面孔的轮廓，看上去更年轻。她穿一件尖领的薄绸衫，底下盯着美丽的穗子，有名的女裁缝维多莉纳把衣衫做得特别显出路易士的身腰。双肩在镂空花边的围巾和轻纱的披肩之下若隐若现，披肩裹着太长的脖子，裹的手法很巧妙。她手里拈着漂亮的小玩意儿，一般内地妇女最不会对付这种东西：手镯上拖一根小链子，系着一个精致的小香炉；另一只手若无其事的握着扇子和卷起的手帕。但看她向特·埃斯巴太太学来的姿势，举动，没有一个小地方不高雅，可知路易士对于圣·日耳曼区的一套研究得十分到家。至于那个帝政时代的老风流，结了婚，熟透了，有如隔天还青绿而一夜之间变黄的甜瓜。西克施德丧失的元气转移到容光焕发的妻子脸上，引得大家交头接耳，说了不少内地的刻薄话；尤其前任安古兰末的王后新近得势，所有的妇女看着又妒又恨，更要叫那个顽强的外乡人代妻子受气。除了特·乡杜先生夫妇，已故的特·巴日东先生，特·比芒丹先生和特·拉斯蒂涅一家之外，客厅里的人几乎同吕西安朗诵诗歌的那一天一样多。主教也由几位副主教陪着到场。柏蒂－格劳四个月以前做梦也没想到这个场合会有他的立足之地，眼睛望着安古兰末的贵族，心里很激动，对上层阶级的一肚子怨气不知不觉的消解了。他觉得杜·夏德莱伯爵夫人美不可言，私下想："这个就是能保举我做署理检察官的女人！"路易士同时和每个女客应酬了一番，说话的口吻按照各人的地位而定，也考虑到对方在她同吕西安出奔那件事上采取的态度。黄昏过了一半，路易士和主教退入小客厅。柴斐莉纳过去搀着柏蒂－格劳的手臂，柏蒂－格劳忐忑不安的跟着她向小客厅走去。那是吕西安的厄运开始的地方，不久也要在那里结束了。

"亲爱的，这位就是柏蒂－格劳先生，我向你郑重推荐，因为你要看得起他，便是法朗梭阿士的造化。"

"先生，你是诉讼代理人吗？"奈葛柏里斯家的小姐把柏蒂－格劳从头到脚打量了一下。

"不幸得很，是的，伯爵夫人。（乌莫镇上裁缝的儿子生平从来没用过这个称呼，说的时候好像嘴里含着一口东西。）我只有仰仗夫人，才能进检察署。弥罗先生听说要调到纳凡去了……"

伯爵夫人道："照例不是先要做了副署理检察，再升为首席署理吗？我倒希望你马上当首席……要我关切你，帮你谋这个缺，我先要得到保证，知道你的确忠于正统派，忠于教会，尤其是忠于维兰尔先生[1]。”

“啊！太太，”柏蒂-格劳上前凑着她耳朵说，“我是绝对忠于王上的。”

她退后一步，表示不愿意听人咬耳朵说话，回答说：“现在我们就需要忠于王上的人。只要特·塞农希太太对你满意，我无有不帮忙。”她说着用扇子做了一个气概不凡的手势。

戈安得在小客厅门口探了探头，柏蒂-格劳便向伯爵夫人说：“太太，吕西安回来了。”

“那便怎么样，先生？……”伯爵夫人的声调叫人说话到了喉咙口也只好咽下去。

“伯爵夫人没有了解我的意思，”柏蒂-格劳用最恭敬的措辞说，“我只是向夫人证明我的忠心。夫人一手提拔的那个名流在安古兰末应当受什么待遇，要请夫人示下。他在这儿不是受人唾弃，便是受人颂扬，没有第三条路。”

路易士·特·奈葛柏里斯还没有想到这个难题，这件事当然与她有关，不是为了现在，而是为了过去。代理人逮捕赛夏的计划能否成功，完全取决于伯爵夫人此刻对吕西安的情意。

她摆出一副尊严高傲的态度，说道：“先生，你既然有心归附政府，就该知道政府永远不会错的，这是第一个原则；而女人运用权势的本能，对于她的尊严的感觉，比政府还要强。”

柏蒂-格劳正在不露痕迹，仔细观察伯爵夫人，急忙回答说：“太太，我正是想到这一点。吕西安潦倒不堪的回家。他可以受到欢迎，同时我也能利用人家的欢迎逼他离开安古兰末，因为他

①正统派是十九世纪初期拥护波旁王室的保王党。维兰尔是当时（1821—1828）的内阁总理。

的妹子和妹夫被人控告，逼得很紧……”

路易士·特·奈葛柏里斯高傲的脸上流露出一种微妙的表情，可见她在压制心中的快乐。她想不到自己的心事被人猜得那么准，一边望着柏蒂-格劳，一边打开扇子。法朗梭阿士正好进来，伯爵夫人正好利用这个时间考虑怎么回答。

“先生，”她意味深长的笑了笑，“你很快就能当上检察官……”

这不是把话说尽而一点不落把柄吗？

法朗梭阿士过来向州长夫人道谢，说道：“太太，多蒙您成全我的幸福。”她像小姑娘似的挨在保护人身边，凑着她耳朵说：“做一个内地代理人的妻子，那简直是活活受罪，要我的命了！……”

柴斐莉纳用这种方式进攻路易士，原是熟悉官场的法朗西斯出的主意。

前任总领事和他的女朋友说：“初上台的人，不论是州长，是改朝换代的帝王，还是企业的主持人，帮起忙来都很热心；可是他们很快会发觉做后台老板的麻烦，一副面孔马上要冷下来的。今天路易士替柏蒂-格劳走的门路，再过三个月为你的丈夫她也不愿意干。”

柏蒂-格劳道：“替我们的诗人捧过场，接下去该怎么办，不知道伯爵夫人想过没有？恐怕在我们喝彩鼓掌的十天之内，夫人需要招待一下吕西安。”

州长夫人点点头，把柏蒂-格劳打发了。她瞧见特·比芒丹太太在小客厅门口露面，便站起身来，走过去和她谈话。侯爵夫人听到特·奈葛柏里斯老头进贵族院的消息，十分诧异，觉得一个女人这样能干，出了乱子反而声势浩大，不能不奉承一番。

侯爵夫人说了些体己话，表示向她亲爱的路易士低头服小，然后问道："告诉我，亲爱的，为什么你要费许多周折，送你父亲进贵族院？"

"亲爱的，上面给我这个情分，主要因为我父亲没有孩子，而且他投起票来永远是赞成王室的。我要生了儿子，最大的一个可以继承外祖父的爵位，纹章，贵族院的缺份……"

特·比芒丹太太发现路易士的野心扩展到尚未出世的孩子身上，知道不能利用她替比芒丹先生活动贵族院，不免心中怏怏。

柏蒂－格劳出门对戈安得说："州长夫人被我抓住了，你的合伙契约包在我身上……一个月之内我就是首席署理检察官，而你也可以支配赛夏了。现在你得找一个人来接手我的事务所，五个月工夫我的业务在安古兰末占到第一位……"

戈安得对他一手造成的人物差不多有些嫉妒了，他说：

"你啊，只要把你扶上马就行。"

吕西安在本乡大受欢迎的原因，现在大家都该明白了。正如法国有过一个国王不记奥莱昂公爵的仇恨，路易士也不记特·巴日东太太在巴黎受的侮辱。她预备先捧吕西安，用保护人的姿态压倒他，然后正大光明的解决他。吕西安在巴黎受人愚弄的事，柏蒂－格劳在当地的闲言闲语中听见过了；他也猜到女性要一个男人爱她的时候，男人不爱她，她会对那男人咬牙切齿。

二十二、如此好心，我们一生也能碰上几回

群众欢迎吕西安，证明路易士·特·奈葛柏里斯以往的行事并没有错。欢迎过后第二天，柏蒂－格劳要吕西安得意忘形，好加以操纵，带着六个本地青年，全是吕西安在安古兰末的中学同学，来到赛夏太太家。

一些同学因为班级中间出了大人物，决定为《长生菊》和《查理九世的弓箭手》的作者举行公宴，派代表团来专诚邀请。

吕西安叫道："啊！柏蒂－格劳，好久不见了！"

柏蒂－格劳道："你这次回来刺激了我们的自尊心，我们都觉得面上光彩，凑了份子，预备定一席丰盛的酒菜请你。我们的校长和教授都要到场，看情形还有本地的官长参加。"

"哪一天呢？"吕西安问。

"下星期日。"

"那不行，"诗人回答，"除非再过十天，那我准到……"

柏蒂－格劳道："你吩咐就是了，十天就十天。"

那些老同学对吕西安十分钦佩，吕西安也对他们极尽殷勤。他才气横溢，谈了半小时话，一朝被人供在台上，自然不能辜负地

方上的舆论；他一双手插在背心袋里，眼光见解无不高人一等，合乎同乡的估计；态度谦虚随和，完全是一个不拘形迹的才子派头。他发了一阵牢骚，表示在巴黎身经百战，疲倦得很，尤其看破世情，代那些不曾离开乡土的老同学庆幸。诸如此类的话说了一大堆。大家对他印象极好。

接着他和柏蒂-格劳单独谈话，打听大卫的经济状况，埋怨代理人不该弄得大卫躲在一边。吕西安想跟柏蒂-格劳耍手段。柏蒂-格劳存心装傻，让老同学当他是个内地的起码代理人，没有一点儿聪明才智。目前的社会比古代社会在机构方面不知复杂多少，人的才能为此尽量分化。从前，优秀的人物必然要无所不能，所以为数寥寥，在古民族中像明星一般灿烂。后来即使各有专长，杰出的人还能应付全局。像号称足智多谋的路易十一那样的人，他的奸诈随处都能应用。到了今日，连才智也分门别类，愈分愈细了。比如说，有多少种不同的职业就有多少种不同的奸诈。一个狡猾的外交家在内地碰到一桩官司，很可以被一个庸庸碌碌的代理人或者乡下人玩弄。最狡猾的新闻记者在生意上可能是个大傻瓜，吕西安因之做了柏蒂-格劳的玩具。报上那篇文章当然是恶讼师写的，他要叫安古兰末的城里人在乌莫镇面前下不了台，不能不替吕西安捧场。那天夜里聚集在桑树广场上的所谓吕西安的同乡，只是戈安得印刷所和纸厂的工人，加上柏蒂-格劳和卡乡两个事务所的职员和几个中学同学。代理人看准诗人只要跟他恢复了同窗关系，必有一日会泄漏大卫的藏身之处。如果大卫由于吕西安的过失出了事，诗人便不能再在安古兰末立足。柏蒂-格劳要完全控制吕西安，故意装作不及吕西安高明。

他说："我怎么会不尽力呢？事情牵涉到我老同学的妹妹；不

过有些案子你非吃亏不可。六月一日[①]，大卫跑来要我保证他三个月清静，事实上直到九月里才风声紧急，我把他全部财产从债主手中抢下了；因为我还能在高等法院胜诉，弄到一份判决书，确定妻子的特权绝对不能侵犯，特权也没有掩护什么骗局……至于你，虽然落魄回乡，毕竟是天才……（吕西安做了一个手势，仿佛供奉的香离他鼻子太近了一些。）怎么不是呢，朋友？《查理九世的弓箭手》我念过了，不但是一部作品，而且是洋洋巨著！那篇序文只有两个人写得出：不是夏多布里昂便是你！”

吕西安听着这句恭维话居然默认，并不声明序文是大丹士的手笔。遇到这种情形，法国一百个作家，准有九十九个如此。

柏蒂-格劳又装作愤愤不平的说：“哪想到这里的人好像根本不知道你的大名！我看大家冷淡，便自告奋勇，出来鼓动这批人。我写了那篇稿子，你早看到了……”

吕西安叫道：“怎么，是你写的！……”

“对，是我写的！……安古兰末同乌莫处于竞争的地位，我召集了一些青年，你中学里的老同学，组织昨天的半夜音乐会；等到热情鼓动起来了，我们又发起聚餐。我心上想：就算大卫不能露面，至少吕西安可以受到表扬！”柏蒂-格劳又说：“不但如此，我还见到杜·夏德莱伯爵夫人，暗示她为她着想，也得出来解救大卫的困难，这是她能够做的，应当做的。如果大卫和我提到的那个秘密确实找到了，政府用不着破费多少就好支持他，州长替发明家撑腰，为这样一桩重要的发明出一半力量，你想是何等气派！在众人眼里岂不是个开明的长官吗？……你妹妹看到司法

①这个日期，作者又弄错了，与之前所述完全不符。

界短兵相接，着了慌，她怕烟雾……在法院里打仗本来同战场上一样要花钱；可是大卫守住了阵地，秘密仍旧在他手中，人家抓不到他的人，也永远抓不到他的！”

“谢谢你，亲爱的朋友，我可以把我的计划告诉你，请你帮我实现。”

柏蒂-格劳瞪着吕西安，螺旋形的鼻子活像一个问号。

“我要救大卫。”吕西安自命不凡的说，“是我连累了他，我要把全部事情弥补起来……我对路易士的影响便是她……”

“谁是路易士？……”

“夏德莱伯爵夫人……”

柏蒂-格劳听着做了一个手势。

吕西安接着说：“我对她的影响之大，她自己也想象不到。可是，朋友，我虽然能操纵你们的政府，却没有衣衫……”

柏蒂-格劳又做了一个手势，表示愿意解囊相助。

“谢谢你。”吕西安和柏蒂-格劳拉拉手，“再等十天，我去见州长夫人，同时到你那儿去回拜。”

他们俩握手道别的时候，已经变了老朋友。

柏蒂-格劳私忖道：“怪不得他要做诗人，原来是神经病。”

吕西安回到妹子房里，心上想：“不管人家怎么说，要说朋友，只有中学里交的才是真正的朋友。”

夏娃道：“吕西安，柏蒂-格劳许了什么愿心，你对他这样亲热？还是防他一著的好！”

“防他一著？”吕西安叫起来。他似乎想了一想，又道：“夏娃，你不信任我，怀疑我，难怪你要怀疑柏蒂-格劳；再过十天半个月，你准会改变意见。”他得意扬扬的补上一句。

二十三、吕西安把内地的荣誉当真

吕西安楼回到自己房里，写信给罗斯多。

朋友，咱们两个人之间，只有我会记得你向我借过一千法郎。你接到这封信的时候，你的处境我完全想象得到，所以我赶紧声明不要你还我现金，只要你负责赊一笔账，正如人家在佛洛丽纳身上花了一千法郎，但求快活一阵。咱们俩的衣服既是同一个裁缝做的，希望你替我定一套行头，越快越好。我虽不完全像亚当[①]，一副形景实在见不得人。出我意料，州府对待巴黎名流的一套居然临到我了。他们要为我举行公宴，好像我是个不折不扣的左派议员。我为什么要一套黑衣服，现在你明白了吧？约期付款也好，拿广告做交换条件也好，反正你得想法把唐·璜应付第芒希先生的戏[②]翻新一下，我无论如何要衣冠楚楚的露面。我身上只有破布条子，该怎

①大家知道，基督教传说，亚当与夏娃在伊甸园中是不穿衣服的。

②莫里哀的喜剧《唐·璜》中有个胆小的债主，名叫第芒希，上门讨债，唐·璜殷勤招待，礼数周到，第芒希竟从头至尾不好意思开口要债。

么办，你斟酌吧！如今是九月，天高气爽，所以要你费心，让我本星期末就有一套白天穿的漂亮衣衫：一件深青铜色的短外套；三件背心，一件柠檬黄的，一件方格子花呢的，一件全白的；三条叫女人看了出神的裤子：一条白的英国料子，一条南京缎的，一条黑的薄呢的；最后还要一件黑礼服和晚上穿的黑缎子背心。如果你另外弄了一个佛洛丽纳，就托她挑两条花色领带。这些都轻而易举，相信你能够办到，也有本领办到，我不担心裁缝。亲爱的朋友，咱们常常慨叹：巴黎人是世界上最杰出的人，穷途末路打起主意来，连撒旦都甘拜下风，却还没有办法向帽子店赊账！除非我们行出上千法郎的帽子，才有赊欠的希望；否则只能拿现钱去买。法兰西剧院演过一出戏，有句台词说：**拉弗滦，咱们一手交钱一手交货**，这话害人不浅！我深深感到我的要求不容易实现，就是说衣服之外，还要一双靴子，一双薄底皮鞋，一顶帽子，六副手套！我知道，这是拿做不到的事来要求你了。不过文字生涯不就是把做不到的事做到吗？……告诉你：你去写一篇长文章，或者干些不清不白的勾当，实现了这个奇迹，你欠我的债就一笔勾销。朋友，别忘了这是赌债，已经拖到一年，你该脸红了，要是你还会脸红的话。亲爱的罗斯多，不是开玩笑，我此刻形势紧急。你听一句话就可知道：乌贼骨发胖了，嫁了鹭鹚，鹭鹚当了安古兰末的州长。这一对可恶的夫妻对我的妹夫大有用处；妹夫受我连累，弄得走投无路，有些期票被人追控，躲起来了……我无论如何要在州长夫人面前重新出现，把我对她的影响恢复一部分。大卫·赛夏的命运要仰仗一双漂亮的靴子，镂空的灰色丝袜（请你不要忘记）和一顶簇新的帽子，不是惨极了吗？……我不能答谢同乡的盛意，只好躺在床上装病，像丢维盖[1]一般。他们为我举行了一个精彩的半夜音乐会，事后知道安古兰末人的热情是我几个中学的老同学鼓动起来的，可见所谓同乡都是有眼无珠的东西。

如果你在巴黎报上的社会新闻栏登一段我在本乡受欢迎的消息，可以抬高我在这里的地位。我要让乌贼骨感觉到，就算我在巴黎报界没有朋友，至少还有些名气。我并没放弃我的希望，将来会报答你的。倘有什么新书要一篇精彩的评论，我可以替你从容执笔。再告诉你一句，亲爱的朋友，我完全信托你，正如你可以完全信托我。

来件望交驿车带下，写明留交字样。

吕西安·特·吕庞泼莱

吕西安在家乡出过风头，在信里又流露出自大的口吻，同时也想起巴黎。在内地安安静静过了六天，又怀念那些挺有意思的苦日子，隐隐然感到遗憾了。整个星期他想着夏德莱伯爵夫人，把重新露面的事看作十二分重要；那天傍晚走到乌莫，向驿车公司去领巴黎的包裹的时节，他心神不定，焦急得了不得，好比一个女人的最后一些希望都在服装上，唯恐到不了手。

吕西安一看几个包裹的形状，知道他要的东西都有了，私下想："啊！罗斯多，你出卖朋友的罪过，我都原谅你了。"

他在帽笼内发现一封信。

亲爱的朋友，裁缝表现得很好。你对过去的回想一点

①法国十九世纪初期的批评家。

不错：领带，帽子，丝袜，花了我们不少心血，因为我们囊空如洗，什么都挤不出来。我们和勃龙台一致认为，开一个供应青年人廉价用品的铺子，准能发财。因为我们没钱购买的东西花了我们很大的代价。伟大的拿破仑缺少一双靴子而没法进军印度的时候，说过：**天底下没有容易的事**！所以一切不成问题，除了你的皮鞋……我眼看你穿了礼服没有帽子！有了背心缺少鞋子！有个美国人为了好玩，送过一双红种人穿的皮鞋给佛洛丽纳，我真想寄给你。佛洛丽纳捐献四十法郎赌本，让我们代你去博一博。拿当，勃龙台和我，不是为自己赌，运道好极，赢了不少钱，居然能带着台·吕卜克斯的旧情人电鳗去吃宵夜。老实说，弗拉斯卡蒂[①]也应该请请我们了。采办归佛洛丽纳负责，她还加上三件讲究的衬衫。拿当送你一根手杖。勃龙台赢了三百法郎，给你一根金链子。电鳗凑上一只金表，像一块四十法郎的洋钱那么大，是个傻瓜送她的，时间不准，她说：**完全是废物，跟送的人一样**！皮克西沃到仙岩饭店来和我们相会，在包裹内加进一瓶葡萄牙头发水。这滑稽大家装着一副正经样儿，用男低音嗓子说：**要是他因此得福就好了**！可见大家在患难中待朋友多好。我心肠硬不起来，原谅了佛洛丽纳；她请你为拿当的新书写一篇评论。再见，孩子。咱们才做了老朋友，你忽然回到你的小天地中去了，多可惜！

你的朋友　埃蒂安纳·罗斯多
写于佛洛丽纳的客厅

①参看前注。

“可怜这些人竟为着我进赌场！”吕西安非常感动的想着。

不卫生的地方或是我们受尽苦楚的地方，往往有些气味近乎天堂上的香味。在平淡的生活中，回想过去的痛苦有一种难以形容的快感。夏娃看见哥哥穿着新衣服下楼吃了一惊，认不得了。

他说：“现在我可以上蕃里欧去散步，没有人说我衣衫褴褛的回来了。这只表的的确确是我的，将来给你做赔偿；它也同我一样，出了毛病。”

夏娃说：“看你这样孩子气！……叫人恼也恼不起来。”

“好妹妹，难道你以为我无聊透顶，要人寄这些东西来，在安古兰末卖弄吗？安古兰末的人才不在我心上呢！”吕西安说着，拿金球柄的手杖在空中一挥。“我是闯了祸想挽救，所以先武装起来。”

吕西安只有一桩事情在本乡是真正成功的，就是那派漂亮哥儿的款式轰动一时。钦佩令人沉默，妒羡引起议论。女人都为吕西安颠倒，男人都说吕西安坏话。他大可引用通俗歌曲中的两句话，叫作：我的衣服，我真要谢谢你！他上州长公署投了两张名片，又去拜访柏蒂－格劳，柏蒂－格劳没有在家。下一天是公宴的日子，巴黎所有的报纸都在安古兰末的标题底下登着一段消息：

安古兰末讯：——青年诗人吕西安·特·吕庞泼莱，初入文坛就才华毕露；《查理九世的弓箭手》不落沃尔特·司各特的窠臼，在法国历史小说中可谓绝无仅有之作，其序言尤为文艺界所激赏。诗人最近回乡大受欢迎，此举不仅为吕西安先生的荣誉，亦且为安古兰末的荣誉。当地人士并将为诗人举行公宴，以志庆贺。新任州长到职未久，亦将参与盛会；闻《长生菊》的作者初期即备受夏德莱伯爵夫人之赏识与鼓励。

在法国，热情一经煽动，谁也没法阻拦。驻军的团长派了乐队来。酒席由乌莫有名的大钟饭店承办，他们的鸡蒜火鸡，装着精致的瓷器一直销到中国。饭店主人在大厅上张起幔子，幔子上挂着桂冠和鲜花，好不庄严。五点钟，客人到齐了，一共有四十位，个个穿着礼服。屋外还有一百多个市民代表吕西安的同乡，主要是被院子里的军乐队吸引来的。

柏蒂-格劳站在窗口一望，说道："整个安古兰末都来了！"

卜斯丹的老婆也来听音乐，卜斯丹对她说："我真弄不明白。怎么！州长，税务局长，团长，火药局局长，本州的议员，市长，中学校长，熔铁厂厂长，法院院长，检察官弥罗先生，所有的官员都到了！……"

入席的时候，军乐队按着*我王万岁，法兰西万岁*的谱子奏起变奏曲来，这支歌在民间始终不曾流行。那是下午五点。到八点，端上六十五盘点心，最耀眼的是一座用糖果堆成的奥林泼斯山，顶上有一个巧克力做的法兰西女神。上了点心，大家开始祝酒。

"诸位，"州长起来说，"我们为王上干杯！……为正统主义干杯！波旁王室不是替我们恢复了和平吗？不是有了和平，我们才有一代又一代的诗人和思想家，让法兰西执掌文艺的大旗吗？……"

"王上万岁！"桌上的人一齐叫起来，政府派叫得更有劲。

德高望重的中学校长站起来了。

他说："为青年诗人干杯，为我们的首座客人干杯！他除了彼特拉克的蕴藉的诗意，还擅长鲍阿罗称为最难的文体，散文。"

"好啊！好啊！"

团长站起来说："诸位，为保王党员干杯！因为我们庆祝的英雄有胆量保卫正确的原则。"

"好啊！"州长带头喝彩。

柏蒂-格劳起来说："我代表吕西安的全体同学，为庆祝安古兰末中学的光荣干杯，为我们敬爱的校长干杯，我们的成就一部分是他的功劳……"

老校长没防到祝酒祝到他身上，抹了抹眼睛。吕西安站起身来，屋内寂静无声，诗人脸都白了。坐在他左手的老校长替他戴上一个桂冠。大家一齐鼓掌，吕西安含着泪水，声音十分感动。

未来的纳凡检察官对柏蒂-格劳说："他醉了。"

代理人回答："可不是酒醉。"

吕西安说："各位同乡，各位同学，今天的场面，我真想叫全国都看到。我们这地方抬举人，培养伟大的作品和事业，用的是这个方式。可是我小小的成就获得这样大的荣誉，觉得很惭愧，以后只能加倍努力，不辜负诸位的雅望。将来回想起这个时刻，可以使我在新的战斗中增加勇气。请你们允许我建议，向我的第一个诗神和保护人致敬，同时向我出生的城市致敬：让我们为美丽的西克施德·杜·夏德莱伯爵夫人干杯，为高贵的安古兰末城干杯！"

检察官点点头说："应付得不错，我们的祝词是事先准备的，他是临时想起来的。"

十点钟，客人三五成群的散了。大卫·赛夏听见平时听不到的音乐，问巴齐纳：“乌莫镇上有什么事啊？”

巴齐纳回答：“他们在欢迎你的舅子吕西安……”

大卫说：“没有我参加，我想他一定很懊恼。”

半夜里柏蒂-格劳把吕西安一直送到桑树广场。到了那儿，吕西安对代理人说：“好朋友，咱们现在是生死之交了。”

代理人说：“明天我同法朗梭阿士·特·拉海小姐在她的监护人特·塞农希太太家立婚书，希望你到场；特·塞农希太太要我请你同去，你可以见到州长夫人；你的祝词准有人告诉她，她必定很高兴。”

吕西安说：“我有我的打算。”

“噢！你可以救大卫了！”

“当然啰。”诗人回答。

正在那个时候，大卫好像有魔术一般的出现了。原因如下。

二十四、隔墙有耳

大卫的处境很为难：他女人绝对不准他见吕西安，也不准透露他隐匿的地方；吕西安却给他写着怪亲热的信，说要不了几天就能挽回大局。他听到音乐的时候，格莱日小姐一边和他解释庆祝会的来由，一边交给他两封信。

亲爱的，你只当吕西安不在这里；你什么都不用担心，只要脑子里牢牢的记住一点：我们的安全全靠敌人打听不出你躲在哪儿。不幸的遭遇使我只相信高布，玛利红，巴齐纳，而不敢相信我哥哥。唉！可怜吕西安不是以前的那个又天真又温柔的诗人了。正因为他要过问你的事，大言不惭的说要替我们还债，（完全是出于骄傲，告诉你！……）我对他更放心不下。巴黎寄给他一些讲究的衣衫，一个漂亮的钱袋，里头放着五块金洋。他把钱交给我，我们现在靠此度日。你父亲回去了，我们总算少了一个敌人，他是被柏蒂-格劳轰走的。柏蒂-格劳看出老人家的心思，马上使他断了念头，说你今后不同他柏蒂-格劳商量，不会做任何决定；柏蒂-格劳不会让你们发明的东西出让，除非拿到三万法郎补偿：先是一万五给你料清债务，还有一万五，不论你的发明将来成功还是失败，都要拿的。我弄不明白柏蒂-格劳到底是怎样的人。我热烈拥抱你这个遭难的丈夫。咱们的小吕西安身体不坏。看这朵花在风雨飘摇中长大，脸色一天天的红润，我说不出是什么感想！母亲照常祷告上帝，她和我一样热烈的拥抱你。

你的　夏娃

柏蒂-格劳和戈安得弟兄怕老赛夏那种乡下人的狡猾，打发他走了。老头儿也要收割葡萄，不能不回玛撒克。

附在夏娃信内还有吕西安的一封信，措辞是这样的：

亲爱的大卫，一切顺利。我从头到脚武装起来了；今天去上阵，两天以内可以大有进展。等你恢复了自由，为我欠的债还清了，我将要多么高兴的拥抱你！妹子和母亲至今防着我，使我精神上大受伤害，一辈子都忘不了。我不是早知道你躲在巴齐纳家吗？她上我们家来一次，就有你的消息和你给我的复信。当然，妹子只能依靠她工场里的朋友。今天我跟你离得很近，可惜你不能出席他们欢迎我的宴会。安古兰末人的虚荣心让我得到一次小小的胜利，那是不多几天就要被人遗忘的；只有你对这件事情感到的快乐，才是真正从心坎里来的快乐。总之，在我心目中，能够做你的弟弟比世界上所有的荣誉更宝贵。再过几天，你就能完全原谅我了。

吕西安

大卫的心被这两股相反的力量猛烈的拉扯，虽然力量的强弱并不相等，因为他热爱妻子，而对吕西安的友情已经减少几分敬意。可是我们孤独的时候，感情的力量可以大起变化。一个人幽居独处，再像大卫那样一心一意想着自己的事，很容易向某些念头屈服，不比在正常的环境中有所依傍，能够抗拒。大卫听着那意想不到的欢迎会的军乐，念着吕西安的信，信中又像他预料的一样，提到没有大卫参加，多么遗憾的话，不禁深深的感动。天性温柔的人抵抗不了这一类小小的感情作用，他们以己度人，认为那些作用对别人也同样重要。满满的一杯水，怎么能不流出一滴来呢？……因此到半夜里，巴齐纳多方劝阻也没法拦着大卫不去看吕西安。

他和巴齐纳说："这个时候安古兰末街上没有人了，没有人看见我，没有人能在夜里把我逮捕；就算被人撞见，我还可以用高布的办法回到这儿。况且我好久没看见我的女人和孩子了。"

这些理由都还说得过去，巴齐纳只得让步，答应大卫出门。吕西安正在同柏蒂－格劳告别，大卫叫了声："吕西安！"两个朋友便流着眼泪拥抱了。这个情景在一生中是难得遇到的。吕西安这才体会到那种颠扑不破的友谊多么热烈，他过去非但不加重视，而且还辜负这友谊。大卫一心要原谅吕西安。高尚慷慨的发明家尤其想嘱咐吕西安，扫除兄妹之间的隔阂。他只顾考虑这些感情方面的事，再也想不到欠债未还的种种危险。

柏蒂－格劳对他的当事人说："回家吧，既然冒冒失失走了出来，至少得利用一下，去看看你的太太跟孩子。别给人瞧见！"

柏蒂－格劳独自留在广场上，自言自语道："可惜赛利才不在这儿！……"

广场上如今矗立着庄严的法院，当时广场四周还搭着木板；柏蒂-格劳沿着板墙说话，不防背后一块板上有弹指的声音，好像用手指头敲门。

“我在这儿啊。”两块没有拼紧的木板中间传出赛利才的声音，“我看着大卫从乌莫出来。他躲的地方，我早已猜到几分，现在证实了，我知道上哪儿去抓他。不过先要知道吕西安有什么打算，才好做圈套。不料你叫他们进去了。你留在这儿。等大卫和吕西安出来，你把他们带到我近边；他们只道四下无人，准会说出几句话来给我听到。”

“你真是个魔鬼！”柏蒂-格劳轻轻的说。

赛利才道：“我要得到你答应我的好处，怎么会不卖力呢？”

柏蒂-格劳离开板墙，在桑树广场上溜达。大卫一家正在卧房里相会。柏蒂-格劳望着他们的窗子，想着前途，鼓励自己；如今他靠着赛利才的聪明，可以使出最后一着棋子了。像柏蒂-格劳这等奸诈阴险的人，看透人心的变化，争权夺利的手段，从来不贪图眼前的好处而受骗，也不轻信人家的情分。他先是不大相信戈安得，所以留好地步，万一亲事不成而没法指责长子戈安得欺骗的话，可以叫戈安得不得安宁。自从在巴日东府上得手以后，柏蒂-格劳倒是公平交易了。早先的阴谋非但变为无用，还对他觊觎的政治地位大有妨碍。我们且补叙一下，他的晋身之阶原来是如何安排的。迦纳拉和几个实力雄厚的商人，在乌莫镇上组织一个进步党的核心，靠着生意上的往来，同反政府派的一些领袖拉上关系。路易十八病重的时期答应让维兰尔组阁，反对派的策略便跟着改变；从拿破仑去世之后，他们已经放弃武装叛变的冒险手段。当时进步党正在各州各府组织一股合法的对抗势力，预备用控制选举，说服群众的方法达到目的。安古兰末的下城素来受上城的贵族压制，柏蒂－格劳既是激烈的进步党，又是乌莫出身的子弟，当然做了下城反对派的发起人，首脑和秘密顾问。他第一个指出，夏朗德州的报纸让戈安得弟兄操纵是危险的，反对派在本州应当有一份机关报，免得落在别的城市后面。

柏蒂－格劳说："咱们不妨各人拿出五百法郎交给迦纳拉，给他凑成两万多法郎盘进赛夏的铺子，咱们替老板垫了款子，就能支配印刷所了。"

代理人要在戈安得和赛夏面前巩固他两面派的地位，劝进步党接受了他的意见。他自然看中赛利才这样一个小人，预备叫他做反对派的死党。他告诉赛夏的前任监工："你要能打听出你老东家的下落，把他交在我手里，我们借给你两万法郎买他的印刷所，说不定再要办一份报，叫你当老板。你好好的去干吧。"

柏蒂－格劳觉得赛利才这种人干起事来，比无论哪个执达员都更有把握，所以早就向长子戈安得保证，逮捕赛夏绝无问题。等到柏蒂－格劳一心想当法官，知道日后不能不脱离进步党的时候，乌莫的人心已经受他煽动，盘进印刷所的资本也有了着落；柏蒂－格劳便决意把事情搁下，听其自然。

他想："没关系！反正赛利才会闹出乱子来触犯出版法，我正好借此显显本领……"

他走到印刷所门口，对站岗的高布说："上去通知大卫趁早走吧，你们小心一些！我回去啦，已经一点了……"

高布离开门口，玛利红过来接班。吕西安和大卫一同下楼，高布在前开路，玛利红在后护送，前后都相隔一百步。两弟兄沿着板墙走过去，吕西安很兴奋的和大卫说话。

“朋友，我的办法再简单没有；在夏娃面前可没法提，她从来不懂什么叫手段。我肯定路易士心中还对我藕断丝连，我能够挑起她的旧情，把她征服，主要是向那混蛋州长报仇。如果我们相爱，哪怕只有一星期，我就要她请求部里给你两万法郎作鼓励。据柏蒂－格劳说，我和她开始相爱的小客厅还是原来的样子。明天我要在那儿重新见到那女人，我要做一出戏。后天早上，我托巴齐纳给你一个便条，告诉你是不是成功……说不定你那时就自由了……为什么我需要巴黎的衣服，现在你明白了吧？扮一个年轻的男主角不能穿得破破烂烂的上台。”

清早六点，赛利才赶去见柏蒂－格劳。

“明天中午叫杜布隆布置定当，我保证他手到擒拿。”巴黎人对柏蒂－格劳说，“我可以利用格莱日小姐手下的一个女工，明白没有？……”

柏蒂－格劳听完赛利才的计划，急忙去找戈安得。

他说：“你去想法要杜·奥多阿先生今晚决定，把他财产的虚有权[1]给法朗梭阿士；你和赛夏的合伙契约，包你两天之内签订。我要立过婚书以后八天才结婚，所以这个办法完全合乎我们的协定：有来有往！今晚在特·塞农希太太府上，吕西安和杜·夏德莱伯爵夫人会面的情形，咱们要暗暗留意，这是关键所在……吕西安尽管希望靠州长夫人挽回局面，我可是把大卫抓住了。”

戈安得道：“我相信你将来能做到司法部长。”

“为什么不？特·贝洛奈先生[2]不是当了部长吗？”柏蒂－格劳这样说，可见他还没完全改掉进步党人的脾气。

---

①只有产业的主权而无收益权，在法律上称为虚有权。

②1821至1828年间的法国司法部长，年轻时也是律师出身。

二十五、吕西安在巴日东府上扬眉吐气

立婚书那天，特·拉海小姐的暧昧不明的身份，替她把安古兰末的大部分贵族都招来了。男的没有贵重的首饰送给女的，一对未来的夫妻这样穷，特别令人关切。世界上有些人做善事同喝彩一样，主要是满足自尊心。因此，特·比芒丹侯爵夫人，杜·夏德莱伯爵夫人，特·塞农希先生和两三个老朋友，送了法朗梭阿士一些礼物，城里也为之议论纷纷。这些漂亮的小东西，加上柴斐莉纳一年前就在准备的被褥内衣，干爹送的首饰，新郎照例不能不送的礼物，总算使法朗梭阿士略感安慰，而好几个带女儿同来的母亲看了也很感兴味。柏蒂-格劳和戈安得两人发觉，安古兰末的贵族允许他们踏进神圣的庙堂是迫不得已，因为一个是法朗梭阿士的财产管理人兼副监护人，一个是立婚书时必不可少的对手，好比行刑总得有一个吊死的囚犯。结了婚，柏蒂·格劳太太照样可以在干妈家出入，丈夫就不容易受到招待了；他却打定主意，非闯进那个骄傲的社会不可。诉讼代理人觉得父母出身低微，难以为情，叫住在芒勒养老的母亲推说有病，留在乡下，写了一份书面表示同意儿子的婚姻。柏蒂-格劳没有亲族，没有

靠山，没有一个自己人在婚书上签字，心里很委屈，现在能带一个名流去充当体面的朋友，又是伯爵夫人愿意会面的人物，高兴极了，坐着马车去接吕西安。在那次值得纪念的晚会上，诗人的打扮毫无疑问把所有的男人都比下去了。特·塞农希太太事先透露消息，说有这位名流到场；两个反目的情人重新聚首，也是内地人极喜欢看的场面。吕西安变了时髦人物。大家夸他如何俊美，如何风流，和以前如何不同，安古兰末的贵族太太都想去瞧他一瞧。当时的装束正从扎脚裤过渡到现在这种难看的长裤，吕西安按照流行的款式穿一条全黑的贴肉裤。男人那时还卖弄身材，使瘦子和体格不美的人叫苦不迭；吕西安的身材却长的像阿波罗一样。他的灰色镂空丝袜，小小的皮鞋，黑缎子的背心，领带，没有一样不穿戴得服服帖帖，像粘在身上一般。浓密的淡黄头发全部烫过，额角更显得白净，四周的头发卷安排得妩媚动人。傲慢的眼睛闪闪发光。一双女人般的美丽的小手始终戴着手套。他的姿态是模仿巴黎有名的花花公子特·玛赛：一只手拿着手杖和永不离手的帽子，一只手偶然动一下，帮助说话的表情。

有些名人假装谦虚，低着头走过圣·但尼门，吕西安很想用这种方式溜进客厅。无奈柏蒂-格劳只有一个朋友，不能不尽量利用。他几乎带着夸耀的意味，在晚会上带吕西安去见特·塞农希太太。诗人一路听见唧唧哝哝的谈论，要是从前，他早就心慌意乱，此刻却冷静得很。他信心十足，知道他一个人抵得上安古兰末所有的英雄。

他对特·塞农希太太说："太太，我的朋友柏蒂-格劳的确是做司法部长的材料，我说他福气太好了，能投在太太门下，不管干女儿和干妈的关系多么疏远（在场的妇女都体会到话中有刺，她们在旁窃听而神气好像并没有听）。至于我，我很高兴趁此机会回夫人致敬。”

几句话说得挺自然，气派像大贵族访问老百姓。吕西安听着柴斐莉纳支吾其词的回答，眼睛在客厅里扫了一圈，有心叫人注意。他同法朗西斯·杜·奥多阿和州长打招呼，神态殷勤，可是对两人的笑容略有区别。然后他装作忽然瞧见杜·夏德莱太太，迎上前去。一般重要人物正被法朗梭阿士或者公证人陆续请进卧室去签字，可是大家都忘了婚书，只注意两个情人的会面，作为当夜的一件大事。吕西安朝路易士·特·奈葛柏里斯走了几步，拿出巴黎式的风雅的态度，对路易士说来还是回来以后第一次看到；他声音相当响亮的说道：

“太太，是不是承蒙你的好意，后天州长公署请客才有我呢？……”

吕西安对以前的保护人故意用这个挑战的语调，杀她的威风；路易士听着有点恼恨，冷冷的回答：“先生，那是为了你的名气。”

吕西安又俏皮又自负的说：“啊！伯爵夫人，如果客人得不到你的好感，我就没有办法叫他出席了。”

他不等路易士回答，转身瞧见主教，大大方方鞠了一躬。

他声音很迷人的说：“大人简直跟先知差不多。将来我要使大人的话完全应验。今晚我到这儿来幸运得很，能够向您表示敬意。”

吕西安趁此和主教攀谈，一谈谈了十分钟。女士们都认为吕西安了不起。杜·夏德莱太太没有料到他这样狂妄，一时竟哑口无言，没有话好回答。她看见所有的妇人佩服吕西安，东一堆西一堆的交头接耳，把他们俩的谈话，吕西安装作瞧不起她，言语之间把她压倒等等，互相传说；路易士失了面子，十分气恼。

她想："他说了那句话，明天要不来吃饭，叫我怎么下台！他凭什么敢这样骄傲呢？……难道台·都希小姐爱上了他吗？……他长得多美！——听说在巴黎，女戏子死后第二天，台·都希小姐到他家里去过！……或许他是来帮助妹夫的，路上遭了意外，到芒勒的时候才蹲在我们车厢背后。那天早上，吕西安瞪着我和西克施德的神气真古怪。"

路易士千思百想，不知有多少念头，更糟糕的是，她还情不自禁的望着吕西安和主教谈话，仿佛他是全场的领袖。他对谁都不理不睬，但等人家去迁就他；他东瞟一眼，西瞟一眼，做出各式各样的表情，神态潇洒，不愧为特·玛赛的高足。特·塞农希先生在他近边出现，他也不离开主教去打个招呼。

路易士等到十分钟，忍不住了，起来走到主教面前，说道，"大人不知听到什么话，常常面带笑容？"

吕西安很知趣的退后几步，让杜·夏德莱太太和主教说话。

"啊！伯爵夫人，这青年聪明绝顶！……他和我解释，他的力量都是您鼓励出来的……"

"我不是忘恩负义的人，太太！……"吕西安眼中带着嗔怪的意味，叫伯爵夫人看着心里高兴。

"我们说说清楚好不好？"她把扇子一招，叫吕西安走近去，"同主教大人一块儿来，打这儿走！……请大人替我们评评理。"她指着小客厅给主教带路。

"哼！她叫主教当什么角色啊！"乡杜帮口里的一位女客有心把话说得相当响，要人听见。

吕西安望望主教，望望伯爵夫人，说道：“评理？……难道有谁做错了事吗？”

路易士·特·奈葛柏里斯走进她从前的小客厅，坐在长沙发上，叫吕西安和主教一边一个坐在她两旁，然后开始说话。

吕西安只做动了感情，没有心思听她的，叫旧情人看着又得意，又奇怪，又欢喜。他的姿态，手势，有如巴斯达在《唐克勒第》[①]中唱：噢，祖国！……时的功架，脸上的表情好像在唱《但尔里佐》那一段有名的抒情曲。受过高拉莉训练的吕西安，最后还会挤出几滴眼泪来。

等到吕西安看出路易士发觉他流泪，便不管主教，也不管谈话的内容，凑着她耳朵说：“啊！路易士，我当初多爱你！”

她掉过身子说：“快点擦擦眼睛，你又要在这里害人了。”这两句舞台上的旁白使主教大吃一惊。

吕西安兴奋的回答：“对，一次已经够了。特·埃斯巴太太的大姑说出这句话来，便是玛特兰纳[②]听着也会止住眼泪。我的天哪！……我又想起了我的往事，我的幻想，我的青春，而你……”

主教觉得处在两个旧情人中间要损害他的尊严了，突然回进大客厅。大家有心让州长夫人和吕西安单独留在内客室。过了一会，闲话，笑声，不时有人在小客厅门口张望，使西克施德大不乐意，沉着脸走进去，吕西安和路易士正谈得高兴。

他附着妻子的耳朵说：“太太，你对安古兰末比我熟悉，你看是不是应当顾到州长夫人和政府的体面？”

---

①意大利十九世纪作曲家洛西尼作的歌剧。

②圣女玛特兰纳向耶稣忏悔，痛哭流涕。现在有句俗语，叫作“哭得像玛特兰纳”。

路易士瞅着她的出面老板，傲慢的神气吓了他一跳，她说："亲爱的，我和特·吕庞泼莱先生谈着一件事，对你很重要。有人用卑鄙的手段陷害一个发明家，我们要救他出来，希望你帮忙……至于那些太太对我做什么感想，你等会瞧吧，我自有办法堵住她们的嘴巴。"

于是她让吕西安扶着胳膊走出小客厅，先在婚书上签了名，旁若无人的气派完全像个贵妇人。

她拿笔递给吕西安，说道："一块儿签好不好？……"

吕西安听着她指点，在她的签字旁边写上自己的名字。

"特·塞农希先生，你还认得当年的特·吕庞泼莱先生吗？"伯爵夫人这么一说，傲慢的打猎专家不能不招呼吕西安了。

她带着吕西安回到客厅，要他和柴斐莉娜一边一个陪她坐在中央的大沙发上，一般人最怕坐的位置。她像王后升了宝座，先是放低着声音说了一些讥讽的话，几个老朋友和趋奉她的妇女也过来参加。吕西安一会儿便成了小圈子的主角，伯爵夫人逗他把话题转到巴黎生活，他想出许多挖苦的话，谈锋之健不可想象，还穿插一些名人的轶事，内地人最爱听的题材。刚才大家赞美他的相貌，现在佩服他的才华了。杜·夏德莱伯爵夫人好不得意，把吕西安当作心爱的玩具似的，玩得出神入化，很恰当的插进一言半语替他帮腔，甚至不避嫌疑，用眼色来要求人家赞许吕西安。好些妇女疑心路易士和吕西安同时回来，也许是他们之间本来爱情深厚，不幸闹了误会。也许路易士气愤之下，和杜·夏德莱结了不合式的婚姻，如今后悔了。

半夜过后一点钟，路易士动身之前轻轻对吕西安说："后天希望你准时……"

州长夫人神气怪亲热的向吕西安略微点点头；然后过去和西克施德伯爵说了几句，伯爵正在拿帽子。

“亲爱的吕西安，只要杜·夏德莱太太说的是事实，我一定负责。从今晚起，你的妹夫可以说没事了。”州长说着，追出去陪太太回家，她按照巴黎的习惯，已经先走一步。

吕西安笑嘻嘻的回答：“伯爵帮我这个忙也是应该的。”

他们告别的时候，柏蒂-格劳正好在场，戈安得凑着他耳朵说：“喂！咱们完蛋啦……”

柏蒂-格劳看吕西安大出风头，愣住了，对他的才华，对他的风度，惊异不置。他望了望法朗梭阿士，她的神气完全是佩服吕西安，似乎对未婚夫说：“你应该学学你的朋友。”

柏蒂-格劳忽然喜洋洋的，回答戈安得：“州长要后天才请客，咱们还有一天时间，事情我可以保证。”

吕西安清早两点走回家，路上对柏蒂-格劳说：“朋友，我来了，我见过了，我胜利了！[①]再过几小时，大卫就要高兴死了。”

柏蒂-格劳心上想：“好啊，我就要知道这一点。”嘴里却回答说：“我只道你是诗人，原来你也是个洛尚[②]，那就等于双料的诗人了。”他说完跟吕西安拉拉手。这是他们俩最后一次握手。

---

①罗马帝国时代的恺撒大将，于公元41年于亚洲战胜蓬德王子法那西斯后，用这几句话告诉他罗马的朋友。

②路易十四的宠臣，为了和路易十四的堂姊妹闹恋爱，轰动一时。

二十六、痛心之极

吕西安唤醒妹子，说道："亲爱的夏娃，告诉你一个好消息！一个月之内，大卫的债可以全部还清……"

"怎么还呢？"

"杜·夏德莱太太骨子里还是我当年的路易士，她比以前更爱我了，她要她丈夫报告内政部，推荐我们的发明！……我们只要再苦一个月，让我在这个期间报了州长的仇，叫他做一个天底下最幸福的丈夫……"

（夏娃听着哥哥的话，以为自己还在做梦。）

"那个灰色的小客厅，两年以前我见了像小孩儿一般发抖，今天又看到了，我把家具，图画，人物，打量了一下，不由得眼睛雪亮！上巴黎去了一趟，我们的观念完全变了！"

夏娃这才听清了哥哥的话，说道："变了可有好处呢

吕西安道："哦，你还睡着，明儿吃过早饭再谈吧。"

赛利才的计划简单之极。那是内地执达员逮捕债务人常用的手法，而结果不一定有把握；赛利才却是成功了；因为他不但识透吕西安和大卫的性格，还利用两人的希望。名为戈安得的

监工而那时负有特殊使命的赛利才，勾搭着好几个青年女工，为了便于控制，故意使她们对立。他特别看中巴齐纳·格莱日手下一个熨衣服的姑娘；差不多同赛夏太太一样漂亮，名叫亨利埃德·西诺。父母是种葡萄的，离安古兰末七八里，在往圣德去的路上有些田产。西诺夫妻同多数乡下人一样，并不富裕，不能把独养女儿留在身边，打算让她做女佣人。内地的女佣人对细软内衣都要能洗能烫。普利欧太太盘给巴齐纳的铺子名气很大，西诺夫妇贴了房饭钱送女儿去当学徒。普利欧太太是旧式的老板娘，自以为应当代替父母的职司；她和学徒们一起过活，带她们上教堂，尽心管教。亨利埃德·西诺脸蛋漂亮，身腰也好看，眼睛望起人来肆无忌惮，棕色头发又浓又长，皮肤白得跟南方姑娘一样，像木兰花的那种白。赛利才在女工里头早就看上了她；亨利埃德却是清白的种田人家出身，要不是心存嫉妒，看了别人的坏榜样，要不是赛利才当上戈安得印刷厂的副监工，拿“将来和你结婚”的话引诱她，她也不会轻易上钩。巴黎人打听出西诺家有些葡萄田，价值一万到一万二法郎，还有一所勉强住得的屋子，便赶紧下手，叫亨利埃德没法嫁给别人。俊俏的亨利埃德和赛利才小子的爱情发展到这一步，柏蒂-格劳和赛利才谈起有人愿意垫两万法郎，让他做赛夏印刷所的老板，所谓垫款当然等于拴马的索子。监工看到这个远景喜出望外，头脑发热了，觉得西诺小姐妨碍他的前程，对可怜的女孩子开始冷淡。亨利埃德心里发急，越是戈安得的监工想离开她，她越抓着不放。等到赛利才发现大卫躲在格莱日小姐家，他对亨利埃德又变了主意，可是作风照旧。他想利用女孩子们怕出丑而非要嫁给玷污她的男人的心理，把她做垫脚石。吕西安重新征服路易士的那天早上，赛利才向亨利埃德透露巴齐纳的秘密，说只要发现大卫躲藏的地方他们俩的前途和婚姻就好解决。亨利埃德毫不费事，立即肯定只有格莱日小姐的盥洗室可以做大卫的藏身之处。她不觉得这样刺探人有什么不对；事实上她一参加这件事就被赛利才拖下水了。

吕西安还在睡觉的时候，赛利才到代理人事务所去探问前一天晚上的情形，听柏蒂－格劳讲那些意义重大，不久轰动全城的琐碎事儿。

柏蒂－格劳讲完了，巴黎人满意的点点头，问道："吕西安回来之后，可曾写过什么便条给你？"

"只有这一张。"代理人说着，递给他一封吕西安的信，用的是他妹妹的信纸。

赛利才道："好吧，太阳下山以前十分钟，要杜布隆躲在巴莱门附近，把宪兵和他手下的人布置好，包你得手。"

柏蒂－格劳眼睛盯着赛利才问："你有把握吗？"

赛利才用巴黎野孩子的口吻回答说："我是碰运气，运气是个怪物，他不喜欢老实人。"

柏蒂－格劳冷冷的说："事情非成功不可。"

赛利才说："我一定成功。这些肮脏事儿都是你叫我干的，也该送我几张钞票遮遮羞了！……"巴黎人发觉柏蒂－格劳脸上有个表情，看着讨厌，便道："先生，你要是骗我，八天之内不替我买进印刷所……小心别弄出一个年轻的寡妇来。"巴黎的野孩子眼露凶光，说话的声音很轻。

"如果六点钟把大卫送进监狱，你九点到迦纳拉先生家，我们来办你的事。"代理人的话说得很肯定。

"行，包你满意，老板！"赛利才回答。

去掉字迹的方法如今使国库损失不赀，那时赛利才已经学会了，他把吕西安写的四行字洗掉，另外写上几行，笔迹模仿得惟妙惟肖，可是印刷监工的前途也大受损失。

亲爱的大卫，你可以放心大胆的去见州长，事情已经定局；而且在这个时间，你尽管出来，我半路上来接你，告诉你见了州长怎么办。

你的弟弟　吕西安

中午，吕西安写信给大卫，告诉他昨天晚上的成功，州长对他的发明非常热心，答应帮忙，据吕西安说，州长今天就打报告到部里去。

玛利红推说送吕西安的衬衫去洗，把信交给巴齐纳小姐。那时赛利才从柏蒂-格劳那儿知道可能有这封信，正带着西诺小姐在夏朗德河边散步。大概老实的亨利埃德推三阻四，争执很久，所以散步的时间直有两小时。问题不仅牵涉到小孩儿的利益，还同将来的幸福，整笔的家私有关；赛利才要她做的只是一件挺小的小事，后果当然不告诉她。可是这样的小差事有那么大的报酬，不免使亨利埃德害怕。赛利才终于说服情妇帮他一手。他要亨利埃德五点钟离开一会工场，再回进去报告格莱日小姐，说赛夏太太要她立刻去一趟。等巴齐纳走出一刻钟，亨利埃德上楼去敲小房间的门，把假造的吕四安的信交给大卫。后事如何，赛利才只能碰运气了。

夏娃受了一年多贫穷的压迫，第一次觉得生活的枷锁松开一些。她终于有了希望。她也想拿哥哥出去夸耀一下了，打算搀着一个受同乡欢迎，叫许多女人颠倒，使骄傲的杜·夏德莱伯爵夫人恋恋不舍的男子，公开露面！她打扮得漂漂亮亮，提议吃过晚饭陪哥哥到菩里欧去散步。每逢九月，安古兰末的人傍晚都在那儿纳凉。

有些人见了夏娃，说道：“噢！这不是有名的美人赛夏太太吗？”

一个女人说：“她会出来真是想不到的。”

“丈夫躲着，老婆抛头露面。”卜斯丹太太说话的声音有心叫可怜的女人听见。

夏娃对哥哥说：“噢！回去吧！我不应该出来的。”

太阳下山以前几分钟，往下到乌莫去的石扶梯那边传来一阵喧闹的声音。吕西安和妹子动了好奇心，朝那个方向走去，听几个乌莫来的人的口气，仿佛出了什么乱子。

前面的人越聚越多，一个过路人看兄妹俩往前奔去，便说：“大概捉到了一个贼……脸孔白得像死人一样。”

吕西安和夏娃毫不惊慌，只见三十多个小孩，老婆子和干活回来的工人在前开路，宪兵的镶边帽子在人堆里闪闪发亮。后面还跟着上百个人，像乌云一般黑压压的直冲过来。

夏娃道：“啊！是我丈夫！”

“大卫！”吕西安叫起来。

“呦！是他老婆！”众人说着，让出一条路来。

吕西安问道：“谁叫你出来的？”

大卫面无人色，回答说：“不是你写信来的吗？”

“我早料到了。”夏娃说着，倒在地下晕过去了。

吕西安扶起妹子，两个男人帮着抬到家里，玛利红安排她睡下。高布赶去请医生。医生来了，夏娃还没有醒。吕西安只得对母亲承认，大卫被捕是他促成的，他万万想不到中间有一封假信引起大卫的误会。吕西安被母亲恨恨的瞪了一眼，大吃一惊，上楼去躲在房里。

二十七、诀别

我们看了下面的信，不难想象吕西安心中的骚动；他在夜里写一会停一会，想一句写一句。

> 亲爱的妹妹，没想到刚才是你我最后一次见面。我的决心是不可挽回的了。许多人家都有个晦气星，对家族来说是一种瘟疫；而我就是这样的人。这不是我的意见，是一个阅世很深的人的意见。有一天我们几位熟朋友在仙岩饭店吃宵夜，正在说笑打趣，那外交家提起一个年轻的女子，大家看她没有嫁人觉得奇怪，其实是被父亲害了。外交家接着发表他所谓家庭瘟疫的理论，和我们解释，要没有某个母亲，某人家早就兴旺，某人家的儿子断送了父亲，某人家的父亲破坏了儿女的声名和前程。关于那个社会问题的见解虽然以谈笑出之，十分钟内举的一大堆例子着实使我吃惊。能听到这样的真理，记者们的议论尽管荒唐，也可以原谅的了——他们没有人可以捉弄的时候，往往以此消遣，把他们的怪论发挥得极有风趣。告诉你，我就是我们家的晦气星。我怀着一腔好意，

行动像仇敌。我受了你们的恩惠，用灾难来报答。这一次给你们的打击尤其残酷，虽则是出于无心。我在巴黎自暴自弃，尽管潦倒，照样作乐，把酒肉朋友当作知己，把真正的知己当作剥削我的人；我忘了你们，只要拖累你们的时候才想起你们。你们在家埋头苦干，走着艰难而可靠的路挣你们的家业；我却痴心妄想抄近路。你们在上进，我把自己的生活糟蹋了。因为我的野心漫无节制，不愿意过清苦的日子。一想起某些嗜好，某些享受，我就瞧不起随手可得而我过去感到满足的快乐。亲爱的夏娃，我批评自己比谁都严厉，对自己毫不留情。在巴黎斗争要有始终不懈的毅力，而我的意志只是偶然的冲动，我的理智时断时续。我怕将来怕得厉害，只想回避，而对现状又不能忍受。我本想回来看看你们，其实还是永远流亡的好。可是没有办法谋生，流亡等于疯狂，我不愿在已有的疯狂上面再加上一桩。与其过残喘的生活，还不如死了干净，因为不论处境如何，我过分的虚荣总是要出乱子的。世界上有种人等于零，前面必须加一个数目，才能声价十倍。我要有价值，必须同一个意志坚强，铁面无情的人结合。特·巴日东太太的确是我理想的妻子，我没有为了她放弃高拉莉，把我的一生耽误了。大卫和你可以做我高明的指导，只是你们不够刚强，没法制服我怕受约束的脾气。我喜欢饱食终日，无所用心；为了摆脱一桩不如意的事，我可以变得卑鄙无耻，什么都做得出来。我生来是王孙公子。若要飞黄腾达，我的聪明只多不少，不幸我只能聪明一时；而群雄逐鹿的生涯，唯有不浪费聪明，走完全程还有充分的才智的人才会得奖。我尽管存着一百二十分的好意，将来仍不免损害别人，像这次在家里一样。有的人好比橡树，我也许只是一株苗条的灌木，偏偏以松柏自居。这便是我的总账。能力与欲望不调和，不平衡，我所有的努力都白费了。文人中间很多这样的人：聪明和性格，意志和愿望，老是不相称。将来我如何下场呢？只要想起巴黎一些被人遗忘的，过时的名流，就可知道。快到晚年的时候，我会未老先衰，没有财产，没有声望。我受不了这种晚境，不愿意在社会上变成一堆垃圾。亲爱的妹妹，不管在你对我竭尽温柔的早期，还是在你对我严厉的最后一个时期，我都同样爱你；这次重新见到你跟大卫，我快慰之至，虽然付了很高的代价；日后或许你们会觉得，让一个爱你们的可怜虫得到这些最后的快乐，无论什么代价都不算太高……你们不必四出寻访，不必追究我的下落；我的理智至少还能帮助我实现我的意志。所谓隐忍等于天天自杀，而我的隐忍只能维持一天，我要赶快利用……

清晨二时。——我主意已定，亲爱的夏娃，我向你告别了。我感到安慰的是今后只生活在你们心中，那就是我的坟墓……别了。妹妹！……这是你哥哥最后一次的告别。

吕西安

吕西安写完信，悄没声儿的拿着下楼，放在小外甥的摇篮上。妹子睡熟了，他含着眼泪亲了亲她的额角，出去了。他在朦胧晓色中熄掉蜡烛，最后瞧了瞧老屋子，轻轻打开过道的门；虽然这样小心，在工场里打地铺的高布还是被他惊醒了。

“谁啊？……”

吕西安道：“是我，高布，我走啦。”

“这次要不回来倒好了。”高布自言自语，声音相当响，吕西安听见了。他回答说：“最好根本不生出来。再见，高布，我不怪你，你说的也是我心里的话。你告诉大卫，说我不能和他告别，很难过。”

亚尔萨斯人穿好衣服起来，吕西安早已关上大门，穿过菩里欧的林荫道，往夏朗德河走去。他身上的穿扮好像去赴宴会，他要用巴黎的衣衫，花花公子的漂亮行头，作为入殓的装束。高布听着吕西安的声调和最后几句话，心中一怔，想去问女主人是否知道她哥哥动身，有没有跟她告别；他发觉屋内寂静无声，只道吕西安出门是大家商量过的，便重新睡了。

二十八、大路上的奇遇

自杀虽是一个严重的问题，却很少讨论自杀的文章，可见没有人加以观察。或许这种病根本无从观察。促成自杀的心情，我们不妨称之为对自己的重视，免得和荣誉一词混淆。一个人一朝瞧不起自己了，被人瞧不起了，现实生活和他的希望抵触了，他就自杀，表示他重视社会，不愿丧尽了人格或者失去了荣华再活下去。不管大家怎么说，在不信上帝的人（在自杀的问题上应当把基督教除外[①]）中间，唯有毫无骨气的懦夫才肯觍颜偷生。自杀的性质有三种：第一是久病促成的，属于病理的范围；其次是由于伤心绝望，最后一种是出于冷静的思考。吕西安想自杀是绝望和思考的结果，这两种自杀都有挽回的余地，只有病理的自杀绝对不能劝解；可是也有三种原因合在一起的情形，例如约翰-雅各·卢梭[②]。

吕西安下了决心，便考虑方法，诗人想用富于诗意的方式结

①自杀在基督教中是极大的罪孽，灵魂势必堕入地狱，万劫不复。

②卢梭死于1788年7月2日，死亡证上的记录是脑溢血，但外间盛传他是用手枪自杀的。十九世纪中叶还有不少人相信此说。

束生命。他先打算投入夏朗德。可是走下菩里欧的石梯，已经想象出地方上为他的自杀闹得沸沸扬扬，看到许多丑恶的场面，自己的尸身浮在水上，变了样子，由法院来相验等等。他和某些自杀的人一样，还顾到身后的面子。他在戈多阿磨坊借宿那天，曾经沿河散步，发现离磨坊不远有一个圆形的水潭，像小河中常见的那种，水面一动不动，显得深不可测。水色非绿非蓝，既不透明，也不发黄，而像一面纯钢磨成的镜子。周围没有菖蒲，没有兰花，看不见阔大的荷叶，岸上的草又短又硬，疏落有致的杨柳在四周哀吟。一望而知那是一个险峭的深渊。谁要有勇气，口袋里装满石子跳下去，必定送命，永远没有人发现。当时诗人欣赏那一片幽雅的风景，心上想："这地方叫人看了跃跃欲试，很想投河。"

他走进乌莫，忽然想起这段事，便往玛撒克进发，一路想着临死以前的凄惨的念头。他决意用这个方法隐藏他的死，不要法院调查，不要埋葬，不让尸体浮出水面，给人看到那个可怕的样子。不久他走到一个山坡脚下；法国很多这一类的高岗，尤其在安古兰末到博济哀的路上。从波尔多往巴黎去的班车正在风驰电掣而来，旅客都要下车步行，走一段长长的山路。吕西安怕人看见，走入一条低下去的小道，在葡萄田中采起花来。等他捧着一大束景天草，种葡萄的粗砂地上常有的一种黄花，重新绕上大路，前面正好有个旅客，头发扑着粉，穿着黑衣服，银搭扣的奥莱昂小牛皮鞋，紫堂堂的脸上全是疤瘢，好像小时候在火里跌过一跤。他模样明明像教士，抽着雪茄，慢慢的走着。陌生人听见吕西安从葡萄田里跳上大路的声音，掉过头来，一看诗人俊美的相貌，抑郁的神态，手里捧的象征性的花，漂亮的打扮，怔了一怔。

旅客的神气仿佛一个猎人忽然找到了一种寻访已久的野兽。他让吕西安从后面跟上来，故意放慢脚步，只做向山下眺望。吕西安跟着他望去，看见山坡底下有两匹马驾着一辆小小的篷车，旁边站着一个马夫。

旅客招呼吕西安说："先生，班车走啦，你的位置丢了，除非搭我的小车追上去；包车总比客车快。"他说话带着很重的西班牙口音，邀他搭车的态度挺客气。

西班牙人不等吕西安回答，从袋里掏出雪茄烟匣，打开来递给吕西安。

吕西安回答："我不是旅客，而且马上要到达终点，没有兴致抽烟了……"

西班牙人说："你对自己太苛刻了。我虽是多兰特大教堂的教区委员，也还不时抽抽雪茄。上帝赏赐我们烟草，就为帮助我们驱除烦恼，排遣痛苦……我看你不大快活，至少手里有个忧郁的标记，像伤心的司婚神[①]一样。来，来……让你的苦闷跟着缕缕的青烟一齐吹散吧……"

教士带着诱惑的神气，又拿草编的烟匣递过来，望着吕西安的眼神非常慈悲。

吕西安冷冷的回答："谢谢你，神甫，世界上没有能消除我烦恼的雪茄……"

吕西安说着，眼睛湿了。

"噢！孩子，我因为早上坐车容易瞌睡，下来走走，活动活动，谁知上帝的意思要我来安慰你，尽我尘世的责任……你年纪

①司婚神的形象是一个手持鲜花或果子的美少年，黄花在西方又是悲哀的象征，所以说伤心的司婚神。

轻轻能有多大的烦恼呢？”

“神甫，你的安慰对我完全没用，你是西班牙人，我是法国人；你相信教会的训诫，我是无神论者……”

“哎啊！比拉的童贞女[1]！……你不信上帝吗？”教士挽着吕西安的胳膊，像母亲对孩子一般亲热，“不信上帝这种怪事，我本想到巴黎去看看。我们在西班牙不相信世界上有什么无神论者……只有在法国，一个十九岁的青年才会有这种思想。”

“我是不折不扣的无神论者，既不相信上帝，也不相信社会，也不相信幸福。神甫，你仔细瞧我一下吧，因为几小时以内我就要消灭……这是我最后一次见到太阳了……”吕西安指着天空，夸大其词的说。

“啊！你干了什么事非死不可啊？谁判你死刑的？”

“最高法院判的，我自己判的！”

教士道：“孩子！你莫非杀了人吗？要上法场吗？咱们来谈谈好不好？既然你说要遁入虚无，世界上一切都对你无所谓了。（吕西安点点头）——那么何妨把你的痛苦说给我听听……大概是爱情受了挫折吧？……（吕西安意味深长的耸耸肩膀）——你想自杀是要逃避耻辱呢，还是对人生绝望？反正是死，死在博济哀或者安古兰末，死在都尔或者博济哀，还不是一样？洛阿河的动荡的沙土不会推你出来的……”

吕西安答道：“不，神甫，我有我的打算。二十天以前，我看到一片挺可爱的水，正好让一个厌恶这个世界的人渡到另外一个世界去……”

---

①西班牙人习惯动辄以圣母或别的圣者的名字做惊叹词。

“另外一个世界？……那你又不是无神论者了。”

“噢！我说另一世界是指肉体死后转化为动物或植物……”

“你可有什么不治之症？”

“有，神甫……”

教士道：“啊！问题来了，哪一种病呢？”

“穷。”

教士笑嘻嘻的望着吕西安道：“身为无价之宝而自己不知道。”他说的时候好不温柔，笑容带着嘲弄的意味。

吕西安道：“只有教士才会恭维一个马上要死的穷光蛋！……”

“你死不了的。”西班牙人的口气很有把握。

吕西安道：“我只听见大路上有人打劫，不知道有人送你财帛。”

教士估计一下车子的距离，看他们是否还能单独走一段，接着说：“你等会就知道了。”

二十九、一个亲信的故事

教士嚼着雪茄[1]说："告诉你，你的穷不成其为自杀的理由。我需要一个秘书，原有的秘书在巴塞隆那死了。我的遭遇跟查理十二[2]的有名的大臣特·戈兹男爵相仿，他到瑞典去，经过一个小城，秘书出缺了，所不同的我是在前往巴黎的路上。男爵碰到一个银匠的儿子，长得挺漂亮，当然不能同你相比……戈兹发觉那青年很聪明，正如我在你的脑门上看出诗意；便带他上车，正如我预备带你上车；本来这孩子只能在一个像安古兰末那样的小城里打刀叉，造首饰，一下子变了男爵的亲信，正如你会做我的亲信。到了斯德哥尔摩，男爵安顿了秘书，把大批公事交给他办。年轻的秘书通宵动笔；像许多工作繁忙的人一样，他也养成一种习惯，专门咀嚼纸张。特·玛尔舍布先生[3]喜欢对人喷烟，有一回不知谁有桩案子要凭玛尔舍布的报告决定，玛尔舍布忽然向那人喷了一口烟。我们那位漂亮青年先嚼白纸，后来上了瘾，改

①抽雪茄的人常有咀嚼烟头的习惯，并非吞食。

②查理十二（1682—1718），瑞典国王。

③玛尔舍布（1721—1794），法国十八世纪的大法官。

嚼字纸，觉得更有味道。那时不像现在，还没人抽烟。年轻的秘书口味逐渐改变，终于嚼起羊皮纸来，并且吃下肚去。当时议会正在强迫查理十二缔结瑞典和俄罗斯的和约，正如一八一四年时大家要拿破仑讲和。谈判以两国关于芬兰的条约做基础；条约的正本由戈兹交在秘书手里；临到法案需要提交议会的时候，发生了一点小困难：条约不见了。议会只道大臣讨好国王，有意消灭文件；特·戈兹男爵受到控诉，于是他的秘书承认条约是他吃掉的……案子经过调查，证实，秘书判了死刑。——你既然没有落到这个田地，先来抽一支雪茄，等咱们的车子过来。”

吕西安捡了一支雪茄，照西班牙的习惯凑着教士的雪茄点上了，心里想：“他说的不错，自杀用不着这么急。”

西班牙人接着说：“年轻人往往在毫无希望的时候开始交运。我不但要告诉你这一点，还要举出例子来证明。那漂亮秘书判了死刑，一点没有办法，因为是瑞典国会的判决，国王无权赦免；但是他要逃走的话，国王可以不闻不问。年轻美貌的秘书带了几个钱，坐上一条小艇逃往库尔兰德[①]宫廷，随身还有特·戈兹男爵给库尔兰德公爵的介绍信，说明他的亲信有什么嗜好，闹了什么乱子。公爵派漂亮孩子在总管手下当秘书。公爵挥霍无度，加上一个美丽的太太，一个总管，这三个原因弄得他入不敷出。如果你以为那美男子吃掉芬兰的条约，判过死刑，从此戒掉他的坏习惯，你就不了解嗜好控制人的力量；一个人要作乐是不顾性命的！坏习惯的力量从哪里来的呢？是它本身的魔力，还是人性的软弱促成的？是不是有些嗜好接近疯狂的边缘？可笑一般

①今拉脱维亚西部行省，十八世纪初是一个公国。

道学家想用冠冕堂皇的辞句消灭这种痼疾！……有一次公爵向总管支钱遭到拒绝，大吃一惊，命令总管报账，其实是多此一举。世界上再没有比报账更容易的事了，决计难不倒人的。总管把所有的单据交给秘书，叫他造一份库尔兰德宫廷的收支总账。半夜里，我们的吃纸专家工作快完了，忽然发觉自己在嚼一张公爵的收据，款子的数目很大；他吓得魂不附体，签字吃剩了一半停下来，跑去跪在公爵夫人脚下，说出他的怪癖，向公爵夫人求救，并且是在夜里求救。那女人见了青年秘书的相貌，印象深刻，后来守寡之后和秘书结了婚。你瞧，时代就在十八世纪，在一个讲究门第爵位的国家，一个银匠的儿子居然做了一国之主……不但如此，俄国女皇凯塞琳一世归天以后，他当上摄政，操纵安娜女皇，几乎成为俄罗斯的黎希留。告诉你，小朋友：你的相貌固然远胜皮隆①，我的势力也高出特·戈兹男爵，虽然我只是一个教区委员。所以，来吧，跟我上车！让我到巴黎去替你找一个库尔兰德公国，就算公国找不到，找个公爵夫人总不成问题。”

西班牙人挽着吕西安的胳膊，差不多连推带搡的拉进车厢，马夫关上车门。

吕西安正在诧异，多兰特的教区委员又道：“现在你说吧，我听着。我是老教士，你讲什么都没关系。你大概只是吃掉了老家的产业或者妈妈的积蓄，大不了闹着亏空。咱们偏偏死讲面子，一直讲到咱们的靴尖上……好，你大胆说吧，比如说给你自己听。”

①皮隆便是那位吃纸专家的名字。作者说的是库尔兰德公爵，俄罗斯女皇安娜的宠臣欧奈斯德-约翰·特·皮隆（1690—1772）的故事，但不见正史；皮隆的出身也与此不同。

不知在哪一个阿拉伯故事里，有个渔夫投海自尽，结果跌入海底世界，做了国王；吕西安当时的情形就是这样。看来西班牙神甫确是一片好心，吕西安便不再踌躇，吐露心腹。从安古兰末到吕番克的路上讲了一生的历史，说出所有的过失，最后一桩便是新近闯的祸。这个故事，吕西安半个月来讲过三次，所以讲得极有诗意；结束的时候车子快到吕番克，路旁正好是拉斯蒂涅家的田产。吕西安提起这个姓，西班牙人身子动了一下。

吕西安道："年轻的拉斯蒂涅就是这个地方出身；他明明不如我，只是运气比我好。"

"哦！"

"是的，这所起码的乡绅住宅便是他父亲的屋子。我刚才和你说过，拉斯蒂涅搭上有名的银行家的老婆，特·纽沁根太太。我样样凭幻想，他可是更精明，讲实际……"

教士要马夫停车；路旁有一条小小的林荫道直达屋子，他表示好奇，想在林荫道上走走；吕西安想不到一个西班牙神甫看着这个地方这样有兴趣。

他问："难道你认识拉斯蒂涅家的人吗？……"

西班牙人一边上车一边回答："巴黎的人我都认识。"

三十、马基雅弗利的信徒专为野心家讲的历史课

“原来你短少一万到一万二法郎，就想自杀。你真是个孩子，既不了解人，也不懂事。一个人的前途有多少价值，全看他自己的估计，你估你的前程只值一万两千法郎；我要收买你就不止出这个价钱。你妹夫坐牢，有什么大不了？那位赛夏先生要是真有发明，将来必定是富翁。谁相信富翁欠过债，进过监狱？我看你对历史不大熟悉。历史有两部：一部是官方的，骗人的历史，做教科书用的，给王太子念的；另外一部是秘密的历史，可以看出国家大事的真正原因，是一部可耻的历史。让我三言两语再讲一桩你不知道的轶事给你听。有个野心勃勃的青年教士要进政界，卑躬屈节的拍上王后的一个亲信；那亲信赏识他，在国务会议中给他一个席位，相当于大臣的等级。一天晚上，有一个人自以为热心，（你记住：人家不开口，千万别自动帮忙！）写信给青年野心家，说他的恩人遭到危险了。王上觉得受人控制，怒不可遏，但等那亲信第二天早上进宫，取他性命。我问你，小朋友，你要是收到这封信，你怎么办？……”

“马上去通知我的恩人。”吕西安很兴奋的回答。

教士说："你仍旧那么天真，像你讲的过去的作风一样。那家伙暗暗盘算：如果王上起了杀心，我的恩人就非死不可；这封信来得太晚了！于是他照旧睡觉，一直睡到那亲信被杀的时候……"

吕西安只道教士有意试他，说道："那简直是禽兽！"

教区委员答道："所有的大人物全是禽兽，我们谈的这一个名叫黎希留红衣主教，他的恩人叫作唐克尔元帅。你看，你就是不知道你的本国史。我说学校教的历史毫无内容，只是一些年月和事实，还极不可靠，这话说错了没有？知道世界上有过圣女贞德，对你有什么用？你可曾因之想到，如果法国当时接受了普兰塔哲内特一支的安日伐王朝[①]，英法两个民族合在一起，今天就能称霸世界，而经常扰乱大陆政局的两个岛屿[②]，可以变为法国的两个行省？……还有，梅提契家族从普通的商人一跃而为托斯卡纳大公，用的是什么手段，你研究过没有？"

吕西安道："在法国，诗人不必像本多派教士那样博学。"

"唉！小朋友，他们做到大公爵，还不是跟黎希留当上首相一样？要是你不死记历史上的标签，在重大事故中研究一下人的因素，你不难学到处世的诀窍。从我刚才随便举出的几桩事实中间，可以得出一条规律：你只能把人看作工具，尤其女人；只是别让他们发觉。凡是地位比你高，可能对你有用的人，就该当作上帝一般膜拜，等他们对你的奴颜婢膝付足了代价，才离开他们。

①普兰塔哲内特是十二世纪中叶至十五世纪末叶统治英国的王朝，在百年战争最后一个时期，认为英法两国的王位都应当属于安育一支的后裔，就是英王亨利五世与六世。

②指英国本土：大不列颠和爱尔兰两大岛。

对付人要像犹太人一样的狠心，一样的卑鄙；他们为着金钱不择手段，我们为着权势也要不择手段……别理睬失势的人，根本当他不存在。你知道为什么要这样？……你不是想支配社会吗？那先要服从社会，把社会彻底研究过。学者研究书本，政治家研究人，研究人的利害关系，行事的动机。社会，人类，一般说来都是宿命论者；他们崇拜既成事实。你知道我为什么要替你上一堂小小的历史课？因为我相信你的野心非同小可……”

“是的，神甫！”教区委员接着说：“我早看出了。现在你心里想：这个西班牙神甫杜撰许多掌故，歪曲历史，证明我过去太重道德……”

（吕西安发觉自己的心思被他完全猜中了，微微一笑。）

教士说：“那么，小朋友，我们就拿家喻户晓的事情来说吧。有个时期[①]法国差不多被英国人征服，国王只剩一个省份了。忽然平民中间冒出两个人物：一个是穷苦的小姑娘，就是我们刚才提到的贞德；另外一个是布尔乔亚，叫作雅各·葛尔。一个出钱，一个出力，还发挥她童贞女的威望，国家得救了，可是那姑娘做了俘虏！……国王尽可以把她赎回，却让她活活烧死。至于那英勇的布尔乔亚，国王听凭一般朝臣诬告他犯下死罪，把他的财产瓜分。无辜的雅各·葛尔受着法律迫害，包围，打击；五家贵族靠他的产业发了一笔横财……布日日总主教[②]的父亲一辈子逃亡国外，留在国内的财产一个钱都拿不到，只剩交给阿拉伯人代管的一些款子。你还可以说：这些例子太古老了，这些忘恩负义的事已经做了三百年的教材；并且那个时代的人物根本荒唐无稽。——那么，小朋

①1402年前后，正当百年战争的第三期。

②雅各·葛尔得势的时候，他的儿子约翰做到布日的总主教。

友，法国最后一个神道，拿破仑，总是实有其人了吧？他讨厌手下一个将军，迫不得已才升他做元帅，始终不愿重用。元帅名叫甘勒曼。你知道他为什么失宠？……因为在马楞哥一仗救了法国，救了首席执政，那次大胆的袭击便是在血泊和炮火中也受到喝彩。可是公报上一字不提。拿破仑冷淡甘勒曼的原因，便是冷淡傅希和泰勒朗亲王的原因：换句话说，就是查理七世的忘恩负义，黎希留的忘恩负义……"

吕西安道："这么说来，神甫，假定你救了我性命，帮助我发迹，我也用不着怎么感激你了。"

神甫拿出贵人的亲昵样子，拧着吕西安的耳朵笑道："小子，你要对我无情无义，倒是厉害角色，我要向你低头了；可惜你还到不了这一步，你才做小学生就想脱离师傅，未免太早了。你们这个时代的法国人都有这个毛病，都被拿破仑的榜样教坏了。你们指望的肩章得不到，便辞职不干……试问你有了一个念头，可曾把全部意志，全部行动，一齐放上去？……"

吕西安道："唉！就是没下过这工夫。"

教区委员笑道："你过去就像英国人所谓inconsistent（自相矛盾）。"

吕西安道："我不预备再做人，还管什么以前的事？"

"在你一切优秀的品质后面，只消加上一股百折不回的毅力，社会就听凭你支配。"教士特意表示他懂一些拉丁文[①]，"我已经很喜欢你了……"

（吕西安半信不信的笑了笑。）

---

①上面"百折不回"一词是用的拉丁文。

陌生人接着说："真的，我关切你，像关切儿子一样。我有相当势力，说话尽可像你一样坦白。你知道你在哪一点上使我感到兴趣？……现在你的成见一扫而空，可以听一堂道德课了；这堂课是无论在哪儿听不到的；因为人与人聚在一起，比他们为了利害关系而做戏更虚伪。所以，一个人大半生的时间都在清除少年时代种在脑子里的观念。这个过程叫作取得经验。"

吕西安听着，暗暗的想："他大概是个老政客，有心在路上取乐，劝一个站在自杀边缘上的可怜虫回心转意；等他把我打趣完了就撒手不管……可是他很会说怪话，不亚于勃龙台跟罗斯多。"

吕西安尽管想得这样透，外交家的引诱已经把他倾向堕落的心深深的打动了，何况还有著名的例子作证，腐蚀的力量更大。吕西安受着玩世不恭的议论迷惑，尤其觉得自己被一条铁腕从毁灭的路上拉回来，对人生更有了留恋的意思。教士在这一点上显然成功了，怪不得他一边冷嘲热讽的谈论历史，一边带着俏皮的笑意。

三十一、埃斯科巴[1]的信徒讲的道德课

吕西安说："如果你看待道德的态度同你看待历史差不多，我很想知道你对我这样慈悲是什么动机？"

"小朋友，这是我讲道的最后一部分，暂时保留；等到一提出来，咱们今天就不分手了。"教士因为狡计成功，回答得很俏皮。

"好，那就请你谈谈道德吧。"吕西安说着，私下想，"让我来逗他表演一番。"

教士说："小朋友，道德是从法律开始的。如果单纯是宗教问题，法律根本没用，宗教情绪强的民族没有几条法律。在民法之上还有政治法。你知道在政治家心目中，你们十九世纪的门楣上写的是什么？一七九三年，法国人把平民的主权说做高于一切，结果产生一个专制的皇帝。这是你们民族的历史。至于私生活，塔里安太太[2]和菩哈南太太行事并没有分别。拿破仑娶了

①埃斯科巴（1589—1669），西班牙诡辩家。

②大革命时期的法国女子，行为不检，聪明绝顶，先赞成革命，后来参加反革命。嫁过三个丈夫，最后一个是特·希梅亲王。

菩哈南太太做皇后[1]，却从来不愿接见塔里安太太，虽然她是公主。拿破仑在一七九三年是革命党，一八〇四年戴上铁铸的皇冠。一七九二年时高呼不平等毋宁死的健将，从一八〇六年起制造一个新兴的贵族阶级，后来路易十八也承认了。如今高高在上，住在圣·日耳曼区的贵族，在国外的行事更要不得：有的放高利贷，有的做买卖，有的做小肉饼，有的做厨子，做农夫，做牧羊人。可见在法国，不论在政治方面还是道德方面，每个人走到终点都推翻他的出发点，不是用行为推翻主张，便是用主张推翻行为。政府也罢，个人也罢，根本谈不上逻辑。因为你们早已没有道德了。如今在你们国内，成功是至高无上的理由，可以替所有的行为辩护，不管哪一种。事实本身毫无作用，重要的是人家看待事实的观念。从这一点上，小朋友，我们得出第二条规则，就是：外表要好看！藏起你生活的内幕，只拿出灿烂的一角。行事机密是野心家必须遵守的规则，也是我们一派教会的规则，你得牢牢记住。大人先生干的丑事不比穷光蛋少，不过是暗地里干的，他们平时炫耀德行，所以始终是大人先生。小百姓在暗地里发挥美德，在光天化日之下暴露他们的倒霉事儿，所以被人轻蔑。你藏起你高尚的品质，叫人看到你的疮口。你公然爱上一个女戏子，和她同居；这是你们俩的自由，没人好责备；不过你同公众的意见对立，不服从社会的规则，也就得不到社会的尊重。要是不把高拉莉从加缪索手中抢过来，不给人知道你同她的关系，你就能娶到特·巴日东太太，一跃而为安古兰末的州长，特·吕庞泼莱侯爵。你何不改变一下行事，把你的美貌，风度，才智，诗意，统

①即拿破仑于1796年娶的第一个妻子约瑟芬。

统摆在外面呢？要干不清不白的勾当，至少关着门偷偷的干，那就没人说你玷污这个社会大舞台上的布景了。这个办法，拿破仑叫作*躲在家里洗脏衣服*。从这第二条规则必然得出一个结论：形式最重要。我所谓形式是什么意思，千万要弄清楚。有些无知无识的人为饥寒所迫，抢了一笔钱，便成为刑事犯，不能不向法律负责。一个可怜的天才发明一样东西，办成企业可以发大财；你借给他三千法郎（按照那两个戈安得拿到你的三千法郎票据，盘剥你妹夫的办法），你尽量难为他，逼他出让发明的一部或全部，那你只对你的良心负责，你的良心可绝不会送你上重罪法庭。反对社会现状的人把这两种行为做对比，痛骂法律，代大众抱不平，指责法院不该把半夜里越墙偷鸡的贼送去做苦役，而一个诈欺破产，害许多人倾家的人，只监禁几个月。可是那些伪君子心里明白，法官把窃贼判罪是维持穷人与富人之间的壁垒，那壁垒是推翻不得的，否则社会就要解体；不比闹破产的商人，夺遗产的能手，为了自肥而扼杀一项企业的银行家，不过把财产换个地方罢了。所以，孩子，社会为它本身的利益，不能不在形式上有所区别，正如我为着你的利益劝你有所区别一样。最要紧是把自己看作和整个社会一样高。拿破仑，黎希留，梅提契家族，都自认为和他们的时代并驾齐驱。想不到你对自己的估价只有一万两千法郎！……你的社会不再崇拜真正的上帝，只崇拜金牛了[1]！那是你们的大宪章制定的宗教，在政治上只看你的产业。那不是鼓励所有的人民做富翁吗？……等到你用合法的形式挣到一笔财产，成了富翁，做了特·吕庞泼莱侯爵，你就好奢侈一下，讲节操了。那时

①《旧约·出埃及记》载，古代希伯来人崇拜金犊，作为代表上帝的形象。今人以此譬喻拜金主义。

你尽可自命为高尚，清白，没有人敢反驳你，即使你挣家业的时候做过不高尚不清白的事—— 当然我不劝你这样做。”教士说到这里，拿起吕西安的手拍了拍。“你长得一表堂堂，脑袋里应当装些什么进去呢？……只要记住一点：定下一个辉煌灿烂的目标，藏起你的手段和步骤。你过去的行动完全像小孩儿，你应当做大人，做猎人，暗暗的躲在一边，埋伏在巴黎的交际场中，等鸟兽，等机会，别爱惜你的人格，别爱惜你的所谓尊严；因为我们大家都服从一样东西，不是服从嗜好，便是服从迫切的需要，可是必须遵守一条最高的原则，就是严守秘密！”

吕西安说：“神甫，我听了你的话害怕，我觉得是强盗理论。”

教区委员回答：“对，可不是我发明的。那是一切暴发户的理论，不论是奥地利王室还是法兰西王室。你此刻一无所有，你的处境跟梅提契，黎希留，拿破仑初有野心的时候一样。那些人啊，小朋友，是用无情无义，不忠不信，最强烈的反抗做代价，来衡量他们的前程的。要得到一切，就得不顾一切。你细细想一想吧。比如你坐下来玩蒲育德[1]，你会争论蒲育德的规则吗？规则摆在那里，你只有接受。”

吕西安心上想：“呦！他会玩蒲育德。”

教士说：“你在牌桌上是怎么行动的？……难道拿出最高尚的品德来，跟人家赤诚相见不成？你不但藏起手里的牌，还要在稳赢的时候叫人相信你会全军覆没。反正你弄虚作假，是不是？……你为了五个路易扯谎！……如果有人那么大方，抓了一手

①纸牌戏的一种。

好牌老实告诉人家，你对他作何感想？所有的对手都不讲道德，偏偏有个野心家抱着一肚子道德观念跟他们竞争，那不是幼稚是什么？老于世故的人准会劝他们退出战场，好比老赌客告诉一个抓了好牌不会利用的人：先生，你还是不要玩蒲育德……争权夺利的规则可是你定的？我干吗要劝你自认为和社会一般高呢？……因为今日之下，小朋友，社会把个人的权利无形中霸占得太多了，个人不能不向社会反攻。现在无所谓法律，只有风俗习惯，就是说只有装腔作势，归根结底仍旧是形式问题。”

（吕西安做了一个惊讶的手势。）

教士唯恐吕西安太天真，听了他的话受不了，便说：“啊！孩子，我是斐迪南七世和路易十八的中间人，那两个大……大国之君……都是靠深……深谋远虑得到王位的；两个国王的卑鄙龌龊的斗争都经过我这个神甫的手，难道你把我当作加百利天使[①]不成？……我信奉上帝，可是更信奉我们的教派，而我们的教派只相信尘世的权力。为了要尽量扩张尘世的权力，我们拥护罗马教会，天主教会，就是说拥护一切迫使人民服从的思想感情。我们是近代的寺院派[②]，我们有我们的主义。我们的一派和寺院派一样受到摧残[③]，原因也一样，就是我们要跟社会并驾齐驱。你要愿意做士兵，我可以做你的长官。只要你服从我，像妻子服从

---

①加百利天使奉神命向玛丽亚宣告她怀胎，将来要生下耶稣。此处作神圣的使者解。

②十二至十三世纪时半宗教半军事性质的团体，被法王腓列普四世迫害，团体于1312年解散。

③暗示西班牙教士所隶属的一派是耶稣会。耶稣会于1773年被教皇格莱芒十四解散，1814年又由庇护七世准予恢复。

丈夫，孩子服从母亲一样，我保证你不出三年成为特·吕庞泼莱侯爵，娶到圣·日耳曼区最高等的贵族姑娘，将来进贵族院。我问你，我要不和你谈谈说说，给你消遣，你此刻怎么样？不是变了一具沉在深水底下，永远找不到的尸首吗？……你不妨想象一下……（吕西安听到这里，不胜好奇的望着他的保护人。）在你面前的是卡洛·埃雷拉神甫，多兰特教区的名誉委员，斐迪南七世陛下的特使，奉命送一封信去给法兰西国王陛下，也许信里有这么几句：您一朝帮我解决了困难，希望把我此刻竭力敷衍的人一律吊死，连同我的密使在内，使他成为真正的密使……陪着教士坐在这辆车内的青年，和刚才死了的诗人已经大不相同。我从水里捞你起来，救了你性命，你变作我的附属品了，你跟我的关系正如万物之于造物主，妖精之于神仙，鬼怪之于撒旦，肉体之于灵魂！有我的铁腕支持，不怕你坐不稳权势的交椅；我给你享尽快乐，荣誉，连续不断的欢娱……永远不会缺少钱用……你在外边得意，夸耀，我蹲在泥地上打根基，保证你荣华富贵。我呀，我为权势而爱权势！我自己不能享受的东西，看到你享受我感到高兴。总而言之，我会变作你！……等到人跟魔鬼，小孩儿跟政治家订的协定对你不合适了，你仍可以找一个小地方，像你刚才描写的那样，跳水自杀。你此刻已经倒了楣，丢了脸，将来即使有点出入也没多大关系。”

三十二、西班牙人的侧影

车子到一个站上停下，吕西安叫道："你这番话可不像格拉那达大主教[①]的讲道。"

"我的孩子—— 我这样称呼你因为我要收你做养子，将来继承我的财产—— 不管你把这篇简单扼要的训导叫作什么，反正是一部争名夺利的法典。上帝的选民为数不多。我们没有选择的余地，不是进修道院，便是接受这部法典；而你在修道院中往往仍旧看到一个小型的社会！"

吕西安想探探这个可怕的教士的心，便说："恐怕还是少懂一些世故的好。"

教区委员回答说："怎么！你先是不懂赌博的规则就去赌；等你有了本领，再有一个可靠的帮手陪你上场，你倒反退缩了……连翻本的念头都没有！怎么！人家把你赶出了巴黎，你不想爬到他们背上去吗？"

吕西安直打寒噤，仿佛听到一件铜乐器，一面中国的锣，发

①勒萨日小说《吉尔·布拉斯》第七卷第三章，提到一位格拉那达大主教的讲道，全是劝人为善的假道学。

出那种刺激神经的怪声。

“别看我是个卑微的教士，”那人说着，被西班牙的日光晒得乌油油的脸上凶相毕露，“一朝受了羞辱，伤害，折磨，欺骗，出卖，像你在巴黎吃的那些坏蛋的亏，我马上变作沙漠中的阿拉伯人！……我要拼着我的肉体，我的灵魂，去报仇泄恨！……我不怕在吊台上，在绞架上结束生命，给人用柱子撞开肚子也好，受土耳其式的毒刑也好，躺在你们的铡刀底下也好；不过我先要踩死了敌人，才肯送掉我的脑袋。”

吕西安一声不出，没有心思再逗神甫表演了。

教区委员最后还说：“有的人是亚伯的后代，有的人是该隐[①]的后代；我是混血种：对敌人是该隐，对朋友是亚伯；谁要惹起该隐的性子，算他活该！……可是放心，你是法国人，我是西班牙人，再加是教区委员！……”

吕西安望着这个上帝派给他的保护人，暗暗想道：“真是阿拉伯人的性格！”

卡洛·埃雷拉神甫身上没有一点耶稣会会员的气息，连修道士气息都没有。他个子矮胖，大手，阔胸脯，像大力士一般壮健，眼中凶光闪闪而特意装作温和；暗棕色的皮肤绝对看不出内心的思想；给人的印象不是可亲，而是可厌。漂亮的长头发像泰勒朗亲王那样扑着粉，使这个古怪的外交家外貌像主教，白边蓝缎带上挂的金十字也说明他是高级的教士。黑丝袜裹着一双运动员式的腿。衣服洁净无比，普通的教士不大会这样修饰，尤其在西班牙。车身上漆着西班牙的国徽，一顶三角帽放在车厢的倒

①亚当与夏娃生的第一个儿子叫该隐，第二个叫亚伯；该隐嫉妒亚伯受神宠爱，将其杀死。见《旧约·创世记》。

座上。这教士虽然有许多地方引起你反感，又粗暴又软和的态度把他的相貌给人的印象冲淡不少；他在吕西安面前还装模作样，竭力讨好，怪亲热呢。吕西安心事重重，把一切都看在眼里。他觉得生死问题不能再拖下去了，他已经到了吕番克以后的第二个驿站。西班牙教士的最后一段话挑动了他好几根心弦，都是最要不得，最会同恶念起共鸣的心弦；老实说，这不但是吕西安的耻辱，对于那个用犀利的目光研究诗人美丽的长相的教士，也是耻辱。吕西安重新看到了巴黎，当初因手段笨拙而放下的缰绳又拿在手里了，他想报复了！促成他自杀的最有力的原因，巴黎生活和内地生活的比较，他完全忘了；他可以回到原来的天地中去，还多了一个深谋远虑，像克伦威尔那样恶毒的军师做保镖。

他心上想："我以前是单枪匹马，今后是两个人了。"

吕西安愈暴露他从前的过失，教士对他愈关切。吕西安愈不幸，教士愈慈悲，而且对样样事情看得稀松平常。虽然如此，吕西安仍猜不透这个替王室牵线的家伙对他存的什么心。他先用最浅薄的理由解释，认为那是西班牙人的慷慨豪侠！大家都说西班牙人慷慨豪侠，意大利人嫉妒猜忌，动不动下毒药，法国人轻佻，德国人直爽，犹太人下贱，英国人高尚。其实这些话要反过来说才合乎事实。犹太人垄断黄金，写出《魔王劳贝》的音乐，能演《番特尔》，能唱《威廉-泰尔》，向画家定画，造巍峨的府第，写出《旅途小景》[1]和许多美丽的诗歌；他们的势力愈来愈大，他们的宗教控制着世界，连教皇也向他们借款！至于德国人，他们

①写歌剧《魔鬼劳贝》的音乐家迈伊贝是德国犹太人；演《番特尔》及其他古典悲剧著名的女演员拉希尔是亚尔萨斯犹太；德国大诗人海涅也是犹太血统，《旅途小景》是他有名的散文集。

专会无事生非，甚至为一些极小的小事也得问外国人：你可有合同？说到法国，取笑本国人愚蠢的戏文五十年来一直有人叫好，式样莫名其妙的帽子始终有人戴在头上，政府尽管改组，只是换汤不换药！……英国人当着全世界的面做出背信弃义的勾当，和他们的贪婪一样可恶。西班牙有过东西印度的黄金，现在两手空空。要说下毒谋害的事，世界上没有一个地方比意大利更少，也没有一个地方的人情风俗比意大利更随和更文雅了。西班牙人的名声多半是沾的摩尔人[1]的光。

教士重新上车的时候，咬着马夫的耳朵说："给你三法郎酒钱，我要车子走得和驿车[2]一样快！"

吕西安三心二意，不敢上车，教士说了声"来吧"，吕西安才上去，自己暗暗譬解，说要抓住对方的矛盾批驳一顿。

他说："神甫，既然你能若无其事，说出一般俗人认为极不道德的主张……"

教士说："的确不道德；所以，我的孩子，耶稣-基督要那桩

①摩尔人系阿拉伯人与巴巴利人之混血种，中世纪成为西班牙半岛的统治民族。十五世纪末被西班牙人战败，降为被压迫的少数民族。摩尔人勤劳朴实，过去对西班牙的经济发展极有贡献。

②驿车是比班车更轻便更快的车子，原来专送邮件，有时亦搭载少数旅客。

令人骇怪的事发生[1]，所以大家最恨令人骇怪的事。”

“我要提出一个问题，像你这样有魄力的人听了，不至于诧异吧？”

卡洛·埃雷拉道：“不用顾虑，我的孩子！……你不了解我。难道我没有弄清楚一个人是否可靠，是否不至于拿我的东西，就请他做秘书吗？我对你已经感到满意了。你还天真得很，所以年纪轻轻就想自杀。你要问什么呢？……”

“为什么你关切我？你说要我服从，到底要我付什么代价？……干吗你要给我一切？你自己又得到什么呢？”

西班牙人笑眯眯的瞧着吕西安。

“等会遇到山坡，咱们下车走过去的时候，在旷野中谈吧。车厢还不是机密的地方。”

两人一声不出，车子飞奔的速度使吕西安愈加神思恍惚，像喝醉了酒。

“神甫，前面就是山坡了。”吕西安如梦初醒的说。

“好，咱们走吧。”神甫说着，大声叫马夫停下。

于是两人迈开步子，往大路上走去。

---

①耶稣被捕前夕在橄榄山上告诉门徒：“你们今天夜里要为了我而骇怪，因为经上写明：我要打击牧人，驱散羊群。”（《马太福音》第二六章第三一节）——所谓骇怪，是指众门徒看到素来公认的救世主会毫不抵抗的落在敌人手里。事实上犹大的出卖和耶稣的被处死刑，只应当加强众人的信仰。故耶稣又说：“在事情未发生之前，我先告诉你们，使你们在事情发生的时候相信我是真主。”（《约翰福音》第一三章第一九节）又说：“我先告诉你们这一点，免得你们临时骇怪。”（《约翰福音》第一六章第一节）。

三十三、为什么罪犯总要诱人堕落

西班牙人挽着吕西安的胳膊说:“孩子,奥德威编的一出戏,《威尼斯转危为安》,可曾引起你什么感想?像比哀和耶非哀[1]那样,男人和男人的深厚的友谊,使女性的爱情变得毫无意义,使男人之间的一切关系都为之改变的交情,你可懂得?……这才合乎诗人的脾胃呢。”

吕西安心上想:“这个教区委员居然也懂戏剧。”——接着问:“伏尔泰的著作你念过吗?……”

教区委员回答:“岂止念过,还实行他的主张。”

“那么你不信上帝吗?……”

教士笑道:“照你说来,我倒是无神论者了。”他把手臂围在吕西安腰里,又道:“孩子,咱们还是谈实际问题吧。我今年四十六岁,是个大贵族的私生子,我没有家族,只有一颗心……人可是怕孤独的,这一点你该记住,刻在你软绵绵的脑子里。在各种孤独中间,人最怕精神上的孤独。早期在旷野里静修的隐

①《威尼斯转危为安》一剧中的人物,两个极要好的朋友。

士和上帝在一起，住的是人烟稠密的世界，精神世界。守财奴住的是随心所欲的快乐世界，他的全部欲望，连性生活在内，都可以在他脑子里得到满足。只要是人，不论是麻风病者还是苦役犯，是下流东西还是病人，第一个念头总是要找一个共命运的伴侣。这种心情是生命的表现，人拿出全部的力量，生命的精华，来满足这心情。要没有这股支配一切的欲望，撒旦怎么能找到同伴？……这个题目大可写成诗篇，作为《失乐园》的开场白，而《失乐园》也只是替叛逆[1]做辩诉。”

吕西安道：“你那种诗篇简直是歌咏堕落的《伊利亚特》。”

“你看，我孑然一身，过着孤零零的生活。我只穿着教士的服装，没有做教士的心肠。我喜欢替别人尽心出力，我有这个怪癖。我不为人献身，过不了日子，所以做了教士。我不怕人家忘恩负义，我自己却知恩感德。教会对我毫无作用，不过是个空洞的观念。我替西班牙国王尽心出力，可是不能爱他，他是我的保护人，高高在上。我要创造一个人，给他生命，按照我的方式把他琢磨，塑造，因为我要像父亲爱儿子一般的爱他。我的孩子，将来你坐着双轮马车，就等于我自己坐着，你讨女人喜欢，我也跟着快活。我对自己说：这个美貌的青年就是我！这个特·吕庞泼莱侯爵是我创造的，是我送进贵族社会的；他的荣华富贵是我的成绩；我不出声，他也不出声；我开口，他也开口；他样样事情和我商量。特·凡尔蒙神甫[2]同玛丽·安多纳德的关系便是这样。”

“他把玛丽·安多纳德送上了断头台！”

教士回答：“特·凡尔蒙神甫并不爱王后，他只爱他自己。”

---

①指撒旦反抗上帝。

②玛丽·安多纳德未出嫁前的教师，大革命前在法国宫廷中极有势力。

吕西安道："难道家里的人伤心，我可以不理不睬吗？"

"我有的是钱，你尽管拿。"

"只要能救出赛夏，我此刻什么都愿意干。"吕西安回答的声音表示他不愿意自杀了。

"孩子，你只消开一声口，赛夏明天就好收到他需要的款子，料清债务。"

"怎么！你给我一万两千法郎？……"

"哎啊！孩子，你看不见我们车子的速度一小时走十五六里吗？我们到博济哀吃晚饭。到了那儿，你要是愿意订约，要是能给我一个服从的证据，非常重要而我非要不可的证据，我就托波尔多的班车带一万五千法郎给你妹子……"

"钱在哪里呢？"

西班牙教士一言不答。吕西安心上想："啊，被我揭穿了，他是拿我打哈哈。"

过了一会，教士和诗人不声不响重新上车。教士不声不响从车厢的夹袋里拿出一只出门人常用的皮包，里头分做三格；教士的大手在皮包中掏了三次，每次都是大把的黄金，总共有一百葡萄牙金洋。

吕西安看着大量的黄金眼花了，说道："神甫，我跟你走。"神甫好不温柔的亲着吕西安的额角，说道："孩子！这不过是我包里的三分之一，我总共有三万法郎，路费在外。"

"而你竟一个人赶路吗？……"吕西安叫起来。西班牙人回答："这算得什么！另外还有三十多万法郎的汇票到巴黎去兑现。没有钱的外交家等于没有意志的诗人，像你刚才一样。"

三十四、斗争到了招架不住的时候

正当吕西安踏上自称为西班牙使节的马车的时候，夏娃起来给孩子吃奶，发现那封诀别的信，拿来念了。她早晨睡了一觉，身上有些汗湿，这一下变了冷汗。她一阵眼花，随即唤玛利红和高布上楼。

她问："我哥哥可是出去了？"

高布说："是的，太太，天还没亮就走了。"

夏娃嘱咐两个佣人说："我告诉你们的话千万不能泄漏，我哥哥大概去自杀了。你们俩一齐去打听，说话小心，一路留心河道。"

夏娃一个人留在家里，如醉如痴，叫人看着害怕。早上七点光景，她正在六神无主，柏蒂-格劳上门来商量正事了。在这种情形之下，一个人听到无论什么意见都会接受的。

代理人说道："太太，咱们亲爱的大卫进了监狱，他落到这步田地，案子一开始我就料到的。我当时劝他跟同行戈安得弟兄合作，共同经营。这桩事业在你丈夫手中不过是空想，两个戈安得却有办法实现。因此，昨天晚上一听见他被捕的消息，你知道我怎么办？我马上去看戈安得弟兄，想叫他们接受一些能够使你们满意的条件。若要保住大卫的发明，你们眼前这种生活势必要继续下去：官司纠缠不清，你们非拖倒不可，等到筋疲力尽，上气不接下气的时候，你们照样要找一个出钱的老板，照样要做一桩交易，和我建议你们同戈安得做的一样，说不定还是你们吃亏；那不如趁早跟戈安得弟兄合作，还有好处可得。省得发明家再忍饥挨饿，伤心绝望，同资本家的贪心和社会的冷淡挣扎了。你说吧！倘若两位戈安得先生代你们还了债……倘若除了还债以外，不论发明的东西价值怎么样，前途怎么样，希望大不大，叫他们再送一笔钱，将来事业办起来，让你们永远分一部分盈利……你们不是称心了吗？……太太，印刷所的生财机器变了你的产业，你以后必定要出让，那也值两万法郎，我保证替你找一个买主出到这个价钱。如果你们和戈安得弟兄订了合伙契约，到手一万五，连印刷所共有三万五，按照时下的利率，每年有两千法郎收入……两千法郎在内地也好过日子了。太太，别忘了你们和戈安得合伙以后，可能还有别的希望。我说可能，因为要防事业失败。现在我有把握做到：第一，还清大卫的债；其次，给大卫弄到一万五千法郎，酬劳他的研究工作，日后戈安得弟兄不得以任何理由要求收回，即使发明的东西没有出息，也不能讨还这笔款子；最后让大卫同戈安得弟兄合伙，等领到了发明执照，大卫的制造方法由双方共同秘密试验，成功以后，正式经营。条件是一切费用归戈安得弟兄负担；大卫名下的股款拿他的发明执照抵充，日后再分四分之一的利益。你是明白人，极有见识，这在漂亮太太中是少有的；你考虑一下这些办法，准会满意……”

可怜的夏娃伤心至极，直淌眼泪，叫道：“哎！先生，干吗昨天晚上你不来提出这个和解的办法呢？那就免得我们出丑……也不至于闹出更大的乱子了……”

“我同戈安得弟兄的谈判到半夜才结束；你大概也猜到了，他们是拿梅蒂维埃做幌子。可是除了可怜的大卫被捕以外，昨天晚上还有什么更大的乱子呢？”柏蒂-格劳问。

“你看，我一早醒来就得到这个可怕的消息。”夏娃说着，把吕西安的信递给柏蒂-格劳，“现在你这样关切我们，的确是大卫和吕西安的朋友，保守秘密的话用不着对你多交代了。”

柏蒂-格劳看完信，还给夏娃，说道：“你一点不用着急。吕西安绝不会自杀。妹夫被他拖累，抓去了，他当然要找一个借口离开你们。在我看来，这是下台以前的一大篇说白，跟做戏一样。”

戈安得弟兄的目的达到了。他们先折磨发明家和他的家属，然后趁对方疲劳过度，需要歇一歇的时间下手。从事发明的人不一定都像斗牛狗那样的狠，会咬着野兽至死不放，戈安得把大卫一家的性格研究得很透彻。在长子戈安得心目中，逮捕大卫是这出戏的第一幕的最后一场。柏蒂-格劳提出的办法是第二幕开始。代理人精明透顶，认为吕西安的一时冲动是个意想不到的机会，可以决定大局。柏蒂-格劳早已发觉妻子对丈夫的影响，看见夏娃为着吕西安弄得六神无主，更想趁此骗取她的信任。所以他不再增加夏娃的绝望，而是竭力安慰，很巧妙的怂恿夏娃就在心乱如麻的时候到监狱去，知道她一定会说服大卫跟戈安得弟兄合作。

“太太，大卫告诉我，他想发财只是为了你和你哥哥。事实证明，想叫吕西安有钱根本是痴心妄想。别说一份，就是三份家私也不经他花。”

看夏娃的态度，她对哥哥的最后一点幻想也破灭了。代理人说到这里停了一会，有心让夏娃的缄默变成默认。

接着他又说："所以，在这个问题上只要考虑到你和你的孩子。要快快乐乐的过活，两千法郎是不是足够，应当由你决定。不用说，你们以后还有老赛夏的遗产。你公公一年收七八千法郎进款，已经有好多年了，资金存放出去的利息还不算在内。归根结底，你们的前途大可乐观，干吗要烦恼呢？"

代理人辞了赛夏太太走了，让她考虑这个远景，这远景是前一天夜里长子戈安得很巧妙的设计的。

安古兰末的银钱老虎听见代理人报告抓住大卫的消息，说道："你去透露一些口风，让他们知道可能有笔款子到手，只要有钱可拿的念头印进了他们的脑子，他们就逃不了啦；我们再讨价还价，一步一步的逼他们就范，接受我们愿意收买那个发明的价钱。"

这句话等于这出银钱剧的第二幕的纲领。

赛夏太太一边为着哥哥的下落心中忧急，一边换好衣服，下楼往监狱去。她想到要独自在安古兰末街上露面，好不惊慌。柏蒂-格劳退回来，说愿意陪她同去；他不是同情当事人的痛苦，而是另有一套老奸巨猾的打算；夏娃被他的体贴感动了，向他道谢，他也不道破夏娃的误会。那么生硬那么冷酷的人这时竟有这点儿心意，使赛夏太太改变了她以前对柏蒂-格劳的看法。

他对夏娃说："我特意带你绕远路，免得碰到熟人。"

"先生，我第一次走在街上抬不起头来！昨天人家很不客气的点醒我了……"

"第一次，也是最后一次。"

“噢！这个城里我绝不再住下去……”

到监狱门口，柏蒂-格劳对夏娃说：“那些条件我和戈安得弟兄差不多讲定了，要是你丈夫同意，你叫人通知我，我马上带着卡乡的证明来接大卫，大概他不至于再回监狱的了……”

在监狱前面说的这几句话，便是意大利人所谓策略。他们用这个名词称呼一种很难说明的行为，或是半正当半奸诈的事情，或是时机恰当而无人指责的骗局，或是近乎合法而做得很妥帖的把戏；照意大利人的说法，圣·巴德莱米案[①]便是一项政治策略。

---

①1572年8月24日法王查理九世下令屠杀新教徒首领的惨案。8月24日为圣者巴德莱米的节日，故称圣·巴德莱米案。

三十五、坐监的影响

上文已经解释过，债务人受到羁押在内地是极少见的事，所以法国大半城市没有拘留所。真要扣押的话，只能把债务人送往监狱，跟嫌疑犯，轻罪被告，重罪被告，判处死刑的囚徒，关在一起。这些在法律上各各不同的名称，在大众口里统统归入一类，叫作刑事犯。大卫被带往安古兰末监狱，暂时送进一间矮矮的牢房，也许是某个犯人刑期满了空出来的。羁押的手续，以及法律规定给监犯一个月伙食费的手续都办完了，大卫见到一个胖子，对犯人的权力比王上还要大的狱卒！内地从来没有清瘦的狱卒。第一，这是一个清闲的差事；其次，狱卒好比乡村客店的老板，不用付房租，自己吃得挺好，给犯人吃得挺坏；对犯人的住宿，狱卒也同乡村客店的老板一样，照来客的财力安排。那狱卒由于老赛夏的关系，对大卫闻名已久；大卫虽则一文不名，狱卒很放心，当夜给他一个好房间。安古兰末的监狱，后面跟从前的初级法院相连，还是中世纪的建筑，并不比当地的大教堂经过更多的改动，民间始终称为司法衙门。大门中间照例开着一扇便门，全部钉着钉子，外表坚固，又矮又旧，看上去像独眼妖赛克罗普斯，因为门上有一个洞眼，狱卒先在洞上认清了外面的人才开门。沿着底层的门面有一条走廊，廊下一排房间，高高的窗上装着漏斗形的木板，从里边的院子取光。狱卒住的屋子同牢房隔一条拱廊。拱廊把底层一分为二，拱廊尽头装着隔离院子的铁栅，一进大门就望得见。狱卒把大卫安顿在靠近拱廊的一间房里，房门正对狱卒的住屋。他有心和大卫做邻居，认为这个监犯地位特殊，可以跟他做伴。

狱卒看大卫瞧着屋子发愣，便道："这一间是最好的了。"

房内墙壁是石砌的，相当潮湿。窗洞很高，装着铁栅。地下的石板冷气逼人。守卫在廊下踱来踱去，有规律的步伐在房内听得清清楚楚，像潮水一般单调的声音时时刻刻提醒你：你受着监视！你不得自由！这些细节和整个环境，对一般老实人精神影响极大。大卫看见卧床肮脏无比。可是进监的人第一夜心情特别紧张，要第二夜才发觉床铺硬不可当。狱卒很客气，告诉大卫天黑之前不妨在院子里散步。临到睡觉，大卫开始受罪了。牢房照例不给灯火。这条规则明明是对付罪犯的，若要把在押的债务人除外，必须得到检察官特准。狱卒让大卫在他屋中闲坐，临睡可不能不关进牢房。夏娃的可怜的丈夫这才发现监狱的丑恶和野蛮的习惯，感到恶心。不过多思想的人自有办法同外界隔离，迷迷糊糊的出神，那是诗人睁着眼睛也办得到的。倒霉家伙终于集中精神，想起他的正事来。监狱最容易使人反省。大卫先问自己有没有尽他家长的责任，又想老婆不知伤心得怎么样了；为什么他不用玛利红说的办法，先挣了一笔足够的钱，再消消停停做他的研究工作呢？

他心上盘算："闹了这样的乱子，怎么能再住在安古兰末？出了监狱，怎么办呢？上哪儿去呢？”他又怀疑他造纸的方法。这种苦恼只有发明家能体会。大卫从这一样疑心到那一样，终于看清了他的处境。以前戈安得弟兄告诉赛夏老头的话，刚才柏蒂-格劳告诉夏娃的话，大卫自己也提出来了：“就算样样顺利，实地制造的成绩还不知道怎么样。领发明执照需要钱……还要有个工厂做大规模的试验，那等于把我的发明公开！……噢！柏蒂-格劳说的一点不错！”

（光线最暗的监狱也会把事情照得透亮。）

大卫躺在一张行军床上，底下铺着一条叫人恶心的棕色粗布垫子，临到睡熟的时候想道：“暂且丢开！明儿早上大概就能见到柏蒂-格劳。”

可见夏娃带来的敌人方面的条件，大卫早已做好准备，有意思接受了。老婆拥抱了丈夫，房内只有一把粗糙的木椅子，她只能坐在床沿上，一眼之间看到屋角放着一只肮脏的铜盆，墙上涂满字迹，都是前任房客的签名和题词。夏娃通红的眼睛又湿了。她不知哭过多少回，看见丈夫落到囚犯一般的田地，又流出眼泪来了。

她说：“这都是追求光荣的结果！……噢！亲爱的，我劝你把事业放弃了吧……咱们还是安分守己，别抄近路想发财了……要我快活也不需要什么享受，吃了这许多苦，我更看得淡了！……你还不知道呢！……你被人抓起来虽然丢脸，还不算咱们最倒霉的事！……你瞧！”

她掏出吕西安的信交给大卫，大卫很快的看完了。夏娃想安慰丈夫，把柏蒂-格劳说吕西安的两句尖刻的话告诉他。

大卫说：“吕西安要是自杀，现在已经死了；现在不死，就不会自杀的了；他的勇气，正如他自己说的，不能维持到半天以上……”

“可是这样提心吊胆叫人怎么受得了呢？……”做妹子的一想到死，差不多一切都原谅了。

柏蒂-格劳所谓已经获得戈安得弟兄同意的条件，夏娃讲给大卫听了，大卫喜形于色，立刻接受。

他说：“有了这笔钱，咱们可以住在乌莫近边的村子上，戈安得弟兄开纸厂的地方；从此我只求清静！如果吕西安受良心责备，寻了短见，咱们在没有拿到父亲的产业以前，也能维持生活；如果吕西安活着，可怜的孩子看我们手头不宽，也会想法适应……戈安得弟兄将来一定靠我的发明赚钱，可是归根到底，我在国内是怎样的人呢？……不过是一个普通的老百姓。只要我的发明对大众有益，我就快活了！告诉你，亲爱的夏娃，你我两人都不配做买卖。咱们既没有唯利是图的心，也没有那种啬刻的本领，把最应该付的钱拖延不付。这两种贪心也许是生意人的品德，大家把这个叫作精明，叫作经商的才干！”

遇到利害关系，两个相爱的人不一定意见一致；如今他们俩看法相同，当然是爱情的最美的果实；夏娃因之很高兴，央狱卒送了一个便条给柏蒂-格劳，说他们俩对和解的方案一致同意，要他来释放大卫。过了十分钟，柏蒂-格劳走进大卫那个可怕的牢房，对夏娃说：“太太，你先回去，我们随后就到……”

“啊！亲爱的朋友，”柏蒂-格劳对大卫说，“你落在人家手里了！怎么你会这样糊涂，跑到街上来的？”

“叫我怎么不出来呢？你看吕西安对我说的什么话。”

大卫把赛利才的信交给柏蒂-格劳；柏蒂-格劳接过去，念了，看了看，捻捻纸张，一边谈着正事一边装作心不在焉的折起信纸，放进口袋。随后代理人挽着大卫的胳膊出去了，他们谈话的当口，狱卒已经收到执达员解除羁押的公事。大卫回到家里，好比进了天堂。经过二十天的幽禁（最后几小时在内地人心目中更是丢尽脸面），他回进卧房，亲着他的小吕西安，像小孩儿一般淌眼抹泪。高布和玛利红也回来了。玛利红在乌莫听说有人在到巴黎去的大路上看见吕西安，已经过了玛撒克。进城卖粮食的农夫注意到花花公子的装束。高布骑着马沿着大路赶到芒勒，知道吕西安坐着包车走了，玛隆先生亲眼看见的。

柏蒂-格劳道："我不是早说过吗？这家伙不是诗人，是一部连续不断的小说。"

夏娃道："坐包车？这一回他上哪儿去呢？"

柏蒂-格劳对大卫道："来，咱们去看两位戈安得先生，他们等着呢。"

赛夏太太叫道："啊！先生，希望你尽量保护我们的利益，我们的前途完全操在你手里。"

柏蒂-格劳道："要不要在你府上谈判？大卫不用去了，让他们今晚到这儿来，我能不能保护你们的利益，你自个儿瞧吧。"

夏娃道："啊！先生，这样我才高兴呢。"

柏蒂-格劳道："那么晚上见，就在这儿，七点左右。"

"谢谢你。"夏娃回答的口气和眼神，表示她对代理人信任多了。

柏蒂-格劳又道："你看，我叫你不用担心，没有说错吧？你哥哥早已把自杀的念头丢往九霄云外。再说，今天晚上你或许就有一笔小小的财产到手。你的印刷所有正式的买主上门了。"

夏娃道："既然这样，干吗不等一下再同两个戈安得合伙呢？"

柏蒂－格劳发觉说了实话，差点儿露马脚，回答说："太太，你忘了你的机器还受着法院扣押，你先要还清梅蒂维埃的钱，才好出卖印刷所。"

柏蒂－格劳回去把赛利才找来。赛利才走进办公室，柏蒂－格劳带他到窗下，咬着他耳朵说：

"明天晚上你可以买进赛夏的印刷所，还有后台老板帮你把印刷执照过户；你总不愿意弄到做苦役犯下场吧？"

赛利才道："什么！……什么！做苦役犯？"

"你给大卫的信是假造的，此刻在我手里……亨利埃德上了法庭，你想她会怎么说？……"柏蒂－格劳看见赛利才脸色变了，便补上一句："我可不想叫你栽跟头。"

巴黎人叫道："你还要我干什么呢？"

柏蒂－格劳回答："让我告诉你应当做些什么。你仔细听着！两个月之内，你是安古兰末正式的印刷商……盘进印刷所的本钱可是欠人家的，你十年也偿还不了！……你得替资本家长期当差！并且只能代进步党出面……你和迦纳拉的合伙契约将来由我起草，我有办法在合同上留好地步，使你有一天能变成印刷所的主人……可是，如果他们要办报，如果你做了报纸的经理，如果我在这里当上署理检察官，你必须听长子戈安得指挥，在你报上登些违禁的文字，让公家把你的报纸没收，查封……你帮了这个忙，戈安得准会重重的谢你……我知道你要判罪，要坐牢，不过你也变了被迫害的要人，在进步党内是个角色了，不是像迈尔西埃军曹和保尔－路易·戈里埃，便是成为小小的玛奴哀。我绝不让人吊销你的执照。等到你的报纸被公家查封的那天，我当你的面把你的信烧掉……你看，你发迹的代价并不算高……”

下层阶级的人弄不清合法文书和伪造文书的区别，赛利才仿佛已经到了重罪庭上，听着柏蒂-格劳的话松了一口气。

柏蒂-格劳接着说：“不出三年，我便是安古兰末的检察官，你总有地方用得着我，你想想吧！”

赛利才道：“好吧。可是你还不知道我这个人；请你现在就把我的信当面烧掉，相信我会感激你的。”

柏蒂-格劳瞧着赛利才，两人好像用眼睛决斗：一个是打量对方，眼睛赛过挖掘人心的手术刀；一个竭力表示自己忠诚可靠，用眼睛做戏。

柏蒂-格劳一声不出，点起蜡烛烧了信，心上想：“他还要成家立业呢！”

赛利才道：“从今以后你要我卖命都可以。”

三十六、晚了一天

大卫等戈安得弟兄来谈判，心里隐隐然感到恐慌。他牵挂的不是自己的利益，不是关于合同的争论，而是厂商对他的成绩如何评价。他的心情有如剧作家见了审查员。目的快达到的时候，发明家的忧急和自尊心把别的情绪都压下去了。晚上七点左右，夏德莱伯爵夫人听到有关吕西安的种种矛盾的消息，好不难受，推说头痛，上了床，叫丈夫独自招待客人吃饭；另一方面，戈安得弟兄俩，一个长子，一个胖子，跟着柏蒂-格劳来到他们的同行家里。这同行现在是束手就擒了。他们一开始就遇到一个难题：大卫的制造方法不说明，合伙契约怎么订呢？说明了，大卫在两个戈安得面前变得毫无保障。后来经柏蒂-格劳劝说，决定先订合同。长子戈安得要看大卫的样品，大卫拿出最后造的一批纸，保证成本的数字绝对可靠。

柏蒂-格劳道："哦！这不是订合同的基础吗？你们可以根据这些样品合伙，在契约上订明，万一出品做不到发明执照上写的条件，合伙关系就取消。"

长子戈安得对大卫说："在房间里用小模子做出少数样品

是一回事，大量生产又是一回事。拿一桩现成的事来说：我们造颜色纸买的是同样的颜料，比如把贝壳纸染成蓝色，用的是原箱的靛青，其中每块颜料都是同一批的货色。结果怎么样？纸浆的色调从来没有两锅一样的……原料配制过程中，有些情形我们始终没弄清。纸浆的质地，数量，立刻会改变问题的性质。你在铜盆里放进一份配料——我并不问你放些什么——你完全能控制，你能掌握各个部分，可以照你的心思拌啊，搅啊，捏啊，做到全部均匀……但是换了五百令一锅的纸浆，谁保证你的情形完全相同，谁保证你的方法一定成功？……”

大卫，夏娃和柏蒂-格劳面面相觑，彼此的眼神包含很多意思。

长子戈安得停了一会又道：“再举一个相仿的例子。你在草原上割下两捆草，扎紧了放在屋内，照乡下人的说法，不让它们发热；干草照样发热，只是并不出事。试问你会不会根据这个经验，在一间木板盖成的谷仓里堆两千捆干草？……你明知那些草要起火，把你的谷仓像一根火柴似的烧掉。你是有学问的人，你说吧！……此刻你只割了两捆干草，我们就怕纸厂里堆了两千捆烧起来。换句话说，我们可能损失一锅又一锅的纸浆，花了大量的钱，结果两手空空。”

大卫听着怔住了。干实际事务的人讲话句句着实，不像理论家开口闭口脱不了将来两字。

胖子戈安得口气粗暴的说：“我要签这样的合同才见鬼呢！鲍尼法斯，你不怕赔钱由你，我不愿意受损失……我只能代赛夏先生还债，另外给六千法郎……”他又赶紧声明：“其中三千付一年到一年三个月的期票……这样已经够冒险了……我们和梅蒂维埃的往来账上还要挂欠一万二。总数已经到一万五……要我买下发明权来独自经营，我不能出更多的钱了。鲍尼法斯，你和我说的新发明原来是这么回事……真是天晓得！我只道你头脑还要清楚一些呢。老实说，这不是生意经……”

柏蒂-格劳听了这些火气十足的话并不着慌，说道：“你们的问题只是愿不愿意担两万法郎风险，买一样能使你们发财的秘诀？一个人冒的危险总是跟好处成比例的……你们是用两万法郎博一笔财产。人家拿一个路易去押轮盘赌，希望到手三十六路易，可是他明知道一个路易是送掉的。你们如法炮制就是了。”

胖子戈安得道：“让我想一想：我不像我老哥精明。我是老实人，只晓得花一个法郎印的祈祷本子，卖两个法郎。我觉得这个发明还在初步试验的阶段，会叫你破财的。第一锅成功了，第二锅失败了，接二连三的做下去，弄得欲罢不能，等到一条胳膊卷进了这复杂的玩意，整个身体都会拖下去的……”随后他讲波尔多有个商人，听信一个学者开垦荒地，弄到倾家荡产；他随口举了五六桩相仿的例子，有的在夏朗德州，有的在陶陶涅州，有的在工业方面，有的在农业方面。他越讲越激动，别人无论说什么都听不进了，柏蒂-格劳的意见非但不能使他平静，反而刺激他火气更大。他望着哥哥说：“我宁可多花一些钱，买一样比这个发明更可靠的东西，利益少一些也情愿的。”末了又说：“据我看，事情还没成熟，不能作为一桩企业来经营。”

柏蒂-格劳说：“你们到这儿来不是预备做交易的吗？你们出什么价钱呢？”

胖子戈安得急忙回答：“代赛夏先生还清债务，事业成功的话，保证他分三成好处。”

夏娃说："那么，先生，做试验的时期我们靠什么过活？我丈夫被捕，已经丢了脸，再回进监狱也不过如此。债务我们也能还清……"

柏蒂-格劳拿手指按着嘴唇，望着夏娃。

"你们这是不讲理了。"柏蒂-格劳对两兄弟说，"你们见过样品；赛夏老头也告诉你们，儿子被他关在屋里，用不值钱的原料一夜工夫造出了上等好纸……你们来收买发明权，你们到底要买不要买？"

长子戈安得说："好吧，不管我兄弟愿不愿意，我来冒一下险，替赛夏先生还债，另外给他六千法郎现金，以后再分三成好处；可是有一点请你们注意，如果赛夏先生在合同上提供的条件一年之内不能实现，必须退还六千法郎，发明执照仍旧归我们，由我们自由处理。"

柏蒂-格劳把大卫拉到一边问道："你有没有把握？"

"有把握的。"大卫回答。他中了两兄弟的计，唯恐胖子戈安得破坏谈判，影响他的前途。

柏蒂-格劳对戈安得弟兄和夏娃说："那么，好吧，我回去起草合同；今天晚上给你们各人一份副本，你们可以考虑整整一天，明天下午四点，等我出庭完毕，大家签字。你们两位去撤回梅蒂维埃的控告。我写信去叫人停止上诉，然后我们把撤销诉讼的公事彼此交换。"

以下是大卫承担各项义务的说明：

立合伙契约人　××××××
××××××

兹因安古兰末印刷商大卫·赛夏确称，能纯粹采用植物原料，或以植物原料与习惯采用之破布混合，做成纸浆，使各种纸张成本降低一半以上，并能在锅内平均上胶；大卫·赛夏与戈安得兄弟公司协议合伙，凭日后领到之发明执照，按照上开方法共同经营造纸工业。双方议定条款如下……

这个文件经过长子戈安得周密考虑，并征得大卫同意；其中有一条规定，倘大卫不能履行诺言，即丧失全部权利。

下一天早上七点半柏蒂－格劳送合同来，告诉大卫夫妻俩，赛利才肯出两万两千法郎现款接盘印刷所，当夜可以立契。

柏蒂－格劳说："戈安得弟兄要是知道这件事，可能不签合同，再来难为你们，要求拍卖……"

这笔交易如果早三个月成功，一切都好挽回；夏娃看见久已绝望的事忽然实现，觉得很奇怪，问道："付款没有问题吗？"

"钱存在我那里了。"柏蒂－格劳毫不含糊的回答。

大卫说："这竟是魔术了！"他要柏蒂－格劳解释事情怎么会如此顺利。

柏蒂－格劳说："不是魔术。事情很简单，乌莫有些商人打算办一份报。"

大卫说："我可没有办报的权利。"

柏蒂－格劳说："对你是一回事，对接盘的人又是一回事……不用担心，尽管收钱，卖契上的条款让赛利才去对付，他有办法的。"

夏娃说："对啊！"

柏蒂-格劳又说："你答应人家不在安古兰末发行报纸，赛利才的后台老板可以在乌莫发行。"

夏娃眼看不久能拿到三万法郎，不用再为生活发愁，心里飘飘然，已经把合伙契约看作次要的希望。因此对于合同上最后一点争执，赛夏夫妻俩也让步了。长子戈安得坚持发明执照要用他的名字。理由是大卫的权利在合同上写得明明白白，执照无论用哪个合伙人的名义都没有关系。他兄弟还说："领执照的钱是我老哥的，旅费也是他的，加起来又是两千法郎！要不用他的名字，这笔生意根本不谈了。"可见银钱老虎在每一点上都如愿以偿。四点半左右，合伙契约签了字。长子戈安得很大方，送给赛夏太太六打刻花刀叉，一条丹诺织的漂亮羊毛披肩，代替佣金[1]，戈安得的意思是要人忘掉过去的争论！一式两份的契约才交换完毕，卡乡把收清债款的凭据，各种文件，连同吕西安假造的三张该死的本票，交给柏蒂-格劳。忽然驿车公司的一辆货车轰隆隆的开到门前停下，接着高布在楼梯上大声叫起来。

"太太！太太！一万五千法郎！……吕西安先生叫人从博济哀带来的，全是现洋。"

夏娃举起胳膊叫道："一万五千法郎！"

驿车公司的送货员说道："是的，太太，波尔多的班车捎来一万五千法郎，嘿！分量不轻呢！底下还有两个人替你搬钱袋。寄款人是吕西安·特·吕庞泼莱先生……我先给你一个小皮袋，里头有五百法郎，恐怕还有一封信。"

---

①买主除正价外，照例要送一笔小费给卖主的家属，原文叫作"别针费"。我国旧社会中亦有此例，名目笼统的称为中金（或中费）。

夏娃念着信只道是做梦：

亲爱的妹妹，兹寄上一万五千法郎。

我没有自杀，而是把自己出卖了，失去了自由。我不仅做了一个西班牙外交官的秘书，而且身体和灵魂都交给他了。

我要开始一种可怕的生活，也许投河死了倒反干净。

再见了。大卫可以恢复自由，他不难花四千法郎买一个纸厂，挣一笔家私。

但望永远不再想起——

你可怜的哥哥　吕西安

夏同太太进来瞧着工人堆放钱袋，嚷道："我这个可怜的儿子真是晦气星，他说的不错，他即使有心做好事，也得不到好结果。"

长子戈安得走到桑树广场上说道："好险啊，事情只差一点儿！再过一小时，这些金子准会照亮赛夏的眼睛，看出合同的毛病。现在他答应三个月为期，到时我们就有办法了。"

晚上七点，赛利才盘进印刷所，付了钱，最后一季的房租也归他负担。第二天，夏娃拿四万法郎交给税局局长，托他用大卫的名义买进年息两千五百法郎的公债。接着写信给公公，请他在玛撒克物色一个价值一万法郎的小庄园，作为她个人的投资。

三十七、合伙经营的故事

长子戈安得的计划简单得可惊。他一开始就认为锅内上胶不可能；真正的唯一的发财秘诀，是在破布做的纸浆中羼入不值钱的原料。于是他决意把降低纸浆成本的办法说做毫无价值，他一心追求的是锅内上浆。当时安古兰末的厂家差不多专造书写用纸，所谓银圆纸，阉鸡纸，学生纸，贝壳纸，全是上胶的[①]。安古兰末的造纸业在这方面素负盛名。那是当地厂商的特产和多少年来的独行生意；根据这一点来说，戈安得弟兄的要求自然无可批驳。其实，我们等会可以看到，上胶的纸同戈安得的投机买卖根本没有关系。书写用纸的销路极其有限，不上胶的印刷用纸，市场几乎广大无边。长子戈安得到巴黎去用自己的名义申请发明执照的时候，打算做成几笔生意，让他能彻底改变造纸的方式。戈安得住在梅蒂维埃家，对他面授机宜，要他一年之内把供应报馆的纸生意从原来的纸商手中抢过来，办法是削减每令的定价，减到任何厂家做不到的价钱，同时保证纸张的洁白和质地，超过报

①上胶是防止吸墨过多。

馆以前用的最好的货色。报馆和纸商订的是定期合同，所以要同报馆的经理部门暗中联络一个时期，才能独家垄断。在梅蒂维埃和巴黎几个主要的报馆——用纸总量达到两百令一天——达成协议之前，戈安得觉得尽有时间摆脱赛夏。不消说，戈安得答应在这些交易中分一部分固定的利润给梅蒂维埃，以便在巴黎有一个能干的代理人，自己也省得出门，浪费时间。梅蒂维埃在纸商中是资产最大的一个，原来就靠戈安得这桩生意起家的。十年之内，他承包巴黎各报馆的纸，没有人能和他竞争。

长子戈安得把销路安排妥当，回到安古兰末，正赶上柏蒂-格劳的婚礼。柏蒂-格劳的事务所盘出去了，但等后任领到委任状①，他就可补弥洛先生的缺，这是夏德莱伯爵夫人替他钻谋的。安古兰末的副署理检察调往利摩日当首席署理；司法部长派了他的一个门下到安古兰末检察署来，首席署理的职位空了两个月。那段空隙的时间正好给柏蒂-格劳度蜜月。

长子戈安得出门期间，大卫做了一锅不上胶的白报纸，质地比当时报馆用的好得多；又做了第二锅出色的仿小牛皮纸，专为讲究的印刷用的，戈安得拿去印了一版教区用的祈祷手册。原料由大卫亲自调配，他身边除了高布和玛利红，不要别的工人。

长子戈安得一回来，形势大变。他瞧着纸样并不怎么满意。

他对大卫说："亲爱的朋友，安古兰末的生意主要靠贝壳纸。我们先要造出最漂亮的贝壳纸来，成本比现在降低一半。"

大卫为贝壳纸试了一锅上胶的纸浆，做出来的纸像刷子一般粗糙，上的胶结成一颗颗硬块。试验完毕那天，大卫拿着纸样躲

①法国的诉讼代理人全国各地都有定额，事务所只能向前任代理人盘下，但仍须获得政府许可，领到委任状后方可开业。

在一旁，不让人家看见他伤心；长子戈安得却跑去鼓励他，安慰他，恳切得了不得。

“别灰心，”戈安得说，“你尽管试验！我不急，我懂得你，我一定干到底！……”

大卫回去和老婆吃晚饭，说道：“真的，我们碰到了好人，没想到长子戈安得这样豪爽！”

他把奸刁的合伙人的话讲了一遍。

试验做了三个月。大卫宿在厂内，观察各种纸浆的效果。一会儿觉得失败的原因在于破布和原料的混合，便做了一锅纯粹植物原料的纸浆。一会儿又用纯粹破布做的纸浆上胶。他不屈不挠的干下去，不再提防长子戈安得，当着他的面把性质相仿的原料一样一样试过来，各种原料和各种胶水的配方都试到家了。一八二三年上半年，大卫·赛夏带着高布在纸厂里过活，倘若不在乎饮食，衣着，身体，也算过活的话。他拼命和困难斗争，要不是戈安得那样的人，看了准会感动，因为这个勇猛的战士从来不想到自己的利益。有一个时期他什么都不想要了，只求事情成功。物质被人制成了物品，内在的抵抗消失以后，另有一些奇怪的作用；大卫用他敏锐的目光随时留意，得出一些工业方面的重要规律，认为要获得我们需要的产品，必须服从事物在后面几个阶段中的相互关系，服从他所谓物质的第二天性。八月中，大卫终究造出一种锅内上胶的纸，同此刻印刷所打校样用的纸完全一样；可是质地不匀，上胶也没有把握。拿一八二三年的造纸业来说，成绩已经很好了，本钱却花到一万，而大卫还希望解决最后一些困难。那个时期，安古兰末跟乌莫流行一些莫名其妙的话，说戈安得弟兄被大卫拖累，损失不赀；大卫花掉三万法郎试验费，只造出很坏的纸。别的厂商听着害怕，愈加相信他们的老方法；他们还嫉妒戈安得弟兄，散布谣言，说这家野心勃勃的厂不久要破产了。长子戈安得买进一些造卷筒纸的机器，仿佛是给大卫做试验的。事实上老狐狸撺掇大卫只管研究锅内上胶，他自己却用大卫告诉他的原料羼入纸浆，把成千令的白报纸运出去，交给梅蒂维埃。

到九月，长子戈安得找大卫·赛夏谈话。大卫说正在考虑做一次成绩圆满的试验，戈安得劝他不必再挣扎。

他很亲热的说："亲爱的大卫，到玛撒克去看看你太太吧，你太辛苦了，应当休息一下；我们也不愿意弄到倾家荡产。你认为了不起的成功只不过是事情的开端。现在我们要等一等，再做新的试验。你得说句公道话，看看结果。我们不光是造纸，还做印刷，还放款，外边已经在说你把我们弄穷了……"

（大卫做了一个极天真的手势，表示他确是好心好意。）

戈安得看到大卫的手势，回答说："五万法郎丢在夏朗德河里，还不至于叫我们破产；我们只是不愿意为了那些中伤我们的话，样样要用现款支付，使我们的买卖停顿。我们都受着合同约束，双方都得考虑一下。"

"他说的不错！"大卫心上想，他平时心思完全集中在大规模的试验上面，根本没留意厂内的情形。

于是他回到玛撒克。最近半年，他每星期六晚上回去看夏娃，星期二早上离家。夏娃听着老赛夏的指点，买下一所屋子，正好在公公的葡萄园前面，附带三个阿尔邦[①]的园子和一小块嵌

①合四千二百至五千一百平方公尺，视地区而异。

在老赛夏田地中的葡萄田。她同母亲和玛利红过着十分俭省的生活，因为这块美好的产业，玛撒克最漂亮的庄园还剩五千法郎的买价没有付。屋子坐落在园子和院子中间，材料用的是白凝灰石，屋顶盖着石板，上面有不少雕塑，凝灰石质地松软，不用花多少钱就好做成大量的装饰品。安古兰末的漂亮家具，搬到乡下显得更漂亮了，那时当地还没有人讲究奢华。屋子前面，园中有一行栢榴，橘树和一些名贵的植物，是以前的业主，由玛隆先生送终的一位老将军亲手种的。

有一天，大卫陪着父亲在橘树底下同夏娃和小吕西安玩儿，芒勒的执达员亲自送来一份通知：戈安得弟兄要他们的合伙人选任一个仲裁庭，按照契约规定解决他们的争议。戈安得弟兄要求收回六千法郎，保留发明执照的所有权和以后的利润，作为他们付了巨额费用而毫无结果的赔偿。

赛夏老头对儿子说：“人家说你把他们弄穷了！那才好呢！你干的事只有这一桩叫我看了高兴。”

第二天早上九点，夏娃和大卫走进柏蒂－格劳先生家的穿堂。他如今变了孤儿寡妇的保护人[1]，大卫夫妇觉得只有请教他才是办法。法官见了从前的主顾，满面春风，一定要留他们吃中饭。

他微笑着说：“戈安得弟兄要讨还六千法郎吗？你们买屋子的钱还欠多少？”

夏娃回答：“五千法郎，先生；我已经有两千存起来了……”

柏蒂－格劳道：“你的两千留着吧。呃！还欠五千！……你们

①检察官是孤儿寡母的法定保护人。

的屋子好好收拾一下，还得一万。好吧，两小时以内叫戈安得给你们送一万五千法郎来……”

夏娃做了一个诧异的手势。

法官接着说：“……在这个条件之下，你们协议拆伙，放弃你们合同上的全部权益。你们看行不行？”

夏娃道：“我们拿这笔钱是不是合法呢？”

法官笑道：“完全合法！戈安得弟兄把你们摆布得够了，我要一劳永逸，不让他们再生枝节。听我说：现在我是法官，应当告诉你们事实。戈安得弟兄此刻明明是欺骗你们，可是你们被他捏在手里。他们要提起诉讼，你们不怕麻烦的话，当然可以胜诉。只是你们愿不愿意再打十年官司？什么仲裁啊，专家鉴定啊，尽可来了一次又一次，你们会听到极端矛盾的意见……并且，”他微笑着说，“这里也找不出一个代理人替你们辩护，我的后任没有本领。听我说：与其打一场稳赢的官司，不如吃些亏和解……”

大卫道：“只要让我们太太平平的过日子，无论什么性质的和解我都接受。”

柏蒂-格劳大声唤他的当差，吩咐道：“保尔，去把我的后任赛谷先生请来……”又对两个以前的主顾说：“我们只管吃饭，让赛谷去看戈安得弟兄；再过几小时，你们俩动身回玛撒克的时候，财产是损失了，可是太平了。到手一万法郎便是多五百法郎进款；在你们那个美丽的小庄园上，尽可快快活活的过日子！”

柏蒂-格劳说的不错，两小时后，代理人带着正式文件回来了，两个戈安得签了字，还有十五张一千法郎的钞票。

赛夏道：“这一次多亏你帮忙。”

柏蒂-格劳看见两个老主顾表示惊奇，回答道：“什么帮忙，我叫你们吃了大亏呢。我再说一遍，我叫你们吃了大亏，时间久了，你们自会发觉，不过我知道你们的性格，你们宁可受损失，不想等一笔遥遥无期，也许来得太晚的财富。”

夏娃道：“先生，我们不贪图财富，谢谢你使我们能够快快活活的过日子，我们永远感激你。”

柏蒂－格劳道：“天哪！你这么说，我要良心不安了；可是我相信，我今天把事情补救了。我做到法官是靠你们；应当表示感激的是我……再见。”

三十八、结局

日子一久，高布对赛夏老头的意见改变了，赛夏老头也对高布有了感情，发现他跟自己一样一字不识，也容易喝醉。退休的大熊教退伍的装甲骑兵管理葡萄田，出卖产品，他训练高布，存心留一个头脑清楚的汉子帮孩子们管家；因为他最后一个时期为着他的产业担惊受怕，简直可笑。他把磨坊老板戈多阿当作心腹。

他说："我闭了眼睛，孩子家里变成怎么样，你等着瞧吧！啊，我的天，想到他们的将来我就心惊肉跳。"

一八二九年三月，老赛夏死了，留下价值二十万左右的田产，和大卫的庄园联起来确是一份挺好的产业，高布已经井井有条的管了两年。

大卫夫妻俩还在父亲屋子里找到一批黄金，大约值三十万法郎。外边的传说照例大大的夸张，老赛夏的家私在整个夏朗德州估到一百万。夏娃和大卫的小小的产业，同老人的遗产加起来，一年有近三万的收入；因为他们自己的资金过了一个时期才安排，在七月革命的当口买进公债。

到那个时候，夏朗德州的人和大卫·赛夏方始知道长子戈安得的家业有多大。他一共有几百万，当上议员，不久又进贵族院，传闻他在下一届内阁中可能当商业部长。一八四二年，长子戈安得娶了包比诺小姐，她的父亲安赛末·包比诺先生是七月王朝最有势力的一个政治家，巴黎选区的国会议员，兼某区区长。

自从有了大卫·赛夏的发明，法国的造纸业好比一个巨大的身体得到了养料。因为采用破布以外的原料，法国造的纸比欧洲无论哪一国都便宜。荷兰纸绝迹了，不出赛夏所料。大势所趋，恐怕早晚需要办一个王家纸厂，像高勃冷、赛佛、萨伏纳里[①]和王家印刷所一样，这些企业虽然被摧残艺术的布尔乔亚一再打击，至今没有动摇。

大卫·赛夏生了两男一女，夫妇的感情始终如一。他胸怀高洁，绝口不提以前的尝试。夏娃也很聪明，劝大卫把发明家的可怕的志愿放弃了。所谓发明家原是摩西一流，受着何烈山上的荆棘煎逼[②]。大卫拿文艺做消遣，过着懒洋洋的快乐的地主生活，经营自己的产业。求名的念头永远放弃了，甘心情愿做一个耽于幻想和蒐集标本的人：他从事昆虫学，研究虫类的奇妙的变化，现代科学在这方面还只知道变化的最后阶段。

人人听到检察长柏蒂-格劳的政绩，和有名的普罗凡的维

①高勃冷和萨伏纳里都是法国王家办的地毯厂。赛佛是法国的官窑。

②摩西在何烈山上看见荆棘燃烧，听到耶和华命令他去拯救人民，免于奴役（见《旧约》）。此处用以譬喻发明家的志愿坚强，好像奉了神的命令一般。

奈[1]不相上下。他的雄心是要做博济哀高等法院的院长。

赛利才常常在政治上触犯禁令，一再判罪，着实有点名气。在进步党的哨兵中间，他是最大胆的一个，外号叫作勇将。他被柏蒂-格劳的后任[2]逼得没有办法，把安古兰末的印刷所卖掉了，加入内地戏院另谋出路，好在他天生会表演，不难在舞台上走红。后来他吃了一个青年女主角的亏，上巴黎去请教科学帮他对付爱神，同时想靠进步党帮忙，捞些好处。

至于吕西安，他回到巴黎的情形在“巴黎生活栏”[3]内另有交代。

一八三五——一八四三年　原作

一九六一——一九六四年　译

①巴尔扎克另一部小说《比哀兰德》中的人物，也是恶讼师出身的检察官。

②指柏蒂-格劳后任的署理检察官。

③《人间喜剧》分为“风俗研究编”“哲学研究编”“分析研究编”三大部门，第一编又分为六栏，“巴黎生活栏”即其中的第三栏。吕西安的结局详见“巴黎生活栏”中的一部长篇《交际花荣枯记》。

人间喜剧

La Comédie humaine

高老头

（法）巴尔扎克 著
傅雷 译

团结出版社

图书在版编目(CIP)数据

人间喜剧 / (法) 巴尔扎克著 ; 傅雷译. -- 北京 : 团结出版社, 2021.11

ISBN 978-7-5126-9114-8

Ⅰ. ①人… Ⅱ. ①巴… ②傅… Ⅲ. ①小说集—法国—近代 Ⅳ. ①I565.44

中国版本图书馆CIP数据核字(2021)第171591号

出版: 团结出版社

（北京市东城区东皇城根南街84号 邮编: 100006）

电话: (010) 65228880 65244790 (传真)

网址: www.tjpress.com

Email: zb65244790@vip.163.com

经销: 全国新华书店

印刷: 天宇万达印刷有限公司

开本: 145×210 1/32

印张: 114.75

字数: 3242千字

版次: 2021年11月 第1版

印次: 2021年11月 第1次印刷

书号: 978-7-5126-9114-8

定价: 458.00元（全10册）

出版说明

奥诺雷·德·巴尔扎克(Honoré de Balzac, 1799—1850),法国小说家,被誉为“现代法国小说之父”,生于法国中部图都尔市的一个中产者家庭。

1829年,三十岁的巴尔扎克第一次正式发表作品。他经过十余年的探索、学习之后,在法国小说界开辟出了一个崭新的世界,建立了一个一直影响到现在的现实主义传统。从发表第一部作品开始,巴尔扎克便以惊人的毅力创作出了91部小说,塑造了两千四百多个栩栩如生的人物形象,这些作品合称为《人间喜剧》。巴尔扎克通过这些作品和人物形象,为读者展示了法国社会的整个面貌。因此,《人间喜剧》被后世誉为“资本主义社会的百科全书”。

作为他的朋友,法国19世纪前期著名的浪漫主义文学家维克多·雨果曾这样评价他:“在最伟大的人物中间,巴尔扎克是名列前茅者;在最优秀的人物中间,巴尔扎克是佼佼者之一。他才华卓越,至善至美,但他的成就不是眼下说得尽的。他的所有作品仅仅形成了一部书,一部有生命的、光亮的、深刻的书。”

傅雷(1908—1966),字怒安,号怒庵,他是中国著名的翻译家、作家、教育家、美术评论家。傅雷先生早年留学于法国巴黎大学,翻译了大量的法文作品,包括巴尔扎克、罗曼·罗兰、伏尔泰等许多名家著作。20世纪60年代初,他因在翻译巴尔扎克作品方面的卓越贡献,被法国巴尔扎克研究会吸收为会员。

傅雷先生曾说:“《人间喜剧》共包括九十四个长篇,已译十五种,虽不能囊括作者全部精华,但比较适合吾国读者的巴尔扎克最优秀作品,可谓遗漏无多。法国一般文艺爱好者所熟悉之巴尔扎克小说,甚少超出此项范围。”这十五种译作中,《猫儿打球号》已经佚失,现存十四种。此次,我们整理出版的这套《人间喜剧》,正是对傅雷先生现存十四种译作的整理。它们分别是:《欧也妮·葛朗台》《亚尔培·萨伐龙》《高老头》《奥诺丽纳》《比哀兰德》《夏倍上校》《禁治产》《邦斯舅舅》《赛查·皮罗多盛衰记》《于絮尔·弥罗埃》《都尔的本堂神父》《贝姨》《搅水女人》《幻灭》。

此次出版,我们在尊重傅雷先生译作的前提下,按照现代汉语规范,仅对一些地名、人名、标点符号等作了修订。由于水平所限,整理过程中难免有错漏之处,恳请读者批评指正!

目　录

高老头

奥诺丽纳

高老头

一、伏盖公寓

一个夫家姓伏盖，娘家姓龚弗冷的老妇人，四十年来在巴黎开着一所兼包客饭的公寓，坐落在拉丁区与圣·玛梭城关之间的圣·日内维新街上。大家称为伏盖家的这所寄宿舍，男女老少，一律招留，从来没有为了风化问题受过飞短流长的攻击，可是三十年间也不曾有姑娘们寄宿；而且非要家庭给的生活费少得可怜，才能使一个青年男子住到这儿来。话虽如此，一八一九年上，正当这幕惨剧开场的时候，公寓里的确住着一个可怜的少女。虽然惨剧这个字眼被近来多愁善感、颂赞痛苦的文学用得那么滥，那么歪曲，以致无人相信；这儿可是不得不用。并非在真正的字义上说，这个故事有什么戏剧意味；但我这部书完成之后，京城内外也许有人会掉几滴眼泪。出了巴黎是不是还有人懂得这件作品，确是疑问。书中有许多考证与本地风光，只有住在蒙玛脱岗和蒙罗越高地之间的人能够领会。这个著名的盆地，墙上的石灰老是在剥落，阳沟内全是漆黑的泥浆；到处是真苦难，空欢喜，而且那么忙乱，不知要怎么重大的事故才能在那儿轰动一下。然而也有些东零西碎的痛苦，因为罪恶与德行混在一块而变得伟大庄严，使自私自利的人也要定一定神，生出一点同情心；可是他们的感触不过是一刹那的事，像匆匆忙忙吞下的一颗美果。文明好比一辆大车，和印度的神车一样[①]，碰到一颗比较不容易粉碎的心，略微耽搁了一下，马上把它压碎了，又浩浩荡荡的继续前进。你们读者大概也是如此：雪白的手捧了这本书，埋在软绵绵的安乐椅里，想道：也许这部小说能够让我消遣一下。读完了高老头隐秘的痛史以后，你依旧胃口很好的用晚餐，把你的无动于衷推给作者负责，说作者夸张，渲染过分。殊不知这惨剧既非杜撰，亦非小说。一切都是真情实事[②]，真实到每个人都能在自己身上或者心里发现剧中的要素。

公寓的屋子是伏盖太太的产业，坐落在圣·日内维新街下段，正当地面从一个斜坡向弩箭街低下去的地方。坡度陡峭，马匹很少上下，因此挤在华·特·葛拉斯军医院和先贤祠之间的那些小街道格外清静。两座大建筑罩下一片黄黄的色调，改变了周围的气息；穹窿阴沉严肃，使一切都暗淡无光。街面上石板干燥，阳沟内没有污泥，没有水，沿着墙根生满了草。一到这个地方，连最没心事的人也会像所有的过路人一样无端端的不快活。一辆车子的声音在此简直是件大事；屋子死沉沉的，墙垣全带几分牢狱气息。一个迷路的巴黎人[③]在这一带只看见些公寓或者私塾，

①印度每年逢Vichnou神纪念日，将神像置于车上游行，善男信女奉之若狂，甚至有攀附神车或置身轮下之举，以为如此则来世可托生于较高的阶级(Caste)。(本书注释均为译者注)

②原文是用的英文allistrue，且用斜体字。莎士比亚的悲剧《亨利八世》原名“allistrue”，巴尔扎克大概是借用此句。

③真正的巴黎人是指住在塞纳河右岸的人。公寓所在地乃系左岸。迷路云云谓右岸的人偶尔漫步到左岸去的意思。

苦难或者烦恼，垂死的老人或是想作乐而不得不用功的青年。巴黎城中没有一个区域更丑恶，更没有人知道的了。特别是圣·日内维新街，仿佛一个古铜框子，跟这个故事再合适没有。为求读者了解起见，尽量用上灰黑的色彩和沉闷的描写也不嫌过分，正如游客参观初期基督徒墓窟的时候，走下一级级的石梯，日光随着暗淡，向导的声音越来越空洞。这个比喻的确是贴切的。谁又能说，枯萎的心灵和空无一物的骷髅，究竟哪一样看上去更可怕呢？

公寓侧面靠街，前面靠小花园，屋子跟圣·日内维新街成直角。屋子正面和小园之间有条中间微凹的小石子路，大约宽两公尺；前面有一条平行的砂子铺的小路，两旁有风吕草，夹竹桃和石榴树，种在蓝白二色的大陶盆内。小路靠街的一头有扇小门，上面钉一块招牌，写着：伏盖宿舍；下面还有一行：本店兼包客饭，男女宾客，一律欢迎。临街的栅门上装着一个声音刺耳的门铃。白天你在栅门上张望，可以看到小路那一头的墙上，画着一个模仿青色大理石的神龛，大概是本区画家的手笔。神龛内画着一个爱神像：浑身斑驳的釉彩，一般喜欢象征的鉴赏家可能认作爱情病的标记，那是在邻近的街坊上就可医治的①。神像座子上模糊的铭文，令人想起雕像的年代，伏尔泰在一七七七年上回到巴黎大受欢迎的年代。那两句铭文是②：

不论你是谁，她总是你的师傅，
现在是，曾经是，或者将来是。

---

①指附近圣·雅各城关的加波桑医院。

②伏尔泰为梅仲宫堡园中的爱神像所做的铭文。

天快黑的时候，栅门换上板门。小园的宽度正好等于屋子正面的长度。园子两旁，一边是临街的墙，一边是和邻居分界的墙；大片的常春藤把那座界墙统统遮盖了，在巴黎城中格外显得清幽，引人注目。各处墙上都钉着果树和葡萄藤，瘦小而灰土密布的果实成为伏盖太太年年发愁的对象，也是和房客谈天的资料。沿着侧面的两堵墙各有一条狭小的走道，走道尽处是一片菩提树荫。伏盖太太虽是龚弗冷出身，菩提树三字老是念别音的，房客们用文法来纠正她也没用。两条走道之间，一大块方地上种着朝鲜蓟，左右是修成圆锥形的果树，四周又围着些莴苣，旱芹，酸菜。菩提树荫下有一张绿漆圆桌，周围放几个凳子。逢着大暑天，一般有钱喝咖啡的主顾，在热得可以孵化鸡子的天气到这儿来品尝咖啡。

四层楼外加阁楼的屋子用的材料是粗沙石，粉的那种黄颜色差不多使巴黎所有的屋子不堪入目。每层楼上开着五扇窗子，全是小块的玻璃；细木条子的遮阳撑起来高高低低，参差不一。屋子侧面有两扇窗，楼下的两扇装有铁栅和铁丝网。正屋之后是一个二十尺宽的院子：猪啊，鸭啊，兔子啊，和和气气的混在一块儿；院子底上有所堆木柴的棚子。棚子和厨房的后窗之间挂一口凉橱，下面淌着洗碗池流出来的脏水。靠圣·日内维新街有扇小门，厨娘为了避免瘟疫不得不冲洗院子的时候，就把垃圾打这扇门里扫到街上。

房屋的分配本是预备开公寓的。底层第一间有两扇临街的窗子取光，通往园子的是一扇落地长窗。客厅侧面通到饭厅，饭厅和厨房中间是楼梯道，楼梯的踏级是用木板和彩色地砖拼成的。一眼望去，客室的景象再凄凉没有：几张沙发和椅子，上面包的马鬃布满是一条条忽而暗淡忽而发光的纹缕。正中放一张黑地白纹的云石面圆桌，桌上摆一套白瓷小酒杯，金线已经剥落一大半，这种酒杯现在还到处看得到。房内地板很坏，四周的护壁板只有半人高，其余的地位糊着上油的花纸，画着《丹兰玛葛》[①]主要的几幕，一些有名的人物都著着彩色。两扇有铁丝网的窗子之间的壁上，画着加里泼梭款待于里斯的儿子的盛宴[②]。四十年来这幅画老是给年轻的房客当作说笑的引子，把他们为了穷而不得不将就的饭食取笑一番，表示自己的身份比处境高出许多。石砌的壁炉架上有两瓶藏在玻璃罩下的旧纸花，中间放一座恶俗的半蓝不蓝的云石摆钟。壁炉内部很干净，可见除了重大事故，难得生火。

这间屋子有股说不出的味道，应当叫作公寓味道。那是一种闭塞的，霉烂的，酸腐的气味，叫人发冷，吸在鼻子里潮腻腻的，直往衣服里钻；那是刚吃过饭的饭厅的气味，酒菜和碗盏的气味，救济院的气味。老老少少的房客特有的气味，跟他们伤风的气味合凑成的令人作呕的成分，倘能加以分析，也许这味道还能形容。话得说回来，这间客室虽然教你恶心，同隔壁的饭厅相比，你还觉得客室很体面，芬芳，好比女太太们的上房呢。

饭厅全部装着护壁，漆的颜色已经无从分辨，只有一块块油迹画出奇奇怪怪的形状。几口黏手的食器柜上摆着暗淡无光的破裂的水瓶，刻花的金属垫子，好几堆都奈窑的蓝边厚瓷盆。屋角有口小橱，分成许多标着号码的格子，存放寄膳客人满是污迹和酒痕的饭巾。在此有的是销毁不了的家具，没处安插而扔在这

①《丹兰玛葛》系十七世纪法奈龙的名著。

②即《丹兰玛葛》中的情节。

儿，跟那些文明的残骸留在痼疾救济院里一样。你可以看到一个晴雨表，下雨的时候有一个教士出现；还有些令人倒胃的版画，配着黑漆描金的框子；一口镶铜的贝壳座钟；一只绿色火炉；几盏灰尘跟油混在一块儿的挂灯；一张铺有漆布的长桌，油腻之厚，足够爱淘气的医院实习生用手指在上面刻画姓名；几张断腿折臂的椅子；几块可怜的小脚毯，草辫老在散率而始终没有分离；还有些破烂的脚炉，洞眼碎裂，铰链零落，木座子像炭一样的焦黑。这些家具的古旧，龟裂，腐烂，摇动，虫蛀，残缺，老弱无能，奄奄一息，倘使详细描写，势必长篇累牍，妨碍读者对本书的兴趣，恐非性急的人所能原谅。红色的地砖，因为擦洗或上色之故，画满了高高低低的沟槽。总之，这儿是一派毫无诗意的贫穷，那种锱铢必较的，浓缩的，百孔千疮的贫穷；即使还没有泥浆，却已有了污迹；即使还没有破洞，还不曾褴褛，却快要崩溃腐朽，变成垃圾。

这间屋子最有光彩的时间是早上七点左右，伏盖太太的猫赶在主人之前，先行出现，它跳上食器柜，把好几罐盖着碟子的牛奶闻嗅一番，呼啊呼啊的做它的早课。不久寡妇出现了，网纱做的便帽下面，露出一圈歪歪斜斜的假头发，懒洋洋的趿着愁眉苦脸的软鞋。她的憔悴而多肉的脸，中央耸起一个鹦鹉嘴般的鼻子，滚圆的小手，像教堂的耗子①一般胖胖的身材，膨亨饱满而颠颠耸耸的乳房，一切都跟这寒酸气十足而暗里蹲着冒险家的饭厅调和。她闻着室内暖烘烘的臭味，一点不觉得难受。她的面貌像秋季初霜一样新鲜，眼睛四周布满皱纹，表情可以从舞女那样

①教堂的耗子原是一句俗语，指过分虔诚的人；因巴尔扎克以动物比人的用意在本书中特别显著，故改按字面译。

的满面笑容，一变而为债主那样的竖起眉毛，板起脸孔。总之她整个的人品足以说明公寓的内容，正如公寓可以暗示她的人品。监狱少不了牢头禁卒，你想象中绝不能有此无彼。这个小妇人的没有血色的肥胖，便是这种生活的结果，好像传染病是医院气息的产物。罩裙底下露出毛线编成的衬裙，罩裙又是用旧衣衫改的，棉絮从开裂的布缝中钻出来；这些衣衫就是客室，饭厅，和小园的缩影，同时也泄露了厨房的内容与房客的流品。她一出场，舞台面就完全了。五十岁左右的伏盖太太跟一切经过忧患的女人一样。无精打采的眼睛，假惺惺的神气像一个会假装恼怒，以便敲竹杠的媒婆，而且她也存心不择手段的讨便宜：倘若世界上还有什么乔治或毕希葛吕可以出卖，她是决计要出卖的[1]。房客们却说她骨子里是个好人，他们听见她同他们一样咳嗽，哼哼，便相信她真穷。伏盖先生当初是怎么样的人，她从无一字提及。他怎样丢了家私的呢？她回答说是遭了噩运。他对她不好，只留给她一双眼睛好落眼泪，这所屋子好过活，还有给了她不必同情别人灾祸的权利，因为她说，她什么苦难都受尽了。

一听见女主人急促的脚声，胖子厨娘西尔维赶紧打点房客们的中饭。一般寄饭客人通常只包每月三十法郎的一顿晚饭。

这个故事开始的时代，寄宿的房客共有七位。二层楼上是全屋最好的两套房间，伏盖太太住了小的一套，另外一套住着古的太太，她过世的丈夫在共和政府时代当过军需官。和她同住的是一个年纪轻轻的少女，维多莉·泰伊番小姐，把古的太太当作母亲一般。这两位女客的膳宿费每年一千八百法郎。三层楼上的两

①乔治与毕希葛吕均系法国大革命时代人物，以阴谋推翻拿破仑而被处死刑。

套房间，分别住着一个姓波阿莱的老人，和一个年纪四十上下，戴假头发，鬓角染黑的男子，自称为退休的商人，叫作伏脱冷先生。四层楼上有四个房间：老姑娘米旭诺小姐住了一间；从前做粗细面条和淀粉买卖，大家叫作高老头的，住了另外一间；其余两间预备租给候鸟①，像高老头和米旭诺小姐般只能付四十五法郎一月膳宿费的穷学生；可是伏盖太太除非没有办法，不大乐意招留这种人，因为他们面包吃得太多。

那时代，两个房间中的一个，住着一位从安古兰末乡下到巴黎来读法律的青年，欧也纳·特·拉斯蒂涅。人口众多的老家，省吃俭用，熬出他每年一千二百法郎的生活费。他是那种因家境清寒而不得不用功的青年，从小就懂得父母的期望，自己在那里打点美妙的前程，考虑学业的影响，把学科迎合社会未来的动向，以便捷足先登，榨取社会。倘没有他的有趣的观察，没有他在巴黎交际场中无孔不入的本领，我们这故事就要缺乏真实的色彩；没有问题，这点真实性完全要归功于他敏锐的头脑，归功于他有种欲望，想刺探一桩惨事的秘密；而这惨事是制造的人和身受的人一致讳莫如深的。

四层楼的顶上有一间晾衣服的阁楼，还有做粗活的男仆克利斯朵夫和胖子厨娘西尔维的两间卧房。

除了七个寄宿的房客，伏盖太太旺季淡季统扯总有八个法科或医科的大学生，和两三个住在近段的熟客，包一顿晚饭。可以容纳一二十人的饭厅，晚餐时坐到十八个人；中饭只有七个房客，团团一桌的情景颇有家庭风味。每个房客趿着软鞋下楼，对包饭

①指短时期的过路客人。此语为作者以动物比人的又一例。

客人的衣着神气，隔夜的事故，毫无顾忌的议论一番。这七位房客好比伏盖太太特别宠爱的孩子，她按照膳宿费的数目，对各人定下照顾和尊敬的分寸，像天文家一般不差毫厘。这批萍水相逢的人心里都有同样的打算。三层楼的两位房客只付七十二法郎一月。这等便宜的价钱（唯有古的太太的房饭钱是例外），只能在圣·玛赛城关，在产科医院和流民习艺所中间的那个地段找到。这一点，证明那些房客明里暗里全受着贫穷的压迫，因此这座屋子内部的悲惨景象，在住户们破烂的衣着上照样暴露。男人们穿着说不出颜色的大褂，像高等住宅区扔在街头巷尾的靴子，快要磨破的衬衫，有名无实的衣服。女人们穿着暗淡陈旧，染过而又褪色的服装；戴着补过的旧花边，用得发亮的手套，老是暗黄色的领围，经纬散率的围巾。衣服虽是这样，人却差不多个个生得很结实，抵抗过人世的风波；冷冷的狠巴巴的脸，好像用旧而不再流通的银币一般模糊；干瘪的嘴巴配着一副尖利的牙齿。你看到他们会体会到那些已经演过的和正在搬演的戏剧—— 并非在脚灯和布景前面上演的，而是一些活生生的，或是无声无息的，冰冷的，把人的心搅得发热的，连续不断的戏剧。

老姑娘米旭诺，疲倦的眼睛上面戴着一个油腻的绿绸眼罩，扣在脑袋上的铜丝连怜悯之神也要为之大吃一惊。身体只剩一把骨头，穗子零零落落像眼泪一般的披肩，仿佛披在一副枯骨上面。当初她一定也俊俏过来，现在怎么会形销骨立的呢？为了荒唐胡闹吗？有什么伤心事吗？过分的贪心吗？是不是谈爱情谈得太多了？有没有做过花粉生意？还是单单是个娼妓？她是否因为年轻的时候骄奢过度，而受到老年时路人侧目的报应？惨白的眼睛教人发冷，干瘪的脸孔带点儿凶相。尖利的声音好似丛林中冬天将临时的蝉鸣，她自称服侍过一个患膀胱炎的老人，被儿女们当作没有钱而丢在一边。老人给她一千法郎的终身年金，至今他的承继人常常为此跟她争执，说她坏话。虽然她的面貌被情欲摧残得很厉害，肌肤之间却还有些白皙与细腻的遗迹，足见她身上还保存一点儿残余的美。

波阿莱先生差不多是架机器。他走在植物园的小道上像一个灰色的影子：戴着软绵绵的旧鸭舌帽，有气无力的抓着一根手杖，象牙球柄已经发黄了；褪色的大褂遮不了空荡荡的扎脚裤，只见衣摆在那里扯来扯去；套着蓝袜子，两条腿摇摇晃晃像喝醉了酒；上身露出腌臜的白背心，枯草似的粗纱颈围，跟绕在火鸡式脖子上别扭的领带，乱糟糟的搅在一起。看他那副模样，大家都心里思忖，这个幽灵是否跟在意大利大街上溜达的哥儿们同样属于泼辣放肆的白种民族？什么工作使他这样干瘪缩小的？什么情欲把他生满小球刺儿的脸变成了黑沉沉的猪肝色？这张脸画成漫画，简直不像是真的。他当过什么差事呢？说不定做过司法部的职员，经手过刽子手们送来的账单——执行逆伦犯所用的蒙面黑纱，刑台下铺的糠[1]，刑架上挂铡刀的绳子等等的账单。也许他当过屠宰场收款员，或卫生处副稽查之类。总之，这家伙好比社会大磨坊里的一匹驴子，做了傀儡而始终不知道牵线的是谁，也仿佛多少公众的灾殃或丑事的轴心；总括一句，他是我们见了要说一声究竟这等人也少不得的人。这些被精神的或肉体的痛苦磨得色如死灰的脸相，巴黎的漂亮人物是不知道的。巴黎真是一片海洋，丢下探海锤也没法测量这海洋的深度，不论花多少

①法国刑法规定，凡逆伦犯押赴刑场时，面上须蒙以黑纱以为识别。刑台下铺糠乃预备吸收尸身之血。

心血到里面去搜寻去描写，不管海洋的探险家如何众多如何热心，都会随时找到一片处女地，一个新的洞穴，或是几朵鲜花，几颗明珠，一些妖魔鬼怪，一些闻所未闻，文学家想不到去探访的事。伏盖公寓便是这些奇怪的魔窟之一。

其中有两张脸跟多数房客和包饭的主顾成为显著的对比。维多莉·泰伊番小姐虽则皮色苍白，带点儿病态，像害干血痨的姑娘；虽则经常的忧郁，局促的态度，寒酸和娇弱的外貌，使她脱不了这幅画面的基本色调—— 痛苦；可是她的脸究竟不是老年人的脸，动作和声音究竟是轻灵活泼的。这个不幸的青年人仿佛一株新近移植的灌木，因为水土不宜而叶子萎黄了。黄里带红的脸色，灰黄的头发，过分纤瘦的腰身，颇有近代诗人在中世纪小雕像上发现的那种妩媚，灰中带黑的眼睛表现她有基督徒式的温柔与隐忍。朴素而经济的装束勾勒出年轻人的身材。她的好看是由于五官四肢配搭得巧。只要心情快乐，她可能非常动人；女人要有幸福才有诗意，正如穿扮齐整才显得漂亮。要是舞会的欢情把这张苍白的脸染上一些粉红的色调，要是讲究的生活使这对已经微微低陷的面颊重新丰满而泛起红晕，要是爱情使这双忧郁的眼睛恢复光彩，维多莉大可跟最美的姑娘们见个高低。她只缺少教女人返老还童的东西：衣衫和情书。她的故事足够写一本书。她的父亲自以为有不认亲生女儿的理由，不让她留在身边，只给六百法郎一年，又改变他财产的性质，以便全部传给儿子。维多莉的母亲在悲苦绝望之中死在远亲古的太太家里；古的太太便把孤儿当作亲女一样抚养长大。共和政府军需官的寡妇，不幸除了丈夫的预赠年金和公家的抚恤金以外一无所有，可能一朝丢下这个既无经验又无资财的少女，任凭社会摆布。好心的太太每星期带维多莉去望弥撒，每半个月去忏悔一次，让她将来至少能做一个虔诚的姑娘。这办法的确不错。有了宗教的热情，这个弃女将来也能有一条出路。她爱她的父亲，每年回家去转达母亲临终时对父亲的宽恕；每年父亲总是闭门不纳。能居间斡旋的只有她的哥哥，而哥哥四年之中没有来探望过她一次，也没有帮助过她什么。她求上帝使父亲开眼，使哥哥软心，毫无怨恨的为他们祈福。古的太太和伏盖太太只恨字典上咒骂的字眼太少，不够形容这种野蛮的行为。她们咒骂混账的百万富翁的时候，总听到维多莉说些柔和的话，好似受伤的野鸽，痛苦的叫喊仍然吐露着爱。

欧也纳·特·拉斯蒂涅纯粹是南方形的脸：白皮肤，黑头发，蓝眼睛。风度，举动，姿势，都显出他是大家子弟，幼年的教育只许他有高雅的习惯。虽然衣着朴素，平日尽穿隔年的旧衣服，有时也能装扮得风度翩翩的上街。平常他只穿一件旧大褂，粗背心；蹩脚的旧黑领带扣得马马虎虎，像一般大学生一样；裤子也跟上装差不多，靴子已经换过底皮。

在两个青年和其余的房客之间，那四十上下，鬓角染色的伏脱冷，正好是个中间人物。人家看到他那种人都会喊一声好家伙！肩头很宽，胸部很发达，肌肉暴突，方方的手非常厚实，手指中节生着一簇簇茶红色的浓毛。没有到年纪就打皱的脸似乎是性格冷酷的标记；但是看他软和亲热的态度，又不像冷酷的人。他的低中音嗓子，跟他嘻嘻哈哈的快活脾气刚刚配合，绝对不讨厌。他很殷勤，老堆着笑脸。什么锁钥坏了，他立刻拆下来，粗枝大叶的修理，上油，锉一阵磨一阵，装配起来，说："这一套我是懂的。"而且他什么都懂：帆船，海洋，法国，外国，买卖，人物，时事，法律，旅馆，监狱。要是有人过于抱怨诉苦，他立刻凑上来帮忙。好几次他借钱给伏盖太太和某些房客；但受惠的人死也不敢赖他的债，因为他尽管外表随和，自有一道深沉而坚决的目光教人害怕。看那唾口水的功架，就可知道他头脑冷静的程度：要解决什么尴尬局面的话，一定是杀人不眨眼的。像严厉的法官一样，他的眼睛似乎能看透所有的问题，所有的心地，所有的感情。他的日常生活是中饭后出门，回来用晚饭，整个黄昏都在外边，到半夜前后回来，用伏盖太太给他的百宝钥匙开大门。百宝钥匙这种优待只有他一个人享受。他待寡妇也再好没有，叫她妈妈，搂着她的腰，——可惜这种奉承对方体会得不够。老妈妈还以为这是轻而易举的事，殊不知唯有伏脱冷一个人才有那么长的胳膊，够得着她粗大的腰身。他另外一个特点是饭后喝一杯葛洛丽亚[①]，每个月很阔绰的花十五法郎。那般青年人固然卷在巴黎生活的漩涡内一无所见，那般老年人也固然对一切与己无干的事漠不关心，但即使不像他们那么肤浅的人，也不会注意到伏脱冷形迹可疑。旁人的事，他都能知道或者猜到；他的心思或营生，却没有一个人看得透。虽然他把亲热的态度，快活的性情，当作墙壁一般挡在他跟旁人之间，但他不时流露的性格颇有些可怕的深度。往往他发一阵可以跟于凡那[②]相比的牢骚，专爱挖苦法律，鞭挞上流社会，攻击它的矛盾，似乎他对社会抱着仇恨，心底里密不透风的藏着什么秘密事儿。

泰伊番小姐暗中偷觑的目光和私下的念头，离不了这个中年人跟那个大学生。一个是精力充沛，一个是长得俊美，她无意之

①羼有酒精的咖啡或红茶。

②公元一世纪时以讽刺尖刻著名的拉丁诗人。

间受到他们吸引。可是那两位好似一个也没有想到她，虽说天道无常，她可能一变而为陪嫁富裕的对象。并且，那些人也不愿意推敲旁人自称为的苦难是真是假。除了漠不关心之外，他们还因为彼此境况不同而提防人家。他们知道没有力量减轻旁人的痛苦，而且平时叹苦经叹得太多了，互相劝慰的话也早已说尽。像老夫妻一样的无话可谈，他们之间的关系只有机械的生活，等于没有上油的齿轮在那里互相推动。他们可以在路上遇到一个瞎子而头也不回的走过，也可以无动于衷的听人家讲一桩苦难，甚至把死亡看作一个悲惨局面的解决；饱经忧患的结果，大家对最惨痛的苦难都冷了心。这些伤心人中最幸福的还算伏盖太太，高高在上的管着这所私人救济院。唯有伏盖太太觉得那个小园是一座笑盈盈的树林；事实上，静寂和寒冷，干燥和潮湿，使园子像大草原一样广漠无垠。唯有为她，这所黄黄的，阴沉沉的，到处是账台的铜绿味的屋子，才充满愉快。这些牢房是属于她的。她喂养那批终身做苦役的囚犯，他们尊重她的威权。以她所定的价目，这些可怜虫在巴黎哪儿还能找到充足而卫生的饭食，以及即使不能安排得高雅舒适、至少可以收拾得干干净净的房间？哪怕她做出极不公道的事来，人家也只能忍受，不敢叫屈。

整个社会的分子在这样一个集团内当然应有尽有，不过是具体而微罢了。像学校或交际场中一样，饭桌上十八个客人中间有一个专受白眼的可怜虫，老给人家打哈哈的出气筒。欧也纳·特·拉斯蒂涅住到第二年开头，发觉在这个还得住上两年的环境中，最堪注目的便是那个出气筒，从前做面条生意的高里奥老头。要是画家来处理这个对象，一定会像史家一样把画面上的光线集中在他头上。半含仇恨的轻蔑，带着轻视的虐待，对苦难毫不留情的态度，为什么加之于一个最老的房客身上呢？难道他有什么可笑的或是古怪的地方，比恶习更不容易原谅吗？这些问题牵涉到社会上许多暴行。也许人的天性就喜欢教那些为了谦卑，为了懦弱，或者为了满不在乎而忍受一切的人，忍受一切。我们不是都喜欢把什么人或物做牺牲品，来证明我们的力量吗？最幼弱的生物像儿童，就会在大冷天按人家的门铃，或者提着脚尖在崭新的建筑物上涂写自己的名字。

六十九岁的高老头，在一八一三年上结束了买卖，住到伏盖太太这儿来。他先住古的太太的那套房间，每年付一千二百法郎膳宿费，那气派仿佛多五个路易少五个路易[1]都无所谓。伏盖太太预收了一笔补偿费，把那三间屋子整新了一番，添置一些起码家具，例如黄布窗帘，羊毛绒面的安乐椅，几张胶画，以及连乡村酒店都不要的糊壁纸。高老头那时还被尊称为高里奥先生，也许房东看他那种满不在乎的阔气，以为他是个不知市面的冤大头。高里奥搬来的时候箱笼充实，里外服装，被褥行头，都很讲究，表示这位告老的商人很会享福。十八件二号荷兰细布衬衫，教伏盖太太叹赏不置，面条商还在纱颈围上扣着两支大金刚钻别针，中间系一条小链子，愈加显出衬衣料子的细洁。他平时穿一套宝蓝衣服，每天换一件雪白的细格布背心，下面鼓起一个滚圆的大肚子在那儿翕动，把一件挂有各色坠子的粗金链子，震动得一蹦一跳。鼻烟匣也是金的，里面有一个装满头发的小圆匣子，仿佛他还有风流艳事呢。听到房东太太说他风流，他嘴边立刻浮起笑容，好似一个小财主听见旁人称赞他的爱物。他的柜子（他把这

①路易为法国旧时金币，合二十至二十四法郎，随时代而异。

个名词跟穷人一样念别了音）装满许多家用的银器。伏盖寡妇殷勤的帮他整东西时，不由得眼睛发亮，什么勺子，羹匙，食器，油瓶，汤碗，盘子，镀金的早餐用具，以及美丑不一，有相当分量，他舍不得放手的东西。这些礼物使他回想起家庭生活中的大事。他抓起一个盘，跟一个盖上有两只大鸽亲嘴的小钵，对伏盖太太说：

“这是内人在我们结婚的第一周年送我的。好心的女人为此花掉了做姑娘时候的积蓄。噢，太太，要我动手翻土都可以，这些东西我绝不放手。谢天谢地！这一辈子总可以天天早上用这个钵喝咖啡；我不用发愁，有现成饭吃的日子还长哩。”

末了，伏盖太太那双喜鹊眼还瞥见一叠公债票，约略加起来，高里奥这个好人每年有八千到一万法郎的进款。从那天起，龚弗冷家的姑奶奶，年纪四十八而只承认三十九的伏盖太太，打起主意来了。虽然高里奥的里眼角向外翻转，又是虚肿又是往下掉，他常常要用手去抹，她觉得这副相貌还体面，讨人喜欢。他的多肉而突出的腿肚子，跟他的方鼻子一样暗示他具备伏盖寡妇所重视的若干优点；而那张满月似的，又天真的又痴的脸，也从旁证实。伏盖寡妇理想中的汉子应当精壮结实，能把全副精神花在感情方面。每天早晨，多艺学校[①]的理发匠来替高里奥把头发扑粉，梳成鸽翅式，在他的低额角上留出五个尖角，十分好看。虽然有点儿土气，他穿扮得十分整齐，倒起烟来老是一大堆，吸进鼻孔的神气表示他从来不愁烟壶里会缺少玛古巴[②]。所以高里奥搬进伏盖太太家的那一天，她晚上睡觉的时候便盘算怎样离开

①法国有名的最高学府之一，校址在先贤祠附近，离伏盖公寓甚近。
②当时最著名的一种鼻烟。

伏盖的坟墓，到高里奥身上去再生；她把这个念头放在欲火上烧烤，仿佛烤一只涂满油脂的竹鸡。再醮，把公寓出盘，跟这位布尔乔亚的精华结合，成为本区中一个显要的太太，替穷人募捐，星期日逛旭阿西，梭阿西，香蒂伊[①]；随心所欲的上戏院，坐包厢，无须再等房客在七月中弄几张作家的赠券送她；总而言之，她做着一般巴黎小市民的黄金梦。她有一个铜子一个铜子积起来的四万法郎，对谁也没有提过。当然，她觉得以财产而论，自己还是一个出色的对象。

“至于其他，我还怕比不上这家伙。”想到这儿她在床上翻了个身，仿佛有心表现一下美妙的身段，所以胖子西尔维每天早上看见褥子上有个陷下去的窝。

从这天起，约莫有三个月，伏盖寡妇利用高里奥先生的理发匠，在装扮上花了点心血，推说公寓里来往的客人都很体面，自己不能不修饰得和他们相称。她想出种种玩意儿要调整房客，声言从今以后只招待在各方面看来都是最体面的人。遇到生客上门，她便宣传说高里奥先生，巴黎最有名望最有地位的商界巨头，特别选中她的公寓。她分发传单，上面大书特书：伏盖宿舍，后面写着：“拉丁区最悠久最知名的包饭公寓。风景优美，可以远眺高勃冷盆地（那是要在四层楼上远眺的），园亭幽雅，菩提树夹道成荫。”另外还提到环境清静，空气新鲜的话。

这份传单替她招来了特·朗倍梅尼伯爵夫人，三十六岁，丈夫是一个死在战场上的将军；她以殉职军人的寡妇身份，等公家结算抚恤金。伏盖太太把饭菜弄得很精美，客厅里生火有六个月

①旭阿西、梭阿西、香蒂伊均巴黎近郊名胜。

之久，传单上的诺言都严格履行，甚至花了她的血本。伯爵夫人称伏盖太太为亲爱的朋友，说预备把特·伏曼朗男爵夫人和上校毕各阿梭伯爵的寡妇，她的两个朋友，介绍到这儿来；她们住在玛莱区[①]一家比伏盖公寓贵得多的宿舍里，租期快要满了。一朝陆军部各司署把手续办完之后，这些太太都是很有钱的。

“可是，”她说，“衙门里的公事老不结束。”

两个寡妇晚饭之后一齐上楼，到伏盖太太房里谈天，喝着果子酒，嚼着房东留备自用的糖果。特·朗倍梅尼夫人大为赞成房东太太对高里奥的看法，认为确是高见，据说她一进门就猜到房东太太的心思，觉得高里奥是个十全十美的男人。

“啊！亲爱的太太，”伏盖寡妇对她说，“他一点毛病都没有，保养得挺好，还能给一个女人许多快乐哩。”

伯爵夫人对伏盖太太的装束很热心的贡献意见，认为还不能跟她的抱负配合。“你得武装起来。”她说。仔细计算一番之后，两个寡妇一同上王宫市场的木廊[②]，买了一顶饰有羽毛的帽子和一顶便帽。伯爵夫人又带她的朋友上小耶纳德铺子挑了一件衣衫和一条披肩。武装买齐，扎束定当之后，寡妇真像煨牛肉饭店的招牌[③]。她却觉得自己大为改观，添加了不少风韵，便很感激伯爵夫人，虽是生性吝啬，也硬要伯爵夫人接受一顶二十法郎的帽子；实际是打算托她去探探高里奥，替自己吹嘘一番。朗倍梅尼

①从十七世纪起，玛莱区即为巴黎高等住宅区。

②1828年以前王宫市场内有一条走廊，都是板屋，开着小铺子，廊子的名字叫作木廊。

③饭店当时开在中学街，招牌上画一条牛，戴着帽子和披肩；旁边有一株树，树旁坐着一个女人。

夫人很乐意当这个差事，跟老面条商做了一次密谈，想笼络他，把他勾引过来派自己的用场；可是种种的诱惑，对方即使不曾明白拒绝，至少是怕羞得厉害；他的伧俗把她气走了。

“我的宝贝，”她对她的朋友说，“你在这个家伙身上什么都挤不出来的！他那疑神疑鬼的态度简直可笑；这是个吝啬鬼，笨蛋，蠢货，只能讨人厌。”

高里奥先生和朗倍梅尼太太会面的经过，甚至使伯爵夫人从此不愿再同他住在一幢楼里。第二天她走了，把六个月的膳宿费都忘了，留下的破衣服只值五法郎。伏盖太太拼命寻访，总没法在巴黎打听到一些关于特·朗倍梅尼伯爵夫人的消息。她常常提起这件倒霉事儿，埋怨自己过于相信人家，其实她的疑心病比猫还要重；但她像许多人一样，老是提防亲近的人而遇到第一个陌生人就上当。这种古怪的，也是实在的现象，很容易在一个人的心里找到根源。也许有些人，在共同生活的人身上再也得不到什么；把自己心灵的空虚暴露之后，暗中觉得受着旁人严厉的批判；而那些得不到的恭维，他们又偏偏极感需要，或者自己素来没有的优点，竭力想显得具备；因此他们希望争取陌生人的敬重或感情，顾不得将来是否会落空。更有一等人，天生势利，对朋友或亲近的人绝对不行方便，因为那是他们的义务，没有报酬的；不比替陌生人效劳，可以让自尊心满足一下；所以在感情圈内同他们离得越近的人，他们越不爱；离得越远，他们越殷勤。伏盖太太显然兼有上面两种性格，骨子里都是鄙陋的，虚伪的，恶劣的。

“我要是在这儿，”伏脱冷说，“包你不会吃这个亏！我会揭破那个女骗子的面皮，教她当场出彩。那种嘴脸我是一望而知的。”

像所有心路不宽的人一样，伏盖太太从来不能站在事情之外推究它的原因。她喜欢把自己的错处推在别人头上。受了那次损失，她认为老实的面条商是罪魁祸首；并且据她自己说，从此死了心。当她承认一切的挑引和搔首弄姿都归无用之后，她马上猜到了原因，以为这个房客像她所说的*另有所欢*。事实证明她那个美丽动人的希望只是一场空梦，在这家伙身上是什么都挤不出来的，正如伯爵夫人那句一针见血的话——她倒像是个内行呢。伏盖太太此后敌视的程度，当然远过于先前友谊的程度。仇恨的原因并非为了她的爱情，而是为了希望的破灭。个人向感情的高峰攀登，可能中途休息；从怨恨的险坡往下走，就难得留步了。然而高里奥先生是她的房客，寡妇不能不捺着受伤的自尊心不让爆发，把失望以后的长吁短叹藏起来，把报复的念头闷在肚里，好似修士受了院长的气，逢到小人要发泄感情，不问是好感是恶感，总是不断的玩小手段的。那寡妇凭着女人的狡狯，想出许多暗中捉弄的方法，折磨她的仇人。她先取消公寓里添加出来的几项小节目。

“用不着什么小黄瓜跟鱼了。都是上当的东西！”她恢复旧章的那天早晨，这样吩咐西尔维。

可是高里奥先生自奉菲薄，正如一般白手成家的人，早年不得已的俭省已经成为习惯。素羹，或是肉汤，加上一盘蔬菜，一向是，而且永远就该是，他最称心的晚餐。因此伏盖太太要折磨她的房客极不容易，他简直无所谓嗜好，也就没法跟他为难。遇到这样一个无懈可击的人，她觉得无可奈何，只能瞧不起他，把她对高里奥的敌意感染别的房客；而他们为了好玩，竟然帮着她出气。

第一年将尽，寡妇对他十分猜疑，甚至在心里思忖：这个富有七八千法郎进款的商人，银器和饰物的精美不下于富翁的外室，为什么住到这儿来，只付一笔在他财产比例上极小的膳宿费？这第一年的大半时期，高里奥先生每星期总有一两次在外面吃晚饭；随后，不知不觉改为一个月两次。高里奥大爷那些甜蜜的约会，对伏盖太太的利益配合得太好了；所以他在家用餐的习惯越来越正常，伏盖太太不能不生气。这种改变被认为一方面由于他的财产慢慢减少，同时也由于他故意跟房东为难。小人许多最可鄙的习惯中间，有一桩是以为别人跟他们一样小气。不幸，第二年年终，高里奥先生竟证实了关于他的谰言，要求搬上三楼，膳宿费减为九百法郎。他需要极度撙节，甚至整整一冬屋里没有生火。伏盖寡妇要他先付后住，高里奥答应了，从此她便管他叫高老头。

关于他降级的原因，大家议论纷纷，可是始终猜不透！像那假伯爵夫人所说的，高老头是一个城府很深的家伙。一般头脑空空如也，并且因为只会胡扯而随便乱说的人，自有一套逻辑，认为不提自己私事的人绝没有什么好事。在他们眼中，那么体面的富商一变而为骗子，风流人物一变而为老混蛋了。一会儿，照那个时代搬入公寓的伏脱冷的说法，高老头是做交易所的，送完了自己的钱，还在那里靠公债做些小小的投机，这句话，在伏脱冷嘴里用的是有声有色的金融上的术语。一会儿，他是个起码赌鬼，天天晚上去碰运气，赢他十来个法郎。一会儿，他又是特务警察雇用的密探；但伏脱冷认为他还不够狡猾当这个差事，又有一说，高老头是个放印子钱的守财奴，再不然是一个追同号奖券的人[1]。总之，大家把他当作恶劣的嗜好，无耻，低能，所能产生的最神秘的人物。不过无论他的行为或恶劣的嗜好如何要不得，人家对他的敌意还不至于把他撵出门外：他从没欠过房饭钱。况且他也有他的用处，每个人快乐的或恶劣的心绪，都可用打趣或咕噜的方式借他来发泄。最近似而被众人一致认可的意见，是伏盖太太的那种说法。这个保养得那么好，一点毛病都没有，还能给一个女人许多快乐的人，据她说，实在是个古怪的好色鬼。伏盖寡妇的这种坏话，有下面的事实做根据。

那个晦气星伯爵夫人白吃白住了半年，溜掉以后几个月，伏盖太太一天早上起身之前，听见楼梯上有绸衣悉索的声音，一个年轻的女人轻轻巧巧的溜进高里奥房里，打开房门的方式又像有暗号似的。胖子西尔维立即上来报告女主人，说有个漂亮得不像良家妇女的姑娘，装扮得神仙似的，穿着一双毫无灰土的薄底呢靴，像鳗鱼一样从街上一直溜进厨房，问高里奥先生的房间在哪儿。伏盖太太带着厨娘去凑在门上偷听，耳朵里掠到几句温柔的话；两人会面的时间也有好一会。高里奥送女客出门，胖子西尔维马上抓起菜篮，装作上菜市的模样去跟踪这对情人。

她回来对女主人说："太太，高里奥先生一定钱多得作怪，才撑得起那样的场面。你真想不到吊刑街转角，有一辆漂亮马车等在那里，我看她上去的。"

吃晚饭的时候，伏盖太太去拉了一下窗帘，把射着高里奥眼睛的那道阳光遮掉[2]。

"高里奥先生，你阳光高照，艳福不浅呢，"她说话之间暗指

---

①买奖券时每次买同样的号码而增加本钱，叫作追同号奖券。

②本书中所说的晚餐，约在下午四点左右。公寓每日只开两餐。

他早晨的来客。“吓！你眼力真好，她漂亮得很啊。”

“那是我的女儿呢。”他回答时那种骄傲的神气，房客都以为是老人故意遮面子。

一个月以后，又有一个女客来拜访高里奥先生。他女儿第一次来是穿的晨装，这次是晚餐以后，穿得像要出去应酬的模样。房客在客厅里聊天，瞥见一个美丽的金发女子，瘦瘦的身腰，极有丰韵，那种高雅大方的气度绝不可能是高老头的女儿。“哎啊！竟有两个！”胖子西尔维说；她完全认不出是同一个人。过了几天，另外一个女儿，高大，结实，深色皮肤，黑头发，配着炯炯有神的眼睛，跑来见高里奥先生。“哎啊！竟有三个！”西尔维说。

这第二个女儿初次也是早上来的，隔了几天又在黄昏时穿了跳舞衣衫，坐了车来。

“哎啊！竟有四个！”伏盖太太和西尔维一齐嚷着。她们在这位阔太太身上一点没有看出她上次早晨穿扮朴素的影子。

那时高里奥还付着一千二百法郎的膳宿费。伏盖太太觉得一个富翁养四五个情妇是挺平常的，把情妇充作女儿也很巧妙。他把她们叫到公寓里来，她也并不生气。可是那些女客既然说明了高里奥对她冷淡的原因，她在第二年年初便唤他做老雄猫。等到他降级到九百法郎之后，有一次她看见这些女客之中的一个下楼，就恶狠狠的问他打算把她的公寓当作什么地方。高老头回答说这位太太是他的大女儿。

“你女儿有两三打吗？”伏盖太太尖刻的说。

“我只有两个。”高老头答话的口气非常柔和，正如一个落难的人，什么贫穷的委屈都受得了。

快满第三年的时候，高老头还要节省开支，搬上四层楼，每个月的房饭钱只有四十五法郎了，他戒掉了鼻烟，打发了理发匠，头上也不再扑粉。高老头第一次不扑粉下楼，房东太太大吃一惊，直叫起来；他的头发原是灰中带绿的腌臜颜色。他的面貌被暗中的忧患磨得一天比一天难看，似乎成了饭桌上最忧郁的一张脸。如今是毫无疑问了：高老头是一个老色鬼。要不是医生本领高强，他的眼睛早就保不住，因为治他那种病的药品是有副作用的。他的头发所以颜色那么丑恶，也是由于他纵欲无度，和服用那些使他继续纵欲的药物之故。可怜虫的精神与身体的情形，使那些无稽之谈显得凿凿有据。漂亮的被褥衣物用旧了，他买十四铜子一码的棉布来代替。金刚钻，金烟匣，金链条，饰物，一样一样的不见了。他脱下宝蓝大褂跟那些华丽的服装，不分冬夏，只穿一件栗色粗呢大褂，羊毛背心，灰色毛料长裤。他越来越瘦，腿肚子掉了下去；从前因心满意足而肥胖的脸，不知打了多少皱裥；脑门上有了沟槽，牙床骨突了出来。他住到圣·日内维新街的第四年上，完全变了样。六十二岁时的面条商，看上去不满四十，又胖又肥的小财主，仿佛不久才荒唐过来，雄赳赳气昂昂，教路人看了也痛快，笑容也颇有青春气息；如今忽然像七十老翁，龙龙钟钟，摇摇晃晃，面如死灰。当初那么生气勃勃的蓝眼睛，变了黯淡的铁灰色，转成苍白，眼泪水也不淌了，殷红的眼眶好似在流血。有些人觉得他可憎，有些人觉得他可怜。一般年轻的医学生注意到他下唇低垂，量了量他面角的顶尖，再三戏弄他而什么话都探不出来之后，说他害着甲状腺肿大[①]。

有一天黄昏，吃过饭，伏盖太太挖苦他说：“啊，喂！她们不来看你了吗，你那些女儿？”口气之间显然怀疑他做父亲的身份。高老头一听之下，浑身发抖，仿佛给房东太太刺了一针。

“有时候来的。”他声音抖动的回答。

“哎啊！有时你还看到她们！”那般大学生齐声嚷着，“真了不起，高老头！”

老人并没听见他的答话所引起的嘲笑，又恢复了迷迷糊糊的神气。光从表面上观察的人以为他老态龙钟。倘使对他彻底认识了，也许大家会觉得他的身心交瘁是个大大的疑案；可是认识他真是谈何容易。要打听高里奥是否做过面条生意，有多少财产，都不是难事；无奈那般注意他的老年人从来不走出本区的街坊，老躲在公寓里像牡蛎黏着岩石；至于旁人，巴黎生活特有的诱惑，使他们一走出圣·日内维新街便忘记了他们所调侃的可怜老头。头脑狭窄的人和漠不关心的年轻人，一致认为以高老头那种寒伧，那种蠢头蠢脑，根本谈不上有什么财产或本领。至于他称为女儿的那些婆娘，大家都接受伏盖太太的意见。像她那种每天晚上以嚼舌为事的老太婆，对什么事都爱乱猜，结果自有一套严密的逻辑，她说：

“要是高老头真有那么有钱的女儿，像来看他的那些女客，

①面角为生理学名词。侧面从耳孔至齿槽（鼻孔与口唇交接处）之水平线，正面从眼窝上部（即额角最突出处）至齿槽之垂直线，二线相遇所成之角，称为面角。人类之面角大，近于直角；兽类之面角小，近于锐角。面角的顶尖乃指眼窝上部。甲状腺肿大之生理现象往往为眼睛暴突，精神现象为感觉迟钝，智力衰退。

他绝不会住在我四层楼上，每月只付四十五法郎的房饭钱，也不会穿得像穷人一样的上街了。”

没有一件事情可以推翻这个结论。所以到一八一九年十一月底，这幕惨剧爆发的时期，公寓里每个人都对可怜的老头儿有了极其肯定的意见。他压根儿不曾有过什么妻儿子女；荒淫的结果使他变成了一条蜗牛，一个人形的软体动物，据一个包饭客人，博物院职员说，应当列入加斯葛底番类①。跟高老头比较起来，波阿莱竟是鹰扬威武，大有绅士气派了。波阿莱会说话，会理论，会对答；虽然他的说话，理论，对答，只是用不同的字眼重复旁人的话；但他究竟参加谈话，他是活的，还像有知觉的；不比高老头，照那博物院职员的说法，在寒暑表上永远指着零度。

欧也纳·特·拉斯蒂涅过了暑假回来，他的心情正和一般英俊有为的青年或是因家境艰难而暂时显得高卓的人一样。寄寓巴黎的第一年，法科学生考初级文凭的作业并不多，尽可享受巴黎的繁华。要知道每个戏院的戏码，摸出巴黎迷宫的线索，学会规矩，谈吐，把京城里特有的娱乐搅上瘾，走遍好好坏坏的地方，选听有趣的课程，背得出各个博物院的宝藏……一个大学生绝不嫌时间太多。他会对无聊的小事情入迷，觉得伟大得了不得。他有他的大人物，例如法兰西学院的什么教授，拿了薪水吸引群众的人。他整着领带，对喜歌剧院楼厅里的妇女搔首弄姿。一样一样的入门以后，他就脱了壳，扩大眼界，终于体会到社会的各阶层是怎样交错起来的。大太阳的日子，在天野大道上辐辏成行的车马，他刚会欣赏，跟着就眼红了。

---

①加斯葛底番为博物学上分类的名词。

欧也纳得了文学士和法学士学位，回乡过暑假的时节，已经不知不觉经过这些学习。童年的幻象，内地人的观念，完全消灭了。见识改换，雄心奋发之下，他看清了老家的情形。父亲，母亲，两个兄弟，两个妹妹，和一个除了养老金外别无财产的姑母，统统住在拉斯蒂涅家小小的田地上。年收三千法郎左右的田，进款并没把握，因为葡萄的行情跟着酒市上落，可是每年总得凑出一千二百法郎给他。家里一向为了疼他而瞒起的常年窘迫的景象；他把小时候觉得那么美丽的妹妹，和他认为美的典型的巴黎妇女所做的比较；压在他肩上的这个大家庭的渺茫的前途；眼见任何微末的农作物都珍藏起来的俭省的习惯；用榨床上的残渣剩滓制造的家常饮料，总之，在此无须一一列举的许多琐事，使他对于权位的欲望与出人头地的志愿，加强了十倍。像一切有志气的人，他发愿一切都要靠自己的本领去挣。但他的性格明明是南方人的性格：临到实行就狐疑不决，主意动摇了，仿佛青年人在汪洋大海中间，既不知向哪方面驶去，也不知把帆挂成怎样的角度。先是他想没头没脑的用功，后来又感到应酬交际的必要，发觉女子对社会生活影响极大，突然想投身上流社会，去征服几个可以做他后台的妇女。一个有热情有才气的青年，加上倜傥风流的仪表，和很容易教女人着迷的那种健壮的美，还愁找不到那样的女子吗？他一边在田野里散步，一边不断转着这些念头。从前他同妹妹们出来闲逛完全无忧无虑，如今她们觉得他大大的变了。他的姑母特·玛西阿太太，当年也曾入宫觐见，认识一批名门贵族的领袖。野心勃勃的青年忽然记起姑母时常讲给他听的回忆中，有不少机会好让他到社会上去显露头角，这一点至少跟他在法学院的成就同样重要；他便盘问姑母，那些还能拉到关系的人是怎么样的亲戚。老姑太太把家谱上的各支各脉想了一想，认为在所有自私的阔亲戚中间，特·鲍赛昂子爵夫人大概最容易相与。她用老派的体裁写了封信交给欧也纳，说如果能接近这位子爵夫人，她自会帮他找到其余的亲戚。回到巴黎几天之后，拉斯蒂涅把姑母的信寄给特·鲍赛昂夫人，夫人寄来一张第二天的跳舞会的请帖，代替复信。

以上是一八一九年十一月底公寓里的大概情形。过了几天，欧也纳参加了特·鲍赛昂太太的舞会，清早两点左右回家。为了补偿损失的光阴，勇气十足的大学生一边跳舞一边发愿回去开夜车。他预备第一次在这个万籁无声的区域中熬夜，自以为精力充沛，其实只是见到豪华的场面的冲动。那晚他没有在伏盖太太家用餐，同居的人可能以为他要天亮回来，好像他有几次赴柏拉杜舞会①或奥迪安舞会，丝袜上溅满污泥，漆皮鞋走了样的回家。克利斯朵夫闩上大门之前，开出门来向街上瞧了瞧。拉斯蒂涅恰好在这时赶回，悄悄的上楼，跟在他后面上楼的克利斯朵夫却闹出许多响声。欧也纳进了卧房，卸了装，换上软鞋，披了一件破大褂，点起泥炭，急匆匆的准备用功。克利斯朵夫笨重的脚声还没有完，把青年人轻微的响动盖过了。

欧也纳没有开始读书，先出神的想了一会。他看出特·鲍赛昂子爵夫人是当令的阔太太之一，她的府第被认为圣·日耳曼区②最愉快的地方。以门第与财产而论，她也是贵族社会的一个领袖。靠了特·玛西阿姑母的力量，这个穷学生居然受到鲍府的优待，可还不知道这优待的作用多大。能够在那些金碧辉煌的客

---

①柏拉杜为舞厅名字，坐落最高法院对面，1855年时拆毁。

②当时第一流贵族的住宅区。

厅中露面，就等于一纸阀阅世家的证书。一朝踏进了这个比任何社会都不容易进去的地方，可以到处通行无阻。盛会中的鬓光钗影看得他眼睛都花了；他和子爵夫人仅仅寒暄了几句，便在那般争先恐后赴此晚会的巴黎女神中，发现了一个教青年人一见倾心的女子。阿娜斯大齐·特·雷斯多伯爵夫人生得端正，高大，被称为巴黎身腰最好看的美人之一。一对漆黑的大眼睛，美丽的手，有样的脚，举动之间流露出热情的火焰；这样一个女人，照特·龙格罗侯爵的说法，是一匹纯血种的马。泼辣的气息并没影响她的美；身腰丰满圆浑而并不肥胖。纯血种的马，贵种的美人，这些成语已经开始代替天上的安琪儿，仙女般的脸庞，以及新派公子哥儿早已唾弃不用的关于爱情的老神话。在拉斯蒂涅心目中，阿娜斯大齐·特·雷斯多夫人干脆就是一个迷人的女子。他想法在她的扇子上登记了两次[①]，并且在第一次四组舞时就有机会对她说：

“以后在哪儿跟你见面呢，太太？”说话之间那股热情冲动的劲儿，正是女人们最喜欢的。

“森林[②]啊，喜剧院啊，我家里啊，到处都可以。”她回答。

于是这南方的冒险家，在一场四组舞或华尔兹舞中间可能接触的范围内，竭力和这个动人心魄的伯爵夫人周旋。一经说明他是特·鲍赛昂太太的表弟，他心目中的那位贵妇人立刻邀请他，说随时可以上她家去玩儿。她对他最后一次的微笑，使他觉得登门拜访之举是少不了的了。宾客之中有的是当时出名放肆的

①当时舞会习惯，凡男子要求妇女同舞，必先预约，由女子在扇子上登记，依次轮值。

②森林为近郊蒲洛涅森林的简称，巴黎上流社会游乐胜地。

男人，什么摩冷古，龙格罗，玛克辛·特·脱拉伊，特·玛赛，阿瞿达-宾多，王特奈斯，都是自命不凡、烜赫一世之辈，尽跟最风雅的妇女们厮混，例如勃朗同爵士夫人，特·朗日公爵夫人，特·甘尔迦罗哀伯爵夫人，特·赛里齐夫人，特·加里里阿诺公爵夫人，法洛伯爵夫人，特·朗蒂夫人，特·哀格勒蒙侯爵夫人，菲尔米阿尼夫人，特·李斯多曼侯爵夫人，特·埃斯巴侯爵夫人，特·摩弗里原士公爵夫人，葛朗里欧夫人。在这等场合，年轻人闹出不通世面的笑话是最糟糕的。拉斯蒂涅遇到的幸而不是一个嘲笑他愚昧无知的人，而是特·朗日公爵夫人的情人，特·蒙脱里伏侯爵，一位淳朴如儿童的将军，告诉他特·雷斯多伯爵夫人住在海尔特街。

年纪轻轻，渴想踏进上流社会，饥荒似的想弄一个女人，眼见高门大户已有两处打通了路子：在圣·日耳曼区能够跨进特·鲍赛昂子爵夫人的府第，在唐打区[①]能够在特·雷斯多伯爵夫人家出入！一眼之间望到一连串的巴黎沙龙，自以为相当英俊，足够博取女人的欢心而得到她的帮助与庇护！也自认为雄心勃勃，尽可像江湖卖技的汉子似的，走在绳索上四平八稳，飞起大腿做一番精彩表演，把一个迷人的女子当作一个最好的平衡棒，支持他的重心！脑中转着这些念头，那女人仿佛就巍巍然站在他的炭火旁边，站在法典与贫穷之间；在这种情形之下，谁又能不像欧也纳一样沉思遐想，探索自己的前途，谁又能不用成功的幻想点缀前途？他正在胡思乱想，觉得将来的幸福十拿九稳，甚至自以为已经在特·雷斯多太太身旁了；不料静悄悄的夜里忽

①当时新贵的住宅区，海尔特街即在此区域内。

然哼……的一声叹息，欧也纳听了几乎以为是病人的痰厥。他轻轻开了门，走入甬道，瞥见高老头房门底下有一线灯光；他怕邻居病了，凑上锁孔张望，不料老人干的事非常可疑，欧也纳觉得为了公众安全，应当把自称为的面条商深更半夜干的勾当看个明白。原来高老头把一张桌子仰倒着，在桌子横档上缚了一个镀金的盘和一件好似汤钵一类的东西，另外用根粗绳绞着那些镌刻精工的器物，拼命拉紧，似乎要绞成金条。老人不声不响，用筋脉隆起的胳膊，靠绳索帮忙，扭着镀金的银器，像捏面粉一般。

"呦！好家伙！"拉斯蒂涅私下想着，挺起身子站了一会。"他是一个贼还是一个窝赃的？是不是为了遮人耳目，故意装疯作傻，过着叫花子般的生活？"

大学生又把眼睛凑上锁孔，只见高老头解开绳索，拿起银块，在桌上铺了一条毯子，把银块放在上面卷滚，非常利落的搓成一根条子。条子快搓成的时候，欧也纳心上想："难道他力气跟波兰王奥古斯德一样大吗？"

高老头伤心的瞧了瞧他的作品，掉下几滴眼泪，吹灭蜡烛，躺上床去，叹了一口气。

欧也纳私忖道："他疯了。"

"可怜的孩子！"高老头忽然叫了一声。

听到这一句，拉斯蒂涅认为这件事还是不声张为妙，觉得不该冒冒失失断定邻居是坏人。他正要回房，又听见一种难以形容的声音，大概是几个穿布底鞋的人上楼梯。欧也纳侧耳细听，果然有两个人不同的呼吸，既没有开门声，也没有脚步声，忽然三楼伏脱冷的屋内漏出一道微光。

"一所公寓里竟有这么些怪事！"他一边想一边走下几级听

着，居然还有洋钱的声音。一会儿，灯光灭了，没有开门的声音，却又听到两个人的呼吸。他们慢慢的下楼，声音也就跟着低下去。

“谁啊？”伏盖太太打开卧房的窗子问。

“是我回来喔，伏盖妈妈。”伏脱冷大声回答。

“真怪！”欧也纳回到房内想，“克利斯朵夫明明把大门上了闩。在巴黎真要通宵不睡才弄得清周围的事。”

这些小事打断了他关于爱情的幻想，他开始用功了。可是，他先是猜疑高老头，心思乱了，而打扰得更厉害的是特·雷斯多太太的面貌不时出现，仿佛一个预告幸运的使者；结果他上床睡熟了。年轻人发狠要在夜里读书，十有九夜是睡觉完事的。要熬夜，一定要过二十岁。

第二天早上，巴黎浓雾蔽天，罩住全城，连最准时的人也弄错了时间。生意上的约会全失误了，中午十二点，大家还当是八点。九点半，伏盖太太在床上还没动弹。克利斯朵夫和胖子西尔维也起迟了，正在消消停停的喝他们的咖啡，里面羼着从房客的牛奶上撩起来的一层乳脂。西尔维把牛乳放在火上尽煮，教伏盖太太看不出他们揩油的痕迹。

克利斯朵夫把第一块烤面包浸在咖啡里，说道：“喂，西尔维，你知道，伏脱冷先生是个好人；昨晚又有两个客人来看他。太太要有什么疑心，你一个字都别提。”

“他有没有给你什么？”

“五法郎，算本月份的赏钱，意思叫我不要声张。”

西尔维回答：“除了他跟古的太太舍得花钱以外，旁的都想把新年里右手给的，左手拿回去！”

“哼！他们给的也是天晓得！”克利斯朵夫接着说，“一块起码洋钱，五法郎！高老头自己擦皮鞋擦了两年了。波阿莱那小气鬼根本不用鞋油，大概他宁可吞在肚里，舍不得搽他的破靴子。至于那瘦小的大学生，他只给两法郎。两法郎还不够我买鞋刷，临了他还卖掉他的旧衣服。真是没出息的地方！”

西尔维一小口一小口喝着咖啡，“话得说回来，咱们这个还算这一区的好差事哩。哎，克利斯朵夫，关于伏脱冷先生，人家有没有对你说过什么？”

“怎么没有！前几天街上有位先生和我说：你们那里住着一位鬓角染黑的胖子是不是？—— 我回答说：不，先生。他并没有染鬓角。他那样爱寻快活的人，才没有这个闲工夫呢。我把这个告诉了伏脱冷先生，他说：伙计，你对付得好！以后就这样说吧。顶讨厌是给人家知道我们的缺点，娶起亲来不麻烦吗？”

“也有人在菜市上哄我，要知道我有没有看见他穿衬衫。你想好笑不好笑！”西尔维忽然转过话头，“呦！华·特·葛拉斯已经敲九点三刻了，还没一个人动弹。”

“啊，喂！他们都出去啦。古的太太同她的小姑娘八点钟就上圣·丹蒂安拜老天爷去了。高老头挟着一个小包上街了。大学生要十点钟上完课才回来。我打扫楼梯的时候看他们出去的；我还给高老头的小包裹撞了一下，硬得像铁。这老头儿究竟在干什么呢？旁人耍弄他，当作陀螺一样，人倒是挺好的，比他们都强。他不给什么钱，可是我替他送信去的地方，那般太太酒钱给的很阔气，穿也穿得漂亮。”

“是他所说的那些女儿吗，嗯？统共有一打吧？”

“我一向只去过两家，就是到这儿来过的两个。”

“太太起来了；一会儿就要叫叫嚷嚷的，我该上去了。你当心着牛奶，克利斯朵夫，仔细那猫儿。”

西尔维走进女主人的屋子。

“怎么？西尔维，已经十点差一刻了，你让我睡得像死人一样！真是从来没有的事！”

“那是浓雾作怪，浓得用刀劈也劈不开。”

“中饭怎么了①？”

“噢！那些房客都见了鬼，一大早就滚出去了。”

“说话要清楚，西尔维。应该说一大早。”

“哦！太太，你要我怎么说都可以。包你十点钟有饭吃。米旭诺跟波阿莱还没动弹。只有他们俩在家，睡得像猪一样……”

“西尔维，你把他们两个放在一块儿讲，好像……”

“好像什么？”西尔维大声痴笑起来，“两个不是一双吗？”

“真怪，西尔维，昨夜克利斯朵夫把大门上了闩，怎么伏脱冷先生还能进来？”

“不是的，太太。他听见伏脱冷先生回来，下去开门的。你当作……”

“把短袄给我，快快去弄饭。剩下的羊肉再加些番薯；饭后点心用煮熟梨子，挑两个小钱②一个的。”

过了一会，伏盖太太下楼了，她的猫刚刚一脚掀开罩盆，急匆

①当时中饭比现在吃得早，大概在十一点左右（见皮尔南著：《一八三〇年代法国的日常生活》），但伏盖公寓的习惯，中饭比一般更早。

②所谓小钱是法国的一种旧铜币，价值等于一个铜子（Sou）的四分之一。

匆的舐着牛奶。

“咪斯蒂格里！”她叫了一声，猫逃了，又回来在她腿边厮磨，“好，好，你拍马屁，你这老畜生！”她接着又叫：“西尔维！西尔维！”

“哎，哎，什么事呀，太太！”

“你瞧，猫喝掉了多少！”

“都是混账的克利斯朵夫不好，我早告诉他摆桌子，他到哪儿去了？不用急，太太，那份牛奶倒在高老头的咖啡里吧。让我冲些水，他不会发觉的。他对什么都不在意，连吃什么都不知道。”

“他上哪儿去了，这怪物？”伏盖太太摆着盘子问。

“谁知道？大概在跟魔鬼打交道吧。”

“我睡得太多了。”伏盖太太说。

“可是太太，你新鲜得像一朵玫瑰……”

这时门铃一响，伏脱冷大声唱着，走进客厅：

我久已走遍了世界，
人家到处看见我呀……

“哦！哦！你早，伏盖妈妈。”他招呼了房东，又亲热的拥抱她。

“喂，放手呀。”

“干吗不说放肆呀！”他回答，“说啊，说我放肆啊！哦，哦，我来帮你摆桌子。你看我多好！……

勾搭褐发和金发的姑娘，

爱一阵呀叹一声……

“我才看见一桩怪事……

……全是偶然[1]……”

寡妇道：“什么事？”

“高老头八点半在太子街，拿了一套镀金餐具，走进一家收买旧食器旧肩章的银匠铺，卖了一笔好价钱。亏他不吃这行饭的人，绞出来的条子倒很像样呢。”

“真的？”

“当然真的。我有个伙计出远门，送他上了邮车回来，我看到高老头，就想瞧瞧是怎么回事。他回到本区格莱街上，走进放印子钱的高勃萨克家；你知道高勃萨克是个了不起的坏蛋，会把他老子的背脊梁雕成骰子的家伙！真是个犹太人，阿拉伯人，希腊人，波希米人，哼，你休想抢到他的钱，他把洋钱都存在银行里。”

“那么高老头去干什么？”

“干什么？吃尽当光！”伏脱冷回答，“这糊涂虫不惜倾家荡产去爱那些婊子……”

“他来了！”西尔维叫着。

“克利斯朵夫，你上来。”高老头招呼佣人。

克利斯朵夫跟着高老头上楼，一会儿下来了。

“你上哪儿去？”伏盖太太问。

---

①以上是尼古拉的喜歌剧《育公特》(1814)中的唱词。

"替高里奥先生跑一趟。"

"什么东西呀?"伏脱冷说着,从克利斯朵夫手中抢过一个信封,念道:送阿娜斯大齐·特·雷斯多伯爵夫人。他把信还给克利斯朵夫,问:"送哪儿呢?"

"海尔特街。他吩咐一定要面交伯爵夫人。"

"里面是什么东西?"伏脱冷把信照着亮处说,"钞票?不是的。"他把信封拆开一点:"哦,是一张债务清讫的借票。嘿!这老妖精倒有义气!"他伸出大手摸了摸克利斯朵夫的头发,把他的身体像骰子般骨碌碌的转了几下,"去吧,坏东西,你又好挣几个酒钱了。"

刀叉杯盘已经摆好。西尔维正在煮牛奶。伏盖太太生着火炉,伏脱冷在旁帮忙,嘴里哼着:

> 我久已走遍了世界,
> 人家到处看见我呀……

一切准备停当,古的太太和泰伊番小姐回来了。

"这么早到哪儿去啦,漂亮的太太?"伏盖太太问。

"我们在圣·丹蒂安教堂祈祷。今儿不是要去泰伊番先生家吗?可怜的孩子浑身哆嗦,像一张树叶。"古的太太说着坐在火炉前面,鞋子搁在火门口冒起烟来。

"来烤火吧,维多莉。"伏盖太太说。

"小姐,"伏脱冷端了一把椅子给她,"求上帝使你父亲回心转意固然不错,可是不够。还得有个朋友去教这个丑八怪把头脑醒醒。听说这蛮子手头有三百万,偏偏不肯给你一分陪嫁。这年月，一个美人儿是少不得陪嫁的。”

“可怜的孩子，”伏盖太太接口道，“你那魔王老子不怕报应吗？”

一听这几句，维多莉眼睛湿了；伏盖太太看见古的太太对她摆摆手，就不出声了。

军需官的寡妇接着说：“只要我能见到他的面，和他说话，把他妻子的遗书交给他，也就罢了。我从来不敢冒险从邮局寄去，他认得我的笔迹……”

“哦！那些无辜的女人，遭着灾殃，受着欺侮，”伏脱冷这么嚷着，忽然停下，说：“你现在就是落到这个田地！过几天让我来管这笔账，包你称心满意。”

“哦！先生，”维多莉一边说，一边对伏脱冷又畏怯又热烈的望了一眼，伏脱冷却毫不动心，“倘若你有方法见到家父，请你告诉他，说我把父亲的慈爱和母亲的名誉，看得比世界上所有的财宝都贵重。如果你能把他的铁石心肠劝转一些，我要在上帝面前为你祈祷，我一定感激不尽……”

“我久已走遍了世界……”伏脱冷用讽刺的口吻唱着。

这时高里奥，米旭诺小姐，波阿莱，都下楼了，也许都闻到了肉汁的味道，那是西尔维做来浇在隔夜的羊肉上的。七个同居的人正在互相问好，围着桌子坐下，时钟敲了十点，大学生的脚步也在门外响了。

“嗳，行啦，欧也纳先生，”西尔维说，“今儿你可以跟大家一块儿吃饭了。”

大学生招呼了同居，在高老头身旁坐下。

“我今天有桩意想不到的奇遇。”他说着夹了好些羊肉，割了一块面包——伏盖太太老在那里估计面包的大小。

“奇遇!”波阿莱叫道。

“哎!你大惊小怪干什么,老糊涂?”伏脱冷对波阿莱说,“难道他老人家不配吗?”

泰伊番小姐怯生生的对大学生瞧了一眼。

伏盖太太说道:“把你的奇遇讲给我们听吧。”

“昨天我去赴特·鲍赛昂子爵夫人的舞会,她是我的表姊,有一所华丽的住宅,每间屋子都铺满了绫罗绸缎。她举行一个盛大的跳舞会,把我乐得像一个皇帝……”

“像黄雀。”伏脱冷打断了他的话。

“先生,”欧也纳气恼的问,“你这是什么意思?”

“我说黄雀,因为黄雀比皇帝快活得多。”

应声虫波阿莱说:“不错,我宁可做一只无忧无虑的黄雀,不要做皇帝,因为……”

“总之,”大学生截住了波阿莱的话,“我同舞会里最漂亮的一位太太跳舞,一位千娇百媚的伯爵夫人,真的,我从没见过那样的美人儿。她头上面插着桃花,胸部又是最好看的花球,都是喷香的鲜花。啊唷!真要你们亲眼看见才行。一个女人跳舞跳上了劲,真是难画难描。唉!哪知今儿早上九点,我看见这位神仙似的伯爵夫人在格莱街上走。哦!我的心跳啦,以为……”

“以为她上这儿来,嗯?”伏脱冷对大学生深深的瞧了一眼,“其实她是去找放印子钱的高勃萨克老头。要是你在巴黎妇女的心窝里掏一下,包你先发现债主,后看见情夫。你的伯爵夫人叫作阿娜斯大齐·特·雷斯多,住在海尔特街。”

一听见这个名字,大学生瞪着伏脱冷。高老头猛的抬起头来，把他们俩瞧了一眼，又明亮又焦急的目光教大家看了奇怪。

“克利斯朵夫走晚了一步，她到过那儿了。”高里奥不胜懊恼的自言自语。

“我猜着了。”伏脱冷咬着伏盖太太的耳朵。

高老头糊里糊涂的吃着东西，根本不知道吃的什么；愣头傻脑，心不在焉到这个程度，他还从来不曾有过。

欧也纳问：“伏脱冷先生，她的名字谁告诉你的？”

伏脱冷回答：“嗳！嗳！既然高老头会知道，干吗我不能知道？”

“什么！高里奥先生？”大学生叫起来。

“真的？昨天晚上她很漂亮吗？”可怜的老人问。

“谁？”

“特·雷斯多太太。”

“你瞧这老东西眼睛多亮。”伏盖太太对伏脱冷说。

“他难道养着那个女人吗？”米旭诺小姐低声问大学生。

“哦！是的，她漂亮得了不得，”欧也纳回答高老头，高老头不胜艳羡的望着他，“要没有特·鲍赛昂太太，那位神仙般的伯爵夫人竟可以算全场的王后了；年轻人的眼睛只盯住她一个，我在她的登记表上已经是第十二名，没有一次四组舞没有她，旁的女人都气坏了。昨天她的确是最得意的人。常言道：天下之美，莫过于满帆的巨舶，飞奔的骏马，婆娑起舞的美女，真是一点不错。”

“昨天在爵府的高堂上，今儿早晨在债主的脚底下，这便是巴黎女人的本相。”伏脱冷说，“丈夫要供给不起她们挥霍，她们就出卖自己。要不就破开母亲的肚子，搜搜刮刮的拿去摆架子，总而言之：她们什么千奇百怪的事都做得出。唉，有的是，有的是！”

高老头听了大学生的话，眉飞色舞，像晴天的太阳，听到伏脱冷刻毒的议论，立刻沉下了脸。

伏盖太太道：“你还没说出你的奇遇呢。你刚才有没有跟她说话？她要不要跟你补习法律？”

欧也纳道：“她没有看见我；可是九点钟在格莱街上碰到一个巴黎顶美的美人儿，清早两点才跳完舞回家的女子，不古怪吗？只有巴黎才会碰到这等怪事。”

“吓！比这个更怪的事还多咧。”伏脱冷嚷道。

泰伊番小姐并没留神他们的话，只想着等会儿要去尝试的事。古的太太向她递了个眼色，教她去换衣服。她们俩一走，高老头也跟着走了。

“喂，瞧见没有？”伏盖太太对伏脱冷和其余的房客说，“他明明是给那些婆娘弄穷的。”

大学生叫道：“我无论如何不相信美丽的伯爵夫人是高老头的情妇。”

“我们并没要你相信啊，”伏脱冷截住了他的话，“你年纪太轻，还没熟悉巴黎。慢慢你会知道自有一般所谓痴情汉……”

米旭诺小姐听了这一句，会心的瞧了瞧伏脱冷，仿佛战马听见了号角。

“哎！哎！”伏脱冷停了一下，深深的瞪了她一眼，“咱们都不是有过一点儿小小的痴情吗？……”

老姑娘低下眼睛，好似女修士见到裸体雕像。

伏脱冷又道：“再说，那些人啊，一朝有了一个念头就抓住不放。他们只认定一口井喝水，往往还是臭水；为了要喝这臭水，他们肯出卖老婆，孩子，或者把自己的灵魂卖给魔鬼。在某些人，这口井是赌场，是交易所，是收藏古画，搜集昆虫，或者迷上音乐；在另外一些人，也许是做得一手好菜的女人。世界上所有的女人，他们都不在乎，一心一意只要满足自己风魔的那个。往往那女的根本不爱他们，凶悍泼辣，教他们付很高的代价换一点儿小小的满足。唉！唉！那些傻瓜可没有厌倦的时候，他们会把最后一床被窝送进长生库，换几个最后的钱去孝敬她。高老头便是这等人。伯爵夫人剥削他，因为他不会声张；这就叫作上流社会！可怜的老头儿只想着她。一出痴情的范围，你们亲眼看到，他简直是个蠢笨的畜生。提到他那一门，他眼睛就发亮，像金刚钻。这个秘密是容易猜到的。今儿早上他把镀金盘子送进银匠铺，我又看他上格莱街高勃萨克老头家。再看他的下文。回到这儿，他教克利斯朵夫送信给特·雷斯多太太，咱们都看见信封上的地址，里面是一张债务清讫的借票。要是伯爵夫人也去过那放债的家里，显见情形是紧急得很了。高老头很慷慨的替她还债。用不到多少联想，咱们就看清楚了。告诉你，年轻的大学生，当你的伯爵夫人嬉笑跳舞，搔首弄姿，把她的桃花一摇一摆，尖尖的手指拈着裙角的时候，她是像俗语所说的，大脚套在小鞋里，正想着她的或是她情人的，到了期付不出的借票。”

欧也纳叫道：“你们这么一说，我非把事情弄清楚不可了。明儿我就上特·雷斯多太太家。”

“对，”波阿莱接口道，“明儿就得上特·雷斯多太太家。”

“说不定你会碰到高老头放了情分在那边收账呢！”

欧也纳不胜厌恶的说：“那么你们的巴黎竟是一个垃圾

坑了。”

“而且是一个古怪的垃圾坑，”伏脱冷接着说，“凡是浑身污泥而坐在车上的都是正人君子，浑身污泥而搬着两条腿走的都是小人流氓。扒窃一件随便什么东西，你就给牵到法院广场上去展览，大家拿你当把戏看。偷上一百万，交际场中就说你大贤大德。你们花三千万养着宪兵队和司法人员来维持这种道德。妙极了！”

“怎么，”伏盖太太插嘴道，“高老头把他的镀金餐具熔掉了？”

“盖上有两只小鸽的是不是？”欧也纳问。

“是呀。”

“大概那是他心爱的东西，”欧也纳说，“他毁掉那只碗跟盘的时候，他哭了。我无意中看到的。”

“那是他看作性命一般的呢。”寡妇回答。

“你们瞧这家伙多痴情！”伏脱冷叫道，“那女人有本领迷得他心眼儿都痒了。”

大学生上楼了，伏脱冷出门了。过了一会，古的太太和维多莉坐上西尔维叫来的马车。波阿莱搀着米旭诺小姐，上植物园去消磨一天之中最舒服的两个钟点。

“哎哟！他们这不像结了婚？”胖子西尔维说，“今儿他们第一次一块儿出去。两口儿都是又干又硬，碰起来一定会爆出火星，像打火石一样呢。”

“米旭诺小姐真要当心她的披肩才好，”伏盖太太笑道，“要不就会像艾绒一样烧起来的。”

四点钟，高里奥回来了，在两盏冒烟的油灯下看见维多莉红着眼睛。伏盖太太听她们讲着白天去看泰伊番先生一无结果的情形。他因为给女儿和这个老太太纠缠不清，终于答应接见，好跟她们说个明白。

“好太太，”古的太太对伏盖太太说，“你想得到吗，他对维多莉连坐也不教坐，让她从头至尾站在那里。对我，他并没动火，可是冷冷的对我说，以后不必再劳驾上他的门；说小姐（不说他的女儿）越跟他麻烦，（一年一次就说麻烦，这魔王！）越惹他厌；又说维多莉的母亲当初并没有陪嫁，所以她不能有什么要求；反正是许多狠心的话，把可怜的姑娘哭得泪人儿似的。她扑在父亲脚下，勇敢的说，她的苦苦哀求只是为了母亲，她愿意服从父亲的意旨，一点不敢抱怨，但求他把亡母的遗嘱读一遍。于是她呈上信去，说着世界上最温柔最诚心的话，不知她从哪儿学来的，一定是上帝的启示吧，因为可怜的孩子说得那么至情至性，把我听的人都哭昏了。哪想到老昏君铰着指甲，拿起可怜的泰伊番太太浸透眼泪的信，往壁炉里一扔，说道：好！他想扶起跪在地下的女儿，一看见她捧着他的手要亲吻，马上缩了回去。你看他多恶！他那脓包儿子跑进来，对他的亲妹妹理都不理。”

“难道他们是野兽吗？”高里奥插了一句。

“后来，”古的太太并没留意高老头的慨叹，“父子俩对我点点头走了，说有要事。这便是我们今天拜访的经过。至少，他见过了女儿。我不懂他怎么会不认她，父女相像得跟两滴水一样。”

包饭的和寄宿的客人陆续来了，彼此问好，说些无聊的废话。在巴黎某些社会中，这种废话，加上古怪的发音和手势，就算诙谑，主要是荒唐胡闹。这一类的俗语常常在变化，作为根据的笑料不到一个月就听不见了。什么政治事件，刑事案子，街上的小调，戏子的插科打诨，都可以做这种游戏的材料，把思想，言语，当作羽毛球一般拍来拍去。一种新发明的玩意叫作狄奥喇么（diorama），比透景象真画（panorama）把光学的幻景更推进一步；某些画室用这个字打哈哈，无论说什么，字尾总添上一个喇么（rama）。有一个年轻的画家在伏盖公寓包饭，把这笑料带了来。

“啊，喂！波阿莱先生，”博物院管事说，“你的健康喇么怎么啦？”不等他回答，又对古的太太和维多莉说：“太太们，你们心里难受，是不是？”

“快开饭了吗？”荷拉斯·皮安训问。他是医科学生，拉斯蒂涅的朋友。“我的宝贝胃儿快要掉到脚底下去了。”

“天冷得要冰喇么！”伏脱冷叫着，“让一让啊，高老头。该死！你的脚把火门全占了。”

皮安训道：“大名鼎鼎的伏脱冷先生，干吗你说冷得要冰喇么？那是不对的。应该说冷得要命喇么。”

“不，”博物院管事说，“应当说冷得要冰喇么，意思是说我的脚冷。”

“啊！啊！原来如此！”

“嘿！拉斯蒂涅侯爵大人阁下，胡扯法学博士来了，”皮安训一边嚷一边抱着欧也纳的脖子，教他透不过气来，——“哦！嗨！诸位，哦！嗨！”

米旭诺小姐轻轻的进来一言不发对众人点点头，坐在三位太太旁边。

“我一看见她就打寒噤，这只老蝙蝠，”皮安训指着米旭诺低声对伏脱冷说，“我研究迦尔的骨相学[1]，发觉她有犹大的反骨。”

“你先生认识犹大吗？”伏脱冷问。

“谁没有碰到过犹大？”皮安训回答，“我敢打赌，这个没有血色的老姑娘，就像那些长条的虫，梁木都会给它们蛀空的。”

伏脱冷理着鬓角，说道：“这就叫作，孩子啊，

那蔷薇，就像所有的蔷薇，
只开了一个早晨。”

看见克利斯朵夫恭恭敬敬端了汤盂出来，波阿莱叫道：

“啊！啊！出色的喇么汤来了。”

“对不起，先生，”伏盖太太道，“那是蔬菜汤。”

所有的青年人都大声笑了。

“输了，波阿莱！”

“波阿莱莱莱输了！”

“给伏盖妈妈记上两分。”伏脱冷道。

博物院管事问：“可有人注意到今儿早上的雾吗？”

皮安训道：“那是一场狂雾，惨雾，绿雾，忧郁的，闷塞的，高里奥式的雾。”

“高里奥喇么的雾，”画家道，“因为混混沌沌，什么都瞧不见。”

“喂，葛里奥脱老爷，提到你啦。”

---

①迦尔（1758—1828），为德国医生，首创骨相学。

高老头坐在桌子横头，靠近端菜的门。他抬起头来，把饭巾下面的面包凑近鼻子去闻，那是他偶然流露的生意上的老习惯。

“哟！”伏盖太太带着尖刻的口气，粗大的嗓子盖住了羹匙，盘子，和谈话的声音，“是不是面包不行？”

“不是的，太太。那用的是哀当卜面粉，头等货色。”

“你凭什么知道的？”欧也纳问。

“凭那种白，凭那种味道。”

“凭你鼻子里的味道，既然你闻着嗅着，”伏盖太太说，“你省俭到极点，有朝一日单靠厨房的气味就能过活的。”

博物院管事道：“那你不妨去领一张发明执照，倒好发一笔财哩。”

画家说：“别理他。他这么做，不过是教人相信他做过面条生意。”

“那么，”博物院管事又追问一句，“你的鼻子竟是一个提炼食物精华的蒸馏瓶了。”

“蒸——什么？”皮安训问。

“蒸饼。”

“蒸笼。

“蒸汽。”

“蒸鱼。”

“蒸包子。”

“蒸茄子。”

“蒸黄瓜。”

“蒸黄瓜喇么。”

这八句回答从室内四面八方传来，像连珠炮似的，把大家笑得不可开交，高老头愈加目瞪口呆的望着众人，好像要想法懂一种外国话似的。

“蒸什么？”他问身旁的伏脱冷。

“蒸猪脚，朋友！”伏脱冷一边回答，一边往高里奥头上拍了一下，把他帽子压下去蒙住了眼睛。

可怜的老人被这下出其不意的攻击骇呆了，半晌不动。克利斯朵夫以为他已经喝过汤，拿走了他的汤盆。等到高老头掀起帽子，拿汤匙往身边掏的时候，一下碰到了桌子，引得众人哄堂大笑。

“先生，”老头儿说，“你真缺德，要是你敢再来捺我帽子……”

“那么老头儿，怎么样？”伏脱冷截住了他的话。

“那么，你总有一天要受大大的报应……”

“进地狱是不是？”画家问，“还是进那个关坏孩子的黑房？”

“喂，小姐，”伏脱冷招呼维多莉，“你怎么不吃东西？爸爸还是不肯让步吗？”

“简直是魔王。”古的太太说。

“总得要他讲个理才好。”伏脱冷说。

“可是，”跟皮安训坐得很近的欧也纳插嘴，“小姐大可为吃饭问题告一状，因为她不吃东西。嗨！嗨！你们瞧高老头打量维多莉小姐的神气。”

老人忘了吃饭，只顾端相可怜的女孩子；她脸上显出真正的痛苦，一个横遭遗弃的孝女的痛苦。

“好朋友，”欧也纳低声对皮安训说，“咱们把高老头看错了。他既不是一个蠢货，也不是毫无生气的人。拿你的骨相学来试一试吧，再告诉我你的意见。昨夜我看见他扭一个镀金盘子，像蜡做的一样轻便；此刻他脸上的神气，表示他颇有点了不起的感情。我觉得他的生活太神秘了，值得研究一下。你别笑，皮安训，我说的是正经话。”

“不消说，”皮安训回答，“用医学的眼光看，这家伙是有格局的；我可以把他解剖，只要他愿意。”

“不，只要你量一量他的脑壳。”

“行，就怕他的傻气会传染。”

二、两处访问

第二天，拉斯蒂涅穿得非常漂亮，下午三点光景出发到特·雷斯多太太家去了，一路上痴心妄想，希望无穷。因为有这种希望，青年人的生活才那么兴奋，激动。他们不考虑阻碍与危险，到处只看见成功；单凭幻想，把自己的生活变做一首诗；计划受到打击，他们便伤心苦恼，其实那些计划只不过是空中楼阁，漫无限制的野心。要不是他们无知，胆小，社会的秩序也没法维持了。欧也纳担着一百二十分的心，提防街上的泥土，一边走一边盘算跟特·雷斯多太太说些什么话，准备好他的聪明才智，想好一番敏捷的对答，端整了一套巧妙的措辞，像泰勒朗式[①]警辟的句子，以便遇到求爱的机会拿来应用，而能有求爱的机会就能建筑他的前程。不幸大学生还是被泥土玷污了，只能在王宫市场叫人上鞋油，刷裤子。他把以防万一的一枚银币找换时想道：

“我要是有钱，就可以坐在车上，舒舒服服的思索了。”

他终于到了海尔特街，向门上说要见特·雷斯多伯爵夫人。

①泰勒朗(1754—1838)，法国著名外交家。

人家看他走过院子，大门外没有车马的声音，便轻蔑的瞧了他一眼；他存着终有一朝扬眉吐气的心，咬咬牙齿忍受了。院中停着一辆华丽的两轮车，披挂齐整的马在那儿跺脚。他看了挥金如土的奢华，暗示巴黎享乐生活的场面，已经自惭形秽，再加下人们的白眼，自然更难堪了。他马上心绪恶劣。满以为心窍大开、才思涌发的头脑，忽然闭塞了，神志也不清了。当差进去通报，欧也纳站在穿堂内一扇窗下，提着一只脚，肘子搁在窗子的拉手上，茫然望着窗外的院子。他觉得等了很久；要不是他有南方人的固执脾气，坚持下去会产生奇迹的那股劲儿，他早已跑掉了。

"先生，"当差出来说，"太太在上房里忙得很，没有给我回音；请先生到客厅里去等一会，已经有客在那里了。"

仆役能在一言半语之间批判主人或非难主人，拉斯蒂涅一边暗暗佩服这种可怕的本领，一边胸有成竹，推开当差走出来的门，想教那般豪仆看看他是认得府里的人物的，不料他莽莽撞撞走进一间摆油灯，酒架，烘干浴巾的器具的屋子，屋子通到一条黑洞洞的走廊和一座暗梯。他听到下人们在穿堂里匿笑，更慌了手脚。

"先生，客厅在这儿。"当差那种假装的恭敬似乎多加了一点讽刺的意味。

欧也纳性急慌忙退出来，撞在浴缸上，幸而帽子抓在手中，不曾掉在缸里。长廊尽头亮着一盏小灯，那边忽然开出一扇门，拉斯蒂涅听见特·雷斯多太太和高老头的声音，还带着一声亲吻。他跟着当差穿过饭厅，走进第一间客厅，发现一扇面临院子的窗，便去站在那儿。他想看看清楚，这个高老头是否真是他的高老头。他心跳得厉害，又想起伏脱冷那番可怕的议论。当差还在第二客室门口等他，忽然里面走出一个漂亮青年，不耐烦的说：

“我走了，莫利斯。告诉伯爵夫人，说我等了半个多钟点。”

这个放肆的男人——当然有他放肆的权利喽——哼着一支意大利歌曲的花腔，往欧也纳这边的窗子走过来，为了端相生客，也为了眺望院子。

“爵爷还是再等一会吧，太太事情已经完了。”莫利斯退往穿堂时说。

这时高老头从小扶梯的出口，靠近大门那边出现了。他提起雨伞准备撑开，没有注意大门开处，一个戴勋章的青年赶着一辆轻便马车直冲进来。高老头赶紧倒退一步，险些儿给撞翻。马被雨伞的绸盖吓了一下，向阶沿冲过去的时候，微微往斜刺里歪了一些。青年人怒气冲冲的回过头来，瞧了瞧高老头，在他没有出大门之前，对他点点头；那种礼貌就像对付一个有时要去求教的债主，又像对付一个不得不表敬意，而一转背就要为之脸红的下流坯。高老头亲热的答礼，好似很高兴。这些小节目都在一眨眼之间过去了。欧也纳全神贯注的瞧着，不觉得身边还有旁人，忽然听见伯爵夫人含嗔带怨的声音：

“嗳，玛克辛，你走啦？”伯爵夫人也没留意到楼下有车子进来。拉斯蒂涅转过身子，瞧见她娇滴滴的穿着件白开司棉外扣粉红结的梳妆衣，头上随便挽着一个髻，正是巴黎妇女的晨装。她身上发出一阵阵的香味，两眼水汪汪的，大概才洗过澡；经过一番调理，她愈加娇艳了。年轻人是把什么都看在眼里的，他们的精神是和女人的光彩融成一片的，好似植物在空气中吸取养料一般。欧也纳无须接触，已经感觉到这位太太的手鲜嫩无比；微微敞开的梳妆衣有时露出一点儿粉红的胸脯，他的眼睛就在这上面打转。伯爵夫人用不到鲸鱼骨绑腰，一根带子就表现出柔软的腰肢；她的脖子教人疼爱，套着软底鞋的脚非常好看。玛克辛捧着她的手亲吻，欧也纳才瞧见了玛克辛，伯爵夫人才瞧见了欧也纳。

“啊！是你，拉斯蒂涅先生，我很高兴看到你。”她说话时那副神气，聪明人看了马上会服从的。

玛克辛望望欧也纳，又望望伯爵夫人，那态度分明是叫不识趣的生客走开。——“喂，亲爱的，把这小子打发掉吧。”傲慢无礼的玛克辛的眼神，等于这句简单明了的话。伯爵夫人窥探玛克辛的脸色，唯命是听的表情无意中泄露了一个女人的全部心事。

拉斯蒂涅心里恨死了这个青年。先是玛克辛一头烫得很好的金黄头发，使他觉得自己的头发多么难看。其次，玛克辛的靴子又讲究又干净，不像他的沾了一层薄泥，虽然走路极其小心。最后，玛克辛穿着一件紧贴腰肢的外氅，像一个美丽的女人；欧也纳却在下午两点半已经穿上黑衣服了。从夏朗德州来的聪明的孩子，当然觉得这个高大细挑，淡眼睛，白皮肤的花花公子，会引诱没有父母的子弟倾家的人，靠了衣着占着上风。特·雷斯多太太不等欧也纳回答，便飞鸟似的走进另外一间客厅，衣裾招展，像一只蝴蝶。玛克辛跟着她，怒火中烧的欧也纳跟着玛克辛和伯爵夫人。在大客厅中间，和壁炉架离开几尺远的地方，三个人又碰在一块儿了。大学生明知要妨碍那讨厌的玛克辛，却顾不得特·雷斯多太太会不会生气，存心要跟这花花公子捣乱。他忽然记起在特·鲍赛昂太太的舞会里见过这青年，猜到他同伯爵夫人的关系。他凭着那种不是闯祸便是成功的少年人的胆气，私忖道："这是我的情敌，非打倒不可。"

啊！这冒失鬼！他不知道这位玛克辛·特·脱拉伊伯爵专门挑拨人家侮辱他，然后先下手为强，一枪把敌人打死。欧也纳虽是打猎的能手，但靶子棚里二十二个木人，还不能打倒二十个。

年轻的伯爵往壁炉旁边的长椅里倒下身子，拿起火钳，把柴火乱搅一阵，动作那么粗暴，那么烦躁，把阿娜斯大齐那张好看的脸马上变得难看了。她转身向着欧也纳，冷冷的带着质问意味瞪了他一眼，意思是说："干吗你还不走？"那在有教养的人是会立刻当作逐客令的。

欧也纳赔着笑脸，说道："太太，我急于要拜见你，是为了……"

他突然停住，客厅的门开了。那位赶轻便马车的先生忽然出现，光着头，也不招呼伯爵夫人，只是不大放心的瞧瞧欧也纳，跟玛克辛握了握手，说了声"你好"，语气的亲热弄得欧也纳莫名其妙。内地青年完全不知道三角式的生活多么有意思。

伯爵夫人指着她的丈夫对大学生说："这是特·雷斯多先生。"

欧也纳深深鞠了一躬。

"这一位，"她把欧也纳介绍给伯爵，"是特·拉斯蒂涅先生，因玛西阿家的关系，跟特·鲍赛昂太太是亲戚，我在她家上次的舞会里认识的。"

因玛西阿家的关系，跟特·鲍赛昂太太是亲戚，伯爵夫人因为要显出主妇的高傲，表示她府上的宾客没有一个无名小卒，而说得特别着重的两句话，发生了奇妙的作用，伯爵立刻放下那副冷淡的矜持的神气，招呼大学生道：

“久仰久仰。”

连玛克辛·特·脱拉伊伯爵也不安的瞧了瞧欧也纳，不像先前那么目中无人了。一个姓氏的力量竟像魔术棒一样，不但周围的人为之改容，便是大学生自己也头脑清醒，早先预备好的聪明机变都恢复过来了。巴黎上流社会的气氛对他原是漆黑一团，如今他灵机一动，忽然看清楚了。什么伏盖公寓，什么高老头，早已给忘得干干净净。

“我以为玛西阿一族已经没有人了。”特·雷斯多伯爵对欧也纳说。

“是的，先生。先伯祖特·拉斯蒂涅骑士，娶的是玛西阿家最后一位小姐。他们只生一个女儿，嫁给特·格拉朗蒲元帅，便是特·鲍赛昂太太的外祖父。我们一支是小房，先伯祖是海军中将，因为尽忠王事，把什么都丢了，就此家道中落。革命政府清算东印度公司的时候，竟不承认我们股东的权利。”

“令伯祖是不是在一七八九年前带领报复号的？”

“正是。”

“那么他该认得先祖了。当时先祖是伏维克号的舰长。”

玛克辛对特·雷斯多太太微微耸了耸肩膀，仿佛说：“倘使他跟这家伙大谈海军，咱们可完啦。”阿娜斯大齐懂得这意思，拿出女人的看家本领，对他笑着说：

“你来，玛克辛，我有事请教你。你们两位尽管驾着伏维克号和报复号并排儿出海吧。”说罢她站起身子，向玛克辛做了个俏皮的暗号，玛克辛便跟着她往上房走去。这蹊跷的一对刚走到门口，伯爵忽然打断了跟欧也纳的谈话，很不高兴的叫道：

“阿娜斯大齐，你别走。你明明知道……”

“我就来，我就来，”她抢着回答，“我托玛克辛的事，一下子就说完的。”

她很快的回来了。凡是要自由行动的女子都不能不看准丈夫的性格，知道做到哪一步还不至于丧失丈夫的信任，也从来不在小事情上闹别扭。就跟这些女子一样，伯爵夫人一听丈夫的声音，知道这时候不能太太平平在内客室耽下去。而这番挫折的确是从欧也纳来的。因此伯爵夫人狠狠的对玛克辛指着大学生。玛克辛含讥带讽向伯爵夫妇和欧也纳说：

“嗳，你们谈正经，我不打搅了，再见吧。”说完他走了。

“别走啊，玛克辛！”伯爵嚷道。

“回头来吃饭吧。”伯爵夫人丢下欧也纳和伯爵，跟着玛克辛走进第一客室，耽搁了半晌，以为伯爵可能打发欧也纳走的。

拉斯蒂涅听见他们俩一会儿笑，一会儿谈话，一会儿寂静无声，便在伯爵面前卖弄才华，或是恭维他，或是逗他高谈阔论，有心拖延时间，好再见伯爵夫人，弄清她同高老头的关系。欧也纳怎么都想不过来，这个爱上玛克辛而能摆布丈夫的女子，怎么会同老面条商来往。他想摸清底细，拿到一点儿把柄去控制这个标准的巴黎女人。

“阿娜斯大齐！”伯爵又叫起太太来了。

“算了吧，可怜的玛克辛，”她对那青年说，“没有法儿了，晚上见……”

“希望你，娜齐，”他咬着她耳朵，“把这小子打发掉。你梳妆衣敞开一下，他眼睛就红得像一团火；他会对你谈情说爱，连累你，临了教我不得不打死他。”

“你疯了吗，玛克辛？这些大学生可不是挺好的避雷针吗？当然我会教特·雷斯多对他头痛的。”

玛克辛大声笑着出去了，伯爵夫人靠着窗口看他上车，拉起缰绳，扬起鞭子，直到大门关上了她才回来。

“喂，亲爱的，”伯爵对她说，“这位先生家里的庄园就在夏朗德河上，离凡端伊不远。他的伯祖还认得我的祖父呢。”

“好极了，大家都是熟人。”伯爵夫人心不在焉的回答。

“还不止这一点呢。”欧也纳低声说。

“怎么？”她不耐烦的问。

“刚才我看见从这儿出去一位先生，和我住在一所公寓里，而且是隔壁房间，高里奥老头……”

一听到老头这个俏皮字儿，正在拨火的伯爵好似烫了手，把钳子往火里一扔，站起身子说：

“先生，你可以称呼一声高里奥先生吧！”

看见丈夫烦躁，伯爵夫人脸上白一阵红一阵，狼狈不堪。她强作镇静，极力装着自然的声音说：“怎么会认识一个我们最敬爱的……”她顿住了，瞧着钢琴，仿佛心血来潮想起了什么，说道：“你喜欢音乐吗，先生？”

“喜欢得很。”欧也纳脸色通红，心慌意乱，迷迷糊糊的觉得自己闯了祸。

“你会唱歌吗？”她说着，走到钢琴前面，使劲按着所有的键子，从最低音的do到最高音的fa，啦啦啦的响成一片。

“不会，太太。”

伯爵在屋里踱来踱去。

“可惜！不会唱歌在交际场中就少了一件本领。——Ca-a-ro， Ca-a-r-o， Ca-a-a-a-ro， nondubita-re[1]。”伯爵夫人唱着。

欧也纳说出高老头的名字，也等于挥动了一下魔术棒，同那一句“跟特·鲍赛昂太太是亲戚”的魔术棒，作用正相反。他好比走进一个收藏家的屋子，靠了有力的介绍才得进门，不料粗心大意撞了一下摆满小雕像的古董橱，把三四个不曾十分粘牢的头撞翻了。他恨不得钻入地下。特·雷斯多太太冷冷的板着脸，神情淡漠的眼睛故意躲开闯祸的大学生。

大学生道：“太太，你和特·雷斯多先生有事，请接受我的敬意，允许我……”

伯爵夫人赶紧做一个手势打断了欧也纳：“以后你每次光临我们总是挺欢迎的。”

欧也纳对主人夫妇深深的行了礼，虽然再三辞谢，还是被特·雷斯多先生一直送到穿堂。

“以后这位先生来，再不许通报！”伯爵吩咐莫利斯。

欧也纳跨下石级，发觉在下雨了。

“哼！”他心里想，“我跑来闹了一个笑话，既不知道原因，也不知道范围；除此以外还得糟蹋我的衣服帽子。真应该乖乖的啃我的法律，一心一意做个严厉的法官。要体体面面的到交际场中混，先得办起两轮马车，雪亮的靴子，必不可少的行头，金链条，从早起就戴上六法郎一副的麂皮手套，晚上又是黄手套，我够得上这个资格吗？混账的高老头，去你的吧！”

走到大门口，一个马夫赶着一辆出租马车，大概才送了新婚

---

①意大利作曲家奇马罗萨（1749—1801）的歌剧《秘密结婚》中的唱词。

夫妇回家，正想瞒着老板找几个外快；看见欧也纳没有雨伞，穿着黑衣服，白背心，又是白手套，上过油的靴子，便向他招招手。欧也纳憋着一肚子无名火，只想往已经掉下去的窟窿里钻，仿佛可以找到幸运的出路似的。他对马夫点点头，也不管袋里只剩一法郎零两个铜子，径自上了车。车厢里零零落落散着橘花和扎花的铜丝，证明新郎新娘才离开不久。

“先生上哪儿去呢？”车夫问。他已经脱下白手套[①]。

欧也纳私下想：“管他！既然花了钱，至少得利用一下！”便高声回答：“鲍赛昂府。”

“哪一个鲍赛昂府？”

一句话把欧也纳问住了。初出茅庐的漂亮哥儿不知道有两个鲍赛昂府，也不知道把他置之脑后的亲戚有那么多。

“特·鲍赛昂子爵，在……”

“葛勒南街，”马夫侧了侧脑袋，接口说，“你知道，还有特·鲍赛昂伯爵和侯爵的府第，在圣·陶米尼葛街。”他一边吊起踏脚，一边补充。

“我知道，”欧也纳沉着脸回答。他把帽子往前座的垫子上一丢，想道：“今天大家都拿我打哈哈！吓……这次胡闹一下把我的钱弄光了。可是至少，我有了十足的贵族排场去拜访我那所谓的表姊了。高老头起码花了我十法郎，这老混蛋！真的，我要把今天的倒霉事儿告诉特·鲍赛昂太太，说不定会引她发笑呢。这老东西同那漂亮女人的该死的关系，她一定知道。与其碰那无耻女人的钉子—— 恐怕还得花一大笔钱，—— 还不如去讨好我表

①喜事车子的马夫通常穿一套特殊的礼服，还戴白手套。

姊。子爵夫人的姓名已经有那样的威力，她本人的权势更可想而知。还是走上面的门路吧。一个人想打天堂的主意，就该看准上帝下手！”

他思潮起伏，不知转着多少念头，上面的话只是一个简单的提纲。他望着雨景，镇静了些，胆气也恢复了些。他自忖虽然花掉了本月份仅存的十法郎，衣服鞋帽究竟保住了。一听马夫喊了声：“对不住，开门哪！”他不由得大为得意。金镶边大红制服的门丁，把大门拉得咕咕的直叫，拉斯蒂涅心满意足，眼看车子穿过门洞，绕进院子，在阶前玻璃棚下停住。马夫穿着大红滚边的蓝大褂，放下踏脚。欧也纳下车听见游廊里一阵匿笑。三四名当差在那里笑这辆恶俗的喜事车子。他们的笑声提醒了大学生，因为眼前就有现成的车马好比较。院中有一辆巴黎最华丽的轿车，套着两匹精壮的牲口，耳边插着蔷薇花，咬着嚼子，马夫头发扑着粉，打着领带，拉着缰绳，好像怕牲口逃走似的。唐打区的雷斯多太太府上，停着一个二十六岁男子的轻巧两轮车，圣·日耳曼区又摆着一位爵爷的烜赫的仪仗，一副三万法郎还办不起来的车马。

“又是谁在这儿呢？该死！表姊一定也有她的玛克辛！”欧也纳到这时才明白，巴黎难得碰到没有主顾的女人，纵然流着血汗也征服不了那样一个王后。

他跨上台阶，心已经凉了一半。玻璃门迎着他打开了；那些当差都一本正经，像挨过一顿痛打的骡子。他上次参加的跳舞会，是在楼下大厅内举行的。在接到请柬和舞会之间，他来不及拜访表姊，所以不曾进入特·鲍赛昂太太的上房，今天还是第一遭瞻仰到那些精雅绝伦，别出心裁的布置；一个杰出的女子的心灵和生活习惯，都可以在布置上面看出来。有了特·雷斯多太太的客厅做比较，对鲍府的研究也就更有意思。下午四点半，子爵夫人可以见客了。再早五分钟，她就不会招待表弟。完全不懂巴黎规矩的欧也纳，走上一座金漆栏杆，大红毯子，两旁供满鲜花的大楼梯，进入特·鲍赛昂太太的上房；至于她的小史，巴黎交际场中交头接耳说得一天一个样子的许多故事之中的一页，他可完全不知道。

三年以来，子爵夫人和葡萄牙一个最有名最有钱的贵族，特·阿瞿达-宾多侯爵有来往。那种天真无邪的交情，对当事人真是兴味浓厚，受不了第三者打扰。特·鲍赛昂子爵本人也以身作则，不管心里如何，面上总尊重这蹊跷的友谊。在他们订交的初期，凡是下午两点来拜访子爵夫人的宾客，总碰到特·阿瞿达-宾多侯爵在座。特·鲍赛昂太太为了体统关系，不能闭门谢客，可是对一般的来客十分冷淡，目不转睛的老瞧着墙壁上面的嵌线，结果大家都懂得她在那里受罪。直到巴黎城中知道了两点至四点之间的访问要打搅特·鲍赛昂太太，她才得到清静。她上意大利剧院或者歌剧院，必定由特·鲍赛昂和特·阿瞿达-宾多两位先生陪着；老于世故的特·鲍赛昂先生，把太太和葡萄牙人安顿停当之后，就托故走开。最近特·阿瞿达先生要同洛希斐特家的一位小姐结婚了，整个上流社会中只剩特·鲍赛昂太太一个人不曾知道。有几个女朋友向她隐隐约约提过几次；她只是打哈哈，以为朋友们妒忌她的幸福，想破坏。可是教堂的婚约公告[1]马上就得颁布。这位葡萄牙美男子，那天特意来想对子爵夫人宣布

①西俗凡教徒结婚前一个月，教堂必前后颁布三次公告，征询大众对当事人之人品私德有无指摘。

婚事，却始终不敢吐出一个负心字儿。为什么？因为天下的难事莫过于对一个女子下这么一个哀的美敦。有些男人觉得在决斗场上给人拿着剑直指胸脯倒还好受，不像一个哭哭啼啼了两小时，再晕过去要人施救的女子难于应付。那时特·阿瞿达侯爵如坐针毡，一心要溜，打算回去写信来告诉她；男女之间一刀两断的手续，书面总比口头好办。听见当差通报欧也纳·特·拉斯蒂涅先生来了，特·阿瞿达侯爵快乐得直跳。一个真有爱情的女人猜疑起来，比寻欢作乐，更换口味还要心思灵巧。一朝到了被遗弃的关头，她对于一个姿势的意义，能够一猜就中，连马在春天的空气中嗅到刺激爱情的气息，也没有那么快。特·鲍赛昂太太一眼就觑破了那个不由自主的表情，微妙的，可是天真得可怕的表情。

欧也纳不知道在巴黎不论拜访什么人，必须先到主人的亲友那里，把丈夫的，妻子的，或儿女的历史打听明白，免得闹出笑话来，要像波兰俗语所说的，*把五头牛套上你的车*！就是说只要九牛二虎之力，才能拔出你的泥脚。在谈话中出乱子，在法国还没有名称，大概因为谣言非常普遍，大家认为不会再发生冒失的事。在特·雷斯多家闹了乱子以后—— 主人也不给他时间*把五头牛套上车*—— 也只有欧也纳才会莽莽撞撞闯进鲍赛昂家再去闯祸。所不同的是，他在前者家里教特·雷斯多太太和特·脱拉伊先生发窘，在这儿却是替特·阿瞿达解了围。

一间小巧玲珑的客室，只有灰和粉红两种颜色，陈设精美而没有一点富贵气。欧也纳一进客室，葡萄牙人便向特·鲍赛昂太太说了声“再会”，急急的抢着往门边走。

“那么晚上见。”特·鲍赛昂太太回头向侯爵望了一眼，“我们不是要上意大利剧院吗？”

“不能奉陪了。”他的手已经抓着门钮。

特·鲍赛昂太太站起身子，叫他走回来，根本没有注意欧也纳。欧也纳站在那儿，给华丽的排场弄得迷迷糊糊，以为进了天方夜谭的世界；他面对着这个连瞧也不瞧他的太太，不知道怎么办。子爵夫人举起右手食指做了个美妙的动作，指着面前的地位要侯爵站过来。这姿态有股热情的威势，侯爵不得不放下门钮走回来。欧也纳望着他，心里非常羡慕。

他私下想：“这便是轿车中的人物！哼！竟要骏马前驱，健仆后随，挥金如流水，才能博得巴黎女子的青睐吗？”奢侈的欲望像魔鬼般咬着他的心，攫取财富的狂热煽动他的头脑，黄金的饥渴使他喉干舌燥。他每季有一百三十法郎生活费；而父亲，母亲，兄弟，妹妹，姑母，统共每月花不到两百法郎。他把自己的境况和理想中的目标很快的比较了一下，心里愈加发慌了。

“为什么你不能上意大利剧院呢？”子爵夫人笑着问。

“为了正经事！今晚英国大使馆请客。”

“你可以先走一步啊。”

一个男人一开始欺骗，必然会接二连三的扯谎。特·阿瞿达先生笑着说：“你非要我先走不可吗？”

“当然。”

“嗳，我就是要你说这一句呀。”他回答时那种媚眼，换了别的女人都会被他骗过的。

他抓起子爵夫人的手亲了一下，走了。

欧也纳用手掠了掠头发，躬着身子预备行礼，以为特·鲍赛昂太太这一下总该想到他了。不料她身子往前一扑，冲入回廊，跑到窗前瞧特·阿瞿达先生上车；她侧耳留神，只听见跟班的小厮传令给马夫道："上洛希斐特公馆。"

这几个字，加上特·阿瞿达坐在车厢里如释重负的神气，对子爵夫人不啻闪电和雷击。她回身进来，心惊肉跳。上流社会中最可怕的祸事就是这个。她走进卧室，坐下来拈起一张美丽的信纸，写道：

> 只要你在洛希斐特家吃饭而不是在英国使馆，你非和我解释清楚不可。我等着你。

有几个字母因为手指发抖而写走了样，她改了改，签上一个C字，那是她的姓名格兰·特·蒲尔高涅的缩写。然后她打铃叫人。

"雅各，"她吩咐当差，"你七点半上洛希斐特公馆去见特·阿瞿达侯爵。他在的话，把这条子交给他，不用等回音；要是不在，原信带回。"

"太太，客厅里还有人等着。"

"啊，不错！"她说完推门进去。

欧也纳已经觉得很不自在，终于瞧见子爵夫人的时候，她情绪激动的语气又搅乱了他的心。她说：

"对不起，先生，我刚才要写个字条，现在可以奉陪了。"

其实她自己也不知道说些什么，她心里正想着："啊！他要娶洛希斐特小姐。可是他身子自由吗？今晚上这件亲事就得毁掉，否则我……噢！事情明天就解决了，急什么！"

"表姊……"欧也纳才叫了一声。

"唔？"子爵夫人傲慢的目光教大学生打了一个寒噤。

欧也纳懂得了这个“唔”。三小时以来他长了多少见识；一听见这一声，马上警惕起来，红着脸改口道：“太太。”他犹豫了一会又说：“请原谅，我真需要人家提拔，便是拉上一点儿远亲的关系也有用处。”

特·鲍赛昂太太微微一笑，笑得很凄凉；她已经感觉到在她周围酝酿的噩运。

“如果你知道我家庭的处境，”他接着说，“你一定乐意做神话中的仙女，替孩子们打破难关。”

她笑道：“哦，表弟，要我怎样帮忙呢？”

“我也说不上。恢复我们久已疏远的亲戚关系，在我已经是大大的幸运了。你使我心慌意乱，简直不知道我刚才说了些什么。我在巴黎只认识你一个人。噢！我要向你请教，求你当我是个可怜的孩子，愿意绕在你裙下，为你出生入死。”

“你能为我杀人么？”

“杀两个都可以。”欧也纳回答。

“孩子！真的，你是个孩子，”她咽住了眼泪，“你才会真诚的爱，你！”

“噢！”他甩了甩脑袋。

子爵夫人听了大学生这句野心勃勃的回答，不禁对他大为关切。这是南方青年第一次用心计。在特·雷斯多太太的蓝客厅和特·鲍赛昂太太的粉红客厅之间，他读完了三年的巴黎法。这部法典虽则没有人提过，却构成一部高等社会判例，一朝学成而善于运用的话，无论什么目的都可以达到。

“噢！我要说的话想起来了，在你的舞会里我认识了特·雷斯多太太，我刚才看了她来着。”

“那你大大的打搅她了。”特·鲍赛昂太太笑着说。

“唉！是呀，我一窍不通，你要不帮忙，我会教所有的人跟我作对。我看，在巴黎极难碰到一个年轻，美貌，有钱，风雅，而又没有主顾的女子；我需要这样一位女子，把你们解释得多么巧妙的人生开导我；而到处都有一个脱拉伊先生。我这番来向你请教一个谜的谜底，求你告诉我，我所闹的乱子究竟是什么性质。我在那边提起了一个老头儿……”

“特·朗日公爵夫人来了。”雅各进来通报，打断了大学生的话，大学生做了一个大为气恼的姿势。

“你要想成功，”子爵夫人低声嘱咐他，“第一先不要这样富于表情。”

“喂！你好，亲爱的。”她起身迎接公爵夫人，握着她的手，感情洋溢，便是对亲姊妹也不过如此。公爵夫人也做出种种亲热的样子。

“这不是一对好朋友吗，”拉斯蒂涅心里想，“从此我可以有两个保护人了；这两位想必口味相仿，表姊关切我，这客人一定也会关切我的。”

“你真好，想到来看我，亲爱的安多纳德！”特·鲍赛昂太太说。

“我看见特·阿瞿达先生进了洛希斐特公馆，便想到你是一个人在家了。”

公爵夫人说出这些不祥的话，特·鲍赛昂太太既不咬嘴唇，也不脸红，而是目光镇静，额角反倒开朗起来。

“要是我知道你有客……”公爵夫人转身望着欧也纳，补上一句。

子爵夫人说："这位是我的表弟欧也纳·特·拉斯蒂涅先生。你有没有蒙脱里伏将军的消息？昨天赛里齐告诉我，大家都看不见他了，今天他到过府上没有？"

大家知道公爵夫人热恋特·蒙脱里伏先生，最近被遗弃了；她听了这句问话十分刺心，红着脸回答："昨天他在爱里才宫。"

"值班吗[①]？"特·鲍赛昂太太问。

"格拉拉，你想必知道，"公爵夫人放出狡狯的目光，"特·阿瞿达先生和洛希斐特小姐的婚约，明天就要由教堂公布了？"

这个打击可太凶了。子爵夫人不禁脸色发白，笑着回答：

"哦，又是那些傻瓜造的谣言。干吗特·阿瞿达先生要把葡萄牙一个最美的姓送给洛希斐特呢？洛希斐特家封爵还不过是昨天的事。"

"可是人家说贝尔德有二十万法郎利息的陪嫁呢。"

"特·阿瞿达先生是大富翁，绝不会存这种心思。"

"可是，亲爱的，洛希斐特小姐着实可爱呢。"

"是吗？"

"还有，他今天在那边吃饭，婚约的条件已经谈妥；你消息这样不灵，好不奇怪！"

"哎，你究竟闹了什么乱子呢，先生？"特·鲍赛昂太太转过话头说。"这可怜的孩子刚踏进社会，我们才说的话，他一句也不懂。亲爱的安多纳德，请你照应照应他。我们的事，明儿再谈，明儿一切都正式揭晓，你要帮我忙也更有把握了。"

---

①爱里才宫当时是路易十八的侄子特·裴里公爵的府第。蒙脱里伏将军属于王家禁卫军，所以说"值班"。

公爵夫人傲慢的瞧了欧也纳一眼，那种眼风能把一个人从头到脚瞧尽，把他缩小，化为乌有。

“太太，我无意之间得罪了特·雷斯多太太。无意之间这四个字便是我的罪名。”大学生灵机一动，发觉眼前两位太太亲切的谈话藏着狠毒的讽刺，他接着说：“对那些故意伤害你们的人，你们会照常接见，说不定还怕他们；一个伤了人而不知伤到什么程度的家伙，你们当他是傻瓜，当他是什么都不会利用的笨蛋，谁都瞧不起他。”

特·鲍赛昂太太眼睛水汪汪的瞟了他一下。伟大的心灵往往用这种眼光表示他们的感激和尊严。刚才公爵夫人用拍卖行估价员式的眼风打量欧也纳，伤了他的心，现在特·鲍赛昂太太的眼神在他的伤口上涂了止痛的油膏。

欧也纳接着说：“你们才想不到呢，我才博得了特·雷斯多伯爵的欢心，因为，”他又谦恭又狡狯的转向公爵夫人，“不瞒你说，太太，我还不过是个可怜的大学生，又穷又孤独……”

“别说这个话，先生。哭诉是谁都不爱听的，我们女人也何尝爱听。”

“好吧！我只有二十二岁，应当忍受这个年纪上的苦难，何况我现在正在忏悔；哪里还有比这儿更美丽的忏悔室呢？我们在教士前面忏悔的罪孽，就是在这儿犯的。”

公爵夫人听了这段亵渎宗教的议论，把脸一沉，很想把这种粗俗的谈吐指斥一番，她对子爵夫人说：“这位先生才……”

特·鲍赛昂太太觉得表弟和公爵夫人都很好笑。也就老实不客气笑了出来。

“对啦，他才到巴黎来，正在找一个女教师，教他懂得一点儿风雅。”

“公爵夫人，”欧也纳接着说，“我们想找门路，把所爱的对象摸清根底，不是挺自然的吗？”（呸！他心里想，这几句话简直像理发匠说的。）

公爵夫人说：“我想特·雷斯多太太是特·脱拉伊先生的女弟子吧。”

大学生说：“我完全不知道，太太，因此糊里糊涂闯了进去，把他们岔开了。幸而我跟丈夫混得不坏，那位太太也还客气，直到我说出我认识一个刚从他们后楼梯下去，在一条甬道底上跟伯爵夫人拥抱的人。”

“谁呀？”两位太太同时问。

“住在圣·玛梭区的一个老头儿，像我这穷学生一样一个月只有四十法郎的生活费，被大家取笑的可怜虫，叫作高里奥老头。”

“哦呀！你这个孩子，”子爵夫人嚷道，“特·雷斯多太太便是高里奥家的小姐啊。”

“面条商的女儿，”公爵夫人接口说，“她跟一个糕饼师的女儿同一天入宫觐见。你不记得吗，格拉拉？王上笑开了，用拉丁文说了句关于面粉的妙语，说那些女子，怎么说的，那些女子……”

“其为面粉也无异。”欧也纳替她说了出来。

“对啦！”公爵夫人说。

“啊！原来是她的父亲。”大学生做了个不胜厌恶的姿势。

“可不是！这家伙有两个女儿，他都喜欢得要命，可是两个女儿差不多已经不认他了。”

“那小的一个，”子爵夫人望着特·朗日太太说，“不是嫁给一个姓名像德国人的银行家，叫作特·纽沁根男爵吗？她名字叫但斐纳，头发淡黄，在歌剧院有个侧面的包厢，也上喜剧院，常常高声大笑引人家注意，是不是？”

公爵夫人笑道：“嗳，亲爱的，真佩服你。干吗你对那些人这样留神呢？真要像特·雷斯多一样爱得发疯，才会跟阿娜斯大齐在面粉里打滚。嘿！他可没有学会生意经。他太太落在特·脱拉伊手里，早晚要倒霉的。”

“她们不认父亲！”欧也纳重复了一句。

“嗳！是啊，”子爵夫人接着说，“不承认她们的亲爸爸，好爸爸。听说他给了每个女儿五六十万，让她们攀一门好亲事，舒舒服服的过日子。他自己只留下八千到一万法郎的进款，以为女儿永远是女儿，一朝嫁了人，他等于有了两个家，可以受到敬重，奉承。哪知不到两年，两个女婿把他赶出他们的圈子，当他是个要不得的下流东西……”

欧也纳冒出几颗眼泪。他最近还在家中体味到骨肉之爱，天伦之乐；他还没有失掉青年人的信仰，而且在巴黎文明的战场上还是第一天登台。真实的感情是极有感染力的：三个人都一声不出，愣了一会。

“唉！天哪，”特·朗日太太说，“这一类的事真是该死，可是我们天天看得到。总该有个原因吧？告诉我，亲爱的，你有没有想过，什么叫女婿？——女婿是我们替他白养女儿的男人。我们把女儿当作心肝宝贝，抚养长大，我们和她有着成千成万的联系。十七岁以前，她是全家的快乐天使，像拉马丁所说的洁白的灵魂，然后变做家庭的瘟神。女婿从我们手里把她抢走，拿她的爱情当作一把刀，把我们的天使心中所有拴着娘家的感情，活生生的一齐斩断。昨天女儿还是我们的性命，我们也还是女儿的性命；明天她便变作我们的仇敌。这种悲剧不是天天有吗？这里，又是媳妇对那个为儿子牺牲一切的公公肆无忌惮；那里，又是女婿把丈母撵出门外。我听见人家都在问，今日社会里究竟有些什么惨剧；唉，且不说我们的婚姻都变成了糊涂婚姻；关于女婿的惨剧不是可怕到极点吗？我完全明白那老面条商的遭遇，记得这个福里奥……”

“是高里奥，太太。”

“是啊，这莫里奥在大革命时代当过他本区的区长；那次有名的饥荒，他完全知道底细；当时面粉的售价比进价高出十倍，他从此发了财。那时他囤足面粉；光是我祖母的总管就卖给他一大批。当然，高里奥像所有那些人一样，是跟公安委员会分肥的。我记得总管还安慰祖母，说她尽可以太太平平的住在葛朗维里哀，她的麦子就是一张出色的公民证。至于把麦子卖给刽子手们[1]的洛里奥，只有一桩痴情，就是溺爱女儿。他把大女儿高高的供在特·雷斯多家里，把老二接种接在特·纽沁根男爵身上，纽沁根是个加入保王党的有钱的银行家。你们明白，在帝政时代，两个女婿看到家里有个老革命党并不讨厌；既然是拿破仑当权，那还可以将就。可是波旁家复辟之后，那老头儿就教特·雷斯多先生头疼了，尤其那个银行家。两个女儿或许始终爱着父亲，想在父亲跟丈夫之间委曲求全；她们在没有外客的时候招待高里

①大革命时代的公安委员会是逮捕并处决反革命犯的机构，在保王党人口中就变了“刽子手”。公安委员会当时也严禁囤货，保王党人却说它同商人分肥。

奥，想出种种借口表示她们的体贴。‘爸爸，你来呀。没有人打搅，我们舒服多了！’诸如此类的话。我相信，亲爱的，凡是真实的感情都有眼睛，都有聪明，所以那个大革命时代的可怜虫伤心死了。他看出女儿们觉得他丢了她们的脸；也看出要是她们爱丈夫，他却妨害了女婿，非牺牲不可。他便自己牺牲了，因为他是父亲，他自动退了出来。看到女儿因此高兴，他明白他做得很对。这小小的罪过实在是父女同谋的。我们到处都看到这种情形。在女儿的客厅里，陶里奥老头不是一个油脂的污迹吗？他在那儿感到拘束，闷得发慌。这个父亲的遭遇，便是一个最美的女子对付一个最心爱的男人也能碰到，如果她的爱情使他厌烦，他会走开，做出种种卑鄙的事来躲开她。所有的感情都会落到这个田地的。我们的心是一座宝库，一下子倒空了，就会破产。一个人把情感统统拿了出来，就像把钱统统花光了一样得不到人家原谅。这个父亲把什么都给了。二十年间他给了他的心血，他的慈爱；又在一天之间给了他的财产。柠檬榨干了，那些女儿把剩下的皮扔在街上。”

“社会真卑鄙。”子爵夫人低着眼睛，拉着披肩上的经纬。特·朗日太太讲这个故事的时候，有些话刺了她的心。

“不是卑鄙！”公爵夫人回答，“社会就是那么一套。我这句话不过表示我看透了社会。实际我也跟你一般想法，”她紧紧握着子爵夫人的手，“社会是一个泥坑，我们得站在高地上。”

她起身亲了一下特·鲍赛昂太太的前额，说：

“亲爱的，你这一下真漂亮。血色好极了。”

然后她对欧也纳略微点点头，走了。

欧也纳想起那夜高老头扭绞镀金盘子的情形，说道：“高老头真伟大！”

特·鲍赛昂太太没有听见，她想得出神了。两人半天没有出声，可怜的大学生愣在那儿，既不敢走，又不敢留，也不敢开口。

“社会又卑鄙又残忍，”子爵夫人终于说，“只要我们碰到一桩灾难，总有一个朋友来告诉我们，拿把短刀掏我们的心窝，教我们欣赏刀柄。冷一句热一句，挖苦，奚落，一齐来了。啊！我可是要抵抗的。”她抬起头来，那种庄严的姿势恰好显出她贵妇人的身份，高傲的眼睛射出闪电似的光芒。——“啊！”她一眼瞧见了欧也纳，“你在这里！”

“是的，还没有走。”他不胜惶恐的回答。

“嗳，拉斯蒂涅先生，你得以牙还牙对付这个社会。你想成功吗？我帮你。你可以测量出来，女人堕落到什么田地，男人虚荣到什么田地。虽然人生这部书我已经读得烂熟，可是还有一些篇章不曾寓目。现在我全明白了。你越没有心肝，越高升得快。你得不留情的打击人家，叫人家怕你。只能把男男女女当作驿马，把它们骑得筋疲力尽，到了站上丢下来；这样你就能达到欲望的最高峰。不是吗，你要没有一个女人关切，你在这儿便一文不值。这女人还得年轻，有钱，漂亮。倘使你有什么真情，必须像宝贝一样藏起，永远别给人家猜到，要不就完啦，你不但做不成刽子手，反过来要给人家开刀了。有朝一日你动了爱情，千万要守秘密！没有弄清楚对方的底细，绝不能掏出你的心来。你现在还没有得到爱情；可是为保住将来的爱情，先得学会提防人家。听我说，米盖尔……（她不知不觉说错了名字）①，女儿遗弃父亲，巴望父亲

①米盖尔是她的情人阿瞿达侯爵的名字。

早死，还不算可怕呢。那两姊妹也彼此忌妒得厉害。雷斯多是旧家出身，他的太太进过宫了，贵族社会也承认她了；可是她的有钱的妹妹，美丽的但斐纳·特·纽沁根夫人，银行家太太，却难过死了；忌妒咬着她的心，她跟姊姊貌合神离，比路人还不如；姊姊已经不是她的姊姊；两个人你不认我，我不认你，正如不认她们的父亲一样。特·纽沁根太太只消能进我的客厅，便是把圣·拉查街到葛勒南街一路上的灰土舐个干净也是愿意的。她以为特·玛赛能够帮她达到这个目的，便甘心情愿做他奴隶，把他缠得头痛。哪知特·玛赛干脆不把她放在心上。你要能把她介绍到我这儿来，你便是她的心肝宝贝。以后你能爱她就爱她，要不就利用她一下也好。我可以接见她一两次，逢到盛大的晚会，宾客众多的时候；可是绝不单独招待她。我看见她打个招呼就够了。你说出了高老头的名字，你把伯爵夫人家的大门关上了。是的，朋友，你尽管上雷斯多家二十次，她会二十次不在家。你被他们撵出门外了。好吧，你叫高老头替你介绍特·纽沁根太太吧。那位漂亮太太可以做你的幌子。一朝她把你另眼相看了，所有的女人都会一窝蜂的来追你。跟她竞争的对手，她的朋友，她的最知己的朋友，都想把你抢过去了。有些女人，只喜欢别的女子挑中的男人，好像那般中产阶级的妇女，以为戴上我们的帽子就有了我们的风度。所以那时你就能走红。在巴黎，走红就是万事亨通，就是拿到权势的宝钥。倘若女人觉得你有才气，有能耐，男人就会相信，只消你自己不露马脚。那时你多大的欲望都不成问题可以实现，你哪儿都走得进去。那时你会明白，社会不过是傻子跟骗子的集团。你别做傻子，也别做骗子。我把我的姓氏借给你，好比一根阿里安纳的线，引你进这座迷宫[1]。别把我的姓污辱了，”她扭了扭脖子，气概非凡的对大学生瞧了一眼，“清清白白的还给我。好，去吧，我不留你了。我们做女人的也有我们的仗要打。”

“要不要一个死心塌地的人替你去点炸药？”欧也纳打断了她的话。

“那又怎么样？”她问。

他拍拍胸脯，表姊对他笑了笑，他也笑了笑，走了。那时已经五点；他肚子饿了，只怕赶不上晚饭。这一担心，使他感到在巴黎平步青云，找到了门路的快乐。得意之下，他马上给自己的许多思想包围了。像他那种年龄的青年，一受委屈就会气得发疯，对整个社会抡着拳头，又想报复，又失掉了自信。拉斯蒂涅那时正为了你把伯爵夫人家的大门关上了那句话发急，心上想：“我要去试一试！如果特·鲍赛昂太太的话不错，如果我真的碰在门上，那么……哼！特·雷斯多夫人不论上哪一家的沙龙，都要碰到我。我要学击剑，放枪，把她的玛克辛打死！—— 可是钱呢？”他忽然问自己，“哪儿去弄钱呢？”特·雷斯多伯爵夫人家里铺张的财富，忽然在眼前亮起来。他在那儿见到一个高里奥小姐心爱的奢华，金碧辉煌的屋子，显而易见的贵重器物，暴发户的恶俗排场，像人家的外室那样的浪费。这幅迷人的图画忽然又给鲍赛昂府上的大家气派压倒了。他的幻想飞进了巴黎的上层社会，马上冒出许多坏念头，扩大他的眼界和心胸。他看到了社会的本相：法律跟道德对有钱的人全无效力，财产才是金科玉律。他想：“伏脱冷说得不错，有财便是德！”

①希腊神话：阿里安纳把一根线授给丹才，使他杀了牛首人身的米诺多，仍能逃出迷宫。

到了圣·日内维新街，他赶紧上楼拿十法郎付了车钱，走入气味难闻的饭厅；十八个食客好似马槽前的牲口一般正在吃饭。他觉得这副穷酸相跟饭厅的景象丑恶已极。环境转变得太突兀了，对比太强烈了，格外刺激他的野心。一方面是最高雅的社会的新鲜可爱的面目，个个人年轻，活泼，有诗意，有热情，四周又是美妙的艺术品和阔绰的排场；另一方面是溅满污泥的阴惨的画面，人物的脸上只有被情欲扫荡过的遗迹。特·鲍赛昂太太因为被人遗弃，一怒之下给他的指导和出谋的计策，他一下子都回想起来，而眼前的惨象又等于给那些话添上注解。拉斯蒂涅决意分两路进攻去猎取财富：依靠学问，同时依靠爱情，成为一个有学问的博士，同时做一个时髦人物。可笑他还幼稚得很，不知道这两条路线是永远连不到一起的。

“你神气忧郁得很，侯爵大人。”伏脱冷说。他的眼风似乎把别人心里最隐藏的秘密都看得雪亮。

欧也纳答道：“我受不了这一类的玩笑，要在这儿真正当一个侯爵，应当有十万法郎进款；住伏盖公寓的就不是什么走运的人。”

伏脱冷瞧着拉斯蒂涅，倚老卖老而轻蔑的神气仿佛说：“小子！还不够我一口！”接着说，“你心绪不好，大概在漂亮的特·雷斯多太太那边没有得手。”

欧也纳道：“哼，因为我说出她父亲跟我们一桌子吃饭，她把我撵走了。”

饭桌上的人都面面相觑。高老头低下眼睛，掉转头去抹了一下。

“你把鼻烟撒在我眼里了。”他对邻座的人说。

“从今以后，谁再欺负高老头，就是欺负我，”欧也纳望着老面条商邻座的人说，“他比我们都强。当然我不说太太们。”他向泰伊番小姐补上一句。

这句话成为事情的转折点，欧也纳说话的神气使桌上的人不出声了。只有伏脱冷含讥带讽的回答：

“你要做高老头的后台，做他的经理，先得学会击剑跟放枪。”

“对啦，我就要这么办。”

“这么说来，你今天预备开场啰。”

“也许，”拉斯蒂涅回答，“不过谁都管不了我的事，既然我不想知道旁人黑夜里干些什么。”

伏脱冷斜着眼把拉斯蒂涅瞅了一下。

“老弟，要拆穿人家的把戏，就得走进戏棚子，不能在帐幔的缝子里张一张就算。别多说了，”他看见欧也纳快要发毛，补上一句，“你要愿意谈谈，我随时可以奉陪。”

饭桌上大家冷冰冰的，不做声了。高老头听了大学生那句话，非常难受，不知道众人对他的心理已经改变，也不知道一个有资格阻止旁人虐待他的青年，挺身而出做了他的保护人。

“高里奥先生真是一个伯爵夫人的父亲吗？”伏盖太太低声问。

“同时也是一个男爵夫人的父亲。”拉斯蒂涅回答。

“他只好当父亲的角色，”皮安训对拉斯蒂涅说，“我已经打量过他的脑袋，只有一根骨头，一根父骨，他大概是天父吧。”

欧也纳心事重重，听了皮安训的俏皮话不觉得好笑。他要遵从特·鲍赛昂太太的劝告，盘算从哪儿去弄钱，怎样去弄钱。社会这片大草原在他面前又空旷又稠密，他望着出神了。吃完晚饭，客人散尽，只剩他一个人在饭厅里。

“你竟看到我的女儿么？”高老头非常感动的问。

欧也纳惊醒过来，抓着老人的手，很亲热的瞧着他回答：

“你是一个好人，正派的人。咱们回头再谈你的女儿。”

他不愿再听高老头的话，躲到卧房里给母亲写信去了。

亲爱的母亲，请你考虑一下，能不能再给我一次哺育之恩。我现在的情形可以很快的发迹，只是需要一千二百法郎，而且非要不可。对父亲一个字都不能提，也许他会反对，而如果我弄不到这笔钱，我将濒于绝望，以至自杀。我的用意将来当面告诉你，因为要你了解我目前的处境，简直要写上几本书才行。好妈妈，我没有赌钱，也没有欠债；可是你给我的生命，倘使你愿意保留的话，就得替我筹这笔款子。总而言之，我已见过特·鲍赛昂子爵夫人，她答应提拔我。我得应酬交际，可是没有钱买一副合式的手套。我能够只吃面包，只喝清水，必要时可以挨饿；但我不能缺少巴黎种葡萄的工具。将来还是青云直上还是留在泥地里，都在此一举。你们对我的期望，我全知道，并且要快快的实现。好妈妈，卖掉一些旧首饰吧，不久我买新的给你。我很知道家中的境况，你的牺牲，我是心中有数的；你也该相信我不是无端端的教你牺牲，那我简直是禽兽了。我的请求是迫不得已。咱们的前程全靠这一次的接济，拿了这个，我将上阵开仗，因为巴黎的生活是一场永久的战争。倘使为凑足数目而不得不出卖姑母的花边，那么请告诉她，我将来有最好看的寄给她。

他分别写信给两个妹妹，讨她们的私蓄，知道她们一定乐意给的。为了使她们在家里绝口不提，他故意挑拨青年人的好胜心，要她们懂得体贴。可是写完了这些信，他仍旧有点儿心惊肉跳，神魂不定。青年野心家知道像他妹妹那种与世离绝，一尘不染的心灵多么高尚，知道自己这封信要给她们多少痛苦，同时也要给她们多少快乐；她们将怀着如何欢悦的心情，躲在庄园底里偷偷谈论她们疼爱的哥哥。他心中亮起一片光明，似乎看到她们私下数着小小的积蓄，看到她们卖弄少女的狡狯，为了好心而第一次玩弄手段，把这笔钱用匿名方式寄给他。他想："一个姊妹的心纯洁无比，它的温情是没有穷尽的！"他写了那样的信，觉得惭愧。她们许起愿心来何等有力！求天拜地的冲动何等纯洁！有一个牺牲的机会，她们还不快乐死吗？如果他母亲不能凑足他所要的款子，她又要多么苦恼！这些至诚的感情，可怕的牺牲，将要成为他达到特·纽沁根太太面前的阶梯；想到这些，他不由得落下几滴眼泪，等于献给家庭神坛的最后几炷香。他心乱如麻，在屋子里乱转。高老头从半开的门里瞧见他这副模样，进来问他：

"先生，你怎么啦？"

"唉！我的邻居，我还没忘记做儿子做兄弟的本分，正如你始终当着父亲的责任。你真有理由替伯爵夫人着急，她落在玛克辛·特·脱拉伊手里，早晚要断送她的。"

高老头嘟囔着退了出来，欧也纳不曾听清他说些什么。

第二天，拉斯蒂涅把信送往邮局。他到最后一刻还犹豫不决，但终于把信丢进邮箱，对自己说："我一定成功！"这是赌棍的口头禅，大将的口头禅，这种相信运气的话往往是致人死命而不是救人性命的。过了几天，他去看特·雷斯多太太，特·雷斯多太太不见。去了三次，三次挡驾，虽则他都候玛克辛不在的时间上门。子爵夫人料得不错。大学生不再用功念书，只上堂去应卯划到，过后便溜之大吉。多数大学生都要临到考试才用功，欧也纳把第二第三年的学程并在一起，预备到最后关头再一口气认认真真读他的法律。这样他可以有十五个月的空闲，好在巴黎的海洋中漂流，追求女人，或者捞一笔财产。

在那一星期内，他见了两次特·鲍赛昂太太，都是等特·阿瞿达侯爵的车子出门之后才去的。这位红极一时的女子，圣·日耳曼区最有诗意的人物，又得意了几天，把洛希斐特小姐和特·阿瞿达侯爵的婚事暂时搁浅。特·鲍赛昂太太深怕好景不常，在这最后几天中感情格外热烈；但就在这期间，她的祸事酝酿成熟了。特·阿瞿达侯爵跟洛希斐特家暗中同意，认为这一次的吵架与讲和大有好处，希望特·鲍赛昂太太对这头亲事思想上有个准备，终于肯把每天下午的聚首为特·阿瞿达的前程牺牲，结婚不是男人一生中必经的阶段吗？所以特·阿瞿达虽然天天海誓山盟，实在是在做戏，而子爵夫人也甘心情愿受他蒙蔽。“她不愿从窗口里庄严的跳下去，宁可在楼梯上打滚。”她的最知己的朋友特·朗日公爵夫人这样说她。这些最后的微光照耀得相当长久，使子爵夫人还能留在巴黎，给年轻的表弟效劳，—— 她对他的关切简直有点迷信，仿佛认为他能够带来好运。欧也纳对她表示非常忠心非常同情，而那是正当一个女人到处看不见怜悯和安慰的目光的时候。在这种情形之下，一个男人对女子说温柔的话，一定是别有用心。

拉斯蒂涅为了彻底看清形势，再去接近纽沁根家，想先把高老头从前的生活弄个明白。他搜集了一些确实的材料，可以归纳如下：

大革命之前，约翰-姚希姆·高里奥是一个普通的面条司务，熟练，省俭，相当有魄力，能够在东家在一七八九年第一次大暴动中遭劫以后，盘下铺子，开在于西安街，靠近麦子市场。他很识时务，居然肯当本区区长，使他的买卖得到那个危险时代一般有势力人物的保护。这种聪明是他起家的根源。就在不知是真是假的大饥荒时代，巴黎粮食贵得惊人的那一时节里，他开始发财。那时民众在面包店前面拼命，而有些人照样太太平平向杂货商买到各式上等面食。

那一年，高里奥积了一笔资本，他以后做买卖也就像一切资力雄厚的人那样，处处占着上风。他的遭遇正是一切中等才具的遭遇。他的平庸占了便宜。并且直到有钱不再危险的时代，他的财富才揭晓，所以并没引起人家的妒羡。粮食的买卖似乎把他的聪明消耗完了。只要涉及麦子，面粉，粉粒，辨别品质，来路，注意保存，推测行市，预言收成的丰歉，用低价籴进谷子，从西西里，乌克兰去买来囤积，高里奥可以说没有敌手的。看他调度生意，解释粮食的出口法，进口法，研究立法的原则，利用法令的缺点等等，他颇有国务大臣的才器。办事又耐烦又干练，有魄力有恒心，行动迅速，目光犀利如鹰，什么都占先，什么都料到，什么都知道，什么都藏得紧，算计划策如外交家，勇往直前如军人。可是一离开他的本行，一出他黑魆魆的简陋的铺子，闲下来背靠门框站在阶沿上的时候，他仍不过是一个又蠢又粗野的工人，不会用头脑，感觉不到任何精神上的乐趣，坐在戏院里会打盹，总而言之，他是巴黎的那种陶里庞人[1]，只会闹笑话。这一类的人差不多完全相像，心里都有一股极高尚的情感。面条司务的心便是给两种感情填满的，吸干的，犹如他的聪明是为了粮食买卖用尽的。他的老婆是拉·勃里地方一个富农的独养女儿，是他崇拜赞美，敬爱无边的对象。高里奥赞美她生得又娇嫩又结实，又多情又美丽，跟他男人天生的情感，不是因为能随时保护弱者而感到骄傲吗？骄傲之外再加上爱，就可了解许多古怪的精神现象。所谓爱其实就是一般坦白的人对赐予他们快乐的人表示热烈的感激。过了七年圆满的幸福生活，高里奥的老婆死了；这是高里奥的不幸，因为那时她正开始在感情以外对他有点儿影响。也许她能把这个死板的人栽培一下，教他懂得一些世道和人生。既然她早死，疼爱女儿的感情便在高里奥心中发展到荒谬的程度。死神夺去了他所爱的对象，他的爱就转移到两个女儿身上，她们开始的确满足了他所有的感情。尽管一般争着要把女儿嫁给他做填房的商人或庄稼人，提出多么优越的条件，他都不愿意续娶。他的岳父，他唯一觉得气味相投的人，很有把握的说高里奥发过誓，永远不做对不起妻子的事，哪怕在她身后。中央市场的人不了解这种高尚的痴情，拿来取笑，替高里奥起了些粗俗的诨号。有个人跟高里奥做了一笔交易，喝着酒，第一个叫出这个外号，当场给面条商一拳打在肩膀上，脑袋向前，一直翻倒在奥勃冷街一块界石旁边。高里奥没头没脑的偏疼女儿，又多情又体贴的父爱，传布得遐迩闻名，甚至有一天，一个同行想教他离开市场以便操纵行情，告诉他说但斐纳被一辆马车撞翻了。面条商立刻面无人色的

①1790年时有一著名喜剧《聋子》，主人翁叫作陶里庞，几乎受人欺骗，断送女儿的终身大事。恰好是极端的对比。

回家。他为了这场虚惊病了好几天。那造谣的人虽然并没受到凶狠的老拳，却在某次风潮中被逼破产，从此进不得市场。

两个女儿的教育，不消说是不会合理的了。富有每年六万法郎以上的进款，自己花不了一千二，高里奥的乐事只在于满足女儿们的幻想：最优秀的教师给请来培养她们高等教育应有的各种才艺；另外还有一个做伴的小姐；还算两个女儿运气，做伴的小姐是一个有头脑有品格的女子。两个女儿会骑马，有自备车辆，生活的奢华像一个有钱的老爵爷养的情妇：只要开声口，最奢侈的欲望，父亲也会满足她们，只要求女儿跟他亲热一下作为回敬。可怜的家伙，把女儿当作天使一流，当然是在他之上了。甚至她们给他的痛苦，他也喜欢。一到出嫁的年龄，她们可以随心所欲的挑选丈夫，各人可以有父亲一半的财产做陪嫁。特·雷斯多伯爵看中阿娜斯大齐生得美，她也很想当一个贵族太太，便离开父亲，跳进了高等社会。但斐纳喜欢金钱，嫁了纽沁根，一个原籍德国而在帝政时代封了男爵的银行家。高里奥依旧做他的面条商。不久，女儿女婿看他继续做那个买卖，觉得不痛快，虽然他除此以外，生命别无寄托。他们央求了五年，他才答应带着出盘铺子的钱跟五年的盈余退休。这笔资本所生的利息，便是他住进伏盖公寓的时代，伏盖太太估计到八千至一万的收入。看到女儿受着丈夫的压力，非但不招留他去住，还不愿公开在家招待他，绝望之下，他便搬进这个公寓。

受盘高老头铺子的缪莱先生供给的资料只有这一些。特·朗日公爵夫人对拉斯蒂涅说的种种猜测的话因此证实了。

这场暧昧而可怕的巴黎悲剧的序幕，在此结束。

三、初见世面

十二月第一星期的末了，拉斯蒂涅接到两封信，一封是母亲的，一封是大妹妹的。那些一望而知的笔迹使他快乐得心跳，害怕得发抖。对于他的希望，两张薄薄的纸等于一道生死攸关的判决书。想到父母姊妹的艰苦，他固然有点害怕；可是她们对他的溺爱，他太有把握了，尽可放心大胆吸取她们最后几滴血。母亲的信是这样写的：

亲爱的孩子，你要的钱我寄给你了。但望好好的使用，下次即使要救你性命，我也不能瞒了父亲再张罗这样大的数目，那要动摇我们的命根，拿田地去抵押了。我不知道计划的内容，自然无从批评；但究竟是什么性质的计划，你不敢告诉我呢？要解释，用不着写上几本书，我们为娘的只要一句话就明白，而这句话可以免得我因为无从捉摸而牵肠挂肚。告诉你，来信使我非常痛苦。好孩子，究竟是什么情绪使你引起我这样的恐怖呢？你写信的时候大概非常难受吧，因为我看信的时候就很难受。你想干哪一行呢？难道你的前途，你的幸福，就在于装出你没有的身份，花费你负担不起的本钱，浪费你宝贵的求学的光阴，去见识那个社会吗？孩子，相信你母亲吧，拐弯抹角的路决无伟大的成就。像你这种情形的青年，应当以忍耐与安命为美德。我不埋怨你，我不愿我们的贡献对你有半点儿苦味。我的话是一个又相信儿子，又有远见的母亲的话。你知道你的责任所在，我也知道你的心是纯洁的，你的用意是极好的。所以我很放心的对你说：好，亲爱的，去干吧！我战战兢兢，因为我是母亲；但你每走一步，我们的愿望和祝福总是陪你一步。谨慎小心呀，亲爱的孩子。你应当像大人一般明哲，你心爱的五个人[①]的命运都在你的肩上。是啊，我们的财富都在你身上，正如你的幸福就是我们的幸福。我们都求上帝帮助你的计划。你的姑母真是好到极点，她甚至懂得你关于手套的话。她很快活的说，她对长子特别软心。欧也纳，你应该深深的爱她，她为你所做的事，等你成功以后再告诉你，否则她的钱要使你烫手的。你们做孩子的还不知道什么叫作牺牲纪念物！可是我们哪一样不能为你牺牲呢？她要我告诉你，说她亲你的前额，希望你常常快乐。倘不是手指害痛风症，她也要写信给你呢。父亲身体很好。今年的收成超过了我们的希望。再会了，亲爱的孩子，关于你妹妹们的事，我不说了，洛尔另外有信给你。她喜欢拉拉扯扯的谈家常，我就让她来了。但求上天使你成功！噢！是的，你非成功不可，欧也纳，你使我太痛苦了，我再也受不了第二次。因为巴望能有财产给我的孩子，我才懂得贫穷的滋味。好了，再会吧。切勿杳无音信。接受你母亲的亲吻吧。

①父亲、母亲、两个妹妹、两个兄弟、一个姑母，应当是七个人。

欧也纳念完信，哭了。他想到高老头扭掉镀金盘子，卖了钱替女儿还债的情景。“你的母亲也扭掉了她的首饰，”他对自己说，“姑母卖掉纪念物的时候一定也哭了。你有什么权利诅咒阿娜斯大齐呢？她为了情人，你为了只顾自己的前程，你比她强在哪里？”大学生肚子里有些热不可当的感觉。他想放弃上流社会，不拿这笔钱。这种良心上的责备正是心胸高尚的表现，一般人批判同胞的时候不大理会这一点，唯有天上的安琪儿才会考虑到，所以人间的法官所判的罪犯，常常会得到天使的赦免。拉斯蒂涅拆开妹子的信，天真而婉转的措辞使他心里轻松了些。

亲爱的哥哥，你的信来得正好，阿迦德和我，想把我们的钱派作多少用场，简直决不定买哪样好了。你像西班牙王的仆人一样，打碎了主子的表，倒反解决了他的难题；你一句话教我们齐了心。真的，为了选择问题，我们老是在拌嘴，可做梦也想不到，原来只有一项用途真正能满足我们所有的欲望。阿迦德快活得直跳起来。我们俩乐得整天疯疯癫癫，以至于（姑母的说法）妈妈扮起一本正经的脸来问：“什么事呀，两位小姐？”如果我们因此受到一言半语的埋怨，我相信我们还要快活呢。一个女子为了所爱的人受苦才是乐事！只有我在快乐之中觉得不痛快，有点儿心事。将来我绝不是一个贤惠的女人，我太会花钱，买了两根腰带，一支穿引胸衣小孔的美丽的引针，一些无聊东西，因此我的钱没有胖子阿迦德多；她很省俭，把洋钱一块块积起来像喜鹊一样[1]。她有两百法郎！我么，可怜的朋友，我只有一百五十。我大大的遭了报应，真想把腰带扔在井里，从此我用到腰带心中就要不舒适了。唉，我揩了你的油。阿迦德真好，她说："咱们把三百五十法郎合在一块儿寄给他吧！"实际情形恕不详细奉告！我们依照你的吩咐，拿了这笔了不得的款子假装出去散步，一上大路，直奔吕番克村，把钱交给驿站站长格冷贝先生。回来我们身轻如燕。阿迦德问我："是不是因为快乐我们身体这样轻？"我们不知讲了多少话，恕不细述了。反正谈的是你巴黎佬的事。噢！好哥哥，我们真爱你！要说守秘密吧，像我们这样的调皮姑娘，据姑母说，什么都做得出来，就是守口如瓶也办得到。母亲和姑母偷偷摸摸的上安古兰末，两人对旅行的目标绝口不提，动身之前，还经过一次长时期的会议，我们和男爵大人都不准参加。在拉斯蒂涅国里，大家纷纷猜测。公主们给王后陛下所绣的小孔纱衫，极秘密的赶起来，把两条边补足了。凡端伊方面决定不砌围墙，用篱笆代替。小百姓要损失果子，再没有钉在墙上的果树，但外人可以赏玩一下园内的好风景。如果王太子需要手帕，特·玛西阿母后在多年不动的库房里，找出了一匹遗忘已久的上等荷兰细布；阿迦德和洛尔两位公主，正在打点针线和老是冻得红红的手，听候太子命令。唐·亨利和唐·迦勃里哀两位小王子还是那么淘气：狂吞葡萄酱，惹姊姊们冒火，不肯念书，喜欢掏鸟窝，吵吵嚷嚷，冒犯禁令去砍伐柳条，做枪做棒。教皇的专使，俗称为本堂教士，威吓说要驱逐他们出教，如果他们再放着神圣的文法不学而

①西方各国传说，喜鹊爱金属发光之物，乡居人家常有金属物被喜鹊衔去之事。

去舞枪弄棒。再会吧，亲爱的哥哥，我这封信表示我对你全心全意的祝福，也表示我对你的友爱得到了极大的满足。你将来回家，一定有许多事情告诉我！你什么都不会瞒我，是不是？我是大妹妹呀。姑母曾经透露一句，说你在交际场中颇为得意。

只讲起一个女子，其余便只字不提。

只字不提，当然是对我们啰！喂！欧也纳，你需要的话，我们可以省下手帕的布替你做衬衣。关于这一点，快快来信。倘若你马上要做工很好的漂亮衬衫，我们得立刻赶做；有什么我们不知道的巴黎式样，你寄个样子来，尤其袖口。再会了，再会了！我吻你的左额，那是专属于我的。另外一张信纸我留给阿迦德，她答应绝不偷看我写的。可是为保险起见，她写的时候我要在旁监视。

爱你的妹妹　洛尔·特·拉斯蒂涅

“哦！是啊，是啊，”欧也纳心里想，“无论如何非发财不可！奇珍异宝也报答不了这样的忠诚。我得把世界上所有的幸福都带给她们。”他停了一会又想：“一千五百五十法郎，每个法郎都得用在刀口上！洛尔说得不错。该死！我只有粗布衬衫。为了男人的幸福，女孩子家会像小偷一样机灵。她那么天真，为我设想却那么周到，犹如天上的安琪儿，根本不懂得尘世的罪过便宽恕了。”

于是世界是他的了！先把裁缝叫来，探过口气，居然答应赊账。见过了脱拉伊先生，拉斯蒂涅懂得裁缝对青年人的生活影响极大。为了账单，裁缝要不是一个死冤家，便是一个好朋友，总是走极端的。欧也纳所找的那个，懂得人要衣装的老话，自命为能够把青年人捧出山。后来拉斯蒂涅感激之余，在他那套巧妙的谈吐里有两句话，使那个成衣匠发了财：

“我知道有人靠了他做的两条裤子，攀了一门有两万法郎陪嫁的亲事。”

一千五百法郎现款，再加可以赊账的衣服！这么一来，南方的穷小子变得信心十足。他下楼用早餐的时候，自有一个年轻人有了几文的那种说不出的神气。钱落到一个大学生的口袋里，他马上觉得有了靠山。走路比从前有劲得多，杠杆有了着力的据点，眼神丰满，敢于正视一切，全身的动作也灵活起来；隔夜还怯生生的，挨了打不敢还手；此刻可有胆子得罪内阁总理了。他心中有了不可思议的变化：他无所不欲，无所不能，想入非非的又要这样又要那样，兴高采烈，豪爽非凡，话也多起来了。总之，从前没有羽毛的小鸟如今长了翅膀。没有钱的大学生拾取一星半点的欢娱，像一条狗冒着无穷的危险偷一根骨头，一边咬着嚼着，吮着骨髓，一边还在跑。等到小伙子袋里有了几枚不容易招留的金洋，就会把乐趣细细的体味，咀嚼，得意非凡，魂灵儿飞上半天，再不知穷苦二字怎讲。整个巴黎都是他的了。那是样样闪着金光，爆出火花的年龄！成年以后的男女哪还有这种快活劲儿！那是欠债的年龄，提心吊胆的年龄！而就因为提心吊胆，一切欢乐才格外有意思！凡是不熟悉塞纳河左岸，没有在拉丁区混过的人，根本不懂得人生！

拉斯蒂涅咬着伏盖太太家一个铜子一个的煮熟梨，心上想：“嘿！巴黎的妇女知道了，准会到这儿来向我求爱。”

这时栅门上的铃声一响，驿车公司的一个信差走进饭厅。

他找欧也纳·特·拉斯蒂涅先生，交给他两只袋和一张签字的回单。欧也纳被伏脱冷深深的瞅了一眼，好像被鞭子抽了一下。

伏脱冷对他说："那你可以去找老师学击剑打枪了。"

"金船到了。"伏盖太太瞧着钱袋说。

米旭诺小姐不敢对钱袋望，唯恐人家看出她贪心。

"你的妈妈真好。"古的太太说。

"他的妈妈真好。"波阿莱马上跟了一句。

"对啊，妈妈连血都挤出来了，"伏脱冷道，"现在你可以胡闹，可以交际，去钓一笔陪嫁，跟那些满头桃花的伯爵夫人跳舞了。可是听我的话，小朋友，靶子场非常去不可。"

伏脱冷做了一个瞄准的姿势。拉斯蒂涅想拿酒钱给信差，一个钱都掏不出来。伏脱冷拿一个法郎丢给来人。

"你的信用是不错的。"他望着大学生说。

拉斯蒂涅只得谢了他，虽然那天从鲍赛昂家回来，彼此抢白过几句以后，他非常讨厌这个家伙。在那八天之内，欧也纳和伏脱冷见了面都不作声，彼此只用冷眼观察。大学生想来想去也不明白是怎么回事。大概思想的放射，总是以孕育思想的力量为准的，头脑要把思想送到什么地方，思想便落在什么地方，准确性不下于从炮身里飞出去的弹丸，效果却各个不同。有些娇嫩的个性，思想可以钻进去损坏组织；也有些武装坚强的个性，铜墙铁壁式的头脑，旁人的意志打上去只能颓然堕下，好像炮弹射着城墙一样；还有软如棉花的个性，旁人的思想一碰到它便失掉作用，犹如炮弹落在堡垒外面的泥沟里。拉斯蒂涅的那种头脑却是装满了火药，一触即发。他朝气太旺，不能避免思想放射的作用，接触到别人的感情，不能不感染，许多古怪的现象在他不知不觉之间种在他心里。他的精神视觉像他的山猫眼睛一样明彻；每种灵敏的感官都有那种神秘的力量，能够感知遥远的思想，也具有那种反应敏捷，往返自如的弹性；我们在优秀的人物身上，善于把握敌人缺点的战士身上，就是佩服这种弹性。并且一个月以来，欧也纳所发展的优点跟缺点一样多。他的缺点是社会逼出来的，也是满足他日趋高涨的欲望所必需的。在他的优点中间，有一项是南方人的兴奋活泼，喜欢单刀直入解决困难，受不了不上不下的局面；北方人把这个优点称为缺点：他们以为这种性格如果是缪拉[①]成功的秘诀，也是他丧命的原因。由此可以得出一个结论：如果一个南方人把北方人的狡猾和洛阿河彼岸[②]的勇猛联合起来，就可成为全才，坐上瑞典的王位[③]。因此，拉斯蒂涅绝不能长久处于伏脱冷的炮火之下，而不弄清楚这家伙究竟为敌为友。他常常觉得这怪人看透他的情欲，看透他的心思，而这怪人自己却把一切藏得那么严，其深不可测正如无所不知，无所不见，而一言不发的斯芬克斯。这时欧也纳荷包里有了几文，想反抗了。伏脱冷喝完了最后几口咖啡，预备起身出去，欧也纳说：

“对不起，请你等一下。”

“干吗？”伏脱冷回答，一边戴上他的阔边大帽，提起铁手杖。平时他常常拿这根手杖在空中舞动，大有三四个强盗来攻击

①缪拉为法国南方人，拿破仑之妹婿，帝政时代名将之一，曾为拿波里王，终为奥军俘获枪决，以大胆勇猛出名。

②洛阿河彼岸事实上还不能算法国南部；巴尔扎克笔下的南方，往往范围比一般更广。

③指裴拿陶德，也是法国南方人，拿破仑部下名将。后投奔瑞典，终为瑞典国王，迄今瑞典王室犹为裴氏嫡系。

也不怕的神气。

“我要还你钱。”拉斯蒂涅说着，急急忙忙解开袋子。数出一百四十法郎给伏盖太太，说道：“账算清，朋友亲，到今年年底为止，咱们两讫了。再请兑五法郎零钱给我。”

“朋友亲，账算清。”波阿蒂瞧着伏脱冷重复了一句。

“这儿还你一法郎。”拉斯蒂涅把钱授给那个戴假头发的斯芬克斯。

“好像你就怕欠我的钱，嗯？”伏脱冷大声说着，犀利的目光直瞧到他心里；那副涎皮赖脸的挖苦人的笑容，欧也纳一向讨厌，想跟他闹了好几回了。

“嗳……是的。”大学生回答，提着两只钱袋预备上楼了。

伏脱冷正要从通到客厅的门里出去，大学生想从通到楼梯道的门里出去。

“你知道么，特·拉斯蒂涅喇么侯爵大人，你的话不大客气？”伏脱冷说着，砰的一声关上客厅的门，迎着大学生走过来。大学生冷冷的瞅着他。

拉斯蒂涅带上饭厅的门，拉着伏脱冷走到楼梯脚下。楼梯间有扇直达花园的板门，嵌着长玻璃，装着铁栅。西尔维正从厨房出来，大学生当着她的面说：

“伏脱冷先生，我不是侯爵，也不是什么拉斯蒂涅喇么。”

“他们要打架了。”米旭诺小姐不关痛痒的说。

“打架！”波阿莱跟着说。

“噢，不会的。”伏盖太太摩挲着她的一堆洋钱回答。

“他们到菩提树下去了，”维多莉小姐叫了声，站起来向窗外张望，“可怜的小伙子没有错啊。”

古的太太说：“上楼吧，亲爱的孩子，别管闲事。”

古的太太和维多莉起来走到门口，西尔维迎面拦住了去路，说道：

“什么事啊？伏脱冷先生对欧也纳先生说：咱们来评个理吧！说完抓着他的胳膊，踏着我们的朝鲜蓟走过去了。”

这时伏脱冷出现了。——“伏盖妈妈，”他笑道，“不用怕，我要到菩提树下去试试我的手枪。”

“哎呀！先生，”维多莉合着手说，“干吗你要打死欧也纳先生呢？”

伏脱冷退后两步，瞧着维多莉。

“又是一桩公案，”他那种嘲弄的声音把可怜的姑娘羞得满面通红，“这小伙子很可爱是不是？你教我想起了一个主意。好，让我来成全你们俩的幸福吧，美丽的孩子。”

古的太太抓起女孩子的胳膊，一边走一边凑在她耳边说：

“维多莉，你今儿真是莫名其妙。”

伏盖太太道：“我不愿意人家在我这里打枪，你要惊动邻居，老清早叫警察上门了！”

“哦！放心，伏盖妈妈，”伏脱冷回答，“你别慌，我们到靶子场去就是了。”说罢他追上拉斯蒂涅，亲热的抓了他的手臂：

“等会你看我三十五步之外接连五颗子弹打在黑桃A[①]的中心，你不至于泄气吧？我看你有点生气了，那你可要糊里糊涂送命的呢。”

“你不敢啦？”欧也纳说。

①黑桃为扑克牌的一种花色，A为每种花色中最大的牌。此处是指打枪的靶子。

“别惹我，”伏脱冷道，“今儿天气不冷，来这儿坐吧，”他指着几只绿漆的凳子，“行，这儿不会有人听见了。我要跟你谈谈。你是一个好小子，我不愿意伤了你。咱家鬼——（吓！该死！）咱家伏脱冷可以赌咒，我真喜欢你。为什么？我会告诉你的。现在只要你知道，我把你认识得清清楚楚，好像你是我生的一般。我可以给你证明。哎，把袋子放在这儿吧。”他指着圆桌说。

拉斯蒂涅把钱袋放在桌上，他不懂这家伙本来说要打死他，怎么又忽然装作他的保护人。

“你很想知道我是谁，干过什么事，现在又干些什么。你太好奇了，孩子。哎，不用急。我的话长呢。我倒过楣。你先听着，等会再回答。我过去的身世，倒过楣三个字儿就可以说完了。我是谁？伏脱冷。做些什么？做我爱做的事。完啦。你要知道我的性格吗？只要对我好的或是我觉得投机的人，我对他们和气得很。这种人可以百无禁忌，尽管在我小腿上踢几脚，我也不会说一声哼，当心！可是，小乖乖！那些跟我找麻烦的人，或是我觉得不对劲的，我会凶得像魔鬼。还得告诉你，我把杀人当作—— 呸 ——这样的玩意儿！”说着他唾了一道口水，“不过我的杀人杀的很得体，倘使非杀不可的话。我是你们所说的艺术家。别小看我，我念过贝凡纽多·彻里尼[①]的《回忆录》，还是念的意人利文的原作！他是一个会作乐的好汉，我跟他学会了模仿天意，所谓天意，就是不分青红皂白把我们乱杀一阵。我也学会了到处爱美。你说：单枪匹马跟所有的人作对，把他们一齐打倒，不是挺美吗？对你们这个乱七八糟的社会组织，我仔细想过。告诉你，孩

①贝凡纽多·彻里尼（1500—1571），十六世纪意大利版画家，雕塑家，以生活放浪冒险著名于世。

子，决斗是小娃娃的玩意儿，简直胡闹。两个人中间有一个多余的时候，只有傻瓜才会听凭偶然去决定。决斗吗？就像猜铜板！呃！我一口气在黑桃A的中心打进五颗子弹，一颗钉着一颗，还是在三十五步之外！有了这些小本领，总以为打中个把人是没问题的了。唉！哪知我隔开二十步打一个人竟没有中。对面那混蛋，一辈子没有拿过手枪，可是你瞧！”他说着解开背心，露出像熊背一样多毛的胸脯，生着一簇教人又恶心又害怕的黄毛，“那乳臭未干的小子竟然把我的毛烧焦了。”他把拉斯蒂涅的手指按在他乳房的一个窟窿上。“那时我还是一个孩子，像你这个年纪，二十一岁。我还相信一些东西，譬如说，相信一个女人的爱情，相信那些弄得你七荤八素的荒唐事儿。我们交起手来，你可能把我打死。假定我躺在地下了，你怎么办？得逃走啰，上瑞士去，白吃爸爸的，而爸爸也没有几文。你现在的情形，让我来点醒你；我的看法高人一等，因为我有生活经验，知道只有两条路好走：不是糊里糊涂的服从，就是反抗。我，还用说吗？我对什么都不服从。照你现在这个派头，你知道你需要什么，一百万家财，而且要快；不然的话，你尽管胡思乱想，一切都是水中捞月，白费！这一百万，我来给你吧。”他停了一下，望着欧也纳。“啊！啊！现在你对伏脱冷老头的神气好一些了。一听我那句话，你就像小姑娘听见人家说了声：晚上见，便理理毛，舐舐嘴唇，有如喝过牛奶的猫咪。这才对啦。来，来，咱们合作吧。先算算你那笔账，小朋友。家乡，咱们有爸爸，妈妈，祖姑母，两个妹妹（一个十八，一个十七），两个兄弟（一个十五，一个十岁），这是咱们的花名册。祖姑母管教两个妹妹，神甫教两个兄弟拉丁文。家里总是多喝栗子汤，少吃白面包；爸爸非常爱惜他的裤子，妈妈难得添一件冬衣和夏衣，妹妹们能将就便将就了。我什么都知道，我住过南方。要是家里每年给你一千二，田里的收入统共只有三千，那么你们的情形就是这样。咱们有一个厨娘，一个当差，面子总要顾到，爸爸还是男爵呢。至于咱们自己，咱们有野心，有鲍赛昂家撑腰，咱们拼着两条腿走去，心里想发财，袋里空空如也；嘴里吃着伏盖妈妈的起码饭菜，心里爱着圣·日耳曼区的山珍海味；睡的是破床，想的是高堂大厦！我不责备你的欲望。我的小心肝，野心不是个个人有的。你去问问娘儿们，她们追求的是怎么样的男人，还不是野心家？野心家比旁的男子腰粗臂胖，血中铁质更多，心也更热。女人强壮的时候真快乐，真好看，所以在男人中专挑有力气的爱，便是给他压坏也甘心。我一项一项举出你的欲望，好向你提出问题。问题是这样：咱们肚子饿得像狼，牙齿又尖又快，怎么办才能弄到大鱼大肉？第一要吞下《法典》，那可不是好玩的事，也学不到什么；可是这一关非过不可。好，就算过了关，咱们去当律师，预备将来在重罪法庭当一个庭长，把一些英雄好汉，肩膀上刺了T.F.[①]打发出去，好让财主们太太平平的睡觉。这可不是味儿，而且时间很长。先得在巴黎愁眉苦脸的熬两年，对咱们馋涎欲滴的美果只许看，不许碰。老想要而要不到，才磨人呢。倘若你面无血色，性格软绵绵的像条虫，那还不成问题；不幸咱们的血像狮子的一样滚烫，胃口奇好，一天可以胡闹二十次。这样你就受罪啦，受好天爷地狱里最凶的刑罚啦。就算你安分守己，只喝牛奶，做些哀伤的诗；可是熬尽了千辛万苦，憋着一肚子怨气之后，你总得，不管你怎样的胸襟高旷，先要在一个混蛋

①苦役犯肩上黥印T.F.两个字母，是苦役二字的缩写。

手下当代理检察，在什么破落的小城里：政府丢给你一千法郎薪水，好像把残羹冷饭扔给一条肉铺里的狗。你的职司是钉在小偷背后狂吠，替有钱的人辩护，把有心肝的送上断头台。你非这样不可！要没有靠山，你就在内地法院里发霉。到三十岁，你可以当一名年俸一千二的推事，倘若捧住饭碗的话。熬到四十岁，娶一个磨坊主人的女儿，带来六千上下的陪嫁。得啦，谢谢吧。要是有靠山，三十岁上你便是检察官，五千法郎薪水，娶的是区长的女儿。再玩一下卑鄙的政治手段，譬如读选举票，把自由党的玛虞哀念作保王党的维莱（既然押韵，用不着良心不安），你可以在四十岁上升做首席检察官，还能当议员。你要注意，亲爱的孩子，这么做是要咱们昧一下良心，吃二十年苦，无声无臭的受二十年难，咱们的姊妹只能当老姑娘终身。还得奉告一句：首席检察官的缺份，全法国统共只有二十个，候补的有两万，其中尽有些不要脸的，为了升官发财，不惜出卖妻儿子女。如果这一行你觉得倒胃口，那么再来瞧瞧旁的。特·拉斯蒂涅男爵有意当律师吗？噢！好极了！先得熬上十年，每月一千法郎开销，要一套藏书，一间事务所，出去应酬，卑躬屈膝的巴结诉讼代理人，才能招揽案子，到法院去吃灰。要是这一行能够使你出头，那也罢了；可是你去问一问，五十岁左右每年挣五万法郎以上的律师，巴黎有没有五个？吓！与其受这样的委屈，还不如去当海盗。再说，哪儿来的本钱？这都泄气得很。不错，还有一条出路是女人的陪嫁。哦，你愿意结婚吗？那等于把一块石头挂上自己的脖子。何况为了金钱而结婚，咱们的荣誉感，咱们的志气，又放到哪儿去？还不如现在就反抗社会！像一条蛇似的躺在女人前面，舐着丈母的脚，做出叫母猪也害臊的卑鄙事情，呸！这样要能换到幸福，倒还罢了。但这种情形之下娶来的老婆，会教你倒霉得像阴沟盖。跟自己的老婆斗还不如同男人打架。这是人生的三岔口，朋友，你挑吧。你已经挑定了，你去过表亲鲍赛昂家，嗅到了富贵气。你也去过高老头的女儿雷斯多太太家，闻到了巴黎妇女的味道。那天你回来，脸上明明白白写着几个字：往上爬！不顾一切的往上爬。我暗中叫好，心里想这倒是一个配我脾胃的汉子。你要用钱，哪儿去找呢？你抽了姊妹的血。做弟兄的多多少少全骗过姊妹的钱。你家乡多的是栗子，少的是洋钱，天知道怎么弄来的一千五百法郎，往外溜的时候跟大兵出门抢劫一样快，钱完了怎么办？用功吗？用功的结果，你现在明白了，是给波阿莱那等角色老来在伏盖妈妈家租间屋子。跟你情形相仿的四五万青年，此刻都有一个问题要解决：赶快挣一笔财产。你是其中的一个。你想：你们要怎样的拼命，怎样的斗争；势必你吞我，我吞你，像一个瓶里的许多蜘蛛，因为根本没有四五万个好缺份。你知道巴黎的人怎么打天下的？不是靠天才的光芒，就是靠腐蚀的本领。在这个人堆里，不像炮弹一般轰进去，就得像瘟疫一般钻进去。清白老实一无用处。在天才的威力之下，大家会屈服；先是恨他，毁谤他，因为他一口独吞，不肯分肥；可是他要坚持的话，大家便屈服了；总而言之，没法把你埋在土里的时候，就向你磕头。雄才大略是少有的，遍地风行的是腐化堕落。社会上多的是饭桶，而腐蚀便是饭桶的武器，你到处觉得有它的刀尖。有些男人，全部家私不过六千法郎薪水，老婆的衣着花到一万以上。收入只有一千二的小职员也会买田买地。你可以看到一些女人出卖身体，为的要跟贵族院议员的公子，坐了车到长野跑马场的中央大道上去奔驰。女儿有了五万法郎进款，可怜的脓包高老头还不得不替女儿还债，那是你亲眼目睹的。你试着瞧吧，在巴黎走两三步路要不碰到这一类的鬼玩意才怪。我敢把脑袋跟这一堆生菜打赌，你要碰到什么你中意的女人，不管是谁，不管怎样有钱，美丽，年轻，你马上掉在黄蜂窝里。她们受着法律束缚，什么事都得跟丈夫明争暗斗。为了情人，衣着，孩子，家里的开销，虚荣，所玩的手段，简直说不完，反正不是为了高尚的动机。所以正人君子是大众的公敌。你知道什么叫作正人君子吗？在巴黎，正人君子是不声不响，不愿分赃的人。至于那批可怜的公共奴隶，到处做苦工而没有报酬的，还没有包括在内；我管他们叫作相信上帝的傻瓜。当然这是德行的最高峰，愚不可及的好榜样，同时也是苦海。倘若上帝开个玩笑，在最后审判时缺席一下，那些好人包你都要愁眉苦脸！因此，你要想快快发财，必须现在已经有钱，或者装作有钱。要弄大钱，就该大刀阔斧的干，要不就完事大吉。三百六十行中，倘使有十几个人成功得快，大家便管他们叫作贼。你自己去找结论吧。人生就是这么回事。跟厨房一样腥臭。要捞油水不能怕弄脏手，只消事后洗干净：今日所谓道德，不过是这一点。我这样议论社会是有权利的，因为我认识社会。你以为我责备社会吗？绝对不是。世界一向是这样的。道德家永远改变不了它。人是不完全的，不过他的作假有时多有时少，一般傻子便跟着说风俗淳朴了，或是浇薄了。我并不帮平民骂富翁：上中下三等的人都是一样的人。这些高等野兽，每一百万中间总有十来个狠家伙，高高的坐在一切之上，甚至坐在法律之上，我便是其中之一。你要有种，你就扬着脸一直线往前冲。可是你得跟妒忌，毁谤，庸俗斗争，跟所有的人斗争。拿破仑碰到一个叫作奥勃里的陆军部长，差一点送他往殖民地[1]。你自己忖一忖吧！看你是否能每天早上起来，比隔夜更有勇气。倘然是的话，我可以给你提出一个谁也不会拒绝的计划。喂，你听着。我有个主意在这儿。我想过一种长老生活，在美国南部弄一大块田地，就算十万阿尔邦吧[2]。我要在那边种植，买奴隶，靠了卖牛，卖烟草，卖林木的生意挣他几百万，把日子过得像小皇帝一样；那样随心所欲的生活，蹲在这儿破窑里的人连做梦也做不到的。我是一个大诗人。我的诗不是写下来的，而是在行动和感情上表现的。此刻我有五万法郎，只够买四十名黑人。我需要二十万法郎，因为我要两百个黑人，才能满足我长老生活的瘾。黑人，你懂不懂？那是一些自生自发的孩子，你爱把他们怎办就怎办，绝没有一个好奇的检察官来过问。有了这笔黑资本，十年之内可以挣到三四百万。我要成功了，就没有人盘问我出身。我就是四百万先生，合众国公民。那时我才五十岁，不至于发霉，我爱怎么玩儿就怎么玩儿。总而言之，倘若我替你弄到一百万陪嫁，你肯不肯给我二十万？两成佣金，不算太多吧？你可以教小媳妇儿爱你。一朝结了婚，你得表示不安，懊恼，半个月工夫装作闷闷不乐。然后，某一天夜里，先来一番装腔作势，再在两次亲吻之间，对你老婆说出有二十万的债，当然那时要把她叫作心肝宝贝啰！这种戏文天天都有一批最优秀的青年在搬演。一个少女把心给了你，还怕不肯打开钱袋吗？你以为你损失了吗？不。一桩买卖就能把二十万捞回来。凭你的资本，凭你的头脑，挣

①1794年的拿破仑被国防委员会委员奥勃里解除意大利方面军的炮兵指挥。

②阿尔邦为古量度名，约等于三十至五十一亩，因地域而异。每亩合一百平方公尺。

多大的家财都不成问题。于是乎[1]，你在六个月中间造成了你的幸福，造成了一个小娇娘的幸福，还有伏脱冷老头的幸福，还有你父母姊妹的幸福，他们此刻不是缺少木柴，手指冻得发疼吗？我的提议跟条件，你不用大惊小怪！巴黎六十件美满的婚姻，总有四十七件是这一类的交易。公证人公会曾经强逼某先生……”

“要我怎么办呢？”拉斯蒂涅急不可待的打断了伏脱冷的话。

“噢，用不着你多费心的，”伏脱冷回答的时候，那种高兴好比一个渔翁觉得鱼儿上了钩，“你听我说！凡是可怜的，遭难的女子，她的心等于一块极需要爱情的海绵，只消一滴感情，立刻膨胀。追求一个孤独，绝望，贫穷，想不到将来有大家私的姑娘，呃！那简直是拿了一手同花顺子，或是知道了头奖的号码去买奖券，或是得了消息去做公债。你的亲事就像在三和土上打了根基。一朝有几百万家财落在那姑娘头上，她会当作泥土一般扔在你脚下，说道：‘拿吧，我的心肝！拿吧，阿陶夫！阿弗莱！拿吧，欧也纳！’只消阿陶夫，阿弗莱，或者欧也纳有那聪明的头脑肯为她牺牲。所谓牺牲，不过是卖掉一套旧衣服，换几个钱一同上蓝钟饭铺吃一顿香菌包子；晚上再到滑稽剧院看一场戏；或者把表送往当铺，买一条披肩送她。那些爱情的小玩意儿，无须跟你细说；多少女人都喜欢那一套，譬如写情书的时候，在信笺上洒几滴水冒充眼泪等等：我看你似乎完全懂得调情的把戏。你瞧，巴黎仿佛新大陆上的森林，有无数的野蛮民族在活动，什么伊林诺人，许龙人，都在社会上靠打猎过活。你是个追求百万家财的猎

①原文是拉丁文，旧时逻辑学及修辞学中的套头语，表示伏脱冷也念过书。

人，得用陷阱，用鸟笛，用哨子去猎取。打猎的种类很多：有的猎取陪嫁；有的猎取破产后的清算[①]；有的出卖良心，有的出卖无法抵抗的定户[②]。凡是满载而归的人都被敬重，庆贺，受上流社会招待。说句公平话，巴黎的确是世界上最好客的城市。如果欧洲各大京城高傲的贵族，不许一个声名狼藉的百万富翁跟他们称兄道弟，巴黎自会对他张开臂抱，赴他的宴会，吃他的饭，跟他碰杯，祝贺他的丑事。”

“可是哪儿去找这样一个姑娘呢？”欧也纳问。

“就在眼前，听你摆布！”

“维多莉小姐吗？”

“对啦！”

“怎么？”

“她已经爱上你了，你那个特·拉斯蒂涅男爵夫人！”

“她一个子儿都没有呢。”欧也纳很诧异的说。

“噢！这个吗？再补上两句，事情就明白了。泰伊番老头在大革命时代暗杀过他的一个朋友；他是跟咱们一派的好汉，思想独往独来。他是银行家，弗莱特烈-泰伊番公司的大股东；他想把全部家产传给独养儿子，把维多莉一脚踢开。咱家我，可不喜欢这种不平事儿。我好似堂·吉诃德，专爱锄强扶弱。如果上帝的意志要召回他的儿子，泰伊番自会承认女儿；他好歹总要一个继承人，这又是人类天生的傻脾气；可是他不能再生孩子，我知道。维多莉温柔可爱，很快会把老子哄得回心转意，用感情弄得他团团转，像个德国陀螺似的。你对她的爱情，她感激万分，绝不会忘

①资本主义社会中有的商人是靠倒闭清算而发财的。

②出卖良心是指受贿赂的选举，出卖定户指报馆老板出让报纸。

掉，她会嫁给你。我么，我来替天行道，教上帝发愿。我有个生死之交的朋友，洛阿军团[①]的上校，最近调进王家卫队。他听了我的话加入极端派的保王党：他才不是固执成见的糊涂蛋呢。顺便得忠告你一句，好朋友，你不能拿自己的话当真，也不能拿自己的主张当真。有人要收买你的主张，不妨出卖。一个自命为从不改变主张的人，是一个永远走直线的人，相信自己永远正确的大傻瓜。世界上没有原则，只有事故；没有法律，只有时势；高明的人同事故跟时势打成一片，任意支配。倘若真有什么固定的原则跟法律，大家也不能随时更换，像咱们换衬衫一样容易了。一个人用不着比整个民族更智慧。替法国出力最少的倒是受人膜拜的偶像，因为他老走激进的路；其实这等人至多只能放在博物院中跟机器一块儿，挂上一条标签，叫他做拉斐德[②]，至于被每个人丢石子的那位亲王，根本瞧不起人类，所以人家要他发多少誓便发多少誓；他却在维也纳会议中使法国免于瓜分；他替人挣了王冠，人家却把污泥丢在他脸上[③]。噢！什么事的底细我都明白；人家的秘密我知道的才多呢！不用多说了。只消有一天能碰到三个人对一条原则的运用意见一致，我就佩服，我马上可以采取一个坚决的主张；可是不知何年何月才有这么一天呢！对同一条法律的解释，法庭上就没有三个推事意见相同。言归正传，说我那个朋友吧。只消我开声口，他会把耶稣基督重新钉上十字架。凭我伏脱冷老头一句话，他会跟那个小子寻事，他—— 对可怜的妹

①滑铁卢一仗以后，拿破仑的一部分军队改编为洛阿军团。

②拉斐德一生并无重大贡献而声名不衰，政制屡更，仍无影响。

③指泰勒朗，在拿破仑时代以功封为亲王，王政时代仍居显职，可谓三朝元老。路易十八能复辟，泰勒朗在幕后出了很大的力量。

子连一个子儿都不给，哼！——……然后……”

伏脱冷站起身子，摆着姿势，好似一个剑术教师准备开步的功架：

“然后，请他回老家！”

“怕死人了！”欧也纳道，“你是开玩笑吧，伏脱冷先生？”

“呦！呦！呦！别紧张。”他回答，“别那么孩子气，你要是愿意，尽管去生气，去冒火！说我恶棍，坏蛋，无赖，强盗，都行，只别叫我骗子，也别叫我奸细！来吧，开口吧，把你的连珠炮放出来吧！我原谅你，在你的年纪上那是挺自然的！我就是过来人！不过得仔细想一想。也许有一天你干的事比这个更要不得，你会去拍漂亮女人的马屁，接受她的钱。你已经在这么想了。因为你要不在爱情上预支，你的梦想怎么能成功？亲爱的大学生，德行是不可分割的，是则是，非则非，一点没有含糊。有人说罪过可以补赎，可以用忏悔来抵销！哼，笑话！为要爬到社会上的某一级而去勾引一个女人，离间一家的弟兄，总之为了个人的快活和利益，明里暗里所干的一切卑鄙勾当，你以为合乎信仰，希望，慈悲三大原则吗？一个纨绔子弟引诱未成年的孩子一夜之间丢了一半家产，凭什么只判两个月徒刑？一个可怜的穷鬼在加重刑罚的情节[1]中偷了一千法郎，凭什么就判终身苦役？这是你们的法律。没有一条不荒谬。戴了黄手套说漂亮话的人物，杀人不见血，永远躲在背后；普通的杀人犯却在黑夜里用铁棍撬门进去，那明明是犯了加重刑罚的条款了。我现在向你提议的，跟你将来所要做的，差别只在于见血不见血。你还相信世界上真有什么固定不变的

①加重刑罚的情节为法律术语，例如手持武器，夜入人家，在刑事上即为加重刑罚的情节。

东西！嗳！千万别把人放在眼里，倒应该研究一下法网上哪儿有漏洞。只要不是彰明较著发的大财，骨子里都是大家遗忘了的罪案，只是案子做得干净罢了。”

“别说了，先生，我不能再听下去，你要教我对自己都怀疑了，这时我只能听感情指导。”

“随你吧，孩子。我只道你是个硬汉；我再不跟你说什么了。不过，最后交代你一句，”他目不转睛的瞪着大学生，“我的秘密交给你了。”

“不接受你计划，当然会忘掉的。”

“说得好，我听了很高兴。不是么，换了别人，就不会这么谨慎体贴了。别忘了我这番心意。等你半个月，要就办，不就算了。”

眼看伏脱冷挟着手杖，若无其事的走了，拉斯蒂涅不禁想道：“好一个死心眼儿的家伙！特·鲍赛昂太太文文雅雅对我说的，他赤裸裸的说了出来。他拿钢铁般的利爪把我的心撕得粉碎。干吗我要上特·纽沁根太太家去？我刚转好念头，他就猜着了。关于德行，这强盗坯三言两语告诉我的，远过于多少人物多少书本所说的。如果德行不允许妥协，我岂不是偷盗了我的妹妹？”

他把钱袋往桌上一扔，坐下来胡思乱想。

“忠于德行，就是做一个伟大的殉道者！呵！个个人相信德行，可是谁是有德行的？民众崇拜自由，可是自由的人民在哪儿？我的青春还像明净无云的蓝天，可是巴望富贵，不就是决定扯谎，屈膝，在地下爬，逢迎吹拍，处处作假吗？不就是甘心情愿听那般扯过谎，屈过膝，在地下爬过的人使唤吗？要加入他们的帮口，先得侍候他们。呸！那不行。我要规规矩矩，清清白白的用功，夜以继日的用功，凭劳力来挣我的财产。这是求富贵最慢的路，但我每天可以问心无愧的上床。白璧无瑕，像百合一样的纯洁，将来回顾一生的时候，岂不挺美？我跟人生，还像一个青年和他的未婚妻一样新鲜，伏脱冷却教我看到婚后十年的情景。该死！我越想越糊涂了。还是什么都不去想，听凭我的感情指导吧。”

胖子西尔维的声音赶走了欧也纳的幻想，她报告说裁缝来了。他拿了两口钱袋站在裁缝前面，觉得这个场面倒不讨厌。试过夜礼服，又试一下白天穿的新装，他马上变了一个人。

他心上想：“还怕比不上特·脱拉伊？还不是样一的绅士气派？”

“先生，”高老头走进欧也纳的屋子说，“你可是问我特·纽沁根太太上哪些地方应酬吗？”

“是啊。”

“下星期一，她要参加特·加里里阿诺元帅的跳舞会。要是你能够去，请你回来告诉我，她们姊妹俩是不是玩得痛快，穿些什么衣衫，总之，你要样样说给我听。”

“你怎么知道的？”欧也纳让他坐在火炉旁边问他。

“她的老妈子告诉我的。从丹兰士和公斯当斯[1]那边，我打听出她们的一举一动。”他像一个年轻的情人因为探明了情妇的行踪，对自己的手段非常得意。“你可以看到她们了，你！”他的艳羡与痛苦都天真的表现了出来。

“还不知道呢，”欧也纳回答，“我要去见特·鲍赛昂太太，

---

①丹兰士是特·纽沁根太太的女佣人，公斯当斯是特·雷斯多太太的女佣人。

问她能不能把我介绍给元帅夫人。”

欧也纳想到以后能够穿着新装上子爵夫人家，不由得暗中欢喜。伦理学家所谓人心的深渊，无非指一些自欺欺人的思想，不知不觉只顾自己利益的念头。那些突然的变化，来一套仁义道德的高调，又突然回到老路上去，都是迎合我们求快乐的愿望的。眼看自己穿扮齐整，手套靴子样样合格之后，拉斯蒂涅又忘了敦品励学的决心。青年人陷于不义的时候，不敢对良心的镜子照一照；成年人却不怕正视；人生两个阶段的不同完全在于这一点。

几天以来，欧也纳和高老头这对邻居成了好朋友。他们心照不宣的友谊，伏脱冷和大学生的不投机，其实都出于同样的心理。将来倘有什么大胆的哲学家，想肯定我们的感情对物质世界的影响，一定能在人与动物的关系中找到不少确实的例子，证明感情并不是抽象的。譬如说，看相的人推测一个人的性格，绝不能一望而知，像狗知道一个陌生人对它的爱憎那么快。有些无聊的人想淘汰古老的字眼，可是物以类聚这句成语始终挂在每个人的嘴边。受到人家的爱，我们是感觉到的。感情在无论什么东西上面都能留下痕迹，并且能穿越空间。一封信代表一颗灵魂，等于口语的忠实的回声，所以敏感的人把信当作爱情的至宝。高老头的盲目的感情，已经把他像狗一样的本能发展到出神入化，自然能体会大学生对他的同情，钦佩和好意。可是初期的友谊还没有到推心置腹的阶段。欧也纳以前固然表示要见特·纽沁根太太，却并不想托老人介绍，而仅仅希望高里奥漏出一点儿口风给他利用。高老头也直到欧也纳访问了阿娜斯大齐和特·鲍赛昂太太回来，当众说了那番话，才和欧也纳提起女儿。他说：

"亲爱的先生，你怎么能以为说出了我的名字，特·雷斯多太太便生你的气呢？两个女儿都很孝顺，我是个幸福的父亲。只是两个女婿对我不好。我不愿意为了跟女婿不和，教两个好孩子伤心；我宁可暗地里看她们。这种偷偷摸摸的快乐，不是那些随时可以看到女儿的父亲所能了解的。我不能那么办，你懂不懂？所以碰到好天气，先问过老妈子女儿是否出门，我上天野大道去等。车子来的时候，我的心跳起来；看她们穿扮那么漂亮，我多高兴。她们顺便对我笑一笑，噢！那就像天上照下一道美丽的阳光，把世界镀了金。我待在那儿，她们还要回来呢。是呀，我又看见她们了！呼吸过新鲜空气，脸蛋儿红红的。周围的人说：'哦！多漂亮的女人！'我听了多开心。那不是我的亲骨血吗？我喜欢替她们拉车的马，我愿意做她们膝上的小狗。她们快乐，我才觉得活得有意思。各有各的爱的方式，我那种爱又不妨碍谁，干吗人家要管我的事？我有我享福的办法。晚上去看女儿出门上跳舞会，难道犯法吗？要是去晚了，知道'太太已经走了'，那我才伤心死呢！有一晚我等到清早三点，才看到两天没有见面的娜齐。我快活得几乎晕过去！我求你，以后提到我，一定得说我女儿孝顺。她们要送我各式各样的礼物，我把她们拦住了，我说：'不用破费呀！我要那些礼物干什么？我一样都不缺少。'真的，亲爱的先生，我是什么东西？不过是一个臭皮囊罢了，只是一颗心老跟着女儿。"

那时欧也纳想出门先上蒂勒黎公园遛遛，然后到了时间去拜访特·鲍赛昂太太。高老头停了一会又说："将来你见过了特·纽沁根太太，告诉我你在两个之中更喜欢哪一个。"

这次的散步，是欧也纳一生的关键。有些女人注意到他了：

他那么美，那么年轻，那么体面，那么风雅！一看到自己成为路人赞美的目标，立刻忘了被他罗掘一空的姑母姊妹，也忘了良心的指责。他看见头上飞过那个极像天使的魔鬼，五色翅膀的撒旦，一路撒着红宝石，把黄金的箭射在宫殿前面，把女人们穿得大红大紫，把简陋的王座蒙上恶俗的光彩；他听着那个虚荣的魔鬼唠叨，把虚幻的光彩认为权势的象征。伏脱冷的议论尽管那样的玩世不恭，已经深深的种在他心头，好比处女的记忆中有个媒婆的影子，对她说过："黄金和爱情，滔滔不尽！"

懒洋洋的溜达到五点左右，欧也纳去见特·鲍赛昂太太，不料碰了个钉子，青年人无法抵抗的那种钉子。至此为止，他觉得子爵夫人非常客气，非常殷勤；那是贵族教育的表现，不一定有什么真情实意的。他一进门，特·鲍赛昂太太便做了一个不高兴的姿势，冷冷的说：

"特·拉斯蒂涅先生，我不能招待你，至少在这个时候！我忙得很……"

对于一个能察言观色的人，而拉斯蒂涅已经很快的学会了这一套，这句话，这个姿势，这副眼光，这种音调，原原本本说明了贵族阶级的特性和习惯；他在丝绒手套下面瞧见了铁掌，在仪态万方之下瞧见了本性和自私，在油漆之下发现了木料。总之他听见了从王上到末等贵族一贯的口气：*我是王*。以前欧也纳把她的话过于当真，过于相信她的心胸宽大。不幸的人只道恩人与受恩的人是盟友，以为一切伟大的心灵完全平等。殊不知使恩人与受恩的人同心一体的那种慈悲，是跟真正的爱情同样绝无仅有，同样不受了解的天国的热情。两者都是优美的心灵慷慨豪爽的表现。拉斯蒂涅一心想踏进特·加里里阿诺公爵夫人的舞会，也就忍受了表姊的脾气。

“太太，”他声音颤巍巍的说，“没有要紧事儿，我也不敢来惊动你，你包涵点儿吧，我回头再来。”

“行，那么你来吃饭吧。”她对刚才的严厉有点不好意思了；因为这位太太的好心的确不下于她的高贵。

虽则突然之间的转圜使欧也纳很感动，他临走仍不免有番感慨：“爬就是了，什么都得忍受。连心地最好的女子一刹那间也会忘掉友谊的诺言，把你当破靴似的扔掉，旁的女人还用说吗？各人自扫门前雪，想不到竟是如此！不错，她的家不是铺子，我不该有求于她。真得像伏脱冷所说的，像一颗炮弹似的轰进去！”

想到要在子爵夫人家吃饭的快乐，大学生的牢骚不久也就没有了。就是这样，好似命中注定似的，他生活中一切琐琐碎碎的事故，都逼他如伏脱冷所说的，在战场上为了不被人杀而不得不杀人，为了不受人骗而不得不骗人，把感情与良心统统丢开，戴上假面具，冷酷无情的玩弄人，神不知鬼不觉的去猎取富贵。

他回到子爵夫人家，发现她满面春风，又是向来的态度了。两人走进饭厅，子爵早已等在那儿。大家知道，王政时代是饮食最奢侈的时代。特·鲍赛昂先生什么都玩腻了，除了讲究吃喝以外，再没有旁的嗜好；他在这方面跟路易十八和台斯加公爵①是同道。他饭桌上的奢侈是外表和内容并重的。欧也纳还是第一遭在世代簪缨之家用餐，没有见识过这等场面。舞会结束时的宵夜餐在帝政时代非常时行，军人们非饱餐一顿，养足精神，应付不

①台斯加公爵生于1747，1774年为宫中掌膳大臣。路易十八复辟后，仍任原职，以善于烹调著名。相传某次与王共同进膳后以不消化病卒。路易十八闻讯，自诩“胃力比那个可怜的台斯加强多了”。

了国内国外的斗争。当时的风气把这种宵夜餐取消了。欧也纳过去只参加过舞会。幸亏他态度持重，—— 将来他在这一点上很出名的，而那时已经开始有些气度，—— 并没显得大惊小怪。可是眼见镂刻精工的银器，席面上那些说不尽的讲究，第一次领教到毫无声响的侍应：一个富于想象的人怎么能不羡慕无时无刻不高雅的生活，而不厌弃他早上所想的那种清苦生涯呢！他忽然想到公寓的情形，觉得厌恶之极，发誓正月里非搬家不可：一则换一所干净的屋子，一则躲开伏脱冷，免得精神上受他的威胁。头脑清楚的人真要问，巴黎既有成千成万，有声无声的伤风败俗之事，怎么国家会如此糊涂，把学校放在这个城里，让青年人聚集在一起？怎么美丽的妇女还会受到尊重？怎么兑换商堆在铺面上的黄金不至于从木钟[1]里不翼而飞？再拿青年人很少犯罪的情形来看，那些耐心的饥荒病者拼命压止馋痨的苦功，更令人佩服了！穷苦的大学生跟巴黎的斗争，好好描写下来，便是现代文明最悲壮的题材。

特·鲍赛昂太太瞅着欧也纳逗他说话，他却始终不肯在子爵面前开一声口。

“你今晚陪我上意大利剧院去吗？”子爵夫人问她的丈夫。

“能够奉陪在我当然是桩快乐的事，”子爵的回答殷勤之中带点儿俏皮，欧也纳根本没有发觉，“可惜我要到多艺剧院去会朋友。”

“他的情妇啰。”她心里想。

---

①木钟为当时兑换商堆放金币之器物，有如吾国旧时之钱板。

"阿瞿达今晚不来陪你吗?"子爵问。

"不。"她回答的神气不大高兴。

"嗳,你一定要人陪的话,不是有拉斯蒂涅先生在这里吗?"

子爵夫人笑盈盈的望着欧也纳,说道:"对你可不大方便吧?"

"夏多勃里昂先生说过:法国人喜欢冒险,因为冒险之中有光荣。"欧也纳弯了弯身子回答。

过了一会,欧也纳坐在特·鲍赛昂太太旁边,给一辆飞快的轿车送往那个时髦剧院。他走进一个正面的包厢,和子爵夫人同时成为无数手眼镜的目标,子爵夫人的装束美艳无比。欧也纳几乎以为进了神仙世界,再加销魂荡魄之事接踵而至。

子爵夫人问道:"你不是有话跟我说吗?呦!你瞧,特·纽沁根太太就离我们三个包厢。她的姊姊同特·脱拉伊先生在另外一边。"

子爵夫人说着对洛希斐特小姐的包厢瞟了一眼,看见特·阿瞿达先生并没在座,顿时容光焕发。

"她可爱得很。"欧也纳瞧了瞧特·纽沁根太太。

"她的眼睫毛黄得发白。"

"不错,可是多美丽的细腰身!"

"手很大。"

"噢!眼睛美极了!"

"脸太长。"

"长有长的漂亮。"

"真的吗?那是她运气了。你瞧她手眼镜举起放下的姿势!

每个动作都脱不了高里奥气息。”子爵夫人这些话使欧也纳大为诧异。

特·鲍赛昂太太擎着手眼镜照来照去，似乎并没注意特·纽沁根太太，其实是把每个举动瞧在眼里。剧院里都是漂亮人物。可是特·鲍赛昂太太的年轻，俊俏，风流的表弟，只注意但斐纳·特·纽沁根一个，叫但斐纳看了着实得意。

“先生，你对她尽瞧下去，要给人家笑话了。这样不顾一切的死盯人是不会成功的。

“亲爱的表姊，我已经屡次承蒙你照应，倘使你愿意成全我的话，只请你给我一次惠而不费的帮助。我已经入迷了。”

“这么快？”

“是的。”

“就是这一个吗？”

“还有什么旁的地方可以施展我的抱负呢？”他对表姊深深的望了一眼，停了一会又道：“特·加里里阿诺公爵夫人跟特·裴里夫人很要好。你见到她的时候，请你把我介绍给她，带我去赴她下星期一的跳舞会。我可以在那儿碰到特·纽沁根太太，试试我的本领。”

“好吧，既然你已经看中她，你的爱情一定顺利。瞧，特·玛赛在特·迦拉蒂沃纳公主的包厢里。特·纽沁根太太在受罪啦，她气死啦。要接近一个女人，尤其银行家的太太，再没比这个更好的机会了。唐打区的妇女都是喜欢报复的。”

“你碰到这情形又怎么办？”

“我么，我就不声不响的受苦。”

这时特·阿瞿达侯爵走进特·鲍赛昂太太的包厢。

他说："因为要来看你，我把事情都弄糟啦，我先提一声，免得我白白牺牲。"

欧也纳觉得子爵夫人脸上的光辉是真爱情的表示，不能同巴黎式的调情打趣，装腔作势混为一谈。他对表姊钦佩之下，不说话了，叹了口气把座位让给阿瞿达，心里想："一个女人爱到这个地步，真是多高尚，多了不起！这家伙为了一个玩具式的娃娃把她丢了，真教人想不通。"他像小孩子一样气愤之极，很想在特·鲍赛昂太太脚下打滚，恨不得有魔鬼般的力量把她抢到自己心坎里，像一只鹰在平原上把一头还没断奶的小白山羊抓到窝里去。在这个粉白黛绿的博物院中没有一幅属于他的画，没有一个属于他的情妇，他觉得很委屈。他想："有一个情妇等于有了王侯的地位，有了权势的标识！"他望着特·纽沁根太太，活像一个受了侮辱的男子瞪着敌人。子爵夫人回头使了个眼色，对他的知情识趣表示不胜感激。台上第一幕刚演完。

她问阿瞿达："你和特·纽沁根太太相熟，可以把拉斯蒂涅先生介绍给她吗？"

侯爵对欧也纳说："哦，她一定很高兴见见你的。"

漂亮的葡萄牙人起身挽着大学生的手臂，一眨眼便到了特·纽沁根太太旁边。

"男爵夫人，"侯爵说道，"我很荣幸能够给你介绍这位欧也纳·特·拉斯蒂涅骑士，特·鲍赛昂太太的表弟。他对你印象非常深刻，我有心成全他，让他近前来瞻仰瞻仰他的偶像。"

这些话多少带点打趣和唐突的口吻，可是经过一番巧妙的掩饰，永远不会使一个女人讨厌。特·纽沁根太太微微一笑，把丈夫刚走开而留下的座位让欧也纳坐了。

她说：“我不敢请你留在这儿，一个人有福分跟特·鲍赛昂太太在一起，是不肯走开的。”

“可是，太太，”欧也纳低声回答，“如果我要讨表姊的欢心，恐怕就该留在你身边。”他又提高嗓子，“侯爵来到之前，我们正谈着你，谈着你大方高雅的风度。”

特·阿瞿达先生抽身告辞了。

“真的，先生，你留在我这儿吗？”男爵夫人说，“那我们可以相熟了，家姊和我提过你，真是久仰得很！”

“那么她真会作假，她早已把我挡驾了。”

“怎么呢？”

“太太，我应当把原因告诉你；不过要说出这样一桩秘密，先得求你包涵。我是令尊大人的邻居，当初不知道特·雷斯多太太是他的女儿。我无意中，冒冒失失提了一句，把令姊和令姊夫得罪了。你真想不到，特·朗日公爵夫人和我的表姊，认为这种背弃父亲的行为多么不合体统。我告诉她们经过情形，她们笑坏了。特·鲍赛昂太太把你同令姊做比较，说了你许多好话，说你待高里奥先生十分孝顺。真是，你怎么能不孝顺他呢？他那样的疼你，叫我看了忌妒。今儿早上我和令尊大人谈了你两小时。刚才陪表姊吃饭的时候，我脑子里还装满了令尊的那番话，我对表姊说：‘我不相信你的美貌能够跟你的好心相比’大概看到我对你这样仰慕，特·鲍赛昂太太才特意带我上这儿来，以她那种惯有的殷勤对我说，我可以有机会碰到你。”

“先生，”银行家太太说，“承你的情，我感激得很。不久我们就能成为老朋友了。”

“你说的友谊固然不是泛泛之交，我可永远不愿意做你的朋友。”

初出茅庐的人这套印版式的话，女人听了总很舒服，唯有冷静的头脑才会觉得这话空洞贫乏。一个青年人的举动，音调，目光，使那些废话变得有声有色。特·纽沁根太太觉得拉斯蒂涅风流潇洒。她像所有的女子一样，没法回答大学生那些单刀直入的话，扯到旁的事情上去了。

“是的，姊姊对可怜的父亲很不好。他却是像上帝一样的疼我们。特·纽沁根先生只许我在白天接待父亲，我没有法儿才让步的。可是我为此难过了多少时候，哭了多少回。除了平时虐待之外，这种霸道也是破坏我们夫妇生活的一个原因。旁人看我是巴黎最幸福的女子，实际却是最痛苦的。我对你说这些话，你一定以为我疯了。可是你认识我父亲，不能算外人了。”

“噢！”欧也纳回答，“像我这样愿意把身心一齐捧给你的人，你永远不会碰到第二个。你不是要求幸福么？”他用那种直扣心弦的声音说。“啊！如果女人的幸福是要有人爱，有人疼；有一个知己可以诉说心中的欲望，梦想，悲哀，喜悦；把自己的心，把可爱的缺点和美妙的优点一齐显露出来，不怕被人拿去利用；那么请相信我，这颗赤诚的心只能在一个年轻的男子身上找到，因为他有无穷的幻想，只消你有一点儿暗示，他便为你赴汤蹈火；他还不知道天高地厚，也不想知道，因为你便是他整个的世界。我啊，请不要笑我幼稚，我刚从偏僻的内地来，不懂世故，只认识一般心灵优美的人；我没有想到什么爱情。承我的表姊瞧得起，把我看作心腹；从她那儿我才体会到热情的宝贵；既然没有一个女人好让我献身，我就像希吕彭[1]一样爱慕所有的女人。可是我刚才进来一看见你，便像触电似的被你吸住了。我想你已经想了好久！可做梦也想不到你会这样的美。特·鲍赛昂太太叫我别尽瞧着你，她可不知道你美丽的红唇，洁白的皮色，温柔的眼睛，叫人没有法子不看。你瞧，我也对你说了许多疯话，可是请你让我说吧。”

女人最喜欢这些絮絮叨叨的甜言蜜语，连最古板的妇女也会听进去，即使她们不应该回答。这么一开场，拉斯蒂涅又放低声音，说了一大堆体己话；特·纽沁根太太的笑容明明在鼓励他。她不时对特·迦拉蒂沃纳公主包厢里的特·玛赛瞟上一眼。拉斯蒂涅陪着特·纽沁根太太，直到她丈夫来找她回去的时候。

“太太，”欧也纳说，“在特·加里里阿诺公爵夫人的舞会之前，我希望能够去拜访你。”

“既然内人请了你，她一定欢迎你的。”特·纽沁根男爵说。一看这个臃肿的亚尔萨斯人的大圆脸，你就知道他是个老奸巨猾。

特·鲍赛昂太太站起来预备和阿瞿达一同走了。欧也纳一边过去作别，一边想：“事情进行得不错，我对她说‘你能不能爱我？’她并不怎么吃惊。缰绳已经扣好，只要跳上去就行了。”他不知道男爵夫人根本心不在焉，正在等特·玛赛的一封信，一封令人心碎的决裂的信。欧也纳误会了这意思，以为自己得手了，满心欢喜，陪子爵夫人走到戏院外边的廊下，大家都在那儿等车。

欧也纳走后，阿瞿达对子爵夫人笑着说：“你的表弟简直换

①十八世纪博马舍的喜剧《费加罗的婚礼》中的人物，年少风流，善于钟情。

了一个人。他要冲进银行去了。看他像鳗鱼一般灵活，我相信他会抖起来的。也只有你会教他挑中一个正需要安慰的女人。”

“可是，”特·鲍赛昂太太回答，“先得知道她还爱不爱丢掉她的那一个。”

欧也纳从意大利剧院走回圣·日内维新街，一路打着如意算盘。他刚才发现特·雷斯多太太注意他，不管他在子爵夫人的包厢里，还是在特·纽沁根太太包厢里，他料定从此那位伯爵夫人不会再把他挡驾了。他也预算一定能够讨元帅夫人喜欢，这样他在巴黎高等社会的中心就有了四个大户人家好来往。他已经懂得，虽然还不知道用什么方法，在这个复杂的名利场中，必须抓住一个机钮，才能高高在上的控制机器；而他自问的确有教轮子搁浅的力量。“倘若特·纽沁根太太对我有意，我会教她怎样控制她的丈夫。那家伙是做银钱生意的，可以帮我一下子发一笔大财。”这些念头，他并没想得这样露骨，他还不够老练，不能把局势看清，估计，细细的筹划；他的主意只像轻云一般在天空飘荡，虽没有伏脱冷的计划狠毒，可是放在良心的坩锅内熔化之下，也未必能提出多少纯粹的分子了。一般人就是从这一类的交易开始，终于廉耻荡然，而今日社会上也相习成风，恬不为怪。方正清白，意志坚强，疾恶如仇，认为稍出常规便是罪大恶极的人物，在现代比任何时代都寥落了。过去有两部杰作代表这等清白的性格，一是莫里哀的《阿赛斯德》，一是比较晚近的沃尔特·司各特的《丁斯父子》。也许性质相反的作品，把一个上流人物，一个野心家如何抹杀良心，走邪路，装了伪君子而达到目的，曲曲折折描写下来，会一样的美，一样的动人心魄。

拉斯蒂涅走到公寓门口，已经对纽沁根太太着了迷，觉得她身段窈窕，像燕子一样轻巧。令人心醉的眼睛，仿佛看得见血管而像丝织品一样细腻的皮肤，迷人的声音，金黄的头发，他都一一回想起来；也许他走路的时候全身的血活动了，使脑海中的形象格外富于诱惑性。他粗手粗脚的敲着高老头的房门，喊：

“喂，邻居，我见过但斐纳太太了。”

“在哪儿？”

“意大利剧院。”

“她玩得怎么样？请进来喔。”老人没穿好衣服就起来开了门，赶紧睡下。

“跟我说呀，她怎么样？”他紧跟着问。

欧也纳还是第一次走进高老头的屋子。欣赏过女儿的装束，再看到父亲住的丑地方，他不由得做了个出惊的姿势。窗上没有帘子，糊壁纸好几处受了潮气而脱落，卷缩，露出煤烟熏黄的石灰。老头儿躺在破床上，只有一条薄被，压脚的棉花毯是用伏盖太太的旧衣衫缝的。地砖潮湿，全是灰。窗子对面，一口旧红木柜子，带一点儿鼓形，铜拉手是蔓藤和花叶纠结在一处的形状；一个木板面子的洗脸架，放着脸盆和水壶，旁边是全套剃胡子用具。壁角放着几双鞋；床头小几，底下没有门，面上没有云石；壁炉没有生过火的痕迹，旁边摆一张胡桃木方桌，高老头毁掉镀金盘子就是利用桌上的横档。一口破书柜上放着高老头的帽子。这套破烂家具还包括两把椅子，一张草垫陷下去的大靠椅。红白方格的粗布床幔，用一条破布吊在天花板上。便是最穷的掮客住的阁楼，家具也比高老头在伏盖家用的好一些。你看到这间屋子会身上发冷，胸口发闷，像监狱里阴惨惨的牢房。幸而高老头没有留意欧也纳把蜡烛放在床几上时的表情。他翻了个身，把被窝一直盖到下巴颏儿。

“哎，你说，两姊妹你喜欢哪一个？”

“我喜欢但斐纳太太，”大学生回答，“因为她对你更孝顺。”

听了这句充满感情的话，老人从床上伸出胳膊，握着欧也纳的手，很感动的说：

“多谢多谢，她对你说我什么来着？”

大学生把男爵夫人的话背了一遍，渲染一番，老头儿好像听着上帝的圣旨。

“好孩子！是呀，是呀，她很爱我啊。可是别相信她说阿娜斯大齐的话，姊妹俩为了我彼此忌妒，你明白么？这更加证明她们的孝心。娜齐也很爱我，我知道的。父亲对儿女，就跟上帝对咱们一样。他会钻到孩子们的心底里去，看他们存心怎么样。她们两人心地一样好。噢！要再有两个好女婿，不是太幸福了吗？世界上没有全福的。倘若我住在她们一起，只要听到她们的声音，知道她们在那儿，看到她们走进走出，像从前在我身边一样，那我简直乐死了。她们穿得漂亮吗？”

“漂亮。可是，高里奥先生，既然你女儿都嫁得这么阔，你怎么还住在这样一个贫民窟里？”

“嘿，”他装作满不在乎的神气说，“我住得再好有什么相干？这些事情我竟说不上来；我不能接连说两句有头有尾的话。总而言之，一切都在这儿，”他拍了拍心窝，“我么，我的生活都在两个女儿身上。只要她们能玩儿，快快活活，穿得好，住得好；我穿什么衣服，睡什么地方，有什么相干？反正她们暖和了，我就不觉得冷；她们笑了，我就不会心烦；只有她们伤心了我才伤心。

你有朝一日做了父亲，听见孩子们嘁嘁喳喳，你心里就会想：'这是从我身上出来的！'你觉得这些小生命每滴血都是你的血，是你的血的精华，—— 不是么！甚至你觉得跟她们的皮肉连在一块儿，她们走路，你自己也在动作。无论哪儿都有她们的声音在答应我。她们眼神有点儿不快活，我的血就冻了。你终有一天知道，为了她们的快乐而快乐，比你自己快乐更快乐。我不能向你解释这个，只能说心里有那么一股劲，教你浑身舒畅。总之，我一个人过着三个人的生活。我再告诉你一件古怪事儿好不好？我做了父亲，才懂得上帝。他无处不在，既然世界是从他来的。先生，我对女儿便是这样的无处不在。不过我爱我的女儿，还胜过上帝爱人类：因为人不像上帝一样的美，我的女儿却比我美得多。我跟她们永远心贴着的，所以我早就预感到，你今晚会碰到她们。天哪！要是有个男人使我的小但斐纳快活，把真正的爱情给她，那我可以替那个男人擦靴子，跑腿。我从她老妈子那里知道，特·玛赛那小子是条恶狗，我有时真想扭断他的脖子。哼，他竟不知道爱一个无价之宝的女人，夜莺般的声音，生得像天仙一样！只怪她没有眼睛，嫁了个亚尔萨斯死胖子。姊妹俩都要俊俏温柔的后生才配得上；可是她们的丈夫都是她们自己挑的。"

那时高老头伟大极了。欧也纳从没见过他表现那种慈父的热情。感情有股熏陶的力量；一个人不论如何粗俗，只要表现出一股真实而强烈的情感，就有种特殊的气息，使容貌为之改观，举动有生气，声音有音色。往往最蠢的家伙，在热情鼓动之下，即使不能在言语上，至少能在思想上达到雄辩的境界，他仿佛在光明的领域内活动。那时老人的声音举止，感染力不下于名演员。归根结底，我们优美的感情不就是意志的表现么？

“告诉你，”欧也纳道，“她大概要跟特·玛赛分手了，你听了高兴吗？那花花公子丢下她去追迦拉蒂沃纳公主。至于我，我今晚已经爱上了但斐纳太太。”

“哦！”高老头叫着。

“是呀。她并不讨厌我。咱们谈情谈了一小时，后天星期六我要去看她。”

“哦！亲爱的先生，倘使她喜欢你，我也要喜欢你呢！你心肠好，不会给她受罪。你要欺骗她，我就割掉你的脑袋。一个女人一生只爱一次，你知道不知道？天！我尽说傻话，欧也纳先生。你在这儿冷得很。哎啊！你跟她谈过话喽，她教你对我说些什么呢？”

“一句话也没有。”欧也纳心里想，可是他高声回答：“她告诉我，说她很亲热的拥抱你。”

“再见吧，邻居。希望你睡得好，做好梦。凭你刚才那句话，我就会做好梦了。上帝保佑你万事如意！今晚你简直是我的好天使，我在你身上闻到了女儿的气息。”

欧也纳睡下时想道：“可怜的老头儿，哪怕铁石心肠也得被他感动呢。他的女儿可一点没有想到他，当他外人一样。”

自从这次谈话以后，高老头把他的邻居看作一个朋友，一个意想不到的心腹。他们的关系完全建筑在老人的父爱上面；没有这一点，高老头跟谁也不会亲近的。痴情汉的计算从来不会错误。因为欧也纳受到但斐纳的重视，高老头便觉得跟这个女儿更亲近了些，觉得她对自己的确更好一些。并且他已经把这个女儿的痛苦告诉欧也纳，他每天都要祝福一次的但斐纳从来没有得到甜蜜的爱情。照他的说法，欧也纳是他遇到的最可爱的青年，他也似乎预感到，欧也纳能给但斐纳从来未有的快乐。所以老人对邻居的友谊一天天的增加，要不然，我们就无从得知这件故事的终局了。

第二天，高老头在饭桌上不大自然的瞧着欧也纳的神气，和他说的几句话，平时同石膏像一样而此刻完全改变了的面容，使同住的人大为奇怪。伏脱冷从密谈以后还是初次见到大学生，似乎想猜透他的心思。隔夜睡觉之前，欧也纳曾经把眼前阔大的天地估量一番，此刻记起伏脱冷的计划，自然联想到泰伊番小姐的陪嫁，不由得瞧着维多莉，正如一个极规矩的青年瞧一个有钱的闺女。碰巧两人的眼睛遇在一块。可怜的姑娘当然觉得欧也纳穿了新装挺可爱。双方的目光意义深长，拉斯蒂涅肯定自己已经成为她心目中的对象；少女们不是都有些模糊的欲望，碰到第一个迷人的男子就想求得满足吗？欧也纳听见有个声音在耳边叫："八十万！八十万！"可是又突然想到隔夜的事，认为自己对纽沁根太太别有用心的热情，确乎是一帖解毒剂，可以压制他不由自主的邪念。

他说："昨天意大利剧院演唱洛西尼的《赛维尔的理发匠》，我从没听过那么美的音乐。呵！在意大利剧院有个包厢多舒服！"

高老头听了，马上竖起耳朵，仿佛一条狗看到了主人的动作。

"你们真开心，"伏盖太太说，"你们男人爱怎么玩儿就怎么玩儿。"

"你怎么回来的？"伏脱冷问。

"走回来的。"

“哼，”伏脱冷说，“要玩就得玩个痛快。我要坐自己的车，上自己的包厢，舒舒服服的回来。要就全套，不就拉倒！这是我的口号。”

“这才对啦。”伏盖太太凑上一句。

“你要到特·纽沁根太太家去吧，”欧也纳低声对高里奥说，“她一定很高兴看到你，会向你打听我许多事。我知道她一心希望我的表姊特·鲍赛昂子爵夫人招待她。你不妨告诉她，说我太爱她了，一定使她满足。”

拉斯蒂涅赶紧上学校，觉得在这所怕人的公寓里耽得越少越好。他差不多闲荡了一整天，头里热烘烘的，像抱着热烈的希望的年轻人一样。他在卢森堡公园内从伏脱冷的议论想开去，想到社会和人生，忽然碰到他的朋友皮安训。

“你干吗一本正经的板着脸？”医学生说着，抓着他的胳膊往卢森堡宫前面走去。

“脑子里尽想些坏念头，苦闷得很。”

“什么坏念头？那也可以治啊。”

“怎么治？”

“只要屈服就行了。”

“你不知道怎么回事，只管打哈哈。你念过卢梭没有？”

“念过。”

“他著作里有一段，说倘使身在巴黎，能够单凭一念之力，在中国杀掉一个年老的满大人[1]，因此发财；读者打算怎么办？你可记得？”

---

①十八、十九世纪的法国人通常把中国的大官称为“满大人”，因为那时是满清皇朝。

“记得。”

“那么你怎么办。”

“噢！满大人我已经杀了好几打了。”

“说正经话，如果真有这样的事，只消你点点头就行，你干不干？”

“那满大人是不是老得很了？呃，老也罢，少也罢，痨病也罢，健康也罢，我吗，吓！我不干。”

“你是个好人，皮安训。不过要是你爱上一个女人，爱得你肯把灵魂翻身，而你非得有钱，有很多的钱，供给她衣着，车马，满足她一切想入非非的欲望，那你怎么办？”

“嗳，你拿走了我的理性，还要我用理性来思想！”

“皮安训，我疯了，你把我治一治吧。我有两个妹子，又美又纯洁的天使，我要她们幸福。从今起五年之间，哪儿去弄二十万法郎给她们做陪嫁？你瞧，人生有些关口非大手大脚赌一下不可，不能为了混口苦饭吃而蹉跎了幸福。”

“每个人踏进社会的时候都遇到这种问题。而你想快刀斩乱麻，马上成功。朋友，要这样干，除非有亚历山大那样的雄才大略，要不然你会坐牢。我么，我情愿将来在内地过平凡的生活，老老实实接替父亲的位置。在最小的小圈子里，跟在最大的大环境里，感情同样可以得到满足。拿破仑吃不了两顿晚饭，他的情妇也不能比加波桑医院的实习医生多几个。咱们的幸福，朋友，离不了咱们的肉体；幸福的代价每年一百万也罢，两千法郎也罢，实际的感觉总是那么回事。所以我不想要那个中国人的性命。”

“谢谢你，皮安训，我听了你的话怪舒服。咱们永远是好朋友。”

“喂，”医学生说，”我刚才在植物园上完居维哀①的课出来，看见米旭诺和波阿莱坐在一张凳上，同一个男人谈话。去年国会附近闹事的时候，我见过那家伙，很像一个暗探，冒充靠利息过活的布尔乔亚。你把米旭诺和波阿莱研究一下吧，以后我再告诉你为什么。再见，我要去上四点钟的课了。”

欧也纳回到公寓，高老头正等着他。

“你瞧，”那老人说，“她有信给你。你看她那一笔字多好！”

欧也纳拆开信来。

> 先生，家严说你喜欢意大利音乐，如果你肯赏光驾临我的包厢，我将非常欣幸。星期六我们可以听到福杜和班莱葛里尼②，相信你不会拒绝的。特·纽沁根先生和我，一致请你到舍间来用便饭。倘蒙俯允，他将大为高兴，因为他可以摆脱丈夫的苦役，不必再陪我上戏院了。无须赐复，但候光临，并请接受我的敬意。
>
> D.N.

欧也纳念完了信，老人说：“给我瞧瞧。”他嗅了嗅信纸又道：

---

①居维哀（1769—1832），著名博物学者。从十八世纪末期起，巴黎的“植物园”亦称“博物馆”，设有生物，化学，植物学等等的自然科学讲座及实验室。

②前者为女高音，后者为男低音，都是当时有名的歌唱家。

“你一定去的，是不是？嗯，好香！那是她手指碰过的啊？”

欧也纳私下想：“照理女人不会这样进攻男人的。她大概想利用我来挽回特·玛赛，心中有了怨恨才会做出这种事来。”

“喂，你想什么呀？”高老头问。

欧也纳不知道某些女子的虚荣简直像发狂一样，为了踏进圣·日耳曼区阀阅世家的大门，一个银行家的太太作什么牺牲都肯。那时的风气，能出入圣·日耳曼区贵族社会的妇女，被认为高人一等。大家把那个社会的人叫作小王宫的太太们，领袖群伦的便是特·鲍赛昂太太，特·朗日公爵夫人，特·莫弗利原士公爵夫人。唐打区的妇女想挤进那个群星照耀的高等社会的狂热，只有拉斯蒂涅一个人不曾得知。但他对但斐纳所存的戒心，对他不无好处，因为他能保持冷静，能够向人家提出条件而不至于接受人家的条件。

“噢！是的，我一定去。”欧也纳回答高老头。

因此他是存着好奇心去看纽沁根太太，要是那女的瞧他不起，他反而要为了热情冲动而去了。虽然如此，他还是心焦得很，巴不得明天出发的时间快点儿来到。青年人初次弄手段也许和初恋一样甜蜜。胜券可操的把握使人喜悦不尽，这种喜悦男人并不承认，可是的确造成某些妇女的魅力。容易成功和难于成功同样能刺激人的欲望。两者都是引起或者培养男子的热情的。爱情世界也就是分成这两大阵地。也许这个分野是气质促成的，因为气质支配着人与人的关系。忧郁的人需要女子若即若离的卖弄风情来提神；而神经质或多血质的人碰到女子抵抗太久了，说不定会掉头不顾。换句话说，哀歌主要是淋巴质的表现，正如颂歌是胆质的表现[1]。

欧也纳一边装扮，一边体味那些小小的乐趣，青年们怕人取笑，一般都不敢提到这种得意，可是虚荣心特别感到满足。他梳头发的时候，想到一个漂亮女子的目光会在他漆黑的头发卷中打转。他做出许多怪模怪样，活像一个更衣去赴跳舞会的小姑娘。他解开上衣，沾沾自喜的瞧着自己的细腰身，心上想："当然，不如我的还多呢！"公寓中全班人马正围着桌子吃饭，他下楼了，喜洋洋的受到众人喝彩。看见一个人穿扮齐整而大惊小怪，也是包饭公寓的一种风气。有人穿一套新衣，每个人就得开声口。

"得，得，得，得。"皮安训把舌头抵着上颚作响，好似催马快走一般。

"吓！好一个王孙公子的派头！"伏盖太太道。

"先生是去会情人吧？"米旭诺小姐表示意见。

"怪样子！"画家嚷道。

"候候你太太。"博物院管事说。

"先生有太太了？"波阿莱问。

"柜子里的太太，好走水路，包不褪色，二十五法郎起码，四十法郎为止，新式花样，不怕冲洗，上好质地，半丝线，半棉料，半羊毛，包医牙痛，包治王家学会钦定的疑难杂症！对小娃娃尤其好，头痛，充血，食道病，眼病，耳病，特别灵验，"伏脱冷用滑稽的急口令，和江湖卖艺的腔调叫着，"这件妙物要多少钱看一看呀？两个铜子吗？不，完全免费。那是替蒙古大皇帝造的，全欧洲的国王都要瞧一眼的！大家来吧！向前走，买票房在前

①淋巴质指纤弱萎靡的气质，胆质指抑郁易怒的气质，这是西洋老派医学的一种学说。

面，喂，奏乐，勃龙，啦，啦，脱冷！啦，啦，蓬！蓬！喂，吹小笛子的，你把音吹走了，等我来揍你！”

“天哪！这个人多好玩，”伏盖太太对古的太太说，“有他在一块儿永远不觉得无聊。”

正在大家说笑打诨的时候，欧也纳发觉泰伊番小姐偷偷瞅了他一眼，咬了咬古的太太的耳朵。

西尔维道：“车来了。”

皮安训问：“他上哪儿吃饭呀？”

“特·纽沁根男爵夫人家里。”

“高里奥先生的女儿府上。”大学生补上一句。

大家的目光转向老面条商，老面条商不胜艳羡的瞧着欧也纳。

拉斯蒂涅到了圣·拉查街。一座轻巧的屋子，十足地道的银行家住宅，单薄的廊柱，毫无气派的回廊，就是巴黎的所谓漂亮。不惜工本的讲究，人造云石的装饰，五彩云石镶嵌的楼梯台。小客厅挂满意大利油画，装饰像咖啡馆。男爵夫人愁容满面而勉强掩饰的神气不是假装的，欧也纳看了大为关心。他自以为一到就能叫一个女人快乐，不料她竟是愁眉不展。这番失望刺激了他的自尊心。他把她心事重重的神色打趣了一番，说道：

“太太，我没有资格要你信任我。要是我打搅你，请你老实说。”

“哦！你别走。你一走就剩我一个人在家了。纽沁根在外边应酬，我不愿意孤零零的待在这儿。我闷得慌，需要散散心才好。”

“有什么事呢？”

她道："绝对不能告诉你。"

"我就想知道，就想参加你的秘密。"

"或许……"她马上改口道，"噢，不行。夫妇之间的争吵应当深深的埋在心里。前天我不是跟你提过吗？我一点不快活。黄金的枷锁是最重的。"

一个女人在一个青年面前说她苦恼，而如果这青年聪明伶俐，服装齐整，袋里有着一千五百法郎闲钱的话，他就会像欧也纳一般想法而得意洋洋了。

欧也纳回答："你又美又年轻，又有钱又有爱情，还要什么呢？"

"我的事不用提了，"她沉着脸摇摇头，"等会我们一块儿吃饭，就是我们两个。吃过饭去听最美的音乐。"她站起身子，抖了抖白开司棉的衣衫，绣着富丽的波斯图案，问："你觉得我怎么样？"

"可爱极了，我要你整个儿属于我呢。"

"那你倒霉了，"她苦笑道，"这儿你一点看不出苦难；可是尽管有这样的外表，我苦闷到极点，整夜睡不着觉，我要变得难看了。"

大学生道："哦！不会的。可是我很想知道，究竟是什么痛苦连至诚的爱情都消除不了？"

她说："告诉你，你就要躲开了。你喜欢我，不过是男人对女人表面上的殷勤；真爱我的话，你会马上痛苦得要死。所以我不应该说出来。咱们谈旁的事吧。来，瞧瞧我的屋子。"

"不，还是留在这儿。"欧也纳说着，挨着特·纽沁根太太坐在壁炉前面一张双人椅里，大胆抓起她的手来。

她让他拿着，还用力压他的手，表示她心中骚动得厉害。

“听我说，”拉斯蒂涅道，“你要有什么伤心事儿，就得告诉我。我要向你证明，我是为爱你而爱你的。你得把痛苦对我说，让我替你出力，哪怕要杀几个人都可以；要不我就一去不回的走了。”

她忽然想起一个无可奈何的念头，拍拍额角，说道：“嗳，好，让我立刻来试你一试。”

她心上想：“是的，除此以外也没有办法了。”她打铃叫人。

“先生的车可是套好了？”她问当差。

“套好了，太太。”

“我要用。让他用我的车吧。等七点钟再开饭。”

“喂，来吧。”她招呼欧也纳。

欧也纳坐在特·纽沁根先生的车里陪着这位太太，觉得像做梦一样。

她吩咐车夫：“到王宫市场，靠近法兰西剧院。”

一路上她心绪不宁，也不搭理欧也纳无数的问话。他弄不明白那种沉默的，痴呆的，一味撑拒的态度是什么意思。

“一眨眼就抓不住她了。”他想。

车子停下的时候，男爵夫人瞪着大学生的神色使他住了嘴，不敢再胡说八道，因为那时他已经控制不了自己。

“你是不是很爱我？”她问。

“是的。”他强作镇静的回答。

“不论我叫你干什么，你都不会看轻我吗？”

“不会。”

“你愿意听我指挥吗？”

“连眼睛都不睁一睁。”

“你有没有上过赌场？”她的声音发抖了。

“从来没有。”

她说：“啊！我放心了。你的运道一定好。我荷包里有一百法郎；一个这么幸福的女子，全部财产就是这一点。你拿着到赌场去，我不知道在哪儿，反正靠近王宫市场。你把这一百法郎去押轮盘赌，要就输光了回来，要就替我赢六千法郎。等你回来，我再把痛苦说给你听。”

“我现在要去做的事我一点都不懂，可是我一定照办。”他回答的口气很高兴，他暗暗的想：“教我干了这种事，她什么都不会拒绝我了。”

欧也纳揣着美丽的钱袋，向一个卖旧衣服的商人问了最近的赌场地址，找到九号门牌，奔上楼去。侍者接过他的帽子，他走进屋子问轮盘在哪儿。一般老赌客好不诧异的瞧着他由侍者领到一张长桌前面，又听见他大大方方的问，赌注放在什么地方。

一个体面的白发老人告诉他：“三十六门随你押，押中了，一赔三十六。”

欧也纳想到自己的年龄，把一百法郎押在二十一的数字上。他还来不及定一定神，只听见一声惊喊，已经中了。

那老先生对他说：“把钱收起来吧，这个玩意儿绝不能连赢两回的。”

欧也纳接过老人授给他的耙，把三千六百法郎拨到身边。他始终不明白这赌博的性质，又连本带利押在红上[①]。周围的人看

①轮盘赌的规则：押在一至三十六的数字上，押中是一赔三十六；押在红、黑、单、双上，押中是一赔一。

他继续赌下去，很眼痒的望着他。轮盘一转，他又赢了，庄家赔了他三千六百法郎。

老先生咬着他的耳朵说："你有了七千二百法郎了。你要是相信我，你赶快走。今儿红已经出了八次。倘使你肯酬谢我的忠告，希望你发发善心，救济我一下。我是拿破仑的旧部，当过州长，现在潦倒了。"

拉斯蒂涅糊里糊涂让白发老头拿了两百法郎，自己揣着七千法郎下楼。他对这个玩意儿还是一窍不通，只奇怪自己的好运道。

他等车门关上，把七千法郎捧给特·纽沁根太太，说道："哎哟！你现在又要带我上哪儿啦？"

但斐纳发疯似的搂着他，拥抱他，兴奋得不得了，可不是爱情的表现。

"你救了我！"她说，快乐的眼泪簌落落的淌了一脸，"让我统统告诉你吧，朋友。你会和我做朋友的是不是？你看我有钱，阔绰，什么都不缺，至少在表面上。唉！你怎知道纽沁根连一个子儿都不让我支配！他只管家里的开销，我的车子和包厢。可是他给的衣着费是不够的，他有心逼得我一个钱都没有。我太高傲了，不愿意央求他。要他的钱，就得依他的条件；要是接受那些条件，我简直算不得人了。我自己有七十万财产，怎么会让他剥削到这步田地？为了高傲，为了气愤。刚结婚的时候，我们那么年轻那么天真！向丈夫讨钱的话，说出来仿佛要撕破嘴巴；我始终不敢开口，只能花着我的积蓄和可怜的父亲给我的钱；后来我只能借债。结婚对我是最可怕的骗局，我没法跟你说；只消告诉你一句：要不是我和纽沁根各有各的屋子，我竟会跳楼。为了首饰，为了满足我的欲望所欠的债(可怜的父亲把我们宠惯了,一向要什么有什么),要对丈夫说出来的时候,我真是受难,可是我终于迸足勇气说了。我不是有自己的一份财产吗?纽沁根却大生其气,说我要使他倾家荡产了,一大串的混账话,我听了恨不得钻入地下。当然,他得了我的陪嫁,临了不能不替我还债;可是从此以后把我的零用限了一个数目,我为了求个太平也就答应了。从那时起,我满足了那个男人的虚荣心,你知道我说的是谁。即使我被他骗了,我还得说句公道话,他的性格是高尚的。可是他终于狠心的把我丢了!男人给过一个遭难的女子大把的金钱,永远不应该抛弃她!应当永远爱她!你只有二十一岁,高尚,纯洁,你或许要问:一个女人怎么能接受一个男人的钱呢?唉,天哪!同一个使我们幸福的人有难同当,有福同享,不是挺自然的吗?把自己整个的给了人,还会顾虑这整个中间的一小部分吗?只有感情消灭之后,金钱才成为问题。两人不是海誓山盟,生死不渝的吗?自以为有人疼爱的时候,谁想到有分手的一天?既然你们发誓说你们的爱是永久的,干吗再在金钱上分得那么清?你不知道我今天怎样的难受,纽沁根斩钉截铁的拒绝我六千法郎,可是他按月就得送这样一笔数目给他的情妇,一个歌剧院的歌女。我想自杀,转过最疯狂的念头。有时我竟羡慕一个女佣人,羡慕我的老妈子。找父亲去吗?发疯!阿娜斯大齐和我已经把他榨干了;可怜的父亲,只要他能值六千法郎,他把自己出卖都愿意。现在我只能使他干急一阵。想不到你救了我,救了我的面子,救了我的性命。那时,我痛苦得糊里糊涂了。唉,先生,我不能不对你做这番解释,我简直疯了,才会教你去做那样的事。刚才你走了以后,我真想走下车子逃……逃哪儿去?我不知道。巴黎的妇女半数就是过的这种生活：表面上穷奢极侈，暗里心事担得要死。我认得一般可怜虫比我更苦。有的不得不叫铺子开花账，有的不得不偷盗丈夫；有些丈夫以为两千法郎的开司棉只值五百，有的以为五百法郎的开司棉值到两千。还有一般可怜的妇女教儿女挨饿，好搜刮些零钱做件衣衫。我可从没干过这些下流的骗局。这次是我最后一次的苦难了。有些女人为了控制丈夫，不惜把自己卖给丈夫，我至少是自由的！我很可以教纽沁根在我身上堆满黄金，可是我宁愿伏在一个我敬重的男人怀里痛苦。啊！今晚上特·玛赛再不能把我看作他出钱豢养的女人了。”

她双手捧着脸，不让欧也纳看见她哭。他却拿掉她的手，细细瞧着她，觉得她庄严极了。

她说：“把金钱和爱情混在一块儿，不是丑恶极了吗？你不会爱我的了。”

使女人显得多么伟大的好心，现在的社会组织逼她们犯的过失，两者交错之下，使欧也纳心都乱了。他一边用好话安慰她，一边暗暗赞叹这个美丽的女子，她的痛苦的呼号竟会那么天真那么冒失。

她说：“你将来不会拿这个来要挟我吧？你得答应我。”

“嗳，太太，我不是这等人。”

她又感激又温柔的拿他的手放在心口：“你使我恢复了自由，快乐。过去我老受着威胁。从此我要生活朴素，不乱花钱了。你一定喜欢我这么办是不是？这一部分你留着，”她自己只拿六张钞票，“我还欠你三千法郎，因为我觉得要跟你平分才对。”

欧也纳像小姑娘一样再三推辞。男爵夫人说：“你要不肯做我的同党，我就把你当作敌人。”他只得收下，说道：“好，那么我留着以防不测吧。”

“噢！我就怕听这句话，”她脸色发白的说，“你要瞧得起我，千万别再上赌场。我的天！由我来教坏你！那我要难受死哩。”

他们回到家里。苦难与奢华的对比，大学生看了头脑昏昏沉沉，伏脱冷那些可怕的话又在耳朵里响起来了。

男爵夫人走进卧室，指着壁炉旁边一张长靠椅说：“你坐一会儿，我要写一封极难措辞的信。你替我出点儿主意吧。”

“干脆不用写。把钞票装入信封，写上地址，派你老妈子送去就行了。”

“哦！你真是一个宝贝。这便叫作有教养！这是十足地道的鲍赛昂作风。”她笑着说。

“她多可爱！”越来越着迷的欧也纳想。他瞧了瞧卧房，奢侈的排场活像一个有钱的交际花的屋子。

“你喜欢这屋子吗？”她一边打铃一边问。

“丹兰士，把这封信当面交给特·玛赛先生。他要不在家，原封带回。”

丹兰士临走把大学生俏皮的瞅了一眼。晚饭开出了，拉斯蒂涅让特·纽沁根太太挽着手臂带到一间精致的饭厅，在表姊家瞻仰过的讲究的饮食，在这儿又见识了一次。

“逢着意大利剧院演唱的日子，你就来吃饭，陪我上剧院。”

“这种甜蜜的生活要能长久下去，真是太美了；可怜我是一个清寒的学生，还得挣一份家业咧。”

“你一定成功的，”她笑道，“你瞧，一切都有办法；我就想不到自己会这样快活。”

女人的天性喜欢用可能来证明不可能，用预感来取消事实。特·纽沁根太太和拉斯蒂涅走进意大利剧院包厢的时候，她心满意足，容光焕发，使每个人看了都能造些小小的谣言，非但女人没法防卫，而且会教人相信那些凭空捏造的放荡生活确有其事。只要你认识巴黎之后，才知道大家说的并不是事实，而事实是大家不说的。欧也纳握着男爵夫人的手，两人用握手的松紧代替谈话，交换他们听了音乐以后的感受。这是他们俩销魂荡魄的一晚。他们一同离开剧院，特·纽沁根太太把欧也纳送到新桥，一路在车中挣扎，不肯把她在王宫市场那么热烈的亲吻再给他一个。欧也纳埋怨她前后矛盾，她回答说：

“刚才是感激那个意想不到的恩惠，现在却是一种许愿了。”

“而你就不肯许一个愿，没良心的！”

他恼了。于是她伸出手来，不耐烦的姿势使情人愈加动心；而他捧了手亲吻时不大乐意的神气，她也看了很得意。她说：

“星期一跳舞会上见！”

欧也纳踏着月光回去，开始一本正经的思索。他又喜又恼：喜的是这桩奇遇大概会给他钓上一个巴黎最漂亮最风流的女子，正好是他心目中的对象；恼的是他的发财计划完全给推翻了。他前天迷迷糊糊想的主意，此刻才觉得自己真有这么个念头。一个人要失败之后，方始发觉他欲望的强烈。欧也纳越享受巴黎生活，越不肯自甘贫贱。他把袋里一千法郎的钞票捻来捻去，找出无数自欺欺人的理由想据为己有。终于他到了圣·日内维新街，走完楼梯，看见有灯光。高老头虚掩着房门，点着蜡烛，使大学生不致忘记跟他谈谈他的女儿。欧也纳毫无隐瞒的全说了。

高老头妒忌到极点，说道："嗳，她们以为我完了，我可还有一千三百法郎利息呢！可怜的孩子，怎么不到我这儿来！我可以卖掉存款，在本钱上拿一笔款子出来，余下的钱改做终身年金。干吗你不来告诉我她为难呢，我的邻居？你怎么能有那种心肠，拿她的区区一百法郎到赌台上去冒险？这简直撕破了我的心！唉，所谓女婿就是这种东西！嘿，要给我抓住了，我一定把他们勒死。天！她竟哭了吗？"

"就伏在我背心上哭的。"欧也纳回答。

"噢！把背心给我。怎么！你的背心上有我的女儿，有我心疼的但斐纳的眼泪！她小时候从来不哭的。噢！我给你买件新的吧，这一件你别穿了，给我吧。婚书上规定，她可以自由支配她的财产。我要去找诉讼代理人但尔维，明天就去。我一定要把她的财产划出来另外存放。我是懂法律的，我还能像老虎一样张牙舞爪呢。"

"喂，老丈，这是她分给我的一千法郎。你放在背心袋里，替她留着吧。"

高里奥瞪着欧也纳，伸出手来，一滴眼泪掉在欧也纳手上。

"你将来一定成功，"老人说，"你知道，上帝是赏罚分明的。我明白什么叫作诚实不欺；我敢说像你这样的人很少很少。那么你也愿意做我亲爱的孩子喽？好吧，去睡吧。你还没有做父亲，不会睡不着觉。唉，她哭了，而我，为了不肯教她们落一滴眼泪，连圣父，圣子，圣灵都会一齐出卖的人，正当她痛苦的时候，我竟若无其事的在这儿吃饭，像傻瓜一样！"

欧也纳一边上床一边想："我相信我一生都可以做个正人君子。凭良心干，的确是桩快乐的事。"

也许只有信仰上帝的人才会暗中行善，而欧也纳是信仰上帝的。

四、鬼上当

第二天到了舞会的时间，拉斯蒂涅到特·鲍赛昂太太家，由她带去介绍给特·加里里阿诺太太。他受到元帅夫人极殷勤的招待，又遇见了特·纽沁根太太。她特意装扮得要讨众人喜欢，以便格外讨欧也纳喜欢。她装作很镇静，暗中却是非常焦心的等欧也纳瞟她一眼。你要能猜透一个女人的情绪，那个时间便是你最快乐的时间。人家等你发表意见，你偏偏沉吟不语；明明心中高兴，你偏偏不动声色；人家为你担心，不就是承认她爱你吗？眼看她惊惶不定，然后你微微一笑加以安慰，不是最大的乐事吗？—— 这些玩意儿谁不喜欢来一下呢？在这次盛会中，大学生忽然看出了自己的地位，懂得以特·鲍赛昂太太公开承认的表弟资格，在上流社会中已经取得身份。大家以为他已经追上特·纽沁根太太，对他另眼相看，所有的青年都不胜艳羡的瞅着他。看到这一类的目光，他第一次体味到踌躇满志的快感。从一间客厅走到另外一间，在人丛中穿过的时候，他听见人家在夸说他的艳福。太太们也预言他前程远大，但斐纳唯恐他被别人抢去，答应等会把前天坚决拒绝的亲吻给他。拉斯蒂涅在舞会中接到好几户人家邀请。表姊介绍他几位太太，都是自命风雅的人物，她们的府上也是挺有趣的交际场所。他眼看自己在巴黎最高级最漂亮的社会中露了头角。这个初次登场就大有收获的晚会，在他是到老不会忘记的，正如少女忘不了她特别走红的一个跳舞会。

第二天用早餐的时候，他把得意事儿当众讲给高老头听，伏脱冷却是狞笑了一下。

“你以为，”那个冷酷的逻辑学家叫道，“一个公子哥儿能够待在圣·日内维新街，住伏盖公寓吗？不消说，这儿在各方面看都是一个上等公寓，可绝不是时髦地方。我们这公寓殷实，富足，兴隆发达，能够做拉斯蒂涅的临时公馆非常荣幸；可是到底是圣·日内维新街，纯粹是家庭气息，不知道什么叫作奢华。我的小朋友，”伏脱冷又装出倚老卖老的挖苦的神气说，“你要在巴黎拿架子，非得有三匹马，白天有辆篷车，晚上有辆轿车，统共是九千法郎的置办费。倘若你只在成衣铺花三千法郎，香粉铺花六百法郎，鞋匠那边花三百，帽子匠那边花三百，你还大大的够不上咧。要知道光是洗衣服就得花上一千。时髦小伙子的内衣绝不能马虎，那不是大众最注目的吗？爱情和教堂一样，祭坛上都要有雪白的桌布才行。这样，咱们的开销已经到一万四，还没算进打牌，赌东道，送礼等等的花费；零用少了两千法郎是不成的。这种生活，我是过来人，要多少开支，我知道得清清楚楚。除掉这些必不可少的用途，再加六千法郎伙食，一千法郎房租。暖，孩子，这样就得两万五一年，要不就落得给人家笑话；咱们的前途，咱们的锋头，咱们的情妇，一股脑儿甭提啦！我还忘了听差跟小厮呢！难道你能教克利斯朵夫送情书吗？用你现在这种信纸写信吗？那简直是自寻死路。相信一个饱经世故的老头儿吧！”他把他的低嗓子又加强了一点，“要就躲到你清高的阁楼上去，抱着书本用功；要就另外挑一条路。”

伏脱冷说罢，睨着泰伊番小姐眼睛；这副眼神等于把他以前引诱大学生的理论重新提了一下，总结了一下。

一连多少日子，拉斯蒂涅过着花天酒地的生活，差不多天天和特·纽沁根太太一同吃饭，陪她出去交际。他早上三四点回家，中午起来梳洗，晴天陪着但斐纳去逛森林。他浪费光阴，尽量的模仿，学习，享受奢侈，其狂热正如雌枣树的花萼拼命吸收富有生殖力的花粉。他赌的输赢很大，养成了巴黎青年挥霍的习惯。他拿第一次赢来的钱寄了一千五百法郎还给母亲姊妹，加上几件精美的礼物。虽然他早已表示要离开伏盖公寓，但到正月底还待在那儿，不晓得怎么样搬出去。青年人行事的原则，初看简直不可思议，其实就因为年轻，就因为发疯似的追求快乐。那原则是：不论穷富，老是缺少必不可少的生活费，可是永远能弄到钱来满足想入非非的欲望。对一切可以赊账的东西非常阔绰，对一切现付的东西吝啬得不得了；而且因为心里想的，手头没有，似乎故意浪费手头所有的来出气。我们还可以说得更明白些：一个大学生爱惜帽子远过于爱惜衣服。成衣匠的利子厚，肯放账；帽子匠利子薄，所以是大学生不得不敷衍的最疙瘩的人。坐在戏院花楼上的小伙子，在漂亮妇女的手眼镜中尽管显出辉煌耀眼的背心，脚上的袜子是否齐备却大有问题：袜子商又是他荷包里的一条蛀虫。那时拉斯蒂涅便是这种情形。对伏盖太太老是空空如也，对虚荣的开支老是囊橐充裕；他的财源的荣枯，同最天然的开支绝不调和。为了自己的抱负，这腌臜的公寓常常使他觉得委屈，但要搬出去不是得付一个月的房饭钱给房东，再买套家具来装饰他花花公子的寓所吗？这笔钱就永远没有着落。拉斯蒂涅用赢来的钱买些金表金链，预备在紧要关头送进当铺，送给青年人的那个不声不响的，知趣的朋友，这是他张罗赌本的办法；但临到要付房饭钱，采办漂亮生活必不可少的工具，就一筹莫展了，胆子也没有了。日常的需要，为了衣食住行所欠的债，都不能使他触动灵机。像多数过一天算一天的人，他总要等到最后一刻，才会付清布尔乔亚认为神圣的欠账，好似米拉菩[1]，非等到面包账变成可怕的借据绝不清偿。那时拉斯蒂涅正把钱输光了，欠了债。大学生开始懂得，要没有固定的财源，这种生活是混不下去的。但尽管经济的压迫使他喘不过气来，他仍舍不得这个逸乐无度的生活，无论付什么代价都想维持下去。他早先假定的发财机会变了一场空梦，实际的障碍越来越大。窥到纽沁根夫妇生活的内幕之后，他发觉若要把爱情变作发财的工具，就得含垢忍辱，丢开一切高尚的念头；可是青年人的过失是全靠那些高尚的念头抵销的。表面上光华灿烂的生活，良心受着责备，片刻的欢娱都得用长时期的痛苦补赎的生活，他上了瘾了，滚在里头了，他像拉·勃吕依埃的糊涂虫一般，把自己的床位铺在泥洼里；但也像糊涂虫一样，那时还不过弄脏了衣服[2]。

“咱们的满大人砍掉了吧？”皮安训有一天离开饭桌时问他。

“还没有。可是喉咙里已经起了痰。”

---

①米拉菩（1749—1791），法国大革命时政治家、演说家，早年以生活放浪著名。

②拉·勃吕依埃著作中的糊涂虫，名叫曼那葛，曾有种种笑柄。但上述一事并不在内，恐系作者误记。

医学生以为他这句话是开玩笑，其实不是的。欧也纳好久没有在公寓里吃晚饭了，这天他一路吃饭一路出神，上过点心，还不离席，挨在泰伊番小姐旁边，还不时意义深长的瞟她一眼。有几个房客还在桌上吃胡桃，有几个踱来踱去，继续谈话。大家离开饭厅的早晚，素来没有一定，看各人的心思，对谈话的兴趣，以及是否吃得过饱等等而定。在冬季，客人难得在八点以前走完；等大家散尽了，四位太太还得待一会儿，她们刚才有男客在座，不得不少说几句，此刻特意要找补一下。伏脱冷先是好像急于出去，接着注意到欧也纳满肚子心事的神气，便始终留在饭厅内欧也纳看不见的地方，欧也纳当他已经离开了。后来他也不跟最后一批房客同走，而是很狡猾的躲在客厅里。他看出大学生的心事，觉得他已经到了紧要关头。

的确，拉斯蒂涅那时正像多少青年一样，陷入了僵局。特·纽沁根太太不知是真爱他呢还是特别喜欢调情，她拿出巴黎女子的外交手腕，教拉斯蒂涅尝遍了真正的爱情的痛苦。冒着大不韪当众把特·鲍赛昂太太的老表抓在身边之后，她反倒迟疑不决，不敢把他似乎已经享有的权利，实实在在的给他。一个月以来，欧也纳的欲火被她一再挑拨，连心都受到伤害了。初交的时候，大学生自以为居于主动的地位，后来特·纽沁根太太占了上风，故意装腔作势，勾起欧也纳所有善善恶恶的心思，那是代表一个巴黎青年的两三重人格的。她这一套是不是有计划的呢？不是的，女人即使在最虚假的时候也是真实的，因为她总受本能支配。但斐纳落在这青年人掌握之中，原是太快了一些；她所表示的感情也过分了些；也许她事后觉得有失尊严，想收回她的情分，或者暂时停止一下。而且，一个巴黎女人在爱情冲昏了头，快要下水之前，临时踌躇不决，试试那个她预备以身相许的人的心，也是应有之事。特·纽沁根太太既然上过一次当，一个自私的青年辜负她的一片忠心；她现在提防人家更是应该的。或许欧也纳因为得手太快而表示的大模大样的态度，使她看出有一点儿轻视的意味，那是他们微妙的关系促成的。她大概要在这样一个年纪轻轻的男人面前拿出一点威严，拿出一点大人气派；过去她在那个遗弃她的男人前面，做矮子做得太久了。正因为欧也纳知道她曾经落过特·玛赛之手，她不愿意他把自己当作容易征服的女人。并且在一个人妖，一个登徒子那儿尝过那种令人屈辱的乐趣以后，她觉得在爱情的乐园中闲逛一番另有一种说不出的甜蜜：欣赏一下所有的景致，饱听一番颤抖的声音，让清白的微风抚弄一会，她都认为是迷人的享受。纯正的爱情要替不纯正的爱情赎罪。这种不合理的情形永远不会减少，如果大家不了解初次的欺骗把一个少妇鲜花般的心摧残得多么厉害。不管但斐纳究竟是什么意思，总之她在玩弄拉斯蒂涅，而且引以为乐；因为她知道他爱她，知道只要她老人家高兴，可以随时消灭她情人的悲哀。欧也纳为了自尊心，不愿意初次上阵就吃败仗，便毫不放松的紧追着，仿佛猎人第一次过圣·于倍节①，非要打到一只火鸡不可。他的焦虑，受伤的自尊心，真真假假的绝望，使他越来越丢不掉那个女人。全巴黎都认为特·纽沁根太太是他的了，其实他和她并不比第一天见面时更接近。他还没有懂得，一个女人卖弄风情所给人的好处，有时反而远过于她的爱情所给人的快乐，所以他憋着一肚子无名火。虽说在女人对爱情欲迎故拒之际，拉斯蒂涅

①即猎人节，11月3日。

能尝到第一批果实，可是那些果子是青的，带酸的，咬在嘴里特别有味，所以代价也特别高。有时，眼看自己没有钱，没有前途，就顾不得良心的呼声而想到伏脱冷的计划，想和泰伊番小姐结婚，得她的家财。那天晚上他又是穷得一筹莫展，几乎不由自主的要接受可怕的斯芬克斯的计策了。他一向觉得那家伙的目光有勾魂摄魄的魔力。

波阿莱和米旭诺小姐上楼的时节，拉斯蒂涅以为除了伏盖太太和坐在壁炉旁边迷迷糊糊编织毛线套袖的古的太太以外，再没有旁人，便脉脉含情的瞅着泰伊番小姐，把她羞得低下头去。

“你难道也有伤心事吗，欧也纳先生？”维多莉沉默了一会说。

“哪个男人没有伤心事！”拉斯蒂涅回答，“我们这些时时刻刻预备为人牺牲的年轻人，要是能得到爱，得到赤诚的爱作为酬报，也许我们就不会伤心了。”

泰伊番小姐的回答只是毫不含糊的瞧了他一眼。

“小姐，你今天以为你的心的确如此这般；可是你敢保险永远不变吗？”

可怜的姑娘浮起一副笑容，好似灵魂中涌出一道光，把她的脸照得光艳动人。欧也纳想不到挑动了她这么强烈的感情，大吃一惊。

“嗳！要是你一朝有了钱，有了幸福，有一笔大家私从云端里掉在你头上，你还会爱一个你落难时候喜欢的穷小子吗？”

她姿势很美的点了点头。

“还会爱一个怪可怜的青年吗？”

又是点头。

“喂，你们胡扯些什么？”伏盖太太叫道。

“别打搅我们，”欧也纳回答，“我们谈得很投机呢。”

“敢情欧也纳·特·拉斯蒂涅骑士和维多莉·泰伊番小姐私订终身了吗？”伏脱冷低沉的嗓子突然在饭厅门口叫起来。

古的太太和伏盖太太同时说：“哟！你吓了我们一跳。”

“我挑的不算坏吧。”欧也纳笑着回答。伏脱冷的声音使他非常难受，他从来不曾有过那样可怕的感觉。

“嗳，你们两位别缺德啦！”古的太太说，“孩子，咱们该上楼了。”

伏盖太太跟着两个房客上楼，到她们屋里去消磨黄昏，节省她的灯烛柴火。饭厅内只剩下欧也纳和伏脱冷两人面面相对。

“我早知道你要到这一步的，”那家伙声色不动的说，“可是你听着！我是非常体贴人的。你心绪不大好，不用马上决定。你欠了债。我不愿意你为了冲动或是失望投到我这儿来，我要你用理智决定。也许你手头缺少几千法郎，嗯，你要吗？”

那魔鬼掏出皮夹，捡了三张钞票对大学生扬了一扬。欧也纳正窘得要命，欠着特·阿瞿达侯爵和特·脱拉伊伯爵两千法郎赌债。因为还不出钱，虽则大家在特·雷斯多太太府上等他，他不敢去。那是不拘形迹的集会，吃吃小点心，喝喝茶，可是在韦斯脱牌桌上可以输掉六千法郎。

“先生，”欧也纳好容易忍着身体的抽搐，说道，“自从你对我说了那番话，你该明白我不能再领你的情。”

“好啊，说得好，教人听了怪舒服的，”那个一心想勾引他的人回答，“你是个漂亮小伙子，想得周到，像狮子一样高傲，像少女一样温柔。你这样的俘虏才配魔鬼的胃口呢。我就喜欢这种性格的年轻人。再加上几分政治家的策略，你就能看到社会的本相了。只要玩几套清高的小戏法，一个高明的人能够满足他所有的欲望，教台下的傻瓜连声喝彩。要不了几天，你就是我的人了。哦！你要愿意做我的徒弟，管教你万事如意，想什么就什么，并且马上到手，不论是名，是利，还是女人。凡是现代文明的精华，都可以拿来给你享受。我们要疼你，惯你，当你心肝宝贝，拼了命来让你寻欢作乐。有什么阻碍，我们替你一律铲平。倘使你再有顾虑，那你是把我当作坏蛋了？哼！你自以为清白，一个不比你少清白一点的人，特·丢兰纳先生，跟强盗们做着小生意，并不觉得有伤体面。你不愿意受我的好处，嗯？那容易，你先把这几张烂票子收下，”伏脱冷微微一笑，掏出一张贴好印花税的白纸，“你写：兹借到三千五百法郎，准一年内归楚。再填上日子！利息相当高，免得你多心。你可以叫我犹太人，用不着再见我情了。今天你要瞧不起我也由你，以后你一定会喜欢我。你可以在我身上看到那些无底的深渊，广大无边的感情，傻子们管这些叫作罪恶；可是你永远不会觉得我没有种，或者无情无义。总之，我既不是小卒，也不是呆笨的士象，而是冲锋的车，告诉你！”

“你究竟是什么人？简直是生来跟我捣乱嘤！”欧也纳叫道。

“哪里！我是一个好人，不怕自己弄脏手，免得你一辈子陷在泥坑里。你问我这样热心为什么？嗳，有朝一日我会咬着你耳朵，轻轻告诉你的。我替你拆穿了社会上的把戏和诀窍，你就害怕；可是放心，这是你的怯场，跟新兵第一次上阵一样，马上会过去的。你慢慢自会把大众看作甘心情愿替自封为王的人当炮灰的大兵。可是时世变了。从前你对一个好汉说：给你三百法郎，替我去砍掉某人；他凭一句话把一个人送回了老家，若无其事的回家吃饭。如今我答应你偌大一笔家私，只要你点点头，又不连累你什么，你却是三心二意，委绝不下。这年头真没出息。”

欧也纳立了借据，拿了钞票。

伏脱冷又说：“哎，来，来，咱们总得讲个理。几个月之内我要动身上美洲去种我的烟草了。我会捎雪茄给你。我有了钱，我会帮你忙，要是没有孩子（很可能，我不想在这个世界上留种），我把遗产传给你。够朋友吗？我可是喜欢你呀，我。我有那股痴情，要为一个人牺牲。我已经这样干过一回了。你看清楚没有，孩子？我生活的圈子比旁人的高一级。我认为行动只是手段，我眼里只看见目的。一个人是什么东西？——得！——”他把大拇指甲在牙齿上弹了一下，“一个人不是高于一切，就是分文不值。叫作波阿莱的时候，他连分文不值还谈不上，你可以像掐死一个臭虫一般掐死他，他干瘪，发臭。像你这样的人却是一个上帝，那可不是一架皮包的机器，而是有最美的情感在其中活动的舞台。我是单凭情感过活的。一宗情感，在你思想中不就等于整个世界吗？你瞧那高老头，两个女儿就是他整个的天地，就是他生活的指路标。我么，挖掘过人生之后，觉得世界上真正的情感只有男人之间的友谊。我醉心的是比哀和耶非哀。《威尼斯转危为安》[1]我全本背得出。一个伙计对你说：来，帮我埋一个尸首！你跟着就跑，鼻子都不哼一哼，也不唠唠叨叨对他谈什么仁义道德：这样有血性的人，你看到过几个？咱家我就干过这个。我并不对每个人都这么说。你是一个高明的人，可以对你无所不谈，

①英国十七世纪奥特韦写的悲剧，比哀与耶非哀是其中主角，以友谊深挚著称。

你都能明白。这个满是癞虾蟆的泥塘，你不会老呆下去的。得了吧，一言为定。你一定会结婚的。咱们各自拿着枪杆冲吧！嘿，我的绝不是银样蜡枪头，你放心！”

伏脱冷根本不想听欧也纳说出一个不字，径自走了，让他定定神。他似乎懂得这种忸怩作态的心理：人总喜欢小小的抗拒一下，对自己的良心有个交代，替以后的不正当行为找个开脱的理由。

“他怎么办都由他，我一定不娶泰伊番小姐！”欧也纳对自己说。

他想到可能和这个素来厌恶的人联盟，心中火辣辣的非常难受；但伏脱冷那些玩世不恭的思想，把社会踩在脚底下的胆量，使他越来越觉得那家伙了不起。他穿好衣服，雇了车上特·雷斯多太太家去了。几天以来，这位太太对他格外殷勤，因为他每走一步，和高等社会的核心接近一步，而且他似乎有朝一日会声势浩大。他付清了特·脱拉伊和特·阿瞿达两位的账，打了一场夜牌，输的钱都赢了回来。需要趱奔前程的人多半相信宿命；欧也纳就有这种迷信，认为他运气好是上天对他始终不离正路的报酬。第二天早上，他赶紧问伏脱冷借据有没有带在身边。一听到说是，他便不胜欣喜的把三千法郎还掉了。

“告诉你，事情很顺当呢。”伏脱冷对他说。

“我可不是你的同党。”

“我知道，我知道，”伏脱冷打断了他的话，“你还在闹孩子脾气，看戏只看场子外面的小丑。”

两天以后，波阿莱和米旭诺小姐，在植物园一条冷僻的走道中坐在太阳底下一张凳上，同医学生很有理由猜疑的一位先生说着话。

“小姐，”龚杜罗先生说，“我不懂你哪儿来的顾虑。警察部长大人阁下……”

“哦！警察部长大人阁下……”波阿莱跟着说了一遍。

“是的，部长大人亲自在处理这件案子。”龚杜罗又道。

这个自称为蒲风街上的财主说出警察二字，在安分良民的面具之下露出本相之后，退职的小公务员波阿莱，虽然毫无头脑，究竟是畏首畏尾不敢惹是招非的人，还会继续听下去，岂不是谁都觉得难以相信？其实是挺自然的。你要在愚夫愚妇中间了解波阿莱那个特殊的种族，只要听听某些观察家的意见，不过这意见至今尚未公布。世界上有一类专吃公事饭的民族，在衙门的预算表上列在第一至第三级之间的；第一级，年俸一千二，打个譬喻说，在衙门里仿佛冰天雪地中的格陵兰[1]；第三级，年俸三千至六千，气候比较温和，虽然种植不易，什么津贴等等也能存在了。这仰存鼻息的一批人自有许多懦弱下贱的特点，最显著的是对本衙门的大头儿有种不由自主的，机械的，本能的恐怖。小公务员之于大头儿，平时只认识一个看不清的签名式。在那般俯首帖耳的人看来，部长大人阁下几个字代表一种神圣的，没有申诉余地的威权。小公务员心目中的部长，好比基督徒心目中的教皇，做的事永远不会错的。部长的行为，言语，一切用他名义所说的话，都有部长的一道毫光；那个绣花式的签名把什么都遮盖了，把他命令人家做的事都变得合法了。大人这个称呼证明他用心纯正，意念圣洁；一切荒谬绝伦的主意，只消出之于大人之口便百

①北极圈内的大岛，与冰岛相对，气候严寒，大部为冰雪所蔽。

无禁忌。那些可怜虫为了自己的利益所不肯做的事，一听到大人二字就赶紧奉命。衙门像军队一样，大家只知道闭着眼睛服从。这种制度不许你的良心抬头，灭绝你的人性，年深月久，把一个人变成政府机构中的一只螺丝。老于世故的龚杜罗到了要显原形的时候，马上像念咒一般说出大人二字唬一下波阿莱，因为他早已看出他是个吃过公事饭的脓包，并且觉得波阿莱是男性的米旭诺，正如米旭诺是女性的波阿莱。

“既然部长阁下，部长大人……那事情完全不同了。”波阿莱说。

那冒充的小财主回头对米旭诺说：“先生这话，你听见吗？你不是相信他的吗？部长大人已经完全确定，住在伏盖公寓的伏脱冷便是多隆苦役监的逃犯，绰号叫作鬼上当。”

“哦哟！鬼上当！”波阿莱道，“他有这个绰号，一定是运气很好喽。”

“对，”暗探说，“他这个绰号是因为犯了几桩非常大胆的案子都能死里逃生。你瞧，他不是一个危险分子吗？他有好些长处使他成为了不起的人物。进了苦役监之后，他在帮口里更有面子了。”

“那么他是一个有面子的人了。”波阿莱道。

“嘿！他挣面子是另有一功的！他很喜欢一个小白脸，意大利人，爱赌钱，犯了伪造文书的罪，结果由他顶替了。那小伙子从此进了军队，变得很规矩。”

米旭诺小姐说：“既然部长大人已经确定伏脱冷便是鬼上当，还需要我干什么？”

“对啦，对啦！”波阿莱接着说，“要是部长，像你说的，切实知道……”

“谈不到切实，不过是疑心。让我慢慢说给你听吧。鬼上当的真姓名叫作约各·高冷，是三处苦役监囚犯的心腹，经理，银行老板。他在这些生意上赚到很多钱，干那种事当然要一表人才喽。”

波阿莱道：“哎，哎，小姐，你懂得这个双关语吗？先生叫他一表人才，因为他身上黥过印，有了标记。”

暗探接下去说：“假伏脱冷收了苦役犯的钱，代他们存放，保管，预备他们逃出以后使花；或者交给他们的家属，要是他们在遗嘱上写明的话；或者交给他们的情妇，将来托他出面领钱。”

波阿莱道：“怎么！他们的情妇？你是说他们的老婆吧？”

“不，先生，苦役监的犯人普通只有不合法的配偶，我们叫作姘妇。”

“那他们过的是姘居生活喽？”

“还用说吗？”

波阿莱道：“嗳，这种荒唐事儿，部长大人怎么不禁止呢？既然你荣幸得很，能见到部长，你又关切公众的福利，我觉得你应当把这些犯人的不道德行为提醒他。那种生活真是给社会一个很坏的榜样。”

“可是先生，政府送他们进苦役监，并不是把他们作为道德的模范呀。”

“不错。可是先生，允许我……”

“嗳，好乖乖，你让这位先生说下去啊。”米旭诺小姐说。

“小姐，你知道，搜出一个违禁的钱库——听说数目很大，——政府可以得到很大的利益。鬼上当经管大宗的财产，所收的赃不光是他的同伴的，还有万字帮的。”

“怎么！那些贼党竟有上万吗？”波阿莱骇然叫起来。

“不是这意思，万字帮是一个高等窃贼的团体，专做大案子的，不上一万法郎的买卖从来不干。帮口里的党员都是刑事犯中间最了不起的人物。他们熟读《法典》，从来不会在落网的时候被判死刑。高冷是他们的心腹，是他们的参谋。他神通广大，有他的警卫组织，爪牙密布，神秘莫测。我们派了许多暗探监视了他一年，还摸不清他的底细。他凭他的本领和财力，能够经常为非作歹，张罗犯罪的资本，让一批恶党不断的同社会斗争。抓到鬼上当，没收他的基金，等于把恶势力斩草除根。因此这桩侦探工作变了一件国家大事，凡是出力协助的人都有光荣。就是你先生，有了功也可以再进衙门办事，或者当个警察局的书记，照样能拿你的养老金。”

“可是为什么，”米旭诺小姐问，“鬼上当不拿着他保管的钱逃走呢？”

暗探说：“噢！他无论到哪儿都有人跟着，万一他盗窃苦役犯的公款，就要被打死。况且卷逃一笔基金不像拐走一个良家妇女那么容易。再说，高冷是条好汉，绝不干这样的勾当，他认为那是极不名誉的事。”

“你说得不错，先生，那他一定要声名扫地了。”波阿莱凑上两句。

米旭诺小姐说：“听了你这些话，我还是不懂干吗你们不直接上门抓他。”

“好吧，小姐，我来回答你……可是，”他咬着她耳朵说，“别让你的先生打断我，要不咱们永远讲不完。居然有人肯听这个家伙的话，大概他很有钱吧。——鬼上当到这儿来的时候，冒充安分良民，装作巴黎的小财主，住在一所极普通的公寓里；他狡猾得很，从来不会没有防备，因此伏脱冷先生是一个很体面的人物，做着了不起的买卖。”

“当然啰。”波阿莱私下想。

“部长不愿意弄错事情，抓了一个真伏脱冷，得罪巴黎的商界和舆论。要知道警察总监的地位也是不大稳的，他有他的敌人，一有错儿，钻谋他位置的人就会挑拨进步党人大叫大嚷，轰他下台。所以对付这件事要像对付高阿涅案子的圣·埃兰假伯爵一样[1]；要真有一个圣·埃兰伯爵的话，咱们不是糟了吗？因此咱们得证实他的身份。”

“对。可是你需要一个漂亮女人啊。”米旭诺小姐抢着说。

暗探说：“鬼上当从来不让一个女人近身；告诉你，他是不喜欢女人的。”

“这么说来，我还有什么作用，值得你给我两千法郎去替你证实？”

陌生人说：“简单得很。我给你一个小瓶，装有特意配好的酒精，能够教人像中风似的死过去，可没有生命危险。那个药可以掺在酒里或是咖啡里。等他一晕过去，你立刻把他放倒在床上，解开他衣服，装作看看他有没有断气。趁没有人的时候，你

①高阿涅冒充圣·埃兰伯爵招摇撞骗。1802年以窃罪被捕，判苦役十四年。1805年，越狱，以假身份证投军，参与作战，数次受伤，升擢至团长，王政时代充任塞纳州宪兵队中校，受勋累累，同时仍暗中为贼党领袖。某次在蒂勒黎花园检阅时，被人识破，判处终身苦役。此案当时曾轰动一时。

在他肩上打一下——拍——一声，印的字母马上会显出来。”

“那可一点儿不费事。”波阿莱说。

“哎，那么你干不干呢？”龚杜罗问老姑娘。

“可是，亲爱的先生，要没有字显出来，我还能有两千法郎到手吗？”

“不。”

“那么怎样补偿我呢？”

“五百法郎。”

“为这么一点儿钱干这么一件事！良心上总是一块疙瘩，而我是要良心平安的，先生。”

波阿莱说：“我敢担保，小姐除了非常可爱非常聪明之外，还非常有良心。”

米旭诺小姐说：“还是这么办吧，他要真是鬼上当，你给我三千法郎；不是的话一个子儿都不要。”

“行，”龚杜罗回答，“可是有个条件，事情明儿就得办。”

“不能这么急，先生，我还得问问我的忏悔师。”

“你调皮，嗯！”暗探站起身来说。“那么明儿见。有什么要紧事儿找我，可以到圣·安纳小街，圣·夏班院子底上，穹窿底下只有一扇门，到那儿问龚杜罗先生就行了。”

皮安训上完居维哀的课回来，无意中听到鬼上当这个古怪字儿，也听见那有名的暗探所说的“行”。

“干吗不马上答应下来？三千法郎的终身年金，一年不是有三百法郎利息吗？”波阿莱问米旭诺。

“干吗！该想一想呀。倘使伏脱冷果真是鬼上当，跟他打交道也许好处更多。不过问他要钱等于给他通风报信，他会溜之大吉。那可两面落空，糟糕透啦！”

“你通知他也不行的，”波阿莱接口道，“那位先生不是说已经有人监视他吗？而你可什么都损失了。”

米旭诺小姐心里想：“并且我也不喜欢这家伙，他老对我说些不客气的话。”

波阿莱又说：“你还是那样办吧。我觉得那位先生挺好，衣服穿得整齐。他说得好，替社会去掉一个罪犯，不管他怎样义气，在我们总是服从法律。江山易改，本性难移。谁保得住他不会一时性起，把我们一齐杀掉？那才该死呢！他杀了人，我们是要负责任的，且不说咱们的命先要送在他手里。”

米旭诺小姐一肚子心事，没有工夫听波阿莱那些断断续续的话，好似没有关严的水龙头上漏出一滴一滴的水。这老头儿一朝说开了场，米旭诺小姐要不加阻拦，就会像开了发条的机器，嘀嘀咕咕永远没得完。他提出了一个主题，又岔开去讨论一些完全相反的主题，始终没有结论。回到伏盖公寓门口，他东拉西扯，旁征博引，正讲着在拉哥罗先生和莫冷太太的案子里他如何出庭替被告作证的故事。进得门来，米旭诺瞥见欧也纳跟泰伊番小姐谈得那么亲热那么有劲，连他们穿过饭厅都没有发觉。

“事情一定要到这一步的，”米旭诺对波阿莱说，“他们俩八天以来眉来眼去，恨不得把灵魂都扯下来。”

“是啊，”他回答，“所以她给定了罪。”

“谁？”

“莫冷太太喽。”

“我说维多莉小姐，你回答我莫冷太太。谁是莫冷太太？”米旭诺一边说一边不知不觉走进了波阿莱的屋子。

波阿莱问："维多莉小姐有什么罪？"

"怎么没有罪？她不该爱上欧也纳先生，不知后果，没头没脑的瞎撞，可怜的傻孩子！"

欧也纳白天被特·纽沁根太太磨得绝望了。他内心已经完全向伏脱冷屈服，既不愿意推敲一下这个怪人对他的友谊是怎么回事，也不想想这种友谊的结果。一小时以来，他和泰伊番小姐信誓旦旦，亲热得了不得；他已经一脚踏进泥洼，只有奇迹才能把他拉出来。维多莉听了他的话以为听到了安琪儿的声音，天国的门开了，伏盖公寓染上了神奇的色彩，像舞台上的布景。她爱他，他也爱她，至少她是这样相信！在屋子里没有人窥探的时候，看到拉斯蒂涅这样的青年，听着他说话，哪个女人不会像她一样的相信呢？至于他，他和良心做着斗争，明知自己在做一桩坏事，而且是有心的做，心里想只要将来使维多莉快乐，他这点儿轻微的罪过就能补赎；绝望之下，他流露出一种悲壮的美，把心中所有地狱的光彩一齐放射出来。算他运气，奇迹出现了：伏脱冷兴冲冲的从外边进来，看透了他们的心思。这对青年原是由他恶魔般的天才撮合的，可是他们这时的快乐，突然被他粗声大气，带着取笑意味的歌声破坏了。

> 我的芳希德多可爱，
> 你瞧她多么朴实[1]……

维多莉一溜烟逃了。那时她心中的喜悦足够抵销她一生的痛

①维阿的喜歌剧《两个忌妒的人》(1813)中的唱词。

苦。可怜的姑娘！握一握手，脸颊被欧也纳的头发厮磨一下，贴着她耳朵（连大学生嘴唇的暖气都感觉到）说的一句话，压在她腰里的一条颤巍巍的手臂，印在她脖子上的一个亲吻……在她都成为心心相印的记号；再加隔壁屋里的西尔维随时可能闯入这间春光烂缦的饭厅，那些热情的表现就比有名的爱情故事中的海誓山盟更热，更强烈，更动心。这些微不足道的小事，在一个每十五天忏悔一次的姑娘，已经是天大的罪过了。即使她将来有了钱，有了快乐，整个委身于人的时节，流露的真情也不能同这个时候相比。

"事情定局了，"伏脱冷对欧也纳道，"两位哥儿已经打过架。一切都进行得很得体。是为了政见不同。咱们的鸽子侮辱了我的老鹰，明天在葛里娘谷堡垒交手。八点半，正当泰伊番小姐在这儿消消停停拿面包浸在咖啡里的时候，就好承继她父亲的慈爱和财产。你想不奇怪吗！泰伊番那小子的剑法很高明，他狠天狠地，像抓了一手大牌似的，可是休想逃过我的杀手锏。你知道，我有一套挑起剑来直刺脑门的家数，将来我教给你，有用得很呢。"

拉斯蒂涅听着愣住了，一句话都说不上来。这时高老头，皮安训，和别的几个包饭客人进来了。

"你这样我才称心呢，"伏脱冷对他道，"你做的事，你心中有数。行啦，我的小老鹰！你将来一定能支配人；你又强，又痛快，又勇敢；我佩服你。"

伏脱冷想握他的手，拉斯蒂涅急忙缩回去；他脸色发白，倒在椅子里，似乎看到眼前淌着一堆血。

"啊！咱们的良心还在那儿嘀咕，"伏脱冷低声说，"老头儿有三百万，我知道他的家私，这样一笔陪嫁尽可把你洗刷干净，跟新娘的礼服一样白；那时你自己也会觉得问心无愧呢。”

拉斯蒂涅不再迟疑，决定当夜去通知泰伊番父子。伏脱冷走开了，高老头凑在他耳边说：

“你很不高兴，孩子。我来给你开开心吧，你来！”说完老人凑在灯上点了火把，欧也纳存着好奇心跟他上楼。

高老头问西尔维要了大学生的钥匙，说道：“到你屋子里去。今天早上你以为她不爱你了，嗯？她硬要你走了，你生气了，绝望了。傻子！她等我去呢。明白没有？我们约好要去收拾一所小巧玲珑的屋子，让你三天之内搬去住。你不能出卖我哪。她要瞒着你，到时教你喜出望外，我可是忍不住了。你的屋子在阿多阿街，离圣·拉查街只有两步路。那儿包你像王爷一般舒服。我们替你办的家具像新娘用的。一个月工夫，我们瞒着你做了好多事，我的诉讼代理人已经在交涉，将来我女儿一年有三万六千收入，是她陪嫁的利息，我要女婿把她的八十万法郎投资在房地产上面。”

欧也纳不声不响，抱着手臂在他乱七八糟的小房间里踱来踱去。高老头趁大学生转身的当儿，把一个红皮匣子放在壁炉架上，匣子外面有特·拉斯蒂涅家的烫金的纹章。

“亲爱的孩子，”可怜的老头儿说，“我全副精神对付这些事。可是，你知道，我也自私得很，你的搬家对我也有好处。嗯，你不会拒绝我吧，倘使我有点儿要求？”

“什么事？”

“你屋子的六层楼上有一间卧房，也是归你的，我想住在那里，行吗？我老了，离开女儿太远了。我不会打搅你的，光是住在那儿。你每天晚上跟我谈谈她。你说，你不会讨厌吧？你回家的时候，我睡在床上听到你的声音，心里想：——他才见过我的小但斐纳，带她去跳舞，使她快乐。——要是我病了，听你回来，走动，出门，等于给我心上涂了止痛膏。你身上有我女儿的气息！我只要走几步路就到天野大道，她天天在那儿过，我可以天天看到她，不会再像从前那样迟到了。也许她还会上你这儿来！我可以听到她，看她穿着梳妆衣，踅着细步，像小猫一样可爱的走来走去。一个月到现在，她又恢复了从前小姑娘的模样，快活，漂亮，她的心情复原了，你给了她幸福。哦！什么办不到的事，我都替你办。她刚才回家的路上对我说：爸爸，我真快活！——听她们一本正经的叫我父亲，我的心就冰冷；一叫我爸爸，我又看到了她们小时候的样子，回想起从前的事。我觉得自己还是十足十的父亲，她们还没有给旁人占去！”

老头儿抹了抹眼泪。

“好久我没听见她们叫我爸爸了，好久没有搀过她们的胳膊了。唉！是呀，十年工夫我没有同女儿肩并肩的一块儿走了。挨着她的裙子，跟着她的脚步，沾到她的暖气，多舒服啊！今儿早上我居然能带了但斐纳到处跑，同她一块儿上铺子买东西，又送她回家。噢！你一定得收留我！你要人帮忙的时候，有我在那儿，就好伺候你啦。倘若那个亚尔萨斯臭胖子死了，倘若他的痛风症乖乖的跑进了他的胃，我女儿不知该多么高兴呢！那时你可以做我的女婿，堂而皇之做她的丈夫了。唉。她那么可怜，一点儿人生的乐趣都没有尝到，所以我什么都原谅她。好天爷总该保佑慈爱的父亲吧。”他停了一会，侧了侧脑袋又说：“她太爱你了，上街的时候她跟我提到你：是不是，爸爸，他好极了！他多有良心！有没有提到我呢！——呃，从阿多阿街到巴诺拉玛巷，拉拉扯扯不知说了多少！总之，她把她的心都倒在我的心里了。整整一个上午我快乐极了，不觉得老了，我的身体还不到一两重。我告诉她，你把一千法郎交给了我。哦！我的小心肝听着哭了。”

拉斯蒂涅站在那儿不动，高老头忍不住了，说道：

“嗳，你壁炉架上放的什么呀？”

欧也纳愣头愣脑的望着他的邻居。伏脱冷告诉他明天要决斗了；高老头告诉他，渴望已久的梦想要实现了。两个那么极端的消息，使他好像做了一场恶梦。他转身瞧了瞧壁炉架，看到那小方匣子，马上打开，发现一张纸条下面放着一只勃勒甘牌子的表。纸上写着：

我要你时时刻刻想到我，因为……但斐纳。

最后一句大概暗指他们俩某一次的争执，欧也纳看了大为感动。拉斯蒂涅的纹章放在匣子里边，是用釉彩堆成的。这件向往已久的装饰品，链条，钥匙，式样，图案，他件件中意。高老头在旁乐得眉飞色舞。他准是答应女儿把欧也纳惊喜交集的情形告诉她听的；这些年轻人的激动也有老人的份，他的快乐也不下于他们两人。他已经非常喜欢拉斯蒂涅了，为了女儿，也为了拉斯蒂涅本人。

“你今晚一定要去看她，她等着你呢。亚尔萨斯臭胖子在他舞女那儿吃饭。嗳，嗳，我的代理人向他指出事实，他愣住了。他不是说爱我女儿爱得五体投地么？哼，要是他碰一碰她，我就要他的命。一想到我的但斐纳……（他叹了口气）我简直气得要犯法；呸，杀了他不能说杀了人，不过是牛头马面的一个畜生罢了。你会留我一块儿住的，是不是？”

“是的，老丈，你知道我是喜欢你的……”

“我早看出了，你并没觉得我丢你的脸。来，让我拥抱你。”他搂着大学生，“答应我，你得使她快乐！今晚你一定去了？”

“噢，是的。我先上街去一趟，有件要紧事儿，不能耽误。”

“我能不能帮忙呢？”

“哦，对啦！我上纽沁根太太家，你去见泰伊番老头，要他今天晚上给我约个时间，我有件紧急的事和他谈。”

高老头脸色变了，说道：“楼下那些混蛋说你追求他的女儿，可是真的，小伙子？该死！你可不知什么叫作高里奥的老拳呢。你要欺骗我们，就得教你尝尝味儿了。哦！那是不可能的。”

大学生道：“我可以赌咒，世界上我只爱一个女人，连我自己也只是刚才知道。”

高老头道：“啊，那才好呢！”

“可是，”大学生又说，“泰伊番的儿子明天要同人决斗，听说他会送命的。”

高老头道：“那跟你有什么相干？”

欧也纳道：“噢！非告诉他不可，别让他的儿子去……”

伏脱冷在房门口唱起歌来，打断了欧也纳的话：

> 噢，理查，噢，我的陛下，
> 世界把你丢啊[1]……

①格雷德里的喜歌剧《狮心王理查》中的唱词。

勃龙！勃龙！勃龙！勃龙！勃龙！

我久已走遍了世界，
人家到处看见我呀……

脱啦，啦，啦，啦……

“诸位先生，”克利斯朵夫叫道，“汤冷了，饭厅上人都到齐了。”

“喂，”伏脱冷喊，“来拿我的一瓶波尔多去[①]。”

“你觉得好看吗，那只表？”高老头问，“她挑的不差可不是？”

伏脱冷，高老头，和拉斯蒂涅三个人一同下楼，因为迟到，在饭桌上坐在一处。吃饭的时候，欧也纳一直对伏脱冷很冷淡；可是伏盖太太觉得那个挺可爱的家伙从来没有这样的谈锋。他诙谑百出，把桌上的人都引得非常高兴。这种安详，这种镇静，欧也纳看着害怕了。

“你今儿交了什么运呀，快活得像云雀一样？”伏盖太太问。

“我做了好买卖总是快活的。”

“买卖？”欧也纳问。

“是啊。我交出了一部分货，将来好拿一笔佣金。”他发觉老姑娘在打量他，便问：“米旭诺小姐，你这样盯着我，是不是我脸上有什么地方教你不舒服？老实告诉我，为了讨你欢喜，我可以改

①波尔多为法国西部港口，产红葡萄酒有名，通常即以此地名称呼红酒。

变的。”

他又瞅着老公务员说：“波阿莱，咱们不会因此生气的，是不是？”

“真是！你倒好替雕刻家做模特儿，让他塑一个滑稽大家的像呢？”青年画家对伏脱冷道。

“不反对，只要米旭诺小姐肯给人雕做拉希公墓[①]的爱神。”伏脱冷回答。

“那么波阿莱呢？”皮安训问。

“噢！波阿莱就扮作波阿莱。他是果园里的神道，是梨的化身[②]。”伏脱冷回答。

“那你是坐在梨跟酪饼之间了。”皮安训说。

“都是废话，”伏盖太太插嘴道，“还是把你那瓶波尔多献出来吧，又好健胃又好助兴。那个瓶已经在那儿伸头探颈了！”

“诸位，”伏脱冷道，“主席叫我们遵守秩序。古的太太和维多莉小姐虽不会对你们的胡说八道生气，可不能侵犯无辜的高老头。我请大家喝一瓶波尔多，那是靠着拉斐德先生的大名而格外出名的。我这么说可毫无政治意味[③]。——来呀，你这傻子！”他望着一动不动的克利斯朵夫叫。“这儿来，克利斯朵夫！怎么你没听见你名字？傻瓜！把酒端上来！”

“来啦，先生。”克利斯朵夫捧着酒瓶给他。

---

①拉希公墓为巴黎最大的公共坟场。

②Poire（梨）与Poiret（波阿莱，人名）谐音，故以此为戏。

③夏多-拉斐德为波尔多有名的酿酒区，有一种出名的红酒就用这个名称，大概伏脱冷请大家喝的就是这一种。当时又有法兰西银行总裁名叫拉斐德，故以谐音作戏谑语。

伏脱冷给欧也纳和高老头各斟了一杯，自己也倒了几滴。两个邻居已经在喝了，伏脱冷拿起杯子辨了辨味道，忽然扮了个鬼脸：

"见鬼！见鬼！有瓶塞子味儿。克利斯朵夫，这瓶给你吧，另外去拿，在右边，你知道？咱们一共十六个，拿八瓶下来。"

"既然你破钞，"画家说，"我也来买一百个栗子。"

"哦！哦！"

"啵！啵！"

"哎！哎！"

每个人大惊小怪的叫嚷，好似花筒里放出来的火箭。

"喂，伏盖妈妈，来两瓶香槟。"伏脱冷叫。

"亏你想得出，干吗不把整个屋子吃光了？两瓶香槟！十二法郎！我哪儿去挣十二法郎！不成，不成。要是欧也纳先生肯会香槟的账，我请大家喝果子酒。"

"吓！他的果子酒像秦皮汁一样难闻。"医学生低声说。

拉斯蒂涅道："别说了，皮安训，我听见秦皮汁三个字就恶心……行！去拿香槟，我付账就是了。"

"西尔维，"伏盖太太叫，"拿饼干跟小点心来。"

伏脱冷道："你的小点心太大了，而且出毛了。还是拿饼干来吧。"

一霎时，波尔多斟遍了，饭桌上大家提足精神，越来越开心。粗野疯狂的笑声夹着各种野兽的叫声。博物院管事学巴黎街上的一种叫卖声，活像猫儿叫春。立刻八个声音同时嚷起来：

磨刀哇！磨刀哇！

乌栗子哦！

卷饼，太太们，卷饼！

修锅子，补锅子！

船上来的鲜鱼哦！鲜鱼哦！

要不要打老婆，要不要拍衣服！

有旧衣服，旧金线，旧帽子卖！

甜樱桃啊甜樱桃！

最妙的是皮安训用鼻音哼的“修阳伞哇”！

几分钟之内，哗里哗啦，沸沸扬扬，把人脑袋都涨破了。你一句我一句，无非是瞎说八道，像一出大杂耍。伏脱冷一边当指挥一边冷眼觑着欧也纳和高里奥。两人好像已经醉了，靠着椅子，一本正经望着这片从来未有的混乱，很少喝酒，都想着晚上要做的事，可是都觉得身子抬不起来。伏脱冷在眼梢里留意他们的神色，等到他们眼睛迷迷糊糊快要闭上了，他贴着拉斯蒂涅的耳朵说：

“喂，小家伙，你还耍不过伏脱冷老头呢。他太喜欢你了，不能让你胡闹。一朝我决心要干什么事，只有上帝能拦住我。嘿！咱们想给泰伊番老头通风报信，跟小学生一样糊涂！炉子烧热了，面粉捏好了，面包放上铲子了；明儿咱们就可以咬在嘴里，丢着面包心子玩儿了，你竟想捣乱吗？不成不成，生米一定得煮成熟饭！心中要有什么小小的不舒服，等你吃的东西消化了，那点儿不舒服也就没有啦。咱们睡觉的时候，上校弗朗却西尼伯爵剑头一挥，替你把米希尔·泰伊番的遗产张罗好啦。维多莉继承了她的哥哥，一年有小小的一万五千收入。我已经打听清楚，光是母亲的遗产就有三十万以上……”

欧也纳听着这些话不能回答，只觉得舌尖跟上颚粘在一块，身子重甸甸的，瞌睡得要死。他只能隔了一重明晃晃的雾，看见桌子和同桌的人的脸。不久，声音静下来，客人一个一个的散了，临了只剩下伏盖太太，古的太太，维多莉，伏脱冷和高老头。拉斯蒂涅好似在梦中，瞥见伏盖太太忙着倒瓶里的余酒，把别的瓶子装满。

寡妇说：“嗳！他们疯疯癫癫，多年轻啊！”

这是欧也纳听到的最后一句话。

西尔维道：“只有伏脱冷先生才会教人这样快活，哟！克利斯朵夫打鼾打得像陀螺一样。”

“再见，伏盖妈妈，我要到大街上看玛蒂演《荒山》去了，那是把《孤独者》改编的戏。倘使你愿意，我请你和这些太太们一块儿去。”

古的太太回答：“我们不去，谢谢你。”

伏盖太太说：“怎么，我的邻居！你不想看《孤独者》改编的戏？那是阿太拉·特·夏多勃里昂[①]写的小说，我们看得津津有味，去年夏天在菩提树下哭得像玛特兰纳，而且是一部伦理作品，正好教育教育你的小姐呢。”

维多莉回答：“照教会的规矩，我们不能看喜剧。”

“哦，这两个都人事不知了。”伏脱冷把高老头和欧也纳的脑袋滑稽的摇了一下。

他扶着大学生的头靠在椅背上，让他睡得舒服些，一边热烈

①伏盖太太毫无知识，把作者的姓名弄得七颠八倒，和作品混而为一。

的亲了亲他的额角，唱道：

睡吧，我的心肝肉儿！
我永远替你们守护[①]。

维多莉道："我怕他害病呢。"

伏脱冷道："那你在这里照应他吧。"又凑着她的耳朵说，"那是你做贤妻的责任。他真爱你啊，这小伙子。我看，你将来会做他的小媳妇儿。"

他又提高了嗓子："末了，他们在地方上受人尊敬，白头偕老，子孙满堂。所有的爱情故事都这样结束的。哎，妈妈，"他转身搂着伏盖太太，"去戴上帽子，穿上漂亮的小花绸袍子，披上当年伯爵夫人的披肩。让我去替你雇辆车。"说完他唱着歌出去了：

太阳，太阳，神明的太阳，
是你晒熟了南瓜的瓜瓤[②]……

伏盖太太说："天哪！你瞧，古的太太，这样的男人才教我日子过得舒服呢。"她又转身对着面条商说："呦，高老头去啦。这啬刻鬼从来没想到带我上哪儿去过。我的天，他要倒下来啦。上了年纪的人再失掉理性，太不像话！也许你们要说，没有理性的

①阿梅台·特·蒈柏朗的有名的情歌中的词句，1819年被采入一出歌舞剧。

②当时工场里流行的小调。

人根本丢不了什么。西尔维，扶他上楼吧。”

西尔维抓着老人的胳膊扶他上楼，当他铺盖卷似的横在床上。

“可怜的小伙子，”古的太太说着，把欧也纳挡着眼睛的头发撩上去，“真像个女孩子，还不知道喝醉是怎么回事呢。”

伏盖太太道：“啊！我开了三十一年公寓，像俗话说的，手里经过的年轻人也不少了；像欧也纳先生这么可爱，这么出众的人才，可从来没见过。瞧他睡得多美！把他的头放在你肩上吧，古的太太。呃，他倒在维多莉小姐肩上了。孩子们是有神道保佑的。再侧过一点，他就碰在椅背的葫芦上啦。他们俩配起来倒是挺好的一对。”

古的太太道：“好太太，别胡说，你的话……”

伏盖太太回答：“呃！他听不见的。来，西尔维，帮我去穿衣服，我要戴上我的大胸褡。”

西尔维道：“哎哟！太太，吃饱了饭戴大胸褡！不，你找别人吧，我下不了这毒手。你这么不小心是有性命危险的。”

“管他，总得替伏脱冷先生挣个面子。”

“那你对承继人真是太好了。”

寡妇一边走一边吆喝：“嗳，西尔维，别顶嘴啦。”

厨娘对维多莉指着女主人，说：“在她那个年纪！”

饭厅里只剩下古的太太和维多莉，欧也纳靠在维多莉肩膀上睡着。静悄悄的屋里只听见克利斯朵夫的打鼾声，相形之下，欧也纳的睡眠越加显得恬静，像儿童一般妩媚。维多莉脸上有种母性一般的表情，好像很得意；因为她有机会照顾欧也纳，借此发泄女人的情感，同时又能听到男人的心在自己的心旁跳动，而没有一点犯罪的感觉。千思百念在胸中涌起，跟一股年轻纯洁的热流接触之下，她情绪激动，说不出有多么快活。

古的太太紧紧握着她的手说："可怜的好孩子！"

天真而苦恼的脸上罩着幸福的光轮，老太太看了暗暗称赏。维多莉很像中世纪古拙的画像，没有琐碎的枝节，沉着有力的笔触只着重面部，黄黄的皮色仿佛反映着天国的金光。

维多莉摩着欧也纳的头发说："他只不过喝了两杯呀，妈妈。"

"孩子，他要是胡闹惯的，酒量就会跟别人一样了。他喝醉倒是证明他老实。"

街上传来一辆车子的声音。

年轻的姑娘说："妈妈，伏脱冷先生来了。你来扶一扶欧也纳先生。我不愿意给那个人看见。他说话叫人精神上感到污辱，瞧起人来真受不了，仿佛剥掉人的衣衫一样。"

古的太太说："不，你看错了！他是个好人，有点像过去的古的先生，虽然粗鲁，本性可是不坏，他是好人歹脾气。"

在柔和的灯光抚弄之下，两个孩子正好配成一幅图画。伏脱冷悄悄的走进来，抱了手臂，望着他们说道：

"哎哟！多有意思的一幕，喔！给《保尔和维奚尼》的作者，裴那登·特·圣－比哀看到了，一定会写出好文章来。青春真美，不是吗，古的太太？"他又端相了一会欧也纳，说道："好孩子，睡吧。有时福气就在睡觉的时候来的。"他又回头对寡妇道："太太，我疼这个孩子，不但因为他生得清秀，还因为他心好。你瞧他不是一个希吕彭靠在天使肩上么？真可爱！我要是女人，我愿意为了他而死，（哦，不！不这么傻！）愿意为了他而活！这样欣赏他们的时候，太太，”他贴在寡妇耳边悄悄地说，“不由不想到他们是天生一对，地造一双。”然后他又提高了嗓子：“上帝给我们安排的路是神秘莫测的，他鉴察人心，试验人的肺腑[1]。孩子们，看到你们俩都一样的纯洁，一样的有情有义，我相信一朝结合了，你们绝不会分离。上帝是正直的。”他又对维多莉说：“我觉得你很有福相，给我瞧瞧你的手，小姐。我会看手相，人家的好运气常常被我说准的。哎唷！你的手怎么啦？真的，你马上要发财了，爱你的人也要托你的福了。父亲会叫你回家，你将来要嫁给一个年轻的人，又漂亮又有头衔，又爱你！”

妖娆的伏盖寡妇下楼了，沉重的脚声打断了伏脱冷的预言。

“瞧啊，伏盖妈妈美丽得像一颗明明明……明星，包扎得像根红萝卜。不有点儿气急吗？”他把手按着她胸口说，“啊，胸脯绑得很紧了，妈妈。不哭则已，一哭准会爆炸；可是放心，我会像古董商一样把你仔仔细细捡起来的。”

寡妇咬着古的太太的耳朵说：“他真会讲法国式的奉承话，这家伙！”

“再见，孩子们，”伏脱冷转身招呼欧也纳和维多莉，把手放在他们头上，“我祝福你们！相信我，小姐，一个规矩老实的人的祝福是有道理的，包你吉利，上帝会听他的话的。”

“再见，好朋友，”伏盖太太对她的女房客说，又轻轻补上一句，“你想伏脱冷先生对我有意思吗？”

“哦！哦！”

他们走后，维多莉瞧着自己的手叹道：

①此二语借用《圣经·耶利米书》第十七章原文。

"唉！亲爱的妈妈，倘若真应了伏脱冷先生的话！"

老太太回答："那也不难，只消你那魔鬼哥哥从马上倒栽下来就成了。"

"噢！妈妈！"

寡妇道："我的天！咒敌人也许是桩罪过，好，那么我来补赎吧。真的，我很愿意给他送点儿花到坟上去。他那个坏良心，没有勇气替母亲说话，只晓得拿她的遗产，夺你的家私。当时你妈妈陪嫁很多，算你倒霉，婚书上没有提。"

维多莉说："要拿人家的性命来换我的幸福，我心上永远不会安乐的。倘使要我幸福就得去掉我哥哥，那我宁可永久住在这儿。"

"伏脱冷先生说得好，谁知道全能的上帝高兴教我们走哪条路呢？——你瞧他是信教的，不像旁人提到上帝比魔鬼还要不敬。"

她们靠着西尔维帮忙，把欧也纳抬进卧房，放倒在床上；厨娘替他脱了衣服，让他舒舒服服的睡觉。临走，维多莉趁老太太一转身，在欧也纳额上亲了一亲，觉得这种偷偷摸摸的罪过真有说不出的快乐。她瞧瞧他的卧室，仿佛把这一天上多多少少的幸福归纳起来，在脑海中构成一幅图画，让自己老半天的看着出神。她睡熟的时候变了巴黎最快乐的姑娘。

伏脱冷在酒里下了麻醉药，借款待众人的机会灌醉了欧也纳和高老头：这一下他可断送了自己。半醉的皮安训忘了向米旭诺追问鬼上当那个名字。要是他说了，伏脱冷，或者约各·高冷——在此我们不妨对苦役监中的大人物还他的真名实姓，——一定会马上提防。后来，米旭诺小姐认为高冷性情豪爽，正在盘算给他通风报信，让他在半夜里逃走，是不是更好的时候，听到拉希公墓上的爱神那个绰号，便突然改变主意。她吃过饭由波阿莱陪着出门，到圣·安纳街找那有名的特务头子去了，心里还以为他不过是个名叫龚杜罗的高级职员。特务长见了她挺客气。把一切细节说妥之后，米旭诺小姐要求那个检验黥印的药品。看到圣·安纳街的大人物在书桌抽斗内找寻药品时那种得意的态度，米旭诺才懂得这件事情的重要性还不止在于掩捕一个普通的逃犯。她仔细一想，觉得警察当局还希望根据苦役监内线的告密，赶得上没收那笔巨大的基金。她把这点疑心向那老狐狸说了，他却笑了笑，有心破除老姑娘的疑心。

“你想错了，”他说，“在贼党里，高冷是一个从来未有的最危险的博士，我们要抓他是为这一点。那些坏蛋也都知道；他是他们的军旗，他们的后台，他们的拿破仑；他们都爱戴他。这家伙永远不会把他的老根丢在葛兰佛广场上的[1]。”

米旭诺听了莫名其妙，龚杜罗给她解释，他用的两句土话是贼党里极有分量的切口，他们早就懂得一个人的脑袋可有两种看法：博士是一个活人的头脑，是他的参谋，是他的思想；老根是个轻蔑的字眼，表示头颅落地之后毫无用处。

他接着说：“高冷拿我们打哈哈。对付那些英国钢条般的家伙，我们也有一个办法，只要他们在逮捕的时候稍微抵抗一下，立刻把他干掉。我们希望高冷明天动武，好把他当场格杀。这么一来，诉讼啊，看守的费用啊，监狱里的伙食啊，一概可以省掉，同时又替社会除了害。起诉的手续，证人的传唤，旅费津贴，执行

①葛兰佛广场为巴黎执行死刑的地方，也是公共庆祝的集会场所。

判决，凡是对付这些无赖的合法步骤所花的钱，远不止你到手的三千法郎。并且还有节省时间的问题。一刀戳进鬼上当的肚子，可以消弭上百件的罪案，教多少无赖不敢越过轻罪法庭的范围。这就叫作警政办得好。照真正慈善家的理论，这种办法便是预防犯罪。”

“这就是替国家出力呀。”波阿莱道。

“对啦，你今晚的话才说得有理了。是呀，我们当然是替国家出力啰。外边的人对我们很不公平，其实我们暗中帮了社会多少的忙。再说，一个人不受偏见约束才算高明，违反成见所做的好事自然免不了害处，能忍受这种害处才是基督徒。你瞧，巴黎终究是巴黎。这句话就说明了我的生活。小姐，再见吧。明天我带着人在植物园等。你叫克利斯朵夫上蒲风街我前次住的地方找龚杜罗先生就得了。先生，将来你丢了东西，尽管来找我，包你物归原主。我随时可以帮忙。”

“嗳，”波阿莱走到外边对米旭诺小姐说，“世界上竟有些傻子，一听见警察两字就吓得魂不附体。可是这位先生多和气，他要你做的事情又像打招呼一样简单。”

第二天是伏盖公寓历史上最重大的日子。至此为止，平静的公寓生活中最显著的事件，是那个假伯爵夫人像彗星一般的出现。可是同这一日天翻地覆的事（从此成为伏盖太太永久的话题）一比，一切都暗淡无光了。先是高里奥和欧也纳一觉睡到十一点。伏盖太太半夜才从快乐戏院回家，早上十点半还在床上。喝了伏脱冷给的剩酒，克利斯朵夫的酣睡耽误了屋里的杂务。波阿莱和米旭诺小姐并不抱怨早饭开得晚。维多莉和古的太太也睡了晚觉。伏脱冷八点以前就出门，直到开饭才回来。十一点一刻，西尔维和克利斯朵夫去敲各人的房门请吃早饭，居然没有一个人说什么不满意的话。两个仆人一走开，米旭诺小姐首先下楼，把药水倒入伏脱冷自备的银杯，那是装满了他冲咖啡用的牛奶，跟旁人的一起炖在锅子上的。老姑娘算好利用公寓里这个习惯下手。七个房客过了好一会才到齐。欧也纳伸着懒腰最后一个下楼，正碰上特·纽沁根太太的信差送来一封信，写的是：

> 朋友，我对你并不生气，也不觉得我有损尊严。我等到半夜二点，等一个心爱的人！受过这种罪的人绝不会教人家受。我看出你是第一次恋爱。你碰到了什么事呢？我真急死了。要不怕泄露心中的秘密，我就亲自来了，看看你遇到的究竟是凶是吉。可是在那个时候出门，不论步行或是坐车，岂不是断送自己？我这才觉得做女人的苦。我放心不下，请你告诉我为什么父亲对你说了那些话之后，你竟没有来，我要生你的气，可是会原谅你的。你病了么？为什么住得这样远？求你开声口吧。希望马上就来。倘若有事，只消回我一个字：或者说就来，或者说害病。不过你要不舒服的话，父亲会来通知我的。那么究竟是怎么回事呢？……

“是啊，怎么回事呢？”欧也纳叫了起来。他搓着没有念完的信，冲进饭厅，问：“几点了？”

“十一点半。”伏脱冷一边说一边把糖放进咖啡。

那逃犯冷静而迷人的眼睛瞪着欧也纳。凡是天生能勾魂摄魄的人都有这种目光，据说能镇住疯人院中的武痴。欧也纳不禁浑身哆嗦。街上传来一辆马车的声音，泰伊番先生家一个穿号衣的当差神色慌张的冲进来，古的太太一眼便认出了。

“小姐，”他叫道，“老爷请您回去，家里出了事。弗莱特烈先生跟人决斗，脑门上中了一剑，医生认为没有希望了，恐怕您来不及跟他见面了，已经昏迷了。”

伏脱冷叫道：“可怜的小伙子！有了三万一年的收入，怎么还能打架？年轻人真不懂事。”

“吓，老兄！”欧也纳对他嚷道。

“怎么，你这个大孩子？巴黎哪一天没有人决斗？”伏脱冷一边回答一边若无其事的喝完咖啡。米旭诺小姐全副精神看他这个动作，听到那件惊动大众的新闻也不觉得震动。

古的太太说：“我跟你一块儿去，维多莉。”

她们俩帽子也没戴，披肩也没拿，径自跑了。维多莉临走噙着泪对欧也纳望了一眼，仿佛说：“想不到我们的幸福要教我流泪！”

伏盖太太道：“呃，你竟是未卜先知了，伏脱冷先生？”

约各·高冷回答：“我是先知，我是一切。”

伏盖太太对这件事又说了一大堆废话：“不是奇怪吗！死神来寻到我们，连商量都不跟我们商量一下。年轻人往往走在老年人之前。我们女人总算运气，用不着决斗；可是也有男人没有的病痛。我们要生孩子，而做母亲的苦难是很长的！维多莉真福气！这会儿她父亲没有办法啦，只能让她承继啰。”

“可不是！”伏脱冷望着欧也纳说，“昨天两手空空，今儿就有了几百万！”

伏盖太太叫道：“喂，欧也纳先生，这一下你倒是中了头彩啦。”

听到这一句，高老头瞧了瞧欧也纳，发现他手中还拿着一封团皱的信。

“你还没有把信念完呢！……这是什么意思？难道你也跟旁人一样吗？”他问欧也纳。

“太太，我永远不会娶维多莉小姐。”欧也纳回答伏盖太太的时候，不胜厌恶的口气教在场的人都觉得奇怪。

高老头抓起大学生的手握着，恨不得亲它一下。

伏脱冷道：“哦，哦！意大利人有句妙语，叫作听时间安排！”

“我等回音呢。”纽沁根太太的信差催问拉斯蒂涅。

“告诉太太说我会去的。”

信差走了。欧也纳心烦意躁，紧张到极点，再也顾不得谨慎不谨慎了。他高声自言自语：“怎么办？一点儿没有证据！”

伏脱冷微微笑着。他吞下的药品已经发作，只是逃犯的身体非常结实，还能站起来瞧着拉斯蒂涅，沉着嗓子说：

“孩子，福气就在睡觉的时候来的。”

说完他直僵僵的倒在地下。

欧也纳道：“果真是神灵不爽！”

“哎哟！他怎么啦？这个可怜的亲爱的伏脱冷先生？”

米旭诺小姐叫道：“那是中风啊。”

“喂，西尔维，请医生去，”寡妇吩咐，“拉斯蒂涅先生，你快去找皮安训先生。说不定西尔维碰不到我们的葛兰泼莱医生。”

拉斯蒂涅很高兴借此机会逃出这个可怕的魔窟，便连奔带跑的溜了。

“克利斯朵夫，你上药铺去要些治中风的药。”

克利斯朵夫出去了。

“哎，喂，高老头，帮我们抬他上楼，抬到他屋里去。”

大家抓着伏脱冷，七手八脚抬上楼梯，放在床上。

高里奥说：“我帮不了什么忙，我要看女儿去了。”

“自私的老头儿！”伏盖太太叫道，“去吧，但愿你不得好死，孤零零的像野狗一样！”

“瞧瞧你屋子里可有依太。”米旭诺小姐一边对伏盖太太说，一边和波阿莱解开伏脱冷的衣服。

伏盖太太下楼到自己卧房去，米旭诺小姐就可以为所欲为了。

她吩咐波阿莱：“赶快，脱掉他的衬衫，把他翻过来！你至少也该有点儿用处，总不成叫我看到他赤身露体。你老待在那里干吗？”

伏脱冷给翻过身来，米旭诺照准他肩头一巴掌打过去，鲜红的皮肤上立刻白白的泛出两个该死的字母。

“吓！一眨眼你就得了三千法郎赏格。”波阿莱说着，扶住伏脱冷，让米旭诺替他穿上衬衣。——他把伏脱冷放倒在床上，又道：“呃，好重啊！”

“别多嘴！瞧瞧有什么银箱没有？”老姑娘性急慌忙的说，一双眼睛拼命打量屋里的家具，恨不得透过墙壁才好。

她又道：“最好想个理由打开这口书柜！”

波阿莱回答：“恐怕不大好吧？”

“为什么不大好？贼赃是公的，不能说是谁的了。可惜来不及，已经听到伏盖的声音了。”

伏盖太太说：“依太来了。哎，今天的怪事真多。我的天！这个人是不会害病的，他白得像子鸡一样。”

“像子鸡？”波阿莱接了一句。

寡妇把手按着伏脱冷的胸口，说：“心跳得很正常。”

“正常？”波阿莱觉得很诧异，“是呀，跳得挺好呢。”

“真的吗？”波阿莱问。

“妈妈呀！他就像睡着一样。西尔维已经去请医生了。喂，米旭诺小姐，他把依太吸进去了。大概是抽筋。脉搏很好，身体像土耳其人一样棒。小姐，你瞧他胸口的毛多浓；好活到一百岁呢，这家伙！头发也没脱。呦！是胶在上面的，他戴了假头发，原来的头发是土红色的。听说红头发的人不是好到极点，就是坏到极点！他大概是好的了，他？”

“好！好吊起来。”波阿莱道。

“你是说他好吊在漂亮女人的脖子上吧？”米旭诺小姐抢着说，“你去吧，先生。你们闹了病要人伺候，那就是我们女人的事了。你还是到外边去遛遛吧。这儿有我跟伏盖太太照应就行了。”

波阿莱一声没出，轻轻的走了，好像一条狗给主人踢了一脚。

拉斯蒂涅原想出去走走，换换空气。他闷得发慌。这桩准时发生的罪案，隔夜他明明想阻止的；后来怎么的呢？他应该怎办呢？他唯恐在这件案子中做了共谋犯。想到伏脱冷那种若无其事的态度，他还心有余悸。他私下想：

“要是伏脱冷一声不出就死了呢？”他穿过卢森堡公园的走道，好似有一群猎犬在背后追他，连它们的咆哮都听得见。

“喂，朋友，”皮安训招呼他，“你有没有看到《舵工报》？”

《舵工报》是天梭先生主办的激进派报纸，在晨报出版后几小时另出一张内地版，登载当天的新闻，在外省比别家报纸的消息要早二十四小时。

高乡医院的实习医生接着说：“有段重要新闻：泰伊番的儿子和前帝国禁卫军的弗朗却西尼伯爵决斗，额上中了一剑，深两寸。这么一来，维多莉小姐成了巴黎最有陪嫁的姑娘了。哼！要是早知道的话！死了个人倒好比开了个头奖！听说维多莉对你很不错，可是真的？”

“别胡说，皮安训，我永远不会娶她。我爱着一个妙人儿，她也爱着我，我……”

“你这么说好像拼命压制自己，唯恐对你的妙人儿不忠实。难道真有什么女人，值得你牺牲泰伊番老头的家私么？倒要请你指给我瞧瞧。”

拉斯蒂涅嚷道：“难道所有的魔鬼都盯着我吗？”

皮安训道：“那么你又在盯谁呢？你疯了么？伸出手来，让我替你按按脉。呦，你在发烧呢。”

“赶快上伏盖妈妈家去吧，”欧也纳说，“刚才伏脱冷那混蛋晕过去了。”

“啊！我早就疑心，你给我证实了。”皮安训说着，丢下拉斯蒂涅跑了。

拉斯蒂涅溜了大半天，非常严肃。他似乎把良心翻来覆去查看了一遍。尽管他迟疑不决，细细考虑，到底真金不怕火，他的清白总算经得起严格的考验。他记起隔夜高老头告诉他的心腹话，想起但斐纳在阿多阿街替他预备的屋子；拿出信来重新念了一遍，吻了一下，心上想：

“这样的爱情正是我的救星。可怜老头儿有过多少伤心事；他从来不提，可是谁都一目了然！好吧，我要像照顾父亲一般的照顾他，让他享享福。倘使她爱我，她白天会常常到我家里来陪他的。那高个子的雷斯多太太真该死，竟会把老子当作门房看待。亲爱的但斐纳！她对老人家孝顺多了，她是值得我爱的。啊！今晚上我就可以快乐了！”

他掏出表来，欣赏了一番。

“一切都成功了。两个人真正相爱永久相爱的时候，尽可以互相帮助，我尽可以收这个礼。再说，将来我一定飞黄腾达，无论什么我都能百倍的报答她。这样的结合既没有罪过，也没有什么能教最严格的道学家皱一皱眉头的地方。多少正人君子全有这一类的男女关系！我们又不欺骗谁；欺骗才降低我们的人格。扯谎不就表示投降吗？她和丈夫已经分居好久。我可以对那个亚尔萨斯人说，他既然不能使妻子幸福，就应当让给我。”

拉斯蒂涅心里七上八下，争执了很久。虽然青年人的善念终于得胜了，他仍不免在四点半左右，天快黑的时候，存着按捺不下的好奇心，回到发誓要搬走的伏盖公寓。他想看看伏脱冷有没有死。

皮安训把伏脱冷灌了呕吐剂，叫人把吐出来的东西送往医院化验。米旭诺竭力主张倒掉，越发引起皮安训的疑心。并且伏脱冷也复原得太快，皮安训更疑心这个嘻嘻哈哈的家伙是遭了暗算。拉斯蒂涅回来，伏脱冷已经站在饭厅内火炉旁边。包饭客人到的比平时早，因为知道了泰伊番儿子的事，想来打听一番详细情形以及对维多莉的影响。除了高老头，全班人马都在那儿谈论这件新闻。欧也纳进去，正好跟不动声色的伏脱冷打了一个照面，被他眼睛一瞪，直瞧到自己心里，挑起一些邪念，使他心惊肉跳，打了个寒噤。那逃犯对他说：

“喂，亲爱的孩子，死神向我认输的日子还长哩。那些太太们说我刚才那场脑充血，连牛都吃不住，我可一点事儿都没有。”

伏盖寡妇叫道：“别说牛，连公牛都受不了[1]。”

“你看我没有死觉得很不高兴吗？”伏脱冷以为看透了拉斯蒂涅的心思，凑着他耳朵说，“那你倒是个狠将了！”

“嗳，真的，”皮安训说，“前天米旭诺小姐提起一个人绰号叫作鬼上当，这个名字对你倒是再合适没有。”

这句话对伏脱冷好似晴天霹雳，他顿时脸色发白，身子晃了几晃，那双勾魂摄魄的眼睛射在米旭诺脸上，好似一道阳光；这股精神的威势吓得她腿都软了，歪歪斜斜的倒在一张椅子里。逃犯扯下平时那张和善的脸，露出狰狞可怖的面目。波阿莱觉得米旭诺遭了危险，赶紧向前，站在她和伏脱冷之间。所有的房客还不知道这出戏是怎么回事，莫名其妙的愣住了。这时外面响起好几个人的脚声，和士兵的枪柄跟街面上的石板碰击的声音。正当高冷不由自主的望着墙壁和窗子，想找出路的时候，客厅门口出现了四个人。为首的便是那特务长，其余三个是警务人员。

“兹以法律与国王陛下之名……”一个警务人员这么念着，以下的话被众人一片惊讶的声音盖住了。

不久，饭厅内寂静无声，房客闪开身子，让三个人走进屋内。

---

①伏脱冷所说的牛（boeuf）是去势的牛，伏盖太太说的是公牛（taureau），即斗牛用的牛。

他们的手都插在衣袋里，抓着上好子弹的手枪。跟在后面的两个宪兵把守客厅的门；另外两个在通往楼梯道的门口出现。好几个士兵的脚声和枪柄声在前面石子道上响起来。鬼上当完全没有逃走的希望了，所有的目光都不由自主的盯着他一个人。特务长笔直的走过去，对准他的脑袋用力打了一巴掌，把假头发打落了。高冷丑恶的面貌马上显了出来。土红色的短头发表示他的强悍和狡猾，配着跟上半身气息一贯的脑袋和脸庞，意义非常清楚，仿佛被地狱的火焰照亮了。整个的伏脱冷，他的过去，现在，将来，倔强的主张，享乐的人生观，以及玩世不恭的思想，行动，和一切都能担当的体格给他的气魄，大家全明白了。全身的血涌上他的脸，眼睛像野猫一般发亮。他使出一股犷野的力抖擞一下，大吼一声，把所有的房客吓得大叫。一看这个狮子般的动作，暗探们借着众人叫喊的威势，一齐掏出手枪。高冷一见枪上亮晶晶的火门，知道处境危险，便突然一变，表现出人的最高的精神力量。那种场面真是又丑恶又庄严！他脸上的表情只有一个譬喻可以形容，仿佛一口锅炉贮满了足以翻江倒海的水汽，一眨眼之间被一滴冷水化得无影无踪。消灭他一腔怒火的那滴冷水，不过是一个快得像闪电般的念头。他微微一笑，瞧着自己的假头发，对特务长说：

“哼，你今天不客气啊。”

他向那些宪兵点点头，把两只手伸了出来。

“来吧，宪兵，拿手铐来吧。请在场的人作证，我没有抵抗。”

这一幕的经过，好比火山的熔液和火舌突然之间窜了出来，又突然之间退了回去。满屋的人看了，不由得唧唧哝哝表示惊叹。

逃犯望着那有名的特务长说："这可破了你的计，你这个小题大做的家伙！"

"少废话，衣服剥下来。"那个圣·安纳街的人物满脸瞧不起的吆喝。

高冷说："干吗？这儿还有女太太。我又不赖，我投降了。"

他停了一会，瞧着全场的人，好像一个演说家预备发表惊人的言论。

"你写吧，拉夏班老头。"他招呼一个白头发的矮老头。

老人从公事包里掏出逮捕笔录，在桌旁坐下。"我承认是约各·高冷，诨名鬼上当，判过二十年苦役。我刚才证明我并没盗窃虚名，辜负我的外号。"他又对房客们说："只要我举一举手，这三个奸细就要教我当场出彩，弄脏伏盖妈妈的屋子。这般坏蛋专门暗箭伤人！"

伏盖太太听到这几句大为难受，对西尔维道："我的天！真要教人吓出病来了；我昨天还跟他上快活剧院呢。"

"放明白些，妈妈，"高冷回答，"难道昨天坐了我的包厢就倒霉了吗？难道你比我们强吗？我们肩膀上背的丑名声，还比不上你们心里的坏主意，你们这些烂社会里的蛆！你们之中最优秀的对我也抵抗不了。"

他的眼睛停在拉斯蒂涅身上，温柔的笑了笑；那笑容同他粗野的表情成为奇怪的对照。

"你知道，我的宝贝，咱们的小交易还是照常，要是接受的话！"说着他唱起来：

我的芳希德多可爱，

你瞧她多么朴实。

“你放心，我自有办法收账。人家怕我，绝不敢揩我的油。”

他这个人，这番话，把苦役监中的风气，亲狎，下流，令人触目惊心的气概，忽而滑稽忽而可怕的谈吐，突然表现了出来。他这个人不仅仅是一个人了，而是一个典型，代表整个堕落的民族，野蛮而又合理，粗暴而又能屈能伸的民族。一刹那间高冷变成一首恶魔的诗，写尽人类所有的情感，只除掉忏悔。他的目光有如撒旦的目光，他像撒旦一样永远要拼个你死我活。拉斯蒂涅低下头去，默认这个罪恶的联系，补赎他过去的邪念。

“谁出卖我的？”高冷的可怕的目光朝着众人扫过去，最后盯住了米旭诺小姐，说道：“哼，是你！假仁假义的老妖精，你暗算我，骗我中风，你这个奸细！我一句话，包你八天之内脑袋搬家。可是我饶你，我是基督徒。而且也不是你出卖我的。那么是谁呢？”

他听见警务人员在楼上打开他的柜子，拿他的东西，便道：“嘿！嘿！你们在上面搜查。鸟儿昨天飞走了，窠也搬空了！你们找不出什么来的。账簿在这儿，”他拍拍脑门，“呃，出卖我的人，我知道了。一定是丝线那个小坏蛋，对不对，捕快先生？”他问特务长，“想起我们把钞票放在这儿的日子，一定是他。哼，什么都没有了，告诉你们这般小奸细！至于丝线哪，不出半个月就要他的命，你们派全部宪兵去保镖也是白搭。——这个米旭诺，你们给了她多少？两三千法郎吧？我可不止值这一些，告诉你这个母夜叉，丑八怪，公墓上的爱神！你要是通知了我，可以到手六千法郎。嗯，你想不到吧，你这个卖人肉的老货！我倒愿意那么办，开销六千法郎，免得旅行一趟，又麻烦，又损失钱。”他一边说一边让人家戴上手铐，“这些家伙要拿我开心，尽量拖延日子，折磨我。要是马上送我进苦役监，我不久就好重新办公，才不怕这些傻瓜的警察老爷呢。在牢里，弟兄们把灵魂翻身都愿意，只要能让他们的大哥走路，让慈悲的鬼上当远走高飞！你们之中可有人像我一样，有一万多弟兄肯替你拼命的？”他骄傲的问，又拍拍心口，“这里面着实有些好东西，我从来没出卖过人！喂，假仁假义的老妖精，”他叫老姑娘，“你瞧他们都怕我，可是你哪，只能教他们恶心。好吧，领你的赏格去吧。”

他停了一会，打量着那些房客，说道：

“你们蠢不蠢，你们！难道从来没见过苦役犯？一个像我高冷气派的苦役犯，可不像别人那样没心没肺。我是卢梭的门徒，我反抗社会契约那样的大骗局。我一个人对付政府，跟上上下下的法院，宪兵，预算作对，弄得他们七荤八素。”

“该死！”画家说，“把他画下来倒是挺美的呢。”

“告诉我，你这刽子手大人的跟班，你这个寡妇总监。”（寡妇是苦役犯替断头台起的又可怕又有诗意的名字）他转身对特务长说，“大家客客气气！告诉我，是不是丝线出卖我的？我不愿意冤枉他，教他替别人抵命。”

这时警务人员在楼上抄遍了他的卧室，一切登记完毕，进来对他们的主任低声说话。逮捕笔录也已经写好。

“诸位，”高冷招呼同住的人，“他们要把我带走了。我在这儿的时候，大家都对我很好，我永远不会忘记。现在告辞了。将来我会寄普罗旺斯[①]的无花果给你们。”

他走了几步，又回头瞧了瞧拉斯蒂涅。

“再会，欧也纳，”他的声音又温柔又凄凉，跟他长篇大论的粗野口吻完全不同，“要有什么为难，我给你留下一个忠心的朋友。”

他虽然戴了手铐，还能摆出剑术教师的架势，喊着“一，二！[②]”然后往前跨了一步，又说：

“有什么倒霉事儿，尽管找他。人手和钱都好调度。”

这怪人的最后几句说得十分滑稽，除了他和拉斯蒂涅之外，谁都不明白。警察，士兵，警务人员一齐退出屋子，西尔维一边用酸醋替女主人擦太阳穴，一边瞧着那般诧异不置的房客，说道：

“不管怎么样，他到底是个好人！”

大家被这一幕引起许多复杂的情绪，迷迷糊糊愣在那里，听了西尔维的话方始惊醒过来，你望着我，我望着你，然后不约而同的把眼睛盯在米旭诺小姐身上。她像木乃伊一样的干瘪，又瘦又冷，缩在火炉旁边，低着眼睛，只恨眼罩的阴影不够遮掩她两眼的表情。众人久已讨厌这张脸，这一下突然明白了讨厌的原因。屋内隐隐然起了一阵嘀咕声，音调一致，表示反感也全场一致。米旭诺听见了，仍旧留在那里。皮安训第一个探过身去对旁边的人轻轻的说：

“要是这婆娘再同我们一桌子吃饭，我可要跑了。”

一刹那间，除了波阿莱，个个人赞成医学生的主张；医学生看见大众同意，走过去对波阿莱说：

---

①普罗旺斯为法国南部各州的总名，多隆监狱即在此地区内。

②“一，二！”为剑术教师教人开步时的口令。

“你和米旭诺小姐特别有交情，你去告诉她马上离开这儿。”

“马上？”波阿莱不胜惊讶的重复了一遍。

接着他走到老姑娘身旁，咬了咬她的耳朵。

“我房饭钱完全付清，我出我的钱住在这儿，跟大家一样！”她说完把全体房客毒蛇似的扫了一眼。

拉斯蒂涅说：“那容易得很，咱们来摊还她好了。”

她说：“你先生帮着高冷，哼，我知道为什么。”她瞅着大学生的眼光又恶毒又带着质问的意味。

欧也纳跳起来，仿佛要扑上去掐死老姑娘。米旭诺眼神中那点子阴险，他完全体会到，而他内心深处那些不可告人的邪念，也给米旭诺的目光照得雪亮。

房客们叫道：“别理她。”

拉斯蒂涅抱着手臂，一声不出。

“喂，把犹大小姐的事给了一了吧，”画家对伏盖太太说，“太太，你不请米旭诺走，我们走了，还要到处宣扬，说这儿住的全是苦役犯和奸细。不然的话，我们可以替你瞒着；老实说，这是在最上等的社会里也免不了的，除非在苦役犯额上刺了字，让他们没法冒充巴黎的布尔乔亚去招摇撞骗。”

听到这番议论，伏盖太太好像吃了仙丹，立刻精神抖擞，站起身子，把手臂一抱，睁着雪亮的眼睛，没有一点哭过的痕迹。

“嗳，亲爱的先生，你是不是要我的公寓关门？你瞧伏脱冷先生……哎哟！我的天！”她打住了话头，叫道，“我一开口就叫出他那个冒充规矩人的姓名！……一间屋空了，你们又要叫我多空两间。这时候大家都住定了，要我召租不是抓瞎吗！”

皮安训叫道："诸位，戴上帽子走吧，上索篷广场弗利谷多饭铺去！！"

伏盖太太眼睛一转，马上打好算盘，骨碌碌的一直滚到米旭诺前面。

"喂，我的好小姐，好姑娘，你不见得要我关门吧，嗯？你瞧这些先生把我逼到这个田地；你今晚暂且上楼……"

"不行不行，"房客一齐叫着，"我们要她马上出去。"

"她饭都没吃呢，可怜的小姐。"波阿莱用了哀求的口吻。

"她爱上哪儿吃饭就哪儿吃饭好，"好几个声音回答，"滚出去，奸细！"

"奸细们滚出去！"

波阿莱这脓包突然被爱情鼓足了勇气，说道："诸位，对女性总得客气一些！"

画家道："奸细还有什么性别！"

"好一个女性喇么！

"滚出去喇么！"

"诸位，这不像话。叫人走路也得有个体统。我们已经付清房饭钱，我们不走。"波阿莱说完，戴上便帽，走去坐在米旭诺旁边一张椅子上；伏盖太太正在说教似的劝她。

画家装着滑稽的模样对波阿莱说："你放赖，小坏蛋，去你的吧！"

皮安训道："喂，你们不走，我们走啦。"

房客们一窝蜂向客厅拥去。

伏盖太太嚷道："小姐，你怎么着？我完了。你不能耽下去，他们会动武呢。"

米旭诺小姐站起身子。

——“她走了！”——“她不走！”——“她走了！”——“她不走！”

此呼彼应的叫喊，对米旭诺越来越仇视的说话，使米旭诺低声同伏盖太太办过交涉以后，不得不走了。

她用恐吓的神气说：“我要上皮诺太太家去。”

“随你，小姐，”伏盖太太回答，她觉得这房客挑的住所对她是恶毒的侮辱，因为皮诺太太的公寓是和她竞争的，所以她最讨厌，“上皮诺家去吧，去试试她的酸酒跟那些饭摊上买来的菜吧。”

全体房客分作两行站着，一点声音都没有。波阿莱好不温柔的望着米旭诺小姐，迟疑不决的神气非常天真，表示他不知怎么办，不知应该跟她走呢还是留在这儿。看米旭诺一走，房客们兴高采烈，又看到波阿莱这个模样，便互相望着哈哈大笑。

画家叫道：“唧，唧，唧，波阿莱，喂，唷，啦，喂唷！”

博物院管事很滑稽的唱起一支流行歌曲的头几句：

动身上叙利亚，那年轻俊俏的杜奴阿……

皮安训道：“走吧，你心里想死了，真叫作：嗜好所在，锲而不舍。”

助教说：“这句维琪尔的名言翻成普通话，就是各人跟着各人的相好走。”

米旭诺望着波阿莱，做了一个挽他手臂的姿势；波阿莱忍不住了，过去搀着老姑娘，引得众人哄堂大笑。

“好啊，波阿莱！”

“这个好波阿莱哪！”

“阿波罗-波阿莱！”

“战神波阿莱！”

“英勇的波阿莱！”

这时进来一个当差，送一封信给伏盖太太。她念完立刻软瘫似的倒在椅子里。

“我的公寓给天雷打了，烧掉算啦。泰伊番的儿子三点钟断了气。我老是巴望那两位太太好，咒那个可怜的小伙子，现在我遭了报应。古的太太和维多莉叫人来拿行李，搬到她父亲家去。泰伊番先生答应女儿招留古的寡妇做伴。哎哟！多了四间空屋，少了五个房客！”她坐下来预备哭了，叫着：“晦气星进了我的门了！”

忽然街上又有车子的声音。

“又是什么倒霉的事来啦。”西尔维道。

高里奥突然出现，红光满面，差不多返老还童了。

“高里奥坐车！”房客一齐说，“真是世界末日到了！”

欧也纳坐在一角出神，高老头奔过去抓着他的胳膊，高高兴兴的说：“来啊。”

“你不知道出了事么？”欧也纳回答。“伏脱冷是一个逃犯，刚才给抓了去；泰伊番的儿子死了。”

“哎！那跟我们什么相干？我要同女儿一起吃饭，在你屋子里！听见没有？她等着你呢，来吧！”

他用力抓起拉斯蒂涅的手臂，死拖活拉，好像把拉斯蒂涅当作情妇一般的绑走了。

“咱们吃饭吧。”画家叫着。

每个人拉开椅子，在桌边坐下。

胖子西尔维道：“真是，今天样样倒霉。我的黄豆煮羊肉也烧焦了。也罢，就请你们吃焦的吧。”

伏盖太太看见平时十八个人的桌子只坐了十个，没有勇气说话了；每个人都想法安慰她，逗她高兴。先是包饭客人还在谈伏脱冷和当天的事，不久顺着谈话忽东忽西的方向，扯到决斗，苦役监，司法，牢狱，需要修正的法律等等上去了。说到后来，跟什么高冷，维多莉，泰伊番，早已离开十万八千里。他们十个人叫得二十个人价响，似乎比平时人更多；今天这顿晚饭和隔天那顿晚饭就是这么点儿差别。这批自私的人已经恢复了不关痛痒的态度，等明天再在巴黎的日常事故中另找一个倒霉鬼做他们的牺牲品。便是伏盖太太也听了胖子西尔维的话，存着希望安静下来。

这一天从早到晚对欧也纳是一连串五花八门的幻境；他虽则个性很强，头脑清楚，也不知道怎样整理他的思想；他经过了许多紧张的情绪，上了马车坐在高老头身旁，老人那些快活得异乎寻常的话传到他耳朵里，简直像梦里听到的。

“今儿早上什么都预备好了。咱们三个人就要一块儿吃饭了，一块儿！懂不懂？四年工夫我没有跟我的但斐纳，跟我的小但斐纳吃饭了。这一回她可以整个晚上陪我了。我们从早上起就在你屋子里，我脱了衣衫，像小工一般做活，帮着搬家具。啊！啊！你不知道她在饭桌上才殷勤呢，她曾招呼我：嗳，爸爸，尝尝这个，多好吃！可是我吃不下。噢！已经有那么久，我没有像今晚这样可以舒舒服服同她在一起了！”

欧也纳说：“怎么，今天世界真是翻了身吗？”

高里奥说："什么翻了身？世界从来没这样好过。我在街上只看见快活的脸，只看见人家在握手，拥抱；大家都高兴得不得了，仿佛全要上女儿家吃饭，吃一顿好饭似的。你知道，她是当我的面向英国咖啡馆的总管点的菜。嗳！在她身边，黄连也会变成甘草咧。"

"我现在才觉得活过来了。"欧也纳道。

"喂，马夫，快一点呀，"高老头推开前面的玻璃叫，"快点儿，十分钟赶到，我给五法郎酒钱。"

马夫听着，加了几鞭，他的马便在巴黎街上闪电似的飞奔起来。

高老头说："他简直不行，这马夫。"

拉斯蒂涅问道："你带我上哪儿去啊？"

高老头回答："你府上啰。"

车子在阿多阿街停下。老人先下车，丢了十法郎给马夫，那种阔绰活现出一个单身汉得意之极，什么都不在乎。

"来，咱们上去吧。"他带着拉斯蒂涅穿过院子，走上三楼的一个公寓，在一幢外观很体面的新屋子的后半边。高老头不用打铃。特·纽沁根太太的老妈子丹兰士已经来开门了。欧也纳看到一所单身汉住的精雅的屋子，包括穿堂，小客厅，卧室，和一间面临花园的书房。小客厅的家具和装修，精雅无比。在烛光下面，欧也纳看见但斐纳从壁炉旁边一张椅子上站起来，把遮火的团扇①放在壁炉架上，声音非常温柔的招呼他：

"非得请你才来吗，你这位莫名其妙的先生！"

---

①当时妇女握在手中用以遮蔽火炉热气的团扇。

丹兰士出去了。大学生搂着但斐纳紧紧抱着，快活得哭了。这一天，多少刺激使他的心和头脑都疲倦不堪，加上眼前的场面和公寓里的事故对比之下，拉斯蒂涅更加容易激动。

“我知道他是爱你的。”高老头悄悄的对女儿说。欧也纳软瘫似的倒在沙发上，一句话都说不出来，也弄不清这最后一幕幻境，怎么变出来的。

“你来瞧瞧。”特·纽沁根太太抓了他的手，带他走进一间屋子，其中的地毯，器具，一切细节都教他想到但斐纳家里的卧房，不过小了一点。

“还少一张床。”拉斯蒂涅说。

“是的，先生。”她红着脸，紧紧握了握他的手。

欧也纳望着但斐纳，他还年轻，懂得女人动了爱情自有真正的羞恶之心表现出来。他附在她耳边说：

“你这种妙人儿值得人家一辈子的疼爱。我敢说这个话，因为我们俩心心相印。爱情越热烈越真诚，越应当含蓄隐蔽，不露痕迹。我们绝不能对外人泄露秘密。”

“哦！我不是什么外人啊，我！”高老头咕噜着说。

“你知道你便是我们……”

“对啦，我就希望这样。你们不会提防我的，是不是？我走来走去，像一个无处不在的好天使，你们只知道有他，可是看不见他。嗳，但斐纳，尼纳德，但但！我当初告诉你：阿多阿街有所漂亮屋子，替他布置起来吧！——不是说得很对么？你还不愿意。啊！你的生命是我给的，你的快乐还是我给的。做父亲的要幸福，就得永远的给。永远的给，这才是父亲的所以成其为父亲。”

“怎么呢？”欧也纳问。

“是呀，她早先不愿意，怕人家说闲话，仿佛‘人家’抵得上自己的幸福！所有的女人都恨不得要学但斐纳的样呢……”

高老头一个人在那儿说话，特·纽沁根太太带拉斯蒂涅走进书房，给人听到一个亲吻的声音，虽是那么轻轻的一吻。书房和别间屋子一样精雅；每间屋里的动用器具也已经应有尽有。

“你说，我们是不是猜中了你的心意？”她回到客厅吃晚饭时问。

“当然。这种全套的奢华，这些美梦的实现，年少风流的生活的诗意，我都彻底领会到，不至于没有资格享受；可是我不能爱你，我还太穷，不能……”

“嗯嗯！你已经在反抗我了。”她装着半正经半玩笑的神气说，有样的噘着嘴。逢到男人有所顾虑的时候，女人多半用这个方法对付。

欧也纳这一天非常严肃的考问过自己，伏脱冷的被捕又使他发觉差点儿一失足成千古恨，因此加强了他的高尚的心胸与骨气，不愿轻易接受礼物。但斐纳尽管撒娇，和他争执，他也不肯让步。他只觉得非常悲哀。

“怎么！”特·纽沁根太太说，“你不肯受？你不肯受是什么意思，你知道吗？那表示你怀疑我们的前途，不敢和我结合。你怕有朝一日会欺骗我！倘使你爱我，倘使我……爱你，干吗你对这么一些薄意就不敢受？要是你知道我怎样高兴替你布置这个单身汉的家，你就不会推三阻四，马上要向我道歉了。你有钱存在我这儿，我把这笔钱花得很正当，不就得了吗？你自以为胸襟宽大，其实并不。你所要求的还远不止这些……（她瞥见欧也纳有道热情奋发的目光）而为了区区小事就忸怩起来。倘使你不爱我，那么好，就别接受。我的命运只凭你一句话。你说呀！”她停了一会，转过来向她父亲说：“喂，父亲，你开导开导他。难道他以为我对于我们的名誉不像他那么顾虑吗？”

高老头看着，听着这场怪有意思的拌嘴，傻支支的笑着。

但斐纳抓着欧也纳的手臂又说：“孩子，你正走到人生的大门，碰到多数男人没法打破的关口，现在一个女人替你打开了，你退缩了！你知道，你是会成功的，你能挣一笔大大的家业；瞧你美丽的额角，明明是飞黄腾达的相貌。今天欠我的，那时不是可以还我么？古时宫堡里的美人不是把盔甲，刀剑，骏马，供给骑士，让他们用她的名义到处去比武吗？嗳！欧也纳，我此刻送给你的是现代的武器，胸怀大志的人必不可少的工具。哼，你住的阁楼也够体面的了，倘使跟爸爸的屋子相像的话。哎，哎！咱们不吃饭了吗？你要我心里难受是不是？你回答我呀！”她摇摇他的手。“天哪！爸爸，你来叫他打定主意，要不然我就走了，从此不见他了。”

高老头从迷惘中醒过来，说道：“好，让我来叫你决定。亲爱的欧也纳先生，你不是会向犹太人借钱吗？”

“那是不得已呀。”

“好，就要你说这句话，”老人说着，掏出一只破皮夹，“那么我来做犹太人。这些账单是我付的，你瞧。屋子里全部的东西，账都清了。也不是什么大数目，至多五千法郎，算是我借给你的。我不是女人，你总不会拒绝了吧，随便写个字做凭据，将来还我就行啦。”

几颗眼泪同时在欧也纳和但斐纳眼中打转，他们俩面面相觑，愣住了。拉斯蒂涅握着老人的手。

高里奥道："哎哟，怎么！你们不是我的孩子吗？"

特·纽沁根太太道："可怜的父亲，你哪儿来的钱呢？"

"嗳！问题就在这里。你听了我的话决意把他放在身边，像办嫁妆似的买东买西，我就想：她要为难了！代理人说，向你丈夫讨回财产的官司要拖到六个月以上。好！我就卖掉长期年金一千三百五十法郎的本金；拿出一万五存了一千二的终身年金①，有可靠的担保；余下的本金付了你们的账。我么，这儿楼上有间每年一百五十法郎的屋子，每天花上两法郎，日子就过得像王爷一样，还能有多余。我什么都不用添置，也不用做衣服。半个月以来我肚里笑着想：他们该多么快活啊！嗯，你们不是快活吗？"

"哦！爸爸，爸爸！"特·纽沁根太太扑在父亲膝上，让他抱着。

她拼命吻着老人，金黄的头发在他腮帮上厮磨，把那张光彩奕奕，眉飞色舞的老脸洒满了眼泪。

她说："亲爱的父亲，你才是一个父亲！天下哪找得出第二个像你这样的父亲！欧也纳已经非常爱你，现在更要爱你了！"

高老头有十年工夫，不曾觉得女儿的心贴在他的心上跳过，他说："噢！孩子们，噢，小但斐纳，你叫我快活死了！我的心胀破了。喂！欧也纳先生，咱们两讫了！"

老人抱着女儿，发疯似的蛮劲使她叫起来："哎，你把我掐痛了。"

"把你掐痛了？"他说着，脸色发了白，瞅着她，痛苦得了不

①终身年金为特种长期存款，按年支息，待存款人故世后本金即没收，故利率较高。

得。这个父性基督的面目，只有大画家笔下的耶稣受难的图像可以相比。高老头轻轻的亲吻女儿的脸，亲着他刚才掐得太重的腰部。他又笑盈盈的，带着探问的口吻：

“不，不，我没有掐痛你；倒是你那么叫嚷使我难受。”他一边小心翼翼的亲着女儿，一边咬着她耳朵：“钱花的不止这些呢，咱们得瞒着他，要不然他会生气的。”

老人的牺牲精神简直无穷无尽，使欧也纳愣住了，只能不胜钦佩的望着他。那种天真的钦佩在青年人心中就是有信仰的表现。

他叫道：“我绝不辜负你们。”

“噢，欧也纳，你说的好。”特·纽沁根太太亲了亲他的额角。

高老头道：“他为了你，拒绝了泰伊番小姐和她的几百万家私。是的，那姑娘是爱你的；现在她哥哥一死，她就和克莱宙斯一样有钱了[1]。”

拉斯蒂涅道：“呃！提这个做什么！”

“欧也纳，”但斐纳凑着他的耳朵说，“今晚上我还觉得美中不足。可是我多爱你，永远爱你！”

高老头叫道：“你们出嫁到现在，今天是我最快乐的日子了。好天爷要我受多少苦都可以，只要不是你们教我受的。将来我会想到：今年二月里我有过一次幸福，那是别人一辈子都没有的。你瞧我啊，但斐纳！”他又对欧也纳说：“你瞧她多美！你有没有碰到过有她那样好看的皮色，小小的酒窝的女人？没有，是不

---

①克莱宙斯为公元前六世纪时小亚细亚利提阿最后一个国王，以财富著名。

是？嗳，这个美人儿是我生出来的呀。从今以后，你给了她幸福，她还要漂亮呢。欧也纳，你如果要我的那份儿天堂，我给你就是，我可以进地狱。吃饭吧，吃饭吧，”他嚷着，不知道自己说些什么，“啊，一切都是咱们的了。”

“可怜的父亲！”

“我的儿啊，”他起来向她走去，捧着她的头亲她的头发，“你不知道要我快乐多么容易！只要不时来看我一下，我老是在上面，你走一步路就到啦。你得答应我！”

“是的，亲爱的父亲。”

“再说一遍。”

“是的，好爸爸。”

“行啦行啦，由我的性子，会教你说上一百遍。咱们吃饭吧。”

整个黄昏大家像小孩子一样闹着玩儿，高老头的疯癫也不下于他们俩。他躺在女儿脚下，亲她的脚，老半天盯着她的眼睛，把脑袋在她衣衫上厮磨；总之他像一个极年轻极温柔的情人一样风魔。

“你瞧，”但斐纳对欧也纳道，“我们和父亲在一起，就得整个儿给他。有时的确麻烦得很。”

这句话是一切忘恩负义的根源，可是欧也纳已经几次三番妒忌老人，也就不能责备她了。他向四下里望了望，问：

“屋子什么时候收拾完呢？今晚我们还得分手么？”

“是的。明儿你来陪我吃饭，”她对他使了个眼色，“那是意大利剧院上演的日子。”

高老头道：“那么我去买楼下的座儿。”

时间已经到半夜。特·纽沁根太太的车早已等着。高老头和大学生回到伏盖家，一路谈着但斐纳，越谈越上劲，两股强烈的热情在那里互相比赛。欧也纳看得很清楚，父爱绝对不受个人利害的玷污，父爱的持久不变和广大无边，远过于情人的爱。在父亲心目中，偶像永远纯洁，美丽，过去的一切，将来的一切，都能加强他的崇拜。他们回家发现伏盖太太待在壁炉旁边，在西尔维和克利斯朵夫之间。老房东坐在那儿，好比玛里于斯坐在迦太基的废墟之上[①]。她一边对西尔维诉苦，一边等待两个硕果仅存的房客。虽然拜伦把泰斯[②]的怨叹描写得很美，以深刻和真实而论，远远不及伏盖太太的怨叹呢。

“明儿早上只要预备三杯咖啡了，西尔维！屋子里荒荒凉凉的，怎么不伤心？没有了房客还像什么生活！公寓里的人一下子全跑光了。生活就靠那些衣食饭碗呀。我犯了什么天条要遭这样的飞来横祸呢？咱们的豆子和番薯都是预备二十个人吃的。想不到还要招警察上门！咱们只能尽吃番薯的了！只能把克利斯朵夫歇掉的了！”

克利斯朵夫从睡梦中惊醒过来，问了声：

“太太？”

“可怜的家伙！简直像条看家狗。”西尔维道。

“碰到这个淡月，大家都安顿好了，哪还有房客上门？真叫我

①古罗马执政玛里于斯被舒拉战败，逃往非洲时曾逗留于迦太基废墟上，回想战败的经过，欷歔凭吊。西方俗谚常以此典故为不堪回首之喻。

②十六世纪意大利大诗人泰斯，在十九世纪浪漫派心目中代表被迫害的天才。

急疯了。米旭诺那老妖精把波阿莱也给拐走了！她对他怎么的，居然叫他服服帖帖，像小狗般跟着就走？”

“呦！”西尔维侧了侧脑袋，“那些老姑娘自有一套鬼本领。”

“那个可怜的伏脱冷先生，他们说是苦役犯，嗳，西尔维，怎么说我还不信呢。像他那样快活的人，一个月喝十五法郎的葛洛莉亚，付账又从来不脱期！”

克利斯朵夫道：“又那么慷慨！”

西尔维道：“大概弄错了吧？”

“不，他自己招认了，”伏盖太太回答。“想不到这样的事会出在我家里，连一只猫儿都看不见的区域里！真是，我在做梦了。咱们眼看路易十六出了事，眼看皇帝[1]下了台，眼看他回来了又倒下去了，这些都不稀奇；可是有什么理由教包饭公寓遭殃呢？咱们可以不要王上，却不能不吃饭；龚弗冷家的好姑太太把好茶好饭款待客人……除非世界到了末日……唉，对啦，真是世界的末日到啦。”

西尔维叫道：“再说那米旭诺小姐，替你惹下了大祸，反而拿到三千法郎年金！”

伏盖太太道：“甭提了，简直是个女流氓！还要火上加油，住到皮诺家去！哼，她什么都做得出，一定干过混账事儿，杀过人，偷过东西，倒是她该送进苦役监，代替那个可怜的好人……”

说到这里，欧也纳和高老头打铃了。

“啊！两个有义气的房客回来了。”伏盖太太说着，叹了口

---

①十九世纪的法国人对拿破仑通常均简称为皇帝，即使在下野以后仍然保持此习惯。

气。

两个有义气的房客已经记不大清公寓里出的乱子，直截了当的向房东宣布要搬往唐打区。

“唉，西尔维，”寡妇说，“我最后的王牌也完啦。你们两位要了我的命了！简直是当胸一棍。我这里好似有根铁棒压着。真的，我要发疯了。那些豆子又怎么办？啊！好，要是只剩下我一个人，你明儿也该走了，克利斯朵夫。再会吧，先生们，再会吧。”

“她怎么啦？”欧也纳问西尔维。

“噢！出了那些事，大家都跑了，她急坏了。哎，听呀，她哭起来了。哭一下对她倒是好的。我服侍她到现在，还是第一回看见她落眼泪呢。”

第二天，伏盖太太像她自己所说的，想明白了。固然她损失了所有的房客，生活弄得七颠八倒，非常伤心，可是她神志很清，表示真正的痛苦，深刻的痛苦，利益受到损害，习惯受到破坏的痛苦是怎么回事。一个情人对情妇住过的地方，在离开的时候那副留恋不舍的目光，也不见得比伏盖太太望着空荡荡的饭桌的眼神更凄惨。欧也纳安慰她，说皮安训住院实习的时期几天之内就满了，一定会填补他的位置；还有博物院管事常常羡慕古的太太的屋子；总而言之，她的人马不久仍旧会齐的。

“但愿上帝听你的话，亲爱的先生！不过晦气进了我的屋子，十天以内必有死神光临，你等着瞧吧，”她把阴惨惨的目光在饭厅内扫了一转，“不知轮着哪一个！”

“还是搬家的好。”欧也纳悄悄的对高老头说。

“太太，”西尔维慌慌张张跑来，“三天不看见咪斯蒂格里了。”

“啊！好，要是我的猫死了，要是它离开了我们，我……”

可怜的寡妇没有把话说完，合着手仰在椅背上，被这个可怕的预兆吓坏了。

五、两个女儿

晌午，正当邮差走到先贤祠区域的时候，欧也纳收到一封封套很精致的信，火漆上印着鲍赛昂家的纹章。信内附一份给特·纽沁根夫妇的请帖；一个月以前预告的盛大的舞会快举行了。另外有个字条给欧也纳：

> 我想，先生，你一定很高兴代我向特·纽沁根太太致意。我特意寄上你要求的请柬，我很乐意认识特·雷斯多太太的妹妹。替我陪这个美人儿来吧，希望你别让她把你的全部感情占了去，你该回敬我的着实不少哩。
>
> 特·鲍赛昂子爵夫人

欧也纳把这封短简念了两遍，想道："特·鲍赛昂太太明明表示不欢迎特·纽沁根男爵。"

他赶紧上但斐纳家，很高兴能给她这种快乐，说不定还会得到酬报呢。特·纽沁根太太正在洗澡。拉斯蒂涅在内客室等。一个想情人想了两年的急色儿，等在那里当然极不耐烦。这等情绪，年轻人也不会碰到第二次。男人对于他所爱的第一个十足地道的女子，就是说符合巴黎社会的条件的，光彩耀目的女子，永远觉得天下无双。巴黎的爱情和旁的爱情没有一点儿相同。每个人为了体统关系，在所谓毫无利害作用的感情上所标榜的门面话，男男女女是没有一个人相信的。在这儿，女人不但应当满足男人的心灵和肉体，而且还有更大的义务，要满足人生无数的虚荣。巴黎的爱情尤其需要吹捧，无耻，浪费，哄骗，摆阔。在路易十四的宫廷中，所有的妇女都羡慕拉·华梨哀小姐，因为她的热情使那位名君忘了他的袖饰值到六千法郎一对，把它撕破了来汲引特·凡尔蒙陶阿公爵[1]。以此为例，我们对别人还有什么话可说呢！你得年轻，有钱，有头衔，要是可能，金钱名位越显赫越好；你在偶像面前上的香越多，假定你能有一个偶像的话，她越宠你。爱情是一种宗教，信奉这个宗教比信奉旁的宗教代价高得多；并且很快就会消失，信仰过去的时候像一个顽皮的孩子，还得到处闯些祸。感情这种奢侈唯有阁楼上的穷小子才有；除了这种奢侈，真正的爱还剩下什么呢？倘若巴黎社会那些严格的法规有什么例外，那只能在孤独生活中，在不受人情世故支配的心灵中找到。这些心灵仿佛是靠近明净的，瞬息即逝而不绝如缕的泉水过活的；他们守着绿荫，乐于倾听另一世界的语言，他们觉得这是身内身外到处都能听到的；他们一边怨叹浊世的枷锁，一边耐心等待自己的超升。拉斯蒂涅却像多数青年一样，预先体验到权势的滋味，打算有了全副武装再跃登人生的战场；他已经染上社会的狂热，也许觉得有操纵社会的力量，但既不明白这种

①拉·华梨哀为路易十四的情妇，特·凡尔蒙陶阿公爵是他们的私生子。

野心的目的，也不知道实现野心的方法。要是没有纯洁和神圣的爱情充实一个人的生命，那么，对权势的渴望也能促成美妙的事业，—— 只要能摆脱一切个人的利害，以国家的光荣为目标。可是大学生还没有达到瞻望人生而加以批判的程度。在内地长大的儿童往往有些清新隽永的念头，像绿荫一般荫庇他们的青春，至此为止拉斯蒂涅还对那些念头有所留恋。他老是踌躇不决，不敢放胆在巴黎下海。尽管好奇心很强，他骨子里仍忘不了一个真正的乡绅在古堡中的幸福生活。虽然如此，他隔夜逗留在新屋子里的时候，最后一些顾虑已经消灭。前一个时期他已经靠着出身到处沾光，如今又添上一个物质优裕的条件，使他把内地人的壳完全脱掉了，悄悄的爬到一个地位，看到一个美妙的前程。因此，在这间可以说一半是他的内客室中懒洋洋的等着但斐纳，欧也纳觉得自己和去年初到巴黎时大不相同，回顾之下，他自问是否换了一个人。

“太太在寝室里。”丹兰士进来报告，吓了他一跳。

但斐纳横在壁炉旁边一张双人沙发上，气色鲜艳，精神饱满；罗绮被体的模样令人想到印度那些美丽的植物，花还没有谢，果子已经结了。

“哎，你瞧，咱们又见面了。”她很感动的说。

“猜猜我给你带了什么来着。”欧也纳说着，坐在她身旁，拿起她的手亲吻。

特·纽沁根太太念着请帖，做了一个快乐的手势。虚荣心满足了，她水汪汪的眼睛望着欧也纳，把手臂勾着他的脖子，发狂似的把他拉过来。

“倒是你（好宝贝！她凑上耳朵叫了一声。丹兰士在更衣室里，咱们得小心些！），倒是你给了我这个幸福！是的，我管这个叫作幸福。从你那儿得来的，当然不光是自尊心的满足。没有人肯介绍我进那个社会。也许你觉得我渺小，虚荣，轻薄，像一个巴黎女子；可是你知道，朋友，我准备为你牺牲一切；我所以格外想踏进圣·日耳曼区，还是因为你在那个社会里。"

"你不觉得吗，"欧也纳问，"特·鲍赛昂太太暗示她不预备在舞会里见到特·纽沁根男爵？"

"是啊，"男爵夫人把信还给欧也纳，"那些太太就有这种放肆的天才。可是管他，我要去的。我姊姊也要去，她正在打点一套漂亮的服装。"她又放低了声音说，"告诉你，欧也纳，因为外边有闲话，她特意要去露露面。你不知道关于她的谣言吗？今儿早上纽沁根告诉我，昨天俱乐部里公开谈着她的事，天哪！女人的名誉，家庭的名誉，真是太脆弱了！姊姊受到侮辱，我也跟着丢了脸。听说特·脱拉伊先生签在外边的借票有十万法郎，都到了期，要被人控告了。姊姊迫不得已把她的钻石卖给一个犹太人，那些美丽的钻石你一定看见她戴过，还是她婆婆传下来的呢。总而言之，这两天大家只谈论这件事儿。难怪阿娜斯大齐要定做一件金银线织锦缎的衣衫，到鲍府去出锋头，戴着她的钻石给人看。我不愿意被她比下去。她老是想压倒我，从来没有对我好过；我帮过她多少忙，她没有钱的时候总给她通融。好啦，别管闲事了，今天我要痛痛快快的乐一下。"

早上一点，拉斯蒂涅还在特·纽沁根太太家，她恋恋不舍的和他告别，暗示未来的欢乐的告别。她很伤感的说：

"我真害怕，真迷信；不怕你笑话，我只觉得心惊胆战，唯恐我消受不了这个福气，要碰到什么飞来横祸。"

欧也纳道:“孩子!”

她笑道:“啊!今晚是我变做孩子了。”

欧也纳回到伏盖家,想到明天一定能搬走,又回味着刚才的幸福,便像许多青年一样,一路上做了许多美梦。

高老头等拉斯蒂涅走过房门的时候问道:“喂,怎么呢?”

“明儿跟你细谈。”

“从头至尾都得告诉我啊。好,去睡吧,明儿咱们开始过快乐生活了。”

第二天,高里奥和拉斯蒂涅只等运输行派人来,就好离开公寓。不料中午时分,圣·日内维新街上忽然来了一辆车,停在伏盖家门口。特·纽沁根太太下来,打听父亲是否还在公寓。西尔维回答说是,她便急急上楼。欧也纳正在自己屋里,他的邻居却没有知道。吃中饭的时候,他托高老头代搬行李,约定四点钟在阿多阿街相会。老人出去找搬伕,欧也纳匆匆到学校去应了卯,又回来和伏盖太太算账,不愿意把这件事去累高老头,恐怕他固执,要代付欧也纳的账。房东太太不在家。欧也纳上楼瞧瞧有没有忘了东西,发觉这个念头转得不差,因为在抽斗内找出那张当初给伏脱冷的不写抬头人的借据,还是清偿那天随手扔下的。因为没有火,正想把借据撕掉,他忽然听出但斐纳的口音,便不愿意再有声响,马上停下来听,以为但斐纳不会再有什么秘密要隐瞒他的了。刚听了几个字,他觉得父女之间的谈话出入重大,不能不留神听下去。

“啊!父亲,”她道,“怎么老天爷没有叫你早想到替我追究产业,弄得我现在破产!我可以说话么?”

“说吧,屋子里没有人。”高老头声音异样的回答。

“你怎么啦，父亲？”

老人说：“你这是给我当头一棒。上帝饶恕你，孩子！你不知道我多爱你，你知道了就不会脱口而出，说这样的话了，况且事情还没有到绝望的地步。有什么大不了的事，教你这时候赶到这儿来？咱们不是等会就在阿多阿街相会吗？”

“唉！父亲，大祸临头，顷刻之间还做得了什么主！我急坏了！你的代理人把早晚要发觉的倒霉事儿，提早发觉了。你生意上的老经验马上用得着；我跑来找你，好比一个人淹在水里，哪怕一根树枝也抓着不放的了。但尔维先生看到纽沁根种种刁难，便拿起诉恐吓他，说法院立刻会批准分产的要求。纽沁根今天早上到我屋里来，问我是不是要同他两个一齐破产。我回答说，这些事我完全不懂，我只晓得有我的一份产业，应当由我掌管，一切交涉都该问我的诉讼代理人，我自己什么都不明白，什么都不能谈。你不是吩咐我这样说的吗？”

高老头回答说：“对！”

“唉！可是他告诉我生意的情形。据说他拿我们两人的资本一齐放进了才开头的企业，为了那个企业，必得放出大宗款子在外边。倘若我强迫他还我陪嫁，他就要宣告清理；要是我肯等一年，他以名誉担保能还我双倍或者三倍的财产，因为他把我的钱经营了地产，等那笔买卖结束了，我就可以支配我的全部产业。亲爱的父亲，他说得很真诚，我听着害怕了。他求我原谅他过去的行为，愿意让我自由，答应我爱怎办就怎办，只要让他用我的名义全权管理那些事业。为证明他的诚意，他说确定我产权的文件，我随时可以托但尔维先生检查。总之他自己缚手缚脚的交给我了。他要求再当两年家，求我除了他规定的数目以外，绝对不花钱。他对我证明，他所能办到的，只是保全面子，他已经打发了他的舞女，不得不尽量暗中撙节，才能支持到投机事业结束，而不至于动摇信用。我跟他闹，装作完全不信，一步一步的逼他，好多知道些事情；他给我看账簿，最后他哭了，我从来没看见一个男人落到那副模样。他急坏了，说要自杀，疯疯癫癫的教我看了可怜。”

“你相信他的胡扯吗？”高老头叫道，“他这是做戏！我生意上碰到过德国人，几乎每个都规矩，老实，天真；可是一朝装着老实样儿跟你要手段，要无赖的时候，他们比别人更凶。你丈夫哄你。他觉得给你逼得无路可走了，便装死；他要假借你的名义，因为比他自己出面更自由。他想利用这一点规避生意上的风波。他又坏又刁，真不是东西。不行，不行！看到你两手空空我是不愿意进坟墓的。我还懂得些生意经。他说把资金放在某些企业上，好吧，那么他的款子一定有证券，借票，合同等等做凭据！叫他拿出来跟你算账！咱们会挑最好的投机事业去做，要冒险也让咱们自己来。咱们要拿到追认文书，写明但斐纳·高里奥，特·纽沁根男爵的妻子，产业自主。他把我们当傻瓜吗，这家伙？他以为我知道你没有了财产，没有了饭吃，能够忍受到两天吗？唉！我一天，一夜，两小时都受不了！你要真落到那个田地，我还能活吗？嗳，怎么，我忙上四十年，背着面粉袋，冒着大风大雨，舍不得吃，舍不得穿，样样为了你们，为我的两个天使——我只要看到你们，所有的辛苦，所有的重担都轻松了；而今日之下，我的财产，我的一辈子都变成一阵烟！真是气死我了！凭着天上地下所有的神灵起誓，咱们非弄个明白不可，非把账目，银箱，企业，统统清查不可！要不是有凭有据，知道你的财产分文不缺，我还能睡觉吗？

还能躺下去吗？还能吃东西吗？谢谢上帝，幸亏婚书上写明你是财产独立的；幸亏有但尔维先生做你的代理人，他是一个规矩人。请上帝作证！你非到老都有你那一百万家私不可，非有你每年五万法郎的收入不可，要不然我就在巴黎闹他一个满城风雨，嘿！嘿！法院要不公正，我向国会请愿。知道你在银钱方面太平无事，才会减轻我的一切病痛，才能排遣我的悲伤。钱是性命。有了钱就有了一切。他对我们胡扯些什么，这亚尔萨斯死胖子？但斐纳，对这只胖猪，一个子儿都不能让，他从前拿锁链缚着你，磨得你这么苦。现在他要你帮忙了吧，好！咱们来抽他一顿，叫他老实一点。天哪，我满头是火，脑壳里有些东西烧起来了。怎么，我的但斐纳躺在草垫上！噢！我的斐斐纳！—— 该死！我的手套呢？哎，走吧，我要去把什么都看个清楚，账簿，营业，银箱，信札，而且当场立刻！只要知道你财产没有了危险，经我亲眼看过了，我才放心。”

“亲爱的父亲！得小心哪。倘若你想借这件事出气，显出过分跟他作对的意思，我就完啦。他是知道你的，认为我担心财产，完全是出于你的授意。我敢打赌，他不但现在死抓我的财产，而且还要抓下去。这流氓会拿了所有的资金，丢下我们溜之大吉的，他也知道我不肯因为要追究他而丢我自己的脸。他又狠又没有骨头。我把一切都想透了。逼他太甚，我是要破产的。”

“难道他是个骗子吗？”

“唉！是的，父亲，”她倒在椅子里哭了，“我一向不愿意对你说，免得你因为把我嫁了这种人而伤心！他的良心，他的私生活，他的精神，他的肉体，都是搭配好的！简直可怕，我又恨他又瞧不起他。你想，下流的纽沁根对我说了那番话，我还能敬重他吗？在生意上干得出那种勾当的人是没有一点儿顾虑的；因为我看透了他的心思，我才害怕。他明明白白答应我，他，我的丈夫，答应我自由，你懂得是什么意思？就是说我要在他倒霉的时候肯让他利用，肯出头顶替，他可以让我自由。”

高老头叫道：“可是还有法律哪！还有葛兰佛广场给这等女婿预备着呢；要没有刽子手，我就亲自动手，割下他的脑袋。”

“不，父亲，没有什么法律能对付这个人的。丢开他的花言巧语，听听他骨子里的话吧！——要你就完事大吉，一个子儿都没有，因为我不能丢了你而另外找个同党；要你就让我干下去，把事情弄成功。——这还不明白吗？他还需要我呢。我的为人他是放心的，知道我不会要他的财产，只想保住我自己的一份。我为了避免破产，不得不跟他做这种不清白的，盗窃式的勾结。他收买我的良心，代价是听凭我同欧也纳自由来往。——我允许你胡来，你得让我犯罪，教那些可怜虫倾家荡产！——这话还说得不明白吗？你知道他所谓的企业是怎么回事？他买进空地，教一些傀儡去盖屋子。他们一方面跟许多营造厂订分期付款的合同，一方面把屋子低价卖给我丈夫。然后他们向营造厂宣告破产，赖掉未付的款子。纽沁根银号这块牌子把可怜的营造商骗上了。这一点我是懂得的。我也懂得，为预防有朝一日要证明他已经付过大宗款子，纽沁根把巨额的证券送到了阿姆斯特丹，拿波里，维也纳。咱们怎么能抢回来呢？”

欧也纳听见高老头沉重的膝盖声，大概是跪在地下了。

老头儿叫道：“我的上帝，我什么地方触犯了你，女儿才会落在这个混蛋手里，由他摆布？孩子，原谅我吧！”

但斐纳道：“是的，我陷入泥坑，或许也是你的过失。我们出嫁的时候都没有头脑！社会，买卖，男人，品格，我们懂了哪一样？做父亲的应该代我们考虑。亲爱的父亲，我不埋怨你，原谅我说出那样的话。一切都是我的错。得了，爸爸，别哭啦。”她亲着老人的额角。

“你也别哭啦，我的小但斐纳。把你的眼睛给我，让我亲一亲，抹掉你的眼泪。好吧！我去找那大头鬼，把他一团糟的事理出个头绪来。”

“不，还是让我来吧；我会对付他。他还爱我呢！唉！好吧，我要利用这一点影响，教他马上放一部分资金在不动产上面。说不定我能教他用纽沁根太太的名义，在亚尔萨斯买些田，他是看重本乡的。不过明儿你得查一查他的账目跟业务。但尔维先生完全不懂生意一道。哦，不，不要明天，我不愿意惹动肝火。特·鲍赛昂太太的跳舞会就在后天，我要调养得精神饱满，格外好看，替亲爱的欧也纳挣点儿面子！来，咱们去瞧瞧他的屋子。”

一辆车在圣·日内维新街停下，楼梯上传来特·雷斯多太太的声音。“我父亲在家吗？”她问西尔维。

这一下倒是替欧也纳解了围，他本想倒在床上装睡了。

但斐纳听出姊姊的口音，说道：“啊！父亲，没有人和你提到阿娜斯大齐吗？仿佛她家里也出了事呢。”

“怎么！”高老头道，“那是我末日到了。真叫作祸不单行，可怜我怎么受得了呢！”

“你好，父亲，”伯爵夫人进来叫，“呦！你在这里，但斐纳。”

特·雷斯多太太看到了妹妹，局促不安。

“你好，娜齐。你觉得我在这儿奇怪吗？我是跟父亲天天见面的，我。”

“从哪时起的？”

“要是你来这儿，你就知道了。”

“别挑错儿啦，但斐纳，”伯爵夫人的声音差不多要哭出来，“我苦极了，我完了，可怜的父亲！哦！这一次真完了！”

“怎么啦，娜齐？”高老头叫起来，“说给我们听吧，孩子。哎哟，她脸色不对了。但斐纳，快，快去扶住她，小乖乖，你对她好一点，我更喜欢你。”

“可怜的娜齐，”但斐纳扶着姊姊坐下，说，“你讲吧，你瞧，世界上只有我们俩始终爱着你，一切原谅你。瞧见没有，骨肉的感情才是最可靠的。”她给伯爵夫人嗅了盐，醒过来了。

“我要死啦，”高老头道，“来，你们俩都走过来。我冷啊。”他拨着炭火，“什么事，娜齐？快快说出来。你要我的命了……”

“唉！我丈夫全知道了。父亲，你记得上回玛克辛那张借票吗？那不是他的第一批债。我已经替他还过不少。正月初，我看他愁眉苦脸，对我什么都不说；可是爱人的心事最容易看透，一点儿小事就够了，何况还有预感。他那时格外多情，格外温柔，我总是一次比一次快乐。可怜的玛克辛！他后来告诉我，原来他暗中和我诀别，想自杀。我拼命逼他，苦苦央求，在他前面跪了两小时，他才说出欠了十万法郎！哦！爸爸，十万法郎！我疯了。你拿不出这笔钱，我又什么都花光了……”

“是的，”高老头说，“我没有办法，除非去偷。可是我会去偷的呀，娜齐！会去偷的呀！”

姊妹俩听着不出声了。这句凄惨的话表示父亲的感情无能为力，到了痛苦绝望的地步，像一个人临终的痰厥，也像一颗石子丢进深渊，显出它的深度。天下还有什么自私自利的人，能够听了无动于衷呢？

“因此，父亲，我挪用了别人的东西，筹到了款子。”伯爵夫人哭着说。

但斐纳感动了，把头靠在姊姊的脖子上，她也哭了。

“那么外边的话都是真的了？”但斐纳问。

娜齐低下头去，但斐纳抱着她，温柔的亲吻，把她搂在胸口，说道：

“我心中对你只有爱，没有责备。”

高老头有气无力的说：“你们两个小天使，干吗只要患难临头才肯和好呢？”

伯爵夫人受着热情的鼓励，又道：“为了救玛克辛的命，也为了救我的幸福，我跑去找你们认识的那个人，跟魔鬼一样狠心的高勃萨克，拿雷斯多看得了不起的，家传的钻石，他的，我的，一齐卖了。卖了！懂不懂？玛克辛得救了！我完啦。雷斯多全知道了。”

高老头道：“怎么知道的？谁告诉他的？我要这个人的命！”

“昨天他叫我到他屋子去。——他说，阿娜斯大齐……（我一听声音就猜着了），你的钻石在哪儿？——在我屋里啊。——不，他瞅着我说，在这儿，在我的柜子上。——他把手帕蒙着的匣子给我看，说道：你知道从哪儿来的吧？——我双膝跪下……哭着问他要我怎么死。”

“哎哟，你说这个话！”高老头叫起来，“皇天在上，哼！只要我活着，我一定把那个害你们的人，用文火来慢慢的烤，把他割做一片一片，像……”

高老头忽然不响，话到了喉咙说不出了。

娜齐又道："临了他要我做的事比死还难受。天！但愿做女人的永远不会听到那样的话！"

"我要杀他，"高老头冷冷的说。"可恨他欠我两条命，而他只有一条；以后他又怎么说呢？"高老头望着阿娜斯大齐问。

伯爵夫人停了一会儿说道："他瞧着我说：—— 阿娜斯大齐，我可以一笔勾销，和你照旧同居；我们有孩子。我不打死脱拉伊，因为不一定能打中；用别的方法消灭他又要触犯刑章。在你怀抱里打他吧，教孩子们怎么见人？为了使孩子们，孩子们的父亲，跟我，一个都不伤，我有两个条件。你先回答我：孩子中间有没有我的？—— 我回答说有。他问：—— 哪一个 —— 欧纳斯德，最大的。—— 好，他说，现在你得起誓，从今以后服从我一件事。（我便起了誓）多咱我要求你，你就得在你产业的卖契上签字。"

"不能签呀，"高老头叫着，"永远不能签这个字。吓！雷斯多先生，你不能使女人快活，她自己去找；你自己不惭愧，倒反要责罚她？……哼，小心点儿！还有我呢，我要到处去等他。娜齐，你放心。啊，他还舍不得他的后代！好吧，好吧。让我掐死他的儿子，哎哟！天打的！那是我的外孙呀。那么这样吧，我能够看到小娃娃，我把他藏在乡下，你放心，我会照顾他的。我可以逼这个魔鬼投降，对他说：咱们来拼一拼吧！你要儿子，就得还我女儿财产，让她自由。"

"我的父亲！"

"是的，你的父亲！唉，我是一个真正的父亲。这流氓贵族不来伤害我女儿也还罢了。天打的！我不知道我的气多大。我像老虎一样，恨不得把这两个男人吃掉。哦呀！孩子们，你们过的这种生活！我急疯了。我两眼一翻，你们还得了！做父亲的应该和女儿活得一样长久。上帝啊，你把世界弄得多糟！人家还说你圣父有个圣子呢。你正应当保护我们，不要在儿女身上受苦。亲爱的小天使，怎么！只要你们遭了难我才能见到你们么？你们只拿眼泪给我看。嗳，是的，你们是爱我的，我知道。来吧，到这儿来哭诉吧，我的心大得很，什么都容得下。是的，你们尽管戳破我的心，撕做几片，还是一片片父亲的心。我恨不得代你们受苦。啊！你们小时候多么幸福！……"

"只有那个时候是我们的好日子，"但斐纳说，"在阁楼的面粉袋上打滚的日子到哪里去了？"

"父亲！事情还没完呢。"阿娜斯大齐咬着老人的耳朵，吓得他直跳起来。"钻石没有卖到十万法郎。玛克辛给告上了。我们还缺一万二。他答应我以后安分守己，不再赌钱。你知道，除了他的爱情，我在世界上一无所有；我又付了那么高的代价，失掉这爱情，我只能死了。我为他牺牲了财产，荣誉，良心，孩子。唉！你至少想想办法，别让玛克辛坐牢，丢脸；我们得支持他，让他在社会上混出一个局面来。现在他不但要负我幸福的责任，还要负不名一文的孩子们的责任。他进了圣·贝拉伊[1]，一切都完啦。"

"我没有这笔钱呀，娜齐。我什么都没有了，没有了！真是世界末日到了。哦呀，世界要坍了，一定的。你们去吧，逃命去吧！呃！我还有银搭扣，六套银的刀叉，我当年第一批买的，最后，我只有一千两百的终身年金……"

---

①当时拘留债务人的监狱，1827年起改为政治犯的监狱。

“你的长期存款哪儿去了?”

“卖掉了,只留下那笔小数目做生活费。我替但斐纳布置一个屋子,需要一万二。”

“在你家里吗,但斐纳?”特·雷斯多太太问她的妹妹。

高老头说:“问这个干吗!反正一万二已经花掉了。”

伯爵夫人说:“我猜着了。那是为了特·拉斯蒂涅先生。唉!可怜的但斐纳,得了吧。瞧瞧我到了什么田地。”

“亲爱的,特·拉斯蒂涅先生不会教情妇破产。”

“谢谢你,但斐纳,想不到在我危急的关头你会这样;不错,你从来没有爱过我。”

“她爱你的,娜齐,”高老头说,“我们刚才谈到你,她说你真美,她自己不过是漂亮罢了。”

伯爵夫人接着说:“她!那么冷冰冰的,好看?”

“由你说吧,”但斐纳红着脸回答,“可是你怎么对我呢?你不认我妹妹,我希望要走动的人家,你都给我断绝门路,一有机会就教我过不去。我,有没有像你这样把可怜的父亲一千又一千的骗去,把他榨干了,逼他落到这个田地?瞧吧,这是你的成绩,姊姊。我却是尽可能的来看父亲,并没把他撵出门外,等到要用着他的时候再来舐他的手。他为我花掉一万二,事先我完全不知道。我没有乱花钱,你是知道的。并且即使爸爸送东西给我,我从来没有向他要过。

“你比我幸福,特·玛赛先生有钱,你肚里明白。你老是像黄金一样吝啬。再会吧,我没有姊妹;也没有……”

高老头喝道:“别说了,娜齐!”

但斐纳回答娜齐:“只有像你这样的姊妹才会跟着别人造我

谣言，你这种话已经没有人相信了。你是野兽。”

“孩子们，孩子们，别说了，要不我死在你们前面了。”

特·纽沁根太太接着说：“得啦，娜齐，我原谅你，你倒了楣。可是我不像你这么做人。你对我说这种话，正当我想拿出勇气帮助你的时候，甚至想走进丈夫的屋子求他，那是我从来不肯做的，哪怕为了我自己或者为了……这个总该对得起你九年以来对我的阴损吧？”

父亲说：“孩子们，我的孩子们，你们拥抱呀！你们是一对好天使呀！”

“不，不，你松手，”伯爵夫人挣脱父亲的手臂，不让他拥抱，“她对我比我丈夫还狠心。大家还要说她大贤大德呢！”

特·纽沁根太太回答：“哼，我宁可人家说我欠特·玛赛先生的钱，不愿意承认特·脱拉伊先生花了我二十多万。”

伯爵夫人向她走近一步，叫道：“但斐纳！”

男爵夫人冷冷的回答：“你诬蔑我，我只对你说老实话。”

“但斐纳！你是一个……”

高老头扑上去拉住娜齐，把手掩着她的嘴。

娜齐道：“哎唷！父亲，你今天碰过了什么东西？”

“哟，是的，我忘了，”可怜的父亲把手在裤子上抹了一阵，“我不知道你们会来，我正要搬家。”

他很高兴受这一下抱怨，把女儿的怒气转移到自己身上。他坐下说：

“唉！你们撕破了我的心。我要死了，孩子们！脑子里好像有团火在烧。你们该和和气气，相亲相爱。你们要我命了。但斐纳，娜齐，得了吧，你们俩都有是都有不是。喂，但但尔，”他含着一包眼泪望着男爵夫人，“她要一万两千法郎，咱们来张罗吧。你们别这样的瞪眼呀。”

他跪在但斐纳面前，凑着她耳朵说：

“让我高兴一下，你向她赔个不是吧，她比你更倒霉是不是？”

父亲的表情痛苦得像疯子和野人，但斐纳吓坏了，说道：

“可怜的娜齐，是我错了，来，拥抱我吧……”

高老头道：“啊！这样我心里才好过一些。可是哪儿去找一万两千法郎呢？也许我可以代替人家服兵役。”

“啊！父亲！不能，不能。”两个女儿围着他喊。

但斐纳说：“你这种念头只有上帝报答你，我们粉身碎骨也补报不了！不是么，娜齐？”

“再说，可怜的父亲，即使代替人家服兵役也不过杯水车薪，无济于事。”娜齐回答。

老人绝望之极，叫道：“那么咱们卖命也不成吗？只要有人救你，娜齐，我肯为他拼命，为他杀人放火。我愿意像伏脱冷一样进苦役监！我……”他忽然停住，仿佛被雷劈了一样。他扯着头发又道：“什么都光了！我要知道到哪儿去偷就好啦。不过要寻到一个能偷的地方也不容易。抢银行吧，又要人手又要时间。唉，我应该死了，只有死了。不中用了，再不能说是父亲了！不能了。她来向我要，她有急用！而我，该死的东西，竟然分文没有。啊！你把钱存了终身年金，你这老混蛋，你忘了女儿吗？难道你不爱她们了吗？死吧，像野狗一样的死吧！对啦，我比狗还不如，一条狗也不至于干出这种事来，哎哟！我的脑袋烧起来啦。”

“噢！爸爸，使不得，使不得。”姊妹俩拦着他，不让他把脑袋往墙上撞。

他号啕大哭。欧也纳吓坏了，抓起当初给伏脱冷的借据，上面的印花本来超过原来借款的数目，他改了数字，缮成一张一万二的借据，写上高里奥的抬头，拿着走过去。

“你的钱来了，太太，”他把票据递给她，“我正在睡觉，被你们的谈话惊醒了，我才知道我欠着高里奥先生这笔钱。这儿是张票据，你可以拿去周转，我到期准定还清。”

伯爵夫人拿了票据，一动不动，她脸色发白，浑身哆嗦，气愤到极点，叫道：

“但斐纳，我什么都能原谅你，上帝可以作证！可是这一手哪！吓，你明知道他先生在屋里！你竟这样卑鄙，借他来报仇，让我把自己的秘密，生活，孩子的底细，我的耻辱，名誉，统统交在他手里！去吧，我不认得你这个人，我恨你，我要好好的收拾你……”她气得说不上话，喉咙都干了。

“嗳，他是我的儿子啊，是咱们大家的孩子，是你的兄弟，你的救星啊，”高老头叫着，“来拥抱他，娜齐！瞧，我拥抱他呢，”他说着拼命抱着欧也纳，“噢！我的孩子！我不但要做你的父亲，还要代替你所有的家属。我恨不得变作上帝，把世界丢在你脚下。来，娜齐，来亲他！他不是个凡人，是个天使，真正的天使。”

但斐纳说：“别理她，父亲，她疯了。”

特·雷斯多太太说：“疯了！疯了！你呢？”

“孩子们，你们这样下去，我要死了。”老人说着，像中了一颗子弹似的往床上倒下。“她们逼死我了！”他对自己说。

欧也纳被这场剧烈的吵架弄得失魂落魄，一动不动愣在那里。但斐纳急急忙忙替父亲解开背心。娜齐毫不在意，她的声音，目光，姿势，都带着探问的意味，叫了声欧也纳：

"先生——"

他不等她问下去就回答："太太，我一定付清，绝不声张。"

老人晕过去了，但斐纳叫道：

"娜齐！你把父亲逼死了！"

娜齐却是往外跑了。

"我原谅她，"老人睁开眼来说，"她的处境太可怕了，头脑再冷静的人也受不住。你安慰安慰娜齐吧，对她好好的，你得答应我，答应你快死的父亲。"他紧紧握着但斐纳的手说。

但斐纳大吃一惊，说道："你怎么啦？"

父亲说："没有什么，没有什么。就会好的。觉得有些东西压在我脑门上，大概是头痛。可怜的娜齐，将来怎么办呢？"

这时伯爵夫人回进屋子，跪倒在父亲脚下，叫道：

"原谅我吧！"

"唉，"高老头回答，"你现在叫我更难受了。"

伯爵夫人含着泪招呼拉斯蒂涅："先生，我一时急昏了头，冤枉了人，你对我真像兄弟一样么？"她向他伸出手来。

"娜齐，我的小娜齐，把一切都忘了吧。"但斐纳抱着她叫。

"我不会忘掉的，我！"

高老头嚷道："你们都是天使，你们使我重见光明，你们的声音使我活过来了。你们再拥抱一下吧。嗳，娜齐，这张借据能救了你吗？"

"但愿如此。喂，爸爸，你能不能给个背书？"

"对啦，我真该死，忘了签字！我刚才不舒服，娜齐，别恨我啊。你事情完了，马上派人来说一声。不，还是我自己来吧。

哦，不！我不能来，我不能看见你丈夫，我会把他当场打死的。他休想抢你的财产，还有我呢。快去吧，孩子，想法教玛克辛安分些。”

欧也纳看着呆住了。

特·纽沁根太太说：“可怜的娜齐一向暴躁，她心是好的。”

“她是为了借票的背书回来的。”欧也纳凑在但斐纳的耳边说。

“真的吗？”

“但愿不是，你可不能不防她一着。”他抬起眼睛，仿佛把不敢明说的话告诉了上帝。

“是的，她专门装腔，可怜父亲就相信她那一套。”

“你觉得怎么啦？”拉斯蒂涅问老人。

“我想睡觉。”他回答。

欧也纳帮着高里奥睡下。老人抓着但斐纳的手睡熟的时候，她预备走了，对欧也纳说：

“今晚在意大利剧院等你。到时你告诉我父亲的情形。明儿你得搬家了，先生。让我瞧瞧你的屋子吧。”她一进去便叫起来：“哟！要命！你比父亲住得还要坏。欧也纳，你心地太好了。我更要爱你。可是孩子，倘使你想挣一份家业，就不能把一万两千法郎随便往窗外扔。特·脱拉伊先生是个赌棍，姊姊不愿意看清这一点。一万二！他会到输一座金山或者赢一座金山的地方去张罗的。”

他们听见哼了一声，便回到高里奥屋里。他似乎睡熟了；两个情人走近去，听见他说了声：

“她们在受罪啊！”

不管他是睡着还是醒着，说那句话的口气大大的感动了女儿，她走到破床前面亲了亲他的额角。他睁开眼来说：

“哦！是但斐纳！”

“嗳，你觉得怎么样？”她问。

“还好，你别担心，我就要上街的。得啦，得啦，孩子们，你们尽管去快活吧。”

欧也纳送但斐纳回家，因为不放心高里奥，不肯陪她吃饭。他回到伏盖公寓，看见高老头起来了，正预备吃饭。皮安训挑了个好仔细打量面条商的座位，看他嗅着面包辨别面粉的模样，发觉他的行动已经身不由主，便做了个凄惨的姿势。

“坐到我这边来，实习医师。”欧也纳招呼他。

皮安训很乐意搬个位置，可以和老头儿离得更近。

“他什么病呀？”欧也纳问。

“除非我看错，他完啦！他身上有些出奇的变化，恐怕马上要脑溢血了。下半个脸还好，上半部的线条统统往脑门那边吊上去了。那古怪的眼神也显得血浆已经进了脑子。你瞧他眼睛不是像布满无数的微尘吗？明儿我可以看得更清楚些。”

“还有救吗？”

“没有救了。也许可以拖几天，倘使能把反应限制在身体的末梢，譬如说，限制在大腿部分。明天晚上要是病象不停止，可怜虫就完啦。他怎么发病的，你知道没有？一定精神上受了剧烈的打击。”

“是的。”欧也纳说着，想起两个女儿接二连三的打击父亲的心。

“至少但斐纳是孝顺的！”他私下想。

晚上在意大利剧院，他说话很小心，唯恐特·纽沁根太太惊慌。

“你不用急，”她听了开头几句就回答，“父亲身体很强壮。不过今儿早上我们给他受了些刺激。我们的财产成了问题，你可知道这件倒霉事儿多么严重？要不是你的爱情使我感觉麻木，我竟活不下去了。爱情给了我生活的乐趣，现在我只怕失掉爱情。除此以外，我觉得一切都无所谓，世界上我什么都不爱了。你是我的一切。倘若我觉得有了钱快乐，那也是为了更能讨你喜欢。说句不怕害臊的话，我的爱情胜过我的孝心。我不知道为什么。我整个生命都在你身上。父亲给了我一颗心，可是有了你，它才会跳。全世界责备我，我也不管！你是没有权利恨我的，我为了不可抵抗的感情犯的罪，只要你能替我补赎就行了。你把我当作没有良心的女儿吗？噢，不是的。怎么能不爱一个像我们那样的好爸爸呢？可是我们可叹的婚姻的必然的后果，我能瞒着他吗？干吗他当初不拦阻我们？不是应该由他来替我们着想吗？今天我才知道他和我们一样痛苦；可是有什么办法？安慰他吗？安慰不了什么。咬紧牙齿忍耐吗？那比我们的责备和诉苦使他更难受。人生有些局面，简直样样都是辛酸。”

真正的感情表现得这么坦白，欧也纳听着很感动，一声不出。固然巴黎妇女往往虚伪，非常虚荣，只顾自己，又轻浮又冷酷；可是一朝真正动了心，能比别的女子为爱情牺牲更多的感情，能摆脱一切的狭窄卑鄙，变得伟大，达到高超的境界。并且，等到有一股特别强烈的感情把女人跟天性（例如父母与子女的感情）隔离了，有了距离之后，她批判天性的时候所表现的那种深刻和正确，也教欧也纳暗暗吃惊。特·纽沁根太太看见欧也纳不声不响，觉得心中不快，问道：

“你想什么呀？”

“我在体味你的话，我一向以为你爱我不及我爱你呢。”

她微微一笑，竭力遮掩心中的快乐，免得谈话越出体统。年轻而真诚的爱自有一些动人心魄的辞令，她从来没有听见过。再说几句，她就要忍不住了。

她改变话题，说道：“欧也纳，难道你不知道那个新闻吗？明天，全巴黎都要到特·鲍赛昂太太家，洛希斐特同特·阿瞿达侯爵约好，一点消息不让走漏；王上明儿要批准他们的婚约，你可怜的表姊还蒙在鼓里。她不能取消舞会，可是侯爵不会到场了。到处都在谈这件事。”

“大家取笑一个人受辱，暗地里却就在促成这种事！你不知道特·鲍赛昂太太要为之气死吗？”

但斐纳笑道：“不会的，你不知道这一类妇女。可是全巴黎都要到她家里去，我也要去，——托你的福！”

“巴黎有的是谣言，说不定又是什么捕风捉影的事。”

“咱们明天便知分晓。”

欧也纳没有回伏盖公寓。他没有那个决心不享受一下他的新居。隔天他半夜一点钟离开但斐纳，今儿是但斐纳在清早两点左右离开他回家。第二天他起得很晚，中午等特·纽沁根太太来一块儿用餐。青年人都是只顾自己快活的，欧也纳差不多忘了高老头。在新屋里把精雅绝伦的东西一件一件使用过来，真是其乐无穷。再加特·纽沁根太太在场，更抬高了每样东西的价值。四点光景，两个情人记起了高老头，想到他有心搬到这儿来享福。欧也纳认为倘若老人病了，应当赶紧接过来。他离开但斐纳奔回伏盖家。高里奥和皮安训两人都不在饭桌上。

“啊，喂，”画家招呼他，“高老头病倒了，皮安训在楼上看护。老头儿今天接见了他一个女儿，特·雷斯多喇么伯爵夫人，以后他出去了一趟，加重了病。看来咱们要损失一件美丽的古董了。”

拉斯蒂涅冲上楼梯。

“喂，欧也纳先生！”

“欧也纳先生！太太请你。”西尔维叫。

“先生，”寡妇说，“高里奥先生和你应该是二月十五搬出的，现在已经过期三天，今儿是十八了，你们得再付一个月。要是你肯担保高老头，只请你说一声就行。”

“干吗？你不相信他吗？”

“相信！倘使老头儿昏迷了，死了，他的女儿们连一个子儿都不会给我的。他的破烂东西统共不值十法郎。今儿早上他把最后的餐具也卖掉了，不知为什么。他脸色像青年人一样。上帝原谅我，我只道他搽着胭脂，返老还童了呢。”

“一切由我负责。”欧也纳说着心慌得厉害，唯恐出了乱子。

他奔进高老头的屋子。老人躺在床上，皮安训坐在旁边。

“你好，老丈。”

老人对他温柔的笑了笑，两只玻璃珠子般的眼睛望着他，问：

“她怎么样？”

“很好，你呢？”

“不坏。”

“别让他劳神。”皮安训把欧也纳拉到屋子的一角嘱咐他。

“怎么啦？”欧也纳问。

“除非奇迹才有办法。脑溢血已经发作。现在贴着芥子膏药；幸而他还有感觉，药性已经起了作用。”

“能不能把他搬个地方？”

“不行。得留在这儿，不能有一点儿动作和精神上的刺激……”

欧也纳说：“皮安训，咱们俩来照顾他吧。”

“我已经请医院的主任医师来过。”

“结果呢？”

“要明儿晚上知道。他答应办完了公就来。不幸这倒霉蛋今儿早上胡闹了一次，他不肯说为什么。他脾气犟得像匹驴。我跟他说话，他装不听见，装睡，给我一个不理不答；倘使睁着眼睛，就一味的哼哼。他早上出去了，在城里乱跑，不知到了哪儿去。他把值钱的东西统统拿走了，做了些该死的交易，弄得筋疲力尽！他女儿之中有一个来过这儿。”

“伯爵夫人吗？是不是大个子，深色头发，眼睛很精神很好看，身腰软软的，一双脚很有样的那个？”

“是的。”

拉斯蒂涅道：“让我来陪他一会。我盘问他，他会告诉我的。”

“我趁这时候去吃饭。千万别让他太兴奋；咱们还有一线希望呢。”

“你放心。”

高老头等皮安训走了，对欧也纳说："明儿她们好痛痛快快的乐一下了。她们要参加一个盛大的跳舞会。"

"老丈，你今儿早上干了什么，累成这个样子躺在床上？"

"没有干什么。"

"阿娜斯大齐来过了吗？"拉斯蒂涅问。

"是的。"高老头回答。

"哎！别瞒我啦。她又问你要什么？"

"唉！"他迸足了力气说，"她很苦呀，我的孩子！自从出了钻石的事，她一个子儿都没有了。她为那个跳舞会定做了一件金线铺绣衣衫，好看到极点。不料那下流的女裁缝不肯赊账，结果老妈子垫了一千法郎定洋。可怜娜齐落到这步田地！我的心都碎了。老妈子看见雷斯多不相信娜齐，怕垫的钱没有着落，串通了裁缝，要等一千法郎还清才肯送衣服来。舞会便是明天，衣衫已经做好，娜齐急得没有法了。她想借我的餐具去抵押。雷斯多非要她上那个舞会去，教全巴黎瞧瞧那些钻石，外边说是她卖掉了。你想她能对那个恶鬼说：我欠着一千法郎，替我付一付吧。当然不能。我明白这个道理。但斐纳明儿要打扮得天仙似的，娜齐当然不能比不上妹妹。并且她哭得泪人儿似的，可怜的孩子！昨天我拿不出一万两千法郎，已经惭愧死了，我要拼这条苦命来补救。过去我什么都咬着牙齿忍受，但这一回没有钱，真是撕破了我的心。吓！我马上打定主意，把我的钱重新调度一下，拼凑一下；银搭扣和餐具卖了六百法郎，我的终身年金向高勃萨克押了四百法郎，一年为期。也行！我光吃面包就得了！年轻的时候我就是这样的，现在也还可以。至少我的娜齐能快快活活的消磨一晚啦，能花枝招展的去出风头啦。一千法郎钞票已经放在我床头。想着头底下藏着娜齐喜欢的东西，我心里就暖和。现在她可以撵走可恶的维多阿了，哼！佣人不相信主人，还像话！明儿我就好啦，娜齐十点钟要来的。我不愿意她们以为我害了病。那她们要不去跳舞，来服侍我了。娜齐会拥抱我像拥抱她的孩子，她跟我亲热一下，我的病就没有啦。再说，在药铺子里我不是也能花掉上千法郎吗？我宁可给包医百病的娜齐的。至少我还能使她在苦难中得到点安慰，我存了终身年金的过失也能补救一下。她掉在窟窿里，我没有能力救她出来。哦！我要再去做买卖，上奥特赛去买谷子。那边的麦子比这儿贱三倍。麦子进口是禁止的；可是定法律的先生们并没禁止用麦子做的东西进口哪，吓，吓！今儿早上我想出来了！做淀粉买卖还有很大的赚头。”

“他疯了。”欧也纳望着老人想。

“得啦，你歇歇吧，别说话……”

皮安训上楼，欧也纳下去吃饭。接着两人轮流守夜，一个念医书，一个写信给母亲姊妹。

第二天，病人的症象，据皮安训说，略有转机；可是需要不断治疗，那也唯有两个大学生才能胜任。老人骨瘦如柴的身上除了安放许多水蛭以外，又要用水罨，又要用热水洗脚，种种的治疗，不是两个热心而强壮的青年人休想对付得了。特·雷斯多太太没有来，派了当差来拿钱。

“我以为她会亲自来的呢。也好，免得她看见我病了操心。”高老头说。女儿不来，他倒好像很高兴似的。

晚上七点，丹兰士送来一封但斐纳的信。

你在干什么呀，朋友？才相爱，难道就对我冷淡了吗？在肝胆相照的那些心腹话中，你表现的心灵太美了，我相信你是永久忠实的，感情的微妙，你了解太深刻了，正如你听摩才的祷告[①]时说的：对某些人，这不过是音符，对另外一些人是无穷尽的音乐！别忘了我今晚等你一同赴特·鲍赛昂夫人的舞会。特·阿瞿达先生的婚约，今天早上在宫中签了，可怜子爵夫人到两点才知道。全巴黎的妇女都要拥到她家里去，好似群众挤到葛兰佛广场去看执行死刑。你想，去瞧这位太太能否掩藏她的痛苦，能否视死如归，不是太惨了吗？朋友，倘使我从前去过她的家，今天我决计不去了；但她今后一定不再招待宾客，我过去所有的努力不是白费了吗？我的情形和别人不同，况且我也是为你去的。我等你。要是两小时内你还不在我身边，我不知道是否能原谅你。

拉斯蒂涅拿起笔来回答：

我等医生来，要知道你父亲还能活不能活。他快死了。我会把医生的判决通知你，恐怕竟是死刑。你能不能赴舞会，到时你斟酌吧。请接受我无限的温情。

八点半，医生来了，认为虽然没有什么希望，也不至于马上就死。他说还有好几次反复，才决定老人的生命和神志。

“他还是快一点死的好。”这是医生的最后一句话。

欧也纳把高老头交托给皮安训，向特·纽沁根太太报告凶讯

①洛西尼歌剧《摩才》中最精彩的一幕。

去了；他家庭观念还很重，觉得一切娱乐这时都应该停止。

高老头好似迷迷糊糊的睡着了，在拉斯蒂涅出去的时候忽然坐起来叫着："告诉她，教她尽管去玩儿。"

拉斯蒂涅愁眉苦脸的跑到但斐纳前面。她头也梳好了，鞋也穿好了，只等套上跳舞衣衫。可是最后的修整，像画家收拾作品的最后几笔，比用颜色打底子更费工夫。

"嗯，怎么，你还没有换衣服？"她问。

"可是太太，你的父亲……"

"又是我的父亲，"她截住了他的话，"应该怎么对待父亲，不用你来告诉我。我认识他这么多年了。欧也纳，甭说啦。你先穿扮了，我才听你的话。丹兰士在你家里一切都准备好了；我的车套好在那儿，你坐着去，坐着回来。到跳舞会去的路上，再谈父亲的事。我们非要早点儿动身不可，如果困在车马阵里，包管十一点才能进门。"

"太太！"

"去吧！甭说啦。"她说着奔进内客室去拿项链。

"嗳，去啊，欧也纳先生，你要惹太太生气了。"丹兰士一边说一边推他走。他可是被这个风雅的忤逆女儿吓呆了。

他一路穿衣一路想着最可怕最丧气的念头。他觉得社会好比一个大泥淖，一脚踩了进去，就陷到脖子。他想：

"他们连犯罪也是没有骨气没有血性的！伏脱冷伟大多哩。"

他看到人生的三个面目：服从，斗争，反抗；家庭，社会，伏脱冷。他决不定挑哪条路。服从吗？受不了；反抗吗？做不到；斗争吗？没有把握。他又想到自己的家，恬静的生活，纯洁的感情，过去在疼爱他的人中间消磨的日子。那些亲爱的人按部就班照着日常生活的规律，在家庭中找到一种圆满的，持续不断的，没有苦闷的幸福。他虽有这些高尚的念头，可没有勇气向但斐纳说出他纯洁的信仰，不敢利用爱情强迫她走上道德的路。他才开始受到的教育已经见效，为了爱情，他已经自私了。他凭着他的聪明，识透了但斐纳的心，觉得她为了参加跳舞会，不怕踩着父亲的身体走过去；而他既没有力量开导她，也没有勇气得罪她，更没有骨气离开她。

“在这个情形之下使她理屈，她永远不会原谅我的。”他想。

然后他又推敲医生的话，觉得高老头也许并不像他想象的危险；总之他找出许多为凶手着想的理由，替但斐纳开脱。先是她不知道父亲的病情。即使她去看他，老人自己也要逼她回去参加跳舞会的。呆板的礼教只知道死抓公式，责备那些显而易见的过失；其实家庭中各人的性格，利害观念，当时的情势，都千变万化，可能造成许多特殊情形，宽恕那些表面上的罪过。欧也纳要骗自己，预备为了情妇而抹杀良心。两天以来，他的生活大起变化。女人搅乱了他的心，压倒了家庭，一切都为着女人牺牲了。拉斯蒂涅和但斐纳是在干柴烈火，使他们极尽绸缪的情形之下相遇的。欢情不但没有消灭情欲，反而把充分培养的情欲挑拨得更旺。欧也纳占有了这个女人，才发觉过去对她不过是肉的追求，直到幸福到手的第二天方始对她有爱情。也许爱情只是对欢娱所表示的感激。她下流也罢，高尚也罢，他反正爱极了这个女人，为了他给她的快乐，也为了他得到的快乐，而但斐纳的爱拉斯蒂涅，也像当太尔爱一个给他充饥疗渴的天使一样[1]。

欧也纳穿了跳舞服装回去，特·纽沁根太太问道：

“现在你说吧，父亲怎么啦？”

“不行哪，你要真爱我，咱们马上去看他。”

她说：“好吧，等跳舞回来。我的好欧也纳，乖乖的，别教训我啦，来吧。”

他们动身了。车子走了一程，欧也纳一声不出。

“你怎么啦？”她问。

“我听见你父亲痰都涌上来了。”他带着气恼的口吻回答。

接着他用青年人的慷慨激昂的辞令，说出特·雷斯多太太如何为了虚荣心下毒手，父亲如何为了爱她而闹出这场危险的病，娜齐的金线舞衫付出了如何可怕的代价。但斐纳听着哭了。

“我要难看了。”

这么一想，她眼泪干了，接着说：

“我要去服侍父亲，守在他床头。”

拉斯蒂涅道：“啊！这样我才称心哩。”

鲍赛昂府四周被五百多辆车上的灯照得通明雪亮。大门两旁各站着一个气吁吁的警察。这个名门贵妇栽了斤斗，无数上流社会的人都要来瞧她一瞧。特·纽沁根太太和拉斯蒂涅到的时候，楼下一排大厅早已黑压压的挤满了人。当年大公主和特·洛尚公爵的婚约被路易十四否决以后，宫廷里全班人马曾经拥到公主府里；从此还没有一件情场失意的悲剧像特·鲍赛昂夫人的那

---

①当太尔为神话中利提阿国王，因杀子飨神，被罚永久饥渴：俯饮河水，水即不见！仰取果实，高不可攀。

样轰动过。那位天潢贵胄，蒲高涅王室的最后一个女儿[①]，可并没有被痛苦压倒。当初她为了点缀她爱情的胜利，曾经敷衍这一个虚荣浅薄的社会；现在到了最后一刻，她依旧高高在上，控制这个社会。每间客厅里都是巴黎最美的妇女，个个盛装艳服，堆着笑脸。宫廷中最显要的人物，各国的大使公使，部长，名流，挂满了十字勋章，系着五光十色的绶带，争先恐后拥在子爵夫人周围。乐队送出一句又一句的音乐。在金碧辉煌的天顶下缭绕；可是在女后心目中，这个地方已经变成一片荒凉。鲍赛昂太太站在第一间客厅的门口，迎接那些自称为她的朋友的人，全身穿着白衣服，头上简简单单的盘着发辫，没有一点装饰，她安闲静穆，既没有痛苦，也没有高傲，也没有假装的快乐。没有一个人能看透她的心思。几乎像一座尼沃贝[②]的石像。她对几个熟朋友的笑容有时带点儿嘲弄的意味；但是在众人眼里，她始终和平常一样，同她被幸福的光辉照耀的时候一样。这个态度叫一般最麻木的人也看了佩服，犹如古时的罗马青年对一个含笑而死的斗兽士喝彩。上流社会似乎特意装点得花团锦簇，来跟它的一个母后告别。

她和拉斯蒂涅说：“我只怕你不来呢。”

拉斯蒂捏涅觉得这句话有点埋怨的意思，声音很激动的回

①作者假定特·鲍赛昂夫人的母家是蒲高涅王族。中世纪时与十五世纪时，蒲高涅族曾两次君临法国。

②尼沃贝相传为弗里奚女王，生有七子七女，以子女繁衍骄人，被狄阿纳与阿波罗将七子七女杀尽。尼沃贝痛苦之极，化为石像。希腊雕塑中有十四座一组的雕像，统称为尼沃贝及其子女。今人以尼沃贝象征母性的痛苦。

答："太太，我是预备最后一个走的。"

"好，"她握着他的手说，"这儿我能够信托的大概只有你一个人。朋友，对一个女人能永久爱下去，就该爱下去。别随便丢了她。"

她挽着拉斯蒂涅的手臂走进一间打牌的客室，带他坐在一张长沙发上，说道：

"请你替我上侯爵那儿送封信去。我叫当差带路。我向他要还我的书信，希望他全部交给你。拿到之后你上楼到卧室去等我。他们会通知我的。"

她的好朋友特·朗日公爵夫人也来了，她站起身来迎接。拉斯蒂涅出发上洛希斐特公馆，据说侯爵今晚就在那边。他果然找到了阿瞿达，跟他一同回去，侯爵拿出一个匣子，说道：

"统统在这儿了。"

他好像要对欧也纳说话，也许想打听跳舞会和子爵夫人的情形，也许想透露他已经对婚姻失望，——以后他也的确失望；不料他眼中忽然亮起一道骄傲的光，拿出可叹的勇气来，把他最高尚的感情压了下去。

"亲爱的欧也纳，别跟她提到我。"

他紧紧握了握拉斯蒂涅的手，又恳切又伤感，意思催他快走。欧也纳回到鲍赛昂府，给带进子爵夫人的卧房，房内是准备旅行的排场，他坐在壁炉旁边，望着那杉木匣子非常伤心。在他心中，特·鲍赛昂太太的身份不下于《依里阿特》史诗中的女神。

"啊！朋友。"子爵夫人进来把手放在拉斯蒂涅肩上。

她流着泪，仰着眼睛，一只手发抖，一只手举着。她突然把匣子放在火上，看它烧起来。

“他们都在跳舞！他们都准时而到，偏偏死神不肯就来。——嘘！朋友。”拉斯蒂涅想开口，被她拦住了。她说：“我永远不再见巴黎，不再见人了。清早五点，我就动身，到诺曼底乡下去躲起来。从下午三点起，我忙着种种准备，签署文书，料理银钱杂务；我没有一个人能派到……”

她停住了。

“我知道他一定在……”

她难过得不得了，又停住了。这时一切都是痛苦，有些字眼简直说不出口。

“我早打算请你今晚帮我最后一次忙。我想送你一件纪念品。我时常想到你，觉得你心地好，高尚，年轻，诚实，那些品质在这个社会里是少有的。希望你有时也想到我。”她向四下里瞧了一下，“哦，有了，这是我放手套的匣子。每次我上舞会或戏院之前拿手套的时候，总觉得自己很美，因为那时我是幸福的；我每次碰到这匣子，总对它有点儿温情，它多少有我的一点儿气息，有当年的整个鲍赛昂夫人在内。你收下吧。我等会叫人送到阿多阿街去。特·纽沁根太太今晚漂亮得很，你得好好的爱她，朋友，我们尽管从此分别了，你可以相信我远远的祝福你。你对我多好。我们下楼吧，我不愿意人家以为我在哭。以后的日子长呢，一个人的时候，谁也不会来追究我的眼泪了。让我再瞧一瞧这间屋子。”

说到这儿她停住了。她把手遮着眼睛，抹了一下，用冷水浸过，然后挽着大学生的手臂，说道：“走吧！”

特·鲍赛昂太太，以这样英勇的精神忍受痛苦，拉斯蒂涅看了感情激动到极点。回到舞会，他同特·鲍赛昂太太在场子里绕了一转。这位恳切的太太借此表示她最后一番心意。

不久他看见了两姊妹，特·雷斯多太太和特·纽沁根太太。伯爵夫人戴着全部钻石，气概非凡，可是那些钻石绝不会使她好受，而且也是最后一次穿戴了。尽管爱情强烈，态度骄傲，她到底受不住丈夫的目光。这种场面更增加拉斯蒂涅的伤感。在姊妹俩的钻石下面，他看到高老头躺的破床。子爵夫人误会了他的怏怏不乐的表情，抽回手臂，说道："去吧！我不愿意你为我牺牲快乐。"

欧也纳不久被但斐纳邀了去。她露了头角，好不得意。她一心要讨这个社会喜欢，既然如愿以偿，也就急于拿她的成功献在大学生脚下。

"你觉得娜齐怎么样？"她问。

"她吗，"欧也纳回答，"她预支了她父亲的性命。"

清早四点，客厅的人渐渐稀少，不久音乐也停止了。大客厅中只剩特·朗日公爵夫人和拉斯蒂涅。特·鲍赛昂先生要去睡觉了，子爵夫人和他作别，他再三说：

"亲爱的，何必隐居呢，在你这个年纪！还是同我们一块儿住下吧。"

告别完了，她走到大客厅，以为只有大学生在那儿；一看见公爵夫人，不由得叫了一声。

"我猜到你的意思，格拉拉，"特·朗日太太说，"你要一去不回的走了；你未走之前，我有番话要跟你说，我们之间不能有一点儿误会。"

特·朗日太太挽着特·鲍赛昂太太的手臂走到隔壁的客厅里，含着泪望着她，把她抱着，亲她的面颊，说道：

“亲爱的，我不愿意跟你冷冰冰的分手，我良心上受不了。你可以相信我，像相信你自己一样。你今晚很伟大，我自问还配得上你，还要向你证明这一点。过去我有些对不起你的地方，我没有始终如一，亲爱的，请你原谅。一切使你伤心的行为，我都向你道歉；我愿意收回我说过的话。患难成知己，我不知道我们俩哪一个更痛苦。特·蒙脱里伏先生今晚没有上这儿来，你明白没有？格拉拉，到过这次舞会的人永远忘不了你。我吗，我在做最后的努力；万一失败，就进修道院！你又上哪儿呢，你？”

“上诺曼底，躲到古撒尔乡下去，去爱，去祈祷，直到上帝把我召回为止。”

子爵夫人想起欧也纳等着，便招呼他：

“拉斯蒂涅先生，你来吧。”

大学生弯着身子握了表姊的手亲吻。

特·鲍赛昂太太说：“安多纳德，告辞了！但愿你幸福。”她转身对着大学生说：“至于你，你已经幸福了，你年轻，还能有信仰。没想到我离开这个社会的时候，像那般幸运的死者，周围还有些虔诚的真诚的心！”

拉斯蒂涅目送特·鲍赛昂夫人坐上旅行的轿车，看她泪眼晶莹同他做了最后一次告别，由此可见社会上地位最高的人，并不像那般趋奉群众的人说的，能逃出感情的规律而没有伤心痛苦的事。五点光景，欧也纳也冒着又冷又潮湿的天气走回伏盖公寓。他的教育受完了。

拉斯蒂涅走进邻居的屋子，皮安训和他说：“可怜的高老头没有救了。”

欧也纳把睡熟的老人望了一眼，回答说：“朋友，既然你能克制欲望，就走你平凡的路吧。我入了地狱，而且得留在地狱。不管人家把上流社会说得怎么坏，你相信就是！没有一个讽刺作家能写尽隐藏在金银珠宝底下的丑恶。”

六、父亲的死

第二天下午两点左右，皮安训要出去，叫醒拉斯蒂涅，接他的班。高老头的病势上半天又加重许多。

"老头儿活不到两天了，也许还活不到六小时，"医学生道，"可是他的病，咱们不能置之不理。还得给他一些费钱的治疗。咱们替他当看护是不成问题，我可没有钱。他的衣袋，柜子，我都翻遍了，全是空的。他神志清楚的时候我问过他，他说连一个子儿都没有了。你身上有多少，你？"

"还剩二十法郎，我可以去赌，会赢的。"

"输了怎办？"

"问他的女婿女儿去要。"

皮安训道："他们不给又怎办？眼前最急的还不是钱，而是要在他身上贴滚热的芥子膏药，从脚底直到大腿的半中间。他要叫起来，那还有希望。你知道怎么做的。再说，克利斯朵夫可以帮你忙。我到药剂师那儿去作个保，赊欠药账。可惜不能送他进我们的医院，招呼得好一些。来，让我告诉你怎么办；我不回来，你不能离开他。"

他们走进老人的屋子，欧也纳看到他的脸变得没有血色，没有生气，扭作一团，不由得大吃一惊。

“喂，老丈，怎么样？”他靠着破床弯下身去问。

高里奥眨巴着暗淡的眼睛，仔细瞧了瞧欧也纳，认不得他。大学生受不住了，眼泪直涌出来。

“皮安训，窗上可要挂个帘子？”

“不用。气候的变化对他已经不生影响。他要有冷热的知觉倒好了。可是咱们还得生个火，好煮药茶，还能作好些旁的用处。等会我叫人送些柴草来对付一下，慢慢再张罗木柴。昨天一昼夜，我把你的柴跟老头儿的泥炭都烧完了。屋子潮得厉害，墙壁都在淌水，还没完全烘燥呢。克利斯朵夫把屋子打扫过了，简直像马房，臭得要命，我烧了些松子。”

拉斯蒂涅叫道：“我的天！想想他的女儿哪！”

“他要喝水的话，给他这个。”医学生指着一把大白壶。“倘若他哼哼唧唧的叫苦，肚子又热又硬，你就叫克利斯朵夫帮着给他来一下……你知道的。万一他兴奋起来说许多话，有点儿精神错乱，由他去好了。那倒不是坏现象，可是你得叫克利斯朵夫上医院来。我们的医生，我的同事，或是我，我们会来给他做一次灸。今儿早上你睡觉的时候，我们会诊过一次，到的有迦尔博士的一个学生，圣父医院的主任医师跟我们的主任医师。他们认为颇有些奇特的症候，必须注意病势的进展，可以弄清科学上的几个要点。有一位说，血浆的压力要是特别加在某个器官上，可能发生一些特殊的现象。所以老头儿一说话，你就得留心听，看是哪一类的思想，是记忆方面的，智力方面的，还是判断方面的；看他注意物质的事还是情感的事；是否计算，是否回想过去；总之你想法给我们一个准确的报告。病势可能急转直下，他会像现在这样人事不知的死去。这一类的病怪得很。倘若在这个地方爆发，”皮安训指了指病人的后脑，“说不定有些出奇出怪的病状：头脑某几个部分会恢复机能，一下子死不了。血浆能从脑里回出来，至于再走什么路，只有解剖尸体才能知道。残废院内有个痴呆的老人，充血跟着脊椎骨走；人痛苦得不得了，可是活在那儿。”

高老头忽然认出了欧也纳，说道：

“她们玩得痛快吗？”

“哦，他只想着他的女儿，”皮安训道，“昨夜他和我说了上百次：她们在跳舞呢！她的跳舞衣衫有了。——他叫她们的名字。那声音把我听得哭了，真是要命！他叫：但斐纳！我的小但斐纳！娜齐！真的！简直叫你止不住眼泪。”

“但斐纳，”老人接口说，“她在这儿，是不是？我知道的。”

他眼睛忽然骨碌碌的乱转，瞪着墙壁和房门。

“我下去叫西尔维预备芥子膏药，”皮安训说，“这是替他上药的好机会。”

拉斯蒂涅独自陪着老人，坐在床脚下，定睛瞧着这副嘴脸，觉得又害怕又难过。

“特·鲍赛昂太太逃到乡下去了，这一个又要死了，”他心里想，“美好的灵魂不能在这个世界上待久的。真是，伟大的感情怎么能跟一个猥琐，狭小，浅薄的社会沆瀣一气呢？”

他参加的那个盛会的景象在脑海中浮起来，同眼前这个病人垂死的景象成为对比。皮安训突然奔进来叫道：

“喂，欧也纳，我才见到我们的主任医师，就奔回来了。要是他忽然清醒，说起话来，你把他放倒在一长条芥子膏药上，让芥末把颈窝到腰部下面一齐裹住；再教人通知我们。”

“亲爱的皮安训！”欧也纳说。

“哦！这是为了科学。”医学生说，他的热心像一个刚改信宗教的人。

欧也纳说：“那么只有我一个人是为了感情照顾他了。”

皮安训听了并不生气，只说：“你要看到我早上的模样，就不会说这种话了。告诉你，朋友，开业的医生眼里只有疾病，我还看见病人呢。”

他走了。欧也纳单独陪着病人，唯恐高潮就要发作。不久高潮果然来了。

“啊！是你，亲爱的孩子。”高老头认出了欧也纳。

“你好些吗？”大学生拿着他的手问。

“好一些。刚才我的脑袋好似夹在钳子里，现在松一点儿了。你可曾看见我的女儿？她们马上要来了，一知道我害病，会立刻赶来的。从前在于西安街，她们服侍过我多少回！天哪！我真想把屋子收拾干净，好招待她们。有个年轻人把我的泥炭烧完了。”

欧也纳说：“我听见克利斯朵夫的声音，他替你搬木柴来，就是那个年轻人给你送来的。”

“好吧！可是拿什么付账呢？我一个钱都没有了，孩子。我把一切都给了，一切。我变了叫花子了。至少那件金线衫好看吗？（啊唷！我痛！）谢谢你，克利斯朵夫。上帝会报答你的，孩子；我啊，我什么都没有了？”

欧也纳凑着男佣人的耳朵说："我不会教你和西尔维白忙的。"

"克利斯朵夫，是不是我两个女儿告诉你就要来了？你再去一次，我给你五法郎。对她们说我觉得不好，我临死之前还想拥抱她们，再看她们一次。你这样去说吧，可是别过分吓了她们。"

克利斯朵夫看见欧也纳对他递了个眼色，便动身了。

"她们要来了，"老人又说，"我知道她们的脾气。好但斐纳，我死了，她要怎样的伤心呀！还有娜齐也是的。我不愿意死，因为不愿意让她们哭。我的好欧也纳，死，死就是再也看不见她们。在那个世界里，我要闷得发慌哩。看不见孩子，做父亲的等于入了地狱；自从她们结了婚，我就尝着这个味道。我的天堂是于西安街。嗳！喂，倘使我进了天堂，我的灵魂还能回到她们身边吗？听说有这种事情，可是真的？我现在清清楚楚看见她们在于西安街的模样。她们一早下楼，说：爸爸，你早。我把她们抱在膝上，用种种花样逗她们玩儿，跟她们淘气。她们也跟我亲热一阵。我们天天一块儿吃中饭，一块儿吃晚饭，总之那时我是父亲，看着孩子直乐。在于西安街，她们不跟我讲嘴，一点不懂人事，她们很爱我。天哪！干吗她们要长大呢？（哎唷！我痛啊；头里在抽。）啊！啊！对不起。孩子们！我痛死了；要不是真痛，我不会叫的，你们早已把我训练得不怕痛苦了。上帝呀！只消我能握着她们的手，我就不觉得痛啦。你想她们会来吗？克利斯朵夫蠢极了！我该自己去的。他倒有福气看到她们。你昨天去了跳舞会，你告诉我呀，她们怎么样？她们一点不知道我病了，可不是？要不她们不肯去跳舞了，可怜的孩子们！噢！我再也不愿意害病了。她们还少不了我呢。她们的财产遭了危险，又是落在怎样的丈夫手里！把我治好呀，治好呀！（噢！我多难过！哟！哟！哟！）你瞧，非把我医好不行，她们需要钱，我知道到哪儿去挣。我要上奥特赛去做淀粉。我才精明呢，会赚他几百万。（哦呀！我痛死了！）”

高里奥不出声了，仿佛集中全身的精力熬着痛苦。

“她们在这儿，我不会叫苦了，干吗还要叫苦呢？”

他迷迷糊糊昏沉了好久。克利斯朵夫回来，拉斯蒂涅以为高老头睡熟了，让佣人高声回报他出差的情形。

“先生，我先上伯爵夫人家，可没法跟她说话，她和丈夫有要紧事儿。我再三央求，特·雷斯多先生亲自出来对我说：高里奥先生快死了是不是？哎，再好没有。我有事，要太太待在家里。事情完了，她会走的。—— 他似乎很生气，这位先生。我正要出来，太太从一扇我看不见的门里走到穿堂，告诉我：克利斯朵夫，你对我父亲说，我同丈夫正在商量事情，不能来。那是有关我孩子们生死的问题。但等事情一完，我就去看他。—— 说到男爵夫人吧，又是另外一桩事儿！我没有见到她，不能跟她说话。老妈子说：啊！太太今儿早上五点一刻才从跳舞会回来；中午以前叫醒她，一定要挨骂的。等会她打铃叫我，我会告诉她，说她父亲的病更重了。报告一件坏消息，不会嫌太晚的。—— 我再三央求也没用。哎，是呀，我也要求见男爵，他不在家。”

“一个也不来，”拉斯蒂涅嚷道，“让我写信给她们。”

“一个也不来，”老人坐起来接着说，“她们有事，她们在睡觉，她们不会来的。我早知道了。只要临死才知道女儿是什么东西！唉！朋友，你别结婚，别生孩子！你给他们生命，他们给你死。你带他们到世界上来，他们把你从世界上赶出去。她们不会来的！我已经知道了十年。有时我心里这么想，只是不敢相信。”

他每只眼中冒出一滴眼泪，滚在鲜红的眼皮边上，不掉下来。

"唉！倘若我有钱，倘若我留着家私，没有把财产给她们，她们就会来，会用她们的亲吻来舐我的脸！我可以住在一所公馆里，有漂亮的屋子，有我的仆人，生着火；她们都要哭作一团，还有她们的丈夫，她们的孩子。这一切我都可以到手。现在可什么都没有。钱能买到一切，买到女儿。啊！我的钱到哪儿去了？倘若我还有财产留下，她们会来伺候我，招呼我；我可以听到她们，看到她们。啊！欧也纳，亲爱的孩子，我唯一的孩子，我宁可给人家遗弃，宁可做个倒霉鬼！倒霉鬼有人爱，至少那是真正的爱！啊，不，我要有钱，那我可以看到她们了。唉，谁知道？她们两个的心都像石头一样。我把所有的爱在她们身上用尽了，她们对我不能再有爱了。做父亲的应该永远有钱，应该拉紧儿女的缰绳，像对付狡猾的马一样。我却向她们下跪。该死的东西！她们十年来对我的行为，现在到了顶点。你不知道她们刚结婚的时候对我怎样的奉承体贴！（噢！我痛得像受毒刑一样！）我才给了她们每人八十万，她们和她们的丈夫都不敢怠慢我。我受到好款待：好爸爸，上这儿来；好爸爸，往那儿去。她们家永远有我的一份刀叉。我同她们的丈夫一块儿吃饭，他们对我很恭敬，看我手头还有一些呢。为什么？因为我生意的底细，我一句没提。一个给了女儿八十万的人是应该奉承的。他们对我那么周到，体贴，那是为我的钱啊。世界并不美。我看到了，我！她们陪我坐着车子上戏院，我在她们的晚会里爱待多久就待多久。她们承认是我的女儿，承认我是她们的父亲。我还有我的聪明呢，嗨，什么都没逃过我的眼睛。我什么都感觉到，我的心碎了。我明明看到那是假情假意；

可是没有办法。在她们家，我就不像在这儿饭桌上那么自在。我什么话都不会说。有些漂亮人物咬着我女婿的耳朵问：

——那位先生是谁啊？

——他是财神，他有钱。

——啊，原来如此！

“人家这么说着，恭恭敬敬瞧着我，就像恭恭敬敬瞧着钱一样。即使我有时叫他们发窘，我也补赎了我的过失。再说，谁又是十全的呢？（哎唷！我的脑袋简直是块烂疮！）我这时的痛苦是临死以前的痛苦，亲爱的欧也纳先生，可是比起当年娜齐第一次瞪着我给我的难受，眼前的痛苦算不了什么。那时她瞪我一眼，因为我说错了话，丢了她的脸；唉，她那一眼把我全身的血管都割破了。我很想懂得交际场中的规矩；可是我只懂得一样：我在世界上是多余的。第二天我上但斐纳家去找安慰，不料又闹了笑话，惹她冒火。我为此急疯了。八天工夫我不知道怎么办。我不敢去看她们，怕受埋怨。这样，我便进不了女儿的大门。哦！我的上帝！既然我吃的苦，受的难，你全知道，既然我受的千刀万剐，使我头发变白，身子磨坏的伤，你都记在账上，干吗今日还要我受这个罪？就算太爱她们是我的罪过，我受的刑罚也足够补赎了。我对她们的慈爱，她们都狠狠的报复了，像刽子手一般把我上过毒刑了。唉！做老子的多蠢！我太爱她们了，每次都回头去迁就她们，好像赌棍离不开赌场。我的嗜好，我的情妇，我的一切，便是两个女儿，她们俩想要一点儿装饰品什么的，老妈子告诉了我，我就去买来送给她们，巴望得到些好款待！可是她们看了我在人前的态度，照样来一番教训。而且等不到第二天！呵，她们为着我脸红了。这是给儿女受好教育的报应。我活了这把年纪，可不能再上学校啦。(我痛死了，天哪！医生呀！医生呀！把我脑袋劈开来，也许会好些。)我的女儿呀，我的女儿呀，娜齐，但斐纳！我要看她们。叫警察去找她们来，抓她们来！法律应该帮我的，天性，民法，都应该帮我。我要抗议。把父亲踩在脚下，国家不要亡了吗？这是很明白的。社会，世界，都是靠父道做轴心的；儿女不孝父亲，不要天翻地覆吗？哦！看到她们，听到她们，不管她们说些什么，只要听见她们的声音，尤其但斐纳，我就不觉得痛苦。等她们来了，你叫她们别那么冷冷的瞧我。啊！我的好朋友，欧也纳先生，看到她们眼中的金光变得像铅一样不灰不白，你真不知道是什么味儿。自从她们的眼睛对我不放光辉之后，我老在这儿过冬天；只有苦水给我吞，我也就吞下了！我活着就是为受委屈，受侮辱。她们给我一点儿可怜的，小小的，可耻的快乐，代价是教我受种种的羞辱，我都受了，因为我太爱她们了。老子偷偷摸摸的看女儿！听见过没有？我把一辈子的生命给了她们，她们今天连一小时都不给我！我又饥又渴，心在发烧，她们不来纾解一下我的临终苦难。我觉得我要死了。什么叫作践踏父亲的尸首，难道她们不知道吗？天上还有一个上帝，他可不管我们做老子的愿不愿意，要替我们报仇的。噢！她们会来的！来啊，我的小心肝，你们来亲我呀；最后一个亲吻就是你们父亲的临终圣餐了，他会代你们求上帝，说你们一向孝顺，替你们辩护！归根结底，你们没有罪。朋友，她们是没有罪的！请你对大家都这么说，别为了我难为她们。一切都是我的错，是我纵容她们把我踩在脚下的。我就喜欢那样。这跟谁都不相干，人间的裁判，神明的裁判，都不相干。上帝要是为了我责罚她们，就不公平了。我不会做人，是我糊涂，自己放弃了权利。为她们我甚至堕落也甘心情愿！有什么办法！

最美的天性，最优秀的灵魂，都免不了溺爱儿女。我是一个糊涂蛋，遭了报应，女儿七颠八倒的生活是我一手造成的，是我惯了她们。现在她们要寻欢作乐，正像她们从前要吃糖果。我一向对她们百依百顺。小姑娘想入非非的欲望，都给她们满足。十五岁就有了车！要什么有什么。罪过都在我一个人身上，为了爱她们而犯的罪。唉，她们的声音能够打开我的心房。我听见她们，她们在来啦。哦！一定的，她们要来的。法律也要人给父亲送终的，法律是支持我的。只要叫人跑一趟就行。我给车钱。你写信去告诉她们，说我还有几百万家私留给她们！我敢起誓。我可以上奥特赛去做高等面食。我有办法。计划中还有几百万好赚。哼，谁也没有想到。那不会像麦子和面粉一样在路上变坏的。嗳，嗳，淀粉哪，有几百万好赚啊！你告诉她们有几百万绝不是扯谎。她们为了贪心还是肯来的；我宁愿受骗，我要看到她们。我要我的女儿！是我把她们生下来的！她们是我的！”他一边说一边在床上挺起身子，给欧也纳看到一张白发凌乱的脸，竭力装作威吓的神气。

欧也纳说：“嗳，嗳，你睡下吧。我来写信给她们。等皮安训来了，她们要再不来，我就自个儿去。”

“她们再不来，”老人一边大哭一边接了一句，“我要死了，要气疯了，气死了！气已经上来了！现在我把我这一辈子都看清楚了。我上了当！她们不爱我，从来没有爱过我！这是明摆的了。她们这时不来是不会来的了。她们越拖，越不肯给我这个快乐。我知道她们。我的悲伤，我的痛苦，我的需要，她们从来没体会到一星半点，连我的死也没有想到；我的爱，我的温情，她们完全不了解。是的，她们把我糟蹋惯了，在她们眼里我所有的牺牲都一文不值。哪怕她们要挖掉我眼睛，我也会说：挖吧！我太傻了。她们以为天下的老子都像她们的一样。想不到你待人好一定要人知道！将来她们的孩子会替我报仇的。唉，来看我还是为她们自己啊，你去告诉她们，说她们临死要受到报应的。犯了这桩罪，等于犯了世界上所有的罪。去啊，去对她们说，不来送我的终是忤逆！不加上这一桩，她们的罪过已经数不清啦。你得像我一样的去叫：哎！娜齐！哎！但斐纳！父亲待你们多好，他在受难，你们来吧！——唉！一个都不来。难道我就像野狗一样的死吗？爱了一辈子的女儿，到头来反给女儿遗弃！简直是些下流东西，流氓婆；我恨她们，咒她们；我半夜里还要从棺材里爬起来咒她们。嗳，朋友，难道这能派我的不是吗？她们做人这样恶劣，是不是！我说什么？你不是告诉我但斐纳在这儿吗？还是她好。你是我的儿子，欧也纳。你，你得爱她，像她父亲一样的爱她。还有一个是遭了难。她们的财产呀！哦！上帝！我要死了，我太苦了！把我的脑袋割掉吧，留给我一颗心就行了。”

“克利斯朵夫，去找皮安训来，顺便替我雇辆车。”欧也纳嚷着。他被老人这些呼天抢地的哭诉吓坏了。

“老伯，我到你女儿家去把她们带来。”

“把她们抓来，抓来！叫警卫队，叫军队！”老人说着，对欧也纳瞪了一眼，闪出最后一道理性的光，“去告诉政府，告诉检察官，叫人替我带来！”

“你刚才咒过她们了。”

老人愣了一愣，说：“谁说的？你知道我是爱她们的，疼她们的！我看到她们，病就好啦……去吧，我的好邻居，好孩子，去吧，你是慈悲的；我要重重的谢你；可是我什么都没有了，只能给你一个祝福，一个临死的人的祝福。啊！至少我要看到但斐纳，吩咐她代我报答你。那个不能来，就带这个来吧。告诉她，她要不来，你不爱她了。她多爱你，一定会来的。哟，我渴死了，五脏六腑都在烧！替我在头上放点儿什么吧。最好是女儿的手，那我就得救了，我觉得的……天哪！我死了，谁替她们挣钱呢？我要为她们上奥特赛去，上奥特赛做面条生意。”

欧也纳搀起病人，用左臂扶着，另一只手端给他一杯满满的药茶，说道：“你喝这个。”

“你一定要爱你的父母，”老人说着，有气无力的握着欧也纳的手，“你懂得吗，我要死了，不见她们一面就死了。永远口渴而没有水喝，这便是我十年来的生活……两个女婿断送了我的女儿。是的，从她们出嫁之后，我就没有女儿了。做老子的听着！你们得要求国会订一条结婚的法律！要是你们爱女儿，就不能把她们嫁人。女婿是毁坏女儿的坏蛋，他把一切都污辱了。再不要有结婚这回事！结婚抢走我们的女儿，教我们临死看不见女儿。为了父亲的死，应该订一条法律。真是可怕！报仇呀！报仇呀！是我女婿不准她们来的呀。杀死他们！杀雷斯多！杀纽沁根！他们是我的凶手！不还我女儿，就要他们的命！唉！完啦，我见不到她们的了！她们！娜齐，斐斐纳，喂，来呀，爸爸出门啦①……”

“老伯，你静静吧，别生气，别多想。”

“看不见她们，这才是我的临终苦难！”

“你会看见的。”

“真的！”老人迷迷惘惘的叫起来。“噢！看到她们！我还会看到她们，听到她们的声音。那我死也死得快乐了。唉，是啊，

① “来呀，爸爸出门啦”二句，为女儿幼年时父亲出门前呼唤她们的亲切语；此处出门二字有双关意味。

我不想活了，我不希罕活了，我痛得越来越厉害了。可是看到她们，碰到她们的衣衫，唉！只要她们的衣衫，衣衫，就这么一点儿要求！只消让我摸到她们的一点儿什么！让我抓一把她们的头发，……头发……”

他仿佛挨了一棍，脑袋往枕上倒下，双手在被单上乱抓，好像要抓女儿们的头发。

他又挣扎着说：“我祝福她们，祝福她们。”

然后他昏过去了。皮安训进来说：

“我碰到了克利斯朵夫，他替你雇车去了。”

他瞧了瞧病人，用力揭开他的眼皮，两个大学生只看到一只没有颜色的灰暗的眼睛。

“完啦，”皮安训说，“我看他不会醒的了。”

他按了按脉，摸索了一会，把手放在老头儿心口。

“机器没有停；像他这样反而受罪，还是早点去的好！”

“对，我也这么想。”拉斯蒂涅回答。

“你怎么啦？脸色发白像死人一样。”

“朋友，我听他又哭又叫，说了一大堆。真有一个上帝！哦，是的，上帝是有的，他替我们预备着另外一个世界，一个好一点儿的世界。咱们这个太混账了。刚才的情形要不那么悲壮，我早哭死啦，我的心跟胃都给揪紧了。”

“喂，还得办好多事，哪儿来的钱呢？”

拉斯蒂涅掏出表来：

“你送当铺去。我路上不能耽搁，只怕赶不及。现在我等着克利斯朵夫，我身上一个钱都没有了，回来还得付车钱。”

拉斯蒂涅奔下楼梯，上海尔特街特·雷斯多太太家去了。刚才那幕可怕的景象使他动了感情，一路义愤填胸。他走进穿堂求见特·雷斯多太太，人家回报说她不能见客。

他对当差说："我是为了她马上要死的父亲来的。"

"先生，伯爵再三吩咐我们……"

"既然伯爵在家，那么告诉他，说他岳父快死了。我要立刻和他说话。"

欧也纳等了好久。

"说不定他就在这个时候死了。"他心里想。

当差带他走进第一客室，特·雷斯多先生站在没有生火的壁炉前面，见了客人也不请坐。

"伯爵，"拉斯蒂涅说，"令岳在破烂的阁楼上就要断气了，连买木柴的钱也没有；他马上要死了，但等见一面女儿……"

"先生，"伯爵冷冷的回答，"你大概可以看出，我对高里奥先生没有什么好感。他教坏了我太太，造成我家庭的不幸。我把他当作扰乱我安宁的敌人。他死也好，活也好，我全不在意。你瞧，这是我对他的情分。社会尽可以责备我，我才不在乎呢。我现在要处理的事，比顾虑那些傻瓜的闲言闲语紧要得多。至于我太太，她现在那个模样没法出门，我也不让她出门。请你告诉她父亲，只消她对我，对我的孩子，尽完了她的责任，她会去看他的。要是她爱她的父亲，几分钟内她就可以自由……"

"伯爵，我没有权利批评你的行为，你是你太太的主人。可是至少我能相信你是讲信义的吧？请你答应我一件事，就是告诉她，说她父亲没有一天好活了，因为她不去送终，已经在咒她了！"

雷斯多注意到欧也纳愤愤不平的语气，回答道："你自己去说吧。"

拉斯蒂涅跟着伯爵走进伯爵夫人平时起坐的客厅。她泪人儿似的埋在沙发里，那副痛不欲生的模样叫他看了可怜。她不敢望拉斯蒂涅，先怯生生的瞧了瞧丈夫，眼睛的神气表示她精神肉体都被专横的丈夫压倒了。伯爵侧了侧脑袋，她才敢开口：

"先生，我都听到了。告诉我父亲，他要知道我现在的处境，一定会原谅我。我想不到要受这种刑罚，简直受不了。可是我要反抗到底，"她对她的丈夫说，"我也有儿女。请你对父亲说，不管表面上怎么样，在父亲面前我并没有错。"她无可奈何的对欧也纳说。

那女的经历的苦难，欧也纳不难想象，便呆呆的走了出来。听到特·雷斯多先生的口吻，他知道自己白跑了一趟，阿娜斯大齐已经失去自由。

接着他赶到特·纽沁根太太家，发觉她还在床上。

"我不舒服呀，朋友，"她说，"从跳舞会出来受了凉，我怕要害肺炎呢，我等医生来……"

欧也纳打断了她的话，说道："哪怕死神已经到了你身边，爬也得爬到你父亲跟前去。他在叫你！你要听到他一声，马上不觉得你自己害病了。"

"欧也纳，父亲的病也许不像你说的那么严重；可是我要在你眼里有什么不是，我才难过死呢；所以我一定听你的吩咐。我知道，倘若我这一回出去闹出一场大病来，父亲要伤心死的。我等医生来过了就走。"她一眼看不见欧也纳身上的表链，便叫道："哟！怎么你的表没有啦？"

欧也纳脸上红了一块。

“欧也纳！欧也纳！倘使你已经把它卖了，丢了，……哦！那太岂有此理了。”

大学生伏在但斐纳床上，凑着她耳朵说：

“你要知道么？哼！好，告诉你吧！你父亲一个钱没有了，今晚上要把他入殓的尸衣[1]都没法买。你送我的表在当铺里，我钱都光了。”

但斐纳猛的从床上跳下，奔向书柜，抓起钱袋递给拉斯蒂涅，打着铃，嚷道：

“我去我去，欧也纳。让我穿衣服，我简直是禽兽了！去吧，我会赶在你前面！”她回头叫老妈子：“丹兰士，请老爷立刻上来跟我说话。”

欧也纳因为能对垂死的老人报告有一个女儿会来，几乎很快乐的回到圣·日内维新街。他在但斐纳的钱袋里掏了一阵打发车钱，发觉这位那么有钱那么漂亮的少妇，袋中只有七十法郎。他走完楼梯，看见皮安训扶着高老头，医院的外科医生当着内科医生在病人背上做灸。这是科学的最后一套治疗，没用的治疗。

“替你做灸你觉得吗？”内科医生问。

高老头看见了大学生，说道：

“她们来了是不是？”

外科医生道：“还有希望，他说话了。”

欧也纳回答老人：“是的，但斐纳就来了。”

“呃！”皮安训说，“他还在提他的女儿，他拚命的叫她们，

①西俗入殓时将尸体用布包裹，称为尸衣。

像一个人吊在刑台上叫着要喝水……”

“算了吧，”内科医生对外科医生说，“没法的了，没救的了。”

皮安训和外科医生把快死的病人放倒在发臭的破床上。

医生说：“总得给他换套衣服，虽则毫无希望，他究竟是个人。”他又招呼皮安训，“我等会儿再来。他要叫苦，就给他横膈膜上搽些鸦片。”

两个医生走了，皮安训说：“来，欧也纳，拿出勇气来！咱们替他换上一件白衬衫，换一条褥单。你叫西尔维拿了床单来帮我们。”

欧也纳下楼，看见伏盖太太正帮着西尔维摆刀叉。拉斯蒂涅才说了几句，寡妇就迎上来，装着一副又和善又难看的神气，活现出一个满腹猜疑的老板娘，既不愿损失金钱，又不敢得罪主顾。

“亲爱的欧也纳先生，你和我一样知道高老头没有钱了。把被单拿给一个正在翻眼睛的人，不是白送吗？另外还得牺牲一条做他入殓的尸衣。你们已经欠我一百四十四法郎，加上四十法郎被单，以及旁的零星杂费，跟等会儿西尔维要给你们的蜡烛，至少也得二百法郎；我一个寡妇怎受得了这样一笔损失？天啊！你也得凭凭良心，欧也纳先生。自从晦气星进了我的门，五天工夫我已经损失得够了。我愿意花三十法郎打发这好家伙归天，像你们说的。这种事还要叫我的房客不愉快。只要不花钱，我愿意送他进医院。总之你替我想想吧。我的铺子要紧，那是我的，我的性命呀。”

欧也纳赶紧奔上高里奥的屋子。

“皮安训，押了表的钱呢？”

“在桌子上，还剩三百六十多法郎。欠的账已经还清。当票压在钱下面。”

“喂，太太，”拉斯蒂涅愤愤的奔下楼梯，说道，“来算账。高里奥先生在府上不会耽久了，而我……”

“是的，他只能两脚向前的出去的了，可怜的人。”她一边说一边数着二百法郎，神气之间有点高兴，又有点惆怅。

“快点儿吧。”拉斯蒂涅催她。

“西尔维，拿出褥单来，到上面去给两位先生帮忙。”

“别忘了西尔维，”伏盖太太凑着欧也纳的耳朵说，“她两晚没有睡觉了。”

欧也纳刚转身，老寡妇立刻奔向厨娘，咬着她耳朵吩咐：

“你找第七号褥单，那条旧翻新的。反正给死人用总是够好的了。”

欧也纳已经在楼梯上跨了几步，没有听见房东的话。

皮安训说：“来，咱们替他穿衬衫，你把他扶着。”

欧也纳站在床头扶着快死的人，让皮安训脱下衬衫。老人做了个手势，仿佛要保护胸口的什么东西，同时哼哼唧唧，发出些不成音的哀号，犹如野兽表示极大的痛苦。

“哦！哦！”皮安训说，“他要一根头发练子和一个小小的胸章，刚才咱们做灸拿掉的。可怜的人，给他挂上。喂，在壁炉架上面。”

欧也纳拿来一条淡黄带灰的头发编成的练子，准是高里奥太太的头发。胸章的一面刻着：阿娜斯大齐；另外一面刻着：但斐纳。这是他永远贴在心头的心影。胸章里面藏着极细的头发卷，大概是女儿们极小的时候剪下来的。发辫挂上他的脖子，胸章一碰到胸脯，老人便心满意足的长叹一声，教人听了毛骨悚然。他的感觉这样振动了一下，似乎往那个神秘的区域，发出同情和接受同情的中心，隐没了。抽搐的脸上有一种病态的快乐的表情。思想消灭了，情感还存在，还能发出这种可怕的光彩，两个大学生看着大为感动，涌出几颗热泪掉在病人身上，使他快乐得直叫：

“噢！娜齐！斐斐纳！”

“他还活着呢。”皮安训说。

“活着有什么用？”西尔维说。

“受罪啰！”拉斯蒂涅回答。

皮安训向欧也纳递了个眼色，教他跟自己一样蹲下身子，把胳膊抄到病人腿肚子下面，两人隔着床做着同样的动作，托住病人的背。西尔维站在旁边，但等他们抬起身子，抽换被单。高里奥大概误会了刚才的眼泪，使出最后一些气力伸出手来，在床的两边碰到两个大学生的脑袋，拼命抓着他们的头发，轻轻的叫了声：“啊！我的儿哪！”整个灵魂都在这两句里面，而灵魂也随着这两句喁语飞逝了。

“可怜可爱的人哪。”西尔维说，她也被这声哀叹感动了。这声哀叹，表示那伟大的父爱受了又惨又无心的欺骗，最后激动了一下。

这个父亲的最后一声叹息还是快乐的叹息。这叹息说明了他的一生，他还是骗了自己。大家恭恭敬敬把高老头放在破床上。从这个时候起，喜怒哀乐的意识消灭了，只有生与死的搏斗还在他脸上印着痛苦的标记。整个的毁灭不过是时间问题了。

“他还可以这样的拖几小时，在我们不知不觉的时候死去。他连临终的痰厥也不会有，脑子全部充血了。”

这时楼梯上有一个气咻咻的少妇的脚声。

“来得太晚了。”拉斯蒂涅说。

来的不是但斐纳，是她的老妈子丹兰士。

“欧也纳先生，可怜的太太为父亲向先生要钱，先生和她大吵。她晕过去了，医生也来了，恐怕要替她放血。她嚷着：爸爸要死了，我要去看爸爸呀！教人听了心惊肉跳。”

“算了吧，丹兰士。现在来也不中用了，高里奥先生已经昏迷了。”

丹兰士道：“可怜的先生，竟病得这样凶吗？”

“你们用不着我了，我要下去开饭，已经四点半了。”西尔维说着，在楼梯台上几乎觉得撞在特·雷斯多太太身上。

伯爵夫人的出现叫人觉得又严肃又可怕。床边黑魆魆的只点着一支蜡烛。瞧着父亲那张还有几分生命在颤动的脸，她掉下泪来。皮安训很识趣的退了出去。

“恨我没有早些逃出来。”伯爵夫人对拉斯蒂涅说。

大学生悲伤的点点头。她拿起父亲的手亲吻。

“原谅我，父亲！你说我的声音可以把你从坟墓里叫回来，哎！那么你回来一会儿，来祝福你正在忏悔的女儿吧。听我说啊。——真可怕！这个世界上只有你会祝福我。大家恨我，只有你爱我。连我自己的孩子将来也要恨我。你带我一块儿去吧，我会爱你，服侍你。噢！他听不见了，我疯了。”

她双膝跪下，疯子似的端相着那个躯壳。

“我什么苦都受到了，”她望着欧也纳说，“特·脱拉伊先生走了，丢下一身的债。而且我发觉他欺骗我。丈夫永远不会原谅我了，我已经把全部财产交给他。唉！一场空梦，为了谁来！我欺骗了唯一疼我的人！（她指着她的父亲）我辜负他，嫌弃他，给他受尽苦难，我这该死的人！”

“他知道。”拉斯蒂涅说。

高老头忽然睁了睁眼，但只不过是肌肉的抽搐。伯爵夫人表示希望的手势，同弥留的人的眼睛一样凄惨。

“他还会听见我吗？——哦，听不见的了。”她坐在床边自言自语。

特·雷斯多太太说要守着父亲，欧也纳便下楼吃饭。房客都到齐了。

“喂，”画家招呼他，“看样子咱们楼上要死掉个把人了喇么？”

“查理，找点儿少凄惨的事开玩笑好不好？”欧也纳说。

“难道咱们就不能笑了吗？”画家回答，“有什么关系，皮安训说他已经昏迷了。”

“嗳！”博物院管事接着说，“他活也罢，死也罢，反正没有分别。”

“父亲死了！”伯爵夫人大叫一声。

一听见这声可怕的叫喊，西尔维，拉斯蒂涅，皮安训，一齐上楼，发觉特·雷斯多太太晕过去了。他们把她救醒了，送上等在门外的车；欧也纳嘱咐丹兰士小心看护，送往特·纽沁根太太家。

“哦！这一下他真死了。”皮安训下楼说。

“诸位，吃饭吧，汤冷了。”伏盖太太招呼众人。

两个大学生并肩坐下。

欧也纳问皮安训："现在该怎么办？"

"我把他眼睛阖上了，四肢放得端端正正。等咱们上区公所报告死亡，那边的医生来验过之后，把他包上尸衣埋掉。你还想怎么办？"

"他不能再这样嗅他的面包了。"一个房客学着高老头的鬼脸说。

"要命！"当助教的叫道，"诸位能不能丢开高老头，让我们清静一下？一个钟点以来，只听见他的事儿。巴黎这个地方有桩好处，一个人可以生下，活着，死去，没有人理会。这种文明的好处，咱们应当享受。今天死六十个人，难道你们都去哀悼那些亡灵不成？高老头死就死吧，为他还是死的好！要是你们疼他，就去守灵，让我们消消停停的吃饭。"

"噢！是的，"寡妇道，"他真是死了的好！听说这可怜的人苦了一辈子！"

在欧也纳心中，高老头是父爱的代表，可是他身后得到的唯一的诔词，就是上面这几句。十五位房客照常谈天。欧也纳和皮安训听着刀叉声和谈笑声，眼看那些人狼吞虎咽，不关痛痒的表情，难受得心都凉了。他们吃完饭，出去找一个神甫来守夜，给死者祈祷。手头只有一点儿钱，不能不看钱办事。晚上九点，遗体放在便榻上，两旁点着两支蜡烛，屋内空空的，只有一个神甫坐在他旁边。临睡之前，拉斯蒂涅向教士打听了礼忏和送葬的价目，写信给特·纽沁根男爵和特·雷斯多伯爵，请他们派管事来打发丧费。他要克利斯朵夫把信送出去，方始上床。他疲倦之极，马上睡着了。

第二天早上，皮安训和拉斯蒂涅亲自上区公所报告死亡；中午，医生来签了字。过了两小时，一个女婿都没送钱来，也没派人来，拉斯蒂涅只得先开销了教士。西尔维讨了十法郎去缝尸衣。欧也纳和皮安训算了算，死者的家属要不负责的话，他们倾其所有，只能极勉强的应付一切开支。把尸身放入棺材的差事，由医学生担任了去；那口穷人用的棺木也是他向医院特别便宜买来的。他对欧也纳说：

"咱们给那些混蛋开一下玩笑吧。你到拉希公墓去买一块地，五年为期；再向丧礼代办所和教堂定一套三等丧仪。要是女婿女儿不还你的钱，你就在墓上立一块碑，刻上几个字：特·雷斯多伯爵夫人暨特·纽沁根男爵夫人之尊翁高里奥先生之墓大学生二人醵资代葬。"

欧也纳在特·纽沁根夫妇和特·雷斯多夫妇家奔走毫无结果，只得听从他朋友的意见。在两位女婿府上，他只能到大门为止。门房都奉有严令，说：

"先生跟太太谢绝宾客。他们的父亲死了，悲痛得了不得。"

欧也纳对巴黎社会已有相当经验，知道不能固执。看到没法跟但斐纳见面，他心里感到一阵异样的压迫，在门房里写了一个字条：

请你卖掉一件首饰吧，使你父亲下葬的时候成个体统。

他封了字条，吩咐男爵的门房递给丹兰士送交女主人；门房却送给男爵，被他往火炉里一扔了事。欧也纳部署停当，三点左右回到公寓，望见小门口停着口棺木，在静悄悄的街头，搁在两张凳上，棺木上面连那块黑布也没有遮盖到家。他一见这光景，不由得掉下泪来。谁也不曾把手蘸过的鼗脚圣水壶[1]，浸在盛满圣水的镀银盘子里。门上黑布也没有挂。这是穷人的丧礼，既没排场，也没后代，也没朋友，也没亲属。皮安训因为医院有事，留了一个便条给拉斯蒂涅，告诉他跟教堂办的交涉。他说追思弥撒价钱贵得惊人，只能做个便宜的晚祷；至于丧礼代办所，已经派克利斯朵夫送了信去。欧也纳看完字条，忽然瞧见藏着两个女儿头发的胸章在伏盖太太手里。

“你怎么敢拿下这个东西？”他说。

“天哪！难道把它下葬不成？”西尔维回答，“那是金的啊。”

“当然啰！”欧也纳愤愤的说，“代表两个女儿的只有这一点东西，还不给他带去么？”

柩车上门的时候，欧也纳叫人把棺木重新抬上楼，他撬开钉子，诚心诚意的把那颗胸章，姊妹俩还年轻，天真，纯洁，像他在临终呼号中所说的“不懂得讲嘴”的时代的形象，挂在死人胸前。除了两个丧礼执事，只有拉斯蒂涅和克利斯朵夫两人跟着柩车，把可怜的人送往圣·丹蒂安·杜·蒙，离圣·日内维新街不远的教堂。灵柩被放在一所低矮黝黑的圣堂[2]前面。大学生四下里张望，看不见高老头的两个女儿或者女婿。除他之外，只有克利斯朵夫因为赚过他不少酒钱，觉得应当尽一尽最后的礼教。两个教士，唱诗班的孩子，和教堂管事都还没有到。拉斯蒂涅握了握

---

①西俗吊客上门，必在圣水壶内蘸圣水。“谁也不曾把手蘸过”，即没有吊客的意思。

②教堂内除正面的大堂外，两旁还有小圣堂。

克利斯朵夫的手，一句话也说不上来。

“是的，欧也纳先生，”克利斯朵夫说，“他是个老实人，好人，从来没大声说过一句话，从来没损害别人，也从来没干过坏事。”

两个教士，唱诗班的孩子，教堂的管事，都来了。在一个宗教没有余钱给穷人做义务祈祷的时代，他们做了尽七十法郎所能办到的礼忏：唱了一段圣诗，唱了*解放*和*来自灵魂深处*。全部礼忏花了二十分钟。送丧的车只有一辆，给教士和唱诗班的孩子乘坐，他们答应带欧也纳和克利斯朵夫同去。教士说：

“没有送丧的行列，我们可以赶一赶，免得耽搁时间。已经五点半了。”

正当灵柩上车的时节，特·雷斯多和特·纽沁根两家有爵徽的空车忽然出现，跟着柩车到拉希公墓。六点钟，高老头的遗体下了墓穴，周围站着女儿家中的管事。大学生出钱买来的短短的祈祷刚念完，那些管事就跟神甫一齐溜了。两个盖坟的工人，在棺木上扔了几铲子土挺了挺腰；其中一个走来向拉斯蒂涅讨酒钱。欧也纳掏来掏去，一个子儿都没有，只得向克利斯朵夫借了一法郎。这件很小的小事，忽然使拉斯蒂涅大为伤心。白日将尽，潮湿的黄昏使他心里乱糟糟的；他瞧着墓穴，埋葬了他青年人的最后一滴眼泪，神圣的感情在一颗纯洁的心中逼出来的眼泪，从它堕落的地下立刻回到天上的眼泪①。他抱着手臂，凝神瞧着天空的云。克利斯朵夫见他这副模样，径自走了。

拉斯蒂涅一个人在公墓内向高处走了几步，远眺巴黎，只见

①浪漫派诗歌中常言神圣的眼泪是从天上来的，此处言回到天上，即隐含此意。

巴黎蜿蜒曲折的躺在塞纳河两岸，慢慢的亮起灯火。他的欲火炎炎的眼睛停在王杜姆广场和安伐里特宫的穹窿之间。那便是他不胜向往的上流社会的区域。面对这个热闹的蜂房，他射了一眼，好像恨不得把其中的甘蜜一口吸尽。同时他气概非凡的说了句：

“现在咱们俩来拼一拼吧！”

然后拉斯蒂涅为了向社会挑战，到特·纽沁根太太家吃饭去了。

一八三四年九月　原作

一九四四年十二月　初译

一九五一年七月　重译

一九六三年九月　重改

奥诺丽纳

一、法国人怎样的不喜欢旅行

法国人怕出门的心理和英国人爱出门的心理可以说不相上下，两个极端也许都有理由。走出英国，随处都能发现胜过英国的东西；但要在法国以外找到法国的韵味就极不容易了。别国有的是幽美的风景，比法国舒服得多的设备，我们在这方面是进步最慢的。别国有时还让你看到富丽伟大，动人心魄的豪华场面；它们既不缺少风采，也不缺少高雅；可是精神生活，思想活动，在巴黎不足为奇的辩才与隽永的谈吐，那种心有所思而不形之于口的默契，那种成为法国语言精华的，意在言外的辞令，却是无论什么地方都找不到的。法国人的诙谑已经很少人了解，他在国外自不免像一株移植的树木一般很快就枯萎了。殖民海外这件事，法国民族的看法完全和别国的人相反。许多法国人，例如我们在这里提到的那些，承认只要看到本国的关吏就觉得高兴，这恐怕是把爱国心夸张得最厉害的说法了。

这段小引，目的是要让一般旅行过的法国人，把流寓国外的时期偶尔在外交家的客厅里找到一片水草，找到整个祖国的那种喜悦回想一下；这心情，在从来没离开意大利大街的沥青马路，认为河滨大道与塞纳河左岸已经不算巴黎的人，是不容易了解的。喂，巴黎人！你们可知道什么叫作不在巴黎而仿佛身在巴黎吗？那并非吃到仙岩饭店的厨子鲍兰尔替老饕预备的，只能在蒙多尔葛伊街烹调的名菜；而是看到令人想起仙岩饭店的席面！而是尝到在外国近于神话的，像本文所提到的女子同样少有的法国酒！所谓重睹巴黎，也并非听到从巴黎传至边境就变味的，风行一时的妙语；而是置身于风雅的，心心相印的，识见卓越的环境，为所有的法国人，从诗人到工匠，从公爵夫人到街头的孩子，都耳濡目染，熏陶惯的。

二、一幅兼有意大利与法国风味的画

一八三六年，正当萨尔台涅[①]国王驻跸热那亚的时候，两个多少有点名气的法国人，在法国领事租的一所别庄中间，还能有置身于巴黎的感觉。庄子坐落在一个高岗上。在圣·多玛城门与有名的灯塔之间，那高岗是亚平宁山脉的最后一块高地；至于有名的灯塔，随便哪本纪念册只要有热那亚的风景，没有不把它画上的。当初热那亚城邦全盛的时期，王侯勋贵花到几百万金钱盖造华丽的别墅；本文所说的府第便是其中之一。世界上倘若有什么地方晚景特别幽美的话，那一定是热那亚了。上半天先来一场当地特有的倾盆大雨；然后海水的明净争着与天色的明净比赛：一片静寂笼罩着海滨的大道，笼罩着别庄上的树林，和张着大嘴莫测高深的吐着流泉的石像；明星闪闪，地中海的波浪一个接着一个，仿佛一个女人的自白，被你一句一句逼出来的。那时，芬芳的空气充塞你的肺部，笼罩你的梦境，令人陶醉的韵味仿佛肉眼看得见似的，像大气一样在空中浮动，直扑到你的椅子里——你

①萨尔台涅在十七、八世纪时为意大利北部的一个王国，为近代意大利统一的核心，犹普鲁士之于近代德意志。

拿羹匙调着冰或果子汁，脚下躺着城市，面前站着美女：像这种薄伽丘情调的良辰美景[①]，的确是意大利和地中海滨所独有的。

座上有喜欢招待四方才士的豪客第·奈葛罗侯爵，有大马索·巴莱多侯爵，那是两位在气质上极像法国人的热那亚人[②]；还有一个法国总领事，由一位美若圣母的太太和因为瞌睡而默不出声的孩子陪着；此外是法国大使，大使夫人，自以为衰老但很狡猾的一等秘书，和两位专诚来向领事太太辞行的巴黎人。庄子的阳台上摆着一桌精美的晚餐，时间是五月中旬。把这些人物和这个场面想象一下，你就能对那幅图画有个概念了：画上的中心人物是一位大名鼎鼎的女子，那个晚会中的上宾，常常引起座客注目的。

余下两个法国人，一个是出名的风景画家雷翁·特·洛拉，一个是出名的批评家格劳特·维浓。他们俩是陪着那女客一起来的；女客是当代妇女界中最知名的一个人物，本姓台·多希，文坛上的名字叫作加米叶·莫班[③]。台·多希小姐有事上翡冷翠，以她素来殷勤的脾气，把雷翁·特·洛拉顺便带来游历意大利，还特意赶往罗马，让他见识一下罗马郊外的风光。来的时候取道桑普隆山隘，回去是走高尼希到马赛的路。那次在热那亚停留，仍是为了画家的缘故。

不消说，总领事很愿意趁王上的乘舆未到以前，陪一位不但

①薄伽丘在《十日谈·第一日》的前言中，假托有一小群人于1348年黑死疫最猖獗的时候避于翡冷翠城外的一个别庄上，利用良辰美景，或歌或舞，或讲故事，藉以忘却当前的浩劫。

②此两侯爵均系十九世纪实有的人物，作者用的亦是真名实姓。

③加米叶·莫班影射乔治·桑，巴尔扎克常常于小说中提及。

以天才见称，并且以财富、声名、地位而论也应当重视的人物，去参观热那亚。加米叶·莫班对城中最偏僻的小教堂都了如指掌，偏偏吝啬光阴，把画家交给外交官和当地的两位侯爵了。虽然大使也是个优秀的作家，莫班可不接受他殷勤的情意，怕英国人所谓的招摇；直到总领事为她饯行，她方始不再推辞。雷翁·特·洛拉告诉加米叶，说唯有她这次肯赏光，他才能向大使夫妇，领事夫妇，以及两位热那亚侯爵表示他的谢意。于是台·多希小姐只能把那些完全空闲的日子，一个受人注目的人物在巴黎难得遇到的日子，牺牲一天。

三、一个总领事的谜

在座的人物介绍过了，我们就不难想象他们之间绝没有客套，也不难想象有许多女人，连上层阶级的在内，都不曾被邀请；因为她们都很好奇的想知道，加米叶·莫班那种富于男性气息的才具是否和漂亮女子的妩媚的风度冲突，是否犯了牝鸡司晨的毛病。从晚餐开始到九点，就是说直到端上小点心的时间，虽则谈话忽而轻松，忽而严肃，虽则以说话俏皮闻名巴黎的雷翁·特·洛拉常常插进几句妙语，逗大家发笑，而在座诸人的雅趣也替谈话生色不少，却始终不大提到文学。可是一来二去，谈锋早晚会碰到这个纯粹法国式的题目的，哪怕只是略微接触一下。趁话题还没改变方向而轮到总领事发言的时候，我们不妨把他这个人物和家庭先提一提。

这外交家年纪大约有三十四岁，结婚才六年，活脱是拜伦勋爵的肖像。既然拜伦的相貌遐迩闻名，我也不必再为领事写照。但他做梦一般的神气全无做作的意味。拜伦勋爵是诗人，那外交家也很有诗意；这点儿区别，一般女性都能分辨，同时也足以说明她们一部分感情的根源，虽不能证明那些感情的合理。他这种潇洒的风度，加上可爱的性格，孤独与用功的生活所养成的习惯，使一个有钱的热那亚少女入迷了。有钱的热那亚少女！这句话可能使当地人听了发笑，因为女子被剥夺承继权以后，难得会有钱的了。但奥诺列娜·班特罗蒂是一个银行家的独养女儿，并无弟兄，所以是例外。虽然女子的痴情是一般男人引为得意的事，总领事却似乎并不愿意结婚。直过了两年，法国大使趁王室驻在热那亚的期间奔走了几次，这门亲事方始成功。但年轻的外交官所以回心转意，还不是为了奥诺列娜·班特罗蒂的动人的感情，而是因为出了一桩没人知道的事，因为他的私生活有了一次剧烈的波动；那种波动大半立刻被日常生活的巨潮压在底下，使一个人以后的行为，便是最自然的，也显得不可解。这一类隐蔽的原因往往也影响到历史上最重大的事件。

以上所述，至少是热那亚城里一般人的意见；某些妇女认为法国领事的沉默寡言与悒郁不欢的态度，一定是心中别有所恋的缘故。在此不妨顺便提一句，女人从来不因为男人更喜欢别的女人而抱怨的，她们很乐意为女性共同的利益牺牲。奥诺列娜·班特罗蒂倘使受到没有理由的轻视，是很可能怀恨的；但知道那轻视是由于别有所恋，她便照旧，也许更爱她的丈夫了。在感情问题上，女人承认有优先权。只要对方心中有个女人，就不算女性失面子了。一个男人当外交官不是白当的：这丈夫嘴巴紧得很，简直像坟墓一样，甚至热那亚的商界中人以为青年领事的态度是出于预谋：要不是他装作对另一个女人寄着相思病的话，那独养女儿可能不给他抓住的。假如真有这样的事，一般妇女也觉得太卑鄙了，绝不肯相信。班特罗蒂的女儿把自己的爱情改作了安慰，用意大利式的柔情蜜意去缓解他的无人知道的痛苦。此外，班特罗蒂先生对于爱女强迫他选择的女婿，也没什么可抱怨的。有势力的大老在巴黎照顾着青年外交官的前程。法国大使对银行家许下的诺言果然兑现了：总领事封了男爵，得了荣誉团三等勋章。便是班特罗蒂本人也被萨尔台涅国王封为伯爵。陪嫁是一百万。班特罗蒂银号的资产，因为在麦子生意上赚了钱，估计有二百万之多，在新夫妇结婚以后六个月便落到他们手里；因为第一个同时也是最后一个班特罗蒂伯爵，到一八三一年正月就故世了。

四、伯爵夫人

奥诺列娜·班特罗蒂是那种美丽的热那亚女子。热那亚女子长得好看的时候，简直是全意大利最有气派的美女。为了于里安·梅迭西斯墓上的雕塑，米开朗琪罗是到热那亚来挑选模特儿的。因为这个缘故，《日》与《夜》那几个女像的胸部特别膨大；许多批评家认为夸张，其实是里瞿里省[1]女人的特征。今日之下，热那亚的美人只有到戴美纱罗面纱的妇女中寻访，正如在威尼斯只能在戴法齐奥里包头布的妇女中发现。这是衰老的民族共同的现象。高雅的典型只出现在平民阶级，好像城市遭了大火，名贵的徽章都给埋在灰烬底下了。但奥诺列娜在财产方面已经是一个例外，以贵族气派的美貌而论又是一个例外。读者不妨想象一

①里瞿里省即热那亚隶属的省份。

下：假定米开朗琪罗放在《思想家》下面的《夜》[①]，披上了现代的衣衫，秀美的长发盘在皮肤略带棕色的，庄严的头上，惘然出神的眼中燃着火焰，丰满的胸部裹着披肩，身上穿着白底绣花的长袍；假定这雕像撑起身子坐着，交叉着手臂，像有名的女演员乔治小姐一样的姿态，那么你对于领事太太的形象就如在目前了。站在她身旁的是一个六岁的男孩子，长相的漂亮正符合做母亲的愿望；坐在她膝上的是一个四岁的女儿，其美丽正好和雕塑家达维特为装饰一个坟墓而竭力寻访的儿童典型一模一样。

加米叶·莫班暗中注意着这一对夫妇。她觉得领事有了美满的幸福，不应该再有那种心不在焉的神气。

虽然夫妻俩那天教人看到的是十全十美的快乐家庭的景象，加米叶却始终不了解：这男人明明是她认识的人中最优秀的一个，出入于巴黎的沙龙，有每年十万法郎收入的家产，为什么只在热那亚当一个总领事？另一方面，凭着女人像《查第格》故事中那个明哲的阿拉伯人[②]一样的聪明，加米叶在许多小地方看出丈夫对妻子的感情的确很忠实。没有问题，这两个出众的人物可

①米开朗琪罗为于里安·梅迭西斯及洛朗查·梅迭西斯的坟墓所作的雕像，上面居中各为一巨型的男像：一个象征于里安，一个象征洛朗查，象征洛朗查的即美术史上盛称的《思想家》。每一巨像之下各有雕像二座（男女各二），题作：《晨》《暮》《日》《夜》，身体均为斜倚半睡的姿势。但《思想家》像下之女像乃代表《晨》，于里安下面之女像方代表《夜》；巴尔扎克误记，致谓“《思想家》下面的《夜》”。

②伏尔泰在所著寓言体小说《查第格》中提到一阿拉伯人，叫作赛多克，在市场上买到查第格作奴隶，不久发现查识见卓越，即与之为友，事事咨询，故经营之商业获利甚丰。

以白头偕老，相爱无间。但看着总领事莫测高深的态度，和不下于英国人、野蛮人、东方人，和老外交家的镇静，加米叶不由得在肚里左思右想：——“怎么回事呢？”——“噢，没有什么！”

五、社会的解剖

一牵涉文学，大家就谈到文坛上的老题目：女人的失节。他们的意见不久归结到两点：女人的失节究竟错在女人还是错在男人？在座的大使夫人，领事夫人，台·多希小姐，这三位公认为白璧无瑕的太太把女人批判得很严。几个男的却竭力向三位优秀的女性证明，说女人失足以后还可能有她的德行。

雷翁·特·洛拉说道："咱们这种捉迷藏式的游戏，玩到什么时候为止呢？"

领事对他的太太说："你打发孩子去睡觉罢；教奥娜把我放在蒲勒家具上的小公事包给拿来。"

领事太太一言不发，站了起来；这证明她很爱丈夫，因为她的法文程度已经能懂得他的意思等于要她走开。

然后领事说道："让我给大家讲一个我自己还在里头当一个角色的故事，你们听完了再讨论罢。拿着解剖刀空划一阵是没意思的。要解剖，就得有个尸首。"

于是在场的人坐下来预备听了，尤其因为各人的话已经说得相当多，快要兴尽，正是讲故事的人应当挑选的时间。以下便是总领事口述的话——

六、神甫的主意

我二十二岁上得了法学博士学位以后，我的七十二岁的舅舅洛罗神甫，认为需要替我找个后台，安排一个前程了。这位好人即使不是圣者，至少把每个新年都看作上帝的恩赏。不必说，太子的忏悔师要安插一个亲手培植的年轻人，他妹妹的独生子，真是太容易了。因此一八二四年年底，这位年高德劭的老人有天特意到我房间里来找我。那时他在巴黎勃朗-芒多教堂已经当了五年本堂神甫，我住的就是他教士私宅中的一间屋子。他和我说：

“孩子，你穿起衣服来，我要带你去见一个人；他找你到家里去当秘书。要是我没看错，将来上帝召我回去的时候，那位先生可以代我照顾你。我的弥撒祭到九点完场，还有三刻钟的时间，尽够你收拾了。”

“啊！舅舅，我在这个房里过了四年多愉快的日子，难道要我离开了吗？……”

“我身后没什么东西传给你呀。”他回答。

“你的名字和你的功德永久留在人们的记忆中，我还不沾光吗？”

他微微一笑，说道："别提这种遗产。你对人生还阅历不够，不知道这种性质的遗产是最难兑现的，不比我今天要带你去见的……"——（说到这里，领事停下来加两句说明。）——我只能用我保护人受洗的名字称呼他，把他叫作奥太佛伯爵……"不比我今天要带你去见的奥太佛伯爵，只要你能讨这位廉洁的政治家喜欢（那我相信你一定办得到的），倒真正能庇护你，等于我给了你一份家私。本来吗，要不是你父亲的破产和你妈妈的故世像晴天霹雳一般把我搅昏了，我也很可能替你积一笔钱的。"

"你是伯爵的忏悔师吗？"

"嘿！要是这样，我还能把你荐去吗？在忏悔室里听来的秘密，世界上有哪个教士敢利用？不，你是由司法部长保举的。亲爱的莫利斯，你住在他家里等于住在一个父亲家里。伯爵给你两千四百法郎年薪，供给住宿，外加一千二的伙食津贴；他既不能和你一桌吃饭，也不愿意为你另开一桌，把你交给仆人照管。我知道了奥太佛伯爵的秘书绝不是高等佣人的性质，才代你接受下来。你工作一定很忙，因为伯爵自己便是工作极紧张的；但经过了那番训练，你将来无论什么高级的职务都能胜任了。谨慎机密一类的话，我想也用不着再嘱咐你，那是预备进政界的人最重要的条件。"

你们想，我当时心里多么好奇。奥太佛伯爵是最高的司法大员之一，又得到太子的王妃信任，那时刚好由于她的力量，发表为国务部长。他的生活，和诸位大概都认识的赛里齐伯爵的差不多，可是更深藏，因为他住在玛莱区巴伊安纳街，几乎从来不招待宾客。由于持续不断的工作，日子过得像僧侣一般朴素，他的私生活是外边不知道的。现在我先把我的地位简单的描写一下。

七、一个青年人的画像

我是十八岁念完中学的；道貌岸然的圣·路易中学校长，受着我舅舅的嘱托，等于做了我的监护人。离开中学的时候，我的纯洁不下于一个从圣·舒尔比斯神学院出来的，信心极坚的学生。母亲临终要舅舅答应绝不让我当教士，但我好像准备进教会的青年一样虔诚。我一出中学，洛罗神甫就把我安置在他的私宅内，教我念法律。为了要得所有的学位，必须念满四年大学；那四年我非常用功，特别在枯素的法学园地之外。住在校长家里的中学时代不大能接触文学，这时便急于缓解一下我的饥渴：一朝念了几本近代的名著，跟着把前几个世纪的代表作都念了。我对戏剧入了迷，有个很长的时期天天上戏院，虽则舅舅每月只给一百法郎零用。老人家手头这么紧，多半是由于怜惜穷人，大量施舍的缘故；结果正好限制青年人的欲望，使它适可而止。我到伯爵家去就职的时候，固然不是什么未经人事的青年，但逢场作戏的荒唐事儿，我自己还看作天大的罪过。舅舅为人好得像天使一样，我真怕使他伤心，所以那四年从来没有在外边过夜。他老人家只要等我回去了才睡觉。这种慈母一般的关切，比着青年人在严格的家庭中受到的教训与责备，倒反更能够约束我。

当时我还没见识过组成巴黎社会的不同的阶级，所知道的良家妇女与布尔乔亚女子，只限于散步的时候或是戏院里见到的，并且还是从正厅里远望的。倘若有人对我说："等会你可以见到加拿利[①]，或是加米叶·莫班。"我头里肚子里都会像火烧一样的发热。在我心目中，名人的说话，走路，吃饭，都跟平常人两样。青年人的脑子里不知装着多少《天方夜谭》式的神话！……他先要虚构了多少神灯[②]以后，才明白真正的神灯不是靠偶然，便是靠苦功，或是靠天才。这种由于精神兴奋而来的梦想，在某些人是时间很短的，但我始终保存着。那个时代我夜里入睡的当口不是做了多斯加大公爵，便是成了百万富翁；不是有个公主爱我，就是自己享了大名。

所以在奥太佛伯爵那儿有个职位，一年有二千多法郎进款，对于我就是开始过独立生活。我觉得从此有希望踏进社会，追求我最急切的梦想——找一个女子做后台，不让我走入危险的路；那种危险的路是一般二十二岁左右的青年，无论怎么安分怎么有教养，在巴黎都是容易走上的。我开始惴惴不安，对自己害怕了。便是我下过苦功的法律知识，也不一定每次都能把那些可怕的妄想压下去。是的，有时我胡思乱想，假定过着舞台生活，自命为可能成为一个大演员，做着声名盖世、艳福无穷的美梦，完全不知道令人失望的内幕——那当然是到处一样的，人生每一个舞台

①加拿利为巴尔扎克小说中常提到的诗人，有时影射拉马丁，有时影射雨果。

②神灯为《天方夜谭》中最有名的故事之一；阿拉丁靠了神灯获致巨富。

都有它的内幕。有几次我跑到外边去，中心如沸，恨不得到巴黎城中去探奇猎艳，碰上一个美女，跟她到门口，刺探她，写信给她，把自己整个儿交给她，用爱情的力量征服她。

我的舅舅——这个心肠极慈悲的人，这个七十岁的老孩子，和上帝一样聪明，和天才一样幼稚，大概也猜到了我心中的骚动，因为他每次觉得把我束缚太紧，快要爆裂的时候，一定会对我说："得了罢，莫利斯，你也是个穷人！给你二十法郎去玩儿罢，你又不是教士！"倘若你们看到使他的灰色眼睛发亮的那种磷火，把可爱的嘴唇往两边扯开去的那副笑容，挂在他像使徒一般丑陋而庄严的脸上的、那种令人疼爱的表情，你们就会了解我当时的心情，使我只能把勃朗-芒多的本堂神甫当作母亲一般的拥抱，来代替我的回答。

八、一所老屋子

到巴伊安纳街去的路上，舅舅和我说："奥太佛只会把你当作朋友，绝不当作下属；但他是多疑的，或者更准确的说，是很谨慎的。必须日子久了，才能赢得这位政治家的友谊；因为他虽则眼光犀利，看人看得很多，也受了你前任的骗，险些儿吃亏。你听了这话就知道在他手下应当怎么行事了。"

到了一所前有院子，后有花园，规模和加那华莱府第[1]一样大的屋子前面，我们在一扇其大无比的门上敲了几下，敲出来的声音好像散在旷野里。舅舅向一个穿号衣的老门丁说明来意，我却望了望院子，一眼之间把什么都瞧见了：地下的石板被野草遮掉了，极有格局的建筑物装饰很多，黝黑的墙高头长着草木，赛似小小的花坛，屋顶的高度跟蒂勒黎宫的相仿。楼上的游廊、柱子已经剥落。从一个巍峨的拱门中，我瞥见侧里另外有个院子；那是连门都在腐烂的下房。一个老马夫在里头抹一辆旧车。看他懒洋洋的神气，可以断定当年牲口众多，极有气派的马房，如今

①加那华莱为巴黎有名的府第，建于十六世纪，现为巴黎市公产，改为博物馆。

至多只剩一二匹马了。正对院子的门面，建筑十分壮丽，但气象萧索，好似派作机关用的政府的公产或是王上的私产。正当我跟舅舅俩从门房（门房高头还留着请向门丁接洽几个字）走向台阶的时候，听见一声铃响，阶沿上跑出一个当差，穿的号衣很像法兰西喜剧院中的拉勃朗希①穿的。由于平日宾客稀少，当差的一边打开一扇嵌着小玻璃的门，一边还在披上褂子。门的两旁各有一盏露天的灯，把墙壁薰了许多像星一样的黑点。列柱成行的走廊，富丽不亚于凡尔赛宫中的，它让你看到一座将来不会再造的那种楼梯，占的地位跟现在新盖的整幢屋子一样大，宽度可以让八个人并列着走；石级冷冰冰的，像坟墓里的阶梯，高大的穹窿传出我们脚步的回声，似乎进了一所大教堂。铁栏杆是亨利三世时代的镂刻艺术家匠心独运的结晶品，大可饱人眼福。我们仿佛肩上披了一件冰冷的大氅，走过穿堂，走过一连串不铺地毯的客厅，里头摆着精雅的，有资格搬到古董店去的古式家具。最后我们到了与正屋成直角的楼厅部分，走进一间宽敞的书房，窗子都朝着大花园。

---

①十八世纪初勒萨日喜剧中的人物。

九、一幅肖像

进入第一间穿堂的时候，带我们上楼的当差已经把我们交给另外一个仆人。一到书房门口，仆人就通报道：

“勃朗-芒多的本堂神甫，和他的外甥特·洛斯太先生！”

奥太佛伯爵穿着长裤，灰色法兰绒上衣，从一张其大无比的书桌后面站起来，走向壁炉架，一边向我做手势让坐，一边去跟我舅舅握手，嘴里说着：

“我虽然属于圣·保禄教区，也常常听人提起勃朗-芒多的本堂神甫。今天真是幸会了。”

我舅舅回答：“阁下真是太好了。我把我独一无二的亲属带了来。倘若我自以为给阁下送一件礼物，同时却也替我外甥找了一个像父亲一般的保护人。”

“神甫，这一点绝对无问题，只要令甥和我经过相当时间，双方都觉得能相处的话。”接着他问我：

“你的名字是？……”

“莫利斯。”

“他是法学博士。”舅舅补上一句。

“好极了，好极了，”伯爵说着，把我从头看到脚，“神甫，先是为了令甥，其次为了我，希望你赏光每星期一到这儿来吃晚饭。没有外客，等于咱们的家庭晚会。”

舅舅和伯爵开始用政治观点谈论宗教问题，慈善事业，消弭罪案的问题；我趁此机会把有关我终身出处的人物从从容容的打量了一番。

伯爵是中等身材，穿的衣服使我看不出他的肥瘦，但我觉得是偏于清瘦干枯的。陷下去的脸，皮肤很粗。五官清秀，微嫌太大的嘴巴兼有慈爱与嘲弄的表情。脑门或许太宽了些，长得像疯子一般使人害怕，尤其因为它和下半个脸成为强烈的对比。下巴很小，和下嘴唇离得很近。一双青绿色的眼睛又聪明又精神，跟我以后见到而很欣赏的泰勒朗亲王的一般无二，并且和亲王一样能把眼神收敛，变得无精打采；这双眼使他那张不是苍白而是发黄的脸更显得奇怪。这皮色似乎暗示他性子暴躁，心中藏着剧烈的感情。已经带些银色的头发，梳理得很细到，把头顶盖满了一道白一道黑的颜色。英国小说家莱维斯曾经模仿腊克里夫太太的手法，描写一个修道士[①]；要不是伯爵的头发梳得那么有模有样，他就跟那个骇人听闻的修道士完全相像了。因为清早就得上法院办公，伯爵已经剃好胡子。一对有罩子的四根插头的烛台，分摆在书桌两头，蜡烛还点着，说明那位司法大员天没亮就起床了。他打铃叫仆人的时候，我看到他一双手又白又好看，像女人的

①腊克里夫太太（1764—1823）与莱维斯（1755—1818〉都是专写恐怖小说的英国作家，但事实上腊克里夫太太的小说《意大利人》，较莱维斯的《修道士》为晚出，故巴尔扎克谓莱维斯模仿腊克里夫太太之说并不可靠。

一样……

（领事说到这里又插了几句话。）

诸位，我讲这故事，不得不把这个人物的职务与头衔改动一下，但仍相当于他实际上的地位。身份，官阶，财产，享用，生活方式，全部真实；可是我既不愿意对不住我的恩主，也不愿意违反我代人保守秘密的习惯。

十、年轻的老人

（领事歇了一会，又往下说。）

以社会关系而论，我在伯爵前面好比虫蚁之于老鹰；但我并没那个心理，只觉得一看见他另有一种说不出的感觉，现在我可弄明白了。天才的艺术家……（领事向大使，女作家，和两位巴黎人很殷勤的弯了弯腰）名副其实的政治家，诗人，统率队伍的将军，一切真正伟大的人物都是很本色的，而他们的本色就使你觉得和他们平等。诸位在思想上都高人一等（领事特意对着在座的宾客说），也许已经注意到，社会所造成的心理方面的距离，往往能够由感情来缩短。倘若我们在思想上不如你们，我们可以在忠诚不二的友谊方面和你们并肩。以心的温度来说—— 原谅我用这种名词—— 我觉得跟我的保护人离得这么近，正如我和他的身份离得那么远。总之，我们的心明亮得很，能预感到别人的痛苦，悲伤，快乐，责备，仇恨。等到发现伯爵的脸也有我早已在舅舅脸上注意到的表情，我就隐隐然觉得那是胸中藏着一团神秘的征象。道德的实践，良心的平安，思想的纯洁，把我舅舅的相貌从极丑的变为极美。在伯爵脸上，我却看到相反的变化：一眼之间，我以为他有五十五岁；后来经过仔细观察，才觉得在那副因悲戚而冷若冰霜的面容之下，在呕尽心血的疲劳之下，在失意的感情所表现的郁闷的气色之下，还藏着青年人的朝气。听我舅舅说到某句话，伯爵的眼睛一下子又变得雁来红一般的鲜明，堆起一副表示叹赏的笑容，于是我看出他的真实年龄不过四十岁，这些念头，我并非当时就有，而是以后把那次会面的经过回想之下，分析出来的。

当差托着盘，端着主人的早餐进来了。

伯爵说："我不是要早点，也罢，放在这儿；你先陪特·洛斯太先生去瞧瞧他的房间。"

我跟着当差出去；他带我去看几间精雅的屋子：正房套房，一应俱全；顶上是个平台，侧里一边是正屋的院子，一边是下房，底下是从厨房通往大楼梯的走廊。回到伯爵书房，刚要开门进去，我听见舅舅正在对我下这样的评语：

"他可能犯错误，因为他很重感情；无伤大雅的过失，我们都免不了；但他没有一点劣根性。"

伯爵很亲热的把我瞅了一眼，问："怎么样？你喜欢那地方吗？这里空房间很多，你觉得不舒服，我可以另外拨几间屋子。"

我回答说："在舅舅那儿，我只住一间屋呢。"

"那么你今晚就可以安顿下来，你们学生的行李，一辆街车就能对付了吧？今晚上咱们三人一块儿吃饭。"

他说着，望了望我的舅舅。

和伯爵的书房相连的，有一间规模宏丽的藏书室。他带我们进去，又给我看到另外一个小巧玲珑的套房，挂满了画，从前大概是个静修的地方。

他说："这便是你的小书房了；你需要和我一同工作的时候就待在这里；放心，我绝不用链子把你拴着的。"

于是他详细告诉我做的工作是什么性质，要占据多少时间。我一边听一边觉得他真是个伟大的政治导师。

十一、无人知道的内心的斗争

我大约花了一个月功夫去摸熟我新环境中的人物，把我的职务研究清楚，对伯爵的态度举动觉得习惯。一个当秘书的必然留神观察他的东家。他的口味，嗜好，性情，怪癖，都成为你不由自主的研究对象。这样两个人精神上的结合，比着夫妇的结合可以说又过之，又不及。三个月中间，我跟奥太佛伯爵彼此都在暗中刺探。我很奇怪的发现伯爵只有三十七岁。他那种生活的表面上的安静，洁身自好的操守，并不完全出于严肃的责任感和自甘淡泊的思想；和这个被一般熟悉的人认为了不起的人经常接触的结果，我觉得在他繁忙的工作之下，彬彬有礼的举动之下，和蔼可亲的面具之下，极像心绪安定而很容易瞒过人的隐忍的态度之下，大有深不可测的奥妙。平时我们走在森林里，可以从脚步的声音上猜到某些地面底下是窟窿还是大块的石头；同样，用礼貌遮盖的自私，和被灾难挖成的地下隧道，也会在朝夕相处的生活中发出空洞的声音。盘踞这个伟大的心灵的不是灰心，而是痛苦。伯爵懂得一个在社会上负有责任的人，最重要的是有行动，有事实。因此他虽然抱着隐痛，仍旧走着他的路，用清明的目光望着前途，像一个信仰坚定的殉道者。秘不示人的哀伤，惨痛的失望，并没把他引入看破一切，不复信仰的荒土；这勇敢的政治家是虔诚的，但毫无炫耀的意思，他到圣·保禄教堂参加的弥撒，是为一般诚心的工匠与仆役们举行的清早第一场弥撒。朋友之中，宫廷之中，谁也不知道他奉行宗教仪式如此诚心。他的崇拜上帝，像某些规矩人满足什么嗜好一样讳莫如深。所以我后来发现，伯爵所遭遇的不幸远过于一般自以为受尽劫难的人；他们因为渡过了情欲与信仰的难关，便用讥讽与轻蔑的口吻嘲笑别人的情欲与信仰。伯爵却既不讪笑被希望拖入泥淖而仍在那里希望的人，也不讪笑攀登高峰以求孤独的人，或是热血奔腾的继续奋斗，用幻想作兴奋剂的人；他是从全面看社会的，不受信仰的束缚，肯听别人的怨叹，不轻信感情，尤其不轻信忠诚；但这个伟大的严厉的法官，对人间一切都能同情，都能赏识，不是逞一时的热情，而是出之以默默无声的态度，深思的态度，还有是用自己的柔情与人交流的方式。这可以说是一个加特力教中的没有血案的曼弗莱特[①]，抱着信仰而仍不失好奇心，用一股像没有出口的火山一般的热度融化人间的冰雪，跟一颗只有他自己看到的明星絮语！

我认定他的内心生活有很多暗晦不明的地方。他往往在我眼前隐掉，但并非像旅客一般随着地形低陷而失去影踪，而是像被人追捕的狙击兵，故意避人眼目，想找个藏身之处。我弄不明白，为什么他常常在工作最紧张的时候跑到外边去，也不瞒着

①拜伦所作诗剧《曼弗莱特》中的主人翁曼弗莱特，是一个性格强悍的人物，于绝望中犯有血案，丧失爱人，精神痛苦达于极点，但至死无宗教信仰。

我，因为他一边把工作交给我，一边说："替我接下去罢。"这位忙着政治家、大法官、演说家三重职务的人，酷爱鲜花，我看了很喜欢；那是心胸高洁的表现，也差不多是一切风雅人士都有的嗜好。园子和书房里摆满了珍奇的花草，但他永远拣枯萎的买来，也许是有心象征自己的命运！……他本身便像那些快要谢落的花，而那些花的近乎变质的香味，又能给他一股异样的醉意。伯爵非常爱国，献身于公共事业的狂热很像一个人要借此忘掉另外一股热情；可是他浑身浸在里头的研究工作和公事，对他还嫌不够；他心中常有一些剧烈的斗争，爆发的时候不免迸出些火花射到我身上。此外，他常常流露出渴求幸福的意愿，我也觉得他还是能够幸福的；那么究竟有什么阻碍呢？是不是害着相思病呢？这是我想到的一个问题。但在归结到一个这么简单而又这么可怕的问题以前，我左思右想，把痛苦的境界到处摸索过了。可见他无论如何努力，仍遮盖不了内心的波动。在他严肃的姿态底下，在法官那种沉默的态度底下，明明有股热情激荡，但被他用那么大的威力镇压着，所以除了我这个与他共同生活的人，谁也没疑心到这桩秘密。他的座右铭仿佛是："痛苦就痛苦罢，绝不开一句口。"随处受到的敬重与钦佩，和他同样勤劳王事的葛朗维与赛里齐两位院长的友谊，对伯爵都毫无作用；或者是他对他们讳莫如深，或者是他们早已明白底蕴。在众人前面，他始终昂着头，不动声色，只有极少的时间才会露出真面目，例如独自待在书房里，花园里，以为四下无人的时候；那他就像孩子一样，不再以法官的身份遏止他的眼泪，而有非常冲动的表现了；那种情形倘若用恶意去解释，很可能损害他识见卓越的政治家声名的。

等到我把这些情形肯定以后，奥太佛伯爵在我心中便成了个问题，而且像所有的问题一样有那种强烈的吸引力；同时我对他的关切也像关切我自己的父亲一般了。为了尊敬而不敢表示出来的好奇心，你们能了解吗？……他没有野心，但像庇德[①]一样从十八岁起就致力于经世治国之学，成为渊博的学者；他是法官，深通国际法、参政法、民法、刑法，既不用怕受人欺侮，也不用担心自己犯错误；他又是思想深刻的立法大员，态度严肃的作家，热心宗教的独身者，他的生活就足以证明他没有一点可批评的地方：这样一个人物究竟是被什么灾难压倒的呢？便是一个罪大恶极的人受到上帝的惩罚，也不及他所受的那么严酷：悲伤把他睡眠的时间剥夺了一半，一天只睡四小时！其余的时间，他表面上很安静，用功，没有声音，没有怨叹，但我常常撞见他搁着笔，把手支着头，眼睛像两颗固定的星似的，或者有泪湿的痕迹！他心里到底有什么斗争呢？这股活泼的泉水流在晶莹的砂土上，为什么没有被地下的火烘干呢[②]？……难道泉水与地球的洪炉之间，像海洋与地壳一样隔着一层花岗石吗？换句话说，这座火山还会有爆发的一天吗？

有时候，伯爵用好奇的，锐利的目光，很快的把我瞧上一眼，等于一个人想物色同党而打量对方似的；然后一接触我的眼睛，看到它们像张开的嘴巴一般等候答复，似乎说着："你先开口

①此系指英国有名的威廉·庇德（1759—1806），幼有神童之目，七岁即注意国家大事，十四岁即智力成熟。

②泉水象征眼泪，火象征爱情，为法国文学上传统的比喻。但作者在这里引用此譬，是说热情如火的人，一旦遇到不幸，大抵是要发狠报复的，怎么会流泪呢？

呀！”他的眼睛便躲开去了。有时他郁闷不堪，脾气很坏；遇到这种情形而伤害了我，他过后自有办法来迁就我：不说一句道歉的话，可是态度温柔，像基督徒一样的谦卑。

十二、坚固的友谊

等到我对这个我觉得极神秘，但大众认为极容易了解（因为他们只要用怪癖二字就能把所有内心的谜都解释了）的人物，有了父子般的感情以后，他的家务被我大事改革，面目一新。伯爵不事生产，甚至把家里的事搅得很糟。除掉本兼各职的薪水，其中三个差事是不受兼职不兼薪的限制的，他一年还有十六万左右收入，支出是六万法郎，内中至少有三万落在仆役的腰包里。第一年年终，我把那些坏东西统统打发了，请伯爵运用他的威望帮我找了一批老实人。第二年年终，伯爵受到的侍候比以前好得多，饮食也精致了，现代设备也享受到了；他有了两匹好马，是我替他向马夫论月包租的；请客的日子，饭菜由希佛饭店承包，事先讲好价钱，弄得很体面；平日的伙食归我舅舅荐来的一个手段高明的厨娘负责，再加两名下手帮忙；特别开支不计，经常费用一年只花三万法郎，仆人反多了两名；有了他们收拾打扫，这所老公馆就显出它古色古香的诗意，不似先前那么荒凉芜秽了。

伯爵知道了这个结果，便说："怪不得我那些下人会发财了。七年之间，我两个厨子都开了挺阔气的饭店。"

我回答说："你七年之中损失了三十万法郎。你在法院里向罪犯提起公诉，却在自己家里鼓励人家盗窃。"

一八二六年年初，大概伯爵把我的为人看清楚了；我们的关系也到了上司与下属不能再亲密的程度。他对于我的前程并没说过一句话，只是像老师与父亲一般的教导我：常常要我为他最繁重的工作搜集材料，起草报告；他一边修改一边指出他和我的观点有哪些地方不同，对法律条文的解释有什么分别。等到后来我办的一件稿能当作他亲自办的一样送出去时，他那种高兴的表示等于我最大的报酬，而他也体会到我这种心情。这个小小的插曲，对一个表面上这么严峻的人居然发生很大的作用。伯爵对我，用法律的术语说，已经下了最后一审的判决：他捧着我的头，亲着我的额角，说道：

"莫利斯，你已经不是我的同伴了，我还说不上来将来你跟我究竟是什么关系；倘若我的生活不变，也许会把你当作儿子看待！"

伯爵把我带引到巴黎最高级的人家，让我坐着他的车，带着他的跟班去作他的代表；那种机会真是太多了，因为他往往在正要出发的时候，突然改变主意，叫了一辆街车走了，上哪儿去呢？……简直是一个谜。我从人家招待我的态度上猜到伯爵对我的心意，知道他事先把介绍的话说得多么郑重。他像做父亲一般的体贴，非常豪爽的满足我的需要，而我的知情识趣更使他时时刻刻想到我。一八二七年正月将尽的时候，我在赛里齐伯爵夫人家赌运极坏，输了两千法郎，可不愿意在我经管的账上支付。第二天我心里想："这件事还是告诉舅舅呢，还是告诉伯爵？"结果我采取了第二个办法。他正在用早餐，我对他说：

“昨天我手气坏极了，心里一火，便继续赌下去，输了两千法郎。你能答应我在本年的薪水中预支吗？”

“不，”他很可爱的笑了笑，“在交际场中赌钱，应当有笔赌本。你先拿六千法郎，把赌债还掉；从今天起，咱们各半负担；既然你常常出去作我代表，至少不能让你的自尊心受到委屈。”

我听了并不向伯爵道谢。我跟他之间，道谢的话似乎是多余的。这点儿微妙的地方，足以说明我们的关系是什么性质。

十三、幕启以前的讯号

虽然如此，我们还没到推心置腹的地步；他没有把我在他私生活中摸索出来的隧道打开给我看，我也没对他说："你怎么啦？有什么痛苦呢？"他深更半夜的跑在外面干什么？我作他秘书的坐着自备马车回家，他却常常雇着街车，或竟一步一步的走回来！一个这么虔诚的人难道受着什么不正当的嗜好腐蚀，而假仁假义的瞒着人吗？还是胸中存着某种嫉妒的心理，比奥赛罗还藏得紧，而他花尽心力想满足那个心理吗？还是私下养着什么低三下四的女人？有天早上，我记不起在哪个铺子里付了账回来，在圣·保禄教堂与市政厅之间，撞见奥太佛伯爵和一个老婆子讲话讲得那么紧张，甚至没看到我。那老婆子的相貌使我有种说不出的疑心；尤其因为看不见伯爵把积蓄花到哪儿去了，我的疑心更有了根据。你们想，要我来监视主人的行动，岂不可怕？那时我知道他有六十万法郎以上可以存放，倘若存了定期储蓄，以他对我在金钱方面的信任而论，我不会不知情的。有时伯爵早上在花园里散步，到处乱转，仿佛一个人抱着凄凉抑郁的幻想，骑在一匹神话中的飞马上。他尽走，尽走，拼命搓着手，把表皮都快搓破了！倘若我去找他而在一条小路拐弯的地方撞见了，会发觉他眉飞色舞，眼睛不再像一块青玉那样干枯，而变得像雁来红一般有层绒毛了；我初次见到他的时候，就为了这两种不同的眼神的强烈的对比大为惊奇的：一种是幸福的目光，一种是苦恼的目光。在那种情形之下，有两三次他抓着我的手臂走了几步，我满以为他要把他的快乐倾倒在我心里了；可是结果只问我："啊，你找我有什么事呢？"更多的时候，特别从我能代他办理公事，起草报告以后，可怜的人站在一口美丽的白石水池旁边，几小时的看着金鱼；水池在园子中央，周围是个圆形的花坛，种着最鲜艳的花。这位政治家扯着面包屑喂鱼，居然为了这种简单的乐趣出神了。

以上是这个内心的悲剧暴露的经过：他不但创痛巨深，骚动不已，而且在但丁的《地狱》没有描写到的范围中间，还有些惨不忍睹的快乐的表现……

（说到这里，总领事又歇了一会。）

十四、枢密会议中的一场辩论

某星期一，特·葛朗维院长和参事院副院长特·赛里齐先生在奥太佛伯爵家里开会。他们三个组成一个委员会，我是其中的秘书。由于伯爵的保举，那时我已经是参事院的候补审计了。当局嘱咐三人小组暗中研究的政治问题，需要不少材料，当下都摆在我们藏书室内一张长桌子上。特·葛朗维和特·赛里齐二位把初步准备工作交给奥太佛伯爵负责，并且决定先在巴伊安纳街集会，免得拿文件再带往委员会主席特·赛里齐家。内阁对这件事非常重视，临了，大部分工作都落在我身上，同时也替我在那一年上挣得了审计官的职位。特·葛朗维和特·赛里齐两位伯爵的生活习惯跟我主人的很相像，从来不在外边吃饭；但等到当差的叫我出去，说“圣·保禄和勃朗－芒多的两位本堂神甫在客厅里等了两小时了”的时候，我们也想不到会议拖得这么晚。

那时已经到了九点了。

奥太佛笑着和他的同僚说：“诸位，你们今天少不得要跟两位神甫一起吃饭了；葛朗维一向讨厌教士，不知道受得了受不了。”

“那要看怎么样的教士。”

我回答：“噢！一个是我的舅舅，一个是高特龙神甫。放心，冯太侬神甫已经不在圣·保禄当助理了……”

“好，咱们吃饭罢。”特·葛朗维院长接着说。

“我怕的是那些宗教狂；一个真正虔诚的人倒是最痛快的。”

于是大家进了客厅。饭桌上空气很愉快。真有学问的人，饱经世故而能说善道的政治家，都是讲故事的能手，只要他们肯讲。他们绝不受什么环境牵掣，要就是态度沉闷，要就是妙语横生。对这种风雅的玩意，梅特涅亲王的本领不亚于查理·诺第哀[①]。政治家的诙谑像钻石一般雕琢得玲珑剔透，每句话都清楚明白，光芒四射，同时又富于人情味。我舅舅很有把握在这三个优秀人物之间保持体统，便尽量发挥他的才智，那么细腻，那么温厚，又像以职业关系而惯于把自己的思想隐藏的人一样机灵。当然，那次的谈话没有一点儿无聊与庸俗的气息，对听众的精神作用好比洛西尼的音乐。

高特龙神甫，有如特·葛朗维先生说的，不像一个圣·保禄而像一个圣·比哀，是个信仰坚定的乡下人，颟顸臃肿，从头到脚都是方方正正的一块；对于上流社会，对于文学，简直一无所知，老是大惊小怪，问些出其不意的话，使谈话生色不少。最后，大家提到社会永远割不掉的一个疮疤——奸淫问题，也正是我们在饭前研究的。我舅舅指出当初制定法典的立法家始终受着大革命的影响，使民间的法律与宗教的法律完全抵触；他认为一切弊病

①梅特涅为十九世纪初期的奥国首相。诺第哀为十九世纪法国文人，其沙龙广纳当时浪漫派的文学青年。

都是从这个矛盾来的。

他说："在教会看来，奸淫是罪大恶极的行为，在你们法院看来不过是轻罪。犯人不押上重罪法庭而是用马车送往违警庭的。拿破仑手下的参事院对奸夫淫妇极心软，简直是无能。民间的法律不是应当与宗教的法律态度一致，把不安于室的妻子像从前一样送往修道院去过一辈子吗？"

"修道院！"特·赛里齐先生接口道："第一先得办起修道院来；从前大家还把修道院改作军营呢。并且，神甫，你想把社会不愿意容忍的人送给上帝吗？……"

"噢！"特·葛朗维伯爵说，"你真是不认识法国了。出头告诉的权在于丈夫；但丈夫告发妻子犯奸的案子，一年不到十件。"

奥太佛伯爵接着说："这是神甫替教会说话，因为奸淫的罪名是耶稣·基督定出来的。在人类发源的东方，女人只是供男人娱乐的一件东西，大家除了要她服从，长得俊俏以外，没要求她具备其他的德行。现代的欧洲家庭是承继耶稣精神的产物，把灵魂放在肉体之上，所以规定婚姻关系不可解除，当作一件神圣的行为。"

"噢！"特·葛朗维嚷道，"婚姻中一切无法解决的困难，教会也的确感觉到的。"

奥太佛微笑着说："教会造成了一个新社会；但我们这个社会的风俗，和因气候关系而女人七岁就成熟，二十五岁就衰老干枯的那种风俗，永远不会相同。加特力教会把半个地球的人的需要都给忘了。所以我们只能讨论欧洲社会。女人究竟比我们高，还是低？这是男女关系的真正的问题。倘若女人比我们低，那么教会把她抬得那么高以后，她犯奸淫应当受惩罚。过去便是这么办的。不是处死，就是送进修道院，古时的立法就是这么回事。但以后，风俗照例把法律改变了。国王的宝座做了奸淫的床席；而风流案子的增加也表示加特力教条的衰落。现在教会只要求不贞的妇女能真正忏悔，社会也只给她一个黥印而不再教她受毒刑。固然，法律照旧把犯人判罪，但不再加以威吓。并且道德也有两种：社会的道德与法典的道德。凡是法典处罚不严的，社会就越大胆越不在乎：这一点我同意洛罗神甫的意见。在判决书的主文前面写着义正辞严的理由而心里不羡慕风流罪犯的法官，恐怕很少吧。社会在节会、习惯、娱乐方面表示根本否定法律，但对付事情的态度比法典和教会更严：它先鼓励人作假，然后再责罚人家手段笨拙。我觉得有关婚姻的法律应当彻底改革。或许把女子的承继权撤销以后，法国的法律可以变得完满了。”

十五、泄露秘密

特·葛朗维伯爵笑着说:“这个问题,我们三个人是彻底了解的。我不愿意跟我那位太太一起生活。赛里齐的太太不愿意跟赛里齐一起生活。至于你,奥太佛,太太又把你丢下了。我们三人合起来可以包括夫妇之间所有的难题;将来要研究离婚问题的话,我们就是个现成的委员会。”

奥太佛的叉掉在玻璃杯上,把玻璃杯打破了,盘子也打破了。他脸白得像死人一样,向葛朗维狠狠的瞪了一眼,又在眼梢里对我瞟了一眼,被我发觉了。

特·葛朗维接着说:“对不起,朋友,我没注意到莫利斯。我跟赛里齐两个先做了你的证人,后来又做了你的同党。我以为让两位年高德劭的教士听到是没关系的。”

特·赛里齐先生把谈话转了方向,讲他怎样的想讨太太喜欢而终于没成功。根据这位老人的结论,人的好感恶感是不可能定出规律来的;社会的法律只有和自然界的规律接近的时候才能说最完满。但自然界从来不管心灵的结合,人类能够传种,自然界的目的就算达到了。所以现在的法典把极大的伸缩性付诸偶然是很聪明的办法。只要有男性的承继人，取消女儿的承继权的确是很好的修正：一则免得种族退化，二则减少不合理的婚姻，使男人找对象的时候只着眼于德行与容貌，而夫妇生活可以幸福一点。

然后他做了一个表示厌恶的手势，说道："可是一个国家把七八百名议员集在一起，还有什么办法改善法律！……至于我，虽然我自己牺牲了，至少还有个儿子将来能承继我……"

我舅舅接着说："一切宗教问题丢开不谈，我要向阁下提出一点，就是自然界只管叫我们活着，社会却应当给我们幸福。伯爵，你有没有孩子呢？"

"我，我有孩子吗？"奥太佛伯爵的声音口吻变得那么厉害，使大家不敢再谈女人与婚姻问题了。

喝过咖啡，两位伯爵和两位神甫看到可怜的奥太佛郁闷之极，便悄悄的溜走了；他连客人陆续走掉都没发觉，坐在壁炉旁边一张靠椅里，丧然若失。

等到他发现只剩我们两个人的时候，他说："现在你知道我生活中的秘密了。我结婚以后三年，一天晚上回到家里，从仆人手中拿到太太一封信，声明离开我了。信写得相当有骨气，因为女人的天性使她一方面犯这种可怕的过失，一方面还能保持某些品德……现在大家只知道伯爵夫人在船上遇险，以为她死了。我只身独处，已经过了七年！……好了，莫利斯，今晚上不谈了。等我不怕和你谈这问题的时候再谈罢。一个人害了多年的病，一朝有了转机倒反受不了。好转的现象往往像害了另外一种病。"

十六、一位国务部长的自白

我心里乱糟糟的去睡觉，因为疑团非但没廓清，倒反越来越重了。一个像伯爵那样性格的人和一个由伯爵挑选的女人之间，绝不会闹些琐碎无谓的纠纷，所以我预感到必有些古怪的内幕。伯爵既是一个如此高尚，如此可爱，如此完满，如此多情，如此值得人家爱的男人，那么促成伯爵夫人离开的事故至少也是很特殊的。我在隧道上面走了多年，特·葛朗维先生的一句话仿佛在隧道中丢进了一个火把，虽然没照清楚，但已经足够使我注意到隧道的深广。尽管不知道伯爵痛苦的深度与残酷的程度，我可明白了他痛苦的性质。细细推敲之下，我不禁堕入一切有情人都可能有的朦胧半睡的境界：伯爵的发黄的脸，干瘪的太阳穴，大规模的研究工作，常有的出神状态，结了婚的单身汉一切生活上的细节，登时变得通明雪亮，突出来了。噢！可怜的主人，我多么喜欢他啊！他在我心目中显得崇高伟大。我仿佛读到一首伤心的诗，看出我一向认为麻痹的心其实永远在那里活动。极度的痛苦不是常常会变成静止的吗？这位大权在握的法官有没有采取报复行动呢？是不是在那里咀嚼他长期的苦难呢？沸腾不已，达十年之久的怒潮，在巴黎不是一件大事吗？从那次惨变以后，奥太佛一向是怎么应付的？我们这时代和过去大不相同，私生活已经变了一个社会问题，所以夫妇的仳离更其不幸。我们两人考虑了几天，因为深刻的痛苦也有它的羞恶之心；可是有天晚上，伯爵终于音调很严肃的和我说道："你别走！"

以下大致都是他口述的话——

十七、门当户对而又情投意合的亲事

“我离开中学，回到这所老屋子的时候，有个受我父亲监护的，漂亮而有钱的十六岁的姑娘。由我母亲一手教养起来的奥诺丽纳，那时刚好童年梦醒，看到人生。她妩媚可爱，稚气十足，想着将来的幸福像想着什么首饰一样，而幸福对她也许就是灵魂的首饰。奉教的虔诚使她体味到一些幼稚的乐趣，因为这颗纯朴的心觉得世界上一切都有诗意，连宗教在内。她远远的把自己的前途看作永远不散的筵席。无邪，纯洁，从来不曾因为精神骚动而有睡眠不安的现象，从来不曾因为有什么羞耻与悲伤而脸上变色或者掉过眼泪。她甚至也不追究为什么春光明媚的日子心头有些不由自主的冲动。她只觉得自己软弱，天生是听命于人的，她等着出嫁而并没急于出嫁的欲望。凡是文学作品用描写情欲的方式灌输给人的、也许是必不可少的毒素，她的轻松快乐的幻想是完全不知道的；她对于人生毫无认识，对社会上的危险茫无所知。亲爱的孩子受的痛苦太少了，从来没机会试验她勇气。总之，她的天真可以使她毫不畏惧的踏到毒蛇堆里去，像某些画家为无邪这个题目所拟想的画面一样。世界上再没一张脸比她的更开朗更快乐的了。明明是意义很清楚的不大得体的问句，她会莫名其妙脱口而出。我和她在一起跟兄妹一样。一年终了，就在这所屋子的花园里，站在池子前面扔着面包屑喂鱼，我和她说：

“——你可愿意咱们俩结婚吗？嫁了我，你可以爱怎么就怎么；换了别个男人，你可能受罪的。

“我母亲正好走来，奥诺丽纳便说：妈妈，我跟奥太佛说定了，将来我和他结婚……

“我母亲回答：十七岁就结婚吗？……不，再等一年半；倘若这期间你们俩情投意合，那么你们的出身，财产，都相等，这门亲事可以说把门第与感情兼顾到了。

“等到我二十六岁，奥诺丽纳十九岁的时候，我们结婚了。我的父母都是前朝的老人；为了尊重他们，我们保存这所屋子的本来面目，连家具都没换新，而我们住在这儿也和过去一样像两个孩子。可是我出去应酬，带太太去见世面，认为教导她是我的责任之一。到后来我才发觉，在我们那种情形之下结合的婚姻原来藏着一个暗礁；多少的感情，谨慎，生活，都是被这暗礁砸得粉碎的。丈夫变了教育家，成了老师；而老师的戒尺迟早会伤人，把爱情给摧残了的；因为一个年轻、美貌、安分、快乐的妻子，绝不答应她天生的长处被别的长处压倒。也许我有许多地方做错了。也许在夫妇生活最难处理的初期，我说话老气横秋。也许是相反，我犯了另外一种错误，太信任那个纯朴的天性，没监督伯爵夫人，以为她绝不会反抗的。唉，不论在政治方面，在夫妇生活方面，我们还不知道世界上那些帝国的崩溃与个人的苦难，到底是由于太信任呢还是由于太严厉。说不定在奥诺丽纳心中，她的丈夫还没有符合她少女的梦想。一个人幸福的时候，怎么能知道自己违反了人生哪几条规则呢？……”

伯爵像一个认真的解剖学家，对于同事们找不出原因的一种病竭力想找出原因来；他责备自己的话，我只记得一个大概；但那种宽大的精神，我觉得和耶稣·基督救渡犯奸妇人的精神不相上下。

十八、一股可怕而正当的痴情

伯爵停了一会又说:“我母亲死了几个月,父亲也跟着下世;又过了一年半,终于临到那可怕的一晚,我出其不意的拿到奥诺丽纳的告别信。她受了什么幻想诱惑呢?是肉欲吗?是同情人家的患难呢,还是被天才催眠了?这两种力量究竟是哪一种把她突然之间勾摄去的,或是把她逐渐拖下去的?当时我不愿意追究。那一下的打击真是太残酷了,一个月之间我像发呆了一样。后来仔细想了想,觉得还是不知道原因为妙;而且奥诺丽纳所遭受的不幸,使我对这些事情只嫌懂得太多。至此为止,莫利斯,一切都很平淡;可是我再加上一句话,情形就不同了:就是说我爱着奥诺丽纳,始终疼着她!自从被遗弃的那一天起,我就靠回忆过活,把昔日的欢娱一桩一桩的回想起来,而那些欢娱在奥诺丽纳是一定不感兴趣的。”

他看我眼睛里有些诧异的表情,便接着说:“噢!别把我当作英雄,也别把我看作那么傻,像帝政时代的一个上校说的,不去找点儿消遣。可是,莫利斯,也许那时我太年轻,或者是太痴情了,全世界我竟找不到第二个女人。经过了内心剧烈的斗争,我终于想让自己麻醉一下了；身边揣着钱，已经到了对妻子不忠实的门口：不料我心中的奥诺丽纳，好比一座雪白的雕像一般突然站在我面前。那种细腻滑润的皮肤，连血的流动和神经的震颤都看得出来；那张纯朴的脸，在出事的前一天，和我对她说‘你可愿意我们俩结婚吗？’的时候同样的天真；那股跟德行一样芬芳的天国的香味；还有她眼睛的光彩，举动的妩媚：这些都回到我脑海中来，使我马上溜了，仿佛一个盗墓的人，看到死者的灵魂从坟墓中活生生的走了出来。

“在内阁会议上，在法院里，在夜里，我无时无刻不想着奥诺丽纳，甚至要拿出全部的毅力才能集中精神，注意我所做的事，所说的话。你瞧，我的工作骨子里是这么回事。我对她，并不比一个父亲看到心疼的儿子因为粗心大意而陷入危险的时候更气恼。我明白我把太太当作一首诗，因为自己欣赏到如醉若狂的程度，便以为对方也有同样的快感。啊！莫利斯，盲目的爱情是丈夫的过失，可能促成妻子犯各式各种罪恶！我把这孩子就当作孩子一般的疼着，让她的精力闲着不用；也许她心中的爱还没觉醒，我已经用我的爱情惹她厌倦了。她太年轻，没看出妻子对丈夫的忠诚是发挥母性的第一步，却把婚后第一关就当作整个的人生；于是这倔强的孩子私下诅咒人生，也许为了矜持而不敢在我面前诉苦。在这样一个残酷的局面之下，遇到一个使她大为激动的男人，她便无法抵抗了。而我这个被认为极有眼光的法官，心肠好而头脑老是不得空闲的人，对于无人了解的女子心理的规律，领会得太迟了，直到自己的屋子着了火才在火光底下看出来。那时我按照法律，把我的良心作为法庭；因为以法律来说，丈夫在家里等于一个法官：结果我赦免了妻子，判决我自己有罪。但这样以后，我的爱情竟变了一种痴情，正如在某些老年人身上发作的，那种没骨气的，死而无怨的痴情。现在我对于不在眼前的奥诺丽纳，仿佛一个人在六十岁上爱了一个非到手不可的女子，任何代价在所不惜；而且我觉得自己的精力并不亚于青年人。老头儿的大胆，青年人的谨慎，我兼而有之。朋友，要知道社会对于夫妇之间这种可怕的局面，只有冷嘲热讽的份儿。情人被遗弃，社会是可怜他的；丈夫被遗弃，社会只认为他无用。凡是经过教堂与市政府的仪式得来的女人，丈夫要保持不了，就非受人讪笑不可。所以我绝不能声张。赛里齐是幸福的。他因为宽宏大量，还能见到太太，加以庇护，加以保卫，又因为他是疼爱她的，所以能体会到极度的快乐，像一个对什么都不在乎，甚至不怕给人笑话的大施主，他越受人家取笑，越像父亲溺爱儿女一般的得意。

“——我为了顾全太太，才顶着丈夫的名义！赛里齐有一天从内阁会议出来和我这样说。

“可是我啊，我什么都没有，连给人讪笑而我表示不怕的机会都没有！我只靠着没有养料的爱情支撑！对一个上流社会的女子，我没有一句话可说。看到娼妓，我又避之唯恐不及！我是被法术禁锢而不得不守贞的！要没有宗教信仰，我早自杀了。我向工作挑战，没头没脑的埋入里头，可是工作压不倒我，结果只是浑身滚热，心里火辣辣的，再也睡不着觉……”

这个口才那么高明的人说的话，我也不能尽记；但他的热情使他的口才比着法庭上的雄辩更高一级，我听了竟像他一样脸上淌满着眼泪。他歇了一会，我们俩都抹了抹眼睛，然后他又揭穿另外一些秘密。那时我是怎么样的感觉，请你们想想罢。

“以上说的是我内心的活剧，可不是此刻在巴黎演出的看得见的活剧。内心的悲剧，谁也不会感到兴趣。我知道这一点。像你这样和我一同流泪的人，将来也能体会到一个人没法把别人的痛苦移在自己心中，或是移在自己的皮肤上。我们的痛苦只有自己能衡量。便是你罢，你所了解的我的痛苦，也不过凭一种极渺茫的推断。我把无可奈何的相思的苦闷发泄一下的举动，你怎么能看到呢？例如我常常端相着一幅小型画像，觉得她的脑门，她的嘴角的笑容，脸的轮廓，白皙的皮肤，都跟真人一样，我把它们亲着吻着；卷曲的黑头发，几乎能让我在鼻子里闻到它的香味，拿在手里拈弄。有时候我忽然觉得有了希望，纵身跳起来；有时候失望的痛苦对我好比万箭攒心；有时候我在巴黎踩着泥浆乱跑，想用疲劳来镇压心中的烦躁；这种种情形，你可曾撞见过吗？我的急躁可以和肺痨病人相比，狂欢可以和疯子相比，惊慌可以和遇到了警察的杀人犯相比。总之，我的生活是连续不断的高潮，恐惧的高潮，快乐的高潮，绝望的高潮。以下我再把看得见的戏剧讲给你听——

十九、一个异想天开的丈夫

“你以为我成天忙着参事院，议会，法院，政治……唉，天哪！我过的那种生活把我头脑刺激得太灵敏了，只要夜里花上七个钟点就可以把这些事打发完了。奥诺丽纳才是我心上的一件大事。怎样把太太重新收服，才是我独一无二的研究工作。在她所住的笼子里监护她而不让她知道在我的掌握之中；供给她生活，让她所喜欢的很少的一些娱乐能够满足；永远待在她周围，但像天使似的既不教她看见，也不教她猜到，要不然我整个的前途就完了，这才是我的生活，我真正的生活！七年以来，没有一晚睡觉之前，我不是先去看一眼她床头的灯光，或是她照在窗帘上的影子的。她离开我家里的时候，除了身上穿的以外，什么都不愿意拿。这孩子把傲气推到极端，近于荒谬的地步。所以她出走了十八个月就被情人遗弃；因为他一看见贫穷那副粗糙、冰冷、阴沉、发臭的面貌便吓坏了。那男人当初一定以为能够过快乐美妙的生活，不是上意大利，便是上瑞士，像一般阔太太们抛弃丈夫以后的情形。奥诺丽纳本身每年有六万法郎收入。那该死东西丢下她的时候让她一文不名，还怀着身孕！一八二〇年十一月，我央求巴黎最高明的产科医生冒充城关区域的一个无名的外科医生。我托她区里的本堂神甫张罗她的生活费，假装是行好事。一方面要让我太太隐姓埋名，绝对不给外人知道；一方面要替她找一个既要对我忠心，又要做我聪明解事的心腹的女管家……这种工作真要费加罗[1]那样的本领才行。你当然知道要找出太太的住址，在我是一件很容易的事。

“经过了三个月的失望而不是绝望以后，我决意为奥诺丽纳的幸福尽心竭力，同时也只让上帝知道我所扮的角色：这是唯有一厢情愿的情人才能体会到的诗意。既然一切死心塌地的爱情都需要养料，那么我对于这个孩子，因为我的疏忽才犯了错误的孩子，不是更应当加以保护，由我来做她的守护天使，不让她遭受新的祸害吗？她的孩子养了七个月，死了：这对她对我都是运气。她死去活来挣扎了九个月，在最需要有个男人帮助的时期被遗弃了；但是我，”他说着像天使般伸出手臂，“我始终在暗里做着她的后援。奥诺丽纳得到的照顾，和她住在自己的府第里一样。她身体养好了，问起是谁帮助她的，怎么帮助她的；人家回答说：那是区里做善事的女修士—— 产妇救济会—— 还有是特别关切她的本堂神甫。

“这女人的傲气竟发展成一种恶癖，她在受难期间表现的顽强，使我有些夜晚把它叫作骡子脾气。她要自己谋生！啊，我太太竟然做工！……最近五年，我把她羁留在圣·莫街，住着一幢精雅的小楼，做着纸花和女人的装饰用品。她以为她的高雅的出品是卖给一个商人的，得到相当高的代价，每天足足有二十法郎收

[1]此系指博马舍有名的喜剧《赛维尔的理发师》中的角色，为狡黠多智，极有风趣的人物。

入；六年以来她在这方面没有起过疑心。买的日用品差不多只出三分之一的价钱，所以她一年六千法郎的开销可以有一万五千的享用。她喜欢花草，拿三百法郎雇一个园丁，实际我却出了一千五的工资，还得每三个月付二千法郎的账。我答应给园丁一个菜园，一所跟圣·莫街门房相连的种菜人住的屋子。我那个产业是由法院的一个助理书记顶名的。园丁只要泄露一些风声，他全部的好处就完了。奥诺丽纳住的小楼有花园，有花房，每年只付五百法郎租金。她出面是用她的女管家高朋太太的名字。这是我特意找来的，谨慎机密，万无一失的老婆子，非常喜欢她的女主人。但老婆子的热心，和园丁的一样是我出了重赏换来的，那重赏当然要等事情成功了才给。为了同样的理由，门房夫妇也花了我好大的代价。总而言之，奥诺丽纳三年以来很幸福，满以为她的花草、衣着、享用，都是靠她的工作挣得来的。”

二十、尝试失败了

伯爵看到我的眼睛和嘴唇都打着问号，便嚷道：

“噢！……你要说的话，我知道了。是的，我尝试过一次。我太太以前住在圣·安东尼城关。有一天，我听到高朋太太一句话，以为有希望讲和了，便换了一二十次稿子，写了一封劝她回心转意的信从邮局里寄去。当时我心里的焦急也不用细说了。我从巴伊安纳街走到滦伊街，像一个判了死刑的人从法院走往市政厅[①]，但他还坐着车子，我可是一步一步走的！……时间是夜里，下着大雾，我去找高朋太太，听她报告我太太的情形。谁知奥诺丽纳一认出我的笔迹，连念都没念，就把信扔在了火里。

“她说：高朋太太，明儿我不住这里了！……

“唉！一个不通世面，以为像高朋太太那样当过主教的厨娘的人，二百五十法郎的工钱已经尽够的女子，只要使点儿手段就能让她以十二法郎一码的代价买到最好的里昂丝绒，只出十分之一的价钱买到一只山鸡，一条鲜鱼，一些水果；平日我欢天喜地

①此系指市政厅广场，为巴黎执行死刑的地方，参看前文注释。

的快乐就寄托在这种欺骗上面；你想一朝听到她要搬家的话，我不像给人扎了一刀吗？……你有时撞见我搓着手，快活得什么似的；嗳，那是因为我把有资格搬上舞台的妙计揽成功了啊！比如说，我骗过了太太，教一个卖胭脂花粉的女人卖给她一条印度绸披肩，说是一个女演员的东西，连用都没怎么用过；可是我这个道貌岸然的法官抱着那条披肩睡过了一晚呢！

“总之，今日之下，我的生活可以用两句形容最残酷的刑罚的话归纳起来，就是：我爱着，我等着！高朋太太忠心耿耿的替我当着探子，刺探那颗我疼爱的心。每天晚上我都得去找这个老婆子谈谈，打听奥诺丽纳白天做些什么，说些什么，连一言半语都不肯漏掉，因为只要一句慨叹的话，我就能看出那颗充耳不闻、一言不发的心有些什么秘密。奥诺丽纳对宗教很热心，她去望弥撒，做祷告，但从来不去忏悔，不领圣餐：她预料到人家会对她说的话，不愿意听劝她回家的忠告。对我这样厌恶，真使我害怕极了，弄迷糊了，因为我从来没伤害奥诺丽纳，一向对她极温柔。即使教导她的时候不免有点儿性急，即使男人的讽刺可能把少女应有的傲气触犯了，难道就能使她像有什么深仇宿恨一样的固执吗？

“奥诺丽纳从来没把身份告诉高朋太太，对她的婚姻只字不提，使那位好心的太太没法替我说一句好话，因为在奥诺丽纳的屋子里只有她明白底细。其余的人什么都不知道，只是怕警察总监的名字和尊重部长的权势。因此我没法窥探她的心事。我是堡垒的主人，可是进不了堡垒。简直无法可想。性子一急，就会前功尽弃！既不知道对方的理由，怎么能加以驳倒呢？起了底稿，教代写书信的人誊过了，去送给奥诺丽纳吗？……我想过这办法。

但不是可能使她再搬一次家吗？上次搬家已经花了我十五万法郎。现在的屋子原是由你的前任代我出面买下的。那该死东西没知道我晚上多么容易惊醒，配了一把钥匙开保险箱，预备偷取他声明代我买屋的证件，被我当场撞见。我咳了一声，他吓跑了，第二天我逼他写了一张卖契，把屋子转让给现在代我顶名的人，然后我把他撵走了。

二十一、一个古怪的提议

"啊！虽然人类所有高尚的机能在我身上没有得到满足，也没尽量发展，也没觉得舒畅；虽然我所当的角色没有做父亲的那种至情至性；虽然我没享受到身心酣畅的快乐；可是有时候我竟自以为中了偏执狂。某些夜晚，我竟听见了狂欢女神裙上的铃声[①]。我最怕那种剧烈的过渡阶段，从偶尔在那里发光的、跃跃欲动的一线希望，突然之间转变到使我如堕万丈深渊的绝望。几天以前，我认真想着勒佛雷斯与克拉利斯的悲惨的结局[②]，对自己说：

"——倘若奥诺丽纳和我生了个孩子，她不是会回到我家里来了吗？

"总之，我相信将来一定有个幸福的结局，信念之坚使我十个月以前就在圣·奥诺莱城关买下一所最美丽的住宅。如果我能

①狂欢女神为象征性的人物。身穿短裙，裙上系有小铃，手持小木偶。

②英国十八世纪理查逊的小说中克拉丽莎·哈罗，被浪子勒佛雷斯所诱，以致失身，旋又后悔，终于贫病潦倒而死；勒佛雷斯则因与人决斗而丧命。

重新收服奥诺丽纳，我绝不愿意她再看到这所屋子和她当年逃出去的房间。我要把偶像供奉在一所新的庙堂里，让她觉得开始一种完全簇新的生活。新屋正在装修，我要它在高雅与富丽两方面都登峰造极。有人和我提到一个诗人，说他爱上一个歌女，在钟情的初期，还没知道歌女将来怎样对他，便买下了一张巴黎最好看的床。如今法官之中最冷静的一个，公认为御前老成持重的顾问，听了那故事竟然心里每根神经都震动。国会讲坛上的演说家，对于拿这种准备工作来培养他的理想的诗人，是很了解的。玛丽·路易士来到法国的前三天，拿破仑在龚比哀涅行宫的床上喜欢得打滚[①]……一切伟大的热情都有这一类表现。我就像那诗人一样的爱着，像拿破仑一样的爱着！……”

听到这最后几句，我相信奥太佛伯爵担心自己发狂的确是可能的了。他站起身子，走来走去，一边说话一边舞动手臂；忽而又站住了，仿佛对自己那些激昂的话也吃了一惊。他沉默了半晌，然后想从我眼中找些同情的表示，说道：

“我真是可笑得很。”

我回答：“不，先生，你是不幸得很……”

“噢！是的，我不幸的程度是你想象不到的！从我过火的说话上面，你可以，并且应该，相信我有的是最强烈的痴情，因为九年之间它使我所有的机能都停止活动。但比痴情更强的是对她的崇拜，对她的灵魂、精神、风度、心地，她一切与女性无关的成分的崇拜；对那些附着于爱情的，你一生念念不忘的魔力的崇拜——那是从片刻的欢娱中体味到的日常的诗意。奥诺丽纳的

①玛丽·路易士为奥国公主，拿破仑见而悦之，乃与约瑟芬离婚，娶以为后。

心与气质的可爱，我在幸福的日子正如一切幸福的人一样没有注意，可是追忆之下都看清楚了。这任性而倔强的孩子，受到了无情无义的遗弃，受到了贫穷的压迫，竟变得那么坚强那么高傲。自从我看出她有这些崇高的品质以后，我越来越感觉到损失重大。而这朵天国的幽花竟然孤零零的躲在一边枯萎憔悴！”他又带着挖苦而沉痛的情绪往下说：“啊，我们上回谈的法律，实际是等于由一小队警察抓着我太太押送到这儿来！……这不是拖一个尸首回来吗？宗教对她不生作用，她只求宗教的诗意，只愿意祷告而不愿意听教会的戒律。我吗，我把宽恕，仁慈，爱，都用尽了，无计可施了。只剩下一个有希望成功的办法：便是权术与耐性，像养鸟的人捕捉最机警，最敏捷，最奇异，最少有的鸟那样的手段。所以，莫利斯，那天特·葛朗维先生在你面前泄露秘密以后——那也是可以原谅的——觉得这件意外的事故倒是命运的一种指示，正如赌徒在赌得最紧张的时候竭力在心中祈求而听从的指示……告诉我，你对我的感情是不是能像小说中的英雄一般替我出力？……”

“——伯爵，我打断了他的话回答，我猜到你的用意了。可是，你第一个秘书想偷开你的保险箱；你第二个秘书的心，我是知道的，他可能爱上你的太太。难道你忍心送他到火里去教他受难吗？拿他的手放在烈焰中间而不使他灼伤，你想可能吗？”

“——你真是个孩子，伯爵回答。将来我是给你戴了手套去的！圣·莫街上那所种菜人住的小屋子，我已经教人腾出来了；住到那边去的绝不是我的秘书，而是我的一个远亲，审计官特·洛斯太男爵……”

我惊愕之下，歇了一会，然后听见门铃声和一辆车直奔阶前的声音。不久当差来报告特·古德维太太和她的女儿来了。奥太佛伯爵母系方面的亲戚很多。他的表姊特·古德维太太是寡妇，丈夫原来在塞纳州法院当推事，死后只剩下一个没有财产的女儿。你们想，看到一个二十岁的少女，长得跟你理想中的情妇一样美，还会把一个二十九岁的女人放在心上吗？

伯爵抓着我的手把我介绍给特·古德维太太母女的时候，凑着我耳朵说：

“又是男爵，又是审计官，将来还有更大的官爵，加上这所屋子作陪嫁，这样你总不至于爱上伯爵夫人了吧？”

我心里不由得飘飘然，并非为了那些不敢希望的好处，而是为了阿曼丽·特·古德维小姐；她的姿色，配上巧妙的装束，格外显得夺目，那样化装的手段原是所有想嫁女儿的母亲都会教给女儿的。

好了，别扯上我的事了。

（领事说着，停了一会。）

二十二、开始行动

二十天以后，我住到种菜人的屋子去了。那儿已经打扫清楚，收拾齐整，摆好家具；办事的迅速只要两句话就可解释：我们是在巴黎！有的是法国工匠！有的是钱！我爱阿曼丽小姐的程度正好使伯爵对他的安全问题放心。可是一个二十五岁的青年所能有的谨慎，是不是足够应付那些由我担任下来，而有关朋友幸福的妙计呢？为解决这个问题，我存心一大半要依赖舅舅的——因为伯爵允许我必要的时候把事情告诉他。我雇了一个园丁，自己装作爱花成癖，仿佛世界上没有一件事能使我感到兴趣，只是没头没脑的翻垦菜园，要把土地整理得可以种花。我像荷兰或英国的某些花迷一样只栽培一种花。我挑选的是大理花，专门搜集所有的变种。你们不难想象，我的行动，哪怕是极细微的变更，都是由伯爵规定的；他那时把全部智力集中在圣·莫街那出悲喜剧上面，连一点儿小事都不放过。等伯爵夫人上了床，在十一点到十二点之间，奥太佛，高朋太太，和我三个人几乎每天举行会议。我听着老婆子把女主人白天的一举一动报告伯爵；他什么都要问到，吃些什么，做些什么，态度怎样，第二天预备吃什么菜，她想仿制什么花。我那时方始懂得相思之苦，懂得从头脑、心、感官三方面同时发源的爱情在绝望之下是怎么回事。奥太佛只有在盘问老婆子的时候才算活着。在整理花园的两个月中间，我绝对不向邻居的小楼瞧一眼，连是否有一个邻居也不打听，虽则我们两家的园子只隔一道木栅。伯爵夫人沿着木栅种的一行柏树，已经有四尺高了。

一天早上，高朋太太告诉她女主人一个坏消息，说隔壁搬来一个怪物，有意到年底在两个花园之间筑一道墙。我那时心中怎样的好奇是不用说的了。啊，要见到伯爵夫人了！……这个欲望使我对阿曼丽小姐初生的爱情顿时减色。砌墙的计划是个可怕的威胁。将来奥诺丽纳没有空气呼吸了，园子夹在她的小楼与我的围墙之间，会变成一条狭窄的走道。那小楼从前是人家为玩乐而盖的别墅，像孩子们用纸板搭成的宫堡，只有三丈深，十丈长；正面是照德国办法油漆的，到二楼为止，墙上都钉着牵引花草的木格子；整个建筑代表所谓洛可可式的篷巴杜风格[1]。从大门到屋子，有条很长的走道种着菩提树。小楼的园子和种菜的园地，形状像一把斧头，走道像是斧头的柄。我计划中的界墙，要把斧头部分去掉四分之三。伯爵夫人因之大为忧急，无可奈何的问道：

“高朋太太，那种花的是什么人呢？”

高朋太太回答：“唉，我不知道跟他有没有商量的余地，他好像是最讨厌女人的。他舅舅是巴黎的一个本堂神甫，我只看到一次，一个七十五岁的老头儿，丑得要命，人可是非常和气。也

①洛可可为美术史一种风格的名称，亦称巴洛克，创自十七世纪意大利装饰艺术家。在十八世纪的法国最为风行；以仿效岩洞及植物形态为主，不求对称，务求奇巧。

许真像街坊上说的，这神甫有心教外甥迷着花草，免得事情更糟……”

“怎么呢？”

“嗳，告诉你罢，你的邻居是头脑有毛病的！……”高朋太太指着自己的头。

不动武的疯子是女人在感情方面最不提防的男子。你们等会儿可以发觉，伯爵替我挑这个角色的确很有眼光。

“可是他怎么会这样的呢？”伯爵夫人问。

高朋太太回答说：“他念书念得太多了，脾气变得很怪。并且他自有不喜欢女人的理由……既然你要知道外边的闲话，就一齐告诉了你罢。”

“可是，”奥诺丽纳接口说，“我对疯子倒不像对不疯的人那么害怕。我要跟他谈谈。你去通知他，说我请他过来。要是不成，我再找那个本堂神甫。”

她们这样谈过话以后，第二天我在新辟出来的花径上散步，瞥见楼上一扇窗的帘子撩开了一点，有个女人在那里张望。高朋太太走来和我招呼。我突然向小楼望了一眼，作着一个粗暴的手势，仿佛说：“哼！我才不理会你的东家呢！”

高朋女人回去报告交涉的经过：“太太，那疯子叫我别跟他烦，说哪怕是个靴匠，在家也能作个主张，尤其他是没有老婆的。”

“这话倒说得加倍的有理。”伯爵夫人回答。

“是呀，但是我告诉他，说他要使一个躲在家里静修的人伤心死了，因为她唯一的消遣就是种花。结果他回答说：好，那我就去了一趟罢。”

二十三、一幅速写

下一天，高朋女人和我做了一个记号，表示她主人等着我了。正当伯爵夫人用过早点，在小楼前面散步的时候，我推倒了木栅，向她走过去，穿的是乡下人服装，旧灰呢长裤，大木靴，旧猎装，头上戴一顶便帽，脖子里裹一条破围巾，手上全是泥土，还拿着一把锹。

高朋女人嚷道："太太，这位先生便是你的邻居。"

伯爵夫人并不惊慌。那个因伯爵的倾诉和她的行为而显得格外离奇的女子，我终于见到了。时间是五月初。清新的空气，蔚蓝的天色，嫩芽的绿意，春天的香味，烘托着这个痛苦的人物。一见奥诺丽纳，我就完全体会到奥太佛的痴情，觉得他用天国的幽花去形容她真是一点不错。我先注意到她的脸色白得非常特别，因为白的种类和红与蓝的种类一样多。望着伯爵夫人，你的眼睛好像能接触那芬芳的肌肤，血就在一缕缕似蓝非蓝的脉管底下流着。只要情绪略微有些波动，她的血便在肌理之下散布开去，像一股粉红色的水汽。

我和她相见的时候，皂角树瘦弱的叶子中透过几道阳光照着奥诺丽纳，成为一圈流动的黄色的光轮，画家中间只有拉斐尔和铁相能在圣母周围画出这种光来。褐色的眼睛，表情又温柔又快乐；从低垂的长睫毛底下漏出来的神采，反映在她的脸上。凭她光滑柔软的眼皮的动作，奥诺丽纳给你一股魔力，因为她把这个灵魂的幕卷起落下的方式，不知包含着多少感情，多少庄严、恐惧、轻蔑的意味。一瞥一视之间，她可以使你不寒而栗，也可以使你欣然色喜。随便挽着的灰色头发，替她描出一个宽大的威武的额角，富于幻想的、诗人一般的额角。嘴巴长得非常肉感。还有一点得天独厚的地方，就是脸部的轮廓和全部的线条都有高贵的品质，能抵抗岁月的侵蚀；这是在法国很少见而在意大利很普通的特点。

奥诺丽纳虽则体态苗条，可并不瘦；身腰还有使人古井重波的力量。娇小玲珑这四个字，她的确当之而无愧，因为她是那一类轻盈柔软的女子，可以像猫一般让你抱起来温存一番，放下去回头再来。纤小的脚踏在沙上发出特有的轻微的声音，和衣衫悉索的声音很调和，成为一种女性的音乐印在你心上，使你能在千千万万的女人脚声中分辨出来。她的姿态把多少代世家的身份表现得那么庄严，走在街上连最放肆的平民见了也会闪在一旁。快活，温柔，高傲，威严，这些好像互相抵触而仍旧保持她小孩子气息的德行，你只能认为是天赋，否则就无法了解她。但这孩子可能像天使一般坚强；也像天使一样，一朝本性受了伤害决没有妥协的余地。倘若你看见她的眼睛与嘴唇对你笑过，听见她悦耳的声音，感觉到它的抑扬顿挫像诗歌一般的美，那么万一她沉下脸来，你就觉得自己被宣告了死刑。闻到她身上发出的紫罗兰香，我才懂得为什么伯爵没走上纵情声色的路，为什么人家永远忘不了她；因为对于触觉，对于眼睛，对于鼻子，她都等于一朵花，对于灵魂更其是一朵天国的幽花……奥诺丽纳能使人对她像中古的骑士一般忠诚，作没有酬报的牺牲。

二十四、第一次的会面是怎么结束的

凡是见到她的人心里都会有这样的念头："你尽管想罢，我一定能体会；你尽管说罢，我一定服从。要是我在酷刑之中送了命而你能有一日之欢，那就把我的生命拿去罢，我会含笑而死，像殉道的人在火刑架上一样；我要把这殉难的日子交给上帝，作为父亲给孩子的节日。"很多妇女能装出一种风度，使人见了像见到伯爵夫人一样；但她身上的一切都那么自然，而那种没法模仿的天生的丰韵能直接透入你的心坎。我提到这些，因为跟她的灵魂、思想，和玲珑剔透的心有关；要是不描写，恐怕你们会责备我的。当时我差点儿忘了我所扮的疯疯癫癫的、粗暴的、不会奉承女性的角色。

"太太，听说你是喜欢花草的。"

她回答："先生，我是制花的女工。我种了花，拿它们写生，仿佛一个有艺术手腕的母亲很高兴替孩子们画像……这就说明我相当穷，虽则要求你通融，却没有能力付你一笔赔偿。"

"怎么！"我装得像法官一样的严肃，"一个像你这样出众的人才竟然做工吗？难道你和我一样有些特殊的理由，需要让手指忙着，免得头脑活动吗？”

“咱们只谈界墙的事罢。”她微笑着说。

我回答：“咱们谈的就是界墙的基础啊。我先得知道咱们的两种痛苦，或者说两种怪癖，究竟应当由哪方面让步……啊，多美的水仙花！跟今天这个天气一样清新！”

我敢说她的确布置了一个花卉与灌木的博物馆，只有阳光能进去参观；一切安排都显出艺术家的匠心，便是最冥顽不灵的屋主也不忍加以破坏。大簇的花，或是参差错落的分作几级，或者拼成一个个的花堆，用的都是莳花专家的手法，使你看了精神舒畅。隐僻幽静的园子发出阵阵清香，好比抚慰心灵的油膏，只会触发你恬适的思想，触发妩媚的，甚至艳丽的形象。这花园使你看出一个人真正的性格留在一切事物上的无可形容的标记，只要我们的真性格不需要服从社会上种种不可少的虚伪。我一会儿瞧瞧成堆的水仙，一会儿瞧瞧伯爵夫人，为了扮演我的角色，还装作对她远不及对花那么爱好。

她说：“原来你是极喜欢花的？”

我回答：“只有它们才不会辜负我们的温情与爱护。”

接着我发表一大篇议论，把社会与植物作比较，慷慨激昂，简直和界墙问题离开十万八千里了，使伯爵夫人只能认为我是一个痛苦的、受伤的、大可哀怜的人。但过了半小时，我的邻居不知不觉又把我拉回到正题上；女人不动爱情的时候，头脑竟会跟老年的诉讼代理人一样冷静。

我说：“要是保留木栅，你一定会把我不愿意泄露的种花的诀窍学了去的；因为我正在搜求蓝的大理花，蓝的蔷薇花，我对蓝色的花简直喜欢得发疯。蓝色不是一般高尚的心灵最爱的吗？

像现在这样，咱们双方都不能算单宅独院；还不如开一扇格子门……既然你喜欢花，不妨来看看我的，我也可以去看看你的。你固然是闭门谢客，我也只有一个舅舅来看我，他是勃朗-芒多的本堂神甫。”

她回答道：“我不愿意闲人随时闯进我的花园，闯进我的屋子。但你尽管请过来，我总是欢迎的；你是我的邻居，我愿意彼此相处得好好的；可是我爱静的脾气不能让我的清静操在人家手里。”

“那么随你罢！”

我说完把身子一纵，跳过了木栅。

到了自己园里，我回头走向伯爵夫人，作着一个吓唬她的手势，像疯子一般扯着鬼脸，嚷道：“你瞧，门有什么用？”我在家里待了半个月，好像根本没想到我的邻居。

二十五、奥诺丽纳的樊笼

到五月底，正好是一个幽美的夜晚，我们俩隔着栅栏慢慢的散步。走到尽头，少不得彼此寒暄几句。她觉得我垂头丧气，一味想着痛苦的念头，便和我提到一个人应当存希望一类的话，好像保姆催眠儿童的歌声。于是我越过栅栏，第二次走近她了。伯爵夫人邀我进到她家里，想把我的痛苦缓解一下。我这才走进那座圣殿，里头一切都跟我向你们描写的女子一样非常调和，到处素雅宜人。

这所小楼，在内部看来的确是十八世纪的艺术家为一个达官贵人经营的艳窟。楼下的饭厅四面都有壁画，画的是稀格子的花架，兼带花卉，手笔极精。楼梯间的壁上是模仿浮雕的单色画。饭厅对面的客室已经破旧不堪，但伯爵夫人挂着很别致的，从古屏风上拿下来的幔子。连着客厅的是一间浴室。楼上只有一间卧房，一间盥洗室，和改做工场用的书房。厨房藏在小楼底基下面的地窖里，要走几步石级才能到正屋。栏杆与篷巴杜式的花环把屋顶遮掉了，只看到几个铅球。你住在这里好像和巴黎不知离开多远了。要不是这位脸色惨白的女子在美丽的红唇上偶尔挂着一点苦笑，你可能以为这朵紫罗兰埋在它的花堆里挺幸福呢。

二十六、论女性的工作

不多几天，我们彼此已经很信任。一则因为是邻居，二则伯爵夫人看准我对女性完全无动于衷。我一瞥一视之间就可能把奥太佛的计划断送掉的，所以我的眼神对她从来没有什么表情。奥诺丽纳只把我当作一个老朋友，态度举动都出于同情心。她的目光、声音、措辞，一切都证明她毫无卖弄风情的意思——那在同样的情形之下，连最严肃的女人也免不了的。不久她便允许我踏进那个精雅的制花工场，一间摆满图书和小古董的静室，布置得和上房差不多，富丽堂皇的气派把手艺的俗气洗净了。

时间一久，伯爵夫人把最无诗意的东西，工场，也变成有诗意的了。妇女所能做的活儿，也许假花在制造的细节方面最能表现女性的妩媚。著色的时候，她必须俯在桌上，相当用心的对付这种近于绘画的工作。旁的事，比如做地毯罢，假使要靠此谋生的话，往往会造成肺病或者脊骨变形。至于镌刻乐谱，以需要细致、小心与了解而论，又是最辛苦的工作。裁缝与刺绣一天还挣不了三十个铜子。可是制花和做妇女的装饰用品需要很多动作，很多手艺，甚至也要很多思想，使一个美女始终在她的天地之内：她可以自由自在，可以谈话，可以笑，可以唱歌，可以思索。摆在黄松木长桌上、预备制作她所挑定的假花用的、成千累万的著色花瓣，不消说都安排得很有艺术。画碟是白瓷的，擦得非常干净，排列的方式使人一目了然，要用什么颜色立刻能找到。所以那位高贵的艺术家很能节省时间。一口精巧的镶嵌象牙的紫檀柜子，有无数的小抽屉盛放钢制的模型，给她作叶子或花瓣之用。

一只极漂亮的日本碗盛着糨糊，从来不让发霉，碗上安放一个有铰链的盖子，轻巧玲珑，只要指尖一拨就能揭开。铅丝，紫铜丝，都藏在面前工作台的小抽屉内。供在眼前的有一只威尼斯瓶，插着一支含苞欲放的鲜花，这生动的模型便是她预备争奇斗胜的对象。她醉心于杰作，挑的总是最难的活儿，例如葡萄，野草，最小的花冠，色调最不容易捉摸的蜜槽。和头脑一样敏捷的手在桌子与活计之间来来往往，好比钢琴家的手在键盘上活动。用班洛[①]的说法，手指像一群仙女，在妩媚动人的姿势之下，为了搓捏，粘贴，重压，使出种种不同的力量，凭着心明眼亮的直觉，把每个动作的效果计算得很准。她面前摆好了材料，着手粘贴棉花，修整枝条，胶上叶子的时候，我简直百看不厌。在取材的大胆上面，她施展出画家的天才，模仿枯叶，黄叶，和田里的野花争胜，那是一切花中最富于天趣，最简单，所以是最复杂的。

她和我说："这门艺术还幼稚得很。倘若巴黎女子能有一点儿东方妇女在后宫中所表现的那种天才，她们戴的花就可以成为整套的语言。为了满足我艺术家的要求，我做了一些枯萎的花，暗黄的叶子，像深秋或冬尽春初时期所看到的……这种花冠戴

①班洛为法国十七世纪的童话作家兼诗人。

在一个红颜薄命的或是心怀隐痛的少妇头上，不是很有诗意吗？有什么意境，一个女人不能用头上的饰物来表现的？醉醺醺的酒神，阴沉古板的虔婆，烦闷的女子，不是都有各各不同的花可以代表吗？我认为植物能表现心灵的一切感觉一切思想，连最微妙的在内。”

她派我敲打叶子，帮着剪裁，打点铅丝，预备她用作枝干。我假装极愿意借此消遣，很快就把手艺学得很熟练。我们一边做活一边谈天。无事可做的时候，我给她念些新出版的书，因为我不能忘了自己所扮的角色，老是装作忧郁，怀疑，悲苦，厌倦人生，伤心到极点。我的长相，除了不是跷脚以外，很像拜伦勋爵；因此，她常常用些可爱的笑话跟我打趣。她以为她自己那种讳莫如深的痛苦，毫无问题是使我的痛苦相形失色的，虽然我厌恶人生的原因连扬格与约伯[①]听了也会首肯。我像街头行乞的穷人一般在心上放些假疮疤，赚取这位可敬可爱的女子的怜悯：我因此而感到的惭愧也不用细说了。懂得了间谍的卑鄙，我才懂得我对伯爵忠诚到什么程度。我那时受到的同情尽够安慰世界上最不幸的人。这婉娈可喜的女子，与世隔绝，幽居独处了多少年，在爱情以外有极丰富的友谊可以施舍；而她给我友谊的时候一方面像儿童一般尽情流露，一方面又带着一种怜悯的意味——大可使一个爱她的浪子啼笑皆非的怜悯；因为她整个儿只是慈悲，只是同情。她摒弃爱情，对于所谓女子的幸福只觉得害怕；这两种心理表现得又坚决又天真。我过的那些愉快的日子可以证明女性的友谊比她们的爱情可贵多了。

---

①爱德华·扬格（1681—1765）为英国诗人。约伯为古代犹太长老，以正直闻名，后受上帝考验，遭祸累累，故自怨其生。

二十七、奥诺丽纳的一段自白

一般姑娘们坐上钢琴之前，因为预感到坐上去以后的厌烦，总免不了推三阻四；我让伯爵夫人逼出心腹话的时候，就跟这些姑娘一样的忸怩。你们不难想象，为了要克服我怕开口的心理，她不得不格外表示亲热；但一发觉我对于爱情的厌恶和她的不相上下，她就觉得命运送了一个星期五[①]到她的荒岛上的确是大可感激的事。或许她也开始不耐寂寞了。可是绝不卖弄风情，连一丝一毫的女性气息都没有。她和我说，只有在她隐遁的理想世界上，她才觉得有些兴趣。我不由自主的把他们夫妇两人的生活做着比较：伯爵的生活全部是行为，活动，感情；伯爵夫人的全部是隐忍，无为，静止。其实男女双方都是服从各人的本性，而且服从到令人钦佩的程度。我因为冒充厌世，尽可以对世间的男女冷嘲热讽，希望借此套出奥诺丽纳的心事；但无论什么计策对她都不生作用；于是我明白，所谓骡子脾气在女人中间比我们所想象的要多得多。

①星期五为鲁滨孙在荒岛上所救的野蛮人。因此事发生在星期五，故鲁滨孙即以星期五名野蛮人。

有一天我对她说:“东方人把你们关在家里，纯粹当作享乐的工具，真有道理。欧洲人让你们加入社会，给你们平等待遇，因此吃了大亏。据我看，女人是最不老实最卑鄙的动物。但就因为此，她才有她的魔力，给人有捕捉家畜那样的乐趣。男人一朝为一个女人颠倒之后，就认为她是神圣的，永远给她一种特权。对于过去的欢乐，男人的感激是永生不灭的；即使看到当年的情妇老了或是堕落了，仍旧觉得她在感情上对他有特殊权利。可是为你们女人，旧日的情夫是一文不值的；不但如此，他还有一个不能原谅的大错，就是没有早点死掉！……你们口头不敢承认，心里却是和传说的（其实只是群众的无稽之谈）奈尔塔中的太太①一样，会这样想—— 可惜一个人享受爱情不能像吃水果一样！可惜吃了一顿饭不能单单剩下愉快的感觉！……”

她说:“这种美满的幸福，上帝一定是留给天国的……你的论证虽然很妙，我却认为是错误的。那些经过好几次爱情的男人，你又怎么说呢？”她这样问我的时候，眼睛像恩格尔画路易十三把王国奉献给圣母，而圣母望着路易十三的眼神一样②。

我回答说:“你真是存心做戏了，因为你刚才瞧我的眼风，大可使一个女演员成名。可是像你这样的美人一定有过爱情，所以把爱情忘了。”

“我吗？”她故意避开我的问题，“我不是一个女人，而是到

---

①奈尔塔为十三世纪时所建的宫堡，位于巴黎中心。相传法王腓列伯四世的媳妇在此宫中淫乐无度，常将厌弃之情夫置死，投于塞纳河。

②此系指法国十九世纪大画家恩格尔的作品，题作《路易十三的发愿》。画的是路易十三跪在地下把王冠与杖献给圣母，圣母在云端里抱着圣婴耶稣，眼睛低垂着，并不正视路易十三。

了七十二岁的女修士。”

“那么你怎么敢这样肯定，说你比我感觉更敏锐？对于女人，苦难只有一种形式；唯有爱情的失意她才当作不幸。”

她神气很柔和的望着我。女人夹在矛盾中间或被事实逼得无路可走的时候，照旧会固执己见。奥诺丽纳便是采取这种办法，和我说：

“我是女修士，你却和我讨论一个我不能再踏进去的世界。”

“便是在思想上也不能吗？”

她回答说：“难道世界真是那样值得羡慕吗？噢！即使我的思想要溜出去，也是溜往更高的境界的……完满的天使，美丽的加百利[1]的歌声，常常在我心头唱着。万一我有了钱，我要照旧做活，免得常常骑在天使的五色翅膀上飞往想入非非的境界。有些沉思默想会使我们女人迷路的！我的精神安定全靠我的花，虽则它们不能完全抓住我。某些日子我好像有所期待，没有目标的期待；一个念头来了，就盘踞着我的心，使我手指举不起来，但我没法把念头赶走。我觉得此刻正在酝酿一件大事，我的生活要改变了；我伸着耳朵听着，对黑洞里望着，对做活毫无兴趣；然后我疲乏之极，回过来又看到人生，看到我平时的生活。这是不是快要进天国的预感呢？我常常这样的问自己……”

①天使加百利向童贞女玛丽亚显灵，说她蒙受圣恩，将生救主耶稣。

二十八、一语伤人

一方面是用年轻人的伤心忧郁作掩护的两个外交家，一方面是一个因悲观厌世而格外顽强的女人：双方斗法斗了三个月，我向伯爵说，要教乌龟从壳里钻出来恐怕不可能了，只有打破它的壳。隔天晚上，在最后一次友好的讨论中，伯爵夫人说道：

“当年吕克雷斯用她的匕首和她的血，替女性的宪章写下了第一个字：自由！[1]”

从此以后，伯爵便让我全权办理。

某星期六的晚上我去看奥诺丽纳；楼下的客室才由那位冒名顶替的业主粉刷一新。她很高兴的和我说：“我这个星期做的花卖了一百法郎！”

时间正好十点。七月的夜晚和美丽的明月带来一片朦胧的光。一阵阵百花混合的香味醉人心脾。伯爵夫人把五枚金路易拿在手里叮叮当当的玩着。那是一个冒充的化妆品掮客送来的，而那掮客又是奥太佛托包比诺法官物色得来的另一个党羽。

---

①吕克雷斯为纪元前六世纪时罗马执政泰尔耿·高拉打之妻，以被污自杀。后人以吕克雷斯作为烈女的典型。

她说："男人们拿法律作武器，想收服我们作奴隶！我却是一边消遣一边解决了生活问题，绝对不受拘束！噢！每星期六我总很得意。你的孪生弟兄拜伦勋爵喜欢缪莱的金洋，我也喜欢高狄莎的金洋。①"

我回答："这可不是一个女人的天职。"

"嗬！我能算女人吗？我不过是一个性情温柔的男人，不受任何女性折磨的女人……"

"你的生活把你整个的人否定了。上帝对你多么慷慨，使你长得这样好看，心这么慈悲，你难道从来不想要……"

这是我第一次泄露形迹的话，她听了有点不放心了："要什么？"

"不想要一个美丽的孩子，一卷卷的头发像水浪似的，在花堆里来来往往，好比一朵代表生命与爱情的花，叫你一声妈妈吗？……"

我等她回答。等到沉默的时间太久了，我才发觉我的话发生了可怕的后果，因为屋子里黑洞洞的，早先没看见。伯爵夫人身子歪在便榻上，不是晕过去，而是浑身冰冷的发了肝阳；因为她一切的生理现象都是温和的，所以第一阵震颤也来势不凶，据她事后说，很像最微妙的毒药药性刚发作的情形。我把高朋太太叫了来，她抱着女主人放上床，脱了衣服，把她不是救醒了，而是恢复了痛苦不堪的感觉。我一边哭一边沿着屋子的走道踱来踱去，同时对自己的使命觉得毫无把握。当初那么冒冒失失接受下来的捕鸟的角色，我恨不得放弃了才好。高朋太太下楼看见我满面泪

①缪莱为十九世纪英国有名的出版家，拜伦一生得其帮助不少。高狄莎为巴尔扎克小说中常见的人物，此处即收购奥诺丽纳假花之商人。

痕，便急急回上去问伯爵夫人：

“太太，怎么回事啊？莫利斯先生一把鼻涕一把眼泪，哭得像小孩子似的。”

为了怕我们的态度被人误会，她拿出超人的勇气，披着件梳妆衣下楼来找我：

“我发病跟你没有相干；我心脏常常会抽搐的……”

我抹着眼泪，用一种假装不来的声音对她说：“唉，你还想把你的伤心事瞒着我吗？这一下不是让我知道了你有过孩子而夭折的吗？”

她突然打着铃，叫道：“玛丽！”

高朋太太马上来了。

“把蜡烛和茶都端来。”她吩咐的时候，态度的冷静不下于一个骄傲的英国太太，那是你们都知道的那种要命的英国教育培养出来的。

二十九、挑战

高朋女人点了蜡烛，关上百叶窗。伯爵夫人脸上毫无表情；倔强的傲气，和野人一般的严肃，在她身上又占了上风。她和我说：

“你知道我为什么那样的仰慕拜伦勋爵？……他挨受痛苦的方式跟野兽一样。既然一个人的怨叹不能成为曼弗莱特的哀歌，唐·裘安的嬉笑怒骂，哈洛尔特的奇思狂想[1]，那么怨叹有什么用？谁也休想知道我的事！……我的心是一首献给上帝的诗！”

我说：“倘若我愿意……”

“愿意什么？”她紧跟着问。

我回答说：“我对什么都不感兴趣了，也没有好奇心了；可是我要愿意的话，明天就能知道你全部的秘密。”

“你能够吗？我才不信呢！”她竭力遮盖心中的不安，可也不大遮盖得了。

①曼弗莱特，唐·裘安，哈洛尔特，均系拜伦有名的长诗中的主人翁，诗篇即以主角命名。

"真的不信吗?"

"当然,"她侧了侧头,"我倒要试试你的本领呢。"

我指着她的手说:"先是这些美丽的手指已经说明你不是一个少女,更不是一个做活的人!其次,你也不叫作高朋太太;有一回你当我的面收到一封信,你对玛丽说:喂,这是你的——玛丽才是真正的高朋太太。你冒用了女管家的名字。噢!太太,你对我不用害怕。我是你最忠心的朋友……朋友,你听明白没有?这个在法国被人滥用,拿来称呼敌人的名词,我只想到它圣洁的动人的意义。这个朋友愿意帮助你抵抗一切,愿意你尽可能的得到幸福,一个像你这样的女子应该有的幸福。我无意之间给你的痛苦,谁敢说不是从你心里自然而然流露出来的?"

"不错,"她带着威吓的意味说,"我要你好奇,要你把所能打听到的关于我的事统统告诉我,可是……"说到这里,她举起手指,"你也得告诉我,你的消息是从哪儿来的。我在这里享的一点儿清福能不能维持下去,就靠你打听的结果决定。"

"就是说你预备溜走吗?"

"高飞远走!"她嚷道,"飞到新大陆去……"

我打断了她的话,说道:"不管上哪儿,你反正得引起人家的热情,逃不出热情的魔掌。天才与美女,都注定要放出灿烂的光芒,引人注目,惹人妒羡,招人毁谤的。巴黎是没有阿拉伯强盗的一片沙漠,世界上只有在巴黎,一个人才能隐姓埋名,靠自己的工作糊口。你抱怨什么?我是什么人?不过是一个仆人而已,不是高朋太太而是高朋先生。万一你要和人决斗,也该要一个证人罢。"

"不管这些,我要你去打听我的底细。我已经说过:我要你这么办！现在咱们别提了。”她这么说着又拿出妩媚动人的风度，那是你们（领事望着在座的妇女）都能随心所欲的支配的。

我回答说：“那么好吧，明天这时候，我来把得到的消息告诉你。可是你不能恨我！你会不会拿出一般女人的手段来对付我呢？”

“一般女人是怎么的？”

“她们教我们作了极大的牺牲，然后过些时候又埋怨我们的牺牲，仿佛把她们侮辱了似的。”

她很狡猾的回答：“倘若她们要求你们做的事，你们觉得是牺牲，那么她们的埋怨是对的……”

“不说牺牲，只说是勉强做的罢……”

“那就是说你们本来是不愿意做的。”

我说：“啊，对不起，我忘了女人和教皇是永远不会错的。”

她静默了半晌，又道：“天哪！我这点儿安静是用多么高的代价换来的，偷偷摸摸享受的；可是只要两句话就能把它毁掉……”

她站起身子，仿佛把我忘了，只自言自语的说着：“上哪儿去呢？怎么办呢？……我花了多少心血布置这个可爱的家，预备在这里终老，难道非离开不成吗？”

“在这里终老？”我很明显的表示吃了一惊。

“难道你从来没想到有朝一日不能再做工，假花跟化妆品可能为了竞争而跌价吗？……”

“我已经有三千法郎积蓄了。”她说。

我叫道：“天哪！这笔数目表示省吃俭用，吃了多少苦哇！……”

“明儿见，”她说，“我失陪了。今晚上我简直变了一个人，想自个儿静静。我不是得鼓足勇气以防万一吗？因为，倘若你能知道什么事，别人也能知道，那就……”然后她用直截了当的口气，作了一个很有威严的手势，说了声，“再见。”

“好，咱们明儿来决一胜负。”我故意堆着笑容，因为要使那天晚上的一幕显得毫无作用。

三十、揭晓

从很长的花径上走出去的当口，我不由得重复了一句：

“好，明儿来决一胜负！”

而像每天晚上一样和我在大街上相会的伯爵，也叫了声：

“好，明儿来决一胜负！”

奥太佛的焦急忧虑与奥诺丽纳的不相上下。我和伯爵沿着巴士底城壕直走到清早两点，好比两个将军在作战的前夜察看阵地，估计种种的可能性，认为胜利的关键全靠一个偶然的机会。这一对硬拆开的夫妇是整夜不得合眼的了：一个是因为存着希望而睡不着；一个是心惊肉跳，唯恐团圆而睡不着。人生的戏剧并不在于外界的境遇而在于情感，它是在内心搬演的，或者说在所谓精神世界那个辽阔的天地中搬演的。奥太佛与奥诺丽纳两人的活动和生活，始终不出思想深刻、意境高远的人活动的区域。

我准时而去。晚上十点，我第一次被请进那间蓝白两色的精雅的卧室，那个受伤的鸽子的窝。伯爵夫人望着我想说话，但看到我非常恭敬的神气，立刻大吃一惊。

我很庄严的微微笑着，叫了声：“伯爵夫人……”

可怜的太太已经站了起来，又倒在椅子上呆住了；那种痛苦的姿态可惜没有一个大画家把它描下来。

我继续说道：“你是一个最高尚最受尊敬的男人的妻子；大家认为他伟大，但他对待你的行为比众人眼里看出来的更伟大。你和他是两个性格最了不起的人物。你以为这儿是什么地方？”我问她。

“不是在我自己家里吗？”她诧异之下，连眼睛都发呆了。

“在奥太佛伯爵的家里！”我回答。“我们上了当了。那个叫作勒诺尔芒的书记官不是真正的业主，而是代你丈夫出面的。你这种清静的生活是伯爵一手造成的，你挣的钱是伯爵给的，你生活中最琐碎的事都是他费心照顾的。你丈夫在外边维持你的面子，对于你的失踪想出充分的理由来解释，说你搭一条叫作赛西尔号的船到哈瓦那去，接收一个可能把你忘了的亲属的遗产；陪你去的还有你夫家的两个女人和一个老管家，可是船出了事。你丈夫公开表示，希望你不至于遭难。他说已经派人去就地调查，得到的信息似乎还很有希望……他把你的行踪隐藏得和你自己一样周密……总而言之，他完全遵照你的意思……”

她回答说：“得啦，得啦。现在我只要知道一点，这些细节是谁告诉你的？”

“嗳，太太，有个穷小子由我舅舅荐在本区警察局当书记，他一五一十和我说了。要是你今晚上偷偷离开这个小楼，你丈夫不会不知道你的行踪，而不管你跑到哪儿，他都能庇护你。一个聪明的女子怎么能相信，做生意的人收买纸花和便帽的价钱，会跟卖出去的价钱一般高？真的，哪怕你一束花讨价三千法郎，人家也会照给！便是做母亲的也比不上你丈夫的温柔体贴。我从你看门的那儿知道，夜静更深的时候，伯爵常常到篱笆后面来看你床头的灯光！你的开司棉披肩值到六千法郎……你的花粉商把名厂的出品当作旧货卖给你……总之，你在这儿完完全全是一个落在火神网里的维纳斯①；但你是单独的被幽禁着，七年如一日被无微不至的慈爱幽禁着。”

伯爵夫人像一只被捕的燕子般打着哆嗦，在人家手里伸着脖子，睁着褐色的眼睛向四下里探望。她被神经质的抽搐刺激得浑身骚动，用猜疑的目光把我打量着。干涩的眼睛射出一点儿几乎是火辣辣的光；但她毕竟是女人！……一会儿眼泪冒上来了，哭了，并非因为受了感动，而是觉得自己无能为力，绝望到极点。她自以为独立，自由，不料始终逃不出婚姻的束缚，好比囚犯逃不出监狱。

她一边流泪一边说：“他逼我，好吧，那我就到一个谁也不能跟着我的地方去……”

我说：“啊！你想自杀！……太太，你不愿意回到奥太佛那儿去，一定是有极充分的理由了？”

“噢！当然！”

“那么不妨把这些理由告诉我，告诉我舅舅；我们俩可以做你忠心的顾问。我舅舅在忏悔室中是一个教士，在客厅里可从来不会摆出教士面孔。我们要仔细的听你，对你提出的问题想一个解决的办法；倘若你有什么误会，也许我们能替你消解。你的灵魂是纯洁的；即使犯过什么错误，也早已补赎了……总之，别忘了你可以把我当作最真诚的朋友。要是你想躲脱伯爵的束缚，我能

①据罗马人的神话，维纳斯嫁与火神维尔耿后，私恋战神玛斯，乃被维尔耿囚于网内。

给你想办法，使他永远找不到你。”

她说：“噢！还有修道院呢。”

“不错，但伯爵是个国务部长，能教世界上所有的修道院都不敢收留你。可是不管他势力多大，我仍旧有办法把你从他手里救出来……只要你能向我证明你的确不能，也不应该回到他那儿去。”

她恶狠狠对我瞅了一眼，带着非常猜忌和过分高傲的意味；我便赶紧补充：“噢！别以为你逃出了他的掌握，就得坠入我的掌握。将来你照旧能享受安宁，清静，独立；一句话说完，你可以和一个又丑又凶的老姑娘一样得到自由与尊敬。将来我也要先征求了你的同意再敢来看你。”

“可是怎么呢？用什么办法呢？”

“太太，这一点暂时不能告诉你。你放心，我绝不骗你。只要给我证明你只能过这个生活，证明这个生活的确胜过奥太佛伯爵夫人的有钱，有面子，住着巴黎最漂亮的府第，受到丈夫疼爱，做一个幸福的母亲的生活，那我就判决你胜诉……”

“可是，”她说，“世界上怎么会有一个男人能了解我呢？……”

我回答：“的确没有。所以我要请宗教来做评判。勃朗-芒多的本堂神甫是个七十五岁的圣者。他不是一个审问异教徒的法官，而是一个圣·约翰；他对你会像法奈龙一样，像对蒲高涅公爵说下面那番话的法奈龙一样——爵爷，星期五你要吃一条小牛[1]也可以，但做人非像个基督徒不可。”

①基督旧教教规，每星期五均须守斋，除鱼类鸡子外，其他荤腥不得入口。

“得了罢，先生。我知道修道院是最后一条出路，是我唯一的避难所。能了解我的只有上帝。至于凡人，哪怕是教会中最慈祥的神甫圣·奥古斯丁，也参不透我良心上不安的情绪，那好比但丁的地狱中不可超越的领域。一个不相干的男人，虽则不配领受爱情的祭礼，却得到了我全部的爱情！我丈夫没得到，因为他没拿；我给他爱情，像母亲把一件奇妙的玩具拿给孩子，被孩子砸破了。我的爱情是可一不可再的。对于某些心灵，爱情是不能作尝试的：有就有，没有就没有。它一朝出现，就是整个儿出现。可是十八个月的夫妇生活，对我等于十八年；我把全部的生命力放了进去，它不是因为尽量奔放而枯竭的，而是在那种欺人的，只有我一个人真诚的闺房生活中消磨完的。为我，幸福之杯既不是空的，也不是喝干了的；什么都不能把它再斟满，因为杯子打破了。我已经没有武器，不能再作战……把自己倾箱倒箧的给了人，我还成其为我吗？只能比之于酒阑灯尽以后的残羹剩饭。我只有一个名字，奥诺丽纳，正如我只有一颗心。丈夫占有了少女，没资格消受的情人占有了少妇；一个女人还剩下什么？你一定会和我说：只要让人家爱就得了！唉！我究竟还有点人味儿，想到卖淫妇三个字能不觉得羞愤吗？是的，一场大火把我的宝物烧光了，我借着大火的反光把事情看明白了。老实说，接受另外一个男人的爱情，我倒还能想象；但是向奥太佛投降……噢！休想！”

我说：“哎，你还爱他呢。”

“我看重他，尊敬他，他从来没伤害我；他心肠好，他温柔；但我不能再爱他……得了罢，别谈了。无论什么事，越讨论越显得渺小。关于这问题，让我用书面来表白我的意思；现在那些思想使我透不过气来，我身上在发烧，我的脚已经踏在我的修道院的废墟中了。我眼睛看到的，一向以为拿自己的工作换来的东西，此刻都把我心里要忘掉的事一件件的提醒我。啊，我真应该离开这里，像当初逃出家庭一样。”

“逃哪儿去呢？”我问她。“女子没有人保护，能够在世界上存活吗？在三十岁上，正当花容玉貌的鼎盛时期，有的是你自己意想不到的充沛的精力，有的是可以大量施舍的温情，而你竟想躲到我能把你隐藏起来的沙漠中去？……放心罢，伯爵五年之中没露过面，将来不得你的同意也永远不会到这儿来的。凭他九年卓越的生活，你的清静已经有了保障。你尽可以毫无危险的把你的前途跟我和我舅舅商量。先把心静下来，别夸张你的不幸。一个当祭司当到头发都白了的人不是一个孩子，各式各样情欲的忏悔，他听了快有五十年了，连帝王卿相那么沉重的心事都由他掂过斤两，他一定能了解你的。即使我舅舅披着祭衣的时候是严厉的，对着你的花也会像它们一样柔和，像他神明的主宰一样宽容。”

三十一、一封信

我到半夜才离开伯爵夫人。那时她表面上是镇静了，但脸色阴沉，似乎暗暗作着打算，教无论怎么锐利的眼光都猜不透的打算。我走不了几步就在圣·莫街上遇到伯爵，他受着一股不可抗力的吸引，不能再待在大街上我们约定的老地方了。

我把经过情形告诉了他，他嚷道："可怜的孩子这一夜怎么过哇？要是我闯得去，要是她忽然看到我又怎么呢？"

我回答说："这时候她连跳窗都可能。伯爵夫人是吕克雷斯一流的女子，受了污辱宁可死的，即使污辱她的是她愿意委身的男人。"

"你年纪太轻了，"他说，"你不知道，一个人被痛苦的念头剧烈扰乱的时候，他的意志好比湖上起了大风暴，风随时在变，波浪也跟着一会儿涌到这边的湖岸，一会儿涌到那边的湖岸。今天晚上，奥诺丽纳见了我扑在我怀里的可能性，和跳窗的可能性是均等的。"

"而你预备冒这个险吗？"我问他。

他回答道："得了罢；为了要等到明天早上，我家里已经由台北兰医生预备好一些鸦片，让我能太太平平的睡一觉。”

第二天中午，高朋女人递给我一封信，说伯爵夫人筋疲力尽，到六点才上床，吃了药剂师配的安眠药才睡着的。

我把那封信抄了一个副本——因为，小姐（领事向加米叶·莫班说），艺术的手段，风格的诀窍，你是精通的；许多在结构方面很高明的作家，他们的功夫你是知道的；可是你一定会承认，在造作虚伪的感情的文学作品中决找不出这样的文字。真的，世界上最可怕的莫过于现实。下面的信便是那位太太，或者说那个痛苦的化身写的：

莫利斯先生：

你舅舅所能说的话，我都知道了；他不见得比我的良心更通达事理。人的良心原是上帝的喉舌。我知道如果不跟奥太佛言归于好，我是要罚入地狱的：这是宗教的判决。人间的法律要我不顾一切的服从。不管我过去做些什么，只要丈夫不拒绝我，大家都认为我是纯洁的，贞节的。不错，婚姻就有这点儿妙处，能够教社会批准丈夫的宽恕；但社会忘了一点，就是这宽恕必须要被宽恕的人肯接受。按照法律，按照宗教，按照世俗的惯例，我都应当回去。单单以人事来说：不给他幸福，不给他生孩子，把他的姓氏从贵族院的金榜上抹掉[①]不是太残忍吗？我的痛苦，我的厌恶，我的感觉，我所有自私的成分（我知道自己是自私的），都应当为家庭牺牲。我将来会生儿育女，儿女能使我破涕

①王政复辟时期，贵族院议员为世袭职，姓名均留于金册。贵族院议员一旦无后，金册上的谱系记载即告中断。

为笑！我可以非常快乐，受人尊敬，大家会看到我丰衣足食，高车肥马，在人前得意扬扬！仆役，府第，别庄，应有尽有；一年有多少个星期，我就有多少次领袖群英的宴会。不必说，大家会把我招待得很好。我用不着重新攀登贵族的宝座，因为我根本没下过台。由此可见，上帝，法律，社会，意见都是一致的。

天上的神明，地上的教士，法院，都要异口同声的问我：你反抗什么呢？倘若伯爵要求王上来干预这件事，王上也会这样问我。你的舅舅必要时还能说，上帝会赐恩给我，使我觉得尽责是快乐的。上帝，法律，社会，奥太佛，不是都要我活着吗？唉，如果没有别的困难，我只要回答一句话就可以一了百了，就是我不想活了！一朝裹在尸衣中间，惨白的脸色就能恢复我的洁白和无邪。这不是什么固执的骡子脾气。你一边说笑一边埋怨我的脾气，其实只表示女人把事情肯定了，对前途看清楚了。倘若我的丈夫因为爱我而宽宏大量，把一切都忘了，我可是忘不了！“遗忘”可是我们能做主的？一个寡妇再嫁的时候，爱情能使她恢复少女的心情，因为她嫁给一个心爱的男人；但我不能再爱伯爵了。关键就在这里，你看到没有？我一遇到他的目光就看到我自己的过失，即使他的目光充满了怜爱也没用。他越度量宽宏，我越显得罪孽深重。我的永远不会安定的眼睛始终会看到一个无形的判决。乱七八糟的回忆势必在我心中冲突。

结婚生活不可能再使我尝到心惊肉跳的快感和热情汹涌的醉意；我的冷冰冰的态度，以及虽然深藏，但人家还是猜得到的，把情人与丈夫所作的比较，会致我丈夫的死命。噢！有朝一日，如果在额上的皱痕中，在悲哀的眼神中，在微妙的举动中，我咂摸出一点儿对方不由自主的，甚至还是竭力压制的责备，我就一发不可收拾了：我会脑浆迸裂的躺在阶石下，还觉得阶石比我丈夫慈悲多呢。这种残酷而又甜蜜的死，或许是单单由于我的多疑。但或是奥太佛为了什么事而烦躁，或是我为了错疑他而起了误会，也都可能促使我的死。唉！说不定我还会把爱情的表示当作轻蔑的表示呢。这不是教双方都受罪吗？奥太佛始终不放心我，我始终不放心他。我不由自主的要拿一个绝对比不上他的男人跟他相比；我瞧不起那男人，但他让我体验到的销魂荡魄的境界，像火印一般留在我的心头，我为之羞愧无地，却禁不住常常想起。我对你总算够坦白了吧？先生，没有人能向我证明爱情可以再来一次，因为我现在不能也不愿意接受任何人的爱了。一个少女有如一朵被人采摘的花；一个失身的女子却是被人践踏的花。你是种花的，应该知道是否还能把那根花茎扶直，使憔悴的颜色恢复它的鲜艳，把树液重新引到那么娇嫩的管子中去——它们是全靠枝干挺拔才会有强盛的生命力。倘若有什么植物学家敢作这种挽救残花的尝试，他可有本领把膜上的皱痕抹掉吗？能重造一朵鲜花的，简直是上帝了！而能把我重造的也只有上帝！我喝着赎罪的苦杯；但一边喝一边翻来覆去的想着那句老话：赎罪不是洗刷。我一个人关在小楼上吃着浸透泪水的面包；可是谁也看不见我吃，看不见我哭，回到奥太佛身边，等于从此不能哭泣，我的眼泪会使他着恼的。向一个被你欺骗过的丈夫投降而非甘心情愿的委身，噢！先生，这种行为要污辱多少德行恐怕只有上帝知道。因为那些教天使们看了也要心惊胆战的羞恶之心，只有上帝明白它的底细，同时也是由上帝鼓动的。

再进一步说，要是丈夫蒙在鼓里的话，妻子还能有勇气，会拿出一股意想不到的力量来作假，为了保全丈夫与情人双方的幸福而欺骗。但夫妇俩都心中雪亮的局面，岂不教人屈辱？用屈辱去换取快乐，岂是像我这样的人所能办到的？奥太佛不是迟早要觉得我的委曲求全可鄙吗？夫妇生活的基础是互相敬重，互相牺牲；但我们破镜重圆之后，我不能再敬重他，他也不能再敬重我了：他可能像老人爱一个娼妓似的爱着我，辱没我的身份；我，我也要因为自己是一样东西而非高贵的太太，时时刻刻感觉到耻辱。在他家里，我不是代表端庄贤淑而只代表私情肉欲了。这是女人失身以后的苦果。我把夫妇的床铺变了一堆炭火，永远睡不着觉的了。在这儿我还有些安静的时间，忘掉一切的时间；可是在丈夫家里，一切都要使我回想起不守妇道的污点。我在这儿受苦的时候，我祝福我的痛苦，我感谢上帝。在他家里，一边体会着我不该享受的快乐，一边就得深深的害怕。先生，这些并非抽象的推理，而是一颗广阔无边的灵魂感觉到的；因为那颗灵魂已经被痛苦挖掘了七年。最后，还得告诉你一件可怕的事：我有过一个在陶醉与欢乐中，在深信幸福是可能的心情中受胎的孩子，有过一个我喂养了七个月但永远不会离开我母体的孩子；他始终把我的奶头咬着不放！如果将来再有孩子需要我喂养，他们喝到的乳汁是和着眼泪的，因此是发酸的。我表面上性情轻快，你觉得我像儿童……噢，是的，我就有儿童一般的记忆，能够保持到进坟墓。现在你该看到了罢，社会和丈夫的爱都想把我拉回去的那个美妙的生活，其中没有一个局面不僵，没有一个局面不藏着陷阱，不是随处有些悬崖峭壁，让我骨碌碌滚下去，一路被无情的荆棘刺得遍体鳞伤的。五年功夫，我在未来那片荒土中摸索，没有能找到一个适宜于忏悔的地方，因为我的心的确完全被忏悔包围了。对于这些，宗教自有它的一套答案，我连背都背得。它会说，这些痛苦，这些艰难的处境，都是对我的惩罚，上帝会给我勇气忍受的。先生，对某些天性坚强的虔诚的妇女，这种理由固然很合适；我却没有她们的力量。在上帝不会禁止我祝福他的地狱，和在奥太佛家里的地狱之间，何去何从，我已经决定了。

末了还有一句话。倘若我是一个少女而有了我现在的人生经验，要挑丈夫还是会挑中奥太佛的；但就因为这个缘故，我此刻拒绝他：我不愿意在他面前脸红。怎么！难道我得永远跪着，他永远站着吗？要是我跟他换了一个姿势，我又会瞧不起他的。我不愿意他因为我犯了过失而待我更好。只有天使才敢在双方都无可责备的情形之下做出些粗暴的行为，而这种天使是在天上不在地下！我知道奥太佛体贴入微；但不论这颗灵魂修养得多么伟大，毕竟是人的灵魂，它对我将来在他家里所过的生活并不能有所保障。因此请你告诉我：你答应我的替无可挽救的灾难做伴的那种孤独，那种静默，那种安宁，上哪儿去找？

三十二、青年人的感想与已婚的人的感想

为了要保存这个文件的全貌，我把信抄了一份，然后上巴伊安纳街。奥太佛的烦躁不安比鸦片的力量更强，他正在园子里踱来踱去。

我把信递给他，说道："你去答复罢。既然挑动了她的傲气，你就得想法抚慰它。这比着要刺探她潜伏在心里而人家已经代你挖了出来的傲气，更要难一些。"

伯爵嚷道："噢！她有信给我吗？……"他念着信，脸色显得越来越快活。

他发觉我在旁看着他的得意，便做了一个手势教我走开。我懂得极度的快乐和极度的痛苦有同样的心理。那天正是特·古德维太太母女到伯爵家吃饭的日子，我就去招待她们了。

不论特·古德维小姐如何美丽，我那回重新见着她不由得感觉到爱情有三种面目，能引起我们完满的爱情的女子是极少的。我不由自主的把阿曼丽和奥诺丽纳比较之下，觉得失节的女性比纯洁的女性更迷人。在奥诺丽纳，忠实不是一种责任，而是缘分；至于阿曼丽，她会神态自若的发着庄严的诺言，根本不知道

诺言的内容与义务。困倦到差不多要死下来的女子，需要你去搀扶的罪女，对我特别显得悲壮，能刺激男人天生的热忱；她需要你的心拿出全部的感情，需要你的精力竭尽所能的去干；她充实你的生命，要它为了幸福而斗争；至于对一切都有信心的贞洁的阿曼丽，只会把自己关在贤妻良母的天地中间，只能使我在平凡中去找诗意，精神上既没有斗争，也没有胜利。

在香巴涅那样的平原，和风雪交加而雄壮瑰玮的阿尔卑斯之间，哪个青年会看中恬静的原野？的确，这一类的比较在踏进区公所举行婚礼的时候是个不祥之兆。可怜一个人只要有了人生经验，才能知道夫妇生活跟热情是不相容的，家庭是不能以爱情的暴风雨为基础的。梦想过了世界上不会有的爱情和它的许多奇趣以后，对于自己的理想尝到了烈酒一般的快感以后，我又看到眼前摆着平淡的现实。有什么办法呢？你们会觉得我可怜罢？在二十五岁上，我已经怀疑自己了；但我很坚决的打定了主意。借着通报客人来到的借口，我回去找伯爵，看见他的脸被希望的光辉映照之下，变得年轻了。

“你怎么啦，莫利斯？”他看我脸色异样，吃了一惊。

“伯爵……”

“怎么！你不叫我奥太佛了？你救了我的命，给了我幸福，你竟……”

“亲爱的奥太佛，如果你能劝伯爵夫人重新负起她做妻子的责任，我已经把她仔细研究过了……（伯爵瞧着我的眼风，活像奥赛罗第一次听信伊阿谷谗言的神气）你绝不能让她再看到我，也不能让她知道莫利斯当过你的秘书；千万别提我的名字，谁也不能露一句口风；要不然你就前功尽弃……你已经保举我当了审计官，请你替我在国外找个外交方面的差事，例如领事之类，别想再要我娶阿曼丽了……”我看见他把身子一挺，做了个惊讶的姿势，便向他补充：“噢！你放心，我一定把这个角色扮到底的……”

“好孩子！……”他忍着眼泪，抓起我的手握着。

我又笑着说：“你给了我手套，我可没有戴。就是这么回事。”

三十三、教会的告诫

于是我们俩商量好，当天晚上我回到小楼去该怎么应付。到时我去了。时方八月，气候闷热，大有雷雨的意味，天色黄黄的，花的香味很浓；我人好像在蒸笼里，心里巴不得伯爵夫人已经高飞远走，到了印度去；这念头使我自己也吃了一惊。她穿着白纱衣衫，束着一条蓝丝带，头上没戴帽子，一绺绺的卷头发挂在脸颊两旁，坐在几株小树底下一张长沙发形的木凳上，用小圆凳搁着脚，衣衫下面略微露出一点脚尖。她见了我并不站起来，只指了指身旁的一个位置和我说：

"我这生活不是没有出路吗？"

我回答："这是指你过的生活，可不是我想替你安排的生活；因为只要你愿意，你可以非常幸福……"

"怎么呢？"她全身的姿势都打着问号。

"你的信在伯爵手里了。"

伯爵夫人像一头受惊的小鹿，站起身来纵到三步以外，在园子里转来转去，又站定了一会，终于独自去坐在客厅里。我等她对那一下好像被扎了一刀似的痛苦略微习惯了一些，才进去找她。

“你！自称为我的朋友！……哼，简直是一个内奸，也许还是我丈夫的间谍吧？”

女子的本能不下于大人物锐利的目光。

我说：“对于你的信不是应当有个答复吗？而这复信世界上只有一个人能写……所以，亲爱的伯爵夫人，你一定得把回信念一念；念过以后，要是你仍觉得生活没出路，你说的那个内奸可以向你证明他是你的朋友，因为我会送你进一所修道院，凭他伯爵有多大势力也没法把你拉出来；可是到那边去以前，应当先听听对方的理由。天上地下有一条共同的法律，哪怕心里抱着仇恨的人都不得不服从的法律，就是没听过对方，不能把对方判罪。至此为止，你像小孩子似的掩着耳朵，只管责备别人。七年的忠诚也应当有它的权利吧？所以你丈夫的复信，你非念不可。我把你的信抄了一份托我舅舅交给他，问他如果他太太写了一封这种措辞的信，他怎么答复。这办法对你毫无损害。等会我舅舅亲自把伯爵的信带来。在我前面，在那个圣者前面，为了保持你的尊严，你也应当念那封复信，要不然你仅仅是个闹别扭，发脾气的孩子了。为了社会，为了法律，为了上帝，你就这么牺牲一下罢。”

她觉得这样迁就一次并不伤害她女性的意志，便答应下来。我们四五个月的工作，全部是以这一分钟为目标的。金字塔能否完成，不是全靠塔尖上给一只鸟歇脚的那一点吗？……伯爵把所有的希望寄托在这千钧一发的时间，而这时间是到了。晚上十点，我舅舅走进了她的篷巴杜式的客厅。我记不起一生中还遇到什么比这个更动人的场面。满头白发被浑身的黑衣服衬托得格外显著，那张像神明一般恬静的脸对伯爵夫人起了奇妙的作用；她好像伤口上涂了一层止痛的油膏，觉得遍体清凉，同时也被这种道行的无意中闪射出来的光照亮了。

高朋女人通报道："勃朗-芒多的本堂神甫来了!"

我问他："好舅舅，你这次来是不是带着和平与幸福的信息?"

"只要听从教会的告诫，绝不会没有和平与幸福。"我舅舅说着，把下面的信递给伯爵夫人：

三十四、复信

亲爱的奥诺丽纳：

如果你早发慈悲，不疑心我，如果你念了我五年以前写给你的信，你可以省却五年不必要的，使我看了伤心的劳作。在那封信里，我向你提出的盟约足以祛除你所有的恐惧，使我们俩能恢复家庭生活。我有很多地方需要责备自己，在七年悲苦的光阴中我把我全部的过失体验到了。我没了解婚姻。你受着危险的时候，我竟没有发觉那危险。我屋里住着一个天使，主和我说：你好好的守着他罢！不料我粗心大意，不知提防，终于受了上帝的惩罚。你对自己下的毒手没有一下不打在我身上。亲爱的奥诺丽纳，饶了我罢！我完全了解你的敏感，所以不愿意再带你回巴伊安纳街的老家；我可以一个人住在那儿，却不能和你一块儿再见那屋子。我挺高兴的在圣·奥诺莱城关装修一所新宅，我心里要请去住的人不是一个因为对人生没经验而被骗回家的女子，也不是一个被丈夫用法律夺回去的女子，而是一个允许我像父亲每天祝福女儿似的亲吻她额角的姊妹。

就因为你受着绝望的煎熬，我才更要待在你左右，满足你需要，供给你娱乐，保护你的生命；难道你想剥夺我这种权利吗？凡是女人，必有一颗永远偏向着她的，永远能原谅她的心，就是她的母亲的心；你早失怙恃，你的母亲就是我的母亲，她要在世的话，一定能把你劝回来的；但你怎么没猜到我对你抱着一颗既是我母亲的心，又是你母亲的心呢？亲爱的，我的感情不是偏狭的，吹毛求疵的，绝不让一个心疼的孩子为了什么不如意而额上纵起皱痕。奥诺丽纳，倘若你以为我愿意接受你嘴唇哆嗦的亲吻，愿意过着忽而快乐忽而忧急的生活，那么你把你童年的伴侣看作是什么人呢？你不用怕将来会听到一个人抱着摇尾乞怜的热情向你怨叹；我一定要有把握能让你完全自由自在以后才愿意把你接回来。你的孤僻的傲气把困难过于夸张了；你可能，如果你愿意，以不关痛痒的心情参与一个长兄或父亲的生活；但绝不会在周围发现嘲笑与冷淡，也不会有人疑心你的用意。你将来呼吸到的空气永远是温和的，平稳的，没有暴风雨，也没有一颗细石子。倘若以后你觉得，在我家里的确像在你的小楼中一样自由自在，愿意多添一些快乐的因素，加一些娱乐消遣，你尽可扩大你的生活圈子。慈母的温情没有轻蔑的意味，没有怜悯的意味，它是什么？是没有欲念的爱。所以我的敬佩之情自会把你可能认为侮辱的心理藏起去。这样，我们俩在共同生活中彼此都能保持尊严。在你方面只要拿出姊妹的情意，腻友的怜爱，就足够使一个愿意做你伴侣的人满足；你只消看他花尽心力遮掩他的温情，就能测量出他温情的深度。我们俩都不会念念不忘的想着过去的事，因为我们知道彼此都相当聪明，只着眼于未来。因此，你住在家里，住着你的府第，和住在圣·莫街上完全一样；照样的无人侵犯，照样的幽居独处，爱做什么就做什么，随你的心意行事；除此以外，你还得到名正言顺的保护，不必人家再像骑士式的爱情那么操劳；你还能得到增加女性光彩的尊敬，还有可以拿去作许多好事的财产。

奥诺丽纳，你用不着求赦免；但若你要求的话，尽管来要求罢；那赦免不操在教会与法律的手中，而要由你的傲气决定，由你自动决定。做我妻子的可能有些为你所害怕的事，做我朋友和姊妹的可用不着，我对她一定礼貌周全。看到你快乐，我就幸福了；七年功夫我已经证明这一点。啊！奥诺丽纳，可以替我的话作保证的是：你手制的花全部由我珍藏着，用眼泪灌溉着；好似古代的秘鲁人用来记事的结绳，它们是一部记载我们痛苦的历史。如果这样的契约对你不合适，那么，孩子，我已经嘱托带这封信的圣者切勿替我说一句好话。我不愿意你的回家是因为教会引起了你的恐怖，或是法律给了你命令。我所求的简单而平淡的幸福，一定要你自动给的，我才接受。如果你坚持，要我把九年以来看不见一丝友爱的笑容的，阴惨惨的生活继续下去，如果你要独自一人，一动不动的在你的沙漠中待下去，那么我的意志一定服从你的意志。放心：你安静的生活可以像过去一样不受扰乱。那个管闲事而也许使你伤心的疯子，我会把他打发走的……

三十五、可怜的莫利斯

奥诺丽纳把信揣在怀里，瞧着我的舅舅，说道：

“先生，谢谢你。既然伯爵允许我留在这儿，我就……”

“啊！”

我这么叫了一声，舅舅马上很不放心的把我瞪了一眼，伯爵夫人也狡狯的对我瞟了一眼，使我明白了她的用意。她要知道我到底是不是一个虚伪的人，一个捕鸟的人，而我好不伤心的发觉，那一声惊叹居然把她骗过了；因为那是女人最熟悉的心灵的呼声。

“啊！莫利斯，”她和我说，“你，你是懂得爱的！”

我眼睛里闪出来的光等于另外一句答复，把伯爵夫人心中的疑虑一扫而空，倘若她还存着疑虑的话。因此伯爵是把我利用到最后一刻的。奥诺丽纳又拿出信来预备念完，舅舅对我作了个暗示，我便站起身来。他和我说：“咱们别打搅太太了。”

“你就走了吗，莫利斯？”她说着并没抬起头来。

她一边看信一边起身送我们，到了小楼门口，抓着我的手很亲热的握着，说道：

“以后咱们照常见面……”

“不!”我拼命握着她的手,使她痛得叫起来。“你是爱你的丈夫的!明儿我走了。”

说完,我急急忙忙丢下舅舅走了。她问舅舅:“他怎么啦,你的外甥?”

好心的神甫为了配合我的角色,拿手指着他的头和心,仿佛说:“太太,请你原谅,他是个疯子!”而因为我舅舅心里真是这样想,所以他的表情更真切。

六天以后,我带着副领事的委任状动身往西班牙,任所是一个商业繁盛的大都市,使我短时期内就把领事的一行学会了,而我的野心也限于这方面了。

安顿停当以后,我接到伯爵一封信——

三十六、徒有其名的团圆

亲爱的莫利斯:

我要是幸福的话,就不会写信给你了;可是我又开始了另外一种痛苦的生活;我受着欲望的刺激,变得年轻了,一方面和一个过了四十岁而又动了爱情的人一样烦躁,一方面又拿出外交家的智慧竭力把情欲压着。你走的时候,我还没得到进入圣·莫街小楼的许可;后来收到一封信,露出一些口风,似乎不久可以准我去了;那是一封又温和又凄凉的信,表示她怕相会时感情冲动。等了一个多月,我冒险闯得去,要高朋女人去问能不能接见我。我坐在走道中的一条凳上,靠近门房,把手捧着头,差不多待了一小时。

—— 太太预备穿衣服呢,高朋女人来回报我。奥诺丽纳这句好像讨好我的话,其实是不愿意让我感到她的打不定主意。

整整一刻钟,我们俩都很慌乱,不由自主的打着哆嗦像台上的演说家忽然着了慌一样的紧张;我们神色张皇的谈了几句,好似被人撞见了什么而勉强找些话来搭讪。

我含着眼泪和她说：奥诺丽纳，发僵的局面已经打破了，我快活得浑身发抖；请你原谅，我连讲话都前言不对后语。这种情形恐怕一时还改变不了呢。

她强作笑容，回答说：爱妻子又没什么罪过哇。

——我求你别再像过去那样做活了。高朋太太告诉我，最近二十天你只用着自己的积蓄；你名下原来每年有六万法郎收入；即使你对我不能回心转意，至少别把你的财产留给我！

她说：我久已知道你的好意……

我回答她：要是你喜欢留在这儿，保持你的独立；要是最热烈的爱情也得不到你的青睐，你可别再做活了……

我递给她三张证券，每张每年有一万三千法郎利息；她接在手里，漫不经意的展开来看了，一言不发，只瞧了我一眼。啊！她完全懂得我给她的不是钱，而是自由。

——好了，我打败了；你要常来就常来罢。她说着伸出手来，我立刻捧着亲吻。

因此她是硬逼着自己接待我的。第二天，我发现她强作欢容。只要来往了两个月，方始看到她的真性格。那时却好比美妙的五月，爱情的春天，我的快乐简直无法形容；她不再怕我了，只是研究我。但我向她提议上英国去，以便公开的与我破镜重圆回到家里，恢复名位，住进她的新宅的时候，她吓坏了。

——为什么不永远这样过下去呢？她说。

我忍住了，一句话也不回答。

我离开她的时候心里想：她是不是试试我呢？

从家里出发到圣·莫街，路上我老是非常兴奋，抱着一腔热爱，像青年人一样对自己说着：今晚上她可能让步了……

这股说不上是虚空是实在的劲儿，遇到她微微一笑，或是用那双不受热情扰乱的，高傲而镇静的眼睛发号施令的时候，就整个儿消灭了。你告诉我，她说过：吕克雷斯当年用她的匕首和血替女性的宪章写下了第一个字：自由！这句可怕的话常常回到我脑海中来，使我不寒而栗。我深切的感到必须获得奥诺丽纳的同意，也深切的感到没法获得她的同意。我去的时节和回家的时节同样受着这些狂风暴雨的骚扰，她有没有猜到呢，为了不愿意口头表示，我把自己的处境写信告诉她。奥诺丽纳置之不复，可是愁容满面，吓得我只能装作像没有写那封信一样。我因为伤了她的心非常痛苦；她看出这一点，也就表示原谅了。事情是这样的：三天以后，她第一次在她蓝白两色的卧房中接待我。灯烛辉煌，摆满着花，布置得很好看。奥诺丽纳那天的装束使她格外光艳夺目。你熟识的那张脸，四周都围着小小的头发卷；头上插着好望角的铁树花；身上穿一件白纱衫，束一根白缎带，挂着飘飘荡荡的穗子。在这么素雅的装扮之下，她的仪表你是知道的；但那天晚上简直是个新娘，是初婚时期的奥诺丽纳。不幸我的快乐立刻被浇了冷水，因为她脸上的表情有种可怕的严肃，仿佛冰雪之下藏着一团烈火。

她说：奥太佛，只要你心里要，我随时准备做你的妻子；可是请你记住，这种屈服也有它的危险，我可能克制自己……

我做了一个手势。

——不错，我明白你的意思，克制这个字你是听了刺心的；你要的是我不能给你的东西，爱情！我发过终身孤独的愿，现在宗教和怜悯使我把这个愿心放弃了。你瞧你不是到了这里吗？

——她停了一会，又接着说：你早先并没提出更大的要求，现在你却要你的妻子了。好吧，我把奥诺丽纳交给你，可也不把她将来的改变瞒你。将来我是怎样的一个人呢？第一是做母亲！那是我热烈期望的。是的，你可以相信我这句话。你想法改造我罢，我同意；但倘若我死了，朋友，千万别咒我，别骂我固执；你所谓固执，我称之为对于理想的崇拜，也许那种将来使我送命的、说不出的感情，更应当称为对于神明的崇拜。前途怎么样，我不管了，你会负责的，你去考虑罢！……

于是她坐下来望着我，就是你平时欣赏的那种安闲的姿态。我痛苦得脸色发白，血都凉了。她看到她的话发生了这样的作用，便抓着我的手握着，说道：

——奥太佛，我是爱你的，可不是你所要的那种爱；我爱的是你的心灵……但是相信我罢，我爱你的程度像东方的女奴一般愿意为你而死，并且死而无怨。我可以借此补赎罪过。

她还是更进一步，居然大发慈悲，跪在我面前一个坐垫上，说道：

——而也许我还不会死呢……

我已经跟自己斗争了两个月。怎么办呢？……我肝肠寸断，只能找一个朋友的心让我对它叫一声：怎么办呢？

三十七、奥诺丽纳最后的叹息

我收了信没答复。两个月以后，报上披露消息，说奥太佛伯爵夫人在海外漂流了几年，终于搭着英国邮船回家了；故事编得相当自然，不致令人起疑。我刚到热那亚的时候，又接到通知，报告伯爵夫人平安分娩，生了一个儿子。我手里拿着信，在这个阳台的凳上坐了两小时。过了两个月，我的几位保护人，奥太佛，特·葛朗维，特·赛里齐，看我在舅舅故世以后颓丧得很，便竭力劝说，终于使我结了婚。

七月革命[1]以后半年，我接到下面一封信，把这对夫妇的故事结束了：

莫利斯先生：

虽然做了母亲，也许正因为做了母亲，我快要死了。妻子的角色我演得不错：我瞒过了丈夫，我的快乐和女戏子们在舞台上流的眼泪一样真。我为了社会而死，为了家庭而死，

①1830年7月巴黎中产阶级推翻查理十世，拥立路易·腓列伯，史称七月革命。

为了婚姻而死，正如初期的基督徒为了上帝而死。我不知道致命的原因，我还认真找这原因呢，因为我并不固执；但我非把我的痛苦告诉你不可，当初是你带你舅舅来，而我听了他的话才投降的；他等于一个天国的外科医生，后来做了我的忏悔师，他最后一次的病就是由我看护的；他指着天国要我继续尽我的责任。我便尽了我的责任。我不埋怨那些善于遗忘的人，我佩服他们，认为是坚强的，应当有的性格；但我没有那么健康，忘不了过去的事。那种使我们与所爱的男人合为一体的，从心坎里出来的爱，我不能感觉到第二次。你知道，直到最后一刻，我向你，向忏悔师，向我的丈夫，叫着：可怜我罢！……但谁都不可怜我。那我只有死了。我一边死一边拿出极大的勇气。哪怕是娼妓也没有像我这样嘻嘻哈哈的快活的。可怜的奥太佛很幸福，我让他的爱情拿我虚幻的感情作养料，为了演这个戏，我把心血都呕尽了；女戏子受到喝彩，受到祝贺，身上堆满了鲜花；但是痛苦天天来觅食，天天把我的生命割掉一块。明明是心碎肠断，我照旧笑靥迎人！我向两个孩子微笑，但得胜的总是早生的那个，死掉的那个！我跟你说过：死掉的孩子会叫我去的，我现在就往他那边去了。

没有爱情的同居生活，使我的心灵时时刻刻感到羞辱。只有孤独的时候我才能够哭，能够幻想出神。为了应酬交际，家庭杂务，抚育孩子，照顾奥太佛的幸福，我没有一分钟的余暇能汲取勇气，像从前幽居独处的时代一样。持续不断的警惕使我老是心惊胆战。我没有眼快耳灵，随口扯谎的本领。吸干我的眼泪，亲吻我的眼皮的，不是我意中人的嘴而是手帕，使干涩的眼睛减掉一些火气的是凉水，不是爱人的亲吻。我演戏是把整个的心放进去的，致我死命的原因也许就在这里。我小心翼翼的隐藏我的悲伤，居然一点不露痕迹；但悲伤非有所侵蚀不可，它便侵蚀我的生命。我跟那些发现我病根的医生说：

——你们好歹得替我找出一点病来，要不然我丈夫会活不下去的。

因此我跟台北兰和皮安训商量好了，说我的不治之症是某一种软骨病，两位医生把那根不知什么骨头描写得头头是道。奥太佛还自以为受着疼爱呢！你明白我的意思吗？所以我担心他忧郁成疾，和我同归于尽。万一有这种情形，希望你做我孩子的监护人。信内附上一份补充遗嘱表明我这个意思。请你到必要时再拿出来；也许我把自己看得太重了，奥太佛不至于到那个田地的。我暗中对他的忠诚说不定会使他悲痛欲绝，但还是能活下去的。可怜的奥太佛！但愿他再娶一个比我贤惠的女人，因为他的确值得人家的爱。既然刺探我的那个聪明的人已经结了婚，希望他记住圣·莫街的制花女留给他的教训：第一要使你太太赶快生孩子！尽量教她去管最庸俗的家务；别让她在心中培养什么理想，培养那朵我奉为至宝的，颜色火辣辣的神秘之花，它的香气会教人厌弃现实。我是一个圣女丹兰士，可惜不能像她那样住在修道院里和耶稣觌面，和一个长着翅膀、来去自如的天使相对，在出神入定中过生活。你曾看到我在我喜爱的花堆中很幸福，我却没有把心里的话都告诉你：我当初看出你假装的疯狂之下藏着含苞欲放的爱情；我把我的思想、梦境，都瞒着你，没让你走进我美丽的王国。我相信你一定能为了喜欢我而喜欢我的孩子，假如一朝他丧失了父亲的话。请你保守我的秘密，像坟墓保守我的肉体一样。别为我伤心。圣·裴那说过，无爱情即无生命；倘若这句话是对的，那么我已经死了很久了。

三十八、两个结局

领事把信收起，锁在皮包里，补了一句："于是，伯爵夫人死了。"

"伯爵还在不在呢？"大使问，"七月革命以后，政治舞台上看不见他了。"

领事说："特·洛拉先生，你可记得有一回看见我送一个客人上船吗？……"

"一个头发雪白的，一个老头儿是不是？"画家问。

"一个四十五岁的老头儿！到意大利南部去疗养和散散心的。那老人便是我可怜的朋友，我的保护人，经过热那亚跟我告别，同时把遗嘱交托给我。我用不着再把奥诺丽纳的遗言告诉他了。"

台·杜希小姐问："他可明白自己做了刽子手吗？"

领事回答说："他是猜到真相的，所以活不下去了。他搭船上拿波里，我送他出了海再坐小船回来。告别的时候彼此恋恋不舍，我怕那就是永诀了。我们都喜欢参与我们爱情的秘密的人，特别在爱人故世之后。奥太佛和我说：这样的人有种魔力，身上有一道光轮罩着的。—— 伯爵踱到船首，望着地中海；碰巧那天天气很好，大概他被当时的景色感动了，对我又说了最后几句话：为了改善人性，真应当研究一下究竟是什么一种不可抵抗的力量，使我们不顾理性，把一个神仙般的女子为了片刻的欢娱而牺牲？我良心上听到那些呼号。并且呼号的不仅是奥诺丽纳一个人。而这竟是我亲手造成的！……我悔恨交集，痛心极了！过去我在巴伊安纳街为了得不到欢娱而恹恹欲绝；将来在意大利，我要为了已经体验过的欢娱而恹恹欲绝！……两个同样高尚的心灵，他们的不调和到底是从哪儿来的？”

阳台上大家相对无言，静默了一会。

“她算不算贞节的呢？”领事问在座的两位太太。

三十九、一个问题

台·杜希小姐站起来，搀着领事的手臂离开众人走了几步，说道：

"男人来找我们，把一个少女娶过去做了他们的妻子，心中却存着许多天使般的形象，拿我们跟一些无名的敌手相比，跟一些往往是从许多回忆拼凑起来的，完满的标准相比，结果老是觉得我们望尘莫及。由此看来，男人不是也有罪过吗？"

"小姐，倘若有人把热情作为婚姻的基础，你这批评是对的；而这便是那对夫妇的错误。要是男女双方都有盲目的爱情，那种婚姻生活简直是尘世的天堂了。"

台·杜希小姐和领事分开了，接着格劳特·维浓过来找她，凑着她的耳朵说：

"特·洛斯太先生未免有些自鸣得意。"

她也凑着他的耳朵回答："不，他还没猜到奥诺丽纳可能爱他呢。"她看见领事夫人正在走来，又说："噢！他太太把故事听了去了，算他倒霉！……"

大钟打了十一点，所有的客人都沿着海滨步行回去。

四十、最后的一句话

“这些都不能代表人生，”台·杜希小姐说，“像那样的女子真是太少了，也许聪明得出奇了，可以说是一宝！人生是各种不同的变故、循环不已的痛苦和欢乐组成的。但丁诗中的天堂当然是理想的最高表现，但那种永远不变的蓝天只存在于心灵中间，向现实的人生去要求未免是奢望，而且时时刻刻要引起天性反抗的。对于这一类追求理想的人，只要给他一间六尺大小的静室，和一张跪着祈祷的凳子就行了。”

“一点不错，”雷翁·特·洛拉说，“可是不管我怎么下流，我仍不由得钦佩一个和伯爵夫人差不多的女子，能够住在一个画家屋里，与画室为邻，从来不下楼见客，也从来不到街上沾污她的鞋子。”

“在几个月之内是可能的。”格劳特·维浓的口气挖苦得厉害。

可是大使回答台·杜希小姐说：“奥诺丽纳并非独一无二的例子。有个男人，还是干政治的，又是笔下很尖刻的作家，他的爱情就是这一种。后来他是在决斗中死的；把他打死的那颗子弹不单打中了他一个人，他的爱人因此也差不多进了修道院[1]。”

“那么这个时代还有些伟大的心灵了！”加米叶·莫班说着，靠着堤上的栏杆，若有所思的愣了一会。

一八四三年正月　巴黎

①此系当时的实事。十九世纪的政论家阿尔芒·加莱尔（1800—1836）恋一弃妇爱弥丽·蒲陶太太。加氏的政敌在报上影射此事，加乃与对方决斗，中枪身死。蒲陶太太从此闭门谢客。